BOU

Collection fondé

JULES ROMAINS

LES HOMMES DE BONNE VOLONTÉ

*

ROBERT LAFFONT

ISBN : 2-221-10136-7
Dépôt légal : octobre 2003 - N° d'éditeur : L 44336 (E01)

Ce volume contient :

INTRODUCTION
par Olivier Rony

BIOGRAPHIE CHRONOLOGIQUE
DE JULES ROMAINS
établie par Lise Jules-Romains

PRÉFACE
de Jules Romains

LE 6 OCTOBRE
CRIME DE QUINETTE
LES AMOURS ENFANTINES
ÉROS DE PARIS
LES SUPERBES
LES HUMBLES
RECHERCHE D'UNE ÉGLISE

RÉSUMÉS

Introduction

Et des hommes, plus tard, n'ayant pas lu le livre,
sauront mystérieusement ce que j'ai dit.

La Vie unanime, *1908*

JULES ROMAINS ET L'UNANIMISME

Il semble que certaines destinées — pour peu, certes, que l'on veuille s'y intéresser — ne cessent de proposer un mystère ou du moins une énigme. L'unanimisme a fait l'objet de nombreuses études, mais, sous l'apparente simplicité de la vie de Jules Romains, et en dépit de l'aspect ordonné, même systématique, de son œuvre, réside, au fond de cette immense ambition, une interrogation pathétique sur le sens de la condition humaine des temps modernes : comment mettre fin au divorce d'avec le monde que connaît l'individu, enveloppé dans les limites de son corps ? Comment réconcilier chacun avec tous ? Et proposer un univers harmonieux, habitable, à tous les hommes de bonne volonté ? Pour cela, Jules Romains s'évade de la conception égocentrique des siècles précédents, et la notion de « continu psychique » qui, nous le verrons, est à la base de l'unanimisme, est une réponse tardive, mais sans appel, au romantisme agonisant qui avait fait du moi et de ses angoisses son propre spectacle.

Vibration poétique fondamentale perçue par Jules Romains et qui le conduira à édifier un univers littéraire lisible par tous, puisque conçu pour tous. D'où, sans doute, l'accusation qu'il a parfois encourue de simplifier le réel à l'excès, d'en dégager sans nuances des visions monolithiques. Voire. L'exigence de lisibilité impliquerait-elle la négligence de la complexité, de l'attention à l'infiniment particulier, à la vision aiguë du détail ?

Sans paradoxe, c'est le corps, dans ses aspects vécus et concrets, qui est premier chez l'intellectuel Jules Romains. Bien loin de privilégier d'abord les conquêtes de l'esprit, il propose une nouvelle adaptation du corps au monde. *La Vie unanime* et les œuvres poétiques parues entre 1908 et 1914 ont certes pour point commun de faire se rejoindre les psychés individuelle et collective, mais une telle fusion passe par l'écoute attentive des accords physiques que l'être humain perçoit en lui, à condition qu'il se mette en harmonie avec le monde extérieur. De la sorte, rien de moins rationalisable et rationnel que l'expérience qui se déploie dans sa poésie. A cet égard, il est remarquable que bien des poèmes de Jules Romains ont pour point de départ une sensation saisie brutalement et qui aboutit à une prise de conscience. Ainsi, dans cette ode :

Ce n'était qu'un réduit
Au nord de la maison ;
Une lucarne étroite
Le rattachait au jour.

Il était encombré
De paquets et de coffres ;
Mais pourtant j'y dormais
Au fond d'un lit trop court.

L'ombre sentant le foin
Appuyait sur mon corps ;
La paillasse était faite
Avec des feuilles mortes.

Quand je me retournais
Elles craquaient ensemble ;
Ce bruit entrait en moi
Si loin qu'il est resté.

Tout ce qui est souffrant
Lui ressemble et l'appelle ;
Je l'ai bien reconnu
Sur le bord de la mer.

Et c'est lui que j'entends
S'élever de Paris
Quand mon âme étendue
Pèse sur les faubourgs[1].

Ouverture à soi pour mieux s'ouvrir au monde, la poésie de Jules Romains permet de saisir un des axes fondamentaux de son univers : le moi n'est qu'un maillon du tout, mais l'existence simultanée des deux extrémités de la chaîne est indispensable pour que le bonheur apparaisse. Il n'y a fusion dans un vaste ensemble bénéfique que dans la mesure où l'individu épuise ses propres sensations pour y retrouver l'appel aux autres. C'est le mouvement même que l'on perçoit dans le vaste poème de 1910, *Un Être en marche,* où l'individuel se résout dans le collectif.

Une longue et patiente recherche a permis à Jules Romains de façonner

1. *Odes et Prières,* Paris, Gallimard, 1923, p. 17 (Les *Odes* sont de 1910).

un univers vivable, dans lequel certaines tendances au repliement sur soi — toxiques, morbides, selon lui — sont enfin expulsées, au profit d'une adhésion enthousiaste au monde.

*
* *

C'est un véritable « enfant de Paris » qu'est devenu le petit Louis Farigoule, né dans le Velay le 26 août 1885, en apprenant à connaître les rues de Montmartre, encore pénétrées d'une douceur campagnarde.

La ville moderne, qui atteint alors sa maturité, depuis l'achèvement des travaux d'Haussmann, imprègne sa sensibilité, en particulier au cours des trajets quotidiens vers le lycée Condorcet, des longues promenades avec son père, amoureux de Paris, ou des déambulations avec le camarade élu Léon Debille (le futur Georges Chennevière) : « Nous étions les enfants de la grande ville moderne ; et je dirais presque en un sens ses premiers enfants reconnus et comblés. La grande ville respirait autour de nous et à travers nous. Ses rues étaient les sentiers de notre promenade. Ses cours profondes d'immeubles, les fourrés où nous épiions les palpitations de la vie. Les rumeurs de ses épais quartiers, de ses gares distantes, la vibration au loin des faubourgs en éventail nous accompagnaient d'une musique perpétuelle. C'est dans les rues de la ville, dans les carrefours tournoyants, que nous apprenions cette confiance dans la multitude, cet instinct de la multitude, comme le fils du pêcheur apprend la mer, et la connaît de si près qu'il ne songe plus à la craindre[1]. »

Fin du percement des grandes artères, concentration des transports, construction du métro, afflux des trains jusque dans le centre, circulation de plus en plus dense de la foule urbaine, premiers essais d'organisation des classes populaires, développement plus ou moins harmonieux d'un apprentissage du gouvernement démocratique adulte, la fin du dix-neuvième siècle, spécialement à Paris, dessine les figures d'un monde nouveau.

Singulier destin que celui de ce descendant de paysans, tous attachés à la terre depuis des générations et ne l'ayant pas quittée, qui semble avoir eu le privilège d'annoncer l'irruption de la ville dans le vingtième siècle. Le Velay et Paris nourriront, sans se nuire, deux aspects de l'œuvre de Jules Romains.

*
* *

Un soir d'octobre 1903, alors qu'il prépare son concours d'entrée à l'École normale supérieure, Louis Farigoule remonte la rue d'Amsterdam pour rejoindre Montmartre. Le monde urbain est déjà bien présent en lui.

---

1. *Le Colloque de novembre,* discours de réception à l'Académie française et réponse de Georges Duhamel, Paris, Flammarion, 1947, p. 18-19.

Il sait que le siècle qui commence sera celui des villes et des différents ensembles qui les forment. Il sait que les groupes y joueront un rôle essentiel, mais il lui manque encore le lien qui l'unirait, lui, à ce destin fabuleux. Il éprouve confusément le besoin de sentir courir entre lui et la foule une musique, une harmonie. Mais ce soir-là, un voile se déchire : il vient de se nouer entre les passants de cette rue populeuse et lui-même un accord presque divin. Il est lié à ces gens, il se fond dans une foule harmonieuse dont, à cet instant, il est la conscience privilégiée. Il a conscience d'être un individu, mais prolongé infiniment en tous. Le solitaire malheureux et tourmenté, que la religion a abandonné, vient de faire l'expérience d'une transcendance d'essence purement humaine.

La « révélation unanimiste » d'octobre 1903, dont André Guyon a remarquablement éclairé les origines dans son étude sur les nombreux textes préunanimistes écrits entre 1900 et 1903 (*Cahiers Jules Romains 4*)[1], est précédée d'une quête patiente du bonheur individuel. Ces œuvres d'un adolescent pessimiste développaient une vision agressive du monde, peuplé d'individus grossiers, aux appétits matériels décevants. Progressivement, apparaît, alors qu'il atteint ses dix-huit ans, un regard plus aigu sur les autres, accompagné des figures mythiques d'Héraclès et de Prométhée, chargés de sauver les hommes abandonnés à la satisfaction de besoins vulgaires. Le mépris et le scepticisme font place peu à peu à la bienveillance et à l'amour d'autrui. La ville, jusque-là maléfique, pestilentielle, sera sauvée par la révélation d'un ordre encore enfoui dans les limbes du siècle, et qui ne s'appelle pas pour l'instant l'unanimisme.

Dès 1904, *L'Âme des hommes* s'ouvre par un long poème « La Ville consciente » où, dans un style proche de celui de Verhaeren, Jules Romains tente d'insuffler une pensée à la matière, de lier des ensembles énormes par la présence d'une conscience qui les régénère et, d'une certaine manière, les crée :

C'est pour moi que la glèbe accouche et qu'elle souffre,
Tous ces enfantements convergent vers mon gouffre.
Mais je les engloutis pour les magnifier,
Car je suis le géant et robuste ouvrier.
Je ne recèle point de forces assassines,
Et du labeur incandescent de mes usines
La matière renaît jumelle de l'esprit.
Tout crée au fond de moi, tout palpite, tout bruit ;
Je suis la tension des muscles d'une race.
Et parfois, quand l'effort colossal me harasse,

1. André Guyon présente « *J'entends les portes du lointain...* Proses et poèmes de l'adolescence de Jules Romains », *Cahiers Jules Romains 4*, Paris, Flammarion, 1981.

Je sens blême, à travers mon flanc exténué.
L'innombrable douleur des hommes se ruer[1].

Sous le lyrisme quelque peu naïf de cette pièce, on peut reconnaître les frémissements d'une religion nouvelle. D'ailleurs, Jules Romains accordera bien volontiers, plus tard, qu'il a eu tendance à diviniser l'unanimisme originel, et insistera sur son goût excessif pour l'« esprit prophétique » qui inspirait ses écrits.

Quoi qu'il en soit, le Jules Romains des années 1903-1910 est à situer à mi-chemin entre un Rimbaud et un Verhaeren. Du premier, il retient la recherche hallucinée d'une présence de l'inconnu et presque du magique dans le réel, une sorte d'hypersensibilité au monde ; du second, la volonté d'appréhender en profondeur les forces collectives nouvelles.

Au cours des années qui suivront, Jules Romains approfondira sa quête unanimiste par un foisonnement de poèmes, de récits en prose et d'articles fondamentaux. On le sent poursuivi, malgré lui, par une volonté conquérante. En avril 1905, le premier manifeste unanimiste prend le ton d'un évangile et annonce l'œuvre à venir : « En résumé, je crois fermement que les rapports de sentiments entre un homme et sa ville, que la pensée totale, les larges mouvements de conscience, les ardeurs colossales des groupes humains sont capables de créer un lyrisme très pénétrant ou un superbe cycle épique. Je crois qu'il y a place dans l'art pour un "unanimisme"[2] ».

*
* *

A la réflexion personnelle de Jules Romains, à son désir de bonheur individuel, dont il a compris qu'il ne saurait exister sans les autres, sans le monde des groupes et de la ville, il faut cependant ajouter une évolution de l'esprit français à la même époque. L'unanimisme, en effet, naît dans un climat intellectuel qu'il importe de préciser.

A la fin du dix-neuvième siècle, la vie sociale et artistique française semble se fractionner. Si l'aristocratie symboliste se détourne des mouvements populaires, l'affaire Dreyfus, la séparation de l'Eglise et de l'État, les émeutes ouvrières « cristallisent » avec les prises de position de Zola et de Péguy. Peu à peu, une conscience, plus sociale encore que réellement politique, apparaît chez les écrivains. Connaître le monde ne suffit plus, on demande à infléchir, si peu que ce soit, la courbe des événements. La tradition saint-simonienne de l'art utile retrouve un nouveau souffle. Le naturalisme, la tentative d'Antoine au théâtre

1. *Idem*, p. 221.
2. « Les sentiments unanimes et la poésie », in *Le Penseur*, avril 1905, et in *Correspondance André Gide-Jules Romains, Cahiers Jules Romains 1*, Paris, Flammarion, 1976, pp. 153-154.

introduisent dans la littérature des couches populaires (urbaines surtout) qui, jusque là, y avaient occupé une place marginale.

C'est donc une émergence des réalités sociales traversée par le repliement sur soi de certaines chapelles qui caractérise l'époque charnière qui s'étend de la mort de Victor Hugo à la Première Guerre mondiale. Il est d'ailleurs significatif que Jules Romains y ait vu un temps de la « bonne volonté », d'optimisme et de foi possible en l'avenir. Il faut relire, à ce sujet, les confidences qu'il prête au personnage symbolique du professeur Sampeyre dans un tome des *Hommes de bonne volonté*, *Cette grande lueur à l'Est* : « Dans l'ensemble du monde, et du côté matériel, le progrès de la science et de l'industrie, les transformations merveilleuses qui allaient sûrement en résulter dans la vie humaine [...] d'autre part, le progrès des idées libérales, démocratiques... des idées de justice sociale [...] l'effort du monde ouvrier pour s'éduquer et s'organiser. [...] Rien que dans cette France vaincue, il y avait la construction de l'ordre républicain, avec toutes les nouveautés, toute la lutte que cela supposait : enseignement du peuple, émancipation totale de la pensée, recherche d'une morale qui ne dût rien qu'à la raison, rajeunissement du patriotisme dans un sens civique et humanitaire [...] adoucissement des lois [...] égalisation progressive non pas des conditions mais des chances [...] bref l'effort pour mettre debout et faire marcher un régime, dont les législateurs véritables s'appelaient Hugo, Michelet, Lamartine, Renan et quelques autres [...] Ce n'était pas si mal[1]... »

Le contexte dans lequel s'est développé l'unanimisme est essentiel, puisque ce dernier, issu du contact immédiat de l'esprit avec la matière, se veut appréhension totale du monde. Sur bien des points, l'unanimisme est une sorte de mythologie des premières années du siècle, dont le socialisme de Jaurès, sur le plan purement politique, représenterait une équivalence.

Dans le domaine littéraire, et en amont de l'unanimisme, on rencontrerait le symbolisme, contre lequel Jules Romains réagira violemment. En 1886, Moréas, par l'article-manifeste du *Figaro*, installe le symbolisme dans les lettres françaises. Quelques années plus tard, au moment où il fonde l'École romane, on perçoit déjà les premiers signes d'un essoufflement. Le symbolisme revendique une distinction entre art et action ou, plus nettement encore, une non-intervention du littéraire dans le social. Tout se passe comme s'il était demandé à l'artiste non pas de rester indifférent à son temps, mais d'y puiser un minimum d'inspiration. Il se tourne vers la vie intérieure et conçoit l'expérience poétique comme un état lyrique, d'ordre divin. L'originalité des premières poésies d'un Maeterlinck ou d'un Verhaeren réside dans l'exploration de l'inconnaissable, domaine plus authentique que les apparences.

1. *Cette grande lueur à l'Est*, dans le vol. III, tome 19, chap. VIII, « Le temps de l'inquiétude ».

Il s'agit de manifester une plongée dans l'invisible, dans l'imaginaire, un rapport entre les divers ordres du sensible et ce qui le dépasse. Au-delà des différences de personne, ce « credo » est proclamé haut et fort par un Gustave Kahn, un Vielé-Griffin ou un Henri de Régnier.

Dès 1892 pourtant, le représentant du symbolisme belge, Verhaeren, s'engage dans une voie plus dynamique, plus proche des préoccupations contemporaines, tandis que Gide, par exemple, s'éloigne de l'orthodoxie. *Les Nourritures terrestres,* en 1897, marquent une ouverture à la vie sensuelle et généreuse. Un lyrisme plus enivré, une adhésion à l'élargissement de l'être apparaissent par exemple dans *Le Cœur innombrable*, d'Anna de Noailles, en 1901. La vraie dimension du retour à la « tragédie terrestre » (titre d'une œuvre d'Henri Martin-Barzun, compagnon de l'Abbaye de Créteil), nous la devons donc au poète flamand dont *Les Villes tentaculaires* paraissent en 1895. Ce que la facture conserve encore de symboliste ne gêne pas l'expression de la beauté mécanique, mathématique, des usines et du machinisme. Préoccupée du « maintenant et ici », la poésie inaugure un nouvel âge de l'humanité, qui joue son rôle de créateur. La communion de l'homme avec le monde devient un principe d'accroissement vital, de vie intégrale, offerte à l'avenir. Dans l'exhortation aux autres, on tend à effacer le malentendu originel qui sépare les consciences, ce que Jules Romains résumera peut-être par ce vers de *La Vie unanime* : « Il faudra bien qu'un jour on soit l'humanité. » L'évolution de Verhaeren le mènera même jusqu'à une forme de panthéisme, comme il le dira dans une lettre ouverte à Georges Le Cardonnel : « La poésie me semble devoir aboutir prochainement à un très clair panthéisme. De plus en plus les esprits droits et sains admettent l'unité du monde. Les anciennes divisions entre l'âme et le corps, entre Dieu et l'univers s'effacent. L'homme est un fragment [...] de l'ensemble dont il fait partie. Il a la conscience de l'ensemble [...] il se sent enveloppé et dominé. Il devient en quelque sorte, à force de prodiges, ce dieu personnel, auquel les ancêtres croyaient[1]. »

Le dieu collectif, il appartiendra à l'unanimisme de le créer, mais le principe d'un humanisme moderne est posé : exaltation de la volonté, prise de vue sociale, reconnaissance de la transformation des modes de vie, aptitude de la littérature (en l'occurrence la poésie) à rendre compte du monde en devenir, dans lequel s'établirait une harmonie entre les forces humaines et techniques. La filiation est établie : ce qui a été transformé, c'est la nature de la visée poétique, déjà bouleversée par Baudelaire et Rimbaud. Le poète est sensible, plus que jamais, à l'inconnu, aux forces inconscientes qui se révèlent à lui. Jules Romains définira plus tard son attitude : « J'interrogeais le monde moderne avec

1. Cité par Franz Hellens, in *Verhaeren*, Paris, coll. « Poètes d'aujourd'hui », Seghers, 1964, p. 85.

tout le recueillement possible. J'attribuais à l'âme de très grands pouvoirs, en particulier celui de percevoir dans le réel des forces et des virtualités qui se dérobent aux investigations réfléchies de la philosophie et de la science. Je n'excluais même pas des formes d'illumination intérieure. [1] »

Ce que ses prédécesseurs avaient voulu réaliser au niveau de la conscience individuelle, Jules Romains en recherchera la traduction au niveau de la conscience collective. Si un Verhaeren, sur le plan poétique, préfigure certaines tendances de l'unanimisme encore à naître, un Bergson, sur le plan philosophique, cherche, de son côté, à saisir la vie dans son mouvement, dans son devenir. Il ne s'agit pas de reconnaître ici une influence directe du philosophe sur Jules Romains, mais de montrer que des secteurs entiers de l'activité intellectuelle de l'époque convergeaient vers une zone de préoccupations communes. Bergson privilégie l'intuition. Celle-ci, plus profonde que la simple perception sensorielle, capable seulement d'atteindre l'apparence, est une vision directe de la durée intérieure du flux de la conscience. Selon Bergson, il existe une sympathie fondamentale qui autorise l'interpénétration des consciences, le principe de la « durée de l'univers, c'est-à-dire une conscience impersonnelle qui serait le trait d'union entre les consciences individuelles, comme entre les consciences et le reste de la nature[2] ».

Cette intuition du vital, c'est l'idée du *continu psychique* que l'unanimisme fera sienne, « l'idée que la réalité psychique, que ce qu'on appelle l'Esprit n'est pas fait d'une simple juxtaposition, d'une dispersion, d'une poussière d'esprits individuels, au sens strict, parfaitement clos sur eux-mêmes, incommunicables en eux-mêmes [...]. C'est l'idée que la réalité psychique n'est pas un archipel de solitudes[3] ». Jules Romains tirera de cette conviction la matière même d'un de ses romans les plus remarquables, *Mort de quelqu'un,* où il est montré que l'espace peut n'être qu'une illusion : la mort d'un homme rend présentes à elles-mêmes les consciences dispersées, qui sont reliées par un lien de nature organique.

Avec Bergson, apparaît aussi l'idée de perception immédiate, d'appréhension directe du réel, « par laquelle on se transporte à l'intérieur de l'objet pour coïncider avec ce qu'il a d'unique[4] ». Bergson, comme Jules Romains, privilégie donc l'expérience personnelle ; pour lui, la perception de la réalité est globale, saisie à partir d'un mouvement particulier de la conscience. Mais quand Bergson insiste sur l'intuition plus spécifiquement intellectuelle, Jules Romains semble laisser cette

1. *Ai-je fait ce que j'ai voulu ?*, Paris-Namur, Wesmaël-Charlier, 1964, p. 37.
2. Marie-Louise Bidal, *Les Écrivains de l'Abbaye*, Paris, Boivin, 1938, p.
3. « Petite Introduction à l'unanimisme », in *Problèmes d'aujourd'hui,* Paris, Kra, 1931, p. 164.
4. « Introduction à la métaphysique », in *Revue de métaphysique et de morale,* janvier 1903, p. 3.

intuition le pénétrer et développer dans l'être une série de vagues sensibles. Il ne faut donc pas assimiler l'intuition proprement bergsonienne à l'état d'abandon que suppose la sensation unanimiste.

*
* *

Le mot d'unanimisme réunit les idées d'unité et d'âme. L'unanimisme considère l'âme propre des groupes humains. La simple juxtaposition d'un nombre variable d'individus, la communauté d'esprit qui peut naître des actions et des réactions exercées par les uns sur les autres ne suffisent pas à constituer un « unanime ».

Dans sa « Petite Introduction à l'unanimisme », Jules Romains explique que deux postulats sont nécessaires à sa réalisation : d'une part, la croyance en une réalité spirituelle, l'unanime ; d'autre part, la certitude que l'âme individuelle peut entrer en communication directe avec lui. L'âme du groupe n'est pas une collection, une agglomération, ni même une résultante d'âmes individuelles. Les mouvements psychiques qui se font dans une foule ne sont exactement définis ni par la composition physique ni même par une sorte de combinatoire des éléments qui la composent. Aux âmes individuelles réunies, quel que soit le mélange qui en résulte, l'unanimisme oppose une conception du groupe essentiellement différente : il y a unanimisme seulement dans la mesure où les âmes individuelles s'ouvrent ensemble au groupe, participent de lui et où l'âme du groupe, bien loin d'émaner des âmes individuelles, leur donne sa forme :

L'individuel s'est évaporé,
Déjà ils ne songent presque plus à eux,
Tantôt ils allaient ici ou là ; et chacun allait
obstinément vers son but.
Maintenant ils vont ; ils veulent aller ; ils veulent
tous la même chose ; ils communient dans la simplicité
d'un désir[1].

Il peut suffire d'un couple pour former un groupe (tels Lucienne et Pierre dans la trilogie *Psyché*), mais ce plus petit dénominateur commun n'est qu'un seuil. Les groupes, éphémères ou stables, naissent des lieux qui les réunissent ou, constitués par un libre choix, développent eux-mêmes leur propre réalité. Mais toujours, pour qu'un groupe devienne unanime, il faut qu'il ait un minimum de durée et qu'une action y germe : c'est l'inscription d'un passant sur l'urinoir municipal dans *Le Bourg régénéré,* c'est la mort de Godard dans *Mort de quelqu'un,* ou encore la création d'une ville imaginaire dans *Donogoo-Tonka.* Toute une

1. « Poème du métropolitain », in *Deux Poèmes,* Paris, Mercure de France, 1910, p. 49.

philosophie de l'événement sous-tend les nouvelles du *Vin blanc de La Villette.* Parmi les copains, la carte d'électeur de Bénin lui reconnaît la profession d'« amateur d'événements ». L'aventure épique à laquelle il préside en ses divers épisodes, plus encore qu'une suite de canulars, est la série des actes par lesquels une réunion d'amis s'élève à la conscience du groupe unanime ; leurs canulars sont des sacrifices rituels. Dans le discours final, qui dévoile le sens de l'aventure, après une glorification de l'« acte pur », Bénin déclare : « Vous possédez encore, depuis ce soir, l'Unité suprême. Elle s'est constituée lentement. J'en ai suivi la gestation. Ce soir, vous êtes un Dieu unique en sept personnes[1]. »

Ce phénomène, qui se retrouvera à des niveaux différents dans toute son œuvre, Jules Romains l'assimile à une expérience chimique, la « condensation d'unanime[2] ». Le nouvel état ainsi défini se veut essentiellement mystique : « Il n'y a pas unanimisme là où il n'y a pas, à la base, une certaine expérience que rien ne remplace. Et je prends ici une expérience dans un sens analogue à celui où l'entend William James quand il parle de l'expérience religieuse[3]. » Que nous soyons ou non gênés par l'idéalisme contenu dans cette tension vers une divinité plus ou moins difficile à saisir, nous devons reconnaître que Jules Romains s'adresse d'abord à l'être, à la sensation. Ce que le poète enfin appelle avec ardeur, ce sont des dieux :

Pourtant j'ai hâte. Allons, j'ai faim, non d'une
idée, l'idée et l'idéal me dégoûtent. Je veux un être.
Nous voulons un dieu ! Il faut des dieux !
Non pas des dieux perdus au ciel des causes blêmes ;
Il faut des dieux charnels, vivants, qui soient nous-mêmes,
Dont nous puissions tâter la substance ; des dieux
qui souffrent pour nos corps et qui voient par nos yeux,
Des animaux divins dont nous soyons les membres ;
Qui tiennent tout, nos corps, nos espaces, nos chambres,
Enclos dans leur réelle et palpable unité[4].

Mais ces dieux nouveaux ne sont pas préexistants, ils sont la création des hommes :

Ils sont dieux, leur règne arrive,
Parce que c'est notre rêve,
Et que nous l'avons voulu[5].

L'essentiel de cette exaltation passe par une disponibilité de l'esprit, une vacance de la raison qui laissent passer une force divine :

1. *Les Copains,* Paris, Gallimard, 1922, p. 232.
2. « Petite Introduction... », art. cité, p. 235.
3. *Idem,* pp. 227-228.
4. *La Vie unanime,* Paris, Gallimard, 1925, pp. 146-147.
5. *Idem,* p. 247.

Je ne m'aime plus moi, unanime, je t'aime !
Ce n'est plus moi déjà qui pense dans moi-même
[...] quelqu'un qui n'est pas moi devient dieu où je suis[1].

Du « moi » au « nous », le poète établit un trajet qui figure un appel en même temps qu'un devenir. C'est là que réside l'aspect religieux de l'unanimisme : [...] « le divin n'était plus de l'humanité portée à la perfection ou à la limite : il devenait un autre étage de la réalité[2] ». Comme chez Pascal, des ordres se définissent, se superposent par paliers, dans la mesure où l'être, s'arrachant à lui-même, est atteint par un nouvel espace. L'ascension à l'unanime peut donc être comparée à la foi religieuse.

La notion de groupe, du moment que l'on admet l'existence du sentiment unanime, voit sa définition habituelle modifiée. Par groupe, nous entendons une réunion plus ou moins homogène d'individus, un ensemble d'éléments disparates. Au mot « groupe », Jules Romains substitue celui d'« unanime » qui suppose la création d'un sentiment. Dans la ville, l'« être en marche » subit une sorte de métamorphose essentielle :

Mon corps est le frémissement de la cité.
[...]
Je ne sens rien, sinon que la rue est réelle,
Et que je suis sûr d'être pensé par elle[3].

La voix passive indique clairement qu'il s'agit d'une objectivation du moi par le monde. Ensuite l'unanime se manifestera dans sa plénitude, lorsque l'être aura accepté de se donner au groupe. Alors se développe un rythme :

Aucun ne vibre isolément ;
Ce n'est pas en eux qu'ils existent ;
Ils sont faits de souples destins
Qui courent, évoluent et s'approchent parfois,
Chantent ensemble, se prolongent et s'enfuient,
Après qu'ils ont noué fragilement leurs doigts.
Toute la ville est une musique de foule[4] ».

L'unanimisme, saisi dans sa fraîcheur originelle, peut surprendre des individualités habituées à l'expression personnelle. Jules Romains avait très bien vu l'effort demandé à qui voulait le suivre. L'expérience vécue par le piéton de la rue d'Amsterdam débouche en effet sur la création d'une religion, succédant à un « acte de foi ». Il est évident que l'unanimisme est né dans « un esprit bouleversé par la religion,

1. *La Vie unanime, op cit.*, p. 151.
2. « Essai de réponse à la plus vaste question », in la *Nouvelle Revue française*, Paris, août 1939, n° 311 pp. 177-196 ; ici p. 196.
3. *La Vie unanime*, p. 49.
4. *Idem*, p. 110.

rendu malade par la religion[1] ». Paul Claudel l'avait bien compris, qui écrivait à Jules Romains en 1909 : « La Ville vous a parlé comme à d'autres la mer et la forêt, comme l'appel de ce qui est immense à ce qui est parole[2] ». Cette sensibilité à l'unanime donne son caractère principal à la poésie de Jules Romains, expression d'une connaissance mystique. Le touchent surtout les milieux humains et leurs innombrables relations. « La tendance actuelle des peuples à s'accumuler dans les villes[3] » déjà ressentie par Verhaeren s'amplifie pour créer le climat de l'homme moderne : « Jusque-là, le lyrisme, lorsqu'il avait réussi à se détacher de l'âme individuelle, à rompre l'enchantement de ses rêves et de ses délires, ce n'était pas de l'âme encore qu'il trouvait autour de lui et qu'il s'appropriait, mais des matières, des formes visibles, des événements, et çà et là des signes de l'âme bien indirects, bien douteux[4] ».

Pour préciser de quelle façon le moi s'articule avec l'unanime, nous devons poser la différence qu'opère Jules Romains entre la notion traditionnelle de société et l'idée personnelle qu'il s'en fait : « J'ai souligné, aussi fortement que j'ai pu, le contraste entre la société, au sens où elle est un système de contraintes et d'institutions, et la vie unanime au sens où elle est la libre respiration des groupes humains et où elle implique l'abandon de l'homme à ses influences et à ses charmes[5] ». La distinction est capitale. C'est en ce sens qu'il faut interpréter *Musse ou l'école de l'hypocrisie* (1930), qui est une revendication de la spontanéité, de la liberté fondamentale menacées par la tendance bureaucratique et tracassière de la société. Lorsque, en 1911, Jules Romains écrivait : « L'individu n'est qu'une entité [...] admise depuis [...] des siècles [...] une illusion[6] », on pouvait croire qu'il supprimait l'autonomie de l'individu. En fait, nous sommes devant une philosophie de la personnalité.

Du phénomène unanimiste, dont la force n'a d'égal que la brusque apparition, le moi sort renouvelé, et d'une certaine manière régénéré. Au contact de la foule et des lieux unanimes (l'église, le théâtre, le café), immergé dans la masse vivante du groupe, l'individu éprouve son corps comme

> *la pointe aiguë*
> *D'où les fluides s'élancent.*
> *[...]*

1. « Préface » à la réédition de 1925, La Vie unanime, p. 15.
2. Lettre du 16 février 1909, in *Bulletin des amis de Jules Romains,* n° 6, novembre 1976, p. 38.
3. « Les sentiments unanimes et la poésie », *art. cité,* p. 153.
4. « Préface » de 1925, in *La Vie unanime, op. cit.,* p. 20.
5. « Essai de réponse... », *art. cité,* p. 190-191.
6. « Préface » à *L'Armée dans la ville,* Paris, Mercure de France, 1911, p. IX.

Je suis l'éruption des forces collectives
Ma voix est le total lyrique des murmures[1].

La dispersion que l'être peut ressentir dans cette fusion n'efface pas ses contours, mais donne à ceux-ci précision et force. Cependant, l'hypersensibilité et la « mise à nu » de l'être ne peuvent durer, parce qu'à la longue elles le détruiraient. L'individu se révolte, se reprend et se réfugie dans une solitude bienfaisante. Au risque de briser le sentiment même de l'unanimisme, l'individu refuse d'être absorbé par ce qui est trop vaste pour lui. Dans le train qui l'arrache à la ville, le poète s'écrie : « Le piston bat plus fort ; moi, je redeviens moi, à toute vapeur[2] ».

L'unanimisme est au-delà de la société, et ne s'y confond pas. Il se veut plus large et plus essentiel, et s'apparente à une vision nouvelle des rapports de l'homme et du cosmos. Si nous négligeons ce balancement entre le moi et les groupes, entre le « je » et le « nous », une grande part de l'esthétique et de l'éthique proposées par l'unanimisme disparaît, et ce serait rendre caduc l'effort de Jules Romains pour établir une dialectique de l'homme et de l'univers. *La Vie unanime,* dans sa composition même, offre l'illustration exacte de ce jeu qu'entretient le couple moi-univers, luttant pour imposer leurs lois respectives, mais c'est dans la tension même de cette lutte que résident l'originalité et la modernité de l'œuvre de Jules Romains. Elle est au centre de la plupart des poèmes, des œuvres dramatiques et des romans qu'il écrira jusqu'aux *Hommes de bonne volonté* inclusivement.

*
* *

L'unanimisme est la source d'un lyrisme nouveau, qui saisira le monde de façon immédiate, dans le moment où la sensibilité en accueille la révélation. *La Vie unanime* (1908), œuvre mère et fondatrice, exprime l'étonnement fasciné, les élans et les replis de l'individu vis-à-vis des unanimes qui semblent vouloir le dissoudre, enfin son acceptation d'un « nous » qui favorisera son propre épanouissement.

La période qui succède à la mise en forme de *La Vie unanime* révèle un Jules Romains parfaitement maître des différents registres unanimistes. Car, une fois mis au point le nouvel esprit, l'imaginaire de Jules Romains se fixe une sorte de programme foisonnant : « A cette époque-là, qui se place approximativement entre 1908 et 1911 ou 1912, j'ai conçu en même temps, et plus d'une fois ébauché, tracé dans leurs grandes lignes, les œuvres les plus diverses par le genre ou l'inspiration. C'est ainsi que *Mort de quelqu'un, Puissances de Paris, Un Être en marche, Odes et Prières, Le Vin blanc de La Villette,* Le *Manuel de*

1. *La Vie unanime, op. cit.*, p. 170.
2. *Idem*, p. 196.

déification, sont les produits non pas successifs mais à peu près simultanés de la même fermentation[1] ».

*
* *

Les vingt années qui séparent les débuts de l'œuvre de Jules Romains de la période de la maturité, contemporaine des *Hommes de bonne volonté,* vont lui permettre de réaliser un ensemble littéraire à trois branches : poésie, théâtre, roman.

D'abord professeur de philosophie à Brest (1909-1910) puis à Laon (1910-1914), Jules Romains, pendant la guerre de 1914, sera mobilisé dans les services auxiliaires puis, réformé, enseignera au collège Rollin à Paris et obtiendra un poste au lycée de Nice (1917-1919), avant de se faire mettre en congé. La décennie 1920-1930 le verra surtout engagé dans sa production théâtrale servie par Jacques Copeau d'abord au Vieux-Colombier, par Louis Jouvet à la Comédie des Champs-Élysées et Charles Dullin à l'Atelier. Son œuvre prend alors une dimension internationale. Ses pièces sont jouées dans les plus grands théâtres ; il multiplie conférences et articles et prend une part active à l'expression d'un esprit européen libre et progressiste, notamment au sein des P.E.N.-Clubs, dont il sera président de la section française (succédant à Anatole France et à Paul Valéry), puis président international en 1936. Partageant sa vie entre les villes de province où il exerce son métier et Paris, Jules Romains, après 1919, vivra plusieurs mois par an à Hyères. A partir de 1929, l'écrivain habitera volontiers dans sa propriété de Touraine, à Grandcour. C'est là, en particulier, qu'il écrira la quasi-totalité des dix-neuf premiers tomes des *Hommes de bonne volonté.*

L'écrivain aura toujours partagé sa vie entre des périodes consacrées à d'intenses journées d'écriture dont rien ne devait le distraire et des voyages, des séjours fréquents à l'étranger ou à Paris, sans que la vie mondaine ait d'ailleurs jamais exercé sur lui une emprise excessive. Jules Romains a su préserver sa vie privée, ces réunions entre copains (comme Charles Vildrac, Georges Chennevière, la bohème artiste de Montmartre pendant un temps), ces longues promenades dans Paris qu'il a toujours pratiquées. Volontiers secret, voire distant, ce poète de l'amitié et de la communion entre les hommes ne se livrait pas facilement, et rares furent ceux qui connurent ce Jules Romains familier, détendu, qu'il fut aussi. Discret et réservé, mais tout à fait certain de sa valeur, l'écrivain se consacra avant tout à ce qui lui importait, son œuvre.

La poésie, depuis *Un Être en marche* (1910) à *L'Homme blanc* (1937), tente d'approfondir les révélations de l'unanimisme, en confrontant

1. *Connaissance de Jules Romains,* par André Bourin, avec des commentaires de Jules Romains, Paris, Flammarion, 1961, p. 44.

encore davantage, s'il se peut, l'individu aux divers groupes de la vie moderne. En particulier, *Europe* (1915) marque l'incursion de Jules Romains dans le domaine historique et politique. La guerre de 1914 apparaît comme un délire collectif qui s'est emparé d'un vaste ensemble unique, le continent européen, qui a perdu sa foi en l'avenir. Dans l'*Ode génoise* (1924), Jules Romains, revenant sur les massacres du conflit déjà passé et constatant que le monde ne semble pas toujours vouloir le bonheur, stigmatise les maladresses des peuples et leur penchant à la violence. *L'Homme blanc,* c'est l'épopée des constructeurs de la race européenne, de ses multiples conquêtes, de sa progressive domination de l'univers, mais dont on remarque les premières fissures, les incertitudes sur sa mission dans le siècle actuel. Elle s'achève par un appel à la république universelle, illuminant les hommes de la lumière de la raison et de la justice. Une veine plus intimiste, un chant intérieur parcourt les recueils de poèmes comme les *Odes, Amour couleur de Paris,* ou *Le Voyage des amants,* consacrés à des émotions personnelles liées au thème du voyage, de la ville ou de la réflexion désenchantée sur soi-même.

Au théâtre, Jules Romains n'a cessé de mettre en scène les rapports tour à tour comiques, ou dramatiques, entre l'individu et la société. Il essaye de rendre sensible le problème capital des pouvoirs d'un homme sur des groupes particuliers. *M. Le Trouhadec saisi par la débauche* (1921), *Knock* (1923), *Le Dictateur* (1926) reposent sur la même interrogation fondamentale : la collectivité se confie à des représentants et à des êtres qui soit la dominent et l'asservissent, soit la ridiculisent. Comment une certaine dose d'imposture, de bluff arrive-t-elle à priver les hommes de regard critique ? Dans *Donogoo* (1930), fonctionne un mélange détonant d'ironie et de farce : on y voit une planète, entière ou presque, abusée par une erreur scientifique, aboutir à la création, *ex nihilo*, d'une ville, dont la seule existence est fondée sur l'imaginaire. Contrairement à la poésie, qui reste empreinte le plus souvent d'une grande solennité ou d'une gravité sourde, le théâtre de Jules Romains semble avoir acquis sa vigueur d'un comique incisif et impitoyable.

Le roman, du *Bourg régénéré* (1906) à *Psyché* (1922-1929) se propose d'autres terrains d'investigation. *Le Bourg régénéré* est la démonstration d'un unanimisme en action : une inscription subversive dans l'urinoir municipal provoque une série d'ondes chez les habitants d'une petite ville paresseuse et endormie. Chacun est amené à réfléchir sur sa position dans la société, sur le rôle qu'il y joue. Peu à peu, une nouvelle conscience apparaît, plus dynamique, plus ouverte, la ville s'est transformée et l'idée y a fait germer une action collective. *Les Copains* (1913), c'est la mystification par le canular de deux villes du centre de la France, que sept copains ébranlent dans leur sécurité frileuse. On y voit la mise en pièces des certitudes pantouflardes des notables et l'explosion, par le rire, des habitudes. Les copains ont « créé » les villes en y imposant un événement qui les trouble. Quant à eux, ils ont ainsi acquis une force nouvelle, une sorte de divinité à sept corps, qui leur assure une existence multipliée. *Mort de quelqu'un* (1911) se tourne vers un des propos fondamentaux de l'unanimisme : l'existence par les autres. La disparition d'un vieux cheminot, sans aucune surface sociale, provoque chez ceux qui l'ont connu, puis chez un jeune homme qui, par hasard, a suivi l'enterrement, la certitude que chacun de nous existe par le souvenir que la collectivité en garde. L'absence, la mort ne sont peut-être qu'une apparence, et le monde est perméable à de multiples formes de vie. C'est ce thème encore qui inspire, à sa manière, la trilogie de *Psyché* (*Lucienne* en 1922, *Le Dieu des corps* en 1928 et *Quand le navire*... en 1929). Par l'amour et la volonté, un couple séparé par des milliers de kilomètres, saura se rejoindre, tandis que l'union des corps aura, antérieurement, créé un être nouveau, divin, qui abolit la séparation des deux éléments qui le composent. *Psyché* est l'incarnation d'un pouvoir de l'esprit sur la matière, la reconnaissance du triomphe des forces liées à l'amour.

L'œuvre multiforme de Jules Romains, telle qu'elle s'est développée entre 1910 et 1930, n'est déroutante, dans sa diversité, qu'en apparence. L'unanimisme s'y résout en une série d'interrogations complexes sur la situation de l'homme dans ses rapports avec autrui (sous le signe de la force, du refus, de l'adhésion par l'amitié ou par l'amour), et sur la situation des hommes dans leurs relations avec l'univers entier.

GENÈSE ET COMPOSITION DES « HOMMES DE BONNE VOLONTÉ »

Les Hommes de bonne volonté ont été l'objet, par deux fois, d'une analyse de l'auteur lui-même : en 1932, l'année même de la parution du tome initial, dans la « Préface », où sont abordées des questions de genèse et de structure : en 1964 ensuite, soit vingt ans après la rédaction du *7 Octobre,* dans un long chapitre de *Ai-je fait ce que j'ai voulu ?*[1] Cette fois-ci, il s'agissait d'une interrogation a posteriori et qui n'excluait pas totalement le péril du genre : celui de la reconstitution qui pouvait gommer, d'une certaine manière, les inévitables incertitudes qu'avait connues l'écrivain à l'époque de son travail. Toutefois, cette étude demeure d'une précision remarquable quant à l'esprit général du roman et aux partis pris esthétiques qui en ont commandé l'élaboration.

Jusqu'à ces dernières années, ces deux textes formaient l'essentiel de

1. Les pages 104-147 (ch. VIII) in *Ai-je fait ce que j'ai voulu ? op. cit.*

ce qu'on savait sur la genèse des *Hommes de bonne volonté*. Trois volumes fondamentaux ont paru dans la collection des « Cahiers Jules Romains », consacrés aux « Dossiers préparatoires » de l'œuvre. On y trouve la transcription intégrale des notes, fiches (par personnages et par thèmes), des plans, des documents de tous ordres (à l'exclusion des ébauches, brouillons et variantes des manuscrits) conservés au Fonds Jules Romains du département des manuscrits de la Bibliothèque Nationale. Ces ouvrages constituent un préalable indispensable à l'étude de cet aspect des *Hommes de bonne volonté*[1]. Les deux auteurs, Annie Angremy et Maurice Rieuneau, ont analysé et présenté avec une pertinence et une sûreté de jugement parfaites un ensemble de textes fort disparate, ingrat et tout à fait rétif, au premier abord, à une mise en forme lisible.

*
* *

Lorsqu'en 1977, Lise Jules Romains fit don des manuscrits de son mari à la Bibliothèque Nationale, on put, en partie, vérifier la véracité d'une assertion de Jules Romains à propos de la conception du métier du romancier : « Je n'aime pas beaucoup — en ce qui me concerne ; je me garde bien de me prononcer en ce qui concerne autrui — le travail fait d'une accumulation, même d'une synthèse de matériaux extérieurs, de matériaux qu'on prend autour de soi au moment où l'on en a besoin. Je n'ai pas de goût en somme pour le travail documentaire[2] ».

Ces propos de 1954 montrent bien déjà ce que n'ont pas été *Les Hommes de bonne volonté*: un témoignage historique, au sens événementiel du mot. L'examen des « Dossiers préparatoires » confirme ce que dit Jules Romains. Par leur relative minceur, si on la compare à l'énorme matière du roman, l'écrivain a — en s'en doutant peut-être — voulu signifier à la postérité que son œuvre se démarquait du roman historique ou de la chronique minutieuse. Mais entendons-nous : ces dossiers, assez volumineux, forment un ensemble sans commune mesure avec ce qu'on était en droit d'attendre après des recherches effectuées dans tous les domaines en vue de l'élaboration du plus vaste roman

---

1. *Cahiers Jules Romains 5* : Annie Angremy présente *Les Dossiers préparatoires des « Hommes de bonne volonté »* 1. *Le projet initial et l'élaboration des quatre premiers volumes (1923-1932)*. Textes de Jules Romains, Paris, Flammarion, 1983 ; *Cahiers Jules Romains 6* : Annie Angremy présente *Les Dossiers préparatoires des « Hommes de bonne volonté »* 2. *Les tomes 5 à 14 et 17 à 27* (1932-1944). Textes de Jules Romains, Paris, Flammarion, 1985. *Cahiers Jules Romains 7*: Maurice Rieuneau présente *Les Dossiers préparatoires des « Hommes de bonne volonté »* 3. *Les tomes 15 et 16, Prélude à Verdun* et *Verdun*. Textes de Jules Romains, Paris, Flammarion, 1987.

2. « Le travail en littérature », conférence inédite (1954), reprise in *Cahiers Jules Romains 5, op. cit.* p. 252.

de la littérature contemporaine, où l'histoire est omniprésente. Sur ce point, Jules Romains a fourni des précisions : si l'histoire ne quitte pas, en définitive, la scène romanesque, elle ne la soumet pas à ses exigences. Dans les feuillets d'une préface abandonnée, n'avait-il pas écrit : « Ne croyez pas que j'aie l'intention de vous raconter la suite des événements publics. [...] Il s'agit ici de quelque chose de plus profond, de plus chaud et de plus secret que l'Histoire. [...] Ce que nous voulons, c'est que l'époque vienne, comme une femme rencontrée, s'asseoir près de nous, sur une banquette de café, dans la salle la plus intérieure. Le cœur lui pèse ; les lumières l'enivrent. Elle a envie de « tout dire ». Et il se peut que « tout » ne soit pas, extérieurement, le centième de ce qui lui est arrivé[1] ».

On a trop souvent voulu faire de Jules Romains un historien ou un chroniqueur de la Troisième République pour qu'ici, au seuil de l'étude génétique, nous ne souhaitions dissiper un malentendu tenace à ce sujet. Il résulte de ce qui précède que, dans le cas de Jules Romains, nous avons affaire à un ensemble préparatoire beaucoup moins abondant, bien que très cohérent comme nous le verrons, que ceux qu'ont dressés un Zola ou, plus près de nous, un Martin du Gard.

Les « Dossiers préparatoires », tels que nous les connaissons depuis les descriptions qu'en a faites Annie Angremy[2], fournissent l'avantage incomparable de nous révéler certaines étapes de la fabrication de l'œuvre. Mais c'est à la confrontation de ce que Jules Romains avait déjà écrit à ce sujet avec ces dossiers que nous allons maintenant nous attacher, afin de déterminer, dans toute son amplitude, la courbe génétique des *Hommes de bonne volonté*[3].

Jules Romains a souvent donné les dates entre lesquelles s'est inscrite la préparation des *Hommes de bonne volonté* : « 1923-1929[4] », car « on devine assez », écrivait-il dans sa préface, « que le travail d'une œuvre semblable ne commence pas à l'instant où l'on trace la première ligne du premier volume[5] ». Et, toujours en 1932, il explique que, dès *La Vie unanime*, il avait senti qu'il (lui) « faudrait entreprendre tôt ou tard une vaste fiction en prose qui exprimerait dans le mouvement et la multiplicité, dans le détail et dans le devenir, cette vision du monde moderne[6] » dont ses premiers poèmes avaient été comme le prélude. 1908-1923-1929 : deux périodes, deux rythmes d'incubation de l'œuvre future.

---

1. « Projet de préface » (1932), reproduit in *Cahiers Jules Romains 5, op. cit.*, pp. 193-194.
2. Et d'abord dans sa communication au colloque de la Bibliothèque Nationale, in *Cahiers Jules Romains 3,* Paris, Flammarion, 1979, pp. 187-205.
3. Voir la « Chronologie de composition et de publication » (dans le dernier volume de la présente édition).
4. *Idem*, ou encore *Ai-je fait... ?*, *op. cit.*, pp. 117, 122, 129.
5. « Préface » de 1932, qui figure dans cette édition, avant *Le 6 Octobre*.
6. *Idem*.

Tour à tour poète, romancier, dramaturge, Jules Romains, jusqu'en 1930, avait tenté de dire à ses contemporains que le monde est d'abord une société, au sens où le moindre de nos sentiments, la plus petite parcelle de nos sensations, de nos habitudes, sont en interaction perpétuelle avec le milieu dans lequel nous baignons. Non que la sociologie pure ait envahi sa création littéraire, mais la présence palpable des groupes, des phénomènes de milieu, l'interdépendance du moi et de son image sociale sont visibles dans tout son théâtre et dans la plupart de ses romans. A cet égard, il était mieux préparé que quiconque à développer une vision dynamique et cohérente de son époque.

Relisez *M. Le Trouhadec saisi par la débauche, Knock, Les Copains* ou *Donogoo-Tonka*. Il s'y dit sans cesse que nous ne pouvons absolument pas échapper à l'emprise, soit de la société, soit d'un individu ou d'un groupe, issu de cette société, et qui cherche à imposer sa volonté. Avec ce Jules Romains des années 1910 à 1930, l'importance du social et de ses implications dans notre psychisme individuel a pris son caractère résolument moderne. Certes, Balzac, Hugo, Zola avaient également posé les rapports de force qui s'établissent entre les destinées et la société. Avec Jules Romains, la nouveauté est que l'on ne perd jamais de vue la vulnérabilité, la porosité du libre arbitre de chacun. Nous sommes l'objet d'assauts de plus en plus abrupts des forces sociales. (C'est pourquoi le thème de l'imposture, de la mystification a pris, dans son œuvre, une place prépondérante, illustration agressive des risques qu'encourt l'individu face à ceux qui sont décidés à le manipuler.) Chez les écrivains du dix-neuvième siècle, la personne reste encore à peu près libre des contraintes sociales, une fois admis qu'elle les a comprises et sait les utiliser à ses propres fins. On pourrait dire que Jules Romains, lui, a introduit une certaine forme d'histoire, si l'on accepte de confondre celle-ci avec les mouvements en profondeur de la conscience collective. Même dans les poèmes les plus lyriques ou les plus mystiques de *La Vie unanime* et d'*Un Être en marche*, on ne peut qu'être sensible à la présence obsédante de l'espace social, qui agit physiquement sur l'individu. L'histoire chez Jules Romains sera surtout la présence du monde en chacun des hommes, et non la simple juxtaposition des événements. Elle sera résonance et écho du monde en nous : « un coin de notre "moi" est donc occupé par des impressions, des douleurs, des joies qui ne se rapportent pas à notre être propre, et qui sont en nous comme l'écho ou le prolongement des émotions collectives[1] ».

La longue plainte qu'est « Pendant une guerre » de *La Vie unanime*, dans laquelle l'individu cherche à vivre en communion avec les horreurs

1. « Sur la poésie actuelle » (in *Revue des poètes*, 10 septembre 1905) repris in *La Vie unanime*, éd. de Michel Décaudin, coll. « Poésie », Gallimard, Paris, 1983, p. 245.

du conflit russo-japonais de 1905, n'est rien d'autre, peut-être que l'appel de l'histoire à l'individu, et conclut, en anticipant sur l'œuvre à venir, au jour où il sera impossible d'ignorer la présence confuse de tous en chacun. Ce poème, choisi parmi d'autres, ne préfigure-t-il pas la philosophie profonde des *Hommes de bonne volonté* ? On est présent au monde, et le monde est présent en nous, continuellement. Il est aisé d'admettre que l'écrivain, après avoir traité le thème des rapports entre l'individu et la société, ait envisagé de rendre compte, sur une échelle plus réaliste, et par le biais d'une fiction ancrée dans un paysage social mieux défini, de l'aventure collective de sa génération requise, plus que toute autre, par l'histoire.

I. Rêves, visions, mouvements (1923-1930)

Vers 1923, alors que Jules Romains s'engage dans une longue période d'activité théâtrale (*Knock* est créé par Jouvet en décembre de cette année-là), s'impose à lui, fugitivement sans doute, une idée, ou « plutôt [...] une image fondamentale, (caractéristique des tendances de l'écrivain) : des hommes venus des points les plus divers, et qui "tâchent de se rejoindre pour conduire les événements" : vision d'où le roman recevra son mouvement et son sens[1] ». Phénomène très fréquent chez Jules Romains : cette « vision initiale » ne débouche pas immédiatement sur l'exécution. A partir de cette date, le projet va mûrir lentement, et l'écrivain ne se presse pas encore d'accumuler les matériaux de l'œuvre, « qui aurait plusieurs volumes, et dont Paris, le Paris actuel, serait le héros principal[2] ».

Le premier vestige des *Hommes de bonne volonté* est constitué par un feuillet[3], sur lequel Jules Romains a jeté pêle-mêle une liste de lieux, de noms, de thèmes à exploiter, ou de ce que lui-même appellera encore longtemps, durant la genèse du roman, des « morceaux », désignant par ce mot des visions très brèves de scènes à faire ou à incorporer dans des chapitres futurs. Tout ici est embryonnaire, mais déjà se dessinent quelques lignes de force : « Le plan de la ville. [...] L'explication des parties, des centres. Les quartiers de Paris. Leur physionomie, mœurs, population, etc ».

C'est la matrice des diverses descriptions de Paris dans *Le 6 Octobre*

1. André Cuisenier, *Jules Romains et les Hommes de bonne volonté*, Flammarion, Paris, 1954, p. 12.
2. *Ai-je-fait... ?, op. cit.*, p. 117.
3. Feuillet qui ouvre les dossiers du roman. Nous le désignerons, à partir d'ici, par le terme « feuillet de 1925 », à la suite d'Annie Angremy, qui l'a daté et décrit. Voir *Cahiers Jules Romains 5, op cit.*, pp. 29-38 et 91-93 pour la reproduction du texte.

(« Présentation de Paris à cinq heures du soir », ou encore le premier chapitre « Par un joli matin Paris descend au travail ») ou dans de nombreux tomes.

« Les théâtres — Les peintres — La vie littéraire » ; « La Troisième République — Les classes, leur évolution[1] », les milieux sociaux et politiques que Jules Romains comptait mettre en scène pour tracer une figure correcte de son temps.

Le roman est situé à Paris, à l'époque contemporaine, mais — c'est assez important — sans mention d'aucune date précise quant aux termes chronologiques de l'action. La réflexion capitale sur le phénomène d'« onde historique[2] » n'apparaît nullement à ce stade de l'élaboration. La guerre de 1914-1918, futur pivot, « crête de l'onde » qui structurera la durée romanesque n'est pas mentionnée. Peut-on en conclure que la réflexion de Jules Romains qui l'a amené à se créer, à son usage, la tranche de vingt-cinq ans (1908-1933) fut parallèle à la rédaction des dossiers ? C'est probable, l'œuvre en devenir mobilisant la pensée de son créateur à plusieurs niveaux : ce qui laissera des traces écrites, et ce qui viendra s'agglomérer de soi-même au projet fondamental, sans le détour par la note consignée.

Sur un autre plan, le feuillet de 1925 livre une liste de noms de personnes réelles qui, à un titre ou à un autre, ont compté dans la vie de Jules Romains, et retiennent son attention : des amis, Duhamel, Legrand ou Adrienne Monnier, la libraire éditrice de la rue de l'Odéon et admiratrice fervente de Jules Romains ; deux criminels que l'écrivain a eu le « privilège » de côtoyer d'assez près : Landru et Mme Bessarabo ; enfin trois sommités des milieux médicaux, les docteurs Cantonnet, Babinsky et Lapicque, auxquels Jules Romains vient d'avoir affaire dans les années précédentes lors de ses travaux sur la vision extra-rétinienne (dont l'échec l'a profondément affecté). Transposés, ils joueront un rôle dans le roman[3], et par eux, des thèmes comme le crime ou la science y auront leur place.

1. *Idem*, p. 92.
2. In *Ai-je fait... ?*, *op. cit.*, pp. 109-110, et ci-dessous, p. XXIII.
3. Quelques précisions sur ces personnes : *Henri Legrand* (1885-1955) élève de l'École normale supérieure, ami de Jules Romains, avec lequel il organisa plusieurs canulars, deviendra administrateur de la Société du Théâtre Louis-Jouvet en 1925, et sera inspecteur général de l'Éducation nationale. Il est à l'origine, entre autres, du personnage de Caulet. (Cf. Annie Angremy, *Cahiers Jules Romains 6*, *op. cit.*, p. 140-141). Quant à *Georges Duhamel*, compagnon littéraire des années de l'Abbaye de Créteil et qui, malgré des brouilles de plus en plus vives avec Jules Romains, ne cessera de faire partie de l'univers du romancier, il apparaîtra sous les traits de Chalmers, après avoir figuré, au stade des Dossiers, comme un des personnages importants de l'œuvre. *Landru* fut le garagiste de Jules Romains vers 1913, à l'époque où celui-ci habitait près du parc Montsouris. (Voir *Amitiés et rencontres*, Paris, Flammarion, 1970, p. 68-75). Il inspira Quinette. Le problème de la naissance des personnages est longuement traité par Annie Angremy dans le *Cahiers Jules Romains 6*, *op. cit.*, p. 131-181.

Ce feuillet révèle aussi l'existence très ancienne de quelques thèmes exploités dans *Les Hommes de bonne volonté* :

— « La ville d'eaux créée (dans le plus grand détail — il reste un peu d'eau minérale — les médecins — les terrains) » sujet du tome 5, *Les Superbes*[1], qui voit la création de La Celle-les-Eaux par Haverkamp ;

— « amours d'enfants à Paris », traité dans le tome 3, *Les Amours enfantines*[2] ;

— « l'histoire d'une découverte — les mêmes médecins », matière du tome 12 *Les Créateurs*[3] ;

— « La société secrète », thème capital, que Jules Romains répartira vraisemblablement entre Laulerque et l'organisation terroriste et Jerphanion intéressé par la franc-maçonnerie (7, *Recherche d'une Église*[4]), encore relayé par une autre formule sur le même sujet : « La propagation d'une secte mystique ».

Quelques notations donneront naissance à des fragments narratifs, ainsi « le prêtre dans le tramway » se retrouvera-t-il au chapitre XXI des *Humbles*, (« L'abbé Jeanne et l'amour ») ou « l'enfant torturé par religion et morale », transcription de la propre crise traversée par Jules Romains à l'adolescence et qui sera attribuée à Jallez dans « Le passant de la rue des Amandiers » (chapitre VII d'*Éros de Paris*[5], tome 4).

Une formule synthétique et destinée à connaître des prolongements essentiels dans l'architecture même du roman, apparaît aussi : « les diverses ambitions des individus et des groupes », qui rattache nettement la philosophie des *Hommes de bonne volonté* aux préoccupations unanimistes de Jules Romains : la mise en scène des rapports dynamiques entre le moi et le nous.

Le roman, jusqu'ici, loin d'avoir acquis ses équilibres, ses rythmes architecturaux et, d'une manière générale, sa structure, s'épanouit en un faisceau très large, en un foisonnement de « visions », de scènes à faire. Jules Romains va devoir fournir un nouvel effort pour appréhender la nature exacte de son ambition et fixer les lignes de force de l'œuvre. Au stade où nous en sommes, qui couvre les années 1925 à 1929 et en attendant l'élaboration proprement dite des « dossiers généraux », Jules Romains va se pencher sans doute sur les problèmes complexes de durée et d'amplitude que lui pose ce récit d'une nature inédite, dont le « but [était] d'exprimer, aussi fidèlement et largement que possible, une phase de notre vie collective, en ne sacrifiant rien de l'essentiel, en essayant de suggérer les choses par l'intérieur[6] ».

Le romancier doit donc à la fois examiner les questions de la dimension du sujet, du choix des personnages représentatifs et enfin celle

1. 2. 4. 5. Dans le présent volume.
3. Dans le vol. II, coll. « Bouquins ».
6. *Ai-je fait... ?, op. cit.*, p. 106.

de l'insertion de ces destins privés dans un espace et une durée unanimistes.

*
* *

Ces différents aspects de la genèse des *Hommes de bonne volonté* que, pour la commodité de l'explication, nous allons aborder maintenant, se sont imposés, puis précisés et résolus en projet définitif assez tardivement, après 1925 (année du feuillet), et plutôt, selon toute vraisemblance, vers 1930 ou même 1931, soit à l'époque des « Dossiers généraux » et de la rédaction du premier tome. Les pages d'*Ai-je fait ce que j'ai voulu ?* ou les dates « 1923-1929 » portées par Jules Romains lui-même dans sa « chronologie » pouvaient laisser supposer que les différentes recherches génétiques s'étaient conclues d'elles-mêmes en 1929 sous la forme définitive du roman que nous lisons aujourd'hui. On peut avancer qu'il n'en a pas été ainsi, et que l'écrivain a organisé peu à peu le système esthétique qui devait régir dans son ensemble *Les Hommes de bonne volonté*.

Dans un premier temps, Jules Romains, après avoir probablement opéré des sondages dans l'histoire du monde occidental, s'est persuadé qu'une tranche de vingt-cinq années représentait à peu près l'épanouissement d'une « onde » d'événements, entre son point de départ et son point d'arrivée. En vingt-cinq ans, les causes et les conséquences d'un phénomène ou de plusieurs phénomènes de civilisation ont le temps de connaître un développement, d'être saisies à la fois dans leurs implications à grande échelle et perçues dans leurs vibrations quotidiennes. Pour lui, son œuvre se devait de respecter, autant que possible, la vision microscopique des individus pris dans le rythme moléculaire de leur vie (ce qui serait le « romanesque », le « vécu » des protagonistes). En même temps, il importait que le lecteur eût conscience d'un rythme macroscopique, supra-individuel, de la marche des événements. Dans l'œuvre achevée, la meilleure traduction de cette préoccupation sera effectuée avec les deux tomes sur la guerre, *Prélude à Verdun* et *Verdun*. L'écriture même de passages plus brefs en tiendra le plus grand compte : c'est tout à fait le type de narration que l'on trouve, par exemple, dès les lignes d'ouverture du *6 Octobre*.

L'idée d'« onde historique » (que Jules Romains découpe en trois nœuds essentiels : le pied de l'onde, sa crête, sa chute) devait alors se combiner avec deux autres « inventions » : la notion de « distance préférable » ou le recul de l'écrivain par rapport à son sujet, et ses implications capitales quant au point de vue et à l'écriture du romancier ; la notion majeure, selon laquelle la guerre de 1914-1918 avait marqué une défaite des forces de paix et donc de bonne volonté, « dont elle aurait de la peine à se relever, mais dont il était vitalement indispensable qu'elle évitât le retour à tout prix ». La guerre mondiale serait inscrite au cœur même de l'œuvre.

La première notion ressortait des tendances propres au tempérament de Jules Romains : quand un romancier entend tracer d'une époque révolue un portrait fidèle, il doit, selon lui, respecter deux impératifs : une saine subjectivité issue de la saveur incomparable que lui confère « un flux d'événements où il ait lui-même baigné ; dont il ait l'impression lui-même de se souvenir, [...] dont le frémissement se propage directement jusqu'à lui et communique aux mots qu'il emploie pour l'évoquer une vibration inimitable[1] » ; d'autre part la tendance à l'objectivité, qui, préservant l'écrivain du danger du fanatisme ou du sectarisme, provient de l'ancienneté relative des événements envisagés, et à l'égard desquels il « ait déjà [...] cette sérénité mûrissante, ce discernement du durable et de l'éphémère[2] ».

La constitution postérieure des notes, puis la mise au point de la technique narrative utilisée dans *Les Hommes de bonne volonté* sont redevables de cette présence tangible du vécu. Dans la conférence citée, « Le travail en littérature », Jules Romains affirmera en effet que « les vingt-sept volumes, écrits dans (une) cellule, avec la seule aide de l'encre et du papier blanc, n'auraient pas été tellement différents de ceux que vous avez pu lire. Entendez-moi. Je ne veux pas faire une tartarinade. Il y aurait eu des moments où j'aurais été très embarrassé [...]. Mais, ce qui m'aurait somme toute le moins manqué, ç'aurait été mes notes et la documentation extérieure [...]. Ce que j'avais à dire de la société, des hommes, des professions, même des événements historiques, je le possédais quant à l'essentiel, comme on possède sa propre expérience, comme on possède son propre passé[3] ».

Dans l'œuvre achevée, il serait d'ailleurs intéressant de relever les multiples chapitres dans lesquels le document n'est aucunement la base du récit. Ainsi, la quasi-totalité des pages consacrées aux « univers » des héros (Maillecottin, l'abbé Jeanne, etc.) n'exige aucun recours à la fiche et aux notes. Une telle préoccupation donne même à des chapitres aussi évidemment nourris de documentation que l'ouverture de *Prélude à Verdun* cet aspect filé et coulé, où l'historique se résorbe en poème. Et, pour Jules Romains, ce point est essentiel : une bonne page de prose romanesque doit s'apparenter le plus possible à la « page sortie tout droit du silence intérieur ; de la solitude de l'esprit en face du papier nu ; de la page qui, par sa naissance, et aussi par sa continuité, par sa courbe, ressemble à la fois à une plainte et à un chant ; c'est certainement une façon de voir de poète[4] ».

1. *Ai-je fait... ? op. cit.*, pp. 108-109.
2. « Le travail en littérature », art. cité, p. 257.
3. *Idem*, pp. 254-255.
4. *Idem*, p. 254.

La seconde notion (celle d'« onde historique » lui ayant ouvert les portes) exigeait de Jules Romains la recherche de points d'ancrage du roman dans la période qui entourait la guerre de 14 ; il s'agissait de fixer une date assez lointaine de l'événement, mais qui en restât suffisamment proche pour rendre probantes les tentatives d'explication de son déclenchement : « A mon sens, c'est en 1908 — avec ce qu'une telle précision comporte inévitablement d'arbitraire — que s'ouvre la crise présente de notre civilisation. On pourrait dire, avec un rien de paradoxe, que c'est en 1908 que la guerre a commencé », dira Jules Romains à Frédéric Lefèvre, le 26 mars 1932[1].

Cette date initiale, que l'on retrouvera ensuite dans les « Dossiers généraux », André Cuisenier la compare à d'autres qui auraient pu, elles aussi, déterminer le pied de l'onde : « visite de Guillaume II à Tanger en 1905, conférence d'Algésiras en 1906[2] », mais octobre 1908 va l'emporter. En partant de cet automne, l'histoire dessine une série de lignes convergentes, qui aboutissent vers la « crête » de l'été 1914. Sur le plan extérieur, les agissements des empires allemand et austro-hongrois (au Maroc, aux Balkans, et qui aboutissent à la proclamation de l'indépendance bulgare et à l'annexion de la Bosnie-Herzégovine par l'Autriche) risquent, par le jeu des alliances, de provoquer une guerre européenne. A l'intérieur, les antagonismes sociaux entre le syndicalisme et le monde patronal amènent les dirigeants, plus ou moins liés à la grande industrie, à privilégier la guerre pour détourner les masses des tendances révolutionnaires qui fermentent en elles.

En vertu du parallélisme issu de la notion d'onde historique étalée sur vingt-cinq ans, le versant final du roman aborderait au rivage de 1933. Notons, dès maintenant, que la ventilation définitive de la structure de l'œuvre ne sera opérée qu'assez tardivement (d'après Annie Angremy « au moment de la rédaction définitive du *6 Octobre* »), soit après juin 1930 :

« Présentation de l'Europe le 2 août 1914 (symétrique
de la présentation de Paris).
Un jour de guerre.
Jour final XX 193 (2 ?)[3] ».

Ce dernier chiffre à peine lisible indique les tâtonnements de Jules Romains au sujet de la charpente historique. Il y avait bien recherche d'une borne finale, mais celle-ci était subordonnée à des considérations nombreuses, sur lesquelles nous reviendrons. Mais nous avons là, à n'en

1. *Les Nouvelles littéraires*, 26 mars 1932. Reproduit in Frédéric Lefèvre, *Une heure avec...*, VIe série, Paris, Flammarion, 1933, pp. 239-252, et in *Bulletin des Amis de Jules Romains*, n° 4, 1976, pp. 48-57.

2. André Cuisenier, *Jules Romains, l'Unanimisme et « Les Hommes de bonne volonté »*, Paris, Flammarion, 1969, p. 213.

3. *Cahiers Jules Romains 5*, *op. cit.*, p. 55.

pas douter, la traduction, dans l'œuvre à venir, des tomes 1, 14, 15 et 16 puis 27, rythmés eux-mêmes par les trois célèbres présentations de Paris[1], de la France en juillet 1914[2], et de l'Europe en octobre 1933[3], le « jour de guerre » donnant naissance aux deux tomes *Prélude à Verdun* et *Verdun*.

La guerre de 1914-1918, avec ses prémices et ses prolongements, a paru à Jules Romains, dès son déclenchement, l'événement majeur du début du siècle. Il est donc tout à fait naturel que la thématique de son roman, elle-même génératrice de sa structure, y ait trouvé ses assises. Le poème « Europe », rédigé entre 1915 et 1916, et la série d'articles « Pour que l'Europe soit[4] » écrits à la même époque, témoignent de l'interrogation angoissée de Jules Romains à propos du conflit qui brisait les tentatives heureuses pour harmoniser les rapports entre les différents peuples. On pourrait dire que la Première Guerre mondiale a, d'une certaine manière, engagé plus avant Jules Romains dans une œuvre, dont elle serait le centre esthétique et philosophique.

*
* *

Revenons à présent aux « Dossiers préparatoires ». Nous en étions restés à ce feuillet de 1925, sur lequel nous avions découvert une liste de noms, de thèmes ou de « morceaux », encore à l'état embryonnaire, destinés au roman en devenir. La documentation génétique, conservée à la Bibliothèque nationale et dont nous avons déjà analysé, à la suite d'Annie Angremy, l'un des éléments essentiels (ce feuillet), comporte cent vingt-huit feuillets rassemblés par Jules Romains sous le titre « Dossiers généraux », qui commandent maintenant notre étude[5].

Le critère essentiel qui, selon Annie Angremy, a permis la mise en forme progressive des situations, des personnages — et cela probablement avant l'élaboration des grands équilibres du roman — repose sur la transformation des noms réels de 1925 en noms imaginaires[6]. Landru

1. Dans le présent volume, t. 1, chap XVIII.
2. Dans le vol. II, t. 14, chap. XXVII, coll. « Bouquins ».
3. Dans le vol. IV, t. 27, chap XXIV, coll. « Bouquins ».
4. Non parus en 1915 en Amérique dans le journal qui les avait demandés, et réunis dans *Problèmes d'aujourd'hui*, Paris, Kra, 1930, p. 7-46 et dans *Problèmes européens*, Paris, Flammarion, 1933, p. 9-60.
5. Ces dossiers regroupent 11 catégories de notes, dont les chiffres portés à la suite signifient que Jules Romains entendait y réunir, pour les amalgamer ensuite, une quantité considérable de fiches, mais dont il demeure un assez petit nombre. Voici ces 11 sections : « A — Grands thèmes conducteurs, 1 à 99 ; B — Éléments à incorporer, 100 à 499 ; C — Morceaux, 500 à 699 ; D — Ressorts et mouvements de l'action, 700 à 799 ; E — Technique, 800 à 899 ; F — Onomastique, 900 à 999 ; G — Personnages principaux, 1000 à 1 999 ; H — Personnages secondaires, 2 000 à 2 999 ; I — Relations entre les personnages, 3 000 à 3 999 ; J — Personnages collectifs, 4 000 à 4 999 ; K — Plan du tome 1, 5 000 à 5 999 ».
6. Il s'agit du feuillet 901 de la série F. Voir ci-dessus et *Cahiers Jules Romains 5*, *op. cit.*, p. 118.

devient Ruland, Duhamel, Van Hamel, Adrienne Monnier est transposée en Buchhaus (proprement « maison du livre » ; or, on sait que sa librairie de la rue de l'Odéon était à l'enseigne de « Maison des amis des livres »), mais Jules Romains ajoute de nouveaux noms (en particulier celui de Loewenstein, le financier belge disparu en avion en juillet 1928, prototype du futur Haverkamp). Apparaît « Robur l'instituteur » (Clanricard).

Cette liste est elle-même contemporaine de la rédaction d'un plan primitif du début de l'œuvre[1]. Notons cependant qu'entre la liste des noms en question et ce plan subsistent des inégalités quant à la présence ou à l'absence de certains personnages. Ainsi le « Jean » — Jerphanion en fait — de ce plan n'est pas mentionné sur la liste. Les caractères saillants du plan résident dans la constante que Jules Romains entend imprimer au début du roman : le lieu (Paris), avec l'arrivée de Jean et « sa perception de Paris[2] », l'insertion historique (1908-1912), la place privilégiée accordée à la Khâgne et à Normale supérieure, celle faite au « jeune savant » (Viaur), l'apparition de Quinette (appelé Ruland), mais sans qu'il soit fait mention de son crime. (Seule subsiste cette note énigmatique : « Rêverie psychologique de Ruland. Sa théorie de la vie humaine. On devine ce qui se produira ».)

Dans le domaine de la technique romanesque, on apprend que l'écrivain entendait déjà adopter la présentation des personnages par « flashes » : « Ce que fait à ce moment-là chacun des autres futurs protagonistes ». Depuis *Le Bourg régénéré, Mort de quelqu'un*, et davantage encore *Donogoo-Tonka* (le conte cinématographique de 1920), le romancier a définitivement privilégié ce type d'écriture simultanéiste qui s'épanouira dans *Le 6 Octobre*.

Ce plan, pourtant, est bâti sur une vision beaucoup plus large que la charpente définitive du tome 1, puisque Jules Romains envisage qu'un des morceaux traités concernerait « le camarade qui raconte les amours enfantines » ou encore cette action de Love (« tentative pour Forges-les-Bains ») qui ne sera mise en scène qu'au tome 5.

Quelques notes confirment, en même temps, que nous restons proches des « visions » du feuillet de 1925, puisqu'elles les reprennent mot pour mot, la « hantise de la justice » ou l'« autre côté de l'univers », toutes formules présentes en 1925 et que Jules Romains n'a pas encore attribuées à des personnages précis et installés dans le champ romanesque, vague pour le moins à cette date (1928). Le plan K, on le voit, demeure à mi-chemin entre les notes de 1925 et l'ébauche d'un récit, la relative précision de certains éléments étant contrebalancée par l'aspect intemporel et non romanesque de plusieurs autres. Tout se passe comme si l'imaginaire

---

1. « K — Plan du tome 1 », *idem*, pp. 134-136. Ce plan se présente sous la forme de notations portées les unes à la suite des autres verticalement, sur trois feuillets.
2. Dans le présent volume, t. 1, chap. VI et XV.

de Jules Romains procédait par paliers successifs, jusqu'à la concrétisation d'idées ou d'images « matrices » en personnages et situations romanesques. En définitive, le plus parlant à l'esprit de Jules Romains demeure les listes de noms qui sont chargés de références émotionnelles et drainent des souvenirs dans leur sillage.

Cela étant dit, conjointement à l'établissement de ces séries de personnages (où les noms réels sont juste déguisés), et de ces fragments narratifs à peine constitués en résumés de chapitres, Jules Romains n'en élabore pas moins une série suivante (intitulée proprement « Morceaux »[1]) dans laquelle nous retrouvons, à quelques détails près, les personnages et les situations présentés plus haut. Des changements assez significatifs interviennent : l'introduction de « l'atelier où l'apprenti Dulle est chargé de porter les paris au Mutuel », qui annonce les chapitres II, VIII, XI, XIII du *6 Octobre* sur Wazemmes. Quant à Jallez, il est présent cette fois : « Pierre et les amours enfantines ». Dans cette série, Jules Romains note aussi ce qui deviendra un leitmotiv de sa fresque : « Promenade — perception », caractéristique pour une large part de l'atmosphère des *Hommes de bonne volonté* (longues errances de Jerphanion, de Jallez, d'Haverkamp, ou même du chien Macaire nommé « Pelléas » dans ce plan). La liste comporte encore la mention de la future promenade de Jerphanion dans les quartiers misérables, seul puis avec Bernard de Saint-Papoul : « Jean se promène dans Paris avec le camarade riche. La stupeur de ce dernier, ses réactions devant les quartiers pauvres », armature des chapitres XXV et XXVIII du tome 6, *Les Humbles*[2]. En outre, mais très fugitivement, Jules Romains consacre une ligne à « la région Bagnolet-Romainville » dont on sait la fortune dans le choix du lieu où Quinette décidera d'assassiner Leheudry au tome 2.

Les deux ensembles de notes rédigées par Jules Romains (les « plans C et K » ci-dessus) prouvent que, vers 1928-1929, il n'engage pratiquement pas son roman au-delà de la période 1908-1912. Des pans entiers de l'action au cours de ces années-là ne sont pas présents à son esprit : ni l'abbé Jeanne, ni la famille Bastide, ni les Champcenais et l'histoire de la lutte entre Gurau et le cartel pétrolier, ni les Maillecottin et Clanricard (Robur) ne sont intégrés au récit. En gros, le romancier dispose ses pions sur une carte qui, dans l'œuvre achevée, se dépliera en quatre, voire cinq tomes, mais il reste des morceaux importants à mettre en place, même au niveau des deux tomes parus au printemps 1932.

Aux alentours de 1930, et au moment précis où Jules Romains s'attelle pour de bon à son œuvre en rédigeant la première version du *6 Octobre*, la période d'incubation disparaît pour laisser la place à une séquence créative infiniment plus dense et productive.

1. « C — Morceaux, 500 à 699 », *Cahiers Jules Romains 5*, pp. 107-109.
2. Dans le présent volume.

*
* *

Les « Dossiers généraux », à la lettre « G - Personnages principaux, 1 000 à 1 999 », se poursuivent alors par la rédaction des « Histoires conductrices » des huit personnages principaux envisagés : Pierre, Jean, Van Hamel (Chalmers), Love-Haverkamp, Robur-Clanricard, De Groot (Legrand), Caulet, Robert (Maïeul), Genove (Gouriev), Quinette et Mionnet (ces deux-là beaucoup plus tardives). Si nous laissons de côté les fiches sur Chalmers, Caulet, Maïeul, Gouriev[1], dont les histoires définies ou ébauchées ici recevront des aménagements tels qu'elles ne correspondent plus aux aventures des héros dans l'œuvre, en revanche celles sur Jallez ou Jerphanion nous renseignent admirablement. Placées ainsi au cœur des travaux préparatoires au roman, les notes de Jules Romains évoquent certaines ébauches ou résumés similaires de Zola pour *Les Rougon-Macquart* ou de Martin du Gard pour *Les Thibault*. Elles valent aussi par ce qui est encore absent de leurs destins, et que le romancier leur réserve dans l'avenir d'une œuvre, dont on ne dira jamais assez combien, en définitive, la construction fut souple et soumise aux exigences successives multiformes de son créateur.

André Maurois a très justement remarqué que « Jallez et Jerphanion représentent deux aspects de l'auteur, l'un son côté lyrique, l'autre son côté réaliste. Ce n'est peut-être pas par hasard que leurs deux noms commencent par le J de Je. Une conversation de Jallez et de Jerphanion est un dialogue de Jules Romains avec Jules Romains[2] ». Et de fait, leurs « histoires conductrices » s'ouvrent par l'opposition entre le « spirituel » Jallez et le « temporel » Jerfanion (orthographe adoptée avant la rédaction). Eu égard au rôle capital des personnages qu'elles présentent, nous en reproduisons ici le texte intégral :

Jallez
« *Pierre*
Le "spirituel" Jallez
Né à Paris. Enfance à Montmartre. École communale. Connaissance spontanée et intuitive de Paris — Les amours enfantines.
Crise religieuse. Crise éthique. Le tourment de l'infini.

1. Ces « histoires conductrices » suivent la liste des hommes et femmes du roman. Chalmers (Duhamel, Van Hamel) n'apparaîtra que peu dans le roman. (Voir l'index et le fichier des personnages placés à la fin du dernier volume de cette édition). Caulet (Legrand, De Groot) connaîtra un sort différent de celui qui est rapporté ici. Il deviendra le chef de Cabinet de Jerphanion, en 1933, et participera à la cérémonie amicale du *7 Octobre*. Maïeul et Gouriev, qui devaient apparaître dans les « Dossiers préparatoires » jusqu'à une date tardive, seront éliminés. Maïeul fomentait une opération contre Haverkamp, mais son nom sera simplement donné au père de Françoise. Quant à Gouriev, son rôle se confondait avec la création d'une secte d'Europe centrale. (Voir *Cahiers Jules Romains 5*, *op. cit.*, pp. 120-128).

2. *De Proust à Camus*, Paris, Librairie académique Perrin, 1965, p. 286.

Névrose. Normale. Rencontre Jean. Se promène avec lui. Lui révèle Paris. Lui en donne l'amour.

A la recherche d'un quiétisme désespéré.

Se crée une mystique et un ascétisme. Fuite hors de la sexualité. La sorte de sainteté à laquelle il aspire. Détachement total.

Repense à Juliette.

Découverte des mystiques modernes. Dépasse vite la littérature. Contact avec les empiriques, spirites, etc.

Comment il fait la guerre.

Vite blessé. L'infirmière.

« "Découvre" en quelque sorte l'importance de l'amour et de la perpétuelle exultation amoureuse. Organise peu à peu sa vie pour cela. Devient attaché de la S.D.N. Voyages. Amours étrangères. Sens de l'éternel[1] ».

Sans aborder ici en détail la biographie de Jallez, nous pouvons conclure de cette note que les tendances du personnage y sont révélées et que le romancier restera fidèle à ce portrait : l'unanimisme spontané et l'amour de Jallez pour Paris ; les préoccupations morales et éthiques (le sens de l'absolu) que l'écrivain lui prête (après les avoir connues lui-même) ; l'annonce, imprécise encore, mais forte, des épisodes du « tapis magique ». Ce dernier trait est, une fois de plus, la preuve qu'au cours de la préparation du roman, Jules Romains, sans envisager un découpage qui, trop précis, le ligoterait dans un plan abstrait et privé de vie, sait déjà parfaitement quelles orientations majeures il veut imposer aux protagonistes privilégiés. Des épisodes, cependant, n'apparaîtront pas : la rencontre avec des spirites ou avec l'infirmière, pendant la guerre. D'autres naîtront au cours de l'élaboration des tomes : celui de la *Douceur de la vie* à Nice, et son amour dans la maturité pour Françoise[2]. Le voyage en URSS, lui, n'est pas indiqué. Il est intéressant de remarquer également que les dates précises ne sont pas portées, et que l'environnement familial, au demeurant très discret dans le roman, est totalement absent. C'est là un trait caractéristique des personnages de Jules Romains, qui, tous ou presque, sont envisagés comme individus rattachés d'abord à la société et non à leur famille. En ce sens, *Les Hommes de bonne volonté* se démarqueront fortement des sagas familiales de Duhamel ou de Martin du Gard, et de celles de Thomas Mann ou de Galsworthy à l'étranger.

1. In *Cahiers Jules Romains 5*, *op. cit.*, pp. 120-121.

2. Inspiré au romancier par sa rencontre, en novembre 1933, de Lise Dreyfus, jeune admiratrice de son œuvre et qui lui avait écrit en avril de cette même année. Il devait l'épouser en 1936. Le personnage de Françoise sera créé en 1935, dans *Montée des périls* (chap. VIII, « Naissance d'une petite fille »). On pourra lire les souvenirs de Lise Jules Romains, *Les Vies inimitables*, parus en 1985 chez Flammarion.

Jerphanion
« *Jean*
Le "temporel" Jerfanion
Jean, né en Velay, venu à Paris, normalien, éprouve jusqu'à l'angoisse l'inorganisation sociale de son temps. La perçoit en particulier sous les espèces du déséquilibre de Paris dans son adaptation à la vie moderne, et sa croissance. Croit aux partis de révolution. Est vaguement initié avant la guerre aux sociétés secrètes. N'y croit pas. Arrive la guerre. Profondément déçu par l'impuissance, la semi-trahison des partis révolutionnaires. A ce moment-là, se souvient des sociétés secrètes. Essaye de se remettre en contact avec elles. Reçoit une mission. Ce qu'elle a d'inexécutable. Constate la lâcheté et la facilité d'asservissement du peuple pendant la guerre. (Le prolétariat embusqué.) Tenté par l'aventure russe. Enthousiasmé par elle, à certains égards. Horrifié aussi. Revient à l'idée que le seul problème est de fonder l'Europe et la paix. Revient à Paris. Souffre du nouveau Paris. Hantise de l'Amérique. Angoisse pour la race blanche.
Son mariage avec
Son amour des machines[1] ».

A nouveau, nous nous contenterons de quelques remarques, et d'abord de celle-ci, sur l'imprécision totale quant au devenir essentiel de Jerphanion : son insertion dans le groupe des instituteurs réunis autour de Sampeyre et son accès à la politique active. Comme toujours, Jules Romains se refuse à imaginer d'avance une destinée soumise à un avenir romanesque non créé à ce moment-là. Mais (en cela, les fiches sur Jallez ou Jerphanion sont précieuses) les visions initiales demeureront, quant aux idées générales et spécifiques véhiculées par le personnage : chez Jerphanion, l'obsession de l'Europe et de la paix, thème qui hantera le candidat de 1924 à la députation (*Journées dans la montagne*, chap. II), ou l'appel de la révolution russe (*Cette grande lueur à l'Est* et *Le Monde est ton aventure*). Nous avons là, au plan de la genèse, la preuve de la cohérence remarquable de l'imagination du romancier : sa réflexion préalable à toute ébauche romanesque précise est arrivée à une telle maturité et repose sur des présupposés si bien installés en lui que leur mise en forme importe peu à ce stade. Jules Romains doit savoir, intuitivement, que la révolution russe, la fondation de l'Europe et la paix sont des thèmes qu'il traitera dans son œuvre, mais l'élaboration des scénarios eux-mêmes est remise à plus tard. Ces deux fiches ont l'avantage, aussi, de révéler comment les deux personnages incarneront des tendances de la bonne volonté : l'une tournée vers l'accomplissement d'un bonheur individuel, l'autre vers la société et le désir d'influencer le cours des événements. Dans les deux cas, la permanence d'un idéal est reconnue et située au cœur même du processus créatif.

1. In *Cahiers Jules Romains 5*, *op. cit.*, p. 121.

*
* *

Lorsque Jules Romains a fini de mettre au point les histoires des principaux héros du roman, et alors que les noms définitifs ont été choisis dans une liste intitulée « Onomastique[1] », il retourne sans doute à la constitution d'une charpente, à la fois temporelle et romanesque, plus large (c'est-à-dire dépassant le cadre des premiers plans par « Morceaux », dont on se rappelle qu'ils n'excédaient pas la période 1908-1912) : a) le numéro 700 ; b) le numéro 830 ; c) les numéros 831 à 839.

C'est d'abord une section nommée « Morceaux principaux, formant *Livres*, ou parties autonomes de *Livres*[2] », elle-même appartenant à la rubrique « Ressorts et mouvements de l'action ». A cette date, le roman est considéré comme un ensemble architectural à monter pièce par pièce, le travail essentiel du romancier étant de distribuer une matière encore très malléable. On comprend qu'il veuille en même temps créer le « mouvement » destiné à suggérer le rythme de l'œuvre, sa pulsation si l'on veut, et délimiter assez nettement des articulations rigoureuses, d'après lesquelles seront bâties les futures unités de rédaction (« livres », tomes, volumes, parties), elles-mêmes livrées au public sous une forme autonome, donc sécables en unités de lecture. On devine que Jules Romains a affronté des problèmes de structure fort complexes, qui tenaient à la dimension de l'œuvre dans son ensemble et à celle des parties qu'il entendait publier au fur et à mesure (étant entendu qu'il n'était pas question de donner à lire des morceaux dépourvus en eux-mêmes de toute colonne vertébrale). Ses interrogations sur ce point sont capitales car, nous le verrons, elles aboutiront à la notion de « couples » et de thèmes conçus comme des antithèses ou des diptyques.

Pour l'instant, Jules Romains distribue douze séquences dans lesquelles se retrouvent des morceaux de plans précédemment entrevus, mais — le point est essentiel — le découpage en-deçà et au-delà de la guerre est retenu :

« *Les amours enfantines*
Une femme
La société secrète
Le carnet du médecin pour nerveux
Le carnet de l'abbé Mionet
Une découverte } *traité en dyptique*
Une gloire }
Forges-les-Bains

1. Voir note 5, p. XXVI, la série « F — Onomastique, 900 à 999 ».
2. Numéro 700 de la série D, in *Cahiers Jules Romains 5*, *op. cit.*, pp. 109-110.

Le dîner des "inconciliables"
une coupe de 24 heures
Une journée de la guerre
à travers l'événement
Le procès de Quinette
Splendeur et mort d'Haverkamp
Les voyages européens
La maladie de Paris (1920-1930) ».

La guerre de 1914 apparaît ici aux trois quarts de l'ensemble, et dans l'œuvre achevée, elle sera située à peu près dans le même équilibre, la période qui la précède étant plus largement traitée que celle qui la suit [1]. De plus, la mention de la décennie « 1920-1930 » offre le point d'ancrage final. Ce plan dresse l'ébauche sommaire d'une structure définitive. Nous relèverons, avec Annie Angremy, l'intervention d'un « des procédés de composition les plus marquants du roman, la notion de « coupe », de « morceaux d'ensemble », selon l'expression de Jules Romains dans *Ai-je fait ce que j'ai voulu* [2] ?

Au niveau même des actions envisagées, il est facile de noter que nombre d'entre elles sont complètement absentes, mais que Mionnet, Haverkamp, Quinette, le futur Viaur se taillent la part du lion, tandis que Jallez, Jerphanion sont sans doute présents dans les deux premières sections, puis le seul Jallez dans l'avant-dernière (si l'on se réfère à son « histoire conductrice »). Et toujours, on est frappé par le silence de Jules Romains sur la dimension politique de l'œuvre.

*
* *

Beaucoup plus développée et organisée, la répartition n° 830, en huit livres [3], propose des aménagements à la liste 700, dont certains méritent d'être retenus, ainsi l'apparition de deux ressorts idéologiques essentiels de l'œuvre :

a) le thème « guerre ou révolution » ?
b) « la Révolution russe ».

a) « Guerre ou révolution » ? placé ici en « 4 » avant le « 5. Une coupe de 24 heures » met en place une composante essentielle de l'avant-guerre, telle qu'il la définira dans son entretien déjà cité avec Frédéric Lefèvre : « En 1908, notre civilisation s'est trouvée pathétiquement obligée de choisir entre la guerre et la révolution. Peut-être qu'avec plus de

1. Sur cette distribution, en trois parties inégales, des vingt-cinq ans de la durée du roman, on lira les pénétrantes hypothèses d'Armand Lanoux dans son étude « Perspective cavalière des *Hommes de bonne volonté* », in *Bulletin des Amis de Jules Romains*, n° 20, septembre 1980, pp. 6-17, déjà publiée dans les *Cahiers Jules Romains 4,* Paris, Flammarion, 1950, pp. 74-87.
2. *Cahiers Jules Romains 5, op. cit.*, p. 50.
3. Série E « N° 830 », *idem,* pp. 112-113.

prévoyance et de sagesse, elle aurait pu échapper à l'une et à l'autre. Bref, ceux qui la dirigeaient ou se flattaient de la diriger, ont tout fait pour qu'elle choisît la guerre, dans l'espoir qu'ils "couperaient" à la révolution. Leur calcul n'a pas été entièrement faux, mais il ne semble pas avoir été définitivement juste[1] ».

A long terme, le romancier trace ainsi l'esquisse de certains tomes des années 1908-1913, notamment les neuvième et dizième, *Montée des périls* et *Les Pouvoirs* qui paraîtront à l'automne 1935.

b) « La révolution russe », qui figure sous le numéro 6, et dont on sait déjà par la note sur Jerphanion qu'elle représentera un élément déterminant dans la physionomie du monde après la guerre, donnera naissance aux tomes 19 et 20, *Cette grande lueur à l'Est* et *Le monde est ton aventure*, qui mettront en scène, selon la formule de Jerphanion, « cet appel du tourbillon au loin, et cette lueur. Oui, cette grande lueur... C'est peut-être une aurore ; c'est peut-être un incendie. Mais ceux qui croient à l'aurore comme ceux qui croient à l'incendie se mettent en marche[2] ».

Une autre caractéristique de la division proposée ici est la résurgence de certains motifs, par exemple « 2. La société secrète, débuts », qui est reprise en 5, instaurant des phénomènes de répétitions thématiques le long de la durée romanesque. Des destinées sont également à détentes ou à développements en plusieurs temps (« 3. Le carnet de l'abbé Mionnet » puis « 7. Archevêque Mionnet »). Jules Romains tirera de ces partis pris de multiples reflets et étalera la vie de ses personnages sur toute la tranche temporelle prévue.

*
* *

Des neuf livres que le romancier envisage ensuite dans les feuillets numérotés 831 à 839, émerge une nouvelle structure qui (toujours développée à partir du feuillet 700, puis du feuillet 830) aboutit à la mise en place de certains nœuds d'actions ou de relations entre les personnages, plus proches de ce qui se produira effectivement dans l'œuvre. Encore faut-il nuancer à l'extrême. Si Jerphanion, Jallez, Quinette, Wazemmes, Germaine, Juliette, Strigelius, Ortegal, Viaur, Mionnet, Clanricard, sont, à un endroit ou à un autre, mentionnés, leur importance respective, le déroulement de leurs destins ne recoupent guère encore la réalité du roman. Haverkamp, solidement implanté, est d'ores et déjà associé à l'histoire de la station thermale, tandis que son ascension après la guerre (« le grand homme d'affaires moderne ») constitue un des temps forts de cette période. Par contre, une ébauche de ce qui aurait pu devenir la source d'harmoniques d'un tome (« Contrepoint entre le triomphe

1. Entretien avec Frédéric Lefèvre, in *Les Nouvelles littéraires*, 26 mars 1932, art. cité.
2. Dans le vol. III, t. 19, chap. XX, coll. « Bouquins ».

d'Haverkamp [aidé par les patrons] et déboires du savant »), tout à fait représentatives de l'esthétique de Jules Romains, sera éliminée. Et les travaux de Viaur seront traités dans *Les Créateurs*, en parallèle aux recherches esthétiques de Strigelius, ce tome 12 faisant lui-même pendant au 11, *Recours à l'abîme*. Un second exemple significatif de ce découpage n'ira pas jusqu'à son terme. Jules Romains a écrit, dans la colonne II : « Jerphanion et le peuple de Paris. Découverte de la révolution. En contrepoint avec l'histoire d'une découverte, et la vie d'un génie obscur ». Cette convergence entre des destinées qui s'ignorent mais vivent une expérience parallèle, Jules Romains ne la conservera pas, puisque ces événements seront évoqués, l'un au chapitre XXV des *Humbles*, l'autre dans *Les Créateurs*, accompagnés de phénomènes harmoniques différents. Cela tendrait à prouver que l'écrivain a tenu, au cours de la rédaction de son roman, à ne pas systématiser les contrepoints, à leur ajouter d'autres procédés, comme la tomaison par couples[1]. Cette invention technique amènera Jules Romains à ménager d'une autre manière des reflets entre les aventures.

On saisit assez bien, à la lecture de ces plans, et en projetant ce qui nous y est proposé sur les tomes définitifs, comment le romancier distribue sa matière romanesque selon une technique que l'on qualifiera de cinématographique. Mais il se réserve une marge considérable entre ce qu'il entrevoit et ce qu'il réalisera. Il est évident que Jules Romains, qui envisage son roman avec une précision croissante malgré tout, ne veut pas rigidifier son armature.

Sur d'autres points, le plan 831 à 839 indique la relation qui s'établit entre un événement (ou un thème) et des personnages : ce sont bien Jerphanion et Clanricard qui seront concernés par la Russie d'après-guerre. Chemin faisant, la période « 1908-193 ? » s'étoffe, puisque Jules Romains annonce un morceau sur « les jeunes », « l'inflation » et compte aborder en profondeur l'« apostolat de Chalmers », la vie de ses fils et prête à Jallez Fernande Chalmers parmi ses maîtresses. Notons qu'à ce stade Jules Romains porte encore en lui, et destinés à plusieurs épisodes, des personnages tels que Maïeul et Gouriev, dont nous avons dit qu'ils disparaîtraient dès le passage à la rédaction. Telles quelles, ces fiches nous renseignent aussi sur des absences majeures : celles de Bastide, de Marie de Champcenais, de Sammécaud, d'Allory entre autres.

On nous permettra, alors que Jules Romains vient d'appréhender la vision panoramique et synthétique la plus large de son roman (« seule perspective d'ensemble des *Hommes de bonne volonté* qui soit parvenue jusqu'à nous », comme l'écrit Annie Angremy), de faire le point provisoirement sur cette étape de la genèse. Le trait le plus frappant réside dans l'aspect arborescent, végétal, du processus créatif chez Jules

1. Voir cependant ci-après, p. XXXIX.

Romains, la constitution progressive et dynamique des grandes articulations thématiques et romanesques. Chaque fois que les documents subsistent, leur lecteur constate qu'il y a progrès dans la maturation des devenirs successifs : élargissement au niveau de l'ensemble des plans, approfondissement à celui de chacune de leurs sections. De la simple mention « Landru » de 1925 aux feuillets du plan 831 à 839, le thème du crime s'insère dans la trame romanesque. Les mentions originelles sur Paris prennent peu à peu un contour précis et vivant, grâce à leur fusion avec le thème des amours enfantines et avec les personnages de Jallez et Jerphanion eux-mêmes associés à celui de la promenade.

Jules Romains s'est bien gardé de précipiter l'élaboration de tomes futurs, afin de laisser s'épanouir en lui les multiples connexions de l'œuvre et de contrôler la prolifération des intrigues. De la même façon, les souvenirs sur la vision extra-rétinienne, immédiatement notés en 1925, au lieu de rester isolés, sont unis à la spéculation d'Haverkamp sur les terrains de Forges-les-Bains (La Celle-les-Eaux dans le roman), mettant ainsi en parallèle les thèmes de la science et de l'argent dans la société moderne et les fortunes contradictoires qu'elles y connaissent. Par là est institué de manière sous-jacente au récit mais capitale, ce « principe de liaison effectif et homogène » entre des actions en apparence divergentes. Du long et patient mûrissement des visions, motifs, personnages, embryons d'actions, s'est dégagée l'harmonie finale des *Hommes de bonne volonté.*

II. L'ouverture (1930-1932)

Très probablement en 1930, après que Jules Romains eut cherché les équilibres des premiers tomes et dégagé les grandes lignes de son récit jusque vers ce qui sera le cinquième livre environ, après qu'il eut aussi décanté la vision globale de son œuvre, sont constitués les « Dossiers généraux » proprement dits, qui s'ouvrent par la section « A — Grands thèmes conducteurs », dans laquelle sont consignés l'esprit du roman et certains aspects de sa thématique.

Ces « grands thèmes » proposent une réflexion de type socio-politique sur le « premier tiers du siècle », d'une part en direction de l'individu, d'autre part en direction de la masse :

« Le premier tiers du siècle est fait des événements suivants :

Effort pour incorporer la totalité des hommes d'une société dans cette société. (Sa récession qui s'est faite depuis autrefois. La société primitive, antique).

Avènement de l'Europe. Paix.

Domination du capitalisme.

Domination du machinisme. Le soumettre aux besoins réels de l'homme. Empêcher ou sa puérilité joueuse, ou sa malfaisance d'en abuser.

Adapter l'individu à l'unanimisme moderne, tout en le délivrant de faux dieux.

Assurer le bonheur individuel par une émancipation plus ou moins réfléchie des instincts. (Émancipation sexuelle des scrupuleux — Émancipation de la femme. Reconnaissance officielle des anomalies.)

Substitution, même chez l'homme de la rue, d'une représentation physiomécanique de toutes choses aux représentations anthropomorphes.

Recherche du divin par expérience et par preuve, aux dépens de l'encadrement religieux traditionnel.

Résurrection — ou sauvegarde — d'un héroïsme moral, en s'efforçant qu'il ne soit ni confisqué, ni utilisé par les anciennes idoles.

L'erreur du soviétisme : d'être un capitalisme démarqué avec l'esclavage de l'homme au rendement.

Pas de spontanéité. Le bonheur[1] ».

Une telle synthèse, destinée à assurer les lignes de force de l'œuvre, on en trouvera de lointains échos, mais révélateurs mêmes de la force que le roman y puisera, par exemple dans un fragment de lettre de Jerphanion à Jallez écrite en mai 1919 (*Vorge contre Quinette*[2]), et dans laquelle il rêve, à mi-chemin environ de ce premier tiers de siècle, à 1937, c'est-à-dire à l'année où son fils aurait vingt ans.

Les Hommes de bonne volonté, nous le verrons plus loin, seront sans doute ceux qui auront cherché à procurer à l'époque moderne une harmonie par l'adaptation au machinisme et par la lutte pour la paix et l'Europe. La dimension du bonheur individuel est capitale, elle aussi. Elle guidera un Jallez tout au long de sa vie.

Deux autres points essentiels sont encore mentionnés en tête de ces « Dossiers généraux » et contribueront à donner au roman sa forme et son esthétique particulières. Jules Romains, on le sait, en composant « ce premier grand roman unanimiste[3] », s'efforce de concilier les destinées individuelles et le devenir collectif : « L'aventure unanime va se concrétiser en un certain nombre d'aventures individuelles aussi proches que possible des principaux axes de poussée collective[4] ».

Et l'écrivain de dénombrer d'abord les « ambitions » a) « politique de (... ?) » ; b) « littéraire de Chalmers » ; c) « constructeur, spéculateur et lotisseur Haverkamp » ; d) « de découverte mystique de Jallez » ; e) « froide, sage de Mionnet » ; f) « de Simone » (future Germaine Baader) ; g) « de Buchhaus » ; les « apostolats » de Jerphanion et de Clanricard, celui-ci qualifié de « prolétarien[5] ».

1. In *Cahiers Jules Romains 5*, *op. cit.*, pp. 95-96.
2. Dans le vol. III, t. 17, chap. XIX, coll. « Bouquins ».
3. In *Ai-je fait... ? op. cit.*, p. 125.
4. In *Cahiers Jules Romains 5*, *op. cit.*, p. 96.
5. *Ibidem*

Jules Romains a noté, en outre, son souci de présenter : « Dans l'ouverture un personnage par grand thème », et nous constaterons que le romancier a soigné la mise en forme de ce problème, lorsque nous aborderons le traitement des personnages.

La réflexion suivante est à mettre immédiatement en parallèle avec un des motifs principaux de la future préface du printemps 1932 : « Faire comprendre (au besoin en le disant expressément, à certains moments) comment une époque peut être à la fois incohérente, allant n'importe où et, quant à l'ensemble et avec recul, orientée[1] ». *Les Hommes de bonne volonté*, qui refusent le simplisme d'actions trop bien articulées, tâcheront en effet de montrer que « sans doute le monde, à chaque instant de sa durée, est tout ce que l'on veut. Mais c'est de ce pullulement non orienté, de ces efforts zigzagants, de ces touffes de désordre, que l'idéal d'une époque finit par s'arracher [...]. Tout se passe comme si l'Ensemble avait voulu marcher, par lourdes secousses[2] ». Sous une autre forme, et appliquée à l'histoire, Jules Romains retrouve la notion de « continu psychique » qui, au-delà des phénomènes de dispersion et d'atomisation des consciences, crée un lien collectif. Et, en filigrane, la notion d'onde et de progression sensible du mouvement de l'époque est sous-jacente dans ce conseil que l'écrivain se donne à lui-même : « D'un des tomes à l'autre, accentuer le sentiment de cette orientation ».

*
* *

L'élaboration du premier tome requiert Jules Romains dès août 1929 (et alors, nous l'avons vu, que bien des points essentiels concernant les personnages, les thèmes, la structure même du roman sont enfouis dans l'avenir). Étant donné son but, toujours souligné jusqu'à cette date, de commencer par une présentation de Paris en 1908, c'est cette première version qui ouvre le manuscrit et dont Annie Angremy a analysé les divers états[3]. Puis, à la fin de l'hiver 1930-1931, il se lance dans la rédaction définitive du *6 Octobre*, dont il prévoit la publication isolée pour fin septembre, le deuxième tome devant paraître au début 1932. Dans les deux cas (version de 1929, version de 1931), et au-delà des importantes variations de la rédaction, Jules Romains privilégie le tableau de Paris, soit en le concevant comme une description non historique, soit en le dotant d'un certain mouvement par l'insertion de quelques héros. Il reste que le travail sur *Le 6 Octobre* témoigne chez Jules Romains de deux préoccupations difficiles à concilier et présentes tout au long de l'élaboration des *Hommes de bonne volonté* : l'alternance des chapitres

1. In *Cahiers Jules Romains 5, op. cit.*, p. 96.
2. « Préface » de 1932
3. In *Cahiers Jules Romains 5, op. cit.*, pp. 63-67.

unanimistes et des chapitres centrés sur les individus, les uns et les autres destinés à se fondre en un tout harmonieux.

Jusqu'ici, nous avons vu Jules Romains préoccupé de mettre en place les lignes de force de l'œuvre, les grandes armatures socio-politiques, se fixer le cadre temporel (1908-1933), placer la guerre au centre de son roman, ou encore réfléchir sur les personnages qu'il entendait décrire. La genèse des *Hommes de bonne volonté* est soumise aux seuls caprices de l'imaginaire de leur auteur. Le regard d'autrui n'est pas intervenu.

Or, Annie Angremy a très bien souligné l'influence probable de Max Fischer, alors directeur littéraire de Flammarion, qui, après avoir lu le manuscrit définitif du premier tome, avertit en août 1931 Jules Romains qu'il serait (croyait-il), « dangereux de publier un tome comme celui-là, isolément », définissant du même coup l'impression que provoque *Le 6 Octobre* : « ce sont les tout premiers tableaux d'une pièce en trente tableaux, ce sont les fondations et les caves d'un édifice[1] ». Et il suggère à Jules Romains la possibilité de publier deux, voire trois tomes simultanément afin de donner tout de même « une impression d'ensemble ». Si, d'après les « Dossiers préparatoires » établis jusqu'en 1930, il n'existe pas, en effet, ce « bijambisme » dont parlera Max Fischer un peu plus tard, il n'est pas douteux que c'est lui qui a déterminé le rythme de publication et par là-même le découpage du roman en couples le long d'une « symétrie transversale », grâce à laquelle les contrepoints ou les phénomènes de reflets (toutefois inscrits dans certains plans des années antérieures, comme par exemple ceux déjà relevés entre Haverkamp et Viaur) prendront une dimension supérieure, et que la thématique même des *Hommes de bonne volonté* visualisera avec davantage d'éclat (l'opposition entre *Les Superbes* et *Les Humbles ;* entre *Recours à l'abîme* et *Les Créateurs,* etc.). Quoi qu'il en soit, l'opinion de Max Fischer et le regard nouveau que, grâce à lui, Jules Romains porte sur son œuvre ne sont pas seuls à l'origine de l'esthétique du contrepoint et du reflet, présente dans un grand nombre de notes des « Dossiers préparatoires ». (Ainsi l'opposition bien soulignée de Jallez et de Jerphanion, ou les diverses ambitions qui, s'ignorant les unes les autres, tracent des phénomènes de contiguïté entre les personnages).

***

La rédaction du *6 Octobre* et celle du deuxième tome, *Crime de Quinette* (ainsi mis en lumière tant à cause de la volonté du romancier de revenir à des aventures individuelles qu'à cause de la place « que cette activité entretient inévitablement avec l'ensemble social[2] »), une fois achevées

1. In *Cahiers Jules Romains 5, op. cit.*, p. 72. Le texte intégral de la lettre figure dans les mêmes *Cahiers* (pp. 270-274).

2. « Préface » à *Quinette,* Paris, Club des éditeurs, 1960.

en septembre 1931, le roman commence à exister réellement et cela n'est pas sans influencer la suite de son élaboration.

Tous les plans, les fiches par personnages ou thèmes accumulés par Jules Romains au sujet des *Hommes de bonne volonté* (à l'exception des dossiers sur les deux romans consacrés à la guerre et dont l'exécution exigea un travail particulier et limité à eux seuls) montrent que le romancier procède par un montage simultané de trois types de matériaux préparatoires, parfois de deux d'entre eux : des fiches par personnages et par thèmes ; des plans, synopsis, plans-résumés, ébauches (consacrés à un tome, le plus souvent à plusieurs), voire des plans simultanés par bulles ou par colonnes ; des notes documentaires sur des ouvrages.

C'est par la minutieuse imbrication de ces trois catalyseurs de l'imaginaire que le roman est élaboré, au gré ensuite d'une rédaction fort rigoureuse et qui maîtrise l'ensemble. Alors, en passant des virtualités des plans à l'écriture, Jules Romains insuffle à ses tomes leur armature définitive, fractionne des épisodes, en déplace certains, et harmonise les chapitres.

III. La montée de l'onde (1932-1937)

La composition des *Hommes de bonne volonté,* maintenant que nous disposons des documents du fonds Jules Romains de la Bibliothèque Nationale, peut être assez bien suivie[1]. Commençons par les deux tomes de l'automne 1932, qui succèdent au *6 Octobre* et à *Crime de Quinette :* 3, *Les Amours enfantines* et 4, *Éros de Paris.*

Dans leur aspect définitif, les deux livres, centrés, l'un sur les normaliens, la découverte de l'histoire d'Hélène, les dîners chez les Saint-Papoul et chez les Champcenais, l'autre sur les errances de Jallez, de Jerphanion, d'Haverkamp et un retour sur Quinette et Germaine Baader, s'ouvrent par la montée de Jerphanion sur les toits de l'École et se concluent, quarante-six chapitres plus loin, par le meeting de Jaurès rue

1. Afin de mieux cerner les différentes phases de la création des *Hommes de bonne volonté,* nous donnons ici un récapitulatif des dates : — *1931-1932 :* établissement d'un synopsis en 7 colonnes pour les tomes 3 et 4 ; — *Courant 1932 :* Jules Romains commence à noter sur un calepin alphabétique des idées concernant les personnages ou les thèmes ; — *Automne 1932 :* élaboration d'un plan « unanimiste » par bulles ; — *Fin 1932-1933 :* il rédige un « plan général » des tomes 5 à 8, mais amorce les tomes 5 à 14 jusqu'à la guerre ; — *1934 :* fiches personnages et thèmes, suivies d'un plan pour les seuls tomes 9 et 10 ; — *Début automne 1935 :* plan-résumé pour les tomes 11 à 14, très développé pour les deux premiers ; — *1937-1938 :* travail préparatoire sur les tomes 15 et 16 ; — *Septembre 1938 :* synopsis des tomes 17 à 27.

Cette chronologie est établie par Annie Angremy (pp. 58-59, *Cahiers Jules Romains 5, op. cit.*). Tous les documents sont publiés intégralement in *Cahiers Jules Romains 5* (pp. 154-155 ; 169-171 ; 173-190) ; *Cahiers Jules Romains 6* (pp. 185-319) ; *Cahiers Jules Romains 7* (pp. 159-250).

Foyatier. Admirablement équilibrés et charpentés en deux séries de vingt-trois chapitres, ces deux volets du roman ont pourtant nécessité un intense travail de remaniement, entre l'établissement des plans et la version définitive. (Rappelons ici que Jules Romains n'écrit presque toujours qu'une seule version de ses tomes). C'est donc l'occasion de connaître les méthodes de travail de Jules Romains, et cela est d'autant plus intéressant que nous sommes au début de l'œuvre, et que le romancier en est encore à mettre au point une technique, assez nouvelle pour lui à cette échelle. Par la suite, les problèmes de structure, de gabarit des intrigues, des rapports à ménager entre elles, et la rédaction elle-même se résoudront beaucoup plus facilement, intuitivement en quelque sorte.

Si le thème des « amours enfantines » déjà noté dans les « Dossiers » est le ferment de cette partie, les deux tomes existants conduisent Jules Romains à ne pas négliger les intrigues qu'il y a mises en place. C'est pourquoi il rédige un plan synoptique en sept colonnes (consacrées à Jallez, Jerphanion, Quinette, Wazemmes et Haverkamp, Marie et Sammécaud, Gurau, les instituteurs) et une colonne sur la rue Foyatier, Maillecottin, les Bastide. Sur ce plan, on ne peut délimiter avec précision les deux tomes. Il est trop large, trop peu explicite aussi. Ainsi « le récit de Jallez » occupe une place mineure. Sont annoncés des événements qui seront reportés aux tomes ultérieurs : Edmond chez Bertrand (dans le 4) ; Bastide perd sa place (dans le 6) ; Clanricard rencontre un franc-maçon (6 et 7) ; les amours extra-conjugales de M. de Saint-Papoul (évoquées dans le tome 8, puis très brièvement dans le tome 14). Haverkamp opère déjà sur les biens des congrégations (ce qui aura lieu au tome 5). En revanche, les relations entre Sammécaud et Gurau, entre Jerphanion et les Saint-Papoul sont délimitées avec netteté, et Quinette offre ses services à la police. Aucune construction temporelle et spatiale n'est prévue. Le plan est bâti en dehors de tout repère chronologique par rapport aux deux tomes parus.

Les plans suivants [1] (non synoptiques) restreignent un peu les actions envisagées et débutent soit par une promenade de Jallez et de Jerphanion rue Réaumur (avec « histoire de Lucile Sigeau ») soit par les toits de l'École mêlés à des chapitres qui ouvriront *Éros de Paris* (Wazemmes, Haverkamp, Maillecottin), preuve des incertitudes du romancier au sujet de l'ordre des morceaux qu'il s'agit parfois d'entremêler brièvement ou de traiter en séquences plus ou moins longues. De même, un « Jerphanion à la recherche de l'amour » prévu pour le 3 sera repoussé dans le 4, le 3 étant plutôt réservé à Jallez. Certaines articulations sont encore floues (« Jallez revoit/écrit » fait place à « Juliette reçoit lettre de Jallez »). Le dernier plan distribue enfin le début du roman, dans l'ordre du futur

1. Les plans des tomes 3 et 4 sont reproduits in *Cahiers Jules Romains 5, op. cit.*, pp. 153-168 (feuillets 148 à 166).

manuscrit (chapitres I et IV sur l'École normale, chapitres V et VI sur Quinette, le septième sur Jerphanion et les Saint-Papoul). Le chapitre suivant devait nous présenter « un thé chez Marie de Champcenais » (avec un enchaînement Marie-Sammécaud - Gurau).

En fait, à ce stade, Jules Romains commence à rédiger son texte, en s'inspirant des chapitres prévus ci-dessus. Il écrit alors cent cinquante-sept pages, sans doute avant mars 1932. En effet, le manuscrit n'est daté que le 26 avril au début du chapitre VIII, alors que le romancier reprend son récit avec l'introduction de Jeanne de Saint-Papoul, « une jeune fille du monde ».

C'est pourquoi les feuillets ultérieurs du plan récapitulent les chapitres déjà écrits et leur nombre de pages jusqu'à l'arrivée de Jeanne. La démarche de Jules Romains est aisée à reconstruire : les plans antérieurs, assez vagues, ont nécessité un premier passage à la rédaction, qui lui a permis de cerner le volume des chapitres du début et de se faire une idée du gabarit du tome. Ces cent cinquante-sept feuillets écrits, il s'arrête, fait un compte de pages et prévoit à ce moment-là le reste du tome. C'est ce qu'on trouve en effet sur le plan 154 après ce chapitre sur Jeanne — la seconde partie des *Amours enfantines* — bien que, là encore, Jules Romains soit amené, au cours de la rédaction, à reporter des chapitres au tome 4 (la promenade de Macaire, les entrevues de Germaine et de Riccoboni, ou les deux normaliens à la Closerie des Lilas, entre autres).

Le tome 4, pour lequel peu de plans sont conservés, est écrit dans la foulée (commencé le 11 juillet 1932, le 3 étant achevé le 7 du même mois). Les feuillets de compte de pages qui nous sont parvenus témoignent, une fois de plus, des amendements importants apportés par Jules Romains à l'enchaînement définitif des chapitres d'*Éros de Paris* (le dernier relevé donnerait cet ordre-ci, si l'on conservait les numéros de l'édition : I.II.VII.IV.V. (III et V ?), XVII.XIV.XV.XVIII.IX.X.XXI.VIII. XXII.XVI.XIX.XXIII). Et on ne sait pas très bien où placer les chapitres du déjeuner d'Haverkamp et ceux sur Riccoboni, Sammécaud et Marie (XI et XII). Annie Angremy remarque qu'« on peut se demander si une rédaction partielle, non conservée, n'a pas précédé le manuscrit définitif, dont les chapitres n'ont pas tous le même nombre de pages que celui porté sur le plan ».

Les deux tomes procèdent donc d'une même poussée imaginative, traduite spontanément en une rédaction presque continue, au cours de laquelle le romancier distribue les chapitres. Seul l'équilibre définitif permettra de créer des parallélismes signifiants. Nous n'en donnerons qu'un exemple : dans le tome 3, Marie et Sammécaud ont leur premier rendez-vous au chapitre XX. Il en sera de même pour les retrouvailles de Jallez et de Juliette au tome 4, dans le chapitre XX. Ainsi, entre des aventures amoureuses qui s'ignorent, se tissent des liens souterrains qui les éclairent d'un jour nouveau. C'est ce qu'André Gide, dans sa très belle lettre à Jules Romains du 6 septembre 1932, admirera, en le félicitant d'avoir su tisser cet « invisible réseau qui enveloppe (les) personnages[1] ».

A la fin de 1932, Jules Romains établit un nouvel ensemble très architecturé des futurs tomes 5 à 14, mais qui recevra de nombreuses corrections. Dans sa première partie, il offre à peu près le contenu des tomes 5 à 8 (*Les Superbes, Les Humbles* parus en 1933 ; *Recherche d'une Église* et *Province* parus en 1934). Ce long plan-résumé n'envisage pas le découpage en chapitres et la rédaction fera apparaître davantage de personnages secondaires. Le plan se termine par une note sur laquelle Jules Romains a inscrit brièvement des idées de thèmes à traiter par la suite : un livre sur les abîmes (le futur tome 11), un sur « Gurau au pouvoir », complété par une analyse du monde des usines, des pouvoirs (la matière des 9 et 10), un livre sur Viaur, Strigelius, Ortegal (le 12), un livre « avant-guerre » (le tome 14).

Jules Romains paraît avoir procédé ainsi tout au long de l'œuvre : dans un premier temps, il envisage des tomes potentiels, mais attend toujours le passage à la rédaction pour fixer définitivement l'ordonnance des chapitres et l'équilibre des tomes.

Les Superbes et *Les Humbles,* centrés respectivement sur Haverkamp, Sammécaud et Marie, Gurau, sur l'abbé Jacques (ce personnage porte encore son nom réel) et Louis Bastide, résultaient d'un projet bien mûri, mais, dans leur forme définitive, les deux romans proposeront quelques modifications.

Les deux suivants, *Recherche d'une Église* (associé à Laulerque, Clanricard, Jerphanion et à l'émergence de la franc-maçonnerie) et *Province* (lié au milieu des Saint-Papoul et à Mionnet, dont le rôle semble alors être dans la mouvance du marquis périgourdin et non pas étendu à son action à M***) devaient être suivis d'un retour à un tome 9 centré sur l'aventure de Jallez et de Juliette. Or, Jules Romains l'a éliminé au profit d'une plongée plus directe dans les destinées politiques de la France. Ce seront les volumes 9 et 10 : *Montée des périls, Les Pouvoirs,* parus à l'automne 1934. *Recherche d'une Église, Montée des périls, Les Pouvoirs,* tout en conservant certaines données des « Dossiers généraux », obligent le romancier à passer constamment de ses personnages à la documentation. Alors que les tomes parus jusqu'à cette date ne nécessitaient pas forcément d'autres recherches que celles contenues dans les « éphémérides » précises ou encore une information sur le fonctionnement d'une source thermale, les trois tomes en question voient la mise en forme romanesque de lectures plus approfondies, traduites immédiatement en situations. Ainsi, les personnages de Lengnau et

1. In *Correspondance André Gide-Jules Romains,* éd. de Claude Martin, *Cahiers Jules Romains 1,* Paris, Flammarion, 1976, p. 85.

d'Ardansseaux ont été générés, sans doute, une fois que Jules Romains eut fini de lire l'ouvrage de Léo Taxil, *Les Mystères de la franc-maçonnerie*[1].

Avant ces volumes, le cadre et l'action romanesque n'interfèrent que peu avec les événements politiques stricto sensu. Certes, Clanricard, Sampeyre, et « le petit noyau », Gurau, le marquis de Saint-Papoul, Jaurès, chacun à sa manière, développent une vision de la politique, tant étrangère qu'intérieure. Mais les deux tomes de 1935, en abordant les années 1910-1912, plongent directement dans les prémices du conflit. Au cœur de la montée vers 1914, le roman, sans abandonner les destinées purement individuelles, s'ouvre à des préoccupations politiques.

En concevant Gurau, Jules Romains entendait vraisemblablement disposer d'un homme politique déjà parfaitement intégré à la vie de son pays (et les notes antérieures sur Jallez et Jerphanion prouvent que leur rôle devait être plus rapidement politique). C'est pourquoi le romancier s'entoure d'un nouveau dispositif de documents selon une méthode qu'il conservera par la suite : des fiches personnages et des fiches thèmes, l'amalgame se faisant tout naturellement au stade suivant des ébauches et de la rédaction. Dans cette perspective, l'établissement de notes sur Gurau est contemporain de la lecture approfondie de l'ouvrage de René Pinon, *France et Allemagne, 1870-1913,* publié en 1913, dont il extrait, entre autres, la matière du long chapitre « Examen de la situation franco-allemande[2] », où interviennent Gurau, Manifassier et Courson. Et le plan que Jules Romains dresse alors est établi à partir de ces fiches. Encore une fois, l'auteur le prévoit trop ambitieux pour les deux tomes de 1935.

*
* *

Ces dix livres parus, Jules Romains a déjà largement donné corps à plusieurs thèmes des dossiers préparatoires : l'ascension d'Haverkamp, les relations entre Marie de Champcenais et Sammécaud et de celui-ci avec Gurau, les cheminements de Jallez et de Jerphanion, la mise sur rails de la carrière de Mionnet, la peinture des milieux du peuple, l'ouverture sur la province, et enfin les problèmes politiques (la menace ouvrière et les rapports franco-allemands). Les versants individuels et collectifs de la vie sociale ont reçu une première représentation.

Les deux tomes prévus pour 1936 peuvent se permettre de renouer avec les destinées personnelles, d'autant que dès les plans de 1932-1933 deux thèmes ont requis l'attention de Jules Romains, qui les a repoussés de volume en volume : le livre sur les abîmes, lié à l'écrivain Allory et à Isabelle Maillecottin et le « livre Viaur - Strigelius - Ortegal », les trois « créateurs ».

1. Léo Taxil, *Les Mystères de la franc-maçonnerie,* Paris, Le Touzey et Ané, 1886.
2. Dans le vol. II, t. 10, chap. XIX, coll. « Bouquins ».

Probablement à l'automne 1935, Jules Romains écrit un plan-résumé couvrant les années qui séparent les personnages de la crise de l'été 1914, et de ce fait, fixe définitivement le gabarit de l'œuvre (pour ce qui est de l'avant-guerre) : — tome 11, *Recours à l'abîme* et tome 12, *Les Créateurs* (1936) — tome 13, *Mission à Rome* et tome 14, *Le Drapeau noir* (1937). Ces quatre tomes sont issus de notes qui précédaient le « Plan général » (lui-même précédant l'élaboration de *Montée des périls* et *des Pouvoirs*). Toutefois, si *Recours à l'abîme* et *Les Créateurs* suivent assez bien l'ensemble du couple rédigé au printemps 1936 [1], la fin de ce plan-résumé aborde dans une relative confusion les futurs chapitres de *Mission à Rome* et du *Drapeau noir*. L'aventure de Mionnet à Rome n'est jamais notée dans les « Dossiers généraux », et bien que conçue en fonction de la politique étrangère et de Gurau, ne prend place qu'à cette date, une fois réunie par Jules Romains une très abondante documentation sur le sujet [2], dont on peut, encore une fois, se demander si elle n'est pas, en partie, à l'origine même du désir de l'écrivain de traiter le sujet. Ce plan-résumé, qui n'est ni complet ni homogène en ce qui concerne les tomes 13 et 14, nous conduit au « tableau de la France » qui clôturera *Le Drapeau noir*.

Pour *Les Créateurs*, qui abordent la transposition des expériences de Jules Romains lui-même dans le domaine de la vision extra-rétinienne vers 1918-1922, le romancier esquisse son personnage, le jeune médecin catholique Albert Viaur, installé à La Celle-les-Eaux et dont la difficile destinée devait être, dans un premier temps, traitée en contrepoint à celle, plus prestigieuse, d'Haverkamp. La rédaction aboutira à un recentrage sur Viaur et Strigelius le poète mallarméen, Ortegal le peintre cubiste n'étant évoqué qu'au tome 13 (chap. XXVIII) et par une allusion de Jallez dans une de ses lettres [3].

Sur la genèse des quatorze premiers tomes des *Hommes de bonne volonté*, qui constituent désormais un ensemble cohérent, nous pouvons dégager quelques conclusions. Les thèmes et les personnages, leur insertion dans un cadre romanesque qui nous est connu a posteriori ne correspondent pas toujours au déroulement du processus créateur dans sa phase productive. L'émergence caractérisée des problèmes politiques au cours des années 1934-1935 (et leurs conséquences sur l'activité

1. A Nice, où, en prévision d'un long périple prévu pour le printemps et l'été (États-Unis, Argentine, A.-O.F.), l'écrivain s'est réfugié à la fin de l'hiver 1935.

2. Les recherches du romancier sur l'Église témoignent de son souci de ne commettre aucune erreur dans un domaine qui lui était moins familier. Il consulte, en particulier, la revue de Jean de Bonnefon, les *Paroles françaises et romaines*, de laquelle il tirera des éléments essentiels sur le cardinal secrétaire d'État Merry del Val. Il se rendra à Rome, muni d'une liste de personnalités susceptibles de le renseigner. Enfin, il lit un grand nombre d'articles et d'ouvrages spécialisés, dont on trouvera la liste aux pages 106-108 des *Cahiers Jules Romains 6*.

3. Dans le vol. II, t. 12, chap. XVI, coll. « Bouquins ».

personnelle de Jules Romain), l'intérêt du romancier pour un sujet (l'Église), un personnage (Merry del Val), le devenir propre de certaines aventures (Mionnet par exemple), ainsi que le souci d'équilibrer les tomes entre eux et les thèmes par rapport à l'onde historique, ont amené Jules Romains à se laisser guider — jusqu'à un certain point toutefois — par l'œuvre et par l'époque. Dans ce contexte bien particulier, sont nés *Province, Montée des périls, Les Pouvoirs, Mission à Rome* et, d'une manière générale, les développements plus abondants que prévu sur les aspects politiques de la période 1910-1914. En revanche, les volumes sur la « recherche du divin » par Jallez et par Germaine Baader, les épisodes entre Jallez et Juliette ont été sévèrement amputés.

*
* *

En 1937, Jules Romains, après avoir achevé *Le Drapeau noir* (le 30 août) et conté six années de vie collective au cours de ses quatorze tomes, envisage la période culminante de son œuvre, la guerre, et la suite, la retombée de l'onde vers 1933, date choisie depuis la préparation du *6 Octobre*. Le chiffre de vingt-sept volumes, qui en détermine la structure, est maintenant fixé ; le romancier a prévu — et il s'y tiendra — de fermer la boucle des *Hommes de bonne volonté* par la description d'une journée, symétrique de celle du premier tome[1].

Deux séries de questions se posent : l'élaboration du récit de la guerre et la mise en place des tomes suivants (en excluant le dernier, qui, du fait de l'existence de son homologue initial, ne soulève pas le même problème).

IV. L'« impensable événement »[2] (1937-1938)

Prélude à Verdun et *Verdun* sont nés des réflexions de Jules Romains à propos de la Première Guerre mondiale, de sa place privilégiée dans l'histoire de l'époque, et donc de sa place dans le roman.

Annie Angremy et Maurice Rieuneau, tour à tour, ont remarqué que, dès les plans embryonnaires en huit livres (numéro 830), puis en neuf livres (numéros 831 à 839), Jules Romains avait situé l'événement, grosso modo, à une place qui le décalait légèrement par rapport à la totalité des tomes, puisque quatorze livres le précèdent et onze le suivent. Il reste que l'impression globale est celle d'un milieu, tout au moins quant à la valeur symbolique de la guerre dans la courbe totale des volumes.

1. Ce chiffre de vingt-sept tomes a été définitivement adopé vers mars 1937 (cf. *Cahiers Jules Romains 5, op. cit.*, p. 60).
2. Formule de Jerphanion dans *Prélude à Verdun*, chap. XV.

Est certaine, en tout cas, la date à laquelle Jules Romains a décidé de ce découpage en triptyque : 1930-1932, lors de la mise en place des premiers tomes.

Maurice Rieuneau a parfaitement raison de souligner qu'à ce stade primitif la guerre se présente toujours comme ne devant couvrir qu'une seule journée, Jules Romains ayant sans doute l'intention de renforcer, au centre même de son roman, le parallélisme des premier et dernier tomes. Ces trois coupes temporelles auraient eu une valeur esthétique : écho des coupes spatiales représentées par les tableaux de Paris, de la France, et de l'Europe déjà situées stratégiquement.

On peut alors se demander, avec Maurice Rieuneau, pourquoi « cette tranche d'une journée s'est épaissie jusqu'à devenir vingt mois de guerre, durée couverte par les deux volumes sur Verdun (soit environ 14-15 mois dans le prologue panoramique et environ 5-6 mois dans le reste : de la fin de l'automne 1915 au 10 avril 1916)[1] ». L'hypothèse de Maurice Rieuneau, émise après un examen minutieux des fiches sur les personnages, est très probablement la bonne : « Comment présenter des personnages, romanesquement viables, c'est-à-dire intéressants, sur une période d'une journée en les privant de toute durée ? Le personnage de roman est avant tout un être qui dure, qui se modifie sous l'effet du temps et de l'expérience[2] ». Or, les fiches conservées prennent en compte effectivement la vie des personnages depuis la mobilisation (« explicitement mentionnée » nous dit Maurice Rieuneau) jusqu'à la fin de 1916, donc après Verdun. Ces fiches portent toutes la mention de Verdun, mais elles montrent à l'évidence que Jules Romains ne pouvait pas se contenter d'évoquer la guerre en une journée de récit, l'écrivain ayant rencontré, en outre, au cours de cette préparation, une autre raison qui, celle-là, « est historique, et tient à la nature même de la guerre de 1914-1918, guerre de masses et guerre d'usure, au visage tout à fait nouveau. Renoncer à faire entrer le temps, la durée, dans sa représentation revenait à défigurer l'événement, à manquer totalement sa spécificité[3] ».

Le prologue synthétique des premiers chapitres de *Prélude à Verdun* serait né du besoin de ne pas plonger les personnages au cœur d'une bataille déjà tardive dans la chronologie de la guerre, sans avoir, au préalable, communiqué au lecteur le sentiment de la durée depuis le 2 août 1914. Ce prologue lui permettait d'ailleurs de retrouver ce qu'il a longuement commenté ensuite, au sujet d'une technique employée dans les premiers tomes : l'effet de « panorama », dans lequel l'œil du spectateur est confronté, sur des plans de plus en plus éloignés de lui, à des

1. *Cahiers Jules Romains 7, op. cit.*, p. 22.
2. *Idem*, p. 31.
3. *Ibidem*.

représentations de figurines et de décors en volume se transformant au loin en simple toile peinte, la différence étant à peine perceptible et l'illusion étant ainsi créée d'une représentation totale. Jules Romains avait appliqué ce procédé au temps des tomes 1 à 14, en élargissant le flux temporel du premier jour du *6 Octobre* aux semaines, puis aux mois des tomes suivants. Dans les chapitres d'ouverture de *Prélude à Verdun,* le moyen est d'une nature sensiblement équivalente, mais inverse en quelque sorte : le fond du décor (ici les quatorze-quinze mois avant Verdun) précédant la plongée dans le quotidien au chapitre IV, « Jerphanion remonte en ligne ». On passe du collectif et du planétaire à l'infiniment petit et microscopique : l'expérience quotidienne du poilu. Dans les deux cas, l'effet recherché est celui de la vraisemblance de la représentation temporelle ou spatiale, et donc de la subjectivité des personnages. Il s'agit toujours, par une gradation, d'arriver à convaincre le lecteur qu'il est en prise directe sur l'événement, malgré les inévitables ellipses du récit.

Pouvons-nous proposer une hypothèse supplémentaire, qui ressortirait de l'examen des plans des *Hommes de bonne volonté* depuis le début ? Dès *Le 6 Octobre* et *Crime de Quinette,* ensuite avec les tomes 3 et 4, ou encore avec les 9 et 10, on a vu Jules Romains prévoir en général une matière romanesque trop importante pour un seul volume, et la répartir en deux tomes parallèles ou antithétiques. Une certaine notion de vraisemblance quant au rapport des destins individuels avec le temps s'est peu à peu imposée à l'écrivain. Aller trop vite, faire trop court, trop synthétique ou trop dense risquait de donner à son roman l'allure d'une bande cinématographique par trop syncopée et sans épaisseur. C'est cet acquis de l'expérience, après sept ans de rédaction et quatorze tomes parus que nous retrouvons sans doute ici, au seuil des deux « Verdun ». Et puis, le découpage binaire de son récit, issu de la lointaine mais décisive impression de lecture de Max Fischer, en juillet 1931, n'a-t-il pas créé chez l'écrivain l'habitude de distribuer sur deux pentes, symétriques mais dynamiques, les évolutions de ses personnages ? A nouveau, le travail préparatoire débouchera sur un ensemble trop fourni pour que Jules Romains puisse conserver le projet d'une coupe de vingt-quatre heures.

Le récit de la guerre sera « monté » au cours de l'automne 1937, et à partir de janvier 1938 entrera dans sa phase rédactionnelle, en fonction d'une recherche documentaire approfondie. Rappelons deux faits à ce sujet. Tout d'abord, l'intention de Jules Romains est bien de représenter la totalité de l'événement, et non de s'en tenir à un secteur particulier (le front par exemple). On passe donc des premières lignes au commandement, puis à l'arrière (politique ou simplement civil) et inversement. L'évocation se veut globalisante. D'où la nécessité de posséder un ensemble documentaire exhaustif. Par ailleurs, l'on sait que

Jules Romains, bien que mobilisé en 1914, n'a pas connu le front et ne peut s'appuyer sur des souvenirs de combattant. Il lui faudra, en particulier, recréer les impressions très précises du soldat lors des attaques ou des attentes sous les bombardements. Il a besoin de se créer une « mémoire de guerre ».

Cela étant dit, la mise en place des volumes repose sur une méthode déjà rodée pour les tomes précédents : simultanément, l'écrivain compose des *fiches sur les personnages,* des *fiches sur des situations* (ponctuelles ou plus générales) et des *fiches thématiques* purement documentaires, de tous ordres. S'établissent alors à l'intérieur de ce triangle des opérations de triage extrêmement élaborées, qui ont pour but de transcrire dans l'œuvre un maximum d'expériences et de situations, qui, *toutes,* soulignons-le, sont puisées dans des témoignages authentiques, l'intuition du romancier opérant les soudures et les transitions nécessaires (notamment pour ce qui relève de la psychologie du combattant ou du chef).

Des héros déjà connus, Clanricard, Jerphanion, (et Wazemmes, plus tragiquement), connaîtront l'expérience du front, et se verront attribuer des actions précises (par exemple une relève, la vie au cantonnement, etc.). Jules Romains fera en sorte que l'équilibre entre elles soit ménagé, quitte à retirer à l'un ce qui lui était imparti pour le confier à l'autre. On remarque que les renseignements portés sur les fiches thématiques sont eux-mêmes la source des fiches situations. Jules Romains crée tout un système de renvois entre personnages, situations et thèmes documentaires, le premier de ces groupes étant toujours celui qui prime. Donnons un seul exemple sur Jerphanion, la fiche 128 : « Sa terreur d'être, s'il survit, devenu infirme de sensibilité pour avoir dû voir tranquillement trop d'horreurs. Est-ce que, plus ou moins, toute l'humanité ne sera pas comme ça. 46, 47, 50, 51, 106, 117[1] ».

Le numéro 46 renvoie à la liste alphabétique thématique, ici à la lettre « I - Idées - 46 Idée d'indifférence totale à l'égard du corps vivant - mépris comique et macabre. 47 La pipe cognée contre la calotte crânienne (Pézard ; 120)[2] ». Le nom entre parenthèses indique que le fait rapporté est tiré du livre d'André Pézard, *Nous autres à Vauquois* (Renaissance du livre, 1918). Normalien et agrégé comme Jerphanion, l'auteur a en effet fourni à Jules Romains une foule de renseignements (utilisés aussi pour Clanricard à Vauquois, dans le chapitre IX de *Prélude à Verdun*[3] et ailleurs). Et, ainsi de suite, Jules Romains conçoit la vie de ses personnages telle qu'elle apparaîtra dans son roman.

1. *Cahiers Jules Romains 7, op. cit.*, p. 170.
2. *Idem,* p. 198.
3. Dans le vol. III, t. 15, coll. « Bouquins ».

En s'aidant des listes bibliographiques établies par Jules Romains, Maurice Rieuneau a pu, en ce qui concerne l'expérience du front, identifier avec certitude au moins trois ouvrages fondamentaux. Outre le livre d'André Pézard, ceux de Charles Delvert, (*Histoire d'une compagnie,* Berger-Levrault, 1918) et de Raymond Jubert (*Verdun,* Payot, 1918) ont enrichi la trame narrative de très nombreux détails sur la topographie des champs de bataille, la vie des soldats, les petits faits vrais, les sentiments ou états d'esprit des combattants. Là encore, des passages précis du roman seront issus de ces divers témoignages (la description du ravin d'Haudromont de *Verdun,* chapitre XV, provient du chapitre VI du livre de Raymond Jubert).

La documentation est aussi étendue aux problèmes du commandement (à tous les échelons de la hiérarchie), à l'historique proprement dit de la guerre depuis son déclenchement. Pour le commandement et le développement stratégique de la bataille, Jules Romains, consulte, entre autres volumes, les Mémoires du général Mangin (*Comment finit la guerre,* Plon, 1920), le tome 4 *Verdun et la Somme* des services historiques du ministère de la Guerre sur *Les Armées françaises dans la Grande Guerre,* ou encore l'*Histoire de la Grande Guerre* d'Henry Bidou (Gallimard, 1937), capitale pour l'information des trois chapitres initiaux de *Prélude à Verdun.*

Le personnage de Duroure, dont la carrière est minutieusement décrite dans *Prélude à Verdun,* emprunte des traits, voire des anecdotes (celle du zeppelin dans *Verdun,* chapitres XX et XXI) à la vie du général de Langle de Cary, telle qu'il la livre lui-même dans ses *Souvenirs de commandement, 1914-1916,* (Paris, Payot, 1935). « Nous avons là, écrit Maurice Rieuneau, une source certaine de plusieurs épisodes, de nombreuses considérations stratégiques du prologue, et des chapitres consacrés au commandement. Les ambitions de Duroure, sa vanité et ses soucis de carrière viennent en grande partie de Langle de Cary ainsi que l'image des grands chefs[1] ».

Nous ne pouvons ici reprendre les multiples informations données par Maurice Rieuneau dans ses *Cahiers.* Mais qu'il suffise de dire que, pour *Prélude à Verdun* et *Verdun,* Jules Romains en s'inspirant des ouvrages de Jean Norton Cru (*Témoins, essai d'analyse et de critique des ouvrages de combattants édités en français de 1915 à 1928,* Paris, Les Étincelles, 1929 et *Du témoignage,* Paris, NRF, 1930 « Les Documents bleus »), ainsi que de sa bibliographie détaillée, a pu aller à l'essentiel, (les ouvrages analysés étant affectés par Jean Norton Cru lui-même d'une croix ou d'un astérisque, qui indiquent la valeur du témoignage). Ce travail préalable a considérablement aidé Jules Romains, qui a consulté aussi la bibliographie d'André Ducasse (*La Guerre racontée par les*

1. *Cahiers Jules Romains 7, op. cit.,* p. 109.

combattants, 2 vol., Flammarion, 1932). Ce qui doit rester primordial, dans la genèse particulière des deux tomes sur la guerre (et aussi bien dans celle de l'ensemble des *Hommes de bonne volonté*) est le souci de Jules Romains de mettre en scène des personnages. « Son choix (celui des livres lus, puis utilisés ou non) a été fait en fonction des personnages et des situations[1] », souligne Maurice Rieuneau.

Les documents d'origine militaire, issus des lectures au musée de la Guerre et au service historique de l'Armée, témoignent du champ temporel et spatial à l'intérieur duquel Jules Romains a situé son récit : le début de 1916 et le front autour de Verdun. Composition des groupes d'armée, titulaires des postes, historique détaillé du 151e régiment d'infanterie d'octobre 1914 au 17 avril 1916 (celui de Jerphanion), position des unités, des artilleries française et allemande, renseignements sur la nature du terrain de Verdun sont scrupuleusement relevés. Jules Romains a également pris soin de copier des notes, des ordres (ainsi « l'Ordre général n° 15 » à propos de l'établissement de la « Voie sacrée ») ou encore le « rapport Boireau » (officier d'état major du 30e C.A. en reconnaissance dans le secteur de la 72e D.I. le 21 février 1916) relatant l'attaque allemande sur les bois des Caures et le bois d'Haumont[2], qu'il utilisera au début de *Verdun.* Sont conservés des plans et cartes des régions ou secteurs précis évoqués dans les deux romans : Châlons-sur-Marne, Sainte-Ménehould, Reims, Épernay, la région du Mort-Homme, les secteurs de l'Argonne, la rive gauche de la Meuse et la région nord-ouest de Verdun. Presque toujours, Jules Romains a noté les tranchées, abris, boyaux, les positions des troupes.

Les deux tomes parus à l'automne 1938 sont, on le voit d'après ces indications (trop sommaires), le résultat ou l'amalgame, extraordinairement astucieux, d'un resserrement progressif d'une série impressionnante de lectures sur des ouvrages ou des documents beaucoup plus pointus (qui « parlent » davantage à l'imagination du romancier) et d'une technique narrative élaborée à la manière d'un montage cinématographique, dont nous voulons, pour en terminer sur le sujet des « Verdun », dire ici quelques mots. En intégrant à ses *Hommes de bonne volonté* l'« impensable événement » de la guerre de 1914-1918, et en le faisant avec vingt ans de recul, Jules Romains ne pouvait plus se contenter (comme les contemporains) d'en évoquer un ou même quelques aspects. De même que dans *Les Humbles*[3], on voyait Mme Bastide consulter anxieusement sa « boîte de titres », tandis que des financiers soupaient au Café Anglais et discutaient de leurs affaires florissantes (XIII) — ces deux chapitres évoquant la même réalité mais

1. *Cahiers Jules Romains 7, op. cit.,* p. 22.
2. *Idem,* pp. 245-248.
3. Dans le présent volume, t. 6, chap. XII.

à des échelles si différentes qu'elle devient contradictoire et même douloureuse pour le lecteur — de même, *Prélude à Verdun* et *Verdun* systématisent ces changements d'échelle ou de point de vue. Les quatre premiers chapitres de *Verdun* plongent le lecteur (avec les soldats) sous l'ahurissant bombardement allemand du 21 février 1916, dont on ne sait ni où ni comment exactement il est programmé ; les chapitres V et VI nous ramènent à l'état-major, d'où sortira le texte non moins ahurissant, mais tellement significatif, du communiqué : « Faible action des deux artilleries sur l'ensemble du front, sauf au nord de Verdun où elles ont eu une certaine activité ». En cinquante pages, et en utilisant très habilement les différents lieux de l'action et leur atmosphère propre, Jules Romains a réussi à démonter l'« événement et son image ».

Ces deux tomes (achevés le 13 septembre 1938) se veulent une synthèse et ils le sont incontestablement, l'écrivain ayant, dès le début de son roman, adopté une technique d'éclatement de l'espace, qui convenait encore mieux, si c'est possible, au phénomène par nature pluridimensionnel qu'est la guerre[1].

V. La descente de l'onde (1939-1944)

La plupart des commentateurs des *Hommes de bonne volonté* ont remarqué les différences assez considérables entre les deux volets de l'œuvre, de part et d'autre de *Prélude à Verdun* et *Verdun*. Elles sont en effet sensibles à plusieurs niveaux et nous voudrions, avant d'aborder la genèse de cette partie, signaler les principales.

Si l'on met à part *Le 7 Octobre* (conçu, depuis toujours, comme le pendant du premier tome), dix tomes sont chargés de représenter la descente de l'« onde historique » après la guerre. Quatorze années (1919-1933) nécessiteront seulement dix volumes, alors que six années (1908-1914) avaient été décrits en quatorze volumes. Le rapport de quantité est quasiment inversé : plus de livres pour une période courte et moins de livres pour une période longue. La descente de l'onde est donc beaucoup plus vive et abrupte que sa montée, qui, elle, ressemblerait à une rampe lisse et régulièrement ascendante. Or, Jules Romains, qui ne pouvait pas ne pas avoir présent à l'esprit ce paradoxe structurel, en a tenu compte, notamment à notre avis, en accentuant la réapparition des mêmes personnages dans la seconde partie, cette unité palliant l'absence du flux temporel continu. C'est un fait que Jallez, Jerphanion et Haverkamp occupent désormais, pour une large part, les devants de la scène.

1. On consultera avec profit le chapitre consacré aux *Hommes de bonne volonté* par Maurice Rieuneau dans sa thèse *Guerre et révolution dans le roman français, 1919-1939*, Paris, Klincksieck, 1974, pp. 422-465.

Arithmétiquement, les six ans d'avant-guerre avaient droit, chacun, à un peu plus de deux tomes, les quatorze ans d'après-guerre auront droit à un peu plus d'un tome à peine. Et l'écart est d'autant plus net que chaque couple de tomes sera limité, dans le temps, à une période relativement brève : guère plus de quelques mois.

Couples	**Tomes**	**Titres**	**Chronologie**	**Ruptures***
	16	*Verdun*	21 février 1916 2 avril 1916	cinq semaines
				trois années*
1er couple	**17**	*Vorge contre Quinette*	Printemps 1919 14 juillet 1919	trois mois
				trois mois*
	18	*La Douceur de la vie*	Automne 1919 Printemps 1920	huit mois
				deux années*
2e couple	**19**	*Cette grande lueur à l'Est*	Printemps 1922	six mois
	20	*Le monde est ton aventure*	Été 1922	
				quinze mois*
3e couple	**21**	*Journées dans la montagne*	Décembre 1923	trois mois
	22	*Les Travaux et les joies*	Décembre 1923 Février 1924	
				trois ans et demi*
4e couple	**23**	*Naissance de la bande*	Novembre 1927 Janvier 1928	quatre mois
	24	*Comparutions*	Février-mars 1928	
				cinq années*
5e couple	**25**	*Le Tapis magique*	7 avril - début mai 1933	six semaines
	26	*Françoise*	début mai - 24 mai 1933	
				cinq mois*
	27	*Le 7 Octobre*	7 octobre et nuit du 7 au 8 octobre 1933	une journée

La discontinuité temporelle a été la règle pour cette seconde partie, et elle a eu pour conséquence d'établir dans l'œuvre des rapports singuliers entre les personnages et l'histoire, notamment en ce qui concerne Jallez et Jerphanion.

Une autre caractéristique de ces onze tomes réside dans le choix des personnages mis en scène. Si une grande partie de ceux de l'avant-guerre subsistent (Jallez, Jerphanion, Haverkamp, Clanricard, Laulerque, Quinette avec des aventures importantes), d'autres ne font plus que de très brèves apparitions : les Saint-Papoul, les Champcenais, Allory,

Sammécaud, Gurau (le plus sacrifié), Germaine Baader, Strigelius, Mionnet, Viaur, Louis Bastide, Maillecottin, Isabelle et Romuald. Les nouveaux sont : Françoise Maïeul, Nodiard, Douvrin, Vorge, Antonia, Elisabeth Valavert, Bouitton, Charles Xavier et Vidal. Bartlett s'incarne, si l'on peut ainsi parler, dans *Cette grande lueur à l'Est*. Et cette distribution n'est pas sans influencer, on s'en doute, l'atmosphère et la coloration de ces onze tomes.

Le récit lui-même perd sa dimension unanimiste majeure et revient souvent à des romans plus traditionnels, centrés davantage sur un personnage (Quinette au tome 17, Jallez au tome 18, Jerphanion au tome 21). Encore une fois, ce recentrage, accompagné de la raréfaction du nombre de tomes, donne une physionomie particulière à cette partie du roman. De plus, la présentation subjective d'épisodes importants de la vie de Jallez contribue à l'impression d'intimisme et de repli.

Le choix des intrigues, la mise en valeur de certains thèmes acquièrent, dans ce contexte, un relief plus marqué, et les correspondances et corrélations entre les histoires s'accusent.

*
* *

La rédaction des *Hommes de bonne volonté,* alors que nous sommes arrivés un peu au-delà de la ligne de partage des eaux, se poursuit, en cet automne 1938, dans des conditions analogues à celles qui ont vu naître les tomes 1 à 14 : l'écrivain s'enferme dans sa propriété de Touraine, à Grandcour, pendant les mois d'été, où il rédige les deux volumes de l'année, produisant environ entre six cents et neuf cents pages de manuscrit. Notons toutefois que le premier volume d'un couple était souvent commencé au cours de l'hiver précédent. (On consultera la chronologie précise, à la fin du quatrième volume de cette édition.) *Vorge contre Quinette* et *La Douceur de la vie,* en ouvrant l'après-guerre, achèvent la série des *Hommes de bonne volonté* écrits en France. En juillet 1940, l'écrivain, président international des P.E.N.-Clubs, décide de quitter la France, pour les raisons énoncées dans son message radiodiffusé de New York, le 2 août 1940 : « C'est pour défendre la liberté de l'esprit, pour sauver la part de ce trésor qui m'avait été confié, que j'ai quitté une terre très chère, mais brusquement menacée par la servitude. Comme président international de la Fédération des écrivains du monde que nous appelons les P.E.N.-Clubs, j'ai transféré à New York le siège de cette présidence, et c'est de New York que je tâcherai de garder le contact avec les écrivains épars dans le monde (...) C'est d'ici que nous essayerons de préserver le plus de relations possibles, et de maintenir ainsi, dans le désastre du monde, la flamme de l'esprit, secouée par la tempête, mais sans laquelle il n'y aurait plus que le chaos, le crime et la nuit[1] ». C'est donc aux États-Unis puis au Mexique que seront achevés *Les Hommes de bonne volonté,* au milieu de certaines incertitudes d'habitat ou de santé. Nous n'en sommes pas là.

*
* *

Les plans des tomes 21 à 27 ne figurent plus tels quels dans les dossiers de Jules Romains. On peut penser, avec Annie Angremy, que « les conditions d'élaboration des tomes 19 à 27 expliquent aisément la disparition de certains documents intermédiaires, mais il semble également que pour cette partie de l'œuvre, rédigée à un rythme accéléré, Jules Romains, brûlant les étapes, soit passé plus souvent directement du plan à la rédaction définitive[2] ». Restent un synopsis très intéressant des onze tomes, des listes de personnages, des plans des tomes 17, 19, 20, des feuillets pour *Françoise* et *Le 7 Octobre,* et quelques notes pour certains personnages.

*
* *

Lorsque Jules Romains trace les équilibres primitifs de son roman, vers 1930-1931 (les listes 700, 830, puis 831 à 839), il le fait à un moment donné de la genèse (alors qu'il rédige les « histoires conductrices ») : ainsi disparaîtront Gouriev, Caulet, Maïeul, Chalmers, ses fils et Fernande entre autres, qui devaient jouer des rôles importants, dans ces plans en trois divisions (pour l'après-guerre) dressés à cette époque.

Manifestement, ces notes anciennes ne furent que le lointain schéma du synopsis de 1938. Le romancier ayant accumulé, en quelque sorte, une « mémoire » de l'œuvre, il est logique qu'il soit commandé par elle dans l'avenir. C'est alors que l'on passe des trois « parties » prévues vers 1930 aux onze tomes du synopsis 1938. Le « procès de Quinette », l'« ascension d'Haverkamp (le grand homme d'affaires moderne) », « Jerphanion, Clanricard et la révolution russe » devaient faire partie de cette évocation de l'après-guerre, d'après la première section de ce tryptique (831-839) ainsi que l'« évêque Mionnet ». Quant à Jallez, il n'est pas mentionné à Nice juste après 1918, alors que les « Dossiers généraux » et même le feuillet « préhistorique » de 1925 faisaient allusion à « Falicon » et aux « Grenouilles de Nice[3] », (il est vrai, sans aucune allusion à Jallez). Quand Jules Romains a-t-il décidé de consacrer un tome à la « douceur de la vie » qu'il avait lui-même appréciée entre 1917

1. *Les Hauts et les bas de la liberté,* Paris, Flammarion, 1960, p. 36.
2. *Cahiers Jules Romains 6, op. cit.*, p. 50.
3. Les très minutieuses recherches d'Annie Angremy sur ce point singulier n'ont pas donné de résultat.

et 1919 pendant ses deux années de professorat, riches de souvenirs qui lui sont restés chers ? Il faut sans doute revenir ici à la genèse secrète de l'œuvre. Au fur et à mesure qu'elle se développe, la création d'un roman comme celui-ci se génère en partie elle-même et les personnages suggèrent à l'auteur des épisodes qui ne lui étaient pas initialement apparus. Si la mention « Nice » de 1925 rappelle à l'évidence l'ancienneté du désir de Jules Romains d'évoquer cette ville préférée entre toutes, il est non moins évident que Jallez, au fur et à mesure qu'il déroulait sa vie, « doublait », sur bien des points, la personnalité de Jules Romains (ainsi, comme lui, il n'est pas un combattant pendant la guerre) et que tout un système d'échos secrets entre les dates, la situation du récit après *Verdun,* la présence d'un tome sur Quinette (en parallèle au 2, *Crime de Quinette*), l'envie de rappeler les recherches amoureuses des 3 et 4, et la permanence d'un besoin de bonheur malgré l'époque, ont joué leur rôle dans la décision, prise assez brusquement, d'écrire ce tome. Après la tourmente unanimiste des deux « Verdun », le roman semble reprendre ses données initiales et revenir en arrière, en liant à nouveau le crime et l'amour. Et combien — nous le verrons ailleurs — la thématique Quinette- crime/Jallez-amour est frappante au début et dans la suite des *Hommes de bonne volonté !*

Le synopsis des onze tomes [1] a été mis au point après la décision, prise en 1937, de consacrer vingt-sept livres à son roman. Annie Angremy explique fort bien, dans les pages 51 à 56 de son *Cahier 6,* la conception initiale de ces volumes et les transformations considérables que le romancier a imposées à ce plan au cours de l'exécution, entre 1939 et 1944.

TOMES 17 A 27

SYNOPSIS DE 1938			ÉTAT DÉFINITIF
N° des tomes	**Thèmes Personnages**	**Titres prévus**	**Titres**
17	Quinette		*Vorge contre Quinette*
18	Jallez à Nice		*La Douceur de la vie*
19	U.R.S.S.	*Le Monde de demain*	*Cette grande lueur à l'Est*
20	Islam	*Monde clos*	*Le monde est ton aventure*
21	Europe	*Babel*	*Journées dans la montagne*
22	Amérique	*Ton fils, homme blanc*	*Les Travaux et les joies*
23	Germaine	*Revanche de l'éternel*	*Naissance de la bande*
24	Strigelius	*Cime du hasard*	*Comparutions*
25	Haverkamp	*Changement de signe*	*Le Tapis magique*
26	Françoise	*Les Fils de rois*	*Françoise*
27	Le 7 Octobre		*Le 7 Octobre*

1. Reproduit in *Cahiers Jules Romains 6, op. cit.*, pp. 260-265.

Écrit entre septembre 1938 et le printemps 1939 (au cours de la rédaction de *Vorge contre Quinette*), le synopsis est intéressant, parce qu'il révèle comment, en fait, Jules Romains, tout en bouleversant son plan, conservera ceux des éléments qui lui apparaissent symboliques. A l'aide d'un tableau comparatif, nous allons donner les explications nécessaires. Ce plan manuscrit, portant à gauche le numéro du tome, est structuré en séries horizontales concernant des personnages, des situations, ou des thèmes. Et il est étonnant de constater la persistance d'un grand nombre de ces motifs. Jules Romains ne renonce que très rarement à ce qui s'est imposé à lui, quitte à le traiter allusivement et à une place différente de celle choisie à l'origine. Preuve est faite que l'imaginaire du romancier reste tout à fait fidèle à lui-même, et que l'œuvre n'a que peu éliminé, mais plutôt fondu, et dans des proportions variables, ce qui avait été envisagé :

	« Motifs » prévus (Synopsis de 1938)	**Rédaction définitive (1939-1944)**
17	*Bastide fiancé (Goût de l'avenir)*	*19, chap. XVIII*
18	*Le fils de l'entrepreneur de Picpus et la fille du quincaillier de Passy*	*19, chap. II*
19	*Viaur, sa situation, Anaplastine Jallez en Italie, Venise, Gênes Maladie de Paris Bartlett*	*21, chap. XVIII et XIX 19, chap. XI 24, chap. V et IX 19, chap. XII (rencontre Jallez)*
20	*Sammécaud. L'art de vivre Sidi Bou Saïd. « Les oasis » Marc coureur d'autos Le marchand ambulant Bastide et sa jeune femme au Maroc Le sentiment impérial. Lyautey Odette chez Jallez (crise qu'elle traverse)*	*22, chap. XVI, XII, XIII, 27 chap. XII 19, chap. III 25, chap. I à VII, XIII à XXIII 26, chap. XXIII 19, chap. XVIII, 24, chap. XVII, 27, chap. XXII 22, chap. XX*
21	*Jallez S.D.N. L'amour-orgie. Les couples associés Haverkamp et les devises*	*18, chap. XVIII et XIX 23, chap. XXI 24, chap. I à III*
22	*Jerphanion accepte situation en Amérique Caulet en Beauce. Une journée de Caulet Quinette à Monte-Carlo Le style 25. Turpin*	*18, chap. IX (il n'accepte pas) dir. de Cabinet de Jerphanion 25, chap. XIX et XX 23, chap. XII (à Nice) 22, chap. I et II*
23	*Germaine et le divin expérimental directrice de théâtre Mareil. Avoyer. Hébertot les théâtres d'art (triomphant) Thème de la terrasse*	*24, chap. XXIX et XXX 22, chap. XXX 24, chap. X*

	« Motifs » prévus (Synopsis de 1938)	Rédaction définitive (1939-1944)
24	*Strigelius au sommet de sa réputation* *Son angoisse. Son explication* *L'Académie* *Allory vante Strigelius* *L'artiste « arrivé » genre Forain, faux brutal*	*24, chap. XXIX* *18, chap. IX* *25, chap. XXIX (Fraguier)*
25	*Haverkamp. Sa dernière croissance* *Son système vertigineux*	*24, chap. I à III*
26	*Jallez. Son œuvre* *La semaine de Cracovie** *Aldgate* *Allory à l'Académie*	 *25, Jallez et le tapis magique* *18, chap. IX*
27	*L'ancien de Vauquois et sa mort*	*25, chap. XIII et XIV*

Dans ce tableau il faut faire la part, en effet, entre des morceaux très brefs (comme celui sur Marc de Champcenais coureur d'autos, 20, puis 19, ch. III) et des thèmes qui devaient être largement traités. Ainsi, les tomes 23 et 24 devaient être centrés sur Germaine Baader et la recherche du divin et sur Strigelius au sommet de sa réputation paradoxale, l'« Éternel » et le « Hasard » se faisant pendant. De même, le tome 20 faisait une large place à Sammécaud devenu amateur de l'Islam, et ce « monde clos » (titre prévu) s'articulait sur une opposition avec le précédent, 19, l'URSS, « le monde de demain ? », ouverture au monde et repliement sur le bonheur individuel. Or, dans les livres parus, les personnages de Germaine, Strigelius, Sammécaud, bien que toujours liés à ces thèmes, ne se verront pas, loin de là, attribuer l'essentiel des tomes en question.

Entre temps, Jules Romains a redistribué ses cartes et, après le tome 19 *(Cette grande lueur à l'Est)* écrit en France puis à New-York entre mai 1940 et le 20 janvier 1941, décide immédiatement d'envoyer certains personnages en URSS, intercalant un tome supplémentaire et hypothéquant de ce fait sa série de dix tomes (le onzième et dernier étant toujours inamovible). Le vingtième sur Sammécaud et l'Islam disparaît donc au profit de la double présentation de l'URSS comme « lueur à l'est » puis comme « aventure » dans le second volet du dyptique qui lui est consacré.

Le tome 21, *Journées dans la montagne,* accentue encore la rupture avec celui du synopsis, puisque ce tome mettait en scène Jallez à la S.D.N., Gurau (et son rôle pour la paix), l'Europe centrale en 1925-1926, Viaur (en rapport avec Einstein et Freud) et élargissait l'œuvre à l'Europe (titre

* Expression qui fait allusion à un voyage de Jules Romains à Cracovie, en juin 1930, et à des aventures sentimentales, sources de certains épisodes du tome 25 (Annie Angremy, *Cahiers Jules Romains 5,* p. 55).

prévu : *Babel*). Là encore, ont dû surgir de nouveaux impératifs, probablement liés au parallélisme de plus en plus accentué entre Jerphanion et Jallez, ainsi qu'à la volonté, ancienne chez Jules Romains, de mettre en scène le Velay (signalé dès le « feuillet » de 1925). A vrai dire, rien de très précis ni de datable dans les papiers de Jules Romains ne permet d'expliquer ce coup de barre infligé au roman et à l'orientation alors prévue du personnage de Jerphanion dans le synopsis. Seuls deux documents subsistent. Parmi des feuillets sur les personnages, antérieurs au synopsis, on trouve celui-ci :

> « Jerphanion-Velay
> Politique
> Maladie de la perfection[1] »,

preuve que le fantôme du futur sujet était flottant. En tout cas, un premier état de la partie du synopsis porte en effet, dans la case du tome 25 (situé vers 1930, au plus tôt), la mention « Jerphanion en Velay[2] » remplacée ensuite par l'évocation des derniers moments de l'aventure d'Haverkamp dans l'état définitif. Or, au tome 22 devait figurer un Jerphanion en Amérique (« Jerphanion accepte situation en Amérique[3]). L'on sait que cet aspect potentiel de la vie de Jerphanion ne verra pas le jour et ce, dès *La Douceur de la vie*. Dans son journal, Jallez commente la déception de son ami : « Son projet pour l'Amérique n'a pas abouti aussi vite qu'il pensait [...]. Il me dit — en faisant semblant de plaisanter — qu'il regrettait presque maintenant de ne pas avoir tenté sa chance aux élections qui viennent d'avoir lieu ; qu'il avait une occasion (dans son pays ? à La Rochelle ? je n'ai pas compris), et qu'il aurait peut-être risqué le coup s'il avait pu supposer que l'affaire d'Amérique ne marcherait pas[4] ». L'Amérique, probablement exclue du champ biographique de Jerphanion, dès 1919-1920, et si, comme le dit Jallez, « le destin de mon vieux J.J. doit s'accomplir dans la politique », le romancier n'aurait-il pas lui-même associé le thème du Velay et les prochaines élections françaises, celles de 1924, qui verront la victoire du Cartel des gauches, et, partant, situé le tome en question à la date *réelle* ? Compte tenu du nombre fixé de tomes, Jules Romains a dû intercaler *Journées dans la montagne*, et compte tenu également des ruptures temporelles auxquelles le romancier a été obligé de se soumettre, comme nous l'avons vu plus haut, le numéro 21 sur l'Europe centrale en 1925-1926 disparaît pour laisser la place à l'hiver 1923-1924. Quant à reporter l'entrée de Jerphanion dans la politique active aux élections de 1928, il n'en était pas question, pour des raisons évidentes de vraisemblance et de cohérence

---

1. In *Cahiers Jules Romains 6*, *op. cit.*, p. 257.
2. *Idem*, p. 259.
3. *Idem*, p. 262.
4. Dans le vol. III, t. 18, chap. IX, coll. « Bouquins ».

du personnage. Historiquement, et intrinséquement au récit et à l'harmonie de la courbe événementielle, le parti pris par Jules Romains était le seul possible. Le contre coup est immédiat sur Gurau, encore prévu dans le synopsis dans ce tome 21 sur l'Europe (« s'est juré de consacrer suite de sa vie à sauver Paix — son rôle S.D.N. — rapports avec Briand-Poincaré[1] »). Attribuées à Jerphanion, ces ambitions ont éliminé Gurau, personnage né lui-même avant guerre pour pénétrer les milieux politiques à la place de Jerphanion, jugé évidemment trop jeune pour accomplir un tel destin. Le naufrage de Gurau a sans doute été — indirectement — à l'origine du personnage de Bouitton, patron de Jerphanion dès *Cette grande lueur à l'Est,* ce qui indiquerait que le remaniement du synopsis de 1938 se place probablement au moment de la conception définitive du tome 19, puisqu'on lit dans un plan « Jerphanion en Russie, comme chef de cabinet d'un ministre[2] », et plus loin, le nom de Bouitton est mentionné dans le plan du 20, *Le Monde est ton aventure*[3].

La relative absence de documents concernant cette partie des *Hommes de bonne volonté* ne permet plus d'analyser avec la même précision la genèse des tomes 22 à 27. Par ailleurs, on sait que Jules Romains a imprimé un rythme plus rapide à cette ultime phase de son travail. La cassure imposée par *Journées dans la montagne* semble avoir éloigné le romancier des tomes prévus en 1938. Si l'on garde présente à l'esprit l'existence effective de certains motifs dans les volumes parus, et la disparition d'une grande quantité d'autres, les tomes écrits au Mexique offrent une nouvelle unité, essentiellement autour de Jallez, de Jerphanion et d'Haverkamp, dès *Les Travaux et les joies.*

Avec *Naissance de la bande,* le personnage de Françoise, devenue étudiante à la Sorbonne, prend de l'importance, tandis que les agitateurs factieux que sont Nodiard et Douvrin commencent à ébranler les structures traditionnelles de la vie politique française au cours des années 1930. C'est un pendant, en quelque sorte, à la *Montée des périls* de l'avant-guerre. A nouveau, l'émergence de questions politiques modifie l'ordre du synopsis.

Le tome 24, *Comparutions,* centré sur Jallez et Haverkamp, est l'occasion d'une méditation désenchantée de plusieurs personnages sur leurs destinées, et d'une interrogation pathétique de Jerphanion sur le rôle de la bonne volonté dans l'Europe déchirée, en proie au fascisme et à la montée des antagonismes. Du plan de 1938, seul Haverkamp conserve les lignes déjà fixées de son ascension et de sa chute prévisible.

Le Tapis magique et *Françoise* établissent, en deux tomes, l'antithèse sentimentale de la vie de Jallez, alors qu'un seul était envisagé. Le roman reprend un rythme temporel plus serré, l'année 1933 devant se résoudre

1. In *Cahiers Jules Romains 6, op. cit.*, p. 262.
2. *Idem,* p. 265.
3. *Idem,* p. 280.

dans la journée du *7 Octobre,* volume homologue du premier et dont les chapitres se répondent parfois, sans que Jules Romains ait cherché des symétries trop voyantes ou trop naïves.

Installé au Mexique depuis février 1942, l'écrivain a travaillé d'arrache-pied pour mettre le point final à son œuvre dans les délais les plus brefs, et, le 30 septembre 1944, *Les Hommes de bonne volonté* se ferment sur la phrase inachevée de Jallez : « Ce monde moderne serait tout de même quelque chose de bien épatant, si... » Les volumes écrits aux États-Unis, puis à Mexico parurent d'abord aux Éditions de la Maison française, à New York, entre 1941 et 1944, avant d'être réimprimés en France en 1945 et 1946, les trois derniers, inédits, réservés par l'écrivain à son éditeur français, Flammarion. Ainsi s'achevait un travail monumental, mené en une vingtaine d'années, par lequel Jules Romains entendait non seulement faire revivre une période capitale, mais aussi agir sur les esprits et influer sur les choix de l'époque qui était le témoin de son élaboration. A travers *Les Hommes de bonne volonté,* Jules Romains n'hésitait pas à s'engager dans l'histoire de son temps.

TRAITEMENT DES PERSONNAGES ET TECHNIQUES ROMANESQUES

Les sept cent soixante-dix-neuf chapitres qui composent *Les Hommes de bonne volonté* font se mouvoir plusieurs centaines de personnages au cours de vingt-cinq années de vie contemporaine, et dans les décors et les lieux les plus variés : Paris, la banlieue, le Périgord, Londres, Amsterdam, Rome, Cracovie, L'Union soviétique, Gênes, Nice, le Velay, entre autres. Nous rencontrons des individus de toutes sortes : intellectuels, artistes, hommes d'affaires, industriels, hommes politiques, ouvriers, employés, instituteurs, militaires, journalistes, souverains ou chefs d'État, jusqu'à des criminels... Un tel tournoiement maîtrisé et cohérent est le résultat d'un projet esthétique élaboré qui a conduit Jules Romains à adopter des solutions techniques originales pour une œuvre dont il a toujours voulu qu'elle ne privilégiât en aucune manière le « dilettantisme du chaos [1] ». Bien au contraire, son roman est structuré et, si nous osons employer une telle métaphore, rivé et boulonné à la façon d'un monument de métal.

*
* *

Personnages, thèmes, actions sont subordonnés à des formes précises dont l'étude génétique a permis de déterminer certains traits saillants.

1. Préface de 1932.

Ayant choisi la durée comme principal personnage, ou comme sujet de sa réflexion une période historique, Jules Romains a entendu l'enfermer dans les limites et les contraintes d'un plan qui soit, à l'usage, d'un maniement plutôt aisé. On peut ainsi suivre la ligne des personnages et celle des thèmes selon leur progression orchestrée dans l'œuvre. En inventant son personnel romanesque, Jules Romains allait attacher les thèmes aux plus représentatifs d'entre eux : durée, personnages et thèmes sont à leur tour tributaires de la mise en forme, de la technique utilisée.

Jules Romains a opéré selon une triple stratégie : la rencontre des personnages et des milieux avec un ou plusieurs motifs à un moment donné de la durée. Ainsi, la présence de Maillecottin est plus sensible dans *Montée des périls* que dans *Les Amours enfantines*. Non que le propos du tome 3 ne le concerne pas, mais l'ouvrier sera plus à sa place dans un épisode consacré à l'affrontement entre le monde des usines et le monde des pouvoirs. Mais l'inverse est vrai également : on verra Marie de Champcenais prise dans la déchéance des *Humbles*, et, de cette manière, connaître un univers étranger. De multiples exemples prouveraient que les personnages, loin d'être figés dans leur milieu ou leur classe, sont amenés à dévoiler des aspects nouveaux de leur caractère, et ainsi illustrent, d'une certaine façon, l'un des sujets du roman. Le comte Henri de Champcenais, industriel international et homme d'apparence irréprochable, est aperçu, très curieusement, dans la série de ceux qui côtoient l'« abîme »[1], et se livre aussi à la création poétique[2]. Le procédé rejoint ici une conviction profonde de Jules Romains. Les hommes ont des traits de caractère liés à leur métier, leur activité, mais des zones plus secrètes existent aussi et elles participent à la psyché collective. Rothweil, le franc-maçon, sera mêlé un peu au sabbat et à l'abîme. Et que dire de la famille Chalmers, que l'œil incrédule de Jallez considère dans sa salle à manger des Ternes comme une représentation grotesque, mais assez impressionnante, d'un « abîme » social[3] ? Personnages, groupes ne sont donc pas clos sur eux-mêmes. La technique de Jules Romains lui permet de faire vibrer le thème autour d'un personnage et de montrer aussi que celui-ci peut révéler un trait inattendu de son tempérament. Et par là même, il ne fixe pas le thème sur quelques protagonistes trop attendus. Du personnage au thème, s'établit une liaison dont l'un et l'autre profitent tandis que l'œuvre y gagne en doubles fonds.

*
* *

1. Dans le vol. II, t. 11, chap. XXIX, coll. « Bouquins ».
2. Dans le vol. II, t. 10, chap. XXIII, coll. « Bouquins ».
3. Dans le vol. II, t. 11, chap. XI, coll. « Bouquins ».

Pour que le roman « avance » et pénètre dans le siècle, les motifs et les personnages doivent se mêler, mais aussi se succéder de manière cohérente. Jules Romains a soigné tout particulièrement le système qui allait lui permettre de faire apparaître un personnage en amont du tome où il serait en pleine lumière et de le faire disparaître en aval.

L'abbé Mionnet assiste d'abord au « dîner intime chez les Saint-Papoul[1] » (3, chap. XI), puis deux chapitres (XVI et XVII) des *Superbes* nous annoncent que ce prêtre fera sans doute parler de lui et le situent parmi les « élus » de la société. Ce n'est donc plus tout à fait un inconnu que nous découvrons à la fin de *Recherche d'une Église*[2] (chap. VII, « Mionnet prend de l'importance ») avant sa mission à l'évêché de M***. L'insertion du prêtre dans le tissu romanesque est progressive. De petits coups de projecteur le révèlent au lecteur. Il en sera de même pour Allory l'écrivain, pour Viaur le médecin, pour le poète Strigelius, d'abord présent comme interlocuteur sentimental de sa sœur Agnès. Quant à l'évanouissement du personnage, et à sa disparition dans l'anonymat, là encore, Jules Romains adoptera les dégradés les plus subtils. Après les dix-sept chapitres de *Province*, où Mionnet affronte le labyrinthe des scandales de M***, six chapitres de *Montée des périls* (mais placés déjà relativement loin dans le tome) amorcent sa disparition par la conclusion de l'histoire qui le concerne, la toute dernière allusion au prêtre se trouvant encore un peu plus loin dans un « fragment d'une lettre de Mme G. à Mme de V.[3] ». Le romancier a procédé par une montée de plus en plus dense de chapitres et par une descente de l'onde concernant le personnage. Curieusement, cette structure en triptyque recoupe celle du roman, lui-même découpé en trois tranches : « montée, crête, descente » de l'onde (ici quatre chapitres préliminaires sur Mionnet, les dix-sept de *Province*, et enfin six dans *Montée des périls*). Cependant, le personnage n'est jamais isolé par rapport au ressort principal du tome. Dans *Montée des périls*, Mionnet connaît véritablement un danger, dans *Recherche d'une Église* (« Mionnet prend de l'importance »), le chapitre trouve naturellement sa place dans un tome consacré aux institutions officielles ou semi-clandestines qui en forment l'armature idéologique. On est loin ici de la dispersion des personnages au hasard, que certains critiques ont cru discerner dans ce fourmillement d'apparence incohérente.

*
* *

Nous arrivons à un autre point capital de l'organisation interne des séries d'intrigues : les rencontres des personnages destinés à évoluer

1. Dans le vol. I, t. 3, chap. XI, coll. « Bouquins ».
2. Dans le présent volume, t. 7.
3. Dans le vol. II, t. 9, chap. XIX, coll. « Bouquins ».

ensemble. Le tome 1 met en place, arbitrairement, une quinzaine de héros (les Saint-Papoul, les Champcenais, Clanricard, Mme Maillecottin, Juliette, Jerphanion, Germaine Baader, Quinette, Wazemmes, Haverkamp, Louis Bastide, Roquin et Miraud, Sampeyre, Gurau) dont on sait, bien sûr, peu de choses. Certes, plusieurs milieux sont déjà représentés, plusieurs quartiers de Paris aussi, des individus ou des groupes qui ont une forte existence sociale. Mais une certaine incohérence est ici de règle. Voyons maintenant qui va vers quoi, à la fin du *6 Octobre*. Wazemmes est lié à Haverkamp, et à Roquin et Miraud ; Quinette l'est à Leheudry et curieusement à Juliette ; Clanricard rejoint Sampeyre et Louis Bastide à Montmartre ; Gurau et Germaine Baader ne sont pas sans relation avec Champcenais et un certain S. ; Jerphanion, encore isolé, rejoint l'École normale. En revanche, le destin de Mme Maillecottin et de sa famille ne s'est pas développé, les Saint-Papoul ne sont pas encore associés.

Le tome 2 reprend et approfondit quelques relations mises en place précédemment : Quinette et Leheudry, Juliette et son mari, Wazemmes, ses amours et son nouveau patron, Gurau et les pétroliers, et incidemment Marie et Sammécaud ; Jerphanion, à Normale, rencontre Jallez. Les deux romans ont donc disposé harmoniquement un faisceau de relations entre des individus. Là encore, il faut minutieusement rechercher l'interaction entre les différents épisodes pour comprendre leur unité, qui, d'ailleurs, ne pourra être saisie complètement qu'à l'issue de tomes placés beaucoup plus loin.

De ce point de vue, les personnages de Wazemmes et de Quinette semblent former un ensemble significatif. Tous deux sont présentés aux septième et huitième chapitres du tome 1 (« le relieur Quinette » et « l'apprenti Wazemmes »), puis confrontés à des individus qui engagent leur avenir (Quinette et l'inconnu, Wazemmes, Haverkamp et la dame de l'autobus). De manière délibérée, Jules Romains concentre sur eux les derniers chapitres du *6 Octobre*, mêlant les deux thèmes de l'amour et du crime. Le tome 2 répète l'alternance des chapitres sur Wazemmes et Quinette (V : les amours de Leheudry ; VI : les projets de Haverkamp et les amours de Wazemmes ; VII, VIII et IX sur Quinette ; X : « Perte d'une virginité ») et aboutit à la mort de Leheudry et à la soirée amoureuse de Wazemmes, respectivement à la fin et au milieu du tome. Tout se passe comme si l'amour et la mort avaient été en effet associés à ces deux personnages, parfaitement indépendants l'un de l'autre. Mais c'est le romancier qui a saisi, à travers eux, une image des mythes liés à l'Éros et au Thanatos grecs. A plus long terme dans l'œuvre, Quinette continuera d'incarner le mal et le meurtre, et c'est Wazemmes qui sera tué à Verdun. Le crime collectif et le crime individuel ont joué une partie de leurs accords avec les deux personnages, illustrant également le bien et le mal. Wazemmes disparaît, Quinette demeure.

Une autre « constellation » unit Juliette Ezzelin à Quinette et à Jallez. Par Juliette, le criminel apparaît dans le roman, lorsque celle-ci, prenant le métro, se rend à Vaugirard chez le relieur ; elle éprouve dans sa boutique des impressions étranges, surtout devant les livres « écartelés, déchiquetés », et les « lanières de cuir, sur les deux tables, qui ressemblaient à des vestiges de cruautés » et l'on a pu lire, dans le chapitre précédent : « Tout ce qui la regarde d'une façon cruelle a certainement pris des arrangements avec son destin » ; la bouche du métro la menaçait, (« Juliette n'aime pas ce souterrain, en a presque une horreur nerveuse ») et l'on ne peut pas ne pas songer aux carrières de Bagnolet, où Quinette tuera Leheudry. Ce souterrain du métro, où pénètre Juliette, annonce les innombrables notations du thème de la galerie et de l'enfoncement dans les ténèbres où se trouveront pris Juliette (et ses mensonges) et Quinette et ses crimes (et même jusqu'à l'histoire des 365 appartements clandestins qui communiquent, racontée par Vorge au tome 17). Mais cela, nous le saurons plus tard. Reste que le trouble, le clandestin, le mystérieux sont associés à l'étrange relieur et à la jeune femme malheureuse. Au tome 2, les cinq premiers chapitres font alterner Juliette et Quinette à nouveau, puisque c'est par le journal lu par Maurice Ezzelin que nous apprenons le meurtre de Leheudry. Et lorsqu'elle est de nouveau sortie de la boutique de Quinette, qui l'a bouleversée en ne lui rendant pas son livre, elle va rue d'Ulm et l'on comprend que son amour déçu est en rapport avec le lieu. La liaison de Quinette et de Juliette se prolonge aussi par leurs attitudes à la fois parallèles et antithétiques face à leurs aventures, et ce dans les plus petits détails de leur comportement. De même que Juliette est obsédée par la conservation de ce *Choix de poésies* de Verlaine et par son paquet de lettres, qu'elle ira caresser à la dérobée le soir du crime de Quinette (chap. XX « Mercredi soir »), de même Quinette est fasciné par le problème qui engagera son existence : « Supprimer un fait qui a eu lieu. Pensée fascinante, dont Quinette ne devine pas encore à quel abîme elle peut mener, mais autour de laquelle il tourne avec excitation. Supprimer un événement ; supprimer une chose. Effacer toute trace d'une "existence" au sens le plus large » (chap. XII, « Nuit de Quinette »). Un chassé-croisé sur l'absence et la présence dans la mort et dans l'amour s'instaure grâce à ces deux figures. Quinette arrivera à supprimer Leheudry, Juliette saura retrouver Jallez. L'absence, la disparition sont au commencement de l'aventure de Juliette dans le roman, elles sont à la fin de celle de Quinette avec son assassinat de Leheudry. Et Juliette rêve sur ces lettres : « Toute la vie est là. Toute la vie se ramasse, par une opération prodigieuse, dans un espace où les doigts d'une seule main n'ont qu'à bouger un peu pour le parcourir tout entier. Toute la vie ne peut pas être du passé ; ou c'est alors que le passé n'est pas quelque chose de révolu ». Et le livre, relié par Quinette, donné par Jallez, établit de subtiles relations entre les membres de ce trio, pour lequel le crime et l'amour représentent une forme singulière de l'abolition des frontières entre le possible et le réel. Les objets jouent ici leur partie dans ce morceau musical sur l'absence et la disparition : les objets de la malle de Leheudry que Quinette détruit, alors que Juliette sauve le livre et les lettres. Quinette conservera le tampon d'ouate (vestige de la présence de Leheudry dans sa boutique) comme un talisman, et Juliette le livre et les lettres (« les deux secrets doivent dormir côte à côte, se tenir chaud, se protéger mutuellement[1] »).

Le romancier a encore tenu à rendre explicites les liens entre Juliette et Quinette, au moment même où celui-ci entrevoit son crime dans un rêve[2] : le relieur s'imagine mener Leheudry dans les carrières, pour y retrouver son amie Sophie : « Il y a Sophie Parent assise dans la lumière. Il y a aussi, comment cela se fait-il ? cette petite dame dont je dois terminer le livre demain matin » et, le soir du crime, Quinette croit posséder Sophie Parent au fond de la galerie « ou plutôt cette jolie petite dame aux yeux tristes qui est venue chercher son livre ce matin. C'est elle qu'il posséderait dans l'ombre ; ou dans la faible lumière de la lampe électrique de poche, posée obliquement sur le sol[3] ». Et le texte continue avec la visite clandestine de Juliette à son armoire, où se trouve son trésor...

Ces reflets continueront de se produire, puisque d'autres chapitres associent Quinette et Jallez, dont on comprend peut-être mieux pourquoi Jules Romains a voulu qu'il fût absent du tome 1 : n'y est-il pas présent par l'intermédiaire de Juliette, de ses lettres et de son livre ?

Au tome 3, l'évocation d'Hélène est suivie par un chapitre sur Quinette, mais l'association est encore plus marquée à la fin du tome 4, bâtie sur une alternance préméditée de scènes entre Jerphanion, Jallez, Juliette, Quinette, Jeanne la modiste, ce dont on se rendra compte par un tableau :

XIII	Le portrait	Jerphanion-Jallez
XIV	Règne de la tendresse	Jallez
XV	Le vagabond	Jerphanion
XVI	La soirée au contrôle social	Quinette
XVII	Juliette reçoit une lettre	Jallez-Juliette
XVIII	Chanson de la bonne fortune	Jerphanion
XIX	Quinette rend compte	Quinette
XX	Jallez et Juliette se retrouvent	Jallez-Juliette
XXI	Le dîner place du Tertre	Jerphanion (Jeanne la modiste)
XXII	Réunion à la Closerie des Lilas	Jerphanion-Jallez

1. Dans le présent volume, t. 2, chap. XX.
2. Dans le présent volume, t. 2, chap. XIX.
3. Dans le présent volume, t. 2, chap. XX.

Une telle composition révèle l'emprise de Quinette non sur le couple lui-même, qui ne le devine jamais, mais sur le lecteur qui associe, intuitivement sans doute, les figures mises en place. Et il est clair, pour qui connaît *Les Hommes de bonne volonté* dans leur ensemble, que le romancier *a voulu* que Juliette soit perçue comme douteuse, trouble, double. C'est ici que l'unanimisme ou la notion de « continu psychique » entre les êtres trouve sa profonde raison d'être : Juliette et Quinette n'ont, en apparence, rien de commun, mais de leur seule mise en espace romanesque simultanée, se dégage une légère connivence qui les dépasse et les réunit. La confirmation a posteriori des liens entre Quinette et Juliette, donc avec Jallez, sera donnée tout à la fin, lorsque le criminel, agonisant à Nice, voudra se confier à Jallez (*Comparutions*[1]).

Quinette, Wazemmes, Juliette tracent dans les tomes initiaux des *Hommes de bonne volonté* un contrepoint musical consacré à l'amour et à la mort, à l'amour-absence et au crime-absence, dont les harmoniques prolongent considérablement la seule narration en elle-même des faits ou des scènes. Il est évident que Juliette est placée ici, symboliquement, au seuil de l'histoire de Quinette, la côtoyant et n'y pénétrant jamais. A proprement parler, elle n'a aucune utilité dramatique dans le déroulement des relations entre Quinette et Leheudry. Elle est là pour signifier *autre chose*, un thème majeur du roman : l'amour lié aux aspects troubles et pervers de la personnalité, comme le mensonge et le crime.

Des phénomènes de groupes plus évidents peut-être, mais non moins riches de signification, parsèment *Les Hommes de bonne volonté* et leur procurent une unité. Par exemple, dans le tome 1 Sammécaud, Gurau, Germaine Baader, Champcenais et sa femme Marie connaissent eux aussi un destin associé. La présentation de la « constellation » qui les concerne se fait par deux moyens : a) la conversation mystérieuse de Champcenais au chapitre III au sujet d'une interpellation possible d'un parlementaire et des tentatives d'intimidation auxquelles on pourrait le soumettre ; b) la conversation, plus explicite, entre Germaine Baader et le parlementaire Gurau, celui-là même présenté anonymement au chapitre III. Dès lors, toute l'équipe va marcher ensemble, non sans entretenir au passage des relations de voisinage avec d'autres histoires, qui permettront au romancier de créer encore ces phénomènes de reflets différents, sur d'autres plans.

Gurau sera l'objet de trois chapitres du tome 2, placés intentionnellement à des endroits choisis. Le premier d'entre eux, le XI (« Encerclement de Gurau[2] »), situé à mi-chemin du tome, et qui explicite les menaces que le groupe des pétroliers, par la bouche d'Avoyer, entend transmettre à Gurau, suit la « perte d'une virginité » de

1. Dans le vol. IV, t. 24, chap. XXXIII et XXXVI, coll. « Bouquins ».
2. Dans le présent volume.

Wazemmes, moment essentiel pour lui, et précède la sombre « nuit de Quinette » où le relieur s'efforce de mettre au point son entrevue avec la police et la manœuvre qui consiste à aller la rencontrer sur son propre terrain. Le péril se resserre sur Gurau lors de la visite de Champcenais à la préfecture de police, tandis que Sammécaud essaie de convaincre Marie de Champcenais de son amour. Et on retrouve ensuite Gurau dînant avec Sammécaud, dîner au cours duquel ce dernier trouble le parlementaire par ses intentions peu claires à son sujet (chap. XX, « Mercredi soir »). Dans le tome 3, les chapitres XV, XVI, XVII présentent, en continuité, Sammécaud et Champcenais, Sammécaud tentant de persuader Marie de son amour, puis Gurau, enfin seul face à la « rafale de l'aurore[1] ».

Au tome 4, Germaine et Marie sont confrontées à Sammécaud et Riccoboni dans deux chapitres successifs, et, au 5, les visions de Gurau sur son destin politique sont encadrées par les deux voyages du couple Sammécaud-Marie en forêt d'Othe et à Londres. Il s'installe dans ce groupe une alliance occulte ou cachée, que la suite du roman confirmera. Sammécaud, après avoir neutralisé Gurau, lui prendra Germaine[2], et certains chapitres du *Drapeau noir*[3] mettent à nouveau en scène les différents ensembles Gurau-Germaine, Marie-Sammécaud-Champcenais, et la rencontre dans l'inconnu des deux maîtresses de Sammécaud. Chacun d'eux a trouvé un équilibre : Germaine et sa recherche de l'avenir, Marie et son bonheur religieux, Sammécaud et son premier « chapitre vécu » à Bruges. *Le 7 Octobre* enfin nous montrera Gurau et Manifassier déjeunant avec l'archevêque Mionnet, et deux des chapitres consacrés à ce déjeuner seront entrecoupés par l'ultime évocation de l'ancien « complice » de Gurau, Sammécaud, installé à quelque mille de kilomètres de là, à Sidi-Bou-Saïd. Ici encore, le romancier a bel et bien voulu que deux personnages, dont les destins se sont croisés, qui ont aimé la même femme, restent parallèles, bien que totalement divergents à l'arrivée. Sammécaud a toujours recherché un bonheur raffiné, inimitable à sa façon et il se repliera sur les indécences clandestines de l'islam, rappel du tapis magique et de l'ataraxie chère à Jallez. Quant à Germaine, son goût pour l'inconnaissable, le mystère de l'« autre côté », prouve qu'elle aussi est en communication avec un bonheur situé ailleurs, en dehors du lieu présent. Sammécaud, Marie, Germaine : trois figures du bonheur et de la primauté de l'esprit. Gurau sera séparé du groupe des « divins », mais son relatif effacement de la scène politique après la guerre de 1914 traduit peut-être un échec de sa quête de l'idéal. Il trouvera pourtant une consolation auprès de Mme Godorp.

---

1. Dans le présent volume.
2. Dans le présent volume, t. 7, chap. XI.
3. Dans le vol. II, t. 14, chap. X à XVI, coll. « Bouquins ».

Entre-temps, Jules Romains semble avoir lié quelque peu les destinées de Laulerque et de Gurau ; en tout cas, il s'est arrangé pour que les chapitres qui leur sont consacrés soient proches dans l'espace du livre. Dès le *Crime de Quinette*, dans la farandole du chapitre XX, les déclarations passionnées de Laulerque sur l'histoire suivent le dîner entre Gurau et Sammécaud : deux images de la politique, que le tome 7 confirme, puisque la démarche de Gurau chez Briand est suivie de la confidence de Laulerque à Jerphanion au sujet de son affiliation à l'Organisation. En ce domaine des parallélismes, ou des contrepoints entre des personnages, une ou deux occurrences ne sauraient rien prouver. Mais ici, les entrecroisements se prolongent dans les tomes suivants, en particulier dans *Montée des périls* et *Les Pouvoirs*. L'action occulte et l'action officielle (ou de type parlementaire et gouvernemental, dirons-nous) vont progresser ensemble. Alors que les chapitres XX à XXVI mettent en scène la mission de Laulerque dans le Midi et ses rapports avec le mystérieux M. Karl, le chapitre XXVII nous annonce un « Gurau voit clairement le péril », celui que les problèmes franco-allemands font courir à la paix européenne. Et quand on sait le rôle que joue l'Organisation dans les Balkans, ce rapprochement n'est certainement pas le fruit du hasard de la distribution des intrigues. A la fin du volume, l'attentat contre Briand, le 17 janvier 1911, est commenté anxieusement par Laulerque chez Mascot, alors que la rencontre de Gurau et de Briand précédait le drame. Les dix premiers chapitres des *Pouvoirs* (si l'on excepte ceux sur Bartlett et sur Jerphanion) leur sont réservés, et révèlent à deux niveaux, là encore, les mystères de la politique internationale, par l'entretien de Laulerque et de Margaret au sujet de l'Europe centrale, et par les conversations entre Gurau et Courson sur l'Allemagne. Au tome 14, qui clôt l'avant-guerre, le « Tourbillon de feuilles avant l'orage » met en scène trois séries simultanées ainsi ordonnées : Laulerque à qui Mascot apprend l'inutilité de son action, puis Clanricard et Mathilde s'entretenant de Laulerque, enfin Gurau et Mme Godorp, à un déjeuner. Les mêmes personnages ou à peu près, avec les inévitables changements que six ans de plus ont apportés aux situations, reviennent à un moment décisif de l'histoire, comme dans le « mercredi soir » du tome 2.

Tout porte à croire que le hasard seul n'a pas sa place dans l'univers des *Hommes de bonne volonté*, ou que ce mot lui-même ne recouvre pas bien ce que Jules Romains a voulu montrer, en établissant des destinées qui, se recoupant ou ne se recoupant pas, entretiennent entre elles des phénomènes de contiguïté. Le lecteur est invité à pénétrer dans un monde où la circulation entre les personnages se place à un niveau différent de celui que proposent des romans traditionnels dans leur architecture. Certes, les points particuliers sur lesquels nous venons d'attirer l'attention ne sont pas forcément visibles à la simple lecture chronologique du roman. Il faut lire ici deux fois et avoir présente à l'esprit cette remarque d'André Cuisenier : « Tandis que la façade de l'œuvre a présenté des combinaisons comparables à celles de l'architecture, la disposition parallèle et simultanée de leurs actions fait penser plutôt aux thèmes conducteurs, aux modulations, au contrepoint de la musique moderne, une musique libérée des règles les plus rigides et qui ne se conforme qu'aux exigences les plus générales d'ordre et de composition[1] ». L'échec de Laulerque et de Gurau dans leur lutte contre la guerre, le parallélisme nuancé qui a accompagné leurs aventures sont mis en scène, de façon diffuse, par la seule contiguïté des chapitres.

L'autre versant de l'œuvre dégagera une harmonique nouvelle, à des étages différents de leur personnalité et de leurs destins, entre trois protagonistes principaux : Jallez, Jerphanion, Haverkamp. En effet, les tomes 22 à 27, à l'exception du 23, frappent le lecteur par les très nombreux passages qui leur sont consacrés. Et, nous allons le voir, dans une disposition tout à fait précise. Là encore, on nous pardonnera de résumer des aventures connues. Dès les premiers chapitres des *Travaux et les joies*[2], Haverkamp et Jerphanion veulent prendre un nouveau départ dans la vie. Ils cherchent à redonner une impulsion à leur destin. Si l'un se place au niveau de son idéal politique, l'autre n'entend que se créer une habitation somptueuse, mais tous les deux ont des ennuis conjugaux, très importants pour Haverkamp, beaucoup moins dramatiques pour Jerphanion. De plus, les deux hommes, le financier et le politique, se rencontrent, et même, Haverkamp offre une situation à Jerphanion. Les finances et la politique, dont les accointances sont connues, si elles ne se rejoignent pas, se côtoient. Dans le tome 24, le parallélisme se produit entre Haverkamp à nouveau, d'une part, et Jallez cette fois-ci, d'autre part. Tous deux jugent leur passé et leur vie, et la solitude sentimentale leur pèse (début du volume). Les tomes 25, 26 et 27 vont ressaisir le trio pour l'unir en un morceau musical, dont les notes politiques, financières et sentimentales se mêleront. Les chapitres XXXI à XXXV du *Tapis magique*[3] montrent Jerphanion s'interrogeant justement sur les inévitables abus des pouvoirs financiers et sur Haverkamp, puis Jallez qui est à la recherche du tapis magique, puis à nouveau Haverkamp et son secrétaire Plathеau se concertant sur les difficiles rapports avec Jerphanion et Caulet, encore un chapitre sur Haverkamp se rendant place de la Bourse (pour une histoire de femme sans doute, selon le chauffeur). Les chapitres XXXV et suivants nous ramènent à Jallez et à ses aventures amoureuses. Et le tome 26 va orchestrer les trois personnages selon une progression bien menée :

1. *Jules Romains, l'Unanimisme et « Les Hommes de bonne volonté », op. cit.*, p. 226.
2. Dans le vol. IV, t. 22, coll. « Bouquins ».
3. Dans le vol. IV, t. 25, coll. « Bouquins ».

l'aventure amoureuse d'Haverkamp et de Marcelle (le secret de la place de la Bourse est levé), celle de Françoise et de Jallez (chapitres I à VI, puis VII à XII). Nous passons à Jerphanion qui songe à démissionner (XIII), à Haverkamp qui prépare sa disparition (XIV), et le chapitre XV lie définitivement les deux hommes (« Une démission et un suicide »). Au tome suivant, *Le 7 Octobre*[1], Jules Romains entraînera Jallez et Haverkamp vers le bonheur retrouvé en construisant six chapitres où nous les apercevons alternativement (XVII : Haverkamp ; XVIII : Jallez et Françoise ; XIX : Haverkamp ; XX : Haverkamp, Jallez et Françoise ; XXI : Jallez et Françoise ; XXII : Haverkamp). Si l'on sait que Jerphanion et Haverkamp ont connu de cruels déboires sur le plan professionnel et que Jallez et Haverkamp ont enfin découvert l'amour, c'est probablement que la fin des *Hommes de bonne volonté* se conclut sur la faillite des pouvoirs et sur l'apogée du bonheur individuel.

Ces reflets ou séries d'actions parallèles, convergeant vers des issues à la fois similaires et opposées, semblent tenir à l'esprit le plus profond de l'œuvre, qui est de présenter des analogies par-delà l'espace ou le temps, même sur des plans différents. Pouvons-nous croire, pour en terminer avec cet aperçu, encore sommaire, sur ces phénomènes, que les morts de Quinette (le mal par excellence, la face diabolique de l'univers) et de Sampeyre (l'image de la bonne volonté et de la foi en l'homme) ont été placées par hasard dans *Comparutions*[2], tome tout entier pénétré d'une subtile atmosphère de désenchantement et de scepticisme ? Le roman, d'ailleurs, ne tire son harmonie que de l'usage discret, dissimulé dans l'épaisseur du texte, de ce procédé destiné à assurer une cohérence, ou, si l'on veut, une couleur d'ensemble à une série de personnages ou à un thème.

* * *

Outre ces convergences ménagées par le romancier, *Les Hommes de bonne volonté* témoignent d'une multitude de procédés de composition et d'écriture. Jules Romains, au seuil de la rédaction d'une œuvre aussi ample, ne pouvait se contenter d'utiliser un seul type de narration objective. Certes, le roman présente, la plupart du temps, un récit de type classique, où le personnage est vu par le créateur et analysé selon le procédé connu : le romancier pénètre la conscience de son personnage et la délivre à son lecteur. Mais Jules Romains a choisi beaucoup d'autres registres afin de varier sans cesse le style et d'opérer des ruptures dans un très large champ narratif, fastidieux, à la longue, si trop uniforme. Lors de la préparation des *Hommes de bonne volonté,* il a veillé à ces

1. Dans le vol. IV, t. 27, coll. « Bouquins ».
2. Dans le vol. IV, t. 24, coll. « Bouquins ».

questions, comme le prouve la note (805) des « Ressorts et mouvements de l'action » des « Dossiers généraux » :

« Éviter le ton roman XIX. Cette lourdeur contenue du passé. Cette monotonie.

Beaucoup de tons. Beaucoup de procédés différents. Mettre souvent gaieté, comique. Toutes les techniques.

Style narratif. Monologue intérieur. Rapport. Documents directs, etc.[1] »

Un relevé exhaustif des différents procédés employés dépasserait le cadre de cette présentation. Néanmoins, il est tentant de suivre Jules Romains sur ce terrain, et de découvrir, en effet, les variations constantes de la rédaction. Dès le chapitre d'ouverture (« Par un joli matin, Paris descend au travail »), les fragments de journaux donnent l'atmosphère de la journée du 6 octobre 1908, mais en même temps définissent d'emblée la « montée des périls » déterminée par l'indépendance bulgare et la menace d'annexion de la Bosnie-Herzégovine par l'Autriche : « On publiait des statistiques comparées de l'armée bulgare et de l'armée turque. On faisait état des amitiés, des alliances, des sympathies. Il était aisé de voir que l'événement fissurait l'Europe en deux blocs, suivant un plan de clivage que sept ans de diplomatie avaient déterminé. » Ici, le chapitre est en quelque sorte le prolongement unanimiste de la lecture des journaux. Mais contrairement à un Dos Passos, Jules Romains en intègre le contenu à sa propre narration et le développe au plan de la conscience collective.

Quelques documents du même type parsèment l'œuvre, et jouent un rôle précis dans la photographie de l'époque. Jules Romains va plus loin et n'hésite pas à présenter comme un article authentique du *Temps* du 15 avril 1910 sa propre rédaction d'un article apocryphe sur la démission de Gurau au lendemain de la loi sur les Retraites ouvrières (*Province*[2]). Il s'agit d'un pastiche fort savoureux des chroniques politiques, mais avant tout l'image de l'événement et des personnages mis en scène autorise Jules Romains à prendre du recul par rapport à Gurau et aux actions romanesques en les éclairant d'un jour nouveau et à authentifier son récit par un effet de réalité historique, capital dans un roman où les faux-vrais protagonistes (Gurau en est le plus bel exemple) abondent. Le même effet de réalité est obtenu au début de *Province,* avec les chiffres et les noms de l'élection de la deuxième circonscription de Bergerac (*Province,* chap. I, « Ballottage à Bergerac »). Les conséquences esthétiques sont très fortes sur la suite du récit, de telles notations conférant aux chapitres purement romanesques un ancrage dans l'histoire et une vraisemblance issus de leur similitude avec d'autres faits, authentiques, de même nature.

1. *Cahiers Jules Romains 5, op. cit.*, p. 112.
2. Dans le vol. II, t. 8, chap. XXXIII, coll. « Bouquins ».

Ce procédé se retrouve encore dans *Mission à Rome*[1] (« Un article du *Temps* [Rubrique militaire] »). Jules Romains emploie la même technique du pastiche, ici à propos d'une brochure du lieutenant-colonel Duroure. L'insertion de cet article, dont l'utilité esthétique est la même que dans les exemples précédents, présente un autre intérêt, qui concerne l'effet idéologique qu'il doit produire sur le lecteur du roman. « On » loue Duroure d'avoir su, dans cette brochure, écrire que « la prochaine guerre [serait] dominée par le choc *initial*. La vitesse et l'énergie de ce choc commanderont toute la suite des événements et suffiront peut-être à en déterminer l'issue. Je signale en particulier les magnifiques pages 37-39, où s'allient la précision du physicien et l'anticipation du visionnaire, et qui nous font assister à la coulée des troupes vers la première grande bataille — qui peut-être sera la seule ». L'ironie est à double détente. D'une part, Jules Romains brocarde ainsi les innombrables articles de la même farine qui ont parsemé la presse dans les années d'avant 1914, alors que se discutait le projet de la loi de conscription de trois ans ; et d'autre part, il prépare, par l'absurde, l'effet des futurs chapitres de *Prélude à Verdun* sur le « mur », la stabilisation du front et la guerre de position. Il situe Duroure, historiquement, idéologiquement, le pare du prestige de sa fonction et, dans un chapitre placé juste après des méditations tragiques de Jaurès sur la montée inéluctable des forces favorables à la guerre, dénonce l'aveuglement des représentants soi-disant les plus qualifiés à quelques mois d'août 1914. Jaurès vient d'ailleurs justement de révéler à Gurau que la presse est aux mains de puissances financières qui la commandent. L'effet de contrepoint, en même temps que de justification immédiate des paroles de Jaurès, redouble les avantages esthétiques du procédé, déjà relevés plus haut.

Le carnet de Stephen Bartlett procure au romancier un avantage voisin dans le traitement du réel, car il combine les qualités d'un observateur placé en dehors de l'événement et celles de la subjectivité du personnage. Le mélange des genres permet ici à Jules Romains d'intégrer les jugements d'un Candide en leur affectant en même temps les inévitables marques d'ironie anglaise du journaliste frondeur du *D.M.* On rejoint ici, au moins dans les deux premiers extraits consacrés à la présentation de Paris par Bartlett dans *Les Humbles*[2], et à celle des inondations dans *Recherche d'une Église*[3], le procédé, mais détourné, qui a présidé à la rédaction des trois « présentations » de Paris, de la France et de l'Europe. La saveur particulière de ces chapitres est d'obliger le lecteur à une gymnastique intellectuelle, en lui proposant des points de vue tour à tour faussement objectifs ou faussement subjectifs. Dans tous les cas, les sujets abordés

1. Dans le vol. II, t. 13, chap. XII, coll. « Bouquins ».
2. Dans le présent volume, t. 6, chap. XIX.
3. Dans le présent volume, t. 7, chap. XIX.

le sont de biais, et la distance ainsi créée multiplie les éclairages. Jules Romains est particulièrement attaché à ce type de narration. Le début des *Pouvoirs* contient, sous la plume fictive de Bartlett, une description à la Voltaire de la Chambre des députés, qui, saisie comme une sorte de cirque ou de spectacle de foire (auquel Bartlett fait semblant de ne rien comprendre), tempère, par sa bouffonnerie, les chapitres beaucoup plus dramatiques que contient le volume.

Le docteur Viaur et l'abbé Mionnet ont droit, eux aussi, à des chapitres qui se prétendent des documents authentiques. Dans le cas du médecin, Jules Romains présente ses notes sur le cas du valet de chambre de La Celle, Vidalencque, comme un relevé opéré tel quel, et pour ainsi dire, dérobé au personnage lui-même, avant qu'il y ajoute les corrections de la mise au net (*Les Créateurs,* chap. VII, « Résidus de la tempête. Un programme de recherches »). L'effet voulu ici est d'une autre nature que celui procuré par le carnet de Bartlett ; non pas un point de vue différent qui, par contraste avec le reste du tome, produirait une détente ironique, mais au contraire une intense impression de réalité, sans intervention (apparente du moins) de la subjectivité du savant : l'aspect brut, non travaillé des notes de Viaur les exclut en quelque sorte du champ romanesque et les affecte d'un cachet d'authenticité. Dans *Mission à Rome,* Jules Romains, tout à fait soucieux de donner aux « espionnages » de son abbé une apparence réaliste, adoptera un moyen sensiblement identique, lorsque Mionnet rédigera son rapport consécutif au questionnaire expédié de Paris par Manifassier, et proposé sans doute par Poincaré lui-même (chap. XXIV, « Mionnet écrit son rapport. Lumières sur Merry del Val »). Là encore, une analyse détaillée des figures de style, des procédés d'écriture et de présentation mettrait en valeur la double finalité de ce texte. Objectivité des faits accumulés par l'enquête de Mionnet et subjectivité que le prêtre ne peut totalement abdiquer. L'impersonnalité du texte est comme parcourue des reflets que les chapitres précédents, consacrés aux investigations de Mionnet à Rome, jettent sur ce rapport, dont le statut est autant historique que romanesque. Mais c'est du subtil dosage des éléments que le chapitre tire sa force et sa réussite.

Tous ces procédés, qui visent à garantir la valeur de la narration romanesque grâce à des textes qui leur sont étrangers, par la présentation, l'insertion brutale, les changements d'écriture, aèrent l'univers scriptural des *Hommes de bonne volonté* et confèrent la vérité indispensable à une œuvre qui cherche à concurrencer l'histoire, et souvent à en rendre compte.

*
* *

Lorsque le récit semble l'exiger, Jules Romains, qui pourtant n'a jamais tenu de journal, confie à quelques personnages privilégiés ce mode de récit tout à fait classique. Là encore, le romancier entend varier les registres d'écriture bien entendu, mais aussi donner accès à des analyses psychologiques trop intimes ou trop secrètes pour être rendues par les moyens traditionnels du récit à la troisième personne. Deux journaux sont insérés dans *Les Hommes de bonne volonté :* celui de George Allory dans *Recours à l'abîme* et celui de Jallez dans *La Douceur de la vie* et *Le Tapis magique*.

Le carnet de George Allory est précédé de quelques considérations du romancier Jules Romains à son propos, révélatrices de la portée qu'il lui attribue dans la représentation de son personnage : « Sur la centaine de notes que prit Allory entre sa première visite à Mme Raymond(e) et la deuxième, beaucoup restaient molles et oiseuses, tant les habitudes d'un esprit, surtout ses habitudes d'expression, savent se défendre contre les sommations de l'expérience. Mais quelques-unes atteignaient à une certaine authenticité et franchise de ton » (*Recours à l'abîme*[1]). Le tri opéré dans les notes de George Allory, la distance que semble prendre le romancier vis-à-vis de son personnage accentuent, sans aucun doute, l'ironie de Jules Romains à son égard mais, en outre, le « document » d'apparence objective que constitue ce carnet intime pave celui-ci de réalité.

Les deux journaux de Jallez dans *Les Hommes de bonne volonté,* dont le premier couvre un tome environ, se rattachent, chez lui, à des préoccupations précises, signalant des « crises que traverse [son] organisme moral[2] », liées à des conditions extérieures, qui, en 1919, et en 1933, sont l'état du monde. En 1919, il s'agissait de sauvegarder des moments de bonheur, de les immobiliser par le contrôle de l'écrit. En 1933, alors que les menaces gonflent au cœur de l'Europe, Jallez reprend son journal pour retrouver un contact authentique avec lui-même. Mais pourquoi, dans les deux cas, Jules Romains a-t-il éprouvé le besoin de passer le relais à son personnage ? Pourquoi n'a-t-il pas essayé de garder le même regard sur Jallez que dans des chapitres déjà très personnels comme « Le passant de la rue des Amandiers » (*Éros de Paris*[3]), ou « Jallez en juin 1911 » (*Les Pouvoirs*[4]) ? Quelle authenticité supérieure serait-elle liée au journal ? Sans doute, la page où Jallez s'exprime lui-même contient-elle les mêmes aventures ou suites d'événements, mais — et c'est là l'essentiel — accompagnés du commentaire immédiat de l'intéressé sur ce qui est dit. Il y a représentation directe de la psychologie de celui qui est censé écrire cette page. C'est ce ton inimitable du personnage qui est à l'origine du type de récit choisi par Jules Romains. Mais le journal de Jallez

---

1. Dans le vol. II, t. 11, chap. XXI, coll. « Bouquins ».
2. Dans le vol. IV, t. 25, chap. XV, coll. « Bouquins ».
3. Dans le présent volume, t. 4, chap. VII.
4. Dans le vol. II, t. 10, chap. XI, coll. « Bouquins ».

représente aussi un artifice du romancier pour décrire l'époque. Dans une œuvre centrée avant tout sur la représentation du monde social, de ses tensions, de ses forces collectives, des grands mouvements de sensibilité, l'irruption du journal de Jallez, après la tempête des « Verdun » et leur tourbillon unanimiste, obéit à un choix esthétique, qui renvoie à toute la structure du roman, et à la philosophie qui le sous-tend. Ce journal marque le repliement de l'architecture romanesque sur un point idéal. Le monde, brutalement secoué, a besoin de se ressaisir. Au sortir de la guerre, l'évasion se fait par l'intérieur, et par le recours à la subjectivité absolue qu'est le journal d'un seul homme, et qui plus est, d'un homme qui n'a pas combattu, qui n'a pas été touché dans sa chair par le conflit. Esthétiquement, le choix d'une rupture brusque de tonalité s'est imposé à Jules Romains pour répondre à celle qu'a connue le monde en 1919. Il fallait que le lecteur sentît personnellement que la représentation de la réalité allait obéir à des règles nouvelles. Le contraste ne pouvait être plus radical avec les tomes d'avant-guerre, et Nice s'opposait insolemment aux champs de bataille. Là, le bruit et la fureur, ici, le silence et la douceur. L'univers est comme passé au filtre d'une conscience réduite à des soucis intimes et même égoïstes d'une certaine manière. Dans *Le Tapis magique,* le journal de Jallez, qui est loin de couvrir la totalité du volume, est un artifice de Jules Romains pour rendre compte des expériences particulières de son personnage, et aussi pour établir à nouveau un contraste avec le mauvais état du monde, dont la difficile aventure ministérielle de Jerphanion, traitée en contrepoint, est la preuve.

*
* *

D'autres types de présentation indirecte ou subjective disséminés dans l'œuvre, comme les « histoires » adventices ou encore les nombreuses lettres de Jallez et de Jerphanion, complètent ce répertoire de procédés. Les récits que Jules Romains prête à Jallez, à Bergamot, à Laulerque, à Vorge ou à M. Pouzols-Desaugues possèdent, chacun, leur utilité propre et leur tonalité singulière.

L'histoire d'Hélène Sigeau, que Jallez se défend de vouloir infliger à Jerphanion comme un récit ordonné, engage la totalité de l'aventure narrée dans le vécu du personnage. L'intrusion du passé de Jallez (passé qu'il était impossible de faire entrer dans le cadre chronologique du roman, puisque situé en deçà de 1908), outre qu'elle donne à tout le tome sa couleur et son atmosphère, situe des points très importants du caractère de Jallez, le dévoile. Le personnage y gagne en épaisseur, en non-dit qui, par un mouvement de boomerang, engage l'avenir proche, puis lointain, de Jallez (son envie de revoir Juliette et en filigrane toute sa destinée sentimentale). Placée au seuil ou presque du roman, l'histoire d'Hélène Sigeau acquiert une signification symbolique, qui est de relier entre elles des fractions d'espace et de temps révolues ou futures.

Les deux fables contées par Vorge à Quinette[1] servent aussi à révéler le caractère du poète surréaliste (ou encore dadaïste), car le choix qui l'a porté vers elles est symptomatique déjà, mais de plus entretiennent avec le cours même des aventures de Quinette des rapports singuliers. L'« Histoire des trois cent soixante-cinq appartements » est un défi au bon sens et au caractère rationnel de la réalité. En cela elle est étrange, bien faite pour séduire un sectateur de l'esprit nouveau. Mais elle correspond aussi à ce thème de la fuite, de l'évanouissement si cher à Quinette, dont l'errance macabre dans les carrières souterraines de Bagnolet représentait une première figuration. L'histoire ici prolonge la réalité du *Crime de Quinette* et introduit une variation de fond et de forme dans un motif lié à un personnage des *Hommes de bonne volonté*. Le récit de Vorge amplifie certains chapitres du tome 2 et reprend des allusions à l'espace parisien, qui emplissaient *Les Amours enfantines* et *Éros de Paris*. Les rapports entre Vorge et Quinette se chargent d'une complicité à l'égard d'aspects clandestins ou troubles de la réalité qui les intéressent chacun pour des raisons personnelles. L'« Histoire du grand vizir » évoque parfaitement, sur le mode ludique, les interrogations affolées de Quinette à propos de son double Landru. L'occultisme contenu dans le récit, les pratiques magiques utilisées pour matérialiser le fantôme, destiné à expier les crimes d'un autre, soulagent Quinette, mais, comme dans le cas du premier récit, le romancier se permet ainsi de ménager plusieurs interprétations des faits. La transformation du mystère Landru-Quinette en mystère vizir-fantôme ouvre des voies nouvelles, dilate le récit en le prolongeant par une fiction. La théorie du meurtrier collectif, de la victime expiatoire, du double, rejoint plusieurs analyses des surréalistes à la même époque, et s'insère admirablement dans le tome 17, comme reflet de ces années-là et comme image du drame de Quinette. C'est une manière de faire coïncider un individu avec son époque. En cela, les récits de Vorge ont une portée unanimiste évidente.

Les poisons de Vaurevauzes et la famille Leblanc occupent Jerphanion pendant son séjour préélectoral de janvier 1924 dans le Velay et procurent un dérivatif à son discours au Puy. Là aussi, en quelque sorte, cette histoire, reconstituée peu à peu, par à-coups, et au cours de conversations informelles avec son compagnon Grousson, répond à des mobiles esthétiques qui sont au cœur même des *Hommes de bonne volonté* : la multiplicité des aventures qui s'ignorent, l'accumulation de sujets hétérogènes les uns aux autres (ici le contraste entre ces interrogations sur la paix européenne, le sort politique du monde face à un crime ancien, hors du temps et de l'histoire). Par ailleurs, le travail d'esprit de

1. Dans le vol. III, t. 17, chap. X et XVII, coll. « Bouquins ».

Jerphanion, au sujet des mobiles, du poison, le plonge dans un univers du passé, des origines. Toujours, Jules Romains a tenu à préserver cette technique du contrepoint. Seuls changent les termes du contrepoint et la présentation des récits prévus pour l'orchestrer. D'une façon ou d'une autre, les histoires adventices des *Hommes de bonne volonté* entretiennent des liens souterrains avec les héros du tome qui les contient, et se fondent dans l'image totale du ou des personnages concernés. Pour cette raison, Jules Romains en a subtilement dosé la quantité et le sens par rapport à l'œuvre.

Une autre manière d'intervenir dans la narration de manière indirecte, mais par le biais de héros connus du lecteur, et de proposer des visions différentes d'un motif de l'œuvre, réside dans la présence, toujours pour des raisons précises, de lettres que s'adressent les personnages. Cela est particulièrement vrai de Jallez et de Jerphanion. Presque chaque fois, ces lettres concernent le thème traité dans le tome, comme un passage au mode mineur d'un même motif dans un morceau musical, ou comme un solo qui reprendrait les variations d'une symphonie ; elles interviennent aussi comme conclusion morale ou philosophique à propos d'un sujet, ou alors servent à préciser, à l'intérieur de la narration, la situation de l'un ou l'autre des deux personnages. Dans le cas de Jallez, ses réflexions sur la famille Chalmers, sur le peintre Ortegal, sur son voyage en Rhénanie, sur le désordre moral et matériel de l'Europe en 1919, sur Nice, sur Gênes et le mouvement des « Chemises noires », correspondent au propos majeur du tome dans lequel Jules Romains les a situées. Que la famille Chalmers représente, aux yeux de Jallez, une sorte de monstre, digne de figurer quelque peu parmi les « abîmes » de ce monde, cela ne fait aucun doute, par la place qu'occupe la lettre dans le roman. Que la découverte enivrée du Rhin et les connotations historiques, littéraires, symboliques de l'Europe que le fleuve suggère à Jallez soient placées dans *Les Créateurs* et donnent à ce thème une dimension plus vaste et comme universelle, cela est une évidence. On peut, bien sûr, reprocher à Jules Romains l'utilisation de ce système contrapuntique, mais, de fil en aiguille, on contesterait alors l'ensemble de l'architecture des *Hommes de bonne volonté* et sa prétention à rendre les divers états de conscience de son temps. Ce qui demeure, dans ce traitement de la réalité par les différentes techniques narratives et les multiples procédés de présentation des faits ou des sensibilités, c'est leur diversité et leur présence modeste, eu égard aux milliers de pages de l'œuvre. Cet usage de la lettre a même connu un cas limite : celui d'Agnès, la sœur de Strigelius qui n'existe dans le roman que par ses lettres (au nombre de deux), qui, par elles-mêmes, décrivent la vie d'une certaine bourgeoisie de province (et l'on sait que l'étude sociologique d'un milieu intéresse fort Jules Romains), mais dont le but, dans l'organisation du récit, est de nous introduire chez Strigelius, dans son univers privé, qu'il soit psychologique ou intellectuel. Maykosen, lui aussi, n'apparaît pas dans l'œuvre, tout au moins en scène, avant l'entretien que lui accorde Lénine dans *Le Drapeau noir*[1], « le petit professeur aux pommettes kalmouks ». Certes, on sait que Gurau a recueilli auprès de lui des informations officieuses, mais le personnage, comme Bartlett à la même époque, n'a pas d'apparence physique objective et, disons, réaliste, si ce n'est par le biais d'une description livrée dans *Les Pouvoirs*[2], « Gurau voit clairement le péril ».

Nous sommes ici à l'extrême pointe du traitement des personnages et de l'utilisation de schémas de rédaction dans *Les Hommes de bonne volonté*. L'auteur a traité le matériel humain selon des techniques allant des purs procédés issus du roman du dix-neuvième siècle à des phénomènes tout à fait modernes de destruction des personnalités au profit d'une histoire collective dont elles forment souvent, mais pas exclusivement, les éléments.

A n'en pas douter, le roman de la maturité de Jules Romains donne de la réalité mise en scène une image multiforme, alliance de larges mouvements narratifs (capables de saisir un ou plusieurs personnages dans leurs aventures) et de constante ruptures tonales dans lesquelles le romancier ferait passer ce qui précisément dépasse le récit et lui donne une allure à la fois dynamique et syncopée. Son ami Henri Legrand, après la lecture des deux premiers tomes, le 1er avril 1932, ne lui écrivait-il pas : « Comment, avec tant de tableaux divers, tant d'études abstraites détaillées à la loupe, as-tu réussi à donner l'impression d'un vaste ensemble qui se tient, où un petit nombre de directions se marquent, lignes de force qui se côtoient ou s'entrelacent sans confusion ? C'est le secret d'un homme ayant fabriqué lui-même ses outils et s'en servant avec agilité et sûreté[3] » ?

LE TEMPS ET L'ESPACE

En regroupant ses personnages, le moins artificiellement possible, autour de motifs ou de thèmes qui les unissent, comme la « montée des périls » ou comme la division en « superbes » et en « humbles », ou encore la quête amoureuse des tomes 3 et 4, Jules Romains offrait à son vaste ensemble romanesque, menacé de rupture et d'éclatement, une unité de ton et une harmonie spirituelle. L'organisation ainsi définie, les

1. Dans le vol. II, t. 14, chap. XXI, coll. « Bouquins ».
2. Dans le vol. II, t. 10, chap. XXVII, coll. « Bouquins ».
3. *Cahiers Jules Romains 5*, *op. cit.*, p. 281.

phénomènes constants de rappels, d'échos, de reflets que nous avons en partie signalés ne sont pourtant pas suffisants pour assurer au récit, dans ce cadre énorme d'une durée de vingt-cinq ans, une parfaite homogénéité.

Tout romancier qui entend en effet échapper au récit univoque de quelques destinées prises dans une durée accordée au rythme même de la vie de ces personnages est confronté au problème de la représentation et de l'utilisation du temps et de l'espace. Dans le cas des *Hommes de bonne volonté,* l'écrivain devait résoudre les questions liées au simultanéisme imposé par le type même de narration envisagée et au rythme chronologique à adopter pour représenter correctement cette onde de vingt-cinq ans. Car il faut que le temps avance, et non de manière large, mais en respectant ce grain du temps, cette emprise de l'instant sur les personnages, qui est proprement le temps romanesque. Et il est indispensable aussi que les lieux, les espaces présents dans le récit restent soumis à une unité qui en rende perceptibles les liens et les rapports. Nous avons déjà montré que les deux versants de l'œuvre ne se déroulaient pas selon le même rythme temporel[1], que les ruptures s'accentuaient entre les tomes d'après-guerre, alors que les tomes 1 à 14 suivaient fidèlement la chronologie. Cependant, il est intéressant de considérer les solutions que Jules Romains a adoptées pour donner l'illusion d'une unité temporelle ou spatiale à l'intérieur même des tomes, alors que les personnages, par leur hétérogénéité de situations et de milieux, la menaçaient sans cesse. Cette investigation dans les structures des *Hommes de bonne volonté* pourrait déboucher sur une philosophie du temps et de l'espace unanimistes, que le personnage de Jallez développe tout particulièrement et sur laquelle nous voudrions insister quelque peu. Car le temps et l'espace jouent bien un rôle dans l'orchestration du roman, mais nous verrons que ces deux notions sous-tendent même, chez plusieurs personnages, leur destinée et leur évolution au cours de l'œuvre.

*
* *

On se rappelle que le lieu originel de l'action devait être en même temps le personnage principal : Paris, et l'on sait la place immense que la ville occupe effectivement dans le roman. Dans ses œuvres antérieures, Jules Romains s'était très souvent inspiré de la capitale, en particulier dans *Puissances de Paris* où il cherchait à radiographier pour ainsi dire les lieux de la ville et à en traduire les mouvements permanents ou sporadiques.

Les Hommes de bonne volonté s'ouvrent par la réunion d'un même lieu et d'une même fraction de la durée : Paris, le 6 octobre 1908. C'est

1. Voir ci-dessus, pp. LII et LIII.

bien la conjonction de ces deux ensembles qui assure au tome son unité. En effet, à la multiplicité des personnages présentés et à la dispersion inévitable due au foisonnement d'informations qui sont livrées, Jules Romains oppose un déroulement temporel heure par heure. Il prend bien soin de recréer les occupations quotidiennes, habituelles des personnages évoqués, de parsemer son récit de brèves notations sur l'heure exacte où nous nous trouvons. Et pour accentuer l'impression d'une plongée dans l'immédiateté des faits, le volume est souvent écrit au présent, qui accentue l'aspect visuel, et c'est seulement dans la seconde partie que le récit revient aux temps narratifs habituels. Il faut que le lecteur ne décolle ni de l'espace représenté ni du temps qui passe avec lui au cours des chapitres. Et on peut suivre exactement les déplacements des protagonistes dans Paris grâce à la présence de ces indices horaires.

L'unité d'action traditionnelle est évacuée au profit d'une unité spatio-temporelle réduite. Jules Romains pervertit les règles habituelles au profit d'une synthèse unanimiste capable de concilier l'inévitable émiettement des chapitres et le dynamisme de l'ensemble. Dans ce premier tome, on constate aussi que les vingt-cinq chapitres sont en proportion égale de part et d'autre de l'heure du déjeuner, et que la plupart des personnages présentés au début du tome sont repris dans le deuxième volet. La « Présentation de Paris à cinq heures du soir » est située aux deux tiers du tome (selon, semble-t-il, cette tendance de Jules Romains à concevoir ses œuvres en trois parties d'inégale ampleur et à décaler ce qui pourrait être le centre du tome vers la fin). *Le 6 Octobre* joue à plein son rôle d'ouverture, en situant les personnages au présent, par larges touches et en respectant le fil du temps qui, lui, doit relier tout le monde. Les quelque douze heures de la journée ont suffi à Jules Romains pour faire apparaître des individus fort éloignés les uns des autres dans Paris, pour nouer certaines relations entre Quinette et Leheudry, entre Wazemmes et Haverkamp. La fraction de temps ainsi écoulé prend les personnages soit avec un passé qui dure au moment où débute le récit (ainsi Clanricard et Sampeyre sont-ils déjà un groupe formé ou encore les Pétroliers), soit sans passé évoqué : c'est au cours de la journée du 6 octobre que ces derniers rencontrent l'avenir. Dynamisme des uns, léger statisme des autres. Des techniques narratives confèrent au récit une poussée orientée dans le temps et l'espace : Michel Décaudin a souligné la manière dont Jules Romains avait fractionné la scène des peintres de la rue Montmartre, qui ponctue les heures de ce 6 octobre[1]. De la même manière, Jean Jerphanion est isolé dans le train de Saint-Étienne qui s'achemine vers Paris, et qui, symboliquement, « avale » les heures et

1. « Le début des *Hommes de bonne volonté* et l'invention d'une technique romanesque », in *Actes du colloque Jules Romains, Cahiers Jules Romains 3,* Paris, Flammarion, 1979, pp. 212-224.

les kilomètres au cours de deux chapitres. Les onze express que le lecteur suit pendant la présentation de Paris pénètrent dans la ville, et nous avons là une espèce de métaphore du dynamisme interne du temps et de l'espace dans la narration. Après ce long chapitre qui à la fois aère le récit et opère sur lui un recentrage, le lecteur est repris par les aventures de Quinette et de Wazemmes seuls, la rumeur antérieure s'amenuisant. La vague descendante, plus brève que la vague montante, resserre les chapitres qui se concluent sur un duo en mineur, aux tonalités plus étouffées. Mais pas un instant, le romancier n'a quitté le fil des heures et, du matin à cette soirée du 6 octobre, la chonologie a été respectée.

Les quatre premiers tomes du roman respectent des règles strictes de narration par rapport au temps et à l'espace. *Crime de Quinette,* composé de vingt chapitres, se passe en trois jours, depuis le matin du 12 octobre à la soirée du mercredi 14. La rupture entre les deux tomes, qui est d'une semaine, est estompée, voire annulée, par l'emploi, à nouveau, du présent dans les chapitres I à IV, qui renoue avec cette immédiateté des faits. Les repères temporels sont imperceptibles. On passe quasiment de plain-pied du tome 1 au tome 2. Douze chapitres doublent la structure temporelle chronologique du *6 Octobre* : du matin au soir du 12 octobre. La « Nuit de Quinette » nous fait passer au lendemain mardi 13 octobre, auquel six chapitres seulement, insérés dans une durée beaucoup moins resserrée, sont consacrés (le matin, à six heures et demie du soir, et à neuf heures). Une seconde nuit de Quinette (chap. XIX, « Demi-sommeil de Quinette à cinq heures du matin ») nous conduit à la journée du mercredi 14 octobre, dont seule la soirée est évoquée, par petites scènes simultanées, en un chapitre final. On voit bien comment le romancier a utilisé le temps et les phénomènes d'élargissement et de rétrécissement des séquences pour donner l'illusion de « coller » au récit, tout en l'élargissant et en abandonnant la lenteur du premier volume. La métamorphose du rythme est subtilement dosée, les nuits de Quinette établissant les liens. On a encore ici trois parties inégales de récit, soit douze chapitres, puis six, puis un seul. Le temps a changé de rythme : des vingt-cinq chapitres du 6 octobre, on est passé au chapitre unique pour le 14 octobre.

Les Amours enfantines et *Éros de Paris* conduisent le roman au seuil de l'année 1909, soit le soir du 26 décembre, rue Foyatier, où Jaurès prend la parole. Deux mois sont donc répartis sur les deux tomes, à peu près de manière équilibrée. Mais à l'intérieur de ce cadre, Jules Romains va opérer selon deux méthodes sensiblement différentes, bien que leur finalité soit identique au fond. Dans *Les Amours enfantines,* l'ouverture a lieu à l'École normale, où nous voyons Jerphanion seul sur les toits, puis avec ses camarades dans la turne, au réfectoire, enfin à nouveau dans la turne, alors que Jallez commence à évoquer Hélène Sigeau[1]. Au même moment, c'est à Quinette que nous passons (à onze heures cinq précises) et à l'évocation de ce qui a eu lieu depuis le lendemain du meurtre, avant que le chapitre VI nous communique les souvenirs enfiévrés du soir du crime. Les six chapitres (encore conclus par une nuit de Quinette comme deux fois déjà au tome 2) se situent donc dans une stricte logique temporelle. La séquence postérieure englobe seize chapitres, à partir du « lundi suivant » jusqu'à la rencontre entre Sammécaud et Gurau, vers minuit rue Boissy-d'Anglas. Le chapitre XII, « Huit heures du soir faubourg Saint-Germain, puis ailleurs » qui se situe au milieu du tome, se situe également à peu près au milieu de cet ensemble de chapitres consacrés aux Saint-Papoul et aux Champcenais (déjà présentés conjointement dans *Le 6 Octobre*). Il s'agit d'une architecture temporelle structurée de part et d'autre de l'heure du dîner, un peu plus tôt rue Vaneau, un peu plus tard rue Mozart. Une fin de nuit, celle-là, nous amène à la journée du mardi, avec Gurau d'abord, puis Allory confronté à ses activités matinales. Les repères temporels s'effacent. Les jours et les semaines sont moins précisément notés mais le romancier, en abordant le chapitre XIX, et la « grande promenade de Jallez et de Jerphanion », laisse supposer qu'elle se situe le même jour, et au matin également. Le lecteur passe insensiblement des personnages aux autres en circulant le long d'une coulée homogène de temps qui épaissit le récit, alors même que les écarts se creusent à l'intérieur du flux des jours. Ce que Jules Romains perd depuis *Le 6 Octobre* en chronologie serrée, il le regagne en cernant davantage ses personnages dans des chapitres qui se déroulent à la suite les uns des autres, quitte à ménager des ruptures entre ces séquences. Les chapitres XX à XXIII élargissent le récit. Mardi, puis vendredi, samedi enfin arrivent, où, à deux heures, Gurau rend visite à Jaurès, et le même jour, à trois heures, Jallez et Jerphanion sont rue Réaumur. Les trois parties des *Amours enfantines* forment en outre à nouveau un triptyque ainsi conçu : deux masses égales de texte (une soixantaine de pages dans cette édition) encadrant une large composition centrale elle-même répartie en deux sous-ensembles équivalents.

On nous accusera peut-être de privilégier abusivement ces analyses de structure du temps dans *Les Hommes de bonne volonté*, mais ce serait oublier que l'œuvre existe aussi par ce jeu incessant entre les personnages et les formes de représentation. Les deux dîners se doivent en effet de faire vibrer leurs oppositions dans une durée qui les réunit et que le lecteur compare. L'unanimisme fonctionne parfaitement. L'espace de ce troisième tome est également bâti sur une opposition entre l'intérieur et l'extérieur. Les deux normaliens ouvrent et ferment le tome, l'un à

1. Dans le présent volume, t. 3, chap. I à IV.

l'École (Jerphanion sur les toits et l'avenir), l'autre rue Réaumur (Jallez et l'histoire d'Hélène au passé), mais, dans les deux cas, nous sommes à l'extérieur au début et à la fin du livre, tandis que la majeure partie des chapitres se déroulera dans des intérieurs clos. Seul le chapitre XII, au milieu, nous montrera quelques scènes rapides qui nous permettront de sortir des salons, pour évoquer le reste de la ville.

C'est de l'incontestable souci de forme et de mise en scène très élaborée que bien des tomes des *Hommes de bonne volonté* acquièrent leur unité, et permettent au lecteur de dominer ces nombreuses intrigues, indépendantes en apparence. De plus, la composition des chapitres par masses homogènes soumet le lecteur à un rythme de lecture reposant sur une perception de la durée des journées telle qu'il peut la vivre lui-même. L'effort de représentation du temps voulu par le romancier ne contredit pas l'expérience du lecteur, qui adhère plus facilement à l'émiettement des intrigues. Une autre conséquence est la présence simultanée de personnages qui entretiennent des rapports malgré eux.

Le tome 4, en apparence, débute de manière nouvelle. C'est l'est de Paris (Belleville, les Buttes-Chaumont) qui offre un cadre à plusieurs héros bien différents, et qui ont tous une raison précise de se trouver dans ces parages aux alentours de midi un mercredi de décembre. Wazemmes et Haverkamp, Edmond Maillecottin et sa sœur Isabelle, Jallez seul déterminent des itinéraires personnels mais fondus en un même lieu. Le début de la soirée de ce jour-là (un mercredi), le chien Macaire se promène dans le faubourg Saint-Germain, puis nous remontons à Montmartre, chez Sampeyre, où les membres du « petit noyau » accueillent le révolutionnaire allemand Michels. Tard dans la nuit, Laulerque et ses amis évoquent la franc-maçonnerie. Une journée a eu lieu, et se termine par une discussion consacrée aux problèmes politiques (chap. I à X). Un après-midi (non situé mais sans doute vers la mi-décembre), nous retrouvons Germaine et Riccoboni, Marie et Sammécaud, ensuite les deux errances sentimentales et érotiques de Jallez et de Jerphanion seuls, avant que, le même soir, Quinette et Loys Estrachard entendent Robert Michels au contrôle social, journée qui se conclut donc de manière parallèle à celle du début du tome, et sur les mêmes propos au sujet de la situation révolutionnaire en Europe (chap. XI à XVI). La troisième phase débute dans la matinée du mercredi 23 décembre et nous amène au soir du 26. Deux chapitres concernent la journée du 23 (Juliette, Jerphanion), quatre, la journée du 24 (Quinette, Jallez et Juliette, Jerphanion et Jeanne la modiste, la soirée à la Closerie), et le tome s'achève encore sur une méditation politique, celle de Jaurès rue Foyatier, qui dénonce les menaces de guerre européenne (chap. XVII à XXIII). Il est tout à fait remarquable que le roman soit bâti en trois masses de texte qui aboutissent chacune, à la fin d'une très équivalente évolution temporelle (une journée à peu près), à des questions relevant de la politique révolutionnaire européenne et des risques de guerre franco-allemande. Il y a là des phénomènes d'écho entre Michels l'Allemand et Jaurès le Français, tous deux socialistes, mais poursuivant des réflexions parfois contradictoires.

Éros de Paris est donc divisible en trois parties, si on accepte les critères de répartition interne que nous proposons (et qui ont le mérite de la cohérence aux niveaux idéologique et esthétique), comme le tome précédent, et avec une proportion numérique de chapitres semblables, quoique disposés différemment : *Les Amours enfantines* : 6 chapitres, 10 chapitres, 7 chapitres ; *Éros de Paris* : 10 chapitres, 6 chapitres, 7 chapitres. On se rappelle que la fin du tome 4 était bâtie sur l'alternance savamment ménagée entre les scènes de Jerphanion, Jallez, Quinette et des entrecroisements et passages des uns aux autres[1]. L'analyse temporelle et spatiale démontre que plusieurs structures ont été emboîtées les unes dans les autres, sans que l'une ne nuise à l'autre, et chacune assurant au tome une cohésion parfaite. On lit mieux *Les Hommes de bonne volonté*, si on prête attention à ces effets issus de leur construction, car c'est de celle-ci que naissent les réseaux de signification profonde de l'œuvre. En tout cas, le respect marqué par Jules Romains à l'égard du déroulement des heures et des jours répartis en volume de texte, et compte tenu de l'alternance très volontaire des jours et des nuits dans ces quatre tomes, contribue à architecturer fortement ces volumes qui, ne l'oublions pas, forment la première partie homogène de l'œuvre, et avouée comme telle dans le texte placé par l'auteur à la fin d'*Éros de Paris*. Jules Romains y souligne que l'un de ses buts est de ne pas « perdre [...] le bénéfice d'une vue complexe et ramifiée des choses, ni le sentiment de leur multiplicité organique, de leurs incessantes corrélations et jonctions[2] ».

*
* *

Le temps et l'espace ne sont pas étrangers à la forme du roman et même, nous venons de le voir, ils imposent un sens à ces chapitres menacés de discontinuité. Mais il est loisible, de plus, de discerner, dans la figuration des multiples occurrences de l'espace et du temps, des images qui reviennent et qui trahissent sans doute, de la part de Jules Romains, des préoccupations philosophiques essentielles et consubstantielles à l'unanimisme. Il apparaît, pour qui n'hésite pas à considérer les personnages au-delà de leurs simples aventures, que des motifs emblématiques appartenant soit au temps soit à l'espace, leur sont liés, et qu'ils forment comme une sorte de « basse continue » accompagnant

1. Voir ci-dessus, p. LXVI.
2. « L'auteur aux lecteurs » (1932) ; texte publié à la fin du dernier volume de cette édition.

leur destin. L'espace pourrait être analysé selon des critères symboliques : endroits mobiles ou immobiles, bénéfiques ou maléfiques ; en fonction de leur situation également (l'intérieur et l'extérieur, le haut et le bas), ou encore ceux qui font appel au secret, au clandestin, ou au contraire à l'ouverture au monde et à autrui. Ces diverses catégories sont d'ailleurs susceptibles de renforcer leurs significations grâce à leur présence simultanée.

Le thème de la terrasse ou de la vue semble lié à Jerphanion d'abord et à Jallez ensuite. Les deux montées sur les toits de l'École normale, la vue sur la banlieue nord depuis le Sacré-Cœur, celle sur la Seine depuis le balcon de l'île Saint-Louis et le dernier regard sur les pistes de l'aéroport du Bourget sont autant de moments où Jerphanion essaie de se comprendre lui-même et de deviner l'époque. Ses méditations sur les toits de l'École répondent au besoin, non de définir particulièrement une ambition égoïste, mais de se situer par rapport au monde, et de tracer entre celui-ci et sa conscience des lignes, des orientations qui engageront sa conduite future. Le personnage s'isole de l'univers qui se meut devant lui mais qui ne disparaît pas, et c'est de cette oscillation vague que naissent la pensée du personnage et sa réflexion sur l'histoire. Jallez est, on le sait, l'homme des voyages et du mouvement. C'est la marche qui crée chez lui le passage à la pensée. Mais, à la différence de Jerphanion, le lieu mobile lui convient particulièrement. C'est entre Douvres et les côtes françaises qu'en 1914 il sent monter en lui l'angoisse des temps à venir[1]. En Russie soviétique, passager d'un bateau sur la Volga, Jallez est bercé par les mouvements du navire qui lui communiquent une ivresse et un détachement à l'égard des contingences historiques. Son voyage au début de *Comparutions,* à son retour d'Angleterre, provoque ses méditations désabusées sur sa vie. Tout se passe comme si les lieux accueillaient les pensées et les provoquaient même, sans effort. Par ailleurs, Jallez et Jerphanion sont aussi et avant tout peut-être des hommes que l'extérieur concerne, modifie, oriente. La promenade est chez eux source d'action et développe leur énergie. Qu'on pense à la visite dans les quartiers misérables qui décide du destin de Jerphanion, ou aux longues errances de Jallez dans *Éros de Paris*[2] ou dans *Les Pouvoirs*[3]. Elles déterminent des radiations qui engagent les personnages. Jerphanion de même, devenu « Le vagabond » (tome 4, chap. XV) souffre de la solitude du provincial lâché dans la grande ville, anonyme et indifférente.

Paris d'ailleurs, à lui seul, mériterait une étude particulière, dans la mesure où Jules Romains a su créer entre la ville et ses personnages des liens actifs. En se promenant vers les Buttes-Chaumont ou sur la rive

1. Dans le vol. II, t. 14, chap. XX, coll. « Bouquins ».
2. Dans le présent volume, t. 4, chap. VII, « Le Passant de la rue des Amandiers ».
3. Dans le vol. II, t. 10, chap. XVI, « Jallez en juin 1911 », coll. « Bouquins ».

gauche en direction d'Auteuil, Haverkamp prend la mesure de lui-même, se plonge dans des rêves de puissance immobilière. Les chapitres que le romancier consacre aux pérégrinations de l'agent d'affaires illustrent le personnage et le peignent fondamentalement. La ville n'est plus un décor, mais un protagoniste, avec lequel Haverkamp entretient des relations passionnées et charnelles. Paris lui renvoie l'image de sa force et de sa volonté.

Un Louis Bastide, l'enfant au cerceau, se dirige dans les rues de Montmartre comme un animal sur son terrain (*Le 6 Octobre*[1]). Mais la ville devient ici encore la figure matérielle d'un destin inconnu. Les mouvements de l'enfant derrière son cercle de bois s'associent aux mouvements du ciel : « Comme la fumée est belle ! Une suite bien régulière de gonflements qui s'enroulent, puis s'étalent. Quelque chose comme les nuages magnifiques de l'été, mais avec une volonté, une direction, un souffle ; avec l'impression d'une source, et cette cheminée qu'on voit sortir de la ville, comme si la source des nuages, naissant des profondeurs de Paris, était portée là-haut vers le ciel ». La ville se transforme en un milieu bienfaisant, qui, loin de brider la personnalité de l'enfant, la délivre et l'exalte. Elle autorise l'enfant à rêver de son destin, non sous la forme de visions précises, mais sous la forme d'un décrochement du moi vers l'avenir. L'espace urbain se mêle au temps futur que Louis Bastide entrevoit confusément.

Il ne faut pas se représenter le Paris des *Hommes de bonne volonté* comme la collection plus ou moins exhaustive de descriptions, quartier par quartier, de décors plus ou moins liés aux personnages, mais plutôt comme la figuration sensible de destinées incorporées à la ville et y baignant conjointement. Ces quelques exemples, parmi d'autres, indiquent comment les lieux et le dynamisme qu'ils insufflent aux personnages, imprègnent *Les Hommes de bonne volonté*.

On pourrait en dire autant, mais sur d'autres registres, à propos de Quinette, presque toujours situé dans des lieux clos ou, à tout le moins, liés aux ténèbres et au long enfouissement dans la nuit (les refuges de Leheudry, la fuite dans les quartiers de Paris, les boyaux de Bagnolet, les errances imaginaires de ses nuits, ou l'évocation des trois cent soixante-cinq appartements qui serpentent dans Paris). Cette image de l'enfouissement et du souterrain n'est pas associée au seul Quinette. Pensons à la rêverie de sécurité dont a besoin Jerphanion pendant la guerre, pensons à celle qui saisit Jallez en prison, en Russie : deux périls dont les intéressés se défendent en plongeant dans leur univers privé et leur imaginaire. Il se tisse alors des réseaux de signification entre les personnages et l'endroit où ils se trouvent, où ils agissent. Par exemple, *Recours à l'abîme* exploite une assez singulière opposition entre l'extérieur

1. Dans le présent volume, t. 1, chap. XVII.

et l'intérieur (chap. I et II), ou entre le dessus et le dessous (chap. XIX), cela afin de donner au tome une coloration clandestine et une atmosphère d'enfermement, de monde souterrain.

Comment ne pas être sensible également à la quête de l'« oasis » du « bon petit coin » et de la sécurité en somme, qui s'applique à bien des protagonistes : Jerphanion à la guerre et lors de sa descente sur Verdun en flammes, guettant un coin habitable dans l'enfer, Jallez à Nice évoquant, avant son départ pour l'U.R.S.S., les « oasis menacées », Sammécaud installé à Sidi-Bou-Saïd, ou Haverkamp à Dubrovnik goûtant l'anonymat d'un bonheur protégé ? Des « espaces » encore comme les dîners, les innombrables repas que prennent les personnages, et qui ont tous la valeur symbolique d'une communion, les conversations dans ces lieux intimes que sont les bars (Gurau et Sammécaud, Jallez et Élisabeth au *Yorkshire,* Jallez et Bartlett à Rome), le dîner chez Torchecoul en Bourgogne, celui de la fin du *7 Octobre,* autant d'occasions de réunir en « unanimes » les individus dispersés et de les opposer au monde déchiré.

La fréquence de réapparition de ces phénomènes autorise à penser qu'il s'agit chez Jules Romains, non d'obsessions, mais de thèmes récurrents, et symboliques par là même. L'espace est une figuration d'ensembles agréables ou désagréables, dynamiques ou statiques, qui aboutit à une psychophysiologie de l'univers, habitable ou non. C'est ainsi que « le tapis magique » de Jallez est bien le refuge d'une personnalité troublée par l'Histoire, et rejoint l'autre refuge que constituera son amour pour Françoise. Mais en même temps, Jallez est lié à un Haverkamp, à un Sammécaud, par la similitude de leurs recherches.

C'est en effet sur Jallez que nous voudrions faire porter notre analyse plus détaillée de l'espace et du temps. Il est indéniable que les réflexions, fort nombreuses et fort substantielles, que Jules Romains confie à ce personnage, dont on sait qu'il a fait un de ses porte-parole privilégiés des *Homme de bonne volonté*, nous autorisent à extraire de son expérience une philosophie du temps et de l'espace qui pourrait bien être celle de l'auteur[1]. Jallez est à la recherche du bonheur, une sorte d'ataraxie, de béatitude qui serait liée à la fuite hors du temps et de l'espace. Comme Haverkamp, mais d'une toute autre façon, Jallez est sensible à la poésie des villes, des promenades, de l'espace qui se découvre dans la marche. Son goût pour la perte dans les rues, pour l'évanouissement de l'être dans l'anonymat de la grande ville est plusieurs fois souligné. Que ce soit à propos de ses randonnées avec Jerphanion ou à propos de ses explorations de Londres, Jallez insiste toujours sur le bonheur qu'il y trouve et le sentiment de libération qui s'en dégage. La première

1. C'est pourquoi, d'ailleurs, nous avons dû fréquemment insérer des citations un peu longues, mais par là même révélatrices de cet aspect particulier de l'« univers » de Jallez.

conversation de Jallez avec Jerphanion dans *Crime de Quinette* contient des confidences révélatrices sur ses orientations futures encore confuses à ce moment-là : « A travers les quartiers qui me sont les plus familiers, mes promenades restent pour moi des surprises. Des improvisations justement [...]. Tu vois tous ces gens ? [...] Il n'y en a probablement pas un qui ne soit en train de suivre un itinéraire personnel ; un de ses itinéraires personnels, car chacun en a plusieurs. Représente-toi ça : la continuation des lignes qu'ils tracent [...]. Mais il n'est pas mauvais qu'il y ait, de temps en temps, pour passer là, un homme délivré de tout itinéraire personnel. Comme le bon nageur de Baudelaire, « qui se pâme dans l'onde » (chap. XV).

La suite du roman, nombre de pages sur ses promenades à Paris, à Londres, confirmera que Jallez veut être ce « bon nageur », et que son itinéraire est de ne pas en avoir. Or, tout cela, il le sait bien, c'est Hélène Sigeau et son amour si miraculeusement accordé aux errances dans Paris qui le lui ont donné : « L'histoire d'Hélène [...] il m'en restait l'impression d'un amour mêlé aux rues, aux rumeurs, fait de rencontres dans la foule, de courses capricieuses, d'abandons au hasard ; moins un lien qu'un déliement ; moins un but qu'une méditation » (*Éros de Paris*[1]). L'amour de son adolescence avait ceci de merveilleux qu'il s'accompagnait d'une liberté extraordinaire à l'égard du temps et de l'espace, « ce sentiment de l'éternel qui nous accompagnait, Hélène et moi, le long de tant de rues, et nous préservait merveilleusement de l'avenir » (*idem*).

Jallez est à la fois sensible au temps et à l'espace, et l'amour représente la possibilité de les lier ensemble dans une fusion extra-temporelle et extra-spatiale : l'universel et l'éternel, ces deux mots que Jallez vient de dire... Il reviendra encore sur ce souvenir enchanteur lors d'une autre conversation avec son ami : « Je t'ai parlé, je crois, d'une quiétude dont elle m'avait donné l'exemple ; d'une posture d'abandon qu'elle m'avait apprise... Je ne voudrais pas perdre le sens de ces espèces de mélodies, chantées toutes seules, qu'étaient nos courses, jadis, à elle et à moi, le long des rues. Au contraire, je voudrais en étendre le bénéfice, la vertu aux situations successives que la vie me découvre. Je voudrais adapter le secret de cette nage à la forme du flot que je ne choisis pas » (*Montée des périls*[2]). Jallez essaie donc de rester en contact avec l'espace, avec la ville et d'y trouver une sorte de bonheur, de quiétisme, un abandon au flot de la vie dans ce qu'elle a de plus détaché des contingences. Son but, plusieurs fois répété dans *Le Drapeau noir* et dans *Recherche d'une*

1. Dans le présent volume, t. 4, chap. VII.
3. Dans le vol. II, t. 9, chap. XXXVIII, coll. « Bouquins ».

Église, est d'échapper à l'anecdotique, à l'histoire qui vient sans cesse vous rattraper par vos basques : « Il se demandait si le dernier mot de la sagesse, dans une civilisation toujours malade de civisme et d'histoire, qui a toujours les mains pleines de devoirs à distribuer et de catastrophes à répartir au prorata, ce n'était pas de tâcher d'être le plus possible, partout comme ici, cet homme à la fois infiniment seul et infiniment accompagné qui s'enfonçait librement, à la boussole, dans la plus grande ville du monde, où il ne comptait pour rien » (*Le Drapeau noir*[1]).

Ces villes, qui procurent à Jallez le sentiment de l'infini et celui d'échapper au quotidien (Paris au temps d'Hélène, Londres après sa rupture avec Juliette) préfigurent la Nice de l'hiver 1919-1920, dans laquelle Jallez sentira une possibilité de fuite hors de l'histoire collective qui l'a happé pendant quatre ans. Si la ville est l'image d'un infini qui se dérobe sans cesse, elle ressemble aussi un peu à l'idée que Jallez se fait de ce « mal de l'absence de limites » et de ce « tourment de l'infini » qu'il confie à Jerphanion, « l'impression que l'univers est infini, que les grandeurs humaines sont emportées par le vent jusqu'au bout de l'univers qui n'a pas de bout » (*Recherche d'une Église*[2]). Or, cette vision d'un infini incommensurable et angoissant ne contredit pas, d'une certaine manière, celle de l'amour lié à la ville. Même, on pourrait dire que c'est de cette vision déprimante que naît sa conception de l'amour lié à la ville. A cause d'Hélène, et à cause de ses errances enfantines, la ville est inséparable de l'amour. C'est dans une ville que naît l'amour, c'est dans une ville qu'il meurt. Les apparitions et disparitions d'Hélène ont fait sentir à Jallez combien une ville est pour l'amour une bénédiction et un danger. Bénédiction, car elle crée un univers secret qui renforce la présence des amoureux l'un à l'autre. Danger, car la ville lui a repris Hélène et il en garde cette impression, « celle d'être bordé à tout moment par une immensité qui, pour nous être familière, n'en est pas moins prête à nous prendre ce que nous aimons sans que nous sachions si elle nous le rendra » (*Les Amours enfantines*[3]).

Cette expérience de Jallez face à la ville, ce traumatisme qu'a représenté l'évanouissement d'Hélène ont fait naître en lui une sorte de vision emblématique de l'amour lié à la fois à la ville et à l'infini du monde sans limites. Pour Jallez, l'amour se définit comme la possibilité pour deux êtres de retrouver une unité dans un espace bienfaisant : « Pour le moment, si je pense à l'amour en général, oui, si j'essaye de me le représenter dans cet univers dévasté par l'infini, je vois un couple arrêté au bord d'un canal [...] Un canal tout ce qu'il y a de plus réel, à Paris, ou aux portes de Paris, la berge du canal Saint-Martin par exemple,

1. Dans le vol. II, t. 14, chap. XIX, coll. « Bouquins ».
2. Dans le présent volume, t. 7, chap. XV.
3. Dans le présent volume, t. 3, chap. IV.

pas loin d'ici. [...] Lui regarde intensément son visage à elle. Elle ne regarde rien. Elle a les yeux tournés vers n'importe quoi, vers son épaule à lui, ou le gris du ciel. Mais elle ne regarde rien. Elle se laisse absorber par son regard à lui [...]. Ils ont sous les pieds les gros pavés de la berge. Il y a l'eau tout près, une péniche vide, un passage noir sous un pont. Et l'idée de cet univers incommensurable que les calculs de l'esprit ne cessent d'étirer, de défoncer, de dévaster... Alors, le regard de l'homme et le visage où il se pose, cela devient d'une singularité poignante. De tous les côtés, des mondes en fuite, des nébuleuses pelotonnées ou détendues, des flocons de fumée dans une tempête, les milliards de lieues et les milliards d'années crachés comme de la cendre. Et ce petit être féminin que les bras de l'homme maintiennent immobile, et que ses yeux contemplent. Tout ce qu'il y a là d'improbable, d'impossible à justifier... [...] Ce que ça me donne, ce n'est pas du tout le sentiment d'une antithèse orgueilleuse ; pas la moindre bravade envers cette débauche, alentour, d'infini absurde ; oh non ! mais une tendresse, une tendre peur en faveur du visage bordé par l'abîme » (*Recherche d'une Église*[1]). On voit ici comment l'espace est pour Jallez source d'angoisse et source de bonheur, puisque c'est grâce à lui que l'amour existe, et c'est parce qu'il est infini que l'amour représente l'enclos fragile mais préservé du bonheur. En outre, sa perception spéciale de la ville fait que l'espace urbain permet à l'amour non seulement de naître, mais de réapparaître, comme lors de cette rêverie au sujet de Juliette (un peu avant la reprise de leur liaison) : « Juliette, on l'a quittée un jour déjà lointain. Mais elle est tout près. Il n'y aurait qu'un signal à faire. Et on la verrait soudain apparaître au prochain croisement de rues. On est un peu comme des enfants qui s'amusent dans le quartier. Ils se séparent. Mais il y a entre eux un cri spécial ; un certain « o-hau » connu d'eux seuls, qu'ils savent entendre par-dessus les pâtés de maisons. Ils se rejoignent quand ils veulent » (*Éros de Paris*[2]). Qu'est-ce que cela signifie ? La ville qui prend peut alors donner à nouveau. La ville, immensité inconnaissable dans sa totalité, se transforme en un espace aux caractéristiques singulières : perméable au psychisme et permettant aux êtres de se rejoindre au-delà de l'histoire et malgré elle : « Il y a entre Hélène, Juliette et moi, une espèce de tradition indéfinissable. Il faudrait pouvoir crier "o-hau" comme ces enfants, en usant de la modulation secrète ; et voir venir. Voir qui viendrait. Car quelqu'un viendrait, j'en suis sûr » (*idem*).

Hélène ? Juliette ? Et pourquoi pas, plus tard, Antonia ou Françoise ? Ce cri, capable de rapprocher les êtres à travers (ou malgré) l'espace, est expliqué plus tard, dans un chapitre des *Pouvoirs* (titre symbolique en l'occurrence) : « Jallez en juin 1911 », dans lequel nous le voyons

1. Dans le présent volume, t. 7, chap. XV.
2. Dans le présent volume, t. 4, chap. VII.

d'ailleurs entreprendre une promenade le long d'un canal, puis méditer dans une église. Tout le passage serait à citer, tant le personnage y est admirablement analysé dans ses relations à la ville, à la psyché collective et à l'amour. Contentons-nous de ces lignes qui complètent l'allusion aux cris qui sillonnent la ville : « Il y a des moments où ils [les cris perdus] prennent un surcroît de pouvoir. En pleine nuit. Tu ne sais pas depuis combien de temps tu dors. Tu te réveilles d'un seul coup [...]. Mais tu as envie de te lever et de « rejoindre ». Rejoindre quoi ? Au matin, les dernières minutes de ton sommeil tracent un carrefour merveilleux où les rêves se bousculent pour repartir ; et où les cris perdus accourent de tous côtés. (...) Tu es de plus en plus persuadé que l'âme est toujours « ce qui s'évade ». Elle ne fuit pas forcément très loin, mais c'est elle qui forme au-dessus des événements la nuée ; au-dessus de l'histoire les beaux cirrus de l'intemporel. C'est elle qui, au-dessus de la rumeur des villes, promène constamment « l'autre explication » (*Les Pouvoirs*[1]). L'espace, comme disloqué, acquiert une perméabilité capable de procurer à l'âme une sorte de lieu idéal, délivré de ses attaches avec l'histoire, où l'amour trouve sa place, d'abord avec Hélène, ensuite avec Antonia, enfin avec Françoise. Nice, enclos paré de toutes les beautés, ne sera pas sans analogies avec ce paradis intemporel. Jallez, à la fois amoureux de l'espace urbain et sensible à sa puissance génératrice d'évanouissement, y voit également la possibilité inverse de créer un point de rencontre parfait entre les images féminines qui parcourent sa vie. Il existerait donc, au-delà de l'espace matériel de la ville, un espace autre, différent en cela qu'il se compose d'un ensemble irréductible au premier, et la quête amoureuse de Jallez en est l'illustration. Sa « recherche d'une Église » serait celle d'un espace dans lequel Hélène, Juliette, Antonia, Françoise vivraient à ses côtés, chacune incarnant une seule figure féminine qui le hante.

L'aventure amoureuse de Jallez a tendance à se concrétiser en la création d'un univers féminin bien particulier, débarrassé des contraintes de l'espace quotidien. Si l'on veut, l'amour ou les amours de Jallez créent un univers « zéro », originel, qui l'enferme dans le bonheur. Et c'est bien encore l'image du couple au bord du canal, et sa suite qui en résume le mieux la nature : « L'amour physique [...]. Tout à coup, on est vraiment enfermé. Il s'installe une espèce d'absolu et, ce qu'il y a de plus miraculeux, un absolu de l'ordre matériel ; oui, de la même famille que cette tempête échevelée de matière, tout autour, où l'on ne pouvait plus s'accrocher à rien. Il y a soudain des limites ; si proches et si solides qu'on peut se rassurer en les touchant ; un cachot lumineux, dont les parois ne laissent rien passer en dehors, et qui fait entièrement sa réverbération

1. Dans le vol. II, t. 10, chap. XVI, coll. « Bouquins ».

sur vous... » (*Recherche d'une Église*[1]). D'ailleurs, Jallez est à tel point habité par cette vision qu'il la retracera pour Françoise dans leur promenade à Saint-Denis, sur les lieux mêmes où, vingt-quatre ans plus tôt, il la décrivait déjà à Jerphanion. L'abîme de l'espace, l'abîme de la ville, auxquels Jallez, plus que tout autre, est particulièrement sensible, se résoudront donc pour lui en une équation peut-être trop belle pour être vraie, mais qui sera une sorte de talisman : la disparition de l'angoisse devant l'infini par un amour qui réconcilierait l'espace et cette peur de l'espace dans le couple où les deux amants, présents l'un à l'autre, sont responsables de leur bonheur.

*
* *

Le temps est également la source de méditations bien particulières, et l'œuvre nous en fournit une poétique. En effet, le temps paraît à Jallez non moins mystérieux que l'espace. Il a, à ce sujet, une expérience aussi étonnante que celle qu'il a connue à propos de l'espace. Évoquant son enfance parisienne, il essaye d'exprimer ce qu'il ressentait en déménageant d'un quartier à l'autre, comment le remplacement d'un espace par un autre le conduisait à ressentir le temps : « Ce qui me paraît émouvant dans le cas des enfants de Paris, c'est que justement ils changent de monde sans changer de lieu [...]. Voilà le sens que "passé" prenait pour nous. Une autre espèce de présent, mais insaisissable. Un présent peut-être situé autre part. Quelque chose que, pour l'instant, nous "n'avons pas", que nous ne découvrons plus autour de nous, qui nous est dérobé, mais qui soudain, d'on ne sait où, va ressortir » (*Les Amours enfantines*[2]). Les termes sont singulièrement voisins de ceux utilisés à propos de l'évanouissement d'Hélène dans la ville. Comme l'espace vous dérobe ce que vous aimez et, peut-être, vous le redonnera, à la fois le même et un autre, le temps perd sa caractéristique essentielle : celle de ne plus reparaître. Pour Jallez, le temps est perméable à la matière : ce qui a disparu peut revenir, peut « ressortir » du passé. L'espace donnait et reprenait ; le temps passe et revient. Antonia et Françoise surgiront telles des figures nouvelles, mais singulièrement proches d'Hélène. Jallez vit avec la certitude que son amour pour Hélène le suit, secrètement, muettement, mais qu'il est là, qu'il peut « ressortir », « ressurgir ». Hélène a aussi son importance dans ce sentiment d'un temps dilaté, dont les limites passé — présent — avenir disparaissent, comme nous le faisions déjà remarquer : « Ce sentiment de l'éternel qui nous accompagnait, Hélène et moi, le long de tant de rues, et nous préservait merveilleusement de l'avenir. (Voilà une de mes préoccupations dominantes, une de mes

1. Dans le présent volume, t. 7, chap. XV.
2. Dans le présent volume, t. 3, chap. IV.

recherches : obtenir des moments de vie d'où toute poussée du temps soit exclue) » (*Éros de Paris*[1]).

L'amour pour Hélène lui a donné le goût de moments délicieux, où le temps ne faisait pas sa poussée sur lui, où il se sentait libre, où le temps semblait ne pas exister : « Il y a dans l'univers des moments de trêve et des lieux d'asile. Il y aurait peut-être une façon de prendre la vie qui de tout — de presque tout — ferait une trêve et un lieu d'asile » (*idem*). Temps et espace ont pris pour Jallez une ampleur inaccoutumée : ils se présentent selon un schéma nouveau, acquièrent une densité et une nature particulières : le temps fuit, mais prolonge, dans une sorte d'au-delà (dont la nature, toutefois, n'est pas précisée) les situations qui ont été vécues une fois et leur donne la possibilité de reparaître. L'espace perd la force contraignante de ses caractéristiques normales pour se réfugier, lui aussi, dans un espace autre, différent, et qui recouvre celui de la réalité matérielle, sans le recouper : *un espace et un temps a - historiques, dégagés des contingences matérielles.*

*
* *

Dès lors, les épisodes niçois et ultérieurs acquièrent une valeur et une dimension spéciales, et tendent à devenir l'illustration d'une formule de vie pour Jallez : le « quotidien dans l'éternel » (*Le Tapis magique*[2]). Jallez, en 1919, arrivant à Nice, est, non pas un homme brisé, mais meurtri, déçu, épouvanté par la guerre et les séquelles qu'elle a laissées sur les pays d'Europe centrale, dont il revient. Le bain d'histoire qu'il a traversé, il en porte les traces. Dès les premières pages de *La Douceur de la vie*, on est frappé par l'atmosphère de repli, de solitude à laquelle il aspire, par son besoin de refouler le monde mauvais très loin. Nice devient l'image d'un enclos préservé, qui aurait sauté à pieds joints au-dessus de la guerre pour retrouver l'univers plus insouciant, plus gai, du dix-neuvième siècle. En outre, la vacuité sentimentale où baigne Jallez installe le volume dans une sorte de « flottement » à l'égard de sa destinée. « Palier », a pu dire Roger Martin du Gard à propos de ce tome dans la série des *Hommes de bonne volonté*. Oui, en effet, si « palier » signifie repos, arrêt, trêve, comme si l'histoire, omniprésente dans *Prélude à Verdun* et *Verdun*, se résorbait en un solo ou un duo accordé à une faveur du monde, accordé au soleil et à la baie de Nice. Tout se passe alors pour Jallez comme si ses plus vieux rêves d'un arrêt du temps et de l'espace se réalisaient. Toute la ville est « facile », accueillante, bienveillante, « inimitable », hors du temps et des ennuis (même les boutiques sont pour Jallez l'exemple de ce que peut être la vie quand « on lui fiche la

1. Dans le présent volume, t. 4, chap. VII.
2. Dans le vol. IV, t. 25, chap. XVII, coll. « Bouquins ».

paix »), ce qu'il résumera ainsi à Jerphanion : « Nice est une rencontre insolente de faveurs [...] le résumé et le témoignage qu'elle est d'une longue époque heureuse, celle qui s'étend de la fin du cauchemar napoléonien au début du cauchemar de 14 ; ce cher dix-neuvième siècle qui, pour nous faire plaisir [...], avait fait un enjambement d'un peu plus de dix ans sur le calendrier » (chap. XIX). *La Douceur de la vie* exhale un léger parfum de passé, quelque peu suranné. Jallez se plaît à vivre dans cette Nice d'un peu mauvais goût, aux palais italianisants, un rien chargés. Comme lors de la montée à Falicon, lorsque le temps ancien vient doucement frapper le présent : « Je me mis à fredonner en moi-même la sérénade des *Impressions d'Italie*. Ces longs murs, ces végétaux, ces demeures, ce site d'anciens loisirs, ne repoussaient pas une sérénade postromantique. L'on pouvait penser que des femmes avaient eu vingt-cinq ans, trente ans derrière ces vérandas dans les années quatre-vingt-dix ; que plus d'une était charmante ; [...] et que c'était l'amour inspiré par ces femmes et ces fillettes qui était allé tout au long de la terre méridionale dicter sa mélodie au jeune musicien français dans sa maison du Pincio » (chap. X).

Nice est le point de rencontre entre un *passé protégé* et un destin d'homme qui veut protéger sa vie dans ce qu'elle a de plus fragile, de plus quotidien. « La promenade à la Lanterne » (chap. VII) donnera à Jallez le sentiment encore plus puissant de ce qu'est l'espace de Nice, de ce que cette région offre d'incomparable, de virgilien, de profondément ancré dans la mémoire de l'humanité, d'éternel : « Chaque parcelle de terroir n'est pas un pré ou un champ de seigle, c'est un champ de fleurs. Chacune des petites maisons que l'on voit, gardienne de ces champs, est bien rustique par sa forme et son toit ; c'est une maison de paysan ; mais ce paysan est cultivateur d'œillets, de mimosas, de jasmins, de roses ; et ce sont leurs couleurs, leurs nuances, leurs parfums qui le rendent soucieux. Du matin au soir, ses outils rencontrent les mots et les épithètes dont s'est nourrie la poésie éternelle ». Nice virgilienne, Nice encore associée au bonheur, témoin d'un temps révolu, d'un âge d'or impossible à concevoir pour un homme qui a vécu les malheurs de la guerre, n'est-ce pas cet espace dont Jallez rêvait lorsqu'il confiait à Jerphanion sa défiance vis-à-vis de l'histoire et son besoin de vivre hors de ses sollicitations, dans un « lieu d'asile » ?

Le monde et ses problèmes, que Jallez vient de quitter, s'estompent. Nice, la vieille ville et ses boutiques, comme au théâtre où les décors glissent l'un devant l'autre, viennent occuper le devant de la scène : « J'ai tiré mes journaux de ma poche. Je les ai parcourus avec l'intention ferme de n'y rien trouver d'inquiétant. Grâce au Vieux Nice, au Rich'Bar, au vin de Bellet, et, je pense, à la petite vendeuse, j'ai eu l'impression que l'Europe aspirait sincèrement à s'améliorer. Je ne lui ai pas cherché de poux dans la tête, et je me suis mis à rêver pour mon propre compte » (chap. IV). Et Jallez constate qu'il est disponible pour le « grand amour »... Un peu plus tard, celui-ci fait place à un « amour aimable et peu encombrant »... L'apparition d'Antonia est entourée, préparée par le regard que Jallez porte sur le monde et sur Nice ; un moment de trêve, alors que l'histoire bouillonne encore : « Je me trouvais comblé, mais seul [...]. J'avais envie de faire des déclarations d'amour. Je cherchais un être qui devînt responsable de toute cette beauté, de tout ce bonheur de vivre [...]. Une bergère assise sur un talus près de ses moutons » (chap. VII). Antonia, si elle n'est pas tout à fait la petite bergère de la promenade à la Lanterne, conserve quelque chose d'infiniment poétique, par son âge, son absence de culture et de pose mondaine. Elle convient à Jallez parce qu'elle n'appartient pas à son univers habituel, parce qu'elle est séparée, elle aussi, de l'histoire et qu'elle est comme une émanation du vieux Nice, de la place Sainte-Réparate, dont elle forme, isolée dans son kiosque, un emblème sentimental, innocent, préservé, et hors du temps : « Si je manque d'entrain, je penserai à Hélène Sigeau. Je rêverai qu'Hélène, de la région mystérieuse où elle est — peut-être, qui sait ? au-delà de ce monde —, m'envoie une petite cousine à elle de la campagne et me la recommande » (chap. X).

Dans ce contexte, la promenade à Falicon, qui occupe le point médian du volume, conduit Jallez à goûter fortement certaines saveurs du temps qu'il est en train de vivre. Les airs du piano mécanique deviennent des hymnes au temps révolu, qui le soulèvent hors de la minute présente, le dépaysent : « Il y avait celui qui faisait penser à l'Expo de 89 et aux femmes des grandes villas à l'ombre desquelles nous avions cheminé en montant vers Falicon. Il y avait ceux qu'on croyait entendre résonner — comme une voix dans une salle séparée de vous par un mur — dans cette portion de temps spécialement mélancolique, que j'ai envie d'appeler la Veille. La Veille du temps où nous sommes, la Veille du présent, séparée de vous par cette nuit qu'a été la guerre ; la Veille, avec cette propriété qu'elle a de ressusciter en nous, de nous ressaisir brusquement, de nous étreindre le cœur avec exactitude, comme si rien ne s'était passé dans l'intervalle. Et pourtant, la voix de la Veille est devenue légendaire elle aussi, comme celle d'un passé plus lointain. Elle chante, elle aussi, dans un espace où nous ne sommes plus ; chaque note nous en arrive transfigurée par les résonances de cet espace où elle est et où nous ne sommes plus » (*idem*). La musique, comme les « cris perdus » au-dessus de Paris, aide Jallez à rejoindre le temps révolu, à vaincre le temps. La musique sert d'accompagnement à une recherche spatio-temporelle. Avec elle, Jallez renoue — sans avoir la clé toutefois pour y pénétrer — avec le temps de ses amours enfantines. Antonia, qui danse avec lui et participe à ce mécanisme magique, devient l'intercesseur d'un raccourcissement du temps, d'un écrasement des différentes périodes de sa vie. Le songe

« ambulatoire » qui s'empare de lui transforme le récit, y semant des touches de mystère. La descente « aussi inoubliable en son genre que notre danse sur la terrasse solitaire » emplit Jallez d'impressions confuses sur sa vie, « figure matérielle de je ne sais quel événement inconnu de l'ordre mystique ; comme un abandon de l'âme, sans nulle résistance, à quelque chose de rude et de doux qui l'entraîne suivant les pentes de l'univers ; comme l'exploration tâtonnante, mais dispensée de tout effort, d'une spirale de la destinée » (*idem*). La vie de Jallez, comme il en faisait confidence à Jerphanion, est ici arrêtée ; aucune « poussée de temps » ne gêne la contemplation admirative d'un moment unique, suspendu dans sa vie, comme le couple l'est matériellement, aux flancs des collines de Falicon. Et il est impossible au lecteur de ne pas évoquer les courses à l'abandon avec Hélène dans le quartier de la gare Saint-Lazare, vingt ans auparavant : « Je tenais le plus souvent Antonia par la taille ou par l'épaule. Elle s'arrangeait pour être le moins pesante possible, sans m'enlever l'impression qu'elle se confiait à moi » (*idem*). C'est bien l'abandon au flot, cette attitude du « bon nageur » baudelairien qui est revécue ici. « L'événement inconnu de l'ordre mystique » auquel participe Jallez n'est-il pas cette absence de temps et de pesanteur de l'espace procurée matériellement par la danse qui l'unit à Antonia, mais aussi et bien plus un allègement de la personnalité en face d'un amour dont on apprendra, plus tard, qu'il est une transposition actuelle de celui que Jallez éprouva pour Hélène ?

Le chapitre quasi proustien, « Une certaine forme tâtonnante de mystère de l'amour », réunit enfin plusieurs fils, épars jusqu'ici, de la destinée de Jallez et accorde le temps en une seule bouffée musicale, dans laquelle la totalité de sa vie sentimentale nous apparaît, passé, présent et futur réunis : « Tout se passe comme si de l'âme était à votre recherche, essayait de venir vers vous, était attirée par vous, vous attirait. Cela circule *le long du temps et des circonstances*, en quête d'une transparence plus grande, ou d'une fissure plus large pour qu'enfin la rencontre puisse avoir lieu » (chap. XV). Et dans cette même pièce, Antonia serrée contre lui, Jallez vit « un long moment tout à fait extraordinaire » : « J'avais envie de prononcer : ''Je sais que tu es là. Je sais bien que c'est toi''. ''Toi'', ce n'était pas exactement la petite Antonia ; ce ne lui était pas non plus tout à fait étranger ; c'était quelque chose, à propos duquel et de moi je disais ''nous'' [...]. Je pensais à Hélène Sigeau ; je pensais à je ne sais quoi dans l'avenir ; et à la continuité d'une certaine relation, d'un certain drame » (*idem*). Antonia, qui n'est pas Hélène, qui n'est pas non plus Françoise[1], devient le trait d'union entre l'une et l'autre. De même que Nice est une étape, un palier entre les deux versants de l'œuvre, et que l'intermède niçois sert à annuler la violence de Verdun

1. A qui un chapitre entier vient d'être consacré (chap. VI, « Une journée de Françoise »).

et de la guerre avant de laisser les hommes rejoindre leur destin dans le monde troublé de la décennie suivante, de même, sur le plan de l'intimité sentimentale de Jallez, Antonia se trouve au milieu de sa vie, reconnaissance de ce qui l'a lié à Hélène, et figure annonciatrice d'un futur indiscernable. Jallez ne sait pas qu'il aura le visage de Françoise : « Nous nous retrouverons [...] comme si j'avais été en face d'un empêchement, mais l'empêchement avait un caractère provisoire ». En fait, Françoise est déjà en formation dans Antonia, comme elle est déjà présente dans ce volume, sous la plume du romancier qui, lui, connaît l'avenir. Nous ne pouvons nous empêcher, ici encore, de croire que le temps et l'espace perdent leurs limites et leurs forces contraignantes. « Le quotidien dans l'éternel » dont nous parlions plus haut serait l'expression de cette rencontre, au-delà de Jallez, mais en lui mystérieusement, d'Hélène, d'Antonia et de Françoise. Antonia est *là maintenant*, mais elle rappelle Hélène et Françoise qui, elles, sont en rapport avec l'éternel, pour l'une révolu et pour l'autre enfoui dans le devenir de l'œuvre.

Histoire dynamique, largement répartie mais fractionnée sur la totalité du roman, l'aventure de Jallez ne se clôt pas à Nice. Des *Amours enfantines* au *7 Octobre*, Jules Romains aura suivi ce personnage privilégié en lui confiant un itinéraire riche de significations. Dans un roman fondé plus que tout autre sur un système de durée et de repérage chronologique, Jallez représenterait une sorte de paradoxe : celui d'échapper au temps, comme si le romancier avait voulu exprimer une durée non cernée par des limites, et donner, à un personnage au moins, le moyen de se soustraire aux structures traditionnelles qui régissent les autres protagonistes.

*
* *

L'espace et le temps aboutissent, dans *Les Hommes de bonne volonté*, à une redistribution de leurs composantes. Le romancier utilise, à sa façon, souvent originale, différents procédés relevant du simultanéisme entre des lieux ou des époques séparés les uns des autres. Les personnages acquièrent ainsi une complicité diffuse, mais réelle. Les villes, les promenades, les sites composent également un espace dynamique et qui modifie les caractères ou les mentalités. Jules Romains s'est efforcé de saisir, de l'intérieur et par une analyse en profondeur, les rapports des hommes avec l'univers qui les entoure, et a cherché à bâtir un édifice romanesque qui les rende sensibles à son tour au lecteur.

PHILOSOPHIE DE L'HISTOIRE ET BONNE VOLONTÉ

La présence de l'histoire, et plus généralement des événements politiques dans le roman, est un produit relativement récent de la littérature. C'est avec Balzac, Flaubert et Zola que les aventures publiques pénètrent dans la fiction. L'histoire devient alors celle de tous et les romanciers ne peuvent se soustraire à la pression qu'elle exerce sur les personnages. *L'Éducation sentimentale* se heurte à la révolution de 1848, *Les Rougon-Macquart* à la débâcle de 1870. Qu'ils le veuillent ou non, les écrivains soucieux de représenter le monde dans sa vérité ne peuvent lutter contre l'emprise de la « chose publique ». Et l'unanimisme, dans son acception la plus large, s'il est bien autre chose que la description des conflits collectifs, est, par sa nature même, porté à tenir le plus grand compte des rapports entre l'histoire et les destinées personnelles.

Il semble que Jules Romains n'ait pas volontiers envisagé de laisser l'histoire envahir son œuvre. Ce poète des groupes, des rassemblements, n'évoque pas sans trouble cette « définition de l'histoire [qui] pourrait être : la catégorie des phénomènes humains qui est à tendance catastrophique ; ou si l'on préfère, le niveau de vie collective où se produisent et s'entretiennent les catastrophes (en dépouillant la notion de catastrophe de toute vertu mystique). Car la vie collective, la société respirante, est tout autre chose que l'histoire, se passe fort bien d'elle » (*Le Tapis magique*[1]). Mais l'homme le plus détaché de la vie sociale ne peut que constater à quel point « le souci politique et social, l'angoisse politique et sociale ont été notre nourriture quotidienne, se sont introduits jusque dans les âmes les plus naturellement préservées » (« L'auteur aux lecteurs », *Le 7 Octobre*[2]). Dès lors, *Les Hommes de bonne volonté* seront aussi cela : un instrument privilégié d'analyse de cette « région catastrophique » et des phénomènes qui s'y déroulent : multiplicité des périls, approche des périls, marche implacable des contagions collectives, impuissance, la plupart du temps, des remèdes, insuffisance des hommes d'État. Les personnages seront donc tous « embarqués » et prisonniers d'une planète ravagée de problèmes divergents en apparence mais en réalité convergeant tous vers des catastrophes que certains d'entre eux cherchent à comprendre, à prévoir ou à éviter. La présence de l'histoire dans le roman est moins la délectation de quelques ambitieux que l'angoisse sourde qui saisit les individus mis en scène, qu'ils soient les

1. Dans le vol. IV, t. 25, chap. XVII, coll. « Bouquins ».
2. Dans le vol. IV, t. 27, coll. « Bouquins ».

acteurs de l'histoire ou ses victimes. C'est elle en tout cas qui confère au roman son unité, sa ligne mélodique intérieure, et, en partie, sa figure poétique. *Les Hommes de bonne volonté* n'échappent pas à l'histoire, et s'ils ne s'y confondent pas, se laissent investir par elle dans sa durée et dans sa masse.

A travers l'œuvre, court alors, comme un fil d'Ariane, une grande interrogation : qui fait l'histoire ? L'homme la fait-il ou ne peut-il que la subir ? Jules Romains se refuse à croire à la fatalité, même si on le voit se demander si la volonté des plus lucides peut infléchir le cours de l'histoire. Mais quels en sont les acteurs ? C'est le débat entre le rôle des groupes et celui des individualités. Un des traits majeurs des *Hommes de bonne volonté* est l'accent mis sur l'action de petites unités déterminées et en accord sur des objectifs communs. Ce thème du compagnonnage clandestin, de l'Église, de la bande est constant dans l'œuvre. En même temps, Jules Romains fait une très grande place à l'activité politique saisie à plusieurs niveaux : celle du Parlement, celle de l'exécutif, des administrations ministérielles, des ambassades. Il essaye constamment de rendre présents les événements aux deux extrémités de leur courbe : là où se prennent les décisions, là où elles se résolvent en réalité quotidienne et vécue.

De Gurau à Jerphanion, de Clanricard à Laulerque, de Jaurès à Poincaré, en passant par Sampeyre, Bouitton, Mandel, Sarraut, Briand[1], *Les Hommes de bonne volonté* proposent une panoplie assez exhaustive d'individus requis par l'histoire, la faisant, la subissant, la commentant, et en souffrant parfois. Gurau, Laulerque, Jerphanion se détachent et, semble-t-il, peuvent former un ensemble à trois branches, dont chacune est représentative d'une forme d'action politique, partant d'une analyse du fonctionnement de l'histoire dans les sociétés modernes.

Politique intérieure, politique extérieure tracent un réseau complexe de forces qui se croisent, interfèrent constamment, mais qui, avec le personnage de Gurau, acquièrent la vibration du vécu romanesque. Ce sont d'abord les scandales financiers, dès 1908, qui amènent le parlementaire Gurau à se préoccuper de la moralité publique dans les rapports entre l'industrie et l'État. En démontant le système des bénéfices abusifs que le Cartel des pétroliers tire de ses importations de brut, Jules Romains met en lumière l'imbrication de plus en plus forte mais sournoise de l'argent et de la politique. Il montre, par l'échec de Gurau, que les puissances financières peuvent diriger les opinions politiques, et que les Champcenais, Sammécaud et autres Zülpicher, en s'alliant, en faisant

1. Est-il besoin de signaler ici que Jean Jaurès, Raymond Poincaré, Georges Mandel, Albert Sarraut ou Aristide Briand, qui apparaissent aux côtés de Gurau, de Jerphanion ou de Bouitton, sont quelques-uns des personnages historiques que Jules Romains a tenu à insérer dans l'œuvre ?

bloc, construisent une pyramide d'intérêts qui manipulent l'opinion à leur gré, ce que Jaurès soulignera, avec amertume, à Gurau, en lui expliquant qu'« ''une douzaine de noms [...] concentrent en réalité la force, la richesse, et plus que tout, la liberté d'action de ce pays. [...] Bref, en face de ces maîtres omnipotents, que reste-t-il de la démocratie ? Le Parlement ? Le suffrage universel ?... Bah !... Dans le Parlement, ils ont leurs hommes et aux meilleurs endroits. Ils peuvent s'offrir qui ils veulent. [...] Ils donnent des places d'administrateur richement rétribuées ; des situations d'avocat de grosses sociétés... Alors, ils sont représentés partout, ils peuvent passer leurs consignes, dicter leurs vetos, partout, dans les commissions, au Conseil des ministres. [...] si bien qu'en face de cette énorme conjuration de puissances, il n'y a rien... rien... C'est bien cela qui m'abat. On mesure brusquement son impuissance... Par exemple, je vais continuer à lutter contre la loi de trois ans... Eh bien ! Elle sera votée. Pourquoi ? Parce que ces gens-là ont décidé dans leurs secrets conseils qu'elle serait votée... Je vais continuer à lutter contre les menaces de guerre...'' Il n'acheva pas sa pensée. Il fit un haussement d'épaules et un soupir » (*Mission à Rome*[1]). Dans ce contexte, un Gurau, un Jaurès, qui ont compris la primauté de l'économie et de la finance sur la politique mais qui ne s'y résignent pas, cherchent à favoriser le plus possible l'influence des syndicats et des mouvements ouvriers. Gurau oriente d'abord son action en ce sens. Son interpellation en faveur du syndicalisme, lors de la grève des postiers, le 19 mars 1909, qui le met en vedette par un discours retentissant, est suivie chez lui d'une vision lyrique de la révolution (*Les Superbes*[2]). Les syndicats, ne cessant de se développer, absorbent, dans chaque métier, tous les travailleurs, se regroupent en fédérations, s'organisent par régions, en Bourses du travail. Au sommet, la C.G.T., qui groupe d'une part les Bourses, de l'autre les fédérations, tient toute l'organisation interne du pays. Et Gurau rêve de devenir le chef politique de ce mouvement formidable, prêt à remplacer l'ancien État par un État nouveau, « comme une machine qui sort de l'usine ». Cette vue théorique, et dont Gurau lui-même n'est pas tout à fait dupe, rejoint en lui un sens personnel de l'histoire comme terrain de sa grandeur et de son ambition. Le mythe de la grève générale qui paralyserait le pays et le laisserait à la merci des meneurs syndicalistes se résorbe en lui et dans son destin politique de député devenu le seul homme capable de prendre en main la situation : « C'est alors que, dans l'Assemblée même, les regards se tourneront, certains chargés de reproche, d'accusation, mais tous malgré eux plus ou moins suppliants, vers l'homme qui aura su prévoir l'événement et garder le contact avec les forces nouvelles. Ces centaines

1. Dans le vol. II, t. 13, chap. XI, coll. « Bouquins ».
2. Dans le présent volume, t. 5, chap. XXIV

de regards crieront [...] : "A vous ! A vous de parler et de dire ce qu'il faut faire !... Nous ne pouvons plus compter que sur vous !" »

L'histoire et la volonté d'un homme se sont rejoints ici, mais Gurau n'accomplira pas ce rêve d'une révolution, dans laquelle on verrait « le peuple organisé qui s'avance au pas sous les bannières rouges marquées d'emblèmes fédéraux. [...] Une foule articulée et vertébrée par le travail. Un peuple qui porte son ordre avec lui. Un ordre qui fait explosion lentement, après avoir couvé pendant des siècles. L'accouchement d'un ordre » (*Les Superbes*[1]). Entre-temps, les grèves d'octobre 1910, que Briand mate avec une autorité quasi dictatoriale, ébranlent fortement cette utopie merveilleuse de l'histoire révolutionnaire aboutissant, par ses propres forces, à l'émancipation de la classe ouvrière. Les menaces extérieures se mettent alors à obséder Gurau, et d'intérieures, ses préoccupations politiques deviennent européennes. Une autre poussée de l'histoire rejoint Gurau et entraîne chez lui la nécessité de traiter de front un des problèmes capitaux de cette « montée des périls » qui accablent l'Europe : la précarité de la paix et la lutte contre la guerre, à travers un rapprochement franco-allemand. En faisant de Gurau — à la place de Justin de Selves — le ministre des Affaires étrangères du Cabinet de Joseph Caillaux, en juin-juillet 1911, Jules Romains essaie d'analyser, de l'intérieur, les mécanismes délicats de l'action gouvernementale, ses difficultés et ses échecs, liés autant aux circonstances internationales qu'aux problèmes de personnes et aux relations subtiles qu'entretiennent entre eux les membres du cabinet. La bonne volonté de Gurau joue là une partie capitale. Les provocations de l'Allemagne au Maroc, l'entrée des troupes françaises à Fez (mai 1911) aboutissent à une riposte de Guillaume II : l'envoi d'un bâtiment de guerre devant Agadir (*Les Pouvoirs*[2]). Gurau, arrivé au Quai d'Orsay avec l'intention de mener une politique de paix avec l'Allemagne, se heurte, dès les premiers jours, à une lourde menace de guerre, qui risque de l'amener à faire une politique beaucoup plus belliqueuse. Il se demande si les Allemands ne préparent pas la guerre, et si la négociation qu'il mène avec l'ambassadeur, M. de Shoen, n'est pas une feinte destinée à masquer les préparatifs militaires. D'autre part, Gurau est confronté à l'attitude de Caillaux, qui a délibérément négocié avec Berlin, par-dessus son ministre, l'accord par lequel la France abandonne une partie du Congo contre son hégémonie au Maroc. Gurau cède, pour ne pas « punir la France » et ne donnera sa démission que plus tard, lorsque la paix aura été tant bien que mal sauvée.

Le rôle de Gurau est capital pour comprendre ce que Jules Romains entendait par les rapports entre l'histoire et la bonne volonté, et les

1. Dans le présent volume, t. 5, chap. XXIV.
2. Dans le vol. II, t. 10, chap. XX, coll. « Bouquins ».

embûches que celle-ci traverse sans cesse. Les alliances internationales, les politiques successives et souvent contradictoires menées par les différents ministères, les influences, concertées ou non, de la presse et de l'opinion publique, les querelles personnelles, rendent le plus généreux impuissant, et finalement aboutissent à une situation menaçante pour la paix. L'action politique est donc soumise à des conditions extrêmement difficiles, qui tiennent à la ramification des puissances financières, économiques, à l'impuissance des gouvernants sans cesse menacés par l'instabilité du Parlement, à l'attitude de l'administration des ministères, susceptible ou frondeuse, et la conséquence de ce faisceau de faiblesses est que l'homme agit peu et mal dans le sens de la paix.

C'est cette impuissance de l'action traditionnelle et officielle que dénonce Laulerque, l'ancien élève de Sampeyre, dans les réunions du « petit noyau » rue du Mont-Cenis. Il n'hésite pas, en effet, à réagir contre une philosophie de l'histoire qui admet trop facilement la fatalité des enchaînements de faits qui deviennent incontrôlables : « Je suis persuadé, dit-il, qu'à tout moment, il y aurait un point, quelque part, où l'on pourrait agir. [...] Nous nous sommes laissé abrutir par la philosophie de l'histoire. Le culte de l'inévitable ». (*Crime de Quinette*[1]). Laulerque, dès 1908, s'écarte de la conception tour à tour providentielle et fataliste de l'histoire, selon laquelle le rôle des individus dans les événements serait limité au minimum, au regard des forces collectives, matérielles, économiques qui régissent les rapports entre les individus et les gouvernements. Il revendique « la volonté libre, l'énergie individuelle, l'action secrète et concertée du petit nombre » (*Recherche d'une Église*[2]) : jusqu'au 17 Brumaire inclus, rien ne rendait inévitable la prise du pouvoir par Bonaparte. Il aurait suffi que quelques hommes énergiques viennent se mettre au travers de l'événement pour en bloquer les conséquences immenses. Selon lui, l'histoire, le « nerf de l'histoire » a été fait par des sociétés secrètes, qui sous diverses formes, sont nées et ont participé du même principe. Laulerque cite les exemples divers, comme l'histoire de la Renaissance construite par « des factions, des sectes, qui avaient des accointances cachées dans toute l'Europe, et chez les plus agissantes desquelles revivaient la libre pensée antique, le naturalisme païen, le culte grec de la raison et de l'individu ; factions qui dans chaque pays poursuivaient des buts locaux ou prenaient le masque imposé par les circonstances, mais dont le mot d'ordre commun était de jeter bas la tyrannie politique et spirituelle de l'Église romaine » (*idem*). Les jésuites, en particulier, ont dominé de toute leur puissance l'histoire de l'Europe monarchique jusqu'à la Révolution. Laulerque, ayant décrit ce « monde vu par en dessous », pense que la société moderne,

1. Dans le présent volume, t. 2, chap. XX.
2. Dans le présent volume, t. 7, chap. VI.

actuelle, elle aussi, a plus que jamais besoin d'un groupement occulte qui aurait comme but un « ordre ancien à faire éclater. Nous aussi, nous avons un monde à créer ; un monde délivré principalement de deux servitudes ; qui sont presque nouvelles ; oui, nées depuis la précédente libération (la Révolution de 1789) : le militarisme et le capitalisme » (*idem*). Et Laulerque, parfaitement conscient de la marche vertigineuse des périls de guerre qui s'amoncellent sur l'Europe, sait que ce monde débarrassé du militarisme et du capitalisme ne sera possible que si la guerre ne vient pas d'abord « tout broyer, nous et nos plans. Si dans les deux ou trois ans qui viennent, nous ne réussissons pas à empêcher la guerre générale, tout est foutu. Et l'humanité retombe sur les genoux » (*idem*). Pour bloquer cet « événement énorme », Laulerque prétend que l'action individuelle, qui neutralise l'effet nocif d'une force hostile sur un point vital, est la seule envisageable, comme la suppression de deux ou trois personnes dangereuses pour la paix.

Son affiliation à l'Organisation par le biais du libraire Mascot, ses aventures avec M. Karl autour de l'achat de la maison des Maures font vivre à Laulerque des moments exaltants où il a l'impression, parfois parcourue de doutes, de participer à l'histoire au moment où elle se fait. Pourtant, là encore, sous l'apparente unité de l'Organisation, se révèlent des tendances diverses, « au point qu'on pouvait se demander si certains affiliés ne se trouvaient pas travailler directement contre les fins communes » (*Montée des Périls*[1]). La secte se brise alors en plusieurs factions qui se replient sur l'agitation nationaliste destinée à ébranler l'empire austro-hongrois. Laulerque, peu à peu, en arrivera à la persuasion d'avoir été berné quelque peu et que « faire du nationalisme serbe, cela ne [l]'intéresse pas ». Mascot et Laulerque s'aperçoivent alors de la faillite de l'idéal originel de l'Organisation, et de son détournement progressif au profit des pires menaces de guerre, en raison de la situation créée en Serbie (*Le Drapeau noir*[2]). Cette désillusion qui aura pour conséquence l'effacement de Laulerque devant des entreprises similaires n'a pourtant pas supprimé chez lui sa conception de l'action secrète et liée au terrorisme : « Mes mésaventures ne m'ont pas fait changer d'avis. Elles ne prouvent absolument rien contre la valeur du principe. Je reste persuadé que tant que les hommes de bonne volonté attendront sagement, comme de braves pêcheurs à la ligne, que leurs moyens bien normaux, bien voyants, bien raisonnables, leur assurent la maîtrise des événements, en laissant à leurs adversaires l'usage des autres moyens, des moyens irréguliers, occultes, romanesques... disons, si vous voulez, absurdes, ils seront dupes et battus... Nous en aurons la preuve

1. Dans le vol. II, t. 9, chap. XXV, coll. « Bouquins ».
2. Dans le vol. II, t. 14, chap. XXII, coll. « Bouquins ».

de nouveau, soyez tranquille », confie-t-il à Sampeyre (*La Douceur de la vie*[1]).

De Gurau à Laulerque, des moyens officiels de l'action politique aux procédés clandestins et violents de l'Organisation, il semble que Jules Romains tire des conclusions à la fois convergentes et opposées. D'une part, l'histoire est à tout moment le nœud de tensions collectives qui dépassent les individus et leurs volontés. Tout se passe comme si l'histoire se moquait des hommes et accumulait de manière aveugle des périls issus de facteurs économiques, religieux, ethniques, inscrits depuis fort longtemps dans le développement des peuples. Tout se passe comme si les gouvernants ne pouvaient que gérer la machine en espérant que les grains de sable ne viendront pas gripper les rouages. C'est l'impuissance de Gurau, ministre des Affaires étrangères, et de Jaurès à combattre la guerre par la raison et le bon sens. D'autre part, si l'on pense avec Laulerque que l'histoire est une suite d'actions limitées en nombre mais fort puissantes par leurs conséquences ou leur volonté d'arriver au but, il faut que des individus se mobilisent pour participer à des mouvements relevant de cette philosophie. Or, là encore, tout se passe comme si l'histoire, par une espèce de sombre ironie, n'autorisait que rarement l'union de cette activité violente et d'un idéal de justice et de tolérance. Dans ce monde moderne, les manifestations de sectes et de bandes débouchent non sur l'émancipation des peuples et la domination du mal par le bien, mais sur la guerre et sur l'asservissement des individus.

Mais, le roman le prouve constamment, les plus lucides des personnages refusent cette fatalité, et l'on voit Jules Romains remettre un Jerphanion, entre 1920 et 1930, sur les traces de Gurau, un Jerphanion cependant qui a connu Laulerque et lui aussi convaincu de la nécessité d'une action individuelle, sans avoir à renier les formes de gouvernement démocratique. Tout le débat tragique du livre se noue autour de ces questions. C'est le drame de la bonne volonté et de la raison face à la fatalité que met en pleine lumière *Les Hommes de bonne volonté*.

Sur un plan parallèle à celui de Laulerque, mais probablement avec moins de cynisme, Jerphanion, contemplant Paris du haut des toits de l'École normale, imagine que, malgré une différence énorme de taille et d'ordre de grandeurs, « l'action d'un homme sur cette immensité n'est pas inconcevable » (*Les Amours enfantines*[2]). Il rêve vaguement de « quelque chose partant de lui et allant s'insinuer au loin dans une fissure, un intervalle ; y faire une pesée » (*idem*). Et sa vision s'accompagne d'une « énorme dépense d'énergie ». Mais cette énergie n'est pas celle d'un aventurier utilisant pour lui l'arrangement actuel des choses. Elle vise

1. Dans le vol. III, t. 18, chap. XI, coll. « Bouquins ».
2. Dans le présent volume, t. 3, chap. I.

à créer un monde nouveau, et la promenade dans les quartiers misérables (*Les Humbles*[1]) amène Jerphanion à la conviction que seule la révolution peut supprimer radicalement la misère et l'injustice. Contrairement à Gurau qui, dans la première partie du roman, a lutté contre les risques de guerre, Jerphanion, lorsqu'il décide, en 1920, de participer à la vie politique active, a vécu la guerre, et son action va en être profondément marquée.

En 1924, il retrouve sur les toits de l'École, avec une masse de souvenirs, l'élan initial et l'ardeur de sa jeunesse, mais son énergie se tend vers un autre but. Devant l'immensité urbaine, il ne songe plus à une action qui en modifierait profondément les structures et le fonctionnement. Il a appris à « avoir peur pour ce qui existe » et il sait désormais « qu'il faut un siècle pour construire et une minute pour abattre ; [...] qu'il faut vingt ans pour élever un fils [...] et une seconde à un obus pour faire voler tout cela » (*Les Travaux et les joies*[2]). Le monde n'est plus à construire, mais à sauver. Ainsi, l'idée de la paix devient-elle en lui une idée force, et il est saisi à nouveau par l'idée de Laulerque que l'ordre d'urgence lui impose de lutter pour la limitation des périls. Pour influer sur la marche des événements, il rêve encore d'un « ordre de chevalerie » réunissant certains hommes importants de plusieurs pays et convaincus des mêmes dangers, et en particulier que la paix peut être présentée comme un but positif et exaltant. Sa conversation avec Laulerque dans *Les Travaux et les joies*[3] porte sur ce sujet, mais les deux hommes conviennent que l'entreprise serait incroyablement difficile à monter dans le contexte actuel. Là, on voit comment le roman intègre toute une série de considérations historiques liées au développement du communisme et de ses conséquences sur la politique intérieure des pays. Selon Laulerque, la peur du communisme a soulevé des forces innombrables contre lui et a répandu en Europe un réseau de réactions très violent, et de caractère fascisant, par nature belliciste. On verra alors se dresser ces deux nouvelles puissances, le communisme, pour se protéger, devenant une redoutable puissance militaire. Et il oblige par là même les autres en Europe à rester ou à redevenir de redoutables puissances militaires. Or, dit Laulerque « nous savons par expérience ce qui se produit tôt ou tard dans une Europe où se développent de redoutables puissances militaires » (*idem*).

Jerphanion, ébranlé par cette vision dramatique des antagonismes européens, choisit cependant de devenir un homme politique officiel, lié à un parti et acceptant des charges ministérielles. Son aventure de 1933, au moment du Pacte à quatre, comme ministre des Affaires

1. Dans le présent volume, t. 6, chap. XXV.
2. Dans le vol. IV, t. 22, chap. I, coll. « Bouquins ».
3. Dans le vol. IV, t. 22, chap. XIX, coll. « Bouquins ».

étrangères, montre qu'il cherche à concilier sans cesse un sens aigu des périls et une volonté de paix. Car ce pacte comporte des risques énormes : le détachement des petites nations à l'égard de la France ; la S.D.N. mise à l'écart ; l'hypocrisie de deux, au moins, des négociateurs (l'Allemagne et l'Italie). Lorsqu'il démissionnera, en mai 1933, il signifiera par là que la négociation était intraitable et que les attitudes des pays concernés rendaient l'accord, déjà douteux au départ, impossible à réaliser. Et l'échec, la déception sont, sinon complets, du moins violents et pleins d'amertume. Comment des hommes n'ont-ils pas su utiliser leur énergie et le hasard au profit de leur idéal ? Comment n'ont-ils pas, à l'instar d'un Bonaparte ou d'un Lénine, conduit les événements ? On a parlé de la faillite de la bonne volonté et de son impuissance à forcer l'époque à obéir à un idéal de paix et de justice, laissant le terrain libre aux chefs de bande et aux aventuriers nazis ou fascistes. Et Jerphanion, conscient de la menace qu'ils font en effet peser sur l'Europe n'envisage, à cette époque, qu'un seul moyen, la guerre préventive qu'il ne peut évoquer qu'avec un frisson d'horreur intérieure : comment un ancien combattant pourrait-il admettre le procédé ? En mettant au-dessus de toute activité politique internationale cette horreur sacrée de la guerre, Jerphanion et les hommes de bonne volonté savent qu'ils risquent de se retrouver face à des adversaires qui ne s'embarrassent pas de ce scrupule. Ces « moments intraitables » de l'histoire, où la volonté ne peut plus agir convenablement sur le cours des événements, le poussent à se retirer, et il doute alors de la bonne volonté, en posant la « question dont tout dépend » : « Si je ne suis pas sûr que la volonté humaine, bonne et raisonnable, est capable d'agir sur la destinée de l'humanité, d'orienter l'histoire plus ou moins ; si j'en arrive à me dire que nous autres, hommes politiques, hommes d'État, nous sommes une parade de polichinelles, et que les forces, les causes, sont entièrement hors de notre portée, alors oui, je puis continuer à faire ma petite besogne quotidienne, comme un fonctionnaire, qui attend sa retraite. Mais j'ai les reins brisés, je suis contraint d'avouer que j'ai fondé ma vie sur une erreur. Je suis le prêtre qui à quarante ans découvre que son Dieu n'existe pas » (*Comparutions*[1]).

L'œuvre se terminerait sur un amer constat d'échec, d'autant plus sensible dans les derniers tomes qu'aucun des hommes politiques n'a trouvé le bonheur. Seuls un Jallez, un Haverkamp, un Sammécaud, entre autres, ont réussi à préserver une zone privilégiée de l'espace et du temps capable de leur convenir.

L'isolement des hommes face à l'histoire, et paradoxalement de ceux qui ont le plus rêvé de la diriger, d'en maîtriser le cours capricieux, résonne dans la dernière rencontre des sept témoins au cours de la nuit du 7 au

1. Dans le vol. IV, t. 24, chap. XVI, coll. « Bouquins ».

8 octobre 1933. Leur amitié, qui échappe à l'histoire, ne saurait être la seule conclusion de l'œuvre, mais elle indique sans doute que le monde, pour combattre l'obsession de l'histoire, a besoin d'un refuge qui en annule les effets.

Olivier RONY

BIOGRAPHIE CHRONOLOGIQUE DE JULES ROMAINS[1]

1884. Henri Farigoule, originaire du Velay, instituteur à Paris, épouse Marie Richier, de Saint-Julien-Chapteuil (Haute-Loire).

1885. *26 août*. Naissance de Louis-Henri-Jean Farigoule, à Saint-Julien-Chapteuil, au hameau de la Chapuze. *15 septembre*. Retour de la famille à Paris, où elle loge au 45 de la rue Marcadet.

1888. La famille Farigoule quitte la rue Marcadet pour la rue Simart.

1891. Les Farigoule réintègrent la rue Marcadet mais s'installent cette fois au 65. Comme presque chaque année, ils passent les vacances, de juillet à octobre, à Saint-Julien-Chapteuil, chez la grand-mère Richier, dans la maison même où est né l'enfant. Pendant les vacances, il partage la vie de petits paysans de ses cousins. Et il s'attache profondément à ce terroir.

1895. Louis Farigoule qui, jusque-là, a fréquenté l'école communale de la rue Hermel (celle où enseignait son père), entre au lycée Condorcet dans la classe de sixième. La famille déménage encore une fois et s'établit au 54 de la rue Lamarck d'où elle ne bougera plus. (C'est là que mourront les parents Farigoule.) A noter que toute l'enfance parisienne de Louis se passe ainsi à Montmartre.
Dès le début de ses études secondaires, le futur Jules Romains se révèle excellent élève. Il écrit une comédie en vers, *Les Surprises du divorce* (sic), puis une petite *Historia Gallorum* en latin. Ces « œuvres », sans doute assez maladroites, et évidemment inspirées par ses études classiques, ont disparu.

1. Les indications contenues dans cette biographie ont été fournies par Lise Jules-Romains.

1899. Louis s'attelle à une œuvre ambitieuse, *Tsar,* drame historique en cinq actes inspiré par l'histoire de Boris Godounov et qui sera achevé en 1900.

1901. Louis Farigoule passe le baccalauréat classique et entre, en octobre, en philosophie dans la classe de Léon Brunschvicg, commentateur de Spinoza et de Pascal, défenseur de l'idéalisme philosophique qui, dans une certaine mesure, s'oppose au positivisme et au scientisme du XIXe siècle.

1902. Louis Farigoule passe le baccalauréat de philosophie et entre dans la classe de rhétorique supérieure pour y préparer l'École normale supérieure. Il est déjà très lié avec deux camarades qui demeureront ses amis : Léon Debille (qui deviendra le poète Georges Chennevière) et André Cuisenier. Ils reçoivent le remarquable enseignement d'Hippolyte Parigot, professeur de français, et du latiniste Charles Salomon. Dès cette époque, Louis Farigoule publie des poèmes et des essais dans différentes revues (le 1er février : Le « chef-d'œuvre », dans *La Revue jeune,* œuvres pour lesquelles il utilise pour la première fois le pseudonyme Jules Romains. C'est alors qu'il commence ses grandes promenades dans Paris, qui le mèneront dans tous les quartiers, dans tous les faubourgs, et qui lui donneront cette sensibilité si particulière à la « grande ville » qui imprègne une partie notable de son œuvre. Ces promenades resteront durant toute sa vie une source de joie et de poésie.

1903. Un soir d'octobre, alors qu'il remonte la rue d'Amsterdam, Louis Farigoule, dans une sorte d'illumination, a soudain l'intuition de la communion des êtres humains. C'en est fini de la solitude. Une conscience unique lie les êtres entre eux. L'unanimisme est né, qui consiste à saisir, par une intuition directe, la vie psychique des groupes et des collectivités.

1904. Cette illumination va désormais nourrir l'œuvre de Louis Farigoule, à commencer par *L'Ame des hommes,* plaquette de vers qui paraît sous cette signature de Jules Romains, qui restera la sienne et deviendra plus tard son nom légal.

1905. Jules Romains, qui a obtenu une bourse, est reçu brillamment à la licence ès lettres et passe le concours de Normale-lettres. Son entrée à Normale n'aura lieu qu'en 1906, car il accomplit alors une année de service militaire à Pithiviers.
Avril. « Les sentiments unanimes et la poésie », article publié dans *Le Penseur,* où apparaît pour la première fois le terme « unanime ».

1906. Au cours de son service militaire, Jules Romains écrit *Le Bourg régénéré*. En octobre, il entre à l'École normale.

1907. Ayant passé la licence ès lettres avant d'entrer à Normale supérieure, Jules Romains se tourne provisoirement vers la science et passe les certificats de botanique et de physiologie de la licence ès sciences, qu'il complétera par un certificat d'histologie. (Il restera d'ailleurs toujours très intéressé par les questions scientifiques et cherchera à se tenir au courant des diverses tendances.) Études et travaux littéraires ne l'empêchent pas d'organiser, au sein de l'École normale, de mémorables canulars. Il fait, avec quelques camarades de Normale, de longues randonnées à bicyclette, parfois même de véritables voyages, où la gaieté et les plaisanteries ne font pas défaut. Un jour, ils se rendent en Auvergne. C'est sans aucun doute du souvenir de ces promenades que naîtra le roman des *Copains*. En 1907 et 1908, Jules Romains augmente ses ressources grâce à un « tapirat » (c'est le mot employé dans le jargon de l'École pour les leçons particulières).

1908. Depuis, il est lié tout particulièrement avec le groupe de l'Abbaye de Créteil : Georges Duhamel, Charles Vildrac, René Arcos, etc., qui se sont retirés à Créteil pour échapper aux « servitudes de la société » et y exercer un métier manuel, celui d'imprimeur. C'est l'Abbaye qui publie *La Vie unanime*. Le livre est chaleureusement accueilli dans les milieux lettrés.

1909. Reçu à l'agrégation de philosophie, Jules Romains est nommé en octobre au lycée de Brest. Durant ses séjours à Paris, il se lie avec André Gide, Charles-Louis Philippe, Verhaeren, Max Jacob, Guillaume Apollinaire, Pablo Picasso, Marie Laurencin, etc. Son grand ami reste Léon Debille, devenu Georges Chennevière (avec qui il écrira en 1923 *Le Petit Traité de versification*). Publication du *Premier Livre de prières* et, dans la *N.R.F.*, d'un article important, « La génération nouvelle et son unité ».

1910. Jules Romains est nommé au lycée de Laon, ce qui lui permet d'habiter Paris en ne passant à Laon que deux ou trois jours par semaine. Il s'installe dans un petit logement de l'impasse Girardon. Dans le train, au cours de ses fréquents aller et retour entre Paris et Laon, il écrit *Les Copains*.

1911. Représentation à l'Odéon (l'Odéon d'Antoine) de *L'Armée dans la ville*, drame en cinq actes et en vers. Publication de *Puissances de Paris* et de *Mort de quelqu'un*. Une partie de la jeunesse se rallie autour de Jules Romains. C'est dans ces années-là que, soucieux de réunir les adeptes des différentes tendances de la jeune littérature, il cherche à établir des contacts entre ses amis de l'Abbaye et les écrivains ci-dessus nommés. Cette tentative ne donne pas tout à fait les résultats qu'il escomptait.

1912. Mariage de Jules Romains avec Gabrielle Gaffé. Voyage de noces à bicyclette dans les Ardennes et la vallée du Rhin. Installation avenue du Parc-Montsouris.

1913. *Les Copains* obtiennent un grand succès public. L'achat d'une automobile d'occasion amène Jules Romains à entrer en relation avec Landru, alors propriétaire du Garage de la porte de Châtillon. (Jules Romains sera appelé à témoigner au procès Landru.) Publication de *Odes et Prières*.

1914. La guerre est déclarée. Jules Romains est mobilisé à Paris où il dirige le service des allocations aux familles des mobilisés.
Publication de *Sur les quais de La Villette* (réédité plus tard sous le titre : *Le Vin blanc de La Villette*), nouvelles.

1915. Pour le *Chicago Daily News,* Jules Romains rédige une série d'articles qui seront repris plus tard dans *Problèmes d'aujourd'hui,* et où sont contenues les idées qui détermineront désormais son attitude politique : l'Europe aspire à réaliser une unité qui est inscrite dans son destin. La guerre qui fait rage est une tentative mauvaise pour effectuer cette unité par la force. Elle est de plus antimoderne, car elle est une manifestation d'une vieille maladie dont l'Europe est intoxiquée : celle de l'Histoire et des nationalismes. La guerre terminée, les Européens devront prendre conscience de ce qui les unit. Comme on le voit, Jules Romains est un des plus anciens promoteurs de l'idée européenne. Sous la forme poétique, les mêmes idées apparaissent dans *Europe,* publié en cette année, et dont l'auteur fait lecture dans la librairie d'Adrienne Monnier, rue de l'Odéon.

1916. Jules Romains est chargé de cours au lycée Rollin.

1917. Il est nommé au lycée de Nice où il restera deux ans. C'est à cette époque que naît l'amour que Jules Romains porte à la ville de Nice et dont on retrouve de nombreuses traces dans son œuvre.
Publication de *Les Quatre Saisons,* poèmes.

1919. Il quitte définitivement l'enseignement. Tout en conservant l'appartement du parc Montsouris, il achète une petite maison à Hyères.

1918-1923. Travaux scientifiques, expériences et publications consacrées à *La Vision extra-rétinienne et le sens paroptique* (qui paraît en 1920). Ces recherches, qui tendent à démontrer que l'être humain possède d'autres organes de vision que les yeux, se heurtent au scepticisme et à la malveillance de la Sorbonne. En dépit de l'appui offert par de nombreux savants, par Anatole France et par Henri Bergson, Jules Romains éprouve quelque amertume devant cet échec. (Il faudra attendre les années soixante pour voir ses travaux repris aux États-Unis et en U.R.S.S. comme s'il s'agissait d'une nouveauté.)

1919-1921. L'écrivain se fixe à la N.R.F., à qui il donne en 1920 *Donogoo-Tonka,* conte cinématographique, et qui rééditera peu à peu la plupart de ses œuvres publiées antérieurement. A Copeau, il remet une pièce, *Cromedeyre-le-Vieil,* représentée le 26 mai 1920 au Vieux-Colombier. Il devient directeur de l'école de ce théâtre (jusqu'en 1923).

1921. *Le Voyage des amants* et *Amour et couleur de Paris,* poèmes, paraissent à la N.R.F.

1922. Avec *Lucienne,* premier tome de *Psyché,* Jules Romains connaît le gros succès. Le livre obtient au premier tour de scrutin le nombre de voix nécessaire pour remporter le prix Goncourt, mais une réflexion de Rosny aîné, disant que « l'auteur est déjà trop connu », l'écarte de la compétition.

1923. Louis Jouvet donne, le 14 mai, à la Comédie des Champs-Élysées, *M. Le Trouhadec saisi par la débauche ;* c'est un succès. Durant l'été, en quelques semaines, Jules Romains écrit, dans sa maison d'Hyères (dans la cave, exactement, pour fuir la chaleur), *Knock ou le Triomphe de la médecine,* qui sera joué le 15 décembre par Jouvet. C'est un triomphe. La pièce ne cessera jamais d'être reprise en France et dans le monde entier. Jules Romains commence à travailler au plan des *Hommes de bonne volonté* dont les deux premiers tomes paraîtront en 1932. Jacques Feyder tourne un scénario original de Jules Romains, *L'Image*.

1924-1939. C'est pendant la quinzaine d'années qui vont s'écouler jusqu'à la guerre de 1939 que Jules Romains prend définitivement sa figure d'écrivain européen et international. Ses livres sont traduits dans de nombreux pays ; ses pièces sont jouées partout (il est alors considéré comme l'un des trois plus grands auteurs dramatiques vivants, les deux autres étant Pirandello et Bernard Shaw). Il voyage beaucoup. Il fait des tournées de conférences ; il va assister dans les capitales étrangères à la première de l'une ou l'autre de ses pièces ; il participe fidèlement aux congrès des P.E.N.-Clubs (il sera en 1936 président du P.E.N. français puis président international de la Fédération). Il est depuis avant la guerre un habitué fidèle des pays voisins de la France : Angleterre, Belgique, Hollande, Allemagne, Suisse, Espagne, Italie... Mais, pendant la période qui nous intéresse, il n'y a pas de pays d'Europe (sauf l'U.R.S.S.) où il n'ait voyagé, quelquefois longuement. Il fait la connaissance des États-Unis en 1924, y retourne en 1936 (à ce moment-là, il visite un grand nombre des États) et en 1939. Il se rend en Afrique du Nord, en Égypte, au Proche-Orient. Il voyage dans les pays d'Afrique noire, réunis alors sous le nom d'A.O.F., et dans plusieurs pays d'Amérique du Sud. Dans ses voyages, il rencontre non seulement des écrivains, mais des hommes d'État, des savants, des penseurs, etc.

1924. Publication de *L'Ode génoise*.

1925. Jouvet joue *Le Mariage de Le Trouhadec*.

1926. Georges Pitoëff monte au théâtre des Arts *Jean Le Maufranc. Octobre*. Échec relatif de la pièce *Le Dictateur,* qui connaîtra en revanche un très grand succès à l'étranger, à Budapest, à Vienne et à Berlin notamment, où elle sera montée avec des moyens plus adéquats qu'à Paris.
Jules Romains se fait construire un pavillon rue des Lilas, à Belleville.

1927. Il est très affecté par la mort de Georges Chennevière, qui était resté, depuis le temps de Condorcet, son ami le plus intime.

1928. A Berlin, Jules Romains prononce un discours intitulé « Sur le chemin de l'amitié franco-allemande ». Einstein vient lui serrer la main. (Il restera toujours en relation avec Einstein et ira lui rendre visite à Princeton, aux États-Unis.)
A la N.R.F. paraissent *Chants des dix années* et le deuxième tome de *Psyché, Le Dieu des corps*. Dullin monte à l'Atelier *Volpone,* écrit en collaboration avec Stefan Zweig, d'après Ben Jonson. Le succès est considérable.

1929. Jules Romains vend sa maison d'Hyères et achète la propriété de Grandcour, à Saint-Avertin, près de Tours. Grandcour tiendra une grande place dans la vie de l'écrivain. C'est là qu'il écrira presque tous les volumes des *Hommes de bonne volonté* parus avant la guerre.
Publication du troisième tome de *Psyché, Quand le navire...*

1930. Dullin crée à l'Atelier *Musse ou l'École de l'hypocrisie,* qui fait une brillante carrière. La N.R.F. publie un recueil de pièces en un acte : *La Scintillante Amédée et les messieurs en rang, Démétrios* et *Le Déjeuner marocain.* En décembre, l'Odéon joue *Boën ou la Possession des biens,* qui fait une carrière médiocre.
Jules Romains quitte Belleville pour Auteuil et s'installe rue Wilhem.

1931. *Donogoo* (version théâtrale du conte cinématographique *Donogoo-Tonka*), monté par Jouvet au théâtre Pigalle, y tient l'affiche plus d'un an. Jouvet monte également *Le Roi masqué* qui ne rencontre qu'un faible succès.

1932. Les deux premiers tomes des *Hommes de bonne volonté, Le 6 Octobre,* et *Crime de Quinette,* paraissent au printemps chez Flammarion (où Jules Romains publiera désormais la plus grande partie de ses œuvres). Ces deux volumes sont suivis, en automne, par les tomes trois et quatre, *Les Amours enfantines* et *Éros de Paris.* Le succès est d'emblée considérable.
L'écrivain s'installe boulevard Murat.

1933. Deuxième version cinématographique de *Knock,* interprété par Louis Jouvet.
Mort de M. Farigoule père.
Au congrès des P.E.N.-Clubs à Dubrovnik, Jules Romains fait voter par la délégation allemande elle-même (composée cependant en partie de nazis qui ont remplacé les anciens membres du P.E.N. allemand) une motion qui condamne en fait l'hitlérisme.
Jules Romains reçoit une lettre d'une jeune admiratrice, qui s'appelle Lise Dreyfus. Il fait la connaissance de la jeune fille.
Il se sépare de sa femme et s'installe provisoirement dans un hôtel du quartier des Champs-Élysées. Ce provisoire durera trois ans.
Parution des tomes cinq et six des *Hommes de bonne volonté, Les Superbes* et *Les Humbles.*

1934. A partir de cette époque, Jules Romains, inquiet de la tournure que prennent les événements, tant en France que dans le monde, sent la nécessité de lutter, non seulement par ses écrits mais aussi par son action personnelle, pour tenter de sauver la paix. Son audience est désormais mondiale. Son prestige, l'attention des hommes d'État, à partir de 1936 la présidence internationale des P.E.N.-Clubs, lui confèrent une influence certaine qu'il entend exercer tant sur le public que sur les responsables de la politique et de la diplomatie. Sa compétence politique ne faisant aucun doute, comme en témoignent *Les Hommes de bonne volonté,* ses avis sont écoutés et même sollicités.

On le charge de missions diplomatiques officieuses, trop délicates pour emprunter les voies officielles.
Par ailleurs, à la suite des événements du 6 février 1934, des représentants de groupes de jeunes de tendances politiques diverses, troublés par les divisions qui s'aggravent en France cependant que se précise le danger fasciste et hitlérien, demandent à Jules Romains de patronner un plan de réforme générale de la France. Ce sera le Mouvement du 9 Juillet, dont il préfacera les travaux connus sous le nom de *Plan du 9 Juillet*.
Parution des tomes sept et huit des *Hommes de bonne volonté, Recherche d'une Église* et *Province,* et de *Le Couple France-Allemagne,* essai.

1935. Nombreux voyages en Europe. Prononce l'hommage à Zola, à Médan (« Zola et son exemple »). Parution des tomes neuf et dix des *Hommes de bonne volonté, Montée des périls* et *Les Pouvoirs.*

1936. Durant l'hiver, Jules Romains fait un séjour à Nice pour y écrire tranquillement, avant un long voyage qui durera six mois, les tomes onze et douze des *Hommes de bonne volonté, Recours à l'abîme* et *Les Créateurs*. Il y entretient des relations intimes avec Roger Martin du Gard, qui y habite, et Stefan Zweig, qui y séjourne.
Puis il se rend aux États-Unis, qu'il parcourt de l'Est à l'Ouest, fait pendant six semaines un cours à Mills College, près de San Francisco. Il en rapportera *Visite aux Américains*. Des États-Unis, il gagne Buenos Aires où se tient le congrès annuel des P.E.N.-Clubs et où, succédant à H.G. Wells démissionnaire, il est élu président international, sur la proposition même de Wells. Sur le chemin du retour, il visite le Sénégal et le Soudan français.
Jules Romains, divorcé, épouse le 18 décembre Lise Dreyfus. Un de ses témoins est Paul Valéry ; un de ceux de sa femme est Henri Bonnet, le futur ambassadeur, alors directeur de l'Institut international de coopération intellectuelle. Le nouveau ménage s'installe dans un appartement du faubourg Saint-Honoré qui, durant l'occupation, sera entièrement pillé par la Gestapo.

1937. Jules Romains préside plusieurs congrès internationaux (P.E.N.-Clubs, Coopération intellectuelle, Société universelle du théâtre) qui se tiennent tous cette année-là à Paris à l'occasion de l'Exposition universelle.
Parution des tomes treize et quatorze des *Hommes de bonne volonté, Mission à Rome* et *Le Drapeau noir,* et du poème *L'Homme blanc.*

1938. Grande tournée de conférences, à laquelle s'intéresse le Quai d'Orsay, en Grèce, Bulgarie, Yougoslavie, Hongrie, Pologne et les trois États baltes. Au cours d'entretiens avec les chefs de gouvernement de ces pays, Jules Romains se renseigne anxieusement sur leurs intentions et sur les chances qu'elles représentent pour la paix.

Au congrès des P.E.N.-Clubs qui se tient à Prague, Jules Romains, qui a ménagé jusque-là l'Allemagne dans l'intérêt de la paix, durcit sa position.

30 octobre. Mort de Mme Farigoule.

A la fin de l'année, Jules Romains est secrètement prié par Henry de Man de sonder le gouvernement français sur les chances d'un appel adressé aux chefs des grandes puissances par les souverains régnants de plusieurs pays du nord de l'Europe. Il s'acquitte avec succès de sa mission, mais les choses en resteront là en raison de la fin de non-recevoir opposée par Rome et Berlin.

Parution des tomes quinze et seize des *Hommes de bonne volonté, Prélude à Verdun* et *Verdun*.

1939. L'entrée des troupes nazies à Prague fait perdre à Jules Romains les espérances qu'il entretenait encore sur la possibilité d'éviter le conflit grâce à une politique d'apaisement. Au mois de mai, il prononce un discours intitulé « Un deuxième Munich n'est pas possible ». Un peu plus tard, à New York, il prononce un discours sur « La démocratie militante ».

1er septembre. C'est à Saint-Avertin qu'il apprend l'agression contre la Pologne. Pour l'homme qui, depuis vingt ans, luttait pour sauver la paix, il ne reste plus qu'à lutter pour la victoire des démocraties. Il envoie un message à tous les P.E.N.-Clubs du monde pour les inviter à soutenir la France et l'Angleterre. Puis il est chargé par le Quai d'Orsay d'une mission auprès du gouvernement belge, alors neutre, auquel il tente d'ouvrir les yeux sur le danger allemand. Un voyage en Suisse, où on est extrêmement bien renseigné, l'inquiète quant aux chances militaires des Alliés face à l'Allemagne.

Il achève les tomes dix-sept et dix-huit des *Hommes de bonne volonté, Vorge contre Quinette* et *La Douceur de la vie*. Maurice Tourneur filme une adaptation de *Volpone,* avec Harry Baur, Louis Jouvet et Charles Dullin.

1940. Pendant les premiers mois de l'année, Jules Romains suit anxieusement les événements. La guerre n'ayant pu être évitée, il s'agit de la gagner. C'est donc avec désespoir qu'il assiste à l'invasion de la Hollande et de la Belgique, puis de la France. Dès le début de juin, se résolution est prise : si l'avance allemande n'est pas arrêtée, il partira continuer la lutte pour la liberté dans un pays resté libre ; il pourra également, de là, assurer la présidence internationale des P.E.N.-Clubs. Le 11 juin, il quitte avec sa jeune femme la propriété de Grandcour à Saint-Avertin et, par les routes engorgées, gagne l'Espagne, puis le Portugal, d'où il s'embarque à Lisbonne pour New York où il arrivera le 15 juillet.

Grâce à la notoriété de Jules Romains aux États-Unis, et particulièrement au succès remporté par *Les Hommes de bonne volonté,* dont chaque volume a été traduit et publié au fur et à mesure de la publication française (les deux volumes de *Verdun* ont même constitué un best-seller de première grandeur), Jules Romains ne se trouvera pas, comme d'autres réfugiés, devant des difficultés matérielles déprimantes, de celles qui, s'ajoutant à l'amertume de l'exil, sapent le courage d'un homme. Le ménage s'installe dans un « penthouse » meublé situé au sommet d'un hôtel dominant Central Park.

Jules Romains et sa femme feront dans New York de longues promenades à pied qui, comme celles qu'ils entreprenaient naguère à Paris, les mèneront jusque dans les faubourgs les plus lointains de la grande ville et leur en donneront une connaissance intime et variée dont peu d'étrangers, et même peu de New-Yorkais, peuvent se targuer.

Jules Romains, apprenant que le gouvernement de Vichy prépare des lois contre la liberté d'association, contre les Juifs, etc., s'écrie le 2 août à la radio de New York relayée par la B.B.C. : « On a pu nous battre, on peut nous écraser. Mais on ne nous fera pas dire que nous avons eu tort en voulant sauver la liberté et la dignité de l'homme, et que c'étaient les autres qui avaient raison en prônant la violence et la servitude, et que nous n'avons plus qu'à faire comme eux bien vite, pour qu'ils daignent nous pardonner. » Pionnler de la France libre, Jules Romains apporte son appui au groupe France for ever, avec Henri Laugier, Henri Focillon, Henri Bonnet, Henry Torrès. En tant que président des P.E.N.-Clubs, il s'occupe d'un mouvement dont le but est de procurer à des intellectuels européens spécialement menacés les moyens de sortir d'Europe et de se rendre en Amérique. Grâce à la fondation des éditions de la Maison française, Jules Romains pourra continuer à voir ses œuvres publiées en français. C'est ainsi que paraît, simultanément en français et en anglais, *Sept Mystères du destin de l'Europe,* où Jules Romains dévoile certains événements que lui ont rendus familiers les relations qu'il avait entretenues avec les hommes d'État de divers pays d'Europe et les missions officieuses dont il avait été chargé auprès d'eux.

1941. Paraissent les tomes dix-neuf et vingt des *Hommes de bonne volonté, Cette grande lueur à l'Est* et *Le monde est ton aventure,* ainsi que la pièce *Grâce encore pour la terre !* (qui était en répétitions à la Comédie-Française au moment de l'invasion). Il publie également *Stefan Zweig, grand Européen,* dans l'espoir de remonter le moral de son plus ancien ami européen, Zweig, dont le suicide en 1942, au Brésil, l'affectera profondément.

Jules Romains fréquente à New York les plus grands écrivains européens réfugiés, Thomas Mann, Werfel, Maeterlinck, Maurois, etc., ainsi que nombre d'écrivains américains.

Pendant l'été, il fait un cours de littérature française au collège de Middlebury (Vermont), cours suivi par de jeunes professeurs de français venant de tous les coins des États-Unis. A la fin de l'année, juste avant Pearl Harbor, séjour à La Havane où Henri Bonnet a réussi à organiser une réunion de l'Institut de coopération intellectuelle.

1942. Invité par l'université de Mexico à faire un cours à la faculté des lettres, Jules Romains, après un séjour dans le sud des États-Unis, se rend en compagnie de sa femme au Mexique. Touchés par l'accueil qui leur est fait et par l'insistance amicale du grand écrivain mexicain Alfonso Reyes, ils décident de s'y installer pour attendre la fin de l'occupation. Ils habitent successivement une petite maison, puis un appartement situé au onzième étage d'un immeuble moderne.

Jules Romains participe à la création de l'Institut français, où il donnera lui-même des cours. Les Mexicains lui demandent de présider l'Institut mexicano-européen qu'ils viennent de fonder. Il continue son appui à la France libre.

Jules Romains est assez gravement malade et doit subir une opération chirurgicale. C'est à la clinique qu'il apprend le débarquement des Alliés en Afrique du Nord et l'occupation totale de la France.

Publication à New York du tome vingt et un des *Hommes de bonne volonté, Journées dans la montagne,* et de *Salsette découvre l'Amérique,* essai ; et, à Mexico, de *Mission ou démission de la France ?*

1943. La Gestapo, exaspérée par son attitude, pille son appartement parisien.

Publication du tome vingt-deux des *Hommes de bonne volonté, Les Travaux et les joies.*

1944. En France, la Gestapo arrête la mère de Mme Jules Romains, qui mourra en déportation.

C'est à Mexico que Jules Romains apprend le débarquement allié en Normandie.

30 septembre. Toujours à Mexico, Jules Romains écrit la phrase finale du tome vingt-sept et dernier des *Hommes de bonne volonté.* Il décide de ne publier les trois derniers volumes que lorsque les circonstances permettront de les faire paraître en France. Les écrivains mexicains, sous l'impulsion d'Alfonso Reyes, fêtent par un banquet amical ce qu'ils considèrent comme un important événement littéraire. Publication de *Bertrand de Ganges,* récit, et des tomes vingt-trois et vingt-quatre des *Hommes de bonne volonté, Naissance de la bande* et *Comparutions*.

1945. Long séjour à New York. Puis premier retour dans la France libérée. C'est avec une profonde émotion que Jules Romains retrouve son pays et ses amis. Mais les tâches qu'il a entreprises à Mexico l'obligent à y retourner provisoirement.

1946. Une maladie assez grave l'empêche de quitter Mexico aussi tôt qu'il l'avait prévu, et son élection à l'Académie française, le 4 avril, a lieu en son absence. Il regagne enfin la France en juillet. Son appartement ayant été occupé et son mobilier pillé, le ménage s'installe dans un hôtel de la rue de Rivoli. La maison de Grandcour, réquisitionnée pendant toute l'occupation pour des officiers allemands, a été miraculeusement épargnée.
7 novembre. Jules Romains est reçu à l'Académie française par Georges Duhamel.
Flammarion publie tous les tomes des *Hommes de bonne volonté* parus à New York, ainsi que les différents ouvrages également publiés en Amérique. Enfin paraissent les tomes vingt-cinq, vingt-six et vingt-sept, *Le Tapis magique, Françoise,* et *Le 7 Octobre*.

1947. Jules Romains renoue peu à peu les fils de son existence parisienne. Après des mois de recherches, il trouve enfin un appartement rue de Solférino. Son mobilier, sa bibliothèque, ses tableaux, ses archives, tout a disparu. Seuls subsistent quelques livres, quelques objets, sauvés par des amis. Le ménage se met courageusement à l'œuvre. En quelques mois, l'appartement est installé, un embryon de bibliothèque reconstitué. Cette bibliothèque grandira, mais ne sera jamais aussi riche que celle qui a été pillée. En particulier ont définitivement disparu les nombreux livres dédicacés que Jules Romains recevait depuis sa jeunesse. Quant à ses archives, il récupérera un grand nombre de cartons, qu'il ne se décidera jamais à ouvrir, persuadé que les papiers les plus intéressants avaient été enlevés ; c'est seulement après sa mort, en 1972, que leur contenu a été vérifié : la quasi-totalité de ses papiers était bel et bien là (correspondance, coupures de presse, petits manuscrits divers, etc.) !
Jules Romains reprend contact avec le Midi (des conférences l'appellent à Nice) et avec les pays voisins de la France : Belgique, Suisse, Angleterre. L'université de Munich lui ayant décerné le titre de docteur

honoris causa, il se rend en Allemagne (avec l'approbation du Quai d'Orsay, désireux de favoriser tout ce qui peut améliorer les relations entre la France et la nouvelle Allemagne).
Une pièce écrite à Mexico, *L'An mil,* est montée au théâtre Sarah-Bernhardt par Dullin. La pièce donnée dans une salle délabrée et mal chauffée, desservie par une grève de la presse qui dure un mois, est un demi-échec.
Publication du *Problème n° 1,* essai.

1947-1967. Pendant ces vingt années, Jules Romains mènera une existence qui ressemblera sur bien des points à celle qui était la sienne avant la guerre, mais en différera à d'autres égards.
Il s'initie rapidement à ses devoirs d'académicien. Il sera un des membres les plus assidus de l'Académie. Sauf quand il est absent de Paris, ou quand la maladie l'en empêche, il ne manque pas une séance du jeudi. Il est membre de la Commission du Dictionnaire. Il fréquente ses confrères, avec certains desquels il noue ou resserre des liens d'amitié.
Il reprend ses voyages à l'étranger, où il fait de nombreuses conférences. Mais, peu à peu, redoutant les fatigues causées par ces tournées, il en réduira la fréquence. Il reste un fidèle de Nice (où il parle au Centre universitaire méditerranéen) et de Vichy, dont il présidera la Société de conférences du Casino.
Sa femme, qui dès le début de leur union s'était offerte à lui servir de secrétaire, deviendra de plus en plus une collaboratrice dévouée et fidèle. Elle s'efforcera de le décharger du plus grand nombre possible des corvées accessoires qui sont une des plaies de la vie moderne : paperasserie administrative, correspondance, etc. Elle continuera à taper à la machine toutes ses œuvres et à en corriger les épreuves. C'est elle qui choisira et classera les extraits parus dans le *Paris des Hommes de bonne volonté,* publié en 1949 chez Flammarion. C'est elle également qui a établi, rédigé l'index et le fichier des personnages des *Hommes de bonne volonté.*
Durant cette période, Jules Romains aura le chagrin de voir disparaître plusieurs de ses amis les plus anciens et les plus chers : Henri Legrand, vieux camarade de Normale, Albert Cazes, qu'il avait eu pour collègue au lycée de Laon, les écrivains de l'Abbaye, René Arcos, Luc Durtain, Georges Duhamel, le peintre Charles Picart Le Doux. Et bien d'autres.
André Cuisenier, le vieil ami du lycée Condorcet et de l'École normale, n'a jamais cessé de suivre de tout près l'œuvre de son ami, devenue pour lui aussi proche que s'il en était l'auteur. De ses longues méditations sont nés les trois ouvrages, *Jules Romains et l'unanimisme, L'Art de Jules Romains, Jules Romains et les Hommes de bonne*

volonté, qui font autorité, et que tout commentateur de l'œuvre de Jules Romains se doit de connaître.
Madeleine Berry, elle aussi, est l'auteur de plusieurs ouvrages sur Jules Romains. Le premier date de bien avant la guerre. Le second, *Jules Romains, sa vie, son œuvre,* écrit après la Libération, a fourni une partie des indications qui ont permis d'établir la présente biographie.

1948. Quelques voyages (Portugal, Maroc, etc.).
Choix de poèmes.

1949. Jules Romains redécouvre l'Italie, qui a retrouvé tout son charme avec la disparition du fascisme, et où il retournera souvent. Il préside le jury du Festival international du film à Cannes.
Publication de *Le Moulin et l'hospice,* roman.

1950. Le Comité des fêtes de Paris, désireux de célébrer avec éclat le bimillénaire de la naissance de la ville, offre sa présidence à Jules Romains. Voyage à Berlin, où il participe au Congrès pour la liberté de la culture. Pendant l'été, il est invité à faire un séjour au château d'Ernich, sur le Rhin, résidence du Haut-Commissaire de la République française en Allemagne, son vieux camarade de Normale André François-Poncet. Celui-ci, depuis l'École, a toujours entretenu avec Jules Romains des relations amicales, que seul son éloignement de Paris a empêchées de devenir intimes. Quand, quelques années plus tard, André François-Poncet sera réinstallé à Paris et membre de l'Académie française, les deux vieux camarades se retrouveront avec joie et se verront très souvent.
Louis Jouvet tourne la troisième version cinématographique de *Knock*.
Automne. Voyage aux États-Unis.

1951. Mort de Louis Jouvet, qui affecte beaucoup Jules Romains. Il avait monté la plus grande partie de son œuvre dramatique et joué *Knock* près de deux mille fois, tant à Paris qu'en province et à l'étranger.
Novembre. Donogoo, monté en 1930 par Jouvet au théâtre Pigalle, entre à la Comédie-Française, avec une mise en scène brillante de Jean Meyer. La pièce remporte un vif succès. La Comédie-Française la reprendra à plusieurs reprises.
Publication de *Violation de frontières,* deux longues nouvelles.

1952. Le conseil municipal de son pays natal, Saint-Julien-Chapteuil, décide de donner son nom à une avenue qui vient d'être percée, et organise à cette occasion une « journée Jules Romains ».
Publication de *Saints de notre calendrier* et d'*Interviews avec Dieu,* essais.

1953. *M. Le Trouhadec saisi par la débauche* entre à son tour à la Comédie-Française.
Jules Romains découvre l'Extrême-Orient. Il fait en effet avec sa femme un long voyage par mer : le canal de Suez, Djibouti, Ceylan, Singapour, Saïgon, d'où ils font un petit saut à Angkor, Hong Kong, Manille et le Japon.
Juin. Jules Romains écrit son premier article pour *L'Aurore.* Sa collaboration hebdomadaire à ce journal a continué sans interruption jusqu'en juin 1971. A partir de 1960, ses éditoriaux paraîtront sous le titre général de *Lettre à un ami.* Jules Romains y aborde les sujets les plus variés et fait preuve dans ses articles de l'indépendance de pensée et de la justesse d'esprit qui ont toujours été les siennes. Les codirecteurs de *L'Aurore,* Robert et Francine Lazurick, deviennent ses amis.
Publication de *Pierres levées* (déjà paru au Mexique en 1945) et de *Maisons,* poèmes.

1954. Nouveau séjour en Allemagne chez André François-Poncet.
Jules Romains reçoit Fernand Gregh à l'Académie française.
Publication d'*Examen de conscience des Français,* paru d'abord en articles dans L'*Aurore*.

1955. Séjour aux États-Unis, d'où il rapporte *Passagers de cette planète, où allons-nous ?* paru d'abord en articles dans *L'Aurore*.
Publication chez Flammarion d'une édition en quatre volumes des *Hommes de bonne volonté,* illustrée par Dignimont. Cette édition sera reprise en 1958, sur papier bible et sans illustrations.

1956. Publication de *Le Fils de Jerphanion,* roman.

1957. Publication d'*Une femme singulière,* premier volet des aventures de Madame Chauverel.

1958. Plusieurs voyages, notamment en Autriche et en Espagne.
Publication de *Le Besoin de voir clair,* deuxième volet consacré à Madame Chauverel, *Situation de la terre* et *Souvenirs et confidences d'un écrivain.*

1959. Jules Romains reçoit Jean Rostand à l'Académie française.
Publication du premier volume des *Mémoires de Madame Chauverel.*

1960. *Knock,* qui n'a pas été joué à Paris depuis la mort de Jouvet, est repris par le Théâtre-Hébertot. A l'issue d'une répétition, Jules

Romains fait une chute malheureuse dans l'obscurité en sortant du théâtre. Les tendons de ses deux jambes sont déchirés. Une double opération remet les choses en place. Mais Jules Romains ne sera plus le grand marcheur infatigable qu'il était resté jusque-là.
Nouveau séjour aux États-Unis et voyage aux Antilles.
Publication du deuxième volume des *Mémoires de Madame Chauverel* et du premier volume de *Pour raison garder*.

1961. Publication d'*Un grand honnête homme*. André Bourin écrit *Connaissance de Jules Romains,* œuvre à laquelle participe Jules Romains en commentant et discutant les assertions d'André Bourin. Au cours de leur travail, leur amitié se resserre.
Jules Romains assiste pour la première fois au Festival de musique de chambre de Divonne, dont il deviendra un fidèle habitué.

1962. L'état de santé de Jules Romains cause de graves inquiétudes. Il devra, l'année suivante, faire une cure thermale, mais ce n'est qu'à la fin de 1963 que l'alerte sera terminée.
Publication de *Portraits d'inconnus,* nouvelles.

1963. Le conseil municipal de Saint-Avertin décerne à Jules Romains le titre de citoyen d'honneur. Cérémonie à la mairie, au cours de laquelle Maurice Genevoix, secrétaire perpétuel de l'Académie française, fait un discours plein de chaleur amicale et de générosité confraternelle.
Publication du deuxième volume de *Pour raison garder* et de *Napoléon par lui-même*.

1964. Sortie du film d'Yves Robert tiré des *Copains*.
Publication de *Ai-je fait ce que j'ai voulu ?* et de *Lettres à un ami,* 1re série.

1965. *Knock* est repris au théâtre Montansier à Versailles, dans une mise en scène de Marcelle Tassencourt. La pièce, dans sa nouvelle présentation, sera jouée de nombreuses fois dans différents théâtres parisiens et en tournées.
Le quatre-vingtième anniversaire de Jules Romains donne lieu à diverses manifestations. La première a lieu à Vichy, avec quelques jours d'avance. Le 26 août, c'est Saint-Julien-Chapteuil qui reçoit avec éclat et chaleur celui qui y est né quatre-vingts ans plus tôt. De nombreux amis de l'écrivain, des représentants de la presse et de la télévision se joignent aux Vellaves. Durant l'automne, son éditeur Henri Flammarion réunit en un grand dîner les amis de l'auteur, au

nombre de trois cents. Autres manifestations organisées par le P.E.N.-Club français, les Niçois de Paris, les Tourangeaux de Paris, etc. L'année se termine malheureusement par une maladie assez inquiétante. Encore une fois, la nature robuste de Jules Romains le remet d'aplomb.
Publication de *Lettres à un ami,* 2e série.

1966. Publication de *Lettre ouverte contre une vaste conspiration,* essai.

1967. L'année commence par un voyage au Sénégal.
Publication du troisième volume de *Pour raison garder* et de *Marc Aurèle ou l'Empereur de bonne volonté.*

1970. *Amitiés et rencontres,* souvenirs.

1972. *14 août.* Mort de Jules Romains. Inhumation au cimetière du Père-Lachaise.

PRÉFACE

Je publie aujourd'hui[1] *les deux premiers volumes de l'œuvre qui sera probablement la principale de ma vie. Par les dimensions d'abord. Ce volume doit être suivi, à des intervalles que je tâcherai de rapprocher autant que possible, d'un certain nombre d'autres. (Je m'abstiens d'indiquer un chiffre plus précis pour n'effrayer personne.) Par le contenu aussi, je l'espère.*

Si je cherchais de quand date le tout premier dessein de cette œuvre, je remonterais presque au début de ma carrière littéraire. Dès l'époque où j'écrivais La Vie unanime, *je sentais qu'il me faudrait entreprendre tôt ou tard une vaste fiction en prose, qui exprimerait dans le mouvement et la multiplicité, dans le détail et le devenir, cette vision du monde moderne, dont* La Vie unanime *chantait d'ensemble l'émoi initial. Et j'exagérerais à peine en disant que, par la suite, plusieurs de mes livres n'ont été qu'une façon de me faire la main, d'éprouver tour à tour mon instrument et la matière, ou encore d'explorer des territoires qu'il s'agirait un jour d'occuper et d'organiser. Ce jour décisif, je me suis gardé d'en hâter la venue ; j'ai même laissé les circonstances m'apporter leurs diversions, persuadé qu'une entreprise aussi intimidante ne pouvait que gagner à ces délais. Les années qui précèdent l'âge mûr ne cessent d'accroître les ressources intérieures d'un écrivain, quand il sait écarter certains périls, dont le succès n'est pas le moindre, avec la tentation qu'il entraîne presque toujours de s'imiter soi-même, et de continuer à plaire par les moyens qui ont réussi. Ces années lui permettent d'étendre, d'approfondir, de corriger sa connaissance de la vie et des hommes ; sa connaissance même de l'art. Elles lui laissent le temps de se débarrasser de ce qu'il pouvait y avoir, dans sa vue des choses, de trop théorique, de trop préconçu, et, dans sa manière d'écrire, de trop attentif ou de trop particulier. Enfin, elles groupent autour de lui un public plus ou*

1. Février 1932.

moins vaste qui est prêt à lui faire confiance et à le suivre. Ces diverses considérations avaient en l'espèce d'autant plus de poids que l'œuvre à laquelle je songeais ne pouvait prendre son vrai caractère, et remplir sa destinée, que si elle savait parler un langage accessible à tous les hommes, et leur proposer des motifs d'intérêt universel.

On devine assez, d'ailleurs, que le travail d'une œuvre semblable ne commence pas à l'instant où l'on trace la première ligne du premier volume. La préparation en est presque aussi longue, et parfois plus laborieuse, ou du moins plus angoissante que l'exécution ; surtout quand se posent pour l'auteur des problèmes de structure, comme ceux dont il faut bien que je dise un mot.

*
* *

En effet, le volume que je publie n'est pas le premier roman d'une série ou d'un cycle. Il est le début d'un roman de dimensions inusitées. Je suis donc obligé de demander au lecteur une patience et un crédit un peu exceptionnels. Mais ce n'est pas le seul changement que je le prie d'apporter à ses habitudes. L'autre effort, ou pour m'exprimer d'une façon qui me plaît mieux, l'autre marque d'amitié et de confiance que j'attends de lui, c'est qu'il veuille bien se faire, dès le début, au mode de composition que j'ai adopté, et croire que je l'ai adopté non pour l'amusement de la chose, mais parce que la nature de mon sujet, l'esprit de cette œuvre, et les tentatives de divers ordres que j'avais faites dans le passé m'y amenaient nécessairement. Au reste, je suis persuadé que l'effort ne sera pas grand, et je me risquerais à promettre que, dans la mesure où il existera, il sera payé ensuite par un plaisir assez nouveau. La seule résistance que je craigne est celle qui vient non du goût spontané, mais des préjugés de l'éducation littéraire. Quelques réflexions nous aideront peut-être à la vaincre.

Quand un romancier se propose un travail de grande envergure, comme, par exemple, celui de peindre le monde de son temps (qu'on me passe cette expression commode), la tradition lui offre deux procédés principaux, dont les autres ne sont que des variantes.

Le premier consiste à traiter, dans des romans séparés, un certain nombre de sujets convenablement choisis, de sorte qu'à la fin la juxtaposition de ces peintures particulières donne plus ou moins l'équivalent d'une peinture d'ensemble. La réapparition de tel personnage, le rappel d'événements contés ailleurs peuvent en outre jeter, d'un roman à l'autre, une attache perceptible. Mais il faut avouer que l'unité de l'ensemble reste précaire et flottante. Il arrive que l'auteur lui-même ne la dégage qu'après coup. En tout cas, elle ne s'impose pas au lecteur ; je veux dire que rien ne l'oblige à la sentir bon gré mal gré. Vous pouvez lire Eugénie Grandet *et* César Birotteau *sans vous soucier du reste de* La Comédie humaine, *et sans apercevoir entre ces deux chefs-d'œuvre un lien d'un autre ordre qu'entre* L'Éducation sentimentale *et* Madame Bovary. *Je n'ai pas besoin de rappeler que Zola, s'il a voulu, pour la série des* Rougon-Macquart, *une unité plus forte et plus intérieure aux parties, ne l'a pas obtenue autant qu'il le pensait. Les liens du sang et de l'hérédité qu'il a noués entre ses héros ont à ses yeux une importance théorique dont il ne réussit pas à nous convaincre. Nous gardons l'impression que l'unité de la série reste extérieure et, par surcroît, se complique d'un artifice.*

Oserai-je ajouter que cette façon d'entreprendre un tableau de la société, qui a donné au siècle dernier des résultats grandioses, auxquels les remarques que nous venons de faire n'enlèvent rien de notre admiration, ne gagnerait pas à se répéter de nos jours ? Une telle investigation du monde social, morceau par morceau, région par région, qui eut à son heure une allure de conquête, prendrait maintenant quelque chose de bien mécanique, de bien prévu. Le roman sur les milieux financiers, venant après le roman sur les milieux politiques et le roman sur les milieux sportifs... oui, ce serait un peu trop comme le n° 17 sur les Animaux de basse-cour venant après le 16 sur les Arbres fruitiers et le 15 sur les Parasites de la vigne. Nous demandons au romancier de nous laisser oublier davantage ce qu'il y a, forcément, de laborieux et de quotidien dans son métier.

Le second procédé que nous offre la tradition, tant française qu'étrangère, aboutit à des œuvres dont, cette fois, l'unité interne n'est pas contestable. Ce n'est plus une collection de romans, groupés sous une rubrique, ou enfermés dans un cadre à demi arbitraire, que nous avons devant nous, avec la liberté d'y choisir selon nos préférences, et de commencer par où bon nous semble. C'est un seul roman, qui se déplie en plusieurs volumes. Ce qui en fait l'unité, c'est la personne et la vie du héros principal. Ses aventures, sur lesquelles viennent se greffer celles des personnages qu'il rencontre, fournissent à l'auteur l'occasion de décrire divers milieux. Finalement une peinture de la société, plus ou moins complète, avec des lointains et des raccourcis plus ou moins déformants, s'ordonne en perspective autour d'un individu. Sans parler des digressions que l'auteur peut s'accorder. Tel est le cas des Misérables *; et, si l'on veut, du* Jean-Christophe *de Romain Rolland. Tel est même celui des œuvres qui font du personnage central plutôt un témoin qu'un acteur, et prennent ainsi, comme chez Proust, un aspect de Mémoires romanesques. Parfois, cette unité d'ordre biographique repose non sur un individu, mais sur une famille. Du même coup, la peinture de la société s'étale sur une durée plus ample. Je pense en particulier à des œuvres étrangères célèbres, dont certaines sont récentes, comme la* Forsyte Saga *de Galsworthy, ou les* Buddenbrook *de Thomas Mann. Bien que l'exemple des* Rougon-Macquart *puisse être à l'origine de ces amples* *constructions, notons qu'elles font du thème de la famille un usage tout autre. Il s'agit ici non plus d'un rayonnage commode, où viennent se loger des œuvres foncièrement indépendantes, mais de l'histoire concrète d'une famille à travers les générations, avec ses aventures, sa montée ou sa déchéance, ses variations d'idéal.*

Ce mode de composition échappe à toute critique, dans la mesure où le sujet réel coïncide avec le sujet apparent. Si c'est bien au personnage central — individu ou famille — que l'auteur s'intéresse d'abord, si les événements qu'on nous raconte, les milieux où l'on nous fait passer, les autres personnages qu'on nous présente viennent se placer avec naturel dans le déroulement de la destinée du héros, nous n'avons rien à objecter. Tel est le cas en particulier des œuvres qu'on appelle en Allemagne « romans de développement », mais qui fleurissent aussi chez nous, et dont l'objet essentiel est de nous montrer le développement d'un individu, d'une âme individuelle à travers la vie. Il est vrai que dans de pareilles œuvres la présentation de la société a bien peu de chances d'avoir une valeur par elle-même. Elle sera nécessairement très partielle et très subjective, toute colorée par les préoccupations du héros, et réduite aux limites de son expérience.

Si, au contraire, nous sentons que l'auteur se sert sans aucune discrétion de son personnage principal ; s'il le mène arbitrairement dans tous les endroits et milieux où lui, l'auteur, a envie d'aller ; s'il lui prête des aventures, des rencontres, des expériences dont l'enchaînement n'est pas naturel, et ne s'explique que par le désir où est l'auteur de faire avant tout de son œuvre un tableau de la société ; alors l'artifice nous gêne et peut devenir intolérable. Nous souffrons d'avoir affaire à un héros qui n'est plus qu'un prétexte ; qui n'est plus — comme tout à l'heure la consanguinité des Rougon-Macquart — qu'un artifice de composition.

On trouve tous les degrés dans cet abus. Il s'affiche avec ingénuité dans certains romans picaresques d'autrefois, où la personnalité du héros principal perd toute consistance, n'est que le fil ténu qui retient ensemble un collier d'histoires. Mais reconnaissons que peu d'œuvres s'en préservent tout à fait, parmi celles qui ne se bornent pas scrupuleusement à retracer la chronique d'une vie, l'histoire intérieure d'une destinée. (Il y a de l'enchaînement arbitraire et du picaresque dans le Wilhelm Meister *de Gœthe.) Dès que l'auteur songe à peindre la société, même dès qu'il s'intéresse profondément à l'âme et à la destinée d'individus qui ne sont ni le personnage central, ni les êtres de son entourage immédiat, il doit chercher un biais pour les introduire dans le champ du personnage central, et l'artifice de composition nous devient sensible. Nous nous disons malgré nous : « Comme il est beau, et surprenant, que toutes ces aventures, que toutes ces existences viennent à point nommé croiser la destinée du héros ! Que le hasard fait bien les choses en procurant à un seul homme tant de contacts, tant d'expériences, et juste dans l'ordre* où notre curiosité le souhaitait ! » Cette obligation de tout rapporter au personnage central s'aggrave d'une autre, qui procède du même état d'esprit, et qui consiste à utiliser le plus possible les personnages de premier plan qu'on a dès le début groupés autour de lui. Si bien qu'une petite équipe en arrive à avoir le monde entier sur les bras. La critique que je fais ne s'applique certes pas à toutes les œuvres de cette catégorie ; mais elle s'applique souvent aussi aux romans de l'autre catégorie ; et aux romans du type ordinaire pour peu qu'ils se flattent de nous offrir un tableau de la société. Que de fois, par exemple, n'ai-je pas souri — un moment de sourire peut se placer entre beaucoup de moments d'admiration — en voyant, dans un récit qui prétendait me représenter la vie de Paris ou de Londres, cinq ou six personnages, toujours les mêmes, se retrouver par hasard dans les lieux les plus divers : « De leur loge, les Morteville aperçurent soudain les Dupont assis à l'orchestre... » ; puis : « En entrant au pesage, la première jolie femme que rencontra Jacques Dupont fut Alice Morteville... » ; puis : « Sur la foule houleuse des manifestants, Pierre Morteville vit dépasser la tête énergique de Jacques Dupont... » L'auteur peut s'évertuer ensuite à nous décrire l'immense foule houleuse, la cohue brillante du pesage, et nous brosser tous les fonds de décor qu'il voudra ; le malheureux ne se rend pas compte que ses Dupont et ses Morteville, dès qu'ils se retrouvent, et du fait qu'ils se retrouvent avec une si déplorable facilité, suppriment toute immensité autour d'eux, m'empêchent de croire un seul instant que Paris, ou Londres, sont quelque chose d'énorme où l'on se perd, communiquent d'emblée à Paris ou à Londres un brave petit air de Landerneau.

Vous me direz que c'est une des conventions du genre romanesque ; que le théâtre en admet bien d'autres, et de pires. Mais je ne vous suis pas. Au théâtre, certaines conventions servent à compenser faiblement de terribles servitudes (où le théâtre puise ce qu'il a de spécialement méritant, et parfois d'héroïque). Le roman, lui, ne connaît pas de vraies servitudes. Ce qui diminue peut-être pour le roman comme genre les occasions d'acquérir un mérite esthétique supérieur (j'ai écrit là-dessus jadis des choses que je ne renie pas), mais ce qui en tout cas lui interdit de cultiver les conventions.

Je crois plutôt qu'il faut voir là l'effet d'un désaccord entre un ordre de sujets qui s'est imposé peu à peu à la littérature avec des exigences croissantes de vérité et de profondeur, et un tour d'esprit plus ancien dont procèdent les habitudes de composition romanesque. Le besoin de tout rapporter à un personnage central se rattache à une vision de l'univers social où l'individu est le centre, et que l'on peut appeler, plus précisément qu'« individualiste », « centrée sur l'individu » (comme il y a eu jadis une conception « géocentrique » du monde solaire). Le procédé de composition qui en découle demeure donc légitime chaque fois qu'il s'agit d'exprimer une âme et une destinée individuelles ; ou même la vie *d'un groupe restreint ; ou encore l'action réciproque du héros et du milieu social. Mais il devient une survivance, quand le sujet véritable est la société elle-même, ou un vaste ensemble humain, avec une diversité de destinées individuelles qui y cheminent chacune pour leur compte, en s'ignorant la plupart du temps, et sans se demander s'il ne serait pas plus commode pour le romancier qu'elles allassent toutes se rencontrer par hasard au même carrefour.*

*
* *

Or, il se trouve que tout mon travail depuis vingt-cinq ans a tourné autour de ces questions. Un de mes soucis les plus anciens et les plus constants a été justement de chercher un mode de composition qui nous permît d'échapper à nos habitudes de vision « centrée sur l'individu ». Mon début en prose, Le Bourg régénéré, *ne tendait qu'à cela. Dès* 1911, *je publiais* Mort de Quelqu'un *qui, pour ne parler que de la technique, présentait, je crois, une première solution du problème et ouvrait la porte à d'autres. Chaque fois que je l'ai pu, j'ai repris le problème, en tâchant de l'aborder de différents côtés : déjà dans* Puissances de Paris, *mais encore dans certains récits du* Vin blanc de la Villette, *et jusque dans le conte cinématographique de* Donogoo-Tonka, *ou le scénario de* l'Image, *que j'écrivis pour Feyder. J'ai eu la satisfaction de voir à l'étranger, particulièrement en Russie et en Amérique (où* Mort de Quelqu'un *est traduit depuis près de vingt ans), s'épanouir certains des principes de composition que j'avais essayés et, d'une manière plus générale, se développer chez nombre de jeunes romanciers une technique de roman qu'il faut bien nommer « unanimiste », et dont j'espère qu'on me pardonnera, même en France, de rappeler qu'elle est d'origine française. C'est ainsi que diverses expériences faites par autrui, et pleines d'ailleurs d'inventions originales, sont venues me relayer opportunément dans mes recherches, et confirmer, s'il en était besoin, ma foi en l'avenir de cette formule.*

J'ai fait allusion à des essais pour l'écran. On sera peut-être tenté d'établir un rapprochement entre la technique romanesque dont je parle et certains efforts du cinéma. J'y consens ; à condition qu'on se défende d'un malentendu, et qu'il ne soit pas question en l'espèce d'une influence du cinéma sur le roman. Ce serait absurde. Pour en revenir aux exemples personnels — les seuls à propos desquels j'aie qualité pour affirmer — quand j'écrivais en 1906 Le Bourg régénéré, *qui est, dans la forme, m'a-t-on dit souvent, la plus « cinématographique » de mes œuvres, je n'ai pas songé une seconde au cinéma, ni davantage quand j'écrivais* Mort de Quelqu'un, *pour cette raison que le cinéma était alors dans l'enfance, et que ses produits ingénus, sa technique balbutiante ne pouvaient vraiment faire réfléchir personne. Par la suite, j'ai pensé au cinéma quand il m'est arrivé de travailler pour lui, mais jamais, je l'avoue, quand je composais un roman ou une pièce.*

La vérité me semble être qu'à chaque époque un des arts autres que la littérature *se trouve particulièrement outillé pour satisfaire telle tendance dominante de la sensibilité à ce moment-là. Mais comme d'autre part, à cause de son extrême souplesse et des moyens très divers dont elle dispose, la littérature reste toujours en contact avec tous les mouvements et toutes les demandes de l'esprit ; en un mot, comme elle est l'art le plus « coextensif à l'âme humaine », il en résulte qu'elle ne laisse jamais un besoin spirituel naître ou grandir sans tâcher d'y répondre ; si bien qu'à chaque époque la littérature et l'un des autres arts se rencontrent curieusement autour de préoccupations analogues, et tentent des efforts d'expression parallèles. D'où l'apparence souvent trompeuse que, par cet art, la littérature est influencée : peinture au milieu du* XIXe *siècle, musique vers la fin du même siècle. Il est certain que les ressources du cinéma, arrivé à l'âge adulte, sont venues répondre à leur tour au besoin qu'éprouve l'esprit moderne d'exprimer le dynamisme et le foisonnement du monde où il plonge. Mais il est non moins certain que la littérature, pour y répondre de son côté, n'avait pas attendu le cinéma, et avait su trouver en elle-même le principe d'un renouvellement approprié de sa technique. Ajoutons qu'une certaine ressemblance des procédés, commandée par les raisons que je viens de dire, ne doit pas masquer les différences profondes qui subsistent entre les deux modes d'expression, ni davantage nous laisser méconnaître les pouvoirs inimitables de l'expression littéraire.*

*
* *

Je m'excuse d'attacher tant d'importance à des questions qui peuvent paraître ne concerner que la forme et le métier, et dont le lecteur aurait le droit de faire peu de cas. Il n'est nullement dans mon esprit de vouloir attirer l'attention sur elles. Au contraire. Je me serais bien passé de les débattre si, justement, elles n'avaient pas « fait question ». J'aurais mieux aimé parler du contenu de mon ouvrage, des préoccupations humaines de tous ordres dont il est né, et des directions idéales qu'il est appelé à prendre. Il est vrai que la suite de livres qui va venir aura bien le temps d'en parler. Et puis, je me demande si ces questions, qui semblent toutes formelles, ne touchent pas beaucoup plus au fond des choses qu'on ne le croirait. Bref, j'ai surtout voulu éviter le plus petit malentendu initial entre le lecteur et moi. Mes relations avec lui doivent être très longues. Il faut qu'elles soient confiantes et aisées dès le début. Je désire aussi — je tiens à le répéter — parler pour tout le monde et être entendu du plus grand nombre possible. Un effort comme celui que je tente appelle la plus vaste communion humaine, une immense camaraderie. J'ai le respect de l'élite véritable, et c'est d'abord sur elle que je compte pour recevoir les signes d'amitié qui empêchent le voyageur de sentir la fatigue et de douter de son chemin. Mais ce n'est pas elle qui me reprochera d'essayer cette camaraderie dont personne d'avance n'est exclu, qui n'exige pas des gens, pour les admettre de plain-pied, qu'ils soient rompus à certaines petites malices, ou petites manières. Ces petites malices et petites manières, le lecteur s'apercevra dès la troisième page qu'il a moins que jamais à les craindre de mon style. Je n'ai pas voulu lui laisser croire non plus que du côté de la construction, je m'étais complu à des jeux obscurs, à de vaines ingéniosités. Peut-être s'en serait-il aperçu tout seul. Peut-être — et c'est même le plus probable — n'aurait-il éprouvé aucune difficulté sérieuse, et s'étonnera-t-il après coup que j'aie trouvé nécessaire de l'avertir. Le lecteur, quand il veut, est très débrouillard. Quoi qu'il en soit, je pense au moins l'avoir convaincu que je n'ai pas eu dessein de « l'embrouiller » à plaisir, et que je n'ai obéi qu'à des nécessités mûrement ressenties et débattues. Prévenu de certains changements à ses habitudes, j'espère qu'il n'en souffrira pas. Il sait maintenant qu'il ne doit pas s'attendre à voir cette vaste composition s'ordonner, suivant l'artifice traditionnel, autour d'un héros miraculeusement élu. Il se doute qu'il n'a pas à compter sur une action rectiligne, dont le mouvement vous entraîne sans bousculer votre paresse (car il y a, n'est-ce pas ? une inertie du mouvement) ; ni même sur une harmonie trop simple entre des actions multiples, sur une symétrie trop balancée qui deviendrait à son tour une convention. Il devine qu'à maintes reprises le fil du récit lui paraîtra se rompre, l'intérêt se suspendre ou se disperser ; qu'au moment où il commencera à se familiariser avec un personnage, à entrer dans ses soucis, dans son petit univers, à guetter l'arrivée de l'avenir par la même lucarne que lui, il sera invité soudain à se transporter bien loin de là, et à épouser d'autres querelles. Mais peut-être qu'au bout d'un certain temps il m'en saura gré. Peut-être sera-t-il soulagé de n'avoir pas à contempler une fois de plus dans un livre un monde laborieusement rétréci aux dimensions d'un homme. Peut-être éprouvera-t-il peu à peu un sentiment d'aération, de diversité imprévisible, de « libre parcours ». Et si quelque chose, peu à peu, se construit ou se rassemble, peut-être approuvera-t-il que ce soit avec les incertitudes, les retours, les hasards que prodigue la vie.

Car, j'y insiste, il n'est pas question de remplacer un artifice par un autre, une routine par une autre, et de faire de ce mode de composition un usage qui procéderait de l'esprit de système, et nous éloignerait à nouveau d'une réalité inépuisable en cheminements et en ressources. En particulier les ruptures et jointures de récit dont j'ai parlé se garderont d'obéir à un rythme mécanique. Aucune tyrannie égalitaire ne maintiendra les personnages et les événements dans une équivalence monotone. Chaque fois que, d'un mouvement naturel, une figure, une action feront leur poussée pour venir au premier plan, rien ne les en empêchera. Comme un corps se montre en écartant les branches ; et l'on ne voit plus que lui, sans pourtant réussir à oublier la forêt qui continue à faire ses ombres sur lui et à lancer des tiges de droite et de gauche. Qu'on ne redoute pas non plus l'effacement des individus, de leurs visages, de leurs voix non pareilles dans la confuse rumeur de la multitude. Je n'ai jamais cru que la grandeur d'un ensemble, l'ampleur d'une synthèse pussent dispenser de la vue aiguë et infiniment particulière du détail. Je le crois moins que jamais. Je souhaite aussi qu'au cours de cette œuvre, les passages de l'individuel au collectif se fassent tout spontanément ; que ce soit comme un de ces vents imprévus de la Méditerranée qui se lèvent et ramassent en une croissante houle les mille petites vagues dont un instant plus tôt on regardait à loisir les facettes, les miroitements brisés.

Ce que j'aimerais surtout persuader à mon lecteur, c'est de ne pas avoir d'impatience, c'est de ne pas vouloir se prononcer trop vite, ni que les choses non plus se prononcent trop vite. Je ne vois pas d'inconvénients à ce qu'il se demande parfois : « Où cela va-t-il ? », à ce qu'il se sente, un moment, « dérouté », puisque je sais bien que ce ne sera jamais par des bizarreries gratuites, par des subterfuges d'auteur. Ne nous arrive-t-il pas, même à ceux d'entre nous qui ont le plus de foi en l'avenir, de nous demander, en regardant autour de nous : « Où cela va-t-il ? » et de trouver ce monde actuel « bien déroutant » ? Je désire même qu'on s'aperçoive, en me lisant, que certaines choses ne vont nulle part. Il y a des destinées qui finissent on ne sait où, comme les oueds dans le sable. Il y a les êtres, les entreprises, les espérances « dont on n'entend plus parler ». Bolides qui se pulvérisent, ou comètes apériodiques du firmament humain. Tout un pathétique de la dispersion, de l'évanouissement, dont la vie abonde, mais que les livres se refusent presque toujours, préoccupés qu'ils sont, au nom de vieilles règles, de commencer et de finir le jeu avec les mêmes cartes.

J'espère pourtant que nous arriverons quelque part. Mon titre vous le promet. Je ne suis pas de ceux qui trouvent dans la contemplation de l'Incohérence finale un amer assouvissement. Je n'ai pas le dilettantisme du chaos. Sans doute le monde, à chaque instant de sa durée, est tout ce que l'on veut. Mais c'est de ce pullulement non orienté, de ces efforts zigzagants, de ces touffes de désordre, que l'idéal d'une époque finit par s'arracher. Des myriades d'actes humains sont projetés en tous sens par les forces indifférentes de l'intérêt, de la passion, même du crime et de la folie, et vont s'écraser dans leurs entre-chocs ou se perdre dans le vide, semble-t-il. Mais dans le nombre, quelques-uns sont voulus avec un peu de constance par des cœurs purs, et pour des raisons qui ont bien l'air de répondre aux desseins les plus originels de l'Esprit. Et il se fait des contagions, des transferts de vouloir et de mérite peu explicables. Tout se passe comme si l'Ensemble avait voulu marcher, par lourdes secousses. Dans la cohue des volontés, il doit sûrement y en avoir qui sont les bonnes volontés. Ne me demandez pas de vous les désigner d'avance, d'un doigt infaillible. Je ferai comme vous. J'apprendrai à les reconnaître peu à peu, en regardant leurs actions et ce qui sort de leurs actions. Je suppose que les « bonnes volontés » sont plus nombreuses qu'on ne croit, et qu'elles ne croient elles-mêmes. Reste à savoir combien de fois elles se trompent ; combien de fois elles se laissent atteler au char de l'ennemi ou, comme le cheval aveugle de la noria, au treuil d'un puits où il n'y a plus d'eau.

Les Hommes de Bonne Volonté ! Une antique bénédiction va les chercher dans la foule et les recouvre. Puissent-ils être, encore une fois, un jour ou l'autre, rassemblés par une « bonne nouvelle », et trouver quelque sûr moyen de se reconnaître, afin que ce monde, dont ils sont le mérite et le sel, ne périsse pas.

1.

LE 6 OCTOBRE

I

PAR UN JOLI MATIN PARIS DESCEND AU TRAVAIL

Le mois d'octobre 1908 est resté fameux chez les météorologistes par sa beauté extraordinaire. Les hommes d'État sont plus oublieux. Sinon, ils se souviendraient de ce même mois d'octobre avec faveur. Car il faillit leur apporter, six ans en avance, la guerre mondiale, avec les émotions, excitations et occasions de se distinguer de toutes sortes qu'une guerre mondiale prodigue aux gens de leur métier.

Déjà la fin de septembre avait été magnifique. La température du 29 avait atteint la moyenne des jours de pleine canicule. Depuis, des vents doux de sud-est n'avaient pas cessé de souffler. Le ciel gardait sa limpidité ; le soleil, sa force. La pression barométrique se maintenait aux environs de 770.

Le 6 octobre, en se levant, les Parisiens les plus matinaux avaient mis le nez à la fenêtre, avec la curiosité de voir si cet automne invraisemblable poursuivait son record. On sentait le jour un peu moins loin de son commencement, mais aussi allègre et encourageant que la veille. Il régnait dans les hauteurs du ciel ce poudroiement gris des matins d'été les plus sûrs. Les cours d'immeubles, murs et vitres vibrant, résonnaient de lumière. Les bruits ordinaires de la ville semblaient gagner en limpidité comme en joie. Du fond d'un logement du premier étage, on croyait habiter une ville près de la mer, où la rumeur d'une plage ensoleillée vient se répandre, et circule jusque dans les ruelles les plus étroites.

Les hommes, qui se rasaient près des fenêtres, se retenaient de chanter, sifflotaient. Les jeunes filles, tout en se peignant et se poudrant, savouraient dans leur cœur un bouillonnement de romances.

Les rues abondaient de piétons. « Avec un temps pareil, je ne prends pas le métro. » Même les autobus paraissaient des cages tristes.

Pourtant il faisait plus frais que la veille. En passant devant les pharmacies, encore fermées, on regardait les grands thermomètres d'émail. Onze degrés à peine. Trois de moins qu'hier à la même heure.

Presque personne n'avait de pardessus. Les ouvriers étaient partis sans gilet de laine sous leur veste.

Un peu inquiets, les gens cherchaient du côté du ciel l'annonce de changements plus rudes, le signe que c'en était bientôt fini de ce gracieux surplus d'été. Mais le ciel gardait une sérénité indéchiffrable. D'ailleurs les Parisiens ne savent pas l'interroger. Ils ne remarquaient même pas que les fumées avaient un peu tourné depuis la veille, et que le vent d'est-sud-est avait nettement viré vers le nord.

Les myriades d'hommes glissaient vers le centre. De nombreux véhicules y convergeaient aussi. Mais d'autres, presque aussi nombreux : camions, voitures de livraison, charrettes, remontaient vers la périphérie, s'égaillaient dans les faubourgs, passaient en banlieue.

Les trottoirs, que la pluie ne lavait plus, étaient couverts d'une poussière fine comme de la cendre. Dans les interstices des pavés s'amoncelaient du crottin desséché, de menus brins de paille. La moindre brise soulevait ces détritus. Il venait du fleuve, aux eaux basses, et des égouts, de fades odeurs.

Les gens, tout en marchant, lisaient leur journal. Et juste au moment où, enjambant un ruisseau, ils reniflaient une bouffée doucement écœurante, ils tombaient sur un article intitulé *La saleté de Paris* :

« La Seine stagnante et noire n'est plus qu'un lac d'immondices. On n'arrose pas ; on balaie à peine ; les sous-sols dégagent des parfums innommables et le tout-à-l'égout fonctionne si mal que cet ingénieux système, faussé et déréglé, offre une prime à l'infection générale, aux épidémies, et, faut-il le dire ? bien que son nom soit redouté profondément, au choléra... »

Oui, faut-il le dire ? Depuis quelques semaines, le choléra ravage Saint-Pétersbourg. Les journaux viennent bien de publier des nouvelles qui essayent d'être rassurantes : le chiffre des cas nouveaux est tombé à 141, celui des décès à 72. Et l'on prétend que les frontières sont sévèrement gardées. Mais que peuvent les douaniers contre des microbes ? Ce chiffre, modeste, de décès pétersbourgeois fait avec l'odeur d'égout parisien un mélange désagréable.

D'ailleurs on signale beaucoup plus près, à Rabat, une épidémie mystérieuse : peste ou fièvre jaune. Décidément le Maroc nous donne des ennuis. Quelque permissionnaire trouvera bien le moyen d'en ramener la peste, qui se sentira tout de suite acclimatée ici, grâce à cet octobre vraiment marocain. A moins que les permissions ne soient supprimées, au Maroc et ailleurs. Il y a trois jours, l'affaire des déserteurs allemands de Casablanca prenait une tournure fâcheuse. Voilà qu'on nous apprend ce matin que la Bulgarie a proclamé son indépendance, hier 5 octobre. Et l'Autriche parle d'annexer la Bosnie-Herzégovine. « Journée historique », constatent les manchettes de journaux. Ainsi, nous avons vécu, hier 5 octobre, une journée historique. Latéralement, il est vrai.

Nous étions, pour cette fois, tout à fait sur le bord de l'Histoire. Notre déveine voudra sûrement que nous allions tôt ou tard nous y fourrer en plein milieu. Mais au fait, la Bulgarie n'était donc pas indépendante ? Qu'est-ce qu'on nous a raconté à l'école ? Souvenirs lointains.

Paris est mollement jeté sur ses collines, de part et d'autre de son fleuve. Il fait des plis. La multitude coule vers le centre. Au petit matin, c'est des pentes et des hauteurs de l'est qu'il en ruisselle le plus : bourgerons, vestes de travail, complets de velours à côtes ; rien que des casquettes. Les vieux lisent gravement l'article de Jaurès. Ce matin Jaurès est modéré, nuancé, apaisant. Il défend les Turcs. Il regrette le sans-façon des Bulgares et des Autrichiens. Il a peur que les Grecs, les Serbes, les Italiens ne suivent leur exemple. Il les exhorte à la sagesse. Les camarades d'âge moyen s'intéressent au compte rendu de la première séance du congrès de la C.G.T. à Marseille. Coudoyés, évitant un étalage, un réverbère, ou le dos considérable d'une marchande des quatre-saisons, ils rient tout seuls aux boutades du citoyen Pataud. Les bourgeois vont trembler encore un coup.

Mais les jeunes ouvriers, les apprentis, les saute-ruisseau (« On demande pour faire les courses un petit jeune homme présenté par sa famille ») ont l'esprit accaparé par les prouesses des aviateurs ; spécialement de Wright :

— Mince, tu as vu. Vrijte qui décolle avec un gars de 108 kilogrammes et qui fait deux tours ?

Quatre jours plus tôt, le vendredi 2 octobre, Wright a établi le record de distance. Il a couvert 60 kilomètres 600 et tenu l'air pendant 1 h 31 mn 25 s, en tournant autour de deux pylônes. Farman a établi le record de vitesse. Il a atteint 52 kilomètres 704 à l'heure en tournant de la même façon. Le lendemain, 3 octobre, Wright a réussi à rester en l'air près d'une heure, avec un passager ; et le passager, M. Frantz Reichel, a envoyé au *Figaro* un récit de ses impressions que la plupart des journaux ont reproduit, même les feuilles militantes d'extrême gauche. D'ailleurs les impressions de M. Reichel étaient saisissantes. Il décrivait l'étrange, l'exquis vertige qui s'était emparé de lui quand il s'était senti glisser à plus de dix mètres au-dessus du sol. Il avait constaté avec surprise que, malgré la vitesse de 60 kilomètres à l'heure, il avait pu garder les yeux grands ouverts. Vers la fin de l'épreuve, M. Reichel n'avait pu maîtriser son émotion. Son cœur s'était gonflé. Des larmes lui avaient jailli des yeux.

Les apprentis, les jeunes compagnons trouvaient que M. Reichel avait le cœur faible. Mais ils étaient bien d'avis que l'aviation avait un avenir illimité, et que son progrès serait foudroyant. Justement on entendait tout le monde se plaindre que Paris fût odieusement encombré. Les chantiers du métro, qui se dressaient un peu partout comme des forteresses de terre glaise et de planches, armées d'une artillerie de grues, achevaient d'étrangler les rues, de bloquer les carrefours. Sans omettre que ces forages de tunnels minaient le sol dans tous les sens et menaçaient Paris d'effondrement. (Le même 3 octobre, une partie de la cour de la caserne de la Cité s'était éboulée dans la galerie en construction du métro *Châtelet-Porte d'Orléans*, et le cheval d'un garde municipal avait inopinément disparu dans le gouffre.) Eh bien, quelques mois, ou quelques semaines plus tôt, en mars, ou même en juillet 1908, il était encore possible de comprendre qu'on se donnât tant de mal, et qu'on fît courir aux gens tant de dangers pour creuser ces taupinières du métropolitain ; mais franchement, le 6 octobre, dans cet automne qui faisait pousser l'aviation comme un fruit miraculeux, c'était à se demander s'il valait encore la peine d'engouffrer dans la souterraine entreprise tant de millions, et jusqu'à des chevaux de gardes municipaux, alors qu'il était évident qu'en 1918 au plus tard une bonne moitié de la circulation dans les rues de Paris se ferait en aéroplane, à des quinze et vingt mètres de hauteur.

Au cours de la matinée, il se produisait comme une rotation dans cet immense afflux de la périphérie vers le centre. Dès huit heures du matin, le gros de la multitude venait non plus de l'est, mais du nord-est de la ville, puis franchement du nord. Cependant que l'afflux du sud, faible aux premières heures, commençait à s'épaissir. Puis la rotation se poursuivait du nord vers le nord-ouest et vers l'ouest. L'origine des mouvements semblait se déplacer, comme un nimbus poussé par le vent, de Montmartre vers Batignolles, de Batignolles vers les Ternes. Il en allait de même symétriquement au sud, où l'afflux principal, venu d'abord de Javel et de Vaugirard, cherchait ensuite à descendre par la rue de Rennes et le boulevard Saint-Michel.

En même temps, l'aspect de la foule changeait. Et ses préoccupations. Les employés de bureau, les fonctionnaires apparaissaient, portant des costumes de ville. La mode était alors au veston à revers étroits et légèrement roulés. Trois boutons. Le gilet montant très haut pouvait être de fantaisie, surtout par ce bel automne. Col double empesé, assez haut. L'usage des cravates toutes faites était encore très répandu. La cravate, appuyée sur le bouton, avait toujours l'air d'être tombée au bas du col. On voyait beaucoup de nœuds-papillons et nombre de lavallières. Le pli au pantalon manquait souvent. Le rempli du bas de jambe, simulant un retroussé, était considéré comme une élégance un peu frivole ou comme une mode de jeunes gens. Le chapeau melon semblait presque inséparable d'une mise soignée. Un feutre chasseur à bords baissés, avec nœud de ruban à l'arrière, un feutre « Clemenceau » très mou, à ruban très étroit, divers types de feutres à larges bords se partageaient la faveur des messieurs d'allures plus libres. Mais beaucoup de gens achevaient de salir leur chapeau de paille, canotier ou panama.

Le matin, les jeunes filles et jeunes femmes qui allaient à leur travail portaient en général une blouse de couleur, satin ou satinette, et une jupe plissée, très longue, s'évasant vers le sol, et couvrant des bottines hautes. Les bas, qu'on ne voyait point, étaient de coton ou de fil. La fraîcheur de ce 6 octobre commençait à faire apparaître des cravates de renard, et des jaquettes.

Les messieurs corrects, lisant leur journal dans les autobus de neuf heures du matin, avaient salué d'un coup d'œil l'exploit de Wright, et froncé le sourcil au rapport de la « Journée historique ». On publiait des statistiques comparées de l'armée bulgare et de l'armée turque. On faisait état des amitiés, des alliances, des sympathies. Il était aisé de voir que l'événement fissurait l'Europe en deux blocs, suivant un plan de clivage que sept ans de diplomatie avaient déterminé.

En tournant la page, les messieurs corrects et les employés économes tombaient sur un titre fâcheux :

PANIQUE EN BOURSE

Le Turc et le Serbe s'étaient effondrés. Les fonds russes accusaient des pertes très sensibles. Or pas un des messieurs corrects, pas un des employés économes n'était dépourvu d'un raisonnable paquet de fonds turcs, ni d'un énorme cataplasme de fonds russes. Quant au Bulgare, qui n'avait baissé que d'environ 3 %, on pouvait s'étonner et se réjouir de sa résistance. Mais il tenait peu de place dans les portefeuilles.

Les jeunes femmes trouvaient le journal du 6 octobre particulièrement vide. Les crimes d'amour s'y réduisaient pratiquement à rien. Si Mme Houdaille avait allumé son réchaud, puis, gênée dans ses préparatifs, avait jugé plus simple de se jeter par la fenêtre, il semblait difficile d'imputer son suicide à des souffrances passionnelles. L'histoire de Fidelina Sevilla et de ses escroqueries à l'héritage ne prenait pas le développement espéré. Rien ne permettait de croire que le mystérieux vicaire, qui lui avait imprudemment confié de grosses sommes, eût agi par amour pour la belle Péruvienne.

II

PEINTRES A L'OUVRAGE. FEMME QUI DORT

Rue Montmartre, bien qu'il soit près de neuf heures, et que les amendes pour retard menacent, plusieurs passants sont arrêtés devant une boutique. La rue grouille derrière eux, les frôle de son mouvement, les sollicite, comme le courant d'une rivière les herbes du bord. Mais ils sont provisoirement enracinés. Il faut dire que la boutique est attirante pour les yeux comme un aquarium. Elle est haute. Une vaste glace la sépare de la rue. Derrière la glace, des spectacles singuliers se déploient, arrosés par une lumière abondante. Trois hommes en blouse blanche tournent le dos à la rue. Ils sont assis. Ils ont chacun devant eux une surface plus ou moins grande, et ils peignent. Dans le fond de la boutique, d'autres hommes, trois ou quatre, accomplissent des travaux analogues. Mais ils ne sont pas offerts à l'attention publique.

Des trois hommes exposés, le premier traite un vaste ensemble sur calicot. Celui du milieu exécute une inscription dorée en creux sur une plaque de faux marbre. Le dernier peint une sorte de blason sur un rectangle de tôle.

L'ouvrage qui promet d'être le plus remarquable est l'ensemble sur calicot. Il se divise en deux parties. La droite comprendra six lignes inégales de texte. Leur emplacement est indiqué au fusain. Deux lignes sont déjà dessinées. La première ligne est peinte, en noir :

LE COMMERCE ME DÉGOÛTE

La deuxième, en rouge ; mais inachevée :

JEN AI AS

Les trois dernières lettres :

SEZ

sont encore vides de couleur.

La partie gauche du calicot sera occupée par un sujet artistique assez complexe, dont on n'aperçoit encore que les grands traits, esquissés au fusain. Un homme, qui est à peu près de grandeur naturelle, semble faire des gestes excentriques, et danser sur place, à la manière frénétique de certains danseurs orientaux.

L'inscription sur faux marbre offre en apparence moins de mystère. Elle est d'ores et déjà entièrement lisible :

SERVICE DES ACCRÉDITÉS

Et les trois premières lettres ont reçu leur dorure.

Mais dans le groupe des gens qui regardent, aucun ne sait au juste ce qu'il faut entendre par *Accrédités*. Un jeune livreur n'est pas loin de penser qu'il s'agit d'une variété particulièrement dangereuse de crétins, et que l'inscription est destinée au couloir d'entrée d'un asile de fous.

Quant au blason, à quoi travaille un peu en retrait le troisième peintre, il est pour l'instant fort obscur. Il ressemble plus ou moins à un valet de pique qui n'aurait pas de tête.

Pendant ce temps, dans l'arrière-boutique qui prolonge l'atelier, le jeune Wazemmes broie des couleurs.

*
* *

A la même heure, dans son appartement du quai des Grands-Augustins, Germaine Baader continue à dormir. La chambre donne sur le quai même, au quatrième étage. C'est en réalité l'ancien salon de l'appartement. Mais Germaine Baader a tout transformé. La chambre donnait sur une cour lugubre. Germaine n'a pas voulu y mettre son lit, à cause de la tristesse du lieu, et aussi d'idées médicales qu'elle se fait sur l'aération. Il est vrai que ses idées médicales sur l'aération se trouvaient en conflit avec ses idées médicales sur l'exposition solaire. Car le quai des Grands-Augustins est face au nord, tandis que la chambre sur cour regardait le sud, et s'arrangeait pour recevoir, trois ou quatre heures par jour, en été, le soleil qui lui arrivait par-dessus les toits. Bref, Germaine a préféré y installer une petite salle à manger de genre rustique. La laideur du dehors est masquée par des rideaux, de pongé jaune, qui répandent en toute saison une illusion de soleil. Germaine passe peu de temps dans sa salle à manger, beaucoup moins que dans sa chambre. D'ailleurs, au repas de midi, quand elle le prend chez elle, son regard affronte une fenêtre aussi souriante que possible. Le soir, tout est fermé, et le dehors importe peu.

L'ancienne salle à manger de l'appartement est devenue salon et communique avec la chambre. Cette disposition a permis en outre de meubler les deux pièces dans le même style, qui est le Louis XVI. Et quand il le faut, des échanges de meubles peuvent se faire d'une pièce à l'autre. L'arrangement est à peu près pur, sauf un divan que Germaine a tenu à loger dans un coin du salon, mais qui est recouvert d'une jolie soierie à fleurs Louis XVI, et que l'ébéniste a doté de pieds tournés de même style ; et les meubles sont authentiques, sauf une poudreuse, et le lit. Germaine, pour être à l'aise, et aussi pour recevoir, voulait un lit assez large, et il est rare d'en trouver d'authentiques qui aient plus d'un mètre dix. Le même ébéniste en a construit un, pour Germaine, d'un mètre trente. Il l'a fait avec goût ; et de son côté le tapissier, dans l'arrangement des rideaux de soie qui tombent à la tête du lit, a truqué de telle sorte que même un connaisseur ne s'aperçoit pas, de prime abord, de la largeur anormale du lit. Les pièces du mobilier dont Germaine est le plus fière sont une paire de bergères à oreilles, qu'elle a payées deux cents francs chacune à une vente de l'Hôtel Drouot, et un charmant secrétaire, en bois de rose et citronnier, qu'elle a réussi à extorquer pour trois cents francs, après deux mois de négociations intermittentes et de coquetteries, à une vieille rentière de tout petits moyens qui habite rue Guénégaud.

Germaine Baader dort d'un sommeil suffisamment régulier et profond. Elle n'est pas très sensible au léger agacement de la lumière ; car il règne dans la chambre une obscurité imparfaite. Le jour extérieur, dont la clarté s'avive encore des scintillements de la Seine, passe par-dessus les volets mal ajustés et les doubles rideaux, met au plafond une large bande blanche qui ressemble à un tremblement de pierreries, et envoie vers la tête du lit un reflet. Le visage de la jeune femme en est un peu éclairé. Des rayons perceptibles se faufilent entre les cils, glissent sous les paupières.

Germaine dort, la bouche entrouverte. Le bruit de la respiration est assez fort, et se complique d'une sorte de rumeur du haut de la bouche, qui n'est pas un ronflement, mais qui y fait penser. Le corps est un peu tordu sur lui-même. Les jambes et les fesses reposent presque à plat sur le lit, une jambe à demi repliée ; tandis que le haut du buste se tourne sur la droite, et que la tête, maintenue par l'oreiller, s'y appuie à la fois par la nuque et par la joue droite. Les bras ronds, potelés, sont hors des couvertures. Le sein droit s'écrase à demi contre le bras. Le sein gauche s'épanouit à l'aise ; à peine la pointe chavire-t-elle vers la droite. L'un et l'autre fort beaux d'ailleurs, d'une grosseur voluptueuse. La chair du corps est blonde, très fine, délicatement veinée. Le visage est blond aussi, assez plein, les traits plus fermes que la chair même. Il en résulte une expression composite, que le sommeil achève de rendre difficile à interpréter. On pense à quelqu'un de volontaire, capable de se montrer âpre et dur à l'occasion. Et pourtant il y a des signes de tendresse, d'abondance, d'acceptation facile de la vie. Le nez est assez grand et légèrement busqué, mais plutôt arrondi au bout. La bouche, moyenne. La chevelure, d'un blond, sinon artificiel, du moins accentué artificiellement.

Dans l'ensemble le corps est plus désirable que le visage n'est beau. Mais on ne voit pas le regard, qui peut-être change tout.

III

NEUF HEURES DU MATIN
CHEZ LES SAINT-PAPOUL ET LES CHAMPCENAIS

A la même heure encore, l'activité du matin se développe chez les Champcenais et chez les Saint-Papoul, mais avec des caractères bien différents.

Les Saint-Papoul habitent rue Vaneau. Ils occupent, au deuxième étage d'un immeuble qui date du dix-huitième siècle, un appartement de sept pièces. Les plafonds sont à trois mètre quatre-vingts. Il y a des boiseries de l'époque dans la salle à manger, dans le grand salon et dans une des chambres à coucher.

Le marquis de Saint-Papoul a fait du petit salon son cabinet de travail. Mme de Saint-Papoul s'est réservé la chambre aux boiseries, qui est la plus grande. Les deux fils se partagent la seconde chambre. Mlle Bernardine, qui est la sœur de Monsieur, occupe la troisième. La dernière est la chambre de la jeune fille, Jeanne. En principe, M. de Saint-Papoul partage la chambre de sa femme. Mais il lui arrive de coucher seul, dans son cabinet, sur un divan confortable qu'encastrent des rayons de bibliothèque.

Les pièces principales sont vastes. Le grand salon mesure huit mètres sur cinq. (Le petit, trois mètres cinquante seulement sur cinq.) La salle à manger et les deux salons donnent sur la rue. Toutes les chambres, sur la cour, et leur alignement forme un angle droit avec les pièces du devant.

Le mobilier est des plus composites. De très beaux sièges, Louis XV et Louis XVI, quelques petits meubles de la même époque, héritage de famille, sont répartis dans le grand salon, et dans la chambre de Madame. Il faut y ajouter le lustre du salon, à dix-huit lumières, tout fait de cristaux anciens taillés en plaques épaisses, et deux appliques de même sorte.

Mais la salle à manger est un de ces ensembles Renaissance, que les premières maisons du faubourg Saint-Antoine établissaient vers 1885, et dont la salle à manger Henri II des concierges ne fut plus tard qu'une vulgarisation démocratique. Les boiseries du dix-huitième ont été peintes en marron. On a ajouté une glace à cadre de chêne sculpté. Deux magnifiques fauteuils Louis XIII, d'une conservation exceptionnelle, occupent les deux côtés de la fenêtre ; mais ils prennent dans ce lieu un air suspect, loin de communiquer au reste de la pièce une authenticité dont l'hypothèse n'effleure même pas l'esprit. Le vestibule, qui est très spacieux, mais très sombre, présente à côté de portemanteaux eux-mêmes Renaissance, une panoplie, des masques chinois, et s'éclaire d'une volumineuse lanterne de fer forgé. Le cabinet de travail de M. de Saint-Papoul est surtout garni par des casiers à livres et des corps de bibliothèque, que des moulures, des ornements, des panneaux sculptés essayent de ramener aussi au style Renaissance. Quant au bureau, il doit dater de 1850, avec son galbe d'un Louis XV alourdi, et ses applications de bronze où l'on remarque, aux quatre angles du meuble, de mornes figures de femmes comme on en voit au fronton des monuments administratifs et des casernes de ce temps-là.

A neuf heures du matin, Mme de Saint-Papoul n'est pas encore levée, mais elle a déjà reçu, à plusieurs reprises, la visite de la première femme de chambre. Une demi-heure plus tôt, elle a déjeuné d'un chocolat épais et de deux brioches. C'est depuis que ses trois enfants sont grands que Mme de Saint-Papoul s'est habituée à traîner au lit. Auparavant elle se levait de fort bonne heure, veillait au départ de ses fils pour l'école Bossuet, de sa fille pour le pensionnat Sainte-Clotilde. Encore aujourd'hui, la tête sur l'oreiller, elle contrôle ce qui se passe dans la maison. Elle se fait rendre compte des mouvements de chacun.

« Mlle Bernardine a-t-elle déjà appelé ? » « Monsieur est-il toujours dans la salle de bains ? » « Etienne (le cocher-valet de chambre) pense-t-il à laver la voiture, comme l'a demandé Monsieur ? » Elle convoque la cuisinière pour dicter le menu. Ses enfants viennent l'embrasser à l'instant du départ, sauf s'il y a eu soirée, la veille, et qu'elle ait donné l'ordre à sa femme de chambre qu'on la laissât reposer.

Le fils aîné, qui est attaché de cabinet au ministère du Commerce, et qui d'ailleurs poursuit ses études de droit, vient de sortir. Le cadet a pris dès huit heures moins dix l'omnibus de l'école Bossuet qui s'est arrêté en bas. A huit heures vingt, Jeanne, accompagnée de la seconde femme de chambre, s'est mise en route pour le pensionnat Sainte-Clotilde.

Mlle Bernardine, la sœur de Monsieur, n'a pas quitté sa chambre et ne se montrera pas avant dix heures. Au saut du lit elle a passé une vieille robe noire, et, sentant qu'il fait plus froid qu'hier, elle a enfilé un manteau court de peluche noire à manches bouffantes dans le haut. Comme elle a gardé sur la tête une résille de soie noire qui lui tient lieu de bonnet de nuit, l'ensemble de sa mise lui donne l'aspect le plus conventionnel de vieille fille de province, frileuse et démodée. En passant devant la glace, elle s'arrête, constate son accoutrement. Une surprenante malice anime ses yeux gris, qui sont beaux à leur façon, pas du tout comme des yeux de femme, mais comme les yeux d'un homme très intelligent.

Mlle Bernardine s'assied dans un fauteuil bas, prend sur sa petite table un livre préparé, et l'ouvre à une page qu'un signet de papier indique d'avance.

« Saint Bruno. » Elle vérifie sur un calendrier : « Mardi 6 octobre. Saint Bruno. C'est bien ça. Je me demande ce que ce gaillard-là a bien pu faire. »

Le 6 octobre 1907, Mlle Bernardine a déjà lu, vers la même heure, la même notice sur saint Bruno ; comme elle l'avait lue le 6 octobre 1906 ; comme elle lit chaque 5 octobre une notice sur saint Placide ; comme elle lit chaque 7 octobre trois pages sur saint Serge, personnage plus obscur. Mais elle a oublié l'histoire de saint Bruno, ou du moins elle le feint.

Donc elle lit, avec une curiosité qui semble toute fraîche, et elle coupe sa lecture de libres réflexions :

« Né à Cologne vers l'an 1030… Oui. Il a donc échappé aux ennuis de l'an mil… l'enfance, oui… ordonné prêtre… s'élève par ses mérites et malgré son insigne modestie dans l'échelle des dignités ecclésiastiques… dans l'échelle ? curieuse expression… Refuse en 1080 l'archevêché de Reims. 1080 ? Il avait cinquante ans. Mon âge. Moi, je n'aurais pas détesté d'être archevêque. Si j'étais née homme, je serais peut-être archevêque. Monseigneur de Saint-Papoul, bien connu pour son libéralisme. Il se retire avec six de ses compagnons dans un désert près de Grenoble, appelé la Chartreuse, et y fonde en 1084 un monastère où il mena une vie d'austérités… Tiens, j'aurais cru que c'était le monastère qui avait donné son nom au lieu... Le pape Urbain II, qui avait été son élève, l'appelle à Rome en 1089... Il faudra que je cherche si cet Urbain II s'est à peu près bien conduit, ou si c'est un de ces papes à tout casser qui épousent leur fille et empoisonnent leurs meilleurs amis. Quand on arrive à ce degré-là « dans l'échelle », comme ils disent, on peut s'attendre à tout... Bruno accepta d'aider le pape de ses conseils dans le gouvernement de l'Eglise... Si le pape avait fait les quatre cents coups, je pense que saint Bruno s'en serait aperçu, et serait parti... Mais il refusa les dignités qu'Urbain II lui offrait... Il refuse tout. Pourtant il n'a pas refusé d'être canonisé. On ne lui a pas demandé son avis ? Pardon, pardon ! Propos d'incrédules. Il suffisait d'un petit miracle, d'une apparition, de moins que rien. Qui ne dit mot consent. Oui. C'est un homme qui a préparé sa canonisation de longue main. Pourquoi pas ? Tous les poètes qui font des pieds et des mains pour séduire la postérité. En 1094 il se retire pour aller fonder au sud de l'Italie, en Calabre, une nouvelle chartreuse, située aux environs de Squillace... Je n'ai jamais entendu parler de Squillace. C'est un nom de polichinelle. Les déserts de Grenoble et maintenant Squillace. Quelle ostentation ! Ces mêmes gens-là, à l'heure actuelle, se feraient aviateurs. C'est dans ce monastère qu'il mourut saintement, l'an 1101. Mourir saintement ? Qu'est-ce que ça veut dire ? S'il ne s'agit que de réciter des prières, et de prononcer quelques paroles édifiantes, je suis très capable de mourir saintement. A condition de ne pas trop souffrir. Tout ça est une question de genre de maladie. »

La chambre de Mlle Bernardine a une cloison mitoyenne avec la salle de bains. Il vient de ce côté-là des bruits bizarres qui ne dérangent pas la vieille fille, car elle y est habituée.

M. de Saint-Papoul occupe depuis quarante minutes la salle de bains, qui est très vaste. On l'a installée au cours du dix-neuvième siècle dans ce qui était une chambre, ou une lingerie. M. de Saint-Papoul, pour l'instant, est nu. Il en arrive à la troisième série des exercices, ou plutôt des pratiques auxquelles il se livre quotidiennement. Il aspire et respire avec force, le souffle raclant entre les mâchoires rapprochées. Il projette les bras en l'air, puis les laisse retomber, les mains claquant sur les cuisses. Il fait pivoter son buste sur les hanches. Il marche sur la pointe des pieds. Il touche de la main gauche le bout de son gros orteil droit, et dix autres acrobaties. Certaines de ces actions peuvent d'ailleurs s'associer entre elles. Leur but général est de conserver la vigueur et la souplesse physiques au maître de la maison. Mais elles en ont un plus précis, qui est de combattre la paresse de son intestin. M. de Saint-Papoul a peut-être eu le tort de concentrer de bonne heure son attention sur cette infirmité banale. Dans une première période, il a essayé de toutes les drogues : poudres, cachets, pilules, sels, élixirs. Il n'a fait qu'aggraver son cas. Il s'est tourné ensuite vers les régimes. Chaque régime, par effet de surprise, donnait des résultats pendant quelque temps. Mais l'organisme déjouait bientôt la manœuvre dont il avait été dupe, et revenait à sa nonchalance. Les choses ne s'amélioraient qu'aux courtes époques de l'année où M. de Saint-Papoul menait une vie tout à fait différente de l'ordinaire, en particulier quand il allait chasser dès l'aube dans ses bois du Périgord, ou dans les domaines d'un de ses amis. Cette observation, jointe à des lectures, à des conseils qu'il avait reçus, lui fit croire qu'il trouverait un recours du côté des exercices physiques. Il s'était plié successivement à plusieurs méthodes. Il avait pris des leçons. Puis guidé par son expérience, ou par des suites de hasards qu'il appelait de ce nom, il s'était composé un programme personnel. Mais ce programme avait fini par se compliquer à l'extrême, et par demander beaucoup de temps. En revanche, M. de Saint-Papoul obtenait des résultats. Il se rendait bien compte que l'efficacité de sa méthode tenait sans doute moins aux exercices eux-mêmes qu'à la régularité minutieuse du rite. Mais si notre corps, qui s'ennuie probablement, a besoin d'être trompé par un cérémonial dont la richesse le flatte, et dont la fixité l'enchante, s'il réclame lui aussi sa religion ou sa magie, le plus sage est encore de nous y prêter. Quant au ridicule qu'il y avait, pour un homme de sa qualité, à rechercher un but aussi humble par une telle profusion de moyens, et à perdre là une partie notable de sa journée, M. de Saint-Papoul, qui n'était pas sot, le sentait comme n'importe qui, et il lui arrivait, quand il se touchait pour la dixième fois l'orteil avec le médius, de rire tout seul.

*
* *

Les Champcenais occupaient un appartement de six pièces dans un immeuble neuf de la rue Mozart. Les pièces n'étaient pas très grandes. Les plafonds atteignaient tout juste trois mètres. Mais il y avait deux salles de bains, plus un cabinet de toilette ; et dans la maison, un ascenseur et un monte-charge.

Tout l'appartement, sauf une pièce, était meublé dans le goût moderne. Mme de Champcenais avait fait le voyage de Nancy, pour y commander une salle à manger, un cabinet de travail, un boudoir, et deux chambres art nouveau. Au moment de se décider pour un grand salon, elle avait manqué de courage. Revenue à Paris, elle y avait rassemblé les éléments d'un salon Directoire, à la fois parce qu'elle avait du goût pour cette époque, et parce qu'il lui semblait que c'était celui des styles classiques qui ferait encore le contraste le plus tolérable avec les courbes étirées, les grâces florales, les teintes mourantes dont elle peuplait le reste de sa maison. (Le Louis XV, pourtant plus parent de l'art nouveau, mis à côté de lui, fût-ce en imagination, grinçait à fendre le cœur.)

Le 6 octobre 1908, à neuf heures du matin, Mme de Champcenais est dans sa chambre, assise sur une chaise dure dont le dossier mal calculé oblige les reins et le buste à garder une position d'effort. Pour se consoler, elle se dit que l'art nouveau, bien conforme en cela à l'esprit moderne, fait un appel constant à l'énergie.

La porte de la chambre sur la salle de bains est ouverte. A sa gauche, Mme de Champcenais voit son armoire à glace. Elle s'est avisée l'autre jour d'une ressemblance inquiétante. Si l'on supprime par la pensée la glace elle-même, les deux montants et le fronton du meuble évoquent à s'y méprendre une entrée de métro. C'est le même élancement de tiges, cambrées avec une coquetterie voluptueuse, et menacées de pâmoison. Ce sont les mêmes corolles, et presque le même cartouche. Il ne manque que l'inscription, en lettres contournées comme des lianes : « *Métropolitain* ». Sans doute, tous les produits de l'art d'une époque s'évoquent les uns les autres. Le plus modeste appui de fenêtre forgé, environ 1700, est de la même famille que le grand Trianon. Et pour des yeux modernes, en quoi une entrée de métro aurait-elle moins de noblesse, moins de titres à la beauté que la grille, par exemple, qui sert d'entrée au Jardin de la Pépinière, à Nancy, et qu'on admire aujourd'hui comme un chef-d'œuvre ? N'empêche que maintenant, chaque fois que Mme de Champcenais se met devant la glace, elle croit se voir sortir elle-même des profondeurs du métro, et pour un peu elle sentirait l'haleine souillée du souterrain. Obsession qui risque de devenir bien agaçante.

Cette rêverie n'est pas gênée par la présence de la manucure, ni par les sensations que donnent les petits instruments en s'affairant autour des ongles. Car la jeune personne est à la fois silencieuse et habile. Pourtant le regard de Mme de Champcenais rencontre le buste de la manucure, qui à ce moment est penchée. Comme la mode est aux cols montants, avec guimpe de dentelle, il est difficile de glisser l'œil dans l'intérieur des corsages. Mais les formes extérieures renseignent. « Comme elle doit avoir de jolis seins ! » Et Mme de Champcenais s'interroge : « Est-ce que les miens sont aussi beaux ? » Elle est forcée de convenir que non ; et cette idée lui est pénible. D'abord, M. de Champcenais a montré, par bien des signes, qu'il est sensible à l'opulence d'une poitrine. Et si Mme de Champcenais n'est plus du tout amoureuse de son mari, elle tient à rester, sinon passionnément aimée, du moins désirée de lui. Elle se dit bien que la mode, depuis plusieurs années, tend vers la sveltesse des lignes, sans doute par une communauté d'aspirations avec cet art nouveau dont la chaise et l'armoire témoignent. Les hanches et la poitrine commencent à s'effacer. La lutte contre la taille fine, engagée par des esprits courageux à la fin du dernier siècle, a remporté depuis le début de celui-ci quelques avantages décisifs. Mais ce matin encore, Mme de Champcenais a reçu un catalogue de nouveautés d'hiver qu'elle a feuilleté au lit. Les adversaires de la taille fine auraient tort de chanter victoire. Les vignettes montrent qu'elle reste en honneur. Et tant que la taille fine sera recherchée, on attachera du prix aux saillies qui la font valoir de part et d'autre. Ce qu'on peut admettre, en examinant les vignettes de plus près, c'est que la ligne d'ensemble forme une courbe bien moins accentuée que jadis. La chute des reins surtout est beaucoup plus rapide. Au lieu d'inviter le bassin à s'épanouir, on le presse, on l'allonge. Il ressemble non à un gros fruit mûr, mais au premier gonflement de la fleur fécondée. De même pour la poitrine, quoiqu'on lui accorde plus d'ampleur. Sans favoriser les seins volumineux, la mode de l'automne 1908 donne encore aux seins de dimensions honnêtes de belles occasions de se faire valoir. Tout au plus les oblige-t-elle à se loger d'une façon un peu anormale. Car il semble bien qu'on cherche à placer le plus bas possible l'avancée de la poitrine. La pente de la gorge est très longue. Tout cela est évidemment une question de corset. Ce qui amène Mme de Champcenais à demander :

— Vous portez un corset, mademoiselle ?

— Pas exactement. Une gaine plutôt. Pas baleinée, ou presque.

— Qu'est-ce que vous entendez dire autour de vous ? Va-t-on décidément vers la suppression du corset, comme il y en a qui prétendent ?

— La suppression totale, je ne crois pas.

— Remarquez que j'appellerais suppression si on se contentait d'un soutien-gorge en étoffe.

— Bien sûr. Mais non. Comment voudriez-vous obtenir la ligne ?

— L'on vous répondra que c'est le corps qui la donne, si la personne est bien faite.

— Excusez-moi, madame la comtesse. Mais il faudrait pour ça que la ligne de la mode soit la ligne naturelle du corps. Ce qui n'arrive pas souvent, vous l'avouerez. Et puis quand même, le corps bouge trop, prend de fausses positions. Si vous ne corrigez pas le mouvement des chairs par quelque chose de plus rigide, vous ne pourrez jamais ajuster dessus un vêtement qui soit un vêtement.

Mme de Champcenais ne répond pas. Elle réfléchit aux ressorts secrets de la mode. Ce sont les hommes qui ont voulu le corset, comme tant d'autres complications et surcharges, parce qu'à ce moment-là ils avaient une idée de la femme vêtue qui s'éloignait le plus possible de la femme nue, et qui les excitait d'autant. — Et aussi, s'empresse-t-elle d'ajouter, parce que les femmes de ce temps-là avaient beaucoup d'enfants, peu d'hygiène, et devenaient vite des cascades de chair informe. — Mais rien ne prouve que les hommes ne désireront pas un jour que la femme vêtue reste une allusion constante et transparente à la femme nue. Ce jour-là, qui aura l'avantage ? La jeune manucure, avec ses seins somptueux, ou moi avec les miens ? Mon Dieu, que les idées sont fatigantes !

Deux pièces plus loin, dans son bureau signé Majorelle, M. de Champcenais a une conversation téléphonique.

— C'est vous, Champcenais ? Vous savez qu'ils ne m'ont rétabli ma ligne que depuis ce matin.

— A cause ?
— De l'incendie de Gutenberg.
— Mais vous étiez de ce réseau-là ?
— Non.
— Alors ?
— Avec le téléphone, on ne comprend jamais. Bref, je n'avais pas de communications. Dites. J'ai vu S...
— Qui ?
— S... Vous savez ?
— Oui. Eh bien ?
— L'autre est décidé à interpeller, dès la rentrée, paraît-il.
— Sérieusement ?
— Oui. Il a un dossier.
— Il n'intéressera personne.
— Croyez-vous ? Il intéressera le fisc. Et puis, c'est une ressource nouvelle qui rentrerait. Au moment où l'on craint les augmentations d'impôts. Ce n'est pas comme électeurs que nous pesons lourd.
— Et qu'est-ce qu'en dit S... ?
— Qu'il faut essayer.
— Quoi ?
— Eh bien ! Oui.
— Par persuasion ?
— Je ne vois pas ce qu'on pourrait faire d'autre.
— Mais le monsieur est abordable... de ce biais-là ?
— Très peu de renseignements. On s'occupe d'en avoir.
— Alors, attendons.
— Selon le cas, il peut y avoir plusieurs façons de procéder. Vous me saisissez ?
— Oui. Il faudra en parler. Comme ça, ce n'est pas très commode.
— Vous êtes libre à déjeuner quand ?
— Une seconde... Après-demain.
— A midi et demi pour l'apéritif chez Weber, ça va ?
— Oui. Entendu. Au revoir.

IV

CLANRICARD, L'INSTITUTEUR, PARLE AUX ENFANTS DU GRAND PÉRIL DE L'EUROPE

Clanricard donne un petit coup de règle sur le pupitre de son bureau. Changement d'exercice. L'heure est dépassée de trois minutes. Clanricard regarde sa classe. Il la renifle aussi. Cinquante-quatre enfants du peuple font une odeur, qui n'est pas l'odeur chaleureuse et presque gaie de l'étable, qui est plutôt le fumet d'une ménagerie de petites bêtes tristes, surettes, musquées. L'air ne se renouvelle que par deux vasistas haut placés. Ce matin-ci est déjà trop vif pour qu'on ouvre les fenêtres toutes grandes. Aucun de ces pauvres gosses ne se plaindrait peut-être. Mais on en verrait qui pâliraient un peu plus. Ils sont déjà bien assez pâles. D'autres ramèneraient leurs genoux nus sous leur tablier. Cet autre, au premier banc, qui a de si beaux yeux bleus, et si graves, se tournerait vers la fenêtre, et avec une toux légère qui serre le cœur, regarderait le dehors, non pour se plaindre d'être exposé au froid, mais comme pour s'excuser d'être faible et frileux.

Clanricard se demande, avec angoisse, s'il aime son métier. En tout cas, il aime ces enfants. Pourquoi les aime-t-il ? Parce que beaucoup sont malheureux. Parce qu'ils l'aiment, eux aussi. Parce que, sans être meilleurs que les hommes, ils ne sont pas encore incurables. Et leur monde, le monde des enfants, n'est pas condamné.

Clanricard s'étonne lui-même de ce qu'il y a d'amertume, de découragement dans les réflexions qu'il vient de se faire. Il hésite à se reconnaître. Ce sont les nouvelles de ce matin qui l'ont démonté. Il a senti tout à coup la vraisemblance d'une catastrophe. Il aurait dû le sentir plus tôt. Les nouvelles de ce matin ne sont pas tellement plus mauvaises que celles d'hier. Et il ne fallait pas une grande clairvoyance pour deviner ce qui allait se passer. Sans doute. Mais l'homme est ainsi fait.

Pauvre classe ! Comme il est inutile — peut-être — de commencer la leçon de calcul ! La seule chose urgente, ce serait de parler des événements. Ils ne comprendraient pas ? Qui sait ? Clanricard est sûr, s'il s'en donne la peine, de faire comprendre à sa classe n'importe quoi — n'importe quoi d'essentiel. Il possède sa classe à tout moment ; et même déjà celle-ci, qu'il ne manie que depuis cinq jours. Il est capable d'en suivre les réactions les plus fugitives, sans aucun retard, et de se régler là-dessus. Si Clanricard pense une chose pour sa classe, pour qu'elle passe dans sa classe, et s'installe immédiatement dans la cinquantaine de petites têtes ébouriffées, il n'a qu'à vouloir, et aussitôt il lui vient des mots, un ton de voix, un tour de phrases tels que personne ne bronche plus, et que la classe, visiblement, pense cette chose qu'il veut.

Qu'est-ce que dirait Sampeyre ? Qu'est-ce que conseille le maître absent, dont Clanricard aime à se répéter, avec une espèce de fanatisme volontaire, qu'il a toujours raison, qu'il est la règle vivante ?

Sampeyre est d'avis qu'on fasse très bien son métier. Et le métier ne consiste pas à discourir, devant les enfants, sur les idées qui vous sont chères. Sampeyre n'approuve pas la propagande directe, qui est une atteinte à la sérénité du savoir, et, à la fois, un abus et un manque de confiance. Il veut qu'on enseigne ce dont on est sûr, et que pour le reste, on laisse un rayonnement d'idées, pour ainsi dire un champ d'idéal s'établir autour de vous et orienter silencieusement les esprits.

Mais Sampeyre ne conseille cela qu'en général. Il n'a pas en vue certaines circonstances solennelles...

— Mes enfants... » Clanricard, malgré lui, a pris cette voix qui rend la classe attentive et prête à ce qu'elle va penser, qui ne vient pas d'elle, qui vient de l'homme debout là-bas entre le tableau noir et la fenêtre dorée de soleil : « Mes enfants. J'ai une chose à vous dire. Je ne sais pas si vos pères en parleront devant vous. L'autre jour, nous avons regardé ensemble la carte d'Europe, celle-ci... » (Il la prend dans le coin de la classe, et l'accroche à deux clous qui sont près du tableau noir, face aux enfants.) « Vous vous rappelez : les Balkans sont ici. La Bulgarie, la Serbie, la Turquie, n'est-ce pas ? Eh bien, il va probablement éclater une guerre par là, entre la Bulgarie et la Turquie. Et tous les gouvernements d'Europe sont liés de telle façon les uns aux autres par des traités d'alliance, par des conventions plus ou moins secrètes, par des promesses, qu'il se peut très bien que, si la guerre éclate, elle gagne toute l'Europe. Voilà. Je ne vous dis pas cela pour vous faire peur. Vous êtes de grands garçons. Mais il faut que vous sachiez. Maintenant, je commence la leçon de calcul.

Clanricard n'ajoute rien. Il a parlé du ton le plus simple, sans chercher d'effet. Il n'a eu conscience de souligner aucune intention. Ces petits ne connaissent pas ses idées. Il n'a pas encore eu l'occasion de leur laisser sentir ce qu'il pense de la paix et de la guerre, des gouvernements, de la diplomatie, de la conduite des affaires humaines. Mais l'émotion qui l'a fait parler était si profonde, le peu qu'il disait répondait à tant de pensées, que les petits voient tout à coup la guerre noircir au loin comme un terrible nuage, tournoyer et se creuser en cercles de plus en plus vastes comme une étouffante fumée. Les batailles brillantes qu'on leur a contées dans d'autres classes, les images de généraux vainqueurs qu'ils ont contemplées sur des couvertures de cahiers à deux sous, les sonneries de clairons sur les « fortifs », la griserie qu'ils ont eue en jouant à la petite guerre, toutes ces fantasmagories ont disparu. Même le mot est neuf : la guerre. M. Clanricard est le premier homme qui leur en ait parlé. « Les gouvernements. » Ils les voient aussi. Ils ne les aiment pas.

Clanricard s'est soulagé. Son émotion, pour un instant, le quitte. Il se raillerait presque. « La belle avance. Quelle action avons-nous ? Je ne manquerais pas de patience. Mais ce sont les événements qui en manquent. Former la génération future ? Et si tout craque tout de suite ?

« Il faut absolument que j'aille voir Sampeyre à midi. Je m'arrangerai. »

Il trace des chiffres au tableau. Il envie le prêtre qui dirait à sa place : « Mes enfants, prions Dieu pour qu'il nous aide dans ce grand péril. »

V

LES ALLÉES ET VENUES DE MADAME MAILLECOTTIN

Rue Compans, Mme Maillecottin fait son ménage. De tout le jour, c'est la principale occasion qu'elle ait de remuer. Car elle sort peu de chez elle ; et quand il lui arrive de sortir, elle marche d'un pas si modéré, coupé de tant de haltes, qu'elle est pour toute la rue un exemple de repos.

Au contraire, son ménage l'agite. Pendant deux heures, elle ne cesse de trotter dans le logement. Elle le traverse tout entier pour aller secouer trois grains de poussière par une fenêtre. Elle ouvre et ferme le robinet de la cuisine. Elle vide des eaux sales, rince l'évier ; le salit cinq minutes après ; le nettoie encore.

A vrai dire, elle s'agite sans méthode et perd beaucoup de temps. Il y a douze ans, quand la famille s'est installée ici, Mme Maillecottin aurait pu passer quelques semaines à bien comprendre la disposition des lieux, la répartition des meubles, leurs distances, à calculer la place respective des ustensiles et menus objets, le chemin à faire d'un point à un autre, et les moyens d'épargner sa peine. Mais bien avant qu'elle eût commencé à voir clair dans les arrangements du début, dont son mari, son fils aîné et sa fille avaient eu l'initiative plus qu'elle-même, elle avait pris l'habitude de s'y mouvoir, et d'y répéter machinalement certains gestes. Au bout de douze ans ses procédés de travail n'ont plus aucune chance de s'améliorer.

Le logement, qui est au rez-de-chaussée, comporte trois pièces et une cuisine. La salle à manger seule donne sur la rue. C'est une pièce de trois mètres cinquante sur trois mètres vingt, avec deux mètres soixante-dix de hauteur de plafond. L'un des angles est coupé par un vieux poêle de faïence, surmonté d'une niche. Mais l'appareil ne sert plus. Et l'on a installé, par-devant, un petit poêle rond, sur trois pieds, dont le tuyau va se raccorder à la cheminée, vers le sommet de la niche.

La niche et les stylobates sont peints en couleur chocolat. Le papier de tenture présente, sur fond jaunâtre, un double motif en quinconce, qui est fait d'un petit vase à fleurs stylisé, et d'une corne d'abondance. Le buffet est de chêne, à deux corps, séparés par une crédence à colonnettes. Les portes du haut sont à vitraux. Celles du bas sont pleines, et deux têtes de mousquetaires, qui se regardent, sont sculptées dans l'épaisseur du bois. Il est à remarquer que la plume de leur chapeau est imitée avec soin. Elle forme d'ailleurs une saillie excessive et fragile, où le chiffon de Mme Maillecottin s'accroche presque chaque jour. Même une fois, elle a tiré trop fort, et l'une des volutes de la plume, l'une des plus jolies, s'est cassée. Edmond, le fils aîné de Mme Maillecottin, qui est minutieux, et qui aime ce buffet, a beaucoup crié le soir quand il a constaté le dégât. Il a réclamé le morceau tombé. Sa mère était incapable de dire ce qu'il était devenu. Toute la famille s'est mise à la recherche du morceau. On s'est agenouillé sur le parquet. On a regardé sous le buffet. On a promené dans cet intervalle obscur des cannes à poignée recourbée, des manches de parapluie. Mais l'on n'en a ramené que de gros chatons de poussière, que l'on était gêné de voir, parce qu'ils semblaient démentir les prétentions bien connues de Mme Maillecottin à la propreté. Enfin, quelqu'un a eu l'idée de fouiller dans la boîte à ordures. Le morceau s'y trouvait heureusement. Le fils aîné l'a recollé à la seccotine, après avoir chauffé les deux bords de la cassure, suivant les instructions qui figurent sur le tube. Depuis, chaque fois que Mme Maillecottin fait son ménage, et en vient à l'époussetage des mousquetaires, elle se rappelle malgré elle cette soirée mouvementée, avec les émotions et les petites vexations qu'elle eut à subir. Mais elle n'est pas de ces femmes qui, pour simplifier la vie, préféreraient un buffet de bois blanc. Il vaut mieux se donner un peu de peine, et vivre entouré de belles choses. Sans doute les belles choses sont délicates. Ceux qui n'en ont pas ne peuvent pas savoir les précautions qu'il faut pour les conserver. Quand on voit, chez de vieilles personnes du quartier, des vases, par exemple, qui remontent à bien avant la guerre de 70, d'autres même, plus anciens, qui viennent d'héritages, et qui n'ont pas un éclat, pas une fêlure, les jeunes gens ne se rendent pas compte du mérite qu'ont eu ces personnes. Mais quand on a l'âge de Mme Maillecottin, on apprécie mieux.

En essuyant les chaises, dont le dossier comporte un rang de pirouettes et un rang de colonnettes, elle constate une fois de plus que le cannage de deux d'entre elles a des accrocs. Edmond, le fils aîné, ne s'en est pas encore aperçu. Et il vaut peut-être mieux qu'on ne le lui signale pas. A l'heure qu'il est, le cannage d'une chaise coûte au bas mot un franc cinquante.

Au moment d'épousseter la machine à coudre, qui complète, avec la table, carrée à coins arrondis, les six chaises, et une cage d'oiseaux sur une petite table de rotin, le mobilier de la salle à manger, elle réfléchit qu'il est déjà tard, et que ses lits ne sont pas faits. Les deux chambres, ainsi que la cuisine, ont vue sur la cour. La plus grande est occupée par les parents et par Isabelle. Le lit des parents est à droite de la fenêtre. La tête du lit, qui n'a pourtant qu'un mètre vingt-cinq, tient tout le pan du mur, et le battant de la fenêtre ne peut pas s'ouvrir plus qu'à angle droit. C'est un vieux lit d'acajou, qui ne manquerait pas d'abriter des punaises si le logement n'était pas d'une propreté impeccable. (On trouve des chatons sous les buffets, même dans les intérieurs les plus cossus.)

A l'opposé de la fenêtre, et à droite de la porte, la pièce présente un renfoncement, si bien adapté aux besoins de la famille Maillecottin, qu'on pourrait le croire fait exprès. C'est un peu ce renfoncement qui a décidé les Maillecottin à louer, douze ans plus tôt. On y a casé sans difficulté le lit d'Isabelle, d'abord son lit d'enfant, puis un lit de grande personne, large de quatre-vingt-dix centimètres, en fer et cuivre. Les montants et barreaux du lit sont en fer, et passés au vernis noir. Une rangée de rondelles de cuivre sépare les barreaux à mi-hauteur. Sont encore de cuivre les quatre boules qui terminent les montants, et quatre moulures qui ornent les pieds, juste au-dessus des roulettes. Isabelle, qui est très fière de son lit, se charge elle-même, le dimanche matin, d'en astiquer les cuivres. D'ailleurs, la jeune fille a tout ce qu'il faut, dans ce renfoncement, pour se sentir chez elle. Son frère Edmond lui a installé deux grands rideaux de cretonne à ramages, glissant sur tringle, qui ferment le renfoncement du plancher au plafond. C'est donc une véritable alcôve, presque une chambre. Entre le rideau et la tête du lit, Isabelle a la place de loger une petite table, où elle peut déposer toutes sortes d'objets, et qu'elle orne d'un vase d'opaline bleue où elle met des fleurs, quand la saison est propice. Au pied du lit, une chaise. Derrière la chaise, un portemanteau à trois têtes. Enfin, Edmond a eu la gentillesse de lui installer une de ces lampes à essence, d'un type nouveau, reliées par un col de cygne à un petit réservoir, et qui, une fois accrochées au mur, simulent tout à fait une lampe à gaz, ou même une applique électrique, pour peu que l'imagination s'y prête.

L'autre chambre, qui est plus petite, sert aux deux garçons. Ils ont longtemps couché dans le même lit, ce qui permettait de circuler plus facilement dans la pièce. Mais quand Edmond a eu dix-huit ans, il a déclaré que le lit serait tout juste suffisant pour lui seul. On a donc acheté un lit pliant pour le cadet. Ce lit pliant a été la cause de bien des difficultés. Mme Maillecottin ne peut pas le plier à elle seule. D'autre part, il est trop encombrant pour rester ouvert toute la journée. Il faut donc qu'il soit fait avant le départ des enfants pour le travail. Mais par qui ? Mme Maillecottin n'est d'humeur à commencer les besognes de ménage proprement dites que lorsqu'il n'y a personne autour d'elle pour lui troubler les idées et contrarier ses innombrables allées et venues. Il n'est pas question qu'elle secoue des draps et retourne un matelas dans une bousculade de gens qui s'habillent, se lavent, mangent. Après beaucoup de discussions, et d'essais, on a fini par convenir qu'avant le départ du cadet, Isabelle l'aiderait à faire son lit, et qu'en échange, il aiderait Isabelle à faire le sien. Mais Isabelle ne veut pas qu'il touche à ses draps, et l'aide du cadet se réduit à retourner le matelas tous les quatre ou cinq jours.

Il ne reste donc à Mme Maillecottin que deux lits dont elle ait à s'occuper. Elle y passe beaucoup de temps, laisse la literie s'aérer longuement à la fenêtre, non sans déplorer que les deux autres lits ne profitent pas des mêmes soins.

Pour les commissions, elle a laissé s'établir le régime le plus confus. En principe, c'est elle qui s'en charge. Mais en réalité, elle n'en fait à peu près aucune. Le matin, par exemple, elle rappelle à son mari qu'il doit rapporter à midi un litre de pétrole et un litre d'huile. Isabelle est priée de penser au sucre, au café. Ou bien, le soir, dès que le cadet rentre, on l'envoie faire le tour des commerçants. Il s'en acquitte volontiers, parce que la plupart des boutiques sont situées sur la place des Fêtes, et que la place des Fêtes, aux fins de jours d'été comme aux lumières d'hiver, est un des endroits les plus agréables qu'on puisse voir. Il y rencontre d'anciens camarades de l'école de la rue du Pré, mais ne perd avec eux que quelques minutes. Il revient, chargé de pommes de terre, de charbon de bois, d'un panier de six bouteilles de vin. Quant aux achats qu'on ne peut faire ni trop à l'avance, ni à la dernière minute, comme ceux de viande, par exemple, Mme Maillecottin recourt à divers expédients. Elle appelle par la fenêtre un gamin désœuvré, qu'elle connaît de vue, et l'envoie chez le boucher, avec des recommandations parfois obscures :

— Tu lui diras que c'est pour moi, et que c'est le même morceau qu'avant-hier, plutôt plus maigre. Voilà deux francs.

Il arrive que le gosse, ou le boucher, manquent de mémoire, et se tirent d'affaire au jugé. Mais Mme Maillecottin n'a pas le caractère à se tourmenter pour des mésaventures de ce genre. Un morceau de viande est toujours mangeable. Le boucher ne s'amuse pas à lui envoyer des déchets, ou du mou pour les chats. Parfois cependant, quand elle a attendu onze heures et demie pour penser au ravitaillement, et qu'elle s'est dit qu'il lui restait juste le temps de faire griller des biftecks, elle voit venir un carré de pot-au-feu, dans la plate-côte, qui réclame six heures de cuisson douce. En ce qui concerne l'honnêteté de ses jeunes mandataires, Mme Maillecottin n'a jamais eu à s'en plaindre. Pour ces gamins, l'idée de voler quelques sous à une femme d'âge respectable, connue dans le quartier, et qui vous fait l'honneur de vous croire capable d'une commission difficile, choquerait plus encore leur amour-propre que leur probité. Ils risqueraient plutôt d'oublier quelle somme on leur a rendue. Mais cet oubli est sans conséquence. Ils n'ont qu'à retourner le fond de leur poche. Tout l'argent qui s'y trouve revient sûrement à Mme Maillecottin, car ils n'en possèdent pas en propre. Elle prélève là-dessus dix centimes, qu'elle donne au gosse comme gratification. Il prend aussitôt sa course vers la place des Fêtes, et transforme sa récompense en boules de gomme.

VI

DÉTRESSE DE JULIETTE EZZELIN
ALLÉGRESSE DE JEAN JERPHANION

Juliette Ezzelin ferme sa porte. Elle a entendu tourner les clefs dans une serrure puis dans l'autre, comme si cela se passait jadis. Chaque fois qu'elle sort de son petit appartement, il lui semble qu'elle n'y reviendra plus.

L'escalier est devant elle. Elle descend. Il y a dans un escalier qui s'ouvre devant vous un commencement de vertige, une promesse. Hélas ! trois étages seulement. L'abîme ne va pas loin.

Juliette porte un petit paquet sous le bras. La concierge la regarde passer. Comme la jeune dame du troisième est pâle ! Et quels yeux tristes ! Après deux mois de mariage !

Neuf heures. Juliette se trouve dehors soudain, et s'étonne. Comment a-t-elle fait pour être prête si vite ? Et l'appartement est rangé. Si par hasard « il » rentre avant elle, il ne pourra se plaindre d'aucun désordre. Elle a dû manier les objets sans les voir, avec cette habileté, cette agilité qu'elle a toujours eue, et qui ne se déclenche plus que de temps en temps, comme un mécanisme, au milieu d'une distraction totale.

La voici dans la rue fraîche et ensoleillée, passante aussi matinale que si un travail l'appelait. Mais rien ne l'appelle. Elle sent le petit paquet sous son bras. C'est vrai qu'il y a là le motif qu'elle s'est donné. Mais elle n'en est plus sûre. Elle sait bien que la hâte qui l'a saisie tout à coup ne serait explicable aux yeux de personne.

Les gens s'en vont, marchent droit devant eux avec une assurance merveilleuse. Ils ne semblent pas douter un instant de ce qu'ils ont à faire. L'autobus qui passe est plein de visages non pas joyeux, sans doute, ni même paisibles, mais, comment dire ? justifiés. Oui, qui ont une justification toute prête. Pourquoi êtes-vous ici, à cette heure-ci ? Ils sauront répondre.

Juliette découvre une ivresse extrêmement subtile et triste. Elle vous soulève, autant que les ivresses heureuses, mais le chavirement qu'on éprouve est amer comme la cendre, et vain comme elle. Elle vous arrache, elle aussi, à vous-même, mais pour qu'on se sente vacillant comme un fantôme, détaché, perdu. Perdu ! Perdu ! Dès qu'on a prononcé le mot perdu, il s'empare de vous, il vous enveloppe et vous emporte. Il est fait de brouillard gris, de vertige glacé, de délaissement.

Une entrée de métro. Juliette n'aime pas ce souterrain, en a presque une horreur nerveuse. Mais aujourd'hui, tout ce qui est ennemi a des droits sur elle. Tout ce qui la regarde d'une façon cruelle a certainement pris des arrangements avec son destin.

Ce matin d'octobre est d'une beauté infinie. Même cela ne lui est pas épargné, qu'elle s'aperçoive du bonheur qu'elle aurait à vivre. Le gouffre du métro la touche de son haleine misérable. Il n'y a vraiment aucune raison de descendre les marches. Mais c'est une vague promesse aussi, une toute petite chance d'abîme.

*
* *

Jean Jerphanion regarde diminuer les montagnes. Ce pays ne l'enchante pas. Il ne serait pas autrement fier d'y être né. Pourtant, c'est un terroir encore proche du sien. Dans la forme des villages, dans l'assemblage des cultures, dans les mouvements du sol, certaines affinités devraient le toucher. Peut-être est-il gêné de retrouver des reflets de ce qui lui est cher dans des aspects qu'il juge médiocres.

Il regarde sa valise, qui est sur le filet, en face de lui, et qui déborde de beaucoup. C'est une valise de pauvre : de la toile beige sur une carcasse de carton ; du mauvais cuir pour renforcer les coins ; des poignées lourdaudes, bêtement écartées.

« C'est que, se dit-il presque gaiement, je suis un homme pauvre. Et d'une pauvreté d'origine rustique. Pourquoi ma valise mentirait-elle ? »

En plus de toutes les raisons qu'il a d'être excité, Jerphanion n'a pour ainsi dire pas dormi. Hier soir, à Saint-Etienne, il n'a pas eu le courage de se coucher de bonne heure. Il est allé au café. Il a traîné dans les rues. Il a respiré les ombres de la place de la République comme si elles eussent été celles d'une ville illustre. Le froid de la montagne, un léger brouillard étaient descendus. Les rues étaient vides.

Rentré à l'hôtel, vers minuit, il s'est allongé dans un lit fatigué par les voyageurs de commerce. Il n'a pas trouvé le sommeil. Il ne l'a même pas cherché. Il a vu défiler en lui des pensées innombrables. Il lui a semblé que, pendant ces quelques heures, toutes les questions de la vie, toutes les choses de l'univers, toutes les probabilités de l'avenir lui envoyaient pêle-mêle des délégations. Il ne faisait aucun effort pour réfléchir. Il était comme un passant arrêté sur le pont principal d'une ville immense. La cohue s'écoule devant lui.

Dès cinq heures, il s'est mis debout. Il a connu une allégresse des plus actives. Comme il est habituellement grand dormeur, la tête lui bourdonnait un peu à cause de l'insomnie, et il éprouvait une légère pression derrière les yeux. Mais l'extraordinaire présence de son esprit lui était si agréable, lui donnait une telle impression de force, de ressource, qu'il en venait à se dire : « Je vais essayer ce système maintenant. Ne dormir presque pas. Je dors trop. Et comme je rêve beaucoup, mon esprit réserve certainement beaucoup trop de ses possibilités pour le sommeil, pour les aventures qui lui arrivent pendant le sommeil. »

A six heures, il était sur le quai de la gare, seul, avec un homme d'équipe, et quelques lumières de gaz. Très en avance, mais non pas très impatient. Il se sentait capable d'attendre bien plus sans éprouver nulle trace d'ennui. Puis le jour s'était levé. Même les bâtiments de la gare, le poste d'aiguillage, les réservoirs empruntaient à l'aurore de la nouveauté, de l'audace. « Ne jamais oublier cela. S'arranger de temps en temps pour voir le monde dans le matin. »

Pourtant, l'idée d'aurore venait d'être cruellement souillée pour lui. Toutes les aurores d'une année. Il crut entendre le clairon. Il vérifia qu'il portait bien des vêtements civils.

Le train s'était mis en route pour Paris à 6 h 40 au lieu de 6 h 38. Ces deux minutes de retard avaient beaucoup plus pesé à Jerphanion que tout le reste de l'attente.

Jean arpente le couloir du wagon. Il pense à son physique. Il se juge. Il est plutôt grand. Il n'a aucune espèce de difformité. Mais il sent qu'il ne prend pas naturellement des postures qui soient belles. Ses mouvements qu'il observe par l'intérieur ne lui plaisent pas. « Je manque de grâce. Je suis un fils de paysan. Même sans cela. "Provincial" répond à quelque chose. Bah ! J'examinerai la question plus tard, quand elle aura évolué. Ce n'est pas très important. La tête ? Que dois-je penser de ma tête ? Par moments, devant une glace sous un certain jour, j'ai envie d'en penser beaucoup de bien. Mais toujours une inquiétude m'en empêche. Timidité ? Esprit critique ? Préoccupation de l'avis des autres ? En tout cas, manque de fatuité. Quelle est la couleur de mes yeux ? Noirs ? Non, pas même. Bruns. Chêne foncé. Des yeux peuvent-ils être beaux dans cette nuance-là ? »

Il revient s'asseoir, regarde encore sa valise. « Tout ce que j'ai est là-dedans. » Il sourit. « Je suis de ceux qui n'ont rien à perdre. »

Jamais il n'a découvert une si grande étendue d'avenir. Jamais non plus il ne s'est senti aussi libre. Ou du moins il le croit. Un homme de vingt-deux ans est déjà capable d'injustice pour son passé.

Pourtant, il va vers quelque chose de très défini. Il devrait lui sembler que son destin, épars d'abord, et ruisselant en tous sens, comme dans une prairie de montagne, se ramasse et se canalise peu à peu. Ce qui l'attend à Paris, c'est son métier prochain, le début d'une carrière dont il a peu de chances de s'évader par la suite, et qui ne passe pas pour abonder en imprévu.

« Est-ce que je n'ai pas oublié ma brosse ? »

Une brosse à vêtements qu'il aime, Dieu sait pourquoi. Un des quatre ou cinq objets qui lui sont chers, et dont la privation le rendrait malheureux.

« Sentiment enfantin ; c'est entendu. Les trois quarts des sentiments sont enfantins. Et les autres le sont aux trois quarts. »

Il résiste au désir de fouiller dans sa valise. Puis il s'aperçoit que cette résistance sur un seul point, en se prolongeant, l'empêchera de jouir comme il faut du reste des choses. Jean n'a pas un goût pervers pour la discipline, et il se méfie de certaines prétendues victoires sur soi-même « quand ça ne vaut pas le coup ». Il se lève. Il ouvre sa valise. La brosse est là. Il la caresse de l'œil, comme on caresserait de la main une sage petite bête qui n'a pas bougé du panier où on l'a mise. Il donne une pensée indulgente et tendre à quelques autres objets, non moins humbles, non moins fidèles. Il se rappelle certains soirs désespérés, à la caserne, où le contenu de sa « boîte individuelle » lui semblait la dernière raison de vivre. « Pour la défendre (il y avait en particulier un livre très aimé, et un carnet de notes), je crois que je me serais fait tuer dessus. » Il songe aux animaux — au pauvre amour des animaux pour l'unique chose qu'ils possèdent : un trou ; un tas de paille ; un chiffon dans un angle de la cuisine. Il réfléchit que « ça va loin », que « ça pose des questions ». « Peut-être que là-bas aussi j'aurai besoin, quelquefois, d'ouvrir ma valise, pour avoir où me raccrocher. »

Mais non. Sa pensée se redresse d'un coup de reins, secoue les caresses de la mélancolie. Jean est sorti d'une période d'épreuves. Sa nouvelle vie sera accueillante et vaste. Jusqu'au temps d'épreuves suivant ? Mais il est sûrement très loin. Quand les malheurs sont très loin dans l'avenir, c'est moralement l'infini, et l'aiguille de l'angoisse reste à zéro. Comme c'est beau, une gare qui tremble. « Encore trois et cinq huit... huit heures et demie, mettons neuf heures au plus, et il y aura déjà plusieurs minutes que je serai parisien. »

VII

LE RELIEUR QUINETTE

Juliette Ezzelin se rappelait une rue qu'elle ne pouvait plus situer exactement.

Quand elle fut à la station *Avenue-de-Suffren*, il lui sembla que la rue devait se cacher quelque part dans cette région, et elle descendit.

Elle avait d'ordinaire une bonne mémoire des lieux, qui se réveillait quand elle était sur place, et lui permettait de s'orienter avec une sûreté inconsciente.

Elle reconnut bien les alentours de la station, mais rien qui se rattachât à la vision qui l'avait guidée : une boutique de couleur verdâtre, dans une rue peu passante, avec de hautes maisons grises à façades plates. Quelques livres, diversement reliés, dans la vitrine.

C'est là qu'un jour son père l'avait menée, au temps où elle était petite fille. Doux souvenir. Elle avait songé à cette boutique verdâtre, quand l'idée l'avait prise ce matin de faire relier le livre qu'elle portait sous le bras.

Après avoir erré dans la suite de carrefours qui s'offrait à elle, attendant un signe de sa mémoire, elle finit par entrer chez un papetier, et demanda si l'on connaissait un relieur dans les environs. Il y en avait un, dans une rue voisine qu'on lui indiqua.

Ce n'était évidemment ni la rue ni la boutique du souvenir. Mais Juliette avait la tête trop perdue pour s'obstiner dans une recherche. Et puis, c'était tout de même le souvenir qui l'avait conduite au début ; maintenant c'était le hasard. Quand une certaine ivresse du désespoir vous possède, tout est préférable à un choix de la volonté.

D'un côté de cette rue-là aussi, il y avait de hautes maisons grises, à façades plates. Mais n'en trouve-t-on pas un peu partout dans les quartiers extérieurs de Paris ? De l'autre côté, une rangée de maisons plus anciennes et plus basses. Au rez-de-chaussée de l'une d'elles, qui n'avait qu'un étage, la boutique dont le papetier avait parlé. Comme en suivant les allées d'un cimetière où l'on va enterrer un être aimé, on remarque pourtant qu'il y a de jolies fleurs, dans un vase, sur une tombe, Juliette aperçut, à travers un voile, que la façade de la petite maison était peinte d'une couleur jaune, et que la boutique était avenante et gaie.

Elle entra. Elle ne vit personne. A la place où règne le comptoir dans une boutique ordinaire, il y avait une longue table ; quelques livres dessus, et des rognures de cuir. Quand la porte s'était ouverte, une sonnette avait tinté.

Un homme parut. A vrai dire, il avait l'air d'un monsieur, et beaucoup plutôt, malgré certains détails du vêtement, d'un médecin de quartier ou d'un architecte que d'un artisan. Une barbe noire, longue, fournie, d'une coupe assez soignée. Le front dégarni, de cette calvitie nette, à peau fine, qui semble distinguée et studieuse.

— Mademoiselle. Qu'y a-t-il pour votre service ?

Sa voix répondait exactement à sa physionomie. C'était la voix d'un homme de bonne éducation, sans trace d'accent faubourien ; juste un peu commerciale ; bien timbrée, mais sèche. Il attendit, sans insistance, regardant Julienne avec un sourire correct. Il avait des yeux noirs, enfoncés, plutôt petits.

Juliette défit le paquet qu'elle avait apporté sous son bras. Un papier blanc ; un papier de soie ; un livre à couverture jaune. Le relieur aperçut une alliance au doigt de Juliette. Il regarda soudain la jeune femme avec des yeux plus vifs. Elle avait la tête penchée sur son paquet.

— C'est un livre auquel je tiens beaucoup, dit-elle.

Il lut le titre :

— *Choix de Poésies*, de Paul Verlaine. Ah ! vous aimez la poésie, madame ?

Elle ne répondit pas. Elle vit à l'angle de la pièce, sur une petite table, des livres écartelés, déchiquetés, qu'on avait dû mettre dans cet état pour la reliure. Elle reprit, presque anxieusement :

— Il n'arrive jamais, au cours du travail, qu'un livre soit détérioré, gâché... sans qu'on le veuille ?

— Mais non, madame. En tout cas, je suis responsable...

— C'est que... je tiens très spécialement à cet exemplaire-ci. Je voudrais être sûre...

— Soyez sans crainte, madame. Quel genre de reliure souhaitez-vous ? Avez-vous réfléchi ?

Elle se sentit tout à coup très mal à l'aise chez ce relieur trop distingué. Si elle avait osé, elle serait repartie en reprenant son livre. Le voile qu'il y avait eu depuis le matin entre elle et les choses s'évanouissait. Elle vit nettement la boutique, les lanières de cuir, sur les deux tables, qui ressemblaient à des vestiges de cruautés ; les livres mis en pièces, dont sortaient, tordus en divers sens, des arrachements de fils ; la porte du fond qui donnait sur les habitudes d'une vie inconnue.

Le relieur la regardait de ses yeux enfoncés et vifs. Peut-être eut-il le sentiment de la gêne qui gagnait la jeune femme. Il détourna les yeux, parla avec l'amabilité la plus neutre :

— Je vais vous montrer quelques types de reliure ; et des échantillons de peau. Maintenant, vous me guideriez en m'indiquant le prix autour duquel vous voulez vous tenir.

Il aligna sur la table cinq ou six ouvrages, qu'il avait pris dans une petite armoire basse, dont les vitres étaient doublées d'un rideau de reps vert.

— Ceci coûterait combien ?

— Quelque chose comme ceci ? Sans aucun ornement ? Ce n'est pas un peu sévère pour des poésies ? En tout cas, c'est de très bon goût. Sur le dos, vous ne voudriez pas un fer ? une fleur comme celle-ci par exemple ?

Juliette examina la petite fleur, finement creusée en traits bleus et rouges. Elle ne lui aurait pas déplu. Mais Juliette pensait à quelqu'un, au regard difficile — et à jamais éloigné — de quelqu'un. Qu'en aurait-il dit ? Ne se serait-il pas moqué de la petite fleur, surtout au dos de ce livre ? Elle hésitait à se donner la réponse. En renonçant à la petite fleur, elle était plus sûre de ne pas se tromper.

— Non. Tout à fait simple.

— Comme vous voudrez, chère madame. Je vous établirai cela pour... j'allais dire dix-huit, mais afin de vous être agréable, ce sera quinze francs. A l'intérieur, je vous conserve la couverture et le dos, bien entendu. Et je vous mettrai un papier plus beau que celui-ci.

Juliette rougit presque. Elle n'avait envie d'aucun traitement de faveur, de la part de ce monsieur aux oreilles pointues. (Car elle venait de s'apercevoir qu'il avait le haut du lobe de l'oreille très plat, avec un ourlet insignifiant et une cassure de l'ourlet formant pointe.)

— Et vous en êtes très pressée ?

Elle ne savait s'il valait mieux dire oui ou non ; revenir le plus tôt ou le plus tard possible.

Il reprit :

— Je vais vous gâter jusqu'au bout. Comme si une jolie femme n'était pas toujours impatiente. Nous sommes mardi, mardi 6 octobre. Eh bien, voulez-vous repasser lundi prochain, vers la fin de la journée ? Votre livre sera prêt. Je ne sais si vous vous rendez compte que c'est un tour de force » il rit, « ou plutôt un horrible passe-droit. Tenez ! » il montre les exemplaires disloqués sur la petite table. « Ces volumes appartiennent à un de mes bons clients qui les attend depuis trois mois... Quel nom et quelle adresse, je vous prie ?

Juliette fut ressaisie d'inquiétude. Pour rien au monde elle ne confierait son nom et son adresse à cet homme. Et cependant elle lui laissait le livre. N'allait-il pas se venger en refusant de le rendre ? Il feindrait de ne plus la reconnaître. Elle balbutia :

— Je reviendrai le chercher moi-même.

Il avait souri :

— Bien, bien madame. Je me rappellerai votre visage, soyez-en sûre.

Il s'inclina avec un peu d'affectation.

Juliette se hâta de sortir.

« J'ai dit que je reviendrai. Et il faut que je revienne. Comment faire ? »

VIII

L'APPRENTI WAZEMMES

Rue Montmartre, devant la boutique des peintres, le même groupe est immobile. Les gens ont changé un à un ; mais le groupe, lui, n'a pas changé. Plus encore que ses dimensions, et sa forme, il a gardé son tour d'esprit, qui est complexe, mais que plusieurs sentiments principaux dominent : l'admiration de la virtuosité, le goût des événements, le prurit des énigmes.

Il sait davantage. Des révélations se sont faites, peu à peu.

Sous les deux premières lignes :

LE COMMERCE ME DÉGOÛTE
J'EN AI ASSEZ

il lit maintenant, écrit au fusain :

J'ENVOIE PROMENER TOUT MON STOCK

Le J est déjà peint en noir.

L'on s'aperçoit aussi que cette troisième ligne, d'une longueur imprévue, correspond à un rentrant du dessin de gauche. « J'envoie » vient s'allonger sous le bras du personnage, comme pour lui donner un renfoncement dans les côtes.

L'inscription sur faux marbre est dorée jusqu'au D compris, mais le sens n'en brille pas plus. Le jeune livreur qui tenait les *Accrédités* pour une variété de débiles mentaux est remplacé par une jeune modiste qui les soupçonne d'être une sorte spéciale de défunts. L'inscription est destinée à une église. Elle indique la chapelle où l'on célèbre le service des accrédités. En quoi les accrédités diffèrent-ils des autres morts ? C'est une question. Peut-être parce que de leur vivant ils appartenaient à une secte ou à une confrérie. Ou bien parce que leur dépouille a subi un traitement spécial, intermédiaire entre l'embaumement et l'incinération. (Par exemple, une préparation à l'aide de cristaux.)

De l'autre côté de la grande vitre, Péclet, tout en remplissant de noir l'N de *J'envoie* avec une légère glissade du petit doigt sur le calicot, glissade parallèle au mouvement de la brosse, et dont il accentue la désinvolte élégance à cause des spectateurs, s'interroge sur la façon dont il poursuivra l'exécution du sujet artistique. Les détails de la composition sont déjà fixés dans son esprit. L'invention en est savoureuse ; et les badauds de cet après-midi ne se doutent pas de la surprise qui les attend. Mais le problème des couleurs subsiste. Les instructions du patron sont formelles :

trois couleurs seulement ; noir compris ; le blanc en plus. Le devis a été fait sur ces bases. Certes un peintre aussi habile que Péclet pourrait avec trois couleurs, dont le noir, et du blanc, constituer une gamme de tonalités très variées. Mais le patron est opposé dans un travail comme celui-ci aux mélanges. Il soutient, non sans raison, qu'il en résulte une perte de temps, parce que l'ouvrier, au lieu de coucher en toute tranquillité d'esprit des teintes plates, se lance dans des recherches de nuance, cède à la tentation de dégradés savants, de passages de tons subtils, et, pris de vertige artistique, ne sait plus s'arrêter sur la pente dangereuse de la perfection. Il ajoute que, loin d'assurer le contentement du client, cet excès de zèle est de nature à créer des difficultés. Un monsieur à qui on a promis trois couleurs, et à qui on les sert toutes crues, n'a rigoureusement rien à dire. Mais si on lui offre des mélanges, il veut faire l'artiste lui aussi, et discute : « Vous ne trouvez pas que les joues sont bien jaunes ? » ou « Le blanc de l'œil me semble un peu froid. » Je t'en ficherai du blanc de l'œil.

Là où le patron a tort, c'est quand il s'obstine, pour une économie de bouts de chandelle, à employer un calicot de mauvaise qualité. Le tissu mange plus de couleur, et la main y devient plus lente. Sans compter que le noir, par exemple, malgré la couche d'impression, réussit à s'imbiber dans les fils, et qu'on a toujours l'air de peindre la lettre avec des bavures. C'est d'autant plus vexant que le groupe des spectateurs n'est pas forcé de savoir que le calicot ne vaut rien, et peut se demander si Péclet est réellement capable.

— Wazemmes ! Tu n'as pas fini ? Lave-moi mes brosses.

— Voilà ! Voilà ! Et il accourt.

Le jeune Wazemmes, gaillard de grande taille, a d'autant moins fini son broyage de couleurs qu'il lit un ouvrage intitulé : *Petits Secrets de l'automobile*. Depuis plusieurs jours en effet Wazemmes s'interroge sur sa vocation. Il est tout à fait sûr que la peinture ne l'intéresse pas, surtout cette peinture de bas étage. (S'il s'agissait de faire poser de beaux modèles nus, et d'avoir des médailles au Salon, à la rigueur...) De plus, comme il est d'intelligence ouverte et précoce, il a son avis sur le développement économique de l'époque. Il croit à l'avenir de l'automobile et de l'électricité. Mais, il ne sait pourquoi, l'électricité lui plaît moins. Ça manque de mouvement, peut-être ; et il y est trop souvent question de quantités abstraites. Il a donc entrepris de s'initier à l'automobile.

Mais Wazemmes est complaisant, à la fois par nature, et par raison. Autant il trouve normal de « laisser tomber » l'ouvrage dès qu'on ne le surveille plus, autant il lui est agréable de rendre service, séance tenante, aux gens qui le lui demandent. Même le patron peut n'importe quand lui donner un ordre. Wazemmes commence aussitôt à l'exécuter. Et si un ordre nouveau survient, Wazemmes, loin de protester, s'empresse d'obéir, enchanté de lâcher le travail précédent.

Il a remarqué qu'en agissant ainsi on se rend au total les gens favorables. Les camarades d'atelier, qui n'ont en général à demander que de menus services, trouvent que Wazemmes est un apprenti parfait, plein de déférence pour les anciens. Le patron, qui pourrait s'en plaindre davantage, lui montre de l'indulgence, parce que l'homme est toujours heureux qu'on fasse sur-le-champ ses caprices, et pardonne plus aisément qu'on soit infidèle à ses volontés plus anciennes, dont lui-même ne sent plus l'aiguillon.

IX

QUINETTE, L'INCONNU ET LE SANG

Quinette, resté seul, pose le Verlaine sur un rayon de la petite armoire, et retourne dans l'arrière-boutique. Il caresse sa barbe. Il se demande quel effet au juste il vient de produire sur la jeune inconnue. « A-t-elle senti mon flux de vitalité ? Oui, je crois. »

Là-dessus, il prête attention à toute une partie de son organisme. Il cherche à discerner « le courant agréable et vivifiant » dont parle le prospectus. Sans doute ne l'éprouve-t-il que faiblement ; mais il l'éprouve. Comme si des passes magnétiques enveloppaient la région du bassin, erraient sur les reins, sur le ventre. Quinette réfléchit qu'à la vérité il n'a jamais subi de passes magnétiques. Donc la comparaison qu'il fait manque de base. Ce qu'il éprouve ressemble plutôt à ces impressions confuses qui naissent quand on a eu froid, et que la chaleur du feu commence à vous pénétrer, spécialement dans cette région des reins, qui est si frileuse. Il cherche encore d'autres analogies. Mais il trouve bientôt que tous les rapprochements avec des sensations déjà connues pèchent par quelque côté. Tandis que la phrase même du prospectus : « L'Herculex électrique du docteur Sanden déverse à travers les parties affaiblies un courant agréable et vivifiant d'électricité... » dit bien ce qu'elle veut dire et décrit avec une fidélité remarquable le bien-être discret qu'éprouve le porteur d'Herculex.

Non que le relieur soit facile à illusionner. Il s'est toujours méfié du charlatanisme. Et il n'a pas fallu à une certaine idée, devenue fixe peu à peu, moins de plusieurs mois d'incubation, pour amener Quinette à risquer cette expérience.

Le hasard a joué son rôle dans l'aventure. Quinette vivait seul depuis quatre ou cinq ans, sa femme l'ayant abandonné. Il en était arrivé assez rapidement à une continence totale. La chose s'était faite sans qu'il y pensât. Il n'avait pas eu à se vaincre. Il ne s'était pas avisé davantage qu'il y eût dans sa façon d'être quoi que ce fût qui méritât réflexion.

Mais un jour, dans un lot de volumes qu'un client lui avait confiés pour la reliure, il rencontra un ouvrage traitant des *Anomalies sexuelles*. Il le feuilleta curieusement. Sans être ignorant de ces questions, il ne les avait plus présentes à l'esprit.

Certains passages le firent beaucoup rêver. Il constata que des médecins sérieux, en ne se plaçant qu'au point de vue du bon équilibre physique et moral, considéraient comme peu normal qu'un sujet de quarante ans n'eût plus aucune activité sexuelle, et surtout n'en éprouvât aucune privation. Quinette fut pris d'inquiétude. Ce n'est pas l'idée d'anomalie en elle-même qui l'effrayait. Il n'avait jamais eu de respect pour l'opinion de la majorité, ni pour ses façons de vivre. Et il se fût accommodé sans embarras d'une anomalie qui eût été flatteuse. Mais il sentait bien que celle-ci était humiliante.

Il passa donc des semaines à se pénétrer de l'évidence qu'il était une espèce d'infirme, jusque-là inconscient, et qu'une tranquillité qui lui avait paru toute naturelle était une tare. Il hésita longtemps sur la catégorie d'anormaux où il se rangerait. Etait-il impuissant, ou simplement frigide ? Il pencha pour la deuxième hypothèse.

Il se remémora du même coup divers traits de sa conduite qui ne l'avaient pas encore frappé : il s'aperçut de son indifférence à l'égard des femmes, de la politesse exacte, mais détachée qu'il leur montrait.

Heureusement, à ce qu'affirmaient les auteurs cités dans l'ouvrage, la simple frigidité peut être passagère. Elle est due parfois au surmenage, aux soucis, à l'empire d'une préoccupation.

Des soucis, Quinette en avait, qui provenaient des difficultés de sa petite industrie, et de la charge d'un loyer déjà trop lourd, que le propriétaire menaçait d'augmenter. Mais il avait surtout une passion jalousement absorbante : celle de l'inventeur. Qui plus est, un mauvais sort voulait qu'il s'attachât de préférence à des idées d'inventions très vastes, très longues à réaliser, et dont, en mettant les choses au mieux, il était sûr de ne tirer jamais aucun profit. C'est ainsi qu'il avait étudié pendant plus de deux années, et mis au point dans le dernier détail, avec des lenteurs auxquelles le condamnait son manque initial de compétence, un projet de chemin de fer sur rail unique. Ce projet, funambulesque à première vue, devenait au contraire fort raisonnable, et d'une extrême ingéniosité, quand on le suivait dans le développement minutieux que lui avait donné son auteur, et quand on tenait compte des conditions spéciales de terrain et d'exploitation auxquelles il prétendait répondre. Mais quelle probabilité y avait-il pour que les défricheurs de pays nouveaux vinssent acheter les plans de Quinette, relieur à Grenelle ?

La reliure en souffrait. Quinette dérobait à son métier autant d'heures qu'il pouvait sans courir à la ruine. Rien d'étonnant que la sexualité en souffrît aussi.

Pour savoir au juste à quoi s'en tenir sur ce dernier point, Quinette décida une expérience. Il se rendit tout près de chez lui, boulevard de Grenelle, dans une maison dont il avait maintes fois remarqué la façade. Mais le décor intérieur lui déplut ; et le parti pris de défiance à son propre égard qu'il apportait ne pouvait que le paralyser dans sa tentative. Il en revint, persuadé qu'il y avait décidément quelque chose à faire pour modifier son état. Il ne songea pas à consulter les médecins. Ce qui l'écartait d'eux, c'était moins un manque de foi dans leurs méthodes que la crainte de livrer ses secrets à autrui. Là-dessus, il était des plus ombrageux. Il lui arrivait de porter des lettres à divers bureaux de poste éloignés, ou de s'en faire adresser, sous initiales, poste restante, pour déjouer un contrôle possible. Dans la rue, il se retournait parfois, pour voir s'il n'était pas suivi.

Il aurait bien essayé à tout hasard quelqu'une des spécialités vantées par la réclame. Mais il était ennemi de ces drogues qu'on introduit aveuglément dans l'organisme. En lisant son journal, il rencontra plusieurs fois, en dernière page, la réclame de deux marques de « ceintures électriques », qui faisaient à cette époque une publicité tapageuse et concurrente : l'Herculex, du docteur Sanden, et l'Electro-Vigueur, du docteur Mac Laughlin. Il examina de près les annonces. Pour Quinette, membre du public et homme éclairé, elles rendaient un son fallacieux. La personnalité même des deux docteurs semblait appartenir à ce royaume chimérique de la Pharmacopée populaire, où voisinent les abbés villageois, cueilleurs de simples, les bonnes sœurs, gardiennes d'un secret contre le pipi au lit, et des philanthropes enchaînés par un vœu qui les oblige à faire insérer chaque jour une annonce, comme d'autres chaque matin font dire une messe. Mais chez Quinette inventeur, il s'éveillait un autre sentiment : celui de la confraternité. Il se voyait assez bien, si ses recherches l'avaient orienté de ce côté-là, imaginant un appareil capable de répandre dans les lombes les effluves d'un printemps artificiel. Et pour oser rire des deux docteurs, il savait trop à quel point une invention capitale peut revêtir pour le profane des apparences saugrenues.

Après ces réflexions, et d'autres, il s'était finalement décidé pour un essai de l'Herculex du docteur Sanden, qui avait l'avantage de faire des promesses beaucoup plus nettes du côté de la force virile, tandis que l'Electro-Vigueur s'en tenait, malgré son nom, à des généralités un peu fuyantes.

D'ailleurs, quand il eut acheté l'Herculex (Sanden Electric Belts, 14, rue Taitbout) Quinette faillit céder au désir, naturel chez un inventeur, de le démonter. Ce qui le retint fut la peur de trouver deux sous belges et de la sciure de bois.

Voilà donc trois jours que le relieur porte son appareil. Il en attend bien moins la possibilité d'accomplir des prouesses amoureuses, auxquelles il continue à tenir peu, que la disparition d'un sentiment d'infériorité. Avec tous les bons auteurs, il croit que la vigueur virile est liée à la vitalité en général. Il refuse d'admettre que sa vitalité à lui soit atteinte. Peut-être même ne sommeille-t-elle pas, et s'est-elle seulement laissé détourner d'une manière trop exclusive vers le travail cérébral. En mettant les choses au mieux, l'Herculex n'a certainement pas le pouvoir de faire jaillir de l'énergie d'un organisme où elle serait foncièrement tarie, mais il peut, en la portant sur certains organes, la rendre plus manifeste qu'elle n'était, et supprimer chez l'intéressé un doute qui ne tarderait pas à devenir déprimant.

Quinette attache, par suite, une réelle importance à l'impression qu'il vient de produire sur la jeune femme. L'espèce de gêne, et presque d'effroi, qui s'est visiblement emparée d'elle, ne peut s'expliquer que parce qu'un rayonnement d'énergie inaccoutumé se dégageait de Quinette. Sans tomber dans la naïveté des spirites, il n'est pas absurde de penser que l'énergie vitale d'un être rayonne, et, quand elle a un sursaut de vivacité, devient sensible aux autres, ou même presque insoutenable. D'ailleurs Quinette a bien eu conscience de l'élan qui le soulevait tout à coup. Un seul point l'intrigue : que cet élan l'ait saisi à l'instant même où il apercevait une alliance au doigt de la visiteuse.

*
* *

Quand elle était sortie de la boutique, Juliette avait continué à suivre la rue dans la direction opposée à celle du métro. Elle apercevait, au bout, des maisons petites et pauvres, mais égayées par le soleil ; tout un quartier qu'elle ne connaissait pas, et qu'elle traversait sans se presser, à la recherche d'un autobus.

Sa visite chez le relieur lui avait fait perdre l'enivrement de mélancolie où elle vivait depuis ce matin. Le malaise même qu'elle venait d'éprouver, son inquiétude à l'idée qu'il lui faudrait revenir, lui donnaient un commencement d'intérêt pour autre chose que son désespoir.

Peut-être une cinquantaine de pas plus loin, en jetant les yeux sur une sorte de long passage entre deux maisons basses, que fermait une claire-voie, elle vit, contre la maison de gauche, un homme, la tête un peu tournée vers la rue, les épaules et les reins exactement collés au mur, comme s'il s'efforçait de rentrer dans le mur, de s'y effacer. Elle n'osa pas s'arrêter pour mieux voir. Elle n'avait pas pu distinguer le visage de cet homme, ni son vêtement. Il lui sembla qu'il avait les mains derrière le dos. Elle s'était éloignée.

Trois minutes après, Quinette, dans son arrière-boutique, s'occupait à défaire sa ceinture Herculex, pour en modifier légèrement la position, et supprimer un petit froissement de chair qui lui était désagréable, quand il entendit la porte de sa boutique s'ouvrir puis se refermer avec une telle brusquerie que la sonnette avait eu à peine le temps de tinter. « Quel est l'imbécile qui entre comme ça ? Il va me casser mes vitres. » Et Quinette se hâta de remettre de l'ordre dans sa tenue. Il avait horreur des vitres cassées, comme des gens bruyants et maladroits. Il prit une mine sévère.

En ouvrant la porte, il vit au milieu de sa boutique un homme tourné vers lui, dont le visage était mal éclairé, mais dont l'attitude trahissait un grand affolement.

— Monsieur », dit l'homme, « je vous demande pardon, mais vous avez probablement un... robinet de cuisine, un petit lavabo. J'aurais besoin de me laver, oui...

Quinette n'était pas poltron, au moins dans une circonstance comme celle-ci. (Il lui arrivait d'avoir peur d'une araignée, d'un reptile ; ou encore d'être saisi d'angoisse la nuit, dans son escalier tout noir.) Il n'était même pas émotif. Il garda toute sa lucidité pour dévisager l'homme, qui était assez effrayant, et surtout pour apprécier la situation.

— Vous laver ? Comment... vous laver ?

— Je me suis sali. Je me brosserai un peu.

L'homme recroquevillait ses mains le plus possible. On les entrevoyait à peine. Quant à ses vêtements ils ne semblaient pas souillés. Il portait un chapeau melon défraîchi.

L'homme n'avait pas l'air menaçant du tout ; suppliant au contraire, et désarmé. Quinette tourna autour de lui un quart de cercle, pour le voir mieux.

— Vous me rendriez un très grand service, dit l'autre.

La voix tremblait de détresse.

« Ce gaillard-là, pensa Quinette, vient de faire un mauvais coup. » Il s'approcha de la porte extérieure, mit la main sur le bec-de-cane.

— Monsieur, monsieur, implora l'homme.

— Quoi ?

— Qu'est-ce que vous allez faire ?

— Rien. Je regarde.

Il jeta en effet un coup d'œil dans la rue, sans ouvrir la porte. Il voulait voir si l'homme n'était pas poursuivi ; s'il n'y avait pas dans la rue une agitation quelconque, des gens en train de courir, ou de chercher ; un début de rassemblement. Rien ; au moins dans le voisinage immédiat. Aux fenêtres de la maison d'en face, aucun signe de curiosité non plus.

Quinette revint, caressant sa belle barbe bourgeoise. L'homme ne lui inspirait aucune sorte de pitié. S'il avait aperçu dans la rue des policiers en quête du fugitif, Quinette aurait ouvert la porte, et les aurait appelés. Mais il avait une envie intense d'en savoir plus long, et de tenir dans ses mains le secret d'un homme. Pareille aventure ne lui était jamais arrivée. Il y avait longtemps qu'il ne s'était pas senti tant de goût à vivre.

— Entrez par ici.

Il laissa l'homme passer devant.

— Encore un peu plus loin. C'est ça. Ouvrez la porte.

L'homme hésita un instant ; puis, du bout des doigts, comme s'il était infirme de la main, ouvrit cette seconde porte, et pénétra dans une cuisine étroite. Quinette passa ensuite. La poignée de la porte était en porcelaine blanche. Quinette y aperçut, des deux côtés, deux petites traces rouges, qui étaient sûrement du sang.

— Voilà l'évier. Vous avez du savon. Et l'essuie-mains à gauche.

L'homme attendait, jetant un regard de supplication du côté de Quinette. Le relieur sourit :

— Quoi ? Je vous gêne ?

L'autre gardait son air de détresse ; les mains toujours recroquevillées. Comme la lumière était meilleure que dans la boutique, on distinguait sur l'étoffe de son veston et de son pantalon quelques taches brunes.

— Allons », reprit Quinette, avec une trace d'accent gouailleur dans sa voix courtoise, « vous devez bien comprendre que je suis un homme discret. Nettoyez-vous tranquillement. Vous en avez besoin.

Et il restait planté à l'entrée de la cuisine.

L'homme se décida à faire couler de l'eau et à saisir le savon. Il apportait de menues craintes dans tous ses gestes. On eût dit que chacun des objets qu'il touchait était brûlant.

Il se lava les mains, se les rinça à plusieurs eaux.

— Ne me laissez pas de sang sur mon évier, dit Quinette, du même ton.

L'homme lui jeta un coup d'œil humble ; puis, avisant une brosse de chiendent, se mit à savonner la pierre de l'évier, comme un bon serviteur, et à pousser soigneusement la mousse vers le tuyau d'écoulement. Quand il eut fini, on le sentit hésiter de nouveau.

— Vous ne continuez pas ?

L'homme supplia :

— Vous ne pourriez pas me laisser seul une minute ?

« Si je le laisse seul, il va se sauver », pensa Quinette. La cuisine ouvrait en effet sur une petite cour.

— Pourquoi ? Parce que vous voulez enlever aussi les taches de vos habits ? » Il rit de son petit rire sec. « Vous me faites rire. Il est trop tard pour que vous preniez des précautions pareilles avec moi... Je vous promets de ne pas regarder. Allez-y. Je vous promets.

L'autre ne savait pas très bien comment enlever les taches. Il tira son mouchoir. Mais le rentra aussitôt. Le mouchoir était déjà maculé de sang.

— Vous voudriez quoi ? Un chiffon propre ? Mais qu'est-ce que je ferai ensuite du chiffon, moi ?... Oui... vous le garderez. Et vous jetterez tout ça dans la première bouche d'égout ?... avec votre mouchoir, hein ? » Il sourit. « Il ne faudra pas oublier votre mouchoir.

Il prit dans le four de la cuisinière un bout de chiffon blanc, le tendit à l'homme, qui en fit un tampon, le trempa, l'enduisit de savon, et se mit à frotter les taches de ses vêtements une à une. Quand le tampon était sali, il le rinçait à grande eau.

Quinette, qui avait d'abord détourné les yeux, ne tint pas longtemps sa promesse. Mais sa curiosité était devenue plus calme. Il semblait suivre une opération intéressante, mais ordinaire. Si bien que sa présence, au lieu de peser sur l'autre, l'aidait à retrouver son équilibre.

Après quelques minutes de silence, Quinette dit d'une voix basse, bienveillante, où la moquerie ne se sentait plus :

— Racontez-moi maintenant un peu comment ça s'est passé.

L'homme sursauta, laissa tomber son tampon sur l'évier. Ses yeux, tous ses traits suèrent l'angoisse. Le teint devint couleur de poussière.

Quinette redoubla de douceur, d'onction :

— Je ne vous demande pas ça pour vous ennuyer... Mais non. Mais non... D'ailleurs, que ce soit vous qui me le racontiez, ou le journal du soir... à quelques détails près...

L'idée du récit dans le journal parut poindre l'autre assez douloureusement pour lui faire faire une grimace.

— Pourquoi vous arrêtez-vous ?

L'homme, docile, reprit son tampon, continua le nettoyage.

Quinette, plus bas encore :

— Vous n'avez pas envie d'en parler maintenant. C'est très compréhensible. Dites-moi plutôt ce que vous allez faire. En sortant d'ici, où allez-vous ?

— Je ne sais pas.

— Comment, vous ne savez pas ?

— Non.

— Pas la plus petite idée ?

— Non. (Le « non » était plus faible.)

— Vous allez vous cacher quelque part ?

L'autre se tut. Quinette réfléchit, puis :

— Ecoutez. Je m'intéresse à vous. Je ne veux pas vous tourmenter maintenant. Mais je veux vous revoir.

Il avait dit : « Je veux vous revoir », avec une telle expression de volonté calme, que l'autre en laissa de nouveau tomber son chiffon. Quinette appuya :

— Aujourd'hui même. Où vous m'indiquerez.

L'autre prit un air d'acquiescement bête, puis balbutia :

— Oui... mais je ne sais pas où.

— Je ne vous demande pas que ce soit dans l'endroit où vous vous cacherez. Non. Dans les environs, si vous voulez. Ou plus loin. Ça m'est égal.

— Je ne sais pas... je ne puis pas savoir...

Quinette devint plus sec :

— Mais si. Vous connaissez bien un petit café tranquille... Après cinq heures, pour qu'il fasse nuit. Disons six heures. Allons !

L'homme regardait avec effarement, cherchait quelque échappatoire.

— Vous vous rendez compte », lui expliqua le relieur, « qu'il n'est pas question une seconde que vous me posiez un lapin. Vous vous dites qu'une fois sorti d'ici... Oui... Mais supposez que ce soir vous manquiez au rendez-vous. Hein ? Et que je veuille absolument vous retrouver ? J'ai idée que j'arriverais à fournir un signalement qui ne serait pas des plus vagues, et quelques autres détails par-dessus le marché.

L'homme eut un regard soudain farouche.

— Ne me faites pas de ces vilains airs-là », dit Quinette, « si vous n'avez pas envie que je crie au secours... J'ai des voisins de tous les côtés.

L'autre retomba dans l'humilité et la détresse. Il dit tout bas :

— Vous êtes de la police ?

— Moi ? Quelle plaisanterie ! Je suis relieur. Je relie des livres. Vous avez pu le voir dans ma boutique... De la police !

— Ce rendez-vous que vous dites, ce ne serait pas pour me faire poisser ?

— Qu'est-ce qui m'empêcherait de le faire tout de suite ?

— Vous êtes seul. Vous pourriez avoir peur.

— Bah ! quand on est du métier, on a sûrement les moyens de ne pas laisser échapper un maladroit qui s'est jeté dans vos pattes. Mais non, je ne suis pas du métier. Rassurez-vous.

— Alors, pourquoi vous voulez me revoir ?

— Parce que vous m'intéressez, et pour que nous causions tranquillement. Impossible maintenant, n'est-ce pas ? Vous êtes trop remué. Et puis, je ne tiens pas à ce que vous vous éternisiez chez moi. Avez-vous réfléchi au risque que je cours ? Hein ? Vous me devez une certaine reconnaissance.

L'autre réfléchit ; puis toujours à voix basse :

— Vous ne voudriez pas de l'argent, plutôt ?

— Non, merci. Votre intention est gentille. Mais non. Je suis désintéressé dans cette affaire-là. C'est ce qui vous étonne. Je vous dirai même plus. Je ne demande qu'à vous rendre encore service. A condition de ne pas m'exposer, bien entendu. » Il durcit la voix : « Allons, dépêchez-vous de me dire où vous serez à six heures ?

L'homme répondit, après une hésitation :

— Vous connaissez la rue Saint-Antoine ?

— La rue ? pas le faubourg ?

— Non, la rue.

— Oui, naturellement. Eh bien ?

— Vous voyez le trottoir de gauche, en allant vers la Bastille, entre... mettons la rue Malher et la rue de Turenne ?

— Attendez… je ne connais pas le quartier à ce point-là… Attendez. Si. Je vois à peu près.

— C'est à la hauteur de l'église Saint-Paul.

— Oui. J'y suis. Et puis, avec le nom des rues, je trouverai. Alors ?

— Alors, voulez-vous passer sur ce trottoir-là, à partir de… six heures moins dix, par exemple ?

— Oui.

— En allant d'une rue à l'autre. Vous reviendrez sur vos pas au besoin. Comme si vous vous promeniez.

— Oui.

— A un moment, je m'arrangerai pour que vous me remarquiez. Vous n'aurez qu'à me suivre.

— Pour aller où ?

— Je ne sais pas. Dans un café ; ou ailleurs. Je verrai.

— Mais vous êtes sûr de m'apercevoir, dans la foule ?

— Plus ou moins vite, oui.

— Vous savez qu'il fera nuit à cette heure-là ?

— Je sais. Mais il y a beaucoup de boutiques. Ce sera très suffisamment éclairé.

— Bon. Vous dites le trottoir de gauche entre… ?

— … La rue Malher et la rue de Turenne… Vous n'avez qu'à vous rappeler que c'est en face de l'église.

— Entendu.

L'homme poussa un soupir de résignation. Puis il manifesta l'envie de s'en aller.

— Ecoutez », dit Quinette, « je ne pense pas qu'on vous ait vu entrer. Mais il ne coûte rien d'être prudent. Je vais vous faire un paquet assez gros, où je vais mettre n'importe quoi… Vous tâcherez d'avoir les allures d'un homme qui fait des courses. Même, on ne sait jamais, au cas où on vous poserait une question en chemin…

Il l'entraîna dans la boutique ; continua, cherchant autour de lui :

— Ça pourrait vous servir à écarter les soupçons… Oui, mais j'allais vous y mettre des vieux bouts de carton… Non… Il faut que si vous étiez amené à ouvrir le paquet, ça paraisse sérieux. Je vais vous faire un vrai paquet de bouquins, des bouquins abîmés, que j'ai par-ci par-là dans des fonds d'armoire. Vous voyez si j'ai confiance en vous. Parce que ça a quand même une valeur. J'y pense. Vous me les rapporterez ce soir.

— Vous croyez ?

— Vous avez peur que ça vous gêne ?

Il rassemblait les volumes, en faisant un paquet bien régulier.

— Et quand ça vous gênerait un peu ! Dites-vous qu'un homme qui porte un paquet comme ça a l'air de quelqu'un qui se déplace pour son travail… Il n'attire pas l'attention, au contraire. Et même pour moi, c'est préférable. Si j'étais vu ce soir, avec vous, je pourrais toujours prétendre ensuite que, sans vous connaître plus que ça, je vous avais acheté des livres d'occasion, que vous aviez ramassés chez les brocanteurs, ou à la foire aux puces ; et que je comptais les relier pour les vendre ensuite à des clients, ou à des cabinets de lecture. Vous n'auriez qu'à ne pas me démentir.

Le paquet était enveloppé d'un beau papier d'emballage vert, et ficelé.

— Tenez-le sous votre bras.

L'homme prit le paquet, se dirigea vers la porte ; faillit tendre au relieur sa main restée libre, mais se ravisa.

— Alors, à ce soir sans faute ! » lui dit Quinette, en insistant. « Rapportez le paquet. D'abord, ça m'aidera à vous reconnaître. Et puis, à tous les points de vue, ce sera mieux... Sortez carrément.

Quand le relieur eut refermé la porte, et se trouva seul, il eut l'impression que sa vie, jusque-là, n'avait pas compté. Tout n'avait été que platitude et ennui. Même ses inventions lui semblèrent mornes. Le chemin de fer sur rail unique ? Quelque chose comme l'amusement d'un prisonnier dans sa cellule. Il y avait décidément d'autres emplois pour le génie inventif, pour le rêve constructeur. Il ne faisait encore que les entrevoir, mais dans une perspective riche de promesses et d'éblouissements.

Il retourna du côté de la cuisine. La porte en était restée ouverte. Les traces de sang marquaient toujours le bouton de porcelaine blanche.

Dans la cuisine, la première chose qu'il aperçut, posé sur le coin de la table, fut le tampon dont l'homme s'était servi pour nettoyer ses vêtements. L'étoffe en était devenue d'un gris sale, légèrement roussâtre, où il entrait beaucoup plus de crasse et de savon que de sang.

Quinette, avec des bûches, du papier de journal, du petit bois, alluma du feu dans le fourneau de sa cuisinière. Quand la flamme fut très vive, il y jeta le chiffon déplié, qui brûla lentement, et difficilement, avec des bruits de vapeur.

Pendant que le tout achevait de se consumer, Quinette fit dans une terrine un mélange d'eau et d'eau de Javel ; puis se mit à laver soigneusement le robinet, l'évier, le coin de la table où avait reposé le tampon et les régions du sol qu'il avait pu souiller en tombant.

Cette besogne, loin d'impatienter Quinette, l'excitait au plus haut point. Il la traitait comme un problème. Il cherchait la difficulté et la perfection. Il imaginait les gens de justice entrant dans la cuisine, faisant leur enquête, avec toutes leurs méthodes, tous leurs moyens. « Quelle trace peut-il encore rester ? » Il examinait obliquement la surface des meubles, celle du carrelage, pour y découvrir des reflets louches. Il évaluait la quantité infime de sang que tant de lavages et de dilutions risquaient d'avoir laissé dans un trou de la pierre d'évier, dans le chiendent de la brosse. Il ranima le feu pour brûler un chiffon dont il s'était servi.

Restaient les deux traces de sang sur le bouton de la porte. Quinette les avait respectées jusque-là. Elles mettaient sur le blanc de la porcelaine une espèce de signe fascinant, pathétique. Le relieur prit un linge propre pour les essuyer. Soudain, il se ravisa. Il monta chercher dans sa chambre, au premier étage, un petit tampon d'ouate ; puis, comme le sang était sec et collait à la porcelaine, il humecta légèrement le coton avant de frotter. Il replia ensuite le tampon sur lui-même pour enfermer à l'intérieur les touffes qui avaient absorbé le sang. Enfin, il tassa le tampon dans une boîte d'allumettes vide, qu'il alla ranger tout au fond de son tiroir-caisse.

X

SAMPEYRE

« Onze heures trente-trois. Je n'ai vraiment guère le temps. Ça ne fait rien. »

Clanricard est sur le trottoir de la rue Sainte-Isaure. Il s'est hâté de sortir de l'école, en écartant doucement ses élèves, dont certains lui prenaient la main, le tiraient par la manche. Mais il pense que sa visite à Sampeyre va peut-être l'empêcher de déjeuner chez ses parents comme il en a l'habitude. Certes, ce déjeuner familial ne le réjouit pas tous les jours ; et il se félicite chaque fois qu'il y échappe. Mais il s'en voudrait de ne pas avertir sa mère, qui s'inquiéterait comme au temps où il avait dix ans.

Il aperçoit un de ses petits élèves :

— Bastide, écoute ici.

Le gamin accourt, les yeux déjà brillants du plaisir qu'il aura de faire quelque chose d'imprévu — si peu que ce soit. Clanricard griffonne quatre ou cinq mots sur une page qu'il arrache à son carnet.

— Va tout de suite 32, boulevard Ornano. Tu demanderas Mme Clanricard. Tu lui remettras ceci. Ne cours pas trop vite. Attention aux voitures en traversant le boulevard.

Le gamin est déjà parti, rose de fierté et de reconnaissance.

Clanricard remonte rapidement la rue Sainte-Isaure et la rue du Poteau.

« Sampeyre ne s'attend pas à me voir, un jour de classe. Il voudra peut-être me retenir à déjeuner. Faut-il que j'accepte ? »

Il grimpe la rue du Mont-Cenis. Il aime cette rue, dont la pente est vive comme celle d'un sentier de montagne, et qui reste liée pour lui à des idées d'enfance, de courses libres avec de petits camarades. Elle est plus gaie, plus excitante que jamais, dans ce matin d'octobre. Pourquoi faut-il que l'air ensoleillé de Montmartre soit empoisonné par des événements lointains ? Et que la vie primesautière de la société humaine, qui, malgré ses défauts, a tant de bons moments, soit traversée tout à coup par ces grandes élancements de la fatalité historique ?

Il passe la rue Caulaincourt, monte l'escalier de pierre, atteint la rue Lamarck, continue à monter. La rue maintenant est un chemin de village entre de petites maisons. A gauche, dans une très vieille façade grise et craquelée, une porte à deux battants laisse voir des jardins. L'un des battants est ouvert. Mais pour entrer, il faut pousser une petite barrière à claire-voie, munie d'une sonnette qui oscille au bout d'une lame de ressort. Clanricard pousse la barrière, pénètre dans une cour aux gros pavés disjoints. A gauche, un pavillon, rattaché en angle aigu au bâtiment de façade, comporte un rez-de-chaussée et un étage. La marquise, au-dessus de la porte, a des vitres fêlées, et la peinture gris-argent en est soulevée par la rouille. L'enduit de la muraille est très ancien. Il a pris la couleur qui est celle des vieilles maisons de la Butte, et que les yeux d'un enfant de Montmartre ne peuvent regarder sans être assaillis de toutes les poésies qui ont formé son cœur. Une couleur qui contient un peu de soleil champêtre, un peu d'humidité provinciale, d'ombre de basilique, de vent qui a traversé la grande plaine du Nord, de fumées de Paris, de reflets de jardin, d'émanation de gazon, de lilas et de rosiers.

C'est là qu'habite Sampeyre. La fenêtre de son cabinet de travail est ouverte. Si Clanricard avançait un peu plus sur la droite, il le verrait lui-même à sa table, ou dans le fauteuil qui est à droite de la fenêtre quand on regarde de l'intérieur.

Il sonne. Sampeyre se penche au-dehors.

— Ah ! c'est vous ?

Clanricard ressent aussitôt l'effet de ce visage et de cette voix cordiale. Mais Sampeyre a disparu de la fenêtre. Il vient ouvrir.

— Bonjour, Clanricard. Vous avez donc congé ?

— Bonjour, monsieur Sampeyre. Mais non. J'ai classe. Mais j'avais besoin de causer un peu avec vous. Je ne vous dérangerai pas longtemps.

— Vous plaisantez. Vous restez déjeuner avec moi. Nous partagerons le bifteck en deux. Combien de temps vous faut-il pour aller directement d'ici à la rue Sainte-Isaure ?

— Il est quarante-cinq... J'ai mis douze minutes à la montée, en marchant vite...

— Oui, vous êtes essoufflé. Vous en mettrez dix à peine pour descendre, sans courir. Vous partirez à une heure moins le quart.

— Oui. Ce sera largement suffisant.

— C'est gentil de venir me surprendre. Vous devriez bien le faire d'autres fois. Entrons dans mon bureau. Ma femme de ménage va être là dans cinq minutes au plus. Elle est allée chez le boucher. Les légumes sont déjà sur le feu depuis longtemps. J'y ai même jeté un coup d'œil tout à l'heure. Ici, nous ne sommes pas très bien placés pour le boucher. Je crois qu'elle est obligée d'aller rue Lepic. Il y en a bien un plus près, au coin de la rue Lamarck et de la rue Paul-Féval. Mais elle s'est brouillée avec lui. De toute façon, n'ayez pas peur. Vous ne serez pas en retard.

Il rit. Il fait asseoir Clanricard sur le fauteuil, et reprend lui-même sa place derrière la table.

La pièce est surtout garnie de livres et de portraits. Un grand casier occupe presque tout le mur du fond. Il contient des livres brochés. Contre le mur qui est à droite, quand on regarde le fond, il y a une bibliothèque vitrée, à colonnes torses et fronton sculpté, du style faubourg Saint-Antoine. Elle renferme des livres reliés, en particulier des collections d'œuvres complètes.

A gauche, on voit la porte par où l'on vient d'entrer, qui donne sur le vestibule, puis un casier long, qui ne s'élève qu'à hauteur de poitrine. Au-dessus de ce casier bas, tout un panneau de portraits. On y reconnaît Michelet, Hugo, Renan, et d'autres effigies plus petites, parmi lesquelles Vallès, Quinet, Blanqui, Proudhon. Deux photographies représentent le monument d'Auguste Comte, place de la Sorbonne, et le Victor Hugo de Rodin, au Palais-Royal. Çà et là, quelques reproductions de Constantin Meunier.

En face, au-dessus de la table de noyer ciré, deux portraits, assez grands, de Gorki et Tolstoï sont surmontés d'un Zola. Plus bas, un Jaurès et un Anatole France. De chaque côté de la fenêtre, un Molière et un Rabelais. Çà et là, des portraits d'écrivains classiques, de format réduit. Sur la cheminée, entre des bibelots et des piles de livres, un très beau buste de femme, qui fait penser à une sainte gothique et dont la pierre paraît ancienne.

Sampeyre porte une barbe mi-longue, un peu arrondie, grisonnante. Ses cheveux encore drus, sauf au sommet de la tête, forment un enchevêtrement onduleux, plus blanc que la barbe, au moins par places. Il a des yeux très vifs, d'une grande limpidité, et d'une teinte qui ne se remarque pas d'abord. Pour lire ou travailler, il use d'un binocle sans cordon, qu'il retire dès qu'il vous parle, et avec lequel, au risque d'en briser le ressort, il s'amuse à tapoter le dos de sa main gauche, ou la couverture d'un livre. Il a d'assez gros sourcils, un nez au dessin généreux, des dents saines, un peu jaunes. Il vous regarde avec confiance, sans naïveté toutefois. Il ne semble même pas incapable de malice.

Mais il y a surtout la présence de Sampeyre. Il se peut qu'elle soit désagréable à certains ; ou du moins qu'elle les gêne, en dérangeant par un travail mystérieux des certitudes amères qu'ils croyaient posséder, en les inquiétant sur des choix décisifs qu'ils ont faits dans leur vie. Mais à Clanricard et à d'autres, elle procure un bien-être ; elle développe pour eux une atmosphère de l'esprit telle, que même les questions angoissantes s'y entourent d'une lumière apaisée.

— Vous avez besoin de me parler, disiez-vous ? Rien de grave, j'espère ?

— Si... ça me paraît très grave ; mais rien qui me concerne personnellement... Vous ne devinez pas ?

Sampeyre regarde Clanricard ; puis le jardin aux arbustes d'automne.

— Oui. Les nouvelles de ce matin.

— Elles ne vous ont pas... ému ?

Sampeyre hésite avant de répondre. Clanricard se demande s'il ne s'est pas laissé démonter un peu vite. En particulier n'a-t-il pas eu tort de s'ouvrir comme il l'a fait à ses élèves ? Il le raconte aussitôt à Sampeyre. Il cite, en l'abrégeant, la phrase qu'il a prononcée. Sampeyre écoute.

— J'aurais peut-être dû garder ça pour moi ?... n'est-ce pas ?

— Non... Non... répond doucement Sampeyre.

Clanricard reprend, d'une voix qui tremble presque :

— Je suis venu, parce que j'avais absolument besoin de parler de tout ça avec vous. Je n'aurais pas pu attendre demain soir. Quelle est votre impression, monsieur Sampeyre ?

— Oh ! Je suis très embarrassé ; très troublé. Pas spécialement depuis ce matin, à vrai dire. Depuis plusieurs jours. Je serai même bien content d'avoir vos réactions à vous ; et celles de nos amis. Vous venez demain soir ?

— Oui, naturellement.

— Je ne voudrais pas juger la situation avec mes nerfs ; ni davantage être victime du fait qu'à la longue les nerfs se blasent... Vous comprenez ? Ah ! voilà ma femme de ménage qui rentre... Une minute.

Il revient presque aussitôt.

— Elle a eu la bonne idée d'acheter un morceau de viande d'avance... Comme ça, vous ne mourrez pas de faim. Je vous disais donc que, ces dernières années, on nous a fait vivre plusieurs grosses alertes. Nous risquons de nous y habituer, et au moment où ça se gâtera tout à fait, de ne plus sentir venir le coup. D'un autre côté, je me rends bien compte qu'avec des idées comme les miennes, comme les nôtres, nous sommes condamnés à un certain optimisme. Hein ? Si je désespérais de tout, comme on en voit qui prétendent faire, je n'aurais pas l'inconséquence de continuer à vivre... Alors, vous, vous avez l'impression que ça tourne mal ?

— J'ai l'impression que la Turquie va se croire obligée de marcher.

— Bien que la déclaration d'indépendance de la Bulgarie se borne à consacrer un état de fait.

— Oui, mais elle peut donner le signal d'un démembrement de la Turquie. Et les Jeunes-Turcs, au lendemain de leur révolution, ne voudront pas laisser dire, suivant la formule, qu'ils ont été les fourriers de l'ennemi, ou les fossoyeurs de la patrie turque.

— Ce ne sont pas eux qui m'inquiètent le plus.

— Peut-être. Le danger, c'est que quelqu'un commence, eux ou d'autres.

— Je ne pense pas que ce soient eux. Je les crois justement trop embarrassés à l'intérieur. Mais... vous avez vu ce qui s'est passé à Belgrade ?

— Oui, on a manifesté dans les rues. Mais plutôt en faveur de la Turquie, à ce qu'il m'a semblé ? Ce qui est assez paradoxal.

— Ils se moquent de la Turquie. Ils n'ont pas crié : « Vive la Turquie ! » ni même : « A bas la Bulgarie ! » Ils ont crié : « A bas l'Autriche ! » avec accompagnement de coups de revolver. Voilà le péril.

Clanricard se rappelle certaines conversations précédentes chez Sampeyre ; des discussions, le mercredi soir, avec ceux du « noyau ». Il n'est pas sûr de bien saisir la pensée de son maître. Il demande timidement :

— Le péril... pour l'Europe en général ?...

— Bien sûr.

— Mais jusqu'ici, vous l'aviez vu de ce côté-là ?

— Non, j'avoue ; pas spécialement. Les histoires du Maroc me préoccupaient davantage. Remarquez qu'elles n'ont pas cessé. L'affaire des déserteurs de Casablanca se tassera peut-être. Mais c'est un nouveau symptôme... Non. Mes réflexions, depuis trois ou quatre jours, sont sorties justement de ça : d'une impression que j'ai eue soudain que le péril se fixait, s'accrochait, et du côté où je ne m'y attendais pas — la question d'Orient paraissait une si vieille balançoire. Et puis, voyez-vous, il y a autre chose. En même temps que cette impression de péril — que vous avez aussi, que n'importe qui a pu avoir ce matin en lisant le journal ; pas besoin d'un flair spécialement exercé, hein ?... » Il se met à rire, « j'ai découvert tout à coup que les événements se présentaient avec une clarté terrible. Les crises précédentes... oui, on y discernait bien l'action de certaines forces, un enchaînement, une direction, un dénouement possible. Mais malgré tout, ça gardait un air de chaos, qui, lorsqu'on y pense maintenant, était rassurant. Tandis que cette fois-ci... oh ! remarquez que je me méfie un peu. Quand on a fait pendant plus de trente ans un métier comme le mien, on a pris malgré soi le goût des événements qui s'expliquent, de l'histoire par accolades et paragraphes : primo, secundo... Alors, oui, j'en arrive à me représenter si clairement les ressorts de la crise actuelle, et l'issue où elle nous précipite, que je me dis : « Toi, mon bonhomme, tu es en train de nous faire un plan de leçon... »

On frappe à la porte. Sampeyre se lève :

— Ah ! Ça doit être prêt. Ne perdons pas de temps.

Ils traversent le vestibule. C'est un petit couloir qui prend jour par le vitrage de la porte extérieure. Il n'est occupé que par des portemanteaux, quelques gravures, et un petit poêle dont le tuyau s'élève dans la cage de l'escalier.

Ils entrent dans la salle à manger, meublée d'un buffet d'acajou à crédence, de style Second Empire, qui porte de la vaisselle ; d'un autre buffet d'acajou, vitré à deux corps, dont Sampeyre a fait une bibliothèque ; d'une table ronde ; de six chaises à dossier arrondi, du même bois. Il y a aux murs quelques vieilles assiettes ; au plafond, une suspension à pétrole ; sur le sol, un tapis bon marché, d'un dessin vaguement oriental.

La femme de ménage a posé au milieu de la table un petit carré de bœuf rôti, et un plat de pommes de terre sautées ; au bout de la table, un triangle de brie, et une assiette de pommes.

— Le rosbif sera tout juste saisi », dit Sampeyre. « Moi, d'ailleurs, j'aime bien ça.

— Moi aussi.

— Vous avez encore besoin de moi, monsieur Sampeyre ? dit la femme.

Elle a une soixantaine d'années ; un visage las et soucieux ; un corps agile ; un ton de voix marqué par une vieille habitude de se défendre d'avance. Elle porte une robe noire, un tablier gris. Un gros chignon de cheveux rudes, à peine décolorés, se rabat bizarrement sur le haut de la tête.

— Ma foi... non », répond Sampeyre, qui hésite..., « à moins que... » Puis, plein de précaution : « M. Clanricard aurait peut-être pris du café tout à l'heure...

— Mais il est fait, monsieur Sampeyre. La cafetière est sur le coin de la cuisinière, au chaud. Vous n'aurez qu'à verser.

— Bien, bien. Alors, merci. Rentrez vite chez vous.

— Faudra-t-il racheter de la viande pour ce soir ? vu que...

— Non, non. Je mange déjà trop de viande. Ce n'est pas la peine. Au revoir, madame Schütz.

Ils commencent à manger.

— Moi », dit Clanricard lentement, « j'aperçois bien comment s'explique, en partie, la crise actuelle, et où elle peut mener. Mais l'impression de chaos, dont vous parlez, je l'ai autant que jamais. En tout cas, l'impression d'appétits confus ; de gens pressés qui se dépêchent de faire un mauvais coup, et qui ont toujours peur que le voisin les devance. Et puis, des passions de peuples, aveugles ; des fanatismes nationaux, dont il y a évidemment des chefs qui se servent, pour faire aboutir leurs combinaisons, mais...

— Oh ! vous êtes sûrement dans le vrai. Je ne suis pas assez bête pour croire que la réalité s'est simplifiée tout à coup. Mais qu'est-ce que vous voulez... c'est un peu l'histoire du mari trompé qui jusque-là n'avait eu que de vagues appréhensions. Un beau jour, un certain nombre d'indices s'arrangent si bien, concordent d'une manière si éloquente : la personne du rival, les heures d'absence de sa femme, les boniments qu'elle lui a contés... Bref, l'hypothèse qu'il est cocu prend corps aussi brillamment que la théorie de Galilée. Mettez-vous à sa place.

— Mais alors » demande Clanricard qui n'a pas le courage de rire, « votre explication...

— Oh ! Elle ne m'appartient pas. Je puis dire qu'elle m'est apparue toute seule. Et encore une fois, je vous la donne pour ce qu'elle vaut. Nous partons de la révolution turque, de l'état de l'Europe à ce moment-là. Pour l'Allemagne et l'Autriche-Hongrie, la révolution jeune-turque a été une grosse déception. Parce qu'elles avaient partie liée avec l'ancien régime ; parce qu'elles méditaient, grâce à la somnolence vieille-turque, une mainmise sur l'Orient dans la direction du golfe Persique ; et parce que cette révolution leur a paru faire plus ou moins le jeu des puissances dites libérales : France et Angleterre ; de la Russie indirectement, étant donné la Triple-Entente. Jusque-là, nous sommes d'accord ?

— Oui.

— Bon. D'où nécessité de faire payer ça à la Turquie. Vous m'avouerez qu'il est difficile de ne pas sentir, derrière le coup d'éclat de Ferdinand de Bulgarie, Berlin et Vienne ? Ce gaillard-là est appuyé.

— Soit.

— La déclaration d'indépendance bulgare, par elle-même, n'irait pas loin. Humiliation pour les Jeunes-Turcs, plutôt que dommage réel. Mais elle sert de prétexte à l'Autriche-Hongrie pour annexer la Bosnie-Herzégovine. On nous annonce la chose depuis plusieurs jours. Il y a eu cette lettre de François-Joseph, la semaine dernière. Tenez, dans le journal de ce matin... attendez, en troisième page... à Vienne... Voilà : « Les sentiments d'inquiétude, etc., etc., ne se sont pas dissipés par suite de cette conviction générale que très prochainement — peut-être demain — l'Autriche-Hongrie proclamera d'une façon plus ou moins directe l'annexion de la Bosnie-Herzégovine. »

— Là encore, n'est-ce pas la simple consécration d'un état de fait ?

— Oui, mais avec de tout autres conséquences. C'est l'Autriche largement installée sur l'Adriatique, et confisquant, sans espoir de retour, un énorme morceau de Slaves du Sud. Pour la Serbie, c'est la certitude que ces peuples, qu'elle considère comme des frères de race, comme des Serbes, lui sont enlevés à jamais. Pour la Russie, protectrice de la Serbie, et des Slaves du Sud en général, c'est une défaite d'influence. Pour la Triple-Entente, c'est la petite satisfaction de la Révolution jeune-turque compensée, et au-delà, par un gros camouflet.

— Alors ?

— Alors... vous avez eu raison d'être préoccupé ce matin.

Ils se taisent. Sampeyre a parlé avec plaisir. Il remue ces idées depuis plusieurs jours ; mais c'est la première fois qu'il les expose à quelqu'un.

Les mots sont venus sans difficulté. Les idées, en s'exprimant, sont restées à peu près en aussi bon ordre qu'elles étaient dans l'esprit. Il n'y a pas eu de chevauchement, ni de ces déformations où l'on glisse tout à coup, parce que la phrase a besoin de continuer, et que la pensée, entraînée dans un mouvement qui la bouscule, cesse de voir clair. Il en est d'autant plus content qu'il se surveille à ce sujet. Depuis un an qu'il a pris sa retraite, il ne cesse de penser au vieillissement de l'esprit, et à l'ankylose des mécanismes dont l'esprit se sert. Il croit se sentir souvent la tête un peu lourde. Et surtout, après avoir conduit, dans la solitude, à des heures favorables, des méditations bien liées, et pénétrantes, il a l'impression qu'au moment inopiné où il voudrait les communiquer à autrui, les faire sortir de lui-même, les voies de l'esprit sont le siège d'une sorte d'embarras ou d'encombrement.

Certes, le « petit noyau » du mercredi soir n'a jamais semblé y prendre garde. Le déclin du maître, s'il n'est pas imaginaire, n'a encore rien de bien visible. Mais lui-même s'observe alors avec une sévérité amère, et souffre de l'insuffisance qu'il constate par le dedans. Doit-il l'attribuer à l'âge ? ou à la retraite ? Son métier, en l'obligeant à parler plusieurs heures par jour devant un auditoire très éveillé, le maintenait dans un entraînement qui a pris fin d'un coup. Le régime du silence, commencé brusquement, et si tard, favorise peut-être l'encrassement de l'esprit. Bref, pour l'instant, Sampeyre, s'il s'inquiète profondément de la situation de l'Europe, se félicite non moins profondément, mais dans une autre région de son cœur, que la plus grande disgrâce personnelle qu'il puisse craindre : la diminution de sa pensée, ait soudain cessé de lui paraître imminente. Oui, la plus grande disgrâce. Le plus grand malheur. Que sont ses autres intérêts au prix de celui-là ? Et même les autres intérêts ? Pendant qu'il verse un verre de vin à Clanricard, il se dit, très vite et furtivement : « Quoi !... les pires catastrophes... la guerre, des suites de bouleversements... oui, ce serait horrible. Mais en assistant à ça avec une pensée pleinement lucide, comme aujourd'hui... Tandis que perdre sa lucidité !... » Il s'interrompt aussitôt :

« C'est affreux ce que même un homme comme moi, qui ne suis pourtant pas le dernier des mufles, et que ces jeunes gens prennent pour exemple, en arrive facilement à ramener le péril du monde à un petit problème d'égoïsme. » Puis il essaye de se rassurer : « Ce n'est pas un crime que l'esprit s'inquiète de son propre destin. L'essentiel est de faire ce qu'on peut contre le péril du monde. Or, je ne peux sans doute pas grand-chose. Mais je fais ce que je peux... » Il reprend : « Après tout, est-ce que je fais réellement ce que je peux ? »

Il a rebouché la bouteille, et la pose sur la table, en se demandant s'il n'y aurait pas quelque action plus courageuse et plus efficace à entreprendre contre les dangers prochains que des conversations, que des pensées.

Quant à Clanricard, il continue à éprouver, malgré tout, l'espèce de confort, de sécurité mentale qui commence pour lui dès qu'il pénètre dans la zone d'existence de Sampeyre. Mais ce bien-être, qu'une trop vive préoccupation l'empêche d'ailleurs de remarquer, ne durera plus qu'une demi-heure à peine. Et Clanricard partira d'ici avec une provision d'idées sombres pour tout le jour. Ce qui l'affecte le plus, c'est la façon dont Sampeyre semble admettre la catastrophe comme l'issue d'un enchaînement de faits d'une simplicité géométrique. Jusqu'ici, quand il évoquait de tels périls, Sampeyre ne manquait jamais de tenir compte de tout un monde de forces bouillonnantes et contradictoires dont certaines, sans être absolument des forces morales, se laissent pourtant conduire ou orienter par la raison ; et dont les autres, par leur confusion même, et leur énormité, font obstacle à l'arbitraire des puissants.

— Mais », dit-il au bout d'un instant, « est-ce qu'une vue, comme celle-là, des événements, n'est pas une de ces conceptions où vous nous avez souvent répété qu'ont le tort de se complaire les gouvernants et les diplomates ?...

— Oui, et dont je me suis moqué plus d'une fois devant vous, en vous montrant tout ce qu'elles avaient d'artificiel, de superficiel. « La France désire », « l'Autriche est déçue », « la Russie estime que... » ... oui, quand on pense aux cent trente millions de moujiks, et au monsieur pommadé qui déclare que « la Russie estime que... » Oh ! je n'ai pas changé d'avis sur le fond. Mais j'en viens à me demander si les gouvernants et les diplomates ne sont pas placés de telle façon dans l'ensemble des mécanismes humains — vous me comprenez ? — qu'à certains moments, rien qu'en jouant entre eux à leurs petits jeux de spécialistes, ils en arrivent à déclencher des événements formidables — sans aucun rapport de dimension avec leurs menues personnes, leurs imperceptibles génies. Et tout se passe alors en effet comme si leur conception ridicule de l'Histoire était la bonne. A force de réagir contre les historiens d'autrefois, qui ramenaient tout à des mariages de rois, à des caprices de favorites, à des rivalités de ministres, je me demande si nous ne sommes pas allés trop loin. Et surtout au point de vue pratique, je veux dire en ce qui concerne la lutte que nous devons mener. « Ce qui compte, ce sont les mouvements profonds de l'humanité, le devenir des masses, la civilisation obéissant à ses lois de développement séculaire... » Très joli, tout ça ; mais je pensais ces jours-ci au bonhomme qui garde le grand réservoir d'eau de la Butte, à deux cents mètres au-dessus de chez moi. C'est sûrement un type des plus modestes, et qui doit gagner ses cinq francs par jour. Mais il a le moyen, sans demander l'avis de personne, de déchaîner plusieurs catastrophes... Je ne sais pas au juste lesquelles ; il faudrait voir ça sur place : inondation, empoisonnement de cinq cent mille Parisiens, épidémie de typhoïde. Et imaginez qu'il fasse un match avec ses collègues des réservoirs de Montsouris et de Belleville... à celui qui noiera ou empoisonnera le plus de Parisiens ; que ça devienne entre eux une affaire de prestige ? Ce que je cherche à vous faire sentir, Clanricard, c'est ça : la valeur de position de certains individus. Et nous l'avons trop oublié. Nous nous figurons trop que, parce que nous avons modifié notre conception philosophique de l'histoire, la réalité s'est mise au ton. Notre conception moderne peut être juste quand on regarde l'histoire humaine du point de vue de Sirius, ou sur une phase de dix siècles ; autrement dit quand la distance écrase les détails ; mais quand il s'agit de savoir si, en ce moment même, le tsar Nicolas donne ou ne donne pas au roi de Serbie le conseil de marcher contre l'Autriche, c'est une autre paire de manches. Je vous exprime ça très mal, parce que c'est une idée relativement nouvelle chez moi, et qu'elle n'est pas du tout mise au point... Si vous aimez mieux, nous nous figurons trop, nous autres qui sommes démocrates dans les moelles, que la démocratie est déjà plus ou moins installée un peu partout dans l'humanité. Oui... il y a déjà des tas de choses qui sont démocratiques... le complet veston, la poignée de main... ; mais justement pas ces décisions, ces déclenchements, qui provoquent les guerres. Et nulle part. Même chez nous.

— Vous ne voulez pourtant pas dire qu'il n'y ait rien à faire, qu'il n'y ait plus qu'à courber le dos ?...

— Non... non...

— Parce que ce serait plus terrible que tout. Enfin, vous ne soutenez tout de même pas que si la classe ouvrière, dans tous les pays, s'entendait, et les travailleurs intellectuels, ceux qui sont près du peuple, ça ne servirait à rien pour empêcher une guerre européenne ou l'arrêter ? Il faut pourtant penser à cette force énorme. Ce matin, pour retrouver un peu de courage, je me suis raccroché au compte rendu du congrès de la C.G.T. de Marseille. Si demain toutes les organisations syndicalistes et socialistes d'Europe commençaient ensemble une agitation, avec menace de grève générale immédiate, vous avouerez bien que les gouvernements réfléchiraient ?

Sampeyre va pour répondre, et peut-être pour contredire. (Sa nouvelle idée le pousse.) Mais en levant la tête, il voit les traits anxieux de Clanricard. « Est-ce à moi de leur enlever leur courage ?... Un autre jour, oui, nous examinerons le pour et le contre à tête reposée... Mais maintenant ! Ces yeux si pleins de générosité. Ce brave cœur, prêt à toutes sortes de dévouements ! Silence, homme de peu de foi. C'est à cela que tu connais la vieillesse, et non à ce que les mots viennent moins vite. Tu ne vois donc pas que ce qu'il y avait de meilleur en toi-même, c'est en ces jeunes gens que tu l'as mis ? »

Il dit tout haut :

— Parbleu ! « L'union des travailleurs imposera la paix au monde. » Ne croyez pas que j'aie changé d'Évangile. Mais tenez, je pensais à des discussions, ici, avec Laulerque. Nous n'avons pas toujours été justes.

Nous le trouvions démodé et romanesque... Vous vous rappelez un de ses propos favoris : « Si le 17 Brumaire, quelqu'un de décidé avait supprimé Bonaparte, il n'y aurait pas eu de 18 Brumaire. » Ça a l'air d'une calembredaine. Et pourtant... L'action de masse, oui, oui, c'est elle qui fondera l'avenir. Mais quand il s'agit de sauver le présent, tout de suite...

— L'action individuelle ?

— Oui, l'action directe individuelle.

— Mais faite par qui ? ordonnée par qui ? Il n'y a même plus d'anarchistes.

— C'est vrai. Les derniers sont de la police... Ce que nous pouvons nous dire pour nous consoler, c'est que si par malheur la catastrophe se produisait, elle ne durerait pas.

— Vous croyez ?

— Réfléchissez. Jaurès l'a soutenu maintes fois, et il a raison : dans l'état actuel de l'Europe, un conflit ne pourra pas se limiter ; la guerre deviendra générale presque instantanément. Nous le sentons plus que jamais ces jours-ci. Eh bien ! une guerre générale, avec les effectifs qu'elle mettra en mouvement, les moyens matériels qu'elle accaparera, et l'arrêt complet de la vie normale, comment voulez-vous qu'elle dure ? Elle se dévorera en une flambée de quelques semaines, comme l'incendie d'un dépôt de pétroles. Je me demande même si l'énorme machine militaire ne se bloquera pas dès les premiers tours de roue. Mais oui. Leur mobilisation moderne, l'ont-ils jamais essayée ? C'est une conception de théoriciens, un rêve de bureaucrates délirants. Des chiffres et des épures sur le papier. Personne n'a la moindre idée de ce qui se passerait dès le troisième jour...

— Pourtant il y a eu la guerre russo-japonaise...

— Impossible de comparer. Ça restait malgré tout de l'ordre de l'expédition coloniale. Et la machine a bien failli rester en panne.

Le visage de Clanricard s'est éclairci. Sampeyre n'est pas tout à fait sûr de ce qu'il avance. Mais lui-même a besoin de ne pas désespérer. Et quelque chose en lui s'imagine peut-être, à la façon des hommes primitifs, que certaines paroles exorcisent le destin.

XI

PREMIÈRE AVENTURE DE WAZEMMES. RÉVEIL ET SOUCIS DE GERMAINE BAADER

Le jeune Wazemmes remonte le boulevard Denain qui aboutit à la gare du Nord. Il fait partie d'une tranche de foule qui marche régulièrement dans le même sens vers les entrées de la gare, comme si elle était happée par des aspirateurs. Cet entraînement agace un peu Wazemmes, lui donne la tentation de ne pas obéir. D'ailleurs, il est en avance pour le train, tellement en avance qu'il se trouve ridicule. Il s'arrête à un kiosque à journaux. Il regarde les cafés avec envie. Puis il repart, en s'arrangeant pour couper le flux en oblique. Il arrive au coin de la rue de Dunkerque. D'autres mouvements se mêlent aux premiers. Les gens viennent de plusieurs directions. Wazemmes fait halte.

Le voilà soudain dans un état d'esprit agréable et trouble. Il est saisi par une impression qui le reprend de temps en temps : une fois tous les deux mois peut-être. Pour qu'il ait chance de l'éprouver, il faut qu'il soit dans un endroit très mouvementé, mais ni dans le quartier où il habite, ni trop près de l'endroit où il travaille ; comme si les parents, le patron et les camarades d'atelier exerçaient jusqu'à une certaine distance une action capable de rompre le charme.

L'impression est des plus vagues : elle consiste d'abord à se sentir bien dans la rue ; non seulement bien, mais mieux que d'habitude. Puis une excitation se développe. Il semble à Wazemmes que, mêlés à la foule et déguisés, des êtres à moitié réels, à moitié imaginaires, passent près de lui. On pourrait les appeler les bons hasards, bien que Wazemmes n'ait pas le goût de leur donner un nom si catégorique.

S'il allongeait la main à propos, il saisirait quelqu'un de ces favorables fantômes ; ou peut-être même sa main n'aurait-elle qu'à se laisser tirer. Cette pensée lui donne un peu le vertige. Il a besoin de s'arrêter encore. Peut-être commence-t-il d'attendre.

Justement, un monsieur, qui arrivait du côté de la rue Lafayette, d'un pas rapide et l'air préoccupé, s'arrête lui aussi au coin du boulevard Denain. Il tourne la tête à gauche et à droite, sans rien regarder. Ses yeux tombent par hasard sur un visage qui est tout près de lui, extraordinairement désœuvré et accueillant.

— Dites donc, jeune homme, je vous demanderais bien un service ?

— Lequel ?

— Vous connaissez Paris ?

— Oui.

— Combien croyez-vous que vous mettriez de temps pour aller boulevard Saint-Jacques avec le métro, et en revenir ?

La première pensée de Wazemmes est de répondre : « J'y vais ». Mais il regarde l'horloge de la gare. Hélas ! le train pour Enghien part dans vingt minutes ; et il n'est pas question de le manquer. Ce serait beaucoup plus grave que d'abandonner un travail, ou de faire sauter une course du patron. Vraiment, l'impossibilité pour Wazemmes est absolue.

Il s'en explique tant bien que mal auprès du monsieur, qui n'a pas l'air de le croire, et s'éloigne avec un « merci » des plus amers.

Wazemmes se sent aussi navré que s'il venait de perdre une situation. Cette mission boulevard Saint-Jacques ne pouvait être que le début d'une série d'événements inespérés. Son instinct le lui dit. Pour un peu, il essayerait de rattraper le monsieur. Mais on ne l'aperçoit plus. Le monsieur a dû disparaître dans le métro avec la fortune de Wazemmes.

*
* *

Germaine Baader se réveille. Depuis quelques minutes, elle ne faisait plus que somnoler, entendant le bruit des voitures sur le quai des Grands-Augustins, et s'interrogeant sur l'heure. C'était la paresse qui l'empêchait d'ouvrir les yeux.

Elle les ouvre. La première chose qu'elle voit est le scintillement de pierreries au plafond. Elle cherche dans l'ombre la poire de la sonnerie électrique et finit par la découvrir entre le traversin et l'oreiller. Comme chaque jour, ce geste rappelle une petite pensée agaçante. Dire qu'il serait si commode, en appuyant sur un bouton comme celui-ci, d'avoir, dès l'instant de son éveil, de la lumière. Mais le propriétaire se refuse à laisser installer l'électricité dans l'immeuble. Le tapissier a bien conseillé à Germaine de faire poser, de part et d'autre de son lit, deux appliques à gaz, avec bec à incandescence, et allumage automatique, comme celles du salon. Mais elle redoute l'asphyxie. Gurau lui-même l'a détournée de ce projet.

La femme de chambre pénètre dans la pièce. C'est une fille brune et sèche, plutôt jolie.

Elle ouvre les volets, écarte les rideaux. La lumière afflue sur Germaine, lui baigne le visage, lui fait battre les paupières, qui sont un peu lourdes et bistrées. Germaine a d'assez grands yeux, d'un bleu vif, mais d'un éclat merveilleusement caressant. Quand ils sont ouverts, tout le visage vit de la flatterie qu'ils répandent, et peut-être en abuse.

— Madame veut son déjeuner tout de suite ?

— Oui… attendez. Qu'est-ce que vous avez fait ?

— Du chocolat. Mais si Madame désire autre chose…

Germaine est très perplexe. Elle a beaucoup de goût pour le chocolat et s'amollit d'avance à cette saveur onctueuse. Mais aujourd'hui, elle a au moins deux raisons de ne pas en prendre. D'abord, elle veut se baigner avant l'arrivée de Gurau, et elle est persuadée qu'il serait imprudent d'entrer dans le bain, l'estomac chargé d'une boisson aussi lourde que le chocolat. Ensuite, c'est dans une heure à peu près qu'elle et Gurau se mettront à table. Puisqu'elle doit manger plus que d'habitude, elle serait raisonnable de se contenter d'une tasse de thé. Mais la femme de chambre a eu tort d'évoquer cette idée de chocolat, qui est une idée odorante et sensuelle.

— Apportez-m'en un tout petit peu dans une tasse à café.

Elle a failli renoncer au bain, car il est peu probable que Gurau, pressé comme il doit l'être aujourd'hui, soit amené à faire l'amour. Mais ce n'est jamais impossible. Et quand Germaine n'a pas conscience d'avoir le corps tout à fait net, elle ne fait l'amour qu'avec un sentiment d'infériorité.

Elle s'assied dans le lit. Sa chemise de nuit, rose, est à manches courtes, et à col large. Germaine regarde ses bras qu'elle trouve bien formés, et de peau fine. Le tracé des veines est apparent, mais d'un bleu léger. Actuellement, il concourt à la beauté de la chair, et il ne semble pas qu'il y ait là un signe inquiétant pour l'avenir. Quant aux jambes, c'est autre chose. Germaine pense qu'elle aura de la peine, plus tard, à éviter les varices.

D'ailleurs, ces beaux bras ne la satisfont pas entièrement. Ils sont couverts d'un duvet trop fourni. Certes, la blondeur des poils les rend moins visibles, et surtout dans certains éclairages ils passent inaperçus. Mais en ce moment, comme elle tend son bras devant elle et l'élève presque à la hauteur des yeux, cette abondance de poils blonds couchés dans le même sens la désoblige.

Puis elle glisse la main dans le col de sa chemise, tâte ses seins, les soupèse. Elle les dégage de l'étoffe, les regarde. L'un d'eux, pendant qu'elle dormait, a été meurtri par des plis de la chemise. Il porte deux zébrures rouges. Tout un morceau de la peau est froissé. Germaine craint que ces marques ne s'effacent pas vite. Elle pense à Gurau qui l'a souvent complimentée sur la beauté de ses seins, et qui leur témoigne une préférence tendre.

Elle réfléchit au corps féminin. Bien que femme elle-même, elle conçoit sans difficulté que les hommes le trouvent voluptueux, excitant, dans presque toutes ses parties. Mettre des baisers sur une épaule de femme, où ils enfoncent, ce doit être déjà un plaisir vif. Et le corps masculin ? Germaine s'interroge. Exerce-t-il, sur elle du moins, un pouvoir analogue ? Elle en aime la fermeté des chairs, les lignes décidées. Dans l'étreinte, il lui est agréable de sentir la vigueur des muscles qui la pressent. Mais tout cela reste une impression d'ensemble, et assez paisible. Les diverses régions de ce corps ne lui semblent ni belles ni émouvantes par elles-mêmes. Il n'y a guère dans la conformation virile qu'un détail qui la captive singulièrement, et qu'elle ne puisse voir, toucher, ou même imaginer sans en ressentir une petite exaltation. Mais ce détail a un caractère tellement sexuel, qu'une femme qu'il laisserait tout à fait insensible ne mériterait sans doute qu'à demi le nom de femme. A vrai dire, elle se rappelle un amant qu'elle eut pendant quelques semaines, voici deux années. Il avait des épaules d'athlète et un torse qui s'amincissait en descendant vers la taille. La contemplation de ces épaules enchantait Germaine, et l'amenait vite à un désir aigu. Mais c'est le seul cas où elle ait eu conscience d'un charme de cet ordre.

Elle convient d'ailleurs avec elle-même que l'intérêt qu'elle prend à l'amour reste d'essence plutôt égoïste. Ce qu'elle aime chez un homme, c'est moins l'homme lui-même que l'ardeur ou la tendresse qu'il lui témoigne. Elle sait, par des confidences de camarades, qu'il arrive à certaines femmes, au cours des pratiques amoureuses, d'être prises d'un enthousiasme de caresses qui est une forme sensuelle de générosité, et même de dévouement. Ce qui les enivre alors, c'est de s'oublier pour ne penser qu'à l'autre. Ce sont celles-là aussi qui éprouvent devant la chair masculine, en tous ses aspects, une émotion dont Germaine n'a pas coutume. Non que Germaine soit une maîtresse trop réservée. Elle tient à se considérer comme une femme normale. Et son opinion est qu'une femme normale n'a aucune raison de rien refuser à l'homme qu'elle a choisi, sauf s'il en vient à des exigences tout à fait délirantes. Pour se conformer à cette règle, elle n'a besoin de vaincre ni pudeur ni dégoût. Mais sa complaisance manque de passion.

Elle a reposé sur la table de nuit la tasse vide. Elle se lève. Elle prend sur la chaise un kimono de soie nagasaki, doublé soie, et s'y enveloppe. Ce kimono, qui est un achat tout récent, lui fait encore plaisir. Chaque matin, elle en regarde un instant les chamarrures.

Pendant que la femme de chambre prépare le bain, Germaine s'installe devant sa poudreuse. Elle a près d'elle une fiole d'un liquide incolore, et un petit pot de porcelaine, qui contient une crème un peu jaunâtre ; le tout sans étiquette. Les deux produits viennent de chez une herboriste de la rue Dauphine qui prétend les confectionner elle-même d'après des recettes secrètes. (Germaine aime à croire qu'il existe ainsi des secrets qu'on se transmet par une tradition clandestine. En revanche, elle se méfie de la publicité, et n'a jamais voulu essayer de ces crèmes fabriquées à la grosse que certains grands parfumeurs ou droguistes commencent à répandre.) Le liquide, dont on imbibe un tampon d'ouate, est destiné à nettoyer et à tonifier la peau du visage. Germaine s'en sert une première fois le soir quand elle rentre du théâtre. Puis elle dort, avec une peau propre et qui respire bien. En se levant, elle renouvelle ce nettoyage, pour enlever les impuretés que le repos a pu faire sortir. Ensuite elle passe un enduit de crème, et se masse doucement pendant une dizaine de minutes les régions de la figure les plus menacées par les rides. Elle gardera cette couche de crème jusqu'au sortir du bain. A ce moment, elle l'essuiera avec un linge fin, sans trop frotter. Une trace de crème restera jusqu'au soir, et pourra servir de support à la poudre, bien que Germaine se poudre le moins possible durant le jour.

Ces façons de faire lui ont été indiquées par l'herboriste. Une femme du monde devrait procéder autrement, par exemple étendre la couche de crème le soir et la garder toute la nuit. Mais pour une comédienne, qui rentre chez elle la peau fatiguée et amollie par les fards, le mieux, après un lavage tonifiant, est d'assurer au visage quelques heures de liberté complète.

Les soins de beauté, s'ils occupent l'attention, n'empêchent pas d'autres pensées d'apparaître et de suivre leur chemin.

— Marguerite, vous ne m'avez pas donné le journal. Apportez-le vite.

Germaine Baader l'ouvre, va tout de suite à la page 5, dans les dernières colonnes. « La vie commerciale ». Farines... blés... spiritueux... sucres... Ah !

« Lourds et en baisse de douze centimes. Très peu d'affaires. La lourdeur a été causée par celle du dehors, et par le temps favorable. Les raffinés sont en baisse de 50 centimes. On les cote de 59,50 à 60 francs les cent kilogrammes. »

Le cœur lui bat un peu. Les tempes se serrent légèrement. Elle écarte le journal, reprend son massage. Elle possède vingt mille kilogrammes de sucre raffiné, qu'elle a achetés au cours de 62,42. En prenant pour hier le cours moyen de 59,75, elle perd déjà bien près de six cents francs : quarante jours de son salaire de comédienne. Et si la baisse est due au beau temps, ce soleil magnifique n'est pas fait pour l'enrayer.

Elle s'est risquée à cette opération sans en parler à Gurau. C'est une de ses camarades qui l'a convertie peu à peu à la spéculation sur les sucres. Il paraît d'ailleurs qu'une partie de Paris spécule, tant sur le brut que sur le raffiné. Mais le raffiné a les préférences, peut-être parce qu'on a l'impression qu'en cas de nécessité on pourrait l'utiliser plus facilement.

Cette camarade, qui a un amant généreux, et des économies anciennes, est à la tête de cent mille kilogrammes, qu'elle a payés à des prix divers, échelonnés entre 58 et 63. Elle a eu tort de ne pas vendre à temps.

L'officine qui opère pour leur compte est sise rue du Bouloi. Elle occupe deux pièces des plus modestes, où il n'y a pas en fait de sucre de quoi faire une politesse à un chien savant. Le directeur, Riccoboni, avant d'accepter de nouveaux clients, prend ou feint de prendre sur eux des renseignements de solvabilité. Mais sa précaution principale est d'exiger le versement d'une forte garantie. Pour un achat d'à peu près douze mille francs, Germaine a dû verser cinq mille, et elle paie six pour cent d'intérêt sur le reste dont Riccoboni est censé avoir fait l'avance. Car il s'agit d'opérations prétendues au comptant. Les initiateurs de cet engouement spéculatif ont craint sans doute que des opérations à terme fussent mal comprises du vaste public profane auquel ils songeaient. L'acheteur peut se dire que son sucre l'attend quelque part, dans un coin de magasin bien propre, et abrité contre la pluie. (Il suffit d'imaginer une gouttière au toit, juste au-dessus de vos vingt mille kilogrammes. C'est à frémir ! Il est vrai que le temps est sec.) Riccoboni a même fait observer qu'en plus des six pour cent d'intérêt sur l'avance, il serait fondé à réclamer des frais de magasinage. Mais il n'est pas question de chipoter. Chacun attend avec confiance le cours de 90, que Riccoboni prévoit pour la fin décembre 1908.

Malheureusement, le bruit court, et se répand avec facilité dans ce milieu de spéculateurs novices, aux nerfs sensibles, que le gouvernement s'est ému, et que, pour éviter une hausse vertigineuse dont les humbles consommateurs feraient les frais, il va exiger que les acquéreurs prennent effectivement livraison de leur sucre. Germaine se voit transportant, empilant vingt mille boîtes d'un kilogramme dans son appartement de trois pièces. Le salon serait bloqué. Il y aurait du sucre sous le lit et dans la baignoire. Et comment s'en débarrasser ensuite ? Envisageons le pire. Proposer son sucre à l'épicier du coin ? En revendre à des amis ? Mais les amis se dérobent dès qu'on a besoin d'eux. Manger les vingt mille kilogrammes ? Le cœur se soulève. Même en ne vivant que d'entremets, il doit être difficile à une femme seule d'absorber plus de cent kilogrammes par an. Deux cents années de sucre... Il faudra de toute façon qu'un jour ou l'autre Germaine s'ouvre à Gurau de cette aventure.

Elle décide de n'y plus penser. Germaine n'a rien d'une nature insouciante. Elle ne prend pas à la légère les ennuis quotidiens. Et les préoccupations d'intérêt lui sont spécialement sensibles. Mais elle possède une bonne circulation de l'esprit. Les idées, chez elle, n'ont pas tendance à devenir fixes.

Elle regarde les autres pages du journal. Les événements bulgares. Germaine est au fait. Gurau n'hésite pas à lui parler politique. D'ailleurs, elle est à son aise dans les conversations sérieuses. Non seulement elle a reçu au lycée Fénelon l'enseignement secondaire complet des jeunes filles, mais des leçons particulières lui ont permis de passer les deux parties du baccalauréat classique, lettres et philosophie.

Ce qui l'étonne parfois — car elle s'observe — c'est de ne jamais sentir en elle, pour des questions qu'elle croit comprendre aussi bien que Gurau, et à propos desquelles elle donnera un avis sensé, l'intérêt chaleureux qu'il y apporte. Même aujourd'hui. Si elle croit que la situation est grave, si elle aperçoit les conséquences que ces disputes orientales peuvent avoir pour l'Europe, ce n'est pas seulement parce que Gurau le lui a dit. Elle s'en rend compte fort bien elle-même. Mais elle n'arrive pas à s'en émouvoir. Le tassement de 50 centimes sur les raffinés l'inquiète au fond beaucoup plus. Et si quelqu'un d'autorisé lui déclarait que son kimono nagasaki a une coupe ridicule, elle serait franchement désolée.

Elle n'est pourtant pas assez sotte pour méconnaître qu'une catastrophe européenne aurait dans la vie de chacun, dans sa vie à elle, des répercussions d'une autre ampleur. Mais tant qu'une vérité reste aussi générale, Germaine ne peut lui accorder qu'une attention polie.

Pour trouver un intérêt un peu vivant à ces complications orientales, elle est obligée de se dire que la carrière politique de Gurau peut en être modifiée. Voilà une conséquence qu'il lui est facile d'isoler, et qui fait que ces événements lointains lui deviennent sensibles, comme si un nerf spécial les rattachait à elle.

Si la situation s'aggrave, Gurau interviendra d'une façon ou de l'autre, soit à la Commission des Affaires étrangères dont il fait partie, soit à la tribune du Parlement. Les Chambres doivent rentrer ces jours-ci. Mais le gouvernement peut les convoquer d'urgence. C'est souvent dans des circonstances pareilles que les ministères sont renversés. Gurau est un peu jeune pour être ministre. Mais on a déjà mis son nom en avant dans des notes de journaux. Il est très flatteur et très avantageux d'être la maîtresse d'un ministre. Gurau ne la quitterait pas ; d'abord parce qu'il est aussi naturellement fidèle que peut l'être un homme, et en outre parce qu'il se pique d'une certaine élégance morale. Pécuniairement, il l'aiderait davantage. Elle n'aurait pas songé à spéculer sur les sucres, si son budget était moins étroit. Évidemment une guerre serait quelque chose de terrible. Mais rien ne prouve que nous y serions mêlés. D'ailleurs en pleine guerre, une maîtresse de ministre doit conserver la plupart des agréments de l'existence. Elle peut même se rendre utile, faire partie de la Croix-Rouge, par exemple ; relever le moral des blessés. On n'hésiterait certainement pas à décorer de la Légion d'honneur une femme qui aurait risqué sa vie sous les obus. Quelle ovation, le premier soir où elle reparaîtrait au théâtre ! Les petits journaux n'oseraient plus plaisanter. De toute façon, Gurau ministre s'arrangerait pour qu'elle n'eût aucun ennui avec ses vingt mille kilogrammes de sucre. Il pourrait même les faire reprendre pour les besoins des troupes en campagne.

Ces réflexions l'ont amenée jusqu'à sa baignoire, qui lui semble affreuse, comme toute la salle de bains d'ailleurs. C'est une installation de fortune, dans un ancien cabinet de débarras. Même les tuyaux prennent un air absurde. Le parquet doit pourrir sous le linoléum gondolé. Quant à la baignoire, qu'il a fallu choisir haute et courte, faute de place, et qui extérieurement est peinte d'un abominable vert épinard, elle évoque les établissements de bains publics à soixante-quinze centimes.

Germaine, avant d'entrer dans l'eau, pose le pied droit sur le bord de la baignoire. Elle examine le réseau des veines de sa jambe. Derrière le genou, à la partie supérieure du mollet, elle discerne sous la peau un petit amas violacé. Sur la face interne de la cuisse, plusieurs filets bleus très fins, mais beaucoup trop nets, convergent comme des pattes d'insecte. Germaine change la position de sa jambe, la met sur le sol, se demande si avec une différence d'éclairage ou de perspective, ou de pression des chairs, elle remarquerait ces détails ; si une personne non prévenue s'en apercevrait. Est-ce plus visible qu'il y a un an ? Faut-il déjà prendre des remèdes ? L'herboriste en connaît peut-être, d'un peu secrets eux aussi. L'eau du bain est presque trop chaude. Qu'est-ce qui vaut mieux dans un cas pareil, l'eau un peu chaude, ou l'eau un peu froide ?

XII

UNE ENQUÊTE PRUDENTE

Quand il avait été midi, Quinette était sorti de chez lui en tâchant de garder les allures les plus naturelles. Il avait eu beaucoup de peine à attendre jusque-là.

Il ferma la porte de sa boutique sur la rue, et la porte de sa cuisine sur la cour, avec soin, mais assez vite pour ne pas attirer l'attention. Certes, il lui arrivait, environ une fois par semaine, de s'absenter entre midi et une heure et demie pour aller déjeuner dans un petit restaurant voisin, au lieu de prendre dans sa cuisine un repas sommairement préparé. Mais il ne tenait pas à ce qu'on remarquât aujourd'hui quoi que ce fût d'exceptionnel dans ses façons.

Il flaira la rue. Il l'examina comme une physionomie où l'on voudrait surprendre un émoi dissimulé. Quelques passants longeaient les trottoirs. D'assez nombreuses fenêtres étaient ouvertes, surtout du côté des hautes façades, qui, à cette heure-ci, recevaient le soleil. Deux ou trois femmes, à leur fenêtre, regardaient.

Y aurait-il eu autant de fenêtres ouvertes un jour ordinaire ? Est-ce que les femmes regardaient tout à fait au hasard ? Si elles avaient l'air de guetter quelque chose, était-ce simplement le retour de leur mari ?

Les passants semblaient bien marcher d'un pas ordinaire. Et pourtant Quinette recevait de leur marche, de leur présence à des distances variables une impression presque mystérieuse. Même le nombre qu'ils étaient l'amenait à se poser des questions : « N'y en a-t-il pas plus qu'un autre jour à cette heure-ci ? »

Il regardait la file de maisons basses à droite de la rue. « Est-ce dans une de celles-là ? » Puis les hauts immeubles gris d'en face. « Il lui aurait été plus difficile d'en sortir. Et tout s'entend… Mais il y a des pièces situées dans un recul… contre un mur épais… ou au-dessus d'un logement inhabité… Et puis, dans certains cas, cela doit pouvoir se faire sans bruit… »

Il s'aperçut que lui-même avançait dans la rue d'une façon un peu insolite, le pas hésitant, la tête trop souvent levée et interrogeante, comme s'il arrivait dans ces parages pour la première fois et cherchait à s'y repérer.

Il était à la hauteur d'une petite épicerie. « Il faut que j'y entre. J'achèterai n'importe quoi... une boîte d'allumettes. J'écouterai parler les gens... Oui, mais si c'est de cela qu'ils parlent, est-ce que j'aurai la force de ne rien trahir ?... Habituellement est-ce que j'ai du sang-froid ? J'en ai eu beaucoup ce matin, quand je l'ai trouvé devant moi tout à coup... Oui, mais on peut rougir, pâlir... Dans ce cas, il faut se mêler à la conversation, donner son avis, parler de l'abondance des crimes, blâmer la police ; dire : moi qui habite seul, c'est effrayant !... On a bien le droit de se troubler quand on apprend qu'il vient d'y avoir un meurtre à deux pas de chez vous ? »

Un meurtre ? Bien sûr. Qu'est-ce que ça pourrait être d'autre ?

Il avait traversé la rue. Il entra chez l'épicier : le patron, le garçon, deux ménagères et un gamin : « Nous disons... un litre de pétrole... » ... « Je vous les donne en boîte, ou à la livre ? »... « Maurice, attrape-moi les éponges à 0,95. » Le relieur attendait, épiait ; s'imaginant après chaque silence que quelqu'un allait dire : « A propos, vous savez... » Son cœur battait durement. Il en était surpris. Il se demandait même si son cœur avait jamais battu comme cela. Dans certaines grandes colères, peut-être. Quinette, qui était d'habitude un homme des plus calmes, avait eu dans sa vie, à plusieurs années d'intervalle, de très grandes colères.

Enfin son tour arriva. On lui donna ses allumettes. Il pâlit un peu quand le patron fit, en le dévisageant : « Et avec ça ?... » Il fallait sortir. Il sortit déçu, presque humilié. Il se disait qu'il ne recommencerait pas l'expérience, qu'il allait rentrer chez lui, s'enfermer chez lui plus complètement encore que de coutume. Mais dès qu'il eut fait dix pas sur le trottoir, il fut repris par une avidité anxieuse. L'action — il évitait de dire le crime ; il évitait de préciser, et aussi de condamner — l'action était là, dans ce quartier ; tout près sans doute. Ce n'était pas assez de dire qu'elle avait eu lieu. Non. Elle était encore là ; comme une chose du présent. Encore invisible, peut-être ; dissimulée à une certaine profondeur. Où était-elle ? Derrière lequel de ces murs ? Mais elle ne pouvait pas rester toujours cachée. Elle finirait bien par sortir. D'où allait-elle sortir ? Sur laquelle de ces façades allait-elle apparaître comme un suintement de sang ? Quinette avait envie d'entrer dans les maisons, de dire à la concierge qui balayait le vestibule : « Madame... madame... vous n'avez rien remarqué d'anormal, ce matin ?... Non ? Vous êtes sûre ? Pas de bruits insolites ? Personne n'a appelé ? Vous n'avez pas, par exemple, une vieille femme qui vit seule dans un logement sur la cour ? Vous l'avez vue descendre ce matin ? Personne n'a passé en courant devant la loge ? »

Il arrivait à la hauteur d'une fruiterie. On entendait des voix bruyantes. De quoi ces gens parlaient-ils ? C'était peut-être là que « l'action » venait de sortir de l'ombre. « Que vais-je acheter qui ne coûte presque rien, et qui tienne facilement dans la poche ? Oui, quatre sous de fines herbes. »

La première phrase qu'il saisit en entrant lui donna une secousse :

— Quand je l'ai ramassé, il respirait encore.

Quinette fut obligé de s'appuyer à un grand panier rond plein de légumes. Tout à l'heure, il avait craint également de pâlir et de rougir. Il sentit que c'était plutôt la pâleur qui le menaçait. Mais il restait capable de parler. Il sut dire, d'une voix presque naturelle : « Messieurs et dames... » Son esprit ne se brouillait pas.

Un instant après, il était calmé. Calmé et de nouveau un peu déçu. Ces gens parlaient d'un moineau blessé, qu'une bonne femme avait trouvé dans une cour, et qui était mort presque tout de suite. Ils discutaient longuement sur la façon dont le moineau avait pu être blessé. « Un chat de gouttière. » « Un gamin armé d'une fronde. »

« Tout ça, pensait Quinette, parce qu'un moineau est mort dans le voisinage ! S'ils savaient... »

Il rêva une minute à l'effet qu'il produirait sur l'assistance si tout à coup il se mettait à raconter avec calme ce qui lui était arrivé ce matin. Il imagina les visages, les exclamations. L'histoire du moineau ne pèserait pas lourd. Mais si cette idée lui donnait de l'excitation, elle ne le poussait pas à parler. Le secret dont il était plein ne faisait aucune pression pour jaillir hors de lui. Il se croyait déjà peu bavard. Mais cette petite épreuve achevait de le rassurer. Décidément le besoin de se confier n'était pas une de ses faiblesses.

Quand il eut ses quatre sous de fines herbes, il dut se retirer de la fruiterie. Où aller maintenant ? Jusqu'au bureau de tabac du carrefour ? Il en serait quitte pour acheter une nouvelle boîte d'allumettes. Mais il commençait à être gagné par une inquiétude particulière. Il sentait l'action inconnue lui échapper. Ne pouvait-elle pas lui échapper indéfiniment ! N'y a-t-il pas des actions de ce genre qui restent à jamais inconnues ? L'homme lui avait bien promis de le retrouver, ce soir, rue Saint-Antoine. Mais Quinette était-il assez naïf pour y compter ?

Il essayait de faire des suppositions précises, et de raisonner avec rigueur :

« Qu'est-ce que ça peut être ? Quelque chose d'à moitié grave seulement, qui n'éveille pas l'attention des voisins, et dont la victime évite pour telle ou telle raison d'informer la police ? Pourtant l'homme avait l'air très bouleversé. Il est vrai qu'il y a des gens qui, pour la moindre affaire, perdent la tête et se croient perdus. Oui, mais les traces de sang sur le bouton de la porte, les taches de sang sur les mains, sur les vêtements ? Le mouchoir ? Il est certain que le sang a coulé... Beaucoup de sang. »

Quinette revient toujours à la même image : un petit logement sur cour, à un étage supérieur. Du silence tout autour ; une maison presque vide. (Les locataires travaillent dehors.) Une vieille femme qui vit là dans la crasse, avec de petites économies. Un serin dans une cage. L'homme tue la vieille femme, ou la laisse pour morte. Il la dépouille. Il fouille les meubles, les matelas, et se sauve avec une assez grosse somme. (D'ailleurs il a offert de l'argent à Quinette.)

L'homme n'est pas un assassin professionnel. Il était trop affolé. Mais viendra-t-il ce soir au rendez-vous ? A-t-il une raison puissante de venir ? Oui, la crainte d'être dénoncé, avec un signalement très précis. Mais la peur de se montrer peut être la plus forte ; sans parler de la défiance envers Quinette, dont l'attitude a dû lui sembler peu explicable.

« S'il croit avoir trouvé une cachette très sûre, il restera enfoui dedans comme une bête. Même s'il pensait vaguement que son intérêt est de me revoir. Dans ce cas-là, il doit y avoir un instinct animal qui domine tous les calculs.

« Qu'est-ce que je ferai s'il ne vient pas ? »

Quinette mesurait bien tous les ennuis qu'il aurait, en révélant trop tardivement l'aventure de ce matin à la police. Son rôle dans l'affaire paraîtrait suspect. Il s'exposait d'autre part à une vengeance.

Il imagina sa démarche :

« Monsieur le commissaire... voilà... » Il prendrait son air le plus digne d'artisan-bourgeois. « Il s'est passé chez moi, ce matin, un incident bizarre... » Il raconterait la scène dans la boutique, l'affolement de l'homme, les taches de sang : « Il m'a dit qu'il s'était blessé. J'ai bien trouvé cela un peu louche. Mais, n'est-ce pas ? Il est délicat de faire un esclandre. J'ai regardé dans la rue. Pas d'agents. Si j'appelais, et si c'était un criminel, il avait dix fois le temps de me tuer. J'ai donc fait semblant de le croire. Comme il tenait à me remercier, je lui ai proposé que nous prenions l'apéritif ce soir ensemble, en lui laissant bien entendre que, s'il ne venait pas, j'aurais le droit de juger toute sa conduite bien extraordinaire, et de m'en ouvrir à qui bon me semblerait... Pendant ce temps-là, je me gravais son signalement dans la tête. »

Le commissaire pourrait observer tout au plus :

« Vous auriez mieux fait de venir me trouver tout de suite. »

Mais Quinette répondrait :

« Je serais venu sûrement, si j'avais entendu parler d'un crime dans le quartier. J'ai même pris la peine de m'informer discrètement, dès que j'ai pu m'absenter de ma boutique. Je me suis arrangé, monsieur le commissaire, pour faire une véritable enquête dans le voisinage. »

Il dirait aussi, en raffinant encore sur ses manières d'homme bien élevé :

« Vous comprenez, monsieur le commissaire, que j'aurais eu scrupule à causer des désagréments à un homme qui pouvait très bien m'avoir dit la vérité. Et puis ce n'est pas mon métier de dénoncer les gens. »

Quinette était entré dans le café-tabac. Le patron le connaissait un peu. Quinette en profita pour insinuer, du ton le plus calme :

— J'entendais quelqu'un dire tout à l'heure qu'il y avait eu un vol dans le quartier. Ce matin ou cette nuit. Personne ne vous a parlé de rien ?

— Non.

— Ce sont des gens qui disaient cela en passant devant ma boutique. J'ai peut-être compris de travers.

Quinette ramassa sa boîte de tisons, et salua. En descendant les deux marches qui surélevaient le seuil du débit, il sentit de nouveau la sangle de l'Herculex lui pincer la chair de la cuisse. Mais cette petite gêne commençait à lui devenir familière ; donc non dépourvue d'un certain charme. Et elle avait le mérite de rappeler son attention sur le courant électrique vivifiant que son aventure lui avait fait oublier, mais dont il avait peut-être besoin plus que jamais de sentir l'encouragement subtil.

XIII

LES DIFFICULTÉS DE LA PEINTURE ET LES PLAISIRS DU PARI MUTUEL

Vers trois heures de l'après-midi, le petit groupe arrêté rue Montmartre, devant l'atelier des peintres, savait une foule de choses, que les passants du matin avaient dû se résigner à ignorer.

Maintenant l'inscription était complète : cinq lignes peintes (trois en noir, deux en rouge, alternant) ; et une dernière ligne, tracée au fusain. On n'était plus en présence d'une déclaration anonyme. On connaissait l'auteur de ces rudes propos. C'était Alfred, marchand de chaussures. Voici au total ce qu'il disait :

LE COMMERCE ME DÉGOÛTE
J'EN AI ASSEZ
J'ENVOIE PROMENER TOUT MON STOCK
VENEZ VOUS CHAUSSER POUR RIEN
C'EST ALFRED
QUI PAIE

Mais la connaissance qu'on faisait d'Alfred ne s'en tenait pas là. La composition artistique, à gauche du texte, était achevée quant au dessin. Péclet y avait travaillé par intervalles, selon les jets de l'inspiration et aussi pour se détendre de la monotone confection des lettres. Malgré l'absence de couleurs, et quelques repentirs, le sujet était très lisible.

Il représentait Alfred jetant à toute volée dans l'espace, des paires de chaussures.

Pour le groupe de badauds, toute une partie de l'intérêt du travail est épuisée. Mais pour Péclet, le peintre, ce sont peut-être les difficultés les plus délicates qui commencent. Depuis ce matin, il cherche comment il pourra, sans trop de dommage pour son œuvre, se plier à la formule du patron : trois couleurs seulement, noir compris, et le blanc en plus, en teintes plates. Les gens qui regardent, derrière son dos, se figurent peut-être que si Péclet se borne à ce coloriage rudimentaire, c'est qu'il est incapable de faire mieux. Situation pénible pour un homme qui est un peintre décorateur de vieille souche, habile à pratiquer les mélanges de couleurs, les dégradés, les fondus. Jadis, quand le commerce de détail favorisait l'art plus qu'aujourd'hui, il a peint des stores de charcuterie et des plafonds, en y encadrant des scènes de chasse, avec piqueurs, chiens et sangliers, ou d'autres, d'inspiration champêtre et amoureuse, dans le goût du dix-huitième siècle. Il a orné également de personnages et paysages les panneaux, trumeaux et dessus de porte d'une des plus jolies boulangeries de Belleville. Que ne peut-il y envoyer ceux des gens, debout derrière la vitre, qui tendraient à douter de lui ! Il lui arrive même de faire de la peinture de chevalet les dimanches d'été, et il possède chez lui tout un assortiment de couleurs fines en tubes.

Bref, il faut qu'il se débrouille avec un noir, un marron, un vert, sans parler du blanc qui est hors compte. C'est Péclet qui a choisi les couleurs, moins pour leur convenance au détail du sujet, que pour l'effet d'ensemble qu'il espère obtenir. Mais comment, avec ces moyens misérables, atteindre à un minimum de vraisemblance et de variété ?

Tout bien pesé et retourné, le noir servira pour le veston et le pantalon d'Alfred, pour ses cheveux, pour les paires de chaussures noires qu'il jette à la volée, et pour ses propres chaussures. Le marron : pour son gilet, supposé de fantaisie, pour sa cravate, et pour les paires de chaussures jaunes. Le vert : pour son visage, pour ses mains, et pour quelques traits et taches qui figureront le sol vu en perspective. Le blanc, qui d'ailleurs se distingue mal du fond du calicot, indiquera le faux col d'Alfred, son plastron de chemise, ses chaussettes. En outre, quelques traits de blanc, cà et là, aideront à rompre la monotonie des teintes.

Péclet s'est beaucoup interrogé sur la question du vert. Il eût semblé plus naturel de peindre le visage d'Alfred en marron, le marron n'étant pas sans analogie avec le ton ordinaire de la peau. Mais le visage devenait ainsi de la couleur des chaussures jaunes, ce qui était d'un effet désagréable, et ne se justifiait par aucune intention morale. En étudiant le texte de l'inscription, Péclet a reconnu que sous son enjouement il renfermait une certaine amertume. Ce n'est pas de gaieté de cœur, au moins en principe, qu'un commerçant déclare renoncer à la lutte, ni qu'il offre pour rien, c'est-à-dire avec un bénéfice dérisoire, son stock de chaussures à la population. On peut donc sans trop d'invraisemblance prêter à Alfred un visage vert.

Là-dessus, le patron entre dans l'atelier. Il vient de terminer dans l'arrière-boutique une discussion avec un représentant sur une fourniture de vernis. Il s'approche de Péclet :

— Vous aurez fini ce soir ? Je voudrais vous mettre dès demain matin sur les pilules.

Péclet ne répond pas. Sa lèvre supérieure fait plusieurs fois un mouvement vif sous les moustaches. Il a de petits yeux noirs assez enfoncés, des paupières fripées, des sourcils grisonnants presque aussi gros que la moustache qui est menue. Il finit par dire, sans quitter du regard l'image d'Alfred :

— C'est comme pour le métro de mon quartier. J'expliquais l'autre jour aux gars qui font la ligne que ça m'arrangerait rudement s'ils pouvaient finir ça pour lundi prochain.

Il parle d'une voix légère, qui se forme entre la langue et le nez, et qui tremble un peu.

Le patron attend une minute ; puis se penche sur le calicot. Il désigne du doigt les traits de fusain qui ont servi à dessiner les lettres, et que la peinture n'a pas recouverts entièrement. Il tâche de prendre un autre ton, pour ne pas avoir l'air de faire des observations en série :

— Vous n'oublierez pas d'effacer.

— C'est-il que j'oublie d'habitude ?

— Non, mais la dernière fois, ça se voyait encore. Le client a voulu gommer lui-même. Il a cochonné tout. Hein ? Il m'a fait entrer pour que je constate. « Ça m'agaçait, qu'il me dit, comme si le tailleur laissait tout plein de fils de bâti dans un veston. J'ai cochonné. Mais ce n'était pas à moi de faire ça », qu'il m'a dit.

Avant de répondre, Péclet corrige d'une touche de blanc ce que l'oreille absolument verte d'Alfred avait de trop sinistre.

— Qu'est-ce qu'il fait, le frère, quand le gniaf lui laisse une pointe dans ses godasses ?

Après quoi, il roule un morceau de mie de pain, puis nettoie négligemment le pourtour de deux ou trois lettres. Il ricane :

— J'ose pas appuyer. J'ai peur de passer à travers.

Le patron se détourne. C'est un homme gros, blond, à grand profil, avec des moustaches drues et rondes qui appellent la caresse des doigts. On voit des têtes comme la sienne dans la plaine de Picardie, ou à Bruxelles. Il y a vingt ans, il devait avoir l'air cavalier, l'œil flatteur.

Il examine ensuite l'inscription dorée en creux sur faux marbre. Les gens, au-delà de la grande vitre, envient cet homme corpulent pour qui l'expression : « *Service des Accrédités* » n'a pas de secrets. En quoi ils se trompent. Tout ce que sait le patron, c'est que le panneau lui a été commandé par une banque, et qu'il doit figurer au-dessus d'une porte.

Et pendant ce temps, le groupe ne se doute pas qu'il vient de s'accroître lui-même d'un homme qui justement est un employé de banque. Cet homme, simple garçon de recettes, ne pourrait pas définir les accrédités. Mais il a le sentiment de la chose. Il a vu des accrédités de tout près. Ils lui ont adressé la parole. Ce sont des personnages importants qui ne se fieraient pas au premier venu.

Le patron caresse sa moustache et renifle. Il aurait quelque chose à dire touchant le travail de l'inscription dorée. Mais il se retient. Il fait deux pas, se plante au milieu de l'atelier, hésite ; puis :

— Où est donc Wazemmes ?

Les peintres lèvent la tête, échangent des regards, paraissent se demander si le patron est sérieux ou s'il fait la bête. L'un d'eux se décide à répondre :

— Wazemmes ? A Enghien, parbleu !

— Comment ? Encore aujourd'hui ?

— Il y a bien quinze jours qu'il n'y est pas allé.

— Hier à Saint-Cloud. Samedi à Longchamp. Au début, il ne devait faire ce truc-là qu'une ou deux fois par semaine. On abuse.

— Tout de même, patron, vous n'auriez pas voulu laissez courir comme ça le Blaviette ?

Ces mots émeuvent l'atelier. Les peintres cessent de peindre, et parlent tous ensemble :

— Eh bien, moi, je n'ai pas voulu parier pour le Blaviette.

— Parce que ?...

— Parce que pas intéressant.

— Pas intéressant, un steeple de 4 500 mètres, avec 10 000 de prix ?

— A regarder, oui. Et encore. Il n'y a pas de compétition.

— Qu'est-ce qu'on entend !

— En dehors de l'écurie Rothschild, qu'est-ce qu'il y a ?

— Il y a *Nansouck* et *Fer*.

— *Fer* n'existe pas.

— Il est donné favori par plus de la moitié des journaux.

— Moi, je dis que c'était le prix du Valentinois qui valait le coup. Même qu'il est déjà couru à l'heure qu'il est. C'est comme si j'avais mes cinquante francs dans ma poche...

Le patron hausse les épaules, se tripote les mains derrière le dos :

— Si ça ne vous fait rien, vous continuerez tout à l'heure. Jusqu'à nouvel ordre, c'est un atelier de peinture, ici, et pas encore une baraque du Mutuel.

Il disparaît dans l'arrière-boutique.

*
* *

Pendant ce temps, Wazemmes se déplace à petits pas dans la foule de la pelouse. La course elle-même ne l'intéresse que très faiblement.

Peu lui importe que ce soit *Laripette, Jiu-jitsu* ou *Bastanac* qui passe le poteau. Quand il pense à ses camarades, ils lui font l'effet de pauvres diables, atteints d'une manie un peu ridicule. Comme c'est lui qui tient leur comptabilité, il n'a pas eu de peine à constater qu'à la longue aucun d'eux ne gagnait. Les plus favorisés, en dépit de leurs vantardises, laissent dans l'aventure une vingtaine de francs par mois, donc près de trois journées de travail ; sans parler de leur participation aux frais de transport de Wazemmes, et des quelques petits pourboires qu'ils lui octroient quand la journée a été bonne. Venir jouer sur place, quand on a des loisirs, de l'argent de poche, et des vêtements convenables, rien de mieux. Ce qui lui paraît stupide, c'est qu'on paye de loin les frais de la fête.

L'animation de la pelouse l'amuse, faute de mieux. On y rencontre pourtant trop de joueurs passionnés et mal mis. Wazemmes n'aime pas ces figures terreuses, tourmentées. Il a horreur des rabâchages qu'il entend : « Depuis trois mois, *Sosthène* a perdu sa forme »... « Je vous dis que si *Kazbek* veut s'employer, c'est lui le meilleur. »

Plus tard, quand il sera riche, il fréquentera peut-être le pesage. Une actrice très élégante appuyée sur son bras. On regarde les nouvelles toilettes de la saison. On aperçoit, par-dessus les chapeaux haut-de-forme, les casaques bariolées des jockeys. Personne n'a la sottise de paraître anxieux. Il est vrai que dans dix ans les chevaux seront partout démodés. Ils disparaîtront du champ de courses comme de la rue. Ils feront place à la motocyclette, à l'automobile. Wazemmes et son actrice se réserveront pour les courses d'autos.

En attendant, Wazemmes trouve tout à fait tolérables les après-midi qu'il passe sur le turf. Entre autres plaisirs, il goûte celui d'être mêlé à une foule qui marche sur de l'herbe, qui dispose de beaucoup d'espace, qui ne vous écrase pas. Wazemmes est très sensible aux foules. Il déteste les manifestations violentes, les bousculades, les meetings. Non par timidité. Sa taille, sa force physique le préservent d'avoir peur. C'est la frénésie qui s'en dégage qui lui déplaît. Il n'aime guère plus la foule ordinaire du dimanche, sur les boulevards. Elle se pousse toute d'un même mouvement, comme un paquet, avec une lenteur sénile. Elle est morne. Elle a toujours l'air pauvre.

Ce qui convient à Wazemmes, c'est une foule élégante, qui ne soit pas assez désœuvrée pour développer de l'ennui, et qui pourtant ne se crispe pas sur une action ; qui se meuve en divers sens avec une certaine liberté, et où l'on puisse aisément se mouvoir soi-même.

Il entend des cris au loin, qui se répètent et se rapprochent. Il voit un remous. « *Laripette ! Laripette !* » Il tire un petit carnet. « Tiens, Péclet a gagné. »

A ce moment, quelqu'un le touche à l'épaule. Il reconnaît un monsieur qu'il a rencontré deux ou trois fois sur les champs de courses, mais dont il ne sait rien d'autre. Ils ne se sont jamais adressé la parole. Le monsieur est lui aussi de taille élevée. Wazemmes lui trouve une réelle distinction de manières. Quel âge a-t-il ? Le jeune homme serait bien embarrassé de le dire. C'est un ordre de problèmes où il s'égare, faute de points de repère. Trente ans, quarante ans ne signifient rien pour lui. Il aperçoit tout juste, à cet égard, quatre catégories dans l'humanité : les êtres plus jeunes que lui, qu'il dédaigne ; les gens de son âge, dont il sent vivement l'ignorance, l'infatuation, les ridicules, mais dont malgré tout il goûte la présence ; les vieillards, qui se distinguent par leurs cheveux blancs, leurs traits profondément ravinés, et le fait d'être toujours à côté de la question. Les autres forment une troupe privilégiée où Wazemmes recrute ses modèles. Ils possèdent les situations agréables, l'élégance des vêtements, l'argent, la faveur des femmes, les secrets de l'automobile.

Le monsieur se range parmi eux. Il a une voix autoritaire, mais bienveillante. Il l'adoucit pour dire à Wazemmes :

— Comment allez-vous ?

Il ajoute, sur un ton qui flatte le jeune homme :

— Vous n'avez pas l'occasion de sortir du champ de courses avant la fin ?

— Non. Faut que je reste. Mais pourquoi ?

— Pour rien, pour rien.

— Dites toujours. (Cette fois-ci Wazemmes ne lâchera pas la main du hasard.)

— Oh ! Je vous aurais demandé d'aller donner un coup de téléphone pour moi... Vous savez téléphoner ?

— Probable.

— Mais n'en parlons plus, puisque...

— Si, si. Qu'est-ce qu'il me faut de temps ? Vingt minutes ?

— A peine.

— Eh bien ! la prochaine, c'est le prix de l'Oisans, course de haies. Je n'ai pas à m'en occuper.

— Voici l'argent pour le téléphone. Vous demanderez ce numéro-ci. Quand on vous aura répondu, vous ferez appeler à l'appareil « Monsieur Paul », simplement. Lui, hein ? Personne d'autre.

— Je demanderai : « C'est bien vous, monsieur Paul ? »

— C'est ça. Vous ajouterez : « De la part du patron. » Puis vous lui dicterez les résultats des deux premières courses ; lentement ; qu'il ait le temps d'écrire. Valentinois, premier : *Matsouyé* ; deuxième : *Étendard III* ; etc.

— Je sais, je sais.

— Épelez au besoin, s'il entendait mal. Pour le Graisivaudan en particulier, je vous signale qu'il serait facile de confondre *Dialiba* qui est troisième, avec *Kassaba*, non placé. Vous n'avez qu'à dire : « Dialiba, comme diamètre », « Kassaba comme... » comme je ne sais pas... J'allais dire casquette ; mais non, à cause du K.

— Je trouverai.

— Ah ! dites ! Je ne voudrais pourtant pas vous causer d'ennuis. Au cas où vous seriez en retard, vous n'avez pas d'instructions à me donner pour la course suivante, le prix de la Drôme, je crois ?...

— Si. Mettez deux fois cent sous sur *Joker*, et une fois dix francs sur *Quolibet II*.

— Entendu. Et pour éviter toute erreur, ne mettez rien, vous, avant de m'avoir revu. Je ne bouge pas d'ici.

Wazemmes s'élance avec ivresse.

XIV

LES CONFIDENCES D'UN DÉPUTÉ DE GAUCHE A SA MAÎTRESSE

— Je t'ai parlé déjà de cette histoire de pétrole ?

— Les raffineurs ?

— Oui, les prétendus raffineurs. Ces gaillards-là volent au fisc quelques douzaines de millions par an. Moi, je ne suis pas spécialisé dans ces questions-là, et je ne veux pas avoir l'air d'un touche-à-tout. J'ai essayé de passer le dossier à des collègues. Ils se sont tous défilés.

— Pourquoi ?

— Parce que ces pétroliers ont une puissance dont je me doutais, mais que je n'avais pas mesurée jusqu'ici. Une fois l'interpellation déclenchée, ils ne seront peut-être plus assez forts pour empêcher les votes, ou, ce qui revient au même, pour dispenser le ministre de promettre des sanctions. Mais personne ne veut interpeller.

— Ils ont tous reçu de l'argent ?

— Qui ? Mes collègues ? Non... c'est-à-dire, pour quelques-uns, il est bien difficile de savoir, et on peut supposer que oui. Mais les autres, la plupart, non. Ils ne veulent pas se désigner personnellement à l'hostilité d'un syndicat aussi formidable. Ils ont tant de moyens de nous atteindre. Mes collègues se disent : « Pourquoi moi ? »

— Des moyens de vous atteindre ? Lesquels, par exemple ?

— Oh ! de toute sorte. Pour certains d'entre nous, une action directe dans nos circonscriptions : des électeurs influents qu'on détourne, des maires, des sous-préfets. Pour d'autres, la presse. Moi, par exemple, on cherchera surtout à m'atteindre par les journaux.

— On cherchera, dis-tu ? Mais tu as donc l'intention de...

— Oui, il faut bien. J'ai déposé l'autre jour une demande d'interpellation.

— Mais dans quoi vas-tu te fourrer, mon chéri ? En particulier, les journaux, c'est très grave. Tu en as besoin.

Germaine, qui sait bien qu'on n'ignore pas sa liaison avec Gurau, se voit déjà en butte à des attaques dans les petites feuilles, ou désignée aux critiques par de discrètes consignes de silence.

— Que veux-tu ? Je ne le fais pas de gaieté de cœur. Mais j'y suis obligé.

— Par qui ?

— Parce qu'il faut que quelqu'un le fasse tôt ou tard. Et que c'est à moi qu'on a remis ce dossier.

— Pourquoi te l'a-t-on remis ? Ce n'était pas un piège ?

— Mais non. Ce brave garçon s'était donné la peine de constituer ça depuis peut-être six mois. Et que veux-tu ! C'est très bien fait. C'est incontestable et écrasant. D'ailleurs, il doit être au moins licencié, en droit ou ès sciences. L'administration, maintenant, est pleine de gens instruits. Tu me diras qu'il aurait pu s'adresser à son député. Mais moi, je ne pouvais pas le lui dire. Au contraire, je devais le remercier de l'honneur qu'il me faisait...

— Tu plaisantes...

— Pas du tout. Ce garçon est à l'âge où l'on y croit encore. Il m'admire. Il me considère comme un homme propre et courageux. Si je l'avais envoyé au député de son arrondissement, il m'aurait dit d'abord, ce qui est vrai, qu'un Parisien ne pense pas au député de son arrondissement, comme le fait un campagnard, et puis que celui-là en particulier est peut-être un imbécile, ou un homme sans prestige... Non, il n'y avait pas moyen de se dérober. Sans compter que lui me donnait une leçon de courage. Il risque personnellement beaucoup.

— Tu pouvais lui objecter que tu n'as pas de compétence ; ou que ton travail à la Commission des Affaires étrangères t'absorbe entièrement.

— Oui, si j'avais eu une enquête, des recherches à faire, même un débrouillage de documents. Mais là, non. Tu n'imagines pas le dossier qu'il m'a apporté. C'est une merveille. En tête, huit pages de rapport, où il résume les faits, et expose la question. Puis un répertoire des documents, avec trois ou quatre lignes d'analyse pour chacun. Ensuite, les documents. A la fin, quatre pages de conclusions, où les mesures à prendre sont indiquées. Et partout, les références les plus exactes. L'article du code qui est visé. Les décrets et règlements d'administration, avec leurs dates. Les chiffres statistiques.

— Il a fait ça par vengeance ?

— Pas du tout. Parce que son service le mettait à même de constater cet abus formidable, et qu'il en était écœuré. Bref, je puis monter à la tribune dans une heure, et parler sans autres notes que ça... C'est bien simple. Si j'ai à entrer un jour dans un ministère, je te garantis que je prends ce garçon-là comme chef de cabinet... D'ailleurs, tu me parlais des Affaires étrangères. Mais l'objection ne valait rien. L'Amérique et l'Angleterre sont étroitement mêlées à ça. Non, je ne pouvais pas me dérober. Et puis, je t'assure que c'est parfaitement scandaleux. Avoir ce dossier entre les mains, et ne pas bouger, c'est se faire le complice de ces gens.

Gurau achève de boire son café et son petit verre de fine. L'excitation du repas augmente chez lui la confiance en soi-même, le mépris du risque ; ravive une certaine ardeur désintéressée.

Les rideaux de soie jaune dorent tous les reflets des meubles. On pourrait se croire dans une auberge cossue d'un pays de Bourgogne. Le patron, au lieu de vous faire asseoir à la table d'hôte, a ouvert pour vous une petite salle à manger intime. Un soleil villageois ronronne au-dehors.

Après tout, il est agréable d'être un député connu. Il est vivifiant de penser qu'un jeune fonctionnaire, instruit et idéaliste, vous estime assez, estime à la fois assez votre moralité et votre puissance, pour qu'il vous ait demandé d'abattre la féodalité des pétroliers français. Germaine a gardé son kimono de soie nagasaki, comme Gurau l'en a priée. On aperçoit par l'échancrure la naissance des seins, le creux délicieux qui les sépare. La chambre à coucher est tout près. Ce beau corps de blonde sera à lui dans une demi-heure, s'il le veut. L'amour, la sensualité s'allient fort bien à l'activité politique même la plus intègre. Si le jeune fonctionnaire voyait Gurau assis en ce moment à table en face de sa maîtresse, en serait-il déçu ? Perdrait-il sa foi en Gurau ? Pourquoi donc ! Sauf Robespierre, dit-on, aucun héros politique n'a prononcé le vœu de chasteté. S'amollir dans le plaisir et dans le luxe ?... Mais ce n'est pas du luxe. Cette salle à manger est gracieuse, comme le reste de l'installation, parce que Germaine est une chère petite qui a du goût, et qui sait de peu d'argent tirer beaucoup de choses. Mais l'on ferait rire les gens, si l'on parlait de luxe à propos d'un aussi modeste intérieur.

Et même à cet égard Gurau prend des précautions bien remarquables. Dans l'appartement de sa maîtresse, il a pour règle de ne rien laisser qui soit à lui. Rien surtout de ce qui touche à la commodité pratique. Il lui répugnerait d'y retrouver, selon l'usage, un pyjama et des pantoufles. Est-ce par un sentiment de vulgaire prudence ? Il ne le croit pas. Il s'est toujours méfié, peut-être avec un certain préjugé doctrinaire, du sentiment d'« intérieur », de la notion même d'« intérieur », qui lui semble essentiellement bourgeoise. Il attribue au charme maléfique des intérieurs douillets et calfeutrés cette espèce de dégénérescence, d'engraissement, d'ensommeillement, qu'il a déplorés tant de fois chez des hommes plus âgés que lui. C'est à dessein qu'il a gardé, malgré son goût de l'ordre matériel, l'arrangement d'existence d'un vieil étudiant. Et il se raillerait lui-même, s'il avait conscience de rechercher, par le détour d'une liaison, un confort banal qu'il a cru hygiénique de s'interdire.

Il est ici comme en voyage. Il vient de faire un bon déjeuner à l'auberge. Et il a les faveurs de l'hôtesse, ce qui ne gâte rien.

Germaine le regarde, de ses beaux yeux bleu vif, précis et caressants. Elle serait tout à fait sûre de l'aimer, si elle savait au juste ce que les autres femmes entendent par la passion, ou plutôt si elle était mieux renseignée sur le degré que l'amour peut atteindre chez elle. Certes, elle n'éprouve pour Gurau rien qui ressemble à la passion que décrivent les auteurs. Et pourtant, elle lui reconnaît une espèce de beauté. La peau du visage est peut-être un peu fripée, un peu molle, d'une couleur un peu cendreuse. Mais les yeux sont tendres et fins quand il la regarde et s'occupe d'elle ; pleins d'éclat et d'autorité, quand il s'imagine aux prises avec d'autres ; et surtout d'une nuance de gris délicieuse, qui lui fait paraître bien dur le bleu de ses yeux à elle. Il a une bouche toujours mouvante, un peu dégoûtée, ironique ; une voix dont le timbre et l'inflexion lui causent un agrément presque continuel. C'est dommage qu'il ne se rase pas d'assez près. Ses cheveux grisonnent prématurément. Mais le gris lui va bien. Germaine lui fera un jour ou l'autre couper cette moustache, qui est commune, qui n'a aucun sens. Tout rasé, et bien rasé, il aura l'air d'un aristocrate d'ancien régime. S'il le voulait, il aurait même une belle tête d'acteur. Elle le voit très bien dans certains rôles du répertoire classique. Enfin, il est très intelligent. Germaine est assez amoureuse de l'intelligence chez l'homme.

Il vient de lui parler de ses préoccupations quant à l'affaire des pétroles. Elle aurait grande envie de lui confier ses propres tourments quant à l'affaire des sucres. Mais elle n'ose pas. Ou il va se moquer d'elle ; ou il va faire la moue. Il dira peut-être : « Ma maîtresse n'a pas le droit de spéculer. Que n'inventerait-on pas si la chose se savait ? Et tout finit par se savoir. Tes vingt mille kilogrammes deviendraient vingt mille tonnes. Il ressortirait clair comme le jour que je spécule par ton entremise, que j'arrache le morceau de sucre de la tasse de café du pauvre et de l'orphelin. J'aurais bonne grâce ensuite à m'attaquer aux magnats du pétrole. »

Germaine respecte en général les scrupules de Gurau, parce qu'elle admet qu'ils peuvent être utiles à sa carrière. Personnellement, elle est peu portée à comprendre les raisons d'agir idéales ; et quand elle s'interroge, elle ne croit pas qu'elles puissent avoir le dernier mot chez qui que ce soit. Mais chacun adopte un style de vie et une attitude. Ensuite la décence, même l'intérêt, vous commandent d'y rester fidèles. Si par exemple un homme politique a fondé sa réputation sur son dévouement à des causes supérieures, il serait aussi hasardeux pour lui de devenir un profiteur cynique que pour un comédien célèbre de changer d'emploi. D'ailleurs, l'élégance morale fait partie de la coquetterie de certains hommes en amour. Tout comme la femme cherche à être belle pour plaire, l'homme cherche à être admirable. La femme qu'il aime doit se prêter à ce jeu. Si elle se montrait sceptique, si elle soulignait chez son amant certaines faiblesses ou certaines contradictions, elle serait aussi maladroite, d'une clairvoyance aussi inutilement cruelle, que l'homme qui signalerait à sa maîtresse des rides ou un double menton.

A ce moment, Germaine songe aux nouvelles qu'elle a lues tantôt. Elle s'étonne que Gurau ne lui en ait pas encore parlé. Il faut croire que son affaire de pétroles lui cache les événements d'Europe.

— Mais, dit-elle, tu ne crains pas qu'avec ces événements d'Orient, ton interpellation sur les pétroles ne passe inaperçue ?

Avant de répondre, il rêve un peu. Il trouve dans la réflexion de Germaine ce bon sens dont elle est coutumière. Il se rend compte, avec curiosité, que si lui-même, comme simple particulier, sent toute la gravité des événements de là-bas, il évite, comme homme politique, de s'en grossir l'importance.

— Non, finit-il par dire. Je ne crois pas.

— Pourquoi ? Parce que la situation n'est pas si grave que ça, en réalité ?

— Non plus.

— Je veux dire, pas grave pour nous Français ?

— Si, elle est très grave pour nous.

— Sérieusement ?

— Tout ce qu'il y a de plus grave.

Il avale une nouvelle gorgée d'alcool. Il sourit aux reflets ronds des meubles. Il se sent plein de bonne humeur et de lucidité. Nulle part il ne serait mieux qu'ici pour juger les choses. Les événements lui apparaissent dans une belle lumière de lointain, et avec une sorte d'évidence historique. Il s'imagine au dix-huitième siècle, dans une luisante auberge, devisant avec des amis philosophes et de jolies femmes sur les malheurs du temps, sur les prochains périls.

Il répète :

— Tout ce qu'il y a de plus grave. Il n'est nullement impossible, malgré les apparences bonasses de la situation, que dans trois semaines il y ait une guerre européenne, France comprise...

— Mais alors ?...

— Je dis que ce n'est pas très probable, mais ce n'est nullement impossible. Pourquoi ? Parce qu'il s'est créé en Europe, à la fois au su et à l'insu de tout le monde — je veux dire que tout le monde pouvait s'en apercevoir, mais que presque personne ne l'a fait — un système tel, qu'il suffit qu'un chef de bandits monténégrins fasse un coup de tête pour que nous trébuchions tous dans une catastrophe insondable. Quel que soit le parti au pouvoir, chez nous. Et sans même qu'on ait eu à se poser la question. Mais Jaurès lui-même renonce à le dire. Il préfère plaindre les Turcs.

Il réfléchit encore. Il pense fugitivement au jeune fonctionnaire idéaliste du dossier des pétroles. C'est un peu à son intention qu'il ajoute :

— Voilà un de ces mystères de la politique — au sens où on dit mystères de la science. Pourquoi est-ce qu'un homme comme moi ne brûle pas du désir d'intervenir là-dessus, en lâchant son interpellation sur les pétroles, qui a tout le temps d'attendre ? Pourquoi même n'écrit-il pas aujourd'hui à Clemenceau, en lui disant que ce n'est pas du tout le moment d'aller faire une excursion électorale dans le Var, mais qu'il doit convoquer les Chambres de toute urgence ? Hein ? Pourquoi ?

— Les Chambres rentrent quel jour ?

— On parle du 13. D'ici le 13, tout a le temps de sauter. Alors, pourquoi ? Parce qu'il y a peut-être une situation européenne effrayante, mais qu'il se trouve qu'il n'y a aucune situation parlementaire qui y corresponde. Il n'y a aucune partie à jouer. Si. Quelqu'un peut monter à la tribune, de connivence avec le gouvernement, pour provoquer une déclaration rassurante de Pichon ou de Clemenceau (s'il n'est pas trop tard). Moi, je ne fais pas ces petites besognes-là. Mais autrement... s'en prendre à qui ?... à quoi... Si nous avions un ministère de droite, ou même simplement un Delcassé au Quai d'Orsay... Oui. Mais Pichon ? Pichon me dira : « Que voulez-vous que j'y fasse ? » Si tu préfères encore, le morceau est trop gros. C'est toute la diplomatie européenne depuis trente ans qu'il faudrait mettre en cause. Quand on plaide un procès pareil, les gens vous écoutent, si vous parlez bien, mais comme ils écouteraient Bossuet faire un sermon sur l'instabilité des choses humaines. Jaurès s'est procuré une fois ou deux un succès de ce genre. Mais ce n'est pas avec ça que tu renverseras un gouvernement. Tout au contraire. Tu seras inscrit, moralement, sur une liste noire, où figurent les types nébuleux, incapables, comme ils disent, de faire un homme d'Etat. Et d'ailleurs Jaurès lui-même, si un jour le Bloc étant revenu, ou par suite de quelque autre combinaison, on l'amenait à accepter un portefeuille, et précisément celui des Affaires, Jaurès ne servirait plus qu'à couvrir de sa grosse personne, et du bruit de sa voix, le fonctionnement implacable de la machine.

Germaine suivait aisément ce langage. Elle ne se représentait pas le détail des choses avec la même précision que Gurau, dont elles formaient la vie quotidienne. Mais chaque fois qu'il était question d'habileté, de prudence, d'intérêt ou d'ambition personnelle, un instinct lui permettait de comprendre à demi-mot. Même, pour un peu, Gurau lui en serait devenu plus cher. Elle éprouvait à son égard un sentiment de solidarité presque conjugal.

Il n'y eut qu'un moment où elle fut distraite. Comme Gurau la regardait avec insistance dans les yeux, elle s'était mise à le fixer aussi, et s'était laissée aller à la griserie de ce mélange de regards. Mais alors les yeux de Gurau avaient glissé vers les épaules et la gorge de Germaine. Elle avait pu écouter et comprendre de nouveau, tout en se sentant désirée. Elle s'était félicitée aussi d'être restée enveloppée dans ce kimono, encore assez récent pour qu'elle eût un plaisir tout frais à le porter, et qui avait servi à maintenir le repas dans une atmosphère d'amour charnel.

Gurau n'était pas dupe du double jeu de son propre esprit, et même il en savourait le léger scandale. Allier à l'exposé de la situation européenne la charmante hantise de deux seins de blonde, il voyait bien ce qu'aux yeux d'un homme simple il pouvait y avoir là de corrompu et de décadent. Lui-même en eût été gêné, s'il avait eu à exprimer, à ce moment précis, sa confiance en l'avenir, ou quelque pensée d'apostolat. (Bien qu'il eût peu la vocation d'apôtre.) Mais l'excitation sensuelle allait bien avec le pressentiment d'une catastrophe. Au dix-huitième siècle, justement, ne se serait-on pas entretenu de l'écroulement prochain du régime, sans perdre des yeux les contours d'une jolie gorge ? Il pensait à Choiseul, à Turgot, mais en les situant dans un décor un peu vague, car il n'avait plus son histoire de France très présente à l'esprit.

Germaine ne se méprenait pas davantage sur la signification des regards de Gurau. Mais elle n'avait besoin d'aucun raisonnement pour le justifier. D'abord elle établissait une hiérarchie moins assurée que lui entre le destin de l'Europe et la poitrine d'une jolie femme. Ensuite, une femme est toujours capable de mêler l'amour charnel à n'importe quelle activité, fût-ce la plus idéale. Dès qu'une première pudeur est vaincue, la femme est prête à répandre ses caresses dans l'intervalle des plus hautes pensées de l'homme. L'idée d'inconvenance ne l'effleure pas, ni celle d'hypocrisie. A peine s'étonnerait-elle que son amant, prince de l'Église, choisît pour s'intéresser à sa gorge le moment où il ferait le plan d'un sermon sur la chasteté.

XV

UN ENFANT DU SIÈCLE

Jerphanion, dans son train, dépliait le journal de Paris qu'il venait d'acheter à l'arrêt précédent. Il regardait cette feuille avec une certaine amitié. « C'est ce journal-là, ou un autre, peu importe, que je lirai là-bas. En tout cas, une édition de Paris. Ce sont des nouvelles arrangées de cette façon-là, dosées comme ça, qui m'arriveront. La perspective du monde qui sera, chaque matin, que je le veuille ou non, la mienne. C'est là — en troisième ou quatrième page, je ne sais pas, mais j'apprendrai — que je trouverai mes informations locales. Finies les histoires d'ivrogne ramassé avenue de la Gare par le sergent de ville X...

ou Y... si sympathiquement connu de nos concitoyens ; ou de contravention à un cycliste sans plaque ni lanterne ; ou de distribution des prix à l'école des Frères avec la liste des accessits ; ou de distinction honorifique à l'aimable et dévoué chef de l'orphéon du chemin de fer... »

Un journal de Paris s'ouvre peu à peu comme une boîte à surprises ; on fouille une case après l'autre ; on soulève un fond après l'autre. Un journal se lit par bouffées, avec des rêveries dans l'intervalle, comme on fume un cigare. Et pas d'endroit plus propice qu'un train en marche, pour ce divertissement saccadé, fugitif, pour cette façon de jouer à cache-cache avec l'univers, avec soi-même, avec l'ennui.

« Seul journal français reliant par ses fils spéciaux les quatre premières capitales du globe. » Quelles sont-elles ? Londres, Paris, New York, Berlin, évidemment. Pour le rang d'importance, c'est moins sûr. Est-ce que New York n'a pas dépassé Paris ? »

Une énorme manchette :

LA BULGARIE A PROCLAMÉ HIER SON INDÉPENDANCE

« Ça, c'est le gros morceau. Je lirai ça tout à l'heure, ligne par ligne. Commençons par le reste. »

« *Notre marine. Interview de M. Thomson.* » Jerphanion cherche à reconstituer la liste des ministres : Président du Conseil, Clemenceau. Briand à la Justice. Caillaux aux Finances. Doumergue à l'Instruction publique. Pichon aux Affaires étrangères. Et Thomson, donc, à la Marine. Pour le moment, le reste lui échappe. Que faut-il penser de ce ministère ? Il a l'air d'être à gauche. Il est un héritier, déjà lointain, de l'affaire Dreyfus. A certains égards, il continue le Bloc. A d'autres, il réagit contre le combisme. Il tâche de liquider, avec le moins de fracas possible, les affaires religieuses : Séparation, Congrégations, etc. Il va mettre debout l'Impôt sur le Revenu — une des grandes pensées du régime. Il soigne l'armée, la marine aussi. Il rassure les patriotes. Il combat le syndicalisme révolutionnaire et l'antimilitarisme. Il n'aime pas les socialistes. Clemenceau ? un personnage pittoresque, impulsif, cherchant l'effet. Un ambitieux incomplet, avec du raté dans son cas. Un peu aventurier ; un peu boulevardier. Journaliste célèbre que personne ne lit. Ecrivain détestable dont on vante le style. (Jerphanion a horreur du peu qu'il connaît de sa prose prétentieuse, philosopharde, tuméfiée.) En revanche, un certain génie de l'action ; une façon de gouverner passionnée, vivante, cavalière. Il console de tous les ordonnateurs de pompes funèbres : Brisson et les autres. Briand ? un trop habile homme, énigmatique, caressant. Caillaux ? quelqu'un de très fort, dit-on, mais sec, orgueilleux, maniaque...

Qu'est-ce que Jerphanion pense en général des hommes politiques ? Il n'a pas de préjugés contre eux. Il attache beaucoup d'importance aux affaires publiques. Mais les hommes qui les mènent ne lui inspirent ni amour ni enthousiasme. Pourquoi ? Peut-être parce qu'ils manquent d'héroïsme et de pureté. Est-ce leur faute ? Peut-être pas. Peut-être celle de la matière qu'ils manient. Parfois Jerphanion s'est demandé s'il ne ferait pas de politique. On le lui a prédit. Il en doute. Ou du moins il lui faudrait des circonstances d'une autre sorte, un temps où l'héroïsme et la pureté seraient à leur place, une matière plus noble. Une révolution ?

Que dit notre Thomson ? Que l'explosion du *Latouche-Tréville* est bien regrettable, mais que l'enquête fera toute la lumière. On remédiera au défaut de liaison entre la marine et la direction de l'artillerie. Ayons confiance. « Jamais il n'y eut plus de dévouement, plus de magnifique endurance... Le jour venu... etc. » Voilà notre homme qui se croit au moment du champagne, et qui vomit un discours d'inauguration.

« *Wright enlève des poids lourds.* » Jerphanion s'intéresse aux aéroplanes, mais avec toutes sortes de réserves. Il n'attend rien de bon de ces machines. Il pense aux sous-marins, qui n'ont servi jusqu'ici qu'à fournir aux militaires un nouveau moyen de destruction. Loin de se réjouir de ce qu'on nomme déjà naïvement « la conquête du ciel » (comme s'il y avait quelque chose à conquérir dans le ciel : des mines d'or, des puits de pétrole, des capitales d'oiseaux !) il est fâché que le ciel cesse d'être un lieu réservé, une zone interdite, où les rêves de l'homme pouvaient errer précisément parce que l'homme n'y entrait pas.

« *M. Dujardin-Beaumetz prend des mesures contre le feu à Versailles et au Louvre.* » « C'est vrai : j'oubliais Dujardin-Beaumetz. Sous-secrétaire d'Etat aux Beaux-Arts, devenu inamovible. Un de ces médiocres qui ont trouvé le filon. »

« *Propos d'un Parisien.* » Clément Vautel se moque des pacifistes. Vautel, héritier de Hardouin. Un de ces fameux représentants du bon sens, qui sont chargés, de génération en génération, de maintenir l'homme moyen dans ses pensées basses. Dans sa routine d'animal domestique. Dans son optimisme bedonnant. Un de ceux grâce à qui le règne des malins continue. Pour le moment, il s'agit de discréditer le Tribunal de la Paix à La Haye. Jerphanion ne croit pas que le Tribunal de La Haye va faire des miracles. Mais il aimerait tenir ce Parisien dans ses mains de paysan.

Il tourne la page : « *La panique à la Bourse.* » Il s'agit toujours de la crise balkanique. A revoir avec le reste...

« *Quatuor de Congrès. La C.G.T. à Marseille.* » Le maire de Marseille ayant interdit de discuter toute question antimilitariste dans la salle de la Bourse du Travail, monument municipal, le congrès s'est transporté dans une autre salle.

Le militarisme, l'antimilitarisme, ce ne sont pas des mots pour Jerphanion. C'est un vaste système de pensées au centre duquel il y a une expérience vivante. Pendant un an, depuis la sonnerie du réveil jusqu'à la sonnerie de l'extinction des feux, Jerphanion a médité le militarisme. Il s'est fait des milliers de réflexions particulières. Il a rencontré des centaines d'idées de détail, scintillantes comme des inventions. Il a découvert de nombreuses perspectives. Il n'a refusé aucune vérification mentale. Il a tâché de penser à l'armée tour à tour comme un officier de dragons, comme un rempilé, comme un bat' d'af', comme un paysan, comme un intellectuel. Aucun argument ne saurait le surprendre.

Il remercie les gens de la C.G.T. d'être les seuls en France qui essayent de saisir le militarisme à la gorge. Mais il se méfie un peu des chefs et des cadres. Le citoyen Pataud, qui s'amuse à effrayer les bourgeois en coupant cinq minutes l'électricité dans tout Paris, tient vraiment trop de place, et manque de secret dans ses méthodes. C'est peut-être un bon garçon. Mais il semble y avoir chez lui du cabotin et de l'agent provocateur. Parmi les autres meneurs, on devine trop de ces gaillards que la petite bourgeoisie déteste avec quelque apparence de raison, parce qu'ils incarnent les défauts opposés à ses vertus : paresse, désordre, prodigalité, bavardage. Le mauvais ouvrier qui change de place tous les trois mois, pérore chez le bistrot, fait des dettes chez le boucher, et dont le rêve est de devenir secrétaire appointé de syndicat.

Hélas, pense Jerphanion, la sélection qui se fait dans le peuple se fait contre le peuple. Les meilleurs, les plus laborieux, les plus honnêtes s'échappent de la classe ouvrière. Ils deviennent petits patrons. Ils préparent à leurs fils un avenir bourgeois. Parmi ceux qui restent pour mener le peuple, pour encadrer les organisations ouvrières, il y a sans doute quelques intelligences vives, quelques cœurs généreux. Mais il est presque sûr qu'une tare les a maintenus dans ce prolétariat dont ils dirigent les mouvements. « Tel est, pense Jerphanion, le jeu des forces dans la société capitaliste. »

« *Les commerçants délibèrent.* » Sur quoi ? sur la panne générale des téléphones. « *Les aveux d'un espion.* » C'est un article d'une série, intéressante d'ailleurs, d'une précision remarquable dans les détails, presque sûrement authentique. Il en ressort que l'Allemagne emploie des espions chez nous, et leur donne des instructions très judicieuses. Il est à croire que nous en employons chez elle, et que nous nous occupons de déjouer les siens. Tout cela, c'est du travail de spécialistes, comme la Bourse dont il est donné les cours au bas de la page 5. Les compétences se livrent bataille en champ clos. Elles seraient désolées si elles ne rencontraient pas de contrepartie.

Mais à quoi tend, dans l'esprit du journal, cette série d'articles ? A révéler au public que nous sommes espionnés ? Mais, à moins d'être tout à fait stupide, le public doit en avoir quelque soupçon. Et d'ailleurs que veut-on qu'il y fasse ? Est-ce à lui de secouer, s'il y a lieu, la somnolence de notre état-major ?

Sans doute. Mais nous savons aussi qu'il y a des microbes. N'empêche que si notre journal nous fait lire chaque matin un article sur les microbes, leur activité, leurs ravages, et s'il choisit pour cette campagne le moment où les dépêches de troisième page nous annoncent presque chaque jour le progrès du choléra en Russie, nous entrerons dans un état d'esprit assez nouveau, où l'idée du péril microbien tiendra une place éminente ; et si nos regards tombent ensuite, en toute dernière page, sur des annonces d'antiseptiques, « d'une efficacité reconnue par le corps médical dans toutes les épidémies », ces annonces produiront sur nos âmes préparées le résultat le plus grand que les droguistes puissent en attendre.

Il n'est donc pas sans intérêt de remarquer que la série des « *Aveux d'un espion* » marche de pair avec la série : « *Crise balkanique* ».

Venons au morceau de résistance. « *France, Angleterre et Russie agiront d'accord.* » Comment laisser entendre plus clairement que l'Europe coupée en deux n'attend qu'une occasion, celle-ci ou une autre, pour se rejoindre dans l'explosion de la guerre ; la Triple-Entente et l'Alliance austro-allemande grossissant, noircissant l'une en face de l'autre comme deux énormes nuées ?

Au bas de la page, à droite, un tableau comparatif, sur deux colonnes : « En cas de guerre, la Bulgarie aurait : Armée active, 90 000 fantassins, etc. Réserve... etc. Total, 378 000 fantassins, 7 000 cavaliers, 520 canons. La Turquie aurait... Total 1 454 000 hommes. Canons, 1 700. »

Une note fait observer que l'armée bulgare, très inférieure en nombre, est plus homogène, mieux outillée et pourvue d'un matériel plus moderne que l'armée turque.

Dans le reste du journal, en première, deuxième, troisième pages, une douzaine de colonnes de déclarations officielles ou officieuses, de commentaires, de dépêches, d'extraits de presse... En troisième page, sous le titre : « *Nouvel incident franco-allemand* », une information du Maroc, via Berlin, rappelle à ceux qui l'oublieraient qu'au cas où le prétexte balkanique ne suffirait pas, le prétexte marocain reste disponible, et que derrière tout conflit européen veille un conflit franco-allemand.

La guerre. Depuis son enfance, Jerphanion vit sous la malédiction de la guerre. Quand il avait six ans, de quoi lui parlait-on à l'école du village ? du système métrique ; mais aussi de l'Alsace-Lorraine et de Reichshoffen. Peu de temps après avoir compris ce que c'était que le diable, il a connu le nom de Bismarck. Entre camarades, Prusco était encore une terrible injure. Les couvertures de ses cahiers d'écolier lui montraient Mac-Mahon, Chanzy, Faidherbe. Dès qu'il y pense, il sent monter du souvenir de ces pages coloriées, avec l'odeur du papier, une odeur d'amertume, de défaite. Sous une effigie de cavalier à bicorne, une notice vantait une pauvre victoire locale : Coulmiers, Bapaume. Même un enfant de six ans percevait ce qu'il y avait d'aigre et de lamentable dans ces consolations. Quand on levait le nez de son pupitre, c'était pour contempler la carte de France, dont le jaune ou le vert auraient été si gais, sans cette épaisse tache gris-violâtre collée contre le renflement des Vosges. On croyait voir voleter dans la classe, comme une paire de chauves-souris, la double coiffe noire des provinces perdues. L'enfant du Velay n'osait pas se réjouir de l'air de ses montagnes. Le livre de lectures lui contait des histoires de francs-tireurs, de siège de Paris, de charges à la baïonnette. La leçon de récitation lui faisait apprendre *Le Clairon* de Déroulède, des pages de *L'Année terrible*. Jerphanion revoit encore tous ces képis coniques, toutes ces longues barbes, toute cette cohue, à la fois militaire et faubourienne, tout ce Second Empire finissant dans la crasse et le désordre, que les vignettes de ses livres l'aidaient à évoquer, et qu'il retrouvait jusque dans les assiettes à dessert des fêtes de famille. Car au moment où l'on remplissait les verres de vin de liqueur, où les grandes personnes se mettaient à parler toutes ensemble et très haut, l'enfant, en déplaçant un petit four, découvrait la bataille de Champigny, un bivouac de l'armée de l'Est, Gambetta dans la nacelle de son ballon. Et quand c'était l'heure de jouer, il y avait toujours un vieux radoteur à barbiche impériale, pour vous dire, en vous tapotant la joue : « Toi, mon petit, tu seras de la génération de la revanche. »

Plus tard, au lycée du Puy, ensuite au lycée de Lyon, la hantise est devenue plus discrète. Mais l'enfant commençait à entendre les voix de la rue, les rumeurs publiques. Et c'est encore le génie de la guerre qui soufflait là-dedans. Son plus vieux souvenir de vie civique, c'est la condamnation du capitaine Dreyfus. Or, l'on accusait Dreyfus d'avoir livré à l'Allemagne certaines armes de la prochaine guerre. Son second souvenir civique, c'est l'alliance russe, il ne sait plus quel voyage du Président ou du Tsar, et une joie, une confiance qui se répandaient jusque dans les campagnes, à l'idée que, le jour venu de se battre, on ne serait plus seul.

Puis l'alerte de Fachoda, avec le soulagement de se dire que cette fois il ne s'agissait plus de l'Allemagne, et que momentanément l'ennemi avait changé de direction, comme une migraine change de place dans la tête. Puis la trêve de l'Exposition universelle, avec des bruits de danses, et des coudoiements de nations, curieuses les unes des autres, mais sans amitié, comme des estivants qui se rencontrent sur une plage. L'aurore du siècle, trop attendue, fatiguée d'avance, trop brillante, traversée de lueurs fausses, et que les formidables stries de la guerre, dans les premières heures d'après, étaient venues charger.

Voilà dix ans, d'ailleurs, que non contente de s'annoncer par des signes, la guerre s'est mise à rôder autour de l'Europe, y mordant, s'y accrochant par quelque bout : guerre hispano-américaine ; guerre du Transvaal ; guerre russo-japonaise. Chaque fois les éclairs étaient plus vifs ; le tonnerre roulait mieux ; et jusque dans les plus paisibles villes de l'Occident, le vent précurseur soulevait la poussière et les feuilles.

Jerphanion froissa son journal, le jeta dans un coin. « Pas aujourd'hui. Je ne veux plus penser à tout ça. ».

Il alla se placer dans le couloir, mit son front contre la vitre, fit appel aux tranquilles beautés de l'automne, à la jeunesse de son corps, aux raisons qu'il avait d'être joyeux.

« Après tout, j'ai mon destin à moi. Il est frais, insolent, intact. Bien d'autres hommes ont eu vingt ans dans un pire désordre de l'humanité et sous des signes plus funestes. L'essentiel est d'avoir vingt ans. Quand je dis que le monde commence avec moi, je suis un idiot si je compte là-dessus pour que tout s'arrange à ma guise. Mais je suis un sage, si j'entends par là que je pousse ma vie comme une série d'événements toute neuve, à laquelle le reste du monde doit servir de lieu et d'occasion. A moi d'être assez fort pour que même une convulsion du continent devienne un de mes épisodes. »

XVI

DEUX FORCES. DEUX MENACES

Aux environs de quatre heures et demie, M. de Champcenais, qui venait de traverser en automobile le pont de Puteaux, et Clanricard, qui longeait la rue Custine, à la hauteur de la rue Clignancourt, eurent l'un et l'autre une émotion assez vive.

M. de Champcenais allait chez Bertrand, le constructeur d'automobiles. Le rendez-vous avait été pris l'avant-veille. Il s'agissait de terminer une affaire à laquelle Bertrand semblait tenir, mais qui par elle-même manquait d'intérêt pour Champcenais et son groupe. Bertrand s'était mis dans la tête de donner son nom à une huile pour moteurs, huile dont il recommanderait l'usage exclusif à sa clientèle. Mais cette huile, il n'avait les moyens ni de la produire, ni de l'emmagasiner, ni de la distribuer. Il en était venu à proposer aux pétroliers la combinaison suivante : ils fabriqueraient pour lui une huile non pas vraiment spéciale, mais d'une viscosité un peu autre que celle de l'huile courante ; ils la logeraient dans des bidons de forme particulière, et sous le nom d'*Huile Bertrand*, se chargeraient de la distribuer et de la vendre. Bertrand toucherait une ristourne de dix centimes par bidon de deux litres vendu sous son nom.

Champcenais, qui avait d'abord envisagé un refus, avait aperçu ensuite le moyen de rendre l'affaire moins mauvaise pour les pétroliers. Dans les recommandations qu'il ferait à sa clientèle, Bertrand pouvait introduire le conseil de vidanger complètement le carter du moteur tous les 1 500 kilomètres. Jusque-là une telle pratique était peu observée. L'on se contentait, d'ordinaire, de rajouter de l'huile quand le niveau baissait ;

et on trouvait qu'il baissait déjà bien assez vite. Champcenais calculait que la vidange périodique du carter, appliquée tant bien que mal à une partie des vingt-cinq mille voitures Bertrand de toutes catégories qui circulaient alors, était de nature à entraîner une consommation supplémentaire d'huile qui dépasserait chaque année deux cent cinquante mille litres. Les automobilistes de cette époque tremblaient à chaque instant pour le bon fonctionnement et la durée de leurs machines. Même les plus insouciants par nature avaient contracté une angoisse chronique, et dès qu'ils tentaient d'y échapper, une panne soudain les y replongeait. C'était donc un jeu, pour qui connaissait les ressorts de leur psychologie, que de les amener à dépenser chacun une centaine de francs de plus par an. D'autre part, Bertrand passait pour avoir quelques amitiés puissantes dans les milieux politiques. Champcenais lui demanderait d'en user en faveur des pétroliers lors de l'interpellation prochaine. Il ferait de cette alliance une des conditions tacites du marché.

Pendant qu'il traversait le Bois de Boulogne, Champcenais se résumait la question, et les arguments qu'il allait faire valoir auprès de Bertrand. Il cherchait aussi les formules de publicité qu'il lui proposerait d'adopter en commun. « En usant un centime d'huile, vous économiserez un franc de réparations. » Champcenais essayait cette phrase pour la quatrième ou cinquième fois quand il acheva de franchir le pont de Puteaux.

A ce moment, il vit beaucoup d'hommes, en casquettes et vêtements de travail, accoudés au parapet du pont, des deux côtés. Plus loin, sur l'autre rive de la Seine, des hommes, d'aspect semblable, formaient une foule. Ils étaient debout, à peu près immobiles. Ils occupaient la chaussée et les trottoirs, laissant à peine le passage aux voitures. Cette foule, dans la lumière assez limpide du jour déclinant, avait quelque chose de terreux. Elle ressemblait à un labour fraîchement remué.

Champcenais éprouva une brusque inquiétude. Il dit à son chauffeur :

— N'allez pas trop vite.

Seule une pudeur l'empêcha de faire demi-tour.

Il reprit, avec des temps :

— Surtout n'accrochez personne... Il y a donc une grève ?... Vous ne pourriez pas essayer de faire un détour ?

Déjà la voiture était engagée dans la foule. Le chauffeur cornait, non sans impatience. Au son de la trompe, les visages se tournaient vers l'auto. Champcenais les avait tout près de lui. Il lui sembla qu'il n'avait jamais vu tant de visages du peuple. Visages silencieux et tendus. A peine menaçants si, pour qu'il y ait menace, il faut que se dégage l'idée d'une action prochaine ; mais très effrayants, parce qu'on sentait qu'à leurs yeux aucune action n'était impossible. L'auto avançait au pas. Champcenais, presque malgré lui, passait le bras par la fenêtre de la voiture pour toucher l'épaule du chauffeur et l'obliger à faire attention. Il imaginait l'aile de l'auto cognant un homme, le renversant ; et aussitôt un resserrement de la foule sur la voiture, un grondement, des cris, l'auto poussée de côté vers le fleuve, basculée dans l'eau avec ce qu'elle contenait.

Il avait l'impression de découvrir la réalité, absurde et solide, au sortir d'un rêve habité par des chimères spéciales. La négociation avec Bertrand, le calcul des consommations d'huile, la ristourne de dix centimes par bidon, les influences parlementaires... Il devait faire effort pour continuer à croire que ces songes abstraits correspondaient tout de même à des choses existantes. Pourtant, il n'avait pas l'habitude de s'émouvoir à propos de rien. Il savait fermer les yeux pour supprimer les apparences qui l'auraient gêné dans sa représentation du monde. Cette fois, ses yeux s'obstinaient à rester ouverts, et lui montraient des faces, des yeux, des casquettes, les mailles d'une foule élastique où l'auto se prenait, et où chaque tour de roue semblait devoir être le dernier.

Il se répétait un peu bêtement : « Mais qu'est-ce que c'est ? Les journaux n'ont pas parlé d'une grève, ces jours-ci ? Savoir si l'usine de Bertrand est en grève ? »

Ainsi les journaux pouvaient ne pas parler d'une foule comme celle-là, ne pas l'annoncer au promeneur. On pouvait tomber inopinément dans cette épaisseur de peuple. La société était ainsi faite. Il était fou de s'y fier. Une sorte de danger marin rôdait sans cesse, et risquait de vous culbuter comme une barque de pêche.

Une question extraordinaire traversa l'esprit de Champcenais : « Est-ce que ce sont des hommes comme moi ? » Il était seul. Il n'avait à prendre aucune attitude avantageuse. Il se posa donc la question aussi honnêtement qu'il pouvait. Mais il hésitait à répondre. Il pensait à ce camarade d'enfance, officier au Maroc, qui avait fait toute une carrière coloniale, et qui parlait des « indigènes ». Est-ce que la foule des grévistes couleur de terre n'était pas une sorte de masse « indigène », une espèce de peuple conquis ? Comment régnait-on sur ce peuple ? Comment continuerait-on à régner ?

Champcenais considérait, de dos, son chauffeur. Cet homme, si proche de lui matériellement, présent à tant d'heures de sa journée, était bien jusqu'à un certain degré un homme comme lui. Impossible de s'aveugler là-dessus. C'était même un homme d'une certaine distinction physique, débrouillard, parlant avec aisance. Au lieu d'être assis sur le siège de l'auto, mon Dieu ! il pourrait être assis à l'intérieur. Mais tout aussi bien — voilà le plus troublant à penser — il pourrait être dans cette foule, et tourner tout à coup la tête, regarder Champcenais, le regarder d'un regard qui viendrait de l'autre côté, de l'autre bord... Enfin, pour le moment, il est de ce côté-ci, ou presque. Et des deux, Champcenais et lui, c'est lui qui regarde ce peuple, où la voiture s'empêtre, avec le plus de dédaigneux agacement.

*
* *

Clanricard, qui avait quitté l'école de la rue Sainte-Isaure une demi-heure plus tôt, se promenait sans se presser. Arrivé au coin de la rue Clignancourt et de la rue Custine, il vit que les gens regardaient dans la direction du boulevard Barbès, et bientôt entendit le piétinement d'une troupe de chevaux. Il s'arrêta.

Un escadron de dragons remontait la rue Custine, venant du carrefour du Château-Rouge. Les cavaliers, en tenue de campagne, avançaient par rangs de quatre ; un officier en tête. Il y avait dans les jambes des chevaux, dans la vibration des poitrails, dans le brusque déportement d'une croupe vers la droite ou vers la gauche, dans la façon dont un homme tirait sur la bride, ou dont le bruit des fers sur les pavés s'accélérait tout à coup, une compression de force, un regorgement de puissance et d'ardeur, mille violences tassées comme des ressorts dans un sac. Les hommes regardaient les oreilles de leur bête, ou le dos du camarade qui les précédait. Ils ne s'occupaient pas de la rue. Ou s'ils pensaient à elle, c'était pour la joie qu'ils avaient de l'humilier, comme on s'étourdit de vin rouge à la cantine.

Clanricard, avec stupéfaction, se sentit parcouru d'une sorte de frisson délicieux. La peau de son visage se crispa, frémit. Il se mit à vivre avec une intensité qui faisait que la substance de la vie devenait sensible tout entière, et que toute la masse de l'être vivant jouissait d'elle-même.

Il aima la force. Il savoura la force. Il éprouva comme une volupté le passage méprisant de cet escadron dans une rue juste assez large pour le recevoir, et la menace indéfinie qu'il portait dans quelque direction inconnue.

Il se disait vaguement : « Ils ont peur. » « Ils auront peur. » Qui, ils ? Tout le monde : les ennemis, les faibles, ceux qu'il faut écraser, ceux qu'il faut maintenir en obéissance et en servitude. Ceux qui sont nés pour vénérer la force, pour en éprouver la pesanteur sur eux, avec une lâcheté à la fois amoureuse et filiale. Qui, ils ? Clanricard lui-même ; ses ancêtres, ses descendants, à travers les siècles.

Ces pensées passèrent en lui, à la façon d'une bourrasque, comme un tourbillon de sable et de détritus. Il en était aveuglé. Il n'avait aucun jugement sur ces pensées, aucun pouvoir, pas même celui d'en être honteux. A peine apercevait-il, dans sa lucidité passagère d'homme ivre, qu'il y avait là quelque chose de très effrayant pour le destin de l'humanité, pour le proche avenir, pour les événements dont la menace lui donnait, depuis ce matin, une lourdeur aux tempes.

Mais les croupes des derniers chevaux de l'escadron, époussetées par les queues nerveuses, s'éloignaient, s'enfonçaient dans la rue, se confondaient avec le substance de Paris. Et l'instituteur n'arrivait même plus à retrouver en face de lui le regard des pauvres enfants.

XVII

LE GRAND VOYAGE DU PETIT GARÇON

Clanricard n'avait pas vu passer Louis Bastide, et son cerceau. Louis Bastide remontait la rue Clignancourt depuis le carrefour Ordener sans cesser de courir. La pente est très dure. Les chevaux sont obligés de se mettre au pas ; et ils tirent par saccades, de toute l'encolure, en faisant des étincelles sur le pavé. Un jour, le petit Louis était là, quand une voiture de pompiers traînée par des bêtes magnifiques arriva au galop et attaqua la pente. Après quelques mètres de montée, elle se mit au pas comme les autres. Il est donc très difficile de conduire un cerceau sur une côte pareille. Il faut beaucoup de résolution et d'élan quand on commence ; et ensuite la volonté de ne pas faiblir, de ne pas écouter sa fatigue, sans parler d'une grande habileté à manier le bâton.

Louis Bastide, en sortant de l'école, s'était rendu aussitôt chez ses parents qui habitaient rue Duhesme, au troisième étage, tout près du boulevard Ornano. Après avoir embrassé sa mère, il lui avait montré ses cahiers, ses notes de travail et de conduite. Il n'avait rien demandé, mais ses yeux brillaient. La mère avait regardé les petites joues pâles, le beau soleil qu'il faisait dehors ; et elle avait dit, en tâchant de ne pas lui laisser voir combien elle était contente qu'il eût envie de jouer :

— Eh bien ! Prends ton cerceau. Attention aux voitures. Rentre à cinq heures.

Le cerceau était grand et solide ; trop grand pour la taille de Louis. Mais c'est lui-même qui l'avait choisi après de longues réflexions. Bien des jours avant de l'acheter, il l'avait remarqué à l'étalage d'un bazar, et s'était dit qu'on ne pouvait pas souhaiter un cerceau plus beau, peut-être à cause de l'aspect robuste et sain du bois, dont la couleur était franche, dont les lames s'ajustaient bien. Rien qu'à le regarder, on sentait comment il pourrait courir, bondir. Les dimensions du cercle l'avaient un peu inquiété. Mais Louis comptait grandir des années encore ; et il n'arrivait pas à imaginer qu'un cerceau qu'il aurait beaucoup aimé cesserait un jour de lui être cher, lui apparaîtrait comme un pauvre jouet d'enfant. Le seul motif de l'abandonner, ce serait justement qu'il devînt trop petit. En le prenant un peu grand, Louis ménageait l'avenir.

Donc, il avait descendu l'escalier de la maison, le cerceau accroché à son épaule. Une fois dans la rue, il s'était placé au milieu du trottoir, avait posé le cerceau bien droit, en le retenant légèrement avec les doigts de la main gauche. Puis il avait donné un coup sec. Le cerceau s'était échappé. La pointe du bâton l'avait rattrapé aussitôt pour le maintenir dans la bonne route ; et depuis, Bastide et le cerceau avaient couru l'un derrière l'autre ; un peu comme un enfant courrait derrière un chien qu'il tiendrait en laisse ; un peu aussi comme un cavalier se laisse porter par son cheval, tout en ne cessant pas de l'exciter et de le guider.

Quand on a joué longtemps au cerceau, comme Louis Bastide, et qu'on a eu la chance d'en trouver un qu'on aime bien, on s'aperçoit en effet que les choses sont tout autres que dans une course ordinaire. Essayez de trotter seul ; vous serez fatigué au bout de quelques minutes. Avec un cerceau, le fatigue se fait attendre indéfiniment. Vous avez l'impression de vous appuyer, presque d'être porté. Quand vous éprouvez un instant de lassitude, il semble que le cerceau amicalement vous passe de la force.

D'ailleurs, on n'a pas toujours besoin de courir à grande allure. Avec du savoir-faire, on arrive à marcher presque au pas. La difficulté est que le cerceau n'aille pas se jeter à droite ou à gauche ; ou s'accrocher aux jambes d'un passant, qui se débat comme un rat pris au piège ; ou s'aplatir sur le sol après d'extraordinaires contorsions. Il faut savoir se servir du bâton, donner des coups très légers, qui sont presque des frôlements, et qui accompagnent le cerceau. Il faut surtout, entre les coups, rester maître des moindres écarts du cerceau, grâce au bâton qui ne cesse, d'un côté ou de l'autre, d'en caresser la tranche, qui en soutient ou en corrige la marche, et dont la pointe intervient vivement à tout endroit où menace de naître une embardée.

Louis Bastide aurait pu ne plus penser à ces détails, car il jouait au cerceau depuis longtemps, et il était devenu assez habile pour n'avoir plus besoin de calculer tous ses gestes. Mais il avait un fond de scrupule et d'inquiétude qui l'empêchait de rien faire d'un peu important avec distraction. Et il ne savait pas non plus être distrait pour prendre un plaisir. Dès qu'une occupation ne l'ennuyait pas, il s'y appliquait passionnément, et les moindres incidents lui en apparaissaient avec une netteté vibrante, avec une acuité qui faisait de chacun d'eux quelque chose d'inoubliable. Il était né pour une présence très grande de l'esprit. Mais son attention ne l'empêchait pas de s'exalter. Et si la conduite même du cerceau ne cessait à aucun moment d'être pour lui une opération précise, effectuée dans une zone de lumière sans complaisance, la course à travers les rues devenait une aventure touffue et mystérieure, dont l'enchaînement ressemblait à celui des rêves, et dont les péripéties inexplicables l'amenaient peu à peu, et tour à tour, à des moments d'enthousiasme, ou d'ivresse, ou de soulevante mélancolie.

Dès le boulevard traversé, il avait pris la rue Championnet. C'était en ce temps-là une rue un peu déserte, assez blanche et lumineuse. Presque pas de hautes maisons. Des constructions basses et allongées, qui s'ouvrent sur des cours intérieures, et qui n'ont sur la rue qu'une fenêtre, qu'une lucarne, de loin en loin. Des portails. Des palissades. Un silence habituel, qui est rompu tout à coup par le passage tonitruant d'un camion à trois chevaux. Le trottoir est clair, bien assez large. Et il est vide aussi. Le long mur qui file à votre droite vous accompagne comme un camarade. Il y a trois, quatre réverbères jusqu'au prochain croisement. Tout cela est plein de facilité, de sécurité, de bienveillance muette. Le ciel est spacieux. Une fumée d'usine, au loin, sort presque toute blanche, et fait à droite de la haute cheminée une bannière onduleuse. Heureux l'enfant de Paris qui court le long de la rue tranquille. Il voit le ciel et la fumée. Le ciel, encore bleu et ensoleillé, dit pourtant que la nuit approche. Il s'appuie aux toits des hangars, et il vient ainsi tout près de vous. Mais du côté de la fumée, il est glorieux, profond, lointain. Ciel très cher, toujours cherché par les yeux, retrouvé de temps en temps, et qui ressemble ce soir à l'idée de l'avenir. Il ne promet rien, mais il contient on ne sait comment toutes sortes de promesses que le cœur d'un enfant de Paris devine. Il lui rappelle certains bonheurs vagues et tenaces qu'il a eus quand il était encore plus petit, encore plus enfant, et qui sont déjà sa mémoire, pendant qu'il court derrière le cerceau, déjà son passé à lui, incomparable et secret. Comme la fumée est belle ! Une suite bien régulière de gonflements qui s'enroulent puis s'étalent. Quelque chose comme les nuages magnifiques de l'été, mais avec une volonté, une direction, un souffle ; avec l'impression d'une source, et cette cheminée qu'on voit sortir de la ville ; comme si la source de nuages, naissant des profondeurs de Paris, était portée là-haut dans le ciel.

Parfois le cerceau prend un élan, se sauve. La pointe du bâton le poursuit, sans parvenir à le toucher. Et il s'incline légèrement, il vire. Il se comporte tout à fait à la façon des bêtes dont la fuite n'est pas longtemps raisonnable. Il faut savoir le rattraper sans trop d'impatience. Sinon, on risque de l'envoyer contre un mur, ou de le coucher à terre.

Quand le moment vient de descendre la bordure du trottoir, c'est un plaisir que d'attendre, que de surveiller le petit bond du cerceau. On se dit qu'on a bien affaire à une bête, fine et nerveuse. Et ensuite, jusqu'au trottoir d'en face, elle ne cesse plus de bondir sur les pavés, dans les interstices, avec toutes sortes d'irrégularités, et changements de front capricieux.

Louis Bastide se donne le sentiment qu'il a une mission à remplir. On l'a chargé d'une certaine course, d'une chose à porter, ou peut-être à annoncer. Mais l'itinéraire n'est pas simple. Il faut le suivre, en respectant tout son imprévu, toute sa bizarrerie, à la fois parce qu'il y a une loi, et parce que des périls ou des ennemis sont à éviter. Voici l'immense mur de la gare des marchandises, et la rue des Poissonniers dont les becs de gaz sont si étranges. Ils ont une couronne, comme les rois, une auréole, comme les martyrs. La mission de Louis demande qu'il prenne par la gauche en traversant la chaussée, et qu'il aille vers les fortifications en suivant le long mur, en passant au pied des becs de gaz si étranges. Le jour baisse un peu. La rue commence à se remplir d'une pénombre bleuâtre, et d'un air presque froid. Le ciel reste lumineux, mais s'éloigne encore. Il n'est plus question des promesses qu'il peut contenir pour un enfant qui lève les yeux. Louis s'oblige à garder un petit pas de course très égal, à peine plus rapide que la marche d'une grande personne. Le cerceau l'aide visiblement. Cette espèce de roue frêle, qui pourrait rouler si vite, ralentit pour ne pas fatiguer Bastide. De ce train-là, on irait jusqu'au bout de Paris.

Le pont sur le chemin de fer de ceinture. Que dit la mission ? Qu'il ne faut pas le franchir, qu'il faut tourner à gauche par la rue Béliard.

La rue Béliard fait penser à un chemin de banlieue. Au loin, dans les départements, il doit y avoir beaucoup de chemins semblables où passent, au jour tombant, les voyageurs, les diligences. Louis revoit une vignette d'un livre de classe ; aussi l'image d'un calendrier de la poste, et surtout un dessin dans un vieil agenda des magasins du Bon Marché. Il est beau d'arriver de loin. Les maisons du bord de la route vous regardent avec étonnement. Chacun interroge votre visage et se dit : « Comme il doit être fatigué ! » Mais les gens se trompent s'ils croient que Louis vient pour eux. Le but est bien au-delà, et il faut y arriver avant la nuit, « avant d'être pris par la nuit », comme on lit dans les livres. Tout au plus, Louis fera-t-il ici une courte halte. Le courrier ne descend même pas de cheval. Il met sa bête au pas, au petit pas ; en passant devant l'abreuvoir, il la laisse boire un peu. Si on lui pose des questions, il se gardera de répondre ; ou il se contentera de « paroles évasives ».

C'est ainsi que le brave petit cheval, si fidèle à son maître, reprend le souffle. Il vaut mieux ne pas s'occuper de la tranchée du chemin de fer de ceinture qui est à droite. Sinon, le charme est rompu. A moins qu'on ne pense aux montagnes. Dans les pays de montagnes, le chemin de fer, en traversant beaucoup de tunnels, s'avance jusqu'à un village. Une fois par jour au plus, les montagnards guettent l'arrivée du train. Dans l'auberge, qui est cette baraque entourée d'un talus, en face de la tranchée, des buveurs attendent en jouant aux cartes. Ce sont, par exemple, des chasseurs descendus de la montagne. Ils ne viennent pas prendre le train, car pour rien au monde ils ne quitteraient leur pays ; mais pourtant ils attendent. Louis suppose qu'il entre un instant dans l'auberge. Il laisse le cerceau dehors, rangé contre le mur. Il garde son bâton à la main, de même qu'on garde une cravache. « Un coup de vin, monsieur ? — Oui, mais sans m'asseoir, parce que je n'ai pas le temps… A votre santé !… Est-ce qu'il fait froid dans la montagne ? — On dit que tout là-haut le col est couvert de neige. Mais vous passerez, si vous ne vous laissez pas prendre par la nuit. »

Le courrier repart. Ici commence la route qui s'élève vers la montagne, qui conduit au col obstrué par la neige.

Comme c'est beau, une rue qui monte droit devant vous, et qui se termine au loin sur le ciel ! Celle-ci est belle particulièrement, parce qu'elle n'en finit plus, et parce qu'elle fait croire, au-delà, à quelque immense précipice. Le père de Louis l'appelle « chaussée » Clignancourt, et non pas « rue » comme les autres. Louis ne sait pas pourquoi, mais il ne s'étonne pas que cette rue merveilleuse ait une désignation à part.

La mission, maintenant, c'est d'arriver là-haut avant d'être « pris par la nuit » ; plus haut même que ce qu'on aperçoit ; jusqu'au sommet de la Butte. La mission, ce sera de faire une sorte de reconnaissance, en suivant le bout de la rue Lamarck, pareil à un chemin taillé dans le roc, d'où l'on voit tout Paris, par-dessus les nouveaux jardins.

Bien qu'avant la montée il y ait encore un assez long morceau de plaine, et que le cerceau file sans qu'on le touche, comme s'il était poussé par le vent, Louis s'impose une allure très modérée. En revanche, il prend l'engagement de ne pas ralentir dans la montée, tant qu'il n'aura pas atteint le col « obstrué par la neige ». Ensuite, l'allure sera libre. On aura quitté la route. On sera dans des sentiers où il est permis et même prudent de descendre de cheval.

Mais c'est bien loin encore ! Bastide a besoin de tout son courage ; aussi de toute sa sagesse. Il résite à la tentation d'aller vite. Il aborde avec prudence les carrefours dangereux. Sa mère lui a recommandé de prendre garde aux voitures. Louis n'a aucune envie de mourir. Mais le désespoir qu'aurait sa mère l'épouvante plus que la mort. Le brancard montant l'escalier : « Mon petit Louis ! Mon pauvre petit enfant ! » Les débris du cerceau qu'on mettrait peut-être avec le corps. Le bâton qu'il aurait peut-être gardé dans sa main.

Pourtant, il est difficile de se soustraire à une loi qu'on s'est donnée. Traverser le boulevard Ornano en suspendant le cerceau à son épaule, Louis ne peut s'y résoudre. Il a même l'impression qu'il en serait puni d'une façon ou de l'autre. Les lois qu'on se donne à soi-même, ou plutôt les ordres qui vous viennent d'une profondeur mystérieure, n'acceptent pas qu'on les enfreigne, ni qu'on ruse avec eux. On risquerait beaucoup moins en désobéissant à un maître visible. Louis a le droit de s'arrêter, lui et le cerceau, l'un s'appuyant sur l'autre. Mais tant que la course n'est pas finie, le cerceau ne doit pas quitter le sol, cesser de toucher le sol ; car en même temps il cesserait d'être « vrai ».

Heureusement, la rue Marcadet à son tour est franchie. La grande montée commence. Louis, qui ne connaît guère les autres quartiers, pense que dans tout Paris il n'existe pas une pente plus honorable à vaincre. Celui qui est capable de la gravir, sans que le cerceau qu'il mène s'abatte ou se dérobe, ne serait déconcerté nulle part. Mais les passants manquent d'intelligence. S'ils comprenaient la valeur de l'épreuve, ils n'hésiteraient pas à se ranger ; au lieu de faire ces mines agacées, ou de regarder l'enfant avec une pitié méprisante.

*
* *

C'est ainsi que Louis Bastide était arrivé au palier de la rue Custine. Il avait aperçu Clanricard, l'avait salué hâtivement en portant la main à son béret. Le maître regardait ailleurs. Bastide, qui avait une grande affection pour lui, ne pouvait pourtant pas s'arrêter. La loi particulière qu'il s'était formulée au bas de la pente lui commandait de gagner d'un seul trait le « col obstrué par la neige ». Il aurait voulu pouvoir expliquer à son maître qu'il ne s'imposait pas un tel effort pour son plaisir.

Il continua donc son élan, et ne consentit à souffler que lorsqu'il fut en haut de la rue.

Ensuite, c'était presque un repos. Louis avait le droit de monter la rue Muller au pas. Il pouvait même, pour aider son cerceau à garder l'équilibre, le soutenir doucement avec la main gauche, le bout des doigts frôlant la tranche du bois. Dans les sentiers de montagne, le plus habile cavalier met pied à terre, et prenant par la bride son cheval, même excellent, le soutient, l'aide à ne pas trébucher. Tout cela restait dans la règle.

Parvenu au bas de la rue Sainte-Marie, il se demanda s'il passerait par la rue même, ou par l'escalier. Il choisit l'escalier. L'autre chemin était beaucoup plus long, et n'offrait aucune occasion de renouveler les péripéties de l'aventure. Pour ce qui était de monter un escalier comme celui-là avec un cerceau, la règle à suivre s'indiquait toute seule. Pendant que Louis se servirait des marches, en se tenant le plus possible sur la gauche, le cerceau emprunterait la bordure de granit. On l'aiderait du bâton et de la main. La manœuvre était délicate ; d'autant plus que le rôle principal revenait à la main gauche. Le cerceau, vous échappant, pouvait bondir en arrière ; par une suite de bonds, s'enfuir très loin, et aller se faire écraser sous une voiture. Mais pour éviter ce malheur, il suffisait d'être très attentif, c'est-à-dire d'aimer beaucoup son cerceau.

A mesure qu'il grimpait les marches, Louis rencontrait un air plus vif, moins atteint par la pénombre. La falaise de maisons, à droite, se décrochait par élans successifs, du même mouvement que l'escalier, et recevait encore à la cime un jour oblique, mais éclatant. Les vitres des derniers étages restaient brûlantes de reflets. Des femmes, sans quitter le fond de leur chambre, pouvaient voir se coucher le soleil. Et l'enfant avait envie de se hisser plus vite, comme si là-haut, sur la corniche de la Butte, il y avait toute la joie, tous les jeux, toutes les aventures de l'avenir. Même la rumeur de Paris lui passait dans le corps, sans qu'il eût l'idée de l'entendre. Monte, cerceau agile ! Les trains sifflent dans les faubourgs en plaine. L'enfant des rues basses reconnaît distraitement leurs cris, comme s'il était né parmi les oiseaux de la mer. Les toits innombrables tintent ; leurs frissons et leurs crépitements rayonnent par-dessus les feuilles des jardins abrupts. Pareil aux rumeurs, le cerceau lui aussi bondit et monte. L'enfant de Paris, en cherchant à reprendre haleine, aspire un bruit de destinées qui lui arrive de partout.

XVIII

PRÉSENTATION DE PARIS A CINQ HEURES DU SOIR

Quand enfin Louis Bastide se trouva rue Lamarck, arrêté, tremblant de fatigue, le cœur battant trop fort, son cerceau bien rangé contre lui (il s'appuyait dessus, du creux de l'aisselle, et il sentait plier le bois élastique), l'ombre commençait à sortir de toute l'épaisseur et par toutes les fissures de la ville du monde la plus dense. A mi-hauteur entre la terre et la nue, les parties du crépuscule se rassemblaient peu à peu comme font les murmures d'une foule ; et si là-haut la lumière azur et or du 6 octobre continuait à chanter, c'était toute seule. Paris déjà ne l'entendait plus.

Devant le porche du Sacré-Cœur, des provinciaux, des étrangers, arrivés de la veille, regardaient Paris gagné par les mouvements onduleux de l'ombre, et se faisaient désigner les monuments. D'autres, au loin, quittaient la lanterne du Panthéon, les tours de Notre-Dame, s'attardaient dans l'escalier de la tour Eiffel, tout transis de vent et de vide. Du balcon de son atelier, rue Caulaincourt, un peintre voyait houler les faubourgs du Nord, avec leurs usines, leurs fumées, les flocons blancs des locomotives jusqu'aux coteaux de Pierrefitte. Un autre, par un vitrage poussiéreux et fêlé, au dernier étage d'une vieille maison de la rive gauche, découvrait une échappée très singulière sur des cheminées et des pignons. Des autobus à impériale se croisaient sur le Pont-Neuf. Accoudée à sa fenêtre, Germaine Baader regardait s'éloigner Gurau, qui s'était attardé auprès d'elle. Les toits du Louvre brillaient encore d'un côté. La Seine envoyait une haleine noire et froide. Germaine rêvait aux rois et aux favorites ; aux palais, aux prisons, aux noyés ; aux chemins de la puissance qui sont durement tracés par les hommes et où se promènent de belles femmes. Dans le centre, les amples mouvements du soir, les longues montées vers le Nord et vers l'Est, pareilles à un souffle interminable, s'annonçaient à peine. L'animation avait abandonné l'intérieur de la Bourse et des banques, diminuait aux étages des immeubles commerciaux mais pour augmenter et s'alourdir dans les rues. Les boutiques s'allumaient par le fond. La rumeur faisait des nodosités. Rue Lamarck, Louis Bastide, faufilant son cerceau entre les visiteurs inquiets et les marchands de médailles, avait repris sa course, et un enfant redescendait se confondre avec la masse de la ville où naissait le pétillement de la nuit.

Des sirènes sifflaient. Les horloges des gares marquaient cinq heures. Quatre, sept, onze trains express marchaient sur Paris. Les quatre qui rampaient au loin sortaient à peine de province. Ils venaient de quitter les dernières grandes villes que Paris laisse croître à distance. Elles jalonnent autour de lui un cercle qui est comme le dessin de son ombre. Dès qu'on y pénètre, Paris impalpable a commencé.

Trois autres, beaucoup plus près, traversaient des campagnes imprégnées et soumises, mais encore belles, dans le flux oblique d'un couchant mordoré. Ils arrivaient au deuxième cercle, celui que tracent à une douzaine de lieues de Notre-Dame les chefs-lieux des vieux pays d'Ile-de-France.

Les quatre express qui accouraient les premiers touchaient déjà la proche banlieue, s'y enfonçaient en ralentissant. L'un venait de Lyon, un autre de Lille, un autre de Bordeaux, un autre d'Amsterdam.

*
* *

Une partie du centre commençait à se détendre. Un vif courant de voitures se portait dans la direction de l'Ouest, et un grouillement continu de piétons gorgeait toutes les voies qui vont de la Concorde à la Bastille. C'était l'heure où dans les rues la proportion des riches est la plus forte ; où les grands magasins, âcrement illuminés, sont remplis de femmes ; où les femmes semblent partout plus nombreuses et plus heureuses que les hommes ; où il se fait dans les églises un léger bruit de prières à la seule lueur des cierges ; et où les enfants des quartiers populaires se poursuivent en criant sur les trottoirs.

Dans les stations du métro, des voyageurs, sans cesser de guetter le prochain grondement, examinaient le plan, cherchaient une rue. D'autres, qui les voyaient faire, avisaient le plan, regardaient aussi ; pour la première fois peut-être se rendaient compte de la forme de la ville, y réfléchissaient, s'étonnaient de l'orientation d'un boulevard, de la dimension d'un arrondissement. Des cochers, des chauffeurs chargeaient un client, écoutaient un nom de rue insolite. Alors, Paris se déployait dans leur tête, dans leur corps, un Paris tangible, fait de lignes vivantes, de distances ressenties, imbibé de mouvements comme une éponge, et déformé par le flux perpétuel des choses qui s'approchent et s'éloignent. Soudain, dans ce Paris qu'ils s'étaient identifié, la rue les piquait à un point précis, et ils allaient le trouver comme une démangeaison. Dans les bureaux de la Préfecture, à l'extrémité de couloirs crasseux, des hommes à manches de lustrine additionnaient des naissances, des cas de diphtérie, des accidents par véhicules hippomobiles et véhicules à moteur, des mètres carrés de chaussée asphaltée, des quintaux de viande sur pied, des billets de métro par station et par ligne, des prix de revient de kilomètre-voyageur. Penchés comme des anatomistes sur un Paris exsangue, ils en détachaient de longues lanières de chiffres.

Les gens des onze express pensaient à Paris. Ceux qui le connaissaient déjà se représentaient certains tournants de rue, des intérieurs, des visages ; faisaient d'avance leurs démarches, les gestes, les réponses, dans des lieux exacts ; s'étendaient d'avance dans un lit où le sommeil les atteindrait d'une certaine façon. Les nouveaux venus se posaient des questions, en posaient à la campagne au-delà des vitres, à leurs bagages, aux stations vite franchies, à la lanterne bombée du compartiment, à la face d'un voisin silencieux. Ils cherchaient et ramassaient avec anxiété toutes les visions de Paris qu'ils s'étaient faites. Ils développaient des décors imaginaires autour d'êtres connus. Ils douaient d'une voix, d'un regard, d'une corpulence, les noms qu'on leur avait écrits sur des bouts de papier. Aux abords de la périphérie, des spéculateurs en terrains piétinaient dans la boue de rues inachevées, levaient la tête pour reconnaître, d'après les lueurs du couchant, la direction du Nord, du Sud ; scrutaient de l'œil une vieille qui passait, un réverbère, le bistrot du coin, écoutaient le roulement d'un omnibus, flairaient le vent, comme si l'avenir allait leur parler à voix basse. Un marchand de lacets et de crayons, quittant la région de la porte Saint-Denis, descendait par le boulevard Sébastopol vers le Châtelet et l'Hôtel de Ville, comme si un instinct de poisson lui faisait pressentir que certaines eaux selon les heures sont plus ou moins favorables. Les voleurs à la tire, encore plus sensibles aux nuances de la foule, s'abandonnaient à des migrations analogues. Et les filles, qui n'ont pas de caprices, allaient fidèlement reprendre leur poste sur le chemin de ronde de l'amour charnel.

Alors, les lycéens, dans les salles d'étude, mordillant leur porte-plume ou fourrageant leurs cheveux, suivaient les derniers reflets du jour chassés par la lumière du gaz sur la courbure miroitante des grandes cartes de géographie. Ils voyaient la France tout entière ; Paris posé comme une grosse goutte visqueuse sur le quarante-huitième parallèle, et le faisant fléchir sous son poids : ils voyaient Paris bizarrement accroché à son fleuve, arrêté par une boucle, coincé comme une perle sur un fil tordu. On avait envie de détordre le fil, de faire glisser Paris en amont jusqu'au confluent de la Marne, ou en aval, aussi loin que possible vers la mer.

Ailleurs, dans une chambre d'hôtel, dans un grumeau de la foule, dans un compartiment d'express, il y avait quelqu'un, une minute, qui songeait à la forme ou à la grandeur de Paris. Quelqu'un cherchait un chiffre dans sa mémoire, comparait, s'étonnait. Certains consultaient des dossiers, des livres, un guide. Des voyageurs, qui avaient regardé Paris du haut d'une tour, supputaient, en redescendant l'escalier à vis, le rayon de cet horizon totalement humain. D'autres, venus de loin, se demandaient : « Y a-t-il plus de monde ici que dans le subway ? » « Suis-je plus bousculé que sur les dalles de Cheapside ? »

Mais les lycéens avaient tourné les yeux du côté de la carte d'Europe. Et on voyait encore la France, on la voyait tout de suite, comme quelque chose de cambré, presque de cabré à l'avant du continent, quelque chose pourtant d'un peu en retrait, de précieux, de protégé par des saillies plus aventureuses. L'Asie et l'Europe se tournent le dos ; l'Europe ruisselle vers l'Ouest ; l'Europe est une marche vers l'Occident. Paris, réduit à un point, piqué trop haut pour la commodité de la France, semblait se loger à l'endroit désiré par l'Europe. Moins bien placé pour les provinces que pour les nations, et pour la sauvegarde de l'une d'elles que pour leur rencontre à toutes, Paris donnait son nom au site probable d'une capitale des peuples. Même son éloignement de la mer faisait maintenant plaisir à voir. Une capitale sur la côte semble toujours trop extérieure et trop vulnérable, trop abandonnée aussi aux allées et venues de la mer et béante sur le trafic. Pour protéger le cœur de l'Occident, il fallait bien cette épaisseur de terre française.

*
* *

Et pendant ce temps, parmi les derniers visiteurs des tours et des hauts lieux, plus d'un, contemplant le Paris réel dans son soir d'octobre, songeait que c'était une espèce de lac. Une boucle de la Seine avait débordé, s'était répandue suivant les facilités du sol. Mais au lieu d'eau il y avait trois millions d'hommes.

De fait, les hommes avaient bien remplacé l'eau préhistorique. Beaucoup de siècles après qu'elle se fut retirée, ils avaient recommencé un épanchement semblable. Ils s'étaient étalés dans les mêmes creux, allongés selon les mêmes cheminements. C'est là-bas, du côté de Saint-Merri, du Temple, de l'Hôtel de Ville, du côté des Halles, du cimetière des Innocents et de l'Opéra, c'est aux endroits d'où l'eau avait eu le plus de peine à partir, et qui en étaient restés tout suintants d'infiltrations ou de ruissellements souterrains, que les hommes aussi avaient le plus complètement saturé le sol. Les quartiers les plus denses et les plus actifs pesaient encore sur d'anciens marécages.

Comme l'eau, l'épanchement de peuple avait suivi les dépressions de la surface, contourné et dépassé les saillies, remonté lentement, et jusqu'au loin, des lits de vallons. Mais pourtant la masse humaine a des spontanéités, d'apparents caprices, obéit à des tendances que l'eau ignore. Il lui arrive de contrarier la pesanteur. Après avoir eu les façons d'un lac, au moment de prendre son niveau comme lui, et de se reposer dans la stagnation, elle se comporte comme une moisissure ou comme un herbage. Elle s'attache à certaines pentes, les gagne, semble attirée par un sommet, le recouvre peu à peu.

C'est ainsi que Paris s'était tout doucement accroché aux collines. Non seulement il s'était développé à une distance croissante du fleuve, mais il l'avait oublié. La forme de la vallée ne commandait plus la sienne, on acceptait le concours de lois plus mystérieuses. Pour s'expliquer la pousse de la ville, il ne suffisait même plus de la sentir comme une propagation végétale. Il fallait ouvrir sur le site des yeux humains, regarder les hauteurs, éprouver comment les lignes de la terre agissent sur l'esprit.

La butte Montmartre avait représenté pendant des siècles un but très visible, planté au Nord, presque provocant. Pour une ville restée jeune, il était difficile de résister au désir de l'atteindre. D'abord par des pèlerinages, des promenades du dimanche. Peu à peu des cabarets s'installent le long de la route. Une traînée de maisons joint la barrière de Paris aux guinguettes dans les jardins de la colline, et aux moulins où des ânes vous portent par des sentiers. Quand la basilique du Sacré-Cœur commença de s'élever, énorme, bombée de toutes parts, et d'une pierre merveilleusement blanche pour accaparer et réverbérer toute la lumière disponible au-dessus des brumes et des fumées, il y avait plus de mille ans que Paris rêvait de s'installer là-haut, et de marquer son occupation par quelque trophée qu'on verrait du bout des plaines de l'Ile-de-France, comme le trophée de la Turbie se voit des navires en mer.

*
* *

C'est ce trophée de Montmartre que regardaient les gens debout dans les couloirs de l'express de Lille. Ils avaient dépassé Survilliers. Le train descendait à 120 kilomètres à l'heure la pente légère qui glisse vers Saint-Denis. Ils avaient déjà mis leurs pardessus, posé leurs bagages à leurs pieds. Mais leurs yeux s'assouvissaient de l'énormité de la basilique, et ils étaient craintivement fiers que Paris eût cette façon formidable de les voir venir.

C'est ce trophée de Montmartre que regardait l'ouvrier agricole qui rentrait des champs à bicyclette par la route de Gonesse au Tremblay. Il avait de la peine à maintenir sur les pédales ses semelles empâtées de terre glaise. Mais quand tout à l'heure il serait assis au cabaret, l'horizon de Montmartre n'aurait pas tout à fait disparu de sa tête. La salle, les tables, les verres prendraient un peu de ce faste, de cette gloire qui entourent les loisirs de l'ouvrier parisien.

*
* *

A portée, Paris n'avait vu s'offrir aucun autre but comparable. Le mont Valérien était trop loin. Il le restait encore en 1908. Il n'avait jamais pu provoquer que des pensées de défense militaire, ou d'excursion déjà champêtre.

Mais entre l'Est et le Nord-Est, un des plus vieux épanchements de Paris s'était heurté depuis longtemps aux premières pentes de Ménilmontant-Belleville. De ce côté, il n'y avait pas de sommet attirant, de but qu'on eût envie de conquérir et de marquer. La plaine montait avec ampleur ; puis la pente se relevait davantage, devenait abrupte. Un large flanc de colline, par endroits falaise, aboutissait à un plateau très étendu, où il suffisait de s'avancer un peu pour oublier Paris et ne plus voir que les ondulations mi-campagnardes qui s'enfuyaient vers l'Est. La ville s'était attaquée lentement à cette pente. Il s'était fait sur une lieue de front une poussée de maisons à peu près égale, avec quelques pointes juste un peu plus hâtives le long des chemins qui conduisaient à d'anciens faubourgs, ou de ravins minuscules ; avec des arrêts là où elle rencontrait un escarpement.

Au sud du fleuve, la butte Sainte-Geneviève, incorporée à Paris depuis les temps antiques, avait servi de relais à sa croissance, de nouveau point de départ. Sur cette éminence toute proche, la masse humaine, encore peu puissante, était allée comme prendre de la hauteur pour se répandre ensuite plus loin. Elle avait ainsi abordé de niveau la longue plaine surélevée qui s'étale vers Montrouge ; et elle n'avait eu qu'à redescendre doucement pour envahir toute la rive gauche de la Seine jusqu'à Grenelle.

Vers l'Ouest et le Nord-Ouest, une autre plaine montante s'était laissé gagner peu à peu. De ce côté non plus, pas de but à atteindre ; aucun de ces lieux naturels dont la vue excite une croissance de ville. Pas même une limite, un rebord impressionnant d'horizon, comme à l'Est. Simplement une réserve d'espace, une issue, une facilité qui semblait sans fin. Car la boucle suivante de la Seine et les collines qui la doublent en partie, Paris n'y pensait pas. Il les situait hors de son avenir.

*
* *

Gênée par le froid, Germaine Baader se retirait de sa fenêtre. Mlle Bernardine de Saint-Papoul pénétrait furtivement dans une chapelle cachée au fond d'une cour. Boulevard Barbès, Clanricard, marchant lentement, déconcerté et triste, se réveillait peu à peu de l'ivresse de la force. A Puteaux, M. de Champcenais poursuivait avec Bertrand une conversation difficile. Il lui parlait de l'impression qu'il avait eue en traversant le pont. Bertrand n'y avait pas pris garde. Ses ouvriers à lui n'étaient pas en grève. Pourquoi se tourmenter des vagues menaces dont la société est pleine ? Il s'agissait de créer l'huile Bertrand. Quinette regardait l'heure à son cartel et arrêtait son travail. Il n'avait que le temps de faire un peu de toilette, de fermer sa boutique et de courir au rendez-vous. Rue Montmartre, le groupe des badauds avait un peu grossi. Maintenant que la nuit tombait, et que la lumière venait de l'intérieur, ils prenaient pour les peintres un aspect encore plus étrange. Leur regard était sérieux, profond, avide. Ils contemplaient comme un événement capital, dont on ne mesure pas les conséquences du premier coup, la projection désespérée des chaussures par Alfred au visage vert. Gurau arrivait aux bureaux de son journal. On lui montrait une dépêche : « Belgrade. L'annonce de l'annexion de la Bosnie-Herzégovine par l'Autriche produit ici une fermentation considérable. Un grand meeting national est organisé pour ce soir, trois heures. Le roi ordonne le rappel des réservistes de la première classe et des services auxiliaires. »

Les express qui venaient de Boulogne, de Clermont-Ferrand, de Belfort, avaient traversé sans s'y arrêter, avec un claquement d'air contre les verrières, les chefs-lieux des pays d'Ile-de-France : bourgs cossus, marchés des campagnes à blé, bons nourrisseurs de bourgeois et de bestiaux ; répondants de terroirs anciens qui ont gardé leur race et leur langue. Paris, qui les tolère et les emploie, les empêche depuis dix siècles de dépasser une certaine taille : cent rues, cinq cents notables, dix mille foyers.

Alors, dans chaque express, les gens qui allaient à Paris pour la première fois apercevaient d'assez hautes maisons, des rues bien tracées, un tramway, des flèches et des tours d'église. Ils se demandaient si ce n'était pas déjà Paris, et ils regardaient leurs montres.

Jerphanion, dans son wagon de Saint-Etienne, pensait : « L'autre fois, j'arrivais à l'aube. Je dormais. Je n'ai rien vu. Non, ce n'est pas comme ça que je me représentais les approches de Paris. Qu'est-ce que je voyais ? Des remparts bien dégagés. Une immense plaine alentour ; peu fertile, peu campagnarde, mais libre. De grandes routes qui viennent du fond de la France, bordées de maisons sur les derniers kilomètres. Je n'avais pas placé les usines. Je ne pouvais pas imaginer la banlieue. Le plus étonnant, émouvant, enthousiasmant, c'est cette façon qu'a Paris de s'annoncer de si loin par le pullulement des maisons. La campagne s'en va peu à peu, par morceaux. Ou s'écrase, s'élimine, comme si elle passait par les dents de plus en plus serrées d'un broyeur. Un nombre croissant de maisons inexplicables. Je veux dire qui n'ont par elles-mêmes, à cette place-là, aucune raison d'être. Elles manifestent Paris. Non pour diminuer la surprise, mais pour l'approfondir. Une si grande ville est une autre patrie, un autre temps. Je vais changer d'époque. Il n'y aura jamais assez d'avertissements progressifs. Comme c'est étrange, une banlieue ! »

Dans cette banlieue, les express s'enfonçaient l'un après l'autre comme dans une broussaille. Les voyageurs regardaient les maisons grandir et se serrer ; les routes converger et se changer en rues. Il semblait aux nouveaux venus que le mouvement qui les portait eux-mêmes se répondait en toutes choses ; que cette épaisseur croissante, c'était Paris qui se rassemblait, comme des nuages effilochés que le vent pousse vers un cyclone ; comme des troupes qui marchent au canon, ou des foules, qui de très loin, par les chemins et par les champs, accourent à une fête. Ils avaient l'impression de dépasser, grâce au train, une affluence universelle, de gagner des rangs. Mais plus loin la cohue devait se charger encore, devenir étouffante. Tout ce qu'on laissait derrière allait peser sur vous à son tour, vous pousser vers un centre affreusement comprimé comme celui de la terre.

Mais ceux qui rentraient à Paris, ou qui avaient eu l'occasion d'y vivre, sentaient plutôt l'agglomération comme un corps surabondant qui se répand et se dilate. Ils voyaient les maisons, les rues, non pas courir à un rassemblement, mais s'échapper, chercher des issues, s'écarter le plus qu'elles pouvaient dans la direction du sol libre. La poussée venait de Paris, se communiquait à travers l'enceinte, tuméfiait la banlieue résistante, semblait vouloir contrarier l'avance du train.

*
* *

C'est que Paris, la ville du fleuve et des collines, n'avait pas eu seulement affaire au sol. Il demeurait depuis ses origines une place guerrière et murée. L'imagination de défense, qui va juste à l'encontre de l'imagination de croissance, avait toujours contribué à lui dicter ses contours. Tant qu'une enceinte subsistait, Paris poussait et pressait sur lui-même, prenait une densité anormale, étouffait son peuple, comprimait jusqu'à l'extrême incommodité tous les organes urbains. Il lui fallait résorber sans profit, ou même au prix d'un malaise, certains prurits de croissance qui l'auraient épanoui et renouvelé à l'heure favorable. Il avait dû ainsi dévorer à l'intérieur de nombreux printemps, ravaler à plusieurs reprises sa jeunesse. L'enceinte finissait bien par céder, mais chaque fois trop tard, laissant à Paris une contorsion irrémédiable, des durcissements, des nœuds, et des habitudes de suffocation que rien ne pouvait corriger.

Mais surtout, chaque fois que Paris s'était débarrassé d'une enceinte, il s'était heurté aux Villages ; un peu surpris chaque fois et décontenancé ; car s'il n'ignorait pas leur existence, il avait omis d'en tenir compte dans ses rêves d'avenir.

Bien qu'ayant été de bonne heure une forte ville, il n'avait jamais eu la possession exclusive d'un terroir. Des villages de même ancienneté que lui y avaient poussé, ou végété, par leurs propres moyens, chacun dans son creux de vallon, sur son flanc de coteau ou sur son monticule. Tout le pays d'alentour en était encombré. Pas une direction n'était libre. Chaque issue allait buter, plus ou moins court, contre une agglomération, finir en impasse dans le patrimoine d'autrui, dans un fourré de droits antiques. Quand les pierres de son mur étaient tombées, Paris voyait devant lui une campagne déjà prise, des chemins solidement tenus, un horizon disputé.

La dernière enceinte, celle de Thiers, la plus ample et la plus épaisse de toutes, avec son talus, son fossé, son glacis, et les cinq cents mètres de zone militaire qui la couvraient, avait paru surmonter le problème, le déborder. Elle n'enveloppait qu'à distance le Paris de 1846, enfermant avec lui, outre une quinzaine de villages, ou de morceaux de villages, des champs, des jardins, des carrières profondes, des herbages pelés, assez encore d'espace rural pour qu'on eût l'illusion de pouvoir vivre indéfiniment sur cette provision de siège. La nouvelle enceinte avait l'air moins de borner Paris que de lui indiquer une grandeur future, et de l'y appeler. Elle avait été d'abord, et jusqu'à la fin du siècle, quelque chose qu'il faut remplir.

En 1908, elle était remplie. Paris avait fini par venir à bout de sa campagne intérieure. Les chèvres ne paissaient plus aux flancs de la rue Caulaincourt. Les troupeaux de vaches quittaient les parages des Buttes-Chaumont, pour s'exiler au-delà de l'enceinte, vers Romainville. Le val de Bièvre dépouillait ses jardins, devenait le tracé d'un égout. Les ravins crayeux, les prairies argileuses s'étaient rétrécis en terrains vagues. Près d'un peuplier perdu qui s'obstinait encore sur un tertre, on voyait grimper la palissade gris-brun de la Ville. Un réverbère venait se poster là. Et le soir, à l'heure où bougent les feuilles, sa petite lumière vibrait contre le ciel. Les villages capturés, qui portaient de si beaux noms : Clignancourt, Charonne, Grenelle... avaient laissé passer entre eux un épanchement de mornes quartiers grisâtres, une crue de maisons, rapide et triste, qui les avait soudés l'un à l'autre, noyés dans une même pâte, puis rongés, fissurés, atteints dans le vif par cheminements et infiltrations. L'ancienne place du village, qui gardait ses pignons, son auberge, son église, sentait pénétrer tout à coup, comme l'étrave d'un paquebot entre des barques, le coin d'un haut immeuble, qu'une masse profonde poussait par derrière.

Ainsi l'enceinte de 1846, après lui avoir servi de protection avancée, était devenue la forme même de la ville. Et voilà qu'à son tour elle pesait sur Paris, l'empêchait de se développer naturellement. Une fois de plus il devait renoncer à trouver sa forme par lui-même. Le rempart émoussait l'élan des quartiers neufs, arrêtait les avenues, les coupait de leurs prolongements, maintenait beaucoup de rues de l'extrême périphérie à l'état de culs-de-sac ou de coupe-gorge, y laissait fermenter les voyous et les ordures. De proche en proche, la pression se communiquait jusqu'au centre. Les rues des vieux quartiers renonçaient à s'élargir. Les anciennes maisons bourgeoises ou marchandes qu'on n'abattait plus dégénéraient sur place en taudis purulents. Les logements noircissaient dans un air mal remué qui finissait par vieillir comme eux. C'était l'enceinte qui, de loin, y comprimait les familles, couchait les gens les uns contre les autres sur des lits pliants, sur des matelas à même le sol, dans des salles à manger au plafond bas, dans des cuisines, des couloirs, des réduits sans fenêtre. C'était elle qui obligeait les bâtisseurs à dresser des maisons étroites sur des bouts de terrain taillés de travers ; elle qui, peu à peu, par écrasement, éliminait les jardins intérieurs, les cours plantées d'arbustes ; qui augmentait l'épaisseur de la circulation et commençait à la ralentir ; qui, jusque sur les grands boulevards, serrait les files de voitures, rapprochait les moyeux.

Quant aux Villages, elle en avait bien happé quelques-uns, qu'elle condamnait ainsi à se dissoudre plus ou moins vite. Mais les autres, ceux qui étaient restés en dehors, se trouvaient protégés, et remis pour trois quarts de siècle à leur aise. Aucune expansion brusque de Paris ne pouvait plus les atteindre. Ils eurent le temps de grossir : les hameaux de devenir des bourgs, et les bourgs, de grandes villes. Ils ramassèrent la terre d'alentour, l'organisèrent à leur façon, pour leurs besoins, avec de courtes vues villageoises, des ambitions bornées de petits pays. Ils avaient employé ces trois quarts de siècle à tordre et à embrouiller des rues, des ruelles, des impasses, que personne n'arriverait jamais plus à détordre et à débrouiller. Ils firent des boulevards de trois cents mètres de long qui finissaient sur un mur d'usine. Ils lancèrent vers la campagne des avenues plantées d'échalas, qui se perdaient un peu plus loin dans un bas-fond de choux et de mâchefer. Pourtant ils éprouvaient le voisinage de Paris. Ils faisaient avec lui un échange d'hommes qui, d'une année à l'autre, devenait un va-et-vient plus rapide et plus compliqué. L'enceinte empêchait Paris de passer, mais laissait fuir les Parisiens. Ils allaient chercher le gîte dans cet espace d'alentour, où ils s'étaient promenés le dimanche, et que, rentrés au milieu de Paris, ils se représentaient comme une suite inépuisable de demeures rustiques, de bois, de vallons, de jardins. Pour la première fois, on vit des centaines de milliers d'hommes travailler tout le jour dans une ville qu'ils n'habitaient plus. Mais la ville les reprenait de maintes façons. Leurs femmes, dépaysées. venaient faire des achats dans les magasins du centre, et réchauffer aux devantures illuminées leurs yeux qui avaient contemplé toute la semaine une ruelle boueuse où la nuit tombe vite.

Du même coup, il était né, hors de l'enceinte, de nouveaux faubourgs. A la différence des Villages, ils n'avaient aucune ancienneté d'origine, pas la plus petite trace de noblesse. Ils ne renfermaient pas ce cœur « parfumé et mélancolique » qu'on finissait par trouver à Bagnolet, à Gentilly, à Châtillon, ce petit paquet de douceur provinciale qui enveloppait le marché et l'église. Ils sortaient verticalement du jardin maraîcher, du terrain vague, de la décharge publique. Entre les vieux pays, ils étaient venus combler d'un foisonnement d'usines sommaires, d'une craquelure de logis pauvres, les intervalles restés libres. La mairie, l'église, les bureaux d'une compagnie de tramways, une fabrique de cirage n'y différaient que par un détail d'architecture. La seule fantaisie municipale était un échafaudage d'exercice, offert aux sapeurs-pompiers. Il rendait villageoise la place chauve où on l'avait logé entre le cimetière et le gazomètre. Les mères allaient faire jouer leurs petits enfants dans une ancienne prairie, le long d'un mur d'usine en poutrelles et carreaux de plâtre, où le soleil donnait à certaines heures. L'air qu'on y respirait n'était jamais cru, ni fade. Nuit et jour il avait du goût. Il arrivait assaisonné de produits chimiques subtils, lointains, que le dimanche raréfiait à peine. Il vous touchait la langue ; il vous imprégnait tout entier des saveurs de sa cuisine fine et amère. Il se mêlait assez bien dans la tête à certaines pensées, à l'idée du bonheur difficile, aux soucis enchevêtrés de l'amour et du travail.

Mais au contact même de l'enceinte, sur tout son pourtour, il s'était développé, et fixé à peu près, un grouillement singulier. Une membrane de population, tout juste épaisse d'un demi-kilomètre, mais étirée sur trente-six ; une sorte de ville annulaire collée à l'autre et vivant de ses résidus. La zone militaire, qui interdisait les maisons, tolérait les masures et les baraques. Un peuple d'irréguliers, de nomades, de déchus, ou d'immigrants en attente, en avait profité pour s'établir là, cramponné à la glaise, fangeux, clandestin, encore à demi flottant, mais qui enfonçait peu à peu dans le sol des habitudes, des traditions, des droits. Toute une nouvelle nation bohémienne, molle en apparence comme de la glu sur la carapace du rempart, mais tenace en réalité comme une maladie, et qui, lorsque le rempart aurait craqué, résisterait encore.

Si bien qu'entre toutes les capitales du monde, le Paris de 1908 était sans analogue par la situation et la structure. Serré dans son enceinte, il se trouvait en outre ligoté dans le fouillis de la zone et bloqué dans sa banlieue. Et cette banlieue, loin d'être quelque chose de simple, de traitable, une propagation circulaire, un train d'ondes de population concentriques, formait l'enchevêtrement le plus confus : couches de faubourgs inégales et brisées ; énormes noyaux urbains ; vieux villages noueux ; campagne déchiquetée ; tout cela obéissant à des poussées contradictoires, constamment coincé l'un contre l'autre, et tel que tout effort de croissance devait y prendre un caractère de lutte et de dislocation.

*
* *

C'était pourtant dans ce Paris déjà menacé d'étouffement que la circulation atteignait alors la plus grande rapidité qu'on lui ait connue. Dans l'ensemble la fluidité humaine, l'agilité collective venaient d'atteindre un maximum précaire. Les causes mêmes qui l'avaient produit devaient le compromettre en se développant.

Les fiacres allaient plus vite qu'autrefois, grâce aux roues caoutchoutées, aux pavages d'un type nouveau et plus souvent refaits, à la meilleure condition des bêtes. Les autos, d'une rapidité suffisante, n'étaient pas assez nombreuses pour s'empêtrer à chaque instant dans leur propre cohue. Les bicyclettes pouvant encore rouler sans péril, des milliers de piétons avaient triplé de vitesse en devenant cyclistes. Les autobus diminuaient d'un bon tiers les temps de parcours des omnibus à chevaux, qui déjà en étaient arrivés à traverser Paris, de Clignancourt à la place Saint-Jacques, en moins de cinquante minutes. Les autobus démarraient plus vite, grimpaient mieux les côtes, fréquentes en cette ville de collines. Les tramways électriques, les derniers tramways à air comprimé ou à vapeur trouvaient devant eux de longs morceaux de voie libre. Chaque véhicule n'avait guère à compter qu'avec ses arrêts propres. Des arrêts généraux, commandés au sifflet ou au signal, ne venaient pas tous les deux cents mètres bloquer la circulation. Les premières lignes de métro offraient des itinéraires directs entre des lieux importants. Un réseau compliqué ne donnait pas la tentation d'atteindre à tout prix l'endroit où l'on devait se rendre, comme un but de jeu, en combinant les détours, les louvoiements souterrains, et au risque de piétiner sans fin dans les couloirs coudés des stations de correspondance. Les trottoirs du centre étaient encombrés ; certaines chaussées, engorgées de véhicules ; plus d'un carrefour, dangereux. Mais un Parisien habitué à la foule, aux voitures, et à choisir les rues, parvenait à faire de longues courses d'un pas régulier et souvent distrait. D'une façon générale l'abondance des moyens de circulation n'avait pas encore donné à plus de trois millions d'hommes l'idée un peu vertigineuse qu'ils peuvent se déplacer à tout propos, et que la distance est ce qui compte le moins. Les employés et les ouvriers, sauf ceux que possédait le rêve un peu maniaque et douloureux de la petite maison champêtre hors les murs, mettaient encore beaucoup de patience à découvrir un logement à proximité de leur travail, ou l'inverse. Les voitures publiques n'étaient pas pleines d'habitants de Javel qui allaient gagner leur vie aux Épinettes, ni d'habitants des Épinettes qui allaient en faire autant à Javel. Une femme pauvre ne traversait pas la moitié de Paris pour acheter à la Samaritaine une bobine de fil. Une femme riche cherchait encore à grouper ses sorties, ses visites, suivant de vieilles règles qui voulaient qu'on épargnât le chemin.

D'ailleurs, malgré la foison des véhicules sur les voies principales, Paris restait par morceaux entiers une ville de piétons. Dans bien des rues, le passage d'un fiacre faisait se lever les rideaux. Le claquement des sabots du cheval, la rumeur des quatre roues emplissaient la rue d'un bout à l'autre comme un événement tant soit peu singulier qui laissait derrière lui une songerie, une attente. On rencontrait partout des flâneurs. D'un trottoir à l'autre, les enfants jouaient à chat perché. Louis Bastide pouvait faire un voyage d'une heure derrière son cerceau. C'est le milieu de la chaussée que suivaient les musiciens ambulants, les chanteurs aveugles. Il n'était pas absurde de se promener en lisant un livre.

*
* *

Les onze express apportaient aux six gares principales, paquet par paquet, des riches, des pauvres, des négociants, des employés, des oisifs, des soldats en permission, des voyageurs de commerce rentrant d'une tournée, des étrangers qui voulaient voir la capitale en automne ; des Belges, des Italiens, des Espagnols qui espéraient s'embaucher ; des femmes qui étaient allées enterrer un oncle en province ; des filles qui avaient été chercher fortune dans les villes de saison, et dont une intrigue avec un officier avait retardé le retour aux lumières des lieux de plaisir. Une heure avant, ils étaient tous des gens qui allaient à Paris. Mais peu à peu le but se décomposait. Les quartiers ne se laissaient plus confondre. Ils se dressaient côte à côte, s'écartaient, se faisaient reconnaître chacun pour son compte de tel ou tel voyageur, comme les gens qui attendent aux sorties des gares. Les quartiers riches de l'ouest et de la rive gauche appelaient les riches. Un représentant de commerce se disait qu'il aurait le temps de passer chez son patron, rue d'Aboukir, avant de regagner son logement du côté du cours de Vincennes. Une famille de hobereaux, amie des Saint-Papoul, qui revenait de son domaine du Périgord, aspirait à une maison de Passy, au troisième palier d'un escalier un peu sombre, à une double porte de chêne peint. (Les longs couloirs sentent la poussière. Les chambres des jeunes filles donnent sur le jardin. Les feuilles sont jaunes.) Une jolie prostituée essayait de dormir pour retrouver le courage d'aller le soir même faire un tour au promenoir des Folies-Bergère. Jerphanion pensait au Panthéon, à la rue d'Ulm, à un bâtiment sombre dans les arbres. Le quartier des Écoles, avec ses brasseries, ses gargotes, ses filles un peu maigres, faisait signe aux étudiants ; le huitième arrondissement, avec ses restaurants de luxe et ses hôtels, aux touristes étrangers ; Saint-Sulpice, aux curés de campagne ; la Goutte-d'Or, à des Belges, qui venaient travailler comme manœuvres du chemin de fer. D'autres voyageurs savaient qu'à peine l'enceinte franchie, il leur faudrait la refranchir aussitôt par un tramway ou un train omnibus. Leur but était quelque part dans cette banlieue même que l'express traversait hâtivement. Ils avaient envie de dire : « Mais nous y sommes ! », de s'accrocher à une maison là-bas qu'ils voyaient passer et qui était peut-être la leur ; de freiner ce train qui allait leur faire faire tant de chemin inutile.

C'est ainsi que, l'un après l'autre, les onze express apportaient à Paris un peuple d'avance distribué.

*
* *

Et Paris qui les attendait sous ce crépuscule d'octobre, Paris s'ouvrait comme une main chargée de pouvoirs, traversée d'influences contraires, sillonnée de lignes secrètes que le regard des visiteurs, du haut des monuments, n'avait pas aperçues, qui ne figuraient sur aucun plan, qu'aucun voyageur des trains ne verrait mentionnées sur son guide, mais qui commandaient même de loin les attractions, les répulsions, et selon lesquelles se faisaient à chaque minute toutes sortes de choix individuels et de clivages de destinées.

Chacune commençait sur quelque point de la périphérie, ou un peu plus à l'intérieur ; se poursuivait vers le dedans, à sa façon ; s'insinuait entre les quartiers ou les coupait en deux ; faisait des anses et des boucles, s'arborisait, croisait d'autres lignes, semblait les épouser un moment ; allait mourir à l'autre bout de Paris, ou revenait au contraire se clore sur elle-même.

Il y avait la ligne de la richesse qui courait comme une frontière mouvante et douteuse, souvent avancée ou reculée, sans cesse longée ou traversée par un va-et-vient de neutres et de transfuges, entre les deux moitiés de Paris dont chacune s'oriente vers son pôle propre : le pôle de la richesse qui depuis un siècle remonte lentement de la Madeleine vers l'Étoile ; le pôle de la pauvreté, dont les pâles effluves, les aurores vertes et glacées oscillaient alors de la rue Rébeval à la rue Julien-Lacroix. Il y avait la ligne des affaires qui ressemblait à une poche contournée, à un estomac de ruminant accroché à l'enceinte du Nord-Est, et pendant jusqu'au contact du fleuve. C'est dans cette poche que les forces du trafic et de la spéculation venaient se tasser, se chauffer, fermenter l'une contre l'autre. Il y avait la ligne de l'amour charnel, qui ne séparait pas, comme la ligne de la richesse, deux moitiés de Paris de signe contraire ; qui ne dessinait pas, non plus, comme la ligne des affaires, les contours et les renflements d'un sac. Elle formait plutôt une sorte de traînée ; elle marquait le chemin phosphorescent de l'amour charnel à travers Paris, avec des ramifications, çà et là, des aigrettes ou de larges épanchements stagnants. Elle ressemblait à une voie lactée.

Il y avait la ligne du travail, la ligne de la pensée, la ligne du plaisir... Mais il suffit d'avoir deviné dans le crépuscule un peu de ces tracés mystérieux. Ils se révéleront mieux plus tard, pour des yeux entraînés à les déchiffrer.

*
* *

Maintenant, toutes les boutiques étaient allumées. Les premières flammes des réverbères clignaient aux carrefours. Les enfants qui jouaient sur les trottoirs des quartiers écartés criaient plus fort comme pour compenser l'éloignement créé par l'ombre. L'express de Lyon, peuplé comme un village, entrait en gare avec des halètements espacés. A la porte des champs de courses, les chars à bancs ramassaient les parieurs. Les porteurs de journaux partaient de la rue Montmartre avec la condamnation de l'Europe sous le bras. La fatigue de cinq heures du soir, qui s'était doucement approchée, se faisait sentir soudain à des milliers et des milliers d'hommes, passait sur leurs reins, sur leur poitrine, dans la zone du cœur, comme un attouchement lâche. Ils éprouvaient un brusque vertige au-dessus de la vie. Il leur fallait soudain une cigarette, un verre d'alcool, des lumières. Les femmes adultères se glissaient dans des chambres cachées. Quelques autres, d'un mouvement presque aussi secret, entraient dans les églises et gagnaient sans bruit le coin de prières où brûlaient peu de cierges.

D'autres signes annonçaient la grande pulsation du soir. Elle allait répondre à celle du matin, la répéter en sens contraire, clore l'échange quotidien entre le centre et la périphérie.

Où était le centre alors ? Quelles étaient ses limites ? A quoi se reconnaissait-il ? Chacun croyait le savoir, et le sentait peut-être par expérience, mais n'en avait qu'une notion confuse.

Il se ramassait au nord du fleuve, à peu près vers le milieu de la ville, une grosse bourrée de rues étroites et courtes, qui du matin au soir regorgeaient d'hommes et de véhicules. Mais ce caractère de densité, de plénitude, de pléthore urbaine, ne suffisait pas à délimiter le centre. On le retrouvait en trop d'endroits. Cela remontait et se ramifiait dans la masse de Paris, le long d'avenues, de boulevards, d'anciennes grand-rues, pour former, jusqu'aux abords de la périphérie, des nœuds de foule, des stries de surpeuplement, des boules d'animation, elles-mêmes chaudes et grouillantes comme un cœur de ville.

A vrai dire, ce qui marquait le centre, c'était sa pulsation. C'était la pluie des mouvements, le matin ; leurs points de chute, leur zone d'accumulation diurne. C'était la façon dont les faubourgs et la périphérie dardaient plus d'un million d'hommes dans des directions à peu près convergentes. Il se dessinait alors les contours d'une espèce de masse spongieuse, dont la puissance d'absorption paraissait indéfinie. Elle s'allongeait de l'ouest à l'est, à un kilomètre au-dessus du fleuve. Assez étroit vers l'ouest, elle s'étalait, s'arrondissait à l'autre bout. D'un côté, elle touchait à l'Opéra. De l'autre, au vieux marché du Temple. La partie la plus volumineuse, celle aussi qui absorbait le plus, logeait son renflement entre la rue Réaumur, au niveau de la Bourse, et la rue de Paradis.

Mais le soir, cette masse spongieuse restituait le million d'hommes qui l'avait saturée. Elle renvoyait à la périphérie, aux faubourgs, aux banlieues, d'intactes myriades de mouvements.

Pulsation qui ne ressemblait pas à celle d'un organe. Ni dilatation, ni contraction. La ville palpitait comme un rayonnement se renverse. Pour lancer dans les deux sens tant de matière humaine, le centre n'avait pas eu besoin de bouger. S'il lui avait bien fallu agir, ce n'était pas à la dure façon ouvrière d'un cœur vivant qui tour à tour, et sans répit, se distend ou se ramasse, aspire ou refoule, et pour qui rien ne se fait seul. C'était plutôt à la façon royale de ces structures physiques qui, par leur seule présence, apparemment immobiles et inertes, modifient autour d'elles une zone d'univers, y déchaînent, y orientent des forces, des flux, des radiations.

XIX

LE RENDEZ-VOUS

Dès quatre heures, Quinette avait eu, à plusieurs reprises, la tentation d'aller au prochain carrefour acheter une feuille du soir. Mais il s'était retenu ; à la fois pour ne pas abandonner son magasin, et pour ne rien faire qui pût sembler tant soit peu insolite au voisinage ; peut-être aussi pour mater son impatience.

Ses préparatifs de sortie furent un peu plus longs qu'il n'avait pensé. Il y apportait une minutie particulière. Jamais il n'avait vérifié avec tant de soin le bon ordre de ses effets, y compris la ceinture électrique ; la présence des objets familiers dans ses différentes poches ; la fermeture complète des serrures et verrous de la maison.

Il ne fut pas dans la rue avant cinq heures douze. (Sa montre était toujours réglée avec une extrême exactitude. Il s'arrangeait même pour mettre l'aiguille des minutes en accord avec celle des secondes.)

« Me voilà en retard, se dit-il. C'est idiot. D'ailleurs, en retard ou pas... »

Arrivé au métro, il acheta le journal, mais ne l'ouvrit que lorsqu'il fut en wagon. Une première inspection rapide ne lui montra pas ce qu'il cherchait. Il reprit son examen plus lentement. Rien en première page. Il est vrai que les événements politiques l'occupaient presque tout entière. Rien en dernière heure. Il parcourut le reste du journal, colonne par colonne. Il n'y avait pas de faits divers importants. Un train emballé à Corbeil. Quelques accidents. Un suicide. Deux cambriolages non sanglants, opérés l'un dans le huitième arrondissement, l'autre boulevard Pereire. Même avec beaucoup de complaisance, il était impossible de les rattacher à la visite de l'inconnu. Rue de Rivoli, on avait arrêté un dangereux repris de justice : trente-trois ans. Ce pouvait être l'âge du visiteur. Mais l'on ne disait pas que le repris de justice eût commis le matin même un méfait quelconque.

Quinette replia le journal. Il était déçu. Mais il avait lu ces faits divers, pourtant médiocres, avec un intérêt tout nouveau. Qu'il s'agît de l'arrestation du rôdeur, ou des deux cambriolages, il s'était placé, sans y prendre garde, à un autre point de vue que d'habitude. Il s'était dit : « Quelle idée d'aller se promener rue de Rivoli, en pleine matinée, quand on se sait recherché par la police ? » Puis : « Les signalements servent donc à quelque chose ? » Puis : « Est-ce vrai, ce qu'on prétend, que les malfaiteurs ne sont presque jamais trouvés par la police elle-même ? qu'ils sont donnés par des indicateurs, spécialement par des femmes ? Donc, qu'avec plus de prudence, surtout à l'égard des fréquentations féminines, ils échapperaient ? » Il observa, dans une parenthèse : « C'est très joli de dire, comme les auteurs, que la frigidité amoureuse est une infériorité. Mais dans certains cas, quelle force de plus ! ou quelle faiblesse de moins ! » Il continua : « Lorsqu'un cambrioleur a réussi un coup, savoir combien de temps il se tient tranquille ? Et si même il prend la peine de se cacher ? »

Il en revint au problème principal : « L'action a pu se produire quand ? Ce matin même, à coup sûr ; et très peu de temps avant qu'il fasse irruption chez moi. Disons un quart d'heure avant... Pardon ! Il s'est sauvé de l'endroit un quart d'heure avant ; mais « l'action » avait peut-être eu lieu beaucoup plus tôt. Il a pu rester près de sa victime. Pour voler, s'il s'agit d'un vol. Pour attendre un moment propice à la fuite. Ou pour faire disparaître certaines traces... Peu probable, cela. Car il aurait commencé par se nettoyer. Bref, ce n'est pas la question. Il était chez moi vers neuf heures et demie. Je dois être le premier qui ait su, ou deviné quelque chose. D'ailleurs, à midi, quand j'ai fait mon tour, le quartier ne se doutait de rien. Ni la police non plus, presque sûrement. Sans quoi il y aurait eu arrivée de policiers, et de magistrats ; enquête, et le reste ; remue-ménage dans le quartier. Donc, il est très naturel que les journaux, qui s'impriment peut-être à une heure, ou deux heures, n'en parlent pas. »

Le silence de la presse ne prouvait rien, jusqu'ici, contre la réalité de « l'action ». Ce raisonnement réconforta Quinette qu'une amertume avait failli gagner.

Mais il avait affaire à une autre idée pénible : « Il ne sera pas au rendez-vous. Faut-il même que je sois naïf pour avoir cru un instant qu'il viendrait. »

Il recommença, en l'améliorant, le scénario de sa visite au commissaire ; il acheva de polir son petit discours. Et le signalement ? Il fallait le préparer aussi ; ne fût-ce que pour montrer à la police qu'on était un homme pondéré, qui réfléchit peut-être un peu trop avant de faire une démarche de cette nature, mais qui au moins, quand il se décide, ne dérange pas les gens pour rien.

« Cet individu, monsieur le commissaire, m'a paru avoir dans les trente à trente-cinq ans. Il est de taille moyenne ; c'est-à-dire à peu près de ma taille. Corpulence ?... Corpulence très ordinaire... ni gras, ni maigre. La couleur des cheveux... Oh ! attention. J'ai envie de dire encore très ordinaire. Ça n'a pas l'air sérieux. Est-ce que je revois bien le visage ? Oui ; en ce sens que je le reconnaîtrais. Mais comment le décrire ? Avait-il une moustache ? Oui, je crois. Je n'en mettrais pas ma main au feu. Mais je crois. Peu volumineuse en tout cas. Les yeux ? Je n'ai pas remarqué la couleur. Je manque peut-être de dons pour observer. Et puis, malgré tout, j'étais ému. Les policiers, eux, doivent avoir une méthode, quand ils dévisagent quelqu'un. Une espèce de questionnaire dans l'esprit. Et ils mettent chaque réponse en face. Pourtant, au moment où je lui ai dit que je n'aurais pas trop de peine à fournir de lui un signalement « qui ne serait pas des plus vagues », je me rappelle que j'ai noté deux ou trois choses ; oui, une espèce de poche sous les yeux, un creux descendant assez bas, et plutôt bleuté. Oui, la peau est fine. Et je vois bien les moustaches, maintenant : tirant sur le blond, et un peu, très peu bouffantes, sans beaucoup de poil. Les cheveux ne sont pas blonds, certainement ; pas si clairs que la moustache. Châtain, donc. Ah ! j'avais remarqué aussi une fossette juste à la pointe du menton. Presque comme un trou de vrille. Il n'était pas rasé de frais, bien entendu. En somme, ce ne sont pas tellement les détails qui m'ont frappé. Tandis que le caractère du visage, l'expression du regard, même le ton de la voix, j'ai tout ça on ne peut mieux présent à l'esprit. Mais comment rendre ça ? Il faudrait être, à la fois, dessinateur, écrivain, et même acteur. Du reste, l'important, c'est que je donne au commissaire de police une impression de bonne foi, et de bonne volonté. »

Il se figura le commissaire attentif, hochant la tête, prenant des notes, concevant peu à peu de l'estime pour le relieur, pour son élocution parfaite, pour la sincérité évidente de ses déclarations, et la clarté, la mesure, la prudence qu'il y apportait. Quelle différence avec le témoin banal, qui tantôt s'en tient à quelques vagues propos inutilisables, tantôt fournit avec surabondance des détails qu'on sent naître, à mesure, de son imagination !

Le relieur, qui ne se laissait pas intimider par l'opinion commune, était très sensible en revanche aux marques de considération qu'il recevait des personnes distinguées, et surtout des gens en place. Déjà, il aimait s'entendre répondre par un sergent de ville ou un employé d'octroi avec une nuance spéciale de politesse. Mais plus on montait dans la hiérarchie, plus son plaisir était vif. Il aurait fait un courtisan. C'était une de ses faiblesses.

Tout en méditant, il avait plusieurs fois regardé l'heure. Quand il arriva à la Bastille, il était déjà cinq heures quarante-neuf. N'eût-il pas mieux valu achever le trajet à pied ? Le changement de train risquait de lui faire perdre plusieurs minutes. Mais, sans bien s'expliquer pourquoi, Quinette trouva préférable de ne pas faire, rue Saint-Antoine, un chemin si long et si ostensible. Il surgirait de terre à la station *Saint-Paul*, dans les parages mêmes du rendez-vous. D'ailleurs, pendant qu'il attendait le train, il vérifia sur le plan la position des rues Malher et de Turenne.

Le cartel de la station *Saint-Paul* indiquait cinq heures cinquante-cinq. Cinq minutes de retard. Si l'homme était venu, bien à contre-cœur, et qu'il eût profité du léger retard de Quinette pour se considérer comme dégagé de sa promesse ? Quinette, homme exact, se faisait des reproches.

La rue Malher était juste en face de la station. La rue de Turenne devait être la troisième à droite.

Quinette se mit à suivre lentement le trottoir nord, dans la direction de la rue de Turenne. La nuit était presque tout à fait tombée. En arrière, du côté de l'Hôtel de Ville, il restait au ciel une région bleuâtre.

Les lumières des boutiques, nombreuses et serrées en cet endroit, éclairaient vivement le trottoir, bien que d'une façon oblique, et avec des contrastes, des caprices d'ombre, qui rendaient les passants moins faciles à discerner qu'on ne l'eût pensé au premier coup d'œil.

Quinette arriva au coin de la rue de Turenne sans avoir rien remarqué. Il fit une pause d'une minute, fouillant la rue de Turenne du regard. Quelques silhouettes se déplaçaient, de réverbère en réverbère. Il revint sur ses pas.

Avait-il été distrait un moment ? Soudain, il vit, à deux mètres en avant et sur la droite, un homme qui marchait, portant un paquet sous le bras, et qui était le visiteur de ce matin.

« Il a même pris le paquet. Comme je le lui avais dit. C'est extraordinaire. »

L'homme, se retournant à moitié, regarda Quinette, et, d'un mouvement d'épaule presque imperceptible, lui fit signe qu'il n'avait qu'à le suivre.

L'homme s'engagea dans la première rue à droite, qui était très courte. Il changea de trottoir. De temps en temps, il regardait en arrière, au-delà de Quinette, comme pour vérifier si personne ne les suivait.

Ils arrivèrent devant un édifice, qui était un marché couvert. L'homme, prenant par la gauche, en fit le tour. La façade présentait des ornements un peu étranges. Un réverbère éclairait une tête de taureau, lourdement sculptée. On se serait cru au seuil du temple d'une religion barbare.

Après deux crochets, l'on se trouva dans une rue très étroite, longue d'une cinquantaine de mètres, où il n'y avait absolument personne. L'homme s'arrêta, mais d'un geste de la main, demanda à Quinette de ne pas le rejoindre encore.

« Evidemment, il se méfie. Il veut être sûr que je n'ai pas amené des gens de police avec moi. »

La marche en lignes brisées recommença. Ils arrivèrent place des Vosges. L'homme en fit presque entièrement le tour en passant sous les arcades. La place était déserte. On aurait entendu un pas, même lointain. De plus, on avait l'impression qu'en cas d'alerte, les piliers des arcades, et même certaines entrées de maisons, auraient fourni à l'homme des abris d'ombre, des cachettes d'un instant, qui lui auraient permis de dérouter ses poursuivants et de fuir.

Quinette se disait bien : « Il me fait marcher. Est-ce qu'il se moque de moi ? » Mais d'un autre côté, il participait avidement aux inquiétudes de son compagnon. « Après tout, il a raison de se méfier. Et ce qu'il fait n'est pas bête. Admettons que je sois venu pour le livrer à des inspecteurs qui marcheraient sur nos traces, et attendraient le moment de lui sauter dessus. Eh bien, je ne vois pas comment ils s'y prendraient pour nous filer, sans se trahir, autour de cette place où tout s'entend. »

Quinette suivait à quatre ou cinq pas de distance. A un moment, l'homme lui lança, d'une voix mate :

— Pas si près.

Un peu plus loin, il répéta, presque agacé :

— Pas si près, je vous dis.

Quinette laissa entre eux une douzaine de mètres d'intervalle. Du même coup, il lui fallut plus d'attention pour suivre. L'homme pouvait disparaître à un tournant, ou pénétrer soudain sous une porte. Cette préoccupation empêcha Quinette de remarquer ensuite le nom des rues. L'inconnu fit plusieurs crochets, eut l'air un moment d'avoir perdu son itinéraire. (Mais peut-être en feignant d'hésiter, de revenir sur ses pas, ne cherchait-il qu'à s'assurer une fois de plus que Quinette était le seul compagnon qu'il traînait derrière lui.)

Enfin, il s'arrêta devant une boutique, étroite et ancienne, qui semblait être un débit de vins. Une grille séculaire de fer forgé protégeait la devanture. Il venait de l'intérieur, à travers des rideaux épais, une lumière pauvre.

— Entrons ! dit-il.

Il était difficile de deviner s'il avait choisi ce lieu d'avance, ou s'il s'était décidé à l'instant.

La salle s'étendait en profondeur. Une cloison incomplète, mi-vitrée, la divisait en deux. Dans la partie antérieure quelques hommes, curieusement vêtus, d'une façon à la fois sordide et bourgeoise, qui les faisait ressembler à des chefs de rayon tombés dans la misère, entouraient une grande table couverte d'une vieille toile cirée. Celui qui paraissait être le patron portait un chapeau melon, une jaquette, une longue barbe.

Quinette suivit l'inconnu dans l'arrière-salle. Le patron, montant sur une chaise paillée, alluma une lampe à gaz.

— Donnez-nous... je ne sais pas... Qu'est-ce que vous voulez boire à cette heure-ci ? Ils n'ont pas grand-chose. Moi, je prends de la quetsche. Ils en ont de la bonne.

— Ça m'est égal... J'en prendrai aussi, dit le relieur.

Il examinait hâtivement son compagnon. Il voulait vérifier le signalement qu'il avait bâti de mémoire dans le métro. « La fossette du menton, oui. La moustache, plus fournie et moins blonde que je n'avais cru. Tiens, une grosse verrue sur la joue gauche. Elle était pourtant visible. Il s'est rasé depuis ce matin. Il a les yeux gris. Le nez est rond au bout, et plutôt retroussé. Il se met du cosmétique sur les cheveux. Peut-être n'en avait-il pas ce matin. La ligne des cheveux sur le front est toute droite. Les oreilles sont assez décollées... A-t-il les mêmes vêtements ? Ils ont l'air plus neufs. »

— Pourquoi me regardez-vous comme ça ? dit l'autre.

— Pour rien... c'est-à-dire... que vous avez une certaine ressemblance avec quelqu'un que je connais bien. Mais voilà, je n'arrive pas à retrouver qui. Vous savez ces impressions qu'on a.

Un silence. L'homme avait l'air soucieux, mais point trop abattu.

— Je vous ai mené ici, hein ? parce qu'on est tranquille. Ce sont des youpins, ils comprennent tout juste le français. En tout cas, pas de risque, au moins, ici, de rencontrer une mouche... Dès l'entrée, on la remarquerait du premier coup d'œil... Vous n'êtes pas juif ?

— Non.

— Je vous demande ça à cause de votre barbe. Mais ce n'est pas une raison.

Un silence.

— Dites, pourquoi est-ce que vous teniez tant à me revoir ?

— Je vous l'ai expliqué.

— Non.

— Mais si.

— J'ai pensé que peut-être vous vouliez me donner.

— Oh.

— ... Pas que vous étiez vous-même de la Boîte. Non. Mais il y a tellement de gens qui, sans en être, ont des rapports. J'ai bien failli ne pas venir.

— Vous êtes venu néanmoins.

— J'avais promis.

Ils goûtèrent à la quetsche. L'homme continua, très bas :

— D'ailleurs, maintenant, vous ne pouvez plus me dénoncer.

— Tiens ! pourquoi ? Remarquez que je n'en ai pas la moindre envie. Mais pourquoi ?

— C'est facile à comprendre. Vous seriez complice.

— Que voulez-vous dire ?

— Voyons. Vous m'avez recueilli ce matin chez vous. En cherchant bien, on trouverait quelqu'un, sûrement, qui m'a vu entrer, ou sortir. Et puis, maintenant, ce rendez-vous. Supposez qu'on m'arrête ce soir ou demain. Qu'est-ce qui m'empêchera de dire au juge que nous avions mijoté ça ensemble ? De compte à demi. Même que nous avons fait le partage ici, ce soir. Les youpins témoigneraient.

— Mais... », dit Quinette, assez ému, « vous pouvez être arrêté, avouez-le, sans que j'y sois pour rien. Vous n'auriez pas le cœur de me dénoncer faussement ?

L'autre ricana :

— Qu'est-ce qui me le prouvera, à moi, que vous n'y êtes pour rien ?

— Ce serait d'une injustice... d'un manque de loyauté...

— Quoi ! Vous ne voulez aucun risque ?

— J'ai bien assez du risque que je cours comme ça. Et en échange de quoi, le risque ?

— Je vous ai offert de l'argent.

— Est-ce que j'en ai voulu ? Non, non. Vous n'avez pas le droit de dire ce qui n'est pas... Moi qui n'ai cherché qu'à vous rendre service !

— Pas ce soir.

— Qu'est-ce que vous en savez ?... Même les pires bandits sont reconnaissants aux gens qui les aident à se tirer d'affaire.

— Je ne suis pas un bandit.

— Raison de plus.

Un silence.

— Enfin, ça me rassure », reprit l'homme. « Si vous en étiez, de près ou de loin, vous n'auriez pas tellement peur d'être dénoncé.

Quinette se demanda s'il ne s'était pas trop découvert ; si l'autre, maintenant, n'avait pas un peu trop cessé de le craindre. Il aurait fallu savoir doser, sans les détruire l'une par l'autre, la mise en confiance et l'intimidation.

— Vous vous trompez », dit-il. « Ce n'est pas la peur qui m'a fait parler. Vous pouvez me dénoncer à votre aise. Je suis tranquille. Croyez ce que je vous dis. Mais vous m'aviez révolté avec vos menaces.

— Mes menaces... mes menaces... Vous m'avez bien menacé, ce matin, si je ne venais pas.

— Écoutez. Je suis un homme qui tient parole. Si je vous donne ma parole que je ne vous livrerai pas, je pourrais être cent fois de la police, comme vous dites, eh bien ! je ne vous livrerais pas. Au contraire, je vous aiderais à passer à travers. Hein ?

L'inconnu, un peu déconcerté, l'examinait.

Quinette continua :

— Admettez : Quelqu'un qui serait de la police, même de la haute police, pourrait avoir une fantaisie. Un malheureux garçon, qui vient de faire une bêtise, lui tombe dans les pattes. Au lieu de le broyer, il le protège. Mais en échange il réclame une confiance complète. Ce qui est naturel. J'ai pris une comparaison pour que vous me saisissiez.

L'autre, plissant le front, essayait d'y voir clair.

— Ne vous creusez pas la tête. Je vous dis d'avoir confiance en moi, et que vous ne le regretterez pas.

— Il y a une chose que je continue à ne pas comprendre.

— Quoi ?

— Ce que nous faisons ici, ce soir.

— Ce que nous faisons ? Eh bien, j'attends que vous me racontiez tout ce qui s'est passé avant que vous n'arriviez chez moi ce matin. Vous entendez : tout.

Quinette avait pris un ton d'autorité. Il regardait l'autre droit dans les yeux. Il essayait de mettre en œuvre l'énergie invisible dont il était persuadé que son organisme produisait depuis peu des quantités nouvelles.

L'autre répondit mollement :

— Vous êtes si curieux que ça ? Alors, lisez-le dans les journaux, comme vous me disiez ce matin. Ça doit y être.

— Ça n'y est pas encore.

— Vous êtes sûr ?

Il dit ces derniers mots d'un air de raillerie ambiguë qui troubla Quinette. « J'ai peut-être mal regardé. Ou pas acheté le journal qu'il fallait. Ou pas compris, en lisant, qu'il s'agissait de lui. Mais pourtant non. »

Cette courte pause avait suffi à faire perdre à Quinette l'avantage qu'il s'était donné, à lui faire lâcher la prise mentale qu'il avait sur l'homme. Il tira de sa poche le journal qu'il avait acheté, et brusquement :

— Si ça y est, montrez-le-moi.

L'homme, en voyant le journal, cessa de sourire, s'assombrit, parut même devenir anxieux.

— Bon, bon, fit-il en écartant la feuille.

Puis, les sourcils froncés, presque rude :

— Ça n'a aucun sens. J'ai bien voulu venir ce soir, parce que vous y teniez, et que vous m'aviez rendu service. Mais ça va. Je vous ai rapporté vos bouquins. Je n'ai même pas ouvert le paquet. Maintenant, laissez-moi tranquille. J'ai autre chose à faire, vous pensez. Je vous dis au revoir, en vous remerciant, et c'est tout.

Mais il n'avait pas osé regarder Quinette. Il avait jeté ses phrases de biais, tâchant de leur donner un accent très résolu. Ses paupières battaient rapidement sur ses yeux gris. La poche au-dessous des yeux semblait recueillir et étaler le malaise qui coulait des prunelles.

De l'autre côté de la cloison, une conversation en yiddich se poursuivait. Quinette se retourna pour s'assurer que personne ne s'occupait d'eux, se convainquit encore qu'il n'y avait dans l'arrière-salle aucune porte ni ouverture suspecte ; puis, d'une voix très basse :

— Vous considérez comme certain que la victime est morte ?

L'homme tressaillit, dévisagea Quinette, puis, haussant les épaules, s'appuya la joue contre la main.

Le relieur continua :

— Nous n'avez pas l'impression que les voisins aient pu entendre ?

— Les voisins ? Quels voisins ?

Quinette sentit chanceler, chavirer, l'image qu'il avait dans la tête : le petit logement sur cour, au quatrième étage. Il fit effort pour se débarrasser de toute idée préconçue, et pour ne rien laisser perdre de ce qui allait peut-être échapper à l'homme. Mais comment orienter ses propres questions, comment les formuler même, sans voir quelque chose en pensée : des lieux, des actions, des êtres ? Il reprit :

— Quels voisins ? Justement, je vous demande quels sont ceux, à votre avis, qui ont pu entendre, à un moment ou à l'autre.

L'homme parut s'interroger ; puis :

— Il faut d'abord qu'il y en ait, des voisins.

Que voulait-il dire ? Quinette voyait « l'action » s'enfuir du quartier où il l'avait cernée, sortir de Paris même ; se retirer dans une solitude avec des champs et des arbres. Mais le reste devenait incompréhensible. Un homme qui a commis un crime en banlieue ne court pas laver le sang qui lui tache les mains dans une boutique de relieur à Vaugirard.

— Allons ! allons », fit-il. « Qu'est-ce que vous me chantez là ?

Il accentuait le ton que, depuis un instant, il s'était donné : celui d'un homme qui en sait plus long qu'il ne dit, et qui vous interroge moins pour vous arracher vos secrets que pour contrôler ses propres renseignements, ou fixer un point de détail. Il ajouta, à la manière dont on lance une allusion inquiétante :

— Des voisins ! Il y a toujours des voisins.

L'autre le regarda avec un surcroît d'anxiété. Puis, comme pour se rassurer lui-même :

— Si je faisais tomber cette chaise, est-ce que les gens de l'autre côté de la rue entendraient ?

— La porte d'ici, et leurs fenêtres à eux, étant fermées ?... non.

— Bien sûr, tout fermé.

— Non, ils n'entendraient pas... mais vous êtes sûr de ne pas avoir fait plus de bruit que ça ?...

— Tout est en rapport. Je n'ai parlé que d'une chaise qui tombe, parce qu'en somme les gens d'en face sont tout près.

Quinette se retourna, et regarda du côté de la rue, comme s'il comparait les dimensions qu'il voyait à d'autres qu'il avait dans la mémoire. Il clignait l'œil droit, relevait le sourcil gauche, faisait une moue.

— Oui... oui... Mais vous savez, quand on est très occupé à quelque chose, il arrive qu'on fasse plus de bruit qu'on ne croit, ou qu'il s'en fasse, malgré vous, dont on ne s'aperçoit pas... Si je vous demandais, par exemple : « Est-ce qu'il y a eu des cris ?... »

— Des cris ?

— Oui, des cris... vous me diriez peut-être : « Je vous garantis que non... »

— Je dirais, hein ? que je n'ai rien à vous dire.

— Mais si, d'un autre côté, un voisin avait entendu des cris, même s'il s'était réveillé en sursaut...

— Vous me faites suer avec vos histoires de brigands.

— Ah ! C'est plus important que vous ne pensez...

(Quinette voyait maintenant une petite maison comme la sienne, encore plus isolée ; des gens qui dorment dans le voisinage, à l'aube ; des cris, soudain...) Il ajouta, avec une assurance tout apparente :

— Je dis bien : réveillé en sursaut.

— Et moi je dis non.

— Pourquoi ? A cause de l'heure ?

— Non, pas à cause de l'heure. Et puis, zut ! Vous ne me ferez pas parler si je ne veux pas.

Le relieur crut prudent de battre en retraite. D'ailleurs, il ramenait déjà un peu de butin. L'image se complétait et se corrigeait peu à peu. Une petite maison sans voisinage immédiat, dans un jardin ou dans un terrain vague. Une personne seule. La nuit, ou l'aube. En tout cas une heure où dorment les gens d'alentour. Ils auraient pu être réveillés malgré tout, s'il y avait eu beaucoup de bruit. Mais il n'y a presque pas eu de bruit. Des meubles renversés peut-être. Mais il est probable que la « personne seule » n'a pas crié. Elle est morte sans avoir crié. Car elle est morte. Il a dû s'écouler plusieurs heures entre l'action et la fuite de l'homme. Pourtant le sang qu'il avait aux mains était encore frais. Alors ?

Quinette reprit, d'une voix qu'il réussit à rendre bienveillante, caressante :

— Ce qu'il y a d'intéressant pour vous, c'est que la chose ne s'est pas découverte tout de suite. Peut-être même qu'elle n'est pas encore connue à l'heure qu'il est.

— Vous croyez ?

L'homme avait dit cela très vivement.

— Vous avez eu plusieurs heures pour vous retourner. C'est très appréciable. Si vous avez su vous en servir.

— Su m'en servir... D'abord, vous vous figurez qu'on fait ce qu'on veut ? Ce matin, en entrant chez vous, je me suis bien dit que je faisais une couillonnade. Mais où aller, sali et tout, comme j'étais... Même si j'avais eu davantage la tête à moi.

— Vous n'auriez pas pu vous nettoyer sur place... avant de partir ?

— Non... Alors, il fallait bien que j'entre me nettoyer n'importe où. C'est ça, le malheur. Chaque bêtise qu'on fait, ça vient d'une chose qui a précédé.

— Évidemment. Mais laissez-moi vous dire », observa Quinette avec un peu de fatuité protectrice, « que pour des affaires pareilles vous me paraissez manquer de sang-froid. Vous vous souvenez du chiffon que je vous avais prêté ce matin ? Je vous avais bien recommandé de l'emporter. Vous l'avez laissé sur ma table de cuisine.

— Qu'est-ce que vous en avez fait ?

— Je l'ai brûlé. Et le mouchoir ?

L'homme parut très embarrassé.

— Je l'ai jeté, il me semble.

— Il vous semble ! Jeté où donc ?

— ... Dans un égoût.

— Vous n'en êtes pas plus sûr que ça ?

— Dans ces cas-là, on ne se rend pas compte de tous les gestes qu'on fait.

— C'est bien ce que je vous reproche.

Quinette médita, soupira :

— Et dire que vous aviez la chance de tomber sur quelqu'un qui, n'étant pas dans la bagarre, avait des facilités que vous n'avez pas pour juger la situation, pour voir ce qu'il fallait faire ou ne pas faire — sans même parler des qualités personnelles de réflexion que Pierre a et que Paul n'a pas — oui, quelqu'un qui vous aurait donné des conseils, des avertissements, qui vous aurait mis en garde ; on ne sait pas ; qui vous aurait peut-être trouvé des solutions... Mais vous ne voulez pas en profiter. Vous manquez de confiance. Tant pis.

— Je manque de confiance, parce que ça n'est pas clair. Quel intérêt, dites, vous avez à faire ça ?

Quinette sentit bien que sa conduite resterait suspecte, tant qu'il n'en donnerait pas quelque raison simple et massive, romanesque au besoin — les gens ont même un faible pour ces explications-là — mais que le premier venu fût capable de comprendre. Il pouvait en outre y trouver l'occasion de consolider son prestige.

Il chuchota :

— Écoutez, je vais tout vous dire — confiance pour confiance — oui... j'ai été dans la police, autrefois ; mais j'ai eu une histoire terrible avec eux. Oui. J'avais pris un chef la main dans le sac. On a voulu me briser. J'avais une grosse situation ; pas dans les services actifs, dans l'administration centrale. Naturellement, sans avoir l'expérience d'un inspecteur, je me suis mis au courant de bien des choses, même au point de vue pratique, de bien des choses qu'il est utile de savoir. Bref, ils m'ont fait un coup ignoble, une de ces injustices qui ne se pardonnent pas. Voilà. J'ai besoin de me venger d'eux. Chaque fois que j'ai l'occasion de tirer quelqu'un de leurs griffes — à condition que ce soit quelqu'un d'intéressant et de sympathique, bien entendu — je le fais. Vous avez compris ?

L'homme semblait avoir compris. Il considérait Quinette d'un autre œil. A un moment il regarda du côté du paquet, qu'il avait posé à terre dans un coin de la pièce. Il allait parler, mais il se ravisa. Il réfléchit encore un peu, puis il finit par dire :

— Naturellement que si vous pouvez m'aider... mais je ne vois pas en quoi...

— Mais si. D'abord nous verrons ça au fur et à mesure. Mais déjà, maintenant, tenez, je puis vous dire si vous avez pris les précautions qu'il faut. Quand vous m'avez quitté, ce matin, où êtes-vous allé ?

L'autre hésitait.

— Êtes-vous retourné à votre domicile ?

— Non.

— Vous habitez seul ?

— Oui. J'ai une chambre à l'hôtel. Je leur dois même la location de la semaine dernière.

— Cette nuit, vous avez découché ?

— Oui, c'est-à-dire que je suis parti vers les onze heures.

— Ils vous ont vu partir ?

— Ils n'ont peut-être pas remarqué.

— De toute façon, ils s'en seront aperçus ce matin en faisant la chambre ?

— Pas forcément. D'abord, vous savez, c'est un sale meublé. Ils ne font souvent la chambre qu'à midi ou plus tard. Et encore.

— Vous aviez pensé à défaire le lit ?

— Non.

— C'est une faute, une grosse faute », prononça Quinette sur un ton de compétence.

— Ou plutôt, attendez, j'avais reçu une femme, hier soir. Le lit a dû rester plus ou moins défait.

— Une femme ? Juste hier soir ?

— Je voulais la revoir avant. Je ne savais pas ce qui pouvait m'arriver.

— Vous lui avez parlé de la chose ?

— Non.

— Bien sûr ?

— Non. Elle savait que j'étais dans l'embêtement. Je lui ai dit que j'allais peut-être m'absenter, parce qu'un copain m'avait causé d'une place en banlieue.

— Vous avez un métier ?

— Je suis imprimeur.

— Tiens ! Nous sommes presque de la même partie. C'est curieux comme coïncidence. Ça contribue à la sympathie, n'est-ce pas ?

— Sans compter, que c'est bien un peu pour ça que je suis entré chez vous plutôt que chez un épicier ou un bougnat. J'ai vu des livres. Et puis j'ai pensé que ce serait plus tranquille. Mais alors, vous vous êtes mis relieur sans apprentissage ?

— Je faisais de la reliure depuis longtemps, en amateur. Quand j'ai quitté la police, ça m'a donné l'idée de choisir ce métier. Je ne pouvais pas faire n'importe quoi. Il me fallait une profession plus ou moins libérale. Mais dites, la femme, vous ne l'avez pas revue, depuis ?

— Non, non.

— Vous me l'affirmez ?

— Je vous le jure.

— Ce serait très grave.

— Oh ! c'est une bonne gosse. Elle ne me vendrait pas.

— Quelle illusion ! Vous êtes tous pareils. Enfin, nous reparlerons de ça. Qui avez-vous vu d'autre ?

— Personne.

— Vous avez reparu dans votre quartier ?

L'autre hésita :

— ... Oui... mais rien qu'en passant. J'ai mangé dans un petit restaurant où j'allais quelquefois.

— Vous n'avez pas fait de dépenses exagérées ?

— Non. J'ai pris une bouteille de bordeaux bouché, et deux fines. Je dois avoir eu dans les six francs vingt-cinq d'addition.

— Vous n'avez pas donné un trop gros pourboire ?

— Vingt sous... vingt-cinq sous. Je lui ai laissé les cinq sous de le petite monnaie.

Le relieur soupira :

— C'était une drôle d'idée de retourner là, alors qu'il y a des milliers de restaurants à Paris, où vous étiez sûr de passer inaperçu. Mais vous avez dû rencontrer des gens ? Vous avez dû causer ?

— Non, non. Bonjour, bonsoir. J'étais préoccupé. Je n'attirais pas la conversation.

— Pas trop visiblement préoccupé ?

— Oh ! ils m'ont vu presque toujours avec cette tête-là. Depuis le temps que j'ai des ennuis. Je me souviens que j'ai dit au garçon que je me dégoûtais à Paris, et que j'allais filer en banlieue ; la même chose qu'à la gosse hier.

— Vous n'avez pas ajouté de réflexions suspectes ; même après la bouteille de vin bouché, et les deux fines ?

— Rien du tout.

— A votre hôtel, vous n'avez rien laissé ?

— Si, une malle.

— Et où logerez-vous ce soir ?

L'autre ne répondit pas. Quinette l'examina.

— Mais vous êtes bien allé quelque part pour faire votre toilette ? Ce sont vos vêtements de ce matin ?

— Oui, sauf que je me suis racheté un veston.

— Et le vieux, où est-il ? » L'homme tardait de nouveau à répondre. « Vous vous êtes rasé de frais, peigné. Vous n'avez pas fait ça dans la rue ?

— Je suis allé chez le coiffeur.

— Où ça, dans votre quartier ?

— Non, chez un coiffeur chic, près de la Samaritaine. Je n'y avais jamais mis les pieds.

— Mais votre veston ? Vous savez que c'est d'une importance capitale, à cause des taches. Tenez, moi, ce matin, non seulement j'ai brûlé le chiffon et pulvérisé les cendres ; mais j'ai lavé à l'eau de Javel tous les endroits où vous l'aviez posé et fait tomber. Sans parler de l'évier et du robinet. J'y pense, vous n'avez jamais eu affaire à la police, antérieurement ? Vous n'avez pas de fiche anthropométrique ? On ne vous a jamais pris vos empreintes digitales ?

— Non, non.

— Dites-le moi bien franchement, parce que ça change tout.

— Je vous le jure.

— C'est du premier coup que vous en êtes arrivé à faire une chose comme ça ?

— Oh !... Deux ou trois bricoles, par hasard. Rien de sérieux. Il ne faut pas que vous me preniez pour un apache. Je n'ai jamais été chipé.

— Le pantalon et le gilet que vous portez sont ceux de ce matin ? Le linge aussi ?

— Oui.

— Que voulez-vous ! Il faut examiner tout ça de près. Vous n'avez pas l'air de vous douter du danger. C'est comme pour le veston.

— Vous pensez bien ! Ce ne sont pas mes vêtements qui me feront arrêter, s'il n'y a pas de soupçons sur moi. Et si je suis arrêté, c'est qu'ils sauront déjà que j'ai fait le coup. Et de toute façon, je serai cuit.

— Vous raisonnez comme un enfant. Cela m'étonne de la part d'un imprimeur, c'est-à-dire d'un garçon qui a reçu une certaine instruction.

— Oh ! je ne suis pas très instruit. Je travaillais dans de toutes petites boîtes : la carte de visite et le faire-part, principalement. C'est même un peu pour ça... On perd sa place pour un rien, et il y a tout le temps du chômage.

— Bref, voulez-vous que je m'occupe de vous, oui ou non ?

Un silence.

— Si c'est non, je ne vous en voudrai pas. Vous irez au diable, voilà tout. Inexpérimenté comme vous êtes, je ne vous donne pas deux jours pour vous faire coffrer.

L'homme réfléchit encore ; puis, ramassant le paquet posé à terre, il se leva.

— Venez.

— C'est mon paquet, n'est-ce pas ? Je puis le porter, dit le relieur que le succès inclinait à la complaisance.

— Non, non, fit l'autre, et il écarta du paquet la main de Quinette.

XX

WAZEMMES RENCONTRE L'AVENIR

Wazemmes et le monsieur étaient restés ensemble quelques minutes entre le prix de l'Oisans et le prix de la Drôme. Le monsieur avait demandé :

— Alors ? Vous avez eu le nommé Paul ?

— Oui, oui.

— Il a écrit sous la dictée ? Pas de confusion ?

— Aucune. Il a répété le nom des chevaux. Il m'a dit aussi : « Dites au patron que j'ai deux fois cent francs sur *Nippon II* dans le prix de l'Isère. Il saura d'où ça vient. »

— Bon, merci. Vous êtes un excellent mandataire.

Puis il s'était excusé pour aller à l'autre bout du champ de courses, ajoutant « qu'on tâcherait de se retrouver avant la fin de la réunion ». Wazemmes, bien que l'ayant un peu cherché, ne l'avait pas revu.

Sur le quai de la gare du Nord, quand Wazemmes descendit du train d'Enghien, quelqu'un l'appela. C'était le monsieur.

— Vous aurez bien un instant pour prendre quelque chose ?

Wazemmes se savait impatiemment attendu. Mais il n'était pas de ceux qui boudent les occasions. La plus mince aventure, en elle-même, l'excitait. De plus il adorait les cafés, bien qu'il n'eût pas les moyens d'en user beaucoup. Ce qui le tentait, ce n'était pas d'avaler un verre au comptoir, comme un garçon livreur dont les chevaux piaffent. Mais assis à une table, devant une consommation de marque, il savourait toutes sortes de contentements, y compris celui de boire. La chaleur de l'alcool et l'amertume des essences avivaient son optimisme naturel.

— Si vous voulez, nous irons en face. Ce sont des Belges, presque des compatriotes à moi, puisque je suis du Nord, tout près de la frontière.

— Ah ! ma famille est aussi de par là.

— De quel côté exactement ?

— Du Pas-de-Calais. Je m'appelle Wazemmes.

— Oui, c'est un nom de la région.

Quand ils furent assis, le monsieur examina Wazemmes avec plus de soin qu'au premier moment de leur rencontre et une certaine sympathie. Quel âge avait ce garçon ? Vingt ans, à ne considérer que la stature. Dix-huit à peine, si on tenait compte du visage et des yeux. Mais pouvait-il être déjà un habitué des champs de courses ?

Sous le regard dont il sentait la curiosité, le jeune Wazemmes buvait poliment son apéritif. Il avait pris un air sage et doux. Sans espérer rien de particulier, ni former aucun calcul précis, il désirait inspirer confiance. Mais non point se confier à l'aveuglette. Son goût de l'occasion n'en faisait pas un nigaud. Il était même tout prêt à inventer des mensonges, s'il en avait besoin pour dissimuler, ou pour se faire valoir.

— Vous allez souvent aux réunions ? » lui dit le monsieur.

— Assez souvent.

— Je vous ai vu à Auteuil, il me semble ?

— A Auteuil, et ailleurs.

— Vous pariez pour votre compte ?

— Oui...

Wazemmes se mettait en route pour mentir. Il se construisait déjà une vie élégante de jeune turfiste, qu'il lui serait facile de décrire abondamment. Les détails surgiraient au fur et à mesure. Mais, à sa grande surprise, une crainte le saisit. Il lui parut évident que le monsieur ne croirait pas un mot de toutes ces histoires, et commencerait à ne rien penser de bon de Wazemmes, ce que Wazemmes redoutait beaucoup.

Alors il corrigea :

— Mais surtout je viens pour l'atelier.

— Comment ça ?

— Pas tous les jours, mais bien trois fois par semaine et même quatre, suivant le calendrier sportif.

Il tâchait de s'exprimer avec élégance. Il évitait les intonations faubouriennes.

— Si je comprends bien, vous portez les paris de vos camarades d'atelier au Mutuel ?

— C'est ça.

— Vous n'avez pas de difficultés, étant donné votre âge ?

— Je m'arrange.

— Et le patron ne dit rien ? Sans doute qu'il joue aussi ?

— Non, il ne joue pas. Ce n'est peut-être pas l'envie qui lui manque. Mais il se retient de jouer, pour nous faire sentir qu'il n'approuve pas.

Wazemmes allait ajouter quelque réflexion pleine de désinvolture, comme : « On se balance du patron. Le mieux qu'il ait à faire est de la boucler. » Mais il s'avisa que le monsieur était lui-même un patron (M. Paul lui avait donné ce nom au téléphone), et qu'outre la grossièreté des termes, l'esprit de la remarque pourrait le choquer. D'ailleurs Wazemmes s'apercevait à l'instant qu'il avait pour les patrons, et surtout pour l'état de patron, une estime déjà ancienne. Il imagina le jour où quelqu'un dirait au téléphone : « Allez prévenir votre patron M. Wazemmes » ; et il se représenta vivement que les choses désirables de la vie : les secrets de l'automobile, les haltes confortables au café, les flâneries sur le turf avec une belle actrice, se rapprocheraient ou s'éloigneraient de lui, Wazemmes, exactement dans la mesure où il se rapprocherait et s'éloignerait de cet état de patron, auquel parfois les conversations d'atelier, et l'humeur qu'elles engendrent, le portaient à manquer de respect.

Il trouva donc préférable de dire, du ton le plus raisonnable :

— Vous comprenez, c'est l'habitude. Le patron est un peu obligé. Naturellement il en profite pour me donner des commissions à faire quand il y en a.

— Comme ça, vos camarades n'hésitent pas à vous confier leur argent. C'est donc qu'ils vous prennent pour quelqu'un de sérieux. Ils sont nombreux à l'atelier ?

La question inquiéta un peu Wazemmes. N'était-ce pas une façon de s'informer s'il était porteur d'une grosse somme ? Wazemmes vit défiler en esprit un certain nombre d'aventures redoutables : l'échange de portefeuilles, le coup du trésor caché, le coup de l'héritage espagnol, sans parler du simple vol à la tire ou des diverses formes de guet-apens. Vol et guet-apens peu probables ; le monsieur n'avait absolument pas une touche de bandit. Mais une escroquerie plus subtile ? Quelque ruse difficile à parer ? Wazemmes faisait appel à tout ce qu'il pouvait avoir d'expérience des hommes et de science des physionomies. C'était mince.

— Pensez-vous ! » répondit-il. « Ils sont cinq ou six ; et ils ne risquent que de petites sommes.

Non, décidément, le monsieur n'était pas un de ces filous qui guignent les malheureuses pièces de vingt francs que vous avez dans la poche. Quelque chose dans son aspect vous avertissait qu'il était « au-dessus de ça ». Peut-être était-il dangereux, mais d'une autre façon, dont Wazemmes n'avait aucune idée.

— Et pour si peu, votre patron accepte que vous perdiez je ne sais combien de demi-journées, presque de journées ? car enfin quand vous allez à Enghien ou au Tremblay... Qu'est-ce que c'est, comme atelier ?

— Peinture.

— Peinture ?... Ah oui ! Mais...

Le monsieur regardait Wazemmes. Évidemment, s'il s'agissait d'un atelier d'artistes-peintres, cette façon bohème de prendre les choses ne l'étonnait plus. Même le « patron », quelque glorieux chevronné des Beaux-Arts, ne devait grogner que pour la forme. Pourtant le jeune homme n'avait pas une mine de rapin.

— Mais... quelle espèce de peinture ?

— La décoration fine, la lettre... Rien que du travail artistique. La maison est réputée pour ça.

— Ah ! oui...

— Le plus vieux de chez nous, un nommé Péclet, est très capable. Il fait des paysages, des personnages, des animaux. S'il voulait, il pourrait exposer.

— Oui, oui. Et vous apprenez le métier ?

— Oui.

— Ou vous êtes censé l'apprendre. Parce que si vous passez vos après-midi aux courses...

— Le matin, je broie des couleurs. Je nettoie les brosses. Même quelquefois je fais les mélanges. C'est rare qu'on confie ça à un apprenti. Il faut avoir l'œil excessivement juste.

Il réfléchit, puis, d'un air soudain désabusé :

— Oh ! je reconnais que comme apprentissage, c'est plutôt miteux.

— Où cela vous mènera-t-il ?

Wazemmes leva modestement les épaules, fit une moue.

— Qu'est-ce que peut gagner de l'heure un ouvrier peintre, actuellement ?

— Je crois que Péclet a ses un franc vingt-cinq.

En énonçant cette somme, qui lui parut soudain misérable, Wazemmes découvrit avec plus de force que jamais que son sort présent était profondément indigne de lui.

— Vous avez du goût pour ce métier-là ? » disait le monsieur. « Vous voyez un avenir ?

En effet. Fameux avenir. Brillantes perspectives. Arriver à l'âge de Péclet, avec son talent, pour gagner douze francs cinquante par jour en pleine saison, et chômer ensuite combien de semaines ! Il avait fallu à Wazemmes une faiblesse impardonnable pour accepter, même provisoirement, un sort pareil. Et il venait de se faire du tort aux yeux de son interlocuteur en lui confiant la vérité là-dessus.

Aussi s'empressa-t-il de déclarer en bredouillant un peu :

— Oh ! je sais bien que ce n'est pas un métier pour moi. J'ai pris ça en attendant. Surtout que j'ai beaucoup d'instruction.

Le monsieur sourit.

— Quoi ? Le certificat d'études ?

— Pensez-vous ! J'ai fait un an de cours complémentaire, et plus de six mois à Colbert. J'aurais pu passer le brevet.

— Qu'est-ce qui vous a arrêté ?

— J'avais perdu mes parents. J'étais à la charge de mon oncle.

— Il n'avait pas les moyens de vous faire continuer vos études ?

— Si, je crois ; s'il avait bien voulu. Mais lui aussi est peintre, n'est-ce pas ? Il ne travaille plus guère, maintenant, à cause de ses rhumatismes. Seulement, il était ami de mon patron. Voilà comment ça s'est fait.

Il oubliait d'ajouter qu'il s'était peu à peu dégoûté de la vie scolaire, de sa monotonie, de ses astreintes, de la situation de moutard où elle vous maintient à l'égard des grandes personnes. Pendant les quatre mois, exactement, qu'il était resté élève à Colbert, son ardeur avait diminué à vue d'œil. Quand son père était mort, suivant sa mère à un an d'intervalle, il avait insisté lui-même pour qu'on lui donnât un métier. L'oncle qui le recueillait, et qui n'avait que de petites économies, ne crut pas indispensable de sacrifier la tranquillité de ses vieux jours à la réussite bien incertaine des études de son neveu.

— Enfin vous savez mettre l'orthographe ? et vous rédigeriez une correspondance ? Avec l'habitude...

Wazemmes haussa les épaules. Il voulait achever de se réhabiliter :

— Mon oncle m'a fourré dans la première place venue. Du moment que je débarrassais le plancher, et que je rapportais quelques sous... Et puis, je n'ai que seize ans.

— Seize ans ? Vous n'avez que seize ans ?

— Oui, depuis le 7 avril.

— Vous en paraissez dix-huit au bas mot.

— Pour le caractère aussi, ajouta doucement Wazemmes.

Le monsieur réfléchissait. Au bout d'un instant, il reprit :

— Vous ne seriez peut-être pas fait pour un emploi complètement sédentaire. Mais un peu de travail de bureau, alternant avec de longues sorties, tout ça réclamant une certaine initiative, et susceptible de vous procurer une situation d'avenir, hein ? à première vue, qu'est-ce que vous en diriez ?

— Ça me plairait beaucoup. Et puis je suis déjà très au courant.

— Au courant de quoi ? Ah non ! il ne s'agit pas des courses. Évidemment, je m'en suis occupé ces derniers temps, parce qu'il faut bien faire quelque chose. Vous avez dû entendre parler de l'arrêt de la Cour de Cassation du 28 mars dernier ? C'était en principe favorable aux bookmakers. Ils l'ont salué comme le début d'une ère nouvelle. J'ai cru moi-même qu'il y avait de l'argent à gagner de ce côté-là. De fait la saison a été bonne. On a constaté une diminution très nette du Mutuel. A notre profit, bien entendu. Mais je sais, par les quelques relations que j'ai, qu'il faut s'attendre à une prochaine offensive parlementaire. Tôt ou tard, les books seront étranglés. Et puis, ce n'est pas un métier pour moi... Vous voyez que je parle comme vous... Mais c'est vrai, j'ai autre chose dans le ventre. Et je n'ai plus votre âge. Le temps que je perds compte diablement plus. Remarquez, je ne regrette rien. Ces six mois m'ont permis de me constituer une avance, et aussi d'étudier d'autres questions. Bref, je suis sur le point de céder mon livre et de prendre un nouveau départ. Au début, je ne veux pas me charger de personnel, ni de frais généraux. Je tâcherai de tout faire par moi-même, avec quelqu'un de jeune et de débrouillard à mes côtés.

A chaque phrase du monsieur, la joie de Wazemmes, son appétit d'avenir, sa foi dans le destin s'enflaient un peu plus. Mais il pensa à M. Paul, dont il avait entendu la voix. Son excitation lui donna l'audace de demander :

— Vous ne garderez pas M. Paul ?

— Vous connaissez M. Paul ? Ah oui ! » et il sourit, en ayant l'air de se dire qu'une remarque pareille ne venait pas d'un garçon endormi.

« Non, je ne le garderai pas. D'abord il est vieux. Incapable de trotter comme il faudra. Et puis pas assez souple, pas assez varié dans ses aptitudes. Je laisse M. Paul à mon successeur. Je veux quelqu'un que je puisse balancer au bout de deux mois, s'il ne donne pas satisfaction, sans que ça fasse un drame. Vous voyez que je vous parle brutalement. Un homme de l'âge de M. Paul, on hésite davantage à le flanquer sur le pavé.

Ces dernières indications, qui n'étaient pas jetées par hasard, causèrent bien chez Wazemmes un léger refroidissement. Mais il avait trop de confiance en lui pour imaginer qu'il pourrait être inférieur à une tâche qu'il ferait avec plaisir.

Brusquement, le monsieur, tout en tirant de la monnaie et en appelant le garçon, conclut l'entretien :

— Voilà. Réfléchissez. Je vous prends à l'essai. Pour le moment, vous auriez à faire des fiches, du classement, un peu de courrier, et surtout des courses dans Paris, des courses qui demanderont de l'intelligence et, je répète, de l'initiative. Un métier pas ennuyeux. Cent francs par mois. A seize ans, c'est très joli. Je vous préviens que vous n'aurez pas toujours vos dimanches. Mais si ça marche, je ne me ferai pas prier pour vous augmenter. Ou je vous intéresserai aux affaires. Prenez mon adresse : M. Haverkamp, 21, rue Croix-des-Petits-Champs. Donnez que je vous écrive ça. C'est mon ancienne installation. Je change pour quelque chose de mieux. Où travaillez-vous ?

— 164, rue Montmartre... si vous voulez des renseignements...

— Je me fiche des renseignements. Je vous verrai à l'œuvre. Mais comme votre atelier est à cinq minutes de chez moi, il vous sera facile de me mettre un mot. Il me faudrait une autorisation de votre oncle, bien entendu... Au revoir.

XXI

LE REFUGE

L'homme s'arrêta, et dit :

— Attendons un peu.

Ils étaient venus par la rue de Rambuteau, et ils arrivaient au coin de la rue Beaubourg. L'homme regarda de tous les côtés, mais spécialement en arrière.

En ce temps-là, la partie large et à peu près droite de la rue Beaubourg ne commençait qu'à la rue de Rambuteau, pour continuer jusqu'à la rue Réaumur. Les vingt premiers numéros de la rue Beaubourg formaient, de l'autre côté, un boyau tortueux, qui s'insinuait dans la plus vieille épaisseur du quartier Saint-Merri, et s'y raccordait à la rue Brisemiche. Peu d'endroits de Paris offraient une apparence plus feutrée et plus sourde.

Quand l'homme se fut assuré que personne ne les suivait, il prit par là. Il s'engagea ensuite dans la rue Brisemiche, puis tourna aussitôt par la rue Taillepain, qui, à cette époque, existait encore.

La rue, large d'à peine trois mètres, faisait un angle droit. Un réverbère à potence éclairait d'une lumière frisante les façades très anciennes ; mais les entrées de maisons restaient tout à fait obscures.

L'homme entra si brusquement dans un couloir que son compagnon ne s'en aperçut qu'après une seconde, et dut revenir sur ses pas.

Le couloir, qui ne laissait le passage qu'à une personne, était sombre. Pourtant il arrivait une petite lumière d'une lucarne ovale qu'on découvrait dans un renfoncement à gauche.

Ils traversèrent une courette, trouvèrent un nouveau corridor très court sur lequel donnaient seulement deux portes : une au fond, une à gauche.

L'homme ouvrit celle de gauche, posa son paquet à terre, ferma les rideaux ; puis alluma une petite lampe à essence. L'intérieur de la pièce était moins sordide qu'on n'eût pensé. Il y avait un lit de bois, large d'environ un mètre, avec des draps qui semblaient propres ; deux tables, dont l'une portait une cuvette et un pot à eau ; un broc sur le sol ; sur l'autre table, un tapis à franges, deux chaises. Le sol, carrelé, était en partie recouvert d'une natte.

Ils s'assirent.

— Vous voyez que j'ai confiance.

— C'est... ce n'est pas votre hôtel ?

— Non, naturellement.

— C'est quoi ? votre refuge ?

— Oui... vous pouvez parler. La chambre d'à côté est vide.

— Par la fenêtre, ça ne risque pas de s'entendre ?

— Non. Et puis je ne vous dis pas de crier.

— Vous allez coucher ici ?

— Oui.

— Ce soir ?

— Oui.

Quinette examinait les lieux.

— Mais... quoi ? Vous êtes chez un particulier ?

— Oui, une bonne femme.

— Pas de rapport avec celle dont vous me parliez tout à l'heure... Celle d'hier soir ?

— Aucun, aucun... Vous me faites rire.

— Qu'est-ce qui vous a donné l'idée de venir ici ?

— Je ne sais pas. Il faut vous dire que je connais le quartier depuis longtemps.

— C'est déjà dans ces parages-ci que vous habitiez ?

— Non.

— Le coin vous a paru tranquille ?... Mais elle vous loge... comment ? elle vous loue ?

— Bien sûr. Elle loue ces deux chambres-là, celle-ci et à côté, quand elle trouve.

— Qui vous a indiqué ça ?

— Un type qui poussait une voiture à bras, que j'ai rencontré rue Aubry-le-Boucher. Je lui ai dit que je cherchais un garni. Mais pas dans un hôtel. Parce qu'il m'arrivait souvent de travailler la nuit ; et que pour roupiller le jour dans un hôtel, c'était impossible, à cause des allées et venues. J'avais déjà demandé ailleurs, à un bistrot.

— Vous ne vous êtes pas trop fait remarquer, avec vos questions ?

— Non. Et puis quoi, ça n'avait rien de drôle.

— La bonne femme n'a pas été surprise de vous voir sans bagages, sans valise ?

— J'avais le paquet...

— Vous voyez qu'il vous a servi.

— Et puis un autre paquet.

Quinette chercha du coin de l'œil l'autre paquet. Pour l'instant, il n'aperçut rien.

— Je lui ai payé une semaine d'avance. Alors vous pensez qu'elle s'en fichait.

— Elle ne vous a pas questionné ?

— Elle est à moitié sourde. J'en ai profité pour lui dire n'importe quoi. Quand les gens sont comme ça, ils parlent surtout pour dire de parler. Mais ils ont l'habitude de ne pas vous comprendre. Ça ne les dérange pas.

— Mais votre malle, que vous avez laissée à l'hôtel ?

— Ce n'est pas que je tienne tellement à ce qu'il y a dedans.

— Oui, mais ça vous signalera. Le patron de l'hôtel fera peut-être une déclaration chez le commissaire. Et il n'en faut pas tant.

— Je sais... Là, vous qui disiez, vous pourriez me rendre un service.

— En allant chercher la malle ?...

— Naturellement je vous donnerais de quoi les payer pour ce que je leur dois. La semaine dernière, et dimanche, lundi, mardi, mettons trois ou même quatre jours de plus.

— C'est que pour moi, ça devient grave.

— Il y aurait même quelque chose de très bien, ce serait que vous leur disiez que vous êtes mon nouveau patron ; que je vous ai demandé de venir chercher ma malle, à l'occasion d'une course que vous faisiez ; et même que vous, vous en profitiez pour prendre des renseignements.

Vous avez tout à fait l'air d'un patron. C'est vrai. Vous êtes très respectable. Il ne leur viendra pas l'idée d'autre chose. Et puis, vous savez, les commerçants, ceux-là comme les autres, de l'instant qu'on les paye... ah !... ils ne se tourmentent pas longtemps à votre sujet.

— Oui, mais on peut venir enquêter.

— Et alors ? Ils répondront qu'un monsieur très bien, qui avait une belle barbe, est venu dire qu'il m'avait embauché. Vous parlez même d'un alibi !

— Heu ! Ça ne se passe pas si simplement que ça. Si on a des raisons sérieuses de vous chercher, on voudra retrouver le monsieur à la belle barbe.

— En admettant ! Qui est-ce qui irait penser à vous, avec tous les signalements que vous voudrez ? Hein ? Un relieur établi en boutique ? Un ancien gros bonnet de chez eux ?

— Je ne dis pas. Là encore, vous mésurez le prix de l'aide que je vous apporte. La démarche en question, essayer d'envoyer quelqu'un d'autre à ma place ?... Mais l'hôtelier peut me demander votre adresse, sous prétexte de vous faire suivre votre correspondance.

— Je ne reçois jamais de lettres.

— Soit. Ils peuvent la demander par pure curiosité. Et moi, je ne dois pas avoir l'air de tenir à leur cacher ce renseignement-là.

— Donnez une fausse adresse.

— Oui, mais si jamais on vérifie, ma visite à l'hôtel cesse d'être un alibi pour vous. Au contraire. Vous fortifiez les soupçons. En ce moment-ci, je parle dans votre intérêt.

— Alors ?

— Justement. Je réfléchis. Autre chose. Je ne vais pas porter la malle sur mon dos. Un taxi ? Mais d'abord je ne sais pas s'il pourrait passer ici dans votre rue. Et de toute façon, le voisinage serait très intrigué. Un taxi s'arrêtant, déchargeant, dans une rue pareille !

— Un fiacre ordinaire, le soir ?

— Il y a le cocher, qui oubliera facilement un client qu'il a conduit de la gare de l'Est aux grands boulevards, mais qui se rappellera plus d'un an son arrivée dans ce coupe-gorge, et vous, et la malle.

Quinette se tut. Il interrogeait l'alentour. Il écoutait. Plein d'une vigilance toute neuve, dont rien n'avait encore blasé l'acuité, et que les circonstances rendaient vibrante comme une passion, il essayait de juger la valeur de refuge de la demeure où il était, l'épaisseur de secret dont elle protégeait un homme, la charge de péril, la pression de recherche à laquelle elle pourrait résister.

On entendait quelques bruits de voitures, assez lointains. Un passage de pas, dans la rue même, très amorti. Parfois une voix, qui avait toujours l'air trop proche, qui avait toujours l'air de crier et de venir. Les pas semblaient encore plus rassurants que les voix. Mais il y avait aussi des périodes de silence. La maison même paraissait muette. Des bruits très légers, et irréguliers, qu'on discernait de temps à autre — frottements, craquements, coups — venaient peut-être d'un étage supérieur, mais peut-être aussi des maisons voisines. Tout ce pays de vieux murs était assez dense pour que des rumeurs de cet ordre pussent y faire de longs cheminements, et cesser d'appartenir à un lieu plutôt qu'à un autre, comme l'odeur misérable et moisie qui suintait de partout.

Quinette reprit :

— Je vois bien, parbleu, ce qui vous a plu dans ce recoin. « Qu'est-ce qui aurait l'idée de me chercher ici ? » Vous vous dites ça. Malheureusement ça vient à l'esprit de tout le monde. C'est comme s'il y avait, à l'entrée de la rue où vous m'avez fait passer tout à l'heure : Réservé aux gens qui se cachent.

— Oh ! Tout de même !

— Et puis ces parages sont remplis de filles et de souteneurs. La police a constamment l'œil dessus. Elle y entretient des indicateurs de toute espèce. Votre logeuse... eh bien ! il y a gros à parier pour qu'elle en soit.

— Vous ne diriez pas ça si vous la voyiez. Voulez-vous que je trouve un prétexte, et que je vous la montre ?

— Non, non. Il ne faut pas qu'elle me connaisse. A aucun prix. Dans quel quartier était votre hôtel ?

— Rue du Château, dans le quatorzième. Vous savez : une rue qui va de l'avenue du Maine, juste vis-à-vis la mairie, au boulevard de Vaugirard, en passant contre la gare des marchandises de l'Ouest ?

— Pas tellement loin de chez moi, en somme.

— Une vingtaine de minutes à pied.

— Le quartier n'est pas de tout repos non plus. Mais il vaut encore mieux que celui-ci. Notez que vous avez bien fait de partir. Mais il faudra que nous vous cherchions autre chose.

— Ah ! Vous me donnez les foies !

— Je pense encore à votre malle. Il y aurait une façon de procéder. Qu'on aille les payer aujourd'hui, en leur disant que, pour la malle, on reviendra, ou qu'on enverra quelqu'un. Dans la malle, si on l'ouvrait, il n'y a rien de suspect ? rien qui puisse intriguer la police ou la mettre sur la voie ?

— ... Non... sauf une quantité de paires de chaussettes neuves, au fond. S'ils trouvent ça, ils se douteront comment que je les ai eues. Mais est-ce que pour ça seulement on me ferait rechercher ?

— Non, je ne pense pas ; s'il n'y a vraiment que ça. Et puis à la rigueur, vous auriez pu vouloir vous installer revendeur de chaussettes, sous une porte, ou camelot. Vous savez, quand il n'y a pas de plainte, la police ne s'amuse pas à faire du zèle. Bref, il faut d'abord les payer. Ensuite leur esprit ne travaillera plus. La malle, ils la fourreront dans un coin, et ils n'y penseront que le jour où on viendra la reprendre.

— Ce n'est pas, remarquez, que je n'aie pas besoin de ce qu'il y a dedans.

— Vous vous débrouillerez bien.

— Mais quel avantage voyez-vous à ne pas la reprendre aujourd'hui ?

— Ceci d'abord, qu'ils auront moins motif de demander votre adresse. Même si c'est vous qui y allez...

— Moi ? oh ! moi ?

— Après tout, pourquoi pas ?... vous pourrez dire : « Je ne resterai là où je suis qu'une nuit ou deux. Je vous donnerai mon adresse définitive en reprenant ma malle. » Si c'est un autre, moi par exemple, qui fait la commission, c'est encore plus simple. Je suis votre nouveau patron, soit. Je viens payer : une avance sur votre salaire. J'ai surtout l'air d'être venu pour prendre des renseignements. Votre nouvelle adresse ? Je ne la sais pas encore. Du moment que je n'emporte pas la malle, il n'y a pas de raison pour que je fournisse mon adresse à moi ; et je ne suis pas forcé de savoir si vous avez déjà trouvé à vous loger.

L'homme écoutait Quinette comme un malade écoute le médecin. Il ne demandait qu'à le croire, qu'à lui obéir. Quand le malade fait une objection, c'est seulement pour obliger le médecin à bien tenir compte de tout, et à diriger sa science infaillible dans toutes les anfractuosités du problème.

Quinette regarda sa montre.

— Oh ! oh ! près de sept heures. Et nous ne sommes guère avancés.

Il se leva.

— Je voudrais bien voir aussi s'il n'y a rien dans les dernières éditions du soir.

— Non, non » dit vivement l'homme, « non !

— Quoi ! C'est absurde !

— Demain matin. Je regarderai ça demain matin. Maintenant je ne veux pas savoir. Ce n'est pas ce soir qu'ils me trouveront ici ? Non ? Je veux être tranquille jusqu'à demain. Je veux dormir.

Le relieur, écoutant à peine, méditait :

— Sept heures... Oui, oui... attendez... attendez... Je me demande si je ne vais pas trouver la vraie solution... Je sors le premier. Bon. J'en profite pour regarder comment se présente tout ce coin-ci, les rencontres qu'on fait. J'achète le journal. Mais si, mais si. Vous n'êtes pas un enfant. Vous me rejoignez disons place de l'Hôtel-de-Ville, sur le terre-plein central. Je ferai les cent pas en lisant. C'est beaucoup moins suspect que l'angle d'une rue. Et on a de l'espace. Nous allons prendre ensuite le tramway de la porte d'Orléans. Nous descendrons à l'église de Montrouge. Il y a bien un café, au coin de la rue d'Alésia et de l'avenue, à gauche, quand on va vers la porte ?

— Oui.

— Vous y êtes connu ?

— Je n'y suis jamais entré.

— Vous ne risquez pas d'y rencontrer des gens ?

— Pas si loin dans l'avenue. Non.

— Vous m'y attendez. Moi je vais à votre hôtel. Je feins de prendre des renseignements sur vous. Rien d'autre. Vous étiez sorti hier après-midi ?

— Oui.

— Je puis leur dire : « Il s'est présenté hier. Il est venu travailler ce matin. » Ce n'est peut-être pas un alibi formel. Mais tout de même voilà des gens qui ne penseront pas que vous ayez pu faire grand-chose d'extraordinaire cette nuit ; et si plus tard on les interroge, il leur sera resté la trace de cette idée-là, et ils en ajouteront plutôt de leur cru. D'autant que j'aurai trouvé moyen d'indiquer que ma maison est en banlieue nord par exemple. Je choisirai plutôt cette direction-là, vous voyez pourquoi, et une banlieue très vaste et très peuplée, pour le cas où l'on chercherait le patron barbu. En même temps, je verrai tout de suite à leur façon de répondre s'il n'y a pas eu déjà quelque alerte...

— Comment ça ?

— Hé oui. Supposez le pire : qu'on soit sur votre piste, et qu'on ait commencé une enquête ; oui, que des inspecteurs soient déjà venus chez vos hôteliers. Je saisirai ça tout de suite à un mot qui leur échappera, à une allusion, à leur air. Je n'insisterai pas, vous pensez. Vous me verrez reparaître en hâte, et nous aviserons. Ce sera une expédition de reconnaissance. Si au contraire ils se contentent de dire, avec un peu de mauvaise humeur : « Tant mieux qu'il ait trouvé une bonne place. Espérons qu'il pensera à nous payer », je répondrai : « Justement, il avait l'intention de passer ce soir, pour vous régler et reprendre sa malle ». Et en effet, vous irez, un quart d'heure plus tard. Tout sera terminé d'un coup.

— Mais ils m'interrogeront.

— Vous répondrez le plus vaguement possible ; par exemple : « C'est du côté de Saint-Denis » ; ou même « au nord de Paris ». Vous ne leur devrez plus rien. Ou ceci encore, qui serait le mieux : « Je ne suis pas sûr de rester dans cette place-là. Quand je serai fixé quelque part, je vous écrirai. »

— Comment ferons-nous pour la malle ?

— Le plus simple, c'est un taxi.

— Mais je lui dirai d'aller où ? ici ?

— Laissez-moi réfléchir. Ce qu'il faut, c'est fractionner le trajet. D'abord, est-ce qu'il y a des choses, dans votre malle, que vous seriez ennuyé que je puisse voir ?

— ... Non... Pour les chaussettes, je vous ai expliqué.

— Parce qu'alors, écoutez-moi. Vous dites à votre taxi de vous conduire à la gare Montparnasse, qui est à deux pas. Vous laissez votre malle à la consigne. Vous me donnez votre bulletin. Demain matin, je vais retirer la malle. Je l'amène chez moi. Si vous avez besoin de certains objets, vous me confiez la clef, et je vous les apporte. Quand nous vous aurons trouvé un refuge plus sérieux que celui-ci, il sera toujours temps d'y porter votre malle. Comme ça, elle aura fait un voyage de moins, et je défie bien qu'ensuite on reconstitue son itinéraire. Allons. Les minutes passent... Est-ce que je reprends mon paquet ?

L'autre hésita, puis déclara tout à coup, en levant un peu les mains :

— Écoutez, il faut que je vous dise. Je suis un salaud. Non, c'est vrai. Avec tout ce que vous faites pour moi. Je sais bien que je ne pouvais pas m'en douter ; qu'au contraire, je me méfiais de vous. Mais quand même...

Quinette, en regardant mieux le paquet, s'aperçut qu'il avait changé de forme, depuis le matin. Il était plus gros. Le papier faisait des bosses. Les ficelles avaient perdu leur symétrie.

— Vous y avez touché ?... Vous avez remis autre chose dedans ?

Pendant que l'homme gardait une mine piteuse et contrite, Quinette posa le paquet sur la chaise qu'il venait d'occuper, dénoua les ficelles.

— Qu'est-ce que vous allez pensez de moi ?

Quinette écarta le papier d'emballage. Il y avait au-dessus des livres un veston plié — celui que l'homme avait porté le matin — et quand on ouvrait le veston, on trouvait dans le pli du milieu le mouchoir plein de sang.

Quinette ne dit rien d'abord, se mordit la lèvre, fixa l'autre tranquillement de ses petits yeux noirs et enfoncés.

Puis :

— Pourquoi avez-vous fait ça ?

— Je ne sais pas. Je vous jure que je ne sais pas.

— Vous comptiez me remettre le paquet. Qu'est-ce que vous espériez qu'il arriverait ensuite ?

— C'était une simple vacherie. Une sale blague, si vous voulez.

— Vous aviez donc à vous venger de moi ?

— Non. C'est-à-dire que j'étais bien un peu furieux que vous m'ayez forcé à vous revoir. Mais je ne cherchais pas à vous attirer des ennuis. Non. Je pensais à la tête que vous feriez en ouvrant le paquet.

— Oui.

Le relieur méditait, se tapotait la barbe.

— J'ai failli vous le dire tout de suite », reprit l'homme. « J'avais du regret. Mais je n'ai pas osé.

— Oui !... Enfin !...

Quinette soupira. Puis :

— Vous voilà d'ailleurs bien avancé. Qu'allez-vous faire de ça ?

— Je vais jeter le mouchoir dans une bouche d'égout comme vous me l'aviez dit.

— Et le veston ?

L'homme leva les épaules.

— Vous pouvez le laisser là », dit Quinette. « Nous nous en occuperons ensuite, comme du reste de vos vêtements. Sur le pantalon, vous n'avez pas de taches trop visibles ? Il fera clair dans le tramway, et dans le café où vous m'attendrez.

Il avait pris en main la petite lampe à essence. Il inspecta l'homme minutieusement.

Il reposa la lampe :

— Je ne vois rien de trop suspect. Nous pouvons sortir. Je passe devant.

A peine dans le couloir, il s'avisa que l'autre, par crainte d'une vengeance, n'oserait peut-être pas le rejoindre sur la place de l'Hôtel-de-Ville, et, achevant de perdre la tête, prendrait la fuite au hasard. S'il se faisait arrêter, Quinette serait sûrement compromis.

Il revint :

— Sur le terre-plein de la place, n'est-ce pas ? Dans cinq minutes au plus... Quoi ? Vous n'êtes pas fier ? Heureusement, je ne suis pas aussi méchant que vous.

— Vous n'allez pas me dénoncer, pour me punir ?

— Ils me font trop horreur. Si j'avais à vous punir, je m'en chargerais moi-même. Mais je pense bien que vous ne recommencerez plus.

L'autre le regardait avec une obéissance inquiète de chien mal pardonné.

XXII

LA DAME DE L'AUTOBUS

En quittant l'atelier, Wazemmes tâtait dans sa poche les pourboires qu'il avait reçus de ses camarades gagnants : soit quatre francs cinquante. A lui seul, Péclet l'avait gratifié de quarante sous. Il est vrai que Péclet, ayant mis quinze francs sur *Laripette*, se retrouvait avec vingt-sept francs nets de bénéfice.

Wazemmes est plein d'idées agréables. La rencontre d'Haverkamp lui a ouvert de vastes perspectives. Ce n'est pas tant l'emploi lui-même et les conditions pécuniaires qu'on lui offre qui lui occupent l'esprit. Il y repensera tout à l'heure, quand il débattra l'affaire avec son oncle. Ce qui l'exalte pour l'instant, c'est qu'il vient de recevoir une sorte d'assurance générale sur l'avenir et une preuve palpable de sa chance. Un jeune homme, qu'un monsieur important et distingué aborde pour lui confier une commission délicate, puis pour le régaler au café, et lui proposer de l'associer à sa fortune, est quelqu'un qui a bonne mine, et qui ne finira pas peintre en bâtiment.

Il avait envie de fêter ce succès, et du même coup de dépenser ses quatre francs cinquante. Il commença par acheter un paquet de cigarettes supérieures à 80 centimes. Mais au moment d'en allumer une, il réfléchit qu'une cigarette même supérieure ne tranchait pas assez sur l'ordinaire de la vie, et il choisit un demi-londrès qui lui coûta trois sous. Il s'approcha de nouveau de l'allumoir. Mais il se dit alors qu'un cigare avant le repas lui ferait mal au cœur : qu'il était plus sage de se contenter pour l'instant d'une cigarette. Il fumerait son cigare après le dîner, pendant la discussion avec l'oncle.

Sorti du bureau de tabac, il se demanda s'il prendrait un verre dans un café, un taxi pour retourner à la maison, ou les deux. Mais les cafés qu'il apercevait lui parurent bien modestes. Pour en trouver de convenables, il fallait gagner les boulevards, ce qui l'attarderait trop. Quant au taxi, le défaut d'un tel plaisir, si l'on n'est pas accompagné, est qu'on le goûte sans témoins. Les gens de la rue ont d'autres soucis que de vous regarder passer. Il y aurait bien l'arrivée à la maison, la surprise du fruitier et du concierge. Mais un tel effet serait prématuré. Il se justifie s'il souligne un changement déjà acquis de situation. Il ne s'accorde pas avec une simple espérance. Si le fruitier et le concierge apprennent demain que le jeune homme du troisième est toujours apprenti barbouilleur rue Montmartre, le taxi de la veille leur fera hausser les épaules, et ils traiteront Wazemmes de sauteur.

A ce moment, il vit approcher un autobus de la ligne J, qui se dirigeait vers Montmartre, et il décida de le prendre. Le point d'arrêt était à deux pas.

D'ailleurs, les autobus, qui dataient de peu, et qui étaient rares, avaient encore du prestige. Wazemmes les recherchait. Il leur devait à peu près toute son expérience pratique de l'automobile. La lecture d'un manuel devient beaucoup plus vivante, lorsqu'on est familier avec le bruit des changements de vitesse, avec la terrible trépidation d'un moteur qui travaille en première, avec les secousses des coups de freins, avec l'odeur des gaz brûlés.

En raison des circonstances, Wazemmes dédaigna l'impériale. Ce qui l'amenait à sacrifier sa cigarette. Mais il savait qu'il trouverait à l'intérieur un public plus choisi, et en majorité féminin ; donc mieux assorti à son propre désir de paraître, et à la couleur de ses pensées ; bien qu'à l'heure d'affluence où l'on était, il arrivât à de modestes travailleurs de se mêler aux gens de première classe, faute de place en haut.

L'autobus J ne connaissait pas encore le système des sections, qu'on essayait depuis trois ans sur les lignes hippomobiles. Le trajet coûtait six sous en première classe. Wazemmes prépara une pièce de cinquante centimes, et se demanda s'il ne conviendrait pas de se faire remarquer en donnant un pourboire de deux sous au conducteur. C'est une pratique qu'il avait vu quelquefois observer à des gens d'âge, en particulier à de vieilles dames qui comptaient sur l'employé pour leur indiquer l'arrêt et les aider à descendre. Venant d'un jeune homme alerte, ce geste serait-il compris, même d'un public de première classe ? Wazemmes ne voulait pas être ridicule. Comme les plus audacieux, il avait ses zones de timidité. Elles s'étendaient en général à toutes les actions dont il supposait qu'elles étaient régies par un code ignoré de lui. Mais lorsqu'il croyait, à tort ou à raison, connaître « les règles », il ne doutait pas un instant de son savoir-faire, et il étonnait les gens par son aplomb.

Il trouva un biais. Quand l'employé passa devant lui, il lui demanda, à voix haute, l'heure du dernier départ de Montmartre. La question lui donnait, en outre, une certaine auréole de noctambule. Un peu après, quand il paya, il put remettre avec ostentation les dix centimes de pourboire.

L'incident liquidé, il s'occupa de la marche de la voiture. Il avait eu la main heureuse. Cet autobus allait rondement. Le moteur faisait son bruit serré de mitraille, sans pétarades anormales. Les démarrages s'accompagnaient d'un rugissement de bon aloi, et au bout d'une dizaine de secondes, on entendait un bruit d'écrasement, celui que ferait une locomotive en broyant une rangée de barriques ; c'était le passage de première en deuxième vitesse que le chauffeur venait de réussir d'un seul coup.

« Bien, bien, pensait Wazemmes, mais je l'attends à la montée. »

Passé la rue Montholon, en effet, la pente de la rue Rochechouart se relevait vivement. Les deux raidillons les plus traîtres se trouvaient de part et d'autre du carrefour Condorcet. Et chaque raidillon était précédé d'une halte, qui coupait l'élan de la voiture. Aurait-on la chance, cette fois-ci, de n'avoir aucun voyageur à laisser ou à prendre ; et le receveur pourrait-il donner le coup de timbre avant que le chauffeur n'eût donné le coup de frein ? C'était une des émotions favorites de Wazemmes.

Hélas, il fallut s'arrêter, et contrairement aux espérances qu'il avait fait naître, l'autobus eut un démarrage des plus pénibles. Non seulement il ne fut pas question de passer en deuxième vitesse, mais le chauffeur dut se livrer à une manœuvre que Wazemmes connaissait trop bien, et qui consistait à baisser à fond, puis à relâcher à demi, d'un mouvement alternatif, la manette d'admission des gaz. Wazemmes avait cherché en vain dans les *Petits Secrets de l'automobile* l'explication, ou la simple mention de ce procédé. Mais il avait vu les chauffeurs de l'autobus J en user tant de fois, sur les deux raidillons de la rue Rochechouart, que ce geste de pompage anxieux avait fini par faire partie de ses propres réflexes. Il lui arrivait d'en rêver la nuit. L'un de ses cauchemars les plus fidèles évoquait un autobus, qu'il était chargé de conduire, sur une côte des plus rudes ; Wazemmes avait beau secouer la manette avec une habile lenteur, mettre toute son âme dans ce mouvement de sollicitation et d'injection, l'autobus perdait le souffle et reculait : d'où un brusque réveil de Wazemmes.

Le premier raidillon était terminé. Wazemmes s'accorda un peu de détente et, sortant de son extase technique, reprit contact avec les gens de l'intérieur.

Soudain, il s'aperçut qu'on lui poussait le genou et la cuisse droite. Cette pression ne semblait pas fortuite ; elle avait dû se produire plusieurs fois, mais le jeune homme trop absorbé n'y avait pas fait attention.

Il jeta un regard à droite, et rougit. Il avait pour voisine une dame, dont il sut seulement reconnaître qu'elle était belle, un peu replète, et richement vêtue. La dame, du coin de l'œil, l'avait vu rougir, et souriait imperceptiblement. Wazemmes n'était pas à son aise. Pareille aventure ne lui était jamais arrivée, et les rêveries de toute sorte qu'il avait pu faire à propos de l'amour et des femmes ne l'avaient pas préparé à une situation aussi précise. Pour l'instant, son désir le plus vif était de rattraper cette rougeur qui lui avait échappé. Quand il aurait repris contenance, il ne serait pas loin de la place du Delta, où il devait descendre. En quittant la voiture, il regarderait la dame d'un air aussi gaillard que possible ; et une fois en sûreté, il aurait des heures entières pour se souvenir d'un si merveilleux incident. Sa soirée en était transfigurée d'avance. A quel camarade de la rue Polonceau ou de la rue des Gardes se confierait-il ?

La pression recommença. Wazemmes ne voyait plus très clair. Le sentiment d'invraisemblance, ceux de bonheur, d'orgueil, de péril dansaient dans sa tête. L'autobus les entourait d'un cercle de fracas. Que faire ? Quelles étaient les règles ? Ne pas se dérober à cette pression, évidemment ; tâcher même de la rendre, si peu que ce fût.

Il répondit par une poussée très légère ; et du même coup, il sentit quelque aplomb lui revenir. Il osa regarder la dame. Elle portait un grand chapeau, à l'ombre duquel ses joues paraissaient infiniment voluptueuses. Il vit deux prunelles larges, luisantes, foncées, venir vers lui dans l'angle des paupières ; il vit battre des cils ; un nouveau sourire descendre des yeux vers la bouche, qui avait des lèvres assez épaisses et très rouges. Le rouge de ces lèvres inquiéta Wazemmes. La plupart des femmes, en ce temps-là, n'usaient des fards que discrètement. Mais il n'eut pas le loisir de se poser beaucoup de questions. La place du Delta approchait. Il fallait quitter la banquette et gagner la plate-forme avec assez de temps devant soi pour ne pas commettre de gaucheries. Il fallait trouver — dans quel coin de l'esprit ? — l'expression de regard et de visage qui laisserait à la dame un souvenir avantageux.

Mais la dame se levait elle aussi, du mouvement le plus naturel. Wazemmes sentit son cœur battre très vite, sa tête de nouveau se brouiller. Décidément, la vie lui demandait trop de preuves de valeur à la fois.

Se mettre à la hauteur des circonstances, soit ; il était né pour cet exercice ; mais un étage après l'autre. Sinon, c'était un effort bousculé qui donnait le vertige.

A peine l'autobus les avait-il laissés sur le trottoir que la dame au grand chapeau l'aborda. D'ailleurs, Wazemmes, trop sûr de ce qui allait arriver, n'avait pas essayé de fuir.

— Pardon, monsieur, mais je n'ai pas l'habitude de descendre ici. Pour aller chez moi, rue Ronsard, est-ce que je suis obligée de remonter la rue Clignancourt, ou est-ce qu'il n'y aurait pas moyen de couper plus directement ?

Elle avait une voix grave et rieuse, des paupières un peu lourdes, et dans la moue de ses lèvres trop rouges, à la fin de la phrase, une envie évidente de donner des baisers.

— Rue Ronsard ?

— Oui, vous savez : les maisons qui sont au bas du grand jardin, en face du mur de rochers, de faux rochers ?

— Ah oui ! Mais vous auriez mieux fait de descendre à la rue André-del-Sarte, devant chez Dufayel.

Elle eut un rire de gorge.

— Le gros malin ! Mais c'est qu'il a l'air de dire ça sérieusement ! Comme il est gentil !

La moue des lèvres devint plus éloquente.

— Pas de danger qu'il m'offre de me montrer le chemin. Que leur apprend-on, à ces jeunes gens ?

— C'est... qu'on m'attend chez moi, madame.

— On vous attend ? Bien vrai ? Alors, ne faisons pas gronder ce petit jeune homme qu'on attend. Mais est-ce que le petit jeune homme a la permission de sortir après le dîner ? On ne l'envoie pas au lit quand il a fini son dessert ?

Wazemmes rougit une fois de plus, mais d'humiliation.

— Pff ! Je sors jusqu'à minuit si je veux. Et je ne demande la permission à personne.

Sa timidité le quittait. Rien ne l'agaçait comme de se voir traiter en marmot. Pour un peu il eût dit à cette dame trop fardée des choses désagréables.

— Dans ce cas, venez donc ce soir chez moi prendre une tasse de thé. Mes fenêtres donnent sur le jardin. C'est très plaisant. Au 4, rue Ronsard. Cinquième à gauche. Ne demandez rien à la concierge. A neuf heures, ça va ? Ne soyez pas en retard.

Elle lui tendit la main :

— Tout à fait promis, n'est-ce pas ? Mais va-t-il répondre ? Qu'il est bête !

— Au 4 ?

— Oui, cinquième à gauche. Je guetterai.

— Bon. J'y serai vers les neuf heures, neuf heures dix.

Elle lui serra la main avec une tendre violence. La moue de ses lèvres simula l'éclosion d'un baiser.

— A tout à l'heure.

XXIII

IDÉES DE WAZEMMES SUR LES FEMMES ET SUR L'AMOUR

Wazemmes s'éloigna sans se retourner. Ce qu'il éprouvait de plus net, au sein d'un trouble divers, c'était une grande satisfaction de lui-même. Voilà qu'il gagnait l'amour des femmes sans plus d'effort que la confiance et l'estime des hommes. Ce qui le contraignait d'admettre, malgré certains doutes qu'il avait pu avoir, qu'il était beau, bien fait et d'une impérieuse séduction. Quels triomphes lui réservait l'avenir ! Son contentement aurait été sans mélange, s'il n'y avait pas eu pour le soir même la perspective du rendez-vous.

La rencontre de cette femme, ses avances, ses regards, son serrement de main formaient au total une aventure largement suffisante. C'était imprévu, énigmatique, flatteur, et cela se terminait avant d'avoir mal tourné. Wazemmes aurait pu y rêver à son gré, et à des moments choisis, par exemple en fumant le demi-londrès. Il en aurait parlé à quelque camarade de la rue Polonceau, ou mieux, à Lambert de la rue des Gardes. Il aurait trouvé le moyen d'y faire allusion le lendemain, à l'atelier. Mais le rendez-vous était de trop. Le rendez-vous risquait de tout gâter.

Certes, quand il était avec des amis, Wazemmes éprouvait un plaisir normal, chez un garçon de son âge, à s'entretenir des choses sexuelles, et quand il était seul, ou entouré de gens qui ne s'occupaient pas de lui, il lui arrivait de se repaître d'imaginations lubriques. Mais il y avait dans tout cela plus de soumission à l'exemple et aux convenances que de sensualité sincère. Ce grand gaillard était, pour l'instant, moins tourmenté que d'autres. Pendant les quatre ou cinq dernières années, son corps avait été pris par la fabrication d'une quantité d'os et de muscles supérieure à la moyenne et il est probable que les parties motrices de son système nerveux, y compris les régions du cerveau qui se consacrent à l'action et à la pensée pratique, avaient bénéficié d'un privilège de croissance analogue. Tel gamin maigre et pâle qui, à les voir côte à côte, eût semblé de trois ans moins développé que lui, était de beaucoup son aîné au point de vue génital.

Du même coup, il est vrai, une certaine rusticité tranquille l'avait préservé des complications nerveuses ou des repliements de l'instinct. S'il avait pratiqué les vices de l'adolescence, c'était modérément et surtout par ouverture d'esprit, pour ne pas rester sans compétence sur des questions que ses camarades traitaient entre eux chaque jour. Mais il n'avait pas construit là-dessus un monde intérieur. Et si, faute d'impulsions précoces, il n'était pas encore devenu très entreprenant à l'égard de l'autre sexe, il ne souffrait pas davantage de timidité foncière. Les femmes adultes l'intimidaient bien, mais pour des raisons toutes sociales. En particulier, ce qu'il craignait à leur approche, c'était de leur laisser voir une ignorance des coutumes amoureuses qui, malgré sa stature, l'eût rejeté à leurs yeux dans le monde des enfants. Mais envers les filles et fillettes de sa génération, il n'avait pas connu cette crise de terreur respectueuse qui frappe soudain tant d'adolescents, et que n'arrivent à vaincre ni la raison ni les bouillonnements du désir. Il était passé sans difficulté, et même sans y prendre garde, de l'âge où on leur tire la natte à celui où on leur tripote la taille en passant dans un couloir.

Il s'ensuit que le problème de la perte de sa virginité n'avait pas pris à ses yeux le caractère anxieux et presque tragique qu'il a pour beaucoup d'autres. Il y pensait assez souvent, mais sans impatience ni appréhension. La chose se ferait d'elle-même, dans un délai raisonnable. On n'en était pas à quelques mois près. Il n'y avait qu'à se fier au jeu banal des circonstances. D'ailleurs, en public, les nécessités de la conversation et du prestige personnel l'amenaient souvent à laisser croire que l'événement s'était déjà produit. Et si un camarade encore novice réclamait des détails, il avait assez d'imagination pour lui en fournir.

Cette virginité, qui de toute façon n'en avait plus pour longtemps, avec quel genre de femme la perdrait-il ? Il était peu fixé là-dessus. Outre la peur du ridicule, ce qui le gênait, du côté des femmes adultes, c'était de connaître si mal leurs catégories, leurs mœurs, leurs réactions caractéristiques, leurs comportements variés. Il était encore bien moins fixé sur elles que sur les hommes. Loin qu'il eût un discernement exact de leur âge, aucune des classifications qu'il leur appliquait ne se rapportait exclusivement à ce point de vue. Par exemple, il distinguait entre les « femmes », les « bonnes femmes », et les « vieilles bonnes femmes ». Mais dans la différence entre les « femmes » et les « bonnes femmes », la question d'âge n'intervenait presque pas. Telle personne de cinquante ans, pourvu qu'elle fût coquette, bien mise, qu'elle eût une certaine peau, un certain regard, un certain parfum, lui apparaissait sans hésitation comme une « femme » ; et telle concierge de vingt-cinq ans de la rue de la Goutte-d'Or, qui balayait son vestibule, dépeignée, dépoitraillée, la robe poussiéreuse, l'œil habité par des pensées de ménage ou de hargne conjugale, était promue d'emblée au rang de « bonne femme ». Non qu'il fût entièrement dupe des avantages que donnent à une femme la classe sociale et la richesse. Il n'hésitait pas à étiqueter « bonne femme » mainte bourgeoise ou commerçante cossue, d'ailleurs fort au-dessous de la quarantaine ; tandis qu'une certaine blanchisseuse de la rue Rochechouart, qui n'était ni très jeune, ni même très soignée — son chignon était fait un peu à la diable, sa blouse blanche n'était pas immaculée — lui semblait « femme » au suprême point. En somme, il appelait « femmes » les êtres de l'autre sexe qui avaient pour lui un minimum d'attrait ; et dans cet attrait il pouvait se mêler un peu de tout : beauté, jeunesse, charme purement sexuel, propreté, bonne odeur, élégance des manières et de la mise.

Une autre grosse difficulté était de classer les « femmes » d'après leurs mœurs probables. Là-dessus, les lumières de Wazemmes étaient faibles et vacillantes. Il savait qu'un certain nombre de femmes sont des prostituées, et même il les séparait en deux groupes qu'il appelait « les putains » et « les grues ». Il se faisait des « putains » une représentation extérieure très précise, qu'il avait l'occasion de remettre au point quotidiennement. Elles abondaient dans son quartier, et chaque soir, à tous les coins de rue, prenaient leur faction. On en rencontrait un peu moins que de réverbères, mais beaucoup plus que de sergents de ville. Elles avaient la tête nue, un gros chignon relevé, souvent orné d'un ruban ou d'un peigne ; la poitrine et les hanches saillantes, la taille bien marquée ; une jupe plissée, courte, formant cloche sur les dessous ; des bas noirs. Elles vous disaient au passage des phrases extrêmement peu variées : « Tu viens ? », « Joli garçon ! », « Tu veux qu'on s'amuse ? », « Oh ! le joli gosse. J'ai le béguin pour lui ». Certaines d'entre elles, au lieu de faire la retape dans la rue, attendaient le client dans des maisons spéciales, un peu analogues à des hôtels garnis, et appelées « bordels ». Le boulevard de la Chapelle, à deux pas de chez Wazemmes, passait précisément pour la voie de Paris la plus riche en « bordels ». C'était du moins une conviction que Wazemmes avait acquise au cours de ses déplacements, et il en éprouvait une certaine fierté, surtout dans les conversations qu'il avait avec les apprentis, commis d'étalage, et saute-ruisseau du centre. Il savait aussi que les « putains » qui ne vivaient pas en maison avaient une carte spéciale et restaient sous la surveillance de la police. Où menaient-elles les hommes qu'elles avaient raccrochés ? Parfois dans leur propre chambre, paraît-il, mais le plus souvent dans une chambre d'un des hôtels borgnes où elles avaient leurs habitudes. Si bien qu'à y regarder de près, il n'y avait pas grande différence entre ces « putains-là » et les « putains de bordel » et qu'avec les unes ou les autres, l'aventure se développait de la même façon. Pourtant, les renseignés ou prétendus tels soutenaient que dans les maisons on courait moins de risques d'attraper « les maladies ». Ils disaient aussi qu'on y avait l'avantage de choisir entre les pensionnaires la femme qui vous plaisait, et qu'il était facile de les apprécier, puisqu'elles se présentaient à peu près nues.

En revanche, l'atmosphère n'y était pas très favorable aux gens timides ou délicats. L'animation de la salle commune, l'exhibition des femmes, leurs agaceries aux clients, leurs plaisanteries, tout cet étalage luxurieux ne pouvait que refroidir ceux qui ne conçoivent pas l'amour sans une trace de mystère, ou au moins de recueillement.

Quant aux « grues », Wazemmes aurait eu quelque peine à les définir, ou même à les reconnaître. Leur extérieur ne tranchait pas tellement sur celui des autres femmes. Elles n'avaient pas d'uniforme. Wazemmes les aurait appelées volontiers des « putains en civil », comme il y a des agents en civil. Pourtant, elles sont ordinairement plus fardées. Bien que vêtues à la mode, elles vont à ce qu'il y a dans la mode de plus voyant ou de plus provocant. Enfin, ce sont leurs allures surtout qui les désignent : elles s'assoient toutes seules au café et attendent pendant des heures ; elles vont et viennent sur les boulevards ; elles font de l'œil aux passants. Quand l'ombre ou la solitude de la rue s'y prête, elles prononcent des phrases qui ressemblent comme deux gouttes d'eau à celles des « putains » : « Tu viens », ou « Veux-tu qu'on s'amuse ? », ou « J'ai le béguin pour toi. » Seule la voix est moins épaisse.

Mais la science de Wazemmes n'allait pas plus loin. Il soupçonnait que les « grues » forment une catégorie mal délimitée, largement ouverte du côté des femmes honnêtes. Dans la pratique, son discernement aurait été souvent mis en défaut. Identifier une « grue » qui médite devant un café-crème, il s'en chargeait ; mais supposez-la sur un champ de courses, au bras d'un monsieur ; ou dans un magasin, occupée à faire des achats ; ou encore dans un autobus, assise comme n'importe qui ? La difficulté peut devenir extrême.

Il eût été moins embarrassé si, d'autre part, ses idées sur les femmes honnêtes avaient été moins vagues. A vrai dire, il ne les appelait pas de ce nom. Pour lui, c'était les « femmes » tout court, à savoir des êtres avec lesquels il n'était pas absurde d'envisager en principe une aventure amoureuse, mais dont il était impossible de deviner si, de leur côté, elles en avaient la moindre envie. Avaient-elles horreur des hommes, et ne les toléraient-elles que pour fonder un ménage et avoir des enfants ? Réservaient-elles leurs faveurs à certains d'entre eux, préférés pour des raisons mystérieuses ? De quel œil voyaient-elles les très jeunes gens ? Sur ce point, il y avait tout à craindre. Wazemmes était persuadé que la réaction normale d'une femme aux entreprises d'un garçon de son âge était une paire de gifles. Il étendait cette hypothèse aux jeunes filles proprement dites, à celles qui ne sont plus des gamines et qui se préparent au mariage.

Que fallait-il penser de certaines variétés ambiguës, comme les femmes qui vivent seules ? Voilà où la distinction n'est pas commode à faire. A quoi reconnaît-on qu'une femme qui vit seule n'est pas une « grue » ? On ne peut pourtant pas, à titre d'épreuve, lui proposer de l'argent.

Après avoir passé en revue tout ce qu'il croyait savoir des femmes, Wazemmes en arrivait à se dire que le hasard lui apportait ce soir, et en somme pour ses débuts, un cas d'une difficulté sans nom.

Qu'était-ce au juste que la dame de l'autobus, la dame du rendez-vous de neuf heures, neuf heures dix ? Wazemmes n'essayait même pas de lui donner un âge. Tout ce qu'il pouvait dire là-dessus, c'est que dans son aspect elle n'avait rien d'une jeune fille. Était-elle mariée ? Avait-elle cessé de l'être ? Faisait-elle partie de ces femmes qui, malgré l'âge favorable et les occasions, évitent le mariage ? Très probablement, elle vivait seule. Le rendez-vous de ce soir le prouvait. N'était-ce pas tout simplement une « grue » ? Cette idée, qu'il refoulait depuis le début, lui était très désagréable. Non pas qu'il eût de vives répugnances à l'égard des prostituées. Certes, il goûtait peu les filles en cheveux de la rue Charbonnière ou du boulevard de la Chapelle ; mais c'était leur grossièreté qu'il leur reprochait, leur costume, leur voix crapuleuse, et non le commerce de leur corps. Il se voyait fort bien perdant sa virginité avec une « grue » ; et de toutes les solutions qu'il imaginait, c'est bien celle qui lui semblait encore la plus probable.

Seulement, il ne voulait pas être dupe. Il ne voulait pas qu'une « grue » fût assez habile pour lui faire croire à lui, Wazemmes, apprenti parisien et turfiste notoire, qu'une « femme », par pur caprice, sans nulle arrière-pensée d'intérêt, l'avait distingué et choisi. Les tendres pressions du genou, les yeux en coulisses, devenaient en ce cas une hypocrisie abominable. Wazemmes refusait de ranger ces moyens frauduleux parmi les sollicitations dont une « grue » a le droit d'user. Le plus amer, bien entendu, ce n'est pas de se voir extorquer de l'argent ; c'est la déception d'amour-propre ; c'est la façon dont un roman flatteur s'écroule pour votre dérision. Comment Wazemmes raconterait-il ensuite à ses camarades qu'il avait été remarqué, dans la première classe de l'autobus, par une femme du monde, et qu'elle l'avait emmené chez elle pour lui accorder ses faveurs ? Évidemment, il le leur raconterait tout de même, mais en se forçant, et avec une petite crispation. Il vaut certes mieux mentir que de se taire, ou que d'avouer une vérité peu reluisante. Mais on goûte un plaisir d'une qualité exceptionnelle quand par hasard on peut raconter quelque chose d'entièrement vrai qui vous fasse autant d'honneur qu'un mensonge.

Le bon sens — dont il était pourvu, bien qu'il en méprisât souvent les insinuations modestes et dégrisantes — ne l'aidait pas à sortir d'embarras, car les avis qu'il en recevait ne se conciliaient guère. Le bon sens disait en effet qu'un garçon de seize ans, pas plus mal bâti qu'un autre, mais ordinaire de visage, et vêtu au petit bonheur, ne doit pas s'imaginer qu'une femme élégante tombe, en le voyant, amoureuse de lui. Mais il disait aussi qu'une « grue » de brillante apparence, et assez prospère dans son commerce pour occuper un appartement rue Ronsard, ne déploie pas tant de manœuvres et ne perd pas toute une soirée en vue de soustraire à un apprenti quelques picaillons.

« On verra bien », conclut-il. Car en tout état de cause, il n'envisageait pas de manquer au rendez-vous. Si un contre-ordre avait pu venir, par une voie qu'il n'imaginait pas, il l'eût accueilli avec soulagement. Si même la concierge de la rue Ronsard l'arrêtait ce soir au passage pour lui dire : « Cette dame est sortie », c'est bien volontiers qu'il ferait demi-tour. Mais de lui-même, il ne se déroberait pas.

Tout ce tracas l'avait empêché de penser au physique de la dame. D'ailleurs, il l'avait peu observé. Il n'en gardait qu'un souvenir sommaire, qui petit à petit prenait quelque chose de doucement poignant. Le glissement des lourdes prunelles vers lui ; les épaisses lèvres rouges ; l'étendue voluptueuse des joues, la sonorité impudique et maternelle de la voix.

Wazemmes ne s'était jamais demandé d'une façon bien pressante quel était son type de femme. Il s'apercevait que ce type-là lui convenait assez. Dans ses rêveries antérieures, quand il s'imaginait caressant, possédant une femme, ou plutôt se caressant à elle ; la nuit, quand il faisait des songes luxurieux, est-ce une femme maigre, pâle, délicate qu'il évoquait ? N'appelait-il pas à lui des formes pleines comme celles-là, des yeux, des lèvres comme celles-là ? La blanchisseuse de la rue Rochechouart aussi était un peu grasse. Non qu'il fût disposé pourtant à renier un idéal de femme tout autre : svelte, blonde, presque fragile, avec des yeux bleus d'une pure mélancolie et un reflet autour d'elle des espaces célestes ; figure qu'il n'avait sans doute jamais rencontrée, mais qu'il devait à la lecture des romans en fascicules, à des affiches, à des couvertures de papier à cigarettes, à des chansons de carrefour, peut-être au sang nordique qui coulait en lui. Comment concilier tout cela ? Est-ce qu'en allant au rendez-vous de la dame il faisait un choix définif ? Est-ce qu'il renonçait une fois pour toutes à la fine apparition blonde, dont il sentait qu'il aurait besoin quand son cœur serait amolli de poésie ? Heureusement, le monde de l'amour est aussi vaste que le cœur lui-même.

XXIV

OUVRIERS PARISIENS

Pendant le dîner, l'oncle de Wazemmes — il s'appelait Victor Miraud et n'était son oncle que par alliance du côté maternel — avait écouté son neveu presque sans lui répondre, et d'un air distrait.

D'ailleurs, le repas avait été rapide. Victor Miraud aimait la bonne chère et se serait volontiers attardé à table. Du vivant de sa femme, un repas sur deux, en semaine, et les deux repas du dimanche étaient pris à loisir dans la salle à manger. Depuis son veuvage, Miraud qui, sauf lorsqu'il traitait un ami, de loin en loin, préparait les aliments lui-même, et n'avait que le jeune Wazemmes pour l'aider au service, devait se contenter de la cuisine, assez grande à la vérité, mais triste comme la plupart des cuisines parisiennes. Il en souffrait, car il avait le goût du confortable et même d'un certain décorum. Et il expédiait le repas pour aller prendre son café dans une des deux pièces qui donnaient sur la rue Polonceau.

La troisième pièce, qui donnait sur cour, était petite, sombre, médiocrement aérée. Elle avait servi de chambre aux deux filles des Miraud, puis, quand elles furent mariées, aux parents eux-mêmes. L'une des pièces du devant était ainsi devenue libre. Miraud en avait profité pour y faire à loisir une installation dont il rêvait depuis des années, et qui maintenant était son orgueil.

— Je porterai le café dans la salle à manger ? » demanda Wazemmes.

— Non ; dans la bibliothèque.

L'oncle se leva, alluma une grande lampe à pétrole qu'il prit en main, puis, au moment de quitter la cuisine, ajouta :

— Tu laisseras sur le feu encore à peu près la valeur de deux tasses à café ; car M. Roquin doit venir me voir vers les huit heures et demie. Tu sortiras aussi le cabaret à liqueurs. Tu allumeras le gaz dans la salle à manger.

Il était huit heures dix. Le café serait prêt dans trois minutes. A quel moment ferait-il la toilette qu'il considérait comme indispensable ? Avant ou après l'arrivée de Roquin ? Pendant que les deux hommes parleraient, Wazemmes serait plus tranquille. Mais il fallait que Roquin ne fût pas trop en retard.

Miraud traversa la petite salle à manger, en contournant la table ronde. Avant de passer dans la pièce à côté, il regarda, avec le même plaisir que chaque fois, les deux beaux battants de chêne, sculptés et ajourés, qu'il avait mis à la place de l'ancienne porte de communication. La lumière de la lampe avivait les reliefs des ornements et des figures. On voyait jaillir, au cœur de ce logement d'ouvrier parisien, comme une source continue de magnificence, le songe d'un château ou d'une cathédrale. Le vieux Miraud s'en exaltait, la gorge doucement serrée. Il avait quelques idées fermes qui le préservaient d'envier le luxe des riches. Mais il aimait tendrement les belles choses. Certains jours, même, il avait le sentiment que les deux ou trois belles choses qu'il possédait lui faisaient dans la vie une part très honorable. Il se disait : « J'ai de la chance. Combien y en a-t-il, ce soir, qui vont avoir le plaisir de prendre leur café dans une pièce comme celle qui est là, de l'autre côté de la porte ? (La porte est peut-être encore plus belle, vue de l'autre côté.) »

Il poussa les battants et entra dans sa pièce. Que tout y était beau et amical ! Comme ce lieu, plein d'intentions précieuses, vous attendait avec fidélité !

Miraud posa la lampe sur la cheminée, et s'assit dans une grande chaise de chêne. La lampe, bien qu'aidée par les reflets de la glace, ne répandait pas une lumière bien vive, et la couleur sombre des meubles et des murs en absorbait la plus grande partie. Miraud n'avait pas pu songer à faire arriver jusqu'ici l'installation de gaz qui éclairait la salle à manger et la cuisine ; car l'un des principaux ornements de la pièce était le plafond, que Miraud avait décoré lui-même, et qui lui avait demandé peut-être cent cinquante heures du plus ardent travail. Le gaz aurait eu vite fait d'en souiller les teintes qui, après plus de cinq ans, restaient fraîches.

Wazemmes apporta le café.

— Assieds-toi un instant », lui dit son oncle. « Quelle est cette histoire que tu m'as racontée ? On t'offre une place ?

— Oui.

— Quel genre de place, au juste ?

— Je te l'ai dit : dans des bureaux. J'aurai aussi des démarches à faire. Je serai une espèce d'associé.

— Hum !

— Je te garantis.

— Oui, mais des bureaux de quoi ? Associé à quoi ? Tu ne m'as pas l'air bien fixé. Et ton bonhomme, tu le connais pour l'avoir rencontré au champ de courses ? Malheur !

Il se tut, but une gorgée de café, et se mit à réfléchir, tout en se curant les dents. Il usait de cure-dents qu'il se fabriquait lui-même avec des bouts d'allumettes proprement retaillés, dont il avait eu soin de tremper la pointe dans de la teinture d'iode.

Victor Miraud, qui était de vieille souche parisienne, avait un visage, et toute une apparence physique, d'un type singulier, qu'on retrouve de temps en temps dans de vieux quartiers populaires, spécialement en haut de Belleville, à Ménilmontant, faubourg Saint-Antoine, ou sur la pente sud de la butte Montmartre, sans qu'on puisse deviner à quelle race ou mélange de races il doit son origine : la stature est petite, plutôt au-dessous de la moyenne, et ne dépassant guère un mètre soixante ; les jambes sont courtes, le tronc épais, le cou lui-même gros et court. La démarche semble de bonne heure lente et lourde, à cause de la brièveté des pas et du manque de mobilité du bassin. Mais c'est la tête surtout qui est curieuse : assez grosse, plutôt cubique, la face plate et carrée, avec des yeux à fleur de tête, qui ne s'ouvrent qu'à demi entre deux petits bourrelets ; de larges pommettes saillantes ; un nez très peu important, parfois même aplati ou en pied de marmite ; un menton écrasé lui aussi et tout en largeur ; chez les hommes, une moustache menue. Répandue là-dessus, une expression de sagesse subtile, et de réserve, presque de froideur. Les yeux étroits, entre leurs deux bourrelets, font un regard tranquille, difficile à étonner, tout juste railleur, et par instants d'une intelligence aiguë. La voix a le vieil accent parisien, dont celui des faubourgs actuels est une forme dégénérée, avilie ; vieil accent où se traduisent à la fois la promptitude de l'esprit et la patience de l'humeur, une nuance de vanité protectrice, et la peur de s'en faire accroire.

Quand il réfléchissait, les yeux de Miraud, entre leurs plis, devenaient presque invisibles. Et pourtant une lueur trouvait moyen d'en sortir, qui écartait tout soupçon de somnolence.

— Remarque bien que je ne me fais pas d'illusions sur la façon que tu as, là-bas, d'apprendre le métier. Mais ça ne serait pas tellement grave. Je te trouverais une autre place. Non, l'ennui, c'est que le métier ne te dit rien. Tu te crois au-dessus... Quand tu étais à Colbert, c'était le moment d'en profiter... Où sont tes diplômes ?... Je me demande quelle idée tu te fais de la vie.

— L'idée que je m'en fais, c'est que je ne veux pas arriver à l'âge de Péclet en gagnant ce qu'il gagne.

— En gagnant ce que je gagnais moi-même... oui, oui.

Le vieil ouvrier sourit avec un peu d'amertume. Il renversa légèrement la tête. Il apercevait au plafond le bel ovale qu'il avait dessiné, et rempli de riantes figures. Il se rappelait la peine que lui avaient donnée les plis d'une tunique, ou ce visage de femme vu de trois quarts. Que de dimanches ! Que de réveils avant l'aube ! Et la nuit il lui était arrivé de ne pas dormir, tourmenté par la crainte de s'être trompé gravement, et d'avoir gâché tout.

Aristophane. Il avait trouvé son sujet en relisant dans *La Légende des Siècles* le *Groupe des Idylles*. Tout Hugo était là, sur le troisième rayon de la bibliothèque principale, celle qui avait des colonnes torses. Tous les volumes du père Hugo, en grand format, reliés.

Il avait repris vingt fois le poème, vers par vers :

Les jeunes filles vont et viennent sous les saules
....
L'amphore sur leur front ne les empêche pas,
Quand Ménalque apparaît, de ralentir leur pas,
Et de dire : Salut, Ménalque !...

Quand il doutait du sens d'un mot, il le cherchait dans son dictionnaire de Lachâtre en deux volumes. Le peintre en bâtiment tremblait un peu devant le grand poète. Mais Hugo, si arrogant avec les Empereurs, lui mettait la main sur l'épaule, le regardait de ses yeux qui étaient plissés eux aussi, et semblait lui dire d'une voix dorée par les longs soleils de la mort : « Courage, camarade. »

Miraud rabaissa la tête :

— Ecoute, Félix, je n'ai pas envie de te contrarier. Si tu penses être de ceux qui sont nés pour faire fortune, ce n'est évidemment pas les conseils d'un homme comme moi que tu attends... Moi, je veux bien... A condition que tu ne te fourres pas dans une affaire louche... Dis à ton monsieur je ne sais comment de venir me parler.

— Oh ! mais c'est quelqu'un qui ne se dérange pas comme ça. Il va se vexer. Si tu crois que je t'ai raconté des blagues, va le trouver plutôt.

A ce moment, la sonnette retentit.

— Bon. Voilà M. Roquin. Dépêche-toi d'aller ouvrir. La cafetière est restée au chaud ?

— Oui... dis, mon oncle, je pourrai sortir, tout à l'heure, puisque tu seras avec ton ami ?

— Sortir...

— Oui, faire un tour, avec un copain. Je ne peux pas me coucher maintenant. Et où veux-tu que je me mette pendant que vous causerez ?... A moins que tu ne préfères que je reste ici, à côté de vous ?

Miraud, à qui la présence de ce gamin aurait gâté tout le plaisir qu'il se promettait d'une soirée avec son vieux camarade, se hâta de dire :

— Promène-toi. Promène-toi. Mais puisque tu es si ambitieux, tâche de ne pas trop fréquenter de voyous.

*
* *

— Tu vas bien ?

— Oui ; mon neveu m'énerve un peu. Il ne fiche rien à l'atelier, comme déjà il ne fichait rien à l'école. Et voilà qu'il veut changer de place. Un monsieur, qui est dans les affaires, lui a soi-disant proposé une situation d'avenir... Peuh !... Mais ce sont les raisonnements de ces gaillards-là qu'il faut entendre. Il m'a dit qu'il ne voulait pas arriver à l'âge de Péclet — tu connais Péclet ? — en gagnant ce qu'il gagne.

— D'ici à ce que ton neveu ait l'âge de Péclet, la condition des travailleurs peut s'être améliorée.

— Il s'en moque bien. Ce qu'il veut, c'est ne pas moisir dans la condition de travailleur. Il ne sait pas encore ce que c'est que les classes sociales ; mais il a déjà l'idée de changer de classe. A croire que chez certains types, c'est un instinct. Dès qu'ils se rendent compte de ce que c'est que le vrai travail, eh bien ! ça les dégoûte. Ils se disent : « Il doit y avoir un autre truc. » C'est entendu que beaucoup restent en route. Mais enfin, veinards ou non, ils ont la vocation d'exploiteurs. Tu vois que ce n'est même pas une question d'éducation. Je n'ai pas ce gosse-là depuis longtemps. Mais ses pauvres parents avaient nos idées. Si c'était mon fils, ça me vexerait encore bien plus. Ah ! il serait resté à Colbert, il serait entré dans une grande école, et sorti disons ingénieur, bien. Tu me diras que c'est aussi une façon de changer de classe. Mais tant qu'il y a des classes, c'est la seule façon d'en changer qui soit propre. Sans oublier que les ingénieurs, on les fait rudement turbiner, et qu'au début, on les paye pas lourd. Je ne sais pas si tu connais Beausire, le contrôleur du gaz de la rue Myrrha. Son fils, qui sort de Centrale, n'a trouvé de place que dans une fabrique de casseroles. On lui donne cent quarante francs par mois. Je n'aurais pas cru ça.

— Tant mieux.

— Moi, je ne dis pas tant mieux... Je vois que ton café n'est pas chaud. Je l'avais recommandé à Félix. Mais il se moque de ça comme du reste. On va te le remettre sur le feu.

— Non, non ! Il est bien assez chaud pour moi.

— Ou alors, verse-toi dedans tout de suite une goutte de kirsch. Ça ne t'empêchera pas de goûter le kirsch à part. C'est l'Alsacien de la rue des Poissonniers qui le fait venir directement... Oui, moi je ne dis pas tant mieux, parce que les parents ont fait des sacrifices ; et après des études pareilles, ce n'est pas en rapport.

— Je dis tant mieux, parce que c'est la moitié du problème de la révolution.

— Je ne vois pas.

— Mais si. Tu as des camarades qui ne se rendent pas compte de l'importance des cadres. Ils croient que les syndicats pourraient se substituer d'emblée aux organisations capitalistes, et que tout marcherait... Non. Rien à faire sans cadres techniques. Mais plus tu auras d'ingénieurs, et d'autres, mal payés, mécontents, plus ils se rapprocheront de nous. Si le capitalisme les rejette dans le prolétariat, au moins un certain nombre, nous n'avons plus besoin de personne. La puissance de la bourgeoisie, ce n'est pas tant ses capitaux, c'est que les gens les plus instruits et les plus calés en tout deviennent par force des bourgeois, quand bien même ils sortent du peuple.

— Possible. Mais tu ne penses pas que ceux qui sortent du peuple restent plus ou moins de notre côté ?

— Ça, c'est une autre histoire...

— Regarde tout ce qu'il y a d'écrivains et de savants qui ont lutté pour le peuple.

Miraud, secouant un peu la tête, invoquait les livres autour de lui, les appelait en témoignage. Les tomes des œuvres complètes. Les éditions populaires illustrées. Les poètes. Les romanciers. Les penseurs.

— Ça, c'est une autre histoire », répétait Roquin. « On n'en finirait plus de compter ceux qui on trahi. Et puis, les écrivains et les ingénieurs, ça fait deux. Bref, les intellectuels resteront ou reviendront de notre côté, si de l'autre côté on les refoule.

— Tu ne devais pas aller au congrès de Marseille ?

— Il en avait été question... Mais il y en a à qui ça fait tant de plaisir. Nous avons trop de sauteurs. Je ne vais pas jusqu'à dire, comme d'aucuns, que ceux qui crient le plus fort sont subventionnés par les patrons, ou même par la police. Oh ! Ça a bien commencé par les anarchistes. Ça pourrait continuer par chez nous. Figure-toi que j'ai encore rencontré Libertad, hier, avec sa blouse, sa canne, ses cheveux à la Jésus-Christ, boitant de son mieux. Je rigole... Peut-on supposer qu'il y ait des frères assez andouilles pour couper là-dedans ?

— Plus maintenant, non.

— Faut croire que si. Ou la Sûreté ne serait pas assez bête pour lui faire des rentes. Tu ne sais pas comme il est propre. Bien lavé, bien peigné, du linge blanc ; on l'embrasserait. Il doit s'appuyer quelques petites camarades au nom de l'émancipation sexuelle. Un copain m'a conseillé d'aller voir *Le Grand Soir* au théâtre des Arts, l'ancien Batignolles. Avec le métro, c'est tout près. Il paraît que c'est épatant. Ça se passe dans les milieux nihilistes russes. Les Russes sont un drôle de peuple. Mais leur révolution de 1905 a failli être une grande chose. Le malheur, c'est qu'ils sont des millions de moujiks à adorer le tsar. Des animaux. Je me rappelle toujours cette impression, quand ils se sont écrabouillés par centaines, au couronnement de Nicolas, pour attraper des petits sacs de vivres qu'on leur distribuait. Tu verras que si ça tourne mal dans les Balkans, le petit père leur fera remettre encore sac au dos, histoire de les assouplir. Mais cette fois-ci, il pourrait bien y perdre son trône. Ah ! sais-tu qui j'ai vu l'autre jour ? Hervé !

— Tu le connaissais déjà ?

— Oui, mais vu de près. Et dans un endroit impressionnant.

— Où ça ?

— Mais à la Santé, parbleu.

— C'est vrai qu'il est en tôle.

— Depuis février. Il en sortira le mois prochain. Il aura la réduction du quart, parce qu'il a demandé le régime cellulaire. Ce qui ne l'empêche pas d'écrire dans son canard, et de recevoir des visites. J'y suis allé avec un copain qui milite à *La Guerre sociale* depuis le début.

— Alors ?... Quel effet t'a-t-il produit ?

— Je ne sais pas, mon vieux.

— Tu en reviens ?

— Il ne s'agit pas tant de ses idées. Non. J'ai toujours fait mes réserves, tout en trouvant qu'il avait seul le courage de dire des choses qui sont vraies, au fond, mon vieux, quoi ? Mais je parle du bonhomme.

— Eh bien ?

— Ça m'a l'air d'un drôle de frère.

— Non ?... Pas du genre Libertad ?

— Non. Plutôt du genre Aristide Bruant.

Lla dernièr'fois queu j'lai vu,
Llavait l'torse à moitié nu,
Et l'cou pris dans la lunette,
A la Roquê-ê-teu.

« Et maintenant, un bock pour le patron !

« Je connais Sembat, Jaurès, d'autres. Sembat est un homme tout ce qu'il y a de plus honnête et gentil, pas très révolutionnaire, un peu dépaysé dans le peuple, quoi ! un bourgeois qui fait vraiment tout ce qu'il peut. Moi, je l'aime bien, tu sais. Jaurès... c'est entendu, il pense un peu trop à la phrase suivante, il a l'air un peu trop « travailleur de la parole » ; le costaud qu'on a dérangé pour un grand match. Mais enfin, on est forcé d'avoir du respect... Hervé... il est déjà content si tu le regardes. Mais il est ravi si tu le regardes en ouvrant le bec. Quand j'étais chez Gaucher, au Faubourg, il y avait un compagnon que nous faisions régulièrement marcher. Tu n'avais qu'à insinuer : «Il n'y a personne qui ait le courage d'aller dire au patron qu'il achète de la colle forte où il y a des produits nocifs, destinés à l'empoisonnement de la classe ouvrière... Celui qui oserait dire ça serait culotté. » Alors, il se dévouait, le gars. Et puis, tu sais, en secouant la tête. Il n'aurait pas fallu l'empêcher.

— Et le patron ?

— Le patron avait fini par piger le truc. Et quand l'autre venait lui annoncer, soi-disant de notre part, que nous avions décidé de chômer le jour de l'exécution de Ravachol, et que nous nous cotisions pour offrir une couronne, le patron se faisait incrire pour quarante sous.

— Vous chômiez réellement ?

— Penses-tu !

— Et lui ?

— On lui donnait rendez-vous à l'aube devant la guillotine, en lui disant que s'il ne nous trouvait pas, c'est que nous nous serions fait coffrer par la police pour cris séditieux ; et qu'alors, il devait rentrer chez lui et ne plus bouger jusqu'au lendemain matin.

— Ce n'était pas un peu vache ? Vous lui faisiez perdre sa journée ?

— Bien sûr. Et même une fois, on l'a arrêté pour de bon. Sans le patron qui est venu expliquer le cas, il passait en correctionnelle. C'était d'autant plus vache que, pendant ce temps-là, nous faisions venir du vouvray de chez le bistrot, et que nous buvions l'argent de la couronne. Et ce qui n'était pas très chic non plus, c'était de choisir pour ça le jour où malgré tout, on guillotinait un homme. Oh ! on n'y mettait pas cette intention-là. Bien que les anarchos nous aient toujours dégoûtés.

— Quand on est jeune...

— Oui... Et puis le milieu ébéniste est très spécial, surtout au Faubourg. Tu as là des gens souvent convaincus, mais rosses au possible. Et un peu jouisseurs.

Roquin, en disant cela, sirotait son kirsch, avec une mine plissée de vieux civilisé. Il avait le visage maigre, pâle, les yeux d'un marron très clair, une fine moustache grisonnante.

— Il est très bon, ce kirsch-là. Autrefois, place d'Aligre, il y en avait un fameux. Je ne sais pas si ça existe toujours. Un coin que j'aimais bien, la place d'Aligre. Aux heures de marché, tu te serais cru dans un gros chef-lieu du centre, à cent lieues de Paris... Tu avais cette assiette-là ?

— Oui, mais pas accrochée.

— C'est du Montereau. C'est dommage qu'elle soit un peu seule au milieu des autres. Si elle est bien de l'époque, elle est très jolie.

— Oh ! elle en est sûrement. Elle vient d'une tante, qui était de Seine-et-Marne, et qui a dû mourir en 78, vers le temps de l'Exposition...

Roquin tournait la tête et suivait maintenant de l'œil le chambranle de la porte.

— Qu'est-ce que tu regardes ? » lui dit Miraud.

— Qu'on a eu tort de laisser l'ancienne moulure.

— Tu trouves ?

— Je pouvais te la faire sauter... et te la remplacer par une autre, que je t'aurais sculptée par exemple d'après le dessin de cet ornement-ci... en le renversant, peut-être.

Miraud écoutait, fort ennuyé. Il s'apercevait, pour la première fois, que l'encadrement banal de la baie jurait avec les précieux battants de chêne.

— Ne te tourmente pas. Il sera toujours temps de réparer ça. Fais-m'y penser cet hiver.

C'est que Roquin était mêlé intimement, fraternellement, à l'histoire de la porte. Leur amitié trouvait là un mémorial.

Un jour, il y avait sept ou huit ans, Roquin travaillait dans son atelier, quand Miraud était venu lui dire, avec une excitation anxieuse :

— Monte jusque chez moi. Je veux savoir si j'ai fait une bêtise.

En chemin, il lui avait conté son aventure. Il arrivait de la région de Meaux, où il avait accepté de travailler deux semaines dans un château dont on changeait toute la décoration intérieure. Passant dans un couloir, il avait remarqué, posés contre un mur, deux panneaux de chêne, sculptés et ajourés par endroits, qu'on avait dû retirer d'une des parties du château qu'on transformait. Il avait eu un vrai coup au cœur. Ces panneaux, chargés de figures savantes, creusés de reliefs onctueux et polis par l'âge, dans un bois parfait, lui avaient semblé la chose la plus belle et la plus désirable au monde. Et quand, en les mesurant, il s'était aperçu qu'ils se logeraient tout juste dans la baie de sa bibliothèque, il sentit que, d'une façon ou de l'autre, il viendrait à bout de les posséder. Il avait abordé l'entrepreneur général : « Vous ne savez pas si ces panneaux sont à vendre ? — C'est moi qui les ai rachetés avec les autres choses que j'enlève. » On avait démoli des cheminées, démonté des boiseries, mis à bas des rampes d'escalier... « Mais je n'ai pas l'intention de m'en débarrasser pour le moment. Il faudra d'abord que j'aie fait mes comptes. » Bref, Miraud obtint d'emporter les panneaux, à condition d'abandonner le salaire de sa semaine en cours, et de faire gratis quatre journées de travail supplémentaires que, dans son désir de rentrer à Paris, il eût refusées même au tarif normal, mais dont l'entrepreneur, serré par les délais, avait le plus urgent besoin.

Ainsi Miraud avait payé ses panneaux directement avec du travail, pour ainsi dire avec de la vie même. Leur valeur n'était pas constatée, refroidie, contenue par un chiffre. Elle se dilatait comme un sentiment.

Donc, ce jour-là, Roquin avait monté les étages de Miraud, s'était planté devant les panneaux de chêne, les avait contemplés en silence cinq bonnes minutes. Miraud, qui avait envie de parler, de faire valoir la matière, le sujet, l'exécution, tel détail, mais qui se retenait, qui se tripotait les mains derrière le dos, ne vivait plus. Roquin s'était penché ; il avait inspecté la tranche du bois, les chevilles, l'entrée des mortaises. Avec la lame de son canif, il avait fait sauter un copeau très mince, et si habilement que la blessure du bois ne se remarquait ensuite que par un faible éclaircissement de la couleur. Avec la pointe il avait sondé deux ou trois endroits choisis. Enfin, il avait ouvert la bouche :

— Ils sont très bons, évidemment, et anciens. Il n'y a que ce montant-ci qui ait peut-être été refait. Et encore ce n'est pas d'hier. Le bois est très beau de qualité, pas trop piqué. Le travail de sculpture, de premier ordre. Pour la valeur marchande, c'est quelqu'un de l'Hôtel, ou qui aurait l'habitude des occasions, qui te renseignerait mieux que moi. Ce que je peux te dire, c'est que si on me demandait de les copier, j'y mettrais au moins trois semaines, et pour les figures, je ne crois pas que j'arriverais à cette finesse-là.

Car, à ses heures, Roquin était modeste.

Ce fut lui, ensuite, qui se chargea d'adapter les panneaux aux dimensions de la baie. Heureusement, l'écart était petit. (Quatre centimètres en largeur, et six en hauteur.) Mais il fallait obtenir des raccords invisibles, même si plus tard le bois des alèses venait à jouer. Roquin s'était procuré du vieux chêne, l'avait amené à la nuance voulue, et par surcroît de précaution avait posé un couvre-joint, après y avoir reproduit en creux un motif pris à l'ornementation latérale des panneaux.

Depuis, il avait gardé de l'amitié pour ce bel ouvrage ; et lui donnait toujours, à un moment ou à l'autre de ses visites, quelque signe d'attention. Il y accrochait en particulier des réflexions qui lui étaient chères sur l'habileté des artisans d'autrefois comparée à celle des ouvriers d'aujourd'hui. Réflexions qu'il ressassait quotidiennement, même dans le silence du travail, mais qui ne tournaient pas au radotage, parce qu'il les nourrissait de nouvelles raisons, et ne craignait pas de se contredire.

Un jour, par exemple, il arrivait en déclarant :

— Ce que les clients peuvent être idiots ! Celui-là m'avait fait venir pour une réparation à un secrétaire dix-huitième. Il me dit : « Hein ? Ce ne sont pas les ouvriers de maintenant qui exécuteraient un meuble pareil. — Quand vous voudrez. Et vous n'y connaîtrez rien. — Avec cette marqueterie ? — Parfaitement. Et même le gondolage du plaqué, le fendillé du vernis, et la patine. C'est-à-dire que je ferai à moi tout seul ce que le copain du dix-huitième n'a pu faire qu'en se mettant à deux avec le temps. »

Mais un autre jour, il observait :

— Il ne suffit pas de copier quelqu'un pour le valoir.

Ou bien :

— A notre époque, quand par hasard il y a de l'invention, il n'y a plus de fini.

Il ajoutait :

— Et pour l'invention, je demande qu'on en reparle.

En présence d'une chaise ou d'une table « art nouveau », il haussait les épaules. Il déclarait :

— Je suis tout prêt à voir. Naturellement qu'il faut que chaque époque ait son style.

Mais à vrai dire, il était, dans son métier, conservateur, et presque réactionnaire. Comme il faisait des visites assez régulières au Louvre, à Carnavalet, à Cluny, il joignait à son habileté manuelle et à sa connaissance des procédés, qui étaient grandes, une érudition étendue ; et dans la discussion il disposait d'un mélange d'arguments techniques et d'arguments historiques qui lui laissait le plus souvent le dernier mot.

Il était loin, d'ailleurs, de se représenter clairement les raisons les plus profondes de son état d'esprit. Ce qui le décevait sans doute le plus dans les tentatives d'art nouveau, c'était de n'y rien sentir qui vînt de lui-même. Quelque chose en lui protestait : « Je n'ai pas trouvé ça. Je n'ai pas essayé de le trouver. Je n'ai jamais eu besoin qu'un autre le trouve. Et personne ne m'a rien demandé. » Il souffrait, sans le savoir, de vivre dans un monde où l'homme qui produit les objets n'est à aucun degré le maître de leur forme. Il sentait bien qu'il faisait partie d'un peuple d'exécutants. Son amertume revenait à dire : « La civilisation ne peut pas se passer de nous. Mais elle se passe au-dessus de nous. » Il pensait aux machines, dont son métier se servait encore peu, mais dont il n'y avait aucune raison de croire qu'elles n'imposeraient pas bientôt, là aussi, leurs services. Déjà l'on disait : l'industrie du meuble. Il comprenait bien que l'effet du machinisme n'est pas seulement de concentrer les capitaux ; mais qu'il concentre aussi le pouvoir créateur, la force de l'esprit.

Syndicaliste révolutionnaire, il se défendait de regretter aucune période du passé, que d'ailleurs il connaissait mal, hormis l'histoire du meuble, étant beaucoup moins grand lecteur que Miraud. Mais il avait vaguement l'impression que bien avant le droit de vote, le peuple artisan avait eu, jadis, le droit de créer. Et c'est à cette nostalgie tout implicite d'un Moyen Age, dont il ne cherchait même pas à se former une vision, et dont le nom seul lui était suspect, que sa foi syndicaliste devait pourtant ce qu'elle avait de chaleureux et de réel.

Tandis que Miraud, qui était tout près de lui par la formule de ses convictions, restait beaucoup plus attaché, par le sentiment qu'il y mettait, à la récente tradition démocratique. Les penseurs qui l'avaient fondée demeuraient à ses yeux les prophètes du meilleur avenir. Sans être satisfait de l'époque, c'est sur l'accentuation de quelques-unes de ses tendances principales qu'il comptait ; et l'image qu'il se formait de la société de demain n'était pas tellement éloignée de l'idéal que l'époque elle-même se plaisait à proclamer, quand elle s'abandonnait, par la bouche de ses politiciens, à des effusions à peine menteuses. Une répartition plus juste de la richesse et du pouvoir ; des méthodes plus sûres pour recruter les dirigeants de toute catégorie ; la suppression des parasites ; des précautions contre l'avidité et la ruse des individus, et pour que les fruits du travail ne soient pas détournés par quelques-uns ; Victor Miraud n'en aurait pas demandé beaucoup plus à la République pour lui rendre la confiance que lui avait donnée son père, Augustin Miraud, émeutier de 48.

XXV

WAZEMMES, LA DAME ET « ON »

Pendant qu'il descendait l'escalier de la maison, en achevant son demi-londrès, Wazemmes flairait à travers l'odeur du tabac celle de son propre corps, que le mouvement rendait plus facile à saisir. Il s'était lavé un peu vite. Il n'avait pas pu changer entièrement de linge. Et puis, pour ne pas attirer l'attention de son oncle, il avait gardé ses vêtements ordinaires. Or des vêtements qu'on porte chaque jour, où l'on a transpiré pendant les mois d'été, dégagent une senteur un peu aigre. Il s'y ajoute, quand on prend ses repas dans une cuisine, et qu'on s'y attarde pour préparer le café ou torchonner la vaisselle, un relent graillonneux, qui est peut-être encore plus désobligeant pour l'amour-propre d'un jeune garçon ; l'humilité sociale étant une tare beaucoup plus sérieuse que la négligence corporelle.

D'ailleurs, comment se nettoyer et se parer, quand on n'a ni salle de bains, ni cabinet de toilette, et que par-dessus le marché on craint d'être dérangé ? Wazemmes découvrait ainsi certains inconvénients de la pauvreté auxquels il n'avait pas songé jusque-là. Soyez, dans l'autobus, un jeune homme exceptionnellement séduisant, que les femmes ne peuvent se défendre de remarquer. Si dans l'intimité vous apparaissez comme un garçon un peu sale, et d'une condition évidemment peu relevée, tout votre avantage du début est compromis ; et vous vous trouvez en état d'infériorité à l'égard de quelque fils de famille laid et mal fait.

Il lui restait dans la poche une grosse partie de son pourboire ; deux pièces d'un franc et une de cinquante centimes, des sous. Comme il passait devant la boutique d'un coiffeur du boulevard Barbès, dont les lavabos et les flacons brillaient dans la solitude en attendant la fermeture, une idée lui vint. Il entra.

— Donnez-moi un coup de peigne. Juste un coup de peigne. Et mouillez-moi les cheveux à l'eau de Cologne.

Le coiffeur essaya bien d'entraîner Wazemmes à des opérations plus vastes : coupe de cheveux, friction, etc. Mais il était déjà neuf heures.

— Je n'ai pas le temps.

— C'est dommage. Vous avez des cheveux très longs dans le cou et autour des oreilles. Ce n'est pas un simple coup de peigne qui fera que ça sera propre. Et puis vous devriez commencer à vous raser. La raie au milieu ?

Wazemmes sortit avec la raie au milieu, des cheveux lisses et luisants, une odeur qui flottait autour de sa tête comme la fumée qui se dégage d'une pipe, odeur qui ne répondait pour Wazemmes à aucune désignation précise, qui était l'odeur de chez le coiffeur, comme il y a l'odeur de pharmacie. Mais il avait acquis en outre, pour un franc cinquante, un flacon de petite taille, décoré du nom : *Sourire d'avril*. C'était un parfum que le coiffeur lui avait recommandé comme « discret et tenace ; et surtout très distingué ».

Tout en marchant, Wazemmes défit la capsule, décola le bouchon. Quand il fut dans la rue Christiani, peu passante et sombre, il écarta son faux col par devant, et se versa environ la moitié du flacon sur la poitrine ; puis il fit la même chose de l'autre côté.

Il y eut un ruissellement brusque, une sensation de mouillure, froide et cuisante à la fois, qui se faufilait d'une façon capricieuse, atteignait des endroits imprévus, parcourait tout un pli du corps, et finissait même par se couler dans une chaussette ; en même temps que la tête, assiégée par une vague de gros parfum, tournait un peu.

« Évidemment, ça en fait un peu trop, pensait Wazemmes. Et ça n'est pas très bien réparti. » Mais le parfum s'était assez promené, pour que, sur n'importe quel point, il eût la chance de couvrir des odeurs moins élégantes. Tout le corps se sentait rassuré comme à l'abri d'un masque. Quant aux vêtements, ce serait bien le diable si les décharges de *Sourire d'avril*, qui allaient continuellement les mitrailler, n'y venaient pas à bout de la sueur et du graillon.

*
* *

— Oui, c'est ici... Vous n'avez pas sonné à côté ? Bon. Entrez vite. Dans ces maisons, où il y a tant de locataires, on ne peut pas rester sur le palier deux minutes sans qu'il passe quelqu'un. La concierge ne vous a rien demandé ? Oh ! mais, c'est vous qui sentez si fort l'odeur ! Comme il est gentil ! Il s'est parfumé comme une courtisane. Vous n'étiez pas si parfumé que ça dans l'autobus ? Je m'en serais bien aperçue. Et le reste des voyageurs aussi. Alors, c'est pour venir me voir ? Je vous dis qu'il est tout plein gentil. Donnez que je vous accroche votre chapeau. S'il veut tenir. Non. Nous le mettrons ici. Passez donc. Ce n'est pas très grand, chez moi. Le plus agréable, c'est la vue que j'ai sur le jardin. Oh ! mais, c'est fantastique. D'un seul coup, vous remplissez la pièce avec votre odeur. Comme lorsqu'on a cassé dans sa malle un flacon d'eau de Cologne. Qu'est-ce que c'est ? Comment l'appelez-vous ? *Sourire d'avril.* Qu'il est gentil ! Mais c'est vous, le sourire d'avril. Asseyez-vous là. Je ne déteste pas les parfums un peu canaille. Les parfums distingués, ça ressemble à la façon qu'ont les bourgeoises de faire l'amour. C'est hypocrite. Parce qu'au fond les parfums n'ont qu'une raison d'être : vous exciter. Je sais bien qu'on peut être terriblement excitée par un parfum délicat ; et avec les autres, quand il y en a un peu trop, sentir surtout qu'on a mal au cœur... Ha ! Ha ! Ha !

« Vous ne savez pas donner un baiser mieux que ça ? Pourtant quand vous êtes avec vos petites amies ? Il est vrai qu'avec ses petites amies, c'est lui qui prend les initiatives. Ici, il se laisse faire. Il veut être convenable. Comme c'est joli, ce duvet sur les joues. Ainsi, Monsieur ne s'est jamais rasé encore. Il ignore cette sensation-là. Tiens, tiens ! Et cette ombre de moustache. Ce n'est pas une ombre, c'est une vapeur... Qu'est-ce qu'il regarde ? Qu'on peut nous voir de là-haut ? Ce n'est pas qu'il y ait grand monde à cette heure-ci. Mais rassurons monsieur la jeune fille, monsieur la jeune fille pudique.

« Là. Les rideaux sont tirés. Qu'est-ce qu'il regarde encore ? Les livres ? Vous trouvez qu'il y a beaucoup de livres ? Beaucoup trop ? Ah ! il a bien raison. L'enfant blond. L'enfant aux yeux bleus. Qu'est-ce qu'il veut ? De la poudre et des balles ?... Ha ! Ha ! Non. Des caresses plutôt. Ce qu'il y a de sûr, c'est qu'il se fiche des livres. Moi aussi, cher gamin de mon cœur. Ce que j'en donnerais, des livres, pour un gamin comme ça... Il y en a beaucoup aussi, chez vous ? Comme c'est drôle ! Lesquels, par exemple ?... L'*Histoire de France* de Michelet, en vingt-huit volumes ? Oh ! c'est plus drôle que tout... Pourquoi je trouve que c'est drôle ? Pour rien, pour rien.

« Sérieusement, personne ne t'a appris à donner un baiser ? Comme ça, tu aimes ? Et comme ça ? Ce duvet, ce duvet sur sa joue ! Je te mordrais.

« Ecoute. Dis-moi ça à l'oreille tout bas... Tu as encore... Ce serait trop beau pour être vrai. Il ne veut rien me dire. Je vais voir ça. Je te garantis qu'on peut le voir. Enfin, moi, je sais.

« Une seconde de patience. Ce n'est pas encore trop compliqué. Mal ? Non ? J'ai tiré un peu trop fort. Nous y voilà… Que c'est beau ! Ah !… Ah !… Je deviendrais folle à regarder ça. Si gentil bambin. Si tendre. Si timide. Bien sûr. Un peu intimidé. Bien sûr. Laisse-moi faire, vilain farouche.

« Quelle idée de mettre tant de parfum ! Comme si ton parfum à toi n'était pas mille fois plus précieux ! Comme si ce n'était pas toi, là, le sourire d'avril.

« Tu aimes ?… Oui ? Ah ! mais oui… Tu ne sais pas ce que j'aurais donné pour ça… La dame te faisait un peu peur. Elle ne te fait plus peur ? Mon Dieu ! Mon Dieu ! que c'est beau !

« Ecoute. Jure-moi une chose. Jure. Que tu reviendras demain. Non, je ne peux pas. Après-demain ? Jure. Et que d'ici là tu seras sage ?

« Comprends-tu ? C'est si beau. Je ne veux pas aller trop vite. Pour toi non plus.

« Allonge-toi bien. Sous tes reins, oui. Le mur te fait mal ? Mets ce coussin derrière ta tête, doux chéri.

« Ne pas s'occuper de moi. Non, non. Regarde les livres, si tu veux. Ou les gravures.

« Ne bouge pas, chéri.

« Cela ne fait rien.

« Chéri. Petit homme chéri.

* * *

Wazemmes suit la rue Ronsard. Il y a peu de lumière. Il n'y a pas de bruit. Les jardins escarpés laissent glisser sur la rue un joli bouillard assez froid.

Wazemmes a l'impression qu'avec un petit effort, il pourrait exercer certains de ces pouvoirs que nous possédons si facilement en rêve. Par exemple, il pourrait quitter le sol, et s'élever en planant le long des jardins, ou jusqu'en haut de cette grande cheminée, qui appartient à l'usine des eaux.

Ce n'est pas qu'il soit tellement content. Il est plus ivre que content ; et surtout — embarras suprême — il ne sait pas s'il doit être content. Les choses qui vous arrivent, sauf exception, ne sont rien par elles-mêmes. Elles sont indifférentes ; ni bonnes ni mauvaises. Tout dépend de l'idée que nous nous en faisons.

C'est ainsi que Wazemmes, au moment où il quitte la rue Ronsard pour s'engager dans la rue Seveste, retrouve spontanément le principe fondamental de la philosophie stoïcienne. Mais son accord avec elle ne se prolonge pas. Wazemmes, du principe, ne tire pas du tout les mêmes conséquences que ses devanciers. Lui ne juge pas nécessaire de se faire une idée personnelle sur la valeur et le classement des choses. Non par faiblesse d'esprit, mais parce que, à la différence des stoïciens et de beaucoup d'autres, il croit qu'au moins en ce qui concerne l'art de vivre une espèce d'exercice collectif de la raison offre plus de garanties que son exercice individuel. Aux yeux de Wazemmes, celui qui s'y connaît le mieux en tout, qui est passé partout, qui sait « les règles » pour chaque cas, et l'opinion qu'il faut avoir en bien ou en mal de ce qui nous arrive ; celui qui a l'expérience, la sagesse, le discernement, ce n'est pas tel ou tel, c'est « on ». Quand Wazemmes consulte quelqu'un sur ces matières, ce n'est pas qu'il le croie plus capable que lui d'en juger personnellement, mais c'est parce que cet autre lui semble mieux au courant de ce qu'« on » peut en penser ou en dire. Et quand Wazemmes donne pour son compte un effort de réflexion, ou même de subtilité, c'est le plus souvent pour essayer de deviner quelle est, quelle sera, ou quelle serait, sur tel ou tel point, la pensée de « on ». Mais pas de malentendu : il s'agit de la pensée vraie, sincère de ce « on ». Et non point de ce que « on » raconte pour les naïfs. Wazemmes n'est nullement dupe de cette comédie. « On » professe très ouvertement des opinions — celles qui se retrouvent en particulier dans les livres de classe, les admonestations des parents, les discours officiels — auxquelles « on » ne croit pas une seconde. Par exemple, « on » déclare à qui veut l'entendre qu'il est mal de compter s'enrichir sans travailler, ou qu'un jeune homme doit garder sa vertu le plus longtemps possible. Heureusement, d'ailleurs, qu'« on » se contredit, et trahit ainsi ce qu'il y a de mensonge dans beaucoup de ses affirmations. Lisez le même journal d'un bout à l'autre : vous verrez l'article de tête s'indigner contre la réputation de légèreté faite aux femmes françaises ; mais un conte de troisième page vous décrira une scène d'adultère parisien avec tous les airs d'approuver et d'envier ces gens qui ne s'ennuient pas. Eh bien, la nouvelle, c'est ce qu'« on » pense. L'article, c'est ce qu'« on » fait semblant de penser. Que les garçons nés malins y prennent garde.

Pour l'instant, la question qui préoccupe Wazemmes est celle-ci : l'aventure qui vient de lui arriver, si « on » y avait assisté, ou en recevait un récit fidèle, qu'en penserait-il ? Estimerait-il que Wazemmes doit être content, ou à demi content, ou un peu vexé ?

Sans doute, il y a eu le plaisir physique, qui fut à un moment des plus vifs. Mais d'abord, sous cette forme, ce n'était pas une complète révélation pour le jeune homme. Et puis Wazemmes n'est pas de ceux qui savent construire en un clin d'œil, autour d'une sensation, un château immense, vacillant, d'émotions et d'idées. Il ne sait même pas penser très fort à ce qu'il éprouve. Son esprit s'attache plutôt aux circonstances, à ce qu'elles ont de flatteur ou de fâcheux.

Ce n'est donc pas le plaisir dont il se souvient qui l'empêche d'être perplexe quant à la qualité bonne ou mauvaise de l'aventure. Comme il est dommage que les choses aient tourné de cette façon ! Si, à l'heure qu'il est, Wazemmes venait de perdre sa virginité, par les voies de droit, sans nulle discussion possible, il se livrerait à un sentiment de triomphe. Car pouvait-il rêver de la perdre dans de meilleures conditions (cette belle femme en peignoir somptueux ; cette pièce bien meublée ; cette vue sur les jardins, que les rideaux cachent ensuite mais qu'on se rappelle ; ces livres ; et pas l'ombre d'une demande d'argent) ?

Mais à parler franc, il ne l'a pas perdue. Est-ce de sa faute ? A-t-il manqué, à un moment donné, d'une initiative, d'une audace, qui sont probablement dans les règles de son sexe ? N'a-t-il pas de ce fait été ridicule ? Peut-être a-t-il laissé croire à la dame qu'il était encore trop jeune pour de telles prouesses. Peut-être l'a-t-elle traité comme un enfant, qu'on ne veut pas renvoyer sans une chatterie, qui est elle-même une allusion à des vices d'enfant ?

Il est vrai qu'elle lui a donné rendez-vous pour après-demain. Comment faudra-t-il se conduire après-demain ? Après s'être montré si docile, sera-t-il commode de reprendre de l'ascendant et de mener les choses à sa façon ? Et d'abord il faudrait connaître la façon.

Le voici au coin du boulevard Rochechouart, plus incertain que jamais. Il n'est même pas sûr de perdre sa virginité jeudi prochain.

Quelques « putains » attendent sur le trottoir ; quelques « grues » se promènent sur le sable de l'allée centrale. Wazemmes les considère avec une impertinence assez nouvelle. Quand il croise l'une d'elles, il ne craint pas de la dévisager. Il examine leurs yeux, leur bouche, le contour des lèvres. Il a une secrète envie de rire.

Il traverse la place du Delta. Il revoit l'endroit où la dame de l'autobus l'a abordé, quelques heures plus tôt. Il a l'impression qu'une femme qui vient de passer a fait attention à lui. « Je dois leur plaire. » Il s'approche de la glace d'une pharmacie et contemple son aspect. Un restant de l'odeur *Sourire d'avril* lui hante les narines. Il a pitié de sa naïveté de tantôt ; mais il n'en souffre pas, parce qu'il lui semble qu'elle est surmontée.

Il pense aux femmes en général avec un certain mépris.

Les prostituées, passe encore. Mais les autres ?

Au fond, malgré les propos des camarades, malgré ses propres imaginations, il ne les croyait pas si dévergondées. « Voilà pourtant de quoi elles sont capables ! » Il est déçu de les trouver incroyablement pareilles à ce qu'il en rêvait. Quand il aura quelques années de plus, quand il aura gagné beaucoup d'argent dans les affaires, que n'inventeront-elles pas pour l'assouvir ?

Carrefour Barbès. Le boulevard de la Chapelle. Wazemmes marche sous le viaduc du métro. Les gros pilastres, puis les colonnes de fonte. Les colonnes grandissent. Devant les pas du jeune homme encore vierge, un énorme temple hypostyle s'allonge, dont les ténèbres sont attaquées de biais par de petits réverbères vicieux. Un train de métro gronde au-dessus. Un train du Nord gronde et siffle au-dessous, perpendiculairement. Dans l'ombré des colonnes, les « putains » assurent la veille de l'amour charnel.

Pour profiter de tout ce qu'il aurait besoin de sentir ce soir en même temps — c'est la première fois qu'il lui vient une pareille idée, la dernière fois aussi, peut-être — Wazemmes entrevoit avec étonnement qu'il lui faudrait une âme plus spacieuse que la sienne.

2.

CRIME DE QUINETTE

I

MAURICE EZZELIN LIT LE JOURNAL

Juliette Ezzelin achève de poser sur la table les accessoires du petit déjeuner. Son mari lit le journal, que la concierge monte chaque matin avec la boîte au lait. Il a fait sa toilette. Quand il aura pris son café au lait, et deux tartines beurrées, c'est-à-dire dans un quart d'heure, il partira pour le bureau.

Ses cheveux, qu'il garde assez longs, et qu'il peigne soigneusement, en les fixant par un peu de cosmétique, sont d'un blond terne et irrégulier. Il a les yeux d'un bleu lavé; un visage qui semble mou, malgré l'accentuation de certains traits. Chez d'autres, un menton comme le sien paraîtrait « volontaire ». Chez lui, ce n'est qu'une saillie maladroite, qu'un enfant aurait envie de tirer comme une barbe. Son nez, dans un autre visage, serait hardi et sensuel. Dans le sien, il est indiscret. Il oblige à penser que le nez est un organe qui renifle, et qu'il faut moucher de temps en temps avec bruit, le mouchoir s'attardant ensuite une seconde à curer le creux de chaque narine.

Il s'appelle Maurice. Juliette a horreur de ce prénom, qui a dû lui déplaire toujours — du moins elle le suppose — mais dont elle ne sent bien la laideur que depuis qu'elle est mariée. Pour elle, maintenant, ce prénom évoque une couleur, une des moins plaisantes qu'elle puisse imaginer, celle qu'on désigne quand on parle de cheveux rouge carotte. Le prénom de Maurice devrait être réservé à ces rouquins manqués, dont la peau est tachée de son, et qui ont l'air à demi ahuris. Juliette reconnaît que les cheveux de son mari n'ont pas cette teinte. Mais elle ne leur en sait pas gré. Comme si elle cherchait derrière leur blondeur fade ce rouge carotte qu'ils n'auraient pas le courage d'afficher. « Maurice » la fait encore penser à « Jocrisse », et à un Jocrisse heureux de vivre, mais sans verve, à quelque garçon d'honneur qui se force pour faire rire la noce. Là aussi, elle a l'équité de convenir en elle-même que son mari ne réalise pas ce personnage. Il est à peine ridicule. Il est tout juste heureux de vivre, et il lui fait parfois un regard assez triste. Il est trop timide pour se piquer d'amuser les autres.

Maurice Ezzelin lit attentivement son journal. Les vingt minutes qu'il y consacre chaque matin forment, avec l'aide du café au lait et des tartines, un des bons moments de sa journée. (Il continue à lire en allant au bureau, mais sans la même tranquillité, ni le même plaisir. Il garde pour le temps du trajet des bouts d'articles sans intérêt, les entrefilets, les annonces.)

Sans doute, ce genre de lecture lui convient. Mais peut-être y cherche-t-il en outre un recours contre lui-même. Plus il va, plus il évite de rester seul avec ses pensées. Au bureau, tantôt son travail le protège ; tantôt les propos des camarades. Il a remarqué que les livres souvent l'attristent. Pour un qui réussit à le distraire, beaucoup d'autres le ramènent à des idées dont il voudrait s'écarter, et même leur donnent une précision gênante, une évidence douloureuse (une lueur de fatalité aussi, pour ce qui est des vues et des pressentiments de l'avenir).

Il lui arrive de lire tout haut à Juliette un passage du journal. Elle n'aime pas cette habitude qu'il a prise. Elle trouve qu'il lit mal, avec un zèle un peu niais, comme s'il avait affaire à des textes d'importance. Sa malchance veut qu'il souligne de l'intonation la plus déférente le cliché le plus misérable. Et puis, il a une voix peu consistante, facile, qu'achève de banaliser une trace d'accent parisien. « Une voix de subordonné », pense Juliette. Elle s'arrange pour écouter le moins possible.

Ce n'est pourtant pas qu'il tienne à se faire valoir, ni qu'il juge d'un intérêt capital chaque morceau qu'il cite. Mais il craint toujours que Juliette s'ennuie. Il croit qu'un de ses devoirs est de ne pas rester silencieux devant elle. Même si les nouvelles du journal ne sont pas passionnantes, elles valent bien ce que Maurice Ezzelin raconterait de son cru. D'autant qu'il est malaisé de devenir brillant dans une conversation où l'interlocuteur réplique à peine. Souvent d'ailleurs, quand il s'agit d'un fait divers, il se contente de résumer ce qu'il vient de lire, ou de formuler deux ou trois brèves réflexions.

— Quel jour sommes-nous ? demande Juliette.

— Mais lundi, tu le sais bien. Lundi 12 octobre.

— C'est vrai.

Elle pense à son livre, qui lui a été promis pour aujourd'hui. Mais elle ne se rappelle plus si le relieur lui a dit de revenir vers la même heure que l'autre fois, ou plus tard dans la journée. Elle ira ce matin. A aucun prix elle ne voudrait se trouver le soir dans cette boutique. Si elle attendait à demain matin, elle serait tentée de remettre encore sa démarche. Elle finirait par ne plus avoir le courage d'affronter le relieur aux yeux enfoncés. Mais quelle est son adresse ? Elle a oublié de regarder le nom de la rue. Peu importe. Une fois à la station de l'avenue de Suffren, elle se retrouvera facilement.

— C'est étonnant ce que les témoins se contredisent.

— Quoi donc ?

— Dans l'affaire du train sanglant. Hier, il n'était question que d'un homme blond, qui serait monté dans le compartiment de Leuthreau, au départ de Paris, et qui serait descendu, après avoir assassiné le maire, à Montereau, passé minuit. Aujourd'hui, plus d'homme blond. Ils ont tous vu quelqu'un. Mais il n'y en a pas deux qui aient vu la même chose.

Relevant à peine les paupières, Juliette regarde le pauvre garçon qui parle du train sanglant dans une vapeur de café au lait. Même cette vulgarité de se plaire aux histoires de crimes ne lui manque pas.

— Tiens. En somme, ce n'est pas loin d'ici.

— Tu dis ?

— C'est encore assez loin tout de même. Rue Dailloud, à Vaugirard. Ça prouve aussi comme les gens s'occupent peu de vous, sauf quand ils cherchent à vous ennuyer.

«... On a découvert hier soir, dans la baraque en question, au bas de l'escalier près de la porte, le cadavre d'une femme d'environ cinquante ans. La mort remonte à une huitaine de jours. Un examen du corps a rapidement démontré qu'il y avait eu assassinat. Le meurtrier a dû se servir à la fois d'une arme contondante et d'une arme tranchante. D'ailleurs, un couteau portant des traces de sang a été retrouvé près du cadavre. La défunte, qui vivait seule, exerçait un ensemble de professions mal défini. Elle s'occupait du trafic de reconnaissances du Mont-de-Piété. Elle était aussi tireuse de cartes. Peut-être avait-elle des ressources encore moins avouables. La baraque contenait une certaine quantité d'orfèvrerie courante, en particulier des couverts de ruolz, ficelés par paquets de douze. Bien qu'il semble que le vol ait été le mobile du crime, l'auteur du forfait n'a pas jugé à propos d'emporter ce butin. Il s'est peut-être contenté de prendre l'argent liquide, en y ajoutant quelques objets particulièrement précieux. A moins encore qu'il n'ait été dérangé, et n'ait dû fuir avant d'avoir effectué une rafle complète.

« On est un peu surpris que le crime n'ait pas été découvert plus tôt. Sans recevoir de fréquentes visites, la baraque était pourtant l'objet d'un certain nombre d'allées et venues. Comment se fait-il que ni les visiteurs ni le voisinage n'aient été frappés d'une prolongation d'absence aussi insolite ? Ce sont, paraît-il, les miaulements d'un chat, resté dans la baraque, qui auraient fini par attirer l'attention des voisins, et les décider à prévenir la police. »

Juliette n'a pas écouté. Elle dit :

— Tu ne vas pas te mettre en retard ?

— Si, si. Tu as raison.

Il plie le journal, embrasse Juliette, qui s'arrange pour dérober ses lèvres ; puis il se hâte de sortir.

II

BRANLE-BAS CHEZ QUINETTE

Juliette arrive dans la boutique du relieur, sans avoir eu besoin de secouer le demi-sommeil endolori où, depuis deux mois qu'elle s'y retourne, son âme a fini par trouver une posture commode.

Après une courte hésitation, elle met la main à la poignée de la porte. Mais la porte résiste. La boutique est fermée. Juliette s'étonne, recule un peu sur le trottoir, considère la façade.

Voilà que la porte s'entrouvre. Le visage du relieur barbu apparaît, furtif d'abord et soupçonneux. Puis il reconnaît la jeune femme, s'éclaire, sourit.

— Pardonnez-moi, madame. J'étais occupé à faire des rangements. J'avais poussé la targette de la porte.

Il la précède, ramasse un journal qui s'étalait grand ouvert sur la table principale, passe lui-même derrière la table, et reste de dos quelques instants, en feignant de chercher sur ses rayons, puis dans la petite armoire vitrée. Il murmure :

— Votre livre... votre livre... Mais...

Il se retourne, ayant retrouvé son sang-froid :

— Mais... pour quand vous l'avais-je promis, madame ?

— Pour aujourd'hui...

— Pour ce matin ?

— Il me semble.

— Au reste, même si vous n'étiez venue que ce soir, il n'aurait pas été terminé. Je n'ai pas l'habitude de manquer de parole. Mais j'ai eu de sérieux contretemps. Je suis désolé.

« Je n'aperçois mon livre nulle part, pense Juliette. Il n'est plus là. Qu'en a-t-il fait ? » Elle voudrait questionner le relieur sans l'offenser. Il reprend :

— Nous sommes lundi. Je tâcherai de l'achever pour après-demain matin. Et si vous me laissiez votre adresse, je le ferais déposer chez vous, ce qui vous épargnerait un nouveau dérangement.

Juliette se trouble :

— C'est que... j'en aurais eu besoin tout de suite. J'aimerais presque mieux que vous me le rendiez.

— Mais, madame », réplique posément Quinette, « je présume que c'est de l'ouvrage avec sa reliure que vous avez besoin ? Aucun de mes confrères, aucun, ne pourra vous le relier avant mercredi. D'ailleurs, le travail est déjà commencé.

— Il n'est pas arrivé d'accident au livre, n'est-ce pas ?

— Mais non, madame. Je vous le montrerais bien pour vous rassurer. Mais il est en ce moment sous une presse spéciale ; et l'on ne doit pas y toucher tant que le collage n'a pas pris.

— Bien, monsieur. Tant pis. Alors, je repasserai mercredi matin. Ou j'enverrai quelqu'un. Au revoir, monsieur.

*
* *

Quinette resté seul se fait des reproches confus. Ce n'est pas qu'il soit extrêmement mécontent de lui. Il a été bien inspiré en venant ouvrir, après s'être dit d'abord qu'il ne bougerait pas. Il s'est ressaisi tout de suite, et sans laisser paraître, à ce qu'il croit, même au début, un trouble par trop suspect. Mais rien de tout cela n'est très fort. Il aurait fallu réussir quelque chose de plus fort. Quoi ? il ne le sait pas au juste. Son bon sens lui suggère bien que, dans les circonstances comme celles où il est, l'unique affaire est d'écarter le péril actuel, celui qui vous pèse déjà sur les épaules. Toute velléité de compliquer la situation, d'ajouter aux risques acquis ceux d'une nouvelle aventure, quelle qu'elle puisse être, aurait presque un caractère de folie. Mais il pressent aussi tout un système de vie, où la règle primordiale serait de ne se dérober à aucune entreprise, dès qu'elle est théoriquement possible, et dès que l'amorce vous en est offerte par le hasard. Cette conduite se rattacherait à une vue générale des choses, à un mythe de « l'homme supérieur », que Quinette ne parvient pas à se construire, qu'il ne fait que deviner à travers un brouillard mental, aussi brillant que mobile. Mais surtout elle rejoindrait, au plus profond de l'être, une impression de ressource constante. Elle trouverait sa récompense immédiate dans la tension même qu'on éprouverait à chaque instant. Toute trace d'ennui serait, dès sa formation, volatilisée. A ce point que le succès final apparaîtrait comme une éventualité secondaire, comme une sorte de preuve par neuf extérieure à l'opération qu'elle se borne à valider.

Au milieu de ces intuitions fuyantes, il isole quelques idées plus nettes : celle-ci d'abord, que, dans la vie ordinaire, que l'on accepte par habitude, l'on passe son temps à s'empêcher de continuer des actions qui sont déjà commencées ; et qu'on le fait sans raison plausible, par simple lâcheté, ou par défiance de soi ; qu'en le faisant, on ne cesse de commettre sur soi une espèce de saccage, comme un homme qui se promènerait dans son jardin en décapitant tout ce qui lève la tête, les tiges les plus assurées de croître. Une femme entre chez vous pour la deuxième fois. Elle est jeune et belle. Il n'est pas nécessaire d'avoir d'avance un plan, ni un but. Mais il n'est pas permis de la laisser repartir, sans avoir rien fait pour aller vers un but. Si l'on cherche à s'excuser, en se disant, par exemple, qu'on est embarbouillé dans une affaire de meurtre dont les journaux parlent ce matin, et qu'on n'a pas trop de toute sa présence et fertilité d'esprit pour éviter que les policiers ne frappent à votre porte dans quelques heures, ou dans une, et ne vous demandent ce que fait chez vous une certaine malle cachée dans votre arrière-boutique ; on avouera seulement par là qu'on manque d'envergure.

Quinette trouve une comparaison qui l'aide à voir clair. Il y a des commerçants qui ont toujours peur d'être débordés. Il y en a d'autres, au contraire, qui ont pour principe de ne jamais refuser une commande, quoi qu'il arrive. Ils feront ce qu'il faudra. Tout le monde, en fin de compte, sera servi. Ces gens pratiquent une espèce d'héroïsme commercial. Quinette, commerçant par occasion, n'apprécie pas pour son usage un héroïsme de cet ordre. Mais ce qu'il rêve en est bien une transposition sur un plan plus relevé.

A ce moment, il pense à sa ceinture Herculex. Il sourit, avec une sorte d'indulgence ambiguë qui s'applique à la fois à la ceinture Herculex et à lui-même. Il a conscience de jouir ce matin d'une santé intellectuelle, qui lui permet d'être tolérant, comme l'est un gouvernement fort. Que lui coûte-t-il d'accorder à cet appareil, devenu familier, une confiance teintée d'ironie ? Il n'a pas ce besoin de grosse certitude qu'on éprouve quand le doute ou la détresse vous travaillent. Tant mieux si la ceinture est pour quelque chose dans la vitalité qu'il se sent. Si elle n'y est pour rien, à quoi bon s'en inquiéter ? Elle joue aussi bien qu'un autre objet son rôle de fétiche. Dans certains cas, connaître la vérité avec précision est ce qu'il y a de plus important. La plus petite chance d'erreur doit être sévèrement éliminée. Sinon l'on est un sot, ou un paresseux ; et les événements se chargent de vous punir. Dans d'autres cas, l'illusion n'a aucune gravité. Elle peut même vous amuser, vous tenir compagnie, vous aider comme un verre de vin ou une cigarette. (Quinette n'est pas fumeur et boit peu. L'illusion, ainsi comprise, serait encore sa drogue privilégiée.) Ce qui importe, c'est de savoir discerner les cas.

Toutes ces méditations n'ont pas duré trois minutes. Le relieur a poussé de nouveau la targette, et retourne dans l'arrière-boutique. L'excitation qui le possède, et qui a pour le moment la forme d'une exubérance d'idées hardies, est le reste de l'émotion très vive qu'il a eue ce matin.

*
* *

Il est sorti un peu avant huit heures pour faire ses quelques commissions habituelles. Il a acheté le journal. Tant qu'il a été dans la rue, il s'est contenté de le parcourir, anxieux comme chaque matin de voir surgir parmi les nouvelles « l'action » encore cachée. L'article lui a échappé, ce qui l'étonne maintenant. Sans doute est-ce dû pour une part à la place considérable que tient dans les journaux l'assassinat du train de Bourgogne. (Cette affaire intéresse d'ailleurs Quinette par bien des côtés.) Et puis, d'un matin à l'autre, commençait à s'installer dans son esprit la croyance peu raisonnable que les choses allaient rester en l'état. Comme si l'action cachée renonçait à sortir, s'enfonçait dans le passé par un mouvement naturel de descente et d'oubli. « Il y a bien des crimes qu'on ne découvre jamais ; et plus qu'on ne pense. » Cette idée le détournait peut-être de trouver, de prime abord, la nouvelle qu'il cherchait.

Rentré dans sa boutique, il a repris à loisir le dépouillement du journal. Soudain, le titre lui a sauté aux yeux : « Assassinée depuis huit jours ». Il a lu, âprement, avec une espèce de tremblement sec, qui n'a cessé de croître. Sa première réaction a été d'aller pousser la targette de la porte extérieure. Il s'est cogné durement contre l'angle de sa table. Il est revenu s'asseoir. Il a proféré plusieurs fois à voix basse : « Ah ! ça y est ! Ah ! ça y est ! » Presque aussitôt, il a pensé à la malle, qui est rangée dans un coin de l'arrière-boutique, derrière un rideau de cretonne. Il a eu brusquement une envie irréfléchie de prendre la fuite ; sans aucun préparatif ; son chapeau sur la tête ; au hasard.

Au bout de cinq minutes, sa raison s'est remise à fonctionner. Il a relu le texte, en détachant le sens de chaque phrase, en faisant l'effort maximum pour se l'assimiler. Des pensées rapides venaient doubler, ou traverser, ou arrêter cette lecture :

« 18, rue Dailloud. Ma rue. A deux pas de chez moi. Presque à ma porte. Extraordinaire. Je ne revois pas cette baraque. J'en ignorais l'existence. Une grande cour... Quelle cour ? »

Il est mauvais observateur. Il le sait. Mais il n'aime pas se l'avouer. Quand il marche dans la rue, il est constamment préoccupé, et abstrait. Surtout dans ce quartier qu'il croit connaître. Ses yeux perçants ne fournissent un regard efficace que lorsqu'il les dirige délibérément sur quelque chose.

« Une femme. J'ai tout de suite eu l'intuition que c'était une femme. Mais je la voyais plus vieille. Morte depuis huit jours. Erreur. Depuis six. Instrument contondant et couteau. Le vol, mobile du crime. »

En somme, l'image qu'il s'est formée de l'événement, dès le premier jour, était d'une exactitude remarquable. La femme un peu trop vieille. Une petite maison au lieu d'une baraque. Divergences insignifiantes. Reste la question de l'heure. Comment l'action, au juste, s'est-elle déroulée ? Le journal n'en dit rien. Là encore, les hypothèses de Quinette, aidées par les confidences très réticentes de l'imprimeur, n'ont pas dû errer beaucoup.

« Mauvais observateur, peut-être. D'ailleurs, avec un peu de méthode, ça se corrige. Mais de première force pour tout ce qui est construction mentale. Ou reconstitution. »

Cette idée agréable est brusquement chassée par une autre, qui est amère. Lui qui a sauvé cet homme, au moins provisoirement, n'a pas su, en six jours d'entrevues quotidiennes, lui faire avouer l'équivalent de ce que tout Paris apprend ce matin par les journaux. Il est vrai que Quinette ne l'a pas pressé ; au contraire. Il a préféré l'envelopper de son influence, l'habituer peu à peu à une soumission générale. Arracher le secret d'un homme, c'est s'emparer d'un détail de cet homme. Ce que le relieur a voulu, c'est mettre la main sur tout l'homme. Les secrets seraient venus ensuite d'eux-mêmes. Quinette avait fini par croire qu'il avait le temps. Les secrets commençaient à venir. Mais ils auraient pu venir plus vite.

Quels renseignements l'autre lui a-t-il livrés ? Son nom : Augustin Leheudry. Son âge : trente et un ans. Des histoires d'enfance, de métier, de déveine, de chapardages. Des états d'esprit. Une abondance singulière d'états d'esprit. Leheudry est par nature un garçon tourmenté. Il rumine ses tourments. Il en a non seulement la souffrance, mais la passion. Il les exprime mal ; mais à force de répétitions, de retours, d'ânonnements, il arrive à les faire passer en vous. Quinette croit se représenter on ne peut mieux pourquoi l'imprimeur, un jour, est devenu assassin. Mais il se le représente sans aucune sympathie. Le crime de Leheudry est à base d'absurdité et de faiblesse. Ce que lui, Quinette, méprise. Leheudry est entré chez sa victime non pour tuer, mais pour voler. Et il avait décidé de voler moins par besoin d'argent que par colère. Il était furieux d'avoir perdu sa dernière place, et de n'en pas trouver d'autre. Et il n'était pas tant furieux contre la société, comme un anarchiste, que contre lui-même et son destin. Il devenait voleur pour piétiner son destin. S'il a tué (il n'a fait là-dessus aucune confidence précise à Quinette ; mais à travers ses propos la chose peu à peu se laissait voir), s'il a tué, c'est qu'au dernier moment, la victime a voulu l'empêcher de partir, lui arracher son « butin », comme dit le journal. Il s'est cru perdu, et surtout volé à son tour. Il n'a pas vu d'autre issue que le meurtre. Ce geste de défense, bien que marqué d'affolement, se justifierait encore. Il est d'ailleurs banal. Mais Quinette est persuadé que Leheudry n'a rien fait pour l'éviter, qu'il en a saisi l'occasion avec une sorte de soulagement, et que la vue du sang ne lui a pas été désagréable. Méchanceté, en somme. Le veston et le chiffon fourrés dans le paquet de livres en donnent un autre témoignage. Sans avoir peut-être horreur de la méchanceté et de la cruauté, Quinette a conscience de ne pas les aimer. En tout cas, il ne les comprend pas.

Quinette s'aperçoit qu'à propos de l'« action », il prononce maintenant les mots de crime, d'assassinat, d'assassin, avec liberté. C'est que depuis ce matin tout cela est officiel.

« Comment étais-je assez naïf pour me dire qu'il y a des crimes comme celui-là qu'on ne découvre jamais ? Irréflexion. Confusion de catégories. Un empoisonnement peut rester caché. Même à la rigueur un meurtre commis à l'intérieur d'une famille, et que la complicité de tous les proches maquille en accident ou en suicide. Mais le crime banal, commis par quelqu'un de l'extérieur, est forcément découvert. Ce crime-ci devait être découvert. J'ai manqué de bon sens. »

En somme, un événement de ce genre pouvait rester plus ou moins longtemps dans une première zone : celle des crimes cachés ; mais passait tôt ou tard dans une deuxième : celle des crimes découverts, à criminel caché. Ce qui venait de se produire la veille au soir, c'était le passage d'une zone à l'autre : du crime caché, au criminel caché.

Mais la troisième zone ? Celle du criminel découvert ? Est-ce que le passage, là aussi, n'est pas inévitable ? Cette idée brusquement fit se serrer les tempes de Quinette. Elle se présentait avec les prestiges de la simplicité et de la symétrie. Elle avait cette physionomie impérieuse qui réunit dans un même air de famille les idées superstitieuses les plus puissantes et les grandes lois scientifiques. En face d'idées pareilles, l'esprit de l'homme éprouve une fascination. Les mouvements de contrôle mental sont suspendus. Si l'idée est funeste, cet effet de paralysie s'accompagne d'une térébration douloureuse ; et c'est en vous vrillant la chair que l'idée se fixe.

L'espèce d'effroi qu'en éprouvait Quinette — sentiment de condamnation anticipée, d'approche irrésistible du malheur à venir — était même sans proportion avec les risques qu'il courait dans le cas actuel. Il en arrivait presque à oublier l'affaire Leheudry. Comme si la loi, dont la prétendue évidence l'avait saisi, éveillait en lui une plus vaste inquiétude.

Mais tout à coup l'idée perd de sa force. La paralysie se dissipe.

« Voyons ! Ça ne tient pas debout. Il y a cent, il y a mille exemples de criminels qui ne sont pas découverts, pour des crimes exactement de ce genre-là. Les "crimes classés". C'est un fait d'expérience. »

Il sourit. Peu à peu une ardeur lui revient. Il frappe du plat de la main la feuille de journal étalée. Il se lève de sa chaise. Il a envie de bouger, d'agir. Il veut lutter. En somme, c'est une bataille qui s'est déclenchée hier soir. La police a pris l'offensive. Il n'est pas permis de rester inerte.

Deux points l'attirent avec force : la baraque ; Leheudry. Il voudrait courir à la baraque, courir à Leheudry. Par où commencer ? La baraque est tout près : le « lieu du crime ». Il est bien connu que le criminel revient irrésistiblement sur « le lieu du crime ». Quinette n'a pas commis le crime. Mais cette envie qu'il a ne participe-t-elle pas de l'attirance absurde que subit le criminel, et qui souvent cause sa perte ? Il faut résister. Il faut ne rien faire, qui n'ait été dicté par la raison, et qui ne rentre dans un plan méthodique.

Pourvu que Leheudry ne soit pas déjà retourné à la baraque ! Quinette lui a fait jurer de ne pas bouger des alentours de son refuge. Mais l'autre est impulsif et menteur. Ce matin, s'il a lu le journal, aura-t-il eu la force de ne pas aller « sur le lieu du crime », du crime découvert ? Le seul espoir est qu'il n'ait pas lu le journal. Et c'est probable. L'imprimeur flâne au lit, dort le plus possible, a la terreur des journaux. A cette heure-ci, il n'est presque certainement pas levé.

La bonne méthode ne serait-elle pas d'aller aussitôt chez Leheudry, d'y aller même par un moyen rapide comme un taxi, pour être sûr de le trouver ? Le mettre en garde. Lui faire comprendre que, désormais, la moindre imprudence peut signifier la prison et la mort. Qu'il doit obéir passivement.

Oui, c'est cela. Quinette prend son chapeau.

Au moment de tirer la targette, il pense : « Et la malle ? » Peut-il s'en aller ainsi ? N'est-ce pas une imprudence grave ? Imaginons que l'enquête ait fait des progrès étonnamment rapides, et que tout à l'heure, en l'absence de Quinette, on vienne fouiller cette malle, en vérifier le contenu. Quinette ne sait pas encore quelle fable il inventerait pour expliquer la présence de la malle dans son arrière-boutique. Mais avant tout il faut être sûr qu'elle ne renferme rien de compromettant. Quinette ne l'a ouverte qu'une fois, il y a trois jours, pour porter du linge à Leheudry. Il y a regardé, mais sommairement ; comme un douanier, non comme un policier. La fable que racontera Quinette, quel qu'en soit le détail, n'aura de chances d'être crue que si la malle ne cache rien qui puisse se rapporter au crime, rien que l'enquêteur le plus enclin à l'arbitraire soit tenté de considérer comme une pièce à conviction, ou un objet volé dans la baraque. De toute façon, même si on ne le croit pas, Quinette échappera ainsi à l'accusation de recel.

Il est donc urgent de faire de cette malle une investigation minutieuse et définitive. (La même sévérité de méthode que mardi dernier, quand il s'est agi d'effacer de la cuisine toute trace de sang, au sens scientifique du mot trace.) Tout objet suspect, ou prêtant à une interprétation équivoque, sera brûlé.

Le malheur est qu'il faudrait avec une égale urgence inventer une histoire plausible. La première question des policiers, s'ils entrent soudain, ou s'ils l'accueillent à son retour : « Vous avez une malle telle et telle. Bon. Pourquoi ? » Quinette y a bien rêvé tous ces jours-ci, mais sans vigueur. Il a paressé, comme un homme qui attend l'inspiration. Et puis, la version la plus ingénieuse ne vaudra qu'autant qu'elle sera confirmée par Leheudry, qu'on interrogera séparément. Il faudrait donc joindre Leheudry au plus tôt ; lui faire la leçon.

Il n'y a pas moyen de tout concilier. Il n'y a même pas de raison majeure qui vous dicte un ordre d'urgence. Toutes les raisons sont majeures ; et tout est urgent.

Mais déjà il a poussé la malle dans la cuisine, l'a ouverte toute grande, a débarrassé la table pour y poser les objets un à un. Il fait un raclement de gorge ; il cligne plusieurs fois les paupières, avec vigueur ; d'un mouvement des épaules, il dégage bien son cou de l'engonçure des vêtements. Il va dans le tréfonds de son être chercher toute l'attention disponible. Il effectue dans les mécanismes de son esprit cette espèce de changement de vitesse qui fait que chaque perception se détache avec netteté, profite pour son compte, dirait-on, d'un coup de raison distinct, tandis que le temps intérieur s'illumine seconde par seconde comme une rampe électrique.

*
* *

Une heure plus tard, il était encore vibrant, prêt à la contraction et au sursaut. Mais il n'avait plus trace d'angoisse déprimante. Toute sa peur était devenue offensive. Le contenu de la malle s'étalait sur la table. Le moindre objet avait subi un examen rigoureux, comme ces pièces de métallurgie fine dont dix instruments d'épreuve vérifient le calibre, le son, le grain, l'élasticité. Les paires de chaussettes, acquises « à la foire d'empoigne » étaient allées au feu, ainsi qu'une taie d'oreiller, un bonnet de femme, et des savates de sexe douteux, qui ne devaient certainement rien au crime de la rue Dailloux, mais qui pouvaient soulever des questions.

Les dernières cendres s'étaient effondrées dans le fourneau. Quinette défiait d'avance les enquêteurs :

« Oui, messieurs, cette malle appartient à un certain Leheudry Augustin, que j'emploie de temps en temps pour faire des courses, ou pour me ramasser des livres, des reliures, chez les brocanteurs. Comment je l'ai connu ? Parce qu'il s'est présenté un jour chez moi en me demandant du travail. Pourquoi j'ai sa malle ? Parce qu'il me l'a confiée pour une semaine en me disant qu'il déménageait, et resterait sans domicile fixe, en attendant d'avoir trouvé un gîte à sa convenance. On le soupçonne d'être l'auteur du crime qui a eu lieu près d'ici ? J'en suis bien étonné. »

C'est à ce moment qu'il entendit qu'on essayait d'ouvrir la porte extérieure. Il frémit, mais sans aucunement s'affoler. « C'est un client. Je ne vais pas répondre. » Pourtant il fourrait à la hâte les objets dans la malle, et la poussait de nouveau sous le rideau de cretonne, dans l'arrière-boutique. Puis il eut la curiosité de savoir qui était venu.

Pendant qu'il se dirigeait avec précaution vers la porte, il réfléchit que la version provisoire qu'il venait de forger avait le tort de ne pas concorder avec sa visite à l'hôtel de la rue du Château, et avec les propos qu'il y avait tenus.

« J'arrangerai ça. »

Car il était sûr, maintenant, qu'il aurait le temps « d'arranger ça ». C'est une peur enfantine qui lui avait fait croire que la police pouvait tomber chez lui si brusquement.

« Ils n'ont pas tant de génie. »

Là-dessus, il avait ouvert la porte à Juliette Ezzelin.

III

DOUCEUR DANS LES RUES

Juliette, en sortant de chez le relieur, avait d'abord erré dans les rues voisines. Elle pensait à son livre comme à un être cher qu'on a exposé à un grand péril par manque de réflexion. Le reverrait-elle jamais ? Elle reconnaissait maintenant, par son anxiété même, que les deux choses les plus précieuses qu'elle eût au monde, c'était ce livre et son paquet de lettres. Le paquet de lettres se trouvait chez elle, sur un rayon de l'armoire, au bout et au fond, dissimulé sous du linge. Y était-il en sûreté ? Juliette ouvrit son sac, y vit la clef de l'armoire, petite, d'acier luisant, avec une tête de cuivre. Sans doute la serrure ne serait pas difficile à forcer ; mais ensuite c'est aux tiroirs intérieurs, eux-mêmes fermés à clef, qu'on s'attaquerait. On ne penserait pas à fouiller sous le linge. Ce qu'elle craint, d'ailleurs, ce n'est pas tant qu'on les découvre (des reproches ? des menaces ? une séparation ? que lui importe !), c'est qu'on les détruise ou même qu'on les souille par le regard. Elles sont le bien principal de Juliette, sa richesse, ce qui, comme disent les gens, « la rattache à la vie ».

C'est vrai que, pour avoir la force de continuer à vivre, il faut tenir à quelque chose hors de soi. Quel étrange mystère ! La vie, cette fameuse vie, que les gens estiment si précieuse, supérieure à tout, incommensurable avec les autres biens, ne possède pas en elle-même de quoi nous attacher. Nous croyons nous être âprement chers à nous-mêmes, et dans nos limites nous ne contenons rien qui ait la valeur d'un paquet de lettres, d'un livre.

Les boutiques de Paris sont des témoins, des amis inconnus ; elles sont aussi les haies fleuries et les bornes du chemin. Miroitements des vitres. Douceur des objets à vendre qui sont posés sur de petites marches de velours. Fraîcheur de l'air. Une mélancolie, qui n'est à personne, est blottie, derrière la grande vitre, dans le coin de l'étalage le plus écarté. Il ne fait pas toujours soleil comme aujourd'hui. Il y a parfois vers ce temps de l'année des matinées légèrement brumeuses, pas froides encore ; mais où l'air traverse les vêtements, vous pénètre un peu, vous donne un petit commencement de frisson qui ne se développe pas, qui dure, qui est tendre, résigné, prolongé en rêverie. Pendant qu'au ciel il y a des nuages mollement formés, qui se fondent l'un dans l'autre ; des nuages gris-noir, gris-blanc, un peu illuminés, un peu égayés par en dessous, comme si le soleil absent du ciel les éclairait de très loin, de toute la distance d'une autre saison. C'est alors que les devantures contiennent, exhalent au passage tant de reflets, de demi-ombres, de lueurs, de figures d'objets émouvantes. Il ne faut même pas s'arrêter. Le jour brumeux et frissonnant de la rue, l'éclairement grisâtre et moutonné du ciel s'enfoncent profondément dans les boutiques. Vienne l'hiver ! Viennent les intérieurs, les refuges, de plus longs sommeils ! Et pourtant c'est alors qu'on est le mieux à errer dans les rues. Amitié des objets mêlée au brouillard d'automne. Chacun d'eux paraît plein de promesses comme un jouet pour un enfant. Chacun d'eux raconte une histoire imperceptible. Le chapeau. La montre. Le bocal de pralines. La théière de ruolz. Mon Dieu ! Que la vie pourrait être douce ! Il va et vient, il se perd autour de vous, une présence indéfinie de bonheur. Un bonheur sans orgueil que personne ne songe à s'approprier. Un bonheur qui ne demande rien à l'avenir. Il est en suspens et en mouvement dans le jour frileux de la rue, dans l'automne du ciel, dans les golfes des devantures comme les fruits de la mer le sont dans la mer. « Je profiterais si bien de ce bonheur-là. Je saurais si bien m'en contenter. Je ne suis ni orgueilleuse, ni avide. Une seule chose suffirait. Je ne suis plus si exigeante qu'autrefois. Il veut rester libre. Oui. Il a raison. Justement, ce bonheur indéfini, ceux qui ont chance de le saisir, ce sont les êtres tout à fait libres, qui refusent de se laisser engager par la pensée de l'avenir. Je ne lui demanderais même plus de passer tant d'heures avec moi. S'il a besoin de son temps. S'il a peur d'une servitude. Savoir simplement qu'il m'aime. Faut-il que ce ne soit plus possible ? »

Elle voit s'approcher un omnibus. Les noms des lieux qu'il porte inscrits, et qu'elle lit d'un coup d'œil, en les fondant l'un dans l'autre, lui font un vague plaisir. Elle n'a pas le temps de réfléchir à ce qu'ils lui rappellent ou lui promettent, ni de se représenter le parcours que le hasard lui offre. Saisi dans le mouvement de la rue, l'énoncé d'un itinéraire parisien agit sur le passant comme la formule d'un charme, ou comme si un éclair traversait le vaste ciel des souvenirs, trop vite pour que l'esprit discerne, mais non pour que l'âme s'émeuve.

Juliette fait un signe, monte dans la voiture. Le ronronnement, la trépidation l'enveloppent. Elle s'abandonne à une sorte de rudesse paternelle. Il n'y a rien à craindre. On peut commencer à oublier. Les pas des chevaux ressemblent à la pluie sur un toit et à une horloge ; aux bruits qui apaisent notre vie en lui montrant une façon patiente de durer. Il entre un peu de rue par les vitres. Des bouts de perspective, des lambeaux de ciel, le geste noir et doré d'un arbre viennent tomber sur vos genoux.

Juliette descend, parce qu'un nom qu'elle a entendu lui donne envie de descendre. Elle ruse avec elle-même. Elle feint de se rappeler qu'elle n'a pas vu Saint-Étienne-du-Mont depuis longtemps, ni la place du Panthéon, déserte et majestueuse comme une gravure de Rome.

Quand elle est là-haut, elle fait le tour de la place, sans penser à rien qu'aux noms des rues. Elle s'inquiète. Elle se demande si sa mémoire ne la trompe pas.

« Rue d'Ulm. » Elle pâlit. Elle regarde la plaque d'émail, comme pour lui faire avouer si elle est favorable ou funeste. Elle s'engage dans la rue, qu'elle connaît à peine, pour l'avoir longée une fois, avec lui, l'autre année. A gauche, de hauts bâtiments ; à droite, des maisons basses. C'est encore plus loin. Voici la grille, et la grande façade en retrait.

Elle s'arrête au coin de la rue Thuillier. Tout à coup, il lui est impossible de s'arracher de là. Elle ne quitte pas des yeux cette grille, en face ; le pavillon d'entrée et la porte. Peut-être les rares passants, les gens du voisinage s'étonnent-ils de voir cette jeune femme immobile, qui semble guetter.

IV

UNE CONVERSATION A L'ÉGLISE

Après le départ de Juliette, le relieur avait passé une quinzaine de minutes à remettre de l'ordre dans la malle de Leheudry. Puis il se disposa à partir. La pensée lui revint du tampon d'ouate fourré dans la boîte de tisons, au fond du tiroir-caisse. Il n'y avait aucune chance pour qu'on procédât en son absence à une perquisition. Sans doute même n'était-ce pas légal ; et au pis aller, qui songerait à ouvrir cette boîte d'allumettes ? Mais il avait besoin, pour son bien-être moral, de se dire qu'il laissait derrière lui des lieux purs de tout indice, stérilisés de toute preuve. Il prit la boîte, qu'il glissa dans une poche de son gilet.

Arrivé boulevard Garibaldi, il hésita un instant sur le mode de transport à employer. Mais il eut vite fait de conclure que la rapidité primait toutes les précautions. Il héla un taxi, et lui donna comme adresse : « *Bazar de l'Hôtel de Ville* ». Il était dix heures cinq.

A cette époque, il était tout à fait inutile d'indiquer au chauffeur l'itinéraire d'une course, ni même de préciser qu'on désirait aller par le plus droit. La chose s'entendait d'elle-même, et les chauffeurs étaient presque tous d'anciens cochers, vieux Parisiens, qu'on eût offensés en prétendant leur enseigner la route à suivre.

Quinette se fit arrêter au coin de la rue du Temple, pénétra bien ostensiblement dans le *Bazar*, le traversa en diagonale, de façon à sortir rue de la Verrerie, près du coin de la rue des Archives. La foule des ménagères, aux rayons du rez-de-chaussée, était déjà épaisse.

Il prit ensuite la rue de la Verrerie par la gauche, la rue du Renard, la rue du Cloître-Saint-Merri, et il aborda la rue Taillepain du côté où elle aboutissait à l'église.

Durant ce trajet, l'idée de sa barbe le gênait un peu. « Je dois être terriblement facile à reconnaître. » Il se demanda un instant s'il ne la ferait pas couper. D'une façon générale, parmi les précautions qu'il avait prises, il avait trop négligé jusqu'ici la question de son extérieur. Leheudry non plus ne s'en était pas soucié.

Quinette se rappela une réflexion que Leheudry lui avait faite le premier soir : « Vous n'êtes pas Juif ?... à cause de votre barbe. » Surtout dans un tel quartier, c'est en passant pour un Juif de la rue des Écouffes qu'il risquerait le moins d'être remarqué. « Je suis trop propre. Il me faudrait une redingote. » Pourtant, il s'efforça de penser qu'il était un Juif déjà vieillissant, d'une condition assez relevée, pour expliquer le bon aspect de ses vêtements : usurier, par exemple ; ou même qu'il était un Juif d'un autre quartier — un horloger, un bijoutier — qui venait porter du travail à quelque coreligionnaire. Sous l'effet de cette idée, ses narines se pinçaient, pour accentuer la courbe du nez. Il bombait le dos. Il marchait en traînant un peu les semelles ; les jambes molles, les pieds en dehors. Il tâchait de donner à son regard une expression inquiète, flatteuse et fureteuse. Cet exercice l'intéressait beaucoup. Il en découvrait la difficulté et le plaisir.

Un homme venait à sa rencontre. Quinette ralentit le pas, pour laisser à l'autre le temps de quitter la rue, avant que lui-même eût atteint la maison de Leheudry. Au moment d'y pénétrer, il regarda encore les deux tronçons en équerre de la rue Taillepain. Personne. Il se glissa rapidement dans le couloir.

Il frappe à la porte de Leheudry. Pas de réponse. Des coups plus forts. Rien. « Oh! oh! ça devient grave. Pourvu que cet imbécile, ayant lu le journal par hasard, ne se soit pas affolé ! Il est capable de ne pas revenir. Comment le rattraper... avant que les autres ne l'aient rattrapé ? »

Il hésite. Il a fait un pas dans la courette, prudemment. Soudain, il voit la vieille logeuse. Il l'a déjà rencontrée une fois, mais dans l'ombre, et si fugitivement qu'il pense ne pas avoir été remarqué.

— Vous cherchez ?... Ah ! il est sorti ; oui, il est sorti.

— Bien, bien.

Il se demande s'il doit l'interroger.

— Ah ! vous êtes peut-être son ami ?

« Son ami... je n'aime pas beaucoup ça », se dit Quinette.

— Je vous reconnais à cause de votre barbe.

Quinette, très ennuyé, tripote sa barbe, comme s'il avait le pouvoir de la faire disparaître, ou de la modifier, en la malaxant.

— Il n'y a pas longtemps qu'il est levé. Il est allé prendre son café quelque part par là. Du côté de la rue Rambuteau, je crois bien.

— Vous ne savez pas l'endroit exactement ?

— Non. Dame, non.

— Il est parti depuis combien de temps ?

— Cinq, dix minutes. En vous pressant un peu plus vous l'auriez trouvé.

« J'ai eu tort, pense Quinette, de traverser tout le *Bazar*. Encore une fois, aujourd'hui, ce qui compte, c'est la rapidité. Pas les petites précautions. »

— Mais il va sûrement revenir », continue la vieille femme. « Il m'a dit qu'il reviendrait, peut-être pour que je vous le dise, au cas. Attendez chez moi si vous voulez. Je vous ferais bien asseoir dans sa chambre. J'ai la clef...

« Il lui laisse la clef ! C'est un imbécile. J'ai lié partie avec un complet imbécile. »

— ...Mais je sais qu'il n'aime pas trop qu'on entre dans sa chambre, quand il n'est pas là.

« C'est ça ! Il lui laisse la clef. Et il s'arrange pour bien lui faire comprendre qu'il a chez lui des choses qu'on ne doit pas voir. »

— Écoutez, madame, si je pensais trouver le café où il est, je préférerais. Vous n'en avez aucune idée ?

— Ça pourrait bien être au coin de la rue Rambuteau et de la rue Beaubourg. Je sais qu'il y va des fois.

— Bon. Je chercherai. En tout cas, s'il revient, dites-lui de m'attendre. De ne pas bouger. Dites-lui que je lui ai trouvé une place, et que c'est très pressé. Je serai de nouveau ici dans un petit quart d'heure.

*
* *

« Tout ça est un peu de ma faute. J'ai manqué d'énergie, de sévérité. D'abord, il avait été entendu dès le premier jour que je lui trouvais un autre refuge ; qu'il partait d'ici. Il a voulu rester jusqu'à demain. Pour ne pas perdre sa semaine. Raison misérable. J'ai consenti. Le fait est que j'ai consenti. Comment appeler ça ? Faiblesse de caractère. Faiblesse mentale. Bel exemple de la façon dont les fautes se commettent. Dont on se perd. Il y a pire. Je ne lui ai pas encore trouvé son nouveau refuge. A peine cherché. Pas sérieusement. Paresse ? Oui. Voir juste, c'est très bien. Mais si ensuite on n'agit pas ? Il laisse sa clef à la vieille ! Encore ma lâcheté, sous prétexte de ménagements. Je ne sais même pas ce qu'il cache dans sa chambre. Le magot. Il y a sûrement un magot. Ce paquet dont il m'a parlé le premier jour ? Dont il n'a plus reparlé. J'ai regardé dans les coins. Pas de placards. Sous le lit ? La vieille l'aurait trouvé au premier coup de balai. S'il l'avait mis ailleurs ? Beaucoup plus grave. Où ? Ça suppose un complice. Un autre. Une autre personne dans le secret. La femme en question ? Pourquoi ne lui ai-je pas demandé tout ça carrément ? Oui, pourquoi au juste ? Pour suivre mon système ; méthode progressive. Et aussi par respect humain. Il va croire que je réclame une part du magot ; ou que je veux me le faire confier pour ne jamais le rendre. D'un autre côté, il était nécessaire de ne pas le brusquer. Je n'ai pas été si maladroit. J'avais quelles armes ? après tout. Mais aujourd'hui, il faut profiter de la secousse pour emporter le morceau. Énergie ! Énergie ! »

Quinette, en marchant, serre les poings.

« Pas d'alternative. Je suis obligé de le retrouver. »

Quinette voit se développer rapidement dans sa tête une représentation très expressive, mais très simplifiée, une image vaste et sommaire, qui s'étend à plat devant lui, un peu obliquement, sous une onde de lumière blanchâtre et floue, couleur de nuage. Quelque chose comme un plan en relief, presque sans détails, et formé d'une matière mal consistante. Là-dessus, à droite, une sorte de petit cercle, ou de saillie globuleuse, vivement éclairée, qui est la baraque du crime. A distance de là, vers le centre, une masse sombre, ramifiée ou rayonnante : la police. Tout à fait en avant, un point qui se déplace, et qui est Quinette. Ailleurs, un autre point, qui est Leheudry. Mais le point Leheudry trouve moyen d'être présent dans cet espace sans être situé. C'est un point fuyant que le regard ne peut pas fixer. La pensée l'imagine pour ainsi dire du coin de l'œil. Entre tous ces points il règne une espèce de solidarité implacable. Comme s'ils étaient reliés par un système de fils, ou un réseau de forces. Voilà pour l'instant l'univers de Quinette. Il le contemple d'une âme résolue.

Il se répète :

« Absolument nécessaire que je le joigne. Impossible, en toute rigueur, de me désintéresser de lui. Leheudry libre de ses mouvements, indépendant de moi : péril mortel. Consigne vitale : le tenir. Je ne pourrais me dispenser de le rattraper que s'il était tout à fait disparu. Si par exemple, ce matin, après avoir lu le journal, il avait couru se jeter dans la Seine. »

Il rêve :

« Ce serait une solution. Mais piteuse. Non, je ne souhaite pas qu'il se soit jeté dans la Seine. »

Là-dessus, une évidence le saisit, dont il ne s'était pas encore avisé :

« Mais alors... ça va durer toute la vie ? Ce n'est pas pour aujourd'hui seulement que j'ai besoin qu'il échappe aux recherches, ni pour une semaine ; c'est pour toute la vie ? Pour toute sa vie. Il y a bien une prescription, je crois, mais Dieu sait au bout de combien d'années. Pratiquement, c'est toute sa vie. Tant qu'il vivra, il faudra que je l'aie en tutelle ? Que je le surveille ? Que je l'empêche de faire des sottises ? Effrayant. Je n'avais pas pensé à ça. »

Il en éprouve une telle angoisse qu'il se sent « le casque de plomb » sur la tête, et que la sueur lui perle sur tout le devant de son crâne chauve.

Mais il lui coûte tant de reconnaître une pareille faute de calcul, qu'il trouve la force d'écarter cette idée, ou de la frapper d'un doute provisoire.

« Je m'affole trop vite. Il y aura des arrangements. J'aurai le temps d'étudier ça. Ce qui presse, c'est de sortir de la première bagarre. Une fois qu'une affaire est classée... »

*
* *

Il a suivi la rue Beaubourg. Il arrive à la rue Rambuteau : à gauche, un marchand de vins, à l'ancienne mode ; à droite, un café-bar, d'installation plus moderne, avec des portes grandes ouvertes, le comptoir qu'on voit briller, les gens debout.

Quinette approche du café.

Il en est encore à dix mètres qu'il aperçoit Leheudry debout au comptoir, devant un verre, et parlant aux consommateurs voisins ; parlant même avec une certaine animation ; pérorant.

« Il est fou ! complètement fou ! Qu'est-ce qu'il peut bien leur raconter ? »

Quinette voudrait attirer l'attention de Leheudry sans entrer dans le café. Mais l'autre est un de ces hommes aux yeux mous qui ne savent pas saisir l'imprévu. Il ne pense pas à Quinette. Il pense à ce qu'il dit, hélas !

Que vaut-il mieux faire ? Attendre dans ce carrefour, ou entrer franchement dans le café ? D'un côté comme de l'autre, le risque d'être remarqué, donc reconnu plus tard, est à peu près le même.

Tout bien réfléchi, Quinette entre dans le café, mais par la porte la plus éloignée du comptoir. Il va s'asseoir à une table, dans un angle. Pour peu que Leheudry tourne la tête, il l'apercevra.

Le patron, derrière le comptoir, a vu le nouveau client. Il crie au garçon :

— Émile !

Et il lui désigne le coin de la salle où est Quinette. Leheudry suit machinalement le geste du regard. Il fait un léger mouvement de surprise, cesse de parler, a l'air un peu penaud, mais se contient assez pour que les gens qui l'entourent ne s'aperçoivent de rien.

Quinette soupire : « Enfin ! Ce n'est pas trop mal. »

On lui apporte le café qu'il a demandé, et qu'il paie aussitôt. Il le boit rapidement. Il se lève, avec un bruit de chaise, et une petite toux. D'ailleurs, l'autre ne l'a pas perdu de vue.

Dehors, Quinette marche lentement. Avant de quitter le carrefour, il s'assure que Leheudry se dispose à le suivre.

« Où aller ? pense le relieur. Chez lui ? Ce serait encore le plus simple. Mais cette vieille me gêne. J'aime autant qu'elle ne me voie pas une fois de plus. Il y aurait l'église... Tiens ! Pourquoi pas l'église ? »

Cette idée le séduit par ce qu'elle a d'insolite. En outre, elle est à peu près raisonnable. Ce n'est certainement pas dans les églises que les criminels tiennent d'ordinaire leurs conciliabules — pour toutes sortes de motifs, dont la peur superstitieuse n'est sans doute pas le moindre. Et ce n'est pas dans les anfractuosités de Saint-Merri que les inspecteurs iront chercher ce matin l'auteur du crime de la rue Dailloud.

Il est vrai qu'un Juif de la rue des Écouffes, ou un usurier en tournée, n'entre pas à Saint-Merri. Peu importe. Quinette ne tient plus à ce personnage. « Moins une précaution qu'un amusement. Se méfier de l'amusement. »

*
* *

— Qu'est-ce qui vous prend ? Je me demandais où vous me meniez.

— Chut ! Pas si haut.

— J'ai failli ne pas entrer. Vous allez nous fourrer la guigne.

— Ne dites pas de bêtises.

Le bas-côté nord de l'église était vide. Quinette chercha un endroit obscur, éloigné de tout confessionnal, de toute porte, et d'où pourtant l'on pût voir venir les gens à quelque distance.

« D'ailleurs, pensa-t-il, rien ne répercute mieux les pas qu'un intérieur d'église. Impossible d'être surpris. »

— Asseyez-vous. Nous serons très tranquilles pour causer. Mais arrangez-vous pour parler à voix très basse. Si je vous pousse le coude, c'est qu'il faudra se taire.

— Ils ne vont pas trouver drôle que nous soyons là ? Si encore on avait l'air de faire sa prière. Hein ?

— Mais non. Ayons l'air tout simplement de gens fatigués. L'essentiel est qu'on n'entende pas que nous parlons. Vous ne savez donc pas chuchoter, sans bruit de voix ?

— Non, pas bien. Ça m'embrouille les lèvres. Je ne me reconnais pas dans les mots que je dis.

— Vous y arriverez... Alors, vous avez lu le journal ?

— Moi ? Non... Qu'est-ce qu'il y a donc ?

— Il y a que la chose a été découverte hier soir. Voilà.

— Par la police ?

— N'employez pas des termes comme ça, autant que possible. Comprenons-nous à demi-mot... Oui, par ces gens-là, bien entendu.

— Ah ! C'est terrible... Ça devait arriver. Je suis fichu.

— Mais non.

— Ils sont sur une piste ?

— Encore question de rien. Il y a une chose que j'ai trouvée un peu vexante ; c'est d'apprendre tout ça par le journal. Dire que vous n'avez rien voulu me confier, à moi. C'est inouï.

— C'était pas tant pour me cacher de vous...

— Ne vous moquez pas du monde.

— Non. Je vous assure. Mais ça me faisait l'effet que ce serait comme si j'avouais. Et du moment qu'on avoue, on est cuit.

— Bref, vraie ou non, votre raison ne tient plus. J'espère donc que vous me ferez le plaisir de me répondre catégoriquement à tout ce que je vous demanderai.

— Je vous promets.

— Ou alors, je vous abandonne.

— Je vous promets. Mais dites, ils ne sont pas sur une piste ?

— Plus bas. Vous ne vous surveillez pas... Vous pensez bien qu'ils n'iraient pas le crier sur les toits... Vous ne m'avez pas menti en me jurant qu'ils n'avaient rien sur vous ?

— Rien sur moi ?

— Pas de fiche... pas de... vous saisissez...

Quinette lui montrait son pouce.

— Non, non. Je vous jure que non.

— Il vaudrait cent fois mieux me le dire. Nous en serions quittes pour nous organiser autrement.

— Non, non. Sur la tête de ma mère.

— Soit. Autre point capital. Comment avez-vous connu cette bonne femme ?

— C'est pas compliqué. Il y a six mois de ça, j'avais cherché à vendre des couverts d'argenterie...

— Ah ! qui venaient d'où ?

— Oh ? je les avais eus honnêtement. C'est un copain, ancien valet de chambre, qui me les avait proposés un jour. Dame, lui, comment est-ce qu'il les avait eus ? Ce jour-là, j'étais en fonds ; je les lui ai achetés ; pas cher. Après, j'ai eu besoin d'argent. J'ai pensé à les revendre. Le type à qui je les porte — un petit bijoutier — me dit : « Ça ne m'intéresse pas. » Peut-être qu'il se méfiait. Mais moi j'insiste. Il me dit : « Allez chez madame une telle », avec l'adresse, « elle vous achètera ça, des fois ». J'ai vu son cageot, et ce qu'il y avait dedans. Sur le moment, ça ne m'a donné aucune idée. Mais plus tard, ça m'est revenu.

— Donc, vous n'étiez pas un familier de la maison ? Les voisins n'avaient pas pu vous remarquer ? Ils ne vous connaissaient pas de vue ?

— Pensez-vous !

— La nuit en question, à quelle heure vous êtes-vous introduit ?... Oui...

Leheudry parut repris de méfiance.

— Ce n'est pas pour me faire parler que vous m'avez raconté que c'était découvert ?

— Tenez. Voici le journal. Vous pouvez lire sans l'ouvrir tout grand. Il est resté plié à l'endroit de l'article.

— Bon, bon.

— Regardez le titre au moins. Alors ? Vous avez vu ?

— Oui... Eh bien, ça devait être vers les quatre heures, quatre heures et demie.

— Si tôt que ça ?

— Oui.

— Et vous en sortiez quand vous êtes arrivé chez moi ?

— Oui.

— Pourquoi est-ce que ça a duré si longtemps ?

— Parce que j'y suis retourné.

— Retourné ? Comment ça ?

— Je n'avais pas réussi à trouver l'argent. J'étais parti avec quelques bijoux, de l'orfèvrerie. Pas grand-chose. Je me suis dit : « C'est trop bête... »

— Quand vous êtes entré chez moi, vous n'aviez pas de paquet.

— Non.

— Alors, les objets dont vous parlez... Vous ne les aviez plus avec vous ?

— Je ne les avais plus quand j'y suis retourné.

— Qu'en aviez-vous fait ?

— Laissez que je vous explique. Je me suis dit : « C'est trop bête. Je n'ai pas bien cherché. » D'un autre côté, ça m'ennuyait d'y retourner avec ces machins-là sur moi. Supposé que je sois rencontré. Il était à peine six heures. Il faisait encore nuit. Alors il y avait contre un mur, vous savez, une de ces cabanes où les ouvriers de la ville ils mettent leurs outils, et un tas de sable. J'ai fourré mon paquet entre la cabane et le mur, un peu sous le sable. Je suis retourné... à l'endroit.

— Mais... la personne, pendant ce temps-là ?

— Elle n'avait pas bougé.

— Ah ! elle était déjà...

— Non.

— Comment ? Vous ne l'aviez pas... ?

— Pour l'étourdir seulement.

— Attendez. Taisons-nous.

— Quoi ?

— Voilà un bedeau qui vient. Si par hasard il nous demandait quelque chose, laissez-moi répondre.

Mais le bedeau, avant d'atteindre le lieu où ils étaient, se dirigea vers la grande nef, traversa l'allée centrale en esquissant une génuflexion, et alla s'occuper d'un porte-cierges.

— Alors ?

— Je disais que je lui avais donné seulement un coup pour l'étourdir.

— Avec quoi ?

— Un morceau de plomb entouré d'un chiffon.

— Que vous aviez apporté ?

— Oui. C'est une affaire dont on se sert dans les imprimeries. On pouvait me fouiller. Ça n'avait rien de drôle que j'aie ça sur moi.

— Je ne comprends pas. A quel moment avez-vous frappé ?

— Tout au début.

— Mais le sang ?

— Ça, c'est à la fin. Quand je partais, la deuxième fois. Tout à coup, je l'ai vue arriver. Elle s'était remise. Elle s'est accrochée à mon bras. Vous parlez si j'ai eu peur.

— Le journal dit qu'on a retrouvé un... couteau.

— Oui, je l'ai jeté. Je l'avais pris n'importe où, dans l'affolement.

— Vous ne l'aviez pas dans votre poche ?

— Non ! Il était là sur une table, au milieu des couverts et du reste. Bien sûr que j'ai eu tort. Je n'avais plus mon plomb sous la main.

— Où était-il ?

— J'avais dû le laisser près du lit.

— Il y est resté ?

— Sûrement.

— Oh ! c'est très ennuyeux. On le découvrira. Et comme ça fait partie du matériel de votre métier, ça orientera les recherches.

— Mais non. Je me rappelle maintenant que je l'ai posé au milieu de tout un bric-à-brac... des boules en verre, des encriers, des presse-papiers... même que je me suis dit qu'une boule ou un presse-papiers aurait fait aussi bien ; que ce n'était pas la peine de m'être embarrassé de ça. C'est ce qui me fait souvenir. D'abord, ce n'est pas dans son lit qu'on l'a retrouvée, elle ?

— Non, près de la porte, au bas de l'escalier.

— C'est ça. On n'aura pas l'idée d'aller chercher du côté du lit.

— Avec le chiffon autour, ça attirera l'attention.

— Le chiffon n'y était plus. Je sais. J'avais commencé à le lui fourrer dans la bouche, pour le cas où elle aurait crié. Mais je n'ai pas eu besoin.

— Il n'y a pas eu de bruit du tout ?

— A ce moment-là ? Presque pas. En me retournant, j'ai renversé un guéridon, avec des bibelots dessus.

— Qui se sont cassés ?

— Je ne m'en suis pas occupé.

— Autre indice. On pensera qu'il y a eu une lutte près du lit.

— Ou plutôt on se dira que c'est la vieille qui a renversé le guéridon en se levant précipitamment pour me courir après.

— Oui, c'est vrai... Mais à la fin, au bas de l'escalier, est-ce qu'il n'y a pas eu du bruit, des cris ?...

— Je ne pense pas. Mais là je suis moins sûr, parce que j'étais affolé, ce qui s'appelle.

Quand ils entendaient un bruit de pas dans l'église, ou qu'ils voyaient approcher quelqu'un, ils se taisaient. Ou encore lorsque Quinette avait envie de réfléchir.

Il se répandit une forte odeur d'encens. Peut-être garnissait-on des encensoirs dans la sacristie.

— Ça sent l'enterrement », dit l'imprimeur. « J'aime pas ce truc-là.

— En somme, quand vous y êtes retourné, la seconde fois, c'était combien de temps après la première ?

— A peine une demi-heure.

— Quelle drôle de façon de procéder ! Et la seconde fois vous avez fini par dénicher le... ?

— En tout cas, j'en ai trouvé un peu.

— Qu'en avez-vous fait ?... Vous ne répondez pas ?... Vous ne voulez pas me le dire ?

— J'en garde une partie sur moi.

— Mais le reste ?

Leheudry ne répondit pas. Il remuait la tête, plissait le front, entrouvrait la bouche.

— Et le premier paquet, vous l'avez laissé dans le sable, derrière la cabane ?

— Non, je l'ai repris.

— Quand ça ?

— Un peu après être sorti de chez vous.

— Il y était encore ?

— Qui est-ce qui aurait été le chercher là ?

— On ne vous a pas vu le reprendre ?

— L'endroit n'est guère passant. J'ai attendu qu'il n'y ait personne.

— Et maintenant, où est-il ?

L'autre hésitait de nouveau à répondre. Quinette se leva vivement :

— Ah ! vous êtes trop bête. Allons chez vous. Nous serons mieux pour nous expliquer. Tant pis pour la vieille. Allez ! Allez ! Passez devant. Je vous suis à dix pas.

Quinette avait besoin de parler plus fort ; de secouer Leheudry.

Il ajouta :

— Elle vous demandera peut-être si vous m'avez rencontré. Dites que non.

— Ah ! Vous étiez déjà passé rue Taillepain ?

— Bien sûr. Vous ne vous en doutiez pas ?

— Si vous aimez mieux, je connais un autre endroit où nous serions tranquilles...

— Dites.

— Sans être là à chuchoter comme à confesse. Seulement il y aurait le métro à prendre. Pour ne pas trop marcher.

— Quelle station ?

— *Bastille*. Il nous faut cinq minutes. C'est un bistrot qui est sous les voûtes du viaduc de Vincennes. Il y a une salle au fond, où même si vous écrasiez la patte à un chien, le type qui est au comptoir il n'entendrait pas. Je sais. Un jour j'ai essayé d'appeler le garçon en gueulant. Il ne bronchait pas.

— Le coin n'est pas repéré ?

— Par qui ? Non. Des amoureux quelquefois. Ou un bougre qui a envie de roupiller une heure.

— Comment connaissez-vous ça ?

— Parce que j'ai travaillé chez un imprimeur, rue de Lyon.

V

LES AMOURS DE LEHEUDRY

— Oui, je vous disais que vous étiez un imbécile. Vous avez l'air de croire que si je vous questionne au sujet de l'argent et du reste, c'est pour vous le chiper. Idiot. Vous ne vous rendez pas encore compte qu'en me cachant quoi que ce soit vous rendez inutile tout ce que je me démanche à faire pour vous. Votre situation est pourtant claire. Si je vous laisse tomber, vous savez comment vous tomberez, hein ? Le corps d'un côté, et la tête dans le panier de son.

L'autre blêmit. Le creux sous les yeux semblait s'étendre comme la morsure d'un acide. Il balbutia :

— C'est pas dit ! C'est pas dit !

— C'est tout dit. Je ne perdrai pas mon temps à vous montrer toutes les fautes que vous avez commises depuis le début. Continuez du même pas, et vous y êtes. Si vous aviez une fiche, vous seriez arrêté ce soir. Grâce à vos âneries, vous le serez dans trois jours.

— Mes âneries », dit l'autre que ce mot blessait tout à coup. « Je n'en fais peut-être pas tant que ça, des âneries.

— Je vais vous prouver que vous en faites une grosse comme vous. Le magot… ou il est chez vous, ou il est ailleurs. Si vous le laissez dans votre chambre, aussi bien dissimulé que vous le croyiez, votre logeuse le trouvera quand elle voudra, et vous voyez la suite. S'il est ailleurs, c'est que vous l'avez confié à quelqu'un. Eh bien ! c'est votre vie que vous avez remise à ce quelqu'un. Vous entendez.

— Je me suis bien fié à vous ! On peut peut-être se fier à quelqu'un autant qu'à vous ?

— Raisonnement absurde. C'est un miracle que l'homme dans les pattes de qui vous vous êtes fourré, ce soit moi. Ne comptez pas sur deux miracles. Tenez, je vais vous dire chez qui il est, moi, le magot… chez votre maîtresse, oui, la femme dont vous m'avez parlé, qui est venue vous voir, la veille du coup.

Leheudry baissa la tête. Il était plein d'admiration, de crainte, d'animosité.

— Vous voyez », reprit Quinette, avec une satisfaction amère, « vous n'êtes pas long à percer à jour. Vous êtes le criminel classique. Vous suivez l'ornière. Ce sera l'enfance de l'art que de vous cueillir.

Il ouvrit les bras.

— Qu'est-ce que vous voulez ! Il n'y a plus rien à faire. Votre maîtresse mangera le morceau. Elle est peut-être déjà quai des Orfèvres. Mon devoir à moi, c'est de me tirer de là comme je pourrai... Oh ! moi, j'ai une issue... aller trouver mes anciens chefs... leur dire... à peu près la vérité, mon Dieu ! que j'ai eu pitié de vous... qu'il m'est venu l'idée à moitié romanesque de vous aider à vous sauver, en utilisant ma connaissance des méthodes... mais que vous n'êtes pas intéressant, et que je regrette.

— Vous ne ferez pas ça !

— Ils me laveront la tête un peu vivement, et ce sera tout. Un ancien de chez eux reste un collègue, quoi qu'il arrive. » (Quinette jouait son personnage sans aucun effort ; au point d'avoir une nostalgie de ce passé qui aurait pu être le sien.)

— Vous ne ferez pas ça...

Leheudry, d'abord violent, presque menaçant, redevenait plaintif :

— Ce n'est pas ce que vous croyez. Mon amie ne sait rien. Le paquet n'est pas chez elle. Mais non. Elle l'a mis dans son coffre sans l'ouvrir.

— Quel coffre ?

— Elle a un coffre à la banque, une case, vous savez. Ça se ferme à secret.

— Votre maîtresse a un coffre à la banque ? Qu'est-ce que vous me racontez ?

— C'est-à-dire que ce n'est pas exactement à la banque. C'est à la Caisse d'Épargne, rue Coq-Héron. A deux pas de la Banque de France. Et c'est pareil. Elle a un livret ; et avec son livret elle loue un casier de coffre pour dix-huit francs par an. Ce n'est pas cher.

— Mais... quel genre de femme est-ce donc ?

— Pas ce que vous pensez. Ah ! mais non. C'est une commerçante. Et en boutique.

— Mariée ?

— Oui. Avec quelqu'un de bien.

— Voyons ! Vous me dites avoir été dans la gêne, presque dans le dénuement à plusieurs reprises...

— Pas dans le dénuement.

— Soit ; dans un manque de ressources total. Et cette femme, dans la situation où elle est, ne vous aurait pas aidé ?

— D'abord, je n'aime pas beaucoup demander de l'argent aux femmes. Vous avez toujours l'air de me prendre pour un apache et un maquereau.

— C'est très joli d'avoir de pareils scrupules. Mais il y en a qui aimeraient encore mieux accepter de l'argent d'une femme que de se mettre dans le cas d'en tuer une autre... D'autant que vous pouviez le lui rendre plus tard.

— Non... Je ne la connaissais pas depuis assez longtemps. Ça l'aurait désillusionnée. Il faut vous dire que je me suis fait passer auprès d'elle pour mieux que je ne suis. Je ne lui ai pas avoué que j'étais un malheureux typo. Elle me prend plutôt pour un fils de famille. Je lui ai raconté que j'étais ingénieur.

— Et elle vous a cru !

— Oh !... bien... elle est jeune... Et puis je ne lui ai pas dit que j'étais ingénieur sortant de Polytechnique... non... ingénieur... ingénieur, quoi !

— Mais quand vous la receviez dans votre chambre de la rue du Château ?

— J'étais censé chercher une place. Elle sait que les ingénieurs ont du mal à se caser. Étant brouillé avec ma famille, je ne reçois plus rien. D'abord, elle croit que je n'ai que vingt-six ans.

— Il lui faut une certaine dose de naïveté, à votre petite amie ! Mais, pour en revenir au coffre ?

— Voilà. Je lui ai dit que c'étaient des bijoux, des papiers de famille... et de l'argent qui n'était pas à moi... tout ce qu'il y a de plus sacré... que des gens voudraient bien s'emparer des papiers, pour m'empêcher de faire un héritage. Alors que si elle pouvait me le prendre dans son coffre, jusqu'à ce que je sois dans mes meubles, ou que j'aie un coffre à moi...

— Elle n'y regardera pas ?

— J'en mets ma main au feu. Elle penserait me faire tort. Et puis qu'est-ce qu'elle trouverait ? Quelques bijoux, justement, un tout petit peu d'orfèvrerie...

— De l'argent ?

— Oui.

— Sous quelle forme ?

— Des billets ; quelques rouleaux de pièces de vingt francs. Une pièce de cent francs, trois de cinquante, et une de quarante.

— Une de quarante ? C'est très rare.

— Je vous crois. Celle-là, je ne m'en déferai pas.

— Mais en fait de papiers de famille ?

— Si. J'ai mis quelques vieilles lettres de mon père à ma mère, que j'avais. Je suis enfant naturel. Mon père était un monsieur très bien. Si elle y regarde, elle se dira que ça peut servir de preuve pour une question de paternité. Et puis comme les lettres sont très bien écrites, sur beau papier et tout, ça lui montrerait que je n'ai pas menti pour ce qui est de ma famille.

— Mais le mari, s'il lui prenait fantaisie de visiter ce coffre-fort ?...

— Non. Il n'y va jamais. D'abord le livret est au nom de la femme...

— ... Que vous avez revue, par conséquent, malgré toutes vos promesses. Combien de fois ?

— Cette fois-là, seulement, quand je lui ai remis le paquet.

— Vous mentez.

— Et une autre fois, en courant, mais ça ne compte pas. Deux fois en tout. Je vous le jure.

— Vous ne lui avez rien raconté de... l'affaire ? absolument rien ?

— Non, rien.

— Hum !

— Mais non, je vous dis. Réfléchissez vous-même. Si c'était un poule ordinaire, ou une pouffiasse quelconque, j'aurais pu me laisser aller. Mais elle ? Je lui aurais fait horreur. Elle était perdue pour moi. Non. Je n'ai même pas eu à résister à l'envie. C'est la dernière personne à qui j'avouerais quelque chose. Parce que je l'aime. Mettez-vous bien ça dans l'idée.

Quinette méditait. Puis :

— Alors, je ne comprends plus.

— Qu'est-ce que vous ne comprenez plus ?

— Votre... votre action de l'autre nuit. Si l'amour que vous dites avoir pour cette femme était bien profond, il aurait dû vous en détourner. Mais oui.

Leheudry parut très déconcerté par la remarque de Quinette. Il ouvrait les yeux, il battait des paupières, comme un enfant à qui le maître d'école vient de proposer un problème « de la classe au-dessus ». Il finit par dire, comme une excuse :

— Je n'ai pas fait le rapprochement.

— A moins que vous n'ayez voulu vous procurer de l'argent pour mieux jouer aux yeux de cette femme votre rôle de prétendu fils de famille ?

— Peut-être... », concéda l'imprimeur avec politesse. Mais il reprit vite : « Pourtant, je ne crois pas. Non. Ce n'est pas du tout à ça que je pensais.

— D'ailleurs, peu importe. Ce qu'il y a de grave, c'est que cette femme détient — sans le savoir, soit, mais détient — la preuve formelle de votre culpabilité ; et en outre que vous continuez à la voir en un moment où pour tout le monde vous devriez disparaître.

Quinette fit une pause ; puis, du même ton d'autorité :

— Vous allez me donner le nom et l'adresse de cette femme.

— Mais...

— Ça ne se discute même pas. Je ne sais pas encore comment je vais procéder. Ça demande réflexion. En tout cas, il faut que je me fasse une opinion sur elle.

— Quoi !... vous irez la trouver ?

— Ce n'est pas sûr. Peut-être. Je me renseignerai d'abord. Je n'ai pas plus intérêt que vous à brusquer les choses. Son nom ?

— Sophie Parent.

— Elle habite ?

— 31, rue Vandamme ; une rue qui prend rue de la Gaîté.

— C'est une boutique ?

— Oui, une papeterie-mercerie.

— Son mari s'occupe aussi du commerce ?

— Non. Il a un emploi.

— Ah bon ! Je comprends un peu mieux.

— Je l'ai connue, rapport à des commandes de cartes de visite, qu'elle ramassait dans sa clientèle, et qu'elle faisait exécuter dans la maison où je travaillais.

— Mais alors, elle savait que vous étiez ouvrier typographe ? Qu'est-ce que vous me racontiez ?

— Non. Ce serait trop long à vous expliquer. Quand elle venait chez mon patron, je la voyais ; mais elle ne me voyait pas. A cause de la disposition des lieux. Je l'ai aimée à partir de ce moment-là. Mais naturellement, elle ne s'en doutait pas.

— Bon. Vous me direz l'histoire de vos amours plus tard. Ah ! un détail. Vous avez gardé une certaine somme sur vous. Grosse ?

— Non.

— Pour un homme dans votre cas, vous n'avez pas l'air trop dépensier. C'est un de vos rares atouts. Combien vous reste-t-il ?

— Même pas mille francs.

— Il y a beaucoup plus, là-bas, dans le coffre ?

— Oui.

— Vingt fois plus ?

— Oh non !

— Dix fois plus ?

— Par là.

— Donc quinze au minimum. Il faut que je sache tout ça. Pour les bijoux, et objets précieux, bien entendu, n'essayez pas d'en vendre ou d'en faire vendre un seul. Ou vous signez votre arrêt de mort. Compris ?

— Qu'est-ce que j'en ferai ?

— Nous verrons. Vous avez un peu trop d'argent sur vous. C'est mauvais à tous égards. Vous devriez ne conserver que deux cents francs par exemple, et me confier le reste. Je vous le remettrai au fur et à mesure de vos besoins... Quoi ?... Vous ne me soupçonnez pas de vouloir vous escroquer ?

— Non », fit Leheudry mollement, « et puis ce serait juste qu'il vous revienne quelque chose pour le mal que vous vous donnez.

— Il n'est pas question de ça !

— Mais c'est plutôt qu'avec deux cents francs je n'irai pas loin.

— Vous n'en serez que moins tenté de faire des dépenses sortant de l'ordinaire. L'idéal, ce serait que les gens qui vous approchent aient l'impression que vous tirez le diable par la queue.

— Possible. Mais ce n'était pas la peine de risquer un coup pareil, si c'était ensuite pour me priver de tout.

— Vous vous amuserez plus tard, quand le danger sera passé. Pour le moment, c'est l'état de siège. Voilà. Donnez. Sept billets de cent. Sept cents francs. Bon. J'inscris ça sur mon carnet, ici, pour ne pas oublier, sans votre nom, bien sûr. Maintenant vous allez vous conformer ponctuellement à mes instructions. Profitez de ce que vous êtes dehors, et dans un quartier de gares, pour manger un morceau. Ensuite, rentrez chez vous, et n'en bougez plus jusqu'à nouvel ordre. Je vais m'occuper de vos affaires. Et d'abord de vous trouver un autre gîte. Je regrette assez d'avoir attendu. A ce soir.

Il tira sa montre :

— Dans une heure vous devez être chez vous. N'en sortez pas avant de m'avoir revu.

VI

LES PROJETS DE HAVERKAMP ET LES AMOURS DE WAZEMMES

Le palier, très étroit, commandait de petits couloirs surélevés. Le sol était fait de lames de chêne larges et un peu bossues, séparées par des rainures où l'on aurait logé le petit doigt, et traversées de biais, suivant le fil du bois, par des fentes à demi remplies de poussière et de cire. On voyait çà et là, écrasées et luisantes, les têtes des gros clous qui attachaient les lames, et qui semblaient maintenant faire partie du bois comme des nœuds plus durs.

Une des portes donnait directement sur le palier. Quatre punaises piquées de rouille y fixaient une carte : « Frédéric Haverkamp ». Wazemmes frappa, entendit : « Entrez ! », ouvrit discrètement la porte.

Monté sur une chaise, dont il avait recouvert la paille d'un journal déplié, Haverkamp, en bras de chemise, était occupé à enlever des liasses de journaux et des paperasses diverses, qui chargeaient les rayons supérieurs d'un casier de bois blanc. La pièce était petite et pauvre.

— Ah ! C'est vous. Je vous attendais plus tôt. Je ne vous donne que le petit doigt parce que j'ai les mains pleines de poussière.

— Il a fallu que je passe à l'atelier pour une histoire de brosses qu'on ne retrouvait pas ; et je ne voulais pas qu'il soit dit, au moment où je partais, que...

— Bon, bon. Et votre oncle est tout à fait rassuré ?

— Oui. Enfin, il ne gémit pas trop.

— Puisque vous êtes là, nous allons en profiter pour faire un saut jusqu'au boulevard du Palais. Quelle heure est-il ? Tenez. Tirez ma montre de mon gousset. J'ai les mains trop sales. Onze heures dix. Nous avons le temps. Vous mangerez ensuite un morceau avec moi.

Les yeux de Wazemmes brillèrent. Déjà les repas au restaurant. Un patron qui n'y regarde pas de si près, et qui vous adopte d'emblée comme compagnon d'une vie libre et large.

Haverkamp avait ouvert la porte d'une étroite cuisine désaffectée, et toute sombre. Il se lavait les mains au robinet de l'évier.

— Vous verrez que là-bas, comme aspect, c'est un peu autre chose. L'installation n'est pas terminée. Ils ne m'ont donné les clefs qu'il y a huit jours. Mais je compte emménager dès demain. Nous sommes le combien ? le 12. Lundi 12. Ah ! demain, le 13... Je ne suis guère superstitieux, mais ce serait peut-être un peu exagéré de commencer un 13, dans une affaire qui doit être pour moi l'inauguration de toute une vie. En ce qui me concerne, je n'ai jamais rien remarqué du côté du 13. Ni en bien, ni en mal. J'ai eu des clients à qui le 13 flanquait la guigne, ou au contraire la veine, d'une façon incontestable. En m'y mettant le 14 au matin, j'aurai largement fini pour le 15 à midi. Vous m'aiderez. Voilà. Passez devant.

— Vous ne pensez pas qu'il viendra des gens en votre absence ?

— Non. D'ailleurs, le nommé Paul ne va pas tarder. Je lui laisse la clef chez la concierge. Il m'a bien promis. Oh ! sa complaisance a fortement diminué depuis qu'il sait que nous allons nous quitter. Mais mon successeur doit venir tantôt. Et le nommé Paul le met au courant. Je ne suis pas fâché d'abandonner cette maison moisie. Regardez-moi l'escalier ! et la loge de la concierge ! Moi, voyez-vous, je n'en suis pas pour les décors misérables. Quand je pense à tant de maisons importantes, dans le centre de Paris, dans le Sentier par exemple, qui ont pour bureaux d'infâmes taudis ; et aux affaires de plusieurs dizaines, de plusieurs centaines de mille qui se traitent là-dedans ! Non. Moi, je trouve ça ignoble... Allons-y à pied. Nous en avons pour un tout petit quart d'heure. Il ne faut pas perdre l'habitude de la marche. Je fais déjà trop peu d'exercice. A mon âge, on en voit qui commencent à prendre du ventre. J'ai horreur de ça... Oui, j'ai voyagé un peu à l'étranger, pas assez. Une partie de ma famille vit en Belgique. Je connais assez bien la Belgique, et même la Hollande. J'ai poussé une fois jusqu'à Aix-la-Chapelle et Cologne. C'est peut-être ce qui a achevé de me dégoûter du genre miteux en affaires. Ce sont des économies de bouts de chandelle, et ça répond à des conceptions périmées. L'époque moderne veut de la lumière, de l'espace, du confort ; même du grandiose. Mon cinquième du boulevard du Palais ne sera pas somptueux au début. Mais l'immeuble a de la tenue.

Le quartier a grand air. J'embellirai au fur et à mesure de mes rentrées. Pour l'instant, je réduis mon installation au minimum, justement afin d'éviter que les choses purée — mobilier toc et le reste — ne prennent racine chez moi. En laissant les places vides, je m'oblige à les remplir, un jour ou l'autre, avec du beau matériel.

Ils avaient traversé les Halles.

— Prenons par la rue du Pont-Neuf. Ça nous détourne d'à peine trois minutes. Je voudrais rejeter un coup d'œil sur les nouveaux bâtiments de la *Samaritaine.* Je n'arrive pas à me faire une opinion. Par goût, je n'aime pas ça. Et vous ?

— Moi non plus. Ça ressemble aux trucs en papier mâché qu'on voyait à l'Exposition, sauf que c'est en fer.

— Et quoique en fer, ça n'en a pas l'air plus solide. Mais vous vous rappelez l'Exposition de 1900 ? Jeune comme vous êtes ?

— Bien sûr.

— Pourtant je m'efforce de trouver le bon côté. Si l'avenir se dirige dans ce sens-là, nous devons pouvoir nous y habituer dès maintenant... Ce n'est peut-être pas encore au point... Un magasin qui se développe ! la *Samaritaine.* Ils ont trouvé une nouvelle formule : travailler pour une clientèle franchement populaire, que les autres dédaignaient plus ou moins. Et sans trop cameloter. Les Cognacq sont partis de rien. Il paraît qu'on voit encore Mme Cognacq circuler dans les rayons, nu-tête, en robe noire, pour tout surveiller. D'ailleurs l'emplacement, pour ce qu'ils voulaient faire, était merveilleusement choisi. Hein ? Repérez-vous un peu, et jugez. Les Halles derrière. Par là, la place du Châtelet. La rue de Rivoli continuant la rue Saint-Antoine. De la rive droite, même de la rive gauche, toutes ces rues, ces boulevards, qui descendent par ici, des quartiers populeux, justement. Pour eux, étant donné leur programme, c'était un emplacement encore meilleur que celui du *Bazar de l'Hôtel de Ville,* ou du *Louvre.* Vous sentez ça ?... Ce sont des considérations un peu difficiles pour votre âge. Mais il faut vous y entraîner. Vous ne vous exercerez jamais trop tôt à avoir du flair dans cet ordre d'idées-là, vu le genre de collaboration que j'attends de vous. Un gamin de Paris comme vous a déjà toute une expérience. Oui, le *Bazar.* C'est encore un peu trop enfoncé dans les vilains quartiers. Très bien pour aller acheter un seau de toilette, des vis ou un balai. Mais ce que les femmes du peuple viennent chercher à la *Samaritaine,* ce sont des vêtements, des étoffes, de la mode. Il vaut mieux qu'elles aient l'impression d'être un peu sorties de leur région, d'avoir fait un pas dans la direction des gens chic, sans pourtant que ça les dépayse trop et que ça les intimide. Le *Louvre* était déjà un rien trop à l'ouest, de ce point de vue-là. Ça me fait penser qu'après tout l'architecture biscornue de leur nouveau bâtiment n'est peut-être pas si mal trouvée. Le peuple n'aime pas les choses sobres. Et ce qu'il y a de pas sérieux, de pas durable dans cette ferraille peinturlurée ne le frappe pas. Comme c'est extravagant, ça l'épate. Ça l'attire à la façon d'un jouet neuf. Je suis même surpris de votre réflexion de tout à l'heure. Elle prouve que vous avez un certain jugement personnel.

Wazemmes rougit modestement. Il se garda de dire, et même de penser, qu'il n'avait fait que répéter un des propos favoris de Roquin, lors de ses causeries du soir avec l'oncle Miraud.

Ils suivaient le quai de la Mégisserie, où commençaient les étalages de grainetiers et de marchands d'animaux, qu'on retrouvait en plus grand nombre de l'autre côté de la place du Châtelet, quai de Gesvres. Les sachets de semences coloriés. Les minuscules pots de fleurs. Les tubercules hirsutes. Les poissons rouges dans leur bocal. L'écureuil dans sa cage tournante. La perruche qui trépigne sur son perchoir. En face, accrochées au parapet, les boîtes des bouquinistes, couvercle levé. Malgré le soleil, le marchand, transi par le vent de la Seine, qui remonte son cache-nez et se frotte les mains.

— Je parlais du *Louvre*. Quand même, l'ascension des Cognacq est encore moins éblouissante que celle de Chauchard. Eux sont restés gens de boutique. Mais lui ! Je sais bien qu'il en est devenu grotesque. Rien ne l'y obligeait...

Haverkamp méditait, la tête légèrement inclinée à gauche, les yeux fixés sur des scintillements de toits ou des lumières de murailles, dans les lointains du fleuve. Il évitait les passants, les obstacles, sans les regarder. Son grand corps était agile.

— D'ailleurs, ce temps-là est fini. Comprenez-moi. Les grands magasins existants pourront encore se développer. Il pourra même s'en fonder un ou deux nouveaux, quoique... Je veux dire que ça rentre dans les affaires classées, à progression lente. Il faudra, dès le début, engager de gros capitaux, commencer avec ampleur. Ce sont des placements pour groupes financiers. Et tout ce qu'ils peuvent espérer, c'est un rendement raisonnable. (Mis à part, bien entendu, les tripotages des administrateurs.) La dernière idée encore un peu nouvelle et féconde, c'est Dufayel qui l'a eue... Moi, du moins, je ne sens plus un grand avenir de ce côté-là. Il faut s'apercevoir des besoins d'une époque ; et de ce qui lui manque principalement. Paris, voyez-vous, est une ville où les gens sont très mal logés. La plupart des quartiers sont infects. Le pittoresque est une autre question. Quatre-vingts pour cent des maisons n'ont rien à voir avec la vie moderne. Actuellement, on construit, mais sans se bousculer ; juste pour répondre à l'accroissement de la population. Le jour où on s'avisera du problème, où seulement un million de Parisiens se rendront compte qu'ils habitent des logements sordides, dont aucun pays civilisé ne voudrait plus, vous verrez cette ruée. Et le terrain disponible n'abonde pas. Paris est petit. Je vous étonne. Mais si. Paris est tout petit pour son importance numérique. Il y a la banlieue. Mais tant que l'enceinte subsistera — et on ne la démolira pas de si tôt — les emplacements intra-muros auront une cote exceptionnelle. Le rêve, ce serait de pouvoir rafler une quantité de terrains encore libres, et aussi de vieilles masures susceptibles d'être abattues. Pas n'importe où. En procédant à des choix très étudiés. Oh ! je ne suis pas le seul qui y pense. Ni le premier, loin de là. Vous qui habitez vers Montmartre, vous avez pu voir ce que Lacour, Viguier, Mme Vildy, sans parler de Daval et des autres, ont fait depuis vingt ans. Je ne prétends rien inventer. Mais mon instinct me dit que cette branche des affaires recèle une vitalité intense ; et des plus saines. Le gain peut devenir énorme, et le risque est pour ainsi dire nul. Il n'y a pas d'exemple, depuis un siècle, de terrains qui aient baissé de valeur dans Paris. Mais sur certains points, la montée a été très lente ; presque insignifiante, si l'on tient compte de la dépréciation régulière de l'argent. Ah ! si j'avais des capitaux, j'aurais un plan irrésistible. Mais je suis contraint de louvoyer. Nous allons commencer petitement. C'est pour le compte de mes clients que je travaillerai d'abord — des clients qu'il s'agit de trouver. Mais je suis sûr qu'avec une clientèle dans la main, on peut tenter des opérations d'envergure, et avoir presque autant de liberté de manœuvre que si on faisait marcher ses propres capitaux. Il faut s'imposer ; acquérir l'autorité, la confiance. Pour cela, prouver aux gens qu'on voit clair ; et dès le début leur faire gagner de l'argent. Vous commencez à entrevoir dans quelle sphère d'activité je vais vous introduire ? C'est plus intéressant que de nettoyer des pinceaux. Tout ça vous dépasse peut-être un peu. N'importe. Si vous êtes doué, vous en retiendrez quelque chose. Partant comme je pars, je ne puis pas me passer d'un collaborateur qui comprenne. Et qui se passionne. J'ai encore plus de chance de trouver ça auprès d'un jeune cerveau que chez un vieil abruti. Ce sera vous ou un autre. Ça dépend de vous.

Ils passaient devant le bureau de poste qui est au bas du Tribunal de Commerce. Wazemmes faillit dire qu'il avait besoin d'y entrer. Mais il n'osa pas. Haverkamp avançait en regardant l'immeuble qui faisait le coin de la rue de Lutèce.

— Pas mal, n'est-ce pas ? On imagine bien un grand avocat logeant ici. La Préfecture de Police par-derrière. Le Palais de Justice de l'autre côté du boulevard. Ça n'a rien d'un repaire clandestin.

Il se fit reconnaître de la concierge.

— Le menuisier vient de partir », lui dit-elle. « Il ne reviendra que vers les quatre heures.

— Presque à la nuit. Et pourquoi ça ?

— Je ne sais pas. Probablement qu'il a un autre travail.

Ils montèrent l'escalier.

— Voilà une de nos faiblesses terribles en France : la difficulté d'obtenir un travail. Des choses qui devraient s'exécuter automatiquement, une fois l'ordre donné. Non. Il faut insister, supplier, se fâcher.

Et rien n'est prêt à l'heure dite. Ils n'ont même pas l'excuse d'une franche paresse. Non. Ils gaspillent le temps. Ils ne savent pas s'organiser. Ils s'affairent de droite et de gauche, au hasard des circonstances. C'est le dernier qui les a saisis par le pan de la veste qui est servi. Et mal servi. Aucun travail n'est fait posément. Le client, ou le chef, s'use le système nerveux à contrôler de misérables détails. En France, vous ne pouvez pas vous en remettre entièrement à quelqu'un même du soin d'enfoncer un clou dans un mur. Vous serez obligé de revenir sur place, de dire deux ou trois fois bien poliment : « Vous pensez à mon clou ? » ; et quand le clou y sera, revenez encore, parce qu'il y a neuf chances sur dix pour qu'il soit planté de travers, ou pour qu'il vous reste dans la main quand vous y toucherez. Le point de vue de l'ouvrier qui a enfin posé le clou, c'est que vous l'embêtez avec votre clou ; qu'il a envie que vous lui fichiez la paix ; que du moment que le clou a l'air de tenir pour l'œil, vous n'avez plus rien à réclamer ; que le jour où vous aurez à vous servir du clou, vous vous débrouillerez, mais que lui, l'ouvrier, sera loin.

Wazemmes, qui avait tant de raisons de se reconnaître dans ce tableau de la conscience professionnelle, approuvait cependant avec lâcheté. Ou plutôt il découvrait de nouvelles perspectives. Il commençait à participer sincèrement aux soucis des classes dirigeantes.

Haverkamp ouvrit une belle porte, à grosses poignées de cuivre, grosses moulures, et double battant. Il souriait de plaisir.

— Je poserai une plaque de cuivre, ici, de neuf centimètres sur douze, au moins. « Agence immobilière F. Haverkamp », sur deux lignes. J'avais pensé à un de ces noms comme l'« Immobilière de la Seine », ou « Immobilia ». Mais réflexion faite, une désignation toute simple a plus de sérieux. Je n'ai pas à frapper le gros public. Les gens que je vise ne sont pas des nigauds. Il est certain qu'aux yeux des capitalistes la banque Saint-Phal, par exemple, ne gagnerait rien à s'appeler : Banque d'Europe et d'Amérique.

L'appartement se composait d'une antichambre assez grande, et bien carrée, et de trois pièces, elles-mêmes spacieuses et régulières ; deux, dont les portes se présentaient en face, donnaient sur le boulevard, avec un petit balcon ; c'étaient le salon de l'appartement et la salle à manger, à gauche. Une double porte les faisait communiquer. La troisième pièce, qui s'ouvrait à gauche de l'entrée, s'éclairait sur la cour. A droite de l'entrée, une petite porte desservait la cuisine et ses dépendances. L'antichambre n'était pas obscure. Il lui arrivait de la lumière par la porte vitrée de la salle à manger, et par une lucarne ovale qui donnait sur l'escalier.

— Vous voyez comme c'est clair, et gai ! et bien compris. Quelle antichambre, hein ? J'y mettrai quelques sièges. C'est là que nous ferons attendre les visiteurs ordinaires, genre employés, ou démarcheurs. Ou même, en principe, les personnes non encore connues. Vous les priez d'écrire leur nom sur un petit bloc — oui, il nous faudra un semblant de table — nom et objet de la visite. Vous m'apportez la feuille. S'il y a lieu, je vous dis d'introduire la personne ici. (Il ouvrait la porte du salon.) Pour l'instant, nous n'aurons là que deux fauteuils très ordinaires, et une table quelconque, que je couvrirai d'un tapis ; oui, avec quelques vieux numéros de périodiques que j'achèterai sur les quais. Ensuite, c'est moi qui viens chercher la personne. La porte qui s'ouvre, comme chez un docteur. Ça fait extrêmement bien. Plus tard, ceci deviendra un salon tout à fait chic. Actuellement, je ne fais un petit effort que pour meubler mon cabinet. Voilà les fameux rayons. Ce n'est pas encore trop mal. Il rapportera une moulure. Le tout verni acajou. On me livre après-demain une grande table-bureau, genre ancien, acajou et bronze, avec un fauteuil et deux chaises assorties. J'ai failli prendre un de ces bureaux modernes, vous savez ? à cylindre, en bois clair. Mais non, ça fait industrie, ou commerce banal. Ça ne fait pas grand patron. Il faut qu'au bout de peu de temps une agence comme celle-ci ait l'air très ancienne. Regardez aussi comme c'est commode, cette porte qui communique avec votre pièce à vous. Parce que je vous mets ici. Hein ? Ce que vous serez bien ! Une cour aussi claire que la rue. Avec même une jolie vue du côté de la Préfecture de Police. Plus tard, nous aurons un garçon de bureau qui se tiendra dans l'antichambre, ouvrira la porte, fera inscrire les noms, etc. Vous vous chargerez de ça en attendant.

— Mais quand je serai en courses ? Vous m'avez dit que j'aurais beaucoup à circuler...

— Oui, c'est une difficulté. Il faudra peut-être que je reçoive les gens plutôt aux heures où vous serez là. Mais d'un autre côté, je suis obligé de prendre les rendez-vous qui arrangent mes clients. Et vous, je puis avoir besoin de vous envoyer en courses à n'importe quel moment de la journée... Nous verrons.

Il n'était pas dans un de ces jours où la vie paraît noueuse, et les difficultés insolubles. Non seulement il avait confiance dans le destin, mais il s'arrêtait presque un instant pour le remercier. Lui qui était volontiers taciturne, il abondait en paroles. Il se félicitait d'avoir près de lui quelqu'un de jeune, à qui une certaine naïveté dans la joie ne risquait pas de sembler ridicule. Pourtant, Wazemmes ne pouvait pas tout entendre. Il n'était déjà plus assez jeune pour qu'Haverkamp osât lui confier ses pensées les plus enivrantes, qui étaient celles d'un enfant : « Comme c'est beau d'avoir ça ! Un appartement pareil pour moi. Ces moulures. Ces corniches. La jolie lucarne de l'entrée. Un salon avec un grand ovale au plafond comme chez les gens riches. Je voudrais que l'oncle Maxime, de Wormhoudt, me voie là. La table qu'on va me livrer. L'acajou : beau bois, tellement plus beau que le chêne. Le plaisir de s'asseoir là. Je me lève pour aller ouvrir la double porte. Une belle tenture, dès que je pourrai. Le petit Wazemmes aura introduit. Mon secrétaire... »

Il serait resté là des heures, à regarder et à rêver. Il aurait joué à ouvrir les portes, à les refermer, à imaginer l'entrée d'un client. En réalité, viendrait-il des clients? Souci pour plus tard.

« Tout ça, je l'ai. C'est sûr. Quoi qu'il arrive, je l'aurai eu. Et j'ai l'argent pour ça. Pas un sou de dettes. Au contraire. Encore dix-sept mille d'avance, une fois tout payé. Dix-sept mille quatre environ. J'aurais pu loger ici. Il y avait largement la place. Ça m'aurait économisé le prix de ma chambre. Un divan dans l'angle de mon bureau, ou dans la pièce de Wazemmes. Mais ça n'aurait plus été ça. Plus ces belles pièces carrées. Plus les bureaux nets, et larges, de l'Agence. Ça aurait été mesquin. Et puis, où fourrer tout le fouillis : les vêtements, les malles, le reste? Du côté de la cuisine? Non. Je veux pouvoir y installer plus tard un lavabo et un vestiaire, bien réguliers. Il y a aussi les femmes. Je ne veux pas que la concierge d'ici ait à me faire une réflexion quelconque là-dessus... "M. Haverkamp? Oh! une correction parfaite...", ni même à fermer les yeux. En outre, ma règle : éviter qu'une femme puisse fouiner dans mes affaires. Elles n'ont pas à être renseignées sur mes ressources, ni même à savoir exactement mon métier. Le meilleur moyen de prévenir les complications. »

*
* *

Quand ils redescendirent, Wazemmes rassembla son courage.

— Il faut que j'entre à la poste une minute. Ne m'attendez pas, monsieur. Si vous suivez ce trottoir-ci, je vous rattraperai.

— Ah! Ah! vous allez retirer une lettre de votre petite connaissance?

Wazemmes poussa la porte du bureau. Il éprouvait une anxiété mêlée d'amertume. Ce qu'un sentiment pareil avait pour lui de complexe et d'insolite lui donnait de l'étonnement.

« Il n'y aura encore rien. C'est sûr qu'elle se moque de moi. Pourtant, elle n'était pas forcée de me demander mon adresse. Tant pis. Avec la situation que je vais avoir, vous parlez si j'aurai des occasions. »

Le jeudi précédent, à neuf heures du soir, comme il était convenu, il avait frappé à la porte de la dame de l'autobus. A la fois plus rassuré et plus intimidé que l'avant-veille. Parfumé d'une façon plus discrète. Aucune réponse d'abord. Puis, dans la profondeur de l'appartement, des bruits étouffés de pas, de chaise remuée, de porte fermée. Enfin, il avait vu s'entrebâiller la porte extérieure, et paraître la dame, enveloppée d'un peignoir. Elle avait chuchoté :

— Ah! c'est vous! Comme je suis ennuyée. Je ne puis pas, ce soir. Non, vraiment. Revenez samedi. Oui, à cette heure-ci... mais pour être plus sûr, vous passerez dans la journée. Vous demanderez à la concierge... Vous lui direz : « Je viens prendre la commande pour la dame du cinquième. » Elle vous remettra un mot de ma part. A bientôt. Sauvez-vous.

Là-dessus, elle avait posé rapidement ses lèvres très rouges sur celles du jeune homme, et avait refermé la porte.

Le samedi, il s'était présenté chez la concierge de la rue Ronsard aussitôt après le déjeuner.

— Ah oui ! La commande pour la dame du cinquième. Voilà. Vous donnerez ça à votre patron.

La lettre, sur papier bleu moiré, disait en substance : « Je suis désolée. Encore impossible aujourd'hui. Le plus commode, ce serait que je sache où vous écrire. Indiquez-moi une adresse. Pour éviter d'avoir affaire à la concierge, inscrivez-moi ça sur un bout de papier, que vous glisserez sous mon paillasson, demain dimanche à la première heure. Vous aurez ma réponse dès lundi matin, au besoin par pneumatique. Je tâcherai d'être libre lundi soir. Mais au moins je ne vous dérangerai pas pour rien. »

Wazemmes avait passé ses loisirs du samedi à relire cette lettre à la fois décevante et flatteuse, à en étudier l'aspect et le style. C'était la première lettre d'amour qu'il eût reçue ; mais elle avait la sécheresse d'une lettre commerciale. Pas d'en-tête. Avant la signature : « Bien à vous » ; et la signature était à peine un prénom, plutôt une abréviation familière : Rita. Le papier et le prénom étaient distingués, et même luxueux, aux yeux de Wazemmes. Le style, aisé, correct. L'ancien élève de Colbert n'y décelait aucune faute d'orthographe. A peine deux ou trois négligences de ponctuation. Mais l'écriture le surprenait. Une mauvaise écriture, irrégulière, épaisse, avec des parties tracées à la hâte, et d'autres inutilement appuyées. La blanchisseuse de la rue Rochechouart aurait mieux formé ses caractères. Était-ce ainsi qu'écrivaient les femmes du monde ? ou bien les « grues » ? Wazemmes pensait aux médecins qui, malgré leur instruction, griffonnent, dit-on, des ordonnances illisibles. Entre-temps, il se demandait quelle adresse il allait donner. Poste restante, bien entendu. Outre sa commodité, la poste restante est apparentée à l'amour. Elle en souligne le mystère. Elle en augmente le prestige. Après avoir passé en revue les bureaux de son quartier, il se rappela qu'il y en avait un boulevard du Palais, à deux pas des nouveaux bureaux de Haverkamp. Le dimanche matin, il avait donc glissé sous le paillasson de la dame un billet plié en deux où il avait écrit : « 211-G., poste restante, boulevard du Palais. »

A cette époque, la poste restante admettait que le nom du destinataire fût remplacé par des initiales ou des chiffres. « 211-G. » avait séduit Wazemmes, parce que ce pouvait être le numéro de police d'une automobile, de l'auto dont il eût été propriétaire.

— Vous avez quelque chose pour 211-G. ?

La recherche fut assez longue. Wazemmes craignait que l'employé ne le prît pas au sérieux. « Il se figure que j'attends la lettre d'une gamine. Il regarde distraitement. »

— Voilà.

C'était une carte pneumatique. L'adresse y était inscrite avec soin.

« Mon chéri,

« Cette fois, ne craignez pas de contre-ordre. Venez à neuf heures sans faute. J'ai pris toutes mes dispositions pour que nous ayons une bonne grande soirée à passer ensemble. Ne m'en veuillez pas pour nos rendez-vous manqués. C'était tellement malgré moi, si vous saviez. Déchirez ce pneu ; et aussi ma première lettre, au cas où vous l'auriez gardée. Baisers tendres de votre

« Rita »

« Sans faute, n'est-ce pas ? »

*
* *

— Eh bien ? Votre petite connaissance pense toujours à vous ?

Wazemmes aurait voulu répondre avec esprit ; mais il se contenta de rougir. Il était préoccupé, d'ailleurs, par le chapeau d'Haverkamp, qu'il venait seulement de remarquer. C'était un chapeau mou, rabattu, de couleur vert foncé, avec deux rangs de piqûres sur le bord, et le nœud du ruban à l'arrière ; un produit de la toute dernière mode. Wazemmes eut vivement l'impression qu'il était risqué d'espérer plaire aux femmes sans avoir un chapeau de ce modèle. Il se promit d'en acheter un, dès qu'il aurait touché son prochain salaire ; et s'il eût osé, il eût prié son nouveau patron de lui consentir une avance. Il pensa aussi qu'il lui fallait, le plus tôt possible, se raser les joues et le menton. Le duvet qui les couvrait encore ressemblait à un aveu public d'ingénuité. Mais il était indécis quant au choix d'un rasoir. Son goût pour les inventions modernes l'eût porté vers les rasoirs dits automatiques, dont la vogue commençait tout juste. Mais dans la publicité qu'on faisait pour ces instruments une phrase l'avait choqué : « Rasoirs pour timides et nerveux ». Et il avait entendu plusieurs fois ses camarades d'atelier railler les maladroits qui n'osaient pas se servir du rasoir traditionnel. « Sans compter, disait Péclet, qu'avec une barbe comme la mienne, je parie qu'ils usent tout un paquet de lames avant de m'avoir entamé un poil. » La barbe de Péclet n'était pas spécialement dure. Mais il trouvait quelque orgueil à s'en plaindre. La dureté de la barbe s'allie à l'idée de force.

— Il y a encore autre chose », dit Haverkamp, d'une voix confidentielle, « que j'étudie depuis quelque temps, mais que je vais creuser. Ou je m'illusionne beaucoup, ou c'est un filon de premier ordre : « les biens des congrégations ». Vous avez entendu parler de ça ? L'affaire n'est pas neuve. Il ne devrait plus rien y avoir à ramasser. Mais pourtant, dans les journaux, les mêmes annonces continuent à paraître. On sent qu'il y a du tirage. Voilà plusieurs mois que je suis ça du coin de l'œil. Vous comprenez ? Nous avons de la chance qu'il se mêle une question de conscience au jeu normal de l'offre et de la demande. Vous ne m'ôterez pas de l'idée que bien des gens seraient enchantés de rafler certaines occasions, si on leur trouvait un biais. Le plus souvent, dans la vie, les scrupules tiennent à des questions de forme. Et il faut se mettre à la place d'un capitaliste qui doit ménager sa femme, sa mère, sa belle-mère, son entourage. Même en vue d'un gros bénéfice, il n'ira pas se faire mettre à l'index. Et même s'il entrevoit une solution indirecte, il n'en prendra pas l'initiative. Si mes confrères attendent qu'on vienne leur demander un service pareil, ils se trompent. C'est comme cela que je m'explique le manque évident d'acheteurs. Je respecte la foi sincère. Mais vous ne me ferez jamais croire que la France ne soit peuplée que de catholiques convaincus. Il resterait en tout cas les protestants, les Juifs, les francs-maçons. Même eux hésitent, quand ils sont d'un certain milieu, parce que c'est mal porté. Ou alors les quelques-uns qui se décident entendent, pour la peine, réaliser des coups invraisemblables. Ça nous laisse de la marge pour manœuvrer.

VII

QUINETTE DEVANT LA BARAQUE

Quand il eut quitté Leheudry, Quinette se demanda : « Par quoi faut-il commencer ? » La visite rue Vandamme ?... Mais l'heure n'était pas favorable. Le mari rentrait sans doute pour déjeuner. Même si Quinette trouvait le temps de s'entretenir avec la femme avant l'arrivée du mari, il la laisserait plus ou moins bouleversée, hors d'état de se ressaisir en quelques minutes. (Quinette se promettait bien d'être circonspect. Mais peut-on mesurer l'émotion que l'on cause à autrui ?) Le mari s'étonnerait, poserait des questions. La femme perdrait la tête.

Attendre le début de l'après-midi, sans rien faire que de manger un morceau dans un restaurant ? Mais il était plein de fantômes d'actions urgentes, qui le harcèleraient durant cette pause. Il ne réussirait à s'en défendre que s'il se donnait continuellement l'illusion d'agir.

« Si j'allais faire un tour du côté de la baraque ? » Il ne voulut pas reconnaître ce qu'il pouvait y avoir de passionnel dans cette envie.

« Le besoin — par procuration — de retourner sur les lieux du crime ? Non. Aucun rapport. J'ai une lutte sévère à mener contre la police. Mon enquête à moi doit être aussi serrée que celle d'en face — pour pouvoir y répondre. »

*
* *

Quinette regardait la porte à claire-voie, et le passage qui s'allongeait entre les deux maisons basses, perpendiculairement à la rue. Le fond du passage semblait bouché par un mur ; mais il devait y avoir une issue, à gauche, qui donnait peut-être sur la cour dont parlait le journal.

« Où serait la baraque ? Là-bas, probablement, dans cette cour qu'on ne voit pas. »

Des deux maisons basses, celle de gauche bordait le passage d'une muraille aveugle. Mais celle de droite s'y ouvrait par une porte et une fenêtre au rez-de-chaussée, par deux fenêtres au premier étage. Les fenêtres du premier avaient leurs volets clos.

Le relieur se retourna. La fruiterie où il était entré l'autre jour, et où il avait eu son émotion : « Quand je l'ai ramassé, il respirait encore... », se trouvait juste en face.

« De la boutique, des fenêtres de la rue, les gens me voient m'arrêter ici, regarder. Ma curiosité s'explique. Ils pensent que j'ai lu le journal, comme eux. Mais il faut que mon attitude n'ait rien d'exceptionnel. Un air innocemment badaud. Presque un sourire amusé. »

Il crut habile de traverser la rue. Il entra bravement dans la fruiterie. Le patron vidait dans un tiroir un sac de haricots blancs.

— Dites donc. C'est là en face que le crime a eu lieu ?

— Il paraît.

— Ah ! comme c'est drôle. Mais on n'aperçoit pas la baraque dont il est question dans les journaux ?

— Elle est derrière, paraît-il, dans un renfoncement.

— Moi qui suis du quartier, je n'avais même jamais remarqué ce couloir entre les deux maisons.

— Moi si, parce que nous l'avons devant nous toute la journée. Mais je n'ai jamais mis les pieds plus loin que chez la concierge.

— Il y a une concierge ?

— Oui, dans la bicoque de droite.

— Oh ! comme c'est drôle. J'ai envie de lui demander si elle connaît des détails.

— C'est une vieille buse. Ça m'étonnerait qu'elle vous dise rien d'intéressant. Mais vous pouvez toujours.

Quinette, enhardi par cette première démarche, traversa de nouveau la rue, poussa la claire-voie, et vit en effet « Concierge » écrit en petites lettres noires au-dessus d'une porte misérable.

— Pardon, madame. Excusez-moi de vous déranger. Je suis un voisin. Vous savez, le relieur d'à côté. J'ai lu dans les journaux. Vous avez dû avoir une rude émotion.

La concierge était une petite vieille, très maigre, très voûtée, au nez crochu, à l'œil encore vif. Elle avait une voix métallique, dont la vigueur surprenait.

— Vous êtes de par ici ? Ça se peut bien. Il me semble que je vous ai déjà vu passer, avec votre barbe.

Elle l'examinait soigneusement, sans aucune sympathie.

« Une vieille buse ? se disait Quinette. Pas du tout. Encore très éveillée au contraire. J'ai eu tort de venir. »

Il éprouvait quelque peine à continuer l'entretien. Il se força.

— Moi aussi j'habite une petite maison assez isolée. Un peu comme la vôtre. Je vous avoue que ça m'a fait une sale impression. Se dire tout à coup qu'on est à la merci d'un bandit. Moi, je croyais le quartier plus sûr. Il est vrai que, lorsqu'on habite un quartier depuis longtemps, on finit par s'imaginer qu'il n'est pas comme les autres. C'est à se demander, n'est-ce pas, madame ? si la police fait son métier. Dire que nous comptons sur eux pour nous protéger ! Est-ce qu'au moins ils ont procédé à une enquête sérieuse ?

— Ils ont mis les scellés.

— Ah oui ? Naturellement ils ont interrogé les voisins ?

— Ils ont fait ce qui doit se faire. Je ne m'en mêle pas.

— Oui, je vous comprends. C'est déjà assez désagréable pour vous. Je n'ai aucune idée de la baraque en question. Je me demande si on peut la voir de chez moi. Elle est dans une cour ?

— Oui. Ce n'est pas une baraque. C'est un pavillon ; plus grand que le mien. Et bien plus logeable. Sauf qu'il est en bois.

— Vous n'êtes pas étonnée que personne, aux alentours, n'ait rien entendu ?

— Moi, comment voulez-vous que j'entende, à la distance où je suis ? D'abord, je suis dure d'oreille ; et justement de l'oreille gauche. Et quand je dors, ce n'est pas que je dorme beaucoup, je ne sais même pas si je dormais à ce moment-là, mais enfin quand vous avez l'habitude de vous coucher sur la droite, ce n'est pas à mon âge que vous changez ; et naturellement vous avez l'oreille enfoncée dans l'oreiller. Je ne peux pourtant pas veiller nuit et jour.

— Je ne voulais pas dire ça. Je parlais des voisins, là-bas, s'il y en a.

— Remarquez que maintenant je me rappelle quelque chose d'extraordinaire. Seulement je n'arrive pas à me figurer que ce soit arrivé avant mercredi ou jeudi. Selon eux, le crime a eu lieu dimanche ou lundi. Ça m'avait tout de même remuée. Je me trouvais là, chez moi. Il était dans les neuf, dix heures.

— Du soir ?

— Non, du matin. Je crois bien que je revenais d'un débarras que j'ai au fond. Je n'y ai censément pas droit. Parce que le pavillon est fait aussi pour un locataire. Les pièces du premier. Et le débarras va avec. Ce n'est pas loué pour l'instant. Ce qui vous explique que les volets soient fermés. Je suis plus chez moi d'un côté. Mais, question de sécurité, je suis bien plus exposée seule comme ça, à mon âge.

— Que disiez-vous qui vous était arrivé ?

— Oui, je reviens et je vois... regardez-moi ce mur derrière vous. Oui. Reculez un peu. Encore un peu. Enfin supposons que vous soyez collé tout contre le mur. Faut vous dire que je n'étais pas ici sur le pas de ma porte. Non. J'entrais dans ma loge. Et je n'avais pas idée de regarder. Sans parler des rideaux. Mais enfin je vois cet homme collé tout contre le mur. Ça m'a saisie. J'ai été tout doucement à ma fenêtre. J'ai soulevé le rideau à peine, à peine. Est-ce qu'il m'a vue ? Est-ce qu'il ne m'a pas vue ? Toujours est-il qu'il est parti.

« C'est la pâleur qui me menace », pensa Quinette. Il se dit aussi que sa voix allait trembler. Mais ce qui l'altéra, ce fut moins l'anxiété que l'attention excessive.

— Vous pensez que c'était... l'homme qui avait fait le coup ?

— Sur le moment, comme je vous dis, j'ai été un peu remuée. Mais d'abord il était plein jour. Du monde dans la rue. Personne n'est venu se plaindre de quoi que ce soit. J'aurais dû penser à la bonne femme. J'ai même dû y penser. Mais il venait tellement chez elle de drôles de gens. Je vais vous dire. J'ai pensé après que c'était un type qui s'était mis là pour pisser. Mais qu'en me voyant il avait craint que ce soit défendu. Et que j'allais lui faire une sortie. Seulement j'aurais dû me dire qu'il n'était pas dans une position pour pisser.

— Vous le reconnaîtriez ?

— A savoir.

— Vous en avez parlé à la police ?

— Non. Parce que je ne m'en étais pas souvenue. Mais je leur dirai.

— Ils se demanderont pourquoi vous ne l'avez pas dit tout de suite. Ils vous chercheront des histoires.

— Pensez-vous ? Je n'ai pas peur d'eux, moi. Quand on n'a rien à se reprocher. C'est plutôt qu'ils ne voudront pas admettre que ça ait du rapport. A cause du jour. A moins que, oui, tout de même. Parce qu'ils m'ont bien dit de faire attention aux gens qui viendraient. Ils m'ont expliqué que souvent les individus qui, comme ça, ont fait un coup, cherchent à revenir, ou envoient quelqu'un. Alors, si c'est bien dimanche ou par là que le crime a eu lieu, peut-être qu'il revenait voir.

— Comment était-il ?

— C'est difficile à dire comme ça. Mais si on me l'amenait, et qu'on me le fasse mettre là, pour une reconstitution, je dirais bien, il me semble, si c'est lui ou pas lui.

— Enfin, je vous plains. Vous n'en avez pas terminé avec les ennuis. Ce sont de ces cas où l'on est bien content de n'avoir rien vu, rien entendu. Ah ! il faut que je retourne à ma boutique. C'est très joli de bavarder. Mais ça ne fait pas le travail.

— Vous ne voulez pas que je vous fasse voir la maison du crime, du dehors ? Pour le dedans, il n'est pas question.

Entre des pensées contrariées, Quinette hésitait au point d'avoir le vertige.

— Venez donc. Je ferme ma porte. Vous avez bien encore une minute.

*
* *

Arrivé dans la cour, à gauche du passage, la première chose qu'il tâcha de saisir, de mesurer, ce fut l'isolement de la baraque, les distances, les silences qui régnaient autour d'elle, les zones concentriques de sécurité et de péril, la valeur de l'emplacement comme lieu de crime.

« Il ne m'a pas trop trompé. Le plus proche voisin est à quinze mètres. Sauf ce mur avec une seule lucarne, qui ne compte pas. Mur d'écurie. Il est très possible qu'on n'ait pas entendu la table renversée. Ni même des gémissements. En ce moment un pigeon roucoule quelque part. Si je sommeillais au petit jour, derrière cette fenêtre, là-haut, et que des plaintes étouffées me parviennent, je penserais peut-être que c'est un pigeon. La porte est tournée vers le mur aveugle. Il serait facile de sortir sans être remarqué, si l'on était prudent. Mais il a dû partir comme un fou. De la fenêtre, là-haut, on a pu le voir. »

La vieille l'observait, comme si elle eût attendu un compliment pour l'endroit qu'elle faisait visiter.

— En somme, dit-il, ce n'est pas déplaisant. Votre bonne femme avait trouvé un coin tranquille. Même trop.

— Le local sera libre », répondit la vieille.

Il affecta de tirer sa montre avec inquiétude.

— Oh ! midi passé. Et moi qui m'amuse à des babioles.

Il rentra sa montre ; puis machinalement fourra le pouce et l'index dans la poche inférieure gauche de son gilet. Il sentit un objet insolite à cette place : une boîte d'allumettes. Au moment de l'extraire, il se souvint : « Le tampon d'ouate ». Un frisson, qui n'était pas entièrement désagréable, lui parcourut la peau du crâne.

VIII

LA PAPETIÈRE DE LA RUE VANDAMME

Le courage faillit quitter le relieur à l'entrée de la rue Vandamme. Il aperçut brusquement la suite de ses actes comme une espèce de glissoire qui, par des détours bien calculés, menait à un précipice. Il douta non de sa raison en particulier, mais de la raison.

« Tout ce que je fais est raisonnable. Qu'on me prouve que j'ai commis une faute, une véritable faute. Au moins depuis ce matin. »

Il y avait bien la visite au « lieu du crime » qui pouvait se discuter. Quinette n'osait jurer qu'il n'avait pas obéi à quelque impulsion aussi aveugle que celle qui conduit les criminels à un traquenard de police. Mais si l'action provenait d'un mobile suspect, elle trouvait sa justification après coup. Ne valait-il pas mieux savoir de quoi la concierge avait été témoin, de quoi les gens de la fenêtre d'en haut avaient pu être témoins, quel degré de précision et d'assurance pouvait atteindre leur témoignage ? Le seul inconvénient de la démarche, c'était d'avoir associé, dans l'esprit de la concierge, l'image de Quinette à l'idée du crime. Mais par quelque tendance paradoxale de sa pensée, le relieur se sentait porté vers ce type d'actions préventives, qui consistent à atténuer un grand péril futur, qui ne dépendra pas de vous, par un péril présent, dont on a l'initiative et dont on garde plus ou moins le contrôle. Qu'il en vînt à être compromis dans l'affaire, et la concierge serait peut-être la première à dire : « Ce monsieur d'à côté, avec la barbe noire, qui est si aimable ? Vous êtes fous. Huit jours après le crime, il n'avait même pas idée de l'endroit où ça s'était passé. C'est moi qui lui ai tout expliqué, tout montré. »

Et pourtant, le courage lui manquait. Un bon sens pleutre lui soufflait, d'une voix tremblante : « Méfie-toi de la raison audacieuse. Il est encore temps. Plus tu avances, moins il est temps. »

« 21, 23. C'est quelques maisons plus loin. Je vois la boutique. »

Il ralentit le pas. Mais, à la hauteur du 31, il n'avait pas pris la décision d'entrer. Il voulait encore réfléchir, et, de plus, s'habituer au site d'une action nouvelle. Il continua jusqu'au 37. Il avait aperçu la boutique au passage. Environ trois mètres de façade. La porte n'est pas au milieu. La plus grande des deux vitrines, à droite, contient des journaux illustrés, quelques articles de bureau et de mercerie ; des annonces manuscrites, sur de petits cartons, contre le bas de la vitre. L'autre, beaucoup moins large, contient quelques jouets de l'espèce la plus simple, et des bocaux de sucrerie. Un rideau de brochures illustrées, accrochées à l'intérieur sur deux rangs par des pinces de bois, masque la porte.

Il revint sur ses pas.

« Je puis tenter une première reconnaissance ; voir quelle femme ce peut être. Rien ne m'oblige à parler. »

Il poussa la porte. La secousse fit faire, du côté des journaux et des pinces, un bruit de claques et un cliquetis qui se prolongèrent comme un carillon.

Une petite femme boulotte, d'une trentaine d'années, aux joues rondes, à la bouche riante, le nez un peu retroussé, les yeux naïfs, de cheveux châtain clair, pas laide en somme, était assise derrière son comptoir, dans une posture un peu frileuse, un fichu de tricot noir sur les épaules.

Quinette perdit toute espèce de crainte. Il s'inclina avec la plus grande courtoisie :

— C'est à Mme Sophie Parent que j'ai l'honneur de parler ?

— Oui, monsieur.

Il caressa dignement sa barbe bourgeoise, jeta un coup d'œil sur les quatre coins de la boutique ; puis, d'une voix confidentielle de notaire :

— J'aurais aimé avoir un entretien avec vous, madame ; sur un sujet d'une certaine importance. Est-ce que nous pouvons parler ici sans être dérangés ?

— Oh oui, monsieur. Je crois.

Le visage de Sophie Parent avait été soudain bouleversé par l'anxiété. Elle reprit :

— C'est quelque chose de grave ?

— D'assez sérieux en tout cas ; et qui ne regarde personne.

— J'ai mon arrière-boutique...

Il jeta un coup d'œil sur le réduit encombré qu'elle appelait ainsi.

— A vrai dire, madame, nous serons aussi bien pour causer dans votre magasin même. Vous n'attendez spécialement aucune visite ? Votre mari ne risque pas d'arriver inopinément ?

— Oh non ! Et à cette heure-ci, je n'ai presque jamais de clients. Ça ne recommence guère qu'autour de quatre heures, quand les mères vont chercher les enfants à l'école.

— Bien. D'ailleurs, s'il survenait quelque importun, il est entendu que je suis le représentant d'une grosse maison belge de papeterie qui vient vous faire ses offres de service.

Il prit une chaise de paille, la débarrassa d'un petit cheval de carton qui se trouvait dessus, et s'assit, accoudé au comptoir.

— Voilà. Je m'intéresse beaucoup à Augustin Leheudry.

— Ah ! mon Dieu !... oui... je me doutais que c'était pour ça que vous veniez... Mon Dieu !

— Ne vous effrayez pas, madame. Je suis un ami de Leheudry ; son meilleur ami actuellement. Et mieux que son ami : son avocat. Si je viens, c'est que je suis au courant de tout ce qui le regarde ; et c'est aussi parce qu'il ne peut pas venir lui-même... Vous savez pourquoi ?

— Non.

— Vraiment ?

— Non… J'ai bien trouvé qu'il était drôle, la dernière fois, mais…

— Il ne vous a rien dit ?

— Non.

De ses yeux enfoncés, le relieur scrutait Sophie Parent. Elle n'avait pas l'air de mentir.

— Vous a-t-il donné un nouveau rendez-vous ?

— Non. Il m'a dit qu'il m'écrirait.

— Où cela ? Poste restante ?

— Oui.

— Vous n'avez encore rien reçu ?

— Ce matin, quand je suis passée, il n'y avait rien.

— Vous ne l'avez pas interrogé sur cette allure bizarre que vous lui trouviez ?

— J'ai pensé qu'il avait encore des soucis pour ses histoires de famille. Je n'ai pas voulu le tourmenter. D'abord nous sommes restés très peu de temps ensemble.

— C'est cette fois-là qu'il vous a remis… vous savez ?

Elle rougit, battit plusieurs fois des paupières, essaya de répondre d'un ton naturel :

— Non… Quoi ?…

— Les papiers, et le reste… Je vous répète que je suis au courant de tout, dans le plus petit détail. Vous pensez bien que je ne me suis pas chargé des intérêts de Leheudry pour qu'il fasse des cachotteries avec moi.

Il baissa la voix ; puis :

— Vous avez lu les lettres ?

— Les lettres ? Non…

Elle ajouta, en protestant :

— Je ne sais pas ce qu'il y a dans le paquet. Il m'a fait jurer de ne pas l'ouvrir. Je n'allais pas l'ouvrir, vous pensez.

— C'est très bien. Je vous parlais de ces lettres, parce que le contenu vous aurait aidée à comprendre l'importance du paquet pour nous… Oui. Je venais justement vous entretenir de cette question. Le paquet ne peut pas rester entre vos mains.

— Mais je ne tiens pas à le garder. Au contraire.

— Comme avocat, j'ai une responsabilité. Je partage entièrement la confiance que Leheudry nourrit pour vous. Mais vous n'êtes pas seule. Il y a votre mari.

— Oh ! il ne va jamais au coffre. Tout est à mon nom.

— Jusqu'au jour où il se doutera de quelque chose. Supposez que les adversaires d'Augustin réussissent à s'aboucher avec votre mari…

— Oh ! vous croyez ?

— Ce serait un désastre pour vous comme pour nous.

— Mais alors, que faut-il faire ? dites, monsieur ?

— Ce qu'il faut faire ? Aller chercher le paquet, sans attendre, et me le remettre.

Elle regarda Quinette à la dérobée, hésita.

— J'aurais mieux aimé le lui remettre à lui.

— Impossible.

— Pourquoi ?

— Il ne peut plus sortir. Il se cache.

Quinette se retourna vers l'arrière-boutique, comme s'il y flairait des poursuivants invisibles.

— Il se cache ? Il a donc fait quelque chose de mal ?

— Il s'est procuré les papiers... et le reste... d'une façon... disons un peu cavalière. Malgré mes conseils. Ses adversaires ont porté plainte. Ça se tassera. L'essentiel est qu'il ne tombe pas dans le piège, et que les papiers soient à l'abri. Si vous m'en croyiez, nous réglerions l'affaire tout de suite.

Il se leva. Son autorité rayonnait sur cette femme aux yeux candides. Elle se leva aussi.

— Je vais être obligée de fermer la boutique.

— A clef, simplement. Inutile de poser les volets. Nous prendrons un taxi. Vous serez revenue dans une petite demi-heure.

*
* *

Comme le taxi traversait la Seine, elle fit un gros effort, et dit :

— Écoutez, monsieur. Je suis malheureuse, si vous saviez ! J'ai juré à Augustin que personne ne toucherait à son paquet, que je le lui garderais tel quel dans mon coffre, jusqu'au jour où il en aurait besoin. J'ai beau me dire que vous venez de sa part. Mettez-vous à ma place.

Quinette répondit avec douceur :

— Mais c'est très beau, madame, c'est très beau. Je vous comprends on ne peut mieux. Après tout, vous ne me connaissez pas... Comment pourrions-nous faire ?

— Si vous reveniez un autre jour avec lui ?...

— D'abord nous n'avons pas le temps. Et puis, il est surveillé. Nous serions tous pincés. On s'emparerait des papiers, et la partie serait définitivement perdue. Sans parler de vos ennuis à vous. Interrogatoires... comparutions... etc.

— Que faire ? Mon Dieu ? Que faire ? Nous allons être arrivés.

— Il doit y avoir moyen de s'entendre. Ce qui vous chiffonne, c'est que j'emporte le paquet, que vous considérez, avec raison, comme un dépôt sacré ?

— Oui, monsieur.

Elle arrêtait ses larmes.

— Ce qui m'inquiète, moi, c'est qu'il risque d'être découvert, par une imprudence, par une malchance quelconque... Dans ce coffre, vous avez des choses qui vous appartiennent ?

— Oui, mon livret de caisse d'épargne, et des titres.

— Ce coffre, comment se ferme-t-il ? Par une clef, sans doute, et une combinaison ?

— Oui, une combinaison de trois chiffres.

— Je vois un moyen.

— Lequel ?

— Vous allez reprendre tout ce qui est à vous. Vous le garderez chez vous jusqu'à demain. Ce n'est pas d'ici à demain que vous serez cambriolée. Demain, vous irez louer une case de coffre dans une banque, et comme je suis cause de ces frais imprévus, vous me permettrez de vous en verser le montant. Je crois qu'il y a des coffres à partir de vingt francs dans les agences de quartier. Pour que votre mari vous signe une nouvelle autorisation, vous lui raconterez n'importe quoi... par exemple qu'on vous a dit qu'il y avait eu des vols à la Caisse d'Épargne, ou que vous préférez une banque de votre quartier. Quant à votre coffre actuel, qui ne contiendra plus que le paquet de Leheudry, vous m'en donnerez la clef.

— Mais c'est comme si je vous remettais le paquet !

— Pas du tout. Vous savez bien que, pour descendre aux coffres, il faut se faire reconnaître, et signer une fiche. Me voyez-vous me présentant comme Mme Sophie Parent ? D'autre part, votre combinaison de trois chiffres, je ne vous la demande pas. Je ne veux pas la savoir. Donc, même si je parvenais à me glisser jusqu'à la porte de votre coffre, ma clef ne me servirait de rien.

— Alors, pourquoi la voulez-vous ?

— Pour être sûr que personne, sans moi, n'ouvrira le coffre. Évidemment, vous pourriez faire une déclaration de perte de clef, demander le forcement du coffre par des spécialistes. Mais pourquoi feriez-vous ça ? D'abord, il y aurait une enquête, des délais, des frais énormes. Votre mari, agacé, dirait peut-être que c'est lui, maintenant, qui va se charger de ce coffre, et pour commencer ferait l'inventaire du contenu. N'oubliez pas non plus qu'une plainte est déposée au sujet du paquet. Ça ne m'étonnerait pas du tout, dans les cas de perte de clef, que quelqu'un de la police vienne assister à l'ouverture. Hein ? Vous imaginez la suite pour Leheudry et pour vous ?

— De toute façon, c'est bien tourmentant... bien dangereux...

— Non ! Si vous restez tranquille... Votre mari pensera que vous avez rendu la clef à l'administration. Ce sera exactement comme si ce coffre ne vous appartenait plus.

— Je pourrai même m'arranger pour venir payer la location ici, un peu avant l'échéance, pour qu'on ne m'envoie pas de lettre de rappel chez moi ?

— C'est ça ! D'ailleurs, d'ici là, je vous aurai amené Leheudry, pour qu'il vous dise lui-même de me remettre le paquet. Ou je me serai fait donner un mot de sa main.

— Un mot... c'est vrai ! Pourquoi n'êtes-vous pas venu avec un mot écrit de lui ?

— Parce que j'étais en mesure de vous fournir des preuves bien supérieures... Vous savez que je possède encore une foule d'autres détails, sur lui, sur vous, sur la façon dont vous vous êtes connus... Si vous voulez que je vous les cite... Vous ne douterez plus.

— Non, monsieur, je vous crois.

— Ça me semble, à moi, autrement probant que trois lignes et une signature, qu'il est facile d'imiter. Et puis, dans des affaires aussi confidentielles, je n'aime pas qu'on abuse des écrits. On ne sait jamais ce qu'ils deviennent. J'ajoute qu'un avocat, quand il se charge d'une démarche, a l'habitude d'être cru sur parole.

— Oh ! excusez-moi, monsieur. Je disais ça pour le principe.

*
* *

Ils approchaient du contrôle.

— Vous voulez descendre avec moi ? » dit-elle.

— Naturellement.

— C'est permis, vous croyez ?

— J'en suis sûr. Le locataire du coffre a le droit d'amener qui bon lui semble. Du moment que vous êtes présente...

Dans le sous-sol, des femmes seules, qui avaient au doigt une alliance, des couples de petits rentiers ou de retraités, assis à des tables étroites, détachaient des coupons. Sophie Parent se sentit envahie d'une détresse affreuse et tendre. Que n'était-elle une de ces femmes ! Il serait si doux de venir, dans ce tiède sous-sol, veiller aux économies du ménage, en faire le rangement et la toilette, pendant que le mari, qui se fie entièrement à vous, travaille là-bas. On repart, en ayant dans son sac quelques coupons. On va les toucher à la première banque ; et l'on achète un peu plus loin l'objet dont on a envie depuis longtemps, pour le poser ce soir, comme une surprise, sur la table de la salle à manger.

Au lieu de cela, elle allait accomplir une opération clandestine, dont nul au monde n'aurait connaissance, que le personnage mystérieux qui l'accompagnait. Sa propre présence lui semblait suffire à répandre dans ce sous-sol pour braves gens une odeur de repaire. C'est qu'aussi le mensonge, l'adultère, les ruses défendues, le vol peut-être, et l'on ne sait quoi de pire lui faisaient escorte, conduits par le prétendu avocat à barbe noire, qui de toute la bande était le seul visible. « Comme ses yeux me gênent ! Je n'ose pas le regarder. » Les yeux de l'avocat n'étaient que deux sombres signaux à l'entrée d'un tunnel.

« Je sens bien que je n'en sortirai plus. »

Mais où prendre assez de résistance pour ne pas s'y enfoncer ?

IX

UN PLUS PROFOND REFUGE

Quand le relieur se retrouva seul, avec la clef plate du coffre dans son porte-monnaie, il se demanda quelle était maintenant la besogne la plus urgente. Aller d'un saut, rue Taillepain, voir si Leheudry observait la consigne. Lui conter, par la même occasion, la démarche auprès de Sophie Parent, ou ce qu'il était opportun de lui en laisser savoir ; l'écraser par le prestige d'un tel succès ? « Vous voyez qu'on ne me résiste pas. » Quelle tête ferait Leheudry en apercevant la petite clef ?

« Plaisir d'amour-propre, d'orgueil, qui peut attendre. Il ne faut pas non plus que je me montre trop souvent rue Taillepain. Suite méthodique du programme : chercher un nouveau refuge pour Leheudry. »

Sans s'être attelé à ce problème, Quinette y rêvait depuis plusieurs jours. Diverses régions de Paris, qu'il connaissait plus ou moins, s'étaient évoquées d'elles-mêmes. Il ne les avait pas soumises à un examen critique. Il s'était contenté de les éprouver une à une, par une sorte de frisson animal. Lui qui, sur bien des points, et des plus ordinaires, offrait d'importantes lacunes de sensibilité, était doué supérieurement de l'instinct du refuge. La pensée d'une rue, d'un quartier s'accompagnait aussitôt chez lui d'une espèce de réaction frileuse qui virait tantôt vers le plaisir de sécurité, tantôt vers l'inquiétude. Ensuite, il se représentait, d'une façon globale, sans détail topographique, des degrés d'épaisseur, d'enchevêtrement, d'impénétrabilité ; ou bien des qualités tout autres d'animation indifférente, de fluidité anonyme, qui peuvent comporter les mêmes garanties pour l'homme qui se cache. C'est seulement à partir de là qu'il trouvait utile de raisonner. Il n'avait pas pris sur lui de le faire les jours précédents.

Deux des régions de Paris qui étaient venues le hanter avec le plus d'insistance étaient le onzième arrondissement du côté de la rue Popincourt, et les parages des gares du Nord et de l'Est. Il se mit à y réfléchir plus sérieusement. Très dissemblables d'aspect, elles offraient certains avantages communs. D'abord, de n'être pas des refuges traditionnels. Ensuite, d'être mouvementées. Mais ce qui les avait rapprochées dans son esprit, c'était une analogie plus singulière. Quinette revoyait, ici comme là, des maisons s'ouvrant sur la rue par une façade de largeur moyenne. Rien de remarquable pour le passant. Il y a une porte cochère, toujours béante, ornée de nombreuses plaques commerciales. Et, quel que soit le moment où l'on passe, il est bien probable qu'une voiture est engagée sous la voûte. Mais à l'intérieur, on trouve une vaste cour, tout encadrée de hauts bâtiments. Au rez-de-chaussée, dix, vingt portes d'ateliers. Au-dessus, une centaine de fenêtres. Dans la cour, un va-et-vient perpétuel ; et il ne tombe, des mornes étages, qu'une pluie très clairsemée de regards distraits. De l'autre côté de la cour, en face de l'entrée, il y a un nouveau passage sous une voûte, où quelque voiture est engagée aussi. Au-delà, une cour toute semblable à la première. Les portes d'ateliers ; la centaine de fenêtres. Le va-et-vient. Des regards qui tombent de là-haut peut-être, mais sans vous voir, comme la neige en hiver vous évite. Qui songe à vous ? Est-ce vous, ou un autre, qui êtes là ? Puis un passage encore ; une troisième cour. Parfois une autre cour encore ; une autre.

Dans le onzième arrondissement, la maison centenaire est noire, l'enduit des murs, écaillé, le va-et-vient, dense, les gens, médiocrement vêtus. Chaque cour est une poche de grouillement et de rumeur. Le travail fait un bruit de battements métalliques, des tic-tac, des ronrons stridents. Aux environs des deux gares, l'immeuble correspondant n'a qu'un demi-siècle d'âge. La façade en est plus correcte. Il renferme plus de bureaux que d'ateliers, même aux étages inférieurs. Les cours, moins vastes, semblent relativement désertes et silencieuses. L'on y éprouve moins que là-bas le sentiment de s'y effacer, l'illusion de sa propre absence. Un regard qui tombe des fenêtres a plus de chances de vous atteindre. Mais il ne s'intéresse aucunement à vous, et aussitôt vous oublie.

« C'est dans un de ces deux coins-là que je vais chercher. »

Pendant qu'il se dirigeait vers une station de métro, il s'efforça de choisir.

« Comme distance de chez moi, ça se vaut. Évidemment, ça ne sera pas commode. Il aurait mieux valu garder Leheudry sous la main. Il n'en est pas question. Même dans un certain rayon autour de chez moi, je ne vois rien qui fasse vraiment l'affaire. Et puis, il n'est pas mauvais de l'éloigner de ses anciennes habitudes. Le quartier des gares le dépaysera encore plus que l'autre, surtout au-dessus de la gare de l'Est ; malgré les trams et le métro. Comme c'est plus bourgeois, plus "employé", il risquera moins de retomber dans son milieu, de faire des connaissances. A condition d'éviter qu'il ne fiche trop le camp vers le nord et ne monte retrouver les poissons du boulevard de la Chapelle. Il faut que j'aille me rendre compte de tout ça sur place. »

*
* *

Une heure plus tard, après divers sondages, Quinette avait découvert, au 142 *bis*, faubourg Saint-Denis, dans une seconde arrière-cour, un infime logement de deux pièces que son occupant désirait sous-louer.

— C'est une affaire », avait dit la concierge. « Le locataire en est embarrassé. Il avait pris ça parce qu'il a une maison de commerce dans le Nord, et qu'il voulait avoir un petit bureau à Paris. Il vous le cède tout installé pour le prix que vous le payeriez vide. C'est moi qui vous le dis. Je le lui aurais loué vingt fois si c'était un peu plus grand.

Quinette obtint sans difficulté, moyennant une majoration insignifiante, de conclure la sous-location au mois. La concierge semblait avoir reçu pleins pouvoirs pour négocier. A ce point qu'il se demanda si elle ne traitait pas l'affaire pour son propre compte. (Peut-être avait-elle meublé sommairement un petit local que le propriétaire lui octroyait en plus de sa loge. Peut-être encore — car elle n'était ni laide ni vieille — avait-elle eu des bontés pour le locataire en titre qui, au moment de partir, lui avait laissé comme cadeau le restant du bail et l'installation.)

Bref, l'affaire se régla avec une absence de formalités que le relieur trouva très favorable. Il n'eut que la peine de verser cinquante francs pour le mois d'avance, et de fournir le nom qui lui plut : M. Dutoit. Il fut prié aussi de reconnaître les meubles et meublants qu'on laissait à sa disposition. L'inventaire en était vite fait : dans la seule pièce pourvue d'une fenêtre, une table-bureau, deux chaises de paille, un petit poêle de fonte rond, et un rayonnage de bois blanc qui occupait la moitié d'un mur. Dans l'autre pièce, qui était un obscur réduit, un sommier sur pieds avec literie, une petite glace de bazar, à trois faces, et une grande malle à couvercle convexe. Quinette s'étonna de la malle. On lui répondit que le locataire s'en servait comme d'armoire à effets. Le logement comportait encore une cuisine et, s'ouvrant sur cette cuisine, un cabinet d'aisances, l'un comme l'autre minuscules.

Pendant la visite, Quinette laissa tomber quelques renseignements. Il s'occupait de papiers peints. Il comptait avoir dans ce local, non un véritable dépôt, mais une collection de rouleaux-spécimens. Un de ses employés logerait là. « C'est un garçon qui n'est pas très capable, mais que je n'ose renvoyer, parce qu'il n'a pas de famille, et que je l'ai pris plus ou moins sous ma protection. Alors, je l'utilise comme je peux. Ce n'est pas qu'il doive y avoir grand-chose à garder. Mais il me fera quelques courses. Et puis, comme je voyage beaucoup, j'emporte avec moi mon album d'échantillons, mais il arrive que je n'aie pas tout, ou qu'un client veuille se faire montrer un papier en rouleau. Alors, ça m'est très commode d'avoir quelqu'un qui puisse m'envoyer immédiatement les sortes que je lui indique. »

Tout cela prononcé avec un détachement plein d'affabilité. L'idée du papier peint était venue à Quinette pendant son trajet en métro. Il savait un endroit où trouver des rouleaux entre trente et cinquante centimes la pièce. Il lui serait donc facile, pour une vingtaine de francs, de se procurer l'apparence d'une collection. A tous points de vue, la fable de ce commerce lui semblait commode.

Il ajouta, au moment de se retirer, qu'il considérait son employé comme un peu neurasthénique, sujet à des idées noires ; travaillé par son imagination. « Pas méchant pour un sou, à condition que personne ne s'occupe de lui. C'est un peu pour cela aussi que je l'isole. Et le plus curieux, c'est qu'il a l'air liant. Mais il vaut mieux ne pas répondre à ses avances. Sinon, ça tourne mal. »

* * *

Quand il sortit de l'immeuble, Quinette éprouvait l'excitation d'une réussite de détail ; mais une anxiété au moins égale.

« Il me semble que je viens de me mettre en ménage avec Leheudry. »

Ménage, mariage, vie en commun, destinée commune ; toutes sortes de promiscuités dans le présent et dans l'avenir. Même dans le passé, par rétroversion. Il y avait là matière abondante à effroi et à dégoût.

« Et de plus, il m'entraîne dans les frais. Les cinquante francs de la chambre. Les cinq francs de denier à Dieu. Les vingt francs que je vais dépenser pour le papier peint. Et le remboursement du nouveau coffre que j'ai promis à la petite dame. Sans parler des taxis, des métros, de mon temps perdu. »

Il se rappela qu'il avait sur lui les sept cents francs de Leheudry.

« C'est vrai, après tout. Je suis un peu son notaire. Il est juste que je mette ces frais-là à son débit. Les dépenses déjà effectuées seulement. Cinquante et cinq, cinquante-cinq. Ajoutons en gros cinq francs pour les transports. Soixante. Je ne veux pas me faire payer ma perte de temps. »

Il désirait régler ce compte aussitôt.

« Désormais, pour éviter les inscriptions sur mon carnet — inutiles, et peut-être dangereuses — je payerai directement avec l'argent de Leheudry les dépenses qui lui incomberont. Quitte à lui fournir les justifications, de mémoire. (Il n'aurait pas le toupet de les réclamer ; mais moi, j'y tiens, pour le principe.) Donc, il faut que je me rembourse l'arriéré. »

Il avait mis les sept cents francs dans une poche de son portefeuille, à peine séparés de son argent à lui et de ses papiers.

Ce n'était pas net, pas satisfaisant pour l'esprit. Cela manquait d'ordre. Et puis, les sept cents francs étaient, malgré tout, de « l'argent du crime ». Ils provenaient en droite ligne d'une femme assassinée.

« Pas pris sur le corps lui-même, probablement. Pris dans un tiroir, ou un coffre. »

Sans avoir des préjugés excessifs, Quinette était gêné de sentir l'argent du crime en contact trop étroit avec son propre argent, avec ses papiers personnels. Il s'agissait moins d'une répugnance spécifiquement morale que de la crainte obscure d'une sorte de contagion. Et moins d'une contagion de criminalité que d'une contagion de malchance. Quoi-qu'on pût penser du meurtre en général, de ce meurtre-là en particulier, il n'y avait aucune bonne raison pour que l'argent de Quinette, les papiers de Quinette, fissent chambre commune, presque lit commun, avec les sept billets du meurtrier.

Il entra dans un bazar du boulevard Magenta, et se procura, pour cinq francs quatre-vingt-quinze, un portefeuille de cuir grossier dont l'une des poches se fermait par un bouton-pression.

« C'est là que je mettrai les pièces d'argent et d'or du compte de Leheudry. Quant au billon, il ira dans la poche gauche de mon gilet. Avec la boîte d'allumettes. »

Pour payer, il fit changer l'un des billets du crime. On lui rendit quatre-vingts francs d'or. Il sortit, avisa un café paisible, s'installa dans le fond d'une salle et procéda en toute tranquillité au règlement du compte Leheudry.

« Il me revient, sur l'argent que je viens de changer, soixante francs. Voici trois pièces de vingt francs. Je les mets dans mon porte-monnaie. »

Ces trois pièces provenaient du bazar ; non de la baraque du crime. Quinette ne conservait donc pas trace de l'argent du crime dans son porte-monnaie et son portefeuille personnels.

« Portefeuille Leheudry. J'y mets d'abord les six billets ; dans la grande poche du fond. Il doit rester, en monnaie, quarante francs moins cinq francs quatre-vingt-quinze, soit trente-quatre francs cinq. Voici deux pièces de dix francs, deux pièces de cent sous, deux pièces de deux francs, et les cinq centimes. C'est parfait. »

Il s'aperçut que la poche au bouton-pression convenait fort bien à la monnaie d'or et aux pièces d'argent de petite taille, mais que les écus de cinq francs ne s'y logeraient qu'avec la plus grande difficulté ; qu'en outre, ils gonfleraient et alourdiraient par trop le portefeuille. Enfin, l'espèce d'hygiène superstitieuse à laquelle il venait d'obéir réclamait maintenant des mesures plus complètes. Garder dans la poche gauche de son gilet, à même l'étoffe, comme une chose à soi, l'argent de Leheudry, c'était se condamner à une gêne légère, mais tenace. (Il y avait bien aussi le tampon sanglant. Mais le tampon était enfermé dans la boîte.)

Il revint au bazar, et pour un franc quarante-cinq fit l'emplette d'un porte-monnaie.

« Comme cela, tout sera d'une régularité impeccable. Le portefeuille Leheudry dans la poche intérieure gauche de mon veston. Le porte-monnaie Leheudry dans la poche gauche de mon pantalon. »

Il n'y avait pas de contact, pas de partage de propriété.

« Je n'en serai que plus à l'aise avec lui. Je lui dirai : "Vous voulez savoir ce qui vous reste ? Regardez. Aucune communication entre ma bourse et la vôtre." »

Un simple dépôt. Il traiterait désormais Leheudry comme un « déposant ».

Mais la boîte d'allumettes ? le tampon ensanglanté ? Quel caractère leur attribuer dans cette nouvelle organisation ?

Il se demanda s'il n'allait pas jeter la boîte dans la première bouche d'égout. Une idée, superstitieuse aussi, mais d'un autre ordre que la précédente, le retint. Le tampon ensanglanté était une sorte de talisman. Il donnait à Quinette un pouvoir sur Leheudry, pouvoir en partie explicable, puisque, à la rigueur, c'était une preuve du crime ; en partie occulte, comme ceux que la magie met en œuvre.

Il réfléchit ensuite à l'installation de Leheudry dans son nouveau refuge ; et se persuada que le plus sage était de lui présenter l'histoire de papiers peints comme une affaire sérieuse.

« Il est trop bête ; d'un moral trop inconsistant. Si je lui dis la vérité, il n'y verra qu'une complication inutile. Il refusera de s'emprisonner dans ce logement, à ne rien faire. Dès que j'aurai le dos tourné, il ira courir les bistrots. Je vais acheter au *Bazar de l'Hôtel de Ville,* en passant, un album, à feuilles blanches, genre album à dessin. Ou même deux. A ses frais, bien entendu. Je le chargerai de me découper dans les rouleaux, proprement, des carrés de papier peint, et de me les coller sur les pages de l'album ; soi-disant pour me faire une collection. Je tâcherai de l'intéresser au travail, en l'obligeant à me les classer par ordre de prix, par types de motifs, par couleurs, que sais-je ? Un gosse arrive bien à s'amuser en collant des timbres-poste. Je lui raconterai qu'à la fois pour lui procurer une cachette plus sûre que son taudis, et pour l'utiliser, je me décide à entreprendre un petit commerce à côté du mien. Il pourra trouver bizarre que je lui fasse supporter les frais de premier établissement, et aussi, puisqu'il sera mon employé, que je ne lui offre aucun salaire. Y pensera-t-il ? Alors, je présente autrement la chose. Ce n'est pas pour moi que je monte l'affaire, c'est pour lui, pour lui procurer par la suite un gagne-pain honorable ; pour l'aider à se relever. Bonne précaution aussi en cas de malheur. Il faut toujours prévoir le pire : "Oui, messieurs, j'ai eu tort de recueillir cet homme au lieu de le livrer à la justice. Mais voyez ! L'ai-je encouragé dans la voie du crime ? J'ai essayé de lui redonner le goût du travail honnête. Chimère, peut-être, mais chimère de philanthrope." »

Quinette mettait tant de force dans ses pensées qu'il en arrivait, sans y prendre garde, à les prononcer avec ses lèvres. Un voyageur assis dans le métro, au moment où le convoi quittait la station *Les Halles,* perçut distinctement les mots : « chimère de philanthrope » qu'articulait en face de lui un monsieur à barbe noire. Il s'étonna un peu de ces termes, qui ne sont pas usuels. Mais le monsieur à barbe noire avait bien l'air de quelqu'un dont les réflexions peuvent se tenir au-dessus du terre à terre. Aussi le voyageur détourna-t-il la tête poliment, comme on évite, lorsqu'on est bien élevé, de gêner un prêtre qui récite son bréviaire dans le tramway.

X

PERTE D'UNE VIRGINITÉ

Avant le dîner, le jeune Wazemmes s'était rendu à l'établissement de bains de la rue du Baigneur, qui jouissait dans tout Montmartre d'un prestige ancien. On rencontrait parfois encore dans les rues du quartier la voiture de cette maison qui portait les bains à domicile, avec la baignoire et les seaux de cuivre rouge, étamés à l'intérieur. Remède pour grand malade, ou luxe de bourgeois douillet. Les badauds regardaient la voiture s'arrêter, la baignoire vermeille disparaître dans un corridor, puis les seaux d'eau fumante pendre aux deux bouts du balancier de bois que le garçon, comme un athlète de foire, posait d'un seul mouvement sur son épaule. Wazemmes ne s'était refusé ni la savonnette parfumée vendue par la caissière, ni les serviettes-éponges. Mais il avait eu l'impression que « Sourire d'avril » ou tout autre artifice du même ordre devenait superflu.

Dès huit heures quarante, ses travaux domestiques étaient terminés ; sa toilette, remise au point. Il sortit de chez l'oncle Miraud.

Il aurait pu prendre directement le chemin de la rue Ronsard. Mais il trouva piquant de se venger un peu, et habile de se faire attendre. Qui lui souffla une ruse si précoce ? Son instinct ? Un souvenir de lecture ? D'ailleurs, l'envers de cette malice était une appréhension. Il avait peur que ce rendez-vous lui échappât comme les autres ; et il lui sembla qu'il serait d'autant moins ridicule qu'il aurait eu moins de hâte à courir à sa déconvenue.

*
* *

Neuf heures quinze à la grande horloge de Dufayel. Voilà trois fois que Wazemmes passe devant. Il peut monter chez la dame. Son retard suffit comme indication. En continuant à rôder autour du pâté de maisons, il s'échaufferait le corps, en ferait reparaître le fumet naturel, aux dépens de la fraîcheur bien odorante que le meilleur bain de Montmartre y a laissée.

Il sonne. Les cinq étages lui ont agité le cœur comme s'il avait trente ans de plus. Si rien ne répondait, il ne serait pas fier du tout. Aucun bruit de remue-ménage à l'intérieur.

La porte s'ouvre.

— Vous voilà, mon beau chéri. Comme il est en retard ! Déjà en retard. Entrez vite.

Elle porte un peignoir très fleuri, et très échancré. C'est elle, ce soir, qui développe des parfums.

Elle le presse contre elle, lui donne un baiser. Wazemmes aperçoit, par-dessus l'épaule couverte de ramages, les rangées de livres qui garnissent une partie de l'antichambre. Il a le sang-froid de se dire : « Non. Je ne suis pas chez une grue. » Car il tient pour admis que le métier de grue ne comporte aucune grande curiosité intellectuelle. Mais loin de le rassurer, cette conclusion le déconcerte. Ce qu'il connaît de la société ne lui permet pas d'y situer une femme qui a assez d'instruction pour posséder tant de livres, et assez d'effronterie pour aborder un jeune garçon à la descente de l'autobus. En somme, il est plus intimidé que la première fois.

Elle le débarrasse de son chapeau, et le fait entrer dans la pièce où elle l'a reçu l'autre jour. Il revoit le divan, le coin où il s'est mis, les coussins où il s'est appuyé. Les caresses, la volupté lui redeviennent présentes. Soudain, son corps s'y apprête déjà. Mais ce qu'il indique, par le signe habituel du désir, c'est plutôt un consentement, une acceptation préalable, et le commencement d'une habitude. La dame, dont le regard ne laisse rien perdre, a vite fait de s'en apercevoir, et achève de s'en assurer par une caresse encore discrète.

— Le gamin chéri ! Comme il est pressé ! Mais c'est très bien. Dieu sait qu'on ne le lui reproche pas.

En vérité, elle se méprend un peu. Elle prête au jeune homme un esprit d'offensive et une impatience de pousser ses avantages qu'il n'a pas. L'émoi de Wazemmes, né du souvenir, est d'un ordre passif, d'une passivité confiante et presque filiale. Au fond, ce qu'il souhaite, c'est que les choses recommencent comme l'autre fois. Il croit connaître son rôle, qui n'est pas difficile, et il est sûr, autant qu'on peut l'être, de s'en tirer. Une paresse, sinon une timidité proprement dite, le détourne de désirer une situation nouvelle, à laquelle il faudrait faire face, et dont rien ne prouve qu'il sortirait à son honneur.

Les rideaux sont fermés. La lumière est agréable. On voit beaucoup de livres, et près de la fenêtre, une grande table couverte de papiers. Le mystère du lieu et de la dame, s'il dérange un peu la représentation que Wazemmes s'était faite du monde féminin, n'a pas un caractère effrayant. Quant à la virginité qu'il s'agit de perdre, ce n'est pas un fardeau bien lourd. On le tolérera bien quelques jours, ou quelques mois de plus, surtout s'il comporte des adoucissements pareils. Wazemmes ne s'est fixé aucun délai. Donc, advienne que pourra. Qu'un plus sot aille se gâcher d'aussi aimables circonstances.

Mais voici que la dame entreprend sur lui des manœuvres qu'il n'a pas prévues. Tout en lui prodiguant les baisers, les caresses, les interjections rauques et désordonnées, elle lui enlève ses vêtements un à un. Il n'a aucune idée de la part qu'il doit prendre à l'opération. Doit-il y aider par ses mouvements ou ses postures, prévenir la peine qu'on se donne ? Doit-il, comme il est assez probable, rendre la politesse à la dame, dont les vêtements ont l'air d'ailleurs tout prêts à la quitter ? Mais la dame semble ne lui demander rien d'autre que de se laisser faire. Les menues difficultés qu'elle rencontre lui sont un prétexte à câlineries, à rires énervés, à émerveillements, à effusions. Wazemmes n'aurait jamais soupçonné qu'il fût si intéressant pour autrui de procéder en sens inverse à ce maniement d'étoffes, de boutons, de linge, qui lui paraît si fastidieux chaque matin. Il ne lui échappe pas que le plaisir qu'y prend la dame est trop infaillible pour ne pas avoir quelque chose d'habituel. Ses petits cris trahissent moins la surprise que le retour escompté d'impressions familières. « Elle a du vice », pense Wazemmes. Il ne saurait expliquer ce qu'il entend par là. C'est même dans son esprit une idée assez neuve. Mais il découvre très vaguement que certaines façons d'agir proviennent d'un fond tourmenté qu'il y a en nous ; et l'habitude, loin de les atténuer, développe le germe de délire qu'elles contiennent.

La gêne qu'il en éprouve s'aggrave encore quand il se sent entièrement nu. Par bonheur, il est chatouilleux. Les attouchements variés de la dame lui donnent des secousses et des appréhensions enfantines qui l'empêchent de réfléchir. Il pense que l'amour est un jeu, plein de taquineries. Il ose par instants se défendre et riposter. L'attention occupée par cette petite guerre, et la sensualité tenue en éveil par une caresse qui vient habilement de temps à autre lui rappeler que c'est en fin de compte du plaisir qu'on lui prépare, il se trouve tout à coup recouvert par une femme nue beaucoup plus volumineuse que lui, aux yeux luisants et dilatés, au souffle haletant entre les lèvres rouges, à la chair ardemment remuante, et n'en est pas aussi effrayé qu'il le devrait. Il ne songe même pas à se rendre compte de ce qui se passe exactement de son côté à lui. Toute présence d'esprit lui est épargnée. Il n'a pas eu le loisir de se demander s'il allait convenablement remplir son rôle au moment voulu ; et maintenant que le moment est là, il n'est pas tout à fait obligé de savoir quel degré de mérite revient à son corps dans un résultat qui semble hors de doute. La chair ne risquerait de s'intimider, ou de faiblir, que si elle se sentait chargée de soutenir une prouesse. Or, la seule impression qu'il en reçoive, c'est qu'elle est voluptueusement logée, violemment flattée, et qu'il est déjà trop tard pour que rien au monde empêche l'achèvement du plaisir. Il n'oserait pas jurer que ce soit la façon la plus ordinaire de perdre sa virginité. Mais il est sûr qu'il est en train de perdre la sienne.

XI

ENCERCLEMENT DE GURAU

La loge de Germaine Baader se trouvait au premier étage, celui des vedettes. Germaine avait eu beaucoup de peine à l'obtenir. Quand elle avait signé son engagement avec Marquis, le directeur du théâtre, elle avait oublié de fixer ce détail ; et un jour elle vit avec indignation s'ouvrir devant elle le taudis du troisième qu'on prétendait lui attribuer. Germaine n'avait pas la ressource de certaines de ses camarades, qui est une crise de larmes, ni celle de quelques autres, qui est une nuit avec le patron. Elle dut user de la même tenace lenteur qu'un employé de ministère qui veut changer sa place près de la fenêtre contre un coin douillet près du poêle. Dans son acharnement à gagner sa cause, elle demanda même à Gurau d'intervenir auprès de Marquis par une visite personnelle. Gurau n'arriva que difficilement à lui faire sentir qu'une telle démarche, qui lui eût coûté en toute circonstance, devenait ridicule, étant donné l'objet.

La nouvelle loge de Germaine passait donc pour enviable. Elle était en effet assez vaste, ayant à peu près les dimensions de la chambre du quai des Grands-Augustins. A l'installation fixe qui s'y trouvait déjà — table de toilette avec glace, deuxième table, rayons, armoire, le tout laqué blanc — Germaine avait ajouté une belle psyché Directoire, une coiffeuse Louis XVI, deux fauteuils de la même époque, et des bibelots. Elle avait fixé au mur quelques photographies dédicacées de comédiens et d'auteurs ; comédiens et auteurs qui étaient choisis non parmi ceux qu'elle avait eu l'occasion de fréquenter de plus près, ou de servir plus efficacement, mais parmi les plus célèbres. Pourtant, avec la cordiale emphase habituelle au théâtre, les dédicaces pouvaient laisser croire à un visiteur que Germaine avait été l'élève préférée de Mounet-Sully, de Sarah Bernhardt, de Réjane, l'interprète élue de Rostand, de Maurice Donnay, de d'Annunzio.

Mais si la loge n'était pas déplaisante à regarder — les meubles anciens procuraient à la jaunissure du laqué blanc et à la crasse du plafond une sorte d'alibi — elle manquait d'air et de confortable, et l'accès en était sordide. L'habilleuse devait aller chercher l'eau au bout du couloir. Toutes les commodités étaient à l'avenant. La soupe aux choux du concierge, l'haleine des lieux d'aisances, les bouffées massives de parfums qui sortaient des loges, composaient à travers les étages une atmosphère d'hôtel borgne.

Germaine passait là une grande partie de ses soirées. Bien qu'elle eût le second rôle de femme dans la pièce qui tenait l'affiche, elle ne paraissait qu'au début du premier acte et qu'au troisième, sortant de scène à neuf heures et demie pour n'y rentrer qu'à onze heures et quart. Ce long intervalle n'était pas toujours facile à remplir. Germaine s'attardait à refaire son maquillage, à soigner ses ongles, à changer de costume ; puis, selon le cas, lisait, s'ennuyait, causait avec une camarade, recevait une visite.

Ce lundi soir 12 octobre, elle avait pris le parti de s'ennuyer. Le lundi était un jour qu'elle n'aimait pas, pour des raisons diverses, dont certaines remontaient à son enfance. Dans la vie de l'écolière, le lundi a le tort de succéder au dimanche et de ne pas être encore éclairé par le rayonnement du jeudi. Certes, le dimanche de la comédienne ne ressemblait guère à celui de l'écolière. Mais le lundi lui restait antipathique, parce qu'au théâtre il est le jour des salles creuses, des publics mornes.

Vers dix heures, le fils du concierge frappa à la porte de Germaine et présenta une carte : Jacques Avoyer. Ce nom ne rappelait rien à l'actrice.

— Tu as vu ce monsieur ?

— Oui, il est en bas.

— Est-ce quelqu'un qui est déjà venu ici ? Ton père n'a pas eu l'air de le reconnaître ?

— Non.

— Comment est-il ?

— Très bien. Très poli.

— Ah ! Soit... Dis-lui qu'il peut monter.

Un instant après, Germaine vit entrer un homme qui avait à peu près l'âge de Gurau. Assez maigre, myope, chauve, avec des cheveux encore très noirs sur les côtés. La mise correcte, sans recherche. Germaine eut l'impression de l'avoir rencontré au moins une fois. Mais ce souvenir restait dans le vague quant aux circonstances ; il n'avait d'un peu précis que le sentiment qui l'accompagnait : une nuance de distraction ennuyée. Le monsieur était probablement de ceux qu'on écoute à peine, et dont l'importance est petite.

Mais il parlait déjà :

— Je ne sais si vous vous rappelez, mademoiselle. Je suis un ami d'enfance de Gurau. Nous avons fait nos études ensemble au lycée de Tours. Un soir, j'ai eu le plaisir de me trouver avec vous et Gurau, au café *Cardinal*.

— Oui, je me souviens maintenant. Vous êtes au spectacle ?

— Au spectacle... dans la salle ? Non. J'avais l'intention d'y assister. Je suis arrivé un peu trop tard.

— Vous voulez que je vous fasse placer ?

— Pas ce soir, si vous permettez. Ce serait dommage d'avoir manqué tout le début. Plutôt un jour prochain.

Germaine se demandait : « Que me veut-il ? » En se poussant un peu, elle revoyait cette soirée du café *Cardinal* ; le monsieur chauve et myope, assis sur une chaise, en face d'elle qui occupait la banquette avec Gurau. Mais l'évocation s'arrêtait là.

— Oh ! je suis entré bien par hasard. Ou plus exactement, par une assez curieuse coïncidence. Figurez-vous que j'ai aperçu, en passant, votre nom sur l'affiche, et justement j'étais en train de penser à Gurau. J'étais en train de me dire : « Il faut tout de même que j'aille causer avec lui, m'expliquer là-dessus avec lui. » N'est-ce pas que c'est singulier ? Alors, l'envie m'a pris de monter vous saluer, avec, évidemment, l'idée que j'aurais peut-être l'occasion de vous toucher déjà deux mots de ce qui me préoccupe. Parce que je n'ignore pas, en dehors de tout le reste, l'estime que Gurau a pour vous ; la valeur qu'il accorde à vos avis. Oh ! C'est peut-être un peu bien sans-gêne. Je ne suis pas un grand diplomate. Ou pour mieux dire, quand il s'agit d'un ami d'enfance comme Gurau, je ne cherche pas à être diplomate. Vous comprenez, mademoiselle, un homme comme Gurau, qui s'élève par son mérite, qui atteint une situation toujours plus en vue — et ce n'est pas fini ; pour ma part, je le vois monter encore bien plus haut, s'il ne se barre pas la route à lui-même — un homme comme lui rencontre de moins en moins des gens qui essayent de lui dire la vérité, au risque de lui déplaire, mais, n'est-ce pas, en se plaçant uniquement au point de vue de son intérêt à lui, de sa carrière, de son avenir ; car ce n'est pas toujours l'intéressé qui est le mieux placé pour en juger ; surtout quand il a, comme c'est le cas pour Gurau, une tendance très noble, en tout cas très respectable, même si elle peut conduire à des imprudences, à considérer avant tout son idéal de parti, ou si vous aimez mieux, parce que j'ai l'impression qu'il n'est pas très homme de parti, qu'il l'est en tout cas beaucoup moins que d'autres, qu'il n'a rien du sectaire, du prisonnier de comité, son idéal de doctrine, son idéal philosophique, dirons-nous. Et c'est même pour cela que je considère que c'est une grande chance pour lui, dont je ne sais pas s'il se rend compte, d'avoir dans sa vie une femme qui n'est pas seulement une grande artiste, que je me serais fait un plaisir d'applaudir ce soir, si j'y avais pensé plus tôt, mais aussi une femme de bon sens et de bon conseil. Je vous parle de cela très librement, même beaucoup trop. Mais quand je pense à Gurau, je me crois toujours au lycée de Tours ; vous savez comme on est l'un avec l'autre à cet âge-là, sans réticence aucune...

Il s'arrêta, ôta son binocle, se passa la main sur les yeux, puis regarda Germaine de son regard myope, tout en laissant fuir un rire léger, plein de familiale bonhomie.

Germaine cherchait une phrase, dans le ton de celles qu'on lui débitait, quand l'autre reprit :

— J'abuse peut-être de vos instants ? N'hésitez pas à me mettre à la porte.

— Non. Je ne suis pas du milieu de la pièce. Et puis, vous êtes venu pour me faire part de quelque chose, n'est-ce pas ?

— Je ne vois pas Gurau aussi souvent que je voudrais, d'abord pour ne pas le déranger, et aussi parce que nous sommes très surmenés, chacun de notre côté. Mais je suis tout ce qu'il fait. Les journaux ont annoncé une interpellation. Je ne vous apprends rien. Il vous tient certainement au courant. Remarquez que je n'y aurais peut-être pas prêté autrement attention, si je n'étais pas bien placé par des gens que je rencontre, des milieux où je me trouve avoir des amis, pour me faire une idée de ces questions-là, et des difficultés, oui, des extraordinaires difficultés que ça soulève, et des obstacles où l'on risque d'aller se casser le nez, et pas seulement le nez, les reins, je dis bien : les reins. Et vous avouerez que ce serait absurde, quand on a devant soi une destinée comme celle qu'a Gurau, de trébucher dans une aventure pareille, faute d'avoir été prévenu. Le connaissant comme je le connais, je me demande s'il serait tellement habile que vous lui parliez de ma visite. A moins que vous ne présentiez ça d'une façon épisodique. Vous comprenez, ma conviction à moi, c'est que des gens, qui ont leur intérêt dans toute cette histoire, intérêt d'argent ou autre, mais qui sont bien trop malins pour se découvrir, se sont arrangés pour qu'il se mette en avant et qu'il reçoive les coups. On l'a documenté, soi-disant... Qui n'entend qu'une cloche... Le mieux, ce serait de prendre contact. Je dirai même que c'est son devoir. Il y a très longtemps que nous n'avons pas déjeuné ensemble, lui et moi. Il ne peut pas trouver drôle que je l'invite. Mais je ne veux pas que ça lui soit désagréable, ni qu'il me reproche ensuite de l'avoir fait déjeuner avec tel ou tel ?

Germaine ne savait que répondre. Elle percevait des périls confus, mais indubitables. L'homme assis de biais devant elle n'avait peut-être par lui-même aucune importance. Mais il arrivait chargé d'un pouvoir qui rayonnait de son indifférente personne. Ses discours entortillés ne donnaient pas envie de sourire. Et c'est dans la direction de Gurau que Germaine orientait tout son effort mental : « Comment lui parler de cette démarche ? lui faire accepter une entrevue quelconque ? Je le lui avais pourtant bien dit. Je sentais venir ça. » Mais d'avance elle l'entendait riposter : « Ton Avoyer est une épave. Un individu louche. S'il a l'audace de se présenter à moi, je lui mettrai mon pied au derrière. »

Non que Gurau soit un homme tout d'une pièce. Germaine sent bien qu'il ne prend pas les risques de cette affaire avec une entière gaieté de cœur. S'ils apparaissaient hors de proportion avec le but à atteindre, ou s'il avait l'impression d'être manœuvré, il changerait d'avis peut-être. Mais il ne faut pas non plus l'obliger à s'apercevoir que dans l'autre camp on se flatte de l'intimider ou de le séduire.

Elle se décide à parler :

— Puisque vous êtes son ami d'enfance, vous devez savoir qu'il n'aime pas beaucoup qu'on essaye de faire pression sur lui ?

Le visiteur hoche la tête.

— Je n'ignore pas qu'avec lui, c'est délicat. C'est bien pourquoi je viens vous demander conseil. Il y a une chose que je voudrais d'abord, c'est bien vous persuader, vous, que je ne cherche que l'intérêt de Gurau. Je regrette que la question soit aussi aride. Je pourrais vous montrer, chiffres en main, que la campagne dont Gurau va se faire l'instrument, en toute bonne foi, bien entendu, avec la générosité, le cran que je lui reconnais, ne repose sur rien de solide. Et puis, est-ce que tout est pur, dans ce monde ? Est-ce que tout est irréprochable ? Est-ce que le rôle d'un homme comme lui est de faire le Don Quichotte ? Voyons. Même au théâtre. Imaginez un artiste, animé d'un haut idéal, qui n'accepterait de jouer sur la scène qu'après s'être fait rendre compte, jusqu'au dernier centime, de la provenance des capitaux de la maison. Pour être sûr que son art n'est mêlé à rien de suspect. Hein ? On sourirait.

Il baissa la voix :

— Pour un homme comme Gurau, il me semble que l'ambition suprême, c'est de faire triompher ses idées politiques. Hein ? Je ne le rabaisse pas ! Demandez aux radicaux, par exemple, où ils en seraient, pour ce qui est du pouvoir, et de leur programme, s'ils n'avaient pas eu certains appuis. Demandez aussi à Clemenceau. Même les luttes d'idées exigent de l'argent, beaucoup d'argent ; et des bonnes volontés, des sympathies, des coups d'épaule, de-ci et de-là. Envisagez l'hypothèse contraire ; qu'on ait à tout jamais contre soi des gens très puissants qui ont des ramifications partout ; qui, dans certains cas, n'ont qu'un signe à faire, de loin, pour qu'on se dépêche de leur obéir. Ne dramatisons rien d'avance.

Il rapprocha son siège, assourdit encore ses paroles :

— ... Mais enfin vous savez comme moi que la situation de Marquis n'est pas des plus brillantes. Il a mis, depuis trois ou quatre ans, son affaire en société. Les affaires de théâtre, ça roule sur un capital social infime. N'empêche qu'il y a déjà beau temps que, pressé d'argent comme il est toujours, il a cédé une partie de ses actions, et perdu la majorité, tout en se disant que ça irait dormir dans les tiroirs d'amis et connaissances qui ne chercheraient pas à l'ennuyer. Et de fait, aux assemblées, il a eu tous les votes qu'il a voulus. Vous pensez bien qu'en temps ordinaire des gens qui ne sont pas de la partie, et qui manient ailleurs des intérêts vingt fois plus gros, se moquent un peu de disputer à l'homme qui est dans la place le contrôle d'une affaire aussi modeste financièrement et d'un rendement nul. Le peu d'argent qu'ils ont mis chacun là-dedans, par relations, presque par politesse, ils y ont dit adieu. C'est tout juste s'ils se donnent la peine de signer les pouvoirs qu'on leur envoie. Oui, mais quand quelqu'un, pour telle ou telle raison, décide d'acquérir la majorité, c'est un jeu d'enfant. Le papier ne demande qu'à lui tomber dans les mains. Et qu'est-ce que cinquante ou cent mille francs pour les gaillards dont je vous parle ? Une fantaisie.

Il s'interrompit, fit une espèce de rire :

— Vous allez suffoquer. Figurez-vous que, si j'y tenais, ce serait moi qui demain deviendrais votre directeur ! C'est à rigoler... Pour le compte de qui vous pensez, bien entendu.

Sur le moment, la jeune femme n'essaya pas de discuter en elle-même la vraisemblance du propos. Elle se contenta d'en savourer anxieusement la menace. « Lui ou un autre. Ils me l'envoient pour que je comprenne bien ça : que si Gurau n'est pas sage, on placera quelqu'un, ici, tout exprès, pour me rendre la vie impossible. Je ne suis liée que pour deux ans ; et, en principe, les clauses de mon contrat me protègent. Mais deux ans, c'est très long ; c'est plus qu'il n'en faut pour me faire un tort durable. Et il y a cent choses qu'un contrat ne dit pas. Quand on est résolu à persécuter quelqu'un... »

Puis elle eut peur d'avoir laissé paraître trop d'inquiétude. Elle affecta de sourire, prit un ton dégagé, presque insolent :

— Vous, directeur ici ? Il en faut plus que ça pour étonner des gens de théâtre. Vous avez l'air de savoir lire et écrire ? Oui, puisque vous dites avoir été le camarade de lycée de Gurau. Mais alors, c'est très bien. Au lieu de vous, ça pourrait être un marchand de marrons. Je vais en parler tout à l'heure à Marquis pour voir sa tête.

— Non, non, je vous en prie. D'abord, ça n'est pas fait ; ça n'a même certainement aucune chance de se faire. Et puis, je me suis ouvert à vous tout ce qu'il y a de plus confidentiellement.

Elle éleva encore le ton. Elle sentait venir une fierté, un courage, qui ne lui étaient pas habituels :

— Ah ! mais pardon ! cher monsieur. Vous n'êtes pas venu me faire des confidences, vous êtes venu me faire des menaces. Ne confondons pas. C'est à moi de savoir si vos menaces m'impressionnent. Mais quant à me sentir, vis-à-vis de vous, la moindre obligation de discrétion, ou de quoi que ce soit, vous plaisantez.

Elle reprit le souffle, fit briller ses yeux, onduler sa gorge, puis :

— Et encore, moi, j'ai l'habitude de prendre les choses avec calme. Quand Gurau saura votre démarche, je ne sais pas du tout ce qui va se passer.

— Mais il ne la saura pas, voyons ! Il ne la saura pas. Vous n'allez pas faire des bêtises. Dites-moi, si vous voulez, que j'ai été maladroit dans ma façon de vous présenter la situation, que j'ai gaffé. Mais je ne cherche qu'à vous rendre service à Gurau et à vous.

Il semblait fort ému. Elle continua, du même élan :

— Il est très capable de raconter ça en pleine Chambre, au début de son discours, pour montrer à quels procédés d'intimidation recourent ces messieurs. Envers une femme ! Oui. Ou d'en faire un article de tête pour son journal. Vous figurez-vous que le scandale rejaillirait sur lui ? Parce qu'on saurait sa liaison avec moi ? Mais nous ne nous sommes jamais cachés. Je gagne ma vie. Ah ! je vous garantis que devant l'opinion publique vos pétroliers passeraient un mauvais quart d'heure. Pour qui prenez-vous les Français ?

Avoyer prodiguait tour à tour les gestes affolés et les gestes apaisants. Ou bien il se promenait les mains à plat sur le crâne. Ou bien, au bout de ses bras allongés, il les faisait flotter vers Germaine comme des mouchoirs de bienvenue.

— Mademoiselle ! Mademoiselle ! Vous vous méprenez entièrement sur mes intentions. J'aurais mieux fait de me taire. Mais puisque j'ai commencé à parler, il vaut encore mieux que je continue. Vous jugerez si c'est en ennemi de Gurau que j'agis en venant vous trouver. Vous avez parlé de son journal. Vous ne croyiez pas si bien dire ; ou plutôt si mal. Depuis hier, son journal appartient aux gens en question. Tout simplement. Enfin, ils ont pratiquement la majorité. Ça ne leur a même pas coûté cher. Un pauvre journal d'opinion, qui tire péniblement à trente, trente-cinq mille, et qui doit je ne sais combien à l'imprimeur, au fabricant de papier, aux courtiers de publicité.

— Comment ! Ce n'est plus Treilhard qui le dirige ?

— C'est Treilhard. Ce sera Treilhard aussi longtemps qu'il marchera droit. Est-ce que vous comprenez, maintenant ?

Il s'était levé. Son visage exprimait des regrets infinis. Il ajouta :

— Est-ce que vous commencez à comprendre qu'en passant tout à l'heure sur le boulevard je pouvais penser à Gurau, et qu'en voyant soudain votre nom sur l'affiche, il ait pu se faire soudain dans mon esprit une association toute naturelle, et que j'aie eu l'idée de monter ?

Là-dessus, sa mine tournait à l'apitoiement. Il semblait considérer du haut d'un pont Gurau et Germaine comme deux malheureux qui vont se noyer dans un tourbillon, et qui repoussent la bouée qu'on leur jette.

Germaine n'avait plus d'insolence, plus grand courage même. Elle sentait s'étendre autour d'elle, pénétrer dans toutes sortes de canaux, de fissures, de recoins de la société, un pouvoir occulte et pressant où finalement elle serait prise comme un moucheron dans une coulée de résine. Elle pensait à elle, non à Gurau, ce qui était égoïste. Mais elle n'avait pas l'idée de se dire que rien ne lui serait plus simple que de séparer sa destinée de celle de Gurau ; si bien que cet égoïsme n'était que sa façon à elle d'avoir conscience d'un profond attachement.

Elle murmura :

— Mais enfin, monsieur, que puis-je faire ?

— L'amener à réfléchir. Pas trop tard. Vous savez certainement comme vous y prendre. Je me tiens à sa disposition pour une entrevue. Je répète qu'il n'y a aucune hostilité de principe contre lui. Au contraire, on serait heureux de lui être agréable, et de l'aider dans son ascension, qui est si méritée, parce qu'on le considère comme un homme convaincu, je vous le disais, mais pas sectaire. J'ai senti réellement beaucoup de sympathie pour sa personne, et pour la partie raisonnable de ses idées. Mais vous ne pouvez tout de même pas demander aux gens de faire hara-kiri. Je vais vous laisser mon adresse. Vous n'avez pas le téléphone ? Moi non plus. Écoutez. Envoyez-moi un petit bleu, au besoin. Ou bien je repasserai ici. De toute façon, il faut nous tenir en contact.

XII

NUIT DE QUINETTE

Au moment où Jacques Avoyer sortait du théâtre, humant l'air du boulevard, dont ses préoccupations ne l'empêchaient pas de savourer la vivacité nocturne, Quinette ralluma la petite lampe qui lui servait de veilleuse.

Il s'était couché de bonne heure, en proie à une extrême fatigue, et comptant sur la détente du sommeil. Mais le sommeil ne vint pas. En revanche, la masse d'inquiétudes confuses qui, à mesure que la journée s'avançait, s'était accumulée dans sa poitrine, cédait peu à peu la place à une méditation plus ordonnée, que sa clarté même rendait relativement apaisante.

Il s'était mis à récapituler sa journée ; à la juger morceau par morceau. Certains morceaux étaient bons, d'autres douteux ; d'autres condamnables. Il arrivait à une discrimination très poussée. Ainsi, la visite à Sophie Parent se subdivisait, sous le regard attentif de Quinette, en un nombre croissant de circonstances et d'épisodes, qu'il saisissait un à un, pour les examiner et leur donner une cote. Il ne lui venait pas à l'esprit qu'une action comme celle-là est quelque chose d'un et de continu, dont il est assez vain de vouloir, dans le jugement qu'on en fait, isoler tel ou tel détail. (Une circonstance, qu'on estime favorable, n'a été possible que parce qu'une autre, qu'on trouve fâcheuse, s'est produite.) Il avait naturellement une vue analytique des choses. En outre, bien qu'il recelât peut-être en lui-même quelque profonde fatalité, bien qu'il en sentît peut-être à plus d'un signe l'affleurement et la menace, le monde qu'il se représentait dans ses réflexions était un monde de liberté, où chaque action était le résultat d'une décision particulière, et où l'on pouvait toujours imaginer qu'un événement fût remplacé par un autre, corrigé par un autre.

Ce travail intérieur acheva d'écarter le sommeil. Comme il trouvait plus fatigant de veiller ainsi dans l'obscurité, il ralluma sa lampe.

A gauche du lit, aux draps et aux couvertures impeccables, s'étendait la chambre, petite, modestement meublée, mais elle aussi d'une tenue parfaite. Les vêtements étaient pliés sur une chaise ; la ceinture électrique, posée sur la table de nuit, à côté de la lampe et de la montre.

« La question de la rue Taillepain est liquidée. Un peu tard ; mais dans d'assez bonnes conditions. Voilà un endroit où on ne me verra plus. Demain matin, à neuf heures et demie, j'attends Leheudry au coin de la rue Beaubourg. Je le mène faubourg Saint-Denis. Je l'installe. Il commence sous mes yeux ses découpages de papier peint.

« La question de la rue Vandamme n'est pas aussi avancée, malheureusement. Impression mélangée. Inquiétudes. Complications durables. Ne pas se laisser aller à la confiance, à la paresse...

« Ma visite à la concierge du petit passage ? Bonne dans un sens. Mauvaise dans l'autre. Je fais maintenant partie des gens qu'elle peut signaler à la police comme étant venus, ou revenus, sur le lieu du crime. Mais je devais me renseigner. J'ai eu un renseignement capital. Elle a vu Leheudry. Quelques minutes avant son irruption chez moi. Pourrait-elle le décrire ? Non. Le reconnaître, si on le lui amenait ? Oui, peut-être. C'est grave. Elle prétend n'en avoir pas encore parlé. Il suffit qu'elle en parle même vaguement pour que ça devienne très grave. La silhouette. L'heure. Le lieu. Si quelqu'un a vu ensuite Leheudry entrer chez moi... »

Peu à peu ses réflexions se décantaient. Les difficultés légères flottaient encore dans le haut, mais de moins en moins perceptibles, et partiellement dissoutes. Les difficultés les plus lourdes, tombées vers le fond, accaparaient le regard.

Il se mordait la moustache ; il fixait d'un œil aigu une fleur du papier ; il choisissait un poil de sa barbe, le pinçait entre deux ongles, l'arrachait brusquement, au prix d'une douleur ravigotante. Ou bien il grattait longuement un coin de peau où la ceinture électrique avait laissé une meurtrissure, et flairait ensuite, avec une curiosité distraite, l'odeur de sueur qui lui restait aux doigts.

Une idée ne cessait de grossir :

« Entrée de Leheudry, chez moi, le mardi 6 octobre, quelques minutes après qu'il a été vu dans le passage. Présence de Leheudry chez moi, de Leheudry ensanglanté. »

Au cours de la journée cette idée avait flotté parmi les autres. Elle n'était qu'un point d'inquiétude mêlé à tous ceux qui traversaient plus ou moins vite la lumière centrale de l'esprit. Mais depuis une heure elle devenait une espèce de noyau ramassant tout le péril diffus.

Quinette essaya de la traiter par le mépris :

« Bien sûr que si Leheudry n'était pas entré chez moi ou était entré chez le voisin, le reste ne serait pas arrivé ; en tout cas, ne me serait pas arrivé. Faut-il être stupide pour se buter là-dessus ! »

Mais ce qui l'obsédait, ce n'était pas que le reste fût arrivé ; c'était la présence même de Leheudry chez lui, Quinette, le matin du 6 octobre.

Pourquoi ? Parce qu'il était impossible d'affirmer que personne n'avait vu Leheudry entrer chez Quinette. Plus généralement, parce que la présence de quelqu'un dans un lieu, à une certaine heure, est un fait acquis une fois pour toutes, qui laisse on ne sait quelles traces. Rien ne prouve absolument que ces traces ne seront pas recueillies, que le fait ne sera pas reconstitué. (Les rencontres ultérieures de Quinette avec Leheudry étaient bien aussi des faits qui avaient eu lieu, des faits acquis une fois pour toutes. Mais elles avaient infiniment peu de chances d'être démontrées, ou même soupçonnées, si la rencontre initiale demeurait dans l'ombre.)

Supprimer un fait qui a eu lieu. Pensée fascinante, dont Quinette ne devine pas encore à quel abîme elle peut mener, mais autour de laquelle il tourne avec excitation. Supprimer un événement ; supprimer une chose. Effacer toute trace d'une « existence » au sens le plus large. Quinette ne songe pas spécialement à une existence personnelle, ou vivante. Il n'éprouve pas davantage l'appétit de détruire. Ce qui l'entraîne de ce côté ressemble plutôt à l'attrait intellectuel d'un ordre de problèmes. Il a conscience d'être doué pour de telles recherches. Son esprit ne demande qu'à travailler dans cette voie. Déjà un premier frisson d'invention l'agite.

Mais il n'a pas le loisir de rêver comme il voudrait. Son obsession le ramène durement à un cas limité. Quinette imagine, devant lui, un homme de police. Après quelques propos de pure forme, l'homme lui dit soudain :

« Pardon, monsieur. Il y a un *fait* sur lequel nous voudrions des explications. Mardi dernier, à neuf heures du matin environ, un individu est entré chez vous, l'air affolé. Or ce même individu était sorti une minute avant du passage qui dessert la baraque du crime. — Mais monsieur… — Inutile de discuter. Le double fait en question a été constaté par deux témoins : la concierge du 18, et une femme qui secouait un chiffon, contrairement d'ailleurs à nos ordonnances, à la fenêtre d'une maison d'en face. Cet individu est resté chez vous une grande demi-heure. Que s'est-il passé durant cette demi-heure ? »

Quinette essaye des réponses, des concessions progressives :

« Je n'ai aucun souvenir précis. Vous me dites que cet homme est entré chez moi ? Soit. Il a dû me parler de choses indifférentes. »

Mais la position est intenable.

« Ah oui ! Je me rappelle. Il m'a proposé un achat de gravures. J'ai refusé. Il a insisté longtemps. »

Mais le policier ricane.

Quinette retrouve une version qu'il a ébauchée dès le premier jour :

« Il m'a dit qu'il s'était blessé ; qu'il voulait se laver. Cela m'a bien paru un peu louche, mais... » et le reste.

Le policier riposte :

« Il est inadmissible que vous ne soyez pas venu nous signaler l'incident. »

Hier encore, une réponse était possible :

« Si j'avais entendu parler d'un crime, de quoi que ce soit d'un peu grave, dans les alentours, mais... »

Depuis ce matin, son silence est injustifiable.

Il retourne la question :

« Supposons que ce soit vrai ; qu'en effet « l'inconnu » soit entré chez moi pour se nettoyer, mais qu'il soit resté « l'inconnu », qu'il ne m'ait rien avoué ; que je ne l'aie plus revu. Qu'aurais-je fait dans la réalité ? Me serais-je tu ? Peut-être. Mais seulement jusqu'à ce matin. En lisant le journal, ce matin, j'aurais sursauté. J'aurais pris mon chapeau ; et je serais allé chez le commissaire. »

Il se répète à plusieurs reprises :

« Je serais allé chez le commissaire. »

Une voix logique, au timbre de métal, résonne dans sa tête :

« Donc, tu dois aller chez le commissaire. »

Il hausse les épaules ; il proteste :

« Absurde. Idée délirante. Produit de la fatigue et de l'énervement. Je refuse de l'examiner. »

Mais il l'examine. Mieux encore, il la joue, dans son détail. Il se voit demain matin, levé de bonne heure, soignant sa toilette ; puis sortant de chez lui, longeant les rues fraîches. Il se fait annoncer par le gardien de service. « Pour une communication importante. » Le commissaire le reçoit, lui désigne une chaise. Il cherche les mots par où il commencera.

A ce moment, il se rend compte que sa décision est prise ; que demain matin rien ne pourra l'empêcher de se lever de bonne heure, de soigner sa toilette, d'aller chez le commissaire. Mais il veut savoir pourquoi il faut y aller.

Il se fait d'abord des réponses confuses :

« Parce que je dois prendre les devants. Je sens que si ce n'est pas moi qui vais chez lui, c'est lui qui viendra chez moi. Initiative. Offensive. Choix du champ de bataille. La guerre chez l'ennemi. »

Puis les arguments se dégagent :

« L'enquête débute à peine. Ils ont encore l'esprit tout frais. Les premières indications qu'ils recevront peuvent être décisives. Mon témoignage entièrement spontané — outre qu'il me met à l'abri — est capable de brouiller les pistes à tout jamais. Que peuvent peser les témoins de l'autre bord ? Un voisin, mal réveillé, qui a entendu des bruits ? Une voisine qui a vu de sa fenêtre, de très loin, Leheudry quitter la baraque ? De trop loin pour que ça compte. Il y a la vieille concierge. C'est grave.

Mais ce n'est grave que si d'abord Leheudry est arrêté. Je la défie de fournir un signalement qui tienne debout ; en tout cas un signalement que la précision du mien ne flanquera pas par terre. Personnellement, je suis sûr de faire une grosse impression. Mon témoignage, fabriqué à tête reposée par le seul homme d'ailleurs au monde avec Leheudry qui connaisse le fond des choses, peut atteindre exactement le degré de netteté, de cohérence, de vraisemblance que je jugerai le plus favorable. Même les témoignages qui se produiraient ensuite sont ruinés d'avance par le mien. »

Il éprouvait un grand soulagement. Il se sentait d'accord avec lui-même ; presque joyeux. Son lit ne lui paraissait plus hostile. L'insomnie allait continuer, mais ce serait une insomnie travailleuse, occupée à combiner, à mettre au point, et à qui le temps ne dure pas.

Il eut bien une pensée pénible :

« D'autres, avant moi, ont essayé d'égarer la justice par des témoignages astucieusement élaborés. Ça ne les a pas empêchés d'être découverts, après une période de tâtonnements, et de finir sur l'échafaud... Particulièrement dans les crimes de famille. C'est même souvent leur témoignage, reconnu faux, qui les dénonce.

« Mais d'abord, pour moi, en tout état de cause, il ne peut pas être question d'échafaud. Ne parlons pas d'échafaud ! Et puis, dans les crimes de famille par exemple, joue presque toujours le fameux adage, dont j'ai vérifié le sens avant-hier dans le Larousse : *Fecit cui prodest*. Règle valable même pour les complicités. Quand le gendre tue le beau-père, à la suite de difficultés d'intérêts connues dans tout le pays, et que la servante, qui est la maîtresse du gendre, donne un coup de main, l'opinion du juge instructeur est faite dès le début. Les recherches servent à dresser le faisceau de preuves, et les hésitations apparentes à amuser le tapis. Le témoignage du malheureux est écouté avec des sourires. Outre que d'ordinaire il est très mal étudié. Ma force à moi est que ma participation à cette affaire est d'une invraisemblance totale. Même Leheudry, qui en profite, ne se l'explique pas. Mon autre force, c'est que je suis supérieurement intelligent. Mais oui. Pourquoi ne pas le reconnaître ? L'échec matériel de ma carrière ne signifie rien. Et puis on pourrait être très intelligent, et perdre la tête dans certaines circonstances. Moi, je ne perds pas la tête. Depuis mardi dernier, évidemment, je me suis aperçu que je n'avais pas un sang-froid absolu. Mais je n'en suis pas loin. En ce moment-ci, par exemple, mon esprit fonctionne avec autant de lucidité que devant les plans de mon chemin de fer sur rail unique. Et pourvu que je passe ma nuit à bien calculer les termes de ma déposition, en tenant compte de tout, même du danger qu'il y aurait à être trop précis, et de la pointe d'étrangeté, d'inexplicable, qu'il faut laisser à l'incident, comme une gousse d'ail, pour qu'il ait l'air pleinement vécu ; eh bien ! il me suffira d'un café noir mieux tassé que d'habitude, et je me charge d'empaumer tous les commissaires et juges d'instruction de la terre. »

Pourtant l'extrême lucidité où le relieur se sentait, et dont il croyait suivre le rayonnement jusqu'aux confins de son individu, laissait dans l'ombre les ressorts les plus décisifs, peut-être, de sa démarche du lendemain. Bien sûr, il ne les ignorait pas entièrement, mais il ne tenait pas à les reconnaître. Il respectait en eux ce que l'homme chérit et protège par-dessus tout : la mise en œuvre des formules les plus intérieures, les secrets de fabrication des actes vraiment personnels.

De ce côté-là, il y avait chez Quinette des faiblesses qu'il évitait de s'avouer, par exemple une certaine peur, de la même famille que le vertige, qui lui dictait, en face du péril le plus menaçant, d'aller droit dessus, moins pour le braver ou le mesurer, que pour le toucher comme d'autres touchent du fer ou du bois. Si bien que son goût pour les « actions préventives », qui l'avait déjà mené à la baraque de la rue Dailloud et rue Vandamme, ressemblait peut-être moins à une réaction de défense vitale qu'à un rite superstitieux. Il y avait aussi l'envie presque irrésistible de vivre une scène intense que l'imagination vient de vous présenter, et qu'il suffit d'un geste pour rendre réelle. Quinette aurait pu colorer cette envie d'un nom flatteur en l'appelant goût du risque ; mieux encore il aurait pu la rattacher à ce prurit d'entreprises qui l'avait envahi le matin même après la visite de Juliette. Mais ce soir, dans la solitude de cette chambre un peu frileuse, entre ces draps dont le corps ne parvenait pas à réchauffer tous les replis, Quinette, fatigué par une longue journée de lutte, se méfiait des fantaisies de l'humeur. Il entendait ne rien décider qui ne fût pleinement raisonnable. Il cherchait à se donner l'impression d'obéir sans entrain à de froids calculs.

Il n'avait donc aucune chance de discerner que son mobile peut-être le plus fort était le désir d'entrer au plus vite en contact avec la police. Au fond, depuis six jours, ce désir n'avait guère cessé de croître. Maintenant Quinette attendait avec impatience le moment où, dans un étroit bureau, il s'assoirait en face d'un homme, qui serait la police, qui serait un membre, un tentacule, une des innombrables paires d'yeux, montés sur tentacules, de la police. Depuis six jours, sans qu'il en eût fait l'objet d'une rêverie organisée, se développait en lui une représentation de plus en plus animée et hallucinante de la police. Il la sentait glisser le long des rues, palper les murs, chercher. Des gestes maladroits, à demi aveugles. Mais ils se répètent, s'obstinent. Des tâtonnements visqueux ; mais à côté de cela, d'un bout à l'autre de ce grand corps, la circulation instantanée de pensées, de renseignements, de mots d'ordre. Cette vaste recherche rampante n'intéresse pas tous les hommes. Quinette vient de découvrir que certains sont sensibles à la police, qu'il y a d'elle à eux sensibilité réciproque. Ils la sentent se répandre et approcher. Elle les sent qui se recroquevillent et la fuient.

Jusqu'au matin du 6 octobre, Quinette n'était pas sensible à la police. Il l'est devenu.

Chez lui, cette sensibilité comporte moins encore d'appréhension terrifiée, que de curiosité, de sympathie, d'attrait pathétique. Elle exige qu'au lieu de se dérober à la police, il aille à sa rencontre, qu'il aille « se jeter à sa tête ». Peut-être pour guérir son appréhension. Peut-être pour tenter une expérience très audacieuse ; et parce que son instinct lui conseille de s'habituer à la police, d'apprendre, sans perdre de temps, à en déjouer les procédés, les menaces, les assauts. (Quelque chose lui dit que ses relations avec elle ne cesseront plus.) Mais surtout parce qu'il attend de cette entrevue un bien-être singulier.

Il songe :

« J'aurais pu en être. Je l'ai raconté à Leheudry sans aucun effort. Je m'y vois très bien. Toutes les qualités pour ça. »

Sa démarche de demain sera bien la manœuvre d'un adversaire ; mais aussi une visite d'amoureux.

XIII

CONTACT AVEC LA POLICE

— Monsieur le commissaire. Je m'excuse de vous déranger à une heure aussi indue, et même d'avoir un peu forcé votre porte. Mais vous allez comprendre. Je crois que j'apporte un témoignage intéressant sur l'affaire qui passionne tout le quartier ; oui, sur le crime de la rue Dailloud.

Le commissaire, qui s'était attendu à quelque plainte banale et qui s'apprêtait à écouter distraitement, leva la tête. Il avait devant lui, à coup sûr, un bourgeois des plus honorables du quinzième arrondissement.

— Figurez-vous, monsieur le commissaire, que je n'en ai pas dormi. J'ai failli venir hier soir. J'ai hésité. Quand on a toujours mené une vie tranquille, comme moi, on répugne à se mettre en avant. Se voir mêlé à une affaire pareille, si indirectement que ce soit, c'est on ne peut plus désagréable. Voici. Je suis relieur d'art. Mon atelier, et mon magasin, sont situés justement rue Dailloud. J'ai une clientèle restreinte, mais choisie. Peu d'allées et venues. Peu de têtes nouvelles. Mon magasin est un petit sanctuaire de travail, où je me ferai un plaisir, à l'occasion, monsieur le commissaire, de vous montrer quelques spécimens d'un art qui conserve encore de nobles traditions.

— Oui, il me semble que je vois votre magasin. C'est sur le trottoir de droite en venant du boulevard, n'est-ce pas ?

— Exactement, monsieur le commissaire. Vous êtes sûrement un amateur de livres. Vous avez guigné quelques jolis volumes que j'ai en montre. Une autre fois, vous me ferez l'amitié d'entrer. Nous bavarderons. J'ai en particulier deux ou trois éditions illustrées du dix-huitième siècle, un peu lestes, mais de toute beauté. Bref, mardi dernier, il me semble du moins que c'est mardi dernier — il y aurait donc exactement huit jours — j'étais en train de faire une manipulation délicate, à l'atelier, quand j'entends s'ouvrir brusquement la porte de mon magasin sur la rue. J'accours. Je vois un homme, d'une tenue à peu près correcte, mais les vêtements souillés en plusieurs endroits, et blessé, ou écorché aux mains. L'air très remué. Il me dit : « Je viens d'être renversé par une voiture. Permettez-moi de me laver. » Je vous avoue, monsieur le commissaire, que sur le moment je n'ai pas songé à vérifier les propos de cet homme. J'ai tout juste jeté un coup d'œil dans la rue, où je n'ai rien vu. Puis j'ai mené l'inconnu au robinet de ma cuisine. Pendant qu'il se nettoyait, je l'ai questionné avec ménagement. Son émotion me paraissait toute naturelle. « Quelle voiture était-ce ? — Une auto, me répondit-il. — Où cela ? — A deux pas de chez vous. — Mais elle ne s'est pas arrêtée ? Elle ne vous a pas porté secours ? — Non. D'ailleurs, j'étais dans mon tort. Je ne sais même pas si le chauffeur s'est aperçu de l'accident. » Mon Dieu, monsieur le commissaire, tout cela n'était pas tellement invraisemblable. Même l'entrée de cet homme chez moi. Il n'y a pas de pharmacien dans la rue. Et puis je ne suis pas d'un naturel soupçonneux. Une seule chose m'a surpris : un mouchoir plein de sang qu'à un moment l'inconnu a retiré de sa poche. Mais à la rigueur cela aussi pouvait s'expliquer. Je lui ai dit seulement : « Vous avez beaucoup saigné. » Il m'a répondu quelque chose comme : « Ça vaut mieux », ou « Ça ne sera rien. » Il est reparti, au bout de vingt minutes, peut-être, en me remerciant. Je n'ai plus pensé à lui. Je n'ai même pas été étonné de ne pas entendre parler d'un accident de voiture. D'abord, je ne voisine guère. En outre, les autos nous ont habitués à un tel sans-gêne, à des dangers si répétés... Mais entrevoyez-vous maintenant, monsieur le commissaire, le rapprochement qui s'est fait dans mon esprit, hier matin, quand j'ai lu le journal ?

Le commissaire hésita une seconde, sourit, puis :

— Vous croyez ?...

— Oh ! je ne vous dis pas que le rapprochement soit inévitable. Il l'est si peu que, lorsque j'ai lu pour la première fois, hier matin, ou plus exactement hier à midi, la nouvelle du crime, j'ai pensé à tout, en particulier au manque de sécurité d'un quartier qui me semblait si paisible, et à la bonne précaution que ce serait pour moi qui vis seul, dans une maison isolée, de me procurer un gros chien de garde ; mais pas un instant à mon visiteur de l'autre mardi. C'est le soir, quand j'ai repris le journal, que l'idée a surgi. Je vous répète que j'ai failli venir vous trouver séance tenante. J'ai reculé, un peu par répugnance pour ce genre de démarches, un peu aussi pour laisser l'hypothèse mûrer à la réflexion. Ma foi, ça m'a trotté dans la cervelle toute la nuit ; et j'ai mieux aimé venir en causer avec vous, au risque de vous importuner inutilement.

— Mais non. Vous avez bien fait. A première vue, je ne pense pas qu'il y ait une relation quelconque entre l'assassinat de cette vieille sorcière et la visite de votre homme. Déjà la date ne paraît pas coïncider. L'heure non plus. (« L'heure non plus, pense Quinette. Bien. La concierge n'a encore rien dit. Ou on ne l'a pas écoutée. ») Le crime n'a pas dû se passer en plein jour. Mais les gens qui croient avoir des indices, même très faibles, ont raison, dans ces cas-là, de nous les communiquer. C'est à nous de faire le tri. Tenez, l'inspecteur qui s'est occupé des premières constatations doit être là, à côté, justement. Nous allons lui demander son avis.

L'inspecteur, qui était un homme d'environ trente-cinq ans, d'assez grande taille, aux joues pleines, relativement affable, et plus semblable dans ses allures à un représentant de commerce qu'à un policier, écouta le résumé que fit le commissaire de la déposition du relieur.

— Évidemment, il n'y a pas beaucoup de chances pour que ce soit l'individu que nous cherchons. Mais comme nous n'avons jusqu'à présent aucune piste (Quinette pense de nouveau : « La vieille n'a rien dit. »)... nous n'avons pas le droit de faire les difficiles. Votre homme portait des paquets ?

— Non... je n'ai pas remarqué. Je suis même à peu près sûr que non.

— Il est vrai qu'il aurait pu s'en débarrasser entre les mains d'un complice. Ce qui supposerait un complice. Quelle heure était-il ?

— J'étais au travail depuis déjà quelque temps. Je n'ai pas noté l'heure exacte. Vers le milieu de la matinée.

— Dix heures ?

— Plutôt neuf heures et demie.

Le commissaire intervint :

— C'est ce que je disais à monsieur. L'heure ne concorde pas.

— Avec notre hypothèse provisoire. Je reconnais qu'il n'est pas commode d'admettre que le crime a eu lieu en plein jour. Maintenant le meurtrier aurait pu tarder à quitter les lieux ; pour une raison quelconque.

— La date, non plus.

— Ce sont les médecins qui parlent de dimanche. Mais moi, vous savez, à quarante-huit heures près...

Quinette interrompit doucement :

— Je pensais que vous aviez des indices... ou même déjà d'autres témoignages. C'est curieux que les voisins n'aient rien entendu, rien observé...

Les policiers ne répondirent pas. Ils paraissaient réfléchir.

— Si le renseignement que je vous apporte ne se raccorde à rien, il perd naturellement beaucoup de son intérêt.

— Ce n'est pas une raison pour le dédaigner », reprit l'inspecteur. « Vous avez gardé un souvenir un peu précis de votre homme ? Vous pourriez nous donner son signalement ?

Quinette pensa, dans un éclair :

« Voici le moment décisif. Tout peut en dépendre. A moi les méditations, les dosages savants de toute ma nuit. »

Un peu avant l'aube, il avait écrit, point par point, le signalement imaginaire auquel il s'était arrêté. Le papier était plié dans sa poche. Il voyait la disposition des lignes. Mais il lui fallait éviter le ton d'un homme qui récite. Ou plutôt, tandis qu'il accomplissait un effort de mémoire, ordonné et rapide, en simuler un autre, beaucoup plus tâtonnant.

— Je crois que oui », commença-t-il, « malgré mon manque d'habitude. D'autant qu'il avait un visage très frappant. Le nez surtout, fortement busqué ; et des yeux noirs sous des sourcils broussailleux. Des joues maigres, creuses. Un air, comment dire ? un peu espagnol, ou même oriental.

— Des moustaches ?

— Oui, noires, bien fournies, assez longues.

— Le front haut ou bas ?

— Plutôt bas.

— Étroit de figure ?

— Oui.

— Quel âge à peu près ?

— La quarantaine.

— Quelle taille ? Quelle corpulence ?

— J'allais dire grand, mais je me demande si sa maigreur ne le faisait pas paraître plus grand qu'il n'était.

— Attendez que je note tout ça. En somme, une espèce de moricaud ?

— Oui... mais sans exagérer.

— Avait-il un accent ?

— Non. La voix assez grave... rien de bien spécial.

— Le nez, vous avez dit, busqué. Pas cassé ? Pas non plus avec une forte saillie de l'os, ici ?

— Non, il ne me semble pas.

— Vous rappelez-vous des signes franchement caractéristiques ? Grain de beauté ? Tache de vin ? Marques de petite vérole ? Cicatrices ?

— Deux ou trois petits trous dans la peau, je crois, qui auraient pu être des marques de variole. Mais je ne vois pas bien où ils étaient.

— Et les oreilles ?

— Grandes ; oui. Presque très grandes.

— D'une forme particulière ? Pointues ?

— Plutôt... il me semble.

(Là-dessus, Quinette pense à ses propres oreilles.)

— Avec ou sans ourlet en haut, avez-vous remarqué ?

— Non, je dois dire... » Et Quinette ajoute, d'un ton de confusion souriante : « Je me serais imaginé que j'avais son visage photographié dans l'esprit. En réalité, j'hésite sur bien des détails, comme vous voyez.

— Mais c'est déjà très bien, je vous assure. Les signalements qu'on nous donne d'ordinaire sont bien plus vagues que ça. Comment était-il habillé ?

Quinette parut réfléchir. Pendant la nuit, il avait soigneusement discuté ce point. Il en était arrivé à cette conclusion que le plus habile était de ne rien préciser quant aux vêtements. Si quelqu'un, en effet, avait vu, par exemple d'une maison voisine, Lehaudry pénétrer dans la boutique, ce témoin pouvait avoir observé, mieux que tout le reste, la couleur, l'aspect des vêtements. Pourquoi risquer de se mettre en contradiction avec lui ?

— Là encore, j'avoue mon embarras. La seule chose que j'ose affirmer, c'est qu'il portait un chapeau melon... » En parlant du chapeau melon, le relieur se mettait d'accord, sans grand danger, avec le témoin possible. « ... Par ailleurs, il devait avoir un complet de confection des plus ordinaires... La couleur m'a entièrement échappé.

— Oui. Ça devait être un gris quelconque. Voyez-vous autre chose à nous signaler ?

— Ah oui ! Il avait une pomme d'Adam très saillante.

— Si on vous le présentait, vous le reconnaîtriez certainement ?

— J'en ai la conviction.

— Eh bien ! nous allons voir ça.

Quinette s'était levé.

— Je reste à votre disposition, messieurs. Tout en souhaitant que vous n'ayez pas besoin de moi.

L'inspecteur l'accompagna jusque dans le couloir.

— Ça va dépendre de la suite de l'enquête. Si nous obtenons des résultats dans une tout autre direction, il n'y a pas de raison que nous nous occupions de votre homme. Mais si nous n'avons décidément que cette piste-là, il faudra bien que nous le retrouvions. Et votre rôle ne sera pas fini. Merci de toute façon.

XIV
UN CONSEIL DE GUERRE CHEZ M. DE CHAMPCENAIS, LE DOSSIER GURAU, ET UNE ÉTRANGE SCÈNE D'AMOUR

Dans le bureau de M. de Champcenais, rue Mozart, les trois hommes sont assis et fument. Vu l'heure matinale, Champcenais, bien qu'il ait déjeuné il n'y a qu'un moment, s'est fait servir une nouvelle tasse de café. Sammécaud l'imite. Seul Desboulmiers a préféré le porto.

— Avoyer est venu me trouver au saut du lit, et m'a accompagné jusqu'ici », déclare Sammécaud. « Il avait hâte de me rendre compte de sa mission d'hier soir. J'ai failli le faire monter. Mais c'est tout de même un gaillard qu'il faut tenir à distance. D'après ce que je viens de vous dire, vous pouvez voir qu'en somme son rapport est optimiste. Il prétend que la rencontre avec Gurau se fera quand nous voudrons. Maintenant, n'oublions pas qu'Avoyer est un pauvre type. Le plaisir de jouer un rôle, et les vagues profits qu'il en attend, peuvent suffire à lui monter la tête.

— Moi, je trouve », dit Champcenais, « qu'il s'est bien avancé. Il a produit son petit effet de terreur ; oui ; mais sur une femme. Rien ne prouve que la réaction de Gurau sera du même sens ; qu'il ne croira pas de sa dignité de ne pas paraître céder à des menaces aussi directes. En tout cas, nous nous sommes trop découverts. On pouvait être plus insinuant, plus progressif. Vous, Desboulmiers, votre conversation avec le ministre ? Quelle impression ?

— Vous savez que je l'ai tout juste accroché dans les couloirs. Cinq minutes. Et il ne semblait pas tellement tenir à ce qu'on nous vît ensemble.

— Il a bien dit quelque chose ?

— Il m'a dit : « Je ne vous aurais pas soulevé ce lièvre-là, parce que je n'ai jamais voulu la mort du pécheur. Mais il faut avouer que votre cause n'est pas bonne. Si Gurau, décidément, interpelle, j'expliquerai pourquoi le statu quo a duré. Je justifierai le passé de mon mieux. En ce qui me concerne, ce sera facile. Mais ne comptez pas sur moi pour m'opposer à une réforme du régime dont vous jouissez. Ni sur personne qui occuperait ma place. Je serai même forcé de dire, ce qui est vrai, que mes services étudiaient déjà cette réforme, et que l'interpellation de Gurau ne fait que devancer nos intentions. »

— Bref, un désastre ! dit Sammécaud.

— Évidemment », dit Champcenais. « C'est un procès que nous ne pouvons gagner qu'à condition qu'on ne le plaide pas.

— Tu étais moins noir la semaine dernière.

— Parce que, depuis, j'ai réfléchi. D'autre part, Bertrand m'a donné le cafard. Il prétend que nous nous exagérons de beaucoup la corruption parlementaire.

— Comme s'il ne s'en était pas servi !

— D'après lui, tout ce qu'on peut obtenir d'un député, pour de l'argent, c'est qu'il vote avec entrain, dans un cas où il aurait voté sans entrain. Ou, à la rigueur, qu'il vote dans un cas où il se serait abstenu. Ou enfin, qu'il consente à rester tranquille, quand rien ni personne ne le force à bouger.

— Mais voilà justement la situation !

— Oui, en ce qui concerne Gurau ; Gurau tout seul. Donc, il apparaît de plus en plus clairement que la clef de la situation, c'est Gurau, et Gurau tout seul. Au point que je ne puis pas croire qu'il ne s'en rende pas compte lui-même. Cet homme-là est trop intelligent pour ne pas sentir qu'il nous tient. Il n'a presque aucun effort à faire pour nous étrangler. Il nous a mis le doigt sur la carotide. Et il n'y avait peut-être pas dans toute la France, en ce moment, une collectivité, représentant d'aussi gros intérêts, qui fût aussi facilement vulnérable. Ce n'est pas au hasard qu'on porte un coup pareil.

— Je ne vois pas à quelle conclusion tu veux nous mener.

— Moi non plus. Je tâtonne. J'interroge les faits. Il ne s'agit même pas d'une question qui rentre dans son domaine. Pas d'intérêt électoral direct. Ennuyer le ministère ? Non. Pas à ce propos-là. A-t-il des besoins d'argent, et veut-il nous faire chanter ? Est-il poussé par quelqu'un ? J'espère y voir un peu plus clair dans une heure.

— Comment ça ?

— Strictement entre nous, hein ? Parce que j'ai juré le secret. J'ai rendez-vous à la Préfecture, à dix heures précises.

Il rapproche son fauteuil, baisse la voix :

— Je vais avoir communication du dossier Gurau. Grâce à un fonctionnaire subalterne. Ça nous coûtera un billet de mille francs. J'ai cru pouvoir procéder à cet engagement de dépense sans vous consulter.

— Je t'aurais procuré ça pour rien, par un fonctionnaire non subalterne.

— Bon. Je prends les mille francs à ma charge.

— Tu plaisantes.

— D'ailleurs, nous aurons peut-être besoin de ton fonctionnaire non subalterne ensuite. S'il est homme à nous donner un coup de main sérieux... Dix heures moins vingt-cinq. Je préfère partir. Voulez-vous profiter de ma voiture ? Non ? Desboulmiers a la sienne ? Alors, à midi et demi, à mon cercle. J'espère vous apporter un peu de butin.

*
* *

Champcenais attendait depuis cinq minutes sur une banquette de cuir, contre la loge vitrée du garçon de bureau, quand il vit s'avancer avec précaution, dans le couloir, le personnage qu'il était venu trouver.

C'était un homme vieillissant, à grosses moustaches grisonnantes, les cheveux en brosse, presque blancs. D'assez gros yeux, faussement énergiques, derrière des binocles. Une jaquette très défraîchie. Un faux col double, très haut, avec une cravate-plastron, à système.

Il donna à Champcenais une poignée de main extraordinairement molle, tout en s'assurant que la loge du garçon était vide.

— Suivez-moi », murmura-t-il. « Si nous rencontrons quelqu'un, n'ayez pas l'air d'être avec moi.

Champcenais était un peu agacé. « Que d'histoires ! Il veut faire mousser le petit service qu'il me rend. »

L'autre passa par deux ou trois couloirs, s'arrêta devant une porte à vitres dépolies, écouta un instant, puis pénétra dans la pièce, en faisant signe à Champcenais d'y entrer aussi.

C'était un local administratif banal, prévu pour deux employés ; les deux bureaux s'adossant l'un à l'autre.

Le commis plaça lui-même, à une certaine distance de son propre bureau, la chaise qu'il offrait au visiteur. Il s'assit à son tour, toussa, se frotta les mains :

— Je vous ai prié de venir à cette heure-ci », fit-il d'une voix dépourvue de toute résonance, « parce que mon collègue devait être absent. Je n'ai pas besoin de vous dire que ce serait très grave pour moi, si ça se découvrait.

— Alors, monsieur, je suis désolé de vous avoir causé tant de peine, et tant de risques. Justement un de mes amis pouvait m'obtenir ça très facilement par un grand chef qu'il connaît...

— Je ne sais pas... je ne sais pas...

— Mais je vous garantis.

— Je ne sais pas du tout ce qu'on aurait communiqué à votre ami. Il y a dossier et dossier. Et puis, est-ce que votre ami a nommé la personne à laquelle il s'intéressait ? Il ne s'agit pas de M. Durand, marchand de parapluies.

Il se tut un instant, toussa encore :

— Enfin, ce sera comme vous voudrez. Si vous pensez avoir les mêmes renseignements par une autre voie, ne vous gênez pas pour me le dire. J'en serai plutôt soulagé. L'ennui d'avoir fait la recherche inutilement ne comptera pas.

Champcenais, qui avait le caractère vif, faillit le prendre au mot. Mais il réfléchit que Sammécaud s'était peut-être vanté. Tant de gens se font fort de vous ouvrir toutes les portes qui, au dernier moment, se dérobent.

— Non. Je ne veux pas vous avoir dérangé pour rien. Mais je suis persuadé que vos chefs n'ont pas les mêmes scrupules que vous. D'ailleurs, vous n'avez pas affaire à un gamin, ni à un bavard.

L'employé ouvrit le tiroir gauche de sa table, y prit avec une agilité étonnante un objet, qui devait être un dossier, mais dont Champcenais n'eut pas même le temps de distinguer les dimensions ni la couleur ; puis, soulevant la partie supérieure d'un grand sous-main de moleskine, tourna cet écran dans la direction de Champcenais, et abrita, là-dessous, le dossier mystérieux.

— Vous m'écoutez ? » souffla-t-il. « Je ne parlerai pas très haut. Au cas d'une visite inopinée, je mettrai brusquement la conversation sur des lettres de menaces que vous serez censé avoir reçues. Vous ne me démentirez pas.

— Mais », dit Champcenais, décontenancé, « vous ne me laisserez pas voir le dossier lui-même ?

— Non... non...

— A quoi cela rime-t-il ?

— Je vous en lirai le contenu.

— Pardon, ce qui m'intéresse, permettez-moi de vous le dire, c'est de voir ce qu'il en est de mes propres yeux...

— Vous ne supposez pas que je vais vous inventer des histoires ?

— Non, mais vous pouvez être amené à faire un choix... D'abord, je ne comprends pas, absolument pas. Vos autres précautions ne sont peut-être qu'excessives. Celle-là est absurde.

— A ma place, vous la trouveriez très raisonnable.

— En quoi ?

— Mais si, cher monsieur. Comme ça, il y a une chose que vous ne pourrez jamais dire : c'est que vous avez eu le dossier entre les mains.

— C'est de l'enfantillage.

— Si vous voulez.

On sentait chez l'employé un alliage si résistant d'entêtement et de crainte, qu'il fallait de toute évidence s'incliner ou partir.

— Vous m'écoutez ? Ne prenez pas de notes, je vous en prie. Je regrette de vous contrarier à ce point. Je vous répète que c'est bien plus sérieux que vous n'avez l'air de le croire.

Toujours abrité par le grand rectangle de moleskine, il parcourait le texte des yeux, tournait une feuille, puis une autre.

— Eh bien ! Vous ne lisez pas ?

— Si. Je cherche par où commencer.

— Lisez dans l'ordre.

— L'ordre est très arbitraire.

« Encore une précaution, pensa Champcenais. Il ne veut même pas que je sache comment se présente le document. Enfin, patientons. S'il se moque trop de moi, je lui allongerai deux cents francs pour tout potage. »

— Voici... Il est question des origines de qui vous savez. Ce n'est pas très intéressant pour vous. Le père, greffier de tribunal. Né à Belfort, le père. Souche alsacienne ; ou même peut-être allemande, du grand-duché de Bade.

— Mais si. Ça m'intéresse beaucoup. Souche allemande ! Pour un homme qui se spécialise dans la politique étrangère !

— Pas si haut !... Ce n'est pas prouvé du tout. Vous n'ignorez pas que nos dossiers sont pleins de racontars. Il y a aussi une histoire de naissance irrégulière. Oui ; il serait le fils, non dudit greffier, mais d'un magistrat de Tours. Le père était greffier à Tours, à cette époque-là. Ne vous emballez pas trop non plus. On prétend que le magistrat payait la pension du petit au lycée. Mais d'abord, il faudrait avoir le dossier du magistrat, dont le nom ne me dit rien, mais qui a peut-être laissé à Tours une réputation irréprochable ; qui était peut-être un bienfaiteur, un homme connu pour ses bonnes œuvres. Vous savez, c'est un guêpier, ces dossiers-là. J'ai connu plus d'un malin qui, pour s'en être servi hors de propos, est tombé sur un joli bec de gaz. Ici, les patrons s'en méfient comme de la peste. Il vaut mieux en venir à la carrière du monsieur. Bien. Tenez. Ici encore, c'est à ne pas s'y reconnaître. Je vois indiqué qu'il est franc-maçon, avec le nom de la loge. Et à côté une note, ajoutée par quelqu'un des services, que je vous lis : « Renseignement erroné. G. n'a jamais fait partie de la maçonnerie, d'aucun rite. La confusion provient peut-être du fait que G. s'est intéressé aux sociétés compagnonniques, qui fleurissent encore dans la région de Tours, et qui ont en effet une certaine parenté d'origine, et de rites d'affiliation ou autres, avec la maçonnerie. » Vous voyez. Ensuite, il est question de la provenance des fonds, lors de sa première élection.

— Ça, c'est très intéressant.

— On cite un industriel de Tours, nommé Lesouchier, qui aurait mis cinquante mille francs. Ça me paraît gros. Lesouchier a été décoré quelques années plus tard, avec l'appui de G. Que voulez-vous ! C'est tout naturel. Puis une histoire de chanoine, très compliquée, que je ne vous conseille pas de retenir.

— Pourquoi ?

— Parce que ça n'a ni queue ni tête. G. aurait vu, je ne sais combien de fois, ce chanoine. Ils auraient dîné ensemble. Au plein moment de Combes et des congrégations. Pendant que G. votait pour Combes. Mais on savait que G. n'approuvait pas toutes les mesures de Combes ; qu'il était, comme Briand, pour une manière plus douce, et pour ne pas expulser à tort et à travers. De là à supposer que le chanoine a servi d'intermédiaire, qu'il y a eu des tractations occultes, des promesses de soutien électoral, des subsides... Alors que peut-être, tout simplement, le chanoine lui avait fait faire sa communion quand il était petit... Il est accusé aussi d'avoir fait au régiment de l'antimilitarisme sournois. Son colonel l'a signalé comme « esprit dangereux, mais trop habile pour se placer ouvertement dans une situation qui permettrait de sévir ». Autrement dit, son colonel de ce temps-là déplore de n'avoir pas pu l'envoyer aux compagnies de discipline. Ce qui ne doit pas empêcher maintenant le colonel de sa circonscription de se faire pistonner par lui.

— Tout ça me paraît bien pauvre. On ne cite rien de plus grave, ou de plus net, concernant sa vie politique ? Vous ne sautez rien ?

— Non. Je saute des éloges. Car il y a de tout dans nos dossiers, même des éloges. Voulez-vous que je vous lise ceci, textuellement ? « Il jouit, aussi bien dans son entourage politique, que dans les divers milieux avec lesquels il est en contact, d'une réputation d'intégrité absolue... »

— Très ennuyeux, ça, murmure Champcenais, malgré lui.

— Vous trouvez ? Ah !... Peut-être. Je continue : « Il n'a jamais figuré sur aucune liste de subventions qui soit passée par nos mains. D'ailleurs, son train de vie, qui est des plus modestes, concorde avec ses ressources avouées. Son indemnité parlementaire et ses quelques gains de journaliste lui permettent certainement de subvenir à ses dépenses. Sa liaison avec Germaine Baader ne peut pas constituer pour lui une charge bien lourde ; car ladite personne gagne largement sa vie au théâtre et n'affiche aucun luxe. »

— Pourtant, on m'a dit qu'elle avait un appartement des plus élégants sur les quais.

— On en dit bien d'autres.

— Et quoi encore sur la vie privée ?

— Des balançoires. Il aurait été, il y a quelques années, le client assidu d'une maison de tolérance célèbre du quartier de la Bourse. Il y est peut-être allé une fois, pour boire un verre avec des amis. Et puis, qu'est-ce que ça peut vous faire ? Il n'y a que Mlle Baader qui pourrait y trouver à redire. Je vois aussi une histoire d'atelier de peintre, à Montmartre, avec des petits modèles tout jeunes, et de l'opium. Mais son nom à lui n'est cité qu'incidemment, parmi les relations de ce peintre ; et surtout parce que ce peintre, quand il a eu des ennuis, a demandé à G. d'intervenir ; ce que G. a fait ; mais ce qui ne prouve rien... Avant Germaine Baader, il a eu pour maîtresse une seconde de maison de couture, qu'il a lâchée. La demoiselle l'a un peu persécuté ensuite. Tout ce qu'il y a de plus banal.

— Il ne l'a pas abandonnée avec un enfant ?

— Qu'allez-vous chercher ? Peut-être qu'elle le trompait, ou qu'elle l'assommait. Elle a essayé de le faire marcher parce que c'était lui. Nous les connaissons !

— On donne le nom de cette personne ?

L'employé dévisagea Champcenais :

— Qu'est-ce que vous en feriez ?

Champcenais se sentit très penaud :

— Mais rien, naturellement. Je disais cela par pure curiosité... Alors, c'est tout ?

— Mon Dieu, oui.

— Vous n'escamotez pas le plus intéressant ?

— Je vous promets.

— On a tellement l'impression que vous le défendez. Mais oui. Tout ce qui lui est défavorable, vous vous efforcez de l'atténuer.

— Non. Je vous mets en garde. Parce que vous êtes moins blasé que moi sur ce genre de commérages.

— Alors, dites tout de suite qu'aucun de vos dossiers ne signifie rien. Vous auriez pu me le dire plus tôt.

— Pardon. Ce dossier-là signifie que le monsieur en question est un honnête homme.

— Plus ou moins.

— Moi je vous dis que c'est un dossier exceptionnel. Et réconfortant.

Le pétrolier se demanda si l'autre ne se moquait pas de lui. Il pinça les lèvres.

— Vous m'amusez avec votre réconfort.

— C'est la première fois que j'ai l'occasion de l'ouvrir. Remarquez que j'ai toujours eu, personnellement, de l'estime pour le monsieur en question. Toute politique mise à part. Mais je suis heureux que ça se trouve confirmé. Oui. Vraiment.

« Est-il assez bête, pensa Champcenais, pour s'imaginer que je suis venu chercher un bon certificat pour Gurau ? Ou bien veut-il me donner une leçon ? »

Le billet de mille francs était sous enveloppe, dans la même poche que le portefeuille. Avant de l'extraire — sans enthousiasme — le pétrolier voulut être sûr qu'on ne l'avait pas trop dupé. Il dit d'une voix ferme :

— Je puis avoir confiance en vous ? Il n'y a plus rien dans ce dossier qui ait une importance quelconque ? Favorable au monsieur ou non ? Bref, qui présente un intérêt pour moi ? Vous me le certifiez ?

— Parole d'honneur.

— Bien... Tant pis.

Et il tendit l'enveloppe.

*
* *

Un quart d'heure après le départ de Champcenais, Desboulmiers s'était levé, et avait dit :

— Nous filons ?

Mais depuis quelques minutes, Sammécaud laissait naître en lui une rêverie assez imprévue. Elle avait pris de la consistance, à mesure que la conversation perdait de l'intérêt. En effet, par une espèce de correction envers leur associé absent, les deux hommes avaient presque aussitôt cessé de parler de la question Gurau, et en étaient venus à des propos détachés sur le mobilier moderne, dont ils avaient sous les yeux de provocants échantillons.

Sammécaud, que les problèmes d'art décoratif ne passionnaient point, approuvait distraitement les remarques de Desboulmiers. Il s'aperçut qu'il pensait à Mme de Champcenais. Peut-être à cause d'une très légère odeur d'eau de Cologne qui se répandait dans l'appartement, ou d'un bruit lointain d'eau courante. « Elle fait sa toilette. » Jamais il n'avait rêvé à Mme de Champcenais faisant sa toilette. Jamais non plus, sauf erreur de mémoire, il ne s'était trouvé à une heure si matinale dans cet appartement. Il connaissait le ménage depuis une douzaine d'années. Il tutoyait le mari. Il avait vu chez la femme la verdeur de la première jeunesse rosir et fondre en un début savoureux de maturité. Il l'avait désirée plus d'une fois, mais sans obstination. Quelques compliments, un peu plus appuyés certains soirs, à la suite de dîners capiteux ; des regards tendres ; mais rien qui dépassât les menues licences, dont l'atmosphère d'une réunion est responsable, et qui se dissipent avec elle.

« Elle est dans sa salle de bains, ou dans sa chambre. Elle va et vient de l'une à l'autre. Comme ce bruit d'eau est intime, indécent, caressant. Desboulmiers ne l'entend pas. Moi, j'écoute, comme on soulève une tenture. La femme d'un ami. On a certains droits qu'on n'a pas fait valoir. Une provision de libertés, d'audaces, qu'on a gardée à peu près intacte. Pas étrangère ; ni par l'esprit, ni par le corps. Tant de fois où j'ai vu ses bras, ses épaules, sa gorge. Où nous avons ri, ou souri, des mêmes choses. Combien de regards accumulés, mais non amortis. Je connais son odeur ; pas seulement les parfums qu'elle préfère ; non ; son odeur sienne. Je l'ai vue les jours où elle était moins belle. J'ai dû la trouver, à l'occasion, laide, ou agaçante. Je suis vacciné contre les inégalités de son charme (fatigue, mauvaise lumière, mauvaise humeur, robe mal choisie) ; même déjà contre le travail des années sur elle. J'ai assez attrapé le sens dans lequel elle vieillira, pour ne plus avoir à y prendre garde de si tôt... Ma femme, qui la traite comme une bonne amie, ne l'aime pas... »

Mais Desboulmiers restait debout :

— Vous n'arrivez pas à vous extraire de ce fauteuil ? L'art nouveau ne vous lâche plus ?

— Si... pardon. Mais je pensais que s'il n'avait été si matin, j'aurais bien demandé à Mme de Champcenais un petit renseignement d'ordre pratique... je n'ose pas trop...

— Oh ! vous n'êtes pas gêné ici. La femme de chambre vous dira si c'est possible. Faut-il que je vous attende ?

— Alors, non. Je vais essayer. Ça m'évitera de revenir exprès.

*
* *

Sammécaud vit entrer dans le salon la femme de chambre, à qui Desboulmiers avait fait la commission, pendant qu'elle l'aidait à remettre son pardessus.

— Monsieur voudrait voir Mme la comtesse ?

— A condition que ça ne la dérange pas. Qu'elle ne fasse aucunes façons pour moi. Dites-le-lui bien surtout.

— Je vais demander à Mme la comtesse.

Plus de dix minutes se passèrent. Sammécaud en avait largement besoin ; non pas tant pour s'enhardir, que pour savoir au juste quelle nuance et quelle orientation il allait donner au petit événement qui se préparait.

Car c'était bien une sorte d'événement ; et même il n'était petit qu'à titre provisoire. Sammécaud se sentait ému ; le cœur lui battait ; il prenait un vif plaisir à son émotion. Les affaires de pétrole s'enfonçaient dans les régions utiles mais peu honorables de l'existence, comme ces quartiers des grandes villes où l'on relègue les gares de marchandises, les gazomètres.

« Heureusement qu'il y a les femmes dans la vie ! » Heureusement aussi qu'il y avait des hommes comme lui, capables d'oublier d'énormes intérêts, haussant brusquement les épaules à des histoires de millions, parce qu'un songe romanesque vient frôler leurs narines.

« Je suis de lignée bourgeoise, de formation bourgeoise. Mais ça, ce n'est pas bourgeois du tout. Il y a en moi un fond d'absurdité chevaleresque. Mon image s'éclaire mal dans cette glace. Mais avec un autre costume, j'ai une tête d'homme passionné et aventureux de la Renaissance. Moins espagnol que Maurice Barrès. Plus tendre et sensuel. Plus vraiment français. J'aurais pu mener une vie tout autre. Je défends mon héritage. Espèce de loyalisme envers les ascendants. Un poste que j'ai reçu, avec une consigne. Au régiment, un officier très chic peut avoir, en temps de grève, à garder un dépôt d'épicerie. Nullement diminué pour ça ; au contraire. La coquetterie de faire très bien une besogne avec laquelle on n'a aucun contact. C'est ça ; aucun contact. Des gants. Je fais mes affaires avec des gants. La véritable aristocratie se reconnaît à ça. Champcenais, qui est, plus ou moins, un aristocrate de naissance, a une façon bien plus roturière de se colleter avec les soucis quotidiens. Même son offensive envers Gurau manque d'élégance. Cette démarche, par exemple, à la Préfecture, ça a quelque chose d'ignoble. J'aurais dû m'opposer à ça. Il faut que je tâche de prendre en mains la négociation avec Gurau qui, si je les laisse faire, va nous mener à des bassesses. Gurau, à distance, ne me déplaît pas. Un beau et fin visage. Très français lui aussi. Pourquoi vouloir toujours atteindre les gens par les côtés vils qu'on leur prête ? Député de Touraine. Nous devons avoir des relations communes.

« Va-t-elle me recevoir ? Sûrement. Elle ne me ferait pas attendre. Que lui dire ? Je verrai. Pas d'intention précise. Un sentiment. Un état sentimental où je suis, qui se traduira selon les circonstances. Ça dépendra surtout de son accueil. »

La femme de chambre reparaît :

— Si monsieur veut venir.

On le conduit dans le boudoir modern style, gris souris et rose pâle. Au moment qu'il y pénètre, l'autre porte s'ouvre. Marie de Champcenais, dans une robe d'intérieur presque aussi libre qu'un peignoir, tend la main à Sammécaud. Elle a terminé soigneusement sa toilette, en lui laissant un aspect d'improvisation. Des parfums, des fraîcheurs, une moiteur flottante l'accompagnent et communiquent d'emblée à l'entrevue un charme d'intimité physique.

— Je m'excuse de vous recevoir ainsi.

— Et moi d'avoir eu l'audace de vous demander d'être reçu.

Il a dit cela d'un ton surprenant. Elle le regarde :

— Oh ! ce n'est pas bien grave.

— Si vous aviez été dans ma pensée, au moment où je me suis décidé tout à coup à vous faire demander cela, je ne dis pas que vous auriez trouvé que c'était grave, je n'en sais rien ; mais vous auriez hésité à comprendre.

— Comme vous êtes solennel !... A comprendre quoi ?

— Ce qui se passe en moi.

— C'est donc bien difficile à comprendre ?

— Plutôt à rendre plausible. Ça fait partie de ces petits drames intérieurs que l'intéressé déchiffre admirablement, mais qui du dehors ressemblent à une mauvaise plaisanterie.

— Vous allez réussir à m'intriguer.

— Je ne le cherche pas. Bien au contraire. Donc, il m'est apparu tout à coup que je ne pouvais pas m'en aller ce matin sans vous avoir vue. Le reste n'avait plus aucune importance.

— Eh bien ! vous me voyez !

— Oui.

— Oh !... ce « oui » !

Elle affecte de croire à un badinage ; mais elle n'y croit plus, tant il a l'air pénétré.

Il reprend :

— Je vous étonne. Oh ! J'accepte que vous me trouviez invraisemblable, saugrenu. Mais imaginez un instant que je sois sur le point de partir pour un voyage autour du monde ; ou pour une guerre. Ou que j'entre demain dans une maison de santé pour y subir une de ces opérations dont on ne revient qu'une fois sur deux... Il n'est question de rien de tout cela ; mais, supposons... Eh bien ! vous auriez beaucoup moins de difficulté à me comprendre. Vous admettriez que j'aie pu me taire jusqu'ici... mieux que cela : que j'aie pu ne me rendre compte de rien jusqu'ici, et que l'éclair d'un événement m'oblige tout à coup à découvrir ce que vous êtes pour moi... N'est-ce pas ?

Elle n'ose plus sourire. Elle évite de répondre.

— Cette brusque lumière, est-ce qu'elle a forcément besoin d'un événement extérieur, d'une secousse de la destinée, pour se produire ?... Une maladie du corps se déclare bien, sans cause visible, chez quelqu'un qui nous paraissait en parfaite santé. Oh ! je me mets à votre place. C'est le vieil ami que je reste à vos yeux qui vous empêche d'entendre comme il faudrait l'homme qui est maintenant devant vous. N'importe. Vous l'entendez, si peu que ce soit. Vous réfléchirez. Vous vous interrogerez. Lui éprouve déjà un soulagement extraordinaire à vous avoir dit si peu, si mal, ce qui lui arrivait.

Il la dévore des yeux, pour la première fois de sa vie. Il la trouve belle, douce, désirable. Il aperçoit en elle de profondes tendresses, des perspectives qui sont déjà enivrantes, même si elles ne mènent qu'aux détours et aux pénombres d'une secrète amitié.

— Chère, chère amie ! » murmure-t-il. « Ma chère Marie ! Un quart d'heure comme celui-ci, de temps en temps. Je ne sollicite rien de plus.

Elle le regarde. Elle a un petit tremblement des lèvres. Depuis des années, personne ne lui a parlé de cette façon. Et l'homme qui lui parle ainsi est Sammécaud, dont elle connaît les moindres traits du visage, les inflexions de voix, le commencement de calvitie, le léger grisonnement des tempes, les idées favorites, les manies alimentaires. Dont elle croyait connaître les limites. Mais non ; elle ne les connaissait pas. Dont elle croyait savoir qu'il ne serait jamais dangereux pour son repos. Mais voilà qu'il est peut-être plus dangereux qu'un inconnu. Parce qu'un inconnu est inconnu tout entier. C'est justement l'excès d'inconnu dont il est porteur qui vous met en défense. Si même il semble vous conquérir d'un coup, il se heurte pour longtemps à toute une série de retranchements invisibles où vous ne cessez de vous réfugier. Mais quand Sammécaud, silhouette familière, se présente avec une certaine quantité d'inconnu sous le bras, votre surprise ne fera pas que vous l'empêchiez de passer, lui et son bagage. Vous serez pour lui comme un chemin habituel où l'on avance d'un pas rapide.

Il se lève. Il baise la main que Marie de Champcenais lui abandonne. Ils ont l'impression de rajeunir ensemble. Le boudoir gris souris et rose pâle, la robe d'intérieur, les parfums confidentiels, la lumière de la rue Mozart forment un réseau de soie où l'avenir, auquel personne ne pensait, et qui est entré comme un oiseau par la fenêtre, vient bizarrement se prendre. Marie sent bien qu'elle n'aurait encore qu'un geste à faire pour le délivrer. Mais chez elle, aussi bien que le goût de trouver une riposte, la volonté de choisir est suspendue.

XV

RENCONTRE DE JERPHANION ET DE JALLEZ. SOLITUDE DE GURAU

« Il m'a dit : "Revenez me voir mardi prochain, par exemple ; dans la matinée." Il ne m'a pas fixé d'heure. Mais à cette heure-ci, j'ai bien des chances de le trouver. »

Jerphanion se fait connaître du concierge de la porte extérieure ; traverse une petite cour ; jette un coup d'œil sur une façade, dont il se demande une fois de plus si elle est vraiment laide. (Il en est à peu près sûr. Mais quand les dernières années qu'on vient de vivre ont eu pour décor un lycée de province et une caserne, on a mauvaise grâce à juger sévèrement la façade de l'École Normale Supérieure.)

Il arrive dans le grand vestibule, devant la loge du gardien.

— Oui, M. Dupuy est dans l'École. Mais pas dans son cabinet. Je l'ai vu passer par là, à droite, avec un monsieur. Non, vous n'allez pas lui courir après. Ils ont dû monter dans les étages. Vous pouvez l'attendre. Il repassera certainement, en raccompagnant le monsieur.

A ce moment, un jeune homme, qui regardait la cour intérieure à travers le vitrage, se retourne, s'approche. Il est moins grand que Jerphanion. Il a un visage fin, plutôt pâle ; des yeux dont Jerphanion ne songe pas à observer la couleur, mais qui l'intimident, à cause d'une espèce d'ironie, d'ailleurs courtoise, qui les anime pour l'instant.

— Bonjour, dit-il. Vous vouliez voir Dupuy ?

— Oui.

— Je crois, en effet, qu'il va revenir. Il avait l'air de montrer la maison à quelqu'un du dehors. Vous le connaissez ?

— Naturellement ! Je me suis même déjà présenté à lui la semaine dernière.

— Vous êtes un nouveau ?

— Oui.

— Maintenant, je me rappelle votre physionomie. Je vous ai aperçu plusieurs fois pendant le concours. Celui de 1907, n'est-ce pas ?

— Oui, oui.

— En particulier, nous avons dû passer l'histoire ensemble. Je m'appelle Jallez, Pierre Jallez.

— Jallez ? Vous avez été reçu dans les tout premiers ? Moi, je m'appelle Jerphanion. Jean Jerphanion. J'ai été reçu très mal, vingt-sixième.

— Mais... vous aviez autant de barbe que ça, quand vous passiez le concours ?

— Non. Elle était beaucoup plus courte. C'est au régiment que je l'ai laissée pousser.

— Je suis venu ce matin jeter un coup d'œil sur les thurnes. Vous les avez visitées ?

— Non.

— Sauf une ou deux, elles se valent. En attendant que Dupuy vienne, vous n'avez pas envie de les voir ?

— Mon Dieu, si.

Ils prirent le couloir de droite, puis tournèrent à gauche.

— D'ailleurs, l'important, ce n'est pas la thurne elle-même. Ce sont les gens avec qui l'on est. Et ça, c'est important.

— Combien devons-nous être par thurne ?

— Depuis l'augmentation du nombre des reçus, on a tendance à nous empiler. Je crois qu'il faut être cinq au minimum... En voici une qui est assez grande... Oh ! je me demande si elles ne sont pas toutes de la même taille, toutes celles de cette rangée-ci... Mais je vais vous en montrer une autre. N'est-ce pas ? La vue est mieux, plus dégagée.

Chaque « thurne » de première année était une pièce d'environ trois mètres cinquante de large, sur cinq de profondeur, avec un plafond élevé. Le mobilier se composait de quatre ou cinq tables rectangulaires, d'autant de chaises et de deux rangées de petites armoires-étagères, fixées aux deux murs latéraux. Un gros calorifère rond occupait un des angles. Le tout ressemblait à un bureau de ministère désaffecté. Et pourtant, chaque fois qu'on ouvrait une de ces portes, il en sortait une espèce de bouffée psychique dont la teneur n'était pas pénible. A la campagne, quand on pénètre dans un fruitier, même vide, l'odeur vous communique aussitôt une certaine joie et des songes d'abondance. Ici, on respirait sans doute l'arôme des jeunes pensées, qui est un tonique incomparable. L'idée de vivre entre ces murs, malgré leur tristesse administrative, n'arrivait pas à effrayer.

— Est-ce qu'on choisit sa thurne ? demanda Jerphanion.

— Je ne crois pas qu'il y ait de règles bien strictes. On compte sur nous pour trouver des arrangements amiables. Peut-être laisse-t-on le cacique choisir d'abord. Je ne sais pas, et je m'en fiche. L'essentiel est de se grouper entre gens possibles.

— Vous vous êtes déjà entendu avec d'autres camarades ?

— En principe, les deux autres reçus de Condorcet se mettront avec moi. L'un d'eux est tout à fait gentil. Il sera externe, d'ailleurs ; mais il travaillera dans la thurne. L'autre, on ne le verra jamais. Non seulement parce qu'il sera externe aussi, mais parce que c'est un monsieur très chic, fils de « boyards », et qu'en dehors des heures de cours ou de bibliothèque, il se hâtera de rejoindre son cabinet de travail personnel. Il viendra nous serrer la main une fois par trimestre.

— Vous ne serez pas externe, vous ?

— Bien que ma famille habite Paris... non. Au moins pour cette année. Je veux essayer le régime de l'École. Pour diverses raisons. Et d'abord, pour être plus libre.

— On est réellement très libre ?

— Oui, je crois. Tout ce qu'on m'en a dit concorde. Vous aussi, vous serez interne ? Votre famille habite la province ?

— J'ai bien un oncle ici, chez qui je loge en ce moment. Mais il n'est pas question que ça dure. Non. Je serai interne.

— De quel cagne venez-vous ?

— Lyon.

— Seul ?

— Si. Un autre... Mais...

— Mais dont vous vous passez ?

— Exactement.

Les deux jeunes gens se turent. Ils ressentaient l'un pour l'autre une sympathie assez vive. Mais ils se défendaient d'y céder trop rapidement, et surtout d'en laisser paraître les signes avec une facilité vulgaire. Ils avaient tous deux, à des degrés inégaux, une nature prompte à l'enthousiasme ; mais aussi une extrême aversion pour ce qui le simule, pour ce qui n'en est que le dehors ou la fausse monnaie. Ils préféraient qu'on les soupçonnât de froideur. Ils savaient en particulier qu'un peu de réserve et d'esprit critique, au début, n'empêche pas une amitié sérieuse de naître, qu'elle l'assure même contre les déceptions ultérieures, et nous aide à la distinguer des simples camaraderies. Donc, chacun d'eux essayait honnêtement d'apercevoir les côtés déplaisants de l'autre, même ses ridicules. « Son accent provincial m'agace un peu, pensait Jallez. Il est vrai qu'il le perdra peut-être. Et puis, il est lourd. Il doit n'être au courant de rien. Quelles conversations aurons-nous ? » « Il a un regard un peu trop ironique, pensait Jerphanion ; un ton de voix qui, par moments, m'inquiète. Malgré les précautions qu'il prend, il doit posséder un solide sentiment de supériorité. Je ne pourrai pas me confier à lui. »

Jallez finit par dire :

— Le cas échéant, vous ne voudriez pas faire partie de notre thurne ?

Jerphanion, qui escomptait cette offre, qui la désirait, répondit avec le moins d'élan possible :

— ... Si vous croyez que je ne serai pas de trop ; et si vos camarades sont du même avis...

— Ils ne feront aucune objection. D'ailleurs, étant les deux internes, c'est nous deux qui aurons le plus à nous supporter mutuellement. Donc, les plus directement intéressés. Je tâcherai d'avoir celle-ci. Qu'en pensez-vous ?... Maintenant, si nous retournions là-bas ? Dupuy est peut-être revenu... Vous en avez pour longtemps avec lui ?

— Non.

— Parce que j'aurais pu vous attendre. Nous serions repartis ensemble ?

— C'est ça. Il s'agit d'une leçon qu'il doit me procurer.

— Un tapir ?

— Oui. Imaginez-vous que je me suis amené à Paris le 6 octobre au lieu du 30 comme je comptais faire, soi-disant pour prendre possession d'un tapirat magnifique. Mon professeur de Lyon m'avait recommandé à Dupuy. Dupuy a été très aimable. Mais la famille venait juste de changer d'idée, ou en tout cas hésitait. Dupuy était d'autant plus ennuyé qu'il savait que je débarquais de Lyon exprès. Bref, il m'a dit de repasser aujourd'hui 13 ; qu'il tâcherait ou de rattraper l'affaire ou de me trouver autre chose... Je n'y compte plus guère.

— Il aura fait son possible. Sous ses airs fumistes, il est serviable et actif... Tenez, le voilà qui serre la main à son type là-bas. Saisissez-le.

*
* *

— Bonjour, Jerphanion.

— Vous vous rappelez mon nom si facilement, monsieur ?

— Ne vous figurez pourtant pas que dans l'administration nous soyons tous gâteux ! D'ailleurs, on serait impardonnable d'oublier un nom aussi beau. Car il est très beau. Vous êtes de la région lyonnaise ?

— Du Velay.

— Du Velay ? Le Puy-en-Velay. Une ville splendide. Bien que je m'appelle Dupuy, je ne suis malheureusement pas de ce Puy-là. Et vous pensez que votre famille est dans le pays depuis longtemps ? C'est très curieux. Il faudra que j'en parle à Matruchot, qui ne se contente pas d'enseigner la botanique, qui est aussi une des grandes lumières de l'onomastique. Il est capable d'établir que vous avez pour ancêtres des Grecs d'Asie Mineure arrivés dans le Velay par capillarité. Jerphanion. On voit très bien un pope, ou un archimandrite, qui se serait appelé Jerphanion, et qui aurait fait des miracles. Vous n'avez pas vérifié s'il n'y a pas eu quelque personnage historique de ce nom-là ?

— Dans les dictionnaires courants, je n'ai rien trouvé.

— Ἱεροφανίον... est-ce que ça n'existe pas, en grec ?

— C'est-à-dire qu'il existe φανίον, et qu'on peut admettre un mot composé, ἱεροφανίον, comme il y a ἱεροφάντης hiérophante.

— Et quel est déjà le sens de φανίον ?

— Petit flambeau... Flambeau.

— Donc ἱεροφανίον : flambeau sacré. C'est magnifique. Et c'est presque sûrement ça. Comme étymologie, c'est aussi peu tiré que possible par les cheveux. Ἱερ donne Jer tout naturellement. Jérôme : ἱερώνυμος. L'oméga a subsisté dans Jérôme, justement parce que c'était un oméga et qu'il portait l'accent... Entrez... Je vous recevrai en coup de vent. J'ai rendez-vous avec M. Lavisse, à cette heure-ci.

— Je ne voudrais pas...

— Entrez !

Ils avaient monté l'escalier en bavardant. Jerphanion éprouvait, avec un peu de gêne, le charme de cet homme maigre et agile. Chacune des impressions qu'on recevait de lui, chaque idée de lui qu'il faisait naître, venait non pas en contrarier une autre, mais la corriger, l'empêcher de prendre un sens trop simple, l'affecter d'un signe de doute, ou plutôt encore de relativité. Il était votre supérieur direct, le chef réel de la maison, sous le titre de secrétaire général qu'il s'était fait donner au moment de la réforme de l'École, son ancien titre de surveillant général ayant dû lui paraître trop appuyé, trop pion. Et il vous parlait comme un camarade qui blague les chefs, et vous donnera volontiers un coup de main quand il s'agira de les berner. Il avait un visage creusé, osseux, un masque de saint espagnol ravagé par le jeûne et les prières nocturnes ; mais aussi des yeux gais, pleins d'une malice toujours fraîche, et une expression d'amusement perpétuel, qui allait du sourire imperceptible, indiqué moins par les lèvres que par les paupières qui battent, au rire déchaîné qui distend la bouche et fait vibrer le mur d'en face. Il avait une diction très nette et chantante, d'une modulation très diverse, avec des finesses, des éclats, des détachements et accentuations de syllabes, une façon de parler constamment comme pour un public qu'il faudrait atteindre jusque dans les recoins d'une salle et tenir hors de somnolence ; mais il n'en résultait pourtant aucune solennité oratoire. Tout cela servi par une voix sonore, un peu nasale, rauque par instants, hautbois et trompette, nullement parisienne, bien qu'il fût difficile d'apparenter à l'accent d'une province les inflexions où elle se plaisait, et bien qu'elle eût d'ailleurs toute la vivacité de réaction et de retournement d'une voix de Paris.

Ils étaient entrés dans son cabinet, qui était vaste, et que la lumière empêchait d'être triste. Au lieu d'aller s'asseoir à sa table, dans son fauteuil officiel, Dupuy prit la première chaise qui lui tomba sous la main, et désigna à Jerphanion la chaise voisine.

— Eh bien, voilà ! Votre affaire est arrangée.

— Oh !... je vous suis très...

— Bien, bien. Mais il faut tout de même que je vous dise deux mots de la situation, parce que c'est assez drôle ; et qu'il est bon que vous soyez au fait. Je ne sais pas si je vous ai dit le nom des gens ? Les Saint-Papoul. Les de Saint-Papoul. Marquis ou comte. Une famille tout ce qu'il y a de plus thala. Vous connaissez le sens de thala dans le jargon de l'École ? Mais nos thalas d'ici se contentent d'être catholiques pratiquants, et il leur arrive, au point de vue politique et social, d'avoir des idées très avancées. La plupart, vous le savez, sont de tendance sillonniste. Pour l'usage extérieur, le sens de thala est forcé de s'étendre, et qui dit thala dit plus ou moins réactionnaire. C'est le cas de nos Saint-Papoul, ou ce l'était, à ce qu'il semble, il n'y a pas longtemps encore.

Bref, M. de Saint-Papoul a, me dit-on, l'intention de se présenter aux élections législatives de 1910, dans son pays, où l'on vote à gauche. Les gages qu'il a donnés jusqu'ici à la République et à la laïcité sont minces. Il a bien un fils aîné qui est attaché de cabinet au Commerce. Mais pour les populations ça n'est pas très impressionnant. Son second fils est élève à l'École Bossuet, d'où les Pères le mènent suivre les cours de Louis-le-Grand. Sa fille fréquente une institution religieuse. La fille, passe encore. Mais un ami a dû lui signaler que, pour un candidat de gauche, un fils à l'École Bossuet, c'était un désastre. Il a donc été question, dès le début de cette année, de remplacer l'École Bossuet par des leçons. Mais où leur a paru être l'idée de génie, c'est de s'adresser, pour ces leçons, à Normale. Vous comprenez : le 100 à la Tête de Turc... Quelle réponse aux interruptions, dans une réunion publique de Sigoulès ou de Montignac ! Il y a eu des gros tiraillements du côté de la mère. Elle doit se représenter le normalien comme sarcastique, satanique et subversif. Et puis, en lisant *Le Disciple,* elle a appris que le rêve d'un jeune précepteur laïque, nourri de philosophie matérialiste, est de séduire la fille de la maison. Donc, il y a huit jours, quand vous êtes arrivé, le projet était à l'eau. Nous l'avons repêché. Votre camarade Gillot, carré scientifique, est chargé des leçons de sciences. Vous, des lettres. Grave. C'est vous qui avez le plus de chances de marcher sur les plates-bandes. Avancez en regardant vos pieds.

— Vous croyez que je vais m'en tirer ?

— Mais oui. S'il y avait quelque anicroche, venez m'en parler. Ils habitent rue Vaneau. Vous avez l'adresse ? Présentez-vous vendredi à cinq heures. Je vous quitte. A bientôt, Jerphanion.

*
* *

— Alors ?

— Alors, ça marche.

— Tant mieux. Nous sortons ?

Jerphanion rapporta la conversation qu'il venait d'avoir, ajoutant :

— Ce qui m'étonne, étant donné les gens dont il s'agit, c'est que Dupuy ait pensé à moi. D'abord, il ne me connaît pas.

— Il te connaît. (A partir de maintenant, nous nous tutoyons, n'est-ce pas ?) Il t'a vu au moment du concours. Il a une mémoire surprenante des individus. Il a eu des tuyaux sur toi. Tu me diras qu'il aurait pu penser à un de nos camarades thalas. Mais non ; réfléchis. Il fallait laisser au de Saint-Papoul tout le bénéfice de son audace. Et puis, les thalas seraient capables de gaffes très particulières que tu n'auras même pas l'idée de commettre. Tu vois qu'en dehors du désir de te rendre service, il a tenu compte des circonstances. Dix heures et demie. Tu as un peu de temps ?

— Il suffit que je sois rentré chez mon oncle pour le déjeuner.

— Dans quel quartier habite-t-il ?

— Tout près de la gare de Lyon.

— Oh ! alors, nous pouvons faire un tour à notre aise. Tu connais Paris ?

— Ma foi non. Je n'y suis venu que pour l'oral du concours. Et j'étais si abruti. Je me suis un peu promené dans le centre, le soir. Et le dimanche avant mon départ, j'ai visité quelques monuments au galop. Ça ne compte pas.

— Je suis très content de ce que tu me dis.

— Pourquoi ?

— Parce que j'ai une espèce de passion pour Paris ; et qu'à force de le connaître, je finis par ne plus pouvoir répondre à certaines questions que je me pose. Je voudrais y arriver pour la première fois ; recevoir le choc. Même ces volets là-haut, par exemple, ou l'arrangement des fenêtres dans les façades, n'avoir jamais vu ça, regarder ça avec des yeux neufs. C'est un peu ton cas.

— Oui.

— Mais peut-être que ce côté-là des choses ne t'intéresse pas ?

— Si, au contraire, beaucoup.

— Vrai ? Tant mieux... Alors, ta première impression de Paris ?

— Ce n'est déjà plus tout à fait la première.

— ... A la rigueur, soit.

— Et la toute première, il faut presque que je l'oublie. Elle a tellement été gâchée par la sale odeur des examens.

— Je comprends... Tu as vécu à Lyon ? Je ne connais pas Lyon. As-tu senti en arrivant ici une différence très considérable ?

— Oui, j'ai senti que, pour la première fois de ma vie, j'avais affaire à une grande ville.

— Mais Lyon est une grande ville ?

— Pas au sens que je veux dire. Pour un peu, j'écrirais « grande-ville » avec un trait d'union. C'est quelque chose d'extrêmement nouveau. Je me répétais ça, il y a huit jours, dans mon wagon, en traversant la banlieue : « Un autre climat. Un autre temps ».

— Tiens ! Comme ça m'intéresse ! Et qu'est-ce qui en résulte à l'intérieur ? De l'exaltation ?

— Oui, mais tout de suite après, de l'abattement.

— Ah ! A quelle période en es-tu ?

— A l'abattement. Mais ça commence à passer.

Ils descendaient la rue Claude-Bernard, par le trottoir de gauche. Le ciel était nuageux ; l'air, d'une grande douceur pour un matin de la mi-octobre. Jallez regardait cette rue très ordinaire, en se demandant si quelque autre que lui pouvait y déceler les influences, les signes, les rappels, les allusions au Paris total, dont il lui semblait qu'elle était pleine. Il se le demandait moins par orgueil que par inquiétude. Il n'était pas de ceux qui s'attendent à retrouver chez autrui, comme un dû, l'équivalent de leur propre sensibilité. Et il admettait fort bien que certaines choses qui avaient pour lui une valeur éminente, mais peu explicable, n'en eussent aucune pour d'excellents esprits. En outre, il se méfiait de la politesse, des accords illusoires de sentiments qu'elle favorise, surtout quand l'y pousse une amitié naissante. La crainte de tels malentendus, la répugnance presque physique qu'ils lui causaient, l'emportaient de beaucoup chez lui sur le plaisir de la confidence. Si bien qu'en règle générale ce qui l'intéressait le plus profondément était aussi ce dont il parlait le moins. Certes, il ne poussait pas la précaution jusqu'à s'en tenir aux propos oiseux. Il y a heureusement des questions auxquelles l'esprit s'attache avec vivacité, mais qui ne rejoignent en nous rien d'intime, rien de secret. Nous pouvons les débattre, y apporter même une ardeur intellectuelle, sans que notre âme ait rien à avouer. C'est à ce genre de questions que Jallez limitait d'ordinaire ses échanges avec autrui. Il venait déjà, en faveur de Jerphanion, d'enfreindre un peu sa règle.

— Ce qu'il faut éviter », reprit-il, « quand on a le temps comme toi, c'est la course aux curiosités, c'est de visiter Paris en touriste. Les monuments, les musées, les points de vue un à un, dans l'ordre traditionnel. Mais ça encore, on s'en préserve assez bien, lorsqu'on sent qu'on s'installe, qu'on va devenir un habitant. Votre paresse vous y aide. Le danger plutôt, c'est de s'habituer à un Paris conventionnel, fait de cinq ou six endroits du centre, toujours les mêmes, où l'on glisse et reglisse machinalement, plus le petit coin où on a ses occupations. Quand un nouveau Parisien a pris ce pli-là, même pendant trois semaines, il est perdu. Tu pourras le retrouver dix ans après. Ce sera encore le monsieur qui ouvre des yeux inquiets quand on lui parle des Buttes-Chaumont, ou de l'île des Cygnes.

— Alors, qu'est-ce que tu recommandes ?

— Ce que nous faisons en ce moment-ci. Aller devant soi, dans n'importe quelle direction qui se présente. Se laisser conduire par les lieux eux-mêmes, par leur influence, leur inflexion. Tu tombes sur une rue. Tu as envie de la prendre. Elle te dit quelque chose. Ou c'est un boulevard qu'on ne peut pas s'empêcher de suivre ; peut-être à cause de l'animation, du sens où il paraît aller, d'un certain élan de tout ; peut-être aussi pour on ne sait quoi d'autre.

— Mais en ce moment-ci, par exemple, tu ne te laisses pas aller ? Tu sais bien où tu nous mènes ?

— Évidemment. Tout cela joue ensemble. Il n'est pas défendu d'avoir un but, mais à l'arrière-plan, et à condition qu'on se sente avec lui de grandes libertés. On arrive à mélanger les deux choses. Même dans une course proprement dite, faite par obligation. Un peu comme le musicien qui improvise sur demande. Il ne faut pas non plus que la connaissance qu'on acquiert des lieux vous asservisse. A travers les quartiers qui me sont les plus familiers, mes promenades restent pour moi des surprises. Des improvisations, justement. Je n'ai pas d'itinéraires. Ou plutôt ce sont des itinéraires toujours frais, et solubles. Tu vois tous ces gens ?

— Oui.

— Il n'y en a probablement pas un qui ne soit en train de suivre un itinéraire personnel ; un de ses itinéraires personnels, car chacun en a plusieurs. Représente-toi ça : la continuation des lignes qu'ils tracent. C'est d'ailleurs très impressionnant ; même très beau. Mais il n'est pas mauvais qu'il y ait de temps en temps, pour passer là, un homme délivré de tout itinéraire personnel. Comme le bon nageur de Baudelaire, « qui se pâme dans l'onde ».

— Tu consacres beaucoup de temps, toi-même, à ce genre de promenades ?

— Oui, beaucoup en somme. Moins que je ne voudrais. Il faut en profiter. Dans le Paris qui se prépare, est-ce que ce sera encore possible ?

— Tu sembles y attacher une certaine importance ?

Jallez sourit avant de répondre :

— Mais oui.

— Tu ne cherches là qu'un délassement ?... ou bien...

— Ou bien quoi ?

— Je ne sais pas... un intérêt plus profond ?...

— Oui, si tu veux.

— Mais de quel ordre ?

— Tu as tellement besoin que ça qu'on te définisse les choses ?

— Non, mais j'aimerais comprendre. C'est tout.

— Ça viendra tout seul ; si tu pratiques. Tu te rappelles le conseil de Pascal. Sur l'efficacité des pratiques ?

— « Abêtissez-vous ! »

— Il ne s'agit pas de s'abêtir. Mais d'attendre patiemment que l'esprit s'aperçoive de ce qui lui arrive. Sans vouloir à toute force prendre les devants.

Puis Jallez changea brusquement de ton. Il dit d'une voix gaie, presque légère, et comme pour enlever de la valeur aux mots :

— Figure-toi que je suis très content que nous nous soyons rencontrés ce matin. J'ai idée que c'est un bon hasard. Je ne sais pas si nous serons toujours du même avis. Mais ce n'est pas ce qui compte le plus. A nos âges, et dans nos milieux, nous sommes encombrés de camarades qui ont des avis ; qui n'ont que ça. Ce qui est difficile à trouver, c'est quelqu'un qui soit capable de s'ouvrir à des choses sur lesquelles il n'a encore aucun avis. Ce que j'appelle un homme sérieux. Les autres sont des pédants frivoles.

— C'est vrai. Tous brillants sujets, bien entendu. A Lyon, on les remuait à la pelle.

— D'un autre côté, j'ai l'impression non seulement que la vie est très courte…

— Déjà ?

— Oui, déjà. Pas toi ?

— Oh ! si.

— Mais surtout que la partie décisive en dure très peu. Je ne voudrais pas abuser de divers exemples navrants que je connais. Nous avons le droit d'espérer que nous échapperons à une déchéance aussi foudroyante. Mais même dans des vies très bien, on constate que certaines questions sont réglées de bonne heure. Par exemple, celle des rencontres, des amitiés. Je suis persuadé qu'à partir d'un âge encore tout voisin du nôtre, je veux dire : dont nous approchons, on avance dans une solitude terrible…

— Sauf pourtant les amitiés qu'on se sera faites…

— Oui, justement… Du côté de l'amour, ce n'est peut-être pas forcément la même chose… Qu'en penses-tu ?

— Je me demande… Il y a certainement des gens qui font plusieurs fois dans leur vie, et à des intervalles assez éloignés, des expériences de l'amour qui ont l'air chacune très profonde, très bouleversante. Il y a aussi ceux qui prétendent qu'on n'aime réellement qu'une fois…

— En tout cas, la question peut se poser. Tandis que, pour les amitiés, j'ai bien peur qu'elle ne se pose pas. Moi je m'explique ça, dans mon langage à moi — à usage interne — par ce que je nomme le témoignage.

— C'est-à-dire ?

— Oh ! ça n'a de valeur que pour moi. Ça se rattache à une idée de l'amitié ; aussi à une idée de l'esprit ; à cette idée, qu'à un moment donné du monde, l'esprit est appelé à attester certaines choses… Tu sais, j'ai horreur des boniments prétentieux ; et tu me pousses à en faire. Oh ! c'est par maladresse qu'ils sont prétentieux ; la pensée qu'il y a derrière est toute simple… Tu connais *Les Pèlerins d'Emmaüs,* de Rembrandt ? au moins par la reproduction ?

— Oui. J'ai jeté un coup d'œil au tableau, le dimanche où j'ai traversé le Louvre en courant ; mais c'est par la reproduction que je le connais le mieux.

— Depuis l'autre jour que tu es arrivé, tu n'es pas retourné au Louvre ?

— Non.

— Tu ne t'es pas promené non plus dans Paris, à ce que je comprends ?

— Presque pas.

Jallez semble étonné, un peu inquiet. Jerphanion dévore sa honte. « Non seulement j'ai des lacunes énormes, qu'il ne devine que trop. Mais il se dit que j'ai passé mes premiers huit jours de Paris, en plein désœuvrement, sans plus de curiosité qu'un permissionnaire. »

Jerphanion va-t-il faire valoir les excuses qu'il a ? Il hésite, parce qu'elles manquent d'élégance. Mais il vaut mieux encourir un léger ridicule qu'un mépris qui touche à l'essentiel. Et puis, en face de Jallez, il lui plaît d'être véridique :

— Ma semaine a filé sans que je m'en aperçoive, et d'une façon absurde. D'abord quelques achats, interminables, dans les magasins, sous la conduite de ma tante. Et puis mon oncle, qui n'est pas riche, et qui a la manie du bricolage, a voulu que je l'aide à poser l'électricité dans son logement. J'ai presque tout fait.

Il ajoute, au prix d'un nouvel élan de courage :

— Je l'ai même fait avec plaisir. C'est grave. Je me rends compte souvent que j'ai un appétit inassouvi de travail manuel ; et quand je commence à y céder, je ne m'arrête plus. Hérédité, sans doute. Ça m'entraîne d'heure en heure, comme une passion, comme un vice ; et je me fais des tas de reproches. Je sens bien que c'est la pente du moindre effort.

— N'est-ce pas ? Même avec notre inexpérience, et les difficultés de détail, il y a dans le travail manuel un fond de facilité enivrante. L'animal que nous sommes aime mieux ça. La seule fatigue qu'il redoute réellement est celle de la tête. L'ardeur qu'ont beaucoup de nos camarades à se jeter dans les travaux de pure érudition vient de là : c'est tout près du travail manuel. Moi aussi, par moments, je suis assez ouvrier... Nous irons revoir ensemble *Les Pèlerins d'Emmaüs.* Pourquoi j'en parlais ? Pour éclairer cette idée de témoignage. Les pèlerins, dans l'auberge, sont témoins d'un événement, d'une présence encore cachée au reste du monde. Ils auront à l'attester ensemble. Même s'ils ne s'étaient pas connus jusque-là, ils deviendraient de grands amis. A mon idée, c'est toujours un peu comme cela que l'on devient amis. On est présents ensemble à un moment du monde, peut-être à un secret fugitif du monde ; à une apparition que personne n'a vue encore, que peut-être personne ne verra plus. Même si c'est très peu de chose. Tiens : deux hommes par exemple se promènent comme nous. Et il y a tout à coup, grâce à une échancrure de nuage, une lumière qui vient frapper le haut d'un mur ; et le haut du mur devient pour un instant on ne sait quoi d'extraordinaire. L'un des deux hommes touche l'épaule de l'autre, qui lève la tête, et voit ça aussi, comprend ça aussi. Puis la chose s'évanouit là-haut. Mais eux sauront in aeternum qu'elle a existé.

— Tu crois que l'amitié se ramène à ça ?

— Se ramène... peut-être pas. Sort de ça. Je viens de prendre le cas où la chose à attester est le plus humble. *Les Pèlerins,* c'est le cas suprême. Voilà pourquoi aussi on a si peu de temps pour se faire un tout petit nombre d'amis ; d'amis qu'on perdra peut-être, mais qu'on ne remplacera plus.

— Je ne vois pas bien le rapport...

— Mais si. Même en admettant que nous ayons dans toute notre vie une chance comme celle d'Emmaüs, je veux dire la chance de nous heurter à une présence extraordinaire, qui méritera d'être attestée in aeternum, à quel âge l'aurons-nous, mon vieux ? Réfléchis. Si ce n'est pas maintenant ?

— Il en résulte que c'est très impressionnant d'avoir l'âge que nous avons, et ces quelques années devant nous...

— Je te crois.

— Mais tu as fait allusion à l'amour... Dans l'amour, tu n'admets rien de pareil ?

— Dans l'amour purement amour ? Quand l'amitié ne s'y ajoute pas ? L'amour est tellement plus replié sur lui-même, né de lui-même. Tellement plus clos. Il me semble. Son drame lui est intérieur. Les amants sont tournés l'un vers l'autre. Des amis sont tournés vers quelque chose qui n'est aucun d'eux.

— Il arrive bien aux amants de regarder le clair de lune ou les étoiles ?

— Oui...

— Je dis « clair de lune » ou « étoiles » symboliquement. Le monde extérieur ; ce qui n'est pas eux. Même une de ces présences dont tu parlais.

— Peut-être. Toutes les distinctions deviennent fausses quand on les pousse à bout. Mais tu réfléchiras. Je crois qu'il y a du vrai malgré tout dans ce que j'essayais de te dire.

Une violente odeur de tannerie régnait alentour. Jerphanion la reniflait avec surprise. Une jeune fille traversa la rue obliquement, passa près d'eux, leur jeta un regard distrait.

— Elle n'est pas mal », dit Jallez. « A Lyon, est-ce qu'il y a un type particulier ?

— Plus ou moins. Les femmes y sont souvent assez jolies.

— Et la vie en général ? Pas trop morne ?

— Il était difficile à un cagneux d'en juger.

— C'est tout de même une ville où il y a des ressources. Le musée passe pour très beau. Les gens aiment la musique. Tu aimes la musique, toi ?

Jerphanion, avant de répondre, eut un petit débat intérieur d'amour-propre.

— Oui, je crois avoir le droit de dire que je l'aime. Mais je la connais très mal. Il n'y a guère qu'en littérature que j'ai pu me cultiver. Tu vois pourquoi. Et encore pas en littérature moderne. Du côté de la peinture et de la musique, je n'ai pas eu les mêmes facilités que d'autres.

Il ajouta, en rougissant presque :

— Je compte me rattraper ici.

— Bien sûr... De quoi parliez-vous surtout, entre camarades ?

— Avec la plupart, on ne pouvait parler de rien... Avec deux ou trois, de littérature, de philosophie, de politique.

— La politique t'intéresse ?

— Pas trop celle des politiciens... Mais les idées politiques, ou sociales, les événements eux-mêmes, oui. Pourquoi pas ?

— Mais tu as parfaitement raison.

— Tu ne méprises pas ça ?

— Je serais idiot... Bien au contraire. A de certains moments, ça me préoccupe beaucoup, ça m'obsède presque. En ce moment-ci par exemple.

— Ah ! tiens ! Toi aussi ?

— Mon année de régiment y est peut-être pour quelque chose.

— N'est-ce pas ? On se pose de redoutables questions...

Il reprit d'une voix plus basse :

— Il y en a même qu'on ne se pose plus.

— Parce qu'elles sont tranchées ?... Oui.

Ils échangèrent un petit sourire mystérieux, comme si leurs pensées tacites en étaient déjà à quelque point de rencontre où leurs conversations n'arriveraient que plus tard.

— J'ai toujours été assez pessimiste », fit Jallez, « en ce qui concerne le monde actuel, l'arrangement actuel du monde. Mais je suis revenu de la caserne avec un sentiment de la fatalité... comment dire ?... plus sacré. Nous reparlerons de ça. Qu'est-ce que tu penses des affaires balkaniques ?

— La semaine dernière, j'ai cru que ça y était.

— Pour nous aussi ?

— Ma foi.

— Je n'ai pas l'impression que ça se soit tellement amélioré. Ce matin les dépêches ne valent pas cher... En tout cas, la sottise des gens est effrayante. Oh !... je te montrerai quelque chose que j'ai lu.

— Quoi ?

— Non... tu verras. Je l'ai même copié. Je ne l'ai pas sur moi malheureusement. Je l'ai copié par « délectation morose ». Et pour le montrer à l'occasion. Une pierre de touche. Une autre matière à « témoignage ». La sottise aussi peut être surnaturelle comme l'apparition d'Emmaüs.

Ils avaient quitté l'avenue des Gobelins, et par de petites rues, ils atteignaient le haut du boulevard de l'Hôpital. Jallez s'arrêta un instant. Il demanda :

— Tu n'es jamais venu par ici ?

— Oh non.

— Ça t'intéresse ?

Jerphanion regarda tout autour de lui.

— Quelle est cette grande place, derrière nous ?

— La place d'Italie. Nous aurons bien des occasions d'en faire le tour. C'est un endroit assez déconcertant, qu'on n'interprète qu'à la longue. Moi-même, parfois encore, je m'y sens dépaysé. Mais ici, comment trouves-tu ?

— Ça me surprend. Je dirais presque que ça m'émeut.

— Et encore l'heure n'est pas très bonne. Il faudrait y tomber à certaines fins de journées, juste avant la nuit ; quand il fait un peu de vent, un vent mou de sud-ouest, qui vient de là-bas derrière. Tu sais, les becs de gaz luisent alors comme des lumières marines. Chaque flamme se débat dans une solitude. Quelques voitures passent, très loin de vous. On descend ce large trottoir tranquille. Il y a l'ampleur de la pente, le but invisible, l'idée du fleuve, la liberté du pas, les pensées qui vous viennent. On a envie de ne plus rentrer. Il semble que les heures du soir et de la nuit vous attendent au bas de la descente comme un navire illuminé. Tiens, là encore, je crois qu'il est essentiel, irremplaçable, d'être jeune. Il faut ne pas avoir d'intérêts, au pluriel ; et que même les affections particulières, comme disent les gens d'Église, ne fassent pas encore autour de vous ce cercle, qu'on ne brise plus.

*
* *

A ce moment, Gurau sortait de la maison de Germaine. Il regarda les quais dans la direction de Notre-Dame. Mais ce paysage qu'il aimait ne sut lui faire qu'un pâle sourire de blessé.

Appelé par un mot de son amie, à une heure où elle dormait d'habitude, il venait d'entendre le récit de la visite qu'elle avait reçue. Il avait observé son visage, pendant qu'elle rapportait, sans presque les grossir, les menaces, puis les offres. Il avait seulement répondu :

— Bien. Je vais réfléchir à tout ça. Ne te tourmente pas. Tâche de te reposer encore un peu.

Puis il l'avait embrassée et avait pris son chapeau.

Une fois dehors, il sentit à certains signes qu'il allait être envahi par une forme insidieuse de désespérance, dont il savait la puissance d'amertume, pour l'avoir éprouvée à quelques dates remarquables de sa vie. Il comprit aussi, avec une clarté que l'ironie envers soi-même rendait parfaite, deux incidents de la veille, qu'il avait feint de négliger, tant il aimait peu cultiver en lui les humeurs sombres et le soupçon. Une rencontre avec le ministre du Commerce, dans les couloirs de la Chambre. Un entretien de trois minutes avec le directeur de son journal. Moins que rien. Il se rappelait à peine les courtes phrases qu'on lui avait dites. Le ministre avait lancé une plaisanterie ; quelque chose comme : « Alors voilà que vous recommencez les travaux d'Hercule ? C'est très bien quand on a du souffle. » Le directeur, en parcourant le papier que lui apportait Gurau, et qui avait trait à la situation extérieure, avait fait vaguement la moue. « Qu'est-ce que c'est ? Il y a dans mon article quelque chose qui vous gêne ? — Oh ! non. Rien de spécial. — Alors ? — D'abord je n'ai pas de conseils à vous donner, ni sur ce point-là, ni sur d'autres. »

Ce qui comptait, ce n'étaient pas les mots, c'était l'atmosphère des deux incidents, la petite sonorité mystérieuse qui les avait traversés, la fêlure qu'on avait senti courir ; la distance, que, sur le moment, Gurau avait refusé d'apercevoir, mais qui s'était créée entre lui et l'homme qui lui parlait. On ne lui faisait aucun blâme direct ; on ne lui donnait même pas d'avis. Il devenait quelqu'un d'un peu séparé, quelqu'un dont déjà on se préserve. Il y avait autour de lui une première raréfaction de contacts. Une prophylaxie.

« J'ai besoin de marcher un peu. Dans n'importe quelle direction. Le long des quais, par exemple. Vers la région de Notre-Dame, là-bas, où j'aimais tant errer quand j'étais jeune. Je sens que je vais être affreusement triste. Il faut, avant que la tristesse ait monté au maximum, que je sois dans quelque endroit où je retrouve une tradition à moi de paix intérieure. Les menaces d'Avoyer sont bêtes, parce que transmises par un imbécile. Mais dans l'essentiel, vraies. Je me croyais puissant. Un homme qui par un discours peut renverser un ministère, donc modifier considérablement les destinées de son pays. Mon nom. En dehors de mes électeurs, les centaines de milliers, les millions d'autres, oui, les millions, pour qui je représente plus qu'une tendance : un esprit, une audace, une chance de leur univers moral. Je me croyais comme soutenu au loin par d'innombrables flotteurs. Fragilité, illusion de tout ça. Treilhard reçoit mes papiers en se mordant les lèvres ; un jour prochain il s'arrangera pour que je sois forcé de les reprendre. Mon interpellation... Je la vois d'avance... devant des banquettes vides. Le ridicule d'une éloquence sans témoins. Aucune résistance. Trois mots de réponse, comme pour tout ramener aux dimensions d'un petit différend administratif, dont il est un peu ridicule d'occuper la Chambre, à moins qu'on ne nourrisse des projets peu avouables. D'ailleurs mes chiffres, contestés. D'autres chiffres ; des dates, des faits dont je n'ai pas tenu compte, fournis hâtivement par les bureaux. Dans les couloirs, deux ou trois collègues qui me serrent la main : "C'est très bien. Très courageux." Je vois lesquels. D'un ton qui veut dire : "Qu'est-ce qui t'a pris ? Tu as donc envie de te suicider ? Pour quelques millions de plus ou de moins dans le gouffre du budget ! Comme s'il n'y avait pas aux Colonies, aux Travaux publics, à la Marine, vingt autres coulages plus scandaleux !" Je puis très bien ne pas être réélu dans deux ans. La dernière fois, je n'ai passé qu'au second tour. Ce docteur qu'ils gonflent contre moi. Un homme pèse si peu. Je n'ai pas voulu être du Parti Unifié. Mais comme j'ai failli en être, comme pour beaucoup de gens j'aurais dû en être, ils me considèrent un tout petit peu comme un renégat. Évidemment Jaurès est gentil avec moi, m'aime bien, me soutiendrait si j'avais le pouvoir. Mais il n'est pas l'homme des attachements personnels ; de ceux qui vous disent : "Mon vieux, en toute occasion, comptez sur moi." Non ; trop philosophe et orateur ; pas assez humainement profond pour ça. Il laissera très bien se présenter un unifié contre moi, et ne l'obligera même pas à se désister au second tour, si mon unifié — quelque employé de tramway — et deux ou trois braillards du comité ont reçu d'une source mystérieuse l'encouragement à continuer la lutte. Pourquoi pas ? puisque "c'est pour la cause". Si je n'ai pas adhéré au Parti Unifié, est-ce par lâcheté ? Sûrement pas. Pour ménager ma liberté d'action ? Oui, évidemment. Même l'accès au pouvoir ; soit. Rien de bas, là-dedans. Se destiner à la politique, c'est se sentir une vocation non seulement de critiquer, mais de gouverner. Sinon, autant le seul journalisme. Mais surtout, c'était par respect de mon esprit ; et de l'esprit. Il est contraire à tout ce que j'ai cru, à tout le meilleur de ma formation, qu'une opinion, qu'un jugement, qu'une décision, qu'un vote, je les reçoive tout fabriqués. Descartes, Kant. L'effort entier de la pensée depuis trois siècles. Même Jaurès ne s'en accommode que parce qu'il a des ressources de sophismes. Je n'ai pas voulu être maçon non plus. Élégance. Mépris de certaines promiscuités. Dégoût d'un certain anticléricalisme. La messe de minuit. Cette cérémonie de la Trappe, jadis. Notre-Dame, là-bas, tendrement grise dans la lumière blessée. Tendrement en connivence avec des rêveries de ma jeunesse. Je veux pouvoir aller m'asseoir à n'importe quelle heure de ma vie, dans une certaine ombre, en face du vitrail magique entre tous. Le plus fluorescent et engloutissant. Le plus abîme. Un chant nocturne de pierres précieuses. L'âme transpercée par les flèches, les couleurs d'un soleil nocturne.

« Tout cela se paye. Mon écroulement est possible. Un raté de la politique. Personne ne s'occupera de savoir pourquoi. On discute encore le succès. Mais l'échec ? Voilà qui est sacré. On n'y revient plus. Heureusement que j'ai gardé une vie simple. Mon logement d'étudiant. Mon inconfort. Je ne dépense un peu que pour la nourriture, parce que j'ai l'estomac fragile, et horreur du graillon. Quelques frais de toilette aussi. Pour les livres, il y aura toujours la Bibliothèque Saint-Geneviève ; la Nationale. Un de ces pauvres diables un peu râpés et luisants. Je ne les ai jamais méprisés. Jamais eu le culte du succès. Mon Dieu, comme la balustrade de ce pont, les petites vagues du fleuve, les maisons du bout de l'île seraient douces ! Toute la gratuité, l'insouciance, le détachement qu'il pourrait y avoir, sans cette amertume, sans cette imbibition de tout par l'amertume. Germaine. J'évite d'y penser. Au fond je n'ai aucune confiance en elle. N'est-ce pas, mon cœur ? Tu n'as aucune confiance. Pas plus intéressée qu'une autre, évidemment. Même moins. Une modération bourgeoise. Une autre aurait pu trouver ridicules mes menus cadeaux. Mais que je perde ma situation ; ou, qu'au lieu de favoriser la sienne je la compromette si peu que ce soit... Cet air navré qu'elle avait tout à l'heure...

« J'ai une certaine peur de la misère. Je l'ai toujours eue. Même à vingt ans ; je me souviens. Et à vingt ans, on a tant de portes encore ouvertes… Reprendre ma profession d'avocat, que je n'ai pratiquement jamais exercée ? Qui aura besoin de moi ? Et ces affaires louches, ces causes iniques, ces intérêts ignobles, dont je deviendrai le défenseur et le mandataire. Bien la peine d'avoir fait le paladin pour en arriver à ça… La tour Saint-Jacques… l'Hôtel de Ville… Oui, l'antre des prévaricateurs et des concussionnaires… Tout cela n'empêche ni cet air mûr et doré de Paris, ni la statue d'Étienne Marcel, ni les pêcheurs à la ligne…

« J'exagère peut-être. Je suis un homme à réactions intérieures excessives. Derrière l'oiseau noir qui vole en tête, les idées noires, à l'infini. Les branches du triangle s'écartent jusqu'aux limites du ciel.

« Quel est mon but dans la vie ? Tout est là. »

*
* *

Cependant Quinette, après avoir installé Leheudry dans son nouveau refuge, et l'avoir muni de toutes sortes de recommandations et de consignes, se hâtait de regagner son atelier de Vaugirard, où il avait à terminer le jour même, pour un amateur du quartier, la reliure de la *Jeanne d'Arc* d'Anatole France, en deux volumes. (Et même, s'il était possible, celle du *Choix de Poésies* de Verlaine, qu'était venue réclamer la veille la si jolie petite dame aux yeux tristes.)

XVI

LES TÊTES SUR LA TABLE

Quinette venait de recevoir la visite de cet amateur, avec qui il avait eu vingt bonnes minutes de conversation courtoise ; et, comme il était près de six heures et demie, s'apprêtait à mettre les volets de sa boutique, quand il vit entrer un sergent de ville.

Il eut à peine le temps de s'émouvoir. L'autre lui tendait un papier, et disait d'un ton bonhomme :

— Je crois que c'est une convocation. Lisez ; au cas où il y aurait une réponse.

Quinette ouvrit le pli. En effet, le commissaire le priait de passer à son bureau aussitôt que possible.

— J'y vais. Dites à M. le commissaire que je prends juste le temps de fermer ma boutique, et j'y vais.

— Oh ! ne vous bousculez pas. On vous attendra.

L'agent salua et partit.

Quinette pensa avec force : « Je refuse de m'inquiéter. Cette convocation est la suite normale de ma démarche de ce matin. Je ne veux même pas essayer de prévoir ce qu'on me dira là-bas. La meilleure préparation, c'est d'arriver avec un calme total. »

Dans le couloir du commissariat, il retrouva le planton qui lui avait porté le pli.

— Ah ! vous voilà. Venez.

Ils montèrent au premier étage.

— Je vais dire que vous êtes là.

Le planton revint bientôt, et introduisit Quinette dans un petit bureau où se trouvaient deux hommes ; l'un, assis, que le relieur ne connaissait pas ; l'autre, debout, qui était l'inspecteur rencontré le matin. Les deux hommes examinaient une vingtaine au moins de petites photographies, étalées sur la table comme un jeu de cartes, dans le cercle de clarté que projetait un abat-jour de carton vert.

A l'entrée de Quinette, l'homme assis ramassa les photographies, en fit un paquet.

— Bonsoir, monsieur », dit l'inspecteur. « J'ai essayé à tout hasard de réunir un certain nombre de photos, se rapprochant le plus possible du signalement que vous nous avez fourni. Ça n'a pas été très commode. Asseyez-vous ici. Vous allez les regarder une à une, posément. Ne vous emballez pas. D'ailleurs vous ne me faites pas l'effet d'un homme emballé. Si vous reconnaissez carrément votre individu, pas de difficulté. Mais il se peut que vous hésitiez. Ces photos, en général, sont assez bonnes ; mais beaucoup ne sont pas récentes. Le monsieur a pu changer. Ce qui peut arriver encore, c'est que vous ayez l'impression qu'aucune de ces têtes-là n'est votre homme, mais que deux ou trois sont tout près de son type ; l'encadrent. Ça nous aiderait de toute façon. Enfin, marchez.

« Il vient de m'indiquer, pense Quinette, trois façons de m'en tirer. Mais ce qu'il faut surtout, c'est que je voie bien, là, sous mon front, le visage imaginaire dont j'ai donné le signalement. Pour l'instant, je ne vois que les lignes du papier où je l'ai décrit. Plié dans ma poche. C'est malheureusement tout à fait autre chose. »

Il prend le paquet de photos qu'on lui tend. Pour un contact avec la police, cette fois, c'en est un. Il y a de quoi faire battre le cœur d'un néophyte. Avant de se lancer, il se concentre encore. Il cherche à bien ajuster l'un contre l'autre, à serrer ensemble, comme dans un châssis, les morceaux du visage qu'il a inventé.

— Ne réfléchissez pas trop », lui dit l'inspecteur. « Au besoin, vous réfléchirez après. Rien ne vaut la première impression.

Quinette regarde les photos une à une. Pour n'avoir pas à simuler des réactions qui risqueraient de paraître fausses, il adopte l'attitude d'un homme extrêmement maître de soi, dont il est inutile d'épier les mouvements involontaires. D'abord, les policiers y prendront de l'estime pour lui. Et il tient à leur estime.

Pendant que les têtes glissent l'une sur l'autre, se montrent, se cachent, rentrent dans le jeu, toutes également sinistres et vouées, semble-t-il, à une prochaine contemplation de la guillotine dans le matin, le relieur s'exerce à les classer suivant leur degré de concordance avec le prétendu signalement. Ce n'est pas facile. Ce qui attire chaque fois son attention, sauf quelques cas exceptionnels, ce n'est pas le détail des traits, c'est l'expression de tout le visage, et même de tout l'être par le visage ; la nuance de méchanceté amère, de hargne, de défi que la tête envoie dans l'espace comme une radiation inépuisable.

« Si je les avais vus, songe-t-il, si j'avais vu n'importe lequel de ceux-là, je le reconnaîtrais aussitôt. En somme, un signalement, ce n'est pas grand-chose. Ce n'est grave que si l'on fait partie du gibier habituel de la police. Et encore faut-il que la recherche soit correctement orientée. »

Il arrive à la fin du paquet.

— Hé bien ! Nous sommes bredouille ? demande l'inspecteur.

Le relieur se caresse la barbe, prend son temps. Il ne sait pas encore ce qu'il va décider. Trois réponses possibles. Il éprouve un plaisir à penser que des suites entières d'événements dépendent de son caprice. Elles sont là devant lui comme des grappes de fruits, diversement appétissantes. Un seul geste suffit pour cueillir celle qui plaît. Laquelle choisir ? En ce moment, la prudence a moins de force pour se faire écouter que le goût du drame, que le besoin de la plus grande excitation.

« Je puis désigner l'un de ces hommes-là, comme Dieu le désignerait. Me montrer formel. Suite passionnante, de toute façon... » Mais s'il y avait un piège ? Si les policiers, pour mesurer sa bonne foi, avaient glissé dans le paquet quelques photographies d'individus décédés, ou depuis des mois en prison ?

— Vous me voyez très perplexe, messieurs. L'une de ces photos a une ressemblance troublante avec l'homme qui est entré chez moi. Troublante, mais non totale.

— Laquelle ?

— Attendez...

Il n'en a encore choisi aucune. Il écarte de nouveau le paquet. Entre deux doigts, il en pince une, au hasard, comme un enfant qui a longtemps hésité se décide brusquement pour un des nombreux gâteaux d'une pâtisserie ; et il la pousse sur la table :

— Celle-ci.

A son tour d'épier les policiers. Leurs réactions n'ont rien de suspect. Ils ont l'air, eux aussi, d'interroger la photo, et de s'interroger.

— Aucune autre ne vous donne la même impression ?

— Aucune autre. Mais je répète que ce n'est pas décisif.

L'inspecteur consulte son collègue du regard ; puis :

— Vous avez bien encore cinq minutes ?

— Certainement.

— Alors, monsieur, voulez-vous passer à côté ? Je viens vous rechercher aussitôt.

Quinette se retrouve dans la salle où il a pénétré tout à l'heure, et qui est celle où l'on reçoit le public. Il s'assied sur une banquette. Il a peut-être une vague peur ; mais cette peur même fait partie de l'extrême intérêt qu'il éprouve en ce moment à vivre. C'est une des tiges du faisceau.

L'inspecteur ouvre la porte, l'appelle :

— Monsieur.

Dans la petite pièce, l'autre policier maintenant est debout.

— Est-ce que vous disposez de votre temps, ce soir ? dit-il.

La voix est ferme ; l'intention, impénétrable. Quinette fait appel à son bon sens, pour apaiser l'onde d'angoisse qui le traverse à mi-corps.

— Ce soir ?... Ce ne m'est pas très commode... D'abord, je n'ai pas dîné...

— Oh ! vous auriez pu dîner avec nous.

Qu'est-ce à dire ? Va-t-on lui faire apporter deux plats du restaurant voisin, comme à ces gens qu'on retient dans un local de police, tandis qu'ailleurs, dans un cabinet de juge, on libelle leur mandat d'arrestation ? Inadmissible. Contraire à toute vraisemblance. A moins que Leheudry n'ait été coffré cet après-midi même, et n'ait parlé ? C'est qu'alors la clairvoyance de la police, son pouvoir et sa rapidité d'enquête dépassent de beaucoup l'estimation du relieur, dépassent même les moyens d'explication qu'offre l'esprit. Quinette sent germer en lui cette idée à demi surnaturelle de la police, qui hante le sommeil des mauvais garçons et fait d'elle à leurs yeux une divinité fascinante. Mais il n'a pas leur âme naïve. Il mate ces représentations confuses.

Il feint de prendre l'invitation à dîner pour une plaisanterie courtoise. C'est en riant qu'il répond :

— Merci, messieurs... merci...

— Je vous disais cela sérieusement. Nous aurions pu manger un morceau, tous les trois, en quelques minutes, si vous avez faim ; et aller ensuite... ou plutôt non. Il vaudrait mieux courir au plus pressé, et manger quand on pourrait. Nous venons de téléphoner. Il y a des chances, vers ces heures-ci, que nous trouvions l'homme de la photo en un certain endroit. Vous l'auriez regardé à loisir. Vous nous auriez dit : « C'est lui », ou « Ce n'est pas lui ». La question était tranchée.

D'une phrase à l'autre, Quinette se rassurait.

— Oui, oui, je comprends.

— Ce n'est peut-être pas une façon de procéder tout ce qu'il y a dans les règles. Mais quand on a affaire à un homme intelligent, et pondéré, comme vous, il faut en profiter. Si je lui épargne de la besogne, l'instruction ne m'en voudra pas. Et quant au dîner, c'est bien la moindre des choses que je vous invite, puisque je vous dérange.

Prendre part à une expédition policière, même illusoire, sur ce pied d'égalité, de quasi-camaraderie, rien ne pouvait mieux répondre aux vœux secrets de Quinette. Il brûlait d'accepter. Mais il s'était promis de rejoindre Leheudry avant sept heures trente. Leheudry avait pour consigne formelle de ne pas bouger jusque-là. Déjà le relieur était en retard. Sept heures dix. Le métro n'irait pas assez vite. Il faudrait se résoudre aux frais d'un taxi. L'important était de ne pas donner à Leheudry le moindre prétexte à l'indiscipline.

— Je suis sincèrement navré, messieurs. Mais j'ai un rendez-vous absolument impossible à remettre. Je ne pouvais pas prévoir. Accordez-moi jusqu'à neuf heures. Ensuite, disposez de moi comme vous voudrez.

— Soit. Nous allons tâcher de nous arranger autrement. Venez vers neuf heures, quai des Orfèvres. Vous entrerez par la porte qui donne directement sur le quai. Celle qui mène à la Cour du Premier Président. Retenez le nom. Nous vous attendrons là, mon collègue et moi. Si nous étions en retard, patientez une minute. Vous direz au gardien que vous avez rendez-vous avec M. Lespinas.

XVII

AU BORD DU CANAL

Quinette avait gagné la seconde arrière-cour du 142 *bis,* faubourg Saint-Denis, et monté les étages de l'escalier J, jusqu'au troisième, sans éveiller l'attention de personne. Il frappa doucement à la porte du petit local. Rien ne répondit. Quinette retrouva son émotion de la veille, rue Taillepain.

« C'est un gaillard qui n'est jamais là ; qui est toujours envolé. Aucune confiance à avoir. Pas de valeur morale. Une loque. Évidemment, il est sept heures trente-deux. Mais je ne l'ai pas rencontré en chemin. Il y a beau temps qu'il est parti. »

Malgré sa répugnance, le relieur dut s'adresser à la concierge.

— Ah oui ! Votre employé m'a laissé un mot pour vous.

Le papier était plié soigneusement, à la façon des petits paquets de sels que vendent les pharmaciens. Il portait à l'intérieur trois lignes d'une écriture assez habile, ornée de boucles et d'enjolivures diverses :

« Vous ayant attendu jusque passé l'heure, je vais prendre un verre rue des Récollets, le deuxième débit à droite. »

Tous les J étaient majuscules, ainsi que l'r de rue et le d de débit.

Dès qu'il fut dehors, Quinette laissa bouillonner sa colère :

« Tout marcherait si bien. Je serais si heureux sans lui. »

Tandis qu'il contournait la gare de l'Est, il ne cessa pas de garder les poings serrés.

Rue des Récollets, sa colère même le dirigea sans tâtonnements sur une façade mal éclairée de marchand de vins, comme un chien qui a jeûné court droit à un trou de garenne. Il ouvrit la porte, pénétra franchement dans le débit, découvrit du premier coup d'œil Leheudry accoudé à une table, lui frappa sur l'épaule : — Alors, vous venez ? fit demi-tour, refranchit le seuil ; le tout avec assez de décision et de promptitude pour que les autres consommateurs eussent à peine le temps de le voir sortir.

Il attendit Leheudry quelques pas plus loin, dans la direction du canal. Leheudry arrivait sans empressement.

— Vous vous fichez de moi ! » commença Quinette.

— Oh ! assez ! Vous n'allez pas m'engueuler comme ça du matin au soir. J'en ai assez.

Le visage de l'imprimeur montrait une révolte encore craintive.

— Qu'est-ce que vous dites ? Qu'est-ce que vous avez le toupet de me dire ? Je ne cesse pas de m'occuper de vous. Je traverse Paris pour vous je ne sais combien de fois dans une journée. Je fais des démarches, extrêmement dangereuses, dont vous ne vous doutez même pas. Et non seulement vous violez toutes les consignes que je vous donne, mais...

— Les consignes ! Alors, c'est pire que la prison. Moi je vous dis que j'aime mieux aller en prison.

— Imbécile. Ne criez donc pas si fort. Imbécile.

Quinette lui jetait cela de tout près, les dents serrées, dans la nuit de la rue.

— Imbécile ? » répétait l'autre. « Il n'y a que vous d'intelligent, probable. Parlons-en des inventions que vous avez. M'enfermer comme ça. Séquestrer un homme. Vous n'avez même pas pensé à une chose, qu'il n'y avait pas de lumière dans votre cagibi. Alors, moi, je suis resté dans l'ombre, depuis cinq heures jusqu'à sept heures et plus. Avec les idées que j'ai en ce moment ! De quoi vous rendre fou.

— Vous n'aviez pas de lumière ? Comment donc avez-vous écrit le mot que vous m'avez laissé ?

— Il y avait le papillon du gaz, dans la cuisine. J'ai été obligé de me mettre dans la cuisine.

— Le beau malheur ! Vous n'étiez pas bien dans cette cuisine ?

— Une cuisine qui est à peu près aussi grande que les cabinets. Pendant que vous y étiez, vous auriez pu me séquestrer dans les cabinets !

— Il vous faut probablement une bibliothèque, ou un salon, avec un lustre à cristaux ?

Leheudry haussa les épaules :

— Moi, je vous dis que je deviendrai fou. Ça ne peut pas durer.

— Ah ! vous trouvez que ça ne peut pas durer ?

Quinette posa sur le cou de Leheudry le regard le plus dur de ses yeux enfoncés. Puis le regard se déplaça le long du cou. Le regard traça autour du cou l'équivalent d'un de ces traits au crayon qui servent à guider la scie. Quinette eut conscience de cette analogie et la savoura. Il comprit qu'une saveur pareille se goûte mieux dans le silence. Il fit effort pour se taire.

Les deux hommes arrivaient au bord du canal Saint-Martin.

— Où est-ce que vous me menez ? » demanda l'imprimeur.

Quinette ne répondit pas tout de suite.

— Où est-ce que vous me menez ?

Le ton était déjà un peu plus humble.

— Où je vous mène ? Nulle part. J'ai besoin de manger quelque chose. Je cherche.

— On ne trouve rien par ici.

— Qu'en savez-vous ?

— Autour de la gare, oui. Ou dans le faubourg Saint-Martin ; mais pas le long du canal.

— Mais si. Il y a de petites auberges, où les mariniers cassent la croûte et où nous serons seuls à cette heure-ci.

Quinette reprit en ricanant :

— Je vois bien que vous préféreriez un restaurant de luxe avec des tziganes ? Tous mes regrets.

De loin en loin, un réverbère puissant répandait sur le quai une lumière déserte, couleur de sable. Mais cette même lumière, en retombant le long des berges sur l'eau du canal, allait y faire des miroirs huileux et des gouffres.

Ils marchaient à deux mètres environ du bord. Quinette tenait la gauche, Leheudry le côté de l'eau. Leheudry, sans montrer d'inquiétude, tirait peu à peu vers la gauche ; mais Quinette, insensiblement, le ramenait sur la droite. Parfois, un pavé très saillant, un anneau de fonte, leur coupaient le pas.

Quinette n'éprouvait plus de colère. Ces lieux lui semblaient obscurément favorables, lui faisaient battre le cœur, le troublaient d'une certaine promesse voluptueuse, comme les lieux consacrés à l'amour charnel troublent par leurs émanations et leur décor le novice qui vient d'y entrer. Il en résultait pour le relieur un état de sentiment plus intense et plus chantant que le bien-être. Là-dessus couraient des pensées agiles comme des rêves, mais froides en apparence comme des calculs. Leur cruelle précision ne perdait rien à se laisser porter par cette espèce d'exaltation musicale.

« Son pied peut buter contre un pavé. Son pied peut se prendre dans un anneau. Comment se retiendrait-il ? A peine un tour sur lui-même.

De préférence aux abords d'une écluse. Chute à pic. Un gros floc dans l'eau... »

Mais Leheudry marche assez adroitement, évite les obstacles. Il sera difficile qu'il trébuche tout seul. Sait-il nager ? Ses vêtements le gêneraient. L'eau est froide. Il y a des endroits où le canal est encaissé. Une muraille lisse. En vain les mains s'écorcheraient dessus. Et il faut continuer à nager. On pousse un cri, mais qui manque de souffle.

« Personne aux alentours. Moi, seul témoin. Ce serait fini. Je n'aurais plus à le surveiller ; plus à trembler pour lui, plus à perdre mon temps pour lui. Qui s'occuperait de sa disparition ? En somme, il est déjà disparu. Qui s'en occupe ? La petite boulotte de la rue Vandamme ? Facile. Quelques visites. Le petit roman à continuer. Une fin à trouver. J'aurais tout loisir pour ça. Mon rendez-vous du quai des Orfèvres. J'y vais de toute façon. Cordialité, courtoisie, estime réciproque. Je peux les lancer décidément sur une piste. Des rendez-vous ultérieurs. Des confrontations. Des échanges de vues. Ma modération scrupuleuse. Comme l'avenir serait agréable, si je n'avais plus cet individu à traîner comme un boulet. La pitié ? En a-t-il eu ? C'est un criminel. S'il avait pu me faire arrêter à sa place... Le chiffon sanglant dans le veston plié. Oui, mais le canal rend les cadavres, tôt ou tard. "On l'a trouvé flottant entre deux péniches." Ou bien : "Un marinier de l'*Hirondelle* l'a accroché par hasard avec sa gaffe." La morgue. Identification ? Peut-être. Hypothèse d'un crime. Recherche de l'auteur, et de la cause. Complications à perte de vue. Danger. La petite boulotte parle de ma visite : "l'avocat barbu" ; finit même dans son émotion par avouer le coffre. Danger immense... »

On aperçoit sur l'autre rive la devanture éclairée d'un débit. Leheudry le montre :

— Et celui-là, il ne vous plaît pas ?

— Nous verrons. Comme de toute façon il faut que nous allions jusqu'au pont suivant...

Quinette ne veut pas renoncer si vite aux jouissances que lui donne sa rêverie. Et c'est une rêverie qui exige autour d'elle certaines conditions propices. C'est une rêverie qui n'a toute sa force qu'en s'appuyant à la circonstance même qu'on est en train de vivre. Une rêverie dont le charme est qu'elle marche pas à pas au bord de la réalité ; comme Leheudry marche au bord du canal ; une rêverie qui n'a qu'un mouvement à faire pour tomber dans la réalité.

« Un suicide... Oui ! Un suicide. Solution de toutes les difficultés, en bloc. "On vient de retrouver le cadavre de l'assassin de la rue Dailloud." S'est fait justice. Envoyer dès ce soir une lettre, signée de lui, au procureur, ou à un commissaire de quartier, à celui de son ancien quartier. "C'est moi qui ai tué la vieille. J'ai des remords. Je vais me suicider." Deux ou trois détails sur le crime, qui fassent preuve. Son style. Avec le billet que j'ai dans ma poche, j'arriverai à imiter suffisamment son écriture. Et puis, se donnera-t-on la peine d'expertiser ? Auront-ils même un autre écrit de lui ? Pas de dissemblance trop criante, c'est tout. Je m'en charge. En sortant du quai des Orfèvres, je m'installe dans l'arrière-salle d'un café solitaire. Je fabrique la lettre. Je la jette dans une boîte écartée, où les levées ne se font plus après huit ou neuf heures du soir. Aucune indication quant au mode de suicide. La police reçoit ça demain ; y prête plus ou moins d'attention. Les journaux n'en parlent qu'en deux lignes. Il doit arriver tant de lettres comme ça, de fous ou de mystificateurs, au cours d'une enquête. On cherche vaguement ce Leheudry. Je ne lui ai pas fait donner d'adresse. L'enquête continue par ailleurs. Dans quinze jours, un marinier accroche le cadavre. Tout concorde. Tout s'explique. L'affaire est close. »

A vrai dire, cette pensée : « l'affaire est close », donne à Quinette autant de mélancolie que de soulagement. Que deviendra-t-il, à quel marécage d'ennui reglissera-t-il quand l'affaire sera close ? Il sent le contact de la ceinture électrique, sa pesanteur fidèle. A-t-il encore foi dans cet appareil ? A peine. Mais il hésiterait à s'en séparer. Il n'en attend plus aucun secours positif. Mais s'il la quittait, il craindrait d'elle quelque chose comme une vengeance de délaissée.

Le quai est encombré de sacs de plâtre. Il faut s'éloigner de l'eau. Le pont approche. On peut aller manger un morceau chez le mastroquet dont la devanture brille en face, n'y rester que dix minutes, le temps de faire boire à Leheudry une chopine, ou même tout un litre de vin. Pour finir, un verre d'alcool. Puis, on recommence à longer le canal, sur l'autre rive. Un homme qui a bu tout un litre, plus un petit verre, en dix minutes, et peu mangé, trébuche facilement. S'il tombe à l'eau, le froid le saisit, le met en syncope. Il coule sans se débattre.

« Et si je lui donnais une violente poussée au bon moment, que se passerait-il ? Je n'ai pas beaucoup de force ; mais lui non plus. Surtout quand il aura bu. Il aura fallu que je l'amène tout près de l'eau ; et pourtant qu'il ne soit absolument pas sur ses gardes. Le péril, la difficulté qui reste encore insoluble, c'est la petite boulotte de la rue Vandamme. J'ai commis une lourde erreur en liant partie avec elle. Tout se serait arrangé si magnifiquement. »

Quinette songe au problème du crime en général. Auprès du crime, les autres entreprises de la vie sont relativement aisées. Elles s'accommodent de maintes négligences, de maintes erreurs de détail. L'esprit n'est pas contraint de se représenter à tout moment, avec une netteté rigoureuse, chacun des tenants et aboutissants de l'action, sans en omettre un seul. Souvent même, il peut somnoler, comme un roulier sur sa voiture dans les parties faciles du parcours. L'adversaire, s'il s'en rencontre un, ne s'acharne pas ; et quand par hasard il s'acharne, son pouvoir d'offensive ne s'exerce pas librement. La société protège de mille façons les hommes les uns contre les autres, entrave leur poursuite mutuelle, empêche l'adversaire d'abuser de vos erreurs. Mais quand c'est elle qui est l'adversaire, elle ne connaît aucun ménagement, aucun terrain d'asile. De votre moindre erreur, elle fait le nœud coulant qui vous étranglera.

Il n'est donc pas étonnant que si peu de crimes soient des opérations qui se terminent bien. D'autant que la plupart de ceux qui les montent sont des gens tarés. Ils manquent ou d'intelligence ou de caractère, souvent des deux. Ils obéissent à des passions basses. Ils ont le goût du sang, ou à défaut, l'horreur du travail régulier, une paresse morbide. Bref, ce sont tout simplement des criminels. Tandis qu'il pourrait y avoir des auteurs de crimes.

« Je pourrais fabriquer une seconde lettre pour la rue Vandamme. L'adieu à la femme aimée. Elle est trop sotte pour s'apercevoir d'une différence dans l'écriture. Et puis, l'émotion lui brouillera la vue. Reste le coffre et le paquet… Comment un homme bien doué peut-il devenir l'auteur d'un crime ? Parce qu'il juge à un moment donné que le crime est l'issue la plus raisonnable. Je n'aime pas ce mot de crime. Je ne sens pas assez à quoi il répond. Le paquet dans le coffre. Il faut à tout prix que je m'en empare. La lettre pourrait contenir une recommandation suprême : "Je te prie de remettre le paquet à mon avocat." Aucune allusion plus précise. Aucun aveu. Simplement : "Je me tue pour échapper au déshonneur. J'ai chargé mon avocat de sauver ma mémoire. Au nom de ce que tu as de plus sacré, aide-le." »

Tandis qu'il prononçait intérieurement ces paroles, il posa son regard sur l'homme auquel il les prêtait et qui marchait en silence à côté de lui. Le visage de l'imprimeur commençait à recevoir la lumière de l'auberge, maintenant plus voisine et plus forte que tout autre feu de la rue. La poche sous l'œil gris ressemblait à une marque laissée par le pouce du bourreau dans une chair déjà mortifiée.

Il y avait, sur la glace de la devanture : « Au batelier de Lizy », et « Casse-croûte à toute heure ».

Leheudry demanda :

— Nous entrons ?

Et Quinette retrouva sa courtoisie habituelle pour répondre :

— Mais oui.

XVIII

UNE CONVERSATION PROFITABLE

— Le gardien m'a dit que vous attendiez depuis neuf heures. Vous êtes un homme exact.

— Je tâche de l'être.

— Entrons dans ce bureau. Il doit être vide. Je ne pense pas que M. Lespinas tarde encore beaucoup.

— Vous avez mis la main sur l'homme de la photographie ?

— Je ne sais pas trop. Ce n'est pas moi qui m'en suis occupé. J'ai cherché ailleurs. On m'avait signalé un individu blessé à la main, qui s'était présenté à Necker le jour en question. Enfin, nous verrons ça.

— Quel métier intéressant que le vôtre, monsieur !

— Vous trouvez ?

— Oui. J'ai parfois du regret de ne pas m'être orienté de ce côté-là.

— Ne vous figurez pas qu'on s'amuse tous les jours.

— Mais s'ennuie-t-on jamais ? comme dans tant d'autres professions...

— Je n'ai guère pu comparer. Je suis là-dedans depuis ma sortie du régiment. Il est certain que celui qui veut payer de sa personne... Quand j'étais plus jeune, moi, j'étais enragé. Je faisais des pieds et des mains pour participer aux coups durs. J'ai failli plusieurs fois y laisser ma peau.

— Vous avez été blessé ?

— Oui. Mais rien de grave. Sous ce rapport-là, j'ai toujours eu de la chance. Une balle m'a traversé l'avant-bras... J'ai encore les deux cicatrices. Le type avait tiré à travers la poche de son veston. Ç'a été ma plus grosse blessure. Ainsi vous voyez. Mais une fois, on m'a fichu à l'eau.

— Vraiment ?

— Dans le canal. Deux marlous que je filais, et qui m'avaient repéré.

— A quel endroit ?

— Quai de l'Oise. Exactement à la hauteur de la rue des Ardennes. A dix mètres du pont du chemin de fer. Dans l'ombre du pont. Vous pensez que je n'ai pas oublié.

— C'est un quartier terrible par là ?

— Tout le canal est dangereux, surtout à partir d'une certaine heure.

— Vous avez pu vous en tirer ?

— Je nage assez bien. Mais ce n'est pas ce qui m'aurait sauvé, vêtu comme j'étais, et étourdi par un coup de poing... J'ai eu une chance inouïe. Je suis allé tomber sur un canot à moitié submergé. J'aurais fini de l'enfoncer ; mais il était retenu par une corde. Je ne sais comment je suis revenu à moi. Je me suis accroché aux bancs du canot, à la corde. Mes deux marlous avaient filé. Quand même, je ne me suis pas montré tout de suite. Je me rappelle que je suis resté un bon quart d'heure à grelotter sous le pont. J'ai entendu le roulement d'un fiacre. Ç'a été toute une histoire pour que le cocher se décide à m'emmener.

— Une chose qui m'étonne, c'est qu'il n'y ait pas plus de gens qu'on jette dans le canal. Cela semble si facile.

— On en jette tout de même quelques-uns.

— Pas tellement, d'après ce qu'on peut lire. A moins qu'il y en ait qu'on ne retrouve pas. Qu'en pensez-vous ? Est-ce que le canal rend tous les cadavres ?

— On prétend que oui. Mais un peu dans le même genre, j'ai eu une émotion encore pire que celle-là. Dans les carrières de Bagnolet. Vous connaissez ?

— Non.

— Je n'y suis retourné qu'une fois depuis. Ça n'avait guère bougé. J'ignore si le lieu s'est modifié plus récemment. C'est possible. En ce temps-là, c'était on ne peut plus désert. Il y avait des galeries très profondes. La nuit, ça servait de refuge à de la crapule de diverses catégories. Une clientèle changeante. En général, je ne sais pas pourquoi, mais ils ne s'éternisaient pas. Il y a eu, bien entendu, des clochards ordinaires. Puis, pendant quelques mois, des individus de mœurs spéciales y avaient organisé des parties fines. Ou même, paraît-il, se glissaient quelques dépravés de la haute. A d'autres moments, personne. Une fois, une bande de monte-en-l'air, qui opérait surtout dans la région de Saint-Mandé et de Vincennes, avait adopté comme quartier général le fond d'une des galeries. Des gaillards dangereux, qui s'attaquaient aux plus belles villas, et qu'on soupçonnait d'avoir fait pire en deux ou trois circonstances. Je vous ai dit que j'étais jeune. Je ne rêvais qu'à la police des temps héroïques. J'avais un chef qui comprenait ça et qui m'aimait bien. Donc, je m'étais déguisé en clochard, et on me voyait errer dans les galeries avec mes loques et ma musette. Le bout de pain sortant d'un côté. Ou bien je dormais recroquevillé dans un coin. Ils avaient fini par ne plus faire attention à moi. J'étais là comme un chien, mais comme un chien qui aurait compris le français et même l'argot. Un jour, leur ai-je paru bizarre ?... Il faut avouer que pour un vieux de la vieille je faisais un peu jeune, malgré ma barbe et ma crasse. M'avaient-ils suivi au-dehors ? Bref, ils se sont jetés sur moi, m'ont ligoté, m'ont mis un bâillon, pas très sérieux d'ailleurs, puis m'ont porté tout au bout de la galerie. Je croyais bien ma dernière heure venue.

— Vous n'avez pas résisté ?

— A quoi bon ? Je n'ai même pas pipé. Dans ces cas-là, il ne faut jamais gâter la suprême chance qui vous reste. Mais je ne m'attendais pas à ce qui allait m'arriver. Quatre jours après, j'étais encore là. Ligoté, mourant de faim, la peau entamée par les cordes en plusieurs endroits. Il n'y a que le bâillon qui avait lâché. Mais je pouvais bien crier. Dans ce fond de galerie la voix s'étouffait. Mes cris ne faisaient venir personne.

— Vos chefs, vos camarades ne s'étaient pas inquiétés de vous ? Ni votre famille ?

— J'étais célibataire. J'allais voir mes parents tous les huit, quinze jours. A mon hôtel, ils ne pouvaient pas s'étonner non plus. Je découchais si souvent. Du côté de la boîte, je jouais de malheur. Il y avait une visite des souverains russes. Tout le monde plus ou moins sens dessus dessous. Pourtant, mon chef s'était occupé de mon absence. Il avait même envoyé à ma recherche dans les carrières. Mais j'avais parlé d'une galerie, sans préciser plus. Ont-ils fouillé très consciencieusement ? Je reconnais que c'était difficile.

— On a fini par vous trouver ?

— Non. C'est moi qui ai fini par me débarrasser de mes cordes en partie, grâce à un mouvement que je n'avais pas encore eu l'idée de faire. Peut-être aussi parce que j'avais maigri. Vous ne vous figurez pas ce qu'on arrive à maigrir en quatre jours ; surtout quand on est gros mangeur comme moi.

— Personne, en quatre jours, n'avait pénétré dans cette galerie ?

— Non. C'était la plus reculée.

— Ni aux abords ?

— Il faut croire que non. Je vous ai dit que la clientèle était changeante.

Quinette avait peine à dissimuler le caractère de sa curiosité. Il refoulait certaines questions, les obligeait à prendre un détour ou un masque.

— Aux portes de Paris ? C'est incroyable. La police a dû nettoyer tout cela depuis ?

— Je ne pense pas. On a peut-être fait quelques rafles. Et puis, il y avait des moments où ça se nettoyait tout seul. D'ailleurs, c'est une propriété privée.

— Les carrières ne sont plus exploitées ?

— La dernière fois, j'ai vu une voie de Decauville, et deux wagonnets. J'ai eu l'impression qu'on travaillotait dans une des galeries.

— Ah bon ! Si l'exploitation a repris, tant soit peu, il doit y avoir des gardiens de nuit et, par conséquent, la pègre ne s'y aventure plus ? Tant mieux. C'est tout de même un nid de bandits en moins.

— Oh ! s'il y avait mettons un ou deux gardiens de nuit, qu'est-ce qu'ils empêcheraient dans un espace pareil ? Ils ronfleraient près d'un brasero en souhaitant qu'on les laisse tranquilles... Mais pourquoi y aurait-il des gardiens de nuit ? On fait garder un chantier de construction, parce que certains matériaux se chipent facilement. Mais là ?

— Si bien qu'une aventure comme la vôtre serait encore possible ?

— Pourquoi ? Vous avez envie d'essayer ?

Quinette pâlit, sourit, se donna l'air de l'homme qui comprend, avec une seconde de retard, une plaisanterie spirituelle. Puis :

— Oh ! plus jeune, je crois bien que j'aurais eu le feu sacré comme vous.

— Vous sentez vraiment que ç'aurait été une vocation ?

— Oui. Et encore maintenant, si ces choses-là étaient possibles, ce serait avec plaisir que je consacrerais mes moments perdus à des enquêtes, à de petites recherches...

— Si vous faisiez un autre commerce... marchand de vins, par exemple... ou même la papeterie-journaux, on ne demanderait qu'à vous utiliser... Mais dans un magasin comme le vôtre, il ne défile personne ; personne d'intéressant. Ou encore si vous aviez accès dans des milieux de politique avancée... Ce n'est pas le cas ?

— Non. Pas jusqu'ici.

— J'en parlerai toujours à mes chefs. En dehors des cadres réguliers, nous n'avons pas tellement de gens intelligents et sérieux. Il y a des cocos, dont nous nous servons, qui ne sont pas à prendre avec des pincettes. Remarquez que si avec votre visiteur aux mains sanglantes vous aviez la chance de nous mettre sur la bonne piste, la maison ne demanderait qu'à vous être agréable. Vous n'auriez jamais de meilleure recommandation.

— Vous croyez ? On dit pourtant que les témoins s'attirent surtout des ennuis.

— A l'instruction, quelquefois ; ou avec les avocats ; mais pas avec nous, quand ils nous aident vraiment... Au contraire, c'est une maison où l'on a de la reconnaissance. J'entends la voix de M. Lespinas. Je vais voir ce qui en est. Je viendrai vous chercher.

Quinette reste dans ce bureau, dont il ignore la destination exacte, mais qui est en tout cas un bureau de police. Il savourerait sa présence au sein d'un tel lieu, s'il avait du temps pour des joies de cet ordre. Mais sa tête bouillonne. Il est ivre d'avoir à choisir entre plusieurs visions de l'avenir prochain qui rivalisent d'intensité. Il ne peut renoncer à aucune. Il retarde le débat intérieur qui les départagerait. Il espère qu'à force de flotter ensemble devant ses yeux, elles finiront par s'allier en une seule. Cet homme raisonnable en arrive à souhaiter que sa raison le laisse tranquille.

L'inspecteur reparaît :

— Venez avec moi.

Ils sortent du bureau.

— Cette fois, c'est sérieux. Surtout ne cherchez pas à vous suggestionner. Ne vous interrogez même pas. Il faut que, du premier coup d'œil, ce soit oui ou non.

Ils suivent un long couloir. Vingt mètres à peu près. Vingt secondes devant soi. Plus question de choisir voluptueusement, en se caressant la barbe. Moins de vingt secondes, et c'est un carrefour d'événements où l'on tombe comme une auto lancée. La route de gauche ou la route de droite. Pas de milieu. Et pas le temps d'hésiter.

L'inspecteur ouvre la porte. Quinette entrevoit M. Lespinas assis à une petite table, et plusieurs hommes sur une banquette. Quatre exactement, qui se lèvent à l'ouverture de la porte. A leur vue, Quinette est saisi par une tentation si violente qu'il éprouve comme la torsion d'un outil entre son ventre et sa poitrine. Désigner un de ces hommes-là pour la cour d'assises et l'échafaud, le désigner dans un spasme de la volonté de puissance. Il résiste ; comme un chemineau résiste au désir de violer une bergère. Il résiste si fort que ses petits yeux noirs s'écarquillent, et que la sueur lui perle au front. Il passe devant les quatre hommes, en s'obligeant malgré tout à les regarder. Il se retourne vers M. Lespinas qui le guette. Il murmure, en levant un peu les épaules et en écartant les bras :

— Non... Ce n'est pas ça... Aucun.

Il ressent une dépression nerveuse d'une soudaineté de creusement presque intolérable. Quelque chose en lui prononce ;

« C'est Leheudry qui payera ça. »

XIX

DEMI-SOMMEIL DE QUINETTE A CINQ HEURES DU MATIN

« L'entrée de la carrière. Le gardien de nuit. Non, il n'y a pas de gardien de nuit. La glaise. J'ai une lanterne. Ou bien est-ce que je n'ai pas de lanterne ? La glaise. Les rails du Decauville. Je ne puis pas voir tout cela si je n'ai pas de lanterne. Une lanterne qui se balance entre lui et moi. Non, j'aime mieux être éclairé par les reflets du ciel. Le reflet de Paris sur le ciel. L'entrée de la carrière. Le grand trou d'entrée. La grotte. La grotte des Buttes-Chaumont.

« Il refuse d'avancer. Il glisse sur la glaise. Nous glissons. Il fait exprès de glisser. La lanterne tombe. Il n'y a plus de lumière. "Je refuse d'avancer." Il fait exprès de tomber sur les genoux.

« L'entrée de la carrière. La découpure noire. Le trou mal découpé avec des ciseaux. Il faut agrandir le trou avec des ciseaux. Prendre des ciseaux plus longs. Bien tourner quand on est dans le haut.

« Nous n'y arriverons jamais. Il refuse d'avancer. Le gardien de nuit balance la lanterne. Non, il n'y a pas de gardien de nuit. Il n'y a pas de lanterne. Le reflet de Paris fait briller la voie du Decauville.

« Il répète : ‘‘Je ne veux plus avancer.’’ L’entrée de la caverne. Il faut aller au fond. L’amener au fond. Les catacombes. Comme les ossements se conservent bien !

« Il dit : ‘‘Je ne veux plus avancer.’’ Encore trente pas jusqu’à l’entrée de la caverne. Il faut aller au fond. Sophie Parent vous attend.

« La lanterne éclaire sa figure. Plus de figure. Il faut éteindre la lanterne. Le reflet de Paris éclaire sa figure. Plus de figure.

« Je ne veux plus voir cette figure. Il faut éteindre les yeux.

« L’entrée de la caverne. Arrivons à l’entrée. Sophie Parent vous attend au fond. Il fait noir ici. Mais Sophie Parent est au fond. Sophie Parent est dans sa boutique au fond ; assise dans beaucoup de lumière.

« Cachez votre figure. Passez la main sur votre figure pour l’effacer peu à peu. Les poissons mangent la figure des noyés. Frottez avec la main. Le nez s’en va. Le menton s’en va.

« L’entrée de la carrière. C’est mouillé ? Non. Humide à peine. On est mieux que dans le canal. Tout au fond vous serez mieux que dans le canal.

« Il dit : ‘‘Je n’irai pas plus loin.’’ Sophie Parent vous attend. Qui a parlé du canal ? Il n’y a pas d’eau. Il y a Sophie Parent assise dans la lumière. Il y a aussi, comment cela se fait-il ? cette petite dame dont je dois terminer le livre demain matin.

« La lumière vous mange la figure.

« Il dit : ‘‘Sophie Parent n’est pas là. Je n’irai pas plus loin.’’ Mais, si, entrez. Je vous assure.

« Il faut le tuer quand il tournera le dos. Il faut le tuer quand il sera tout au fond. Avancez. Avancez vite. Sophie Parent vous attend.

« Est-ce qu’on a entendu le coup ? Le gardien de nuit n’a pas entendu. Il n’y a pas de gardien de nuit. Sophie Parent est là, mais n’a pas entendu.

« Paf ! dans le fond. Dans le creux du rocher. La lumière ne manque pas. Une douce lumière. Vous serez mieux que dans le canal.

« Il ne faut pas tuer. Jamais tuer. Les hommes meurent comme des mouches. Tuer une mouche.

« Le clochard dort en chien de fusil. Il dort comme un chien. Il n’a pas entendu.

« — Ne me tuez pas ! — Oh ! c’est sans importance. J’en tuerai encore dix comme vous.

« — Voulez-vous mon argent ? — C’est sans importance.

« L’entrée. Encore la grande entrée. Oh ! c’est affreux de revenir toujours en arrière. Je vous pousse sur les rails. Voyez comme c’est sec plus loin.

« Non, ce n’est pas le canal. Dans le canal il n’y a pas cette douce lumière au fond.

« Je ne veux plus voir votre figure. Laissez votre figure au fond.

« Il refuse d'aller plus loin. Encore ! Je ne peux pas le tuer parce que le clochard écoute.

« Le gardien de nuit écoute.

« Je ne peux vous tuer qu'au fond. Sophie Parent vous attend au fond. Amour. Soleil d'amour. Soleil d'aurore.

« Je donne la clef à Sophie Parent pour qu'elle mette votre figure dans le coffre.

« Amour éternel.

« Vous serez mieux là que dans le canal, mon ami. Retournez-vous. Regardez. Comme c'est agréable pour un mort. »

XX

MERCREDI SOIR

Ils en arrivaient au milieu du dîner. La conversation était restée jusque-là courtoise et impersonnelle. Ils avaient mis une animation complaisante à parler de choses dont ils savaient bien l'un et l'autre qu'elles n'étaient pas l'objet de leur rencontre. Puis un silence s'établit de lui-même. Sammécaud attendit, pour le rompre, le temps convenable.

— Monsieur le député. Nous venons d'évoquer un pays que j'aime beaucoup... où j'ai de bons souvenirs, des amis excellents ; oui... et que vous représentez avec une distinction digne de lui, avec éclat... Mais vous me voyez maintenant dans un embarras bien pénible... l'embarras de quelqu'un qui s'est permis, disons le mot, une supercherie. Oh ! ne me regardez pas trop sévèrement. Je suis sûr que vous comprendrez. Et d'abord, je vous donne ma parole d'honneur que pas âme qui vive ne sait que nous dînons ensemble ce soir. Donc, au cas où mon... où mon audace n'obtiendrait pas votre indulgence, vous en seriez quitte pour oublier ce dîner modeste, ce convive peu brillant, et tout serait effacé. Sauf pour moi qui garderai dans un petit coin secret de ma mémoire l'impression d'une heure vraiment délicieuse...

Il toussota, passa un mouchoir de soie blanche sur sa moustache.

— Vous vous rappelez qu'hier, à votre journal, je me suis présenté en me recommandant de mes amis Bossebœuf. Vous m'avez reçu avec une absence de façons, et de défiance, dont je ne saurais vous dire combien elle m'a touché, humainement. Les Bossebœuf sont en effet de grands et vieux amis à moi. Je n'ai pas menti. Mais je vous ai dit que j'avais à vous exposer un projet de la part d'un comité artistique de Touraine. Là, j'ai menti. J'ai menti par force. Vous allez voir. Quand on vous a passé ma carte, vous n'avez pas fait attention à mon nom ?

— Pas spécialement, j'avoue.

— Vous auriez pu le rencontrer ces jours-ci dans une affaire que vous étudiez ; au second plan, il est vrai. Mais évidemment, ce ne sont pas les noms propres qui vous ont occupé le plus. Bref, tant mieux. Je vais vous parler avec une franchise absolue. La démarche que je tente auprès de vous est de mon initiative pure. Je n'ai consulté personne. Je commencerai par une confession. Je suis un exemple de ces hommes dont le hasard a fait malgré eux la destinée ; hasard de naissance, d'alliances. J'ai dû accepter une situation qui ne répondait en rien à mes goûts. J'aurais aimé voyager, noter des sensations, vivre dans des pays d'histoire et d'art ; rêver ; une vie sentimentale tout à fait libre aussi. Pierre Loti, certains Anglais raffinés. Maurice Barrès, moins la politique — je ne méprise pas la politique, mais je n'y entends rien — voilà quels auraient été mes maîtres, mes modèles. Je suis mêlé à des affaires qui m'ennuient, qui plus d'une fois me répugnent. Je n'ai aucune illusion sur la qualité de tout ça. Je me bats à l'occasion, pour des causes... Dieu sait quelles causes !... par loyauté envers des associés ; par obligation de famille... Mais je ne veux pas me battre contre un homme comme vous.

Gurau, qui l'avait d'abord regardé, avait ensuite un peu incliné la tête et fixait une petite salière de cristal. Il appuyait sa joue droite à sa main à demi ouverte. De l'autre main, il jouait avec un couteau, disposait quelques miettes en une rangée régulière, sur la nappe. Son cœur était plein d'une amertume calme, où il trouvait presque un plaisir. A ce moment, il aurait fallu des épreuves bien insolites pour le décevoir, ou même l'étonner. Il pensait au vitrail de Notre-Dame. La petite salière de cristal faisait des scintillements assez mystérieux, assez beaux. La nappe développait une blancheur peut-être immense. Qu'en sait-on ? Qui mesure ces choses-là ? Il semblait qu'il y eût entre les objets des échanges actifs, d'ordre lyrique ou purement spirituel, auxquels l'homme, avec ses entreprises, n'est pas convié. Une espèce de vie de fourmilière. Mille et mille courses de fourmis dans un sable lumineux. Les chasseurs, occupés à la poursuite des proies, font de grands pas par là-dessus.

Comme l'autre se taisait, Gurau finit par dire, du ton le plus uni :

— J'aurais quelques remarques à vous faire sur la méthode que vous avez employée pour m'amener à cet entretien. Nous y reviendrons. Mais puisque nous sommes là... Allez, monsieur... J'écoute.

— Je vois que vous me jugez très mal... Mais, je vous en prie, que ce ne soit pas une raison pour laisser refroidir ce plat. Il n'est acceptable que si on le mange tout à fait chaud... Je vous sers ?... vous permettez ?... Ne croyez pas un instant que je sois l'émissaire de qui que ce soit. Au contraire, je me ferais joliment ramasser si on pouvait savoir... Vous comprenez, monsieur, j'ai assisté, j'ai participé à des réunions où il était fortement question de vous. J'ai dit mon mot. Je ne le nie pas. Mais à la réflexion, j'ai été écœuré. Depuis hier matin surtout. Vous ne vous doutez même pas du point où je suis arrivé. Tenez, cher monsieur : un régime qui rend possibles, qui rend inévitables des situations comme celle-là, est un régime abominable. Une société pareille est condamnée.

Non seulement l'accent de Sammécaud était sincère, mais on avait l'impression qu'il libérait soudain, et pour la première fois, des pensées qu'il venait de découvrir au fond de lui-même ; qu'il les libérait avec inquiétude et soulagement. Gurau, habitué à flairer bien des formes de mensonge, releva la tête, examina cet homme : « Se peut-il qu'il mente ? Et jusqu'à quel point ? »

— Mais, monsieur », fit-il, « j'hésite un peu à me reconnaître dans les choses assez diverses que vous me dites... Sur votre personnalité d'abord... est-ce que je ne me trompe pas ?

— Je ne pense pas que vous vous trompiez maintenant. Je suis Roger Sammécaud. J'appartiens au Cartel du Pétrole ; j'y ai même des intérêts à double titre du côté de ma femme et du mien. Je fais partie des gens qui, depuis quelques jours, sont déchaînés contre vous. J'ai délibéré avec eux sur les façons de vous encercler, de vous écraser, disons le mot. Vous voyez que je ne cherche pas à dissimuler.

— Mais alors, monsieur, c'est l'objet de cette rencontre... oui, vous avouez que vous l'avez obtenue malgré moi, grâce à une espèce de piège ?...

— Je l'avoue.

— C'est l'objet de cette rencontre que je ne me représente pas bien.

*
* *

Au coup de sonnette, Sampeyre s'était levé pour aller ouvrir. Mathilde Cazalis voulut l'en empêcher. Pendant qu'il luttait de courtoisie avec la jolie fille, Clanricard avait atteint la porte.

— De Clanricard, j'accepte. Mais vous, je ne permettrai pas.

— Mais pourquoi ? Je serais très fière d'aller ouvrir. D'abord, je serais très fière de faire ici n'importe quoi.

— Je vous ferai redire ça devant Mme Schütz. Ça lui donnera une meilleure idée de ses fonctions.

Sampeyre riait, de son rire qui lui secouait la barbe et la poitrine.

— A propos de Mme Schütz, il faut que je la décide à me prêter ses services le mercredi soir. Mes réceptions pèchent un peu du côté du personnel... Ah ! voici Laulerque. Nous allons lui demander son avis sans lui laisser le temps de souffler.

Laulerque entre, serre les mains.

— Sur quoi donc ?

— Il a paru ce matin une note qui semble, comme on dit, « inspirée ». Elle revient à ceci : « Il n'y a plus grand espoir d'empêcher la Bulgarie et la Turquie de se battre. Mais la guerre restera limitée de toute façon. »

Je me rappelle les mots : « limitée "à certains points des Balkans". Aucune complication internationale à redouter. »

— Ce serait tout de même la guerre », dit Louise Argellati, vieille et toujours belle, avec ses abondants cheveux blancs qui frisent, ses yeux noirs, sa voix charnelle et chantante.

— Oui, mais nous avons bien le droit d'être un peu égoïstes. Et même sans égoïsme, une guerre balkanique, pour l'humanité ça n'a pas la signification d'une guerre générale européenne. Mais j'attends l'avis de Laulerque, sur la note.

Le mince visage de Laulerque frémit, sourit. Laulerque se contient. Il trouve qu'il a beaucoup trop parlé le mercredi précédent, avec trop de fougue. Il s'est promis ce soir de rester calme. Il écoutera les autres.

— Mais alors », murmure-t-il, « c'est très bien. C'est tant mieux. Tout est pour le mieux.

— Voilà Laulerque optimiste, dit en riant Mathilde Cazalis.

Laulerque jette un coup d'œil rapide à Mathilde Cazalis. « Ce soir, pense-t-il, elle est jolie à déchirer le cœur. Je me défends de m'occuper d'elle. Je jure de ne pas faire d'éloquence, de ne pas chercher à briller pour elle. Parade indigne de moi. Inadmissible et odieux qu'une idée enfle, s'exagère, se dénature, parce qu'on a en face de soi ces lèvres magnifiques, et ces yeux, et ce sourire étonné. »

Il répond doucement :

— Je suis toujours optimiste. C'est le fond de mon caractère.

— Donc », reprend Sampeyre, « vous jugez que cette note exprime bien la situation ?

— Pardon... Qu'est-ce qui vous paraît mériter la discussion, là-dedans ?

— L'affirmation principale... celle de la fin.

— Ah oui ?

Tout le groupe entoure Laulerque d'un silence souriant, et un peu taquin. Louise Argellati, assise là-bas dans le fauteuil qu'on a poussé pour elle du coin droit au coin gauche de la fenêtre, se penche en avant comme pour ne rien perdre de ce que va dire le jeune homme. Mathilde Cazalis fait une moue imperceptible, semble déçue. Même Sampeyre a une façon d'« attendre la réponse » qui rappelle à Laulerque telle classe de jadis à Normale primaire d'Auteuil. Legraverend, Darnould, se regardent, s'amusent d'avance. Seul Clanricard, debout, les reins appuyés au casier long, continue à réfléchir pour son compte.

Laulerque n'est pas dupe de ces provocations tacites qui lui arrivent de toutes parts. N'empêche qu'elles le travaillent, et que son esprit y répond par un prurit presque intolérable.

Il dévisage tour à tour Legraverend, Louise Argellati, Darnould. Il lève la tête vers Clanricard. Puis, d'une voix si mesurée qu'elle en devient menue :

— Il y a quelqu'un ici qui attache une valeur à cette affirmation principale ?

Le groupe respire, comme on respire aux tout premiers pétillements d'un feu de bois qui, d'abord, n'a pas voulu prendre. Laulerque cligne des paupières. De légers tressaillements parcourent ses narines. S'il tenait Mathilde Cazalis dans ses bras, il croit bien qu'il la mordrait pour la punir du soudain contentement qu'elle montre. Sampeyre, à qui n'échappent pas les signes d'effervescence chez le jeune homme, s'en égaie, mais tient pourtant à lui marquer qu'on ne se joue pas de lui.

— Il n'est pas question de la prendre au pied de la lettre ; mais certains parmi nous pensent qu'elle répond quand même à quelque chose.

— Pas vous, en tout cas, monsieur Sampeyre.

— Pourquoi ?

— Je me souviens de vos propos de mercredi dernier.

— J'aurais pu changer d'avis depuis mercredi dernier.

Laulerque fait encore une fois le tour des visages, semble les interroger, puis, revenant à Sampeyre :

— Si je ne craignais pas de blesser quelqu'un ici... je ne devine pas qui d'ailleurs... je sais bien ce que je dirais.

— Dites. Dites.

— ... Que cette affirmation principale est une ânerie éclatante.

La voix de Laulerque a brusquement triplé d'intensité. Tout le groupe se met à rire, même Louise Argellati, dont le rire, plus léger que la voix, plus vieilli aussi peut-être, semble avoir la nuance argentée de ses cheveux ; même Mme Legraverend, d'ordinaire si prudente. Tous, sauf Clanricard.

— ... Mais les auteurs de cette ânerie ont pour excuse de ne pas y croire une seconde.

— Vous ne pensez pas que les grandes puissances cherchent réellement à limiter le conflit ?

— C'est possible.

— Sans doute pas par idéalisme, ni par horreur de la guerre ; mais parce qu'elles ne sont pas prêtes ; parce que l'affaire se présente mal ?...

— Tant que vous voudrez. Je vous accorde plus : qu'elles réussiront peut-être à empêcher le conflit. Mais s'il se déclare, je les défie bien de le localiser. Pour commencer, dès que la Bulgarie aurait attaqué la Turquie, les Serbes ne résisteraient pas à l'envie de tomber sur la Bosnie-Herzégovine. Vous avez lu comme moi les dépêches de Belgrade ? J'ai même appris ce matin que les Serbes font remonter leurs droits sur la Bosnie « avant la naissance de l'empire de Charlemagne ». En toutes lettres. Jugez un peu. Or, si l'Autriche entre dans la bagarre, nous y passerons tous.

— Je reconnais que c'est grave de ce côté-là. C'est même au fond ce qui me paraît le plus grave. Mais mon espoir, et c'est aussi l'avis de Mme Argellati, est qu'en cas de conflit turco-bulgare, les Serbes finalement resteront tranquilles.

— Simple vœu sentimental.

— Non. Ils ne sont pas prêts à se mesurer avec l'Autriche. Ils ont intérêt à laisser la Bulgarie s'affaiblir. Et puis, la Russie les retiendra.

Clanricard écoute avec angoisse. Pour lui, le plaisir de discuter ne masque jamais l'âcreté essentielle des événements. Il dit à Laulerque :

— Tu vois bien que, quoi que tu prétendes, tu admets une fatalité historique ; des enchaînements, tout à coup, auxquels personne ne peut rien.

— Ne peut *plus* rien. A partir d'un certain moment. Le 19 Brumaire. Et encore. Je suis persuadé qu'à tout moment, il y aurait un point, quelque part, où l'on pourrait agir. Je vous répète que nous nous sommes laissé abrutir par la philosophie de l'histoire. Le culte de l'inévitable. Les philosophes modernes de l'histoire sont les plus grands malfaiteurs depuis l'Inquisition. Bossuet, bon, c'est fini. Mais Hegel et Marx ont remis ça. Eux et les journaux quotidiens, voilà les meilleurs auxiliaires des gouvernements pour l'écrasement des peuples.

Legraverend, qui se croit marxiste, Louise Argellati, qui n'a pas lu Marx, mais qui le vénère parmi les saints de l'Église socialiste, protestent, sans trop se fâcher pourtant. Car Laulerque jouit, dans l'assemblée, d'une tolérance spéciale.

— Je dis Marx. Il y a heureusement des marxistes qui, à leur insu, trahissent la pensée du maître. Ils font du carbonarisme. Très bien. Tenez, je vois là-bas le portrait de Michelet. Ça, oui, c'est un historien. Même si ce n'est pas plus vrai, c'est dix fois plus tonique.

— Tonique ? Vous trouvez ? » objecte Mathilde Cazalis. « Tout ce qu'il nous montre dans le passé de turpitudes, de sinistres intrigues, de crimes...

— Justement. Un coup de poignard, une fiole de poison, même une fistule ou une favorite, placées où il faut, et voilà l'histoire qui bondit à droite ou à gauche. On se sent vivre. C'est l'école des héros. Tandis que l'histoire philosophique est un opium, comme l'islam...

Clanricard, sans sourire, écoute.

Quant à Sampeyre, il revoit d'un coup d'œil son enseignement historique de jadis, à Normale primaire. Ne donnait-il pas lui aussi dans la philosophie de l'histoire ? N'est-ce pas contre lui que Laulerque a si vivement réagi ? N'est-ce pas lui aussi que Laulerque condamne ? D'ailleurs, l'ancien élève peut se tromper. En tout cas, il simplifie beaucoup trop. Lui, Sampeyre, n'a jamais nié l'action des individus, ni même celle du hasard. Les murs de son cabinet témoignent qu'il rend justice aux grands hommes (dans l'ordre de la pensée, il est vrai). Tous les héros dont les visages président à sa vie quotidienne ont été des réveilleurs. Aucun n'a vendu d'opium. Aucun n'a enseigné que le monde nouveau se ferait tout seul. Est-ce que Michelet n'est pas là ? Et Hugo ? Et Voltaire ?... Et puis, bah ! il faut bien qu'une génération contredise un peu la précédente. Ça n'empêche ni l'affection, ni l'influence par en dessous. Surtout ne pas mettre d'amour-propre dans ces questions-là.

Mais Darnould interroge Laulerque, de sa voix lente et précautionneuse :

— Tu nous dis ça... D'accord. Ça peut se soutenir ; comme tant d'autres théories. Mais il y a une situation urgente. Moi, j'ai peur, tout simplement. J'ai peur pour moi et pour tout ce qui me paraît important. Ça m'est assez égal que tu aies raison. Est-ce que tu nous donnes le moyen d'empêcher ce qui peut se produire ? De sauver ce qui est important ?

Clanricard regarde Darnould avec une profonde amitié. Darnould vient de dire ce que Clanricard à l'instant même pensait.

* * *

Ils avancent dans le sentier boueux. Sur la gauche, là-haut, très loin, un réverbère perdu éclaire l'extrémité d'une ruelle de banlieue entre des masures.

Mais sa lumière vient comme un clair de lune doré jusque dans le sentier où marchent les deux hommes. Quinette s'en étonne. Il s'est d'abord demandé si cette lumière ne ricochait pas du ciel, n'était pas le reflet de Paris. Maintenant qu'il en a trouvé la source, il se demande si malgré tout le reflet de Paris ne s'y ajoute pas. Il s'étonne aussi de la boue du sentier. A la fin de l'après-midi, quand il est venu seul, il n'a pas remarqué cette boue. A quoi est-elle due ? Le temps est sec. Ce soir tout préoccupe Quinette. Tout a de l'importance.

— Vous en avez des idées ! C'est pas pour dire.

Voilà Leheudry qui recommence à renâcler, à raisonner. Le mieux est de ne pas répondre. Pendant qu'il discute, il marche. Le peu de volonté dont il dispose fuit en paroles.

— Ah oui ! vous en avez des idées ! C'est une spécialité, à croire ! Comme complication, ça ne suffisait pas, votre cagibi du faubourg ? Si encore vous me laissiez libre d'aller et de venir. Je n'ai même pas le droit de parler à la concierge. Moi, je ne suis pas ours de nature. Ah ! j'en ai eu une inspiration quand je suis entré dans votre boutique... C'est tout de la glaise dans ce chemin-là. On va se casser la gueule... Moi, vous me faites l'effet d'avoir quelque chose d'un peu piqué, malgré les airs que vous prenez de vouloir en remontrer à tout le monde.

Chaque phrase arrive un peu inquiète, isolée entre deux silences où l'on entend le clapotement des semelles sur la glaise.

— Soi-disant, vous vous chargez d'arranger tout. Et ça va chaque fois un peu plus mal qu'avant. Moi je suis sûr que c'est votre visite de lundi qui lui a tourné la tête. Ce qu'elle vous a raconté, que son mari se méfiait et voulait aller au coffre, c'est des inventions. En admettant même qu'elle vous l'ait raconté.

Quinette, agacé, ne peut s'empêcher de répondre :

— Elle va vous le répéter dans quelques minutes.

— Vous lui avez tellement fichu le trac, qu'elle s'est dit qu'elle ne vivrait plus tant qu'elle sentirait ce paquet dans son coffre. Depuis, moi, je l'avais vue deux fois. Ça s'était passé très bien. Je la connaissais, cette poule-là... J'en étais sûr... Et pourtant je ne me donne pas pour aussi malin que vous. Voilà qu'il y a des rails maintenant. Je ne marche pas pour me casser la gueule. Dites. C'est pour le cas où on se ferait poisser que vous avez voulu que je ne garde aucun papier à moi dans mes poches ?

— Naturellement.

— Alors, c'est pas la peine de vous faire venir si loin pour vous mener dans des endroits où on risque encore de se faire poisser.

— Par ici, vous ne risquez rien. C'est une précaution générale que je vous ai rappelée. Dans un cas comme le vôtre, règle absolue : ne jamais sortir avec des papiers sur soi. Ou bien, de faux papiers. Pas d'initiales non plus aux vêtements, ni au linge. Je vous ai bien dit de les enlever.

— Je n'ai pas eu le mal. Je n'ai pas d'initiales, moi. Je ne suis pas assez chouette pour ça. Mais une fois qu'on est poissé qu'est-ce que ça peut fiche ?

— Pardon. Vous pouvez être pris dans une simple rafle. Vous donnez un nom quelconque. Le lendemain, ils vous relâchent. Ils ne gardent rien qui puisse les remettre sur votre trace. A propos, vous avez toujours bien dans votre poche la carte que je vous ai donnée ?

— Oui.

— Et vous vous rappelez le nom ?

— Oui. Léon Dufucret. C'est un nom de gourde. D'ailleurs, s'ils nous chipaient quand nous aurons le paquet, à quoi ça servirait-il ?

— Ils ne nous chiperont pas dans la galerie, sans que nous ayons eu le temps de nous débarrasser du paquet.

— Mais au retour ?

— Décidément, vous ne voulez pas le laisser là-bas...

— Dans la galerie ?

— Hé oui ! C'est un peu pour ça que j'avais choisi ce lieu de rendez-vous. Vous auriez vu quelle cachette je vous enseignais ! Seulement pour le temps qu'auraient duré les recherches, bien entendu. Vous veniez là quand vous vouliez, comme à un coffre de banque, et sans personne pour \ us contrôler... Enfin !

— Pour qu'un pouilleux s'appafointe dessus ! Plus souvent ! Non ! mais je vous disais au retour ? Sans compter que c'est plein de mes lettres de famille, avec les noms. S'ils nous chipaient au retour ?

— Au retour ? Je n'y ai pas pensé...

— Vous ne pourriez pas me porter ça, vous, au moins jusqu'au métro ? Avec votre pardessus, et votre barbe, personne ne vous demandera rien.

— Nous verrons.

— Et après, qu'est-ce qu'on en fera ? Où est-ce que je le mettrai ?

— Je n'y ai pas encore réfléchi.

Les rails s'étaient écartés vers la droite. On se sentait encore plus abandonné. Leheudry marchait le long du talus, les pieds portant de travers. Quand il avait fait plusieurs faux pas de suite, sa mauvaise humeur le reprenait :

— De toute façon, il y avait trente-six moyens qu'elle me rende ça, sans venir nous casser les pattes dans des fonds pareils.

— Quels moyens ?

— Elle pouvait nous retrouver dans un café.

— Elle n'a pas voulu.

— Pourquoi ?

— Par prudence, je suppose. D'ailleurs, je n'ai pas insisté. C'est trop dangereux.

— Quand on sait choisir ? Pensez-vous !

— Une femme un peu affolée, qui porte un paquet comme celui-là, sous le bras, et qui tourne dans trois ou quatre rues à la recherche de l'endroit qu'on lui a indiqué, il n'en faut pas plus pour qu'un policier la prenne en filature. Le coup du partage au café ! C'est tellement classique !

— Alors dans la rue, dans un square.

— Ça ne vaut guère mieux. Et puis, il me paraît indispensable que vous vérifiiez le contenu du paquet. Vous ne pouvez faire ça que dans un intérieur.

— Sous son nez à elle ?

— Non. Je causerai avec elle pendant ce temps-là. Vous regarderez rapidement.

— Où dites-vous qu'elle doit vous attendre ?

— A la halte du tram de la rue des Champeaux. Il y a un abri.

— Si on y allait directement, tous les deux ?

— Je ne saisis pas la raison.

— Vous ne me ferez pas croire que dans une rue de banlieue, comme ça, la nuit, les gens s'occuperaient de nous.

— Mais pour ouvrir le paquet ?

— Oh ! Je me fie à la gosse. Je suis sûr qu'elle n'a touché à rien.

Il fait de plus en plus sombre. La lueur du réverbère lointain colore encore l'air légèrement brumeux, mais n'entame plus les ténèbres du sol. Le chemin s'est élargi. On devine une vaste dépression, où se dressent quelques monticules et que dominent, en face, de hautes falaises.

Quinette tire sa lampe électrique, l'allume un instant. On voit des ornières fuir dans la glaise, toutes tordues. Il éteint.

Puis il baisse la voix ; et sur le ton d'une confidence un peu délicate :

— Il faut que je vous dise aussi... J'ai cru comprendre qu'elle désire passer un moment avec vous...

Pendant qu'il prononce ces mots, il en éprouve lui-même une excitation singulière. Il imagine Sophie Parent au fond de la galerie ; non pas nue, mais les vêtements soulevés ; prête à l'amour. Il la posséderait dans l'ombre. Ou plutôt cette jolie petite dame aux yeux tristes qui est venue chercher son livre ce matin. C'est elle qu'il posséderait dans l'ombre ; ou dans la faible lumière de la lampe électrique de poche, posée obliquement sur le sol. Il arriverait sûrement à la posséder. Il le pourrait dès maintenant. Que le réveil de la force virile est agréable à ressentir !

Mais ces mêmes mots enveloppent Leheudry d'une buée d'ivresse. Il demande, avec quelque chose de rauque et de trop chaud dans le souffle :

— C'est vrai qu'elle vous a dit ça ?

— Pas carrément ! vous pensez... Mais cette petite vous a dans la peau... Je ne pouvais pas lui proposer de vous rencontrer à l'hôtel... C'était trop risqué.

Leheudry ne discute plus, ne raisonne plus :

— C'est loin, votre halte de tram ? Vous serez longtemps à revenir ?

— Non. Dix ou quinze minutes.

— Elle aura su trouver, vous croyez ?

— Sans le moindre doute. Je lui ai bien spécifié la ligne de tram, le nom de la halte.

— Mais moi, où est-ce que je vous attendrai ?

— Au fond de la galerie. Je vais vous y mener d'abord.

— Je serai dans l'obscurité...

— J'ai une autre lampe de poche que je vous laisserai.

— Ce n'est pas trop dégoûtant, par terre, dans ce fond de galerie ?

— Mais non. Le sol est tout à fait sec. Je crois même qu'il y a du sable.

— On ne va pas tomber sur des types qui couchent là-dedans ?

— Non, pas de ce côté.

— Ça m'épate comme vous vous dirigez. Moi je n'y vois rien. On n'a même plus les rails. C'est vrai, ce que vous m'avez dit, quand vous étiez de la police, vous aviez repéré ce coin-là ?

— Oui.

— Faites marcher votre lampe, de temps en temps, qu'on s'y reconnaisse. Ce qu'elle va avoir peur, ma petite Sophie ! Je peux pas me figurer que vous la ferez venir jusqu'ici. Ah ! pour le coup vous serez fort. Mais dites, si nous restons ensemble un moment, vous, qu'est-ce que vous deviendrez ?

— Je me mettrai à l'entrée de la galerie. S'il y avait un péril quelconque, je vous avertirais.

— Ça, c'est chic. Vous avez de bons côtés tout de même. Dans votre genre, vous êtes serviable.

A mesure qu'ils en approchaient, la haute falaise devenait un peu visible. Mais juste en face d'eux, cette apparence, imperceptiblement grisâtre et rose, présentait une énorme lacune. Comme si un gouffre eût été debout. Comme si la nuit de la terre se fût dressée.

Leheudry s'arrêta :

— Je ne peux me faire à l'idée que Sophie viendra me retrouver là-dedans.

— C'est la solitude qui vous impressionne ?

— C'est pas seulement la solitude. C'est tout.

*
* *

Pendant que Maurice Ezzelin, accoudé à la table de la salle à manger, lit son journal du soir, Juliette se glisse dans la chambre. Elle ferme la porte à clef doucement. Elle ouvre son armoire, fouille sous le linge. Ses doigts sentent le livre, dans sa reliure neuve, couché à côté du paquet de lettres. Le livre ne contient rien qui puisse éveiller le soupçon. Elle pourrait le laisser voir à n'importe qui. Mais on aurait envie de le regarder, de l'ouvrir. On le toucherait. Ce livre est le frère clandestin du paquet de lettres. Les deux secrets doivent dormir côte à côte, se tenir chaud, se protéger mutuellement. Juliette vient les retrouver, quelques minutes. Ce soir, ce n'est pas une lettre qu'elle a envie de tirer du paquet, et de lire, debout contre son armoire, se mordant les lèvres pour ne pas pleurer, et prête à tout repousser vivement sous le linge au moindre bruit. Non. Elle n'a pas envie particulièrement d'une lettre. Elle les veut toutes, ou plutôt leur émanation totale. Elle n'appelle pas un moment du passé, un souvenir entre les souvenirs. Elle veut caresser le passé lui-même, comme une bête craintive blottie sous le linge.

Toute la vie est là. Toute la vie se ramasse, par une opération prodigieuse, dans un espace où les doigts d'une seule main n'ont qu'à bouger un peu pour le parcourir tout entier. Toute la vie ne peut pas être du passé ; ou c'est alors que le passé n'est pas quelque chose de révolu. Les lettres vivent. Les pensées des lettres continuent à s'échapper, à rayonner. Elles pénètrent dans le livre ; elles se glissent entre les pages ; elles épousent les vers du livre.

Ne sont mortes que les choses qui n'ont plus de puissance. La petite bête blottie sous le linge et bien plus forte qu'un homme comme il y en a. S'il fallait choisir, est-ce qu'on hésiterait ? Une seule des pensées blotties sous le linge est plus forte que toute cette pauvre tête là-bas, penchée sur son journal. Mais justement le journal fait du bruit. La chaise aussi. Vite. Que le linge s'étale bien régulièrement. Que la porte se referme sans grincer.

*
* *

Ce recoin de restaurant est presque aussi intime qu'un cabinet particulier. On y accède par un escalier un peu difficile à découvrir. Les gens qui dînent là-bas n'ont même pas jeté un coup d'œil de ce côté-ci. D'ailleurs, dans ces parages, Gurau a bien peu de chances de rencontrer quelqu'un qui fasse partie de ses relations. En tout cas, même si des gens croyaient le reconnaître, lui, sur le souvenir de ses portraits, ils ne connaîtraient certainement pas Sammécaud.

Il ne peut donc pas reprocher à Sammécaud un manque de précautions. Et l'autre paraît de bonne foi quand il affirme que, quoi qu'il arrive, leur entrevue restera secrète.

Mais cette sécurité même donne un malaise à Gurau. Il n'en sent que mieux ce que le fait a d'inavouable. Il réfléchit aussi que, depuis le début de la conversation, rien ne l'a violemment heurté. Que tout cela, mon Dieu, est facile ! Le génie de la société est justement de vous rendre faciles, agréablement glissants, des passages, des transitions, des changements d'attitude, et aussi, hélas ! d'altitude, que la pensée de l'homme seul lui signalait avec solennité comme des précipices, et en avant desquels elle avait établi toute une ligne de palissades. Un homme seul. Il y en a un quelque part, qui pense peut-être à Gurau, en ce moment. Le jeune fonctionnaire qui a rassemblé le dossier. Comme il serait étonné ! Que n'est-il là pour écouter, pour prendre sa part et sa responsabilité dans ce qui arrive.

— Je vais bien plus loin que vous ne supposeriez, dit Sammécaud. Non seulement je crois à une révolution. Mais je la trouve juste, inévitable. Je m'incline. Et vous pensez pourtant ce que j'ai à y perdre. Je vais encore plus loin. Je crois qu'il faut la préparer. Pas comme des fous, non. Ni comme des fanatiques. Comme des êtres raisonnables. L'aménager d'avance. Il n'y a peut-être pas un autre homme comme vous, en France, qui soit capable de prendre un jour la tête de la révolution, et d'en faire quelque chose d'humain, quelque chose qui aboutisse... Ça, c'est votre destin. Et moi, bien que ça aille contre tous mes intérêts, je ne demande qu'à vous aider. Parce que je reconnais qu'une certaine pourriture, que je vois de près, ne peut pas s'éterniser. Et parce qu'il y a, dans tout ça, une force d'idéal que je sens. Chez moi, le côté disons artiste dans la vie, ou même dilettante, ne supprime pas le reste. Je vous ai dit que je ne comprenais rien à la politique, oui, celle au jour le jour, les intrigues, les combinaisons, qui font que M. Untel est ou n'est pas élu, que M. Untel renverse M. Tel autre, et lui chipe son portefeuille ministériel. Et c'est pour ça aussi, en toute sincérité, que je ne crois pas qu'il faille s'user à lutter contre tel ou tel petit abus particulier. C'est du travail pour subalterne. Quand il y a toute une société, toute une civilisation à transformer et à mettre debout. Quoi ! Imaginez même tout au mieux, que nous ne nous défendions pas, et que vous obteniez sans coup férir la modification de notre régime d'importation des pétroles... Il rentre, en théorie, quelques millions dans la poche du fisc. Attendez. D'abord nous fermons nos dix-sept usines. Ah oui ! Si on nous applique à l'entrée la taxe sur le raffiné, nous faisons venir purement et simplement du raffiné. Autre chose. La taxe, qui la payera en définitive? Le consommateur. Il n'est ni en votre pouvoir, ni en celui de personne, dans l'état actuel de la société, d'empêcher la continuation de nos accords avec la Standard Oil. Nous garderons notre monopole de fait. Et il en résultera que la vieille bonne femme, ou que l'ouvrier, qui paye encore son litre de pétrole à un prix raisonnable, le payera plus cher. Impôt indirect, prélevé sur les plus humbles. Il en résultera aussi un arrêt dans le développement de l'industrie automobile. Demandez à Bertrand, par exemple, ce qu'il en pense.

Gurau mangeait lentement son entremets, ne répondait pas, accueillait les arguments avec une sourde gratitude.

— Mais nous nous défendrons ; ouvertement d'abord, et contre l'administration, pied à pied. Un vote à la Chambre n'aura qu'une valeur indicative. Nous nous débattrons avec messieurs les fonctionnaires. Croyez-vous, par exemple, qu'il sera si facile que ça d'établir en fait, d'une manière juridiquement incontestable, que l'huile que nous envoie la Standard est un mélange fabriqué pour les besoins de la cause, et n'a aucun droit à la dénomination de pétrole brut ?... Ce n'est pas à moi de vous indiquer les moyens qui nous restent de ce côté-là. Mais c'est contre vous aussi que nous nous défendrons. Je dis « nous », vous comprenez en quel sens. Et vous sentez déjà jusqu'où la contre-attaque peut aller. Alors que cette force énorme, que vous allez dresser contre vous pour un résultat misérable, je me charge de la mettre dans une large mesure à votre service, au service de vos idées, de la cause dont nous parlions, qui dépasse tout de même une question de tarifs en douane ; cela entre vous et moi, bien entendu, comme une espèce de pacte sans témoins, mais sacré à mes yeux. Et j'espère qu'il se renforcera par une amitié qui serait pour moi un honneur, et aussi un rafraîchissement moral, une oasis, une échappée sur certains horizons, dans la vie terriblement positive que je suis obligé de mener... Pour commencer : votre journal... je vous dis qu'il est à vous, quand vous voudrez. Et personne derrière vous qui vienne regarder par-dessus votre épaule. Hein ?

Gurau boit une gorgée de ce Meursault riche et vigoureux, comme doublé de métal, qui reste dans son verre de gauche. Les propos de Sammécaud, où il n'avait senti d'abord qu'un appel à sa faiblesse, ont fini par produire en lui une excitation assez nouvelle, un mouvement d'idées promptes et hardies, un battement plus serré du cœur. Il a l'impression, non de glisser sur une pente facile, mais d'être arrivé, par un chemin aux détours surprenants, jusqu'à une espèce de corniche rocheuse, d'où certains promeneurs privilégiés aperçoivent des perspectives — faites de plans de montagnes, d'échancrures de vallées, de grands morceaux de mer — dont l'ampleur, la liberté, l'imprévu ne peuvent être soupçonnés des modestes promeneurs du dimanche qui doivent aller et venir dans ces petits villages qu'on découvre là-bas.

Des rapprochements, des références, des confirmations paradoxales accourent dans son esprit. « Après tout, ce n'est pas tellement loin de Marx. Le mépris du petit réformisme au jour le jour. Attendre et faire mûrir le bouleversement total. Je vois très bien Marx ou tel autre acceptant un pacte de ce genre. Tous les grands révolutionnaires, ceux qui ont réussi, quand le hasard leur a apporté une occasion pareille, ont certainement serré leur poigne dessus. Tous les grands hommes d'action sont des preneurs d'occasions, des preneurs de ce qui se présente. Les grands réalisateurs sont des réalistes. Un certain puritanisme, un respect terrifié et bureaucratique de la règle morale, c'est peut-être très nécessaire aux esprits de petite envergure, et au militant moyen. Mais jamais rien de grand ne s'est fait sans des audaces morales, des entorses aux principes, qui auraient suffoqué les petits esprits. Les Jésuites. Ces maîtres. Tout ce qu'ils ont toléré, fomenté, d'ailleurs sans aucun bénéfice personnel. A.M.D.G. Et comme j'imagine un des futurs "géants de 92" ayant, vers 1780, par exemple, une conversation de ce style avec un fermier général. » Il pensait aussi à Nietzsche. Il entrevoyait encore, sans chercher à la définir, sans lui demander pour l'instant autre chose qu'un sentiment d'héroïsme et d'orgueil — comme les acclamations d'une foule au soleil — l'idée d'une union entre les puissants, entre les forts, d'une fraternité des « grands », quel que soit l'ordre de leur grandeur, par-dessus le pullulement des vivants ordinaires ; même par-dessus le cadastre des doctrines. Une connivence féodale.

La fin d'un repas, le scintillement de cent objets destinés au plaisir du petit nombre, la présence en face de vous d'un seul individu, et qui regorge de pouvoir, toutes ces circonstances aident l'esprit à faire rapidement du chemin.

*
* *

Quinette et Leheudry marchent sous la voûte. Leheudry marche le premier. C'est lui qui tient la lampe électrique. Quinette lui a dit :

— Prenez-la. Vous verrez mieux où poser vos pieds. Je garde l'autre en réserve.

D'ailleurs le sol est tout à fait sec, et quand on suit le milieu de la galerie on foule une poussière molle qui atténue les aspérités.

La voûte s'abaisse peu à peu. Juste en face, on croit que la galerie va finir sur une muraille bossuée. Dans un coin quelque chose de sombre ressemble à un vêtement.

Leheudry s'arrête.

— Une veste. Il y a des types par là.

— Mais non. C'est une loque.

Leheudry explore du faisceau de sa lampe les parois du souterrain. Son compagnon lui dit :

— C'est sur la droite qu'il faut prendre. Vous voyez. Il y a une galerie plus petite qui fait un coude. Encore une minute, et nous sommes arrivés.

Leheudry ne bouge plus :

— Moi, j'ai bien envie de vous attendre ici.

Quinette affecte un ton indifférent :

— Comme vous voudrez. J'aurais préféré vous montrer l'endroit en question. Au cas où il ne vous plairait pas. Et puis il vaut mieux s'assurer qu'il est vide.

— On ne risque pas d'attraper des poux là-dedans ? Vous savez qu'elle est délicate.

Quinette pousse doucement Leheudry par l'épaule :

— Écoutez... dépêchons-nous. Nous ne pouvons pas la faire attendre comme ça à cette halte de tramways.

Leheudry pénètre enfin dans la galerie coudée. Il ne cesse d'explorer les parois avec la lumière de sa lampe.

Il répète :

— Jamais elle ne voudra venir ici. Ça, jamais. Vous ne la connaissez pas. Vous en avez de drôles d'idées... Jamais.

— Eh bien, voilà tout. Elle attendra dehors, à l'entrée des galeries. Jusque-là, elle ne pourra pas avoir peur. Je viendrai vous chercher.

— Alors, pas la peine d'aller plus loin.

— Mais si, voyons ! Avancez encore un peu. Je vous croyais moins poltron que ça.

Quinette tâte sa poche, y plonge la main.

— Zut ! » fait Leheudry. « Je ne marche plus.

Il se bute, les deux pieds un peu écartés dans la poussière, courbant le dos. Il continue à braquer sa lampe vers le fond du souterrain. Mais le faisceau reste immobile, comme un regard de bête terrifiée.

Quinette lui dit soudain, criant presque :

— Qu'est-ce qu'il y a là-bas ?... là-bas devant vous... éclairez donc !

Il a profité du bruit de ses propres paroles, d'un raclement de gorge sonore qu'il y ajoute, pour couvrir un glissement et claquement de métal.

Leheudry a reculé d'un demi-pas, mais en effet il regarde devant lui de toutes ses forces. Il tremble.

Quinette lui approche le pistolet à cinq centimètres de la nuque, et tire deux coups, posément.

Un instant après, il se retrouve assourdi, en pleines ténèbres, enveloppé par l'odeur de la poudre. Il a le temps de se demander de bonne foi s'il n'est pas dans son lit de la rue Dailloud, en train d'achever un rêve harassant. Mais il prend dans une de ses poches la seconde lampe électrique. Il allume.

Leheudry est à ses pieds, la face contre terre, le corps bizarrement replié. Une fine fumée flotte encore, mêlée à de la poussière en suspens. L'autre lampe électrique est tombée sur le sol, assez loin de Leheudry.

« La pile peut encore servir. D'ailleurs, ne laisser aucune espèce de trace. »

Il ramasse la lampe.

Puis il se dirige vers le fond du souterrain, reconnaît à gauche une cavité dans la paroi rocheuse, y fourre la main, écarte la poussière, en retire un litre plein d'un liquide verdâtre, et une grosse éponge brune.

Il revient vers le corps, l'examine un instant. Bien qu'il manque d'expérience en cette matière, la mort lui semble certaine. Il déplace un peu le corps, non sans difficulté, le tourne à demi, s'arrange pour que la nuque repose à plat sur le sol. Puis il essaye de faire tenir l'éponge bien en équilibre sur le visage. Mais l'éponge a tendance à basculer d'un côté ou de l'autre. Il est forcé d'y creuser avec son canif une cavité qui correspond à peu près à la saillie du nez, du front et des joues.

Quand l'éponge paraît vouloir tenir, il débouche le litre et verse doucement le liquide sur l'éponge. C'est alors seulement qu'il se demande si les deux coups de feu n'ont pas été entendus de l'extérieur, ou des occupants éventuels d'une autre galerie. Mais il se le demande avec sang-froid. Sa main, qui frémit à peine, ne se hâte pas de verser le liquide vert sur la grosse éponge, qui semble changer de couleur, et subir, dans toutes les anfractuosités de sa surface, des recroquevillements, des racornissements, de soudaines flétrissures, comme si le liquide dont elle se gorge et ruisselle commençait déjà à la dévorer.

3.

LES AMOURS ENFANTINES

I

SUR LES TOITS DE L'ÉCOLE

— Nous allons passer par ici. Je ne sais pas si c'est le meilleur chemin. Mais c'est un chemin.

— Nous ne nous casserons pas la gueule ?

— Non. Il paraît que, de mémoire de caïman, personne ne s'est jamais cassé la gueule. Il y a évidemment une protection céleste. Etant donné que beaucoup de normaliens sont, comme moi, de timides cambroussards, pas du tout acrobates. Je t'ai déjà dit que je croyais au Dieu de Voltaire et de Victor Hugo ? La fenêtre est rudement dure à ouvrir. Déiste, parfaitement. Donc le type de l'individu le plus méprisable aux yeux d'un thala. J'ai repéré non loin d'ici un grenier, soigneusement fermé à clef, où le Pot accumule ses réserves de livres classiques. On doit pouvoir y entrer sans difficulté par une fenêtre. J'étudierai ça.

— Dis donc, demanda Jerphanion. Toi qui es grammairien...

— Moi ?

Et Caulet fit un geste de protestation qui souleva solennellement le pan de sa pèlerine.

— Pourtant...

— Ne te perds pas en conjectures. J'ai choisi la grammaire, parce que c'est l'agrégation de grammaire qui passe pour la plus facile. S'il y avait eu une agrégation d'alphabet, j'aurais choisi l'agrégation d'alphabet.

— Bref, dans la mesure où tu es grammairien, tu n'es pas choqué que, dans le jargon de l'Ecole, Pot signifie deux choses malgré tout aussi différentes ?

— Il en désigne même trois. Oui : le repas considéré en particulier ; la nourriture en général ; et l'Econome, parce qu'entre autres opérations louches il veille à la nourriture.

— Cette pauvreté de vocabulaire ne t'afflige pas ?

— Il y a, paraît-il, un mot chinois, monosyllabique également, qui veut dire à volonté l'étoile du soir, le fleuve qui traverse la dix-septième province, le receveur des contributions et les premières règles de la jeune fille. Et il y a trois mille ans que ça dure. Tu vois comme la gouttière est large. J'ajoute que j'y suis déjà passé hier. Et du moment que j'y repasse, c'est que le danger est pratiquement négligeable. Je tiens de mes ancêtres l'horreur du danger.

— Ta pèlerine ne te gêne pas ?

— Non. Hein ? Quel rétablissement ! Donne ta main que je te tire un peu. Moi, je m'accroche à ce fronton. J'ai pris ma pèlerine parce qu'il fait froid là-haut. Je suis sujet aux rhumes. « Voici venir l'hiver, tueur de pauvres gens. » Ne t'effraye pas. C'est la seule citation de poésie moderne que je sois en état de faire ; avec trois ou quatre vers de Heredia. « Comme un vol de gerfauts hors du charnier natal. » Et le truc qui finit par « l'Imperator sanglant ». J'ai remarqué que ça suffisait dans toutes les circonstances de la vie. Ne venons-nous pas de sortir de cette mansarde « comme un vol de gerfauts » ? A s'y méprendre. Et Sidre, sur la cime du toit, contre le ciel rouge de novembre, si tu éprouvais le besoin de le comparer à quelque chose, est-ce que ce ne serait pas à un Imperator sanglant ? Ça colle toujours.

Caulet marchait avec prudence dans le creux même de la gouttière. Tous les trois pas, il trouvait à sa gauche l'avancée d'une mansarde. Il en profitait pour se rassasier d'équilibre. D'une mansarde à l'autre, le temps lui durait un peu. Ses bras, sous la pèlerine, faisaient un discret mouvement de balancier.

— N'est-ce pas que ce n'est guère terrible ?

Jerphanion qui avait joué sur des toits de village, grimpé à travers des éboulements de phonolithes, couru pieds nus à flanc de précipice, sur des sentiers de chèvres, ne se laissa intimider qu'un instant par cette gouttière parisienne. D'ailleurs les toits de l'Ecole offraient plus de majesté que de péril. Avant de vous découvrir Paris, ils vous faisaient mesurer dans son ampleur interne le quadrilatère des bâtiments. Les pieds dans la gouttière, on admirait de nobles suites de mansardes, des symétries de cheminées. On apercevait, là-bas, une cour profonde, d'allure assez royale, avec un bassin rond cerné de maigres verdures. Un vent, que les gens des trottoirs ne connaissent pas, commençait à vous saisir sous les épaules. Car entre le vent du fond des rues et celui qui règne au-dessus d'une ville, la différence n'est pas tant dans la force, que dans cette façon de vous envelopper de tous les côtés et de vous serrer du plus près possible.

Mais ces toits imposants, où ne manquaient pas les pentes abruptes, et qui à première vue repoussaient le piéton comme une incongruité, il semblait qu'on les eût, par des arrangements confidentiels, destinés à la promenade. Au bout de la gouttière, dans l'angle du bâtiment, de petites marches ajourées, d'un métal plus gras que la fonte, vous attendaient, légèrement accrochées au rampant du toit. Il suffisait de les suivre pour arriver au faîte même, qu'occupait, sur toute la longueur de l'édifice, une sorte de plate-bande, large d'un pied, et striée de minces traverses qui faisaient saillie. Ce chemin, allègre et hasardeux comme une passerelle sur un torrent, donnait à l'esprit l'excitation, les jouissances que procurent les hautes terrasses, mais refusait au corps les poses faciles et l'abandon des mouvements. Aucun danger ostentatoire. Rien même qui exigeât de l'adresse. Mais l'idée d'un faux pas était exclue. Sans vous faire la moindre menace, l'escarpement et l'abîme ne cessaient de vous accompagner, comme ces bêtes, dit-on, qui, dans certains pays, escortent le voyageur, et ne l'attaquent pas, mais attendent seulement que son cheval trébuche. Il fallait tenir sa monture de muscles bien en main, la bride courte. De quoi écarter les infirmes, les vieillards, les femmes nerveuses. On n'aurait même pas osé conseiller ce circuit au philosophe de Pascal transi de vertige sur sa planche entre les deux tours de Notre-Dame. Bref, un lieu d'insolence et de jeunesse. Un bon promenoir aussi pour la rêverie ambitieuse.

— Veux-tu une pastille Valda ? dit Caulet. Il est essentiel d'éviter les maux de gorge. On peut se représenter Valda comme une prêtresse vêtue de blanc, qui extrait le suc du gui de chêne. Ou comme une étudiante russe, ou plus exactement moldo-valaque. A propos, je te préviens, méfie-toi, aux cours de la Sorbonne, des étudiantes moldo-valaques. Elles accourent en France, par troupes, chercher le mariage. Comme un vol de gerfauts. Elles se contentent du Sorbonnard, qui est déjà pour elles une chair délicate. Mais elles considèrent le Normalien comme une proie de luxe. Moi qui suis dessalé, je ne risque rien. Mais les innocents de ton genre... Il y aura des victimes. Pauvres familles françaises. Pour passer ici, si tu as le trac, tu peux t'appuyer à la cheminée. La fraîcheur de ces pastilles m'enivre. Ce doit être comme ça qu'on devient opiomane. J'ai eu pendant des années la passion des pastilles de réglisse. Effrayant. Du matin au soir, je salivais, je rotais la réglisse. J'avais l'estomac, tu sais, comme ces chaudières de goudron dont se servent les types qui réparent les trottoirs ? Il est vrai que tu n'es pas au fait de la civilisation parisienne. Est-ce que les Lyonnais ont découvert l'emploi du goudron pour les trottoirs ? Peu probable. Quant au Puy-en-Velay, je vois ça d'ici : de gros pavés ; les ruisseaux au milieu des rues ; et les pas du guet sonnent après le couvre-feu... Tu aperçois cette tour ?

— Oui.

— C'est la tour Saint-Jacques.

— Ah oui ?

— Non, mon vieux. Je ne veux pas abuser de ta candeur. C'est la tour du Lycée Henri IV, ma tour. J'ai vécu trois ans à son ombre. Et tu vois, je n'en suis pas encore sorti. La tour Saint-Jacques est quelque part là-bas ; beaucoup plus loin. Ou plutôt, elle doit loger dans ce creux, derrière le Panthéon. Est-il énorme, vu d'ici, le Panthéon ! Il nous écrase. C'est lui aussi, je pense, qui nous cache le Sacré-Cœur et la Butte. Parce qu'enfin il n'y a pas tellement de brume. Et le Sacré-Cœur est si blanc !

— Et qu'est-ce que ce dôme qui est tout près ?

— Les Invalides, où dort Napoléon, Imperator sanglant. Non, mon vieux, je n'ai pas le cœur de te faire marcher. C'est trop facile. Ce dôme est celui du Val-de-Grâce. Je n'ai pas vu Rome. Mais tout ça me paraît rudement romain. Et encore plus le Val-de-Grâce que le Panthéon. Je n'ai pas trace de sens artistique. Mais il y a des choses qui m'émeuvent. Bien que je ne lise jamais que les auteurs du programme, et le moins possible, il m'est arrivé par accident d'ouvrir des bouquins anciens contenant des gravures. Dans certaines gravures, on voit un dôme comme ça, avec d'autres monuments, entourant une grande place où il ne passe personne, ou à peine un petit curé imperceptible. Je ne sais pas pourquoi ça me paraît si mélancolique, si grandiose. Moi qui ne suis pas enclin aux nostalgies romantiques, je voudrais avoir vécu là-dedans, oui, dans une ville pareille à ces gravures, y avoir eu mes occupations. J'étais fait pour jouir d'une dignité ecclésiastique, d'un bénéfice, d'une stalle de chanoine. (Jusqu'à soixante-dix-huit ans seulement. Puis, mort subite.) Pendant qu'on chantonne, les mains sur le bedon, on pense au dîner qui vous attend...

— A la servante...

— Bien sûr. Et aux pénitentes. Comme j'ai naturellement beaucoup de pudeur, je ne puis concevoir la paillardise que dans certaines conditions de mystère respectable. Et de complète sécurité. Le ciel est vraiment beau. Hein, ce rouge ! Je te montrerai au Jardin des Plantes des singes qui ont exactement la peau des fesses de cette couleur-là. Mais le derrière des singes est moins voilé. Je te l'accorde. Moins indéfini.

Jerphanion regardait l'horizon avec un mélange de gêne et d'avidité. C'était la première fois qu'il voyait Paris d'un haut lieu. Jallez jusqu'ici l'en avait détourné. « Tu n'y comprendrais encore rien. Tu t'exciterais sur des effets de lumière. Réserve ça, puisque tu as le temps. » Ils avaient même remis à plus tard une promenade au sommet de la Butte dont Jerphanion avait envie.

Mais les toits de l'Ecole ne se flattaient pas de dominer Paris. Ils vous mettaient à son niveau. L'on sortait des profondeurs d'un navire, et l'on découvrait la mer tout autour de soi. La nappe de vent, bien horizontale. L'éloignement, l'enfoncement circulaire de la brume rougeâtre. Paris affluait par côté. Malgré les monuments, et leur magnificence toute proche, cette ville n'avait pas l'air d'un spectacle. Beaucoup plutôt d'un élément difficile, que les navigateurs inspectent, et dont l'agitation les assiège, sans qu'ils puissent porter leur regard aussi loin qu'il faudrait ni discerner l'origine des forces. Jerphanion, qui n'avait jamais vu la mer, se sentait habité par des sentiments de marin. La bande étroite où il avançait, il l'imaginait volontiers dans quelque structure balancée par la houle. Chemin pour matelot. Pas souple du matelot qui lui non plus n'a pas le droit de tomber.

— Nous redescendons ? dit Caulet. Je commence à me refroidir.

— Ah ?... J'ai envie de rester encore un peu.

— Mais tu ne sauras pas te retrouver ?

— Que si.

— Supposons que tu te casses la gueule. J'aurai des remords.

— Tu as dit qu'on ne se la cassait jamais.

— Enfin, tâche de ne faire aucun mouvement tant que tu ne me verras pas en sûreté. Le bruit de ta chute pourrait me faire perdre l'équilibre. Je veux bien qu'on me raconte les accidents, après. Ce n'est même pas désagréable. Mais j'ai horreur d'y assister.

Caulet s'éloigna, la tête un peu inclinée. Il marchait mollement. Ses bras ne lui servaient plus de balancier. De la main droite, il se caressait la moustache. Il avait l'air d'un passant en proie à des rêves qui suit distraitement une bordure de trottoir.

Jerphanion alla s'adosser au corps d'une cheminée. Il avait le Panthéon derrière le dos ; en face de lui, le Val-de-Grâce ; plus loin des bulbes, vaguement sexuels, dont il ne sut pas que c'étaient les coupoles de l'Observatoire.

« Grandeur. J'éprouve une ivresse de la grandeur. Caulet, malgré ses airs, n'est pas tellement méprisable. Je le préfère à toute une bande de pauvres diables en train de piocher dans les thurnes. Employés honnêtes. Rayon des œuvres de l'esprit. Pindare et Lucrèce, qu'ils mettent sur fiches, leur tiennent au cœur comme une paire de chaussettes. Leurs prédécesseurs ont prêté serment au Second Empire ; et sans restriction mentale, hélas ! Ils éreintaient Hugo dans les classes de rhétorique. Hugo au-delà de la mer. Ce ciel est assez un ciel pour lui. Novembre rouge et marin de Guernesey. Qu'est-ce que je serai dans dix ans ? Je refuse d'avoir déchu. Ce que disait Jallez le jour de notre première promenade. Je n'accepte que la grandeur. Pas les grandeurs ; je me comprends très bien. Il faudra que je parle à Jallez de Spinoza. Il doit l'aimer. Vie de Spinoza par Colerus. « Il lui arrivait de descendre chez son hôte et de fumer une pipette de tabac. » Je n'ai pas le génie philosophique. Je ne ferai pas un grand écrivain non plus. Où est ma grandeur ? Un peu comme si j'avais à la rechercher devant moi ; comme si elle était là quelque part dans le fouillis de l'horizon. Cette idée, que j'ai toujours eue, que la réalité est pleine d'oracles. Ce besoin de me tourner vers elle pour avoir les réponses. Vers elle plutôt que vers moi. Je ne suis pas homme d'action, si ça veut dire bête de trait : celui qui se fourre entre deux brancards, et qui tire plus fort que d'autres, sans savoir au fond pourquoi ni jusqu'où. Rêver d'abord. Mais je suis quelqu'un dont les rêves ne sont pas destinés à finir à l'intérieur de l'esprit. Ni sur du papier. Est-ce que Sidre m'a vu ? Il a une tête singulière. Il est inquiétant. Des criminels recuits ont une expression comme la sienne. Je manque de prestige ici, parce que reçu dans un mauvais rang, provincial frais débarqué, peu brillant causeur. N'empêche que j'ai plu à Jallez. Il continue à me préférer ostensiblement aux autres. Et Jallez est le plus fort de tous. Que peuvent-ils lui contester ? Reçu avec éclat ; Parisien de Paris ; quand il veut, une conversation étincelante ; une culture qui les assoit ; dont on ne sent jamais les sources ; et tout ce qu'on devine derrière, qu'il garde soigneusement pour lui. Dédaignant de se faire valoir. Je n'oserais pas lui parler de moi, de mes rêves de grandeur à moi ; pour ne pas avoir à surprendre un léger plissement de ses yeux, même suivi de considérations amicales, indulgentes. J'ai peur de son ironie, dont il n'use en somme pas très souvent, dont il n'abuse pour ainsi dire jamais, dont, moi, je n'ai pas reçu — il me semble — la plus petite égratignure, mais qu'on sent comme dans un étui, toujours neuve, parfaite, terrible...

« Ce qu'il y a de sûr, c'est que la Société changera ; de notre vivant. Cette chose, sous mes yeux, n'est pas exactement la Société, non. C'est moins ; et — dirait Jallez — c'est plus. N'importe. C'est là-dedans que le changement aura lieu. La notion de Justice est irrésistible. Une goutte suffit. Du jour où les Sociétés ont accueilli une goutte de justice, on pouvait prévoir qu'il n'y aurait plus de repos tant que la goutte n'aurait pas tout retravaillé, tout transformé, tout amené à l'état de justice. Moi, je sens ça comme une passion. Je m'imagine bien devant une foule. Je crois que je suis éloquent ; que je puis l'être. La vraie éloquence. Pas cette lamentable facilité d'élocution de Leroux, hier, quand il faisait sa conférence ; le piano mécanique. A vous donner du goût pour les bègues. Je commencerais par ne pas trouver mes mots : une certaine lourdeur, un embarras entre les tempes. Même un vide. Pendant que les pensées se mobilisent, chacune dans leur coin, se harnachent, se vérifient, tâchant de ne rien oublier, la place du rassemblement reste vide. Mais l'excitation viendrait peu à peu. Les débuts de discours de Mirabeau. La seule idée d'une foule me grandit, me donne une force ascensionnelle. Je m'appuie dessus. J'ai une voix qui peut suffire à tout. Quand je criais, on m'entendait nettement de l'autre côté de la vallée. Mon accent ? J'ai peu d'accent. Bien qu'il soit difficile d'en juger soi-même. On ne s'entend pas. L'inconnu de sa propre voix. Depuis qu'on a inventé les miroirs, notre visage ne nous est plus inconnu. Et puis il y a les photos. On peut méditer longuement devant sa photo. Un jour, on se servira peut-être du phonographe comme d'un miroir... Normalement, on ne devrait pas pouvoir se trouver d'accent à soi-même. Notre façon à nous de parler, c'est la présence même des mots en nous. Leur son absolu. Le langage s'imposant à nous comme un objet. Et pourtant chaque fois que je ne prononce pas un mot ou une syllabe comme Jallez, j'ai l'impression nette d'avoir de l'accent. Devant une grande foule, surtout populaire, je suis certain qu'une trace d'accent ne compte pas. A moins que les intonations ne fassent bête, ridicule. Tout préjugé à part, il y a des accents qui vous chatouillent le diaphragme. C'est irrésistible. Celui de chez moi n'est pas comique ; il évoque tout au plus la lourdeur paysanne, l'espace montagnard, avec une dorure déjà méridionale. D'ailleurs il est traitable ; il vire assez vite. Mon oncle, par exemple ; qui pourrait dire maintenant d'où il est ? Son accent l'a seulement préservé des ignobles prononciations faubouriennes, dont j'ai horreur. Jallez ne me fera pas aimer ça... A Lyon, en moins de trois ans, le mien avait changé. Le père de ce camarade, qui était de l'Aveyron, je crois ; fonctionnaire à Lyon depuis vingt ans. Les gens se mordaient encore pour ne pas rire... Il commence à ne pas faire chaud. J'ai toujours froid aux pieds. Mauvaise circulation... Ce n'est pas devant une assemblée constituée, un parlement, que je me vois de préférence. Horreur du compromis et du compérage. Aucune vocation pour les habiletés particulières, les manœuvres ad hominem, les conversations à mi-voix dans la coulisse. Pas envie non plus de me nommer toutes les têtes dans la salle. Je veux plus d'inconnu ; plus d'héroïsme. O soldats de l'an II, ô guerres, épopées ! »

Il regardait, entre les monuments qu'enveloppait encore le jour rouge, la masse intermédiaire de Paris noircir. Ce n'est pas à une épopée de guerre et de soldats qu'il rêvait. Il interrogeait l'étendue autour de lui, à la fois mouvante et solide. Cassures et décrochements de toits, vallonnements et plaines de métal ; cheminées ; blocs de maçonnerie neuve ; une tour, un clocher, un marécage de brume. Malgré une différence de taille, d'ordre de grandeurs, qui avait de quoi donner le vertige, l'action d'un homme sur cette immensité n'était pas inconcevable. Jerphanion imaginait vaguement quelque chose partant de lui et allant s'insinuer au loin dans une fissure, un intervalle ; y faire une pesée. De grands morceaux de ville se soulevaient. Toute la croûte de pierre et d'hommes craquait. La vision s'accompagnait du sentiment d'une énorme dépense d'énergie.

Mais ce qui comptait le plus dans cette vision, ce n'était pas l'énergie. Ni l'appétit de puissance. C'était la direction de l'effort. On n'était plus au temps où un aventurier se taillait un empire pour son plaisir, pour son orgueil, ou tout simplement pour se soulager de son génie. Jerphanion pensait bien aux financiers, aux capitaines d'industrie qui, aujourd'hui encore, conquièrent de vastes régions de la Société en ne visant que des fins égoïstes. Mais il manquait d'expérience pour apprécier leur pouvoir ; et il était porté à le supposer moins profond qu'on ne dit. En tout cas, il avait besoin d'être sûr que son ardeur à lui n'était pas apparentée à leur convoitise. Si l'un d'eux ayant son âge s'était trouvé à sa place, sur ce toit, aurait-il éprouvé la même sorte exactement d'élans intérieurs ? senti passer en lui l'ébauche des mêmes mouvements imaginaires ?

Jerphanion ne se résignait pas à le croire. Posture de guet et d'attente, regards de pénétration avide, mouvements de ruse et de capture, geste de ramener audacieusement vers soi des choses de plus en plus éloignées... Voilà sûrement ce qu'il y aurait eu dans la rêverie d'un tel homme, et non cette vision d'un levier gigantesque où l'on appuie de toutes ses forces, sans penser à soi, en ne pensant, comme un ouvrier, qu'au travail à faire, qu'à la chose à remuer.

« Ceux-là, quelle peut être leur maxime de vie ? Utiliser au mieux de leurs intérêts l'arrangement des choses. C'est-à-dire l'arrangement actuel. Du même coup, ils travaillent à le maintenir. Sans conviction spéciale. Comme un joueur s'opposerait à ce qu'au milieu d'une partie on parlât de changer la valeur des cartes. Quant à le modifier, quant à créer un monde nouveau, ils n'y songent pas. Et ils font aussi bien, parce qu'il ne suffit pas de beaucoup d'énergie, avec en plus toute l'habileté qu'on voudra, pour créer un monde nouveau. »

Jerphanion méconnaissait le pouvoir de transformation automatique qu'exercent sur la Société l'industrie et la finance, à mesure qu'elles se développent, se concentrent ou s'enchevêtrent. Il n'ignorait pas les théories de Marx, mais, faute d'éprouver pour elles une sympathie vitale, il en voyait plutôt l'originalité dialectique qu'il n'en sentait la vertu d'explication.

Ce qu'il faut pour oser faire le rêve de modifier la Société, ce qu'aucune énergie ne remplace, le vieux mot d'« idéal » le désigne. Mais d'une façon si usée, si convenue, que la bouche a l'impression de mâcher de la phrase morte pour bavards. Quant à la chose même, Jerphanion se la représente avec force. Il y a quelque part un homme ; une tête d'homme ; et là-dedans des idées, qu'on retrouverait plus ou moins dans bien d'autres têtes, mais pas groupées de la même façon, ni si chaudement, ni soulignées de la même phosphorescence. Des idées aussi peu mortifiées et éteintes que possible, aussi intenses et actives que possible. Au lieu de rester inoffensives pour le dehors, et de se borner à un modeste service intérieur, comme c'est le cas dans les têtes ordinaires, cette charge d'idées ne laisse rien de tout à fait tranquille autour d'elle. Elle détermine dans l'humanité où elle baigne, où elle se déplace, une zone de pensées vibrantes, de vie inquiète et dérangée.

Jerphanion s'imagine voir, à travers l'étendue de pierre et de brume rouge qu'il a devant lui, cette charge d'idées s'avancer, portée par un homme. L'énergie de l'homme sert à ouvrir le chemin, à forcer les passages difficiles, à atteindre des points vitaux. (La même énergie qui pesait sur la barre dans la vision du levier.) Mais ce sont les idées qui font le reste. A mesure qu'elles se déplacent et dans leur rayonnement, une transformation s'amorce et se propage. Sous leur choc, il se fait, dans les vieilles constructions mentales de la multitude, une série de ruptures d'équilibre, qui finit par gagner l'ensemble du monde social.

Encore faut-il que l'équilibre ancien soit prêt à se rompre ; et que, parmi les nouvelles combinaisons qui pourraient lui succéder, l'idéal de cet homme soit une des plus probables, ou la plus probable (car il n'est pas question de détruire sans rien ensuite mettre debout).

Au point que Jerphanion se demandait parfois si tout le rôle d'un grand homme n'est pas de déclencher des transformations qui se seraient opérées plus tard, non pas spontanément, mais sous la sollicitation de causes bien plus petites, qui doivent à leur petitesse même d'être fréquentes et à la longue inévitables. Ce qui n'équivaut pourtant pas à nier l'importance des grands hommes, ni à croire que la marche du monde serait la même de toute façon. D'abord deux transformations, très différentes l'une de l'autre, peuvent être également probables. Et c'est l'intervention du grand homme qui décide. Puis la date d'un changement, comme celle d'une récolte, peut influer sur les fruits qu'on en retire. Il n'est pas égal de secouer l'arbre, ou d'attendre que les baies tombent seules. Il peut y avoir excès de maturité et pourriture, faute qu'un grand homme ait donné la secousse à temps. Sans omettre qu'on n'est jamais sûr que le harcèlement des petites causes banales finira par remplacer le choc de la grande cause unique. Jerphanion avait fait assez de mathématiques pour savoir que l'expression « inévitable à la longue » n'exclut pas une incertitude. En tout cas, il trouvait dans ces considérations le moyen de distinguer, pour son usage propre, l'ambitieux de l'arriviste. Avec une rigueur peut-être bien étroite, il réservait le nom d'ambitieux à ceux qui rêvent d'agir sur la Société, en lui apportant les « charges » spirituelles dont elle a besoin pour amorcer ses transformations ; l'arriviste étant le monsieur qui convoite la meilleure place possible dans l'ordre établi. Ces définitions lui permettaient de se ranger du bon côté. Il est bien vrai qu'il n'avait aucune avidité matérielle. La pauvreté lui semblait inséparable d'une existence héroïque. Un lit de fer dans une chambre blanchie à la chaux : telle était une des images intérieures qui le fortifiaient le plus sûrement. (Son installation à l'Ecole lui plaisait beaucoup de ce point de vue. Il ne reprochait à sa cellule que d'être mal close. Des cloisons qui n'atteignent pas le plafond offensent le droit de chacun à la solitude.) Il était peut-être un peu moins détaché du côté des honneurs. Quand il se comparait aux camarades moins heureux, que le concours avait définitivement rebutés, il se défendait mal de la fierté d'être Normalien. Et il se défendait aussi mal de la relative humiliation d'avoir été reçu dans un rang médiocre. Si la Société lui eût brusquement offert une situation faiblement rétribuée mais éminente, elle eût peut-être gagné à la cause de l'ordre établi un homme de plus. Il se l'était dit une fois ou deux, dans des moments d'amère clairvoyance. Mais au fond il n'en était pas sûr. Pas plus qu'il n'était né pour être avide, il n'était né pour être repu. La situation éminente ne l'eût pas endormi longtemps. Il s'en serait bientôt servi pour faire partir de plus haut l'attaque contre l'Ordre injuste. C'est du moins à cette conclusion qu'il arrivait. Ce qu'il sentait en lui de vanité trouverait toujours moyen de s'assouvir dans les victoires mêmes que ses idées remporteraient. Car la plus pure victoire traîne un convoi de satisfactions mesquines, où les basses parties de nous-même ont de quoi boire et manger. Ce n'est donc pas ce péril qui l'inquiétait beaucoup.

Un autre scrupule l'embarrassait plus, qu'il avait été long à éclaircir. « J'ai admis — se disait-il — que le grand homme d'action a pour rôle de provoquer la transformation, ou l'une des deux ou trois transformations sociales les plus probables à un moment donné ; si l'on veut, l'une des deux ou trois que l'époque réclame à peu près également. Mais la « charge d'idées » dont il est porteur, et qui est sa force, peut lui être venue de deux façons bien différentes. Première origine possible : une nécessité interne. Ces idées sont sa vérité à lui. Vérité que son esprit a reconnue, et qu'il affirmerait, pour laquelle il lutterait, même si elle tournait le dos à l'époque ; même si, hors de son esprit à lui, elle n'avait aucune chance pour elle. Il se trouve qu'elle coïncide avec une attente, un vœu de la Société. Mais lui n'a pas cherché cette coïncidence. Il peut même ne s'en rendre compte qu'après coup ; quand la Société commence à « répondre ». On peut se figurer au contraire un homme par lui-même neutre, disponible. Il n'a de personnel, disons même d'exceptionnel, que son aptitude à véhiculer une importante « charge d'idées ». Il se penche sur la Société de son temps. Il la flaire. Il se demande à quoi elle aspire. Il devine quelles idées ont le plus de chances de provoquer et d'orienter une transformation. Et il les *adopte*. N'est-ce pas un peu agaçant ? Ce sang-froid, cette liberté de choix, n'est-ce pas tout près de l'absence de sincérité ? Ce grand homme que j'imagine, n'est-il pas une espèce d'avocat prêt à épouser n'importe quelle cause ? » Il ajoutait bien que dans la réalité l'opposition n'est jamais aussi nette. Un corps d'idées, politiques et sociales, ne vous vient pas par simple illumination. Il faut avoir réfléchi sur la Société elle-même, donc s'être interrogé en particulier sur ce qu'elle réclame ou attend. Reconnaître qu'une chose est vraie et juste aux yeux de votre raison solitaire et reconnaître qu'elle est, en fait, un vœu profond de la Société, c'est souvent un même travail. L'attitude ne devient déplaisante que chez l'ambitieux frigide qui ne croit à rien, ne se passionne pour rien, et aux yeux de qui toutes les aspirations de l'humanité sont des chimères qui se valent. (Comme un capitaine mercenaire accepte de se battre pour des causes nationales dont il se moque.) Elle deviendrait même odieuse, si par hasard l'ambitieux était convaincu que la Société se trompe, et s'il l'aidait sciemment à rouler à l'abîme, parce que c'est l'abîme qu'elle demande et que lui veut s'occuper.

Mais Jerphanion avait de la peine à se représenter d'une façon vivante de telles attitudes. Il les supposait possibles, parce qu'il avait fait des lectures, et aussi parce que deux ou trois fois il était passé à côté de gens qui semblaient receler un secret de cette sorte-là. Par lui-même il ne pouvait concevoir ni le scepticisme, ni surtout le manque de passion pour une vérité qu'on a reconnue. Il aurait encore mieux compris — sans y être le moins du monde porté — ce qu'il se doit savourer de joie satanique à propager une erreur qu'on sait mortelle pour la Société. On peut avoir une vengeance à accomplir : l'équivalent de la bombe des anarchistes. La Société a commis tant de crimes contre l'esprit. L'esprit pourrait lui ménager cette lente punition.

Rêveries étrangères à son cœur, et où il ne s'attardait pas. Quant à lui, pour achever de se rassurer, il avait besoin de se dire que les idées qu'il sentait peu à peu devenir les siennes étaient commandées par sa nature et son expérience en même temps qu'approuvées par sa raison ; que rien ne pouvait plus l'empêcher de les avoir. « Fils d'instituteur de village. Petit-fils et neveu de paysans. Une race forte et pure. Ce qu'il peut y avoir de plus sain dans le peuple. Ni les vices fatigués des grandes villes. Ni l'envie plébéienne. Pas ce qu'évoque d'amer, d'usé, de souillé, hélas ! le mot de prolétariat. (Ce cher prolétariat, pourtant. Pauvre vieux frère...) Aucun besoin de revanche. Un regard calme qui va se poser sur l'injustice. La colère ne vient qu'après le jugement, loin de le dicter.

« Et mon expérience. Car j'ai une expérience. On fait sourire les vieilles gens quand à mon âge on leur parle de ça. J'ai vu le peuple de tout près, et du dedans. Je connais les métiers, les logis, les salaires, les pensées. Depuis si peu que je suis à Paris, j'ai déjà — parce que je possède la clef, les mots de passe, les repères — saisi maintes particularités de la condition du peuple. La maison de mon oncle ; les rues ; les propos dans les boutiques ; les gens silencieux dans les omnibus, debout dans le métro. J'en sais dix fois plus que les fils Saint-Papoul, nés, élevés ici. Beaucoup plus qu'un fils de bourgeois bien intentionné. Pas plus que Jallez, non. Parce qu'il n'y a rien, sauf la vie paysanne, que Jallez ne sache mieux que moi. Mais Jallez n'en a pas fait jusqu'ici la même ardeur. Son ardeur est d'une autre nature, il me semble... Je connais l'injustice, non dans son volume — comme un fils de bourgeois qui se "penche" sur les questions sociales — mais dans ses replis. Dans ses replis tout suintants de douleur quotidienne. Même Jallez est un rien bourgeois. (Ce n'est pas chic ce que je suis en train de penser là.) Oh ! un rien. Uniquement parce qu'il est très difficile, dans une ville comme Paris, de ne pas devenir un peu bourgeois, dès qu'on cesse strictement d'être peuple... »

Il osait pourtant se faire cette question : « Si j'étais profondément convaincu que l'évolution sociale se détourne de mes idées, qu'elles ont l'avenir contre elles, est-ce que je les garderais ? Me résignerais-je à défendre une cause d'avance perdue ? »

Il devait s'avouer que non. Mais si sévère qu'il fût tenté d'être envers lui-même (catholique de naissance et par l'éducation maternelle, il avait respiré dans sa montagne un reste de rigueur protestante), il ne se sentait pas le droit d'imputer à de bas motifs son éloignement de principe pour les causes perdues. « Je n'ai aucunement l'idolâtrie du succès. Au contraire. Hurler avec les loups ? Voler au secours de la victoire ? Rien qui me ressemble moins. J'aurais plutôt l'esprit de contradiction. Je descends d'ancêtres non conformistes. Faire partie d'une minorité militante, et même persécutée, je ne vois pas de situation qui m'exciterait plus. Je veux même bien être seul de mon avis, me battre tout seul, mais pour une cause qui vaincra un jour. Que l'avenir, s'il le faut, soit mon seul camarade. Mais que je l'aie de mon côté. Je ne suis pas assez dilettante pour accepter de gâcher mon temps. Le dévouement aux causes perdues ? je sais, élégance chevaleresque. Mais au fond quel scepticisme ! J'aime mieux passer pour naïf. Car évidemment c'est une naïveté de croire que les meilleures causes ont l'avenir pour elles. Mais cette naïveté-là est le ressort qui a fait marcher le monde jusqu'ici. Oui, c'est du même ordre que la foi au progrès. Un peu primaire, paraît-il. Tant pis pour les malins et les fatigués : j'ai foi au progrès. »

Il pensait cela avec un peu d'éloquence et de provocation, comme en face d'un adversaire, devant une foule. Mais sous cet accent polémique, il y avait l'idée plus profonde que l'individu ne peut pas avoir raison indéfiniment contre l'humanité. Tout ce qu'il peut espérer, c'est d'avoir raison plus tôt qu'elle.

Pendant que Jerphanion méditait debout sur les toits de l'Ecole, peut-être Wazemmes, explorant pour Haverkamp les petites rues d'un quartier excentrique, mais se frottant pour son compte aux diverses particularités de la vie, s'interrogeait-il une fois de plus sur le point de vue de « on ». Les deux jeunes gens, qui appartenaient au même âge de l'humanité, semblaient ainsi, chacun à leur façon, s'incliner devant la sagesse collective. Mais leurs deux façons étaient bien différentes et tendaient à des conclusions pratiques tout autres. Ce que Wazemmes demandait à « on », c'était des conseils, ou même des « tuyaux », sur l'art individuel de vivre. Tandis que pour Jerphanion le problème était de savoir comment un homme peut, par la force d'un idéal, accoucher la Société de l'avenir qu'elle contient.

II

JEUNESSE — TRAVAIL — POÉSIE

En redescendant, Jerphanion reconnut dans un couloir, trop tard pour l'éviter, Sidre, qui venait de quitter les toits, lui aussi. Sidre était un garçon assez petit, trapu, très légèrement voûté. La tête, enfoncée dans les épaules, avait une carrure germanique, bien que Sidre fût né dans un village du Bourbonnais, et crût avoir là ses ancêtres. Le visage surtout était remarquable : un front bas, déjà marqué de deux plis profonds ; des sourcils très proéminents ; des yeux enfoncés, d'un vert sombre, dont la dureté, chaque fois, surprenait ; de grosses moustaches, un menton ramassé contre la bouche.

— Alors ? dit Sidre... Tu viens de faire ta petite méditation ?... Tu avais l'air très romantique contre ta cheminée. J'espère que ça s'est tenu dans le sublime ?

Sa voix était lente, âpre, métallique. Il accentuait le détail des syllabes, comme un étranger qui aurait su parfaitement le français. Ses propos respiraient invariablement le sarcasme. On eût dit qu'il s'étudiait à blesser les gens ; et il y parvenait ; car il était doué d'une curieuse clairvoyance. Ses méchancetés pondérées ne manquaient presque jamais d'atteindre en eux quelque chose d'intime, quelque chose dont ils souhaitaient, juste à ce moment, que personne ne leur parlât, même avec sympathie.

Jerphanion chercha une réponse, n'en trouva pas d'assez dure, serra un peu les mâchoires, et se contenta de promener sur le crâne et la face de Sidre un regard parfaitement hostile. Il s'en voulait d'une riposte aussi piteuse. On l'eût bien étonné en lui disant que Sidre avait lu dans son regard une hauteur de mépris intolérable, et en avait souffert toute la soirée.

*
* *

Quand il rentra dans la thurne, Jallez et Budissin paraissaient travailler. Il ne les dérangea pas.

Jallez avait devant lui plusieurs livres, des feuilles de papier de différentes grandeurs ; tout un attirail qui ne lui était pas habituel. Il allait d'un livre à l'autre, d'une feuille à l'autre. Il semblait absorbé.

Il n'y avait sur la table de Budissin qu'un seul livre, et l'on pouvait croire que Budissin le lisait. Il en tournait même une page de temps en temps. Mais rien dans l'attitude de Budissin, dans la posture de ses épaules et de ses bras, dans sa tête, dans son visage, n'exprimait l'attention qu'il pouvait prendre à sa lecture. Rien n'exprimait la distraction, non plus, ni l'ennui. Encore moins la pétulance contrariée d'un être jeune qui se condamne à une besogne utile. Ce à quoi il ressemblait le plus, c'était à un figurant, qu'on eût chargé de représenter avec correction un homme jeune lisant un livre. De temps en temps, il coulait un beau regard — car il avait de très beaux yeux noirs, pleins de langueur — du côté de Jallez ; et de l'extrême coin de l'œil, il réussissait même à atteindre Jerphanion. Ce qu'il en faisait n'était pas pour les épier, c'était pour savoir si ses deux camarades ne manifestaient pas l'envie de causer entre eux, ou de se livrer à quelque occupation bruyante. Auquel cas il eût discrètement fermé son livre. Car rien n'est plus désagréable, pour des gens qui causent ou s'amusent, que l'impression de déranger quelqu'un.

Jerphanion lui-même, gagné par cette atmosphère, prit le *Discours sur l'inégalité*, de Jean-Jacques Rousseau, et un paquet de fiches. Le sujet de son mémoire de licence était : *Rousseau législateur*. Le travail devait porter principalement sur les projets de constitution que Rousseau avait élaborés pour la Corse et la Pologne. Mais il convenait de rechercher dans les ouvrages antérieurs de Rousseau la naissance et le développement de sa pensée politique.

Jerphanion s'intéressait à Rousseau depuis longtemps. Il avait eu pour lui de grosses bouffées d'amitié, même d'enthousiasme, séparées par des périodes de quasi-dégoût ; mais la sympathie ne s'était jamais interrompue ; s'il faut entendre par sympathie un contact intérieur, qui n'exclut pas la liberté de jugement et une compréhension intuitive, qui s'accompagne d'une trace de mimétisme. Jerphanion se trouvait quelques ressemblances de condition et de nature avec Rousseau. (Il ne méconnaissait pas les dissemblances, plus grandes encore ; mais comme elles étaient en somme plutôt flatteuses pour lui, elles l'aidaient à se plaire aux ressemblances.) Rousseau lui offrait un modèle incomplet, mais authentique, du héros selon son cœur. Exactement la moitié théoricienne et méditative du héros. L'autre moitié manquait : celle qui correspond à l'action ; le Jean-Jacques qui eût été un des chefs ou le chef de la Révolution qu'il n'avait fait que préparer. En s'occupant de Rousseau législateur, Jerphanion s'avançait jusqu'à une des extrémités du personnage, celle précisément qui menait à deux doigts de l'action.

D'ailleurs il n'avait pas découvert ce sujet tout seul. Il était allé trouver Honoré, le professeur de Sorbonne, de qui il dépendait pour le mémoire de licence. Honoré, à la barbe soyeuse, passait pour un studieux imbécile ; et dès le premier abord, son extérieur, son ton de voix, ses gestes, en donnaient invinciblement l'idée. Néanmoins, au cours de l'entrevue, il avait accueilli avec bienveillance la déclaration que lui faisait le jeune homme de son intérêt très vif pour Rousseau, et il l'avait orienté peu à peu vers un sujet assez large pour toucher à l'essentiel, mais assez particulier pour qu'on pût le traiter, autrement qu'en courant, dans les limites d'un mémoire. Si bien que Jerphanion en gardait une certaine inquiétude à l'endroit d'Honoré qu'il eût aimé pouvoir se représenter, en toute tranquillité de conscience, comme l'imbécile accompli qu'on disait.

Jerphanion lisait le *Discours*, prenait quelques notes. Mais il pensait moins au texte qu'à l'auteur ; et peut-être moins à l'auteur qu'à lui-même. Il faisait entre Rousseau et lui, entre la destinée de Rousseau et l'anticipation de la sienne, des rapprochements qui dataient déjà de loin, mais que son heure de songeries sur les toits de l'Ecole rendait immédiats et obsédants. « Il n'a pas eu cela ; il n'a pas pu avoir cela ; l'impression d'enfoncer directement quelque chose dans la masse sociale, de n'avoir qu'à peser dessus. Pas ce sentiment de force disponible, d'audace dans l'action même ; de pouvoir aller faire front à n'importe qui n'importe où. Timide, tournant le dos ; fuyard. Empêtré, humilié par ses maladies. Une hantise de son indignité qu'il ne réussit pas à vaincre au fond de lui-même. Pour attaquer l'ordre établi, cherchant une solitude, se fourrant dans un coin, derrière un abri de livres et de papier. Gauche et bafouillant en public. On ne l'imagine pas un instant orateur, matant une foule. Voilà le nœud de la question ; la jointure. Le point où l'homme d'action doit pouvoir s'articuler sur le théoricien. Etre orateur. Les niais, ou ceux qui n'y ont jamais réfléchi, méprisent les orateurs. Bien sûr, il y a tout un métier de pur bavardage qui est odieux. Silhouettes dérisoires, gesticulantes, d'académiciens, de politiciens, de professeurs. Des gens qui par eux-mêmes ne peuvent rien penser, ne peuvent rien faire ; et qui entre ces deux impuissances se balancent comme des simulacres. Mais le vrai génie oratoire ressemble à une prodigieuse machine de transformation : une machine qui convertit la pensée pure en événements sociaux, le courant de pensée, en mouvement de masses. Un orateur, digne de ce nom, parlant face à une foule, que se passe-t-il en réalité ? Il se passe qu'un homme applique à cette foule l'immense énergie abstraite qui sort des cerveaux les mieux construits. »

Un peu plus loin, un tour de phrase emphatique, qui même à l'époque de la publication avait dû sonner creux, le fit souvenir de la fameuse histoire de la route de Vincennes. Il en ressentit aussitôt un serrement à la poitrine ; une espèce d'angoisse, qui, doucement, sans violence dramatique, touchait en lui quelque chose d'essentiel. Il éprouva le besoin de confronter une fois de plus les deux versions de l'anecdote : la version de Rousseau, et celle de Diderot. De Rousseau qui prétend avoir eu sur la route de Vincennes, en allant voir Diderot prisonnier, la révélation intérieure de ce qui devait être le message de toute sa vie. De Diderot qui raconte comment, ce jour-là, il conseilla à Rousseau, que séduisait un sujet mis au concours par l'Académie de Dijon, de prendre, pour se distinguer, le contre-pied de la thèse traditionnelle ; et comment une « astuce » pour copie de concours, soufflée par un camarade obligeant, se trouva commander ensuite la doctrine, l'œuvre, la gloire de Jean-Jacques, sa plus lointaine action sur l'humanité.

Ce qui préoccupait Jerphanion, ce n'était pas tant de départager les deux hommes. Qui saurait jamais ce qui s'était passé ce jour-là ? Non dans la forme et les mots prononcés, mais dans le fond des choses ? Peut-être avaient-ils raison tous les deux. Rien n'empêche qu'une boutade de Diderot ait cristallisé la pensée encore latente de Jean-Jacques.

Mais les yeux de Jerphanion plongeaient dans cet exemple illustre comme dans un miroir, pour y retrouver anxieusement le problème qui l'avait inquiété tout à l'heure encore : celui de la liberté de choix en matière d'idéal.

« Un pareil abus de cette liberté n'est donc pas inconcevable, puisqu'on a pu le prêter à Rousseau ? Tant de légèreté cynique, d'indifférence monstrueuse de l'esprit à l'origine du plus grand combat spirituel ? Comme c'est triste de pouvoir même se poser la question !... Race humaine, race de comédiens. Un rôle qui vous est échu par hasard, et qu'on joue jusqu'à la mort, par vanité, pour qu'il ne soit pas dit qu'on vous en a fait démordre. »

Et pourtant Jerphanion sentait en lui un si profond sérieux !

Là-dessus, brusquement, la lumière baissa. Il ne resta dans les ampoules qu'une sorte de paraphe rougeoyant, comme une signature méphistophélique. On attendait une extinction totale, qui ne vint pas.

Les trois camarades lâchèrent leurs livres, se regardèrent, riant à demi. Il se fit une remontée de lumière. Puis une nouvelle chute. Trois fois de suite. L'événement cessait de sembler accidentel, échappait au monde de la matière obtuse, prenait le visage d'un signe.

— Bizarre, fit Jallez.

Aucun d'eux n'osait se prononcer davantage, de peur de dire une sottise.

La porte s'ouvrit. On vit apparaître Caulet, clandestin, matois, faussement étonné.

— Dites donc. Vous n'avez pas de panne d'électricité chez vous ?

— Ça va. Ça va.

— Mais c'est très ennuyeux. Je ne peux plus travailler. D'autant que j'ai la vue mauvaise. Mon mémoire sur l'emploi de *et* chez Velleius Paterculus se trouve compromis. C'est une de ces choses qu'on ne peut faire qu'avec de l'élan. J'avais de l'élan.

— Eh bien, nous, ça ne nous gêne pas le moins du monde. Ça nous aide à nous recueillir.

— Ah ?... Comme vous êtes de chics types, vous allez tout savoir. Mon but est de provoquer une grande agitation chez les thalas. Une sorte de mouvement révolutionnaire. Je veux qu'ils se portent en masse chez le Pot, et qu'ils l'insultent. Une journée du 10 août. Ils sont déjà très montés. Ces âmes innocentes sont persuadées que le Pot, par sordide économie, nous fournit de l'électricité de qualité inférieure, que la Compagnie lui cède au rabais. Je retourne les exciter. S'ils venaient vous trouver par hasard, ne manquez pas de leur verser du poison… Ah !… maintenant, vous, comme vous êtes gentils, je vais vous rendre votre courant normal.

— Si les thalas s'aperçoivent qu'il n'y a panne que chez eux, ils ne risquent pas de comprendre ?

— Non. Tout est pur aux purs. Et puis je me dévouerai. Je laisserai ma thurne aussi en rhéostat.

Caulet s'éclipsa. La lumière revint presque aussitôt. Sur la table de Jerphanion, une phrase luisait, portée par la courbure de la page :

« Celui qui chantait ou dansait le mieux, le plus beau, le plus fort, le plus adroit ou le plus éloquent, devint le plus considéré ; et ce fut là le premier pas vers l'inégalité et vers le vice… »

Il tourna la page avec un peu d'agacement. Une phrase en italique appela son regard :

« Car, selon l'axiome du sage Locke, *il ne saurait y avoir d'injure où il n'y a point de propriété.* »

*
**

Budissin se leva sans bruit, remit sur l'étagère l'unique volume de sa table, prit dans sa petite armoire son chapeau melon, son parapluie dans un coin de la thurne, donna une poignée de main à Jallez puis à Jerphanion, en leur disant un « au revoir » plein tout à la fois de chaleur et de mollesse, et partit, en tenant son parapluie devant lui comme une canne d'aveugle.

Jerphanion et Jallez restaient seuls. Jallez avait écarté son attirail de livres d'études et de papiers. Il feuilletait maintenant un livre à couverture jaune.

Jerphanion s'approcha de lui :

— Qu'est-ce que tu lis ?

— Rien… je repensais à des choses de Baudelaire que je voulais retrouver.

— Et ça ?

Jerphanion désignait la pile de bouquins relégués au bout de la table.

— Je m'amusais.

— *Histoire de l'astronomie*, de Delambre ; *Essai sur la notion de théorie physique de Platon à Galilée… Les étoiles… Mécanique céleste…* Tu fais de l'astronomie ?

— Je ne fais pas « de l'astronomie ». Mais il m'est arrivé ces temps-ci de repenser à ces choses-là. Je t'avoue que je n'aime pas rêver à faux… Je refuse de rêver aux étoiles comme une jeune fille de Francis Jammes.

Justement parce que j'attache une valeur à mes rêveries... Je m'explique mal. Vois-tu ce que je veux dire ?

— Oui, il me semble.

— Question de respect pour ses propres pensées. Le monsieur qui a des pensées, et qui se dit vaguement qu'elles sont probablement démonétisées, sans valeur actuelle, mais qui a la flemme de s'informer, de les vérifier, qui s'en contente et, tu me saisis ? qui s'en contente en les méprisant au fond, ce monsieur-là est un dégoûtant.

— Ce monsieur-là, c'est presque tout le monde.

— Je le crois... Moi, il y a une chose que je me répète souvent. Je me dis : « Cette idée, telle ou telle, que tu as en ce moment-ci, est-ce qu'elle n'est pas définitivement dépassée quelque part dans l'humanité ? » J'insiste : définitivement. « Est-ce que les dix ou quinze meilleures cervelles de l'humanité prendraient encore la peine de s'arrêter à cette idée-là ? » Certaines idées d'Héraclite ne sont pas encore définitivement dépassées. Mais, par exemple, la structure du système solaire... personne ne m'oblige à y penser, c'est évident ; mais si j'y pense, je ne puis admettre que les idées que j'accueille à ce propos, que j'hospitalise, au sujet desquelles, qui sait ? je m'excite, soient dès maintenant des âneries pour un type qui est là-bas dans son observatoire, en Californie ou à Berlin.

— Tu ne peux quand même pas te tenir au courant de tout.

— Bien sûr. Pas plus que le trappiste ne peut se préserver d'un certain nombre de péchés par jour. Mais c'est en se donnant pour règle une espèce de perfection limite qu'on évite de devenir un ignoble mufle. En ça comme dans le reste.

— Il y a le danger de la dispersion.

— Tu te disperses autant en lisant ton journal. Et puis, quelle blague ! Quand on a un peu l'habitude, et le flair, je parie qu'il ne faut pas trois semaines au total par an — en partant, naturellement, d'une certaine culture générale — pour savoir quelles sont les principales idées mortes ou frappées à mort en tous les domaines et celles qui les remplacent.

— Attention. Ça ressemble à la mode.

— Aucun rapport. Je ne parle pas de la fluctuation inévitable des tendances. Si on renonce à la théorie de la nébuleuse de Laplace, parce qu'elle ne colle plus avec les faits, la mode n'y est pour rien.

Tout en parlant, Jallez rangeait ses papiers, les triait.

— Qu'est-ce que c'est que ça ? Ah ! Dire que je l'ai cherché je ne sais combien de fois depuis notre première balade. Tu te souviens ? Je t'ai parlé ce jour-là d'un article que j'avais copié. Pour ma délectation morose. Je ne pouvais plus mettre la main dessus. Il a été écrit à propos de l'explosion de tourelle du *Latouche-Tréville*. Treize morts.

— Oui, j'ai lu ça dans le journal pendant les vacances. Je me rappelle même une interview, plus tard, du ministre Thomson, que j'ai dégustée dans le train qui m'amenait de Saint-Etienne...

— Ton interview de ministre n'était certainement que de la piquette à côté de ceci. Tu vas voir. Mais d'abord réfléchis une seconde à l'événement ; tel qu'il a dû être en réalité. Dans sa modeste réalité. Tu sors, comme moi, d'une année de caserne. Tu as fait des tirs. Aux manœuvres, tu as peut-être vu des soixante-quinze pétaradant pas très loin de toi. Tu peux donc te mettre sans trop de difficulté à la place de braves bougres de matelots qui servent une grosse pièce dans une tourelle. Ils pensent principalement à ne pas trop se faire engueuler. Or, à un moment, ce qui leur éclate dans la gueule, ce n'est pas la colère du quartier-maître, c'est le canon. Un point c'est tout. Eh bien ! tu vas voir ce qu'un académicien peut faire de ça. Lis tout haut, mon vieux. Je t'en prie.

Jerphanion prit le papier et lut :

— « Les exercices de tir intensif, le maniement quotidien des matières explosibles... »

— Tu trouveras des points de suspension cà et là. J'ai coupé quelques redondances. Mais le sens est intact.

— « ... le maniement quotidien des matières explosibles... créent à la caserne, au polygone, sur le vaisseau école... »

— Il y a de la précision ! Le lecteur sent que notre homme parle de choses qu'il connaît ; que ce n'est pas du boniment.

— « ... sur le vaisseau école les périls que l'on ne courait autrefois que sur le champ de bataille. Le soldat s'y jette avec une passion nouvelle... Non seulement il ne calcule pas le danger, mais il l'appelle... »

— Hein ?

— « ... Ces tirs, où il dépense en prodigue sa force et son adresse, le grisent et lui sont un besoin ; il y voit une image de la sainte guerre... »

— Je te jure sur ma vie qu'il y a « sainte guerre » dans l'original.

— « ... Et quand l'arme, en éclatant dans ses mains, le couche sur le sol... il croit de bonne foi qu'il tombe au champ d'honneur, frappé non par le projectile en quelque sorte parricide qui s'est retourné contre lui, mais par la balle ou le boulet de l'ennemi contre lequel « il y allait » de si bon cœur... Toutes les occasions, même celles *à côté*, lui sont bonnes pour verser son sang. »

— « Celles *à côté !* » souligné dans le texte. Tu vois la signature ?

— Oui.

— Il faut aussi que tu te représentes cet éminent boulevardier, plein au demeurant de talent et de gentillesse, venant porter sa copie, et tout satisfait, son chapeau haut de forme gris clair un peu incliné sur l'oreille, une canne à pomme d'ivoire et sa paire de gants dans une main, une fleur à la boutonnière, déambulant le long des terrasses, et se disant : « Est-ce que les gens me reconnaissent ? » Il faut que tu te représentes encore le lecteur douillet qui, le soir, les pieds au feu, avec quelques rots discrets de bonne digestion — une main devant la bouche — s'assimile cette prose. Quant aux treize cadavres, aux treize familles, aux treize tombes, tu peux te les représenter par-dessus le marché. Mais ce n'est pas indispensable.

Jerphanion n'avait pas encore vu Jallez avec cette flamme du regard, cette vibration de tout le corps. Il en fut heureux. Il croyait Jallez non, certes, détaché ni sceptique, mais dominant les choses de trop haut, tirant ses pensées de trop loin, pour connaître une telle fraîcheur d'indignation.

« Je l'aime bien, se dit-il. Je me sens plus près de lui. Maintenant, j'hésiterai moins à me laisser aller. »

Jallez, ayant plié le papier académique, l'avait logé dans son portefeuille.

— Bon à relire de temps en temps. Quand il vous vient des mollesses de conscience.

Puis il se pencha sur la table, et d'un petit grattement du doigt, désigna une strophe dans la page ouverte :

Un port retentissant où mon âme peut boire
A grands flots...

Jerphanion lut la strophe, fit une légère approbation de la tête, mais ne dit rien. Il craignait de se méprendre sur l'intention de Jallez.

— Eh bien ?

— Oui, c'est beau.

— Tu n'as pas l'air très convaincu ?

— Parce que je me demandais si tu n'établissais pas par hasard un rapprochement quelconque...

— Aucun, aucun. Je n'aime pas me rouler dans l'ordure, voilà tout. Et j'ai voulu brusquement changer d'air : « Va te purifier dans l'air supérieur... » Mais dis donc, en général, tu ne me sembles pas très emballé par Baudelaire. Tu le connais bien ?

— Je l'ai lu. Je ne puis pas dire que j'en aie vécu. D'abord, mon admiration pour Hugo m'a certainement gêné... envers Baudelaire et envers d'autres.

— Moi aussi j'admire beaucoup Hugo. Ça n'empêche pas.

Jerphanion prit le recueil en mains, lut tout le poème de *La Chevelure*, reposa le livre sur la table, resta silencieux et songeur.

— Tu ne peux pas être insensible à l'extraordinaire beauté d'un morceau comme ça ?

— Non, bien sûr. Je m'interroge. Il y a des vers magnifiques. Je crois que ce sont les mêmes pour toi et pour moi. Il y en a d'autres que je trouve plus faibles. Je me dis malgré moi que les plus faibles nuisent un peu aux autres ; que chez Hugo, il y aurait eu autant de vers magnifiques, et pas, ou presque pas de vers faibles ; en tout cas, pas la moindre gaucherie. Et pourtant je me rends bien compte que pour toi les vers « magnifiques » de ce poème ont une qualité que tu ne retrouverais nulle part ailleurs ; qu'ils te font passer sur n'importe quoi ;

qu'ils te mettent dans un état de grâce tel, que même les faiblesses prennent un rayonnement spécial, profitent de cette grâce. C'est bien un peu ça ?

— Tout à fait.

— Tu reconnais donc que ceci par exemple :

Afin qu'à mon désir tu ne sois jamais sourde

ressemble beaucoup à une cheville, et même, comme cheville, manque d'ingéniosité ?

— Oui… et que « l'ardeur des climats », « l'éblouissant rêve » et trois ou quatre autres élégances de cette farine font penser, isolément, aux médiocres élégiaques de la fin du dix-huitième. Mais regarde :

Cheveux bleus, pavillon de ténèbres tendues,
Vous me rendez l'azur du ciel immense et rond.

« Ces deux vers bout à bout. Et il y en a dix comme ça. L'éloge qui vient, c'est « densité incomparable ». Mais il a trop servi, et hors de propos… Exactement chacun de ces vers produit l'effet d'une série de décharges de sens intenses et rapprochées. Tout l'espace du vers est occupé, bondé immédiatement. Il n'y a plus le moindre vide, plus la moindre *absence de sens*. Ou, ce qui revient au même, on n'est pas obligé d'attendre qu'une seule « source de sens », qu'une seule « explosion de sens » finisse par occuper tout l'espace du vers, au prix d'une dilatation excessive, comme il arrive souvent, il faut bien le dire, chez Hugo. Et le miracle, c'est que ce résultat soit obtenu sans disparate — ah oui ! parce que la décharge rapprochée de significations qui se heurtent est un désastre — et sans trace d'obscurité ; au contraire. Le vers crève de signification lumineuse. Très important à noter. Un jour que nous aurons le temps de parler de la poésie qui a suivi, tu verras comme on a vite perdu la recette de ce miracle. Chez Rimbaud, chez Mallarmé, sauf tout au début, à la période où ils baudelairianisent, et même hugolisent, les décharges de sens trop rapprochées produisent, par des espèces d'interférences, l'obscurité. Or quand elle n'est pas un jeu pervers, ou une espèce d'abandon à Dieu, l'obscurité est une faiblesse. J'ajoute — autre raison de nous extasier ici — que lorsque, par hasard, un poète a l'invention assez drue pour faire tant de trouvailles distinctes dans l'espace d'un vers, c'est presque toujours dans l'ordre de la préciosité et des concetti. Ce devant quoi un esprit bien fait, loin de jouir d'une plénitude, se sent agacé, proteste. C'est le cas des bons endroits de Rostand — que je ne méprise pas d'ailleurs, mais qui le plus souvent m'horripile, ce qui est tout autre chose. C'est le cas des euphuïstes d'autrefois, en France, en Angleterre, en Espagne. J'ai essayé de lire du Gongora dans le texte. Je t'en reparlerai. C'est un numéro. En d'autres termes, je me demande très sérieusement si Baudelaire n'est pas le premier qui ait retrouvé dans les temps modernes une certaine intensité admirable dont on ne peut pas avoir l'idée si l'on n'a pas comme toi et moi fait du latin jusqu'à l'os. Réfléchis. Pas n'importe quoi de Virgile ou d'Horace, bien entendu ; mais leurs grandes réussites :

Vides ut alta stet nive candidum
Soracte, nec jam sustineant onus
Silvae laborantes...

et la suite, tu sais. Ou bien l'illustre, le dionysiaque :

Solvitur acris hiems grata vice veris et Favoni
Trahuntque siccas machinae carinas...

« Cette ode-là, tiens, tu ne peux pas croire dans quel état elle me met. Un peu comme la chose de *L'Arlésienne* » et Jallez fredonna les premières notes du chœur de la Pastorale : do, fa sol la si do, — do, do, do, do, do, do, do, do ré si do ré. « L'état que Nietzsche n'a pas cessé de chercher toute sa vie, et qui lui a fait aimer Bizet, justement. Parce que même *Les Maîtres Chanteurs*, avec leur grosse volonté de bonne humeur, n'en donnent pas la moindre idée... Mais c'est une autre question. Ce qui m'a fait penser à Bizet, c'est le mouvement dionysiaque. Pas la densité, bien entendu.

Jerphanion avait repris le volume des *Fleurs du mal*, examinait un vers, puis un autre, laissant agir sur eux les paroles de Jallez comme un rayon sur des pierreries. Il ne suivait pas tous les contours de la pensée de son camarade, faute de certains points de repère. Mais il commençait à sentir la juste tendance de cette pensée, la façon dont enfin elle atteignait le but, et, la pointe dedans, vibrait. Il observait aussi : « Ce qu'il me dit là a une grande éloquence critique. Et je n'ai pas fait, une seconde, attention aux mots qu'il employait, ni lui. Règle universelle. Moi qui me pose souvent le problème de l'orateur. Obtenir le même effet, en traitant une question sociale par exemple, devant deux mille ouvriers. Même s'ils ne *suivent* pas tout, leur donner cette certitude que pas un instant ils n'ont été dupes d'un escamotage par les mots. »

— Oui, dit-il enfin ; j'ai l'impression de comprendre... ou d'entrevoir. Hugo donne bien ça quelquefois, mais rarement, je le reconnais. Racine, pas davantage...

— D'autant que je n'ai parlé que du sens. Mais il y a dans les sonorités la même plénitude. Une présence continue de la musique comme de la pensée. Ce qui fait qu'ensuite les vers faibles ont l'air d'une détente, d'un agréable soupir... Note que je ne veux rien méconnaître. Il se trouve qu'aux endroits où il est médiocre, Baudelaire se trouve fortuitement servi par ce qu'il y a de suranné dans son style. Hugo, dès qu'il n'est plus inspiré, risque de nous sembler vulgaire, à nous, parce qu'il parle la langue de nos jours. Les platitudes de Baudelaire se sauvent par leur petit air ancien régime. Elles font élégant ; *pour nous*. Je me rends compte de ce que ça comporte d'illusion, de précarité.

— Je te dirais bien autre chose. Mais j'ai peur que tu me trouves bête.

— Allez. Allez.

— Je n'arrive pas à croire qu'en poésie le sujet n'a pas d'importance.

— Tu as parfaitement raison.

— Je sens que ce doit être idiot. Mais souvent chez Baudelaire, le sujet m'indispose. Ou plutôt quelque chose qui participe à la fois du sujet et du fond.

— Tiens !

— Tu me trouves bête ?

— Non, je réfléchis.

— Je ne parle même pas de son cynisme, de son dandysme, de son affectation d'immoralité, et autres griefs que lui font les manuels de littérature. Ça me gêne peut-être aussi. Mais c'est de l'ordre des façons extérieures. Non ; je trouve que trop de ces poèmes sortent d'une émotion étroitement sexuelle. Ne crois pas que ma pudeur en soit choquée. Mais ça me les diminue. On se promène dans un univers vraiment très petit... Tu ne réponds pas ? Tu me considères comme une andouille de campagne ?

— Non. Je m'aperçois qu'à force de fréquenter ces poèmes, j'ai fini par ne plus sentir ce que tu dis ; et qui n'est pas contestable. C'est extrêmement curieux. Chose encore plus curieuse, nombre des admirateurs de Baudelaire que je rencontre me dégoûtent ; et pas seulement par la façon dont ils en parlent ; non ; par leur manière d'être, la conception de la vie que je flaire chez eux ; par leur regard aux lueurs un peu maniaques ; par le relent de volupté moite et enfermée qui les accompagne. Or, ta réflexion m'oblige à convenir que ces types-là sont bien plus près que moi du *sens* des poèmes de Baudelaire, de leur inspiration centrale. Franchement, ils sont bien plus baudelairiens que moi. Et pourtant l'admiration que je lui porte est loin de s'arrêter à la forme, je t'assure. (Bien que j'aie insisté tout à l'heure sur son style.) Il est même à mes yeux le type du poète profond. Et quand je sors de le lire, mon « sentiment de l'univers » est empreint d'une sombre grandeur. J'en arrive à me demander s'il n'y a pas chez lui, même dans les poèmes les plus courts d'horizon — car il y en a d'autres, tu avoueras — un premier sens dont s'assouvissent les baudelairiens blafards, le seul, d'ailleurs, dont le poète peut-être ait eu conscience ; et un second sens, un second sujet, qui se dégage quand on a oublié le premier... Oh ! je n'aime pas beaucoup m'en tirer par des jongleries de ce genre... Ta remarque me trouble.

Elle les troublait tous les deux, pour des raisons qui tenaient non pas à l'art, mais à leur vie cachée. Et leurs raisons, malgré quelque analogie, ne se ressemblaient pas.

Jallez passait, depuis des années, par une crise complexe qui atteignait alors l'un de ses points les plus remarquables. Il en était venu à considérer, avec une sévérité croissante, ce qu'il y a de sexuel dans notre nature, ce qu'il sentait d'âcrement sexuel dans la sienne. Il avait fini par frapper l'amour de suspicion, à la fois parce qu'il était trop clairvoyant pour ne pas discerner que même l'amour soi-disant pur recouvre la convoitise sensuelle, donc n'a sur l'autre que l'avantage de l'hypocrisie ; et aussi parce qu'il reprochait à l'amour de fermer l'âme qu'il occupe à des sentiments plus universels. Sans s'appuyer sur les mêmes motifs que l'ascétisme chrétien, il en était donc arrivé à un idéal assez voisin de libération à l'égard de la chair ; idéal dont il faisait d'ailleurs une affaire toute personnelle, se gardant d'y voir une règle recommandable au plus grand nombre. Si bien qu'il se rapprochait moins encore de la conception chrétienne — où l'impureté du laïque n'est tolérée qu'au prix d'une contradiction — que d'idées qui ont cours en Asie ; et qui font de la libération à l'égard de la chair l'exercice privilégié de quelques hommes, désireux d'acquérir certains pouvoirs, ou de s'élever à la sainteté. En ramenant son attention sur le caractère érotique de beaucoup de sujets baudelairiens, on lui donnait de l'inquiétude. S'était-il dupé lui-même au point de retrouver avec délectation, par le détour de la poésie, le monde de l'amour charnel dont justement il essayait, au prix de tant d'efforts, de s'évader ?

Quant à Jerphanion, il traversait, lui aussi, une période de chasteté complète, mais contre son gré. En quittant le régiment, vers la mi-septembre, il avait d'abord passé trois semaines dans le pays de ses parents : un bourg minuscule où la moindre incartade eût fait scandale. Depuis son arrivée à Paris, il attendait que le hasard le mît en relations avec une femme. Mais le hasard ne se pressait pas. Et si Jerphanion ne manquait pas d'impatience, il sentait lui manquer l'esprit d'entreprise. Paris l'intimidait. Sa qualité de provincial le rajeunissait à ses propres yeux de plusieurs années. La modeste expérience amoureuse qu'il avait pu acquérir ailleurs ne lui semblait plus valable dans les limites de la grande ville. Le monde féminin, tout baigné des prestiges de Paris, lui redevenait mystérieux, presque autant qu'il avait pu l'être pour l'adolescent Wazemmes au soir du 6 octobre. Il en résultait une nostalgie sensuelle, qui avait de l'amertume, et un sentiment d'infériorité qui venait, à divers moments du jour, ralentir les élans de l'orgueil, agacer la rêverie ambitieuse. En réalité, ce qu'éprouvait Jerphanion devant les poèmes qu'on l'invitait à admirer, c'était une sorte de jalousie, et la gêne que donnent les allusions insistantes à des bonheurs dont on se croit, au moins provisoirement, écarté. La musique des mots ne les empêchait pas d'avoir un sens ; elle l'aggravait au contraire en y ajoutant comme une imitation des courbures de la chair, des caresses et des spasmes. « Ta gorge qui s'avance et qui pousse la moire », « Boucliers provocants armés de pointes roses », « Tes nobles jambes, sous les volants qu'elles chassent », « L'élixir de ta bouche », « l'enfer de ton lit »... à chacune des pages il y avait ainsi des offres de chair, de l'odeur de cheveux répandus, de la salive de baisers. Un triomphe de la luxure, qui, certes, « à la clarté des lampes » de la thurne, n'eût pas mal continué les rougeoiements d'un ciel de novembre contemplé du haut des toits, si Jerphanion avait eu dans sa poche une lettre de femme avec une date de rendez-vous.

III

UNE FOULE ET SON CHEF

Leur causerie les avait attardés. Quand ils arrivèrent au réfectoire, le dîner était commencé depuis quelque temps. En franchissant la porte, ils ne reconnurent pas le bruit habituel. Pourtant les trois promotions étaient là au complet, les littéraires dans la moitié droite de la salle, les scientifiques dans la moitié gauche. Dix à douze par table. A droite, des vestons luisants ; beaucoup de visages peu colorés, de bustes étroits. A gauche, des blouses crasseuses ; des peaux plus rouges ; quelques carrures de costauds ; plus d'une trogne de pharmacien de campagne. Partout des tignasses dépeignées et des pantoufles. Donc le nombre et l'aspect y étaient. L'odeur aussi, odeur de sauces, et de jeunes mâles. Non le bruit. Ce n'était plus ce gros roulement de rivière, où la vaisselle tinte, dans le courant des voix. Il y avait, dans la rumeur, des inégalités, des sursauts, des pauses ; un silence total d'un quart de seconde, qui donnait une agréable anxiété ; parce qu'au lieu d'avoir devant soi un simple grouillement d'êtres, rassurant comme un spectacle naturel, tranquille comme de l'herbe qui pousse, on croyait sentir un groupe tâter son pouvoir sur lui-même, une volonté faire un coup d'essai.

Au moment où ils allaient s'asseoir, Caulet quitta sa place, s'approcha d'eux :

— Vous allez vivre une minute solennelle ; il y a des chances.

— Qu'est-ce qui se passe ?

— Ceci d'abord, qui confond l'imagination. Figurez-vous que nos thalas, dans l'état où je les avais mis, sont allés chercher des thalas scientifiques, pour leur faire constater la panne de lumière. Les autres sont venus, ont vu, n'ont rien compris. Preuve qu'un physicien, touché par la superstition, devient aussi stupide en face d'une ampoule électrique qu'un homme des bois. Bref, tous ces jobards sont entrés en ébullition contre le Pot — qu'hier encore ils appelaient M. l'Econome. Ils ont propagé un esprit d'émeute, que je me suis gardé de contrarier. Comme le Cacique général, sans être un pur thala, a des sympathies obscurisantes, et que par chance le ragoût, ce soir, a une franche odeur de tinettes, nous sommes, messieurs, à l'instant qui précède un « Quel Khon au Pot ». Simplement.

Jallez et Jerphanion, à cette nouvelle, affectèrent une indifférence blasée. Mais ils entrèrent eux aussi dans l'excitation de l'attente. On leur annonçait le premier « Quel Khon au Pot » de leur vie de Normaliens. Ils avaient beaucoup entendu parler de ce rite légendaire, sans oser espérer en être les témoins avant des semaines, ou peut-être des mois. Le « Quel Khon au Pot » est une manifestation d'une gravité exceptionnelle, que fomente le mécontentement de la masse, mais que peut seul déclencher le Cacique général, chef de la plus ancienne promotion de lettres. Et le Cacique général, quelle que soit sa propre vivacité de caractère, ne lâche pas cette foudre sans avoir réfléchi. Il l'affaiblirait, et s'affaiblirait lui-même en la prodiguant. Il se sent un peu la responsabilité d'un pape sur le point de lancer une bulle d'excommunication, ou d'un lieutenant de dragons, un jour d'émeute, qui va commander un feu de salve.

Jallez et Jerphanion observaient, à plusieurs tables de distance, le Cacique général Marjaurie : une grosse face barbue ; un front haut ; d'épaisses touffes de cheveux noirs ; des yeux noirs aussi ; un sourire indécis du côté de la bouche, et du côté des yeux tournant à l'inquiétude. Candidat à l'agrégation d'histoire, il avait, le printemps précédent, préparé la licence de droit en quinze jours. Quand il serait débarrassé de l'agrégation, le doctorat en droit lui demanderait trois bonnes semaines. On lui prêtait des ambitions politiques. Un ministre, disait-on, le prendrait comme chef de cabinet. Quelques années plus tard, il trouverait tout chauds, dans le pays de sa famille, un poste de directeur de journal et un siège de député. Ses tendances se laissaient mal définir. Bien qu'il parût compter sur les puissants du régime pour se pousser, et qu'il n'eût pas la foi, on le croyait en coquetterie avec les démocrates catholiques. D'ailleurs cet ambitieux était un scrupuleux, et même un anxieux. Il faisait chaque jour plusieurs examens de conscience. Gros mangeur aussi, et, prétendait-on, coureur de filles.

— Regarde, dit Jallez, comme il a l'air embêté.

Et Jallez pensait : « La dimension des événements n'est pas ce qui les caractérise. Il y a des événements ''semblables'' comme les triangles. Un jour futur, quand ce gaillard-là sera ministre, il retrouvera exactement son gargouillis intérieur de ce soir ; ces yeux qui demandent à l'opinion de lui faire violence, pour que l'esprit cesse de s'interroger. Il est en train d'agir comme ce jour futur, pour ce jour futur. Quelque grand événement de l'avenir se décide par préfiguration en ce moment-ci. » Jallez en éprouvait un léger frisson.

Mais de son côté Jerphanion enviait le pouvoir de Marjaurie. « Tenir une foule. Sentir qu'elle attend de vous l'autorisation de vouloir ce qu'elle veut ; que pour le moment sa force aboutit à une contradiction qui se fait dans votre gosier, à un battement de vos paupières. » Jerphanion ne se disait pas que cette contradiction et ce battement pouvaient être une sorte de supplice. Sa nature lui rendait plus facile d'imaginer les ivresses du commandement que ses angoisses.

Soudain, il se fit des « chut ». Puis un silence religieux. L'Ecole, ventre à table, et mécontente du ragoût, comprit que le Cacique général allait fulminer enfin la colère des trois promotions.

Marjaurie, qui avait la voix ronde et chaude, énonça d'abord, amplement :

— Messieurs, un Quel Khon au Pot !

Puis :

— Un, deux, trois.

Alors les deux syllabes rituelles, proférées par les cent cinquante jeunes hommes, chacune des deux avec la même force, et sur un rythme aussi lent qu'un pas de parade, « Quel... Khon ! » formèrent deux hurlements successifs ou plutôt deux énormes coups de gong, que continua un fracas de grosses assiettes de bistrot jetées à toute volée contre le sol ; bruit si nourri et si prolongé que même ceux qui avaient crié le plus fort se demandaient avec un rien d'anxiété combien durerait le délire de leur propre multitude.

IV

ENFANCES PARISIENNES. APPARITION D'HÉLÈNE SIGEAU

Vers dix heures, Jallez vit que Jerphanion levait la tête de dessus ses livres, et, les mains dans les poches, les jambes allongées, se renversait sur sa chaise. Il en profita pour dire :

— Je repensais à Baudelaire. Il y a toute une zone de sa poésie, que le baudelairien banal ne fréquente pas, et qui échappe à ton reproche.

— Les élévations mystiques ?

— Pas exactement. Il est trop facile de montrer qu'elles sortent de son érotisme. « Dans la brute assoupie un ange se réveille. » Non. Je pense plutôt au poète de Paris, des rues, des ports, au poète de grande ville moderne qu'il est tout le temps, même dans les morceaux érotiques. Songe à cette phrase étonnante, pour expliquer la naissance de ses poèmes en prose : « La fréquentation des villes énormes, et le croisement de leurs innombrables rapports. » C'est entendu, il se pâme sur une chevelure ; mais là-dedans c'est encore Marseille ou Alexandrie qu'il respire. Et puis il y a d'autres fraîcheurs. Une façon de se rappeler... Tu connais ces strophes, par exemple :

Mais le vert paradis des amours enfantines,
Les courses, les chansons, les baisers, les bouquets,
. . . .
Avec les brocs de vin le soir dans les bosquets...

— Relis-les, mon vieux. Hein ; qu'est-ce que tu en dis ?

— Evidemment, tout le passage a un très grand charme.

— Tu prononces ça du bout des lèvres.

— Mais non.

— Remarque, dans un sujet pareil, l'ampleur de l'accent, et la profondeur où ça nous atteint ! Mets, à côté, du Murger, ou même les *Chansons des rues et des bois*. Oh ! je ne dédaigne pas les *Chansons*, oh ! ni Murger. Murger, quand il dit juste, ce qui lui arrive, réussit à vous pincer le cœur. Mais tout de même ! Il est vrai que tu ne peux guère sentir tout ça.

— Pourquoi donc ?

— Parce qu'il te manque une enfance parisienne. Où s'est passée ta toute première enfance ?

— Dans un village, sur la route du Puy à Valence, qui s'appelle Boussoulet.

— Dans la montagne ?

— Oui, entre mille et onze cents mètres. Sur un col. Ou plutôt à l'entrée d'un immense plateau.

— Tes parents étaient de là ?

— Mon père y était instituteur. Mais il est né dans l'arrondissement de Brioude, du côté auvergnat de la Haute-Loire. Ma mère est une Vellave beaucoup plus pure, d'entre Le Puy et les Cévennes. Son pays est à quinze kilomètres de Boussoulet.

— A qui ressembles-tu ?

— J'ai les yeux brun foncé de mon père. Je suis plus grand que lui. Mais c'est dans sa famille que j'ai pris ma taille. J'ai certains traits du visage de ma mère. Le menton, par exemple, le nez. J'ai beaucoup de son caractère aussi.

— C'était beau, là-haut ?

— Très beau, il me semble.

— Tu m'en parleras un jour, hein ? longuement. J'ai besoin de me plonger dans une enfance comme la tienne. Je ne crois pas avoir la moindre ascendance montagnarde — sait-on jamais ?... En tout cas, j'éprouve pour la montagne un attrait extraordinaire. Pas pour la montagne à grand spectacle : cimes neigeuses en zigzag, glaciers roses, alpinisme. Non, pour la vie des gens de la montagne. Pour les secrets, les intimités, les renfoncements séculaires de la vie en montagne. Dont par moi-même je ne connais rien.

— Tu es né à Paris ?

— Oui. De mère parisienne et d'un père de race très indécise. C'est un des rares points où j'envie les nobles. Ils connaissent leur généalogie. Un nom comme Jallez a une odeur méridionale.

— A cause du z ?

— Oui. On pense à Rodez, à Orthez, même à l'Espagne.

— Au lycée de Lyon, j'avais deux camarades au moins dont le nom se terminait en ez.

— Qui venaient d'où ?

— Du Dauphiné, je crois.

— De la montagne donc ? Plus ou moins. Mais je me demande si le z signifie grand-chose. Encore un cas que nous pourrions soumettre à Matruchot. Les employés d'état civil d'autrefois, au moment de transcrire un nom, devaient consulter surtout leur esthétique personnelle. Il existe un bourg de Vendée qui s'appelle Jallais, deux l, a, i, s. Il se peut très bien que j'aie une ascendance par là. Mon père est né à Chartres. Mais son père à lui était voiturier, fils de voiturier. J'imagine une famille de voituriers émigrant, par étapes, de Vendée au pays Chartrain, par la vallée de la Loire. J'ai essayé d'obtenir des précisions là-dessus. Mais c'est incroyable comme les gens du peuple se foutent de ces questions. Leurs origines ne les intéressent pas. Pour eux, il y a des hommes et des femmes, plus ou moins bien faits, qui, à part ça, se valent, et qui s'accouplent au gré des circonstances.

— Ton père, qu'est-ce qui l'avait amené à Paris ?

— Son métier. Ou plutôt son avancement. Je t'ai dit qu'il est sous-directeur d'une agence du Crédit Lyonnais. Il avait trente-cinq ou trente-six ans quand je suis né, et il était à ce moment-là chef d'un petit service à l'agence centrale de Paris. Il avait débuté jadis, à la succursale de Chartres, comme infime gratte-papier. Lors de ma naissance, mes parents habitaient Cité des Fleurs, un endroit de Batignolles singulier, que j'ai revu depuis, mais dont je n'avais gardé à peu près aucun souvenir. Maintenant, ils logent avenue de la République. Ce qui a le plus compté pour moi, c'est la période intermédiaire. De l'âge de quatre ans à la première année de cagne. Pendant tout ce temps-là, nous avons habité rue Blanche. Une des rues qui descendent de Montmartre vers le centre. Elle tombe place de la Trinité exactement. Nous étions dans la moitié supérieure de la rue ; donc plus près du boulevard extérieur que de la Trinité. Tu ne connais pas encore ce quartier-là ? Je t'y mènerai. Oh ! rien de remarquable. Mais c'est quand on commence à être sensible à des endroits pareils, qu'on acquiert le discernement de Paris. D'ailleurs une des poésies, un des mystères des enfances parisiennes, ce sont ces déplacements, ces déménagements d'un quartier à l'autre, avec les changements de point de vue qui en résultent ; des subversions d'habitudes, d'autres séries de hasards.

— Les provinciaux connaissent ça aussi. Pense aux fils de fonctionnaires qu'on promène aux quatre coins d'un département. Et les fils d'officiers, quand on trimbale leur père d'Epinal au Havre, et du Havre à Constantine.

— Je sais bien. Ce qui me paraît émouvant, dans le cas des enfants de Paris, c'est que justement ils changent de monde sans changer de « lieu ». A un quart d'heure ou une demi-heure près, ils savent qu'en marchant droit devant eux ils retrouveront la Porte Saint-Denis, ou l'Opéra, ou Notre-Dame. Mais dans une direction dont ils n'ont pas l'expérience. Ils vont voir avec étonnement toutes sortes de choses connues se ranger l'une derrière l'autre dans un ordre inconnu. Les sentiments aussi. Et tout ce qui forme la Société. Ils apprennent que tout ça peut se composer, se distribuer en perspective, de plusieurs façons. Je me demande si du même coup le remaniement intérieur qu'ils subissent n'est pas plus effectif. L'enfant dont le père est envoyé du Havre à Constantine... eh bien ! il en est quitte pour laisser désormais ses impressions de Constantine, son enfance de Constantine se déposer peu à peu au-dessus de la précédente, qui s'endormira. C'est de la sédimentation. Comme l'âme humaine ne cherche pas les histoires, comme elle est paresseuse, ce n'est pas elle qui empêchera cet enterrement paisible d'une époque par l'autre. Tandis que nous, petits Parisiens, quand notre famille changeait de quartier, c'est comme si on avait rebattu les cartes. Où est « passée » la dame de cœur ? Oui, nous nous demandions où pouvaient bien être « passés » les morceaux de notre univers de la veille. Voilà le sens que « passé » prenait pour nous. Une autre espèce de présent, mais insaisissable. Un présent peut-être situé autre part. Quelque chose que pour l'instant nous « n'avons » pas, que nous ne découvrons plus autour de nous, qui nous est dérobé, mais qui soudain, d'on ne sait où, va ressortir...

Pendant qu'il disait ces derniers mots, sa voix se faussa un peu, trahit même une espèce de frisson. Il s'aperçut que depuis quelques instants une seconde pensée silencieuse faisait son chemin en lui. Une pensée encore voilée, mais déjà très émouvante. Il cessa de parler. Il se demanda :

« Que m'arrive-t-il ? Oui, tout au fond ? » Quelque chose tentait de revenir. De très loin. Quelque chose, justement, qui s'était longtemps, longtemps dérobé.

« Qu'est-ce donc ?... Pas ce que j'ai rompu, rejeté, il y a peu de mois... non... qui pourtant... non... Cela vient de beaucoup plus loin... de tellement plus loin... Oh ! Je sais... Je reconnais... Qu'est-ce qui a pu le faire revenir ? La strophe sur les amours enfantines ? Pas tant la strophe que le mot. Car l'atmosphère est tout autre... Mais n'est-ce pas, au contraire, parce que cela voulait revenir, que j'ai eu besoin de retrouver la strophe sur les amours enfantines ? »

Il osa, en lui-même, prononcer un nom. Ou plutôt, un nom, précédé de son prénom comme d'une fine étrave audacieuse, reparut peu à peu en écartant le brouillard, reparut lentement à la façon d'un navire qu'on croyait perdu, mais qui demande le port, et à qui les barques laissent le passage.

« Hélène Sigeau. »

Comme ce retour était étrange ! Ce beau nom, si complètement perdu ! Depuis des mois, des années, on ne l'avait jamais plus vu glisser entre les lueurs du lointain. Jamais il n'était ressorti tout à coup de la foule d'une rue, de la porte d'une maison.

« Pourquoi revient-il ? »

« Hélène Sigeau. »

Jallez n'accepte pas tout de suite. Il marchande l'accueil. Il cherche hâtivement des méfiances, des refus ; pour un peu, des railleries. « Pure sentimentalité. Et de quelle classe ! Me voilà le cœur tout saisi, tout fondant ! » Comme si, à bord du navire, des mains, des mouchoirs s'agitaient, et qu'il ne fût plus possible, à ceux qui le regardent rentrer, de ne pas défaillir de bienvenue : « Hélène Sigeau. »

« Est-ce la peine d'avoir remporté, il y a si peu de temps, une victoire si difficile ! De m'être arraché, de toute ma force, à un grand amour adulte, pour en arriver à trembler comme ça devant le fantôme de cette tendresse d'enfant ! »

Jerphanion l'observe, avec une surprise discrète ; feint de prendre le trouble de son camarade pour quelque scrupule d'expression. Il essaye de lui venir en aide :

— Oui... j'entrevois assez bien... Il y a encore dans tout ça une subtilité... comment dire ?... nerveuse, qui me manque. Je n'ai pas en moi toutes les références qu'il faudrait. Mais je t'assure que je réussis tant bien que mal à profiter des tiennes.

— Vraiment ?... Tiens... si j'osais... pour ne pas rester dans du boniment tout de même un peu trop général... Mais tu vas peut-être sourire... ou te méprendre... Pourtant tu as dû remarquer que je n'use pas à l'excès de la confidence strictement personnelle... Figure-toi qu'il me revient un souvenir... Oh ! si je lui attachais encore de l'importance, je n'en parlerais pas... Pas de cette façon. En soi, l'événement est infime. Mais c'est à replacer dans ce que je te disais de nos enfances à nous autres... Si je pouvais te faire sentir ce souvenir-là, avec ce qui l'entoure, l'auréole, le prolonge dans diverses directions, avec son « étoilement », tu aurais la clef de la musique un peu spéciale tout de même que le passé nous fait.

Jerphanion attend, avec trop d'amitié pour éprouver de l'impatience. D'ailleurs il respecte Jallez. Et s'il avait l'impression que Jallez va « se diminuer » en quelque façon, il préférerait ne rien entendre.

Quant à Jallez, il lutte contre son orgueil, contre sa pudeur. Mais surtout contre une envie de se confier qu'il n'a jamais connue à ce point, et qui est pleine de suspectes délices.

— Sois tranquille. Je n'ai pas l'intention de t'infliger un récit. Je trouve même que ce souvenir ne revient pas tout à fait au bon moment. On ne choisit pas. Il aurait dû se montrer un jour que nous aurions longé une rue bruyante dans le quart d'heure brouillé qui précède le crépuscule. Mais il se remontrera sans doute. Je voudrais pouvoir te dire alors : « c'est lui », et que le petit être, que je verrai surgir d'entre les mouvements de la foule, tu le voies de ton côté ; tu le voies surgir et disparaître. Que tu saches au moins à qui je ferai allusion.

Il laissa tomber la fin de sa phrase comme s'il renonçait à s'expliquer davantage.

Jerphanion observa doucement :

— Mais pour que je le reconnaisse, quand tu m'en parleras, il faut pourtant que tu m'en dises un peu plus...

— C'est vrai. Eh bien, tâche d'abord d'apercevoir, assez loin, dans une lumière couverte, un visage brun et doré. Un beau visage. Des traits d'une perfection, d'un achèvement qui surprennent pour cet âge.

— Quel âge ?

— Le costume va te le dire. Une jupe qui atteint le genou ; une blouse à grand col marin ; des mollets nus. Le bleu du col est très clair, très lavé. Les mollets sont dorés comme le visage, et finement ponctués de brun, il me semble. Mais je reviens au visage. Les traits ont toute la fraîcheur de la quatorzième année ; mais pourtant leur dessin est déjà définitif. Une sorte de noblesse grecque : dans la courbe des sourcils, l'attache et la ligne du nez ; dans l'ovale d'une seule venue qui cerne la figure. Des yeux couleur de chêne foncé, un peu comme les tiens, mais plus grands, plus brillants et plus sombres. Une chevelure brune qui tombe, en ondulant, sur les épaules. Quelques taches de rousseur sur les ailes du nez et en haut des joues. Elle est debout devant moi, sur le sable d'un square ; une pelouse derrière elle. A la main, elle tient une corde pliée ; tu sais, une corde pour sauter, avec des poignées de bois rondes. Elle s'en sert peu. Elle tient cela plutôt comme un éventail.

— Donc, une fillette ?

— Si tu veux. Mais avec une assurance, une tranquillité, un sourire de femme. Sans rien qui fasse vieux, sans ombre de fatigue, ou de flétrissure prématurée, tu comprends ? Sans rien de trop renseigné, non plus. On lui aurait donné quinze ans peut-être, au lieu de quatorze. C'est tout. Je t'ai parlé de taches de rousseur. Ne les imagine pas comme un défaut. Elles paraient son teint. Sa peau semblait en être d'une essence plus rare. Comme il arrive pour les bois précieux. Depuis, j'ai dû plus d'une fois, sans m'en rendre compte, chercher sur de beaux visages ces taches légères, et être un peu déçu de leur absence. Quant aux cheveux, je sens maintenant qu'ils représentaient pour moi, outre la beauté de leur flot, une idée de richesse. Beaucoup de fillettes de ce temps-là — et ça n'a guère changé, je crois — portaient des cheveux nattés, surtout dans les milieux modestes. Cette chevelure abondante et offerte, qui eût mal supporté les promiscuités d'une école populaire, marquait donc à mes yeux un certain rang. Mais elle devait encore signifier la richesse de quelque manière plus symbolique. La générosité de la vie.

— Comment s'appelait cette petite ? Son prénom, veux-je dire.

— Hélène. Et Sigeau, de son nom de famille. Hélène Sigeau.

— Tu m'as l'air d'en avoir été bien amoureux, de ton Hélène.

— Je suis sûr que si j'allongeais le bras, comme les buveurs que le médecin examine, ma main tremblerait. Dieu sait que je ne m'en serais pas douté il y a une heure.

— Elle était de ton âge ?

— J'avais quelques jours de moins qu'elle.

— Tu l'avais connue en jouant ? entre camarades ?

— Oui. Je ne sais plus trop. Elle avait une sœur, d'un an plus jeune, aussi jolie, si l'on veut, mais qui ne m'intéressait pas. Je crois me rappeler que cette sœur, très remuante, se mêlant à toutes les équipes, avait pour amie la sœur d'un de mes camarades. Nous avons dû être amenés à faire ensemble, un jour, quelque partie de chat perché ou de quatre coins.

— A propos, tu es fils unique ?

— Non. J'ai un frère, beaucoup plus âgé que moi. Presque aucun contact. Je te parlerai de ça à l'occasion. Et toi ?

— Moi, je suis fils unique. Mais je t'ai interrompu.

— Donc... quand je cherche à ressaisir comment je l'ai connue, je ne trouve pas un moment particulier... Je revois plutôt certaines de ses façons à elle ; une petite scène emblématique : moi passant dans une allée du square, à moitié courant ; elle qui s'efface un peu pour me laisser le passage, et qui sourit. Nous ne sommes pas encore camarades, mais elle sourit, avec une politesse et une indulgence de dame. Je nous revois très bien, moi la saluant, et elle me répondant d'une inclinaison de tête, sans que nous nous parlions encore. Non qu'elle fût le moins du monde cérémonieuse. Mais elle était grande personne.

— Vous êtes pourtant devenus camarades ?

— Oui.

— Et ensuite ?

— Je passe sur les détails qu'on retrouve dans tant d'autres idylles de cet âge. Tu as dû connaître ça, plus ou moins, pour ton compte. Entre parenthèses, dans les vers que je te montrais, l'expression « amours enfantines » fait un son délicieux, mais n'est pas d'un emploi bien juste. Les « baisers », les « bouquets », les « brocs de vin dans les bosquets »... l'enfance est déjà loin. Baudelaire pense à des couples d'étudiants et de grisettes. Si j'aime ces vers, ce qui dans la vie y correspond me paraît d'une vulgarité assez pénible. Comme si, au lieu de causer ce soir dans notre thurne, nous étions attablés sous une tonnelle du *Moulin de la Galette* avec deux modistes. Les rires trop faciles, un peu pour la galerie... les histoires d'atelier... la scie de café-concert au moment où le garçon apporte les canettes... moi, je me réfugierais immédiatement dans une méditation sur les nombres premiers ou sur la vitesse des étoiles... Hein ?

Jerphanion avait envie d'approuver, pour complaire à Jallez. Mais la conviction lui manquait. Il se contenta d'un sourire évasif.

— Bref, dans mon cas, il s'agissait vraiment d'amours enfantines. Avec toutes les délicatesses, tous les méandres de rêverie, toutes les étonnantes patiences dont est capable le cœur d'un enfant amoureux. Toute une chevalerie, qui fait, de ces années-là, le « moyen âge » de notre histoire individuelle. (Pour moi, rien n'a manqué à l'analogie ; pas même les vertigineuses complications mystiques.) Bien entendu, Hélène me terrorisait ; pas comme camarade — je jouais librement et gaiement avec elle — mais comme objet aimé. J'ai dû passer plus de trois mois sans lui dire un mot qui trahît mon sentiment. Je n'osais même pas la regarder avec tendresse, de peur de rougir. Tout ça est très connu. Je n'insiste pas. Pourtant, il vaut la peine de remarquer à quelle paralysie de l'esprit ce respect religieux peut conduire. Je me rappelle un jour chez elle. Sa mère avait invité la mienne. Ces dames causaient dans une pièce. Nous jouions dans une autre, qui était le salon, je crois. Il y avait, outre Hélène et moi, sa jeune sœur Yvonne, et la bonne. Je souffrais depuis longtemps de l'envie de me déclarer. Le fait que nous n'étions pas seuls dut me donner de l'audace ; de l'ingéniosité aussi. Je ne sais comment j'en vins à dire que je pouvais deviner les secrets et faire des prédictions en lisant dans les cartes. (Je n'avais pas la moindre idée de cet art fallacieux.) La bonne, toute flambante de curiosité, me supplia d'essayer avec elle. Hélène, Yvonne et moi, nous nous étions accroupis à même le tapis du salon. A droite, assise entre deux fenêtres, la bonne, anxieusement penchée vers nous. J'improvisai, sur le tapis, une cartomancie toute personnelle. Il doit y avoir un génie de ce métier qui vient à votre secours. Je sus parler d'un jeune homme, d'un mariage futur, d'un deuil aussi, mais pas dans l'entourage tout proche. La bonne jura que c'était prodigieux. Vint le tour d'Hélène. Je lui dis :

— Quelqu'un vous aime.

— Beaucoup ?

— Oui. Les cartes disent « beaucoup ».

« Ma voix devait s'altérer déjà.

« Hélène reprit :

— Est-ce que je l'aime aussi ?

— Je vois dans les cartes que vous aimez quelqu'un. Mais pour que je vous dise si c'est le même, il me faudrait une indication.

— Une indication ? De moi ?

— Oui.

— Mais sur quoi donc ?

« Elle me regardait, souriait, sans airs provocants ; même sans coquetterie. Avec l'attention gentille et sérieuse qui lui était habituelle. Mes sentiments devaient être fort apparents. Mais je les croyais enfouis dans un abîme. J'eus la force de répondre :

— Sur celui auquel vous pensez.

« Je t'ai dit que je rougissais assez facilement à cette époque. Si facilement que j'en étais épouvanté d'avance et que ça contribuait beaucoup à me rendre timide. Mais ce jour-là l'excès même du péril où je me jetais m'empêcha de rougir.

« Hélène réfléchit un peu, tandis que le sourire persistait du côté des yeux ; dans la région des charmantes taches de rousseur. Puis :

— Je ne veux pas vous dire le nom. Mais je vais vous dire par quelle lettre il commence. Regardez.

« Et de la pointe de son ongle, elle traça posément et distinctement la lettre P sur le tapis.

« Eh bien, tâche de concevoir ce phénomène extraordinaire. J'avais naturellement suivi le tracé de l'ongle, avec autant d'anxiété qu'une sentence, et reconnu la lettre. Mais toute ma pensée fut : « Moi je m'appelle Jallez. Mon nom à moi commence par un J. » Je ne me rappelle pas au bout de combien de temps je me fis la remarque qu'en outre je m'appelais Pierre ; qu'au square tout le monde — et d'abord Hélène — m'appelait Pierre. Mais il n'en jaillit dans mon cœur aucune illumination. Il devait être trop tard. La déception avait déjà mordu trop loin. L'effet total fut un état de doute fluctuant, où l'anxiété, l'ironie envers moi-même avaient autant de part que les imaginations favorables. J'ai toujours manqué de fatuité à un degré qui n'est pas permis.

— Mais ta petite Hélène qui venait de te faire en somme un aveu si gracieux, elle a dû ne rien comprendre à ton attitude, être déçue de son côté ?

— Je ne sais pas. Je ne me rends pas compte. Pendant l'heure qui a suivi, j'étais trop tourné vers mon inquiétude pour observer quoi que ce fût au dehors. Mais tu ne trouves pas que cette stupeur de l'intelligence — chez un garçon qui était, je puis bien le dire, le contraire d'une bête — est assez énigmatique ?

— C'est une forme de timidité.

— Oui. Mais c'est vite dit. Je voudrais y voir plus clair. Par moments, je crois comme toi à des explications toutes simples, qui s'accompagnent rétrospectivement d'un sourire apitoyé. A d'autres, je cherche des raisons plus lointaines. Je me sens porté à admettre, en nous, des clairvoyances, une idée mère de notre destin, une sagesse infiniment compliquée, presque tortueuse, qui ne prend pas la peine de se justifier… Tiens aussi… on a souvent observé ce qu'un amour d'enfant ou d'adolescent, je ne dis pas seulement peut garder de pureté, de chasteté, mais peut en introduire, en restaurer chez celui qui l'éprouve. La banalité du fait ne lui enlève rien de son caractère étrange. A l'époque où j'ai connu Hélène, j'étais plongé dans les tourments de la première puberté. Assailli par mes pensées, qui étaient souvent d'une âcreté insoutenable, et par les conversations de camarades, qui étaient d'une précision ordurière. Tu te rappelles ça. Le voisin de classe qui vous conte avec minutie, d'une voix chuchotée, les circonstances, les précautions, le confort raffiné de ses assouvissements solitaires. L'autre qui vous parle de sa sœur, des privautés qu'il prend avec elle, sous prétexte de développer des photos dans un cabinet noir. Un autre, qui vous propose une réunion avec trois ou quatre amis, dans sa chambre studieuse, dont les parents respectent l'isolement, réunion qui permettra des comparaisons, des épreuves, des démonstrations de procédés... J'avais du dégoût pour les plus maniaques d'entre eux. Mais il faut bien avouer que ce clapotis perpétuel d'érotisme, joint aux excitations de la rue, aux lectures, et au travail profond de la chair, ne laissait intacte à peu près aucune région de la sensibilité. Le premier effet de mon amour pour Hélène fut de créer une zone préservée : tout ce qui, précisément, se rapportait à Hélène. Quand je la voyais, quand je pensais à elle, j'étais nettoyé de toute idée luxurieuse. Sans le moindre effort. N'est-ce pas déjà surprenant ?

— Tu me diras que je reviens toujours à ça. Mais ne crois-tu pas que ce soit encore un aspect de la timidité ? Sans être moi-même spécialement timide, j'attribue à ce sentiment-là dans la vie plus d'importance qu'on ne le suppose. Tes rêveries sensuelles, comme celles de la plupart de tes camarades, se développaient en l'absence de la femme. En l'absence de l'objet du désir. Audace illimitée. L'objet paraît. Toute audace s'évanouit.

— Dans les actes, soit.

— Même dans les pensées. Même les pensées prennent la fuite. Je sais bien qu'au fond ça n'explique rien. Tu me diras : d'où vient la timidité ?

— Oh ! On pourrait répondre : de l'excès de pensée, justement. Il y a des caractères plus timorés que d'autres, c'est certain. Mais toute question de caractère à part, le seul fait de penser beaucoup à une action avant d'avoir l'occasion de l'accomplir suffit déjà à vous paralyser. Parce que la pensée, dans son mécanisme même, est d'abord un système d'empêchements et de coups de frein. Si nous rêvions pendant des années à la première cigarette, aux délices, aux ivresses, au spasme de la première cigarette... quand on nous l'offrirait, il est probable que nos dents se mettraient à claquer. Peut-être fondrions-nous en larmes. Or, c'est en matière amoureuse qu'on accumule le plus de pensées avant d'avoir l'occasion d'agir. Et ce sont les hommes habitués à produire beaucoup de pensées, fût-ce par le seul effet de leur apprentissage, qui risquent d'être les plus timides de tous. Pour qu'un intellectuel attrape du culot, il faut qu'il se décide à faire certaines actions sans y penser autrement que le premier couillon venu. Tu vois donc que je te donne largement raison quant à l'importance de la timidité. Mais là c'est autre chose. Si à l'époque dont je parle, je m'étais trouvé enfermé soudain dans la même chambre, par exemple, qu'une jolie servante rose et potelée, d'attitude peu farouche, oui, j'aurais sans doute été saisi d'une timidité lamentable, et hors d'état de réaliser sur elle un seul de mes rêves luxurieux. Mais je n'aurais pas pris un instant ma déroute intérieure pour une inondation de pureté. On n'est pas bête à ce point. Tout au plus aurais-je peut-être essayé de me faire croire que la servante n'était pas si jolie que ça, ou qu'elle était sale et mal élevée, ou que l'aspect de la chambre me répugnait. Je me rappelle quand je me trouvais dans une réunion quelconque où il y avait des femmes adultes, plus ou moins appétissantes. Elles aussi m'inspiraient une crainte extrême. Je me sentais incapable de la moindre liberté à leur égard. Mais je t'assure que même en leur présence, sous leurs yeux qui apercevaient distraitement en ma personne un petit jeune homme sage et travailleur, mes pensées ne se privaient de rien. Je n'étais pas dupe de ma concupiscence, ni de ses allures piteuses. Absolument rien de pareil en face d'Hélène.

— Parce qu'elle était de ton âge...

— L'idée de Schopenhauer ?... la nature, par esprit de compensation, veut que les adolescents désirent les femmes mûres et que les vieux messieurs courent après les fillettes ? Je reconnais que mes convoitises s'allumaient plutôt à des femmes sinon mûres du moins adultes. Mais les pensées aussi qu'il m'arrivait de donner aux gamines manquaient entièrement de pureté, chaque fois que l'émotion de l'amour ne commençait pas à paraître. Car j'avais eu des commencements d'amour pour d'autres qu'Hélène...

— Alors quoi ? Quelle est ton idée de derrière la tête ?... Une réhabilitation de l'amour « éthéré ». C'est du romantisme, comment dire ? le plus printanier. Je ne croyais pas que des vues si... enfin si peu modernes trouvaient grâce devant toi.

— Mais non ! D'abord je n'ai aucune idée de derrière la tête. Et si j'en avais une, elle serait bien différente. Tu m'aurais interrogé là-dessus il y a une heure, je t'aurais dit ma conviction intime ; que tout essai d'amour chaste, d'amour détaché du désir sexuel, est une comédie. A faire semblant de maintenir l'amour dans le pur échange sentimental, on commet un mensonge qui se retourne finalement contre vous. Je suis très net.

Jallez avait répondu avec beaucoup de vivacité. Il avait même eu un mouvement agacé de tout le visage.

— Alors ?

— Alors, il y a une heure, je ne me souvenais pas d'Hélène Sigeau. C'est un fait qu'au milieu des troubles, des ardeurs amères de mes quatorze ans, mon amour pour Hélène Sigeau créa une région de pureté et de sérénité. Au début, région circonscrite. Il y avait un garçon tourmenté, qui rêvait d'accouplements, et qui entendait, sans assez d'horreur, ses camarades détailler des ordures. Il y avait un autre garçon, que la présence ou la pensée d'une petite fille, aux cheveux retombants, aux yeux bruns, aux fines taches de rousseur, mettait dans un état d'exaltation transparente. Dédoublement qui a duré jusqu'au jour de la lecture dans les cartes, et de l'initiale tracée sur le tapis. Je t'ai dit que même à la réflexion j'avais hésité à prendre pour moi l'aveu d'Hélène Sigeau. Il n'en résulta pas moins un exhaussement brusque de mon amour. Et mon envahissement total par la pureté. D'autant plus curieux que le doute persistait, que je ne m'abandonnais pas à la joie. On n'imagine pas sur quelles combinaisons de sentiments, subtiles et fragiles, un enfant de cet âge-là peut vivre. Par exemple, je revoyais à tout instant la scène du tapis, l'ongle traçant la lettre. Je n'en concluais rien de catégorique. Mais pourtant j'avais le sentiment qu'une nouvelle période de mon amour venait de commencer. Celle de l'amour partagé ? J'étais trop loin d'oser y croire. Celle de l'amour avoué ? Même pas. Je n'étais nullement sûr qu'Hélène, en m'entendant lui dire que quelqu'un l'aimait, eût deviné que je lui parlais de moi. Qu'y avait-il donc de nouveau ? Le fait qu'entre nous la question de l'amour avait été posée ?... Mais la formule est encore trop grossière. Il faudrait, pour rendre la situation avec autant de nuances que je la sentais, imiter dans le langage du cœur ces expressions savamment ambiguës, que les mathématiques emploient pour traduire des vues mobiles de l'esprit. Dire par exemple qu'en me laissant aller d'une extrémité à l'autre de ma rêverie amoureuse, j'étais forcé maintenant de passer par une vision : « Hélène traçant mon initiale sur le tapis » ; et qu'à ce passage correspondait bon gré mal gré un moment de confiance, une valeur positive de la joie, si instable fût-elle. Ou si tu préfères, parmi les significations que j'avais le droit de donner à la scène de ce jour-là, parmi les « solutions » qu'elle admettait, il y en avait une qui était l'amour partagé. Elle était peut-être la moins probable. Mais entre certaines limites, pour certaines valeurs des gestes et des paroles d'Hélène, elle était « vraie ». Je te jure que je ne cherche pas à alambiquer. Ce que je dis reste bien au-dessous de la souplesse, de l'élasticité que la chose avait dans mon cœur.

« Donc, je me purifiais sans réserve, et sans qu'il m'en coûtât, pour le cas privilégié où la lettre tracée dans l'étoffe du tapis eût voulu dire mon nom. J'avais l'impression qu'il venait de se construire quelque part, dans une région qui me dominait, un édifice provisoire, merveilleusement idéal, qui se serait écroulé ou évanoui si j'avais cessé d'en être digne.

Jallez s'arrêta un instant. Jerphanion lui demanda :

— Mais tu n'as rien fait pour sortir d'incertitude ?

— Pas tout de suite. Je devais avoir peur d'être détrompé. Peur aussi, peut-être, d'aller trop vite. Et j'avais bien raison. Ces choses-là ne se vivent pas deux fois. Je m'en aperçois maintenant. Ou si l'on tente, malgré tout, de les recommencer, on ne les réussit plus... Mais ce n'est pas de cela, qui aurait pu se passer aussi bien à Quimper ou au Puy, que je voulais te parler... Non, je songeais à ce qu'il y avait eu de mystère parisien dans ces amours enfantines.

« Un soir... je revois ça dans une saison comme celle-ci, un peu moins avancée ; ou peut-être dans la partie du printemps qui y répond par l'aspect de la lumière. C'était très peu de jours après la scène des cartes. Je ne pouvais plus supporter d'attendre, pour revoir Hélène Sigeau, toute une semaine et l'incertitude d'une rencontre au square. Elle était élève à l'École Edgar-Quinet, rue des Martyrs. Sortait-elle de classe chaque jour à ia même heure, ou avait-elle un cours supplémentaire ce soir-là ? Oui, c'était ça plutôt. Je ne me rappelle plus comment je m'y étais pris pour le savoir. Bref, j'avais eu très largement le temps de venir de Condorcet, et même de flâner dans les rues. Il devait être au moins cinq heures. Je me postai d'abord contre une porte du cirque Fernando. Mais l'endroit n'était pas favorable. Ce jeune garçon, juste en face de la sortie d'une école de jeunes filles, était on ne peut plus suspect. Il y avait sur l'autre trottoir quelques mères de famille, quelques bonnes, mais très peu. Donc, ce ne devait pas être l'heure ordinaire de sortie. Je quittai mon abri. Je redescendis jusqu'au coin de la rue des Martyrs et de l'avenue Trudaine. Je m'arrangeais pour marcher lentement, avec de petits arrêts, des retournements aussi naturels que possible du côté de l'école. Je revois en ce moment les arbres de l'avenue, la lumière d'un bec de gaz, la région de l'école assez ténébreuse, avec la clarté seulement qui s'échappait de la porte. Beaucoup d'ombres, çà et là, tout à l'entour. Beaucoup de molles profondeurs d'ombre. Des fiacres qui remontaient ou redescendaient la rue, avec leurs lanternes ; des passants. Un mouvement de ville pas très serré, mais que ces mélanges bougeants de lumière et d'ombre contribuaient à épaissir, à rendre confus. Hélène allait sortir ; mais je n'étais pas certain que ce mouvement de ville me la laisserait apercevoir juste à la minute qu'il fallait, ne me la déroberait pas, ne me la prendrait pas... Est-ce que tu te représentes bien l'amoureux de quatorze ans, sur son trottoir, se déplaçant avec inquiétude, évitant lui-même d'être aperçu, et qui se demande s'il va pouvoir saisir à trente pas de distance, à travers ces flottements de la rue, le petit être dont l'apparition lui est indispensable ? Pense que s'il ne se retourne pas à temps, s'il se laisse tromper par d'autres silhouettes, brouiller le regard par les feux d'un fiacre qui passe, il n'y aura plus rien. A quelques secondes près, il sera trop tard. Et il restera là sans même être sûr, au début, qu'il est trop tard. Quand enfin il s'en rendra compte, il considérera l'avenue à sa gauche, la rue descendante, la montée vers le boulevard, les masses d'ombre où glissent des lumières, le mouvement de ville qui n'aura pas cessé, Paris, sans limites dans le soir, où le petit être qu'on attendait s'est évanoui. Est-ce que tu pressens le genre de serrement de cœur qu'on est forcé d'avoir, même sans être plus vibrant que d'autres, et qui fait que les détresses comme les douceurs d'enfants de Paris peuvent ne ressembler à aucunes ?

— Ainsi, tu l'avais manquée, ce soir-là ?

— Non, pas ce soir-là. Plus tard, oui. Et j'ai gardé de ces attentes déçues une impression, que d'autres circonstances plus graves, dont je te parlerai peut-être un jour, n'ont fait qu'accroître : celle d'être bordé à tout moment par une immensité qui, pour nous être familière, n'en est pas moins prête à nous prendre ce que nous aimons sans que nous sachions si elle nous le rendra. Et il faut pourtant que nous attendions qu'elle ait le caprice de nous le rendre. Comme la mer peut-être un jour rejette ce qu'on y laisse tomber. Il n'est pas question de fouiller nous-même tant d'inconnu... d'en venir à bout.

(Jerphanion rapprocha cette impression de celle qu'il avait eue sur les toits de l'École. L'idée était tout autre ; mais le frisson était du même ordre.)

Jallez continua :

— Tu comprends : je savais l'adresse d'Hélène. Je n'avais pas *pour le moment* la crainte formelle de ne pas la retrouver, même si je la manquais. Mais l'impression que j'évoque est plus forte que les raisons particulières qu'on a de se rassurer. Elle s'apparente aussi aux présages.

— Lors de notre première balade, je t'ai parlé de « grande-ville » avec un trait d'union. Tu te souviens ? Ce que tu me dis là, n'est-ce pas éminemment une anxiété de « grande-ville » ?

— Et d'enfant de « grande-ville ». A coup sûr... Donc, ce soir-là, quand Hélène a franchi la porte de l'école, dans la lumière du vestibule prolongée sur le trottoir, son cartable sous le bras, je ne l'ai pas manquée. J'ai réussi à ne pas la perdre des yeux, tout en m'effaçant moi-même dans une ombre. Elle était avec deux de ses camarades. Les trois fillettes coupèrent la rue des Martyrs dans la direction de l'avenue. Hélène avait une courte pèlerine dont les pans étaient rejetés en arrière. Un béret, à bords larges. Ses cheveux flottants. Je ne l'avais jamais vue ainsi à distance, le soir, dans une lumière de rue. Je ne voulais pas qu'elle me vît.

— Pourquoi ?

— Je n'en sais rien. Plus par délicatesse, il me semble, que par timidité. Je craignais que cette façon de la relancer ne lui parût vulgaire. Je n'eus pas trop de peine à me dissimuler, parce qu'elles causaient toutes trois. A mi-voix d'ailleurs, sans éclats de rire. Je réfléchis maintenant qu'Hélène racontait peut-être la scène des cartes... Elles avaient pris le trottoir gauche de l'avenue. Je les suivais de loin.

— Tu avais l'intention de les aborder ?

— Je ne sais pas... Plutôt l'espoir que le hasard m'aiderait, que je serais vu malgré mes précautions. Je les suivais de beaucoup trop loin. A cause des gens, cette fois. Je ne voulais pas être le collégien classique aux trousses de trois écolières. Ce qui m'a souvent choqué, dans les démarches de l'amour, c'est la difficulté qu'elles ont à ne pas être ridiculement transparentes pour le premier venu... Quand les fillettes furent à la hauteur du square d'Anvers, l'une d'elles se détacha du groupe. Ce n'était pas Hélène. Si Hélène était restée seule, peut-être la proximité du square où nous avions nos souvenirs m'eût-elle donné l'audace de la rejoindre. Mais elle prit par la rue Turgot avec son autre amie. Ce que je revois ensuite, c'est un carrefour ; avec ses croisements de reflets, de passants, de véhicules, de souffles d'air noir, qui déjà par eux-mêmes vous communiquent un rien de tournoiement intérieur et d'incertitude. Mais je suis là, moi, interrogeant le crépuscule de tous les côtés. Les deux silhouettes ont disparu. J'ai perdu un peu de temps à hésiter, à fouiller les perspectives, qui, à quelques pas, devenaient indéchiffrables. Puis, je me suis mis à courir, devant moi, pour atteindre le plus vite possible un coin de rue, aux abords de Saint-Vincent-de-Paul, où j'avais des chances de voir Hélène passer, si elle rentrait chez elle par le plus droit. Je me suis posté dans le renfoncement d'une porte d'immeuble. Un réverbère à potence, dressé tout près de la porte, m'éclairait beaucoup trop. J'ai connu pendant ces dix ou quinze minutes plusieurs des souffrances principales de l'amour. Mon tourment n'avait aucun rapport raisonnable avec ce qui était en jeu. Même l'idée que j'étais sûr de revoir Hélène de toute façon restait sans force. J'ai appris ce soir-là qu'un des caractères profonds de l'amour, quand rien d'étranger ne s'y mêle, est de se comporter comme si le temps allait finir. Soudain, je vis Hélène arriver toute seule, sur le trottoir d'en face. Je n'ai essayé ni de me dérober davantage dans l'enfoncement de la porte, ni de me montrer. Elle passa sans m'apercevoir. Elle pouvait si peu se douter de ma présence sous cette porte. J'eus le temps de bien reconnaître ses cheveux flottants, les pans de la pèlerine qui dégageaient ses bras, son cartable, son profil.

— Tu n'as pas continué à la suivre jusque chez elle ?

— Non.

— Tu ne t'es pas dit qu'elle t'échappait de nouveau ? Et par ta faute ?

— Non. Je devais être un peu brisé.

— Mais, après ?

— Après ?... Oh ! En voilà assez pour ce soir.

— Tu me diras bien la suite ?

Jallez parut se défendre :

— La suite... Mais encore une fois, il n'a jamais été question de t'infliger un récit. La matière serait vraiment trop mince. Je t'ai cité des impressions qui me revenaient, à propos de quelque chose de plus général, dont nous parlions.

— Mais d'autres, de la même... série, peuvent te revenir.

— Nous verrons ça... Si l'occasion se présente... Un jour que nous longerons une rue, comme je t'ai dit.

— Pourquoi pas maintenant ? L'atmosphère de la thurne est très propice. C'est toi qui l'as créée. Les fantômes, je t'assure, s'y sentent très bien.

— Non. D'abord, maintenant, j'ai envie de me coucher.

— Si tôt que ça ? Il n'est même pas onze heures.

Jallez rangea ses papiers, ses livres.

Au bout de quelques minutes, Jerphanion, après avoir hésité et souri, lui dit :

— Tu es grand dormeur, toi ?

— Oui. Comme tu as pu le constater.

— Pas tellement. D'habitude, tu as l'air de veiller avec plus de facilité que moi. Et tu as moins de mal à te lever. Figure-toi que ce matin — il était huit heures quinze — Dupuy a frappé discrètement à ma porte, pour m'avertir.

— Lui-même ? Tiens. C'est drôle.

— Et tu rêves beaucoup ?

— Oui.

— Tes pensées d'avant le sommeil influent sur tes rêves ?

— Quelquefois.

— Au point de se continuer de plain-pied dans les rêves ?

— Dans certains cas peut-être. Mais pourquoi me demandes-tu ça ?

— Pour rien.

V

QUINETTE REMUE DES SOUVENIRS

Quinette regarde le réveille-matin qu'il a placé non loin de lui, de biais, sur son buffet de cuisine.

« Onze heures cinq. J'aurai fini dans un petit quart d'heure. Les ouvertures sont bien closes. Mais on ne sait jamais. Un rai de lumière peut filtrer. Tout à fait inutile qu'un voisin s'étonne. Je me donne jusqu'à la demie, dernière limite. »

Il est debout devant son fourneau. Il tient une planche incurvée, peinte en noir d'un côté, doublée d'un calicot rayé de l'autre. Des effilochures pendent de l'étoffe.

Deux autres planches de même forme sont posées sur le sol, appuyées au mur. Le feu flambe à travers une braise abondante. Quinette achève de brûler la malle de Leheudry. Il n'en reste plus que ces trois morceaux de couvercle.

Voilà plusieurs semaines qu'il poursuit, de soir en soir, la destruction des derniers vestiges de Leheudry. Sans aucune hâte ; bien au contraire. Il a commencé par le contenu de la malle. Chaque jour, il a prélevé sur le tas deux ou trois objets, avec des hésitations, et de la réflexion, bien qu'il n'eût pas conscience d'appliquer une méthode. Par exemple : une chemise, un faux-col, une seule chaussette. Ou bien un foulard et une flanelle. Chemin faisant, il s'est aperçu de certaines difficultés de détail. Il en a tenu compte pour régler la suite de sa besogne. C'est ainsi qu'en fourrant dans le foyer, morceau par morceau, la première flanelle, il a compris, avant que la flamme ne l'eût mordue, que les boutons ne brûleraient pas. Et ces boutons, qui avaient tous la même petitesse, à peu près le même aspect nacré, se sont comportés d'une manière différente. Les uns se sont gonflés dans le feu, sont devenus friables, ont éclaté en lamelles. D'autres se sont contentés de roussir, avec une sorte de bourgeonnement. Le plus agaçant était leur tendance à glisser entre les braises pour aller se perdre dans la cendre. Des boutons de gilet, faits d'une matière analogue au bois, mais plus dure ; des boutons métalliques de ceinture de pantalon, ont donné lieu à d'autres remarques. Quinette a pensé résoudre la question des boutons en les décousant de l'étoffe, pour les conserver ensuite dans une boîte, ou les jeter aux ordures. Mais il a renoncé à cette solution paresseuse. (Il se peut que le danger soit infime. Ou même nul. Mais l'esprit ne doit pas tolérer de gauchissement dans l'exécution de ce qu'il a décidé.)

Quant à l'extrême lenteur de l'opération, Quinette l'a justifiée par des arguments d'apparence raisonnable. Pas de fumées prolongées, d'une épaisseur suspecte, sentant trop le roussi. Pas de cendres trop volumineuses dans la boîte à ordures. En cas de surprise, pouvoir affirmer qu'on brûle simplement deux ou trois chiffons...

Mais Quinette obéissait à des motifs plus secrets, qui avaient pour caractère commun de tendre à un bien-être. Chaque soir c'était un moment agréable que celui où il venait choisir dans la malle les objets qui allaient périr. Agréable aussi le tisonnement du feu. Agréables les difficultés inopinées à résoudre. (Le jour, par exemple, où, ayant découvert au fond de la malle une vieille brosse à dents, il avait affronté soudain le problème de la destruction des os.)

Plus encore, Quinette avait de la peine à se détacher de l'événement considérable qu'il avait vécu. Il cherchait à prolonger l'exaltation du 14 octobre. Il pouvait dans une certaine mesure l'entretenir par le retour des pensées. Mais les pensées reviennent bien mieux quand une action les appelle. Chaque soir, en maniant un col, une cravate, il lui semblait recommencer les préparatifs de ce grand jour. Chaque geste le rapprochait du moment pathétique. Brusque montée de la flamme ! Chaque soir Quinette s'apprêtait à tuer Leheudry.

Plus d'une circonstance l'aidait dans cette célébration mystérieuse. Le moindre de ces objets avait été porté par Leheudry, lui avait servi, était resté en contact avec sa personne. Sans avoir là-dessus quelque croyance particulière, le relieur sentait bien que l'existence de Leheudry durait dans ces objets d'une certaine façon. Il y avait même l'odeur ; une odeur vivante. La doublure crasseuse d'un gilet. Une ceinture de flanelle. Du linge qui n'avait pas été blanchi. Quinette y touchait avec un dégoût d'homme propre. Il en pinçait une extrémité entre deux pointes de doigts, et portait la chose de la malle au foyer, en l'écartant de son corps et en serrant les narines. Mais l'odeur de Leheudry s'élevait quand même, s'installait dans la pièce étroite, comme une présence. Et le dégoût n'était que le prix dont Quinette acceptait de payer l'illusion de disposer encore de sa victime.

Pourtant, il ne cherchait pas à évoquer la vision même du meurtre. Il la maintenait à une certaine distance, comme derrière un symbole. Il n'en laissait filtrer jusqu'à lui que l'émotion. Encore lui semblait-elle un peu brutale, et ne l'accueillait-il pas franchement. Car il manquait d'une certaine cruauté.

Il était comme les gens que n'enchante pas la saveur de l'alcool, mais qui, en ayant avalé un grand verre, ne peuvent plus oublier ce qu'ils ont connu ensuite.

Voilà l'important pour lui : ce qu'il avait connu *ensuite*. Immédiatement après. L'essence de souvenir, précieuse et brûlante. Si précieuse qu'il se défendait d'y goûter, même au moment où il tisonnait les morceaux d'étoffe dans son fourneau. « Patience ! » se disait-il. « Patience ! Quand je serai là-haut. Quand j'aurai bien travaillé. »

En attendant, il ne se permettait de toucher à ses souvenirs d'après le meurtre qu'à partir de ceux du lendemain 15 octobre.

Le piétinement dans la glaise, la galerie, la lueur de la lanterne, la nuit qui sent la poudre, l'éponge... halte ! Un saut, les yeux fermés, par-dessus les heures très précieuses. Quand se rouvrent les yeux de la mémoire, c'est pour retrouver des événements qui certes intéressent Quinette au plus haut point, et qu'il rumine avec sa précision habituelle, mais qui le laissent relativement calme.

*
* *

D'abord sa visite au 142 *bis* faubourg Saint-Denis ; le 15, vers les dix heures du matin. *La concierge est dans l'escalier*. Mais le 142 *bis* possède plusieurs escaliers. Quinette se hasarde dans les cours, inspecte, conjecture. Il entend une voix qui vient de l'escalier D. « C'est vous, madame ? » La personne redescend. « Bonjour, madame. » Décidément, la concierge du 142 *bis* est agréable d'aspect. Presque aussi potelée que Sophie Parent, mais avec plus d'esprit dans les yeux, plus de vivacité dans les attitudes. Elle se montre accueillante pour « M. Dutoit ». Cet industriel bien élevé n'a pas l'air de lui déplaire. Quinette, en la saluant, ne regrette pas d'être chauve. Il sent que le regard dont elle enveloppe son crâne et sa barbe le range parmi les hommes dont elle serait flattée de recevoir les hommages. Il s'explique sans embarras : « Figurez-vous que j'ai un gros ennui. Mais oui. Avec mon employé. Vous vous rappelez comme il est parti avant-hier soir ? Malgré l'ordre qu'il avait de m'attendre. Il a prétendu qu'il mourait d'ennui là-haut ; qu'il en deviendrait fou. Il l'était déjà un petit peu. Impossible de le raisonner. Bref, il s'est fait régler, et il a filé soi-disant dans son pays. Bonne chance. Il ne vous avait rien dit ? Il ne vous avait pas fait ses plaintes ? des confidences sur ses malheurs ?... J'hésite à reprendre quelqu'un. Pour être laissé en plan comme ça. Il me faudrait un garçon sérieux, ou rien du tout. Oui, c'est une idée. Je ferai peut-être insérer une annonce. »

Il est monté jusqu'au petit local de l'escalier J ; a découvert les papiers d'identité de Leheudry dans un tiroir de la table ; les a ramassés, ainsi que quelques menus objets que l'autre avait apportés l'avant-veille ; puis est reparti en disant à la concierge : « Tant que je n'aurai trouvé personne, j'en serai quitte pour revenir moi-même ici, de temps en temps. Si par hasard il m'arrive du courrier, gardez-le-moi. »

Cette visite faubourg Saint-Denis lui a surtout servi d'épreuve et de mise en train pour sa démarche auprès de Sophie Parent. Il n'a eu qu'à se laisser porter par la confiance acquise. « Sa *disparition* me gêne moins que je n'aurais pensé. J'arrive à parler de lui très naturellement. »

Rue Vandamme, il retrouve la papetière boulotte, aux yeux naïfs, avec le même fichu, dans la même attente frileuse du malheur. « Alors, monsieur ? Vous savez qu'il ne m'a toujours pas écrit ? — Il a bien fait. » Dès les premiers mots son autorité retombe sur l'épaule de la papetière. « C'est vous qui le lui avez défendu ? — Évidemment. Sa situation est on ne peut plus délicate. Je ne veux pas qu'il sorte. Je ne veux pas qu'il écrive — Mais ce n'est pas une vie pour moi. C'est dur que vous l'empêchiez de me donner de ses nouvelles. — Mais je suis là pour vous en donner. A quoi bon des lettres, qui peuvent s'égarer, laisser des traces, puisque je viens de sa part ? — Vous ne vous rendez pas compte. Ce n'est pas la même chose. Si au moins vous arriviez avec un mot de lui. Si j'avais de temps en temps quelques lignes de son écriture... » Quinette sent naître une idée. « Chère madame, je me mets bien à votre place. Je n'aime pas vous voir malheureuse. Je ne peux pas, d'un autre côté, manquer aux règles de la prudence. — Quel risque y aurait-il ? Puisque c'est vous qui m'apporteriez ça. — En tout cas, il faudrait me le rendre après avoir lu. — Comme vous voudriez. Ou encore je le déchirerais devant vous. — Saurait-il déguiser son écriture ? — Pourquoi ? — Aucune précaution n'est de trop. — Demandez-le lui. S'il tient à moi, il fera tout pour que vous nous permettiez de nous écrire. »

Cinq jours après, Quinette est retourné rue Vandamme. Il était porteur d'une enveloppe jaune, contenant quelques lignes écrites sur la première page d'une double feuille de papier quadrillé. Les j étaient majuscules. Il y avait des enjolivures et des boucles. Après avoir hésité entre une tache de graisse et une tache d'encre, Quinette s'était décidé pour une tache de graisse. Le billet disait en substance : « Je suis obligé de prendre de grandes précautions, à cause de mes ennemis. Je t'aime plus que jamais. Obéis aveuglément à mon avocat. Déchire cette lettre. » La signature : « Augustin » était précédée de : « A toi, ma petite Sophie, pour la vie. »

La papetière a lu le billet une première fois, a fondu en larmes ; puis a demandé la permission de le relire ; a relu à cinq ou six reprises ; le retour d'une expression tendre provoquant une bouffée de sanglots. Quinette était un peu ému. Mais son émotion ne s'accompagnait d'aucun jugement sévère pour lui-même. Il plaignait cette jeune femme, la trouvait touchante, avait un sentiment juste et vif de la situation, bref assistait à la scène comme un spectateur de théâtre qui a le cœur bien placé. En outre, il se félicitait d'avoir réussi du premier coup un travail où il était novice : la fabrication d'un faux.

Il a repris la lettre, l'a déchiré soigneusement, en a mis les morceaux dans sa poche, et n'a demandé qu'ensuite : « Vous auriez reconnu l'écriture ? — Oui... oui tout de même... C'est-à-dire que... (Elle ne savait comment répondre pour ne pas desservir Augustin.)... Ce qui m'a plutôt surprise, c'est qu'il m'appelle Sophie. — Ce n'est donc pas votre nom ? — Si, mais lui ne m'appelait pas comme ça. — Comment vous appelait-il ? — Ma... Ma Finette. » Elle a dit cela entre deux sanglots.

Le relieur se souvient d'avoir été frappé par la ressemblance de ce diminutif avec son propre nom. Il a cru entendre un tintement du destin. Quinette, Finette, les deux cloches qui ont sonné pour Leheudry. L'une... Mais le relieur, s'il n'est pas indemne de superstitions très particulières, ou plutôt de réactions superstitieuses de circonstance, manque de respect pour les grandes idées obscures. Le destin ? Il y croit peu. Devant un fantôme de cette taille sa raison prend assez de recul pour se défendre.

D'ailleurs, tous ces temps-là, ses visites à la papetière, qui ont eu lieu chaque semaine, ses visites, moins régulières, au 142 *bis* faubourg Saint-Denis (il a pris soin de s'y adresser lui-même quelques lettres au nom de M. Dutoit) l'ont bien moins préoccupé que la lecture des journaux. Il achetait chaque jour, à trois moments et en trois endroits différents, pour ne pas attirer l'attention, *Le Petit Parisien, Le Petit Journal* et *Le Matin ;* et le soir, chez un petit marchand du boulevard Garibaldi, ou à quelque crieur, *La Patrie.* Il était à l'affût d'un titre comme : « Les carrières sanglantes » ou : « Découverte macabre » ; ou d'une manchette sur deux colonnes : « On trouve au fond des carrières de Bagnolet un cadavre affreusement défiguré. » Rien. Les premiers jours il s'est dit que cette période de silence était normale ; que le crime de Leheudry l'avait traversée aussi ; qu'il fallait même s'attendre à ce que cette fois elle fût plus longue, vu la nature des lieux, la personne de la victime, les précautions prises.

Vers le quinzième jour, il est devenu sérieusement inquiet. Il a essayé de se rassurer : « Quand je préparais la chose, si on m'avait garanti un silence de plusieurs semaines, j'aurais considéré ça comme un gros succès. J'aurais été trop heureux de me voir d'avance dans la situation où je suis aujourd'hui. Deux affaires dont je pourrais avoir à répondre, l'une comme complice, l'autre comme auteur. L'une, on n'en parle plus. Et l'autre n'est pas sortie de l'ombre. Je vaque à mes occupations. Je relie mes livres. Le temps passe. Et chaque fois qu'il y a du temps qui passe, il y a quelque chose qui s'efface. »

Mais cela, c'était la réflexion cohérente, le raisonnement organisé. La thèse d'« optimisme officiel » que Quinette tâchait d'imposer à son propre esprit. Elle n'arrivait pas à y supprimer les mouvements d'opinion contradictoires.

Tantôt, par exemple, il se sent porté à juger légèrement les méthodes de la police. « Je les ai vus de près. Une bureaucratie comme une autre. Ces gaillards-là ne trouvent que ce qu'on leur apporte. » Tantôt il les soupçonne d'un profond machiavélisme. « Il y a peut-être d'un côté les crimes dont la police veut bien qu'on parle ; dont même elle fait parler. Et puis il y a ceux qu'elle garde secrets. Pour mieux atteindre le criminel en le rassurant. Ou pour des motifs encore plus indéchiffrables. »

A d'autres moments, c'est l'idée du hasard qui le retient et l'étonne. Il voit le hasard s'étendre, s'insinuer partout, s'ajouter à lui-même, grandir par accumulation comme les branches du corail. Le hasard fait que personne pendant quinze jours ne pénètre jusqu'au fond d'une certaine galerie ; ou, comme on dit justement, « ne se hasarde » jusque-là. Il peut faire que personne ne s'y « hasarde » pendant des mois, pendant des années. Mais il lui suffit d'un instant pour tout *défaire*. Puissance indéfinie et ambiguë, dont il est sage de tenir compte dans ses calculs, mais qu'ensuite il serait vain d'espérer fléchir. Indifférente à toutes les manœuvres, à toutes les prières.

Ou bien il rêve à son liquide verdâtre. Il sait qu'aux yeux d'un droguiste la recette en est toute simple. Mais pour l'avoir rencontrée jadis dans un vieux livre, avec une typographie, une orthographe, des façons de dire qui ne sont plus celles d'aujourd'hui et des rousseurs dans le papier, une odeur séculaire entre les pages, il n'est pas loin d'imaginer qu'elle possède plus de vertus que sa formule n'en promet. Il entrevoit une corrosion qui s'amorce, puis qui se propage, comme la flamme, tant qu'il lui reste un aliment. Après le visage, c'est la tête, c'est le cou qui est dévoré. Un corps sans tête. Puis une masse informe. Finalement, un petit tas de résidus. Et l'on passe à côté, sans se demander si c'est autre chose qu'une serpillière moisie... Il ne s'abandonne pas longtemps à cette vision. « Ne délirons pas », dit-il.

A-t-il eu envie d'aller vérifier sur place ? Non, jamais. Il s'est interrogé là-dessus à maintes reprises, parce qu'il était convaincu d'avance que cette envie le harcèlerait, qu'elle serait un des principaux dangers à combattre. L'attrait pour les lieux du crime, ne l'avait-il pas senti quand il ne s'agissait que du crime d'un autre, et que d'un attrait « par procuration » ? Encore maintenant, visiter à loisir la baraque de la rue Dailloud et les entours lui causerait un assouvissement. Au contraire, même si son chemin l'amenait du côté des carrières, il ferait un long détour pour les éviter. A quoi tient cette différence ? « Sans doute, se dit Quinette, je n'ai rien du criminel ordinaire. Je lui suis supérieur à tous égards. Je serais capable de vaincre mes impulsions. Mais ici précisément, c'est l'impulsion qui me fait défaut. » L'attrait ne commence-t-il que lorsque le crime est découvert ? que lorsque le lieu du crime est devenu un point de sensibilité publique, un point d'irritation et d'accumulation pour les mauvais rêves qui circulent dans l'épaisseur des villes ?

Quinette n'apercevait pas cette idée aussi nettement. Et, l'eût-il discernée, qu'il l'eût repoussée peut-être, persuadé qu'il était de son indépendance à l'égard de la multitude.

(Sur ce point, il s'abusait un peu. Car dans la gêne que lui causait le silence des journaux, il entrait une trace d'amour-propre déçu. Une action comme la sienne pouvait-elle s'engloutir sans même faire une ride à la surface de la Société ? Certes il avait voulu et calculé cet engloutissement. Mais le cœur d'un « inventeur » a des faiblesses. Et nous aimons que la gloire nous force la main. Il allait jusqu'à se sentir un peu agacé de l'attention qu'on donnait depuis quelques jours à l'affaire Steinheil ; ou plutôt au réveil de cette affaire ; car elle avait dormi cinq mois. Preuve, d'ailleurs, qu'une affaire peut toujours se réveiller, et qu'il ne faut pas se rassurer trop tôt.)

Si Quinette n'est pas attiré par « les lieux du crime », il continue d'être attiré par la police. Il a espéré une nouvelle convocation. Ne voyant rien venir, il a lutté quotidiennement contre le besoin de faire lui-même une démarche. Il a cherché un prétexte qui ne parût pas trop bizarre. C'est la seule issue qu'il aperçoive pour sortir d'une ignorance qui devient étouffante. A quoi bon rêver dans le vague sur le pouvoir de la police ? Il y a des questions terriblement précises, auxquelles il vaudrait mieux répondre. Tout le reste consiste à tourner en rond. Et les réponses, c'est la police qui les a. L'affaire de la rue Dailloud est-elle définitivement, ou provisoirement classée ? Se sont-ils obstinés sur une fausse piste, ou même sur la vraie piste, sans s'être encore avisés qu'elle passe par la boutique du relieur ? A-t-on découvert le cadavre de Leheudry ? Et pourquoi, en ce cas, la presse n'en a-t-elle pas parlé ? Ont-ils pressenti, y a-t-il la plus petite chance pour qu'ils pressentent le lien entre les deux affaires ?

Voilà ce qu'il faudrait les amener à dire, d'une façon ou de l'autre, ou, tout au moins, essayer de déchiffrer dans leur attitude, dans leurs yeux. Hélas ! Ils ne donnent aucun signe de vie. Pas de prétexte non plus pour se présenter.

Un prétexte, il croit depuis peu en tenir un, qu'il suffit de laisser mûrir. L'autre matin, au moment d'ouvrir sa boutique, il a trouvé une enveloppe qu'on avait glissée sous la porte avec difficulté : « Monsieur Loys Estrachard, 8, rue Dailloud. » Le 8 est bien l'adresse du relieur. Mais il n'y a pas d'autre locataire dans la maison. Donc pas de M. Loys Estrachard. Sur l'enveloppe, ni timbre ni cachet de la poste. Le pli avait été spécialement apporté par quelqu'un. Quinette a d'abord pensé que ce pouvait être un prospectus. Mais l'aspect du pli, l'écriture de l'adresse faisaient croire à quelque chose de plus sérieux. Finalement, non sans vaincre un scrupule, le relieur a ouvert l'enveloppe. Elle contenait une espèce de circulaire polycopiée. A gauche, un en-tête sur deux lignes : « Le Contrôle social, Foyer. » A droite, un chiffre : 714. Pas d'adresse, ni de date, au moins apparemment. Plus bas et au milieu : « Cher camarade. » Puis le texte : « Vous êtes instamment prié d'assister à notre prochaine réunion ord[re] 129. Le camarade Ugo Tognetti doit faire un exposé sur *Les deux problèmes du moment* dont nous n'avons pas besoin de souligner l'intérêt exceptionnel. Il parlera en français. Mais les demandes d'éclaircissement devront être, autant que possible, formulées par écrit. La réunion étant considérée comme *étroite,* nous vous serions très obligés, au cas où vous estimeriez devoir amener un camarade, déjà présenté, mais non membre effectif, de nous communiquer ses nom, prénoms et adresse, la veille au plus tard. Vous serez immédiatement avisé en cas d'objection. Nous vous rappelons d'ailleurs qu'aucun camarade non antérieurement présenté ne saurait être admis, et que même au dernier moment l'accès peut être refusé sans explication à toute personne non régulièrement inscrite au groupe. Fraternellement. » La signature n'était pas lisible. Un post-scriptum, souligné : « N.B. *Ne pas manquer de rapporter la présente lettre.* »

« M. Loys Estrachard, 8, rue Dailloud. » Il doit exister un Loys Estrachard dans le voisinage. Celui qui a fait l'adresse s'est trompé de numéro, et le distributeur des circulaires — nouveau sans doute dans son emploi, ou un gamin quelconque — s'est fié à l'adresse. Tandis qu'il examine le papier, couvert d'une écriture violette, molle, un peu baveuse, Quinette se dit à peu près : « Décidément je suis un homme chez qui tombent des êtres, des événements, qui ne me sont pas *destinés.* Le fourmi-lion au fond de son entonnoir. Ou qui ne me sont *destinés* que dans un autre sens du mot. » Encore les grandes idées obscures. Quinette s'en défend : « C'est bien plus simple. Il y a des hasards qui traversent ma vie, comme n'importe quelle vie. Mais les autres ne s'en aperçoivent même pas. Moi, je mets la main dessus — depuis quelque temps surtout, il est vrai — et avant de les laisser repartir, je les examine. Qu'aurait fait un autre qui aurait trouvé cette lettre sous sa porte ? Il l'aurait fourrée au panier, sans l'ouvrir. Portée chez la concierge d'en face. Ou pas comprise s'il l'avait ouverte... Moi, je commence à comprendre et je crois que c'est intéressant. »

Après avoir éliminé plusieurs numéros de la rue pour lesquels la question ne se posait pas, Quinette se présenta successivement dans la journée, au 4, au 9, et au 7, en demandant si l'on y connaissait un M. Loys Estrachard. La concierge du 7 dévisagea le relieur, puis, en appuyant sur le prénom avec ironie : « Monsieur *Louis* Estrachard. Oui, mais il n'est pas là en ce moment. — Auriez-vous l'amabilité de lui faire une commission ? — Je vous écoute. — A quelle heure rentre-t-il ? — Le soir ? Vers les six heures et demie. Il est employé à la mairie du quatorzième. Il ne revient pas toujours directement. — Eh bien, voulez-vous lui dire que je l'attendrai chez moi, au 8, entre six et demie et sept, vous savez : la boutique de relieur, presque en face. Pour une affaire urgente qui le concerne. Priez-le de passer. »

Vers sept heures moins le quart, Quinette vit entrer un personnage qu'il avait aperçu plusieurs fois passant sur le trottoir d'en face et qui même un jour de l'an dernier avait dû pénétrer dans la boutique. Assez grand, dodu sans obésité, le teint fleuri, la lèvre gaie et vermeille, la moustache fine, relevée en croc, une mouche au menton, de grosses joues sous des yeux émerillonnés ; un feutre à larges bords, une cravate lavallière noire, un veston d'étoffe épaisse à col chevalière, un pantalon un rien à la hussarde. Dans l'ensemble, quelque chose d'ouvert, de gaillard et de naïf. « Monsieur Loys Estrachard, sans doute ? — Oui. Ma concierge vient de me dire que vous aviez à me parler ? — Oui. Voici. Figurez-vous que ce matin, parmi d'autres lettres, il s'en est glissée une qui était bien adressée au 8... j'ai décacheté avec le reste sans penser à regarder le nom. Je croyais même que c'était un simple prospectus. J'ai compris en lisant le contenu. M. Loys Estrachard... Je me suis enquis dans le voisinage. La concierge du 7 m'a dit : « Ce monsieur habite la maison. » Mais vu la nature du pli, j'ai préféré ne pas le lui remettre, tout ouvert comme il était, et vous le donner à vous de la main à la main. »

Il tendit la circulaire à Loys Estrachard, dont la physionomie changea aussitôt. « Oui, vous avez bien fait. Où est l'enveloppe ?... Merci. 8, rue Dailloud, parfaitement. C'est tout de même idiot. On n'a pas idée d'avoir des distractions pareilles. » M. Loys Estrachard semblait on ne peut plus contrarié. Il se retenait d'en dire davantage. Quinette lui vint en aide. Baissant la voix : « Je ne prétendrai pas, monsieur, que je n'ai pas lu cette circulaire confidentielle. Je n'aime pas mentir. Et vous ne me croiriez pas. Je l'ai lue. Mais vous pouvez compter sur mon entière discrétion. » L'autre s'obstinait à répéter : « C'est quand même idiot ! Prendre la précaution de faire porter ça à la main, et mettre un 8 au lieu d'un 7. Vous avouerez ! Sans compter qu'ils savent bien que je ne suis pas en boutique. » Quinette reprit : « Soyez tranquille avec moi. — Admettons ! Encore bon que ce soit vous. Mais vous voyez d'ici entre quelles mains ça risquait de tomber ! — Ça, c'est vrai. » Estrachard reprit, d'un ton qu'il voulait rendre plus léger : « Oh ! remarquez qu'il ne s'agit pas de choses bien terribles. — Non, évidemment. — Mais dans ma situation, ça pourrait me causer plus d'ennuis que ça ne vaut. — Et il n'est pas nécessaire non plus d'en faire avoir à Ugo Tognetti. » M. Loys Estrachard écarquilla les yeux : « Vous connaissez Ugo Tognetti ? — Oh ! pas personnellement. Et je regrette. Mais j'ai entendu parler de lui, de ses idées... », il ajouta en hésitant : « ... de son action. Je suis moi-même tout à fait de ce bord-là. — Vraiment ? — Oh ! tout à fait. » Quinette ménagea une pause. Puis, d'un ton circonspect et renseigné : « Mais... le *Contrôle social* travaille exactement dans le sens de Ugo Tognetti ? Je ne croyais pas... — Vous aviez entendu parler du *Contrôle social ?* — Oui, à l'occasion. — Tiens. Vous m'étonnez. Il faut alors que vous ayez fréquenté de près certains milieux ? » Quinette fit un sourire, et reprit lentement, tout prêt à corriger, suivant les indications que lui donnerait la physionomie de son visiteur : « Je m'étais laissé dire que c'était assez différent... ou plutôt assez... mêlé comme tendances. — En un sens oui, parce que nous avons beaucoup d'anciens libertaires. Mais eux aussi, depuis dix ans, ont évolué. »

Au bout de vingt minutes d'une conversation aussi ambiguë, où Quinette prenait progressivement l'avantage sur Loys Estrachard, il fut acquis pour ce dernier que le relieur était un ancien militant, que les circonstances, l'âge, avaient un peu éloigné de la lutte, mais qui gardait secrètement sa ferveur, et montrait une discrétion peu commune sur le chapitre de ses relations de jadis. Bref, un homme sûr. Loys Estrachard, trop heureux que la circulaire se fût égarée avec autant de discernement, laissa entendre qu'une présentation de Quinette au *Contrôle social* ne lui paraissait pas impossible. Quinette ne montra pas d'impatience. « Ça m'intéressera beaucoup, observa-t-il. Je ne serai pas fâché de reprendre le contact. Mais rien ne presse. Il faut que nous ayons le temps de nous connaître un peu mieux. »

Estrachard promit de repasser quelques jours plus tard. Il tint parole. Dans l'intervalle, Quinette avait employé un après-midi à courir les boîtes des quais, et à visiter, sur un trajet qui allait de l'Hôtel de Ville à la gare de l'Est, en passant par le boulevard Beaumarchais et les environs de la Bourse du Travail, quelques libraires plus ou moins spécialisés dans la vente des publications politiques. Il en profita pour aller saluer la concierge du 142 *bis* faubourg Saint-Denis. Il revint avec un paquet d'imprimés poudreux, où voisinaient, au petit bonheur, Bakhounine, Kropotkine, Constantin Pecqueur, Fournière, Jean Grave, Georges Renard ; quelques numéros dépareillés des *Temps Nouveaux,* du *Mouvement socialiste,* du *Libertaire.* Il avait essayé chemin faisant de se renseigner sur Ugo Tognetti. Tout ce qu'il put recueillir à son sujet fut une mince brochure de vingt-quatre pages, intitulée *Paracronismo e paradosso economici,* publiée par Tognetti à Milan en 1902. Il la paya dix centimes.

Ce butin mélangé prit place sur un rayon de la petite armoire au rideau vert. Quinette se réservait d'y puiser sinon des idées — il craignait de confondre les doctrines — du moins des expressions et des noms propres, dont il n'userait qu'en cas de nécessité, et sans jamais dépasser le ton de l'allusion réticente. Le jour de la seconde visite de Loys Estrachard, il lui montra, comme au hasard de la conversation, deux ou trois de ces brochures. « J'en avais toute une bibliothèque. Il y en a que j'ai prêtées, que j'ai données. » Il ajouta négligemment : « Tenez. Voilà justement une petite chose que j'ai retrouvée de Ugo Tognetti. — En italien ? Vous lisez l'italien ? — Très mal. » Loys Estrachard, qui avait pris en main le fascicule rouge déteint imprimé en lettres grises sur du papier de prospectus, ne fut pas loin de considérer ce relieur à la barbe philosophique comme un des pionniers, restés volontairement obscurs, de la révolution internationale.

*
* *

La dernière braise s'effondre. Onze heures trente-deux. Ne chicanons pas pour deux minutes. La besogne a été accomplie avec tout le soin convenable, et n'a pas excédé, en somme, la durée prévue. D'Augustin Leheudry il ne reste désormais plus rien dans la maison de Quinette. Plus rien ? Si. Le tampon d'ouate. Mais le relieur tient à le conserver encore. Quand jugera-t-il qu'il est temps de le détruire ? Il n'en a aucune idée. Et que reste-t-il hors de la maison ? La chose informe dans le souterrain, peut-être. Et le paquet, dans le coffre. Quinette ouvre son porte-monnaie. La clef plate y est toujours. Il songe même une seconde à ce qu'on appelle « l'esprit » ou « l'âme » d'un mort... Mais ce genre de rêveries n'est pas de ceux où il s'attarde.

Il quitte la cuisine. Il vient de bien travailler. Là-haut sa récompense l'attend.

VI

CÉRÉMONIE NOCTURNE

Il monte l'escalier. Il pénètre dans sa chambre. Il se déshabille. Il pose ses vêtements sur une chaise. Il donne un regret fugitif à la ceinture électrique que ce serait le moment de défaire.

Sa récompense, c'est de pouvoir maintenant toucher aux souvenirs réservés de la nuit du 14 octobre. Y toucher comme à un rouleau d'étoffe somptueuse, ou comme à une grappe de bijoux. Chaque soir, il les reprend et les déroule avec la même exaltation que la veille. La répétition ne leur enlève rien de leur fraîcheur. Quant à leur intensité, elle ne s'est peut-être pas accrue d'un soir à l'autre ; mais elle culmine plus vite ; presque dès le début de l'évocation, et sans que l'esprit ait conscience de fournir aucun effort. Il arrive aussi qu'un détail, jusque-là resté dans l'ombre, vienne soudain réclamer sa place.

Le début (Quinette ne l'a pas choisi ; il s'est imposé tout seul), c'est le geste qu'il a fait, quelques minutes après avoir quitté la galerie, de lancer le plus loin possible, par-dessus un talus de glaise, le litre qui avait contenu le liquide verdâtre. Le litre a dû retomber sur une terre molle, et s'est brisé avec très peu de bruit. Rien ensuite, jusqu'à la barrière, que la nuit brumeuse et la lueur du réverbère perdu.

Le bureau de l'octroi. Un employé, assis dans la lumière d'une grosse lampe, un couteau à la main, retaille l'extrémité du tuyau de sa pipe. L'autre employé, debout, la pèlerine sur les épaules, le regarde faire, tourne la tête en entendant le passant tardif, mais se contente de lui jeter un coup d'œil à mi-corps, là où se portent les paquets.

Quinette, la barrière franchie, prend à gauche le boulevard d'enceinte qui est désert, faiblement éclairé. Il a besoin de rester encore un peu à l'écart de l'agitation humaine. Il marche d'un pas alerte. Toutes les parties de son corps lui sont agréables, lui appartiennent vivement. Il éprouve jusqu'au bout des orteils quelque chose de plus subtil que la chaleur, et qu'on pourrait appeler la plénitude. Il ne pense pas à ce qui vient d'avoir lieu. Il ne suppute pas l'avenir. Le seul fait de sentir à ce point son existence l'intéresse et l'accapare.

Rien de brutal là-dedans. Même le réveil de force virile, dont il s'aperçoit depuis le moment où il marchait avec Leheudry vers le fond du ravin, garde la saveur d'un bien-être continu, répand en lui l'assurance d'une profonde ressource, mais n'a pas un caractère d'excitation aiguë, qui, pour un esprit réfléchi comme le sien, serait inquiétant, l'amènerait à se poser des questions.

Soudain, il a l'impression que la ceinture électrique est « de trop », qu'elle correspond à une phase révolue de sa vie. Il aperçoit au loin une vespasienne, traverse la chaussée pour l'atteindre, constate qu'elle est vide, et y pénètre. Il va se séparer, séance tenante, de la ceinture Herculex. Il est obligé d'ouvrir un peu ses vêtements. Il ne craint guère d'être surpris. Mais pourtant il ne veut pas s'attarder. Il coupe avec son couteau les sangles, devenues lâches. Il arrache l'appareil par morceaux. Il en laisse tomber une partie, la moins facile à identifier, sur la grille de la vespasienne. Quant aux pièces principales, « productrices du courant vivifiant », il va les jeter cinquante pas plus loin dans une bouche d'égoût. Ce serait le moment d'élucider le mystère de l'appareil. Quinette, en toute circonstance, conserve les habitudes d'esprit du technicien. Mais ce soir il est trop généreux pour instruire ce procès rétrospectif. A l'égoût, ceinture. Emporte ton secret avec toi, et les illusions que tant bien que mal tu as nourries.

Le voici rue d'Avron. Deux fiacres trottinent l'un derrière l'autre. Un tramway grince tout le long de la rue, comme s'il y enfonçait une aiguille. Des lumières se chevauchent. Çà et là, un petit groupe d'hommes en casquettes occupe l'angle d'un trottoir. Quelques passants à peine. Des cafés béants et vides. Mais la paroi de la rue garde une fluorescence de foule.

Le relieur, qui n'a pas fumé depuis des années, voudrait tenir un gros cigare entre ses lèvres, présenter aux passants qu'il rencontre cette saillie orgueilleuse du visage, et ce petit feu rougeâtre qui respire en même temps que la poitrine. Mais il craint la nausée.

Entre une porte de maison et le châssis vitré d'une terrasse, un marchand de frites, coiffé d'un bonnet de fourrure, les mains dans les poches, creusant le ventre sous le tablier, regarde droit devant lui, dans la direction des pavés. Il n'a rien dû vendre depuis longtemps. Il est évident qu'il reste là par bonne conscience, pour ne pas mettre les torts de son côté, dans cette lutte que nous avons tous à soutenir contre le sort quotidien.

Quinette voudrait faire plaisir à cet homme. Dommage qu'il déteste l'odeur graillonneuse des frites. Pourtant il s'arrête. Il achète un cornet de quatre sous. Il prononce quelques paroles cordiales. L'homme est heureux de vendre, mais plus heureux encore qu'on lui parle, et de répondre. Quinette s'éloigne. Il pousse l'amitié jusqu'à manger deux ou trois frites du cornet. « Je les jetterai au ruisseau ; mais plus loin. Je veux y goûter d'abord. Ne pas mépriser la peine qu'il s'est donnée. Ne pas avoir simplement fait l'aumône. » Avant de se débarrasser du petit paquet, il regarde s'il n'y a pas alentour quelque gamin pour qui ces frites, tièdes encore, seraient une aubaine. Mais les gamins ne jouent plus dans la rue à cette heure-ci.

Un grand café-bar, à un carrefour. Il répand une clarté excellente, qui lui vient des entrailles. Il est ouvert à tous les hommes.

Le relieur, sans réfléchir, y pénètre. La première salle ne contient que le vaste comptoir courbe, et trois petites tables blotties entre les portes. Il passe dans la seconde salle, qui est assez grande, mais presque vide. Deux hommes jouent aux cartes dans un coin. A l'angle opposé une femme encore jeune est assise. Elle a devant elle un verre de bière, et une assiette où restent quelques débris.

Quinette s'assoit à la table voisine, et retire son chapeau en faisant à la femme un léger salut. (Il se rappelle que la femme a souri, mais d'un sourire qui ne se dirigeait pas vers l'extérieur, qui, au contraire, imbibait le visage, se retirait en dedans.)

Jusqu'aux premières paroles qu'il a dites, Quinette ne se souvient de rien, sauf d'une sorte de gonflement lumineux de tout son esprit. Peut-être aussi d'une impression de certitude. Il était sûr d'avoir des droits sur cette femme, et qu'il pourrait les exercer. Jamais l'approche d'un événement ne lui avait semblé moins douteuse.

Les premières paroles, c'est au garçon qu'il les a dites :

— Un verre de bière… aussi.

En ajoutant « aussi », il s'est tourné vers la femme, lui a souri, a fixé sur elle un regard où il lui semblait mettre une force de possession irrésistible. Tandis que les vibrations du désir le traversaient doucement, comme lorsqu'un musicien, pour accompagner le chant, pince une corde de violoncelle.

Puis il a dit :

— Avant de commander cette bière, j'aurais pu vous demander si elle était bonne, madame.

— Oh !… elle est fraîche.

Quelle voix triste et touchante. Et facile. Pauvre femme, sans doute abandonnée. Comme elle a dû souffrir déjà, malgré sa jeunesse ! Maintenant son verre est vide.

Le garçon revient.

— Me permettriez-vous ?… Garçon, apportez donc aussi un verre de bière pour madame… à moins que madame ne préfère une tasse de café ?

— Merci, monsieur. Je n'ai besoin de rien.

— Le café ne vous est pas défendu ? Eh bien, garçon, un café, je vous prie.

Le relieur garde à ses phrases leur délicatesse de contours habituelle. Mais il n'a pas la moindre hésitation dans l'esprit. Il sait que cette femme lui appartient. Comme si une profonde connaissance de la femme en général lui était venue. Il pourrait aller plus vite. Les ménagements qu'il prend lui sont inspirés par la douceur.

Bien entendu, cette femme n'est pas une prostituée. Il l'a compris dès le premier coup d'œil. S'il l'interroge, ce n'est pas pour se rassurer là-dessus, c'est pour donner le plus d'aliment possible à l'intérêt tendre qu'il éprouve. Il apprend qu'elle est caissière auxiliaire dans un bazar qui reste ouvert jusqu'à dix heures. On ne l'emploie que de onze heures et demie à une heure et demie, et de six heures à la fermeture ; pendant que la patronne, qui tient la caisse le reste du temps, fait la cuisine, prend ses repas, ou se repose. La caissière auxiliaire n'est pas nourrie. Elle gagne très peu. Le soir, elle se contente d'un casse-croûte, dans ce café ou dans un autre. Elle vit seule.

Quinette retrouve dans ses moindres inflexions la voix résignée et confiante qu'elle avait en racontant cela. Quelle douceur ! Qu'il peut y avoir de douceur dans ce monde ! Et qu'y a-t-il de plus suave que des bouffées de tendresse, qu'accompagnent, dans les profondes assises du corps, les vibrations musicales du désir ?

Puis vient le moment où ils se sont levés. Quinette refait minutieusement en pensée le geste qu'il a eu de ramener sur le cou de la femme une cravate en imitation de renard, dont un bout pendait sur l'épaule. Il revoit le chapeau à bords larges, à forme évasée, que le gros chignon soulevait par-derrière ; et les éraflures du velours.

Ils ont quitté la rue d'Avron pour une rue plus sombre. A quel instant au juste lui a-t-il pris le bras ? Il réentend des paroles qu'il a dites : « Ma situation d'ingénieur me met en relations avec toutes sortes de gens. » Puis : « Je suis marié, oui. Mais il n'y a plus rien entre ma femme et moi. Nous vivons dans le même appartement, très confortable, ce qui facilite les choses, mais comme deux étrangers. Il faut pourtant que j'évite sa surveillance... »

Leurs propos d'ailleurs ne comptaient plus. Ils leur servaient à faire semblant d'aller au but sans y prendre garde. Mais Quinette sentait bien qu'il emportait cette femme, en cherchant, dans les lueurs mêlées, les signes du chemin le plus court. Il la tenait par son bras mince. Il palpait la chair à travers l'étoffe. Leur allure restait normale. Mais Quinette avait l'illusion et presque le vertige d'un mouvement très rapide. La hâte d'un rapt. Un enlèvement au pas de course. Les réverbères comme des torches qui éclairent la fuite.

L'enseigne de l'hôtel. Le couloir lumineux derrière la porte vitrée. Il ne se rappelle plus ce qu'il a dit pour rendre décente l'idée d'entrer dans cet hôtel. Mais il n'a pas oublié l'expression de visage de la femme : elle avait peur de lui (« Un inconnu, après tout »). Elle était déçue que l'aventure aboutît si vite (« Ce monsieur si prévenant, aux manières si délicates ! pour une fois où j'étais courtisée comme une vraie dame ! »). Elle craignait d'être méprisée (« Il avait l'air de me croire ; il a bien vu que je ne suis pas une fille »). Et pourtant elle se résignait. (« Les hommes ne savent pas attendre. Ce serait tellement mieux d'attendre, comme dans les livres. Si je lui dis non, je ne le reverrai plus. »)

Visage divisé ; proie inquiète. Le relieur saisit d'un seul regard tout ce qu'elle pense. Mais ce qu'elle pense est comme rien. Le couloir reluit derrière elle. Il n'est pas question qu'elle dise non. On ne dit pas non à un homme qui revient de la profonde galerie. On ne résiste pas à un homme qui tout à l'heure a pris cet élan terrible. Où est l'obstacle plus haut que celui qu'il vient de sauter ?

L'escalier ; le couloir de l'étage ; la chambre ; la bougie. Le garçon de nuit ouvre les draps, remet la clef dans la serrure fatiguée, tire la porte en s'en allant.

Quinette donne à la femme, au hasard, des baisers rapides ; tandis qu'il lui enlève son chapeau, sa cravate de maigre fourrure, son paletot à manches bouffantes. Il se répète : « Pourquoi a-t-elle peur ? Je ne veux pas lui faire de mal. » Mais cette voix intérieure ne le rassure pas plus que si elle était celle d'un étranger suspect. Il ajoute : « Pourvu qu'elle soit raisonnable ! qu'elle ne me contrarie pas trop ! Je suis le plus doux des hommes. Mais il y a des cas où on ne peut pas se laisser contrarier ; où il serait irréparable de se laisser contrarier. »

Ici commence la région vraiment enchantée du souvenir, comme une figure bien close tracée par un magicien sur la dalle du temps. A partir d'ici la mémoire ne retrouve plus de paroles, même intérieures ; plus de pensées. Il s'engendre une suite d'actions mieux liées entre elles que les notes d'une mélodie. Le corps entier se fait mémoire pour les revivre. Violence nuptiale. On tuerait, ou l'on se tuerait, plutôt que d'accepter la rupture de cet enchantement qu'on n'espérait plus. Mais il n'y a rien d'ennemi ; aucun maléfice. La vie incompréhensible vous inonde de sa bienveillance. Et pourtant tout est harmonieux et normal. Tout le redevient. Jamais l'on ne fut mieux en paix avec soi-même. C'est en passant par l'extrémité de la joie que l'on va rentrer dans la règle. Comme si vraiment l'homme était fait pour le bonheur. Notre jeunesse au loin ne nous nargue plus. Qu'est-ce que notre première volupté, quand nous découvrions l'amour à dix-huit ans ? Une adolescente malingre, à côté de celle-ci qui nous reprend dans ses bras tout à coup après des années d'absence ; si profonde, si mûre ; si forte des consolations dont elle revient chargée.

C'est ainsi que dans l'âme et le corps de Quinette s'était fixée la nuit du 14 octobre. Il faut avouer qu'en comparaison l'ivresse que Wazemmes avait connue l'avant-veille était petite.

VII

CONVERSATION DE JERPHANION AVEC Mlle BERNARDINE

Le lundi suivant, Jerphanion arriva chez les Saint-Papoul, comme d'habitude, vers quatre heures et demie. En le débarrassant de son chapeau et de son pardessus, le valet de chambre, Étienne, lui glissa d'une voix discrète :

— Je ne pense pas que M. Bernard soit déjà rentré.

Étienne montrait à Jerphanion beaucoup de sympathie. Il se doutait bien que l'étudiant était pauvre. Mais il ne méprisait les pauvres qu'à partir d'un certain âge, et encore sous bénéfice d'inventaire. Il savait aussi, ne fût-ce que pour l'avoir entendu dire dans la salle à manger, que Normale Supérieure est une grande école, où se forment de grands savants, de futurs académiciens, même de futurs ministres. M. Bernard, parlant de Jerphanion à table, avait déclaré que ses cravates étaient rudement moches, et qu'il ferait bien de raccourcir sa barbe ; mais qu'à part ça il était réellement calé. Étienne tenait pour évident qu'un Jerphanion pouvait mettre dans sa poche une dizaine de Bernard de Saint-Papoul. Cette pensée le consolait un peu du spectacle de la mauvaise distribution des biens qu'il avait eu trente ans pour voir de près. Et puis Jerphanion était aussi un salarié. Il louait ses services comme Étienne. Des services, à vrai dire, d'un ordre éminent. (Étienne n'avait pas la sottise de les ramener au rang des siens. Rien n'avait cultivé en lui les préjugés égalitaires.) Il mélangeait donc, à l'égard du jeune homme, la camaraderie et le respect. Avec même une pointe d'affection hypothétique. (« Comme je serais fier si, par exemple, il était mon fils. »)

— Est-ce que Monsieur aime mieux attendre dans la chambre de M. Bernard ou dans le salon ?

En parlant à Jerphanion, Étienne, bien loin d'escamoter les tournures déférentes, mettait du zèle à user de la troisième personne. Jerphanion en était gêné. Il avait des principes là-dessus. Il voyait dans cette coutume un reste de la servitude ancienne, et chaque fois qu'il en était l'objet, il se sentait un peu complice de l'iniquité sociale. Mais qu'y faire ? S'il avait prié Étienne de lui dire « vous » tout simplement, le valet de chambre en eût peut-être inféré que Jerphanion s'estimait lui-même de condition inférieure, et tenait l'intelligence pour peu de chose auprès de la fortune. Mauvais moyen de répandre l'idée de justice.

Au moment où, devant l'offre d'Étienne, le jeune homme hésitait, on vit une porte s'entrebâiller, et il s'en échappa une voix légèrement bêlante :

— Étienne !

Jerphanion reconnut la silhouette de Mlle Bernardine. Le valet de chambre s'empressa vers la vieille fille. La porte se referma sur eux un instant. Puis Étienne revint.

— C'est justement Mlle Bernardine qui voulait faire avertir Monsieur que M. Bernard serait en retard. Mais Mademoiselle m'a dit aussi de dire à Monsieur que s'il voulait prendre une tasse de thé avec elle dans le salon, il lui ferait plaisir.

Jerphanion, au début de chaque leçon dans la chambre de Bernard, se voyait offrir une tasse de thé avec quelques rôties. L'amabilité de Mlle Bernardine ne lui sembla donc pas autrement surprenante.

Il fut introduit dans le grand salon. L'air était frais, avec des zones de tiédeur, et une fine odeur de suie. Mlle Bernardine ne parut pas aussitôt. Jerphanion resta debout, regardant les boiseries, les sièges, les petits meubles de marqueterie, le piano. En se déplaçant à travers la pièce, il s'approcha de la bouche du calorifère. L'haleine qui en venait faisait penser à un bas-côté d'église déserte. « Dire que je ne suis pas fichu de reconnaître, sans me tromper, le style de ces fauteuils. S'il était là, Jallez se payerait ma tête. Trouverait-il beau ce piano à queue ? Moi je le trouve informe et funèbre... Je n'y connais rien. »

Au fond, ces problèmes ne le tourmentaient guère, et c'est plutôt par amitié pour Jallez qu'il s'y arrêtait un instant. Mais il commençait à savoir éprouver l'atmosphère d'un lieu de Paris, ou pour mieux dire sa qualité de site humain, son orientation dans l'ensemble, sa façon d'obéir au magnétisme social, d'en trahir les lignes de force.

Il se sentait dans la ville des riches, dans la vieille ville des vieux riches. Droits et pouvoirs séculaires. Grands espaces fanés. Plafonds qui reculent vers la hauteur, pour ne pas peser sur la tête des maîtres — supposés de grande taille — et pour leur laisser croire que rien ne les limite, sauf leur sens des proportions. Ils peuvent se figurer qu'il n'y a au-dessus d'eux que les combles, peuplés de leurs domestiques, et le toit. Idée de voisinage plus libre et plus fière qu'ailleurs ; encore féodale. Flanquant la maison, des quartiers froids et solides. De toutes parts, des continuités, alignements et fuites de choses, des angles nouveaux et déroutants. Il pense au logement de son oncle, près de la gare de Lyon. Senti de là-bas, Paris est tout autre. On se demande comment ces deux perspectives morales font pour se concilier et se rejoindre ; comment elles s'appliquent à la même réalité.

Mlle Bernardine parut. Elle avait dû faire un peu de toilette. Elle portait une robe de soie noire, avec quelques dentelles, et une sorte de paletot, de soie noire aussi et curieusement brochée.

— Mon neveu, le jeune Bernard, s'est aperçu à midi, ou plutôt ma belle-sœur l'a fait s'apercevoir qu'il avait les cheveux d'une longueur démesurée, jusqu'à faire des frisettes dans le cou. C'était répugnant.

Il a décidé de passer chez le coiffeur en revenant du lycée. On ne savait pas très bien comment vous faire prévenir. D'ailleurs, le jeune Bernard assurait qu'il serait à peine en retard de dix minutes.

Sous le regard de la vieille fille, Jerphanion essayait de manier sa tasse et ses tartines avec le plus de correction possible. Ses gestes manquaient un peu d'aisance. Mais dans cette maison il n'éprouvait pas de gêne véritable, à cause du ton de simplicité qui y régnait. Personne n'y faisait étalage de richesse, ni de bonnes manières. On n'y entendait point sonner les titres. Quand elle parlait aux domestiques, Mme de Saint-Papoul disait de son mari « Monsieur », et non « Monsieur le Marquis ». M. de Saint-Papoul, de son côté, disait : « Madame ». Les domestiques se réglaient sur cette discrétion. Ils n'usaient de « Monsieur le Marquis », et de « Madame la Marquise » que dans des circonstances bien définies, comme l'annonce du repas, les réceptions, ou en face d'un visiteur peu familier. On n'y faisait pas de phrases non plus. Le débit n'était aucunement maniéré. Pas d'intonations prétentieuses, de menues pâmoisons de la voix, de façons de parler entre les dents ou en ravalant son souffle. Ni, davantage, d'adjectifs ou d'adverbes ébouriffants. A peine arrivait-il à Jeanne de laisser voir des traces fugitives d'affectation, qu'elle devait à l'influence de quelque compagne de pensionnat ; ou à Bernard, élève de Louis-le-Grand, de mêler sans discernement, en parlant à sa sœur, un « Toi, tu nous fais suer » prononcé comme par Wazemmes, et un « Ma chère amie », avantageux et flûté comme dans la bouche d'un petit monsieur de Monte-Carlo. Mais ces gentillesses n'obtenaient qu'un regard apitoyé de M. de Saint-Papoul, ou qu'une remarque refroidissante de Mlle Bernardine, qui, pour avoir un peu de bêlement dans la voix, n'en restait pas moins naturelle. Un jour par exemple où Jeanne s'était laissée aller plusieurs fois de suite à des inflexions précieuses, elle s'était entendu dire par sa tante : « Mon Dieu ! Comme tu es distinguée, ce soir ! Tu me rappelles absolument la gérante du magasin de chaussures de la rue de Sèvres. » En outre, toute la famille se tutoyait sauf Mme de Saint-Papoul et Mlle Bernardine. Jerphanion, qui n'avait aucun usage du monde, n'avait pas tardé pourtant à s'apercevoir que ces gens étaient beaucoup plus simples que la plupart des bourgeois, et surtout des dames de la bourgeoisie, qu'il avait rencontrés. Beaucoup moins soucieux, aussi, des distances. Mme de Saint-Papoul parlait à ses femmes de chambre sur un ton souvent préoccupé, qui répondait à son caractère, mais sans aucune hauteur. Quant à la façon dont on le traitait lui-même, Jerphanion se serait dit, s'il n'avait pas craint de penser une sottise : « On imaginerait presque que c'est moi qui les intimide. » Mais il se méfiait des apparences, en paysan qu'il restait, fort éloigné de s'en faire accroire : « C'est peut-être leur façon de me témoigner que je ne suis pas de leur monde, et même que mes manières les dégoûtent un peu. »

— Il faut que je vous dise aussi, reprit Mlle Bernardine au bout d'un moment, qu'on m'a chargée de vous prier de rester à dîner ce soir.

C'était la seconde fois, depuis le début des leçons, qu'on lui faisait cette politesse. Il remercia ; mais parut s'inquiéter de savoir s'il y aurait quelque cérémonie.

— Non. Nous attendons l'abbé Mionnet, que vous devez connaître ; et le comte de Mézan. C'est un vieil ami de mon frère, avec qui nous ne nous gênons pas du tout. Vous pouvez très bien rester comme vous êtes.

Jerphanion répondit qu'il n'avait pas le plaisir de connaître l'abbé Mionnet. Qu'en tout cas, sans avoir l'intention de faire toilette, il demanderait la permission de repasser rapidement à l'École avant le dîner.

— Comme vous voudrez. Nous mangeons à sept heures et demie juste. Le comte ni l'abbé ne sont jamais en retard. Mais vous me dites que vous ne connaissez pas l'abbé Mionnet ? Même de nom ? C'est étonnant. Vous savez qu'il est Normalien comme vous ?

— Normalien ? Ah !... D'une promotion ancienne ?

— Je ne pense pas. Il n'a pas l'air tellement plus âgé que vous. Il est vrai que votre barbe vous vieillit. Je lui donne dans les trente, trente-deux ans.

— Et c'est bien de la rue d'Ulm qu'il sort ?

— J'en suis d'autant plus sûre, que c'est lui, quand nous avons eu l'idée d'un professeur particulier pour Bernard, qui nous a conseillé de nous adresser à la rue d'Ulm.

Jerphanion était surpris. On parlait assez souvent, dans les thurnes, de ceux des Normaliens qui, au sortir de l'École, ou plus tard, avaient pris des directions insolites. Leur destinée, quelle qu'en fût la valeur propre, avait le mérite de mettre dans l'image d'un avenir, hélas ! trop prévisible, un peu de hasard et de romanesque. On se consolait de préparer l'agrégation de grammaire, en se disant qu'on serait peut-être un jour non point proviseur du lycée de Vesoul, sous un parapluie, mais directeur des tabacs en Perse, ou administrateur de théâtre. Jamais il n'avait été question d'un Mionnet récemment passé à l'Église. Mais le plus surprenant était que Dupuy n'y eût fait aucune allusion au cours de la conversation du 13 octobre. Ignorait-il la part qu'avait eue cet abbé Mionnet dans la décision des Saint-Papoul ?

— Mais, demanda Jerphanion, est-ce qu'il y a longtemps qu'il est entré dans les ordres ?

— Il lui a tout de même fallu un peu de séminaire, l'ordination, la tonsure, toutes les herbes de la Saint-Jean. Je vous dirai que je ne sais pas au juste, parce qu'il ne fréquente ici que depuis peu. C'est par nos amis Sévelinges que, je crois bien, mon frère l'a connu. Il est, pour l'instant, vicaire à Saint-Thomas-d'Aquin. Mais surtout professeur de je ne sais quoi à l'Institut catholique. Sans être très beau garçon, il présente bien. Ce n'est pas du tout le prêtre mondain, du genre de l'abbé Daniel, par exemple, que nous avons rencontré souvent, à une époque, chez cette brave comtesse de Bonnet de Joux, qui en était toquée, et qui sentait tellement le parfum — pas la comtesse, l'abbé — qu'un jour, en m'asseyant près de lui, dans le salon des Bonnet de Joux, je n'ai pas pu vaincre le fou rire. Non, l'abbé Mionnet, c'est beaucoup plus sérieux. On dit qu'il a l'étoffe d'un prédicateur admirable, et qu'à son cours il y a de vrais moments d'éloquence. Mais on n'a pas l'impression qu'il se dirige de ce côté-là. Moi je lui crois de toute façon un grand avenir. Vous verrez comme il est intéressant. Et surtout avec vous il aura plaisir à aborder certains sujets. Vous pourrez rompre des lances.

Jerphanion sourit, parut se défendre, quant à lui, de toute intention de ce genre. Mlle Bernardine insista :

— Mais si. Allez-y. Défendez-vous. Et attaquez au besoin. Ne vous figurez pas que vous choquerez personne. D'abord j'ai déjà jugé que vous étiez un garçon de tact. On peut tout dire quand on y met la façon. Ma belle-sœur est bonne catholique, mais elle n'a pas l'esprit étroit. Mon frère, lui, vous savez, est tout juste croyant, tout juste. Et il ne demande qu'à connaître les arguments modernes, même les arguments avancés. Il faut qu'il s'habitue à en entendre de toutes les couleurs. Au contraire. Vous lui rendrez service. Je sais bien qu'il y a les enfants. L'aîné, n'en parlons pas. C'est un homme. Mais votre élève, Bernard, doit bien s'en laisser dire d'autres au lycée, par ses camarades. C'est pour ma nièce que ma belle-sœur pourrait craindre. Mais moi, voyez-vous, je trouve que lorsqu'une jeune fille arrive à l'âge de se marier, ce qui est son cas, il est imbécile, parfaitement imbécile, de tout lui laisser ignorer de ce qu'elle rencontrera dans la vie quelques mois plus tard, les opinions, les discussions... sans parler du reste. Comme si c'était à son mari, qui sera peut-être un serin, de tout lui enseigner. C'est risible. L'abbé Mionnet ne peut pas trouver mauvais que vous le fassiez enrager un peu. En somme, il vous a lâchés.

Jerphanion se donna le ton le plus neutre pour répondre :

— Il n'est pas entré dans l'Université, ou il en est sorti presque tout de suite. Mais c'était son droit. Et c'est le cas de beaucoup d'entre nous.

Elle reprit, d'un air entendu :

— Ce n'est pas seulement ce que je veux dire. Il a tourné le dos à vos idées.

— Que désignez-vous par là, mademoiselle ?

— Eh bien ! les idées de Normale.

— Mais il n'y a pas d'idées de Normale. Il y a les idées que nous pouvons avoir, les uns et les autres, qui sont très diverses, et qui n'engagent que chacun de nous...

— J'admire comme vous êtes prudent ! Vous ne voulez pas trahir vos maîtres. Oh ! je suis bien de votre avis. Ça ne regarde pas le public.

Les abbés non plus ne sont pas forcés de nous dire tout ce qu'on leur raconte au séminaire.

Jerphanion sentait dans le mince visage, dans les vifs yeux gris de Mlle Bernardine, tant d'appétit pour les « mystères » supposés de la doctrine de Normale, et une si haute idée de ce qu'ils pouvaient contenir d'effrayant, qu'il aurait bien voulu ne pas la décevoir tout à fait. Mais s'il avait assez de finesse pour deviner cet état d'esprit de la vieille fille, il conservait une tendance plébéienne à rectifier les erreurs d'autrui. Il essaya donc de lui faire comprendre que Normale, loin d'abriter un enseignement secret, avait bien de la peine, depuis sa réforme, à garder un enseignement quelconque ; qu'on l'en avait à peu près dépouillée au profit de la Sorbonne, et que les derniers cours qui lui restaient étaient ouverts comme un moulin.

Mlle Bernardine l'écoutait, avec un sourire, et de menus hochements de tête. Elle se disait visiblement : « Ce garçon est très fort ! Et comme on les dresse ! Avoir une pareille maîtrise de soi à vingt ans ! »

Elle rapprocha son fauteuil, et se penchant sur sa tasse, où elle buvait à petits coups, elle fit, d'une voix qui dépassait à peine le murmure :

— Cher monsieur, je sais très bien qu'il y a des démonstrations, des preuves, qu'on ne nous dit pas, à nous ; qu'on cache.

Elle faisait curieusement vibrer le mot cache, comme une bobèche.

— Qu'on cache ?

— Oui, qu'on nous cache, à nous...

— Mais des preuves de quel genre, mademoiselle ?

— Des preuves... », sa voix tremblait presque, « ... contre la religion, même contre l'existence de Dieu...

Il était si étonné, et si chatouillé d'une envie de rire, en pensant au plaisir qu'aurait eu Jallez à entendre cette conversation, qu'il ne put trouver aucune réponse.

Elle posa sa tasse et, relevant un peu le ton, tandis qu'elle joignait ses mains maigres dans le creux de sa jupe :

— Comment est-ce que vous vivez là-bas ? Vous logez tous ensemble ?

— En quelque sorte.

— La discipline est stricte ?

— On ne peut plus libérale, au contraire.

— Tiens !... Le soir, vous rentrez quand vous voulez ?

— Pratiquement, oui. Je ne parle pas de ceux qui sont externes et qui vivent entièrement comme ils veulent. Mais même nous, les internes, s'il nous arrivait, par exemple, de découcher, je crois qu'on s'en apercevrait, parce que la surveillance est, malgré tout, assez bien faite, mais qu'on éviterait de nous en parler.

— Comme c'est curieux !

— Songez, mademoiselle, que certains d'entre nous sont mariés.

— Mariés ?

— Oui.

— De toutes jeunes femmes, alors. Et ces petites jeunes femmes vivent au milieu de vous ?

— Pas exactement. Ceux qui sont mariés sont externes. Mais, pendant leurs heures de présence à l'École, il n'est pas défendu à leurs femmes de venir les voir, ni à nous, si c'est l'heure du thé, d'inviter le jeune ménage à prendre une tasse avec nous.

Mlle Bernardine baissa de nouveau la voix :

— Il n'en résulte pas des complications, des scandales ?

— Pas à ma connaissance. J'ajoute que nos camarades mariés sont encore l'exception.

A ce moment, on entendit un léger grincement de porte. Jerphanion se retourna. Il vit entrer dans le vaste salon un chien de petite taille, aux yeux vifs, au museau effilé, à la queue longue et fournie, au poil abondant et frisé, d'un blanc à peine jaunâtre, semé de quelques taches brunes. Jerphanion n'était pas connaisseur en races de chiens. Il avait l'habitude des chiens de village, dont l'ascendance est fort mélangée, et qu'on juge à peu près uniquement sur leurs qualités individuelles. Celui-ci lui parut se rapprocher des loulous, bien qu'avec une toison moins crépue et moins volumineuse, un nez moins pointu, des yeux moins noirs et moins perçants, des oreilles plus grosses et plus molles et beaucoup moins de pétulance dans l'abord. Peut-être tenait-il plutôt de l'épagneul. Le plus probable, vu la maison qui l'hébergeait, était encore qu'il appartenait à une variété peu répandue, mais de grand prix. Jerphanion ne se souvenait pas d'avoir aperçu un chien dans la maison, lors de ses précédentes visites ; ni que Bernard lui en eût parlé.

— Macaire, que venez-vous faire ici ?

Jerphanion nota que ce chien portait le nom d'un bandit d'autrefois, et aussi qu'on lui disait « vous », ce qui rouvrait la question du tutoiement chez les Saint-Papoul.

Macaire s'approcha du jeune homme, lui flaira soigneusement le bas du pantalon, le rebord des chaussettes, sans regarder le haut de sa personne.

— Chassez-le, je vous en prie, monsieur. Il est très mal élevé. Je ne sais même pas comment il a fait pour entrer ici.

— Étant donné sa taille, il n'a pas dû ouvrir la porte tout seul ?

— Non, bien sûr. Il est vrai que ce sont des portes anciennes. Il arrive que le pêne ne retombe pas bien dans la gâche. La porte a l'air fermée. Mais il suffit d'une petite poussée pour l'ouvrir. Je suppose qu'il a remarqué cela.

— Il est donc ici depuis longtemps ?

Et Jerphanion caressait d'une main polie, mais distraite, le crâne et le cou de Macaire ; lequel, sans se montrer vraiment effarouché, creusa le dos et prit un peu de distance.

— Mais non. Depuis une huitaine de jours au plus. Mon frère l'a rapporté de son dernier voyage en Périgord. Et même au début il n'a pas vécu dans l'appartement. Nous avions des craintes pour des oublis de propreté, vu ses origines ; et aussi pour le bruit. Ma femme de chambre, qui adore les bêtes, l'avait pris chez elle.

Macaire s'était assis à un mètre d'eux, dans une région de la pièce où passait presque au ras du tapis un courant d'air tiède. Il observait tour à tour Jerphanion et Mlle Bernardine.

— Mon frère s'est laissé faire ce cadeau-là par un de nos métayers, qui se rappelait avoir entendu dire un jour à ma nièce Jeanne qu'elle serait contente d'avoir un chien à Paris. Le brave homme se figurait évidemment que son chien était magnifique. Je vous dirai que mon frère s'entend très bien en vrais chiens de chasse et de meute, mais qu'en dehors de cela, pour lui, tous les autres se valent. Quand nous nous sommes moqués de son protégé, il a trouvé, comme défense, que la mère était très belle. L'argument ne vous semble pas merveilleux ?

— Il est encore tout jeune ?

Macaire, regardé par Jerphanion, eut un léger mouvement des oreilles, et bougea la queue sur le tapis.

— Il a dans les neuf ou dix mois, paraît-il. Mais vous pensez bien que ce n'est pas maintenant qu'il va se transformer en chien de race.

— Je ne le trouve pas laid.

— La vérité, c'est que mon frère n'a pas de défaite ; dans son pays tout au moins. Car ici, il est assez cassant. Mais là-bas avec les paysans, il tremble toujours de les froisser. Il faut avouer qu'ils sont devenus terriblement délicats à manier. Avant de risquer un ordre ou un reproche, il est prudent de choisir son temps, et de voir comment le vent est tourné. Qu'attendez-vous, Macaire ? Et ce nom, qu'en dites-vous ? En un sens, j'aime encore mieux ça que ces noms anglais franchement ridicules. Comme Tobie, ou Teddy, ou Dick. Je suis persuadée que ce brave métayer du Périgord n'a aucune idée du Robert Macaire historique et qu'il a appelé son chien Macaire comme il l'aurait appelé Macaron. Tâchez, vous, de nous trouver un nom moins saugrenu, mais qui ait un peu le même son, pour que ça ne lui brouille pas trop les idées. Il n'a pas l'air bête. J'aime assez sa tête. Vous avez raison. Il y a de ces bâtards qui ont une forme très acceptable. Supposez que nous ne sachions pas comment doivent être faits tels ou tels types de chiens. En quoi trouverions-nous celui-ci moins beau qu'un autre, qu'une de ces horreurs de bassets, par exemple ? Savez-vous ce qu'il attend ? Un morceau de sucre. Mais vous n'en aurez pas. Le sucre est l'ennemi des chiens. J'ai entendu dire que ça leur donnait des maladies de peau épouvantables ; des sortes d'eczéma, avec chute de poils.

— S'ils en mangeaient beaucoup, peut-être.

— Vous l'imaginez couvert de plaques et de croûtes par-dessus le marché ? Je vais lui donner un petit morceau de toast trempé dans le thé. C'est tout ce qu'il aura. Il sait faire le beau d'une manière remarquable, mais je ne veux pas le lui demander, parce que je serais obligée de le payer d'un morceau de sucre. Je suis même surprise qu'il ne le fasse pas de son propre chef. C'est probablement vous qui l'intimidez. Vous connaissez bien les races de chiens, vous, monsieur ?

— Oh ! très mal, mademoiselle.

— C'est dommage. Vous auriez pu me renseigner. Vous ne voyez pas de quel mélange il peut provenir ?

— Pas du tout. Je lui trouve une vague ressemblance avec ce que je croyais être l'épagneul.

— Oui. J'ai idée, en effet, que la mère est une épagneule. La prochaine fois que nous irons en Périgord, je me la ferai montrer. A la campagne, si l'on ne prend pas des précautions spéciales, il est très difficile d'avoir des petits de race pure. Il faudrait enfermer les chiennes pendant quinze ou vingt jours d'affilée. L'époque où elles sont en chaleur revient en somme très vite. Peut-être pas trop vite pour elles. Mais beaucoup trop pour ceux qui ont le souci de les surveiller. Déjà plusieurs jours avant, les chiens commencent à tourner autour. Et ensuite, ça devient effrayant. C'est une révolution de chiens dans tout le pays. Il faut avoir vu ça pour se l'imaginer. Vous connaissez la campagne, monsieur ?

— Oui, mademoiselle ; j'y ai passé toute mon enfance.

— Vos parents n'habitent donc pas Paris ?

— Non, mademoiselle. Ils vivent en province.

— Dans votre pays natal ?

— Justement.

— C'est où ça, votre pays natal ?

— Dans le Velay.

— Mais ce n'est pas en Suisse, le Velay ? Vous êtes français, pourtant ?

— C'est le Valais qui est en Suisse, mademoiselle. Le Velay est situé à l'est du Massif Central, et s'appuie aux Cévennes.

— Les Cévennes, c'est au sud du Périgord ?

— Plutôt à l'est.

— Oui. Du côté de la mer ?

— Dans une certaine mesure.

— Vos parents ont des propriétés là-bas ?

Jerphanion prit un temps avant de répondre. Il hésitait à dire simplement la vérité. Par amour-propre ? Sans doute. Il avait éprouvé cette pudeur d'autres fois, en face de gens d'une classe supérieure à la sienne. Il se la reprochait ensuite comme une lâcheté. Mais il devait convenir qu'elle répondait à des sentiments dont tous n'étaient pas vils. « Leur dire que mon père est instituteur dans une bourgade ? Qu'est-ce que ça signifie pour eux ? Ils s'en autoriseront pour le mépriser. Pour me mépriser, moi aussi, dans mes origines ; mais d'abord pour le mépriser, lui. Je ne pourrais pas tolérer leur petit air soudain déçu, ou condescendant. Ou alors, il faudrait leur lancer cela d'un ton de bravade : le ton du monsieur « qui ne rougit pas de ses origines, ah ! mais non ! » J'ai horreur de cette vantardise à rebours. La seule réponse que j'aie envie de leur faire, c'est : « Laissez donc mes parents tranquilles. Ils vous valent bien. »

Cette fois, il usa d'une formule qui lui avait déjà servi :

— Mon père est dans l'enseignement, comme moi.

— Il sort de Normale aussi ?

— Non, mademoiselle.

La sœur du marquis se confirma dans l'idée que les parents de Jerphanion étaient de petites gens. Elle se représentait la hiérarchie universitaire aussi vaguement que les Cévennes. Mais elle n'avait pas de peine à concevoir que, dans l'enseignement comme dans l'Église, il y a, fort au-dessous des évêques et des curés de paroisses mondaines, les desservants de campagne. Ce qui n'était pas si mal vu. D'ailleurs, la dose inévitable de mépris pour les petites gens qu'elle devait à son milieu s'était atténuée chez elle au cours de ses réflexions solitaires, ou plutôt s'était compliquée d'une méfiance craintive à leur égard. La masse des petites gens lui semblait une réserve inépuisable d'ambitieux de tout poil et de futurs grands de la terre. De la terre et du ciel. Ses lectures pieuses lui rappelaient chaque jour combien de saints, de prélats, de ministres tonsurés, de papes, sont sortis du peuple. On lui eût annoncé que le petit-fils d'Étienne, alors âgé de dix-huit mois, et en nourrice, serait plus tard président de la République, qu'elle eût considéré la prédiction comme très plausible sans y prendre ni plus d'estime pour Étienne, ni plus de mépris pour la République.

Elle tendit à Macaire un nouveau fragment de toast.

— Enfin, si vous avez vécu à la campagne, vous savez comment ça se passe. Les chiens sentent ça de très loin. Ce sont de vraies processions. A croire qu'ils se le disent. Mais ils ne seraient tout de même pas si bêtes, puisque c'est à qui arrivera le premier auprès de la dulcinée. Leur patience n'a pas de bornes. Ni leur ruse. Ni leur toupet. Je parlais d'enfermer les chiennes. Mais au moment, par exemple, où vous entrebâillez la porte pour leur porter à manger, un soupirant vous passe entre les jambes. J'ai vu, vu de mes yeux, une espèce de barbet galeux de saltimbanques couvrir une de nos plus jolies chiennes de chasse, juste derrière le dos du valet qui la tenait en laisse. Quand il s'est retourné, il a bien tapé tant qu'il a pu avec son fouet. Mais ouiche ! le furieux n'a pas lâché. D'ailleurs, il paraît qu'une fois accrochés, ils ne peuvent plus se décrocher comme ils veulent.

Jerphanion commençait à ne plus trop savoir quelle contenance garder. « Dommage que Jallez ne soit pas à ma place ! Il raconterait deux ou trois scènes d'amour entre chiens, avec des détails physiologiques frissonnants, mais de l'air le plus « honni soit qui mal y pense ». Je suis au-dessous de la situation. »

— A côté de ça », continuait Mlle Bernardine, tout à fait lancée, « vous verrez la même jolie chienne, de race absolument pure, refuser un mâle impeccable, lui échapper, le mordre, enfin faire tout ce qu'il faut pour que le malheureux n'arrive à rien...

« Elle exagère, pensait Jerphanion. Je sens que je vais rougir. Comme Jallez à douze ans. Je n'ai pourtant pas la rougeur facile. Mais il n'y a pas de milieu : rougir jusqu'aux oreilles (en profitant de ce que ma barbe me couvre la moitié des joues) ou rigoler soudain à m'en fendre la bouche, jusqu'aux oreilles également. »

Le plus dur, en effet, c'était de recevoir sans broncher, sous ce haut plafond, dans ce concile de meubles vénérables, les propos de la vieille demoiselle vêtue de soie noire ; tandis que le chien bâtard, fraîchement débarqué du Périgord, qui en était le prétexte, assis sur son train de derrière à un mètre de la table, fronçait les narines de temps à autre en brossant d'un coup de queue aussi lent qu'un balancier d'horloge le même petit morceau de tapis.

L'arrivée de Jeanne de Saint-Papoul mit fin à cet embarras.

— C'est toi ! Je croyais que c'était Bernard.

— Mais Bernard vient de rentrer aussi, ma tante.

— Il n'a pas l'air de se douter que son professeur l'attend depuis une demi-heure.

— Il est allé directement dans sa chambre. Il ne savait pas que M. Jerphanion était ici.

Jerphanion s'inclina devant la tante, puis devant la nièce et quitta le salon.

VIII

UNE JEUNE FILLE DU MONDE

Jeanne de Saint-Papoul allait avoir dix-neuf ans, puisqu'elle était née en janvier 1890, au cours d'une semaine particulièrement froide, et en pleine période d'influenza. Les premières semaines de sa vie avaient de ce fait laissé à sa mère un souvenir pénible. Il paraissait peu vraisemblable que ce bébé, venu au monde fort chétif, réussît à arriver au bout de cet hiver malgracieux. Depuis, Mme de Saint-Papoul, s'appuyant sur cet exemple, avait osé se dire en secret que tout n'est pas absurde dans la pratique des ménages qui n'abandonnent pas entièrement à la Providence le soin de décider quels sont ceux de leurs rapprochements qui seront féconds. Si Jeanne avait été conçue à la fin septembre, par exemple, en Périgord, au moment où l'on vendange le petit vignoble du domaine, et où se répand dans le château une légère odeur de grappes foulées qui n'est pas désagréable à de jeunes époux, elle serait née à la fin de juin, dans les jours les plus accueillants de l'année, et l'on aurait pu s'arranger pour que la naissance, comme la conception, eût lieu en Périgord. Mme de Saint-Papoul aurait dû penser qu'on ne se fie pas à moitié à la Providence. Si Elle décide qu'une conception aura lieu en avril, Elle a tenu compte des difficultés que rencontrerait le nouveau-né l'hiver suivant, et ne sera pas embarrassée pour lui faire traverser les semaines de gelée et d'influenza. Mais chez une mère catholique, la foi en la Providence ne prend jamais le caractère absolu du fatalisme musulman. Mme de Saint-Papoul aurait pu réfléchir encore qu'il y a pour les époux chrétiens un moyen correct d'éviter les mauvaises surprises, qui est de ne se rapprocher qu'aux moments où une conception leur paraît souhaitable. Ce qui réserve à la fois les droits de la Providence et ceux de la liberté humaine. Mais Mme de Saint-Papoul, comme la plupart des femmes du Midi, avait du bon sens, et même une trace de paganisme. Bien qu'elle n'eût jamais éprouvé pour son compte les joies sensuelles de l'amour, elle trouvait absurde de prétendre en priver pendant de longs mois un gentilhomme robuste, bon mangeur, et chasseur. Les prêtres, quand ils avaient l'air de prendre au sérieux cette doctrine exigeante, lui semblaient des gens naïfs, tout de même un peu trop ignorants de la vie. Ou même elle se hasardait à les soupçonner d'une certaine mauvaise foi. A vrai dire elle n'était pas arrivée là-dessus à un système bien cohérent ; ni dans la théorie ni dans la pratique. Et nous verrons que les accommodements qu'elle avait pu trouver n'avaient pas mis le marquis de Saint-Papoul à l'abri des tentations extérieures.

A dix-huit ans, Jeanne était d'assez grande taille, puisqu'elle avait un mètre soixante et onze, y compris il est vrai le talon de ses chaussures, car elle n'avait jamais eu ni l'idée ni l'occasion de se mesurer nue. C'est d'ailleurs le cas ordinaire pour les femmes. Le conseil de révision ne les renseigne pas d'office. C'est avec un écart d'erreur analogue que Jeanne suivait les fluctuations de son poids. Depuis un an, il variait de cinquante-cinq à cinquante-neuf kilos, sans qu'elle pût décrocher les soixante. Le docteur Labletterie, médecin de la famille, la jugeait un peu maigre. Il n'avait pour elle aucune crainte précise. L'auscultation ne révélait rien de fâcheux. Mais les muqueuses restaient pâles, les yeux, souvent cernés ; le regard et le teint manquaient d'éclat. On constatait parfois, sans cause décelable, de légères poussées de fièvre, qui heureusement n'étaient pas régulières. Le médecin signalait aux parents une tendance de la jeune fille à l'anémie, la nécessité de stimuler son appétit, de lui faire prendre de l'exercice, de prolonger, s'il se pouvait, les séjours de vacances en Périgord. Il pensait à part lui qu'il n'était pas impossible qu'elle eût une petite lésion tuberculeuse, endormie depuis l'enfance et que la fin de la puberté réveillait, sans danger imminent. On commençait à soupçonner dès cette époque que la tuberculose est par nature une maladie de la première enfance, qui accompagne l'être durant toute sa vie, en modelant ses épisodes sur les aventures générales de l'organisme. Labletterie, esprit ouvert, se rattachait à cette manière de voir. En ce qui concernait Jeanne, l'idée de complications nerveuses d'origine sexuelle, ou plus précisément encore d'un surmenage très particulier, lui avait une fois ou deux effleuré l'esprit, mais il ne s'y était pas arrêté. Ses préoccupations ne se dirigeaient pas de ce côté-là. Ceux de ses confrères qui, dans un trouble quelconque affectant une jeune personne, flairent un élément de cet ordre ou cherchent à lui faire sa part, lui semblaient des spécialistes un peu maniaques. Même lorsque, sans se perdre dans les obscurités et notions fuyantes de la médecine nerveuse ni faire de la psychologie, ils se contentent de démêler l'influence tout organique que certaines habitudes peuvent avoir sur l'évolution d'une tuberculose, par exemple. Labletterie l'eût admis à la rigueur pour une fille de concierge. Mais se plaire à une telle hypothèse à propos d'une demoiselle de Saint-Papoul lui eût paru d'assez mauvais goût. C'est ainsi que chez lui le roturier porté au respect social confirmait le médecin dans ses partis pris.

D'ailleurs rien de tout cela n'avait l'air bien grave, et le docteur Labletterie craignait d'autant moins pour l'avenir que la jeune fille ressemblait physiquement à son père. Or, si on laissait de côté quelques petites misères, le marquis n'avait pas à se plaindre de sa santé. Il se rattachait au type du Méridional maigre, dont la mine n'est pas toujours brillante, et qui, fort sensible à la douleur, ferait volontiers de l'hypocondrie, mais finalement, d'inquiétude en inquiétude, atteint un âge avancé. Il était fort possible que dans sa jeunesse le marquis eût traversé lui aussi un passage difficile. Il semblait ne lui en rester rien, pas même le souvenir.

Jeanne de Saint-Papoul était bien faite dans l'ensemble, et jolie de visage. Des traits fins, presque subtils. Des lèvres minces. Un air de fierté fort naturel. Jerphanion la jugeait très proche d'une certaine perfection, et considérait comme très enviable le mari titré qui la posséderait un jour. Mais quant à lui, il ne se sentait pas en péril d'en tomber amoureux. Ce n'est pas qu'elle manquât absolument de charme, mais son charme ne vous inclinait ni vers les idées voluptueuses, ni vers les idées tendres. Même ses yeux un peu cernés, sa demi-pâleur, ne vous jetaient pas dans la rêverie. Sans doute l'expression du regard demeurait-elle trop fermée, presque défensive.

*
* *

Mlle Bernardine offrit du thé à sa nièce, insista pour qu'elle prît des rôties beurrées ; lui tint de menus propos de circonstance. Tout à coup elle lui dit, sans préparation aucune :

— Comment trouves-tu ce jeune Normalien ?

— Mais très convenable, n'est-ce pas ? Bernard a l'air de se plaire avec lui.

— Il a de beaux yeux. Il serait très bien sans cette barbe qui le vieillit beaucoup.

— C'est possible.

— Et selon qu'il sort d'une famille très modeste, on ne peut pas dire qu'il manque de savoir-vivre.

Jeanne approuvait, avec une indifférence qui n'était pas feinte. Elle avait jusqu'ici considéré Jerphanion d'un œil distrait. D'ailleurs elle avait peu de caprices, et même peu de liberté dans l'imagination. Elle avait des audaces, ce qui est tout différent. Ces audaces, qui la menaient assez loin, suivaient des voies resserrées. Il y a maintes jeunes filles qui, chaque fois que le hasard les met en présence d'un jeune homme, ou d'un homme plus âgé dont l'aspect n'est pas repoussant, s'imaginent pressées dans ses bras, recevant ses baisers, les rendant même. Rêveries qui d'ordinaire ne tirent pas à conséquence, et loin d'appeler la réalité, s'effaroucheraient aussitôt devant elle. Jeanne ne connaissait pas ces écarts. Elle pouvait rencontrer dans la journée dix jeunes hommes de sa condition sans établir aucun lien entre leurs personnages et les songes amoureux qu'elle poursuivait. A plus forte raison un Jerphanion restait-il hors de jeu. Chez elle le sens des catégories sociales était devenu assez instinctif pour participer aux réactions spontanées du cœur. Quand on est Jeanne de Saint-Papoul, on ne risque pas de s'éprendre d'un pianiste, d'un valet de chambre, d'un docteur, d'un prêtre. Non que ce soient des gens indistinctement méprisables. On peut avoir pour eux de la bienveillance, de l'estime, dans certains cas de l'admiration. La question de l'amour ne se pose pas. (Jerphanion, de son côté, n'était pas tout à fait exempt du préjugé symétrique. Si Jeanne avait été une de ses cousines, ou une camarade d'études, il n'est pas sûr que ce fin visage, ces yeux réticents ne l'eussent pas touché.)

Au reste, le moral de Jeanne présentait alors une configuration des plus tourmentées.

D'un côté, il s'appuyait à tout un système mental qui, depuis l'enfance, avait reçu peu d'atteintes : croyances religieuses, habitudes de piété ; idées élémentaires mais d'une solidité rustique sur la Société, sur la hiérarchie des conditions humaines, sur les droits de sa caste à la richesse, au loisir, à la considération. Elle ne mettait pas davantage en question les principaux devoirs qu'on lui avait enseignés. Elle était même portée au scrupule. Les petits manquements ne la tracassaient pas moins que les gros péchés. Tout cela, qui lui venait de son éducation, tenait encore très bien ensemble.

Le désordre commençait avec les sentiments plus personnels. Elle était très préoccupée des choses de l'amour, jusque dans le détail le plus concret. Depuis des années, elle recueillait là-dessus les renseignements mêlés de fables que se chuchotaient ses compagnes. Elle s'était mise récemment à rechercher des livres érotiques. Elle en avait découvert deux ou trois dans la bibliothèque de son père, et pour les consulter sans danger d'être surprise, recourait à des ruses qui lui faisaient battre le cœur. Le souvenir de ces lectures ou les incidents de sa rêverie (mais jamais ceux de sa vie extérieure) l'amenaient à quelques égarements voluptueux, dont à vrai dire elle n'abusait pas, et qui n'étaient pour rien dans les apparences délicates de sa santé. Lectures et pratiques s'accompagnaient de cuisants remords. Jeanne tenait la chair, ses hantises et ses plaisirs pour diaboliques. Chaque fois qu'elle les entendait condamner, elle éprouvait un soulagement. D'autre part, elle avait une vie sentimentale intense, qui ne se confondait nullement avec ces prurits sensuels. Elle s'était prise pour l'une de ses compagnes, puis pour une de ses maîtresses du pensionnat Sainte-Clotilde, d'une affection passionnée. Elle avait fini par les chérir toutes deux à la fois. Ce qui l'aidait à ce partage, c'était la nuance particulière de chacune de ces flammes. Envers son amie Huguette, elle s'abandonnait surtout aux douceurs de la tendresse protectrice ; envers sa maîtresse, qui était une religieuse sécularisée, aux extases de l'admiration. Elle était fort jalouse de l'une et de l'autre, et facilement ombrageuse. Il lui arrivait de pâlir soudain, quand la maîtresse faisait un compliment ou un sourire à une autre élève, et elle en restait pleine d'amertume jusqu'au soir. Ces deux ardeurs étaient tout à fait chastes ; elles ne la poussaient ni à des gestes de câlinerie équivoque, ni à des recherches de contact. Malgré sa tendance au scrupule, elle ne se les reprochait aucunement. Sans doute s'abusait-elle encore moins sur son cas que le psychiatre qui eût parlé bien hâtivement de vocation homosexuelle. Elle était d'autant moins portée à découvrir de ce côté des éléments impurs, que personne autour d'elle ne semblait les y apercevoir. Les maîtresses du pensionnat ne pouvaient pas rester aveugles à ces amitiés passionnées. Elles ne les encourageaient certes pas. Mais, que ce fût par une naïveté de femmes chastes, ou par une profonde sagesse d'éducatrices, elles ne montraient pas qu'elles en fussent autrement inquiètes. D'ailleurs les deux passions de Jeanne laissaient place à un amour de tête, d'une couleur encore différente, pour un de ses cousins, Robert de Lavardac, dont la famille habitait les environs de Bordeaux, et qu'elle ne rencontrait, sauf exception, qu'à l'époque des vacances. Ce dernier amour appartenait à l'ordre de la rêverie romanesque. Il se passait fort bien de la présence de l'objet aimé. Le cousin Robert était une sorte de chevalier, de jeune seigneur hardi, qui guerroie au loin, qui chérit votre image en secret, et dont vous seriez la dernière pensée s'il tombait frappé à mort. Elle parlait volontiers de Robert à son amie

Huguette, qui n'en était pas jalouse. Ajoutons que lorsqu'elle se livrait dans la solitude à des lectures ou à des émois érotiques, Jeanne n'évoquait jamais aucun des ces trois êtres diversement aimés. Bien au contraire. Elle les chérissait trop, les estimait à trop haut prix, pour ne pas les écarter de ce qu'elle regardait comme un cercle infernal.

Cette vue sommaire laisse pressentir ce que pouvaient être les rapports de Jeanne avec Mlle Bernardine. A certains moments, elle n'était pas loin de considérer sa tante comme une vieille folle. A d'autres, elle attendait d'elle de mystérieux renseignements sur la vie, sans bien se demander d'ailleurs où la demoiselle sédentaire et surannée avait pu les prendre. Le ton de leurs conversations était devenu assez libre, beaucoup plus qu'il ne l'était entre la marquise et sa fille. Mlle Bernardine prenait un plaisir, qu'elle n'analysait pas, à mettre sa nièce en face de certaines crudités de l'existence, qu'il s'agît de relations sociales, de la vraie nature des sentiments chez les gens, ou de questions plus scabreuses. Elle avait même l'impression de remplir là un devoir. Ne fallait-il pas prémunir la jeune fille, au moment de son entrée dans le monde, contre les dangers d'une éducation par trop conventionnelle ?

IX

LA TANTE ET LA NIÈCE. NAISSANCE D'UNE IDÉE

Macaire, après être venu solliciter Jeanne, avait regagné sa place sur le tapis. Mlle Bernardine le regarda :

— Je parlais justement avec M. Jerphanion de ce vilain morceau de chien. Et de toutes ces aventures de mélanges, de croisements. M. Jerphanion a vécu à la campagne. Il a vu ça de près. Toi, est-ce que tu as jamais eu l'occasion de voir ça de près ?

— Quoi, ma tante ?

— Eh bien ! les façons des animaux entre eux, des chiens, spécialement, les mâles avec les femelles, et tout ce qui s'ensuit. Pourquoi rougis-tu comme une sotte ? Est-ce que tu t'imagines qu'une fille de la campagne ne connaît pas ces affaires-là dans le détail, et rougit quand on en parle devant elle ; et qu'elle en est moins bonne chrétienne, ou moins honnête pour ça ? Au contraire, je prétends, au contraire.

Elle sembla méditer, puis reprit :

— Le vrai péché, c'est d'idéaliser tout ça. Alors... l'imagination s'excite. Et on se figure que parce qu'on emploie de grands mots, la chose qu'il y a en dessous change de nature. Peuh ! Il vaudrait bien mieux avouer franchement que chez les chiens ou chez nous c'est tout à fait pareil. Rien ne m'horripile plus que les tirades sur l'amour. » Elle faisait vibrer ironiquement l'l et l'm. « Aujourd'hui, tout de même, on n'ose plus raconter aux filles de ton âge que le mariage, ça consiste à se bécoter dans un wagon, et à chercher un appartement. Je n'ai pas craint avec toi de mettre quelquefois les points sur les i. Mais je ne suis pourtant pas bien sûre que, toutes jeunes filles modernes que vous vous croyiez, vous vous rendiez compte de ce que c'est au fond, hé oui ! cette fameuse affaire autour de laquelle on tourne tout le temps, pour soi-disant vous en réserver la surprise.

Malgré son embarras, Jeanne écoutait, sans perdre une syllabe ni une inflexion. Sa tante touchait au point du problème qui l'obsédait le plus. Ni ses conversations, ni ses lectures ne l'avaient pleinement satisfaite. Certains détails restaient inexplicables, ou difficiles à imaginer. Certains renseignements, contradictoires. Mais surtout, si elle se flattait de connaître tant bien que mal les conditions et circonstances de l'acte amoureux, elle n'arrivait pas à se le représenter en lui-même, ni à le comprendre. Il manquait à ses yeux et de centre et de sens. Tant de conjectures, tant de rêveries n'avaient meublé que le pourtour de ce grand mystère : au milieu, il s'effondrait dans le vide.

Mlle Bernardine se pencha vers Jeanne, prit l'air de quelqu'un qui va confier le suprême secret ; puis à mi-voix, en surveillant les portes :

— Hé bien ! tu sais déjà, n'est-ce pas, que l'homme et la femme font quelque chose ensemble ? Ou plutôt que c'est l'homme qui fait quelque chose à la femme. Tu sais de quels organes il s'agit, n'est-ce pas ? Donc il ne t'est pas bien difficile de deviner exactement la vraie nature de l'acte... Ce que l'homme fait à la femme, tu me comprends... », elle parla presque à l'oreille, « ce qu'il fait *dans* la femme, c'est *une ordure* ».

Elle se redressa, but une gorgée de thé, puis se cala dans son fauteuil, tout à fait silencieuse maintenant, et détendue dans le bien-être d'une espèce de vengeance.

Pendant ce temps le mot qu'elle venait de dire, et l'image saisissante qu'il portait, s'enfonçaient brusquement dans l'esprit de la jeune fille, avec une énergie, une vibration, une efficacité que Mlle Bernardine était bien loin d'avoir mesurées d'avance. Il attirait à lui une nuée d'idées éparses et partielles, leur donnant sens et cohésion. Dogmes religieux, interdictions morales, échos de catéchisme, de confessions, de sermons ; remords, répugnances intimement vécues ; lectures ou confidences jusque-là mal comprises ; goût mi-naturel, mi-chrétien pour l'humiliation et ses amères délices ; pressentiment poignant d'un rachat du plaisir par la mortification ; sans préjudice de vives images physiques, qui prenaient une éloquence à peine soutenable : tout un énorme cristal aux reflets louches se formait d'un coup.

X

LA COMTESSE ET LA MANUCURE

Le même soir, la comtesse de Champcenais avait des préoccupations de maîtresse de maison analogues à celles de la marquise de Saint-Papoul, puisqu'elle aussi recevait des gens à dîner. Mais alors que chez les Saint-Papoul il s'agissait d'un repas tout simple, qui modifiait à peine le train-train familial, Mme de Champcenais avait à ordonner une réunion beaucoup plus brillante. Non pas très nombreuse : les dimensions de la salle à manger ne s'y prêtaient guère. Il y aurait dix convives en tout : Sammécaud et sa femme, le colonel d'artillerie Duroure et sa femme, née « vicomtesse » de Rumigny ; le critique des *Débats,* George Allory, romancier mondain à ses heures, et sa femme ; le constructeur Bertrand, qui était célibataire ; une jeune amie de Mme de Champcenais, la baronne de Genillé, dont le mari était absent ; enfin, le couple des hôtes.

Le dîner était prévu pour huit heures ; les gens, priés pour huit heures moins le quart.

A six heures, Mme de Champcenais en avait terminé depuis longtemps avec les dispositions relatives au dîner. Bien qu'elle eût une cuisinière honorable, elle avait commandé deux plats (un poisson de belle taille, et des ris de veau garnis de quenelles dans une sauce aux champignons) ainsi qu'un parfait au café chez Potel et Chabot, qui lui avaient fourni en outre un maître d'hôtel supplémentaire. Le troisième plat, de la poularde, était fait à la maison. M. de Champcenais, dont la cave était médiocre, avait téléphoné pour les vins chez un petit fournisseur de la rue Saint-Honoré, en qui il mettait sa confiance. On attendait d'un moment à l'autre la livraison du fleuriste.

Il restait donc à Mme de Champcenais tout le loisir de songer à sa personne. Dès cinq heures, le coiffeur était venu. La mode voulait les cheveux très ondulés, formant au-dessus de la tête une houle volumineuse, qui allait s'appuyer sur un chignon lui-même épais et remontant. Pour donner au sommet de la tête l'arrondi souhaitable, les coiffeurs conseillaient souvent de soutenir le flot des cheveux naturels par un dessous de postiches. Marie de Champcenais, qui possédait une chevelure assez abondante, et d'un beau châtain clair, s'était cependant résignée à la laisser truffer d'un rien de postiches, non pour l'ajustement quotidien, mais pour les grandes circonstances.

Un pareil style de coiffure se laissait difficilement rattacher aux tendances de l'art moderne, en particulier à celles dont témoignait le mobilier de la comtesse. N'y avait-il pas dans ces édifices de cheveux quelque chose de lourd, de vulgaire à la fois et de cossu, où semblait se perpétuer le goût de la bourgeoisie de 1889 ou même l'emphase épaisse du Second Empire ? Il est vrai que plus la civilisation se complique, et plus l'évolution de chacun des arts a chance d'être autonome. On avait bien vu, dans la période précédente, coexister la poésie brumeuse, dormante et tout intérieure des symbolistes, avec la pétulance sensuelle des impressionnistes et peintres de plein air, et avec la fantaisie un peu enfantine d'architectes qui composaient d'énormes joujoux, où le fer peinturluré se pliait à des réminiscences de palais turcs.

C'est qu'au fond l'art de coiffer les femmes, comme celui de les habiller, doit peut-être moins encore aux tendances esthétiques d'une époque qu'aux nuances de son érotisme. Dans l'hiver de 1908, les apaches restaient à la mode. L'excitation amoureuse chez les gens du monde s'allumait encore volontiers au romanesque des souteneurs et des filles, à des visions de luttes sanglantes sous les réverbères des boulevards extérieurs. Artiste inconscient peut-être, mais inspiré, le coiffeur, en parant une comtesse de la rue Mozart, cherchait pour son mari ou son amant une illusion d'une seconde (mais ce sont parfois les plus efficaces pour le plaisir) : celle d'étreindre une pierreuse ; et le droit de coller à ses lèvres un baiser direct et goulu.

Au coiffeur avait succédé la manucure. Depuis quelques semaines, exactement depuis la mi-octobre, les conversations de Marie de Champcenais avec cette jeune femme, au cours des séances, avaient changé de caractère. Elles s'étaient faites beaucoup plus continues et animées, mais surtout plus intimes. Mme de Champcenais avait songé à s'enquérir de détails dont elle n'avait pas eu la moindre curiosité jusque-là. Elle apprit que la manucure, qu'elle avait toujours traitée de mademoiselle, était mariée ; que la mal nommée Mlle Renée était en réalité Mme Renée Bertin, femme d'un monteur électricien, employé au secteur de la rive droite. Elle n'eut pas de peine à se faire dire ensuite que la manucure avait été plus d'un an la maîtresse de l'électricien, avant de se mettre en ménage avec lui, et que leur mariage régulier, encore tout récent, n'avait été que la troisième étape de leurs relations. A la façon dont Renée Bertin le contait, on sentait bien qu'elle avait conscience de s'être conformée à une coutume. Mme de Champcenais s'avisa que probablement les choses se passaient ainsi pour beaucoup de ménages du peuple. Ce qui la fit un peu rêver. N'était-ce pas en somme une conduite raisonnable, qui avait le double avantage de soumettre le couple à des épreuves graduées de résistance, et de laisser à la jeune fille la chance d'expériences variées, dont le souvenir l'aiderait à supporter ensuite la monotonie de la vie conjugale ? Mais Marie de Champcenais ne s'attardait guère aux méditations sociologiques. Et si elle avait de l'audace dans le choix d'un mobilier, elle en manquait complètement à l'égard des mœurs reçues autour d'elle. L'adultère, en dépit de quelques scrupules, lui semblait cent fois plus tolérable que ce concubinage d'essai.

Ce qu'elle retint plutôt des premières confidences de la manucure, c'est à quel point elles avaient été faciles. Elle se demanda s'il n'en irait pas de même, à quelque chose près, avec les femmes de son monde. Jusqu'ici elle s'était toujours montrée peu curieuse, peu interrogeante. Mais elle s'apercevait qu'il faut un effort insignifiant — une pression aussi légère que sur un raisin mûr — pour soulager une autre femme de ses secrets. Or, depuis la mi-octobre, les secrets des autres femmes, leur vie intime, leurs impressions les plus cachées commençaient à l'intéresser beaucoup. Elle n'osait pas encore trop faire parler ses amies. Mais son tête-à-tête hebdomadaire avec Renée Bertin lui donnait l'apprentissage de l'indiscrétion. Elles en étaient arrivées peu à peu à un ton très libre. Les confidences venaient toujours du même côté. Mais les deux femmes y prenaient autant de plaisir l'une que l'autre. La manucure y contentait ce besoin d'exhibition si naturel à la femme moyenne, qu'on a dû à son usage inventer la pudeur comme vertu de première urgence. La comtesse y puisait maintes notions que son expérience lui avait trop chichement fournies, et dont le progrès lent mais sûr de son intrigue avec Sammécaud la rendait avide.

C'est ainsi que ce jour-là, pendant que Renée s'occupait de la main gauche de la comtesse, et que le personnel s'affairait du côté de la cuisine, elles purent, sans éprouver d'étonnement ni d'embarras, échanger à deux pas de l'armoire à glace aux cambrures florales les propos que voici :

— Mais vous me dites que, par exemple, quand vous vous promenez dans la rue avec votre mari, vous êtes toute malheureuse s'il s'arrête un moment ou de vous regarder, ou de vous serrer le bras, de s'appuyer contre vous, de vous presser d'une façon ou de l'autre. Vous n'exagérez pas un peu ?

— Je vous jure que non, madame la comtesse.

— Ou alors, n'est-ce pas simplement une habitude qui vous reste à tous les deux du temps de vos fiançailles ?

— Si vous voulez. Mais il y autre chose que l'habitude. Je suis malheureuse, parce que je cesse d'avoir du plaisir. Ce n'est pas sorcier.

— Comment, du plaisir ?

— Oui, j'ai envie de lui. Vous comprenez ?

— Comme ça ? Tout le temps ?

— Pas quand je suis à mon travail, comme ici, loin de lui, bien sûr... Et encore... Ni quand à la maison nous nous occupons chacun de notre côté. Ou quand nous nous chicanons. Je vous ai surtout parlé du dimanche, en promenade.

— Vous avez envie de lui... soit. Mais qu'il vous tienne le bras ou non, qu'est-ce que ça peut changer ?

— Si. Pendant qu'il me tient le bras, je vibre.

Marie de Champcenais rêva un moment. Puis :

— Et dès qu'il vous lâche le bras, vous cessez de « vibrer » ? C'est drôle.

— Mais non. Si madame la comtesse veut bien réfléchir. C'est un peu comme si, dans une autre circonstance, il me laissait en plan tout à coup. Ce n'est pas exactement pareil, bien entendu. Même ça ne se compare pas. Il y a pourtant un rapport.

La comtesse fit une nouvelle pause et reprit :

— J'ai repensé à ce que vous me contiez la semaine dernière. Tous les jours, vraiment ?

— Oh ! à peu près. Et quelquefois encore le matin.

— Voilà combien de temps que vous vivez avec lui ?

— Deux ans et demi, au total. Non, deux ans et deux mois. Je ne parle pas du temps où nous nous voyions avant de nous être mis ensemble.

— Oui... Et à la longue, cette... répétition, cette... régularité... enfin, ça ne vous excède pas ?

— Ça devient un besoin comme autre chose. Remarquez que je ne me suis jamais si bien portée que maintenant.

— Et vous y faites encore... attention ? Ça ne finit pas par être justement trop machinal ?

— Je ne trouve pas. Et puis, quand on veut, il y a tellement de variété.

— Alors, ce qui m'étonne, c'est que dans l'intervalle, vous ayez encore le goût de « vibrer », comme vous dites.

— Parce que madame la comtesse a le tempérament plus calme, ou que... Oh ! je ne dis pas ça pour critiquer. On vit tout aussi bien en étant tranquille. La preuve, quand je n'avais encore connu personne. Mais c'est justement parce qu'il n'y a pas beaucoup d'intervalle, que je n'ai jamais le temps de retomber tout à fait. Et il suffit d'un rien, qu'il me presse le bras, la taille, qu'il me regarde, pour que ça m'entretienne.

— La vérité, c'est que vous êtes follement amoureuse de lui.

— Bien sûr que s'il me déplaisait... Mais follement amoureuse, non. Je me rends compte. Mon premier ami, le garçon dont je vous ai parlé, m'avait beaucoup plus chavirée. Là, oui, j'étais un peu folle. Mais pas dans le sens en question. Je me rappelle qu'en ce temps-là ça ne me disait même pas grand-chose. Je nageais dans le sentiment. Celui-ci, je vois ses défauts. Il nous arrive de nous disputer. Parce que nous avons notre caractère. Mais dans les moments où je suis le plus furieuse contre lui, je ne puis pas empêcher que son impression me reste. J'aurais beau me mettre à chercher de la colère au fond de moi, c'est plutôt ça que j'y trouve. Lui, c'est pareil. Comme il me disait un jour : « Oh ! je peux crier. Tu n'as qu'à bomber tes seins un peu... » tout habillée, pourtant, comme je suis là... « tu m'as tout de suite. »

Mme de Champcenais s'efforce, en écoutant la manucure, de garder un air de bienveillance amusée. Mais elle éprouve un grand trouble. Au centre de son esprit, des idées, lentement, doucement, changent de place, de valeur, d'éclat, comme si une rosace se mettait à tourner. Et elle a besoin d'en entendre davantage. Elle ne s'en rassasie pas. On pourrait lui parler jusqu'au soir de ces choses caressantes et impures. Si elle se retient de poser certaines questions, ce n'est pas pour ménager la décence, qui n'est plus en jeu. C'est pour que l'autre ne se moque pas d'elle.

Car ce trouble n'est pas amer. Les regrets n'y ont qu'une petite place. Il ressemble plutôt au tourment confus de la puberté. Une des principales angoisses de l'adolescente n'est-elle pas de se dire : « Moi, saurai-je aimer ? Saura-t-on m'aimer ? Et comment faut-il aimer ? » Voilà ce que Marie se répète, chaque minute, pendant que la manucure lui explique la recette de son bonheur quotidien.

M. de Champcenais a-t-il été, même aux premiers temps de leur mariage, le mari qu'elle méritait ? Elle-même, une épouse assez habilement exigeante ? A quoi bon le savoir ? L'important, ce ne sont pas les année 95, ni le jeune comte de Champcenais, qui était beau pourtant, et qu'elle croit bien avoir aimé. L'important, c'est ce qui va venir. L'important, c'est Sammécaud, quadragénaire et un peu chauve.

Tout à l'heure, il sera là, de l'autre côté de la table. Il la regardera de son air de fiancé impatient. Qu'est devenue la tendresse de son premier aveu ? Ce projet d'amitié juste un peu clandestine ? Depuis quelque temps Sammécaud la presse. Elle s'est d'abord juré de ne pas céder. Un chaste secret lui plaisait bien mieux que les matérialités de l'adultère. Elle ne se croyait pas faite pour les rendez-vous laborieusement ajustés, ni davantage pour les fatigues de la passion. Mais maintenant elle ne sait plus que penser. Tout à l'heure que répondra-t-elle au regard de Sammécaud par-dessus les cristaux de la table ? Il y a évidemment une espèce de torture à se demander ainsi ce qu'on doit faire. Mais le cœur ne s'en plaint pas. C'est une douleur de jeune fille.

XI

DINER INTIME CHEZ LES SAINT-PAPOUL

A la différence de la salle à manger des Champcenais, celle des Saint-Papoul, avec ses quelque trente-cinq mètres carrés de surface, et ses proportions commodes, se prêtait à recevoir de nombreux convives. Mais les Saint-Papoul n'abusaient pas des grands dîners. Ce qu'on attribuait parfois, dans leur entourage, à une certaine avarice.

On savait, en effet, que Mme de Saint-Papoul, née de toute petite noblesse, avait apporté dans le ménage une grosse fortune : une dot d'un million, disait-on (en réalité de cinq cent mille, chiffre déjà considérable pour l'époque) ; une rente, que lui servait son père, M. de Montech, et qui variait un peu suivant les années, sans tomber au-dessous de douze mille francs par trimestre ; enfin des espérances dont on prétendait qu'elles dépassaient les dix millions.

M. de Montech avait épousé, aux alentours de 1865, une demoiselle qui n'était pas très jolie, qui était roturière, et pour comble fille d'épicier. Du plus grand épicier de Bordeaux, il est vrai. Par la suite M. de Montech donna à son beau-père l'idée de créer un établissement d'alimentation à succursales multiples, le premier peut-être de cette sorte qu'on eût vu dans le Sud-Ouest. L'affaire se développa lentement, comme il était de règle en ce temps-là, mais sans autre secousse notable que la crise de 1879. Dix ans plus tard ils la mirent en société anonyme, gardant pour eux les trois quarts des actions. M. de Montech, dont le nom n'avait jamais paru dans la raison sociale, devint président du conseil d'administration et suppléa de plus en plus son beau-père dans la direction de l'entreprise. Dès 1885, il était un des gentilshommes riches du Sud-Ouest, et en mesure de choisir pour sa fille un mari dans ce qu'il y avait de plus huppé. Son choix tomba sur le marquis de Saint-Papoul. Pour finir, il avait recueilli l'héritage de son beau-père, mort en 1900, dans sa soixante-quinzième année, des suites d'un refroidissement attrapé à l'Exposition Universelle un soir que les deux hommes y avaient dîné en plein air. (La légende ajoutait que la soirée s'était continuée du côté de Montmartre, et que des fatigues amoureuses, redoutables à cet âge, avaient encore amoindri la résistance de l'épicier de Bordeaux.)

De son côté, le marquis de Saint-Papoul possédait en Périgord deux domaines, l'un de quarante-cinq hectares, composé de deux fermes, qui lui venait de sa mère ; l'autre, beaucoup plus important, de cinq cent vingt hectares, qui comprenait des bois pour plus de moitié, quatre grosses métairies, et le château de famille, sur une colline, avec son bout de vignoble et son parc. Il est vrai que toutes ces terres rapportaient fort peu. Les bois ne servaient guère qu'à la chasse. a cause de la pauvreté du sol, et de la maigreur des essences, les coupes y étaient rares et de faible rendement. On y récoltait quelques kilos de truffes. Quant aux six fermes et métairies, elles avaient bien de la peine à produire, outre les redevances en nature, quinze mille francs d'argent liquide. Les Saint-Papoul avaient pris l'habitude de considérer que les revenus de leurs domaines devaient tout au plus couvrir les dépenses qu'ils étaient amenés à y faire ; pour leur séjour de vacances, l'entretien du château et des bâtiments, le salaire des jardiniers et garde-chasse, les soins donnés au petit vignoble, les impôts. Ils avaient ainsi un budget du Périgord, à peu près indépendant de leur budget de Paris.

Quant à leur budget de Paris, il reposait entièrement sur la fortune personnelle de la marquise. Les rentrées ne s'y élevaient qu'à soixante-cinq mille francs, dont une cinquantaine de mille fournis par M. de Montech, et le reste par les revenus de la dot. Du côté des dépenses, le loyer de l'appartement, avec les trois chambres de domestiques et la remise, prenait sept mille cinq cents francs à lui seul. Le cocher-valet de chambre Étienne, et la cuisinière, sa femme, recevaient pour le couple deux mille cinq cents francs de gages annuels. Les femmes de chambre : onze cents la première et neuf cents la seconde. Vingt-deux à vingt-quatre mille francs passaient dans la nourriture, et les divers besoins quotidiens de toute la maisonnée, y compris le cheval. Huit mille au bas mot dans les frais d'études des trois enfants (les leçons de Jerphanion allaient déjà en absorber plus du tiers). Il restait ainsi moins de vingt-cinq mille francs pour l'habillement de six personnes, les sorties, les voyages en chemin de fer, les contributions, les gratifications et charités, les honoraires de médecin, l'argent de poche du marquis et des autres membres de la famille, et toutes les dépenses qu'on appelle imprévues, pour s'épargner l'ennui d'y penser d'avance, et bien que le retour en soit inévitable. Mlle Bernardine, qui avait abandonné à son frère toute sa part d'héritage, n'avait plus aucune ressource en propre. Elle constituait donc une charge pour les Saint-Papoul. Il est vrai qu'elle mangeait peu, et que ses frais de toilette étaient petits. On lui remettait cent francs par mois d'argent de poche.

On voit que le reproche d'avarice était mal fondé. Il eût été difficile aux Saint-Papoul de multiplier chez eux les cérémonies mondaines. D'ailleurs, dans la mesure où ils pouvaient le faire, le mari et la femme étaient d'avis de réserver leur effort pour quelques réceptions assez fastueuses qu'ils donnaient l'été dans leur château, et pour quelques chasses que le marquis y organisait au cours de l'automne. Ils trouvaient beaucoup plus de plaisir à faire figure devant la noblesse et la paysannerie de leur province, que dans le monde de Paris si mêlé, et si oublieux. Et puis, M. de Montech assistait le plus souvent à ces fêtes en Périgord. Comme il était très vaniteux, et grand admirateur du sexe, les occasions qu'il avait ainsi de parader au milieu de gens fort titrés et de jolies femmes lui procuraient les plus vives jouissances. Il savait le reconnaître ; et quand les choses au cours de l'été lui avaient semblé particulièrement réussies, il lui arrivait d'arrondir le trimestre suivant.

*
* *

Mme de Saint-Papoul avait placé le comte de Mézan à sa droite, l'abbé Mionnet à sa gauche. Mlle Bernardine et Jeanne encadraient le marquis. Jerphanion était à la droite de Mlle Bernardine. Il avait donc l'abbé presque en face de lui. Bernard occupait le bout de la table du côté de Jerphanion ; et le fils aîné, l'autre bout. La marquise, qui était une femme plutôt grasse, portait une robe de soie mauve, à manches longues, très légèrement décolletée. Le corsage était fait d'une mousseline mauve sur un transparent du même ton. Le décolleté laissait voir la naissance d'une gorge abondante et agréable. Les cheveux grisonnaient. Les traits semblaient un peu lourds. Il y avait un pli sous le menton, plusieurs petites rides au front, des traces de couperose aux pommettes et aux ailes du nez. Elle s'était mis un soupçon de poudre. Mlle Bernardine avait gardé sa tenue de tout à l'heure. Le marquis avait un veston noir, avec un gilet très peu ouvert qui découvrait le haut d'une cravate-plastron bariolée, prise dans un faux-col double. Il s'était lissé les moustaches qu'il portait en pointes et mi-longues. Jeanne était vêtue d'une jupe et d'un corsage de drap marron clair, avec un col montant de guipure. Les deux fils s'étaient contentés de changer de faux-col. Quant à M. de Mézan, il avait su concilier ses habitudes d'élégance avec l'avis qu'on lui avait donné de venir sans aucune cérémonie : jaquette noire bordée ; pantalon rayé ; gilet de fantaisie en velours de soie prune ; cravate curieusement ornée de cercles concentriques et, piquée au centre de tous ces cercles, d'une épingle sur laquelle était montée une pièce d'or à l'effigie du pape Clément XIII. Il avait le visage frais et dodu, des cheveux rares, mais fins et bien peignés, de longues moustaches châtain, terminées par deux spirales très étudiées.

Si le ton des repas restait simple, le plus souvent, chez les Saint-Papoul, la chère était toujours copieuse ; la cuisine d'excellente qualité, mais un peu lourde. Comme la cuisinière venait de Toulouse (c'est en service qu'elle avait connu son mari Étienne, qui, lui, était Morvandiau), et comme la marquise avait gardé les goûts de son enfance, les plats robustes du Sud-Ouest reparaissaient souvent sur la table. Les assaisonnements étaient relevés. Certains jours, au pensionnat Sainte-Clotilde, les voisines de Jeanne trouvaient qu'elle sentait l'ail.

Ce soir-là, il y avait au menu, outre le potage, le fromage et les fruits, un cassoulet, un civet de lièvre, des tranches de foie gras accompagnées de jambon et de salade, un mousse au chocolat. Même dans les repas intimes, Mme de Saint-Papoul se conformait à la règle des trois plats de viande, que d'ailleurs la bourgeoisie de province et les tables d'hôtes observaient alors exactement.

Cette tradition n'avait pas facilité pour M. de Saint-Papoul l'observance d'un régime. On préparait bien des plats spéciaux à son intention. Mais il se laissait tenter. Sans être gros mangeur, il aimait goûter de tout. Heureusement la culture physique semblait depuis quelque temps devoir le dispenser du régime.

*
* *

Au début du dîner, la conversation avait été languissante. Le marquis parla de son récent voyage en Périgord, du temps qu'il faisait là-bas, de la condition du gibier. Mlle Bernardine en profita pour conter l'histoire du chien Macaire, que le marquis s'était si bénévolement laissé mettre sur les bras.

— Mais, ma chère Bernardine, si ce chien ne te plaît pas, il sera toujours temps de nous en débarrasser. Précisément la concierge de l'immeuble m'a dit qu'elle le trouvait délicieux.

Or Mlle Bernardine, malgré ses airs de dénigrement, commençait à se prendre d'affection pour Macaire. Elle fut piquée :

— Oh ! moi ; il me paraît bien assez beau. D'abord il est intelligent, tandis qu'on prétend que les chiens de race pure sont très bêtes. Et puis je ne vois pas pourquoi nous serions plus sévères pour les mésalliances des chiens que pour celles des gens.

La voix de la vieille fille, aidée par son regard, donnait à des propos, peut-être anodins en eux-mêmes, le sifflement doucereux du sarcasme. Le comte craignit d'assister à un échange de pointes familiales. Il se hâta de dire que personnellement il était comme le marquis, qu'il ne s'intéressait qu'aux chiens de chasse ; que les chiens d'appartement et de manchon lui semblaient tous se valoir ; mais qu'il était amusant d'observer les variations de la mode en ces matières ; que pour le moment les toutous en vogue étaient, paraît-il, les Japonais et les King-Charles.

Puis il fut question d'automobiles. Le comte s'étonna que le marquis, homme de progrès comme il était, ne fût pas encore venu à l'auto.

— Vous verrez le temps qu'on gagne pour faire ses courses dans Paris. Rien qu'avec ma petite machine, je suis allé l'autre jour du Ritz, place Vendôme, où j'avais pris un ami, à la porte Dauphine, par les Champs-Élysées, en onze minutes, montre en main. Je vous défie avec votre cheval, qui est pourtant une brave bête, de faire le trajet en moins d'une demi-heure.

On discuta sur ce dernier point. Le jeune Bernard qui, tout en désirant vivement une auto, était très chatouilleux quant au cheval de la maison, se permit de contredire le comte, et affirma qu'Étienne se chargerait de les mener de la place Vendôme à la porte Dauphine en moins de vingt minutes.

La marquise coupa court à ce débat. Elle reconnut que, lorsqu'il lui arrivait de prendre un taxi-auto, elle avait l'impression que la course finissait aussitôt que commencée. Que le seul inconvénient de ces fiacres automobiles était leur prix excessif.

— On en a tout de suite pour trois francs, sans le pourboire. Tandis qu'une course beaucoup plus longue avec les fiacres du vieux système revient à trente-cinq sous pourboire compris.

— Vous pouvez même traverser tout Paris, du Point-du-Jour au bois de Vincennes, pour ce prix-là.

— Malheureusement, fit observer Mlle Bernardine, les fiacres du vieux système sont devenus très rares. Presque toutes les voitures à chevaux, maintenant, ont un compteur elle aussi.

On épilogua sur les compteurs horo-kilométriques. Personne ne se rappelait de quelle date au juste en datait l'emploi ; si c'étaient les taxi-autos qui avaient donné l'exemple, ou si l'on avait fait d'abord l'essai de l'appareil sur les fiacres à chevaux. On tomba d'accord qu'ils n'existaient pas du temps de l'Exposition. Qu'ils avaient dû être introduits vers 1903 ou 1904. On admit qu'ils épargnaient les discussions avec les cochers — corporation encline à l'insolence ; et abusant volontiers de la crainte du scandale chez une femme bien élevée. De plus, le compteur était légèrement avantageux pour les très petites courses ; mais dans le Paris actuel on était surtout amené à se déplacer sur de longues distances ; donc la réforme avait été faite, comme toujours, contre le public, au profit des compagnies.

— Ce que je reproche le plus aux compteurs, dit la marquise, c'est que, tout le temps que dure la course, vous êtes obligé de penser au prix que vous allez payer, et qui grossit sous vos yeux de minute en minute. Même si vous vouliez penser à autre chose, le cadran est là, et vous voyez tomber continuellement les chiffres. Imaginez qu'au restaurant, à chaque bouchée que vous avaleriez, la note, inscrite devant vous sur un cadran, se mette à augmenter de deux sous, de dix sous ; ce serait odieux.

Le comte fut d'avis que cette impolitesse, dont il convenait, se rattachait à la grossièreté générale de l'époque.

— On n'a jamais pu se passer de donner et de recevoir de l'argent. Mais autrefois on s'arrangeait pour que ça se vît le moins possible. Un payement se réclamait, et se faisait, avec discrétion. On glissait une pièce dans la main des gens. Aujourd'hui nous sommes en pleine vulgarité américaine. Tout se chiffre ouvertement et sans pudeur. La somme se crie à tue-tête. Nous sommes tout le temps au bazar.

Il se tourna vers l'abbé Mionnet :

— A se demander si quelque jour nous ne verrons pas le tarif de la confession affiché à la porte des confessionnaux. Trois sous les trois minutes, comme au téléphone.

L'abbé s'empressa de rire.

Le comte indiqua ensuite qu'il y avait avantage, lorsqu'on ne possédait pas d'auto personnelle, à choisir les taxis de la « Compagnie française des automobiles de place », de préférence aux « Voitures de place automobiles » ; le tarif des premiers étant inférieur d'au moins 20 %.

Puis il ramena la question sur l'achat éventuel d'une automobile pour les Saint-Papoul. Il fit valoir que leurs voyages en Périgord en seraient beaucoup plus agréables. Ce qu'il leur fallait était une limousine. (Il possédait, quant à lui, un laudaulet 9 H-P de Dion, monocylindre, dont les départs à froid étaient malheureusement un peu difficiles.)

— Votre cocher, qui est encore jeune, apprendra très vite à conduire. Et il sera prudent. Il est reconnu que les chauffeurs anciens cochers sont les plus prudents... Vous êtes six, c'est vrai. Mais vous tiendrez très bien à six. Trois à l'arrière, deux sur les strapontins ; Bernard à côté d'Étienne. C'est presque la meilleure place quand on s'intéresse à la route. Les bagages sur le toit. De Dion vient de sortir une limousine vingt-cinq chevaux quatre cylindres, qui atteint au bout de quelques minutes le soixante-dix à l'heure, et tient aisément une moyenne de trente-cinq à quarante ; ce qui vous amènera là-bas en deux étapes. Vos domestiques seront arrivés la veille par le train. Vous trouverez la maison en ordre. Vous avez aussi la limousine à galerie Panhard, dont je ne me rappelle plus la force en chevaux, mais qui doit être un rien plus rapide. Plus chère aussi.

*
* *

Jerphanion n'avait pris part à la conversation que tout à fait incidemment. Mais il n'avait pas cessé d'écouter, et même d'éprouver un certain plaisir. Une odeur d'humanité moyenne montait de cette tablée vers les hauts plafonds. « Ils se croient bien différents du peuple. Et le peuple les aperçoit très loin de lui. Pourtant, comme leurs préoccupations se ressemblent ! Il suffit de transposer. Dire bicyclette au lieu d'auto, omnibus ou métro au lieu de taxi, sous ou centimes au lieu de francs. »

L'orgueil de Jerphanion y trouvait son compte. Si la supériorité sociale ne cachait rien de plus mystérieux, on aurait été bien bon de s'intimider devant elle.

L'abbé Mionnet n'avait pas parlé beaucoup plus. De temps en temps, il approuvait de la tête, et du sourire. Il aida les convives à se mettre d'accord sur la date d'apparition du compteur horo-kilométrique. Il jetait parfois les yeux du côté de Jerphanion, mais tout à fait comme si le jeune Normalien eût fait partie de la famille, et sans mettre dans son regard la moindre nuance de complicité.

L'abbé Mionnet était un garçon robuste, d'assez haute taille, bien découplé, en dépit d'une sorte de gaucherie que lui donnait, sous la soutane, la carrure même de ses épaules. Il avait un grand nez, un menton pointu, des yeux noirs mais froids ; un sourire un peu trop constant. Ses cheveux noirs, drus, coupés très court, lui descendaient assez bas sur le front, en y dessinant une courbe prononcée. Il paraissait trente-deux ou trente-trois ans plutôt que trente. Comme il était amené à tourner souvent la tête dans la direction de Jeanne de Saint-Papoul, Jerphanion pensa qu'il serait piquant de saisir chez ce jeune prêtre, récemment sorti du monde, et tout le contraire d'un malingre, une trace d'intérêt masculin pour la jolie fille. Il guetta sans en avoir l'air. En effet, il arrivait à l'abbé d'arrêter un instant les yeux sur Jeanne. Il cessait alors de sourire.

Mais son regard n'indiquait rien d'autre qu'une curiosité pénétrante, à peine plus adoucie que lorsqu'elle avait pour objet le marquis ou le comte.

« Est-ce qu'il n'éprouve rien ? Ou est-ce qu'il se domine parfaitement ? Moi qui n'ai aucun penchant particulier pour Jeanne, je n'oublie pourtant pas qu'elle est le point féminin par excellence de notre table. Je ne puis m'empêcher de penser à elle, de surveiller spécialement à cause d'elle mes attitudes, mes phrases, ma voix (mon reste d'accent aussi, hélas ! Comment les gens riches font-ils, même quand ils sont d'une province, pour avoir si peu d'accent ?) Quand je me tourne vers elle, je suis sûr que je lui fais sans le vouloir des yeux un peu tendres. Il est vrai que, privé comme je suis, je ferais des yeux tendres à une servante de bistrot. Mais lui est encore plus privé que moi ; depuis plus longtemps. La foi a-t-elle ce pouvoir ? Pourtant j'ai eu la foi jadis. Elle n'empêchait rien, au moins dans les pensées... »

D'ailleurs, Mionnet, loin de chercher l'occasion de regarder les gens à la dérobée, les considérait le plus souvent bien en face. Il n'avait à aucun degré l'air cafard. S'il affectait quelque chose, c'était la franchise.

Vers le moment du civet, la conversation, qui avait été générale jusque-là, se rompit d'elle-même. Ou plutôt le comte de Mézan laissa couler sur sa figure ronde, rose, grassouillette, une expression plus sérieuse, et baissa d'un ton la voix pour confier au marquis :

— Dites, cher ami, que pensez-vous de leur histoire d'impôt sur le revenu ? Vont-ils finir par mettre ça debout ?

Le marquis, justement, s'interrogeait avec une certaine angoisse, mais c'était sur la question du civet de lièvre. Il l'aimait beaucoup et la cuisinière de Toulouse l'apprêtait à ravir : une sauce bien gluante, bien relevée. Hélas ! Rien de plus mauvais pour un intestin délicat et enclin à la constipation. Est-ce que dix minutes d'exercice supplémentaire peuvent compenser un petit morceau de râble ?

Quant à l'impôt sur le revenu, c'était un embarras d'une autre sorte. Le marquis ne tenait pas à prendre position. Certes, il lui apparaissait clair comme le jour que cet impôt menaçait au premier chef ses intérêts de propriétaire terrien et de porteur de titres. Mais le candidat aux élections de 1910 commençait déjà à faire taire en lui l'homme privé. Et sans savoir encore s'il se présenterait comme républicain de gauche ou comme radical, ni avoir eu le temps d'approfondir son programme, il se voyait condamné d'avance à y réclamer ou à y défendre, selon ce qui se passerait d'ici là, cette « grande réforme démocratique ». Il est entendu que les propos de table, entre amis, n'ont pas la gravité d'une profession de foi. Mais un futur homme public doit apprendre à se découvrir et à se démentir le moins possible, fût-ce dans l'intimité. Surtout quand l'observe un jeune Normalien, que sa courtoisie extérieure n'empêche probablement pas d'être un sectaire, et qui aurait tôt fait par un rapport adressé Dieu sait où, peut-être au Grand-Orient, de briser les espoirs politiques d'un pauvre marquis de Saint-Papoul.

C'est donc à l'intention de Jerphanion d'abord qu'il déclara, avec beaucoup de grimaces dans le visage, qu'« on serait évidemment coupable d'instituer cette réforme à la légère, sans en avoir calculé toutes les incidences » (il s'entraînait au langage technique) mais qu'il avait confiance « dans la hardiesse pondérée de Caillaux, et aussi dans la sagesse des deux Assemblées ». Le comte fit longuement une moue de scepticisme, qui creusait ses joues grasses et portait ses lèvres en avant, comme chez un joueur d'ocarina. Puis il affirma tenir de bonne source que Caillaux ne croyait pas à la réforme, la considérait même in petto comme funeste, mais qu'il cédait à la pression conjointe de la haute banque protestante et de la haute banque juive.

M. de Saint-Papoul, qui avait de bonnes raisons pour connaître les attaches du comte de Mézan avec un côté de la haute finance catholique, pensa que les renseignements de son ami manquaient d'impartialité. Il se contenta de répondre, sans beaucoup d'à-propos, mais toujours à l'adresse de Jerphanion, qu'il souhaitait la fin des luttes religieuses, dans tous les domaines, et qu'il estimait que le pays avait besoin d'une tolérance mutuelle entre les diverses confessions. (Plusieurs cantons de son arrondissement avaient une majorité protestante.)

Ces finesses furent en partie perdues. Lorsque le comte avait baissé la voix, Mionnet, comme s'il attendait ce signal, s'était adressé à Jerphanion :

— Eh bien ! Quoi de nouveau à l'École ?

Les yeux de Mlle Bernardine exprimèrent l'excitation, le ravissement. Mais la conversation resta aussi prudente dans cette moitié de table que dans l'autre. D'ailleurs, tandis que Jerphanion et lui échangeaient leurs premières phrases, l'abbé continuait à prêter l'oreille aux propos du marquis et du comte. Voyant son jeu, Jerphanion pensa qu'il devait y avoir par là quelque chose à recueillir, et essaya d'écouter dans les deux directions. Mais cette acrobatie l'eut vite fatigué. Il se dit qu'en fait d'énigme, la plus intéressante de la table était sûrement celle de l'abbé normalien. Il ramassa donc son attention du côté de Mionnet. L'autre s'en aperçut, et fut obligé, par contrecoup, de s'occuper seulement de Jerphanion.

Il lui posa quelques questions peu compromettantes. La vie à l'École avait-elle beaucoup changé depuis la réforme ? Dupuy était-il toujours le même ? Était-il vrai que Lavisse ne fût qu'à demi populaire ? Est-ce que Herr, à la bibliothèque, avait conservé son influence ? Ou, comme il était vraisemblable, avait-elle décliné depuis la fin de l'affaire Dreyfus ?

Mionnet s'efforçait à coup sûr de garder un ton de camaraderie, à peine nuancé de protection ; bref, de parler comme l'eût fait n'importe quel Normalien des dernières promotions du dix-neuvième siècle à un

Normalien de 1908. De son côté Jerphanion se disait : « Ne nous suggestionnons pas. La vue de sa soutane ne doit pas faire que j'entende de travers. »

Pourtant il était difficile de ne pas sentir dans l'attaque et la tournure des phrases, dans un ton de bonne humeur un peu gratuite et de bienveillance un peu générale, dans une certaine « limpidité d'âme » un peu voulue, des habitudes ou des précautions qui n'étaient déjà plus celles du laïque.

Jerphanion brûlait d'en saisir davantage. Il répondit avec beaucoup de complaisance pour pouvoir se permettre d'interroger à son tour. Quand le moment lui sembla venu :

— Vous m'excuserez, cher archicube... », commença-t-il. Mais il vit à ce mot le buste de Mlle Bernardine se pencher soudain, et luire ses yeux. Elle avait l'impression qu'un des « mystères de Normale » venait de la frôler. Dans ce mot étrange, il y avait de l'archange et du succube. Et dans la façon dont Jerphanion l'employait envers ce prêtre, une familiarité qui en disait long sur les droits que l'affiliation à Normale donnait à un homme sur un autre. Il se tourna du côté de la demoiselle :

— C'est le mot dont nous nous servons pour désigner les camarades des promotions plus anciennes...

Elle hocha la tête avec l'air de dire : « Inutile. Je ne suis pas assez bête pour croire que vous me vendrez la mèche. Je vois de quoi il s'agit. »

Il continua du côté de Mionnet :

— Je disais donc que je ne me reconnaissais pas encore bien dans les anciennes promotions. De quelle année êtes-vous ?

— De 1899.

— Quelle spécialité ?

— J'avais choisi l'histoire.

— Vous avez fait vos trois années d'École ?

— Oui, oui. J'ai même passé l'agrégation.

— Vous avez pris un poste ?

— J'ai été nommé à un poste. Lons-le-Saulnier, si j'ai bonne mémoire. Mais je n'ai pas rejoint.

— Vous vous êtes mis en congé ?

— C'est cela.

— Et serait-il indiscret de vous demander si c'est dès ce moment-là que vous avez choisi votre direction actuelle ?

Mionnet eut un rien de malice dans les yeux.

— Ma décision était déjà prise depuis quelque temps.

Tout en se rendant compte qu'il s'avançait un peu légèrement, Jerphanion risqua :

— Vous apparteniez peut-être au groupe de nos camarades sillonnistes ?

— Oh ! Absolument pas.

La riposte avait été des plus vives.

Jerphanion battit en retraite et médita, tout en mâchonnant un morceau de lièvre porté à la bouche un peu vite, dont il fallait recracher l'os dans son assiette sans se faire voir. « Comme il m'a dit ça ! J'ai senti une odeur de fagot. Je sais bien que *le Sillon* est mal vu des catholiques de droite. Mais je me figurais dans ma naïveté qu'on ne pouvait passer de Normale à l'Église que par le chemin du christianisme social ; et, plus généralement, qu'à l'École, thala et sillonniste étaient presque synonymes. De l'avis même de Dupuy. Alors ?... Si c'est Mionnet qui a donné aux Saint-Papoul l'idée de s'adresser à l'École, ne serait-ce pas lui aussi qui les aurait détournés des thalas, comme tous plus ou moins suspects de sillonnisme, au risque de faire tomber Bernard entre les mains d'un mécréant ? Mais à qui et comment a-t-il passé la consigne ? Dupuy n'y a pas fait la moindre allusion. Je sais bien qu'il y avait aussi à ménager les ambitions politiques du marquis. Mais Mionnet, s'il est catholique de droite, peut-il s'intéresser à une carrière politique du marquis faite à gauche ? Tout ça n'est pas clair. »

Il entendit que la marquise et le comte de Mézan parlaient de la mort de Victorien Sardou. La marquise, qu'on n'aurait pas soupçonnée d'être si littéraire, s'exprimait avec émotion sur la perte de ce « grand dramaturge ». Le comte observait qu'il nous restait Edmond Rostand, peut-être plus grand encore. Mais sans dénigrer l'auteur de *L'Aiglon*, la marquise ne consentait pas à le mettre au rang de Sardou, qui était celui des tout premiers. D'ailleurs *Chantecler* se faisait bien attendre. On l'annonçait toujours pour le prochain trimestre. Et rien ne venait. N'était-ce pas le signe, chez Rostand, d'un génie un peu avare ?

Jerphanion n'avait rien vu jouer de Sardou. Il avait feuilleté un jour la brochure d'une de ses pièces gaies. Mais il n'aurait pas osé en citer le titre, de peur de la confondre avec une comédie de Labiche. Quant à l'ensemble du personnage, Jerphanion se rappelait une phrase du manuel d'histoire littéraire de Lanson, où il était dit, à peu près, que la gloire de Sardou, de son vivant, battait de l'aile, et que le faux brillant de ses drames historiques « s'écaillait déjà de toutes parts ». Cette opinion, que le jeune Normalien n'avait pas vérifiée par lui-même, lui semblait pourtant, rien qu'à la flairer, d'une justesse pénétrante.

XII

HUIT HEURES DU SOIR
FAUBOURG SAINT-GERMAIN, PUIS AILLEURS

A ce moment, il se fit une très légère vibration dans les cristaux de la table des Saint-Papoul, et dans les verreries du grand lustre à gaz. Il venait aussi de la rue un bruit de roues bondissantes et de chevaux trottants. Ce n'était sans doute pas le premier équipage qui passât rue Vaneau depuis le début du dîner. Mais Jerphanion n'avait pas remarqué les autres. La rumeur de celui-ci avait quelque chose de particulièrement somptueux. On ne pouvait s'empêcher d'imaginer deux bêtes de grande taille, le poitrail bien cambré, frappant le sol avec insolence ; et une voiture aux capitons caressants, pleine d'une lueur d'opale, avec de belles jeunes femmes courant vers un plaisir.

Quand on avait commencé de l'écouter, la rumeur durait bien plus longtemps qu'il n'était vraisemblable ; et quand elle avait cessé dans l'oreille, elle continuait dans le cœur. Bruit de la richesse propagé de muraille en muraille, malgré les tentures ; sautant des cristaux de la table des Saint-Papoul à d'autres cristaux armoriés que griffaient des feux pareils.

Là-dessus, Jerphanion rêve à ces bruits de grande ville, qui sont réellement intérieurs, et qui voyagent comme des pensées. Depuis plusieurs semaines, il apprend à les reconnaître, à les suivre, à subir leur émoi. Bruits matériels à leur naissance, comme ceux de la nature, mais si vite recueillis par l'âme humaine qu'ils se chargent aussitôt de toutes sortes de significations. Chacun les entend comme s'ils n'avaient lieu que pour lui. Ils viennent juste à point nourrir ou réveiller une songerie secrète. Et pourtant ils ont un pouvoir merveilleux contre l'isolement de la sensibilité. Comment se croire séparé, quand on est à tout instant traversé ou frôlé par de tels messages ? Ils s'entremettent entre ce qui est différent. Ils rejoignent ce qui est lointain. Ils trament un tissu d'allusions et de correspondances.

Le bruit de l'équipage, le bruit bondissant de la richesse, échappe à la rue Vaneau, se sauve, se faufile. Il serpente à travers Paris, dépasse un à un, détente par détente, les quartiers noirs. Ses derniers tintements vont rôder jusqu'aux maisons populaires, s'y glisser dans l'intervalle des familles, hanter un plafond grisâtre de salle à manger sur la tête de l'oncle de Jerphanion qui, ayant plié sa serviette, allume sa pipe.

*
* *

C'est l'heure où le faubourg Saint-Germain baigne dans une tranquillité fraîche. Les voitures de commerce ont fini leur journée. Même les voitures de maître sont rares. Il est déjà un peu tard pour aller dîner en ville, encore un peu tôt pour se rendre au spectacle.

Premier apaisement des rues qui préfigure celui de la nuit. Mais bien qu'elles soient à peu près vides (un attelage, comme on vient de voir, de loin en loin ; ou un garçon pâtissier, sa banne sous le bras) il n'y règne ni l'anxiété propre aux endroits déserts des capitales, ni aucune mélancolie de lieu noble abandonné.

L'étage d'honneur des immeubles, qui est, suivant le cas, le second ou le premier, répand ses feux vers la voie publique ; ou, s'il les dissimule, en laisse fuir assez de rayons pour qu'un fantôme de fête fasse les cent pas sur le trottoir.

Les lustres pendent là-haut comme d'énormes touffes de gui aux branches d'un arbre ancien. Le passant renonce à en compter les lumières. Ou bien de hautes tentures, couleur de femme parée, luisent par le bord, sont ourlées de phosphorescence. Rien n'est vraiment caché. La rue reçoit tous ces reflets, abondants ou ténus, comme des confidences dont elle est digne. Les intérieurs orgueilleux s'ouvrent, s'entrouvent sur elle. Elle en devient un corridor tracé pour les desservir.

*
* *

Çà et là, devant le mur d'un hôtel du dix-huitième au portail cintré, une file de voitures est en station. Les équipages et les autos alternent. Une tendre vapeur s'élève des naseaux, tremble au-dessus des croupes. Des couvertures douillettes protègent les capots.

Chez un marchand de vins de la rue de Babylone, deux cochers de maison et un valet de pied debout au comptoir entourent un chauffeur. Tous les quatre font des éclats de voix, des écartements de bras, des secouements de tête, reposent leur verre avec bruit sur le zinc pour ponctuer un raisonnement. Le sujet qu'ils débattent est repris chaque soir, dans une centaine de débits des quartiers de luxe, par des cochers coiffés d'un haut-de-forme, et des chauffeurs dont la casquette de drap fin s'orne de ganses. « Avantages comparés du cheval et de l'auto. » Ce thème ne date que de quelques années. Mais il a déjà l'accent des querelles classiques entre partisans de l'hiver et partisans de l'été, amis des chiens et amis des chats. Les arguments sont toujours les mêmes. Il semble qu'on les ait trouvés tous à la fois dès la première dispute. Mais chacun les répète chaque soir avec autant d'élan, avec le même sentiment d'effort et de risque que s'il venait à l'instant de les inventer. Si les raisons ne changent pas, c'est leur ordre qui change. La question du cheval et de l'auto ne peut garder ce parfait équilibre qui rassure aussi bien les amis des chiens que les amis des chats sur la pérennité de leur cause. L'auto avance et le cheval recule. Telle riposte de cocher, qui portait en 1904, manque son effet en 1908. Sans la mettre au rancart, il est prudent de ne plus trop compter dessus. Les cochers sentent leur disgrâce. Ils remâchent du matin au soir l'amertume qu'ils n'avouent pas d'appartenir à une faction vaincue. Chez le bistrot, ils se rattrapent, à force d'éloquence ; et ils se donnent confiance en l'avenir pour toute la soirée. Mais au réveil, quand ils se retournent dans leur lit, ou ensuite quand ils descendent à l'écurie pour le pansement, ils s'interrogent, et plus d'un songe à trahir.

En cette fin de 1908, les cochers raillent encore les pannes d'automobile : les arrêts inopinés en pleine côte ; la réparation d'un pneumatique sous une pluie torrentielle ; l'homme couché sous le ventre de sa voiture, et qui reçoit un filet de cambouis sur le nez. Mais le chauffeur répond qu'il a fait la veille encore ses cent cinquante kilomètres aux environs de Paris, sans crevaison, sans qu'une seule bougie s'encrasse. Il ajoute que les chevaux ont des coliques, attrapent des pleurésies, se tordent le pied, se couronnent ; et qu'à tout prendre, crevaison de pneu vaut mieux que crevaison de bête.

Sur le chapitre des accidents, la lutte reste indécise. Certes, ils sont graves en auto ; plus graves que jamais, vu l'accroissement de la vitesse. Les chauffeurs le reconnaissent sans se faire prier. (Ils y prennent une auréole d'héroïsme.) Mais ils soutiennent que pour le nombre de voitures qui maintenant circulent, les accidents sont rares ; qu'ils sont moins dangereux pour l'automobiliste que pour les piétons qu'il renverse ou les voitures qu'il culbute (en ce cas l'Assurance vous décharge de tout souci) ; et qu'au surplus, c'est affaire d'habileté. Une auto ne s'emballe pas toute seule, ne prend pas peur à cause d'un buisson ou d'un tas de cailloux.

Pour aller vite et loin, la supériorité de l'auto n'est plus contestée. En 1900, tel cocher d'équipage se flattait encore d'arriver à Versailles aussi tôt, et plus infailliblement qu'une monocylindre. Mais en 1908 il ne saurait prétendre vous mener à Rouen dans la matinée. Alors les cochers s'attaquent à l'idée de vitesse. Ils observent que la voiture particulière est faite pour le luxe et la promenade ; qu'en ville, d'ailleurs, on va toujours bien assez vite ; que pour les longs voyages, il est plus simple et plus confortable de prendre le train. Quand on se promène, une certaine lenteur est la condition du plaisir. Des dames, qui se font conduire au Bois en grande toilette, veulent avoir le temps de voir et d'être vues.

Mais l'argument le plus résistant des cochers, celui qui garde en 1908 le plus de prestige et tâche de parer à la défaillance des autres, est l'argument esthétique. Il consiste à dire que l'automobile est laide, et le restera, quelles que soient les améliorations de forme qu'on lui apporte. « Une voiture à laquelle il manque quelque chose par-devant. » Voilà le grief banal. Mais certains lui donnent plus de nerf. « Rien ne vaudra jamais deux beaux chevaux, qu'on a dressés à trotter ensemble, du même pas, la patte haute et ronde, la tête bien relevée ; et sur le siège, quelqu'un qui sait tenir les guides ; et deux belles livrées qui font honneur à une maison. Car il faut bien dire, vous autres chauffeurs, vous êtes drôlement foutus. Vous avez l'air d'employés de chemin de fer, de garçons de bureau. C'est pratique, tout ce qu'on voudra. Mais il n'y a plus de décorum. » Puis le cocher revient à son idée maîtresse : « Un équipage, c'est beau, parce que c'est vivant. On arrivera à vous faire des autos de moins en moins grotesques. Ce ne sera jamais qu'une machine. »

Chez le bistrot de la rue de Babylone, s'évoque ainsi l'un des grands problèmes de la sensibilité moderne. Et peut-être qu'au même moment des peintres le discutent rue de Ravignan, ou dans un petit café de Montparnasse ; que des poètes se divisent là-dessus, à la *Closerie des Lilas* ; chacun usant de son langage et de ses habitudes, mais tous puisant à l'expérience commune de l'homme de 1908. En Occident, depuis tant de siècles, l'être vivant est la source et la référence de la beauté ! Ses muscles, ses palpitations fournissent à l'art ses contours, ses ressorts et ses flammes. Mais voici les machines. Elles tiennent maintenant trop de place pour qu'on les dispense d'être belles. Mais faute de pouvoir imiter la beauté vivante, vont-elles obtenir que la beauté rompe avec la vie ? L'homme est tourmenté. Comment désavouer la vie, qu'à chaque instant ses entrailles lui rappellent ? Et pourtant il aime les machines, car il les a faites. Il se plaît à les regarder. Leurs formes, même saugrenues, exposent devant lui les détours, les cristallisations accumulées, les calculs maniaques de sa raison.

Mais le valet de pied vient de dire que les autos sentent mauvais. Le chauffeur proteste : « Vous pouvez parler. Un cheval ne peut pas faire cinq cents mètres sans lâcher du crottin, et du gaz. Quand il m'arrive pendant les vacances, dans le pays du patron, de m'asseoir sur la banquette d'une carriole, je m'aperçois qu'en fait d'air de la campagne je passe mon temps à respirer ça. » Les cochers le respirent chaque jour. Mais pour rien au monde ils ne renieraient cette odeur familière. Le chauffeur, son verre de vin blanc à la main, peut bien s'esclaffer, en criant si fort qu'il tousse et crachote : « Votre zéphyr à vous, c'est le pet de canasson » ; il n'empêchera pas que ce parfum naïf soit lié à beaucoup des heures les plus charmantes de leur vie. Soleil d'été. On quitte la place de la Concorde. Les chevaux de Marly donnent aux chevaux vivants une leçon de majesté. L'équipage doucement en dépasse un autre, sans que s'altère l'harmonie du trot. Le fouet verni frétille à droite dans l'air tiède. Les revers des manches, les gants sont impeccables. Les guides, merveilleusement cirées, vous donnent, dans le gras de la paume, une secousse rythmée qui est agréable comme une allusion répétée à vos pleins pouvoirs. Des boucles, des ardillons brillent un peu partout. Le cheval de gauche trousse la queue avec grâce, expulse un crottin bien formé qui fait honneur à l'hygiène de l'écurie. La bête de droite se contente de laisser fuir une bouffée d'entre les plis de son derrière rose. Au fond de la voiture découverte, Mme la comtesse reçoit l'odeur comme vous, et comme vous se met à rêver à de plaisants jours des années disparues.

*
* *

A cinq cents mètres de là, un café occupe l'angle de la rue du Bac et du boulevard Saint-Germain. La première salle où est le comptoir est presque déserte. Mais il y a une salle plus intérieure, où une dizaine de personnes, dont trois femmes, causent, jouent aux cartes. Ce sont des habitués. Ils dînent de bonne heure pour venir prendre leur café ici, et se retrouver. Ils n'iront pas se coucher tard. Leur condition ne permet pas qu'ils paressent le matin au lit. Soudain, entre deux coups d'atout, annoncés d'une voix vibrante par un monsieur à binocle, une femme s'écrie :

— Sans blague ! Le klebs d'hier.

Un petit chien poilu, d'un blanc jaunâtre, est entré dans la salle. Il en fait le tour posément. Il flaire quelques pieds de table ; se frotte à quelques jambes humaines. Puis il revient dans l'espace du milieu, en se tenant un peu plus près d'une des tables — où deux des femmes sont assises — et se met debout sur ses pattes de derrière à demi fléchies, les pattes de devant ramenées contre la poitrine, une oreille dressée, l'autre pliée en deux, le bout de la langue tout juste sorti par le coin de la bouche et pendant.

— Ce qu'il est marrant ! Regardez-le donc.

— C'est le chien de la maison.

— Pensez-vous ! Le garçon a dit hier que c'était la première fois qu'il le voyait. Même qu'il voulait le chasser. J'ai pris sa défense, parce qu'il est mignon tout plein. Viens, mon cœur. Viens, mon trésor. Il ne se dépêche pas de venir chercher son sucre. Il tient à finir son exercice. Bien sûr que tu es beau, mon joli chou. Tu vas te fatiguer. Un gros morceau trempé dans mon café crème. Tu vas voir.

— Ce n'est pourtant pas un chien abandonné. Il a le poil fin, et un collier tout ce qu'il y a de propre.

— Peut-être qu'il y a un nom d'écrit sur son collier.

— La place y est, toute neuve. Mais le nom n'y est pas. Mon petit coco, tu es en contravention. Tu vas te faire ramasser par les sergents de ville.

— Il s'habitue ici. Il est bien reçu, n'est-ce pas ? Vous allez voir qu'il nous fera chaque jour sa petite visite.

— Ses patrons ont tout de même tort de le laisser se balader comme ça. En admettant qu'ils y tiennent.

— Encore un susucre, mon coco. Mais refais le beau d'abord une fois. Tu sais si bien. Il aime les compliments. Où elle est, ta maîtresse ? C'est peut-être une concierge du voisinage, ou une commerçante. Dans une loge, par exemple, c'est moins facile d'empêcher un chien de courir dehors que si vous êtes en appartement. Embrasse. Embrasse. Il est farouche dans son genre. Il n'aime pas qu'on le tripote. Voilà. Il en a assez. Bonsoir la compagnie. Bonsoir monsieur. Il n'est pas fâché. Il remue la queue bien poliment.

— Pourquoi qu'il serait fâché ? Il a eu ses quatre morceaux.

— Des fois. Un caprice.

Le petit chien quitte la salle, longe le comptoir sans s'arrêter, en évitant les jambes de deux consommateurs mal vêtus. Dehors une mauvaise surprise l'attend. La pluie s'est mise à tomber. Le petit chien, qui déteste l'eau, et qui considère comme fâcheux de rentrer à la maison les pattes boueuses et le poil mouillé, s'interroge un instant. Peut-être croit-il à une pluie durable. Il part au trot, rasant les murs, la queue basse, le nez fermé à toutes les odeurs.

*
* *

C'est une pluie fine et assez lente. Elle fait un poudroiement irisé par les lumières jusqu'à mi-flanc des maisons. Sur la chaussée devenue luisante se succèdent maintenant de beaux attelages au trot allongé. Les grosses lanternes de cristal biseauté courent à hauteur des portières comme des valets munis de torches. Les reflets laissent voir, à l'intérieur des voitures, à peine un profil de femme, un diadème, une torsade de fourrure blanche. Des limousines à chaîne brimbalante cornent pour avoir le passage.

Paris s'arrache à son repas, s'ébroue, secoue la douce torpeur des nourritures. Sampeyre donne le bonsoir à Mme Schütz. Son café fume sur la table. Il ouvre un livre, en se reprochant de lire trop tôt ; ce qui trouble ses digestions. Mais il est difficile d'être seul quand la nuit est venue dans une petite maison où le silence bourdonne. On entend siffler les trains à travers les plaines du Nord. Un oiseau chante malgré la pluie quelque part sur un buisson du jardin. On aimerait savoir comment il s'appelle, se dire : « C'est un merle », « C'est un rossignol ». Mais un vieux professeur d'histoire connaît mal le nom des oiseaux ; et préfère, même quand il est seul, se taire à se tromper. Victor Miraud pénètre dans sa bibliothèque. Les assiettes accrochées le regardent, chacune d'une façon distincte. Rue Lagrange, rue des Trois-Portes, rue Maître-Albert, des loqueteux, qui ont mangé une tranche de cervelas, somnolent accoudés à de longues tables graisseuses. Une goutte de deux sous met dans leur moustache une odeur qu'ils aiment. Des femmes, au visage rouge et bossué, et qu'une moitié d'ivresse ne console pas, laissent tomber sur le bois des poitrines qui sentent l'étable. Plus d'un couple pourtant saura trouver tout à l'heure, en haut d'un escalier à la rampe de corde, un coin étouffant où faire l'amour. Rue Compans, devant la toile cirée d'où l'on a balayé les taches de vin et les miettes, la famille Maillecottin reste silencieuse. Edmond observe Isabelle, qui, tout en rangeant les verres dans le buffet sculpté, fronce le sourcil, et fuit le regard de son frère. Des couples en tenue de soirée dînent dans les salons du *Café anglais*. L'Association fraternelle des Voyageurs en Faïences et Porcelaines donne son banquet annuel chez *Marguery*. Les couteaux font tinter les coupes, car un conseiller municipal se lève pour prendre la parole ; et vers le bout de la table, un gros homme cherche fébrilement dans sa tête le troisième couplet d'une chanson qu'il s'arrangera pour qu'on lui demande. A l'hôtel du *Bon La Fontaine*, rue des Saints-Pères, des prêtres de province quittent la table d'hôte, en surveillant du coin de l'œil la façon cavalière dont le voisin expédie ses grâces. Deux amants, que le train de neuf heures va séparer, sont assis l'un en face de l'autre, au Buffet de la gare de Lyon, contre une grande vitre qui donne sur les voies. La femme mord sa serviette et par-dessus les plis touffus du linge fait semblant de sourire. L'homme répète « mon petit », « mon petit », tandis que les chariots à bagages roulent sous le hall avec un bruit de caissons d'artillerie, qu'une locomotive halète à coups espacés, et que les lumières de la ligne jalonnent à perte de vue le chemin de l'éloignement.

*
* *

Paris vient d'accorder une heure aux familles, aux couples, aux étroites assemblées, aux réunions intimes. Le repas transforme une ville, la morcelle, en suspend le flux. C'est alors que beaucoup de rues se vident, et que toutes s'affaiblissent. Il naît en mille endroits des joies calfeutrées. La grande rumeur ne monte plus vers la région des nuages. C'est alors qu'il pullule de petites fêtes ; et que de petits feux crépitent, invisibles sous la croûte des maisons.

Peut-être y a-t-il toujours eu quelque rapport entre le principal repas des hommes et le coucher du soleil. Mais les villes ont une astronomie propre dont les lois se composent avec celles du ciel. Contre l'épaisseur résistante de la vie sociale, au cours de l'année, le matin et le soir de la nature amortissent leurs amples oscillations. Le soleil ne peut plus, de décembre à juin, dicter des consignes changeantes. La multitude agglomérée n'accepte que ses indications moyennes. Et si des changements se font dans la manière dont elle réagit, ce n'est pas d'un solstice à l'autre, c'est dans le déroulement des siècles, et suivant une orbite encore non calculée.

Jadis le repas du soir semblait réglé sur le crépuscule d'hiver. Il s'est rapproché lentement du crépuscule d'été. En 1908, les pauvres se mettent à table un peu avant sept heures ; les petits bourgeois à sept heures juste. Une demi-heure plus tard, les familles riches à mœurs tranquilles. En dernier lieu, les gens très affairés, et les gens tout à fait oisifs ; ainsi que les convives des dîners de cérémonie et des festins de corps.

Mais à huit heures et demie les femmes élégantes sont prêtes pour le théâtre. Les joueurs de manille des cafés de quartiers commencent leur seconde partie. Les rues s'emplissent d'une brève allégresse. Et Paris va, pendant quatre heures, se défendre, comme une vaste plage inégale et rocheuse, contre la marée du sommeil.

XIII

CHEZ LES CHAMPCENAIS. APPARENCES ET SITUATION VÉRITABLE

Chez les Champcenais, s'achevait un dîner brillamment servi. Les invités eussent été bien embarrassés de dire ce qu'il y manquait. (Même on avait jonché la table de fleurs les plus rares en novembre.) Pourtant aucun d'eux ne s'en irait, ce soir, avec le sentiment d'avoir été comblé.

D'abord tout le monde se rencontrait pour juger l'installation des Champcenais on ne peut plus mesquine. Six pièces, rue Mozart, c'est-à-dire presque au bout d'Auteuil, et de ces pièces d'immeuble moderne, où chaque couloir, chaque panneau, chaque encoignure semble gémir sur le prix du terrain, c'était, dans leur situation, d'une modestie ridicule. Sans doute, ils n'avaient pas d'enfants ; du moins, ils n'en avaient pas *avec eux* (Mme Sammécaud, surprise de certaines réponses ambiguës, pensait, depuis longtemps, qu'il y avait du louche de ce côté) ; ils pouvaient donc prétendre que ce petit appartement d'un confort raffiné, à deux pas du Bois, répondait tout à fait à leurs besoins. Mais à partir d'un certain degré de fortune, l'idée de se régler sur des besoins réels prend quelque chose de sordide.

Ce qu'il leur eût fallu, c'était un hôtel particulier, dans la plaine Monceau, ou dans les parages de l'avenue du Bois ; même à la rigueur à Neuilly, ou vers Auteuil s'ils aimaient ce quartier, à condition qu'il y eût un grand jardin. Douze ou quinze pièces. Une magnifique réception. Et du personnel. « Songez, disait la baronne de Genillé, que je ne suis même pas sûre qu'ils aient un valet de chambre. Je vous jure que je n'invente rien. Il y a deux têtes que je vois régulièrement : celle de la femme de chambre, et celle du chauffeur. Je crois savoir aussi qu'ils ont une cuisinière. (Je ne pense pas que Marie fasse les plats elle-même. Ce serait encore moins bon.) Mais pour le reste, je ne réponds de rien.

J'ai vu des valets de chambre, des maîtres d'hôtel, lors de thés ou de dîners. Mais jamais les mêmes visages. Et ils ont cet air malheureux de gens qui ne savent pas s'il y a un ramasse-miettes dans la maison, ni dans quel tiroir se logent les petites cuillers. »

Le mobilier art nouveau ne désarmait pas les critiques de l'entourage. Outre qu'on le trouvait laid, on y voyait un moyen de joindre la prétention à l'économie. « Ces meubles modernes, nous savons ce que c'est. Des choses faites à la va-vite. Avec des bois grossiers. C'est parfait pour garnir rapidement les chambres d'un palace. Ou encore pour un petit ménage de jeunes gens. Est-ce qu'ils n'auraient pas pu, eux, se constituer un ensemble de style, et d'époque, avec des pièces de premier ordre, et signées ? Le hic, c'est que ça leur aurait coûté trois fois plus. D'ailleurs, avant leur installation actuelle, ils n'avaient que des horreurs. Et regardez leur salon Directoire ! On ne peut pourtant pas dire que ce soit cher, ni difficile à trouver, du beau Directoire ! »

L'auto, qui était puissante et somptueuse, n'enlevait rien à la réputation d'avarice du ménage. « Elle consomme beaucoup ? Mais que leur coûte l'essence à eux ? Moins que l'eau du robinet. » Quant à la voiture elle-même, on considérait comme évident qu'elle était un cadeau de la maison Delaunay-Belleville, carrosserie comprise. Personne n'aurait su dire précisément en échange de quel service. Mais entre un homme qui manie des milliers de tonnes de carburant et un constructeur d'autos, il y a sûrement des accointances et connivences, qui justifient dix fois un présent de cet ordre. Inutile de chercher. Parmi ceux qui y croyaient le plus ferme figuraient Mme Sammécaud, qui savait pourtant bien que personne n'avait jamais offert d'auto à son mari, non moins grand pétrolier que le comte, et Bertrand, constructeur lui-même, qui ne se souvenait d'avoir lâché une voiture entièrement gratis qu'une seule fois, et à sa maîtresse. Mais Mme Sammécaud attribuait à Champcenais cent qualités de débrouillardise dont son mari lui semblait dépourvu. Quant à Bertrand, il avait l'impression irraisonnée que Champcenais était justement un homme à qui on ne refuse pas une voiture, quand il vous la demande. Quitte à lui soutirer ensuite une compensation. (Cela se serait fait tout seul par exemple le jour de l'entretien de Puteaux.) Mais surtout Bertrand était vexé que le pétrolier eût une Delaunay-Belleville, et non une Bertrand. La seule consolation pour lui, la seule excuse pour l'autre, c'est que la Delaunay fût un cadeau.

Au vrai, tous les invités de ce soir-là, sauf peut-être le colonel d'artillerie, se sentaient jaloux de leurs hôtes, jaloux jusqu'à l'incommodité ; et se figuraient assez naïvement qu'ils auraient éprouvé moins d'amertume si les Champcenais avaient gaspillé l'argent. Cette jalousie était toute naturelle chez George Allory et sa femme, qui s'évertuaient à un semblant de vie mondaine avec un budget de l'ordre de dix mille francs. (Allory ne touchait, aux *Débats*, que cent francs par semaine pour son feuilleton de critique, tout en se targuant du double auprès de ses confrères. Quant à ses romans mondains, qu'il produisait d'une veine avare, ils ne lui rapportaient que des droits insignifiants.)

Elle se comprenait encore chez la baronne de Genillé. Le baron, son mari, continuait de son mieux la tradition des gentilshommes oisifs. Il ne dépensait pas excessivement, mais il ne gagnait rien. Les deux époux avaient chacun de leur côté quelque fortune. Mais les terres rendent peu ; et deux petits ruisseaux ne font pas une grande rivière. Le ménage devait soutenir son rang avec moins de trente mille francs de revenus (vingt-huit mille sept cents, exactement, en 1907, avait noté la baronne qui était bonne comptable). Les Genillé se résignaient d'autant moins à leur situation difficile, qu'ils se considéraient comme d'une noblesse infiniment plus relevée que les Champcenais dont le titre était fort douteux. (Certains prétendaient que M. de Champcenais avait pour grand-père un vulgaire minotier, qui s'était acheté un titre de comte du pape. En tout cas, l'anoblissement datait du dix-neuvième siècle.)

Cette envie, ni les Sammécaud, ni Bertrand n'auraient dû la partager. Sammécaud lui-même la ressentait beaucoup moins depuis qu'il était amoureux de Marie, et qu'il se voyait à la veille de prendre sur Champcenais une revanche très intime. Mais sa femme, bien que repue d'argent, restait persuadée que, dans le Cartel du Pétrole, Champcenais avait su se tailler de beaucoup la meilleure part. L'idée que Champcenais pouvait ramasser au bout de l'an une centaine de mille francs de plus que Sammécaud lui était insupportable. Elle oubliait qu'elle-même, fille de pétroliers, avait une fortune personnelle dix fois supérieure à celle de Marie. Bertrand, qui avait monté à lui seul toute son affaire, et qui l'avait gardée ; dont les usines et le matériel, sans parler de la firme, passaient pour valoir déjà plus de vingt-cinq millions, enviait aux Champcenais leur naissance (un grand-père comte du pape lui semblait à lui un abîme de noblesse historique), leurs relations, cet alliage d'élégance et d'argent que le travail d'un seul homme ne suffit pas à reconstituer. Mais il avait encore la faiblesse de croire Champcenais plus vraiment riche que lui. « Je n'ai pour ainsi dire pas d'argent liquide. Ni rien d'autre que mon affaire, qui ne vaut que tant qu'elle marche. Je suis sûr que lui a placé doucement quelques millions, ici et là. Tout son pétrole pourrait couler au ruisseau. Il est tranquille. »

*
* *

Quel était le fond des choses ? Les Champcenais méritaient-ils mieux que les Saint-Papoul le reproche d'avarice ? Il était difficile d'en douter. Pourtant la question n'était pas tout à fait aussi simple que le croyaient leurs amis.

A coup sûr, les rentrées du comte étaient considérables. Lors d'un arrangement ultérieur, qui avait remis au point le pacte primitif du Cartel, il avait su arrondir vers l'ouest le territoire qui lui était réservé. De sorte qu'il ravitaillait maintenant, outre le meilleur secteur de la région parisienne, la Normandie et ses abords, ainsi qu'un large morceau de Bretagne. Dans les dix premiers mois de 1908, il avait importé à lui seul, pour les distribuer sous diverses formes (depuis le litre de pétrole que la mère du petit Bastide l'envoyait prendre chez l'épicier, jusqu'aux fûts d'huile épaisse alignés dans les sous-sols des grands garages) 328 000 hectolitres de pétrole brut, 197 000 hectolitres de raffiné, et 80 000 hectolitres d'essence. (Ses bureaux lui avaient donné les chiffres le matin même. Il s'en était caressé l'esprit plusieurs fois pendant le dîner.) Ce qui constituait dans l'ensemble près du huitième des importations totales du Syndicat et beaucoup plus que cette proportion pour ce qui était du pétrole brut, ou prétendu tel. (Il s'était donc senti tout spécialement visé par l'offensive de Gurau.)

Ce mouvement annuel de plus de 600 000 hectolitres entraînait un bénéfice réel que Champcenais évitait d'évaluer, même à ses propres yeux ; car une partie en était absorbée par les accroissements de matériel et d'immeubles ; et le comte avait toujours peur de surestimer son actif. Ainsi l'année précédente, il avait décidé de se rendre indépendant des tôliers, et construit une petite usine qui lui fournissait en particulier ses bidons à essence. L'inspiration était heureuse. Si les bidons à pétrole, conservés soigneusement par les ménagères, échangés sans débours, et qu'il fallait tout de même que l'industriel fît rétamer ou remplacer de temps en temps, ne représentaient pour lui qu'une servitude, les bidons à essence, depuis le développement de l'auto, se révélaient comme l'occasion d'un profit supplémentaire. Les automobilistes étaient désordonnés et prodigues. Beaucoup de récipients, quoique « consignés », ne rentraient pas (ils allaient mourir dans les fossés des routes, dans les tas de ferraille). Il s'en « consignait » de nouveaux chaque jour, sur tous les points du territoire, au tarif de 80 centimes l'un. D'où une rentrée d'argent qui facilitait la trésorerie ; et en fin d'année un revenant-bon qui correspondait aux bidons disparus. Il y avait, par suite, tout intérêt à les fabriquer soi-même. Mais pour l'instant l'usine de tôlerie avait mangé le tiers des bénéfices de 1907.

M. de Champcenais avait donc pris l'habitude de ne considérer comme du gain que les sommes liquides dont il pouvait disposer à la clôture d'un exercice, sans gêner en rien la marche de son affaire. Pour 1907 ce profit plus que certain, ce suprême « distillat » de bénéfice, avait approché huit cent vingt mille francs. Mais ce n'était pas tout. Pour corriger plus ou moins les inégalités qui auraient pu apparaître dans l'exploitation des régions qu'ils s'étaient réparties, les pétroliers versaient à une caisse commune une redevance de vingt centimes par hectolitre du produit manufacturé qu'ils livraient au public sous leur étiquette. Plusieurs essayaient de tricher un peu ; mais la marge de fraude était petite. La caisse alimentait certaines dépenses d'intérêt général, comme les subventions aux journaux, les pots-de-vin, achats de consciences et manœuvres diverses, ou les voyages qu'il fallait faire de temps en temps en Amérique. Le reliquat était divisé en dix parts égales, et distribué aux membres du Cartel dans le courant de mars ou d'avril. M. de Champcenais avait touché, de ce chef, une centaine de mille francs au printemps dernier.

En résumé, ses revenus industriels strictement calculés ne tombaient guère au-dessous du million et le dépassaient le plus souvent. Or il remettait à sa femme, pour le train de la maison, deux mille francs par mois. Le rapprochement de ces deux chiffres pourrait suffire. Il faut noter à la décharge du comte que sa femme n'assurait à ce prix que l'ordinaire de la table, les menues dépenses de ménage, et les gages des domestiques de l'appartement. Deux mille francs procuraient bien des choses en 1908. Marie, en réalité, n'éprouvait aucune impression de gêne. Le comte lui aurait volontiers donné à gérer un budget plus étendu. Mais elle y eût perdu la tête. C'était donc lui qui payait le loyer, les toilettes, la cave, les réceptions, le chauffeur, tout l'exceptionnel ou l'imprévu, et jusqu'aux notes de la manucure. D'autre part, il avait acheté une villa très spacieuse à Trouville ; et dans le sud du Loir-et-Cher un château entouré d'un immense parc que prolongeait une forêt. Il aimait les possessions durables. Villa et château, par leurs frais d'entretien et de personnel, eussent englouti plus que le revenu total des Genillé. Les amis qui fréquentaient rue Mozart ne tenaient pas compte de ces magnificences lointaines. Le plus grand nombre ne les connaissaient que par les allusions du mari ou de la femme, et s'imaginaient charitablement que la villa était un modeste cottage du style « banlieue » et le château, une masure. M. de Champcenais ne cherchait pas à les y attirer. Non qu'il ne fût pas vaniteux, ou qu'il n'aimât pas recevoir. Mais, sorti de Paris, il ne pensait plus aux gens qu'il y laissait. Il éprouvait le besoin de voir des têtes nouvelles. A Trouville, il fréquentait des voisins de plage ; il recevait des relations de casino. Sa vanité, son besoin d'éblouir, ne s'exerçaient pas, comme il arrive chez d'autres, sur un petit cercle. Il trouvait naturel de traiter somptueusement, dans une vaste salle à manger qui donnait sur la mer, un baron hollandais rencontré la veille, et qu'il ne reverrait peut-être jamais. Là-dessus, il n'avait pas de mesquinerie.

Mais il est bien vrai que tous ces fragments de luxe, mis bout à bout, lui prenaient à peine cent vingt mille francs par an. Que faisait-il du reste ? Il n'avait aucune liaison régulière. Les femmes, dont il n'usait qu'à de rares occasions, lui coûtaient au total fort peu.

Sa conduite tenait moins à un instinct d'avarice qu'à une certaine modération des besoins ; au fait que l'argent ne l'enivrait pas ; et surtout à une série de réflexions générales. Il refusait de lier son destin à l'industrie qui l'enrichissait. Son rêve — Bertrand l'avait bien deviné — était de se constituer une fortune tout à fait indépendante du pétrole. Il craignait l'avenir. Ses craintes, d'ailleurs, n'étaient ni cohérentes, ni constantes. Tantôt il croyait à des troubles sociaux graves et prochains : arrivée des socialistes au pouvoir, ou coup de force syndicaliste ; mainmise de la collectivité sur les affaires de pétrole. Tantôt, il voyait venir la guerre. Il lui arrivait de la souhaiter, non par chauvinisme ni goût du massacre, mais parce qu'une guerre écarterait peut-être les périls sociaux. Pas un instant, il est vrai, il ne s'était douté qu'une grande guerre moderne pût favoriser le commerce des pétroliers, faire d'eux des fournisseurs éminents des armées, et de leur monopole un pilier intangible de la patrie. Sinon il eût pris quelques précautions profitables, conseillé au Cartel la formation de stocks, l'achat de bateaux, de wagons-citernes, que l'État le jour venu eût réquisitionnés au prix fort. A d'autres moments, il envisageait une décadence de son industrie, sans que le reste de la société capitaliste fût touché. Quelque lente dépossession des pétroliers par une série de lois astucieuses, comme Rouvier en avait esquissé la menace quatre ou cinq années plus tôt.

Le résultat est qu'il cherchait à multiplier les placements, sans beaucoup plus de méthode qu'un joueur qui couvre, çà et là, des cases du tapis. Il avait des dépôts importants dans des banques anglaises et hollandaises ; un grand hôtel à Vichy ; quelques paquets de valeurs internationales ; un million en rentes françaises ; diverses sommes prêtées à court terme. Il laissait les revenus de ces placements s'ajouter au principal, moins pour le grossir que pour en couvrir les risques.

Depuis quelques mois, il couvait un projet : guetter une occasion d'achat de terrains, de préférence sur le littoral normand ; mobiliser quelques millions pour la saisir ; et monter ensuite là-dessus, avec des associés qu'il aurait sous sa coupe, une entreprise immobilière de large envergure. Une visite à Sainte-Adresse — création de Dufayel — malgré la laideur du spectacle l'avait fait rêver.

XIV

UN DINER BRILLANT

Un dîner dans le monde est une sorte d'animal mince et transparent, qui absorbe de la lumière, un peu de nourriture, et qui produit continuellement des paroles.

Dans une salle à manger comme celle-ci, la légèreté naturelle à un tel être se montrait encore mieux qu'ailleurs. La lumière, tombant d'une coupe, se faisait frisante et vaporeuse. Les meubles manquaient de consistance. Les teintes mourantes de la tapisserie et des tentures ôtaient aux limites de la pièce tout accent précis. Il n'y avait pas d'angles. A peine y avait-il des murs. L'espace où respirait le dîner était borné par quelque chose de soyeux, du même ordre que la paroi des nids ou celle des cocons.

Le dîner lui-même avait la forme ovale la plus caressante. Les vêtements de soirée lui composaient un contour d'une coloration modulée : noir puis rose, noir puis bleu pâle, noir puis blanc crème. Mais les noirs dans le rayonnement de la coupe cessaient de l'être, et la nappe jonchée de fleurs jetait aux plastrons des reflets tendres. Tout cela diaphane, mol et nacré.

Dans une circonstance comme celle-ci, Mme de Champcenais avait une grande préoccupation, qui était d'empêcher que la conversation ne se divisât. Elle tenait cette règle de sa mère. Aussi ne cessait-elle de surveiller la table pour lancer aussitôt une phrase de ralliement du côté où commençait à poindre une causerie à deux ou à trois. Elle était persuadée que les gens n'emportent d'un dîner un souvenir un peu brillant et flatteur pour les hôtes, que lorsqu'on les contraint à cette discipline, qui sur le moment peut les gêner. Elle se donnait ainsi des airs de maîtresse de maison animée, presque pétulante ; comme le clown qui du milieu de la piste envoie des serpentins à un cercle d'écuyères. Rien pourtant n'était plus contraire à sa nature. Elle eût aimé se taire, ou causer doucement avec quelqu'un.

Les honneurs de la conversation étaient allés d'abord à George Allory. On lui demanda ce qu'il fallait lire, ce qu'on pouvait aller voir jouer. Il répondait que la meilleure pièce de la saison lui paraissait être le *Passe-partout,* de Georges Thurner, un des auteurs les plus doués de sa génération ; qu'il y avait de bonnes choses dans l'*Israël,* de Bernstein, malgré la grossièreté de la psychologie ; qu'au reste, lui, George Allory, détestait le théâtre.

Le colonel Duroure cita Wedekind dont on jouait *L'Éveil du printemps* au théâtre des Arts. Allory ne savait rien de cette pièce et soutint contre le colonel que Wedekind était norvégien. De toute façon, un auteur prétentieux et obscur. D'ailleurs le théâtre des Arts était une petit boîte sans importance. Il dit aussi qu'on pouvait lire *L'Ile des pingouins,* si l'on avait du temps à perdre, mais que jamais la fantaisie de France n'avait été si laborieuse. « C'est un homme qui n'a, naturellement, aucun esprit. Je le connais très bien. Il raconte en bégayant des histoires qui n'aboutissent pas. Il est incapable de trouver un trait pour finir, un mot. » Mme de Champcenais voulut avoir son avis sur Albert Samain, et sur Francis Jammes, pour lesquels, elle avait un faible. Le célèbre critique reconnut que les vers de Samain avaient une certaine harmonie, mais l'inspiration en était morbide. « Plus de tenue que Verlaine. Mais le fond est presque aussi trouble. »

Sammécaud, entre deux œillades langoureuses qu'il lançait à Marie, mais qu'elle était trop occupée pour remarquer, mit la conversation sur Barrès.

— Barrès, dit le critique, est un de mes très bons camarades. Nous nous tutoyons. C'est un esprit infiniment distingué, et qui vaut mieux que ses livres. Il s'est trompé de direction. Il aurait pu faire un de nos deux ou trois meilleurs critiques vivants.

Un peu plus tard il fut amené à parler des « petites revues », pour lesquelles il n'avait pas « la même indulgence que Faguet », parce qu'il y voyait surtout « des chapelles pour ratés ». Il signala qu'il venait d'en surgir une assez intéressante, la *Nouvelle Revue française,* sous la direction d'un garçon de talent, Eugène Montfort, et avec des collaborateurs dont certains, comme Marcel Boulenger, savaient leur langue. Mais il avait entendu dire qu'elle était morte dès son premier numéro.

Puis l'attention se porta sur le colonel Duroure. Il était exactement lieutenant-colonel, et venait de professer trois ans à l'École de Guerre. Son cinquième galon, qu'il avait depuis peu, était la récompense de son enseignement. C'était un homme d'une cinquantaine d'années, de visage très ordinaire ; calme dans ses propos. On lui trouvait quelque chose d'effacé. Il voyait approcher la limite d'âge, et ne pouvait plus guère songer aux grades supérieurs. Que pensait-il des menaces de guerre, qui avaient fait tant de bruit ces deux derniers mois ?

Il les prenait au sérieux. Un conflit européen lui paraissait inévitable, dans un délai qu'il ne fixait pas. Ce n'était pas l'Allemagne qui l'inquiétait le plus.

Bertrand observa que Guillaume II venait de se faire « salement ramasser » par le chancelier, par le Reichstag, par la presse, au sujet de ses déclarations publiées dans les journaux anglais. Son prestige était atteint. L'esprit frondeur et démocratique s'éveillait en Allemagne.

Duroure raconta qu'attaché militaire en Allemagne il avait un jour approché Guillaume II aux manœuvres ; que le Kaiser lui avait adressé la parole.

— Très aimablement. C'est un homme qui cherche à plaire, surtout aux Français, et qui y réussit. Je ne lui crois pas des desseins bien ténébreux ni beaucoup de suite dans les idées. En flattant sa vanité, on en obtiendrait plus qu'on ne pense.

Il ajouta que lui-même, modeste artilleur, n'entendait rien à la grande politique ; mais qu'il s'étonnait qu'on n'eût jamais cherché à utiliser les dispositions favorables du Kaiser, les coquetteries qu'il nous avait prodiguées.

— C'était moralement impossible, dit l'homme de lettres. Ces gens-là nous ont battus. Nous ne pourrons causer avec eux que lorsque cette tache sera effacée.

Duroure objecta qu'à ce compte la « tache à effacer » existerait toujours d'un côté ou de l'autre, et qu'on ne pourrait pas « causer » avant la fin des siècles.

On sentait que « l'humiliation de la défaite » pesait moins à ce lieutenant-colonel d'artillerie qu'au critique des *Débats*. L'assistance en fut imperceptiblement gênée. Duroure s'en aperçut. Il n'avait pas l'intention de heurter le patriotisme des civils ; et personnellement il ne répugnait pas à la perspective d'une guerre, contre laquelle il n'avait aucun préjugé philosophique, et qui empêcherait sa carrière de tourner court. Mais il n'aimait pas les sentiments conventionnels. Dans une guerre, on avait une chance sur deux d'être battu, et cela faisait partie du jeu. Il n'y a que les civils pour confondre l'honneur militaire avec la réussite. Et quelle idée bizarre, quand on est diplomate, que de ne pas vouloir rattraper, en faisant son métier, des avantages que les militaires ont eu le tort de laisser perdre, en faisant le leur !

Il se rabattit sur des questions techniques, où il se sentait plus sûr de lui. Il dit que le sort de la prochaine guerre reposerait sur l'artillerie.

— Pas sur l'aviation ? interrompit Bertrand.

— Mais non. L'aéroplane est encore un jouet. Il sera peut-être une arme dans dix ans. Une arme auxiliaire. Même dans dix ans, vous n'obtiendrez pas la décision avec ça.

Mais il pensait qu'en matière d'artillerie, on faisait fausse route. L'erreur portait sur les calibres. Le fameux canon de 75, qui avait été en son temps une solution brillante, devenait une erreur. Du moins il était absurde de le multiplier à foison et presque exclusivement.

— Parce qu'il est trop petit ?

— Parce qu'il est trop gros. Il n'aura plus sa raison d'être dans la guerre nouvelle. C'est un outil encombrant et dispendieux. Le canon de campagne de demain, c'est le pom-pom, de 35 ou 36 millimètres, sur affût extra-léger. La guerre prochaine sera une guerre de mouvement. D'énormes masses qui déferleront d'un coup, qui submergeront tout un territoire. Ne vous figurez pas qu'on s'amusera à faire le siège des places fortes. Ces masses manœuvreront d'autant mieux qu'elles auront à charrier un matériel moins pesant. Je vois des nuées de pom-pom mêlées aux troupes de lignes ; une mise en place en quelques secondes, n'importe où. Même le problème, le vieux problème scolaire de la liaison des armes, tend à s'évanouir. L'armée marchante sera une coulée homogène, complète, se suffisant à elle-même en tous ses points.

Pour cette profession de foi, Duroure était sorti de son calme ; il avait pris une espèce d'accent lyrique. Puis il eut peur d'avoir manqué de discrétion, surtout devant des dames, que ces matières ne pouvaient guère passionner. Il revint à son premier ton. Il trouva façon de dire, pour se retirer du tapis, que ces idées ne lui étaient pas personnelles ; que toute une nouvelle école les partageait, à commencer par le général Langlois. (Il laissa même entendre que lui Duroure avait poussé Langlois dans ce sens, l'avait plus ou moins converti, comme allait en témoigner la nouvelle édition de l'*Artillerie de campagne,* œuvre maîtresse du général.) Le malheur était qu'il fallait aussi convaincre les députés. Il y avait au Parlement une religion du 75 ; et même, à la Commission de l'Armée, quelques maniaques qui réclamaient des calibres encore plus gros.

Tout le monde se retrouva d'accord pour sourire des parlementaires.

XV

CONVERSATIONS D'APRÈS-DINER

Après le dîner, pendant que les gens se répandaient dans les différentes pièces, que les messieurs coupaient leur cigare, cherchaient un coin de meuble où poser leur tasse de café, et que les dames, revenant de faire un tour du côté des chambres, se rassemblaient dans le boudoir gris souris et rose pâle, Sammécaud eut une courte conversation avec Champcenais.

— Eh bien, demanda le comte. Quoi de neuf ?

— Pas grand-chose. Il est entendu que nous n'y coupons pas.

— A quoi ?

— A l'augmentation de la taxe de raffinage. Caillaux l'a décidément incorporée à la loi des finances. J'ai vu l'exposé des motifs, dans le projet. La question est escamotée dédaigneusement, comme une bagatelle. Ça sera voté sans débat.

— C'est très embêtant.

— Hé oui.

— Et ça passe bien de 1,25 à 1,75 ?

— Oui.

— C'est énorme. De l'ordre de 40 %. Les députés, eux, ne se rendent pas compte. Ils ne mesurent pas à quoi correspond pour nous une surcharge de cinquante centimes par hecto.

— Non, par cent kilos.

— Tu es sûr ?

— La taxe existante est calculée sur les cent kilos.

— Tu m'épates, cher ami. Tu es absolument sûr ?

— Demande à tes employés.

— Est-ce que je deviendrais déjà gâteux ?

— Calculée sur l'hecto, la taxe passe d'environ un franc à un franc quarante.

— Soit. En somme, Gurau, après avoir fait semblant de lâcher prise, nous rattrape. Dame ! Pour lui, le but est atteint. C'est un fourbe.

— Tu n'es pas juste, mon vieux. Nous étions exposés à quelque chose de bien plus grave. Nous avons tout intérêt à jeter du lest. Et puis cela facilite l'attitude de Gurau.

— Voilà qui m'est fichtrement égal. Ce que je sais, c'est que je vais avoir à payer cent cinquante mille francs de taxe de plus l'an prochain. N'oublie pas que, de nous tous, je suis le plus touché.

— Aurais-tu mieux aimé une révision radicale des règlements d'entrée ; et même un procès de l'État en récupération pour les années antérieures ?

— Ne dis pas des choses pareilles.

— Et pour t'en garantir ne paierais-tu pas volontiers cent cinquante mille francs de prime d'assurance ?

— Mais sommes-nous garantis ?

— Notre cas est très amélioré.

— Il y a aussi ce que va nous coûter Gurau.

— Vous étiez convenus de me laisser faire. Il me semble que je ne m'en suis pas trop mal tiré jusqu'ici.

— J'aurais encore préféré lui allonger la forte somme tout de suite, et ne plus en entendre parler.

— Mais tu te trompes complètement sur lui, mon vieux. Ta forte somme, il te l'aurait jetée à la figure.

— Naïf !

— Tu es extraordinaire. Tout le monde t'a pourtant dit que c'est un monsieur qu'on n'achète pas. Si tu en doutes, essaye toi-même.

— Comme si ça ne revenait pas à l'acheter !

— Mais non. Je m'étonne qu'un homme comme toi, qui s'est frotté à tant d'espèces de gens dans sa vie, ait aussi peu le sens des nuances.

— Chut. Voici les autres qui s'approchent. Quand revois-tu le personnage ?

— Je ne sais pas. Peut-être ce soir.

— Comment, tu ne sais pas ?

— Je dois passer à un endroit où j'ai des chances de le trouver. C'est très vague.

*
* *

Dans le boudoir gris souris et rose pâle, les dames s'étaient tassées fort près l'une de l'autre, en un conciliabule assez clandestin. Les conversations du repas leur avaient paru sévères, et d'un ton bien officiel. Elles désiraient se rattraper. Puis l'exiguïté, les colorations, l'éclairage de la pièce conseillaient les propos intimes, et semblaient leur promettre la plus douillette discrétion. Il y avait dans ce boudoir un rien d'alcôve. Les parfums, les tièdeurs vivantes, sans prendre possession de tout l'espace, en occupaient le cœur.

Ces dames parlaient à mi-voix. Elles évitaient de recourir aux chuchotements. Mais celles qui le pouvaient cherchaient une voix de gorge. Et toutes les voix finissaient pas être un peu grasses, ou du moins onctueuses et ravalées ; par tenir du roucoulement, de la demande amoureuse (tandis qu'une houle se promenait dans le cou, dans le haut des seins).

Quand un domestique se présentait, portant un plateau, on laissait traîner la phrase ; ou, prenant brusquement une voix de tête, on introduisait une incidente saugrenue, qui faisait qu'on se mordait les lèvres pour ne pas rire.

D'ailleurs, les rires éclataient à certains moments, ces rires qui, lorsqu'ils viennent d'un groupe de femmes, sont aussi impudiquement révélateurs que du linge à une fenêtre.

Les propos de ces dames auraient bien surpris, s'il les avait entendus, George Allory, romancier mondain, et qui particulièrement se flattait de peindre les femmes du monde. Mais bien qu'il fût dans la pièce voisine, à petite distance, il n'entendait pas, ni ne songeait à écouter. Même les rires ne lui disaient rien.

A la vérité, une telle conversation, chez Marie de Champcenais, était un peu insolite. Les autres dames en tenaient ailleurs de toutes semblables, quand l'occasion s'en offrait. Mais jusqu'à ce jour Marie, par sa seule présence, y avait fait obstacle. Qu'y avait-il eu de nouveau ce soir ? Quelles permissions ou quels encouragements tacites avait-elle donnés ?

Les choses s'étaient accrochées à la visite des deux chambres, dont une des invitées de Marie n'avait pas encore vu l'ameublement. Au retour, il fut question de chambres à part ; de lits à part.

Mme Duroure, « née vicomtesse de Rumigny », d'une dizaine d'années plus jeune que son mari, et fort appétissante, rappela des souvenirs d'Allemagne, où elle avait fait un séjour avec le colonel.

— Dans ces pays-là, les lits à part sont absolument de règle. Je me souviens comme nous nous faisions regarder les premières fois, dans les hôtels, quand nous disions que nous n'avions besoin que d'un grand lit. Leur système à eux, ce sont les lits jumeaux, quelquefois collés l'un contre l'autre, de façon qu'à la rigueur draps et couvertures puissent être communs ; mais le plus souvent séparés par une ruelle…

La baronne de Genilié, Mme Sammécaud, avaient observé à peu près la même chose en Angleterre. Marie de Champcenais en Suisse. Mais en Italie où elle avait voyagé, les habitudes semblaient toutes voisines des nôtres. La baronne le confirma. En revanche, Mme Duroure avait cru remarquer qu'à condition égale, les ménages allemands faisaient moins volontiers chambre à part que ceux de chez nous.

— Ils occupent la même chambre (il faut dire que les pièces sont plus grandes qu'en France). S'ils font lit séparé, ce n'est donc pas une question de chic. Ni pour avoir tellement plus d'indépendance. Ils trouveraient bizarre de coucher ensemble. Voilà tout.

D'autant que ces lits jumeaux étaient des lits d'une personne, l'un et l'autre.

— Parce qu'en effet, nota la baronne de Genillé, il est fréquent ici, comme vous dites, que les gens qui le peuvent fassent chambre à part — pour avoir plus d'espace, pour ne pas se gêner mutuellement, surtout si les heures de coucher et de lever ne coïncident pas, un peu évidemment par chic aussi ; sans parler bien entendu des ménages où l'intimité n'est pas désirée — mais presque toujours, dans la chambre de la femme au moins, le lit est à deux personnes. Ce que vous avez chez vous, dit-elle en se tournant vers Marie.

Que fallait-il conclure de ces lits jumeaux, à la mode allemande, quant à l'intimité des époux ?

Mme Allory fut d'avis que « ça n'empêchait rien ».

Les autres sauf Marie protestèrent vivement.

Elle rectifia :

— Vous nous avez dit qu'il leur arrivait de coller leurs lits l'un contre l'autre ; même d'étendre les mêmes draps sur les deux lits...

Mme Duroure répliqua que d'abord cet arrangement lui avait paru être l'exception ; que lorsque les lits étaient séparés, cas le plus fréquent, « ça n'empêchait peut-être pas tout », mais que ça empêchait bien des choses, et que ça en rendait d'autres fort peu commodes ; qu'enfin le système des lits rapprochés avec draps communs était une solution bâtarde qu'elle ne recommandait pas, et qui ne pouvait convenir qu'à des races de sensibilité rude ; car « les deux matelas ne sont jamais exactement de niveau, et pour peu que l'endroit où ils se touchent ait un supplément de poids à supporter — et c'est précisément ce qui risque de se produire — ils ont tendance à s'écarter l'un de l'autre. Vous imaginez cette impression d'être juste sur une fissure qui ne demande qu'à devenir un gouffre ?... »

On fit des allusions plaisantes à l'acrobatie en amour. On souleva la question de savoir si l'usage des lits jumeaux suppose chez un peuple plus d'aptitude à l'acrobatie amoureuse, ou moins. On convint qu'en apparence, il en indiquait plus ; car ces gens se donnent l'air de chercher la difficulté ; mais qu'au fond il en prouvait moins. Parce que le vrai talent, en tout ordre de choses, ne peut que souhaiter assez de champ pour se déployer à l'aise. (Cette idée, d'un contour délicat, fut exprimée, ou plutôt suggérée par petits bouts de phrases informes, qui rebondissaient d'une bouche à l'autre, et que séparaient des rires.)

La baronne de Genillé signala que la mode du lit commun dans les ménages français confirmait à l'étranger notre réputation d'être un peuple très occupé de l'amour. Mme Allory demanda si la grande différence des étrangers avec nous n'était pas qu'ils étaient plus hypocrites. On en retrouvait un signe dans cette coutume des lits.

— Ce qui les choque, c'est la façon que nous avons avec nos grands lits d'avouer, ou même d'afficher une chose qui est la même partout. Tandis que leurs lits jumeaux semblent dire : « Nous dormons dans la même pièce, oui, mais pour nous tenir compagnie, pour ne pas avoir peur. »

La baronne, sans nier cette hypocrisie chez les nations du Nord — elle l'attribuait au protestantisme — n'accordait pas, et Mme Duroure non plus, qu'au fond « ce fût la même chose partout ». Il fallait reconnaître que les gens ne se trompaient pas tellement sur notre compte, et que la pratique du lit commun prouvait, en moyenne, la sensualité d'un peuple, et aussi l'entretenait.

— Il suffit de réfléchir. Il y a une question de contact. J'ai l'expérience des deux systèmes. Quand nous étions jeunes, mon mari et moi... (On protesta. La baronne était la plus jeune du cercle.) Quand nous étions plus jeunes, si vous voulez, nous faisions lit commun. Vous me direz qu'il était plus ardent. Mais je vous assure que bien des fois nous nous couchions sans avoir ni lui ni moi la moindre idée d'autre chose que de dormir. Vous savez comme on peut être fatiguée et peu en train, quand on rentre certains soirs. Eh bien ! au bout de quelques minutes, ma présence faisait son effet. Et je me trouvais toute croulante de sommeil, avec un solliciteur trop tenace pour être éconduit, et trop bien placé.

Elle avoua d'ailleurs volontiers qu'en ce temps-là, il y avait des jours où « l'effet » était réciproque ; et où le « voisinage » parlait à ses nerfs. « C'est un voisinage qui est tout de même très éloquent », dit-elle.

Elle reconnut que cette promiscuité manquait peut-être d'élégance. Mais elle était vieille comme le monde ; et entre des êtres jeunes et qui s'aimaient, elle avait sa beauté.

— En tout cas, reprit-elle, il est bien évident qu'avec des lits jumeaux il ne se serait rien passé ces soirs-là. Et quand, plus tard, nous avons adopté l'autre système, celui des deux chambres — pour des raisons toutes fortuites où, à ce moment-là, l'idée d'un changement de relations, de sentiments, n'entrait pour rien — j'ai pu constater, comment dire, le déchet.

On la taquina pour savoir de quel ordre avait été le déchet.

— Inimaginable. Je vous parle du jeune ménage que nous étions encore. Maintenant ce serait, hélas ! tout naturel... Inimaginable.

Elle riait beaucoup. Marie écoutait avec gêne et palpitations, honte et délices. Elle pensait tour à tour à Renée Bertin, à Champcenais et à Sammécaud. Sa crainte était que par hasard Sammécaud entendît.

Ces dames auraient obtenu d'autres précisions, et en seraient arrivées sans doute à des confidences moins anodines. Mais une présentation de boissons fraîches, un peu manquée, dérangea l'atmosphère. Marie fut reprise par des inquiétudes de maîtresse de maison. Elle voulut voir comment le service était fait du côté des messieurs. Deux de ces dames se levèrent aussi et, tout en causant de la robe de l'une d'elles, passèrent lentement dans le salon principal.

*
* *

Sammécaud guettait depuis une heure l'occasion d'un entretien furtif avec Marie. Il réussit à la joindre, et à l'isoler.

— Vous savez que j'en suis malade.

— Et de quoi ?

— De ne pas avoir reçu le moindre signe d'attention de vous, un soir où vous êtes si belle.

Ils s'assirent sur une chaise Récamier, qui occupait un des coins du salon Directoire.

— Ne prenez pas cet air-là, dit-elle. Vous ne vouliez pourtant pas que je laisse mes invités se débrouiller entre eux, pour m'occuper seulement de vous.

— Vous allez me faire une promesse.

— Je vous dis de ne pas prendre cet air-là. Vous ne vous voyez pas. On dirait que vous allez me chanter une sérénade.

— Promettez-moi que nous nous verrons après-demain mercredi, dans un endroit que je vous dirai.

— Vous êtes fou. On va nous entendre. Si vous continuez je me lève, et je vous plante là.

— Et moi je vous suivrai, et je vous dirai ce que j'ai à vous dire.

— Alors, vous voulez m'obliger à vous écouter en me faisant peur ? Mais c'est très laid. C'est affreux.

— C'est tout ce que vous voudrez. J'ai besoin d'une promesse. Il est au-dessus de mes forces d'attendre plus. Surtout ce soir où vous m'avez tellement dédaigné.

Marie joignait les mains, les pressait l'une contre l'autre, piteusement. Son regard semblait prendre à témoin la décence de l'assemblée.

— Vous me faites souffrir, dit-elle.

— Et moi ! Et moi !

Elle se sentait encore plus malheureuse, et spécialement l'objet d'une malice du sort, d'avoir à subir cet assaut un soir où elle venait d'entendre les confidences de Renée Bertin, et la conversation dans le boudoir gris et rose. Confidences et conversation qui diminuaient — elle ne savait trop pourquoi mais c'était, hélas ! évident — les chances qu'elle avait de résister. Surtout les confidences de Renée Bertin. Il lui en restait comme une chaleur le long des doigts. Les confidences s'étaient posées dessus en même temps que les caresses des outils ; et depuis, audacieusement, elles remontaient vers le cœur. Dans ce monde, beaucoup de choses étaient douteuses mais une semblait sûre : le bonheur amoureux de Renée Bertin. Marie imaginait la jeune femme accroupie devant elle, et disant : « Il n'y a que ça de vrai, madame la comtesse. » Quel dommage que Renée Bertin ne fût pas sa femme de chambre ; une de ces femmes de chambre comme on en voit dans les pièces d'autrefois. Ce soir, pendant que la soubrette lui eût délacé son corsage, la comtesse eût dit : « Voilà ce qui m'arrive, Dorine ! Que me conseillez-vous ? » Le joli couplet cynique qu'aurait su débiter la pimpante Dorine ! « Votre époux ? Madame la comtesse... il se soucie peu de votre personne. Il est tout à ses affaires ; peut-être à ses amours... qui sait ? Vous aurez le temps de penser à la vertu quand vous serez vieille. Risquez l'aventure si le cœur vous en dit. » L'ennui est que Renée Bertin n'a pas une diction élégante. Son bonheur sent le faubourg. Pour qu'une chose paraisse « faisable » ou non, tout dépend de « l'accent » dont elle se prononce dans la tête. Et elle se prononce comme on l'a entendue. Quel dommage aussi, par conséquent, que ces dames n'aient pas parlé de leurs amants, si elles en ont, car elles en eussent parlé d'un ton qui eût rendu la situation actuelle de Marie moins pénible, moins tourmentante. C'est pourquoi les bons théâtres, et spécialement la Comédie-Française, sont si utiles au confort moral de l'adultère... Si encore Sammécaud avait su trouver un tour plus romanesque pour déclarer son ultimatum ! Mais sa hâte est d'une franchise bien commune. Il vous presse comme peut-être en ce moment le maître d'hôtel extra envoyé par Potel et Chabot presse dans un couloir la femme de chambre. Sammécaud d'ailleurs est à demi chauve. Ce n'est pas sans quelque raison profonde que l'abondance de la chevelure s'allie à l'idée de poésie. A demi chauve et tout à fait roturier. Si le bonheur de Renée Bertin sent le faubourg, est-ce que l'amour de Sammécaud ne sent pas un peu le pétrole ? Mais beaucoup de gens ici sentent le pétrole, ou des odeurs qui ne valent pas mieux. Pressée pour pressée, aimerais-tu mieux que ce fût par ce George Allory éteint qui parle si mal des poètes ? Ou par Bertrand qui renifle en roulant sa moustache, et bonde le fauteuil Directoire d'un ventre de commis-voyageur ? Ou par ce colonel, un peu pion, qui s'excite sur les pom-pom, et n'évoque absolument pas le hussard chargeant au galop ? La vie, comme une mer parcimonieuse, ne jette à vos pieds que quelques pauvres coquillages. Où sont les fières qui se vantent de toujours choisir ? Il n'est pas en mon pouvoir que soupire à mes genoux Francis Jammes. Et, d'ailleurs, n'est-ce pas lui qui étale une si longue barbe sur ses portraits ? Comme ce serait ridicule, cette barbe de moine, repliée contre ma jupe...

Cependant Sammécaud a dit, le plus bas possible, mais avec toute l'autorité qu'on peut mettre dans un murmure :

— Je vous téléphonerai demain à onze heures, pour vous donner l'adresse. Tâchez de répondre vous-même à l'appareil quand ça sonnera.

XVI

UNE AMITIÉ ÉNIGMATIQUE

Un peu avant minuit, les Sammécaud se retirèrent. Sammécaud, au moment de monter en voiture, dit à son chauffeur :

— Vous arrêterez place de l'Étoile.

Sa femme parut surprise :

— Vous ne rentrez pas avec moi ?

— Non. J'ai un rendez-vous assez important, et confidentiel (n'y faites allusion devant personne) avec un journaliste influent dont nous espérons l'appui.

— A l'Étoile même ?

— Non. Du côté de l'Opéra.

— Mais qui vous empêche de me déposer à la maison, et d'y aller ensuite avec la voiture ?

— Je suis déjà en retard. Et nous aurons très peu de temps pour parler. Il doit retourner à son journal pour les dernières dépêches de la nuit.

Place de l'Étoile, après que sa voiture personnelle se fut éloignée dans la direction de la Plaine-Monceau, il hésita entre un taxi-auto et un fiacre. Mais comme il était en avance il choisit le fiacre. La descente des Champs-Élysées serait agréable.

— Rue Boissy-d'Anglas. Je ne sais pas le numéro. Je vous ferai signe quand je reconnaîtrai.

Le retour des théâtres commençait à peine. Les files de becs de gaz éclairaient une solitude immense et glissante, du fond de laquelle trois ou quatre feux montaient comme de lentes fusées.

Mais au-delà du rond-point, le souffle de minuit, plein d'étincelles, se mit à jaillir du centre. Sammécaud avait baissé la vitre de la portière de gauche. Il entrait par là des gouttes de pluie qui étaient lumineuses. Chacune en vous touchant augmentait d'un peu votre envie de vivre.

Et pourtant la fête se défaisait. Les hommes s'enfuyaient hors de leur propre foule. Ces courses parallèles étaient une ruée de dispersion. Un peu plus en arrière, chaque bouche de rue attirerait une voiture, arracherait un brin du faisceau. Assez de proximités. Assez de présences. Assez d'échanges. Le plus sociable se précipite vers un refuge. Le monsieur en frac rêve qu'il va s'endormir tout seul dans une caverne préhistorique. Mais la caverne est un appartement richement décoré, serré entre deux autres, dans une pile qu'un même escalier embroche. La caverne vibre de bruits de robinets, de chuintements d'ascenseurs, et le locataire du dessus tarde inexplicablement à mettre ses pantoufles.

Sammécaud allait à son rendez-vous dans un état d'excitation et d'optimisme. Depuis quelques semaines, ses relations avec Gurau avaient pour lui le charme d'une intrigue. Elles restaient à demi clandestines. Personne qu'eux deux n'en devinait la nuance exacte, l'intention dernière ; et il était peu probable qu'elles apparussent sous le même jour à l'un et à l'autre. Personne peut-être, même eux, n'aurait su dire à quoi de tout à fait véritable elles se ramenaient.

Intrigue avec Gurau. Intrigue avec Marie. Deux secrets. Deux complications. Deux rameaux d'événements. Qui ont chacun leur odeur. Qui donneront chacun leur floraison particulière. La vie est riche. Elle l'est peut-être plus, quoi qu'on ait coutume d'en penser, à quarante ans qu'à vingt. L'homme de vingt ans est un chauffeur, grisé par sa voiture, qui ne regarde pas le paysage. Et puis il n'a pas le sens des complications. Il agit sommairement. Pour trouver plaisir à agir « compliqué », il faut avoir l'expérience du simple, la pratique des séries élémentaires. Il est bien vrai que l'expérience ôte de la fraîcheur à ce qui vous arrive, parce qu'elle permet plus ou moins de le prévoir. C'est alors justement qu'il est savoureux de se dérouter soi-même en se jetant dans les complications.

Le mensonge aussi est agréable ; le mensonge oint de bienveillance. Il est doux de tromper Champcenais, de le tromper deux fois, de deux façons qui, comme les parallèles, ne se rejoignent qu'à l'infini. Il est doux de tromper Berthe Sammécaud, qui est une bourgeoise orgueilleuse, dure et brune, fille convaincue de pétroliers, éleveuse d'enfants, avec Marie, qui est une aristocrate (ou presque), douce, rose, blonde (ou presque) ; qui est la femme d'un ami (ici deux trahisons se croisent, font une jolie boucle) ; qui vit par hasard près du pétrole comme Sammécaud lui-même, sans en être souillée de la moindre trace ; qui n'a pas d'enfants, ou n'en avoue pas. (« Si je deviens son amant, je saurai bien à quoi m'en tenir là-dessus. ») Il est doux de tromper les pétroliers, qui sont des exploiteurs prosaïques, des suceurs d'argent confortablement accrochés, avec Gurau qui est un artiste dans son genre, un poète, un homme de révolution. Il est doux de tromper le capitalisme avec la révolution.

Mais plus encore il est délicieux d'assouplir la vie quotidienne jusqu'à lui briser les jointures. Votre destinée ne se fait pas toujours dans le climat qui lui convient. Vous auriez dû être Pierre Loti traversant le Bosphore dans un caïque, pour retrouver une jeune princesse turque du côté des Eaux-Douces d'Asie ; tandis que les feux du croiseur luisent au milieu de la passe comme la lanterne de ce fiacre en station là-bas ; ou Maurice Barrès, accoudé à la balustrade d'un pont de Venise, et qui regarde la base d'un palais rose se dissoudre dans l'eau polluée. Vies parfaites, dont chaque jour résonne paresseusement comme une note de violoncelle. Une longue songerie élégante qui flotte au fil du temps comme une écharpe. Une mélancolie dédaigneuse, qui ne veut goûter qu'aux élixirs qu'elle fabrique elle-même ; (mais le monde se dispute pour en avoir les restes). Des fraternités subites avec des êtres, des objets qu'on ne reverra plus. Une scène d'amour avec une église, avec un coucher de soleil. Un regard de femme qu'on emporte caché dans son cœur. L'oubli royal des petitesses. Une pièce au gondolier qui salue. Chaque semaine, un coup d'œil négligent au bas de la note d'hôtel : « Payez-vous, mon ami. » Chez la fleuriste, en posant un billet sur la table : « Faites un bouquet, je vous prie, pour la signora Pampremini ; qu'elle le trouve ce soir en arrivant dans sa loge. » Stendhal... (A ce propos, il faut que Marie reçoive demain matin un bouquet somptueux. Ne pas oublier. A aucun prix. Un nœud au mouchoir. Barrès, Loti, ni Stendhal n'auraient sans doute fait de nœud au mouchoir. Ce doit être ridiculement bourgeois... Tant pis.)

Mais surtout Sammécaud est tendre. Il aime aimer. Il s'en aperçoit à la teinte morne qu'ont prise les périodes de sa vie où il s'est privé de ce plaisir. Il a le goût des relations affectueuses. Jamais rien de tel n'a pu exister entre Champcenais et lui, entre Desboulmiers et lui. Avec Gurau, dès le début, cette douceur s'est mise à poindre. Mais quand le sentiment se mêle aux affaires, n'est-ce pas un péril ? Est-il possible de se défendre affectueusement ? Sammécaud feint d'en douter, et il s'y résigne. N'est-ce pas assumer une élégance de plus ? Mais des régions féminines de son être lui vient l'assurance voilée qu'on peut fort bien se défendre, et même trahir, affectueusement.

Voici l'enseigne du bar ; et la devanture, rayonnante de solitude.

*
* *

Depuis le 14 octobre, Sammécaud et Gurau s'étaient retrouvés à plusieurs reprises, mais n'avaient dîné qu'une seule fois ensemble, et en présence d'un tiers.

Le lendemain de leur première entrevue avait été pour Gurau un jour d'amertume, d'étonnement, de fuite devant soi-même. Vers le soir, il s'arrangea pour accoster dans les couloirs de la Chambre un de ses jeunes collègues, Pinot, député radical-socialiste de la Sarthe, qu'il savait ami personnel de Caillaux, ministre des Finances. De la part de Gurau, la conversation prit un caractère semi-somnambulique : sentiment d'absence, facilité des choses, adresse inconsciente, oubli instantané. Le reste de la journée, il se donna la comédie de ne plus penser à cette rencontre, de n'en rien attendre.

Deux jours plus tard, au cours d'une suspension de séance, Pinot l'abordait :

— J'ai vu Caillaux. Personnellement, ton interpellation ne le gêne pas. Mais bien entendu, par solidarité ministérielle, il souhaite qu'on puisse l'éviter. Il va charger quelqu'un d'étudier ça. Avec lui, du moment qu'il y a fait attention, ça ne traînera pas.

Ce fut Caillaux lui-même, le lendemain, qui arrêta Gurau dans un couloir :

— On vous a trouvé ce qu'il vous faut. Un petit mécanisme charmant que Rouvier, je crois, a imaginé en 1903 ou 1904. Il n'y a qu'un tour de vis supplémentaire à donner. L'idéal, donc. Une certaine taxe de raffinage. Je la relève de 1,25 à 1,75. Vous n'auriez pas pensé à ça ? Entre nous, je doute qu'on puisse faire plus. N'oublions pas que, depuis l'institution de cette taxe, les entrées de brut ont baissé de cinquante pour cent, tandis que les entrées de raffiné passaient de un à cinq. Essayer de faire plus, ce serait, je crois, tuer complètement le raffinage... J'ai l'air de vous l'apprendre. Mais vous le savez sûrement mieux que moi, puisque vous êtes fourré là-dedans.

Gurau avait envie de répondre, ou du moins un esprit contrariant et odieusement lucide lui soufflait : « La question n'est pas là, mon cher ministre. Tuer ou laisser vivre un raffinage fictif, il importe peu. L'intérêt du pays est sans doute qu'il y ait sur notre sol des usines outillées pour un raffinage véritable. Favorisez le raffinage véritable, en le détaxant au contraire. Mais obtenez que la douane ne se laisse pas passer sous le nez comme pétrole brut un raffiné astucieusement sali. Ce n'est pas une industrie que je vous demande de traquer ; c'est une fraude. »

Cette réponse resta dans la région de la tête où nous refoulons les incongruités. Et la réponse réelle fut :

— A coup sûr, c'est une satisfaction que vous m'accordez là, mon cher ministre, et je vous en remercie. Mais est-elle suffisante pour que je renonce à une intervention dont on a déjà beaucoup parlé... beaucoup trop parlé même et bien malgré moi ?

— Vous avez peur qu'on vous accuse de caner ? Vous êtes au-dessus de ça. Faites dire, si vous voulez, que vous retirez votre interpellation sur la promesse formelle que je vous ai donnée d'un relèvement de taxe. Je le ferai dire de mon côté. Et laissez tomber ça, qui n'est pas de votre rayon, et qui était pour vous une corvée, dont vous vous êtes chargé, très crânement d'ailleurs, parce que d'autres, dont c'était mieux l'affaire, ne s'en chargeaient pas.

Caillaux débitait cela par petits tronçons agiles, d'une voix gaie, toujours prête à pétiller sous la pression d'une malice intérieure. Il lâchait et rattrapait son monocle. Ses yeux et de petites rides çà et là ne cessaient de rire. Même la peau de son crâne chauve participait subtilement aux incidents de sa pensée.

Gurau tenait à l'estime de Caillaux. Il savait que ce grand bourgeois insolent ne la prodiguait pas et, fort ennemi pour son compte de l'ostentation de vertu, savait en déceler les faux semblants chez les autres. Donné par lui, même implicitement, un certificat de probité prenait une valeur qu'il n'aurait pas eue dans une bouche plus solennelle. Mais pour une fois le compliment de Caillaux tombait mal ; et Gurau, qui n'était à l'ordinaire ni un niais ni un inconscient, aurait pu souffrir de le devoir à une méprise. Par un étrange arrêt du sens critique, il le reçut avec satisfaction et même ne fut pas loin de l'entendre comme une approbation de sa véritable conduite.

Quand il revit Sammécaud, le 18 octobre, il lui dit en substance :

« Pour vous être agréable, à vous personnellement, et en raison de la sympathie que vous paraissez vouloir montrer à une cause qui m'est chère, je vais essayer de retirer mon interpellation. Mais vous courez le risque qu'un autre la reprenne, maintenant que l'attention est appelée là-dessus. Et de toute façon, il faut que mon changement d'attitude se justifie. Je viens d'apprendre que Caillaux a eu l'idée d'introduire dans la loi des finances une augmentation de la taxe de raffinage. A-t-il voulu parer d'avance à l'effet de mon interpellation ? Je ne sais. Mais c'est une chance pour vous. Ne protestez que pour la forme. Moi, j'ai le droit de considérer que j'ai partiellement satisfaction. Bien qu'en réalité la question soit tout autre. »

Et il tint à faire devant Sammécaud la mise au point que Caillaux avait manqué d'entendre. Il ne voulait pas que le pétrolier le prît pour un sot, ni même pour un de ces esprits légers, habitués à la confusion, dont il est convenu que le Parlement abonde.

Sammécaud eut l'air mollement navré. Quand il sut le taux proposé pour la nouvelle taxe, il déclara sans élever le ton que l'exploitation des usines allait devenir impossible ; ou du moins financièrement absurde. Donc que le Cartel se contenterait d'introduire du raffiné, en appliquant les accords qu'il avait avec la Standard Oil : « Nous nous ferons simples distributeurs. »

— Vous voyez, cher monsieur, que la prétendue fraude qu'on nous reproche n'aura plus la moindre apparence de s'exercer. Et aussi qu'elle ne devait être ni bien effective ni bien lucrative, puisqu'il suffit de dix sous de surtaxe par hectolitre pour lui enlever toute raison d'être.

Cette observation frappa Gurau. Il la rapprocha de celle qu'avait faite Caillaux lui-même sur la baisse, proportionnellement très considérable, des entrées de pétrole brut depuis la taxe de 1903. Sammécaud, qui le voyait songer, reprit :

— D'une façon générale, on oublie trop que les profits de l'industrie capitaliste, qui parfois semblent énormes, reposent sur des pointes d'épingle.

Sammécaud avait énoncé cela sans paraître y attacher d'importance. Gurau réfléchit que c'était une des remarques les plus fortes qu'il eût entendues. Il regarda avec une curiosité nouvelle ce pétrolier nonchalant.

— Je veux dire, continua Sammécaud, qu'il suffit d'un déplacement de rien du tout à la base, dans les éléments de base ; d'une modification infime dans les prix de revient, pour que ces profits qui paraissent si gros s'évanouissent. C'est un point intéressant, quand on songe comme vous — et même dans une certaine mesure, ajouta-t-il avec un sourire plein de mystère et de charme, comme moi, disons, comme *nous* — à une transformation de la Société. Vous ne trouvez pas ? Les ouvriers sont excusables de ne pas voir ces choses-là. Un ajusteur de Bertrand, par exemple, ne calcule pas que le bénéfice que prend Bertrand sur lui est de l'ordre de quelques sous par jour ; et qu'il suffirait d'un rien de relâchement dans le travail des ateliers, de quelques cigarettes fumées en plus, d'un peu de désordre, d'un peu moins d'âpreté de la part des chefs à pourchasser le gaspillage, à talonner le progrès technique — et vous avouerez qu'en cas de réorganisation révolutionnaire il faudrait s'attendre à pis que ça — pour que le déchet de rendement représente je ne sais combien de fois ces quelques sous. Vous n'êtes pas de mon avis ?

Tout cela était si raisonnable, si exempt de passion, nuancé à l'égard de Gurau d'une déférence si cordiale, que Gurau en était beaucoup plus troublé que d'une argumentation véhémente. Il pensa à Jaurès. Il essaya d'imaginer ce que Jaurès eût répondu, mais surtout (car il n'est jamais difficile de répondre, et la politique est, entre autres choses, un art professionnel de la réponse) de se représenter si au fond de lui-même Jaurès eût été troublé. « Peut-être pas. Je lui crois cette espèce d'élan, d'ardeur acquise, qui fait que chez tel prêtre par exemple le plus terrible argument antireligieux va mettre aussitôt en branle les mécanismes intellectuels de riposte, sans que la foi elle-même se sente visée: "unconcerned". Mais il se peut que je me trompe. » Il eut envie de voir Jaurès, non pas en courant, comme dans un couloir de la Chambre, mais avec un peu de loisir et d'intimité.

— Il faudra que je vous demande une permission, dit Sammécaud.

— Laquelle ?

— Pas du tout pour vous faire un reproche quelconque, ni bien entendu avec l'espoir que vous interviendrez en notre faveur. Ce qui serait un revirement par trop paradoxal. Mais au moins vous n'aurez pas de regret de nous avoir épargnés. Et cela complétera votre documentation. J'ignore comment votre dossier contre nous avait été constitué. Ça m'est égal.

C'est de l'histoire ancienne. Mais ça me fera plaisir de vous communiquer maintenant nos chiffres les plus confidentiels. Maintenant que nous sommes amis. Si, si. J'ai un sérieux commencement d'amitié pour vous... Vous aurez en mains des éléments d'appréciation que même mes collègues du Cartel ne se donnent pas toujours la peine de connaître. Vous vous ferez votre opinion. Il n'est pas mauvais qu'un homme comme vous, qui peut être amené un jour à prendre de grandes responsabilités dans l'ordre économique, voie de près, et du dedans, certaines choses. Tenez. Je vous ai laissé parler l'autre jour de « quelques millions » de plus qui pourraient rentrer dans la poche du fisc. Je crois même que, vous faisant écho, j'ai repris l'expression... Dans certains journaux, qui me sont tombés sous les yeux, ces quelques millions sont devenus quelques dizaines ou douzaines de millions... par an !

(Cette expression « quelques douzaines de millions par an », Gurau se rappelait l'avoir employée, à propos de l'affaire, devant Germaine, aussi devant des camarades politiques.)

— Eh bien, savez-vous, cher monsieur, quelle est la valeur marchande totale de notre production, j'entends la valeur à la dernière étape de vente, chez l'épicier du coin ou le garagiste, donc grossie de toute la cascade de frais et de bénéfices que vous concevez ?... Trois cents millions à peu près.

— Justement, il me semble que...

— Attendez. Et notre bénéfice à nous tous, là-dessus ? Dites un chiffre... Vous hésitez... Dix millions.

— Pour vous tous ?

Gurau eut le temps de penser : « Mais alors, cette fontaine de millions que je me représentais ! Ce pouvoir sans limites dont il m'offrait l'appui... Dans ces conditions, est-ce que ça vaut encore la peine ?... » L'idée était pénible. Il la chassa.

Sammécaud insistait :

— Pour nous tous, et par an. Je vous prie, ne me croyez pas sur parole... Je vous communiquerai les chiffres tels qu'ils ressortent de certains arrangements secrets passés entre nous ; donc insoupçonnables... Mais admettons provisoirement que j'ai dit la vérité. Quelle conclusion en tirez-vous ?...

— Eh bien... que...

— Qu'il est difficile de loger là-dedans une fraude de quelques douzaines de millions. Caillaux lui-même vous a parlé de sa surtaxe ?

— ... Oui.

— Vous a-t-il dit le rendement qu'il en attendait ?

— Il a parlé d'un petit million.

— Exact. Et je viens de vous déclarer — ce qui n'est pas du bluff — que cette taxe allait probablement nous amener à fermer nos usines. Nous retombons sur ma démonstration de tout à l'heure. Si fraude il y a, elle est contenue tout entière dans ce pauvre petit million. Mais ne revenons pas là-dessus. L'intérêt, c'est de montrer à un esprit philosophique comme le vôtre que la prospérité capitaliste est fragile. Quant à votre idée de favoriser ce que vous appelez les raffineries « véritables », oui... c'est encore une autre question. Je vous documenterai aussi.

Rentré chez lui, Gurau fit des recherches dans son dossier. Il se demandait si le jeune fonctionnaire qui le lui avait constitué méritait autant de confiance qu'on eût pu croire d'abord.

Les chiffres du jeune fonctionnaire ne contredisaient pas les assertions de Sammécaud. Nulle part dans le dossier il n'était question de « dizaines » ou de « douzaines » de millions. Où Gurau avait-il pris cela ?

Il se sentit humilié. Il se croyait l'esprit juste et attentif. En était-il arrivé sans s'en apercevoir aux pires habitudes d'esprit du bavardage parlementaire, et du journalisme ? En relisant l'exposé qui ouvrait le dossier, il vit l'origine de son erreur. Dans ces pages liminaires, le jeune fonctionnaire ne précisait aucun chiffre. Mais il parlait de la fraude des pétroliers sur un ton qui, invinciblement, entraînait l'esprit à imaginer des chiffres énormes. « C'est tout naturel. Pour lui, qui gagne peut-être 280 francs par mois, un million est un chiffre énorme. C'était à moi de lire mieux. »

Par la suite, Sammécaud fit passer sous les yeux de Gurau des pièces de comptabilité, des statistiques, des rapports confidentiels, même certains états relatifs au fonctionnement de la Caisse de compensation du Cartel. Un jour, il lui dit qu'il serait heureux de le réunir à dîner avec un jeune juriste de grand avenir, nommé Pierre Lafeuille, candidat à l'agrégation de droit, qui avait présenté trois ans plus tôt une thèse de doctorat très remarquée sur le Monopole des Tabacs, et qui depuis s'était attelé à un gros ouvrage sur le régime français des Pétroles. « L'homme qui possède le mieux la question. Un esprit d'ailleurs très indépendant, très audacieux, et dont je crains bien qu'il n'arrive à des conclusions déplorables pour nous, pétroliers. »

Gurau laissa entendre qu'il n'avait pas envie de s'afficher avec Sammécaud, fût-ce devant un seul témoin. « Je vous donne ma parole d'honneur de ne pas vous compromettre. Vous verrez dans quels termes je vous présenterai. »

Il le présenta, en effet, avec bonne humeur, comme le principal ennemi des pétroliers.

— Un ennemi ; mais un ennemi loyal, qui ne fuit par l'adversaire, et qui a eu l'élégance de nous demander à nous-mêmes certains éléments d'information.

Puis, se tournant vers Gurau, il lui dit, de Pierre Lafeuille :

— Un autre ennemi. Moins puissant que vous, pour l'instant, mais presque aussi dangereux. Ne rêvant que monopoles d'État, sous prétexte qu'il en est le théoricien le plus brillant. Plus ou moins disciple de Charles Gide, et atteint de socialisme.

Il ajouta en riant :

— Entre vous deux, je crois que je vais passer un mauvais quart d'heure. Enfin, moi, ça m'amuse de savoir à quelle sauce je serai mangé.

Pierre Lafeuille, qui avait un joli visage, une voix conciliante, une trace de pédantisme juvénile, ne voulut pas se donner le ridicule de faire un cours. Il laissa d'abord la conversation courir à bâtons rompus. Au passage, il citait tel ou tel renseignement, qui se trouvait confirmer ceux de Sammécaud. Puis il rappela de quelle manière un monopole de fait avait pu s'établir au profit du Cartel.

— On croit d'ordinaire que ces messieurs ont machiné cela dans une pensée d'accaparement. Soyons justes. L'origine est tout autre. Leur groupement est né d'une espèce de réaction nationale. Ils ont voulu défendre le marché français contre l'industrie américaine, qui allait tout submerger et nous dicter ensuite les prix qu'elle voudrait. L'accord avec la Standard Oil, qui est intervenu ensuite, a été une capitulation des Américains. Ne l'oublions pas.

Il envisagea la substitution en France d'un monopole d'État à ce monopole privé. Il semblait en approuver formellement le principe. Mais dans le détail, il n'en faisait apparaître, sans insistance d'ailleurs, que les difficultés qui avaient l'air innombrables.

Gurau se demanda, au cours de l'entretien, et ensuite, quel était le but de Sammécaud en arrangeant ce dîner à trois. Une explication toute simple sautait aux yeux. Mais certains traits la rendaient peu vraisemblable.

Dans toute cette période, Sammécaud témoigna envers Gurau de la même facilité d'humeur, et des mêmes dispositions affectueuses. Il avait l'air de ne plus penser aux offres surprenantes qu'il avait faites le 14 octobre. Au début de novembre, il y revint de lui-même.

— Vous savez que je pense toujours à notre complot. Si je ne vous en ai pas déjà reparlé, c'est que je voulais avoir d'un certain côté les mains libres. Le fond de la chose ne regarde, je vous le répète, que vous et moi. C'est notre secret, à tous les deux. J'ai dit que vous seriez votre maître. Que je vous ferais une situation inattaquable. Les choses prennent bonne tournure. J'espère pouvoir vous apporter, la prochaine fois, du définitif.

*
* *

La prochaine fois, c'était, après le dîner de Sammécaud chez les Champcenais, le rendez-vous de la rue Boissy-d'Anglas, dans le bar désert. Gurau y était venu à contrecœur. Il se sentait repris de défiance. Il se reprochait d'avoir subi depuis un mois l'enveloppement de

Sammécaud et de s'être compromis, d'une façon peut-être irréparable. Mais ce que la conduite du pétrolier gardait de mystérieux était un attrait aussi. Il était dur de rompre sans avoir fini par y voir clair. « Ils ont obtenu de moi ce qu'ils voulaient. Que cherchent-ils encore ? Ils m'estiment donc bien puissant, ou en passe de l'être ? » Que l'assiduité de Sammécaud ne s'expliquât que par un sentiment de reconnaissance, ou par le souci de se tirer honorablement d'une bien vague promesse, Gurau hésitait à le croire. Il préférait l'autre hypothèse qui était aussi la plus flatteuse.

Gurau, qui même à cette heure, et dans ce bar solitaire, ne voulait pas courir le risque d'être vu en compagnie du pétrolier, avait choisi, au fond d'un box, une place particulièrement discrète, qu'une lampe à verre dépoli, située au-dessus, laissait dans la pénombre, tout en éblouissant les gens à leur arrivée. Sammécaud mit un instant à le reconnaître.

— Vous avez un profil extraordinaire sous cet éclairage... Donc, voici. C'est à vous de parler maintenant. Est-ce que Treilhard vous gêne ?

— Me gêne... c'est-à-dire, à quel point de vue ?

— Voulez-vous officiellement la direction du journal ? Avez-vous quelqu'un à y mettre ? Ou préférez-vous utiliser l'expérience de Treilhard, qui bien entendu passera entièrement sous votre coupe ?

— Vous croyez qu'il s'y prêtera ?

— J'en suis certain.

— Mais... il est dans le secret ?

— Aucunement. Il sait qu'il n'a qu'à marcher droit, ou qu'à plier bagage. Voilà tout... A mon sens, la question est liée à une autre.

— Dites.

— Faut-il renouveler l'aspect du journal, faire peau neuve, envoyer promener le titre ?

— Qui est idiot.

— Vous trouvez aussi ?

— *La Sanction !* On y est habitué. Mais si on y réfléchit une seconde !...

— Qui a imaginé ce titre burlesque ?

— Liévin, le fondateur, qui ne savait pas le français. « La Sanction », ça lui a paru viril, menaçant et incorruptible. Dans le style moustachu de *L'Intransigeant,* de ce pauvre Rochefort. Il est juste d'avouer que ça se gueule bien dans la rue. Ou plutôt que ça pourrait se gueuler... car, en fait...

— Si nous modifions le titre, aucun inconvénient à faire sauter Treilhard, n'est-ce pas ? Sinon, il peut être habile de garder Treilhard. Autrement dit, faut-il accentuer, pour l'extérieur, le changement de régime, ou non ; marquer le coup ou l'escamoter ? J'ai l'impression que nous devons choisir carrément entre les deux méthodes. Il est vrai que je parle en profane.

— Mais non. Ce que vous dites est très judicieux.

— Vous n'ignorez pas que le tirage de *La Sanction* est des plus médiocres. Trente-cinq à quarante mille les grands jours. J'ai relevé un certain mercredi à dix-neuf mille.

— Je sais.

— A votre avis, si nous voulons faire un effort d'extension, et j'y suis disposé, vaut-il mieux garder la façade actuelle, ou la peindre à neuf ? Quelles sont, dans ce cas-là, les préférences, les manies du public ?

Gurau écoutait avec quelque surprise parler un Sammécaud beaucoup plus net, beaucoup plus homme d'action que celui qu'il croyait connaître. Un Sammécaud dont le regard n'affectait plus aucune rêverie.

Il répondit, après un temps de réflexion, et avec le souci de bien répondre, pour ne pas décevoir cet autre Sammécaud qui venait de se révéler :

— Le public, en ce domaine, a des façons assez particulières. Mon sentiment est qu'un journal tout à fait nouveau n'a de chances de s'imposer que s'il bénéficie d'un lancement formidable. Et encore ! Les réussites sont très rares. C'est un des cas où le public se montre le plus conservateur. Toutes choses égales, il me semble plus facile de lancer un nouveau grand magasin. Et infiniment plus facile de lancer un nouveau remède. Les remèdes vieillissent mal. Il faut, dit-on, trouver tous les cinq ans un nouveau nom étrange au carbonate de chaux et au charbon pilé. Pour les journaux c'est presque l'inverse. A l'abri d'un titre immuable, ils peuvent changer de tendances, d'inspiration, d'opinion. Le public n'en paraît pas gravement incommodé. La poignée de gens qui ont l'habitude de prendre *La Sanction,* le matin où ils n'apercevront plus ce titre absurde, croiront que tout est fini. Et, au contraire, si nous tentons un effort, je ne crois pas impossible que quelques dizaines de milliers de Parisiens, pour qui *La Sanction* est déjà une vieille connaissance lointaine, se fassent à l'idée qu'ils ont eu tort de ne pas l'acheter plus tôt, et finalement, l'achètent.

— Eh bien ! gardons le titre. Et gardons Treilhard jusqu'à nouvel ordre.

Gurau retenait une question depuis le début. Il en cherchait péniblement la tournure, moins par timidité que pour qu'on ne se méprît pas sur son intention :

— Je crois voir assez bien, fit-il, ce que serait mon rôle dans cette future organisation du journal. Mon rôle réel. Et, en effet, je ne tiens pas aux grades. Mais il y a deux points que je trouve encore obscurs : le mécanisme par lequel s'exercerait mon pouvoir ; et les garanties de durée qu'il aurait.

— En un mot, vos garanties. Le souci que vous avez est très légitime. Pour le présent, c'est bien simple. Vous donnez les ordres ; et l'on obéit. Treilhard devient votre factotum. Je suis là pour le remettre au pas, s'il bronchait. Mais il y a l'avenir. Je puis disparaître. Vous ne devez pas être à la merci d'un déplacement de capitaux, d'un changement de composition du conseil, ou d'un caprice. J'y ai pensé. Ce n'est pas des plus commodes. Si vous aviez voulu du titre de directeur, l'on vous faisait un contrat. Je sais bien qu'un contrat de directeur est toujours révocable. Ça se ramène à une question d'indemnité. Et ce n'est évidemment pas une garantie d'ordre pécuniaire qui vous préoccupe. Vous savez, dans une affaire montée en société anonyme, comme c'est le cas, il n'y a qu'un moyen d'être sûr de rester le maître : avoir la majorité des actions. Ou un paquet d'actions tel que vous soyez l'arbitre entre deux groupes. Oh ! moi, j'y vais franchement. Ce paquet d'actions, je suis tout prêt à vous l'attribuer. Mais je vois ; vous n'aimez pas ça. Vous froncez le sourcil. Je respecte votre scrupule... Comment allons-nous faire ?

Ils se turent. Sammécaud reprit :

— Je ne peux pas vous dire mieux : je me rallie d'avance à la solution que vous m'indiquerez.

La défiance de Gurau restait en éveil. Mais à quoi pouvait-elle s'accrocher ? S'il y avait un piège, où était-il ?

— Réfléchissez à cela encore un jour ou deux. Vous qui êtes avocat, ou qui l'avez été...

— Si peu.

— Fouillez dans vos souvenirs juridiques. Il peut y avoir un biais auquel je ne pense pas. Moi, je n'ai pour me guider que des situations plus ou moins analogues, où j'ai constaté quelles précautions étaient efficaces et quelles autres vaines... Je continue à ne voir que le paquet d'actions. Ce qui vous chiffonne, c'est l'idée d'en être propriétaire ; de recevoir de nous, de moi, du papier qui représente de l'argent ?... Mais, dites... si vous n'en étiez que le dépositaire ? Je bloque le paquet d'actions entre vos mains. Il devient pratiquement inaliénable. Il est entendu, pour vous mettre à l'aise, que s'il y a jamais des dividendes, c'est à moi qu'ils reviennent. Mais c'est vous qui disposez des voix. Par vous-même. Ou par un homme à vous, qui, à l'assemblée générale comme au conseil, fait en votre nom la pluie et le beau temps. Au besoin, nous échangeons deux lettres, où nous disons, vous et moi... eh bien, oui, la stricte vérité. Que vous ne voulez pas un centime, sous aucune forme ; que ce qui vous intéresse, c'est le contrôle moral de l'affaire ; donc que tous les pouvoirs attachés à ces actions vous sont acquis jusqu'à votre mort ; mais qu'en revanche, vous ne pouvez ni vendre les titres, ni en disposer de quelque autre façon. A votre mort, elles redeviennent ma propriété ou celle de mes ayants droit. Cet échange de lettres vous couvre, même contre des interprétations malveillantes qui pourraient se produire plus tard... Sait-on jamais !... Mais vous trouvez peut-être que ça ne tient pas debout juridiquement ?

— Oh ! si. Il doit y avoir un moyen de mettre ça en forme.

— Alors, quelles objections voyez-vous ?... Une question, à mon avis, domine les autres. Est-ce qu'il y a entre nous assez de sympathie pour que nous ayons envie de faire cette chose ensemble ? le reste n'est que du détail d'exécution. De mon côté, je ne pense pas avoir besoin de vous accabler de protestations solennelles. Toute ma conduite présente serait d'un imbécile, si elle n'était pas commandée par la sympathie.

Peut-être Sammécaud avait-il dit cela du ton qu'il fallait. Peut-être surtout l'avait-il senti. Et il est probable que la vérité d'un sentiment, même si elle n'est que partielle ou fugitive, peuple l'espace d'alentour de preuves quasi matérielles, que l'âme d'autrui recueille, et devant quoi les arguments de l'esprit critique, apparaissent soudain comme des constructions d'ordre conjectural.

Gurau répondit :

— Et si je ne croyais pas à cette sympathie, toute ma conduite à moi serait d'un bien vilain monsieur.

*
* *

En rentrant chez lui, Gurau trouva un peu de courrier, que l'on avait glissé sous sa porte : des imprimés, quelques prospectus, et une lettre. L'enveloppe de papier jaune, l'écriture rustique de l'adresse, le cachet de la poste, Gurau reconnut tout d'un coup d'œil. Il ouvrit la lettre, en parcourut le contenu et la jeta dans un tiroir, en haussant les épaules.

L'insomnie, l'excitation de sa rencontre avec Sammécaud, les vues d'avenir, lui donnaient une tension très agréable à éprouver, et qui n'était pas à la merci d'une enveloppe jaune. Il résolut de s'endormir en songeant aux principaux changements qu'il ferait à *La Sanction* quand il y serait le maître.

XVII

LA RAFALE DE L'AURORE

La fin de la nuit est une heure tragique pour beaucoup d'hommes. C'est pourtant l'heure où les événements sont le plus raréfiés. Mais le tragique dont il s'agit n'est pas extérieur. C'est au-dedans que le drame a lieu. Parfois dans les têtes endormies.

De nombreuses influences, dont certaines nous échappent, se composent alors pour ramener l'âme humaine à son point d'extrême dépression. Et les idées rongeuses, les obscurs parasites qui se nourrissent de cette substance royale, en profitent pour l'assaillir. Leur appétit est toujours dispos, leur pullulement toujours en instance. L'ennemi grouille dès qu'elle faiblit.

Parmi les adultes, surtout parmi ceux qui habitent les grandes villes, il en est peu qui aient le bonheur de s'endormir « aussitôt la tête sur l'oreiller ». Mais l'insomnie qui prolonge la veille, si elle peut devenir douloureuse, ou exaspérante, ne comporte presque jamais le sentiment de creuse détresse, de descente au-dessous de soi-même qui est probablement celui que l'homme redoute le plus. Il arrive au contraire, comme nous l'avons vu, qu'elle soit peuplée d'images ou d'ébauches d'actions captivantes, et éclairée de plusieurs côtés par des issues d'avenir, comme l'est un carrefour par les bars d'angle, et les alignements de lumières des rues qui s'en éloignent. La fatigue de la journée, après avoir cherché son remède dans les excitants, devient à son tour, et tout à fait à la fin, un alcool plus sûr encore que les autres dans son action sur l'esprit, parce qu'il lui est chimiquement apparenté.

D'ordinaire, le sommeil arrive tôt ou tard. Même quand il ne produit pas l'apaisement, il répand une certaine épaisseur d'oubli. Les peines, les craintes s'amortissent là-dessous. L'esprit soucieux et responsable, qui s'est démené le jour, cède la place à une sorte d'ancêtre animal que l'hébétude recouvre ; ou se transforme en un esprit voyageur, qui n'a plus de passé, ou n'en reconnaît plus, s'étourdit d'un mélange d'aventures, et goûte jusque dans les rêves les plus noirs le bienfait du présent perpétuel.

Tandis que la tête rêve, le corps digère. Les poisons quittent les muscles. Les organes se reposent, tant bien que mal, sans cesser leur service, à la façon d'une troupe dont les hommes dorment en marchant.

Une détente se poursuit ainsi d'heure en heure. Mais il vient un moment où, sans être débarrassé de tout ce que la veille lui a laissé d'usé et d'amer, l'être a perdu l'entrain à se défendre, et, toujours parcouru par des substances hostiles, n'en éprouve plus la vive irritation qui l'empêcherait de se décourager. Ce fléchissement se trouve même correspondre à une phase délicate du travail digestif : celle où les nourritures, ayant achevé de semer le long des muqueuses les éléments de plaisir qu'elles contenaient, et de pousser dans toute la chair une douce ébriété générale, exigent des organes un effort purement industriel, avec des difficultés à résoudre, dont les plus graves et les plus mornes, ont été réservées pour la fin.

Cependant la température du corps diminue, touche à son étiage ; et au-dehors celle de l'atmosphère tombe elle aussi au point le plus bas du cycle de vingt-quatre heures. Le souffle froid qui accompagne l'aurore avance sur le monde, avec une aile qui marche plus vite, comme dans certaines armées.

D'autres flux moins discernables s'y ajoutent sans doute. Il se peut qu'à ce moment une rafale magnétique balaye la terre, et vienne prendre à la pauvre tête des hommes le fond de joie vitale que la mèche du rêve n'a pas bu.

C'est alors qu'un peu partout, sur la ligne d'aurore, des gens se réveillent. Même dans les chambres où tout est noir. Même quand l'aurore est une rampante lueur de novembre, arrêtée indéfiniment par l'horizon des villes derrière un barrage de brouillard et de fumée.

Réveil rapide. Les rêves tournent court. Ou se décollent et oscillent, comme l'emplâtre d'affiches que le vent détache d'un mur. Les heures précédentes de la nuit, d'un coup, s'évanouissent. On dirait que l'homme, s'étant assoupi une minute sur sa besogne, n'a eu qu'à se passer la main sur les yeux. Les pensées de la veille au soir se réinstallent brusquement. A croire qu'elles n'ont pas bougé de là. Mais si, elles ont bougé : ou plutôt changé. On les identifie par leur signalement, plutôt qu'on ne les reconnaît. Avaient-elles hier soir ce mince rictus, ce regard précis et glacial ? Celles qui vous feraient peut-être encore un sourire sont parties. Seules les plus sévères, que rien ne pourra dérider, ont passé la nuit à vous attendre.

Mais il en accourt d'autres de tous les côtés, du bout de la vie. Une tristesse d'enfance surgit, comme si elle-même datait d'hier soir. Une humiliation de la dix-septième année. Quelque chose de vil commis en secret il y a dix ans. Une idée obsédante qui vous a souillé tout un été de jadis. (L'été de jadis se profile au loin. Son décor se décolore et tremble derrière une distance poudreuse. Mais l'idée vous fixe, à deux pas. Elle semble dire : « Nous ne nous sommes jamais quittés. »)

L'homme n'a pas ouvert les yeux. Mais sa respiration ne fait plus le même bruit. Les muscles de son visage n'ont plus les mêmes contractions que dans le sommeil. Si rassurants semblent les tressaillements d'un visage qui dort ! On sent qu'ils appartiennent à peine à l'inquiète pensée. Ils naissent des mêmes régions profondes que les battements du cœur, régions deux fois dormantes, à l'abri d'un univers trop mobile. Paraissent-ils faire allusion à quelque chose, c'est à des événements légendaires du royaume intérieur. Mais les autres, ceux d'un visage qui a cessé de dormir, on voit bien que leur origine est tout près, dans la zone de surface ; qu'ils sont de ce monde et lui répondent. On pourrait presque désigner le point où un souci vient de se poser sur l'homme comme une mouche.

L'homme n'a pas ouvert les yeux. Mais un univers implacablement réel fait le cercle autour de lui. Et l'homme a peur. Il a beau se tâter : il ne se trouve nulle part du courage, nulle part de l'excitation. Il mesure avec sang-froid ses forces qui sont toutes petites. Oui, il est affreusement de sang-froid. Sa peur est trempée de sang-froid. Donc inattaquable. Jamais il ne s'est moins monté la tête. Il discerne d'un œil aigu chaque erreur qu'il a laissée derrière lui — rien ne s'efface — chaque péril qui l'attend. Il évalue ses chances, à une pour cent près ; et il sait, d'une science dépouillée, que cinquante ou même soixante chances sur cent ne font qu'une sécurité misérable. Ce qui n'avait qu'une chance d'arriver n'en sera pas moins réel. Il pense aux maladies, dont quelqu'une — il ignore laquelle — ne sera pas évitée. Aux façons de mourir, dont la plus douce frappe d'absurdité le zèle de vivre. Le seul refuge, pour une heure encore, c'est ce lit, dont il faudra s'arracher. A quoi bon se défendre ? L'adversaire innombrable aura le dernier mot. Lit clément comme le sable sous les membres du gladiateur qui ne se mettra plus debout. Lui aussi, l'homme aux yeux fermés, n'a plus envie de se mettre debout. Il ne voudrait que demander grâce à l'univers cruellement assemblé.

Il y en a d'autres que la froide rafale ne réussit pas à tirer du sommeil. Mais elle les traverse plus ou moins. Leurs rêves subissent des altérations. Des cauchemars défilent d'un pas précipité, se bousculent sur leur poitrine. L'homme cherche fébrilement à se réveiller comme on cherche une sonnette d'appel, ou une arme sur la table de nuit. Certains se sont levés avant l'aube. Ceux qui l'ont fait de leur plein gré, pour un plaisir ou en guise de prouesse, reçoivent de la mystérieuse houle de l'aurore une exhortation pathétique. La vague désenivrante qui déferle sur le monde, ils l'éprouvent au passage comme un bain de pureté. Mais de plus nombreux titubent à travers une chambre dont ils touchent avec inimitié les meubles froids ; ou longent une rue de faubourg pareille aux rêves que donnent les draps humides.

Et il y a, devant des guérites grises, entre un haut mur et un fossé, des sentinelles qui vacillent sur leurs jambes, et luttent de toutes leurs forces pour ne pas s'écrouler dans ce sommeil dont d'autres ne veulent plus.

*
* *

Gurau se réveille brusquement, comme s'il avait reçu un choc. Sans transition aucune, il est saisi par la lucidité. Il garde les yeux clos. Il est indifférent de vérifier l'heure. Il la sait, organiquement, à quelque chose près.

Il éprouve un léger serrement de tête, une pression derrière les globes oculaires, une nervosité générale de la moitié supérieure du corps, comme s'il s'était couché à l'aube et n'avait fait que sommeiller un peu. Pourtant il est sûr d'avoir dormi plusieurs heures assez profondément. Il tâte son ventre, qui est sensible et tendu.

Sa première impression d'ensemble est mauvaise. En regoûtant la vie, il la trouve amère. Aucun doute. Tous les raisonnements n'y changeraient rien.

Mais dans certains cas la tristesse de se retrouver vivant garde quelque chose de confus. Elle s'allonge, s'enroule, bourdonne vaguement. L'âme qu'elle enveloppe est pareille au voyageur du train qui dans le bruit des roues finit par entendre un chant de mélancolie.

Ce matin, au contraire, la première impression d'ensemble se résout aussitôt en pensées distinctes. Si prêtes, si détaillées, si bien fourbies, qu'il n'est pas possible que l'esprit vienne seulement de les produire. Il faut que d'une façon ou de l'autre il ait passé des heures dessus.

« Ça y est. J'ai en somme dit oui. Sammécaud considère l'affaire comme faite. Moralement, je ne peux plus me dégager. Jusqu'à hier soir, j'étais avec eux en état d'armistice. Je n'avais que suspendu les hostilités. Maintenant, c'est même plus que la paix : c'est une alliance. Leur allié. Pis que cela. Leur stipendié. Je me suis vendu à eux. Un vendu. Gurau le renégat et le vendu. Ou alors qu'est-ce qu'on appelle être "un vendu" ? »

Évidemment, quelque chose lui dit que le mot est trop dur. Comme une injure lancée de l'extérieur. Mais les autres vendus aussi, même les plus vils, trouvent que le mot est trop dur. Ils ne se l'appliquent pas. Y en a-t-il beaucoup qui ne réussissent pas à trouver dans leur conduite, vue de près, des atténuations, des nuances d'honnêteté, des raisons délicates ?

« Pourquoi ai-je accepté ? Voilà ce qui compte ; la seule question. Pour l'argent ? Non, non. Sûrement pas. Donc je ne suis pas un vendu.

« Ce qu'il m'a dit le premier soir : "Je crois qu'il faut préparer la révolution." A ce moment-là, tout s'est décidé. J'ai senti une grandeur. Soudain j'ai vu un horizon. Je voudrais le revoir. Je ne peux pas. Je n'aperçois plus que les idées grisâtres. Et non cet horizon qui prouvait tout. Exaltant. Réel.

« En revenir aux Jésuites. Leur maxime, banalisée depuis, mais si forte, que « la fin justifie les moyens ». Oui, mais il faut que la fin soit grande. Leur but à eux : dominer le monde A.M.D.G. On peut évidemment se permettre, dans ces conditions, d'être le confesseur indulgent de la favorite du roi, ou même, qui sait, de coucher avec elle. Et alors, moi, mon but n'est pas grand ? Refaire la Société — même si j'évite d'employer ce mot gueulard de Révolution — ce n'est pas grand ?

« Allons ! Pas de phrases avec soi-même. Pas d'élans oratoires pour que le fond de la salle applaudisse. Le fond refuse d'applaudir. Si tu crois que c'est avec un journal qui tire à trente mille que tu vas "refaire la Société" ; et si tu crois que tu l'as cru ! Dis tout simplement que tu y as vu une bonne petite occasion pour toi. Vanité. Un peu plus d'influence dans les couloirs. Les ministres qui vous pelotent pour que le "journal de doctrine" ne les abîme pas trop. Les gens qu'on reçoit dans son cabinet directorial... (Mais non, j'oubliais. Je ne serai pas directeur. Pendant que j'y étais, j'aurais peut-être mieux fait de prendre la direction...) En tout cas, une influence plus directe sur le public. Mon Dieu ! que tout ça est petit.

« Il y a du petit dans toute ma vie ; du miteux. Rien de ce qui — ampleur, appétit dévorant, énormité de l'audace — excuse les grands fauves, les fait bondir hors la loi commune. Un peu intrigué, un peu comploté. Un peu lâché le socialisme. Mais oui. Un peu renégat. Ma vie privée, la même chose. Pas de grands vices. Pas de grands scandales. De vilaines petites histoires. Des emmerdements mesquins. »

Soudain, il pense à la lettre qu'il a trouvée hier soir sous la porte ; à l'enveloppe jaune ; à la grosse écriture. Il y pense avec acuité. Voilà même que le reste passe au second plan. Le reste pourrait s'arranger. Le reste est complexe, mobile, éclairable sous plusieurs jours, promis à l'ingénieuse action du temps. Surtout le reste est, pour moitié, affaire d'opinion, de conscience. Et — c'est gênant à dire, mais c'est vrai — la conscience n'est tout de même pas « quelqu'un du dehors » ; elle fait partie de la famille. Elle s'amuse à vous tracasser quand le dehors vous laisse tranquille. S'il y avait, venant de l'extérieur, justement un coup dur, elle se garderait bien de vous tirer dans le dos.

Mais cette histoire-là ! Sordidement immuable. Et hors de prise. Il l'avait presque oubliée, tous ces temps-ci. (Oh ! presque seulement.) Mais elle revient comme une phase de la lune. Elle emprunte la périodicité stupide des événements de la nature. « Une des orbites de mon destin. »

Il voit un gros visage, à la fois bouffi et raviné. « Elle paraît bien quinze ans de plus que moi. Et elle n'en a que cinq à peine. A la campagne, ils vieillissent tellement plus vite. » Le nez qui déjà se tuméfie, bourgeonne ; avec ce pli du bord de la narine qui ressemble à une vieille coupure encrassée. Le corps informe, puant. « Mais oui, puant. Quand elle avait vingt-trois ans, elle ne se lavait guère plus ; mais j'étais moins difficile. Et la saleté de la jeunesse a un arôme.

« Qu'aurait-il fallu faire ? Je voudrais bien en voir un autre à ma place. Un de ceux que rien, paraît-il, ne déconcerte. Au début, c'était plutôt touchant, cette fidélité. Comme un bouquet de fleurs des prés sur la table de travail. Ou comme une bicoque qu'on a dans son village natal, et à laquelle on donne un souvenir les jours de fatigue.

« Elle ne réclamait rien. Je n'ai jamais pu me fâcher. Je ne sais pas être cruel avec calme. Je suis un peu lâche. Si mon chien attrapait la rage, je le ferais tuer par le jardinier. »

Il pense au temps où l'on obtenait du ministre une lettre de cachet, comme aujourd'hui une place de cantonnier pour un électeur.

« Est-ce qu'il y a des gens qui le savent ? Là-bas ? presque sûrement. Bien que cette pauvre Brigitte ne soit pas très bavarde. Et à Paris ? Jamais d'allusions dans les petits journaux. Pourtant quelle aubaine pour eux ! Ça me rendrait si ridicule ; et, avec un rien de mauvaise foi, si mufle... La police ? Elle est renseignée, évidemment. Je vois d'ici la page de mon dossier. En style d'inspecteur. Avec les significations ignobles que ces gaillards-là mettent partout, sans avoir besoin de les chercher, comme certaines casseroles donnent le même goût à tous les plats. Le jour où un ministre de l'Intérieur me trouvera un peu trop remuant, il fera sortir ça. Et sur un sujet pareil, comment répondre ? Le grotesque d'une rectification. Heureusement que les pétroliers n'ont pas mis le nez dans mon dossier. Ah ! avec les moyens qu'ils ont ! »

Il se demande d'une façon générale « ce qu'il peut y avoir » dans son dossier ; donc de quelles armes la police, le gouvernement, les adversaires, la Société (« l'ennemi, hé oui ! l'ennemi ») disposent pour le mater ou l'abattre.

Il parcourt sa vie d'un seul regard, pareil à un projecteur alimenté d'une lumière spéciale, qui, dans l'immense panorama du passé, ne ferait luire soudain que certains actes : non pas les plus coupables, mais les plus vulnérables.

Dix, douze éclats ont apparu. Mais le projecteur revient en arrière pour choisir. Comme la haine elle-même choisirait. La haine n'a pas la maladresse de se disperser.

« Il y a l'histoire du tailleur. Certes, je n'avais que vingt-deux ans. Mais j'ai imité l'écriture, la signature de mon père. Un faux. Faussaire. La sonorité de ces mots-là intacte pour le public. Le monsieur capable de tout. Il y a, un peu plus tard, ma contravention en chemin de fer, entre Blois et Orléans. Souvenir d'une netteté odieuse. Pris avec un coupon de retour largement périmé. Intention certaine de fraude. Aggravé par le rapprochement avec ce qui précède. Quel argument, le jour où je menacerais les intérêts des Compagnies ! Début d'un écho : ''Les dissentiments de M. Gurau avec les Compagnies de chemin de fer semblent dater de loin...'' Retrouveraient-ils trace de l'affaire ? Mais oui. Ils ont des répertoires alphabétiques... Il y a la maison de rendez-vous ; la petite Marcelle, d'âge un peu tendre. (Oh ! il lui manquait six mois peut-être. De l'ordre d'une dispense du baccalauréat.) La mère maquerelle était sûrement une indicatrice. Mais j'y suis allé si peu. Enfin, il y a cette histoire Brigitte, la plus facile à exploiter, même du point de vue sentimental. Ou alors, il me faudrait le tranquille cynisme de Pierre Loti. ''Voilà ce qui m'est arrivé quand j'étais jeune. Idylle rustique. N'est-ce pas que c'est touchant ?'' Et les femmes me trouveraient délicieux. Mais Pierre Loti n'est pas député. »

Il ne s'agit pas de remords. A ses yeux, rien de tout cela en soi-même n'est grave. Gurau a peur. Il a le sens de l'ennemi, et des prises qu'il offre à l'ennemi.

« Je suis enclin à la peur. Si j'ai cédé aux pétroliers, au fond, c'est bien moins encore par ambition que par peur. Voilà qui n'est pas grand homme. J'ai une infirmité rédhibitoire pour un homme d'action... Est-ce tellement sûr ? Il semble bien que Napoléon avait peur ; que Robespierre avait peur... L'Incorruptible. »

Sa méditation perd un peu de sa sécheresse désolante. On ne sait quel remuement se fait à l'horizon de l'âme, qui annonce l'arrivée d'un secours.

« La meilleure réponse. La meilleure défense. Contre l'ennemi du dehors. Ou quand le cafard vous prend. L'argument qui fera toujours réfléchir les honnêtes gens, et taire les fripouilles : la pauvreté ! "Vous accusez cet homme-là ? De quoi ? Pas d'avoir trafiqué en tout cas ? Il n'a pas d'argent. Il vit dans un logement de deux pièces. Il prend le tramway pour aller à la Chambre."

« Dans la vie publique, l'admirable force morale de la pauvreté. Le vieux père Combes, dans son petit appartement de chef de bureau en retraite, rue Claude-Bernard. Dieu sait si on aurait été content de le déshonorer ! Toutes les plumes de folliculaires à gages, bien astiquées, qui attendaient. Oui, mais le vieux était pauvre. Rien à faire. Il n'avait qu'à venir ouvrir lui-même la porte de son appartement : "C'est le milliard des Congrégations que vous cherchez ? Entrez, messieurs. Je ne pense pas qu'il soit par ici." Et qu'est-ce qui a toujours gêné Clemenceau ? Il n'est pas prouvé qu'il se soit vendu à l'Angleterre, ni même à Cornélius Hertz. Accepter qu'on vous commandite pour un journal n'est pas se vendre, certes ! Mais son train de vie de grand seigneur ; les centaines de mille francs qu'on lui voyait couler des doigts, à une époque où son travail de journaliste, honnêtement payé, l'aurait juste empêché de crever de faim ! »

Gurau se jure qu'il restera pauvre. Il a soif de se donner des preuves. Non pas seulement pour désarmer l'ennemi. Il veut pouvoir sentir dans sa vie un recoin d'héroïsme, comme une chapelle privée où l'on dit la messe sans témoins.

« Pour moi, déjà, je dépense vraiment très peu. Mais je tiens à m'imposer un abattement de principe "à titre indicatif", comme on dit dans les discussions budgétaires. Mon seul soupçon de luxe a trait à la toilette. Et aussi à la nourriture. Eh bien ! je puis porter toute l'année le même costume. J'adopterai une couleur neutre : le gris foncé, par exemple. Deux cravates par an. Les petits restaurants à prix fixe du boulevard Saint-Michel me mèneraient à l'hôpital. Mais il y a des bistrots, des bougnats, qui font de la cuisine honnête. Le bœuf bouilli gros sel. L'entrecôte aux pommes. J'aurai pour voisins des cochers et des maçons.

« Reste Germaine. Elle est assez cultivée, je ne dis pas pour approuver mes raisons, mais pour les entendre. Je lui expliquerai que, moralement, je ne peux plus rien lui donner. Et si elle se fâche ? si elle rompt ? Tant pis. D'ailleurs, ce ne sont pas mes misérables cadeaux qui la retiennent. Et puis, je répète, tant pis ! Je mérite mieux qu'un amour dont décide une mensualité.

« L'argent que j'aurai de trop ? je le verserai à la caisse du journal. C'est Sammécaud qui sera vert ! »

Il ouvre les yeux. Sa chambre l'entoure d'une médiocrité déjà bien rassurante. La profonde peur est un peu dissoute par la lumière, écartée par le premier travail du regard.

« Je ne lui ai dit oui que sous bénéfice d'inventaire. Je ne me laisserai pas jouer. Ils ne me tiennent aucunement. Je veux que ma conduite puisse se défendre devant n'importe qui.

« Jaurès. Il faut en effet que je cause avec Jaurès un peu longuement. Je ne sais pas encore de quoi. D'un peu de tout. Je lui demanderai un rendez-vous aujourd'hui même. »

XVIII

UN GRAND CRITIQUE

Chaque matin George Allory recevait entre onze heures et midi. Il y voyait un moyen d'entretenir son influence ; d'amener nombre d'écrivains, débutants ou chevronnés, à lui faire leur cour. Et il est bien vrai qu'au bout de l'année ces quelques centaines de visiteurs répandus ensuite dans Paris se trouvaient avoir malgré eux gonflé le personnage. Mais il y avait là surtout une pratique d'hygiène intellectuelle. Cette heure de visites le mettait en train.

Physiquement, il manquait de ressources. Il était un maigre à chair molle, un anémique au teint frais. Dans le premier âge, puis autour de la vingtième année, il avait fait une pointe de tuberculose, et il en gardait sans doute une lésion discrète. Mais il n'avait guère montré et ne montrait plus du tout cette sorte de vitalité inquiétante qu'on veut reconnaître chez maints tuberculeux. Il faut croire que ses toxines ne l'enivraient pas, ou qu'elles s'étaient vite taries. Bref, l'alerte passée, il en était revenu à son régime organique habituel, qui était la faiblesse détendue, et non l'ardeur maladive.

Il était paresseux par vocation. La vie de ses rêves eût été celle du baron de Genillé, avec plus d'argent : aucun souci ; aucun effort physique ; pas d'autre effort intellectuel que ceux de la conversation. De grasses matinées. Une toilette soigneuse et lente. Des devoirs mondains de l'après-midi et du soir. De longs étés à la campagne. Une partie de chasse de temps en temps, pour l'élégance de la chose, avec tout ce que l'on peut souhaiter de porte-fusil, de porte-carnier, de rabatteurs, et en se gardant comme de la peste des départs à l'aube, ou des marches sous la pluie. Pas de voyages. Il était casanier, avait la frayeur des hôtels, ne désirait aucunement savoir comment vivent les autres peuples, ni si les tableaux célèbres sont bien réellement accrochés aux endroits qu'on dit. Au fond beaucoup moins artiste qu'un bourgeois comme Sammécaud.

Son admiration des gens du monde n'avait donc rien d'un snobisme d'emprunt. Elle s'était tout spontanément greffée sur une vocation naturelle.

Mais, de ce point de vue, les hasards de la naissance l'avaient peu favorisé. Il était fils d'un receveur de l'enregistrement de Valence, et s'appelait de son vrai nom Abraham David.

Ceux qui l'avaient connu du temps où il portait encore son patronyme, ou qui en retrouvaient le mention dans quelque annuaire, ne manquaient pas de révéler aux autres qu'il était juif. Pendant l'affaire Dreyfus, il avait eu plus d'une fois à en souffrir. Il protesta de ses origines chrétiennes. Ses protestations n'aboutirent guère qu'à le faire prendre pour un Juif honteux de l'être ; ce qui n'était sympathique à personne.

En réalité, les David étaient une vieille famille protestante fixée depuis un siècle dans la basse Ardèche. Le receveur David, homme jovial, calviniste fort émancipé, fréquentait assidûment un jeu de boules situé à Saint-Péray. Il y avait pour partenaire un rat-de-cave, Malaparte, originaire des environs de Bastia, lui-même plus facétieux que ne le sont d'ordinaire les gens de l'île, et très fier de porter un nom qui semblait l'envers ou la dérision de celui des Bonaparte, que d'ailleurs, comme il n'est pas rare chez les Corses de l'Est, il respectait peu. Tous deux furent pères en 1858, à quelques mois de distance. Tous deux eurent un fils. Malaparte se dépêcha d'appeler le sien Napoléon. David, qui ne voulait pas être en reste de plaisanterie, ne trouva, après avoir bien cherché, rien de plus spirituel que de nommer le sien Abraham. L'antisémitisme n'existait guère à cette époque, surtout à Valence. David n'envisageait pas ce péril. Bref, le protestant jovial et le Corse facétieux vidèrent on ne sait combien de bouteilles de Saint-Péray pour se féliciter d'avoir mis au monde un Napoléon Malaparte et un Abraham David.

Quand le jeune Abraham se tourna vers la littérature, un de ses gros soucis fut le choix d'un pseudonyme. Il l'eût aimé à particule. « Georges de Jallieu » ne lui déplut pas. Il signa ainsi quelques proses poétiques dans une petite revue d'étudiants. Mais il craignait, parti d'Abraham David, d'avoir fait trop de chemin d'un coup. En outre une discussion avec des camarades l'amena à penser qu'il est essentiel pour un écrivain de porter un nom dont la critique de l'avenir et l'histoire littéraire pourront tirer des adjectifs. (A ce moment-là, le jeune Abraham voyait loin.) Que de sentiments et de personnages ont été déclarés lamartiniens ou balzaciens, parce que l'adjectif venait tout seul ! Rien à tirer de Jallieu. Jallieu, comme une carpe bréhaigne, refusait de faire le moindre adjectif. Un jour, feuilletant un album consacré à la peinture italienne, le jeune homme lut au bas d'une planche, non sans une émotion toute personnelle : *Le Sacrifice d'Abraham*. Sous ce titre brillait un nom, celui du peintre : Allori (qu'on surnomma le Bronzino). Abraham David crut entendre un oracle. Il en recueillit la sentence, d'ailleurs sans trace d'humour. Il n'en avait à aucun degré, et sur ce point au moins retrouvait le sérieux calviniste de son ascendance d'avant le joueur de boules. Il décida donc de s'appeler George Allory. Pas d's à George ; pour éviter le risque d'une liaison déplaisante et pour amorcer une impression de chic anglais. (Le chic anglais est un succédané prudent de la particule.) Un y à Allory pour appuyer cette impression. L'ensemble : George Allory, faisait très grand seigneur de l'époque d'Élisabeth, ou, à la rigueur, du temps de George III ; tout en restant très vieille France, pour les gens qui préfèrent ça. Au total quatre syllabes, ce qui se prononce et se retient le mieux. Mais le grand avantage d'Allory était de produire un torrent d'adjectifs : allorien, allorique, alloriste (la grâce ou la mélancolie « allorienne ») jusqu'à plus soif. Ajoutons que trente ans après, en 1908, le besoin d'aucun de ces adjectifs ne s'était encore fait sentir.

Dans ces trente ans, Allory avait publié trois romans mondains et s'était fait une situation de critique.

Sur tout ce qui touchait au « monde », il avait des prétentions et des sévérités intraitables. Il était très persuadé qu'au moins parmi ceux qui tiennent une plume, il était le seul qui connût « le monde », et qui pût en parler sans ridicule. Des expressions comme « le monde », « les gens du monde », « les femmes du monde », prenaient à ses yeux une valeur mystique. S'il ouvrait un livre, où il fût question de « la bonne société », où l'auteur eût l'audace de décrire un salon, de faire parler une comtesse, ou — présomption plus naïve encore — de lui attribuer certains sentiments, George Allory commençait aussitôt à sourire, d'un sourire où la colère se tempérait de pitié.

Ses comptes rendus en portaient la marque. Rien n'égalait la façon dédaigneuse avec laquelle il remettait à leur place les pauvres diables qui s'égaraient dans ces parages défendus. Il avait l'air d'un larbin de grande maison qui reconduit à la grille du parc le repasseur de couteaux et ciseaux entré par mégarde.

Il avait fini par intimider la plupart de ses confrères, même ceux qui n'étaient pas des sots. Ses jugements inquiétaient d'autant plus qu'il ne les expliquait pas. Par exemple, il se contentait de laisser entendre que le romancier Untel, d'ailleurs plein de talent, « n'était pas à son aise pour évoquer les milieux mondains dont on sentait trop qu'il n'avait pas l'expérience », et qu'il ferait mieux de s'en tenir aux régions plus modestes de la société. Ou bien il citait quelques lignes de description, un extrait de dialogue, une remarque psychologique, sans commentaire, comme s'il suffisait d'y jeter les yeux pour saisir une énorme bévue.

Il intimidait aussi ses lecteurs (il en avait peu pour ses livres, mais un bon nombre, d'office, pour ses articles). Il en imposait même — chose peu croyable — à de fort authentiques grandes dames, abonnées des *Débats*, à qui il arrivait de relire trois ou quatre fois de suite les citations incriminées, sans rien y découvrir d'étrange ; et qui en concluaient que leur éducation présentait une lacune ; qu'elles ignoraient quelque raffinement de l'usage ou que, par grossièreté particulière d'esprit, elles trouvaient tout naturels des propos ou des sentiments qui auraient dû les choquer. Comme, d'ordinaire, elles n'osaient point s'en ouvrir à des amies, l'énigme subsistait, ainsi que le prestige du critique. C'est même par ce biais qu'il avait attrapé pour ses trois romans des lectrices de qualité, sincèrement curieuses de savoir non pas comment les choses se passaient dans « le monde » — puisqu'elles en étaient — mais comment elles auraient dû s'y passer.

Celles d'entre elles qui avaient le plus d'esprit trouvaient bien à la lecture que « le monde » de George Allory se situait dans la lune ; que les mœurs y étaient d'une élégance aussi vague que continue ; que les femmes y éprouvaient des sentiments et y parlaient un langage que, Dieu merci, on ne rencontrait pas tous les jours ; bref que « le monde » de George Allory était un monde où elles aimaient autant ne pas vivre. Mais elles se disaient négligemment qu'en littérature « il est probable que c'est mieux comme ça ».

D'ailleurs, dans ses peintures, Allory ne risquait guère d'être pris en flagrant délit d'inexactitude. Car au fait il ne peignait rien. Bien qu'il eût pris beaucoup de dîners dans le monde — ce qui y avait été sa principale forme de pénétration — tout se passait comme s'il n'y eût rien vu, et rien entendu. Quand il avait dit « flambeaux d'argent » et « plats de vermeil », il avait tout dit. La tête sur le billot, il n'aurait pas su expliquer en quoi ce glorieux vermeil pouvait différer du ruolz de chez Christofle.

Ses personnages ne touchaient à la vie que du bout des doigts et de la pointe des pieds. Leur psychologie était exquise. Ils n'avaient, bien entendu, aucun souci d'argent. L'état d'esprit pour eux le plus ordinaire était une mélancolie hautaine. Ni leurs passions ni même leurs vices ne heurtaient les règles du bon ton. Un malheur qui leur arrivait parfois était de se mésallier ; non pas dans le mariage, ce qui eût été de mauvais goût. Il ne s'agissait que de mésalliances d'amants. Une grande dame oubliait son rang dans les bras d'un roturier d'une suprême distinction personnelle qui était d'habitude un artiste, ou un romancier mondain. Il en résultait des déchirements, des suavités, des scènes voluptueuses, où la volupté donnait la même impression de « vécu » que les flambeaux d'argent et les plats de vermeil. Mais aussi pour Allory des scènes de ménage. Car Mme Allory, qui n'avait pas le discernement du vrai en littérature, était persuadée que son mari ne pouvait décrire de tels désordres que par expérience.

Il faut bien reconnaître, d'ailleurs, qu'il conformait sa vie, dans la mesure du possible, à son idéal. Il s'imposait d'habiter, sur une cour lugubre, dans le bas de la rue de Miromesnil, un appartement obscur, qu'il payait dix-huit cents francs par an, alors que pour le même prix il se fût logé ailleurs d'une façon agréable. Mais il avait la satisfaction de se sentir à deux pas des Champs-Élysées, et de pouvoir indiquer une adresse de bon aloi. L'idée de « Huitième arrondissement » lui tenait lieu d'air et de soleil.

Il n'était pas jusqu'à son visage qui ne marquât le même souci. Pendant un temps il avait estimé que l'arrangement le plus aristocratique comportait les cheveux en brosse et la barbe taillée à la manière du duc d'Orléans. Mais quand *L'Action française* en vint à des violences que la plupart des gens du monde désapprouvaient, et auxquelles l'image du prétendant était malgré tout associée, George Allory rogna peu à peu sa barbe, et finit par se retrouver les joues et le menton nus avec des moustaches effilées. Quant aux cheveux, le problème s'était simplifié dans l'intervalle. Beaucoup d'entre eux, précisément ceux du dessus du crâne, étaient tombés.

L'ordre de ses journées variait peu. Il se levait vers neuf heures, prenait aussitôt une tasse de café noir. Puis flânait dans la chambre, entremêlant les soins de toilette à la lecture de deux ou trois journaux. Vers dix heures il était lavé, rasé, peigné ; il avait déjà passé la chemise, le pantalon et le gilet qu'il garderait ensuite ; mais il restait en sandales, sans faux col ni cravate, un foulard de soie au cou ; et il endossait un veston d'intérieur, d'épais molleton l'hiver, de flanelle légère l'été. On lui apportait alors un déjeuner assez abondant, d'inspiration anglaise, où les œufs, le jambon, les tartines beurrées tenaient la place principale. Le romancier y avait ajouté à une certaine époque des farines lactées, plus ou moins additionnées de cacao. Mais il en éprouvait des flatulences, qui le poursuivaient jusqu'au soir, et que sa situation d'auteur mondain rendait particulièrement indésirables, les salons d'aujourd'hui n'ayant pas à cet égard la même tolérance que ceux du grand siècle.

C'est au cours de ce déjeuner qu'il prenait connaissance des livres qu'il avait reçus. Il les feuilletait sans beaucoup de méthode. Les pages qu'il avait le plus de chances de lire étaient celles qu'on pouvait atteindre sans les couper. Il n'avait presque jamais de coupe-papier sous la main. Parfois, cependant, la lecture d'un paragraphe l'empoignait assez pour qu'il eût envie d'en connaître les lignes suivantes. Il prenait le couteau du beurre, après l'avoir essuyé. Le déjeuner se prolongeait ainsi. Une tartine, une page de René Boylesve. Une bouchée de jambon, une strophe de la comtesse de Noailles. Une gorgée de thé, une autre page de Boylesve. Un coin bien croquant de tartine, deux pages de René Bazin. Les jeunes, les auteurs obscurs ne figuraient dans ce menu que s'ils lui avaient été recommandés par quelqu'un, ou que s'ils avaient eu l'idée de faire, dans leur dédicace, une allusion enthousiaste à ses propres romans. Chaque année, il revendait une bonne partie des livres qu'il avait reçus. Les bouquinistes avaient remarqué, sans en deviner la raison, que nombre de ces livres portaient jusqu'à l'intérieur des taches de graisse (le plus souvent pénétrantes et parfaitement diaphanes). Ce qui les dépréciait. Heureusement les dédicaces n'étaient pas enlevées. Allory se bornait à y gratter son nom, quand l'auteur était d'une au moins des trois catégories suivantes : ami personnel, écrivain célèbre, ou académicien.

Vers onze heures, il se lavait les mains, mettait cravate et faux col, enfilait chaussures et veston de ville, se vaporisait sur le visage un peu d'eau de Cologne ; et passait dans son cabinet de travail, contigu à la chambre. Il était prêt à recevoir ses visiteurs.

C'est à ce moment-là que reparaissait dans la chambre Mme George Allory qui s'était levée beaucoup plus tôt, avait fait sa toilette de huit à neuf, et pris dans la sombre salle à manger un petit déjeuner ordinaire. Elle revenait pour compléter sa toilette ; mais aussi pour épier son mari, quand elle savait par la bonne qu'une des personnes qui attendaient au salon était une femme ni trop vieille ni trop repoussante. Elle collait son oreille à la porte de communication, et ne perdait pas un mot de l'entretien. Allory, qui ne l'ignorait pas, en éprouvait une certaine gêne dont il arrivait que la visiteuse s'aperçût avec étonnement.

La réception durait souvent jusqu'à midi et demi. Tout en causant, le critique avait presque digéré son breakfast sans autre incident que quelques éructations discrètes, qui se dissimulaient très bien dans certaines attaques de phrase, qu'il avait adoptées à cette intention. Mais surtout son esprit s'était complètement arraché à sa somnolence naturelle. Ses interlocuteurs lui avaient communiqué des idées, des excitations. C'était un homme qui profitait de la vitalité d'autrui. Lui-même d'ailleurs avait dû se fouetter pour répondre. Tout un branle intérieur s'était fait, dont son travail allait profiter.

Il se mettait donc à sa table, restait parfois une vingtaine de minutes en tête à tête avec le papier blanc, dans la crainte de mal partir. Mais à une heure, il était bien rare que l'élan ne fût pas pris. Il travaillait ainsi jusqu'à quatre ou cinq heures selon les jours, écrivant la valeur d'une moitié de feuilleton. Puis il sortait. Parfois un tour du côté des Boulevards. Le plus souvent, il se rendait au Cercle des Saussaies, dont le recrutement était fort mondain, et où il ne payait, comme homme de lettres, qu'une cotisation très réduite. Il rentrait vers six heures et demie ; et deux jours sur trois, au moins, se mettait en tenue de soirée pour aller dîner dans le monde. A ce moment-là son breakfast était loin. Il éprouvait des tiraillements ; et se montrait ensuite convive de bon appétit. Grâce à cette méthode, et bien que sa femme ne l'accompagnât pas toujours chez les gens, les frais de nourriture du ménage restaient modestes.

*
* *

Ce matin-là, une crise d'amertume l'avait saisi, quelques heures plus tard que Gurau, mais avec presque autant de force. Peut-être, depuis le début de ce jour de novembre, une onde mélancolique traversait-elle la substance de Paris, ne lâchant une âme que pour en secouer une autre. Peut-être y a-t-il ainsi des perturbations voyageuses, qui se métamorphosent hypocritement selon les existences ou les matières qu'elles atteignent ; qui se font tour à tour gouttelettes de brouillard dans le ciel, douleurs indéfinissables dans la chair, pensées découragées un peu plus loin.

C'est vers le milieu de sa toilette qu'Allory, concluant une méditation non formulée qui avait dû cheminer en lui sans qu'il y prît garde, se déclara tout à coup : « Au fond, je suis un pauvre type. » Aussitôt, comme autorisées par ce signal, toute une séquelle d'idées, hélas ! très précises, lui cavalcadèrent par l'esprit.

« J'ai eu cinquante ans cette année. J'ai fait en trente ans trois romans — un par dix ans — dont pas un n'a eu de succès. Mon influence tient uniquement à mon feuilleton. Que *Les Débats* me vident demain, tous ces salauds et salopes se foutront de moi. Si je claquais, j'aurais cinquante lignes de notice dans *Les Débats,* et cinq ailleurs. J'aurais dû faire l'impossible pour entrer à l'Académie. J'ai fait ce que j'ai pu ; mais pas l'impossible. L'insuccès distingué, jusqu'à un certain âge, l'Académie aime ça. Mais après, ça la dégoûte de s'accroître d'un vieux raté. Même les ennemis, je n'ai pas su m'en faire comme il faut. J'ai agacé des tas de confrères par des piqûres d'épingle, mais je n'ai écrasé personne. Pas un de ces éreintements qui font époque ; qui font trembler d'avance les autres. J'ai accroché Paul Adam. J'ai accroché Abel Hermant. Sans m'acharner. J'ai eu peur de Paul Adam, à cause de ses innombrables relations. (Je me rappelle très bien le soir du banquet au *Continental*, pour sa rosette. Il y avait tellement de monde : Rodin, Besnard, des ministres, les étrangers, la presse. Le trac m'a pris.) J'ai eu peur qu'Hermant ne se fasse élire avant moi, et qu'ensuite... Tactique de foireux. France. J'aurais pu le harponner, écrire le grand éreintement de France que personne n'a osé. Au point de vue littéraire, et au point de vue national. C'est entendu, j'aurais mis des milliers de gens contre moi. Mais des milliers auraient crié d'aise : "Bravo, monsieur !... Votre magnifique courage, etc." Et l'Académie, qui ne lui pardonne pas ses dédains, ne me quittait plus de l'œil. Je me présentais. Même battu, il se faisait une manifestation sur mon nom. Dix voix que tout Paris s'efforçait d'identifier, et qui en devenaient dix-huit à une élection suivante. Maladroit. Même quand je me rase. Puisque je me coupe au moins une fois par semaine. Et une coupure, avant que la croûte ait fini de tomber, se voit pendant huit jours. Je n'ai pas été mal du tout, jusqu'à ce que mes cheveux du dessus soient partis. Et je n'ai même pas réussi à coucher avec une femme du monde. Il y a bien eu ces deux que... Non, ça ne compte pas. Ce n'étaient pas des vraies. Une « baronne » de journal de modes, qui doit s'appeler Léonie Durand, comme moi Abraham David, n'est pas une femme du monde. Une poétesse de province n'est pas une femme du monde. C'est à crever de tristesse. Bien la peine d'être romancier mondain, et arbitre des élégances. "George

Allory, qui est, dans toute la force du terme, une vieille noix'' ; voilà ce qu'une revue de jeunes a pu écrire l'autre jour. Et je suis sûr que personne n'a tiqué. Je finirai par me désabonner de l'*Argus*. Même hier soir, chez les Champcenais, les femmes n'avaient pas l'air de faire plus attention à moi qu'à ce couillon de colonel. Dieu sait pourtant que j'en ai mis, de la poésie, dans mes livres ; du rêve ; des figures de femmes fascinantes !... Qu'est-ce qu'il leur faut !... Dieu sait pourtant que je les connais ! les détours de leur psychologie ; leur soif d'extase et d'inconnu. J'ai certainement manqué de toupet. Moi dont les dialogues d'amour sont classiques, je n'ai jamais su, quand je causais avec une femme du monde, trouver la transition entre des vues générales sur l'amour et une attaque dirigée sur la personne. Au fond, j'ai le trac que ''ça ne soit pas comme ça''. Le type qui a composé, en chambre, un traité de natation, et qui n'admet pas qu'on le contredise. Mais quand il s'agit de se jeter à l'eau pour vérifier !... Je me suis fait une conception beaucoup trop éblouissante du monde, et des femmes du monde. L'idée d'en amener une à se déshabiller pour moi dans un entresol, et d'avoir, moi, George Allory, à faire ensuite tout ce qu'il faut pour qu'elle ne soit pas déçue, pas choquée, pour qu'elle ne parte pas en pensant qu'elle s'est fourvoyée... cette idée est trop forte. Je l'ai trop laissée grandir. Et pourtant, il n'y a que ça qui maintenant m'aurait consolé. Que ça ! que ça ! »

Il se sent malheureux jusqu'au voisinage de la défaillance. Son front dégarni et ses tempes grisonnantes, dans la glace. Le rasoir qui ne demande qu'à le couper. Des années, devant lui, de plus en plus mornes. Le déclin, sans compensation. Pas de gloire. Aucune revanche à attendre. Pas même ce fol éther d'espérance qui infiltre la cervelle des méconnus. « Que je sois, moi, un méconnu ! A qui cette supposition baroque pourrait-elle venir ? Un trop-connu, oui. Un trop-vu. Une vieille noix. »

Il est si triste qu'il voudrait avoir des vices. Des vices poignants, qui fouilleraient l'âme assez à fond pour y réveiller une certaine fureur de vivre. Il imagine des croupes, des seins, des bouches. Tantôt des bouches mûres, salement complaisantes ; des yeux bistrés, dont chaque regard est une offre de plus ; des poitrines lourdes, des replis desquels monte une odeur cuite. Tantôt de fines lèvres étonnées ; des yeux d'enfant rieuse ; de menues gorges agaçantes ; une chair qui sent l'herbe, le laurier, la groseille. Tantôt une longue chevelure brune qui vous inonde les épaules. Et tantôt de courtes tresses blondes nattées qu'on serre dans une seule main. Soudain il comprend tout. Il est le complice et l'envieux de tout. N'importe quelles caresses ; les demandes cyniques ; les morsures ; la joie de faire du mal ! la joie de souiller : le besoin d'outrages... Rien d'humain ne lui est plus étranger. A travers l'espace, il semble qu'il fasse des signes d'intelligence à des frères secrets. Si, par le même invisible chemin, la plus horrible pensée de Quinette venait s'abattre dans la chambre, il la réchaufferait comme un oiseau perdu.

*
* *

Dans le salon, éclairé par la lumière la plus mélancolique de novembre, deux personnes attendent, dont Marcel Boulenger.

Au bas de la troisième colonne de son avant-dernier feuilleton, George Allory a fait, sur le ton qui lui est habituel, une allusion à un passage de *L'Amazone blessée.* L'allusion n'est pas des plus claires. Mais il en ressort que l'auteur de *Couplées,* « qui n'a pas les mêmes excuses que d'autres », a commis une fâcheuse confusion quant à un trait de la vie mondaine. Or, avec le reproche d'ignorer la langue française, celui d'ignorer les usages du monde est le plus sanglant qu'on puisse faire à Marcel Boulenger. Le plus invraisemblable aussi, car ces deux matières sont pour lui l'objet d'une étude constante.

Il a d'abord haussé les épaules. Il a juré de n'y plus penser. Il a cherché toutes les raisons qu'on pouvait avoir en 1908 de tenir George Allory pour un pédant et un sot. Mais il a passé deux nuits sans dormir. Au cours de son insomnie, le bas de la troisième colonne du feuilleton ne cessait de lui apparaître. Il se récitait des chapitres entiers de son roman pour y découvrir l'odieuse bévue. Ce matin, il s'est décidé à venir trouver George Allory.

Il regarde le salon, mêlé de Louis XV et de Louis XVI, dont pas un meuble n'est une pièce rare, dont pas un, peut-être, n'est authentique, où rien n'est disposé avec esprit, mais qui, il faut l'avouer, ne présente aucune faute évidente de style, ni même de goût. Parmi les salons aristocratiques où Marcel Boulenger fréquente, quel est celui qui, à côté de meubles de la plus haute origine, ne contient pas quelque détail (chaise-longue de laqué blanc, ou cache-pot à fleurs) vraiment ordurier ? Cette infaillibilité serre le cœur de Marcel Boulenger. Il espérait autre chose.

Il regarde la dame qui attend en face de lui. Il lui semble la connaître. Peut-être ne l'a-t-il jamais rencontrée. Mais il a dû voir un portrait d'elle. Quelque femme de lettres sans doute.

Où l'eût-il rencontrée, d'ailleurs ? Cette dame brune et bien en chair, à l'ample visage sensuel, aux yeux lourds et audacieux, aux lèvres très fardées, aux seins obsédants que soulève le corsage de velours noir, n'est pas de celles qu'on voit dans la bonne société. Ou quand par hasard on les y voit, on peut être sûr qu'elles en sont elles-mêmes. Il faut être au moins duchesse pour faire tolérer dans un salon cette touche de caissière luxurieuse.

La dame regarde Boulenger. D'un œil d'amateur, plutôt que provocant. Elle le trouve un peu frêle et fatigué, et les airs de grand seigneur dégoûté qu'il se donne, joints à son veston bordé et à son monocle, la chatouillent d'une légère envie de rire. Mais chez elle, le rire n'a jamais empêché de naître des sentiments d'une plus chaude mollesse. Un homme peut être un rien ridicule sans cesser pour si peu de parler à la chair. Il y a même là une chance de renouveler le plaisir.

Marcel Boulenger n'est pas du tout flatté de l'intérêt qu'il éveille. Il détourne les yeux. Il sent que si l'attente se prolonge, la dame va engager la conversation.

Par bonheur, on ouvre la porte. La bonne appelle, d'une voix surette et voilée :

— Madame Maria Molène, s'il vous plaît.

* * *

Depuis quelques minutes, George Allory, debout dans son cabinet de travail, tient la carte de Maria Molène.

Il connaît Maria Molène. Il a reçu sa visite quatre ou cinq fois. Il suppose qu'elle revient lui parler d'un roman sur Messaline, qu'elle a en train, et qu'elle voudrait que le critique recommandât à la *Revue de Paris.*

Pour l'instant, il se moque de la *Revue de Paris,* de Messaline, du roman de Maria Molène et de toute la littérature en général. Mais il se dit soudain que Maria Molène est une femme désirable, sûrement sensuelle, et presque sûrement facile. Elle a un de ces corps auxquels on manque de respect dès qu'on les regarde. Elle est belle de cette façon grossière, impudique et triste, qu'il aimerait ce matin jeter en pâture à son cœur désespéré. Une de ces femmes dont on ne jouit pas simplement — quand on est un homme délicat — mais encore dont on se souille. Il se dit qu'un moins sot que lui ne la laisserait pas ressortir de la pièce sans l'avoir possédée. Au moins sans avoir obtenu d'elle quelque basse faveur.

Hélas ! Mme Allory a certainement collé déjà son oreille à la porte. Même les souffles, même les silences seront interprétés.

La bonne fait entrer Maria Molène.

Oui, c'est bien la créature charnue et charnelle qu'il revoyait. Tout serait possible et facile. Il éprouve une grande sécheresse de la gorge.

Mais elle s'est assise. Elle a commencé de parler. Quelle voix merveilleusement sale ! Il fait effort pour l'entendre. Il tremble un peu pour répondre.

— Eh bien, voilà, mon cher maître. C'est en somme presque fini. Un chapitre à refaire ; et encore, je ne sais pas. Je me contenterai peut-être de corriger sur épreuves.

— Vous gardez votre titre ?

— « Un amour de Messaline » ça ne vous plaît pas ? J'avais pensé à « Le Dernier Amour de Messaline ».

— Il me semble que vous m'aviez parlé, la dernière fois, de... de « Messaline » tout court. (Il tâche de parler avec détachement, pour la porte qui écoute.)

— C'est vrai. Mais ça promettait trop. J'évoque bien l'ensemble de la vie de Messaline, mais seulement en perspective, vous comprenez. Et puis j'ai été amenée à modifier l'équilibre du livre. J'étais partie avec l'idée de traiter plusieurs épisodes caractéristiques. Et puis l'épisode de la fin s'est mis à prendre de plus en plus d'importance. C'est devenu le sujet.

— Quel épisode de la fin ? (Il ne sait plus trop ce qu'il dit.)

— Eh bien, quand elle rencontre ce jeune homme. Maintenant tout ce qui précède n'est plus qu'une espèce de vaste prologue. Et du même coup, j'arrive bien mieux à ce que j'avais toujours rêvé. Une espèce de réhabilitation de Messaline. Si je l'avais montrée traversant une série d'aventures, de chapitre en chapitre, le public aurait surtout vu la coureuse, la curieuse, qui ne se rassasie jamais. Tandis que là, c'est le passé. En somme elle sort de la débauche pour découvrir l'amour. Et le jeune chrétien, lui, sort de son éducation mystique pour découvrir la volupté.

— Parce que, décidément, vous en avez fait un chrétien ?

— Oui, oui. Perversités antiques et pureté chrétienne ; le public reste sensible à ce mélange-là. Regardez *Thaïs, Quo Vadis ?* Chez moi l'orgie du paganisme finissant est symbolisée par la splendeur de la femme mûre ; le christianisme naissant par le jouvenceau. Ça renouvelle tout à fait le thème. Ça donne à l'opposition traditionnelle un caractère très humain, et très troublant.

— Mais finalement, quel est le principe qui triomphe ? (Élevons le débat pour la porte qui écoute.)

— Ah ! voilà ! Je crois que j'ai été très habile. La progression et la surprise sont constamment ménagées. Au début, Messaline est comme saisie par l'amour pur, suffoquée. Elle ne connaît pas ça. Elle se baigne, elle se roule dans la pureté du jouvenceau qui n'a jamais approché d'une femme, hein ? qui est tout ce qu'il y a de plus vierge. Encore le premier duvet sur la joue. Elle le dorlote, le caresse à peine. Quelque chose de maternel. Bref, mon affaire part en pleine chasteté. Ces chapitres-là, dans la *Revue des Deux-Mondes,* ou même dans *Les Annales,* pas un abonné ne sourcillerait. Le lecteur peut croire que ça durera comme ça jusqu'au bout. Mais à force, les sens du petit s'exaspèrent, se révoltent. Et c'est lui, en quelque sorte, qui débauche Messaline. Vous voyez le paradoxe ?

— La situation garde un caractère de vraisemblance ?

— Bien entendu, quand elle se rend compte, et qu'il ne lui reste plus qu'à faire faire au petit le dernier pas, son instinct et son expérience d'amoureuse rentrent en jeu. Mais moralement, c'est lui qui l'arrache, elle, à son enivrement de pureté.

— Ce que je ne vois pas bien, c'est le rôle du christianisme là-dedans.

— Si. Elle devient chrétienne dans ses bras. Elle s'imprègne de la foi en buvant ses caresses. J'ai toute une seconde partie très nuancée, et d'une saveur, je puis bien le dire, sans précédent. Ma troisième partie s'élève encore. Elle fait la synthèse. Et elle dépasse. Mon jouvenceau revient non pas à la foi, puisqu'il ne l'a jamais perdue, mais à sa vocation. Il se fait prêtre. Tableau du christianisme primitif. Vous voyez. Mais dans une tout autre couleur que *Quo Vadis?* Il continue à rencontrer Messaline, en secret, mais sans plus rien de charnel entre eux, au moins dans les actes. Il veut l'amener définitivement au Christ. C'est lui qui la baptiste. C'est lui qui lui donne la communion. Ce chapitre-là est le plus extraordinaire ; le plus lourd de signification, dans la réalité et dans le symbole ; en même temps le plus difficile. C'est celui-là que je veux retravailler. Parce qu'il faut qu'on sente dans cette scène de la communion qui est très développée, qui ne cesse pas de monter, que Messaline, à genoux devant le jeune homme, et recevant de lui l'hostie, c'est encore de l'amour qu'elle reçoit, et de l'amour comme elle peut le comprendre, c'est-à-dire transfiguré par sa nouvelle croyance, mais riche pourtant de tous les souvenirs de son passé, de toutes les ardeurs de sa maturité luxurieuse... A l'arrière-plan : l'époque. Les deux mondes. Les deux principes. Ça va très loin, si je le réalise comme je le vois. Mais il faut un doigté !...

George Allory fait appel à son plus profond courage. Il se lève comme pour indiquer que l'entretien est terminé. Il s'avance vers Maria Molène qui, un peu interloquée, se lève à son tour.

Il met le doigt sur ses lèvres, lance vers la gauche un coup d'œil significatif, en remontant les sourcils :

— Eh bien, chère madame, dès que vous pourrez disposer d'un manuscrit, apportez-le-moi. Je le lirai. Et je verrai ce qu'on peut faire avec les gens de la rue Saint-Honoré.

Il est maintenant tout près d'elle. Il esquisse encore un « chut ». Il sourit d'une manière quasi suppliante. Il avance les mains, caresse doucement l'abondante poitrine de Maria Molène gainée de velours. Puis, sans précipitation, comme s'il était seul à comprendre le pourquoi de ce qu'il fait, comme quelqu'un qui n'a de comptes à rendre à personne, il appuie ses lèvres sur celles de Maria Molène.

Elle ne résiste pas. Elle est pleine à l'instant de complaisance attentive. Le rien d'étonnement qu'elle éprouve se change en gratitude ; et le baiser déjà circonstancié qu'elle lui rend veut dire : « Excusez-moi de ne pas y avoir pensé la première ».

Mais de ses mains qui continuent à lui caresser la poitrine, il la pousse vers la porte de sortie, tout en ajoutant pour l'autre porte — celle qui écoute :

— J'espère que le sujet ne les effarouchera pas trop.

XIX

GRANDE PROMENADE DE JALLEZ ET JERPHANION. PREMIÈRE DISPARITION D'HÉLÈNE SIGEAU

Jallez et Jerphanion sont assis l'un en face de l'autre. Ils ont chacun devant eux une assiette à soupe. Non loin, une soupière, où plonge une cuiller importante. Cette soupière contient la chicorée au lait, que sous le nom de café au lait le Pot dispense avec générosité.

Au-dehors achève de se lever un jour timide et tendre. Qu'est-ce qui empêche de croire que ce soit un matin de printemps ? L'air du réfectoire est froid. Les vitres sont léchées par une brume. Peu de clients dans cette auberge. Çà et là, seul à une table, un gaillard, en blouse, trempe de grosses tranches de pain dans sa soupe, comme un roulier. On ne serait pas étonné d'entendre le chant du coq.

— Tu as cours à neuf heures ? demande Jallez.

— Oui. A la Sorbonne.

— Moi aussi, à la rigueur. Nous partirons ensemble ? Si je ne te vois pas du côté des chambres à neuf heures moins le quart, je t'attendrai devant la loge du gardien.

*
* *

Ils sortent. L'air est très vif, mais décidément agréable. A défaut de chant de coq, deux ou trois oiseaux piaillent dans les arbres les plus hauts du jardin. Un bruit de fouet, de chevaux et de roues vient de la rue Gay-Lussac.

La rue d'Ulm s'allonge bien droite et bien sage. Au bout le Panthéon, si énorme pour cette petite rue. Il est vrai que dans les villes anciennes on arrivait au pied des cathédrales par des rues encore beaucoup plus étroites. Ce n'est pas la même chose. D'ailleurs, on n'a pas l'impression d'arriver au Panthéon. On s'en approche, en profitant d'une facilité qui vous est offerte un peu par hasard. Comme on approcherait d'une muraille de citadelle en empruntant une douve.

Il a plu hier et avant-hier. Mais il règne ce matin la vague assurance qu'il ne pleuvra pas. La nuée légère est presque immobile. Bien qu'on ne voie s'ouvrir aucune baie de ciel bleu, et qu'il ne soit pas question du soleil, encore occupé quelque part à se tirer d'un horizon de toits et de fumées stagnantes, il se fait là-haut, un peu partout, des minceurs, des transparences ; il se marque des empreintes de lumière.

Trottoir sans boutiques. Demeures inertes. Le regard monte comme un écureuil, grimpe la grande muraille aveugle, le dôme côtelé jusqu'à la « couronne de colonnes ». On dirait que le soleil se sent appelé. Quelle est cette pensée que vous donne un dôme dont on approche ; un dôme énorme au-dessus d'une ville ? Quel songe de courage, d'orgueil indifférent ? Quelle réverbération de l'avenir ? Quelle allusion au destin de l'Esprit ?

Jallez et Jerphanion contournent l'édifice. Jerphanion réentend une phrase de Caulet : « La grande place où il ne passe personne qu'un petit curé imperceptible. » Jallez, sans interrompre une autre rêverie, accueille lui aussi l'influence de cet espace désert et dominé. Ce lieu ne l'exalte pas vraiment ; mais ne l'attriste pas non plus. La solitude y reste un peu abstraite, ne vous imprègne pas d'un sentiment d'abandon. La froideur des choses n'y est pas gênante. Leur solennité ne cause pas d'ennui.

Ils prennent par la rue Saint-Jacques, et rejoignent la rue de la Sorbonne. Toutes ces pentes descendent comme il faut et donnent envie de leur céder avec allégresse. Il est dommage de s'être mis en route pour si peu.

Voilà Mauduit, et deux autres, à quelques pas en avant, sur le même trottoir.

— Ralentissons, dit Jallez.

— Pourquoi ?

— Parce que ça ne m'amuse déjà pas d'aller à ce cours. Mais l'idée d'y entrer avec Mauduit, du même pas fringant, me répugne tout à fait. Tu ne connais pas Mauduit ? A peine. Tu n'as pas entendu Mauduit ? Non. Par exemple quand il fait une conférence sur la notion de causalité chez Descartes et Malebranche. La perfection même. Il parle une heure vingt, sans notes. Quatre lignes peut-être et deux accolades, sur un bout de papier. Il a un débit rapide, mais régulier et distinct. Six mots à la seconde ; garantis.

— Mais tu décris Leroux, exactement.

— Je te demande pardon. De quoi Leroux a-t-il à vous parler ? De la psychologie d'Hermione, ou de la jeunesse de Voltaire. Soit dit sans manquer de respect à ta spécialité, c'est relativement enfantin. Et je suis sûr qu'il bourre ça de clichés. Mauduit, lui, ne se livre à aucune vaine recherche de style ; mais il pénètre à la vitesse de six mots à la seconde dans les moindres détours de la pensée métaphysique de Descartes ; et, à la même vitesse, il suit la ligne capricieuse qui sépare, sur un problème donné, la dialectique de Malebranche de celle de Descartes, comme un employé qui découperait vertigineusement le bord chiffré de toute une série de mandats-poste. Sans aucune erreur. Mauduit ne cherche jamais ses mots, n'hésite jamais sur une formule, même sur une nuance. J'accepte un match Mauduit-Leroux quand tu voudras.

— Des types comme ça ont tout de même quelque chose de prodigieux.

— Oui. Et d'où vient qu'ils nous font horreur ?

— Nous en sommes peut-être jaloux.

— C'est ce que je me dis parfois, pour me faire enrager. Et il est certain qu'ils nous vexent. Ils humilient ce qui peut y avoir de plus écolier dans notre amour-propre. Mais au fond, nous les méprisons. Et nous en arriverions à mépriser la littérature, la philosophie et le reste, si nous pensions que la littérature, que la philosophie, que la pensée en général se laissent débiter comme ça à la vitesse de six mots par seconde, sans qu'un nœud du bois fasse jamais péter la machine.

— Mais tu vois qu'elles se laissent débiter.

— Non, je t'assure, non. Il n'y a là qu'une simulation affreuse. Regarde la tête de Mauduit ; son sourire ; ses yeux. Il s'en fout. Mais totalement. Tel petit employé de la Samaritaine a réfléchi réellement à plus de choses que lui. Il est impossible d'écarter avec plus de soin tout soupçon de profondeur et d'authenticité. Oh ! d'ailleurs c'est un grand mystère, la faculté de ces gens-là, d'être traversés impunément par les opérations intellectuelles, comme ces fakirs qu'une lame de couteau entre les épaules ne fait pas saigner ; leur aptitude à « conduire » sans résistance sinon l'esprit, du moins les signes de l'esprit... C'est du même ordre que le mystère des mathématiques... Certains jours, de proche en proche, ça vous mènerait à une vue désolante du monde... Oui... En attendant, ça me dégoûte d'aller à ce cours. Le tien est important ?

— Oh ! Une explication de Polybe.

— Polybe... Alors tu viens ?

— Où ça ?

— Ailleurs.

Ils étaient devant la porte de la cour Richelieu. Un regard du coin de l'œil. Ils passent outre. Ils continuent à descendre la rue de la Sorbonne.

— Tu ne m'en veux pas, au moins ? demande Jallez.

— Sans blague ! J'étais en train de m'appliquer la pensée de Vauvenargues : « Rien ne rafraîchit le sang comme d'avoir évité une sottise. » Je cite à peu près.

*
* *

Au bas de la rue, ils hésitèrent une minute. Jallez interrogeait le ciel, comme si plus ou moins de lumière dans le creux d'un nuage, plus ou moins de beau temps à espérer, devait incliner leur marche d'un côté ou de l'autre.

— Dans ton pays, qu'est-ce que ce ciel-là annoncerait ?

— Il n'y aurait pas ce ciel-là. Ce serait beaucoup plus dégagé, avec du soleil...

— Même en cette saison ?

— Oui... peut-être des brumes blanches traînant vers le sol, mais un franc soleil là-haut. Ou bien alors tout à fait sombre. De grands nuages noirs ; et ensuite six heures de pluie bien verticale ; de longues aiguilles qui enfoncent dans les prairies.

— As-tu néanmoins un pronostic ?

— Malgré moi, je me figure qu'il pleuvra. Mais je n'ai pas l'expérience du temps parisien.

— Eh bien, sauf erreur, il ne pleuvra pas. De quel côté allons-nous ?

— Ça m'est égal.

Là-dessus, ils se mirent en marche. Aucun d'eux n'avait conscience de guider l'autre. Ils suivirent la rue des Écoles vers l'est, dans la direction du ciel le plus clair. Ils parlaient de ce qu'ils voyaient.

Jerphanion admira une boulangerie.

— J'aime beaucoup les boulangeries parisiennes. Ce ne sont pas les seules boutiques d'ici qui aient un style. Mais ce sont peut-être les plus charmantes.

— Et encore celle-ci n'a rien d'épatant. Je te mènerai un jour là où se trouvent encore non seulement les boulangeries, mais les pharmacies, les charcuteries, les rôtisseries, les plus parfaites. Où tout est resté rituel dans la disposition des lieux, dans les ornements et les emblèmes, dans l'ordonnance des marchandises, même dans la tenue du patron ou de la patronne et les gestes du métier.

— De quel côté ?

— Toute la montée de Belleville, depuis le canal jusqu'au-delà de l'église.

— Que manque-t-il à celle-ci ?

— D'abord la couleur de la devanture est laide. C'est à une époque récente, dans les maisons fondées depuis quinze ou vingt ans, qu'on a dû adopter ce marron clair. On ne le voit pas dans les vieux quartiers de la tradition. L'idée de rappeler la croûte de pain fendu ? Ce n'est pas heureux. Les boulangeries-pâtisseries dont je te parle ont une façade de tonalité sombre : bleu foncé, brun foncé, même noir d'ivoire, avec des contrastes, des filets, des dorures. Les lettres de l'enseigne, toujours dorées. Des inscriptions, encadrées de motifs symboliques : la gerbe enrubannée de bleu, la corne d'abondance. Parfois, même à l'extérieur, des scènes peintes, protégées par une glace : le moissonneur, les jambes dans les blés, la tête sous le chapeau de paille. Quant à l'intérieur, il doit être bien carré. Recevant le jour en face. En principe, pas de boutique d'angle. La caisse au fond, assez haute, richement moulurée et ornée. De même couleur et dorures que la façade, par exemple. Au fond trois grandes glaces encadrées dans la boiserie ; ou mieux encore trois trumeaux avec glaces demi-rondes, et des peintures évoquant la vie du blé : les semailles, la moisson, le battage au fléau. Toutes les parois dans des tons clairs et luisants de blé mûr, d'ivoire ou de porcelaine. Un lustre au milieu, et des appliques. Je te dis ça de mémoire. Tu verras sur place. C'est encore mieux.

Ils aperçurent à quelque distance la place de Jussieu, et faillirent la joindre, tant elle leur plaisait par sa gaucherie provinciale. Un triangle étriqué, au flanc d'une petite ville montueuse. C'est là que se tiendrait une modeste annexe du marché : poireaux et fines herbes. De là partirait une diligence pour une route peu fréquentée.

Mais ils furent attirés par la rue des Fossés-Saint-Bernard. La longue grille de la Halle aux Vins est regardée du matin au soir par des maisons basses. De l'autre côté de la grille les arbres dépouillés laissent tomber une dernière feuille sur les barriques de vin nouveau. A gauche, l'on boit et mange à toute heure dans des caboulots étroits.

Une vitre portait en lettres rouges ombrées de noir :

SPÉCIALITÉ DE CHABLIS ET DE FLEURIE

— Si nous entrions boire un verre de chablis ? Hein ?

Une heure plus tard, ils se trouvaient dans les rues de Picpus. Ils avaient traversé la Seine au pont Sully, pris de petites rues du quartier de l'Arsenal ; et par la passerelle qui coupe en son milieu la gare des bateaux, ils avaient atteint l'avenue Ledru-Rollin.

— Te voilà du côté de chez toi, avait dit Jallez.

Parvenus au faubourg Saint-Antoine, ils avaient remonté jusqu'à la rue de Picpus ; puis gagné les abords de la rue de Charenton.

— Nous sommes encore dans ta région. Mais tu n'as jamais dû venir par ici ?

— Non. Jamais. Nous devons être très loin du centre ?

— Aussi loin qu'on peut l'être, je crois, sans franchir les murs. Sauf peut-être quand on touche l'extrême fond d'Auteuil, la bosse du Point-du-Jour. Mais l'aspect « loin du centre » varie tellement suivant les directions. Il y a ici, comme dans d'autres quartiers périphériques, avec ces bouts de rue raccordés de travers, ces maisons à pignons et poulie, une bonhomie villageoise. Mais ici il s'y ajoute encore, pour moi, une impression de grand-route, et le courant d'air des longs voyages. Cette montée de la rue de Charenton fait très grand-route, n'est-ce pas ? Tu vois ce tournant déjà champêtre, solitaire. Le charretier patient. On est parti depuis déjà des heures, et on va loin. Alors Picpus ressemble à une étape, ou à un relais sur le côté de la route. Évidemment, ce coin-ci, par exemple, évoque le vieux Montmartre. Mais la Butte est un aboutissement. Le chemin de Saint-Denis qui lui passait jadis par-dessus l'épaule, on n'y pense plus. Les routes se sont écartées. Et puis, on sent sur la Butte une malice. La place du Tertre s'amuse d'avoir cet air-là si près des Boulevards. L'innocence de Picpus est insoupçonnable.

Ils redescendirent vers la Seine ; firent le tour de l'église de la Nativité, perdue entre les gares et les entrepôts, et douce à regarder pourtant comme une église italienne. Un espace paisible, ami du loisir et du soleil, l'environne, bien qu'on entende sans cesse gronder les trains sur les deux ponts de fer de la rue Proudhon, où vieillit une ombre de tunnel. Ils décidèrent de manger dans le voisinage de cette église. Mais pour trouver un bistrot ils durent revenir en arrière et n'en découvrirent un, qui fût à peu près de leur goût, qu'au carrefour Wattignies.

*
* *

Vers les deux heures, ils longeaient le fleuve, quai de la Gare. Ils apercevaient sur l'autre rive, devant une muraille faite d'arcades aveugles, et ourlée d'une guirlande d'arbres, les tonneaux de Bercy rangés par centaines comme des moutons. Au sud, de petites auberges, de petits commerces pour mariniers, dans des maisons presque aussi basses que celles des pêcheurs au pays des tempêtes, alternaient avec de grandes cheminées et des façades plâtreuses d'usines. Le bruit, sur les gros pavés, de camions à quatre chevaux, s'élevait librement, allait se faire boire par le ciel, et n'empêchait pas d'entendre le clapotis, contre les péniches, de la Seine couleur d'argile.

— Ah oui ! Ce qui est arrivé ensuite avec Hélène ? Je crois bien que la semaine d'après je suis allé la guetter de nouveau à la sortie de son école. J'ai pris les mêmes précautions. Mais à un moment, je me suis arrangé pour être vu. Ou le hasard m'a aidé peut-être. J'ai passé devant elle, en biais, à une certaine distance. Je l'ai saluée.

— Elle t'a répondu ?

— Oui, d'un petit signe de tête.

— T'a-t-il semblé qu'elle n'avait pas l'air surprise ? qu'elle t'avait déjà aperçu la première fois ?

— Je ne sais pas. Elle restait si aisée en toutes circonstances. J'ai dû recommencer ce manège deux ou trois semaines.

— Le même soir de la semaine ?

— Oui. Un jeudi, nous nous sommes retrouvés au square d'Anvers, devant d'autres camarades. Dont une amie à elle. Quelqu'un vint à parler de la durée des classes, dans les différents établissements ; des heures de sortie. Hélène indiqua les siennes. J'appris ainsi qu'une autre fois encore dans la semaine elle sortait plus tard. Elle avait dit cela en insistant si peu que personne ne pouvait y prêter attention que moi. Mais en même temps elle m'avait adressé, oh ! pas un sourire, un commencement de sourire, une lueur des yeux. J'en fus enhardi, ainsi que par la présence des autres. Je trouvai la force d'être hypocrite avec toupet. Je fis : « Tiens ! Je croyais que vous sortiez tous les soirs à quatre heures ? — Mais non. C'est que je n'ai jamais eu l'occasion de vous le dire. »

« Tu n'imagines pas la joie où me mit sa réponse, qu'elle avait faite du ton le plus uni. Tu comprends. Nous venions de mentir ensemble. Nous étions complices. Il y avait dans la vie une chose qui nous était commune, et qu'elle acceptait de cacher.

« Le nouveau jour, je n'avais garde de l'oublier. Il était plus près du jeudi que l'autre. Disons le vendredi. Donc, ce nouveau jour, je guette encore Hélène. Elle sort de l'école, mais toute seule. Ses camarades de l'autre fois ne suivaient-elles pas le même cours ? Ou Hélène avait-elle trouvé moyen de les quitter ? Elle prend le chemin habituel, va sans se retourner, avec une sagesse exemplaire. Moi, je gagne l'autre trottoir ; je marche d'un pas très rapide. Je m'arrange pour arriver presque à la hauteur d'une usine Edison, qui est au-delà de la place d'Anvers, avant qu'Hélène, qui vient par le trottoir de gauche, n'ait atteint seulement la place. Alors je traverse l'avenue à sa rencontre. J'eus le temps de me dire : « Il faut que je l'aborde exactement comme je fais le jeudi au square. Après tout, quelle différence y a-t-il entre le jeudi et le vendredi ? entre le square et la place qui est à côté ? » C'était un sophisme. Mais comme la timidité tient souvent à un excès du discernement des différences, un sophisme qui les escamote est le bienvenu. Bref, je l'ai abordée comme je me l'étais promis. Et je me suis aperçu alors que tout prenait une allure facile. Voilà, entre parenthèses, une expérience que je n'ai pas assez méditée depuis.

— Et son attitude à elle ?

— Très naturelle aussi. Peut-être un sourire dans les yeux. Peut-être une émotion. Qui sait ? Elle me tend la main, interrompt à peine sa marche. Je me mets à sa droite. Je l'accompagne, comme si je l'avais fait depuis toujours. Je suis sûr que les passants nous ont pris pour le frère et la sœur. Note qu'au moins chez moi ce naturel était tout apparence. Dans le fond j'étais ivre, noyé de stupeur. J'ai dû parler des choses les plus plates.

« A l'entrée du carrefour où je l'avais perdue la première fois, elle ralentit le pas, s'arrête, semble soucieuse et dans l'attente. Il y avait à côté de nous ce carrefour, avec ses tournoiements de reflets, d'air noir. Comme je ne fais pas mine de comprendre, elle me dit : « Il faut nous séparer, Pierre. Oui. Il vaut mieux. » La trace d'inquiétude qu'elle montrait me combla. Car je pensais depuis un moment : « Hé bien, oui. Elle accepte que je l'accompagne, parce que je suis un camarade de jeu, et que c'est sans aucune importance. » Voilà que ce n'était plus sans aucune importance.

« Je n'ai pas dû trouver de mots très saisissants. Mais j'ai pourtant réussi à lui dire que j'étais heureux, et à lui faire deviner que désormais toutes mes semaines allaient vivre de ces deux soirs-là où je la rencontrerais, de ces quelques minutes de chemin que nous ferions ensemble. (Parce que je me promettais bien de la retrouver aussi le second soir de la semaine, après l'endroit où elle aurait quitté ses amies.)

— Vous en êtes restés longtemps à ce ton de simple camaraderie ?

— Assez longtemps. Ou plutôt notre camaraderie est devenue de la tendresse, est devenue un amour évident, bien avant que le plus modeste « Je t'aime » nous soit sorti des lèvres. Un jour, nous avons décidé de nous tutoyer quand nous serions seuls. Un secret de plus. Puis nous avons cherché d'autres chemins. Pour éviter les rencontres. Mais surtout pour allonger le retour. Nous y mettions une ingéniosité de bêtes des forêts. Notre instinct d'enfants parisiens ressemblait au leur. Nous savions trouver le méandre qui ajoutait cinq minutes au trajet, la ruelle coudée qu'éclaire un seul réverbère, même le passage privé qui se faufile entre deux maisons et d'où l'on ressort par une grille qui doit tourner sans bruit. Nous avons procédé ainsi à une espèce de fouille de tout le quartier compris entre la rue des Martyrs et Saint-Vincent-de-Paul. Un soir, où nous avions cru être suivis par quelqu'un, nous nous sommes évanouis de la rue en nous glissant par une porte cochère dont un seul battant était entrebâillé. Nous nous sommes avancés dans l'ombre. Le couloir menait à un jardin. Il y avait un bout d'allée, puis un escalier de pierre ; et l'on arrivait devant un pavillon, avec beaucoup de vitres, mais ce soir-là sans autre lumière qu'une petite lampe derrière une fenêtre du premier étage. Nous avons contourné le pavillon en nous tenant par la main. La terre, qui était molle, ne faisait pas de bruit. De l'autre côté du pavillon, nous avons trouvé un chemin, le long d'un treillage, qui menait à une porte à claire-voie. J'ai mis longtemps à ouvrir la porte, parce qu'une pièce du loquet était rouillée et coincée. Pendant que je m'évertuais, je sentais sur mon bras la main d'Hélène, qui avait de petites crispations anxieuses. La porte franchie, on descendait une allée pavée et un peu plus large, entre des murs. Et l'allée tombait enfin dans une cour d'immeuble, où un homme, qui avait une lanterne près de lui, réparait une bicyclette posée à l'envers sur le guidon et la selle. L'homme nous a regardés. Mais nous avions l'air d'enfants sages qui reviennent de prendre une leçon. En sortant de l'immeuble, nous nous sommes retrouvés soudain dans le tumulte d'une rue. Il y avait des chevaux qui trottaient, des lumières abondantes, et ce bruit profond qui ressemble au « ah ! » d'une bouche largement ouverte.

Tout en parlant Jallez et Jerphanion avaient quitté le quai de la Gare pour la rue de Tolbiac, passé sur le pont qui domine l'énorme gare aux marchandises ; et ils étaient tombés dans le réseau de petites rues qui avoisinent la place Jeanne-d'Arc. Il y avait là aussi un mystère de détours et de cheminements. Courtes voies dont on dirait qu'elles aboutissent à un mur. Directions évasives. Bien que tout ait l'air simple et peu ancien, des plis et des secrets ont peut-être déjà eu le temps de se faire. Peut-être que si l'on entrait par cette porte, on trouverait aussi un moyen d'échapper.

— Mais voilà qu'un autre soir j'attends à la porte de son école. Les élèves sortent. Mais pas elle. Je reste encore plusieurs minutes, pensant que quelqu'un la retarde... Oui, ce devait être plutôt à l'entrée de l'hiver, comme maintenant, puisqu'à cinq heures il faisait au moins aussi sombre que la première fois... Soudain l'affolement me prend. Je me dis que j'ai dû arriver trop tard, ou qu'une voiture, qu'une ombre me l'a cachée. Pourtant, je savais bien qu'elle s'arrangeait pour ne pas s'éloigner sans être aperçue. Je me mets à courir. Elle pouvait être à l'angle de l'avenue et m'attendre. Je ne vois rien. Mon idée était bien d'essayer de la rejoindre sur son chemin de retour. Mais nous n'avions plus de chemin de retour. Nous avions tellement pris l'habitude de ces itinéraires changeants, fortuits, brodés chaque fois d'une sinuosité de plus. Et puis je ne sais pas si tu connais cette impression. Il y a des cas où les yeux deviennent incapables de chercher. J'ai marché dans la direction de Saint-Vincent-de-Paul, regardant à peine, sûr d'avance que ces ombres, ces lueurs noyées, cette trituration de passants dans les carrefours n'allaient pas me rendre Hélène. Je suis arrivé jusqu'à sa maison. T'ai-je dit que son père était pharmacien ? Oui. Sur une des petites rues qui entourent l'église. Une de ces boutiques, non moins émouvantes par la perfection du type que les boulangeries dont je te parlais ce matin. Toute peinte de noir, avec des filets d'or. Dans la vitrine rien d'autre, je crois bien, que les deux grosses boules symétriques, la verte et la rouge, lumineuses le soir, irradiantes, immenses. Comme deux signaux qui se contredisent. A l'intérieur, les glaces et les armoires moulurées, les familles de bocaux, le haut comptoir derrière lequel s'abritent les manipulations, des pesées, des lectures d'ordonnances ; et tombant de globes laiteux une lumière de sacristie.

« Je me revois planté sur le trottoir d'en face, regardant le signal vert et le signal rouge. Je me rappelle que j'y suis resté longtemps, n'osant rien tenter de plus... Oui, ça, je me le rappelle. Mes yeux se posaient alternativement sur le vert et sur le rouge. Et chaque fois le rouge me paraissait plus rouge ; le vert, plus vert. J'ai dû finir par m'arracher de là, revenir chez mes parents... Mais ensuite j'ai peur de confondre.

— De confondre quoi ?

— Oui, je ne sais plus à quel moment j'ai été mis au courant de ce qui se passait dans la famille d'Hélène, ni si c'est avant ou après avoir été mis au courant que j'ai réussi à la retrouver. Tu crois peut-être que je m'amuse à trier ces souvenirs quand je suis seul ? Non. Je n'y pense guère qu'avec toi. A part ça, je me suis contenté d'en rêver la nuit à deux ou trois reprises. Comme tu l'avais d'ailleurs insinué.

— Peu importe que tu oublies quelques détails.

— Que j'en oublie, soit. Et tant mieux ! Mais il ne faut pas que j'en invente. Quel intérêt la chose peut-elle avoir, si elle est tant soit peu truquée ? Ce qui achève de me dérouter, c'est qu'ici même, là où nous sommes, un autre souvenir d'Hélène se présente devant moi...

— ... Se présente. Elle a été ici même ?

— Oui, un jour.

Ils étaient à ce moment place Jeanne-d'Arc, sur le flanc nord-est de l'église. Jerphanion regardait l'endroit. Donc la petite Hélène avait été ici ? L'amour des deux enfants était arrivé jusqu'ici venant de bien loin ? Cette brusque rencontre de fantômes causait à Jerphanion un émoi presque personnel, un léger saisissement de cœur dont il était étonné.

— C'est peut-être ça d'ailleurs, avoua Jallez, qui m'y a attiré, qui m'a fait t'y conduire. Mais ce souvenir, qui se rapporte à une époque différente, ressuscite en moi un tas d'impressions qui n'ont rien à voir avec celles que je te racontais. Je t'assure. Il vaut mieux que je laisse à tout ça le temps de se remettre en ordre. Je te promets, cette fois, d'y réfléchir.

— Alors, raconte-moi, en attendant, le souvenir d'ici.

— Mais non, mon vieux. Tu n'y comprendrais plus rien. Et moi je n'aurai pas de goût à te parler de ce qui a suivi tant que je ne serai pas sûr d'avoir retrouvé ce que je cherche.

XX

PREMIER RENDEZ-VOUS DE MARIE ET DE SAMMÉCAUD

Quand Sammécaud avait appelé Marie de Champcenais au téléphone, le mardi matin, pour lui proposer un rendez-vous, elle n'avait rien objecté quant au jour, qui était le surlendemain à quatre heures, mais elle avait dit en entendant l'adresse :

— Rue Bizet ? Mais qu'est-ce que c'est ? 8, rue Bizet ? Quel est cet endroit ?

— Chut ! Ne répétez pas le nom de la rue. Il peut y avoir quelqu'un autour de vous.

— Je veux savoir ce que c'est.

— Un endroit tout à fait bien à tous points de vue, et tranquille. Vous n'aurez rien à demander. On vous conduira aussitôt près de moi.

Elle avait refusé de s'y rendre ainsi directement.

— Trouvons-nous d'abord ailleurs. Vous me montrerez ensuite. Nous verrons. Un thé, par exemple, où nous serions sûrs de ne rencontrer personne.

Il avait cité le premier nom qui lui venait à l'esprit : un certain *Thé Tudor,* rue Cambon, où il était entré une fois par hasard, pour s'abriter d'un orage brusque, et où il n'avait vu que quelques étrangers, dispersés dans plusieurs petites salles.

C'est donc dans ce *Thé Tudor* qu'il attendit Mme de Champcenais le jeudi, à quatre heures. Il était arrivé quelques minutes en avance. Il n'y avait pas six personnes dans tout l'établissement. Marie n'aurait pas lieu de trembler.

Elle arriva presque exactement à l'heure. Sa façon d'entrer, l'air préoccupé qu'elle gardait mêlé à son sourire, laissaient assez voir qu'elle n'avait pas la pratique des rendez-vous clandestins. Sammécaud n'était pas particulièrement observateur. (Il avait trop de nonchalance ; et dans certains cas le souci d'observer lui eût semblé atteinte à la poésie et signe de petitesse.) Pourtant il ne put pas s'empêcher de faire cette remarque, qui d'ailleurs le flattait.

Il n'avait pas envie de s'attarder là. Mais elle montrait beaucoup moins de hâte. Non qu'elle semblât tout à fait rassurée sur les risques du lieu. Elle se retournait du côté de l'entrée.

— Ne craignez absolument rien, ma chérie. Ce thé n'est connu de personne. Je ne l'ai découvert moi-même que par hasard. Vous voyez : il a pour toute clientèle quelques malheureux Anglais égarés.

Il l'appelait « ma chérie » pour la première fois. Jusque-là, « ma chère Marie » marquait la limite de ses tendresses de langage. Il lui avait pris la main aussi par-dessus la petite table ; mais elle l'avait retirée doucement pour continuer à verser dans sa tasse le thé, l'eau chaude, le lait.

Il sentit qu'il serait maladroit de la presser ; qu'il fallait feindre de trouver exquises par elles-mêmes les circonstances préalables de ce premier rendez-vous. Et de fait, l'idée que c'était le premier lui donnait de l'émotion. Mais il manquait d'entrain pour l'exprimer, parce que rien dans l'attitude de Marie n'indiquait qu'elle pensât que l'entrevue dût se poursuivre ailleurs.

Il eut recours aux sentiments ingénieux. Il dit que tous deux pouvaient se croire en voyage, à Londres par exemple ; surtout avec ce crépuscule de novembre. Comme s'il l'avait enlevée, et qu'ils eussent tout quitté pour fuir dans des pays lointains, serrés l'un contre l'autre ; la tête sur l'épaule, tour à tour, l'un de l'autre.

Elle sourit. Elle lui était reconnaissante, moins de la fiction agréable qu'il lui suggérait, que d'essayer de la distraire de son inquiétude.

— Eh bien, puisque nous sommes à Londres, et que vous avez pris votre thé, parmi ces Anglais confortables, nous allons arrêter un cab, et nous faire conduire à notre Family House. Dans le West-End. Mais oui, ma chérie, vous verrez que je n'invente rien. Je vous jure que c'est tout simplement notre voyage qui continue.

Dans le fiacre, elle se laissa prendre la main, mettre un baiser sur le cou. Mais aux propos de son compagnon elle répondait à peine. Tous les feux de la rue et des boutiques étaient allumés. Quand on traversait une zone de lumière plus vive, elle reculait sa tête au fond de la voiture. Parfois la main que tenait Sammécaud avait une secousse.

A l'entrée de la rue Bizet, il dit :

— Nous arrivons.

— Faites-le ralentir, je vous en prie. Je veux voir d'abord. Où est-ce ?

— Penchez-vous un peu. Ne craignez rien. Quelques maisons plus loin à gauche. Là où brille cette enseigne.

— Quelle enseigne ?... Mais quelle est donc cette maison ?

— « Family House », précisément.

— Oh ! C'est un hôtel ? Vous n'allez pas me mener à l'hôtel ?

— Pas un hôtel, ma chérie. Une maison de famille, tout à fait discrète et convenable, où des Anglais, des Américains font des séjours. On m'y prend pour un provincial de passage à Paris.

— Mais moi, pour qui me prendra-t-on ?

— J'ai eu soin de retenir un petit appartement jusqu'à samedi. Pour qu'ils ne fassent aucune hypothèse désobligeante.

— Qu'est-ce que cela prouve ? Ils verront bien que nous n'y restons pas... Non. Je vous dis. Je ne veux pas. Je n'entrerai pas là-dedans.

Sammécaud, fort ennuyé, se caressait la moustache à petits coups rapides. Il cherchait des arguments persuasifs ; ou quelque autre solution plus élégante. Il n'apercevait rien. Il se reprochait d'avoir manqué de réflexion, et presque de tact.

« J'aurais dû faire l'impossible pour découvrir une garçonnière toute meublée. En vingt-quatre heures, ce n'était pas commode. M'y prendre plus tôt ? Recourir à un ami ? Dangereux. Et savoir ce qu'elle ne serait pas allée s'imaginer. Que je la menais dans une maison de rendez-vous. Ce Family House m'avait semblé tellement respectable, et rassurant. Un luxe de bon aloi... »

Le cocher s'était arrêté. Marie, devenue tout à fait nerveuse, répétait :

— Dites-lui de repartir. Je vous en supplie. Je vous en supplie.

— Où voulez-vous qu'il nous conduise ?

— A une station... où je pourrai trouver un taxi pour rentrer chez moi.

XXI

QUINETTE OFFRE SES SERVICES

Quinette fait avec un sourire :

— C'est comme cela que vous avez pensé à moi ?

— Mais si. Seulement voilà, nous sommes tellement bousculés. Comme je vous avais dit, votre situation ne s'y prête guère. Oui... Ah ! si vous aviez eu la chance de nous indiquer la bonne piste pour votre assassinat de la rue comment ?... de la rue Dailloud !...

— A propos... les journaux n'en parlent plus. L'affaire est enterrée ?

— Non, mais non. Ne vous figurez pas qu'une affaire s'enterre comme ça. Nous sommes toujours sur des pistes. Évidemment, on piétine un peu. Mais ce sont des enquêtes qui aboutissent tout à coup, au moment où on s'y attend le moins.

Une onde de malaise traverse Quinette. Il examine attentivement l'inspecteur, dont maintenant il sait le nom : M. Marilhat. Pour parler du crime de la baraque, l'inspecteur a détourné les yeux, a paru se dérober. Précaution professionnelle, sans doute. Il ne faut rien y voir d'inquiétant, ni saisir une allusion dans ses derniers mots, si pénibles à entendre.

L'abat-jour de carton vert fait sur la petite table un rond de clarté, dont Quinette reconnaît les dimensions, la nuance, la concentration émouvante. C'est là qu'il y avait les *têtes*.

Le relieur a dans l'esprit une phrase toute prête, qui s'accrocherait on ne peut mieux à la conversation et qui le soulagerait : « J'ai souvent repensé à ce que vous me racontiez l'autre soir... vous vous rappelez ? Ces histoires de canal, de *carrières*... » Dite avec naturel, la phrase ne saurait éveiller le moindre soupçon. Et elle peut arracher à Marilhat un renseignement d'un intérêt capital.

Mais Quinette est pour le moment aussi hors d'état de la prononcer qu'on l'est de crier dans certains rêves. Il réussira peut-être à la faire sortir un peu plus tard, par un détour.

Il reprend, d'un ton aimable :

— Eh bien, si vous ne pensiez pas à moi, vous voyez, j'ai pensé à vous. Je vous ai dit que je me sentais une vieille vocation...

Il sourit : puis, baissant la voix :

— Vous m'aviez demandé, vous vous rappelez, si je n'avais pas d'accès dans les milieux de politique avancée. Je vous ai répondu : non. C'était vrai à ce moment-là. Ça pourrait bientôt ne l'être plus.

— Tiens, tiens !

— Est-ce que vous avez entendu parler du *Contrôle social* ?

— Le *Contrôle social*... attendez... Un machin politique ?

— Oui, un groupement... de politique avancée... très avancée, je crois... et qui n'a pas l'air d'aimer qu'on s'occupe de lui.

— Oui, oui... J'y suis. J'ai vu passer des notes là-dessus il y a quelque chose comme deux ans. Ça existe toujours ?

— Assurément.

— Je vous demande ça, parce qu'il y a deux ans, il était venu des ordres. Moi, je ne m'en suis pas directement mêlé. Sauf à une époque, je n'ai jamais fait de surveillance politique. Mais je me rappelle très bien maintenant ce que m'en disait un collègue, qu'on avait chargé de ça, un nommé Leclercq.

— Il y attachait de l'importance ?

— Je me souviens surtout qu'il était furieux.

— Pourquoi ?

— Parce qu'il n'était pas arrivé une seule fois à s'introduire dans leurs réunions.

— Ah ! Ah !

— Elles avaient lieu quelque part par ici...

— Du côté de Montsouris, peut-être ?

— Non, non... Certainement pas. Beaucoup plus près... J'ai souvenir... du côté de l'usine à gaz de Vaugirard... Je pourrais le savoir exactement par Leclercq. Donc, vous auriez accès auprès de ces gaillards-là ?

— Peut-être.

— Ce serait intéressant.

— Vous croyez ?... Alors votre collègue avait abandonné son enquête ?

— Probablement. Il a dû faire un rapport, signaler la difficulté, attendre de nouveaux ordres. Il se peut qu'en haut ils aient estimé qu'il n'y avait pas d'urgence ; ou qu'ils aient eu les renseignements par une autre voie.

— C'est que... je ne voudrais pas tenter quelque chose, si je pensais qu'aux yeux de vos chefs ça n'en vaut pas la peine.

— Je vous fixerai là-dessus. Mais ça m'étonnerait bien. Une information a toujours son prix. Et si par hasard ils en sont restés sur l'échec de Leclercq, vous seriez au contraire très bien placé. Ce ne sont pas vos exigences qui les arrêteront ? Je vous conseille pour une première affaire de ne pas être gourmand.

— Je ne demanderai absolument rien.

— C'est ça. Ensuite, si vous nous apportez un petit résultat, je vous aurai une gratification... Si. Peu de chose. Mais pour le principe.

Marilhat réfléchit un instant. Puis :

— Je ne doute pas de votre habileté. Mais avec son expérience, Leclercq n'a pas réussi... Donc n'y allez pas sans précaution. Voulez-vous que je vous mette en rapport avec Leclercq ?

— Mon Dieu !...

— Vous n'y tenez pas trop. Vous craignez qu'il ne vous souffle l'affaire. Je comprends ça. Moi, vous savez, à votre disposition pour un conseil. Je ne suis pas concurrent.

— Je compte bien user de vous, cher monsieur ; vous consulter chaque fois que j'oserai le faire sans trop vous déranger. Je serais même le premier à vous demander de prendre à la chose une part encore plus directe. Je n'y mets pas d'amour-propre. Mais j'ai bien l'impression que c'est un pur hasard qui me permet à moi personnellement de me faufiler dans ce milieu-là. Et que si j'essayais d'y faire entrer quelqu'un avec moi, à nous deux, nous boucherions la porte. Même si le quelqu'un avait toute la pratique du métier que je n'ai pas.

— Vous êtes certainement meilleur juge que moi de la situation.

— Oh ! Elle est simple. Sauf accroc tout à fait imprévu, je suis en mesure d'assister très prochainement à une réunion du *Contrôle social*. Et tout me laisse croire qu'on m'invitera aux suivantes, même aux plus confidentielles. Bref, je suis en instance d'affiliation.

— Écoutez, si ce que je crois me rappeler du *Contrôle social* est exact, ça ne me paraît pas mal du tout pour un début ! Je ne vous demande pas comment vous avez manœuvré.

Quinette fait un geste prudent ; puis :

— Mon seul mérite, je le répète, est d'avoir saisi un hasard que j'aurais aussi bien pu laisser échapper. Ensuite, j'ai inspiré confiance. Je dois dire, sans fausse modestie, que j'ai l'habitude d'inspirer confiance.

— Mais c'est vrai ! c'est très vrai ! déclare l'inspecteur, du ton le plus convaincu.

Quinette sent que la pensée de tout à l'heure fait de nouveau pression pour sortir. Les circonstances lui sont favorables.

— Je suis vraiment très content, dit-il, que vous ne me découragiez pas. Si j'arrive à quelque chose, c'est à vous que je le devrai. Mais si. J'ai eu la chance de vous rencontrer. Vous ne vous doutez pas comme l'ardeur qu'on sent chez vous est communicative...

— Oh ! hélas ! je me suis bien calmé...

— Tenez. Vos histoires de l'autre jour, vous vous rappelez ? eh bien, ça prenait un air de légende héroïque. Un jeune homme s'emballerait là-dessus.

Marilhat fronce le sourcil.

— Qu'est-ce que je vous ai raconté ?

— L'histoire du canal... l'histoire de la carrière de Bagnolet... C'est bien ça, n'est-ce pas ?

L'inspecteur paraît soudain gêné. Il fixe Quinette d'un regard rapide ; puis détourne les yeux. « Je dois être en train de pâlir », pense Quinette.

On a l'impression que Marilhat va dire quelque chose. Mais il se contente de faire une moue, de lever la main. Puis il tire sa montre.

— Excusez-moi. J'ai une course qui m'appelle au-dehors. Je transmettrai votre proposition. Et je vous tiendrai au courant. En attendant, gardez le contact. Assistez à votre réunion. Notez ce que vous aurez remarqué, et apportez-moi ça. De toute façon, ce ne sera pas du temps perdu.

Il a parlé vite, comme un homme qui veut se débarrasser de vous ; et avec moins de cordialité qu'auparavant. Mais à la rigueur son attitude peut être celle d'un fonctionnaire brusquement préoccupé.

En redescendant l'escalier du commissariat, Quinette mobilise toute sa raison pour mater une panique intérieure.

XXII

VISITE A JAURÈS

Le vendredi, Gurau reçut un petit mot de Jaurès :

« Mon cher ami. Je vous ai promis de vous faire signe dès que je serais sûr d'avoir une grande heure au moins de complète tranquillité, pour que nous puissions causer sans importuns, et sans bousculade. Voulez-vous passer chez moi, rue de la Tour, demain 21 au début de l'après-midi ? Dès deux heures si vous pouvez. Très amicalement. »

Le samedi, à deux heures, Gurau sonnait à la porte du petit hôtel de la rue de la Tour. Bien qu'il eût avec Jaurès des liens anciens de camaraderie, et même d'amitié, c'était la première fois qu'il venait le voir chez lui. Il le rencontrait presque chaque jour à la Chambre ; montait même, quoique rarement, lui serrer la main, à *L'Humanité*. Jamais les deux hommes n'avaient eu besoin d'une rencontre plus intime. Devant le petit hôtel, à façade étroite, d'une architecture indécise, Gurau éprouvait donc une certaine curiosité qui doublait l'intérêt de sa visite.

Une servante méridionale ouvrit la porte, introduisit Gurau dans le salon.

Il dut alors se répéter qu'il était bien chez Jaurès ; qu'aucune confusion n'était possible.

« A ce point-là, c'est extraordinaire. »

Il se trouvait soudain dans le salon d'un bourgeois de province ; et non pas d'un de ces grands bourgeois qui habitent une maison ancienne, dans le quartier de la cathédrale ; qui ont hérité de beaux meubles ; et chez qui le bibelot le plus contestable garde un air traditionnel et cossu. Mais d'un de ces bourgeois récents — fils de fermier devenu petit avocat ou petit médecin — qui logent dans les quartiers neufs, au-delà du mail, là où les rues, qui se coupent à angle droit, s'appellent Paul-Bert, Jules-Simon, ou de Tunis ; où les villas de brique ont des cabochons de faïence bleue, avec des jardinets plantés de lauriers. Les meubles y viennent des *Galeries Parisiennes* de la rue de la République. Deux fauteuils gardent leur housse. Mais le canapé laisse voir innocemment son imitation de tapisserie, pareille à « un ouvrage de dame » ; et sur le trépied en rotin trône un pot de fleur enrubanné.

« J'en ajoute, se disait Gurau. Mais c'est tout de même ça. » Et, en effet, il ne pouvait pas être question d'analyser cet intérieur avec scrupule pour y découvrir des signes, des secrets, des lignes de destinée. Aucun détail n'y était irremplaçable. Aucun objet ne figurait là forcément. La réaction naturelle du visiteur était une rêverie qui prolongeait et complétait la vue des choses, la poussait vers la généralité et le type. Gurau, que la figure comme la carrière de Jaurès avait toujours intéressé au plus haut point, passa de cette rêverie à une suite de réflexions, d'interrogations, de rapprochements, qui se succédèrent avec une rapidité croissante, au point que plusieurs naissaient, se croisaient, se corrigeaient mutuellement dans la même seconde. L'atmosphère du petit salon se trouvait être, en l'espèce, un curieux excitant cérébral.

Mais la bonne vint chercher Gurau.

Il repassa par le vestibule, monta quelques marches. Jaurès l'attendait à la porte de son cabinet de travail, les mains tendues.

Ils entrèrent dans la pièce, qui était assez petite et où rien ne retenait le regard que des casiers de livres, l'abondance des papiers sur la table, et un buste de Jaurès, en plâtre, d'une ressemblance facile, et d'une qualité d'art qui l'apparentait aux monuments de politiciens sur les places des préfectures.

Mais Jaurès vivant était debout devant vous. Le reste n'avait plus d'importance.

Même quand on avait coutume de rencontrer cet homme presque chaque jour, le fait de l'avoir soudain seul en face de soi donnait un choc. Ce qui vous venait à l'esprit, c'était non un jugement limité, mais une touffe de mots, qui formaient comme les sommités visibles de jugements trop nombreux pour pouvoir jaillir à la fois.

C'étaient des mots comme « puissance », « rayonnement », « sang », « soleil », « bonté virile », « confiance », « profusion et soulèvement de la vie », des mélanges de mots et de visions, comme « chants autour du pressoir », « chants dans les plaines de blé », « bénédiction du Père sur les hommes en sueur ».

Le corps, de taille moyenne, qu'on aurait peut-être trouvé petit, si toutes les lignes et toutes les attitudes n'en avaient pas été à ce point contraires à l'idée d'affaissement, de repliement ; si tout n'y avait pas été exhaussement, élévation, présentation au monde, effort pour s'offrir à la plus grande lumière, la visible comme l'invisible.

Il y a en France deux types principaux d'homme du Sud-Ouest ; qu'on peut appeler le sarrasin et le latin. Le sarrasin est maigre, grand, terreux de peau, bilieux d'humeur. Dans sa voix l'accent méridional affecte des sonorités de cailloux et une outrance bizarre. Il pratique en société la hâblerie, la raillerie caustique, le rire provocant. Mais il réserve une bonne provision de pensées moroses pour la solitude, comme en témoignent les plis et replis contrariés de son visage.

Jaurès représentait pleinement l'autre type sans doute fort semblable au Gallo-Romain de la Narbonnaise, et qu'on devait même rencontrer jadis dans toutes les régions occidentales de l'Empire, Rome comprise, bien qu'il soit tout différent d'autres types de latin moderne, et qu'en particulier on ne le retrouve plus guère dans l'Italie d'aujourd'hui.

De la corpulence, sans véritable obésité. La poitrine large. Un ample visage aux lignes simples, dessinées d'un seul trait. Le teint coloré. La barbe et les cheveux drus. Des yeux qui ne frappaient ni pas leur couleur, ni par leur éclat ; mais par leur éveil, qui était incomparable : de ces yeux à la surface desquels le regard ne cesse d'aller et de venir, toujours prêt à bondir comme d'un tremplin. Des dents saines. Une voix abondante et dorée.

Il portait une petite jaquette courte de cheviote noire, boutonnée sur un gilet de fantaisie dont on voyait à peine le bord. Son pantalon rayé avait perdu le pli et faisait des bosses aux genoux. Sa cravate, qui avait un peu tourné, découvrait le bouton du col. Il parlait, la tête renversée, et légèrement inclinée à gauche, comme si tout en parlant il écoutait on ne sait quel bruit venant de la terre ou de son cœur.

Ils causèrent d'abord debout l'un et l'autre, se communiquant de petites nouvelles, plaisantant sur un incident qui avait eu lieu la veille à la Chambre. Jaurès aimait rire largement d'un rire sans malice. Ses dents brillaient dans sa barbe. L'air était traversé jusque loin devant lui par la tiédeur de son souffle.

Puis il s'assit dans son fauteuil tourné de biais, le coude sur sa table de travail, la joue posée contre sa main, tandis qu'une grosse manchette ronde, fermée par un gros bouton de nacre rond, et pareille à un pot de pharmacie, s'échappait de sa manche de jaquette. Gurau resta debout contre un casier de livres, les mains derrière le dos, appuyées à plat contre un rayon.

— Vous me disiez donc, fit Jaurès, que vous teniez à avoir mon avis sur un point d'une certaine importance...

— Oui, et de nature confidentielle.

— Ne craignez rien. Quand on me donne la consigne... il y a chez moi du méridional renfermé... C'est d'ordre personnel, ou d'ordre politique ?

— Je ne vous aurais pas dérangé pour quelque chose de purement personnel.

— Et pourquoi pas, mon cher ?

— Non, pas vous... Si vous permettez, c'est moi qui commencerai par vous interroger. Je vous prie de me pardonner si telle de mes questions vous paraît indiscrète, ou saugrenue.

— Allez, allez.

— Je crois savoir que *L'Humanité,* matériellement, ne marche pas mal...

— Non. Nous sommes contents.

— ... Mais la grande presse d'information a déjà assez de peine à se tirer d'affaire. Vous n'êtes pas certainement sans avoir éprouvé ce que peut être le souci financier pour un journal de doctrine ?

— Ils ont la gentillesse de m'épargner ça le plus qu'ils peuvent. Je suis quand même bien placé pour le savoir. C'est la corde raide, tout le temps. Et au bout du compte, nous mangeons de l'argent. Vous n'en doutez pas.

— Imaginez... ce n'est pas une proposition que je vous apporte, certes non, c'est une simple hypothèse pour la commodité de mon raisonnement... imaginez que quelqu'un mette à votre disposition de quoi équilibrer sans effort le budget de *L'Humanité,* en assurer l'avenir, même en favoriser l'extension... et qu'il vous laisse, bien entendu, les mains libres ; que vous gardiez le contrôle absolu du journal.

— Je serais enchanté.

— Vous ne repousseriez pas l'argent, sous prétexte qu'un journal qui condamne la société capitaliste n'a pas le droit d'accepter l'aide d'un monsieur qui est forcément un capitaliste ?

— Dame ! M. de La Palice observerait que, dans la société actuelle, les capitaux ne peuvent venir que des capitalistes. Nous-mêmes, à *L'Humanité,* nous n'aurions pas réussi à fonder le journal, ni à le faire vivre trois mois, sans quelques amis, derrière nous, qui avaient de l'argent. Nous ne nous en cachons pas. Des gens de droite feignent de s'indigner, parlent de « comédie socialiste ». Ils disent que notre liste d'actionnaires a pour première colonne une liste de millionnaires. Tant mieux qu'il y ait des millionnaires socialistes.

— Oui...

— Naturellement, je n'accepterais pas d'être soutenu par un monsieur dont je saurais qu'il ne rêve que de nous étrangler. « J'embrasse mon rival... » Ni par une fripouille. Nous ne voulons que de l'argent propre... dans la mesure où l'argent est propre.

— Si je vous comprends bien, quand un homme, si riche soit-il, manifeste de la sympathie pour notre cause — vous me permettez de dire « notre cause », bien que depuis quelques années nous ne suivions pas tout à fait la même route — vous n'estimez pas que son appui soit par lui-même compromettant ?

— Pourvu que la sympathie soit sincère.

— Il n'est pas toujours facile de sonder les cœurs et les reins... Vous ne pensez pas — ma question va peut-être vous sembler naïve — qu'un homme, du fait qu'il est riche, soit dans l'impossibilité pour ainsi dire congénitale de souhaiter sincèrement le triomphe du socialisme ?

— Dieu merci, le cœur humain n'est pas à ce point prisonnier de la classe, ni de l'éducation. Moi-même, sans être d'une famille riche, je viens bien de la bourgeoisie ! Et tenez, Lévy-Bruhl. Ce n'est pas un gros capitaliste, mais il a de l'argent. Il nous a aidés. Je mettrais ma main au feu de la sincérité de Lévy-Bruhl.

— C'est un intellectuel ; une exception.

— Il y en a d'autres.

Gurau, qui s'était assis, regardait vers le sol, méditait, se tapotait le nez et les lèvres des deux premiers doigts de sa main droite.

Jaurès le laissa rêver ; puis :

— Je n'ai pas à vous demander à quel cas particulier vous faites allusion. C'est pourtant, avant tout, une question d'espèce.

Gurau ne répondit pas tout de suite.

Il releva la tête, regarda Jaurès. Puis d'un ton nouveau, où se marquait une certaine fébrilité ; et avec un mouvement des mains en avant qui avait quelque chose d'involontairement pathétique :

— Mon cher Jaurès, j'ai pour vous un respect infini. Et une grande affection. Bien que vous n'ayez que quelques années de plus que moi, je vous considère comme un grand aîné. Il me serait pénible de faire une chose que, la connaissant, vous jugeriez mauvaise. Je vous ai parlé journal, appui financier à un journal, parce que c'est comme ça que la situation se présente d'abord pour moi. Mais je la crois appelée à se développer... oui... je crois que le hasard vient de me mettre entre les mains une possibilité assez vaste. Je ne cherche pas à vous intriguer ; je ne voudrais pas, non plus, vous donner l'impression que je me monte la tête... Il se peut très bien que l'avenir prouve que je me fourre dedans. Je cherche une comparaison. Tenez : l'histoire de Wagner et de Louis II de Bavière. De grandes choses inespérées, dans l'ordre artistique, réalisées en très peu de temps, parce que ce roi, ni tellement connaisseur ni tellement convaincu peut-être, a soudain le caprice de soutenir un artiste révolutionnaire... Oh !... il ne s'agit pas cette fois d'un roi, ni d'un Wagner, hélas ! Je ne perds pas le sens des proportions. Mais la cause à faire triompher est au moins aussi grande... Bref, si nous appelons Révolution, d'un mot commode, la transformation totale de la société actuelle — sans chercher pour le moment quels en seraient les modes et le rythme les plus souhaitables — je ne m'écarte pas trop de votre façon de comprendre le mot, n'est-ce pas ?...

— Non, non. D'accord.

— ... Eh bien, il se peut — avec de la chance, évidemment, et de l'habileté — que je parvienne à mettre au service de la Révolution une force matérielle très considérable. Au début, je me suis méfié. Il y a deux ou trois jours encore, je me disais que c'était trop beau pour être vrai. A force de réfléchir, j'en arrive à penser que dans un cas comme celui-là ce n'est pas la sagesse, c'est la timidité d'esprit qui nous empêche de croire à certaines possibilités d'action qui sortent de la routine. Wagner aussi aurait pu se dire que ce n'était pas vraisemblable ; qu'on voulait se moquer de lui, ou que ça craquerait dès le premier jour… Vous avez l'air surpris ?

— Il y a de quoi.

— Oui, mais… surpris et sceptique.

— Non… D'abord, même si vous me citiez nommément les faits et les personnes, je serais probablement déjà très embarrassé… A plus forte raison… Non… je m'interroge… sur ceux des éléments que je connais… Vous allez me pardonner ce que je vais vous dire… Je vous croyais… non pas éloigné de vos idées d'autrefois, certes, mais plus résigné à la marche ordinaire des événements, enfin moins enclin à prononcer le mot de Révolution, même en lui donnant un sens large.

— Mon cher Jaurès, je ne sais ce qui se passe pour vous. Moi, je ne vis pas avec des idées immobiles. Mais surtout mon sentiment de l'avenir et du possible ne cesse de varier. Si vous voulez, je crois toujours au même avenir. Mais je ne me représente pas deux jours de suite exactement de la même façon les moyens, les chances, les délais… ni peut-être même cet avenir. Je ne suis pas un mathématicien, moi ; ni davantage un philosophe. J'ai plutôt l'impression de ressembler au médecin qui chaque matin passe chez son malade, et se dit : « Tiens ! Voilà que le cœur a des irrégularités » ou : « Voilà qu'il me refait de la température » ou : « Il a très bien supporté son bouillon d'hier soir », et qui chaque fois change un peu son pronostic, le remet au point, envisage une autre durée de la maladie, un autre rythme, une nouvelle orientation du traitement. Il y a peut-être des médecins mathématiciens, qui traitent leur malade comme un théorème, et qui vont droit au but comme un boulet de canon. Moi, je me garerais d'eux. J'aurais peur que leur but, ce soit le cimetière. J'aime mieux un type qui, au moment de m'envoyer au cimetière, n'y met pas d'amour-propre, et change d'avis.

— Je ne pense pas que vous disiez ça pour moi, Gurau ?

— Voyons, Jaurès !

— Je suis bien un peu philosophe, de par mes origines. Mais je ne crois pas pécher par excès de rigueur mathématicienne. Je passe au contraire mon temps, à l'intérieur du Parti, à tâcher de calmer certains mathématiciens… Oui… Oh !… Je sens tellement ce que vous venez de dire, cette ondulation inévitable de l'espérance, et de la prévision, que ça m'en donne parfois une espèce d'angoisse. Vous voyez ! Si je deviens neurasthénique un jour…

— Ça ne menace pas…

— Sait-on !... Ce sera ma neurasthénie à moi... Oui. Et c'est d'autant plus étouffant qu'on n'a personne à qui le dire. On ferait inutilement des ravages autour de soi. Il faut le hasard d'une conversation comme celle-ci.

— Alors, vous vous représentez sans peine comment cette idée de Révolution a pu reprendre pour moi, ces jours-ci, une actualité, une force d'entraînement, que peut-être en effet elle n'avait plus au même degré. De même que l'homme qui fait un héritage repense tout à coup à son projet le plus cher, qu'il avait cru chimérique, ou follement lointain.

— Soit... Bien que pour mon compte je ne voie guère quel incident de ma vie personnelle aurait cette vertu. Les fluctuations intérieures dont nous parlions, oui, je les éprouve, mais à propos des événements publics. Il y a des matins où l'Europe me décourage, où le monde me décourage... quel que soit mon pouvoir à moi, qui restera toujours bien petit en face de ces immenses réalités historiques et de leurs marées... Oui... Et ces matins-là n'ont pas manqué depuis deux mois.

— Il faut avouer !...

— Hein ! Mon cher Gurau ! Dites-moi un peu quels deux mois nous venons de vivre, quand on n'a pas la chance d'être nés complètement aveugles. Il y a des gens qui me stupéfient. On les voit bien un peu préoccupés, un jour ou deux. Mais que les choses aient l'air de s'arranger tant soit peu, et ils oublient tout. Et de bons esprits !... Ah !... Mais est-ce de la sagesse, une sagesse suprême que je n'ai pas ? Ou cette incorrigible puérilité de l'adulte ? Enfin... à peine étions-nous un peu remis de la crise balkanique, que l'affaire des déserteurs de Casablanca, qui sommeillait depuis des semaines, s'est brusquement aggravée. Vers le 5 ou le 6, je vous jure, j'ai cru à la guerre. Et j'ai crié comme un sourd, j'ai crié qu'elle était impossible, fantastiquement absurde. Pourquoi ? Parce que nous devons créer cette contre-obsession. Comme chez un individu qui aurait la hantise d'un crime, on essayerait de loger l'idée qu'il ne pourra pas faire ce crime, que sa main tremblera, que le couteau lui échappera. L'Europe en est à ce point qu'il faut la traiter comme un candidat au crime... Vous avez vu les dépêches d'il y a trois ou quatre jours ? La tension austro-serbe est au fond plus inquiétante que jamais... Mais il ne s'agit pas de ça. Il s'agit de vous, de vos projets. Oui. Il y a une chose que je me retiens de vous dire depuis le début. Elle commande trop la question pour que je ne la dise pas. Vous êtes seul, Gurau.

— Seul ?

— Oui, vous avez des amis. Vous êtes inscrit à un groupe parlementaire. Mais vous n'avez pas un parti derrière vous ; avec vous.

— Non...

— Comment pouvez-vous espérer obtenir tout seul quelque chose qui ressemble même de loin à la transformation radicale dont vous parliez ?

— Mais je ne prétends certes pas l'obtenir tout seul. La visite même que je vous fais l'indique.

Les yeux de Jaurès brillèrent. Il entrouvrit la bouche. Gurau, craignant un malentendu, se hâta de reprendre :

— Il me semble que, sans renoncer ni les uns ni les autres à notre indépendance, nous pourrions nous épauler, à un moment décisif.

Jaurès semblait déçu. Il fit :

— Excusez-moi. Je ne suis pas sûr que les francs-tireurs, même les plus héroïques ou les plus habiles, ajoutent beaucoup aux chances d'une armée régulière.

Puis, après un silence :

— Vous pensez bien que je serais très heureux, moi aussi, d'avoir mon indépendance. Ça ne m'amuse pas toujours d'endosser les erreurs, ou les sottises, ou les butorderies et braqueries de Pierre ou de Paul. Ni de perdre mon temps à rappeler à tout ce monde-là des vérités élémentaires.

Il se tut encore, pianota de la main droite sur sa table, pendant que, de la gauche, il se caressait lentement la barbe. Puis :

— Vous n'êtes pas maçon ?

— Non. Vous non plus, n'est-ce pas ?

— Si je l'étais, je n'aurais pas eu besoin de vous interroger, puisque, paraît-il...

— Pourquoi me demandez-vous ça ?

— Pour savoir si vous n'aviez pas de ce côté-là une compensation à votre isolement. Je crois que certains de nos camarades se font pas mal d'illusions sur la maçonnerie. Mais enfin, c'est un corps. Oui... L'habitude de penser en homme de parti doit me boucher l'imagination. Cette action que vous semblez envisager, j'avoue que je ne la vois pas, même dans les grandes lignes. A moins que...

— Que ?

— Que vous ne songiez tout simplement à prendre le pouvoir ; par les voies ordinaires.

— A un moment ou l'autre, pourquoi pas ? Vous m'en blâmeriez ?

— Non.

— Pourrais-je, ce jour-là, compter sur votre soutien ?

— Vous y auriez droit, si vous persistiez dans vos dispositions actuelles.

— Ne trouvez-vous pas, justement, qu'un franc-tireur peut risquer certaines parties que le chef d'une armée régulière hésiterait à engager ?

— C'est un point de vue. Mais — puisque j'en suis à faire la bête — il me semble que dès maintenant votre situation parlementaire vous ouvre l'accès du pouvoir. Si ce n'est pas pour demain, c'est pour après-demain. Vous serez ministre quand vous voudrez. Président du Conseil à votre tour. Alors, là non plus, je ne vois pas très bien ce que vous attendez de moyens d'action plus exceptionnels, plus mystérieux...

— Admettez-vous, Jaurès, que certaines puissances d'argent aient un rôle occulte, et parfois décisif, dans la vie des peuples ?

— A coup sûr.

— Dans quel sens l'exercent-elles ?

— Dans un sens qui n'est pas souvent le nôtre.

— Pas souvent ? Jamais !

— Heu... Pour ce qui est du péril de guerre, par exemple, dont nous parlions à l'instant, il est trop certain que des puissances comme la métallurgie, comme peut-être l'industrie du pétrole... Vous êtes bien de mon avis, n'est-ce pas ? Si les gens du pétrole sont clairvoyants, ils ont eux aussi intérêt à la guerre ?... Bref, il est bien certain que ceux-là et d'autres poussent à un conflit. Mais des puissances de même ampleur, comme la grande banque internationale, travaillent dans le sens opposé. Tout cela est tellement complexe et ambigu.

— Mais supposons, pour reprendre votre exemple, que demain les... la métallurgie, au lieu de subventionner des campagnes de presse belliqueuses, d'entretenir l'esprit de guerre par tous les moyens, consacre ces mêmes moyens à répandre l'esprit de paix. Par suite, si vous voulez, d'un caprice à la Louis II ?

— Oui, ce serait important.

— Vous le dites avec beaucoup de calme.

— Parce que je l'imagine mal. C'est trop romanesque pour moi. C'est là où reparaît ma tare philosophique. J'ai beau faire, je ne crois qu'à l'action des causes profondes. L'accident, le caprice, ne vont pas loin, surtout s'ils vont contre la nature des choses... La « nature » de la métallurgie est de désirer la guerre. « Un » métallurgiste n'y changera rien. Il y a d'un côté la grande poussée des forces aveugles ou provisoirement aveugles ; et de l'autre la raison, dont nous tâchons d'être les serviteurs. Entre les deux, je n'aperçois qu'une bien petite place pour la fantaisie des individus. La raison seule empêche le monde d'être emporté par la fatalité. Je compte sur elle. Et non sur Louis II.

Jaurès suivait sa pensée, la tête rejetée en arrière. Le volume de sa voix avait un peu grossi. Le ton s'en était légèrement tendu.

Gurau l'observait. « Il commence à ne plus penser à moi. Mon cas ne l'intéresse plus. Même si je lui avais tout dit, il serait déjà en train d'oublier. Bossuet. Les lois éternelles. Il y a pourtant autre chose. Il parle de complexité. Mais celle qu'il veut bien reconnaître est encore de l'ordre des causes générales. Il n'a pas le sens de l'événement isolé, ni de l'absurdité essentielle qui est la trame même de la vie. Oui. Un sens lui manque. »

— Mais la Révolution elle-même, Jaurès, elle sera le fruit, c'est entendu, de la maturation des causes profondes. Mais ne croyez-vous pas que l'époque où elle se fera, la façon dont elle se fera, ce qu'elle aura, par exemple, de violent ou non, de destructeur ou non, dépendront pour beaucoup de causes particulières, d'interventions individuelles, de circonstances ? d'accidents ?

— Qui vous dit le contraire, Gurau ? Si les gouvernements, si les peuples, n'ont pas sous peu un sursaut de sagesse, ou d'instinct de conservation, nous roulons tous au gouffre de la guerre générale. Et c'est la Révolution, générale aussi, qui en ressortira, mais après y avoir contracté, comme une souillure originelle, un esprit de violence et d'atrocité qui serait la plus grande déception d'un homme comme moi, puisqu'il l'empêcherait de saluer, avec toute la joie de son cœur, l'avènement de la justice. Cela seul suffirait à m'inspirer la haine de la guerre. Mais vous voyez bien, Gurau, que je fais la part du contingent. Si la Révolution est inévitable, j'accorde que la figure qu'elle prendra ne l'est pas du tout.

— On pourrait vous dire, Jaurès, sans rien changer à votre conception des choses, que si la Révolution est inévitable, la guerre l'est aussi.

— Non. Parce que dans le cas de la Révolution la raison travaille avec les forces aveugles. Dans le cas de la guerre, la raison travaille contre les forces aveugles.

— Mais n'y a-t-il pas quelque part en ce moment, Jaurès, un homme qui, désirant la Révolution comme vous, mais d'un plus sombre désir, convaincu comme vous que d'une guerre générale sortirait la Révolution, mais se moquant qu'elle en sorte plus ou moins souillée, plus ou moins sanglante, souhaite la guerre aussi fort que vous la détestez ?

Jaurès inclina la tête en avant.

— Il se peut que cet homme existe. C'est même probable. Je ne dis pas que c'est mon ennemi. Mais il est loin de moi. » Et il étendit le bras. « Oui. Très loin. Son excuse est de ne rien pouvoir en faveur de ce qu'il souhaite.

— Lui dirait qu'il aime la Révolution plus que vous.

— Parce qu'il l'aimerait plus que la raison, plus que l'humanité ? D'autres ont aimé comme ça, jadis, aiment encore comme ça, la Patrie ou la Religion. Il n'est pas question de changer seulement de fanatisme. Ce que nous apportons aux foules misérables, ce n'est pas une idole autrement peinte... Ou alors ce ne serait pas la peine. Mais, Gurau, je n'ai pas à vous dire cela, à vous. Pourquoi avez-vous éprouvé le besoin de me le faire dire ?

— Peut-être pour avoir le plaisir de l'entendre.

— Oh !...

— J'ai horreur, moi aussi, de la Révolution inhumaine.

Il s'était levé.

— Mon cher Jaurès. Je repars malgré tout assez réconforté. Auprès d'un homme comme vous, c'est encore moins des conseils limités qu'on vient chercher, qu'un exemple, qu'une lumière.

Jaurès l'accompagna jusqu'à la porte de la rue. Chemin faisant, il lui dit :

— Avez-vous lu mon article de ce matin ?

— Non, fit Gurau avec un peu de gêne. Pas encore. Sur quoi est-il ?

— Sur cette grosse question de la suppression de la peine de mort. Le moment est favorable. Briand nous est acquis. Il faut que nous arrivions à décrocher ça. Songez que depuis 1870 on a guillotiné en France 74 jeunes gens de moins de vingt ans.

— Oui.

— Ça n'a pas l'air de vous toucher beaucoup.

— J'avoue que d'autres questions me paraissent plus préoccupantes. Combien croyez-vous qu'il faudra de minutes, dans la prochaine guerre, pour tuer 74 jeunes gens des alentours de vingt ans ? et des jeunes gens qui, malgré tout, « n'auront pas commencé ».

— Hé oui ! Je sais. Mais est-ce que nous ne devons pas, à tout propos et par tous les moyens, augmenter jusqu'à la superstition le respect de la vie humaine ? Mon pauvre ami... Nous risquons d'avoir tellement besoin, un jour ou l'autre, de cette superstition-là !

*
* *

Quai des Grands-Augustins, Germaine Baader achevait de déjeuner seule, dans la petite salle à manger rustique. Elle avait compté sur Gurau. Mais il s'était excusé, prétextant le rendez-vous qu'il avait pris ; sans dire toutefois qu'il s'agissait de Jaurès.

Germaine n'eût pas demandé mieux que de mettre le repas un peu plus tôt. Mais Gurau, qui attachait beaucoup de prix à sa visite chez Jaurès, ne souhaitait pas qu'elle fût immédiatement précédée d'une heure passée avec Germaine, ni d'ailleurs avec qui que ce fût. Il s'était dérobé.

En même temps que le dessert, la femme de chambre apporta une lettre.

— C'est un bonhomme qui vient de me la donner. Il est reparti.

Le billet était de Riccoboni, et d'un tour assez énigmatique :

« Mademoiselle. Au sujet de nos affaires et de certaines difficultés, j'ai l'avantage de vous prier de passer à mes bureaux dès que possible. Veuillez agréer mes empressées salutations. »

Quelles pouvaient être ces difficultés ? Sur les conseils de Riccoboni, elle avait profité quelques jours avant d'un léger tassement de cours sur les raffinés pour acheter huit mille kilos de plus. Riccoboni s'était contenté, « à titre amical et exceptionnel », avait-il dit, d'une provision de cinq cents francs. S'était-il produit une complication depuis ? Pourtant, la cote n'était pas mauvaise.

Elle décida de se rendre rue du Bouloi dès la fin de l'après-midi, en revenant de chez sa couturière.

XXIII

RUMEUR DE LA RUE RÉAUMUR. SECONDE DISPARITION D'HÉLÈNE SIGEAU

Il est trois heures, rue Réaumur. Le ciel est uniformément couvert. La présence de la brume n'est visible que si l'on regarde vers la hauteur ou vers le lointain. A l'est, dans un horizon de rue pareil à ceux de Londres, deux clochers jumeaux, élancés et pointus. Autour d'eux, une région de la nuée qui semble plus pâle et plus claire.

La rumeur de la rue Réaumur. Son nom même qui ressemble à un chant de roues et de murailles, à une trépidation d'immeubles, à la vibration du béton sous l'asphalte, au bourdonnement des convois souterrains, au cheminement de la foule entre l'air brumeux et les matériaux durs.

Rue éminemment de capitale. Lit creusé par la rivière des hommes nouveaux. Le vingtième siècle n'a pas encore fini de se lever au-dessus des deux clochers qu'on voit là-bas. Mais c'est déjà sa lumière que les passants ont sur la face ; que les grands immeubles d'affaires se renvoient d'une vitre à l'autre.

C'est déjà son âpre génie qui intervient ici officieusement. Il ne commande pas encore à haute voix. Mais on reconnaît sa main partout. Il arrange la foule à sa façon, retape vivement un étalage. La main du siècle pénètre au fond des bureaux, jusque dans la région des lampes toujours allumées. C'est elle qui fait ce cliquetis de machines à écrire, et qui, fouillant d'anciennes arrière-boutiques, en arrache l'ombre comme un tubercule.

La foule ici porte les habits de l'époque, mais elle se meut déjà comme celle de demain. Que les femmes marchent vite, malgré leurs longues redingotes, et leurs manteaux à pèlerine ! Comme ce monsieur paraît peu solennel et insatisfait malgré son chapeau haut de forme ! Des badauds s'arrêtent ; mais ils oublient de sourire. Comme tout devient important ! Le moindre acte luit devant vous avec le sérieux d'un boulon de moteur. Voici venir le temps où plus rien ne sera négligeable. Où il sera mortel de n'avoir pas bloqué un petit boulon. Ce crayon-papier que le camelot vous propose fera peut-être l'appoint de votre destin. Jamais les choses n'ont tant tenu à leurs conséquences. Avec si peu d'intervalle, si peu de jeu. Les conséquences roulent verrouillées l'une à l'autre comme les wagons du train souterrain. C'est elles dont on entend l'arroi dans le bruit serré de la rue Réaumur.

*
* *

Heureusement, les mannequins des devantures vous disent ce qu'il faut faire. Quels vêtements choisir. Comment les porter. Et comment l'on se tient. Ils dictent l'étoffe, le sourire, l'ondulation des cheveux, le geste du bras, l'inclinaison de la tête.

Costumes tailleur à 45. 65, 85 et 95 francs. L'efficacité augmente avec le prix. Dans un costume tailleur à 95 francs une femme n'est pas excusable si elle manque le bonheur. Manteau de loutre du Nord à 138 francs. La petite employée qui passe gagne 140 francs par mois. Mais elle a eu ce mois-ci quatre amendes de cinquante centimes. Dans cinq jours, si elle ne rate plus son métro, elle touchera juste le prix d'un manteau de loutre du Nord. Quelque superstitieuse y verrait une indication de la destinée. Mais il n'est pas nécessaire pour une jeune fille d'aller jusqu'au manteau de loutre. Ni, peut-être, habile. Ce n'est pas avec un manteau de loutre que l'on conquiert l'amour d'un homme. C'est avec l'amour d'un homme qu'on s'achète plus tard un manteau de loutre. Corsets forme fourreau, baleinage mobile, 29 fr. 50. On entend des gens vous dire qu'il n'y a que les femmes légères, ou les commères du marché, qui ne portent pas de corset. Préjugés d'un autre âge. Maintenant les jeunes femmes ont l'orgueil de leur corps. Autant elles seraient honteuses d'être restées vierges, autant elles se félicitent de ne pas avoir enfanté. La fermeté de leurs seins est leur fierté, leur inquiétude quotidienne. Même les jeunes mères, qui refusent de déchoir comme amoureuses, les soupèsent avec anxiété. Un soir de promenade, au détour d'une rue sombre, comme elles sont contentes de pouvoir dire à celui qui leur tient le bras : « Tâte. Aujourd'hui, je n'ai pas de corset. » Comme le corps devient précieux dans sa jeune gloire irréparable ! Il ne se résigne plus à l'injure ni à l'effacement. Il médite quelque triomphe futur ; un temps qui serait pour lui celui de la revanche et de l'ostentation. Dans les vêtements de 1908, le corps nu des jeunes femmes commence à remuer d'impatience comme le serpent dans sa peau morte.

Autos Ford à 6 900. Aciers au vanadium. Qu'est-ce que le vanadium ? Peu importe. L'âme de maintenant est de plain-pied avec ces mystères-là. Le vanadium, c'est l'angustura dans l'apéritif ; c'est la morsure dans la volupté. L'acier au vanadium, c'est de l'acier qu'on surexcite. Il faut que tout se surmonte, se dépasse. Il faut faire prendre à toute chose la gorgée d'alcool qui la soûlera.

« Les aveux de Mme Steinheil. » Le crieur s'avance au pas de course, la manchette du journal bien étalée sur sa poitrine. Mme Steinheil, née Marguerite Japy, avoue avoir placé elle-même la perle accusatrice dans le portefeuille de Rémy Couillard. Mais à peine s'est-elle effondrée dans des sanglots de théâtre qu'elle se relève pour accuser. Elle accuse Alexandre Wolf, fils de la cuisinière Mariette, d'avoir tué. Elle sanglote encore un coup ; puis dans un nouvel élan, l'accuse d'avoir voulu la violer elle-même. Le cœur des femmes, qui jusque-là compatissait aux tourments de Mme Steinheil, l'abandonne et s'indigne. Non que les mensonges de la veuve soient inconcevables. Chaque femme sent en elle-même quelque chose qui ne demande qu'à mentir ainsi. Raison de plus pour guillotiner cette garce, toute femme, et grande dame qu'elle est. Que les mensonges de toutes les femmes l'accompagnent, aillent se faire absoudre dans le sang de l'échafaud.

Tout cela n'empêche pas un Éros lucide, venu au monde avec le siècle, de se mêler à la foule et d'écouter la rumeur. Il a regardé la longue rue, la vallée de béton et de fer pour la rivière des hommes nouveaux ; et le ciel, sans aucune rose. Mais tout n'est pas perdu. Le temps de l'acier au vanadium lui réserve de belles compensations.

*
* *

— Si tu veux, nous allons suivre la rue Réaumur, et je te raconterai la suite que j'ai à peu près retrouvée. Un soir, après je ne sais combien de tentatives manquées — deux ou trois peut-être — et sans avoir jamais eu l'audace de monter jusqu'à l'appartement des Sigeau pour savoir ce qui se passait, j'ai vu Hélène sortir de son école. J'avais tellement peur de la reperdre, que je l'ai abordée presque aussitôt. Peu m'importaient les précautions. Hélène n'était plus reconnaissable, non pas dans l'aspect physique, mais dans l'expression, l'attitude. Elle avait l'air tourmentée et honteuse. Je lui dis : « Tu ne m'aimes donc plus ? » C'était la première fois que j'employais le mot, et, tu vois, sous la forme négative. Elle me dit : « Mais si, je t'aime bien, Pierre. Mais si. » En même temps, elle serrait ma main dans la sienne. Elle ajouta que notre séparation des jours passés n'était qu'un commencement. Que nous ne nous verrions plus. Que je ne pourrais plus la rencontrer au square, ni l'attendre à la porte de l'école. Tu penses bien que je la pressais de questions. Mais il lui était très pénible de me répondre. Elle me répétait : « Comment peux-tu croire que je n'aie plus envie de te voir, mon petit Pierre ? Ça me fait tellement de peine. Mais que veux-tu que j'y fasse ! » Je la suppliais de m'expliquer en quoi cette séparation était inévitable ? Quelles étaient les forces assez puissantes pour nous empêcher de nous voir, si nous en avions bien envie ; de nous voir ne fût-ce qu'un petit moment par semaine, et dans l'endroit le plus protégé, le plus mystérieux ? Je lui parlai du pavillon sur le monticule, de la porte à claire-voie au bout du chemin. Pour l'aider, j'avançai des hypothèses. Sa mère s'était-elle aperçue de nos relations ? Ou quelqu'un de l'école ? et l'avait-on menacée de prévenir sa famille ? Je gardai pour moi une autre hypothèse, qui me semblait bien un peu comique. Mais peut-on savoir ? et c'était tellement dans la tradition des romans et des pièces que j'avais lus. L'hypothèse qu'on voulait la marier, et qu'elle croyait impossible, ou déraisonnable, de contrarier la volonté des siens. N'allait-elle pas avoir quinze ans ? Quinze ans, ô Roméo... Je n'ignorais pas que c'était l'âge légal. Dans ses réponses, ou ses protestations réticentes, je pus néanmoins comprendre qu'il ne s'agissait de rien de tout cela ; et aussi qu'elle n'aurait pas cédé devant une difficulté médiocre. Quand je lui avais parlé d'une découverte de notre secret par sa mère, elle avait dit : « Oh ! si ce n'était que ça ! » avec un élan qui m'avait plu, mais qui me faisait mesurer aussi l'importance de l'obstacle. « De toute façon, m'écriai-je, personne ne m'empêchera de venir t'attendre à la sortie de ton école, et même si quelqu'un est avec toi, il ne m'empêchera pas de te suivre de loin et de te voir. » Elle me répondit qu'elle allait quitter l'école ; qu'elle y restait au plus jusqu'à la fin de la quinzaine courante ; donc que je n'aurais peut-être qu'une fois ou deux encore à venir l'attendre.

« Je n'ai vu clair dans les événements qu'ensuite grâce à des propos que je recueillis chez mes parents. J'entendis ma mère plaindre les malheurs de Mme Sigeau, et aussi la blâmer de son aveuglement. Il y avait un drame qui couvait depuis des années. M. Sigeau avait pris à son service une jeune employée. Était-ce comme préparatrice de pharmacie, ou comme caissière ? Il me semble me rappeler plutôt qu'on en parlait comme d'une secrétaire. Pourtant un pharmacien de quartier n'a pas de secrétaire. Je crois qu'elle s'occupait aussi du travail des deux jeunes filles, qu'elle leur donnait quelques vagues leçons. On la logeait. Je ne l'avais d'ailleurs jamais vue. Bref, Sigeau en avait fait sa maîtresse. Situation ignorée d'abord par Mme Sigeau, puis tolérée avec résignation. Mais la secrétaire était plus exigeante. Poussé par elle, le pharmacien avait patiemment prémédité la rupture de son ménage. Il avait cherché et trouvé un acquéreur pour son commerce. Il venait de notifier à sa femme les arrangements qu'il avait décidés. Il lui laissait pour quelques mois la jouissance de l'appartement. (Peut-être le successeur n'en avait-il pas besoin.) Il lui laissait aussi la cadette, Yvonne. Lui-même partait avec sa maîtresse, et emmenait Hélène. Pour être plus libre sans doute, ou moins vulnérable, il n'avait pas racheté de pharmacie. Il entrait, comme chef de quelque service, dans une grande pharmacie ou droguerie du centre. Il avait choisi son domicile dans une banlieue éloignée, au sud de Paris.

« Qu'allait-il faire d'Hélène ? Même si elle continuait ses études, ce serait dans quelque institution de banlieue. A moins que les leçons de la secrétaire ne parussent suffisantes.

« Tu devines mon état d'esprit. D'abord, fils moi-même de parents d'une moralité irréprochable, je trouvais à cette histoire une odeur répugnante. Il était déjà désillusionnant pour moi qu'Hélène y fût mêlée. Mais plus pénible encore de penser que des deux sœurs, c'était Hélène que le pharmacien avait choisie pour l'associer à une vie qui me paraissait crapuleuse, et la mettre dans l'intimité de la jeune secrétaire. Sans parler du principal, qui était notre séparation.

« Je revis Hélène. Je lui dis qu'on m'avait renseigné. Elle pleura, sans me répondre ; sans me regarder. C'étaient ses premières larmes devant moi. Je me sentis un peu moins de courage pour lui faire le petit sermon que j'avais préparé. Je lui déclarai pourtant que, si j'étais à sa place, personne ne réussirait à m'emmener de force ; que d'ailleurs ceux qui voulaient l'emmener se garderaient bien, si elle résistait, de risquer un scandale. Je compris ou devinai différentes choses : que Mme Sigeau n'insistait pas pour garder ses deux filles. Faute de moyens, sans doute. Du côté de l'argent aussi, le mari avait dû faire son possible pour la rouler. Ensuite qu'elle avait d'elle-même indiqué sa préférence pour Yvonne. Ce dont Hélène avait éprouvé non beaucoup de surprise peut-être, mais beaucoup d'amertume. Loin de supplier sa mère de la garder, elle affectait plutôt de partir de gaieté de cœur. Ce serait sa vengeance. J'aurais voulu lui remontrer qu'un sacrifice d'amour-propre comptait peu auprès du chagrin de notre séparation. Mais je craignais d'avoir à me convaincre qu'en effet pour celle c'était l'amour-propre qui comptait le plus. Enfin elle ne paraissait pas avoir pour la conduite de son père, ni pour la secrétaire intrigante, ni pour l'idée de vivre désormais dans ce ménage, l'horreur que j'aurais aimé sentir chez elle.

« Tout en l'écoutant, j'envisageais, sans lui en faire part, divers moyens que j'aurais, moi, d'intervenir. Une visite à sa mère. Une démarche auprès du père coupable. Pourquoi pas ? Il me semblait justement que sa culpabilité me donnerait de l'aplomb. D'autres naïvetés encore, y compris l'enlèvement d'Hélène. Une fuite que nous tenterions ensemble. J'y ai pensé surtout après avoir quitté Hélène. Dans mon lit, à l'heure où j'aurais dû m'endormir. Tu me diras que ce n'était pas bien sérieux ? Pourtant, il n'y avait pas de jeu là-dedans. Je reconnais qu'il y avait du rêve. Encore maintenant, chaque fois que j'ai à me défendre contre une menace du milieu extérieur, je fabrique dans ma tête une action qui tient du rêve par certains côtés, mais qui n'en a pas les facilités, les complaisances ; qui tient aussi du projet. Ça m'est arrivé que de fois, au régiment ! Je ne suis pas sûr du tout qu'entre ce genre d'imaginations-là, et le projet qu'on exécute, il y ait une frontière solide. Si j'avais déserté, l'an dernier, ou si, jadis, je m'étais enfui avec Hélène, ça se serait fait en conformité avec mes plans, dont le détail était raisonnable.

« Ce soir-là, dont je viens de te parler, nous ne nous fîmes pas d'adieux, parce que nous étions à peu près certains de nous rencontrer au moins encore une fois. Mais par précaution, nous convînmes d'un signal. Il y avait sur un pan de mur, rue de la Tour-d'Auvergne, une affiche posée depuis longtemps, et qui ne risquait guère d'être recouverte. Si notre prochain, et peut-être dernier rendez-vous pouvait avoir lieu comme d'habitude à la sortie de son école, disons le vendredi, Hélène dessinerait une étoile dans le coin de l'affiche. Sinon, elle inscrirait un simple chiffre, par exemple 9, et cela voudrait dire que le même vendredi, à neuf heures du soir, elle s'arrangerait pour venir me retrouver de toute façon à deux pas de chez elle, sur la place en escaliers qui est devant l'église Saint-Vincent-de-Paul.

« Quand je passai rue de la Tour-d'Auvergne, il y avait l'étoile.

« Notre promenade d'adieux fut aussi tendre et désespérée qu'il était possible. Nous avions pris notre itinéraire le plus contourné, le plus secret. Les petites rues coudées. Le pavillon sur le monticule. Nous nous sommes embrassés plusieurs fois. D'ailleurs nous étions d'accord pour ne pas admettre une séparation définitive. Elle me dit que son père les emmenait habiter Sceaux ; qu'elle ne savait pas l'adresse exacte. Il lui arriverait bien de venir voir sa mère. Comment me le ferait-elle savoir ? Comment s'échapperait-elle ? Le seul point à peu près sûr était que ces visites auraient lieu le jeudi. Nous voilà essayant de forger un plan très compliqué, qui avait au moins le mérite de tromper la tristesse de nos adieux. Je ne m'en rappelle que l'essentiel. Chaque jeudi, je devais passer par l'escalier de pierre qui conduit à Saint-Vincent-de-Paul ; et sur un certain endroit de la rampe, dans un angle peu visible, la bonne de Mme Sigeau, prévenue par Hélène — il fallait mettre cette bonne dans la confidence, malgré tout notre désir du secret ; mais Hélène se disait sûre d'elle ; et puis, que risquions-nous de pire que la séparation ? — donc la bonne aurait inscrit à mon intention deux ou trois signes : par exemple un nom de rue en abrégé, et un chiffre qui voudrait dire l'heure.

— Il n'aurait pas été plus simple de vous écrire ?

— Où m'aurait-elle adressé la lettre ? J'avais l'air très enfant. Tu ne me vois pas me présentant à la poste restante. Demander ce service-là à la concierge de mes parents ? C'était au-dessus de mon audace.

— Et cette obligation de passer par là tous les jeudis matin ? Tu avais donc beaucoup de liberté ?

— Ma foi non. Déjà mes rentrées tardives, les soirs où j'étais allé retrouver mon amie, m'avaient valu des sermons, et contraint à quelques mensonges. Mais comme je te l'ai dit, nous habitions en ce temps-là rue Blanche. De la rue Blanche aux divers endroits que je t'ai nommés, un garçon agile, que la course même en montée n'essoufflait pas, en avait selon les cas pour cinq ou dix minutes. Je revois un trajet : rue Chaptal, rue Victor-Massé, rue Condorcet, rue de Belzunce, qui m'amenait à Saint-Vincent-de-Paul en moins de temps qu'il n'en faudra à la vieille dame là-bas pour longer la façade de Félix Potin. Il n'y avait pas tant de voitures qu'aujourd'hui. Pas d'autos. D'ailleurs ce système du jeudi et de la rampe d'escalier n'eut pas l'occasion de nous servir. Il se fit dans la famille Sigeau de nouveaux arrangements. Le père décida de prendre Yvonne et de laisser Hélène.

— Grâce à une manœuvre d'Hélène en dernière heure, sans doute ?

— Pour une part peut-être. Mais plus tard, quand je la comblais de remerciements à ce propos, elle en avait l'air presque gênée. Je crois que le revirement est venu surtout de la secrétaire, qui a dû se méfier d'Hélène, la trouver trop réfléchie, trop intimidante comme témoin. Yvonne n'était qu'une gamine, dont il n'y avait à redouter que quelques crises de larmes vite séchées. Oh ! je suis persuadé, note bien, qu'Hélène, dès qu'elle a senti que les choses pouvaient s'orienter de ce côté-là, sans qu'elle eût à prendre l'initiative auprès de sa mère d'une requête qui l'humiliait, a poussé dans le nouveau sens tant qu'elle a pu.

— Si bien qu'à la suite de vos adieux déchirants, vos amours ont continué comme par le passé ?

— Ne te moque pas, mon vieux. Ou je ne te raconte plus rien. Elles n'ont pas continué comme par le passé. Elles se sont renouvelées. Et c'est même pour arriver à cette période-là que je t'ai donné tant de détails qui ont pu te sembler fort ordinaires. Oui, c'est à partir de ce moment-là que nos amours d'enfants parisiens sont devenues quelque chose de tout de même assez spécial, une aventure qu'il n'est pas facile de situer n'importe où, et dont je voudrais pouvoir te communiquer la vibration cachée, justement aujourd'hui où nous longeons cette rue.

« Le pharmacien avait-il laissé sa femme sans le sou ? Ne tint-il pas les engagements qu'il avait dû prendre ? Toujours est-il que Mme Sigeau donna très vite des signes de gêne. Elle garda la bonne — celle qui avait failli nous servir d'alliée ; celle à qui j'avais tiré les cartes, tu te souviens ? — mais elle enleva Hélène d'Edgar-Quinet, sous prétexte de lui faire travailler le piano à la maison. En réalité pour l'associer à une entreprise bizarre. Je ne sais qui — peut-être un représentant de produits pharmaceutiques — lui avait donné l'idée qu'elle gagnerait beaucoup d'argent en plaçant de la parfumerie pour une petite marque qui venait de se fonder. Elle se mit en campagne. Elle allait voir aux quatre coins de Paris des gens qu'elle connaissait plus ou moins, d'autres dont on lui donnait les adresses. Elle se risquait chez de petits commerçants :

merciers, papetiers. Elle avait même noué des combinaisons avec certaines concierges. Moyennant le partage de la commission, la concierge essayait de coller à ses locataires quelques flacons de parfum ou d'eau de Cologne. Pas si bête quand on y réfléchit. Quel est le locataire parisien qui n'achètera pas la paix avec sa concierge au prix d'une redevance si modeste ?

— Est-ce qu'au moins les parfums étaient de bonne qualité ?

— Je n'en sais rien. Je manquais de compétence à ce moment-là. Mais le commerce de la parfumerie réserve au fabricant, paraît-il, des bénéfices si prodigieux, qu'il ne devait pas être difficile, à une maison qui voulait se lancer, de fournir une camelote convenable à des prix doux. Je crois surtout que la pauvre femme se jetait dans cette agitation pour s'étourdir. En dehors de ses démarches personnelles, il restait des courses à faire de tous côtés. Pour livrer les commandes, pour déposer un prix courant, parfois simplement pour chercher une réponse. Mme Sigeau y employait tour à tour sa bonne — qui l'aimait bien, qui la plaignait, qui haïssait la secrétaire — et sa fille. Tu vois le parti que nous pouvions en tirer, mon amie et moi. Hélène s'arrangeait pour faire placer le jeudi ses courses les plus longues. De mon côté, j'avais habitué mes parents à trouver naturel qu'au lieu de passer tout mon après-midi dans un square étroit et poudreux, où les jeux commençaient à ne plus être de mon âge, j'eusse envie de changer de place, de me promener « aux alentours ». Car il était entendu que je restais dans le quartier, en compagnie de camarades dont on ne cherchait pas à vérifier la présence avec moi, ou les noms. Du moment que ce n'étaient pas des « petits voyous »...

« Il nous arrivait donc de nous trouver dès une heure et de ne nous quitter qu'à six. Comme c'était pour Hélène le jour des longues courses, nous allions dans les quartiers les plus lointains. Notre point de rencontre ordinaire était le square Montholon, qui est par lui-même un endroit odieux, un de ces trous sans air où une débile verdure ne fait qu'ajouter l'impression de cimetière à celle d'étouffement, oui, quelque chose comme un aspidistra de concierge dans une courette où tombe la poussière des tapis. Mais tu comprends que j'aie gardé de la tendresse pour le square Montholon. Je voyais Hélène pénétrer par la porte d'en haut, un peu moins bien vêtue qu'autrefois. Il est vrai que c'étaient les mêmes vêtements. Mais ils avaient perdu de leur fraîcheur. Elle faisait moins « petite fille riche ». Mais le noble dessin du visage, les yeux sombres, les cheveux répandus, les charmantes taches de rousseur, tout cela restait, plus beau, plus émouvant encore. Elle avait son cartable d'écolière sous le bras. Mais dans le cartable, quelques flacons, enveloppés de papier de soie, des prospectus, avaient remplacé les cahiers et les livres.

« Elle tirait de sa poche une petite liste. Il y avait des noms de gens et de noms de rues. Sans ordre ; sans autre indication. En ce temps-là les adresses ne comportaient jamais le numéro d'arrondissement. Je me flattais déjà de bien connaître Paris. Et pour un garçon de mon âge, c'était vrai. Je méditais la liste. Sur les sept ou huit noms de rues, j'avais tôt fait d'en situer exactement quatre ou cinq. Pour les autres, rien qu'à l'odeur, je les rangeais dans telle ou telle direction. Un nom d'Auteuil, j'avais peu de chances de le placer aux Gobelins ou à Vaugirard. Tu te rendras compte de cela à l'usage. Sauf quelques exceptions déroutantes, comme la rue Stendhal à Ménilmontant, ou la rue des Réservoirs à Passy, la plupart des noms de rues ont telle ou telle affinité locale. Rue des Entrepreneurs, ou rue des Volontaires, par exemple, ça sent la périphérie, mais la périphérie médiocre (ni le vieux Montmartre, ni le vieux Belleville) ; et comme il s'y mêle quelque chose d'un peu couillon, ça doit être à Vaugirard. Je ne nie pas que dans bien des cas ce sentiment d'affinités ne se ramène à des souvenirs confus... Bref, j'achevais de me fixer les idées grâce à un petit plan que j'avais en poche. Nous adoptions un circuit à la fois fantaisiste et raisonnable ; et nous nous mettions en route. Un petit nombre de voies et de parages étaient considérés comme dangereux ; à éviter ; à causes des rencontres possibles ; du moins au début de cette vie vagabonde : l'avenue de l'Opéra, par exemple, ou les abords des grands magasins. Mais tu penses quelle pouvait être notre liberté, notre insouciance de voyageurs, une fois que nous étions sortis du centre et que s'ouvrait devant nous l'insondable espace des Ternes ou du petit Montrouge. Quand nous approchions d'un domicile de client, j'attendais à un coin de rue. Ou je ralentissais le pas. Hélène me rattrapait un peu plus loin. Au cours de l'expédition, j'offrais à ma petite compagne un croissant, un pain de seigle, avec un bâton de chocolat, ou même un gâteau plus raffiné, non pas dans une pâtisserie proprement dite — ce qu'il y a de précieux et de gourmé dans beaucoup de ces maisons-là m'incommodait — mais dans une boulangerie-pâtisserie. C'est là que j'ai acquis l'érudition spéciale que je t'ai étalée l'autre jour. Je n'avais aucune raison sérieuse de penser qu'Hélène, chez elle, souffrît de privations. La détresse n'y était pas arrivée à ce point. Mais il était possible qu'elle n'eût pas souvent de dessert. Tu te doutes combien le plaisir ordinaire d'offrir une douceur à une petite camarade augmentait, devenait poignant, avec cette idée.

« Hélène, de son côté, était généreuse, et même dépensière. Mme Sigeau la chargeait parfois de toucher le prix d'une livraison. Je lui disais bien que cet argent n'était pas à elle, qu'elle devait le rapporter jusqu'au dernier centime. Tu sais, je tiens de mon éducation de petite bourgeoisie une probité vétilleuse en matière d'argent. Tu dois connaître ça ?

— A ce point que je me demande si la petite bourgeoisie n'a pas pour fonction de fournir à la société d'abondantes réserves de cette vertu, dont la disette se fait parfois cruellement sentir, tu ne trouves pas ? à d'autres étages.

« Comme jadis la noblesse fournissait de courage militaire le reste de la nation. Donc Hélène me faisait valoir que sa mère lui laissait un petit crédit pour ses frais de tramway et d'omnibus ; et qu'elle avait bien le droit de le dépenser autrement, puisque nous faisions tout à pied. Mais ses calculs étaient un peu larges. Je devais me défendre pour ne pas accepter ma part de trop coûteuses friandises. Tu comprends, il y avait tout de même entre le milieu d'Hélène et le mien une légère, une imperceptible différence de classe. La différence qui sépare, à culture égale, l'employé à salaire fixe, même bien payé, du commerçant chez qui l'argent circule avec plus de facilité, plus de caprice, et surtout ne correspond pas aussi étroitement à du travail.

« Ces expéditions du jeudi ne nous suffisaient pas. Au contraire, elles exaspéraient notre besoin d'être ensemble. Dans l'intervalle de deux jeudis, nous tâchions de nous rencontrer plusieurs fois, même pour quelques minutes. Certains soirs, me rendant la politesse que je lui avais faite naguère, Hélène venait m'attendre à l'heure où je sortais du lycée. Pas à la porte, non, mais, ma foi, pas bien loin. Je crois t'avoir montré le passage du Havre, un jour que nous redescendions de la Butte. Tu te rappelles ? Tout près de Condorcet, le flanquant pour ainsi dire, une galerie étroite et coudée, avec des boutiques, des lumières, genre passage Jouffroy. Je la trouvais qui regardait un étalage. Jamais personne ne m'a souri comme elle, au moment où, tournant la tête, elle me reconnaissait. Son grand pouvoir venait de son calme. Elle n'était presque jamais nerveuse, ni reprochante. Elle savait excuser un retard, ou mieux, arrêtait vos excuses par une moue souriante des lèvres qui voulait dire : « Mais c'est déjà oublié. » Moi qui suis un homme tourmenté, voué à l'inquiétude, au scrupule, et du même coup assez exigeant envers les autres, il me semble que je dois à Hélène le germe d'une disposition morale, que je n'ai pas assez développée depuis, mais dont j'ai ressenti le bienfait, la grâce, à certaines époques... je t'en reparlerai peut-être un jour... et que j'appellerais une espèce de quiétisme... Oui, chaque fois que j'éprouve cet allégement un peu surnaturel, c'est peut-être la douceur de ma petite amie qui me revient.

« Lors de ces rendez-vous du soir, passage du Havre, nous prenions souvent le chemin de chez elle. Mais nous avions fini par adopter les grandes voies directes : la rue de Châteaudun, la rue Lafayette, sans chercher de détour, sans précautions.

— Vous n'avez jamais été rencontrés ?

— Si. Par des camarades de lycée. Mais, je te répète, nous n'avions pas du tout cet air craintif et canaille, ce regard de camelot qui guette la venue des agents, par quoi se signalent les couples de potaches et d'écolières. Le copain se disait : « Tiens, je ne savais pas que Jallez avait une sœur. Elle est même rudement jolie, sa sœur. » Les autres rencontres n'auraient été redoutables qu'en se répétant. Faire un bout de chemin avec une camarade de jeu, qui pouvait être passée par hasard... je me serais justifié sans peine. Quant à Mme Sigeau, elle avait d'autres soucis. Nous eût-on dénoncés, qu'elle n'eût pas eu, je crois, le courage de trouver que c'était bien grave.

« Nous ne calculions pas tout cela. Et certes nous ne tenions nullement à être découverts. Ce n'était pas tant la peur des conséquences, que le respect de notre secret. Beaucoup de gens qui s'aiment sont ainsi, il me semble. Ce n'est pas toujours par peur qu'ils se cachent. Il y a dans l'amour un besoin désintéressé de secret. Donc notre oubli des précautions n'avait rien de prémédité, rien de provocant. Mais tout simplement, nous nous étions habitués à l'infini et à l'inconnu de Paris. Un sentiment d'une douceur extraordinaire que tu ne peux pas éprouver encore. Non. Il s'y mêle pour toi encore trop de dépaysement. Tu flaires bien cet inconnu. Mais il ne t'est pas familier. Tu ne te sens pas fidèlement accompagné, protégé, consolé par lui, où que tu ailles. Pour les deux enfants dont je te parle, c'était ça. Nulle part ils ne se trouvaient abandonnés par cet immense compagnon. Et de même qu'un coin désert de Reuilly ne pouvait plus leur donner la détresse de la solitude, de même la foule de la rue Saint-Lazare ou celle de la rue Lafayette, à deux pas de leur maison, gardaient à leurs yeux quelque chose d'invinciblement anonyme. Il ne leur semblait pas qu'on dût les reconnaître là plutôt qu'ailleurs. Si tu veux, nous avions perdu dans nos longues courses l'idée préoccupante d'être quelqu'un... Oui, oui... je ne doute pas que tu comprennes... Le provincial qui tombe à Paris, qui circule, éprouve souvent le soulagement de n'être plus M. Untel dont on épie les allées et venues, dont on se dit : « Pourquoi suit-il aujourd'hui le trottoir de gauche ? Pourquoi a-t-il mis sa jaquette ? » Mais ce ne sont encore pour lui que des vacances. Et il s'en fatiguerait vite. Toi, tu as déjà dépassé cette première étape. Mais tu ne peux pas avoir atteint l'état de sécurité, de dépossession délicieuse où nous étions. Je crois que je sentais certaines choses plus vivement qu'Hélène ; que j'ai joui et, à l'occasion, souffert de notre amour avec plus d'acuité. Mais par ce repos naturel de l'âme qu'elle avait, elle m'a aidé, sûrement. Tu n'imagines pas comme elle était attachante à considérer quand nous marchions le long d'une rue comme celle-ci, vers ces mêmes heures. Son air à l'aise ; son abandon total, sa confiance dans le flot. On en revient toujours à ces mêmes images. Dans notre première promenade, je t'ai parlé du « bon nageur ». Tu es allé à la mer ? Non. Tu aurais vu ces enfants qui ont appris à nager tout petits, et qui ont une façon charmante de se laisser, de longs moments, porter, balancer par l'eau. On dirait qu'ils dorment dessus, un bras replié sous la tête.

« Je ne lui ai jamais demandé si elle aimait Paris. Elle n'aurait pas compris ma question. Nous étions trop spontanés pour réfléchir à ça. Mais maintenant je pense à ma belle petite nageuse, qui me montrait si bien la façon de dormir sur le flot... En somme j'ai été ingrat avec elle.

— Ingrat ? Comment cela ?

— Je veux dire depuis. Je l'avais presque oubliée. C'est affreux. Quand tout à coup l'on se met à penser à ce lâche rongement de l'oubli, le cœur fond dans un désespoir qui déborde soudain le cas particulier, qui se répand jusqu'aux limites... C'est à vous dégoûter de la vie elle-même.

— Mais tu vois bien que tu ne l'avais pas oubliée.

— Si. Moi, j'avais oublié. Mais Bergson a raison. Il y a je ne sais quel univers en nous qui n'oublie rien. Ma petite Hélène... Où peut-elle bien être en ce moment-ci ?

Jerphanion attendit un peu avant de demander, en y mettant toute la précaution possible :

— Depuis... tu l'as complètement perdue de vue ?

Jallez sourit, les lèvres serrées, puis :

— Comme tu dis, complètement.

Ils arrivaient rue du Temple.

— Ça s'est fait comme si par exemple je regardais un instant cette vitrine, et qu'en me retournant je ne te voie plus.

— Tu n'exagères pas ?

— Je simplifie...

Il montra des boutiques, sur le trottoir d'en face.

— Tiens, là-bas, il y a une suite de magasins de soieries, un surtout, qui a une vieille réputation populaire. Des femmes y viennent de très loin pour acheter deux mètres de ruban, ou une forme de chapeau. Car ils vendent aussi des formes de chapeau. Un jour, nous nous y sommes arrêtés. Hélène avait à y faire un achat pour sa mère. Nous sommes entrés ensemble. J'ai vu se dérouler les bobines de ruban, où la couleur de la soie court au milieu d'un chemin de papier glacé. Entre deux coups d'œil qu'elle jetait sur les rouleaux qu'on lui présentait, Hélène venait chercher dans mes yeux à moi la preuve que je ne m'ennuyais pas, et que cette halte aussi faisait partie du voyage. Ensuite nous sommes entrés dans cette boulangerie qui est à côté.

— Mais ce n'est pas ce jour-là que tu as cessé de la voir ?

— Non... Nos rendez-vous, en général, nous nous les donnions de vive voix, d'une fois sur l'autre. Mais comme il pouvait se produire des empêchements, des changements d'heure ou de lieu, nous avions conservé, en le développant, notre système de signaux. Il était devenu d'une grande subtilité, et d'une grande souplesse. Nous étions arrivés à tout exprimer par de petits dessins. Sans user de mots, ni de chiffres. Nos signaux restaient ainsi davantage notre propriété. Ils risquaient moins d'être effacés ou altérés par une main étrangère. Surtout, personne ne pouvait en soupçonner le sens. Pour les inscrire, nous changions d'endroit. Mais plusieurs endroits nous servaient en même temps. Deux principaux : l'un plus près de chez moi, l'autre plus près de chez elle. Il était convenu que celui de nous deux qui avait à donner ou à modifier un rendez-vous, bref à faire le signal, devait autant que possible aller l'inscrire à l'endroit le plus rapproché du domicile de l'autre. Par exemple, en sortant de chez moi, je passais devant le premier endroit de signal, qui était à un moment donné rue de Navarin. Si je n'apercevais rien j'allais au rendez-vous. Mais si par extraordinaire je n'y trouvais pas Hélène, après l'avoir un peu attendue j'allais à l'autre endroit de signal, celui qui était tout près de chez elle.

— Pourquoi ces complications ?

— Mais si. Hélène pouvait avoir eu un empêchement à la dernière minute, n'avoir pas eu le temps de courir jusqu'à la rue de Navarin. Un rendez-vous manqué, c'est déjà très pénible. Mais s'il faut s'en retourner sans explications, sans compter sur un autre rendez-vous, c'est encore bien plus douloureux. Les signaux me donnaient une explication sommaire, et un nouveau rendez-vous. Nous en avions d'autres qui ne répondaient à aucune utilité, qui ne servaient qu'à la tendresse. Sept ou huit emplacements convenus, en des lieux de Paris assez distants, où nous pouvions avoir l'occasion de passer l'un sans l'autre. Comme il s'agissait là non d'indications matérielles, mais de sentiments, il n'était pas grave et il pouvait même être délicieux que le destinataire ne rencontrât qu'avec un retard de plusieurs jours, ou parfois de deux ou trois semaines, le signal qui lui était fait. Par exemple, un dimanche, j'accompagnais mes parents qui allaient en visite dans la Plaine-Monceau. Je m'arrangeais pour leur faire prendre la rue de Lévis ; ou bien je m'écartais d'eux sous un prétexte. Alors j'apercevais sur un étroit pan de mur, entre une fruiterie et une cordonnerie, quelque chose qui ressemblait vaguement à un entrelacement de triangles ou de cercles, et qui me disait, qui me disait pour moi tout seul : « Je suis passée ici lundi. Je pensais bien à toi, et je t'ai envoyé un baiser. » Tu imagines la figure que ce pan de mur de la rue de Lévis, que la rue de Lévis elle-même prenait pour moi ?

— Vous arriviez à vous dire tant de choses par un petit dessin ?

— Mais oui, comme dans les caractères chinois, où un tout petit détail ajoute, par accumulation, une idée de plus. L'ensemble se traçait très vite à la façon de ces gribouillages, qu'on crayonne distraitement pendant qu'on écoute quelqu'un. Les enfants adorent les subtilités et le mystère. Les difficultés de notre langage symbolique ne nous rebutaient nullement. Et Paris, outre tout ce qu'il était déjà pour nous, nous devenait encore comme un clavier de communications occultes. Tu me diras que de petits amoureux auraient pu faire la même chose sur l'écorce des arbres d'un chemin de campagne, ou d'une forêt. Non. Ce n'aurait pas été la même chose. Autour de ces amoureux-là, il y aurait eu tellement de silence et de solitude... Il faut te représenter la rumeur de Paris déferlant sur nos signaux imperceptibles. Cette multitude, où nous arrivions à être soudain présents l'un à l'autre. Songe à la force de « séparation » que déploie une ville pareille.

— Puisque tu prononces le mot de séparation...

— Oui, tu voudrais savoir comment nous nous sommes séparés, comment nous nous sommes perdus. Eh bien, voilà. Un jour, il n'y a rien eu au premier endroit de signal. Au square Montholon, il n'y a pas eu Hélène. Et rien non plus au deuxième endroit.

— Qu'est-ce que tu as fait ?

— J'ai patienté, en m'écrasant le cœur sous des raisonnements rassurants. Je suis revenu plusieurs fois par jour à nos deux endroits. Puis j'ai fait le tour des autres, même les plus éloignés, où nous restions parfois des mois sans rien écrire.

— Mais enfin, ce n'était pas possible ?

— Je me répétais que ce n'était pas possible.

— Avais-tu sentir venir la chose ?

— Pour dire la vérité, non. Hélène avait fait allusion à des difficultés ; à de nouvelles complications de famille. Mais sans se confier. J'aurais eu peur de la peiner en insistant.

— Tu n'est pas allé chez elle ? Il me semble qu'à ta place j'aurais tout risqué.

— Je suis allé chez elle. Mais j'ai attendu trois jours ; et la première fois, je ne me suis adressé qu'à la concierge. J'ai dû m'y prendre très mal. Elle m'a répondu d'un air agacé que ces dames étaient absentes. Qu'elle ne pouvait rien me dire d'autre. Que si j'avais une commission à leur faire, je n'avais qu'à laisser un mot. J'ai osé insister pour savoir si la bonne au moins n'était pas là. « La bonne ! Il y a beau temps que la bonne est partie. » Je suis revenu deux jours plus tard. J'ai mieux aimé monter directement sans passer par la concierge. J'ai sonné plusieurs fois. Personne n'a répondu. J'avais préparé une lettre, que j'ai voulu glisser sous la porte. Mais un bourrelet m'en empêchait. Je l'ai mise sous le paillasson en la recourbant un peu contre le bas de la porte, de façon qu'il fût difficile de ne pas la voir quand on entrerait.

— Qu'y disais-tu ?

— Ce n'était pas encore trop maladroit. Je feignais d'avoir rencontré Hélène par hasard la semaine précédente ; d'avoir appris par elle que sa mère s'occupait de vente de parfumerie ; et je demandais quand je pourrais voir Mme Sigeau pour lui communiquer des adresses qui l'intéresseraient. Ma lettre était le fruit de longues réflexions. Elle contenait, comme tu vois, entre autres habiletés, celle-ci : au cas où le silence d'Hélène eût été dû à une violente réprimande de sa mère, avertie par quelqu'un qui nous aurait surpris ensemble, j'ôtais à la rencontre signalée — s'il n'y en avait eu qu'une seule — son caractère clandestin et suspect. Au moins en partie.

— La réponse de Mme Sigeau ne risquait pas de tomber entre les mains de tes parents ? et de les étonner ?

— J'avais une explication prête de ce côté-là. Mais la réponse n'est pas venue. Je suis retourné là-bas une fois encore. J'ai monté les étages. Ma lettre était sous le paillasson, exactement à la même place. Personne n'y avait touché.

— Mais tu n'as plus eu de nouvelles ? Plus du tout ?

— Un jour, en passant devant un de nos endroits à signaux, un des plus lointains, sur le quai Notre-Dame, j'ai aperçu un dessin, tracé depuis peu. Mais d'abord, il y avait ceci de tragique, que dans notre code secret, nous n'avions prévu de signes que pour les circonstances accoutumées. Le dessin disait : « Je pense à toi. Je t'aime. » Avec, en travers, le signe qui voulait dire : « empêchement ». Et ce signe-là était tracé en gros, et souligné, comme pour indiquer l'importance de l'empêchement. Ensuite, exaspérée sans doute de l'impuissance de nos pauvres symboles, elle avait écrit au crayon : « On m'emmène trop loin. » Enfin, au bout de la phrase, il y avait un signe, que nous n'avions jamais employé, qu'elle avait inventé, mais qui me semblait clair : un rectangle, traversé de deux diagonales, et orné, en haut et à droite, d'un petit rectangle ombré, placé comme un timbre.

« Là-dessus, j'ai retrouvé quelque espoir. Il m'a semblé comprendre qu'Hélène m'annonçait une lettre. J'ai attendu cette lettre. Comme elle ne venait pas, j'ai soupçonné mes parents de l'avoir interceptée. D'en avoir intercepté, qui sait, plus d'une. Je l'ai cru longtemps. Ma mère avait, sur ce point, les goûts policiers de beaucoup de ses pareilles. Elle essaye encore parfois de les exercer à mes dépens. Comme à cette époque-là elle n'aurait pas douté une seconde de travailler pour mon bien...

— Tu aurais pu l'interroger carrément.

— Elle aurait menti... Non... Il me restait peut-être d'autres moyens d'enquête... J'ai préféré m'enrouler dans mon chagrin. Je me suis fait lâche et endolori. Et puis, au fond, je ne savais pas que c'était si important. Je le sais depuis quand d'ailleurs ? depuis le jour où je me suis mis soudain à t'en parler. Et même, je ne l'ai senti que peu à peu. C'est maintenant que je le sens tout à fait... Oh !...

Et il secoua la tête, avec une espèce d'énergie dans l'incertitude.

— A quoi penses-tu, mon vieux ? lui dit Jerphanion, à rechercher ta petite Hélène ?

— Non... Il serait bien temps, d'ailleurs !... Non. C'est à autre chose que je pensais.

4.

ÉROS DE PARIS

I

PLACE DES FÊTES

Tout le Nord-Est de Paris, nous l'avons vu, est occupé par l'avancée d'un vaste plateau ; dont les pentes, du côté du nord, descendent assez vite vers le canal et la route d'Allemagne, et, du côté du sud, s'affaissent lentement vers la Seine, pour ne devenir abruptes qu'à l'ouest.

En haut de ce plateau, non loin du rebord septentrional, se déploie la place des Fêtes, avec ses rangées d'arbres, ses gazons, son kiosque à musique, et son entourage de vieilles maisons basses.

C'est sur la place des Fêtes qu'arrive Wazemmes, qui trotte depuis huit heures du matin. C'est sur cette place qu'Edmond Maillecottin fait les cent pas, la tête un peu inclinée, les mains derrière le dos, et sans perdre de vue la devanture d'un mastroquet.

Cependant, à huit kilomètres de là, dans le Paris de l'Ouest, Haverkamp se dirige vers la station du métro les *Ternes*. Il va au rendez-vous qu'il a donné à Wazemmes pour midi : le restaurant du *Cochon d'or*, rue d'Allemagne, en face du marché aux bestiaux de la Villette. Il est en avance. Son affaire des Ternes l'a moins retenu qu'il ne pensait. Il quittera le métro à la station *Allemagne*, et s'il a le temps fera le reste du chemin à pied.

*
* *

Wazemmes a soif. Plus exactement il éprouve une certaine fatigue. Il voudrait ne plus penser au métier pendant quelques minutes, et, l'esprit libre, regarder la tête des gens. En outre, il ne déteste pas l'excitation que donne au milieu de la matinée un verre de vin blanc, ou même un quinquina. C'est tout cela ensemble qu'il appelle « avoir soif ».

La place des Fêtes s'étend autour de lui. Elle est vaste comme un champ de foire et y ressemble par plus d'un trait, avec ses arbres et ses vieilles maisons basses. Ce n'est pas dans ces parages que Wazemmes espère découvrir un café élégant. A la rigueur, on peut passer un bon moment devant un comptoir de bistrot. L'essentiel est de ne pas s'y trouver seul. Wazemmes quand il « a soif » n'aime pas la solitude. Il est vrai que le patron peut suffire, s'il a une conversation intéressante. Mais c'est bien rare. Wazemmes a observé que, la plupart du temps, le patron est un homme ventru et taciturne, qui a toujours l'air de mâcher une boule de gomme, ou de ravaler une glaire. S'il interrompt son mouvement de margoulette, c'est pour laisser tomber une réflexion lamentable, avec l'accent auvergnat.

D'entre les trois ou quatre débits qu'il aperçoit, Wazemmes se décide pour celui qui arbore la carotte de la régie. Non qu'il ait envie d'acheter des cigarettes. Il reste petit fumeur, et, le matin, sujet aux nausées. Mais dans un café-tabac, aux agréments ordinaires des bars s'ajoute celui d'un va-et-vient perpétuel.

L'établissement où il pénètre n'est pas désagréable. Peu profond ; tout en largeur ; bien éclairé par le jour qui vient de la place. Cette largeur, le comptoir l'occupe presque entièrement, avec le bureau de tabac sur la gauche. Pour l'instant, le patron s'affaire des deux côtés à la fois. Il distribue deux sous de cigarettes, ou pèse vingt grammes de caporal, sans cesser de répondre par « Ah ! », « Ah ! tout de même », « Ah ! c'est pas pour dire, mais il y a des gens qui vont fort », aux propos que tiennent, vers le bout du comptoir, à droite, deux camionneurs dont la voiture est arrêtée devant la porte.

Le patron a bien l'accent auvergnat (ou quelque chose d'approchant ; Wazemmes n'a que des idées confuses sur les particularités des provinces) mais il n'est pas ventru et ne donne nullement l'impression d'être abruti.

En dehors des deux camionneurs, et du mouvement d'acheteurs de tabac, il y a deux consommateurs, assis de part et d'autre d'un guéridon, près d'une porte. Ils sont jeunes ; de quelques années plus âgés que Wazemmes, peut-être. Ils ont l'air inoccupés. Ils font sans doute partie de ceux dont Wazemmes aime à dire, répétant une plaisanterie familière de Roquin, qu'« ils se reposent entre les repas ». Leurs vêtements ne manquent pas d'une certaine élégance. Ils portent des casquettes assez amples, de teintes mourantes ; et bien qu'ils n'aient pas de col, ils ont un cache-col.

Wazemmes n'a pas d'idées très précises sur les gaillards de cette espèce. Il a entendu raconter qu'ils « vivent des femmes » ; et aussi qu'il vaut mieux éviter d'avoir des démêlés avec eux, parce que ce sont « des gars qui donnent des coups en vache ». Mais il se représente mal la façon dont ils peuvent amener les femmes à une forme de dévouement pareille. Lui Wazemmes est, sans conteste, d'un physique plus avantageux que ces deux-là. (Il n'a qu'à se regarder dans la glace qui est à gauche.) Pourtant il ne se voit pas obtenant régulièrement d'une femme des subsides qui lui permettraient de vivre sans rien faire, et de prendre entre-temps des apéritifs. Comment demande-t-on cela au début ? Ou bien vous l'offre-t-on sans qu'on ait la peine de le demander ? Wazemmes ne regrette certes pas d'avoir laissé à d'autres le métier de « maquereau ». La direction qu'il a prise est somme toute beaucoup plus honorable ; même tellement plus qu'il n'est pas question de comparer. Sans oublier qu'il y a entre la situation de « maquereau » et celle d'« apache » une relation mal définie pour lui, mais couramment admise. Or il répugne à la violence, comme aux difficultés avec la police. Il n'éprouve pour les exploits des apaches qu'une admiration très lointaine, où l'envie de les imiter n'entre pas pour la moindre part. Le seul point qui le taquine est de penser que des garçons, à peu près de son âge, aient sur les femmes un pouvoir nettement supérieur au sien. Ses récents déboires avec Rita l'ont rendu chatouilleux là-dessus. (Voilà trois lettres qu'il lui écrit, sans réponse. Jamais rien pour le 211-G. Il n'ose plus entrer au bureau de poste.)

Mais il ne s'arrête pas à ces réflexions. Il boit à petites gorgées le café-crème de quinze centimes qu'on lui a servi. Au moment de commander une consommation plus virile, il s'est dit que dans moins d'une heure il devait retrouver Haverkamp ; et que Haverkamp, avant le déjeuner, lui offrirait sûrement l'apéritif. Un vin blanc, suivi à si peu d'intervalle d'un apéritif, ce serait l'appétit coupé ; et probablement des crampes ou des aigreurs.

Il écoute les camionneurs raconter pour la cinquième fois l'histoire du tonneau qu'ils ont refusé de descendre parce que la « vieille pochetée » parlait de leur donner un pourboire de cinquante centimes.

Wazemmes éprouve pour ces hommes du peuple une indulgence amusée. Il n'a pas encore grand effort à faire pour se mettre à leur place. Il blâme en lui-même la « vieille pochetée ». Quand on veut obtenir des ouvriers, des inférieurs en général, qu'ils fassent à peu près ce qu'on leur demande, et aussi qu'ils vous considèrent, il ne faut pas regarder à quelques sous.

II

WAZEMMES DANS SA NOUVELLE PROFESSION

En sortant du débit, il profite d'une incidence de lumière favorable pour se regarder encore une fois dans la glace. Son visage semble rasé de frais, bien que l'opération date de trois jours. (Il s'est finalement décidé pour un rasoir mécanique.) Sa moustache, grâce au jour frisant, est nettement perceptible. Il porte un chapeau mou, rabattu, vert foncé, avec deux rangs de piqûres sur le bord et le nœud du ruban à l'arrière, bref pareil en tous points, sauf la qualité du feutre, à celui qu'il admirait en octobre sur la tête de son patron. Depuis, Haverkamp en a malheureusement acheté un autre. Peut-être voulait-il marquer que cette imitation l'agaçait.

Pour remplir son programme de ce matin, le jeune homme n'a plus que deux ou trois rues à visiter. Plusieurs pages de carnet sont pleines. Haverkamp ne l'accusera pas d'avoir flâné en route.

Les missions dont il est chargé presque quotidiennement ne sont pas de celles qu'on peut confier au premier venu.

Il y a d'abord ce que le patron appelle « les recherches ».

Plusieurs fois par semaine, le soir, un plan de Paris étalé devant lui, et un crayon bleu à la main, Haverkamp désigne à Wazemmes le coin qu'il faudra explorer le jour suivant (le matin de préférence). Il cerne le secteur d'un gros trait bleu. Wazemmes reproduit l'indication sur le plan qu'il possède. Les difficultés de délimitation, les points d'un intérêt spécial, font l'objet d'un commentaire. Aucune confusion n'est possible.

Dans ce secteur, Wazemmes doit parcourir les rues, une à une. Il relèvera :

En premier lieu, tous les terrains libres ; qu'ils portent, ou non, l'écriteau « à vendre ». Bien entendu, la présence de l'écriteau sera mentionnée sur le carnet. Il notera l'emplacement du terrain (à droite ou à gauche de la rue ; à un angle) ; ses dimensions approximatives, surtout la longueur de la façade qu'il est aisé d'évaluer ; les maisons ou bâtisses auxquelles il est attenant ; son vis-à-vis. Il est même invité, pour se former le jugement, à signaler tout détail qui le frappera (par exemple un monticule ou un talus à raser, la mauvaise odeur provenant d'une usine du voisinage, le manque de lumière) et à résumer d'un mot son impression personnelle : « très intéressant », « assez intéressant », « médiocre », etc.

En second lieu, toutes les propriétés bâties marquées à vendre, dont il donnera aussi une description sommaire.

A l'occasion, lorsqu'il rencontrera un bel emplacement, occupé par des masures dont la valeur est visiblement insignifiante, une de ces propriétés qui s'achètent « pour le prix du terrain », il ne l'omettra pas. Même si rien n'indique qu'elle soit à vendre.

Il y a ensuite ce que le patron appelle « les premières enquêtes ».

Il s'agit d'affaires apportées à l'agence, et que Haverkamp n'a pas encore eu le temps, ou n'a pas cru indispensable d'aller étudier lui-même sur place. Dans ces cas-là, Wazemmes ne se contente pas d'une description extérieure. Il doit, autant que faire se peut, procéder à une visite complète ; si c'est une maison, y pénétrer, interroger la concierge, monter dans les étages. Une carte de l'agence l'accrédite. Son rapport, examiné de près, permettra au patron non pas de se prononcer sur l'affaire, mais d'apprécier si elle mérite qu'il fasse lui-même une « seconde enquête ».

Wazemmes s'acquitte en somme assez bien de ces travaux délicats. D'abord il craint les brusques sondages du patron. Qu'un des terrains signalés lui paraisse une occasion, Haverkamp met son chapeau, se rend sur les lieux, seul ou accompagné de Wazemmes ; s'arrange pour faire la dernière partie de chemin à pied ; car il est grand marcheur, tant par goût que par souci professionnel. Gare alors s'il découvre sur son passage un autre terrain, un immeuble à vendre, qui ne figurent pas dans le rapport de Wazemmes ; ou si la nouvelle enquête révèle dans celle du jeune homme des détails par trop fantaisistes.

Ensuite Wazemmes reconnaît à Haverkamp une grande force comme chef. Il le confiait l'autre jour encore à Lambert de la rue des Gardes : « Sa force, c'est que, quand il a à vous engueuler, il vous engueule dur, mais il n'est jamais emmerdant. » Wazemmes voulait dire que son patron n'était pas homme à chercher querelle pour un détail secondaire, pour une petite erreur commise de bonne foi. « Et puis avec lui on sait sur quel pied on danse. » Autrement dit, Haverkamp n'est pas capricieux. Il n'est pas de ces chefs qui vous accablent, le lendemain, pour avoir exécuté leur volonté de la veille. Il n'a pas d'humeur. Ou plutôt la seule qu'il laisse voir est un optimisme permanent.

Sur ces deux points — sans parler du reste — Wazemmes n'a pas de peine à sentir l'immense supériorité de son patron actuel sur l'ancien : le peintre de la rue Montmartre.

Enfin Wazemmes fait bien son travail, parce qu'il le trouve amusant. Longer toutes sortes de rues dans toutes sortes de quartiers ; mettre son œil aux fentes des palissades ; entrer dans des cours et arrière-cours, c'est déjà très agréable. C'est de l'ordre des meilleurs plaisirs enfantins. Mais il en savoure d'autres, qui lui semblent anticiper sur les bonheurs de l'adulte. Quand il a repéré un terrain, il s'arrête, prend du recul, considère la clôture. Son front devient soucieux ; son œil, sévère. Il lui arrive de se mordiller le coin de la lèvre. Puis il se met en devoir de mesurer le développement de la façade. Le patron lui a enseigné à faire des pas d'un mètre, et recommandé de s'en tenir habituellement à ce procédé d'évaluation, qui est approximatif, mais rapide. Une mesure plus précise n'a d'intérêt que pour les façades au-dessous de dix mètres. A toutes fins, Wazemmes s'est acheté pour quatre-vingt-quinze centimes un beau double-mètre pliant à articulations rigides. Il résiste mal à l'envie de s'en servir. On le voit appliquer son instrument sur les palissades ; et, pendant qu'il y est, mesurer la largeur du trottoir, la largeur de la rue. Ensuite il note les chiffres sur son carnet, à l'aide d'un crayon-papier. (Le crayon-papier a divers inconvénients. Mais Wazemmes est un peu snob en matière d'inventions nouvelles. En outre, pour les gamins qui regardent, la façon dont se détache d'un seul coup d'ongle une spire de papier est autrement impressionnante que l'ancienne taille au canif.)

Même les grandes personnes — les concierges sur le pas de leur porte, les boutiquiers — observent Wazemmes avec une nuance de respect. En général, ils le prennent malgré sa jeunesse pour « quelqu'un de la Ville ». Or, surtout dans les quartiers populaires, « quelqu'un de la Ville » est une autorité. Tout ce qui est « de la Ville » a du prestige. « L'État » existe bien, mais au loin. C'est une puissance grisâtre et morne, qui se manifeste peu. D'ailleurs, d'une avarice sordide, lâchant l'argent au compte-gouttes. « La Ville », c'est la puissance proche, l'arbitraire quotidien, les décisions inexplicables, les indemnités. Le Suzerain invisible, dont il n'est pas question de discuter les caprices, et qui ne vous les fait connaître que par des envoyés pleins de morgue, mais auquel il est légitime, et facile, de soustraire tout l'argent qu'on peut. Car la Ville est un fleuve d'argent, une suite de cataractes d'argent, dont on ne cherche pas au surplus à savoir où est la source.

Parfois un balayeur, qui est lui aussi « quelqu'un de la Ville », mais de la plus humble espèce, s'adresse à Wazemmes avec une familiarité déférente : « Alors, quoi ! On va refaire le pavage ? » ou « C'est-il qu'on va élargir ? Ça sera pas malheureux. » Wazemmes prend des airs secrets, et s'attarde le moins possible.

III

SOUCIS D'EDMOND MAILLECOTTIN

Quelques minutes après le départ de Wazemmes, et tandis que les camionneurs reviennent sur un détail de leur histoire, les deux consommateurs à cache-col se lèvent, quittent le débit, et se séparent, sur une molle poignée de main.

Edmond Maillecottin, qui faisait les cent pas sur le bord du terre-plein central, suit de l'œil celui qui s'en va vers la gauche : un brun mat à petites moustaches, de stature moyenne.

Edmond manifeste une grande nervosité. Il s'avance sur la chaussée, en biais, comme pour rattraper l'homme qui s'éloigne sans prendre garde à lui. Puis il s'arrête, se ravise ; et toujours aussi nerveux se dirige vers le caboulot.

Deux nouveaux clients sont venus, et proposent au patron une partie de zanzibar. Edmond reste un peu en arrière. « Occupez-vous de ces messieurs. Je ne suis pas pressé », dit-il. Ces messieurs expédient deux tournées promptement. Chaque fois le patron, après avoir trinqué, soulève son verre comme si, mourant de soif, il allait le boire d'un trait. Mais il réussit à n'en avaler qu'une gorgée de moineau, et pendant que les autres pérorent, il le glisse sous un petit abri, ménagé à cet effet dans l'épaisseur du comptoir. Le patron, qui est de Chaudesaigues, déteste ce que les Parisiens appellent la boisson. Il considère les buveurs, ses clients, de l'œil dont un colon du bled considère les indigènes : comme une espèce d'hommes en tous points méprisables, dont les coutumes sont répugnantes, l'idéal de vie, absurde, mais dont il faut subir le contact par devoir d'État, puisqu'on est venu exprès au milieu d'eux pour faire fortune. Dans vingt ans, dans quinze peut-être, on quittera cette racaille, pour aller retrouver sur le foiral de Chaudesaigues des hommes dignes de ce nom, qui auront su eux aussi mettre de l'argent de côté, au lieu de le répandre sur le zinc des bistrots, et avec qui l'on boira, le dimanche, sans se presser, dans le cabaret qui fait le coin de la place, une bouteille de petit vin d'Auvergne.

Les camionneurs s'en vont. Puis les joueurs de zanzibar. Edmond se rapproche. Le patron lui tend la main :

— Ça va, monsieur heuhuheum ?...

C'est de ce grognement modulé qu'il a coutume de faire suivre « monsieur » — en y ajoutant au besoin un raclement de gorge — lorsqu'il s'adresse à un habitant du quartier qu'il ne connaît que de visage. Edmond lui achète de temps en temps un paquet de cigarettes ; mais ne « consomme » presque jamais. L'homme de Chaudesaigues ne l'en estime pas moins, bien au contraire. Il faut qu'il y ait des « consommateurs », pour que les Auvergnats de Paris puissent assurer leurs vieux jours. Mais de temps en temps on est heureux de serrer la main à quelqu'un qui n'est pas un « consommateur », qui est une créature raisonnable.

Edmond profite d'un instant où la boutique est vide pour demander à mi-voix :

— Vous avez remarqué les deux types qui étaient là tout à l'heure ?

Il montre le guéridon près de la porte.

— Oui.

— Vous les connaissez ?

— Pas plus que ça. Je les vois assez souvent, soit chez moi, soit là devant, sur la place.

— Ils sont du quartier ?

— Je ne pense pas. Il serrent la main, quelquefois, à deux ou trois voyous de par ici. Mais j'ai plutôt idée qu'ils viennent d'en bas.

— Du côté du boulevard de Belleville ?

— Oui ; de ce côté-là. A mon idée, c'est de la fripouille pure et simple.

L'Auvergnat a dit cela en faisant rouler les r, sonner les d, et d'un ton qui contraste avec l'indifférente courtoisie de ses propos habituels.

Il sert dix grammes de tabac à priser, qu'emporte une vieille femme, au visage tout vermiculé de rides noirâtres. Puis il revient à Edmond ; et, confidentiel :

— Vous avez une affaire avec eux ?

Edmond hésite :

— C'est-à-dire... le moins grand des deux, vous savez, qui est brun, avec une petite moustache, il était assis par là...

— Oui.

— Vous ne le connaissez pas plus que l'autre ?

— Dame non.

— Eh bien... j'ai une sœur, qui est plus jeune que moi. Vous l'avez peut-être déjà aperçue... Le petit mec, celui dont je vous parle, depuis quelque temps il m'a l'air de tourner autour.

— Oh ! mais alors...

L'Auvergnat paraît soudain très ému. Il bouge derrière le comptoir, en crispant sa grosse main courte sur son torchon.

— Oh ! mais alors, il faut que vous ayez l'œil ! Ah ! mais je comprends !... Je comprends !

Il a fait terriblement sonner l'r de « je comprends ». Il saisit sur une étagère une bouteille de quinquina ; la débouche.

— Prenez donc. Si, si. C'est moi qui vous l'offre... Ça, ça ne vous fera pas de mal. Naturellement, on peut se tromper. Pour s'en tenir au positif, je n'en sais pas plus que vous. Mais ça ne peut pas être quelque chose de bien propre. A la vôtre. Ils ne se baladeraient pas comme ça s'ils avaient un métier. Ce sont des gars qui ne foutent rien de rien.

— Moi, c'est à cause de ça que je ne suis pas allé ce matin à l'usine. Parfaitement. Ça me tarabustait. J'ai préféré perdre ma demi-journée. Je voulais me rendre compte. J'ai encore eu une explication avec ma sœur, hier soir...

— Il n'est pas allé la retrouver ?

— Maintenant ? Non. Non. Elle est à son travail. Loin d'ici.

— Ah ! putain de sort. J'imagine si c'était ma fille... Écoutez. Je suis bien avec un type de la secrète, qui passe ici de temps en temps. Voulez-vous que je lui demande des renseignements sur le coco ?... Mais voyons ! Ce sont des services qu'on doit se rendre. Vous, en attendant, restez tranquille. Ne le cherchez pas. Ah ! vous savez, ils se tiennent entre eux. On a vite attrapé un mauvais coup.

IV

MESURE DE HAVERKAMP FIN 1908

Haverkamp, sorti du métro, profite du temps dont il dispose pour monter à pied la rue d'Allemagne qu'emplit le tumulte du matin.

Il est sensible à l'animation de cette rue. Il y marche avec allégresse. Il s'y mêle avec sympathie. De chaque remous, il reçoit comme une confirmation de sa propre vitalité. Mais ces impressions-là sont de celles dont un homme comme lui ne cherche pas à se rendre compte. Pas plus qu'il n'aurait l'idée d'éprouver attentivement le bien-être que procure un bain. De tels raffinements de sensation lui sembleraient de l'ordre du vice.

Il ne ferait attention à la rue d'Allemagne que si elle contenait des affaires possibles. Mais à première vue, dans les limites où se cantonne Haverkamp, elle n'en offre guère. Pas de terrains libres. Plus d'un immeuble à vendre, probablement. (Wazemmes les relèvera pour le principe dans sa prochaine tournée.) Mais dont la valeur a bien des chances d'être surfaite. La moindre bicoque abrite un commerce. Partout des baux, des servitudes. Pas moyen de toucher à une pierre sans faire grouiller l'Indemnité qui dort dessous. Çà et là, six étages largement assis, encore solides, avec deux bonnes boutiques dans le bas ; de quoi intéresser, à l'occasion, un client en quête d'un placement tranquille. Mais les affaires de cette sorte ne passionnent pas Haverkamp ; et il recherche des clients moins ennemis de l'aventure. En revanche la rue d'Allemagne doit être excellente pour les marchands de fonds. Lui-même avait songé à s'occuper de fonds de commerce, au moins au début, et comme appoint. Mais il vaut mieux se spécialiser franchement. Une agence qui tripote un peu de tout n'arrive pas à se classer. Les petites affaires chassent les grandes. Les capitalistes ne viendront pas s'asseoir dans le salon où ont attendu les bougnats.

Donc, on peut longer la rue d'Allemagne distraitement. A droite s'étendent des quartiers plus neufs et plus fertiles. Haverkamp se promet d'y rôder tout à l'heure, après le déjeuner, quand le début d'une digestion parfaite augmente encore l'alacrité de l'esprit.

*
* *

D'ailleurs, Haverkamp a passé les difficultés de la première période ; et lorsqu'il jette un regard en arrière, il n'est pas trop mécontent de la politique qu'il a suivie.

Même le choix de Wazemmes n'a pas été une sottise ; ni l'expérience de lui confier une tâche qui semblait fort au-dessus de son âge.

En cette matière comme en d'autres, Haverkamp se défend de classer les êtres suivant l'opinion courante. Il se laisse plutôt guider par son flair, ou par ce qu'il a personnellement observé. A son avis, l'utilisation qu'on peut faire des gens est quelque chose de fort élastique, surtout quand ils sont jeunes. Et leur précocité, plus grande qu'on ne croit. Ils s'habituent à la responsabilité que vous leur donnez, après un temps de flottement dont il vous appartient de mesurer les risques. L'incapacité des subordonnés est souvent entretenue par le chef ; et l'enfantillage des enfants par les grandes personnes. Haverkamp a regardé faire les chasseurs de restaurant ou d'hôtel. Ces gamins, à l'âge où d'autres jouent aux billes, remplissent avec exactitude, parfois avec subtilité, des missions qui ne sont pas toujours commodes.

Wazemmes commet des erreurs, des inadvertances. Elles se trouvent pour Haverkamp plus que compensées par l'avantage d'avoir près de lui un collaborateur alerte, à l'esprit vivant. (Imaginons la même besogne confiée à M. Paul. Que de lenteur ! Que de balourdise !) Et puis, si l'expérience Wazemmes n'avait pas promptement rendu, Haverkamp y aurait mis fin, sans aucune obstination d'amour-propre.

Fin 1908, Haverkamp n'est encore qu'un tout petit seigneur dans le monde des affaires. On peut même, si l'on songe qu'il a passé la trentaine, trouver qu'il a fait jusqu'ici bien peu de chemin, qu'il a perdu son temps en tentatives médiocres. Ceux qui le jugent de l'extérieur le traiteraient facilement de touche-à-tout. Mais en réalité, il possède déjà les qualités les plus éminentes ; et il a su, dans ces tentatives médiocres, essayer de perfectionner des méthodes d'esprit, dont l'efficacité n'aura ensuite pour limites que celles de l'objet qu'il leur donnera.

D'abord, il y a chez lui un grand visionnaire. Depuis l'adolescence, il a été traversé presque quotidiennement par des rêves de puissance et d'action, dont l'audace confinait au délire. Mais ce grand visionnaire s'est montré plein de patience avec la vie. Il a accepté d'humbles métiers. Il les a faits de son mieux, sans avoir l'impression de déchoir, sans y recueillir d'amertume, de doute sur lui-même ; sans, d'autre part, s'y attacher. Il lui est arrivé de croire qu'un humble métier allait grandir sous sa main, devenir l'instrument de sa fortune. Le visionnaire projetait sa vision sur une réalité mal choisie. Il s'est aperçu tôt ou tard qu'il se trompait. Il n'en a pas tiré de conclusion désespérante, ni quant à la réalité en général, ni quant à lui-même.

Encore maintenant, à l'aube d'une entreprise dont il croit bien, cette fois, qu'elle fera sa fortune, il sait ne s'abandonner à l'esprit de vision que lorsqu'il le peut sans danger. Par exemple le soir, quand il a terminé tout son travail positif, et qu'il va s'asseoir à la terrasse d'une brasserie. Ou dans son lit, avant de s'endormir. Ou même au cours d'une promenade, dans l'excitation de la marche, entre deux haltes consacrées à l'examen serré d'une affaire. Alors il voit soudain des rues, des croisements de rues, entre les palissades de terrains vagues ; des monticules pelés ; tout un quartier en formation qui ondule. Et en même temps un morceau de plaine, à l'autre bout de Paris, quadrillé de rues neuves. Et en même temps des terrains en contre-bas de la Seine, avec de grandes herbes. Et en même temps dans un quartier très vieux, des masures, épaulées l'une contre l'autre. Et lui Haverkamp est mêlé à tout ça, est présent à tout ça. Il se pousse dans les rues neuves, entre les palissades. Il travaille le sol. Il efface les monticules. Il est la substance qui fait fermenter les quartiers. Il effondre les tas de masures. Il prend comme avec des pincettes les locataires moisis, et les dépose plus loin. L'immeuble Haverkamp monte du sol, où il enfonce ses pieds de béton. Les immeubles Haverkamp surgissent par bloc, forment des triangles, des quadrilatères. Il voit Paris attaqué par la périphérie, par le centre ; les terrains dévorés de proche en proche. Il voit l'affaire Haverkamp s'infiltrer et s'étendre comme un glorieux chancre sur Paris.

Ces visions sont le verre d'alcool, la dose régulière d'opium qu'il se permet. Mais, dans l'intervalle, s'il est probable qu'il en ressent encore l'effet tonique, c'est sans les laisser intervenir le moins du monde dans les opérations pratiques de son esprit. Le verre d'alcool avalé, il retrouve tout son bon sens. Les visions ne débordent jamais sur les calculs. Elles sont un moment férié de la journée.

Haverkamp est donc un grand visionnaire qui sait remettre ses visions à leur place. Au rebours de la plupart des hommes, petits visionnaires constamment empêtrés dans leurs visions. Eux, c'est à chaque instant qu'une bouffée d'orgueil mesquin, un préjugé d'éducation, une ébriété banale de la pensée vient leur brouiller l'image du réel.

Chez lui, la lucidité reste l'état ordinaire. En octobre, quand il s'est installé boulevard du Palais, il s'est accordé deux ou trois jours de libre griserie. Il a même consenti à quelques enfantillages. Mais tout de suite après, il est revenu à une froide connaissance de la situation et de lui-même.

Grâce à son heureux tempérament, ni la connaissance de soi, ni l'analyse sévère d'une situation, ne l'entraînent au désenchantement, au doute, à l'amertume, comme il arrive aux organisations proprement intellectuelles, pour qui la connaissance est le but, ou finit par le devenir, même quand c'est en apparence l'action qu'elles se proposent. A ses yeux, d'ailleurs, la connaissance de soi n'est pas un chapitre où l'on s'attarde. Se connaître, c'est ne pas se tromper sur ses moyens en vue d'un objet défini. (Pour le reste, à quoi bon se connaître ?) Il a commencé par s'avouer franchement : « En somme, je ne sais rien de mon nouveau métier. J'ai exactement tout à apprendre. » Mais s'il n'a pas trace d'infatuation quant à l'acquis, il possède une confiance absolue, et qui se passe de justifications réfléchies, en son aptitude à se mettre au courant des choses, à devenir compétent et capable dans la mesure même où il le voudra. Une telle conviction n'est pas de l'orgueil. Elle se ramène à ceci : que dans une certaine direction de l'activité humaine, il ne sent pas ce qui empêcherait ses facultés intellectuelles de se déployer, il n'imagine pas l'obstacle qui les arrêterait. Et ce sentiment est aussi peu personnel que possible. Il ne se dit pas : « Moi, Haverkamp, qui suis un esprit supérieur... » Il a simplement conscience, dans sa personne, du pouvoir de l'esprit humain, quand l'esprit humain se donne la peine qu'il faut. Les ivresses de l'orgueil, la mégalomanie, l'exaltation de l'idée Haverkamp, tout cela qui n'a rien à faire avec le travail précis de l'intelligence trouve son exutoire dans les « visions ».

Avant de fixer le détail de sa conduite professionnelle, il en a posé le principe : « Mon but est d'arriver bientôt à des opérations de grande envergure. Comme je manque de capitaux à moi, je n'y arriverai qu'avec les capitaux des autres, c'est-à-dire en faisant marcher de gros clients. Je ne m'attacherai ces gros clients, je ne les aurai en main, que si je commence par les contenter d'une manière exceptionnelle. Il faut donc que je fasse au moins aussi bien que ceux qui font le mieux. »

Il a employé presque toute sa seconde quinzaine d'octobre à visiter une à une les autres agences immobilières, à tâcher d'en saisir le fonctionnement, d'en surprendre les perfections ou les défauts. Il s'est donné, suivant le cas, pour un particulier disposé à un achat, ou pour un intermédiaire.

Il a constaté à peu près partout que la profession se pratique avec une extrême paresse d'esprit.

Quand un monsieur se présente, à titre d'acheteur éventuel, on exige qu'il arrive avec une idée bien arrêtée. Il doit indiquer exactement le genre d'immeuble qu'il a en vue, le prix qu'il entend y mettre, l'emplacement de son choix, presque le nom de la rue. S'il paraît un peu hésitant, un peu décontenancé par cet interrogatoire, le directeur de l'agence, ou l'employé qui le remplace, le regardent d'un œil soudain défavorable. Ce client-là ne les intéresse pas. Leur main, devenue molle, fait semblant de feuilleter un registre, un fichier. Mais ils répondent du bout des lèvres. L'autre se sent importun, s'excuse, s'en va, et ne revient plus.

Ils n'ont pas l'air de se douter que c'est au contraire ce client-là qui peut offrir le plus d'intérêt ; qu'il a des chances d'être le plus maniable ; et qu'au demeurant son hésitation est toute naturelle. Vous ne vendez pas des chapeaux. On n'entre pas chez vous pour trouver un certain feutre gris à dix francs, de la pointure 57. (Et encore le chapelier ne manque-t-il pas de ces chalands indécis, qu'il s'agit pourtant de renvoyer coiffés à leur goût.) Vous êtes plus près du brocanteur que du chapelier. Ce qui a poussé le visiteur à franchir votre seuil, c'est l'espoir d'une « occasion » indéfinie. Ou encore l'on vient vous voir, comme on irait chez l'agent de change, parce qu'on a de l'argent à placer. On en placera plus ou moins suivant l'occurrence, et selon l'habileté de vos conseils.

Haverkamp a observé encore que très souvent les directeurs d'agence ne connaissent pas eux-mêmes les affaires. Ou bien ils se sont contentés de transcrire les renseignements que le vendeur leur apportait ; ou ils ont envoyé sur place un vague sous-ordre, dont ils n'ont pas critiqué les dires. Quand par hasard ils ont consenti à se déranger, ils ont laissé dans l'ombre une foule d'éléments.

S'il s'agit d'un terrain, même à Paris, ils ignorent comment il est orienté, de quel sol il est fait, quels accidents de surface il présente ; quelles servitudes peuvent le frapper. Ils ne savent pas toujours si la rue qui le dessert appartient à la ville. Ils sont si peu au courant des usages locaux, qu'ils ne soupçonnent pas que dans les rues rachetées, ou annexées, l'entretien du trottoir peut être resté à la charge du propriétaire. (Haverkamp, au bout de huit jours de métier, connaissait ce détail.) A plus forte raison sont-ils incapables de vous dire si le terrain ne repose pas sur un ciel de carrières. A l'architecte de s'en soucier au moment de bâtir. Mais il sera bien temps.

Quand il s'agit d'une maison, ils en ignorent l'âge exact, la qualité de construction et de matériaux. Ils n'ont souvent aucune idée des frais moyens d'entretien qu'elle réclame, des contributions qu'elle supporte. Possèdent-ils l'un ou l'autre de ces renseignements, c'est que le vendeur a vraiment tenu à le donner ; et ils l'ont consigné d'une plume négligente.

Sauf exception, ils ne s'occupent pas des immeubles à vendre au tribunal. Ils n'en suivent même pas les annonces. Il leur paraîtrait absurde de signaler une affaire de cet ordre à leurs visiteurs. D'abord ce n'est pas leur spécialité. Mais sans doute pensent-ils surtout que le client, ayant ensuite la faculté de se passer d'eux pour miser et acquérir, et pouvant toujours prétendre qu'il a eu connaissance de la vente par la publicité officielle, les frustrera de leur commission, d'ailleurs réduite.

Haverkamp juge ces considérations misérables. Pour un client malhonnête, cinq au moins tiendraient leur parole, et, s'ils étaient contents de l'affaire, envisageraient d'en risquer d'autres avec vous. Et puis peu importe qu'un client, médiocre par hypothèse, vous escroque une commission. On ne le reverra plus. (Et après tout on ne lui a livré aucune marchandise.) L'essentiel est de recruter par sélection des clients sûrs et d'une certaine ampleur.

Donc Haverkamp ne s'est pas hâté de faire des affaires. Pour ne pas se trouver pressé par le besoin d'argent, il a restreint ses dépenses personnelles. Il avait une maîtresse depuis dix-huit mois. Il a rompu avec elle. Cette rupture, en même temps qu'elle répondait à une mesure provisoire d'économie, tombait à point dans sa vie sentimentale : il était fatigué de cette femme. De plus, quand reviendrait le moment de reprendre une maîtresse, il aurait les mains libres pour « taper dans une catégorie supérieure ».

Quand il a eu terminé sa tournée d'agences, il a tâché de mettre au point son organisation à lui. « Maxime : pouvoir traiter le client et le renseigner, comme j'aurais souhaité l'être quand j'entrais ici ou là. Lui donner l'impression que d'abord on désire le satisfaire, pour qu'il n'ait pas à regretter son dérangement ; que la première récompense qu'on attend de lui, c'est son estime ; qu'il sera toujours temps ensuite de parler de rémunération. Eviter que dès les premiers mots l'idée de la commission à verser n'apparaisse braquée sur le client comme un pistolet. »

Une agence est un centre d'informations. D'où l'importance particulière qu'il faut donner au classement.

Les affaires se répartissent d'elles-mêmes en offres et en demandes. Mais il suffit de cinq minutes de réflexion pour se convaincre que c'est sur les offres que le classement doit reposer. Les offres — c'est-à-dire les propriétés à vendre — constituent votre marchandise. Il vous appartient d'y faire circuler avec aisance l'acheteur éventuel, comme il circulerait dans les rayons d'un grand magasin. S'il est décidé d'avance, il doit arriver tout droit à la marchandise qu'il souhaite. S'il n'est poussé que par un prurit d'achat plus ou moins vague, il doit pouvoir se promener facilement d'un rayon à l'autre.

Haverkamp a donc tout un système de fiches, dossiers, registres et répertoires. Il ne cherche pas la complication. Il ne cède pas à la manie bureaucratique. Il n'a d'autres soucis que la rapidité et la clarté.

Dans la marchandise qu'il offrira, deux grandes catégories : les affaires mêmes de l'agence ; les ventes au tribunal. Ces dernières se divisent à leur tour en ventes libres et ventes forcées. Haverkamp range parmi les ventes forcées celles qui résultent d'une succession, même quand les cohéritiers se sont mis d'accord pour demander la vente. L'important est en effet de savoir où peuvent se nicher les « occasions ». Et l'on a plus de chances d'en trouver là où l'initiative des gens est plus ou moins dominée par les circonstances.

Ventes libres et ventes forcées occuperont deux fichiers distincts. Dans chaque fichier, une section est réservée à Paris et à sa banlieue ; une autre à la province. A l'intérieur de chaque section, les affaires se classent par ordre croissant de mises à prix, avec des index bien visibles : « au-dessous de 20 000 », « 20 000 à 50 000 », « 50 000 à 100 000 », etc. Dans le cas où la mise à prix est franchement absurde (15 000 francs pour un bon immeuble de six étages) une fiche de renvoi permet de trouver l'affaire au rang où l'eût placée une mise à prix normale.

La fiche de chaque affaire est établie en principe dès que paraît l'annonce de la vente, et d'après les indications de cette annonce. Dans certains cas, jugés plus intéressants, on attendra que le patron soit allé faire une enquête sur place. En outre l'affaire est rappelée, sur un livre-agenda, à la date prévue pour la vente.

Un fichier particulier, dissimulé dans un tiroir, est réservé aux ventes de Biens des Congrégations, pudiquement nommées : Affaires spéciales. (Sur l'agenda lui-même, le rappel d'une vente de cette nature est suivi des initiales A.S.)

Quant aux propre affaires de l'agence (les autres ne formant malgré tout que l'accessoire), elles sont l'objet d'une classification analogue, mais naturellement un peu plus complexe.

Trois divisions principales :

1° Les immeubles de rapport ;

2° Les terrains tout à fait nus ou occupés par des bâtiments sans valeur ;

3° Les villas et hôtels particuliers (auxquels l'agence s'intéresse peu).

A chaque division sont affectés deux fichiers :

Le premier présente les affaires classées selon leur emplacement : par arrondissement, pour Paris ; par secteur, pour la banlieue (Nord, Sud, Est, Ouest ; une carte murale, dans le bureau de Haverkamp, indique les limites de ces secteurs, et les limites de la banlieue elle-même). Vient enfin la province, en bloc. Elle sera subdivisée plus tard s'il est nécessaire.

Le second fichier présente un classement par prix. Cinq divisions : jusqu'à 20 000 ; jusqu'à 50 000 ; jusqu'à 100 000 ; jusqu'à 500 000 ; au-dessus de 500 000. Dans chacune de ces divisions, les affaires sont distribuées en cinq groupes : Paris-rive droite Ouest ; Paris-rive droite Est ; Paris-rive gauche ; banlieue ; province. Et dans chaque groupe, rangées suivant l'ordre croissant des prix.

Le premier fichier ne comporte que des indications brèves.

C'est sur les fiches du second que figure le détail de chaque affaire ; avec renvoi au dossier, s'il y a lieu. Le coin gauche de la fiche porte, outre le numéro de l'affaire, le prix demandé ; et le nom du vendeur, en ronde, au-dessous. Le coin droit porte le numéro de l'arrondissement ou le nom de la localité et l'adresse.

415	XVe
27.000	
LA VERGNE	143, *r. d. Vaugirard*

Suivent tous les renseignements que l'agence a pu recueillr, même les plus confidentiels ; l'avis d'Haverkamp sur la valeur de l'affaire ; jusqu'aux défauts qu'elle peut présenter. Haverkamp insiste chaque fois auprès du vendeur pour obtenir l'autorisation de signaler loyalement à l'acquéreur éventuel les inconvénients, même extrinsèques, d'une propriété. Il ne recommandera chaleureusement, en engageant son opinion personnelle, que les affaires pour lesquelles il aura obtenu cette autorisation. Le crédit de l'agence, qu'il veut incomparable, est à ce prix. Est indiquée également la possibilité d'un rabais, et les limites qu'il peut atteindre.

Quand un dossier est constitué — soit que l'affaire comporte une documentation qui déborde le cadre d'une fiche, soit qu'elle devienne l'objet d'une correspondance, de pourparlers, etc. — il est classé d'après le nom du vendeur, et dans l'ordre alphabétique, sur les rayons fixés au mur.

Un « registre d'entrées » complète ce système. On y mentionne chaque affaire en quelques lignes, au moment où elle apparaît pour la première fois ; qu'elle soit proposée par un visiteur, apportée par une lettre, par les recherches de Wazemmes ou celles du patron. C'est alors aussi qu'elle reçoit un numéro. La fiche descriptive, destinée au second fichier, ne sera établie qu'après enquête.

Le système, mis à l'épreuve, n'a eu besoin que de quelques retouches. Il fonctionne avec une remarquable facilité. Un visiteur se présente. S'il est entré avec une idée précise, si par exemple il cherche un immeuble de rapport d'une centaine de mille francs à Batignolles, et rien d'autre, Haverkamp, comme le mieux organisé de ses confrères, peut répondre en quelques secondes ; et fournir éventuellement sur l'affaire des renseignements qu'aucune agence ne donnerait. Mais si le visiteur, comme il arrive souvent, a des intentions beaucoup moins arrêtées, il éprouvera, au sein de l'agence Haverkamp, un bien-être exceptionnel. On ne le harcèle pas de questions. On n'a pas l'air de le prendre pour un imbécile ou un fâcheux, s'il se contente de bredouiller au début :« Eh bien ! voilà. Je disais ce matin avec ma femme que nous ferions peut-être bien d'acheter un immeuble quelque part... » Il se sent pris et guidé par une main douce. On cause avec lui à bâtons rompus. En lui citant deux ou trois « occasions », au hasard, on l'amène à indiquer la limite de prix qu'il n'entend pas dépasser. On trouve tout naturel qu'après avoir souri à l'évocation d'une maison de quatre étages à Saint-Cloud, dans des jardins, il semble s'intéresser à un immeuble populaire du boulevard de Ménilmontant. On n'hésite pas à lui parler d'une bonne affaire au tribunal. On lui signale que, sous l'effet de scrupules de conscience très respectables, de beaux immeubles, provenant des Congrégations, continuent à se vendre pour un morceau de pain. Chemin faisant il admire la virtuosité des recherches auxquelles on se livre pour lui être agréable. A peine a-t-il prononcé, en parlant d'un de ses amis propriétaire, le nom de la rue de Tolbiac, qu'entre les doigts de Haverkamp surgissent deux terrains à bâtir, et une maison, situés justement rue de Tolbiac. Et quelle féerie dans la précision du détail ! Il apprend que le sol du terrain est du sable ancien non remué ; qu'il faut prévoir l'enlèvement d'un monticule de quarante mètres cubes ; que la corne du terrain repose sur une galerie de carrière, mais qu'il serait facile d'y faire une cour ; qu'il en coûterait six mille francs de s'appuyer à un excellent mur mitoyen de 0,80 m d'épaisseur...

*
* *

Mais il ne suffit pas d'avoir de beaux fichiers vernis acajou ; il faut les remplir. Et pour que les amateurs constatent l'organisation exceptionnelle de l'agence, il faut qu'ils y viennent.

Haverkamp a élaboré deux types d'annonces, qu'il a fait passer dans quelques journaux.

Celles du premier type disent avec des variantes :

« Disposant gros capitaux pour compte capitalistes français et étrangers, suis acheteur terrains toutes surfaces et tous quartiers. »

Ou :

« ...suis acheteur immeubles susceptibles d'être démolis. »

Ou :

« ...suis acheteur bons immeubles de rapport tous quartiers. »

Il y ajoute la mention : « urgent ».

Il a reçu presque aussitôt des offres nombreuses, par visites ou par lettres. Le délicat a été de faire prendre patience aux vendeurs. Haverkamp devait inventer des prétextes : il venait d'acheter des immeubles pour plusieurs millions ; et ses commettants voulaient avoir réglé les premières affaires avant d'en conclure de nouvelles. En attendant, on couchait les offres, après enquête, sur les belle fiches de papier glacé. Et l'on recommandait aux propriétaires, dans leur intérêt même, de ne point s'adresser ailleurs tant que l'agence ne leur aurait point fait dire qu'elle renonçait. Entre-temps, on les tenait en haleine par une démarche sur place, par une lettre qui sollicitait un renseignement complémentaire. Bref Haverkamp employait son savoir-faire à obtenir des espèces d'options gratuites.

La seconde catégorie d'annonces était de ce style :

« Occasion exceptionnelle. Immeuble, XVIe arrondissement, parfait état. Rapport net 7 300. Prix 75 000 comptant. »

Le matin même où venait de paraître l'annonce, huit à dix visiteurs faisaient queue dans l'antichambre et le salon. Il fallait, hélas ! les accueillir tous par la même phrase : « Vous arrivez trop tard. L'affaire a été enlevée immédiatement. » Mais l'art, cette fois, consistait à les retenir par le pan de la veste, au moment où la déception leur faisait gagner la porte. « Asseyez-vous, cher monsieur, j'ai d'autres occasions, un peu moins intéressantes en apparence, mais peut-être aussi intéressantes pour un connaisseur, et qui partiront de la même façon dès que je les annoncerai. Asseyez-vous donc. » Quelques fiches sortaient du jeu, comme des as d'atout. Les gens écoutaient ; faisaient la grimace. Rien ne les consolerait jamais de l'immeuble imaginaire à 75 000. C'était le moment d'insinuer — sans exagérer toutefois — que l'immeuble du XVIe avait bien ses défauts. « L'occasion était belle. Mais pour l'agence elle n'avait rien d'unique. Laissez-moi votre adresse. Une ou deux affaires vont me rentrer... Je vous promets de n'en parler à personne avant de vous avoir prévenu. Vous n'aurez rien à regretter. » Si, dans ce défilé d'amateurs déconfits, quatre ou cinq, séduits par les manières d'Haverkamp et ses méthodes, retenaient le chemin de l'agence, la matinée n'avait pas été perdue.

Depuis peu Haverkamp médite des annonces d'un type nouveau qu'il insérera dans des feuilles destinées à une clientèle d'élite, comme *Le Figaro*, *Le Gaulois*, ou des hebdomadaires comme *L'Illustration*.

« Pour toutes personnes désirant placer capitaux dans opérations immobilières de premier ordre : Bureau d'études. Formation de groupes. Organisation la plus moderne. Renseignements gratuits. Rien de commun avec les agences ordinaires. »

Il songe aussi qu'il pourrait affermer la rubrique immobilière dans un quotidien. Il sait que l'opération est courante. Mais il faut d'abord qu'il ramasse un peu d'argent. Et les quotidiens auxquels il penserait doivent avoir des prétentions excessives.

Tout ce qu'il a pu faire depuis octobre, c'est de n'entamer qu'à peine ses réserves. Il a de gros frais. M. Paul, dès le début de novembre, est venu le trouver en pleurnichant : « Je ne puis pas m'habituer à votre successeur. C'est une brute. C'est une fripouille. Il me traite de tous les noms. Un homme de mon âge ! Reprenez-moi. » Haverkamp a repris M. Paul ; parce qu'il était flatté ; parce qu'il avait besoin de quelqu'un pour établir les fiches et ouvrir la porte pendant les courses de Wazemmes qui d'ailleurs ne sait pas écrire la ronde ; et au demeurant parce qu'il est à la fois dur et généreux. La pitié seule a peu d'empire sur lui. Mais l'attachement d'un subordonné l'incline à une sollicitude féodale.

V

LE FRÈRE ET LA SŒUR

Sur la place de l'Église de Belleville, Isabelle Maillecottin descend du funiculaire, dont les wagons étroits ressemblent à des boîtes d'allumettes suédoises.

Elle a quitté à midi moins cinq le magasin *Au Pauvre Jacques*, place de la République, où elle est vendeuse,et où elle doit être de retour pour une heure et demie. Elle jette un coup d'œil tout autour de la place, et aperçoit debout sur le trottoir, devant le café du *Coq d'Or*, le jeune homme à petite moustache brune, qui était assis tantôt avec un camarade chez le bistrot de la place des Fêtes. Elle lui sourit, et fait un pas à sa rencontre. Mais Edmond sort brusquement de derrière le kiosque du funiculaire.

Isabelle change de couleur, et tout en regardant son frère droit dans les yeux, balbutie :

— Comment ! Tu es là ?... Mais qu'est-ce que tu fais là à cette heure-ci ?

— Je viens t'attendre. Ça ne te fait donc pas plaisir ?

Le jeune homme à petite moustache les a observés un instant. Mais déjà il s'éloigne par la rue du Jourdain, d'un pas lent, sans se retourner.

Edmond le suit des yeux, ricane, hausse les épaules.

— Il n'a pas l'air de crâner, ton petit marlou.

Isabelle fronce le sourcil, tremble de tout le visage. Elle se défend de répondre.

Son frère la pousse doucement par le bras.

— Dépêchons-nous. Je n'ai que vingt minutes pour manger. Je ne veux pas reperdre encore une après-midi.

— Mais... tu viens de chez Renault ? Tu ne déjeunes pas là-bas, aujourd'hui.

— Je ne viens pas de chez Renault. J'ai plaqué l'atelier ce matin.

— Pourquoi ça ?

— Tu as le toupet de le demander ? Parce que je voulais m'occuper de ton petit mec. Il s'en est fallu de peu que je lui botte le cul tout à l'heure sur la place des Fêtes. Ce n'est pas perdu. Je lui conserve ça dans la glacière.

— Je voudrais bien savoir de quoi tu te mêles.

— C'est comme ça, ma petite. J'aime autant te prévenir que si je te rencontre avec lui, le coup de botte sera pour lui, mais il y aura pour toi une paire de gifles.

— Ce serait à voir.

— C'est tout vu. Tu ameuteras les gens si tu veux. Je suis tranquille. Ce n'est pas encore dans le haut de Belleville que les maquereaux du boulevard viendront faire la loi. Maintenant jusqu'ici, je n'en avais pas parlé chez nous. Même étant mioche, ça n'a jamais été mon genre de cafarder. Mais je veux tout de même pas que les vieux, le jour où ils découvriront ça, il s'imaginent que j'ai été de mèche là-dedans. Ah ! mais non.

— Tu cherches à me faire peur. Qu'est-ce que tu veux qu'ils disent ? Est-ce que ce n'est pas naturel que je fréquente un jeune homme ? Comme si maman, à mon âge, n'avait pas eu des amoureux. Et toi ! tu peux parler. On la connaît, ta môme. Tout le quartier la connaît. Si tu me faisais des misères, on trouverait que tu ne manques pas d'audace.

Edmond écoute, avec colère et stupeur. Il n'arrive pas à s'habituer à la mauvaise foi féminine. Il va pour saisir le poignet d'Isabelle, le serrer, lui faire mal. Elle lève vers lui des yeux d'enfant persécuté. Il se dit qu'en effet elle est toute jeune ; qu'elle ne connaît rien de la vie ni de ses périls ;

que la plus grande maladresse serait de la faire se buter. Il reprend d'une voix raisonnable :

— Isabelle. Tu ne te représentes certainement pas ce que c'est que ce type-là. C'est la seule explication.

— C'est toi au contraire qui te fais des idées.

— Sérieusement !

— C'est un garçon de bonne famille. Je t'assure. Son père était dans l'armée. Sa mère est restée veuve. Dame ! Elle fait des chapeaux, de la jolie confection. C'est une femme très distinguée. Elle a les cheveux blancs, malgré qu'elle ne soit pas vieille, mais c'est rapport à tous les ennuis qu'elle a eus.

— Tu la connais ?

— Non. J'ai vu sa photo.

— Et c'est lui qui te raconte tout ça ?

— Il est très convenable avec moi. Il cause bien. Il a de l'éducation.

Edmond ricane.

— Il t'a parlé de son métier aussi ?

— Parfaitement. Il a d'abord été enfant de troupe à La Flèche, comme fils d'officier... tu vois... Seulement il s'est foulé un genou en faisant des exercices.

— C'est la dernière fois qu'il se sera foulé quelque chose.

— Son genou est resté enflé depuis. C'est même pour ça qu'il a été ajourné l'an dernier, et qu'il n'est pas parti au régiment. Mais, comme il m'a dit, ça lui a fait perdre sa place.

— Quelle place ?

— Il travaillait chez un dentiste du bas de la rue de Belleville. Quand il a su qu'il allait partir, son patron l'a remplacé. Et après, naturellement, il n'a pas voulu le reprendre. La place était occupée. Ou plutôt il aurait bien voulu, parce qu'il paraît que le remplaçant était loin de faire l'affaire comme lui. Mais le patron lui a dit : « Je vous reprends, oui ; mais supposez qu'au régiment, cette fois-ci, ils vous trouvent bon. Alors me voilà de nouveau dans l'embarras. ». C'est compréhensible.

Isabelle débite ces explications sur un ton de ferveur croyante. Edmond la dévisage.

— Ma pauvre petite ! Comment peux-tu couper dans tout ça ? Mais ça ne tient pas debout. Tu sais ce que c'est qu'un maquereau ? Réponds, voyons. Mais réponds.

Isabelle serre les lèvres, hausse les épaules. Puis :

— C'est toujours facile d'insulter quelqu'un.

Ils arrivent rue Compans. Edmond, qui ne dispose plus que d'une minute, dit à l'oreille de sa sœur, d'une voix âpre et rapide :

— Un maquereau, c'est un type qui, quand il a cet âge-là, justement, cherche à mettre la main sur une petite poule comme toi, jolie et un peu gourde. Il y a des tas de façons d'être gourde. Quand il l'a bien chipée, il l'envoie faire le trottoir, tu comprends, faire la paillasse. Coucher avec le premier venu pour cent sous. Et elle lui remène les cent sous. Je te parie qu'il t'a déjà demandé de l'argent... Ah ! tu vois. Jure que ce n'est pas vrai. Réponds donc au lieu de chogner. Tu tiens à nous faire remarquer des gens de la rue ? Et puis j'aime autant te prévenir qu'ils ont les maladies, tous, et qu'il te flanquera sa pourriture, si ce n'est déjà fait. Allez, petite garce. Passe la première.

VI

UN MORCEAU DE VIANDE ROUGE

Le garçon vient de débarrasser la table des derniers raviers de hors-d'œuvre. La nappe reste vide, sauf les verres, la carafe de chablis, et la corbeille à pain.

Haverkamp, les reins bien calés contre la banquette, regarde devant lui dans le vague. Tout à l'heure, il a parlé avec Wazemmes ; il a écouté son rapport. Mais maintenant il n'a plus envie de communiquer ses pensées. Il s'aperçoit tout juste que Wazemmes n'a d'autre utilité que d'empêcher Haverkamp de se sentir seul. C'est un compagnon de l'ordre du chien.

Haverkamp, en mangeant les hors-d'œuvre, a bu deux verres de chablis, remplis aux trois quarts. Il en est à la seconde période de l'appétit. Les premiers aliments, les premières boissons ont calmé ce que la faim avait d'irritable, ce qu'elle aurait eu bientôt de déprimant. L'élan est donné, succédant à l'impatience. Le corps prend ses dispositions tout à loisir pour absorber plus de nourriture que d'habitude. Des pensées hardies, agiles, bourdonnent entre les tempes.

Voici venir, sur un long plat ovale, un monticule brun et doré. « C'est pour moi », se dit Haverkamp. Le plat qu'il aime entre tous se pose sur la table ; et pendant que le garçon découpe et sert, Haverkamp regarde.

C'est un carré de filet de bœuf rôti saignant, garni de pommes soufflées et de cresson. Ailleurs, on appelerait cela un châteaubriant. Mais ailleurs le morceau de viande serait une petite masse irrégulière, contournée, avec des creux, des minceurs, même des déchirures. Ce que contemple Haverkamp, ce qui déjà rassasie son regard, c'est un véritable pavé de viande. Quelque chose de réellement cubique. Le couteau qui l'a taillé a pu conduire comme il lui plaisait, dans les six directions, des tranches parfaites. Comme s'il n'avait rien à rencontrer ne qui fût pas de la viande absolue ; rien à éviter, ni à dissimuler, ni à faire passer avec le reste. Comme s'il y avait près d'ici une profonde carrière de viande, qui fût dans toute son épaisseur de la même qualité, du même grain ; le flanc ouvert d'une colline de viande, qu'un carrier aux mains dégoulinantes n'aurait qu'à débiter suivant les dimensions choisies.

Haverkamp est amoureux de cette parfaite viande rouge. Il la regarde trembler et saigner sous le couteau. Pas un endroit où il faille appuyer davantage, ou revenir. Une résistance légère, qui cède à point, comme si elle était exactement calculée. Le dessus grillé à grand feu, et qui enveloppe la pulpe comme la croûte d'un gâteau.

Haverkamp mange cette chair, guère plus chaude, guère moins vivante que la sienne. Avant de fondre dans la bouche, elle ne demande aux mâchoires que le rien de travail qui les désennuie. Et même le pain craquant vient se faire broyer avec elle, pour augmenter un peu la résistance, pour absorber l'excès de saveur.

Il pense : « Voilà ma vraie nourriture, à moi. » Un organisme comme le sien l'accueille avec tellement d'aise, qu'on ne peut pas imaginer dans un recoin du corps un viscère, une glande, renâclant devant la besogne. A peine peut-on admettre qu'il y ait une besogne. Il y a changement de lieu, prise de possession, distribution. C'est de la chair toute faite d'avance qu'on se verse. Une simple transfusion de chair.

Pas une bribe qu'on ait le droit de dédaigner. Si gros que soit le pavé de viande rouge, le dernier morceau en sera écrasé, avalé avec la même allégresse. Quand la faim devient amoureuse, elle sait faire du rassasiement comme une forme surexcitée et pléthorique de l'appétit.

Haverkamp a conscience de s'améliorer. Oui, il devient « meilleur », dans un sens plus vaste que le sens moral. Il devient plus intelligent (non plus de lucidité, mais plus de morsure) ; il devient plus efficace ; et aussi plus généreux.

D'ailleurs le bien-être qu'il éprouve reste sans cruauté. Même sans parenté avec la violence. Plus près de la joie paisible. Haverkamp ne se doute pas une seconde que dans quelque civilisation future le mangeur de viande rouge, considéré comme un criminel, et étudié par les psychiatres, se cachera des autres hommes pour accomplir son forfait, et n'y pourra parvenir qu'en appelant dans son cerveau des images délirantes et qu'en vidant ses nerfs d'un seul coup.

*
* *

Une heure après, Haverkamp est de nouveau sur le trottoir de la rue d'Allemagne, au coin de la rue du Hainaut. Il quitte Wazemmes :

— Dépêche-toi d'aller prendre ton métro, et de rentrer à l'agence. (Il le tutoie maintenant.) Vous vous occuperez, M. Paul et toi, de transcrire sur le registre d'entrée les cinq ou six affaires que nous avons pointées en déjeunant. En notant ce que je t'ai dit. Moi je vais aller jeter un coup d'œil sur ce terrain de la rue Manin, dont tu m'as parlé.

Wazemmes insiste pour accompagner le patron. Il redoute les contrôles de ce genre. Il voudrait pouvoir se justifier sur place, montrer que son passage a été utile. Mais le patron a maintenant envie d'être seul.

— Je n'ai pas besoin de toi.

Haverkamp s'éloigne de son grand pas décidé. Un petit soleil d'hiver éclaire doucement et de tout près les montées des rues d'un quartier de colline. Rues presque sans maisons. Perspectives non peuplées. La longue palissade. Et il n'y a que le réverbère qui soit plus haut qu'elle. La bouche d'égout bâille vers la chaussée vide. Au loin, sur la côte, quelques ramas de masures entre des squelettes d'arbres et des talus. Humbles hameaux urbains qui attendent la conquête.

Voilà ce qu'il aime, le Paris qui l'excite. A plus tard les restaurants des Champs-Élysées, l'auto qui file vers le bois dans la brume de l'après-midi. Le Paris de jouissance. On verra. Pour maintenant il y a le Paris de croissance. (« Sa croissance, à lui. La mienne. ») Le Paris de travail. (Même ce déjeuner au *Cochon d'or* fait partie du travail). Jamais Haverkamp ne sera plus heureux que maintenant. Il le sait bien.

Toute la force de l'organisme, intacte. Tout, dehors et dedans, qui fait plaisir ; le sol sous les pieds ; l'air d'hiver sur la joue. Une digestion magnifique. Le puissant repas qui pénètre peu à peu jusqu'au fond du corps, comme un grand navire fait entre les jetées une entrée tranquille et silencieuse. Le repas avec sa cargaison de vin et de viande rouge. On bouclera le mois sans perte. Sauf imprévu, janvier sera nettement bénéficiaire. Le client de lundi matin avait l'air accroché. Où est le terrain de sept mille trois cents mètres ? Que la patte de Haverkamp s'allonge dessus ; cette grosse patte aux poils blonds qui pelote un cigare. On entend quelque part la scie d'un tailleur de pierres, régulière comme un tic-tac, chantante comme un oiseau. Le parc des Buttes-Chaumont fait penser à des clairons, à des fanfares d'assaut, à une bataille qui rampe victorieusement au flanc d'une citadelle. Vue imprenable. Ici les immeubles ont de l'air et de la verdure à manger par toutes leurs fenêtres jusqu'à la fin des temps. Sept mille trois cent mètres. De quoi dresser une quinzaine de maisons ; rangées autour d'un espace libre. En rectangle ouvert sur la rue. Ou en demi-cercle comme un troupeau de bœufs à l'abreuvoir. « Square Haverkamp ». Pourquoi pas ? Il suffirait d'un million pour commencer.

VII

LE PASSANT DE LA RUE DES AMANDIERS

De l'autre côté de ces hauteurs descendait au contraire vers le vieux Paris une cascade de faubourgs épais, où des milliers de vitres pétillaient comme des bulles dans un remous.

A flanc de coteau, la rue des Amandiers s'arrangeait pour s'élever doucement, biaisant avec la pente, profitant de certains plis du sol.

Ce n'était pas une rue bien large ni bien droite. Mais il faut croire que c'était un bon chemin, ou qu'il n'y en avait pas de meilleur ; car beaucoup de gens y passaient.

Toutes sortes de boutiques s'étaient installées sur ses bords ; pleines de tentations, faites pour l'accueil, largement ouvertes sur le trottoir malgré l'air vif. Cordonniers, bistrots, fruitiers, marchands de salaisons d'Auvergne.

Cette brave, montante et sinueuse rue des Amandiers regardait passer un jeune homme. Nous ne devons pas nous méprendre sur les mots. Regarder passer est trop dire. C'est un cortège qu'une rue regarde passer. Ou un voleur entre deux agents qui le tiennent par les menottes. Ou à la rigueur un homme saoul qui roule bord sur bord. Il est difficile d'indiquer la nuance d'attention éparse, d'attention successive et fugitive, qui accompagne tout le long d'une rue comme celle-là — c'est-à-dire éloignée du centre, et où la circulation, pour être vive, n'en garde pas moins un caractère local — un passant dont l'extérieur n'est pas exceptionnel, mais n'est pas non plus complètement indifférent. Sans doute, selon le passant, cette attention a tous les degrés. Elle ne devient peut-être jamais nulle. L'homme le plus ordinaire, le plus conforme au modèle moyen du quartier, le plus facile à prendre pour le premier venu, ne doit pas pouvoir longer la rue, d'un bout à l'autre, sans éveiller sur tel ou tel point la sensibilité, sans provoquer au moins une trace de réaction mentale qui le concerne spécialement. Passer inaperçu ! Même un chien pareil à tous les chiens de boîtes à ordures, de la bâtardise la plus banale, d'une saleté discrète, rasant les murs en évitant avec soin le moindre incident, ne serait pas sûr de passer inaperçu. Seuls le pourraient espérer des fantômes entièrement transparents ; ou le rôdeur qui à deux heures du matin marcherait avec des semelles de feutre en utilisant les franges d'ombre.

Dès que le passant cesse d'être parfaitement quelconque, son avance le long de la rue devient une opération psychique, à la fois fluctuante et compliquée. Comme s'il frôlait un peu au hasard des papilles de nature mentale, et ne les faisait vibrer qu'un instant. Des pensées se lèvent sur son passage, de proche en proche, dont aucune ne ressemble exactement à la précédente, dont aucune ne lui ressemble à lui-même. Elles se rapportent à lui, mais contiennent toujours autre chose que lui. Elles l'ajoutent, le mêlent, le confondent plus ou moins à un bruit de la rue, à une perspective, à une conversation déjà commencée, aux silences d'un souci intérieur. Ces pensées, pareilles à des feux follets, surgissent et s'éteignent sous ses pas. Leur suite entretient autour de lui comme une forme naissante de l'opinion, mais si légère, si instable qu'elle ne dépasse pas l'insistance d'une caresse (même l'hostilité, la méchanceté peuvent caresser seulement, comme la mèche du fouet).

Cet accompagnement du passant ne lui gâte pas d'ailleurs le sentiment si précieux de l'anonymat, qui est la grâce des grandes villes. D'abord lui n'a pas conscience de mouvements si faibles. La trace d'intérêt qu'il éveille garde l'allure de la rêverie distraite, et va se perdre pour lui dans de vastes présences sociales. Et puis, là où il risque le plus de l'éveiller, c'est justement où il est le plus un inconnu : dans les quartiers, sur les parcours, où son visage, sa démarche, ne rappellent rien, même de vague, à personne. Car c'est par définition sur de l'inconnu que se porte l'attention d'une rue de grande ville. De là vient qu'elle se tolère si aisément, à la différence de la curiosité provinciale.

Donc il se faisait autour du jeune homme, un peu en avant, à gauche, à droite, parfois même avec un certain retard, une éclosion de pensées, que d'autres venaient aussitôt effacer, chasser, recouvrir ; pensées voletantes qui effleuraient une seconde tel ou tel endroit de son corps ou de ses vêtements ; jugements élémentaires qui tournoyaient après lui comme des moucherons. « Il a un pardessus », « Il n'est pas pressé. Il se balade », « Il a tout : cravate, plastron, manchettes, faux col », « C'est un type qui a de l'instruction », « C'est quelqu'un qui est dans les bureaux », « Pour un type qui a chapeau et pardessus, il a un talon rudement tourné », « Il m'a regardée... ah ! moi j'aime ces yeux-là. Mais il n'est pas rigolo par exemple... », « Il n'a même pas de limé ni de graisseux à son col de velours. On se demande comment y en a qui font », « Le drôle de regard. Quoi qui rumine, ce frère-là ? »

A chaque pas, à chaque mètre courant, il se pensait ainsi quelque chose d'un peu nouveau, d'un peu pareil.

De tous ces phantasmes évanescents tendait à se former une image du jeune homme, qui ne logeait tout entière dans aucune cervelle, qui flottait peut-être dans ce lieu mi-abstrait où les représentations errantes, échappées aux individus, mais tout près d'eux encore, vont agir les unes sur les autres. Image à laquelle il faut bien accorder au moins une existence virtuelle, puisque le langage, comme un bain de révélateur, suffit à la faire apparaître dès que les gens parlent entre eux de ce qu'ils ont vu, ou dès qu'on les interroge collectivement.

Ce qui permet de dire, en simplifiant un peu, que pour la rue des Amandiers, ce jeune homme qui s'avançait sans se presser n'était probablement pas du quartier ; avait dans les vingt à vingt-deux ans ; avait peut-être été ajourné pour son service militaire — vu qu'il ne paraissait pas extrêmement costaud, — n'était certainement pas un ouvrier, à cause de son faux col et de ses mains ; même pas un petit employé ordinaire, à cause de son pardessus (le pardessus, un jour de semaine, est un signe de magnificence) ; non plus pourtant un véritable « fils de rupin », à cause de son talon tourné, et d'un certain manque de fatuité insolente ; avait fait ses études (bien qu'il n'eût pas de binocle ; mais les jeunes gens qui ont fait leurs études ont un genre spécial) ; était convenable dans ses mœurs, car il ne regardait pas les filles ni les femmes d'un œil vicieux ; ne semblait pas assez gai ni assez léger pour son âge ; avait même l'air par moments un peu sournois ; bref, malgré un certain nombre d'indices favorables, n'était pas absolument de tout repos. Enfin, s'il passait rue des Amandiers, c'était pour son plaisir ; ou pour une course peu urgente. A moins qu'il ne fût à la recherche d'une place. Il arrive en effet que la recherche d'une place, lorsqu'elle dure depuis plusieurs jours, et subit les premières atteintes du découragement, prenne l'apparence d'une promenade résignée. Ce qui eût expliqué aussi la mine un peu trop sérieuse et concentrée du jeune homme.

Cette « opinion naissante » de la rue des Amandiers n'était ni très absurde, ni très pénétrante, comme on le verra. Elle avait bien peu de chances de descendre jusqu'au mystère intérieur. Un passant n'a guère à craindre d'indiscrétions pareilles. Mais peut-être n'est-il pas trop imaginaire de dire qu'elle en flairait quelque chose.

Rues de rencontre ! Rues de hasard et de bon accueil ! Celui qui passe n'est pas venu pour raconter sa peine. Il ne confiera rien à la grosse boutiquière qui remet de l'ordre dans la vitrine, rien non plus à la petite jeune fille qui s'en va dans l'autre sens. Même les traits de son visage évitent d'avouer. Peut-être se croit-il seul, infiniment perdu. Peut-être considère-t-il avec une sombre dérision la façon qu'il a de véhiculer tout le long de la rue un abîme que tant de gens coudoient sans s'en douter ; de le véhiculer exactement comme le garçon là-bas pousse son triporteur. Le couvercle cache tout. L'abîme n'a pas d'odeur spéciale. Est-il possible d'être plus près les uns des autres et plus étrangers ?

Et pourtant il règne par-dessus tout cela plus d'une harmonie mélancolique. Des notes secrètes résonnent à différentes hauteurs. Dans la rumeur que tout le monde entend une vibration inaperçue fait que l'abîme, sous son couvercle, est obligé de répondre. Sa réponse non plus n'est pas saisie. Ni celle dont tressaille un autre abîme que quelqu'un véhicule à dix pas de là.

*
* *

A quoi pensait-il, en entrant dans la rue des Amandiers, ce jeune homme peu remarquable ?

Il se disait : « Non, je ne veux pas de rechute. Je refuse absolument. Deux ans de "montée" n'auront pas été inutiles. Plus de deux ans. Il n'y a pas de raison pour que la volonté lâche la rampe tout à coup. »

Il lut le nom de la rue où il venait d'entrer : « Rue des Amandiers. Oui. C'est une idée. Je ne me rappelle plus très bien où elle va finir. Rue courbe. Issue qui échappe aux yeux. Beaucoup de boutiques, étroites, serrées, bien offertes. Beaucoup de peuple.

« Je sais que chez moi la volonté toute seule n'obtient rien. Elle ne me plaît pas. J'ai de l'antipathie pour cette entité hommasse et osseuse. Il me faut à chaque étape une récompense sensible. Un état intérieur qui soit "déjà ça". Quelque chose de moins exigeant que le bonheur, de plus cursif, de plus mystérieux aussi. Pourtant un peu de la même famille. Une espèce de grâce m'a-t-elle quitté ? Non. Je l'avais encore ce matin. Par exemple tout le long de ce grand trottoir que je revois. L'alignement des façades à ma droite. Le trottoir, comme un fleuve. »

Il baissait les paupières pour mieux ressaisir son état de ce matin. Puis il tourna la tête vers la droite. Il vit, par-dessous un porche noirâtre, une très profonde cour ; et à l'horizon de la cour un brusque exhaussement de maisons pauvres ; une insurrection de murs et de fenêtres, avec une caresse du ciel. Il eut dans l'âme un son fugitif, une seule note, mais de celles qui ramènent toute une mélodie. « La grâce ne demande qu'à revenir. »

Il tâta dans sa poche un carnet ; grand comme la main, froid, légèrement papuleux, et dont, rien qu'à le toucher, on sentait qu'il était noir. Compagnon sinistre. La tranche un peu coupante. Témoin accablant. Il l'avait retrouvé tout à l'heure, caché sous des paperasses dans le tiroir d'un petit meuble, chez ses parents où il avait déjeuné. En reconnaissant la couverture de moleskine noire, la tranche dont le rouge de lèvres mordues s'était à peine atténué, il avait reçu en plein front une irradiation méchante.

Il l'avait ouvert, puis refermé aussitôt ; le temps de lire sur la page de gauche :

Riz ; épinards
1 verre de vin
passable
3 h. médiocre

Sur la page de droite :

Bifteck
Purée pommes

1 verre vin-eau
2 - 4 médiocre
4 - 6 très mauvais

Ses tempes s'étaient serrées, sa tête s'était alourdie. Les tourments d'il y a trois ans revenaient d'un seul coup. Quand un passé est redoutable, il faut prendre des précautions dans la manière qu'on a d'y penser. Ce carnet avait un pouvoir d'évocation trop direct. Et pourtant, maintenant encore, le jeune homme devait lutter contre l'envie de le rouvrir. Non pas que l'esprit chérisse en secret ses tourments et les regrette quand ils l'ont quitté. Mais l'esprit est brave. Il n'aime pas tourner le dos à l'ennemi. Et aussi veut savoir. C'est un expérimentateur infatigable. « Essayons de vérifier si je suis guéri. J'ai acquis, paraît-il, une certaine sérénité. Essayons d'en apprécier la résistance à la rupture.

« Riz, épinards... Et aujourd'hui, qu'ai-je mangé ? Aujourd'hui, est-ce que je digère bien ? Peut-être que cette velléité d'angoisse que je sens reparaître... Non. Je dis non. Il est entendu que j'ai mauvais estomac. Et entendu aussi que ça n'a aucune importance. Impasse Ronce. L'avais-je déjà remarquée ? Je me serais souvenu de ce nom ; de cette fissure de ville où là-bas un homme misérable est assis. Comme il est bon de ne plus penser à soi. De passer des heures, oui, des heures sans y penser. Le jour où l'esprit découvre qu'il a toutes sortes de moyens de s'évader de la personne... »

« Riz, épinards... » Étrange époque. En ce temps-là il s'était dit que la durée et gravité de sa détresse — d'une détresse qui survivait aux motifs qu'elle avait eus d'abord — tenaient peut-être à des causes toutes corporelles. Il avait observé que les pires moments se plaçaient en général l'après-midi. Certains aliments semblaient en favoriser le retour. D'où l'idée de s'en rendre compte avec méthode. Il s'était mis à noter brièvement ce qu'il mangeait et buvait au déjeuner, puis l'état moral qui s'ensuivait. Deux ou trois fois par semaine, il prenait à dessein les aliments suspects, pour voir si l'effet en était constant.

Il trouve aujourd'hui cette enquête un peu naïve. Mais s'il avait de nouveau à se défendre contre les effrayantes marées du désespoir, combien de temps ferait-il le malin ? Qui sait à quels remèdes, à quels recours il irait s'accrocher ? Il n'a pas oublié que la souffrance rend docile.

« Ce matin, j'ai eu un assez sale réveil. Il y a longtemps que ça ne m'était plus arrivé, du moins si nettement. Je me souviens que j'ai dit, aussitôt mes yeux ouverts : « Mon Dieu ! que la vie est triste ! » Ç'a été ma première pensée, au sortir des confusions du sommeil. Et une pensée qui tenait à s'exprimer par une formule. D'ailleurs, ce « Mon Dieu ! que la vie est triste ! » est chez moi non pas une rengaine... non, pas du tout... mais une espèce de jugement tout préparé, de sentence rituelle, qui, lorsqu'elle a ses raisons, intervient soudain, se déclenche. Et c'est parce que le retour de cette formule n'est pas machinal qu'il m'impressionne assez. »

Il se demande si le « retour » qui s'est produit ce matin avait des causes. Pas de bien spéciales, semble-t-il. Sa journée de la veille n'a pas été particulièrement désagréable, ni décevante. Il n'aperçoit pas de soucis nouveaux. « Il y a bien la hantise du concours, à la fin de la troisième année, qui ne me quitte jamais tout à fait ; qui tend peut-être même à s'aggraver, parce que j'ai l'impression d'être parti pour une série de vagabondages de l'esprit qui m'éloignent de plus en plus du travail scolaire. Encore une inconséquence de ma nature. Je sens en moi le plus extrême, le plus sincère détachement pour les biens matériels, et en même temps un besoin, très frileux à certaines heures, de sécurité matérielle. Le déclassé, à la recherche d'une situation qui lui échappe... cette vision-là m'angoisse. Après tout, ce n'est peut-être pas si contradictoire. Il me faut très peu de chose. Mais je ne veux pas avoir à y penser, à me tourmenter pour ce peu. Curé de campagne, si on pouvait accepter de l'être sans la foi. Le gîte et le vivre assurés. Une soutane par an. Que rien ne vous dérange de ce qui est intéressant, c'est-à-dire les affaires de Dieu.

« Oui, au fond, je suis très peu temporel. Temporel, spirituel. Mots admirables. Ces bougres-là ont su poser la question. Dommage que leur métaphysique soit faible ; fabriquée de pièces et de morceaux, comme les monuments d'extrême décadence, par des penseurs un peu brocanteurs qui n'y regardaient pas de si près. Du moment que ça en mettait plein la vue des populations. Et leur métaphysique, ça irait encore. Mais la mythologie barbare qu'ils ont plaquée dessus, et qu'ils n'ont pas cessé de peinturlurer depuis, d'alourdir ! Et à quoi ils tiennent avec un entêtement de féticheur nègre, de sorcière napolitaine. En somme, avec la religion, moi, ça n'a jamais bien collé, même au temps où j'étais incapable de penser distinctement ces critiques-là. Je regrette. J'avais de telles aptitudes ! Comment n'ai-je pas profité de l'époque où j'avais la foi pour m'enivrer pleinement de la religion ? Ce qu'elle peut procurer de douceur, d'apaisement, de transport, je ne l'ai pressenti, reconnu, je n'en ai joui — par raccroc, et au conditionnel — que depuis que je suis débarrassé de la foi. La religion totale — foi comprise — a toujours été pour moi toxique ; dès l'enfance. »

Il revoit le jour de sa première communion. Journée d'affres et de tremblement ; puis de fatigue fiévreuse, de rancœur presque rancunière, après une semaine vécue à travers une nuée de scrupules, comme si l'on avançait nu dans des tourbillons de moustiques. La terreur constante de perdre le fameux état de grâce. Le matin même, sous le porche de l'église, ses yeux avaient rencontré par hasard une petite communiante. D'office il s'était soupçonné coupable de pensée impure. Il lui fallut trouver aussitôt un vicaire, le premier venu — sans perdre le temps de chercher son confesseur à lui — et s'accuser. Toute la cérémonie s'était déroulée sous la surveillance de ce terrorisme intérieur. Bonnes conditions pour goûter les abandons célèbres de l'Eucharistie.

« C'est entendu. J'exagérais un peu. Mais qui était le plus dans le vrai, moi, ou le fils du crémier sur la chaise d'à côté qui rigolait en douce ? Et plus tard — un ou deux ans plus tard, je ne sais plus — quand je suis tombé sur la phrase de l'Évangile : "Il n'y a qu'un péché qui ne sera pas pardonné : le péché contre l'Esprit." Exactement une vrille atteignant en trois tours l'endroit de l'âme le plus atrocement central. Je n'oublierai jamais le bleu-ciel douceâtre de la couverture du livre, ce bleu-ciel menteur dans lequel un tonnerre éternel venait d'éclater. »

Jusque-là, il avait eu la hantise du péché mortel et de la communion sacrilège. Pourtant l'absolution restait à sa portée. Mais maintenant, puisqu'il avait découvert le péché sans absolution, et par nature le plus immatériel, le moins palpable de tous, qui l'empêcherait de le commettre, ou de craindre de l'avoir commis ? La volonté n'y pouvait rien. L'enfant savait déjà, par une âcre expérience, que la volonté se divise contre elle-même. A la rigueur, quand c'est une action qui constitue le péché, la volonté peut se rassurer un peu en se convainquant que l'action n'a pas été faite. Mais quand le péché est une pensée, quand il est tout entier de la substance de la pensée, il devient inséparable d'elle ; il sort d'elle comme d'une poitrine ; il est mêlé à son moindre souffle. « Désormais j'avais la damnation logée en moi. Je portais en même temps le gouffre et son vertige. Je revois cette impériale de tramway du dimanche. J'allais au bois de Boulogne avec mes parents. Les gens du dimanche ne prenaient pas garde à ce pauvre petit enfant de treize ans qui, serrant les lèvres, portait l'abîme chrétien sur l'impériale ensoleillée. Leur abîme, pourtant ; même s'ils n'y pensaient plus ; celui de leur civilisation ; celui de leurs ancêtres. Facile de sourire. L'âme n'a pas d'âge. Moi, je le sais. Honte sur moi si plus tard, quand j'aurai quarante ans, soixante ans, je jette un regard d'ironie indulgente sur un visage de treize ans habité par une douleur inconnue. Et d'ailleurs, y avait-il niaiserie de ma part, méprise puérile ? Mais non. Encore une fois non. Quel était mon tort ? De prendre les choses trop au pied de la lettre ? Mais d'abord, en matière de religion, qui vous permet de ne pas prendre les choses *au pied de la lettre* ? De quel droit "en prendre et en laisser" ? Attitude de farceurs, de tièdes, de candidats à l'incroyance. Je dis qu'un prétendu chrétien qui eût souri de moi n'eût été qu'un amateur. Le système étant donné, c'est moi qui avais raison. Pascal aussi avait porté l'abîme. Comme je me sentais le frère, le cadet tardif de tous ces torturés des grands siècles chrétiens ! Guirlandes de la damnation sur l'ogive des portails. Gargouilles. Torsion désespérée des cathédrales. Vocero de l'enfer. Le Moyen Age, je sais ce que c'est. J'y ai vécu. Tous ceux qui ont admis la prédestination et qui se disaient : "Je suis du mauvais côté." Même Pascal criant si fort : "Je suis sauvé" parce qu'il claque de peur. »

Pendant qu'il médite, ses yeux rencontrent des visages que la rue lui présente. Le visage du marchand de vêtements qui, avec sa perche, raccroche une robe à la tringle de la devanture ; celui d'un vieil homme arrêté, les mains dans les poches, au bord du trottoir. Et puis cette femme ; cette autre femme. Ces deux voyous, qui en dépassant la boutique du coiffeur, ont lorgné la tête de cire aux cils raides. Un visage que la fatique a gonflé. Un autre qu'elle a creusé. Un visage blême et amer. Un regard revenu de tout. Un autre encore à demi candide. Des calculs ; des soucis. Des lueurs : de gain, de luxure, d'alcool, d'amitié, mais atteintes par le doute. Des visages barrés par un refus. Des visages traversés par un sarcasme ; comme un mur où l'on a tracé obliquement une insulte. Comme une affiche lacérée.

Confronté à ces visages, ce qu'il était en train de penser devient soudain improbable, impossible. On dirait que toute la rue des Amandiers crie « au fou ! » mais d'une voix gouailleuse et du coin de la bouche.

« Évidemment ! Mais sur mon impériale de tramway, il y avait peut-être des têtes comme celles-là, qui auraient dû rendre ma pensée d'alors impossible ; et pourtant elles n'ont rien empêché. Je me disais : « Heureux ceux qui ne sont même pas capables d'imaginer la catégorie de supplice que j'endure. » Personne ne pouvait rien empêcher. Pas même un ami. Pas même un prêtre.

« Je n'étais pas assez naïf, justement, pour aller trouver un prêtre. Je n'ignorais pas que personne n'avait qualité pour me rassurer. J'étais meilleur théologien qu'eux. Voilà pourquoi aussi je n'en ai jamais parlé à personne. Jerphanion écouterait, s'intéresserait, ne pigerait pas. Ceux qui sont « hors du système », qui n'ont jamais été à l'intérieur, en arrivent tout de suite à des mots comme névrose. Tant que vous voudrez. A condition que ça ne vous dispense pas de reconnaître que, dans un certain univers humain, cette névrose est la loi de Newton. Mais si névrose signifie pour vous déviation singulière, étrangeté individuelle, alors non. Même pas manque anormal de résistance de l'esprit à ses propres toxines... Signification générale de mon supplice. Je m'en suis toujours rendu compte. Même quand j'enviais la grosse tranquillité du voisin, je savais que ma tragédie me dépassait dans tous les sens, et que le voisin n'y échappait que par occasion, et non par nature. J'ai toujours senti — comme dans les autres crises que j'ai traversées depuis — ce qu'il y avait là-dedans d'humanité crucifiée. Mes particularités personnelles ne m'intéressaient aucunement ; n'avaient en fait aucune importance. Et je ne pouvais guérir qu'*avec* l'humanité. Par des remèdes qui l'avaient déjà guérie ; ou qui la guérissaient encore.

« Quand je suis tombé sur les formidables imprécations de Lucrèce : *Humana ante oculos... horribili super adspectu mortalibus instans*... Pour d'autres, c'était un texte de version latine. Mais moi, je le vivais littéralement, son cri, vingt fois séculaire ! Ah ! on peut dire qu'il a déjà connu ça, lui, Lucrèce. Quelle sombre jeunesse préchrétienne il a dû avoir ! Car ça ne date pas du christianisme, comme le croyait ce polémiste simplificateur de Nietzsche ; le christianisme a seulement approfondi le vertige ; a élevé le supplice à la puissance infinie. Et la façon dont j'ai participé, plus tard, à la respiration déchaînée du poète, à ces furieux appels d'air de l'homme qui se souvient toujours d'avoir été enterré vivant, et repris d'angoisse par accès, veut encore et encore sentir l'air frais lui racler le fond de la poitrine ! *Diffugiunt animi terrores ; mœnia mundi discedunt*... Plus tard aussi, quand j'ai lu la *Vie de Jésus*, de Renan. Le bienfait, le baume, la délivrance sortant de ce livre. Cette impression de mois de mai, de rayonnement de blé vert ; ce tranquille chant résurrectionnel ; les vraies cloches de Pâques. Le livre bleu-ciel douceâtre définitivement exorcisé. L'Évangile redevenu quelque chose d'évangélique.

« Ceux qui n'ont pas connu pareille délivrance, ignorent la plus grande fête concevable de l'âme. Ces affreuses années ont eu leurs avantages. Bien sûr. Le principal : d'avoir atteint dès treize ans le sommet de la douleur humaine. Le sommet absolu, qu'aucune découverte géographique, qu'aucune nouvelle mensuration ne déclassera. Qu'est-ce qui pourra jamais plus vous étonner ? S'être dit, pendant je ne sais combien de mois, qu'on était damné pour l'éternité. (Ce n'était pas un mot pour moi, l'éternité. Je l'appréhendais d'avance, aussi loin que le permet l'étirement maximum de l'esprit.) Avoir eu de son avenir, de sa destinée, une vue telle, que non seulement la mort n'y apparaissait pas comme un malheur important, mais — arme la plus terrible inventée par la religion contre l'homme — que la mort y apparaissait comme un recours inutile. Un état où l'on se dit que se tuer de désespoir serait inopérant pour mettre fin au désespoir. Après ça, de quelle hauteur on arrive sur les incidents ordinaires de la vie ! Le camarade qui vous raconte qu'il a envie de mourir à cause d'une femme ! Comme si le repos dans la mort ne vous avait pas semblé, à vous, un paradis trop beau dont l'homme est exclu. Les parents ou leurs amis qu'on entend gémir sur des pertes d'argent ! Petites misères touchantes de l'adulte. L'enfant de treize ans vient de faire un tour de la condition humaine, si vaste, et par un sentier tellement surplombant, que toute expérience est désormais *au-dessous* de la sienne.

« Pourtant, il y a plusieurs points qui ne sont pas clairs. L'histoire Hélène Sigeau, par exemple ; comment a-t-elle pu s'insérer dans les suites de ce drame-là ? Il y a aussi le moment, la manière exacte dont je me suis débarrassé de ma hantise religieuse. Presque d'un coup ? Ou peu à peu ? Ou par une série de secousses ? Et puis comment ai-je fait pour retomber ultérieurement dans de nouvelles périodes de désespoir ? Pourquoi ne suis-je pas resté immunisé ? Pourquoi, ayant atteint et habité le sommet de la douleur humaine, ai-je pu prendre chemin faisant d'autres douleurs pour des sommets, ne pas les enjamber en haussant les épaules ?

« Curieux comme la mémoire, à si peu d'années de distance, a de la peine à s'y retrouver ! Peut-être cherchons-nous trop d'ordre dans le passé. Un chapitre. Point final. Le chapitre suivant. Il doit y avoir des chevauchements. Des phases décalées qui se recouvrent en partie. C'est toujours bien plus compliqué que nous ne le pensons. Quand je me rappelle l'époque de mon amour avec Hélène, je n'aperçois, en dehors de cet amour, que le monde des hantises sexuelles auquel il me faisait échapper. Pas de tourments religieux. Pourtant leur période aiguë ne remontait qu'à dix-huit mois, deux ans. Avaient-ils pu s'évanouir sans aucunes traces ? Et les hantises sexuelles elles-mêmes ne dataient pas de la veille. Je me revois, vers ma sixième année, causant avec une petite fille de mon âge des mystères de la naissance et du mariage ; arrivant à des hypothèses assez judicieuses ; méditant devant les mots sexuels du dictionnaire. Donc ces hantises ont dû coexister ensuite avec mes tourments religieux, leur donnant des prétextes, nourrissant la nuée des scrupules secondaires... D'un côté, évidemment, la vie intérieure va très vite. Vécue au jour le jour, elle est bourrée d'événements, de séries disparates d'événements, qui s'embrouillent. Quand nous les étalons plus tard pour les revoir de près, nous ne parvenons plus à comprendre comment ils ont pu tenir dans ces quelques tiroirs d'années que la mémoire a renversés pêle-mêle. D'un autre côté, il serait si facile d'y mettre de la fausse clarté, de s'écrire sa petite histoire officielle. Si tentant de faire servir le passé à justifier les idées d'à présent. »

De nouveau, il fait attention aux choses de la rue, moins pour se distraire de sa pensée que pour lui laisser le temps de trouver un ordre. Il s'intéresse à une boutique de salaisons d'Auvergne. La tranche du lard est grumeleuse de sel. Les saucissons noueux ressemblent à de petites branches de pommier. Les saucisses ont une plénitude et une peau enfantines. Il y a une tourte de pain bis coupée par le milieu.

« Le carnet dans ma poche. Il commence en 1905, et s'arrête quelques mois avant ma rencontre avec Juliette. L'époque du carnet se place environ six ans après la crise religieuse, quatre ans après l'histoire d'Hélène Sigeau. Or l'époque du carnet est encore une époque terrible. Elle représente la fin, disons la deuxième moitié d'une crise apparue deux ans plus tôt. Comme cette crise-là est près, mon Dieu ! Je crois la toucher de la main. Ou plutôt par moments, il me semble que c'est elle qui me touche, qui va me ressaisir... »

Il évite même de penser trop explicitement à ce qui fut le prétexte initial, le premier aliment et le plus durable de ses souffrances d'alors. La crise religieuse, il ose maintenant la regarder en face et dans son détail. Mais celle-ci, il ne la regarde qu'obliquement. Il s'arrange pour en apprécier la gravité, la courbe, la nature, pour raisonner dessus, sans en risquer une évocation tout à fait directe et vivante. Il réussit à penser la chose sans se la nommer à lui-même. Dernière précaution. Dernière faiblesse.

« En somme, je commence à trouver des repères, à jalonner. La crise religieuse, de onze à treize ans, au moins. L'histoire Hélène Sigeau ; quatorze, quinze ans. Un an après la disparition d'Hélène, la seconde crise se déclenche. Très brusquement. Cette fois ce n'est plus la religion qui me ravage. C'est la morale. Oui. Encore une aventure qui dépasse ma personne. Un fait général d'humanité crucifiée. Ils appelleraient ça maladie du scrupule. Bien entendu que c'est maladif. Mais ce n'est pas une maladie singulière. C'est une maladie de l'espèce. Tragique : les plus hauts produits de l'humanité — à ce qu'elle dit — se trouvent comme par hasard être des poisons pour les meilleurs dans l'humanité. Ils ne sont anodins que pour les sauteurs et les mufles. Ce que j'ai pu souffrir cette fois-là encore ! A n'y rien comprendre, maintenant que j'y réfléchis. Qu'est-ce que je me reprochais ? Un désir, ou plutôt l'hypothèse d'un désir criminel — car en réalité je n'étais pas plus coupable de ce désir que jadis du péché contre l'Esprit. Mais de toute façon, pourquoi en souffrir à ce point ? Qu'avais-je à craindre de si terrible, en mettant les choses au pis ? Il ne s'agissait plus de l'inévitable damnation éternelle, ni même d'une punition quelconque émanant d'une puissance extérieure à moi, puisqu'en fait j'avais cessé de croire. C'était donc la simple dévoration de l'esprit par le cancer de la conscience morale. Ça, c'est mon jugement d'aujourd'hui. A l'époque, il y avait la possibilité de ce désir, devant moi ; et l'horreur que j'en avais. Le vertige, c'est l'horreur d'une possibilité. On ne discute pas avec le vertige. Ou plus on discute, plus ses spires vous emportent. Quand même, j'aurais dû me dire : "Tu en as vu d'autres que ça il y a quatre ans." J'aurais dû comparer. Il me semble que le simple rapprochement aurait dégonflé mon nouveau désespoir. Le fait est que je n'ai pas pensé à comparer. Par exemple, quand à force de souffrir, j'envisageais sérieusement la mort comme un remède, j'oubliais de constater que quatre ans plus tôt l'idée que la mort pût être un remède eût été pour moi une consolation délicieuse. A l'avenir, tenir compte de ça. Des vertus de la comparaison, d'abord. Et ensuite de ce que la comparaison ne s'établit pas toute seule... Immunité acquise... Eh bien, en matière psychique, c'est à croire que l'immunité acquise ne fonctionne pas automatiquement. Les idées vaccinantes sont rangées quelque part. Mais il faut que la raison casse l'ampoule et fasse l'injection.

« Bref, je n'en suis pas sorti par l'immunité acquise. J'ai dû lutter comme si l'infini du désespoir m'écrasait pour la première fois. Et j'ai lutté cette fois encore par des moyens généraux, par des moyens valables pour *toute l'humanité*. Par une insurrection organisée de l'esprit contre la morale, contre la conscience. Et ça, pas du tout, comme se le figurent tant de vaseux, pour me donner l'autorisation de faire ensuite n'importe quoi, de me "vautrer dans la licence" — j'en étais loin ! — mais pour sauver l'âme de son cancer ; lui rendre — même pas la joie — le souffle, un repos endolori... Comment concilier pourtant cette généralité avec ce que je sentais d'exceptionnel, d'anormal dans mes tortures ? Si des camarades m'avaient dit : "Je suis passé par là, mon vieux", j'aurais été soulagé. Je savais bien qu'ils n'étaient pas passés par là. Où voyais-je l'anomalie de mon cas ? Dans son intensité. Dans le sérieux, encore une fois, avec lequel je prenais des choses qui certes n'ont de raison d'être que si on les prend absolument au sérieux, mais dont la généralité des hommes s'arrange, parce qu'elle a la chance de les prendre à la légère. Mon anomalie, je la sentais dans ma fidélité aux engagements spirituels que l'humanité a signés pour tous les hommes, mais dont le poids ne retombe que sur quelques-uns. Dans mon aptitude à souffrir, dans ma vulnérabilité. Oui, sentir qu'on est un point affreusement vulnérable de cette membrane psychique qui enveloppe la planète.

« C'est alors que j'arrive à l'époque du carnet. Donc je n'étais pas guéri ? Non. J'étais débarrassé de la morale. Mais il me restait un vide. Un dégoût, une immense fatigue de la condition humaine. J'en avais trop vu. J'avais horreur non plus de telle pensée, de tel tourment défini, mais de cette nature en moi qui en restait constamment capable. Non de tel gouffre intérieur, mais de *l'intérieur*. J'avais horreur d'être quelqu'un. Si je ne craignais pas maintenant d'être injuste, en ayant l'air de chercher une progression dans le pire, je dirais que ce désespoir sans cause, sans contenu, était presque plus désespérant que l'autre. Il n'impliquait pas que la cause pouvait disparaître. D'ailleurs, je m'y retrouve mal. Je revois l'époque du carnet ; avec force ; mais sans grand détail. Ensuite il y a la rencontre de Juliette. Hélène après la première crise. Juliette après la seconde. Méfions-nous de la symétrie. Quand j'ai connu Juliette, ça allait déjà mieux. La délivrance, l'ascension avaient commencé. J'avais dit adieu a l'abîme, à ses exhalaisons et maléfices. Donc ne pas attribuer à l'amour un rôle sauveur qu'il n'a pas eu... Et pourtant... L'amour d'Hélène m'avait bien sauvé de certaines choses. Il serait mesquin de ne pas l'avouer. Je disais à Jerphanion l'autre jour qu'auprès d'Hélène j'avais désappris l'obsession d'être quelqu'un ; et les obsessions plus particulières, plus dévorantes aussi que celle-là suppose. Désappris pour un temps seulement. C'était déjà ça. D'où vient que je le reconnaisse plus volontiers quand il s'agit d'Hélène ? Dieu sait que ce n'est pas faute d'avoir aimé Juliette. Prestige du premier amour ? Transfiguration par l'éloignement ? Je ne crois pas. Avec Juliette, c'est moi qui ai rompu, pour des raisons plus ou moins claires, mais qui venaient de moi, du fond de moi. Tandis qu'Hélène m'a été enlevée comme par une force invisible, comme par la mort. C'est une raison. Mais surtout mon amour avec Hélène m'avait donné cette extase de pureté dont j'avais besoin, sans effort, sans comédie, ni de sa part ni de la mienne. Même si — comme je le déclarais à Jerphanion un jour — l'amour pur de toute convoitise charnelle est une illusion, eh bien ! cette fois-là l'illusion a été totale. Et il ne faudrait pas me pousser beaucoup pour me faire dire que cette fois-là, il y a eu miracle.

« Avec Juliette, notre amour s'est maintenu dans une pureté nominale, dans un à peu près de pureté, parce que je m'étais juré qu'il en serait ainsi ; parce que, ayant décidé que je n'épouserais pas Juliette, que je n'épouserais personne, le lui ayant dit bien clairement d'ailleurs, j'aurais tenu la possession charnelle de cette jeune fille pour un abus de confiance. Chevalerie. Coup de chapeau à cette même morale que je venais d'abattre. Aversion native pour tout ce qui ressemble au profit par le mensonge. Respect de toute vie, de toute destinée. Plus encore, fidélité à la discipline que je m'étais donnée depuis quelques mois et à laquelle je devais ma lente ascension. Mais quel appel constant à la volonté ! Comme la douceur de certaines heures dissimulait de l'amertume ! Et puis notre situation ne menait à rien, ni pour moi ni pour elle. Nous étions, hélas ! à cet âge où il faut que l'amour mène à quelque chose. Nous n'avions plus le désintéressement de la quatorzième année, ni ce sentiment de l'éternel qui nous accompagnait, Hélène et moi, le long de tant de rues, et nous préservait merveilleusement de l'avenir. (Voilà une de mes préoccupations dominantes, une de mes recherches : obtenir des moments de la vie d'où toute poussée du temps soit exclue.) Et ce repos qui venait d'Hélène, cette grâce, cet oubli. Si j'ai fini par abandonner Juliette, c'est parce que je n'avais plus le courage de continuer. Je lui en voulais de la victoire interminable qu'elle me contraignait à remporter sur la tentation charnelle qu'elle était pour moi. Je m'en voulais d'autre part de la maintenir dans une situation humainement absurde. J'ai toujours détesté le prosélytisme. On n'oblige pas une jeune fille, faite comme les autres, à partager, pour des raisons qu'elle ignore, une discipline de vie dont on sent soi-même qu'elle ne peut être qu'exceptionnelle, qu'elle s'apparente à l'ascétisme. Or, à ce moment-là, j'étais travaillé par une exaltation croissante. Je commençais à découvrir des joies mystérieuses. Pour rien au monde je n'aurais renoncé à cette route étrangement montante que je suivais. Je me rends compte soudain combien du dehors toute ma conduite de ce temps-là serait jugée idiote ; et par n'importe qui. La seule chose à ne pas faire, pour être approuvé au moins d'une catégorie de gens. Un camarade me dirait : "Il fallait coucher avec, et la plaquer quand tu en aurais eu assez." Un bourgeois : "C'était bien votre devoir de respecter cette jeune fille ; mais si vous n'aviez pas l'intention d'aboutir à un mariage d'amour, je ne comprends plus." Une bourgeoise : "Mon Dieu, un flirt sans conséquence, ça peut avoir sa poésie. On ne se marie évidemment pas avec tous ses flirts. Mais alors on ne laisse pas le cœur donner à fond. Vous avez été odieusement cruel."

« Cruel... Bien sûr. Je n'ai rien à expliquer à ces gens-là. Refuser l'amour complètement ? M'apercevoir plus tôt que j'allais m'engager dans une aventure impossible ; que je n'avais pas le droit d'y engager une pauvre petite créature humaine avec moi ?... Qu'est-elle devenue depuis ? Je n'ai pas voulu le savoir. J'ai tout fait pour ne pas le savoir... Oui, j'aurais dû sentir d'avance que l'amour d'une femme n'était pas conciliable avec mes nouveaux arrangements intérieurs. Mais je croyais que si. Ou un besoin d'amour, très simple, lui, très humain, me le faisait croire, s'affublait de considérations idéales pour me le faire croire. Il y avait aussi que ma seule expérience antérieure de l'amour, c'était l'histoire d'Hélène. Même si je n'y pensais plus, il m'en restait l'impression d'un amour mêlé aux rues, aux rumeurs, fait de rencontres dans la foule, de courses capricieuses, d'abandons au hasard : amour très mouvant, très aéré, très ami de l'universel ; amour épars et oublieux ; moins un lien qu'un déliement ; moins un but qu'une médiation. Oui. Voilà justement une des raisons de ma rupture avec Juliette. Elle m'a trop fait découvrir que l'amour est jaloux, exclusif, isolant. Comme je le disais à Jerphanion, le jour de notre première promenade. J'ai compris que l'amour vous obligeait de choisir entre l'univers et lui. Et aussi qu'en m'empêchant de me donner à tout, il me rendait à moi-même, à l'horreur d'être quelqu'un. Oui, voilà la cause la plus profonde : il m'apparaissait que l'amour contrariait directement la disposition d'âme où j'étais arrivé depuis la fin de l'époque du carnet, et à laquelle je devais une sérénité, une détente ; un oubli des peines, même parfois des soulèvements, des transports, des espèces de grâces, de faveurs divines ; des moments où il semble qu'on reçoit au visage un souffle qui vous révèle tout, vous met d'accord avec tout, ou du moins avec l'invisible Essentiel. Bref, ce que la religion m'avait refusé. »

*
* *

Il jette un regard sur les réflexions qu'il vient de se faire.

« C'est vrai si l'on veut. Et ce n'est pas vrai. Comme il est difficile de penser quoi que ce soit de vrai. La grande difficulté, ce n'est pas tellement d'éviter les mensonges (dans ce que je viens de me dire, il n'y a rien qui soit proprement un mensonge). C'est de tenir compte de tout. Quand j'essaye de m'expliquer ma rupture avec Juliette, j'oublie une cause (et peut-être bien d'autres). Une cause assez basse et accidentelle. Le fait que j'étais soldat ; en garnison loin de Paris. Puissance brute de la séparation. Et aussi puissance du milieu. Les promiscuités de la caserne, l'ordure des propos de chambrée, la préoccupation bestiale de tous ces mâles pour l'accouplement me salissaient l'idée de l'amour, y mêlaient une odeur de sueur, de suint, de rigolade, d'excrément, de sottise. En même temps qu'elles agaçaient peut-être ma propre animalité et lui laissaient croire que je la sacrifiais trop légèrement, elles exaspéraient mon besoin de pureté, mon orgueil d'être exceptionnel, et aussi ma clairvoyance ironique. "Tu t'es monté la tête. Ils ont raison. L'amour, c'est ça. Si tu ne veux pas de ça, aie la franchise de lui dire non. Ne t'amuse pas à de faux semblants."

« Il est probable que six mois dans une cour d'amour, six mois de conversations subtiles et de sonnets à la Pétrarque, six mois de raffinement provençal et de sublimation des instincts auraient agi autrement.

« ...Qu'a-t-elle pu devenir ?... Non, ce n'est pas la question. N'y pensons plus.

« La question est de savoir si une vie sans amour, sans amour charnel, est possible. Oui, évidemment, puisque je la mène. Mais si elle peut durer ? Il doit bien y avoir des prêtres chastes. D'ailleurs, ce n'est pas la chasteté en elle-même qui m'intéresse. Ce n'est plus elle. J'y ai recouru à un moment, parce que ma sensualité d'adolescent me faisait horreur. J'étais persuadé aussi que chaque jouissance s'opère au détriment de l'esprit ; que ce qui va dans le sexe est enlevé au cerveau. Et je suis sûr qu'au moins provisoirement j'ai bien fait. Quoi qu'il arrive, je garderai la mémoire de cette victoire que j'ai remportée sur moi tant qu'il m'a plu. Sentiment de puissance. Autonomie. Orgueil d'échapper tant qu'on veut à la servitude commune. D'ailleurs il y a une preuve. La fin de ma seconde crise, le début de ma « remontée » ont coïncidé à peu près avec le commencement de la période chaste. Et déjà l'époque d'Hélène, qui a été la plus heureuse, la plus délicieusement exaltée de toute ma première adolescence, peut-être de toute ma vie, avait correspondu à un règne total de la pureté. »

Là-dessus des images sensuelles se mettent à rôder autour de lui, et avant de l'assaillir, le tâtent, essayent de deviner l'accueil qu'elles recevront.

Il ne les repousse pas. Il les laisse entrer, s'installer, se détailler, grossir. Devenir luxurieuses. Que l'esprit réagisse comme il lui plaît. Le corps aussi.

Comme ces images sont énivrantes, vivifiantes ! Elles répandent une espèce d'enthousiasme. Elles enferment la vie dans un horizon tout proche, qui lui renvoie des bouffées tièdes, des réverbérations ; si proche, si riche de formes qu'il est horizon et limite du monde pour tous les sens, horizon du toucher comme de la vue. Tandis que le corps répond par une tension chaleureuse, qui bientôt devient douleur comme un effort d'arrachement de l'être à lui-même. Mais cette douleur n'est aucunement triste. Elle fait penser à ce que serait une douleur d'arbre si le printemps, arrivé d'un coup, l'obligeait à pousser toute sa sève dans un seul bourgeon.

« Pourquoi aujourd'hui n'est-ce pas triste ? Parce que je ne m'y oppose pas ? Mais jadis non plus je ne m'y opposais pas. Je m'y abandonnais avec frénésie, et j'étais triste jusqu'à la mort.

«Ce n'est plus triste, peut-être, parce que je n'en ai plus peur. Parce que je sais que dorénavant je reste le maître. Je n'ai qu'à vouloir. Voilà. Je n'y pense plus. Mon corps continue à y penser, mais il se calmera bien. Le corps est comme les enfants, les animaux. Il observe les moindres faiblesses du maître. Il en profite. Il n'a envie de se plaindre que s'il sait qu'on lui permettra de se plaindre. Charmante, cette boutique de marchand d'oiseaux. Oiseaux et graines. La pierre pour s'aiguiser le bec. Ces gâteaux un peu pareils à des éponges. J'en ai goûté jadis. Goût odieux. Comment a-t-on su que les serins aimaient ça ? juste ça ? Dans toutes les rues populaires, il y a un marchand d'oiseaux. Il est touchant que pour des gens qui gagnent cent sous par jour les oiseaux soient un produit de première nécessité. Le camarade oiseau. Comment peut-on sourire de ça ? Oh ! moi, j'en arriverai à ne plus sourire de rien, sauf des fats. Toutes les tendresses, toutes les détresses m'atteignent. Il faudra qu'un jour j'aille voir le cimetière des chiens. C'est peut-être très poignant. Sauf pour les fats, bien entendu. La rue des Amandiers est pleine d'hôtels meublés. Ouvriers ; faux ménages ; chambres pour les filles. Cette jeune fleuriste, pâle et belle, c'est sûrement une Juive. Rachel debout entre les œillets et les roses.

« Au moment le plus noir de ma seconde crise ; quand j'étais le plus dévoré par l'idée d'une concupiscence imaginaire, je me souviens de m'être dit que la possession d'une femme, même les excès sensuels, la débauche avec une femme m'en délivreraient. C'était possible ; probable. Au prix de quel sacrifice d'un autre côté ? C'est ce qu'on ne peut savoir. J'ai choisi un chemin différent, plus difficile. Je ne regrette pas. Ne parlons pas de mérite. La femme ne s'est pas rencontrée. Si : Juliette. Qui, à ma place, surtout talonné par cette détresse, aurait eu mes scrupules ? Il est vrai que la guérison avait commencé. L'obsession était vaincue. Même le désespoir sans cause qui l'avait suivie.

« L'absurde est que je sois vierge. Barrès a écrit quelque part qu'on n'a le droit de mépriser que ce que l'on possède. La faiblesse du prêtre vertueux, du prêtre chaste continuant le séminariste vierge — à propos, est-ce que cet abbé Mionnet, dont m'a parlé Jerphanion, est vierge ? Ce serait intéressant à savoir — bref la faiblesse d'un tel prêtre, c'est de ne pas pouvoir dire : "J'ai renoncé à votre bonheur charnel après l'avoir goûté totalement." Il y aurait une solution : posséder une seule fois la plus belle femme qu'on pourrait trouver ; la plus sensuelle et la plus complaisante. S'accoupler une fois, avec tous les raffinements qu'on a imaginés dans ses rêveries. Et puis qu'on ne nous embête plus avec ça ! Nous savons ce que c'est... Solution d'une élégance admirable, quand on est comme moi un voluptueux, un mystique, et qu'on n'obéit point à un grisâtre impératif moral, à une austérité de buveurs d'eau — j'ai horreur de l'austérité ; le mot seul de devoir me glace — mais qu'on est à la recherche de façons d'exister un peu plus divines que celles du commun.

« Comme un rocher qui encombre le milieu d'une piste, et qu'on fait sauter à la dynamite. Ensuite, quelle belle voie dégagée ! Pour les attachements personnels, pour ce besoin que nous avons d'une petite patrie dans la grande, et aussi d'une voix qui nous réponde distinctement ; pour le "témoignage", il y aurait l'amitié. Le seul sentiment de cet ordre qui ne nous mette pas en état d'infériorité aux yeux de l'Esprit, ni en péril de rupture avec l'univers. Dommage que Jerphanion soit si loin de moi par certains côtés. »

VIII

PROMENADE ET PRÉOCCUPATIONS DU CHIEN MACAIRE

Chez les Saint-Papoul, ce mercredi-là, un peu après huit heures du soir, le chien Macaire profita d'un mouvement qui se faisait au bout du petit corridor pour s'échapper dans l'escalier de service, et descendre les étages.

Arrivé devant la loge du concierge, il faillit commettre une faute, qui était de gratter à la porte. La concierge serait venue ouvrir, et lui aurait donné un morceau de sucre. Mais il se rappela à temps que lors de sa dernière sortie, quelques jours plus tôt, il avait usé du même manège, et qu'en effet la concierge lui avait donné un morceau de sucre, mais qu'ensuite elle l'avait fait remonter là-haut, en le tirant par son collier un peu vivement.

Il se glissa donc dans le vestibule, et alla s'asseoir contre la grosse porte cochère. Il y avait entre le bas de la porte et le sol un espace large comme la patte. En penchant un peu la tête, Macaire reniflait aisément les odeurs qui lui arrivaient du dehors par cet intervalle. Malheureusement il recevait aussi un courant d'air, qui, par ce soir de décembre, était humide et froid.

Les odeurs le déconcertaient encore un peu. La plus dépaysante était celle qui venait du sol. Macaire n'arrivait pas à oublier le sol de la campagne, et son exhalaison, qui, suivant les lieux, surtout suivant les heures et les jours, est bien loin d'être uniforme, mais qu'on finit par connaître assez pour ne plus avoir à s'en occuper dans la vie courante. Ce qui permet de porter toute son attention sur les odeurs plus accidentelles qui s'y enchevêtrent : arômes d'aliments et d'excréments, fumets de bêtes et bestioles, traces de grands animaux, mais d'abord traces de chiennes et traces d'hommes.

Bien que le bas de la porte sentît la peinture et l'urine de chien, Macaire discernait sans peine l'émanation étrange du trottoir. Elle évoquait certaines pierres sur une colline chauffée au soleil, où il lui était arrivé de poursuivre des lézards. Mais le parfum de ces pierres était beaucoup plus simple.

A certains moments l'odeur de trottoir était dominée par une odeur de chaussures. Un homme approchait, à pas rapides, et l'on sentait considérablement ses pieds. A la campagne, les pieds marchent souvent dans des sabots ; et les pieds dans des sabots sentent la sueur d'homme, le bois, l'herbe écrasée et le fumier. Même lorsqu'ils marchent dans des chaussures, on ne saurait les confondre avec ceux d'ici. L'étonnement de Macaire sur ce point était dû à la qualité spéciale des cuirs, aux teintures dont on les imprègne en cordonnerie fine, ainsi qu'à l'abondance et à la diversité du cirage.

Grâce à ce travail d'esprit, l'attente lui parut courte. Quelqu'un s'arrêta devant la porte ; sonna. Le petit battant s'ouvrit. Frôlant la jambe du monsieur, Macaire sauta dans la rue.

Il prit à droite sans hésiter. Le but où il allait lui apparaissait vivement. Pour retrouver l'itinéraire, il n'avait pas besoin de réfléchir. Chaque morceau de chemin se proposait de lui-même après le morceau précédent. Les points remarquables s'attiraient l'un l'autre.

Macaire trottait à petite allure, en remuant la queue, le nez tout près du sol. Ce n'est pourtant pas son odorat qui le guidait. Il se servait activement de ses yeux, et il avait appris déjà à ne pas se laisser troubler par les successions de clartés bizarrement déchiquetées et d'ombres fausses que l'on traverse en longeant un trottoir de ville. Mais l'odorat prenait des plaisirs de rencontre ; s'amusait du détail des choses, de leur imprévu ; provoquait ces mille pensées qui vous sollicitent, et sans vous faire oublier votre chemin y introduisent des arrêts et des méandres divertissants.

Il avait tourné par la rue de Varenne, à droite. Il se maintenait le plus près possible des maisons. D'abord parce que c'était la perspective du bas des murs qui s'était le mieux enregistrée dans sa mémoire, et qu'il n'avait qu'à la vérifier machinalement. Ensuite parce que les murs, avec leurs anfractuosités, leurs ouvertures où l'on peut se jeter en cas de péril, lui donnaient l'impression d'un refuge latéral toujours disponible.

Il apercevait du coin de l'œil, très haut, le feu des réverbères suspendus dans la nuit. Quand il voyait l'un d'eux approcher, il faisait un crochet pour aller en flairer la base. Dès ses premiers jours de vie parisienne, il avait observé que ces socles de fonte portent la trace d'un très grand nombre d'urines de chien. Il en résulte une sorte d'appel irrésistible. Le pied du réverbère ressemble à ce que serait pour le voyageur une stèle dressée de loin en loin au bord de la route, et couverte de signatures, d'inscriptions familières, d'encouragements gaillards, de gentilles obscénités. Comme si l'espèce entière vous faisait signe en vous consolant de votre solitude devenue ainsi toute relative et provisoire. Chaque fois, Macaire laissait tomber deux ou trois gouttes. La fréquence des réverbères l'obligeait à une stricte parcimonie.

Dans ces vestiges superposés, il cherchait naturellement ceux des chiennes. Il parvenait plus ou moins à les démêler. Il lui arrivait même de reconnaître qu'une d'elles était en période d'amour. Mais l'impression manquait de vigueur. Elle ne s'emparait pas de l'esprit de Macaire. Elle ne le jetait pas sur une piste. C'était une vague allusion à l'amour, non une promesse, non une invitation pressante. D'ailleurs, il devait être impossible de retrouver une chienne en chaleur dans le fouillis de la capitale. L'amour, déjà bien difficile à la campagne pour les chiens, hérissé de tant d'obstacles, devenait à Paris un rêve inaccessible. Or Macaire était vierge. Sa puberté le tourmentait depuis déjà longtemps. Mais les deux ou trois occasions qu'il aurait pu avoir de s'assouvir lui avaient été enlevées par des rivaux plus âgés et plus forts. Quand tous les chiens d'un pays sont en émeute, un Macaire de neuf mois, s'il se met sur les rangs, n'a que de mauvais coups à récolter. Pour être plus heureux à Paris, à quel hasard lui faudrait-il demander secours ?

Tout en faisant ses zigzags, Macaire prenait garde aux passants et aux voitures. A la campagne, les hommes ne se déplacent jamais en si grand nombre. Quand ils se rassemblent dans un même lieu, comme un marché, ils y restent presque immobiles, ou ne bougent que lentement. Un trottoir de Paris est parcouru de pas rapides. Des pieds lancés avec force risquent à tout instant de vous atteindre. Quant aux voitures, Macaire avait bien cru comprendre que le bord du trottoir les empêche de quitter la chaussée ; donc, qu'en s'en tenant assez loin, on ne risque pas de recevoir dans la tête un sabot de cheval, ni qu'une roue énorme vous monte sur les reins. Mais il n'était pas complètement rassuré. Et quand une voiture de livraison passait un peu près, tirée par ces gros chevaux qui volontiers piaffent et galopent, Macaire, effaçant le flanc, se faisait le plus étroit possible le long de la muraille.

C'étaient pourtant les chevaux, et leurs voitures, qui, le jour où il avait tenté sa première promenade dans Paris, l'avaient préservé de se sentir tout à fait perdu. Malgré certaines différences locales, il y reconnaissait des existences familières. Lorsqu'il apercevait un tas de crottin au milieu de la chaussée, il devait se défendre contre l'envie d'aller le humer de tout près. Même de loin, l'odeur lui en arrivait chargée d'évocations champêtres et de rêverie.

Les autos au contraire lui semblaient carrément hostiles. Non qu'elles lui fussent inconnues. Il en avait rencontré plusieurs pétaradant et puant sur les routes de son pays natal, ou arrêtées devant une maison. Il les avait examinées avec soin. Pas une seconde il ne les avait prises pour des êtres vivants. L'homme aime à croire que, devant les machines qu'il fabrique, les animaux sont dupes de cette illusion flatteuse pour son pouvoir créateur. Il oublie qu'il y a une odeur, et plus qu'une odeur, une émanation d'être vivant que rien n'imite. Peu importe qu'une auto coure, s'arrête, ait l'air de choisir son chemin, de vous éviter ou de vous chercher, puisqu'elle sent la lampe qui tire mal, le ballon d'enfant, la chaussure, tout ce qu'on veut, sauf la chaleur de la chair ; et qu'au surplus quelque chose, qui n'est pas votre odorat, vous assure qu'elle n'est pas de la race des Vivants. Macaire n'avait donc pas eu de peine à ranger les autos parmi les objets qui entourent l'homme, s'ajoutent à lui, le prolongent, et qui peuvent d'ailleurs devenir aussi redoutables que les êtres animés, quoique d'une autre façon : chaises, fouets, armoires, brouettes, charrues, machines à battre.

Macaire avait quitté la rue de Varenne pour la rue du Bac, qu'il trouvait beaucoup plus intéressante. Elle abondait en boutiques, dont les portes, pour la plupart, étaient ouvertes. Macaire pouvait y entrer, y faire quelques pas, poursuivre sur le carrelage une trace qu'il avait relevée sur le trottoir, même à l'occasion consacrer deux ou trois gouttes à un pied de vitrine, à un rouleau d'étoffes, à un sac de haricots. Parfois les odeurs suggéraient l'idée de nourritures innombrables. Les tentations étaient si diverses et si fortes qu'elles s'annulaient l'une l'autre, ou plutôt qu'elles produisaient une espèce de terreur d'ordre moral. A peine entré dans une épicerie, il se hâta d'en ressortir, et ne se sentit tranquille qu'une vingtaine de pas plus loin : il avait eu l'impression de s'introduire dans un buffet aux rayons chargés de victuailles, de s'enfoncer dans l'ivresse qui précède le crime.

Macaire aperçut enfin le lieu où il se rendait. Il remua la queue, accéléra l'allure, ne fit plus attention à aucune odeur. La porte était fermée ; mais quelqu'un eut à l'ouvrir presque aussitôt. Macaire se faufila, longea le comptoir sans s'arrêter, poussa du nez une petite porte de communication au battant libre. Il y avait là une salle assez grande, et, assises à des tables qui entouraient un espace vide, une dizaine d'êtres humains, dont deux femmes.

A peine Macaire atteignait-il la première table qu'une femme s'écria, d'un air de jubilation :

— Coquet ! Voilà Coquet !

Macaire remua la queue. Il savait que dans ce milieu il s'appelait Coquet, et il en avait pris son parti.

Lors de ses premières visites, on lui avait répété sur tous les tons :

— Comment t'appelles-tu ? Dis, comment t'appelles-tu ?

Et les femmes demandaient aux hommes :

—Comment s'appelle-t-il ?

Peut-être s'attendaient-elles, d'un côté ou de l'autre, au miracle d'une réponse. Quant à Macaire, il sentait bien qu'on lui posait une question, mais il ne saisit pas d'abord laquelle.

On insistait :

« Comment t'appelles-tu ? », « Comment s'appelle-t-il ? » Il se souvint d'avoir entendu ces mots d'autres fois, dans la bouche d'étrangers, de visiteurs. Alors quelqu'un de la maison répondait : « Macaire ». Il y avait donc un rapport entre cette question et son nom.

Ensuite les femmes avaient essayé sur lui tous les noms de chiens qui leur venaient à l'esprit. Cette kyrielle d'interpellations : Coco, Azor, Bobby, Papillon, Kiky, l'ahurissait bien un peu. Etait-ce des injures ? Etait-ce des mots doux ? Le ton ne répondait ni à l'un ni à l'autre. Il finit sinon par comprendre, du moins par entrevoir de quoi il s'agissait. Quand on prononça : « Médor », il fit un remuement de queue, tout de suite arrêté. Mais au nom de « Coquet », il crut qu'il pouvait y aller plus franchement.

— C'est son nom ! On a trouvé. Coquet ! Coquet !

Macaire avait déjà observé que beaucoup de mots se prononcent pas à Paris comme en Périgord. Coquet pouvait être une façon un peu ridicule de dire Macaire. Il remua donc la queue encore deux ou trois fois. Aucun doute ne subsistait plus. C'est ainsi qu'il avait reçu le nom de Coquet dans ce café.

— Alors quoi, Coquet ? Tu nous avais abandonnés ? Voilà au moins trois jours qu'il n'est pas venu. C'est ta maîtresse qui t'enferme ? Pauvre Coquet de mon cœur. Et elle doit te donner plus de coups de balai que de morceaux de sucre.

Car l'opinion s'était établie qu'il appartenait à une concierge du voisinage. Ainsi Macaire, chien du marquis de Saint-Papoul, fréquentait chez le bistrot, sous la fausse identité de Coquet, chien de concierge. Ce qui valait peut-être mieux.

— Tu aimes toujours le sucre ? Fais le beau. Oh ! ce qu'il le fait bien tout de même. Regardez-moi ça ! Quel acrobate ! Chéri, va. Ce qui m'amuserait, moi, ça serait de savoir comment que tu t'y prends pour te débiner de chez ta maîtresse. Il a l'air malin, vous savez. C'est très intelligent, ces chiens-là. Dis. Comment que tu fais, mon coco ? C'est peut-être quand le facteur apporte le courrier. Pfuit. Plus de Coquet. Pauvre petit. Faut bien lui donner sa part de café et de susucre, pour que ça vaille la peine. Tiens, va dire au monsieur qu'il te fasse boire le fond de sa tasse.

De ces propos, sauf quelques points saillants, Macaire ne devinait que le sens général. En Périgord, il avait bien appris un certain nombre de locutions courantes, mais revêtues des intonations de là-bas. Son lexique intérieur avait l'accent du Midi. Les mêmes mots, dits à la parisienne, ne se ressemblaient plus. Ajoutons que d'une région à l'autre, les phrases ont une tournure différente, charrient avec elles d'autres interjections, d'autres mots bouche-trou. Et aussi que les paysans n'ont pas l'habitude de tenir aux chiens de longs discours, ni de répéter pour se faire mieux comprendre. D'où il résulte qu'à intelligence égale un chien élevé à la campagne possède un vocabulaire plus pauvre qu'un chien de Paris. Les premiers jours, Macaire avait souffert de cette infériorité. Mais il faisait des progrès rapides.

Il récolta cette fois cinq morceaux de sucre, et la valeur d'une demi-tasse de café. Il aimait le sucre, dont on le privait chez les Saint-Papoul, par ordre de Mlle Bernardine. Et le café noir lui procurait un commencement d'ivresse des plus agréables. Mais plus encore que le sucre et le café il aimait la promenade, et ce qu'il peut y avoir de modéré et de régulier dans l'aventure. Il ne se serait pas jeté au hasard dans les quartiers sans fond. Mais il trouvait que la vie d'appartement, dont il appréciait d'ailleurs le confort, devenait à la longue étouffante et monotone. D'un autre côté, il avait horreur d'être promené au bout d'une laisse par un domestique ; et la façon trop voyante qu'on avait alors d'attendre qu'il eût « fait ses besoins » achevait de l'agacer. Une promenade libre, avec un itinéraire à peu près fixe, et un but, voilà ce qui lui convenait. D'autant que le but était plein de charme. Outre les plaisirs de la gourmandise, Macaire y goûtait ceux d'un milieu très sociable, où son personnage prenait de l'importance. Il était, de nature, très sensible aux manières douces, aux caresses, aux intonations câlines. Mais surtout vaniteux. Sans trop se rendre compte de son adresse à faire le beau — car l'esprit de comparaison critique est ce qui manque le plus aux bêtes — il jouissait fort des applaudissements. Chez les Saint-Papoul, on lui en accordait peu. Il avait bien eu quelques succès à l'office. Mais il n'en tirait pas grand orgueil, sachant reconnaître dans les domestiques des êtres subalternes. Et s'il ne confondait pas le public du petit café avec les sociétés brillantes qu'il entrevoyait parfois chez ses maîtres, malheureusement sans y être admis, il le situait à un rang des plus honorables. (Peut-être parce que les gens n'y faisaient rien que boire, bavarder, jouer aux cartes, dans un décor d'apparat, et qu'ils étaient obéis par des serviteurs.)

Malgré tous ces agréments, au bout de quelques minutes, il fut pris, comme chaque fois, d'inquiétude, et hanté avec une force croissante par l'idée du logis. Personne ne l'avait encore sérieusement battu chez les Saint-Papoul. Mais les corrections reçues en Périgord lui constituaient une provision de moralité pour le reste de sa vie.

D'ailleurs il n'était pas nécessaire de le battre pour le punir. Le ton grondeur de la voix l'affectait beaucoup, surtout quand il venait de ses maîtres proprement dits, et non de quelqu'un de l'office. Il suffisait même, pour lui gâcher sa soirée, qu'on cessât de le regarder avec des yeux amis.

Comme le garçon entrebâillait la porte et qu'au même moment les gens du café parlaient très haut ensemble, Macaire, glissant sous les tables, se retira d'une façon discrète.

IX

UN RÉVOLUTIONNAIRE ALLEMAND

Sampeyre avait envoyé aux habitués de ses réunions du mercredi le mot suivant, avec quelques variantes :

« Tâchez de venir demain soir. J'aurai chez moi Robert Michels, le socialiste allemand, que vous connaissez peut-être de nom. D'ailleurs fort au courant des choses de France, et parlant très bien le français. Je crois qu'il vous intéressera. Et puis je ne voudrais pas que le hasard le fît se trouver en trop petit comité. C'est pourquoi je me suis permis de vous adresser ce rappel amical. »

Personne ne manqua à la convocation, sauf Mme Legraverend, qui était indisposée. Il vint même deux amis moins assidus : Liguevin et Rothweil. A la différence des autres, ils n'étaient pas anciens élèves de Sampeyre. Liguevin, de quelques années plus jeune, avait été son collègue à Normale d'Auteuil. Quant à Rothweil, homme d'une cinquantaine d'années, négociant en chaussures rue de Dunkerque, il avait connu Sampeyre à la Ligue de l'Enseignement.

Chacun s'était efforcé de venir de bonne heure, pour que l'étranger eût le plaisir d'être accueilli par un cercle déjà nombreux. Mais à leur grande surprise les premiers arrivés trouvèrent assis au milieu de la pièce, causant avec Sampeyre d'une voix sonore, faisant beaucoup de gestes, un grand gaillard d'une carrure et d'un aspect si germaniques, que même ceux qui n'avaient sur l'Allemagne que les idées les plus vagues n'hésitèrent pas à l'identifier.

Chaque fois qu'on le présentait, il se levait d'un mouvement brusque ; et il était si grand que les gens malgré eux jetaient un coup d'œil vers le modeste plafond de Sampeyre, dans la crainte qu'il n'eût pas été prévu pour des hommes de cette taille.

Robert Michels joignait les talons, s'inclinait assez bas devant les hommes, très bas devant les dames, sans cesser de sourire, et interrompant plus d'une fois d'une manière plaisante les propos de Sampeyre qui présentait.

Ce qu'il pouvait avoir de raideur protocolaire se mélangeait de toutes sortes de vivacités ; et ni sa voix ni son regard ne répondaient à l'idée que Mathilde Cazalis se faisait d'un austère théoricien socialiste des pays du Nord.

Très blond, les cheveux coupés court, les yeux bleus, il semblait encore tout jeune — bien plus près de trente ans que de quarante — et il était vêtu avec une élégance qui, dans ce milieu, prenait l'air d'une recherche.

Il en fût peut-être devenu suspect, s'il eût été Français. En tout cas, on en eût éprouvé de la gêne. Mais il venait de loin. Il apparaissait un peu comme l'ambassadeur de ceux qui là-bas travaillaient à la cause de l'humanité. Il est naturel qu'un ambassadeur fasse quelques cérémonies.

D'ailleurs l'entrain de Robert Michels, la promptitude de ses reparties, les gestes tout méridionaux dont il les accompagnait, auraient suffi à dissiper la contrainte.

— M. Michels, dit Sampeyre, me parlait des affaires d'Allemagne. Ce qu'il m'expose est bien intéressant.

Michels protesta que sur la toute dernière situation en Allemagne il y avait des gens sinon mieux informés que lui, du moins mieux qualifiés pour en parler ; qu'il venait bien de faire un séjour là-bas, mais que, depuis quelques années, il avait beaucoup vécu en France, en Suisse, en Italie ; que, sans cesser de se tenir au courant des moindres événements de son pays, et sans avoir perdu le contact avec ses compatriotes, il se demandait parfois s'il continuait à voir les choses du même point de vue qu'eux, à les sentir comme eux.

Legraverend observa que seuls de longs séjours en France pouvaient expliquer, en effet, que M. Robert Michels usât du français avec tant d'aisance, si peu d'accent, bref d'une manière si parfaite. Louise Argellati cita le nom de deux de ses amis italiens qui lui avaient parlé de Michels, pour l'avoir, croyait-elle, rencontré à Milan, ou à Rome. Il confirma qu'il les connaissait, que c'étaient des esprits très ouverts, très vivants, avec lesquels il sympathisait beaucoup.

— M. Michels, reprit Sampeyre, est très amusant quand il parle de Guillaume II. A propos, comment faut-il prononcer votre nom ?

— Oh ! comme vous voudrez. Aussi en Allemagne, selon les régions, ils le prononcent d'une autre manière. Les uns « Miquels » presque comme s'il était écrit avec un k. Les autres adoucissent un peu... che... chels mais de toute notre langue, c'est le son le plus difficile pour vous. Oh ! je veux bien que vous prononciez Michels comme en français. Je semblerai être un membre du clan de Louise Michel, ce qui est très honorable... (Il rit, en même temps que Sampeyre. Leurs deux rires étaient très différents.) Quant au Kaiser, mon opinion sur lui n'a rien d'original. Aussi hors des milieux socialistes, il circule à son sujet beaucoup de plaisanteries.

— J'ai l'impression, dit Liguevin, que depuis sa dernière incartade son prestige a encore baissé.

— Oui... oh !...

— Il en a entendu de toutes les couleurs. Je me rappelle des extraits de vos grands journaux vers le début de novembre. C'était d'un dur ! Et ce meeting à Berlin, où je ne sais plus quel orateur très connu a parlé de l'Empereur avec une liberté inouïe, dont on hésiterait à user ici envers le Président de la République ; disant que le peuple allemand voulait un vrai régime constitutionnel et la paix avec ses voisins.

— Ce devait être Docteur Quidde. Vous ne vous souvenez pas du nom ?

— Peut-être... Sans parler du discours de von Bülow, en plein Reichstag. Quand il a dit : « Sa Majesté va certainement se rendre compte de la nécessité qu'il y aura pour elle désormais de ne pas se livrer à des manifestations qui nuisent à la politique de l'Allemagne, et compromettent l'autorité de la couronne. » Je cite à peu près textuellement. Vous avouerez ! Chez nous, après ça, la situation d'un souverain serait devenue impossible. Il n'aurait plus eu qu'à faire un coup d'État, ou qu'à faire ses malles.

— Vous voyez. Le Kaiser n'a fait ni l'un ni l'autre. Le danger pour vous est d'exagérer la signification de ces choses. Je vous assure. La monarchie allemande est encore très solide ; beaucoup plus que la monarchie italienne, ou l'espagnole, ou la russe. La personne de Guillaume est peu respectée. L'institution est respectée. Toute l'Allemagne est construite autour de la monarchie.

— Notre ancien régime l'était aussi. Ce qui ne l'a pas empêché de s'effondrer.

— Quoique avec beaucoup de temps.

— Vous trouvez ?

— Certes. Ne tenez-vous pas compte de Napoléon, de la Restauration, de toutes vos monarchies du précédent siècle ? N'était-ce pas pour votre ancienne monarchie une manière de ne pas encore s'effondrer ? D'ailleurs on ne peut comparer. Votre ancienne monarchie était bien plus moderne que l'actuelle monarchie allemande.

Sampeyre fit son grand rire. Peu porté lui-même au paradoxe — par une sorte de respect filial de la vérité, et aussi par l'habitude professionnelle de penser juste — il ne le détestait pas chez autrui. Le léger scandale qu'il en ressentait devenait du rire dans cette nature bienveillante.

— Je ne plaisante pas du tout, reprit Michels, qui riait aussi. Votre ancienne monarchie avait depuis longtemps liquidé la féodalité. Elle s'appuyait sur la bourgeoisie, que vous appeliez Tiers État ; aussi, un peu sur le peuple. Notre monarchie s'appuie sur la féodalité, qui est encore très vivante, très puissante. Nous sommes dominés par des hordes de hobereaux à demi barbares, un peu plus civilisés que du temps de la Germania de Tacite (il prononçait Guermania), mais non beaucoup plus que les chevaliers de l'Ordre Teutonique. Si, extraordinairement, la monarchie disparaissait, la féodalité resterait, le système resterait. Il y a des républicains partout dans le monde : en Italie, en Espagne — même le roi dit être républicain — en Turquie, en Chine. Il n'y a pas un seul républicain en Allemagne.

— Sauf pourtant dans les milieux socialistes ?

— Écoutez-moi. Je connais bien votre Victor Griffuelhes, le chef syndicaliste. Nous sommes tous deux admirateurs, disciples de votre Georges Sorel. L'an dernier, je suis rencontré avec Griffuelhes, à la Conférence syndicaliste internationale. Il racontait, il était allé l'année précédente à Berlin, pour proposer aux syndicats allemands une action concertée avec les syndicats français. Il pensait trouver de grands révolutionnaires ; comme Pouget, Broutchoux, les camarades de la C.G.T. Il va à une exposition du travail. La première chose qu'il voit est une superbe couronne, avec une inscription d'or : « Es lebe der Kaiser. » Il demande aux chefs des syndicats allemands : « Que veut dire cette inscription ? — Vive l'Empereur. » N'est-ce pas que c'est drôle ? J'aurais donné beaucoup d'argent pour voir la tête de Victor Griffuelhes. A la fin du séjour, pour lui donner du bon temps, ils le mènent à un grand banquet, aussi tout à fait syndicaliste et révolutionnaire. Il demande en quel honneur a lieu ce banquet. « Pour fêter l'achèvement de la construction d'une église. » Mais ceci n'est rien. Quand le banquet est fini, tous ces ouvriers au plus haut point révolutionnaires se lèvent, et crient : « Hoch für den Kaiser ! » Cette fois, le pauvre Griffuelhes n'a pas demandé la traduction.

Sampeyre ne riait plus. Il se tiraillait la barbe. Tous les visages étaient sérieux, avec des nuances ici de déconvenue, là de doute. Seul Laulerque paraissait prendre un certain plaisir amer à ce qu'il entendait.

— Vous ne pensez pas, monsieur, dit lentement Darnould, qu'il y ait là de simples précautions contre la police ? Il est arrivé chez nous aussi, sous des régimes autoritaires, que les éléments suspects essayent de donner le change.

— Non. Je ne pense pas... Disons, pour ne rien exagérer, qu'il y a peut-être dans toute l'Allemagne quinze ou vingt mille vrais syndicalistes révolutionnaires.

— Syndicalistes, peut-être. Parce que le syndicalisme est une doctrine récente, même chez nous ; et qu'il se peut, pour des raisons que je ne devine pas, de tempérament national, que sais-je ? ou du fait même du développement du socialisme, que vos compatriotes s'intéressent peu au pur syndicalisme. Mais votre parti socialiste, justement, est très nombreux, très puissant...

— Trois millions et demi de suffrages.

— Vous ne trouvez pas que c'est énorme ?

— Comme chiffre, oui. Le plus élevé en Europe.

— Et comme organisation ?

— La plus parfaite qui existe. Un modèle pour l'univers entier.

— Alors ?

Clanricard intervint, plus anxieux encore que timide :

— Monsieur Michels, il y a une chose qui nous préoccupe tous beaucoup ici : la guerre. Surtout après les événements de ces derniers temps. Vous ne voulez tout de même pas dire que ces trois millions et demi de socialistes organisés ne feraient rien, ou ne pourraient rien pour empêcher la guerre ?

Michels se recueillit un instant. Puis se mit debout, écarta les bras. Et ce fut un homme dont le crâne blond avoisinait le plafond qui laissa tomber :

— Il faut pourtant que j'aie le courage de vous dire : non.

Un silence consterné l'entoura. Un cercle de prunelles tristes qui, après s'être levées vers lui, regardaient vaguement devant elles. Il alla s'adosser au casier bas, presque s'y asseoir, et reprit :

— En général je n'ai pas grande confiance dans les partis socialistes, en tous pays, pour faire ni pour empêcher quoi que ce soit...

— Tiens, tiens ! remarqua à mi-voix Laulerque, en regardant tour à tour Legraverend et Mathilde Cazalis. Tiens, tiens !

— ... Mais je n'examine pas ce problème. Nous parlons seulement du parti socialiste d'Allemagne. Je répète que son organisation est la plus forte qu'il y ait au monde. Ceci est un point très difficile à comprendre pour des étrangers. Le seul but du parti social-démocrate, c'est l'organisation. Quand les chefs de la social-démocratie ont contemplé les statistiques du parti, les effectifs, les cotisations, la bonne marche des fédérations, la bonne façon dont les rapports sont transmis, dont les journaux du parti sont imprimés, dont la correspondance est échangée avec les autres sections de l'Internationale, la bonne régularité et hiérarchie de tout, ils pensent : « Tout est bien. » Et s'ils désirent encore quelque chose, c'est une meilleure régularité, une meilleure hiérarchie. Le fait est spécifiquement allemand. L'Allemagne est un schéma organique. (Il prononçait skéma.) Elle est un appareil général, capable de produire toutes sortes d'organisations, qui soient les meilleures connues : l'organisation des buveurs de bière, l'organisation des partisans du parapluie. Partout le même bon travail, la même fidélité, la même discipline.

— Mais le jour où cette organisation socialiste, ouvrière, se dressera contre la guerre, elle sera justement irrésistible ?

— Ce jour ne peut arriver.

— Pourquoi ?

— Parce que les chefs social-démocrates aiment bien trop leur machine pour risquer qu'elle reçoive une trop forte secousse. Comme les enfants sages qui aiment trop leur jouet et préfèrent ne pas s'en servir. Réfléchissez. Comment pourraient-ils empêcher la guerre ?

— En jetant pour commencer leurs trois millions et demi d'électeurs dans la grève générale.

— En sabotant la mobilisation », ajoute Darnould doucement.

— Saboter. L'idée la moins allemande. Mes compatriotes adorent trop le travail pour saboter quoi que ce soit. Quant à la grève générale, ils auraient peur de casser leur belle organisation.

— Mais alors à quoi sert-elle ?

— Je vous l'ai dit : à exister. A quoi servent partout la plupart des bureaux d'administration ? à exister ; à jouir de leur existence. L'organisation socialiste chez nous est non un moyen, mais, comme parlent les philosophes : une fin en soi. La social-démocratie est mal nommée. Il convient de dire : social-bureaucratie.

— Les chefs sont donc des idiots ! déclara Legraverend.

— Non. Bebel, par exemple, est un très brave homme.

Michels ajouta avec malice :

— Je le vénère. Il fut mon maître.

Sampeyre qui s'était levé aussi retrouva le goût de rire :

— On ne vous accusera pas d'être un disciple que la vénération aveugle.

Legraverend insista :

— Mais enfin, qu'est-ce qu'ils attendent ? Qu'est-ce qu'ils espèrent ?

— Que toute l'Allemagne se soit fait régulièrement inscrire au parti social-démocrate.

Il éclata de rire. Le groupe rit un instant. Michels redevint à demi-sérieux :

— Si vous les interrogez, comme ils sont d'honnêtes marxistes — vraiment de très honnêtes gens, je vous assure — ils vous diront, ils attendent aussi que, suivant la transformation annoncée par Marx, la société capitaliste, arrivée au terme, bascule, oui, se change pour une société collectiviste... Mais...

— D'ici là, interrompit Clanricard, la guerre européenne a le temps d'éclater dix fois.

— D'abord... Mais, cela même excepté, ils se trompent. Car l'Allemagne n'est pas au stade capitaliste.

— Là, vous m'étonnez ! fit Sampeyre.

— Non. En ce que la classe-type du système capitaliste, qui est la bourgeoisie industrielle et commerciale, n'est pas parvenue au commandement. Je vous ai dit : l'Allemagne est encore opprimée par le système précapitaliste et féodal. Je connais bien la situation. Moi-même je sors de la haute bourgeoisie de Cologne. J'ai été officier de réserve dans l'armée du Kaiser... » Il ajouta, avec un rire sonore : « d'ailleurs honteusement chassé de l'armée du Kaiser...

— A cause de vos opinions ?

— Naturellement. Et surtout parce que le fils de très hauts bourgeois de Cologne, lieutenant de réserve, devenant socialiste comme un tisserand ou un cordonnier, constituait la plus grande honte humaine. Une déchéance telle que nous lisons dans les romans de Dostoïevski... Eh bien ! je suis qualifié pour vous dire que le plus haut bourgeois de Cologne, ou le plus riche industriel de la Ruhr, se sent humble dans son cœur devant un misérable petit hobereau de Poméranie.

Il prit un temps, regarda le groupe ; sembla regarder en lui-même, puis :

— Voilà pourquoi je répète ce que j'ai dit l'an dernier à la Conférence, que malgré ses millions de socialistes l'Allemagne pèse sur l'Europe comme une menace perpétuelle de guerre ou de réaction.

Personne ne broncha. Même ceux qu'elle ne convainquait pas recueillaient la sentence, se réservant de la méditer à loisir, ou de la discuter entre intimes.

Sampeyre que son âge, son expérience des opinions humaines, avec leurs excès et leurs vicissitudes, rendaient peut-être moins vulnérable que d'autres, promena sur ses jeunes amis un regard nuancé d'ironie française, qui voulait dire : « Oui, oui. C'est très intéressant. Il faudra revoir ça de plus près. Surtout, ne nous laissons pas abattre. »

Il se tourna vers son hôte :

— En somme, si je vous ai bien compris, vous n'êtes pas loin de renier le socialisme ?

— La social-démocratie, oui. Et plus généralemnt tout ce qu'il peut y avoir de démocratie dans le socialisme. Mais ceci nous entraînerait trop loin.

— Vous affligez en moi un vieux démocrate », conclut Sampeyre d'un ton bonhomme.

Mathilde Cazalis, dont le joli visage faisait une moue déçue, offrait maintenant à la ronde des tasses de café.

Robert Michels, sa tasse à la main, s'approcha de Louise Argellati :

— Vous avez connu Ugo Tognetti là-bas ?

— Un peu. Mais je connais surtout ses idées, ses publications.

— Est-ce qu'il n'est pas à Paris en ce moment ?

— Je ne sais pas. Je ne pense pas. Est-ce qu'il n'est pas en prison plutôt ?

Et Louise Argellati se mit à rire très gaiement.

— Non... Je suis sûr qu'il était à Paris encore il y a peu de temps. Oui... dans un cercle où je dois aller moi-même.

Puis Michels parla d'autre chose.

X

IDÉES DE LAULERQUE. LA FRANC-MAÇONNERIE

Clanricard, Laulerque, Darnould quittèrent la réunion en même temps que Mathilde Cazalis, et accompagnèrent la jeune fille jusque chez elle. Elle habitait fort près de là, sur la pente sud de Montmartre, rue des Abbesses.

Ils passèrent par les petites rues du sommet de la Butte, qui étaient pures et silencieuses.

— Vous avez de la peine, monsieur Clanricard ? demanda Mathilde Cazalis.

— Ne vous moquez pas de moi, mademoiselle.

— Je ne me moque pas de vous.

— De la peine... C'est peut-être beaucoup dire. Mais les propos de cet Allemand m'ont donné le noir.

— A moi aussi. A nous tous.

— Oui ? plus ou moins. Les femmes ont de la chance.

— En quoi donc ?

— Je n'arrive pas à imaginer qu'elles s'affectent de ces choses-là autant que nous.

— Vous nous croyez bien bêtes, monsieur Clanricard ?

— Non. Mais plus enivrées par la vie... Je pense surtout aux jeunes femmes. A celles qui sont belles.

*
* *

Après avoir laissé Mathilde à sa porte, les trois jeunes gens continuèrent à errer. Le reste d'animation des rues descendantes, la rumeur de plaisir qui venait encore du boulevard Rochechouart ne les attiraient pas. Il leur sembla meilleur de marcher dans les rues transversales, tout à fait endormies et muettes, où leurs propos, aussi protégés qu'entre les murs d'une chambre, recevaient de l'air nocturne une liberté de plus.

— Vous avez remarqué vers la fin, dit Laulerque, j'ai eu deux minutes de conversation à part avec Michels. Il m'a interrogé sur l'état d'esprit du corps enseignant. Là aussi, paraît-il, ils sont terriblement en retard chez eux. Puis il m'a demandé si dans notre petite bande nous admirions Georges Sorel, si nous le mettions à sa place, que lui, Michels juge prééminente. Sorel, pour lui, c'est l'avenir.

— Moi, fit Darnould, certaines idées de Sorel me paraissent excitantes ; fécondes, si tu veux. Mais le monsieur m'agace bien des fois. Je le trouve très infatué et un peu aigri. Je me rappelle entre autres un article de lui sur Zola d'une injustice, d'une mesquinerie dans l'attaque, ignobles. C'est Sampeyre qui me l'avait signalé. En s'en indignant. Discréditer la démocratie, le parlementarisme, les intellectuels du temps de l'Affaire, c'est très joli. Mais au profit de qui tout ça, en définitive ? Qu'est-ce qui en sortira ? Moi, je me méfie.

— Et ce Robert Michels, dit Clanricard, t'a-t-il expliqué ce qu'il propose de faire, lui, puisque tous les autres sont des empotés ou des ronds-de-cuir ? As-tu l'impression qu'il croit la guerre inévitable ?

— Non... Par principe il ne m'a pas l'air de donner dans le godan de l'Inévitable.

— Mais si les sociaux-démocrates ne sont pas capables d'empêcher l'Allemagne de faire la guerre, qu'est-ce qui l'en empêchera ? Pas les quinze mille « vrais syndicalistes » ?

— Il compte peut-être sur les nôtres, dit doucement Darnould.

Laulerque reprit :

— Sampeyre lui a poussé une objection de ce genre-là, quand ils causaient tous les trois, dans le coin, avec Mme Argellati. Tu les as entendus ?

— Non. Je devais être occupé ailleurs.

— A faire la cour à Mathilde Cazalis... voyons ! Ne te fâche pas. Moi aussi, il m'arrive de lui faire la cour. Bref, notre Michels ne m'a pas paru très fixé. A moins qu'il ne garde ça pour lui.

— Mais toi ?

— Moi ?

— Oui. Toi qui te moques des historiens de l'Inévitable, et qui prétends qu'on peut toujours agir, quelle action proposes-tu ? Darnould t'a demandé ça, il n'y a pas très longtemps. Sans reproche, tu te tiens tout de même un peu trop dans le vague.

— Parce que je n'ai pas envie de vous faire rigoler. Vous vous payez déjà suffisamment ma tête.

— Mais non, mon vieux. Nous nous amusons quelquefois de tes sorties. Nous sommes jeunes. Mais au fond, nous désirons tous, jusqu'à l'anxiété, savoir ce qu'on pourrait faire. N'est-ce pas, Darnould ?

— Bien sûr.

— Nous en avons assez, des théories, des phraseurs. Nous sentons que le péril est très grand et très prochain. Je te jure que celui qui nous apporterait un plan, même risqué, mais un vrai plan d'action, qui nous dirait, comme dans un naufrage ou un incendie : « Faites ça ! », « Mettez-vous là », n'aurait pas grand-peine à se faire prendre au sérieux.

Laulerque hésita, puis, d'un air de bravoure :

— Eh bien !... si je savais qu'il existe quelque part une société secrète, de gens qui aient en gros le même but que moi, et décidés à tout, je ferais des pieds et des mains pour y entrer. Voilà.

Ils marchèrent quelques pas en silence. Puis Darnould demanda, de sa voix circonspecte :

— Qu'entends-tu par « décidés à tout » ?

— Un exemple. Il y a une tension internationale — comme maintenant — un très gros péril de guerre. Au lieu d'organiser des meetings, nous nous efforçons de déterminer quels sont les deux ou trois hommes, en Europe, qui contribuent le plus à créer ce péril ; et nous tâchons de les supprimer.

— Par des attentats ? dit Clanricard.

— Je ne vois pas d'autres moyens.

— Je t'avoue que l'assassinat me fait horreur.

— Et la guerre ?

— C'est entendu.

— La prochaine guerre tuera peut-être un million d'hommes. Est-ce que sacrifier deux ou trois vies pour en sauver un million, ça te paraît une chirurgie barbare ?

— N'est-ce pas, dit Darnould, attacher trop d'importance aux individus ?

— Nous n'allons pas recommencer à nous perdre dans la métaphysique. Réponds seulement à ceci : supposons qu'en juillet 70 on ait supprimé le même jour Napoléon III et Bismarck. Crois-tu que ça n'aurait rien changé à rien. Honnêtement ?

— Aujourd'hui, qui supprimerais-tu ?

— Nous reparlerons de ça.

— Le sais-tu seulement ?

— Ne t'en tourmente pas.

— Est-ce que ça n'exigerait pas de ta société un discernement invraisemblable ?

— Disons une réflexion très sérieuse ; aucun emballement. Aucun parti pris national. Des informations recueillies de divers côtés, et contrôlées les unes par les autres.

— Bref, l'impossible.

— Pas du tout ! Sans aller plus loin, imagine qu'on nous ait fait voter ce soir, nous huit ou dix, chez Sampeyre, avec entière liberté, à bulletins secrets ; nous qui pourtant n'avons comme source de renseignements que les journaux. Est-ce que deux ou trois noms ne seraient pas sortis des urnes ?

— De gens à supprimer ?

— Oui. Et crois-tu que s'il y avait eu ce soir, au lieu de Michels tout seul, une dizaine d'étrangers « dans nos idées », nous ne serions pas arrivés à nous mettre d'accord ? La seule condition — je reconnais qu'elle est capitale — c'est que le conseil qui prendrait les décisions fût certain de l'absolue sincérité de ses membres. Pas d'agent provocateur, ou d'émissaire déguisé des gouvernements, bien entendu.

— Difficile d'éviter ça.

— Quand tu es le mercredi, chez Sampeyre, as-tu l'impression qu'il peut se glisser parmi nous quelqu'un de la police ?

— Non, évidemment.

— Le tout est de ne travailler qu'avec des gens qu'on connaisse à fond. Il ne faut pas de types qu'on a rencontrés la veille, et à qui on trouve une gueule sympathique. Mais ces précautions-là, mon vieux, ce n'est pas sorcier. C'est le b-a ba des sociétés secrètes ; la raison d'être des formalités d'initiation, des épreuves... J'ajoute qu'il faut se méfier aussi des purs illuminés. Pas de fous, ni de demi-fous.

— C'est malheureusement ceux-là que vous auriez le plus de chance de recruter.

— Remarque qu'ils sont utilisables. Les illuminés, les demi-fous, c'est le matériel pour les attentats. Tu ne peux guère compter sur un garçon pondéré pour aller fusiller un chef d'État à bout portant, et se faire écharper par la foule.

— Mon vieux ! Tu nous donnes le frisson ! dit Clanricard en essayant de rire.

Darnould observa :

— Est-ce que les anarchistes à la fin du siècle dernier, et même au début de celui-ci, n'ont pas pratiqué à peu près cette méthode-là ? Ça n'a pas donné de résultats bien brillants.

— J'ai fait le rapprochement avant toi. J'ai beaucoup réfléchi à la question des anarchistes.

— Et alors ?

— Ça vous intéresse vraiment ? Vous n'essayez pas seulement de me faire marcher ?

Darnould et Clanricard protestèrent avec une sincérité évidente.

— Je vais vous dire ça en gros. Ça demanderait des heures de mise au point. Sampeyre s'est souvent amusé à parler de mon romantisme...

— Oh... ! fit Clanricard, Sampeyre tend à te donner raison maintenant. Je t'assure. J'ai l'impression que tu l'as plus ou moins converti.

— Soit, continua Laulerque en souriant. C'est des anarchistes qu'on peut dire qu'ils ont été de vieux romantiques, avec tout le désordre, le faux lyrisme, la confusion d'esprit que ça comporte. Moi, je prétends au contraire à une objectivité toute moderne. Je ne garde du romantisme que la foi en l'action individuelle, et le manque du préjugé faussement philosophique, qui vous empêche d'admettre certaines suites d'événements, certaines méthodes, parce qu'elles font une place à la singularité, à l'accident, au mystère, à ce qui vous semble trop romanesque pour être réel... Pour en revenir aux anarchistes, il y aurait d'abord à déduire de leur actif — ou de leur passif, comme vous voudrez — tout ce qui a été attentats policiers. Tout ce qu'on mettait sur leur dos pour justifier des mesures de répression dont on avait besoin. Ensuite les attentats de crétins, de fous — et pas de fous guidés, utilisés, non, de fous solitaires, qui agissaient sous l'empire de lectures mal digérées ou d'exemples ; frappant au hasard de l'inspiration. Il suffit de voir les victimes qu'ils ont choisies ! les moments choisis ! C'est lamentable.

— Il y en avait pourtant parmi eux qui étaient instruits, cultivés... Émile Henri et d'autres...

— Oui, mais avec les mêmes tares. Tous atteints de cabotinage. Le geste ! Faire parler d'eux. Terroriser le bourgeois pantouflard, en massacrant les consommateurs d'une terrasse. Je vous dis que c'est à pleurer.

— On a pourtant prétendu qu'il y avait une organisation anarchiste internationale ; que certains attentats répondaient à un plan mûri...

— Peut-être. Mais c'est qu'alors le conseil suprême de l'anarchie était fait de pauvres types. Illuminés eux-mêmes. Ratés. Mégalomanes. Des déchets du romantisme, précisément. Une doctrine puérile. Leur grande idée, c'est qu'en sentant planer sur elle la menace errante de l'Anarchie, comme un nuage dont la foudre va tomber on se sait quand ni sur qui, la Société allait mourir de peur. Encore du cabotinage. « C'est nous qui faisons trembler les rois. » Je suis sûr qu'avec cette idée de faire trembler les rois, ils étaient contents. Le terrorisme peut être une méthode de gouvernement, parce qu'en agissant sur l'imagination des masses gouvernées il augmente le pouvoir de la loi. Mais sauf en certains cas, l'idéal pour une organisation secrète, *qui poursuit réellement un but, et qui vise les têtes*, c'est que ses opérations soient aussi silencieuses que possible. C'est toujours comme ça que les gens sérieux ont travaillé. Que l'opinion publique attribue à la grippe, à la colique, à un accident de voiture, la mort du personnage frappé sur votre ordre : voilà le chef-d'œuvre. Tout au plus peut-on admettre un terrorisme confidentiel. Vous avez supprimé X... et Y... Mais sans considérer la suppression de Z... comme indispensable — car on supprime le moins possible, à la fois par humanité, mon cher Clanricard, et par économie de moyens — vous désirez que Z... se tienne tranquille. Eh bien ! vous pouvez lui faire savoir, par les voies les plus discrètes, que vous lui conseillez vivement de se tenir tranquille.

— Les anarchistes auraient pu te répondre qu'en démoralisant l'opinion publique par des attentats sensationnels — même arbitraires, comme la bombe dans un café ou dans un immeuble — ils diminuaient la résistance de la Société à la révolution.

— Très bien, si on a un plan de révolution ; et si on déclenche la panique juste au moment de l'utiliser. Personnellement, remarquez bien, j'oppose l'action individuelle moins encore à l'action de masse, qu'à l'absence de toute espèce d'action, à ce fatalisme inconscient, qui se déguise en soi-disant profondeur philosophique. Sous le couvert de Hegel, et de Marx, et des processus historiques inévitables, on fait du bavardage parlementaire, comme en France, ou de la bureaucratie maniaque, comme Michels vient de nous montrer qu'on fait en Allemagne... L'action de masse, toute seule, je crois qu'elle a rarement de grandes chances d'aboutir, à cause de sa lourdeur, de sa lenteur de mise en train, de l'excès de publicité qu'elle comporte, du trop grand nombre nécessaire d'exécutants. Avec ses quinze mille « vrais syndicalistes », Michels pense qu'il n'y a rien à faire en Allemagne. Il a raison. Quinze mille types déclenchant la grève générale, c'est la grève générale à Landerneau. Même s'ils réussissent à en tirer derrière eux cent mille autres. Les gouvernements sont trop bien outillés contre l'action de masse. D'abord la facilité qu'ils ont d'introduire des mouchards, des individus à eux, dans des organisations ouvrières forcément ouvertes, dont les recrues ne peuvent pas être passées au tamis, ni les délibérations rester secrètes. Et puis l'action de masse se détend tout de suite dans la rue. C'est la bataille en plein jour avec la police, l'armée, qui prennent l'avantage du terrain. Bref, un gouvernement qui *a gardé sa tête* a les plus grandes chances de dominer la situation. Même et surtout à la veille d'une guerre qu'il s'agirait pour nous d'empêcher. La mobilisation viendra noyer votre essai de grève générale, comme les lances d'une pompe ultra-perfectionnée noieraient un feu de broussailles... Cela dit, je suis le premier à reconnaître que l'action de masse peut appuyer l'autre. Reprenons mon exemple de tout à l'heure. En même temps que l'on supprimait Napoléon III et Bismarck, l'on fomentait des complications parlementaires, quelques émeutes, quelques bonne grèves, possibles dès cette époque-là — comme celle que décrit *Germinal* pour la France ; comme celle des *Tisserands* de Hauptmann, de l'autre côté. Je ne vois pas l'Impératrice et le roi de Prusse risquant le paquet malgré tout. A l'heure actuelle, ce serait encore plus indiqué. Ma société secrète devrait avoir des ramifications, des intelligences un peu partout et d'abord dans les Parlements, dans les organisations ouvrières. Des hommes bien placés, qui exécuteraient des consignes, sans même savoir nécessairement à quel plan d'ensemble elles répondent... En un mot l'action de masse achevant de désorienter un gouvernement *déjà frappé à la tête*... Notez que je ne veux pas être injuste avec les anarchistes. Ils ont tout de même maintenu une tradition. Les tendances dernier cri, le syndicalisme révolutionnaire, l'action directe, l'apologie de la violence de Sorel, tout ce qui excite un type comme l'Allemand de ce soir, ça vient peut-être de Proudhon quant aux théories, mais ça vient de l'anarchisme quant au nerf, à l'audace, au goût du risque. Les vrais animateurs du syndicalisme et de la C.G.T. sont d'anciens anarchistes. Des anarchistes moins creux, moins inéducables que les autres ; qui ont découvert que le groupement corporatif recelait plus de force explosive que la dynamite. Même leurs faiblesses, leurs enfantillages viennent de là. Leur goût d'épouvanter le bourgeois, avec le cabotinage qui s'y mêle. Le terrorisme de la bombe remplacé par le terrorisme de la grève générale, ou par un terrorisme perlé, genre citoyen Pataud.

Clanricard et Darnould avaient passionnément écouté, sans interrompre. Ils avaient appris de Sampeyre le respect de celui qui parle, quand il a quelque chose à dire. Ils éprouvaient aussi un remords, ou mieux une vexation d'amour-propre, de ne pas avoir senti plus tôt ce qu'il y avait chez Laulerque, sous la pétulance, de réflexions étendues, de conviction raisonnée, et aussi de sang-froid presque effrayant.

— Malheureusement, fit Darnould, ta société secrète m'a bien l'air d'être une simple vue de l'esprit... Enfin, tu ne supposes pas qu'elle existe ?

— On a envie de dire, comme l'autre : « Ça se saurait »... Du moins on le devinerait à certains signes.

— Et même peut-elle exister ?

— Pourquoi pas ? J'ai idée qu'il y en a un embryon du côté russe. La seule direction où l'anarchisme ait l'air d'avoir poursuivi un but. Mais surtout des sociétés de ce type ont fonctionné dans le passé. Au service d'un autre idéal. Ou adaptées aux conditions de l'époque : Certaines congrégations. Les Jésuites par exemple. En voilà qui avaient parfaitement su allier le fanatisme de l'action à la lucidité du plan... Ou encore la Franc-Maçonnerie d'avant la Révolution.

— Et celle de maintenant ? dit Darnould.

Laulerque fit un signe de tête évasif. Clanricard non plus ne releva pas le propos. On eût dit que soudain leur attitude devenait prudente.

Après avoir attendu qu'on lui répondît, Darnould continua. Sa manière, naturellement pleine de précautions, ne l'exposait guère à des maladresses.

— La Franc-Maçonnerie de maintenant, à première vue, semble avoir gardé quelques-uns des caractères qu'on peut exiger d'une société comme la tienne. Tu ne crois pas ? Évidemment, elle n'est plus très secrète, au moins dans certaines de ses manifestations extérieures. Mais rien ne l'empêche de l'être dans sa direction suprême, et dans ses interventions les plus importantes. L'accès en est peut-être un peu trop facile, par le bas. Mais sa hiérarchie lui permet une sélection de plus en plus rigoureuse. Je n'imagine pas un faux frère parvenant aux grades élevés, pénétrant dans les conseils où les choses se décident. Elle est internationale. En fait, et dans son esprit. A n'en juger que par les résultats qui nous apparaissent, sa puissance n'est pas niable. Sans sortir de France, et sans remonter très loin, il semble bien qu'elle ait eu un rôle décisif à plusieurs moments de l'histoire de la Troisième République ?

— Je n'en disconviens pas.

Clanricard écoutait, piqué par la plus vive curiosité, mais gêné pour la laisser voir. Dans les milieux amis qu'il fréquentait, il n'était parlé de la Franc-Maçonnerie qu'avec une extrême circonspection. Par allusions rapides, auxquelles la conversation ne s'accrochait jamais. Il avait entendu dire que Sampeyre était maçon ; mais il n'en était pas sûr. Lui, Clanricard, éprouvait pour la Franc-Maçonnerie les sentiments les plus vagues, et les plus mélangés. Il n'en connaissait à peu près rien. Il évitait même de s'interroger sur elle, imitant machinalement dans sa pensée la réserve que le sujet commandait aux gens de son entourage. Il pressentait que sur bien des points les maçons devaient avoir des convictions ou des tendances toutes proches des siennes ; et l'idée que Sampeyre pût être l'un d'eux eût achevé de le prévenir en leur faveur. Mais d'un autre côté il avait gardé de son enfance une image de la Franc-Maçonnerie un peu fantastique, presque répugnante, que la réflexion n'avait pas eu l'occasion de corriger. Sa mère, sans être une fervente chrétienne, voyait dans les maçons des ennemis de l'Église et de toute croyance honnête si odieusement acharnés, qu'il fallait bien que le diable fût de la partie. Son père parlait incidemment des frères Trois-Points comme d'individus mi-grotesques, mi-tarés. Enfin les quelques francs-maçons avérés que Clanricard connaissait parmi les instituteurs ses collègues ne lui inspiraient pas grande sympathie. Il paraissait trop évident que la majorité d'entre eux n'avait adhéré à la secte que par esprit d'arrivisme ; et plus d'un le laissait entendre cyniquement.

La franchise avec laquelle Darnould venait d'attaquer une question si délicate, la manière bienveillante, semblait-il, et avertie, dont il en parlait, indiquaient-elles qu'il était maçon lui-même ? Quant à Laulerque, comment fallait-il interpréter une discrétion qui n'était guère dans son style ?

Cependant Laulerque finit par dire, comme s'il répondait à une des pensées de Clanricard :

— Ce qui m'étonne, c'est que Sampeyre ne soit pas maçon.

— Oui, c'est vrai, fit Darnould.

Clanricard osa insister :

— Il ne l'est pas ? Tu es sûr ?

— Tout à fait sûr, dit Laulerque. Je le tiens de Rothweil.

— Rothweil l'est donc ?

— Tu ne le savais pas ? Liguevin aussi. Rothweil a même un grade très élevé.

— Il a bien failli m'y faire entrer à un certain moment, dit Darnould.

— Moi aussi, dit Laulerque.

Clanricard laissa deviner sa surprise. Il lui était difficile d'imaginer que ce Rothweil bedonnant, aux yeux injectés, le plus souvent silencieux dans les réunions, d'un silence qui ne semblait cacher aucun mystère — quand il intervenait, c'était presque toujours pour approuver, d'un hochement de tête, ou d'un petit sourire cordial — pût, en dehors de son commerce de chaussures, occuper une place éminente dans une hiérarchie quelconque, ni surtout faire du prosélytisme.

Laulerque expliqua :

— Tu sais que Rothweil n'est pas le premier venu. D'abord il est très instruit. Licencié de philosophie, sauf erreur ; et une forte culture personnelle. Il vend des chaussures... mon Dieu ! parce que son père en vendait ; parce qu'il est assez indolent, et qu'il a trouvé une situation toute faite, qui lui procurait, outre beaucoup de loisirs — car ses employés le déchargent de presque tout — une soixantaine de mille francs de revenu.

— Il est juif ?

— Demi-juif, paraît-il. Sa mère serait chrétienne. Je reconnais qu'il ne brille pas en société. En tête à tête, c'est déjà autre chose. Il possède d'ailleurs des qualités qui le désignaient pour certaines situations :

silencieux, justement ; connaisseur d'hommes ; très fidèle, je crois, dans ses amitiés ; de très bon conseil ; capable de s'intéresser de près — sans qu'on puisse apercevoir le profit qu'il en attend — aux affaires d'autrui. Je l'ai constaté en une circonstance assez sérieuse pour moi.

— Il a une force des plus rares, ajouta Darnould. Il vous écoute — si peu de gens vous écoutent vraiment — et six mois après il se souvient du détail de ce que vous lui avez exposé, comme s'il s'agissait d'un de ses soucis personnels.

— C'est imprévu. Et sur la Franc-Maçonnerie, il vous a dit des choses intéressantes ?

Darnould interrogea Laulerque du regard, comme pour chercher avec lui la réponse juste.

— Si l'on veut. A moi, il m'en a plutôt donné la curiosité. Ses réticences mêmes, qui ne sont pas tellement calculées, qui tiennent à sa nature, ses façons de vous dire : « Oui, oui. Pour ça aussi, vous verrez. Je vous en ferai parler avec Untel et Untel... » tout ça vous excite. Il doit avoir dans la Maçonnerie une situation de plaque tournante. N'est-ce pas, Laulerque ?

— Oui peut-être.

— On a l'impression qu'il aiguille les gens les uns vers les autres. Ou dans certaines directions. J'imagine bien un homme politique, même de premier plan, venant le voir, lui demandant : « Dois-je accepter un portefeuille ? » ou bien : « Dois-je mettre Untel à l'Intérieur, aux Finances ?... »

— Tu rigoles ? dit Laulerque à Clanricard. Mais le fait est qu'il y a de ça.

— C'est invraisemblable.

— Hé oui ! reprit Darnould. Je suis persuadé qu'entre eux, quand ils ont dit : « : Rothweil est d'avis que... », ça pèse d'un poids énorme. Ils doivent savoir qu'en dehors de la Maçonnerie même — car il tient peut-être beaucoup à son grade — il n'a aucune ambition. Dans tous les milieux on a besoin de gens comme ça. D'esprit ouvert ; en contact confiant avec chacun ; très informés ; connaissant bien des dessous ; tenant certaines gens par là ; sans ambition personnelle. Ils ne pullulent pas. Ils deviennent tout naturellement les arbitres.

— Le genre Président de la République.

— Oui, en somme !... Avec moi, il a compris que ce qui pouvait me séduire dans la Maçonnerie, ce n'était pas seulement l'espérance d'avoir une fiche favorable à l'Inspection Primaire, et d'avancer au choix... Note que je le crois très capable de ne pas décourager les néophytes qui se présenteraient avec cet état d'esprit. C'est un homme qui doit se dire que, sauf des tares sérieuses, n'importe qui est bon à prendre. Quitte à chercher ensuite la place où le mettre. Donc à moi, il m'a parlé d'un certain Lengnau... Il t'en a parlé à toi, Laulerque ?

— Oui. Mais pas spécialement.

— Lagneau, tu dis ?

— Non, Lengnau.

— Qu'est-ce que c'est que ce type-là ?

— Une autorité extraordinaire de la Maçonnerie. Mais pas du tout dans les mêmes eaux que Rothweil. Ils ont l'air grands amis ; avec des compétences tout à fait distinctes. Leurs influences ne s'exercent pas sur le même plan. Tout licencié de philosophie qu'il est, Rothweil ne navigue pas dans les idées pures. Il est bon maçon, comme ailleurs on est bon chrétien ; mais il s'en remet sur d'autres du soin de fignoler la doctrine. Son affaire, ça m'a l'air d'être le maniement des hommes, la politique intérieure du Grand-Orient. A ce que j'ai pu comprendre, Lengnau, c'est le penseur, ou même le théologien. Celui qui tranche en matière de dogme. Le plus qualifié pour vous expliquer le sens profond d'un rite, ou l'idéal surprême de la Maçonnerie — du moins ce qu'il croit bon de vous en révéler. C'est vers lui que se dirigent les frères pour qui l'Ordre est vraiment une Église, et la doctrine maçonnique, une religion d'initiés. Je ne sais même pas s'il a un grade élevé. Il se tient à l'écart de tout ce qui est pouvoir visible, honneurs, administration, cuisine. L'équivalent d'un de ces moines dont on parle quelquefois, qui vivent dans un couvent obscur, sans être revêtus d'aucune dignité officielle, mais que le pape fait consulter avant de lancer une encyclique.

— Mais pourquoi Rothweil te dirigeait-il sur cet homme-là ?

— En effet. Je n'ai rien du théologien, ni même du philosophe. Il avait dû m'observer chez Sampeyre. Il s'était fait une idée de moi. Mais toi, Laulerque ?

— Moi, j'ai l'impression que je l'ai un peu effrayé. Je le revois se tripotant le nez avec inquiétude pendant que je lui disais certaines choses. Il a cru sentir en moi le carbonaro, le conspirateur, l'homme qui entrerait dans la Maçonnerie pour y trouver une vraie société secrète, d'esprit révolutionnaire, ne reculant devant rien. Vous comprenez, lui, ami et confident de politiciens, de ministres, conseiller, conciliateur, et dans son genre sûrement conservateur, un énergumène comme moi ne pouvait pas lui plaire beaucoup.

— C'est pourtant lui qui t'avait attiré ?

— Pas exactement. J'étais à la recherche — je le suis encore — d'un groupement où m'accrocher. Nous sommes tellement seuls dans ce foutu monde moderne ! La Maçonnerie m'intriguait. L'homme, Rothweil, aussi. Tu sais comment les choses se font. Un mot amène l'autre...

— Ce que je constate, c'est que ni Darnould, ni toi, en définitive, vous n'êtes devenus francs-maçons.

— Tu vois.

— Qu'est-ce qui vous a surtout arrêtés ?

— Moi, dit Laulerque, c'est le sentiment que je ne serais rien là-dedans, que je n'y ferais rien. Non d'un point de vue de vanité. Mais parce que je veux agir. Me plier à des simagrées, peut-être ridicules, pour assister ensuite à des parlottes avec des gens d'une qualité intellectuelle très modeste... Alors j'aime mieux nos réunions du mercredi soir.

— Tu aurais pu avancer dans la hiérarchie, prendre de l'importance personnelle...

— Dans une organisation tournée vers l'action directe, ayant une raison d'être révolutionnaire, prête aux initiatives les plus audacieuses, oui. Pas dans ce corps vénérable.

— Tu t'en es expliqué avec Rothweil ?

— A demi. Je ne puis pas dire qu'il m'ait franchement découragé. Son refrain est qu'il y a place dans la Maçonnerie pour toutes sortes de tendances... Enfin, ça s'est décollé tout seul.

— Et toi, Darnould ?

— Je ne sais pas trop non plus... J'aurais voulu en parler avec Sampeyre, connaître les raisons qui l'avaient retenu, lui, de se faire maçon. Je n'ai pas osé. Tu ne peux t'imaginer combien cette seule idée a pu faire obstacle.

— Mais si. Je l'imagine très bien.

— Peut-être aussi, dit Laulerque, une certaine fatigue de l'anticléricalisme, que nous, les jeunes, nous éprouvons tous. Tu ne crois pas ?

— Nous avons l'impression qu'il y a des dangers beaucoup plus urgents pour l'humanité que la présence des Sœurs dans tel hôpital, ou de quelques Pères mal défroqués dans une institution libre. Je ne dis pas que les maçons n'aient pas vu clair, historiquement ; que la lutte qu'ils ont menée n'ait pas été la condition de toutes les autres ; ni même qu'ils aient absolument tort de la continuer... Je me demande s'ils se rendent compte qu'il y a le feu à la maison.

Darnould regarda Clanricard :

— En tout cas, si tu te sens une curiosité de ce côté-là, je ne vois pas ce qui t'empêcherait de la satisfaire.

XI

MANIGANCES DE RICCOBONI

Le jour où Gurau était allé chez Jaurès, Germaine, intriguée par le billet de Riccoboni, s'était rendue sans retard rue du Bouloi.

L'attitude du courtier ne fut guère moins énigmatique que le billet. Il fit allusion à la complaisance qu'il avait montrée en acceptant une provision de cinq cents francs pour un achat de huit mille kilos. Il avait l'accent de Nice. Sa voix, malgré un peu de zézaiement, était agréable. Il répéta plusieurs fois qu'il était « très ennuyé ». De ses mains brunes et grasses, il fouillait des dossiers, ouvrait des journaux commerciaux ; tapotait la feuille où étaient inscrits les cours, se grattait la tête, glissait les doigts entre son faux col et les bourrelets de son cou, par moments fixait Germaine de ses gros yeux noirs, mais n'en venait à rien formuler de plus précis. Germaine ne l'y poussait pas. Elle craignait de se voir réclamer une provision supplémentaire, et s'estima heureuse de repartir sans avoir eu d'explication.

Il s'écoula environ deux semaines. Les cours variaient peu, dans un sens plutôt favorable. Certes, il n'était plus question qu'on fît 90 pour fin décembre. Mais l'âme des petits spéculateurs s'accroche plus aisément qu'aucune autre aux échelons inférieurs de l'espérance. Germaine envisageait comme un bonheur exceptionnel la probabilité de revendre sans perte (sauf l'intérêt payé à Riccoboni) les vingt-huit mille kilos qu'elle possédait maintenant.

Elle reçut une seconde lettre, fit une nouvelle visite au courtier. Il renouvela ses plaintes, y apporta sinon plus de précision, du moins plus de détails. Mais il les introduisait dans des phrases rompues et volubiles, où un profane intimidé comme Germaine n'osait se reconnaître. Il déclara qu'on n'était pas « aussi coulant avec lui qu'il l'était avec ses clients » ; qu'il ne demandait qu'à rendre service ; mais qu'il avait, lui, des fournisseurs intraitables. Il finit par prendre un crayon et par faire un calcul sur un bout de papier. Il en ressortait que Germaine aurait dû normalement verser, pour son dernier achat, une provision de deux mille francs. Riccoboni était obligé de lui réclamer les quinze cents francs de différence. Il attendait, le crayon levé, comme si elle allait les tirer de son sac. Devant ce genre de difficultés, Germaine manquait de sang-froid. Elle offrit de vendre tous les milliers de kilos qu'il faudrait pour qu'on la laissât tranquille. Il fit quelques petits claquements de langue qui exprimaient l'ennui, le regret.

— Pourquoi ne demandez-vous pas ces quinze cents francs à M. Gurau ? Qu'est-ce que c'est pour lui ?

Jamais Riccoboni n'avait parlé de Gurau. Germaine fut au supplice.

— Mais non, monsieur, mais non. C'est impossible.

Riccoboni insista, sans aucune discrétion.

— Je vous répète, monsieur, que c'est impossible. Il n'est pas au courant des opérations que j'ai faites ici. Je ne veux pas qu'il le sache.

Elle se repentit presque aussitôt de cet aveu. Elle se hâta de reprendre :

— Mais qu'est-ce qui m'empêche de revendre cinq ou six mille kilos ? Même les huit ? Je ne perdrai presque rien.

Il fit un de ces sourires de bienveillance attristée dont les Méditerranéens ont le secret quand ils commettent une canaillerie. Il invoqua, par allusions obscures, la fragilité du marché, la surcharge de la position vendeur, l'extraordinaire inopportunité qu'il y aurait à liquider ces huit mille kilos. Comme elle essayait de comprendre, et qu'elle allait peut-être discuter, il prit l'air navré du médecin devant un malade raisonneur.

Elle rentra chez elle avec la conviction qu'elle devait coûte que coûte trouver les quinze cents francs. Elle ne s'interdit de penser à aucun moyen. Elle envisagea un emprunt à une camarade ; mais aucune des deux ou trois qui avaient sa sympathie ne disposerait aisément d'une pareille somme. Une démarche auprès de Marquis ? Il ne refuserait peut-être pas. Mais la compensation qu'il exigerait était facile à prévoir. Germaine y répugnait, moins par fidélité pour Gurau, ou par dégoût physique pour Marquis, que par fierté, souci d'indépendance.

Après tous ces détours, le plus simple lui parut encore de s'adresser à Gurau. Elle eut à peine besoin de mentir : une de ses meilleures amies se trouvait dans un grave embarras. Elle, Germaine, avait à cœur de ne pas l'y laisser. Les quinze cents francs seraient rendus sous peu. (Germaine n'éprouvait aucune inquiétude là-dessus. La revente des vingt-huit mille kilos, qui ne pouvait tarder, lui procurerait de l'argent en abondance).

Gurau l'écoutait, fort gêné. Justement il se reprochait de n'avoir pas encore signifié à Germaine les austères résolutions de sa nuit d'insomnie. Cette fois, c'en était l'occasion. Mais elle se présentait mal. Il pensa lui aussi que le plus adroit était de s'écarter le moins possible de la vérité. Il avait déjà parlé à Germaine de la transformation du journal, du rôle très important qu'il allait y prendre ; des avantages politiques qu'il en attendait ; mais sans rien lui révéler de son pacte avec Sammécaud. Il revint là-dessus :

— Tu penses bien qu'une pareille extension ne se réalise pas sans beaucoup d'argent ; et qu'en matière de presse, il n'est pas toujours facile de contrôler la provenance de l'argent.

Elle se souvint des propos de Jacques Avoyer. Elle dit :

— Ce ne seraient pas les pétroliers qui auraient mis leur plan à exécution ?

Il soutint le regard de Germaine.

— Hé bien... j'ai lieu de le craindre. Ou plutôt je crois que Jacques Avoyer avait exprès dramatisé les choses. Les actions du journal ont dû leur tomber entre les mains, un peu par hasard. Ils ont essayé d'en tirer parti. D'abord pour m'intimider. Soit. Mais comme ça n'a pas réussi... Ensuite ils ont pensé à exploiter l'affaire pour elle-même. Puisque c'est maintenant une valeur de leur portefeuille — une petite valeur — ils aiment mieux la voir grossir que péricliter. Voilà tout. D'ailleurs ils ne se montrent pas. Et je crois qu'au fond la tendance du journal leur importe peu. Si l'on me demande de m'en occuper davantage, c'est qu'on pense qu'avec la formule nouvelle Treilhard serait incapable de s'en tirer seul. Leur plan n'est pas plus mystérieux que ça.

Il ajouta :

— Le gros ennui pour moi, c'est que cette opération, toute fortuite de leur part, et fort banale en elle-même, ait paru coïncider avec mon intervention, presque aussi fortuite, dans les questions de pétrole...

— Oh ! J'ai toujours pensé que ton jeune fonctionnaire t'avait tendu un piège pour le compte de quelqu'un...

— Mais non, mais non !... En tout cas, il est difficile de prétendre que je me suis laissé séduire, puisque ma menace d'interpellation a eu l'effet que je cherchais : une nouvelle taxe de compensation, frappant les pétroliers, que Caillaux a fait instituer à cause de moi... Et je suis persuadé d'ailleurs que les pétroliers ne m'en estiment et ne m'en redoutent que davantage.

En disant cela il avait une impression de sincérité à peu près entière. Il obéissait d'abord à la tendance que nous avons tous à reconstruire notre passé de la manière la plus avouable (d'une manière qui nous aide à ne pas nous mépriser, à garder le goût de vivre, et la confiance en nous qui restons pour nous-mêmes notre relation principale). Ensuite, l'homme politique est tellement accoutumé à la surenchère, et à crier fort pour obtenir peu, que la taxe proposée par Caillaux pouvait sembler le résultat plus qu'honorable d'une campagne menée avec énergie. Le reste se défendait aussi bien.

Gurau n'était même pas fâché que Germaine l'eût amené à le dire. La vérité est à bien des égards un produit de l'expression. Dès qu'un système de faits est très complexe (et c'est le cas à chaque instant dans l'activité humaine) aucune formule n'est capable de le traduire fidèlement. Cela devient donc affaire de thèses. La première thèse qui réussit à tenir debout sert donc d'expression à la vérité, et continuera d'en être la version admise, tant qu'une autre thèse plus cohérente et plus plausible ne s'y opposera pas. Gurau venait de fixer, en ce qui concernait son passé récent, une thèse qui ne heurtait pas trop les faits, et dont on pouvait se contenter. (N'attendons pas d'un homme d'action les scrupules intellectuels où l'on voit se débattre un Jallez.) C'était désormais la vérité « historique » ; même à ses yeux. Elle avait peu de chances d'être contredite. Car pour qu'un « historien » renverse la thèse d'un autre, il faut qu'il connaisse les faits au moins d'aussi près que lui. Or, qui au monde connaissait les faits en question d'aussi près que Gurau ? Sammécaud peut-être. Mais c'était un « historien » ami. Sa thèse, s'il avait un jour à la formuler, confirmerait sur bien des points celle de Gurau. Ce serait une thèse « de la même école ».

Il reprit :

— Il n'en résulte pas moins, pour moi, certaines nécessités morales qu'une chère petite comme toi, avec ton intelligence et ta culture, doit comprendre. Je crois avoir été toujours d'une propreté scrupuleuse en matière d'argent. Tu m'en es témoin. Il faut que je sois plus insoupçonnable que jamais. Ma liaison avec toi est connue. Bien loin d'en rougir, j'en suis très fier. Mais tu vois le danger. Pour les gens qui voudraient me perdre, quels rapprochements faciles ! Je me suis vendu aux pétroliers pour payer les prodigalités de ma maîtresse ; et l'argent qui lui coule des mains vient directement du cartel.

— Mais, pauvre chéri, sais-tu combien tu m'as donné ce mois-ci ?

— Je ne sais pas... Ou plutôt si, je suis sûr que c'est très peu.

— Trois cents francs ! En tenant compte de la facture que tu as réglée !

— Eh bien ! figure-toi que j'ai failli te demander de renoncer même à ça, au moins provisoirement. Pour que la calomnie n'ait pas la prise la plus infime. Comme je défie bien qu'on me découvre d'autres besoins d'argent... Mais je reconnais que ce serait une précaution un peu puérile. Tu pourrais y voir un procédé sans gentillesse pour toi. Donc n'en parlons plus. Mais tu sens quelle imprudence ce serait de prêter quinze cents francs à une camarade. Tout Paris répéterait demain que tu ne sais plus que faire de l'argent ; que tu prêtes à guichet ouvert... Un désastre pour moi.

Germaine était assez intelligente pour comprendre les raisons que lui donnait Gurau. Mais elle les trouvait un peu naïves, marquées aussi d'une certaine lâcheté. Il lui manquait, pour les apprécier exactement, de saisir la plus profonde de toutes, qui était non point une précaution à l'égard du dehors, mais un besoin de compensation intérieure : le besoin de racheter un fléchissement moral sur un point par un renforcement de rigidité sur un autre. Bref, elle lui garda quelque rancune.

Avant de chercher un recours d'un autre côté, elle voulut voir si Riccoboni donnerait un nouveau signe d'impatience. Quinze, vingt jours passèrent. Elle commençait à croire que l'incident était clos, quand elle reçut une troisième lettre, qui la convoquait presque impérieusement.

Sa première réaction fut de dire : « Il se moque de moi. Il peut attendre. Je n'irai sûrement pas. » Dès la seconde moitié de l'après-midi, comme elle ne cessait de penser à cette lettre, sa résolution faiblit, et, fort mécontente contre elle-même, elle s'habilla pour sortir.

* * *

Mais à ce moment rue de la Baume, Sammécaud pénétrait dans la garçonnière qu'il venait d'installer, et, ses clefs à la main, une cigarette parfumée à la bouche, en examinait l'aspect avec satisfaction.

XII

LA GARÇONNIÈRE DE SAMMÉCAUD ET LE PETIT BUREAU DE RICCOBONI

Pour le coup, Sammécaud se sent rassuré.

« L'autre fois, j'ai peut-être agi comme un monsieur du Sentier, ou comme un collégien. J'aurais dû me dire qu'avec une femme « tout à fait du monde » l'hôtel n'est jamais chic. Je sais bien que ce n'était pas un hôtel. Une véritable maison de résidence. Mais enfin ça pouvait paraître encore plus louche. Gaffe évidente. Manque de psychologie. Et je réussissais même à me rendre suspect d'avarice. Ce qui serait un comble quand on a affaire à la femme de Champcenais ! J'aurais dû penser à la façon dont ça se passe dans les romans d'auteurs bien. Chez Allory par exemple. Il est vrai que je n'ai jamais pu lire un de ses bouquins jusqu'au bout. Et puis ça reste tellement dans le vague. Chez Bourget, je crois bien me rappeler que c'est toujours une garçonnière. Mon excuse, c'était la différence d'époque. Tout marche si vite. Nous sommes au temps de l'automobile, de l'aéro. On voyage de plus en plus. Une jeune femme moderne a l'habitude des hôtels, ne peut s'y sentir gênée. Il est vrai que Marie... J'allais dire qu'elle n'est pas très moderne. Si, pourtant. Son mobilier. Ses goûts en littérature. Mais elle a des coins de fraîcheur. Des coins « province » ou petite fille. D'ailleurs j'adore ça. Si elle a refusé d'entrer l'autre jour, ce n'était pas par snobisme ; elle avait le trac. C'est plutôt depuis qu'elle a pu réfléchir ; penser que je n'avais tout de même pas une éducation de première-première catégorie. Embêtant, ça ; surtout que c'est elle, de nous deux, qui a la particule : « de Sammécaud », si elle était une « Madame Champcenais » simplement, comme ça changerait la question ! Même si mon « de » provenait du pape. Elle a pu se dire aussi que mes aventures de femmes, si j'en ai déjà eu, ont évolué dans des milieux pas très distingués. Encore plus embêtant. Ce sont des cas où l'on devrait pouvoir consulter des amis de cercle. Mais on n'ose pas. Entre elles, les femmes oseraient. Enfin, n'y pensons plus... Quand elle va entrer ici, tout à l'heure, son impression changera. »

Il faut avouer que la garçonnière paye de mine. Deux belles pièces, presque aussi grandes, ma foi, que celles de la rue Mozart. Une salle de bains, fort petite, mais discrète, pleine de pudeur, s'ouvrant tout de suite à côté de la chambre. Auprès, une charmante cuisine d'amoureux, où il pourra être amusant de faire du thé.

Les deux pièces sont à l'entresol, et donnent sur la rue, d'ailleurs silencieuse. La maison est on ne peut plus correcte. Les gens qui l'habitent n'ont aucune chance de connaître Sammécaud, ni Marie. (Il s'est renseigné là-dessus auprès de la concierge, que ses générosités lui ont définitivement acquise.) Il y a peu de locataires ; la plupart, de vieilles gens. Donc peu d'allées et venues dans l'escalier. Il est évidemment fâcheux qu'il n'y ait pas deux issues, comme dans les romans d'adultère dont Sammécaud a le souvenir. On ne peut pas tout demander.

Mais le chef-d'œuvre, c'est l'installation elle-même dont Sammécaud s'est minutieusement occupé. Quand il y réfléchit, les choses sont allées très vite. Trois ou quatre jours de courses pour découvrir le local. Une quinzaine de jours pour les peintres et le plombier. Cependant Sammécaud s'abouchait avec les tapissiers et les marchands de meubles, méditait devant des modèles, des catalogues, des échantillons de tissus. Pour ne pas risquer de trop grands retards, il s'est contenté le plus possible de meubles existant en magasin, ou de solutions simplifiées. La mise en place et la mise au point de tout cela sont peut-être ce qui a demandé le plus de temps. D'ailleurs ce temps n'a été perdu d'aucune façon. Sammécaud en a profité pour laisser Marie, après son émotion de l'autre fois, reprendre haleine ; pour lui montrer qu'il savait être un soupirant délicat, soumis sans impatience au tendre jeu des délais. Une inexactitude de tapissier l'amenait à donner un coup de barre dans la direction de l'amour pur. Il devenait plus pressant quand les tringles étaient posées. Et c'est à une résistance de dernière heure manifestée par Marie qu'il a dû de pouvoir recommencer la peinture d'un dessus de porte.

L'effet d'ensemble est calculé pour la ravir. Elle ne s'y attend aucunement ; elle ne sait même pas où il va la recevoir. Peut-être s'est-elle résignée à la maison meublée. Tout est de style moderne et se tient dans l'atmosphère du rêve poétique. Sammécaud a utilisé les visites qu'il faisait rue Mozart pour noter exactement des teintes, pour observer comment les objets s'arrangeaient entre eux et, comme on dit, pour « prendre des idées ». Il a voulu que Marie se retrouvât dans l'univers de ses goûts ; et pourtant — puisqu'il s'agissait d'adultère — qu'elle se sentît un peu évadée, un peu en rupture avec l'honnête vie conjugale. Le problème n'était pas commode, surtout dans un ordre de recherches décoratives où Sammécaud n'est pas très sûr de lui.

Il s'est donc permis quelques tonalités un peu plus vives. Aux roses mourants, aux gris souris de la rue Mozart, il a substitué çà et là, avec beaucoup de prudence, un rose groseille, un bleu presque myosotis.

Du côté des meubles, il a choisi des modèles un peu plus ornementés. Entre deux galbes, il s'est décidé pour celui qui lui semblait le plus sensuel. Sur les étagères à livres, il a joint aux quatre ouvrages de Samain et de Francis Jammes dont il savait les titres, deux Pierre Louÿs, deux tomes des *Mille et une nuits* de la traduction Mardrus, et une *Anthologie de l'amour arabe*. Dans la chambre, deux estampes représentent des femmes liliales, mais tout à fait nues.

Au total, le moderne pensif, rêveur et tendre de la rue Mozart a pris ici quelque chose de voluptueux, d'acidulé, de mordillant. L'âme de la comtesse n'aura pas changé de patrie. Mais pourtant les caresses défendues se sentiront chez elles.

Sammécaud regarde sa montre : Quatre heures et demie. Encore une demi-heure. Par la suite, il ne viendra que quelques minutes d'avance. Mais un jour d'inauguration, on n'en finit pas de vérifier si tout est en ordre. Un fil de bâti blanc pend du ventre de ce coussin. Il faudra peut-être ouvrir un instant les fenêtres pour que l'odeur du tabac, même parfumé, ne soit pas obsédante. Est-ce que la chaleur de la salamandre se répand bien du côté de la chambre aussi ? Il sera plus correct de fermer la porte de communication quand Marie arrivera.

*
* *

Germaine, assise en face de Riccoboni, dans l'office jaunâtre de la rue du Bouloi, trouve au personnage une allure tout autre que d'habitude. Dès le début, il s'est montré insolent et familier. L'œil vif. Il a attaqué son discours par : « Vous comprenez, ma petite dame... » Il feint d'avoir attendu chaque jour sa visite, et déclare qu'elle s'est moquée de lui. « Quand on ne veut pas payer ce qu'on doit, il faut au moins être poli avec les gens. »

Puis il se lève. Il tourne autour d'elle, sous couleur de faire des recherches dans ses cartons. Soudain, il dit d'un air calme, que « c'est bien simple », qu'il va « écrire à M. Gurau ». Cependant il coule vers elle un sourire, un regard qui laisse entendre qu'une autre solution n'est pas impossible. Germaine, facile à intimider jusqu'à un certain point, sait retrouver brusquement de l'aplomb quand on dépasse la mesure :

— Eh bien, écrivez-lui. Je ne demande pas mieux.

— Vous lui avez parlé de vos opérations chez moi ?

— Justement.

Riccoboni n'en est pas très sûr.

— Que vous a-t-il dit ?

— Que vous feriez bien de me laisser tranquille. Parce que, sans cela, c'est lui qui se fâcherait.

Riccoboni sursaute.

— Mais ce n'est pas moi qui suis allé vous chercher, ma petite dame.

Il affecte d'être saisi peu à peu par une indignation d'honnête homme. Mais cependant son imagination mobile lui représente quels ennuis la colère d'un député influent peut lui attirer. Et une émotion qui n'est pas feinte le fait zézayer davantage.

— Moi, je n'ai rien à me reprocher. On peut venir me demander mes comptes. Oui, la police peut venir. Mes livres sont en règle...

Il prend sur un rayon un grand registre noir, et le brandit à hauteur de sa tête, au bout de son bras dodu.

— On fouillera partout. Moi je ne crains rien. On trouvera tous les noms. Si ! Je donnerai tous les noms. Qu'est-ce que je gagne, moi ? Absolument rien. Mes six pour cent d'intérêt sur l'argent que j'avance ! Où est-ce qu'il y en a dans le commerce qui risqueraient tant d'argent pour un si petit intérêt ; que j'ai là-dessus à payer tous mes frais de bureau ; et quand je n'ai pas assez d'argent, qu'il faut que moi aussi j'emprunte ; et quand alors ils me demandent des sept et huit ? Et si tout à coup le sucre baissait, baissait, et que toutes les provisions soient mangées ? Qu'est-ce qui serait ruiné ? Riccoboni. On trouvera tous les noms. On verra qu'est-ce que c'est, le gens qui espèrent à Paris que le sucre, dont tout le monde a besoin, il se vendra un jour bien cher, bien cher, de plus en plus cher. Moi, qu'il monte, qu'il baisse, je ne gagne rien. Je ne suis pas un spéculateur, moi. Je fais ce que les clients me disent. Seulement, si j'accepte une trop petite provision, et que je fais payer du six, quand on me fait payer du sept ou huit, alors c'est ma bonté qui me ruine... Vous ne vous êtes pas dit ça, ma petite dame. Que pendant que je vous laissais bien tranquille, que peut-être moi j'avais des ennuis à cause de vous...

Vers la fin, son indignation est devenue déception affectueuse, attendrissement. Germaine le regarde avec surprise ; sans bien suivre sa comédie, car elle n'a pas l'habitude des races méditerranéennes. Elle n'est pas loin de penser qu'elle est peut-être, en effet, un peu ingrate ; que ce Riccoboni, sous sa vulgarité et ses criailleries, cache une âme serviable de brave homme.

Tout à coup, passant près d'elle, il s'arrête, la contemple un instant, pousse un gros soupir, et lui tendant ses deux mains boudinées :

— Faisons la paix.

Elle lui donne le bout de sa main droite, en détournant la tête, et en pinçant les lèvres pour ne pas rire. Il saisit cette main, l'élève vers sa bouche, y dépose plusieurs baisers d'un air de profonde dévotion, les séparant par de longs intervalles, comme s'il lui fallait chaque fois une bonne dizaine de secondes pour savourer une aussi prodigieuse faveur.

Elle n'est pas vraiment touchée. Elle le trouve même un peu grotesque. Mais elle doit convenir que ce gros homme sait rendre hommage à une femme, sait prendre à l'égard d'une femme une attitude qu'elle, Germaine, juge conforme à la fonction masculine. Gurau n'aurait pas, en lui baisant la main, cette mine pénétrée, ni même cette aisance. On le sentirait préoccupé de sa dignité ; pressé peut-être d'en avoir fini.

Pour Germaine, bien qu'elle n'y ait jamais réfléchi avec méthode, l'amour est un système organisé par la nature et la civilisation autour de la femme ; un réseau de forces, dont les effets, compliqués en apparence, se ramènent à des lois d'une simplicité astronomique. Dans la conversation, elle admettrait, bien entendu, la réciprocité de l'amour. Si elle avait à écrire une dissertation là-dessus, comme jadis lorsqu'elle était élève à Fénelon, elle n'aurait pas de peine à prouver par des arguments et des exemples que la femme est capable d'aimer au moins autant que l'homme. Mais spontanément elle n'y croit pas. Les preuves ne lui viendraient que de la tête. Elle sait par expérience qu'une femme peut ressentir pour un homme comme Gurau de l'admiration, de l'amitié, un certain dévouement ; peut-être pour tel beau garçon un élan d'appétit physique. Mais il s'agit là de mouvements qui ne chavirent pas l'esprit, qui surtout ne risquent pas de créer, de la femme vers l'homme, cette sorte d'asservissement planétaire, de gravitation passionnée, qu'il semble bien plus normal de voir s'exercer dans l'autre sens. Pour un peu elle considérerait une femme amoureusement assujettie à un homme comme une malade, victime d'une espèce d'inversion ; en tout cas comme une gâcheuse.

Elle en arrive à se dire, si bizarre que l'aveu lui en paraisse à elle-même, que ce gros Riccoboni zézayant est mieux fait pour le rôle d'amant qu'un homme comme Gurau. En cette matière, les critères purement physiques comptent moins que la vocation profonde qui se traduit par l'attitude. Or il y a dans l'attitude du courtier le je ne sais quoi qui la justifie. Les privautés qu'il prend sont peu correctes, peut-être, mais naturelles. Elles appellent la vigilance, mais non le courroux, et doivent en fin de compte tourner, suivant les lois sidérales de l'amour, à l'avantage de la femme qui en est l'objet.

Riccoboni répète, sans lâcher la main de Germaine :

— Dites qu'est-ce qu'il faut que je fasse pour que nous soyons amis ? Que je ne vous tourmente plus avec cette provision de quinze cents francs ? Dites ?

Elle se contente de sourire.

— Bon. Je ne vous tourmenterai plus. Dites qu'est-ce que vous voulez encore ?

— Eh bien ! vendez-moi tout ce sucre ; que je n'en entende plus parler.

— Pourquoi vous voulez vendre ? Parce que vous avez besoin d'argent ?

Elle fait « oui » avec un hochement de tête boudeur de petite fille.

— M. Gurau n'est pas gentil avec vous ?... Hé ! je veux dire, il vous laisse manquer d'argent ? Une si jolie femme que vous...

— Il ne s'agit pas de M. Gurau. Je vous en prie...

— Non, nous ne vendrons pas votre sucre. Moi je vous dis qu'il montera avant la sortie de l'hiver. Et si la guerre finit par éclater dans quelqu'un de ces pays, en Orient ou ailleurs, ça finira bien par se faire, alors vous verrez le sucre. Ce sera vertigineux. La guerre, c'est comme l'orage, si, ou la purgation du corps. Il faut ça de temps en temps. Tout va mieux après.

Il lui baise de nouveau la main avec ferveur.

— Combien vous avez de kilos ? déjà.

— Vingt-huit mille.

— Vingt-huit mille ? Ce n'est pas un chiffre.

Il abandonne la main de la jeune femme, passe derrière elle comme s'il allait reprendre sa place de l'autre côté de la table. Il se penche.

— Je vous donne deux mille kilos, pour que ça fasse trente. Je les inscris sur le registre.

Le chapeau de Germaine est fort encombrant, et le col du corsage remonte haut. Il n'y a qu'une toute petite région de la nuque que les lèvres puissent atteindre. Mais le gros homme est adroit. Et si Germaine ne fait rien pour favoriser son entreprise, elle n'a pas l'idée, qui serait peu charitable mais efficace, de relever brusquement la tête pour que le bord du chapeau cogne brusquement le nez de Riccoboni.

Il a le temps de poser ses lèvres, à deux reprises. Elle se met debout avec grâce et gagne la porte. Il l'accompagne en lui baisant de nouveau la main, et en s'écriant, sur un ton d'emphase frémissante :

— Chaque fois que vous voudrez mille kilos de plus, revenez me voir, belle étoile de mon cœur !

*
* *

Marie n'en finit pas de s'étonner du petit salon de la garçonnière. Elle trouve tout délicieux. Même les formes des sièges, ou les nuances de tentures qu'elle n'eût pas choisies lui sont une surprise piquante. Elle retrouve l'art moderne sous un aspect plus souriant, plus frivole ; une espèce d'art moderne en vacances. Elle mesure ce qu'il a fallu de soin pour assembler tous ces détails, d'amour pour les assortir si bien à ce qu'on devinait de ses goûts. Qu'un homme, surtout, ait su faire cela, c'est à peine croyable. « Eux qui s'aperçoivent à peine de ce qu'on leur montre ! » Elle rend justice à Sammécaud.

— Comme c'est gentil de votre part, Roger !

— Alors, vrai, ça ne vous paraît pas trop affreux ? trop à côté de ce que je voulais ? Vous vous doutez bien de ce que je voulais ? Il ne faut pas vous gêner pour critiquer. Au contraire. Je compte sur vous. Indiquez-moi ce que je dois changer. D'abord c'est notre chez nous, ici. Vous y êtes maîtresse absolue.

— Mais non, je vous assure. Pour le moment, je ne vois rien à changer... Je verrai peut-être par la suite...

— Par la suite... Comme c'est doux de vous entendre dire « par la suite »... Cela évoque si bien d'avance nos rencontres, ici, ces heures à nous que nous aurons...

Il lui presse les mains. Elle est assise près de lui, sur le canapé, très sagement. Elle ne s'est pas encore décidée à retirer son chapeau, ni sa voilette. Mais lui s'est promis d'être patient, et de ne l'effaroucher en aucune façon. D'ailleurs c'est un petit chapeau, une voilette légère, sauf un grand dessin habilement placé devant les yeux.

— Il y a d'autres choses à voir, ma chérie. Je crois que la chambre est plutôt mieux que le salon. Enfin, vous allez me le dire...

Mais elle n'a pas encore envie de voir la chambre. Sa main, dans celle de Sammécaud, résiste. Il est légèrement inquiet.

— Il y a donc la chambre, comme je vous disais. Il y a aussi la cuisine, qui est comme une cuisine de poupée ; qui vous amusera bien, j'espère...

La main se détend. L'idée de la cuisine n'est pas mal accueillie. Sammécaud peut espérer un succès de ce côté-là. Mais ce n'est pas ce qui l'intéresse le plus.

Il se dit : « Ne péchons ni par précipitation, ni par excès de ménagements non plus. La situation doit se créer peu à peu. »

— Ma chérie, vous n'enlevez pas cette voilette, ce chapeau ? Il fait très chaud ici. Et puis, vous avez l'air vraiment d'une visiteuse. Je vous répète que c'est votre chez vous. Allons. Je ne vous montrerai la cuisine que lorsque vous serez nu-tête comme chez vous.

Elle sourit, mais d'un air encore bien sérieux, bien pensif. Elle consent pourtant à dénouer sa voilette. Il l'aide discrètement. Il recueille la voilette, puis le chapeau. Il ramasse deux épingles à cheveux tombées sur le tapis. Il va poser la voilette et le chapeau dans l'antichambre, près du manchon et du manteau de fourrure qu'elle y a laissés.

Il lui dit par la porte :

— Je ne sais pas si vous avez regardé mon antichambre. J'ai eu beaucoup de peine à trouver ce portemanteau. Venez voir.

Elle se lève, le rejoint, examine les choses autour d'elle, approuve. Elle se regarde dans la glace du portemanteau, qu'encadre une guirlande de fleurs dont les reliefs sont coloriés. Il la prend doucement par l'épaule, l'attire contre lui, lui pose quelques baisers sur les tempes, sur les yeux ; cherche ses lèvres. On ne peut pas dire qu'elle se défende, mais elle ne s'abandonne pas non plus. Elle garde une trace de raidissement, traversé parfois d'un léger frisson, dont Sammécaud sent bien qu'il n'est pas celui de l'excitation amoureuse. Quand le baiser est arrivé sur ses lèvres, elle ne l'a pas fui, mais elle ne l'a rendu qu'à peine, et s'y est bientôt dérobée.

Une demi-heure se passe entre l'antichambre, la cuisine où elle a paru moins contrainte, où elle a ri, où elle s'est laissé embrasser plusieurs fois ; où elle aurait voulu s'amuser à faire du thé tout de suite (mais il a doucement insisté pour qu'elle y renonçât, et se contentât aujourd'hui de porto) ; le salon, où ils sont revenus. Il l'a encore invitée à voir « l'autre pièce ». Mais elle a feint de ne pas entendre.

Pendant qu'il prodigue les attentions, les menues caresses, qu'il répond avec enjouement, Sammécaud se dit : « Pourtant, si elle est venue, elle se doute bien cette fois de ce qui doit arriver. Est-elle de celles qu'il faut brusquer un peu à partir d'un certain moment ? Difficile de se prononcer. Ce qui est sûr, c'est que ce n'est pas une coquette. De toute façon, les minutes passent. Pourvu qu'elle ne se lève pas soudain, en disant qu'il est déjà tard, qu'il lui faut rentrer. »

Cette crainte le décide à pousser les choses un peu plus hardiment. Tout en lui appuyant sur le cou un baiser qu'il n'ose pas rendre aussi voluptueux qu'il voudrait, il entreprend de dégrafer son corsage. Elle a deux ou trois violentes secousses, qui répondent à la fois au baiser, et à l'ouverture des premiers boutons. Elle a honte d'être aussi émue. Elle s'efforce de sourire. Elle jette sa tête contre l'épaule de Sammécaud, et lui donne sur la courbure de la joue un baiser assez vibrant. Mais elle s'écarte presque aussitôt. Quand les manches du corsage, retrousssées, glissent sur ses bras, elle a de nouveau une secousse. Elle incline la tête le plus possible comme pour cacher avec son menton le haut de sa gorge que découvrent les dentelles de la chemise. Et dès que ses bras sont libres, elle les croise sur sa poitrine, les doigts accrochés aux dentelles qu'elle remonte le plus possible. Elle murmure d'une voix malheureuse :

— J'ai froid.

Il désigne en souriant la salamandre, d'où rayonne une chaleur insupportable. Il pense : « Que dira-t-elle dans la chambre ! D'ailleurs, tant pis. Ce n'est pas le moment de s'arrêter. »

Il hésite pourtant beaucoup sur la façon dont maintenant il doit s'y prendre. Avec les quelques femmes qu'il a connues, les choses, arrivées au point où elles en sont avec Marie, marchaient sinon très vite, du moins avec une sécurité en quelque sorte conventionnelle. On pouvait être plus ou moins adroit, trouver des inspirations plus ou moins heureuses. Dieu merci, l'issue ne faisait plus question.

« Si j'achève de la déshabiller ici, elle va souffrir encore plus, se crisper encore plus. D'un autre côté, la mener comme ça dans la chambre... elle n'est vraiment pas assez en train... Et le déshabillage près du lit va prendre quelque chose de terriblement conjugal. Car là-bas, il n'y a que le lit. Moi qui comptais sur ce canapé pour bien amorcer les choses... Si je pensais qu'elle aime certaines caresses... Mais avec quelqu'un de si ombrageux, même en y allant prudemment, je risque de la scandaliser tout à coup... Pas commode ! »

Il s'est dit cela en lui défaisant ses chaussures. Il en profite pour lui caresser les mollets ; sa main droite déjà atteint le genou. Mais Marie le repousse vivement. Il en vient à souhaiter qu'elle n'ait rien soupçonné de son intention.

« Je me conduis peut-être en calicot. Ces manières-là ne sont peut-être pas distinguées du tout. Comment le savoir ? Qui vous l'apprendra jamais ? Ce n'est pas votre mère, si bien élevée qu'elle ait pu être elle-même. Ni les ouvrages de savoir-vivre. Ni même les romans de

George Allory, hélas ! Avec les femmes « tout à fait du monde », il faut peut-être attendre, pour les caresser, d'être au lit ; ou même attendre qu'elles y aillent seules… J'essayerais bien de voir, mais je n'ai pas une seconde l'impression qu'elle irait… »

Il lui baise de nouveau le visage, les lèvres, l'enlace, la soulève, l'entraîne, lui murmure :

— Venez que je vous montre la belle chambre que je vous ai installée, ma chérie. Venez. Il faut que vous me donniez des conseils. Il faut que vous me disiez si tout va bien.

Chemin faisant, la jupe est tombée à terre. Les beaux cheveux se sont dénoués. Un ruban d'épaule de la chemise a glissé. Les seins se laissent entrevoir. Sammécaud les a effleurés de ses lèvres, de sa moustache.

Le visage de Marie est rose pourpre, et moite d'émotion. Ses yeux passent par toutes sortes d'expressions où l'affolement domine. Elle va d'elle-même s'asseoir au bord du lit, et Sammécaud, à genoux devant elle, lui, baise les mains, lui enlace les jambes entre ses bras. Mais soudain, elle est agitée d'une de ces mêmes secousses que tout à l'heure et son regard a l'air d'implorer, d'appeler.

En effet Marie de Champcenais implore, appelle. Elle pense à Renée Bertin. Elle tâche de se souvenir des propos de Renée Bertin, des plus libres, des plus indécents, de la pointe de lubricité si délicieusement vulgaire qu'ils vous enfonçaient tout à coup. Elle évoque, aussi fort qu'elle peut, Renée Bertin, accroupie, qui, tout en lui faisant les ongles, lui parle des joies de la chair ; Renée Bertin, dont le regard, dont la poitrine déclarent à tout venant qu'elle a besoin de luxure comme de pain quotidien, et que c'est la moindre des choses ; Renée Bertin continuellement habitée par le doux travail de son mâle. Marie se souvient tant qu'elle peut des confidences de ses amies, l'autre fois, dans le boudoir gris souris et rose pâle. Tout ce cynisme de femmes parées, toute cette odeur de lits défaits, n'était-ce pas enivrant ? Et ici il y a un lit, où elle est assise, qui ne demande qu'à être défait ; un amant agenouillé qui s'exaspère. Marie s'accroche à des souvenirs de lectures, d'images graveleuses qui l'ont émoustillée un jour, de scènes d'opéra où une femme adultère se pâme dans les bras d'un guerrier.

Mais ses jambes restent serrées ; ses mains se joignent sur son ventre ; une secousse, où il n'y a pas trace de volupté, qui est faite entièrement de peur, la traverse des épaules aux cuisses. Pour un peu ses dents claqueraient. Sa tête, à demi renversée, et tournée à droite vers un coin d'ombre, elle murmure :

— Je vous en supplie, Roger. Non. Pas aujourd'hui. Pas aujourd'hui. » Le dernier « aujourd'hui » se prolonge dans un léger sifflement de poitrine qui étouffe.

Et Sammécaud navré se dit qu'il assiste à la lutte d'une femme « tout à fait du monde » contre les images trop puissantes de l'honneur et de la vertu.

XIII

LE PORTRAIT

Budissin venait de sortir, son chapeau melon sur la tête, son parapluie devant lui. Jerphanion attendit un instant. Puis il fouilla dans sa poche de veston, et en tira une petite photo. Il y jeta un coup d'œil, se leva, la posa sur la table de Jallez.

— Regarde.

Jallez prit la photo, regarda.

C'était le portrait d'une fillette, ou d'une toute jeune fille, remarquablement belle, avec des traits nobles et réguliers, une expression paisible, une chevelure abondante. La photo s'arrêtait un peu au-dessous de la taille. Les vêtements, sans être d'une mode ancienne, portaient déjà leur date.

— Eh bien ?..., dit Jallez, qui est-ce donc ?

Jerphanion fit une moue souriante :

— Alors... ce n'est pas ça ? Moi qui croyais...

Il avait repris la photo.

— Que croyais-tu ?... Redonne-la-moi.

Jallez se remit à l'examiner.

— Oui... Je vois ce que tu pensais... Où t'es-tu procuré cette photo ?

— Dis-moi d'abord si elle est ressemblante.

— Ressemblante... le mot est bien gros. C'est quelque chose de si émouvant que la ressemblance, je trouve... de presque tragique. Disons que cette photo est une allusion... très... insinuante, je le reconnais. Plus je la considère, plus j'en suis remué. J'irai jusqu'à t'accorder que de toutes les images qui ne sont pas son portrait, c'est la plus ressemblante.

— Ce n'est donc pas si mal. Est-ce que tu as son portrait ?

— Non... Mais dis-moi, cette photo, d'où vient-elle ?

— D'une boîte des quais.

— Tu es tombé dessus par hasard ?

— Je ne sais pas... oui... j'y pensais vaguement. Depuis que tu m'as raconté son histoire, il m'arrive assez souvent dans la rue, quand je croise une jeune fille, de me dire : « Est-ce que ça peut être elle ? » Tantôt je tiens compte des années écoulées ; tantôt pas. Ce marchand avait des tas de photos ; la plupart fanées ; des personnages d'outre-tombe. Très impressionnant, d'ailleurs. Ç'a t'aurait plu. Quelques-unes beaucoup plus récentes. Il y avait celle-ci. Tu vois, en tout cas, que je t'ai bien écouté quand tu me parlais de ta petite Hélène.

— Oui. C'est une vraie marque d'amitié.

— Je n'ose pas te l'offrir parce que tout de même ce n'est pas elle. Mais si tu n'y voyais pas d'inconvénient nous pourrions l'accrocher quelque part au mur de la thurne. Pour nous, ce sera Hélène ; ou plutôt le « signum » d'Hélène, puisque « signum » a l'avantage de vouloir dire aussi bien signe et symbole que portrait. Et puis tu étais habitué avec elle aux « signes », n'est-ce pas ?

— Nous aurons l'air d'une thurne bien sentimentale.

— Qu'est-ce que ça nous fiche ? Ça pourrait t'agacer à la rigueur si c'était vraiment elle. Mais la non-identité est un voile suffisant. D'une épaisseur métaphysique. Si on nous interroge, nous raconterons ce que nous voudrons. Au besoin, je dirai que c'est ma sœur, pour avoir le droit de me fâcher si quelqu'un plaisante.

— J'aurais donc été amoureux de ta sœur.

— Mais oui. Ce qui est charmant. Ça me console de ne pas avoir de sœur... A quel endroit veux-tu que je la mette ? A gauche de la porte ? Hein ?... Voilà. Tu avoueras qu'elle a de beaux cheveux. C'est peut-être le regard qui n'y est pas tout à fait... Ton avis ? D'après ta description, je lui vois un regard plus riche que celui-là, plus mûr, plus savant. Savant dans l'ordre de l'innocence ; nous nous comprenons. Enfin, ça pourra faire en attendant.

— En attendant quoi ?

Jerphanion hésita un peu ; puis sans qu'on pût dire ce qu'il y avait de jeu dans sa pensée :

— En attendant que tu retrouves Hélène. Car mon idée à moi, c'est que tu la retrouveras.

— Tu le dis sérieusement ?

— Pourquoi pas ? Moi, je n'ai pas le sentiment de l'abîme comme toi ; plutôt le sentiment du « rien ne se perd ». Toutes les étoiles de Thalès sont encore au ciel.

— Crois-tu ?

— Mais si.

— Et la cendre de César, a dit Shakespeare, sert peut-être à boucher un tonneau.

Cependant Jerphanion se préparait à quitter la thurne.

— Tu ne viens pas à la Sorbonne ?

— Je n'ai rien à y faire. Mais je t'accompagne de ce côté-là, si tu veux.

XIV

RÈGNE DE LA TENDRESSE

Après avoir quitté Jerphanion devant la statue de Hugo, Jallez rejoignit la rue Saint-Jacques par les couloirs où l'on voit, aux murs, des villes antiques, ocres et bleues, et sans aucun but descendit dans la direction de la Seine.

Jour d'hiver doux et feutré. Dans moins d'une heure il fera nuit. L'égale nuée et l'atmosphère de la rue se continuent l'une dans l'autre par enlacement et pénétration. La même intime lumière gris-jaune, gris-rose partout. Ce qui est un peu loin est émoussé par une brume, qui ne s'aperçoit à aucune épaisseur, mais seulement à ces franges, à ces mollesses qu'elle ajoute.

Aucun but, n'est-ce pas ? aucune peine. Rien n'est si urgent. Tout dure depuis si longtemps sans tellement d'efforts, sans tellement de questions. Il peut y avoir un courant presque immobile comme celui des rivières dormantes, sur lequel pourtant on se laisse porter. Il peut y avoir une marche abandonnée comme le sommeil, appuyée de tous les côtés à de souples et reposants supports qu'elle ne sent pas mais qui la tranquillisent ; comme le lit et l'oreiller, sans figurer dans le rêve, y mettent des incidents faciles, des glissements sans nulle secousse, des manières de bouger, de courir, de participer à un tumulte qui restent coites et détendues. La vieille porte cochère forme une voûte estompée. La boutique est verte, d'un vert profond qui a perdu tout luisant, mais qui maintenant ne s'effacera pas plus que la couleur d'une émeraude. Il n'est pas nécessaire de voir ce qui se fait derrière les vitres brouillées.

Paix frileuse jusqu'au frisson. On est quelqu'un d'inoffensif et de vulnérable. Mais il y a dans l'univers des moments de trêve et des lieux d'asile. Il y aurait peut-être une façon de prendre la vie qui de tout — de presque tout — ferait une trêve et un lieu d'asile.

Un bruit léger de machine à coudre traverse la rue comme un oiseau. Puis disparaît.

Hélène s'est perdue. Mais ce n'est pas sûr. Jerphanion l'a dit tout à l'heure. Au-dessus de la rue flotte aujourd'hui comme une banderole d'accueil, où il y aurait écrit : « Laissez toute désespérance ». Une musique chante, douce et frangée comme la lumière. Et cette toute petite mélodie pour le marcheur qui la sent bourdonner à l'oreille veut dire : « Fiez-vous à moi ». Aucun malheur peut-être n'est très important. Aucun événement ne mérite qu'on se réveille tout à fait. Ce qui compte, c'est la tendresse, qui ne réclame pas de lutte, qui se plaint tout juste et ne se venge de rien.

On ne souffre pas de la solitude. « La tendresse est avec toi. » Mais l'on voudrait être plus visiblement accompagné. Moins immatériellement accompagné. Pas par un ami ; pas par un gaillard au pas dur et à la voix claire. (« Tout serait si voyant, même ses pensées. J'ai seulement demandé *visible.* ») Il ne faudrait qu'un petit être silencieux et bien-aimé.

« Il est arrivé à Juliette de s'appuyer à mon bras dans une rue comme celle-ci. Un pareil jour finissant de décembre y murmurait sa musique pour elle et moi côte à côte. »

Quand passe une voiture, il semble qu'elle ne fasse pas le même bruit qu'un autre jour. Les pavés sous les roues résonnent plus brièvement. On dirait aussi que les gestes des gens vibrent moins. Quelque chose de mat supprime l'écho. Quelque chose de calmant écourte tout ce qui se produit, en amortit les suites. D'où vient ce pouvoir ? Est-ce l'âme aujourd'hui qui allège l'existence et la désenvenime ? Suffit-il de savoir trouver une posture dormeuse de l'esprit ? Est-ce un bienfait qui se répand comme une influence, et qui ne vous demande que de l'accueillir ? Vraiment, tout ce qui a lieu hors de vous ressemble aux événements d'une ancienne gravure, qu'on regarde en s'oubliant soi-même et sans trace de crainte, puisqu'ils n'ont plus que leur charme, puisqu'ils sont désarmés.

Juliette, on l'a quittée un jour déjà lointain. Mais elle est tout près, tout près. Il n'y aurait qu'un signal à faire. Et on la verrait soudain apparaître au prochain croisement de rues. On est un peu comme ces enfants qui s'amusent dans les quartiers. Ils se séparent. Mais il y a entre eux un cri spécial ; un certain « o-hau » connu d'eux seuls, qu'ils savent entendre par-dessus les pâtés de maisons. Ils se rejoignent quand ils veulent.

Il arrive bien pourtant que les signaux ne réussissent plus. Un jour Hélène n'a plus donné de réponse. La petite photo sur le mur, « signe » peut-être, comme dit Jerphanion, au sens de simulacre. Pas « signal ». Il ne faut pas jouer sur les mots !

Ce cri de remorqueur, sans violence, lui aussi. Simplement une douce déchirure. « Il est arrivé à Juliette d'avoir son visage si près du mien, ici, à gauche, dans le soir tombant. Pauvre petite. Règne de la tendresse, mystérieusement ramifié. Connivence et fraternité occultes. Il y a entre Hélène, Juliette, moi, une espèce de tradition indéfinissable. Il faudrait pouvoir crier "o-hau" comme ces enfants, en usant de la modulation secrète ; et voir venir. Voir qui viendrait. Car quelqu'un viendrait, j'en suis sûr. O-hau, par-dessus les maisons, au hasard, comme ce cri de remorqueur, si poignant, si doux, avec le vent du fleuve, si tendre que tout à coup je n'ai plus besoin de rien, plus besoin de rien. »

XV

LE VAGABOND

Pendant la première partie du cours, Jerphanion s'était simplement ennuyé. De temps à autre, il notait une phrase d'Honoré en la débarrassant de ses vaines élégances et de ses redites ; ce qui parfois la réduisait à peu de chose. Ou bien il regardait Honoré lui-même : sa barbe, ses yeux, ses gestes tous prévisibles. A coup sûr, Honoré était content. Il disait, sur les poètes de la Renaissances, des choses qu'il avait studieusement préparées, et qu'il croyait délicates. Il citait des références, dictait des notes bibliographiques. On ne pouvait lui reprocher ni le manque d'érudition, ni le manque absolu de sens littéraire ; ni de parler sans aucun respect des grands poètes ; ni de baver dans sa barbe. Il donnait envie de devenir assassin.

Ensuite Jerphanion n'écouta plus. Il rêvait. Il transformait en âcreté intérieure la lumière des lampes de la salle, et le bruit des plumes sur le papier.

« J'ai vingt et un ans, et je suis là. Et je m'occupe à ça. Un poème qui glorifie l'amour se décompose en une grappe de notes philologiques, comme une belle chair attaquée par le mal se fait bourgeons de lupus ou chapelet de pustules. Je trempe dans cette opération. "Cueillez dès aujourd'hui les roses de la vie." Tu parles. Pour me remettre du service militaire, et des années de bahut qui ont précédé, voici Honoré, l'érudition virulente, les embuscades successives des examens et des concours ; et si par miracle tout se passe bien, des leçons à préparer et des copies à corriger pendant quarante ans ; l'ennui de ma jeunesse à revomir intarissablement sur de plus jeunes. Ça, jusqu'aux cheveux gris ; jusqu'aux cheveux blancs. Comme suprême perspective, la situation d'Honoré. Chemin faisant, une femme à lunettes, un peu osseuse, modérément emmerdante. Quatre gosses. Un eczéma. Et la rosette de l'Instruction Publique. »

Il pensait à Jallez. Il s'apercevait qu'il était jaloux de lui. « Déjà il a un passé bien plus intéressant que le mien. Par le peu qu'il m'en a dit. Et il garde pour lui le principal. Je suis sûr qu'en ce moment même il a une vie cachée. Des passions, des aventures. C'est un homme qu'on sent bourré de secrets. Il fait de longues sorties le soir. Même dans la journée il lui arrive de me plaquer, ou de ne pas m'emmener, sans raison valable. La vraie camaraderie, pourtant, ce serait de me confier ça. Même de m'y faire participer. Je sais qu'il va dans des cafés littéraires ; qu'il a accès dans des milieux d'artistes. On y rencontre sûrement des femmes. Il pourrait me présenter. Je ne ferai jamais la connaissance d'une femme si je ne vais nulle part. C'est à crever d'agacement. »

Il y avait bien des femmes autour de lui, et fort près : sur les gradins mêmes de cette salle toute retentissante de la voix d'Honoré (ennuyeuse et bien habillée comme une voix du dimanche). Plusieurs n'étaient pas laides. Une ou deux n'auraient eu qu'un pas de plus à faire pour être jolies. Mais quelque timidité les arrêtait au bord de cet abîme. Ou plutôt, comme le gaz sulfureux empêche le départ de la fermentation du vin dans la cuve, l'air de la Sorbonne, le gaz érudit empêchait tout dégagement de féminité, et Jerphanion, qui n'eût demandé qu'à être troublé, restait indemne.

« Si Jallez n'avait pas d'autres ressources, est-ce qu'il se rabattrait sur ces braves filles ? Mais non. Et d'abord par élémentaire prudence. Caulet me mettait en garde contre les Moldo-Valaques. Mais c'est vrai des autres. Le mariage se déclencherait tout de suite comme un piège à rats. Le plus drôle, c'est qu'en nous voyant sortir de la Sorbonne, pêle-mêle, les passants se disent : "A cet âge-là, étudiants et étudiantes, ils ne doivent pas s'embêter." Au fond, c'est un curieux problème. En principe, les passants n'ont pas tort. On imagine très bien cette bande de jeunes garçons et de jeunes filles profitant des facilités qu'ils ont, de la liberté de pensée qu'ils devraient avoir, pour s'offrir quelques années de plaisir en commun, de débordements discrets, avant le grand coup de rasoir que le destin leur réserve. C'est la faute des jeunes filles, qui nourrissent trop d'arrière-pensées utilitaires. Les femmes ne deviennent désintéressées en matière d'amour que plus tard, quand leur affaire est faite et qu'elles ont l'esprit libre pour cocufier leurs maris. Un peu comme les candidats à l'agrégation se disent : en ce moment, hélas, je ne lis pas les poètes, je les explique. Mais plus tard, quand je pourrai les lire sans penser au concours, quelle revanche !... Seulement ils oublient de prendre leur revanche. Les femmes oublient moins.

« Il faudra que je parle de tout ça avec Jallez. Savoir aussi ce qu'il ferait à ma place, chez les Saint-Papoul. Jeanne de Saint-Papoul n'est pas mal. Là-bas, elle ne me dit rien. Il me semble pourtant que si elle était ici, sur l'un de ces bancs, je serais un peu amoureux d'elle. Pas très logique. Ce qui m'excite, c'est cette transplantation imaginaire. Que ferait Jallez rue Vaneau ? Rien, sans doute. D'abord il serait écœuré par le prévu de la situation. Je lui accorde qu'un des caractères humiliants de l'amour est de se produire là et quand le premier imbécile venu peut s'y attendre. Un déterminisme pour poissons. Jallez ne pousserait pourtant pas le goût du libre arbitre jusqu'à devenir amoureux de Mlle Bernardine. J'imagine Mlle Bernardine tombant dans vos bras et vous faisant un baiser avec chatouillis de la langue. Horreur. Ou soulevant ses jupons pour vous, mais se grattant soudain parce qu'elle aurait une démangeaison... Jallez trouverait peut-être piquant de faire à Jeanne une cour toute spirituelle, même insaisissable, de la rendre amoureuse de lui ; ce qui ne l'empêcherait pas de continuer ailleurs les amours positives et voluptueuses qu'il a sûrement. Tiens ! Je me dégoûte. Je suis un provincial au-dessous de tout. »

*
* *

Dès la dernière phrase d'Honoré, Jerphanion glisse entre les bancs, atteint agilement la porte, le bout du couloir, la cour, le portail, comme s'il traversait des lieux pleins de vapeurs dangereuses, et attendait d'être dehors pour respirer.

Toutes les boutiques sont allumées. Les feux des réverbères naissent un à un le long de la rue ; par couples, dans la montée du boulevard. Jerphanion ne sait pas où il veut aller. Mais il sait qu'il ne rentre pas à l'École.

Il se jette dans la foule avec abandon, comme pour en ressentir tout de suite le contact ; comme pour s'accrocher aux aventures qu'elle charrie. Il est dans cette humeur intermédiaire entre la colère et l'ardeur allègre qui remet tout en question, s'étonne de tout, demande à tout ses justifications et ses droits ; oublie ce qu'on croit savoir ; ne se résigne à rien. L'humeur qui, lorsqu'elle s'étend à un peuple, fait les révolutions.

Il se dit qu'il y a beaucoup de femmes. Il se le dit avec fraîcheur et puissance ; et ne sourit pas d'en être à des constatations pareilles. Il y a beaucoup de femmes et nombre d'entre elles sont jeunes. D'autres ont une maturité qui ne les empêche pas d'être désirables. Différemment désirables, mais désirables. Les yeux, les poitrines, les hanches. La merveilleuse oscillation des croupes. Parfois un lourd roulis ; un gros remuement circulaire ; l'idée d'une jouissance produite par le poids, par l'enfouissement et l'écrasement. Parfois un double mouvement de balancier ; le rythme plus vif et plus malin d'une chair plus fine. La promesse d'une volupté entreprenante, ingénieuse, qui conduit les nerfs sans les lâcher jusqu'à la grande flamme où ils se brûlent.

A chaque instant il passe une femme, qu'on serait peut-être content de quitter dans une heure, mais qu'il y aurait eu délice à posséder.

Tant de femmes, rien que sur la zone de trottoir qu'atteint la bouffée de lumière d'une seule boutique. Et tout le boulevard ruisselle de la même foule. Ensuite, les ponts ; les voies vers le centre. Encore plus de foule et plus de femmes ; dans les lumières serrées qui les font mieux voir. Même dans une petite rue d'un quartier lointain, une femme peut-être, dont les talons sonnent sur le bitume désert ; et qu'il serait facile d'aborder.

Malgré l'air de ce soir d'hiver qui doit leur glacer les jambes, de jeunes femmes sont assises aux terrasses des cafés. Dans la baraque, près de sa lampe à pétrole, la bouquetière n'a pas trente ans. On aperçoit par la porte du magasin de chaussures de jeunes vendeuses sveltes en tablier noir.

Toutes ces femmes vont et viennent librement, s'assoient, se lèvent, passent près de vous. On ne les enferme pas. On ne les enchaîne pas. Beaucoup même ne sont pas accompagnées. Elles s'arrêtent, quand il leur plaît, devant un étalage, repartent. Personne ne les garde. Personne ne vous défend de les approcher.

Pas une de ces femmes n'est à lui. Pas une de toutes les femmes de cette immense ville. Jusqu'aux fortifications. Jusqu'aux extrêmes banlieues. Pas une ne l'a été même une heure.

Il avance comme un chemineau venu d'ailleurs, qui n'aurait pas reçu la moindre croûte depuis son entrée dans Paris, et qui marcherait les lèvres tremblantes, les poings serrés, supputant les monceaux de nourriture dont regorge la ville. Une fureur où l'indignation finit par l'emporter sur la faim.

Chacune de ces femmes est à quelqu'un, est possédée par quelqu'un. Un homme a le droit de mettre ses lèvres sur elles, où bon lui semble, de les embrasser en pressant leur poitrine sur la sienne, de flatter à travers la jupe leur croupe vibrante, de glisser la main dans leur corsage, de défaire les boutons, les agrafes, les rubans. Pas une de ces femmes, en réalité, qui soit libre, qui attende encore. Ce serait trop beau. Paris ne peut pas laisser une femme « attendre ». Il est évident qu'elles sont toutes déjà prises, qu'elles l'ont été « tout de suite », qu'on serait toujours venu trop tard. Hors de vraisemblance qu'une seule n'ait pas rencontré l'occasion. Parce que l'occasion continuellement se jette à leur tête, serrée comme une tempête de sable. S'il restait dans Paris une belle femme à prendre, c'était hier. C'est toujours hier. Pays terrible, où tout est cueilli avant d'être mûr, où, par définition, toute place est « déjà occupée ».

Pour avoir une de ces femmes, il faudrait la reprendre. Mais celui qui la possède est plus beau que vous, plus séduisant que vous par quelque côté, plus riche. Ou bien il sait menacer. La femme a peur de lui. Ou bien plusieurs autres la convoitent entre lesquels elle n'aura que la peine de choisir, le jour où elle voudra changer d'homme. Pourquoi aurait-elle besoin de vous ? Si par miracle il y en a encore une, dans toute cette foule, qui soit libre, une qui attende, une qui ne soit promise à personne, guettée par personne, et pourtant désirable, comment le savoir ?

Jerphanion songe à la misère des animaux. Aux fausses profusions de la nature. Le carnivore qui rôde trois jours dans la forêt et qui ne trouve rien. Les proies sont toujours rares ; parce que la faim des autres les raréfie. L'amour est encore sous le régime de la forêt. Paris, pour le jeune garçon qui a besoin d'amour, est forêt. Les proies ont l'air innombrables et bien visibles. Mais ce sont proies déjà prises ; proies dévorées.

Alors n'y pensons plus. Le cœur ne manque pas de force. On peut mater l'instinct viril. Il y a dans la rue tant de choses intéressantes.

Les hommes qu'on rencontre ont bien d'autres soucis en tête que l'amour. Même les femmes sont loin d'y penser toujours. Quelle belle couleur noir glauque dans le ciel ! Quelle charmante lumière couve sous le store rayé de rouge !

Mais pourquoi les femmes se fardent-elles ? Si c'est à leurs travaux de ménage qu'elles songent, ou aux menus tourments de la vie, aux paisibles intérêts, pourquoi laissent-elles dériver dangereusement vers vous ces regards luisants, ces regards troubles, auxquels l'instinct se heurte, sans se méfier, comme à des mines flottantes ? Sur la petite table du kiosque il y a les journaux du soir pliés et empilés. Mais tout autour les illustrés pendent à des ficelles. Partout des femmes demi-nues ; des cuisses dans des pantalons roses ; des seins d'une rondeur parfaite qui tendent leur pointe de vermillon ; de fines jambes dans des bas noirs formant l'avenue du sexe invisible. Comme si le kiosque était une petite chapelle dédiée à l'amour lascif.

La palissade d'un chantier du métro. Là-haut, des silhouettes de fer contre le noir glauque de la nuit. Sombre travail de l'homme, acharnement ; tradition des terrassiers et des bâtisseurs. La grande bête inquiète qui refait toujours son gîte... Mais on ne peut pourtant pas faire exprès de ne pas voir les affiches. Encore une femme nue. Sous prétexte de célébrer un apéritif, encore un serpentement, un flamboiement de chair rose. Encore une draperie légère, qui montre le sein armé de sa pointe, caresse la croupe, et va finir dans la pénombre du ventre, comme pour guider la hantise du passant. Garce de ville ! Il est peut-être facile de rester chaste dans une campagne. Les amours des plantes sont indéchiffrables. Il n'y a pas tellement de bêtes qui s'accouplent sous vos yeux. Et là-bas si peu de femmes se font désirer. Les grandes pensées tranquilles s'appuient à l'horizon des montagnes, à la courbe des prés et des champs. Chères pensées ! Comme vous êtes mieux accordées au bonheur ! Comme vous savez mieux rassurer l'homme ! Avec vous, il n'a pas cette âcre faim ni cette inquiétude un peu infernale. Mouvements dorés de la terre. Un ravin remonte entre des bois de sapins jusqu'aux chaos pierreux. Il ne s'agit que de la vie tout entière avec une lenteur et une sérénité d'orgues. Le désir ne s'enfièvre pas. S'il naît de vous, c'est comme un brouillard de prairies ; bientôt le vent universel l'emporte, méconnaissable, et ce n'est sur la terre qu'un arôme de plus.

Heureusement, il y a ce fleuve, ces lumières dans l'eau ; cet apaisement de l'eau noire ; ces monuments dans l'ombre. Ah ! tant mieux qu'ils soient dans l'ombre. On y verrait encore, dressées à tous les angles, debout sur des grilles, offertes dans des niches, de belles femmes hypocritement drapées. Ils ont l'obsession de la femme. Un jardin que l'on traverse est un guet-apens de femmes nues. Ils ont peur que vous oubliiez un instant les seins et les croupes, le pouvoir d'affolement des chairs bien courbées ; et ils s'amusent à diviniser ces courbes ; ils en font des idoles de marbre blanc érigées au-dessus de vous, toutes scintillantes de soleil et de ciel. Même s'ils statufient un politicien, c'est pour lui faire une litière de femmes nues ; et, comme un vigneron danse sur les grappes, c'est pour qu'il danse avec sa redingote sur une hottée de fesses et de seins gonflés de suc, sur une vendange de bronzes charnels.

Encore leurs cafés. Encore leurs femmes. Ces deux-ci ont des guimpes de mousseline. Quelque chose comme des filets à baisers. Elles n'ont pas froid quand il s'agit de montrer leur peau. Leur gorge paraît là-dessous si prodigieusement désirable. La première ombre entre les seins développe une telle fascination. Absurde. Odieux. Humiliant. Vous obliger à ne penser qu'à ça. Leur musique. Le violoniste couchant la joue sur son violon, comme si sa tête se pâmait ; et la pianiste qui se penche en creusant le dos, et se relève, et ondule. Leur musique : de petites lanières qui viennent vous frôler, vous caresser, vous fouetter pour que si par hasard vos yeux se détournent, si votre tête pense tout de même à autre chose, on soit sûr d'aller vous réveiller le désir dans les reins. Et pour le cas où les reins ne répondraient pas, on compte sur l'entregent des douceurs perfides, sur le barbouillement de mélancolie autour du cœur.

Mais alors, qu'ils nous les donnent, leurs femmes ! Qu'on puisse désigner dans la foule celle qu'on veut, s'approcher d'elle, lui mettre la main sur le poignet, l'emmener ! Au moins, qu'elles se soient fardées, qu'elles nous aient montré leur peau pour quelque chose ! Qu'on ne nous laisse pas crever d'excitation !

Le jeune mâle pense à l'entrée des troupes dans une ville conquise. Le viol n'est pas autorisé par affiches ; mais le commandement ferme les yeux. Il pense aux civilisations qui permettaient l'orgie, aux mystères priapiques, aux saturnales, aux réunions du sabbat dans les nuits du Moyen Age.

Le boulevard Sébastopol, la rue Saint-Denis, les courtes rues qui les joignent. Des femmes en cheveux, le chignon haut, la taille serrée, la jupe ronde. D'autres qui ont un chapeau, une voilette, parfois même un manteau d'hiver.

Voilà ce qu'on t'offre. Hé oui, je sais. De quoi te plains-tu ? Toutes ne sont pas laides. Tu cherches une proie ? Toutes sont à prendre.

Le boulevard est sombre du côté du ciel, lumineux par places du côté du sol. Seulement par places. Le passant navigue d'îlots de clarté en îlots de clarté. Dans les zones d'ombre les filles mollement remuent. Rien qu'en approchant un peu, rien qu'en ralentissant le pas, on les attire. Comme lorsqu'on promène un aimant sur le ventre d'un aquarium peuplé de poissons de métal.

Dans les rues latérales s'ouvrent de petites boutiques à demi obscures, d'où viennent des relents de légumes écrasés, de fruits fermentés. D'un peu plus loin viennent des odeurs de viande, de sang, de graisse, de tripes. D'un peu partout, des odeurs de débris, de balayures, de serpillières gorgées, de petits tas humides dans des recoins, de minces croûtes de crasse vivante collant à du carrelage qui ne sèche jamais. Il vient largement du fond du quartier l'odeur des Halles ; l'odeur des paniers, des caisses à fromages, des broyures de choux, des boucheries souterraines, des monticules d'entrailles de poisson.

Les filles regardent Jerphanion, l'appellent d'un bruit de lèvres. Il pense à leur chair pourrie. Il lui semble qu'elles font partie de cette vaste odeur. Elles y habitent ; elles y ajoutent. Il sent cette odeur s'allonger derrière elles comme une piste, jusqu'aux chambres d'hôtel où elles mènent leurs clients. Il renifle déjà le seau, la cuvette étroite, la serviette grise en nid d'abeilles avec un trou et des taches de rouille. Il pense aux maladies vieillies, aux purulences mal étanchées, aux virulences qui somnolent. Il commence à ne plus être sûr que cela suffise à lui faire horreur.

Il écoute au passage ; il s'arrête presque. Les filles bougent vers lui comme des têtards. Les amantes des égoutiers et des boyaudiers l'invitent à une liesse d'un quart d'heure. Quand aura-t-il assez soif pour mordre, les yeux fermés, à ces fruits pourris ?

Oui, à la rigueur il y a ça. Il y a ces fontaines Wallace. Il y a cet amour qu'on boit debout dans un gobelet fendu. Ne fais pas trop le difficile. Passe sans ricaner. A celles qui t'accostent, réponds courtoisement : « Pas aujourd'hui. »

Non pas que ton désir puisse grandir encore. Mais c'est ta répugnance qui peut diminuer. Tu t'habitueras peut-être à ces regards insolents, et à discuter un prix sans que ton désir entende. Tu arriveras peut-être à te figurer que dans ces corsages loge la poitrine des statues.

On ne sent plus l'odeur. Est-ce qu'on est sorti du fade rayonnement des pourritures ? Est-ce l'accoutumance ? Il s'ouvre des rues tranquilles, clandestines, un peu tordues. Des feux, qui sont des enseignes d'hôtels, sur d'étroites façades séculaires. On allait tomber dans la cohue du centre. Et voilà cette espèce de fourré, cette broussaille silencieuse et giboyeuse, près de laquelle vous seriez passé distraitement un autre jour. Mais ce soir votre instinct vous y mène et vous y bute. Comme la lanterne rouge accrochée au piquet de fer signale les travaux de voirie, chaque lumière dans ces tournants a l'air de dire : « Ici quelqu'un fait l'amour. » Tout le silence de la rue semble un silence de caresses trop attentives. S'il passe une voiture, ce doit être pour masquer un cri. Mais l'amour qui se vend connaît-il le cri ?

— Bonsoir, monsieur. Vous vous promenez ?

Les yeux sont rieurs. La voix est tendre. Le visage, presque beau dans l'ombre. Visage de femme qui s'offre, presque pareil à un visage de femme convoitée. Amour qui se vend, souriant presque du même sourire que l'amour qui se donne.

Jerphanion s'interroge, moins sur ce qu'il va décider que sur le retentissement intérieur de la décision, sur l'indice dont elle marquera son destin.

S'assouvir, en attendant. De quoi simplement prendre patience. Sans trop réfléchir aux moyens. Tu vas peut-être te désenguigner. C'est justement quand tu n'auras plus cette fringale aveuglante, que tu sauras trouver une femme, une femme à toi. Oui, mais quel aveu de défaite ! Tu peux calmer ton rut. Mais tu seras encore dans une heure celui à qui aucune femme n'appartient ; aucune dans l'immense ville, aucune jusqu'aux fortifications, jusqu'aux extrêmes banlieues. Et pour la première fois, tu auras eu l'air d'accepter. Tu auras accepté.

La femme marche près de lui à petits pas, le flatte de petites phrases, lui dit vous et tu, tour à tour. Elle n'est pas toute jeune. Elle est un peu grasse. Elle semble indulgente et protégeante. Elle a l'air d'une jolie maman encore fraîche, qui connaît les vices des enfants, les tourments des enfants, et y compatit et les soulage en cachette.

Jerphanion répond d'une voix lâche :

— Pas aujourd'hui.

Elle ne s'offense pas, mais elle insiste, en souriant mieux :

— Pourquoi pas aujourd'hui ? Nous ne sommes pas sûrs de nous retrouver. Vous me plaisez, bien vrai. Si c'est à cause de l'argent, vous me donnerez ce que vous voudrez. Juste un petit cadeau. Je ne veux pas laisser repartir un joli garçon comme toi.

— Non, un autre jour. Je reviendrai. Je suis sûr de vous reconnaître. Je vous chercherai dans toutes les rues. C'est promis.

Elle fait des yeux tristes. Elle incline la tête, avec une légère crispation, comme une femme déçue qui va pleurer. Elle avance ses lèvres, et les lui tend.

Il prend le baiser, la tient serrée contre lui quelques secondes. Puis il s'éloigne à pas rapides.

Le ciel ne montre plus aucune lueur qui lui appartienne. Le rougeoiement qui le teinte vient d'en bas.

L'air froid mais non glacé est presque immobile. Il mouille légèrement les trottoirs. Il met devant les vitres un premier rideau.

C'est alors que l'amour charnel, de toute la masse de Paris, suinte peu à peu comme une lymphe et paresseusement se rassemble. Des couples s'évadent de la foule, sans que personne y prenne garde. D'autres se rejoignent par des chemins bien calculés.

Des femmes sortent d'un grand magasin, tenant par une boucle de ficelle bicolore le paquet qui leur servira d'excuse. Elles hèlent un fiacre fermé, se font déposer à un carrefour et suivent à dix pas une silhouette qu'elles ont reconnue. Des femmes quittent, avec une pression de main qui remercie d'avance, l'amie chez qui elles auraient dû prendre le thé, et qui témoignera en cas de péril. Des femmes entrent par une porte d'église, font un signe de croix, une génuflexion devant la grande nef, et ressortent par la porte opposée, pour gagner le long d'un trottoir sombre le logis secret où l'ami d'enfance de leur mari les attend près d'un feu de bois. La lingère, qui s'est fait donner par la patronne une course pour un quartier lointain, retrouve au café du métro le monsieur un peu chauve dont elle est la maîtresse depuis trois semaines. Place de la République, les négociants de province engagent la conversation avec des filles décentes, sur les banquettes du café de l'*Hôtel Moderne,* et se disent qu'il leur reste une grande heure pour aller faire l'amour dans un meublé du voisinage avant de se mettre à leur courrier. Boulevard de Grenelle, des soldats de l'École Militaire poussent la porte de la maison close où naguère Quinette s'est essayé en vain. Les directrices des maisons de rendez-vous prient l'étranger distingué d'attendre dans le salon rose la femme du monde et la danseuse de l'Olympia qu'elles ont mandées par téléphone. Et quelque part un maçon ivre menace d'étrangler sur un lit défait une pierreuse qui lui répond mal.

*
* *

Jerphanion a longé les Boulevards, pris la rue Taitbout. Arrivé au carrefour d'Antin, il hésite entre la chaussée d'Antin et le boulevard Haussmann. Comment savoir où aller ? Il sait à peine ce qu'il cherche. Il a vu peu à peu les prostituées qu'il rencontrait devenir plus élégantes, d'une hardiesse plus voilée. Certaines se contentent de couler un regard vers vous. Il suffirait d'un rien de fatuité pour croire qu'une femme amie du plaisir, mais qui n'en fait pas métier, vous a distingué dans la foule. Avec d'autres, assises par paires à une terrasse de café, près du brasero, et causant dignement comme des bourgeoises, on sent qu'il siérait de prendre des formes. Il faudrait s'excuser du déplacement d'une chaise, se plaindre de l'odeur du brasero, en venir à des considérations sur l'hiver qui a bien son charme. Parfois même l'œil de Jerphanion, qui n'est pas encore des plus expérimentés, n'a plus su distinguer la femme qui se vend de la femme qui se donne. Il s'est dit qu'une telle incertitude dans les apparences répondait peut-être à quelque chose de plus profond. Il s'est demandé si les catégories de l'amour, dans cette ville, étaient aussi peu nombreuses, et aussi nettes qu'il l'avait cru. Maintenant encore à ce carrefour, que le voisinage des grands magasins rend tout vibrant de femmes, comme l'est d'abeilles entrantes, sortantes et tournoyantes, le voisinage des ruches, il est frappé à la fois de l'infinie diversité qu'elles présentent une à une, et de l'espèce d'air de famille qui court de l'une à l'autre. « Y en a-t-il une seule qui se donne tout à fait pour rien ? Une seule qui ne fasse que se vendre sans rien donner ? »

Il se décide pour le boulevard. Il s'avance dans la nuée de femmes. Qu'espère-t-il ? Voilà qu'il évite même de les regarder. Il s'énerve d'avoir dépensé tant de regards qui n'ont fait qu'irriter sa convoitise, et le vider de sa confiance. Encore heureux qu'il y ait eu ce baiser dans l'ombre. Une femme lui a donné quelque chose, qui n'était pas tout son corps, qui pourtant était de sa chair ; qui n'était pas l'acte même de l'amour, qui pourtant était jonction de la chair. « Si je l'avais suivie, elle aurait pris mon argent, bien sûr, mais je crois qu'elle aurait eu quand même un peu l'impression de se donner. Elle m'aurait un peu préféré à un autre... Hein ? Je n'exagère pas ? Jallez lui-même conviendrait que je ne me monte pas trop le coup ?... Est-ce que d'autres femmes, qui ne sont pas des prostituées, ne se contentent pas de préférer un peu ? Quand Jeanne de Saint-Papoul se mariera, si entre deux prétendants elle choisit celui qui aura un peu moins de fortune, parce qu'il lui plaira un peu mieux, est-ce qu'elle n'aura pas l'impression d'avoir sacrifié à l'amour ? Est-ce que ses parents ne répéteront pas qu'elle a fait preuve d'un désintéressement romanesque ?... Oh ! moi... si je voulais... je sais le moyen... Cette petite employée qui passe, je n'ai qu'à me procurer son adresse, et qu'à lui écrire une lettre où je lui dirai que je l'aime "pour le bon motif" : signé Jean Jerphanion, élève de l'École Normale Supérieure. Au besoin c'est la mère qui me l'amènera par le bras — après s'être renseignée chez des voisines sur cette fameuse École Normale Supérieure. Mais elle n'aurait pas besoin de me l'amener. La fille sauterait de joie en apprenant qu'un jeune homme si bien songe à l'épouser ; elle serait amoureuse d'avance ; et il faudrait que je sois bien moche, encore plus moche, franchement, que je ne suis, pour qu'elle ne couche pas avec moi dans les quinze jours. Et je n'aurais même pas besoin d'écrire. La lettre, c'est pour la clarté de l'hypothèse. Il suffirait de dire, de promettre, de laisser entendre. Il y a même celles qui se donneraient comme on achète un billet de loterie : "Je n'ai peut-être qu'une chance sur dix pour qu'il m'épouse. Mais je risque." A force d'acheter des billets, elles comptent gagner un jour. Ça reste de l'ordre du troc, du négoce, de l'opération commerciale — ou raisonnable, ce qui revient au même ; puisque dans les relations humaines tout échange purement raisonnable est au fond une opération commerciale. — Hé oui. Mais ça me dégoûte. De quelque côté que je le prenne. Du côté du cœur, j'ai mon cœur humain, moi aussi, comme dit l'autre. Et il veut des élans, des extases, l'oubli de tous les intérêts. Quant à mon sexe, quant à cette petite bête très chère et très méchante qui mord, qui me ronge, qui tire sur moi comme un chien fou, il n'aime pas non plus ce qui est raisonnable. Il rêve d'accouplements furieux, de plaisirs au paroxysme qui ne se marchandent pas, d'abord parce que leur valeur est incalculable. Il entend qu'on le désire ou qu'on l'accueille avec ivresse, pour lui, pour la joie qu'il donne, ou au moins comme une émanation sacrée de moi-même... Merveilleux avantage des imbéciles qui ne pensent à rien. Ou des êtres légers qui font semblant de ne penser à rien. On séduit une fille comme on peut, en faisant flèche de tout bois. Que le mensonge y aille, si la vérité n'y peut aller. Tant pis si la petite sotte s'imagine au fin fond d'elle-même que je l'épouserai un jour. En attendant je jouis d'elle... Pas si bête... Ils arrivent même à se donner, elle et lui, l'illusion de la passion partagée. Ça dure ce que ça dure, et ça se dénoue comme ça peut. »

Jerphanion se retourne quelques minutes avec d'amères délices dans ce bain d'extrême lucidité. « Être à la fois lucide et en rut », songe-t-il dans un ricanement intérieur, « c'est un privilège d'homme évolué ».

Mais au fond que veut-il ? Il serait bien embarrassé pour se répondre. Il veut trop de choses ; il veut tout. Facile à l'intelligence de s'amuser au jeu de voir clair, si le naïf et affamé garçon qu'on reste continue à vouloir tout. Il veut d'abord une maîtresse sensuelle, infatigable, savante, qui l'assouvisse, et même au-delà, qui le surmène, l'épuise, pour qu'il ait ensuite pendant quelques jours au moins le repos par la lassitude, la satisfaction de ne plus penser à son sexe (ou celle d'y penser comme à un triomphateur, et donc d'y penser tout le temps. Les deux se concilient mal, mais la contradiction ne l'arrête pas, et de l'une ou l'autre de ces joies il est prêt à faire son affaire). Il veut aussi une tendre jeune fille, toute neuve, qui l'aura attendu pour découvrir l'amour, qui n'en saura rien que par lui, et se laissera glisser un jour à la volupté, les yeux mi-clos, sans même s'apercevoir qu'elle a quitté le pays des songes adolescents et de l'extase sentimentale. Il veut une Hélène Sigeau, de dix-huit ans, restée aussi pure, mais dont pourtant la féminité ait mûri à l'insu d'elle-même, au point qu'un baiser la fasse tomber dans vos mains comme une pêche. Avec cela une âme sans calculs, qui ne pense qu'à l'extase du moment, qui n'ait pas la manie des serments éternels. Il ne lui déplairait pas que ce fût en outre une camarade cultivée, capable de donner son avis, entre deux étreintes, sur la sincérité de Jean-Jacques ou la densité de Baudelaire, et d'aller vérifier au Louvre, avec lui, le rayonnement spirituel des *Pèlerins d'Emmaüs*. (On pourrait y rencontrer Jallez et discuter ensemble de toutes ces choses.) Rien de la pédante, bien entendu ; rien qui sente le cours d'Honoré ; rien qui vous amène sournoisement à un mariage d'intellectuels. Jerphanion tient à sa liberté, pour un temps indéfini, parce qu'il tient à la grandeur. Il doit à son destin de rester l'athlète disponible, qui, le matin de la lutte, n'a d'adieux à faire à personne. Il voudrait aussi — pourquoi pas ? — une femme vicieuse, riche de chair comme les statues, que n'effaroucheraient pas les jeux extrêmes de l'amour, et avec qui l'on contrôlerait certains jours les rêves délirants de l'humanité. Dans l'intervalle, on l'oublierait tout à fait, comme on oublie telle monstruosité du sommeil. Il se résignerait même — ce qui prouve une humeur accommodante — à aller chercher quelques-unes de ces délices dans un lunapar de grande tradition, peuplé de courtisanes à l'antique, pour qui le salaire ne compte pas plus, dans les transports de leur art, que pour la tragédienne ou le musicien.

*
* *

Soudain — a-t-il levé les yeux distraitement, dans la rue transversale où il s'égare, vers une fenêtre dont les volets mi-clos laissent filtrer des lueurs ? a-t-il reçu de plus loin cette image poignante ? — il est envahi par la vision d'une chambre. Et tout se simplifie. Tous les mouvements d'idées font place à la vision. Et il souffre.

C'est une chambre, quelconque, réduite à ses caractères mi-abstraits. La cheminée ; le lit ; une chaise près du lit ; une lumière sans point d'origine. Les doubles rideaux sont tirés, et leurs gros plis luisent dans la lumière, luisent d'un reflet sans couleur spéciale, celui des étoffes claires et veloutées. Il y a une femme debout au milieu de la pièce, demi-nue déjà ; et son amant s'empresse autour d'elle. Il s'agenouille ; il défait des liens ; il pose des baisers sur chaque apparition de chair nue. Il en est à ce moment où le rut, enfin assuré du très proche avenir, se laisse joyeusement monter à son paroxysme.

Jerphanion jette autour de lui un regard furtif comme si la vision lui était apportée par une influence mêlée à l'air. Dans les quartiers où il rôde, il y a en ce moment mille chambres semblables, avec ces rideaux tirés et ce couple. Il faut supporter l'idée qu'il y en a mille et mille, et qu'on n'est dans aucune. Il circule autour de toi un phosphore qui rend l'espace aigre et corrosif. Aucun apaisement n'est possible. L'autre continue à défaire des liens et à mettre des baisers sur la gorge, sur les épaules. Chacun de tes pas, chacun de tes battements de cœur se heurte à une onde de plaisir. Il faut bien te dire que l'autre ne cesse pas. A chaque pas que tu fais, il a repoussé un peu plus l'étoffe ; il a mis un baiser de plus. Mais tu refuses de voir. Il n'y a pour toi d'autre ressource que de fixer le feu de cette enseigne rouge sur le pan-coupé verdâtre à l'extrémité de la rue. Tu as peut-être envie de tuer l'autre. Mais tu ne peux pas le haïr. Tue ne peux pas le condamner. Tu as vu en te promenant avec ton camarade les hôpitaux du Sud, l'hôpital de l'Est, au-delà du canal, dans ce quartier couleur de soufre. Gloire aux mille et mille chambres d'où s'élève assez de volupté pour barrer le passage à la rafale des gémissements. A chaque instant l'autre en arrive à une nouvelle caresse. A chaque instant aussi il défait le même ruban, refait la même caresse. Parce que l'autre est le même mille et mille fois. Il se répète, il se poursuit de chambre en chambre. Dans chacune l'acte d'amour gonfle et mûrit. Gloire à la chair humaine qui prend sa revanche de la pourriture. Pourquoi penser à la pourriture ? Il n'y a, dans tout l'horizon d'ici, que chair rose vif et fraîchement adorable. L'acte d'amour s'avance mille et mille fois vers son éclosion. Mais dans le plus riche jardin jamais deux roses n'éclatent ensemble. L'autre n'en est nulle part au même ruban, à la même caresse, au même point de la montée de la joie. S'il y avait assez de roses dans un jardin, à chaque seconde en suivant les allées on recevrait la secousse d'une éclosion. Gloire à ce temps d'ici que scande non le tictac d'une horloge, non la pulsation de la marée, non les terribles détentes de la mort, mais l'éclosion des mille et mille chambres. Il y a de plus longs intervalles, des attentes ; soudain une suite d'instants aigus, marchant les uns sur les autres. Ce n'est pas un temps machinal, un brave temps de somnolence et d'horloge. Il s'inscrit par suffocations, et pointes de poignards. C'est l'autre, tout à coup, qui vous laboure de son spasme... Si ça doit durer comme ça tous les jours, il n'y a plus qu'à se tuer ou qu'à devenir fou.

XVI

LA SOIRÉE AU CONTRÔLE SOCIAL

Quand ils eurent quitté le tramway, Loys Estrachard fit faire d'abord à Quinette le tour entier d'un pâté de maisons. Comme le relieur, en se voyant revenu à leur point de départ, semblait étonné, l'autre lui dit avec un bon rire :

— C'est un petit truc. Vous ne connaissiez pas ça de votre temps ?

Quinette faillit répondre « si ». Mais il trouva plus habile de flatter Estrachard :

— Ma foi non. Et il faut avouer que c'est très ingénieux. Et très simple.

Estrachard rayonnait. Quelques centaines de mètres plus loin, il murmura :

— Vous apercevez cet urinoir là-bas ? Bon. Vous entrerez dedans. Moi je continuerai à marcher. Si un type nous suit, vous vous en apercevrez, soit qu'il s'arrange pour ne pas me lâcher, soit qu'à cause de vous, il hésite. Ça se trahit toujours par quelque chose.

— Ça, je connais, dit Quinette.

— Bon. Alors allez-y. Je vous attendrai au prochain coin de rue.

Après qu'ils se furent rejoints, et que le relieur eut fait son petit rapport, qui était négatif, Estrachard lui dit, toujours à voix basse :

— Remarquez. Je suis persuadé que ce soir nous ne risquons rien. Mais ça coûte si peu. Et puis c'est un pli à garder. Un peu comme dans l'armée. Tous les trucs de relève de garde, de sentinelles, de mots de passe, ça ne fonctionne en cas de péril que parce qu'on s'y est astreint même quand il n'y avait pas de péril.

Il ajouta sentencieusement :

— Chez nous, tout est strict. C'est notre force.

Un peu avant d'arriver au parc, il ralentit le pas, posa la main sur l'avant-bras de Quinette, et d'un ton beaucoup plus concentré que la chose ne le comportait :

— Entrons ici, que j'achète du tabac.

— Il ne vaut pas mieux que je reste dehors pour voir si ?...

— Non. Au contraire. Venez.

C'était un bar bureau de tabac, de petite taille. Le patron, un homme de quarante ans, trapu, l'œil vif, mais pour le reste assez quelconque, était occupé à vendre des timbres. Estrachard, qui avait fait passer Quinette devant lui, adressa au patron un léger salut, puis alla s'accouder à l'extrémité du comptoir. Quinette se trouvait juste en face du guichet, dans un bon éclairage. Tout en déchirant le pointillé de sa feuille de timbres, le patron jetait des regards du côté de Quinette par-dessus l'épaule du client.

— Vous ne fumez pas ? demanda très haut Estrachard à Quinette.

— Non. Autrefois. Mais j'ai cessé.

— Pas buveur non plus ?

— Guère.

— Aors, en somme, pas de vices ?

Quinette sourit avec cette extrême courtoisie qui lui donnait tant de prestige à certains moments. Cependant qu'Estrachard échangeait un regard avec le patron.

L'homme aux timbres s'en allait. Estrachard prit sa place.

— Alors, qu'est-ce qu'il vous faut ?

— Un paquet de gris.

Estrachard ajouta très bas :

— Et un timbre-quittance.

Le patron prit le paquet de tabac sur une étagère, non sans regarder encore Quinette du coin de l'œil. Puis il souleva le carton sous lequel étaient ses timbres-quittance. Mais en même temps il avait rapidement saisi un porte-plume qui se trouvait au coin du guichet, couché dans la rainure d'un encrier de verre, et il parut griffonner quelque chose à l'abri du carton.

Quand il poussa le paquet de tabac vers Estrachard le timbre-quittance était dessous. Estrachard ramassa le tout ensemble et le fit disparaître dans sa poche. D'ailleurs Quinette, gêné peut-être par la curiosité du patron, avait à ce moment tourné les yeux d'un autre côté.

Les deux hommes sortirent. Au bout d'une centaine de pas, Estrachard, qui avait beaucoup hésité, déclara :

— Vous ne vous êtes douté de rien ?

— Je ne comprends pas.

— Je ne devrais pas vous le dire... Enfin ! Ça vous prouve ma confiance. Vous venez de subir un examen.

— Où ça ?... Dans le débit ? Mais par qui ?

— Hein ? C'est du joli travail ? Naturellement, vous êtes censé ne pas en savoir un traître mot. Vous me feriez ramasser une fière engueulade.

Quinette crut plus habile de ne pas interroger directement.

— En tout cas, ç'a été merveilleusement fait, dit-il.

Loys Estrachard rit avec complaisance ; puis fouilla dans sa poche de veston, comme s'il cherchait à y saisir un grain de tabac.

— Voici votre diplôme.

Il montra le timbre-quittance, pincé entre deux ongles, rit de nouveau, puis le remit avec précaution non plus dans la poche de son veston, mais dans son gousset. Il chuchota.

— Le patron, que vous avez vu, est un type de première force. Il a été plus de dix ans chez eux. Justement dans la police politique. Il connaît toutes les têtes... S'il vous avait refusé son visa, même présenté par moi, vous n'entriez pas. Il s'est peut-être souvenu de vous comme militant. En tout cas, pas comme mouchard.

Et il rit encore.

*
* *

Une petite rue privée, desservant des villas, s'enfonçait à droite, séparée de la rue Nansouty par une grille.

La grille était ouverte. Quand ils l'eurent franchie, un homme s'approcha d'eux, dit à Estrachard :

— C'est en règle ?

— Oui, oui.

Ils continuèrent jusqu'à un tournant que faisait cette petite rue. Tout était silencieux. Deux réverbères minuscules éclairaient à peine l'alentour.

— Notez », dit Estrachard au relieur, « qu'aujourd'hui il s'agit d'une réunion « large ». On ne dira rien de très confidentiel. Mais ce sera tout de même intéressant. Le Michels en question est, paraît-il, un type de première force. (Il aimait cette expression et l'idée qu'elle évoquait.) Vous avez de la chance d'assister à ça pour un début.

Estrachard s'arrêta devant une porte encastrée dans une clôture de jardin qui occupait le fond du tournant, à droite. La porte s'entrebâilla sans qu'il eût sonné. L'homme qui se tenait derrière salua Estrachard, dévisagea Quinette. Estrachard tira d'une poche intérieure de son veston la convocation qu'il avait reçue, et, de son gousset, le timbre-quittance. L'homme écarta la lettre, mais examina le timbre de tout près, dans la mauvaise lumière qui venait du perron de la villa.

— Bon, fit-il.

Il rendit le timbre à Estrachard, qui le colla sur un angle de la lettre.

Il n'y avait que quelques pas à faire jusqu'au perron. Des fusains corrects bordaient l'allée.

Dans le vestibule, meublé de trois portemanteaux, deux de chêne, l'un de bambou, et déjà encombré de vêtements, un autre camarade, jeune, pâle, barbu, faisait le contrôle. Estrachard lui remit la lettre, et désigna du doigt le timbre-quittance, puis Quinette. Le timbre portait une signature encore fraîche, et une date.

— Bon. Montez.

Ils grimpèrent deux étages, par un escalier à marches hautes, et à épaisse rampe de bois. La villa semblait assez spacieuse, et meublée d'une façon modestement bourgeoise, avec quelques détails çà et là qui sentaient l'artiste. Sur le palier du premier étage, on voyait un canapé de méchante tapisserie verdâtre, sans bois apparent, et deux chaises d'acajou Louis-Philippe. Aux murs, quelques soieries orientales; des gravures de Steinlen, de Brangwyn. Quelques caricatures, qui devaient remonter à l'époque 90. Une belle reproduction photographique d'un des *Esclaves* de Michel-Ange.

En haut, se trouvait une sorte de studio qui contenait un divan et beaucoup de sièges disparates, quelques casiers à livres, deux tables, l'une grande, l'autre petite, un piano droit dans un coin, et dans le coin symétrique un espace protégé par des châles d'Orient cousus ensemble, et pendus à des tringles. Des rideaux de peluche grenat masquaient les trois fenêtres.

Vingt-cinq à trente personnes, dont cinq ou six femmes, occupaient les sièges, disposés sans ordre. Un homme d'une cinquantaine d'années était assis derrière la grande table, qui était un peu reculée vers le fond de la pièce, entre le coin du piano et le coin protégé. La petite table, repoussée contre une des fenêtres, était couverte de papiers, brochures et livres, comme si elle eût servi à débarrasser la grande.

L'homme qui semblait présider avait le dessus du crâne tout à fait chauve, deux grosses touffes de cheveux bruns à peine grisonnants sur les tempes, une longue barbe de même teinte qu'il ne cessait d'étirer entre ses doigts. Il affectait dans le regard et l'attitude beaucoup de calme. Deux assesseurs, ou paraissant tels, se tenaient aux deux bouts de la table. L'un croisait les bras. L'autre avait la joue appuyée contre une main.

La réunion comportait des gens de tous les âges. Les plus nombreux, de vingt-cinq à trente-cinq ans. Deux ou trois vieillards, chevelus, barbus, les épaules saupoudrées de pellicules.

D'ailleurs les visages barbus et les chevelures abondantes formaient un bon tiers de l'assemblée. Il y avait aussi beaucoup de vareuses, de cravates lavallières, de pantalons bouffants. Quelques costumes étaient de velours. Plusieurs des femmes portaient de petites blouses de couleurs vives, des cravates, des cheveux tirés ; le chignon, sous le béret ou le petit chapeau, devenait invisible. L'une d'elles, au premier rang, encore jeune et jolie, vêtue d'une blouse de velours marron, fumait un cigarillo.

Mais d'autres, parmi les assistants — une moitié peut-être — ne se distinguaient en rien du passant ordinaire de la rue. Ils avaient l'air paisible de l'employé, ou de l'ouvrier propre.

*
* *

L'un des assesseurs avait cédé sa place à Robert Michels, que le président présenta en quelques mots.

Le président parlait d'une voix lente, bien timbrée, le regard devant lui, mais sans fixer personne. Il lui arrivait de scander les membres de phrase, en frappant légèrement la table d'un coupe-papier qu'il tenait entre ses doigts allongés. L'autre main ne cessait guère de caresser la barbe.

Il prévint que le camarade Michels n'avait pas eu le loisir de préparer un véritable exposé ; qu'il se contenterait de répondre aux questions ; que la discussion générale pourrait donc s'ouvrir presque tout de suite, mais que, bien entendu, l'on procéderait avec la discipline habituelle.

Il commença lui-même par demander à Michels — d'accord avec lui sans doute — ce qu'il pensait de la « situation révolutionnaire » en Europe.

Michels répondit que, si l'on envisageait la situation « synthétiquement », on arriverait à des conclusions fort peu encourageantes. Malgré les craintes de la bourgeoisie, on était loin d'une situation révolutionnaire générale ; beaucoup plus loin qu'on ne l'avait été, dans un autre ordre d'idées, en 1848. L'Internationale, en étendant ses positions, en multipliant ses gains apparents, avait perdu sa vitalité, tout en confisquant l'énergie du prolétariat. L'on en était à la phase somnolente du marxisme académique.

Il en profita pour reprendre la critique qu'il avait faite chez Sampeyre du socialisme parlementaire, et spécialement de la social-démocratie allemande qui lui en semblait l'expression achevée. Mais il usa de moins de détours. Il en vint aussitôt à des railleries brutales. Il parlait comme à des gens qu'il s'agit moins de convaincre que de confirmer dans leurs partis pris. On l'approuva, d'un air qui lui signifiait toutefois qu'il enfonçait une porte ouverte.

Il écourta ce développement, pour dire que « l'analyse » de la situation laissait apparaître des symptômes plus favorables. Il fit l'éloge de la France et de l'Italie.

En France, on avait eu le double mérite de formuler la vraie doctrine de l'action révolutionnaire, et d'en préparer, par l'organisation syndicaliste, les moyens massifs. En Italie, la situation n'était pas si brillante, ni l'organisation si poussée ; mais on entretenait le sens vivant de cette action. La vieille virtù italienne ne demandait qu'à inscrire dans les faits la jeune théorie de la violence.

L'auditoire sembla tout étonné de s'entendre dire qu'en France la situation révolutionnaire était bonne. On l'eût flatté davantage par une appréciation pessimiste. Le nom de Sorel fut assez mal accueilli. L'évocation des chefs syndicalistes de la C.G.T. fit venir sur les lèvres quelques sourires. Cet étranger voyait les choses de loin et nourrissait des illusions.

Michels sentit la réaction de son public, et se reprocha de ne pas l'avoir prévue. Il faut être très circonspect quand on fait aux gens l'éloge de leurs compatriotes. Il est bien rare qu'on tombe juste.

Il se rabattit sur les Italiens, la virtù italienne, et l'individualisme dynamique, seul capable d'arracher l'idée de révolution au marécage de la démocratie. On lui opposa certaines déclarations que Ugo Tognetti avait faites quelques semaines plus tôt à cette même place. Tognetti ne pensait rien de bon des révolutionnaires italiens. Il voyait chez les uns des professionnels de la politique, à l'affût de compromissions profitables, et tout prêts à recueillir sans risque la succession des partis bourgeois si elle s'offrait ; chez les autres, de simples gueulards, trompant la classe ouvrière par leur comédie, mais au fond tremblant devant la police, et à ses ordres. Sauf quelques exceptions, comme Serrati, Vella, Pignoni, Mussolini, qui malheureusement pour la plupart vivaient en exil, donc sans contact avec leurs troupes.

Michels riposta que Tognetti, qu'il estimait beaucoup, était lui-même une preuve que l'Italie recélait des révolutionnaires dignes de ce nom ; que l'exil ou l'éloignement — il en savait quelque chose — n'empêchait pas tous les contacts ; que d'ailleurs, dans la « sociologie de la révolution », c'étaient les individus exceptionnels qui comptaient. La révolution serait faite par des minorités, même dans certains pays par d'infimes mais « hautement énergiques » minorités. Ces minorités à leur tour vaudraient ce que vaudraient les chefs qu'elles auraient pour inspirateurs et pour guides.

Voilà précisément quelle était une des malfaisances, pour ne pas dire un des principaux crimes, du socialisme démocratique. Il avait ruiné, émasculé l'idée de parti et l'idée de chef. On s'était habitué à croire qu'un grand parti, c'était un grand nombre de cotisants. Comme s'il s'agissait d'une société de secours mutuels. Et à prendre pour une organisation révolutionnaire, une organisation purement électorale.

— ... dont l'État capitaliste n'a pas tellement peur ; et il a bien raison. Il sait que son organisation à lui sera toujours plus forte et aura toujours le dernier mot. » Puisqu'elle est encore plus nombreuse, encore plus perfectionnée ; et — comble d'ironie — beaucoup plus énergique. « Par exemple, en Allemagne, il y a plus d'*énergie* dans un seul des régiments qui seraient commandés pour rétablir l'ordre que dans toute la social-démocratie.

Il fallait rendre à la notion de parti sa vigueur. Un parti, c'est une faction. C'est un groupe ramassé, tenu fortement par un petit nombre de meneurs. Dans les mains de chefs proprement dits, un parti peu nombreux peut réussir la révolution en frappant l'État aux points vitaux. Mais il est bien évident qu'au moins deux conditions sont nécessaires : que le moment soit parfaitement choisi ; et que les ordres soient exécutés avec une énergie farouche. Ce qui suppose l'autorité absolue du chef. Il faut une grande naïveté pour croire qu'une révolution peut s'opérer par des procédés démocratiques, et sous la conduite de meneurs qui ne mènent rien du tout, qui ne sont en réalité que des chefs de majorités de Congrès et des orateurs applaudis.

Michels employait à chaque instant les mots de chef, de meneur, de guide, par lesquels tour à tour il traduisait un même mot qu'il avait dans l'esprit, et qui était celui de « Führer ».

On l'écoutait avec un intérêt soutenu ; mais les différents points de son exposé rencontraient une approbation très inégale.

Quand il eut insisté sur la notion de parti et de groupe, un des vieux à longue barbe lui demanda si sa conception n'était pas tout près de celle du « groupe » chez les libertaires ? Il acquiesça volontiers. Au fond de lui-même, il n'en était pas bien sûr. Mais le sort des notions politiques est d'évoluer. Et quand il s'agit de convaincre des gens, il n'y a pas grand inconvénient à leur laisser croire qu'ils étaient déjà de votre avis. L'essentiel est que l'idée que vous leur apportez s'installe dans leur tête, fût-ce en gardant le vêtement de l'idée qu'elle remplace.

Mais si l'idée de groupe passait toute seule, et profitait même de certains malentendus, l'idée de chef, surtout avec le dur relief que lui donnait l'Allemand, ne pouvait manquer d'accrocher.

Plusieurs assistants firent observe que la tradition libertaire n'admettait que la « discipline spontanée » du groupe. A ce mot de « discipline spontanée », Michels se retint de sourire. D'autres convinrent qu'on n'en était plus aux méthodes libertaires ; mais pourtant qu'il y avait dans celles que préconisait l'Allemand quelque chose de césarien. En admettant qu'au moment de l'action l'autorité d'un chef devînt nécessaire, elle n'était qu'une délégation du groupe, et demeurait sujette à son contrôle. Le rôle du chef étant d'assurer l'exécution de ce que le groupe a librement décidé. Michel avait le tort de faire du groupe un instrument passif dans la main des chefs. D'ailleurs n'avait-il pas parlé de « tendance oligarchique » ? La vie des groupes, abandonnée à elle-même, développait peut-être, en effet, cette tendance oligarchique. Mais c'était là un danger, une maladie mortelle qu'il fallait combattre.

La remarque avait été présentée, avec beaucoup de netteté dans le débit et dans l'expression, par un camarade de quarante ans à peine, porteur d'un binocle et d'une petite moustache, assis à peu de distance de Quinette et d'Estrachard. Michels se préparait à lui répondre. Mais à l'autre bout de l'assemblée naissait une discussion animée et confuse. Les gens ripostaient, se coupaient la parole, avec vivacité, presque avec aigreur.

Il était question des anciennes méthodes de « discipline spontanée ». Quelqu'un disait que leur principal résultat avait été d'ouvrir les groupes aux entreprises de la police, et que grâce à l'absence de toute organisation véritable, les mouchards entraient là-dedans « comme dans un bureau d'omnibus ». Un autre déclara que sans même parler des mouchards, la faiblesse organique des groupes y favorisait le pullulement d'individualités parasites ; qu'au bout de quelque temps, les militants sérieux se dégoûtaient, et que les groupes, « à la grande rigolade des gardiens de l'ordre bourgeois », devenaient des parlotes de bavards et d'impuissants. Mais d'autres criaient que ce n'était pas une raison pour renoncer à l'idéal même autour duquel on s'était groupé, et pour lequel on luttait. La discipline spontanée avait fort bien permis de démasquer les mouchards, puisque tout le monde les connaissait, et s'écartait d'eux.

— ... et si la police a quelquefois rigolé de nous, nous avons pu rudement rigoler d'elle, en voyant quels ouistitis elle s'imaginait que nous allions prendre pour des purs d'entre les purs !

On évitait de prononcer des noms propres. Mais les allusions s'accompagnaient de cette vibration particulière qui leur donne tant de pouvoir sur l'atmosphère d'une assemblée. Comme les noyaux électriques condensent l'orage.

Soudain le nom de Libertad, en provoquant l'hilarité générale, fit une détente. Des plaisanteries, qui étaient des allusions à leur tour, mais des allusions joviales et réconciliantes, jaillirent de tous côtés.

— Vous le connaissiez ? » dit Estrachard, en se penchant vers Quinette.

— Un peu.

— Vous avez su sa mort ?

— Ah oui ?

— Le mois dernier. Et ce qu'il y a de plus drôle, d'un coup de pied reçu dans une bagarre, d'un coup de pied de flic, probablement. Comme quand sur la scène, en simulant un duel, un acteur en tue un autre sans le faire exprès.

Estrachard riait ; Quinette riait poliment ; toute l'assemblée riait, sauf Michels, qui n'avait pas compris ; le président qui se contentait de sourire, les yeux baissés, étirant sa barbe ; et trois ou quatre femmes, qui tenaient le rire en matière d'idées pour une indécence.

Le président frappa sur la table. Il fit remarquer, d'un ton cordial, que les partisans de la discipline spontanée avaient une belle occasion d'en prouver l'efficacité en se taisant d'eux-mêmes. Il priait les autres de respecter l'autorité du bureau qui rendait la parole au camarade Michels. On applaudit.

Mais Michels avait perdu le fil de la discussion, et resta un instant silencieux.

Un camarade, levant la main, demanda s'il pouvait poser une question. Le camarade Michels avait dit que la situation lui semblait plus favorable en Italie ou en France qu'en Allemagne. Voulait-il insinuer que les organisations de France, ou d'Italie, pouvaient, le cas échéant, risquer le coup, sans être assurées que l'Allemagne suivrait ?

Michels, regardant l'interpellateur, répondit qu'il devait bien avouer que c'était son avis.

Mais à quels signes, selon le camarade Michels, pourrait-on reconnaître que le moment serait venu ? Sur quelles circonstances devait-on compter ?

Michels se tint d'abord dans la vague, en posant qu'étaient favorables en principe toutes circonstances qui affaiblissaient l'État, le paralysaient plus ou moins.

— Une grande agitation ouvrière ?

— Par exemple.

— L'imminence d'une guerre européenne ?

Avant de répondre, Michels tâta du regard l'assemblée. Puis il se lança dans un long développement, avec toutes sortes de distinguos et de détours, et une grande abondance de gestes.

Il apparut peu à peu qu'à ses yeux l'état de tension qui précède une guerre avait plus de chances de renforcer momentanément l'État que de l'affaiblir. Pourtant l'on avait raison d'apercevoir un certain lien entre le phénomène de la guerre et les possibilités révolutionnaires. C'est dans l'ordre de succession des faits que résidait le problème.

On finit par comprendre que ce qu'il considérait comme condition favorable d'une action révolutionnaire, c'était une guerre déjà existante, une guerre non seulement déclarée, mais qui durât depuis assez longtemps pour que la structure de l'État en fût ébranlée.

L'auditoire montrait quelque stupeur. Fallait-il se croiser les bras devant une menace de guerre, aller même jusqu'à souhaiter une guerre, pour augmenter les chances d'une révolution ?

Michels répondit qu'il concevait bien que le problème ainsi posé soulevait un cas de conscience pénible ; mais qu'en réalité il ne se posait pas ainsi. Les hommes de révolution n'auraient pas plus de responsabilité, directe ou indirecte, dans une guerre européenne que dans un tremblement de terre. L'événement déclenché, ils seraient bien libres d'en tirer parti.

Qu'entendait-il par là ? Que les organisations révolutionnaires n'avaient pas le moyen d'empêcher une guerre ?

Il dit que c'était malheureuseent certain en ce qui concernait son pays. Un peu moins certain en ce qui concernait d'autres pays. Mais dans la pratique cela revenait au même. Il suffit qu'un seul grand pays engage la guerre, pour que les autres soient obligés de la faire, ne fût-ce que pour se défendre. Il suffit donc que dans un seul grand pays les organisations soient incapables d'empêcher la guerre pour que partout ailleurs on soit incapable de l'empêcher. Certaines déclarations de la C.G.T., pour sincères qu'elles fussent, ne devaient pas créer d'illusion sur ce point.

Mais en fait la guerre lui semblait-elle inévitable ?

Il leva les bras sans rien dire. Son visage répondit oui.

Plus d'un assistant manifesta qu'il pensait comme Michels. Mais on désirait savoir les raisons particulières qu'il avait de le penser.

Il se déroba d'abord. Ses raisons étaient celles de tout le monde. Sur une question plus précise, il avoua que l'Allemagne, à elle seule, dans l'état où elle était, lui semblait une « origine de guerre suffisante ».

Quelqu'un lui demanda comment il prévoyait le développement de la guerre.

Il se défendit d'être prophète.

— Mais pourtant vous formez bien certaines hypothèses, puisque vous admettez que votre action pourrait se greffer sur la guerre ?

Il répondit qu'assurément, pour la clarté de l'exposé, on pouvait envisager certaines hypothèses. Mais faire une hypothèse n'était pas faire une prévision.

Après quelques autres précautions, il consentit à déclarer qu'en cas de guerre, une victoire militaire de l'Allemagne lui semblait probable, vu les supériorités de tout ordre qu'elle offrait sur ses adversaires éventuels. La Russie était un pays pourri, qui ne tenait debout que par miracle. C'est là que commencerait la défaite, et la révolution. La France suivrait de peu.

— Mais les autres ? lui cria-t-on.

Du côté de la Triplice, Michels pensait que l'Italie ne marcherait avec ses alliés que de très mauvaise grâce, et qu'elle serait la première à subir la contagion révolutionnaire venue de l'autre camp.

— Et l'Autriche-Hongrie ?

Du point de vue spécifiquement révolutionnaire, il y avait peu à compter sur l'Autriche-Hongrie. Son effondrement serait dû à l'explosion des nationalités. Il était impossible de prévoir si le mouvement des nationalités se produirait à l'occasion de difficultés militaires, ou s'il en serait la cause, ou s'il profiterait pour éclater de l'agitation révolutionnaire dans les autres pays. Encore une fois, Vienne mise à part, ce coin de l'Europe était peu intéressant.

— Et l'Angleterre ?

Michels pensait que l'Angleterre tâcherait de garder le plus longtemps possible son rôle d'arbitre ; qu'elle n'interviendrait que très tard, pour limiter la victoire de l'Allemagne, et peut-être aussi pour tenter d'opposer à la révolution montant de partout une nouvelle Sainte-Alliance. Il se demandait même si en dernière analyse l'Angleterre ne serait pas le gros obstacle où se heurterait la révolution.

— Si bien que tout pourrait finir par un duel entre l'Angleterre et la Révolution.

Michels s'était laissé entraîner. Il s'interrompit pour dire qu'il s'agissait là de vues très aventureuses, que les hasards de la discussion avaient fait naître, et que les événements pouvaient sans cesse modifier. Dans huit jours il refuserait peut-être de les reconnaître comme siennes.

Un des vieux à la barbe blanche s'écria :

— Mais nous ? Qu'est-ce que nous avons à faire dans tout ça ? A attendre que les Pruscos soient de nouveau à Châtillon ? Alors quoi ! C'est encore l'histoire de la Commune ?

Michels déclara que « l'utilisation éventuelle de phénomènes indépendants de la volonté » ne dispensait pas les partis de préparer leurs action avec méthode. Bien au contraire. On ne les utiliserait qu'à condition de s'y être préparé. Il fallait, pour ne citer que quelques moyens entre autres, acquérir des intelligences dans l'armée, dans les administrations, jusque dans la police.

Vers la fin, la discussion devint très bruyante et très morcelée. Pourtant l'un des jeunes de l'auditoire provoqua un incident qui regroupa l'attention. Il se leva, et dit d'une voix incisive :

— Pour nous résumer, si j'ai bien compris le camarade Michels, il ne nourrit contre la guerre aucune hostilité de principe ?

Michels répondit qu'il souhaitait que la révolution devançât la guerre, et du même coup en supprimât les causes, mais que des révolutionnaires d'esprit moderne, pas plus qu'ils ne pouvaient s'interdire la violence pour leur compte, ne devaient renoncer à exploiter une situation violente créée par d'autres.

L'interpellateur demanda encore :

— Le camarade Michels ne paraît pas non plus condamner en principe la dictature ?

Michels répondit qu'il serait facile d'ergoter sur les mots ; mais que personnellement il n'avait pas peur des mots. Qu'on l'appelât dictature ou autrement, l'autorité absolue d'un chef, il ne pouvait que le répéter, avait des chances de s'imposer d'elle-même au moment critique de la révolution.

L'interpellateur se rassit, en disant :

— Je remercie le camarade Michels.

*
* *

Quand ils furent sur le chemin du retour, Loys Estrachard, repoussant son chapeau en arrière et découvrant un front pensif, dit en se penchant vers Quinette :

— Je ne suis pas patriote. Mais cet Allemand m'a tout de même un peu tapé sur les nerfs. Que, pour faire nous ici la révolution, nous ayons beoin qu'ils nous flanquent d'abord une frottée, je ne pourrai jamais admettre ça. Et puis, c'est cette façon qu'il a de vous le dire ! Vous avez vu ? Comme si c'était tout naturel. D'un calme !... La frottée... je ne suis pas si sûr que ça qu'ils nous la flanqueraient, la frottée. Et vous ?

XVII

JULIETTE REÇOIT UNE LETTRE

Juliette n'était arrivée que depuis quelques minutes, et venait à peine de s'asseoir, quand sa mère lui dit :

— A propos, il y a une lettre pour toi.

— Une lettre pour moi ?

— Mais oui. La concierge l'a remise hier soir. A moi-même.

Mme Vérand évitait de regarder Juliette. Mais son ton de voix signifiait la surprise, la réserve voulue, une trace d'inquiétude.

Elle se leva, passa dans l'autre pièce. Juliette se sentit comme inondée de battements de cœur. Il y en avait tellement qu'il ne pouvait être question d'endurer cela plus d'une minute. La vie à ce régime n'aurait pas tenu.

Quand sa mère reparut, Juliette eut le temps de se dire : « J'aime mieux que ça ne soit pas ça. » Elle eut le temps de penser que la déception, les heures, le jour entier de déception qui suivrait, serait plus facile à vivre que cette seule minute d'attente et de pressentiment.

Mais déjà l'aspect de l'enveloppe, le mouvement de l'écriture, le P de Paris, de loin étaient reconnaissables. Juliette arracha la lettre comme si elle l'avait impatiemment espérée.

Mme Vérand ne put s'empêcher de remarquer :

— Tu attendais donc quelque chose ?

— Non. Absolument rien.

Et les sourcils froncés, crispant la bouche comme si un monde d'ennemis allait se jeter sur elle pour lui reprendre sa lettre, Juliette la fourra dans son sac, et offrit à sa mère un baiser rapide :

— Au revoir, maman.

— Mais quoi ! Tu viens juste d'arriver ! Qu'est-ce qui se passe ?

— Rien, rien. Je reviendrai te voir cet après-midi.

*
* *

L'enveloppe porte : « Mademoiselle Juliette Vérand ». Au moment même où elle l'a mise dans son sac, Juliette s'est dit : « Il ne sait donc pas que je suis mariée ? » Maintenant qu'elle va l'ouvrir, elle se répète : « Il ne sait donc pas ? » Mais elle ne peut le croire. « Il a voulu m'écrire. Il l'a fait à mon adresse d'autrefois ; à mon nom d'autrefois. N'était-ce pas le plus simple ? »

Elle avance encore de quelques pas dans la rue, en serrant l'enveloppe dans sa main. L'enveloppe se plie, se recourbe, se cache presque dans le creux frémissant de la main. Une tentation traverse Juliette : détruire la lettre, avant de savoir ce qu'elle contient. Pourquoi ? Pour ne pas risquer une désillusion immense. Mais quelle désillusion ? Qu'est-elle donc assez imprudente pour espérer ?

La tentation s'évanouit aussitôt, comme une idée délirante. Mieux vaudrait mourir que de continuer à vivre en ignorant ce qu'il y a dans cette lettre.

*
* *

« 22 décembre.

« Ma chère Juliette,

« Je désire te revoir. Je viens de me rendre compte, après y avoir beaucoup pensé depuis quelque temps, qu'une séparation aussi totale n'est pas compréhensible, ne peut pas durer indéfiniment entre toi et moi. Je sais que j'en ai été la seule cause. Mais ce n'est pas ce qui est en question. L'essentiel est de nous retrouver. J'essayerai de t'expliquer ce qui s'est passé pour moi, tout en te donnant raison d'avance. Tu avais raison, puisque tu voulais continuer ce qui existait entre nous, et puisque maintenant je viens te demander de le reprendre.

« J'ai pris la décision de t'écrire, après une promenade toute pareille à celle que nous faisions ensemble autrefois. La différence est que j'étais seul. Ou plutôt ta pensée, ta présence n'a cessé de m'accompagner. Tu étais vraiment à côté de moi, à ma gauche. Il faisait un temps que nous avons souvent connu : pas complètement triste, et un ciel que nous aimions, parce qu'il nous aidait à nous sentir à la fois un peu réfugiés et un peu perdus. J'ai écouté un remorqueur, et je me disais : « Dans une heure il fera nuit. » Le petit compagnon à ma gauche restait silencieux. Je reconnaissais un regard qu'il me faisait d'habitude. Tout m'a paru facile à retrouver et inévitable. J'ai failli appeler « Juliette » comme si au coin de la rue suivante je ne pouvais manquer de te voir.

« Je suis sûr que je te verrai après-demain jeudi. Je ne puis pas m'imaginer que cette lettre ne t'atteigne pas à temps, ou que tu sois absente, ou qu'il y ait pour toi un obstacle. Je m'aperçois que je n'ai jamais cru tout à fait à ton absence.

« Je te propose, si tu le veux bien, un de nos rendez-vous familiers : ce petit square du boulevard Henri-IV où il y a une ruine. En arrivant à trois heures, jeudi, tu es certaine de m'y trouver. Si par hasard il pleuvait très fort, je serais à la terrasse ou à l'intérieur du petit café qui est en face. Je t'embrasse tendrement, ma douce Juliette, et te demande pardon.

« Pierre. »

Juliette pleure sans vraiment réussir à former des larmes. Elle suffoque, sans arriver à se délivrer par un sanglot. Une angoisse, qui est tout ensemble douleur, joie démesurée et désespoir, la tient serrée du haut au bas de son corps.

Il y a une première chose qui est sûre. Demain jeudi, 24 décembre, à trois heures, Juliette sera devant le petit square. La question ne se pose pas. Comme si l'événement avait été réglé de toute éternité. Qu'arrivera-t-il ensuite ? Peu importe. Les autres arrangements de la vie sont d'infimes détails. Et puis jadis, elle s'est bien trop occupée de l'avenir. Pierre le lui reprochait, et c'est peut-être ce qui lui a déplu. A force de vouloir que leur amour ne finisse pas, elle a peut-être été cause de sa fin. Il faut se fier davantage au courant des jours. Quand c'est au désespoir qu'on s'abandonne, n'arrive-t-on pas à se détacher complètement de l'avenir ? Puisse le malheur nous apprendre à être heureux !

« Pourquoi m'a-t-il quittée ?... Non. Je ne veux plus y penser. Il ne faut surtout pas que je le lui demande. Que notre réunion ne commence pas par une explication. Et pourtant, j'aurais besoin de le savoir pour que... M'aime-t-il de nouveau ? Oui, puisqu'il veut revenir. Sa lettre est toute pleine d'amour, il me semble. Aussi aimante que celles qu'il m'écrivait autrefois. Moins ardente que certaines, mais tendre. Il ne dit pas qu'il m'aime. Mais le mot n'est pas nécessaire. N'est-ce pas parce que je l'ai trop appelé qu'il est revenu ? Serait-il revenu de lui-même ? Je veux dire, si moi, pendant ce temps, j'avais cessé de l'aimer, est-ce qu'il m'aurait écrit ? Si j'avais disparu, est-ce qu'il serait parti à ma recherche ? J'étais si près. Je n'avais pas cessé d'attendre. Comme il le dit, il était sûr de me trouver quand il voudrait au coin de rue suivant. »

Mais elle a l'impression de pâlir, et qu'une affreuse idée monte le long d'elle et la dévore. Comment a-t-elle pu oublier *cela* en une minute ? Comment a-t-elle osé penser à ce qu'elle avait fait elle-même « pendant ce temps » ? Elle a envie de protester. Pour un peu, comme une accusée, elle crierait : « Je n'ai rien fait ! Je jure que je n'ai rien fait ! » Quelque chose s'est fait où elle n'a pas eu de part. Une personne se trouve mal dans la rue ; des gens la soutiennent par les épaules ; on la mène chez le pharmacien, ou on la porte dans une voiture. Ce sont les gens qui décident. Je ne suis plus là. Disposez de ma dépouille. Dépouille ne se dit que des morts. Mais il arrive qu'on dispose des vivants comme des morts. Et peut-être avec moins de gêne. Il y a une volonté des morts qu'on respecte, ou qu'on s'efforce de retrouver. Mais quand il s'agit d'un vivant qui a cessé de vouloir, on croit bien faire en voulant à sa place.

Mon Dieu ! Qu'a-t-on voulu à sa place ! Qu'a-t-on fait d'irréparable avec elle ! N'aurait-on pas pu attendre un peu plus, se douter qu'entre Pierre et elle la séparation « n'était pas compréhensible, ne durerait pas indéfiniment » ? Sans doute elle souffrait trop. Elle faisait peine à voir. On ne pouvait pas la laisser mourir de chagrin sans rien essayer. Il fallait tenter quelque chose pour la sortir de là. Ce sont les gens qui le disent. « Même si j'étais condamné à mourir de chagrin, est-ce que je refusais, moi, de mourir de chagrin ? » Et savoir maintenant qu'il n'y avait qu'à l'attendre, qu'il devait revenir, que tout pouvait recommencer comme avant, être possible comme avant ! Il suffisait d'un peu de patience. « Mais ce n'est pas la patience qui m'a manqué. Je l'aurais attendu dix ans, si j'avais pu penser qu'il reviendrait. Je l'aurais attendu dix ans, s'il m'avait dit "attends-moi". Peut-on parler de patience, quand il n'y a pas trace d'espoir ? Mais peut-être que d'autres à ma place auraient espéré malgré tout. J'ai été coupable par manque d'espoir. Je n'ai jamais eu autant de courage que d'autres pour espérer. Je ne sais pas avoir confiance dans l'avenir. Que je suis punie ! »

Une idée plus affreuse encore monte par-dessus la précédente, comme un serpent pour vous étreindre s'enroulerait à la spirale d'un autre serpent :

« Si Pierre apprend ce qui m'est arrivé, il me quittera de nouveau. Je le perdrai de nouveau. Cette fois pour toujours. »

Mais est-il possible qu'il ne le sache pas ? Sa lettre n'y fait aucune allusion. Peut-être par délicatesse. Peut-être par pitié. Peut-être par dégoût. Il n'a pas voulu salir cette première lettre — mais oui, première ; quelque chose recommence — d'une allusion à un événement qui lui est odieux. Pourtant serait-il allé jusqu'à écrire : « Je ne puis pas m'imaginer... qu'il y ait pour toi un obstacle » ? Ce seul bout de phrase prouve qu'il ne sait rien. A moins que ce ne soit une façon infiniment subtile de faire entendre qu'il sait : « Tu vois quel obstacle je veux dire. Mais je le tiens pour nul. Je n'admets pas non plus qu'il existe à tes yeux. »

Et cette autre phrase : « J'essayerai de t'expliquer ce qui s'est passé *pour moi.* » Sous-entendu : « Ce qui s'est passé *pour toi,* et que je renonce à comprendre, à juger, j'espère bien que de ton côté tu me l'expliqueras. »

Quel sera son premier regard ? Que contiendra-t-il ? Les mêmes imperceptibles allusions que sa première lettre ? Et que faudra-t-il faire, mon Dieu ? S'écrier : « Dis-moi que tu le sais ! » ; ou se taire, se taire de toutes ses forces ; attendre ?

*
* *

La voilà arrivée dans la cohue de ce grand magasin sans qu'elle se soit aperçue du moment où elle décidait d'y venir. Quand a-t-elle vérifié aussi qu'elle avait de l'argent dans son sac ? Assez d'argent ?

Il y a une bénédiction dans ce tumulte. Les ascenseurs montent. Les femmes, le regard brillant, saisissent des objets. La rumeur qu'on entend est faite de noms de choses désirées. Personne ne pense à mourir. Il faut se sentir aimée pour vouloir si âprement être belle. Toute cette rumeur est faite de voix de femmes aimées. Les rubans ressuscitent. Les longues pièces de soie qui s'épanchent du haut des piliers ressuscitent. Il n'y a pas un piquet de fleurs artificielles, pas un peigne en imitation d'écaille, pas une carte de boutons-pression dont on ne s'avise tout à coup qu'elle est là pour faire envie, pour faire plaisir. Comme il est bon de vouloir prendre ce qu'on voit ! Dans cette armoire à porte coulissante se cache peut-être le manteau que tu auras demain ; le manteau que tu auras pour son premier regard. Le petit square dans le jour pâle ; la grille ; la verdure d'hiver ; l'année de séparation dont tu sortiras comme de la lisière d'une forêt.

— Mais, mademoiselle, je ne vois vraiment pas ce que vous trouvez à dire à cette cape. La nuance ? Mais c'est tout à fait la nuance mode... Ah ! parce qu'elle vous paraît trop claire ?... Mais vous n'êtes pas en deuil ?... A votre âge, quand on n'est pas en deuil, et plutôt brune déjà de teint... vous n'avez pas idée comme du sombre va faire sévère. Enfin, comme vous voudrez...

Elle ne sait pourquoi ; mais il lui semble qu'elle ne peut pas s'offrir à « son premier regard » dans un vêtement clair. Idée étrange ? Mais non. Il y aurait dix raisons, si l'on tenait à se donner des raisons...

« Elle aussi m'a appelée mademoiselle. »

XVIII

CHANSON DE LA BONNE FORTUNE

Jerphanion descend le boulevard Saint-Michel. Le jour vient à peine de naître ; mais il est déjà tout gaillard et vif. Il se fait par la ville un bruit de rangement rapide. Coups de balai ; poubelles traînées et heurtées ; guéridons de marbre qu'on aligne. Les volets qui s'ouvrent claquent contre le mur. Le chemisier, en bras de chemise malgré l'hiver, remonte sa devanture de tôle ondulée. Même le trot des chevaux, même le roulement des roues est matinal.

Matinal, matineux. Ainsi chante sous le front un carillon allègre. Jerphanion s'est réveillé bien avant sept heures, dans le grand noir de la nuit. Quoiqu'il se fût couché tard, ayant parlé avec Jallez des choses de l'amour, il s'est dit soudain : « Je vais me lever ». Il s'est souvenu du train de Saint-Étienne. « J'avais pris une fameuse résolution ce jour-là. S'arranger de temps en temps pour voir le monde dans le matin. »

Il est difficile de faire sa toilette sans bousculer un peu la vaisselle. Et de ces chambres bâtardes, qui ne sont chambres que jusqu'à deux mètres, et quant au surplus deviennent dortoir (une grappe de chambres attachées à un plafond de dortoir), le moindre bruit ne demande qu'à s'envoler pour retomber miraculeusement entier et intact dans chacune des oreilles voisines. Par bonheur les sommeils de vingt ans sont aussi durs que la faïence de l'Économe. Et puis tant pis pour les oreilles voisines. Arracher un thala aux mollesses du sommeil, c'est faire œuvre charitable. C'est lui donner l'occasion de méditer sur le néant de l'homme dans cette fin de nuit frileuse où passent des relents et des ronflements. Tant pis encore pour les bûcheurs qui ont veillé tristement sur les fiches et les dictionnaires. S'ils avaient parlé d'amour comme Jallez et Jerphanion, la veille leur eût été moins lourde, les rêves moins opaques, et ils trouveraient excellent de sauter sur leur descente de lit pour courir eux aussi les aventures du jour nouveau.

Il a failli frapper à la porte de Jallez, l'inviter carrément : « Figure-toi que je pars à la recherche d'une jolie fille. Mais oui, ça me prend comme ça. De grand matin, à la manière des chasseurs. Je fais serment de ne pas rentrer bredouille. Viens avec moi. Nous nous donnerons de l'entrain ; et de l'audace ; un coup de main quand il faudra. »

Il a failli le lui dire, oser le lui dire, parce qu'hier soir Jallez était tout autre que d'habitude. Plus léger ; plus facile. Plus indulgent pour les façons ordinaires de la vie. Mieux de plain-pied avec le brave et banal destin des hommes. Moins raffiné, moins rare. Moins intimidant pour le cher garçon Jerphanion que tracasse et tourmente le beau hasard d'avoir vingt ans à Paris.

« Ç'aurait été si bien ! Maintenant nous descendrions ce boulevard tous les deux. Exaltantes, certes, ces promenades poétiques et philosophiques où nous remuons en pensée ciel et terre. Délicieuses, ces fins d'après-midi vagabondes où il me parlait d'Hélène Sigeau. Tout vous chante à l'intérieur. L'on regarde à peine autour de soi. La rue, fuyant de côté, ressemble à une rêverie de voyage. Mais croit-on que ce serait plus mal si nous partions ainsi, lui et moi, comme deux compagnons pas compliqués pour un sou qui ont décidé soudain de conquérir deux jolies filles... Oh ! je n'ai pas oublié son allusion réfrigérante, le jour où nous discutions sur Baudelaire... les rires, les baisers, les bouquets... avec les brocs de vin le soir dans les bosquets... Dommage. Les jolies filles vont souvent par paires. On les aborderait tellement mieux ; d'un air tellement moins godiche. Elles se poussent le coude, elles rient, parce qu'il y a deux garçons qui les regardent.

C'est tout de suite moins solennel, moins compromettant. Personne n'a l'impression que l'incident soit à prendre au tragique. La désinvolture de l'attaque se fait d'office pardonner. Inutile de recourir aux mines pénétrées, aux œillades de style profond. Même une rebuffade éventuelle vous laisse sans amertume. Une mésaventure qu'on partage est encore matière à gais propos. Et puis chacun des deux peut avoir l'occasion de faire avancer les affaires de l'autre : « Dites donc à votre amie que mon camarade est très amoureux d'elle. »... « Vous ne trouvez pas qu'ils seraient gentils ensemble ? »... Tout le cérémonial de l'amour s'allège en prenant bras dessus bras dessous la camaraderie. Promenades à quatre. Dîners dans les bosquets, justement. Baudelaire n'était pourtant pas un calicot. Les bosquets de Robinson, dont Jallez m'a parlé comme d'un aimable lieu de légende, au lieu de m'y conduire, en m'enseignant l'art d'y entraîner une jolie fille de Paris... Il y a chez lui du mystérieux et de l'égoïste. Aussi une sorte de respectabilité. Une pose d'un certain ordre. Il ne tient certainement pas à ce que je le voie un peu trop à son aise dans les joies que goûte le premier venu. Assez. Je suis un salaud. »

*
* *

Que le café-crème sur un comptoir de sept heures quarante-cinq est ami du jeune pirate qui se met en route ; qu'il est favorable à l'esprit d'entreprise ! Plaise aux mornes bûcheurs, qu'on a laissés sur l'autre flanc de la colline, de noyer la verve matinale dans les soupières de chicorée. Ici le livreur boit son vin blanc, un œil sur l'attelage. Les employés se brûlent la langue. Le garçon, tournant manettes et leviers, grouille comme un mécanicien sur sa locomotive et conduit vers Paris dans des sifflements de vapeur les voyageurs tôt levés.

Pour une jolie fille, en voici une. Ni trop grande ni trop petite. Fine assurément. Que pouvez-vous reprocher à son visage ? Jallez n'est pas là pour te donner envie de faire le difficile. Quand on a cette bouche, ce nez, ces yeux, on n'est peut-être pas une femme belle — une de celles qui ne sont jamais pour toi, qui sont toujours pour quelque autre plus beau, plus fort, plus riche — mais on est une gentille fille de Paris. Et qui pousse la complaisance jusqu'à être blonde.

Elle demande un croissant pour la seconde fois. Mais le garçon, tout à ses manettes, n'a pas écouté ; et la corbeille aux croissants se penche là-bas comme une barque échouée dans la rigole de zinc.

Jerphanion passe derrière un consommateur, allonge le bras, ramène la corbeille, et la présente à sa voisine. Mais surtout il sourit. Jerphanion est doué d'un charmant sourire ; un sourire sur de belles dents, un sourire avec deux fossettes que la barbe n'empêche pas tout à fait d'entrevoir dans le frisottement des joues. D'ordinaire, il oublie d'en user. Il attend honnêtement d'être dans la nécessité de sourire. Loin de donner à son sourire un coup de pouce pour qu'il se déclenche, il le retiendrait plutôt. Parce qu'il n'est pas certain d'avoir un beau sourire, et parce qu'il n'aime pas se jeter à la tête des gens.

Cette fois, il n'a pas eu besoin de donner un coup de pouce. Mais tout de même il s'est dit : « Ne te gêne pas pour sourire. Beau ou pas beau, ton sourire a sa partie à jouer. S'il ne profite pas de la circonstance pour sortir de sa cachette, c'est un capon. »

Le sourire s'est montré, et ma foi, il a fait merveille. Non seulement la petite a souri à son tour, mais on a senti qu'il y avait en elle encore un peu plus de sourire qu'elle n'en laissait voir. Et elle est devenue notablement plus jolie.

Mais son croissant a mis si longtemps à venir qu'il ne lui reste plus qu'un peu de café-crème dans le fond de son verre ; ce fond astucieusement grossi pour le dehors, rétréci pour le dedans, et qu'une boue de sucre encombre par-dessus le marché.

— Mais vous n'avez plus de café, mademoiselle. On vous a tellement fait attendre. Vous me permettrez bien... Garçon, la même chose.

Il s'arrange pour sourire de nouveau au moment où la petite est sur le point de protester. Le sourire possède depuis l'origine du monde une propriété que les physiciens ont découverte depuis au courant électrique. Dès qu'il passe sur un visage, le visage d'en face est traversé tout aussitôt par une espèce de sourire induit qu'il n'est pas question d'empêcher. (La volonté y perdrait sa peine, et son prestige.) Quand le visage d'en face est un visage de jolie fille, le sourire qu'il rend agit à son tour, produit son reflet, et il en résulte d'infinies mais aimables complications. Les deux visages ressemblent alors à ces glaces qui se faisaient vis-à-vis dans les salons de jadis. Comme un seul lustre se répétait mille fois, le sourire initial devient une double perspective de sourires, une illumination à perte de vue.

*
* *

Il ne fallut aucun effort, aucune audace nouvelle, presque aucune ingéniosité dans la façon de dire les phrases de tout le monde pour que Jerphanion se retrouvât sur la descente du boulevard au côté gauche de la jeune fille.

Aisance admirable des événements. Le seul péril est la tentation d'aller trop vite. On peut gâcher tout par excès de zèle. La petite ne se donnera pas le ridicule de paraître, sur-le-champ, effarouchée. Mais quand elle vous aura quitté elle réfléchira, et au rendez-vous de ce soir il n'y aura personne. Heureusement la marche, le boulevard, les ponts de Paris aident à la patience et procurent des facilités. D'eux-mêmes les propos de circonstance et de camaraderie viennent fournir une trame innocente. Aux autres de se faufiler au bon endroit : « Il est agréable de faire le chemin à pied quand il ne pleut pas... Dire que ce vieil aveugle est là tous les matins même en hiver !... J'ai connu une vieille femme qui venait au marché aux Oiseaux presque chaque semaine, et qui en avait chez elle cinquante de toutes les couleurs. »

Jerphanion sut bientôt que la petite travaillait rue de Turbigo, chez une modiste. (Modiste, oui, Jallez. Tu l'avais prévu.) Qu'elle habitait rue Vavin, avec ses parents. Pourquoi cet arrêt au bar du boulevard Saint-Michel ? Parce qu'elle est partie de la maison sans avoir eu le temps de déjeuner. Tout à coup, l'on craint d'être en retard, et l'on se sauve, tandis que les premières gouttes tintent dans le ventre de la cafetière. Bien sûr, il serait plus simple de prendre le tramway. Mais pour ce trajet-là, ce n'est pas tellement commode non plus. Il faut faire un bon bout de chemin à pied de toute façon. Et quand on est lancée... Le café n'est pas mauvais dans ces petits bars. Et puis l'on y a des croissants à portée de la main. Un croissant encore tiède qu'on casse en deux pour le tremper dans un café-crème bien chaud, on cherche ce qu'on pourrait désirer de meilleur. « Remarquez, mademoiselle, que je suis enchanté que vous n'ayez pas pris le tramway. Je n'aurais pas eu le plaisir de vous rencontrer. — N'est-ce pas ! » Et de nouveau les sourires, une perspective de sourires qui s'approfondit ; jusqu'où ? jusqu'à un petit commencement de tendresse.

— Mais vous, monsieur ?

Non. Jerphanion n'est pas employé. Il est étudiant. Ça doit être très agréable, la vie d'étudiant ? « L'on dit cela, mademoiselle. » Mais dans la vie d'étudiant il y a aussi les études ; et les études, avec les examens au bout, ce n'est pas toujours très drôle. Comment se fait-il qu'il ait à passer les ponts, et à prendre la direction de la rue de Turbigo ? Il y a donc une école de ce côté-là ? Pas exactement une école ; et pas exactement de ce côté-là. Les endroits où Jerphanion suit des cours sont situés sur la rive gauche. « Vous connaissez la Sorbonne ? — Oh oui ! Très bien. — Et l'École Normale Supérieure ? » Elle ne connaît pas l'École Normale Supérieure. Jerphanion lui explique que dans un autre ordre d'idées c'est l'équivalent de Polytechnique. Elle connaît on ne peut mieux Polytechnique. Au moment qu'elle en parle, il est trop clair que l'uniforme de ces jeunes messieurs lui emplit le regard. Elle est prête à décrire le bicorne, la petite épée. L'idée d'être courtisée par un Polytechnicien lui semble, à coup sûr, un rêve de grandeur. C'est par politesse qu'elle laisse Jerphanion abuser d'une comparaison aussi brillante. (Dans la vie, tout le monde se vante un peu. Elle-même ne manquerait pas d'affirmer que son atelier de la rue de Turbigo n'en craint aucun de la rue de la Paix. Si l'on ne se vantait jamais, il faudrait voir tout le temps les choses comme elles sont. Est-ce qu'on aurait encore le courage de vivre ?) Jerphanion qui sent cette indulgence n'en est que plus agacé. Comme s'il y avait quelque chose de plus difficile au monde que le concours d'entrée à l'École ! Et n'est-ce pas faire tort à Normale, dont le tamis sans pareil extrait de l'élite même une poignée, que de la comparer à Polytechnique, où l'on est bien forcé de croire qu'il se glisse, dans le tas, pas mal de tout venant ? (Normale-sciences, il est vrai, gâche un peu ce tableau flatteur. Trop de candidats préparent les deux concours, et, reçus aux deux, optent pour Polytechnique. Il faut avouer aussi que le scientifique de l'École, avec sa blouse crasseuse, sa tignasse, sa trogne de potard mal embouché, laisse la part belle aux jeunes messieurs à bicorne. Puisse la jolie fille n'avoir pas l'occasion de s'en convaincre !) Jerphanion n'est pas loin de regretter qu'il n'y ait pas un uniforme de l'École. Est-ce qu'il n'en a pas existé un, jadis ?... Hélas !... on ose à peine se l'imaginer. Ça devait être du propre ! Un semis de violettes, ou de graines d'épinard, sur un habit d'huissier jeunet. Quelque chose qui devait évoquer l'Académicien gamin, l'Enfant de troupe de l'Institut. De quoi faire tordre deux longues rangées de modistes. Quoi qu'il en soit, la publicité de l'École est insuffisante. On en est réduit, pour n'être pas complètement méconnu des modistes, à se réclamer de la Sorbonne. Humiliation encore plus pénible que l'autre, puisqu'elle joue à l'intérieur de la famille.

Mais s'il a ses cours sur la rive gauche, que va-t-il faire sur la rive droite ? Eh bien ! il se rend à la Bibliothèque Nationale, où se trouvent certains ouvrages rares dont il a besoin. Où est cette bibliothèque ? A deux pas de la Bourse. Pour y aller, il n'est donc pas absurde de passer par le boulevard de Sébastopol. Le détour est galant. Mais il reste discret. Jerphanion ne veut pas se donner l'apparence du soupirant trop vite affolé dont on redoute la persécution.

Il y aurait une chose gentille, qui serait de refaire le chemin en sens inverse, de compagnie, ce soir même, à condition bien entendu que ça ne les gêne ni l'un ni l'autre. « Vous restez donc toute la journée dans cette bibliothèque ? » Presque. Et tout s'arrange si bien en ce monde qu'il peut sortir de la Bibliothèque de façon à se trouver juste au coin de la rue de Turbigo et du boulevard quand la petite y passera. (« Elle n'est pas forcée de savoir — même si j'y allais réellement — que la Nationale ferme à quatre heures. »)

La petite s'arrête :

— Quittons-nous ici. J'aime mieux.

— Alors, au revoir, mademoiselle. Mademoiselle comment ?

— Jeanne. Et vous ?

— Jean.

— C'est vrai ? Vous ne venez pas de trouver ça ?

— Je vous jure que je m'appelle Jean.

Elle en semble frappée. (Il lui suffisait d'assez peu de chose pour reconnaître des harmonies dans le destin.)

— Alors, mademoiselle Jeanne, je vous attendrai ici même à six heures et demie.

Il la regarde s'éloigner. La silhouette décroît et devient douteuse en s'enfonçant dans l'agitation de la rue. Tour à tour traversée ou cachée par d'autres, simulée par d'autres, subissant pas à pas les lois tout humaines de cet espace disputé. Jerphanion goûte pour la première fois l'émotion de voir disparaître dans Paris un être qui lui est déjà un peu plus cher, un peu plus proche que les autres de la foule, un être qu'il espère revoir sans oser s'en dire tout à fait sûr. Déjà un peu son Hélène à lui.

Il retourne sur ses pas. Il reprend la direction de la rive gauche. C'est alors seulement qu'il s'avise, en regardant le boulevard Sébastopol et les rues latérales, qu'il vient de refaire en compagnie de la jolie fille toute une partie de son chemin de l'autre soir, celle peut-être qui lui avait semblé la plus amère.

XIX

QUINETTE REND COMPTE

Rentré chez lui, après la réunion du *Contrôle social,* Quinette avait pris soin de coucher sur le papier l'essentiel de ce qu'il avait entendu, en essayant de retrouver les phrases les plus frappantes. Il n'avait pas l'habitude des discussions politiques, n'était pas au fait des doctrines. Beaucoup d'allusions restaient pour lui lettre morte ; ou bien il risquait de fausser les proportions des choses. D'autre part, il n'avait pas trop osé interroger Loys Estrachard, de peur de lui paraître novice.

*
* *

Son ébauche de procès-verbal offrait donc de la séance une image assez infidèle. Mais il n'avait pas l'intention de le montrer. A l'occasion seulement il s'en servirait comme d'aide-mémoire. Il le glissa dans sa poche, le jeudi 24, quand il s'en fut au rendez-vous qu'il avait fait demander à Marilhat.

*
* *

— Vous n'aimez pas mieux, observa Marilhat, que je vous mette en relations avec Leclerq ? Vous savez que moi, ce n'est plus du tout ma partie. Enfin, comme vous voudrez.

Il pensa qu'il serait toujours temps de voir si les informations de Quinette méritaient d'être transmises.

Le relieur, qui avait préparé son exposé, commença par décrire l'endroit où se retrouvaient les adeptes du *Contrôle social :* la petite rue, le jardin, la villa, le studio du second.

— Tiens ! C'est dans ce coin-là, fit l'autre. C'est déjà intéressant. (Et il prit une note.) Avez-vous remarqué s'ils usent de certaines précautions, s'ils procèdent à un filtrage ?

— Je vous en reparlerai tout à l'heure.

— Bien.

Quinette évoqua assez adroitement l'atmosphère de la séance.

— Vous savez le nom du type qui faisait fonction de président ?

Quinette eut un sourire d'homme méthodique, un petit geste de la main :

— Tout à l'heure, cher monsieur ; si vous permettez.

Il dit un mot de la façon dont les gens étaient vêtus, des catégories sociales auxquelles ils semblaient appartenir.

Puis il fit un résumé du débat. Comme il y avait réfléchi depuis deux jours, les erreurs involontaires, dues à son inexpérience des milieux politiques, s'étaient estompées ; mais son désir de se donner de l'importance l'amenait à forcer les couleurs sur d'autres points. Dans sa bouche, la réunion assez inoffensive de l'autre soir devenait une conjuration en règle, et à brève échéance, contre l'ordre établi. Conjuration que la présence de l'Allemand Michels achevait de rendre inquiétante. En somme, des organisations secrètes de divers pays cherchaient à se mettre d'accord sur la date d'un prochain mouvement révolutionnaire. Le conjuré allemand semblait savoir de bonne source que son pays allait sous peu déclarer la guerre à la France ; et les conjurés français étaient d'avis comme lui qu'on profitât de nos premières défaites — dont on ne doutait pas en Allemagne — pour faire éclater chez nous la révolution. A cette fin, on allait utiliser les intelligences qu'on pouvait avoir dans l'armée, même dans la police ; et s'en procurer de nouvelles.

Au mot de police, Marilhat fit un grognement sceptique. Quinette l'arrêta :

— Attendez, attendez, cher monsieur ! » Et son air en disait long.

D'ailleurs Marilhat ne cachait pas l'intérêt qu'il prenait à ce rapport. S'il paraissait ne rien craindre pour la robuste santé de la police, on le sentait beaucoup plus ombrageux quant à l'armée. Tant qu'on ne lui parlait que d'agitateurs purement politiques, il eût volontiers haussé les épaules. Mais il n'y avait pas de meilleur moyen de le préoccuper que lui laisser entrevoir, sous le couvert de cette agitation, des menées qui ressemblaient plus ou moins à de l'espionnage, et derrière ces fantoches la main de l'ennemi. D'abord parce qu'il était patriote. Mais surtout parce qu'il pensait à ce côté des choses comme à un monde peu familier.

Bien Français, en cela, il avait de la peine à prendre tout à fait au sérieux les périls que c'était son métier de connaître et de combattre. Tout ce qui concernait la sûreté civile gardait à ses yeux trop peu de mystère pour qu'il ne lui parût pas légèrement naïf de s'en émouvoir. Au contraire, il était convaincu non seulement que la sûreté de l'armée est plus vitale que l'autre — ce qui peut se soutenir — mais qu'il se développe de ce côté-là des ruses, des manœuvres, une habileté infernale dont le duel avec les ennemis de la société civile n'offre pas l'équivalent. Là-dessus il avait l'âme presque aussi crédule que le premier petit bourgeois venu, lecteur de feuilles alarmistes. Certes, il n'ignorait pas que dans les affaires de contre-espionnage la police collabore avec les militaires ; mais il avait l'impression qu'on lui abandonne les besognes faciles, ou d'exécution subalterne, pour réserver aux officiers spécialisés, en particulier à ceux du deuxième bureau, la grande lutte autour des secrets. S'il eût été du deuxième bureau, il aurait eu sans doute la même peine à prendre tout à fait au sérieux les histoires d'espionnage, et cette nuée de pauvres types qui intriguent six mois pour obtenir d'un caporal les plans d'un magasin d'habillement.

Toutefois, il ne resta pas insensible à l'effet que Quinette avait gardé pour la fin.

— Vous dites ? Un bureau de tabac de la rue d'Alésia ? Et le patron aurait été de chez nous ? Vous êtes bien sûr de ne pas avoir compris de travers ?

Il réfléchissait, en faisant lentement glisser le pouce et l'index de sa main droite le long de ses mâchoires.

— Je ne vois rien dans ce genre-là. Ce ne serait pas simplement un de ces vagues indicateurs, comme nous en avons tant parmi les bistrots, et qui travaillerait pour nous à l'occasion, tout en ayant conservé des accointances de l'autre bord ? ou même qui ferait semblant d'être avec eux, et qui leur aurait raconté toute une histoire pour les amener à se livrer eux-mêmes ? Remarquez que ça ne serait pas mal comme invention. Si je comprends bien, leur règle, ce serait de faire défiler les néophytes devant ledit mastroquet, qui donnerait ou ne donnerait pas son visa ? Si c'est ce que je pense, c'est vraiment très rigolo. Ce truc pour se faire présenter toutes les gueules à domicile ! En voilà un qui s'y entend à simplifier le travail. Il ne lui manque qu'un appareil à photo.

Il rit à gorge déployée, puis redevint pensif :

— Pourtant ça m'épate. J'en aurais entendu parler. Depuis votre visite, on m'a encore dit que nous n'avions rien sur le *Contrôle social.* Je me renseignerai. Le cas ne sera pas long à éclaircir. En tout cas, c'est une très bonne note pour vous. Ah ça, oui. Je causerai de vous à mes chefs. Laissez-moi aussi la liste des noms que vous avez retenus.

Quinette eût été le plus heureux des hommes, s'il n'avait pas eu à ce moment-là dans l'esprit l'image d'une certaine galerie au fond d'une carrière, avec quelque chose d'assez informe et répugnant sur le sol. Agaçante image. Pourquoi vous tarabuste-t-elle ? L'homme qui vous dit, presque avec de l'élan : « Je causerai de vous à mes chefs » est évidemment à cent lieues de vous soupçonner d'un crime. Et quoi qu'il ait pu se produire depuis le 14 octobre du côté de la galerie, ce n'est pas à vous qu'on pensera, si vous vous tenez tranquille. Alors ?

Alors justement c'est parce qu'il est très heureux, que Quinette est très exigeant avec le bonheur. Le voici admis presque officiellement dans la police. Il s'est fait confier une première mission, et il vient de s'en acquitter avec éclat. Il entend d'avance ce qui se dira de lui, ce soir ou demain, dans quelque cabinet de grand chef : « Une recrue de grande valeur. Intelligence et habileté exceptionnelles. Et quelle clarté dans les rapports ! Nous ne mettons pas souvent la main sur des individualités pareilles. » Marilhat le traite déjà comme un collègue, médite tout haut en sa présence. Le relieur se sent maintenant chez lui dans ce petit bureau aux chaises de paille. Il voit l'époque où il accrochera son chapeau à une patère dans un placard qu'on lui enseignera. En attendant, la police l'accueille avec un sourire, le flatte d'une caresse. C'est bien un bonheur d'amoureux. Mais plus la femme aimée se montre gentille, moins on peut supporter qu'elle vous cache quelque chose. « Tu ne me dis pas tout ce que tu penses. » Et la pire querelle succède à une douce étreinte.

Quinette ne pourra pas être tout à fait heureux tant qu'il ne saura pas si la police est allée dans la galerie, ce qu'elle y a trouvé, ce qu'elle en pense, pourquoi elle s'est tue.

L'autre jour Marilhat a détourné la conversation, en prenant une mine suspecte. Donc ils y sont allés ; ou on les y a fait venir. Ils ont examiné sur le sol la chose ; ce qu'il en reste. Ce serait bon d'en parler à cœur ouvert. Quinette se retient pour ne pas s'écrier : « Voyons, cher monsieur Marilhat, pourquoi tous ces mystères entre nous ! Dites-moi donc tout franchement que vous y êtes allé. Dites-moi ce qui *restait*. Dites-moi les suppositions qui vous sont venues. Dites-moi où en est l'enquête. Quelles raisons de métier y a-t-il eu — car enfin je suis du métier, maintenant ; vous devez m'initier à toutes les roueries de la Boîte — quelles raisons y a-t-il eu de ne pas laisser parler les journaux ? »

Il imagine le charme d'une expédition, un joli matin d'hiver, là-bas, avec Marilhat. Les pousseurs de wagonnets salueraient ces deux messieurs. Quinette grâce à sa belle barbe, à sa calvitie, passerait pour « un grand chef ». Puis on s'enfoncerait dans les galeries mi-tièdes mi-fraîches. Marilhat déclarerait avec bonne humeur : « Je ne pensais pas y revenir de si tôt. Hein ? Ça n'a guère changé. C'est un clochard qui a découvert ça. Je vais vous montrer l'endroit exact. » Le délicieux frisson !

Trop beau rêve !

Il trouve seulement le courage d'insinuer :

— Je vais continuer avec les gens du *Contrôle social*. Ça m'intéresse, évidemment. Et je me rends compte de l'importance que ça peut avoir. Mais le jour où vous pourriez me faire signe pour une recherche... je ne sais pas, moi... une recherche... criminelle... Ne serait-ce que pour me montrer comment vous procédez ; les difficultés, les méthodes... Je suis assez ennuyé que ma piste de la rue Dailloud n'ait rien donné.

Marilhat fait un sourire évasif ; d'ailleurs bienveillant. Il se lève, comme l'autre fois. Comme l'autre fois, il semble indiquer à Quinette qu'il n'a plus le temps. Il ajoute :

— Oui... Si ça se présente, je ne dis pas non. Mais vous n'avez pas avantage à vous disperser. A mon avis, vous tenez un filon. Vous savez que la surveillance politique est très considérée. C'est du travail délicat. Même votre physique, vos manières vous aident. Je ne suis pas sûr que vous réussiriez dans les milieux crapule.

*
* *

En sortant du commissariat, Quinette éprouve l'envie de faire quelque chose de plus. Il veut échapper au sentiment non de l'échec, certes, mais du manque de plénitude. Il veut se prouver que ses facultés restent disponibles, que son pouvoir reste efficace dans plusieurs directions. Il veut se dire aussi que son avenir ne s'appauvrira pas. Voilà peut-être ce qu'il redouterait le plus : un rétrécissement, un desséchement de son avenir. Maintenant plus que jamais, il veut sentir son avenir comme un grenier chargé de ressources abondantes. Ou mieux, il ressemble au jardinier actif qui n'est content de lui que si les diverses planches du potager en sont chacune à un certain état de préparation, promettent chacune quelque chose. Peu importe que la récolte, ici ou là, se fasse attendre. Ce qui est démoralisant, c'est la friche, ou l'envahissement d'un bon semis par les herbes.

Il entre dans un café, s'y installe, au coin le plus tranquille ; demande de quoi écrire. Le sous-main contient par bonheur de grandes feuilles d'un horrible papier quadrillé, et de minces enveloppes gris-vert.

Il coupe une feuille en deux ; puis écrit, en petites majuscules, la lettre suivante :

« MA FINETTE ADORÉE,

« J'AIE BESOIN DE MON PAQUET. TU ME COMPRENDS, JE TE DEMANDE DE LE DONNÉ A MON AVOCAT. MES ENNEMIS VEILLE, AYONS PATIENCE, JE SUIS TON

« AUGUSTIN
« POUR LA VIE. »

Quinette relit ce billet. Est-il assez long ? et assez tendre ? N'y a-t-il pas trop de fautes d'orthographe ? L'unique texte original dont le relieur continue à s'inspirer ne permet pas de se faire une idée sur la fréquence moyenne de la faute d'orthographe chez Leheudry. Parce qu'il est bien court ; et parce qu'il n'en referme aucune. Celles que vient de risquer son imitateur répondent à ce désir de faire mieux que le vrai, qui est la tentation et le péril de l'art. D'ailleurs peu importe. Sophie ne les apercevra pas. Quant aux majuscules, elles sont une précaution raisonnable. Quinette n'a pas son modèle sous les yeux, et il craint, guidé par sa seule mémoire, de trop s'en écarter. Si l'on s'étonne, il expliquera la chose aisément.

L'enveloppe cachetée, et mise dans sa poche, il pense soudain au 142 *bis* faubourg Saint-Denis. La dernière visite qu'il y a faite remonte à une dizaine de jours.

« Pourquoi pas ? »

*
* *

La concierge du 142 *bis,* du fond de sa loge, crie : « Entrez ». Elle lève la tête. Elle voit M. Dutoit, poliment incliné, et souriant comme toujours, le chapeau à la main. Dans l'autre main, il tient un petit bouquet de chrysanthèmes.

— Bonjour, monsieur Dutoit. Je ne crois pas qu'il y ait rien pour vous.

— Bien, bien, chère madame. Votre santé est toujours bonne ?

Quel homme distingué ! La barbe ne va pas à tout le monde ; mais quand elle est fournie, soyeuse, et portée comme il faut, elle donne à l'homme d'âge moyen une autorité agréable à subir. Un crâne si finement poli, où se pose le reflet de la fenêtre, n'est pas laid du tout. Aimeriez-vous mieux un paquet de cheveux rudes et tordus ? N'est pas chauve qui veut de cette façon-là. Mais c'est la voix, surtout, qui montre l'éducation, la douceur naturelle et acquise du caractère, le rang social.

Les femmes nées dans une conditions modeste, mais avec des goûts délicats, ont souvent à souffrir. Elles ont rarement des hommes qui les vaillent. A l'époque de vos vingt ans, vous pouvez rencontrer un joli garçon. Et il passe journellement, dans les couloirs, cours et escaliers de l'immeuble, tel ouvrier, tel livreur, tel contrôleur du gaz, qui n'a pas physiquement vilaine tournure. Mais aucun raffinement. Des mains sales, des habits tachés, même sans que le métier en soit l'excuse. De gros corps qui sentent mauvais. (Quand il en est entré trois ou quatre dans la loge à peu d'intervalles l'odorat en reste assiégé.) Pourquoi aussi ces intonations toujours traînantes, ou gouailleuses, comme s'il y avait plaisir à parler mal, à se faire prendre pour encore moins instruit et moins bien élevé qu'on n'est ? Il y a bien ceux qui, soudain, pour vous éblouir, tentent de s'exprimer avec élégance. Mais quelle gaucherie ! Et ils ne sont pas au bas de l'escalier C qu'on les entend crier merde ! parce que leur pied a buté dans un décrottoir.

Ces femmes-là ont pourtant un cœur pour aimer ; elles savent même mieux que d'autres ce que devrait être cet amour dont tout le monde se croit la vocation ; et elles sont condamnées à ne connaître que des embrassements qui ne vont jamais pour elles sans une trace de répugnance.

« Mais M. Dutoit a une drôle de façon de tenir son bouquet en avant de lui. On dirait que... Comment ? C'est pour moi ! Oh ! je sais bien qu'il veut simplement me remercier d'avoir eu de la complaisance pour lui garder son courrier, et pour le reste ; et qu'il n'y a pas à prendre ça autrement. Mais tout de même, vous avouerez, être venu exprès, avec de si jolies fleurs ! Oui, tout de même, une attention pareille ! Et il s'en va si discrètement. Sans appuyer. Sans abuser. Je n'ai pas osé lui dire de s'asseoir. »

*
* *

Au moment de pendre le tramway TAH qui le mènerait directement chez la papetière (l'existence si opportune de ce tramway, qu'il avait oubliée, lui causait d'ailleurs un réel plaisir) il regarda autour de lui comme pour chercher si, avant sa démarche audacieuse rue Vandamme, quelque autre prouesse préparatoire ne le sollicitait pas. Il aimait procéder ainsi par accumulation.

La jolie petite dame aux yeux tristes... Il ne l'a jamais revue. Où est-elle ? Quinette, avec un sourire attendri, interroge l'immense horizon humain. Dommage qu'il n'ait pas son adresse. Que ferait-il ? Il ne le sait pas. Mais il ferait quelque chose, sûrement.

Pendant qu'il grimpe le marchepied du tramway, une voix intérieure lui dit : « En première classe ! »

XX

JALLEZ ET JULIETTE SE RETROUVENT

Ce jeudi 24, jour de son rendez-vous avec Juliette, Jallez en était arrivé dès midi à un état d'esprit excellent.

Il avait bien dormi la nuit précédente. Il ne se souvenait plus du détail de ses rêves. Mais il en gardait une impression générale des plus toniques : longues suites d'aventures à la fois cohérentes et mouvementées ; actions toujours comme par miracle intéressantes même quand elles sont banales. (A un moment il s'est trouvé dans une espèce de boutique, avec un ami. Jerphanion peut-être. Il ne se passait rien de plus que dans une boutique ordinaire ; mais c'était prodigieusement attachant ; on était tendu vers l'instant d'après ; comme au théâtre. Pourquoi la vie vraie, quand elle nous présente les mêmes choses, n'obtient-elle qu'un quart d'attention ennuyée ?) Il y avait aussi des conversations d'une grande netteté, sonnantes et rapides. Des espaces. Des camarades qui vont et viennent. Un monde aéré. Des difficultés ; mais pas l'obsession de l'obstacle, pas ce rythme de l'angoisse et de l'échec qui fait que certaines séries de rêves ressemblent à une danse ou à une fugue de la vie brisée. Quelques visions lubriques cordialement mêlées au reste. Des attouchements. L'adhérence intime et délicieuse d'une autre chair, pendant qu'on participe en toute décence à des événements d'un vif intérêt général où des gens corrects ne cessent d'avoir affaire à vous.

Son réveil avait été brusque. Sa tête, immédiatement disponible. Nulle souffrance errante dans le corps. L'impression d'une circulation aisée, et d'un très léger spasme viscéral, qu'un nerveux ne peut guère éviter quand il atteint le seuil de l'allégresse physique. Il n'avait pris qu'une petite quantité de café au lait, et presque point de pain. Car chez lui c'était la tristesse ou la dépression qui lui donnaient le besoin, dès le réveil, d'une nourriture abondante. (Un coup de nourriture, comme un coup de poing, pour faire taire l'âme inquiète. Et pour occuper tout de suite l'animal.) Sa digestion du matin avait donc été on ne peut plus facile.

Il avait rencontré dans les couloirs, puis dans la thurne, un Jerphanion optimiste et réchauffant. D'ailleurs depuis un jour ou deux le voisinage de Jerphanion était bienfaisant pour l'humeur. Sans parler beaucoup plus que d'habitude, ni se livrer à des manifestations bruyantes, il répandait par sa seule présence un préjugé favorable à la réputation de la vie. Il est vrai qu'on était à la veille des vacances du nouvel an. Jerphanion irait en passer une partie dans son pays natal. Mais ce voyage ne devait pas être la raison de sa gaîté, car il ne semblait pas pressé de partir. Il resterait ici au moins jusqu'au dimanche. A Jallez qui s'en étonnait, il avait dit qu'il voulait assister le samedi soir 26 à une grande réunion publique où Jaurès ferait un discours. Il ne connaissait pas Jaurès, et se félicitait spécialement de l'entendre pour la première fois dans une pareille occasion. C'était peut-être vrai. Mais ce n'était sans doute pas toute la vérité.

Enfin Jallez s'était promis de passer cette soirée du jeudi 24, qui était celle du Réveillon, à la *Closerie des Lilas,* où s'organiserait, autour de Moréas et de Paul Fort, une réunion probablement plus brillante que d'habitude. Il n'était pas absolument sûr de s'y amuser beaucoup, ni de s'y attarder longtemps ; car n'ayant rien encore publié lui-même, et presque rien écrit, il n'était dans ce milieu qu'un tout petit personnage, et y connaissait peu de monde. Mais il était ainsi fait qu'il aimait apercevoir distinctement le bout de la perspective de ses journées. Si un plaisir même médiocre en occupait d'avance le fond — un divertissement, une rencontre avec des gens, une sortie quelconque — le reste de sa journée en recevait une heureuse influence, et il apportait plus d'ardeur à vivre. Durant un cours ennuyeux, ou une morne lecture d'auteurs du programme, il se disait à diverses reprises : « Ce soir, il y a cet endroit où je serai, cette chose que je ferai. » Et même si ni l'endroit ni la chose n'étaient une grande merveille, il se sentait venir la plus réconfortante bouffée autour du cœur.

La perspective de ce jeudi 24 semblait donc particulièrement réussie, puisqu'au-delà du rendez-vous avec Juliette, dont l'intérêt, quoi qu'il arrivât, ne faisait pas question, la journée était sûre de ne pas retomber dans le vide, mais de finir au sein d'une animation de qualité.

Il avait dit à Jerphanion :

— Veux-tu venir ce soir, à la *Closerie,* avec moi ? Ce sera sûrement curieux. Qu'on l'aime ou qu'on ne l'aime pas, Moréas est une figure. Sans parler des autres. Mêmes des vaseux et des crétins. Car tu connais le vaseux de cagne ou de thurne, mais tu n'as pas approché celui de lettres. Il est beaucoup plus cocasse.

Jerphanion s'était d'abord dérobé :

— Je ne dîne pas à l'École. Je dîne chez de vagues parents.

Sur l'insistance de son ami, faite aussi de curiosité, il avait fini par dire :

— Eh bien, si tu veux m'attendre, je pense pouvoir m'échapper vers dix heures et demie.

Il était donc convenu qu'à dix heures trois quarts Jallez attendrait Jerphanion place Saint-Michel. Ils n'auraient ensuite que le boulevard à remonter. Ainsi pour Jallez, tout s'arrangerait au mieux. Même son retour de la *Closerie,* dans la nuit du Réveillon, était garanti contre les surprises de la pensée solitaire. Le bavardage de l'amitié ne finirait qu'à la lisière du sommeil.

Jerphanion avait ajouté :

— Pour la peine, tu m'accompagneras samedi soir.

— Mais sûrement. Je n'ai entendu Jaurès qu'une fois par hasard, et quelques minutes. Je ne demande pas mieux.

*
* *

Jallez fit à pied le trajet de l'École au petit square « où il y a une ruine ». Il se tenait des propos pleins de vaillance : « La vie n'est plus possible si on s'amuse à tout compliquer. Il ne faut pas trop penser à ce qu'on fait. Pas trop raffiner les sentiments non plus. Dans cette aventure-là, pourquoi ai-je souffert ? Pourquoi surtout ai-je fait souffrir ? A cause de mes scrupules infinis ; de mes excès de pensée. Il y avait une situation toute simple ; la plus simple de toutes les situations humaines. Et qui appelait une solution vieille comme le monde. Nous étions jeunes ;

nous nous aimions. Eh bien ! nous n'avions qu'à faire l'amour. Au sens total ; donc, physiologie comprise. J'ai été grotesque. En ces matières, il y a un pédantisme absurde à vouloir en remontrer à la nature. Qui veut faire l'ange fait la bête. Une des plus fortes paroles, au fond, qu'on ait jamais dites. Et j'ai été dupe. Je me suis rendu très malheureux au profit de qui et de quoi ? Juliette ne demandait qu'à se donner. Il ne faut tout de même pas s'imaginer que les jeunes filles sont naturellement chastes, ni qu'elles considèrent comme un sacrifice l'acte pour lequel elles se sentent faites. Juliette savait formellement que je ne voulais pas me marier. Donc pas trace d'abus de confiance. L'honneur d'une jeune fille ! Ne confondons tout de même pas la vie avec le chiqué social. D'ailleurs, pas d'hypocrisie, moi non plus. Ce n'est pas son « honneur » qui me préoccupait. C'était heureusement quelque chose de plus haut ; et de plus éternel. Le tort, c'est de fourrer le sublime où il n'a que faire. Il faut se résigner à laisser courir dans sa vie des suites d'actions naïves, et qui ne prétendent à rien. J'ai été, à ma façon, très sentimental. Je le reste encore beaucoup trop. L'ère du sentimentalisme est finie. Le nouveau siècle n'est pas sentimental. Ce qui n'empêche pas des formes d'exaltation supérieures ; bien au contraire. J'ai à me défendre, moi, contre la douceur, contre le charme. J'ai à me raidir. Mon ressouvenir d'Hélène Sigeau... Quelle orgie sentimentale je me suis récemment offerte à propos de ça ! En m'écoutant, Jerphanion souriait. Il possède une santé morale que je lui envie. Ce n'est pas lui qui aurait eu ma naïveté avec Juliette. Il ne me fait pas ses confidences. Mais je suis sûr que depuis son arrivée à Paris il a déjà eu plusieurs aventures, et qu'il ne s'est pas embarrassé de métaphysique. Il a été beaucoup moins profondément empoisonné que moi par le virus religieux... Et maintenant, s'il était à ma place ?... Oh ! ça ne traînerait pas. Et le plus fort, c'est que tout le monde serait ravi. Mais parfaitement. Les baisers sur la bouche n'ont jamais suffi à personne. Ce dont j'aurais besoin, moi qui suis passé par tant d'épreuves dans l'ordre de l'esprit, c'est d'une cure de cynisme. »

*
* *

Ce qu'il vit d'abord, ce fut un petit fantôme sombre devant les verdures d'hiver. Il avait réglé sa marche pour arriver quelques minutes en avance. Mais elle était la première au rendez-vous, comme bien des fois jadis.

Un peu surpris par la sévérité de son vêtement, dont la ligne d'ailleurs lui sembla belle, il chercha aussitôt le visage, les yeux. C'était le même visage joli et tendre, les mêmes yeux noirs ; mais tout cela pénétré d'une tristesse si profonde que le sourire qu'elle fit paraissait sortir d'un abîme ; et il ne dissipait pas cette tristesse ; au contraire, il l'éclairait d'une évidence pathétique.

Il ne sut que dire « Bonjour Juliette », et lui prendre la main qu'il serra doucement dans les siennes. Il n'osait pas l'embrasser. Elle le regardait sans reproche, mais avec une espèce d'insondable étonnement. Elle répondit :

— Bonjour, Pierre.

Et elle serra les lèvres, comme si de s'entendre prononcer de nouveau ce nom lui donnait une émotion trop forte.

— Il n'y avait pas longtemps que tu étais là ? Je ne t'ai pas fait attendre au moins ?

— Mais non.

— Veux-tu que nous nous promenions un peu comme autrefois ?

— Si tu veux.

— Et tu as un peu de temps ?

— J'ai toujours eu du temps pour te voir ; tu le sais bien.

Dans sa façon de l'écouter et de lui répondre, elle marquait le même étonnement qu'au début, et qui s'apparentait à celui du réveil.

Il dit, en montrant Paris devant eux :

— Tu as une préférence pour un côté ?

— Non... Par là, peut-être.

C'était la direction de ce quartier paisible, situé entre le boulevard Morland et le fleuve, et qui, de l'île qu'il était encore, il y a un siècle, a gardé la solitude, l'éloignement. Quelques rues toutes simples le composent, et il est occupé presque en entier par deux ou trois bâtiments administratifs. Mais une grâce du site et de la lumière leur prête une dignité qu'ils n'auraient pas ailleurs. On songe au quartier du gouvernement dans un État minuscule. Le passage d'une garde de douze hommes, allant à la relève, avec des parements de couleurs vives, des bicornes ou des bonnets à poil, se ferait de l'air le plus naturel dans ces voies nettes et silencieuses, ou sur la terrasse que forme le quai au-dessus du fleuve. L'île Saint-Louis, en face, serait la ville bourgeoise, et le bassin de l'Arsenal, qui s'enfonce de l'autre côté, le port marchand.

Jallez avait d'abord pressé légèrement le bras de Juliette à travers la cape sombre. Et ainsi il la poussait un peu. Elle marchait d'un demi-pas en avant de lui. Elle n'évitait pas de se laisser soutenir. Mais peut-être ne désirait-elle rien de plus.

Il souleva les plis de la cape, et lui prit le bras comme jadis. Elle ne se dérobait pas, ne marquait aucun refus, aucun recul, mais ne parvenait pas à s'abandonner. Jallez la sentait imbibée et lourde de désespoir. Il faudrait beaucoup de soins pour l'en débarrasser, pour la réchauffer.

Ils échangeaient quelques phrases, les plus pauvres et les plus ordinaires possibles ; et moins pour le contenu même des phrases que pour se réhabituer à l'échange.

Il s'enhardit jusqu'à lui demander, sachant bien que sa question était dangereuse :

— Et qu'as-tu fait pendant ce temps-là ?

Elle tourna un instant les yeux vers lui, comme pour interroger le visage d'où lui venait une telle question. Elle paraissait toujours en proie au même étonnement, que traversait un sourire triste. Bien qu'elle ne fût pas portée à l'ironie, c'est une espèce d'ironie du cœur que ces mots de Jallez avaient l'air de soulever en elle. Puis le sourire cessa brusquement. La trace d'ironie s'évanouit. Elle venait peut-être d'apercevoir que la question prenait un autre sens, éveillait une autre réponse. Ses traits se couvrirent de douleur. Un jour, autrefois, après une querelle qu'ils avaient eue, Jallez lui avait entendu dire, exactement avec ces traits-là, ce regard-là : « Tout est fini », pour signifier non pas qu'elle-même voulait rompre avec lui, mais qu'elle ne croyait plus être aimée, qu'elle ne croyait plus à rien, et que le gouffre du néant était devant elle. « Tout est fini. » Il n'avait pas oublié l'accent de ces trois mots. Jamais paroles d'autrui ne lui avaient moins semblé une vaine formule. Ce jour-là, Juliette, le regard fixé devant elle, avait dit simplement ce qu'elle voyait ; ce qu'elle croyait voir. Et elle avait pris ce masque désespéré.

Ce fut donc comme si Jallez entendait : « Tout est fini. » Mais qu'y avait-il, à ce point, de fini, de brisé, d'irréparable ?

Il reprit, en essayant de ne pas donner de gravité à sa question, de la maintenir dans le ton de la gentillesse amoureuse :

— Tu as pensé à moi, quelquefois ?

Fit-elle un haussement d'épaules ? Il en eut l'impression à une secousse du bras qu'il tenait. Pourtant le visage se détendit un peu :

— J'ai relu tes lettres.

Il lui pressa le bras, s'arrêta, lui donna un baiser qu'elle reçut au creux de la tempe. Elle gardait les yeux baissés. Il retrouvait avec ravissement les lignes de ce profil dont chaque trait semblait la forme charnelle d'une idée tendre.

Depuis quelques minutes il s'était mis à tomber une pluie très fine. Mais elle mouillait à peine les vêtements. Le peu qu'il en arrivait, parfois, sur le visage, ne faisait qu'y réveiller le sentiment qu'on avait de l'hiver, du jour tombant, du fleuve, des immensités frileuses, des échappées de nuages et d'air fluvial à travers les ponts, les docks au loin, et les usines des berges.

Une sirène de remorqueur siffla tout près d'eux. Juliette chercha la main de Pierre, sous la cape, comme pour dire : « Tu entends. Tu m'en avais parlé dans ta lettre. »

Et Pierre songeait, ou du moins une région de son esprit gardait assez de liberté pour songer par intermittences : « Qu'est-ce que le désir, la volupté, les histoires de possession physique, à côté de ça, à côté de ces tendres et vertigineux abîmes ?... Sentimental... Non... Mais il y a un univers du sentiment. Personne ne vous oblige d'y entrer... Mais une fois qu'on y est entré, ou rentré, comment ne pas s'avouer qu'il est sans comparaison et sans limites, plein de musiques qui font oublier toutes les autres, habité par des charmes qui font que soudain tous les autres paraissent vulgaires ? Comment ne pas s'apercevoir doucement que ses profondeurs vont rejoindre, on ne sait par où, celles du soir, de l'hiver, du fleuve, celles de la nuée, celles de la jeunesse, toutes les échappées, toutes les fuites, et les plus beaux cris du monde, et les frémissements, les marées qui vont aboutir aux sables d'une plage éternelle ?... Dis, toi qui faisais le malin tout à l'heure, as-tu le cœur en ce moment à cette pauvre petite chose, égoïste et fiévreuse, qu'est la convoitise ? »

XXI

LE DÎNER PLACE DU TERTRE

Les « vagues parents » avec lesquels Jerphanion devait dîner s'appelaient Jeanne, modiste rue de Turbigo.

C'est la veille au soir, quand il avait retrouvé la jeune fille, qu'il lui avait proposé cette petite fête. Non sans timidité. Jeanne allait peut-être le soupçonner de vouloir brûler les étapes. N'était-ce pas aussi lui demander un peu trop vite d'arracher une permission à ses parents ou d'encourir leurs reproches, surtout un soir de Réveillon ? Il présenta donc son projet comme un souhait téméraire, et en avançant sur la pointe des pieds.

Jeanne le mit à l'aise. Elle trouva tout de suite l'invitation très gentille, réfléchit deux secondes, et déclara qu'elle pensait bien « que ça pourrait s'arranger ». Il eût aimé un peu plus de résistance. Les hommes sont difficiles.

Comme il lui venait un commencement d'idée pénible, il éprouva le besoin de se faire rassurer de quelque façon :

— Vos parents ne diront rien ?

— Oh ! pourquoi voulez-vous...

Elle se ravisa :

— C'est-à-dire que mes parents sont très sévères. Mais je ne suis pas forcée de leur raconter. Je leur dirai que je sors avec une amie.

— Pour dîner ? Ils trouveront ça naturel ?

— Évidemment, il ne faudrait pas que ça arrive tous les jours. Mais c'est une amie qu'ils connaissent très bien. Par exemple, la veille du quatorze juillet, elle est venue me chercher comme ça, et nous sommes parties ; sans manger, pour avoir plus de temps de voir les bals, les illuminations, les retraites aux flambeaux. Nous sommes censées manger quelque chose en route : un café au lait, un sandwich, des olives. Moi, j'en ai toujours bien assez. Ah ! mais seulement l'ennui, c'est qu'on devait aller à la messe de minuit, au Sacré-Cœur.

— Qui, votre amie et vous ?

— Non. Avec mes parents et des voisins. Ce n'est pas que ça m'amuse. Oh ! ni que ça me barbe. Mais quelle idée d'aller au Sacré-Cœur ? Quand il y avait Notre-Dame par exemple bien plus près. C'est le voisin qui leur a mis ça dans la tête. Il paraît que comme chant c'est tout ce qu'il y a de mieux. Je crois qu'ils veulent partir de la maison vers les neuf heures et demie. Comment faire ?

Il comprit qu'elle tenait à cette messe de minuit.

— C'est que ça nous laisserait bien peu de temps. Vous ne pourriez pas les rejoindre en route, de façon que nous ne nous quittions que vers dix heures ?

— Mais les rejoindre où ça ?

— Peut-être aux abords de la basilique. Au besoin, nous dînerions de ce côté.

— Oui, c'est ça. J'irai les prendre à leur descente d'omnibus, ou à une sortie de métro. C'est ça.

— Et votre amie ? Vous serez obligée de la mettre au courant ?

— Ce sont des petits services. Quelque chose de très bien, qui me vient : je lui dirai de me retrouver un peu avant, et nous arriverons ensemble devant mes parents. J'en serai quitte pour l'emmener à la messe de minuit. Ça la renforcera dans les sentiments de piété.

*
* *

Jerphanion avait pris à cœur la réussite de ce dîner, qui était le premier événement de sa vie amoureuse à Paris. Non qu'il eût des ambitions gastronomiques. Il était d'ailleurs persuadé que sa petite amie ne prêterait guère attention au menu. Mais il voulait que la circonstance fût agréable, fournît la matière d'un plaisant souvenir. Et c'est à lui-même, il faut bien le reconnaître, qu'il voulait plaire d'abord. Certes, il désirait que la jeune fille ne regrettât pas sa soirée, et surtout ne s'aperçût pas qu'il était un Parisien récent, peu au fait des ressources de la ville, et gauche dans sa façon d'en user. Mais ce qui lui importait plus encore, c'était de réaliser un dîner d'amoureux, proche de l'image idéale qu'il s'en formait : une petite table ; un rien d'isolement, mais de l'animation tout autour ; la joie d'autrui à portée de rire de la vôtre. Un lieu à la fois citadin et rustique. De la fantaisie et point de luxe. Des tonnelles eussent fait l'affaire merveilleusement. Mais on ne dîne pas sous les tonnelles un soir de Réveillon. Attendons la Saint-Jean d'été. En somme les strophes de Baudelaire, devant lesquelles il avait fait la petite bouche, avaient fini par dessiner dans sa tête la fresque des jeunes amours. Il lui fallait même le vin dans les brocs, et le violon derrière les collines. Murger y était peut-être aussi pour quelque chose, et d'autres lectures moins relevées. Mais Baudelaire se chargeait de donner l'estampille. On n'ose pas sourire de soi-même, de la qualité d'un rêve ou d'un plaisir, quand on a un tel répondant.

Où trouver la petite table, les brocs de vin, et ce que décembre peut laisser survivre de bosquets ? Sur la Butte, à coup sûr. Jerphanion avait pour la Butte, qu'il connaissait à peine, une amitié poétique. Plus d'une d'entre ses rêveries allait s'y percher, comme les cigognes sur les toits d'Alsace. C'était la patrie de ses menues aspirations.

Il aurait volontiers mis à profit l'érudition de Jallez. Mais il n'avait pas le courage de lui confier son histoire de modiste. Il entreprit donc, dans l'après-midi, de faire lui-même un tour là-haut pour reconnaître le terrain. Il hésita longtemps entre les quatre cabarets de la place du Tertre, qui étaient alors *Bouscarat, Spielmann, La Mère Catherine* et *Le Coucou*. Un cinquième entra en compétition, qui était situé à deux pas de là, au coin de la rue Saint-Rustique et de la rue des Saules.

Bouscarat et *Spielmann* lui parurent manquer de facilités pour l'isolement relatif qu'il souhaitait ; et aussi de couleur locale. Ils différaient trop peu d'un bistrot quelconque des vieux quartiers. *Le Coucou,* blotti dans le renfoncement que fait la petite place du Calvaire, l'avait aussitôt séduit. Mais un coup d'œil sur les chiffres du menu lui donna des inquiétudes. Et puis la salle était vraiment très petite. Que dire et que faire, qui ne fût pas saisi par tous les voisins ? L'auberge de la rue des Saules eût réuni le plus d'avantages pour la belle saison. Mais ses tonnelles chômaient ; et il ne lui restait que son intérieur, qui était morne. Jerphanion se décida pour *La Mère Catherine,* tout en déplorant que l'installation en eût un peu trop l'air d'une baraque de ferblantiers de la zone. Mais on lui montra dans un recoin une table qui était sans conteste une table d'amoureux. La clôture de l'hiver s'y sentait moins qu'ailleurs. La jeunesse et la pauvreté n'apercevaient autour d'elles que des aspects qui leur étaient dédiés. Baudelaire n'aurait pas refusé le vin d'un de ces pichets de terre vernie.

*
* *

Tout ce que Jerphanion pouvait raisonnablement demander à cette soirée, c'était de ne pas trop le décevoir. Il y a ainsi dans la vie toute une catégorie d'événements, dont l'importance est fort inégale, mais qui ont pour caractère commun de valoir moins par eux-mêmes que comme vérification d'une de nos rêveries. Ils viennent en quelque sorte répéter, dans le langage de la réalité, un événement imaginaire. Nous n'écoutons pas tant leur sonorité propre que leur accord ou leur dissonance avec le modèle intérieur. Nous ne leur savons pas gré de l'imprévu qu'ils nous apportent, même quand cet imprévu serait de nature à nous charmer si nous n'avions gardé notre jugement libre. D'où la peine qu'ils ont à nous satisfaire. (La nuit de noces, surtout pour les femmes, entre dans cette catégorie.)

Jerphanion, heureusement, n'avait pas là-dessus de délicatesses maniaques. Il n'était pas de ceux que mettent au supplice la moindre incartade de la réalité, la façon qu'elle a tout à coup de faire ce qui lui plaît, son manque d'égards pour les convenances ou l'unité d'impression, ses incongruités naïves. En somme, il aimait la réalité. Il savait que les rêveries ont beau jeu. D'abord elles escamotent le détail. Et c'est toujours le détail qui nous choque. Cette pauvre réalité est bien obligée de laisser voir les détails.

Par bienveillance pour elle, Jerphanion acceptait de cligner les yeux à certains moments. Il ne s'agit pas de sauver à tout prix un monde conventionnel, ni d'avoir peur de la vérité. Mais quand nous nous trouvons dans une occasion aimable, où le propos est plutôt de jouir que de connaître, il est tout à fait maladroit de projeter autour de soi une clairvoyance importune. Nous gâchons un bon moment, et nous n'apprenons rien qu'au fond nous ne sachions déjà. (Pas plus qu'un médecin, assis à table en face d'une jolie femme, n'aura la sottise de lui inspecter la peau en dénombrant les ruptures de capillaires et les engorgements de follicules.)

Jerphanion trouva donc le moyen de passer une très agréable soirée. Dès le début, il laissa partir dans son cœur comme une musique facilement poétique, dont les ondulations, les ritournelles, les redites langoureuses servaient à maintenir cette unité d'impression, où la réalité justement n'est pas très habile. Les incidents, les paroles venaient se poser là-dessus comme des feuilles sur le flot, y prendre un bercement favorable, et plus d'une vulgarité discrètement s'y noyait.

Jeanne était une petite fille tour à tour pétulante et songeuse. Après plusieurs minutes d'un bavardage riant et rapide, où les idées se pourchassaient l'une l'autre, elle se taisait soudain, faisait une moue presque chagrine, vous regardait de ses yeux bleus tout grands ouverts, comme si elle se posait les plus sérieuses questions sur votre caractère ou sur la destinée. On s'apercevait alors qu'elle avait des parties de visage fines, sensibles, nerveuses, que les chagrins de l'avenir guettaient déjà — comme des rapaces perchés sur les branches, et qui, de loin, choisissent la meilleure nourriture.

D'ailleurs, si on se mettait à la regarder au même moment, il arrivait que la moue mélancolique tournât au sourire, puis à l'éclat de rire. Et Jeanne soutenait votre regard d'un air de défi, en vous tirant un peu la langue.

Elle avait un faible appétit. La lecture du menu, le déchiffrage de certains termes plus rares, ou dont la craie avait écrasé les lettres sur l'ardoise, l'arrivée des plats, l'amusaient plus que la corvée de se nourrir. Son goût allait d'abord aux crudités, aux crevettes et aux coquillages. Une salade aux œufs durs l'enchantait, et il suffisait d'y ajouter une tranche de crabe ou de langouste pour qu'elle eût l'impression d'atteindre au sublime dans cet ordre de plaisirs. En principe, elle n'aimait pas la viande. Ce qui parvenait à l'intéresser dans des mets comme le lapin chasseur, ou le rognon sauce madère, c'était le piquant de la préparation.

Jerphanion réussit à lui faire boire deux ou trois verres de vin. Elle n'en avait pas l'habitude, et vers la fin déclara que la tête lui tournait : « Mais vous voulez me griser ! monsieur. Vous voulez me griser ! » dit-elle en affectant un ton de théâtre. « Le vin, moi... d'abord, c'est pour les hommes. Le café, ça oui, le café !... » Sa prétendue ivresse ne se montrait d'ailleurs qu'à un léger rosissement du visage, un attendrissement des yeux bleus, et une plus grande facilité à coucher sa tête sur l'épaule de Jerphanion. Ses propos ne devenaient pas plus libres.

Il est vrai que Jerphanion ne la poussait pas aux confidences. Il l'en détournait au contraire. Ce soir du moins, il n'avait pas du tout envie de savoir pourquoi l'oncle Étienne avait abandonné la tante de la rue Croulebarde. Il entendait avoir affaire à Jeanne toute seule. Il n'avait point invité sa famille ; ni son passé. Tous ces intrus imposeraient leur présence bien assez tôt.

Il écouta de meilleure grâce quelques histoires d'atelier qu'elle contait assez drôlement. (Jallez avait prévu aussi les histoires d'atelier. Diable d'homme !) A condition d'en négliger le détail, de ne pas trop chercher à se reconnaître dans l'attribution des propos (« Alors elle y a dit... Alors l'autre y a dit... ») et de renoncer à voir clair dans les torts réciproques de la première et de Mlle Anna, cela faisait un bourdonnement féminin et puéril, qui semblait arriver du fond de Paris comme les autres rumeurs. C'était une des odeurs du paysage, un des messages de l'horizon, un des trente-deux secteurs — le plus gentiment colorié — de la rose des vents.

Et puis il fallait bien parler de quelque chose. Un recoin de caboulot, même à demi protégé, n'est pas une chambre, où les caresses suffisent à occuper deux personnes. Le jeune homme ne pouvait pourtant pas mettre la conversation sur la Société future, ni sur Jean-Jacques, ni sur Baudelaire. Pas même sur l'amour. Les phrases qu'il eût dites eussent semblé à la petite d'une obscurité bien prétentieuse (« Où est-ce qu'il va chercher ça ? ») et celles qu'elle eût attendues lui eussent écorché la bouche à lui. En fait de propos d'amour, il se contentait de parler à Jeanne de son visage. Elle semblait d'ailleurs trouver le sujet intéressant.

De temps en temps, il lui prenait la main, lui palpait le bras, lui donnait ou lui demandait un baiser. Après le dessert il ne craignit pas de lui caresser la taille et le buste.

Elle faisait une mine faussement sévère, et, lui coulant de coin un regard qui pouvait paraître assez averti, elle disait :

— On vous connaît, vous. On vous connaît.

Autour d'eux, la place du Tertre, que ne hantait pas encore le Paris élégant, gardait en cette veille de Noël à peu près son air de tous les jours. Chez *La Mère Catherine* et chez les autres bistrots, la plupart des dîneurs étaient visiblement de l'endroit. Jerphanion les considérait avec un certain respect, pensant que ce devaient être des artistes. Il trouvait les femmes opulentes et sensuelles, dans leur regard comme dans leur maintien. Il imaginait des vies libres, difficiles peut-être, allègres pourtant ; des camarades fumant la pipe dans un atelier en causant de leur art ; l'équivalent des thurnes, mais sans l'odieux décor administratif, ni l'obsession des examens, et avec ce qu'ajoute de capiteux la présence de femmes « aux belles hanches » et « aux belles poitrines ».

XXII

RÉUNION A « LA CLOSERIE ». SONGES DE MORÉAS

— Ah ! c'est bien, ça ! Bonsoir, mon vieux.

— Je suis venu parce que je t'avais promis. Mais maintenant ça m'embête de t'accompagner. Dans ce milieu-là, j'aurai l'air du cousin de province que tu balades.

— Nous nous mettrons dans un coin. Personne ne s'occupera de nous. Je serai peut-être obligé de serrer la main à Paul Fort, en entrant. Car il fait un peu le maître de la maison.

— Mais... il faudra que tu me présentes ?

— Je bredouillerai ton nom. Et tu lui serreras la main aussi... Pfeuh !... Je veux que tu voies ça. Aujourd'hui surtout il n'est pas impossible qu'il s'amène trois ou quatre types importants. En tout cas il y aura Moréas et Paul Fort... Dis-toi que tu aurais pu faire ton mémoire de licence sur les réunions de La Fontaine, Boileau et les autres, à Auteuil, ou sur le salon de Mme du Deffand. Tu te serais échiné à reconstituer l'atmosphère, les allures des personnages. Tu aurais donné cher pour retrouver un petit bout de conversation authentique...

— Parce qu'il se serait agi de La Fontaine, de Boileau ou de Voltaire...

— C'est ça ! Tu n'es capable de sentir « l'historique » que dans le passé. Comme si ce n'était pas au moment où elle se fait que l'histoire est la plus émouvante ! Paul Fort est un excellent poète, probablement un grand poète. Moréas en est sûrement un.

— Tu l'as pourtant quelquefois débiné devant moi.

— Par réaction contre tels de ses admirateurs qui se servent de lui pour nier tout le reste. Pour démolir Verhaeren, par exemple. Il est bien certain qu'il y a de plus grands hommes que Moréas ; et d'autres choses à dire que le peu qu'il a dit. Mais il y a aussi de plus grands hommes que La Fontaine ou qu'André Chénier.

— J'en ai lu d'ailleurs. Ça ne m'a pas épaté.

— C'est expressément fait pour ne pas épater. Et rien que cela est très impressionnant. Car nous sommes à une époque d'art universellement épateur. Dans les eaux les plus diverses. Rostand cherche à épater. Francis Jammes cherche à épater. Claudel cherche à épater. J'allais dire même Debussy. Et Rodin ! Sans parler des tout derniers peintres.

— Oui, mais si c'est pour tomber dans la platitude...

— Écoute, mon vieux. Nous sommes boulevard Saint-Michel. Il est onze heures du soir. Tu vois ces charrettes descendre ? Il n'y a déjà pas grand monde. Mais place ça trois heures plus tard, dans la totale solitude d'une nuit qui ne serait pas de Réveillon. Et écoute :

Encor sur le pavé sonne mon pas nocturne.
O Paris, tu me vois marcher
A l'heure où l'on entend dans l'ombre taciturne
La charrette du maraîcher.

Paris, ô noir dormeur, Paris, chant sur l'enclume,
Et sourire dans les sanglots...

— Est-ce que ce n'est pas grand ? Avoue ! Est-ce que ce n'est pas grand ?

Paris, ô noir dormeur, Paris, chant sur l'enclume,
Et sourire dans les sanglots,
Que ne suis-je couché, lorsque Vesper s'allume,
Sur les varechs, au bord des flots !

— Tu t'étais arrêté au bon moment.

— Pourquoi ? C'est « Vesper » qui te gêne. « Sirius » ne t'aurait pas gêné.

— En dehors de ça, il me semble qu'il y a un affaissement de la strophe.

— Non. C'est la fin de l'exhalaison lyrique. Le chant qui expire. Mais quelle largeur il a eue ! Donner une telle impression de grandeur par des moyens si simples ! Et comme c'est durable ! Pas un mot qui sente la mode. Pourquoi veux-tu que dans un siècle deux jeunes gens se promenant la nuit n'aient pas le même plaisir que nous à réciter ces strophes-là ? Ou celles-ci... Tiens, celles-ci :

Quand je viendrai m'asseoir dans le vent, dans la nuit,
Au bout du rocher solitaire,
Que je n'entendrai plus en t'écoutant, le bruit
Que fait mon cœur sur cette terre ;

Ne te contente pas, Océan, de jeter
Sur mon visage un peu d'écume.
D'un coup de lame alors il te faut m'emporter
Pour dormir dans ton amertume.

— On devrait arriver à dire ça d'une seule émission de voix. Legato.

— Tu sais donc tout Moréas par cœur ?

— Ma foi non. Mais quand il est dans ses meilleurs jours, il écrit *inoubliable.* On a l'impression qu'on sait ça depuis l'enfance. Et que ce n'est pas Moréas en particulier qui parle, mais la Poésie, pour exprimer une douleur que l'homme a toujours connue. C'est bien là qu'est le miracle. Deux strophes qui, à première vue, semblent toutes livresques, faites de clichés élégants, et qui réussissent à être en même temps un cri vrai de désespoir, et du désespoir le plus profond, le plus général. Comme la détresse de Verlaine, à côté, paraît gentille et anecdotique ! Voilà aussi pourquoi l'homme est passionnant à regarder. Tu le regarderas, hein ? Ses airs de matamore moustachu, de vieux beau de casino ; et se dire que derrière ça il y a une douleur beethovenienne !

— Est-ce que je peux te confier une réflexion ?

— Tu le demandes ?

— Assez niaise, probablement, je te préviens... Ne t'offense pas. J'ai l'impression que, sans que peut-être tu t'en rendes compte, tes admirations pour des auteurs vivants, ou très récents, et non seulement tes admirations, mais ton intérêt, ton simple intérêt, même les critiques que tu crois que ça vaut la peine de faire, vont presque exclusivement à des types — je vais dire une énormité — peu connus. Tu me comprends ? Très connus d'un cercle restreint, mais que l'époque dans son ensemble a l'air d'ignorer. Quels sont les noms que tu as à la bouche, à chaque instant ? Ceux que tu viens de prononcer ce soir, et quelques autres comme... je ne sais pas... comme Rimbaud, ou Mallarmé ou Gide. Je suis bien persuadé, note-le, qu'à toutes les époques la liste des gloires reconnues n'a jamais correspondu à celle des gloires vraies et durables. Mais à ce point-là ?...

— Ça te paraît louche ? A moi aussi. Que de fois ne me suis-je pas dit : « Nous sommes quelques milliers à nous monter la tête. » Eh bien, toutes réflexions faites, c'est l'époque « dans son ensemble », comme tu dis, qui se fout dedans.

— Mais, je répète : à ce point-là, c'est sans précédent et inexplicable.

— Sans précédent, oui. Inexplicable, peut-être pas. Si nous avions le temps... La chose ne s'est pas produite d'un coup. On en relève des incides dès le Second Empire. Mais c'est depuis une vingtaine d'années surtout que la situation est devenue étrange. Il s'est produit comme un schisme. D'une part, le grand public, l'époque « dans son ensemble », avec ses écrivains et ses artistes (car c'est vrai pour tous les arts) qu'elle choie, qu'elle enrichit, qu'elle couvre d'honneurs. D'autre part, une espèce d'église persécutée. Oui, je ne vois pas de meilleure comparaison. Les protestants sous Louis XIV, par exemple ; ou les catholiques d'Angleterre sous Cromwell. Or, pourvu qu'on ait un peu de bonne foi, et une certaine culture, une certaine fréquentation des grandes œuvres du passé, l'habitude, quand on cherche un exemple de belle chose ou d'homme de génie, de penser plutôt à la cathédrale de Chartres qu'à une gare de chemin de fer de ceinture, et à Hugo qu'à Béranger, on est bien forcé de reconnaître que « l'église persécutée » renferme les trois quarts, pour ne pas dire plus, des gens de génie ou de talent exceptionnel, de tous ordres, qui ont paru chez nous depuis 70 ou 80. La grande presse les ignore. Les critiques en place évitent d'en parler, ou les éreintent négligemment. Les grosses revues, les théâtres, les Salons officiels, l'Académie, l'Institut et le reste leur sont fermés. Un Français de la bonne moyenne écarquillera les yeux, ou rigolera, si tu prononces leurs noms... Oh ! oui. C'est mystérieux. D'ordre social probablement. Une maladie de croissance de la démocratie.

— Mais... une chose comme ça peut durer ?

— Il y a quelques vagues symptômes de changement. Le cas Rodin, dont la gloire finit par s'imposer — oh ! pas partout ; et au prix de quelles résistances ! Le bruit fait autour de Debussy. (C'est entendu, au fond, « l'époque » déteste ça. Mais elle en parle ; elle sait que ça existe. Progrès énorme.) Le cas Barrès, qui est tout spécial. Barrès, introduisant en fraude, grâce à une foule d'astuces, une partie de l'hérésie au sein même de l'Église officielle... Mais au total l'oppression, l'étouffement subsistent... Je te parlais tout à l'heure d'une recherche universelle de l'épate. Chez les officiels, elle n'a d'autre excuse que peut-être leur désir de se donner le change sur leur propre vulgarité. Mais chez les autres, c'est l'effort désespéré pour se faire entendre ; c'est la bombe qu'on flanque dans la gueule des gens, parce que ça, au moins, ils s'en apercevront... Bref, je t'emmène à une petite réunion de « l'église persécutée »... Quant à Moréas lui-même, après avoir lancé aussi quelques pétards dans sa jeunesse, il en est venu à une sérénité olympienne. Il ne se débat plus qu'avec les dieux :

Apollon, dieu cruel, ennemi de ta race,
Si tu m'as fait saigner tout le sang de mon cœur,
Ce que tu châtiais, c'était ta propre audace.

— Mais » s'écria Jerphanion, que la conviction de son camarade gagnait peu à peu, et chez qui elle réchauffait les généreuses colères d'une race non conformiste, « si ce que tu dis est vrai, c'est un scandale effroyable ! C'est une autre face de l'injustice. Ça nous crée une autre forme du devoir révolutionnaire.

— Celle que pour ma part je ressens le plus vivement. Tu as raison... Je ne sais ce que nous réserve l'avenir. Peut-être une aggravation de l'état actuel : l'îlot se rétrécissant dans la montée du déluge. Peut-être au contraire le triomphe de ces gloires souffrantes, et de l'Esprit qu'elles manifestent. En tout cas, une petite compensation, dès aujourd'hui, c'est l'ardeur qu'on éprouve. Ardeur de militant et de conjuré. Quoi qu'il arrive, je ne regretterai pas d'avoir connu dans ma jeunesse un temps où l'admiration s'accompagnait d'un certain frisson d'héroïsme.

*
* *

— Alors » fit doucement Jerphanion, quand ils eurent pris place sur une banquette au fond de la salle, « tout ça, ce sont de grands hommes ?

— Ne te fiche pas de moi.

De son regard de paysan avisé, Jerphanion inspectait l'alentour. Une quarantaine de personnes, plus ou moins groupées par tables, mais voisinant d'une table à l'autre. La fumée et la rumeur d'une salle ordinaire. Mais — pour être juste — une atmosphère beaucoup plus excitante. Çà et là, déjà, quelques piles de soucoupes. Des cafés-crème ; des bocks en grand nombre ; deux ou trois absinthes. Devant quelques privilégiés, des coupes de champagne-whisky. Des têtes de tous les âges et de tous les styles. Des costumes d'une élégance ou d'une étrangeté fort inégales. Beaucoup de gilets de fantaisie. Des complets-veston d'employés, que relevait une cravate à chamarrures. Peu de femmes. Aucune qui fût vraiment jolie. Jerphanion, pensant à ce qu'il venait de voir sur la Butte, accordait à la place du Tertre plus de bonhomie, de plus belles femmes (Jeanne, là-haut, n'était pas la plus belle), un sentiment de la vie plus mélodieux et plus entraînant. Mais l'espèce de gravité qui régnait ici finissait par en imposer.

Pour le moment, Paul Fort causait debout, non loin de la porte, avec deux jeunes gens dont il serrait affectueusement les mains. Homme subtil et fluet, serré dans une veste courte, noir comme un diable des pieds à la tête. Grand nez, grands yeux, grosses moustaches. Un épais couvercle de cheveux ayant sa charnière sur le côté, et retombant jusque sur l'oreille. Une haute cravate enroulée autour du col. Une voix nasale et boisée, qu'on distinguait de loin, parfois atténuée en zozotements et en murmures. Homme du Moyen Age, compère et conseiller d'un roi besogneux.

Jallez, qui avait suivi le regard circulaire de Jerphanion, lui dit :

— Il y a ici, comme partout, quelques parfaites andouilles ; une majorité de gens qui ne cassent rien. Je croyais d'ailleurs que ce serait plus brillant, ce soir. Je m'excuse.

— A quoi reconnaît-on les andouilles ?

— Un peu à la touche. Mais surtout à l'usage. Tiens, par exemple, le type qui est au bout de la banquette, de ton côté — ne le regardons pas tous les deux ensemble ; il s'apercevrait qu'on parle de lui — eh bien ! c'est un imbécile tout à fait remarquable ; aussi congénitalement crétin que le plus crétin de l'École, avec cette circonstance aggravante qu'il a une instruction de garçon boucher et une fatuité de ténor.

— Et Moréas ? Pourquoi n'est-il pas là ?

— Tu n'as pas entendu ce que me disait Paul Fort quand nous sommes entrés ? Moréas était un peu souffrant hier soir. Mais il viendra.

— Paul Fort te secouait la main avec effusion, en t'appelant deux ou trois fois « mon cher ami ». Tu le connais beaucoup ?

Jallez, quoi qu'il en eût, avait été flatté par les attentions de Paul Fort. Mais c'était un de ces plaisirs qui ne résistent pas à une question. Après avoir failli répondre, d'un air faussement modeste : « Oui, nous sommes assez amis », il sourit en plissant les paupières et dit :

— Moi, je le connais beaucoup naturellement. Mais lui me connaît très peu.

— On a l'impression pourtant qu'il te considère comme quelqu'un.

— Il me considère comme un abonné de *Vers et Prose*.

— Tu blagues ?

— Je suis réellement abonné de *Vers et Prose*.

— Ce n'est pas ce que je veux dire. Paul Fort ne ferait pas tant de frais pour le premier abonné venu.

— Mais si, et c'est très touchant. Tu n'imagines pas ce que ce lyrique, tout enclin à la nonchalance, déploie d'ingéniosité, de ténacité pour faire vivre son recueil. Qu'est-ce que ça lui rapporte à lui ? Le plus drôle est qu'il se croit peut-être très intéressé ; qu'il se félicite peut-être, dans sa malice champenoise, de devoir son pain quotidien — un petit morceau de pain — et le loisir d'écrire des vers, aux infimes bénéfices que lui laissent — si elles lui en laissent — les notes d'imprimeur. Au fond, c'est un homme qui se dévoue à une cause. Un gentil poète, dont les roueries mêmes sont charmantes. Je parie que si je lui parle de toi comme d'un abonné possible, tu reçois de lui une belle lettre de quatre pages, presque autographe.

— Comment, presque ?

— Il a, dit-on, un neveu qui imite son écriture admirablement. Veux-tu ?

— Non, ce ne serait pas chic.

— Mais si, ce sera très chic. Parce que je suppose bien que tu t'abonneras.

— Tu sais que je n'ai pas beaucoup d'argent à consacrer à des...

— Jerphanion ! Serais-tu avare ? Que fais-tu des sommes importantes que te versent les Saint-Papoul ? Ou plutôt ne serais-tu pas un peu béotien ? Le paysan qui a gagné des sous, et qui veut bien s'acheter des chaussures, même de belles chaussures ; ou se payer une bonne bouteille... mais des livres... des choses pour l'esprit ? Non, l'argent n'est pas fait pour ça.

Jerphanion avait l'air un peu vexé.

— Mon vieux, reprit Jallez, si je me permets de te taquiner, c'est que nous sortons des mêmes milieux. Je connais cet esprit-là. Nous avons besoin de nous en méfier.

— Tu crois ?... Peut-être.

— Ce sera même bien plus simple. Tout à l'heure, je dirai devant toi à Paul Fort de t'inscrire. Tu n'oseras pas me faire un affront.

— Nous verrons... Quel est ce type près de qui il vient de s'asseoir ?

— Celui qui a une tête un peu ronde, et qui ouvre la bouche en ce moment ?

— Oui...

— A propos, je te fais remarquer combien Paul Fort, qui a l'air d'accabler tout le monde des mêmes politesses, sait pratiquer un discernement matois. Tu ne verras jamais une pure andouille à sa table. Ou pas plus d'une minute. Même parmi les débutants, il flaire tout de suite à qui il a affaire. D'où, malgré tant de complaisances et d'obligations, la tenue surprenante de sa revue... Le type dont tu me parles, c'est Viélé-Griffin. Tu sais ?

— Oui. Tu m'as fait lire des choses de lui dans l'Anthologie du *Mercure*.

— C'est la première fois que je le vois ici. La revue qu'il patronne, lui, officieusement, c'est *La Phalange*. Je me rappelle quand j'ai découvert la poésie moderne. Le nom de Viélé-Griffin est lié pour moi aux tendres surprises du symbolisme. Un nom très heureux, d'ailleurs ; le plus symboliste de tous ; sillage de cygne dans la brume... Je n'arrive pas à retrouver le nom de l'autre, plus jeune, qui est en face de lui ; oui, celui qui rit, et qui a cette voix un peu de crécelle... Un nom biscornu... Ah ! Strigelius.

— Qu'est-ce qu'il a fait ?

— Pas grand-chose... Je n'ai rien lu. Il a fréquenté chez Mallarmé. Il me semble avoir vu son nom ces temps-ci au sommaire de *Vers et Prose*. Il doit avoir publié des essais ; quelques poèmes. Tout ce qu'il y a de plus *poeta minor*. Lui non plus ne vient pas souvent.

— Tu ne vois personne d'autre à me nommer ?

— Des noms qui ne te diraient rien. Ortegal... ça ne te dit rien ?

— Non.

— C'est ce petit trapu, là-bas, qui bourre son tabac dans sa pipe. D'origine espagnole, je crois. Pas écrivain, peintre. Aussi avancé que Matisse. Mais dans une autre direction, si j'ai bien compris. Plus intellectuel ; plus loin de l'impressionnisme. Ce que je t'en raconte est de seconde main. Je tâcherai de voir de sa peinture. Tiens : Viélé-Griffin s'en va. C'est un homme raisonnable, qui ne s'attarde pas au café.

— Il y a un type qui te fait signe bonjour, là-bas.

— Ah ?... ah oui ! Il s'appelle Chalmers. Il est à peu près de notre âge. Je n'ai parlé avec lui qu'une seule fois. Mais assez longuement. Il est chimiste. Très intelligent. Il a lu beaucoup, et il a l'air d'assimiler très vite. Je ne pense pas qu'il se destine à la littérature... Pourtant il a déjà publié un bouquin d'essais vaguement philosophiques. Un peu dans le ton de Maeterlinck. Je ne puis pas dire qu'il m'inspire une grande sympathie... Ah !... voilà Moréas.

*
* *

Jean Moréas a poussé la porte de la salle. Il s'arrête un instant. Quelqu'un referme la porte derrière lui.

Il parcourt l'assistance du regard. Son mouvement de tête est majestueux. Les traits de son grand visage ne bougent pas.

Les deux yeux n'ont pas la même expression. L'œil droit, derrière le monocle, rayonne l'orgueil, l'autorité. L'œil gauche fait une plainte, et sans contredire l'affirmation superbe de l'autre, l'accompagne de désenchantement, l'adoucit de mélancolie. Tout cela ensemble fait un beau regard sombre de roi en exil.

La moustache de ruffian est noire encore ; ainsi que le flot supérieur de la chevelure. Mais la peau est grise, comme poussiéreuse, et paraît beaucoup plus vieille que les yeux.

Il se dirige vers la table centrale, en faisant un petit détour pour serrer quelques mains qui s'offrent à lui. Il sourit à peine. Il regarde par-dessus la tête des gens qu'il salue ; ou, s'ils sont trop grands, il baisse les paupières et semble fixer leur poitrine. Sa démarche est lente. Il est vêtu sans beaucoup de recherche, mais avec grâce et propreté.

Il s'assied. On lui présente une coupe de champagne au whisky. Il hésite ; puis sourit tristement, hausse les épaules et accepte.

Il ne veut s'occuper de personne, voir distinctement personne. Ses yeux ne demandent qu'à se détacher de toute cette connaissance des autres, qui est vanité et fatigue. Il a eu ces jours-ci de grandes douleurs dans la tête ; des élancements dans tout le corps : de ces coups brusques et profonds qui atteignent l'os à travers la chair, et que l'homme compare naïvement à des souffrances qu'il n'a jamais ressenties, mais qu'il suppose les plus cruelles, les plus sournoises, comme le coup de poignard. D'ailleurs ces élancements se font encore moins redouter par la souffrance précise qu'ils donnent que par la détresse illimitée dont ils sont l'origine, l'affreux signal.

Ce soir, les douleurs vives ont disparu. Mais la tête reste lourde et comme ronronnante. On dirait qu'une lourdeur, un endolorissement prennent leur source dans la tête et se répandent ensuite dans le corps. La tête est comme le vase sur sa colonne au milieu d'un bassin ; mais ce soir, ce qui sort et retombe de lui, ce n'est pas le jet d'eau, plein de lumière et de bulles d'air crépitantes, c'est une sorte de flot visqueux et noirâtre. Et l'esprit, qui le regarde couler, l'appelle « l'amertume de vivre ».

Des gens lui adressent la parole. Il répond à peine. Sa pensée, d'ailleurs, n'a pas besoin de se mêler des réponses. Il dispose d'un certain nombre de phrases elliptiques, sibyllines, qui se décrochent toutes seules, quand autour de lui un silence interrogateur a suffisamment duré.

Il est resté couché toute la journée. Quand il s'est décidé à quitter son lit, la nuit était de retour depuis longtemps. Il était si las qu'il a failli se renfoncer entre ses draps. Même un mauvais sommeil, s'il ne supprime pas la douleur, la dissimule, en fait un des ingrédients du philtre épais qu'il compose.

Pourtant, il lui en aurait coûté de ne pas venir. Aujourd'hui particulièrement il y aurait vu un sombre présage. Mais surtout il accomplit ici un de ces devoirs fastidieux et magnifiques qui sont justements ceux des rois. Devoir de présence, et d'éclat, envers tous ces gens obscurs qui l'environnent. Devoir de manifestation, envers sa propre grandeur. Ce n'est pas qu'il se fasse illusion sur la qualité moyenne de l'assemblée. Littérateurs de café, espoirs ou ratés de la rive gauche, qui les connaît mieux que lui ? Pas cinq peut-être, sur la quarantaine, qui aient un vrai talent. Et ceux-là même, la distance qui les sépare du génie est comparable aux espaces qui s'étendent entre les pâturages alpestres et les glaciers. Mais l'orgueil est comme les animaux supérieurs. Il se nourrit de proies qu'il méprise.

Les yeux mi-clos, Moréas laisse flotter vers lui quelque chose de confusément lumineux, où il y a des voix, des regards, des pensées. Il sait bien que tout ce petit monde est plus ou moins occupé de lui. Le plus fugitif tressaillement de son visage ne sera pas perdu. Même ce qu'il y a d'indéchiffrable et d'incommunicable dans sa douleur devient une sorte de mystère public. Il a toujours eu besoin de trouver ainsi près de lui des reflets vivants de sa grandeur. La gloire abstraite, qu'on reconstitue par preuves et raisonnement, ne suffit pas. Comme si la douleur se contentait d'être idéale ! Comme si elle ne se faisait pas matière et chair pour s'installer en vous ! La gloire aussi doit être réelle, tel un souffle qu'on reçoit sur la face.

Il renverse la tête. Il ferme presque entièrement les yeux. « Demain, paraît-il, c'est Noël... Noël d'Occident. » Il cherche à se souvenir de ce qu'était la Noël pour lui, quand il était enfant, jadis, la Noël de Grèce. Mais qu'importe ! Il n'a pas de goût à chercher. « Je suis triste jusqu'à la mort... Voilà qui n'est guère une pensée de Noël... C'est bien le même qui a dit cela, mais plus tard, dans une tout autre circonstance... »

Alentour, les conversations bourdonnent vainement. Strigelius développe un parallèle qui lui tient à cœur entre l'imagination poétique et la cinétique des gaz. Il prétend que dans la cervelle du poète les idées élémentaires dansent, s'entre-choquent et rebondissent d'une manière aussi fortuite que les molécules dans le récipient que décrit Maxwell, et que le rôle de l'esprit, comme celui du petit démon de Maxwell, consiste tout simplement à ouvrir ou à fermer la trappe devant les idées qui se présentent par hasard. Donc le génie lui-même se réduit à une fonction de guet et de choix. Le génie n'est qu'une vigilance critique. Et l'inspiration, tout au plus une certaine température qui augmente l'agitation à l'intérieur du récipient. Mais Strigelius parle moins clairement qu'il ne pense. Il a un débit rapide et saccadé. De plus il évoque des notions qui ne sont pas familières à ceux qui l'écoutent. On le tient pour un esprit fumeux, voué à certaines marottes. Et aussi pour un impuissant. A trente-cinq ans, il n'a presque rien produit. S'il s'acharne à rabaisser le génie, c'est par dépit de n'en point avoir.

A l'autre bout de l'assemblée, Ortegal subit un assaut courtois. On voudrait lui faire dire comment il justifie théoriquement les toutes dernières toiles qu'il vient de peindre. Que signifie cette décomposition des formes en éléments géométriques ? Est-ce même bien d'une décomposition qu'il s'agit ? Ou son but n'est-il pas plutôt de créer par synthèse des formes entièrement neuves et arbitraires ? Ortegal sourit, se dérobe. Il lui arrive de lâcher, avec l'accent espagnol, un bout de phrase qui a la tournure d'une malice, mais qui est incompréhensible. Les gens, en effet, ne comprennent pas. Mais ils évitent d'insister, de peur de passer pour des sots.

Ailleurs, il est question des derniers numéros de *Vers et Prose,* de *La Phalange,* du *Mercure de France*. On est d'avis que dans l'ensemble ils sont un peu ternes. Le *Mercure* perd tout doucement sa tenue de revue littéraire d'avant-garde pour tourner non à la grosse revue officielle, mais au magazine. L'enquête d'Henri Clouard sur la *Littérature nationale,* dans *La Phalange,* a provoqué des réponses ennuyeuses comme la pluie. C'était inévitable avec ce sujet. Peut-on être assez pion pour infliger aux gens un pensum pareil ? En revanche cette même *Phalange* a récemment publié un *Portrait d'Éliane à quatorze ans,* de Valery Larbaud, qui est une merveille de psychologie, d'audace tranquille, et de grâce dans l'expression. Quant à *Vers et Prose,* son fascicule de novembre est fort mélangé. Rémy de Gourmont a eu le tort d'y laisser paraître deux poèmes médiocres du symbolisme le plus désuet, par quoi il prouve qu'un sévère connaisseur de poésie peut avoir de fâcheuses complaisances envers lui-même. Le grand morceau de Laurent Tailhade à la louange de *La Paix* est le type accompli du débagoulage de rhéteur. On imagine fort bien, de la même encre, un éloge tonitruant de la guerre. Le petit poème d'André Salmon, *Quatorze juillet,* est tout plein de charme. Romains donne la suite d'*Un Être en marche*. C'est assez impressionnant, bien qu'il soit encore difficile de se prononcer. D'une nouveauté plus agressive que cette *Vie unanime* sur laquelle tant de gens se sont excités depuis six mois. (Paul Fort aime beaucoup ça. Et Moréas ? Il ne l'a pas lu. Il ne lit rien. Mais il a dit à Romains l'autre jour, d'un air paternellement scandalisé : « Il paraît que vous écrivez en vers blancs ? ») Justement Romains est là. C'est ce jeune homme à la grande barbe noire et aux yeux bleus.

Jallez, à qui l'on vient de le montrer, aurait envie de causer avec lui. Il a retrouvé dans *La Vie unanime* bien des choses qu'il avait senties de son côté. Mais il faudrait que la présentation se fît toute seule, sans risque pour l'amour-propre de Jallez, et qu'il fût certain d'être bien accueilli. Or l'auteur de *La Vie unanime* passe pour distant ; et il en a l'air. Tant pis pour lui. Il ne saura pas qu'il avait dans cette salle un lecteur fraternel.

*
* *

Depuis quelques instants, Moréas se sent tout seul, vertigineusement seul. La présence de ces gens, les divers fantômes de la réalité reculent et s'évanouissent.

Soudain, au-dedans de lui-même, un vers se lève, les premiers mots d'un vers. Comme si cela venait du fond de la poitrine, de la région du diaphragme, et que cela vous prît doucement à la gorge. Le premier vers d'une de ses strophes ; et peu à peu toute la strophe se déploie dans l'espace intérieur comme un grand oiseau réveillé.

Les roses que j'aimais s'effeuillent chaque jour ;
Toute saison n'est pas aux blondes pousses neuves ;
Le zéphyr a soufflé trop longtemps ; c'est le tour
Du cruel aquilon qui condense les fleuves.

Ses lèvres bougent visiblement. On perçoit un murmure, qui est celui d'une riche voix enfermée. Moréas se récite des vers, les siens. Il ne pense même plus que ce sont les siens ; il ne sait plus quand il les a faits. Ils sont délivrés de la personne et du passé. Ce sont des vers éternels qui montent comme la fumée d'un sacrifice. Le poète n'est plus qu'un desservant, dont le privilège est que sur lui d'abord se répand le charme, l'enivrement de l'incantation qu'il prononce.

Vous faut-il, Allégresse, enfler ainsi la voix,
Et ne savez-vous point que c'est grande folie,
Quand vous venez sans cause agacer sous mes doigts
Une corde vouée à la Mélancolie ?

Derrière les paupières baissées, il y a peut-être la chaleur d'une larme. Mais personne n'a le droit de le savoir. Pas même toi. Depuis que tu n'est plus un enfant, tu n'as jamais pleuré. Ta dernière larme a été emportée jadis par le vent attique. Ce n'est pas maintenant que tu consentiras à t'amollir, bien que tu sois tout à fait seul et menacé par la mort. De quoi te plains-tu, après tout ? La tête est déjà moins lourde. Et tu n'es pas tellement seul, puisque le dieu le plus pur, purifié même de l'existence, t'appelle à haute voix son ami.

XXIII

MEETING RUE FOYATIER. VISIONS DE JAURÈS

Sept heures cinquante. Roquin frappe à la porte de Miraud.

— Alors, vieux ! Tu es prêt ?

— Faut déjà y aller ?

— C'est annoncé pour huit heures trente. Mais d'ici à la rue Foyatier, sans nous presser, il n'y a pas loin de vingt minutes. Si nous voulons avoir une chance d'entrer… Tu te représentes… quand Jaurès parle…

Le père de Louis Bastide plie sa serviette, vide le fond de son verre, se lève.

— Où vas-tu, papa ?

— Entendre Jaurès. Tu sais qui c'est, Jaurès ?

— Oui.

— Eh bien, raconte-nous ça.

Louis Bastide sait beaucoup de choses sur Jaurès ; par les conversations de son père, qu'il écoute sans cesser de jouer ; par le journal. Il a lu de longs fragments de ses discours. Il pourrait dire de quel côté sont les amis de Jaurès, de quel côté ses ennemis. Tout cela un peu légendaire. Mais Louis Bastide est plein de pudeur. Il ne va pas répondre comme en classe. Il sourit les yeux baissés et murmure seulement :

— Je te dis que je sais.

Clanricard aussi se lève de table, prend congé de ses parents. Sampeyre s'impatiente contre Mme Schütz, qui n'en finit pas de le servir.

— Je vous avais prévenue, madame Schütz. J'ai rendez-vous avec ces messieurs au bas du square. Je ne veux pas les faire attendre.

Legraverend et sa femme se querellent, comme c'est leur usage quand ils sont en retard.

Aux approches de l'école où se tiendra le meeting, toutes les rues de la Butte commencent à être des rues orientées. Même le passant qui ne sait rien est traversé par l'émoi spécial que donne la contraction d'une ville sur un événement. Place d'Anvers, la foule qui sort du métro, au lieu de s'ouvrir et de se répandre, monte d'un seul jet par la rue de Steinkerque. Jerphanion et Jallez descendent de l'autobus J à l'endroit où Wazemmes rencontra l'amour. Sur le boulevard hanté par les filles, des affiches rouges, collées au bosselage des pilastres, portent ces mots visibles de loin : *Pour la paix de l'Europe ;* et plus bas : *Jaurès.*

*
* *

Il quitte la petite salle mal éclairée, où l'odeur de l'enfance pauvre se mêle si tristement à celles des choux et du fer-blanc. On ouvre une porte devant lui. Il reçoit d'un coup la rumeur, la fumée, la lumière trouble de la salle, mais surtout l'énorme présence qui l'emplit.

On lui fraye un chemin vers la tribune. Les gens qu'on pousse résistent d'abord ; mais se retournent, le reconnaissent. L'acclamation, qui s'allume à son contact, gagne en deux secondes toute la masse du public, atteint les parois du long préau, saute par les fenêtres, jusque sur la foule qui, n'ayant pas pu entrer, se presse dans la cour.

Il jouit de cette acclamation. Il en a besoin. C'est la fanfare dont il a pris l'habitude d'être salué. C'est elle aussi qui amorce et favorise la transfiguration intérieure dont il sent déjà le rapide travail. Les soucis personnels se volatilisent dans la flamme. La santé, les petits vertiges qu'il éprouve depuis quelque temps, ce mot qu'a prononcé le médecin l'autre jour : « Pléthore... Attention à la pléthore !... » maintenant qu'est-ce que ça peut lui faire ! Pléthore aussi, cette acclamation. Pléthore, toute générosité et toute espérance.

Il gravit les trois hautes marches de l'estrade. C'est le moment où la tête est un peu confuse. Le plan auquel on a pensé en dînant, les débuts de périodes qui vous ont chanté à l'oreille dans le fiacre, tout se perd au milieu d'une sorte de bourdonnement cérébral. Mais l'acclamation, qui s'apaise peu à peu, ressemble à l'écume du flot sur la plage de sable. Le flot vient vous chercher. Le flot vous portera.

— Citoyens...

La grande voix s'ébranle, avec une extrême lenteur. Au début, il ne s'agit pas encore de communiquer des idées. Il faut créer l'état d'attention, préparer les esprits à la gravité, suggérer à l'âme une posture de cérémonie. Les mots se suivent à de longs intervalles, chacun continué par une tenue vibrante, comme des appels successifs de trompe pour un rassemblement qui doit se faire des quatre coins de l'horizon. Les mots ne savent pas encore exactement où ils se dirigent. La phrase s'élève, se balance, interroge l'espace devant elle. Peu à peu, une idée, à peine ébauchée, apparaît dans la tête, tandis que les mots se resserrent et qu'il se marque de l'un à l'autre à la fois une tension et une montée de la voix.

La pensée de Jaurès est spontanément majestueuse. Ce qu'il cherchait, c'était un exorde tout simple, emprunté aux événements récents. Il comptait rappeler familièrement à l'auditoire que le dernier trimestre, en politique extérieure, a donné bien des inquiétudes. Mais ce qui lui vient, ce qui se déploie en lui, c'est une vision du mouvement de l'année. Le rythme processionnel des quatre saisons. La vie de l'humanité suspendue elle-même aux clous d'or des solstices. Le temps des moissons. Le temps des fruits. Les matins brumeux d'automne où le laboureur pousse sa charrue, confiant dans l'harmonie du monde et dans les récoltes futures. Et maintenant voici la fin de l'année ; la pause de Noël ; la fête de Noël. Jaurès s'aperçoit soudain que le meeting tombe au milieu des fêtes de Noël. Coïncidence qu'il n'avait pas préméditée, mais qui est belle, et qui s'empare de lui. Noël. Là-haut, justement, tout près, la Basilique. L'idée de Noël n'appartient pas à une religion. Elle est vieille comme le monde. Jaurès sait faire aux croyances traditionnelles des allusions qui ne sont pas blessantes. Pourtant sans nulle coquetterie équivoque. Au nom des hommes nouveaux, il reçoit du passé, il « reprend » l'idée de Noël. C'est ainsi d'ailleurs qu'il voit d'avance toute la Révolution : une transmission du Pouvoir et du Patrimoine, sans colère ; une reprise bienveillante ; une relève de l'humanité, avec échange de saluts.

Mais il est venu pour communiquer au peuple assemblé dans le long préau d'école non de calmes espérances, mais les plus pressantes inquiétudes. Le cycle imperturbable de l'année ne doit pas nous enseigner une sérénité paresseuse. Aucune récolte ne lève toute seule. Le ciel au-dessus de la tête de l'homme qui laboure est plein de périls, le sol même qu'il retourne, plein d'ennemis.

Alors Jaurès évoque cet automne de 1908, tout grondant de rumeurs de guerre. En quelques phrases larges, il fait l'historique des conflits qui se sont enchevêtrés, et donc aucun n'est résolu. Il montre que leur diversité d'origine ne les empêche pas de s'aggraver l'un l'autre, ni de manifester une convergence redoutable.

A mesure qu'il en parle, il est saisi, plus qu'il ne l'a jamais été, par la grandeur et l'imminence des dangers. Il voudrait trouver des accents capables de convaincre, d'émouvoir, de mettre dans un état de crainte active, de vigilance frémissante, n'importe quel homme, même un ennemi de son idéal, qui se serait égaré dans ce meeting. Il voudrait surtout faire comprendre à ce peuple ouvrier, venu pour acclamer son tribun, que ce qui importe, pour l'instant, ce n'est pas d'obtenir des augmentations de salaires, des réductions d'heures de travail. Ce qui importe, c'est d'empêcher la guerre européenne, l'écroulement de la civilisation. Voilà l'effrayante évidence. Pour lui, ce n'est même plus une question de raisonnement. Il se sent tout à coup envahi par l'esprit prophétique. Les arguments ne sont plus qu'une espèce de masque qu'il met par pudeur devant le visage surnaturel de la Prophétie. Il voit le terrible avenir. Il n'a plus qu'à le désigner en paroles de feu :

— Dites-vous bien qu'il faut que vous fassiez un grand effort rien que pour avoir une faible idée de ce que ce sera. Ne vous imaginez pas que le passé même le plus sombre vous en fournisse une figure. La guerre, si par malheur elle éclate, sera un événement entièrement nouveau dans le monde par la profondeur et l'étendue du désastre...

« Et n'imaginez pas davantage une guerre courte. Les forces mises en œuvre, les masses soulevées seront d'un tel ordre de grandeur qu'il faudra peut-être des années pour que la tempête se résorbe, pour que la catastrophe épuise son énergie...

Il devine dans certaines têtes qui l'écoutent, dans certains yeux aux dures lueurs fixes, derrière certaines lèvres amèrement contractées, la pensée que Gurau évoquait l'autre jour. Il marche droit dessus, et la dénonce :

— Il y en a parmi vous qui se disent peut-être que d'une guerre européenne peut jaillir la Révolution ?

Il s'arrête un instant. Puis sur cette idée, à laquelle il trouve une sorte de faciès satanique, il laisse tomber comme une massue l'esprit de prophétie :

— Mais il peut en sortir aussi bien, pour une longue période, des crises de contre-révolution, de réaction furieuse, de nationalisme exaspéré, de dictature étouffante, de militarisme monstrueux ; une longue chaîne de violences rétrogrades, et de haines basses, de représailles et de servitudes. Et nous, nous refusons de jouer à ce jeu de hasard barbare.

Mais il lui manque l'âcre humeur habituelle aux prophètes. Loin de trouver plaisir à se rouler comme eux dans les noirceurs et les épouvantes de la prophétie, il souffre de sa propre lucidité. Il sent la contradiction entre les visions qu'elle lui impose et celles que le souffle de son cœur lui envoie, qui sont visions de joie, vapeurs glorieuses, généreux encens de la vie. Alors, presque malgré lui, il répand sur les noires visions la dorure de son éloquence. Il apaise la catastrophe future dans le bercement d'une musique. Et surtout, il refuse de croire à la fatalité. Il décide, en lui-même, héroïquement, que « rien n'est écrit ». Il supplie le peuple de bander ses forces contre les puissances du mal. Oui, surtout, pas de résignation !

— Les hommes d'Europe marchent pliés sous le fardeau de la paix armée, et ils ne savent pas si ce qu'ils portent sur leurs épaules, c'est la guerre, ou le cadavre de la guerre...

Eh bien ! Qu'ils donnent un coup d'épaules. Qu'ils jettent à terre le fardeau ambigu. Qu'ils signifient à tous les gouvernements que leur première volonté, leur première demande, avant le bien-être, presque avant le pain quotidien, c'est la paix ; la paix humaine et désarmée.

Pendant que ses bras et sa voix adjurent le peuple, une idée singulière, une idée un peu folle lui traverse l'esprit, une idée sans orgueil, quoi qu'il semble, toute faite d'amour et d'inquiète sollicitude, une idée paternelle :

« Pourvu que je leur reste ! Pourvu que je sois *encore là !* »

5.

LES SUPERBES

I

MADAME DE CHAMPCENAIS S'INTERROGE SUR SES APTITUDES AMOUREUSES

En revenant de sa première visite à la garçonnière de la rue de la Baume, Marie de Champcenais ne s'était pas sentie autrement fière d'elle-même.

« Il a dû me trouver très sotte ; odieuse. La petite jeune fille qui s'est bien pomponnée pour son premier bal. Un danseur l'invite. Elle se met à pleurnicher : "Maman, je ne veux pas. Maman, remmenez-moi." »

Elle n'essayait pas de rejeter sur Sammécaud le ridicule de l'aventure. Une autre se serait dit, avec quelque apparence de raison : « Il n'avait qu'à être plus adroit. C'est à l'homme de savoir vaincre ou endormir les pudeurs qu'il rencontre, si singulières soient-elles. » Mais elle était bien trop occupée à se donner des torts pour en apercevoir dans la conduite de son partenaire. Que reprocher à la garçonnière même, si discrète, d'un goût si délicat, toute peuplée d'intentions flatteuses ? Sammécaud s'était montré tendre et pressant, comme il va de soi qu'un amant doit être. Évidemment il avait eu quelques gestes très osés. Mais n'était-ce pas de circonstance ? Marie avait une certaine honnêteté d'esprit.

Son déplaisir allait au-delà d'un agacement d'amour-propre. Il s'apparentait à un genre d'humiliation dont il est admis que les hommes ont le privilège : l'humiliation de l'impuissance sexuelle. Marie était bien incapable de ce rapprochement d'idées, et on l'eût stupéfaite en prononçant le mot. Mais l'essentiel du sentiment lui était révélé, avec ce qu'il a de flétrissant, de corrosif. (Peu importe que la disgrâce soit imaginaire. L'être prend pour une déchéance profonde ce qui n'a été parfois qu'un méchant caprice du système nerveux. Il croit entendre une condamnation inexplicable qui l'exile hors du monde des véritables vivants.) C'est ainsi que Marie se répétait :

« Je n'ai pas pu me donner. Quelque chose m'en a empêchée, qui était réellement plus fort que moi ; et m'en aurait empêchée, même si j'avais mis encore plus de cœur à vouloir me donner. Même si, au lieu de Sammécaud, c'eût été l'homme le plus séduisant du monde. Je ne puis absolument pas me donner. »

« A un amant », voulait-elle dire. Elle ne doutait pas d'être toujours en état de se donner à son mari ; et elle en recueillit très distraitement la preuve quelques soirs après. Mais sa défiance de soi n'en fut pas diminuée. Elle sentait que ce n'était pas la même question. Elle découvrait que la vie conjugale forme un ordre séparé. Et que les mérites ou les preuves qu'elle contient ne valent qu'entre ses limites.

De telles vues sur elle-même, et les perspectives qu'elles ouvraient sur la nature humaine en général, avaient de quoi la déconcerter. Elle ne s'y rangeait pas sans débat.

« Qu'est-ce que je suis en train de me raconter ? Mes membres n'avaient pourtant pas cessé de m'obéir. Si j'avais voulu, ce qui s'appelle voulu, est-ce que je n'aurais pas pu m'obliger à faire ce qu'il fallait ? Ou plutôt à laisser faire, puisque toute la difficulté était de laisser faire ? »

Pour se répondre, elle employait une assez bonne méthode, qui était non pas de raisonner dans le vague, mais de se représenter les choses. Elle reprenait la scène du lit au point où dans la réalité elle s'était interrompue. Elle imaginait les mouvements tout simples qu'elle n'aurait eu ensuite qu'à commander à son corps. Elle les ébauchait imperceptiblement. La démonstration commença par la rassurer. Marie ne décelait nulle part en elle-même le germe de paralysie mystérieuse, l'ensorcellement, qui l'eussent empêchée de prendre et de garder la posture de la femme qui se donne. Pour Sammécaud en particulier ; à la rigueur pour n'importe qui. Au prix d'une violente répugnance, peut-être. Mais avoir eu à surmonter une répugnance, c'est en arriver à faire finalement ce qu'on veut. La volonté, dans ce cas, loin de se sentir en échec, reçoit une confirmation de son pouvoir.

Mais voilà qu'en continuant son expérience imaginaire, Marie, avec une brusque angoisse, butait sur une impression tout autre, qui répandait en elle comme une fatalité de défaite. La volonté règne moins loin dans le corps qu'on ne croit. Il y a des répugnances qui la défient, des refus de la chair que tout notre esprit ne ferait qu'exaspérer en s'acharnant dessus. Oui, le grand attirail des muscles nous obéit tant bien que mal. Mais des mécanismes plus intimes se moquent de nous. Marie ne pouvait pas se méprendre sur le sens d'une contracture secrète qui venait de la saisir. L'avertissement était clair. C'était là que, de toute façon, la défense se fût magiquement nouée. On ne saurait attendre d'un amant civilisé une fureur aveugle. D'ailleurs la signification de certaines résistances lui ôterait l'envie de les forcer.

A ce moment de ses réflexions, Marie se trouva tout au bord d'une descente bien dangereuse pour son moral. Heureusement, l'abîme intérieur ne l'attirait pas. Chez d'autres, l'idée qui venait de se former ainsi, et qui soudain recevait de l'organisme une confirmation poignante, se serait enfoncée peu à peu, aurait poussé des ramifications de plus en plus pénétrantes, de plus en plus soustraites à l'influence de l'opinion commune, et même de la réalité. Chez elle, les idées n'avaient pas ce pivotement redoutable. Ayant à peine cheminé dans l'esprit, elles se laissaient rappeler par la lumière extérieure ; elles revenaient chercher le contact avec les idées que la société entretient autour de nous, et qui, si elles sont capables de nous faire souffrir, nous fournissent du moins des souffrances longuement modifiées et élaborées, que notre santé morale supporte mieux.

Il en résulta qu'à ses yeux la situation où elle se trouvait ne tarda pas à perdre, autant qu'il était possible, le caractère d'un drame personnel. La chose restait très désagréable. Mais un tourment n'a jamais la même gravité, quand il ne va pas blesser l'être dans la confiance la plus particulière qu'il a en lui, atteindre la vie dans les idées obscures qui la soutiennent. Marie en vint à se dire qu'elle faisait connaissance, assurément par sa faute, avec les inconvénients d'une conduite irrégulière ; mais que bien d'autres femmes avaient dû passer par là avant elle. Il serait trop beau d'enfreindre la règle sans en éprouver tel ou tel ennui. Au premier rang les troubles de conscience, pour peu qu'on soit délicate. Or les troubles de conscience réagissent tout naturellement sur l'organisme. Est-ce qu'une contrariété ne vous serre pas l'estomac ?

Une autre formule ne lui déplaisait pas. C'était d'admettre qu'elle était « le siège d'un conflit ». Etre « le siège d'un conflit » n'a rien de déshonorant. C'est au contraire un signe de distinction, presque un privilège de classe. On ne conçoit guère qu'une femme du peuple soit le siège d'un conflit. (Y en avait-il trace chez Renée Bertin ?) Même dans la bourgeoisie moyenne, les conflits doivent s'ébaucher tout juste ; ou tourner court. En tout cas, « être le siège d'un conflit » entre dans la définition de l'héroïne littéraire, et plus généralement de la femme intéressante. Du point de vue moral, si c'est une rançon de la faute, ce n'est pas loin d'en être une excuse. Enfin le propre d'un conflit est qu'il tend à se résoudre. Et les exemples littéraires nous donnent l'assurance secrète qu'il se résout neuf fois sur dix dans le sens du désir. Il est à présumer qu'alors la plus grande partie des troubles qui l'accompagnent disparaissent avec lui. L'on doit sourire, ce jour-là, de s'être crue atteinte d'une infirmité.

Il est bien vrai, si l'on y tient, que Mme de Champcenais était le siège d'un conflit. Mais elle avait peu de chances de se le représenter exactement. « Lutte du devoir et de la passion », se disait-elle. L'expression venait toute seule. Elle datait des explications d'auteurs et des copies de « style », dans les dernières années de pensionnat ; cent lectures avaient achevé de la consacrer. Pourtant, dans la mesure où Marie observait son propre cas (son regard, quand il se tournait vers le dedans, se brouillait assez vite), elle eût volontiers nuancé la formule. A ses yeux, il n'y avait pas d'un côté le devoir tout sec ; de l'autre, la passion déchaînée. Plutôt :

un cœur de femme se sentait déchiré entre des restes vivaces d'affection conjugale, fortifiés par l'honneur, et l'entraînement printanier d'un libre amour.

La vue n'était pas fausse. Mais elle eût gagné à être encore moins pathétique, et surtout à faire plus de place à des éléments moins individuels. Le « conflit » — si conflit il y avait — se passait encore moins entre des sentiments qu'entre des convenances : les convenances de la vertu, avec lesquelles Marie était depuis longtemps familiarisée ; et les convenances de l'adultère, qu'elle découvrait timidement. Elle n'avait pourtant pas l'intention de les méconnaître. Elle se rendait compte qu'elle avait contracté envers Sammécaud des obligations sur lesquelles il n'était plus temps de revenir. Quand, à tort ou à raison, vous avez permis à un homme de votre monde de vous arracher un — et même deux — rendez-vous ; quand vous lui avez laissé prendre de bonne foi des dispositions matérielles importantes et durables, il serait évidemment incorrect d'envoyer tout promener sous prétexte qu'on se ravise, et qu'on a soudain conscience que la faute est trop grosse. Il se peut que jouer de l'argent ne soit pas très moral. Mais comment jugerait-on le monsieur qui, les cartes distribuées, quitterait la table en invoquant un scrupule ?

La difficulté était de concilier les anciennes obligations avec les nouvelles.

D'ailleurs, il n'est que juste d'ajouter qu'entre les deux termes du « conflit » se trouvait pris et coincé un modeste sentiment du droit au bonheur personnel. Lorsque Marie, malgré l'échec de ses deux rendez-vous, se refusait à envisager la rupture de son intrigue, ou lorsqu'elle s'interrogeait anxieusement sur son aptitude à être la maîtresse d'un homme, elle était préoccupée d'autre chose que d'un rôle à jouer dans les règles. Le bouillonnement de nouvelle puberté que les assiduités de Sammécaud, aidées par les propos de Renée Bertin, avaient soulevé en elle n'allait pas se réduire si vite. Marie continuait d'entrevoir un monde de délices situé sur l'autre rive, et l'adultère était le fleuve à franchir. Dans le souvenir même de la rue de la Baume, ce qui finissait par l'emporter sur la terreur et l'humiliation, c'était le charme, la douceur clandestine, les allusions voluptueuses, la promesse d'heures entièrement vouées à l'échange sentimental et à l'exaltation.

II

MADAME DE CHAMPCENAIS ET DIEU

Ce n'est que deux jours après l'aventure de la garçonnière que la comtesse s'avisa, en outre, qu'elle était catholique. Dans l'intervalle, certains réflexes de moralité chrétienne avaient peut-être joué (comme dans les hésitations qui avaient occupé les semaines précédentes) mais sans trahir leur origine.

Catholique du mode tempéré. Elle croyait, en somme et en gros, sous des réserves qu'elle ne s'était jamais donné la peine de préciser, et qui étaient peut-être moins des doutes concernant le dogme que des précautions envers l'époque. Elle allait à la messe le dimanche, d'ordinaire à une messe basse. Hors des offices elle priait peu. Comme beaucoup de catholiques, surtout dans les pays où ils sont la majorité, elle n'avait pas l'habitude de faire intervenir sa religion dans les démarches quotidiennes de sa pensée ou de sa vie. (Ce détachement de la conduite à l'égard de la croyance est encore plus aisé chez une femme.) Les scrupules qui pouvaient la poindre se présentaient donc rarement au nom de Dieu.

Mais un premier adultère n'est pas une affaire banale. Et les complications que soulevait celui-là, les délais qui s'y introduisaient, donnaient à l'esprit le temps de fureter dans les recoins.

Marie se demanda tout à coup, et très sérieusement, si une catholique pouvait commettre un adultère sans attirer sur elle l'attention spéciale de Dieu, et une désapprobation durable, de nature à tout gâcher. Rien n'interdisait même de supposer un blâme préventif. Tel avertissement secret de l'organisme n'avait-il pas cette profonde raison ? Une sotte pudeur détournerait de le penser. Mais y avait-il pour Dieu des zones défendues ? Existe-t-il une pudeur entre une femme et Dieu ? D'ailleurs certains points de nous-même, précieux et terrifiants, ne sont-ils pas comme la jonction sensible de la chair et de l'esprit ? L'idée de condamnation, d'ensorcellement, reparaissait ainsi, mais de superstitieuse devenant religieuse, et d'absurde, presque raisonnable.

Chez Marie, toutefois, rien ne tendait au tragique. Sa religion elle-même devait plus à la sagesse moyenne d'une société policée depuis des siècles qu'aux visions sombrement progressives de la solitude.

D'abord, quelle idée se faisait-elle de Dieu ? Certes il lui restait quelque chose des images qu'elle avait reçues dans son enfance, et qu'elle avait retrouvées plus tard, revêtues du prestige de l'art et comme d'une garantie nouvelle, aux murs des musées et des églises célèbres : un vieillard vigoureux, assis sur les nuages, dirige le monde sans abaisser les yeux vers lui. A quoi s'ajoute ou se superpose, non sans étrangeté, l'image d'un homme jeune, à la barbe fine, plein d'une distinction douloureuse.

Mais l'image du vieillard a perdu de sa réalité grossière. Une certaine crainte du ridicule fait qu'elle se donne elle-même pour un symbole, c'est-à-dire pour une façon d'aider l'esprit à se figurer ce qu'il serait fatigant de penser plus directement. (Les théologiens, les philosophes, les gens qui cultivent les hautes mathématiques, ont un entraînement spécial qui leur permet de penser directement les choses les plus abstraites, ou de les saisir au moyen de signes tout à fait dépourvus de naïveté et de ridicule — comme les subtiles et insolentes figures des livres de géométrie.) Quant à l'image de l'homme jeune, beau et douloureux, elle peut subsister sans inconvénient, puisqu'elle correspond à peu près au personnage que Jésus a été dans l'histoire. C'est même une des raisons pour qu'une âme moderne, entourée des divers témoignages et messages de l'esprit moderne (galbe des meubles art nouveau, ampoules électriques, grincement du tramway rue Mozart), se tourne plus volontiers vers Jésus que vers Dieu le Père. Pour penser à Dieu le Père, il est difficile d'écarter tout à fait des représentations dont on sent bien qu'elles remontent aux âges d'ignorance, et dont on rougit un peu devant soi-même. Tandis qu'à l'image de Jésus un moderne ne saurait rien objecter d'autre que d'être celle d'un homme admirable, non celle d'un Dieu. Le croyant est libre de penser le contraire, sans se mettre en état d'infériorité.

D'ailleurs, dans sa préférence pour Jésus, la comtesse n'apportait aucune ardeur mystique. Il lui était bien arrivé jadis, quand elle était jeune fille, d'éprouver quelques bouffées du cœur vers Jésus, de faire même l'expérience d'un début d'ivresse de ce côté-là. Mais si même, depuis, elle en avait pressenti le retour, elle s'en serait défendue. Elle était assez fine pour apercevoir qu'une femme ne peut s'attacher passionnément à l'image de Jésus sans que son adoration devienne franchement amoureuse, et tout à fait semblable à celle que lui inspirerait un homme beau et lointain. Certes, les religieuses cloîtrées ne s'interdisent nullement de laisser prendre à leur amour pour Jésus ce caractère. Marie, par sympathie féminine, n'avait pas de peine à deviner jusqu'à quel point le corps lui-même peut dans ce cas s'associer aux extases de l'âme ; et que des expressions comme « le divin époux », « le divin amant », tirent leur sens d'une illusion très poussée. Mais il lui semblait justement que de telles audaces ne sont permises qu'à des femmes qui se sont retranchées du monde. Du fait que leur chair ne s'est pas prêtée à l'amour humain, les élans, si vifs soient-ils, n'en sont pas équivoques. Chez une femme ordinaire, ces mêmes élans, tournés vers Jésus, ne pourraient pas se produire sans de gênantes confusions. Ils compromettraient Jésus en le mêlant aux souvenirs de l'expérience la plus terrestre, à ceux mêmes du péché. Ils l'engageraient dans une promiscuité insoutenable. Pour trouver du piment à des émotions aussi troubles, il faudrait à une femme des perversions de sensibilité auxquelles rien n'avait préparé Marie. (Nous l'avons vue tout à l'heure mêler Dieu à une impression bien intime. Mais la pudeur ne se sentait pas mise en cause de la même façon. Tou à l'heure, il y avait défense, punition préventive, occasion de souffrir. Maintenant il n'est question que d'abandon et de volupté. Châtier n'est jamais compromettant. Quand il s'agit de faire souffrir, Dieu peut sans risque descendre n'importe où. Telle est du moins l'amère persuasion de la créature chrétienne la moins portée à se noircir l'univers.)

En revanche, si les hasards de la vie, au lieu de faire de Marie l'épouse d'un comte de Champcenais, l'avaient dirigée vers un couvent de clarisses, fût-ce à la suite d'une déception d'amour humain, il n'eût été nullement impossible que se développât en elle l'ardeur mystique, la vocation d'une amoureuse de Jésus. Pour que le mariage l'eût dispensée de découvrir cette ressource de sa nature, il n'avait pas eu besoin d'être lui-même très ardent, de lui faire connaître des ivresses extrêmes, ni prolongées. Dans la suite d'une vie humaine, le jeu des compensations, en admettant qu'il s'opère toujours, n'a pas la simplicité d'un calcul de physique. Un destin exalté peut être le substitut d'une existence fort ordinaire, et réciproquement. Ici, le mariage n'avait pas eu à fournir l'équivalent d'un amour passionné pour Jésus. Il suffisait qu'il l'eût rendu peu nécessaire, et même peu correct. Il est vrai qu'au moment où nous en sommes rien ne laisse croire que pour Marie la recherche des compensations soit terminée.

Dans l'ensemble son idée de Dieu n'avait donc rien de bien effrayant. Marie ne serait pas allée jusqu'à le prendre, à la manière des femmes du Sud, comme confident et protecteur d'amours impures. (Elle le croyait même capable de faire sentir sa désapprobation avec une brusque familiarité.) Mais qu'il s'obstinât ensuite à traquer un adultère aussi peu scandaleux que possible, c'était lui supposer trop de mesquinerie, s'attribuer à soi-même trop d'importance. Évidemment, il pouvait se manifester partout où il lui plaisait. Mais, sauf quelques cas d'urgence, il avait mieux à faire qu'à épier le détail de notre conduite et qu'à nous harceler minute par minute. Un Dieu perpétuellement présent à toutes choses, un Dieu obsédant, un Dieu qui se fait malgré vous votre inséparable, Marie rejetait ce cauchemar. Elle n'avait pas l'instinct panthéiste. Quand elle s'élevait le plus haut dans ses pensées, le plus loin des images vulgaires, ce qu'elle entrevoyait au sommet du monde, un peu en recul, c'était une sagesse à la fois paternelle et royale, plus distante que tyrannique, plus dédaigneuse, encore, qu'indulgente. Cette sagesse rend volontiers la bride à ses créatures. Elle trouve, bien souvent, plus digne d'elle de fermer les yeux. Ses interventions, pour ne se produire que de temps en temps, n'en ont que plus de solennité. Même la plus grandiose de toutes, qui a été l'envoi du Rédempteur parmi les hommes, a eu éminemment le caractère d'une mesure d'exception.

En ce qui concernait les humbles désordres de l'adultère, il y avait maints indices que Dieu ne gardait pas son courroux en alerte pour si peu. La comtesse, sans être à l'affût des potins, n'ignorait pas que nombre de dames de la bonne société trompent leur mari. On ne voit pas flotter sur elles les lueurs de la damnation. Elles ne traînent pas une odeur de soufre.

Bref, ce n'était pas par les voies de la méditation intérieure que la religion pouvait agir beaucoup sur la comtesse dans la passe où elle venait d'entrer. Ce n'était guère davantage par le dehors. Mme de Champcenais n'avait pas de directeur de conscience. Elle n'allait à confesse qu'une ou deux fois l'an : régulièrement pour Pâques, moins régulièrement pour l'Assomption, qui était sa fête. (Sa patronne, la Vierge Marie, ne lui avait inspiré un culte particulier, et fervent, qu'à une époque où, dans la nouveauté d'un certain chagrin, elle s'était sentie toute proche de la Mère douloureuse. L'idée d'invoquer son aide, à propos des embarras de l'adultère, ne lui effleura pas l'esprit.) Donc, jusqu'à Pâques, Mme de Champcenais n'aurait pas à affronter le jugement d'un prêtre. Rien ne l'empêchait de se confesser avant, mais elle évita de se poser la question. D'ici à Pâques, les événements auraient eu le temps de trouver leur pente, et quelque chose, qui peut-être en vaudrait la peine, aurait été vécu.

III

L'AVIS DE RENÉE BERTIN

Si Marie n'était pas fâchée d'esquiver la confession, elle n'en était pas moins travaillée du besoin de se confier.

La confidence n'est parfois qu'un succédané laïque de la confession. Mais elle peut l'être de deux façons différentes. Il arrive qu'elle ait surtout pour but de soulager l'âme de ce qu'on appelle « le poids du secret ». Celui qui parle a l'impression qu'à mesure que les mots le quittent, le quitte aussi une tension douloureuse. Il ne se préoccupe guère de ce que la pensée dont il se délivre devient dans la tête d'autrui. Il ne sollicite pas de conseils et n'écoute pas les réponses. (S'il était au confessionnal, il tiendrait les propos du prêtre pour des formalités.) A la rigueur, il s'ouvrirait à des témoins inanimés, à des rochers ; comme dans la légende, à des roseaux. Faute de mieux, il parlerait tout haut dans la solitude. L'essentiel pour lui est que les mots rompent enfin le tournoiement insupportable de la pensée, et jettent le secret dehors.

Chez d'autres, ce soulagement n'est qu'un bénéfice secondaire. Ce qui les inquiète, c'est de rester seuls à connaître et à juger leur propre cas. Ils manquent d'orgueil et ils craignent les responsabilités. Ce qu'ils demandent à autrui, c'est de former avec eux une sorte de tribunal de seconde instance, ou même de se saisir d'emblée de l'affaire. Non pas qu'ils aient toujours la naïveté de croire qu'autrui, qui peut être le premier venu, ait personnellement plus de lumières et de sagesse qu'eux. Mais ils pensent non sans raison qu'autrui, pour considérer une affaire où il n'est pas lui-même engagé, découvre plus facilement le point de vue du sens commun, trouve mieux l'attitude sociale. L'homme qu'ils ont en face d'eux devient à leurs yeux une sorte de ministre de l'opinion (comme le prêtre l'est de la vérité religieuse). Quand ils ont fini de se confier, un résultat est atteint : une certaine situation, abandonnée jusque-là à l'arbitraire du sentiment personnel, aux remous de la conscience, est comme prise en mains par la collectivité humaine. Autrui n'a même pas toujours besoin de formuler un conseil. Les réflexions qui lui échapperont, le tour de ses questions, ses mouvements de visage suffiront à vous mettre dans le fil de la pensée commune, avec tous les apaisements qui en découlent pour l'esprit. Et vous verrez se tracer en vous des décisions, ou au moins des amorces de conduite, que vous pouviez imaginer seul, mais que vous n'auriez pas eu la force de choisir.

Mme de Champcenais se rangeait dans cette seconde catégorie. C'était un être doucement social. Le désir de confidence répondait tout naturellement chez elle au besoin de « socialiser » une situation, qu'elle ne mettait pas son orgueil à regarder comme singulière.

Un tel recours à autrui fera penser à la préoccupation de « on » chez Wazemmes. Il serait vain de nier sur ce point quelque parenté entre la comtesse de la rue Mozart et le jeune employé de la rue Polonceau. Tous deux faisaient partie des croyants sincères en la Société. Il y en a beaucoup. Et comment s'étonner qu'il y en ait tant ? Mais Wazemmes savait se passer d'intermédiaire. Il se sentait directement visité par les lumières de « on ». Ce qui lui donnait une sorte d'indépendance. S'il se confiait, c'était pour éblouir le confident. Marie avait moins d'audace. Il lui fallait tenir devant elle un « ministre » de la sagesse commune, même humble ou indigne. Si l'on veut, entre Wazemmes et Marie se marquait à l'égard de la Société la même différence d'attitude qu'entre un protestant et un catholique à l'égard de Dieu.

*
* *

Malheureusement il n'était pas question pour la comtesse de se confier à une femme de son monde. Sa liberté de propos avec ses amies n'avait pas encore fait assez de progrès. En la circonstance, elle ne pouvait songer qu'à Renée Bertin.

Elle laissa passer la première visite de la manucure, après la scène de la rue de la Baume, sans oser rien dire de ce qui la tourmentait.

La seconde fois, s'étant bien d'avance exhortée au courage, elle profita d'une histoire que contait Renée Bertin d'une de ses clientes, pour hasarder, avec des palpitations, des rougeurs, des arrêts du souffle, et un grand effort pour feindre l'aisance, le détachement amusé :

— Il y a des situations si bizarres. Tenez, une de mes amies... Je ne sais pas trop comment elle a fait pour m'avouer ça. Enfin, elle avait accepté un rendez-vous. Un monsieur de son entourage, tout à fait bien, paraît-il. Vous comprenez que je n'ai pas à la juger. Enfin quand ils ont été ensemble, au dernier moment, ç'a été plus fort qu'elle... Vous ne trouvez pas que c'est curieux ?

— Plus fort qu'elle ?... Que veut dire madame la comtesse ?

— Eh bien, il paraît... naturellement, je ne puis répéter que ce que j'ai entendu. Je n'y étais pas. Mais je ne pense pas qu'elle m'ait menti. D'ailleurs, il n'y aurait pas de raison. Eh bien, il paraît qu'elle n'aurait pas pu, vous saisissez ? Elle aurait été prise d'une répulsion insurmontable, au point d'avoir le frisson, de se sentir toute glacée ; et de n'avoir qu'une envie : se sauver.

— Le monsieur lui déplaisait ?

— Non, pas du tout. Sans ça, elle n'aurait pas accepté.

— Quelquefois elle aurait pu accepter un peu par politesse. Sans trop réfléchir. Et puis après, se dire que ce n'était pas son genre ; ou qu'à la dernière minute un détail, chez le monsieur, ça n'a rien de drôle, l'ait dégoûtée.

— Mais non. Je ne crois pas.

— Ça laisserait à penser que l'amie de madame la comtesse n'est absolument pas portée là-dessus. Vous avez des femmes qui n'ont pas plus de tempérament qu'un marbre de cheminée. Enfin, elle dit qu'elle l'aime ? Ou du moins qu'elle a le béguin pour lui ?

— Oui, j'ai cru comprendre.

— C'est ça qui est le plus extraordinaire. Parce qu'autrement, j'ai connu des cas. Tenez, une de mes amies. Elle s'était mariée plutôt par raisonnement. Les premiers temps de leur mariage, ça n'allait de ce côté-là ni bien ni mal. Elle supportait. Ça ne lui disait rien. Mais elle supportait. Voilà qu'un jour — avait-il voulu faire mieux que d'habitude, justement parce qu'il se vexait de sa froideur à elle ? — bref, il a dû la blesser ; elle a eu très mal. A partir de ce moment-là, impossible ; ce qui s'appelle impossible. Elle se fermait, positivement. Et pas exprès, remarquez-le. C'était l'appréhension nerveuse. La femme est un être si délicat. Il n'y a qu'à regarder les mains à côté d'une grosse patte d'homme. Mais pour en revenir à l'amie de madame la comtesse, ça a de quoi étonner davantage. Elle ne devait pas être très emballée.

— Mais votre amie à vous... comment cela a-t-il tourné ensuite ?

— Son mari a pris ça très mal au début. Il parlait de divorcer. Elle aussi se tourmentait : « Voilà que je ne suis plus comme une autre ». Elle est allée voir une herboriste, qui est sage-femme en même temps. Mais c'est surtout le mari qui a fini par comprendre que plus il s'entêterait, plus ce serait difficile à rattraper. Il l'a laissée tranquille. D'ailleurs, je ne les voyais pas très souvent. Elle ne m'a pas tenue au courant de ça jour par jour, comme vous pensez. Et puis, madame la comtesse a remarqué, quand les affaires des gens s'arrangent, tout doucement ils ne vous en parlent plus. Ça les a soulagés sur le moment de se plaindre à vous. Mais après, ça leur est bien égal que vous ayez envie de savoir la suite. Alors soi, on n'insiste pas.

Mme de Champcenais eût souhaité des suggestions plus précises. Elle ne voulait pas non plus se trahir.

— Oui, bien sûr. Madame la comtesse a été embarrassée pour donner un conseil à son amie. Le fait est que c'est délicat. La première chose, je trouve, moi, ce serait de savoir si cette dame tient réellement à ce monsieur. Si ça ne lui chante qu'à moitié, ce n'est vraiment pas la peine qu'elle s'obstine. Tant pis pour le monsieur. Et même, avec un peu d'astuce de sa part à elle, c'est encore le monsieur qui aura l'humiliation pour lui et qui se fera des reproches. Maintenant, si elle y tient, c'est une autre question. Moi, je ne m'explique ça que par une chose nerveuse. Madame la comtesse n'est pas par hasard amie du monsieur ?

Mme de Champcenais, surprise, rougit, balbutia.

— Parce que, continua la manucure, j'allais dire que ça dépend surtout du monsieur ; et qu'une personne qui serait assez libre pour lui parler... Bien entendu, ça supposerait qu'on soit en confiance. Moi, par exemple, je dirais au monsieur : « Ce n'est pas ce que vous pensez. On vous aime. Mettez-y beaucoup de patience. Faites comme si vous ne vous étiez aperçu de rien. » Ce serait un service à leur rendre à tous les deux.

IV

CHASTES PLAISIRS DE L'ADULTÈRE

Sammécaud, sans connaître les conseils de Renée Bertin, les suivit à peu près.

Tout de suite après la scène de la garçonnière, il avait eu des réactions intérieures assez pénibles, où il passait de jugements très vifs sur Marie : « Je ne l'aurais quand même pas crue si niaise », « Une oie de province égarée à Paris », « Une noblaillonne de Quimper-Corentin », « Qui se douterait de ça, quand on la voit dans son salon art nouveau discuter littérature moderne ? Il n'y a rien de trop avancé pour madame, de trop dernier cri. Tu parles ! Ce qu'on juge une femme dans ces situations-là ! » — à une fâcheuse opinion de lui-même : « Sans être mal, je n'ai évidemment pas ce qu'il y a de fascinant, d'irrésistible dans le vrai séducteur », « Je commence peut-être aussi à me décatir un peu », « J'ai manqué de brio. J'aurais dû mener ça d'un bout à l'autre sans lâcher le mouvement, sans lui laisser le temps de respirer, comme le père Colonne quand il conduit la "Marche hongroise" de la *Damnation* », « S'être donné tant de tintouin avec les tapissiers, les peintres, pour en arriver là ! »

Mais en moins de deux jours il s'était construit une théorie de l'incident qui ne coûtait rien à son amour-propre, et qui ménageait à l'espérance une place raisonnable. Marie était une femme exceptionnellement vertueuse, et pudique. Plus pieuse aussi peut-être qu'elle ne l'affichait. L'adultère, dûment consommé, devait lui apparaître comme l'enfer et l'abîme. La rue de la Baume était sûrement la plus grande audace de sa vie. Tableau flatteur en somme pour qui avait su l'y faire venir ; tableau très encourageant pour qui avait failli de si peu tout obtenir du premier coup.

Certes, on pouvait imaginer d'autres explications. (Sammécaud entendait faire honnêtement le tour du problème.) Marie avait peut-être un défaut corporel, point forcément grave, ni rédhibitoire. Mais une femme, dans l'instant où elle se dit : « Il va voir ça », trouve soudain que c'est trop tôt, qu'il aurait fallu préparer, atténuer, par une intimité plus progressive, cette petite découverte décevante.

« Oh ! presque rien, qui sait ? Une simple varice. Une surabondance du système pileux. »

Il y avait encore une hypothèse plus riche en prolongements romanesques. Marie portait peut-être les traces visibles, trop visibles, d'une maternité. Même si elle n'en était pas gênée du point de vue esthétique, il devait lui déplaire que Sammécaud apprît de cette façon un fait dont elle ne lui avait jamais parlé, et qui se rattachait sans doute à ce mystère que flairaient les amis du ménage.

Sammécaud n'hésita pas à se dire que dans tous les cas il disposait là d'un moyen de pression intéressant. A une femme qui se refuse, il n'est jamais défendu d'insinuer (avec les plus grands égards) : « Vous avez quelque chose à me cacher qui n'est pas à votre avantage. » Le procédé n'est guère chevaleresque. Mais quand il s'agit d'obtenir la décision, l'élégance des armes importe moins que leur efficacité ; et, au reste, le fond se sauve par la forme. Sammécaud sentait que sa répugnance à user de cet argument diminuerait beaucoup, le jour où il trouverait une façon honorable de l'exprimer.

En attendant, il eut la sagesse de ne pas montrer d'amertume. A une soirée chez lui, trois jours avant Noël, où les Champcenais étaient invités, il réussit à s'isoler avec Marie, et à lui faire entendre qu'il gardait de leur rencontre rue de la Baume un souvenir plein de charme. Le compliment était pour elle si inespéré qu'elle se demanda d'abord s'il n'enfermait pas d'ironie, et qu'ensuite, quand elle le crut sincère, elle rougit de reconnaissance.

Il insista sur ce qu'il y avait dans leur aventure de camaraderie, d'amitié tout juste clandestine, de gentil secret à deux. La garçonnière n'était que l'endroit où jouer à cette amitié. Le jeu pouvait se borner au plaisir de bavarder sans témoins, de chercher la place et la nuance d'un coussin de plus pour le salon, de préparer le thé ensemble, en faisant marcher les petites casseroles d'émail et les robinets à gaz. Rien n'impliquait nécessairement qu'on dût passer à des jeux plus vifs. Quant au premier rendez-vous, Sammécaud, sans avoir l'air de s'excuser d'une fausse manœuvre, semblait en mettre les incidents, d'ailleurs charmants, sur le compte du hasard ; d'un hasard qui ne se représenterait que s'il était sûr d'être bien accueilli.

On convint d'un nouveau rendez-vous, aussitôt après les fêtes, pendant lesquelles les deux ménages devaient voyager. La discussion de la date — par bouts de phrases murmurés, avec des noms de jours prononcés imperceptiblement, des heures indiquées au plus bref, des « oui », qui n'étaient qu'une petite note sourde chantant au fond de la gorge — fournit à Marie un des premiers plaisirs tout à fait nets de son intrigue.

En somme, Sammécaud se montrait habile. Comme il arrive à bien des gens, ce qui l'aidait à être habile, c'était de penser provisoirement ce qu'il disait. Ni sa sensibilité d'homme n'était assez brutale, ni le désir qui lui inspirait Marie assez exaspérant, pour qu'il eût beaucoup de peine à adopter cette nouvelle version de leur amour. Il trouva même que leur liaison y prenait de la rareté, échappait ainsi à ce qu'il y a de banal dans un adultère de gens du monde, se parait de l'imprévu, de l'absurdité apparente que les artistes savent mettre à chaque détour de leur vie. En stricte justice, l'adultère finit par être, dans son déroulement rituel, « aussi bête que le mariage », dont il est le complément et le correctif. Il ne se sauve qu'en gardant l'irrégularité qui est dans son principe ; c'est-à-dire en refusant toutes les règles, mêmes les siennes. « Un imbécile qui nous verrait entrer rue de la Baume n'aurait pas de doute sur ce que nous allons y faire. Il croirait lire en transparence à travers les rideaux tirés. Ce qu'il ne devinerait jamais, c'est que nous nous enfermons là pour parler de Florence, du Salon d'Automne, de la qualité d'un gris. » Est-ce que leur amour n'avait pas commencé — à y bien réfléchir — dans les conditions les plus singulières ? Se trouver un matin chez un ami de dix ans, pour s'y entretenir d'une assez sale affaire de corruption et de pétrole ; et soudain se sentir envahi d'un amour inexplicable pour la femme de cet ami, et cela dans un moment où elle vous est invisible ; n'était-ce pas un défi à la sottise ordinaire, une énigme pour l'entendement bourgeois ? N'était-ce pas au fond dix fois plus romanesque, plus affranchi de la coutume, qu'une aventure commencée dans un hall de palace, dans un couloir de sleeping ?

De fait, Sammécaud n'eut pas trop à se forcer, au moins dans les commencements, pour goûter le charme de leurs nouvelles rencontres rue de la Baume. La première eut lieu tout au début de janvier. Sammécaud avait apporté à Marie, comme cadeau de Nouvel An, un assez joli collier vénitien, fait de perles de verre où étaient prises de larges paillettes d'or. (Il fallait que le cadeau fût de faible valeur marchande pour n'être pas compromettant.) L'essai du collier, qui se prêtait à divers arrangements, fournit un prétexte à propos gracieux, coquetteries bienséantes. Ce ton de courtoisie tendre se maintint une bonne demi-heure. Toutes les libertés que se permit Sammécaud furent de saisir deux ou trois fois la main de son amie, de la garder quelques minutes en la pressant à peine, de lui baiser le bout des doigts, de déplacer le collier autour du cou avec des frôlements juste un peu prolongés. Et il sut ne pas avoir l'air malheureux. Il en arrivait à traiter la chose comme une gageure. « Elle s'est peut-être dit la première fois que je manquais de tact, d'aisance détachée ; qu'un Sammécaud baron ou marquis n'eût pas eu cette hâte froissante qui devait sentir son businessman en bonne fortune. Eh bien, elle va voir. »

Stimulé par cette idée, il parla, avec une liberté d'esprit parfaite, d'Avignon où il avait passé deux jours (en compagnie de sa femme, qu'il eut le bon goût de ne pas mêler au récit) ; d'Arles, où il avait entendu la messe de minuit à Saint-Trophime ; de Saint-Rémy et des Baux. Il récita quatre vers de *Calendau* (qu'il avait lus sur une carte postale). Il pensa au *Lys rouge*. Il réfléchit qu'il avait eu tort de ne pas y penser plus tôt, qu'une relecture du *Lys rouge* eût été bien propre à lui donner la posture d'esprit, la pente de sensibilité les plus favorables ; alors que Bourget fait déjà « modes d'hier », et que Barrès, quand il s'agit de pratique, et en particulier de séduire une comtesse, manque d'indications précises. (Ne parlons pas d'Allory.) Il décida aussi, tout en continuant à évoquer les ifs de Provence, qu'il allait se remettre à l'équitation, et s'acheter une grosse Mercedes qu'il ferait carrosser en phaéton à deux places pour ses promenades personnelles et d'abord pour son tour du matin au Bois. En revenant, il passerait par la porte d'Auteuil, et Marie, du fond de l'appartement, l'entendrait remonter d'un bond la rue Mozart dans le grondement de ses cent chevaux en échappement libre. Elle pourrait chercher ensuite le petit monsieur titré qui réunirait plus de façons d'être chic.

La seconde partie de l'entrevue tourna autour de la confection du thé dans la cuisine. Marie voulait tout faire elle-même, se moquait gentiment de l'aide que lui offrait Sammécaud, lui adressait des taquineries de jeune fille. Elle prenait évidemment beaucoup de plaisir à tirer de l'eau en évitant de s'éclabousser, à régler une flamme de gaz, à tasser du bout des doigts la charge de thé sur la petite cuiller. Le lieu lui-même l'enchantait. Parce qu'il était rassurant et qu'il procurait à la conscience une sorte de chaste alibi. Parce qu'il évoquait de vagues souvenirs de couvent : les leçons de cuisine données par sœur Angélique, et qui étaient pour la plupart des élèves l'occasion de plaisanteries d'ordinaire innocentes. Mais peut-être y avait-il aussi chez Marie des vertus ménagères que sa vie de tous les jours la privait d'exercer. Sammécaud, qui n'avait nul talent de cet ordre, qui n'était à aucun degré un homme de travaux manuels, et aux yeux de qui l'oisiveté parfaite restait pour la femme la clause formelle de toute élégance, ne trouvait du charme à cette activité de Marie qu'en y voyant un caprice de grande dame, un jeu à la manière de Trianon, et qu'en saisissant au vol des sourires, des regards, des mouvements du corps, des ondulations imprévues de hanches ou de poitrine qui le remettaient soudain en état de désir. Il ne s'en défendait que plus sévèrement de profiter des facilités de contact qui lui étaient ainsi offertes. « Horrible ! Ce ne serait même plus le monsieur du Sentier. Ce serait Baptiste qui pelote la cuisinière. Jamais elle ne me pardonnerait une impression pareille. »

Peut-être se trompait-il sur ce point. Même si la comtesse eût songé à faire le rapprochement, il n'est pas sûr qu'elle en eût été profondément indignée. Au contraire. Elle eût peut-être trouvé dans la feinte d'un changement de condition, dans une sorte de travesti, une excuse à un moment de faiblesse. Et puis, si elle avait autant qu'une autre le sentiment de classe, l'idée d'une certaine parenté de la nature humaine à travers toutes les conditions ne la révoltait pas spécialement.

Quoi qu'il en soit, elle repartit très satisfaite de chez Sammécaud ; trop satisfaite même ; car il devint clair, dès la rencontre suivante, qu'à ses yeux leur amour avait trouvé un équilibre, atteint une sorte de palier qu'elle n'était pas pressée de quitter.

Lui s'efforça de croire qu'il continuait à mener le jeu ; que, le moment venu, Marie, habituée à leur intimité, glisserait dans ses bras sans y prendre garde, et qu'en empruntant peu à peu la familiarité du mariage l'adultère un beau jour se trouverait en avoir paisiblement les droits. (Ce qui menait assez loin du *Lys rouge* et de la vie artiste. Mais le succès, comme le goût d'une sauce, peut naître de très divers ingrédients.)

Donc, il se contenta de prolonger les pressions de mains ; d'ajouter aux baisers sur les doigts quelques baisers sur les tempes, même sur le coin des lèvres. Il essaya de l'attirer à des mélanges profonds de regards. Elle ne s'y refusait pas. Mais son attitude laissait voir que ces marques de tendresse, au lieu de l'acheminer vers une autre étape, entraient à ses yeux dans l'arrangement actuel de leurs relations, et même le consolidaient, en y incorporant de nouveaux plaisirs.

*
* *

Cet équilibre, il est vrai, Marie n'en avait guère le sentiment que rue de la Baume. Ailleurs, le trouble de son âme se trahissait à plus d'un signe.

C'est ainsi qu'à deux ou trois reprises, en ce début de janvier, elle amena M. de Champcenais, sans avoir bien conscience elle-même de son manège, à venir la retrouver dans sa chambre. En suite de quoi elle se comporta en épouse sinon très ardente, du moins exceptionnellement intéressée et attentive. M. de Champcenais, qui ne s'étonnait pas à la légère, faillit l'en remercier.

A quoi rimaient ces façons ? D'abord au désir de se rassurer, en combattant une idée par une autre. L'ordre conjugal a beau constituer un monde fermé, l'imagination réussit peut-être à en rompre le cercle, et à faire que l'amour défendu assiste en secret, sachant qu'elles lui sont dédiées, à certaines expériences de l'amour permis. Dans les bras de son mari, Mme de Champcenais l'oubliait assez pour ne pas se croire infidèle à Sammécaud ; et elle retrouvait assez en lui l'homme anonyme, l'autre figure de l'espèce, pour se prouver à elle-même qu'elle était toujours une femme ; et pas seulement une épouse. Ou peut-être en venait-elle à des complications plus grandes, et vraiment neuves pour elle, et découvrait-elle involontairement une saveur au mélange même de ses impressions. Car la nature la plus honnête n'est pas stérilisée des moindres germes du vice, au point de ne se ressentir en aucune façon de circonstances favorables à leur développement.

Sans doute faut-il interpréter dans le même esprit le moyen qu'elle ne se refusa pas, un autre soir où elle était seule, pour rêver à Sammécaud, et, s'interrogeant encore une fois sur les chances de leur amour, demander une réponse à sa chair elle-même. Elle s'y était d'ailleurs préparée par une lecture érotique, qu'elle entoura de précautions qui la rajeunissaient. (Elle avait caché le livre sous son drap pendant les allées et venues de sa femme de chambre.) Mais ces choses qui se font si naïvement, surtout chez une femme, prennent, quand on les rapporte, un air de perversité, trompeur comme un éclairage de théâtre.

V

UN VISITEUR INTÉRESSANT

Un des derniers jours de décembre, peu après onze heures du matin, Haverkamp était assis à son bureau, et réfléchissait, quand M. Paul lui apporta le feuillet de bloc où un visiteur venait d'écrire son nom. Haverkamp lut avec difficulté quelque chose comme Lemercier ; mais plutôt avec un *a* ou un *o* derrière l'*L*, ce qui orientait les hypothèses vers Lomonier, ou un patronyme encore plus insolite. Le visiteur avait peut-être une mauvaise écriture ; mais il n'avait mis certainement aucune obligeance à la rendre lisible.

— Qu'est-ce que c'est ? Un type bien ?

— Oh ! très bien. Il a une pelisse.

— Pas mitée ?

— Non, non, tout ce qu'il y a de propre.

— Il ne t'a rien demandé ?

— Il m'a dit qu'il voulait voir le directeur.

— Introduis-le dans le salon... Et appelle-moi Wazemmes.

Wazemmes, qui revenait d'une course rapide dans le quartier de la Halle-aux-Vins, était occupé à transcrire sur le registre d'entrées les indications de son carnet.

— Patron ?

— Il y a au salon un type « bien », d'après M. Paul. Va causer avec lui. Passe par le vestibule. Je te répète : beaucoup d'égards. Pour peu que ce soit sérieux, ne rien prendre sous ton bonnet : « M. le directeur par-ci, M. le directeur par-là. » Qu'il ait bien l'impression que tu es un des secrétaires chargés de trier les visiteurs, d'aiguiller les affaires, d'expédier le menu fretin. Quand je sonnerai, reviens seul naturellement, et toujours en passant par le vestibule. « M. le directeur m'appelle. Je vais en profiter pour lui demander de vous recevoir. »

— Compris.

L'entretien avait eu lieu à mi-voix. Bien qu'il eût fait pendre un rideau de velours vert devant la double porte qui ouvrait sur le salon, Haverkamp craignait d'être entendu. Il avait remarqué aussi que, dans les affaires, c'est une excellente habitude que d'adopter un ton de voix très modéré. On y trouve au bout de la journée une sérieuse épargne de forces ; en même temps qu'on acquiert auprès de ses interlocuteurs le prestige d'un homme bien élevé et maître de soi.

Wazemmes s'en fut jouer son rôle. Haverkamp employa les quelques instants dont il disposait à se remettre en parfaite humeur. Il venait d'avoir une matinée non pas mélancolique, mais un peu songeuse. Les petites affaires ne surabondaient pas. Les grandes, qui étaient l'objet véritable de l'entreprise, se laissaient à peine entrevoir. Janvier, février peut-être, marqueraient un déficit.

Chez Haverkamp les dépressions étaient peu accentuées, et il savait, pour en sortir, tirer parti des moindres circonstances. Ce feuillet, avec le nom mal lisible ; les entrées et sorties de M. Paul, son humble et vieillissant protégé, celles de Wazemmes, jeune collaborateur par lui formé, par lui extrait du néant ; ce visiteur encore inconnu, mais à pelisse, qui serait peut-être une déception, mais peut-être une agréable surprise ; le luisant appareil téléphonique encore tout neuf, sur la belle table acajou et bronze ; le rien de soleil d'hiver qui éclairait le noir, pourtant déteint, de la rampe du balcon ; les phrases qu'on allait dire, la partie qui allait commencer — si modeste dût-elle être — tout cela formait une situation pleine d'excitantes possibilités, et aussi d'agréments bien actuels. L'acajou est un bois riche. Le tapissier a eu raison de conseiller un velours vert. A travers la porte, on distingue les intonations de Wazemmes — encore un peu trop parigotes — mais les répliques du monsieur ne forment qu'un vague bourdonnement. Plus tard le salon peut devenir, malgré ses dimensions modestes, quelque chose de cossu : tapis cloué, fauteuils de style, appliques électriques, tableaux genre « tableaux de maîtres » achetés à l'Hôtel. L'ennuyeux sera de le chauffer. Pour l'instant, il ne reçoit de la salamandre du bureau que de rares bouffées. Tout appareil mobile fera laid ; et l'on ne peut pas compter sur M. Paul pour entretenir un feu de grille. L'œil-de-bœuf de l'antichambre est un plaisir, une douceur ; une trouvaille de la destinée ; on l'aime comme si on était enfant. Ce visiteur à pelisse, accueilli d'abord par M. Paul, employé subalterne, puis reçu par Wazemmes, sorte de secrétaire particulier ou de fondé de pouvoirs, est sûrement en train d'imaginer au-delà des cloisons une suite de bureaux, d'autres salons d'attente, d'autres secrétaires, d'autres employés subalternes. Et dans une minute, quand il sera devant le chef d'une organisation pareille, il ne le regardera pas comme le premier margoulin venu. Lui prouver que la réalité répond aux apparences.

*
* *

L'homme qui se montra sous le rideau de velours vert, qu'il repoussait de sa main droite — bien que Wazemmes en eût déjà courtoisement soulevé les plis — avait en effet une pelisse, ou plus exactement un long pardessus de drap noir à col de loutre, car il ne semblait pas que tout le dedans en fût doublé de fourrure. On lui donnait cinquante ans. Il avait le visage replet, surtout à la base, peu de cheveux, une moustache plutôt courte, un rien de barbiche sur la saillie du menton, un teint rose-brun fort uni, un binocle d'or. Il tenait dans sa main gauche un chapeau melon, dont la garniture intérieure était fort nette, et des gants noirs d'un beau luisant.

Il parlait d'une voix élevée, mais très peu sonore, qui se formait tout entière à l'avant de la bouche. Il faisait des phrases courtes. Au début il avait l'air moins attentif à la conversation même qu'aux détails du bureau de Haverkamp. Il semblait attiré par les rayons façon acajou, par les dossiers, trop peu nombreux encore, qui s'efforçaient d'en peupler les vides, par la vue qu'on avait de la fenêtre. Malheureusement la table de « vrai acajou et bronze » n'avait pas encore arrêté son regard.

Haverkamp ne discerna pas d'abord ce qui au juste amenait ce visiteur.

Mais, fidèle à sa règle, il ne montra aucune impatience. Il resta tout le temps qu'il fallut dans les généralités.

— Je reconnais qu'il est difficile de faire des placements, et qu'en principe il vaut mieux ne pas se presser. Sauf quand une occasion se présente. Mais il y a occasion et occasion. La clientèle n'a pas le temps de les étudier. Elle n'est pas non plus outillée pour ça. J'estime que le devoir d'une agence est de le faire à sa place. Moi, monsieur, je ne me permets de proposer un immeuble, ou un choix d'immeubles, à un client, que si je me sens en état de lui offrir une espèce de garantie morale : « Vous pouvez marcher. » Sinon, je vous le demande, à quoi répond la commission que nous touchons ?

— Mais qui vous la verse ? L'acheteur ou le vendeur ?

— Le vendeur, le plus souvent. Mais il faut bien se dire qu'il en est tenu compte dans le prix. C'est donc, en réalité, surtout l'acheteur qui la paye. Au paiement doit correspondre un service.

Sous couleur d'illustrer sa thèse, il conta un petit incident survenu quelques jours plus tôt :

— Un monsieur, que je ne connaissais pas, qui était assis comme vous êtes là... il m'avait l'air soucieux. Tout à coup, il me dit : « Vous n'auriez pas eu à vous occuper par hasard d'un terrain situé à Auteuil, rue Gros, tel numéro ? » Je vérifie ; nous avions une fiche ; je la prends ; je lui en donne la substance. Le monsieur change de couleur. « Vos renseignements sont sûrs ? — Mais oui. — Alors, si je comprends bien, vous considérez que l'affaire est très mauvaise ? — A ce prix-là, oui, étant donné les vices graves du terrain. Et même à n'importe quel prix, je ne la conseillerais qu'à un client capable d'affronter, pour bâtir, certains gros risques. — Figurez-vous, me dit-il, que j'ai presque acheté. J'ai versé des arrhes. L'agence qui m'a indiqué l'affaire ne m'avait pas dit un mot de tout ça. » D'ailleurs, voici cette fiche, monsieur. Lisez-la. Vous conviendrez qu'un homme que l'on vient d'engager dans une aventure pareille, sans le moindre avertissement, peut éprouver une certaine amertume à l'égard des agences.

Le monsieur au col de loutre examina la fiche.

— Évidemment... il faut avouer...

Il changea de ton :

— Et pourtant, c'était une affaire dont le vendeur vous avait chargé, monsieur ?

— Oui, oh ! pas moi exclusivement. Moi et dix autres.

— Il vous avait promis une commission normale ?

— Oui ; normale. Mais le but de l'agence n'est pas de multiplier les commissions, c'est de mériter la confiance de la clientèle.

— Soit. Mais imaginez que moi je vous apporte un terrain, un immeuble quelconque, avec mission de le négocier. Vous seriez capable de m'établir à son sujet une fiche aussi... terrible ?

— Si l'immeuble était archi-taré... Dame ! Je tâcherais d'abord de vous faire comprendre qu'il ne m'intéresse pas. C'est ce que j'avais essayé avec mon vendeur de la rue Gros. Il a insisté : « Mais si. On ne sait jamais. — Je serai obligé, lui dis-je, de signaler des inconvénients. — Je m'en... moque. » Il pensait peut-être que tout ce que je cherchais, c'était à lui soutirer une commission plus forte.

— Mais vous ne pourriez pas avoir des ennuis avec un particulier, mauvais coucheur, qui vous accuserait de lui avoir fait manquer la vente, en dépréciant sa marchandise ?

Haverkamp se tut un instant, puis de sa voix la mieux posée :

— Les gens sont prévenus. Ils savent que je n'accepterai pas de les aider à rouler sciemment quelqu'un... J'attends avec curiosité le tribunal qui me condamnerait pour avoir empêché une fourberie. Ça ne serait pas une mauvaise réclame pour l'agence. Notez que je ne livre pas mes renseignements à la légère. Il y en a même — comme les possibilités de rabais — qui sont strictement confidentiels. Mes fiches ne vont jamais entre les mains des visiteurs. C'est exceptionnellement que je vous ai montré celle-ci et à titre tout documentaire. Naturellement, je vous prie de l'oublier.

Le monsieur leva la main droite comme s'il jurait sur son chapeau melon. Puis :

— Pour toutes les affaires, vous avez des fiches aussi étudiées ?

— Oh ! Parfois même davantage. Nous faisons de notre mieux. En voulez-vous d'autres, que je tire au hasard ? Tenez... Ce qui peut s'y rencontrer de confidentiel, à oublier aussi, n'est-ce pas ?

— Vous êtes trop aimable... Celle-ci, d'ailleurs, est très élogieuse ; très.

— Vous vous rendez compte, sur vous-même, que ma méthode ne fait pas tort au vendeur de bonne foi. Pourquoi ces éloges-ci vous font-ils impression ? Parce que vous savez que je n'en abuse pas. Est-ce vrai ?

— C'est vrai.

Le monsieur jeta un nouveau coup d'œil circulaire sur les lieux.

— J'ai vu aussi que dans votre publicité vous parliez d'un bureau d'études pour opérations immobilières. J'aimerais avoir une idée de ce que c'est, ce bureau, de la façon dont il fonctionne ?

— Oh ! Nous sommes à même, en principe, d'étudier n'importe quelle opération. Par exemple, vous venez me trouver, et vous me dites : « Pour l'instant, je ne dispose que de cinq cent mille francs. Mais ce qui m'intéresse, ce n'est pas l'immeuble de cinq cent mille. Je préfère participer à une opération qui ait plus d'ampleur. » Bon. A moi de voir si je peux vous associer à d'autres capitalistes. Vous n'ignorez pas que certaines affaires de trois millions sont bien plus avantageuses, bien meilleur marché proportionnellement, que la moyenne de celles de cinq cent mille... Parce que la concurrence acheteur se raréfie à mesure qu'on monte.

— Je sais, je sais.

— Elles offrent aussi de tout autres possibilités spéculatives... Bon... Ou bien, il s'agira d'une combinaison que vous avez en tête, d'un projet plus ou moins vague. Nous examinons ce qu'il peut donner pratiquement. Nous en faisons la mise au point. S'il y a lieu, nous cherchons des concours. Bref, nous travaillons avec vous et pour vous.

— Naturellement aussi, vous pouvez vous substituer à quelqu'un dans une négociation où il ne voudrait pas paraître ?

Haverkamp baissa d'un ton la voix et d'un cran les paupières pour répondre :

— Naturellement.

— Vous êtes armé pour des négociations... délicates ?...

— Aussi délicates que vous voudrez...

— Je veux dire qui demandent du tact, du temps, une certaine adresse personnelle ? J'ai l'impression que pour la plupart de vos confrères l'alpha et l'oméga de leur métier, c'est de faire asseoir l'un en face de l'autre deux messieurs qui se seraient très bien mis d'accord tout seuls.

— Nous sommes du même avis là-dessus.

Le monsieur se tut, inspecta la pièce, puis :

— Je m'excuse de vous avoir fait perdre votre temps. Car en somme je suis venu sans but bien précis... Je voulais me rendre compte... Mais c'est très intéressant... Je vais réfléchir à tout ça.

Tout en se levant, il reprenait une des fiches, la retournait, en considérait la disposition et le libellé avec un hochement de tête flatteur pour l'agence.

Haverkamp lui dit :

— Si vous voulez bien me laisser votre nom et votre adresse, en m'indiquant quel genre d'affaires il conviendrait à l'occasion de vous signaler...

L'autre chercha des yeux sur la table le feuillet du bloc.

— Mon nom... vous l'avez déjà. Il est vrai qu'il est bien mal écrit...

Haverkamp sentit une gêne chez son visiteur. « Mal joué, se dit-il. J'ai sorti une phrase toute faite. J'avais cessé de penser spécialement au type que j'avais en face de moi. »

Il se hâta de corriger :

— C'est bien plus simple, cher monsieur. Vous savez maintenant le chemin de l'agence. Venez quand il vous plaira. Il y aura toujours quelqu'un pour vous recevoir et vous renseigner sur n'importe quelle question. Au besoin, prévenez-moi personnellement d'un coup de téléphone.

VI

L'AFFAIRE DE SAINT-CYR ET LES JÉSUITES

Une dizaine de jours plus tard, vers la fin de l'après-midi (dehors le froid était vif, et il régnait au-dessus du Palais de Justice un ciel de neige), M. Paul vint dire au patron :

— C'est le monsieur de l'autre fois, vous savez. Le monsieur à la pelisse.

— Très bien. Mets-le dans le salon.

— Il y est déjà.

Haverkamp, pour le principe, eût aimé l'y laisser attendre cinq minutes. Quelques bruits de voix et de portes eussent simulé ensuite le départ d'un précédent visiteur. Mais, par ce temps, le salon devait être bien froid. La pénurie de chauffage risquait de se faire encore plus remarquer que la pénurie de clients (qui pouvait n'être qu'accidentelle).

— Eh bien, amène-le moi.

Cette fois, le monsieur tenait à la main un chapeau haut de forme. Le reflet de la soie joint à celui du col de loutre éveillait des idées sociales imposantes. Haverkamp en fut un quart de seconde intimidé.

— Voilà. J'ai réfléchi à notre conversation de l'autre jour. Je dois vous dire que je suis sorti de chez vous avec une très bonne impression. D'ailleurs quelqu'un m'avait déjà parlé de votre agence ; un ami... Non, je ne pense pas qu'il ait fait affaire avec vous. Mais vous avez causé ensemble. Je crois même qu'il a été question d'opérations un peu particulières... vous savez... qui sont la conséquence de certaines malheureuses lois récentes ?...

— Ah !... Oui, oui.

— C'est resté sur le terrain des allusions. Mais il lui a semblé que vous possédiez, outre votre expérience générale, une certaine notion de ces affaires-là.

— J'en ai suivi quelques-unes. Je suis obligé de me tenir au courant de tous les aspects du marché immobilier.

— Bien sûr... Et... vous avez le sentiment que les immeubles de cette provenance continuent à se vendre nettement au-dessous de leur valeur ?

— Nettement. » Une des formes de la politesse de Haverkamp envers ses clients était d'user pour leur répondre, quand il était à peu près du même avis qu'eux, des mots mêmes dont ils s'étaient servis. Il jugeait inutile, pour une nuance, de détruire l'illusion si agréable, et si favorable aux affaires, d'un complet accord de pensées. Alors que d'autres, dévorés par l'esprit de contradiction, éprouvent toujours le besoin de s'exprimer autrement que l'interlocuteur, et ont ainsi l'air, à tout instant, de rectifier ses bévues, ou de lui donner une petite leçon de langage. Ce qui l'indispose, sans qu'ils s'en doutent. Chez Haverkamp, d'ailleurs, cette habileté était naturelle et répondait à son manque général de mesquinerie.

— Si l'on vous demandait, monsieur, reprit l'autre, de dire de quel ordre est cette dépréciation, en moyenne, vous pourriez la chiffrer ?

— J'hésiterais. Il y a les hasards inséparables d'une vente publique. Il y a aussi, et surtout, la valeur d'utilisation des immeubles. Prenez une abbaye, avec des bâtiments très vastes, des galeries gothiques, des chapelles, en pleine campagne. Qui voulez-vous qui achète ça ? Que faire de ça ? Un hôtel pittoresque ? Mais si le pays n'est pas fréquenté ? Et s'il faut déjà un million pour que les cellules de moines deviennent des chambres habitables ? Alors quoi ? Une ferme ? Une usine ? Non. Disons une fantaisie de grand seigneur ou d'artiste. Donc vous paierez ça peut-être le dixième de ce que ça coûterait aujourd'hui à construire. Souvent moins. Mais une bonne maison de rapport, à Paris, qui aurait appartenu à je ne sais qui, aux Dominicains ou aux Jésuites, par exemple... Ce sera bien joli si vous bénéficiez d'une moins-value de vingt ou trente pour cent.

— Et pourtant le scrupule de conscience devrait être le même dans les deux cas.

— C'est un élément qui joue avec d'autres. Dans le cas de la maison de rapport, il joue seul.

Le monsieur réfléchit, sans oser l'exprimer tout haut, que l'observation des faits semblait ainsi attribuer au scrupule de conscience à l'état pur une efficacité d'environ vingt pour cent. Mais il entrevit que le calcul était encore plus complexe. Et d'autres réflexions survinrent, tandis qu'il effaçait avec sa manche une rebroussure dans la soie de son chapeau :

— Si vous avez approché cette catégorie d'affaires, monsieur, reprit-il, vous avez une idée, certainement, de la façon dont se posent, pour le monde catholique, les problèmes de conscience dont je parlais.

— Évidemment. Et je considère ces problèmes comme dignes du plus grand respect... bien que je ne sois pas sûr qu'on les traite toujours avec la largeur qui convient.

— Ah, vous trouvez ? C'est la remarque que j'entendais faire à l'un de mes amis ; très bon catholique. Il prétendait que les scrupules en question, interprétés trop littéralement, mettent les catholiques dans une situation d'infériorité, oui, donnent aux autres, aux incroyants, aux Juifs, par exemple, une véritable prime. Et l'effet principal est que cette masse d'immeubles tombe entre des mains non catholiques. Ce qui diminue d'autant la part des catholiques dans l'ensemble de la richesse nationale. Ce n'est pas un moyen de réparer les lois de spoliation. Au contraire. Ça continue la spoliation sur un autre plan.

Haverkamp approuva avec chaleur. Son défaut était parfois une trop grande promptitude d'esprit. Il se persuada dès cet instant qu'il avait éclairci sans nul doute possible la qualité de son visiteur et les mobiles de sa démarche. « Capitaliste catholique, gros, probablement. Commence à trouver saumâtre de voir lui passer sous le nez tant d'occasions magnifiques. Pas seul à penser ainsi dans son milieu. Toute une chaîne de clients que j'ai chance d'attraper, l'un tirant l'autre. Longtemps que je guette ça. Mais rien de sérieux jusqu'ici, faute d'avoir pu en saisir un. Ne pas le lâcher. »

Il orienta l'entretien d'après cette vue.

— Il en est de cela, dit-il, comme du reste. Tout est dans les intentions qu'on met, et dans la façon de procéder. Les catholiques ne se laisseraient pas dépouiller, s'ils se rendaient compte qu'une opération, qui les effarouche, peut prendre un caractère très correct. Mon bureau d'études est là pour ça.

— Vous connaissez sûrement l'ouvrage de Dom Bastien, monsieur ?

— De Don Bastien ? Non, je dois dire.

— Pourtant il fait autorité sur la question. Il me semble que vous auriez intérêt à le consulter. Oui ; pour vos rapports d'affaires avec une clientèle catholique.

Haverkamp prit un crayon.

— Je vais me le procurer sans tarder. Quel est le titre ?

— Je ne me rappelle plus trop... *Les Biens des Congrégations* tout simplement, peut-être. En tout cas ces mots-là doivent figurer sur la couverture. Mais vous trouverez sûrement, avec le nom de l'auteur : Dom Pierre Bastien, Bénédictin.

Le monsieur vit que Haverkamp écrivait Don, comme Don Juan.

— Dom, D, o, m.

— Oui, oui, naturellement.

— Un ouvrage des plus objectifs. L'auteur s'en réfère aux sentences des papes et des conciles. La doctrine ne semble pas douteuse. Il y a une certaine décision du Concile de Trente, qui n'a pas cessé d'être en vigueur, et que Pie IX a rappelée dans une allocution... un peu après la guerre, l'allocution consistoriale *bonorumque ecclesiasticorum emptoribus*, si j'ai bonne mémoire. « Celui qui achète pour lui-même », dit cette décision, « commet un péché mortel. »

— Vous dites ? Pour lui-même ? S'il achète pour lui-même. Mais c'est très intéressant.

— Oui, vous pensez à l'achat par personne interposée ? Celui qui négocierait l'achat, vous par exemple, échapperait au péché mortel ? Peut-être.

Haverkamp signifia par sa mine que c'était déjà quelque chose pour un agent immobilier que d'échapper au péché mortel.

— En tout cas, celui pour qui vous achèteriez y tomberait en plein.

Un peu avant les mots de « péché mortel », il y avait eu, du côté de la petite porte, deux coups frappés, et Wazemmes était entré discrètement. Cette intrusion faisait partie des règles de l'agence. Au cours des visites que recevait le patron, surtout si elles se prolongeaient, Wazemmes avait la consigne de paraître dans le bureau, d'un air poliment affairé, un dossier à la main, et, sur un geste du patron l'y autorisant, de dire quelque chose comme : « L'acquéreur de l'avenue Malakoff demande à ne verser que deux cent mille fin courant, et le solde au 15 mars », ou bien : « L'avoué voudrait savoir si vous pourriez lui accorder un rendez-vous pour samedi. » Dans le même esprit, quand Wazemmes faisait des courses au-dehors, et qu'il savait que le patron avait à une certaine heure un rendez-vous important, il donnait à point nommé un coup de téléphone, qui était pour Haverkamp l'occasion de lâcher quelques phrases énigmatiques et prestigieuses comme : « Mon cher Président, je ne manquerai pas de vous informer dès que nous aurons le pied à l'étrier », ou : « Bonjour, monsieur le comte. Non. Toujours rien pour votre château. Ou des offres que je n'ose pas vous transmettre... Combien ? Oh ! Cinq cent mille... Oui, c'est une plaisanterie. Mes hommages à madame la comtesse. » Ou : « Absolument impossible au-dessous d'un million. Je vous assure. C'est le dernier carat. Ce que je peux vous obtenir, ce sont des facilités. Mais dépêchez-vous. » Et il raccrochait en disant avec un sourire : « Il a bien tort ; car j'ai quelqu'un d'autre sur l'affaire, et qui, à ce prix-là, ne marchandera pas. » Haverkamp ne se faisait pas d'illusions sur la médiocrité de cette comédie. Mais il la croyait nécessaire, pour les débuts, au même titre qu'une publicité de lancement.

Cette fois-ci, il arrêta Wazemmes d'un petit geste de la main et répondit à l'autre, méditativement, comme s'il faisait appel en lui-même à une vieille compétence de théologien ou de casuiste :

— Y tomberait-il tant que ça ?... Je ne sais pas... je ne sais pas.

Puis, à Wazemmes :

— Qu'est-ce qu'il y a ?

— Le secrétaire du conseiller du quinzième qui venait rapporter la réponse du Préfet au sujet de l'alignement.

— Bon. Reçois-le... Dis-lui qu'il fasse mes remerciements à son patron. D'ailleurs, je téléphonerai.

— Il ne faudrait pas, cher monsieur...

— Je vous en prie... Nous disions donc, oui... Cette question de péché mortel...

— Et d'excommunication, ce qui est beaucoup plus grave... »

Wazemmes sortit là-dessus, assez étonné de ce qu'il venait d'entendre. « Excommunication pontificale, selon les uns, du Concile de Trente suivant d'autres. Vous verrez tout ça dans l'ouvrage de Dom Pierre Bastien. Oh ! ce n'est pas que la porte soit absolument fermée. Mais la fissure n'est pas large. Pour ma part, je n'ai aperçu que trois cas d'exception » (il compta sur ses doigts) : « Primo, si l'acquéreur ne se propose, en achetant les biens, que de les conserver aux Congrégations ; alors c'est lui qui devient la personne interposée. Secundo, s'il a la permission du Saint-Siège ; mais elle ne lui sera évidemment pas accordée sans des raisons très spéciales ; tout un procès à plaider là-bas. Ou enfin si l'on s'est présenté à la vente sans devenir adjudicataire. Un point assez obscur, à mon sens. Faut-il comprendre que l'on a bien été coupable de s'y présenter, mais que, du fait qu'on n'a pas réussi à enlever le morceau, on a son pardon ? Ce qui ne semble pas très orthodoxe... Ou bien est-il licite, peut-être même recommandé, de venir pousser les enchères, à seule fin de diminuer le plus possible le bénéfice immoral de l'acquéreur ?

Haverkamp écoutait avec une attention soutenue. Bien qu'il ne fût initié que depuis cinq minutes aux finesses du sujet, il avait l'impression de s'y débrouiller avec aisance. Il lui tardait de sentir dans un des tiroirs de sa table acajou et bronze l'ouvrage de Dom Pierre Bastien — relié peut-être en veau antique, avec une discrète croix d'or sur le plat — et de pouvoir l'exhiber soudain à quelque visiteur futur : « Dom Bastien nous dit à la page 92... » En attendant, il se disposait à des prouesses de raisonnement sur les cas d'exception un et trois. Mais le monsieur, comme s'il voulait parer à une méprise, déclara :

— Notez que dans l'affaire particulière qui me préoccupe, il ne peut pas être question, je crois, d'une application directe, d'une application élémentaire des thèses que je viens de rappeler. Non. C'est malheureusement beaucoup plus compliqué que ça ; je dirai même beaucoup plus délicat.

— Ah ! Vraiment ?

— Oui... A ce propos, cher monsieur, vous ne m'en voudrez pas d'une précaution peut-être offensante que je vais prendre... Vous maniez des intérêts importants. Vous avez l'habitude du secret, je n'en doute pas. Mais en l'espèce j'aurais besoin d'être assuré d'un secret redoublé... C'est même parce que le secret est exceptionnellement nécessaire que nous avons renoncé à nous servir de tel ou tel agent d'exécution, que nous avions sous la main, pour songer à un homme comme vous...

Haverkamp affirma que de sa part il n'y avait rien à craindre.

— De votre part, certainement... Mais j'aimerais qu'aucun de vos collaborateurs ne fût mêlé à la chose... Ce jeune homme, par exemple. Pas de dossiers sur vos rayons. Pas de fiche non plus qui puisse tomber sous d'autres yeux que les vôtres. Jamais rien par téléphone.

Haverkamp promit qu'il s'occuperait personnellement de tout, et procéderait dans un secret absolu.

— ... A condition, bien entendu, que l'affaire en vaille la peine ; et aussi — c'est à mon tour de m'excuser — qu'elle soit parfaitement honorable... Ce dont je ne doute pas, remarquez-le.

— Elle est parfaitement honorable. Pour en valoir la peine, je crois qu'elle en vaut la peine. Si, grâce à vos soins, elle réussissait pleinement, sans aucun accroc d'aucune sorte, je tiens pour certain qu'outre votre rémunération normale, vous vous trouveriez avoir acquis la confiance, l'estime d'un groupe de gens dont les moyens ne sont pas négligeables. Et autant que je peux me représenter le sens dans lequel s'oriente l'activité de votre agence, vous n'auriez pas à regretter de vous être mis en rapport avec eux.

Le ton du monsieur avait été fort calme. Haverkamp n'en fut pas moins traversé d'une onde énorme de vitalité et d'esprérance. L'espace entre ses deux tempes fut habité soudain par une lumière insoutenable, comme l'arc électrique entre ses deux charbons...

« Voilà mon heure qui sonne », se dit-il.

— Permettez une seconde.

Il pressa sur un bouton. M. Paul se montra.

— Que personne ne me dérange. Je n'y suis absolument pour personne.

*
* *

Le monsieur commença un exposé très long, assez obscur, coupé de réticences, embarrassé de maintes précautions. Haverkamp, qui avait pourtant l'intelligence vive, fut obligé d'interrompre plusieurs fois pour arriver à saisir certaines liaisons d'idées ou de faits. Il eût interrompu et questionné bien davantage s'il eût osé. Sa tension d'esprit fut d'autant plus grande, qu'il avait cru devoir s'abstenir de prendre des notes.

Il entrevit d'abord que le monsieur nourrissait deux convictions qui se conciliaient mal : la première, que la République, après un temps d'arrêt, marqué par la présence au pouvoir de Clemenceau, de Briand, allait de nouveau céder à la fureur antireligieuse, et pousser la persécution jusqu'aux pires extrémités. La seconde, que le retour des Congrégations expulsées aurait lieu tôt ou tard, et qu'il était sage de prendre des dispositions dès maintenant. Peut-être était-ce moins contradictoire qu'il ne semblait. On pouvait supposer qu'un grand événement, une sorte de punition divine, amènerait ce renversement des choses. Mais le monsieur ne le disait pas.

Ce qu'il ne disait guère plus, mais qu'on sentait à travers son discours, c'est que, si coupable que fût la République, elle n'était pas seule à l'être. On avait lieu de se demander si ce n'était pas à l'intérieur même de l'Église qu'il apercevait des influences néfastes, dont il déplorait la puissance, le succès.

Brusquement, il fut question d'un immeuble, de sérieuse importance, situé sur le territoire de la commune de Saint-Cyr (non pas le Saint-Cyr-l'École, mais le Saint-Cyr-sous-Dourdan). Cet immeuble, composé d'un vaste bâtiment, de nombreuses dépendances et de plusieurs hectares de terrain varié, avait appartenu aux Jésuites. Ils y avaient installé un collège pour jeunes gens, devenu très prospère ; et sinon un noviciat de plein exercice, du moins quelque chose qui y ressemblait fort.

L'immeuble allait donc être vendu, au tribunal de Versailles, à la fin de février. C'est là que s'amorçait le problème, et aussi que l'exposé du visiteur devenait difficile à suivre.

L'intention plus que probable des Jésuites était de faire racheter l'immeuble sous main. Ils pratiquaient cette règle pour des établissements qui avaient moins de raisons de leur tenir à cœur que celui-là. Ce qui d'ailleurs leur était facile. Les pertes qu'ils venaient de faire au cours de la bourrasque antireligieuse comptaient peu dans l'ensemble de leurs avoirs. Ils disposaient en particulier d'une énorme fortune mobilière, placée hors de France, à l'abri de toutes les investigations. En France même, à côté de bâtiments dont il avait été difficile de dissimuler le caractère et l'appartenance, ils passaient pour posséder de nombreux immeubles, par exemple des pâtés entiers de maisons de rapport dans certains quartiers de Paris. (Haverkamp se souvint à ce propos de rumeurs qu'il avait recueillies à Montmartre, dans les rues neuves, chez des concierges. Tout peut aboutir chez une concierge, même un secret de la Compagnie de Jésus.) Ils étaient organisés comme personne pour acquérir, faire construire, gérer ces immeubles sans risquer d'être découverts. Comment même n'avaient-ils pas sauvé de la bagarre la totalité de leurs biens ? Par tactique, pouvait-on croire. Pour jeter du lest. S'ils ne s'étaient laissé prendre nulle part, le gouvernement, étonné de ne trouver aucun « Bien des Jésuites » dans son coup de filet, aurait peut-être eu l'idée de perfectionner l'instrument ou de fouiller dans des eaux plus profondes. Habileté aussi à l'égard des autres Congrégations et du monde catholique. Ils ne manquent pas d'ennemis, et d'ennemis jurés, dans l'Église même. Échappant seuls au désastre, ils eussent redoublé la haine qui les entoure. D'autant qu'on leur attribue dans la genèse du désastre, dans l'intransigeance de Rome qui l'a précipité et aggravé, une responsabilité très précise.

Que le monsieur au col de loutre fît partie de ces ennemis, il était difficile d'en douter. Certes, pas une de ses phrases, entendue séparément, ne constituait une accusation contre les Jésuites, ni une déclaration formelle d'hostilité. Mais il était clair qu'ils lui inspiraient de l'horreur. Haverkamp, dont c'était le premier contact un peu sérieux avec une personnalité du monde catholique, devait faire effort pour ordonner des impressions si nouvelles. Tantôt il se reprochait de mal comprendre, de prêter à un tableau très nuancé des contrastes grossièrement dramatiques. Tantôt il se demandait s'il n'avait pas affaire à quelqu'un de ces excentriques comme il s'en trouve partout : esprit persécuté, imagination facilement visionnaire.

Mais quel genre de concours le monsieur venait-il solliciter ? Eh bien, il s'agissait d'enlever l'établissement de Saint-Cyr aux Jésuites. Au profit de qui ? C'était laissé dans l'ombre. Du côté de sa propre conscience, le monsieur semblait n'éprouver aucune inquiétude. L'immeuble serait remis entre des mains « au moins aussi agréables à Dieu » et « aussi pures aux yeux de la foi » que celles qui l'avaient jusque-là détenu. Dans son intention dernière, l'opération était irréprochable. Le verdict de Dom Bastien, en réalité, ne l'atteignait pas. Un des biens arrachés à l'Église allait lui faire retour. L'Église est une. Les fervents catholiques, qui seraient les artisans de cette restitution, n'avaient-ils pas le droit d'en choisir ensuite, au sein de l'Église, les bénéficiaires qui leur plairaient ? C'est le privilège de tout donateur. Le malheur était qu'on ne pouvait expliquer cela au grand jour. Forcés d'enchérir contre les Jésuites, les acquéreurs se feraient en apparence complices de la spoliation. Donc tomberaient sous le coup des sentences précitées. Le premier cas d'exception admis par Dom Bastien ne pouvait pas jouer officiellement en leur faveur. Le second non plus. Comment obtenir l'autorisation du Saint-Siège, sans lui révéler le fond de l'affaire ? Et comment le révéler à un Saint-Siège où les Jésuites montent la garde et ne sont, hélas ! que trop puissants ?

Haverkamp suggéra :

— Vous ne pourriez pas prendre une espèce d'engagement moral... oui, promettre que l'immeuble, si vous en devenez acquéreurs, recevra une destination pieuse ; en vous réservant de dire plus tard laquelle ?

— Prendre cet engagement avant d'acheter ?

— Dame !

— Impossible. Les Jésuites flaireront le coup. Ou bien ils nous feront envoyer une interdiction. Ou bien ils mobiliseront tout l'argent qu'il faudra (vous n'imaginez pas l'étendue de leurs ressources) et ils nous écraseront le jour de la vente. Moins encore parce qu'ils tiennent à leur établissement, que pour donner une leçon à qui ose les contrecarrer.

— Ne le feront-ils pas de toute façon ?

— Non, si le secret est entièrement gardé. Ils s'attendent à ne trouver à peu près aucune contrepartie. Leur mandataire arrivera avec des instructions très limitées.

— Quelle est la mise à prix ?

— Ridicule. Cent soixante-quinze mille francs. Ils doivent compter qu'on leur laissera ça à deux cent mille. Si même quelqu'un d'autre se présente. Leur mandataire ne sera certainement pas autorisé à dépasser trois cent.

— Mais au dernier moment, en voyant le péril, ne pourra-t-il pas demander de nouvelles instructions ?

— A qui ? Ce n'est pas si facile que ça. Téléphoner, télégraphier, pendant que les bougies brûlent ?

(Haverkamp savait que son objection ne valait pas cher. Il l'avait formulée pour se donner le temps d'en chercher d'autres.)

— Ils auront toujours, reprit-il, la ressource de la surenchère du sixième ?

— A condition encore une fois qu'ils sachent d'où vient le coup. S'ils croient avoir en face d'eux un marchand de biens quelconque, si l'amour-propre de l'Ordre n'est pas en cause, ils peuvent se résigner. Et puis, nous verrons.

— Alors ?

— Alors... vous commencez à deviner l'objet de ma visite ?

Haverkamp prit un temps. Puis :

— Vous désirez que je me présente pour vous au tribunal, et que j'enlève l'affaire ?

— ... Oui...

— Peut-être aussi que j'aille d'abord l'étudier sur place, voir ce qu'elle vaut, les limites qu'il est raisonnable de ne pas dépasser ?

— Oui, certainement. Mais je dois vous indiquer tout de suite quelque chose. Nous espérons bien que tout s'arrangera finalement comme nous souhaitons. Mais nous voulons prévoir le pire. C'est ce qui va donner à l'opération un tour peut-être un peu plus complexe.

Le visiteur repartit dans un exposé riche en méandres. On finissait pourtant par apercevoir le plan auquel ses amis et lui s'étaient arrêtés.

Ce que redoutaient ces messieurs, c'est qu'après l'achat de l'immeuble de Saint-Cyr, ils fussent mis dans l'impossibilité de lui donner la destination qu'ils préméditaient. Les anciens propriétaires pouvaient découvrir trop tôt le pot aux roses, se fâcher, provoquer en haut lieu une manière de scandale, bref faire interdire, par l'autorité ecclésiastique, aux bénéficiaires éventuels de recevoir le cadeau qu'on leur offrirait. Les conjurés en seraient pour leur courte honte. Ne pousserait-on pas même à leur égard l'esprit de vengeance, et la mauvaise foi, jusqu'à feindre de considérer qu'ils avaient acheté pour eux-mêmes, pour faire tout simplement une bonne affaire, en piétinant leurs convictions religieuses, et qu'ils avaient ainsi encouru les plus sévères condamnations de l'Église ?

— Le plus sûr, conclut le monsieur à la pelisse, ce serait que vous fussiez, vous, l'acquéreur réel. Ensuite, si les choses prennent bonne tournure, nous nous présentons à vous, et nous vous rachetons l'immeuble, à l'amiable (tout cela réglé d'avance entre vous et nous, bien entendu). Notre rôle est on ne peut moins suspect. Il est même très louable : restituer à l'Église, avec nos deniers, un bien qu'elle avait lieu de croire définitivement perdu. Si par malheur et contre toute probabilité les anciens propriétaires se gendarment et nous menacent de complications pénibles, nous renonçons. Alors nous n'avons paru dans l'affaire à aucun moment. Aucune trace de blâme ne peut nous effleurer.

— Mais moi, je reste avec l'immeuble sur les bras ?

— Évidemment, c'est le point difficile. Vous tâcherez de le revendre... Peut-être à perte. Il va de soi que nous devons nous arranger pour vous couvrir.

— Mais avant de le revendre, il aurait fallu... l'acheter ?

— Bien entendu, ce n'est pas à vous de faire l'avance de l'argent. Tout cela doit être examiné de près. L'idéal, je crois, ce serait que nous puissions envisager avec vous quelque autre opération immobilière, absolument distincte, qui ne touche en rien aux biens du clergé ; et que, dans le cadre de cette opération, nous trouvions moyen de vous assurer une large couverture du risque que vous prendriez d'autre part.

— Rien n'empêcherait de le couvrir plus directement. C'est une question de sous-seing privé.

— Oui, sans doute, mais plus nous arriverons, nous autres, à nous mettre à l'écart de l'affaire de Saint-Cyr et mieux cela vaudra. Je vous assure. Nous préférons même calculer plus largement votre risque...

Haverkamp eut bien conscience que quelque autre à sa place eût instinctivement reculé. Mais il n'était pas de ceux que la prudence envahit soudain comme une terreur héréditaire. Au contraire, le danger lui faisait ouvrir les narines ; il devait se défendre contre une allégresse qui l'y portait tout droit. (Un peu comme Quinette, dirait-on. Mais en plus sain. Chez Quinette l'attrait du danger gardait certains caractères du vertige.) Haverkamp entrevit que son intérêt, non pas petitement mais audacieusement conçu, c'était de nouer avec ces gens, qu'il se représentait encore à peine, le plus de liens possibles ; que plus leurs relations se compliqueraient, mieux il les tiendrait. Il n'imaginait pas qu'« embarqué dans une affaire » avec d'autres hommes il pût devenir leur dupe. L'essentiel pour lui était de s'embarquer. A ces moments-là, il avait dans les yeux plus de flamme que de calculs.

Pourtant il réussit à dire avec flegme :

— Je suis prêt à étudier une combinaison. Quand vous m'aurez fourni ceux des éléments du problème que je n'ai pas encore, vous aurez ma réponse, par oui ou non, dans les vingt-quatre heures.

— C'est parfait, cher monsieur. Je reviendrai avec deux amis, peut-être demain — le temps presse — après m'être mis d'accord avec vous par téléphone. Ces messieurs vous feront connaître leurs noms et qualités, ainsi que moi, d'ailleurs, ce qui vous donnera tout apaisement, je crois... Bref, j'espère que nous causerons utilement.

VII

BONNE HUMEUR DE HAVERKAMP

Haverkamp se sentit heureux tout le reste de la journée. A vrai dire cet état ne faisait pas chez lui un contraste aussi net que chez d'autres avec l'état habituel. Les impressions que lui procurait sa condition d'être vivant étaient en grande majorité agréables ; d'un agrément parfois peu accentué, mais qui, si l'on peut dire, se liait bien, se laissait aisément fondre et continuer d'une impression à l'autre. Il n'était pas sujet à ces douleurs errantes qui circulent indiscrètement à travers le corps, et vont répandre partout une idée d'hostilité et de surveillance, comme des patrouilles dans une ville. Il n'avait pas non plus, comme d'autres, tout un paquet d'organes — dans la poitrine, dans le ventre — victimes d'un excès de zèle du système nerveux, et constamment tarabustés par lui. Quant aux épreuves de la vie sociale, il les supportait d'ordinaire gaillardement. Pour lui, le point où un effort devenait pénible, où une discussion devenait fatigante, où le travail de préparation des événements futurs dans l'esprit cessait d'être un plaisir de combinaison et d'action anticipée, pour se changer en considération anxieuse de l'obstacle, était situé plus loin que pour le commun des hommes. Certes, il connaissait l'amertume de l'échec. Mais sa pensée, toute vive qu'elle était, ne fonctionnait à plein que dans la direction de l'avenir. Ce qui avait entièrement eu lieu, ce qui était terminé, la laissait somnolente. Il pouvait, dans un moment de détente, caresser un souvenir aimable. Mais il était incapable d'apporter à l'analyse d'un regret, à un procès rétrospectif contre lui-même, l'énergie mentale qui leur eût permis de résister à l'entraînement des pensées nouvelles. Et comme il ne demandait qu'à se laisser partir en avant, le sort du passé fâcheux était vite réglé. Dans ce cas, même ses enfantillages d'adulte lui servaient.

Payait-il cela sous une autre forme ? Montait-il aussi haut dans la joie que ceux qui sont familiers avec la douleur ? Il y avait bien ses « visions », qui s'accompagnaient d'un soulèvement d'âme considérable. Dans ses promenades professionnelles, aussi, dans l'intervalle de deux discussions d'affaires, il lui arrivait de s'exalter en contemplant la ligne favorable des choses, d'admirer un instant la belle musculature et la vigueur de son destin. Mais souvent, en effet, son contentement restait calme. La joie n'ouvrait pas devant lui une de ces issues étroites et fascinantes où toute la vie se précipite. Il faut tenir compte, en outre, d'une certaine inertie de la bonne humeur. Une conscience habituellement tonique se défend plus qu'une autre d'un surcroît de tension. Enfin il est sûr que certaines formes exquises et presque surnaturelles de la joie lui restaient inconnues.

*
* *

Vers six heures, il en vint tout naturellement à se dire : « Mais depuis combien de temps n'ai-je pas fait l'amour ? » Depuis dix jours au moins. Sans que cette abstinence fût préméditée. Sans même qu'il s'en fût aperçu. A cet égard, il montrait une souplesse extrême. Faire l'amour quotidiennement, une fois par semaine, plus rarement encore, c'était pour lui pure question de circonstances. Il n'éprouvait pas un rythme du désir. Il ne mesurait la privation qu'il avait endurée qu'au moment où il s'avisait d'y mettre fin.

Cette élasticité de l'instinct sexuel n'était pas de la froideur. Elle tenait d'abord à ce qu'il avait l'esprit constamment occupé. Les idées voluptueuses ne trouvaient pas d'intervalle où se glisser dans le cortège de ses pensées actives. Il ne s'ennuyait jamais. L'homme qui traverse des espaces de désœuvrement ou d'ennui promène longuement les yeux à la ronde : c'est alors que le désir charnel lui fait signe. Haverkamp n'était pas de ceux non plus pour qui l'acte amoureux est un appel au secours contre la détresse. (Plus rien ne vaut la peine de vivre. Si : il reste encore cette ivresse, cet abîme, ce brusque retour au commencement du monde. Comme d'une ville assiégée l'on s'enfuirait par un souterrain.)

Depuis qu'il avait quitté sa maîtresse, et en attendant qu'il se crût en situation d'en choisir une nouvelle, Haverkamp n'avait coupé cet interrègne que de trois ou quatre brèves aventures avec des filles ramassées à la brasserie. Mais ce soir-là, l'idée de chercher, d'hésiter, de solliciter si peu que ce fût ne lui souriait guère. Il se souvint d'une maison de tolérance assez somptueuse de son ancien quartier, rue Thérèse, où il n'était allé qu'une fois. A défaut d'une femme de théâtre, conquise d'avance, qui l'eût accueilli dans une chambre aux belles tentures, une maison de cette catégorie ne répondait pas mal à son humeur : emphase du décor ; absence de formalités et simagrées préalables ; insolente liberté de choisir. Les façons de quelque ancienne civilisation vous sont rendues. La porte franchie, l'homme de la grise rue moderne renaît grand seigneur ; et point d'une morose chrétienté : grand seigneur d'Orient. Un pacha visite son harem. A tout le moins un marchand de Bagdad, des pierreries plein ses poches, vient se délasser dans un palais peuplé de femmes de divers climats.

*
* *

Il décide de faire le chemin à pied. Vingt minutes de marche ne risquent pas d'abattre son désir ; car son désir n'est pas une poussée précaire, quelque chose qui s'élance au-dessus d'une âme restée dans le bas, et qui menace d'y retomber. Son désir fait corps avec toutes les raisons qu'il a d'être content. C'est un indice de prospérité générale.

Au lieu de la rue des Halles, qui irait au plus court, il prend la rue de Rivoli, qui est plus gaie. C'est une rue à qui les soirs d'hiver sont favorables. Dans l'heure qui précède le repas, elle est festonnée d'une foule qui grouille et diffuse sur place, plutôt qu'elle ne circule. Les gens, qui viennent d'être des passants dans les voies d'où ils sortent, se transforment ici en badauds, en femmes tentées, en acheteuses. Les devantures des boutiques exercent leurs pleins pouvoirs. Plus loin la lumière s'accumule sous les arcades. Elle y bouillonne et y ronfle, comme aux alvéoles et guichets d'un château d'eau.

Bien des femmes sont belles, d'une beauté que fouette et meurtrit un peu la lumière. Mais c'est à peine si Haverkamp s'en aperçoit. De cette rue, il n'attend pas une excitation toute faite, une excitation déjà amoureuse. Il est capable de tirer parti, comme un arbre des sucs de la terre, de tout ce qui ruisselle ici de fort et de nourrissant. On n'est pas un gamin qui quête aux devantures des librairies des cartes postales libertines. C'est peut-être du spectacle éblouissant d'un magasin de chaussures qu'on recevra un surplus d'ardeur à dépenser rue Thérèse. Tout cadeau d'énergie est le bienvenu. Ce qu'on en fera ne regarde que vous.

D'ailleurs l'attention qu'il distribue à droite et à gauche ne nuit pas aux idées qu'il enchaîne depuis ce matin. La rue vous amuse sans vous empêcher de méditer. C'est une caisse de résonance. Ce qu'elle vous fournit, ce sont des harmoniques. Vos pensées de distraction entretiennent un accord mystérieux avec votre pensée principale. Par exemple il vous prend l'envie de compter les gens d'un trottoir ; ou ceux qui entrent dans une boutique ; d'évaluer combien il peut en entrer dans un jour, dans une année. Il se prononce en vous des chiffres, un à un, comme se suivent des battements aux tempes. Des commencements de calculs jaillissent, vacillent, s'éteignent. « Trois clients par cinq minutes... trente-six à l'heure... douze francs par client, à quarante pour cent de bénéfice... » Mais c'est de la nature des songeries d'avant le sommeil. C'est de la pensée tremblante, vite dissoute, ou qui se métamorphose à votre insu. Voilà qu'il s'agit maintenant du métro qui passe là-dessous, des wagons, des voyageurs comprimés, et aussi de la vitesse des voitures sur le sol, d'un rapport entre ces vitesses du dessus et cette vitesse du dessous... Sans préjudice de quelques images de seins, de croupes, de toisons, qui apparaissent faiblement et furtivement dans l'esprit, et rôdent comme des promesses.

Pendant ce temps la pensée principale continue son chemin avec autorité :

« ... L'essentiel, c'est que mes gaillards soient largement solvables. Facile à savoir quand j'aurai leurs noms. D'ailleurs ce sont des croyants, des pratiquants. Un pratiquant peut être crapule, mais jamais tout à fait de la même façon qu'un autre. Il porte cinq kilos de handicap. La difficulté, c'est de trouver l'autre affaire. Il faut qu'elle ait de l'ampleur ; qu'elle présente bien ; qu'on ne sente pas qu'elle n'est qu'un prétexte. Si les gars, après enquête, m'inspirent confiance, je dois me montrer beau joueur. Ne pas leur apparaître une seconde comme le monsieur qui abuse de la situation. Les lier par ma générosité, par ma confiance à moi. Créer entre eux et moi dès le début un ton de relations tel, qu'ils se sentent par la suite obligés de rester "chics". Les gens à moitié forts s'imaginent que le sentiment n'a rien à voir dans les affaires. Pardon. Ce qui n'a rien à y voir, ou pas grand-chose, ce sont les sentiments étrangers aux affaires. Je ne serrerai pas moins dur quelqu'un parce que c'est un ancien camarade de régiment, ou parce qu'il a une gueule de pauvre type qui me fait pitié. Et encore. Mais le sentiment incorporé aux affaires, le sentiment dont on a réussi à imprégner chaque moment d'une affaire, vous parlez si ça compte. "M. Haverkamp s'est toujours montré si gentleman avec nous... Nous ne pouvons pas agir comme ça... De quoi aurions-nous l'air à ses yeux, si..." Comme cette pauvre poule de café, il y a trois ans, que j'avais fait semblant de prendre pour une femme honnête. Pour rien au monde, elle n'aurait voulu me désillusionner, rompre le charme. Elle y tenait bien plus qu'à une pièce de vingt francs. C'est ça qui l'aurait blessée ! Au bout de trois semaines, je lui ai offert une robe. Comme elle était maigre du côté des omoplates ! Évidemment, ça suppose une certaine moralité. Une autre en aurait peut-être profité pour se dire : "Quel ballot !" et me refaire ma montre. Mais je ne vois pas pourquoi des catholiques, pratiquants et millionnaires, n'auraient pas autant de moralité qu'une poule. »

VIII

HAVERKAMP FAIT L'AMOUR

Haverkamp monte un escalier assez large, recouvert d'un tapis bleu et orange, et arrosé d'une abondante lumière voilée. Il pousse une double porte, dont les vitres sont tendues de soie orange. Derrière la porte, une espèce de femme de chambre, toute prête à vous recevoir, comme si depuis cinq minutes elle vous entendait venir. Tout est correct encore, mais dans une nuance clandestine.

Le salon. Grand comme un salon d'hôtel, et vide. On entre dans une vaste boîte de pralines dont le décor serait tourné vers l'intérieur. On est assailli par la gentillesse des bleus, des roses, des nuages, des guirlandes,

des cartouches, des macarons Louis XV, avant de distinguer qu'il y a là-haut une frise de femmes nues, qu'il en retombe des pendentifs de femmes nues, qu'il se gonfle à tous les angles des seins et des croupes en ronde-bosse.

Haverkamp se laisse baigner par ces aimables sortilèges. L'attente lui est douce. Mais ses pensées ne l'ont pas quitté. Elles trottent même peut-être un peu plus vite. Elles sont un rien fiévreuses. Elles aussi ressemblent maintenant à des pensées de sommeil, à celles qui se pressent au début du sommeil, après un repas où l'on a trop pris d'alcool. Contrairement aux habitudes de l'esprit où elles logent, elles subissent à chaque instant une légère déviation du côté de l'étonnement, de l'interrogation de soi-même, de l'inquiétude.

« Cette histoire de Jésuites, à éclaircir. C'est tout de même un peu rocambolesque. J'admets qu'il y ait des rivalités dans l'Église comme ailleurs. Mais en ce moment, ils devraient se serrer les coudes. Et puis pourquoi s'adresser à moi ? Je sais bien qu'ils ne pouvaient pas confier ça à leur notaire. Mais ils ne me connaissent pas. Est-ce avec leur argent à eux qu'ils vont marcher ? Ou y a-t-il derrière eux d'autres gens d'Église ? Une autre Congrégation ? Mais si elle est expulsée aussi, à quoi ça lui sert-il ? Je donnerais quelque chose pour savoir quels sont les adversaires des Jésuites dans l'Église. A qui demander ça ? Dire que je vais peut-être me mettre toute la Compagnie de Jésus sur le dos ! Moi, Frédéric Haverkamp. C'est rigolo, comme aventure. Dans le Nord, ils sont très puissants. Tous les jeunes gens de bonne famille passent par chez eux. Enfin, ils ne me fourreront pas dans un in-pace. »

Une dame d'un certain âge entre, sourit, salue. Elle est vêtue d'une robe de soie noire, assez décolletée, avec des manches mi-longues, des dentelles, des guipures, des diamants. Elle ressemble à une grosse commerçante de province qui accompagnerait sa fille au bal.

— Je fais venir ces dames ?

L'une après l'autre, comme une entrée de ballets, cinq jeunes femmes franchissent le seuil, et se répandent dans la pièce ; guère plus nues que des danseuses. Leur mince vêtement, couleur d'abat-jour, participe de la chemise et du tutu. Elles marchent avec des roulements de hanches. Elles ont tendance à relever les bras, et à les arrondir, peut-être pour donner plus de fermeté et de saillant à leurs seins dont on découvre juste l'aréole.

*
* *

Haverkamp se déshabille avec une certaine méthode, vérifiant l'emplacement du portefeuille, des clefs, de la montre, tandis que son espèce de danseuse, devenue en trois mouvements une grande fille nue, s'allonge dans le lit et feint d'y frissonner. Haverkamp se demande s'il n'aurait pas mieux fait de choisir la petite blonde dans son abat-jour vert pâle. D'ordinaire il préfère les femmes plus petites, et même franchement petites. Celle-ci est bien grande. Et elle est brune. Mais la couleur des cheveux importe moins.

La chambre pourrait être celle d'un hôtel de bonne catégorie ; plus exiguë il est vrai ; et l'emplacement des glaces y est fort tendancieux.

Haverkamp entre en rut d'un seul coup ; car c'est bien une sorte de rut. Non par la violence, mais par la rapidité et l'ampleur de l'envahissement. Sans doute, il serait trop de dire qu'il ne pense plus à rien, ni qu'il ne pense plus qu'à posséder cette femme. (Pour arriver à un déblaiement aussi parfait de l'esprit au profit de l'instinct, il faudrait au civilisé une aptitude à la simplification ou même à la division mentale, qui deviendrait inquiétante. Jusqu'ici Haverkamp ne nous est pas apparu comme inquiétant.) Mais ses autres pensées deviennent vagues, et rudimentaires, comme celles qui assaillent le marcheur à la fin d'une longue journée, quand tout le devant de la conscience est occupé par la douleur d'une écorchure au pied, ou par l'idée d'une bouteille sur la nappe, d'une chaise où l'on se renverse, d'un civet qui fume.

Ce qui règne soudain chez Haverkamp, c'est la pulsation chaleureuse de sa propre chair, l'impatience animale qu'elle dégage, et un petit nombre de visions, où les aspects de chair féminine, qu'il voit réellement dans le lit, se complètent de formes devinées, imaginées, ou même générales (le corps féminin, l'autre sexe, la femme nue), et provoquent des anticipations fulgurantes de contact, de pénétration, de jouissance.

A partir de ce moment, il lui devient tout à fait difficile de diriger, de modifier, même de modérer le rythme de ses actions. Il n'a certes point l'air d'une brute déchaînée ; il n'épouvante pas. Mais on sent qu'il est pris par son propre mécanisme, et que ni les incidents, ni la durée du jeu ne dépendent plus de lui. La grande fille brune, qui était toute disposée à un prélude plus long et plus réfléchi, où sa conscience professionnelle, et même dans une certaine mesure le fragile intérêt qu'elle prend à la chose, eussent trouvé leur compte, subit Haverkamp avec un peu d'étonnement. Elle le range dans une des catégories que son expérience lui a enseignées : « Ceux qui cavalent ». (Elle pense aux chevaux de course qui, le départ donné, filent ventre à terre jusqu'au poteau.) C'est une catégorie moins méprisable que celle des « piqués ». C'est même la mieux venue, pour qui préfère expédier le travail. Mais une fille encore jeune et bien faite garde une certaine déférence de principe pour l'art d'aimer. Et elle sait parfois aussi se demander, dans les bras d'un homme : « Qu'est-ce que je dirais de lui si j'étais sa femme, ou sa maîtresse ? »

*
* *

La façon dont un homme fait l'amour est un des traits les plus caractéristiques de son signalement ; et serait dans la pratique un des plus précieux à connaître, s'il n'y avait malheureusement trop peu de personnes aussi bien pour le recueillir que pour en tirer parti.

Ajoutons qu'il est moins facile à saisir qu'on ne penserait, et d'une interprétation toujours délicate. Les circonstances et la partenaire peuvent entièrement modifier le tableau.

En particulier bien des hommes, si nous les surprenions dans la situation où est Haverkamp, nous donneraient sur eux-mêmes les indications les plus fausses. Pour eux, l'amour, dans une chambre de maison close, avec une fille qu'on a distraitement choisie, et qui était déjà nue avant d'être désirée, réunit tant de conditions contraires à leur goût que, même s'ils s'y résignent, il leur arrivera de montrer une hâte brutale, ou à l'opposé une impuissance complète, dont il serait imprudent de rien conclure.

Pour Haverkamp, il n'en allait pas ainsi. Sans doute il considérait la maison close comme un pis-aller. Mais elle ne heurtait pas gravement en lui l'idée de l'acte sexuel. Il n'était même pas loin de trouver à ce cadre insolite des charmes spéciaux. (L'homme d'affaires éprouve plus volontiers que d'autres le besoin de situer la volupté dans des parages qui le dépaysent.)

Les rites sommaires d'un tel lieu l'accommodaient encore à certains égards. Il n'avait aucune habileté aux propos galants. Non que la présence des femmes lui enlevât l'esprit de conversation. Il savait être gai avec elles. Il les amusait par ses boutades, les émoustillait par sa bonne humeur, leur imposait par les façons de grand seigneur bienveillant qu'il prenait avec les garçons, les cochers. Mais ces avantages s'arrêtaient à la table de restaurant, aux divertissements de la promenade. Dès qu'il fallait en venir au sentiment, il se trouvait si gauche qu'il en arrivait à découvrir la timidité. La matière à traiter lui semblait d'une simplicité décourageante. « Je t'aime » ou « Tu me plais ». Il n'apercevait rien là qu'on pût développer ; il était incapable d'imaginer des variations. C'est le cas de beaucoup. Mais la plupart des femmes sont peu difficiles. On les satisfait très bien avec des phrases ramassées n'importe où, ressassées mille fois. Elles y goûtent même une sécurité. Elles reconnaissent que ce qu'on leur débite a cours en pareille circonstance, est de bon ton ; prouve l'éducation de qui le prononce, et la qualité de qui se l'entend dire. Comme les formules de fin de lettre sont bien reçues, non en dépit mais en faveur de ce qu'elles ont de conventionnel. Une terminaison insolite n'est à risquer qu'entre gens d'esprit qui se connaissent bien.

Même s'il avait songé à cette ressource, Haverkamp en eût usé de mauvaise grâce. C'était une nature originale. Là comme ailleurs, il eût aimer inventer. Mais c'est ailleurs que son invention se portait.

Il ne goûtait pas non plus, dans ce qu'il a d'intime, ce qu'on appelait autrefois le service des dames ; les menus soins matériels qui le composent, l'air de domesticité amoureuse qu'il faut savoir se donner, juste au moment où le désir éclate : aider à défaire une robe ou des bottines ; recueillir des épingles à cheveux ; ramasser un ruban tombé à terre. Son orgueil en souffrait plus encore que son impatience. La tradition chevaleresque n'avait eu aucun moyen de venir jusqu'à lui, avec ce qu'elle comporte de douceurs un peu perverses, de sensualité savamment humiliée. Et comme, d'autre part, il n'avait pas l'esprit léger, il ne savait pas se dire que ces petites manières n'ont aucune importance, et que l'homme peut bien s'humilier cinq minutes en vue d'un résultat qui lui ménage une pleine revanche.

Mais ses façons avaient des causes encore plus spéciales. Il n'était pas hanté longtemps d'avance par le désir, ou du moins il ne s'en apercevait pas. Il n'était donc pas entraîné à opposer au désir cette résistance toute particulière, qui a pour effet non de le mater, mais de le mettre en fermentation. Pour un homme comme lui, résister au désir, cela signifie qu'on le trouve venu au mauvais moment, et qu'on n'y cédera pas ; donc qu'on va penser à autre chose. Il ignorait le plaisir qu'on peut prendre à le retarder, et toutes les saveurs que développe cette coction de la concupiscence.

En revanche, dès que les conditions favorables étaient réunies, son désir se déclenchait brusquement ; et comme ce désir n'avait pas l'habitude d'être mêlé aux idées, de se laisser malaxer, remanier, exaspérer par elles, il ne risquait pas non plus de subir tout à coup leur influence paralysante. Une fois mis en amour, Haverkamp était moins exposé que personne à faire fiasco par suite d'une impression désagréable, d'une pensée importune.

Ayant cette humeur, il ne pouvait se plaire beaucoup aux caresses préparatoires, qu'elles fussent données ou reçues. Il les jugeait oiseuses. Bien qu'il n'eût aucune pruderie, elles lui apparaissaient avec les caractères du vice. A tout le moins, il y voyait des complications à l'usage des tempéraments faibles.

Son action amoureuse était donc à la fois précipitée, et d'une grande monotonie. Il atteignait en peu de minutes à un plaisir violent, mais d'une qualité commune, et qui méritait bien l'épithète de physique, en ce qu'il charriait très peu d'idées. Mais il n'y a pas de créature humaine assez déshéritée pour ne pas penser plus ou moins son plaisir. Chez Haverkamp la montée de la sensation s'accompagnait d'une flambée mentale, qui équivalait à des affirmations excitées, comme : « Je suis grand », « Je suis tout-puissant », « La vie est magnifique », « La femme est une chose magnifique », « Qu'on m'apporte dix femmes, je les posséderai toutes », « Je donnerai de l'argent à cette femme », « Je donnerai de l'augmentation à Wazemmes ». Il y avait aussi dans sa tête, mais triturés et à peine reconnaissables, des bouts de plan de Paris, des cernes au crayon bleu, des maisons, des fondations, du béton, de l'argent. Il y avait soudain, comme si elle allait emplir une excavation du sol, une coulée de béton et d'argent. Le paroxysme passé, quand il avait affaire à une maîtresse en titre, et non à une fille de rencontre, il lui arrivait, si peu porté qu'il fût à se tourmenter pour des ombres, de s'aviser néanmoins que sa partenaire n'avait pas dû prendre beaucoup de plaisir. En ce cas, il procédait volontiers par répétition. Il y trouvait d'abord une satisfaction d'amour-propre. C'était conforme à son idée de la puissance virile, de la santé surabondante. Puis, les signes d'intérêt qu'il obtenait ainsi — et qui ne répondaient parfois chez sa partenaire qu'à un « Tâchons d'en profiter tout de même », ou pis encore qu'à un « Faisons semblant pour qu'il ne recommence plus » — n'avaient pas de peine à dissiper le reproche intérieur d'égoïsme dont il avait senti la menace. Par la même occasion, et sans que le mérite en revînt à rien d'autre qu'à la fatigue, il était conduit à soupçonner l'existence de voluptés plus réfléchies ou qui demandent davantage aux nerfs.

En somme, chez lui, l'acte sexuel n'était pas très riche et manquait même de nécessité profonde. Il y tenait surtout comme à une vérification de sa vigueur. Certes, éprouver jusqu'au raffinement une sensation quelconque n'était pas son fort. Mais il apportait à manger un carré de viande rouge plus de discernement exalté qu'à faire l'amour. Si l'on veut, il était plus digestif que sexuel. Peut-être, sur ce point, une préférence de sa nature se trouvait-elle appuyée par de vieilles interdictions morales, qu'il avait enregistrées dès l'enfance, et dont il se croyait pourtant affranchi. Leur effet s'était déplacé en quelque sorte. Elles ne l'empêchaient pas de rechercher et de pratiquer l'acte sexuel avec toutes les apparences de la liberté. Mais elles le détournaient d'y faire trop attention. C'est ainsi qu'un plaisir peut devenir licite pour la conscience à condition qu'il ne s'analyse pas.

Il faut reconnaître qu'étant donné la voie choisie par Haverkamp, ce qu'il y avait de peu personnel et de peu différencié dans sa vie amoureuse favorisait sa concentration d'esprit sur d'autres points, et l'aidait à talonner le succès.

*
* *

Quand il eut possédé la grande fille brune pour la seconde fois (ce qui n'était pas sa coutume dans les amours de rencontre), il sentit réaffluer sous son front les préoccupations les plus distinctes. Comme si l'on avait ouvert une vanne, l'affaire de Saint-Cyr, le monsieur à col de loutre, Dom Bastien, les Jésuites, se précipitèrent tumultueusement. Il entendit à peine la fille qui, en le remerciant d'un copieux pourboire, ajoutait :

— Vous direz à la directrice, en bas, que vous avez recommencé... Ah ! si... Remarquez qu'elle ne vous fera peut-être pas payer plus, vu que ça n'a pas été long. Mais c'est la règle. Je me ferais attraper.

IX

LE DOMAINE DE SAINT-CYR

Le 27 janvier, vers dix heures du matin, Haverkamp arrivait à Saint-Cyr, où il s'était fait conduire en carriole de Dourdan, et, à un kilomètre au sud du village, il trouvait sans peine l'établissement des Pères Jésuites. Il avait été question qu'un des trois messieurs l'accompagnât. Mais à la réflexion, la chose avait paru peu prudente. Une rencontre est toujours possible.

Il venait d'avoir deux entrevues avec eux dans la semaine qui précédait. Il savait maintenant à qui il avait affaire. Le monsieur à col de loutre était M. de Lommérie (comte, mais n'affichant pas son titre). Ses deux amis : M. de Margussolles, ancien officier, et M. Thénezay. Tous trois faisaient partie de plusieurs conseils d'administration. On trouvait leurs noms dans les annuaires mondains. Dans l'annuaire des propriétaires, M. de Lommérie figurait trois fois, M. Thénezay deux fois ; et pour des immeubles fort bien situés (rue de Penthièvre, avenue de Villars, rue Laugier, etc.). Wazemmes, envoyé en reconnaissance rue Laugier et avenue de Villars, sans rien soupçonner, d'ailleurs, du fond de l'affaire, en était revenu avec un avis des plus flatteurs : « Premier choix. Le type qui voudra s'offrir ça, il faudra sûrement qu'il y mette le prix. » Enfin sur M. de Margussolles, Haverkamp avait obtenu, par l'un de ses amis, chef de service à la Société Générale, une fiche de renseignements plus que rassurante.

Il continuait à trouver un peu étrange qu'ils se fussent précisément adressés à lui. Leur affaire, il est vrai, telle qu'ils l'avaient conçue, n'était pas très présentable. Ils devaient presque forcément se rabattre sur quelqu'un qui, sans être véreux, ne fût pas encore engoncé dans la respectabilité. N'avait-il pas lui-même laissé entendre a plus d'un visiteur qu'il s'intéressait aux Biens des Congrégations ? Toute publicité finit par porter ses fruits. Enfin ces messieurs avaient certainement fait sur lui un bout d'enquête. « J'ai été très large avec ma concierge pour les étrennes. Bonne inspiration. C'est peut-être elle qui m'a valu ça. »

Haverkamp fit la visite de l'établissement sous la conduite d'un gardien qu'y avait placé le liquidateur et qui occupait un pavillon près de la grille d'entrée.

Le passé de cette propriété se laissait lire assez clairement. Château, ou maison bourgeoise très cossue, avec des communs spacieux, une ferme, et environ huit hectares de terre. Haverkamp qui commençait à se connaître en styles expertisa : « Premier Empire, ou Restauration. » Les Jésuites avaient conservé le château pour y installer sans doute l'espèce de noviciat dont avait parlé M. de Lommérie. A cinquante mètres, ils avaient fait édifier un vaste bâtiment à usage de collège. Les autres constructions avaient subsisté, en se transformant plus ou moins ; la ferme et la basse-cour gardaient leur destination d'origine. Le domaine, actuellement composé, outre les bâtiments, de pelouses pour les jeux, de prairies d'élevage, d'un grand potager, de deux petits champs et de bois, était clos de murs sur environ un kilomètre, et pour le surplus, de haies très épaisses, ou d'un treillage, ou parfois des deux. Au loin l'on apercevait l'agglomération de Saint-Cyr, fort pittoresque, avec l'espèce de petit château fortifié qui la flanque.

Haverkamp, dont pas un regard ne restait inutile, ne cessait de formuler mentalement ses conclusions et de les corriger au fur et à mesure de la visite.

Le collège, élevé de trois étages sur rez-de-chaussée, avec des toits d'ardoise à pente vive, des mansardes, des façades très plates, formait une espèce de grande caserne, point trop lugubre d'aspect, à cause d'un agréable rapport de tons entre les pierres, qui étaient blanches, et les ardoises, grises et moirées comme un plumage de pigeon, sous le ciel d'hiver. Mais il était difficile d'imaginer à quel nouvel usage il se prêterait dans cette solitude. « Pas question d'un hôtel ici, naturellement. Qu'une autre Congrégation enseignante en fasse ce qu'en faisaient les Jésuites ? Ça oui. »

Le château, malgré quelques fâcheux remaniements intérieurs, pourrait redevenir très habitable. Quarante à cinquante mille francs de réfection, peut-être. Mais la proximité de la grande bâtisse lui enlevait tout agrément.

En somme, on ne voyait pas qui cette affaire pouvait tenter, sauf les anciens propriétaires et leurs mystérieux rivaux. « Pour la bonne méthode, il faut pourtant que je fasse une estimation. Pas commode. »

Il y avait d'abord le terrain. Huit hectares d'un rendement très faible. « Je n'ai pas idée du cours actuel dans ces patelins-ci. J'ai vu annoncer récemment huit mille sept cents mètres à Villiers-le-Bel, avec une mise à prix de vingt mille ; et trois hectares et demi dans l'Yvonne, à l'amiable, prix demandé : quatre-vingt mille. Comme distance de Paris, facilité d'accès, ça se place entre les deux. Mais le morceau est plus gros. A deux francs le mètre, ça serait très bien payé. Les bâtisses ? Pratiquement, elles comptent à peine. Donc la mise à prix n'est pas si ridicule que ça. Deux cent mille, plus les frais. Ça ne devrait pas monter au-dessus. Et ça ne devrait pas les atteindre, si les scrupules de conscience jouaient normalement. Mes citoyens m'ont l'air de prévoir davantage. Je leur dirai mon opinion. »

Il ne fallait pas les décourager, puisque toute la combinaison reposait sur cet achat. Mais s'ils décidaient de pousser l'enchère beaucoup plus haut, il fallait leur faire bien mesurer le risque qu'ils lui demandaient, à lui Haverkamp, d'assumer à leur place.

X

CE QU'ON DÉCOUVRE EN SE PROMENANT

A onze heures et demie la visite était terminée. Haverkamp devait attendre jusqu'à trois heures le passage d'une voiture publique qui le mènerait à Limours. Il pensa qu'il serait agréable de marcher dans la campagne. (Ruminer des chiffres, pendant que l'air vif vous stimule, et qu'on voit, du coin de l'œil, un paysan arqué derrière son cheval dans les labours d'hiver.)

Il regarda sur sa carte. Dans la direction presque opposée à Saint-Cyr, sur une petite route qui filait vers l'est, à quinze ou dix-huit cents mètres de l'établissement des Jésuites, une agglomération était marquée. Elle portait un nom un peu surprenant : La Celle-les-Eaux. C'était elle qu'on devait apercevoir entre deux renflements du sol qui formaient là-bas une ébauche de vallon, et aussi par-delà celui des deux renflements qui était le plus au sud. On ne découvrait d'ailleurs au total qu'un modeste clocher d'église et quelques toits. Et même les toits eussent été cachés, si les bouquets d'arbres qui parsemaient le fond et les flancs du petit vallon avaient eu leurs feuilles. Bien que d'un pittoresque très modéré, l'ensemble du site devait être charmant à la belle saison.

Presque à mi-chemin entre le domaine des Jésuites et ces monticules, il y avait une bâtisse, rectangulaire, d'une certaine étendue, couverte de tuiles rouges brunies par le temps. L'aspect d'une ferme.

« C'est bien le diable si je ne trouve pas dans ce village un bistrot où je pourrai casser la croûte. »

D'ailleurs, malgré son robuste appétit, il n'aimait pas, en cette matière-là plus qu'en aucune autre chose, se sentir asservi à des habitudes. Il était homme à manger un bout de fromage sur un morceau de pain sans une pensée de regret pour le *Cochon d'or*.

*
* *

Il y avait au centre du pays, sur une petite place oblongue qui n'était qu'un élargissement de la route, une auberge des plus convenables. Deux salles carrelées, séparées par une cloison vitrée à mi-hauteur. Le comptoir dans la salle du devant, et quelques tables ; d'autres tables dans la salle du derrière, qui s'éclairait sur cour.

On servit à Haverkamp un repas relativement copieux : des filets de hareng, qui n'avaient rien de particulier ; du saucisson, qui ressemblait un peu plus au carton qu'à la chair ; des petits pois, qui naturellement étaient de conserve, mais qui avaient bon goût ; un lapin chasseur longtemps mijoté, savoureux, parfait de tous points ; un brie de qualité moyenne ; des gaufrettes ramollies qui sentaient le fond de tiroir et un rien aussi le pétrole. Le vin, bien que peu épais, avait une couleur qui tendait vers le bleu, et il aurait fallu plus d'un repas pour se faire à son léger goût d'encre. Haverkamp renonça au café.

Par amusement personnel autant que par métier, il aimait causer avec les gens, et leur soutirer des informations. Comme le patron de l'auberge rôdait devant sa table, il faillit lui demander ce que valait le terrain dans le pays. Mais il ravala sa phrase : « Primo, se dit-il, il n'en saura rien. Secundo, si par hasard il en sait quelque chose, il pensera que son devoir de patriotisme local est de me tromper. Troisièmement, il devinera peut-être que ma question se rattache à la vente de Saint-Cyr. Et ça, c'est mauvais. »

Il se tourna donc vers une curiosité plus gratuite :

— C'est drôle, ce nom-là : La Celle-*les-Eaux*. Les gens qui lisent ça sur la carte doivent se figurer on ne sait quoi...

— Non, ça n'a rien de drôle. Il y a une source.

— Une source... comme toutes les sources ?

— Non, une source minérale, une source thermale, quoi !

— Ou plutôt, interrompit la patronne, il y a eu une source...

— Dis donc, elle fournit toujours.

— Oui, mais pour ce qu'ils l'exploitent maintenant !...

— Ah çà !... De quel côté êtes-vous venu, monsieur ?

— De... de la direction de Saint-Cyr.

— Alors vous avez dû passer devant.

— Devant quoi ?

— L'établissement où est la source. Un grand machin à même pas un kilomètre d'ici. Ça se remarque pourtant assez.

— Cette espèce de ferme ?

— Mais non, monsieur, ce n'est pas une ferme. Il y a même une inscription au-dessus du portail.

— Un écriteau ?

— Je te dis qu'il n'existe plus.

— Je n'ai pas spécialement regardé, mais je ne crois pas avoir vu d'écriteau.

— C'est vous qui avez raison, monsieur. Les lettres étaient peintes sur une espèce d'arceau de bois scellé dans la pierre. C'était pourri. Le vent a dû fiche ça en bas. Il n'en reste qu'un bout, qui n'est pas lisible.

— Et ça fonctionne toujours ?

— Du temps de mon père, reprit le patron, il paraît que ça avait eu un moment de prospérité. Ils vendaient dans les cinq, six cents et jusqu'à mille bouteilles par jour. On expédiait même à Paris. Et on venait en boire sur place. Puis ça a décliné. Actuellement, il doit y avoir des jours où ils n'écoulent pas cinquante bouteilles.

— Il faut voir ça à l'intérieur ! ajouta la patronne. C'est dans un état lamentable. Je crois qu'il ne leur reste plus que deux employés, des vieux. C'est même dégoûtant. Plein de vieilles bouteilles cassées dans la cour. Même l'eau finira par se perdre dans la terre si on n'entretient pas les conduites.

— Alors, c'est une eau qui se boit ?

— Bien sûr.

— Parce qu'elle aurait pu être utilisée pour les bains ?

— Il était question de le faire à l'époque dont je vous parle. Mais ça demanderait toute une installation. Elle sort pas chaude, bien sûr, mais tout de même un peu tiède.

— Mais vous n'en tenez pas de cette eau-là, vous ? Ça m'aurait amusé d'y goûter. N'est-ce pas ? Quand on est de passage à la Celle-les-Eaux, c'est l'occasion ou jamais de faire sa cure.

Le patron et la patronne s'interrogèrent.

— Nous devons bien en avoir deux ou trois bouteilles, mais savoir où ? On ne nous en demande presque jamais. D'abord, sans être désagréable à boire, elle a un petit goût que tout le monde n'aime pas. Et puis elle se trouble en vieillissant.

Le patron manquait d'entrain pour commencer des recherches. Haverkamp lui dit, tout en faisant à la patronne son plus courtois sourire :

— Oh ! Tâchez de me trouver ça ! Ce serait tellement rigolo.

Poussé par sa femme, et guidé par des indications qu'elle lui avait données, l'aubergiste s'en fut à la recherche des bouteilles. Il revint cinq minutes après. Il en tenait une dans chaque main.

— Je vous en ai apporté deux, parce qu'il y a bien des chances pour qu'ancienne comme ça, l'eau ait pris mauvais goût. Nous aurons le choix. Ça devrait se boire dans sa fraîcheur.

Il déboucha la première bouteille, la renifla, remplit le verre que la patronne avait préparé pour Haverkamp. L'eau dégageait quelques bulles. Sans être trouble, elle laissait flotter de légers flocons et filaments.

— Elle est plus pétillante que ça quand elle sort de la source.

Haverkamp dégusta, par gorgées espacées. Il était trop petit buveur d'eau pour s'y connaître. Mais il s'appliqua de son mieux. Cette eau-ci lui parut d'une saveur point trop désagréable, un peu piquante, avec quelque chose d'autre, qui, au premier contact, semblait doux et presque sucré, mais qui, ensuite, laissait un arrière-goût très léger de pourri, qu'on pouvait attribuer à la vieillesse de l'échantillon. En tout cas ce n'était pas une eau de puits quelconque.

— On s'en servait pour des maladies ?

— Oh !... sans doute... peut-être l'estomac. Ça n'est pas écrit sur l'étiquette ?

— Attendez. Votre étiquette est moisie... Non. Il y a écrit : « La plus parfaite des eaux minérales naturelles ». Et dans l'autre coin : « La plus hygiénique ». C'est tout. Ce qui est représenté sur le dessin, c'est l'établissement ?

— Embelli, vous pensez !

— Et cette médaille, qu'est-ce que c'est ? Une récompense à une exposition ?

— Je ne sais pas. Ça doit dater du temps de la prospérité.

*
* *

Au retour, Haverkamp s'arrêta devant ce qu'il avait pris pour une ferme. L'aspect, qui n'avait rien de très frappant si l'on pensait à une ferme, devenait plus singulier s'il était question d'un établissement thermal. Larges déchirures du crépi. Aux quatre fenêtres qui donnaient sur la route, presque toutes les vitres fêlées ou brisées. Le bois de la grande double porte, à peine couvert d'une trace de vieille peinture dans le haut ; pourri dans le bas, avec des rapiécetages de tôle rouillée. Il subsistait, en effet, un bout d'inscription, au-dessus, à droite : « ... Celle-les-Eaux ».

Haverkamp ne songeait à rien de précis. Il trouvait l'air d'hiver agréable. Il avait à ses chaussures un peu de boue, dont il sentait sans déplaisir le poids et la mollesse. Il entendait les corbeaux crier. Il était vaguement chatouillé par le spectacle de la décrépitude.

*
* *

Il avait dépassé le bâtiment d'une centaine de mètres, quand il réfléchit : « J'aurais dû emporter l'autre bouteille. C'était un souvenir amusant. »

Il fit encore quelques pas.

« Oh ! Ça m'embarrasserait. Et puis j'aurai bien l'occasion de revenir. »

Il ralentit sa marche :

« Admettons que ce soit un petit caprice. De temps en temps, il faut s'accorder un petit caprice. »

Il tira sa montre :

« Bah ! j'ai encore plus d'une heure à perdre. »

Il fit demi-tour :

« Il ne faut quand même pas que j'aie l'air d'y attacher de l'importance. Pour quel imbécile est-ce qu'ils me prendraient ! Je leur dirai que je veux faire une blague à un copain, en lui racontant qu'il y a ici une vraie ville d'eaux, avec un casino et des hôtels. »

XI

UNE VAGUE IDÉE

Le trajet dans le train lui laissa le temps de réfléchir et aussi de rêver. Il passait des réflexions aux rêveries sans trop s'en apercevoir. Et pourtant ses rêveries prenaient de grandes libertés avec le réel. Elles étaient en somme de la famille des visions. Il feignait de les accueillir comme un simple délassement de l'esprit.

Il sentait derrière lui, calée dans le coin de la banquette, la bouteille d'eau minérale. Elle ne courait d'autre risque que de s'échauffer un peu.

Entre Massy-Palaiseau et Massy-Verrières, il tâta la bouteille, la saisit, la considéra, et, obéissant à une idée qui lui venait, se mit à gratter soigneusement l'étiquette. Il dut se servir de son canif, et mouiller les derniers lambeaux de papier avec de la salive.

A la station du *Luxembourg*, il quitta son wagon, la bouteille sous le bras, traversa la gare qui sentait comme toujours le feu de cheminée, et se mit à descendre le boulevard Saint-Michel. Arrivé au boulevard Saint-Germain, il prit à droite par la rue de la Harpe, puis par la rue Zacharie, atteignit le quai, passa le pont Notre-Dame, longea la façade de la cathédrale, et suivit la rue d'Arcole jusqu'à la boutique d'un pharmacien qu'il connaissait.

*
* *

— Bonsoir. Vous n'alliez pas fermer ?

— Non, non. Pas avant une demi-heure.

— Voilà. J'aurais besoin que vous m'analysiez cette eau-là, bien sérieusement.

— C'est une eau que vous supposez contaminée ?

— Non... non...

— Alors quoi ? Elle vous paraît trop dure ? Trop lourde ? Elle ne dissout pas le savon ? Elle cuit mal les légumes ?

— Non... C'est un de mes clients de province qui prétend avoir dans sa propriété une source minérale. Ça m'intéresserait d'être fixé.

— Une source minérale ? Ah !... Vous voulez une analyse complète ?

— Tout ce qu'il y a de plus complète et précise. Comme celles qu'on lit sur certaines bouteilles d'eau de Vichy. Vous savez : sulfate de je ne sais quoi, zéro gramme dix-neuf, et le reste. Une liste longue comme ça !

— Alors j'aime mieux ne pas vous faire ça ici. Il faut un laboratoire spécialisé. Moi ça me prendrait un temps infini, et nous n'arriverions jamais au même résultat. Laissez-moi votre bouteille. Je m'en occuperai.

— Mais ça va demander plusieurs jours ?

— Vous en êtes pressé ?

— Oui. Il n'y aurait pas moyen d'avoir ça pour après-demain ?

— Ça me paraît juste. Enfin repassez après-demain. Vers cette heure-ci.

— Est-ce qu'ils ne pourront pas me donner en même temps leur opinion sur la valeur de cette eau-là, sur les propriétés qu'elle peut avoir ?

— Mais moi je vous dirai ça très bien, quand j'aurai l'analyse.

— Bon. Et surtout s'il y avait par hasard quelque chose d'un peu rare, même en très petite quantité, je ne sais pas, moi, des sels d'argent...

— Des sels d'argent !

— Je dis ce qui me passe par la tête... ça, ou n'importe quoi d'autre, qu'ils me le notent bien, hein ? Signalez-leur. Ça peut être très important pour moi.

XII

MANŒUVRES QUI ONT LEUR ÉLÉGANCE

Le lendemain matin, à onze heures, Haverkamp avait rendez-vous dans son bureau avec MM. de Lommérie et Thénezay. Il devait leur faire part des impressions de sa visite, et poursuivre avec eux l'étude de la combinaison projetée.

Personnellement il eût trouvé normal qu'à la phase de leurs pourparlers où ils en étaient, cette entrevue prît la forme d'un déjeuner d'affaires. Mais ce n'était pas à lui d'inviter ces messieurs. Et, de leur côté, ils n'avaient pas paru y songer.

Haverkamp fit son rapport avec l'objectivité qui lui était naturelle. De temps en temps, M. Thénezay — maigre, grand, aux cheveux rares, à la peau noiraude et aux moustaches effilées — qui avait visité soigneusement le domaine de Saint-Cyr, et qui avait l'esprit de contradiction, l'interrompait bien pour opposer, de sa voix mince : « Pardon, je ne trouve pas que le château soit si abîmé que ça... » ou : « Là-dessus, je ne suis pas tout à fait de votre avis » ; mais à la longue la précision calme de Haverkamp réduisait ces menus soulèvements. Les deux messieurs reconnaissaient en eux-mêmes, et se confirmaient l'un à l'autre par de furtifs regards, que le directeur de l'agence était un homme qui savait saisir une affaire, la retourner, en trouver rapidement les points vitaux.

— En somme, conclut Haverkamp, si l'on achetait ça à titre purement spéculatif, eh bien !... pour être à peu près sûr de ne rien perdre le jour où on serait obligé de revendre, ou, si vous aimez mieux, pour se donner plus de chances de gagner que de perdre, il ne faudrait pas le payer plus de cent à cent vingt-cinq mille.

M. Thénezay sursauta :

— Bien moins que la mise à prix ?

— Bien moins. Et dans mon évaluation, je ne tiens même pas compte du scrupule de conscience.

— Vous n'exagérez pas ?

— Non.

— Alors vous nous déconseillez de monter jusqu'à trois cent mille ?

— C'est une autre question ! Mais, pour traiter l'ensemble du problème, nous devons le plus possible partir de données exactes.

Ces messieurs lui demandèrent si « l'ensemble du problème » avait fait des progrès dans son esprit.

— J'ai réfléchi à votre plan, répondit-il. Le principe n'est pas mauvais. Les difficultés commencent quand on passe à l'application.

Pour s'en tenir d'abord à l'affaire de Saint-Cyr, quelle procédure pouvait-on envisager ? Haverkamp se présentait au tribunal et enlevait l'adjudication ; en apparence pour son compte ; soit. Avec quel argent ? Avec une somme que ces messieurs lui avanceraient sous la forme d'un prêt ordinaire, sans que la destination en fût spécifiée dans le reçu. Haverkamp devenait ainsi d'une part le propriétaire de l'immeuble ; d'autre part le débiteur de ces messieurs ; par exemple pour une somme de deux cent cinquante mille. Ensuite, première hypothèse : ces messieurs décidaient de reprendre l'immeuble qu'au préalable Haverkamp se serait engagé à leur céder, moyennant le prix de vente au tribunal, augmenté des frais et d'une légère commission. Cet engagement pouvait figurer sur une lettre qu'il leur adresserait, et dont lui ne garderait même pas la copie. L'unique trace de la négociation demeurerait donc entre leurs mains. Pour eux, aucune indiscrétion à craindre. Tout allait bien dans ce cas-là.

Mais il y avait l'autre hypothèse. Celle où ces messieurs renonceraient à racheter l'immeuble, et où lui, Haverkamp, serait obligé de s'en débarrasser, même à perte.

— D'abord, observa M. de Lommérie, vous n'auriez qu'à attendre une occasion favorable. Qu'est-ce qui vous presserait ? L'argent à nous rendre ? Mais nous n'aurions qu'à fixer une date de remboursement très éloignée...

— Sauf, interrompit M. Thénezay, dans le cas où nous reprendrions l'immeuble.

— Bien entendu. C'est facile à stipuler : « M. Haverkamp s'engage à nous rembourser à la date de... ; mais si dans l'intervalle nous lui achetons "un" immeuble (pas même besoin de préciser lequel), nous sommes libres de solder cet achat, frais compris, avec tout ou partie de la somme prêtée » ; ou, si vous aimez mieux, « ladite somme devient instantanément exigible. »

— Un peu, fit M. Thénezay, comme si nous vous avions versé une provision en vue d'un achat indéterminé.

— Soit, concéda Haverkamp, mon risque peut s'atténuer ; mais il subsiste. Comment réussirez-vous à m'en garantir, dans l'ignorance où nous sommes du taux qu'il atteindra, s'il ne fait pas l'objet d'une convention explicite — convention dont il faudra bien que je détienne un exemplaire ?... En ce moment, je me place à votre point de vue... Je cherche le moyen de ne laisser subsister hors de vos mains aucune trace de nos engagements mutuels. Ce n'est pas commode.

— Mais n'est-ce pas ici justement que devrait intervenir l'autre affaire ? celle que nous traiterions avec vous au grand jour et où nous logerions — par une formule à trouver — la compensation de votre risque ?

— D'un risque que nous ne pouvons pas chiffrer d'avance, d'un risque à rallonge... Comment stipuler que ladite compensation pourra varier, sans faire allusion au risque en fonction duquel elle variera ?

— M. de Margussolles, qui sort de Polytechnique, nous mettrait peut-être ça en équation, dit M. Thénezay, à demi sérieux.

— Oh ! fit Haverkamp, je n'ai pas l'impression que ce sont les mathématiques qui nous tireront de là.

— Quoi ? La science juridique ? Etes-vous juriste, vous, monsieur ?

— Non.

— Nous non plus.

— Si nous consultions un avocat, dit M. Thénezay, il faudrait ne lui présenter le problème qu'en termes très généraux.

— Et, pour ma part, dit M. de Lommérie, je préférerais ne pas en consulter.

— Ce ne sera pas plus, reprit Haverkamp, la science juridique que les mathématiques.

— Alors quoi ?

Haverkamp sourit, les regarda l'un après l'autre, puis détourna les yeux, en faisant un geste libéral de la main gauche :

— La confiance...

Il s'interrompit, les observa, saisit chez eux un repliement, eut un nouveau sourire :

— C'est à moi d'en donner l'exemple, messieurs.

Il mit quelque solennité dans le ton, tout en se gardant d'une emphase vulgaire.

— A tort ou à raison, j'ai confiance en vous. Je veux dire que je suis sûr que vous ne ferez jamais rien envers moi qui ne soit pas correct, qui me donne lieu de me repentir d'avoir servi vos intérêts. Je suis donc prêt, moi, en ce qui concerne l'immeuble de Saint-Cyr, à me contenter de votre parole. Nous procédons ainsi : vous mettez à ma disposition une somme X dont je vous donne reçu. Après m'être entendu avec vous sur un prix limite, j'achète. Ou je tâche d'acheter... Ensuite, je me tiens à vos ordres. Ou je vous repasse l'affaire, si cela reste dans vos vues. Ou j'essaye de la revendre, d'accord avec vous, au moment et aux conditions que vous jugerez les plus favorables.

— Sans même que vous ayez une lettre de nous pour vous garantir de votre perte éventuelle ?

— Mon Dieu non ! Puisque cela vous ennuie, et que j'aurai votre parole.

— Nous pouvons disparaître ?

— Pas tous les trois à la fois.

— Tout arrive.

— Je prends le risque.

M. de Lommérie et M. Thénezay n'étaient pas des gamins. Mais il y avait eu de la part de Haverkamp un certain ton de voix d'une justesse parfaite ; on ne sait quelles largeur et magnanimité ; toute une convention d'élégance morale créée d'un coup et qui, loin d'être démentie ou rendue dérisoire par le caractère des tractations qu'elle recouvrait, n'en prenait que plus de rareté et plus d'éclat. Cette intrusion du chevaleresque dans un ordre de choses où tout n'est d'ordinaire que méfiance, précautions pesées jusqu'à la syllabe et à la virgule, sonnait soudain comme dans une boutique les éperons d'un prince déguisé en marchand. Rien ne flatte, ne saisit d'une façon plus délicieuse ce besoin de croire et de s'enthousiasmer qui ne cesse de veiller en nous, et qui gémit d'avoir dans la vie de tous les jours si peu d'occasions de s'assouvir. Certes, MM. de Lommérie et Thénezay savaient garder leurs distances avec l'enthousiasme. Mais pendant que leur cerveau se félicitait de rester lucide, ils ne pouvaient empêcher l'onde d'une émotion spéciale de les parcourir. Et cette émotion spéciale n'était pas sans quelque rapport avec celle du sublime, qui tend à se produire chaque fois qu'un homme redécouvre inopinément l'éminente dignité de la nature humaine. Le cœur bat deux ou trois coups plus lents et plus forts. Une lumière traverse les yeux ; on ne sait quoi fourmille sous le front ; tandis qu'un frisson, infiniment agréable, né à la racine des cheveux, se répand sur les joues, sur le torse, et pénètre la chair au niveau de la taille.

— Ce qui ne nous empêche pas », dit M. de Lommérie avec un accent nouveau de déférence, « d'envisager l'autre affaire dont nous parlions.

La garantie formelle, que vous nous faites l'honneur de croire superflue, nous pouvons avoir à cœur de vous la donner.

— Et je vous en remercie, messieurs. Mais je n'irai pas, pour m'assurer à tout prix une garantie, vous lancer dans la première aventure venue.

— Actuellement, vous ne voyez rien d'intéressant à nous proposer ?

— Oh !... si... des affaires du type courant. Mais je voudrais mieux que ça.

— Vous semblez penser à quelque chose.

— Je pense à quelque chose.

Le sourire de Haverkamp, qu'il essayait pourtant de contenir, avait un singulier rayonnement.

— Vous ne pouvez pas nous dire quoi ?

— C'est un peu tôt. Vraiment un peu tôt. Si ensuite la combinaison vous apparaissait comme sans base aucune, vous auriez le droit de me traiter d'esprit chimérique... Demain soir, je serai peut-être mieux en état de vous répondre.

Il ne cherchait pas à les intriguer. Mais il y parvint. M. Thénezay insinua :

— Sans toucher au fond de l'affaire, puisque vous dites qu'il est trop tôt ; sans même penser à celle-là plutôt qu'à une autre, il ne serait pourtant pas mauvais d'examiner dès maintenant quelle forme mes amis et moi nous donnerions à notre participation. Car le problème se posera dans tous les cas. Ce serait toujours du temps de gagné. » Il se tourna vers M. de Lommérie. « N'est-ce pas, cher ami ?

— C'est juste. Mais la discussion peut nous entraîner... Quelle heure avez-vous, messieurs ?

— Oh ! c'est vrai... midi passé.

*
* *

Ils décidèrent de déjeuner ensemble. Leur prétexte avoué fut qu'il était raisonnable de profiter de leur réunion pour avancer le plus possible. MM. de Lommérie et Thénezay espéraient en outre que la discussion générale, aidée par le repas, leur laisserait deviner un peu de cette affaire, qui donnait à Haverkamp un si mystérieux sourire, et qu'ils étaient impatients de connaître, comme une femme le cadeau qu'on lui apporte enveloppé. Mais surtout, les trois hommes sentaient régner entre eux une atmosphère d'excitation mentale, où chacun d'eux désirait secrètement se maintenir. Au lieu d'une séparation qui ne pouvait que la rompre, un déjeuner en commun, dans un salon particulier, y ajouterait encore. La vie n'est pas si amusante. Et le plaisir ne se trouve pas toujours où on le cherche expressément. Quelle aubaine que de le rencontrer dans ce qui se donne les airs d'un travail, d'un souci, d'un devoir !

Clair-obscur aimable d'un salon d'entresol ; deux lampes allumées au mur ; la nappe, les couverts espacés ; l'odeur des plats... et par la fenêtre, respectueux, le jour d'hiver.

Après que MM. de Lommérie et Thénezay eurent prévenu les leurs d'un coup de téléphone, tous trois se rendirent chez *Lapérouse*.

Le début du repas fut concédé aux libres propos, à des vues générales sur les affaires; plus encore au plaisir de laisser voir un peu imprudemment une sympathie mutuelle, que le projet d'une entreprise commune échauffe comme un départ d'excursion.

Puis la conversation se resserra peu à peu. Ce qui continuait à préoccuper les deux amis, c'était de donner à leur association avec Haverkamp une forme pratique et viable. M. de Lommérie prononça le mot de commandite. Ces messieurs deviendraient commanditaires de Haverkamp, pour une somme à fixer. Et il y aurait certainement moyen d'inclure dans cette somme globale le prêt destiné à l'achat de l'immeuble de Saint-Cyr (sans qu'il en fût fait mention explicite). Du même coup ils pensaient qu'il serait possible de garantir par écrit Haverkamp, au moins dans une large mesure, des risques qu'il mettait tant d'élégance à vouloir assumer sur parole.

M. Thénezay objecta qu'il faudrait de toute façon limiter, donc spécifier, l'objet de cette commandite ; puisqu'elle ne pouvait évidemment pas s'étendre à l'ensemble des affaires de l'agence.

Haverkamp fit valoir qu'il n'était opposé à aucune formule ; que l'essentiel demeurait à ses yeux d'aller de l'avant, avec un esprit de confiance réciproque, et la volonté de « se sentir les coudes ». Quant à l'idée d'une commandite, il était flatté de ce qu'elle impliquait de confiance en lui. Il souhaitait, toutefois, garder avec ces messieurs une étroite solidarité de décision. Il n'envisageait donc pas une commandite sans contrôle.

Au fond il n'était pas fâché qu'on ne l'eût pas pris au mot, et qu'on insistât pour lui fournir les garanties qu'il ne réclamait pas. Le bénéfice de son geste lui restait.

XIII

L'ANALYSE

Lorsque Haverkamp retourna chez le pharmacien de la rue d'Arcole, il était plus anxieux que Wazemmes devant le guichet de la poste restante.

— Non, je ne l'ai pas encore. Ils m'ont dit au téléphone qu'ils avaient bien fini si on voulait, mais seulement pour les substances principales.

Comme vous tenez à une analyse absolument complète, j'ai préféré attendre.

— Jusqu'à quand ?

— Ils m'ont promis pour après-demain matin.

— Toujours le même jemenfoutisme. Je parie qu'ils venaient de commencer leur analyse quand vous leur avez téléphoné.

— Mais non. Pour peu qu'il y ait des substances pas très courantes, la recherche peut être longue.

« La première difficulté, pensa Haverkamp. Le premier manquement. Il m'agace, parce qu'il se présente un peu tôt. Je n'ai pas fini ! »

Il eut une vision brusque, dont les matériaux étaient empruntés à des promenades qu'il avait faites, enfant, dans l'Ardenne :

Une espèce de large montée, avec des creux, des saillies ; des choses qu'il faut remuer, d'autres qui s'obstinent à vous retomber dessus ; des endroits où l'on enfonce, où l'on marche « mou » ; d'autres glissants où la semelle refuse de prendre. Et la « négligence française », dans ce paysage intérieur d'ascension et d'obstacles, se manifestait sous des formes diverses, apparentées aux impressions de sol qui s'éboule, de branche qui casse quand on s'y accroche, d'angle de rocher qui vous reste dans la main.

« C'est dommage que je ne puisse pas tenter ma chance ailleurs que dans ce pays. Nous n'émigrons pas assez. Le Français, c'est peut-être bon pour commander, mais ça ne vaut rien pour obéir. Plus tard. »

*
* *

Le surlendemain, Haverkamp reçoit des mains du pharmacien l'enveloppe gris-bleu, qui porte l'en-tête des « Laboratoires E. S. Ravisseau ». L'enveloppe n'est pas fermée.

Il demande :

— Vous avez regardé ?

— Non, je dois vous dire. Je n'ai pas encore eu le temps. Non.

Haverkamp tire la feuille, qui est d'un blanc glacé légèrement jaune, avec des stries dans la pâte ; aperçoit au verso, tout près de l'angle que fait la pliure, une trace d'encre dont il se souviendra toute sa vie. L'employé qui a plié la feuille avait de l'encre aux doigts.

Il ouvre la feuille. De nouveau l'en-tête « Laboratoires E. S. Ravisseau ». Sous le titre : « Analyse », qui est en grosses lettres d'imprimerie bien noires et arrondies, un paquet de lignes manuscrites aboutissant à des chiffres. Beaucoup de lignes en somme. Dix, douze. Peut-être plus. L'écriture est peu lisible. Parmi les chiffres, il y a beaucoup de zéros.

La première réaction de Haverkamp est malgré tout de la joie : battements de cœur ; épanouissement de la poitrine ; desserrement des tempes. Il s'aperçoit maintenant qu'il a eu peur, jusqu'à l'anxiété, de trouver une page blanche, ou une pauvre ligne nageant toute seule ; au lieu de ce grimoire compact, et de ces trousses de chiffres. Car ce ne sont pas tous des zéros. Quant aux lignes, on y reconnaît des mots ou des tronçons de mots familiers, qui ressemblent à carbonate, sulfate, chlorure. Lesquels au juste ? C'est évidemment important. Mais le plus important, c'est qu'il y ait quelque chose, même beaucoup de choses. Tant de substances ont forcément des vertus. Il n'est pas possible qu'une eau aussi éloignée d'être de l'eau pure ne trouve pas son utilisation médicale. Il n'y a qu'à vouloir.

Pendant ce temps, le pharmacien s'est occupé d'une cliente. Mais elle vient de sortir. Il se rapproche.

Il prend la feuille en mains ; se met à lire, avec un petit remuement des lèvres, et parfois des murmures qui lui échappent : « Sulfure de calcium, ah ! »... « zéro gramme six cent dix-neuf... » « traces, oui, traces... »

Haverkamp ne le quitte pas des yeux. Il attend des remarques spontanées, au moins une. Mais le pharmacien continue à se tripoter la barbe.

— Alors, qu'est-ce que vous en dites ? » demande l'agent d'affaires.

— Rien de particulier.

— C'est tout de même de l'eau minérale ?

— Ça oui. Total : un, virgule cinq mille huit cent cinquante-neuf. Pas très minéralisée. Mais c'est de l'eau minérale.

— Elle a des propriétés, à votre avis ?

— On ne peut pas se prononcer comme ça.

— Mais alors ?

— C'est surtout l'expérience qui décide. Vous avez certaines eaux des Vosges ou des Pyrénées, qui, à première vue, ont une composition assez banale, et dont l'effet curatif est très particulier. Et puis, il y a l'action en bouteilles, et l'action à la source. Votre eau, par son analyse, me fait vaguement penser à certaines eaux comme la Saint-Gervais par exemple, en Haute-Savoie. Ça ne veut pas dire qu'elle ait les mêmes effets.

— On s'en sert pour quoi, de la Saint-Gervais ?

— Pour les voies respiratoires ; pour la peau.

— On la boit, on en prend des bains ?

— Les deux. Mais, si j'ai bonne mémoire, elle est beaucoup plus minéralisée que la vôtre. On n'avale pas ça à tire-larigot. La vôtre doit être facilement buvable, n'est-ce pas ?

— Elle se boit très bien. Elle est même très agréable.

— Très agréable... hum ! Avec un petit goût d'œufs pourris tout de même ?

— Non, je n'ai pas remarqué.

— Je vous répète qu'une eau se juge à l'expérience, et une expérience qui se poursuit pendant des générations.

— Pourtant, s'il s'agit d'une eau nouvelle, qu'on vient de découvrir ? On ne peut pas attendre un siècle avant de se prononcer ?

Le pharmacien relève les yeux vers le plafond, met la main gauche sur sa hanche, cligne philosophiquement les yeux, et dit :

— Mon opinion à moi, vous savez, c'est qu'à part un certain nombre de sources de première classe, vous en avez des tas dont les vertus sont très contestables. Elles sont bonnes à tout ce qu'on veut. A tout et à rien. Elles profitent du voisinage des autres ; ou d'une réclame bien faite... Je ne vois pas ce qui empêcherait votre eau dans son genre de les valoir... Vous pourriez aller trouver un spécialiste.

— Un spécialiste de quoi ?

— De la peau, par exemple, ou de la gorge, pour lui demander ce qu'il pense de la composition de votre eau. Je songeais à Couzin. Mais non. Vous feriez bien mieux d'en causer avec le professeur Ducatelet. Oui. C'est ça.

— Ducatelet ?

— Oui. Il est de l'Académie de Médecine. Il a fait un gros ouvrage d'ensemble sur les eaux minérales françaises. On dit qu'il a des intérêts à Vichy. C'est une autorité.

— S'il a des intérêts à Vichy, il ne craindra pas une concurrence ?

— Pour Vichy ? non. Avec cette eau-là ? Pas le moins du monde. Ça tombe même très bien. Dans quelle région est-elle, votre source ?

Haverkamp, pris au dépourvu, manqua d'aisance pour répondre :

— Pas extrêmement loin de la région parisienne.

— Vous aurez toujours son avis. Après, dame...

Haverkamp, à qui l'autre avait tendu la feuille, la contemplait avec un certain embarras. :

— Je vous demanderais bien un petit service, dit-il.

— Lequel ?

— De me faire recopier ça en écriture plus lisible. Au professeur Ducatelet, bien sûr, je montrerai l'original. Mais c'est pour moi... J'aimerais me rendre compte.

— C'est facile, attendez un petit instant. Je vais vous recopier ça moi-même, le plus lisiblement que je pourrai.

Le pharmacien revint bientôt avec une feuille, à l'en-tête de sa maison, qui portait :

ANALYSE

Acide carbonique libre	0,1509
Azote	traces
Acide sulfhydrique libre	0,001
Sulfure de calcium	indices

Bicarbonate de chaux	0,220
Sulfate de soude	0,360
Sulfate de magnésie	0,619
Sulfate de lithine	0,021
Chlorure de sodium	0,165
Chlorure de magnésium	0,009
Chlorure de lithium	traces
Oxyde de fer	0,02
Silice	0,02
Manganèse	quantité sensible
Ammoniaque	traces
	1,5859

XIV

CHEZ LE PROFESSEUR DUCATELET

Haverkamp attend dans le grand salon à trois fenêtres. Une ample soierie ancienne drape le piano à queue. Il y a des sièges de toutes sortes, mais « de style » ; aux murs des « tableaux de maîtres » : chasses, paysages de sous-bois, fleurs, portraits, le tout dans des nuances brunes et fumeuses, sauf quelques rouges sourds (une veste de chasseur, un œillet). Au sol, un tapis cloué, sur lequel sont jetées plusieurs carpettes d'Orient. Sur le piano, quelques photos de duchesses, d'académiciens, de princes régnants, avec dédicaces.

Haverkamp est la proie de pensées envieuses. « Voilà le salon que je devrais avoir. »

Oui, c'est bien l'envie, avec ce qu'elle contient de triste. Le salon du boulevard du Palais, dont on était fier, qu'on aimait, qu'on choyait, qu'on se promettait d'embellir peu à peu, devient dans l'éloignement quelque chose de ridicule. « J'aurai beau m'évertuer. Ce ne sera jamais qu'un pauvre petit salon de sous-chef de bureau. » C'est dans ce pauvre petit salon, avec sa fenêtre unique, et ses trois meubles qui se battent, qu'on a fait attendre M. le comte de Lommérie et M. Thénezay, puissants capitalistes, qui possèdent peut-être des intérieurs encore plus somptueux que celui-ci. Et l'on a eu la naïveté de croire que des ruses de mise en scène leur feraient illusion. Qu'ont-ils pu penser du directeur de l'agence ? de ses moyens financiers ? de l'envergure des opérations qu'il est permis d'envisager avec lui ?

D'ailleurs Haverkamp est sujet à des poussées d'envie assez violentes, mais capricieuses. Certains jours, il circule à travers le luxe d'autrui, parmi les signes d'une grandeur qui n'est pas la sienne, sans paraître s'en apervevoir. A d'autres moments il est mordu, et souffre. Cette mesquinerie semble mal s'accorder avec le reste de son caractère. Mais il n'est pas sûr que l'envie soit toujours mesquine. Chez lui, elle s'apparente à ce que peut être chez d'autres la jalousie amoureuse. « De quel droit ceci, qui est intensément désirable, ne m'appartient-il pas ? m'échappe-t-il pour appartenir à un autre ? qui ne me vaut pas, sûrement. » C'est de l'avidité indignée, et cette indignation procède d'un sentiment assez royal. Elle ne reste pas non plus repliée sur sa morsure, comme l'envie des faibles, et l'envenimant. Une heure après, ou le lendemain matin, elle est devenue vaillance du regard, fermeté du souffle, esprit offensif.

*
* *

Le professeur Ducatelet ressemble à un grand pianiste, mieux encore à quelque femme « peintre et sculpteur », avec sa grosse tête glabre et molle, aux traits menus, ses cheveux ébouriffés, la fraîcheur fruitée de son sourire. Il est en redingote, porte la rosette. Des lunettes d'or sont posées sur la table près de lui. Il joue avec elles pendant qu'il cause, ou même il en essuie les verres. Son cabinet est bardé d'armoires à livres. Les grosses reliures vertes, grenat, brun, bleu foncé, montent chez lui la même garde d'honneur que les bocaux chez un pharmacien.

Pendant qu'on l'introduisait, Haverkamp s'est dit rapidement :

« L'obliger tout de suite à prendre ça au sérieux. Qu'il ne soit pas une minute question de me décourager. Quand les gens se disent qu'une chose ne peut plus ne pas être faite, ils s'arrangent pour la trouver faisable. Si ce professeur pense que beaucoup d'argent est déjà mis en branle, déjà risqué, il verra mon affaire d'un autre œil. Tout ce qui a déjà remué beaucoup d'argent commande le respect. »

C'est donc en se donnant à lui-même l'impression de « beaucoup d'argent déjà remué » qu'il s'est enfoncé dans le fauteuil que lui désignait le professeur. L'argent s'y installe avec lui. A mesure que l'exposé se déroule, l'argent invisible déborde le fauteuil, augmente l'authenticité et le pouvoir des mots.

— ... Évidemment, je viens un peu tard... monsieur le Professeur... Nous avons été bousculés par les circonstances... Maintenant de gros capitaux sont engagés... Il faut que nous tirions coûte que coûte notre épingle du jeu.

— La source a été exploitée avant vous ?

— Un peu, autrefois, et très localement. Depuis c'est tombé à rien. On n'a jamais essayé d'en tirer parti. Et pourtant l'endroit se prêterait merveilleusement à une station. A cause du site, qui est très joli, et du reste.

— Et vous ne voulez pas me dire dans quelle région cela se trouve ?

— Pas tout de suite... Si vous le permettez... monsieur le Professeur. Comprenez-moi. C'est peut-être enfantin. Mais je désire que votre avis, auquel je tiens énormément, votre premier avis, ne soit influencé par rien d'autre que l'analyse elle-même.

— Mais c'est qu'une analyse chimique ne dit pas tout. D'abord il faut voir comment beaucoup sont faites ! Et puis il y a dans les eaux minérales des propriétés encore mystérieuses, dont la chimie ordinaire ne rend pas compte. Tandis qu'en sachant le pays d'origine d'une eau, l'esprit s'oriente vers certaines hypothèses, tient compte de certaines affinités. On arrive ainsi à présumer l'existence de propriétés que l'analyse n'indique pas, ou qu'elle n'indique que très vaguement.

— Ce que je puis vous dire, monsieur le Professeur, c'est que notre source se trouve dans un pays jusqu'ici très peu fréquenté du point de vue thermal. Donc pas de concurrence dans le voisinage.

— Le voisinage ne crée pas toujours la concurrence... Ou du moins il achalande aussi... Vous l'avez là, votre analyse ?

— Oui, monsieur le Professeur.

— D'ailleurs, je la connais peut-être, votre eau. Est-ce que je ne la cite pas dans mon ouvrage ?... Mais vous n'avez pas lu mon ouvrage... Si vous me disiez le nom, je pourrais peut-être vous renseigner sans tant de détours... Mais je vois que vous tenez à me poser votre devinette... Passez-moi ça.

Le professeur gardait un ton plaisant. Mais il avait l'air un peu piqué.

Il prit la feuille :

— Ravisseau ? Oui... Il n'est pas très bien outillé. Pas pour les recherches très modernes... Enfin, ça nous donnera une idée en attendant.

Le professeur mit ses lunettes, et examina soigneusement le papier. De temps en temps, il avait un léger hochement de tête, ou un assez musical raclement de gorge. Ou bien sa bouche mignonne et fruitée envoyait comme un petit baiser dans le vide.

Sans lâcher le papier, il releva ses lunettes sur son front, et dit :

— A quelle température sort-elle ?

— Je ne sais pas exactement. Je sais qu'elle est tiède.

— Tiède ? Mais encore ? Franchement tiède, ne donnant à la main aucune sensation de fraîcheur ? Ou seulement un peu moins froide que de l'eau ordinaire ?

— Ce serait plutôt cela.

— Dommage que vous ne soyez pas mieux fixé... Et son débit ?

— Par jour ?

— Par heure, par minute, par seconde, ça m'est égal. Mais le débit par jour renseigne mieux, parce qu'il peut y avoir des variations horaires.

— Je n'ai pas encore le chiffre...

— Approximativement ?

— C'est assez élevé. Mais je n'ose vraiment pas vous préciser davantage, monsieur le Professeur. D'abord l'eau est aussi mal captée, canalisée que possible. Il y a d'énormes pertes dans le sol. Le chiffre actuel ne prouverait rien.

— Il prouverait sur quel minimum vous pouvez compter... Je suis bien étonné que vous ayez traité une affaire pareille sans vous entourer de plus d'informations.

Haverkamp se sentit penaud. Mais ce qui l'avait surtout déçu, c'était que le professeur, en achevant de lire l'analyse, n'eût manifesté aucune réaction, laissé échapper aucun jugement. Il est vrai que les questions qu'il venait de faire témoignaient d'une sorte d'intérêt pour cette eau anonyme.

Ducatelet rabaissa ses lunettes, considéra de nouveau ces lignes d'écriture et de chiffres. Puis, en souriant à demi :

— Votre eau, elle ne vient pas du pont d'Austerlitz ?

Haverkamp eut froid dans le dos. Tout l'argent « déjà remué » dont il s'enveloppait ne l'avait donc pas protégé contre la clairvoyance sarcastique de la science. Jamais encore il n'avait eu une aussi haute idée de la science. Mais l'autre ajoutait :

— Vous ne savez pas qu'il y a une source du pont d'Austerlitz ? Pas méprisable, d'ailleurs. Bien entendu, on ne l'a pas exploitée, et maintenant elle doit être bien malade... Je plaisantais... Ce qui m'y a fait penser, c'est que la vôtre a un peu la même touche...

Il se renversa dans son fauteuil, changea de ton :

— Parlons de la vôtre...

Il donna de petites tapes au papier.

— Je ne crois pas la connaître. Ou ma mémoire me fait défaut. C'est une eau faiblement minéralisée. Et peu caractérisée à première vue. On hésite à l'appeler sulfurée calcique ; et même sulfurée... tant les quantités sont faibles... A moins que Ravisseau ne se soit fichu dedans... Ce sont pourtant des éléments dont la présence est toujours significative... tend à marquer la physionomie d'une eau... Sulfatée chlorurée ? Si l'on veut, mais en sourdine. Je n'ai pourtant pas envie de la ranger dans les indéterminées... Non... Je lui trouve quelque chose de plus... » Il cherchait une épithète. « ... Enfin, oui, elle m'intéresse, votre eau. Vous ne voulez toujours pas me dire où elle loge ?... Eh bien... je vais essayer de vous le dire, moi, à peu près. Pas dans le Massif central, probablement ; ni dans les Pyrénées... ni dans les Alpes. C'est une eau de pays d'alluvions, de pays de plaine, sauf erreur... Peut-être même dans le bassin parisien. Elle ne doit pas sortir de bien profond. Je serais très étonné si sa température dépassait quinze ou vingt degrés.

Haverkamp écoutait avec avidité et admiration. Il demanda :

— Mais a-t-elle des propriétés ?

Ducatelet ne répondit pas tout de suite. Il prit un ton encore plus grave :

— Cher monsieur, il faut que j'attire votre attention sur un point, et même sur plusieurs. D'abord il faudra refaire l'analyse. Sur divers échantillons. Nous aurons peut-être des différences troublantes ; des surprises, bonnes ou mauvaises... Et puis ne vous imaginez pas qu'à la suite d'une conversation comme celle-ci, vous pourrez de but en blanc spécialiser votre source, lui trouver ses indications thérapeutiques, son mode d'emploi. Non. Une exploitation hydro-minérale ne s'improvise pas. Si la vôtre n'a pas de passé, vous pataugerez sûrement au début. Rien ne remplace l'observation séculaire... Je dirai même que de ne pas avoir de passé, c'est déjà mauvais signe... Oui... Parce que nos ancêtres ont toujours été à l'affût des sources... Depuis le temps des Romains... Il y a très peu de chances pour qu'une eau vraiment intéressante ait passé inaperçue... Mais enfin ça peut arriver... Dans ce cas, c'est que l'emploi exact de l'eau était particulièrement difficile à découvrir, ou à mettre au point... Pour la science actuelle, armée de l'analyse chimique perfectionnée, il y a une part de détermination à priori, c'est certain. Mais il faut ensuite vérifier patiemment, tâtonner ; observer les effets, et les suivre. Dans une famille d'affections, quelles sont celles sur lesquelles votre eau agira le plus ? Telle eau est efficace pour les dermatoses, pour la peau... et telle autre, d'une formule toute voisine, ne s'adresse qu'aux muqueuses... Personne ne peut se vanter de deviner ça... Il y a aussi les contre-indications, qui peuvent être des plus graves... Un artérioscléreux, pour quelques verres d'eau mal placés, vous claquera entre les mains... Mais oui... Vous voyez cette réclame pour les débuts d'une station ? Hein ? Il y a encore le mode d'emploi : par la voie digestive ? Sous forme de douches ? de bains ? d'inhalations ? de fumigations ? etc. Et les usages combinés. Si on la boit, les quantités et les heures. Le traitement connexe à suivre, ou le régime, s'il y a lieu... Le programme d'une saison type, ou de plusieurs... C'est toute une histoire. Ça suppose le contrôle, la collaboration prolongée, permanente, de spécialistes. Dans l'intérêt du public, comme dans celui de la station. Je vous affirme même que vous n'attirerez jamais le public dans une station nouvelle, s'il n'a pas l'impression que vous lui offrez largement toutes ces garanties-là. Et avouez qu'il aura raison.

La conversation prenait un tour qui n'était pas désagréable à Haverkamp. Comme un nageur un peu égaré que le courant rapproche de la côte, il sentait revenir le sol sous ses pieds. Il n'avait pas besoin de saisir dans leur détail les considérants scientifiques de Ducatelet pour atteindre les sentiments, d'une humanité rassurante, qu'ils recouvraient.

— C'est bien ainsi que je l'entends, monsieur le Professeur... Cette première visite n'avait pour objet que de savoir si nous n'avions pas fait une trop grosse boulette, mes associés et moi... Mais du moment que cette source vous paraît exploitable, je compte faire les choses aussi bien que possible... C'est très simple... Je vous demanderai de me guider...

Et je ne déciderai rien, au point de vue technique, sans avoir votre approbation.

— Oh ! votre source est exploitable.

— Avez-vous déjà idée, monsieur le Professeur, de la clientèle vers laquelle nous pourrions nous orienter ?

Ducatelet fit de la main un geste de prudence, de la bouche une moue prudente ; et c'est un regard prudent qu'il porta de nouveau sur la feuille. Puis il laissa tomber par petits bouts de phrase :

— C'est encore un peu tôt... Vous comptez ouvrir cette saison ?

— Oh !... non... je ne crois pas...

— Apportez-moi, dès que vous pourrez, trois ou quatre bouteilles de votre eau, puisées à des heures diverses du jour et de la nuit. Que l'eau m'arrive aussi fraîche que possible.

— J'irai la chercher en auto.

— Si ce n'est pas trop loin, oui. Je ferai recommencer l'analyse, plus sérieusement, au laboratoire de l'Académie. Il y a dans celle de Ravisseau deux ou trois indices qui m'intriguent... Nous avons des moyens d'investigation très nouveaux... Telle substance, même à dose infime, peut changer du tout au tout la valeur d'une source...

Haverkamp pensa aux « sels d'argent », et se dit que sa réflexion, dont le petit pharmacien de la Cité avait souri, n'était au fond pas si bête. Quand on est Haverkamp, il est plus facile de se comprendre avec un membre de l'Académie de Médecine qu'avec un petit pharmacien de la Cité.

— Il y a, en matière d'eaux minérales, continua le professeur, des théories toutes récentes, auxquelles je ne suis pas étranger... et qui permettent de renouveler bien des questions, de revenir sur bien des faits qu'on croyait acquis... Le dossier de certaines sources peut être entièrement révisé. Apportez-moi, en même temps que vos bouteilles, tous les éléments d'information que vous aurez pu rassembler. D'abord l'emplacement géographique exact, n'est-ce pas ?

— Naturellement.

— Si peu qu'on l'ait exploitée, votre source doit avoir un dossier d'autorisation. Des notes d'inspection, peut-être. Nous rechercherons ça. D'ailleurs », fit-il en détournant un peu la tête, « c'est moi qui préside à l'Académie de Médecine la commission d'autorisation, et qui envoie les rapports au ministre... Donnez-moi aussi le chiffre de son débit, le plus exact possible... sa température au griffon... vous savez ce qu'on appelle griffon ?... à la sortie du sol, si vous aimez mieux.

— Vous permettez que je note sur mon carnet pour ne rien oublier.

— La température est très importante à connaître pour l'emploi thérapeutique... Le débit... le débit aussi. Vous concevez qu'avec un débit trop réduit, il soit difficile d'envisager des bains. Et une eau du type de la vôtre peut trouver du côté balnéaire des applications valables...

Maintenant je serais bien surpris si dans le voisinage du point où elle sort, il n'y avait pas d'autres jaillissements ou suintements. Une source est rarement seule. Et on a vu dans un même périmètre un débit passer de un à dix par suite d'explorations intelligentes. Là encore, il n'y a qu'un spécialiste qui puisse vous guider.

Ducatelet, repliant la feuille d'analyse, la rendit à Haverkamp qui crut le moment venu de se lever.

— Enfin, pensez à tout ce que je vous ai dit, fit le professeur... Et quand vous voudrez me revoir, donnez-moi un coup de téléphone.

Il se leva aussi.

Haverkamp demanda le plus discrètement qu'il put :

— Que vous dois-je, monsieur le Professeur ?

Ducatelet parut embarrassé, détourna la tête du côté de ses reliures imposantes ; puis, de sa voix la plus lente, la plus doucement timbrée :

— Oh ! ce n'est pas pressé... C'est d'ailleurs assez différent d'une consultation ordinaire...

Haverkamp acheva de se sentir à l'aise. Tant qu'il ne s'était agi que de science, et devant l'oracle médical, il avait été petit garçon. Mais depuis, d'autres forces de l'esprit étaient entrées en jeu, pour le maniement desquelles il ne craignait personne. A regarder Ducatelet tournant la tête, il n'avait pas de peine à saisir l'aura de l'homme qui fait intérieurement une opération d'argent ; qui, d'un côté de la balance invisible met ce qu'il donne, ce qu'il est prêt à donner, un certain morceau de lui-même ; de l'autre, essaye de faire le poids avec de l'argent ; et d'un côté puis de l'autre, tour à tour, en remet et en retire, comme le marchand laisse couler et reprend des lentilles dans le sac posé sur le plateau.

Haverkamp déclara donc avec rondeur :

— Nous reparlerons de cela, monsieur le Professeur, si vous le voulez bien. J'espère vous montrer que j'attache à vos avis, et si c'est possible à leur continuation régulière, une importance toute spéciale...

La main de Ducatelet protesta modestement.

— ... et qu'il n'est pas dans mon esprit non plus de les assimiler à une simple consultation... Je vais vous laisser mon nom et mon adresse... Et mon numéro de téléphone.

Pendant qu'il cherchait dans son portefeuille, il se demanda s'il valait mieux donner une de ses cartes personnelles, déjà anciennes, qui révélait une adresse modeste, ou la carte de l'agence, qui avait l'inconvénient d'être bien commerciale, et d'évoquer tout un ordre de spéculations peu reluisantes.

Il se décida pour sa carte personnelle, mais y barra l'adresse, qu'il remplaça par celle du boulevard du Palais avec le numéro de téléphone.

XV

AVENUE HOCHE

L'avenue Hoche, en sept cent cinquante mètres de maisons cossues, joint la place de l'Étoile à la grille du Parc Monceau. De l'une à l'autre, elle descend en pente facile. Sa largeur — trottoirs et chaussée — répond à ce que l'on considérait comme le plus souhaitable pour une avenue de résidence luxueuse, dans les périodes de prospérité du dix-neuvième siècle. Elle n'est coupée que d'un petit nombre de rues, dont la seule qui fasse vraiment carrefour et remous est celle du faubourg Saint-Honoré. Donc le mouvement des voitures y peut prendre une continuité aisée. La circulation n'y connaît pas encore cet excès de hâte et de calcul, cette obsession de l'obstacle, de la résistance, du conflit, qui s'accordent mal avec l'idée de la richesse amplement acquise, et des droits de jouissance étalée qu'elle confère.

Orientée du sud-ouest au nord-est, l'avenue ne reçoit franchement le soleil qu'assez tard ; et la moitié de l'année, il est déjà bien bas dans le ciel, et mangé par les toits, quand il y pénètre. Quelques jours par an, il vient se coucher derrière l'Arc de Triomphe ; mais le monument est vu de biais ; et jusque dans ces soirs exceptionnels il semble garder pour d'autres spectateurs principaux son effet de magnificence.

Il en résulte qu'à l'ordinaire, tout en se répandant sans parcimonie dans une voie aussi spacieuse, la lumière y garde l'aspect froid, gris et général, qui convient d'ailleurs on ne peut mieux à ces façades dont le soubassement est fait non de boutiques animées, mais de larbins et de concierges.

L'avenue est fortement caractérisée par le lieu où elle mène, qui est le Parc Monceau, dans sa ceinture d'hôtels particuliers et d'immeubles de luxe. Il y a là une petite capitale de la possession de l'argent ; ou, si l'on veut, une sorte de ville réservée, au sein de laquelle la jouissance spécifique de l'argent est l'affaire principale ; de même qu'une vraie ville réservée, sans concentrer en elle seule tout ce qui se produit de jouissance charnelle dans une population, accorde néanmoins à l'amour physique une suprématie qu'on lui dispute ailleurs.

Il ne s'agit pas dans cet endroit de l'argent au moment où il se gagne. Rien ne sent ici la courroie d'usine, avec son alentour de fer frotté et de graisse frite ; ni la pulvérulente odeur d'étoffes des entresols du Sentier. Ni même l'haleine de bureaux hurlants qui jaillit d'entre les colonnes de la Bourse. Rien n'y vibre en apparence de l'oscillation pathétique des gains et des pertes. L'argent ici est de l'argent gagné, et définitivement gagné. Les opérations dont il procède sont closes. La page du registre est tournée.

Pourtant il ne date pas de si loin qu'il en devienne méconnaissable. Il ne risque pas de se voir attribuer un simple rôle d'accompagnement. Il ne figure pas l'officieux de basse classe, dont les grands ne sauraient se passer, mais qu'on dissimule dans l'escorte, et à qui on ne rend pas le salut. Personne ici ne peut feindre de croire qu'il ne soit qu'un des corollaires, presque un des effets seconds du rang social, un trait tout physique de la condition, aussi naturel mais aussi peu montrable que les nécessités du corps, dont il n'y a que les paysans et les troupiers pour faire état.

Cet argent-ci n'est déjà plus assez neuf pour qu'on rougisse d'en avoir tant, mais pas assez vieux pour qu'on l'oublie. Il en est au meilleur moment de son histoire, quand on le possède encore avec fraîcheur ; quand la gloutonnerie du début a fait place à un appétit de bon ton. Il garde son goût, c'est-à-dire la saveur de sa présence distincte. Il n'a pas si complètement passé dans ses propres transformations qu'il faille un effort de réflexion pour l'y retrouver. Il affleure un peu partout ; à la surface des meubles, à la corniche des plafonds, sur le renflement d'une moulure. Il reste discernable dans les reflets d'un diamant, d'un service de table, d'un plastron de chemise, d'un regard ; dans une façon d'accueillir, de fumer un cigare entre deux portes, de montrer un tableau. Du même coup il conserve une part de son dynamisme. S'il n'est plus aussi vif et agité qu'à sa naissance, ce n'est pourtant pas de l'argent mort. C'est tout au plus de l'argent calmé.

Aussi le passant qui se trouve avoir affaire par là, comme Haverkamp, en descendant de chez Ducatelet, sur son trottoir de l'avenue Hoche, reçoit-il, pour peu que sa nature s'y prête, et malgré la morgue des larbins et des façades, moins d'accablement que d'excitation. Née du Second Empire, et sur plus d'un point son héritière, cette petite capitale de la jouissance de l'argent, à qui l'avenue Hoche sert de Grand'Rue, développe une atmosphère où quelqu'un d'avide a moins conscience de sa pauvreté que de l'urgence d'en sortir. Les radiations qu'on traverse ne sont pas décourageantes. Certes, Haverkamp n'est guère de ceux qu'un site décourage. Mais un paysage de richesse ancienne, imprégné d'argent sans doute, mais d'un argent non identifiable, complètement résorbé, à peu près mort, ou bien le laisserait indifférent, comme un spectacle sans rapport avec lui-même, ou bien lui inspirerait de l'ennui, peut-être une trace de mépris ou d'hostilité ; tout au plus l'idée qu'il serait temps de réveiller cet argent dormant, et d'envisager quelque audacieuse opération de transfert. Alors qu'ici, ce qu'il respire, ce n'est pas tant la richesse que l'enrichissement. Il ouvre les narines. Son cœur répond.

Tout se passe comme s'il y avait, sur chacune des façades qu'il longe, bien en vue au premier étage, une plaque de marbre, fixée par quatre clous à tête de bronze. L'inscription varierait à peine : « Soyez riches et vous serez pleinement honorés » ou : « Soyez riches d'abord ; le reste viendra par surcroît ». Les concierges et larbins à côtelettes, en sentinelle sur le seuil, confirment par toute leur attitude que l'inscription ne ment pas.

Voilà qui fouette vos pensées. Un plan se construit avec une vitesse surprenante. Les visions qui, hier encore, se poussaient, s'engendraient confusément l'une l'autre comme les nuages au ciel, sont remplacées par des idées articulées l'une sur l'autre avec précision. La conversation avec Ducatelet a fait faire à ce travail mental un progrès brusque ; moins par les résultats qu'elle a donnés, que par l'obligation où elle a mis Haverkamp de « jouer » soudain une situation non encore actuelle. Il a dû à toute force et à toute vitesse anticiper sur l'avenir, improviser l'avenir. Et ce qu'il fallait rendre présent, ce n'était pas un avenir de visions, avec ses facilités et ses lacunes, tel que celui qu'on porte avec soi tout le long d'une promenade à travers le vent allègre, ou que l'on couche près de soi et que l'on caresse dans son lit avant de s'endormir. C'était un avenir vraisemblable, cohérent, soigné dans le détail ; capable de subir un interrogatoire, de ne pas s'évanouir quand se braquent sur lui les lunettes d'or d'un professeur. Un avenir parfaitement en trompe-l'œil. La nécessité a ainsi cristallisé d'un coup un projet qui restait fluide.

D'ailleurs c'est peut-être la première fois dans la vie de Haverkamp que des visions deviennent, soudain et positivement, des projets, et que d'une ivresse sort, par enfantement direct, un système d'action. Jusqu'ici les visions étaient trop belles pour les possibilités, qui restaient misérables. Il s'ouvrait entre elles et la réalité un de ces abîmes à défier le bon sens. Haverkamp était assez sage pour confiner ses visions dans leur rôle de figurantes du paradis mental.

Mais voilà qu'une passerelle est jetée sur l'abîme. C'est un moment solennel.

XVI

PRÊTRES

L'abbé Mionnet, sortant de la sacristie, s'engageait dans le bas-côté quand il rencontra, au niveau de la chapelle Saint-Joseph, le curé Sichler qui, les mains croisées derrière son dos trapu, se déplaçait à tout petits pas, avec des haltes et de vagues regards vers les objets fixés aux murailles.

Que faisait-il au juste ? Il ressemblait moins à un curé dans sa propre église qu'à un visiteur, mollement intéressé par ce qu'il voit, ou qui attend quelqu'un.

L'abbé Mionnet le salua, en mettant dans son abord de la déférence, de la bonne humeur, une cordialité impersonnelle, et la plus correcte absence de curiosité. Il fut visible que le curé faillit dire : « Vous vous demandez ce que je fais là ? » Mais ce mouvement, arrêté au passage, devint une moue du coin de la lèvre, et un plissement ironique de toute sa grande figure rose sous les cheveux gris. Il y avait aussi dans les yeux gris une expression de mélancolie et de raillerie envers soi-même, qui s'éteignit presque aussitôt, mais dont on sentait qu'elle avait duré quelque temps, qu'elle avait dû être le ton de la solitude.

Il dit un peu timidement :

— Vous sortiez ?

— Oui, je vais à l'Institut catholique. J'ai mon cours cet après-midi.

— Vous êtes pressé, peut-être ?

— Non. Vraiment pas. Je suis même très en avance.

Mionnet regarda sa montre, qu'il tira de sa ceinture.

— J'ai plus de vingt-cinq minutes. Et c'est tout près.

— Cela ne vous ennuie pas que je vous accompagne un bout de chemin ?

— Mais bien au contraire, monsieur le curé.

— Alors attendez-moi une seconde. Je prends mon chapeau et mon collet.

Mionnet s'approcha d'un pilier, leva les yeux vers la voûte. L'église n'était pas tout à fait vide. Il devait y avoir çà et là trois ou quatre femmes en prières. On entendait par instants un raclement de gorge. Un mélange presque imperceptible de chuchotement et de lueur de cierge venait vous chercher aux endroits où l'on ne croyait avoir affaire qu'au silence et qu'à la lumière du jour.

Quand le curé Sichler l'eut rejoint, les deux prêtres se dirigèrent d'un bon pas vers la sortie. Mais au moment où ils allaient passer devant le confessionnal de Mionnet, ils virent une dame venir à eux.

Comme, en les saluant, elle s'arrêtait à quelque distance et baissait les yeux, ils ne surent pas d'abord à qui des deux elle s'adressait. C'était une femme assez grande, encore jeune, vêtue avec une certaine recherche. Mais le regard de Mionnet, que le contact d'un public élégant avait rendu sensible à de telles nuances, apercevait dans la mise de l'inconnue quelque chose sinon d'un peu démodé, du moins d'un peu trop personnel, et d'une personnalité plus complaisante aux caprices passés de la mode que tournée vers ses excentricités futures. Ce caractère se marquait-il surtout dans la robe, dans le chapeau, dans les accessoires ? L'analyse de Mionnet n'allait pas jusque-là.

— Monsieur l'abbé », dit-elle en se rapprochant d'un pas, et en relevant les yeux sur lui, « je m'excuse de... j'aurais voulu vous dire un mot.

Le curé reprit son chemin vers la sortie.

— Je vous écoute, madame », dit Mionnet très poliment.

La dame avait un visage assez long, à peu près de la même largeur à la base et au sommet, sans arrondi des joues, donc plus rectangulaire qu'ovale. Cette coupe prenait un caractère plutôt masculin. Mais il y avait beaucoup de féminité dans la chair brun pâle, et même, du côté des yeux noirs, entourés d'un cerne, une féminité meurtrie. Une fois admise la structure particulière de ce visage, les traits pouvaient en sembler réguliers et touchants.

— J'aurais voulu me confesser, monsieur l'abbé.

— Maintenant ?

— Non, pas maintenant, si cela vous gêne...

— J'ai mon cours à l'Institut catholique. Dans une quinzaine de minutes. Je n'ai que le temps de m'y rendre.

Il avait l'air tout à fait navré de décevoir cette dame, mais sans qu'on pût saisir dans son regret un surplus d'empressement qu'une personne moins jeune ou moins intéressante n'eût pas obtenu.

Elle reprit :

— Si je pensais vous trouver ici demain soir par exemple ?

— Vous voulez dire vers la fin de l'après-midi ? J'y serai presque certainement aux alentours de six heures. Cela vous conviendrait éventuellement ? Alors c'est parfait. Je vous présente mes respects, madame.

Il trouva le curé Sichler, qui l'attendait sur le seuil de l'église. Il lui dit :

— Cette dame avait grand-hâte de se confesser, semblait-il. Mais, à la réflexion, ce n'était déjà plus si urgent.

Il sourit, puis ajouta :

— Est-ce une de nos paroissiennes ? Je ne l'ai pas reconnue ?

Le curé fit un geste évasif :

— J'ai l'impression de l'avoir déjà vue. Je vous dirai que je ne l'ai pas bien examinée.

Ils traversèrent le boulevard Saint-Germain, et prirent par la rue de Luynes.

Le curé Sichler demanda doucement :

— Vous êtes content à l'Institut ?

— Mais oui.

L'abbé Mionnet avait répondu de la façon la plus spontanée, la plus transparente. Il semblait vraiment impossible de lui attribuer une arrière-pensée. Le curé Sichler, qui était d'une demi-tête plus petit que son compagnon, leva vers lui des yeux interrogateurs, tandis que toute sa face rose et charnue participait à un mouvement de déglutition qui lui gonflait la gorge.

Il se tut durant quelques pas. Puis quand ils furent au boulevard Raspail, il dit, d'une voix très modérée, en regardant le trottoir devant lui :

— Oui, vous autres les jeunes, vous aurez peut-être plus de chance que nous.

— Pourquoi donc, monsieur le curé ?

L'autre l'observa encore du coin de l'œil, puis :

— Mais si. Vous n'aurez pas vécu certaines... tempêtes comme nous. Vous n'en recevrez que les dernières vagues. Une situation déchirante pour les aînés peut devenir pour une nouvelle génération à peu près naturelle.

Mionnet feignit de se méprendre.

— Croyez-vous que nous ne sommes pas assez vieux pour avoir souffert autant que les autres de ces années de persécution ?

Le curé leva encore un regard déconcerté.

— Oui, évidemment... Je pensais aussi à cela.

Il parut renoncer à en dire davantage. Tous deux marchèrent en silence. Mionnet réglait son pas sur celui du curé.

— C'est curieux ! » fit assez brusquement le curé Sichler, « je ne dis pas cela spécialement pour vous. Mais vous êtes, je crois, un assez bon exemple. On a l'impression que pour vous certaines questions ne se posent plus. Que vous arriviez à les trancher... à les surmonter... soit... tant mieux... Mais qu'elles ne se posent plus ! Bien entendu que si j'avais affaire à un brave desservant de campagne... Je vous assure qu'il y a là pour moi et les hommes de ma génération une espèce de mystère.

Mionnet chercha un peu sa réponse.

— Nous profitons peut-être des épreuves intérieures par où vous êtes passés ? Ne le pensez-vous pas ?

Le curé fit une grimace qui montrait qu'il ne voyait guère là qu'une belle phrase.

Mionnet insista :

— Il n'est pas défendu de croire, sur ce point comme sur d'autres, à une sorte de solidarité mystique. De même que les mérites de la prière et des œuvres peuvent être transférés, n'est-il pas concevable qu'en commettant certaines erreurs — que nous aurions sûrement commises — nos aînés nous aient épargné d'y tomber ? et que la façon très pénible dont ils les ont expiées, dont ils les expient encore, nous vaille à nous, plus jeunes, une foi plus sereine ?

Le curé Sichler ne répondit pas. Il ajouta au bout de quelque temps :

— J'ai pourtant toujours passé, depuis ma jeunesse, pour un tempérament optimiste. Quand j'avais votre âge ou presque, et que je rêvais à l'avenir de l'Église, il me semblait apercevoir, très distinctement, certaines choses, oui, certaines issues, certaines perspectives de renouveau qui me rendaient bien enthousiaste. Que voulez-vous ? Je ne les aperçois plus. Nous devons croire à l'avenir de l'Église, même quand il ne nous apparaît pas. Mais le présent de l'Église m'attriste. En fait de perspective, je vois deux murs qui se resserrent. Oh ! ce ne sont pas les persécutions de l'État qui m'affligent le plus. Vous le savez bien... Et puis elles n'étaient peut-être pas si inévitables. Non. Ce qui m'afflige, c'est la déclaration de guerre au monde... d'aujourd'hui, sous tous ses aspects, le divorce dont elles ont malheureusement été l'occasion, et dont on se demande s'il n'est pas définitif...

Il avait failli dire au monde « moderne », mais depuis dix-huit mois c'était un mot bien délicat à prononcer pour un prêtre, même quand il avait, comme ce jour-là le curé Sichler, ce courage qui naît du découragement, et un besoin de se confier qui se passe dédaigneusement de la confiance.

XVII

SIGNES DE CURIOSITÉ AUTOUR DE MIONNET

Le même jour, d'ailleurs, il fut incidemment question de l'abbé Mionnet dans une conversation qu'eurent ensemble le comte de Mézan et le marquis de Saint-Papoul.

Le comte était venu voir M. de Saint-Papoul chez lui, au sujet d'une opération financière pour laquelle son ami voulait lui demander conseil. Le marquis se préoccupait dès maintenant de mobiliser de l'argent pour sa future campagne électorale. Il avait eu l'idée d'arbitrer certains des titres que le ménage possédait contre des valeurs à plus gros rendement. Il disposerait ainsi d'une certaine fraction de capital, sans diminuer ses revenus.

Le comte de Mézan donna quelques suggestions, promit d'étudier l'affaire de plus près, d'envoyer une liste d'arbitrages possibles. Puis l'entretien s'échappa dans diverses directions.

Le comte de Mézan dit tout à coup :

— Vous connaissez bien ce jeune abbé Mionnet, que j'ai une ou deux fois rencontré ici ?

— Assez bien, sans plus. Ma femme et ma sœur le connaissent mieux que moi, au moins du point de vue sacerdotal. Je crois me rappeler que Bernardine l'a pour confesseur. Il est vrai qu'il lui arrive de changer. Elle est assez fantasque. On dit qu'il réussit à Saint-Thomas-d'Aquin.

— Je voulais parler plutôt des accointances qu'il peut avoir. Quant à Saint-Thomas-d'Aquin, il n'y vieillira pas. C'est évidemment un gaillard qui est décidé à faire son chemin rapidement.

— Ma sœur prétend toutefois qu'il est d'une extrême piété, que c'est un prêtre très édifiant.

— Déjà le choix de cette paroisse... dans la mesure où c'est lui qui a choisi. Savez-vous s'il est très répandu dans le monde du Faubourg ?...

— Nous ne l'avons rencontré à peu près nulle part. Il faut dire que nous sortons assez peu. Mais je ne pense pas.

— Moi non plus. Je n'ai rien entendu de ce côté-là. Ce ne doit pas être son rayon...

Le comte réfléchit un instant, puis d'un ton changé :

— Quels sont ses appuis ? Savez-vous ?

— Hors de l'Église ? Ou dans l'Église ?

— Disons dans l'Église.

— Je n'en ai pas idée. Mais, cher ami, vous seriez beaucoup mieux placé que moi pour le savoir.

— Et pourquoi ?... Oh !... Vous voulez dire... Oh ! Je ne crois pas qu'il soit spécialement en relations avec les Pères. Un point c'est tout.

— Mais si les Pères tenaient vraiment à se renseigner...

— Qu'allez-vous imaginer ! D'abord c'est uniquement pour mon compte que je m'informe. Par pure curiosité d'esprit... Mais quoi... Vous vous figurez qu'ils ont une police secrète ?... Ah ! Ah ! Ah !... comme c'est drôle !... Ce sont vos nouveaux amis politiques qui vous passent déjà leurs marottes.

Tout cela avait été dit d'excellente humeur. Le marquis considérait le comte avec une certaine incrédulité. Entre les reflets de chêne, dans la lumière elle-même « Renaissance » du cabinet de travail, l'effigie d'or de Clément XIII brillait sur la cravate-plastron.

M. de Mézan reprit :

— Remarquez que notre jeune abbé pourrait à la rigueur se dispenser d'un appui spécial. Mais oui. Venant d'où il vient ; et en ce moment ! C'est une cote incomparable. Non seulement à cause de la garantie de valeur personnelle, de distinction d'esprit. Mais songez à la réclame que c'est. Même dans vingt, dans trente ans, il restera la preuve vivante que la plus haute culture moderne, reçue à l'abri de toute influence cléricale, non seulement n'est pas incompatible avec la foi, mais peut y ramener. Vous verrez si on s'en servira. Et c'est de bonne guerre. L'on s'en servira d'autant plus utilement que le monsieur occupera une place plus en vue. Il est donc urgent qu'il grimpe. Tant qu'il reste petit vicaire, on ne fait pas de bruit sur son cas. Ce serait en gaspiller l'effet. Mais c'est une bonne bouteille qu'on garde en cave... Vous voyez que même si par hasard il était dépourvu d'ambition, on serait forcé d'en avoir pour lui. Et, à la réflexion, il vaut presque autant qu'il n'ait pas d'appui particulier. Il a droit, d'office, au soutien de tous. Ce qu'il lui faut seulement, c'est éviter d'avoir des ennemis, de se mettre à dos ceux-ci ou ceux-là.

Les yeux tournés vers l'angle supérieur de la fenêtre, M. de Mézan semblait savourer en connaisseur la fortune future de l'abbé Mionnet. Et un léger soupir, un minuscule hochement de tête avaient l'air d'ajouter : « Pourvu, au moins, qu'il s'en rende compte ! Qu'il ne gâche pas ça ! »

— D'ailleurs, d'une façon générale, jamais heure n'a été aussi favorable à une carrière magnifique dans l'Église. Vous me trouvez paradoxal ? A cause des difficultés présentes ? Mais au contraire. Il n'y a rien de tel que les époques où l'ordre établi est un peu secoué, rien de tel que les situations troubles, pour qu'un garçon agile trouve l'occasion de rendre des services, et de les faire valoir. Oh ! je n'insinue pas que le nôtre soit un pêcheur en eau trouble !

Il rit avec complaisance, de toute sa figure grassouillette. Puis il dit, plus sérieusement, en faisant sonner le mot « laïques » :

— Pour les simples « laïques » comme moi, amis dévoués de l'Église, la tâche n'est pas toujours aisée. C'est un peu comme pour les archers dans les batailles d'autrefois. Les coups pleuvent de tous les côtés. Et on ne distingue pas toujours bien d'où ils viennent.

— Pourtant, l'Église m'a l'air de faire front contre ses ennemis avec un bel ensemble ?

Le comte prit une voix confidentielle et attristée :

— Un bel ensemble qui cache de bien pénibles dissensions, croyez-moi. Ah ! je regrette de ne pas avoir en ces matières la touchante naïveté de certains de nos hommes de lettres, d'Académie ou d'ailleurs. Ils sont si fiers de jouer un rôle ! Et si on les charge de porter quelque adresse à Rome, leur joie est à en défaillir. Vous pensez bien que ce n'est pas dans cet état d'extase qu'ils peuvent s'apercevoir de ce qui se passe réellement dans la coulisse. Bien que plus d'un soit chenu et habillé de vert, je vous dis que ce sont des enfants de chœur.

Il s'interrompit :

— Pour votre Mionnet, si vous en apprenez quelque chose de plus, ou si vous avez encore une fois l'occasion de me le faire rencontrer, pensez à moi. Il m'intéresse... Et bien que j'aie à la rigueur d'autres voies pour le joindre, je préfère que ce soit par ce côté-ci.

*
* *

Le lendemain l'abbé Mionnet passa environ une heure et demie à son église, et eut l'occasion de confesser trois fidèles. Mais bien qu'il l'eût cherchée des yeux, il n'aperçut pas la dame qui l'avait abordé la veille, et n'entendit pas dire que personne l'eût demandé.

XVIII

LE PARIS DE HAVERKAMP

La vente de l'immeuble de Saint-Cyr, au tribunal de Versailles, devait avoir lieu le mardi 23 février.

Le lundi 15 au matin, quand il entra dans son bureau, et jeta les yeux sur le calendrier, Haverkamp s'avisa qu'il ne restait que huit jours avant l'adjudication, et que dans ce court délai il lui fallait à tout prix obtenir de ses associés éventuels les décisions qu'ils lui faisaient attendre.

Sur l'achat de l'immeuble lui-même on demeurait d'accord. Le projet primitif n'avait été modifié que dans le détail. On avait fini par trouver plus simple que Haverkamp, après avoir acquis l'immeuble, en restât, en tout état de cause, nominalement propriétaire. Une lettre, qu'il remettait à ces messieurs, avec le reçu de la somme qu'ils lui auraient avancée, contiendrait en leur faveur, ou en faveur de qui il leur plairait de se substituer par la suite, une promesse de bail et une promesse de vente. Le prix stipulé pour le bail correspondait exactement à l'intérêt de la somme prêtée, laquelle serait de trois cent mille francs. On adopterait le taux de quatre pour cent, qui n'avait en fait aucune importance, puisque tout se ramenait à un jeu d'écritures. Quant à la promesse de vente, le prix n'en serait pas chiffré ; on le définirait en ajoutant au prix de l'adjudication les frais, et un bénéfice de quinze mille francs, destiné à rémunérer les soins de l'agence. D'ailleurs, dans l'esprit de ces messieurs, la promesse de vente ne serait réalisée que s'il apparaissait plus tard quelque inconvénient à garder Haverkamp comme propriétaire nominal. Sur ce point on lui donnait donc, en somme, une preuve de confiance.

Mais c'est lui qui fournissait la plus sérieuse, en acceptant, comme il l'avait offert, de se passer de toute garantie écrite pour le cas où ces messieurs renonceraient, par crainte d'ennuis du côté de l'Église, à utiliser l'immeuble.

Ce n'était pas ce qui le préoccupait le plus. Quelque diligence qu'il eût mise de son côté, la seconde affaire — et de beaucoup la première à ses yeux — celle de l'Établissement Hydrominéral, n'était pas encore sur pied. A peine avait-elle pris forme. On n'était même pas arrivé au résultat de la considérer définitivement comme chimérique, ce qui eût permis de passer à l'étude d'une autre. Il est vrai que, présentée par Haverkamp, une affaire échappait d'emblée à cet écueil. Bien qu'il fût peut-être à certains égards un esprit profondément chimérique, il savait injecter à ses conceptions, et à l'exposé qu'il en faisait, une dose si massive de réalité, y introduire une telle précision de détails, une telle vigueur de creux et de reliefs, que tout cela se touchait comme avec la main. Il n'était donc pas question de dire : « Mais d'abord est-ce que ça existe ? » On ne pouvait qu'en venir aussitôt à des objections déjà particulières et techniques, qui impliquaient qu'on était entré dans le jeu : « Vous croyez que la maçonnerie ne reviendrait qu'à ce prix-là ? » ou : « Vous n'êtes pas ennuyé par la distance du chemin de fer ? » Alors que d'autres, ayant à défendre un projet modeste, sûr, garanti par d'innombrables précédents, réussissent à si bien lui enlever tout accent et toute saillie, à l'envelopper d'un tel nuage de pensée molle, que l'auditeur se sent pris par le balancement des chimères, et cède à une inquiétude aussi irréfléchie que la nausée.

Mais ces messieurs, s'ils avaient cru presque tout de suite à l'affaire de La Celle-les-Eaux, n'en mesuraient pas moins le volume du risque qu'elle comportait, et de l'effort qu'elle les obligerait à fournir. Ils les mesuraient d'autant mieux que Haverkamp n'avait nullement cherché à les leur dissimuler. Il avait horreur d'un certain optimisme d'homme d'affaires, qui équivaut à dire : « Le mont Blanc n'est pas si haut qu'on raconte. » Sa façon à lui de donner courage devant l'obstacle, ce n'était pas d'affirmer aux gens qu'il était tout petit, c'était de créer en eux une excitation, une impatience, en leur faisant imaginer, jusqu'à la hantise, les moindres mouvements qui les amèneraient à le franchir.

Ils ne s'étaient donc pas dérobés. Mais ils estimaient de toute façon qu'ils ne pourraient pas réunir à eux trois les capitaux suffisants. Une tentative de cette ampleur exigeait des concours plus nombreux. Ils avaient demandé la permission d'en parler à des amis, tout en se gardant de trop ébruiter le projet. Il y avait eu quelques prises de contact préparatoires. Mais la première réunion plénière des participants éventuels était fixée au 18. Il faudrait un miracle d'autorité et d'énergie dans la conduite de cette réunion pour qu'une décision en sortît.

« Si rien ne se boucle le 18, je suis refait. Pas possible d'envisager une autre réunion plénière avant le 23. »

Une fois l'immeuble de Saint-Cyr acheté, le zèle de ces messieurs, dont l'objectif se trouverait atteint, risquait de se refroidir. Même sans aucune mauvaise foi, ils découvriraient probablement que l'autre affaire ne pressait pas, qu'il convenait de peser à loisir le pour et le contre, de chercher ailleurs. Bref, l'atmosphère de branle-bas, faute de laquelle on ne pouvait songer à jeter dans une telle aventure des capitalistes naturellement prudents, ne se maintiendrait que jusqu'au 22. S'engager sur l'une des affaires sans avoir des assurances formelles sur l'autre, c'était pour Haverkamp se condamner à être dupe. D'autant que la seule des deux qui le passionnât était celle de la Source ; parce qu'elle était née de lui, et parce qu'elle l'introduisait dans un ordre de grandeurs à quoi il se sentait voué. S'il ne parvenait pas à la mettre debout, au moment de sa vie où il en était, il en éprouverait une blessure de la confiance intime.

L'échec, il l'acceptait à la rigueur, mais en fin de partie. Une première entreprise peut tourner mal. Un homme d'action n'est pas déshonoré par une défaite. Ce qui le déclasse, c'est d'être un avorteur.

D'autre part, s'il pouvait, très discrètement, ramener l'attention de ces messieurs sur le lien moral des deux affaires, il s'était mis hors d'état de leur adresser un ultimatum : « Les deux, ou rien. » Le ton où il avait placé leurs relations, le parti pris d'élégance qu'il avait affiché le lui interdisaient. Enfin, il lui semblait qu'il devait écarter le risque de rompre avec eux ; qu'en s'éloignant d'eux, c'était à sa chance qu'il tournait le dos.

*
* *

Donc, ce lundi 15, après avoir rêvé une demi-heure là-dessus, tout en écoutant divers rapports de Wazemmes, il eut soudain l'intuition que dans la semaine décisive qui allait venir, il serait plus fort s'il retrouvait, à l'égard de ces deux affaires et de leur issue, une certaine indépendance d'esprit. « Il faut qu'ils sentent qu'après tout je n'en mourrai pas ; que je continue à exister en dehors d'eux. » Mais pour le faire sentir à autrui il est bon de commencer par le sentir soi-même.

La règle valait, d'ailleurs, pour d'autres circonstances : « Ne jamais jouer sur un seul tableau. » C'est à la fois une sagesse et une hygiène. Sans doute, se disperser est-il dangereux. Mais s'hypnotiser sur le sillon l'est encore plus. L'idéal est d'avoir dans la tête assez de ressources pour suffire à la conduite de plusieurs plans ; et assez de discipline pour que l'alternance des efforts ne soit jamais une paresse déguisée. (Nous avons vu Quinette appliquer une ambition analogue à des fins d'une gratuité plus dangereuse.)

C'est ainsi qu'à trois jours d'une séance où il aurait à fournir un suprême effort de persuasion, Haverkamp eut la crânerie de décider qu'au lieu de ressasser dans son bureau des pièces de dossier et des arguments, il irait examiner de nouveau sur place, à Auteuil, une affaire que, ces derniers temps, il avait un peu négligée.

M. Paul avait mis sur fiche, en décembre, un terrain d'environ 1 500 mètres, rue Théophile-Gautier, que Wazemmes avait découvert, et dont la propriétaire, une dame d'un certain âge, voulait trois cent mille francs ; ce qui, pour le quartier, n'était pas excessif. Il est vrai que le terrain présentait une forme biscornue, propre à décourager les bâtisseurs imbus de routine. Or, un entrepreneur de maçonnerie, établi à Picpus, était venu confier à l'agence son projet de placer dans un immeuble la petite fortune qu'il avait faite. Cet immeuble, il le construirait lui-même, à meilleur compte qu'un particulier. (La maçonnerie entrait déjà pour moitié dans le prix de revient total. Quant aux corps de métier autres que le sien, il obtiendrait d'entrepreneurs amis des marchés spéciaux, avec de larges délais de paiement.) Il disposait d'un demi-million. Ce qui lui permettait de songer à une construction déjà importante, et même de choisir son quartier. D'ailleurs Picpus gardait sa préférence. Quand on a été pauvre, qu'on a lutté à Picpus, c'est à Picpus qu'il est agréable de montrer sa réussite, sous l'aspect d'un trophée de sept étages. Il cherchait donc un terrain, et le rêvait à Picpus.

Mais, au cours de plusieurs entretiens, Haverkamp l'avait amené à sentir que, réduite à ces proportions, l'affaire avait le morne caractère d'un placement de père de famille. Elle fixait une fortune, mais la figeait aussi. Elle faisait finir en cul-de-sac la vie d'un homme, qui, à cinquante-deux ans, était encore tout jeune. Alors que c'eût été le moment, après avoir traversé une première existence où les gains sont étroitement mesurés sur le travail, de s'élever à une autre, où ils deviennent la récompense illimitée des calculs de l'esprit. Jeunesse ; perspectives sans fin de la richesse et de la puissance ; fièvre du risque ; tension de l'attente ; passion de l'avenir ; nuits sans sommeil mais avides de l'aurore comme à vingt ans : Haverkamp savait comme personne initier à ce genre de poésie les âmes rudimentaires.

Il avait ainsi persuadé l'entrepreneur de Picpus d'envisager l'achat du terrain d'Auteuil. Il l'avait mis en relation avec un quincaillier de la rue de Passy, qui acceptait de participer à l'affaire pour deux cent mille francs. Un autre concours se trouverait peut-être. Le terrain de la rue Théophile-Gautier, peu avantageux pour édifier une maison du type ordinaire, se prêtait à la construction d'un petit groupe d'immeubles, qu'il s'agirait de disposer d'une façon ingénieuse et plaisante. (La vision « square Haverkamp » reparaissait ; les Buttes-Chaumont ; l'héroïque montée des pelouses dans le jour d'hiver ; les fanfares au flanc de la citadelle ; dans le corps, la digestion du pavé de viande rouge. L'idée qui n'avait pas réussi à plonger ses racines rue Manin les tendait avidement vers l'argile d'Auteuil.)

On arracherait à la vieille dame quelque nouveau rabais ; à tout le moins des facilités de paiement. Le terrain acquis et les devis arrêtés, on emprunterait au Sous-Comptoir des Entrepreneurs les quelques centaines de mille francs dont on aurait encore besoin. Haverkamp se faisait fort d'avoir revendu au moins un des immeubles du groupe, avant que les raboteurs de parquet ne fussent passés. Le reste trouverait acheteur ensuite, dans la clientèle de l'agence, ou se louerait en attendant. Au total, il était raisonnable d'escompter un bénéfice d'un demi-million. Entrés dans l'affaire avec sept cent mille francs, les deux associés en sortiraient, en moins de deux ans, avec douze cent mille. Ils n'auraient plus qu'à recommencer ailleurs. Pour immobiliser le moins d'argent possible, et prouver sa confiance personnelle dans le projet, Haverkamp offrait de renoncer à toute commission, présente ou future, avouée ou secrète. (Quand il donnait sa parole sur un tel point, il était de ceux dont on n'ose pas douter.) Il préférait se réserver une part sur les bénéfices.

*
* *

Le voilà donc en route vers Auteuil, dans le matin d'hiver. Il s'y rend à pied. Sept ou huit kilomètres ne l'effraient pas. Et il est bon de renouveler constamment le contact avec Paris.

Certaines choses ne s'aperçoivent, ne se mesurent, ne se devinent, qu'à pied. C'est à pied non seulement que l'on découvre telles affaires un peu cachées — le terrain derrière un mur entre deux fausses équerres de maisons, la villa écaillée au fond d'une impasse — mais que l'on acquiert et entretient un sentiment général des valeurs urbaines, avec ce qu'elles ont d'infiniment nuancé et mouvant.

Sans doute il y a les annuaires, les bulletins, les statistiques. Mais rien ne remplace le toucher, la main qui passe dans les plis et replis d'un quartier comme dans ceux d'un velours.

La valeur ne se laisse pas grossièrement saisir par le premier venu. Elle ne se laisse pas davantage fixer sur le papier, une fois pour toutes, avec des chiffres en belle écriture. Ou bien ce n'est plus qu'un papillon percé par l'épingle, qu'une fleur morte. La valeur vraie ne cesse de vivre. Elle change et chatoie d'un mur mitoyen à l'autre, d'un instant à l'autre.

C'est à pied que l'on sent bouger, onduler la valeur. Les différences vous frôlent au passage. Ce côté-ci de la rue ne vaut pas celui d'en face. On comprend qu'à cet angle-ci du carrefour, il se soit installé un café-bar traversé de clientèle ; mais qu'à l'autre angle languisse une teinturerie.

C'est à pied qu'on éprouve le climat d'une rue, sa capacité de lumière et de soleil, son animation et les secrètes raisons qui la nourrissent. Il saute aux yeux que les gens doivent choisir ce chemin-là, et que le trottoir de droite est préférable à celui de gauche. Au-delà, tout un quartier tire sur la rue dans un certain sens. La valeur se laisse orienter, incliner, comme les arbres d'un bois par les vents habituels.

C'est à pied que l'on constate un jour qu'un terrain vague, devant la palissade duquel on était passé bien des fois, est défoncé par les excavateurs ; et que, pareils aux dents dans une jeune mâchoire, y poussent, vers le haut et vers le bas, les murs de meulière et les puits de béton.

Ailleurs on voit monter les immeubles blancs ; les façades d'un bel ocre pâle. On flaire l'odeur de parpaing scié.

C'est à pied que l'on éprouve, dans la masse d'un arrondissement, une poussée générale, les sourds mouvements qui le gonflent, les clivages qui déterminent des rues nouvelles.

Certes, le Paris de Haverkamp ne ressemble guère au Paris frémissant et un peu surnaturel de Jallez. Il n'est pas, comme ce Paris-là, hanté de signes, parcouru de musiques occultes que l'âme recueille en fermant les yeux. Mais il n'a rien non plus d'un Paris abstrait, d'une ville sur le papier. Le plan des vingt arrondissements, dont ne se sépare jamais ce promeneur positif, dont il vérifie, au moment de partir, la présence dans sa poche intérieure de pardessus, n'est pas destiné à remplacer les explorations personnelles. Il les situe et les ordonne. Il rattache ce qu'on voit à ce qui reste hors de vue, le sentiment des choses à leur idée, les souffles surprenants qui orientent les valeurs urbaines aux lieux où ils se forment, les poussées de quartiers neufs aux nœuds dont elles sont l'éclatement.

C'est un Paris de piéton fureteur et fouilleur comme un braconnier. Nullement le Paris de l'homme d'affaires, calculateur dans les nuées, qui ne se déplace qu'en voiture, et tout le long du trajet compulse ses dossiers sans jeter un coup d'œil par la vitre. Si le Paris de Haverkamp manque de spiritualité, il ne manque pas de chair. Chair dure et active. Tendons et muscles. La chaleur qui s'en dégage est un produit continuel de contractions.

Pour son Paris à lui, le piéton Haverkamp nourrit une sorte de passion remuante, qui, comme toutes les passions, déborde le métier et l'intérêt. Au métier, elle demande des prétextes ; à l'intérêt, elle promet des résultats futurs ; et sans lui mentir. Car il est bien vrai que l'homme rompu à cette chasse, qui a enregistré sous la forme de plaisirs quotidiens, d'excitations de promeneur, les innombrables différences, tendances et tensions matérielles d'une capitale, chez qui l'évaluation et le pronostic sont devenus des réflexes, marquera une supériorité sur l'homme de bureau, et justement dans les cas les plus difficiles, dans ceux où le flair l'emporte sur la documentation. Sans doute il existe un flair d'homme de bureau. Ceux qui le possèdent s'en vantent assez. Entre plusieurs affaires dont les éléments abstraits : plans et chiffres, s'alignent sur leur table, ou défilent dans les propos incolores de visiteurs, ils se flattent de discerner quelle est la bonne. Mais ce flair est souvent illusoire. Il s'apparente à celui du joueur qui croit entendre un génie lui dicter : « Mise sur le 5. » Ce n'est souvent qu'une façon de décorer l'abandon au hasard ; l'homme aimant encore mieux prendre une responsabilité qui le dépasse que d'admettre l'impuissance de son esprit.

A moins que l'homme de bureau n'ait été lui aussi, dans son jeune temps, chasseur et braconnier. En ce cas, de subtils indices peuvent se lever du papier ; et de lointaines émanations des choses réelles aller chatouiller les papilles de l'instinct.

L'éducation qu'il se donne ainsi sert inconsciemment Haverkamp, même quand ce n'est plus Paris qui est le territoire à flairer. Pendant qu'il traversait la campagne venteuse de Saint-Cyr, ce n'étaient pas de purs calculs de spéculateur en chambre qui l'assaillaient là comme par le retour d'un ronron habituel. Il est probable que le sentiment des valeurs et des possibilités urbaines, acquis au contact de Paris, l'accompagnait jusque dans cette solitude, et, se répandant autour de lui sur les labours d'hiver, y faisait flotter, comme des vapeurs à ras le sol, de vagues figures de rues, des fantômes d'affluence et de maisons.

* * *

Après avoir hésité un instant, Haverkamp décide de couper par la rive gauche. Il rejoint le boulevard Saint-Germain ; puis par la rue Saint-Sulpice, la rue du Vieux-Colombier, la rue de Sèvres, gagne la rue de Babylone.

Dans cette première partie du trajet, il regarde peu. Ses pensées voyagent. Pourtant, lorsqu'il a traversé le carrefour de l'Odéon, il s'est dit que ce nom de boulevard Saint-Germain est bien trompeur. A le prononcer, on imagine la voie axiale du fameux Faubourg, une concentration, un écoulement de richesse et de luxe. Or, sur presque tout son parcours, c'est un boulevard comme les autres, modérément bourgeois et commerçant, avec même quelques taches, quelques suintements de populace entre la place Maubert et Cluny. D'ailleurs, comment le délimiter, ce fameux Faubourg ? Haverkamp le sait à peu près, et par ouï-dire, mais il ne le sent pas. Ce morceau de Paris correspond à une partie creuse de son expérience. Les seuls immeubles à vendre de ce côté-là qui lui soient passés par les mains ont été de vieilles maisons d'angles, de quatre étages, avec un caboulot dans le bas ; et deux hôtels meublés d'avant-dernière catégorie. C'est insuffisant. Il en a conscience ; et il en est un peu agacé.

Place Saint-Sulpice, il jette un coup d'œil vers les sinistres bâtiments de l'ancien séminaire. « Mon collège de Saint-Cyr est tout de même mieux que ça. » Il est fier de participer aux tractations secrètes de l'Église, de jouer un rôle dans des luttes dont le public n'a pas soupçon.

Rue de Babylone, il pense de nouveau au fameux Faubourg. « Cette fois, il me semble que j'y suis en plein. » Au-delà des murs, des portails, il renifle bien une odeur de somptuosité, mais un peu moisie. Les murs sont noirâtres ; les rues, étroites, et butant l'une sur l'autre. Des arbres trop vieux étouffent dans des jardins mal éclairés, où le lierre doit s'étendre insidieusement. Haverkamp n'a pas d'indulgence spéciale pour le passé. Il n'a jamais eu le temps de rêver aux façons de vivre d'autrefois. Aucune évocation romanesque ne vient lui donner le change. Il voit ce qui est. Une chose du passé ne provoque son admiration que pour des raisons tout actuelles, et ne lui paraît mériter de survivre que si rien de mieux ne demande la place.

Son itinéraire débouche dans les larges voies du quartier des Invalides. Là, Haverkamp respire, s'épanouit, approuve. Cette ampleur est faite pour des hommes comme lui. Il admet bien que toutes les régions d'une capitale ne peuvent pas offrir une pareille débauche d'espace. L'animation en souffrirait. Le commerce y perdrait l'échauffement qui lui est si favorable. La valeur elle-même n'y atteindrait pas le degré d'acuité qui fait l'orgueil de la rue Montmartre ou de la rue Drouot. Mais c'est sur ce modèle qu'on doit concevoir les quartiers de parade, ou même de simple résidence. Haverkamp aimerait pouvoir se dire qu'autour du centre, dans toutes les directions, Paris déploie d'aussi fastueux éventails d'avenues. Sans bien y réfléchir — peut-être parce qu'il aperçoit le dôme des Invalides et songe au tombeau qui est dessous — c'est à Napoléon qu'il attribue l'honneur de ce quartier. Il est heureux d'y reconnaître sa griffe. Il traverse l'avenue de Breteuil en comptant ses pas qu'il allonge, suivant la méthode enseignée à Wazemmes. Soixante-dix pas. Il murmure ce nombre magnifique comme un hommage à la mémoire de l'Empereur.

Pour augmenter le plaisir qu'il ressent, pour ajouter encore à ce que voient ses yeux, il tire de sa poche son plan de Paris et l'ouvre.

Il fait une grimace. C'est vrai. Il le savait bien. Ces avenues, parties pour gagner les plaines de France, vont se heurter bêtement à un Vaugirard mesquin et désordonné, dont les bouts de rues ressemblent à des allumettes semées par terre.

« Tas de crétins », marmonne-t-il. Il ne pense à personne en particulier. L'injure s'adresse à tous ces petits hommes qui n'ont rien su faire depuis le grand homme ; même pas continuer tout droit le trait déjà tracé, ce dont sont capables les manœuvres et les bœufs. Elle s'adresse à l'enchevêtrement de bistrots, de conseillers municipaux, de petits propriétaires, à ce paquet sordide qui n'a pas eu honte de rester au beau milieu du chemin. Quelle joie ce serait de trancher là-dedans, de déblayer tout ça !

La même irritation le poursuit tout le long de la rue Frémicourt. Il évoque d'autres épaisseurs, au nord, à l'est ; d'autres murs étouffants ; d'autres rues trop étroites, qu'on serait content de faire craquer d'un coup comme par une dilatation directe de sa volonté ; d'autres avenues bloquées, qui ne tiennent et n'aboutissent à rien, qui ont l'air de rêves de grandeur jetés aux ordures.

Pour l'instant, il n'est plus un homme d'affaires. Ou du moins il n'est plus l'homme de ses affaires à lui. C'est sa passion pour Paris qui parle ; et c'est moins une passion avide qu'une passion réformatrice et gouvernante. Qu'on fasse d'abord ce qu'il faut. Les plus-values viendront après. Il voudrait être le chef qui dicte des plans, rature et redresse les projets, indique au crayon bleu des tracés impératifs ; celui qui promulgue les décrets et les ordonnances, qui parle au nom de « l'utilité publique » ; celui qui démolit les masures, met les rues à l'alignement, joint l'un à l'autre deux tronçons d'avenues qui, par-dessus un labyrinthe de plâtras, se faisaient vainement signe depuis un siècle. (Et quand la Démolition a passé à travers le vieil obstacle — soulagée, respirante, pareille à une fin de colère qui sourit — on voit pendre là-haut, comme au poitrail d'un cheval de guerrier, des logements ouverts par le milieu, des ossements de cheminée qui tiennent encore au mur, des coulures de suie craquelée.)

Il longe l'avenue Émile-Zola, encore toute neuve, flanquée surtout de palissades, mais déjà trop étroite, malingre de naissance, conçue comme à regret. « Du terrain à même pas cent francs ! Ils ont chipoté sur des centimètres. Ils ne s'étaient donc jamais promenés autour des Invalides ? Ou ils ont trouvé que c'était assez bon pour eux. »

Il se plaît à imaginer, avec la liberté de rêve d'un enfant, à quelle extension de sa puissance il devrait atteindre pour agir sur la structure de Paris, pour y tailler et recoudre comme un chirurgien bienfaisant. Il se voit groupant derrière lui des capitaux immenses, achetant les terrains de proche en proche, les îlots de masures, ouvrant des rues neuves, dessinant des ronds-points. Mais même avec toutes les complaisances du rêve, le pouvoir d'un homme s'arrête vite. Il aurait beau ramasser et lancer des milliards. On se cogne à des obstacles que le choc des milliards à lui seul ne renverse pas : les mauvaises volontés particulières ; la cupidité si bornée qu'elle en devient aveugle ; la broussaille des minuscules droits acquis ; les règlements publics ; l'inertie envieuse des bureaux...

Haverkamp découvre soudain que l'homme le plus riche du monde, pour modifier une ville comme Paris, aurait moins de force qu'un fonctionnaire ou qu'un politicien. Il n'y avait jamais pensé. Il affectait d'attribuer peu de prix à toute activité d'obédience politique, à ce qui relève des soi-disant « autorités », à ce qui se nomme Administration ou État. Il est de ceux qui ne croient qu'à l'initiative privée, pour qui fonctionnaire à tous les degrés signifie sinécure et paperasses ; homme public à tous les degrés, impuissance et corruption (bien que les deux griefs semblent contradictoires). Sans changer d'avis sur les hommes, ni sur le mauvais usage qu'ils font sûrement de leurs fonctions, voilà qu'il est en train de s'apercevoir qu'il a méconnu les fonctions elles-mêmes. Soudain elles s'éclairent dans son esprit, elles rayonnent, elles s'entourent d'un halo prestigieux. « Je me vois, moi, préfet, avec l'énergie que j'ai. Ou ministre des Travaux publics. Ou même simple conseiller municipal d'un quartier que je serais bien décidé à remuer de fond en comble. Je me vois par exemple m'attelant à ce malheureux Vaugirard, essayant de me raccorder aux avenues de Napoléon... »

*
* *

Quelques minutes après, les détours de sa rêverie l'ont ramené à une idée qu'il avait eue deux mois plus tôt : affermer la rubrique immobilière d'un quotidien.

Décidément l'idée est excellente. Des dizaines d'affaires, qui échappent encore aux recherches de l'agence, et parmi les plus grosses, lui arriveront automatiquement. Le mouvement de la clientèle acheteurs sera plusieurs fois multiplié. Le nom de l'agence deviendra célèbre. Un homme qui a pied dans un journal, fût-ce en ayant payé la place qu'il occupe, passe aux yeux des gens pour détenir un peu de la puissance de ce journal, pour y avoir des amitiés, pour n'être pas sans accès ni influence auprès des meneurs de l'opinion, même auprès des politiciens. Et peut-être en va-t-il bien un peu ainsi. Rien n'empêchera Haverkamp de consacrer une petite partie de l'emplacement dont il sera locataire à de courts articles où il se donnera le luxe de traiter des questions d'intérêt général. Il exposera ses idées à lui ; il amorcera des campagnes. Sans se croire des dons d'écrivain, il trouvera beaucoup de plaisir dans l'exercice d'écrire. Il se voit d'avance occupant certaines soirées à chercher ses phrases, à les châtier, à les enchaîner comme il faut. Ce sera comme un jeu d'amateur qui le récompensera du dur travail de la journée. Ces bouts d'articles, tombant par hasard sous les yeux du lecteur ordinaire, et retenant son attention, donneront du lustre à la publicité contiguë. Ils permettront à Haverkamp de rendre, à l'occasion, de petits services ; de se faire — qui sait ? — vaguement redouter.

Du même coup, MM. de Lommérie, Thénezay et consorts, sentiront qu'ils ont en face d'eux non un homme de paille, avec qui l'on ne se gêne pas, mais quelqu'un d'indépendant, et qui compte.

Dommage qu'il soit trop tard pour jouer cet atout à la réunion du 18. Si pourtant l'on pouvait annoncer au début de l'entrevue, et d'un ton détaché : « Je suis en pourparlers avec *Le Matin* ; je vais probablement y tenir la rubrique immobilière... » et que ce fût vrai ? Souvent toute une discussion est affectée par un impondérable de cet ordre.

Le Matin, il n'en est pas question, bien entendu. En admettant qu'une combinaison de ce genre y soit possible, elle exigerait des fonds de première mise, et de roulement, dont Haverkamp ne dispose pas. De même pour *Le Journal*, et les autres quotidiens à gros tirage, ainsi que les grandes feuilles mondaines. Un bon journal du soir ferait peut-être l'affaire. (Un tirage moindre, une diffusion restreinte à Paris et ses environs immédiats, les habitudes mêmes de leur clientèle rendaient alors ces feuilles — *Le Temps* mis à part — fort arrangeantes en matière de publicité.) A *La Liberté*, qui eût convenu en tous points, la place est déjà prise. Ailleurs, c'est la clientèle qui semble étrangère aux soucis immobiliers. Il y a les quotidiens du matin, de second et troisième rang. En particulier les feuilles dites d'opinion, ou de doctrine. Presque toutes mènent une vie précaire. Plusieurs ne s'adressent qu'à des fanatiques, qui absorbent leur journal comme une drogue, dans un état de transe peu compatible avec l'examen pondéré d'une offre de terrain à bâtir. D'autres, à ce qu'on prétend, ont une circulation réduite aux membres du Parlement et des Comités. Il pourrait n'être pas absurde d'y créer une rubrique immobilière, à condition de n'en attendre aucun avantage commercial direct. Ce serait simplement pour l'agence une façon de se faire valoir auprès de sa propre clientèle : « Je signalerai votre immeuble en bonne place dans ma rubrique de *L'Événement* », « Vous n'avez pas vu ce que j'écrivais hier à propos du percement du boulevard Haussmann ? »

Et *La Sanction* ? De toutes les feuilles de doctrine, c'est actuellement la plus vivante, et la seule qui, malgré sa couleur politique accusée, atteigne un public assez large. Elle semble en pleine extension depuis que Gurau la dirige. Est-ce lui qui est directeur en titre ? Peu importe. Haverkamp ne manque pas d'une certaine sympathie pour Gurau. Belle tête, fine, distinguée. (Haverkamp n'aime pas retrouver chez les autres la rudesse et la robustesse qu'il sait être les siennes.) Les idées de Gurau lui semblent plus dangereuses. Mais il ne leur trouve pas cet air d'irréalité qui lui rend si pénibles tant de discours ou d'écrits politiques. (En les lisant, il ne cesse de se demander : « A quoi cela se rapporte-t-il ? » Il ne soupçonne pas que d'autres puissent chercher là une espèce de musique.)

Une rubrique immobilière à *La Sanction* ? Pourquoi pas ? Dans ce journal, la publicité n'a pas grandi à la mesure du succès, qui est trop récent. D'ailleurs les agents de publicité, à ce qu'il a pu en juger, sont encore plus routiniers que ses propres confrères. Qu'un journal depuis cinq ans soit pratiquement mort, ils continuent à diriger sur lui les annonces, comme si de rien n'était, en consultant le tarif immuable de la ligne sur le tableau crasseux qui leur pend devant le nez. Et ce n'est pas avant cinq ans qu'ils s'apercevront de l'importance nouvelle de *La Sanction*. (De ce côté-là aussi il y aurait une place à prendre. Mais on ne peut pas se mêler de tout.) Profitons-en du moins pour nous faire donner un contrat dans les prix doux ; et de longue durée. A l'égard de ces messieurs catholiques, il sera piquant de s'appuyer sur un journal tout à fait de gauche. Leur considération pour un partenaire aussi visiblement indépendant, et peut-être nanti d'accointances mystérieuses, sera loin d'en être diminuée. Encore faut-il que, pour l'ensemble de sa publicité, *La Sanction* n'ait pas accordé un contrat exclusif à une grande maison.

Il a pris par la rue Linois, et arrive au bord de la Seine. En face de lui, par-delà le fleuve scintillant, se gonfle la colline de Passy, soulevée, augmentée çà et là de constructions neuves. C'est un Paris spécialement blanc. L'odeur de la craie, le bruit de la scie restent mêlés à l'air qui en vient. Les bleus d'architecte, les plans cotés en élévation et en coupe font partie des sensations. La réalité contient plus de chiffres qu'ailleurs. Le béton et le ciment y semblent des surprises de la vie. Le piéton Haverkamp n'est pas fâché qu'un pont de fer — déjà un peu vétuste il est vrai — le mène dans cette direction-là.

XIX

HAVERKAMP A « LA SANCTION »
DEUX ESPRITS NETS

La maison est ancienne. Les murs, souillés. De quelque côté que l'on se tourne, l'on aperçoit des réserves d'ombre, d'humidité et de poussière. L'escalier semble une cheminée de tristesse, l'intérieur d'une grosse cheminée d'usine où monterait, pour se joindre au ciel pluvieux de Paris, un gaz irrespirable, qui serait mélancolie de concierge, chagrin d'amour de blanchisseuse repassant à la lumière du gaz, mauvaise digestion de lithographe en sous-sol.

Heureusement, il arrive qu'un gamin dégringole les étages quatre à quatre, en faisant chanter la paume de sa main sur la rampe juste un peu grasse.

*
* *

La Sanction occupe deux étages, ou plus exactement la moitié droite de deux étages : le premier au-dessus de l'entresol, et le second. Au premier, deux grandes plaques de cuivre carrées, sur les deux battants de la porte, indiquent l'une le nom du journal, l'autre « Administration, abonnements, publicité ». Au second, encore le nom du journal, et « Direction, rédaction ».

Haverkamp s'est promené d'un étage à l'autre. « Je voudrais voir M. le Directeur. — M. Treilhard ? Il vous attend ? — Non, M. Gurau. — Mais M. Gurau n'est pas directeur. Et puis je ne pense pas qu'il soit là. »

Haverkamp est un peu décontenancé. L'intérêt de sa visite chancelle. C'est à Gurau qu'il lui plaisait d'avoir affaire. Treilhard ? Qu'est-ce que Treilhard ?

Devant sa mine perplexe, le garçon ajoute :

— Il s'agit de quoi ?

— D'une question très sérieuse qui concerne à la fois la rédaction et la publicité.

— Pour la publicité, c'est en dessous.

— Mais non. La question ne peut être traitée par un subordonné. C'est à M. Gurau lui-même que j'aurais voulu en parler d'abord.

— Vous avez votre carte ?

*
* *

Après dix minutes d'attente, et une conversation avec une jeune secrétaire, Haverkamp est introduit dans un bureau long et très étroit, où l'accueille un homme mince et brun, d'à peine trente ans, en qui Haverkamp croit reconnaître la « froide correction diplomatique ». Qui est-ce ? La jeune secrétaire a dit quelque chose comme : « M. Laveuil, ou Lafeuille », mais sans préciser la fonction qu'il occupe ici.

M. Laveuil, ou Lafeuille, prie Haverkamp de s'asseoir et d'exposer l'objet de sa visite « comme s'il avait affaire à M. Treilhard lui-même ».

Haverkamp n'éprouve aucune sympathie pour le petit monsieur brun. Mais il n'est pas de ces nerveux qui accordent à leurs impressions plus d'importance qu'elles n'en méritent. Ce n'est pas parce que son interlocuteur occasionnel lui déplaît qu'il formera moins bien ses phrases, en laissera la moitié de côté, et aura l'air de souhaiter lui-même un refus pour s'en aller plus vite.

Il se présente donc en deux mots, donne à entendre que son agence n'est pas la première boîte venue, et explique son projet. Dans la presse quotidienne, c'est à *La Sanction* qu'il a d'abord pensé, parce qu'il la lit avec sympathie. Jusqu'ici les annonces immobilières n'ont tenu dans *La Sanction* qu'une place infime. Il y a donc tout à faire pour habituer le lecteur à s'y intéresser, et le public du dehors à venir les y chercher. Mais il compte sur la valeur des ses annonces, la façon dont il les présentera, l'intérêt rédactionnel qu'il espère donner à la rubrique. Bref, loin de nuire à la tenue d'un journal, cette rubrique peut en devenir un des attraits. On ne peut donc pas envisager l'accord à intervenir comme un contrat de publicité ordinaire. Toutes sortes d'éléments sont à peser ; y compris le risque qu'assume Haverkamp, et la plus-value que peut entraîner son initiative pour la publicité de *La Sanction* en général.

Pierre Lafeuille écoute, pose deux ou trois brèves questions ; ne paraît nullement insensible à ce que les façons de Haverkamp laissent voir d'énergie et de lucidité.

— C'est en effet très intéressant, dit-il, et vous aviez raison de considérer que c'était un problème à porter devant la direction de la maison... la direction administrative... Non, cela ne concerne pas M. Gurau. D'abord, M. Gurau tient ici une place très importante, comme chacun sait. Mais il n'est pas directeur. Même pas rédacteur en chef. C'est curieux en effet... Non... on ne vous a pas trop mal dirigé. C'est bien par moi que cela devait d'abord passer... Je vais étudier la chose... Oui, oui, très vite... Je conçois bien que vous êtes pressé d'avoir une réponse, et que faute d'aboutir ici, vous voulez pouvoir vous adresser ailleurs... Non, nous n'avons aucun contrat général qui nous lie sur ce point... En tout cas, comme vous dites, si nous tombions d'accord sur le principe, il ne serait probablement pas impossible de trouver ensuite des modalités raisonnables. N'est-ce pas ? Cela ne me semble pas sorcier. Il est certain que l'existence même de votre rubrique attirera ici un certain nombre d'annonces, qui, sans vous, ne seraient pas venues. Et comme, si elles ne viennent pas, c'est vous qui boucherez les trous avec votre publicité, il est également certain que vous assumerez un risque. Donc, pas question de vous appliquer notre tarif ordinaire. Cela va de soi. Nous avons malgré tout à tenir compte de la surface que vous nous prendrez. En revanche vous l'occuperez régulièrement ; chaque semaine, dites-vous ? Et vous accepteriez le jour qui nous arrangerait le mieux ? Bon. Cela constitue évidemment une rentrée assurée pour nous, avec le minimum de souci. Quant à l'attrait pour le public, dont vous parliez, j'en suis un peu moins sûr. Oh ! C'est à voir... D'autre part, il est bien vrai que, si la proposition nous séduit, notre intérêt est de vous rendre la chose faisable... En ce qui concerne les règlements, par exemple, comme il se peut qu'au début, en effet, vous ayez surtout à alimenter votre rubrique avec vos propres annonces... Mais vous pourrez les faire payer à vos clients ? Ah !... vous les effaroucheriez ? A leurs yeux, cela fait partie des services que vous êtes appelé à leur rendre, et qu'indemnise en cas de succès votre commission ?... Oui, c'est possible... Je sais bien que vous aurez plus de clients, que vous réussirez plus d'affaires, et que vous toucherez plus de commissions... Bref, nous pourrions, pour aider momentanément votre trésorerie, prévoir des règlements un peu réduits, au début... oui, vous laisser le temps de partir... Une espèce de tarif pour la période d'essai, qui s'élèverait automatiquement, de mois en mois, par exemple, jusqu'à la fin de l'année, où l'on atteindrait le palier définitif. Avec même faculté pour vous de renoncer, si d'ici là vous n'arriviez pas à vous en sortir... Hein ? Dommage que M. Roger Sammécaud ne soit pas venu aujourd'hui... Non... il n'a pas ici de fonction en titre. C'est un grand ami de la maison simplement, et il a une expérience énorme des affaires. Il nous aurait certainement donné de bons conseils... Je lui en parlerai d'ailleurs.

XX

LE SECRET DE MARIE DE CHAMPCENAIS

Sammécaud ne pouvait guère se trouver là, en effet, puisqu'il avait, à peu près à la même heure, rendez-vous avec Marie, rue de la Baume.

Ils s'y retrouvaient assez régulièrement ; tous les huit jours environ, et plutôt dans la première moitié de la semaine. Quand il était mal disposé, Sammécaud y allait comme à une corvée de politesse ; et au retour, il se répétait avec agacement : « C'est une comédie. » Il est vrai qu'elle n'était ridicule qu'à ses yeux à lui. Aux yeux de Marie, elle restait exquise, touchante. En dehors d'eux, personne n'en soupçonnait rien. Or l'on supporte beaucoup mieux un ridicule dont on est le seul appréciateur.

D'ailleurs, ridicule ou non, c'était une comédie qu'il n'était pas facile d'interrompre. Comme il avait déclaré délicieux les premiers de ces chastes rendez-vous, il aurait eu mauvaise grâce de se dérober aux suivants. Il était prisonnier de son personnage. Marie semblait lui être si reconnaissante de ne pas se conduire comme tous les hommes, d'avoir surmonté avec tant de brio l'égoïsme sensuel qui est dans la nature masculine ! Et puis, elle avait des façons câlines de l'en remercier, qui sentaient un peu trop la jeune fille, mais qui, une fois admis cet ordre de convention amoureuse, avaient leur charme.

Il était prisonnier aussi de la garçonnière. Pour un homme que ses goûts « artistes » n'empêchaient pas d'avoir de l'ordre, un tel local réclamait un usage. Mieux valait encore le faire servir à ces délassements innocents que d'abandonner aux araignées des teintes si bien choisies. Certes, à la rigueur, on aurait pu y attirer d'autres visiteuses. Mais Sammécaud, qui ne répugnait pas aux trahisons élégantes, eût un peu rougi de celle-là.

A d'autres jours, il n'avait pas besoin de se forcer pour prendre plaisir à ces rencontres, pour les attendre comme une halte dans la semaine, une halte dédiée à de légers mouvements du cœur, quelque chose de subtil, de mièvre, et, se disait-il, d'« assez japonais ». Ils en étaient arrivés à un ton d'amitié véritable. Ils échangeaient des confidences sur leur passé, leurs goûts, leurs rêveries, avec une liberté, une sincérité d'accent qu'ils n'avaient jamais connues entre eux du temps de leurs relations anciennes, que même ils n'avaient peut-être jamais connues avec personne. Et l'un finissait comme l'autre par trouver reposant que ces confidences ne fussent pas les feintes et les manœuvres d'une conquête.

A plusieurs reprises, elle lui avait dit :

— Je suis si heureuse, Roger, si vous saviez, d'avoir un ami, un grand ami, quelqu'un à qui on peut tout dire, et qui ne vous écoute pas avec une arrière-pensée. Je me sens parfois tellement seule.

Il était ému de cette confiance. Il tenait à la mériter. Il se demandait presque s'il n'allait pas, par des voies surprenantes, devenir profondément amoureux. « Si je pensais que c'est une coquette, je haïrais son manège... Ou même simplement une prude mijaurée... Mais il y a vraiment en elle des douceurs, des douceurs préservées. Elle a peut-être souffert. Pourquoi ne pas me figurer que j'ai vingt ans, et que je console une petite amie frissonnante ? »

*

* *

Ce jour-là, il était venu lui-même à ce rendez-vous comme à une consolation. Il avait eu avec sa femme, en déjeunant, une discussion d'une âcreté odieuse. Leurs enfants, deux fils et une fille, en avaient été le prétexte. Berthe Sammécaud prétendait les diriger, sans partage, aussi bien que garder leur cœur, et quand leur père leur donnait trop de signes d'intérêt, ou recevait d'eux quelque témoignage inopiné d'affection, elle montrait une extrême jalousie. Mais, en revanche, si elle avait à se plaindre un peu sérieusement de leur conduite, en particulier lorsque telle de leurs incartades accusait avec évidence les défauts de son système d'éducation, elle exigeait que Sammécaud se chargeât de la réprimande ; et elle ne la trouvait jamais assez rude. « On dirait que vous avez peur d'eux. Si vous m'aimiez, vous me feriez respecter. Mais je sens très bien qu'au fond vous leur donnez raison. Il est fatal que des enfants se moquent de leur mère, quand ils savent que leur père se mettra de leur côté. » Elle procédait de même en ce qui concernait les domestiques. S'il y avait une permission ou une gratification exceptionnelle à leur accorder, une gentillesse quelconque à leur faire, elle estimait naturel d'en avoir le mérite à leurs yeux. Mais si une femme de chambre, qu'elle avait harcelée dans un de ses jours de nervosité impérieuse, lui répondait un peu vivement, Sammécaud était sommé de lancer la foudre. Et s'il y mettait quelque modération, on l'accusait d'encourager l'insolente, et pour un peu, d'avoir envers elle une indulgence des plus suspectes.

Il avait d'ordinaire assez de sang-froid pour accueillir ces sorties comme de petites misères de la nature féminine. Mais l'amitié de Marie, la douceur courtoise qu'il rencontrait chez elle, et dont on n'imaginait pas qu'elle pût en aucune circonstance tout à fait se départir, commençaient à le rendre moins patient. Ce jour-là, il s'était permis de répliquer, et peut-être de hausser le ton. Berthe Sammécaud partit, là-dessus, dans une de ces colères, où l'éducation disparaît soudain comme un maquillage dans la sueur. Sammécaud constata qu'une fille de gros industriels possède, sans qu'on s'en explique bien l'origine, un bagage de mots orduriers à peine moins riche que celui d'une blanchisseuse. Il se dit que c'était bien là qu'on reconnaissait la différence entre une bourgeoise, même opulente et renchérie, et une femme de naissance distinguée ; que « jamais et jusque dans la pire colère, une fille de l'aristocratie ne serait descendue à ces saletés-là ». C'était un acte de foi sans doute assez naïf. Mais chacun met ses nostalgies où il peut.

Le résultat fut de le faire penser plus tendrement à la « la distinction adorable » de Marie, et au rendez-vous qui les réunirait dans quelques heures. L'avoir comme amie intime, être traité par elle comme par une sœur très caressante et qui vous préfère, se savoir son confident, celui de tous les autres êtres à qui elle dit le plus de choses, celui qui est le mieux placé pour la comprendre, pour la soutenir, celui avec qui elle finit par avoir le plus de sentiments communs ; n'était-ce pas déjà un but appréciable ? Dans la mesure où il l'avait atteint, Sammécaud était-il fondé à se plaindre ? Ne devait-il pas au contraire se sentir flatté, récompensé ? Et quand il avait lui-même à se soulager de quelque amertume, ne pouvait-il pas être fier de disposer d'une confidente de cette qualité.

*
* *

Jusque-là, il avait toujours évité de parler de Berthe avec Marie. Et si elle n'avait pas gardé exactement la même réserve en ce qui concernait son propre ménage, ce genre de confidences, où la délicatesse a souvent à souffrir, et où les conversations de l'adultère risquent de prendre un air de ragots d'office, ne leur était nullement habituel.

Mais ce jour-là, il avait le cœur trop chargé. Les élégances d'attitude ne comptaient plus.

— Je suis si content de vous voir, vraiment, ma grande amie !

Il avait dit cela avec un élan dont la sincérité ne pouvait faire de doute. Marie en fut émue. Ses yeux s'attendrirent. Ses mains que Sammécaud avait prises eurent une secousse.

— Je sais bien, continua-t-il, qu'on devrait garder ça pour soi. Et que ça pourrait sembler mesquin, et à peine correct, de venir ici vous entretenir de sujets pareils. Mais vous êtes ma grande amie, et je n'ai personne d'autre à qui le dire...

Elle lui serra les mains.

— ... Je sais bien que vous n'êtes pas ici pour me juger d'un regard froid ; armée de convenances mondaines. N'est-ce pas, ma chérie ? Notre amitié est au-delà de tout ça. Je m'en voudrais de ne rien vous laisser voir d'un écœurement qui, j'ai beau faire, ne peut pas s'en aller depuis tout à l'heure. Ne pas vous en parler, ce serait vous mentir, mettre un masque ; manquer de confiance envers vous...

Il raconta la scène du déjeuner, d'ailleurs sans accabler sa femme. Il fut même généreux. Sa générosité procédait moins d'un désir d'élégance qu'elle ne se rattachait à tout un mouvement de bonté, de compréhension apitoyée, d'indulgence humaine et un peu ironique, dont il venait d'être saisi, en même temps qu'il sentait croître pour Marie une amitié qui se moquait de l'amour-propre.

Il eut le courage d'ajouter (mais ce courage lui faisait plaisir ; l'humiliation où il se laissait glisser lui faisait plaisir) :

— Je suis allé jusqu'à me dire ceci : que, toute question de caractère mise à part, cette affreuse scène, à propos des enfants, de la façon d'élever les enfants, puait la bourgeoisie ; qu'à ce moment-là, elle et moi, nous devions former, de chaque côté de notre table, un beau couple de bourgeois ! J'ai pensé à vous. Je vous ai vue tellement au-dessus de tout ça... Je me suis dit que, moi aussi, sans m'en douter, je devais avoir des traces de cette vulgarité ; les emporter avec moi ; que vous deviez les sentir ; que j'avais eu bien de l'audace d'aspirer à vous ; que vous étiez déjà bien bonne de me donner votre affection... qu'une femme comme vous aurait eu le droit de...

Elle avait essayé de l'arrêter en lui prenant plusieurs fois les mains. Comme il continuait, elle lui mit la main droite sur le bras, et lui adressa un regard de tendresse presque suppliante. Elle aurait voulu trouver, de son côté, le courage de lui dire : « Mais vous êtes fou, mon cher Roger. Pour quelle sotte me prenez-vous, de penser qu'une idée pareille ait pu me venir ? Vous qui, au contraire, avez tant de distinction à tous égards. »

Elle évoquait les diverses supériorités de Sammécaud. Elle le revoyait racontant un voyage ; citant un monument, une phrase de Barrès, une mélancolie ; s'accoudant à un meuble ; offrant un profil si peu commun ; ayant certaines intonations, certaines lueurs des yeux. Elle le comparait à tant de pauvres garçons comme le baron de Genillé, qui n'avaient même pas sur lui l'avantage du vêtement ou des manières. Avait-il pu croire qu'elle s'était refusée par mépris ? Elle faillit lui tendre ses lèvres.

Mais son besoin de le rassurer découvrit une issue moins dangereuse. Elle lui dit que les scènes de ménage n'étaient jamais belles ; que les violences pouvaient en être inégales suivant les personnes ; mais que la différence de ton tenait bien moins aux milieux qu'aux caractères.

— Je vous jure que nous avons pour voisins, en Sologne, des gens que je ne vous nommerai pas, pas très riches, mais le mari et la femme fort titrés, et se considérant comme bien mieux nés que nous. Ils ont entre eux des disputes effroyables, auxquelles assiste, à l'occasion, un couple de jardiniers flegmatiques et cérémonieux entre eux comme sont parfois les paysans. Le jardinier, qui n'a peut-être jamais dit un mot plus haut que l'autre à sa femme, les entend échanger des injures ignobles. Car le marquis — c'en est un — n'a pas votre patience. Vous, Roger, on vous sent au contraire tellement maître de vous ; tellement incapable d'une grossièreté. Et puis il y a des scènes qui font très peu de bruit, mais qui n'en sont pas moins terribles... Il y a des façons de vous dire poliment : « Je veux cela, et rien d'autre », auxquelles on se demande si l'on ne préférerait pas la colère, les injures... D'ailleurs la question des enfants est toujours si difficile... De ce côté-là, vous avez encore bien de la chance.

A ce moment, elle parut plus émue, et d'une émotion plus personnelle, que ne le comportaient les confidences de son ami.

Ils étaient assis sur deux fauteuils rapprochés. Elle se leva, en dégageant ses mains, et alla se mettre au bout du canapé, s'appuyant à l'accoudoir, et renversant un peu la tête ; mais non pas d'un air d'éloignement ; comme si au contraire elle l'eût appelé.

Il se leva à son tour, s'assit près d'elle, la regarda. Il comprit que ses yeux se remplissaient de larmes, mais qu'elle était aussi confuse de les laisser voir qu'avide d'être consolée.

Soudain, avec beaucoup de jeunesse et de câlinerie dans le geste, et une façon de se mordre les lèvres qui valait bien des sourires, elle jeta sa tête contre l'épaule de Sammécaud, tandis qu'elle avançait une main sur son veston, jusqu'à lui frôler la poitrine, et de l'autre, s'appuyait au siège du canapé.

Elle lui murmura tout près de l'oreille :

— Il y a une chose, moi, que je ne vous ai jamais dite. C'est la grande peine de ma vie. Je ne l'ai jamais racontée à personne. Sauf, bien entendu, ceux qui étaient absolument forcés de le savoir. Il faut que je vous le dise ; parce que vous êtes maintenant mon grand ami, et qu'il me semble que ce serait mal de vous le cacher.

Il lui posa un baiser sur la tête, lui enveloppa à demi l'épaule de son bras gauche, et sans autre marque plus indiscrète de tendresse, lui fit comprendre qu'elle pouvait se confier.

— Vous pensez que je n'ai pas d'enfant, dit-elle. Ou que si j'en ai eu un, il est mort depuis longtemps. N'est-ce pas, Roger ?

— A un moment, j'ai cru en effet, pour l'avoir entendu dire à je ne sais plus qui, que vous aviez eu un enfant, au début de votre mariage, et qu'il était mort en bas âge. Que c'était peut-être ce mauvais souvenir qui vous avait détournée d'en avoir d'autres. Mais je n'y avais pas attaché grande importance. Et je n'y songeais plus. Je ne suis pas, je l'avoue, un fanatique de la famille.

— Eh bien, j'ai un enfant.

Il se tut.

— Vous ne répondez pas ?... Vous vous en doutiez ?

— Pas du tout.

— Et vous n'êtes pas surpris de ce que je vous révèle ?

Elle parlait d'une voix brisée. Des larmes continuaient à mouiller ses yeux. Il se contenta de poser les lèvres sur le front tourmenté qu'elle levait vers lui.

— Où pensez-vous qu'il soit ?

Il eut un geste des mains, des épaules ; un sourire qui encourageait la confiance.

— Je me considère parfois comme une espèce de criminelle... oui, oui ». Elle faisait « oui, oui » avec de profonds hochements de tête. « Il m'arrive de me dire : "Si au moins il était mort !" Oui, j'ose me dire cela ! Hier encore, j'ai osé me dire cela ! Il y a de longues périodes où je me résigne. L'habitude... J'ai l'impression d'oublier. Et puis cela me revient, je suis dans un moment où cela me revient.

Il ne lui fit pas de questions. Mais son attitude signifiait : « Parlez. Ne vous retenez plus. » Elle s'expliqua peu à peu.

La deuxième année de son mariage elle s'était trouvée enceinte ; et après une grossesse non pas très pénible, mais assez troublée, avait mis au monde un fils, trois ou quatre semaines avant terme, si du moins ses calculs ne l'avaient pas trompée. L'accouchement lui-même fut laborieux, sans de trop graves incidents. A la surprise du médecin, l'enfant avait un poids presque supérieur à la normale. (La tête surtout était volumineuse.) Le début de sa vie ne montra rien de bien inquiétant, sauf quelques petits signes qui n'auraient eu leur importance que pour des observateurs prévenus. L'enfant se développait quant à la masse du corps ; mais semblait en retard quant aux fonctions : les cris, l'usage des yeux, les marques d'intérêt, les mouvements coordonnés, tout apparaissait plus lentement que chez d'autres. Marie, très fatiguée, n'avait pu songer à le nourrir. Elle ne l'avait même gardé que deux mois auprès d'elle. M. de Champcenais, comme s'il pressentait quelque chose — ou peut-être avait-il eu en secret des conversations avec le médecin — insista pour qu'on envoyât à la campagne la nourrice et le bébé. Marie parlait d'y aller aussi. Mais M. de Champcenais fit valoir que le pays auquel il pensait, et qui était celui de la nourrice, serait en cette saison-là un séjour lugubre ; qu'au reste il n'avait pas envie, lui, de rester seul. La nourrice était la femme d'un garde-forestier de l'Yonne. Le ménage, d'une propreté exceptionnelle, habitait une maison on ne peut mieux située. Et l'on payerait une pension assez forte pour se montrer exigeant. Marie n'avait donc rien à craindre pour la santé du bébé. Elle dut se contenter d'aller le voir tous les quinze jours.

A la fin de la première année, elle commença de craindre d'avoir mis au monde un enfant anormal. Champcenais, à qui elle avouait ses inquiétudes, ne se prononçait pas. Mais elle remarqua que dès ce moment il évitait qu'on parlât de l'enfant autour de lui, et même dans les conversations intimes du ménage supportait mal qu'il en fût longtemps question. A deux ans, le petit garçon, avec sa grosse tête, et ses membres épais, en paraissait le double. Mais il tenait à peine sur ses jambes. Il en était encore aux bredouillements inarticulés. Son appétit était insatiable. A trois ans, il prononçait juste quelques mots. Sa voix, ses expressions de visage donnaient un malaise. A l'occasion, les amis du ménage, qui avaient su la naissance de l'enfant, demandaient de ses nouvelles. Mais quand Champcenais eut répondu quatre ou cinq fois d'un air peu engageant que « ça n'allait pas très bien », qu'il craignait « des ennuis prochains de ce côté-là », ils cessèrent de l'interroger ; et comme Marie imitait sa réserve, l'enfant disparut peu à peu des conversations et même des pensées de l'entourage. Certains crurent qu'il était mort, et que les parents, obéissant à une espèce de pudeur du chagrin, s'étaient abstenus d'en faire part. D'autres oublièrent qu'il avait existé. Quelques-uns seulement gardèrent le sentiment d'une énigme.

— Je voulais le reprendre avec nous. Mais Henri s'y est opposé. Il a un orgueil effrayant. Je dois reconnaître qu'il ne s'est pas contenté de me dire : « Je veux. » Il a essayé de me convaincre. Ses raisons n'étaient pas toutes mauvaises : « Quel avantage y aura l'enfant ? L'air de la campagne, même le milieu où il vit, lui conviennent mieux à tous points de vue. Si par miracle il arrivait à un développement normal, il serait toujours temps de le ramener ici. De petits retards dans l'instruction, même dans l'éducation, n'ont aucune importance. En attendant il acquiert toute la santé qu'il peut. Et il évite des comparaisons humiliantes. Pour nous d'abord évidemment. Mais aussi pour lui. La paresse des facultés intellectuelles s'accompagne parfois d'une sensibilité très vive, même violente. Ici, il pourrait s'apercevoir fort bien de la pitié ou du mépris, selon les cas, dont il serait l'objet. Il achèverait de se refermer. Là-bas il est bien avec de braves gens qui s'étonneront à peine de le trouver moins éveillé qu'un autre. Son infériorité se marquera bien moins. Et je crois même qu'il assimilera plus de choses, justement parce qu'elles seront plus rudimentaires, mieux faites pour lui. » D'ailleurs Henri avait montré l'enfant à un médecin de Sens, qui, paraît-il, est un très bon spécialiste. Et le médecin avait dit : « Pour le moment, je ne vois rien à faire de mieux. Physiquement, votre petit garçon est dans les meilleures conditions pour pousser. Intellectuellement... la question se posera surtout un peu plus tard... Il y a des établissements organisés pour cela. » J'avoue que l'idée de le mettre dans une espèce de prison pour enfants arriérés ne me souriait pas davantage... Le forestier et sa femme, assez âpres, comme ces gens-là, ne demandaient qu'à bien soigner cet enfant et qu'à le conserver, puisqu'il leur procurait une véritable aisance. Henri avait dit : « Je veux être très large ; pour toute espèce de raisons. »

— Mais, mon Dieu ! interrompit Sammécaud, je vois bien que tout cela, ma chérie, a dû vous faire souffrir. Mais je ne vois pas, en revanche, que vous ayez quoi que ce soit à vous reprocher... La solution était très raisonnable. Une autre, qui eût été plus sentimentale, n'eût rien donné de bon, je crois, pour personne... c'est un gros ennui dans votre vie. Quelle est la famille qui n'en connaît pas d'analogues, ou de pires ?...

— Attendez. C'est après que j'ai été coupable. Si. Très gravement. Ce ménage de forestiers, moitié par intérêt, moitié par habitude, s'est attaché à cet enfant, et lui ne pouvait guère aimer qu'eux. Au début, c'est à nous qu'on lui avait appris à dire papa et maman lors de nos visites — à moi surtout, car mon mari faisait une drôle de mine en entendant ce petit, qu'il considérait comme une espèce de monstre, l'appeler papa. Mais c'était purement mécanique. Nous ne pouvions rien être à ses yeux. Un jour, je me souviens du serrement de cœur que j'ai eu — il avait peut-être quatre ans à ce moment-là — quand je l'ai entendu dire papa et maman à ces forestiers, avec un naturel, une affection visibles. Je vous garantis que ces mots avaient pris un sens... Je me souviens aussi que la femme, qui me voyait peinée, voulut lui faire répéter son papa et maman habituel. Il a si bien montré qu'il ne comprenait pas... oui, qu'on lui demandait là quelque chose d'absurde... Mon mari s'est empressé de mettre fin à l'incident. Au point que j'ai douté si ce n'était pas lui qui s'était entendu avec les forestiers pour que l'enfant cessât peu à peu de nous considérer comme ses parents. A ce moment-là, j'ai sûrement été lâche. Et j'en ai eu conscience. Je me rappelle que dans le train qui nous ramenait je ne cessais de me dire : « Cet enfant, que nous renions, a tout de même son intelligence à lui, puisqu'il refuse de dire papa et maman à des êtres qui ne le méritent pas. » Et j'ai pleuré tout le long du chemin comme aujourd'hui.

Elle s'arrêta. Sammécaud lui appuyait doucement un mouchoir sur les yeux et les joues pour étancher ses larmes.

— C'était bien un peu inévitable, dit-il... Mais que s'est-il passé quand il a été plus grand ?

— Il est resté chez ces gens. Mon mari a chargé l'instituteur du village voisin de venir s'occuper de lui, à ses heures libres. Il y avait sept kilomètres à faire à travers la forêt. A bicyclette. Vous voyez cela la nuit, en hiver. Mais quand on paye... J'aurais préféré un abbé... Mon mari a prétendu que les instituteurs actuellement avaient de meilleures méthodes ; qu'un brave curé de campagne, en face de ce cerveau arriéré, aurait trouvé plus que suffisant de lui faire ânonner quelques prières.

— Il a peut-être eu raison.

— D'ailleurs j'ai obtenu par la suite des leçons de catéchisme.

— Et où en êtes-vous maintenant ?

— Marc a douze ans passés. Il s'appelle Marc, le pauvre petit. » Elle eut un sanglot, comme si le nom de Marc ajoutait au poignant de la situation. « Il est né en octobre 96, donc il aura bientôt douze ans et demi. Il est très grand pour son âge ; assez gros. La tête paraît moins disproportionnée que jadis ; mais elle a pourtant une forme étrange... Il continue à vivre chez eux. Il accompagne souvent le forestier dans ses tournées. Il s'intéresse aux travaux de la maison. C'est un solide gaillard. Il déplace d'énormes morceaux de bois. Le seul défaut de caractère qu'on lui trouve, c'est une disposition à des colères violentes, quand on le contrarie sur un détail quelquefois infime. C'est mystérieux. Le reste du temps, il est d'une grande douceur. Il a pour ces gens qui l'ont élevé une affection farouche.

— Et pour vous ?

— Il ne nous reçoit pas mal. Il lui arrive même de m'accueillir d'un air très joyeux. Il est vrai que je lui apporte toujours quelque cadeau. Ma venue coïncide avec un plaisir.

— Qu'êtes-vous, exactement, à ses yeux ?

— Voilà !... Mon Dieu, que c'est triste... Je n'ai jamais pu rattraper ma lâcheté de cette fois dont je vous parlais... Il a adopté les expressions : « Pépé de Paris », et « Mémé de Paris ». Je ne sais pas au juste à quoi elles répondent dans sa tête. Nous devons être des espèces d'oncle et tante. Bien que le respect que nous témoignent ses prétendus parents doive l'étonner.

— Un enfant très intelligent, qui serait dans sa situation, aurait du mal à ne pas tomber dans la même erreur. Et vous ne l'en tireriez pas, en le forçant à vous appeler papa et maman, à moins de lui donner des explications physiologiques brutales. Mais je viens de parler d'intelligence... Est-ce que, de ce côté... ?

— Je finis par ne plus savoir... Oh ! je sais qu'il est très mal doué... Mais est-ce seulement un enfant qui apprend moins vite que les autres, qui retient moins bien, qui a une certaine lenteur d'esprit... ou quelque chose de pire... un véritable infirme ! Je n'ose plus me prononcer...

— Vous devez pouvoir en juger par son degré d'instruction ?

— Dans une certaine mesure. On l'a si peu poussé. Il lit et écrit très couramment. Son orthographe est très mauvaise, oui, très mauvaise. On me dit, peut-être pour me consoler, qu'il est doué pour le calcul. Mais on ne peut guère juger. Il passe sa vie dans les bois, dans la basse-cour. Bien des gamins de campagne, et même des conscrits, n'en savent pas plus. Ce ne sont pourtant pas des idiots. C'est plutôt sa conversation, son abord, ses façons enfin qui doivent sembler bizarres quand on n'y est pas habitué... Comme j'aimerais avoir votre impression, Roger.

— C'est vrai ? Vous me dites cela sérieusement ?

— Mais oui. Très sérieusement. Vous êtes mon grand ami. Je me sens déjà si soulagée de vous avoir confié mon secret. Vous me diriez comment vous le trouvez, bien franchement, sans craindre de me faire de la peine. Vous pensez que je n'en suis plus à un peu de peine en plus ou en moins... Je ne reproche pas à mon mari de manquer d'esprit raisonnable, certes ! Mais vous avez des finesses, des sensibilités. Vous êtes moins deux et deux font quatre. Vous verrez ce que lui ne verra pas. Vous me donnerez un conseil. Il y a sûrement une décision à prendre. Nous n'allons tout de même pas en faire un bûcheron. Vous me direz s'il faut que nous le ramenions avec nous... ou s'il n'y aurait pas quelque autre direction à lui trouver...

Elle avait formulé la première hypothèse sans entrain, par simple acquit de conscience. Elle reprit, comme pour répondre à un reproche intérieur :

— Je n'ai pas l'air de l'aimer, n'est-ce pas ? Je vous jure pourtant que je l'aime, ce pauvre petit... Oh ! ce n'est pas pour dire que j'en suis moins coupable... Si, si... Je confesse qu'à certaines époques, j'ai fait tout ce que j'ai pu pour l'oublier. C'est vrai. J'ai été jusqu'à regretter qu'il ne soit pas mort en bas âge. Pis que cela... pis que cela... » Elle secoua la tête avec horreur : « Je suis un monstre, n'est-ce pas ?

— Mais non ! Vous avez eu les sentiments les plus contradictoires et les plus naturels, qu'aurait eus n'importe qui. Mais d'autres auraient l'hypocrisie de ne pas en convenir.

— Tenez, je suis d'autant plus contente de vous avoir dit tout ça, que je sors, justement, d'une période où j'ai été plus coupable, plus indifférente que jamais. Et vous y êtes un peu mêlé... Déjà depuis un an, je me détachais de plus en plus de cet enfant. Je me résignais. Je me disais presque, comme mon mari : « Nous avons largement fait notre devoir. Et quand nous nous serions empoisonné notre vie, en quoi l'aurions-nous rendu plus heureux ? Au contraire. Nous lui aurions peut-être fait sentir malgré nous des impatiences, des amertumes dont ces gens simples, et qui n'avaient pas leur amour-propre en jeu, n'ont même pas eu à se défendre. » Votre... comment dire ?... votre déclaration, et tout ce qui s'en est suivi ont achevé de me transporter loin de ça. Hier, j'ai pensé des choses très noires. Je me suis dit que j'étais un être profondément immoral. Pas bonne du tout. Ne faisant peut-être pas beaucoup de mal. Mais seulement par faiblesse, par timidité. Et aussi que je n'avais rien d'une vraie chrétienne. Une vraie chrétienne ne se demande pas si un sacrifice est utile. Elle l'accepte, elle va au-devant, parce que c'est un sacrifice. Mon mari pouvait parler raison. Mais moi je devais dire : « La place de cet enfant est chez nous. La question n'est pas de savoir si nous en souffrirons d'une façon ou de l'autre ; ni même si lui s'en trouvera mieux. » Oui, je me suis dit que je n'avais pas le sens du devoir. Et que ce n'était pas vous, avec vos idées de volupté et d'amour, qui étiez venu me le donner... Je vous fais de la peine, Roger ? Mais non, voyons. Vous êtes mon grand ami, et je vous dit tout. Faut-il que je me retienne de vous dire tout ? Oui, hier, j'ai pensé que depuis quatre mois vous aviez achevé de me faire entrer dans les régions païennes, de m'éloigner de tout ce qui est devoir. (Et je m'en serais éloignée encore plus si je vous avais écouté.) Mais vous voyez que toutes ces belles méditations ne m'avaient pas empêchée de venir aujourd'hui. Ça devrait vous flatter ? Et maintenant, au contraire, je sens que vous allez m'aider à faire ce qu'il faut faire. Vous n'êtes peut-être pas plus chrétien que moi, j'en ai peur. Mais vous avez plus de bonté que moi... Si... je le crois... D'abord, quand les femmes ne sont pas très bonnes, quand elles ne sont pas des saintes, je crois les hommes meilleurs qu'elles... Une femme n'aurait pas eu la douceur que vous avez eue envers moi, depuis notre premier rendez-vous. Elle se serait dit : « Il m'ennuie avec toutes ses façons de vouloir et de ne pas vouloir. » Vous voyez que je suis juste... Mais vous viendrez voir le petit Marc avec moi, dans l'Yonne. Vous me le promettez ? Vous l'examinerez à votre aise. Personne n'en saura rien. Il vous sera si facile de vous présenter là-bas comme un médecin, ou un spécialiste quelconque. Et le pays a du charme. Vous aimerez cette grande forêt.

Sammécaud la tenait doucement serrée contre lui. Il respirait l'odeur de ses cheveux. Il se sentait lié à elle par des profondeurs qui venaient de se découvrir. Dans le salon aux teintes frêles, aux lumières précieuses, une espèce de grand fantôme, quelque chose comme une Misère, ou une Miséricorde, ouvrait ses ailes. Et ces grandes ailes, couleur de brouillard et d'ange, voilaient les lumières, faisaient oublier toutes les gentillesses des meubles et des murs. A l'abri de ces ailes ils étaient serrés l'un contre l'autre, et ils se tenaient chaud.

XXI

UNE SOIRÉE D'ART

— Hein ! C'est le genre artiste, chez moi ? Asseyez-vous donc. Donnez-moi ça.

Pendant que Loÿs Estrachard retourne accrocher leurs vêtements dans l'entrée, Quinette se laisse aller au premier sentiment de cet intérieur ; et il n'est pas loin d'en être ravi.

Certes, il y aperçoit un peu de désordre. Une pile de morceaux de musique aux tranches fripées et lacérées s'affaisse sur un fauteuil. A terre, un coin du tapis est relevé, le milieu du tapis forme un pli disgracieux, et le dessin usé cache à peine la corde. La cheminée porte un tas de brochures surmonté d'un faux col. Mais l'arrangement de la vie ne peut pas être le même pour tout le monde. La sévérité digne qui règne au premier étage de la maison de Quinette ne conviendrait pas chez Loÿs Estrachard. Il faut une place ici-bas aux âmes fraîches et naïves. A l'occasion, le moins frivole d'entre nous n'est pas fâché de trouver une de ces oasis où le cœur se détend. Un piano est une bien belle chose, surtout quand il a pour vis-à-vis, dans l'autre angle de la pièce, un divan, qui n'est peut-être qu'un sommier défoncé, mais que recouvre une étoffe suffisamment orientale.

Quinette constate qu'il aime les artistes, la vie artiste. A ce point, il ne l'eût pas cru. Les artistes embellissent l'existence des autres, non seulement par leurs œuvres — on n'a pas toujours le temps de les connaître — mais plus encore par leur propre façon de vivre. Vaugirard n'est pas éminemment un quartier d'artistes. Mais il suffit qu'on en rencontre un parfois dans la rue. C'est la pointe d'ail qui relève la saveur d'un quartier.

— Vous savez, » reprend Estrachard en avisant le faux col sur les livres, « ce n'est jamais très bien rangé chez moi. Mon chameau de concierge est censée me faire mon ménage trois jours par semaine. Je ne suis pas sur son dos. Je vous dirai que j'aime autant qu'elle ne furète pas trop dans les coins. Rapport à ce que vous savez. Ce n'est pas que je laisse rien traîner en principe. Mais on peut avoir des oublis. Elle, la seule chose qui risquerait de l'intéresser, ce serait mon flacon de rhum… Vous en prendrez bien un petit peu ?… Oh ! Vous êtes si sage que ça ?… Pour me faire plaisir… Quand on passe la soirée chez un artiste, on peut bien se débaucher un peu... Là... Vous voyez que ce n'est pas méchant. Un de mes collègues de la Mairie est gendre d'un épicemard en gros. C'est par lui que j'ai mon rhum. Du vrai Martinique en fût, qui me revient à trois francs vingt-cinq le litre, tandis que vous n'auriez pas du Saint-James à moins de quatre francs.

Il s'approche du piano, se gratte la tête, s'assoit, met son petit verre à droite sur la console.

— Je ne sais pas le genre que vous préférez.

Il fouille dans un amas de partitions, posé à même le sol, et à demi caché par un des doubles rideaux de la fenêtre.

— En principe, je sais mes chansons par cœur. Mais j'aime bien avoir ma partition sous les yeux. Surtout pour les anciennes. Il faut vous dire que ma première chanson date de l'Exposition de 89. Je ne suis pas un débutant.

Il fredonne :

L'aut'jour j'allai trouver M. Eiffel.
« Qu'alliez-vous donc chercher si haut ? » lui dis-je.
Il me répond — admirez ce prodige ! —
« C'était l'amour que je cherchais au ciel. »

— Ça ne vous rappelle rien ?

— Si, il me semble... fit poliment Quinette.

— Je l'avais intitulée : *L'Amour au ciel*. Je pourrais la reprendre maintenant, à propos des aéros, en gardant le refrain, qui était très bien venu :

« C'était l'amour que je cherchais au ciel. »

« Moi, ce qui fait ma force, c'est que je fais tout moi-même : le texte, la musique, y compris l'accompagnement. Je n'ai pas besoin de vous dire que c'est très rare. Vous en avez un certain nombre qui composent les vers et qui mettent par là-dessus une mélodie. Mais quand il s'agit ensuite d'harmoniser, il faut qu'ils s'adressent à un copain. Delmet, tout le premier, le fameux Delmet. Il ne serait pas fichu d'écrire une main gauche.

— Ce sont les études qui lui manquent ?

— Comme vous dites. Et vous savez, l'harmonie, l'accompagnement, c'est tout ce qu'il y a de plus calé. On peut y passer des nuits et des nuits. Chez moi, ça a tendance à venir naturellement. Vous n'êtes pas ennemi du genre sentimental ?

— Mais pas du tout. Bien au contraire.

— L'amour, ça reste la grande inspiration. Je retrouve justement là un de mes machins, vraiment très joli, du temps où les mouvements de valse lente étaient le plus à la mode, aux alentours de l'Exposition, pas celle de 89, cette fois, non, celle de 1900. Vous voyez, c'est édité.

Il tend la chanson à Quinette, en lui désignant les détails de la couverture :

— « Paroles et musique de Loÿs Estrachard. Créée à la Fourmi par Damienne. » Ça m'a rapporté des centaines de francs de droits. Écoutez.

Il joue le prélude, qui est fait de quelques accords à la fois solennels et doux. Quinette pense à une cérémonie d'église. Avant de poser un accord, Estrachard regarde le clavier et ses mains. Chaque main, au moment de saisir les notes, a l'air d'un petit poulpe blanc et grassouillet.

Puis un silence. Estrachard renverse le buste, renverse la tête en la tournant à droite vers Quinette. De ses deux mains il semble accroché au clavier comme ces désespérés des faits divers illustrés qu'on voit tomber d'un balcon. Mais sa bouche s'entrouvre, tandis que ses yeux se ferment à demi et langoureusement. Les lèvres paraissent plus rouges, et dispensatrices de baisers. La moustache se rebrousse vers les narines, y pénètre. On pense à des chats de gouttière, à des entreprises galantes dans des escaliers, à des concierges amoureuses.

Il sort de cette tête inclinée et fleurie une voix qui étonne malgré tout : une voix allégée et sucrée, où de menus sifflements et zozotements, des tremblements de l'arrière-gorge, des enrouements dans les notes hautes, trahissent l'effort de tout un organisme vers la grâce :

Si tu veux t'endormir avec moi,
Viens poser ton front sur mon épaule.
La lune brille au-dessus du toit.
Le vent glacé vient de l'autre pôle.

A ce moment, ébranlé par les vibrations, le petit verre, qui a glissé jusqu'au bord de la console, tombe. Estrachard fait signe « Ne bougez pas ! » Mais Quinette va le ramasser, et essuie avec le coin de son mouchoir la tache de rhum sur le tapis. Estrachard continue :

Si tu veux t'endormir dans mes bras,
Fais tomber tes cheveux en flot tendre.
J'y mettrai des baisers — tu verras ! —
Des baisers qu'il est si doux d'entendre.

Si tu veux connaître la folie
Et l'ivresse jusqu'au petit jour,
Viens blottir ta poitrine jolie
Sur mon cœur qui sanglote d'amour.

— Quel est le titre ? demande Quinette.

— « Berceuse d'amour ». Et... ça vous plaît ?

— Beaucoup. Vraiment beaucoup. Je vous demanderai même de rechanter les deux derniers couplets.

— Oui, trois couplets, c'est un peu court. Le poème m'est venu comme ça. Dommage... Non, parce que c'est une espèce de petit chef-d'œuvre.

Pour rien au monde, je ne voudrais y toucher... Et la musique... eh bien ! ç'a été pareil... Je n'ai eu qu'à me mettre au piano. Il faut dire qu'en ce temps-là j'étais amoureux fou... Vous remarquerez : on la sait par cœur presque tout de suite... Et encore, ce n'est pas écrit dans ma voix. Je l'avais d'abord conçue pour un homme ; puisque c'est l'amant qui parle ; pour un ténor léger. Mais Damienne s'est offerte à me la créer. Je n'ai pas voulu laisser filer l'occasion. Nous dépendons terriblement des interprètes. C'est à qui leur fera la cour. Une vedette qui veut bien lancer une de vos œuvres, ça peut être la fortune. Moi, je n'ai jamais été assez intrigant. Le rêve, c'est de s'interpréter soi-même, comme certains chansonniers de la Butte : poète, musicien, chanteur ; l'homme complet. Moi, j'aurais pu, et j'ai failli. Mais alors il fallait lâcher l'administration, se jeter à la mer. Deux cent quarante francs par mois, les vacances, la retraite. On ne renonce pas à tout ça sans réflexion. Alors, je recommence. Depuis le début, hein ? Ça facilite mon élan.

Si tu veux t'endormir avec moi...

Quinette ne regarde plus Estrachard. Il s'abandonne à l'émotion, aux pensées errantes. Comme la musique est un art délicieux ; et aussi la poésie, qui en est, qui en devrait être inséparable ! La lecture des vers, dans un livre, donne vite des distractions. Même Victor Hugo fait un bourdonnement où l'on se perd, qui fatigue. Mais ce balancement des idées les plus douces sur la mélodie ! Des choses qu'on a envie de dire soi-même : « Viens poser ton front sur mon épaule ». L'amour est une région enchantée. Les hommes trop intelligents, trop sérieux, ne donnent pas assez de place à l'amour. La caissière de la rue d'Avron ne demandait qu'à faire tomber ses cheveux en flot tendre. Il aurait fallu la revoir. L'amour ne peut grandir jusqu'à « la folie » que s'il dure un certain temps. Quelle est la plus jolie : Sophie Parent ? ou la concierge du 142 *bis* ? Pourquoi avoir reculé jusqu'ici ? Oh !... l'on sait bien pourquoi... Que c'est enviable d'être artiste ! Heureux Estrachard, à l'intérieur bohème, aux lèvres caressantes. Les artistes ne pensent qu'à l'amour, et plaisent aux femmes. Ils ont dans les yeux une lumière continuelle. Quinette sent bien qu'il a sa façon à lui de plaire aux femmes. Mais c'est une façon dont ce soir il s'inquiète ; une façon, avouons-le, un peu terrible... qui mène loin... une façon qui ressemble à une marche tout au bord d'un canal. Le cœur ne s'épanouit pas. La puissance même reste contractée. Pourquoi, mon Dieu ! Alors qu'on se sent un cœur facile à amollir, et prêt à l'effusion tout comme un autre. « Blottir ta poitrine jolie », c'est si suavement sensuel que ça vous fait mal. Il y a des hommes qui ont en ce moment, ou qui auront tout à l'heure, une « poitrine jolie » blottie contre eux. On les tuerait bien !

XXII

BEAU TRAVAIL DE HAVERKAMP. CRÉATION DE LA SOCIÉTÉ IMMOBILIÈRE DE LA CELLE-LES-EAUX

L'assemblée du 18 avait été convoquée rue Garancière, à trois heures de l'après-midi, au domicile d'un certain M. de Lathus, que l'agent d'affaires n'avait jamais vu. Haverkamp ne sut pas pourquoi on avait choisi cet endroit.

Les gens se réunirent dans le salon, qui était très vaste, mais aussi très sombre, et garni d'une grande diversité de meubles. Comme il n'y avait au total que huit assistants, y compris Haverkamp, l'assemblée paraissait perdue dans cet espace, et ne risquait pas de s'échauffer trop tôt. Quand tous ceux qu'on attendait furent là, deux valets fermèrent les portes assez ostensiblement. On sentit que le secret de la délibération serait gardé.

M. de Lommérie déclara que, si l'on voulait gagner du temps, le plus simple était de donner la parole à M. Haverkamp, qui possédait l'affaire mieux que personne, et était seul à même de fournir certaines précisions.

Haverkamp ne se fit pas prier. Depuis la veille, il avait fixé son attitude, et l'essentiel de ce qu'il avait à dire. Plus de la moitié de ses auditeurs lui étaient inconnus. Mais il n'essaya pas de se former d'eux une première impression. Il évita même, au début, de les regarder. Son exposé était calculé pour agir sur n'importe qui. Lorsque la discussion se développerait, il serait temps de tenir compte des humeurs individuelles, et de manœuvrer les gens suivant leurs réactions.

Les derniers avis qu'il s'adressa à lui-même furent de s'exprimer avec élégance ; de renoncer aux effets de persuasion facile et à la moindre apparence d'exagération ; de ne point avoir l'air non plus de l'homme qui joue son va-tout.

Il commença par retracer les origines de l'affaire, en s'excusant de répéter à une partie de l'auditoire des choses qu'elle connaissait.

Dans ce rappel, il reprit une version qu'il avait mise au point l'avant-veille, dans une conversation avec MM. de Lommérie et consorts, et qui corrigeait la vérité sans l'altérer gravement.

Il ne présentait pas sa découverte de La Celle-les-Eaux comme tout à fait fortuite, ni comme liée à la première exploration de ces parages qu'il avait faite pour le compte de ces messieurs. Son attention, disait-il, avait été attirée sur cette localité, au cours des recherches méthodiques que l'agence poursuivait dans l'ensemble de la région parisienne. Ces recherches avaient moins pour objet de dépister des affaires immédiatement réalisables, que de constituer un système de dossiers étendus, où chaque affaire viendrait s'encadrer par la suite, en profitant ainsi de toutes sortes de références, et de bases d'appréciation.

(A ce moment Haverkamp, du coin de l'œil, surprit un hochement de tête approbateur que donnait un des inconnus.)

Méthode qui, naturellement, n'empêchait pas de saisir les occasions que de telles enquêtes pouvaient ramener dans leur coup de filet.

Il avait donc été frappé d'apprendre qu'il existait à La Celle-les-Eaux une source minérale. Il avait tenu à savoir pourquoi la destinée de cette source était restée si obscure, surtout à cette heureuse distance de Paris. (Ni trop près, ni trop loin.) Sa première idée avait été que l'eau n'avait pas de valeur. Ou encore que le site présentait quelque inconvénient grave.

Une visite consciencieuse lui avait montré que l'explication n'était pas à chercher du côté du site, qui était charmant, tout à fait pittoresque et champêtre. La région, une des plus jolies de l'Ile-de-France. Des vallonnements, des bois. D'agréables promenades de tous les côtés. Dans le voisinage immédiat, le bourg de Saint-Cyr, avec les tourelles de son manoir, « véritable bijou pour artistes ». Plus loin, Dourdan qu'on atteignait par une route délicieuse, et qui regorgeait de curiosités du vieux temps. « D'ailleurs, dit-il, nous reviendrons là-dessus. Je vous communiquerai des photographies. »

Quant à l'autre point, Haverkamp s'était d'abord convaincu par une enquête sur place que la source avait connu, il y a plus d'un demi-siècle, une période prospère — juste au moment où se lançaient ailleurs d'autres sources devenues célèbres ; mais qu'elle avait été victime, presque aussitôt, d'une exploitation déplorable. Ni Saint-Yorre, ni Plombières n'y auraient résisté.

L'installation primitive était actuellement une ruine, entre les mains de gens qui en avaient hérité sans en soupçonner la valeur, comme d'un vieux meuble, ou d'un tableau de maître dépourvu de signature.

Ensuite, il avait fait procéder à une analyse de l'eau dans un laboratoire spécialement outillé. Il avait soumis les résultats de l'analyse à des personnes compétentes sans leur indiquer de quelle source il s'agissait, pour ne pas influencer leur jugement. Elles avaient déclaré qu'à première vue cette eau avait une composition intéressante, possédait très probablement des propriétés curatives, et pouvait s'exploiter tout comme une autre. Encouragé par ces premières indications, il avait voulu s'adresser d'emblée à la plus haute autorité scientifique en la matière :

— Le professeur Ducatelet, membre de l'Académie de Médecine, président de la Commission des eaux minérales à l'Académie, chargé d'examiner toutes les demandes d'autorisation et de transmettre au ministre le rapport annuel, auteur d'ouvrages classiques sur la question. La plus haute autorité en France, ai-je dit, et du même coup en Europe, si l'on songe que la France est le pays par excellence des eaux minérales. Je n'ai pas besoin de souligner que l'avenir d'une station peut dépendre d'un avis du professeur Ducatelet.

« J'ai eu plusieurs entrevues avec lui. Après avoir pris connaissance de la première analyse que je lui apportais, il l'a trouvée assez intéressante pour vouloir la faire recommencer lui-même dans les laboratoires de l'Académie. Il n'a pas hésité ensuite à se rendre sur place. Je l'accompagnais. Il a examiné attentivement, sous mes yeux, l'installation actuelle, les canalisations, le sol avoisinant, pris la température de l'eau, etc. Bref, l'ensemble de ses observations et de ses déductions a été consigné par lui dans une sorte de rapport, qu'il a bien voulu établir à mon intention, mais qu'il n'a pu, à cause de ses nombreux travaux, me remettre qu'hier soir. (Encore avais-je dû le relancer plusieurs fois.) Ce qui fait que ce document est nouveau pour vous tous, messieurs, et même pour moi, qui n'ai eu que le temps d'y jeter un coup d'œil.

« En voici le texte, rédigé sous la forme d'une lettre. (Je l'ai fait recopier, ce matin, en trois exemplaires, pour rendre plus lisibles, en particulier, les termes scientifiques. Mais l'original est ici à votre disposition.)

Il tendit à MM. de Lommérie et Lathus deux des exemplaires, et lut le troisième :

« Monsieur,

« Vous m'avez soumis au mois de janvier une analyse d'une eau minérale, dont vous ne me faisiez pas connaître la provenance. Je vous ai communiqué à ce moment-là quelques premières impressions, sous réserve.

« J'ai fait recommencer l'analyse, sur trois échantillons différents que vous m'avez procurés, au laboratoire de l'Académie. Elle a fourni les résultats suivants :

Acide carbonique libre	0,31
Acide sulfhydrique libre	0,0005
Sulfure de calcium	quant. not.
Sulfate de soude	0,401
» de magnésie	0,680
» de lithine	0,039
Carbonate de chaux	0,150
Chlorure de sodium	0,132
» de magnésium	0,008
» de lithium	quant. tr. sens.
» de cæsium et de rubidium	quant. tr. sens.
Silice	0,01
Manganèse	quant. tr. sens.
Oxyde de fer	quant. sens.
Matières organiques	indét.
Total	1,7305

« Quand vous m'avez fait connaître l'emplacement de la source (qui se trouve d'ailleurs déjà mentionnée et sommairement caractérisée dans mon livre sur les *Eaux minérales françaises*) je m'y suis rendu, et j'ai fait les constatations ci-après :

« L'eau sort à la température de dix-huit degrés. Elle est assez franchement gazeuse. Mais une partie notable du gaz se perd dans les échantillons du fait du procédé primitif de mise en bouteilles. Le débit actuel de l'unique source exploitée paraît être de sept mille cinq cents litres par jour environ, dont une faible partie seulement est recueillie. L'installation est aussi rudimentaire et défectueuse que possible. L'examen du sol environnant permet de penser qu'il serait facile d'obtenir un débit beaucoup plus considérable, et que d'autres sources pourraient être utilement forées.

« De ce qui précède on peut tirer provisoirement, et avec toutes les réserves qui s'imposent, les remarques suivantes :

« Bien que faiblement minéralisée, cette eau a une physionomie intéressante. Elle offre des caractéristiques assez rarement associées, qui retiennent l'attention. On ne peut manquer en particulier d'être frappé par la présence, à l'état de traces très sensibles, de substances que la première analyse avait laissées de côté, et qui sont, il est vrai, peu fréquentes en hydrologie, mais dont les recherches modernes ont montré qu'elles entraient dans la constitution d'eaux remarquablement actives. En tout cas cette eau tranche sur ses congénères de la région parisienne. Sa température relativement élevée indique qu'elle naît à une profondeur plus grande que la plupart de celles-ci. Il y aurait intérêt à faire procéder à une étude géologique du terrain jusqu'à une certaine distance du point d'émergence.

« La détermination a priori des propriétés curatives d'une eau est toujours très aléatoire. Et ici les observations font défaut. (A moins que l'action des eaux de La Celle n'ait été étudiée et suivie de près à une certaine époque. Je n'en ai pas trouvé trace, et c'est peu probable.) Je ne serais pourtant pas étonné si cette source se révélait à l'usage comme d'une efficacité non négligeable pour combattre l'*encrassement organique* et les manifestations très variées qui s'y rattachent. C'est en ce sens, à mon avis, qu'il faudrait orienter les essais.

« L'usage interne semble indiqué. Mais l'emploi sous forme de douches et de bains n'est nullement exclu. L'objection pratique, tirée du faible débit de la source, cesserait si, comme je le pense, le débit pouvait être porté par des travaux appropriés à un ordre de grandeur avoisinant cent mille litres par jour. »

— Voilà, messieurs. Je n'ai pas besoin de montrer à quel point ce rapport, à travers la prudence scientifique dont le professeur ne pouvait pas se départir, apparaît comme encourageant, et même inespéré.

— La première analyse qui avait été faite », interrompit l'un des inconnus, « différait-elle beaucoup de celle que vous venez de nous lire ?

— J'ai justement posé la question ce matin à l'une des personnes compétentes qui m'avaient conseillé au début. Certains chiffres ne sont pas les mêmes, ce qui est, me dit-on, inévitable. Mais l'intéressant est que pour un connaisseur la seconde analyse, celle de l'Académie, est, paraît-il, beaucoup plus favorable que la première, beaucoup plus alléchante. Or c'est en général le contraire qui se produit. L'Académie ayant l'habitude de sabrer les analyses trop complaisantes qu'on lui apporte.

« D'ailleurs, je puis ajouter qu'hier, de vive voix, et déjà dans une conversation antérieure, le professeur s'est avancé beaucoup plus. Il m'a dit qu'il n'était pas impossible que cette eau présentât des propriétés dues à ce qu'on appelle les « radiations ». Vous savez, ça se rattache au radium. C'est le tout dernier cri de la science. Et ça serait pour nous d'une importance capitale. Il fera faire des recherches lui-même là-dessus. Mais ça, c'est l'avenir. Dès maintenant, il n'a pas craint de préciser les affections pour lesquelles cette eau lui semblait indiquée ; si vous aimez mieux, de nous désigner en gros notre future clientèle.

— Et quelles seraient ces affections ?

— Je vais vous le dire. J'ai pris quelques notes, séance tenante, avec la permission du professeur, étant entendu que pour le moment tout cela reste officieux, et que son autorité n'est pas mise en avant : « Maladies de la peau ; troubles digestifs, entérite ; névroses ; diathèse arthritique ». Je vois de nouveau souligné deux fois : *Encrassement organique*. Parce qu'il a beaucoup insisté là-dessus. Pour lui toutes les maladies précitées proviennent d'un encrassement des organes. Vous avez des sources qui combattent telle ou telle de ces maladies, qui s'adressent à tel ou tel symptôme, mais sans atteindre la cause générale, qui est l'encrassement. Ou bien, il y a des eaux qui désencrassent, mais qui en même temps débilitent. La nôtre aurait des aptitudes à désencrasser tout en tonifiant. Vous me direz que ce serait trop beau. Et je ne veux pas m'emballer. Mais jusqu'à plus ample informé, il me semble que nous avons là un atout sérieux. Je ne suis qu'un profane. Mais justement je puis juger par moi-même de l'effet que certaines notions peuvent produire sur le public ordinaire. Eh bien, moi, cette idée d'encrassement, et de désencrassement, m'a frappé, m'a saisi. J'ai compris tout de suite. J'ai senti que si on m'annonçait, à l'aide d'une publicité intelligemment faite, et sous un haut patronage scientifique, qu'une certaine eau a ceci de spécial, parmi toutes les autres, qu'elle *désencrasse sans affaiblir*, j'aurais rudement envie d'en boire ; et que si la source était à deux pas de chez moi, je serais tenté d'aller y faire une petite cure. « La Celle-les-Eaux contre l'Encrassement organique » ou « L'Eau qui désencrasse en tonifiant ». On peut retourner la formule de dix façons.

Haverkamp laissa ses auditeurs en proie, une minute, à l'idée de l'Encrassement organique, et du Désencrassement. C'était une de ces idées auxquelles on peut faire confiance pour envahir les esprits. Chacun de ces messieurs perçut nettement la crasse intérieure de ses organes, et le bien-être que ce serait de faire circuler à travers tout cela une chasse d'eau appropriée.

Puis Haverkamp revint à son exposé :

Dès qu'il avait senti que l'affaire pouvait se défendre, « du côté scientifique », il avait voulu se rendre compte si, du côté financier et immobilier, elle était viable ; si on pouvait, sans absurdité, songer à la mettre debout. D'ailleurs, il ne s'était pas borné à jeter des chiffres et des plans sur le papier. Ce qu'il avait jeté, et dans le sol même, c'étaient de véritables fondations d'attente.

Il était entré immédiatement en relation avec les propriétaires de la source. Outre la bâtisse et les piteuses installations, le domaine comportait trois hectares et demi de terrain. Haverkamp avait réussi non seulement à faire dire à ces gens qu'à l'occasion ils seraient vendeurs ; mais à leur arracher un prix : cent mille francs pour le tout ; et même une option jusqu'au 15 avril, sans bourse délier.

Comment avait-il obtenu un pareil résultat ? En démontrant à ces gens que leur établissement était une ruine, qu'il achèverait de péricliter, que personne de sensé ne leur en offrirait jamais un sou. Lui, par extraordinaire, avait dans sa clientèle un original, qui avait de l'argent à perdre, et qui deviendrait peut-être acquéreur. Mais il ne se donnerait la peine de décider son client que si l'on pouvait marcher à coup sûr. C'était à prendre ou à laisser.

— J'ai donc dans ma poche la pièce maîtresse. Nous pouvons dès la semaine prochaine commencer les travaux d'un établissement hydrominéral, dernier cri, sans avoir rien eu à payer que le prix du terrain. Car cent mille francs, ce n'est guère que le prix du terrain. J'estime que ce n'est pas mal.

Il y eut dans l'auditoire des signes de tête et des échanges de regards très favorables, dont MM. de Lommérie, Thénezay et de Margussolles paraissaient personnellement flattés.

Il reprit :

— Il fallait aller vite ; ne pas leur mettre non plus la puce à l'oreille. Savez-vous quand j'ai pris cette option ? Pas le lendemain du jour où le professeur Ducatelet s'est rendu sur les lieux. Non, la veille. Pourquoi ? Parce que j'avais peur de l'effet que produirait la visite de ce monsieur imposant, des propos qui risquaient de lui échapper. Je ne pouvais pourtant pas lui demander d'enlever sa rosette, de venir en chapeau mou, et de se taire. Cette option, d'ailleurs, je l'ai eue gratuitement. Mais j'étais prêt à la payer. Dans la mesure où me le permettrait ma trésorerie.

— Mais, cher monsieur, » interrompit M. de Lommérie, « laissez-moi vous faire à ce propos un petit reproche amical. Nous ne pouvions certes pas entreprendre nous-mêmes toutes ces démarches, dont vous vous êtes acquitté avec tant d'audace, d'esprit de décision. Mais nous pouvions vous faciliter, justement, ces questions de trésorerie. N'est-ce pas, messieurs ? » dit-il en se tournant vers MM. Thénezay et de Margussolles, « sans nous engager encore sur le fond de l'affaire, et sans déranger pour si peu nos autres amis, nous aurions pu très bien constituer une Société d'études qui aurait fait les petites avances de fonds nécessaires ? » Il se retourna vers Haverkamp : « Car vous avez dû malgré tout avoir certains frais ?

— Il est sûr, dit Haverkamp avec modestie, que l'on ne s'occupe pas quotidiennement pendant six semaines d'une affaire de cet ordre, sans qu'elle vous entraîne à quelques dépenses. Je ne parle pas du temps perdu. Le seul rapport du professeur Ducatelet m'a coûté deux mille francs.

— Deux mille francs !

— Je n'ai pas cru devoir marchander. Il faut tenir compte de tout le temps que je lui ai pris, de son déplacement. J'estime que tel qu'il est, le rapport vaut plus que ça.

— Vous avez raison, dit M. de Lathus. Et si nous réalisions l'affaire, l'appui du professeur a une valeur incalculable. Il aurait été fou de marchander.

— Ce n'est pas ce que je veux dire, reprit M. de Lommérie. J'étais simplement ennuyé que M. Haverkamp eût assumé ces débours, et ces risques, à lui seul, quand il lui était si facile d'avoir recours à nous.

(A vrai dire, M. de Lommérie tenait à se disculper, ainsi que ses deux amis, auprès du reste de l'auditoire, du reproche rétrospectif de timidité. Il était évident que Haverkamp recueillait un succès de séance. On eût aimé avoir plus de part à ses mérites.)

— ... Une Société d'études... oui, dit Haverkamp, mais il était urgent d'aboutir. En prenant mes risques tout seul, je n'avais à en référer à personne. C'est à cette phase d'une affaire que vingt-quatre heures de retard peuvent tout changer. Et puis, c'était vraiment très aventureux... J'aurais eu scrupule...

(Haverkamp se donnait des gants. Au fond, il avait voulu se constituer le plus d'apports possible en vue de la future Société anonyme.)

Il continua :

— Donc, messieurs, nous avons la source — si nous en voulons. J'ai pensé que ce n'était pas suffisant. Ressusciter l'établissement hydrominéral, engouffrer de l'argent là-dedans, pour s'apercevoir ensuite que grâce à vous les terrains, les immeubles dans tout le pays ont triplé de valeur ; que, si vous avez besoin du moindre emplacement nouveau, on vous tient la dragée haute ; que tout le monde fait des bénéfices, sauf vous ; c'est un jeu de dupes. J'espère que notre Société, si elle se constitue, aura une politique très décidée de ce côté-là. Je lui ai préparé les voies comme j'ai pu. J'ai dès maintenant une option sur la petite auberge située au centre de l'agglomération (l'immeuble et le fonds de commerce) et sur les deux maisons contiguës. Je suis donc déjà sûr qu'il ne va pas grandir là, en plein milieu du pays, un hôtel dont c'est nous qui ferions l'achalandage, et qui concurrencerait ceux que nous pourrions créer plus près de la source. C'est nous qui l'agrandirons et le moderniserons si ça nous plaît. J'ai dû offrir des prix assez élevés. Il est difficile de décider trois propriétaires mitoyens à vendre. D'ailleurs nous n'aurons à débourser la somme que si nous fondons la station. Et à ce moment-là nous trouverons sûrement que c'est très bon marché, à côté du prix qu'on nous aurait fait.

« Je me suis assuré de la même façon, et à tout hasard, un petit groupe d'immeubles qui m'a paru occuper une situation d'angle très séduisante ; là où s'établirait presque sûrement soit un autre hôtel, soit un café ; vous savez, le grand café où se rencontrent les baigneurs, les touristes. Enfin, un pré de soixante-dix ares, allongé en bordure de la route, entre l'établissement hydrominéral et le pays.

— Mais toutes ces options-là, vous ne les avez pas eues gratuitement ?

Haverkamp sourit :

— Si... C'est moins miraculeux que ça n'en a l'air. Je défie un particulier quelconque de les obtenir sans payer, et même assez gros. Moi, pour ces gens-là, je suis quoi ? le monsieur qui gagne sa vie en s'occupant d'immeubles qu'ils ont à vendre, et qui ne peut naturellement pas avancer les milliers de francs de sa poche, pour avoir ensuite la peine de leur trouver des acheteurs. Soit, me direz-vous, mais les gens pourraient objecter : « Pourquoi ce monsieur veut-il que nous soyons liés envers lui jusqu'à une certaine date ? Il n'a qu'à nous amener un acheteur quand il en aura un. » Pardon. Ce monsieur veut savoir sur quel pied danser. Les biens à vendre ne manquent pas. S'il s'occupe du vôtre, c'est à condition de pouvoir compter fermement dessus. Il ne veut pas, le jour où il viendra à La Celle avec un amateur, s'entendre dire que vous avez changé d'avis, ou que c'est déjà vendu à un autre... Si vous refusez de lui faciliter la tâche, tant pis pour vous. La Celle n'est pas le seul patelin de l'Ile-de-France, et les acheteurs n'ont pas tendance à s'y ruer. Il faut que vous soyez bien bêtes pour décourager un intermédiaire qui par hasard s'intéresse au pays. Vous saisissez le mécanisme... Notez en outre que les prix que j'offre sont plutôt forts, et que mes options sont très courtes. Ils savent bien qu'ils n'auraient pas la moindre chance dans l'intervalle de traiter aux mêmes conditions. La difficulté, c'était d'empêcher les esprits de travailler, de les empêcher de faire des rapprochements, des hypothèses. J'y ai paré en opérant coup sur coup. Toutes ces options ont été obtenues en quarante-huit heures.

— Vous avez pu amener des gens de petit pays, des campagnards, à se décider si brusquement ?

— C'est un état d'esprit à créer. Comme lorsque passe le maquignon. « Topez-là. Ou je m'en vais. Et vous ne me reverrez plus. » Le campagnard ne vous fait droguer que lorsqu'il est sûr de votre patience.

« J'avais d'ailleurs autre chose en vue. Sur une petite colline, admirablement située, au-dessus du village, et en plein sud, il y a un vaste terrain boisé. Une dizaine d'hectares. Parfait pour des villas. On n'a pas voulu me donner d'option. Mais je sais le prix : vingt sous le mètre. Ce serait une question à régler rapidement le jour où la Société serait constituée.

— Mais est-ce qu'avec ce terrain boisé nous ne sortons pas un peu de notre programme ?

— Je ne crois pas... J'essayerai de vous le montrer tout à l'heure... Mais résumons-nous jusqu'ici : cent mille francs pour le domaine de la source ; trente-huit mille pour l'auberge et les deux maisons contiguës ; trente-deux mille pour le petit groupe d'immeubles ; seize mille pour le terrain le long de la route (là, je me suis laissé un peu voler ; le gaillard était plus dur à la détente que les autres) ; environ cent mille pour le terrain boisé : au total deux cent quatre-vingt-six mille francs, plus les frais, pour notre premier chapitre.

« Passons au second chapitre.

« Pendant que je trottais de-ci et de-là, j'ai chargé un architecte de mes amis, un jeune, Raoul Turpin, tout à fait à la page — sans engagement aucun à son égard, rassurez-vous — de me dresser un projet très sommaire, très approximatif, des constructions et installations diverses qu'on pourrait envisager pour l'aménagement et la mise en valeur de la station. C'est tout ce qu'il y a de plus élastique, bien entendu, et modifiable ad libitum. Mais comme j'estimais que nous aurions aujourd'hui même une décision à prendre... » il lança la phrase avec beaucoup d'autorité, en regardant cette fois ses auditeurs dans les yeux, « j'ai voulu vous apporter un dossier aussi complet que possible. Des chiffres provisoires valent encore mieux que pas de chiffres du tout. J'ai prévu les constructions suivantes :

« 1° Un petit bâtiment de type industriel, où se feraient l'arrivée principale de l'eau, la mise en bouteilles, les diverses opérations commerciales et administratives ;

« 2° Non loin de là, un pavillon de dégustation, entouré d'un jardin. Si nous découvrons d'autres sources, nous ferons autant de pavillons que de sources, à des distances convenables ;

« 3° Un hôtel de cent vingt chambres, d'un joli style moderne, avec restaurant et bar, donnant sur ce jardin ;

« 4° De l'autre côté du jardin, et relié à l'hôtel par une galerie vitrée, l'établissement de bains et douches.

« Voilà pour ce que j'appellerai les constructions de première zone. Celles qui sont rigoureusement indispensables. Je vous prie de jeter un coup d'œil sur les projets de mon architecte, plans par terre, élévations, vues cavalières... Encore une fois ce n'est que pour fixer les idées.

« Le coût de ces constructions ? Un devis, évidemment très approximatif, dont vous trouverez le détail sur la feuille que je vais vous passer, le fait ressortir (un seul pavillon de dégustation étant prévu) à sept cent mille francs. Cela vous paraît très peu ? Nous sommes allés à l'économie, sans sacrifier le coup d'œil. Mais j'ai regardé les chiffres de près. Je puis vous assurer qu'ils n'ont pas été rétrécis pour les besoins de la cause. Sept cent mille, plus les trois cent mille environ déjà indiqués. Avec un million, l'affaire peut donc être mise debout et fonctionner. Vais-je vous dire, pour emporter plus facilement votre adhésion, que nous devons nous en tenir à ce programme ? Non, messieurs. Mon but n'est pas d'obtenir votre adhésion. Je ne plaide pas un procès. Je me considère — si vous me le permettez — comme chargé par vous d'étudier en conscience les possibilités d'une affaire. Je n'ai pas le droit d'atténuer ou de travestir ma pensée.

« A mon avis, comment devons-nous considérer cette affaire ? Eh bien, comme une spéculation immobilière, d'abord.

« Je crois que la source a une valeur. Mais il n'est pas raisonnable d'en attendre des miracles. Il dépend de nous que de toute façon l'affaire ne soit pas mauvaise. Comment cela ? En faisant de la source une raison d'être honorable, le point d'attraction autour duquel nous développerons un pays de villégiature.

« Voici un certain nombre de photographies de l'endroit. Regardez-les. Le site et les environs sont plaisants. Une petite ville d'agrément à l'usage de la région parisienne peut y pousser aussi bien qu'ailleurs. Il suffit qu'elle trouve un peu plus de motifs de prendre racine là qu'ailleurs. Ce léger supplément de motifs — vous voyez que je ne me grise pas — c'est notre source qui est appelée à le fournir.

« Donc nous devons procéder exactement comme si nous n'avions en vue qu'une spéculation immobilière ; comme si nous n'attendions de profits que de ce côté-là. La source, et les dépenses que nous ferons pour elle, nous devons considérer cela comme une publicité. Au lieu de vanter, comme nous ferions ailleurs, la proximité d'une forêt, les délices de la chasse, du canotage ou de la pêche à la ligne, nous offririons le Désencrassement organique. A titre de prime.

« Il faut, par conséquent, que les dépenses engagées pour la mise en valeur de la source ne représentent, dans le volume total de l'affaire, que la part normale qui revient à la publicité. Part très largement calculée, soit.

« Ce qui nous amène à envisager les trois opérations suivantes :

« 1° Un achat supplémentaire de terrains portant sur une vingtaine d'hectares ; et qui viendrait s'ajouter à la colline boisée dont j'ai parlé déjà.

« 2° La construction sur ces terrains de quelques villas destinées à servir d'amorce, à donner l'exemple, à créer cette fièvre spéciale qui fait que les maisons naissent là où il y en a d'autres, et que les gens spéculent pour leur compte, dans une direction qu'on leur a tracée ;

« 3° La construction d'un casino de taille réduite, mais pimpant, ce qui aurait pour effet de nous classer tout de suite, de nous mettre hors de pair entre tous les petits trous de banlieue où l'on s'ennuie.

« Bien que je n'aie pas demandé là-dessus de devis précis à mon architecte, il ressort de nos échanges de vues que cette seconde tranche du programme pourrait être réalisée — dans le même esprit d'économie judicieuse — avec un minimum de huit cent mille francs.

« Enfin, je propose de prévoir deux cent mille francs pour une publicité massive : journaux, affiches, etc. autour de la station, considérée à la fois comme lieu de cure et lieu de plaisance. J'en conclus que notre Société devrait se fonder au capital minimum de deux millions, dont une moitié pourrait être appelée dès maintenant, et l'autre dans un an par exemple.

« Une fois que nous aurions exécuté les deux tranches de ce programme, nous nous trouverions, en tout état de cause, possesseurs d'environ trois cent quarante-cinq mille mètres de terrain. Il suffira à ce moment que l'ensemble de nos efforts d'achalandage et de propagande ait fait passer la valeur moyenne du terrain dans la localité à six francs le mètre, pour que l'opération totale soit bénéficiaire. Nous nous trouverons avoir l'hôtel, l'établissement de bains, les installations, les villas, les immeubles dans le bourg, etc. par-dessus le marché.

« Or, vous verrez dans les dossiers de l'agence, que je tiens à votre disposition, que cette valeur de six francs le mètre est dépassée actuellement dans une foule de localités situées à une distance de Paris égale ou supérieure, et qui sont bien loin d'avoir l'attrait et le chic que l'ensemble de notre programme aura donnés à La Celle-les-Eaux.

« Il me reste deux ou trois points de détail à vous signaler :

« 1° Je vais très probablement affermer à mon compte la rubrique immobilière d'un grand quotidien du matin. Les pourparlers sont en bonne voie. Cette rubrique comportera non seulement des annonces, mais des articles. Je mettrai, bien entendu, cette rubrique au service de notre propagande.

« 2° La seule objection sérieuse à faire à La Celle-les-Eaux, comme emplacement, est que le chemin de fer n'y passe pas. Je me suis mis en rapport avec un grand constructeur d'automobiles. Grâce à l'attrait qu'exerce sur lui notre affaire, il est prêt à organiser, sans aucun débours pour nous, un service d'automobiles reliant La Celle-les-Eaux aux gares de Dourdan et de Limours.

« 3° Je crois nécessaire de vous dire, de la façon la plus confidentielle, que l'appui du professeur Ducatelet me paraît capital. Je suis donc d'avis, non seulement d'amputer sur nos dépenses annuelles des honoraires fixes, et assez élevés, pour les conseils techniques et l'espèce de tutelle scientifique qu'il nous accordera, mais aussi de lui attribuer des parts de fondateur, ou des actions d'apport, avec même une place au Conseil d'administration, s'il y consent.

« 4° Dans un ordre d'idées encore plus délicat, et plus confidentiel, je ne crois pas qu'il faille exclure l'espoir d'obtenir qu'un certain projet de loi, plus ou moins en instance au Parlement, prenne une tournure très favorable à nos intérêts. Il s'agit, vous le savez peut-être, d'interdire, pour des raisons de moralité, l'existence de casinos avec jeux de hasard dans un certain rayon autour de Paris. Vous voyez quel est l'établissement visé. Il nous suffirait d'obtenir que le rayon fixé par la loi fût, par exemple, de vingt à vingt-cinq kilomètres. Nous serions, du coup, débarrassés de la seule station concurrente et nantis d'un privilège de fait vraiment providentiel. La chose ne me paraît nullement impossible. Personne ne pense, et pour cause, à La Celle-les-Eaux. Vingt-cinq kilomètres, ou cinquante, aux yeux du Parlement et du public, ce sera pratiquement la même chose... Si nous apercevions un espoir de ce côté, il faudrait, bien entendu, ne commencer la construction de notre casino que le lendemain du vote de la loi.

« Un mot personnel, avant de finir, pour qu'il ne subsiste aucune arrière-pensée dans vos esprits. Il est normal que vous vous demandiez quel intérêt propre je poursuis. Aucun, qui soit indépendant des vôtres. Comme je crois à l'avenir de cette affaire, je veux ne rien devoir qu'à son succès. Je ne vous demande donc ni de me racheter mes options, ni de me payer des commissions, ni même de me rembourser mes frais. Tout ce que j'ai en mains, je le verse à la constitution de la Société. L'apport n'est pas négligeable, je le sais. Eh bien, vous me donnerez des actions d'apport. Elles sont faites pour ça. J'espère aussi que vous m'offrirez un siège au Conseil, parce que je crois que je l'ai mérité, et que je puis y rendre des services. Voilà, messieurs. A vous de décider.

Quand il eut terminé, M. de Lathus proposa qu'avant d'aborder la discussion l'on prît un rafraîchissement.

Il y eut donc une sorte d'entracte. Haverkamp s'approcha de MM. de Lommérie et Thénezay, qui lui firent, à mi-voix : « Très bien ! Tout à fait bien ». Il leur demanda s'ils avaient mis M. de Lathus et les autres au courant de l'affaire de Saint-Cyr (l'immeuble des Jésuites).

— Non, non. Ils n'en savent rien.

— Alors j'ai bien fait de ne pas parler d'un certain aspect de la question... Oui, nous reviendrons là-dessus quand nous serons entre nous.

Puis, observant les colloques particuliers qui tendaient à se former autour des verres de porto, et les airs un peu empêchés que prenaient les gens, Haverkamp s'avisa qu'il ne serait pas maladroit de s'éclipser quelques minutes. Ceux des assistants qui avaient à faire des objections les formuleraient avec plus de liberté. Les partisans qu'il avait dans l'auditoire seraient plus libres de leur côté pour faire son éloge ; et comme ils seraient amenés eux-mêmes à trouver les réponses aux critiques, ils les jugeraient bien meilleures et y tiendraient bien plus fermement.

Haverkamp alla donc à M. de Lathus, et lui dit, sur un ton d'excuse :

— Si j'osais, j'aurais bien profité de cette petite suspension de séance pour donner un coup de téléphone à mes bureaux. J'ai plusieurs affaires en train là-bas. Vous savez, avec le personnel... J'aimerais savoir ce qui se passe.

— Mais je vous en prie...

— Je n'ai besoin que d'une dizaine de minutes.

M. de Lathus accompagna très obligeamment Haverkamp jusqu'à son propre cabinet de travail, où était installé le téléphone, et l'y laissa, après maintes politesses.

*
* *

Haverkamp n'avait pas mal calculé.

Dès qu'il fut parti et qu'on sut que son absence durerait un peu, les gens debout, leur verre de porto à la main, se rapprochèrent les uns des autres, firent cercle et se communiquèrent promptement leurs réflexions.

Un certain M. Scharbeck, ami personnel de M. de Lathus, et traité par les autres avec beaucoup d'égards, déclara, d'un accent fort net, que l'homme qui avait fait l'exposé qu'on venait d'entendre était peut-être un monsieur que les scrupules n'étouffaient pas, ou même un aventurier — on ne serait fixé là-dessus qu'en le pratiquant davantage — mais que c'était sûrement une intelligence remarquable et un organisateur de premier ordre.

— Quel âge a-t-il ?

M. de Lommérie avoua qu'il n'en savait rien au juste :

— Mais je le crois très jeune. Moins de quarante ans à coup sûr.

— Je dirai même, moi, moins de trente-cinq. Si. C'est sa carrure, son air d'autorité qui le vieillissent. Bref, je fais partie d'une dizaine de conseils d'administration. Je passe ma vie à écouter des rapports. J'ai rarement eu l'impression d'avoir en face de moi quelqu'un qui ait le coup d'œil aussi net et aussi rapide, et autant de décision dans l'esprit.

— Il faut avouer qu'il a pensé à tout, dit M. de Lathus.

Un autre de ces messieurs observa qu'un des arguments qui l'avaient le plus frappé était que la seule plus-value des terrains couvrirait presque infailliblement tous les risques de l'opération.

— Et dans tout ça, il n'y a pas que des mots, » reprit M. Scharbeck. « Il nous arrive bel et bien avec des résultats.

— Il est certain, dit un autre, que quand on connaît les gens de petits pays, et qu'on pense au mal qu'il faut pour leur arracher un oui ou un non, cette brochette d'options réunie en si peu de temps, et à des conditions pareilles, c'est un tour de force. Ça prouve quelqu'un qui sait manier les hommes.

— Et le professeur Ducatelet ? Vous croyez que c'est commode d'amener ces pontifes-là à se compromettre ?

— Mon avis, dit Scharbeck, c'est que ce M. Haverkamp est évidemment un gaillard que nous devrons surveiller de près...

M. de Lommérie, interrompant, dit qu'il tenait à déclarer tout de suite, que même au point de vue de la correction en affaires et de la stricte moralité, « certains de ses amis » et lui n'avaient eu aucunement à se plaindre de Haverkamp, dans des négociations pourtant délicates où l'abus eût été facile. MM. Thénezay et de Margussolles approuvèrent chaudement. Tous trois étaient très fiers de leur poulain.

— Soit, dit Scharbeck, je ne demande pas mieux. Mais il peut être dangereux par sa tendance à voir trop grand. Pas dans les chiffres, qui m'ont l'air au contraire bien modestes ; mais dans les choses. Ça ne m'effraie pas en principe. Je crois qu'il y a toujours chez les gens d'envergure un peu de mégalomanie. L'essentiel est que nous ne lui lâchions pas la bride.

— Il va revenir d'un instant à l'autre, dit M. de Lathus. Voyez-vous des objections précises à lui présenter ?

— Des objections, il y en a toujours, dit M. Scharbeck. Et je vais pour ma part lui en pousser quelques-unes. Il m'a l'air, d'ailleurs, assez intelligent pour en tenir compte. Tout son projet est à éplucher dans le détail. Nous mettrons dessus, s'il le faut, tel ou tel de nos conseillers techniques, aux uns et aux autres. Nous enverrons promener son architecte, s'il ne nous plaît pas. Je suis même d'avis que nous lui fassions sentir tout de suite qu'il ne sera jamais question de lui donner carte blanche. Mais ceci dit, je ne pense pas qu'a priori l'affaire soit à rejeter.

*
* *

Quand Haverkamp revint, ces messieurs, le front baissé, les yeux vers le tapis, cherchaient de leur mieux des objections. Mais la cause était gagnée. Il le sentit à une nuance de l'atmosphère. Et deux heures plus tard, une critique assez vive du projet, menée par Scharbeck, aboutissait à cette conclusion, moins paradoxale qu'elle ne semblait, que la Société immobilière de La Celle-les-Eaux était créée au capital effectif de trois millions et non de deux, appelable en trois fois, plus trois cent mille francs d'actions d'apport, dont cent cinquante mille pour Haverkamp, et cent cinquante mille qui restaient provisoirement disponibles. (Il était entendu que la moitié au moins en irait au professeur Ducatelet, s'il consentait à apporter le genre de collaboration qu'on espérait de lui ; et que le surplus servirait éventuellement à rémunérer des concours parlementaires.)

Haverkamp avait un siège au Conseil. M. de Lathus serait président ; M. Scharbeck, administrateur délégué. Il n'avait accepté cette fonction absorbante que sur l'insistance des autres.

M. de Lommérie, pressenti pour la présidence, avait refusé, en indiquant lui-même M. de Lathus.

XXIII

LE VOYAGE DANS LA FORÊT D'OTHE

Marie lui avait dit :

— Je préfère y aller par le train. Faire tout ce trajet avec vous en auto, depuis Paris, ce serait d'une imprudence excessive. Venez m'attendre avec votre voiture à Laroche. Je prendrai un des rapides du matin. C'est un peu plus loin de Laroche que de Saint-Florentin. Mais à Saint-Florentin, les rapides ne s'arrêtent pas.

Pour ne pas risquer d'être en retard, il était parti de Paris à sept heures du matin, dans la voiture qu'il s'était récemment achetée et qu'il conduisait lui-même. Après avoir rêvé d'une grosse Mercedes, il s'était contenté d'une quarante chevaux Bertrand, carrossée en phaéton à deux places, avec spider. Cette voiture atteignait dans les lignes droites le cent à l'heure ; et dans les côtes, en échappement libre, elle faisait encore un assez beau grondement.

Il arriva une heure en avance. C'était la première fois qu'il avait à attendre Marie un temps aussi long. L'épreuve ne lui fut pas désagréable. Il s'installa au buffet. Il retrouva des battements de cœur de jeune homme ; des façons de dévisager l'horloge, ou de l'éviter ; une lutte curieuse avec le temps, qui fait qu'on essaye tour à tour de le brusquer, de l'amadouer, de l'occuper à des vétilles, ou de l'intimider, en le regardant fixement ; tout un drame aussi de la prévision et de la probabilité ; dans l'ensemble du corps une angoisse, une contracture, une courbature à demi délicieuse, qui ressemble à un début de maladie, et qui, comme la fièvre, plaît en inquiétant ; une impatience qui est tout le contraire de l'ennui, parce que la vie augmente de tension, que la durée se morcelle en beaucoup plus de fragments remarquables, et que les minutes paraissent à la fois interminables et passionnantes d'intérêt.

C'était la première fois aussi qu'il avait à la voir descendre d'un train, s'avancer vers lui parmi d'autres voyageurs, dans le décor d'une gare.

On a dans la tête l'image générale de cette situation : un être cher descend du train, vous cherche des yeux, a soudain une lumière du visage, et se dirige vers vous. Mais il est profondément émouvant de voir comment un être particulier, une certaine femme avec sa silhouette, son balancement, ses yeux, et non une autre, va se superposer soudain à l'image générale.

« A partir de tout à l'heure, il y aura pour moi un souvenir, un commencement d'habitude, un émoi familier, qui s'appellera : accueillir Marie sur le quai d'une gare. » Il pensa que le tissu de l'amour, souvent bien lâche et bien fragile au début, ne trouve rien qui le renforce mieux que ces impressions de nature typique.

Il fut même en réalité plus ému qu'il n'avait prévu. Quand le rapide s'arrêta, il n'en vit d'abord descendre personne. Il eut le temps de parcourir, avec la vitesse des rêves, tout un cercle d'hypothèses et de déceptions. Puis une femme, qui était Marie, parut à une portière. Elle fut seule à quitter le train, seule à traverser les voies. Il songea, sans en chercher la raison, que c'était beaucoup plus émouvant qu'elle fût seule.

Elle s'arrangea pour n'arriver près de lui qu'au moment où le rapide sortait de la gare. Elle tenait un petit paquet qui devait être un cadeau pour l'enfant. Elle se laissa mettre un baiser sur la joue, le rendit par une ébauche de baiser dans le vide, et rougit en regardant avec inquiétude autour d'elle.

Il se dit qu'elle était délicieuse, qu'elle était rose, craintive, matinale, un peu animée par le voyage, un peu avivée par le joli temps froid, un peu libérée par l'éloignement, la gare campagnarde, les heures qu'ils avaient devant eux.

*
* *

— N'allez pas trop vite. Je ne me suis guère couverte, et je craindrais d'avoir froid. Et puis nous ne sommes pas pressés.

— Par quel train rentrez-vous ?

— Il y en a plusieurs. J'ai marqué cela sur mon carnet. L'un vers les cinq heures, si je ne me trompe. C'est celui-là que je préférerais. Les autres sont bien tard, autour de l'heure du dîner.

— Quoi ! Ils doivent arriver à Paris vers les dix ou onze heures ?

— Oui, environ.

— Eh bien, c'est un de ceux-là que vous prendrez, ma chérie. Et le dernier, autant que possible. Ne me marchandez pas cette journée de vous que je possède.

— Mais vous savez qu'il fait tout de même nuit assez tôt. Que deviendrons-nous une fois la nuit tombée ?

— Les circonstances nous inspireront.

— Et vous-même, cela ne vous ennuie pas d'avoir à faire un si long trajet de nuit par la route ? Je vous assure qu'il serait plus raisonnable que nous nous séparions vers les cinq heures.

— Oh ! moi, je ne rentre pas à Paris ce soir.

— Comment cela !

— Il m'a fallu donner une explication chez moi. Et j'ai voulu, pour le cas où on aurait fait un rapprochement, écarter les hypothèses... Je suis censé partir pour Lille, et pour la région. Or, il est difficile en voiture de faire l'aller et retour de Lille dans la journée, surtout avec des affaires en chemin.

— Où coucherez-vous ?

— Je ne sais pas. A Sens, peut-être.

Il la regarda. Il avait envie d'ajouter quelque chose de bien hardi. Le vent de la route, le bourdonnement de la voiture créaient l'idée d'un monde audacieux. Un monde allegre et de fin d'hiver. Un monde pour hommes de vingt ans.

Une pensée poignante le traversa : « J'ai eu vingt ans. A cette époque-là, les gens devaient dire aussi souvent qu'aujourd'hui : "Avoir vingt ans !", d'un air extasié. Je les entendais, ou je lisais ça. Me rendais-je compte qu'il s'agissait de moi, que j'étais justement un de ceux qui avaient vingt ans ; que c'était de mon sort à moi que les gens s'extasiaient ? Non... je ne m'en souviens pas. Quel est le voile, le mauvais charme qui vous empêche alors d'apercevoir en vous un bonheur que l'univers tout entier vous désigne ? »

Raison de plus quand on a quarante ans passés, et qu'une illusion de vingtième année flotte soudain devant vous, pour la saisir, pour la fixer en quelque sorte au moyen d'une audace. Le jeune homme est souvent sot et timide. L'homme mûr, trop poli, trop circonspect. La vingtième année ne se juge bien qu'à distance. La meilleure des vingtièmes années, la plus aiguë à vivre — une vingtième année d'une heure — c'est justement celle qui se présente ainsi, sous forme de mirage, et dont un homme mûr s'empare tout à coup.

Il se pencha vers elle, le mot « coucher » ronflant dans sa tête, donnant une forme à la rumeur du sang entre les tempes, n'étant que le tournoiement du désir. Mais au moment où il allait murmurer à l'oreille de Marie une question où il y aurait ce mot « coucher », si voluptueux et si louche, qui sent le drap chaud et le traversin, il se dit qu'il ne réussirait pas à le prononcer, fût-ce dans la phrase la plus simple, sans lui donner un ton de liberté choquante, et sans faire rougir Marie de l'avoir employé elle-même. Quant à le prononcer d'un ton neutre, c'était un crime ; c'était jeter un verre d'eau froide sur ce mot ardent et ronflant qu'on avait entre les tempes. Mieux valait encore le garder à l'intérieur. On aurait pu se contenter de quelque phrase d'apparence correcte, dont seuls l'intention et l'accent eussent été hardis, comme : « Vous pourriez peut-être vous arranger pour ne rentrer que demain matin » ; mais ce n'était plus la même chose. C'était l'idée de « coucher », qui comptait, non celle de passer la nuit ici ou là. Et ce qu'il y avait de grisant, c'était moins de faire à Marie une suggestion pratique qui ne pressait pas, que de lui verser, à cette minute, dans l'oreille, tout le sens moite et caressant d'un mot.

Mais la prudence de l'homme mûr l'arrêta. Il s'était promis de ne pas l'effaroucher. Il n'allait pas, pour se procurer une griserie d'une minute, la mettre en garde prématurément et gâcher toute l'occasion de cette journée.

D'ailleurs son mouvement, son silence, avaient eu quelque chose de bien assez trouble. Elle déroba ses yeux, et rougit légèrement.

Ils filaient sur une route caillouteuse, et détrempée, entre les branchages d'hiver.

— C'est ici que commence la forêt, dit-elle. Vous allez voir comme c'est beau. Ou du moins, moi je trouve ça beau, même en hiver. Vous ne trouvez pas ? Toutes ces petites branches, si fines, et la couleur du ciel en cette saison.

— Comment s'appelle la forêt ?

— La forêt d'Othe. Un nom tellement ancien, n'est-ce pas ? Je ne sais pas tout ce à quoi ça me fait penser. Je suis restée très enfant par certains côtés. La forêt d'Othe, j'imagine des gens d'autrefois en armures, des Bourguigons, et tout ce qui pouvait se passer de combats, de poursuites, dans des profondeurs de bois comme ça. On devait être bien pour se cacher, se réfugier. Nous devons passer à un petit pays qui s'appelle Arces. Vous avez une carte ?

— Oui, celle qui est là, dans cette espèce de creux devant vous.

— Je crois que nous sommes sur le bon chemin. En suivant la vallée, la route était meilleure. Mais c'est plus droit par ici, et nous restons plus longtemps dans la forêt. Comme il fait très beau aujourd'hui, le mauvais sol a moins d'inconvénients.

— Montrez-moi où nous sommes.

— Ici à peu près, je pense.

Elle souriait. Elle était toute fière de savoir s'y reconnaître, et de lui servir de guide. Du petit doigt, elle désignait un endroit sur la carte. L'ongle faisait un va-et-vient rapide sur un bout de route qui traversait la longue tache verte de la forêt d'Othe. Sammécaud saisit ce doigt si gentiment occupé de son travail, l'attira jusqu'à sa bouche, et baisa la main en mordillant le doigt.

Elle souriait, le regardant avec une expression tendre et une petite moue, puis jetant les yeux sur la carte, comme pour dire : « Vous n'êtes pas sérieux. Vous m'empêchez de bien vous guider. »

Un peu plus loin, il profita d'un croisement pour feindre une incertitude. Il arrêta la voiture.

— Montrez-moi où nous sommes.

Elle lui fit encore un regard rieur pour prouver qu'elle n'était pas dupe. Puis elle ouvrit la carte, désigna une croisée de chemins :

— Je pense que c'est ici.

Mais le doigt se contenta de frôler le papier.

Sammécaud se pencha sur la carte ; puis, passant le bras sur l'épaule de Marie, il attira son visage et y mit quelques baisers. Elle fit en sorte que les baisers restassent sur le cou et les joues, n'atteignissent que le coin des lèvres. Cependant elle regardait du côté de la petite route qu'ils allaient laisser à gauche, et s'appuyant contre son ami, elle disait :

— Vous voyez là-bas. Cela m'ennuie qu'on voie finir la forêt. J'aime les endroits où l'on sent que la forêt vous enferme bien de tous les côtés.

Ils arrivèrent aux premières maisons d'Arces.

— J'y pense, chère amie. Qu'avez-vous décidé pour le déjeuner ?

— Rien.

— Comment faites-vous, habituellement ? Vous ne déjeunez pas chez vos forestiers ?

— Si, parfois. Mais je les préviens.

— Et aujourd'hui vous ne les avez pas prévenus ?

— Je leur ai dit que j'arriverais, sans rien fixer d'autre. J'ai pensé que cela vous ennuierait peut-être de manger chez ces gens. Et puis que ce serait plus gênant ; qu'ils seraient amenés à vous poser des questions.

Il aperçut un petit hôtel.

— C'est que, si nous faisons notre visite maintenant, il sera bien tard ensuite. Et de toute façon ils voudraient nous retenir. Vous ne craignez pas de manger trop mal dans cette auberge ?

— Mais non, au contraire, je serais très contente. J'adore les petites auberges.

Elle les connaissait peu. M. de Champcenais, dans leurs voyages en auto, les évitait, moins par respectabilité que parce qu'il était convaincu qu'on y donne de la mauvaise nourriture, du vin grossier, et qu'il y passe des courants d'air sous toutes les portes. Ces inconvénients n'étaient pas compensés à ses yeux par un pittoresque ou une poésie qui lui échappaient.

Marie savait les apercevoir, avec une trace de convention peut-être. Mais quand elle avait fini de s'exciter là-dessus, elle se mettait à éprouver dans des lieux de ce genre un sentiment tout à fait sincère, et inexplicable pour elle, une sorte de profond apaisement, qui ne ressemblait à aucun autre, qui ne lui rappelait rien, sauf quelque chose de très enfoncé dans l'enfance et de presque antérieur aux souvenirs.

Ils s'installèrent dans une petite salle ensoleillée, à une table entre deux fenêtres. On leur servit, sur une nappe à carreaux rouges, un repas qu'ils déclarèrent excellent. C'était la première fois qu'ils mangeaient en tête à tête.

A la fin du repas, Sammécaud dit tout à coup :

— Il y a sûrement des chambres, ici. Et à en juger par le reste, elles doivent être très simples, évidemment, mais très propres. Je me demande si je ne ferais pas aussi bien de coucher ici, ce soir. Ce pourrait être un souvenir charmant. Et j'aurais moins l'impression de vous avoir quittée.

Il s'informa. On s'offrit de lui montrer des chambres.

— Venez avec moi. Vous m'aiderez à choisir.

La patronne demanda :

— Une chambre avec un grand lit ?

— ... Oui... fit Sammécaud sur un ton d'hésitation plaisante.

Marie semblait un peu gênée devant l'aubergiste. Mais elle les accompagna.

Conseillée par elle, Sammécaud choisit une assez belle chambre, avec un haut lit provincial, un grand fauteuil de velours bleu, un guéridon, un canapé gris.

Il demanda qu'on lui allumât du feu, et annonça qu'il reviendrait dans la soirée.

*
* *

La maison forestière était un peu à l'écart de la route, dans une petite clairière que prolongeait au fond et à gauche une longue trouée entre les arbres, comme une piste pour cavaliers.

Le premier être qu'ils virent, ce fut l'enfant. Il était debout derrière une légère clôture de bois. Il les regardait venir. Il serrait sa main sur l'extrémité en biseau d'un des montants. Ce qui lui donnait l'air de tenir une arme. Il était de taille assez haute, les épaules bien carrées, la tête plutôt enfoncée, grosse, sans être énorme, et d'une forme très singulière : peu de menton, peu de crâne ; entre les deux un élargissement progressif ; comme un pot évasé et surmonté d'un couvercle en forme de calotte. Même les cheveux drus et courts dessinaient assez bien le couvercle.

Malgré lui Sammécaud jeta un regard sur Marie, s'étonnant qu'un tel enfant fût né de cette femme.

Lui les regardait approcher, sans faire de mouvements. Il avait les yeux un peu saillants et écartés. Son expression était sérieuse, presque dure. Mais à mesure qu'ils avançaient il se mit à sourire. Il souriait en fixant sa mère, sans s'occuper de Sammécaud. C'était un sourire non pas hébété, mais lent et profond.

Marie eut des larmes dans les yeux. Elle dit rapidement à son ami, à voix basse, en évitant de le regarder, et comme si elle voulait prévenir une remarque, même une réflexion intérieure :

— Tout à l'heure, je m'arrangerai pour vous laisser avec lui. Vous resterez tout le temps que vous voudrez. Après, vous me direz, n'est-ce pas ?

*
* *

— Marc, tu vas montrer à monsieur l'arbre dont tu m'as parlé... Non... je ne vais pas avec vous. Je suis un peu fatiguée. Je vous attends ici. Quand vous reviendrez, monsieur te fera monter dans sa voiture.

L'enfant, sans répondre, jeta un regard à Sammécaud, et l'entraîna du côté de la piste qui s'enfonçait dans les bois. Il marchait d'un pas ferme, qui était déjà un pas de grande personne. Pourtant, il avait le souffle court, et accentué, comme quelqu'un qui vient de courir. Sammécaud observa qu'il avait la même couleur d'yeux que sa mère, d'un bleu un peu plus dur et opaque peut-être. Les cheveux étaient d'un châtain plus foncé.

(Sammécaud éprouvait une amertume étrange, point absolument pénible, à chercher ces ressemblances. Il ne fuyait pas l'idée que cet enfant était le fils de la femme qu'il aimait. Au contraire, il appuyait sur cette idée, attentif à l'émotion ambiguë qu'il tirait d'elle.)

Comme l'enfant ne parlait pas, Sammécaud lui dit :

— Quel est cet arbre ?

— Un chêne que nous avons coupé nous deux mon père.

A ces mots de « mon père », qui désignaient évidemment le forestier, Sammécaud eut un petit frisson aux joues, comme s'il en éprouvait un froissement personnel.

L'enfant avait une voix rude et saccadée. Sa phrase s'était débitée en trois tronçons, comme un vers romantique, avec de fortes césures. Il prononçait presque : un cheûne, et nous ôvons. Mais le devait-il à son éducation, ou à quelque disposition particulière ?

— Ce travail-là vous intéresse ?

— Ce n'est pas tout le monde qui peut le faire, dit-il. Je parie bien que vous, vous ne sauriez pas.

— Oh ! non, certainement.

— Je parie que vous taperiez dessus n'importe comment avec la cognée. Et encore vous ne taperiez peut-être pas bien longtemps. Vous n'avez pas de gros bras. Vous ne penseriez pas à mettre la corde.

— Justement, vous me montrerez comment on la met.

— Vous ne penseriez pas à mettre la corde.

Il répétait sa phrase d'un autre ton, qui était cette fois comme de conclusion et de reproche. Puis :

— Tout à coup vous recevriez l'arbre sur la gueule.

Il éclata d'un rire qui semblait cruel.

« Est-ce de la méchanceté ? » se demanda Sammécaud. Il réfléchit que les faibles d'esprit trahissent souvent une férocité naïve. Mais à ce moment, le petit Marc lui prit la main et leva sur lui des yeux de bon camarade.

« Ce n'est pas forcément de la méchanceté. Quand je traverse les ateliers, j'entends les ouvriers échanger des plaisanteries sur ce ton-là.

De même il a dit ''la gueule'' sans intention grossière. C'est comme cela qu'on parle chez le forestier. Il est vrai que le fameux instituteur à bicyclette, et le curé (vient-il aussi à bicyclette, le curé, sa soutane relevée, bondissant sur les fondrières ?) devraient corriger ça. »

L'arbre, qui était un chêne magnifique, gisait à travers un peuple de petits arbres dont en tombant il avait fauché les branches, mais sans en écraser aucun. Lui-même, étêté et ébranché jusqu'au tronc, il ressemblait à un immense cercueil.

Marc donna des explications précises sur la façon dont on avait fait l'abattage. Sa parole était parfois confuse. Mais sa pensée ne l'était pas. Il semblait prendre un goût très vif à des travaux de ce genre. A côté de réflexions enfantines — qui auraient pu d'ailleurs être dans la bouche de n'importe quel garçon de douze ans — il en avait d'autres qui montraient du sérieux, et une sorte de maturité précoce.

Il dit, par exemple :

— On a trop attendu. Vous voyez. Les insectes ont fait des galeries. Il y aura peut-être la moitié des planches qui seront piquées.

C'était sans doute une phrase du forestier qu'il répétait. Mais il s'en était profondément approprié le sens. Et il la disait avec un froncement de son front bas, et un regard, qui marquaient déjà le souci professionnel. (Sans trace de l'ostentation puérile de compétence qu'un Wazemmes, son aîné de presque cinq ans, y aurait mise.)

Sammécaud était perplexe. Avec la meilleure volonté du monde, il ne pouvait pas considérer ce garçon comme normal. Il ne pouvait pas non plus voir en lui un idiot, ni même un simple arriéré. Il n'avait besoin pour s'en empêcher que de saisir certains sourires, malicieux ou rêveurs, eût-on dit, qui passaient sur le visage de l'enfant.

Au retour il essaya de le faire parler en général de la vie qu'il menait, de l'idée qu'il avait de son sort, de ses sentiments pour les uns et les autres.

L'interrogatoire ne rendit pas très aisément. Marc ne semblait pas chercher à se taire par précaution. Il ne prenait aucunement des mines de chien battu. Peut-être, dans ce milieu, ne s'était-il pas habitué à former des réflexions de ce genre. Ou Sammécaud manquait-il d'adresse pour les aider à sortir.

Il apparut pourtant que le petit Marc ne se trouvait pas malheureux, bien au contraire. Le ménage de forestiers le traitait certainement avec affection. Il n'était pas interdit d'imaginer quelques violentes colères de l'homme, quelques taloches de la femme. Mais il y avait aussi de bonnes paroles, des tartines de confiture, des soins et des baisers les jours de rhume. Et Marc n'avait pas les délicatesses d'un petit citadin.

Il y avait surtout les courses dans les bois, avec l'homme ; le dépistage des braconniers, les relations avec les charbonniers et les bûcherons (c'étaient eux qui d'habitude abattaient les arbres, et le « père » qui surveillait).

Quant à ses parents véritables, il était bien difficile de savoir au juste ce qu'ils représentaient à ses yeux. Plus que des amis. Des protecteurs très spéciaux. Si l'on veut, des gens de la famille, mais de cette sorte mal définie qui est celle des parrains et marraines. M. de Champcenais ? On le voyait rarement, et il devait être sobre d'effusions. Marc le respectait, sans l'aimer. Pour Marie, il avait visiblement beaucoup de tendresse. Il la trouvait prodigieusement belle. Et si la notion d'élégance eût fait partie de son vocabulaire mental, on sentait qu'il eût salué et chéri en elle les suprêmes élégances de l'univers.

Sans avoir pu lui poser une question brutale, Sammécaud acquit la conviction que Marc savait fort bien ce qu'il faut entendre par un père et une mère. Sa pratique de la basse-cour aurait suffi à lui donner là-dessus une science sûre et calme. Tout permettait de croire qu'en appelant le forestier et sa femme ses père et mère, il donnait à ces mots tout leur sens.

« Marie ne s'en doute pas à ce point. Cela lui ferait beaucoup de peine. Pourtant il faudra bien que j'essaye de le lui dire. »

*
* *

A la fin de la visite, et quand le petit Marc eut été admis à monter dans l'auto, qu'il examina silencieusement, et où il se contenta de faire avec Sammécaud un aller et retour d'un kilomètre, sans manifester le goût d'allonger la promenade ni presque poser de questions, Sammécaud tourna son attention du côté du couple de forestiers. L'homme, avec sa grande barbe, et son costume de velours, respirait une certaine franchise. La femme avait l'air de ce qu'on est convenu d'appeler une brave femme. Ni l'un ni l'autre ne paraissaient plus âpres que la moyenne des gens dans leur condition, ni capables de noires méchancetés. L'intérieur, comme l'avait annoncé Marie, était d'une propreté remarquable.

Les adieux se firent. Marie ne cessait d'observer Sammécaud, anxieuse de surprendre ses réactions en face du petit. Ce souci la dominait tellement qu'elle se sépara de son enfant avec des marques d'affection plus distraites que de coutume. Une pudeur y contribuait peut-être, comme si elle eût voulu dire à son ami : « Je ne vais pas, parce que vous êtes là, faire semblant d'accabler de tendresses un enfant que vous savez bien que j'ai abandonné. »

*
* *

Mais dès que l'auto fut en route, Marie fit à Sammécaud un « Eh bien ? » pressant, qu'accompagnait un regard de curiosité suppliante.

Sammécaud lui répondit peu à peu, et posément, tâchant d'être à la fois amical et véridique. Ses deux mains accrochées au haut du volant, il inclinait la tête, clignait des yeux, cherchant l'expression juste. Ou bien, pendant qu'il manœuvrait les vitesses, et que grognaient les pignons, il faisait effort pour résoudre l'embarras où venait de le mettre une question de Marie, et il lui semblait que les accrochages du métal symbolisaient fugitivement avec les difficultés de l'entretien.

Il lui dit en substance :

— Très sincèrement, j'ai eu une bien meilleure impression que je ne m'y attendais. Je crois que ce qui déroute le plus, c'est une certaine étrangeté dans son visage, dans sa voix. Mais il m'a dit des choses pleines de bon sens, pas du tout en retard sur les pensées d'un gamin de son âge. Bien au contraire. Des réflexions d'adulte parfois. Il observe. Évidemment, il n'a pas du tout les façons d'un de ces petits garçons pétulants que nous sommes habitués à voir à Paris, entre deux portes du salon de leur mère, et qui nous étourdissent de leur babillage, de leur toupet... Mais qu'il ait de l'intelligence, cela ne fait pas de doute. Et que cette intelligence puisse se développer du côté du sérieux, donner un jour des preuves auxquelles on ne s'attendait pas, cela ne me paraît nullement exclu.

Le visage de Marie s'épanouissait. Ses lèvres tremblaient du désir qu'elle avait de croire son ami. Elle remerciait de tous ses yeux, et semblait crier en même temps : « Je vous supplie de ne pas me tromper. »

Il répétait :

— Je vous traduis ma pensée exactement. Je ne cherche pas du tout à vous faire plaisir.

A quoi tout le visage de Marie répondait : « Et pourtant, vous me faites un tel plaisir ! »

Mais brusquement, elle redevint anxieuse :

— Si c'est cela, Roger, j'en suis à me dire une chose épouvantable. Nous n'avons même pas d'excuse d'avoir abandonné cet enfant. C'est nous qui sommes des monstres, des parents monstrueux !

— Écoutez, ma grande chérie, écoutez bien ce que je vais vous dire. D'abord le mot d'abandon est bien gros. Et puis... soit... j'admets qu'il y aurait peut-être eu dans le détail certaines modalités plus heureuses à trouver. Mais au fond je ne crois pas que cela ait été tellement que cela une erreur. Ma conviction est même que cet enfant a trouvé des conditions exceptionnelles pour pousser suivant sa ligne, pour commencer au moins à se développer dans le sens qui lui convient. Dans nos milieux de Paris, entouré de camarades vifs, superficiels, taquins, de gens habitués à exiger de tous les êtres le même brillant, la même promptitude, il aurait pu être très malheureux. Vous me le disiez l'autre jour, mais c'est parfaitement exact. Vous n'avez donc, dans l'ensemble, aucun reproche à vous faire. Ce serait à recommencer qu'en conscience, je vous dirais : « Mettez cet enfant à la campagne, chez de braves gens, et voyez plus tard. » J'ai très bien senti, par le peu qu'il m'a dit, que ce ne sont pas les leçons de l'instituteur qui le passionnent le plus. Notre tort, c'est de croire souvent qu'il n'y a qu'un seul type d'intelligence. Je suis persuadé qu'autrefois, à une époque où l'éducation se débitait moins à la grosse, beaucoup d'enfants, qui sont devenus des hommes distingués, auraient fait d'affreux cancres de collège. A force de s'entendre traiter d'idiots, ils auraient fini par le devenir. Mais on les élevait en plein air. On leur faisait faire du cheval, des armes... Je vous répète, ma grande chérie, que pour ce qui est du passé, vous n'avez aucunement à vous tourmenter.

— Comme vous êtes bon, Roger !

— Non, je ne suis pas bon. Je suis juste.

— Si, si. Bon. Et clairvoyant.

Elle pleurait de tendre reconnaissance. Elle lui prit la main. Ils traversaient de nouveau le bourg d'Arces. L'air devenait assez vif. Ils aperçurent l'hôtel.

— Vous ne voulez pas prendre quelque chose de chaud, ma chérie ? Il nous reste plusieurs heures avant votre train. Et nous avons encore beaucoup à causer.

Ils demandèrent qu'on leur servît une infusion dans la petite salle où ils avaient déjeuné. Mais le soleil en était parti. Elle sentait maintenant l'hiver, la solitude sans intimité, la province humide.

— Pourquoi ce monsieur et cette dame ne profitent pas de la chambre ? » dit l'aubergiste. « On les servira là-haut. Depuis le temps que le feu est allumé, il doit y faire bon.

Marie, consultée du regard, parut consentir.

— C'est, en effet, beaucoup plus simple », dit Sammécaud pendant qu'ils montaient l'escalier. « Nous les aurions étonnés en refusant.

La chambre était tiède. On disposa devant le poêle le guéridon, le fauteuil et une chaise. Comme dans un lieu familier qu'on ne regarde que distraitement, Marie, toute à ses pensées, prit le fauteuil, et abandonna sa main à Sammécaud, qui s'assit près d'elle.

Quand on savait qu'elle venait de pleurer, on voyait encore à ses yeux une enveloppe de larmes.

— Vous ne vous doutez pas du bien que vous m'avez fait, Roger. Mais est-ce qu'il vous a parlé de nous ?

Sammécaud lui dit que l'enfant ne trahissait aucune aigreur ; que son père était peut-être pour lui quelqu'un d'un peu lointain ; mais que pour sa mère il avait plus que de l'affection : un mélange d'admiration intense et d'amour.

La main de Marie, dans celle de Sammécaud, avait des secousses de joie.

— Mais qu'est-ce que nous sommes exactement à ses yeux ?

— Pour être très sincère, je crains que la confusion que vous redoutez ne se soit un peu produite. Avouez que c'était inévitable. Mais ce ne serait irréparable que s'il ne vous aimait pas et que si, en lui révélant la vérité un jour, vous vous exposiez à constater une crise affreuse de déception. Ce n'est nullement le cas. J'ai l'impression que la vérité sera très bien accueillie. Donc, quand vous jugerez le moment venu, vous serez tout à fait à votre aise de ce côté-là.

— Car il faudra le faire, n'est-ce pas ? un jour ou l'autre ?

— Cela va de soi.

— Et quand ?

— Il me semble que cela devrait coïncider avec un changement de... de situation, de régime. Ne trouvez-vous pas ?

Elle baissait la tête, méditait profondément ; non pour critiquer ce qu'elle entendait, mais pour s'en pénétrer. Elle écoutait Sammécaud comme on écouterait un conseiller infaillible.

— Dites-moi bien tout. Je sens tellement que vous avez raison. Maintenant que faut-il faire ? Que feriez-vous à ma place ?

— J'y songeais justement tout à l'heure... Je ne crois pas qu'il y ait intérêt à laisser durer les conditions actuelles. Elles ont donné ce qu'elles pouvaient de bon... D'un autre côté, je ne suis pas partisan d'un renversement complet de méthode... Prendre Marc avec vous, lui faire soudain une vie de petit garçon parisien... Non... Ce serait courir à des déboires... Moi, je chercherais volontiers une solution d'un tout autre côté... Tenez... Je ne sais pas ce que ça vaut... Mais j'y réfléchirai... je me renseignerai... Que faut-il maintenant à votre petit Marc ? J'allais dire à notre petit Marc... » (Elle lui serra la main tendrement.) « ... Continuer une vie de grand air ; avec plus d'exercice physique que de morne travail dans les cahiers et les livres. Et pourtant sortir de ce milieu un peu trop rustique. Acquérir des manières, une éducation conforme à son rang... Moi, je l'enverrais carrément en Angleterre. Il y a des collèges, dont on m'a parlé, qui seraient parfaits pour lui. A l'étranger, ce qu'il peut garder de bizarre s'apercevra beaucoup moins. Et puis les Anglais, même à cet âge-là, sont plus tolérants, plus respectueux des singularités d'autrui. Il suffira qu'il acquière un rien de supériorité dans un sport quelconque ; et je l'en crois très capable. Il ne sera pas malheureux du tout. Quand il reviendra de là-bas, il saura l'anglais... Il aura pris des allures... S'il lui reste des maladresses de langage, on les mettra sur le compte de ce dépaysement ; elles auront une couleur. Même son physique se sera recouvert d'un vernis britannique. Nous lui trouverons peut-être un air boxeur, ou champion de football, qui ne manquera pas d'élégance... Il sera très présentable... Vous serez fière de lui.

Elle se jeta à son cou, trop émue pour lui dire le baume que lui apportait cette vision d'avenir.

Une heure après, dans la chambre d'Arces, sur le haut lit provincial, Marie de Champcenais était la maîtresse de Roger Sammécaud.

XXIV

UNE FIN DE JOURNÉE PARLEMENTAIRE. COMMENT GURAU VOIT LA RÉVOLUTION

Le 19 mars, un peu avant onze heures, Gurau causait avec Viviani dans les couloirs de la Chambre, quand le jeune Léon Manifassier vint lui dire :

— 352 voix contre 181.

— Mais ce n'est pas mal du tout, déclara Viviani.

Gurau réfléchit un instant, se rappelant les pronostics qu'il avait faits. Puis :

— Non !... Mon Dieu, non !... Je comptais sur 140, 150.

— Pour toi, c'est un succès personnel.

— Oh !

— Si. Les quarante voix inespérées, tu les dois à la qualité de ton discours. Tu as été extrêmement bien.

Gurau regarda sa montre.

— En tout cas, je file. Il est temps que j'aille au journal. Je n'ai pas écrit un mot de mon article.

Il dit à Manifassier :

— L'ordre du jour Reinach va passer haut la main. Qu'est-ce que je ficherais ici ? Vous, restez. Quand ce sera fini, venez me retrouver là-bas. Je serai ou dans mon bureau, ou à l'imprimerie. J'aurai peut-être déjà les résultats par téléphone. Mais à trente voix près... Ce que vous aurez plutôt à me dire, c'est s'il s'est produit quelque chose dont j'aie à tenir compte dans mon article. Comme il sera probablement plus de minuit, tâchez d'attraper un taxi-auto.

Lui ferait le chemin à pied en suivant les quais jusqu'au Louvre. Cette demi-heure ne serait pas perdue. Elle dissiperait son excitation nerveuse, qui était grande. Tout en marchant, il penserait à son article.

Trois heures plus tôt, il était intervenu avec éclat dans le débat sur la grève des postiers, et sans l'avoir tout à fait prévu. Avant la séance, son intention était de ne prendre la parole que vers la fin du débat, quelques minutes, pour une simple explication de vote. Mais la séance l'avait échauffé ; et les interpellateurs avaient maintenu le problème à un niveau si médiocre qu'il n'avait pas pu résister à l'envie d'exprimer sa façon de voir ; ce qui l'avait entraîné à faire un vrai discours. « Quarante-sept minutes », au dire de Manifassier.

Étant donné l'ensemble de la situation, ce discours ne pouvait pas ébranler le gouvernement. Mais l'effet en avait été considérable. Nombre de bancs avaient applaudi, qui se réservaient de voter pour le ministère.

Au cours de la suspension de séance qui avait suivi, plusieurs amis engagèrent Gurau à déposer un ordre du jour. Il se laissa convaincre. C'était la priorité en faveur de cet ordre du jour que la Chambre venait de refuser par 352 voix contre 181. Détail significatif : presque aucun applaudissement n'avait salué cet échec.

« D'ailleurs mon discours a été bien, il me semble. Viviani devait se mordre la langue en me le disant. Je n'ai vasouillé un peu qu'au début de la seconde moitié ; et personne ne s'en est aperçu. Mais le texte de mon ordre du jour, lui, n'était pas à la hauteur. J'étais fatigué, et les gens que j'avais sur le dos m'embêtaient. Avec un texte mieux enlevé, j'accrochais peut-être dix voix de plus... Bah ! »

Suivant son habitude, il se remémorait jusque dans le détail ce discours qu'il avait improvisé. Il retrouvait même des pauses, ou des changements de timbre, qu'il avait eus. Il s'étonnait que certaines formules heureuses, vraiment saisissantes, lui fussent montées aux lèvres si promptement.

« Dans la conversation, je n'ai pas toujours tellement de facilité ! Et devant mon papier, il me prend parfois des embarras à n'en plus finir... C'est en ça que je suis véritablement orateur. Combien y en a-t-il, dans cette Chambre, qui me vaillent ? Jaurès... soit, je m'incline devant Jaurès... Viviani... je refuse à Viviani le titre de véritable orateur. C'est un débagouleur prodigieux, un acrobate de la récitation. Quant à ce qu'il dit !... Les mots toc et viande creuse ont été inventés pour ce coco-là... De Mun a du talent, une bonne diction ; mais il m'emmerde... Nous dirons que c'est un monsieur disert... Et puis — c'est terrible d'énoncer ça — on ne peut pas être un tout à fait grand orateur en 1909 avec des idées pareilles. Pourquoi ? C'est mystérieux. Mais pas plus que le mystère de la Sainte Trinité. Disons que les idées ont une valeur en soi. Homais est très inférieur à Lacordaire. Mais il est un tout petit peu supérieur à l'imbécile de même catégorie qui a les idées de Lacordaire... Clemenceau, lui, est orateur, comme certaines femmes sont belles. Par sursauts. Il faut qu'on le foute en colère. C'est de l'adversaire que son éloquence dépend. Je sais bien qu'il y a ses fameux "traits", qui lui sortent quand on n'y comptait plus. Un éclair zébrant dix minutes de charabia. Mais il y a des séances où il n'est d'un bout à l'autre qu'un vieux monsieur bougonnant. Ou qu'un rédacteur en chef qui fait des mots dans son gilet. C'est drôle comme il fait vieux par divers côtés. Général du Second Empire en retraite... Briand, oui. Sa voix est plus chaude que la mienne, plus chatte. Et il a tous les gestes qu'on attend, qu'on désire. Il est sans pudeur. Il est très putain. Son style... sa langue...

ça n'est pas ignoble ; c'est mettable. Mais ça sent la confection, le bon marché... En somme, Jaurès d'abord ; et puis Briand et moi... Pour ne pas parler du côté Caillaux ou du côté Barthou de l'éloquence, qui sont tout autre chose. Quand je compare mon discours, improvisé, à celui de Rouanet qui avait potassé son interpellation !... Un brave type qui a de l'estomac, et de la gueule, un grand homme pour réunion publique du dix-huitième. Mais à la tribune de la Chambre, ce qu'il fait ténor de tournée ! Et cet accent ! »

Rouanet avait si bien rapetissé la querelle, usé d'arguments qui sonnaient si faux, qu'il avait réussi à rendre le gouvernement sympathique. « Renvoyez Simyan, votre sous-secrétaire d'État, et rappelez, avec des fleurs et des excuses, les grévistes révoqués. » De la part du ministre, l'attitude médiocre, le défaut de sens dramatique, c'eût été de dire ou de faire entendre : « Vous voulez la peau de Simyan ? — pour ce que j'y tiens ! — vous l'aurez. Abandonnez-moi vos révoqués en compensation. » Content ou pas, Rouanet se serait rassis, avec sa pauvre victoire. Tout aurait fini dans un sentiment de feu d'artifice mouillé. Mais Barthou, persuadé qu'il n'avait pas besoin de sacrifier son sous-secrétaire d'État pour sauver le ministère, s'était donné les gants de le défendre. Du coup il s'assurait le beau rôle. Il devenait le commandant d'une position attaquée, refusant de désavouer un sergent impopulaire qui s'est bien battu ; et ajoutant : « Quant aux mutins, il est exact que nous en avons fusillé une douzaine. Nous sommes prêts à recommencer. Que celui d'entre vous qui se charge de conserver la position en procédant autrement prenne ma place. »

Dans l'assistance avait passé un frisson de sublime gouvernemental. A ce sublime-là, Gurau n'était nullement insensible. Il avait le goût de l'autorité. Il ne méconnaissait pas l'ivresse supérieure d'être celui qui ne perd pas la tête et qui se fait totalement obéir. En outre il était convaincu que l'avenir prochain — quelle que fût celle des deux ou trois directions possibles où il s'engagerait — allait rendre toute son importance à la fonction de chef.

Il avait donc, comme les autres, frissonné sympathiquement, moins aux paroles même de Barthou qu'à la « situation » qu'elles jouaient.

Mais il s'était dit aussitôt que c'était un gâchage que de laisser les gens au pouvoir recueillir un tel profit dramatique d'une circonstance qui abondait au contraire en motifs de pathétique antigouvernemental, et dont un gouvernement, quel qu'il fût, n'aurait dû se tirer que l'oreille un peu basse. La question n'était pas de renverser le ministère. Elle était de renverser la sympathie.

Car à tout instant il se fait, dans l'atmosphère sentimentale d'un Parlement, des cristallisations que les votes ne reflètent pas. Soudain, au cours d'un débat, quelqu'un fixe le cœur de l'Assemblée. Les députés, comme les spectateurs au théâtre, forment des vœux secrets pour lui. Quand les urnes circuleront, ils resteront presque tous fidèles à leurs partis pris antérieurs, ou à une discipline de groupe. Mais ces mouvements impalpables laissent leur trace. Et plus tard une majorité concrète pourra se trouver brusquement réunie autour de l'homme qui un jour en aura tracé dans l'air cette fugitive ébauche.

C'est ainsi que Gurau, abandonnant vite à Rouanet et à Bedouce tout ce qui était chicane de personnes, ou exploitation d'incidents, s'était élevé aux questions vraiment émouvantes, dont chacun savait bien qu'elles ne se laisseraient pas réduire par des habiletés gouvernementales ou parlementaires. « Quand je me suis écrié : "Avez-vous fait votre choix ? Est-ce la guerre que vous déclarez à un monde nouveau ?" toute la salle a senti que j'y étais en plein ; et que c'était sérieux... Il faut même que je garde ça pour mon article. Pourquoi pas dans le titre ? "Déclarez-vous la guerre à un monde nouveau ?" avec le tour interrogatif, pour ne pas créer, malgré le vote de la Chambre, le sentiment de l'irréparable. On me reproche mes titres longs. Moi, je les aime assez. »

Il essayait des phrases pour son article. Celles de son discours lui revenaient. Or, il importait d'éviter une répétition des formules. « *La Sanction* va donner, dans le compte rendu de la Chambre, en une et en deux, de larges citations de mon discours. Il ne faut pas qu'à deux colonnes de là, l'article de tête ait l'air d'une resucée.

« Conserver le thème, bien entendu... Rappeler mes efforts en séance pour rendre la Chambre consciente de la gravité de son vote. Insinuer — ce qui est peut-être vrai à moitié — que mon intervention a eu au moins pour résultat que l'ordre du jour Reinach a été moins provocant.

« En somme, me donner un rôle non d'opposant parlementaire, cherchant à profiter de l'embarras des gens au pouvoir, mais d'homme qui voit plus haut et plus loin. Un peu l'arbitre. L'annonciateur. Celui auquel il faudra recourir un jour parce que seul il aura vu clair. »

Là-dessus, la méditation de Gurau s'élargit rapidement. L'excitation de la fatigue et de la nuit, le rythme de la marche, la solitude brillante du fleuve, les enfoncements de lumières multicolores dans l'eau, l'aidaient à atteindre cet état où l'extrême netteté de pensée communique à tous les produits intérieurs de l'esprit, même aux plus aventureux, le caractère de l'évidence. L'homme le plus enclin à douter de soi écoute alors un oracle monter de sa poitrine.

« Jamais je n'ai si bien compris ce que doit être mon rôle ; mon avenir. »

Il n'osait ajouter « ma grandeur », parce qu'il avait vingt ans de plus que Jerphanion, et les hypocrisies que l'âge enseigne. Mais toutes ses entrailles le criaient. Et, si la grandeur que Jerphanion dévisageait du haut des toits de l'École, dans le brouillard rouge de novembre, était une grandeur qu'il s'appropriait à peine, une grandeur d'humanité, dont il s'imaginait moins le possesseur que l'instrument, celle dont Gurau, aux cheveux gris, poursuivait le fantôme le long de la Seine flamboyante, celle dont il croyait voir le regard dilaté croiser le sien, quand il levait la tête vers les deux cadrans de la gare d'Orsay pareille dans la nuit à un tronçon d'aqueduc, c'était bien une grandeur à lui, la sienne, jalousement inséparable de sa personne, une grandeur que l'on possède et que, s'il le faut, on arrache à autrui.

Et il n'y rêvait pas avec cette libérale complaisance pour les modalités et les délais que la jeunesse peut se permettre. Il ne trichait plus avec son impatience. Il se marquait des étapes. Il dressait d'avance le calendrier de sa grandeur.

« Je n'ai plus de temps à perdre. Je devrais avoir déjà été au moins une fois ministre. Briand va plus vite que moi. Il est vrai qu'il est un rien plus âgé. Viviani ne demande qu'à me passer dessus. Il faut que je sois ministre avant un an. Président du Conseil au cours de la prochaine législature. Je n'ai pas de parti derrière moi ? Briand non plus... Briand est maçon... Est-ce tellement important ? »

L'idée de son isolement, et celle de la Maçonnerie, le firent penser à sa conversation avec Jaurès ; à Jaurès lui-même. Il entrevit, presque comme une lueur dans l'ombre du quai, le visage généreux, solaire et barbu, un peu incliné vers la gauche, d'où tombaient ces mots : « Vous êtes seul... »

Quoiqu'il aimât Jaurès, toute son ambition orgueilleuse se soulevait pour répondre à ce « Vous êtes seul », qui quatre mois après le pinçait encore, par un : « Eh bien ! Jaurès, vous allez voir si je suis seul ! »

Il discernait soudain son plan d'action, que des mois de songerie, d'incertitudes, d'observation des événements, d'exercice tour à tour réfléchi ou distrait du flair avaient sourdement élaboré dans sa tête. S'appuyer à fond sur le syndicalisme. En devenir dès maintenant à la Chambre l'interprète, le défenseur attitré ; hors de la Chambre, le conseiller et le modérateur. Voilà longtemps que Gurau sent grandir la force et le mouvement des syndicats. Il y a toujours cru. Il n'y a pas toujours pensé, parce qu'une pensée d'homme politique, avant de s'orienter définitivement, est soumise aux sollicitations des circonstances. Parce que certains flottements ont une valeur d'expérience ou d'exploration. « Même d'un point de vue sentimental. J'ai toujours eu le goût de ça, senti la poésie de ça... Alors que je n'ai jamais pu digérer le pur collectivisme marxiste, avec son caporalisme, sa bureaucratie, sa tristesse. Tout ce que j'ai fait jadis pour les sociétés compagnonniques de Touraine, à une époque où le syndicalisme n'était pas à la mode ! »

Or, le Socialisme unifié, tout engoncé de marxisme, fait au syndicalisme des sourires gênés que l'autre lui rend mal. Leurs rapports sont douteux. Les unifiés sentent bien qu'ils ne peuvent se dispenser d'être aimables, puisqu'ils ont pour clientèle cette classe ouvrière que les syndicats sont en train d'organiser. Mais si les troupes sont les mêmes, ni les cadres, ni les chefs ne le sont. Et plus l'organisation syndicale progresse, moins ceux qui la dirigent sont d'humeur à se mettre aux ordres du Parti.

« Le coup de maître, ce serait justement ça : enlever aux unifiés leur clientèle de base. »

Évidemment, il y a une difficulté : la répugnance qu'affichent les meneurs syndicalistes pour les politiciens en général. Ils prétendent à une action autonome.

« Mais moi je suis sûr que ce qui les agace, ce qui leur porte ombrage, c'est surtout le Socialisme en tant que parti ; sa hiérarchie, sa doctrine, son pédantisme, ses airs d'infaillibilité ; tout ce qu'il y a en lui d'Église romaine, avec papes, conciles, encycliques et bulles d'excommunication. Les syndicalistes sont frères cadets des libertaires. Sorel leur a fait une injection supplémentaire d'individualisme. Mais ils ne sont pas assez bêtes pour s'imaginer que tout leur mouvement peut évoluer et aboutir sans interférer à aucun moment avec l'action politique. Ils peuvent se passer du parti socialiste, mais non de toute alliance politique. Ils le savent. S'ils ne le savent pas, je le leur démontrerai. D'ailleurs les événements actuels s'en chargent. »

Ces événements, qui étaient la grève des postiers, d'autres grèves de moindres dimensions qui ne cessaient de bouillonner çà et là, et la grève générale, dont on commençait à parler non plus comme d'un mythe grandiose, mais comme d'une échéance précise et prochaine, Gurau les éprouvait d'une façon exceptionnellement aiguë. Il en était passionné et malade ; comme certains animaux saluent prophétiquement du fond de leur chair le typhon ou l'éclipse. Il ne démêlait pas si l'état où le mettait cette atmosphère chargée ressemblait davantage à l'angoisse ou à l'enthousiasme. Mais toute la masse de son esprit en était remuée, et maintes choses — du côté des principes comme dans la tactique, dans l'ordre de l'ambition comme dans celui de l'idéal — lui semblaient remises en question depuis cet hiver. Avec cette facilité d'oubli que les politiciens ont plus que d'autres à l'égard des émotions politiques, parce qu'ils en ont sans cesse de nouvelles, Gurau en arrivait même à ne plus beaucoup penser aux périls européens qui l'avaient naguère préoccupé presque autant que Jaurès. (D'ailleurs la menace ne s'était-elle pas écartée ? La déclaration franco-allemande d'accord au sujet du Maroc, et la visite d'Édouard VII à Berlin, qui avaient eu lieu le même jour, n'étaient-elles pas le signe d'une détente ?)

Les articles qu'il publiait à peu près quotidiennement dans *La Sanction* marquaient ce changement d'esprit. Depuis le 9 février, date de la déclaration franco-allemande, tous, sauf deux ou trois, avaient porté sur la situation intérieure, et plus de la moitié sur les problèmes posés par l'agitation syndicale.

« Je serais curieux de savoir combien il y a de syndicalistes qui me lisent. D'une façon générale, de quoi est fait mon public. J'ai le droit de dire : "mon" public. Depuis que je mène le journal, le tirage moyen a passé de trente à quatre-vingt mille. Simplement. En janvier nous grimpions de mille par jour. J'avais l'impression que chacun de mes articles était un coup de marteau, boum ! qui faisait monter le poids d'un cran. Dans mon public, il y a d'abord tout le Parlement : Chambre, et Sénat, et le gouvernement avec les entourages, ça fait douze à quinze cents personnes. Puis les comités et les cadres des partis de gauche, à Paris et en province. Pas certains vieux radicaux bedonnants et congestionnés de sous-préfecture, peut-être. Mais les plus vifs, les plus ouverts ; tout ce qui remue. Ils lisaient déjà *La Sanction* ?... Disons qu'ils y jetaient un coup d'œil. Maintenant on la lit de près. On pèse les mots de mes articles. On cherche des intentions et des indications dans un entrefilet de la deuxième page, dans la longueur d'un compte rendu. Mais les syndicalistes, eux, me lisent-ils ? Les chefs, sans aucun doute. Et les principaux militants. Parmi le gros des syndiqués, combien ? Je parierais pour une vingtaine de mille. Je suis modeste. Car les cinquante mille nouveaux lecteurs de *La Sanction,* il faut bien que je les aie ramassés quelque part... Petite bourgeoisie de gauche, professions intellectuelles, employés, bourgeois éclairés en flirt avec l'esprit de révolution ? Soit. Tous gens, d'ailleurs, que le mouvement syndical intéresse, préoccupe. Nombre d'entre eux destinés à s'y absorber tôt ou tard... Il m'en reste bien vingt mille qui viennent des syndicats. C'est déjà énorme. En l'espèce, comme je ne suis pas organe de parti, comme ils viennent à moi par libre curiosité, ces vingt mille représentent l'élément intelligent et actif, le ferment : les meneurs de syndicats et les secrétaires ; les gars éveillés qui comparent et réfléchissent ; ceux qui prennent la parole dans les meetings. En somme, ceux qui constituent l'opinion ouvrière. Le reste n'étant que la masse de manœuvre. Ces vingt mille m'absorbent chaque matin, dans toute la France. Ma sympathie pour leur cause n'a pas pu leur échapper. L'effort que je fais depuis des mois pour les comprendre, pour les aider. Un effort qu'aucune attache d'un autre côté ne contrarie. Il n'est pas du tout impossible qu'ils se convainquent peu à peu que le seul parlementaire de premier plan avec lequel ils aient intérêt à lier partie, le seul qui ne soit pas à leur égard dans une situation fausse pour des raisons de programme ou de clientèle, le seul qui soit qualifié pour porter leur action sur le plan politique, c'est moi. Il faut que mon article de ce soir, confirmant mon intervention à la Chambre, cristallise cette idée-là. Aujourd'hui doit marquer une date dans mon histoire.

« Quelle chance que Briand se soit fourré dans ce ministère ! Malheureusement à un poste pas assez compromettant. Il est vrai aussi que c'est un "social-traître", un des trois, avec Millerand et Viviani. Et même si les syndicalistes ne prennent pas leurs consignes chez les unifiés, ils manquent d'entrain pour les social-traîtres. Moi je ne suis pas catalogué dans les social-traîtres. *L'Humanité* ne m'engueule jamais. Je dois ça à Jaurès. »

Il donna à Jaurès une pensée affectueuse ; sans réfléchir que tout son plan d'action consistait à saper, en lui enlevant sa base naturelle, le parti dont Jaurès était le chef. Il se dit, revenant par un détour au fil de sa méditation, que somme toute il avait bien fait, en novembre, de ne pas se laisser troubler par les réserves de Jaurès. En refusant *La Sanction,* que lui offraient des mains peut-être impures, de quelle arme il se fût privé ! D'ailleurs Sammécaud s'était montré, depuis, d'une correction absolue. N'avait-il pas poussé la coquetterie jusqu'à insister auprès de Gurau pour que *La Sanction* insérât une série d'articles de Pierre Lafeuille proposant ouvertement un monopole d'État des pétroles ? (Gurau avait négligé de remarquer que les chiffres cités par Pierre Lafeuille faisaient apparaître, à tout lecteur capable de réfléchir, l'opération comme vaine, et peut-être même comme dangereuse pour les finances publiques. Mais surtout il ignorait que cette série d'articles avait servi au Cartel de moyen de pression sur la Standard Oil pour lui arracher un contrat plus avantageux : « Au secours ! Nous sommes emportés par le courant ! Votre intérêt, c'est de nous sauver. » Et le Cartel n'avait pas craint de laisser entendre que les avantages consentis par la Standard permettraient de soudoyer en France les hommes politiques et la presse. De fait il y gagnait de quoi rattraper en un an tout le capital engagé dans *La Sanction.* Comme le journal, grâce à Gurau, n'était pas loin maintenant de couvrir ses frais, l'affaire, au pis aller, ne coûtait plus rien, et Sammécaud n'avait aucune peine à obtenir de ses collègues carte blanche de ce côté-là.)

Ce dont Gurau savait gré aussi à Sammécaud, c'était d'avoir montré beaucoup de complaisance au sujet de Léon Manifassier. Léon Manifassier n'était autre que le « jeune fonctionnaire », auteur du dossier, et dénonciateur primitif du Cartel. A la fin de 1908, Gurau l'avait convoqué à plusieurs reprises, et il lui avait dit en substance : « Vous savez ma sympathie pour vous. Je vous prendrais avec moi si vous n'aviez pas une place fixe que je ne veux pas vous faire perdre. Gardez-la en attendant. Voici ce qui m'arrive. On m'offre *La Sanction.* Comme par principe je me méfie, quand il y a des capitalistes quelque part, j'ai exigé des garanties. Ils m'abandonnent le tiers des actions, ce qui m'assurera pratiquement la majorité. Je me moque de l'argent qu'elles représentent. Je ne veux pas d'argent. Mais je veux être maître de ce journal, y défendre les idées qui me plaisent, sans avoir à ménager personne. C'est à vous que je remettrai ces actions. Ne vous effrayez pas... Vous me donnerez une contre-lettre si vous voulez ; mais ce n'est pas même nécessaire. J'ai confiance en vous. Naturellement, vous collaborerez au journal. Vous m'aiderez dans mon travail parlementaire, selon vos loisirs. »

Le jeune homme s'était montré non pas méfiant — il se faisait de Gurau la plus haute idée morale — mais fort intimidé. Gurau l'avait rassuré avec bonhomie ; avait piqué en lui le besoin de dévouement, une ambition toute naturelle, et aussi le sentiment de responsabilité sous sa forme la plus flatteuse : « Vous serez mon œil dans la maison. Vous me signalerez tout ce qui vous paraîtra louche. » Il sous-entendait : « Et si vous aviez la moindre crainte quant à mes propres défaillances, avouez que vous seriez bien placé pour les constater et m'en avertir ! »

Manifassier avait donc été installé dans le rôle de « conscience de Gurau ». Mais ce qu'en vérité Gurau attendait de cette conscience à portée de la main, c'étaient moins des avertissements pour l'avenir qu'un quitus pour le passé. Aux yeux du jeune homme, Gurau était le maître que l'on admire, en qui l'on croit, le modèle qu'on brûle d'imiter, la noble figure, presque héroïque, qui se détache de la corruption contemporaine et vous préserve d'un désespoir où l'âme à cet âge se jette si facilement. Mais pour Gurau, Léon Manifassier incarnait des biens non moins précieux : l'idéalisme et l'intransigeance de la jeunesse, le désintéressement total, la pureté. Le faire entrer à *La Sanction,* le mêler d'aussi près que possible aux tractations qu'il avait acceptées, c'était se donner la preuve qu'elles n'étaient pas déshonorantes. L'on pourrait dire, si l'on voulait être brutal, que Gurau cherchait un complice, et un complice aveugle ; qu'il voulait compromettre Manifassier dans son aventure ; qu'il tendait la main à cette jeunesse et à cette pureté pour les entraîner dans le marécage où il avait conscience d'enfoncer lui-même. Mais ce serait injuste. Dans le besoin qu'éprouvait Gurau de ce témoin, de ce compagnon, il y avait une camaraderie plus délicate. Il y avait aussi une humilité assez touchante. Son geste revenait à dire : « Aidez-moi. Je me sentirai plus de courage, avec vous à mon côté ; plus de sécurité aussi. Je ne suis pas mauvais. J'ai été exactement comme vous ; j'ai connu la même exigence absolue, la même ardeur sans souillure. Je n'ai rien renié. Tout ce que je désire au fond est encore avouable. Mais agir est difficile. Pour réaliser si peu que ce soit, il faut risquer beaucoup de sa pureté. Il se peut qu'à force de penser aux périls quotidiens de l'action, on devienne un peu aveugle aux autres, aux périls de l'âme, à ceux qu'on appelait jadis les périls éternels. Vous pourrez être quelque chose comme mon Antigone. Je ne souhaite pas que vous criiez casse-cou sans nécessité ; et vous découvrirez vous-même qu'il y a plus de choses sur la terre que dans une âme de vingt ans. Mais à nous deux, nous nous défendrons du pire. »

Ainsi la présence même silencieuse de Manifassier constituait pour Gurau un conseil et une vigilance perpétuelle : « Ce serait si bien le rôle de la femme aimée ! » s'était-il dit plusieurs fois. « Comme une tutelle morale de ce genre deviendrait alors délicieuse ! » Mais il ne savait que trop que Germaine en était incapable. Non par défaut de culture ; mais parce qu'il lui manquait une certaine noblesse. Mon Dieu ! elle était comme la plupart des femmes. Les jours où Gurau se trouvait en veine de déclarations idéalistes, elle l'écoutait de bonne grâce. Mais les jours où il contait une intrigue de couloirs, laissait paraître un mouvement d'âpre rivalité, avouait crûment une ambition, elle se sentait sur un terrain plus solide. Et à part elle, elle ne pouvait pas croire qu'on se donnât tant de peine, en politique ou ailleurs, sans en attendre au fond des avantages précis, dont on aurait le cœur, le moment venu, de faire profiter la femme aimée.

Quant à la situation de Manifassier à l'égard de Sammécaud, elle avait un caractère quasi vaudevillesque, dont il était dommage que Gurau évitât de s'apercevoir. Manifassier, lorsqu'il rencontrait par hasard Sammécaud à *La Sanction,* ignorait que ce fût là un des fameux pétroliers dont il avait dénoncé les fraudes. (Le nom de Sammécaud ne figurait d'ailleurs dans aucune raison sociale.) Sammécaud ne soupçonnait pas davantage que ce jeune homme assez timide fût l'initiateur de l'offensive contre le Cartel.

*
* *

Cependant Gurau pénétrait dans la grande cour du Louvre. Il se répétait : « Oui, j'ai bien fait de prendre *La Sanction.* Je m'en rendrai compte de plus en plus. Les pétroliers ont peut-être voulu m'avoir. Mais en attendant c'est moi qui les ai. Voilà comment ça se passe quand on est un homme fort. »

Il pensa à la Révolution. Il en vit le mécanisme avec une netteté d'épure : les syndicats ne cessent de s'étendre. Dans chaque métier, ils absorbent peu à peu tous les travailleurs. Ou du moins ce qui leur échappe n'est plus qu'une poussière. Les professions encore rebelles à la forme syndicale s'y soumettent une à une. (Comme on le voit pour les fonctionnaires depuis le début du siècle.) Pendant que les syndicats particuliers se développent et se multiplient, leur organisation d'ensemble grossit automatiquement, par le jeu du système simple et robuste, établi dès l'origine ; les syndicats continuant à se grouper : par régions, en Bourses du Travail ; par catégories professionnelles, en Fédérations. Chaque syndicat, chaque Bourse du Travail, chaque Fédération, a son secrétaire, qui en est le centre et l'organe de transmission. Au sommet, la C.G.T., qui groupe en deux sections distinctes mais solidaires, les Bourses d'une part, les Fédérations de l'autre. Dans son petit bureau, sur une chaise de paille, le secrétaire général de la C.G.T.

Un beau jour, sans qu'on s'en soit aperçu, toute la France qui travaille est dans la C.G.T. Chacun y occupe la place que lui désigne ce qui compte le plus dans sa vie, ce qui le définit socialement : sa profession. Chacun se trouve relié par un double réseau de fils au petit bureau à la chaise de paille. Toute une organisation nouvelle et vraiment interne du pays a été réalisée sans bruit. Un État nouveau est prêt, entièrement monté, comme une machine qui va sortir de l'usine. Rien de ce qui est indispensable à son fonctionnement ne peut y manquer, par hypothèse, puisque quiconque travaille et produit, dans quelque ordre que ce soit, fait déjà partie de la machine, n'a qu'à y continuer, sans changer de rythme, ni de place, son mouvement normal. (Le mineur, l'aiguilleur, le boulanger, l'électricien, l'instituteur, l'employé d'administration...)

A ce moment, le vieil État est prêt à tomber comme une carapace morte.

Mais cela, c'est la vue théorique. Ni le vieil État ne se laissera tranquillement mourir. Ni le nouveau n'aura la patience d'attendre. Le nouveau donnera des secousses de plus en plus énergiques ; le vieux aura des contractions de plus en plus furieuses sur lui-même, pour tenter d'écraser ce monstre qui lui pousse à l'intérieur.

« Nous sommes en train de vivre une de ces premières secousses. »

Un jour, il y en aura une plus forte que les autres. Ce ne sera pas tout à fait la Grève Générale décrite par les prophètes, celle du Mythe. Ce sera une grève très généralisée, touchant des centaines de corporations, et marquée dès le début d'un sentiment de décision solennel.

Gurau voit une Chambre comme celle de cet après-midi, mais incomparablement plus fiévreuse, assiégée non comme jadis par les cris et les détonations de la rue, mais par le terrible silence de la nouvelle révolution, le silence qui veut dire : arrêt de tout, rétraction de tout, résistance par le vide, refus total. Un gouvernement désemparé, qui ne sait répondre aux questions et aux objurgations qu'en levant les bras au ciel. De pauvres diables de ministres, n'osant plus donner d'ordres, parce qu'il n'y aura plus personne pour leur obéir. C'est alors que, dans l'Assemblée même, les regards se tourneront, certains chargés de reproche, d'accusation, mais tous malgré eux plus ou moins suppliants, vers l'homme qui aura su prévoir l'événement et garder le contact avec les forces nouvelles. Ces centaines de regards crieront — de ce cri des yeux si mat, si étouffé, si parfaitement insonore qu'il semble se produire dans un autre milieu physique que notre monde à bruits et à rumeurs, ou pour un sens dont nous n'aurions pas exactement l'organe — ils crieront : « A vous ! A vous de parler et de dire ce qu'il faut faire !... Nous ne pouvons plus compter que sur vous ! »

Il se voit descendant les gradins supérieurs, traversant l'hémicycle, sans que les centaines d'yeux se détachent de lui. Il grimpe à la tribune. Le Président, là-haut, incliné en avant par l'angoisse, a l'air d'un père de famille de grande bourgeoisie dont la fille est mourante et qui regarde le docteur célèbre monter l'escalier.

Gurau sent la façon dont il dévisagerait l'Assemblée, de la gauche à la droite, les premiers gestes des mains et des bras qu'il aurait, l'élan et la masse de ses premières paroles, le volume de l'émotion dont elles seraient le jaillissement.

Mais il ne cherche pas à distinguer les paroles mêmes. Car il ne perd pas de vue que ce qu'il a ce soir à faire, ce n'est pas la Révolution, c'est un article. Ce sont les phrases de cet article qu'il est le plus urgent de trouver. Celles du discours futur ne demanderaient qu'à sortir tout de suite, avec aisance et jouissance, parce qu'elles assouviraient pleinement une pensée extrême, qu'accompagnent de vifs battements du cœur ; parce qu'elles seraient la continuation d'un rêve tout éveillé ; et qu'il est bien plus agréable de faire un rêve tout éveillé — comme lorsqu'on était enfant — que de faire un article.

Hélas ! il faut se modérer, se contenir, trouver, au lieu des phrases déchaînées qui viendraient toutes seules, des phrases atténuées et réticentes, des phrases que pourront lire demain matin, sans surprise, des employés et de petits bourgeois, dans un métro que n'aura pas immobilisé la grève générale, et les membres d'un Parlement que n'assiégera pas encore le grand silence révolutionnaire.

*
* *

Gurau passe sous les guichets du Louvre ; il débouche dans la rue de Rivoli. Avant de revenir à la besogne étroite de son article, il s'accorde encore un moment de rêverie et d'images. Encore cinquante pas d'ivresse.

Puisque maintenant il est bien entendu qu'il ne s'agit que d'une fin d'ivresse, la cohérence et la vraisemblance strictes importent peu. Gurau se voit tour à tour, presque en même temps, sortant de la Chambre ce jour-là après son discours, accueilli au-dehors par une immense foule anxieuse, dont une clameur se dégage tout à coup ; s'avançant au pas dans cette foule. Ou bien sautant dans une auto plus rapide, plus puissante que celles d'aujourd'hui, et se faisant conduire au Comité central de grève pour déclarer en entrant : « Me voici. Le gouvernement est tombé. Le régime est tombé. A mes pieds. On m'a supplié de les ramasser. Ce qu'il reste de la force publique est entre mes mains. Le vieil État, je vous l'apporte. En échange, donnez-moi le commandement du nouveau. Il y a des choses que, seuls, vous ne sauriez pas faire. Des résistances que, seuls, vous ne briseriez pas. Nous allons faire ensemble la Révolution. Et la réussir. Une révolution humaine. Sans une goutte de sang. Où il n'y aura même pas une Cour des Comptes de brûlée. La révolution du travail, paisiblement formidable comme un cortège de Premier Mai, avec des fleurs de muguet à la boutonnière. »

Soleil. Longs cortèges d'ouvriers. Le peuple organisé qui s'avance au pas sous les bannières rouges marquées d'emblèmes fédéraux. Avec ses groupements, ses préséances, ses intervalles. Le contraire du délire et du désordre. Une foule articulée et vertébrée par le travail. Un peuple qui porte son ordre avec lui. Un ordre qui fait explosion lentement, après avoir couvé pendant des siècles. L'accouchement d'un ordre. Vieille et digne France des corporations. Compagnons de Touraine aux cannes enrubannées. Ce qu'il y a de plus éloigné de la populace. Ce qui peut ressembler le moins à l'horrible épanchement des souteneurs et des pétroleuses.

Pétroleuses... Gurau pense fugitivement à ses pétroliers. Que fera-t-il d'eux dans tout ça ? Pas facile de leur trouver une place. Gurau a un sourire de supériorité un peu cynique. Tant pis ! Aucun homme fort, aucun maître des hommes n'a jamais pu vaincre sans oubli, sans ingratitude. « D'ailleurs, il n'y a que Sammécaud qui m'intéresse. Comment faisait-on pour sauver un grand seigneur en 92 ? Pour garder sa situation à un duc ? J'essayerai de maintenir Sammécaud en faisant utiliser sa compétence. Je lui dois ça. Certains ci-devant sont bien devenus généraux des armées de la République... »

*
* *

Ainsi, dans son exaltation qui renouvelle un monde, Gurau trouve la place de loger des scrupules assez menus. Il s'interroge sur un détail. Mais s'interroge-t-il sur l'essentiel ? Se demande-t-il : « Après tout, est-ce qu'il faut renouveler le monde ? Est-ce bien comme ça qu'il faut le renouveler ? »

On pourrait dire qu'il s'est posé la question assez de fois et depuis assez longtemps pour n'avoir plus besoin d'y revenir dans cette rêverie à travers les rues nocturnes. Mais d'abord, même en des matières de bien moindre importance, Gurau n'est pas l'homme des questions réglées une fois pour toutes. Quant à ce qui regarde celle-ci, il n'est pas sûr non seulement qu'il l'ait jamais résolue, mais encore qu'il se la soit jamais posée. Il faudrait remonter le long de sa vie de proche en proche. On y verrait sans doute des choix successifs, mais qui ne portaient que sur des problèmes limités, ou de circonstance, et qui semblaient tous dépendre d'un choix premier, prononcé en quelque jour solennel... Mais de ce choix dernier et de ce jour très solennel, il ne reste justement aucune trace que cette inclinaison générale de toute une vie ; ce qui fait qu'on se demande s'ils ont jamais eu lieu.

D'ailleurs si l'aspiration révolutionnaire est ancienne chez Gurau, et si, malgré ses fluctuations, il s'est toujours tenu près des partis d'extrême-gauche, son idée d'une révolution directement issue du mouvement syndical et modelée sur lui est récente. C'est même, si l'on veut, ce soir qu'elle s'est imposée définitivement à lui. L'on vient d'assister à ce choix. Or, on ne peut pas dire que l'idée que « ce sera mieux », que « ça vaudra mieux », qu'« il en résultera à la fois plus de bonheur et plus de justice » y ait joué un rôle distinct. Il est assez remarquable que même le mot de justice n'ait pas été intérieurement prononcé. Pourtant « il en résultera à la fois plus de bonheur et plus de justice » est une formule qui doit venir à l'esprit d'un homme comme Gurau, puisqu'elle lui vient très souvent aux lèvres quand il improvise un discours, ou à la plume quand il écrit un article. Faut-il l'accuser de mensonge ? D'abord il n'a pas conscience de mentir. Et en fait il ne se contredit pas. C'est bien le même avenir qu'il souhaite devant le public, et dans le secret de sa pensée. Mais ce ne sont pas les mêmes raisons qui ont le plus d'éloquence dans l'un et l'autre cas. Quand il se parle à lui-même, s'il se disait : « Je crois à la révolution syndicaliste parce qu'elle apportera aux hommes plus de bonheur et plus de justice », il n'irait sans doute pas jusqu'à sourire de sa naïveté ; mais il ne pourrait pas oublier que de telles choses sont toujours douteuses, que l'humanité a fait ses plus grands changements sans être sûre d'avance qu'elle en tirerait plus de justice et surtout plus de bonheur ; et qu'il suffit même d'évoquer cette question pour être frôlé d'un dangereux scepticisme. Tandis que se dire : « Le mouvement syndicaliste est la plus grande force d'aujourd'hui et de demain. C'est une force que je puis capter. Et qu'un autre, si je ne le fais pas, captera à ma place. Avec cette force il y a de quoi monter et alimenter un mécanisme magnifique, que ce sera plaisir de voir fonctionner, dont il est déjà exaltant de contempler l'épure », voilà un langage d'ingénieur ambitieux — d'électricien devant un torrent alpestre — où se mêlent la volonté personnelle de puissance, l'ardeur créatrice, le goût désintéressé du nouveau, et où la naïveté, si malgré tout elle se glisse, n'est pas assez voyante pour donner prise à l'ironie intérieure.

XXV

A « LA SANCTION », PASSÉ MINUIT

En arrivant au journal, Gurau tomba sur Lafeuille et Sammécaud au moment où ils entraient dans le petit bureau de Lafeuille. Ils échangèrent des poignées de main. Quand il rencontrait Gurau à *La Sanction,* Sammécaud affectait toujours de se trouver là un peu par hasard.

— Je suis monté ici en revenant de soirée. J'irai vous dire un petit bonjour tout à l'heure.

Gurau s'enferma dans ce qui était resté nominalement le bureau de Treilhard, et écrivit son article, ayant à la fois la tête lourde et la plume facile. Il en était au dernier quart, lorsque Sammécaud franchit la porte.

— Je vous dérange ? Je me sauve tout de suite... Non, non, je ne m'assois pas.

De fait, il se contenta, en allumant une cigarette, de poser une fesse sur le coin de la table.

Ils parlèrent de la séance de la Chambre. Mais sans passion. Une pudeur, une prudence empêchaient Gurau de se livrer. La fatigue aussi. Traduire son exaltation dans un langage dont Sammécaud pût être touché, c'était un travail aussi dur que celui de l'article, et moins urgent. Et comme il lui était désagréable d'épiloguer froidement sur cette matière, il préféra changer de conversation :

— Je me souviens qu'il y a une chose que je voulais vous demander... Ah oui... Qu'est-ce que c'est que cette page, ou plutôt cette demi-page immobilière que nous avions hier pour la première fois ?

— Mon Dieu, c'est une petite combinaison pas trop mauvaise et pas gênante, que Lafeuille a mise sur pied.

— Quel est le type qui a pris ça ?

— Un nommé Haverkamp.

— Qu'est-ce que c'est ?

— Le directeur d'une grosse agence. Son petit bout d'article, hier, j'ai trouvé que ce n'était pas mal du tout. J'ai vu le monsieur. Il est très intéressant, très vivant. Il a des idées.

— Ça ne vous paraît pas ennuyeux pour la tenue du journal ?

— Mais non. C'est de la publicité intelligente, d'allure moderne.

Tout en causant, Gurau, de temps en temps, essayait de jeter sur le papier une phrase de son article. Mais peu à peu l'élan se perdait et les phrases ne venaient plus. Sammécaud ne faisait toujours pas mine de s'en aller. Gurau pensa qu'il serait plus tranquille à l'imprimerie.

Il se leva, roulant son papier dans sa main.

— Je vais là-bas, leur donner ça. Pendant qu'ils composeront j'écrirai la fin.

— Je vous ai gêné ?

— Mais non.

Ils traversèrent la salle de rédaction, qui occupait ce qui avait été autrefois le grand salon de l'appartement. Une décoration du Second Empire subsistait encore au plafond et aux murs. Au-dessus de la cheminée, la glace avait été remplacée par une affiche, rouge, vert, et noir, qui représentait une espèce de République coléreuse, fronçant le sourcil, un fouet à la main, et dont les fortes cuisses, en marchant, repoussaient les plis de la robe, dans un mouvement imité de la « Marseillaise » de Rude.

Trois des quatre tables — de grandes tables rectangulaires de chêne clair ciré, tachées d'encre sur le plateau, portant sur la tranche de nombreuses morsures de canif, et surmontées chacune d'une lampe à gaz en forme de lyre — étaient occupées par des rédacteurs.

Au milieu de la pièce, éclairés de tous côtés par les quatre lampes à gaz, Treilhard et Jacques Avoyer causaient, avec une désinvolture de Parisiens importants. L'un et l'autre venaient d'arriver. Treilhard était en habit, Avoyer en smoking. Avoyer avait posé son chapeau sur la table non occupée. Mais Treilhard avait gardé sur la tête, et même un peu sur l'oreille, le sien, qui était un huit-reflets magnifique. Il avait aussi un œillet blanc à la boutonnière. Leurs plastrons à tous deux se bombaient et luisaient face à face. Tant de noirs et de blancs éclaboussaient de leur élégance les quatre tables et les rédacteurs en veston de travail.

Depuis la transformation du journal, Treilhard avait changé de vie. Il avait vite compris, sans qu'il fût besoin de grandes explications, que ce qu'on attendait de lui, c'était qu'il se fît le moins encombrant possible. Il s'y était prêté de très bon cœur, et avait pratiquement renoncé à sa fonction, comme à tout travail. Pour occuper son temps, il avait inauguré, et bientôt mis au point, avec beaucoup d'esprit d'organisation et de savoir-faire, une vie de fêtard modeste, qui répondait à une vocation ancienne. Il ne disposait que de ses appointements, qui étaient de mille francs par mois ; mais à ce faible pouvoir d'achat s'ajoutaient les facilités que donne à Paris le titre de directeur d'un journal connu. Il avait ses entrées dans tous les endroits de plaisir. Les restaurants de luxe lui consentaient des tarifs spéciaux. Et plus d'une célèbre demi-mondaine, s'il y avait tenu, lui eût accordé ses faveurs à titre gracieux. Mais, d'ordinaire, il n'en demandait pas tant. Il lui suffisait d'en inviter parfois une à sa table, seul ou avec un couple ami, de lui adresser tout le long du repas des galanteries voisines de l'obscénité, et de la raccompagner jusqu'à sa porte en lui contant des histoires dont il riait seul.

Quant à Jacques Avoyer, on lui avait confié, dans la nouvelle *Sanction*, la critique dramatique. Gurau, qui éprouvait pour lui une aversion naturelle, avait tenté d'abord de s'y opposer. Puis il s'était dit que l'insuffisance du personnage éclaterait bientôt, et que ses protecteurs eux-mêmes chercheraient à se débarrasser de lui. Mais il fallut convenir que les articles d'Avoyer ne scandalisaient personne. La sottise de sa conversation ne s'y laissait retrouver que par des yeux avertis. Comme il se faisait son opinion sur les pièces, les soirs de répétition générale, en parcourant les couloirs, et en écoutant les propos des critiques les plus réputés, on lui attribuait une certaine sûreté de jugement. Gurau lui-même ne tarda pas à désarmer. Car Avoyer ne manquait pas une occasion de couvrir de fleurs Germaine Baader. Et Germaine eût trouvé de la dernière injustice qu'on mît dehors un garçon qui faisait si bien son métier. D'ailleurs Gurau, comme presque tous les hommes politiques de ce temps-là, considérait avec indifférence les choses d'art et de littérature, au moins dans ce qu'elles avaient d'actuel. Il admirait profondément quelques grands auteurs du passé. Il s'émouvait au souvenir d'une phrase de Beethoven ou d'un vitrail de Notre-Dame. Rien peut-être ne l'émouvait plus. Mais qu'on dût apporter à l'examen d'une pièce ou d'un livre d'aujourd'hui le même degré de passion qu'à un débat politique, qu'il fût aussi grave d'y manquer de compétence ou de bonne foi, cette idée ne lui était jamais venue.

Gurau et Sammécaud reçurent de Jacques Avoyer la même salutation obséquieuse, et de Treilhard deux signes de cordialité légèrement différents. Il se méfiait également de l'un et de l'autre, et leur attribuait à peu près le même pouvoir sur son destin. Mais il tenait à montrer qu'à l'égard de Gurau il restait quelque chose d'intermédiaire entre le patron et le camarade. Aussi, en leur serrant la main à l'un puis à l'autre, garda-t-il, pour Sammécaud, les yeux normalement ouverts, et pour Gurau, les cligna-t-il à demi.

*
* *

La Sanction s'imprimait rue Saint-Joseph, au premier étage des *Imprimeries associées,* dans la seconde moitié de la grande salle, au fond et à droite.

Gurau, son rouleau de papier à la main, longeait l'allée centrale entre les machines. Comme chaque fois, il était saisi par la même petite angoisse. L'odeur d'imprimerie — cette odeur de papier moite, d'encre, d'huile chauffée, de métal mou — sans lui être franchement désagréable, l'inquiétait. Les bruits : ronronnements, roulements, cliquetis, achevaient de le mettre mal à l'aise ; peut-être parce que, sous l'apparence d'une rumeur uniforme, ils recèlent toutes sortes d'irrégularités élémentaires. D'ailleurs le décor industriel, en général, lui inspirait une crainte obscure, à moins qu'il n'atteignît à la simplicité grandiose de quelques usines modernes. La crainte, alors, sans s'évanouir, se laissait dominer chez lui par un sentiment salubre qui ressemblait à l'enthousiasme. Mais une imprimerie comme celle-là, vétuste quant à sa structure d'ensemble, moderne seulement par le détail de l'outillage, lui donnait les mêmes incertitudes, la même sorte d'interrogation ambiguë sur la condition de l'homme actuel que certains abords de grande ville.

Il se dirigeait vers une cabine vitrée, située tout au fond de la salle, et qui d'ordinaire à cette heure-là était libre.

En passant près des marbres réservés à *La Sanction,* il fit signe au prote Balzan, qu'on appelait le plus souvent par son prénom : Nicolas.

— Donne ça à composer. Il manque quinze ou vingt lignes.

— Ou trente. Avec vous on ne sait jamais. C'est embêtant. Vous nous faites toujours des coups comme ça.

— Si tu étais sorti de la Chambre à onze heures, après t'y être bien éreinté, tu trouverais encore joli d'avoir réussi depuis à écrire plus des trois quarts de ton article. D'ailleurs, pour ma conclusion, j'ai besoin de savoir comment la séance a fini. J'attends Manifassier.

Balzan, avec ses joues rebondies et roses, sa grosse tignasse frisée et déjà grisonnante, ses lunettes, son ventre de propriétaire sous la blouse noire, examinait le manuscrit de Gurau. Parfois il reniflait, en soulevant tout le haut du corps. Gurau, sans vouloir se l'avouer, était assez anxieux des signes d'intérêt que donnerait ou ne donnerait pas Balzan.

Mais Balzan se contenta d'émettre :

— Ça va déjà nous faire un peu plus d'une colonne et demie. Le compte rendu de la Chambre nous mange un sacré morceau de la une et de la deux... Rien que votre discours... Vous ne pourriez pas couper quelque chose dans l'article ? Surtout que vous avez dû répéter un peu les mêmes choses.

— Nicolas, tu nous fais suer. Compose déjà comme ça. Quand je relirai le tout, je verrai si je peux gagner dix ou quinze lignes.

Il gagna la cabine vitrée. Certains jours, le sans-gêne de Balzan l'agaçait, heurtait son sens des hiérarchies légitimes. Mais ce soir l'état de grâce syndicaliste continuait d'opérer. « Au fond Balzan m'aime et me respecte. » Il revoyait les façons de Jacques Avoyer. « Je préfère tellement Balzan ! C'est ça, la véritable égalité humaine, les rapports du subordonné au chef dans l'ordre nouveau. » Et, assis, sur un vieux tabouret, au milieu de la cabine vitrée, la fatigue aidant, il s'attendrit presque jusqu'au frisson, jusqu'à la menace de larmes, à l'idée que dans les perspectives de l'avenir l'armée des travailleurs, lentement rangée, l'attendait, lui, Gurau, pour qu'il devînt le chef de millions d'hommes comme celui-là.

XXVI

SAMMÉCAUD ET MARIE A LONDRES

Le 7 avril, Marie de Champcenais et Roger Sammécaud partaient ensemble pour Londres, par le rapide de 9 heures 50, assis dans le même compartiment, et le comte de Champcenais, qui était venu les accompagner sur le quai, leur envoyait ses adieux.

*
* *

Ce résultat n'avait pas été obtenu sans la collaboration de l'habileté et du hasard.

Depuis la visite à la maison forestière de la forêt d'Othe, le projet de placer le petit Marc en Angleterre s'était fortifié dans l'esprit de la comtesse. Elle s'en entretenait tour à tour avec Sammécaud et avec son mari, à qui elle conta que cette idée lui était venue, d'avoir entendu vanter par une amie les maisons d'éducation anglaises. Champcenais ne pouvait pas faire de grandes objections. Il essaya seulement d'introduire des délais, dans l'espoir que sa femme renoncerait d'elle-même à ce qu'il tenait pour un caprice, tout en reconnaissant à part lui que c'était un caprice assez raisonnable, et qu'il faudrait bien, tôt ou tard, prendre de nouvelles dispositions au sujet de l'enfant.

Pendant ce temps, Sammécaud, sollicité par Marie, s'était préoccupé d'obtenir des renseignements en Angleterre, grâce à des relations d'affaires qu'il avait là-bas. On lui avait procuré des adresses, dans des ordres différents, qui allaient du grand collège sportif à la pension chez des particuliers. Ce qui lui avait paru le plus intéressant était une sorte de pensionnat des environs de Windsor (à Southlea). La maison, située à proximité de la Tamise, et en pleine campagne, n'abritait qu'un petit nombre de jeunes gens, d'une excellente catégorie sociale. Le voisinage, signalé par le prospectus, du fameux Collège d'Eton y répandait même une ombre des plus aristocratiques. D'ailleurs les prix relativement élevés étaient une garantie. On parlait à Sammécaud d'un minimum de cent soixante-quinze à deux cents livres par an. Marie brûlait de se rendre sur place, pour s'assurer, avant d'y envoyer son fils, que cette maison répondait bien au tableau agréable qu'on lui en faisait et que son imagination se plaisait à retravailler. Il lui semblait que le grand cauchemar, le grand remords de sa vie de femme allaient enfin s'évanouir. Au lieu de l'enfant renié, clandestin, nourri par de pauvres gens dans une sombre masure perdue, comme les bâtards des romans d'autrefois, elle voyait s'épanouir peu à peu, sous une fraîche lumière anglaise, un garçon sportif, gai, vêtu avec une excentricité de bon ton, entouré de camarades, fils de lords ou de baronnets, chez qui la rudesse ou même la simplicité de l'esprit trouvent toujours le moyen de s'allier à la distinction des manières. Et c'est à Roger qu'elle allait devoir ce miracle, à l'amour de ce grand et vrai ami !

Si Champcenais avait manifesté le désir de l'accompagner là-bas, elle n'eût certes rien fait pour l'en détourner. Elle lui en eût même été reconnaissante. Mais il cherchait des prétextes pour esquiver ce qui avait l'air d'être une corvée à ses yeux. (D'ailleurs la seule idée de cet enfant le mettait de mauvaise humeur, lui faisait froncer les sourcils.)

Un jour Sammécaud dit à Marie : « J'ai de mon côté une occasion d'aller en Angleterre ce printemps, comme il m'est déjà arrivé plusieurs fois. Pour m'occuper des intérêts du Cartel. Si j'osais, je vous proposerais bien... Mais ce ne sera évidemment pas très commode à arranger. »

Marie, qui eût peut-être résisté à une suggestion moins discrète, laissa travailler son esprit sur celle-là. Et quelques jours plus tard, avec une habileté dont elle était mal consciente, elle avait amené le comte à trouver lui-même la solution qu'elle souhaitait.

Il s'excusait de ne pas accompagner sa femme. Des rendez-vous le retenaient à Paris, qu'il eût remis s'il y avait eu vraiment nécessité. Mais de quoi s'agissait-il ? De vérifier des renseignements et de rapporter une impression, sur des matières où une femme, une mère, est spécialement compétente. Elle s'en tirerait fort bien. L'ennui était qu'elle fît seule la traversée ; qu'il n'y eût personne pour lui épargner l'embarras d'un premier contact avec Londres où elle n'était jamais allée, la recherche d'un hôtel. (Prévenir des amis anglais n'était pas impossible. Mais ensuite comment se défaire d'eux ? Comment leur dérober le véritable but du voyage ? Leur souci d'hospitalité les rendrait importuns.) Or Sammécaud devait partir pour l'Angleterre, en mai au plus tard. Ne pouvait-on lui demander d'avancer un peu son voyage ? Il accompagnerait Marie à l'aller. Il savait bien l'anglais, beaucoup mieux que le comte. Il installerait Marie à l'hôtel, lui prendrait au besoin son billet pour Windsor. Puis s'éclipserait, en ami délicat qu'il savait être. Au retour, elle se débrouillerait plus facilement. Que raconterait-on à Sammécaud pour expliquer le déplacement de Marie ? Par exemple qu'elle allait visiter à Windsor une vieille parente lointaine qui s'y était fixée. Marie fit observer que Roger Sammécaud, assez distrait à l'ordinaire, accepterait cette version sans chercher plus loin ; mais que la curiosité de Berthe était plus à craindre. « Elle m'a déjà lancé des allusions. Je sais bien qu'un jour ou l'autre — le plus tôt possible, je le souhaite de tout mon cœur — nous reprendrons Marc avec nous. Et que, Dieu merci, nous n'aurons plus rien à cacher. Mais nous aurons eu le temps de prévenir la surprise des gens. En attendant, nous n'avons de comptes à rendre à personne, surtout pas à cette femme qui est si malveillante, si envieuse. — N'y aurait-il pas moyen, fit-il, que vous priiez Sammécaud de ne lui rien dire de ce voyage ? — Moi ? ... Et sous quel prétexte ? — N'importe lequel. Vous trouverez. » Et Champcenais avait souri, comme pour insinuer : « Une femme n'est pas embarrassée. » Il ajouta, un peu après : « D'autant qu'elle passe pour très jalouse. » Champcenais avait parfois des ironies mystérieuses.

*
* *

Sammécaud, bien qu'il en fût à son cinquième voyage, connaissait à peine Londres. Il y venait chaque fois pour des séjours très brefs. Qu'il débarquât à la gare de Victoria, ou à Charing Cross, il avait pris l'habitude de se faire conduire à l'Hôtel Victoria, sur la Northumberland Avenue, sans guère remarquer autre chose q'une sérieuse différence dans la durée des deux trajets. Pourquoi avait-il choisi le Victoria ? Parce que cet hôtel figurait sur les guides dans une catégorie honorable (« au-dessus de 15 sh. par jour ») ; mais aussi parce que le nom était un de ceux que les cochers avaient le plus de chance de saisir. (On articule sans se presser « Victoria Hotel » à peu près comme en français, en se donnant, si l'on veut, une trace d'accent, ce qu'on obtient en imaginant qu'on a une langue plus grosse qui vient beaucoup plus indiscrètement se battre avec les gencives. Mais, de toute façon, aucune confusion n'est à craindre.) Son initiative de voyage s'était arrêtée là. Ses relations anglaises venaient le chercher à l'hôtel, le conduisaient à quelque restaurant des alentours de Leicester Square. On l'avait reçu une fois dans un club de Piccadilly. Il avait visité en courant, par un jour trop sombre, la National Gallery et le British Museum. Les parcours se faisaient dans les menus vertiges de la conversation et des politesses. Sammécaud se rappelait tout juste des voies encombrées d'une autre manière qu'à Paris, de longues rangées de façades pas très hautes, avec une profusion d'ornements du style noble, les uns savonneux, les autres charbonneux ; des colonnes trop prodiguées ; la silhouette d'un passant, d'un policeman, des bariolages d'omnibus ; des perspectives de rues s'évanouissant tout près dans une brume couleur fumée de pipe, ou d'immenses miroirs de pluie où les cabs glissaient en se balançant comme de bizarres oiseaux.

Toutes ces étrangetés lui avaient paru ternes et négligeables. Londres, les musées exceptés, ne faisait pas partie, à ses yeux, des endroits où une âme « artiste » vient avec l'intention de s'émouvoir. Londres est une ville d'affaires ; la capitale du confort, de la finance, du commerce international, même de l'élégance masculine. Les parcs intérieurs y sont plus vastes qu'à Paris, et d'un gazon plus fin. Il y a plus d'argenterie sur les tables. Plus d'amazones, Rotten Row, que dans toutes les allées du Bois ; et il faut avouer qu'elles ne manquent pas de chic. (C'est du côté sportif que la femme anglaise trouve son charme.) On signale bien, dans la direction de l'est, un pittoresque, mais de l'ordre noirâtre et crapuleux. Le pittoresque que goûte Sammécaud vibre de nuances dorées et mordorées ; et ce sont les magnificences de la vie, non ses misères, qui en donnent le ton principal. S'il s'y montre des haillons, qu'ils soient d'Espagne. Que la crasse et la ruine y reçoivent la caresse d'un chant arabe ou d'un coucher de soleil vénitien. D'ailleurs ce qui comptait pour Sammécaud, c'était moins le pittoresque extérieur des choses que la poésie qu'elles répandent, la rêverie où elles vous entraînent. Il n'avait pas rêvé à Londres.

*
* *

Mais cette fois il s'était aperçu, dès le quai de Douvres, qu'il arrivait avec une âme toute fraîche ; avec des dispositions si tendres, et une telle provision de battements de cœur, que même le kiosque à journaux de la gare maritime, et la forme des locomotives anglaises, impeccables et démodées comme des vieilles filles de bonne maison, commençaient à lui découvrir leur poésie.

Et puis il se promettait de jouir des étonnements de Marie. Quel plaisir plus délicat que celui de recevoir, à travers la sensibilité d'une très chère compagne de voyage, les moindres secousses d'un monde nouveau pour elle ? Ce spectacle qu'on croyait bien assez connaître, qu'on eût peut-être négligé pour la lecture d'un journal, voilà qu'on l'épie et le recueille très attentivement par l'intermédiaire d'une main qui presse un peu plus la vôtre, ou d'un regard dont on surveille la direction et les reflets. La vanité la plus innocente se mêle au jeu. On est fier de savoir expliquer un usage, traduire une inscription. (Marie avait appris un peu d'anglais, au couvent. Mais elle en avait presque tout oublié, surtout dans le vocabulaire pratique.) On songe d'avance à la façon dont on appellera le porteur, dont on donnera l'adresse au cocher du cab, à l'aisance qu'on s'efforcera de montrer, à l'air protégé et doucement admirateur que la gentille compagne sera si heureuse de prendre. Ce jeu, aucune femme n'était mieux faite que Marie pour le favoriser en y trouvant son plaisir. Elle savourait les nuances et les incidents de la protection. Le comte l'avait privée de ces occasions-là de tendresse. Peut-être par pudeur, ou par respect de la liberté d'autrui, ou encore par crainte de tomber dans une sorte de sentimentalité populaire, il avait toujours, même à l'époque où il semblait très amoureux de sa femme, gardé envers elle une attitude qui excluait toute naïveté, toute concession aux éléments enfantins de l'amour. Aussi, quand Marie, assise dans le wagon anglais, sentait soudain le remords d'être une femme adultère, qui a le front de voyager avec son amant, ne lui fallait-il qu'un déclenchement d'imagination bien facile pour se croire plutôt la chère petite sœur qu'un frère aîné emmène dans une excursion un peu aventureuse.

En débarquant à Victoria Station, Sammécaud n'eut aucun mérite à trouver un porteur, puisqu'il lui fallut au contraire se défendre contre l'empressement de plusieurs de ces gens ; ni à deviner le mot que marmonna l'homme qui avait fini par s'emparer des bagages : car l'autre prit soin de montrer en même temps le numéro 47 fixé à sa poitrine.

Sur le quai, encombré, régnait un désordre cordial. De grands Anglais, bien vêtus, étaient accueillis par d'autres, avec d'amples signes de gaieté. Les voitures attendaient, ou manœuvraient pour repartir, dans le prolongement des voies, à deux pas des fourgons et des locomotives, comme les bestiaux de différentes espèces voisinent au marché. La rue et la gare semblaient s'être pénétrées par télescopage. Et c'est dans leur enchevêtrement qu'on devait trouver son chemin.

— Cab ? Fourwheeler ? fit le numéro 47.

Sammécaud hésita un instant, troublé par le second mot. Il en était à ce moment où, sommé soudain de fonctionner dans une nouvelle langue, l'esprit est exposé à des coincements et blocages de mécanismes.

Mais l'homme montrait un hansom-cab, qui virait à leur intention, tout fait de grâce et de balancement, avec son cocher à la cime et son cheval comme une figure de proue, véhicule de pure fantaisie, qui évoquait la chaise à porteurs, la gondole, le cygne noir.

— Celui-ci vous plaît ? demanda Sammécaud.

— Mais oui ! Comme c'est charmant !

Et Marie pensa qu'il n'y avait pas au monde voiture plus amoureuse ni plus romanesque. Quel délice, que de s'abandonner aux hasards d'une grande ville inconnue, blottis tous deux dans cette cabine vitrée et capitonnée, d'où l'on devait, les mains enlacées et les visages dans une pénombre, assister comme d'une loge de théâtre à la rue librement offerte.

— Cambridge square, seven ! » cria Sammécaud au cocher. Comme cela n'avait pas commencé trop mal, et que l'autre hochait la tête et ramassait les guides de l'air d'un homme qui a parfaitement compris, il ajouta : « You will fare please along Hyde Park.

Il dit à Marie, en s'installant près d'elle (leurs bagages bien que réduits au plus strict les obligèrent à se serrer l'un contre l'autre) :

— Le trajet va être assez intéressant. Je lui ai dit de longer Hyde Park qui est, comme vous le savez, la plus belle promenade de Londres, quelque chose d'intermédiaire entre nos Champs-Élysées et notre Bois. Mais il va nous faire passer d'abord, probablement, le long d'un autre parc, qui dépend du Palais royal de Buckingham. C'est le chemin direct. Ainsi le parc que nous allons bientôt voir à notre droite, ce sera le jardin du roi. Ensuite, après une grande place très animée, celui que nous aurons à notre gauche, ce sera Hyde Park.

Marie répondit par une pression de mains, et par un regard où la confiance l'emportait sur une inquiétude mi-sincère, mi-feinte. Elle n'osait pas demander : « Où allons-nous ? » Il n'en avait pas été question pendant le voyage. La conduisait-il à un hôtel ? Et lui, où logerait-il ? A quel degré d'intimité, cette fois, pensait-il l'entraîner ? Il était assez enivrant de tout prévoir et de n'être sûre de rien dans ce cab qui vous berçait.

— Vous n'avez pas froid ?

Sammécaud fit remarquer à Marie la fraîcheur de l'air et son odeur.

— Vous n'êtes pas frappée de ce que cette fraîcheur a de pénétrant, pour nous qui arrivons de Paris, sans qu'on puisse dire qu'il fait froid. C'est le voisinage de la mer, je pense, et aussi ce grand courant d'air du fleuve qui est cause de cela. Quant à l'odeur, je la reconnais si bien d'une fois à l'autre... et pourtant aujourd'hui il n'y a pas de brouillard.

A vrai dire, c'était la première fois qu'il y faisait attention. L'émotion de l'amour le rendait vulnérable à toutes les atteintes. La mystérieuse odeur de Londres, qu'il avait jadis écartée négligemment, venait maintenant se mettre sous ses narines comme un mouchoir imprégné. Et il y avait en outre le parfum de Marie qui se développait dans l'espace étroit de la voiture. « Le parfum dont elle use, songeait-il, et dont il faudra que je lui demande le nom, pour lier un nom au plaisir qu'il me fait. Mais aussi son odeur à elle, dont je ne me suis pas encore assez emparé. » Il pensait à des intimités plus profondes, à tous les mélanges du sommeil. Alors l'odeur de Londres revenait, non pour effacer celle de Marie, mais pour créer soudain une poignante fraternité entre leur aventure à eux deux et ce lieu du monde.

A travers la glace du cab, par-dessus le cheval, dont le dos remuant, sans gêner leur vue, n'était que la première vague devant eux du mouvement public, ils apercevaient les bus et motorbus, peinturlurés, couverts d'inscriptions comme un mur d'affiches, nombreux au-delà de toute vraisemblance, et se courant l'un après l'autre avec des allures bousculées de troupeau ; de hautes façades noirâtres ; des fenêtres larges et courtes, sans volets ; beaucoup de colonnes engagées, de frontons, d'entablements aux saillies monumentales ; des palais italiens chargés de publicité et sculptés dans la suie ; d'énormes couples de chevaux, à la robe de nuée, attelés à un camion de bière, et brandissant d'entre leurs poitrails, cambrés comme ceux des tableaux de bataille, un timon capable d'enfoncer une porte de ville, à peine un pas en arrière de la caisse légère d'un cab.

Soudain l'on passait à des rues presque tranquilles, bordées de maisons assez basses, dont chacune, avec son portique, son jardin, sa grille, avait l'air, pour des yeux français, d'un petit bâtiment officiel. Toute la rue semblait une suite de mairies, de sous-préfectures, de musées municipaux, d'ambassades minuscules, de ministères lilliputiens, auxquels se fussent mêlés plus modestement quelques bureaux d'octroi et quelques mausolées du Père-Lachaise.

Sammécaud attendait avec un peu d'impatience le commencement des jardins de Buckingham Palace. Il ne cessait de regarder à droite. Sur la gauche apparurent des pelouses, des arbres aux branches nues.

— C'est le jardin du roi, dont vous me parliez ? demanda Marie.

— Non, pas encore.

Il lut sur une plaque : *Belgrave Square*.

— Je ne sais pas pourquoi il a fait ce détour. D'ailleurs, c'est très agréable, n'est-ce pas ? Vous aurez déjà une idée des différents aspects de Londres.

Il n'osait pas consulter le plan qu'il avait dans la poche. Cinq minutes après, le cab déboucha dans une voie large et mouvementée, et tourna sur la gauche. Bientôt, tout le côté droit de la rue fut occupé par la bordure d'un parc dont on ne voyait pas le bout.

« Ce devraient être les jardins de Buckingham », se dit Sammécaud. Mais il n'en était pas très sûr. « Je serai bientôt fixé. Si nous sommes dans le bon chemin, nous allons arriver à Hyde Park Corner. »

Il déplorait que sa préoccupation de cicerone le gênât pour savourer la présence de Marie. Elle s'appuyait doucement à son épaule. Elle regardait la rue devant eux, qui devenait molle et bleuâtre vers le fond ; et les épaisses masses d'arbres à peine touchées par le printemps. Peut-être avait-elle sur les lèvres sa question de tout à l'heure : « C'est le jardin du roi ? » Mais qu'elle se retînt de la répéter était déjà un peu vexant pour lui.

Cependant, de l'autre côté de la rue continuait à défiler la grille interminable. La végétation n'empêchait pas d'apercevoir une allée du parc, qui courait parallèlement à la rue, et où passaient des promeneurs. Le public avait-il accès dans les jardins du roi ? C'était peu probable. Pourvu que Marie ne s'avisât pas de ce problème. Sammécaud se sentait assez malheureux.

Mais elle se contenta de remarquer :

— C'est un peu la disposition de la rue de Rivoli et des Tuileries. Vous ne trouvez pas ?

Elle lui pressa la main, avec une câlinerie qui voulait peut-être dire : « Ne vous tourmentez pas, mon chéri. Que ce soit un parc ou un autre ! L'essentiel est que nous emporte le plus longtemps possible cette voiture merveilleuse qui est une cage pour amants. »

Des motor-cabs, qui dès ce temps-là avaient l'air anciens, comme s'ils eussent daté d'un précédent règne, dépassaient lentement le hansom-cab agile. Et leur bruit continu de chaînes faisait paraître élégant et léger le top-top des sabots du cheval.

Le cab courut ainsi plus d'un mille. De temps en temps, une porte, une avenue s'ouvrait sur le parc dont l'étendue semblait immense. « Ce ne peut être que Hyde Park », songeait Sammécaud avec amertume. « Mais je ne comprendrai jamais qu'il soit sur notre droite, et non sur notre gauche. »

Puis le cheval, commandé par le cocher invisible, vira sur la droite. L'on franchit une grille solennelle, entre des gardiens vêtus comme des valets de grande maison. Etait-ce dans le parc qu'on entrait, ou dans un domaine privé où quelque bienveillance royale tolérait le passage du public ? Il y avait à droite une échappée de verdure presque champêtre, et dans le fond un palais tranquille. Peu à peu cette allée redevenait une rue, bordée de résidences somptueuses et de jardins. Le Londres noir avait entièrement fait place au Londres couleur de savon. Mais les proportions des choses en faisaient presque oublier les matières. La richesse, en s'étalant avec une telle liberté, finissait par tout vernir de son prestige. En face de ces frontons trop facilement moulés, de ces colonnes molles et peintes, ce n'était plus au savon que l'on pensait, c'était à des corps bien nourris et frottés d'huile.

Inquiet et résigné tour à tour, Sammécaud dit à Marie :

— Il a dû comprendre que je lui demandais de faire le tour entier de Hyde Park. A Paris, les fiacres filent moins vite. Mais il faut avouer que les cochers sont plus subtils. Le principal est que ce périple ne vous lasse pas trop.

— Mais non. C'est tout à fait agréable, au contraire. Je ne sens plus du tout la fatigue du voyage. Et je suis très contente de cette façon de découvrir Londres, un peu à l'aventure, dès mon arrivée.

L'on coupa une large voie, très animée, commerçante, qui surtout vers la gauche semblait prendre un caractère semi-populaire. Et quelques instants plus tard, le cab se mit à tourner en ralentissant, autour d'un square de forme oblongue. Il était clair que le cocher cherchait parmi les numéros des maisons, d'ailleurs bizarrement répartis, celui qu'on lui avait indiqué. Il s'arrêta devant une demeure, d'un type londonien banal, rigoureusement semblable à ses voisines, avec double véranda et portique d'entrée, assez grande et cossue, et que rien n'eût empêchée d'être une pension de famille, si toutes les ouvertures n'en eussent été uniformément closes, les stores baissés, et si la façade n'eût porté l'écriteau : *To be sold.*

— Ce n'est sûrement pas ça.

Sammécaud sauta à terre, fit quelques pas jusqu'à l'angle prochain, et lut sur une plaque : *Pembridge Square.*

Il revint, cria au cocher :

— It is here Pembridge Square.

— Yes...

— I have said : Cambridge Square. No Pembridge. Cambridge. Do you understand ?

Et il donnait au C de Cambridge toute la netteté coupante, au P de Pembridge toute la force explosive dont un latin qui articule bien est capable.

En même temps il se penchait vers Marie, et du ton le plus gai possible :

— Les deux noms se ressemblent beaucoup, évidemment : Pembridge, Cambridge. Mais s'il avait un doute, il aurait dû me faire répéter.

Là-haut, le cocher inclinait plusieurs fois la tête, avec un sourire d'indulgence, en disant quelque chose comme :

— Pembridge Square, yes sir, aïs eunst...

— It is well anywhere a Cambridge Square, no ?

Le cocher souriait encore, et du même air patient, il répondait en désignant le sol de la base de son fouet qu'il avait pris en main, comme le maître d'école du bout de son bâton désigne le tableau noir à un cancre :

— Yes sir, here ! Pembridge Square, here !

Sammécaud dit à Marie, sans cacher son énervement :

— Ce qu'il y a d'affolant, c'est qu'il comprend très bien tout ce que je lui raconte, tout, sauf le nom du square, sauf la première lettre du nom. Ce serait à lui taper dessus.

Il se décida enfin à user du moyen que son amour-propre lui avait défendu d'employer jusque-là. Il écrivit sur un bout de papier « 7, Cambridge Square, 7 » et le tendit à l'homme, qui se contenta de faire « Aoh ! well ! » avec le sourire le plus rassurant, et d'une secousse des guides, accompagnée d'un claquement de langue, remit le cab au trot.

Dans le trajet de Pembridge à Cambridge Square, Sammécaud, qui était malgré tout soulagé, se livra à des considérations pleines de bonne humeur sur la psychologie de l'homme du peuple anglais, et de l'Anglais en général. Il dit entre autres choses :

— Sans en avoir l'air, c'est très symptomatique. C'est une des formes de leur isolement, de leur insularité. En admettant même que je n'aie pas prononcé le mot exactement comme lui, il n'a fait aucun effort pour venir au-devant de moi. Il y a aussi le manque d'une certaine imagination. Son esprit n'a pas travaillé. Un cocher napolitain, en nous voyant, aurait fait d'emblée sur nous et nos projets vingt hypothèses. Il aurait pensé à tous les Pembridge, Cambridge et autres bridge qu'on risquait de confondre. Mais même ayant compris de travers, il aurait, tout le long du chemin, continué son petit roman sur nous. Soudain, un doute serait venu le tarabuster : « Ces seigneurs-là, qui sont deux amoureux français, ne vont pas au Pembridge Square. Quelque chose me le dit. » L'esprit de notre cocher anglais a fonctionné comme une mécanique indifférente. Il se trouve que j'ai poussé sans le vouloir le bouton Pembridge. Et ensuite, quand le mécanisme est enclenché, il faut, vous l'avez vu, un mal du diable pour faire le décrochage... Il nous aurait aussi bien menés au fond des docks.

Marie observa que le charme des voyages, la rupture salutaire qu'ils étaient de la vie quotidienne, tenaient aussi à des incidents de ce genre, et aux réflexions plaisantes qu'on se faisait dessus. Sauf quand on avait le tort d'accueillir de tels incidents avec un esprit trop sévère, trop méthodique, et de leur donner, même sans en avoir l'air, une gravité qu'ils n'ont pas.

Sammécaud crut comprendre qu'elle pensait à Champcenais. « Dans des circonstances pareilles, il doit garder son sang-froid. Mieux que moi. J'ai un peu trop crié tout à l'heure. Je suis plus impulsif que lui. Mais il doit avoir des froncements de sourcils, et d'imperceptibles changements d'humeur à la suite de ça, qui gâchent toute une soirée. »

*
* *

Au 7, Cambridge Square, derrière une façade à portiques, qui avançait sur l'alignement général du square, une pension de famille correcte et même luxueuse les attendait. On leur montra au premier étage les deux chambres, fort belles, séparées par une penderie et une salle de bains, que Sammécaud avait retenues.

Marie semblait tout en même temps ravie et navrée. Elle lui dit quand ils furent seuls :

— Tâtez mon pouls.

— Pourquoi, ma chérie ?

— Vous verrez.

En effet, son sang battait avec une rapidité et une force extrêmes. Elle reprit :

— Je n'ai pas osé dire non devant ces gens. Mais c'est une grande folie que vous m'imposez de faire, Roger. Je pensais que vous me meniez à un hôtel, où vous me laisseriez... que vous iriez vous loger ailleurs... En tout cas pas comme cela, plus que porte à porte... Avez-vous réfléchi ?

Il répondit qu'il avait au contraire bien réfléchi ; qu'il n'avait pas pensé qu'elle lui refuserait pendant ce court séjour à Londres les heures d'intimité au moins amicale qu'elle lui accordait à Paris (il insista sur « amicale », parce que depuis l'après-midi d'Arces elle ne s'était plus donnée à lui, et que les rendez-vous de la rue de la Baume avaient à peu près retrouvé leur chasteté d'avant)... mais qu'à Londres les usages n'étaient pas les mêmes qu'à Paris, et qu'en venant du dehors, la voir, dans une chambre d'hôtel, il aurait provoqué des soupçons, ou même des remarques d'une sorte on ne peut plus désobligeante.

— Leur hypocrisie n'est pas la nôtre. Ils ne ferment pas les yeux de la même façon que nous. Peu leur importe le fond des choses. Mais pour qu'on ne trouve pas bizarre que nous restions même une heure enfermés ensemble, il est indispensable que nous passions pour mari et femme.

— Mais si cela vient à se savoir ?... Si à mon retour on m'interroge, ce qui est tout naturel, sur l'endroit où je suis descendue ?...

Il lui assura qu'il avait songé à tout, et qu'il comptait bien soudoyer, le soir même, le portier du Savoy pour qu'il répondît du passage de Mme de Champcenais à cet hôtel.

— Si bien que ce portier me méprisera ?

— Mais non. Vous lui direz, ou je lui dirai, que vous voulez recevoir votre courrier au Savoy, mais que vous avez besoin de tranquillité, et que vous logerez dans le West End. Même s'il ne vous croit pas, il pensera que c'est pour faire bien auprès de vos amis que vous désirez l'adresse du Savoy.

Quand sonna le premier coup de gong du dîner, pour lequel ils avaient commencé des préparatifs de toilette, elle se trouvait assise à demi nue sur ses genoux et, la soulevant dans ses bras, il la porta sur le lit le plus proche où, sans oublier tout à fait la robe qu'elle allait mettre, elle s'abandonna avec une gentillesse de jeune mariée amoureuse.

*
* *

Le lendemain, ils firent le voyage de Windsor. Sammécaud installa Marie dans un fourwheeler, qui devait la conduire au pensionnat, l'y attendre et l'en ramener. Ils se donnèrent rendez-vous deux heures plus tard, à l'hôtel White Hart and Castle. Dans l'intervalle, Sammécaud visita le château et le parc.

Marie de Champcenais revint très contente de ce qu'elle avait vu, et en fit de longues descriptions à son ami, pendant qu'ils prenaient le thé. Il se garda de refroidir cet enthousiasme, où se mêlait une tendre reconnaissance.

— C'est à vous que je devrai cela, Roger.

Et elle le regardait profondément dans les yeux.

Bref, la chose était maintenant décidée. Marc, aide-bûcheron de la forêt d'Othe, serait le mois suivant fellow de Southlea near Datchet near Eton.

*
* *

Cette affaire réglée, leur conscience d'amants se sentit tranquille. Sammécaud n'eut pas de peine à obtenir que Marie restât trois jours encore à Londres. La justification de ce délai fut qu'avant de rentrer en France, il était plus sage de transmettre au comte tous les détails sur la visite à Southlea, de lui demander une réponse télégraphique, adressée au Savoy, et si elle était affirmative, comme il fallait le croire, de retourner à Southlea pour choisir la chambre de Marc et verser des arrhes sur la pension.

Ces trois jours en devinrent à peu près cinq, le comte ayant préféré écrire une lettre où, tout en se rangeant à l'avis de sa femme, il lui indiquait diverses précautions à prendre dans l'intérêt même du petit Marc ; et la comtesse ayant de son côté voulu éviter la date du 13 aussi bien pour choisir à Southlea la chambre de l'enfant que pour faire la traversée. Si bien que les deux amants retournèrent à Windsor le 12, passèrent à Londres la journée du 13, et ne rentrèrent en France que le lendemain.

Cinq jours, dont Sammécaud et Marie ne sentirent qu'à certaines minutes la poignante rapidité. Le reste du temps, au contraire, ils étaient étonnés et comme submergés par la richesse des événements. Cette richesse n'était perceptible qu'à eux-mêmes. Vu du dehors, l'emploi de leurs journées eût semblé très ordinaire.

Sammécaud s'éveillait un peu avant neuf heures, faisait sa toilette dans la salle de bains, que Marie occupait ensuite. Il revenait alors dans sa chambre feuilleter deux ou trois journaux anglais. Quand Marie était prête à son tour, c'est dans sa chambre qu'on leur servait le breakfast. Marie en aimait l'abondance, l'ordonnance inaccoutumée pour elle, et mangeait de tout par excitation. Vers dix heures, ils sortaient, dans une mise dont ils s'étaient plu à calculer le caractère matinal et correct. (Dès le deuxième jour, ils se découvraient là-dessus, en s'amusant, des nuances de scrupule qu'ils n'auraient pas eues à Paris.) Ils allaient à pied jusqu'à Bayswater Road, et hélaient un cab. Le véhicule romanesque, l'oiseau noir des rues à la nage rapide, les menait à l'aventure. Quand le cocher avait mal compris, l'affaire s'arrangeait toujours.

Ils se gardèrent d'être des visiteurs méthodiques. Les seules concessions qu'ils firent aux décences du tourisme furent pour la National Gallery et l'Abbaye de Westminster. A la galerie, ils s'intéressèrent aux Raphaël, aux Velasquez, et à quelques portraits de femme de l'école anglaise. A l'Abbaye, ils admirèrent non pas que l'Angleterre eût produit tant de grands hommes, mais qu'elle s'en fût aperçue.

Pour le reste, ils s'abandonnèrent à leur goût. L'amour leur rendait l'audace d'être naturels. Le spectacle de la relève de la garde, à Saint-James, les combla tellement qu'ils y retournèrent trois matins de suite, comme à un office. Ils ne démêlaient pas trop quel mystère ils venaient ainsi voir célébrer. Mais le parfait pas de parade, sur des musiques de Mozart, contentait en eux le plus profond sentiment de Société. Marie déclara qu'elle avait toujours été monarchiste. Un autre ravissement leur fut procuré par Rotten Row. Ils y contemplaient une parade plus libre, mais presque aussi éloquente, de cavaliers et d'amazones. Tous deux reprenaient conscience d'être des riches. Leur âme était heureuse de chasser on ne sait quelle fausse honte, on ne sait quelle pudeur du privilège, que l'air de France avait fini par installer en eux. Ils saluaient du regard ces hommes et ces femmes, surtout ces femmes, qui venaient là chaque matin, au nom de tous les riches du monde, faire une sorte de démonstration rituelle.

L'après-midi, ils visitaient les boutiques de luxe de Regent Street et de Piccadilly. Marie se réjouissait que son compagnon prît plaisir à des formes de chapeau, à des soieries précieuses, à des ronds de dentelle. Ils essayèrent aussi de plusieurs restaurants ; mais ils eurent l'impression qu'un guide leur manquait, qui leur eût enseigné les maisons les plus élégantes. Fallait-il ranger parmi elles le *Café Royal*, le *Criterion*, le grill-room de l'Hôtel Cecil ? Ils eussent aimé assister à une représentation d'opéra, à Covent Garden. Mais Sammécaud n'avait pas apporté son habit, ni Marie de robe de grande soirée ; et bien qu'ils ne connussent personne, tout leur plaisir eût été gâché par l'idée d'être au-dessous du meilleur ton de l'assistance. Ils allèrent, lui en smoking, elle en petit décolleté, à une soirée de l'Empire. Sammécaud fit semblant de comprendre les plaisanteries des sketches. Il les disait difficiles à traduire, et riait, avec une suffisante bonne foi. Mais les ballets de girls, les numéros de clowns et d'acrobates leur parlaient une langue universelle. Ils baignèrent dans la gaieté anglaise, que la salle et la scène se renvoyaient par un jeu de miroirs, et que son effort d'innocence finit par rendre si triste. (Tant d'allusions et d'invites aux vices profonds de l'homme vous sont prodiguées par des bouches rieuses d'enfants.)

Mais dans tout leur séjour, c'est encore l'amour qui compta le plus ; peut-être même l'amour charnel ; car leurs heures d'abandon sentimental restaient pleines de traces et d'attentes.

Sans s'être concertés, ils désiraient l'un et l'autre ne pas retrouver les impressions conjugales. Aussi leurs rencontres charnelles eurent-elles lieu d'une façon capricieuse et, dans la mesure du possible, imprévue.

Par exemple, ils sortaient de l'Abbaye de Westminster, se demandaient assez mollement : « Que faisons-nous ? », avaient un échange de regards dont Marie se troublait un peu. Il appelait un cab, et donnait l'adresse de la pension. Ils arrivaient là comme à un rendez-vous. Ou bien, c'est au cours d'une promenade dans un parc que leur tendresse se faisait peu à peu plus pressante. L'appartement de Cambridge Square leur apparaissait alors, dans l'éloignement de Londres, comme le refuge voluptueux que la garçonnière de la rue de la Baume n'avait pas su devenir. Et ils le regagnaient avec une hâte impudique qui était pour Marie un délice tout nouveau. Une autre fois, vers le petit jour, il vint frapper avec précaution à la porte de sa chambre, comme un amant clandestin, et il se retira de la même façon, bien avant l'heure de la toilette matinale. Le soir, en revanche, ils allaient dormir chacun de son côté, après s'être fait les mêmes politesses que des gens qui voisinent à un étage de château. Sauf un baiser qu'il y avait en plus. Mais il était donné sur le mode furtif ; et des voisins de château auraient pu le prendre à leur compte.

Tout cela semblait à Marie d'une perversité bouleversante, et pourtant exquise. Elle avait le sentiment d'être à l'étranger, non seulement dans cette ville, mais dans sa propre conduite et dans sa personne. Sans perdre contact avec ses actions, sans cesser d'en éprouver la saveur avec acuité, elle ne s'en trouvait pas responsable au même degré qu'à Paris. Elle se disait bien qu'elle roulait dans les abîmes du péché. Elle en avait si nettement conscience qu'elle se répéta deux ou trois fois pendant son séjour à Londres : « Je ne me suis pas confessée depuis le mois d'octobre. Je me confesserai en rentrant ; et je communierai... si j'ai l'absolution. » Mais, avec un appétit de vivre qui ne lui était pas coutumier, elle était résolue à profiter de ces abîmes, à n'en rien perdre. Et que ces abîmes fussent proches les uns des autres, que chaque heure amenât un nouvel aspect, moral ou physique, du péché d'adultère, elle ne s'en effrayait pas davantage. Elle consentait à cette accumulation des fautes, comme le touriste consent à voir dans la même journée une variété accablante de monuments ou de sites.

Il y avait donc certainement chez elle l'idée : « Ça ne durera pas. » Non qu'elle eût l'intention de rompre, une fois rentrée à Paris, sa liaison avec Sammécaud, même de la ramener à sa chasteté première. Qu'arriverait-il au juste de ce côté-là ? Elle n'en savait rien. Elle refusait d'y penser. Sa conduite dépendrait des circonstances, de ce que lui dirait son confesseur — si elle se décidait à aller le trouver — d'autres causes plus légères, même des propos de Renée Bertin.

Ce qui ne durerait pas, c'était l'abondance du péché, son épanouissement heureux sur toutes les heures de la vie et le « oui » de toute son âme qu'elle lui accordait.

Ce « oui » n'était pas continu, ni sans tremblement, comme celui d'une amoureuse tout à fait extasiée. Aux moments les plus imprévus, au milieu d'un repas, d'une promenade, Marie était traversée par le frisson du remords, des pieds à la tête. Les aliments devenaient dans sa bouche amers et cendreux. Mais surtout le froid la saisissait ; le froid par abandon interne de la vie. Soudain, toute l'excitation tombe. Plus rien ne vaut la peine d'être continué. Le péché n'est pas horrible : il est vide. Tout est vide. Même le repentir au loin et le pardon ne sont pas désirables.

Sa détresse alors était si visible que Sammécaud ne pouvait s'y méprendre. Il feignait d'y voir une fatigue de voyageuse, et restait enjoué. Par exemple il prononçait une ou deux phrases en anglais, sur un accent un peu caricatural. Il avait remarqué que Marie en éprouvait un soulagement.

D'ailleurs, elle faisait un effort de son côté. Elle essayait de se justifier et de se rassurer par une espèce de raisonnement confus où les rapprochements superstitieux tenaient autant de place que les arguments sortables. « C'est pour Marc que je fais cela. C'est à Marc que j'offre cela. » Ce qu'elle offrait ainsi, c'était aussi bien le péché que le remords, le honteux plaisir trouvé dans la faute que l'amertume d'y avoir cédé. Ou bien, dans ce monde mystérieux auquel l'être humain n'a pas cessé de croire, qui continue à dominer et à gouverner le nôtre et qui, même pour une âme chrétienne, semble avoir sur le monde invisible du christianisme une supériorité non pas de valeur, mais d'âge et de force, être plus anciennement installé et plus sérieusement à craindre que lui ; dans ce monde sans mansuétude dont la loi suprême semble être une loi des rançons, Marie croyait entrevoir qu'en se donnant à Sammécaud, qu'en acceptant l'opprobre d'être une épouse adultère, elle payait la rançon de Marc. Et cela signifiait indivisiblement qu'elle payait par le sacrifice d'elle-même l'accès de l'enfant à une destinée meilleure et qu'elle rachetait par son humiliation présente la faute qu'elle avait commise en étant, jadis, une mère presque dénaturée. Dans ce jeu des rançons en intervenait une autre : celle que payait Champcenais. Il avait été un père sans bonté et sans courage. C'était à lui surtout que Marc devait d'être un enfant renié. Il était juste qu'il reçût un châtiment. De ce châtiment, Marie n'avait aucunement conscience d'être l'auteur. Elle en était plutôt l'instrument ou le lieu. C'est dans le péché de son corps à elle que le père égoïste était châtié. Mais ce corps devenait en même temps la récompense de Sammécaud ; la juste récompense, agréable à recevoir, et tant mieux ! agréable aussi à donner, ce qui entre dans la définition d'une récompense. Sammécaud avait agi avec bonté. Il avait sauvé Marc. Si l'enfant devenait un jour un homme comme les autres, c'est à Sammécaud qu'il le devrait. A certains égards, Sammécaud devenait le père le plus vrai de l'enfant. Ce qui lui donnait, par contagion d'idées, d'autres droits. Le père est aussi l'époux...

A ce point de ses méditations, il lui revenait un peu de vie aux joues et aux yeux, un sourire. Son ami, qui la guettait par-dessus la table d'un tea-room, lui souriait aussi, lui prenait doucement la main qui ne se dérobait pas et se réchauffait vite. Tous deux avaient envie de s'embrasser et de s'étreindre.

Ces mouvements de l'âme n'étaient pas tout à fait absents quand Marie, sur l'un ou l'autre des lits de la pension anglaise, s'abandonnait à Sammécaud.

Elle s'abandonnait avec plaisir ; et deux fois au moins elle atteignit à une volupté qui, sans être pour elle une nouveauté absolue, lui sembla du moins plus vive, et d'un rayonnement plus général dans toute la chair que ce qu'elle avait connu jusque-là. Marie n'avait jamais été une épouse vraiment froide. Elle avait même juste assez goûté du plaisir charnel pour n'avoir pas à y rêver comme à un bonheur qui vous fuit, et dont il est affolant de penser que tant d'autres s'enivrent. Elle eût très bien résumé son expérience, en déclarant que « ce n'est pas si extraordinaire que ça ». D'ailleurs, elle avait longtemps vécu sur l'idée, assez répandue alors chez les femmes honnêtes, et qu'elle avait dû entendre formuler à demi-mot, ou rencontrer dans ses lectures, qu'en matière sexuelle, le vrai plaisir et le vrai besoin sont pour les hommes ; le rôle de la femme étant surtout fait de complaisance. Il avait fallu les confidences de Renée Bertin, jointes aux premiers troubles de l'intrigue avec Sammécaud, pour que cette vue apaisante fût remise en question.

C'était aussi la curiosité, l'inquiétude, éveillées par les propos de la manucure qui l'aidaient maintenant à être plus attentive à ses impressions voluptueuses, à leur demander davantage, à chercher, au-delà du modeste horizon familier, des perspectives plus poignantes. On ne se donne la peine de découvrir que ce dont on suppose l'existence. Et si la plus humble sensation réclame déjà pour se produire un peu de bon vouloir et de foi, combien n'en faut-il pas pour atteindre la zone des jouissances violentes, quand on est une nature modérée ? Les façons de Sammécaud en étaient rendues plus libres et plus ingénieuses. Il n'avait pas grand mérite à se montrer un partenaire plus agréable que Champcenais, puisqu'il recevait des encouragements que le comte ne se souvenait guère d'avoir obtenus.

Mais son habileté d'amant, et même le désir que pouvait avoir Marie de vérifier les dires de la manucure, auraient mal triomphé chez elle d'un reste de répugnances, ou des retours du remords, sans le secours d'une idée plus profonde, qui faisait partie des formations de base de son esprit : l'idée que tout ce qui est charnel, plaisir charnel, est « mal », ne peut être que « mal », s'identifie essentiellement au mal ; que la loi et le sacrement peuvent en atténuer mais non en renverser le caractère ; donc que jouir même dans les bras de son mari reste quelque chose de peu propre, et dont il n'y a pas lieu de se féliciter. D'où cette conséquence imprévue, mais où une certaine logique se laisse saisir, qu'il y a manque de convenance mutuelle entre le mariage, qui est un état honorable, et la jouissance de la chair, qui est péché. Si donc la jouissance doit un jour trouver sa place dans une vie de femme, ce ne peut être qu'à la faveur d'une situation qui soit elle-même faite de mal et de péché, façonnée au moule diabolique du mal et du péché. Entre l'adultère et la jouissance de la chair, il y a donc un lien consubstantiel. Si l'on s'engage dans les désordres de l'un, il est assez naturel qu'on rencontre l'autre.

Une telle idée, dans une âme pathétique, peut atteindre à la grandeur d'un sentiment de damnation, et jeter cette âme, en effet, aux extrêmes ivresses de la jouissance. Chez une femme ennemie du tragique, comme Marie, sans aggraver le remords, elle aidait seulement la volupté à mûrir, en l'enveloppant d'une atmosphère propice.

Jusqu'à quel degré de plaisir Marie parvenait-elle ainsi ? C'est une question à quoi il est toujours difficile de répondre, non qu'elle n'ait pas de sens ; mais on ne sait où prendre les termes de mesure. Il est certain que Marie n'arrivait ni à la fureur, ni à l'évanouissement. Mais il lui échappa quelques faibles cris, qu'elle-même n'entendait plus. Elle se mordait les lèvres ; elle griffait le drap avec ses ongles. Le cœur lui battait comme dans les plus fortes fièvres, et son visage aux yeux clos était inondé de rose et de moiteur.

Ces ardeurs n'empêchaient pas les deux amants d'accueillir, chacun à part soi, des préoccupations plus terre à terre. Certaines d'entre elles manquaient vraiment d'élégance, et intervenaient hors de propos. Mais l'esprit, quand il est sûr du secret, se permet toutes les incongruités. La bonne éducation ne se porte pas à l'intérieur.

C'est ainsi que Marie rumina à plusieurs reprises, même dans ces beaux jours de Londres, une crainte qu'elle avait eue dès le début de leurs relations, et qui avait été pour une part — faible il est vrai — dans sa résistance à Sammécaud. Elle s'était dit que ses manières entreprenantes prouvaient un « coureur », donc qu'il pouvait avoir attrapé dans ses aventures quelque « vilaine maladie ». Depuis la pièce de Brieux, on osait parler de la syphilis entre honnêtes gens, et un monsieur bien élevé n'hésitait pas à dire à sa femme — pour l'amuser, mais peut-être aussi pour l'avertir, sait-on jamais ? — que tel camarade traînait une « avarie ancienne ». Sans que Champcenais eût jamais rien insinué de pareil au sujet de Sammécaud, Marie y avait pensé toute seule. Ce n'était pas une véritable inquiétude. C'était plutôt une petite obsession agaçante. Parfois les mots « avarie ancienne » traversaient comme une mouche le ciel de son plaisir.

Quant à Sammécaud, la crainte qui lui vint était moins chimérique. Le jour de l'hôtel d'Arces, il avait eu le temps de s'apercevoir, en jetant un coup d'œil sur la chambre, que tout confort d'hygiène y manquait. Et il en avait tenu compte. A Cambridge Square, la salle de bains commode et complète lui avait enlevé d'avance ce genre de scrupules. Mais il observa, avec surprise, que Marie semblait ne se soucier de rien. La première fois elle était bien allée dans la salle de bains, mais avec beaucoup de retard. Un doute pouvait subsister. Le lendemain, elle paressa longuement sur le lit, et rien de ce qu'elle fit dans la demi-heure suivante ne ressemblait à une précaution. Sammécaud ravala plusieurs fois une remarque bien délicate. Il avait beau se dire : « Hé quoi ! Au degré d'intimité où nous en sommes... Ce serait même une preuve d'intérêt. » Mais les mots refusaient de sortir. Se permettre une réflexion pareille devant une femme « tout à fait du monde » était peut-être du dernier goujat.

A la troisième occasion, c'est lui qui s'imposa d'être prudent. Mais il saisit chez Marie un soupçon de regret, comme si elle avait cru voir là une diminution de tendresse ou de confiance. « Au diable ! se dit-il. Elle a peut-être ses raisons de ne rien craindre. Et en mettant les choses au pis, qu'est-ce qui arriverait ? » Il ne lui déplut pas tellement d'imaginer un fils né de leurs amours de Londres. Jamais enfant n'aurait été conçu sous un mélange plus délicieux d'influences : libération du voyage, poésie de l'amour errant, sensualité baignée de tendresse, printemps d'Angleterre, amazones de Rotten Row, musique de Mozart avec un peu d'exil dans le ciel. Ce fils porterait le nom d'un autre, ignorerait son vrai père ? Et puis après ? La vie est faite d'un subtil et chatoyant réseau de mensonges. Marc, le pauvre petit monstre, se croit l'enfant d'un forestier. « Au moins, je vais procurer à Champcenais un second fils qui lui fera honneur. C'est déjà moi qui lui retape le premier. Le mien ne sera pas une moitié d'idiot... A propos, qu'est-ce que Champcenais peut bien avoir, pour avoir engendré ce minus habens ? » Et c'est tout juste si les mots d'« avarie ancienne » ne vinrent pas le chatouiller lui aussi.

Ces pensées ne se déclaraient que dans les moments de bravoure. Quand il était tout à fait de sang-froid, Sammécaud souhaitait vivement que l'aventure de Londres ne laissât aucune trace. Mais l'excitation amoureuse et l'approche du plus grand plaisir s'accordent mieux avec les pensées de bravoure qu'avec le sang-froid.

Si bien que Sammécaud, les deux derniers jours, fit l'amour avec l'insouciance d'un paysan de Calabre.

XXVII

SUR LES CHANTIERS DE LA CELLE

C'est le 12 avril, jour du deuxième voyage de Marie et Sammécaud à Windsor, jour pour eux plein de caressante mélancolie puisqu'il annonçait la fin de leur aventure de Londres, que la première équipe d'ouvriers vint ouvrir son chantier à La Celle.

C'était une équipe de terrassiers, de trente hommes. Haverkamp, qui voulait être là pour les recevoir, s'était installé la veille, avec Wazemmes, dans la petite auberge dont la Société avait réalisé l'achat depuis quelques semaines, en gardant les anciens patrons comme gérants provisoires.

Une équipe de démolisseurs, attendue huit jours plus tôt, avait fait faux bond. Elle devait jeter bas le vieil établissement hydrominéral. Très irrité de ce retard, Haverkamp avait failli rompre le marché, puis il avait consenti à accepter la promesse formelle de l'entrepreneur pour le 15.

Les terrassiers commenceraient à creuser tout de suite les fondations de l'hôtel, tracées dans la partie libre du terrain. Il y avait bien un coin occupé par une bâtisse insignifiante. On en serait quitte pour attaquer par l'autre bout.

Haverkamp avait longtemps hésité entre deux solutions dont son ami, l'architecte Raoul Turpin, lui montrait les inconvénients et les avantages : confier l'ensemble des travaux à un entrepreneur général, qui traiterait ensuite avec un certain nombre d'entreprises particulières et serait responsable de leur coordination comme de leur exactitude. Ou bien avoir affaire directement aux entreprises particulières. Il avait eu là-dessus une conférence de plusieurs heures avec Raoul Turpin et M. Scharbeck. Les trois hommes finirent par se ranger au même avis. Certes, un entrepreneur général leur épargnerait divers soucis, exercerait en cas de malfaçons ou de retards une pression fort utile sur les exécutants. Mais d'abord il fallait le trouver. Étant données l'importance et la variété des travaux, peu de maisons semblaient aptes à entrer en concurrence. Celle avec qui l'on traiterait serait donc fort à l'aise pour imposer ses conditions. Et puis si tel entrepreneur général, sévère et énergique, assure en effet la discipline et le rythme du travail, il n'en manque pas d'autres qui ont envers les soumissionnaires des complaisances d'origine mystérieuse, et dont tout le zèle s'emploie à dissimuler les fautes techniques et la mauvaise qualité des matériaux.

— J'ai beaucoup plus confiance en vous », disait Scharbeck à Haverkamp, « pour mettre au pas, ou même pour envoyer promener un entrepreneur qui ne marcherait pas droit. Vous avez autrement de poigne que la moyenne des patrons de grandes maisons, et vous n'avez dans ce monde-là personne à ménager.

Tous trois reconnurent aussi que, sans se flatter de maintenir longtemps le secret autour de l'affaire, on pouvait espérer que les indiscrétions resteraient plus limitées, si l'on gardait par-devers soi les plans d'ensemble et l'économie totale du projet. Alors qu'on serait bien obligé de les communiquer à un entrepreneur général.

— Et puis », dit Scharbeck en s'adressant à Raoul Turpin, « j'ai toujours trouvé que c'était à l'architecte d'assurer, de contrôler jour par jour cette liaison des exécutants. C'est lui le véritable chef d'orchestre. Vous êtes jeune. Vous avez la chance, à votre âge, de vous voir chargé d'un travail magnifique. Vous devez tenir au contraire à en faire le plus possible par vous-même.

Des marchés étaient déjà passés, non seulement avec le démolisseur pour abattre l'ancien établissement hydrominéral ; et avec le terrassier pour les fouilles du nouveau, y compris l'hôtel ; mais aussi avec le maçon, pour cette même partie du programme. D'autres étaient en discussion avec les charpentiers, couvreurs, peintres, serruriers, électriciens, plombiers et installateurs spéciaux. A titre d'expérience, on avait décidé de tenter, pour le casino seulement, un essai d'entreprise générale. Deux maisons avaient été invitées à faire des propositions. (Sans qu'on leur eût désigné la localité où s'érigerait le casino. Leurs devis devaient s'entendre pour un certain cubage de terre à enlever, et pour une distance du chemin de fer qui ne dépasserait pas dix kilomètres, dans un rayon maximum de cinquante kilomètres autour de Paris.)

Toutes les options prises par Haverkamp étaient levées. Le seul mécompte était venu du côté du terrain boisé pour lequel il n'y avait pas d'option. Le propriétaire avait-il eu vent de l'affaire qui se montait ? Malgré les précautions de Haverkamp, ce n'était pas invraisemblable. En tout cas, les autres tractations n'avaient pu se faire sans éveiller la curiosité du pays. Bref, le personnage exigeait maintenant cent cinquante mille francs de ses dix hectares. Haverkamp avait refusé de discuter.

— Vous m'avez indiqué », déclara-t-il sans élever la voix, « le prix ferme de vingt sous le mètre. Je vous ai cru, et je vous ai cherché sans délai un acheteur. Vous reprenez votre parole ? Tant pis. D'autres seront moins bêtes que vous. » Il ajouta : « Si vous changiez d'avis, venez me trouver. Je verrai si ça m'intéresse encore. — Mais vous ne pourriez pas... — Non, inutile. Je ne donnerai pas un centime de plus.

Le lendemain il prenait à tout risque une option de deux mois sur un terrain de huit hectares, un peu moins bien situé, pour lequel il obtenait le prix de quatre-vingts centimes le mètre, en laissant croire que l'autre terrain restait à sa disposition, au prix du début, et que c'était lui qui hésitait.

*
* *

Donc, ce matin-là, dès sept heures, Haverkamp se trouvait devant le vieux bâtiment de la source, guettant l'arrivée de son équipe. Wazemmes était là aussi, tout bâillant de sommeil. Haverkamp découvrait ce que c'est que d'être nerveux. « Je ne me souviens pas de m'être jamais senti dans cet état-là. » Il ne tenait pas en place. Il faisait les cent pas devant la façade, pénétrait dans la cour, ressortait, poussait jusqu'au prochain tournant de la route, épiait au loin quelque son de trompe. Il faisait même l'apprentissage des formes superstitieuses du raisonnement. « Ce premier retard pour le tout premier début des travaux est un mauvais signe. » Il éprouvait comme un léger spasme du diaphragme. Sa gorge se serrait un peu. De temps en temps, il laissait se faire malgré lui un grincement des mâchoires.

Wazemmes ne partageait pas l'inquiétude du patron, mais il était vexé de s'être levé si tôt. Il trouvait abominables le froid et le vent qu'il faisait ce jour-là. La poésie du matin dans les champs n'était pas de celles qu'il avait appris à goûter. Et elle menaçait de tenir désormais un peu trop de place dans sa vie. D'ailleurs, toutes les choses de la campagne, fût-ce les plus charmantes, étaient voilées à ses yeux par l'idée de « cambrousse ». Ce vent et ce froid étaient haïssables d'abord parce que « cambroussards ». A Paris, l'on n'en connaît pas de pareils. Il déclara :

— Vous parlez s'ils se foutent de nous.

— Et tu vois comme ce sera important d'être là, hein ? de tout me noter, de tout me signaler ?

Wazemmes, les mains fourrées dans ses poches, hocha la tête d'un air de résignation navrée, tout en se disant à lui-même : « Hé bien ! mince de rigolade ! »

A huit heures cinq de la montre de Haverkamp deux camionnettes automobiles, aux montants desquelles étaient accrochées, comme des prises de guerre, un certain nombre de bicyclettes, parurent l'une derrière l'autre et déposèrent les trente terrassiers. Une troisième, quelques minutes après, arriva avec le patron, les deux chefs d'équipe et les outils.

Le patron, un entrepreneur de Rambouillet, avait voulu accompagner ses hommes pour la mise en train du chantier. Il s'excusa rapidement de son retard : la troisième camionnette avait eu une panne dans la forêt. Quant aux tombereaux, partis dès l'aube, ils arriveraient dans la matinée. Il expliqua ensuite que, suivant le désir de Haverkamp, il avait essayé de réunir des ouvriers qui pourraient loger sur place. Mais il n'en avait trouvé que dix-sept dans ce cas, presque tous italiens. Onze autres viendraient, à bicyclette, de Dourdan, de Saint-Arnould, de Rochefort. Les deux chefs d'équipe feraient le trajet chaque matin, depuis Rambouillet, sur une des camionnettes, une Bertrand deux cylindres, en amenant avec eux les deux ouvriers qui complétaient la trentaine.

Haverkamp ne se montra pas enchanté de ce tableau. Il dit d'un ton froid :

— Ça va nous faire de jolis prétextes à retards et à pagaille. Je comptais les loger tous. Tout était prêt.

— Où les logez-vous ? Dans ce bâtiment-ci ?

Et le patron désignait l'établissement hydrominéral.

— Non. Ça, c'est pour être flanqué par terre dans quelques jours. Je les loge dans les communs du château que vous apercevez là-bas... que vous avez dû voir en passant.

— Ah oui !... Il n'y a pas eu de curés autrefois dans ce truc-là ?... C'est vous aussi qui l'avez acheté ?

— Non. Je me suis arrangé avec le propriétaire.

— Qui est-ce, maintenant, le propriétaire ?

— Je ne sais pas au juste. Un monsieur de Paris.

Les répliques de Haverkamp n'invitaient pas aux conversations inutiles. Il ajouta :

— Je leur ai organisé aussi une cantine.

— Là-bas ? Ah ! très bien.

Haverkamp avait en effet confié l'organisation de cette cantine à l'ancien patron, devenu gérant, de l'auberge de La Celle.

— Ne perdons pas de temps. Vos chefs d'équipe ont les plans cotés ? Qu'ils attaquent l'ouvrage tout de suite. Vous ne ferez pas mal de dire à vos hommes, avant de partir, que c'est un chantier où il ne sera pas question de dormir sur le manche. Ce n'est pas à moi de les commander. Mais je vous préviens que je ferai jouer impitoyablement l'indemnité par jour de retard inscrite dans notre contrat.

— Oh !... vous n'êtes pas si féroce que ça !...

— Il n'est pas question d'être féroce... Je vous préviens simplement.

— Vous savez, cette clause-là... il y a des clients qui tiennent à ce qu'on la mette, pour le principe. Mais depuis vingt ans que je suis entrepreneur, personne ne m'a jamais fait d'histoire avec ça. On sait bien que je suis consciencieux et que s'il y a du retard, ce n'est jamais de ma faute.

— Tant pis. Mois j'ai pris des engagements... draconiens. On ne s'occupera pas de savoir si c'est de votre faute, ou de la mienne. Je n'ai pas envie de sauter à cause de vous, ou de vos collègues.

Il usait de la valeur non pas précise, mais faite d'épouvante mystérieuse, que prend le mot « sauter » entre gens qui sont dans les affaires.

A part lui, il s'impatientait d'une autre inexactitude : celle de Raoul Turpin. L'architecte avait promis d'être là « à huit heures tapant ». « Pourvu que ce bohème n'en prenne pas trop à son aise ! »

Il dit à l'entrepreneur :

— Je vais vous montrer l'installation de vos hommes... Il faudra tâcher d'utiliser les treize lits qui me restent sur les bras... Enfin nous verrons.

Puis à Wazemmes :

— Nous allons jusqu'au château. Dès que M. Turpin sera arrivé, viens me prévenir. Qu'il ne se dérange pas, lui.

(Turpin, homme sociable, avait tendance, quand il sentait une conversation quelque part, à la rejoindre.)

Haverkamp et l'entrepreneur s'éloignèrent donc dans la direction de l'ancien établissement des Jésuites. Haverkamp en était le propriétaire en titre depuis le 23 février. L'affaire avait été enlevée avec une facilité presque bizarre. Un seul adversaire, dont on n'avait pas pu savoir au nom de qui il se présentait, avait poussé les enchères jusqu'à deux cent vingt mille, sans fièvre aucune, et s'était retiré ensuite, de l'air du monsieur qui, ayant rempli sa mission, se lave les mains du reste. Ensuite l'on avait craint, de la part de l'adversaire occulte, la surenchère du sixième. Mais rien ne s'était produit. MM. de Lommérie et consorts en laissaient voir quelque inquiétude.

Haverkamp pensait à tout cela pendant le trajet. Il mesurait la diversité et l'importance des soucis auxquels il allait devoir quotidiennement faire face. « Il ne faut pas que je m'illusionne. Tout ce que j'ai connu jusqu'ici n'a été, en comparaison, que de l'amusement. »

Il se demanda s'il était assez aidé ; s'il avait été habile à choisir ses collaborateurs. « Certains hommes d'action de premier ordre n'ont jamais su bien s'entourer. Ce qui leur a coûté cher. Je me souviens d'avoir lu ça même de Napoléon. »

Il passa mentalement en revue son propre état-major. D'abord les unités anciennes : M. Paul, dont il eût mieux valu ne pas parler, mais qu'il faudrait utiliser au-delà de ses moyens, à l'intérieur de l'agence, maintenant que Wazemmes allait être souvent occupé à La Celle (en principe, chaque fois que le patron n'y serait pas, et avec mission de noter la marche des travaux, les inexactitudes des entrepreneurs, les incidents de toute nature). Wazemmes lui-même, qu'il était peut-être bien imprudent de promouvoir à une responsabilité aussi haute. « Tout à coup, ils vont me lui offrir des pots-de-vin. » Mais Haverkamp réfléchit qu'un adolescent a moins de chance d'être tenté par l'argent qu'un adulte, se laisse plus naïvement prendre par l'amour-propre, ne sait pas encore assez ce qu'on peut faire avec l'argent pour lui sacrifier les plaisirs vaniteux d'un rôle de contrôleur incorruptible.

Il y avait la nouvelle secrétaire, Mme Genticœur, dont Haverkamp ne pensait pas grand-chose, sinon qu'elle n'était pas désagréable à voir, et qu'il se la serait « volontiers appuyée ». Mais il était contraire à ses règles d'avoir une de ses employées pour maîtresse. « On ne peut plus dangereux. Ça consiste à multiplier l'un par l'autre le péril ''employée'' et le péril ''maîtresse'', dont chacun isolé est déjà bien suffisant. » Cette jeune femme, de trente et quelques années, lui avait été recommandée par la caissière de la publicité, à *La Sanction,* qui était sa belle-sœur. Mme Genticœur vivait séparée de son mari. Elle était brune, à peau mate, avec des yeux presque noirs, une voix un peu précieuse, et des façons que Haverkamp jugeait distinguées.

Enfin Raoul Turpin. Un garçon plein de talent et de science. C'était hors de doute. Ancien élève des Beaux-Arts ; très coté dans son atelier, malgré son indépendance ; monté deux fois en loge pour le Prix de Rome, assuré de l'obtenir, au dire d'un concurrent que Haverkamp avait rencontré, s'il n'eût pas présenté des projets trop audacieux. Très actif, d'ailleurs ; capable d'un énorme travail et de passer des nuits sur un plan. « Évidemment, je l'ai connu à la brasserie. Mais qu'est-ce que ça peut faire ? Rien n'empêche les relations dues au hasard de valoir les autres. » (Haverkamp n'avait aucune théorie du hasard, mais par instinct il le respectait beaucoup.) « Ça vaut encore mieux que si je l'avais ramassé, comme Wazemmes, sur un champ de courses. »

Ce qui inquiétait un peu Haverkamp, tout en le séduisant aussi, chez son architecte, c'était le côté rapin qu'il avait gardé, et certains enfantillages. Par exemple, il nourrissait une passion jalouse et tourmentée pour son automobile, une petite Clément-Bayard. « S'il a cru qu'une de ses bougies ne donnait pas, je le vois très bien en ce moment arrêté sur le bord de la route ; démontant tout, dévissant, limant, et se moquant pas mal de nous qui l'attendons et de son chantier. »

Mais, dans l'esprit de Haverkamp, cette critique s'accompagnait d'une espèce de tendresse. Il aimait chez Raoul Turpin une certaine forme d'insouciance, d'abandon au présent, de pétulance désintéressée, un certain état de grâce envers la vie, que lui-même, avec tout son optimisme et sa verdeur, avait conscience d'ignorer, et qui lui semblait un don fait par la destinée aux vrais artistes, comme elle en fait d'autres aux vrais prêtres, aux vrais soldats. Et puis il gardait en lui un goût de protection ; où il entrait assurément de l'orgueil, mais aussi des générosités de père et de chef de clan. Un des rêves qu'il faisait pour le temps où il serait riche, c'était de protéger des artistes, de les gâter, d'écarter d'eux les effets de leur imprudence congénitale.

D'ailleurs, il n'avait pas voulu imposer Turpin à la Société. « Si ça tournait mal, même sans qu'il y ait de sa faute, on serait trop content de me le reprocher. » Il avait tenu à prendre en particulier l'avis de Scharbeck.

D'où certaines rencontres de Scharbeck et de Turpin, bien piquantes par le contraste des deux personnages, et par l'imprévisible du résultat qu'elles pouvaient donner. Un Turpin bavard, et anxieux, abondant en gestes, en digressions, en comparaisons baroques, en formules d'un esthétisme pour initiés ou en prétentieux non-sens entremêlés de grossièretés et de malices faubouriennes ; un Scharbeck à peu près muet, comme balourd et borné, posant parfois une question du genre de celle-ci : « Mais si vous placez vos cabinets à ce bout-ci de l'étage, vous aurez bien plus de chemin à faire faire à vos tuyaux » ; tous deux penchés sur des bleus, des épures, des vues cavalières, où se découvrait, entre des frondaisons fougueuses, une suite d'édifices plus ou moins déconcertants.

Or à la suite d'une de ces rencontres, Scharbeck avait déclaré à Haverkamp quelque chose comme : « Mon Dieu ! ce garçon peut aller. Il lui manque un peu de plomb dans la cervelle. Mais nous serons là. » Haverkamp avait eu besoin de se le faire répéter. Ce qui l'étonnait surtout, c'est qu'aux projets de Turpin, Scharbeck ne fît presque pas d'objections tirées du goût traditionnel. Il le lui avoua. Scharbeck, en réponse, eut l'air de dire qu'il ne s'agissait après tout que d'une ville d'eaux ; que les villes d'eaux comme les expositions universelles avaient l'habitude de vivre dans le saugrenu ; que ce devait être une des règles du genre, même une des conditions du succès ; qu'il était donc raisonnable de se fier, dans ces cas-là, à des spécialistes du saugrenu.

Le curieux était que Haverkamp retrouvait ainsi chez autrui une attitude d'esprit toute voisine de celle qu'il avait eue, quand il dissertait à l'usage de Wazemmes sur la *Samaritaine* et sa ferraille audacieuse. Avait-il fait des progrès dans l'intervalle ? Était-il envahi par la foi de Turpin, ou choqué par le scepticisme béotien de Scharbeck, et poussé à le contredire ? Bref, il estima que ce gros bourgeois prenait les choses bien bassement. Pour lui, il commençait de penser avec sincérité que les conceptions de Turpin témoignaient d'un talent hardi et novateur ; qu'au reste, il était important d'innover en art ; que l'invention artistique était la fleur d'une civilisation, et une des raisons d'aimer la vie que les hommes de génie procurent à l'humanité moyenne.

C'est de ce ton qu'il usa spontanément, quand il parla des projets de Turpin à M. de Lommérie et à M. de Lathus ; ou quand il revint sur la question avec M. Scharbeck. Ou encore dans ses petits articles de *La Sanction* (rubrique immobilière).

MM. de Lommérie et de Lathus en furent impressionnés, et rengainèrent toute critique. Il arriva peu après à M. Scharbeck lui-même de déclarer, un soir qu'il jouait au bridge dans un cercle très conservateur dont il était membre : « Il va se faire quelque chose d'épatant, au point de vue architecture moderne, dans la grande banlieue sud. »

*
* *

Haverkamp et l'entrepreneur regagnaient le chantier, lorsque parut la petite voiture de Raoul Turpin. Il la rangea soigneusement contre la façade de l'établissement hydrominéral ; reconnut qu'il avait eu, en route, non pas une panne, mais des « emmerdements de carburation » qui l'avaient amené à démonter plusieurs fois « son gicleur et le reste », et s'empressa de tirer de la poche d'un vaste pardessus raglan, couleur caca d'oie, qui lui descendait presque jusqu'aux pieds, un long rouleau qu'il déplia en disant :

— Voilà le dernier état... Oui, je parle des vues d'ensemble... avec les modifications qu'on a apportées l'aut'jour... J'ai fait faire ça par un p'tit gars. Un rigolo. Regardez-moi s'il s'entend à vous fout' des feuillages Renoir dernière manière... » Et il prenait à témoin des feuillages Renoir dernière manière l'entrepreneur de Rambouillet.

Dans son habitude d'invoquer soudain, en causant avec un bistrot, Cézanne, ou la Loggia dei Lanzi, ou l'équation secrète des Pyramides, il y avait autre chose que de la distraction, ou de la naïveté. Un certain désir d'éblouir, peut-être ; mais faible. Plutôt l'idée que l'artiste est un grand seigneur, dont la vie, les pensées se font, comme il leur plaît, devant le public, aussi bien que dans la solitude, et n'ont à se gêner pour personne. Aise complète. Quand le quattrocento vient à l'esprit de l'artiste, il parle du quattrocento ; sans prendre la peine de vérifier autour de lui — préoccupation misérable — si les têtes qui sont là par hasard savent ce que c'est. De la part du grand seigneur, il n'y a jamais d'incongruités. D'ailleurs, de même que les pauvres bougres se nourrissaient jadis de ce qui tombait de la table des puissants, rien n'empêche les auditeurs de rencontre d'attraper quelques miettes de ces propos. « A force de m'entendre parler de Rodin ou de Cézanne, le bistrot finira par se dire que ce sont des types vénérables, dans le genre de Jésus-Christ ; et à force de m'entendre répéter que la gare d'Orsay, c'est du tout moche, il finira par le croire. » Il avait sur la gloire, sur la diffusion des vérités dans le monde, des conceptions aristocratiques.

Il était de taille moyenne. Il avait toute la moitié inférieure du visage comme emboîtée dans une barbe très drue, très courte, d'un brun terne. Elle lui remontait sous les yeux, qui étaient petits, ronds et vifs, avec des moments de lumière inquiète.

Sous ses airs de bravoure, c'était en effet un inquiet, dans sa vie et plus encore dans son art. Il donnait aux tendances modernes une adhésion sincère, mais tourmentée. Il n'était pas de ceux à qui la peur d'aller trop loin fait découvrir des formules moyennes — que l'avenir adoptera peut-être, qui deviendront peut-être le langage commun de quelques chefs-d'œuvre, car s'il y a des époques où le génie afflue vers les excès, il en est d'autres où son rôle est fait d'arbitrage et de modération. Chez lui la crainte de se tromper s'exprimait plutôt par une certaine incohérence, comme chez ces politiciens dont on dit qu'ils donnent des gages aux partis extrêmes. Mais cette incohérence elle-même, il savait la voiler de grâce. La démarche naturelle de son esprit était gracieuse.

Parmi les futures constructions de la ville d'eaux, c'est le casino qu'il avait choisi pour y donner le plus libre cours à ses goûts modernes. Le projet qu'il en avait dressé aurait pu — du moins à première vue — être signé des frères Perret dont il était l'ami. La silhouette de l'édifice offrait une grande simplicité : une assez vaste coupole, d'un dessin très pur, posée sur un bâtiment quadrilatère d'un seul étage, tout fait de lignes horizontales, et raccordée à lui par deux bases en gradins. Il y avait dans la nudité géométrique de l'ensemble cette évidence ou cette illusion de logique, que quelques-uns commençaient alors à priser aux dépens de tout le reste. Mais au moment où l'on risquait d'être heurté par un modernisme aussi sévère, il suffisait d'un léger déclenchement d'imagination pour retrouver dans ce casino quelque chose d'un palais arabe, ou d'un gigantesque marabout. C'est dans ces alibis prestement suggérés que résidait une des habiletés de Turpin.

L'hôtel et l'établissement hydrominéral étaient traités dans un style tout différent. Ils comportaient de grands toits à pente raide, de hautes cheminées, des sortes de mansardes très avançantes, des galeries de bois, des saillies de poutres formant console. Ils rappelaient des impressions d'Angleterre, de Suisse, du Tyrol, à cause d'une certaine fraîcheur dans la fantaisie, et d'une façon de chercher, dans les détails de la structure, moins des effets de décoration ou d'harmonie, que le prétexte à évoquer des actions amusantes. On avait envie, comme un enfant, de passer, là-haut, d'une fenêtre à l'autre, par ce balcon romanesque. Malgré les réminiscences, l'ensemble avait quelque chose de neuf, et même de provocant ; d'ailleurs avec coquetterie.

Turpin usait des matériaux avec le même goût pour les compromis et les repentirs. Par un bel élan de modernisme, il allait engouffrer dans la construction de son casino des centaines de mètres cubes de ciment armé. Mais un sérieux tonnage de charpentes métalliques était prévu ; et il n'était pas un des matériaux traditionnels, jusqu'à la brique et au moellon tout venant, qui ne fût l'objet d'une commande. En étudiant de près ce projet, on eût constaté non seulement que ces matériaux voisinaient dans une promiscuité d'aloi douteux, mais qu'il leur arrivait de faire double emploi. On eût découvert que l'enthousiasme de Turpin pour le ciment armé n'allait pas sans des réticences secrètes. Et, de même qu'on encadre d'unités de tout repos une troupe dont on n'est pas sûr, Turpin aux endroits dangereux glissait une poutrelle ou un poteau de fer. Bien entendu, ces roublardises n'étaient perceptibles que pour un confrère. Le public ne s'apercevrait de rien.

Turpin avait conscience de ces contradictions, dont son caractère d'homme, plus que son goût d'artiste, était responsable. Mais il les masquait avec des théories. Il en avait de nombreuses et de rechange. Bien loin de leur être asservi, c'est d'elles qu'il se servait, quand il avait besoin de se justifier aux yeux d'autrui ou aux siens.

Par exemple il était prêt à défendre l'emploi redondant du ciment armé et du fer, soit en invoquant la nature, qui adore ce genre de procédés (les organismes sont pleins de détails de structure qui font double emploi), soit en rappelant que le ciment armé lui-même est déjà un mariage du ciment et du fer. « Moi, je les mélange à un degré au-dessus. Dans mon ciment je noie des tiges. Dans mon ciment armé, je noie des poutrelles. »

Pour excuser les contrastes de style qu'allaient présenter les constructions de La Celle-les-Eaux, il avait trouvé deux ou trois développements assez sublimes.

« Ce qu'il faut, disait-il en substance, c'est découvrir l'Esprit d'une construction. Et j'appelle Esprit la totalité des effluves qui irradient autour de l'idée-mère. Donc ne me faites pas dire des cuteries pour académicien des Beaux-Arts. L'idée-mère de mon casino, c'est le Jeu. Mais dans l'irradiation de cette idée-là, moi je vois surtout deux choses : d'un côté le calcul, la pureté des nombres, la logique. Il va donc falloir une bâtisse sobre, mathématique, logique. Trois plus six égale neuf ; neuf fois neuf quatre-vingt-un ; racine carrée de neuf : trois. Je retombe toujours sur mes pieds. Mais d'un autre côté, je vois le culte du Hasard, de la Fatalité. Un élément mystique, religieux. Il va donc falloir que j'foute sur le contour implacable de mon casino le suprême coup de pouce de l'émotion religieuse. Oui, mais quelle religion ? Une religion fondée sur la Fatalité. Ce qui est écrit est écrit. Inch' Allah ! Ne vous étonnez donc pas que mon casino, bien que d'une formule âprement moderne, ait aussi cette douce gueule de lieu saint de l'Islam. A la fois usine des Nombres, et temple de la Fatalité.

« Quant à mon hôtel et aux annexes, ben oui... quelle est l'idée-mère ? La Santé, pas ? Mais quelles sont les idées irradiantes ? C'est que, pour rendre la Santé à votre bande d'amochés, vous allez faire appel aux Forces de la nature, à l'Eau et à la Forêt. Parfaitement ; parce que pendant que vos vieux cocos s'enfileront dans le gésier vos verres d'eau de bidet, l'air de la forêt de Rambouillet leur entrera dans le système respiratoire. Alors j'ai cherché à accentuer l'impression de grand air, de pays de forêt, de pays de torrents et de sources. J'ai voulu que ça puisse se passer dans l'Engadine. J'ai poussé dans le sens du dépaysement... Dans un hôtel comme ça, on ne se croira pas en train de faire une cure. Non. On se croira touriste, alpiniste : le costaud qu'a du poil aux tétons et une plume au chapeau. »

Mais à d'autres moments, il était tout disposé à reconnaître que ce mélange de styles était « une dégoûtation » ; qu'en architecture l'unité était la règle d'or. Mais un pauvre architecte en 1909 ne travaillait pas pour un Louis XIV. Il travaillait pour des « salauds », dont il fallait ménager l'infirmité esthétique, et même flatter la pourriture cérébrale. Turpin ne spécifiait pas de quels « salauds » il s'agissait au juste : les fondateurs de la Société qui lui commandaient le travail ? ou le public qui aurait à le juger ? D'ailleurs la notion de « salauds » tenait beaucoup de place dans son esprit, comme dans ses discours. Les « salauds », considérés en bloc, comme une race distincte et infiniment répandue (d'autres disent les Juifs, ou les Curés), lui servaient à expliquer les mécomptes de la vie quotidienne, ses propres défaillances, et jusqu'à celles de la voiturette bien-aimée. « Les salauds vous foutent une essence qui encrasse les bougies au bout de trente kilomètres. »

Ainsi que l'avait reconnu Haverkamp, Turpin était, à sa façon, un grand travailleur, et un homme consciencieux. Ses incohérences mêmes tenaient souvent à ses scrupules. Il pensait nuit et jour à ses chantiers. S'il y arrivait parfois en retard, il n'était jamais pressé d'en repartir, et il savait fouiller dans les coins, découvrir un manque de deux centimètres dans une largeur de tranchée, une soufflure dans un enduit.

Il avait un fond solide d'honnêteté. Bien qu'il eût indiqué lui-même plusieurs des entrepreneurs, dont la Société étudiait les propositions ou avait finalement engagé les services, il ne leur avait soutiré aucune commission secrète, et avait épluché leurs devis très sévèrement. Ses indélicatesses, quand il en avait, étaient vénielles, et de l'ordre du chapardage. (Par exemple, il s'était fait, l'année précédente, construire un petit garage ; et l'entrepreneur ne lui en avait jamais présenté la note, sans qu'il eût été précisé entre eux de quoi cette gracieuseté était le paiement.)

Mais aux prises avec des travaux de pareille ampleur, et avec un nombre aussi élevé d'exécutants, Turpin, sans Haverkamp, eût été débordé. Moins encore par les choses que par les hommes. Il n'eût jamais trouvé en lui seul l'énergie de tenir tête à tout ce monde. Sévère pour les malfaçons, il eût été indulgent pour les retards. Une « engueulade » emphatique, un bon déjeuner offert par l'entrepreneur coupable, et l'on n'en parlait plus.

Turpin se rendait compte du besoin qu'il avait d'un appui. Il aimait la dureté tonique de Haverkamp. Il ne détestait même pas Scharbeck. Mais c'était l'agent d'affaires surtout qui lui en imposait.

« Ça c'est un gars ! opinait-il. C'est pas de la pâte de réglisse. »

Il se gardait de contrarier son autorité, même quand elle lui semblait passer la mesure. Par exemple, alors que les terrassiers venaient seulement de donner leur premier coup de pioche le 12 avril, et que les démolisseurs ne devaient attaquer la vieille bâtisse que le 15, Haverkamp avait tenu mordicus à convoquer les maçons pour le 20. Turpin, qui au fond désapprouvait cette méthode, se contenta de dire au « patron » — il l'appelait lui aussi de ce nom-là — qu'il trouvait ça « extrêmement rigolo ».

— Ils vont sûrement s'gêner, confia-t-il à Wazemmes de sa voix traînante. Mais il y a des fois où il faut donner aux gens l'impression que ça barde. Peut-être bien que de temps en temps ils se marcheront sur les pattes ; mais peut-être bien qu'ils se pousseront au cul.

*
* *

A midi, Haverkamp, Turpin, Wazemmes et l'entrepreneur de Rambouillet s'en furent déjeuner à l'auberge de La Celle. Ils croisèrent en chemin les premiers tombereaux qui revenaient de décharger dans le pré de soixante-dix ares, à l'endroit désigné pour un remblai, la terre arrachée au domaine de la source. Cette vue emplit Haverkamp d'une allégresse héroïque. Il lui plut d'entendre le grincement et les chocs des grandes roues. Et il jeta aux charretiers un salut cordial, qui n'était pas dans ses habitudes. Mais les charretiers grognèrent à peine, détournèrent un regard maussade, et firent des hu-hau et des claquements de fouet, comme si l'urgence de leur besogne leur interdisait de vaines politesses.

Haverkamp, qui n'avait pourtant pas les nerfs sensibles, en fut affecté :

— Ce qu'il y a de dégoûtant », dit-il à ses compagnons, « c'est le mauvais esprit de ces gaillards-là. On dirait vraiment que nous sommes leurs ennemis ! Comme si nous n'allions pas leur procurer à tous des mois de travail !

— Vous en faites pas ! » répliqua Turpin. « Ils ne m'emmerderont jamais autant que je les emmerde. Et dire que j'ai voté la dernière fois pour un socialiste ! le citoyen Sembat, millionnaire, il est vrai. Les socialistes millionnaires, j'ai idée que c'est comme les étrons de chien. Ça doit porter bonheur.

— Quel quartier de Paris habitez-vous ? fit l'entrepreneur de Rambouillet.

— Vous demandez ça à un architecte ? Les Grandes-Carrières, naturellement.

Et il se mit à rire d'une façon magnifique qui drapait la pauvreté de sa plaisanterie.

Il se sentait heureux. Il aimait la campagne, l'air cru d'avril, le début des travaux, la camaraderie des hommes d'action, le repas copieux qui vous attend à l'auberge. Il se disait : « A mon âge, quand y en a tant d'autres qui moisissent sur leur planche à faire des plans de chiottes chez quelque salaud de patron, c'est chic tout de même de bâtir une ville. »

Haverkamp marchait de son grand pas habituel, la tête un peu levée, reniflant le vent et toisant le lointain, comme le jour où il longeait la Seine avec Wazemmes. C'était sur lui que les trois autres réglaient leur allure.

XXVIII

PREMIER MAI

Samedi 1er mai. La petite salle de l'auberge de La Celle abrite encore un déjeuner de choix. MM. de Lommérie, Thénezay et Scharbeck sont venus de Paris faire une visite aux chantiers et rejoindre à table Haverkamp et Turpin. Il ne leur a pas été désagréable non plus d'échapper sinon aux risques du Premier Mai dans la capitale — s'ils les avaient crus sérieux, ils n'auraient pas laissé là-bas leurs familles — du moins à l'atmosphère pénible qui s'en dégage.

— Vous avez vu quelque chose ? demandent-ils.

— Moi, dit Haverkamp, je suis parti de très bonne heure ; et je n'avais pas la rive gauche à traverser... Non, je n'ai rien remarqué.

— Moi, dit Turpin, j'ai fait le détour exprès par la place de la République.

— Comment, exprès !

— Mais oui, quoi, exprès ! Pour voir. J'suis badaud, moi. Eh bien, j'ai vu des flics, des cipaux, un peu de populo désœuvré, et j'ai eu moins de mal à circuler avec ma bagnole... Mais à part ça, je n'en sais pas plus que toi. (Il s'était mis depuis quelques jours à tutoyer Haverkamp, qui s'y était prêté sans entrain. Quand Turpin avait rencontré les gens quatre fois, le « tu » commençait à lui brûler la langue. Il lui fallait déjà un petit effort pour ne pas tutoyer Scharbeck.)

— Ce sera calme, paraît-il, dit M. Thénezay. Lépine a massé des forces dans des endroits dissimulés. Il y aura partout des patrouilles de cyclistes et d'automobiles. Les troupes des environs sont prêtes à intervenir. On prétend que Clemenceau est très monté, et qu'il a donné des ordres pour que la répression soit immédiate et énergique.

— D'ailleurs, dit M. de Lommérie, les syndicalistes n'ont pas annoncé grand-chose. Nous sommes menacés de quelques vagues meetings. Peut-être d'une plaisanterie du citoyen Pataud... Avec l'agitation qui règne depuis le début de l'année, on pouvait appréhender pis que cela... Et ici ?

— Oh ! ici, nous ne nous sommes presque aperçus de rien, n'est-ce pas, Turpin ? Il y a eu quelques manquants ; chez les terrassiers surtout. Bien que ça ne nous regarde pas directement, j'insisterai pour que les entrepreneurs fassent un exemple.

— Vous ne craignez pas de créer une irritation ? dit M. de Lommérie. Il ne vous paraît pas plus sage de fermer les yeux ?

— Ce n'est pas bien mon genre. Je crois qu'ils seraient déçus... Hier, figurez-vous, je vois un drapeau rouge planté sur notre premier mur de fondations. Les ouvriers étaient encore là. Je vais à eux. Je leur dis : « C'est pour embêter qui ? » Ils ne répondent pas. « Si c'est pour embêter le gouvernement, vous perdez votre peine, car il n'y a guère de chance qu'il se balade par ici... Si c'est pour embêter les bourgeois... ils se foutent bien de ce qui se passe à La Celle ; et moi je ne suis pas un bourgeois. Je n'ai pas le sou, et je travaille quinze heures par jour... Maintenant, si c'est pour m'embêter moi personnellement, vous avez tort, car j'avais justement l'intention de vous offrir une tournée de vin demain samedi. »

Ils n'ont rien fait tant que j'étais là. Mais quand j'ai eu tourné les talons, ils ont enlevé leur drapeau rouge.

— Mais alors justement, vous avez employé la manière douce. Si vous vous mettez à sévir...

— Question de flair. Hier, si je m'étais fâché, je les aurais tous butés contre moi. Aujourd'hui, ceux qui sont venus travailler en veulent au fond à ceux qui chôment, tout en regrettant peut-être eux-mêmes d'être venus, malgré ma tournée de vin. S'il n'arrivait rien de désagréable aux autres, ceux qui ont travaillé se diraient : « C'est bien toujours ça ! Nous sommes des poires. » Vous comprenez : je les venge.

Là-dessus la patronne de l'auberge apporte un faisan rôti, qui provient — peut-être en fraude — des bois de la duchesse d'Uzès.

— Tout ça n'empêche pas, concède Haverkamp, que par le temps qui court personne ne peut faire le malin. On a des difficultés incessantes.

— Quelle proportion de syndiqués avez-vous ?

— Je n'en sais trop rien. Tu en as une idée, Turpin ?

— Ça varie suivant les équipes. Une moyenne de trente pour cent peut-être... Oh ! mais, syndiqués ou pas, ils sont tous aussi vaches.

M. de Lommérie a un léger haut-le-corps. Ce n'est pas la liberté de langage de Turpin qui le choque. On est entre hommes ; et les artistes ont droit à des indulgences. Mais M. de Lommérie est un catholique sincère, qui se préoccupe de la condition du peuple, et ne voudrait commettre ni le péché de dureté, ni celui d'injustice. Facile aux puissants de ce monde, aux privilégiés de la fortune, de gémir sur le mauvais vouloir des prolétaires. Que ne se mettent-ils à leur place ?

Il demande à l'architecte assez timidement :

— Combien gagnent-ils, en moyenne ?

— Ici ?

— Oui.

— Les feuilles de paye ne me passent pas par les mains... Mais à quelque chose près... Les terrassiers doivent toucher dans les quatre-vingt à quatre-vingt-cinq centimes...

— De l'heure ?

— Oui, bien sûr...

— Et combien font-ils d'heures par jour ?

— Ceux qui logent sur place, douze, peut-être bien... Les autres, onze...

— C'est énorme !

— Sûrement que ça leur fait de jolies journées.

— Ce n'est pas ce que je voulais dire. Énorme, comme effort... Et pour arriver à un gain qui n'atteint pas dix francs.

M. de Lommérie s'imagine ouvrier terrassier, pesant sur une pelle, soulevant de gros tas de terre pendant douze heures — douze heures ! la moitié de vingt-quatre ! Quel temps reste-t-il pour se laver, s'habiller, manger, dormir, prendre quelques pauvres soins ? — et après six de ces harassantes journées de douze heures, rentrant à la maison avec soixante francs, écornés par quelques beuveries bien pardonnables, moins de soixante francs qui devront faire vivre toute une semaine une femme et deux, trois enfants. Il faudra même avoir le courage d'économiser pour les vêtements, pour le terme, pour le chômage... M. de Lommerie adresse à la Vierge une rapide oraison mentale, qui revient à dire : « Mère de Dieu, vous qui dans l'univers chrétien êtes spécialement préposée à la bonté et à la miséricorde, ne permettez pas que notre cœur de riches devienne impitoyable... »

Il reprend, avec un peu d'espérance :

— Et les maçons ?

— A Paris, les limousinants gagnent soixante-dix centimes ; les garçons maçons, cinquante... Je suppose qu'ils font ici leurs dix ou onze heures... Vous voyez...

Haverkamp, Thénezay et Scharbeck, s'ils ont entendu les propos qui viennent de s'échanger, n'ont pas senti la préoccupation qu'ils trahissaient chez Lommérie. Celle qu'ils éprouvent de leur côté est tout autre, et sans doute plus puissante.

— Il est certain, dit Haverkamp, que nous tombons à une mauvaise époque. En somme, depuis le début de l'année, il y a une agitation syndicaliste continue. Des grèves un peu partout. Certaines très violentes, comme chez les boutonniers de Méru, dans l'Oise. Et l'épouvantail perpétuel de la grève générale.

— Le gouvernement est très mou, dit Scharbeck.

— Il laisse le mouvement s'étendre chez ses propres fonctionnaires, dit M. Thénezay.

— Même là où il n'y a pas de grève, ni menace immédiate de grève, comme par exemple ici, l'esprit est mauvais. Sur tous les chantiers, dans toutes les usines, dites-vous bien qu'il règne un mot d'ordre : diminuer le rendement. On le leur répète dans tous les meetings.

— C'est ce qu'ils appellent la grève perlée.

— Pas exactement, reprend Haverkamp. La grève perlée, c'est une étape de plus, le degré de gravité au-dessus. C'est déjà une mesure d'hostilité déclarée, comme le sabotage. Tandis que la diminution de rendement, c'est malheureux à dire, mais c'est devenu l'état normal. Et c'est indépendant de la question des salaires. Accordez-leur une augmentation. Ils se diront que c'est toujours bon à prendre. Mais ils continueront à travailler au ralenti.

— Et pourquoi ?... Qu'est-ce qu'ils attendent ?

— La Révolution. Ils ont décidé qu'ils ne seraient plus jamais contents, quoi qu'on fasse pour eux, tant que n'éclatera pas la Révolution que leur prêchent les meneurs... Il n'y a encore qu'une minorité qui applique ça à la lettre. Mais ils contaminent les autres... Ici j'essaye bien de créer un autre esprit. Je leur donne des gratifications. J'excite leur amour-propre. Mais ça n'est pas commode. A certains moments, on a un peu l'impression d'avoir à faire marcher par force des galériens, ou des prisonniers de guerre.

— Bah ! dit Turpin. Ça a toujours été pareil. Comment est-ce qu'on a construit les Pyramides ? A coups de fouet et de bottes dans le cul. L'homme ordinaire en a toujours foutu le moins possible. Qu'est-ce qu'il demande ? A roupiller, à bouffer, à se cuiter, à baiser de temps en temps. Et il s'imagine que ça lui est dû.

— Oui, oui... Mais, autrefois, c'était de la simple paresse. Aujourd'hui c'est par système, et avec un but.

Haverkamp ne prend pas plaisir à se plaindre. Il n'est pas de ceux qui, par caractère ou préjugé, chicanent au peuple le droit à la vie. Comme il n'a aucune avarice, il aimerait penser au contraire qu'autour de lui les plus humbles connaissent l'abondance, le bien-être. Mais que tant de milliers d'hommes fassent spécialement effort pour produire encore un peu moins que ne le voudrait la nonchalance naturelle, surveillent leurs gestes, retiennent leurs bras, leur outil, se disent à chaque minute : « Pas si vite ! Pas si bien ! Perds du temps exprès ! », cette idée lui est odieuse. S'il n'évitait les grands mots, il parlerait de méchanceté diabolique. En y songeant, il serre ses mâchoires du côté des molaires. Il serre sa fourchette. Il évoque des images de répression (des récalcitrants qu'on empoigne ; des dragons qui chargent au galop).

M. de Lommérie lui-même est troublé. Le devoir de charité n'oblige pas à absoudre cette rébellion de l'homme contre la loi du travail. D'ailleurs, les ouvriers ne sont pas les principaux coupables. Ils se laissent conduire comme des enfants par les professionnels du désordre. Pour ceux-ci, M. de Lommérie n'éprouve aucune pitié. Il acclame d'avance le gouvernement énergique qui les balayera. Et si un jour on les collait au mur, il se dirait : « C'est triste. Mais il fallait en venir là. » Et au moment du feu de salve, il fermerait les yeux.

M. Scharbeck écoute et se tait. Il mâche les aliments avec un plaisir solide. Lui aussi pense que l'époque est difficile pour ceux qui ont la charge de mener les hommes. Mais il a aussi peu de nerfs que Haverkamp ; et une sorte d'optimisme qui vient d'une absence presque complète d'illusions. Il partage sur les mobiles de l'activité humaine les idées de Turpin ; ou plutôt elles forment chez lui une conviction tranquille, alors qu'elles restent chez Turpin des boutades. L'homme, pense Scharbeck, est un animal dont il est raisonnable d'attendre le pire. Avec beaucoup de prudence, on réussit à faire avancer les choses cahin-caha. La merveille est que les catastrophes soient en somme assez rares, et que de père en fils on ait largement le temps d'édifier une grosse fortune entre deux Révolutions.

L'aubergiste apporte un plat d'asperges fumantes et volumineuses. Les cinq messieurs goûtent le charme d'être ensemble. Ils ne se déplaisent pas mutuellement. Ils éprouvent les uns pour les autres cette cordialité, cette camaraderie, cet attachement qui naît de la communauté des efforts et des risques, et où l'intérêt, sûr qu'on ne l'oubliera pas, ne demande qu'à laisser le devant de la scène à des sentiments qui « présentent » mieux.

Bien au-delà des murs de l'auberge et des chantiers de la Société, ils pensent au Premier Mai comme on perçoit un bourdonnement lointain : celui que fait par exemple en été un de ces nuages jaunâtres, tout au bout de l'horizon, dont les paysans disent : « C'est de la grêle pour quelque part. »

*
* *

Là même où il éclate, cet orage-ci est modeste. Alors qu'à sentir le fond des choses, la Révolution semble bien plus proche qu'en 1906, l'aspect du Premier Mai 1909 laisserait croire qu'elle s'éloigne à qui se rappelle l'angoisse et le trouble d'il y a trois ans.

La Préfecture avoue quelque vingt-cinq mille chômeurs. Même si elle ment de moitié, le chiffre est petit. Par bonheur pour l'ordre, ce Premier Mai tombe un samedi, et ce samedi est jour de grande paye. Ne passeront ce soir à la caisse que ceux qu'on aura pointés à l'atelier.

Pour chômer cette fois-ci, il faut plus de courage qu'à l'ordinaire.

Le ciel est sombre et triste. L'air est froid. La répression comme la révolte garde un visage contenu. Lépine a rempli de dragons la caserne du Château-d'Eau, de fantassins les rues écartées. A la rigueur, Paris n'est pas obligé de s'apercevoir qu'il est en état de siège. Il n'y a d'un peu voyant que les patrouilles d'agents cyclistes qui circulent en tous sens, et que la garde à cheval qui fait son manège place de la République, un rang puis un autre balayant lentement la chaussée, comme les pales d'une roue.

Les réunions syndicales ont été tolérées. Les meetings publics, interdits. Le gouvernement craint moins l'émeute que l'efflorescence, çà et là, d'une malveillance sournoise. L'esprit de Pataud, qui s'apparente aux elfes et aux korrigans, promène sa menace, difficile à situer. Des piquets d'infanterie protègent les abords de la Tour Eiffel. Au cas où les fils du télégraphe seraient coupés, où les postiers s'ingénieraient à brouiller les communications, il restera le plus grand mât de T.S.F. du monde pour recevoir les nouvelles et envoyer les ordres.

A neuf heures, sous le prétexte d'une réunion du syndicat des boulangers, un meeting de l'Union des Syndicats de la Seine s'ouvre à la Bourse du Travail. Thuillier, en attendant la Révolution qui ne saurait tarder, recommande le sabotage. Par la voix de leurs orateurs, les travailleurs de toutes catégories s'engagent à propager les idées d'antipatriotisme et d'antimilitarisme. A onze heures, ils se séparent aux cris de « Vivent les travailleurs organisés internationalement », « Vive la grève générale expropriatrice ».

Cependant, quand sonne la relève de onze heures, les postiers, qui n'ont chômé qu'en tout petit nombre pour éviter les sanctions individuelles, descendent dans la cour du Central télégraphique, l'églantine rouge à la boutonnière, crient « Conspuez Simyan » et chantent l'*Internationale*. Les commis principaux, les chefs de service, se détournent d'un air insuffisamment navré, et s'abritent de l'événement derrière leurs binocles.

Le vent du nord-ouest pousse sur Paris de petits nuages noirâtres qui marquent le ciel comme des doigts sales la peinture d'une porte. Une courte averse tombe par instants.

De grandes affiches de la C.G.T. publient le Manifeste des Travailleurs, qui réclame les huit heures et la fin de la société bourgeoise. Des couples d'agents cyclistes s'arrêtent pour les lacérer. Devant la mairie du dixième, faubourg Saint-Martin, une bagarre éclate entre la police et trois douzaines de chômeurs. En face, au 59, une fenêtre s'ouvre. Un homme maigre vocifère. C'est là qu'a son siège le syndicat des artistes. Et l'homme s'appelle Montéhus. Avant d'ouvrir la fenêtre, il a vérifié dans une glace piquée de points noirs le mouvement de sa cravate et de sa chevelure. La voix de Libertad s'est tue à jamais, mais le chansonnier Montéhus crie « Assassins ! » aux agents.

*
* *

Dans la partie populaire des Boulevards, entre la rue Montmartre et la République, Gurau se promène. Il ne sait au juste ce qu'il attend, ni si, dans son attente, il y a plus d'espérance que de crainte. Il n'est pas très surpris de n'être pas reconnu de la foule, mais il en éprouve une obscure déception, qu'il juge puérile, et qu'il combat. Il se dit que sa destinée n'est pas exactement celle d'un tribun du peuple. Sa grandeur ne se range pas parmi celles qui naissent directement de la foule et qui se nourrissent de ses fluxions d'enthousiasme, grossières et changeantes. Elle n'est pas non plus un produit frileux du Parlement et de ses couloirs. C'est une grandeur complexe, moins volumineuse que d'autres, moins vulnérable aussi. Elle est d'ailleurs en plein développement. Elle se ramifie et s'accroche de divers côtés. Le jour de la bourrasque, quand tant d'autres iront joncher le sol, on s'apercevra qu'elle est une des rares qui tiennent debout, grâce à un nombre insoupçonné d'appuis et d'attaches, et c'est alors, dans un espace débarrassé, qu'on mesurera ses dimensions.

Hier, à la Chambre, entre deux portes, Briand, avec sa grosse moustache noire, sa voix caressante, ses yeux de séducteur, saillants et luisants, beaux et vulgaires, lui a glissé sur un ton de plaisanterie quelques phrases exprès décousues, qui s'évanouiraient entre les doigts si on essayait de les reproduire textuellement, mais où se dissimulait un avis subtil, presque une promesse. Cela équivalait à dire : « Soyez sage. Ne vous rendez pas impossible, tout en gardant, bien entendu, la position particulière que vous avez su prendre... Quand cet hurluberlu de Clemenceau se cassera le nez — ce qui ne tardera guère — comme il n'est pas absolument invraisemblable qu'on fasse appel à moi, vous serez un des premiers à qui je penserai... Mais d'ici là ne faites pas comme moi, jadis. Pas de ces déclarations inutilement incendiaires que les petits copains vous resservent pendant dix ans. »

Briand n'est pas un homme des plus sûrs. Mais s'il est habile à manœuvrer les gens, à leur faire faire tout juste l'opposé de ce qu'ils s'étaient juré de faire, ou de ce que l'instinct leur dicte, il n'a pas l'habitude de s'engager même en termes vagues. Ses promesses, si voilées soient-elles, ont donc une valeur. Ce qu'il a promis hier, aussi nettement que sa manière le comporte, c'est un portefeuille dans une prochaine combinaison. Certes, Gurau n'entend pas grandir à l'ombre de qui que ce soit. Il est même persuadé que son destin est d'une venue plus franche que celui de Briand. Il atteindra plus haut, ira s'épanouir dans la zone glorieuse, visitée par la lumière historique, où le scepticisme de Briand, sa souplesse au jour le jour et à ras le sol, n'aspirent pas. Mais hors des temps de révolution, dans les périodes d'avancement régulier, il faut savoir accepter une tutelle provisoire.

Pourtant Gurau ne se sent pas dans une humeur heureuse. Ce Premier Mai ne lui plaît pas, ni la place que personnellement il y occupe. Promeneur quelconque de Boulevards à peine changés de mine. Paris en proie à une petite inquiétude. Frisson d'émeute, si impalpable et si court. Ni la paix, ni la colère. Une retenue maussade, où il y a plus d'hésitation et d'incertitude anxieuse que de calculs. Paris, comme un homme qui, au moment de faire un meurtre, s'assoirait sur un banc de la rue, les jambes coupées. Tout cela n'est pas très généreux, n'excite guère les profondeurs de la vie. Pourtant, même dans ce médiocre événement, et à cette minute, il y aurait pour Gurau une place plus satisfaisante. Un meeting. Trois mille têtes. Un discours que l'on va terminer à pleine voix, dont on sent venir la fin (le repos, l'apaisement qui suivra). La foule aussi sent venir la fin. Elle se gonfle déjà intérieurement de plaisir, et des cris qu'elle retarde. La péroraison arrose les trois mille têtes comme quelque chose de chaud et d'affolant. C'est pendant que vous goûterez le plaisir de votre détente que la foule vous criera le sien. Jouissances confondues.

*
* *

Mme de Champcenais et Sammécaud s'étaient donné rendez-vous rue de la Baume, pour quatre heures de l'après-midi, sans songer à la date du Premier Mai.

Sammécaud ne s'avisa de la coïncidence que le matin en lisant les journaux. « D'ailleurs, peu importe. »

Il se fit déposer par sa voiture devant Saint-Augustin, et gagna la rue de la Baume à pied.

Loin de respirer l'émeute, le Paris de l'ouest semblait plus calme que d'habitude. Beaucoup de boutiques avaient clos leurs devantures. La chaussée était plus libre. On pensait à un dimanche de Londres.

Çà et là, l'on croisait deux ou trois hommes du peuple, qui pouvaient être des chômeurs. Mais leur physionomie ne semblait guère menaçante. Le reste de la rue était fait de gens vaquant à leurs occupations ordinaires ou de promeneurs non suspects.

« Décidément, tout cela n'est pas terrible. Je me demande si Gurau, si nous tous, nous ne nous exagérons pas les chances d'une révolution. La vieille société est probablement plus solide qu'on ne le croit. Joli d'ailleurs d'avoir un rendez-vous d'amour aujourd'hui, justement. Jouir à loisir d'une belle ''aristocrate'' pendant que le ''populo'' fait son petit grouillement de mauvaise humeur. Amusant aussi que je sois — un peu — le commanditaire de ça ; par personne interposée. Hé oui, le commanditaire de la Révolution. A échéance il est vrai. Et peut-être du même coup l'amortisseur de chocs, le sauveur (sauver ce qu'on pourra) de la vieille société. Jouer avec le feu ? Oui... Sait-on jamais. Il faut que la vie soit compliquée. Les gens qui ne sentent, qui ne vivent qu'un seul côté des choses sont de pauvres types... Rotten Row... Une amazone ralentit et s'arrête : les secousses du cheval de plus en plus lentes ; le battement de la bride. Au bord de l'allée un monsieur salue : jaquette de coupe parfaite, haut-de-forme un peu sur l'oreille, ou plutôt à la main, puisqu'il salue. Baise-main. Fils de lord ; socialiste. Il a dans la poche de sa basque une brochure sur le Capital, ou le Prolétariat. Il passe les hivers à Florence. On raffole de lui... C'est tellement chic de s'occuper du sort du peuple, sans y être poussé par sa condition ou par l'intérêt, en y risquant même tous ses intérêts et sans croire à une théorie. Générosité séculaire et gratuite des gens de race supérieure (race voulant dire essence, qualité mystérieuse, recrutement spontané de l'élite). Au fond, ces pauvres bougres nous doivent leur accès à la civilisation, le peu qu'ils ont de bien-être. Et ce peu est déjà beaucoup. Sans nous, sans ''l'aristocratie'' (au sens large) ils continueraient à se chercher les poux dans les cavernes. Encore aujourd'hui, c'est nous qui les empêchons de tout à fait s'abrutir d'alcool ; qui leur faisons répéter ça sur tous les tons par les maîtres d'école, les médecins. Et en ce moment où ils s'agitent, où on leur a appris à être mécontents, il suffirait encore d'un gouvernement à poigne pour les mater. Je sens ça très bien. Gurau aussi. Il ne l'avoue pas carrément, même dans l'intimité. Mais il le sait. Parce que lui aussi est un aristocrate. Mais nous ne tenons pas à les mater. Au contraire... Jeu dangereux. Évidemment. Il n'y a pas de vraie élégance sans danger. »

*
* *

Contre son habitude, Marie était arrivée quelques minutes avant l'heure. Sammécaud lui trouva dès le début quelque chose non pas de froid, mais de réticent et de préoccupé. Elle reçut avec une trace de sourire la botte de muguet qu'il lui avait apportée. Elle se laissa prendre dans ses bras, y resta, la tête un peu baissée, le front presque appuyé sur l'épaule de Sammécaud. Elle semblait chercher une consolation.

— Vous avez l'air soucieuse, ma chérie ? Qu'y a-t-il ?

Elle ne répondit pas, mais releva la tête, s'écarta de lui, alla s'asseoir sur le canapé. Ses lèvres tremblèrent. Son visage devint rose et moite.

Il s'assit près d'elle, lui prit les mains. Elle lui dit :

— Vous sentez mes mains ?

— Je sens qu'elles sont un peu chaudes... Le temps est si désagréable, d'ailleurs, avec ces sautes perpétuelles. Nous sommes en plein changement de saison.

Elle eut un sourire imperceptible, d'une ironie triste. Il se demanda : « Aurait-on découvert notre aventure, chez elle ?... Non... elle serait plus agitée... Est-ce un retour de scrupules ? Une petite crise de remords ?... Ou un ennui du côté de Marc ?... Oui, plutôt... Pourtant... »

Il fit :

— Alors quoi ? C'est un chagrin ? Un vrai ? Oui ? Un gros !... Oui... Réellement ?... Mais il faut me le dire... Je suis votre meilleur ami... Vous ne voulez pas ?... Vous avez donc des secrets pour moi ?

— Non.

— Mais alors... C'est une chose... que cela vous gêne de me dire ?

— Oui, beaucoup.

— Tellement que ça ?

— Plus que vous ne pouvez vous imaginer.

— Et plus à moi qu'à quelqu'un d'autre ?

Elle hésita, haussa les épaules. Puis détourna les yeux, se mordit les lèvres. On sentit soudain qu'elle se retenait de pleurer.

Sammécaud interrogea, sans conviction :

— Il s'agit peut-être de Marc ?

Mais il n'attendit pas qu'elle eût fait signe de la tête, pour savoir que c'était « non ». Le visage, l'attitude de Marie parlaient d'un chagrin plus neuf que ceux qui pouvaient venir de l'enfant ; plus intense ; la touchant d'encore plus près ; et aussi plus intéressant, contenant plus d'avenir.

Il insistait, avec de petits mots tendres et des baisers, en la serrant contre lui. Il commençait à éprouver une inquiétude personnelle.

Elle se dégagea de nouveau, pencha le buste, laissa tomber sa tête doucement contre un coussin, où elle enfouit la moitié de son visage.

Comme il suivait son mouvement, et qu'il avait l'oreille tout près de la joue de Marie, il l'entendit murmurer :

— Je suis enceinte.

Sammécaud sentit d'abord une crispation dans la poitrine, accompagnée de l'impression de pâlir, et d'une idée confuse, du type « je l'avais bien dit ». Il revit Cambridge Square, les lits, la salle de bains. Il se redressa en s'écartant de Marie. Puis il éprouva une détente, comme s'il avait eu en deux secondes le temps de faire le tour de la situation, d'envisager le pire, de toucher l'extrémité de ses risques personnels, et de revenir de cette exploration un peu soulagé.

Il dit, avec un accent de demi-incrédulité courtoise :

— Mais... vous êtes sûre, ma chérie ? On se trompe tellement souvent dans ces cas-là.

— Sûre.

— Vous avez l'opinion d'un médecin ?

— Non !... Oh ! non.

Elle avait dit cela d'un ton d'effroi.

— Mais alors ?

— Eh bien ! je suis sûre.

Il se pencha de nouveau tout près d'elle :

— Puis-je encore vous demander, ma chérie, d'où vous tirez cette certitude ?...

Il pensa : « Pas très chic, peut-être, d'en venir à certaines questions. Mais tant pis. »

— Il s'agit sans doute d'un retard ?... Oui ?... Mais un retard, cela ne prouve rien... De combien de jours ?...

— Dix à douze jours.

Il fit un rapide calcul. Le treize, ils étaient encore en Angleterre. Du 13 avril au 1er mai, dix-huit jours... Évidemment ! Évidemment !

Il reprit tout haut :

— Évidemment !

Mais corrigea :

— Je veux dire que je comprends votre inquiétude... Mais ce sont des choses qui arrivent sans qu'il y ait lieu pour cela de...

— Non, non. Je me connais bien. Je suis tout à fait régulière. Et puis j'ai d'autres indices... Ne m'obligez pas à dire...

— Des nausées ?... des défaillances ?

— Oui... toutes sortes d'indices... laissez-moi.

— Vous savez, il y a des phénomènes nerveux... Songez à ces fausses grossesses, qui durent soi-disant des mois, et qui trompent jusqu'aux médecins... Ce n'est tout de même pas au bout de huit ou dix jours que...

Elle l'arrêta, pour répéter avec calme :

— Non... non.

Y eut-il à ce moment-là une palpitation dans la lumière du dehors ? Vint-il un de ces messages occultes qui soudain nous apportent d'on ne sait où le courage, l'insouciance et des raisons de vivre entièrement nouvelles ? Ou ce revirement n'était-il qu'un remous naturel des idées et des humeurs ? Mais Sammécaud entendit le fond de son être lui déclarer : « Et puis quoi ? C'est charmant. C'est excitant. » Les pensées fanfaronnes des heures d'amour à Cambridge Square osaient reparaître. « Avoir pour bâtard un joli petit vicomte. Ce n'est pas une perspective bien terrible. Un enfant de plus, qui sera le plus aimé, parce que le plus secret... »

Il caressa les cheveux de Marie, les effleura d'un baiser. Puis, sur un air d'interrogation timide, mais avec toutes sortes d'insinuations tendres et même sensuelles dans la voix :

— A la façon dont vous m'en parlez, ma chérie, je vois bien que vous pensez que...

Il n'acheva pas. Mais il se désignait suffisamment par l'inflexion des mots, par le recourbement de toute la phrase vers lui-même.

Elle répliqua, presque vivement, en se redressant à demi :

— Mais il n'y a pas le moindre doute.

Il n'en désirait pas tant. Il fut ressaisi, sans bien d'abord discerner pourquoi, d'une contraction dans la poitrine. Puis il s'efforça de faire un raisonnement plus rassurant que l'intuition qu'il venait d'avoir : « Elle a l'habitude qu'avec son mari il n'arrive jamais rien... D'où son absence de précautions... Oui, oui... Maintenant qu'il y a un accident, elle est forcée de conclure que... Et elle a sûrement raison. » Il prit le temps de savourer un sentiment d'orgueil. « Avec moi, ça n'a pas traîné. Je parie bien que ça se serait produit dès le jour d'Arces, si je n'avais pas... Pauvre Champcenais, tout de même... Sous son aspect solide... Déjà ce premier enfant — premier et unique — à moitié idiot... » Mais une arrière-pensée réclamait un apaisement.

Il murmura, cette fois avec une gêne qui n'était pas feinte :

— Ma chérie, je m'excuse de ce que je vais vous demander. Croyez bien que ça m'est horriblement pénible à moi aussi. Mais c'est si important pour... comment dire ?... apprécier la situation... D'abord, en ce qui me concerne, je suis profondément ému, profondément touché de... l'impression que vous avez... Oui, je vous assure que c'est très émouvant... » Il lui donna plusieurs baisers sur le front. « Mais... en admettant provisoirement qu'il y ait les suites que vous... envisagez — je dis « provisoirement », parce que, tant qu'un médecin ne s'est pas prononcé, le doute s'impose, quoi que vous pensiez — bref, en admettant... vous croyez que ces suites, aux yeux de votre entourage le plus immédiat, pourront paraître... suspectes ?

Elle leva sur lui de grands yeux, eut un léger mouvement des épaules, puis détournant la tête :

— Suspectes ! Pas suspectes le moins du monde, hélas !... Claires comme le jour.

Tout changeait brusquement de coloration. Mais avant de se rendre à l'évidence, il voulut insister encore :

— Vous tenez compte des lacunes de mémoire, chez autrui, de l'inattention, et du fait que ces choses-là, quant aux dates, ne se démontrent pas avec rigueur ?...

Elle le fixa de nouveau. Elle semblait déçue, presque blessée et méprisante.

— Ma chérie, je ne pense en ce moment, je vous supplie de le considérer, qu'à votre tranquillité ; qu'aux risques exacts qu'elle peut courir... S'il n'y avait qu'une chance pour que l'autre hypothèse fût acceptée, dites-vous que vous détruiriez cette chance unique en laissant trop voir combien vous êtes vous-même convaincue du contraire... Si vous aimez mieux, il ne faudrait pas, le moment venu, transformer à plaisir les soupçons d'autrui en conviction...

Elle lui dit, les yeux dans les yeux :

— Je vous répète, Roger, que la chose ne pourra faire de doute pour personne.

— Il y a donc déjà longtemps que... qu'il n'était plus rien pour vous ?

Elle se radoucit, montra quelque confusion :

— Depuis que je suis à vous, je n'ai été qu'à vous.

Sammécaud lui prit la main avec le plus d'élan qu'il put, mais détourna la tête.

Quel dommage qu'un tel aveu, qui eût été si délicieux en d'autres circonstances, survînt en une occasion où il mettait le comble aux inquiétudes les plus positives !

Il fit de nouveaux calculs. Quelle était la date du voyage dans la forêt d'Othe ? Il ne la retrouvait plus exactement, et n'osait pas la demander à Marie. « Disons début de mars. Ainsi elle ne serait plus sa femme depuis la fin de février ? Entre ça et le... disons le 13 avril, environ six semaines. Il faudrait faire admettre une grossesse prolongée de six semaines ? Difficile ; même en tenant compte du vague des souvenirs. Impossible, ajouté aux autres invraisemblances. »

A défaut d'une grossesse prolongée, ne pouvait-on se rabattre sur une grossesse écourtée ? Encore un calcul ; tout simple cette fois, et assez encourageant : dix-huit jours, mettons vingt — deux jours ne sont pas trop pour un raccommodage conjugal — à retrancher des neuf mois normaux. C'était vraiment très peu de chose. Champcenais aurait mauvaise grâce à chicaner.

Dans l'entrain de ses calculs, Sammécaud faillit remontrer à la comtesse que sa réputation, son repos, lui commandaient de se rapprocher d'urgence de son mari. Mais il s'avisa que c'était affreusement inélégant à dire ; et l'expédient était de ceux qu'on ne suggère pas à une femme, quand elle n'en a pas d'elle-même l'idée. Elle ne ferait rien d'un pareil conseil, que de s'en indigner. Il perdrait son estime, peut-être son amour, sans autre résultat.

Au reste, il n'eût donné le conseil qu'à contrecœur. La chiar de son amie, maintenant qu'il la savait fidèle au-delà de ce qu'il avait espéré, lui devenait très précieuse. En même temps que son élégance morale lui inspirait de l'émulation.

« Ne soyons tout de même pas trop goujat, se dit-il. C'est tellement beau ce qu'elle a fait ! Si chevaleresque. Si net. Ce n'est pas à moi de provoquer la salissure de ça. » La vie ne vaut que par un certain nombre de raretés de cet ordre. Il faut savoir se moquer du prix qu'elles coûtent. Dans les traverses de l'amour aussi naît une ivresse du péril. Que demande-t-on d'abord à l'amour ? De vous mettre à un certain niveau d'exaltation, où la vie quotidienne, elle, est incapable de vous mettre. Alors, que faut-il éviter avant tout ? de retomber. Pour ne pas retomber, il faut respecter les conventions supérieures de l'amour, une espèce de code d'honneur qui lui est propre. Tant pis pour le repos.

*
* *

Ils avaient cessé de parler. Ils renonçaient pour quelque temps aux supputations, aux prévisions prudentes. Ils se contentaient d'être malheureux. Ils se tenaient serrés l'un contre l'autre, les mains enlacées, leurs têtes se touchant, un peu comme les amants qui s'assoient, la nuit tombée, sur les bancs publics. La garçonnière les entourait encore de ses teintes élégantes. Mais ils ne les voyaient plus. Ils ne pensaient plus du tout à l'élégance. Ils ne savaient même plus qu'ils étaient riches.

Le visage de Marie s'appuyait à l'épaule et au cou de son ami. Elle n'avait qu'à tendre à peine les lèvres pour lui donner sur la joue un baiser long et sans poids. Il se fit, pendant un de ces baisers, qu'elle avança la bouche un peu plus, et lui saisit la chair de la joue entre les dents. Quand elle eut fini sa morsure, qui avait été non pas violente mais tenace, il tourna doucement son visage vers celui de Marie. Il le vit douloureux, abandonné, partout gonflé de larmes que les yeux se retenaient de répandre. Les lèvres, les dents un peu larges mais belles qui venaient de le mordre ne respiraient pour le moment rien de sensuel. Ou du moins toute sensualité s'y confondait dans une détresse amoureuse qui venait du fond de l'âme, et qui en gardait la couleur poignante.

Ils avaient l'impression que le logis où ils étaient les protégeait encore un peu. Mais si c'était un reste de protection contre le danger immédiat, ce n'était plus rien qui réussît à les isoler, à les mettre à part, à faire de leur aventure quelque chose de privilégié et de clos. Ils n'arrivaient plus à se sentir séparés d'une espèce d'immense destinée commune ; et il leur semblait que la douleur, la détresse où ils étaient, se trouvaient justement répondre au ton habituel de cette destinée. Leur triste chant intérieur était d'accord avec une pauvre et sombre musique que les murs tendus de rose n'arrêtaient plus.

Les murs. La façon dont ils descendent vers le sol, dont ils vous quittent. Leurs vibrations. Dehors, il y a des passants qui longent les murs ; des gens qui vont et viennent. Le vent parcourt les rues, changeant de direction comme elles. Assis dans un intérieur, on ne reçoit pas son souffle ; et pourtant ce grand vent des rues vous atteint. Parfois une rafale de pluie bat les vitres ; et le jour diminue. Certains passants s'abritent sous les portes. Mais d'autres continuent leur chemin ; ils ont cru voir que le nuage noir ne tenait pas tout le ciel. Les marchandes de muguet rentrent sous les portes, elles aussi. Il y a des chômeurs du Premier Mai qui doivent s'abriter volontiers, parce qu'ils se promènent sans but. Mais il y en a d'autres qui continuent du même pas lent sous l'averse, parce qu'ils sont « habitués ». Habitués à quoi, mon Dieu ? A la pluie qui frappe le visage, qui dégouline dans le cou, qui traverse les vêtements à l'endroit des bras d'abord, et au-dessus des genoux. Aux longs courants d'air sous des hangars. A toutes les variétés de vent et de froid. Au passage brusque du froid autour de la poitrine en sueur, sur les reins échauffés par le travail. A tout ce qui saisit et transit. A tout ce qui se présente pour vous faire souffrir. A cette pauvre et sombre musique de la destinée, que vous entendez continuellement, et que vous vous murmurez par cœur. Premier Mai. Il y a des ateliers qui chôment. Les peines ne chôment pas. Même les amants assis sur les bancs publics se regardent d'un air sérieux. Ils se prennent parfois les lèvres avec exaltation. Mais ce qu'ils semblent se dire de plus clair, c'est : « Comment ferons-nous pour que nos chagrins se rejoignent ? »

Le canapé de la rue de la Baume est enveloppé par les souffles d'un printemps amer. Il est tout pareil à un banc des rues, où deux vagabonds seraient assis. Les murs n'écartent de lui que le vent matériel.

— Tu te rappelles, Marie, quand nous avons parlé ici pour la première fois de ton petit Marc ? Nous étions blottis comme ça l'un contre l'autre. C'est ce jour-là que nous avons commencé à nous aimer tout à fait, ne crois-tu pas ? Nous ne nous doutions pas que si peu de temps après nous aurions à supporter ensemble une si grande épreuve... Tu regrettes ?

Elle fit signe que non.

— Tu n'es pas trop inquiète pour l'avenir ?

— Pas trop.

— A quoi penses-tu ?

— Il doit faire froid dehors. Je pense qu'un jour je pourrais être chassée dans la rue avec un enfant de toi.

— Que vas-tu imaginer ? Pourquoi se plaire à évoquer des choses pareilles ? Comme une fillette qui voudrait se faire peur. Tu sais pourtant bien que ce n'est pas à toi que ces choses-là peuvent arriver.

Elle haussa doucement les épaules. Il insista en la câlinant :

— Tu le sais bien, dis ?...

Elle souriait, mais ne répondait pas.

— N'est-ce pas ? tu ne l'as pas dit sérieusement ?

— Si tu veux.

— Comment, si je veux !... » Il l'embrassa. « Dis-moi que tu n'y penses plus.

Elle fit une moue gracieuse et navrée.

— La vilaine ! Elle y pense encore ?

Elle secoua la tête, à petits coups, plusieurs fois de suite, en signe d'aveu. Il y avait sur son visage en même temps le désespoir et un jeu espiègle du désespoir. Lui-même se piquait à ce jeu :

— Mais à quoi est-ce que tu penses ? toujours à ces mêmes choses que tu disais ?

Elle fit encore signe que oui.

— Mais pourquoi ?

— Je ne sais pas, moi...

Elle chercha un instant, puis ajouta, d'un accent dubitatif, et comme étonnée de ses propres paroles :

— ... Parce qu'elles existent.

6.

LES HUMBLES

I

LES CHAUSSURES JAUNES

Arrivés au coin de la rue de la Chapelle, Louis Bastide et sa mère, qui avaient jusque-là marché d'un pas décidé, s'arrêtèrent, regardant à gauche et à droite.

— Papa, fit Mme Bastide, a dit que nous ne pouvions pas nous tromper. Je pense que c'est en face.

— Veux-tu que j'aille voir ?

— Mais non. J'aime mieux que nous traversions ensemble. La rue de la Chapelle est une des plus mauvaises. Avec tous ces gros attelages. Les fers des chevaux glissent. Le cocher a beau tirer. Tu penses, quand il faut retenir trois ou quatre chevaux de cette taille-là.

— Ou même six... J'ai vu des camions avec six. Je t'assure, maman. Trois par trois.

— Cinq peut-être, mais pas six. Tu ne verras jamais trois chevaux en avant d'un attelage.

Louis rougit de contrariété ; mais il s'empêcha de répondre, car il sentait que la discussion n'en finirait plus. Sa mère était autoritaire et obstinée. Malgré sa tendresse, elle aimait contredire et avoir le dernier mot. Il ne fallait pas, pour le plaisir de lui tenir tête, gâcher une belle journée. Et pourtant rien n'est plus douloureux que de se taire quand on sait qu'on a raison.

C'était bien la rue Riquet qui débouchait en face.

— Nous trouverons facilement la boutique. Cette dame m'a dit qu'elle ne se rappelait plus le numéro, mais que c'était juste avant le pont sur le chemin de fer, à droite, une boutique brune.

Quelques jours plus tôt, après avoir donné les places d'une composition, M. Clanricard avait appelé Louis Bastide à la sortie de la classe, et lui avait confié :

— Tu viens d'être premier deux fois de suite. J'ai regardé tes notes du reste de l'année. Si tu ne fais pas trop de bêtises dans le mois qui vient, je crois bien que je te donnerai le prix d'excellence.

Louis avait répété le propos à sa mère, sauf le membre de phrase : « Si tu ne fais pas trop de bêtises dans le mois qui vient ». Il l'avait supprimé pour ne pas diminuer l'ivresse qu'il éprouverait en voyant sa mère écouter la nouvelle avec ravissement. D'ailleurs, sa mère, qui avait l'esprit tourmenté, se serait jetée sur ce petit bout de phrase, et n'aurait plus pensé au reste : « Tu entends ! Si tu ne fais pas trop de bêtises ! Il t'avertit. Ce serait tout de même malheureux d'aller perdre ton prix pour des étourderies de la dernière minute. »

Il se reprochait maintenant cette omission volontaire. Il se la reprochait d'autant plus que, le surlendemain de la bonne nouvelle, sa mère avait soudain déclaré :

— Jeudi, nous irons t'acheter une paire de chaussures jaunes. C'est pour que tu les aies le jour des prix, et que tu aies le temps de les briser d'ici là en les mettant deux ou trois fois, le dimanche. Et puis, comme ça, ça te fera plaisir tout de suite. Puisque tu as bien travaillé.

Mme Bastide avait entendu parler, à plusieurs reprises, par des dames rencontrées au marché du boulevard Ornano, d'un marchand de chaussures de la rue Riquet. Un tout petit magasin, mais où l'on vendait « au prix de fabrique ». « Surtout dans la chaussure d'enfants, ou dans les petites tailles, ou dans les pointures trop grandes, c'est très avantageux, vu la qualité. Il a ça directement. » Ces dames appelaient ce marchand : « Le Juif de la rue Riquet ». Elles n'étaient peut-être pas tout à fait sûres qu'il fût juif. Et, dans cette hypothèse, elles auraient eu de la peine à expliquer comment ce petit boutiquier juif s'y prenait pour avoir la marchandise plus « directement » qu'un autre. Mais l'acheteur, et surtout l'acheteuse ont besoin, pour se résigner à leur sort de clients, d'imaginer, derrière la trop claire réalité commerciale, une légende du commerce, où il y a place pour des hasards étranges, pour du merveilleux, pour divers mystères consolateurs. Le Juif trouve naturellement son emploi dans cette mythologie. Il lui arrive, par ses vastes et profondes machinations, de s'identifier à Satan lui-même. Mais il peut aussi figurer un bon petit diable, quelque démon serviable. Une laideur inquiétante, un nez crochu, une jaquette crasseuse ne s'accordent que mieux au rôle occulte du personnage.

Mme Bastide était très sensible à cette légende du commerce. Une bonne part de son activité d'esprit était faite de vigilance aux occasions. Là-dessus, elle recueillait tous les dires. Même quand ils lui paraissaient douteux, et qu'elle renonçait à en tenir compte, une voix de sa conscience l'accusait encore de paresse. Elle traversait Paris, de la rue Duhesme au boulevard Sébastopol, aller et retour, quand elle apprenait que Potin vendait un sou de moins le sucre et les haricots blancs. Il est facile de sourire, de parler d'avarice aveugle. M. Bastide gagnait deux cent dix francs par mois, et l'on disait autour de lui qu'il avait une « bonne place », de celles qu'un père de famille tremble de perdre. Deux cent dix francs par mois font sept francs par jour. Sept francs ne forment pas un tas de sous bien considérable. Dans le tas, chaque sou reste perceptible. Il ne peut pas s'en aller, même bouger pour s'en aller sans qu'on le voie. Il est tout naturel qu'une surveillance obligée d'être aussi constante devienne un peu maladive, passe un peu le but. S'abandonner au hasard, comme certains, se laisser dériver les yeux fermés vers les dettes, la misère, l'hôpital ; ou bien en venir à une susceptibilité nerveuse en matière de dépense, à une défiance extrême envers chaque sou qui demande à partir, faire pour le garder plus qu'il ne mérite ; il n'y a guère d'autre alternative quand votre mari gagne deux cent dix francs par mois.

Louis pensait à ses chaussures jaunes. Mais il n'y tenait pas encore beaucoup, parce qu'elles n'étaient pas encore à lui. Il ne les avait même pas vues. Le désir qu'il en avait restait donc assez vague. Il songeait plutôt à « la boutique du Juif ». Il se la représentait étroite de façade, et très profonde, avec de nombreux clients venus de tous les coins de Paris, assis, et tendant leur pied déchaussé.

D'ailleurs, cette promenade elle-même l'intriguait, au point de lui faire battre le cœur. Ils avaient suivi la rue Ordener, qu'il connaissait bien jusqu'au pont qui traverse la ligne du Nord. Il aimait profondément le kiosque vitré qui se trouvait au milieu du pont, et qui servait d'abri aux voyageurs pour la halte dite du Pont-Marcadet. On pouvait entrer librement dans ce kiosque, s'y tenir, regarder les voies à travers la vitre. On ne restait jamais plus de quelques minutes sans voir s'en aller un train. Louis avait souvent entendu dire, par son père et des amis de son père, que les trains de la ligne du Nord étaient les plus rapides. Il les considérait avec une estime particulière. Quand une locomotive d'express sortait de dessous le pont, Louis se hâtait de la saisir des yeux à travers la fumée dont elle aspergeait le kiosque. Il cherchait aux contours de la machine, à une forme de cheminée, des significations de vitesse et de puissance.

Mais en traversant la rue de la Chapelle, il passait les limites de ses courses au cerceau les plus aventurées. L'au-delà était nouveau pour lui. Ou du moins toute une vaste région, que certaines de ses promenades antérieures du dimanche, avec ses parents, avaient contournée sans la pénétrer. Sur la gauche, il se souvenait qu'il y avait les remparts et le boulevard d'enceinte qu'on lui avait fait suivre un jour jusqu'à la porte de Flandre. Sur la droite, un grand chemin familier et facile, le boulevard de la Chapelle, que continue la rue Secrétan. C'est par là qu'on l'avait mené bien des fois aux Buttes-Chaumont. Les Buttes-Chaumont devaient être quelque part en avant à grande distance. Assez haut dans le ciel. Peut-être qu'on y serait arrivé en marchant longtemps droit devant soi. Mais il n'est pas toujours commode de marcher droit devant soi. On tombe sur des murs. Ou la rue tourne et se divise. Il faut choisir. S'il y avait eu une échancrure suffisante entre les pâtés de maisons, on les aurait peut-être aperçues au loin. On les aurait vues, un peu suspendues dans le ciel, au-dessous d'un bourrelet de nuages noirs : les Buttes-Chaumont, ce parc étonnant, où l'on trouve des pentes de montagne, de vrais ravins, des grottes, des lacs, des manèges de chevaux de bois, une foule très serrée qui se déplace avec peine ; une grande fatigue du soleil et du dimanche ; de la galette feuilletée qu'on mange avidement et qu'on digère mal.

Mais là, juste en face, où pénétrait la rue Riquet, et dans ces autres rues dont on entrevoyait les commencements, et du côté de ces cheminées là-bas, tout restait à découvrir.

Louis ne désirait pas s'y jeter trop vite. Il aimait mieux prendre son temps. Il pressentait déjà que le monde qui nous est donné n'est pas infini, et que, si l'on n'y va pas avec certaines précautions, on risque de l'épuiser plus tôt qu'il ne faudrait.

Il était heureux de ne pousser d'abord que jusqu'à cette boutique. Un petit bout d'avance réelle dans le pays inconnu suffit déjà à changer le point de départ des rêveries. Ensuite, les rêveries pourront partir de plus loin, s'enfoncer, circuler dans des fantômes de quartiers, vagues et mobiles, où l'on sera peut-être des mois sans aller réellement. Les rêveries travaillent morceau par morceau les régions inconnues, les préparent, les arrangent pour le jour où vous y entrerez en personne, avec vos yeux. Seulement, ce jour-là, ne s'expose-t-on pas à être déçu ? Peut-être. Mais Louis Bastide ne se souvient pas d'avoir été déçu. Il est vrai que les choses sont presque toujours autres qu'on ne les avait vues dans les rêveries. Mais justement c'est « autre chose ». Et l'on est bien content que ces autres choses, qui se trouvent être celles qui existent réellement, viennent remplacer les rêveries qu'on commençait à trop connaître.

Ce quartier est singulier. La rue Riquet ne ressemble à aucune de celles que Louis a suivies ailleurs. Il ne se rappelle déjà plus comment il l'imaginait, quand il n'en savait que le nom. Les boutiques sont plus mesquines qu'à Montmartre. Les gens, plus mal vêtus. Ils ont une physionomie dure et mécontente. Les façades sont plates, noirâtres, sans ornements. La plupart n'ont que trois ou quatre étages, et des fenêtres exiguës. Mais il passe un nombre étonnant de lourdes voitures, de camions. Louis rêve qu'il est dans une autre ville. Au-delà de ce qu'il découvre, au-delà de ces gens au visage dur, et de ces petites façades noirâtres, il doit s'étendre des régions plus mouvementées, plus bruyantes, plus difficiles que tout ce qu'on connaît ; de merveilleux alignements de cheminées d'usine ; des murs encore plus interminables que ceux qu'on a longés en haletant derrière son cerceau ; de vastes espaces enfermés dont on n'aperçoit rien, dont on n'entend sortir qu'une rumeur, que des sifflements, que de grandes clameurs métalliques. Il doit y avoir des travaux à perte de vue ; des ponts où les camions résonnent, et soudain de petites rues où l'on est seul. On doit pouvoir errer pendant très longtemps, sans avoir l'impression d'être enfin arrivé plus loin, et pourtant sans jamais revenir deux fois à la même place. Il y aurait toujours ces gens aux visages durs et moroses. Nulle part on ne frissonnerait plus continuellement à l'idée de se perdre. Avant de s'aventurer tout à fait dans ces régions. il faudrait y avoir rêvé bien des fois, s'être donné le temps d'essayer peu à peu dans sa tête toutes sortes de suites, de détours, de façons de s'égarer et de se retrouver ; s'être habitué à ne rien reconnaître et à ne demander pourtant son chemin à personne.

Mme Bastide inspectait les boutiques une à une.

— Voilà. Je crois bien que c'est ça.

Louis ne pensait plus guère aux chaussures jaunes. Il n'avait pas envie de faire attention au Juif, ni de répondre à des questions, ni de donner son avis. Ses idées étaient parties dans une autre direction. Elles s'engageaient dans des rues inconnues, rencontraient des carrefours, des passants à figure inquiétante.

Mme Bastide disait :

— Celles-ci te plaisent ? Elles ne te font pas mal ? Vas-tu te décider à écouter quand je te parle ?

Il n'était décidé qu'à se laisser faire. Il savait d'avance qu'on lui achèterait des chaussures un peu trop étroites. Sa mère estimait que des chaussures où l'on est à l'aise encouragent le pied à grossir, et elle voulait qu'il eût le pied fin. Louis pensait qu'en principe elle avait raison. Personnellement, il eût préféré accepter le risque de voir son pied grossir, et ne pas endurer une meurtrissure qui lui était spécialement pénible. Mais il n'en était plus à apprendre que les actions les plus louables sont celles auxquelles notre nature répugne.

Au reste, une fois chaussé, il dut convenir que la paire choisie lui allait bien. Son contentement se montra dans ses yeux. Il laissa tomber sur ses vieilles bottines un regard étonné : il ne les aurait pas crues si laides.

Sa mère lui dit :

— Est-ce que cela te plairait de les garder aux pieds pour rentrer à la maison ?

Elle avait hésité avant de lui faire cette offre. N'était-ce pas exposer les talons et les semelles à une usure bien prématurée, et peu justifiée un jour de semaine ? Mais puisque le petit garçon avait l'air si fier de ses chaussures neuves, et qu'on les lui achetait pour le récompenser, il fallait lui laisser goûter son plaisir pendant qu'on en était sûr. Une chose qui nous paraît belle et bonne aujourd'hui ne sera pas mauvaise dans trois jours. Mais lui ferons-nous les mêmes yeux ? La joie est capricieuse.

Louis ressortit donc de la boutique du Juif avec ses chaussures dont il était fier et qui lui faisaient mal. Maintenant, il pensait beaucoup à elles. La petite douleur physique qu'il en recevait ne lui était pas désagréable. Elle l'aidait à ne pas se distraire un instant de l'idée qu'il possédait un nouveau bien, et qu'une partie au moins de sa personne resplendissait d'élégance. (On perd si vite cette impression. Quand on arbore un vêtement neuf, ce n'est vraiment que le premier jour qu'on se sent regardé, et qu'on éprouve soi-même le surcroît de rayonnement et de prestige dont on est porteur. Ne pas savourer avec soin ce plaisir du premier jour, c'est donc faire un gâchage irréparable.)

Comme il avait l'âme facile à émouvoir et à contenter, il se trouvait récompensé bien au-delà de ses mérites. A vrai dire, il ne pensait plus à son péché d'omission volontaire. Ses scrupules se formaient d'un autre côté. Ne se laissait-t-il pas traiter en enfant gâté auquel les parents se sacrifient ? Et puis, d'une façon plus générale, il était inquiet de voir que les choses allaient si bien pour lui, et autour de lui. Seul le bonheur dû à ses rêveries, ou à des jeux dont il tirait de lui-même toute la substance, ne l'inquiétait pas, si complet, si enivrant qu'il pût devenir. Mais une trop grande complaisance des choses extérieures le rendait anxieux.

Il avait pris tendrement la main de sa mère, comme lorsqu'il était plus petit. De temps en temps, elle l'observait du coin de l'œil, pour profiter elle-même du plaisir de son enfant. Elle regardait aussi du côté des chaussures. Elle constatait avec satisfaction que Louis s'efforçait de marcher sans tourner aucunement les pieds, sans se frotter les chevilles ; qu'il faisait vraiment tout son possible pour que l'étrenne un peu irrégulière de ses chaussures eût lieu sans presque laisser de traces. Mais tandis qu'ils avançaient dans la rue Ordener, elle s'aperçut que la mine de l'enfant devenait soucieuse. Il regardait assez fixement devant lui. Il avait l'air de poursuivre une idée un peu difficile pour lui, un peu lointaine.

— A quoi penses-tu, mon petit ?

— A rien.

— Tu n'es plus content ?

— Oh si !

— Mais alors ?

— Combien ont coûté mes chaussures ?

— Neuf francs cinquante. Tu n'as pas entendu quand je marchandais ? (Il avait entendu, mais il craignait de s'être trompé.) Il n'a voulu me rabattre que huit sous. Oh ! Elles sont chères. Mais c'est tout à fait de l'article de luxe. Le cuir est très beau. Et tout en ayant le bout allongé, je suis sûre qu'elles te serrent à peine.

— Dis, maman...

— Quoi ?

— Combien est-ce que papa gagne par jour ?

— Mais qu'est-ce que tu vas chercher là ? De quoi t'occupes-tu ?

Elle avait presque rougi. Toutes sortes de pudeurs l'envahissaient en face de son enfant. Elle trouvait sa question déplacée. Et elle lui aurait répondu plus vivement encore ; mais, dans les yeux grands ouverts qui regardaient toujours devant eux, les prunelles faisaient une lueur très sérieuse. Elle ne se sentit même pas le courage de mentir.

— Ce que gagne papa... Eh bien ! C'est encore très joli ce qu'il gagne. D'abord, on le paye au mois. Dimanches et fêtes. Qu'il travaille ou qu'il se repose... ce n'est pas comme d'autres... C'est un grand avantage sur les ouvriers.

— Oui, mais ça lui fait combien par jour ?

— Par jour de travail ?

— Je ne sais pas... non... Par jour, quoi, par jour pour vivre.

Elle rougit de nouveau.

— Je n'ai pas fait le compte... Pas dix francs évidemment. Il n'y a que les gros employés qui gagnent dix francs.

— Ah !... pas neuf francs non plus ?

— En tout cas, ce n'en est pas tellement loin. Mais de quoi vas-tu t'occuper ?

Elle se pencha un peu pour l'examiner de plus près. Son air radieux de tout à l'heure était complètement parti. Il avait un petit froncement des sourcils, un frémissement des lèvres. Ses yeux continuaient à regarder devant lui ; mais autour de leur lumière sombre, il y avait maintenant un voile humide. Il serrait plus fort la main de sa mère.

Elle fut saisie tout à coup, atteinte au cœur par la pensée qui tourmentait son enfant. Elle fit un grand effort pour empêcher ses propres larmes de venir. Penchée sur lui, caressant ses cheveux, son béret, elle lui dit, sur un ton d'effusion sourde :

— Mon petit garçon ! Mon pauvre petit garçon ! Mon petit Louis chéri !

II

MADAME CAMILLE

Il y avait, dans une des premières rues qui se détachent de la rue Riquet, et presque à l'entrée, à moins de trois cents mètres de la boutique du Juif, une herboristerie. L'immeuble était chétif et dégradé, comme la plupart des maisons de ce quartier bâti à peu de frais sous le Second Empire, pour des ouvriers de faubourg, par d'infimes spéculateurs locaux. Mais la boutique elle-même était propre, et d'une forme régulière, malgré son étroitesse. Les sacs, les boîtes, les bocaux occupaient les deux murs latéraux. Un comptoir bas, partiellement encombré d'étagères mobiles, de boîtes empilées, courait le long du mur de droite. Le mur du fond était pris par deux portes, dont l'une donnait sur l'arrière- boutique.

C'est dans l'arrière-boutique que la patronne se tenait le plus souvent. Il lui était facile de surveiller de là l'intérieur et même l'entrée de son magasin, grâce à une porte vitrée garnie d'un rideau qui n'arrêtait la vue que pour les gens venus du dehors. Quand un client franchissait le seuil, Mme Camille le laissait en général pénétrer et attendre un instant, sans lui donner signe de vie. Les habitués ne s'en étonnaient pas, prenaient patience. Ils avaient une chaise, une seule, à leur disposition. Les autres avaient le temps de manifester leur humeur particulière, qui était selon le cas la résignation, l'agacement, la curiosité indiscrète. D'ailleurs, Mme Camille avait peu de clients de passage, et même peu de clients. Il était rare que sa boutique contînt plusieurs personnes à la fois. Et elle restait vide de longs moments.

Mme Camille se tenait ainsi, derrière se porte vitrée, quand elle vit entrer une dame encore jeune, et bien mise. L'herboriste l'avait d'abord aperçue qui s'arrêtait à hauteur du magasin ; mais elle n'avait pas cru que cette silhouette pût la concerner, et elle n'y avait pas fait attention.

La jeune dame était entrée fort craintivement. Elle paraissait surprise et en même temps presque soulagée de ne voir personne. Elle examinait les lieux, mais d'un regard ému qui ne devait pas la renseigner beaucoup.

Son vêtement — un costume tailleur de couleur foncée ; un chapeau de paille, sobrement orné et de dimensions moyennes — n'avait rien qui pût la faire remarquer. Mais la façon en était élégante. Quant à la personne, elle se rangeait, pour Mme Camille, dans la catégorie, assez large il est vrai, des « gens distingués ». De corps, ni grosse ni maigre ; plutôt potelée ; un visage agréablement arrondi, un peu mou, joli de traits ; une expression douce, bien que, pour le moment, inquiète. Elle n'était jamais venue dans la boutique. Il était peu probable qu'elle fût du quartier ou des environs.

Mme Camille, qui était elle-même une femme soignée et un peu forte, de quarante-cinq ans, ajusta ses bandeaux, sa bavette de dentelle, le bouffant de son corsage, en se mirant dans une glace sombrement située, où il fallait une longue habitude pour discerner une image ; puis ouvrit la porte vitrée.

— Madame... qu'y a-t-il pour votre service ?

— Je viens de la part d'une dame, d'une jeune dame, qui m'a donné votre adresse... A moins que je ne me sois trompée. Mais je ne pense pas... Mme Renée Bertin.

La visiteuse avait l'air au supplice. Sa voix tremblait. On la sentait prête à repartir s'il se présentait la moindre difficulté.

— Mme Renée Bertin ?... En effet.

L'herboriste examinait l'inconnue. Ce n'était certainement pas quelqu'un dont il y eût à se méfier. Elle continua, d'un ton déjà confidentiel :

— Vous avez à me parler ?

— Oui.

— Voulez-vous que nous passions dans mon arrière-boutique ? Nous serons mieux qu'ici... Il n'y fait pas très clair. Je puis allumer le gaz.

— Non, ce n'est pas la peine.

— Comme vous voudrez.

L'arrière-boutique était un mélange de salle à manger, de chambre, d'officine, de réserve de marchandises. L'accumulation de tant de choses diverses dans ce petit espace créait un sentiment non pas de désordre — chaque détail semblait y avoir sa place — mais de complication ; d'une complication étrange et presque intimidante.

Les deux femmes s'assirent dans la pénombre, entre une grande table et une commode surmontée de la glace où l'herboriste s'était mirée.

— Alors, comment va-t-elle, Mme Bertin ?

— Bien.

— C'est une amie à vous ?

— Je la connais depuis des années.

Mme Camille fit une pause, puis :

— Elle vous a dit de venir me trouver ?

— Oui.

— Vous avez un ennui, peut-être ?

— Oui, justement.

— Cela date de quand ?

— De plus de deux mois maintenant, oui, deux mois et demi.

— Diable ! Et quand vous en êtes-vous aperçue ?

— J'ai commencé à craindre à la fin d'avril. Mais au début juin, j'ai été sûre... autant qu'on peut l'être, n'est-ce pas ?

— Et depuis, vous n'avez rien fait ?

— Non.

— Qu'est-ce que vous attendiez ?

— J'avais encore espoir que cela me reviendrait ces jours-ci.

La visiteuse ajouta après une hésitation :

— J'ai pris des pilules qu'un pharmacien m'avait indiquées.

— Sans résultat ?

— Non.

— Vous avez déjà eu des ennuis de ce genre-là ?

— Non, jamais.

— Vraiment ?... C'est bizarre... Vous n'aviez pas pris les mêmes précautions que d'habitude ?

L'inconnue rougit, avec un battement de paupières, et un air de ne savoir que répondre.

— Mais peut-être que vous vous étiez habituée à ne pas en prendre ? Ça marche sans accroc pendant des années ; et un beau jour... Et puis il y a des messieurs qui n'aiment pas ça.

Elle regardait la main de la visiteuse. Il lui semblait bien qu'elle distinguait sous le gant une alliance.

— Vous devez avoir eu d'autres fois des retards... de simples retards ?

— Non ; presque jamais...

— Ah !... Ce n'est pourtant pas une question d'âge... Vous êtes encore très jeune. Bien que chez certaines ça s'annonce de bonne heure par des irrégularités. Mais deux mois et demi, évidemment... En tout cas, il faut d'abord en avoir le cœur net. Vous n'avez réellement consulté personne ?...

Elle scruta le visage de l'inconnue, et d'un ton de soupçon appuyé :

— Pas de médecin ?

— Non. Je n'en ai parlé qu'une fois, et vaguement, à ce pharmacien qui ne me connaît même pas ; puis à Mme Renée Bertin, comme je vous ai dit.

Mme Camille se leva :

— Écoutez, ma petite, la première chose est de se rendre compte... Ne vous froissez pas que je vous aie appelée ma petite. Mes clientes sont destinées à devenir des amies pour moi... Venez... Passez, je vous prie.

Elle alla donner un tour de clef à la porte extérieure de la boutique, puis revint ouvrir la seconde porte du fond qui donnait sur un tout petit escalier.

— Montons là-haut.

Pendant que la visiteuse, dont l'inquiétude se ravivait, gravissait les marches étroites, l'herboriste disait derrière elle, d'une voix un peu essoufflée :

— Je veux simplement voir... Ne vous tourmentez pas d'avance. Ce n'est peut-être qu'une fausse alerte.

Elle ouvrit une porte, vitrée aussi. Il y avait là une chambre, pas trop exiguë, très propre, avec un grand lit de bois, une chaise longue, une table de toilette spacieuse et bien garnie, un petit lavabo d'émail accroché au mur.

— Voyons... vous préférez peut-être vous mettre sur la chaise longue. En réalité, vous seriez mieux sur le lit... Quoi, vous avez peur ?... Je veux simplement tâter... A deux mois et demi, c'est bien le diable si nous ne sentons rien... Une autre fois, entre parenthèses, venez me voir plus tôt... Vous craignez que je vous fasse mal ? Ou que je ne sache pas m'y prendre ? J'ai mes diplômes, allez... Pour la propreté aussi. Si ça ne vous ennuyait pas, il vaudrait mieux enlever votre jupe, pour que vous puissiez bien écarter les jambes... Je vous répète qu'il n'est pas question pour le moment de vous faire la moindre chose. Je vais tout simplement palper. Vous voyez : je me lave les mains, soigneusement... Ensuite je me mettrai de la vaseline stérilisée... Un doigtier de baudruche, si vous préférez. Mais je suis beaucoup mieux quand j'ai le doigt libre... Allons, ma petite fille. Le docteur le plus calé serait forcé de s'y prendre comme moi ; et une femme a toujours les mouvements plus doux. Je suis votre maman. Une maman qui ne vous grondera pas.

Il y eut dans la chambre un instant de silence. Les camions de la rue Riquet, ceux un peu plus lointains de la rue de la Chapelle, menaient leur bruit profond et secoué. Les fleurs du papier peint commençaient à faire amitié avec l'inconnue.

— Oui... eh bien... je crois que vous avez raison. vous avez dû remarquer d'autres signes ? Oui, n'est-ce pas !... Vous avez déjà eu des enfants ?

— Oui, un seul.

— Il y a longtemps ?

— Une dizaine d'années.

— Votre... mari est au courant ?

— De...

— ... de ce qui vous arrive cette fois-ci ?

— Non.

— Ah !... Et il y a des inconvénients à ce qu'il soit au courant ?

— Oh oui !

— C'est ennuyeux.

— Pourquoi ?

— Parce que j'aime bien, quand c'est possible, savoir que tout le monde est d'accord. Ce n'est pas qu'il y ait en général des complications à craindre... Mais enfin... Oui, vous pouvez vous relever et remettre votre jupe. Vous voyez que ça n'a pas été pénible... En somme, vous êtes absolument obligée de vous débarrasser de ça ?

La visiteuse acquiesça en silence, le visage défait.

— ... Et de vous en débarasser avec le maximum de discrétion. Oh ! il ne faut pas vous désoler comme ça, ma petite dame. Si vous étiez jeune fille, avec des parents sévères, ce serait encore plus délicat... Mais dites... excusez... il y a bien quelqu'un qui est intéressé là-dedans ?... Ça ne vous est pas venu tout seul. Quelqu'un que vous connaissez ? Que vous revoyez ? Il ne s'agit pas d'une aventure de passage ?

La visiteuse répondait par des signes de tête, par des monosyllabes étouffés.

— Bon... Et ce quelqu'un sait ? naturellement... Il est au courant de votre démarche ici ? Il approuve ? Il connaît mon adresse ?... Vous m'excusez, ma petite fille, mais vous comprenez, moi, je ne vous demande même pas votre nom. Seulement, ces affaires-là ne sont pas de tout repos pour moi. Il faut que je me rende compte un peu.

—Il sait que je suis venue. Mais je ne lui ai pas donné exactement l'adresse.

Mme Camille soupira :

— Oh ! vous la lui donnerez !... S'il vous la demande... Enfin !... C'est quelqu'un de bien ? Un ami de votre mari ?

La visiteuse reprit un air très malheureux.

— Allons ! ne me faites pas cette mine. Votre situation n'a rien de rare. Le seul ennui, dans votre cas, c'est qu'il n'y ait pas possibilité d'arranger ça du côté de votre mari. Vraiment pas ?... Je ne vous demande pas de détails... Écoutez, nous n'avons pas beaucoup de temps à perdre. Mais tout de même, par acquit de conscience, avant d'en venir aux grands moyens, je vais vous donner deux ou trois petites choses. A prendre, oui. Ça m'étonnerait que ça réussisse. Mais on ne sait jamais.

Elles redescendirent au rez-de-chaussée. Mme Camille se retira dans son arrière-boutique. Elle reparut, tenant un petit sac de papier rose et une fiole.

— Vous vous rappellerez : ce qu'il y a dans le sac, vous prendrez ça exactement comme une infusion, au moment de vous coucher ; la moitié ce soir, la moitié demain soir. Sans laisser bouillir. Après-demain matin, en vous levant, vous absorberez tout le contenu du petit flacon. Évitez de manger avant qu'un effet se soit produit. C'est une espèce de purgatif.

L'inconnue recevait les deux drogues avec un effroi visible.

— Ça vous secouera peut-être un peu. Mais on n'a rien sans peine. Aucun danger. Je vous garantis. Revenez me voir dans quatre jours. S'il n'y a pas eu de résultat, nous aviserons.

— Qu'est-ce que je vous dois, madame ?

— Dix francs.

III

PENSÉES A L'ALLER. PENSÉES AU RETOUR

Pour venir, Marie de Champcenais avait pris un taxi, et par précaution ne s'était fait conduire que jusqu'à l'angle de la rue Doudeauville et de la rue de la Chapelle, sur une indication que lui avait donnée Sammécaud. Elle avait failli dire au chauffeur : « Attendez-moi », tant elle se sentait seule dans ces parages, et condamnée à s'y perdre, si elle ne gardait pas, tout près, le repère et le refuge d'une voiture. Mais il lui sembla que c'était imprudent.

De cet angle de rue à la boutique, elle avait fait le chemin à pied, sans trop de recherches. Elle aussi avait hésité à l'entrée de la rue Riquet. Comme ce quartier était effrayant ! Une petite rue s'ouvrait entre des maisons misérables ; si encombrée de gens mal vêtus et grondante de voitures de charge qu'on se demandait à quelle bousculade plus grande, à quel grouillement de pauvres, là-bas, à quel étouffement de travail et d'usines elle pouvait mener. Les tristes murs, maculés de haut en bas, comme si de grandes mains ignobles s'étaient appuyées à toutes les façades. Des vestons tachés, déteints, dont le col semblait entièrement enduit de graisse. D'autres vêtements de velours ou de toile, dont Marie ne savait pas au juste le nom : « C'est peut-être ce qu'on appelle des bourgerons ou des cottes. » Mais pourquoi étaient-ils sales ? Les mains aussi; les cous: tout un semis de points noirs. Et ces femmes dépoitraillées ! Pourquoi tant de visages difformes, avec des maux qu'on ne voit que là ? Une lèvre tuméfiée et violette. Une tache de vin sur la joue et le cou. Le bord d'une narine qui commence à être mangé : oh ! rien qu'une petite échancrure encore, mais qui donne le frisson. Et il en résulte sur le visage de cette femme encore jeune un fantôme de sourire, une ironie perpétuelle. Comment ces gens-là font-ils pour s'aimer ? Comment recevoir un baiser de la lèvre violette ? Aux étalages, toutes les nourritures doivent être souillées. Le bruit des voitures sur le pavage défoncé vous martèle les nerfs, les prend entre les pavés et les roues. Qu'il est triste, ce pays d'usines ! Sans doute, on ne peut pas se passer d'industrie. Il faut bien produire et faire travailler, dans l'intérêt même de ces pauvres gens. Et il y aurait de l'enfantillage à se reprocher soudain son propre luxe. « Ce n'est pas parce que j'aurais quelques jolis meubles en moins, ou que nous nous priverions de notre villa de Trouville qu'ils seraient plus heureux. Au contraire. Le peu d'argent qu'ils gagnent, c'est à des hommes entreprenants comme mon mari, comme Roger, qu'ils le doivent. (Alors que tant de gens de notre monde, comme les Genillé, préfèrent vivre de leurs revenus, même assez mal mais sans tracas.) D'ailleurs ils souffrent encore moins de leur pauvreté que de leurs vices. S'ils employaient à s'habiller proprement, à se loger, à se laver ce qu'ils dépensent à boire !... L'eau et le savon ne coûtent pas si cher. Et beaucoup de ces affreuses maladies, ils vont les chercher. »

N'empêche qu'il vaut mieux, tant qu'on le peut, ne pas penser à ces choses-là. Il y a un envers de la vie, un côté ordurier de la vie, qu'il ne sert à rien de connaître. Qu'y peut-on changer ? On se gâche l'image de la vie, et c'est tout.

Mais l'épouvante, l'horreur même qu'elle éprouvait ne parvenaient pas à produire en elle un véritable mouvement de refus et d'orgueil. Elle ne savait pas se dire avec assez de force : « Tout cela n'a rien de commun avec moi. Je veux bien donner ma pitié, donner de l'argent, faire de loin et de haut ce qu'il faudra pour améliorer le sort de ces misérables ; participer à des "œuvres". Mais qu'y a-t-il de moi qui soit engagé là-dedans ; qui soit "touché", "sali" ? Au reste, même si elle avait eu l'énergie de se le dire, une espèce de voix honnête et étonnée lui eût répondu : « Mais alors, que viens-tu faire par ici ? »

« Une Mme Camille, herboriste. Dans le dix-neuvième. Quelque part très loin du côté de la Villette. » Sammécaud avait fait la grimace. Il eût trouvé plus sage de s'adresser à un médecin. Il en avait un pour ami assez proche. Il prendrait sur lui de le pressentir. Mais Marie n'avait voulu à aucun prix mettre un médecin dans la confidence. « Vous oubliez, ma chérie, que leur secret professionnel est très sérieux ; et dans un tel cas, d'ailleurs, leur strict intérêt est de se taire. » Mais il eût suffi à Marie, pour se croire publiquement déshonorée, qu'un médecin, c'est-à-dire un homme à peu près de son milieu, connût sur elle « des choses pareilles ». Mme Camille, c'était l'abîme, le gouffre d'oubli. Un secret lâché dans cette boutique lointaine y tomberait comme une pierre, d'une chute sans fin et sans retour. Sammécaud avait tardivement acquiescé. « Il est certain que ces femmes-là peuvent avoir beaucoup d'expérience ; connaître des recettes. Rien ne vous empêche d'aller la trouver, sans laisser deviner qui vous êtes, naturellement. Vous verrez si elle vous inspire confiance. »

« Sans laisser deviner qui vous êtes. » Les passants regardaient bien un peu Marie, si simple que fût sa mise. Mais à coup sûr, ils ne devinaient pas. Toute dépaysée et terrifiée qu'elle était, elle goûtait le soulagement d'être plus anonyme ici que partout ailleurs. Mais elle éprouvait en même temps quelque chose de beaucoup plus étrange, et qui ne s'accordait guère avec son effroi ; un sentiment qui, s'il avait été assez net pour aboutir à des paroles, se fût traduit à peu près ainsi : « Malgré tout, c'est plus facile que je ne croyais. Je me sens moins perdue que je ne croyais. Il n'est donc pas absolument impossible que ces lieux comportent ma présence, me fassent une place ? Et je n'en suis pas encore plus bouleversée ? »

*
* *

Une demi-heure plus tard, quand elle sortit de la boutique, dans l'émotion que venait de lui donner l'entrevue avec Mme Camille, et dans sa hâte de disparaître, Marie se trompa, prit par la droite.

Au premier carrefour, elle s'aperçut qu'elle avait fait erreur ; mais il lui sembla qu'elle ne s'était que peu écartée de la bonne direction ; qu'en marchant droit devant elle, elle arriverait à cette large rue où elle avait quitté le taxi ; et où elle comptait en attraper un autre.

De nouveau elle était parmi des alentours inconnus, mais elle n'en était plus aussi déconcertée. Pendant sa visite à la boutique clandestine, ce terrible quartier l'avait attendue à la porte. Elle le retrouvait. Mais dans l'intervalle il s'était passé pour elle quelque chose de décisif. Elle avait subi une sentence, sans appel. Elle savait par la bouche d'autrui, ce qui est tellement plus implacable que de savoir par soi-même. Elle était venue tremblante d'appréhension, et elle comprenait maintenant que l'appréhension est un dernier refuge de l'espérance. Elle n'appréhendait autant dire plus. Si plein de menaces et d'ambiguïté que fût encore l'avenir, elle en découvrait assez pour que tout nouveau malheur ne lui parût qu'une superfétation. Et elle regardait ce quartier autour d'elle comme si la sentence y eût été incorporée.

Après avoir traversé un second carrefour, elle eut la curiosité de lire sur une plaque bleue, dont quelque jet de pierre avait écorché l'émail, le nom de la rue qu'elle suivait : « Rue de L'Évangile ».

Quel nom imprévu ! Elle en reçut une secousse au cœur. Un saisissement l'envahit.

La rue était calme, presque solitaire. Il y avait d'un côté des maisons basses, peu serrées ; de l'autre une longue muraille. Au fond, d'énormes structures industrielles, qui se soulevaient violemment du sol, et faisaient penser à des bras, à des colonnades, à des couronnes.

Rue de l'Évangile. Ce nom !... Comme un signe qui vous serait fait tout à coup. Plus qu'un signe. Presque une présence. Presque une main qu'on n'avait pas sentie s'approcher, et qui vous touche à l'épaule. Il y a souvent des coïncidences dans la vie ; de ces ingéniosités du hasard dont l'esprit s'amuse ou se trouble, mais dont il n'est pas dupe. Mais cette fois, c'est vraiment autre chose qu'une coïncidence. Une face cachée se découvre. Laissant tomber un voile, des yeux pathétiques de tout près vous regardent.

Marie ne cherchait même pas à discuter le charme qui s'abattait sur elle si rapidement. Elle ne se lassait pas de dévisager la rue qui portait ce nom, et où elle était entrée sans intention aucune, rien qu'en marchant tout droit.

Elle était émue jusqu'à frissonner. Elle pensait vaguement à des scènes de la Passion. Le chemin de la Croix, au flanc d'une colline orientale, avec des bouquets de palmes, d'oliviers et de térébinthes. Les nuées de l'encens s'ajoutent à ce décor. La plus grande douleur du monde se perpétue d'âge en âge accompagnée par les parfums de sa patrie. Mais on comprend que les pauvres aient de la peine à se représenter qu'on ait pu souffrir mille morts dans les souffles et les senteurs d'un si beau jardin. Ici l'on marche accompagné de l'odeur moisie des couloirs et des soupentes ; de l'odeur des urines d'enfants. L'air qui vous arrive de ce fond de rue, l'haleine de l'espace tourmenté qui vous attend plus loin, c'est un remugle d'usines, un suintement de substances fabriquées, un mélange picotant de fuites de gaz et de fumées poisseuses. Rue de l'Évangile à travers le faubourg chimique.

Derrière ces murs pourris, il y a probablement des filles enceintes. (Comme toi.) Enceintes des œuvres d'un homme à qui elles se sont livrées par concupiscence charnelle, ou complaisante faiblesse, ou impure pitié. C'est peut-être un jour de cette semaine qu'elles se feront avorter elles aussi. C'est le même saint du calendrier qui fera semblant de ne pas voir leur crime et le tien.

Rue de l'Évangile. Il y a aussi, bien sûr, un pardon qui traîne derrière ces mots, et qui flotte emmêlé aux puanteurs chimiques. C'est même peut-être cela d'abord qui t'a remuée, qui dans ta détresse est allé chercher les larmes. Mais au fond, tu n'es pas tellement pressée d'avoir le pardon. Ce qui presse davantage, c'est la fin de ton angoisse, la paix retrouvée. A défaut de la paix, il y a cette douceur mortifiée que tu sens maintenant, cette non-résistance qui approche de la quiétude, et, sortant de la rencontre de ta misère avec toutes ces misères, quelque chose d'insondablement nouveau qui enivre.

Il suffit presque de se dire que le pardon existe. Le pardon lui-même peut attendre. Si le charme où te voici te quittait trop brusquement, si tu étais trop vite débarrassée non pas de la faute, du corps de la faute (le plus tôt que vous pourrez, mon Dieu !), mais de sa meurtrissure, est-ce que tu n'aurais pas un peu de nostalgie, comme lorsque le réveil dissout un rêve qui était peut-être pénible, mais qui nous payait de notre peine par un enchantement dans l'angoisse qui ne ressemblait à rien ?

Quand on se laisse descendre ainsi, de tout son poids d'être humain, dans la misère de la vie, qu'est-ce qu'on va donc, soudain, toucher de rassurant, de solide ?

Ne parlons pas de contentement. Ce serait une insulte au bon ordre des choses, un défi. Mais il est si calmant tout à coup de ne plus se sentir une comtesse de la rue Mozart, épouse d'un homme puissant et riche ; de ne plus être obligée de garder sa fierté, son rang, sa hauteur. On est simplement une femme, chargée de souci, qui passe par hasard rue de l'Évangile. Personne n'a plus le droit de vous envier. Vous n'êtes plus quelqu'un à qui l'on oserait demander une rançon. Il est à vous comme à n'importe quelle autre, ce trottoir de pauvres, avec ses trous et ses morceaux mal recousus. Vous avancez, appuyée au vent du malheur qui vous pousse. Comme il pousse la femme en cheveux sur le trottoir d'en face. Le chemin se fait tout seul le long des maisons qui se raréfient. Il se continue par un défilé entre des murs aveugles, que dominent des instruments gigantesques, plus ostensibles dans le ciel et plus maigres que ceux du calvaire. Tu trembles, mais tu te résignes. Ta chair a peur de souffrir. Mais ta dignité ne souffre pas. Tu ne t'étonnes plus maintenant que Marc, ton fils, le premier enfant que tu aies eu, mère peu favorisée, n'ait pas eu l'air de souffrir davantage dans sa maison des bois. Il t'a précédée dans l'abaissement. Il semble te dire : « Viens, petite mère, ce n'est pas si terrible. »

Ne rien avouer de tout cela à Roger — à ton amant, mais oui ; cette fille que tu croises a aussi un amant —, ne rien lui en dire, parce qu'il ne comprendrait pas. C'est un homme chic. Il parle si bien de Florence, de Venise ou de l'Avignon des Papes. Beaucoup mieux que tu ne parles de littérature moderne ; avec plus d'aisance, et d'aplomb ; comme quelqu'un de vraiment fait pour ça. Il a un peu vacillé le jour où tu lui as dit la chose. Il n'avait plus du tout d'orgueil. Mais il s'est repris. Il t'écouterait avec un secret scandale. Il ne s'y reconnaîtrait plus.

Ne pas davantage te l'avouer demain à toi-même. Ce que tu penses en ce moment ressemble bien à un rêve, mais à un de ces rêves honteux que l'on fait quand on est petite fille, et qu'on s'empresse d'oublier, le jour venu. Dans une heure — car tu finiras bien par trouver une voiture —, tu seras de nouveau dans ton appartement de la rue Mozart. Ce soir, il y aura de beaux reflets sur ta table.

Mais tu penseras à ton ventre sous ta robe. Tu ne cesseras pas d'y penser. Parfois ta main glissera furtivement autour de ta taille, comme pour rajuster la ceinture de ton corsage.

Que la drogue dans le papier rose doit être amère ! « Éloignez de moi ce calice ! »

IV

PEU DE CHOSE, EN SOMME

Mme Camille était assise derrière sa porte vitrée et, malgré la mauvaise lumière, s'occupait à un ouvrage de broderie assez fin, quand elle vit quelqu'un pénétrer dans la boutique.

C'était la « petite dame » de l'autre jour. Quelle mine faisait-elle ? Mme Camille, de son regard de connaisseur, n'eut pas de peine à comprendre que les nouvelles n'étaient pas bonnes.

— Alors ? Rien ?

— Presque rien.

— Comment, presque ?

— Oui, ce matin il y a bien eu quelque chose. Je me demande si...

Marie ajouta sourdement :

— Je vous ai apporté...

Et elle tira de son sac un tampon d'ouate qu'elle avait enveloppé dans un petit mouchoir de soie.

Mme Camille se contenta d'y jeter un coup d'œil.

— Oui. C'est très peu de chose. Je veux bien que nous essayions encore une fois. Mais à mon avis vous vous détraquerez pour rien... Vous êtes toujours dans les mêmes dispositions ?

— Oui, dit Marie assez mollement.

— Il faut que ce soit oui ou non. C'est vous que ça regarde d'abord. Vous n'êtes pas mineure.

— Si vous pensez que ce n'est pas trop dangereux...

— Avec de la malchance, tout peu devenir dangereux, même un arrachage de dents. Si je craignais, vous vous doutez bien que je n'ai pas envie d'avoir des histoires. Est-ce que vous avez de la chance ?

Mme de Champcenais fit un sourire. Jamais on ne lui avait posé cette question sur ce ton pleinement sérieux et positif.

— Pas trop. Non. Pas trop, dit-elle.

— Oui, on pense toujours ça, surtout lorsqu'on a un ennui... Mais quand on occupe une situation comme la vôtre, on est de celles qui ont de la chance.

Marie eut un regard inquiet.

— Oh ! soyez tranquille, ma petite dame. Je n'ai aucun renseignement sur vous. Je juge simplement sur les indices. Bref, si j'étais à votre place, au lieu de traîner encore, je me ferais faire la chose tout de suite. Vous avez déjà bien trop attendu.

— Mais quand ?

— Tout de suite. Pendant que vous êtes là.

La comtesse parut réfléchir. Mme Camille reprit :

— Je ne sais pas quelles sont vos idées. Si vous avez une appréhension... J'ai vu des clientes qui tenaient d'abord à consulter une cartomancienne.

— Une cartomancienne ?

— Moi je vous dis ça !... parce que j'en connais une qui est très consciencieuse. Autrement...

Marie était de nouveau étonnée. Mais elle n'osait pas sourire.

Il apparaissait qu'aux yeux de Mme Camille aller trouver une tireuse de cartes, dans certaines circonstances, était aussi naturel que de venir la trouver elle-même. Tout cela faisait partie de la vie quotidienne dans un monde un peu singulier sans doute mais nourri d'une sombre expérience.

— Chacun se gourverne à sa guise, dit Mme Camile. On y croit, on n'y croit pas, c'est selon.

— Je suis croyante, fit Marie. Mais pas de cette façon-là.

— Alors, vous avez la ressource de vous recommander au bon Dieu. C'est une force.

Il n'y avait pas eu dans le propos de Mme Camille le moindre soupçon d'ironie. Mme de Champcenais ne put s'empêcher de dire, en évitant toutefois de prendre un ton grave :

— Il est difficile de demander au bon Dieu son aide par une action pareille.

— Pourquoi, ma petite fille ? Le bon Dieu est à même de comprendre tout. Il connaît la vie mieux que ceux qui font les lois. Franchement, voyez-vous une meilleure façon d'en sortir ? Pourquoi voulez-vous qu'il ne s'en rende pas compte ? Quand les autres nous jugent, ils ne se mettent jamais à notre place. Le bon Dieu, lui, se met à notre place. On serait bien étonné si on savait ce qu'il pense dans certains cas... Ah ! Il y a aussi la question de prix dont nous n'avons pas encore parlé. Je vous préviens que je prends relativement cher.

— Combien ?

— Cinquante francs. Et d'avance. Vous en trouverez qui vous feront ça pour trente. C'est à vous de savoir si pour vingt francs vous préférez qu'on vous estropie. Mme Bertin a dû vous dire comment moi j'entends le travail. D'ailleurs, vous n'avez plus rien ensuite à payer. Vous pouvez revenir me voir, je reste à votre disposition.

Marie tira de son sac un billet de cinquante francs. Puis ajouta :

— Si tout se passe bien, je vous en donnerai encore autant dès que je serai guérie.

*
* *

Quand les deux femmes redescendirent du premier étage, Marie, qui avait fait bonne contenance jusque-là, se sentit pâlir. Les jambes lui manquaient.

— Il faut que je m'assoie un peu, dit-elle d'une voix courte.

— Eh bien, quoi ! Qu'est-ce qui vous prend ? Je ne vous ai pourtant pas fait mal. Vous me l'avez dit là-haut. Allons, allons... Venez dans mon arrière-boutique. Vous aurez un bon fauteuil. Je ferme la porte parce qu'il vaut tout de même mieux... Mais, vous voyez, j'ouvre le vasistas qui donne sur l'escalier pour que vous ayez de l'air.

L'herboriste s'affairait.

— Buvez une gorgée de ça. C'est nerveux, tout simplement. Vous avez été tendue... N'est-ce pas que je ne vous ai pas fait mal ?

— Si... un peu.

— Naturellement. C'était inévitable ; et c'est un endroit tellement sensible. Mais je vous assure que ça s'est passé on ne peut mieux. Laissez-moi voir... Oui, je voudrais regarder le tampon d'ouate que je vous ai mis... Mais non. Il n'y a rien du tout. Chez vous, vous penserez bien aux petits soins que je vous ai indiqués, n'est-ce pas ?... Vos couleurs reviennent. Vous m'avez flanqué une émotion... Vous comprenez, la question de propreté est énorme. Moi je procède avec toute l'hygiène possible. Mais vous avez de ces petites filles du peuple, qui, une fois rentrées, s'en moquent. Sans oublier qu'elles sont souvent plus ou moins saines. Dans ce cas-là, comment voulez-vous que je réponde des complications ? Mais vous...

— Et ça se produira dans combien de temps ?

— Ah ça ! c'est très variable. Restez toujours sur le qui-vive. Ne voyagez pas. Maintenant, je tiens à vous dire : ce sera tout de même une espèce de fausse-couche en plus petit. Vous risquez de souffrir un peu. Quand avez-vous été indisposée la dernière fois ?

— Dans la seconde quinzaine de mars. Le 21 exactement.

— Le 21 ? Et habituellement vous avancez de combien ?

— De deux, trois jours. J'étais très bien réglée.

— Avril, mai, juin. Tout de même, ce que vous avez attendu ! Ça pourrait se produire à ce qui aurait été votre prochaine date mensuelle. Donc, aux environs du 14 juillet. Vous voyez, pour la fête... Comme ça, vous n'aurez plus pour longtemps à vous tourmenter... Remarquez que je ne garantis rien. C'est très capricieux... Arrangez-vous, autant que possible, pour vous débrouiller seule, puisque tout a eu lieu en cachette de votre mari... Si vous avez une bonne, ou une femme de chambre, je ne vous conseille même pas de trop recourir à elle.

— On s'aperçoit de quelque chose ?

— Dame... Ah ! c'est un mauvais moment à passer... A la rigueur, faites-moi prévenir par Mme Bertin. Je n'irai pas moi-même. Ce serait trop risquer. Mais je vous enverrai des instructions.

V

UN PROJET QUI TOMBE BIEN

—Dis donc, Rinette, la maire de Courveilleins m'écrit. Il est bien assommant, ce brave homme. Il voudrait que nous mettions la cour et le parc de la Noue à sa disposition pour dimanche prochain, parce que la fête du pays tombe dimanche prochain. En principe, il ne me demande que ça : le droit de laisser entrer la population, et peut-être d'organiser un semblant de bal, d'accrocher quelques lampions aux arbres. Mais son bal, il aurait très bien pu le faire sur la grande place carrée où il y a les marronniers, à l'entrée du pays. Ç'aurait été beaucoup plus près pour les gens. Je le vois venir. Il espère évidemment que nous allons organiser quelque chose de notre chef. Une espèce de kermesse, de fête de nuit. Il m'avait déjà insinué ça un jour, en me parlant des anciens propriétaires. Il doit trouver que nous ne faisons pas assez « bienfaiteurs de la commune ». Et comme il ne peut pas compter sur ce pauvre marquis de Vuichausmes... à qui d'abord la marquise ferait peut-être une scène effroyable juste ce jour-là... Évidemment, il me prévient bien tard. Mais ce sera une excuse... Nous pourrions nous charger nous-mêmes des illuminations, faire installer sur quelques tréteaux un buffet en plein air — pourvu qu'il ne pleuve pas ! —, bière, limonade, sandwichs, petits fours... quelques bouteilles de champagne pour les notabilités. C'est toi qui ouvrirais le bal. Ce que je me demande, c'est s'il n'aurait pas fallu faire resabler toute la partie sous les arbres ; d'abord pour qu'on puisse danser ; et pour qu'aussi, en marchant, les gens ne pataugent pas trop dans la terre, au cas où le temps serait humide. Il faudrait chercher de petites idées amusantes. Tout ça ne coûtera pas cher... Peut-être un bout de feu d'artifice, qu'on tirerait au fond de la cour, contre la balustrade. Qu'est-ce que tu en penses ?

M. de Champcenais avait débité cela d'un ton aisé. Depuis que sa femme avait mis fin sans explication à leur intimité conjugale, son attitude envers elle restait aussi courtoise, et presque aussi cordiale qu'auparavant. Tout au début, il avait paru surpris, songeur ; puis légèrement ironique. Ensuite, il n'avait plus rien marqué. C'est tout juste s'il n'affectait pas de la tutoyer plus souvent, de l'appeler plus volontiers Rinette. Il n'avait pas davantage essayé de la reconquérir. Il ne lui avait demandé aucun éclaircissement. Quelques phrases lui échappaient parfois, qu'on pouvait prendre à la rigueur pour des allusions. Mais l'intention n'en était pas évidente. Tant de facilité d'humeur, tant de discrétion ne laissaient pas d'inquiéter Marie.

Quant au projet de fête champêtre, elle l'avait d'abord écouté avec le seul désir de faire ce qu'elle pourrait pour être agréable au comte. Mais elle réfléchit soudain à la date (ce dimanche en question était le 11 juillet), à la nécessité où elle serait d'assister elle-même à cette fête, au voyage préalable, en auto, de Paris à Courveilleins. Elle aurait pu imaginer un prétexte d'empêchement. Mais jamais elle n'avait éprouvé tant de gêne à contrarier son mari. Elle se contenta de laisser voir une mine navrée.

— Quoi, fit-il. Vous n'allez tout de même pas prendre cela au tragique. Vous auriez aimé le savoir plus tôt ? Moi aussi. Ils se doutent bien qu'en cinq jours nous n'allons pas improviser des merveilles. Je vous dis qu'ils seront enchantés. J'ai bien envie d'aller y faire un tour pour voir sur place ce qu'on peut organiser. Je ne vous propose pas de vous emmener, parce que l'aller et retour dans la même journée, ce sera bien fatigant.

A la vérité, l'idée de cette fête l'excitait. Sa situation de châtelain de la Noue lui apparaissait sous un jour nouveau et piquant. A défaut du domaine héréditaire, qu'ils n'avaient peut-être jamais eu, les Champcenais pouvaient se greffer sur la Noue, devenir non plus de riches Parisiens en villégiature, mais les seigneurs de Courveilleins, avec une perspective de siècles derrière eux, un peu en trompe-l'œil. Du même coup, il se demanda s'il n'abrégerait pas cet été son séjour dans la villa de Trouville, pour profiter plus largement de la seigneurie qu'il venait de découvrir.

VI

DÉTRESSE

Après une heure de réflexions confuses, Marie courut chez Mme Camille.

— Il y a du nouveau ?

— Oui... non... Pas celui que vous croyez. Il y a que je suis obligée de faire un voyage, et que cela tombe juste à la date que vous m'avez dite.

— Ce ne serait pas tellement à cause de la date... Je veux dire celle-là plutôt qu'une autre. Mais un voyage, tant que vous êtes comme ça dans l'attente... Vous ne pouvez pas vous en dispenser ?

— Non.

— Et c'est loin ?

— Au moins cinq heures d'auto.

— Exactement ce qu'il ne vous faut pas. Que voulez-vous que je vous dise ? Je suis bien embarrassée.

— Est-ce que vous croyez que je risque beaucoup ?

— Au point de vue de votre santé même, peut-être pas trop. Mais imaginez que la chose vous prenne en route ! Dans la voiture ? Hein ? Au nez des gens ? Vous qui tenez à la discrétion !

— Je suis bien malheureuse. Je suis sûre que cela va m'arriver comme vous dites.

— Si vous avez une appréhension, arrangez-vous pour ne pas partir. Enfin ! On peut toujours invoquer un prétexte.

« Si vous avez une appréhension... » Marie avait déjà entendu, de la même bouche, ces mots qui aiguisaient son anxiété. Elle répondit :

— Oui, j'ai une appréhension. J'éprouve en moi comme une sorte d'avertissement. Je ne sais quoi me dit que l'accident aura lieu précisément pendant le voyage.

Marie regardait Mme Camille avec l'air de quêter des paroles qui ne venaient pas. L'herboriste pensait : « Elle est admirable, cette petite dame. Quel conseil veut-elle que je lui donne puisqu'elle est bien décidée à n'en faire qu'à sa tête ? » Elle ne s'avisait pas que le regard de Marie signifiait : « Qu'attendez-vous pour me reparler de ces personnes qu'on va trouver quand on a une appéhension !... »

La comtesse finit par surmonter sa pudeur ; assez du moins pour avouer en frémissant :

— Je vous assure que je suis dans un état d'esprit tel que, si je croyais le moins du monde à ce que racontent ces diseuses de bonne aventure, dont vous me parliez l'autre jour, je ne me retiendrais pas d'aller en consulter une.

— Eh bien, allez-y ! Qu'est-ce que ça vous coûte ? Dans la vie on fait bien d'autres choses sans y croire. A commencer par se donner à un homme. Et encore, avec les diseuses de bonne aventure, la croyance peut venir par la suite. On y va d'abord pour s'amuser ; et c'est à l'usage qu'on a confiance. Tandis qu'en amour ce serait plutôt le contraire. On commence par la confiance, et on finit par l'amusement. Ou on devrait !...

Elle soupira. Puis par bouts de phrases, qui devenaient de l'un à l'autre plus précis et circonstanciés, elle fit entendre que son cœur n'avait pas cessé de donner dans les faiblesses de l'amour ; que tous les exemples dégrisants que son métier la mettait à même de recueillir, sans compter son expérience personnelle, ne lui avaient pas enseigné la prudence, la sagesse égoïste qui devraient être la maxime des femmes. Il semblait ressortir de ses propos que pour l'instant elle avait un amant plus jeune qu'elle, même beaucoup plus jeune ; qu'elle avait peu à s'en louer malgré certains bons moments, « toujours les mêmes, d'ailleurs » ; mais qu'elle était bien responsable de ce qui lui arrivait, car c'était elle qui en avait eu l'initiative. Dans ce dernier aveu, elle laissait paraître, sous le regret, de la tendresse et même de l'orgueil. « Ça s'est passé quand j'ai fait mettre le gaz. » Elle ne demandait qu'à développer sa confidence. Mais la comtesse, qui avait pris de l'audace dans l'intervalle, profita d'un biais pour la rappeler à la question.

— Ah ! c'est vrai. Vous vouliez l'adresse de ma cartomancienne. C'est en somme tout près. Je crois que vous la trouverez maintenant. Elle ne sort jamais. Je vous continuerai mon histoire une autre fois. Mais j'aimerais surtout que vous le voyiez. Il est réellement très beau garçon ; et très distingué. Une personne comme vous, vous auriez plaisir à causer avec lui. Ah ! 17, rue Lauzin. Je vous l'écris sur un bout de papier. La rue Lauzin prend sur la rue Bolivar, tout près de la grille des Buttes-Chaumont. Avec les deux tramways, vous y serez en un quart d'heure. Vous ne regretterez pas.

*
* *

Quand elle se retrouva dehors, Marie sentit faiblir son dessein d'aller chez la tireuse de cartes. Elle fut presque honteuse d'y avoir sérieusement songé. Sans se faire de reproches formels, elle avait l'impression, cette fois, d'une perte de dignité. « Où suis-je en train de descendre ? » Non qu'il fût bien grave, en soi, d'aller consulter les cartomanciennes, qui ne manquent pas de clientes parmi les femmes du meilleur monde. Mais c'était un indice intérieur qui s'ajoutait à d'autres. Et ce 17, rue Lauzin devait être un taudis infâme, en plein quartier d'apaches et de prostituées.

D'ailleurs la question « Où suis-je en train de descendre ? » ne prenait pas chez Marie un accent d'effroi véritable. Elle s'accompagnait plutôt d'un léger vertige de déchéance dont la mollesse n'était pas sans danger. Pourtant ce frisson fugitif restait bien loin de la volupté louche qu'éprouvent certains êtres à savourer leur encanaillement. Même dans l'émoi exceptionnel qui l'avait enveloppée l'autre jour le long de la rue de l'Évangile, Marie avait découvert peut-être la douceur de l'humilité, mais non les délices de l'humiliation. Son âme avait décidément peu de dispositions morbides.

Dans l'ignorance où elle était de ce qu'elle avait vraiment envie de faire, elle retarda le moment de prendre un véhicule. Elle arriva ainsi au coin de la rue et du boulevard de la Chapelle, en face du lourd viaduc du métro, non loin de l'endroit où Wazemmes, le soir du 6 octobre, était venu laisser se perdre les dernières vagues de son plaisir.

Il y avait rassemblés tous les moyens de transport souhaitables : les tramways, une station de voitures, même le métro, dont elle eût répugné à se servir.

Elle traversa le carrefour, et, se décidant tout à coup, entra dans un café, situé en face du théâtre des Bouffes-du-Nord.

Elle venait d'éprouver le brusque besoin de voir Sammécaud, de le sentir près d'elle, de lui demander conseil, de s'appuyer à lui.

« A cette heure-ci, il y a des chances pour qu'il soit à son bureau. Je vais lui téléphoner à tout hasard. J'essayerai ensuite de l'avoir ailleurs. Il faut que je l'atteigne. »

Il était à son bureau. Mais elle dut insister pour être mise en communication avec lui. Là-bas, une voix féminine objectait sans bonne grâce :

— M. Roger Sammécaud lui-même ? Il a défendu qu'on le dérange. C'est à quel sujet ?... Vous voulez lui parler, mais oui, c'est entendu... De la part de qui ?

La comtesse, qui avait parfois des accès de prudence presque superstitieuse, refusa de se nommer, mais elle sut prendre un ton suffisamment autoritaire :

— Je vous prie, mademoiselle, de me mettre en communication avec M. Sammécaud. Je suis une de ses amies. Voilà tout.

Cependant Marie flairait l'air confiné de la cabine, qui sentait la sueur, la respiration, le tabac, la boiserie chaude. Elle approchait de son oreille avec dégoût l'écouteur gras dont le manche collait à l'étoffe de son gant.

— C'est vous... Mais qu'y a-t-il ? Quelque chose de grave ? Non... Si, tout de même... Vous voulez me voir ? Immédiatement ?... Que j'aille vous retrouver ?... Mais où êtes vous ?... Attendez que je prenne un crayon... Mais qu'est-ce que c'est que cet endroit-là ? Vraiment ? Vous voulez m'y attendre ? Vous ne préférez pas ailleurs ? Vous pensez que ce sera plus simple ? Bon... J'avais quelqu'un à recevoir ; mais ça ne fait rien... Ce n'est pas un endroit trop impossible ? Enfin. J'y vais.

Marie, quittant la cabine téléphonique, revint dans la salle du café. Il lui fallait choisir une place et s'asseoir, en attendant Sammécaud. Le lieu, la circonstance étaient pour elle pleins d'étrangeté. Sans l'endolorissement où elle baignait, elle aurait eu l'impression d'avoir à fournir, rien que pour rester là, un effort d'audace presque insoutenable. Heureusement la salle était aux trois quarts déserte. L'animation du café se ramassait de l'autre côté, autour du comptoir.

Marie s'installa sur la banquette, dans un angle. Elle avait choisi le coin qui lui paraissait le plus sombre. Elle tira sa voilette, de manière à rabattre sur le milieu de son visage un motif de broderie. Elle savait bien qu'elle ne risquait pas d'être reconnue dans un tel endroit. Mais le seul fait d'y être vue lui semblait inquiétant par lui-même. Quand le garçon se présenta, elle ne sut demander qu'une tasse de café, bien résolue d'ailleurs à ne pas y porter les lèvres.

De sa place, elle apercevait l'extrémité du comptoir où siégeait la patronne. C'était une femme beaucoup plus blonde que Marie ; et aux cheveux sans doute artificiellement déteints. Elle avait un gros chignon, une poitrine assez abondante, serrée dans un corset dur sous la robe tendue ; une broche de brillants, et d'autres brillants aux oreilles. On l'entendait de loin parler posément, avec quelques intonations vulgaires, mais sur un timbre de voix plutôt agréable.

A propos de cette femme, la comtesse partit dans une nouvelle rêverie, dont certains détours l'eussent déconcertée elle-même et peut-être scandalisée, si elle s'était arrêtée pour y réfléchir. Mais le scandale intérieur ne commence qu'avec les pensées bien formulées. Tout ce qui fuit et flotte jouit d'une tolérance que l'esprit n'a pas intérêt à dénoncer.

La comtesse s'imaginait à la place de cette femme. Assise au comptoir. Avec des cheveux aussi blonds passés à l'eau oxygénée. Avec de beaux seins serrés dans le corset. Des buveurs silencieux les admirent du coin de l'œil pendant quelques minutes ; puis repartent, sans qu'on sache jusqu'où a été leur désir. Des seins encore plus somptueux que ceux de Renée Bertin ; trop somptueux même pour faire vraiment envie à une femme élégante. Quand on est assise là, il ne suffit pas d'ailleurs de bomber les seins, ni de tourner tantôt à gauche, tantôt à droite les reflets de ses cheveux. Il faut faire des calculs tout en souriant, surveiller, répondre, « trouver pour chacun une phrase aimable ». Bref, un rôle tout à fait analogue à celui d'une femme du monde, mais d'une femme du monde occupée à recevoir de son lever jusqu'à minuit, et chargée d'animer une maison très importante, un château rempli d'hôtes, un palais où se tient toute la journée un petite cour. Les visiteurs se renouvellent et peuvent se reposer ; mais la maîtresse du lieu n'a pas le droit de sentir la fatigue. « Cette femme s'en tirerait bien mieux que moi à la

Noue dimanche prochain. Avec des fautes de ton, évidemment. Mais qui s'en apercevrait, sauf les Maujuigny, qui sont des hobereaux dont les gens se moquent ; les Vuichausmes, qui d'ailleurs ne viendront pas, et qui ont bien d'autres écarts à se faire pardonner ; et quatre ou cinq familles bourgeoises, qui prendraient peut-être les façons de la dame pour la dernière désinvolture de Paris ? Les autres se sentiraient bien plus à l'aise. Moi-même, est-ce que j'ai le bon ton ? Oui, je crois. Les dames du pensionnat m'ont toujours fait peu de remontrances à ce sujet. Du moins elles ne me reprochaient pas de grosses fautes. Je me laissais un peu aller. Je manquais de maintien, d'éclat. Ma mère surtout me trouvait terne. Il est sûr que je n'ai jamais fait "grande dame". Depuis je me suis efforcée d'acquérir un certain brillant. (La littérature, le modern style.) Je me lance dans des phrases. Il m'arrive tout à coup de parler haut et vite. Mais il y a en moi quelque chose qui ne réclame pas ces triomphes, ces prestiges. »

Là-dessus, Marie se demande, le plus secrètement possible : « Est-ce que je me sens bien née ? » Elle pense à son mari, dont elle n'ignore pas que la noblesse passe pour récente et douteuse, mais qui, sans rien avoir du grand seigneur pétulant et insolent, montre cette tranquillité dans l'orgueil, dans l'art de prendre les distances, dans la jouissance des choses, dans le commandement, qui semble attester la race. Marie s'interroge sur sa propre ascendance. Elle est d'une famille du Poitou, dont l'ancienneté de noblesse n'est contestée par personne. Elle revoit son père, mort depuis trois ans, le comte de Couhé-Vérac, lui montrant dans un annuaire de la noblesse relié en vélin, et renommé pour sa sévérité, la page consacrée aux Couhé-Vérac. Son père aimait à dire de l'auteur : « Ce gaillard-là est incorruptible. Je connais des gens — et il citait des familles notoires — qui auraient donné cinquante mille francs pour figurer dans l'annuaire. Mais c'est à peu près comme si on demandait au régent de la Banque de France d'imprimer de faux billets. » Comment s'appelait donc cet homme incorruptible ? Marie est agacée de ne pas retrouver son nom. Elle revoit si bien le livre, le vélin de la reliure, à la couleur molle et trouble, le titre en lettres d'or. Un nom très ordinaire. Elle se souvient que son père disait : « Il a la fierté de son nom roturier. Alors qu'il lui aurait été plus facile qu'à personne de tricher impunément. Il donne un bel exemple. Je lui serrerais plus volontiers la main qu'aux Untel. » Les Untel étaient une famille dont ne cessaient de parler les notices mondaines. Marie n'en retrouve pas le nom davantage. « Est-ce que je commence aussi à perdre la mémoire ? » Mais ce n'est pas la question. Marie pense maintenant à son ascendance maternelle. Noblesse du Limousin, plus obscure que les Couhé-Vérac. Dans l'annuaire à couverture de vélin, elle n'était l'objet que d'une mention incidente. Marie s'avise qu'il y avait de la part du comte de Couhé-Vérac peu de délicatesse envers sa femme à invoquer si complaisamment l'annuaire à couverture de vélin où les deux familles étaient si différemment traitées. « Aurais-je l'idée moi-même de faire sentir à Henri tout ce qui sépare les Couhé-Vérac des Champcenais ? Mais c'est peut-être mon père qui est dans le vrai. » Cette absence de morgue n'est-elle pas une tare à sa façon, quelque chose comme l'affaiblissement chez un individu des qualités de sa race ? On admire bien chez les chevaux, par exemple, ces renversements de tête, ces cambrements de poitrail, ces arrondis des pattes, qui attestent un orgueil de sang qu'on pourrait tout aussi bien trouver ridicule. Marie ose imaginer que son sang à elle n'est peut-être pas pur, qu'elle est peut-être plus ou moins bâtarde. Non qu'elle doute le moins du monde d'être la fille de son père. La chose remonterait plus haut. Une vieille roture, contractée jadis comme un vice du sang, et habile à reparaître à travers les générations. Marie ne songe pas à une simple mésalliance. Elle préfère supposer une vraie faute : l'abandon impudique d'une aïeule aux bras d'un homme du peuple. Elle voit presque cette faute. Le tableau confus : mélange des corps, enlacement des membres, ne lui répugne pas, ne lui donne pas non plus une excitation vicieuse. Elle accepte. Comme si une autre sentence lui était signifiée dans le passé. D'ailleurs, toutes ces rêveries sont gratuites. La comtesse n'a jamais entendu rien dire autour d'elle qui pût même en fournir l'amorce.

Là-bas, la patronne continue à sourire, à avancer légèrement, puis à reculer la poitrine. Jusqu'où va le désir de ces hommes qui la regardent, entre deux gorgées qu'ils avalent ? Est-ce qu'il arrive souvent aux hommes, dans la rue, dans un lieu public comme celui-ci, d'éprouver le désir avec la même évidence matérielle que dans une chambre ? C'est la première fois que Marie se pose cette question.

*
* *

Sammécaud venait d'entrer d'un pas pressé, l'air inquiet. Il cherchait Marie, mais comme s'il eût encore hésité à croire à ce rendez-vous. Il semblait tout dépaysé au milieu de ce café. Il était dans l'état où l'on n'a pas l'aplomb de voir ce qu'on regarde, et où l'on accueille le moindre prétexte à battre en retraite. Marie n'osait pas faire un geste pour attirer son attention. Elle se contentait de l'appeler des yeux. Il finit par la découvrir dans son coin obscur.

— Alors, vrai, ma chérie, vous êtes là ? Et depuis longtemps ? Je suis venu aussi vite que possible. Que se passe-t-il ?

Il s'assit ; et comme le garçon s'approchait, lui demanda d'un ton fort dégoûté :

— Vous n'avez pas de porto ? Si ? Ah ! tiens !... mais du Sandeman ?... Si ? Ah ! bon... Oui, donnez... Oui, du blanc... Sec.

Elle lui expliqua l'affaire du voyage ; la crainte où elle était ; plus qu'une crainte, un pressentiment.

— Avant de vous téléphoner, j'ai même failli faire une chose dont vous vous seriez bien moqué. Oui, aller consulter une tireuse de cartes. Et je vais peut-être bien y aller encore. Vous n'imaginez pas dans quelle détresse je suis.

Sammécaud laissa voir combien cette idée de tireuse de cartes le désobligeait. Il est vrai, insinua-t-il, que le malheur nous rend lâches, et peu difficiles en fait de recours. Mais il y a tout de même des vulgarités morales dont il faut savoir se défendre.

— Je ne vois pas du tout d'ailleurs pourquoi vous acceptez ce voyage comme un ordre du destin. Vous avez mille façons d'y échapper.

— Non. Je ne peux pas. J'irai.

— Mais pourquoi ?

— Il y tient trop. Je ne peux pas lui causer cette contrariété. Il m'impose si peu de choses. Vraiment, de ma part, ce serait un abus. Il me semble que j'en serais punie d'une autre façon.

Ni les arguments de Marie, si son attitude n'étaient assez raisonnables pour qu'il pût espérer la convaincre.

Elle dit tout à coup en lui saisissant la main :

— Seulement, je ne veux pas que vous me quittiez.

— Mais... qu'entendez-vous pas là, ma chérie ?

— Vous m'accompagnerez à Courveilleins. Je veux que vous soyez là-bas auprès de moi, quoi qu'il arrive.

— Mais, est-ce que c'est matériellement possible ?

— Mais oui. Je lui dirai que sa fête m'ennuie, me paraît même un peu ridicule, si nous n'avons pas quelques amis à nous pour changer le ton, pour que nous nous amusions ensemble des choses ; pour nous sentir moins perdus au milieu de tous ces gens du pays. Je lui dirai que je vous invite.

— Avec Berthe ?

Elle ne répondit pas. Il reprit :

— Mais vous ne pouvez pas nous inviter seuls. Ce serait souligner un peu trop...

— Eh bien, j'inviterai quelques autres amis. Le moins possible. Et les moins gênants possible.

Sammécaud hésita, réfléchit :

— Franchement, ma chérie, je ne comprends pas. Vous parlez d'un pressentiment... Mais si ce que vous craignez se produit, vous tenez donc à multiplier les témoins ?

— Non. Je ne me soucie que de vous avoir, vous. Si j'ai parlé d'en faire venir d'autres, c'est parce qu'en effet je comprends que je ne peux pas vous inviter tout seul ; et que, même pour Berthe, je la crois moins à redouter s'il y a d'autres gens avec elle qui l'occupent, la détournent... Et puis, je ne sais pas. Je ne veux pas que vous m'abandonniez. C'est tout.

Sammécaud avait envie de dire :

« Mais de quel secours vous serais-je ? »

Il essaya de se figurer d'avance l'événement, et la part qu'il pourrait y prendre. Mais il s'arrêta presque aussitôt. Toutes les images qui s'ébauchaient en lui offraient le même mélange de grotesque et d'horrible.

Il fit avec précaution, croyant avoir trouvé un biais :

— Ne pensez-vous pas, ma chérie, que c'est dans le trajet même, à cause des secousses de la voiture, que vous courrez le plus de risques ? Or, à ce moment-là, je ne serai pas près de vous. Vous voyez donc que le plus sage, ce serait de refuser de partir.

— Il faut que vous soyez là, Roger. Vous ferez le trajet avec nous. Notre limousine est très grande.

L'exigence de Marie était si absurde qu'il ne trouvait plus de réponse. Ou ce qui répondait en lui, c'était une vision bien située cette fois, et d'une précision accablante : Marie assise au fond de la voiture. Soudain elle est prise de douleurs. Elle pâlit. Elle fait signe à Sammécaud, lui saisit la main, sans s'occuper des autres ; ou s'accroche à son épaule s'il est assis devant elle. Champcenais et Berthe se regardent. La suite... Non, décidément, quelque chose d'impossible à penser. Des gémissements, du sang, des souillures, des aveux qui échappent, un scandale autour d'un corps en convulsions, dans une voiture qui continue à fuir sur une route de campagne. Un condensé de scène d'hôpital, de scène de ménage et de scène de crime.

Le front de Sammécaud se couvrait de sueur. « Tout ce que j'essayerai de lui dire lui semblera mensonge et lâcheté d'homme, dérobade de séducteur. » Il ne voulait pas qu'elle le crût lâche. Il ne voulait pas davantage le paraître à ses propres yeux. « Lui avoir donné de moi, en tant d'occasions, une idée si favorable, si rare, et me faire prendre soudain pour un mufle du type le plus courant. Je ne peux pas. Et pourtant, ce qu'elle demande ne tient pas debout... C'est de la pure sottise de femme. Mon Dieu ! que les femmes peuvent être bêtes ! »

Il y avait autour d'eux des miroirs, où la lumière d'été de la rue devenait quelque chose de sombre, de moite et de reculant, comme la profondeur d'un caveau ; des glaces guillochées ; des guéridons veinés, pareils à des chairs mal portantes ; des conversations de buveurs au loin ; un buste de femme blonde qui oscillait entre les reflets poignants de bouteilles et de métal ; le grondement du métro sur le viaduc aux piliers de fonte hanté par les filles.

VII

SOIR DE FÊTE A LA NOUE

Sammécaud, sous les grands arbres, écoutait le premier clerc de l'étude Richomme lui parler de la baisse lente mais continue des propriétés rurales, et lui donnait raison avec d'autant plus de politesse qu'il avait l'esprit occupé de tout autre chose, quand il vit une femme de chambre de Mme de Champcenais venir vers lui avec certaines précautions, en profitant des éclaircies de la foule et de la disposition des massifs.

Elles s'arrêta à quelque distance ; et lorsqu'elle fut sûre qu'il faisait attention à elle, l'appela d'un léger mouvement de tête.

Il dit au clerc de notaire :

— Pardonnez-moi, cher monsieur. Je vous retrouve tout de suite. Je m'aperçois que j'ai oublié une commission dont on m'avait chargé.

Il rejoignit la femme de chambre un peu plus loin sous les arbres.

— Qu'y a-t-il ?

— Madame la comtesse demande que monsieur vienne tout de suite.

— Dans sa chambre ?

— Oui. Monsieur sait le chemin ? Monsieur n'aura pas besoin d'avoir l'air de me suivre. Ça vaudra peut-être mieux.

— Madame le comtesse est souffrante ?

— Oui, je crois, dit la femme de chambre en baissant les yeux.

— Mais... il y a du monde auprès d'elle ?

— Non, personne encore.

Elle s'éclipsa.

Sammécaud, en faisant un détour, se dirigea vers une petite porte latérale du château, d'où il était possible d'atteindre la chambre de la comtesse par un escalier d'ordinaire peu fréquenté. Il méditait rapidement.

D'abord, il jugeait déplorable que cette femme de chambre fût à ce point mêlée au secret. Une fille du pays, que Marie avait eue autrefois à son service, à Paris même ; et qu'elle avait reprise récemment. Assez attachée peut-être, et sûre. Ce qui voulait dire qu'elle n'irait pas tout droit trouver M. de Champcenais. A part cela... Champcenais, lui, continuait à se prodiguer, d'un groupe à l'autre. Il ne soupçonnait certainement rien. Quant à Marie, elle avait disparu depuis presque une demi-heure ; en tout cas, depuis plus de vingt minutes. Sammécaud, qui pourtant la surveillait, ne l'avait pas vue partir. A un moment, il s'était aperçu qu'elle n'était plus là. Cette absence, avec tout ce qu'elle laissait craindre, lui avait paru d'une longueur suppliciante. Sans se dérober à la conversation du clerc de notaire, il avait trouvé moyen de regarder plusieurs fois sa montre, sous prétexte de savoir dans combien de temps commencerait le feu d'artifice.

« Fantastiquement absurde. Ça m'apparaît maintenant à m'en aveugler. J'aurais dû dire non. Je suis un caractère faible. Dire non d'ailleurs bien plus tôt. Toute cette atmosphère de faiseuses d'anges de la Villette, de tireuses de cartes, de mastroquets... Ça a pris tout de suite une odeur lamentable, ignoble. Il fallait, moi, imposer un médecin. Heureux encore que j'aie réussi à détourner Berthe de venir ! Bertrand et les deux autres, ça n'est pas gênant. Champcenais ne pouvait pas trouver drôle de m'inviter, moi, aussi bien que Pierre ou Paul — nous sommes assez liés — ni de me prendre dans sa voiture. J'avais choisi pour la mienne une panne très vraisemblable. Quand je pense qu'en effet ça pouvait très bien avoir lieu dans la voiture ! que ça n'a tenu qu'à un fil, et que je l'avais prévu ! Elle aussi ! A se demander si nous ne sommes pas fous, elle et moi. Se faire complice d'un tel degré de folie, c'est être fou soi-même. Il y a des cas où le destin semble vraiment vous fasciner, vous happer, exercer une attraction vertigineuse. Mon Dieu ! qu'est-ce que je vais faire, là-haut ? Et si tout à coup les gens arrivent ? Ça ne se discute même plus. J'ai l'impression d'aller me jeter par la fenêtre. »

Il entra dans cette grande chambre qu'il connaissait à peine. Le vaste espace en était éclairé par un lustre électrique d'un faible éclat. (Le château produisait lui-même sa lumière.) Une bougie était allumée sur la commode. Le lit occupait le renfoncement de la pièce. Marie, très pâle, la joue gauche dans l'oreiller , se mordant la lèvre inférieure, le regardait venir. Elle sourit, tendit le bras avec effort. Son épaule était nue. Le drap ne la couvrait que jusqu'à l'aisselle et à la naissance de la gorge. Il faisait très chaud. Dans l'odeur de vieux logis pointait celle de la chair fiévreuse.

La femme de chambre se retira aussitôt. On entendit derrière elle tout juste le pêne de la porte cliqueter. Bruit confidentiel comme celui d'une fermeture de coffre à lettres.

— Vous souffrez, ma chérie ?

— Dis-moi tu.

Il se mit à genoux. lui donna des baisers sur les bras, sur le visage.

— Tu penses que c'est cela ?

— Oui. C'est déjà commencé.

— Tu souffres beaucoup ?

— Oui. Et surtout j'ai peur.

— Mais il est impossible, voyons, que tu restes comme cela. Il vaut mieux risquer n'importe quoi. Le médecin du pays est dans la kermesse, je le sais ! Le clerc de notaire me l'a montré. Je lui parlerai. Il y a le secret professionnel, son honneur d'homme. Tant pis ! A la rigueur, si ton mari s'apercevait de quelque chose, on lui ferait dire que tu as un malaise, des coliques, je ne sais quoi ; que ce n'est pas grave, mais que dans cet état-là tu ne veux voir personne, pas même lui. Moi aussi je disparaîtrai bien entendu.

— Non, non ! Je t'en prie. Je ne veux pas que le médecin vienne. Je préfère mourir.

— Tu crains l'indiscrétion du médecin ?

Elle fit signe que oui.

— Et tu ne crains pas celle de ta femme de chambre ? Tu te trouves bien raisonnable ?

— Émilienne ne me trahira pas. J'ai fait pour elle une chose qu'elle n'a pas oubliée. Dans une cirsconstance aussi grave. Elle sait que moi je lui ai gardé son secret. D'ailleurs je ne lui ai rien dit. Elle croit seulement qu'il s'agit d'une indisposition un peu forte. Ce n'est pas une fille instruite... Je ne veux pas du médecin.

Marie parlait d'une voix un peu changée, et avec le souffle plus court. Elle laissait parfois une douleur se faire dans l'intervalle de deux phrases. Alors elle serrait dans son poing le coin de l'oreiller, et de nouveau se mordait la lèvre. Elle montrait d'ailleurs un sang-froid, une présence d'esprit qu'on n'eût pas attendus.

Il la regardait, ne sachant que dire. Elle fit soudain :

— Allez me chercher Émilienne. Elle est à côté.

— Mais...

— Je vous en prie.

Dès qu'Émilienne eut franchi la porte, la comtesse lui cria :

— Donnez-moi vite de l'ouate encore. Et des serviettes.

— Madame la comtesse ne veut pas que je l'arrange moi-même ?

— Non, donnez à M. Sammécaud. Je vous appellerai si j'ai besoin de vous.

Sammécaud évitait les yeux de la femme de chambre, qui d'ailleurs le regardait de l'air le plus naturel. « Quelle idée cette fille peut-elle se faire de ma présence, en ce moment ? Et si Champcenais, étonné de ne plus voir sa femme, montait tout à coup ? »

Marie lui prit des mains le paquet d'ouate et de serviettes.

Il s'aperçut que plusieurs des doigts de Marie portaient des traces de sang. Lui-même tremblait d'hésitation, d'impuissance. Et il avait peur de tant de choses à la fois qu'il ne savait plus à laquelle d'abord faire front.

Il dit :

— Vous ne voulez pas que j'aille fermer la porte ?

— Comme vous voudrez.

Il alla donner un tour de clef et pousser la targette. Quand il revint vers le lit, le visage de Marie était tourné de l'autre côté. Ses deux bras enfoncés sous les draps. Elle gémissait.

Il se tenait debout. Elle resta un moment comme si elle ne le voyait pas. Puis elle murmura, sans le regarder ni changer de posture :

— Écartez-vous un peu. Je veux voir quelque chose.

Il s'éloigna vers une des fenêtres. La chambre ne donnait pas sur la cour principale. On n'apercevait donc pas le mouvement de la kermesse ; mais la rumeur en arrivait par côté ; et le reflet des illuminations atteignait quelques feuillages.

— Je puis revenir ?

Elle ne répondait pas. Il fut traversé et déchiré soudain par l'idée que peut-être elle était morte — morte dans cette rumeur de kermesse, en coïncidence avec cette illumination des feuillages. Il se retourna, la respiration coupée, s'approcha du lit. Il vit Marie ramener le drap sur elle. Son visage sur l'oreiller avait de nouveau changé de couleur. Il avait perdu sa pâleur. Maintenant il était rouge et moite.

Elle leva les prunelles vers Sammécaud, parut hésiter un instant, puis écarta le drap.

Sammécaud aperçut une énorme tache de sang, presque une flaque. Marie semblait couchée dans son sang.

— Ma chérie ! ma pauvre petite chérie...

— Non, non... ne crie pas... Tiens...

Elle lui tendit un gros amas d'ouate, imbibé de sang, replié et fermé sur lui-même comme un poing qui serre une proie.

— Tiens... Prends-le avec cette serviette si tu veux...

— Que faut-il en faire ?

— Dis à Émilienne... mais non... il vaudrait mieux, si cela ne t'ennuyait pas trop...

Elle s'interrompait.

— Vite, ma chérie, vite. Songe qu'on peut venir.

— Oui.

A ce moment on entrevit une petite lueur qui venait du dehors, comme celle d'un éclair lointain. Puis, il y eut une détonation très faible, et mate, tombant du ciel, suivie d'une rumeur qu'on n'eût pas remarquée à elle seule, pareille à l'un de ces « Ah ! » légers que fait la mer au fond d'une crique.

— Ce doit être, dit Sammécaud, le feu d'artifice qui commence. Nous avons plus de chances d'être tranquilles quelques minutes. Que faut-il que je fasse ?

Un peu de courage et de sang-froid lui revenait. La perspective d'une sécurité probable de quelques minutes lui semblait une indulgence démesurée du destin.

— Va jeter cela... tu ne connais pas bien la maison... mais ce n'est pas difficile. La deuxième petite porte dans le couloir. Attention qu'il n'y ait personne sur ton passage. Dépêche-toi et reviens tout de suite me dire que c'est fait. Prends la bougie, au cas où il y aurait une panne d'électricité.

Il entrebâilla la porte, jeta un coup d'œil sur le couloir, sortit, se glissa jusqu'à la deuxième porte de droite. Il sentait que le paquet d'ouate, suintant comme un gros fruit crevé, lui faisait peu à peu la main gluante de sang. Une odeur fade d'assassinat lui agaçait les narines.

Il ouvrit la deuxième porte, la referma sur lui avec soin. Il alluma l'ampoule électrique, qui éclairait peu.

En considérant le paquet et le calibre de la cuvette qu'il avait devant lui, il crut prudent de diviser l'ouate en deux, pour faire évacuer les deux moitiés séparément. Mais la besogne lui semblait si répugnante qu'il ferma les yeux. Il tira sur l'amas d'ouate, qui ne se déchira qu'avec lenteur, en lui dégorgeant du sang sur les doigts.

Il ne rouvrit même pas les yeux pour jeter le premier morceau. Car il sentait les bords de la cuvette avec ses genoux et pouvait ainsi guider son geste.

Il fit fonctionner la chasse d'eau, dont le bruit lui causa un soulagement extraordinaire. Puis il jeta le deuxième morceau, et au bout d'un instant seulement entrouvrit les yeux. Son regard se brouillait exprès. Il lui sembla pourtant que l'évacuation se faisait avec peine. Et le réservoir d'eau se remplissait très lentement. Il manqua de patience, et tira sur la chaîne plusieurs fois. Enfin, en s'aidant du balai, et d'une tringle de fer qui était là, dans le coin du réduit, il réussit à faire tout partir. Il ne restait qu'un peu de sang à mi-hauteur de la cuvette.

Il revint dans la chambre, non pas rassuré, mais à peu près délivré de ce qu'il y avait dans son tourment d'angoisse pure. Il profitait de la détente salubre que comporte l'action la plus pénible. Au-dehors, de menues détonations continuaient à crépiter, et l'on entendait parfois une modeste clameur de la foule.

— Eh bien ? dit Marie.

— C'est fait.

— Bon. Merci, mon chéri. Maintenant laisse-moi. Émilienne va m'aider. Nous remettrons un peu d'ordre ici. Et je me soignerai, Mme Camille m'a indiqué ce qu'il faut faire. Toi, lave-toi les mains vite, et retourne te montrer en bas.

— Tu ne souffres pas trop ?

— Non, plus maintenant. Je suis brisée, et je crois que j'ai la fièvre. Mais ce n'est plus la même douleur.

— Tu es sûre qu'il ne va pas se produire d'autres complications ?

— Non, je ne crois pas.

— Pourvu aussi qu'en bas on n'ait pas trop remarqué la durée de ton absence !

— Il y a heureusement ce feu d'artifice... Tâche de rester près de mon mari... S'il s'informe de moi, dis-lui que tu viens de me rencontrer quelque part dans la foule... ou bien que je suis montée cinq minutes parce que j'avais un peu de migraine, ou pour refaire ma toilette, ou pour donner des ordres... n'importe quoi. Mais qu'il ne vienne pas. Ni lui, ni personne.

— Au bout d'un certain temps, je ne pourrai pas l'en empêcher. Il s'inquiétera.

— Tant pis. Tout sera à peu près en ordre.

— Oui, tu es toute fiévreuse, ma très chérie. Je n'ai pas le courage de partir. Je suis affreusement tourmenté...

— Non... ne te tourmente pas... Il faut que tu redescendes. S'il y avait quelque chose de plus grave, je t'enverrais aussitôt Émilienne. Je te promets. Ne fais pas là-bas un visage trop sombre.

Il se pencha sur elle. Elle lui mit les bras autour du cou. Ils restèrent ainsi une minute.

Elle lui dit, dans un sanglot :

— Roger ! Notre enfant !

VIII

VUE LATÉRALE DE ROQUIN ET MIRAUD SUR CERTAINS ÉVÉNEMENTS

Roquin et Miraud étaient aussi peu sportifs l'un que l'autre. Si Roquin demeurait plus svelte que Miraud, qui avait du ventre, ce n'était pas qu'il prît sensiblement plus d'exercice. La différence tenait à leur complexion. Il est vrai que Miraud était à la retraite. Mais son bedonnement datait d'une époque où il grimpait encore aux échelles.

L'un et l'autre pourtant aimaient la marche, ou du moins en parlaient avec faveur. Chez Miraud la pratique restait en deçà du discours. Il partait gaillardement pour une traite de trois kilomètres. Mais il marchait à petits pas, en se dandinant. Ses pieds ne tardaient pas à lui faire mal. Il en accusait chaque fois des circonstances exceptionnelles : l'état orageux de l'atmosphère, le changement de saison, ou la mauvaise coupe des chaussures fabriquées à la machine. Wazemmes, qui se moquait de lui, avait trouvé là un prétexte pour ne plus l'accompagner dans ses promenades. « Si je voulais rester à ta hauteur, disait-il, il faudrait que je fasse trois pas en avant et deux en arrière. J'aurais l'air d'un lapin savant. »

En fait d'exercices de plein air, Miraud était né pour le jeu de boules. Roquin s'y serait sans doute converti. Mais le jeu de boules n'est pas une spécialité parisienne. Miraud n'y avait tâté que deux ou trois fois, assez pour craindre les courbatures, trop peu pour y prendre goût.

En revanche, ils avaient une certaine habitude du tonneau. Ils en connaissaient les finesses depuis leur adolescence. Il leur était bien arrivé de passer plusieurs années sans s'y entretenir la main. Mais, depuis quelque temps, Roquin avait découvert, rue des Poissonniers, tout près de l'ancien cimitière, un vins-et-charbons dont le couloir aboutissait à un jardinet imprévu, bout de cimetière aussi peut-être en son temps. Le jardinet comportait quelques berceaux, et un terre-plein dont le fond était occupé par deux jeux de tonneau doucement déteints, et bien plantés sur leurs pattes.

Cet espace était dominé par les murs de pignon de deux maisons assez hautes, ainsi que par la cheminée d'un lavoir. Les grands murs vous regardaient comme des forteresses, à la fois rudes et mélancoliques. Deux ou trois jours de souffrance y étaient placés de telle manière qu'ils donnaient de la rêverie. La vaste montée de pierres et le peu de vitres recevaient en été cette lumière d'altitude que seuls savent chérir ceux qui vivent dans une vallée profonde, ou dans les sombres rainures d'un faubourg. Il tombait parfois des brins de suie, que les Parisiens appellent noirs de cheminée, et qu'ils aperçoivent soudain du coin de l'œil sur une saillie de leur visage, et essuient sans autrement de déplaisir, parce que le noir de cheminée, comme ailleurs le fil de la Vierge, participe de la liberté de l'air, apporte avec lui du caprice, du hasard, suggère même l'idée d'un choix mystérieux.

Des Parisiens plus favorisés, par exemple des gens de Ménilmontant ou de Belleville, habitués à un certain déboutonné de l'espace urbain, et à la bonhomie des petites maisons, eussent trouvé ce jardinet excessivement peu champêtre. Roquin et Miraud s'y plaisaient et en faisaient la remarque à chaque visite.

*
* *

Ce jour-là, qui touchait à la fin de juillet, ils étaient venus avec l'intention de jouer au tonneau deux ou trois canettes de bière. Mais la canicule était dans toute sa force. Les grands murs resplendissaient dans le ciel comme des montagnes du Sud. La cheminée du lavoir se continuait par une mince fumée verticale. L'air était sec et craquant. La bière était mauvaise. Dès que deux canettes furent finies, ce qui ne prit que peu d'instants, Roquin et Miraud tombèrent d'accord que la bière ne valait rien dans les temps de chaleur extrême, que le jeu de tonneau n'y convenait pas davantage. Ils demandèrent du vin blanc « tout ce que vous avez de plus sec », de l'eau fraîche, « en faisant bien couler le robinet ». Ils s'assirent à l'entrée du plus ombreux des berceaux, et non dessous, « pour avoir un peu d'air ». Puis ils devisèrent, la sueur au front.

*
* *

— Ils l'ont tout de même foutu par terre, dit Miraud.

— Possible. Mais ce n'est pas encore ça qui leur fera beaucoup d'honneur.

— Je ne croyais pas que tu le gobais à ce point-là.

— Je ne le gobe pas le moins du monde. C'est même un type que je n'ai jamais pu encaisser. J'en sais long sur lui. Tu parles si j'en ai connu qui l'ont vu de près. Du temps qu'il était maire de Montmartre. J'ai même fait une fois une installation chez une modiste, qui avait été sa maîtresse au temps du Siège et de la Commune ; qu'elle disait. Plus très fraîche, par conséquent. Il paraît que le frère ne s'en faisait pas, pendant que les autres mangeaient du rat, ou que les Versaillais alignaient les communards dans la fosse. C'est comme son histoire d'Égypte. Moi, je me balance des colonies. Il n'y a pas de raison pour que les nègres, plus que d'autres, soient exploités. Mais ça ne m'a jamais paru clair. Qu'est-ce que lui a passé Déroulède un jour, tout grand couillon qu'il est ! Bref, ce n'est pas de ça qu'il s'agit. S'ils avaient voulu le renverser proprement, ils n'auraient pas manqué d'occasions depuis six mois. Mais chaque fois qu'il a fait charger les ouvriers par ses dragons ou par ses flics, ou qu'il a écrasé les libertés syndicales, ils lui ont collé des majorités, tant et plus. Veux-tu me dire ce qu'ils ont choisi comme prétexte ? Qu'il avait engueulé Delcassé, ce pet-de-loup, ou que Delcassé l'avait engueulé ; on ne sait plus. A propos des bateaux qui foutent un peu trop tous le camp au fond de la mer. Ce qui diminue le travail de l'Angleterre pour le jour où elle nous tombera dessus.

— Nous tombera dessus ?... Et l'Entente Cordiale, vieux ?

— Tu coupes là-dedans ? Les Anglais, vois-tu, ils n'ont jamais pu nous encaisser depuis Napoléon. Moi, je crois qu'on s'entendrait encore mieux avec les Alboches.

Roquin ajouta, comme un homme qui éprouve un scrupule, et surtout ne tient pas très fort à ce qu'il vient de dire :

— C'est une idée que je me fais.

Ils se turent, vidèrent un verre de vin blanc, firent des claquements de langue. Ses courtes mains croisées sur le ventre, Miraud, de la petite fente de ses yeux, regardait droit devant lui dans la direction d'une des tonnelles. Il ravalait une mucosité d'un air méditatif. Les allusions à la politique étrangère ne le laissaient jamais indifférent, tout en le replaçant chaque fois dans le même embarras. Il était tiraillé par des opinions et sentiments fort peu conciliables. Ses convictions de base lui faisaient un devoir de croire à la fraternité des peuples. à l'avènement, hélas toujours retardé, de la République universelle qu'a chantée d'avance le père Hugo. Cet idéal faisait même partie de ses traditions de famille. Mais d'autres traditions contrariaient celle-là. Il avait grandi, il avait vieilli dans des faubourgs pour qui l'invasion prussienne et les « horreurs du Siège » restaient une injure vivante, qu'on ne cherche peut-être pas à venger parce qu'on est un peuple « philosophe », revenu de bien des sottises, mais qu'on ne pardonne pas. Quant aux Allemands d'aujourd'hui, il fallait avouer qu'ils formaient un voisinage incommode ; prodiguant tour à tour les invites sans doigté et les humiliations brutales ; juste ce qu'il fallait pour s'aliéner, d'époque en époque, un peuple qui est fondé à se dire « sensible et fier ». Seuls les progrès incomparables du socialisme en Allemagne plaidaient pour cette race, dont à la longue le « bon fond » finirait par se montrer. Les Anglais de leur côté n'étaient pas des gaillards de tout repos. Les mauvais tours qu'ils nous avaient joués au cours des temps ne se comptaient plus. Mais cela faisait partie maintenant des malheurs de l'Histoire ; et un Français n'est pas assez naïf pour s'empêcher de dormir avec les malheurs de l'Histoire. Et puis il n'y avait peut-être jamais eu entre les Anglais et nous ce qui rendait impossible à digérer la guerre de 70. Quoi au juste ? On ne savait pas. Des façons. Il arrive qu'un homme par ses façons, même sans dommage positif, vous blesse plus mortellement qu'un autre qui vous a volé votre argent ou votre femme. Quand on pensait aux Anglais, on ne pouvait pas se défendre d'un certain sourire. (Un Boer n'aurait peut-être pas dit ça. Mais s'il fallait encore se mettre dans la peau d'un Boer !...) Parce qu'ils étaient des types rigolos. Parce qu'on sentait venir d'eux plutôt des méchancetés que de la méchanceté. Ils ressemblaient un peu à ces camarades d'atelier qui se conduisent en faux frères, vous font des coups en vache, tant que vous n'avez pas eu une explication ensemble, autour d'une bouteille, chez le bistrot. Mais une fois qu'ils vous ont adopté, ça va. Leur restant de sale caractère, on le renfonce, quand il ressort, par une rembourrade bien placée ; sans quitter le ton de la plaisanterie. Du moment qu'ils savent que ça ne prend plus... Quant aux Russes, Miraud regrettait sincèrement que Roquin eût bien des chances d'avoir raison en les appelant « des animaux ». Miraud avait gardé pour eux une faiblesse sentimentale, depuis le jour où les marins de l'amiral Avellan, si frais, si rieurs, passaient boulevard Rochechouart, en calèches découvertes, comme un cortège fleuri qui envoie des baisers à la foule. En somme, le peuple français, trop confiant et facile, n'avait pas à s'endormir. Qu'il s'agît d'ennemis, d'amis récents, ou d'alliés, il convenait de ne pas être dupes et de se garder à carreau.

Mais comment arranger cela encore avec l'idée dont on ne saurait démordre — car elle fait partie des principes — que tous les gouvernements, tant qu'ils sont, ne rêvent que d'impérialisme ; qu'ils nourrissent les mêmes ambitions criminelles ; et que, s'ils ne cherchent qu'à se rouler les uns les autres pour se chiper des provinces ou des colonies, ils se retrouvent merveilleusement d'accord pour préparer le prochain massacre mutuel des prolétariats ? Se préoccuper de leurs entreprises, de leurs manigances — sauf pour les condammer en bloc et y faire obstacle, indistinctement, par tous les moyens —, n'était-ce pas tomber dans leurs panneaux ?

Bref, en matière de politique extérieure, Miraud n'éprouvait pas la même sécurité d'esprit qu'à propos, par exemple, de défense républicaine, ou de lutte sociale. Mais il avait conscience que la diffculté même du sujet était honorable. Le premier venu peut donner son avis sur les revendications ouvrières, l'oppression capitaliste, l'alliance de toutes les forces de réaction : curés, moines, état-major, financiers, messieurs de la haute. Mais qu'il essaye de se retrouver sur « l'échiquier européen », et il restera bouche bée ou n'enfilera qu'un chapelet d'âneries. Lorsque Victor Miraud, assis dans le jardin de la rue des Poissonniers, non loin des deux tonneaux plantés sur leurs pattes, poursuivait de ses yeux étroits quelque réflexion concernant le tempérament des divers peuples et les desseins des grandes puissances, il découvrait pour son compte, et bien innocemment, un peu de ce courtois dédain pour les profanes, et de ce sentiment flatteur envers soi-même, ausquels les gens de la Carrière sont si exposés.

Roquin y allait plus simplement. Tout ce qui n'était pas la société humaine et son mécanisme intérieur, sans épithète nationale, tout ce qui se passait dans le monde des patries lui faisait l'effet d'une foire d'empoigne, où l'honnête homme ne doit même pas chercher à se reconnaître. Un peu comme on serait idiot de vouloir distribuer des prix de moralité dans le monde des apaches, des souteneurs, des filles. L'un de ces mondes comme l'autre n'existe, ne subsiste, que par un vice de l'organisation humaine et en est le signe. La Révolution seule pourra balayer tout ça, la Révolution, elle aussi, sans épithète nationale. On s'apercevra un jour que les relations entre libérés s'établissent d'elles-mêmes, sans tant de micmacs. Quand on ne les excite pas, les peuples ne demandent qu'à s'entendre. Ce sont les généraux qui rêvent de batailles ; les grands brasseurs d'affaires, qui ont des visées sur les richesses du voisin. L'Église non plus n'est pas fâchée de voir de temps en temps des millions de pauvres bougres se précipiter les uns contre les autres, parce que le populo, abruti par les malheurs, est porté à écouter le curé, qui lui raconte qu'il est puni de sa désobéissance, et lui soutire des sous pour une Basilique du Vœu National.

*
* *

— Il y a, dit Roquin, un type que je ne sais plus trop dans quel sac mettre. Tu as vu la composition du nouveau ministère ?

— Oh ! j'ai jeté un coup d'œil. Il y en as pas mal qui reviennent. Le plus clair, c'est que Briand remplace Clemenceau.

— Après lui avoir fait un croc-en-jambe, à ce qu'on peut supposer. D'accord. Mais c'est de Gurau que je voulais parler.

— Oui, c'est vrai. Ça m'a frappé.

— Cette fois, il a accepté un portefeuille. On lui a fourré le Travail. Mais rien ne dit qu'il n'en aurait pas aussi bien pris un autre. Qu'est-ce que tu penses du monsieur ?

— Ce n'est pas un ennemi pour nous.

— Non, je ne crois pas. Autant qu'on puisse répondre de ces cocos-là. Mais est-ce qu'il te paraît bien franc du collier ?

— C'est un politicien.

— Bien entendu. Mais il y avait jusqu'ici un petit quelque chose qui l'empêchait de ressembler aux autres. Le baron Millerand, Viviani, n'en parlons pas. Le social-traître, dans toute sa splendeur. Briand me dégoûte presque autant. Il nous a peut-être fait encore plus de mal. Mais ce n'est quand même pas une aussi basse espèce de polichinelle. Gurau, lui, c'est particulier. Et c'est ça qui me tarabuste. On n'a jamais pu dire qu'il avait trahi. Il n'a pas rejoint les Unifiés à l'époque. Mais, après tout, il était libre. Et il reste ami de Jaurès. D'ailleurs, il n'en manque pas, surtout dans les derniers temps, qui pensent que ce n'est pas un parti plutôt qu'un autre qui fera la Révolution, et que la classe ouvrière n'est liée à personne. Justement Gurau s'est tourné de plus en plus du côté des syndicats. L'as-tu déjà entendu parler ?

— Non. Quand ce n'est pas dans le quartier, je commence à être trop vieux pour courir les meetings.

— Pour un orateur, c'est un orateur. Il gueule moins que d'autres. Il n'a pas énormément d'organe. Ce qui n'empêche pas qu'on l'entende très bien. C'est plutôt le type distingué. Sur le moment, il te laisse un peu froid ; mais si tu te donnes la peine de réfléchir, tu t'aperçois qu'il te reste quelque chose. Il paraît que ses articles de *La Sanction* sont de première. Un jeune camarade syndicaliste m'a dit : « C'est ce qu'on écrit de plus fort sur le mouvement. »

— Moi aussi, on me l'a dit.

Ils auraient été fort heureux l'un et l'autre de le vérifier par eux-mêmes. Mais tout se passait comme si le moyen leur en eût semblé hors de portée. L'idée ne leur serait pas venue d'acheter *La Sanction*. Non qu'ils en fussent à épargner cinq centimes. Mais un homme de bon sens n'achète pas plus deux journaux du matin qu'il ne sortirait de chez lui avec deux casquettes. Quant à changer de journal, c'est une décision qui ne se prend que rarement dans une vie. Elle demande du courage ; et elle entraîne, dans la santé de l'esprit, plus de complications qu'on ne croit. Pour

Roquin, lecteur de *L'Humanité*, la question ne se posait pas. Miraud lisait *Le Petit Parisien* (qu'il appelait *Le Parisien*) parce que sa femme l'avait adopté jadis, à cause de l'abondance des feuilletons, et que, depuis la mort de sa femme, les raisons qu'il avait de choisir une feuille plus conforme à ses goûts politiques ne s'étaient jamais accumulées assez brusquement pour forcer le barrage d'une telle habitude. Parfois Roquin lui apportait un paquet d'articles de Jaurès. Personne ne leur avait encore rendu le même service, à l'un ni à l'autre, touchant les articles de Gurau.

— Je m'en ferai prêter, dit Roquin.

Il ajouta :

— Maintenant, pourquoi veut-il être ministre ?

— Bien, mon vieux, ça ne doit pas être désagréable.

Roquin dévisagea son camarade, et dit d'un ton sévère :

— Ah ! c'est sûr que si nous aussi, nous nous mettons à raisonner comme ça, ils auraient tort de se gêner.

— Ne te frappe pas, mon vieux ! Je raisonne comme ça aujourd'hui parce qu'il fait chaud... Et encore... Si j'étais ministre, je n'aurais probablement pas le temps de venir faire ma partie de tonneau ici.

Roquin se dérida :

— Tu aurais un jardin plus chouette.

Miraud releva les sourcils, en déplissant, d'un air un peu scandalisé, les bourrelets de ses yeux ; puis il regarda honnêtement l'alentour :

— Plus chouette ? Heu... Oui, plus chouette, peut-être, je ne dis pas...

Mais on voyait bien qu'il n'en convenait que par une crainte pudique du ridicule.

En même temps il pensait à sa bibliothèque, à la double porte de bois sculpté, au miroitement des assiettes anciennes. Et il se déclarait, avec une contrition pleine d'indulgence, quelque chose comme ceci :

« Évidemment, moi qui possède tant de belles choses, qui me suis habitué à un certain luxe, il doit m'arriver, sans que je m'en aperçoive, de sortir des réflexions de bourgeois. »

IX

LE JEU DE LA MISÈRE

Un peu avant sept heures, Mme Bastide avait dit à son fils :

— Ton père va bientôt rentrer. Tu vas aller chez le grand épicier de la rue Ramey. Tu sais ? Il fait une réclame de vermicelle. Tu m'en prendras deux livres à 0 F 35. Et puisque tu seras là, tu en profiteras pour me rapporter un paquet de tapioca à cinq sous, et un kilo de cristaux à trois sous. Tu n'oublieras rien ? Tu ne seras pas trop embarrassé ? Je vais te donner mon panier noir. Voilà vingt-deux sous. Ça fait juste ton compte.

Louis Bastide se sentit heureux d'avoir à faire cette course déjà un peu lointaine, et même de prendre ces responsabilités. Il avait besoin d'une excitation. La rentrée des écoles n'avait eu lieu que depuis quelques jours, et Louis, comme chaque année, en éprouvait un trouble durable ; moins parce que les vacances étaient finies, que parce qu'il devait s'habituer à un nouveau maître, à une nouvelle disposition des bancs dans la classe, à d'autres voisinages, à quelques camarades venus d'ailleurs ; se faire à l'idée que d'anciennnes affections étaient rompues, qu'une estime, qu'il avait lentement acquise, était dissipée. Et l'on ne sait jamais si beaucoup d'attention et de travail suffiront à plaire au nouveau maître. La faveur des grandes personnes contient toujours des éléments mystérieux. De bons et de mauvais hasards ne cessent d'intervenir.

Les premières semaines de l'automne, avec leurs brumes, leurs fraîcheurs, les rues mouillées, l'avance rapide de la nuit, ont tout ce qu'il faut pour entretenir cette anxiété.

Chez l'épicier de la rue Ramey, dont la boutique, à cette heure-là, était pleine de clients, Louis attendit sagement son tour, bien décidé pourtant à ne pas permettre que quelqu'un de peu discret le lui enlevât.

Il regardait l'étalage intérieur, reconnaissait les diverses marchandises, vérifiait s'il se souvenait bien des prix. Depuis quelque temps, il jouait parfois dans sa tête à un jeu, qui était assez sévère, évidemment, mais qui n'était pas tout à fait triste ; qui comportait même un sentiment de courage, d'indépendance personnelle, presque d'aventure. Il se disait :

« Si je n'avais que trois francs, par exemple, et que je sois seul, tout seul, comment est-ce que je m'y prendrais pour vivre le plus longtemps possible ? »

Il n'avait aucune expérience de la faim véritable. Il ne lui échappait pas que même les jours où il avait eu l'impression d'avoir « très faim », il était encore resté fort loin des souffrances que produit le manque prolongé de nourriture. Mais il imaginait comment on peut passer de cet excès déjà pénible d'appétit à un délabrement qu'il serait difficile de supporter. Un jeudi matin, son père, qui se trouvait libre par un hasard exceptionnel, l'avait mené à une piscine de la rue Rochechouart. Louis s'était beaucoup agité dans l'eau, qui était tout juste tiède. Et comme, au départ de la maison, sa mère ne leur avait laissé prendre qu'un peu de café noir, sans même une bouchée de pain, « parce qu'il est très dangereux de se mettre à l'eau quand on a mangé », il se souvenait d'avoir été saisi, en sortant de la piscine, d'une fringale extraordinaire. Son père lui avait acheté, chez un boulanger voisin (la boutique était au soleil), un pain de seigle d'un sou, piqué de raisins secs, et Louis l'avait dévoré avec un plaisir avivé de détresse qu'il ne pourrait jamais oublier.

Comme l'on avance sur la planche du plongeur sans faire soi-même le saut, ou comme l'on se penche à un balcon du sixième étage pour éprouver le vertige, Louis s'était donc avancé jusqu'à un point d'où l'on pouvait entrevoir, avec un peu de complaisance, les premières perspectives de la faim véritable.

L'on est seul. L'on ne possède en tout que trois francs. Il s'agit de retarder le plus possible le commencement de la faim véritable. Ou peut-être de la laisser commencer juste un peu, et de l'arrêter par le strict nécessaire de nourriture.

Voici deux casiers pleins de riz, sous leur couvercle de verre. Le prix est marqué. D'un côté, 0 F 20. De l'autre, 0 F 30. La livre sans doute. Louis aime le riz. La qualité à 0 F 20 serait plus que suffisante. Il a même entendu parler d'un riz pour les poules, qui est sûrement moins cher. Admettons trois sous la livre. Malheureusement, il y a deux choses qui embarrassent le petit garçon : combien faut-il de riz à peu près, chaque jour, ou deux fois par jour, pour écarter, pour tenir en respect la faim véritable ? Une poignée ? Mais qu'est-ce qu'une poignée ? Pour empêcher un petit garçon de trop souffrir de la faim, est-ce une poignée de petit garçon qu'il faut, ou une poignée de grande personne ? Et puis combien y a-t-il de poignées dans une livre ? Rien n'empêcherait Louis de se représenter en imagination un tas de ces grains brillants, d'une certaine importance, et de convenir avec lui-même que cela fait une livre. Il pourrait encore décider tout simplement qu'une livre, c'est dix poignées, douze poignées. Mais il répugne à ces jeux arbitraires. Au moins faudrait-il que la décision se prononçât toute seule dans son esprit, comme si elle était dictée par une voix plus sage.

Il y avait aussi la question de préparer le riz, de le rendre agréable. Ce n'est pas une grosse difficulté. Louis a vu sa mère opérer dans la cuisine. Sans y faire spécialement attention, il a retenu que le riz se cuit dans l'eau comme n'importe quoi d'autre. On y ajoute, si l'on veut, du lait et du sucre. A quel moment ? Il ne l'a pas remarqué. Il sait aussi que le riz « s'attache ». Sa mère, à diverses reprises, lui a confié le soin de le remuer dans la petite marmite de fonte, pendant quelques minutes où elle s'absentait.

Tout cela, non plus que la durée de la cuisson, ne tracasse guère Louis Bastide. Les premières fois, les grains resteraient trop durs ; ou bien ils formeraient une colle. Le lait ne serait pas mis au bon moment. Il y aurait peut-être un goût de brûlé. Ce sont là de petites mésaventures, qui vous agacent quand on a le droit de faire le difficile. Mais quand il s'agit seulement de diminuer la faim, ou d'empêcher qu'elle grandisse trop, qu'importe un goût de brûlé ? Sans compter que l'apprentissage se fait vite.

Il tiendrait sa provision de riz dans une grande boîte de fer-blanc carrée, comme celles où l'on enferme les gâteaux secs. Il achèterait deux kilos de riz, à quatre sous la livre (il ne se condamne pas encore au riz pour les poules). Les quatre sous qui lui resteraient de la première pièce d'un franc, il les consacrerait au sucre, peut-être au lait. Mais le lait se conserve mal, et n'est pas nécessaire.

Louis allait envisager l'emploi de la deuxième pièce d'un franc, et il commençait à diriger ses calculs du côté du tapioca et du vermicelle, quand vint son tour d'être servi.

X

PERDRE SA PLACE

En rentrant à la maison, animé encore du plaisir de ses rêveries, Louis Bastide trouva son père et sa mère dans la cuisine. Tous deux se taisaient, l'air accablé. A l'arrivée de l'enfant, Mme Bastide se leva, et parut s'occuper de la soupe qui était sur le feu. Mais elle y mettait de l'affectation.

Le père reçut distraitement le baiser de Louis, ne le regarda pas. Il avait des yeux que le petit garçon ne lui avait jamais vus.

Louis posa un à un ses achats sur la table sans oser dire un mot. Sa mère, au bruit, se retourna, aperçut les paquets, ne sembla pas comprendre d'abord ce qu'ils venaient faire ; puis elle jeta sur son enfant un coup d'œil rapide, où il y avait du désespoir et de la tendresse. Elle prit les paquets, les rangea dans le buffet, en murmurant : « Merci, mon petit, tu es bien sage. » Louis étouffait de l'envie de pleurer.

Il y eut un long moment de silence. Ni le père ni la mère ne prenaient sur eux de délivrer l'enfant de la situation intenable où il était. On ne lui disait même pas de s'asseoir, ou de s'en aller dans une autre pièce.

Enfin, les deux parents s'interrogèrent des yeux. Et la mère dit lentement, d'une voix unie :

— Louis... Papa vient de perdre sa place.

L'enfant les regarda l'un puis l'autre. Il ne savait pas s'il allait se jeter à leur cou, pleurer, ou se taire de toutes ses forces. Il se contenta d'ouvrir les lèvres et d'écarter un peu les bras du corps, comme quelqu'un qui assiste, paralysé d'horreur, à une catastrophe où il ne peut rien.

*
* *

Après le dîner, qui avait été silencieux, et où chacun, pour ne pas attrister les autres, s'était efforcé de manger comme d'habitude, mais sans y parvenir, le père dit à voix basse, dans le vestibule, quelques mots à sa femme et sortit.

Louis leva sur sa mère des yeux pleins d'angoisse.

— Papa, dit-elle, est allé voir un ami, qui a beaucoup de relations. Oh !... je ne pense pas que ça serve à grand-chose. Et il aurait bien pu attendre à demain matin pour déranger ces gens. Mais ça le remontera un peu de causer avec quelqu'un.

Mme Bastide avait pris un ouvrage de tricot. Elle fixait avec obstination les mailles, les aiguilles. Elle allait vite. Elle faisait de son mieux, comme pour conjurer le destin.

Louis n'osait pas poser la question qui ne cessait de le tourmenter depuis une heure. Comment son père avait-il pu perdre sa place, cette place si précieuse, dont sa mère et lui s'étaient entretenus, par allusions déférentes, le beau jour d'été où ils avaient acheté les chaussures jaunes ? Louis était habitué à respecter son père au point de ne pas même envisager que M. Bastide eût pu commettre une faute, ou une simple imprudence. D'ailleurs ses parents, fidèles à une règle générale de pudeur, ne parlaient jamais devant lui des affaires du ménage. Le petit garçon savait tout juste que, depuis un temps bien antérieur à sa naissance, son père travaillait chez un fabricant de porcelaines de la rue de Paradis, maison Yvoy, anciennement Yvoy et Kalkbrenner ; qu'il était chargé de certaines expéditions ; qu'il avait à manier des objets de valeur, par exemple de la belle vaisselle comme on en voit chez les gens riches ; et qu'un tel emploi ne pouvait être confié qu'à un homme honnête, adroit et soigneux. Il n'avait pas cherché à en savoir plus, non par manque de curiosité, mais par réserve. Un dimanche, son père l'avait laissé pénétrer dans le magasin. Mais Louis, dans la crainte d'être indiscret, ou de briser quelque chose, avait à peine osé respirer, et ne gardait, de son passage dans ce lieu encombré de richesses fragiles, qu'un sentiment d'intimidation. En outre, le logement de la rue Duhesme abritait quelques pièces de porcelaine dont le patron avait fait cadeau à M. Bastide, parce qu'elles présentaient quelque défaut, peu visible d'ailleurs ; et un beau service de table, « qu'on avait eu au prix de gros ». Louis considérait avec vénération ces objets, soustraits jalousement à l'usage quotidien.

Tout à coup Mme Bastide, arrêtant son travail, regarda le petit garçon. Elle avait besoin de parler. Sans doute se disait-elle : « Pourquoi pas ? Il est déjà si raisonnable. Il m'a fait l'autre fois des réflexions qui m'ont tellement émue. » Enfin elle se décida :

— Mon pauvre petit Louis. J'ai bien de la peine. Ton père m'a fait promettre de ne pas te raconter. Je le comprends. C'est si dur pour lui. Il veut que je te dise qu'on l'a remercié parce que la maison fait moins d'affaires et diminue son personnel. Alors, n'est-ce pas ? je suis censée te l'avoir dit. Tu feras bien semblant de ne savoir que ça ? N'est-ce pas, mon petit loup ? Il serait si vexé, autrement, et il m'en voudrait.

— Je te promets, petite mère.

— Eh bien !… Oh ! ce n'est pas déshonorant. On ne peut pas refaire son caractère. Et ce sont les meilleurs, très souvent, qui ne savent pas se taire quand on est injuste avec eux. Ici, tu ne l'entends guère crier. Il ne dit presque jamais rien. Mais il est capable de s'emporter comme un autre. Ça, je le sais. Alors figure-toi que dans une expédition qu'ils ont faites ces jours-ci, de la très belle marchandise, paraît-il, il y a eu plusieurs choses cassées. Et si on les avait trouvées à l'arrivée, ça n'aurait été encore rien. Mais le malheur a voulu qu'on ait à rouvrir la caisse, avant le départ, pour un article qu'on pensait avoir oublié. Le patron a vu toute une marmelade. Ce n'est pas papa qui cloue les caisses, bien sûr, mais il surveille l'emballage ; c'est même lui qui enveloppe ce qu'il y a de plus fragile et de plus beau ; qui dit : « Arrangez comme ci et comme ça » ; bref une caisse n'est censée partir que s'il a tout bien vérifié. En somme il faisait un peu ce que fait un patron dans une maison plus petite. Mais son patron à lui s'est mis en colère. Il était peut-être mal luné. Il a dit qu'il avait déjà reçu des réclamations de clients ; que maintenant il comprenait ; que c'était se moquer du monde, etc. Ton père me dit que tout le dégât était dû à deux ouvriers nouveaux, qu'on a embauchés pour porter les caisses, une fois remplies, du magasin jusqu'à la cour où on les charge. Il paraît qu'ils sont saouls la moitié du temps, et qu'ils manipulent ça à tour de bras comme des barriques vides. Et ils sont si grossiers qu'il n'y a rien à leur dire. Ton père aurait mieux fait d'expliquer ça posément, ou d'attendre que le patron soit calmé. Mais c'est facile à dire. S'entendre traiter comme un homme sans conscience dans une maison où on travaille depuis plus de vingt ans ! Évidemment, il est allé trop loin. L'autre aussi. Mais l'autre était sûr d'avoir le dernier mot… Ah ! mon pauvre petit garçon. Qu'est-ce que nous allons devenir maintenant ?

— Papa ne pourra pas retrouver une autre place ?

Mme Bastide leva les épaules, sans répondre.

— Pourquoi, dis, maman, est-ce qu'il ne pourrait pas ?

A ce moment, Louis Bastide fit un effort extraordinaire pour se représenter la Société. Il vit devant lui comme une vaste surface pleine d'alvéoles. C'étaient les Places. Il devait y avoir autant de Places que d'hommes. Sinon la Société était mal faite.

— C'est que, dit Mme Bastide, papa n'est plus tout jeune. Quand on a dépassé quarante ans, les maisons font la grimace pour vous prendre. Ce n'est même pas comme quelqu'un qui est tout à fait spécialiste dans sa partie, disons un horloger ou un ébéniste très capable. Ceux-là n'ont pas encore trop de mal à se caser. Et puis ce n'est jamais une bonne recommandation que d'avoir été remercié.

Louis voyait la multitude des alvéoles ; un homme âgé cherchant une place, et rejeté d'un alvéole à l'autre, indéfiniment, comme les billes dans certains jeux difficiles. La mise en train d'un cauchemar.

Sa mère reprit :

— On ne m'ôtera pas l'idée que le patron regrette déjà. A moins d'avoir un cœur de pierre, on ne met pas sur le pavé un homme qui a travaillé si longtemps pour vous, sans que ça vous fasse quelque chose. Si ton père pouvait prendre sur lui de s'excuser... souvent une petite phrase suffit. Mais il a tellement d'amour-propre.

— Tu ne crois pas, maman, que si je lui demandais, moi...

— A ton père ? Il commencerait par être furieux que je t'aie tout raconté. Il ne verrait que ça. A l'idée que tu le crois fautif, je le connais, il ne vivrait plus. Ça prouve combien il t'aime.

Elle soupira, hésita encore :

— Parce que toi, il t'aime, tu sais. Robert aussi, ça oui, il l'aimait. Mais il est mort si jeune. Et puis Paul nous a causé tant de chagrin. Je ne dis pas que ton père n'ait pas été trop dur. Paul était tout le contraire de toi. Plus on se fâchait, plus il se butait. C'est encore par amour-propre que ton père a préféré le voir partir. Moi je lui disais bien... Enfin !

Mme Bastide ne retint pas quelques larmes qui s'amassaient depuis longtemps. Quant à Louis, ces confidences, qui étaient inusitées, presque solennelles, le rendaient pâle. Il osait à peine écouter. Le cas de son frère Paul était un des mystères de la famille Bastide. Louis savait qu'il avait un frère vivant, beaucoup plus âgé que lui, dont on ne parlait pas. C'était quelque chose d'interdit, même pour la pensée. Sur la destinée de ce frère, rayé de la communauté familiale, Louis ne se permettait de former aucune supposition. Parfois, quand il croisait dans la rue un voyou de vingt ans, il songeait malgré lui à Paul. Mais il se dépêchait de chasser cette idée.

— D'une certaine façon », continuait la mère avec mélancolie, « tu as profité de tout ça. Oh ! tu le méritais, bien sûr, mon cher petit loup. Mais il faut quand même que tu t'en rendes compte. Quand tu es né, il nous a semblé que c'était Robert qui revenait. Et puis ton père a pu se dire qu'il n'avait pas toujours été juste pour Paul. Il n'aurait pas voulu l'avouer. Mais il n'en a été ensuite que plus patient avec toi. Car il t'est arrivé de nous faire enrager aussi. Tu n'es pas parfait, mon pauvre mignon. Personne n'est parfait.

Cependant elle continuait son tricot. Comme par saccades, elle faisait faire à l'aiguille de droite ce petit mouvement qui a l'air offensif et cruel. La pointe de l'aiguille se jette pour attraper le fil de laine, et va fouiller la maille précédente, avec un geste de retournement et de curetage qui évoque l'outil du chirurgien.

Ou bien, sans interrompre le jeu des aiguilles, elle portait tout son ouvrage en avant, l'écartant de sa poitrine, pour faire dévider, de la pelote enfouie dans le creux de ses genoux, une longueur de fil.

Elle posa les yeux sur son enfant. Elle lui trouva une mine si grave qu'elle fut inquiète. Certes, il était bon que Louis n'eût pas, dans une telle circonstance, les manières d'un gamin distrait, simulant l'attention par intervalles, et sournoisement prêt à rire. « Merci, mon Dieu ! quel surcroît d'amertume ce serait ! » Mais il y a une limite que le souci, chez un enfant, ne doit pas dépasser. Il faut que la fraîcheur du regard ne soit pas atteinte et qu'on sente qu'il suffirait d'une minute heureuse pour que tout s'oublie.

Elle pensait au petit Robert, qui était mort. Dans son désir de se tourmenter, elle cherchait les ressemblances entre Robert et Louis. N'étaient-elles pas ce soir plus frappantes que jamais ? Est-ce que, justement dans la période d'avant sa mort, Robert n'avait pas eu cette expression de visage, cette excessive gravité des yeux, cette façon trop consciencieuse de prendre sa part des chagrins ?

Elle lâcha son tricot, attira son fils à elle, l'embrassa :

— Ne te fais tout de même pas trop de peine, mon petit Louis. Les choses peuvent s'arranger. Va dormir. Papa ne serait pas content s'il te trouvait encore debout quand il rentrera.

XI

QUAND LE MALHEUR N'EST PLUS UN JEU

C'est une fois qu'il fut dans son lit, seul, n'ayant plus rien de nouveau à écouter et à comprendre, que Louis éprouva avec plénitude le sentiment du malheur.

Son lit était situé dans une pièce fort petite, large de moins de deux mètres, et guère plus longue, mais qui avait sur la cour de la maison une fenêtre de dimensions normales ; ce qui l'empêchait d'être un simple réduit, pour en faire une pièce digne de ce nom.

C'était un lit de fonte, non pliant, avec une tête en double cintre qui gardait comme un souvenir de berceau. Presque assez large pour une grande personne, mais notablement trop court. Dans l'ensemble on voyait bien que c'était un lit d'enfant. Il avait ce caractère des choses pour enfants, qui à certaines heures saisit les adultes d'une émotion profonde. Le matin, quand Mme Bastide faisait le lit de son fils, ou encore quand elle passait dans la petite pièce au cours de la journée, il lui arrivait d'être envahie d'une impression qui tendait à la défaillance, qui était délicieuse, si l'on veut, et pourtant de la famille du désespoir. Impression venue des dimensions mêmes du lit, du fait que c'était un lit pour un être qui n'a pas fini de grandir. Il y avait sans doute dans la mesure, dans la forme, dans la place et le développement de chaque tige de métal, quelque chose de provisoire, de précaire, de plus précaire encore qu'il n'est de règle dans la vie, quelque chose qui était doux, fragile, condamné à ne pas durer, marqué d'avance du signe de l'éclatement et de la déchirure, comme les fleurs du printemps.

Pour Louis l'essentiel était que le lit fût bien poussé contre le mur. Louis ne pouvait dormir que la tête tournée vers le mur, et même approchée tout près. Un intervalle entre le matelas et le mur l'eût inquiété comme un gouffre. Il fallait qu'entre les deux on ne pût glisser le bord de la couverture qu'à condition de soulever un peu le matelas.

Il ne tourna pas la tête vers le mur. Il la garda bien à plat sur l'oreiller. Pourtant il fermait les yeux. Tenir les yeux ouverts dans le nuit lui était insupportable.

Il accueillait le sentiment du malheur, avec sa conscience qui était fraîche et scrupuleuse. Il n'imaginait pas, comme une grande personne, une suite d'ennuis, sortant les uns des autres, une situation qui s'aggrave, une chaîne d'humiliations, d'angoisses, d'attentes inutiles, aboutissant un jour aux premières souffrances matérielles. Son appréhension restait sommaire ; ou en venait d'emblée aux images extrêmes : trois êtres vêtus de loques, traqués par la faim, qui errent dans les rues une nuit de décembre ; quand ils tombent sur un banc, se serrant autant qu'ils peuvent, l'agent de police paraît qui leur ordonne d'aller plus loin.

Mais il y avait d'abord le sentiment du malheur, qui se passait de détails. La famille Bastide, dont Louis ne se distinguait pas, était transférée brusquement comme d'une zone dans une autre. Elle quittait la région favorable pour la région défavorable, la moitié du monde où il fait soleil malgré les nuages, pour celle que recouvre uniformément un ciel de plomb traversé d'éclairs.

Rien ne paraissait plus naturel, hélas, au petit garçon que cette sévère division du monde. Au fond, il y avait toujours cru, mais il s'en était peu préoccupé. Peut-être avait-il admis, sans y réfléchir, que la destinée des siens était engagée une fois pour toutes du bon côté ; non certes dans les parages où la lumière est la plus éclatante, mais ce n'est pas ce qui importe beaucoup. Lorsqu'on se sent du bon côté, l'autre région nous paraît si étrangère. On y pense par hasard, quand on rencontre des pauvres tout dépenaillés, ou que le père, en parcourant son journal, lit à haute voix un fait divers effrayant.

Le malheur arrive sur vous, d'une seule pièce, comme glisserait un couvercle. Louis, allongé dans son lit, les membres serrés contre le corps, la tête à plat sur l'oreiller, regardait, les yeux clos, ce grand couvercle faire son ombre tellement plus épaisse que celle de la nuit.

Il avait remonté son drap jusqu'à sa bouche. C'était un drap encore neuf, lavé une seule fois. La toile restait rugueuse, avec des granulations distinctes, et des cassures dont on sentait les arêtes. Le contact en faisait penser presque autant au bois qu'à l'étoffe. Et il subsistait, malgré la première lessive, un parfum cru, qui était celui d'une chose intacte et salubre. Louis se demanda s'il avait le droit de coucher encore dans des draps neufs. N'était-ce pas continuer à vivre comme si rien ne s'était passé ? Évidemment, sa mère, quand elle les avait achetés, ne se doutait pas du malheur qui menaçait. Et aujourd'hui le marchand refuserait de les lui reprendre. Mais ce n'est pas quand on sait que l'argent ne rentre plus à la maison qu'on a le cœur de se mettre à user un objet neuf. L'usure au début se marque si vite. On est obligé de s'en apercevoir, et de penser anxieusement à ce qu'elle coûte. Il est déjà bien gênant, quand on vous achète de belles chaussures au temps de la prospérité, de se dire qu'on traîne à ses pieds, contre un trottoir râpeux qui ne respecte rien, plus d'argent que votre père, si fatigué le soir, n'en aura gagné dans tout un jour. Comme si chaque minute de votre joie futile représentait une lassitude, une courbature de votre père, un regard découragé qu'il a jeté sur sa besogne, ou le refus qu'il s'est fait d'un pauvre plaisir à lui. Mais quand le père ne travaille plus, quand l'argent ne rentre plus, comment sentir l'usure attaquer les choses autour de vous, sans avoir l'obsession d'en être responsable, si peu que ce soit ?

Ses chaussures jaunes étaient rangées tout près de la petite chambre, dans un placard, sur le rayon du haut. Louis les chérissait encore, mais d'une façon craintive, et avec un commencement d'aversion. Il les imaginait très bien, posées sur le rayon, l'une contre l'autre, leur gros nez qui luisait tourné en avant. Elles étaient belles ainsi. Mais elles avaient un certain air de bêtes orgueilleuses ; faites pour des gens sûrs de rester heureux ; faites aussi pour vous donner des pensées imprudentes, pour vous communiquer leur orgueil, pour vous inspirer des bouffées de contentement présomptueux, de confiance outrecuidante dont un jour on est puni.

« J'aurais dû empêcher maman de les acheter. » Il semblait à Louis que ce sacrifice, consenti à ce moment-là, quand il était encore temps, eût aidé à conjurer la mauvaise fortune, en tout cas eût évité un acte qui la provoquait. Et comme il se souvenait que l'offre des chaussures avait eu pour cause le rapport un peu inexact qu'il avait fait d'un mot de M. Clanricard, il n'était pas loin de penser qu'en mentant par omission ce jour-là, il avait légèrement ébranlé et mis en marche ce lourd couvercle noir qui maintenant glissait d'une seule pièce sur toute la famille.

Ces raisonnements renfermaient bien un peu de folie, au regard d'un adulte resté de sang-froid. Mais ce qu'on appelle la folie n'est pas encore pour un enfant une terre quittée sans esprit de retour et que l'on tremble de retrouver. Il en sort et y rentre, sans y prendre garde, comme ces paysans de la frontière qui ont leurs champs de part et d'autre du tracé idéal. D'ailleurs plus d'un adulte, à sa place, eût déliré autant que lui.

Et puis, si l'idée qu'il se faisait du malheur avait de quoi l'accabler, elle n'y parvenait pas entièrement. Sa détresse ne s'accompagnait pas de résignation. Il souffrait, mais avec une tension intérieure qui était une forme de défense. Il aurait moins souffert s'il avait accepté ; s'il s'était dit : « Ce destin, assez fort pour courber mon père et ma mère, ne fera de moi qu'une bouchée. » Mais il n'acceptait pas. Il ne s'installait pas dans le malheur ; il n'y cherchait pas une posture de repos. Ses jambes, allongées sous le drap, restaient fermes, presque vibrantes. De ses orteils dressés, il écartait le drap neuf, aux granulations perceptibles. Ses mâchoires se serraient l'une contre l'autre. Ses yeux, sous les paupières closes, conservaient l'attitude alertée du regard. Il était de ceux qui désespèrent de toutes leurs forces, et se disent volontiers que tout est fini. Mais leur être profond ne rend pas les armes si facilement.

XII

LA BOÎTE DE TITRES

Quelques minutes après que son fils l'eut quittée, Mme Bastide s'avança dans le couloir qui menait à la petite pièce, prêta l'oreille. Elle n'entendit rien. « Il dort. Tant mieux, pauvre loup. Encore heureux qu'à son âge le sommeil soit si vite là pour vous faire tout oublier. »

Elle revint dans la salle à manger, vérifia que les doubles rideaux ajustaient bien, se convainquit encore une fois que le silence régnait autour d'elle.

Alors elle monta sur une chaise, et recourbant le bras par-dessus la corniche du buffet, atteignit une boîte de carton blanc, toute en longueur, ficelée de rouge, qui se trouvait habilement dissimulée juste derrière la saillie de la corniche. Quelqu'un de non prévenu aurait pu promener là-haut la main ou le bout d'un bâton, sans s'aviser de la présence de cette boîte.

Elle redescendit, posa la boîte sur la table, souffla sur une fine couche de poussière, défit les ficelles rouges, et ôta le couvercle.

Plusieurs rouleaux de titres, serrés eux-mêmes dans des faveurs, occupaient la longueur de la boîte.

C'étaient les économies du ménage — avec quelques centaines de francs tenues en réserve dans un tiroir. C'étaient vingt-cinq ans de travail en commun, de sagesse de tous les instants, de refus des tentations, qui dormaient roulés et couverts de bandelettes dans cette boîte pour rideaux de tulle.

Les doigts de Mme Bastide tremblaient un peu. Elle éprouvait une certaine crainte à dénouer ces rubans. N'était-ce pas manifester par un signe funeste que le temps était venu d'entamer les économies, alors que la vieillesse, pour laquelle elles étaient faites, s'apercevait encore si loin ? N'était-ce pas chercher déjà la place de la première blessure qui ne pourrait que s'élargir ensuite et se développer à la manière d'un chancre, et qui finirait par dévorer si vite ce qui s'était amassé si lentement, enroulé saison par saison comme la chair d'un arbre ?

A mesure que les rubans les lâchaient, les feuilles parcheminées s'écartaient l'une de l'autre. Hé oui ! Tout cela tenait si peu ensemble. Tout cela ne demandait qu'à s'en aller morceau par morceau.

Les dimensions de la boîte avaient permis d'y loger trois rouleaux, qui étaient à peu près de la même grosseur. Les valeurs s'y trouvaient groupées non d'après leur nature, actions et obligations, ni d'après leurs diverses catégories, mais suivant l'époque où on les avait achetées. Chaque nouveau titre était venu s'enrouler sur le précédent. Chaque rouleau correspondait à quelques années de vie. Le dernier s'était arrondi un peu plus vite. A l'intérieur des rouleaux, telle valeur marquait une date mémorable : par exemple l'augmentation du père, en juin 1899, quand ses gains avaient été portés brusquement de 175 à 200 francs par mois, avec rappel de six mois. Ou bien, entre deux d'entre elles, subsistait comme une faille, que des yeux non avertis n'avaient aucune raison de soupçonner, mais que Mme Bastide retrouvait aussitôt : la place d'un titre vendu jadis. Ainsi, à l'intérieur du troisième rouleau, et dans la première moitié, l'absence d'une Ville de Paris 1902 racontait une des plus graves maladies du père : une pleurésie, qui avait mis sa vie en danger, et dont la convalescence avait duré sept semaines. Le patron avait eu la gentillesse de payer le demi-traitement de son employé tout le temps où il était resté indisponible. « Ce qui prouve qu'on l'appréciait, qu'on tenait à lui. » Mais un demi-mois ne suffit pas à faire vivre une famille. Il y avait eu, outre les visites du médecin, les frais de médicaments. « Nous étions déjà bien tristes à ce moment-là. Surtout les deux premiers jours quand on sentait que le docteur n'osait pas se prononcer. Mais après, la confiance était revenue. On savait qu'avec un peu de patience tout serait de nouveau comme avant... Comme avant ! »

Pour d'autres titres, c'était leur présence, et non leur disparition, qui évoquait des idées pénibles. Ils parlaient d'argent perdu. Ils étaient les témoins honteux d'un krach d'autrefois. Ils évoquaient les jours où l'on hésite à ouvrir le journal, de peur d'apprendre que des mois d'économie ont fondu depuis la veille.

Mme Bastide avait desserré les trois rouleaux l'un après l'autre. Elle ne les étalait pas. Elle se contentait de dégager un peu chaque titre, de le reconnaître. Elle soulevait un coin de la feuille de coupons, lisait une date du côté de la plus récente échancrure. C'était une caresse d'amitié. Elle avait toujours la même admiration pour ces papiers robustes, luisants, sonores. Ils sont imprégnés de couleurs rares. Leur matière même est précieuse. Ils empruntent quelque chose à l'émeraude, à l'agate, au lapis, à toutes les pierres dont on orne les colliers et les bagues ; aux substances avec lesquelles on émaille les boucles de ceinture, les boutons de manchette, les coffrets de grande valeur qu'on voit aux vitrines des bijoutiers du centre. Comme un billet de banque, à côté, paraît fragile et pauvre !

Elle se plaisait à la disposition des lettres capitales, aux paragraphes des signatures, à la solennité des stipulations, à l'obscurité de certaines formules. Il y avait parfois des lignes écrites dans des alphabets mystérieux.

Elle n'était pas sans soupçonner qu'une part de mensonge, d'appel à l'illusion pouvait se glisser dans ces inscriptions prestigieuses. Dans la vie, rien ne va jamais exactement comme on l'espère ou comme on l'annonce. Il faut s'y résigner quand l'abus n'est pas trop flagrant.

Elle était fière pourtant de sentir là, sous ses doigts, des sortes de points d'attache, de clefs d'accrochage, qui faisaient qu'une modeste femme comme elle n'était pas sans quelques relations directes avec les Villes, les grandes Sociétés financières, les Empires ; qui faisaient que les Villes, les Empires devaient tout de même compter un peu avec elle. Au vrai, elle n'avait pas le sentiment de participer du même coup à leur magnificence. Son imagination de possédante ne travaillait pas dans ce sens-là. Elle savait qu'on lui devait de l'argent, qu'on avait promis de lui servir régulièrement des intérêts, de la rembourser un jour avec prime. Ce qui lui donnait une idée plus ferme de son existence sociale. Elle distinguait les actions des obligations, en ce que les premières sont moins sûres, et vous font avec les coupons des surprises, d'ordinaire fâcheuses. Mais dans le plaisir immédiat qu'elle tirait de la vue des titres, ils lui apparaissaient moins encore comme des parcelles de propriété, ou des reconnaissances de dettes, qu'ils ne s'apparentaient, par leur libellé même et la nature de leur pouvoir, aux talismans, aux prières, aux formules magiques dont on parle dans les contes et qu'on fixait jadis, elles aussi, sur de beaux parchemins roulés dans des coffrets cachés.

Le premier rouleau contenait deux Communales et une Foncière 1879, une Ville de Paris 1876, un bon à lots de Panama, hélas ! qui était le vestige de plusieurs obligations volatilisées dans la catastrophe ; trois Ville de Paris 2 1/2 % 92. Celles-ci exhalaient une bouffée de beaux souvenirs. Jeunesse, patience, gaieté. L'émission est annoncée depuis longtemps par les journaux et les affiches. L'on prévoit que le public va s'y ruer. La marge de remboursement est considérable. Seules les souscriptions par unités prises aux guichets seront irréductibles. Dès avant l'aube, les gens ont commencé à faire queue dans la rue. Le premier soleil éclaire une file déjà interminable que les sergents de ville protègent contre l'intrusion des nouveaux venus. Le cri « A la queue ! A la queue ! » retentit à chaque minute. Tout le long de cette foule, le sentiment de la justice reste irrité, comme les poils d'un chat. Beaucoup de personnes ont apporté leurs pliants. On casse la croûte. Heureux les ménages où la femme ne travaille pas au-dehors. Elle a pu prendre sa faction sans se préoccuper de rien d'autre ; et s'il le faut, la continuera toute la journée. (Les enfants déjeunent à l'école et restent, après la classe, à la garderie.) Peut-être vers midi le mari viendra-t-il la relever pour une heure, si les voisins de file sont accommodants. On annonce le long des rangs que les certificats font déjà fortement prime. Le lendemain, on lira le communiqué de l'administration : « L'emprunt a été couvert quatre-vingt-trois fois. Les grosses souscriptions seront réduites dans la proportion de cent à une. » Ainsi les riches, qui ne se dérangent pas eux-mêmes, et qui souscrivent par paquets, ne seront pas mieux servis, en ayant versé beaucoup d'argent d'avance, que la femme du peuple qui a fait la queue sur son pliant.

Mme Bastide rêvait à ces jours doucement fiévreux qui ne reviendraient plus pour elle ni pour personne. Les émissions triomphales, dont Paris frémissait comme d'une fête populaire, avaient cessé avec le nouveau siècle. Les jeunes ménages ne les connaîtraient plus. Les dernières dataient de 98 et 99. Que de ruses et de manœuvres il avait fallu en 92 pour réaliser ces trois souscriptions inconvertibles ! Toute une stratégie, dont on se confiait les ressorts entre initiés, et dont on se racontait ensuite le succès pendant plusieurs mois.

Dans les autres rouleaux, il y avait de nouveau des Ville de Paris, des Communales et des Foncières, des obligations Nord, P.L.M., et Omnibus ; une Voitures Urbaines (encore un mauvais souvenir) ; du Russe : 3 % 91 et 96, 4 % 1901, 5 % 1906 (le taux monte d'une époque à l'autre, mais les titres baissent) ; de l'Ottoman : du 4 % 1894, une Douanes, un Tabacs ; enfin deux ou trois valeurs aux noms étranges : Lautaro Nitrate, Cape Copper, Tharsis, qui représentaient dans la vie financière des Bastide l'élément aventureux, la concession à la chimère, la contagion lointaine du romantisme de la Bourse.

Au total, dans les trois rouleaux, moins de dix mille francs.

*
* *

Dix mille francs, ce n'est guère, quand c'est enfermé dans une boîte comme provision suprême pour le restant de la vie. Mais c'est quelque chose d'infini, quand il faut le ramasser. C'était quelque chose de désespérant à atteindre, quand on partait du premier sou.

Dix mille francs, c'est dix mille jours. Même avec un courage sans limites, il n'est pas possible de mettre de côté plus d'un franc par jour, quand votre mari, qui gagnait cinq francs le lendemain de vos noces, en gagne sept, vingt-sept ans après. Il faut réussir à mettre le franc de côté tous les jours que Dieu fait. Il faut trouver moyen de le garer même les dimanches, et les grandes fêtes, quand passent le souffle du plaisir, le conseil de l'insouciance, quand les cris, les lumières vous invitent à un oubli délicieux. Il faut savoir regarder les autres qui entrent dans les cafés, et détourner la tête sans amertume ; s'amuser du mouvement des fiacres, et ne pas se dire qu'il serait agréable de monter dedans. Il faut s'endurcir à des épreuves plus poignantes, apprendre à ne pas s'apercevoir que votre mari s'est arrêté devant une canne à manche d'argent qui lui faisait envie ; que votre femme, tout le long d'une promenade, est restée triste, parce qu'elle est sortie avec un chapeau de l'année précédente, et que l'on a croisé tous les cent pas une femme coiffée de la forme si seyante qu'on vient de lancer. Il faut écarter son enfant de la contemplation des jouets trop chers ; lui expliquer, avec l'air d'y croire, que ce cheval de trente-neuf sous est plus beau que l'autre qui vaut douze francs.

Il n'est même pas prudent d'y trop penser. On finirait par être saisi après coup d'une espèce d'épouvante. On se dirait : « Où ai-je pris tout ce courage ? Comment ai-je pu résister si longtemps à tout ce qui fait pas à pas le charme et l'excuse de la vie ? » On se dirait peut-être encore : « En suis-je payé ? Tant de sacrifices m'ont-ils au moins mis à l'abri ? Suis-je beaucoup plus loin de la misère finale que les dissipateurs et les frivoles ? » On réfléchirait tout à coup que pas une fois au cours de ces vingt-sept années la main d'un bon hasard n'est venue, pendant que vous dormiez, ajouter à l'humble tas, mais que dix fois vous en avez vu de grosses poignées partir, devenir fumée ou cendre. Pas un franc qu'on vous ait épargné la peine d'apporter vous-même. Et vous les sentiez se faire durement tirer, un à un. Mais quand il s'est agi de vous les prendre, c'est par paquets qu'on vous les arrachait ; c'est par centaines qu'ils tombaient à chaque secousse. Non, il n'y faut pas trop penser, car il vous viendrait peut-être de ces colères dont on doit se défendre, parce qu'elles mettent trop de choses en question.

*
* *

Jusqu'ici, quand Mme Bastide faisait une visite à ses titres, elle ne leur demandait qu'une promesse lointaine de sécurité. Un peu d'orgueil aussi. Une récompense intérieure. L'assurance que la sagesse n'est pas tout à fait vaine.

Certes, on l'aurait beaucoup froissée, en lui disant que ses coupons lui étaient d'un faible secours. Elle tenait au contraire à les trouver importants. Quand il lui arrivait d'en détacher pour soixante ou quatre-vingts francs au début d'un trimestre, elle s'efforçait de sentir à quel point il lui devenait plus facile de payer le terme, d'acheter un vêtement. Mais, en réalité, le bienfait qu'elle en retirait était surtout moral. Elle avait l'impression que le ménage échappait, pour si peu que ce fût, à la terrible loi du travail : « Sois capable de travailler demain matin, ou tu ne mangeras pas. Sois dispos, ne te foule pas un pied, n'attrape pas une bronchite, ou tu ne mangeras pas. Ne vieillis pas trop vite, ne sois pas trop tôt rhumatisant ni sourd, ou c'est de faim que tu mourras et non de vieillesse. »

L'argent des coupons était un répit, une trêve, un sourire de la nature sociale, comme il y a des sourires de la nature physique, des douceurs données par le soleil, par la saison. Le jour où on allait les toucher, il était impossible, si porté fût-on aux idées déprimantes, de se considérer comme appartenant à la dernière catégorie du peuple. Pas même à l'avant-dernière. Car au-dessus des miséreux « qui couchent sous les ponts », il y a les innombrables ménages d'ouvriers, ceux qui le dimanche achètent un gigot de douze francs ; qui « n'ont pas un sou d'avance », et proclament, quand la boisson et la nourriture les rendent superbes, que « l'hôpital n'est pas fait pour les chiens ». Même si, en définitive, il leur rentre plus d'argent qu'à vous, les coupons suffiraient à rétablir les distances, non par les sommes qu'ils représentent, mais par le rang où ils vous placent. Or, que ne donnerait-on pas pour avoir à tout moment du jour la certitude intime qu'on n'est pas des dernières catégories de la Société ?

*
* *

Donc jusqu'ici Mme Bastide n'avait guère accepté, des valeurs couchées dans la boîte, que ces bons offices, qui étaient de luxe ou d'attente. Il allait s'agir maintenant, hélas ! de les soumettre à une épreuve plus sérieuse, en leur demandant le service essentiel pour lequel elles étaient là : écarter la misère, faire qu'un peu d'argent coule toujours dans la maison, quand la source habituelle est tarie ; réussir même, ce qui est peut-être plus grave que tout le reste, à maintenir à peu près la distance entre vous et le fond effrayant de la Société.

Les trois pauvres rouleaux étaient-ils assez forts, assez épais pour tenir longtemps ? Mme Bastide les considérait avec une tendresse craintive. Elle avait toujours espéré, dans le secret de son cœur, qu'ils resteraient là indéfiniment, qu'on n'aurait jamais à s'en servir « tout à fait », même quand les vieux jours seraient venus. Une bonté du sort ferait que le père garderait des forces « jusqu'à la fin » ; un peu par reconnaissance, sa maison l'emploierait, sans trop rogner le salaire, à quelque besogne facile. On toucherait les coupons, comme on cueille les fruits des arbres (mais c'est un crève-cœur que d'abattre les arbres). Et un peu de temps avant de mourir, on ferait appeler le fils, le seul, le cher petit loup, qui serait grand à ce moment-là, qui aurait sans doute femme et enfants ; on lui dirait : « Tu trouveras une boîte là-haut, sur le buffet, comme ceci et comme cela. C'est pour toi. N'en parle à personne. » Et malgré l'effort qu'on aurait à faire pour dire ces quelques mots dans les premières sueurs de l'agonie, on serait heureux de penser qu'on laisse « quelque chose » à son enfant, qu'« il ne sera pas sans rien », comme on dit dans les familles qui ont l'orgueil de leur patrimoine. Grâce à vous, le fils bien-aimé ne connaîtra pas les mêmes privations que vous. Il ne sera pas obligé de refuser un jouet à son enfant, un chapeau convenable à sa petite femme. Et peut-être à ce moment-là vous donnera-t-il un souvenir, songera-t-il que ses vieux, couchés maintenant dans le cimetière, ont bien travaillé. Certes, il y a beaucoup d'enfants ingrats, ou plutôt oublieux ; ils ne se représentent pas ce qu'il a fallu de peine pour amasser cet avoir qui leur semble si modeste, et dont ils profitent comme d'une condition naturelle. Mais Louis a du cœur. Il va au-devant des pensées délicates et des scrupules. A son âge, il se tourmente déjà pour ses parents, au point d'en avoir le visage tout changé. Ce n'est pas lui qui aurait été oublieux.

Mme Bastide pleure maintenant devant sa boîte ouverte, tandis qu'une lourde voiture gonfle le long de la rue son grondement commencé au loin.

Elle ne pleure pas d'avarice. Mais il se trouve que peu à peu toutes les raisons de sa vie sont rassemblées. Tout le travail ; toute la peine. Toutes les vertus qu'on a eues sans les appeler par ce nom. Toute l'espérance qui vous a aidée à avoir du courage quand il en fallait beaucoup. Tout l'amour aussi ; les chères têtes que l'on a caressées ; les yeux dont le regard vous a emplie de douceur tant de fois. L'idée de la mort ; la séparation de ceux qui se sont aimés. Et même l'idée de se survivre.

*
* *

Mme Bastide renoue les rubans, recouvre et reficelle la boîte, la hisse de nouveau dans sa cachette. Elle est bien décidée à ne lui demander secours que le plus tard possible. Aujourd'hui, ce qu'elle a voulu, c'est trouver un peu de réconfort en constatant que les valeurs sont là, prêtes à l'aider. Elle les a reconnues, dans leur ordre habituel, une à une. Elle s'est dit : « S'il le faut, par laquelle commencer ? » Mais elle ne s'est pas encore résignée à choisir. « Il sera toujours temps. »

Elle va vérifier ce qu'il reste d'argent liquide dans le tiroir de la machine à coudre, qui se ferme à clef ; et dans son sac à main. Le tiroir contient trois billets de cent francs, un de cinquante, et six louis d'or de vingt francs. Dans le sac, il n'y a plus qu'un peu de monnaie, à l'intérieur d'un petit porte-monnaie de cuir vert qu'elle y loge. Mme Bastide prend le billet de cinquante francs, un louis de vingt francs et les met dans le sac.

Elle entend le bruit de la clef dans la serrure. C'est son mari qui rentre. Il n'apporte probablement aucune bonne nouvelle. Mais il ne lui est pas arrivé d'accident. Il vit. Louis, dans sa petite chambre d'où ne vient aucun bruit, est vivant aussi. Merci encore, mon Dieu !

XIII

AUTRE FAÇON D'ENVISAGER LES CHOSES DE FINANCE

Dans une ville comme Paris, l'activité financière est aussi continue que celle de l'amour. Mais elle comporte, en apparence au moins, plus de degrés. Et il est naturel que, vers le sommet, les événements se fassent à la fois plus considérables et plus rares. Il ne s'écoule guère d'heure, toutefois, qu'il ne s'en passe ou ne s'en prépare quelqu'un ; même jusqu'assez tard dans la nuit. Car si les princes de la finance, sauf exception, n'aiment pas se lever à l'aube, ils prolongent leurs veilles assez volontiers, et trouvent dans Paris nocturne non seulement des plaisirs qui les divertissent de leurs travaux, mais aussi l'occasion de traiter certaines affaires au sein d'une magnificence et d'une mollesse favorables.

Si donc il y avait probablement quelques centaines d'humbles hommes, ou d'humbles femmes, qui, à la même heure que Mme Bastide, et pour des raisons analogues, supputaient anxieusement leurs économies, il y avait au moins un endroit où des gens de finance, de la catégorie supérieure, poursuivaient un entretien sérieux.

C'était au *Café Anglais*, boulevard des Italiens, dans un petit salon du premier étage.

Ils étaient là quatre messieurs : le Président de la *Départementale des Tramways* ; le Président et l'administrateur-délégué de la *Société Française de Crédit et d'Escompte* ; et M. Nicolas Huard, chef de la plus grosse agence de publicité financière de la place.

Tous quatre avaient d'ailleurs la réputation d'honnêtes gens. Ajoutons qu'ils en avaient la conscience. Deux d'entre eux : le Président de la *Départementale,* et le Président de la *Société Française*, sans être des catholiques fervents comme MM. de Lommérie et consorts, conservaient des principes religieux. L'administrateur-délégué de la *Société Française* était incroyant, grand lecteur d'Anatole France, collectionneur d'éditions rares, mais, outre sa culture, plein de bienveillance et d'humanité. Nicolas Huard affectait dans les affaires une netteté réaliste et même une sécheresse qui lui semblaient « bien américaines ». Mais il était au fond un homme fort obligeant, que rien ne réjouissait plus que d'accorder ensuite, sans paraître s'en apercevoir, ce qu'il avait âprement refusé dans la discussion.

Ils s'étaient mis à table vers huit heures — c'était la *Départementale* qui recevait ; ils avaient parlé, jusqu'à neuf, d'incidents de la vie parisienne et de la vie politique ; et ce n'est qu'aux environs du dessert qu'ils en étaient arrivés à l'objet de leur réunion.

Le Président de la *Société Française* disait au Président de la *Départementale* :

— Vous pensez bien que nous ne demandons qu'à vous être agréables. C'est nous qui avons placé la plus grande partie de votre émission de 1901.

— Vous ne vous en êtes pas repentis ?

— Repentis... non... Mais votre situation n'est plus ce qu'elle était en 1901.

— Nous ne sommes pas les seuls.

— D'accord. Avec des différences. Dont une des principales est que des affaires, pas plus saines que la vôtre, ou même moins, passent actuellement pour des affaires d'avenir. Question de mode. Actuellement on peut faire perdre au public tout l'argent qu'on veut avec les automobiles. Demain ce sera avec l'aviation. En 1901, une affaire de tramways était encore une affaire d'avenir. En 1909, non. Les choses marchent terriblement vite. Vous avez changé de catégorie. Vous ne pouvez plus intéresser le public qu'en vous présentant comme une affaire de tout repos. Et dame...

— Ne nous faites pas plus malades que nous ne sommes !

— Vous avez un peu de fièvre.

— Ça passera.

— Je le souhaite. Je reconnais que le nouveau conseil..., » et il s'inclina courtoisement, avec un geste du côté de son verre de champagne, comme s'il allait le lever pour un toast, « a multiplié les efforts pour rétablir la situation. Mais on a eu chaud pour vous.

— Chez les initiés. Le public ne s'en est pas rendu compte.

— Croyez-vous ?

— Qu'est-ce qui vous le fait dire ?

— La baisse de vos actions.

— Elle n'a pas été énorme.

— Vous avez l'impression qu'elle est terminée ?

— Vous êtes méchant.

— Non. Je m'interroge... Je me dis que votre dernier bilan a été une merveille.

— Quelle est encore cette rosserie ?

— Vous avez fait votre devoir. Ce n'est pas à la veille d'un appel au crédit qu'on s'amuse à mettre en vedette les postes déficitaires.

— Et vous pensez que...

— Qu'il en est de ça comme des poids que l'on porte à bras tendu. On peut faire ça quelques minutes, et même en souriant, jusqu'à ce que les applaudissement aient éclaté. Après, on n'est pas fâché de fléchir le bras.

— En tout cas, vous oubliez une chose, cher monsieur. C'est que nos actions et nos obligations ont deux clientèles absolument différentes.

— C'est un peu vrai.

— C'est tout à fait vrai. Nos actions sont des valeurs de gros portefeuille. Vous les rencontrez surtout dans les mains de grands et de moyens capitalistes. Tandis que nos obligations s'adressent au petit porteur, à l'épargnant modeste.

— C'est vrai. Le cas est d'ailleurs fréquent.

— Pas à ce point-là.

— Pour vos actions, vous le devez en particulier à leur prix d'émission, à l'origine. Aux époques prospères, vous ne les avez pas dédoublées. Bref, je suis d'accord.

— Il en résulte que les mouvements de nos actions n'ont pas sur notre clientèle obligataire l'effet moral qu'on supposerait.

— Tout finit pourtant par se savoir.

L'atmosphère était un peu pénible. Le Président de la *Départementale* réfléchit une minute, les yeux sur la nappe et tripotant le pied de sa coupe. Puis il reprit :

— Vous ne revenez pourtant pas sur ce que vous avez dit ?

— En ce qui concerne le principe... non. Bien que... » et il se tourna vers l'administrateur bibliophile, « certains de nos amis estiment que nous ne devrions vous prendre que la moitié ou même le tiers de votre nouveau papier.

L'administrateur bibliophile avoua que c'était personnellement son avis. Le Président de la *Départementale* trahit quelque émotion.

— Enfin... la chose a été entendue. Soit. N'y revenons pas. Mais... et je m'excuse » dit-il à l'adresse de Nicolas Huard, « d'y faire allusion devant monsieur... Il est vrai que M. Huard est un homme pour qui nous n'avons plus, les uns et les autres, beaucoup de secrets... Bref, c'est la commission qui ne va plus.

— Quoi, vous la trouvez trop faible ?

L'autre répliqua, en riant comme d'une grosse naïveté :

— Exactement.

Le Président de la *Départementale* hochait la tête, faisait un léger bruit de lèvres, cherchait la réaction la plus opportune. Nicolas Huard fumait son cigare sans regarder personne, comme un homme bien élevé qui attend que son tour d'entrer dans la conversation soit venu.

— Si je me souviens bien, dit le Président de la *Départementale*, nous vous avons offert un taux un peu plus favorable qu'en 1901 ?

— Tout a renchéri depuis 1901. Vous offrez bien 1 % de plus à vos souscripteurs.

— Alors ! Ça devrait vous suffire ?

— Ça nous suffirait si votre papier valait ce qu'il valait il y a huit ans.

— Vous ne doutez tout de même pas de le placer ?

— Il peut y avoir du tirage.

— Avec votre nombre actuel de succursales et d'agences ! Il n'y a pas une maison en France qui soit capable d'atteindre comme vous le petit porteur, justement, l'épargnant modeste.

— Nous le savons.

— Le mercier des Batignolles, la femme d'employé qui a fait quelques économies, même le croquant de la Beauce, tous ces gens-là vous suivent les yeux fermés.

— Nous le savons très bien.

— Alors, vous voulez profiter du fait que personne ne pourrait me placer mon émission aussi rondement que vous ? Entre vieilles relations, comme nous sommes, ce n'est pas très chic.

— D'abord on a toujours le droit de faire payer un peu plus cher un service qu'on est seul à pouvoir rendre. Mais ce n'est même pas ça. Non...

Il chercha.

— ... D'abord, il y a malgré tout, pour la Banque, un risque.

— Ne dites pas ça. Vous n'y croyez pas.

— Mais si.

— Le risque, c'est qu'au lieu de faire filer tout le paquet en quelques jours, vous y mettiez un mois. Six semaines. Vos directeurs d'agence useront un peu plus de salive. Ça ne vaut pas la peine d'en parler.

— Plus tard, nous pouvons avoir des reproches.

— De votre clientèle ?

— Hé oui !

— Mais, en admettant, vous les auriez de toute façon. Ce n'est pas parce que vous aurez touché, vous, cinq pour cent de plus, que l'affaire sera meilleure pour vos clients, si elle est mauvaise. Allons ! Franchement !

Mais le Président de la *Société Française* n'avait pas envie de débattre ce point. Il semblait regretter que son interlocuteur ne sentît pas que l'ennui de placer un papier dont on n'est pas très sûr réclame, quand on est une banque de premier ordre, une compensation.

Il préféra prendre une traverse, et dire, en se tournant vers l'agent de publicité :

— Je ne suis pas fâché que M. Huard assiste à notre conversation. J'aimerais savoir ce qu'il en pense.

— Moi », dit Huard, « je n'ai pas à me mettre au même point de vue que ces messieurs. Vous me donnez un budget à distribuer. Je le distribuerai. Je pense, moi aussi, vu les circonstances, qu'il est un peu juste. Vous avez un courant à remonter. Mais vous voyez, je ne vais même pas prêcher pour mon saint. J'aurais intérêt à vous demander un effort de publicité supplémentaire. Eh bien, réflexion faite, si vous envisagez un sacrifice, je vous conseille plutôt de le porter ailleurs. Je ne parle pas de la commission de banque, qui ne me regarde à aucun degré. Je parle du prix d'émission. Vous le voyez à 485 ? Moi, je le baisserais carrément à 460. Avec une prime de remboursement de quarante francs, votre obligation devient attrayante. Les gens hésiteront beaucoup moins.

— Mais c'est que c'est terrible. Vous ne vous rendez pas compte. D'abord, ça nous fait une arrivée d'argent sensiblement diminuée. Je ne sais pas... Ça doit aller chercher dans les alentours d'un million au moins.

— Un million et demi exactement, dit l'administrateur bibliophile.

— Un million et demi ! Vous voyez !

— Eh bien, à votre place, j'aimerais mieux émettre pour deux millions de plus. Ces messieurs vous les placeront bien. N'est-ce pas, messieurs ? Vous n'en êtes pas à deux millions près ?

Ces messieurs sourirent.

— Et puis », reprit le Président de la *Départementale*, « ma société aura à rembourser un jour, en plus de la prime déjà prévue, ce million-là et demi qu'elle n'aura pas encaissé !

— Elles sont quand, vos dates de remboursement ?

— Échelonnées de 1934 à 1939.

— Et vous vous tourmentez ! Braves gens ! Il peut se passer tellement de choses d'ici là ! D'abord la guerre, une !

Les dirigeants de la *Société Française* firent un petit mouvement de tête, une petite moue des lèvres, qui montraient qu'ils n'aimaient pas entendre parler de l'avenir, des possibilités ambiguës qu'il recèle, des issues qu'il comporte, avec une désinvolture aussi brutale ; mais qu'eux aussi ne pensaient pas qu'il fût très raisonnable de se refuser une commodité en 1909, sous prétexte d'engagements à tenir envers le public vingt-cinq ou trente ans plus tard — un public, il faut le reconnaître, de merciers des Batignolles, de croquants de la Beauce, et de femmes de petits employés.

XIV

COMME NOUS ÉTIONS HEUREUX AVANT ! LE SAC DISPARU

En rentrant de l'école, la première phrase que Louis Bastide dit à sa mère fut, comme chaque jour :

— Papa n'a pas trouvé de place ?

— Non, mon petit. Il est sorti de nouveau cet après-midi. Tu vois, il n'est pas encore là. Il est allé trouver son ancien ami, qui tient une grande quincaillerie du côté de la Glacière ; des gens qui ont fait fortune... Je n'aime pas beaucoup qu'il tarde tant, en pleine nuit comme ça.

Depuis que le malheur l'avait frappé, M. Bastide consacrait une part de ses réflexions, et des causeries avec sa femme, à retrouver le nom et l'adresse d'amis plus ou moins lointains. Lui qui, jusque-là, n'avait eu, comme il disait, « besoin de personne », et ne savait guère ce qu'il faut entendre par « utiliser ses relations », il découvrait soudain aux « relations » une importance et une efficacité presque mystiques. Des formules, qu'il avait recueillies auparavant sans y prendre garde, lui revenaient à l'esprit, et y développaient leur sens à l'extrême : « Untel qui a tant de relations ! » ou « Untel, qui est arrivé par ses relations ». Lui avait vraiment trop négligé les siennes.

Cet effort de mémoire l'amenait à des régions du passé de plus en plus reculées : « Mais tu te rappelles bien ce gros de la Somme, que nous avons connu quand nous habitions rue d'Orsel, et qui s'était établi quelque part dans le quatorzième ?... » Il fallait parfois tout un travail pour retrouver le nom, pour être sûr qu'on ne confondait pas le monsieur de la Somme qui fabriquait des cartonnages avec un autre, marié à une petite femme brune, Picard également, qui avait acheté une boulangerie. Mais la mémoire des êtres dont la vie quotidienne ne se renouvelle pas est riche heureusement d'une infinité de détails à propos du moindre fait. Surtout chez les femmes, et dans cette atmosphère de Paris qui, même en l'absence d'événements personnels, empêche la somnolence. Les destinées les plus unies y gardent une certaine trépidation. Mme Bastide qui, vivant à la campagne, eût peut-être répondu à son mari, d'un air excédé : « Ton Picard... qu'est-ce que tu veux que je me rappelle !... » entrait dans une ébullition de souvenirs : « Attends un peu... Est-ce qu'il n'avait pas eu une histoire avec le propriétaire parce qu'il avait percé le mur pour faire passer un tuyau de descente ?... Et ce n'était pas lui qui avait acheté des bons de l'Exposition ?... Oui, c'était bel et bien un atelier de cartonnages qu'il allait reprendre. Je le revois me parlant du beau-frère de sa femme, qui faisait de mauvaises affaires, et me disant : "Des boîtes de chaussures, exactement comme celles qu'on vous donne dans les magasins." Et le concierge m'avait dit qu'il avait prêté de l'argent à ce beau-frère de sa femme, qu'il était ennuyé ; et que comme l'autre ne pourrait sûrement le rembourser, il serait peut-être obligé de lui reprendre sa maison... »

Grâce à ce cheminement innombrable de souvenirs, à toutes ces courses de fourmis, les pistes les plus fugitives finissaient par être retrouvées ou recoupées. Parfois même certains croisements permettaient de reconstituer les avatars de ceux dont on n'avait plus eu de nouvelles directement : « Mais le jour où nous étions allés ensemble chez l'agent de change, pour retirer les deux Tharsis, est-ce que le caissier ne t'avait pas dit justement, quand tu lui avais demandé si les Perrotet étaient toujours dans le dix-septième, qu'ils avaient vendu pour s'installer rue de Sèvres à deux pas du *Bon Marché* ? »

Ces évocations étaient mélancoliques, parce qu'elles ne cessaient de les ramener vers les jeunes temps de leur ménage, vers des amis disparus, vers des saisons où la gaieté était prompte, l'infortune moins redoutable ; parce qu'elles faisaient soudain surgir une rencontre au Parc Monceau, sous le grand soleil, avec des gens vêtus de leurs habits du dimanche ; un feu d'artifice que l'on avait regardé, assis sur l'herbe de la Butte Montmartre, en bavardant avec des voisins de quartier, que l'on connaissait de vue, mais que l'on n'avait jamais abordés jusque-là ; une partie de cartes où vous avaient invités les anciens locataires du second, ceux « qui avaient un fils ingénieur » ; même la fête exceptionnelle d'un repas « de huit couverts » chez des amis ou à la maison. Elles étaient quelquefois amères parce qu'en ce moment de détresse elles faisaient un peu trop penser à la réussite de certains autres. Même les plus bénignes semblaient touchées par une ombre, qui était celle du malheur actuel.

Pourtant les deux époux s'y attardaient avec complaisance. Ils ne se fatiguaient pas de ces promenades pleines de méandres, où le passé redevenait de l'imprévu, où le faufilement des souvenirs ressemblait à une aventure. Chemin faisant, ils se demandaient à eux-mêmes : « Ceux-là, qui ont réussi, étaient-ils donc plus instruits, ou plus capables ? Avaient-ils travaillé davantage ? Ou doivent-ils seulement bénir leur chance ? » Mais ils n'osaient pas se le demander franchement l'un à l'autre. Ils évitaient de se dire : « Qu'aurait-il fallu faire ? Avons-nous pris la mauvaise route ? » Car si de telles questions sont déjà désespérantes quand on se les pose dans le secret de son cœur, formulées à haute voix, entre deux êtres qui ont engagé ensemble la sévère partie de la vie, qui ont choisi, décidé ensemble, elles sonnent d'un accent si poignant qu'on n'a plus le courage de se regarder. Ils s'en tenaient plutôt à des réflexions incidentes, ou latérales. Ils disaient par exemple : « Les Moulard n'ont eu qu'un enfant. » Ou : « Avec leurs deux traitements, les Prestot n'avaient pas de peine à s'en tirer. » Ou : « Ceux-là aussi ont pris un commerce. » Mme Bastide s'enhardit jusqu'à insinuer : « Tu te rappelles, quand nous avons eu nos premiers trois mille francs, qu'un jour je t'ai dit : Si nous achetions un fonds ? Pour le surplus, on nous donnerait du temps. » M. Bastide ne répondit pas. Il s'apercevait bien lui aussi, dans cette revue qu'ils faisaient de tant de destinées diverses, que les seuls, parmi les gens de leur monde, qui avaient fait fortune, étaient ceux qui un beau jour avaient eu le courage de lâcher une place « sûre », et de risquer leurs deux sous d'économies dans un petit commerce. Telle était la loi de l'ascension sociale, au moins pour les gens pressés. Les autres, dans le cas le plus favorable, ne pouvaient que s'en remettre à la génération suivante : « Mon fils continuera ses études. Je lui ferai préparer les Arts et Métiers. Ou même Centrale. » Les plus fous d'ambition disaient : « Polytechnique ».

Mais les Bastide, et surtout le père, n'en tiraient pas la conclusion : « Puisque nous avons failli jadis, quand nous avions trois mille francs d'économies, tenter la chance comme tant d'autres, et prendre un commerce, qu'est-ce qui nous empêche de le faire, maintenant que nous en avons près de dix mille ; et qu'au lieu qu'il y ait une situation sûre à quitter, c'est elle qui nous quitte ? » Il se trouvait trop vieux ; d'abord au physique. « Si je devais me lever à quatre heures du matin pour aller aux Halles ? Ou veiller jusqu'à plus de minuit ? D'autant que les débuts sont toujours plus durs. » Au moral aussi. Il est difficile à cinquante ans de prendre l'habitude du risque et de l'initiative, de l'action non protégée, quand on s'est accoutumé si longtemps à cette couverture à la fois agaçante et douillette que forme sur vous l'autorité d'autrui. Mais il se trouvait trop vieux encore d'une façon moins explicable. Comme si, passé un certain âge, c'était la destinée elle-même qui vieillissait. Ce qu'elle n'a pas donné, elle ne le donnera plus. Elle possède son visage définitif, qui ne peut changer que pour enlaidir. Elle n'a plus de ressources cachées ; ni assez de souplesse pour se prêter à de grands changements. Tout ce qu'on lui demande, c'est de ne pas décliner trop vite.

Mme Bastide partageait si bien cette croyance de son mari qu'elle essayait de lui enlever ses regrets silencieux touchant le passé : « Nous ne pensons qu'à ceux qui ont réussi, insinuait-elle, mais les autres ? Il y a des fins de mois où ils auraient été bien contents de n'avoir que la peine de passer à la caisse comme toi. »

Quant aux démarches que M. Bastide entreprenait ensuite pour rejoindre les gens, elles n'allaient pas non plus sans charme. Il avait laissé le souvenir d'un brave homme. On l'accueillait comme quelqu'un qui vient d'avoir un grand deuil. On s'informait avec précaution. Rien de bien précis ne sortait de ces entrevues. Mais il en revenait plutôt réconforté. « Si tu savais comme ils m'ont bien reçu ! » Dans le malheur, il n'est pas prudent d'attendre de ses semblables une aide très effective, mais ils vous procurent déjà un bienfait, quand ils vous donnent l'impression que vous n'êtes pas seul. Pouvoir se dire : « Il y a tant de gens à Paris qui m'ont écouté avec intérêt, qui ont vraiment pris part à ma peine, qui m'ont secoué la main avec effusion quand je suis parti ! Ils en ont sûrement parlé le soir entre eux. » Un esprit sec ricanerait : « Cela vous fait une belle jambe ! » Mais il est dans le caractère d'un brave homme d'être infiniment sensible aux marques d'attention d'un monde qui est le sien, bien qu'il ait paru vivre pendant des années comme si ce monde ne comptait pas pour lui.

*
* *

Mme Bastide, après un premier échange de propos, restait silencieuse. Louis, assis en face d'elle, pénétré de méditation, remarqua tout à coup :

— Comme nous étions heureux, maman, avant !

Cette réflexion répondait si bien à ce qu'elle avait senti depuis plusieurs jours, qu'elle en fut saisie. Elle déclara :

— C'est vrai ! C'est vrai !

D'un air non d'approbation vague, mais d'adhésion pathétique, et de soulagement.

Elle n'ajouta rien. Mais la mère et le fils continuèrent en silence cette pensée : « Comme nous étions heureux avant ! » Ils en prenaient à témoin, du regard, le logis, les meubles. Ils se reprochaient de ne pas se l'être assez dit plus tôt, de ne pas s'être aperçus pleinement, avidement, de leur bonheur pendant qu'il existait.

Qu'un seul des soirs de naguère pût revenir ! Le même calme dans la petite salle à manger. La même lumière de la lampe. Le repas qui s'apprête. Le père qu'on attend. (Il arrivera de son travail, et non de courses décourageantes.) Tout ce qu'on peut demander de sécurité quand on est créature humaine. L'affection, à peine troublée par des querelles d'un moment, ou de petites bouderies d'une heure. Comment ne se le disait-on pas chaque soir, même au risque de radoter ? Comment ne pressait-on pas sur son cœur, chaque soir, pour l'obliger à sentir, minute par minute, que le bonheur n'était pas quelque chose d'enfui, ou quelque chose de vaguement possible ; non ; mais qu'il était là ?

Soudain, Mme Bastide, pâlissant, dit d'une voix altérée :

— Mon sac ! Louis, tu n'as pas vu mon sac ?

Elle se leva, fit le tour des pièces du logement, revint :

— Tu n'as pas remarqué si je l'avais tout à l'heure ? Tu ne m'as pas vue le poser quelque part ?

Elle continuait à chercher. Louis cherchait aussi. Parfois elle s'arrêtait et, le visage concentré, s'efforçait de reconstituer tous les mouvements, tous les changements de place qu'elle avait pu faire depuis sa dernière sortie. Était-elle sûre au moins qu'elle l'avait en arrivant ?

Il lui vint une bouffée de joie : « Que je suis bête ! Si je ne l'avais pas eu, je n'aurais pas pu entrer, puisque mes clefs sont toujours dans mon sac. »

Là-dessus, l'angoisse recommença plus fort, diminuant encore la place de l'espérance.

« Mais non, c'est vrai, j'avais laissé mes clefs chez la concierge, pour le cas où passerait le contrôleur du gaz... Mais si je n'avais pas eu mon sac, il me semble qu'au moment où je les ai reprises je me serais aperçue qu'il me manquait ? Peut-être pas. Je suis si drôle, ces jours-ci. Il me trotte tant de choses dans la tête. »

Elle essayait maintenant de se voir, de se sentir de nouveau, sur le seuil de sa porte, quand elle l'avait ouverte. Les clefs dans la main droite. Est-ce que la main gauche était libre, l'intervalle vide entre le bras et le côté ?

« C'est vrai que j'avais ce petit paquet, de toute façon, que je rapportais de chez Luce. Est-ce que j'avais mon sac dans la main, et le paquet serré un peu au-dessus ? ou pendu au doigt par la ficelle ? Je n'arriverai jamais à en être sûre. »

— Tu as peur d'avoir perdu ton sac, maman ?

— Oui, mon petit, j'ai bien peur.

— Mais où çà ?

— Je n'en ai aucune idée. Je ne suis allée que chez Luce, où il y avait une réclame de charcuterie. Je l'avais au moment de payer puisque mon argent était dedans. Est-ce que je l'ai laissé tomber ensuite, ou est-ce qu'on me l'a volé ? Je suis distraite, vois-tu, depuis quelques jours, mon pauvre petit. La moitié du temps, je ne sais plus ce que je fais. Oh ! ce n'est pas une excuse. Je m'en voudrais tellement, si vraiment je l'avais perdu...

Elle semblait solliciter l'indulgence de son petit garçon. Elle prenait le ton d'une mère coupable. Tout en soupirant, elle cherchait encore. Elle déplaçait pour la vingtième fois le même objet, fouillait des recoins, où elle savait bien que son sac n'avait pas pu aller tout seul, et où elle n'était pas assez folle pour l'avoir fourré. Elle tournait et retournait afin d'étourdir son remords, afin, aussi, de se fatiguer et de se punir.

Louis, qui avait longtemps retenu sa question, demanda :

— Il y avait beaucoup de choses dans ton sac, maman ?

— Tais-toi, mon petit. Il y avait d'abord mon porte-monnaie de cuir vert, avec un peu de monnaie. Il y avait surtout un billet de cinquante francs, que j'y avais mis l'autre jour, et que je n'avais pas encore entamé.

Un billet de cinquante francs ! Louis, les yeux agrandis, considérait devant lui, dans le vide, l'énormité de la somme. Il voyait le malheur découvrir l'une après l'autre ses péripéties construites comme celles d'un cauchemar. Il était trop terrifié pour dire un mot.

XV

NOUS SOMMES TELLEMENT SEULS

Au bout de la rue Sainte-Isaure, après la sortie du matin et la dispersion des rangs, Clanricard fut abordé par le petit Bastide.

— Ah ! c'est toi ? Comment vas-tu ? Tu te plais dans ta nouvelle classe ?

— Oui. Mais j'ai quelque chose à vous dire, monsieur Clanricard.

— Diable ! Ce n'est pas grave, que tu prennes cette mine ? Tu t'es fait punir ?

— Oh non ! monsieur... C'est papa qui a perdu sa place.

— Vraiment ? Et il y a longtemps ?

— Oui. Il y a plus d'une semaine.

— C'est donc cela que je te voyais tout triste dans la cour. Je me disais : Mais tiens ! Bastide ne joue plus. Il se sent peut-être fatigué... Mais il va bien retrouver une place, ton papa ?

Louis secoua la tête :

— Voilà dix jours qu'il cherche. Il n'a rien trouvé.

— Ça peut se produire d'un moment à l'autre. Il ne faut pas désespérer si vite...

Clanricard était pressé. Il avait rendez-vous avec Mathilde Cazalis pour déjeuner dans un petit restaurant de Montmartre. Le prétexte de leur rencontre était un essai de quelques pages, que Clanricard venait de terminer et qu'il voulait montrer à Mathilde. Le morceau était intitulé : *Nous sommes tellement seuls*. Clanricard l'avait écrit avec émotion, en se souvenant de la promenade nocturne qu'il avait faite un mercredi en compagnie de Laulerque et Darnould, le long des rues de la Butte. Le titre même en était le début d'une phrase de Laulerque dont Clanricard avait été frappé. L'essai devait paraître dans le prochain numéro d'une jeune revue où collaboraient surtout des instituteurs, et où Clanricard avait déjà été accueilli une première fois. Clanricard n'avait pas d'ambitions littéraires ; mais comme il était au fond un timide, il trouvait là un moyen de soulager son cœur que la conversation ne lui procurait pas. En causant avec les gens, il craignait toujours d'être long ; ou qu'une expression trop nuancée ne « fît prétentieux ». Il se laissait prendre la parole. Il avait spécialement la terreur des gens qui vous interrompent au moment où vous allez dire l'essentiel. Devant son papier, au moins, il parlait comme il voulait. Et c'était à une femme, à Mathilde, jugeant avec son cœur, qu'il désirait soumettre ce qu'il avait écrit avec son cœur. Mais ce rendez-vous répondait encore chez Clanricard à une arrière-pensée plus tendre. Chez Mathilde aussi peut-être.

Le petit garçon insistait :

— Je m'étais dit, monsieur Clanricard, que vous qui connaissiez tant de monde, vous pourriez recommander papa ; ou lui donner des adresses.

— Tant de monde... ma foi non, mon petit, je ne connais pas tant de monde. Surtout dans ces milieux-là... Qu'est-ce que faisait ton père, au juste ?

— Il travaillait chez un marchand de porcelaines. Mais on pourrait le prendre n'importe où. Il est très sérieux. Il a une bonne écriture.

Louis s'efforçait de parler posément, sans passion, comme il supposait qu'on doit le faire quand on recommande quelqu'un et qu'on veut être cru. Mais une émotion illimitée affluait tout contre ses paroles.

— Pour le moment, je ne vois pas trop, disait Clanricard. Tu me prends au dépourvu. Je vais réfléchir.

Il saisit dans les yeux du petit garçon une telle confiance, déjà un peu déçue, et l'imminence d'une telle détresse, qu'il voulut rassurer sa propre conscience en sacrifiant une minute encore :

— Je le note sur mon carnet, tu vois, pour ne pas risquer d'oublier. J'en parlerai. Il n'y a pas beaucoup de chances. Mais tout arrive...

Une idée lui traversa l'esprit : « Savoir quelles sont les convictions politiques du père Bastide ? Si par hasard c'était un militant de gauche, il me serait plus facile d'intéresser à son sort Pierre ou Paul. » Mais il eut honte de cette pensée. Il se dépêcha de dire :

— Ne crains pas de venir m'en reparler au besoin. Et que cela ne t'empêche pas de jouer avec tes camarades. Ce n'est pas de te rendre malade de chagrin qui arrangerait les choses.

Il s'éloigna, assez lentement d'abord, mais dès qu'il fut à quelque distance, il tira sa montre, et pressa le pas.

Tandis qu'il s'engageait dans la rue du Mont-Cenis — le rendez-vous était en haut de la Butte — il se répéta à deux ou trois reprises : « Tu es un salaud. Tu ne vaux pas mieux que les autres. » Mais une allégresse qui descendait de la Butte à sa rencontre dominait cette voix comme un bruit de ruisseau. Et Clanricard découvrait la douceur un peu scandaleuse qu'il peut y avoir à être « léger ».

*
* *

Le soir du même jour Clanricard vit avec surprise — il n'osa pas s'avouer : avec gêne — le petit Bastide qui de nouveau le guettait. L'enfant conservait sa mine triste ; mais il avait le regard plus tendu.

Il saisit la main de l'instituteur, et, sans la lâcher, lui dit d'une voix qui tremblait :

— Monsieur Clanricard, j'ai réfléchi à une chose. Je ne vous ai pas expliqué ce matin. Papa a été renvoyé parce qu'il avait mal répondu au patron. Papa est pourtant très poli d'habitude. Mais, n'est-ce pas, on avait été injuste. Alors j'ai bien compris, d'après ce que dit maman, que si papa avait fait ses excuses, le patron lui aurait dit : « Ça ira pour cette fois-ci. Ne recommencez plus. » Mais papa est trop fier. Il n'ira jamais. Alors, moi, je veux y aller, monsieur Clanricard. Mais je ne suis pas assez grand. Il faut que vous veniez avec moi, monsieur Clanricard ; pas aujourd'hui, bien sûr, si vous n'avez pas le temps ; mais quand vous voudrez. Je vous expliquerai bien tout en y allant. Vous comprenez que quand ils vous entendront parler, vous, ils diront oui.

Mes parents ne savent pas que je veux faire ça. Il ne faut pas le leur dire. Mais vous voulez bien, monsieur Clanricard ?

Clanricard était ému. Il trouvait l'idée du petit garçon très touchante ; mais avant même d'y avoir réfléchi, il la jugea de toute évidence impraticable. C'était une « idée d'enfant ». (Quand l'esprit s'est nanti d'une prévention pareille, il se fait tout entier avocat. En réalité, il cesse de s'occuper de la question pour ne penser qu'aux arguments. Il se demande non : « Que vaut-il mieux faire ? » mais : « Que vaut-il mieux dire ? » Le seul problème étant de persuader, la mauvaise foi elle-même n'est pas mal accueillie si elle vient donner un coup de main.)

— Il y a une chose que je te signale tout de suite, mon petit Bastide. Nous ne pouvons absolument pas tenter cette démarche sans en parler d'abord à ton père. Imagine — ce dont je doute un peu, mais enfin — que le patron se laisse attendrir par nous. Dans ce cas, il nous déclarera probablement : « Eh bien, mon petit garçon, dis à ton papa », ou : « Vous, monsieur l'instituteur, dites à M. Bastide, qu'il peut venir me trouver. Il n'aura qu'à m'exprimer ses regrets et nous n'en reparlerons plus. » Et si ensuite ton père ne veut rien entendre ? Supposons même que le patron ne demande pas d'excuses. Ton père en apprenant après coup notre démarche pourra se fâcher : « De quoi vous êtes-vous mêlés ? Le patron a dû croire que c'est moi qui vous envoyais. Je ne vous ai pas chargés d'aller vous humilier en mon nom. » Tu comprends, mon ami... il faut d'abord le mettre au courant.

— Mais alors, ce n'est pas possible, monsieur Clanricard.

Clanricard écarta un peu les bras, pour signifier : « Je ne te le fais pas dire. »

Louis levait sur son ancien maître des yeux douloureusement déconcertés. « Est-ce là, songeait-il, la sagesse des grandes personnes ? Quelles complications vont-elles chercher ! »

Il était sûr, lui, que son idée était bonne. Il la sentait d'avance réussir. Mais il ne pouvait pas l'exécuter tout seul et il n'imaginait personne d'autre au monde pour l'aider que M. Clanricard.

Il baissa les yeux. Clanricard pensa qu'il se résignait, et lui donna en guise de récompense une tape sur la joue. Ils se dirent au revoir. L'enfant se retrouva, sans aucun compagnon, dans la mouillure d'automne. Il n'avait plus que les pensées de sa tête à qui parler et à qui répondre. Il se défendait de juger Clanricard. Mais il savait bien que les raisons que l'instituteur venait de lui donner n'étaient qu'un prétexte. « J'ai vu tout de suite qu'il ne voudrait pas. » Il se disait encore : « Il m'aime moins que je ne croyais. » Puis : « Il se figure peut-être que papa a été chassé comme voleur. » Les lumières d'une petite boutique clignaient sur un étalage de sucreries. Un chien, le poil couvert de gouttelettes brillantes, trottinait devant l'enfant comme pour lui montrer le chemin. « Mais si je me baissais pour le caresser, il s'échapperait en faisant un grognement. » Un autobus passait trop près du trottoir. Son garde-boue frôlait presque le bras de Louis. « Si j'étais tombé dessous, personne ne m'aurait rattrapé. » Notre-Dame de Clignancourt sonnait. Ce n'était pas une très belle cloche ; et Louis ne savait pas si c'était ce qu'on appelle l'angélus. Voilà des détails qu'on oublie de vous apprendre au catéchisme. Mais il avait idée que l'angélus est fait pour aller chercher jusqu'au fond des quartiers les gens qui ont de la peine. Que peut leur dire l'angélus ? Rien qui ressemble à des paroles. Mais ils sont heureux de l'entendre. La voix de la cloche répète assez longtemps le même cri sur les rues mouillées ; un cri grand ouvert qui passe par-dessus vos têtes et va toujours plus loin. Ai-je encore une maison ? Y a-t-il une lampe allumée pour moi sur la table ? Les gouttes de bruine contre le visage, qui d'abord étaient piquantes et hostiles, cessent de vous déplaire à la longue. Elles imitent sur les joues la présence des larmes. Mais elles ne viennent pas de vous. Vous les recevez, assez étrangères pour que chacune vous surprenne un peu, assez attendues pour qu'elles vous apaisent. Elle vous touchent finement les paupières comme pour vous rappeler que vous finirez par dormir, et que la plus triste journée tombe soudain dans le sommeil qui l'efface miraculeusement. C'est aux endroits où la rue devient déserte que les gouttelettes vous entourent le mieux et vous saisissent. On ne voit plus qu'ellles jusqu'à la lumière du bec de gaz qui les fait tourner comme une roue. Mais pourquoi la cloche s'est-elle éteinte ? Comme on écoute plus que tout à l'heure, on entend une espèce de tû-û-û, tû, û, û. C'est peut-être le cri d'un des trains qu'on voit de la halte de verre. Mais il est déjà plus loin que les ponts qu'on connaît, déjà parti. On l'entend comme si lui-même n'était nulle part. Son tû, û, û, vous arrive du ciel comme un angélus beaucoup plus secret que distinguent seulement ceux qui marchent en silence et qui prêtent l'oreille. Pourquoi y a-t-il une douceur à entendre ce que mille et mille autres n'entendent pas ? Pourquoi quelque chose dans votre tête s'imagine-t-il que ce tû-û-û ne serait pas venu jusqu'à vous si vous n'étiez pas malheureux ? Et pourquoi vous promettez-vous, quand vous serez dans votre lit ce soir, d'écouter bien soigneusement, de chercher à tâtons dans la rumeur du ciel, afin de ressaisir le même tû-û-û, qui s'y cachera encore, le même, qui réapparaîtra au loin tout à coup, si vous avez la patience de guetter en retenant votre souffle ?

XVI

UNE « DAME » COMME BIEN D'AUTRES

— Est-ce que Madame sait où est Monsieur ?

— Il doit être au magasin.

— Au magasin ils ont dit que non. C'est parce qu'il y a un petit garçon qui demande à le voir.

— Un gamin envoyé par une maison ?

— Oh ! je ne sais pas. Je ne pense pas. Il dit qu'il veut parler à M. Yvoy personnellement.

— Ce n'est pas un petit mendiant ?

— Non. Il est gentiment habillé.

— Où est-il ?

— Sur le palier. Je ne l'ai pas fait entrer.

— Eh bien, allez lui demander ce qu'il veut.

Mme Yvoy était déjà en toilette. Elle avait un corsage de soie blanche, avec dentelles ; une jupe de soie noire ; des boucles d'oreilles, à fine monture d'or, ornées chacune d'un beau solitaire. Mais elle avait gardé quatre bigoudis pour venir à bout de mèches de cheveux naturellement plus indociles que les autres, surtout par changement de temps. Elle défit les bigoudis, tapota sa chevelure.

— Il n'a pas voulu me le dire », fit la bonne, qui rentrait dans la chambre. « Mais quand je lui ai eu expliqué que Monsieur n'était pas là, qu'il n'y avait que Madame, il a eu l'air de dire qu'il voulait bien en parler à Madame.

— Il ne fallait pas lui dire ça. Vous savez, moi, tous ces gens qui insistent pour être reçus, je n'aime guère ça. Neuf fois sur dix on le regrette. C'est toujours pour vous quémander quelque chose ; quand ce n'est pas avec l'intention de voler, ou de faire des remarques. Enfin, il n'a pas trop mauvaise façon, ce gamin ?

— Mais non, madame. Il est très poli. A le voir, ça pourrait être aussi bien un petit garçon de gens que Monsieur et Madame fréquentent. Je veux dire à quelque chose près.

— En attendant, ne le laissez pas seul trop longtemps.

— J'ai poussé la porte contre ; et il y a le crochet.

— Bon. Faites-le entrer dans l'antichambre. Et restez près de lui. J'y vais tout de suite.

*
* *

En effet, ce petit garçon était habillé proprement. Il n'avait pas la mine insolente. Mais il fallait le mauvais goût d'Irène pour être tenté de le confondre avec les enfants d'amis. De plus, Mme Yvoy, qui avait de la délicatesse d'odorat, et un grand souci personnel de l'hygiène, sentait venir de l'enfant une odeur, très peu accentuée à vrai dire, mais qui trahissait une classe inférieure. (Le corps n'est pas lavé assez souvent, dans son ensemble ni dans ses recoins. Le linge, qu'on épargne, surit un peu. Les vêtements emportent avec eux le relent d'un placard situé trop près de la cuisine.)

— De quoi s'agit-il, mon petit ami ?

L'enfant, qui avait pensé à cette entrevue une partie de la nuit, n'avait rien imaginé qui ressemblât à ce qui commençait d'avoir lieu réellement. Il s'était préparé aux circonstances les plus intimidantes, même à une comparution solennelle dans une pièce vaste, devant un monsieur sévère qui vous regarde venir, les sourcils froncés. Cette dame un peu forte, poudrée, au beau corsage blanc, dont la voix était assez hautaine, mais point malveillante, aurait dû l'effrayer bien moins. Mais elle avait l'air pressée. Le lieu même n'était pas de ceux où l'on s'attarde. L'on sentait qu'il faudrait avoir tout dit en deux mots. Ce qu'il avait médité, c'étaient de longues phrases, qui auraient eu le temps de monter du cœur, et peut-être de l'atteindre chez autrui. Mais les « deux mots » lui manquaient.

— Je suis le fils de M. Bastide, dit-il.

— M. Bastide ?

— Oui. Papa travaillait chez vous, au magasin. Il a perdu sa place.

— Oui, je me rappelle. Et alors ? Qu'est-ce que vous vouliez à M. Yvoy ?

« Il vient demander une charité, pensa-t-elle, ou tout simplement réclamer un objet que son père a laissé en bas. »

L'enfant semblait anxieux. Il faisait faire à sa tête un mouvement bizarre de rotation, comme si quelqu'un lui eût tordu les membres, et qu'il voulût échapper au supplice.

— Allons ! Je vous écoute.

— Je voulais dire à M. Yvoy qu'il reprenne papa. Parce que papa n'a pas voulu faire des excuses. Mais il serait bien content de revenir.

— Et pourquoi n'a-t-il pas voulu faire des excuses ?

L'enfant ne répondit pas.

— C'est très joli, la fierté ! Mais quand on a besoin des gens, on la remise un peu. Il n'attend tout de même pas que ce soit M. Yvoy qui lui en fasse ? Et pourquoi t'a-t-il envoyé ? Il n'est pas assez grand pour venir lui-même ?

— Ce n'est pas lui qui m'a envoyé, madame. Il ne sait pas que je suis venu.

— Alors, il n'a même pas eu le mérite du geste ? Comment veux-tu que M. Yvoy en tienne compte ? Tu es un bon petit garçon de vouloir prendre les intérêts de tes parents ; mais ce n'est pas à M. Yvoy que tu devais t'adresser. C'était à ton père, mais oui, pour qu'il se résigne à ce qui n'est en somme qu'un léger sacrifice d'amour-propre. Vous m'avouerez !... Quand on a charge de famille, on met le bonheur des siens avant son amour-propre. Il me semble. Oh ! Je ne sais pas ce que M. Yvoy aurait décidé. Maintenant, de toute façon, il est trop tard. Une démarche pareille, ça se fait tout de suite ou pas du tout. Il y a longtemps que ton père est remplacé.

« Remplacé. » Le mot glaça Louis Bastide. Depuis dix jours, il s'était représenté avec toute la force et l'amertume possibles que son père avait perdu sa place. Mais l'idée ne lui était pas venue qu'il pût être remplacé. Mot implacable. La place est prise, comme dans les jeux. Non seulement elle vous quitte, mais elle est à un autre. Quelqu'un s'y est casé dedans, qu'il faudrait déloger. Et vous ne le délogerez pas.

Pendant ce temps Mme Yvoy s'excitait de ses propres paroles. Elle avait commencé dans un sentiment d'indulgence condescendante. Mais d'une phrase à l'autre, elle venait de découvrir que l'attitude de ces gens passait la mesure. Elle aurait pu être attendrie par la présence de l'enfant, par le chagrin qu'il exhalait de tout son visage, par les yeux suppliants qu'il faisait. Mais elle était de ceux qui, lorsqu'ils se mettent à parler plus vite et plus fort que d'habitude, cessent de voir autour d'eux. On dirait qu'une buée légère s'élève de leurs nerfs et de leur sang. Ils habitent une émanation d'eux-mêmes qui les enivre.

Des idées familières, qu'elle considérait comme le fruit de son expérience, achevaient de la rendre aveugle. « Ces gens-là ne vous savent jamais aucun gré de ce qu'on fait pour eux. Votre pitié, ils la prennent pour de la faiblesse. Ce sont les bonnes que j'ai le mieux traitées qui se sont le plus mal conduites avec moi. Le père Bastide, si on lui avait offert ailleurs trente francs de plus par mois, nous aurait lâchés sans un mot de regret. Que mon mari ait la naïveté de le reprendre, il se souviendra seulement qu'on l'avait renvoyé, et il gardera sa rancune, en plus de sa mauvaise tête. D'ailleurs, lorsque quelqu'un vous a fait une offense grave, il faut savoir à quoi on s'expose en lui pardonnant : il recommencera. Parce que c'est dans son caractère. Et ensuite parce que vous l'avez habitué à l'idée que son pardon lui est dû. »

Ainsi, comme il était arrivé à Wazemmes de rejoindre les Stoïciens, Mme Yvoy tirait de son fonds un des aphorismes les plus décourageants de Schopenhauer. Mais, tel un montreur de serpents, elle le tenait de façon qu'il ne pût se retourner contre elle-même. Elle oubliait avec le plus grand naturel que son mari lui avait pardonné naguère deux infidélités devenues patentes, et qu'elle avait suffisamment regagné sa confiance pour pouvoir sans trop de risque en ébaucher une troisième.

Et puis Mme Yvoy, qui avait de la corpulence, de la poitrine, de beaux solitaires aux oreilles, une voix qui s'aigrissait facilement, était elle aussi une timide. Elle se sentait toujours menacée par le dédain ou le sans-gêne d'autrui, et incapable d'y répondre, à moins de se fouetter. Elle avait trompé son mari surtout pour se rassurer quant à ses moyens de plaire, dont elle doutait par recrudescences périodiques. C'est lorsque le doute approchait de son point culminant, qu'elle s'arrangeait pour rencontrer un adorateur. Dans ses rapports avec les inférieurs, elle avait conscience de l'effort qu'elle devait accomplir sur elle-même « pour ne pas se laisser mettre le pied dessus » ; mais elle trouvait plus avantageux d'appeler sa timidité bonté. « Je suis trop bonne. Il faut que je me surveille, que je m'oblige à être dure dans certains cas. » Elle était sincèrement persuadée que dans plusieurs circonstances de sa vie, sa bonté lui avait joué des tours pendables. « On a du mal à se refaire. Mais on doit lutter. » Quand elle avait réussi, comme cette fois, à se monter un peu en parlant, au lieu de chercher ensuite à se calmer, elle se félicitait du courage qui lui arrivait ainsi, et qui la défendrait d'une nouvelle sottise. « Pour un peu, je me laissais prendre. Moi, dès qu'on s'adresse à mon bon cœur... surtout un enfant. Ce petit garçon, n'est-ce pas, avec ses airs de sainte nitouche !... Je suis pourtant payée pour savoir que tout ça, c'est de la comédie. Qu'y a-t-il de plus touchant que ces enfants qu'on dresse à implorer les passants dans la rue ? C'est même parce que c'est trop touchant qu'on doit se méfier. » Il lui était d'ailleurs facile de démêler sur le visage de Louis Bastide tous les signes de comédie qu'elle voulait, puisqu'elle ne le regardait plus.

Peut-être Louis eût-il été mieux inspiré en ne parlant pas de M. Yvoy, et en feignant d'attendre de la dame elle-même l'initiative d'un geste généreux. Elle se serait dit encore : « Je suis trop bonne. » Mais le plaisir de se voir attribuer l'autorité en dernière instance eût sans doute compensé la peur d'être faible.

Louis ne devinait pas tous ces détours. Il voyait seulement en face de lui une dame assez grosse, richement vêtue, ornée de bijoux précieux, qui lui parlait de haut en bas avec une irritation croissante, et qui, loin de lui laisser rien espérer, lui reprochait en somme d'être venu.

Elle roulait rapidement les yeux. Son buste montait et redescendait. Elle respirait l'orgueil, la domination, la colère. Elle ressemblait aux despotes tuméfiés de l'Écriture Sainte et de l'Histoire.

L'enfant la considérait avec horreur. A un mouvement qu'elle fit vers lui, il recula. Entre cette femme d'un côté, son père et sa mère de l'autre, il n'apercevait maintenant aucun trait commun. Leur identité de structure physique ne comptait plus. Ils faisaient partie de la même société, évidemment, mais non pour cela de la même espèce. L'instinct de l'enfant cessait de lui affirmer qu'une disposition semblable des yeux ou de la bouche prouve la parenté humaine, lors même que les regards des yeux et les paroles de la bouche s'acharnent à la nier.

Pendant ce temps, Mme Yvoy se répétait : « Je suis trop bonne. Si je ne me débarrasse pas tout de suite de ce gamin, je finirai par me laisser attendrir. » Elle avançait donc vers la porte, par intervalles ; et lui, évitant chaque fois son approche, reculait comme devant une bête monstrueuse.

XVII

LOUIS CRIMINEL

Depuis le matin, Louis ne se reconnaît plus. Non seulement il a des pensées qu'il n'a jamais eues, mais toute l'impression que son être intérieur lui donne est changée. Tout y est crispation, sécheresse, amertume. Un tic des épaules, contre lequel sa mère l'avait mis en garde longtemps, et qui était passé, lui est revenu. Sur la barre inférieure du pupitre, il déplace à chaque instant ses pieds. Il prend plaisir à forcer, de la tranche de son talon, contre la barre. Il regarde les entailles que de mauvais élèves des années précédentes ont creusées dans le rebord de la table. Elles mordent profondément le bois. Parfois, entre deux entailles voisines, tout un morceau a éclaté. Cela sent la chose broyée et détruite, l'insistance à faire mal. Louis n'en est plus scandalisé.

Il suit distraitement l'exercice de calcul, trop facile pour lui. A chaque instant, il revient à la vision de Mme Yvoy debout dans l'antichambre, et le chassant peu à peu. Pour la première fois de sa vie, il déteste quelqu'un longuement, avec une fureur que des pensées plus douces ne viennent pas détendre. Il se sent méchant. Il accepte de l'être.

Mme Yvoy est devenue dans sa tête plus grande et plus grosse qu'en réalité. Elle le domine de haut. Son regard, les mouvements de sa bouche, de sa poitrine, le ton de sa voix reproduisent indéfiniment l'expression la plus odieuse qu'ils ont pu atteindre un instant, ce matin.

Elle agite une main vers lui, courte, potelée. Il rêve qu'il mord tout à coup cette main, le plus durement possible. Et la dame fait « auïlh ! » d'une façon déchirante. Pendant qu'il pense à cela, Louis serre les dents, grince des dents. Il se voit encore la mordant au bras, à la cuisse. Il imagine une chair à la fois molle et tendre, où les dents sont contentes d'entrer. Mais mordre est une méchanceté d'animal ou de petit enfant. Il se voit tenant un poignard. Il n'a jamais tenu de poignard. Même quand il lui est arrivé de saisir un grand couteau de cuisine, il ne l'a jamais brandi à la façon menaçante d'un poignard, parce qu'il n'aime pas simuler les actes cruels. Tout au plus a-t-il pu faire un geste de ce genre avec un de ces courts sabres de bois que les enfants se fabriquent pour jouer à la petite guerre. N'importe. Aujourd'hui, en imagination, il tient son poignard fort bien, le manche calé et serré dans sa main droite, la lame dressée obliquement vers le haut. C'est une lame assez longue, effilée, à deux arêtes et deux tranchants, la pointe pareille à celle d'une épée. Il vise Mme Yvoy tantôt du côté du ventre, tantôt du côté de la poitrine. Il a vu des mères allaiter leurs bébés dans les squares. Il sait comment se présente un sein volumineux, comment il retombe sur le torse et s'y rattache, par en dessous. C'est là, sous l'un des seins, vers l'endroit de l'attache, qu'il imagine, ou plutôt qu'il se prépare à imaginer l'enfoncement du poignard. Car il ne cesse de différer cette vision extrême.

Ses tempes sont chaudes. Sa tête lui fait mal. Quand par hasard le maître l'interroge et qu'il répond, il ne reconnaît plus sa voix. Les visages de ses camarades lui paraissent fort lointains. Par moments, il lui semble que des distances tout à fait anormales se créent entre lui et les choses d'alentour. Ce sont comme des ondes qui sortiraient l'une de l'autre, et qui se déploieraient, en s'écartant, à une vitesse vertigineuse. Il a le sang-froid de se dire qu'aujourd'hui il se contente de rêver le meurtre de Mme Yvoy, comme il lui arrive de faire d'autres rêves qui n'aboutissent à aucune action ; mais que demain, ou peut-être même dès ce soir, il y pensera comme à un projet ; et qu'un peu plus tard il est bien capable d'aller rue de Paradis avec un poignard caché sous sa pèlerine.

Quand ses yeux tombent sur un voisin, ils lui trouvent une physionomie puérile, dépourvue d'intérêt. Il considère comme évident que le moins favorisé de ses camarades est infiniment plus heureux que lui, mais qu'en revanche le plus sérieux n'a que des préoccupations futiles à côté des siennes, et que le plus habitué aux pensées mauvaises est incapable d'imaginer si longuement qu'il tient un poignard dirigé vers la poitrine d'une dame de la rue de Paradis.

*
* *

Le soir, dans son lit, il tire de dessous l'oreiller le couteau qu'il a caché tout à l'heure. C'est un couteau de poche, d'un type paysan, à une lame, qu'il a pris dans le tiroir de la table de cuisine. Le manche d'os jaunâtre est fixé par de gros rivets. La lame ressemble, en plus petit, à celle d'un couteau à découper ; le dos en est recourbé ; la pointe, fort aiguë.

Il ouvre le couteau, tâte d'abord la pointe avec la pulpe de son index. Et sa méchante vision se réinstalle. Au début, il est obligé de se pousser un peu ; il manque d'entrain. Il s'aperçoit avec déception que sa haine s'est amortie. Mais l'idée du couteau la ravive.

Il appuie doucement la pointe contre sa cuisse ; contre son ventre. Puis il relève sa chemise, la roule jusqu'au-dessus de sa poitrine. Il n'y a plus rien entre le devant de son corps et le drap trop neuf aux rugosités perceptibles. De la main qui ne tient pas le couteau, il se tâte, s'explore.

La main arrive au-dessous du sein gauche. Il sait que le cœur est par là. Il le sent battre. Il reconnaît facilement le contour des côtes, leurs intervalles. Sa chair à lui ne forme là qu'une faible épaisseur. Mais au même endroit, il y a, chez les femmes, cette masse volumineuse, si impudique, au bout si voyant, que l'on aperçoit du coin de l'œil en passant dans les jardins publics, quand les mères donnent à téter. Il y a cette masse, à gauche comme à droite, sous le corsage de Mme Yvoy.

L'impureté même de l'image où il se complaît inquiéterait le petit garçon, qui a la notion de la chasteté, et qui en a le goût. Mais il se dit que la chasteté n'est pas en cause puisqu'il ne se représente ce sein de femme que pour y plonger en pensée un couteau. (Pas tout de suite d'ailleurs. Rien ne presse.) L'idée du meurtre, à sa façon, purifie tout. Rêver à la chair n'est pas charnel, quand il s'agit de faire souffrir la chair, d'en tirer du sang, peut-être d'y introduire la mort. Le meurtre est assurément une chose affreuse et très coupable. Mais c'est une chose dont on ose parler. Les meurtres sont décrits dans les journaux, et même, quand ils sont historiques, dans les livres de classe.

Il appuie la pointe du couteau à peu près à l'endroit où le sein de Mme Yvoy doit se rattacher à la poitrine. La peau se déprime sous la pointe. Ce n'est pas vraiment douloureux. C'est terriblement intéressant.

*
* *

Le lendemain matin, il se réveille couvert de sueur, tout moite aussi d'un exsudat plus effrayant, qui est fait du suintement de ses pensées criminelles, pensées d'avant le sommeil, venu très tard, et pensées du sommeil. Il se rétracte de dégoût, comme un enfant propre qui se réveillerait couvert de ses excréments. Il est triste, fatigué, et surtout ennemi de lui-même. Il a vieilli.

Jusqu'à ce qu'il puisse se décharger de cette souillure, il met sa vie comme en suspens. Il imite ceux qui évitent de toucher aux choses, même de s'asseoir, parce qu'ils ont peur de salir, étant sales eux-mêmes des pieds à la tête.

Mais comment se nettoyer ? A qui raconter qu'on a eu de telles pensées pendant des heures ?

Sa mère le regarderait avec épouvante, comme si, dans la nuit, un romanichel était venu, et lui avait changé son enfant. M. Clanricard, debout dans la rue, l'écouterait en tournant la tête d'un autre côté, ferait semblant de ne pas le croire, ou de ne pas le prendre au sérieux, affecterait de rire, lui donnerait une tape. Et puis ce n'est pas quand on est au coin d'une rue qu'on trouve le courage qu'il faut, et aussi les premiers mots, le ton de voix, pour commencer une confidence pareille.

En reprenant son mouchoir sous l'oreiller, Louis rencontre le couteau. La lame en est refermée. Mais il semble, tel quel, une confidence à faire pâlir. Pis que cela : une pièce à conviction.

Louis le dissimule sous les vêtements qui recouvrent la chaise, près du lit. Tout à l'heure, il s'arrangera pour le reporter dans le tiroir de la cuisine, sans être vu.

XVIII

L'ABBÉ JEANNE

Le bedeau finit par joindre l'abbé Jeanne du côté de la chapelle de la Vierge et lui dit :

— Je vous cours après depuis au moins dix minutes. Il y a un gamin qui demande à vous parler.

— Où est-il ?

— Venez par ici. Tenez, là-bas, derrière le banc d'œuvre.

L'abbé Jeanne reconnut de loin un de ses élèves du catéchisme de première année, qui dès le second semestre de l'an dernier avait assisté à quelques leçons préparatoires. Mais l'abbé avait une mauvaise mémoire des noms propres. « Je sais pourtant très bien qui c'est. Il fréquente l'école de la rue Sainte-Isaure. J'ai vu une ou deux fois sa mère qui est une femme très convenable. » A quoi s'ajoutait un signalement plus intérieur : « Intelligent ; fort au-dessus de la moyenne. C'est lui qui m'a posé l'autre jour cette question difficile. Sans malice d'ailleurs. Il ne cherchait pas à m'embarrasser. Je lui crois bon esprit. Il ne semble pourtant pas très pieux. Pas tourmenté non plus, au moins de ce côté. Ce qui m'étonne presque, avec ce visage pensif qu'il a. Il se peut que la famille, sans être hostile, l'ait tenu en dehors de l'atmosphère chrétienne. Il ne s'est peut-être pas encore aperçu de la religion. Il n'a pas eu le temps. »

— Bonsoir, mon enfant. Tu désires me parler ? Comment t'appelles-tu déjà ?

— Bastide, Louis Bastide. Je suis élève du catéchisme.

— Je sais très bien. Mais je ne me grave pas tout de suite vos noms dans l'esprit.

— Je voudrais me confesser, monsieur l'abbé.

L'abbé Jeanne eut un regard de surprise, hésita, sourit :

— Te confesser ? Mais tu penses que c'est bien urgent ?

— Oui.

— C'est que... je ne vous ai même pas appris encore comment on doit se confesser.

L'abbé n'était point formaliste. Mais il n'eût pas voulu favoriser chez un enfant l'idée que les sacrements sont un jeu comme un autre. Le respect des formes aide au respect des choses mêmes.

Cependant il examinait ce jeune visage. L'expression en était plus que sérieuse. Il y avait dans les yeux quelque chose de hagard, d'éperdu. L'abbé était peu enclin à croire qu'un péché d'enfant pût être d'une extrême gravité. Mais une détresse d'enfant lui donnait plus d'inquiétude. Il tenait pour une vérité de principe — comme Jallez — que l'âme n'a pas d'âge. Le fait d'avoir peu vécu empêche sans doute le plus souvent qu'elle n'arrive, du côté du mal, à de profondes noirceurs ; mais ne la préserve nullement des excès de la souffrance morale ; bien au contraire. Sa fraîcheur ne la rend que plus vulnérable. Son manque d'expérience la laisse désarmée contre certains fantômes de l'imagination.

— Mon enfant, dit-il, nous allons faire comme ceci, si tu veux bien. Nous nous assoirons dans un coin tranquille. Tu me diras ce que tu as sur le cœur. Et nous verrons... Nous verrons si cela vaut la peine d'une confession en règle.

Dans des circonstances analogues, il avait déjà eu recours à cet expédient. Il y apercevait divers avantages ; l'un psychologique, qui était de dramatiser le moins possible la situation aux yeux de l'intéressé ; l'autre, religieux, qui était de ne pas faire dépendre d'un caprice le premier contact d'une jeune âme avec le sacrement de la pénitence.

Comme il voyait que son offre était reçue avec une trace d'inquiétude, il ajouta :

— Bien entendu, je te garantis de ma part le même secret qu'au confessionnal.

Ils gagnèrent l'autre bas-côté, s'arrêtèrent à l'endroit où avaient lieu, certains soirs, les répétitions du catéchisme ; et s'installèrent sur deux chaises que l'abbé tourna l'une en face de l'autre.

— Je t'écoute. Nous avons tout le temps. Ne te presse pas.

L'abbé, le bras gauche replié sur la poitrine, et le coude droit prenant appui sur le poing gauche à demi fermé, mit son visage dans sa main droite pour ne pas gêner l'enfant par son regard.

Louis lui expliqua d'abord le malheur arrivé aux siens ; comment son père avait été renvoyé de son emploi, bien qu'il fût honnête et travailleur, et qu'il eût une belle écriture. On l'aurait peut-être repris, mais il avait refusé de faire des excuses. Louis conta aussi la perte du sac. Sa maman était bien allée chez le commissaire. Mais personne naturellement n'avait rien rapporté. Quelqu'un avait gardé le sac, et les cinquante francs qu'il y avait dedans.

Il parlait bas, par phrases entrecoupées. Il faisait un peu le même effort que s'il avait eu à retrouver les divers points d'une leçon d'histoire, facile à comprendre quand on la lit, mais difficile à répéter sans que tout se mélange et s'obscurcisse.

Il s'arrêtait parfois, guettant un signe d'attention. Le prêtre disait : « Oui, oui », ou « Parfaitement », ou « Et alors ? » sur un ton d'intérêt sincère. Il intercala même deux ou trois réflexions, comme : « Tout cela est bien triste. »

L'enfant parla ensuite du projet qu'il avait formé d'attendrir M. Yvoy.

— Brave petit ! fit le prêtre.

L'enfant raconta très gauchement sa visite rue de Paradis. Il ne sut à aucun degré dépeindre Mme Yvoy, ni les façons qu'elle avait eues. Mais l'abbé Jeanne n'était pas sans connaître plusieurs variétés de grosses bourgeoises de boutique. Il n'eut pas de peine à imaginer l'orgueil de Mme Yvoy, l'aigreur de ses réponses. Il entrevit même la corpulence de la dame, et ses bijoux, bien que le petit garçon n'en eût rien dit.

Là-dessus, comme Louis marquait une hésitation plus accentuée que les autres, le prêtre crut devoir l'encourager :

— Cette dame ne s'est pas conduite en très bonne chrétienne. Tu pouvais te sentir le cœur bien gros.

— Oh oui ! dit l'enfant. Mais c'est tout de même affreux ce que j'ai fait. J'ai voulu la tuer.

— Comment, tu as voulu la tuer ?

— Oui, tout hier, et toute la nuit. J'ai pensé tout le temps comme si je la tuais.

— Mais... chez elle, as-tu fait quelque chose... qui répondait à cette pensée ? un geste de violence ? L'as-tu frappée ? Ou as-tu essayé ?

— Non.

— L'as-tu menacée ? As-tu prononcé des paroles grossières ?

— Non, monsieur l'abbé. Je n'ai rien dit.

— En somme, sur le moment, il ne s'est rien passé de répréhensible ?... de ton côté ?

— Non, monsieur l'abbé. C'est après.

— Qu'y a-t-il eu, exactement, après ?

— J'ai tout le temps pensé que je tenais un couteau, et que j'allais lui donner un coup... là.

Il montrait un point précis de sa poitrine.

— Mais cela s'est borné à des pensées ? Tu n'en as même parlé à personne ?

— Non.

— Tu n'as pas dit par exemple à des petits camarades : « Je vais tuer cette dame ? »

— Oh ! non.

— Tu as raconté la visite à ta mère ?

— Non, monsieur l'abbé. Elle ne sait rien.

— Vois-tu autre chose que tu aies commis, contre cette dame, en dehors des pensées dont tu me parles ?

— Hier soir, j'ai pris un couteau dans un tiroir de la cuisine. Je l'ai caché sous mon oreiller.

— Tu avais le dessein de t'en servir ?

Louis ne répondit pas.

— Explique-moi bien cela. Est-ce que tu t'étais dit : « Demain, je retournerai rue de Paradis, et avec ce couteau-là, je frapperai cette dame ? »

— Non.

— D'abord, qu'est-ce que c'était comme couteau ?

— Un couteau que papa a acheté un jour à la foire au jambon, et maman s'en sert pour éplucher les pommes de terre.

— Alors, il n'est pas bien long ?

— Comme ça, à peu près, quand la lame est refermée.

— Si tu ne te disais pas : « Je frapperai cette dame, avec ce couteau », que te disais-tu ?

— Je me disais : « Je la frapperai avec un autre couteau. »

— Tu ne savais pas lequel ?

— Oh ! non.

L'abbé Jeanne, pour la première fois, retira son visage de sa main. Il considéra ce meurtrier imaginaire. Le meurtrier avait un tendre visage, ravagé de remords.

Le prêtre lui dit, d'un ton doucement sérieux :

— Évidemment la colère t'a conduit à des pensées très mauvaises. Tu t'en est rendu compte par toi-même. Elles t'ont fait souffrir.

Comme l'enfant répondait « oui » sans beaucoup d'élan, l'abbé reprit :

— Tu as peut-être eu l'impression qu'elles te soulageaient. Mais au total, elles t'ont rendu malheureux. Il n'y a qu'à te regarder maintenant. Tu regrettes de les avoir eues, n'est-ce pas ?

— Oh ! oui.

— Cela doit te servir de leçon. Nous ne pouvons pas empêcher, dans certains cas, que la conduite du prochain nous scandalise. Moi-même, si j'avais assisté à la réception que t'a faite cette dame — en supposant que tu aies bien vu les choses comme elles se sont passées ; et je tends à le croire : tu n'es pas venu t'accuser pour chercher en même temps à t'excuser par de petits mensonges, n'est-ce pas ? — eh bien, j'aurais eu de la peine à penser de cette dame des choses très charitables. Mais il ne faut pas en arriver pour ça à nous mettre dans des états qui ensuite nous scandalisent nous-mêmes. Tu étais beaucoup plus injuste envers cette dame, en rêvant de la tuer — sans le vouloir bien sérieusement d'ailleurs — qu'elle-même n'avait été injuste envers ton père... Surtout » ajouta-t-il d'un ton peu convaincu, « que c'est peut-être une femme qui a peur de contrarier son mari.

Louis accueillait, avec un épanouissement de tout le visage, cette réprimande si modérée.

Il demanda, pourtant :

— Je ne suis pas un criminel ?

— Non, Dieu merci ! Dans certains cas, l'intention suffit pour qu'on soit fortement coupable. Mais chez toi, il ne s'agissait pas d'une véritable intention. Tu as été en proie à une espèce de mauvais rêve, que tu as eu le tort — cela oui — de ne pas chasser immédiatement.

L'abbé se donnait pour règle, quand il avait affaire à une âme déjà saisie par le remords, surtout à une âme jeune, de ne rien dire qui pût accroître en elle, sans précaution, le sentiment de culpabilité. Entre deux qualifications d'une faute il préférait choisir la moins grave, non pas tant par indulgence naturelle que pour ménager le ressort moral. Il était persuadé qu'en général l'âme ne gagne rien à se croire enfoncée dans le mal plus profondément qu'elle n'est. D'où nous viendra le courage de nous rapprocher de Dieu, et du bien, si la distance à franchir nous accable l'imagination ? Certes, nombre d'auteurs professent que c'est en montrant au pécheur l'abîme de son péché, en le plongeant plus bas qu'il n'y parviendrait lui-même dans l'humiliation et l'horreur de soi, qu'on excite en lui un sursaut capable d'opérer le salut. L'abbé Jeanne estimait que cette méthode peut se justifier, quand on l'applique à des natures d'exception, de celles dont on dit qu'elles font les criminels ou les saints. Mais l'abbé Jeanne n'était assez orgueilleux ni pour se sentir personnellement le moindre rapport avec ces natures extrêmes, ni pour se flatter d'en rencontrer souvent. Les natures plus moyennes, et plus nombreuses de beaucoup, auxquelles il était appelé à rendre service, lui semblaient s'accommoder d'une méthode moins héroïque. Le meilleur médecin n'est pas, d'ordinaire, celui qui encourage le malade à se croire perdu.

Louis Bastide interrogea encore :

— Faut-il que je me confesse ?

— As-tu d'autres choses à m'avouer ?

— Non.

— Tu as du reprentir, n'est-ce pas ?

— Oh oui !

— Je pense bien que Dieu te pardonnera pour cette fois, en attendant ta première confession en règle. Tu diras une prière, celle que tu voudras. Mais sais-tu ce que tu vas faire ? Eh bien, en la disant, tu demanderas au Bon Dieu : « Faites qu'il n'arrive rien de fâcheux à Mme Yvoy ni aux siens. Je vous prie pour sa santé. » C'est difficile, ça ? Mais tu n'en auras que plus de mérite.

Le prêtre ajouta avec bonhomie :

— Je t'autorise à dire en plus : « Faites, mon Dieu, que Mme Yvoy soit meilleure et plus charitable » ; parce qu'enfin c'est encore rendre service à cette dame que de lui souhaiter un cœur plus compatissant.

Il regarda de nouveau le visage du petit garçon. La même détresse que tantôt ne s'y lisait plus. Les yeux étaient reconnaissants. Mais ils étaient tristes.

« C'est vrai », pensa le prêtre.

Il dit tout haut :

— Ce n'est pas ça qui arrange la situation de tes parents. Donne-moi leur adresse. 92 *bis,* rue Duhesme ? Et ton papa travaillait chez ?... Yvoy, v, o, y, anciennement Yvoy et, comment dis-tu ? Kalkbrenner, deux k ? Oui ; deux n ? Et ce billet de cinquante francs, quand ta mère l'a-t-elle perdu ?... Bon. Il était dans son sac. Un sac de quelle couleur ?... En revenant de la place Clichy, me disais-tu ? Je note ces renseignements-là à tout hasard. Il y a, hélas ! peu de chances pour que je puisse en tirer parti. Bien entendu, dans ta prière, ajoute que tu demandes au bon Dieu qu'il fasse que ton papa retrouve une place, et ta maman son sac. De mon côté, je ferai une prière pour toi et pour eux.

*
* *

Le même soir, Clanricard écrivit le brouillon de lettre suivant :

« Cher monsieur Rothweil,

« Je me permets de m'adresser à vous, pour vous signaler un cas intéressant. Le père d'un de mes petits élèves de l'an dernier vient de perdre sa place, et la famille se trouve de ce fait dans une situation pénible. J'ai tout lieu de croire que le père est un très brave homme. Il s'appelle Bastide. Il travaillait dans une maison de porcelaines. Il a une cinquantaine d'années, et a élevé trois enfants, dont le dernier, mon ancien élève, reste encore à sa charge. Peut-être verrez-vous dans votre entourage une situation à lui indiquer. Je lui dirai de se présenter à vous, en cas de besoin.

« Veuillez croire, cher monsieur Rothweil, à mes remerciements anticipés pour cette famille intéressante, et à mon bien cordial souvenir. »

En le recopiant, d'une écriture qu'il rendait malgré lui un peu trop moulée, il intercala, après *d'un de mes petits élèves de l'an dernier :* « de mon meilleur, je puis dire, puisqu'il a eu le prix d'excellence » ; plus loin il supprima *dont le dernier, mon ancien élève, reste encore à sa charge.* Il remplaça, pour éviter une répétition, une *situation* par un *emploi,* puis *en cas de besoin* par *si vous l'estimez nécessaire,* enfin *pour cette famille intéressante* (autre répétition) par *pour ce que vous pourrez faire.* Mais il s'aperçut trop tard que *faire* rimait désagréablement avec *nécessaire,* et il recommença toute la lettre, en coupant ce membre de phrase.

Après avoir longuement pesé le pour et le contre, il se décida à mettre ce post-scriptum :

« P.S. — Je crois devoir noter que j'ignore complètement quelles peuvent être les convictions politiques du père Bastide. »

Il alla jeter la lettre au bureau de poste de la rue Clignancourt, non sans éprouver, quand elle glissa dans la boîte, un soulagement de conscience.

XIX

CARNET DE VOYAGE DE STEPHEN BARTLETT

(Traduction)[1]

Maintenant que j'ai enfin trouvé une chambre, où j'espère que je vais pouvoir rester quelque temps, il faut que je donne suite à mon projet de tenir un carnet de poche. Je ne puis pas compter sur les articles idiots que j'enverrai au *D.M.* pour retrouver plus tard mes impressions. Même si j'y glisse quelque chose qui ne sera pas totalement stupide et platement mensonger (« Nous nous permettons de compter sur des coups de crayon brillamment expéditifs *(brilliantly dashed off thumbnail sketches)*, de piquantes anecdotes, des incidents pris sur le vif, sans nuire aux considérations substantielles » ; grotesque individu !), je ne m'y reconnaîtrai jamais. En outre, j'ai à recueillir pour mon propre usage les documents que chaque jour peut m'apporter.

J'ai déjà trop tardé. Je me demande si j'ai encore mes impressions du début. Ou plutôt il est évident que je ne les ai plus. Mais la question est de savoir si je puis encore les reconstituer. L'habitude vient terriblement vite. Je retrouverai toujours les détails matériels, même dans un ou deux ans. J'ai une bonne mémoire des petits faits circonstanciels. Ce qui risque le plus de se perdre, c'est la nuance même de l'impression, et des premiers jugements. Déjà je n'arrive pas à me représenter ce que j'aurais pensé de cette chambre, si j'y avais débarqué le premier jour. M'aurait-elle paru bonne, assez propre, et presque confortable, comme en ce moment ? Ou y aurais-je flairé aussitôt quelque chose de sordide que mon odorat corporel et mental, parisianisé depuis trois semaines, ne perçoit déjà plus ?

J'ai fait la traversée sur un bateau anglais. Mes impressions de France n'ont donc commencé qu'en mettant le pied sur le sol même. Je crois bien que ce qui m'a le plus frappé d'abord, c'est l'aspect boudiné *(sausagey)* des employés ; de tous ; ceux de la douane, ceux de la gare,

1. Pour certaines expressions, d'une couleur spéciale, le texte anglais est indiqué entre parenthèses.

du train ; non seulement ils me semblaient remarquablement et universellement petits ; mais par le jeu de leur corpulence et du costume, par l'action des boutons tirant sur l'étoffe aux diverses hauteurs, leur corps avait l'air composé de bourrelets posés l'un sur l'autre. Même leur casquette, vétustement déformée, faisait un boudin de plus, au-dessus de leur tête, qui tendait elle-même à une forme élargie. Comme les costumes étaient sales, tachés de graisse, sans aucune relation, depuis leur origine, avec le fer à repasser, et que du linge ou des vêtements de dessous, très négligés, sortaient à divers endroits, là où ces bourrelets superposés se rejoignaient, ou encore là où ils faisaient craquer leur enveloppe par excès d'enflure, le tout réalisait pour moi une collection de types d'une inélégance repoussante, bien qu'à certains égards rassurante et cordiale. Je me souviens de m'être dit dès la première minute qu'il était bien curieux que ce peuple eût la réputation d'être si adonné à l'amour, et d'y obtenir de grands succès de séduction. Mais c'est un sujet que je retrouverai.

Je me souviens aussi de l'effet produit sur moi par les voitures du train. J'avais suivi le conseil de prendre, avec un billet de troisième pour le trajet anglais, des secondes pour le bateau et le continent. Je jetai cependant un coup d'œil sur les troisièmes du train français. Je dois dire qu'au moins sur ce train-là elles n'étaient pas sales. Mais elles offraient un aspect de simplicité, de nudité, et de dureté, avec leur bois à peine peint, et leur absence d'étoffe, comme si la compagnie comptait qu'elles ne pouvaient être utilisées que par le bas peuple, ou des gens de la campagne. Les secondes étaient moins austères, mais peut-être moins propres. Les places étroites, mal délimitées, favorisant les empiétements et les contestations. Les sièges, secs et peu rembourrés. La couleur du drap peu plaisante. J'ai senti aussitôt une odeur de poussière et d'air confiné *(stuffy)*. Un grand problème fut d'obtenir de mon voisin de gauche qu'il me laissât maintenir une aération entre les deux côtés du compartiment. Par bonheur les autres occupants étaient Anglais. Leur présence m'aida à vaincre la résistance du Français. Il en garda une certaine mauvaise humeur. Il affecta même d'éternuer, et de se moucher à plusieurs reprises, comme un monsieur qui s'enrhume, et afin de me donner des scrupules de conscience. Peut-être d'ailleurs s'enrhumait-il réellement. J'ai découvert dès ce jour-là qu'un Français, même de bonne éducation, se croit perdu quand il ne reconnaît pas dans l'air qui l'entoure une légère odeur de panier à linge sale. Je me rends compte d'ailleurs que si j'avais attendu quelques semaines de plus pour noter ce trait, je risquais de l'oublier. Car je commence à trouver naturelle, et pratiquement imperceptible, cette odeur de panier à linge sale. Et il m'arrive maintenant de garder ma fenêtre fermée, par distraction, une heure entière, par exemple quand le vent risque de faire envoler mes papiers.

Le Français, qui m'accusait muettement de son prochain rhume, est pourtant la personne à qui je dois ma première et inoubliable impression de Paris. Il se trouvait debout dans le couloir. Nous étions à une vingtaine de kilomètres de la ville. Il me fit un petit signe, pour m'indiquer qu'il y avait quelque chose à voir. C'était le Sacré-Cœur, et la Colline de Montmartre, au loin, avec un début de coucher de soleil qui par-derrière illuminait régulièrement le ciel d'une couleur à la fois rose, brune, dorée. Le monument, bien que se présentant en partie à contre-jour, se montrait fait d'une énorme profusion de pierre blanche distribuée en coupoles étirées vers le ciel.

Je fus vivement saisi. Non sans doute par la qualité purement architecturale du monument. D'abord, j'en étais trop loin. Il s'agissait, pour moi dont c'était le premier contact avec Paris, et qui, hors de l'Angleterre, ne connaissais que quelques coins de la Hollande, du Danemark, de la Norvège et une bande de la côte allemande, d'une sensation plus vaste, ayant de nombreuses résonances, quoique déchaînée soudain. Il me semblait que j'entrais dans une zone violemment pittoresque du monde et de la civilisation ; dans la région de la grande lumière, des grands effets, des fantaisies et des contrastes destinés à secouer l'imagination. Tout en n'étant pas dupe de l'exagération que je commettais, j'avais, dans ce couloir de train, l'impression de mettre brusquement le pied sur une avenue qui menait à Venise et à Constantinople ; avec tout ce qui en résulte de changement pour la compréhension de la vie.

Cette émotion était si forte que je ne fis guère attention aux dernières minutes de l'arrivée, ni à la gare du Nord. Je me souviens maintenant qu'elle est plus spacieuse que je n'aurais cru ; pas plus rebutante que n'est une gare, et moins vétuste et démodée dans sa disposition que celles de Londres.

Ce jour-là je laissai les fiacres, qui sont, comme je l'ai éprouvé depuis, des véhicules plus aimables que les cabs, et où l'on est moins secoué d'avant en arrière, pour essayer un taxi-auto. Le conducteur m'emporta à une vitesse incroyable. Il me semblait impossible de ne pas périr dans une collision au carrefour suivant. Je ne cessais d'avoir la contraction de la peur que pour admirer l'habileté, d'ailleurs détestable, de cet homme.

Je me rappelle que je fus frappé aussi de la quantité d'arbres qu'on voyait le long des rues. En ce début d'automne, leur condition végétale n'était pas si brillante. Mais leur seule présence, à un si grand nombre d'exemplaires, communiquait à cette capitale le caractère d'un séjour d'agrément.

J'étais étonné aussi de l'aspect amusant et baroque de la rue. Les maisons surprennent par la grande hauteur qu'elles atteignent en beaucoup d'endroits, par leurs volets, par la variété qu'elles montrent, non dans leur architecture, mais dans leur taille ; et aussi dans leurs colorations ; car si les unes sont noirâtres comme les plus lugubres façades de Londres, d'autres ont des coins ou des côtés de blancheur, qui sont dus à la nature des matériaux, aux caprices du soleil et de la pluie ; et par suite sont plus intéressants pour l'œil que les badigeons uniformes de chez nous. Mais c'est surtout le bas de la rue qui est d'une drôlerie invraisemblable. Presque toutes les boutiques, même les plus petites, ont un étalage extérieur qui déborde largement sur le trottoir. Beaucoup de ces étalages sont des plus médiocres ; mais la curiosité est d'en heurter un nouveau à chaque pas. C'est le désordre et aussi la gaieté d'un marché en plein vent. Il y a un nombre incroyable de « cafés » ; car il est difficile de leur refuser ce nom. Le plus humble d'entre eux garde un caractère de bon accueil et de coquetterie qui empêche tout à fait de l'assimiler à nos sombres *public houses* et *saloon bars* de l'Est. Un gentleman qui passe là, et qui a soif ou besoin de se reposer, peut y entrer sans aucune gêne. Des femmes de la petite bourgeoisie y accompagnent leurs maris. Presque tous ces cafés ont une « terrasse » grande ou petite, c'est-à-dire un ou plusieurs rangs de tables et de chaises, en plein air, plus ou moins protégés par des stores ou des marquises vitrées. Et la venue de la mauvaise saison ne détourne pas les gens d'y prendre place. Sur ce point, les Français démentent leur horreur de l'air. Je crois que c'est la curiosité, très vive chez eux, qui réussit à leur faire oublier qu'ils sont privés tout ce temps de leur chère odeur de panier à linge sale.

Dans les principales rues, la circulation est très abondante et très enchevêtrée. Ailleurs, il y a de longs tronçons de rues tranquilles. Mais on trouverait difficilement ces quartiers retirés et silencieux en bloc, que nous connaissons. Ici toujours quelque rue bruyante, affectée au trafic et au commerce, vient passer au travers.

On ne peut pas dire que la rue soit très mal tenue. Il y traîne souvent des papiers. Le ramassage du crottin sur la chaussé ne se fait pas toujours très vite, et, détail comique, c'est parfois un digne monsieur ou une digne commère qui s'en charge ; le crottin de cheval étant considéré comme une denrée précieuxe, très propre à favoriser la culture des fleurs en pot, dont les Parisiens sont amateurs. (Il se peut, d'ailleurs que le même usage se pratique à Londres sans que je l'aie remarqué.)

Dans l'ensemble on ne peut guère comparer les impressions que donne Paris, quand on s'y promène, avec celles de Londres. Il y a d'abord une chose qui change tout ici, c'est l'extraordinaire imprévu et pittoresque du relief. Il n'y a presque jamais une rue droite et plane, ni un réseau de rues que vous puissiez parcourir d'un pas égal, sans changer de niveau. Ce ne sont que montées et descentes perpétuelles. Quand vous levez le nez, vous voyez une rue qui grimpe, une autre qui dégringole. Dans les parties modernes, et les grandes avenues, on a cherché les pentes les plus douces possibles. Mais il a fallu pourtant tenir compte des monticules, des ravins, des collines qui se présentaient. Il en résulte que la perspective réserve des surprises à chaque instant ; et que, pendant que vous êtes en train de longer une rue construite et éclairée d'une certaine façon, vous apercevez soudain des maisons perchées là-haut dans le ciel, et frappées d'une tout autre lumière, ou des tours d'église, ou des massifs de verdure. Bref l'imagination comme l'œil reçoit sans cesse des appels qui empêchent que l'on s'abandonne, avec tranquillité de jugement, à la simple appréciation du lieu où l'on est. Ajoutez à cela le ciel qui est très varié, parfois très charmant, et qui vous oblige beaucoup plus à vous apercevoir de lui que le ciel de Londres.

Les dimensions de la ville, quoique inférieures à celles de Londres, sont néanmoins bien assez vastes pour que l'étranger ait le sentiment d'avoir à faire une exploration infinie. D'autant que les divers districts présentent des aspects très variés, et que la banlieue, en continuation directe avec la ville, et que je ne connais pas encore, est faite, à ce que prétend M.J., d'une quantité d'agglomérations très dissemblables entre elles, et douées d'une physionomie très personnelle, ce qui n'est guère le cas de nos sinistres faubourgs de Londres — que je ne connais guère mieux, d'ailleurs.

Quant au centre de l'animation et des affaires, il ne me paraît pas très étendu. J'estime qu'on peut le faire commencer du côté de la Madeleine et de la gare Saint-Lazare, pour le faire aboutir vers la Porte Saint-Martin et le Palais-Royal. Même si on le prolongeait jusqu'à l'église de Notre-Dame et à l'Hôtel de Ville, ce qui peut sembler légitime, l'on serait encore loin des dimensions du centre de Londres, mesuré de Marble Arch à Liverpool Street (bien que je n'aie pas comparé les longueurs sur la carte).

Les passants ont beaucoup de vivacité, et s'intéressent beaucoup plus que chez nous au spectacle de la rue. Ils vous dévisagent volontiers ; non seulement si vous êtes étranger, mais pour peu que votre aspect présente quelque chose de remarquable. Ce qui leur donne parfois un air assez niais. Ils manquent ainsi de politesse, dans la mesure où la politesse se compose de discrétion. Mais je croirais volontiers que, si l'homme du peuple est plus discret chez nous, c'est parce qu'il est plus idiot. Il ne vous regarde pas, parce que rien ne le pousse à vous regarder. Un cheval de cab aussi fait preuve de discrétion, surtout quand il a des œillères.

Je n'ai pas été frappé par l'habitude de parler très fort dans la rue, que nous attribuons aux Français comme signe distinctif. Il se peut qu'on l'ait observé sur des Français en voyage à Londres qui se sentaient en vacances, ou qui voulaient secouer la tristesse du climat. Ici, je trouve que les gens de la rue parlent assez peu. Ils regardent ; ils se font leurs réflexions tout seuls. D'ailleurs la plupart déambulent seuls, effectivement. Dans les lieux publics, comme les restaurants, ils parlent davantage. Mais là non plus la différence avec ce qui se passe chez nous n'est pas énorme. Si je tenais à en trouver une, je dirais non pas qu'ils parlent plus fort, mais qu'ils parlent plus vite. A ce point que, bien que connaissant la langue, il m'est impossible en général de suivre une conversation qui ne m'est pas directement adressée.

En revanche, ils gesticulent. Ce n'est pas que nous manquions de gesticulateurs, parmi les Irlandais ou les Gallois. Mais même à abondance égale, les gestes d'ici nous frapperaient encore, parce qu'ils ne sont ni de même nature que les nôtres, ni de même rythme. Je dois avouer qu'ils me paraissent souvent ridicules, et qu'ils ôtent du sérieux aux phrases qu'ils accompagnent.

La plupart des hommes sont mal habillés. Il est rare que la coupe de leurs vêtements soit bonne. Ils les déforment vite, parce qu'ils bourrent leurs poches, et parce qu'ils ont du ventre. Ils les entretiennent mal, et les portent trop longtemps. Beaucoup vont jusqu'au manque de propreté. Quand ils sont réunis en grand nombre dans un même lieu, ils sentent plutôt la sueur que le savon. Ce qui n'est pas fait pour améliorer cette atmosphère confinée dont ils empêchent si soigneusement les fuites. Les femmes sont infiniment mieux vêtues. (Elles usent en outre de parfums.) Leurs robes ne coûtent peut-être pas cher — je ne me connais pas en étoffes — mais elles leur vont bien. Le nombre des femmes élégantes qu'on rencontre dans tous les quartiers dépasse l'imagination, et fait apparaître comme sordide l'aspect féminin de la rue à Londres. D'ailleurs les Parisiennes, sauf les vieilles, ont la démarche gracieuse, des façons mignonnes. Je les trouve parfois un peu trop grasses. Mais quelle critique oserai-je élever, quand je songe à tant de corps osseux de là-bas, dépourvus de hanches et de poitrine, à tant de visages dont on ne sait plus si les traits en sont beaux ou laids, tant ils manquent de vivacité et d'expression ?

C'est ici qu'il faudrait revenir sur la question de l'amour en France. Mais l'expérience me fait entièrement défaut. J'en suis réduit aux suppositions. Je me suis gardé des beautés professionnelles, car l'on m'a assuré que les maladies spéciales abondent, et je le crois sans peine, si je m'en rapporte à la propreté des gens. Les femmes de la catégorie servantes d'hôtel ou de bar m'inspirent la méfiance. Quant aux autres, j'avoue qu'elles m'intimident.

Leur aptitude pour l'amour ne me paraît pas appeler la discussion ; et je trouve tout naturel que les hommes aient du goût pour elles. C'est le goût que ces hommes leur inspirent qui m'étonne davantage. Je reconnais que très peu d'entre eux offrent l'aspect franchement grotesque sous lequel on nous représente à Londres le Français traditionnel : les grosses moustaches retroussées, dont les doigts tortillent la pointe ; les yeux remuants et flamboyants sous les sourcils hérissés, et lâchant sans cesse leur mitraille d'œillades farouches et galantes. Même la barbe et la barbiche sont rares dans le peuple, et se rencontreraient plutôt dans la bourgeoisie distinguée, ou chez les artistes, auquel cas elles ne sont pas plus ridicules qu'elles ne le sont à Londres chez un lord-maire, ou un officier de la Couronne, ou même encore plus haut.

Néanmoins, j'ai l'impression que, si j'étais femme, peu de Français me plairaient. Que les Françaises s'en contentent, c'est explicable pour mille raisons, dont la première est que, sauf exception, elles n'ont pas le choix. Mais des observateurs impartiaux m'affirment que ce goût des Françaises est partagé par des femmes d'autres pays. J'aimerais avoir l'avis de quelques-unes d'entre elles là-dessus. En attendant, un ami parisien que je me suis fait récemment m'a dit : « Vous prétendez que, chez vous, il y a de plus beaux hommes. Peut-être, mais ils ennuient les femmes. Ils ne savent ni leur parler, ni les regarder. Sans compter le reste. » Car la légende veut aussi que le reste soit une grande spécialité française, comme la cuisine. Je reviendrai sur la question de la cuisine. C'est moins urgent. Et je me rends compte que, bien qu'un peu plus documenté, par la force des choses, sur la cuisine que sur l'amour, je n'ai pas pu la juger d'après les « gargotes » dont je dois me contenter, jusqu'à ce que l'infâme usurier écossais *(beastly old Scotch skinflint)* qui se fait passer pour le directeur du *D.M.* m'ait envoyé l'argent de mes premiers articles.

Pour en finir aujourd'hui avec la question de l'amour, je note avec impartialité qu'après avoir, au début, été surtout sensible à la taille médiocre des Français, à leur manque de proportions athlétiques, à l'aspect ou malingre ou bouffi d'un trop grand nombre d'entre eux, il m'arrive souvent maintenant de remarquer chez eux un visage intéressant et raffiné, un regard subtil, un mélange de moquerie et de douceur que les jeunes femmes doivent apprécier ; et aussi les façons caressantes et attentives qu'ils savent prendre avec elles. D'ailleurs mon avis est que l'amour est beaucoup moins une affaire musculaire qu'une affaire nerveuse. Il est donc assez naturel, quand on y réfléchit, que les peuples nerveux y réussissent mieux que les autres. Nous autres Anglais, nous sommes trop musculaires.

Je n'oublie pas que mes études scolaires et mes recherches personnelles ont été orientées jusqu'ici vers l'économie politique ; qu'une des promesses que je me suis faites en traversant le détroit a été de revenir avec la matière d'un ouvrage de cette catégorie ; et que l'honorable imbécile qui préside à la confection du *D.M.* compte bien qu'entre des « coups de crayon brillamment expéditifs » et des « anecdotes prises sur le vif », je saurai introduire des « considérations substantielles » sur les classes sociales en France, la répartition et la circulation des richesses, et autres balivernes.

Pour le moment, mes idées sont indécises. Je n'ai pas vu ici la richesse s'étaler comme à Londres. Rien qui rappelle, me semble-t-il, l'insolence et la dureté *(callousness)* du West End. Mais je n'ai pas vu non plus les pauvres terrifiants auxquels nous sommes tellement habitués que c'est tout juste si nous les remarquons, quand une horde de quatre ou cinq d'entre eux traîne comme un vieux chiffon sur le trottoir de Piccadilly ou de Park Lane. Ces pauvres bibliques de Londres, sortis d'une fresque ou d'un sermon, pour rappeler aux gentlemen en chapeaux de soie l'inégalité provisoire de la condition terrestre ! Et l'on n'ose pas plus les écarter qu'on ne fermerait la bouche au prédicateur. Ici la pauvreté montre plus de modération, et aussi plus de savoir-vivre.

Mes seules leçons d'économie politique française, je les dois à ce nouvel ami parisien plus haut cité. Il s'appelle Ernest Torchecoul. (Pour mes oreilles au moins ce nom a une certaine saveur gauloise, ou du Moyen Age.) Il est réellement économiste. Mais son enseignement *ex cathedra* se donne dans les cafés.

Son extérieur est d'un bohème. Il a une grosse figure ronde, des cheveux très touffus, et beaucoup de pellicules dedans. Son veston n'infirme pas ce que j'ai dit plus haut touchant l'élégance et la propreté françaises.

Il a des vues personnelles sur tout. Il m'a exposé la question Shakespeare d'une façon bouleversante, que je suis incapable de retrouver en ce moment. Bien qu'il soit très aimable avec moi, il ne l'est pas pour notre peuple en général. Il prétend que sauf de rares exceptions l'Anglais n'est pas intelligent, qu'il n'est pas travailleur non plus, ni spécialement doué de flair et de sens pratique. Il ne lui reconnaît guère comme vertu que l'obstination, qui est la qualité ordinaire des pauvres d'esprit. En revanche, il s'élève contre l'accusation de perfidie qu'on nous fait souvent. Il soutient que nous sommes naturellement loyaux et sans malice, et que s'il nous arrive de donner l'apparence du contraire, c'est par notre mélange de timidité et d'indécision. Car selon lui, indécision et obstination peuvent fort bien aller ensemble. Nous mettons un temps infini à nous décider. Mais ensuite rien ne nous fera plus changer notre conduite, même si elle est évidemment absurde.

Je lui ai demandé comment il expliquait les succès de notre peuple dans l'histoire. Il m'a dit d'abord que l'obstination, fût-elle stupide, donne en ce monde de meilleurs résultats qu'on ne croirait, parce qu'en chaque affaire une multitude de solutions sont toujours possibles, et que les gens intelligents s'usent à chercher sans arrêt la meilleure, qui ne l'est pas tellement. Il dit ensuite que notre histoire ne prouve rien. Nous sommes nés sur un énorme tas de richesses naturelles, qu'il suffisait de gratter le sol pour découvrir, et que personne ne pouvait venir nous prendre, parce qu'il y avait de l'eau tout autour. Je lui ai demandé comment il expliquait nos colonies. Il m'a répondu qu'à l'époque où nous les avons acquises les colonies étaient un résultat inévitable du commerce maritime, et que le commerce maritime était un résultat inévitable de notre situation insulaire et de nos richesses naturelles. Il se plaît d'ailleurs à déclarer que notre peuple a fourni un petit nombre de très grands hommes, et que la prodigieuse distance qui les séparait du reste de leurs compatriotes leur a permis de s'imposer plus facilement qu'ailleurs ; ce qui est un bien pour la collectivité.

Dans la bouche d'un Allemand, par exemple, ces paradoxes m'irriteraient. Dans celle de Torchecoul, ils m'amusent, et souvent nous rions ensemble aux éclats. Pourquoi ? Est-ce parce que j'attache plus d'importance à l'opinion d'un Allemand qu'à celle d'un Français ? Plutôt il me semble parce que le Français et l'Anglais perçoivent mutuellement l'un chez l'autre la présence du *sense of humour*.

Mais je ne suis pas venu pour recueillir des paradoxes sur l'Angleterre. (J'en glisserai pourtant quelques-uns, avec les atténuations utiles, dans mes articles du *D.M.* Je tâcherai même de tracer un portrait de l'Anglais stupide, où les moins prévenus reconnaîtront trait pour trait le fantoche pickwickien, dont la présence à la tête d'un grand journal ne peut évidemment s'expliquer que par l'extraordinaire pauvreté de notre race en individus de talent.)

Ernest Torchecoul m'a donné de curieuses indications pour l'étude des classes sociales en France. Il m'a conseillé de ne plus m'en référer aux catégories traditionnelles qui sont devenues inexactes, et surtout bien trop sommaires. Son idée est qu'il faut de plus en plus chercher le véritable agent de la *stratification sociale* dans les « critères purement économiques », et plus précisément dans le *pouvoir d'achat*. Il prétend que, pour voir clair dans la vie sociale d'un pays, il faut examiner pour ainsi dire en coupe la répartition des budgets privés suivant le pouvoir d'achat quotidien ; qu'on est amené ainsi à reconnaître un certain nombre de couches géologiques, qu'on peut ensuite étudier une à une. On doit naturellement faire ce travail pour chaque pays en particulier ; et même, quand il s'agit d'une ville comme Paris, la considérer spécialement, à part de la province.

Il m'a expliqué qu'en ce qui concerne Paris, l'étude la plus intéressante portait sur les couches comprises entre 5 et 50 francs de pouvoir d'achat quotidien. Il y a les familles ou ménages qui ont moins de 5 francs par jour à dépenser. Ce sont les pauvres. Il paraît que pendant une longue période le mot d'ordre des revendications ouvrières a été : « Nous voulons nos 5 francs par jour. » Les ouvriers désiraient se dégager de la condition de pauvres. Et l'expérience leur avait montré qu'actuellement 5 francs par jour représentent la limite où cesse la pauvreté proprement dite, le rivage qu'il faut atteindre, si l'on veut échapper à la noyade dans la pauvreté. C'est sur cette base tracée par les 5 francs que repose la couche des humbles. Quand les humbles regardent au-dessus d'eux, ils aperçoivent une limite supérieure. C'est le niveau de 10 francs par jour. Ceux qui ont 10 francs par jour à dépenser passent aux yeux des humbles pour des gens à leur aise. « Je vous montrerai leurs maisons, m'a dit Torchecoul. Ce sont des immeubles de six étages, bâtis en général depuis moins de cinquante ans ; la plupart des logements y sont de trois petites pièces, plus la cuisine ; et le concierge les nomme avec respect appartements. Je vous montrerai aussi leurs femmes dans la rue. Elles portent un chapeau même le matin. » La classe au-dessus commence avec ceux qui disposent de 20 francs par jour. Les gens de cette classe-là connaissent déjà beaucoup des douceurs de la vie. Ils habitent dans des immeubles récents de la périphérie, qui ont sept étages, l'éclairage électrique, et un tapis avec des tringles de cuivre dans l'escalier ; ou dans de vieux immeubles corrects de quartiers plus centraux (à l'exclusion des quartiers de luxe). Leurs appartements sont de quatre pièces, parfois de cinq. Ils ont une servante, ou « bonne ». Les jeunes filles apprennent le piano, quelquefois l'aquarelle. Ils achètent de temps en temps un livre à 3 F 50. Ceux de la catégorie inférieure ne connaissent que les éditions bon marché, ou que les ouvrages publiés par fascicules et souscription à terme.

« Pour changer ensuite vraiment de catégorie, il faut arriver à la ligne de 50 francs par jour. A partir de là, ce sont déjà les riches. Bien entendu, m'a dit Torchecoul, un gros capitaliste les considère comme d'assez pauvres diables. Mais ce n'est pas son point de vue qui nous intéresse. Et il est bien évident aussi qu'entre une famille à 50 et une famille à 150 francs par jour, il y aura des différences notables. Mais elles ne seront pas essentielles. La vraie coupure se fait à 50 francs par jour. Au-dessus, l'on ne trouverait quelque chose de nouveau qu'en s'élevant à l'ordre de 500 francs et de 1 000 francs par jour, c'est-à-dire aux grosses fortunes, anciennes ou nouvelles, industrielles ou aristocratiques. Mais pour un observateur moderne, leur rareté même leur enlève presque le caractère de former une classe, et diminue de beaucoup l'intérêt de leur étude. »

Ernest Torchecoul ajoute que pour tous les gains nés du commerce, les catégories ci-dessus ne peuvent s'appliquer qu'avec des corrections très importantes. Il prétend qu'à Paris un commerçant, surtout parmi les petits et les moyens, ne considère pas du tout ses gains comme la mesure de ce qu'il peut dépenser, comme la limite de son pouvoir d'achat. A ses yeux, ce qu'il gagne est destiné à constituer peu à peu une fortune ; c'est des revenus de cette fortune qu'il vivra plus tard, et sur eux qu'il réglera en quelque sorte sa vie « définitive ». En attendant, il ne s'autorise à prélever sur ces gains que la fraction nécessaire au degré de bien-être qu'il croit devoir s'accorder. Et ce degré de bien-être provisoire n'est jamais sans relation avec le niveau du revenu futur qu'il rêve de se constituer. « Si par exemple, m'expliquait Torchecoul, un commerçant a dans la tête de se retirer un jour avec un demi-million, qui, placé en fonds d'État, lui rapportera une quinzaine de mille francs par an, il se gardera bien d'adopter un train et des habitudes qui d'abord retarderaient l'avènement de sa vie de rentier, et qui ensuite lui feraient apparaître comme une déchéance cette vie qui doit rester au contraire pour lui une récompense, un idéal excitant. Il se contentera plutôt de vivre, en attendant, sur des revenus moitié moindres. Et c'est ainsi que cet homme, chez lequel il rentrera par exemple cent francs de bénéfice net par jour, en dépensera vingt ou vingt-cinq. Il se rangera ainsi de lui-même, par sa condition réelle et par la conscience qu'il en aura, dans la catégorie qui a pour base vingt francs. »

J'ai demandé à Ernest Torchecoul si l'exemple qu'il avait pris correspondait au cas le plus fréquent, à ces innombrables boutiques qu'on rencontre en se promenant dans les rues de Paris.

« Au cas moyen, m'a-t-il dit, mais non au plus fréquent. Dans l'exemple que j'ai pris, notre homme fait dans les 35 000 francs par an de bénéfice, et mettra vingt ans à économiser son demi-million (un peu moins peut-être, grâce à la vente de son fonds. Mais il y a les années de crise, les dettes à payer et les pertes à la Bourse). Or, beaucoup de petits commerçants considèrent qu'un gain de 15 à 20 000 francs par an est un idéal. — Comment le savez-vous ? lui dis-je. — Par les annonces. Quand je vois répéter maintes fois, dans les annonces de fonds à vendre, que l'acquéreur peut compter sur un bénéfice net de 20 000 francs, j'en conclus que c'est un chiffre considéré par beaucoup comme très attrayant et plus que raisonnable. Avec 15 ou 20 000 de bénéfice — quand l'annonce n'a pas trop menti — l'épicier, le fruitier, le marchand de vins et charbons, l'horloger-bijoutier, ne peut guère, en travaillant vingt ans, espérer accumuler plus de 200 ou 250 000. Plus tard il aura donc, comme ils disent, "vingt francs par jour à manger". Pour l'instant, il en mangera dix. Vous voyez le mécanisme. »

J'écoute les propos d'Ernest Torchecoul avec une certaine défiance, parce que je n'arrive pas à comprendre qu'avec tout le temps qu'il passe dans les cafés il lui en reste beaucoup pour se documenter d'une manière aussi précise, même en lisant les annonces des journaux. De grandes théories fumeuses peuvent naître et prospérer dans les cafés, je le crois (par exemple dans cette *Closerie des Lilas,* où il m'a mené l'autre jour, et où il m'a fait rencontrer M. Levesque, M. Sulzbach, M. Jallez qui connaît si bien Paris). Mais les théories de M. Torchecoul sont d'une précision astronomique. C'est en tout cas un esprit bien distingué.

Cinq francs valent quatre shillings, cinquante francs, deux livres, au point de vue mathématique du change. Mais la vie dans l'ensemble est certainement plus chère à Londres qu'à Paris. J'ai cru observer qu'un franc permet d'acheter au moins autant de choses qu'un shilling. La catégorie inférieure de M. Torchecoul correspondrait donc chez nous au niveau de 5 sh. par jour, et sa catégorie supérieure au niveau de deux livres et demie. J'ai l'impression qu'en effet chez nous, avec 5 sh. par jour, une famille échappe tout juste à l'extrême pauvreté. Mais je n'ai pas le sentiment que la richesse commence déjà à deux livres et demie. C'est à voir.

Quant à chercher dans quelle catégorie me range personnellement l'avarice du forban qui préside aux destinées du *D.M.*, ce serait une opération trop déprimante que je préfère remettre à un autre jour.

XX

L'ABBÉ JEANNE ET LA SOCIÉTÉ

L'abbé Jeanne connaissait un administrateur de la Compagnie des Chemins de fer du Nord, à qui il lui était arrivé deux ou trois fois de recommander quelque famille de cheminots habitant la paroisse. D'ailleurs la Compagnie du Nord avait, dans le peuple des faubourgs, la double réputation d'être « dans la main des Rothschild », et d'être « bien avec les curés ». Les gens ne cherchaient pas à savoir comment s'opérait la jonction, ou la délimitation de ces deux influences. L'abbé Jeanne avait entendu dire par des collègues plus remuants que lui que la Compagnie du Nord était toujours « extrêmement gentille quand on avait quelque chose à lui demander ».

Il écrivit donc, le soir même de sa conversation avec Louis Bastide, un mot à cet administrateur, M. Ehler, qui habitait boulevard Haussmann, en le priant de lui accorder un rendez-vous. Il eut dès le lendemain la réponse : on le convoquait pour le jour suivant à dix heures du matin.

*
* *

M. Ehler, qui avait une grande barbe tirant sur le roux, le reçut dans un vaste bureau, garni de meubles funèbres, qui communiquait avec le salon de l'appartement.

Il lui dit, en lui tendant la main :

— Je me suis aperçu, après vous avoir écrit, que je vous avais indiqué une heure peut-être très incommode pour vous. Vous pouviez avoir une messe, un office ?

— Heureusement, je n'avais rien.

— En quoi puis-je vous être agréable ?

L'abbé exposa que le père d'un de ses élèves les plus sympathiques du catéchisme venait de perdre sa place, et que ces braves gens étaient bien angoissés. Il ne devait pas être impossible de trouver dans les bureaux de la Compagnie un emploi modeste pour cet homme, qui était honnête travailleur, et qui avait une belle écriture.

— Quel âge a-t-il, votre protégé ?

Le prêtre n'en savait rien. Il s'excusa :

— J'ai eu tort de ne pas m'en informer exactement.

— Mais puisque vous le connaissez, vous devez avoir une idée approximative de son âge ?

L'abbé aima mieux mentir que d'avouer qu'il n'avait jamais vu le père Bastide.

— C'est un homme à qui je donne dans les quarante ans.

Il se félicita qu'un mensonge fût en somme aussi facile à commettre. Car il avait un peu rougi. Mais l'effort fourni n'avait pas été grand.

— Quarante ans, fit l'autre, ou probablement un peu plus ? Nous sommes harcelés de sollicitations depuis la rentrée... Naturellement, le père est bon catholique ?... Je vous demande cela par acquit de conscience... car, étant donné que c'est vous qui le recommandez...

L'abbé prit un air très malheureux. Il lui sembla que mentir sur ce point devenait grave :

— Les parents ne peuvent avoir que de bons principes, puisqu'ils m'envoient leur petit au catéchisme. Je ne serais pas étonné que la mère fût pieuse...

— Ah oui ! » dit M. Ehler, déjà un peu déçu. « Mais enfin, est-ce qu'ils pratiquent ? Avez-vous déjà aperçu le père à la messe ?

— Je n'en ai pas spécialement le souvenir.

Là-dessus, l'abbé pensa que, ne connaissant pas le père Bastide, il l'avait peut-être rencontré bien des fois à l'église sans savoir que c'était lui ; donc que, par une conséquence imprévue de son mensonge de tout à l'heure, il était peut-être en train de nuire très injustement à cet homme. Tant il est vrai que le mensonge vous embarque dans des complications interminables et ne vous laisse d'autre issue que de mentir de nouveau.

Il s'empressa de corriger :

— Je n'en ai pas un souvenir exact. Mais cela ne prouve absolument rien, car je n'assiste pas à toutes les messes, et je ne regarde pas les gens. Ou quand je les regarde, je suis si distrait que je les oublie.

Mais il lui déplaisait d'avoir l'air de plaider une mauvaise cause. Il reprit fermement :

— D'ailleurs, il s'agit de faire une bonne action. Je puis attester que ces gens sont dignes d'intérêt. Ce que j'obtiendrais pour eux ne pourrait qu'augmenter leurs bonnes dispositions pour la religion. Et puis... c'est le côté de la question dont Dieu est juge.

— Oui, monsieur l'abbé, oui. Tout cela est très noble. En effet, je suis bien d'accord avec vous sur le principe que nous devons faire la charité comme ça sans nous occuper de savoir si les gens qui souffrent pensent ou ne pensent pas comme nous. Mais ce n'est pas une charité que vous me demandez pour eux, non, pas exactement. Cela va plus loin. Cela engage d'autres intérêts. En ce moment, où nous avons tant de mal à maintenir un peu de discipline, et à éviter le pire, notre devoir est de ne pas accroître le nombre des brebis galeuses. Même sans parler de brebis galeuses, nous devons tâcher d'améliorer la moyenne du troupeau. Ce n'est pas une question d'intolérance confessionnelle. Ça l'est si peu, que nous avons parmi nos dirigeants des non-catholiques qui pensent exactement comme moi. Qu'est-ce que vous voulez ? L'expérience prouve que les milieux catholiques du peuple fournissent de bons et loyaux serviteurs. Ce serait à la fois une faute et une injustice que de ne pas les favoriser. Et je suis prêt, remarquez-le, à en dire autant des autres confessions. Si votre protégé était un protestant ou un Juif — pratiquant, je répète — je l'enverrais à tel ou tel de nos amis, pour qu'il eût le plaisir de s'occuper d'un coreligionnaire. Moi, on ne peut pas m'en vouloir de penser aux catholiques. Je vous dis cela à vous, tout franchement. Bien sûr que si j'avais en ce moment dans mon bureau un sectaire de gauche, je m'en tirerais d'une autre façon.

L'abbé était très embarrassé pour répondre. M. Ehler avait sûrement raison du point de vue temporel ; et il était peut-être choquant, un rien scandaleux pour la conscience d'un laïque, que ce fût un prêtre qui parût prendre à la légère le fait que quelqu'un fût croyant ou non. Mais l'abbé, personnellement, savait mal se placer au point de vue temporel. Non qu'il le méprisât. Mais il ne le sentait pas. Les idées qu'il s'en faisait étaient de seconde main. Il n'en était que plus intimidé dans la discussion.

Ce fut M. Ehler qui, à la fin de l'entretien, essaya de le remettre à l'aise.

— Si vous avez de nouveaux renseignements sur votre protégé, donnez-les-moi. Moi, je ne demande pas mieux... Ou si vous voyez quelqu'un d'autre à me recommander, qui présente les garanties dont nous parlions... Je ferai l'impossible pour vous être agréable.

*

* *

Quand il se retrouva dans la rue, de ce côté de Paris où il ne venait pas souvent, l'abbé Jeanne fit une mine assez penaude. Il n'était pas content de lui. Il n'avait pas su parler. Il avait eu le tort de se laisser surprendre par des questions qu'il aurait dû prévoir. Ensuite, il avait manqué de présence d'esprit. Il n'avait pas gardé, dans une question qui était malgré tout une matière de conscience, l'autorité morale qu'un prêtre doit maintenir sur un laïque. L'abbé Jeanne conservait le souvenir de romans édifiants, qu'il avait lus dans sa prime jeunesse, et qui avaient d'ailleurs contribué à sa vocation. Dans ces romans, il y avait parfois une scène émouvante entre un prêtre et un ou des laïques. La situation n'était pas toujours la même ; il s'agissait tantôt d'un honnête mariage à rendre possible, tantôt d'une action détestable à empêcher. Mais dans tous les cas le prêtre trouvait infailliblement les mots et l'accent qui touchent les âmes les plus dures, qui les inclinent. Et le lecteur ne songeait pas à s'en étonner. Celui qui parle au nom de Dieu n'a qu'à dire tranquillement les choses pour prendre d'office une supériorité.

L'abbé n'était pas très content non plus de son interlocuteur. M. Ehler n'avait pas été brutal. Mais le prêtre ne lui savait pas gré des ménagements qu'il avait eus. « Au fond, je n'aime pas ces gens-là ! » Et il avait conscience de ne pas faire beaucoup d'efforts pour les aimer ; car il goûtait peu les affectations de charité, même quand elles sont intérieures, et qu'elles réussissent à nous faire illusion à nous-mêmes. « J'ai pourtant dit au petit Bastide de prier pour cette dame. Oui, mais d'abord il n'avait pas l'air enchanté. Oh ! et puis moi, je prierais bien pour M. Ehler. Ce que je n'ai pas demandé au petit Bastide, c'est d'aimer cette dame... »

Il ne méconnaissait pas qu'il avait parfois des élans de charité pour des gens qui étaient probablement beaucoup plus coupables aux yeux de Dieu que la dame de la rue de Paradis, et surtout que M. Ehler à qui il n'y avait rien de formel à reprocher. Quand il s'interrogeait là-dessus, il apercevait bien, du coin de l'œil, les exemples fameux dont il aurait pu se réclamer, et qui viennent si facilement à l'esprit : l'indulgence du Christ pour la pécheresse, sa sévérité, même sa violence, contre les pharisiens et les publicains. Mais il s'en méfiait pour son usage propre. « Ça pourrait mener loin. » Il avait peur en particulier de se fournir ainsi une excuse à des préventions toutes personnelles. « Je me suis habitué à vivre parmi les petites gens de Montmartre. Je finis par voir les choses un peu trop comme eux. »

Il y avait en ce moment autour de lui les immeubles imposants du boulevard Haussmann ; en face de lui le dôme de Saint-Augustin, si cossu, de si haute bourgeoisie, dont on sentait qu'il avait pour frères le dôme des Magasins du *Printemps* et le dôme de la Société de Crédit et d'Escompte, comme il arrive qu'un évêque ait pour frères un financier et un général. Peut-être y avait-il plus loin, comme dans un filigrane de la pensée, le dôme de Saint-Pierre-de-Rome.

L'abbé Jeanne n'avait rien d'un prêtre révolutionnaire. Il était très préoccupé, au contraire, de surveiller ses propres sentiments ; et il n'eût pas demandé mieux que d'éprouver avec plus de force certains états d'esprit qui lui échappaient dans leur substance même, et qu'il n'arrivait à concevoir qu'à l'aide de raisonnements précaires.

Par exemple, il comprenait bien que des hommes comme M. Ehler, que des femmes comme cette dame de la rue de Paradis — mais c'était déjà moins sûr — sont indispensables à la bonne marche de la Société, et indirectement à la prospérité de l'Église. Un patron ne peut évidemment pas tolérer qu'un employé lui réponde avec insolence ; et la femme d'un patron ne peut pas à chaque instant intervenir auprès de son mari pour lui arracher un pardon qui affaiblirait son autorité. Les grandes Compagnies ont à gérer des intérêts énormes, à assurer un service public, au sein duquel le moindre désordre devient un péril mortel. Comment en vouloir aux dirigeants, surtout dans une période d'agitation ouvrière, de ne recruter leur personnel qu'avec précaution ? Et qu'y a-t-il d'offensant pour la foi catholique à s'entendre dire qu'elle forme des gens mieux préparés que d'autres aux inévitables contraintes de la discipline et à faire leur besogne de bon cœur ?

Il essayait de se représenter ce qui se passerait en effet si un peu partout les chefs et les patrons étaient débordés, si les agitateurs prenaient le dessus. Il voyait, assez vaguement du reste, un atelier où soudain les ouvriers se croisent les bras, d'un air de défi, haussent les épaules quand on les commande. Ou bien, cela se passait au dépôt des omnibus de la rue Ordener : les employés et ouvriers entraient dans la cour en tumulte, dételaient les chevaux, peut-être renversaient quelques voitures. Il voyait encore une grande foule de peuple, sur la place même de Notre-Dame-de-Clignancourt ; il entendait des vociférations, quelques « hou, hou, les curés » ; il s'imaginait lui-même passant dans une rue, et poursuivi par ces « coin, coin », « coin, coin », qui sont assurément une insulte pénible, une de celles qui serrent le cœur, surtout quand ce sont des enfants qui vous l'adressent. (« Pardonnez-leur, mon Père... »)

Mais il ne parvenait ni à donner beaucoup de vigueur à ces visions, ni à en ressentir beaucoup d'effroi. Il se disait : « Oui, ce serait abominable. » Il répondait bien sincèrement à un interlocuteur supposé, à quelque monsieur à grande barbe : « Vous avez cent fois raison, monsieur, de tout faire pour nous éviter ça. » Mais sa voix intérieure, en le disant, restait calme. Il n'avait pas le frisson. Dans la pire de ces visions, il ne sentait rien de tout à fait essentiel pour lui qui fût menacé. Ce qui était menacé, c'était la bonne installation d'un atelier ; c'étaient des machines, des omnibus. C'était sans doute aussi quelques vitres de l'église. « On serait bien capable d'y jeter des pierres. » Peut-être encore sa soutane à lui, son chapeau. Il se représentait cela par honnêteté d'esprit, pour ne rien oublier : une pierre sur son chapeau ; un crachat sur sa soutane. Mais franchement il n'y croyait pas beaucoup. Jamais personne dans la rue ne lui avait montré de vraie méchanceté ; quelques « coin, coin » deux ou trois fois, mais timides, et qui cherchaient le premier prétexte pour se taire. (Le plus grand des gamins disant aux autres, de l'air de quelqu'un qu'une plaisanterie trop rebattue ennuie : « Oh ! vous, foutez-nous la paix ! ») Jamais personne, en rencontrant son regard, n'avait eu le courage de lui répondre plus d'un instant par un regard tout à fait durci et hostile. Sans compter les nombreuses fois où quelque autre gamin, jouant aux billes, s'arrêtait, traversait la rue, lui tendait la main avec un mélange de respect et de protection, et criait : « Bonjour, monsieur l'abbé Jeanne ! » ; façon de signifier au reste de la rue : « Celui-là, je le connais. Vous me ferez le plaisir de le laisser tranquille. »

Assurément, c'étaient là des images de la vie paisible. L'abbé se doutait bien qu'un jour d'émeute, les regards n'auraient pas le temps de reconnaître le sien. Il serait pris comme n'importe qui dans la bagarre. Il ne le souhaitait nullement. Comme il n'était ni orgueilleux ni romantique, il ne cherchait pas à s'enivrer en évoquant une foule hurlante, qui tendrait les poings vers lui, qui le couvrirait d'opprobres et de coups. Là encore il lui déplaisait d'abuser de la référence à l'Évangile. Il aurait eu pudeur à se dire, comme d'autres : « Je souffrirai ce qu'a souffert mon divin maître. » Cette hâte à se comparer manque de discrétion. Elle frappe le martyr éventuel d'une présomption de cabotinage.

D'ailleurs, il est ridicule de faire ainsi tourner la menace des événements autour de sa personne. Tant d'autres intérêts sont en jeu. Ces beaux immeubles, par exemple, sur toutes les avenues qui aboutissent ici. Ne seraient-ils pas dans ce cas pareils à des rangées de grands et gros arbres où la sève ne monterait plus ? C'est le luxe qui est leur sève ; disons la richesse ; et une richesse, il faut le croire, légitime, acquise par le travail et l'économie de plusieurs générations, par le long effet de la vertu et du talent. L'abbé, tout en cherchant à se rappeler si quelque omnibus ne menait pas de ces parages vers Montmartre — il était venu à pied, mais craignait que le retour ne fût bien long —, faisait un effort loyal pour se représenter l'arrivée de la richesse jusqu'à ces beaux immeubles tarie brusquement par les désordres sociaux. Il songeait à ces salons de M. Ehler qu'il avait entrevus, à d'autres pièces, un peu partout, aussi spacieuses et non moins somptueusement meublées : salles à manger où le moindre repas a l'ordonnance d'un festin de cérémonie ; chambres qui entourent de maints agréments — peut-être pas tous également nécessaires — la vie conjugale des époux, que l'on veut croire, malgré ce qui se dit, à peu près modeste et chrétienne dans ces milieux. L'abbé imaginait comme il pouvait les effets de flétrissure injuste que causerait là-dedans le tarissement de la richesse. Il voyait comme s'éteindre les lumières des lustres ; il voyait le cérémonial des repas se rétrécissant peu à peu, les domestiques déconcertés, s'interrogeant, les bras vides ; il voyait des valets, des femmes de chambre, naguère empressés et agiles, perdant leur mobilité, séchant sur place, se changeant en statues de sel.

La belle église Saint-Augustin, avec son dôme cossu, en souffrirait aussi. Et peut-être aussi, là-bas, dans le filigrane de la pensée, Saint-Pierre-de-Rome.

C'étaient là des maux incontestables, et dont seules les âmes méchantes pouvaient se réjouir à l'avance. Le train de l'Église ne va pas sans de gros frais. La majesté du culte, dont les croyants les plus férus de spiritualité pure savent bien apprécier l'aide qu'elle leur apporte dans leurs élans, ne s'obtient que parce qu'on ramasse beaucoup d'argent et que, lorsqu'il le faut, on le prodigue. Il suffit de réfléchir pour se convaincre que la disparition des riches, ou leur appauvrissement, aurait des conséquences très fâcheuses pour la religion. Même dans une paroisse populaire comme Clignancourt, il serait impossible d'assurer aux prêtres le traitement infime dont ils se contentent depuis la loi de Séparation, et aux cérémonies le minimum de décence, si l'on ne devait compter que sur les petites gens ; s'il n'y avait pas quelques grosses familles de bourgeois, de propriétaires, de commerçants enrichis, pour faire des dons bénévoles, ou pour apporter à la paroisse le bénéfice d'un grand enterrement, d'un grand mariage. Qu'adviendrait-il de tout cela, si on laissait la Société aller au désordre ?

L'abbé Jeanne se le répétait. Mais au fond de lui-même, et à demi en secret, il restait persuadé que ces maux indiscutables, s'ils se produisaient par disgrâce, ne resteraient pas sans compensation. Il ne pouvait pas se convaincre que de leur infortune les riches ne tireraient pas quelque profit moral. Ils deviendraient sans doute moins sûrs d'eux-mêmes. Ils réfléchiraient peut-être davantage au rôle de l'homme sur terre, au peu qu'il est. Ils ne prendraient plus à l'égard de Dieu une attitude légèrement suspecte de protection et de condescendance (« Si nous n'étions pas là... »). Bref ils auraient plus de chances de se rapprocher que de s'éloigner de la véritable conduite chrétienne.

Quant à l'Église... Oh ! l'abbé Jeanne eût trouvé sacrilège, presque teinté de la couleur du parricide, que de lui souhaiter un redoublement d'épreuves. Ne venait-elle pas d'en traverser de terribles pendant des années, et d'y montrer une dignité, une constance qui finissaient par troubler ses ennemis ? L'abbé Jeanne priait donc bien sincèrement pour que le temps des épreuves se terminât sans retour. Il le demandait pour l'Église elle-même et parce que, lorsqu'il s'agit d'un intérêt qui nous dépasse, la raison, la justice doivent l'emporter en nous sur les suggestions de notre nature. Mais il ne pouvait pas s'empêcher de penser qu'une Église persécutée, beaucoup plus persécutée, une Église pauvre, beaucoup plus pauvre, loin de devenir pour lui une patrie trop rude, une maison de désolation pénible à habiter, serait encore plus conforme à son cœur, aurait son centre, son point d'harmonie et d'équilibre, plus près de son cœur à lui. Certaines questions — qu'on écarte, évidemment, mais il est désagréable de faire ce travail de chasse-mouches — cesseraient alors de vous importuner.

« Oh ! pensait-il, je suis le premier à convenir qu'il est heureux que tout le monde ne soit pas comme moi. » C'était heureux pour la Société, qui, en tel cas, eût su bien mal se défendre. « Il est vrai que, si tout le monde était comme moi... qui songerait à l'attaquer ? » C'était heureux pour l'Église ; car une Église faite d'abbés Jeanne, même si elle n'eût pas poussé l'esprit de mortification jusqu'à tendre la joue gauche après la joue droite, eût manqué d'énergie pour sauver un héritage dont elle ne doit compte qu'à Dieu, d'esprit réaliste pour mesurer les périls, les chances, les moyens ; eût manqué surtout de la colère et de l'animosité qu'il faut prendre sur soi d'avoir contre les méchants dans certaines circonstances. « Les gens comme moi devraient se féliciter au fond qu'il y en ait d'autres. Car sans ces autres, les choses auraient vite fait de ne plus marcher, même celles auxquelles les gens comme moi attachent le plus de prix. »

Il est vrai qu'il lui arrivait de se demander, dans ses divagations de pensée les plus audacieuses (mais dans ce cas l'audace intrinsèque de la pensée trouve une atténuation dans ce que les formules intérieures en ont d'incomplet et de rapide, ou de confusément imagé) : « Est-ce qu'on n'aurait pas pu en dire autant du Christ ? » Le Christ avait négligé, ou refusé de tenir compte de bien des choses, qui n'étaient pas moins nécessaires ou légitimes de son temps que du nôtre. Certes, il ne fallait pas prétendre, comme les incroyants, que l'Église de Rome, au cours des siècles, avait là-dessus démenti, ou même corrigé le Christ. Mais elle avait fait comme si le Christ, venu pour l'essentiel, lui avait laissé le soin de tenir compte des autres côtés de la question.

« En somme, concluait-il avec un sourire qui écartait le soupçon d'orgueil, je suis de la famille de celui qui a laissé à d'autres le soin de *tenir compte* des autres côtés de la question. »

XXI

L'ABBÉ JEANNE ET L'AMOUR

Après avoir failli prendre l'omnibus Montmartre-Porte Rapp, qui traversait la place Saint-Augustin, mais qui offrait le désavantage d'avoir son terminus place Saint-Pierre, fort loin de Notre-Dame-de-Clignancourt, l'abbé préféra pousser jusqu'à la place du Havre, où s'arrêtait l'autobus AM, qui le déposerait à côté de l'église. Et puis l'abbé avait lui aussi un faible pour les autobus.

Dès qu'il eut pénétré dans la voiture, il eut un léger mouvement de recul. La seule place libre se trouvait en face d'une toute jeune femme, jolie, vive de regard, abondante de formes, et dont le vêtement, malgré la saison, découvrait de belles amorces de chair. Mais il se reprit, et alla s'asseoir.

En tel cas, sa gêne ne procédait pas d'une pudibonderie naïve. Certes, il ne croyait pas utile de chercher les tentations. Il jugeait moins fatigant de faire le trajet debout sur la plate-forme, avec des pensées qu'il avait librement accueillies, et qui lui plaisaient, que d'avoir à lutter si peu que ce fût contre des traces d'idées involontaires. Mais il savait en outre que la présence d'un prêtre encore jeune, point laid de visage, peut provoquer, chez une femme que le respect ne met pas en garde, une sorte de coquetterie spéciale, une curiosité d'essayer ses pouvoirs, dont les manœuvres, même imperceptibles, sont désobligeantes. On peut se tirer personnellement d'embarras en lisant son bréviaire. Mais c'est à regret qu'on se laisse imposer une telle parade ; et l'on se passerait bien de sentir en face de soi quelqu'un penser des choses non pas très criminelles peut-être, mais impertinentes et sottes.

Au lieu de son bréviaire, il choisit de tirer de sa poche une petite brochure sur les Missions d'Extrême-Orient.

Mais cette lecture lui servit surtout de contenance. Il n'oubliait pas le voisinage de la jeune femme. Il ne fit même pas effort pour l'oublier. Il constatait une fois de plus — et c'était avec une certaine satisfaction — que le sentiment où le mettait maintenant un pareil voisinage pouvait se prolonger sans inquiéter la conscience; pouvait se développer entièrement comme tout autre objet de méditation sous le regard de l'esprit. Ce n'était pas de l'indifférence, ni, à vrai dire, de la sérénité. Il y avait place pour de la douceur, pour de la pitié, pour de l'amertume, même pour une espèce d'interrogation mélancolique à laquelle on sait qu'on ne répondra plus. Mais rien n'était inavouable. Rien non plus n'était combat ni déchirement.

A l'époque du séminaire, sans même remonter aux temps d'une adolescence plus trouble et moins dirigée, l'abbé Jeanne avait connu non seulement la lutte contre les désirs charnels — si prévue, éclairée par tant de précédents qu'elle fait partie du sport spirituel et ne peut qu'exciter la vocation — mais la lutte plus terrible contre l'idée que les désirs charnels ne désarmeront jamais, vous réattaqueront par cent détours, viendront empêcher par leurs incursions incessantes les états supérieurs que l'on se flattait d'atteindre, et qui étaient votre récompense dans l'avenir ; états qui ne se conçoivent pas sans que l'âme ait d'abord un minimum de sécurité. Une grande émotion religieuse, fût-elle d'un ordre bien plus modeste que l'extase, offre un peu les mêmes exigences qu'une cérémonie. Elle ne saurait se déployer selon son caractère, s'il faut à chaque instant rétablir l'ordre, chasser des intrus. Les oiseaux du ciel ne viennent se poser que sur des branches tranquilles.

Lorsqu'il est en proie à de telles appréhensions, un jeune clerc en arrive à se demander sérieusement s'il est de ceux dont Dieu accepte les services. Il mesure en lui la part diabolique de la nature humaine. Il la trouve très envahissante. Il se dit qu'il ne la réduira jamais.

Peu à peu l'abbé Jeanne s'était aperçu — les avis de son directeur l'y avaient aidé — que la chasteté devient machinale comme le reste. « Ne vous occupez plus trop de vos pensées impures. Vous avez prouvé à Dieu et à vous-même, par vos luttes passées, que vous ne mettiez aucune complaisance à les accueillir. Dites-vous : je suis sûr de ne pas commettre d'acte contre la chasteté ; donc les pensées n'ont pas d'importance. Je n'en suis pas plus responsable que de telle sottise de mon corps, comme un borborygme, ou une crampe d'estomac. Traitées de la sorte, les pensées impures finissent par perdre courage. Vous verrez que la chasteté de fait, pleinement consentie, entraîne toujours tôt ou tard la chasteté d'imagination. »

L'expérience lui avait montré que ces prédictions étaient justes. Sa chasteté « de fait » n'avait couru de grands périls qu'au séminaire même. En seconde année, il y avait subi l'influence de deux camarades, d'une sorte particulièrement dangereuse. Ils se prétendaient mystiques ; ils se moquaient de la piété des autres, qu'ils trouvaient lourdaude, paysanne, et qui en effet ressemblait chez plus d'un à un honnête fonctionnarisme de la foi. Ils soutenaient, en s'appuyant sur maints auteurs plus ou moins orthodoxes, et même sur quelques profanes de la littérature moderne (ils avaient beaucoup lu, ce qui augmentait leur prestige), que la chasteté est dans l'ensemble de la vie chrétienne une petite vertu bourgeoise, dont les âmes médiocres et froides ont ridiculement exagéré l'importance, parce qu'elle leur permet de se croire et se dire saints à bon marché. Certes le vœu de chasteté était une très belle invention à l'égard des couvents de femmes ; ces créatures inférieures et profondément animales, faute d'être ainsi tenues, se seraient vautrées dans les plus sales désordres, auraient eu vite transformé chaque couvent en lupanar ; mais appliqué aux hommes, ce vœu avait pour objet tout au plus de leur signaler, et avec raison, le danger de la femme. Il était bien vrai en effet qu'aucun accès à la vie mystique, qu'aucune approche de Dieu n'était concevable, si la femme, avec son éternelle souillure, y était mêlée si peu que ce fût. (Ce qui, entre autres choses, expliquait la platitude de la vie religieuse protestante.) Comprise autrement, la loi de chasteté n'était qu'un attrape-nigaud. Pour mieux dire, elle répondait à une intention très sage, et secrète, qui était de faire un tri dans le troupeau des clercs. On avait raison de munir d'une telle défense automatique tous ces pauvres diables, à qui l'on ne pouvait demander que de tenir plus tard sans scandale leur emploi de curé de campagne, et qui, faute de cette prohibition formelle, eussent couché avec leurs paroissiennes, ou avec leur bonne. Le petit nombre savait à quoi s'en tenir. Parmi les privilèges de l'aristocratie mystique, figurait celui de pouvoir faire servir la volupté même de l'élan de l'âme vers les états supérieurs. La volupté, ramenée à sa pureté originelle, dépouillée du caractère bestial qui lui venait du mélange des sexes, n'avait rien de désagréable à Dieu ; au contraire elle s'apparentait par son essence aux états que Dieu réserve à ses favoris ; elle donnait l'idée et l'appétit de la communion mystique, à laquelle l'âme pouvait s'élever ensuite par une opération analogue à la transposition musicale. Aussi la forme de volupté la plus recommandable devait-elle se concevoir comme un dialogue entre deux âmes travaillées par une égale émulation. Le tort de la jouissance solitaire, qu'il n'y avait pas lieu de condamner dans l'absolu, était de ne pas permettre le contrôle spirituel. L'âme, en s'y livrant, risquait d'accueillir, pêle-mêle avec le reste, des images basses, salement charnelles ; de rouvrir la porte au bestial et au féminin. La volupté-dialogue s'exerçait sous la surveillance de deux esprits dont aucun n'aurait voulu démériter aux yeux de l'autre. Chacun maintenait chez l'autre la préoccupation exclusive du but spirituel à atteindre.

Cette propagande, que l'ingéniosité des discours et le charme personnel de l'un des propagandistes achevaient de rendre insidieuse, avait troublé Jeanne un moment. Elle flattait l'orgueil. Elle allait habilement rejoindre certaines préventions que l'éducation cléricale ne peut manquer de créer. Elle enlevait au péché l'impression de défaite et de déchéance dont autrement il s'accompagne. Mais elle avait encore cet avantage aux yeux de Jeanne de simplifier un problème douloureux. Il est apaisant de se dire que la vie intérieure n'est pas condamnée à être un champ clos, où les aspirations élevées de l'âme auront perpétuellement à se battre contre des obsessions toujours les mêmes, et finiront par s'user dans cette besogne de répression stupide.

Mais un essai unique, auquel il avait consenti, l'avait empli d'une horreur sans appel. Il s'en était abondamment confessé et repenti. Son directeur, l'abbé Vierlet, qui partageait sa répugnance, mais pour qui la question n'était pas aussi neuve, eut la sagesse de lui présenter cette mésaventure comme une école, où le ridicule l'emportait encore sur l'odieux. « Vous avez grandement raison de vous repentir. Mais je suis sûr que vous voilà guéri à tout jamais de cette folie, et de tout ce qui y ressemble. » Ce directeur était, sans préjudice d'une foi solide, un humaniste à l'esprit large. Il admirait fort Molière, et lui pardonnait beaucoup, pour la lucidité qu'il avait mise à dénoncer certaines formes prétentieuses du mensonge. Il n'hésitait pas à recommander aux jeunes clercs celles de ses comédies que les classes de lettres des établissements religieux n'inscrivent pas volontiers à leur programme : *Tartufe,* par exemple. « Il m'est tout à fait égal, déclarait-il à des collègues, que Molière ait eu telle ou telle intention en écrivant ça. Et je vous accorde même que ce n'est pas une œuvre très bonne à faire lire aux laïques. Mais s'il ne tenait qu'à moi, pas un jeune prêtre ne sortirait du séminaire sans l'avoir méditée à fond. Ça en préserverait plus d'un, parmi les meilleurs. Car il y a ensuite dans la vie des comédies qu'on a honte de jouer, quand on en est tout de même trop conscient. » Il dit à Jeanne, passé la première émotion des aveux et du repentir : « Vous allez me lire maintenant *Les Femmes savantes,* et *Les Précieuses ;* ou plutôt me les relire, car j'espère bien que vous les connaissez déjà. Vous m'en reparlerez. Vous me direz si vos gaillards ne sont pas des grotesques dans le genres des Précieuses. » Il pensait judicieusement que le vice, lorsqu'il tire son prestige d'un certain galimatias intellectuel, n'a pas de pire ennemi que le comique interne qu'on y fait soudain apparaître. Fulminer contre lui, c'est réchauffer son auréole. Montrer qu'il est risible, c'est lui ôter la plupart de ses moyens.

Après le séminaire, le régime de la chasteté « de fait » s'était pour Jeanne tout naturellement consolidé. Il avait connu des crises de désirs charnels. Mais ces assauts ne se produisaient qu'à de longs intervalles ; et heureusement ils n'avaient jamais coïncidé avec la présence d'un objet extérieur à la tentation. C'étaient des orages venus du dedans. Quand il était arrivé au jeune prêtre de rencontrer de très beaux yeux, un visage dangereusement touchant, d'entendre au confessionnal une de ces voix à chavirer le cœur, une voix du *Cantique des cantiques,* ces jours-là il se trouvait par hasard plein de détachement, d'adieu aux choses, distrait aux douceurs du monde, attentif seulement à un chant haut situé dans l'âme, comme ces petites orgues qu'on installe parfois dans une galerie supérieure d'église, et qui font leur ritournelle dans le voisinage d'un rayon de soleil. Aussi chaque retour de crise de désir ressemblait-il de moins en moins à l'élan vers un objet extérieur, à la recherche d'un être capable de satisfaire le désir. La période orageuse se traduisait de plus en plus par un accès de tristesse, qui durait parfois toute une semaine. L'âme était le siège d'une espèce de remous fermé.

Le jeune prêtre appliquait à ces crises des remèdes de fortune. Il se méfiait du redoublement de prières, qui a l'inconvénient de solenniser les choses et d'accroître l'alarme. Il avait éprouvé le bon effet de longues promenades du matin, à pied, dans Paris ou la banlieue proche. D'ailleurs, si même durant ces crises il eût songé à une satisfaction extérieure, les difficultés d'y atteindre l'eussent arrêté. Les travaux de recherche ou d'approche, qui lui semblaient indispensables, auraient duré plus longtemps que la crise elle-même.

Bref, il avait acquis surabondamment la conviction que tout vient en aide à la chasteté du prêtre, pour peu qu'il y tienne : l'habitude, les obstacles matériels, la timidité. Le vrai danger se déclare le jour où le prêtre commence à se dire que la chasteté n'est peut-être pas aussi importante qu'il avait cru. Sauf chez certaines natures particulièrement sensuelles — mais il est peu probable qu'elles soient arrivées jusqu'au sacerdoce — le vrai danger vient donc moins de la chair que de l'esprit.

Vicaire de paroisse parisienne, l'abbé Jeanne était d'ailleurs payé pour savoir que certains de ses collègues professent en la matière un complet scepticisme, et y conforment leur conduite. La découverte, quand il l'avait faite, et la manière dont il l'avait faite, l'avaient beaucoup affecté.

Un soir d'hiver, vers cinq heures, il sortait de Clignancourt en même temps que le second vicaire, l'abbé Roussieux. Roussieux était un grand gaillard de trente-trois ans, maigre et hardi, fin de traits, assez chauve, éloquent en chaire, et très bien vu des paroissiens. « Vous m'accompagnez ? dit Roussieux. — Volontiers. » Ils marchèrent un bon quart d'heure, de devisant de menues choses. Boulevard Barbès, du côté des numéros pairs, Roussieux s'arrête devant une porte d'immeuble, hésite, sourit, puis : « Bah !... Montez donc avec moi. — C'est ici que vous habitez maintenant ? — Non, non. Je vais chez des gens. Nous en aurons pour une seconde. » Et Roussieux continue à sourire. Là-haut, ils sont reçus par une dame entre deux âges, d'aspect convenable, qui les introduit dans un tout petit salon, et les y laisse. « Attendez-moi, dit Roussieux à Jeanne. Je reviens tout de suite. » Il disparaît par une porte. Jeanne pensait qu'il allait visiter un malade. Au bout de dix minutes, la porte s'ouvre, et Roussieux reparaît, vêtu en civil, d'un complet gris sombre, un chapeau mou sur la tête. Il jouit un instant de la stupeur de Jeanne, puis enlève son chapeau, tourne la tête, et gaiement : « Vous voyez que la tonsure ne se remarque même pas. Ce que c'est que d'être chauve ! » Jeanne, bouleversé, ne trouvait pas un mot à dire. Roussieux, qui voulait faire le malin jusqu'au bout, reprit : « Vous vous demandez où je vais maintenant ? Eh bien, chez ma maîtresse. » Et il ajouta, comme on donne un renseignement à un cadet : « Ça m'ennuierait de sortir de chez moi en civil. Je viens me changer ici. On ne me connaît pas. Du moins, je le suppose. » Et il faisait un rire insouciant.

Jeanne en avait été moralement malade plus d'une semaine. Certes, il n'avait pas attendu ce jour-là pour savoir que des prêtres s'amusent. Mais il avait attendu ce jour-là pour le constater à la manière d'un flagrant délit.

Roussieux s'était bien aperçu qu'il avait obtenu un effet plus saisissant qu'il n'eût souhaité. Dès qu'il put accrocher Jeanne, il l'entreprit : « Vous en faisiez une tête, mardi dernier ! » Jeanne était donc si naïf ? Et Roussieux, d'un ton gouailleur, citait des exemples. Tel collègue de Saint-Bernard fréquentait les maisons closes. Tel prélat éminent recevait des femmes du monde dans son hôtel, et les ravages qu'il exerçait parmi elles étaient la fable de la domesticité. Tel prédicateur célèbre avait évité de justesse un gros scandale où étaient mêlées des jeunes filles. « Moi, disait Roussieux, j'estime que j'y vais très modérément. Et c'est l'avis de mon confesseur. »

Jeanne avait répondu : « De quoi vous tourmentez-vous, cher ami ? Vous faites ce que bon vous semble. Votre confesseur est content ? Vous aussi ? Que demander de plus ? »

Mais la blessure fut longue à guérir. Ce n'est pas quand il est contagieux que l'exemple est le plus toxique pour l'âme, c'est quand il est décourageant. Il est difficile de ne pas se prendre pour une dupe, le jour où l'on pense découvrir qu'on est à peu près seul à pratiquer une vertu sévère.

Jeanne fut à deux doigts de se dire : « Je suis dégoûté de tout. Je ne crois plus à personne ni à rien. » Il avait envie non certes d'imiter Roussieux, mais de fuir. Où cela ? Où fuir quand on est prêtre : *sacerdos in aeternum ?* Dans un couvent. Le plus austère possible. Où la rigueur de la règle fût telle qu'il ne restât aux plus vicieux ni le temps ni même la force de se traîner en secret jusqu'à leur vice. Dans une maison de silence total, comme la Trappe, où l'on n'aura plus de confessions de paroissiens à entendre, où nul collègue ne pourra plus vous raconter malgré vous ses petites histoires.

Puis il chercha un autre moyen de s'apaiser. Il procéda à une espèce d'enquête, avec une patience et des habiletés dont il ne se serait pas cru capable. Il faisait parler ses collègues. Il s'arrangea pour en rejoindre certains qu'il avait perdus de vue. Il posait des questions insidieuses. Il amorçait les bavards par des simulacres d'indiscrétions : « On me racontait l'autre jour que... », « Est-ce qu'on n'a pas dit qu'Untel avait eu une histoire ?... », « Est-ce qu'Untel qu'on vient d'envoyer de Saint-Maur à Pierrefitte n'y a pas été mis en disgrâce ? » Ses façons étonnaient parfois les gens. On ne le reconnaissait plus. Peu lui importait.

Une enquête ainsi menée ne pouvait faire preuve sur aucun point. Mais elle tendait à une impression d'ensemble. Un racontar peut être faux. Cent racontars qui se recoupent ou se composent, surtout dans un monde fermé et prudent, finissent par saisir une vérité moyenne. D'autant que cet abbé Jeanne, si peu curieux jusque-là des affaires d'autrui, avait du discernement, de la finesse, savait donner une cote aux dires de chacun.

Il arriva peu à peu à une certitude morale qui lui rendit la respiration :

Le clergé de Paris abondait en prêtres vertueux, qui l'étaient sans ostentation, probablement sans grand héroïsme ; qui trouvaient, comme Jeanne lui-même, une aide dans l'habitude, dans la timidité, dans les gênes diverses de leur état. Les prêtres débauchés, ou simplement un peu coureurs, étaient connus. Les uns vivaient en disgrâce ; d'autres, surveillés, dans l'espoir d'une résipiscence. Un petit nombre devaient à des talents éclatants, à d'éminents services rendus sur d'autres points, une indulgence qui avait le tort de ne pas être toujours bien comprise, de passer pour un effet de la faveur. Mais Jeanne revenait de si loin dans l'amertume découragée, qu'il n'en était pas à chicaner pour si peu.

*
* *

L'impureté des laïques — hommes, femmes, adolescents — dont le confessionnal l'avait longuement instruit, ne pouvait pas l'affecter de la même façon. Il avait admis d'avance que sa délicatesse passerait là de mauvais quarts d'heure ; comme le jeune chirurgien se répète qu'il faudra s'habituer au sang et à la sanie.

D'ailleurs, à la différence du chirurgien, le prêtre a plus ou moins les confessions qu'il mérite, disons qu'il appelle. Jeanne n'attirait pas les monstres. Il ne s'amusait pas davantage à extraire du pécheur ordinaire les morceaux de monstre, ou les promesses de monstre qu'il contient. Il devinait la nature de la faute à demi-mot. Il interrogeait le moins possible, et de la façon la plus pudique. Il aimait mieux ignorer le détail du péché, au risque d'en moins bien mesurer la malice, que d'en provoquer l'étalage complaisant. Il avait éprouvé comme tous les autres, quand une femme se confessait à lui, la tentation de l'amener aux aveux les plus minutieux et les plus intimes — la plupart d'entre elles s'y prêtent avec un délicieux frisson — mais il avait tout de suite reconnu que cette fouille ne traquait la luxure chez la pénitente que pour la satisfaire chez le confesseur. Et il se l'interdisait comme une forme mentale de débauche. D'ailleurs les prêtres qui y succombent savent fort bien ce qu'ils font, car c'est un péril que l'enseignement du séminaire ne manque pas de leur signaler. Enfin Jeanne considérait comme des drôles ceux de ses collègues, assez nombreux, qui, avec un plaisir très analogue à celui de la souillure, posent aux enfants, de préférence aux fillettes, des questions moins faites pour les soulager d'un péché qu'ils ignoraient que pour leur en enseigner clairement la pratique.

La discrétion qu'il apportait au confessionnal ne l'empêchait pas de recevoir les menues éclaboussures de l'impureté, ni de sentir parfois jusqu'à l'obsession la place qu'elle tient dans la vie des hommes.

Il ne trouvait pas le biais qui lui permît de s'en accommoder. En principe, la question est simple. Le monde terrestre est essentiellement un monde de péché. La nature humaine demeure corrompue depuis la faute originelle. L'homme « naturel » baigne dans le mal, comme la plante dans les sucs de la terre, et le restitue naïvement par tous ses actes. L'homme « chrétien » est condamné à lutter nuit et jour contre la nature humaine. Sa grande affaire est de tenir en respect l'impureté qui lui monte, qui lui suinte de partout. Dans ces conditions on ne peut raisonnablement espérer une vie à peu près exempte de souillure que de ceux qui ont abandonné les intérêts d'ici-bas pour se consacrer au service de Dieu. Le laïque ordinaire ne saurait être qu'un pauvre chemineau trébuchant qu'il faut aller relever tous les cinquante mètres.

Pour ceux qui sans effort se représentent le monde ainsi, la constatation quotidienne des assauts de la luxure contre l'homme du siècle, et de ses victoires fréquentes, ne saurait altérer la bonne humeur. Car au fond il n'y a que deux choses qui altèrent la bonne humeur quand on la possède de naissance : des ennuis personnels ou le dérangement du petit système du monde que l'on s'est construit. Si vous êtes un pessimiste de bonne humeur — l'espèce n'est pas rare —, la pire désillusion que le monde pourrait vous faire, ce serait de vous laisser craindre qu'il ne soit moins mauvais que vous ne croyez.

Jeanne, qui avait une fois pour toutes adhéré à la totalité du dogme, ne perdait pas de vue le péché originel, ni ce qui en découle. Mais il n'arrivait pas à considérer sincèrement la création comme la patrie du mal. Il n'eût même pas jugé respectueux envers Dieu de le faire. Or il est trop certain que la création terrestre ne saurait subsister sans les œuvres de l'amour physique — chez les animaux, chez les plantes, aussi bien que chez l'homme. (Un prêtre du vingtième siècle, si défiant soit-il de la

Science, et des erreurs modernes, n'évite pas de tels rapprochements entre les divers ordres de créatures. Il respire lui aussi une philosophie biologique diffuse dans l'air.) Suffit-il de dire, comme le veut sans doute la tradition officielle de l'Église, que les œuvres de l'amour physique cessent d'être impures, chez l'homme, quand elles travaillent exclusivement au maintien de l'espèce, dans la discipline du mariage ?

Mais quand Jeanne venait d'entendre telles confessions de femmes mariées, qu'il n'avait pu empêcher de descendre à certains détails, il était bien forcé d'admettre que lorsqu'une femme, qui aime son mari, n'est pas défendue contre lui par la répulsion physique, il lui est très difficile de se refuser à des pratiques qui portent tous les signes de l'impureté, de la luxure ; et qu'en général elle ne tient nullement à s'y refuser. Plus d'une confession de femme pieuse, mais amoureuse, n'avait évidemment pour objet que de s'entendre dire par le prêtre : « Si vous ne pouvez pas faire autrement... Si vous êtes sûre que sans ça il s'éloignerait de vous... » Jeanne savait que cette tolérance trouve à se réclamer d'autorités fort anciennes. Il se souvenait du fameux « licet » des casuistes posé en face de questions ahurissantes pour la pudeur. Mais l'autorité des casuistes ne changeait rien au fond du problème.

Les confessions d'hommes étaient plus rares, inclinaient moins au détail scabreux. Et puis cette petite minorité d'hommes qui vont à confesse n'est guère faite, surtout dans les quartiers populaires, que de chrétiens renforcés, austères de tempérament et de mœurs, plus prêts à solliciter des consignes que des permissions. Pourtant, même parmi ceux-là, Jeanne recueillait des aveux qui inquiétaient sa probité d'esprit. D'abord sur l'impossibilité, que la plupart déclaraient absolue, de ne pratiquer l'amour conjugal, comme le voudrait la stricte morale catholique, qu'aux seules fins de la procréation. Comment exiger qu'un honnête employé, à gains médiocres, élève d'une façon décente, dans un logement de Clignancourt, plus de trois ou quatre enfants ? Si par malheur sa femme et lui sont d'une fécondité infaillible — cela se rencontre plus souvent qu'on ne pense — oserez-vous lui dire qu'il ne doit, dans toute sa vie, posséder sa femme que peut-être une dizaine de fois ? Jeanne ne trouvait pas ce courage. D'autres l'avaient, paraît-il. N'était-ce pas à trop bon compte ? Il est facile de dicter une règle, avec l'arrière-pensée qu'elle sera sûrement violée : « Ma responsabilité est à couvert. A part ça, qu'ils se débrouillent. » N'était-ce pas aussi rendre à la religion un douteux service, et donner finalement une prime à l'impureté ? « Puisque de toute façon nous sommes en état de péché mortel, se diront les époux chrétiens, pourquoi nous gêner ? » Et peut-être se le diront-ils chacun de son côté. Pourquoi respecteraient-ils la contrainte d'un mariage, où vous leur aurez prouvé qu'ils vivent en perpétuelle damnation ?

Mais cette difficulté, d'ailleurs très sérieuse, n'était pas celle qui dérangeait le plus sa vision du monde. Il se sentait plus troublé encore de l'aveu que lui faisaient des hommes très religieux d'une autre impossibilité où ils étaient : de ne pas franchir la décence, de ne pas devenir luxurieux et impudiques dans les actes de l'amour. « J'arriverais peut-être à m'en passer complètement. Quoique... Mais dès que c'est commencé, c'est plus fort que moi. Que voulez-vous ! Ce n'est pas un instinct comme les autres. Ou il faut le laisser dormir tout à fait. Ou si on le réveille, on ne l'arrête pas comme ça. »

*
* *

Il en avait parlé un jour à un collègue d'une paroisse du centre, sage sous ses apparences gaillardes, et capable de discuter ces problèmes sans sourire du sérieux de Jeanne, ni se réfugier dans les basses plaisanteries.

— Vous cherchez une solution ? lui avait dit l'autre. Il n'y en a pas. Tout ce que vous constatez, je le constate aussi. Et dans des conditions peut-être encore plus démonstratives que vous. Car les gens riches, ou à moitié riches, ont encore plus de peine que les autres à ne pas s'imaginer que les plaisirs sensuels, sans limitation aucune, font partie du train de vie normal. Luxe, luxure... Tous les distinguos sont vains et inopérants. La vraie vérité, voyez-vous, c'est le christianisme d'autrefois qui l'a trouvée : au fond, tout ce qui est désir et jouissance de la chair, amour, accouplement et le reste, c'est du ressort du diable. Vous vous rappelez quand ce vieux cochon de Boccace parle du moine qui chaque matin contait à la fillette que c'était le moment de replonger le diable dans l'enfer ? L'irrévérence mise à part, il était dans la bonne tradition. Tout ce qui se rattache à ses organes-là est diabolique. Dès qu'un homme et une femme se regardent dans les yeux, Satan sourit. Il sait bien, le bougre, que ce n'est pas la bénédiction nuptiale qui empêchera ses petites affaires... Je vous dis ça, et personnellement je suis le plus indulgent des confesseurs. Je me contente de peu, je vous assure. Justement parce que je ne me fais pas d'illusions. Quand on sait qu'il n'y a pas de milieu, on ne chicane pas sur un peu plus ou un peu moins.

C'était en revenir, sous une forme plus agressive, à l'idée que la création de Dieu porte le ver en son ventre. Et encore une fois, si en ce qui regarde l'homme le péché originel explique à peu près les choses, il est pénible de se représenter tout le printemps de la terre, avec ses fleurs et ses oiseaux, comme une orgie de Satan. Jeanne n'avait pas l'imagination satanique. Il lui répugnait de faire au Malin une part si royale. Il n'osait pas se dire, mais il pressentait que ceux qui la lui accordent sans difficulté témoignent à Satan une considération singulière, qui laisserait croire qu'ils ont personnellement beaucoup à compter avec lui.

Il arrivait à Jeanne de chercher dans l'Évangile sinon une réponse directe, du moins une impression, une tendance. Il fallait bien reconnaître que, sauf quelques « Croissez et multipliez » fort épisodiques, l'Évangile recelait une subtile condamnation de la chair et de toutes ses œuvres, de l'amour physique, de l'instinct sexuel, même discipliné et soumis à son but. Et toute la tradition chrétienne jusqu'à la fin du Moyen Age était faite d'une détestation de la chair et d'un hymne à la chasteté. Refuser de s'apercevoir de son corps, et que le prochain eût un corps, c'était la première règle du chrétien. La charité même ne pouvait prendre son élan qu'après qu'on l'avait mise en garde contre les pièges des beaux visages et des belles formes. Cette belle fille assise en face de l'abbé Jeanne, dans l'autobus, avec ses épaules pleines et sa gorge, et la suite de son corps qui « fuyait » si peu, qui avouait tranquillement sa présence, cette belle fille, même si elle n'avait pas commis cette nuit, ni d'autres nuits, le péché d'impureté, elle était telle quelle « refusée » par la pure charité chrétienne. Même les belles formes de l'épouse étaient « refusées ». Fidèle mais heureuse dans les bras de son mari, l'épouse cessait d'être chrétienne. Elle redevenait païenne. Le christianisme du plain-chant et des cathédrales avait héroïquement renvoyé au paganisme tout ce qui était chair, beauté charnelle, amour terrestre, épanouissement de la vie. Il n'avait pas craint de gonfler l'idée païenne d'un butin énorme.

Jeanne était trop honnête pour n'en pas convenir. Personnellement, cet héroïsme de l'idée chrétienne était bien loin de lui déplaire. Dans la mesure où quelque chose en lui de l'homme naturel s'en trouvait meurtri, c'était une meurtrissure douce, une de ces compressions qu'on aime à sentir ; non pas comme celle du cilice : comme celle d'une ceinture juste un peu étroite.

Mais s'il préférait bien volontiers la part que l'idéal chrétien s'était réservée dans le monde, il se résignait mal à faire de tout le reste terre de damnation et de péché, sabbat et saturnales, empire insolent du Démon. Et les habiles ménagements du catholicisme d'après la Renaissance, s'ils ne le heurtaient pas — car il était convaincu de la sagesse supérieure de l'Église — n'apportaient pas la satisfaction au fond de son esprit, faute de résoudre avec assez de franchise les problèmes qui y restaient logés.

XXII

UNIVERS DE L'ABBÉ JEANNE

Chacun d'entre nous, même la marchande de quatre-saisons ou la girl de music-hall, a son système du monde, on le sait de reste, et y rêve à certaines heures (la girl, par exemple, tel soir mélancolique devant la glace de sa loge) ; ou lui demande conseil dans les décisions importantes (comme celle de changer d'amant).

Mais l'on a moins remarqué que chez beaucoup d'entre nous il y a non pas un système du monde, mais deux : l'un officiel, le seul que nous reconnaissions ; l'autre plus caché, parfois si caché qu'il se dérobe entièrement à nous-mêmes.

C'est une grosse question que de savoir lequel des deux au total importe le plus. Car s'il est bien vrai que le système caché répond mieux en général à notre nature, aux inscriptions quotidiennes de notre expérience, et se trouve jouer dans certaines de nos résolutions un rôle d'autant plus efficace qu'on le discute moins, il est bien vrai aussi que le système officiel profite de ce qu'il est avoué, de ce qu'il parle clairement et à haute voix pour nous imposer une conduite, et même des sentiments, qui découlent de ses formules. Et nous traitons alors les suggestions du système caché comme de simples mouvements de l'humeur ; ou même, ce qui est plus ironique, comme des vestiges d'idées étrangères venues Dieu sait d'où.

Chez les croyants, chez tous ceux qui adhèrent à un corps constitué et traditionnel de doctrine, l'existence de deux systèmes est encore plus fréquente que chez les autres. Car leur système officiel, ils l'ont reçu tout fait. Sans doute, s'ils l'ont accepté et gardé, c'est qu'ils y trouvaient déjà une ressemblance avec eux-mêmes. Mais ensuite, ce qu'ils auraient aimé y rajouter d'eux-mêmes n'entrait pas. Le système était rigide. Toutes les suggestions de l'expérience, tous les libres produits de la rêverie qui ne confirmaient pas simplement le système, devaient aller tomber au fond de l'esprit et s'y combiner comme ils pouvaient. Non sans subir d'ailleurs, jusque dans ce travail clandestin, l'influence du système officiel. Chez un vrai catholique, par exemple, même les rêveries souterraines, même celles qui cherchent à tâtons un autre arrangement que celui du dogme, portent la marque du catholicisme, dans leur matière, et dans certaines dispositions auxquelles elles aboutissent. Le système caché ressemble ainsi aux palais arabes où les colonnes de porphyre du patio viennent d'un temple romain, comme le patio lui-même s'inspire du plan de la maison antique.

*
* *

Il y avait donc probablement chez l'abbé Jeanne, derrière son catholicisme tout à fait orthodoxe, un système du monde plus caché, ou du moins l'ébauche d'un tel système. On l'eût plus qu'étonné, odieusement scandalisé en le lui révélant. Il eût sans doute haussé les épaules. Il eût dit : « Vous êtes beaucoup trop ingénieux. J'ai beau regarder en moi, il n'y a rien de pareil. Dieu merci, toutes ces complications sont épargnées à un homme qui a vraiment la foi. »

D'ailleurs, ce n'est pas sans précaution qu'il faut essayer d'atteindre ce système, et de le traduire par des formules. Ce que l'on peut dire d'abord, c'est que déjà dans le monde social avec lequel il entrait en contact, dans cette foule humaine qui allait et venait autour de lui, se faisait spontanément à ses yeux une séparation. Qui n'était pas brutale, qui ne coupait pas les liens de fraternité, qui n'était dictée non plus par aucune théorie sociale ou politique. Mais qui était tout de même une séparation. De part et d'autre d'un tracé hésitant, la foule des hommes et des femmes tendait à se former en deux groupes, en deux peuples. Il y avait d'un côté les Humbles, de l'autre, les Superbes. Cette démarcation ne correspondait pas à des classes définies de la Société. Elle ne se ramenait pas, comme les catégories d'Ernest Torchecoul, à des « critères purement économiques ». Comme il était naturel, les Humbles se recrutaient surtout chez les pauvres, dans le monde de ceux qui travaillent pour un faible salaire, et qui obéissent. Les Superbes, plutôt chez les riches, chez ceux qui gagnent beaucoup d'argent et qui commandent. Ainsi M. Ehler faisait partie des Superbes ; et la dame de la rue de Paradis. Louis Bastide et ses parents faisaient partie des Humbles. Mais il pouvait y avoir des Humbles parmi les riches, et des Superbes parmi les pauvres. Il pouvait y avoir des Humbles qui, peu à peu, comme envahis par l'affluence de la sève, se redressaient jusqu'au rang des Superbes ; et des Superbes qui mystérieusement trouvaient le chemin de l'humilité, ou y étaient conduits par une main invisible. La condition sociale n'était pas l'origine ni le dernier mot de leur différence ; elle pouvait en être le signe, ou l'aboutissement passager.

Mais il y avait des façons d'être Superbe, où l'argent n'intervenait pas ; des appétits ou des manifestations de pouvoir, des besoins de conquête et de possession, des épanouissements, des empiétements, des excès de confiance, des griseries de soi-même qui signalaient le Superbe, à quelque rang de la Société qu'il appartînt pour le moment, ou qu'il acceptât de rester. Il y avait des douceurs, des renoncements, des timidités, des envies d'occuper moins de place, de se reculer au profit du voisin, des airs de douter de son droit et de soi-même à quoi les Humbles se reconnaissaient, même si le destin par hasard s'était trompé en les faisant naître chez les grands de ce monde.

Indépendamment de la Société, il y avait une superbe de la vie ; une superbe de la chair ; des yeux trop hardis, des démarches trop balançantes ou trop assurées ; ou cette belle fille assise en face de vous ; il y avait des attitudes et ostentations du corps, des courbes de croupes et de poitrines ; une circulation orgueilleuse du sang, une magnificence des arbres et du soleil ; il y avait des journées et des saisons toutes gonflées d'elles-mêmes ; des exhalaisons de terre humide ; des lèvres et des narines ouvertes ; des baisers sur la bouche dans les jardins ; des époux jamais rassasiés l'un de l'autre ; des amants tout fiers des inventions de leur luxure ; il y avait un arc-en-ciel de l'âme à franges épaisses où la convoitise mord sur la jouissance, l'insolence sur la bravoure, la générosité sur la cruauté.

Il y avait à l'opposé les yeux pensifs ; de beaux visages, mais amincis du dedans par la beauté spirituelle ; d'autres qui n'ont aucune sorte de beauté ; les corps qui ne cherchent qu'à passer inaperçus sous le vêtement, les sourires douloureux, le souvenir des secrètes souffrances, la mélancolique complicité avec le prochain ; le regard de la compassion, qui veut dire : « Vous aussi... » ; le bras doucement levé de ceux qui ne se défendent pas ; les branches d'hiver sur le ciel, la petite fumée qui sort de la cabane ; la bête peureuse qui ne sait pas tuer, et qui tremble de reconnaissance dans votre main qui la rassure ; il y avait le cœur qui se gonfle, la prière, oh ! mon Dieu, et les larmes ; et l'amour qui n'est pas le désir, qui ne convoite rien, qui ne prend rien.

Ainsi de proche en proche se faisait le clivage de toutes choses. La séparation courait jusqu'aux confins du monde. Si bien que l'abbé Jeanne peu à peu arrivait sans s'en douter à concevoir un univers double. Il s'agissait bien d'une espèce de manichéisme, mais qui n'était pas pensé, qui n'était que senti.

D'un côté, un univers superbe et païen, créé et animé par un Dieu puissant et passionné.

De l'autre un univers humble et charitable, comme un faubourg parcouru par le Christ.

Car c'était bien le Christ qui était le Dieu de cet univers humble. Il n'y avait point à en douter. Et c'était un grand repos, pour le tréfonds d'une conscience chrétienne, que de pouvoir secrètement se le dire.

Quant à l'autre univers il ne pouvait pas être question de le mettre sur les épaules du Christ. On aurait vu Jésus plier sous le fardeau comme sous une nouvelle croix. Le Christ n'avait rien à dire de ce côté, n'était responsable de rien. Il fallait pourtant à cet univers un principe, quelqu'un qui l'eût créé ; un Dieu abondamment créateur pour cette création surabondante ; un maître qui continuât à le gouverner d'une poigne robuste.

Il ne pouvait pas être non plus question de Satan. Cet univers de soleil excessif repoussait le Prince des Ténèbres. Monde féroce parfois, mais non méchant. Monde trop bien portant, d'une pléthore peut-être écœurante, mais dont il était absurde de faire l'apostume du Mal. (L'abbé Jeanne ne se résolvait pas à appeler l'œuvre de chair fornication. Peut-être même y pensait-il parfois avec une indulgence tendre.)

Ce qu'on entrevoyait au sommet de cet univers congestionné, c'était quelqu'un qui ressemblait un peu au Dieu de la Bible, quand il est dans ses jours d'emphase ou de colère, ou quand il laisse tomber sa faveur sur un roi charmeur et luxurieux. Ou encore c'était une espèce de Jupiter, chauffé lui-même par le désir, et amoureux des belles créatures.

Pour l'abbé Jeanne, sa place individuelle était fixée depuis longtemps. Il se rangeait dans l'univers des Humbles, tout à fait perdu au milieu de leur foule, et craignant encore d'y être remarqué. Il suivait anonymement le Christ dans les rues de la périphérie. Mais il n'avait aucune haine pour les Superbes. Il ne les enviait pas. A vrai dire il n'arrivait pas non plus à les aimer. Le sentiment qu'il éprouvait en face d'eux avait le ton de l'inquiétude, de la crainte. Ce n'était pas pour lui-même qu'il craignait, c'était pour eux. Voilà en quel sens une trop belle fille qu'il rencontrait dans l'autobus, ou qu'il croisait boulevard Ornano un jour de marché, lui faisait peur. A cette chair épanouie des joues et des bras, à cette avancée de la poitrine il trouvait une audace imprudente ; il y sentait une marche au danger, comme lorsque nous voyons un cavalier partir à fond de train sur un cheval de sang ; ou un automobiliste qui utilise toute la vitesse de sa voiture ; ou dans la campagne un arbre trop chargé de fruits.

« A moi, que peut-il m'arriver ? » pensait Jeanne. Il se disait encore : « Je n'ai rien de mien à défendre. Je n'ai aucun droit. » Il trouvait sa part de bonheur là justement : dans un sentiment total de non-défense. Et les jours où par hasard l'inquiétude, qui est naturelle aux Humbles, faisait mine de se retourner contre lui-même, s'égarait vers lui, il avait un recours dont il ne doutait pas, et qui était son secret dernier : son amitié personnelle avec le Christ.

XXIII

CLÉMENCE DU DESTIN. FIERTÉ DE M. BASTIDE

Au début de la leçon de catéchisme, l'abbé Jeanne dit à Louis Bastide :

— Tu viendras me parler tout à l'heure.

Quand la leçon fut finie, et que les autres élèves se furent dispersés, Louis s'approcha.

L'abbé feignit de chercher un peu :

— Ah ! C'est vrai... Eh bien, figure-toi qu'hier soir j'ai eu une surprise. Une dame est venue me trouver ; une femme très simple, pas riche du tout, je crois. Elle m'a dit que depuis quelques jours elle avait une chose sur la conscience. Oui. Elle avait trouvé un sac, avec de l'argent dedans, et se l'était approprié. Mais le remords l'a prise. Elle venait me demander conseil. Je lui ai dit naturellement qu'elle devait rendre le sac. Et j'ai pensé aussitôt à toi, à ta mère. « Comment était ce sac ? ai-je dit. Où l'avez-vous trouvé ? Parce que justement je connais une brave mère de famille, qui vient de perdre son sac, et qui en a beaucoup de peine. » Elle me décrit un sac bleu sombre, me parle des environs de la place Clichy. Tu penses si j'étais heureux. Mais voilà qu'elle me raconte qu'ayant eu peur d'être arrêtée, elle a jeté le sac lui-même en ne gardant que l'argent : un billet de cinquante francs. Était-ce vrai ? Mais que faire ? Je lui ai dit : « Alors donnez l'argent. » Elle me l'a donné. Je l'ai sur moi. J'ai mis le billet dans une enveloppe. Veux-tu te charger de le porter à ta mère ou as-tu peur de le perdre, et préfères-tu que je le lui fasse parvenir ?

— Oh non, monsieur l'abbé, je veux bien le porter à maman. Je ne le perdrai pas.

— Eh bien, le voici dans son enveloppe. Pour le sac, c'est ennuyeux. Il avait peut-être de la valeur. Enfin, il vaut encore mieux ça.

— Oh ! maman sera bien contente. Merci, monsieur l'abbé.

L'abbé ajouta, en rougissant de la naïveté de sa précaution :

— Ta maman ne reconnaîtra peut-être pas le billet. Car il est très possible que cette femme ait dépensé celui du sac, et ensuite, quand elle a eu du remords, en ait pris un autre chez elle pour me l'apporter.

— Ça sera bien égal à maman, monsieur l'abbé, puisqu'il y a le compte.

— N'est-ce pas ! Quant à ton père, il n'a toujours rien ?

— Non, monsieur l'abbé.

— Dis à ta mère que je m'en suis occupé aussi. Mais je n'ai pas encore de réponse.

*
* *

L'abbé avait passé une partie de sa nuit à fabriquer son mensonge, et à lui donner une figure décente. Il manquait d'habitude. Mais en la circonstance l'idée de mentir ne le gêna pas beaucoup. C'était d'ailleurs la deuxième fois qu'il mentait en faveur de Louis Bastide.

Il avait dû vaincre une autre résistance, plus sérieuse. L'abbé Jeanne était un peu avare. Il lui paraissait très dur de sacrifier cinquante francs. A la vérité, cinquante francs représentaient pour lui une très grosse somme, au moins aussi grande que pour les Bastide. Son salaire de vicaire n'atteignait pas celui d'un ouvrier ; et les rentes qui lui venaient d'un petit héritage lui servaient juste à payer son terme. Mais à ces raisons légitimes s'ajoutait une trace de cette avarice instinctive qui est le contraire de l'avidité. Il n'aimait pas l'argent, le désirait encore moins, mais il craignait la dépense, comme il arrive souvent aux Humbles qui, n'ayant pas l'esprit de conquête, doutent s'ils rattraperont jamais l'équivalent de ce qu'ils laissent partir.

Il se déclarait parfois à lui-même : « Je suis avare. Je ramasse dans une année jusqu'à deux cents francs d'économies. Avec cette somme-là, je pourrais faire combien de charités ! »

Mais si quelque homme de police était venu lui dire : « Vous allez me remettre tout ce que vous avez ; un nouveau décret vous dépouille de tout », Jeanne se serait probablement écrié : « Ouf ! Me voilà débarrassé d'un fameux souci. »

*
* *

— Devine, maman.

— Qu'est-ce que c'est ?

Elle était prête à pâlir. Mais la mine de l'enfant était radieuse. Il tendait une enveloppe.

Quand elle eut découvert le billet, et entendu l'histoire, ses premiers mots furent :

— Le malheur va peut-être se décider à nous quitter. N'est-ce pas, mon petit Louis ? Il me semble qu'il nous revient un peu de chance. C'est à cause de toi qui es si sage. Le Bon Dieu cherche à te faire plaisir.

Elle l'embrassa, lui mit sur la joue et les cheveux plusieurs baisers auxquels il se dérobait doucement. Il était gêné par ces excès de tendresse.

— Justement ton père est sorti. Il va rentrer d'un moment à l'autre. Il a trouvé tout à l'heure un mot de M. Clanricard qui le faisait demander... Comme tu lui avais parlé de papa l'autre fois, il se pourrait que ce soit au sujet d'une place... Ce serait trop beau.

Elle soupira :

— Il y a déjà longtemps que nous attendons. Les jours passent vite. On ne s'en rend pas compte. Ou plutôt si, moi, je m'en rends compte, en voyant comme file l'argent.

Elle regarda le billet.

— Je ne crois pas que ce soit le mien. Le mien était plus froissé, plus pâle, et il me semble qu'il avait des trous d'épingle de ce côté-là. Ça n'a pas d'importance... Dans le premier mouvement cette femme a dû le dépenser, comme disait l'abbé. Ce n'est que du monde à moitié honnête. Enfin, il ne faut pas se plaindre. Elle aurait pu tout garder... Je suppose qu'elle n'aurait pas mis à la place un billet faux ? D'ailleurs celui-là n'a pas l'air faux, tu trouves bien ?

Louis Bastide fronça les sourcils. Il estimait que l'idée qui traversait la tête de sa mère était non seulement absurde, mais désobligeante pour lui, qui venait d'être le messager d'un bonheur inespéré.

— D'ailleurs, dit-elle, pourquoi est-ce qu'elle aurait fait ça ?... C'était bien plus simple qu'elle ne bouge pas... Non. Ce qui m'ennuie davantage, c'est mon sac. Il était encore bon. Je crois même que j'y avais laissé un mouchoir tout neuf. Sans parler de mon porte-monnaie de cuir vert.

Louis était choqué de l'injustice de sa mère envers le sort. N'était-ce pas ainsi qu'on décourageait le sort de faire de nouveau quelque chose pour vous ?

Mme Bastide en eut conscience. Elle chercha une excuse.

— C'est que, tu comprends, ce n'est pas le moment pour nous d'avoir des objets à racheter... Oh !... je puis bien me passer de porte-monnaie pour quelque temps.

— Mais non, maman » dit Louis avec un peu de vivacité agacée. « Je te prêterai le mien, que papa m'avait donné l'an dernier pour ma fête.

*
* *

Quand M. Bastide rentra, les yeux seulement osèrent l'interroger. Est-ce que lui aussi apportait une bonne nouvelle, la grande bonne nouvelle ? Est-ce que le vent avait décidément tourné ?

Il mit beaucoup trop de temps pour accrocher son chapeau, pour s'asseoir.

— Oh ! M. Clanricard est très gentil. Il a bien fait ce qu'il a pu. Il a écrit à un grand marchand de chaussures de la rue de Dunkerque, qu'il connaît. L'autre a répondu. Même que M. Clanricard, » dit Bastide à sa femme, « a voulu malgré tout que j'emporte la lettre pour te la montrer. Tiens, lis-la.

La lettre était ainsi conçue :

« Cher monsieur Clanricard,

« Je n'ai absolument besoin de personne chez moi pour le moment, d'autant plus que les affaires cette année s'annoncent comme très calmes. Pour le reste, à Paris même, je n'ai pas de relations d'affaires avec beaucoup de maisons, vous le savez. Et puis c'est l'âge de votre protégé qui me paraît être le gros obstacle, surtout pour un homme qui n'est nullement spécialisé dans la partie. Mais vous n'ignorez pas que je tiens à vous être personnellement agréable. Je veux donc bien essayer de prendre chez moi votre protégé. Je l'emploierai à remettre les chaussures dans les boîtes, à faire du rangement dans les casiers, à donner un coup de balai en fin de journée, à faire une course à l'occasion. Je lui donnerai cent cinquante francs par mois. Je me rends compte que c'est très peu pour un homme qui a des charges de famille. Mais c'est déjà un trou dans mon budget. Envoyez-le-moi, si cela lui convient. Vous verra-t-on mercredi ?

« Croyez-moi, cher monsieur Clanricard, votre bien amicalement dévoué.

« Léon Rothweil. »

« P.S. — Merci en principe pour l'indication de votre post-scriptum. Il y a des cas en effet où il serait légitime de tenir compte de cet élément. »

— Eh bien, qu'as-tu répondu à M. Clanricard ?

— Qu'est-ce que tu voulais que je réponde ?

La mère et le fils regardaient le père très anxieusement. Mme Bastide murmura :

— Tu n'as pas accepté ?

— Franchement ! J'ai mon amour-propre. Je n'en suis pas encore à demander la charité dans la rue. D'abord ce monsieur a une façon de proposer ça qui ne me plaît guère. Il a vraiment un peu l'air de me jeter ça par pitié, comme un morceau de pain.

— Que veux-tu ! Il n'a besoin de personne. Ça doit être vrai. Il ne pouvait tout de même pas dire qu'il a besoin d'un employé, si ce n'est pas vrai.

— C'est souvent une façon de vous avoir au rabais. Et puis, c'est vexant.

— Il ne le disait pas à toi. Il le disait à M. Clanricard, pour lui expliquer. Il fallait bien.

— Oui, mais ce n'est même pas ça. Tu me vois balayant le magasin, comme un vieux bonhomme que les employés traiteront de haut en bas ? Ou faisant les courses comme un gamin ? A mon âge ! J'aimerais mieux crever de faim, je te jure, ou me jeter sous un omnibus.

— Mais, père chéri, dit Mme Bastide, il ne faut pas toujours faire attention à la façon dont on débute. Ce monsieur, à l'usage, verra bien ce que tu vaux. On cause, après. On se fait apprécier... Qu'est-ce que tu as dit finalement à M. Clanricard ?

— Je regrette d'avoir été un peu vif. Oh ! je ne l'ai pas envoyé promener. Je l'ai même bien remercié. Mais je lui ai dit tout de même que son M. Rothweil se moquait de moi. Un sale nom, Rothweil. Encore un Prussien ou un Juif ; ou les deux. Je te dirai aussi que je n'ai pas beaucoup aimé le post-scriptum. Qu'est-ce que ça veut dire ? C'est louche, cette histoire-là !

— Qu'est-ce que tu vas chercher !

— Mais non. C'est bien connu que dans les lettres de recommandation on glisse parfois quelque chose qui n'a l'air de rien, pour que l'intéressé ne comprenne pas.

— M. Clanricard qui est si gentil ! Il ne se serait pas occupé de toi, s'il n'avait pas voulu réellement te rendre service... Il n'a pas eu l'air trop fâché au moins ?

— Il m'a dit : « Je me mets bien dans votre cas. » Il était si peu fâché qu'il m'a dit : « Emportez la lettre. Montrez-la chez vous. »

— Il espérait que nous te ferions changer d'avis... Qu'est-ce qui t'empêcherait, une fois là, de chercher une autre place ? En attendant, nous ne mangerions pas nos économies.

M. Bastide resta silencieux, le visage contracté. Puis il se leva :

— Je vais aller voir un monsieur de la Compagnie des Eaux, qui doit être rentré chez lui à cette heure-ci.

Sans doute voulait-il surtout échapper à la pression muette des siens.

Quand il fut dehors, Louis regarda sa mère. Elle semblait fort triste. La joie des cinquante francs retrouvés était partie. Pourtant elle y repensa :

— Tiens ! Je n'ai même pas parlé à ton père du billet. J'étais si préoccupée. Ça lui aurait fait plaisir.

Puis elle ajouta :

— On ne peut pas en vouloir à ton père d'avoir sa fierté. Quand on a eu la situation qu'il avait, se voir offrir un emploi d'homme de peine ! S'il n'avait pas été fier, tu ne serais pas élevé comme tu l'es... Ce que je regrette, c'est qu'il soit si vif. Ça oui... Et au lieu que son histoire l'ait calmé, on dirait plutôt qu'il s'aigrit. Pourvu que M. Clanricard n'ait pas été trop vexé !

XXIV

LOUIS DÉCIDE DE GAGNER SA VIE

Louis est debout, sur le trottoir de la rue Ramey, à deux pas de la terrasse du café qui fait le coin de la rue Custine. A travers la vitre du paravent de fer, il observe une écaillère entourée de ses paniers d'huîtres. Il n'obéit pas à une curiosité de badaud. Il a l'esprit tendu, le cœur agité.

M. Bastide persistant à ne pas trouver un travail qui lui convienne, Louis a pris une résolution. Depuis plusieurs jours, il s'est juré qu'il gagnerait sa vie. Il n'a pas la sottise de se croire capable de gagner celle de ses parents. Mais il ne veut plus rien leur coûter. Il ne veut plus être pour rien dans le tarissement des économies. Il ne sait pas au juste en quoi elles consistent, ni le volume qu'elles font. Il se les représente comme une petite citerne d'eau précieuse, en haut d'une maison tout entourée par des sables arides. On ose à peine se désaltérer, à peine se laver. Chaque pot d'eau que l'on tire vous rend anxieux. On se demande : « Combien en reste-t-il là-haut ? Combien la provision durera-t-elle encore ? »

S'il ne peut pas gagner la vie de ses parents, il est persuadé qu'il peut gagner la sienne, à lui. Il a fait des calculs. Il connaît le prix des choses ; non de toutes, bien sûr, mais des principales. Au besoin, il procède par supposition et comparaison. Ses méditations sur le riz, qu'il avait commencées par jeu, se sont dans la suite révélées très utiles. Elles lui ont fourni des points de repère. En outre il a questionné sa maman avec adresse.

Il estime qu'à condition d'être modéré, de ne jamais reprendre deux fois d'un plat à table, de dire : « Merci, je n'ai plus faim », en face d'un fromage ou d'un fruit qu'on aime — alors qu'en réalité on a encore un peu faim —, à condition aussi de ne pas trop jouer dans la cour de l'école, pour épargner les chaussures ; de surveiller ces mille gestes nerveux qu'on fait sans y penser, quand on est assis, et qui usent les vêtements, il arrivera à ne coûter chaque jour à ses parents que dix-neuf sous. Zéro franc quatre-vingt-quinze. Lui-même ne retrouverait que difficilement tous les calculs qu'il a faits pour aboutir à ce chiffre. Mais maintenant il l'a adopté. C'est un point acquis.

Il s'agit donc de se procurer dix-neuf sous chaque jour, par son travail. Ce qui complique l'affaire, c'est que Louis continuera à fréquenter l'école. Ce qui la complique encore davantage, c'est qu'il veut que ses parents, au moins au début, ne soient informés de rien. Il mettra ses gains de côté. Il aura lui aussi sa petite citerne, très petite. Où ? Il ne le sait pas encore. Un jour il dira à sa mère : « Voici tant d'argent. C'est ce que je t'ai coûté depuis tant de jours. » Il aura fait le compte sur un bout de papier.

Il y a aussi la question du dimanche. Découvrira-t-il un métier qui sera praticable même le dimanche, à l'insu de ses parents ? Ou faudra-t-il demander aux autres jours de la semaine de se répartir les dix-neuf sous dont le dimanche ne pourra pas se charger ? Quel supplément d'effort ! Il s'accorde un délai pour résoudre la question.

La classe finit à quatre heures. Ce n'est donc qu'après quatre heures qu'il pourra faire son métier, encore inconnu. Mais sa mère s'étonnera s'il rentre plus tard que quatre heures et demie, le grondera même. Il faut absolument inventer une excuse.

Il l'a trouvée. Beaucoup de ses camarades après la classe restent à la garderie jusqu'à six heures. Les parents sont tenus de le demander par lettre, ou de se présenter pour faire inscrire leurs enfants. Mais Mme Bastide n'est pas forcée de le savoir.

Avant-hier, il lui a dit, d'un ton d'honnêteté insoupçonnable : « Si tu veux, maman, à partir de lundi, je vais rester à la garderie. Ici, je commence à avoir froid pour faire mes devoirs, surtout aux pieds. Et il vaut mieux que tu ne sois pas obligée d'allumer trop tôt la cheminée prussienne. Toi, maman, tu te réchauffes en allant à la cuisine. Je t'assure que je serai mieux. »

(En réalité, il fera ses devoirs après dîner, et il apprendra ses leçons le matin, sous prétexte de les repasser, quitte à se lever plus tôt.)

Mme Bastide a jugé que son fils était devenu bien douillet. La saison n'était pas si avancée. Mais elle s'est dit : « Il trouve peut-être la maison trop triste, maintenant. C'est vrai que je suis amenée à lui reparler de la même chose. Et il n'a plus le goût de travailler. Pour lui, ce sera plus gai, là-bas. » Elle s'efforçait de ne pas penser : « Pour moi, ce sera encore un peu plus triste. »

*
* *

Ces jours derniers, Louis a profité de toutes les occasions qu'il avait de sortir pour mener son enquête. Il s'est déjà arrêté sur bien des trottoirs. Il a failli entrer dans plusieurs boutiques. Il a regardé faire les marchands de marrons, les marchands de frites ; les marchands de crayons et lacets qui errent de carrefour en carrefour ; les bouquetières installées sous les portes comme à l'entrée d'un gouffre de courant d'air et d'ombre ; les marchands de bretelles, jarretelles, bas et chaussettes, dont l'éventaire se blottit entre deux étalages bien carrés de vrais commerçants. Il a observé les mouvements intérieurs des épiceries, des merceries-papeteries : « A quel moment, pour atteindre tel objet sur un rayon élevé, pour faire porter tel paquet en ville, auraient-ils été contents d'avoir sous la main un garçon comme moi ? » Il se l'est demandé pour le marchand de corsets et bandages, pour le marchand de cannes et parapluies. Il s'est interrogé surtout quant aux deux grands partis qu'il pouvait prendre : essayer une affaire à son compte, en achetant pour revendre ensuite ; ou offrir ses services à quelqu'un. Le premier parti aurait flatté davantage son imagination. Mais où trouver l'argent ? Et puis Louis sait qu'il manque d'audace. Il ne se voit pas accrochant les passants, leur mettant de force dans la main un taille-crayon ou un paquet d'enveloppes. Il se voit très bien au contraire pleurant à chaudes larmes, avec tous ses taille-crayon, dont personne n'aurait voulu, ou ses paquets d'enveloppes, détrempés par la pluie.

Ses hésitations touchent à leur terme. Il se décidera aujourd'hui entre cette écaillère de la rue Ramey, qu'il est venu observer pour la troisième fois, et une bouquetière de la rue Muller. L'autre soir, comme il passait ici vers vept heures, en allant faire une commission pour sa mère, il a constaté que certains clients demandent qu'on leur porte les huîtres à domicile. Il a entendu la marchande leur répondre d'un air excédé : « Je n'ai personne... Vous attendrez. Quand le plongeur du café aura un instant de libre, je l'enverrai chez vous. » C'est une grosse femme, criarde, mais qui a le visage ouvert, et qui rit souvent. La terrasse est bien éclairée, un peu trop même, pour qui ne veut pas attirer l'attention. L'odeur des huîtres n'est pas déplaisante, bien que l'idée de les manger répugne un peu. Les menus gestes professionnels et incidents de ce commerce ont leur charme.

Voici justement que la marchande remarque ce petit garçon, arrêté depuis plusieurs minutes, qui la contemple, elle et ses huîtres. Elle l'interpelle :

— Qu'est-ce que tu fais là, mon petit bonhomme ? C'est-y que tu as envie de manger une huître ? Allons, viens.

— Oh ! non, madame, merci.

— Manges-en une tout de même.

— Je n'en ai jamais goûté, madame. Je crois que je n'aimerais pas.

— Alors, qu'est-ce qui t'intéresse tant que ça ?

— Voilà, madame. J'ai besoin de travailler. C'est-à-dire un peu, le soir, entre quatre heures et six heures par exemple. Alors, je m'étais dit que je pourrais peut-être vous porter vos huîtres dans le quartier, quand il y a des gens qui vous le demandent.

Elle dévisage ce petit. Il a un tablier noir, très propre ; un cou et des mains bien lavés. Une gentille figure sérieuse, même triste. De beaux yeux honnêtes. Son béret, sa ceinture, ses chaussures, tout est « comme il faut ».

La marchande d'huîtres est soudain très émue. Elle entrevoit quelque drame de famille. Le petit a parlé d'une voix contenue, tremblante, en faisant un grand effort. La marchande imagine un père mort subitement, ou qui s'est enfui ; un ménage, bien convenable jusque-là, qui vient de se briser ; et ce pauvre enfant, qui a neuf ou dix ans tout au plus, obligé de chercher du travail pour apporter un morceau de pain, qui sait ? à des frères et sœurs plus jeunes.

Elle se sent toute « retournée ».

— Mon pauvre petit. Pour sûr que je ne demanderais pas mieux que de te faire travailler. Mais tu me dis qu'il faudrait que ce soit entre quatre et six ?

— Oui, madame.

— Ça ne pourrait pas être plutôt de six à sept et demie ?

— Non, madame.

Elle n'ose pas l'interroger davantage. Lui-même est si discret dans sa façon de solliciter.

— Tu ne peux pas croire comme ça m'ennuie. Mais les gens qui me commandent des huîtres à ouvrir, c'est pour les avoir juste au moment du dîner, tu comprends ? Si je les leur envoyais une heure ou deux en avance, ils se fâcheraient. Et puis c'est rare qu'ils me les commandent si d'avance que ça. Ceux qui m'en achètent entre quatre et six, c'est qu'ils les emportent eux-mêmes.

Elle se tâte pour lui offrir une pièce de vingt sous. Mais elle a peur de l'offenser. Que n'est-elle pâtissière ! Elle lui ferait un paquet de gâteaux.

— En tout cas, si tu ne trouves rien, viens me revoir. C'est-y dommage que tu n'aimes pas les huîtres !

Louis Bastide salue bien poliment et s'éloigne. Il n'avait pas pensé à cette question des heures. On a beau observer les choses très attentivement, il y a toujours un détail qui vous échappe ; le plus important parfois.

Il se décidera donc pour la bouquetière. C'est une femme moins avenante, qui a un peu cet air trop constamment soucieux de Mme Bastide (indice d'un caractère délicat à manier, sinon difficile). La porte cochère sous laquelle elle se tient est loin d'être gaie comme la terrasse de la rue Ramey. Elle est plus retirée, en revanche. On risque moins d'y être aperçu par un camarade de classe, par un maître, par des gens de votre maison.

Pourvu que la bouquetière ne l'envoie pas promener ! Il semble peu probable que les bouquets, comme les huîtres, ne se livrent qu'à l'heure des repas. Mais c'est une grande vérité de dire, comme le répètent les gens, qu'« on ne sait les choses qu'après ».

XXV

JERPHANION SAISI PAR L'IDÉE DE RÉVOLUTION

Jerphanion, qui doit se trouver vers sept heures moins le quart du côté de la gare de Lyon pour dîner chez son oncle, est venu d'abord faire un tour dans des quartiers qu'il ne connaît pas, dont Jallez lui a parlé.

Le jour décline, mais se prolongera longtemps encore. Jerphanion s'est un peu égaré. Il lit parfois sur une plaque un nom de rue qu'a prononcé Jallez. Mais il ne cherche plus à se rendre compte de son itinéraire. Peu importe. Il a du temps devant lui.

Il s'étonne de ses réactions. Est-il disposé aujourd'hui d'une façon particulière ? Il ne le croit pas. Le ciel y est probablement pour quelque chose. C'est un de ces temps de début d'hiver qu'on peut appeler orageux, bien qu'il fasse froid. Tandis que vous êtes au contact d'un air humide, et presque glacial, mais immobile, les nuages, plafonnant assez haut, offrent les lourdes sculptures d'un orage d'été. La lumière manque de grâce jusqu'à la provocation. Il n'y a rigoureusement que du gris sur les trottoirs, sur les façades, sur les pignons les plus élevés ; tous les renfoncements et étalements, toutes les délayures et concentrations de gris ; le gris blanc, le pâle, le blafard, le cendreux, le charbonneux ; le gris gluant. On n'aperçoit pas une lucarne où se réfugie un peu de bleu, un peu de rouge doré.

*
* *

Jallez ne lui avait parlé de ces régions que par allusions rapides. Jerphanion avait bien compris que c'étaient des quartiers pauvres, même parmi les plus pauvres. Mais dans les propos de Jallez on entrevoyait des charmes. On imaginait des abandons et des nonchalances de la pauvreté ; certaines douceurs poignantes ; de ces présentations brusques d'êtres humains, ou de fonds de cour, ou de boutiques entrouvertes, ou de perspectives de rues, qui font qu'il n'est plus nécessaire de juger, qu'on ne compare plus, que tout s'apaise pour une minute, qu'on est infiniment consentant à rester là.

Or, Jerphanion n'en retrouvait rien. Il se disait : « Jallez a-t-il rêvé ? Pourtant quand je suis avec lui, j'ai toujours l'impression que ses sentiments correspondent à quelque chose de réel. Il m'influence peut-être. Il dégage peut-être une espèce de phosphorescence qu'il prend, qu'il me fait prendre pour une émanation des objets eux-mêmes. »

Jerphanion suivait un vaste boulevard, avec un terre-plein central planté d'arbres maigres, et flanqué de deux chaussées. Les maisons étaient de hauteurs très inégales ; basses pour la plupart. Mais toutes étalant la même misère sordide.

Des fenêtres étroites et courtes, découpées trop près l'une de l'autre dans de vieux murs trop minces. Ni volets, ni jalousies. Des barres d'appui qui n'étaient rien d'autre qu'une longueur déterminée de bois ou de fer. Par une volute en supplément. Pas une saillie non plus dans le plâtras. Pas la plus pauvre moulure. Des lézardes qui fendaient plusieurs étages. L'enduit partout pustuleux, boursouflé, écailleux, avec de grandes dénudations grumeleuses, cernées de noir, et parfois un rafistolage blanc cru courant en zigzag, d'un étage à l'autre, comme une suite de bandes de pansement. Entre deux masures, une baraque couverte de plaques de tôle rouillée. Le trou d'une vitre fermé par un morceau de journal. Le joint des pavés marqué par un liséré mou et noirâtre, qu'on pensait fait principalement de crasse humaine. Un lit de fer qu'on découvrait par une fenêtre, le maigre matelas incurvé, l'édredon rouge semé de larges taches organiques ; une trousse de vêtements accrochés au mur comme des peaux de lapin ; un marlou accoudé à une autre fenêtre, avec le seau hygiénique derrière lui.

Des yeux rouges, comme griffés jusqu'au sang. Des yeux bleuâtres, à humeur. Des yeux sertis d'une chair débordante et enflammée. Des yeux nageant dans un cerne couleur d'encre.

Une jeune fille qui passait avait deux rides profondes allant de la narine au coin de la bouche. Une fillette portait au front trois rides déjà creuses. Sous un cou sale, deux petits seins tombaient vers le fond d'un corsage de calicot taché. De petites jambes fluettes, à peine plus grosses à la cuisse qu'à la cheville, servaient de manches à de longs pieds aux orteils déjà difformes. Presque toutes les têtes présentaient des structures étranges. Il y avait des têtes larges et surbaissées, avec peu de front, un crâne plat, une implantation des cheveux qui, on ne savait pourquoi, était un peu effrayante. Il y en avait d'autres qui étaient moins larges, mais où brusquement sous la bouche le menton s'effondrait. Des bouches interminables, parallèles à la profonde dépression des yeux sous les sourcils, faisaient penser à des façons non humaines de happer et de déglutir. Dans certaines faces, qui étaient plates, les yeux se séparaient, se fuyaient, semblaient chassés le plus loin possible l'un de l'autre, prêts à glisser sur le côté, comme ceux des grenouilles. Ou bien les lèvres venaient en avant, appliquées l'une contre l'autre, pincées à la base, contre la face, et vers l'extérieur s'écartant mollement sur une pâle frisure de muqueuse. Une petite tête ratatinée, vermiculée de rides très fines, et d'une couleur intermédiaire entre la cire et la cendre, avait quarante-cinq ans ou dix-huit. Plusieurs dents manquaient à la mâchoire supérieure d'une fille de vingt ans. Ses lèvres retroussées et assez fraîches riaient sur des trous. Une femme de quarante ans qui injuriait son gosse ouvrait tant qu'elle pouvait une bouche plantée de quelques chicots noirâtres. Jerphanion marcha vingt pas derrière des oreilles très grandes, décollées, armées de nervures dont la saillie faisait mal à voir. Dix pas derrière des oreilles d'adolescent qui commençaient à s'enrouler comme des cornets à frites. Il entrevit rapidement sur la gauche une oreille toute plate, sans ourlet, raide, exsangue, autour de laquelle un demi-cercle de pelade tenait les cheveux en respect.

Il avait quitté le boulevard pour une rue populeuse. Sous une porte plus large que les autres, qui s'enfonçait dans une ombre sentant l'évier et l'urine, un gamin adossé au mur causait d'une voix de crapule fatiguée avec un camarade accroupi sur la dalle du seuil. Son corps fluet flottait dans une culotte de velours. Toute sa peau était bleuâtre. La main enfoncée dans sa poche faisait remuer le velours à l'endroit du bas-ventre. On devinait qu'il ne cessait de se masturber distraitement devant son camarade et les gens de la rue, avec le naturel d'un singe, mais avec une intention de défi en plus.

De temps en temps on rencontrait dans cette rue-là un enfant bancal qui sautait sur une jambe ; une grande fille borgne à cheveux roux. On rencontrait un cou goitreux. Ou peut-être n'était-ce pas le goitre. Le cou, dans toute sa rondeur, semblait avoir crevé. Et c'étaient comme des entrailles de cou qui s'épanchaient vers les épaules.

On voyait une lèvre continuée par une boursouflure qui était sanguinolente et craquelée. Tout le haut d'une joue occupé par une excroissance poilue. Une femme à cheveux grisonnants, traînant les pieds dans des savates, poussait comme par secousses, à petits pas, les jambes écartées, son ventre énorme. Ses mamelles tombaient si bas qu'elle les avait prises, avec le reste, dans la ceinture de ses jupons.

Toutes les peaux semblaient hostiles. Les souillures, les malfaçons internes, les colères du corps venaient aboutir à la peau, comme une foule furieuse, et y montrer le poing. Il se déployait ainsi sur toute la surface de ces corps une méchanceté de la peau qui s'exprimait par cent témoignages : l'acné, les furoncles, les verrues, les taches, les bourgeonnements, les chancres, mais d'une façon plus essentielle encore par la texture. Vraiment, en particulier chez les hommes qui avaient dépassé la première jeunesse, chez ceux qui connaissaient la vie, qui étaient saturés d'expérience, on sentait la totalité de la peau par ses granulations, son fendillé, son fripement spécial, produire une récrimination haineuse qui ne faisait que généraliser celle qu'au passage vous jetaient les yeux.

Jerphanion avançait au sein d'une rumeur de voix ignobles. Ce n'était plus le simple accent faubourien. C'était le piétinement de la langue humaine, le piétinement de la voix humaine par des esclaves vicieux et tristes. C'était de la souillure et de la déchirure de phrases. La voix humaine, foulée aux pieds, ne se relevait que pour injurier, ou pour souligner une ordure. Toutes les particularités des propos, des échanges d'homme à homme, semblaient se fondre — comme les mille fracas des vagues en une mélopée de la mer — en un vaste, inlassable, toujours recommençant : « Et puis toi, je t'emmerde. »

Il retomba à l'espace morne du boulevard. Sur le terre-plein, un hercule malingre en maillot noir, pressé par l'arrivée de la nuit, soulevait des poids dans un cercle silencieux de tâcherons, d'ouvriers non qualifiés, d'apaches, de filles. A chaque angle du carrefour, des bistrots déjà illuminés versaient l'alcool de pomme de terre à une section de tuberculeux et de syphilitiques. Au centre, un agent, les pieds écartés, attendait le premier cri de « A l'assassin ! ».

Jerphanion regarda les arbres, encore une fois le ciel ; écouta. Il cherchait désespérément une musique. Il ne put s'accrocher à rien. Il ne pendait pas dans l'air lugubre la plus maigre ritournelle de piano mécanique. Les phonographes, dont le pavillon pathétique ressemble à un immense héliotrope, dormaient. On ne percevait, sauf le passage par moment d'une voiture, qu'un grondement patient, qui était peut-être le bruit souterrain du métro, mais peut-être non.

*
* *

Quand il se fut évadé de ce carrefour, par une rue qui avait l'air de descendre enfin vers un autre Paris ; quand, à regarder les passants, il eut l'impression que la région terrible commençait à le lâcher, Jerphanion, les yeux durs, prononça entre les dents : « C'est intolérable. »

Il ne trouvait pas de mots plus forts ; et sans doute n'y en avait-il pas.

« C'est intolérable. Il est absurde de penser qu'ils puissent s'en sortir individuellement. Ils sont des dizaines et des centaines de mille à y être pris par les pieds. Ils en ont jusqu'au ventre, jusqu'aux épaules.

« La pitié est absurde. La charité est absurde. Il n'est pas question de s'attendrir. D'abord c'est impossible. Je défie, si on est un homme, qu'on s'attendrisse devant ce que j'ai vu.

« Il faut en finir avec ça. Si notre civilisation n'est pas une blague, elle est tenue d'en finir avec ça. Toute affaire cessante. Tout le reste est moins urgent.

« Oui, je désavoue la pitié. Moi aussi maintenant je renie les sentiments mous qui perpétuent le chaos.

« Des crèches, des dispensaires, des distributions de lait, de bonnes paroles, des consolations... Oui, je voix ça. Je vomis tout ça. Les fontaines Wallace de la pitié. Ce qu'il faut, c'est une opération gigantesque.

« Le premier courage à avoir, c'est de penser vrai. Tout à l'heure, quand je passais au milieu d'eux, j'ai senti qu'ils me détestaient. Si peu "riche" que je sois, j'étais un "riche". Ils ne se trompaient pas tellement. Je ne faisais aucun effort pour les regarder "avec bonté". Je n'avais pas la lâcheté, l'hypocrisie de leur dire : "Pardonnez-moi d'avoir un faux-col. Pardonnez-moi de m'être lavé." De mon côté, je les détestais. Mais oui. Je détestais ce qu'ils sont. Je les détestais tels qu'ils sont. Je détestais ce que nous supportons qu'ils soient.

« Le crime, c'est de les aimer tels qu'ils sont, ou de faire semblant.

« C'est un crime, parce que ça revient à dire : "Continuez." Parce que ça nous dispense de l'opération gigantesque.

« Il n'est même plus question de doctrine. Il est absolument inutile d'aller déranger des principes, de mettre en marche la machine à fabriquer les grandes idées.

« Il n'y a qu'à amener des gens ici par le collet, à leur fourrer le nez là-dessus : "Sentez-moi ça ? Est-ce assez ignoble ? Surtout pas d'apitoiement. L'apitoiement, c'est le tampon à l'eau de Cologne qui sert à se boucher le nez. Sentez bien l'ignominie de ces hommes, de ces femmes, de ces enfants. Vous la sentez ? Bon. Alors dites-moi maintenant si une Civilisation ne se fout pas du monde quand elle se demande de combien les aéroplanes abrégeront plus tard le trajet Paris-Berlin, ou si l'on adoptera décidément pour les Champs-Élysées le gaz compressé ou l'éclairage électrique, pendant qu'il y a cette énorme multitude campée dans son ordure ?"

« Le remède ne peut être administré, l'opération ne peut être faite, que par la Société tout entière. Ça crève les yeux. C'est une opération d'État. Les théories ne sont pour rien là-dedans. Même s'il n'y avait jamais eu un seul théoricien social, il suffirait de se promener une heure, comme moi, pour comprendre qu'une opération pareille dépasse infiniment tous les moyens privés. Le reste, c'est de la phrase. Quand on sort de là, que veut dire initiative privée ? Un enfant qui avec sa pelle renvoie du sable dans la mer.

« Personne en particulier n'y peut rien. De même que personne en particulier n'est responsable. Ce brave M. de Saint-Papoul, en quoi est-il responsable ? Est-ce la faute de ce marquis agraire si la civilisation industrielle, livrée à elle-même, pourrit par les membres inférieurs ? Sans omettre l'héritage de tous les gueux et truands des siècles passés. Car il faut être juste. Ce n'est pas l'âge industriel qui a inventé ça. Jusqu'ici la Société n'a jamais trouvé la force de s'empêcher de pourrir par les membres inférieurs. Et puis jadis, le pouvait-elle ? Si peu de moyens de faire vraiment circuler la richesse. Si peu de moyens pour aérer, ventiler, drainer la pourriture. La richesse s'accumulait. La pourriture s'accumulait. Mais aujourd'hui !

« Il faudra que j'en parle à ce brave Saint-Papoul. Pour voir. Ce n'est pas un méchant homme. Ni complètement bouché. Parfois une finesse méridionale. Ce que j'appelle une finesse de joueur de boules. Et l'approche des élections lui ouvre l'entendement. Je sais bien que les problèmes sociaux en Périgord manquent d'âcreté. Un kilomètre du boulevard de Ménilmontant est le résultat d'une prodigieuse concentration.

« D'ailleurs, lui, le marquis, il est déjà trop vieux. Curieux, ça : l'âge où l'on continue à comprendre, où les facultés sont parfaitement intactes ; mais où la compréhension d'une vérité nouvelle ne tire plus à conséquence. Je n'imagine pas un instant le marquis bouleversé par ce que j'ai vu, mal fichu pendant plusieurs jours pour avoir découvert ça ; ni lui, ni un autre de son âge, sauf quelques types de génie. N'importe. Je lui en parlerai tout de même, à titre de curiosité.

« Le fils. Il faudra que je l'amène par ici. Nous sommes devenus assez copains. Pour quoi me prend-il au juste ? Pour quel mélange de supérieur et d'inférieur ? Entre lui et moi, deux chutes de potentiel en sens inverse ; celle du pouvoir par l'esprit, celle du pouvoir par la condition et l'argent. Quel météore ça doit-il donner dans sa tête ? Quelles aigrettes, quels tubes de Crookes ça doit-il illuminer ? Pas grand-chose peut-être. Nous avons le tort de croire ces gens-là attaquables au même degré que nous. Leur force, au contraire, c'est que ça leur glisse sur le dos. Imperméables. Enfin on verra.

« Moi, ça y est. J'ai compris. Jallez... non, même Jallez ne me ferait pas revenir là-dessus. J'ai compris définitivement qu'il est très joli de penser tout seul, et encore ; mais qu'il n'est pas question d'agir tout seul, ni même d'orienter à son gré, dans le sens exact qu'on préfère, l'action commune ; de créer, comme on dit, un mouvement. Il faut rejoindre. Prêter l'oreille à la direction du canon. Et marcher au canon. Où sont les hommes qui ne m'ont pas attendu pour s'apercevoir que "c'est intolérable" et que, coûte que coûte, ça doit finir ? Où sont les hommes qui se battent déjà ? Le reste, les divergences, les préférences personnelles de l'esprit, vétilles.

« Et d'abord, c'est étouffant. Je refuse de rester seul. Je ne veux pas crever sur place d'indignation et de pitié. (Oui, de pitié, hélas ! malgré tout.) Il faut absolument que je me sente avec d'autres qui aient compris comme moi, qui aient envie de hurler comme moi que c'est l'abomination de la désolation, et que les temps sont venus. Le phénomène de l'Église. Jamais je ne m'étais si bien rendu compte qu'à certains moments il faut une Église. Un rassemblement. Quelque chose dans la poitrine se met à crier : "Je suis avec vous. Je vais avec vous. Attendez-moi. Ouvrez-moi vos rangs. Après l'angoisse que je viens d'avoir, laissez-moi trouver cette bonne respiration, cet allégement de cœur de ceux qui espèrent, qui veulent ensemble la même chose."

XXVI

CONVERSATION DANS LA THURNE. DE CERTAINES RENCONTRES PAR LES VOIES DE L'ESPRIT

Quand, vers dix heures et demie du soir, il rentra dans la thurne — c'était une thurne de seconde année, plus petite que l'autre, et qui n'avait que deux occupants —, Jerphanion, s'approchant de Jallez qui lisait, lui dit d'un ton qu'il essaya de rendre aussi flegmatique que possible :

— Je vais m'inscrire au Parti Socialiste.

Jallez imita son calme, et se contenta de moduler un « Ah ! » dans la nuance d'un léger étonnement poli et bienveillant.

Il ajouta au bout d'une minute, sans même lever les yeux de son livre :

— Le Parti Unifié ?

Comme il eût dit : « La gare du Nord ou la gare de l'Est ? »

— Bien entendu, répondit Jerphanion.

Ils se turent encore un peu. Puis Jallez reprit, toujours avec le plus grand calme, mais en regardant cette fois son camarade, et sans affecter l'indifférence :

— Eh bien, mon vieux, je n'en suis ni choqué, ni étonné. Ça ne me paraît pas contraire à ta ligne.

— Tu trouves ?

— Non. On pouvait t'imaginer gardant ton indépendance de fait, ou la gardant plus longtemps — l'autre, celle de l'esprit, tu la garderas toujours ; on ne s'en débarrasse pas — mais ta décision ne donne certainement pas l'impression d'un coup de tête...

— Tant mieux...

— Je ne te demande pas si tu as découvert des raisons de la prendre dès maintenant...

— Mais si, tu peux...

Jallez attendit. Jerphanion semblait chercher une première phrase.

— Tu as peut-être lu des choses ? fit Jallez.

— Non. J'en ai vu. Je viens de les voir. Il y a quelques heures à peine.

Et il raconta sa promenade, la secousse qu'il en avait reçue, toutes ses réflexions sur le chemin du retour. Jallez écoutait sans interrompre, faisant juste, de temps en temps, un petit grognement approbatif, bouche fermée.

— Eh bien ? dit Jerphanion, quand il eut fini.

— Eh bien, je réfléchis.

— Tu te dis qu'il faut être un peu gosse, et impulsif, pour prendre une décision tout de même aussi grave à la suite d'une balade qu'on a faite dans un quartier ? Tu te dis peut-être aussi que ça sera tassé d'ici à demain matin ?

— Non. Et d'ailleurs, dans ce cas, tu aurais très bien fait de m'en parler dès ce soir.

— Pourquoi ?

— Parce qu'on doit se méfier, précisément, des chutes d'ardeur ; se dire : « Demain je douterai déjà un peu de ce que j'ai vu ; je me défilerai. » Et c'est une bonne précaution de prendre comme témoin un camarade : ça engage, malgré tout.

— Tu ne rigoles pas ?

— Y penses-tu !

— Soit. Mais toi ? Ton avis ?

— Je suis très troublé.

— Oui ?

— Oui. Je n'ai pas vu ce que tu viens de voir. Je veux dire que je ne l'ai pas vu comme toi. C'est même ça qui me préoccupe.

— Ai-je mal vu ?

— Un autre te dirait : « Tu généralises trop vite. C'est un coin terrible de la Société. Mais il est tout petit. » Je ne te dirai pas ça. D'abord parce que ce serait un raisonnement misérable. N'y aurait-il que cent mille individus voués à cette abjection, que tu aurais de sérieuses raisons de condamner toute une Société. Et ils sont beaucoup plus de cent mille... Mais la question que je me pose est autre.

— Quelle est-elle ?

— Je n'arrive même pas à me la formuler. Elle va chercher des choses très loin. Dieu sait que je n'ai pas le goût de la crasse ni de l'ordure. Mais il faut pourtant que j'avoue qu'en parcourant ces quartiers, que je connais bien, j'ai eu souvent... oh ! je ne dis pas, certes, un plaisir naïf et sans mélange, mais une forme, presque, d'apaisement, une impression d'être plus près que jamais de... de quoi ? J'allais dire de la vérité, ou de la réalité ; non, c'est beaucoup trop lourd... plutôt d'un certain mystère authentique... Je ne déteste pas ce rapprochement de mots. Parce qu'il y a beaucoup de mystère non authentique. J'appelle authentique celui qui se dégage des grandes œuvres du Moyen Age, par exemple... Bref, maintenant, ça m'inquiète. Tu sais, il y a dans l'ordre artistique le peintre qui a besoin de taudis, de mendiants, d'éclopés, parce que c'est son pittoresque à lui ; ou le romancier qui s'est spécialisé dans la crapule, et qui aurait les jambes coupées si on lui enlevait ses marlous. Il y a aussi le prêtre qui souhaite que les gens soient malheureux, pour que ça leur donne plus envie d'aller au ciel. Il y a même le socialiste, hein ? mon vieux, qui souhaite presque la même chose, non pas pour achalander le ciel, mais pour achalander la révolution... Je ne souhaite rien de pareil, moi. Mais ces quartiers qui viennent de te mettre dans l'état où tu es, il m'est arrivé de les accepter, ça ne fait pas de doute, et pourquoi ? Eh bien, à cause... j'ai horreur de jouer au monsieur profond, mais il faut pourtant essayer de s'expliquer... à cause d'une signification exceptionnelle du côté de l'âme, que je leur trouvais... Oui... Alors maintenant que je t'ai écouté, je me demande si je ne suis pas un triste individu... un homme qui se paye non pas de mots, non, mais de valeurs secrètes, fort peu vérifiables, qu'autrui a parfaitement le droit de considérer comme imaginaires... En tout cas, le grand danger d'un état d'esprit comme le mien, c'est ce qu'il comporte d'acceptation, justement, et d'acceptation pour le compte d'autrui ; ce qui est vraiment trop commode. J'y repenserai. Nous en reparlerons.

Il se leva, alla fouiller dans son armoire :

— ... A propos de ce que tu me disais il y a un instant, et qui m'a très frappé, sur le besoin d'une Église, c'est curieux, j'avais mis de côté, pour te le montrer, un petit bout d'article, ou d'essai, de quatre ou cinq pages, que j'ai rencontré cet après-midi en feuilletant les jeunes revues sous les Galeries de l'Odéon. C'est le titre qui m'avait attiré : *Nous sommes tellement seuls.* Tu ne trouves pas ? Le son est émouvant...

— Le son, et l'idée.

— Oui, le thème. D'ailleurs ça ne se développe pas exactement dans le sens que, moi, j'attendais. Mais en revanche tout à fait dans le sens de ce que tu m'as dit. Vraiment curieuse, cette coïncidence. Elle indique l'existence d'un état d'esprit... Solitude étrange de l'homme dans la société moderne, impuissance individuelle à faire ce qu'on sent qu'il faut faire, et besoin désespéré de s'accrocher à un groupe, à une collectivité étroitement unie, et conduite par un idéal ; oui, à une Église. Tu verras. C'est, dans l'expression, un peu sage et appliqué. Mais c'est bien... Au milieu de tout le chiqué littéraire des jeunes revues, de leurs exercices de contorsion dans le vide, des excès à froid de tous ces fils à papa, ça fait plaisir. La preuve, c'est que j'ai acheté le numéro. Il est vrai qu'il ne coûtait pas cher. Tiens, lis.

Jerphanion prit la revue — qui avait une couverture rouge et s'appelait *La Flamme* — considéra assez longuement le titre du morceau : *Nous sommes tellement seuls,* auquel il trouvait une éloquence inépuisable, passa à la signature : Ed. Clanricard...

— Tu connais de nom ce type-là ?

— Non, pas du tout.

... puis lut.

Il ne se pressait pas. D'ailleurs cette prose elle-même était lente et patiente. Sans acrobaties ni pétarades aucunes. Mais peu à peu elle serrait le cœur. Surtout Jerphanion y retrouvait, avec la colère en moins, avec une détresse pudique et touchante en plus, un des deux sentiments les plus forts que cette journée lui laissait.

— Ça doit être un jeune instituteur, fit-il.

— Oui. Il me semble même qu'il y a une allusion à son métier, une phrase sur des enfants dans une classe qui est vraiment assez poignante. Tu l'as remarquée ?

— Oui... En somme, un de ces types dont on se dit parfois : « Je serais content de le connaître. »

— Sûrement.

— Il t'est déjà arrivé à toi de nouer des relations de cette façon-là ?

— Oui, ou à peu de choses près. J'avais été frappé par une chose que j'avais lue d'un type, et puis un jour, dans un endroit comme *La Closerie* par exemple, j'entendais prononcer le nom de ce type, qui était là ; ou dont quelqu'un qui était là était l'ami. On finissait par se rejoindre.

— Tu n'as jamais été déçu par des relations nées comme ça ?

— Eh bien... non, pas trop, je dois dire. Réfléchis que c'est tout de même une façon de se trouver par l'essentiel. Et une façon que je juge, moi, très émouvante.

— Tiens ? Les rencontres par pur hasard ne te semblent pas encore plus émouvantes ?

— Oui, quand elles font éclater soudain une affinité, une sympathie miraculeuses. Mais c'est justement d'une rareté miraculeuse. Et puis si tu examines chaque cas, tu verras presque toujours ce qu'on appelle le hasard se résoudre en ce qui n'est pas du hasard, en ce qui est de l'ordre du choix, de la présence libre, de l'appel. J'ai un copain que j'ai connu en faisant la queue aux Concerts Colonne, un jour où on donnait du Rimsky et du Debussy. Est-ce que tu te représentes ce que ça suppose déjà de choix ? Les millions de hasards que ça élimine ? Et puis, si j'avais entendu mon bonhomme dire des âneries à un voisin, pendant que nous faisions la queue, ou crâner, installer, penses-tu que j'aurais lié conversation ? Même notre amitié à nous deux, tu avoues bien que le rôle du hasard y a été réduit, contrôlé ? D'abord, il n'y a qu'une trentaine de nouveaux normaliens par an... Oh ! je ne prétends pas que le fait d'avoir préparé Normale, et surtout d'y avoir été reçu, crée une présomption de fraternité profonde... Nous savons à quoi nous en tenir... Mais, malgré tout, les raisons qui nous ont fait préférer, vaille que vaille, cet arrangement-là de la vie, les meilleures raisons, peuvent se retrouver chez d'autres. Ou certains goûts que ça suppose ; certains choix que nous avons faits, à telle ou telle époque, entre les directions de la culture. Le jour où, doué comme tu es pour les maths et la physique... mais si !... tu t'es dit que tu ne ferais ni Polytechnique ni Centrale, ce jour-là tu m'as déjà un peu choisi. Et si nous nous étions déplu dans notre première promenade, tu te rappelles ? nous ne nous serions pas choisis davantage...

— Ou plutôt tu ne m'aurais pas choisi.

— Mais non. C'était réciproque.

— Donc, ça ne te paraît pas cucu en principe, que pour avoir lu trois ou quatre pages de ce type-là j'aie une vague envie de le connaître ?

— Non. D'autant que ça ne t'engage à rien.

— Oui, mais toi, en attendant, quoique l'article t'ait plu, et que ce soit toi en fait qui aies découvert ce Clanricard, tu te garderais bien de lui écrire un mot ?

— Parce que je suis paresseux... et parce que ça ne m'a pas touché au même point central que toi. Peut-être, s'il avait dit sur le même thème : « Nous sommes tellement seuls » autre chose, que je sens, aurais-je envoyé promener toute paresse, et toute pudeur, pour lui écrire. Mais dans la circonstance, c'est à toi de le faire. Je t'assure.

— Je vais peut-être tomber sur un raseur.

— Tu verras bien. Tu le sèmeras... Le milieu, le ton « instituteur », tu y es préparé. Tu n'auras pas de petites surprises. Ne lui écris pas, naturellement, que tu viens de lire les quatre plus belles pages qui aient paru depuis le début du siècle.

— Sans blagues ! Si je lui écris, je ne lui ferai même aucune espèce de compliment. Je lui dirai que je suis très intéressé par l'idée qu'il exprime, et que j'aimerais en causer avec lui. Voilà tout.

— Parfait. Je n'ai pas besoin d'enseigner la prudence au rusé montagnard que tu es.

— Je n'aime pas que tu m'appelles rusé montagnard. C'est absolument faux, et c'est idiot.

— Non, c'est approximatif, comme les épithètes homériques, par pauvreté de la gamme. Un montagnard ne peut être que rusé ou grossier. Tu es plus près de la ruse que de la grossièreté. Mais Caulet te dirait là-dessus des choses plus pertinentes que moi. Car je crois que c'est lui le premier qui t'a appelé le rusé montagnard.

— Si bien que tu glanes derrière Caulet ?

— On prend son bien où on le trouve.

XXVII

LES PETITS SACS SOUS LA PÈLERINE

La bouquetière de la rue Muller, Mme Régille, était bien une femme à l'humeur incommode. Elle était hantée par deux tourments principaux : l'idée de manquer les occasions avantageuses ; l'idée d'être dupée par les gens à qui elle avait affaire.

Quand Louis Bastide vint lui offrir ses services, le premier mouvement de la dame fut de hausser les épaules. Ensuite, elle réfléchit que ce gamin était bien assez grand pour porter des fleurs ; qu'il ne lui coûterait rien, et s'estimerait plus que payé par les menus pourboires. La fille de Mme Régille, âgée de dix-sept ans à peine, l'avait quittée peu de temps auparavant pour « faire la grue ». C'était elle qui portait les bouquets à domicile ; et c'était un client qui l'avait débauchée. Depuis son départ, Mme Régille, plutôt que de salarier une aide, avait renoncé aux livraisons.

Mais tout le zèle de Louis Bastide ne le mit pas à l'abri des soupçons de la dame. Au bout de deux jours, il avait l'air si heureux qu'elle trouva que ce n'était pas naturel. Il devait recevoir plus de pourboires qu'il n'en avouait ; et c'était déjà vexant. Mais elle forma d'autres hypothèses : il s'arrangeait pour enlever quelques fleurs à chaque bouquet, et quand il en avait rassemblé un certain nombre, les revendait à son profit. Enfin, tout en se prétendant autorisé par ses parents à faire ce petit métier deux heures chaque soir, il n'avait pas voulu donner leur adresse. Mme Régille imaginait une opération de chantage : un père surgissant, simulant la fureur : « Vous faites travailler mon enfant ! Vous n'avez pas le droit ! Je vais me plaindre à la police. »

Aussi, le troisième jour, déclara-t-elle brusquement à Louis, en secouant la tête avec une sombre énergie, comme quelqu'un « qui voit clair », et à qui « on ne la fera pas plus longtemps » : « Ça suffit. Je n'ai plus besoin de toi. » Elle faillit ajouter : « Je vais te régler. » Mais elle s'avisa que la phrase était de trop.

Louis, à qui ses deux premiers jours de travail avaient rapporté deux francs quinze, et qui priait Dieu pour que tant de chance pût durer, eut besoin de tout son courage pour ne pas éclater en sanglots. Mais il était fier. Se rappelant l'exemple de son père, il refusa de s'humilier devant un patron injuste, et se retira sans même demander d'explications.

« J'avais mal jugé papa, se dit-il. Je pensais qu'il aurait dû s'arranger pour se faire garder. Je vois bien que dans certains cas ce n'est pas possible. Et c'est vrai qu'il vaudrait mieux mourir de faim. »

Heureusement, en ces deux jours, il avait noué de bonnes relations avec la concierge d'une maison toute voisine, qui avait remarqué ce gamin passant et repassant avec des fleurs dans les bras, et l'avait interrogé sur la raison de ses allées et venues.

Cette concierge, Mme Chapitre, possédait une vocation commerciale que la vie avait contrariée. Comme d'autres font de la poésie ou de la peinture, elle faisait du négoce pendant les heures qu'elle pouvait dérober à sa profession ; et comme tous les vrais amateurs, elle y cherchait moins le gain que le plaisir.

Pour le moment, elle s'occupait de vente de café. Par l'entremise d'un locataire, elle se procurait du café vert en sacs de cinquante kilos.

M. Chapitre, employé d'omnibus, le torréfiait une fois par semaine dans la cour de l'immeuble, où montait ce jour-là un véritable parfum d'Arabie. Il ne restait plus qu'à répartir le café en sacs d'un quart de livre et d'une demi-livre qu'on distribuait à la clientèle.

Cette clientèle était faite, en premier lieu, d'une moitié environ des gens de la maison : ceux qui avaient trouvé la fumée dans la cour particulièrement appétissante, ou ceux qui étaient lâches. (Mme Sigeau, jadis, avait su tirer parti de ce pouvoir moral des concierges.) D'ailleurs Mme Chapitre vendait son café un sou de moins le quart que la qualité moyenne de chez Fournereau, célébrité montmartroise. « Et, pour ce qui est de la qualité, Fournereau peut toujours venir. » Les gens admettaient aisément qu'une concierge fût mieux placée qu'un gros boutiquier pour donner du bon à bon compte. « Elle n'a aucun frais : pas de loyer, pas de patente, pas de personnel. »

Aussi, en dehors des gens de la maison, le voisinage immédiat commençait-il à se ravitailler chez Mme Chapitre.

Quand elle avait su que Louis Bastide portait les bouquets de Mme Régille, elle s'était dit soudain : « Tiens ! Voilà ce qu'il me faudrait. Si je pouvais faire livrer à domicile mes quarts et mes demi-livres, j'aurais sûrement des clientes en plus. Ce n'est pas que ça soit lourd. Mais il y en a qui sont si gâtées, si feignantes. »

Le soir de son congédiement, Louis Bastide passa devant les fenêtres de Mme Chapitre, la chercha des yeux, se laissa volontiers interpeller. (Ce n'était point dans sa manière ; mais il avait tant de peine, et si peu de confidents possibles.) Il conta ce qui lui arrivait.

— Je ne comprends pas ce que j'ai pu faire.

— Tu n'as rien fait du tout. C'est une sale bonne femme. Elle m'a acheté une fois un quart de café. Elle m'a dit qu'il lui avait donné des aigreurs et des crampes. Elle n'avait peut-être bu que de la chicorée de toute sa vie.

Louis Bastide entra donc au service de Mme Chapitre.

— Je ne veux pas te tromper. Le café, ce n'est pas comme les fleurs. Tu ne pourras guère compter sur les pourboires. Un sou ou deux de temps en temps, c'est possible. D'un autre côté, je marche tellement ric-rac, pour rester au-dessous de Fournereau, que si je te donnais même un sou par paquet, tu me mangerais tout mon bénéfice.

Elle réfléchit :

— Combien est-ce que tu auras de livraisons à faire au début ? Pas lourd ! Cinq, six par soir peut-être. Comment nous arranger ?

Elle réfléchit encore :

— C'est vrai que pour moi c'est une espèce de publicité : je te donnerai dix sous par jour... Tant pis. On verra. Et même, si ça rend, je t'augmenterai. Si peu que tu aies des pourboires en plus...

C'est ainsi que de quatre heures et demie à six heures et demie (sauf le mardi où il n'arrive qu'après cinq heures à cause du catéchisme), dans la nuit presque toujours pluvieuse, mais imprégnée par les lumières, Louis Bastide porte sous sa pèlerine de petits sacs de café.

Il n'en porte généralement qu'un ou deux à la fois. Les commandes ne sont pas très nombreuses, et les clients habitent tout près. Mme Chapitre préfère que le petit revienne plus souvent, et n'ait pas les bras trop chargés. Un sac échappe si facilement ; le papier crève ; les grains se répandent sur le trottoir ou sur une marche d'escalier ; c'est du propre. Et puis la concierge se méfie d'un espionnage éventuel de Fournereau. « Un gamin qui porte un quart de café ou deux ; rien à dire. Surtout avec la pèlerine, ça ne se remarque même pas. Mais des sacs plein les bras, ce serait autre chose. »

Louis fait sa besogne du mieux qu'il peut. S'il lui arrive de flâner un instant, c'est au retour d'une course, quand il n'est plus responsable d'aucun paquet. Il est vrai que certaines clientes ont pris l'habitude de lui remettre le prix de la livraison. Ce qui le flatte, mais le rend anxieux. D'ordinaire, en ce cas, il tient l'argent serré dans sa main droite, et sa main enfouie dans la poche de sa pèlerine.

Quand il sonne ou frappe à une porte, il a toujours des battements de cœur. Il craint parfois de s'être trompé d'étage. Il craint, de façon plus générale, l'inconnu que recèle tout événement. Et puis c'est une heure de la journée où l'intérieur des maisons, les cages d'escaliers vous émeuvent. La lumière du gaz qui rôde et ondoie d'un palier à l'autre. Les logements, où les gens commencent d'être revenus. Les portes, plus prêtes à s'entrebâiller au bruit de votre passage. Une tête paraît, puis le battant se referme. Des voix du soir. Des voix rassemblées par la lampe.

Après qu'il a sonné, il écoute. Le bruit de l'intérieur, quand il y a du bruit, change ou s'arrête. Louis entend approcher un pas. Ou bien quelqu'un crie : « Va ouvrir », et c'est encore un pas qu'il entend, mais plus rapide, parfois un pas de course, qui est celui d'un enfant. Mais c'est le plus souvent une dame, qui ouvre la porte. Louis a pris l'habitude de dire, d'une voix polie et sans éclat : « Voici, madame », en tirant le sac de dessous sa pèlerine. Il a l'air d'offrir un cadeau pour une fête ou un anniversaire. Les clientes ne savent pas s'expliquer cette impression, mais elles l'éprouvent ; et elles n'ont jamais eu tant d'agrément à prendre des mains de quelqu'un un petit sac de café.

De temps en temps, Louis reçoit un léger pourboire : deux sous, ou bien un sou qu'on ajoute au paiement de la livraison. Mais l'effet qu'aurait cette gentillesse est combattu sur ce point par des idées bien puissantes, dont la première est que si l'on achète son café chez Mme Chapitre, concierge, c'est expressément pour la payer un sou de moins que chez Fournereau. Donner un sou de pourboire, c'est supprimer tout l'intérêt de l'affaire. Comme si un coureur cycliste s'amusait à perdre, en s'asseyant au bord de la route, le temps qu'il a gagné sur un piéton. L'avarice intervient donc ici beaucoup moins qu'une sorte de bonne conscience sportive et d'éloignement pour les actions incohérentes.

Louis n'a jamais pu atteindre au-delà de six sous de pourboire dans une soirée. Et il lui arrive de faire quinze livraisons. Trois bouquets de Mme Régille lui rapportaient autant. Il en est ennuyé, parce que le chiffre de ses gains est bien inférieur à celui qu'il s'était fixé. Sans compter le chômage du dimanche. Mme Chapitre ne veut pas qu'on livre ce jour-là, même le matin, comme le petit garçon l'avait proposé (et comme il fait déjà le jeudi). Elle préfère qu'il se bouscule un peu plus le samedi soir. Elle veut économiser dix sous.

Tout en paraissant contente de ses services, elle ne parle pas de l'augmenter. Mais le troisième samedi, elle lui a remis, comme il partait, un quart de café, en lui disant : « Tiens ! Ce sera pour chez toi. » Elle est persuadée que les parents du petit savent qu'il s'emploie chez elle ; et comme elle ne lui fait rien faire que d'honorable, elle n'a pas d'inquiétude de ce côté-là.

Mais ce quart de café a bien embarrassé Louis. Déjà il avait eu avec sa mère quelques conversations difficiles. Elle trouvait que cette garderie le faisait vraiment rentrer très tard ; que la maison maintenant était bien triste ; et comme elle voyait le petit travailler encore à ses devoirs après le dîner, et repasser ses leçons de grand matin, il ne lui fallait qu'un peu de bon sens pour conclure que les heures de garderie devaient se passer surtout à bavarder ou à rire. « J'irai un jour en parler à ton maître », disait-elle. Et Louis, en entendant cela, avait éprouvé des affres comparables à celles de Quinette lors de ses entrevues avec l'inspecteur.

Une fois, en brossant la pèlerine de Louis, elle s'était écriée : « Mais qu'est-ce que ta pèlerine a donc à sentir le café comme ça ? C'est extraordinaire ! » Et elle reniflait, puis brossait, puis reniflait, puis brossait et secouait encore. Louis était accablé. Il comprenait maintenant que cette trahison par l'odeur était inévitable. On ne porte pas impunément chaque soir, sous une pèlerine qui enferme l'air, douze ou quinze quarts de café, torréfiés de frais par M. Chapitre employé d'omnibus. « Eh bien ! Tu ne réponds pas ? » Il ne cherchait même pas de réponse. Mais il lui en vint une, comme dictée par l'inspiration : « Maman, je me suis arrêté longtemps devant un épicier qui grillait son café. — C'est une drôle d'idée. » Mais elle se contenta de l'explication. L'odeur de café, en dépit de son nom, n'est pas de nature à donner des soupçons graves, car elle ne ressemble point à celle dont les vêtements s'imprègnent dans les établissements appelés cafés, et qui procède surtout de la vieille pipe et de l'eau-de-vie.

Comment présenter le cadeau de la concierge ? Pourtant Louis était si heureux d'apporter cette première contribution à l'entretien de la famille ! (Ses gains restaient encore un secret.)

Il a posé bravement le sac sur la table. Il a dit :

— Maman, devine.

— Quoi ! C'est du café. On t'a donné ça ?

— Oui.

— Mais qui ça ? Un épicier ?

— Oui.

— Peut-être celui que tu avais regardé griller son café l'autre jour ?

— Oui.

— Et pourquoi t'a-t-il donné ça ?... Tu as peut-être son fils comme camarade ?

— Oui, maman.

Les oui du petit garçon étaient moins des oui prononcés que des hochements de tête, qu'il rendait pleins de coquetterie et de câlinerie. Lui qui avait toujours menti le moins possible, et qui en tout cas s'était représenté le mensonge comme une opération compliquée où il faut se dépenser beaucoup, découvrait maintenant une forme passive, paresseuse, presque charmante du mensonge, qu'on pourrait appeler le mensonge de fillette.

*
* *

Louis est également obligé de prendre des précautions pour dissimuler l'argent de ses gains. Les quelques sous de pourboire qu'il reçoit les jours ordinaires, il les enveloppe d'un bout de papier (les sacs déchirés ne manquent pas chez Mme Chapitre) et les met dans sa poche de culotte. Rentré à la maison, il attend un moment favorable pour les joindre au trésor. Il a fait de même avec sa paye du samedi, qui est de trois francs.

Le trésor, ou plutôt son coffre, est une ancienne boîte à jouets, qui a contenu jadis de petits animaux de bois, et qui ferme par un couvercle coulissant. Louis range, au fond, les pièces d'argent et les sous. Il les recouvre d'un tampon de papier bleu et ensuite d'une couche de dominos dépareillés, qu'il a retrouvés. La boîte est rangée derrière d'autres jouets, au bas du placard à vêtements. Mme Bastide ne fouille jamais dans ce coin-là.

*
* *

La pensée du trésor qui grossit, très lentement (pour atteindre dix francs, il a fallu deux semaines et un jour), donne à Louis le fond de son courage, nourrit sa constance. Mais s'il est indispensable d'avoir un but, et un but élevé, pour s'astreindre soi-même à un effort qui parfois est grand (car l'on doit oublier la pluie qui tombe, le froid qu'on aura aux pieds, les amusements dont on se prive, le travail scolaire surtout, qui vous attend à des heures où naguère l'on aimait tant dormir) le but ne suffirait peut-être pas. L'âme est ainsi faite qu'elle a besoin d'une raison de vivre à chaque minute ; et aussi que pour elle le but le plus passionnant l'est encore moins qu'un rêve inutile.

Louis a donc transfiguré son petit métier du soir en un rêve.

Il y a une guerre que l'on soutient ; un siège, qui dure depuis longtemps, contre un ennemi qui guette la moindre défaillance. Il y a, répartis alentour, des postes, des bastions, des abris fortifiés, situés à des hauteurs plus ou moins grandes. Toutes ces positions sont occupées par de petits groupes de soldats qui par leur tir tiennent l'ennemi en respect. Ce qu'il ne faut à aucun prix, c'est que le tir s'arrête. Car les ennemis feraient aussitôt un bond en avant, monteraient aux murailles, qui sait ? Pour que le tir ne s'arrête pas, il faut que les munitions ne viennent jamais à manquer.

C'est Louis Bastide qui est chargé du ravitaillement de tous ces postes. Il ne cesse de courir entre le réduit central, la citadelle à demi souterraine, admirablement protégée, où s'accumulent les réserves de munitions, où même elles se fabriquent, et les divers postes de combat.

Ce qu'il porte à la hâte sous sa pèlerine, ce sont des sacs de cartouches. Ou encore, de gros obus. Selon le cas, chaque grain de café est une cartouche (et que de cartouches dans un seul sac ! quelle aubaine pour les défenseurs !) ou bien c'est le sac tout entier qui est l'obus (mais alors, quelle puissance de perforation et de destruction ! si le canonnier vise bien, cet unique obus peut mettre toute une compagnie d'assaillants par terre).

Le siège, comme tous les sièges, abonde en péripéties. Parfois une période calme. Les postes ne réclament rien. D'ailleurs il est facile, en prêtant l'oreille, de se rendre compte que la fusillade a beaucoup diminué. Le canon s'est tu. Dans la citadelle centrale, les chefs prennent du repos, ou causent, se racontent des histoires de campagnes précédentes, discutent en étudiant la carte. Il est même probable qu'ils interrogent des « transfuges » de l'ennemi, ou des prisonniers faits « dans un coup de main ». Soudain un appel retentit. Une sonnerie électrique, par exemple. Ou c'est une estafette qui accourt, tout essoufflée. Ou bien il y a des signaux plus mystérieux. Un poste est attaqué et réclame qu'on le ravitaille d'urgence. Louis part au galop. Sa responsabilité est énorme. Tantôt il est seul. Tantôt il emmène quelques compagnons avec lui ; des hommes sûrs. Ils se faufilent dans les rues de la place forte, en rasant les murs autant que possible, pour éviter les balles perdues, les éclats d'obus. Ils longent des couloirs, ils grimpent des escaliers creusés dans l'épaisseur des murailles de défense. Parfois Louis donne à ses hommes un ordre bref.

Le grand avantage d'un siège sur une bataille, c'est qu'il peut se poursuivre indéfiniment, avec des avances et des reculs de part et d'autre. Il arrive qu'un poste ne donne plus signe de vie. L'ennemi s'en est emparé, ou a « réduit les défenseurs au silence ». Mais on apprend que d'autres batteries ont réussi à s'installer ailleurs. Elles bombarderont l'ennemi par côté. Rien n'empêche de prévoir que la lutte durera encore au printemps prochain.

*
* *

Il y a aussi la pèlerine. Elle a une grande importance. Elle est un monde à sa façon. Ce n'est pas la première fois que Louis porte une pèlerine ; mais c'est la première fois qu'il en découvre toute la douceur, toute la protection, toute l'amitié. Pour apprécier une pèlerine, il faut avoir à marcher longtemps dans la pluie, dans le brouillard. Il faut être longtemps seul avec elle ; sentir de près combien sans elle on aurait froid ; combien l'on serait abandonné. Aucun autre vêtement ne vous enveloppe de cette façon. Les bras jusqu'à l'extrémité des doigts se cachent entièrement dessous. La tête elle-même peut s'enfermer dans le capuchon. Il ne passe que votre regard, que votre souffle. Les mains appuient au fond des deux poches intérieures et ramènent les deux pans l'un vers l'autre en supprimant toute fissure. La pèlerine est plus qu'un vêtement ; c'est une sorte d'habitation, où l'on vit, et qui se déplace avec vous. Quand Louis est fatigué de combiner les péripéties du siège, il pense à sa pèlerine, pareille, dans la rue pluvieuse, à une tente dans une plaine ou à une hutte dans les bois.

*
* *

Ce qui tourmente Louis Bastide, c'est de ne pas savoir quand il se décidera à remettre ses gains à sa mère, et quelle part de la vérité il sera obligé de dire. Certes, il se représente avec une extrême impatience l'instant où il déposera sur la table de la salle à manger, devant sa mère éblouie, toutes les pièces et tous les sous du trésor. Il se sentira tellement fier ; la surprise émue de sa mère lui procurera une telle récompense ! Mais comme il sera dur d'avouer un si long mensonge, et peut-être aussi d'obtenir qu'on lui laisse continuer son métier !

Et pourtant il ne peut être question de le quitter. M. Bastide, après avoir accepté, sur les instances de sa femme, une place de garçon de magasin qu'un ancien ami lui avait offerte dans son propre établissement, s'est fait régler au bout de huit jours. L'autre le traitait avec un manque d'égards d'autant plus pénible qu'il était justement un ancien ami, et un ami comblé par la fortune. M. Bastide a répété sa phrase « qu'il aimait mieux mourir de faim ». Mme Bastide a pleuré sans oser faire ouvertement des reproches. Elle a confié à Louis que son père devenait « bien difficile à comprendre ». Louis, tout en déplorant la malchance de son père, hésite davantage à le condamner. Car il a de ces choses une expérience que sa mère n'a pas. Il se souvient de Mme Yvoy et de Mme Régille.

XXVIII

JERPHANION MÈNE LE JEUNE BERNARD DE SAINT-PAPOUL DANS LES QUARTIERS MISÉRABLES

Jerphanion s'est renseigné auprès d'un camarade de la Sorbonne, socialiste S.F.I.O., sur les formalités d'adhésion au Parti. « Je vous ferai envoyer des imprimés, lui a dit l'autre. Ou je vous conduirai moi-même à la permanence de la section. — Ça m'a l'air tout simple ? — Tout ce qu'il y a de plus simple. »

Jerphanion était un peu déçu que ce fût aussi simple. L'entrée dans une « Église », et une Église à ce point militante, lui semblait devoir coûter un peu plus d'effort. En tout cas, puisqu'il suffisait de lever le petit doigt pour être admis, il n'y avait pas lieu de se bousculer.

D'ici là, il ne serait pas fâché de faire la connaissance de cet Ed. Clanricard. Ils parleraient ensemble de la solitude de l'homme moderne, de son besoin d'une Église. Jerphanion dirait un mot de ses impressions récentes, et de la décision où elles l'avaient mené. Il observerait la façon dont on accueillerait ses propos. Peut-être cet Ed. Clanricard était-il lui-même inscrit au Parti Socialiste. Il est vrai qu'en ce cas la référence ne serait guère encourageante. Si le jeune instituteur était entré dans l'Église socialiste, pourquoi gardait-il un tel sentiment de solitude ? Si au contraire il n'y était pas entré, qu'est-ce qui l'en avait détourné ? Ce n'était pas, on pouvait le parier, l'attachement à une foi traditionnelle. Il y avait là un point à éclaircir.

Une autre vérification à laquelle il avait pensé tout de suite continuait à lui paraître intéressante : mener Bernard de Saint-Papoul dans la région terrible, et voir comment il réagirait.

*
* *

Depuis plus d'un an que Bernard était son élève particulier, il s'était établi entre eux une grande liberté de rapports. Jerphanion n'avait donc pas pris de détours :

— J'aimerais vous montrer un quartier que vous ne connaissez sûrement pas. Voulez-vous que nous nous y promenions jeudi après-midi ?

Bernard avait demandé où se trouvait ce quartier.

— A l'est ; pas très loin du Père-Lachaise.

Bernard était allé une fois au Père-Lachaise pour un enterrement. Mais il avait fait le trajet en voiture. Maintes circonstances inaccoutumées lui occupaient l'esprit : ses gants noirs, l'aspect des gens de sa famille en deuil, la physionomie étrange d'un croque-mort. Il n'avait rien regardé au-delà.

En outre les Saint-Papoul ne possédaient pas encore d'auto. Ils n'étaient pas amenés comme d'autres à traverser les faubourgs pour gagner la campagne. Même cette occasion d'entrevoir distraitement certains abîmes de la condition humaine avait échappé à Bernard.

Pour lui, les plus sombres extrémités du Paris populaire étaient représentées par la place Clichy et la Porte Saint-Martin. A vrai dire, il ne savait même pas ce que pouvait être une promenade dans Paris. Seule de la famille, Mlle Bernardine en avait quelque idée. Il lui arrivait de partir à la recherche d'une chapelle peu connue ; et chemin faisant, de regarder assez curieusement les choses avec ses yeux gris.

Pour les autres Saint-Papoul, il y avait à Paris un petit nombre d'endroits où il était convenable qu'on fît à pied quelques centaines de mètres, pour le seul plaisir : le bas des Champs-Élysées, par exemple, jusqu'au rond-point ; les Tuileries ; la rue Royale ; la rue de la Paix ; l'avenue du Bois ; l'avenue des Acacias ; tout cela en semaine, bien entendu, et de préférence le matin ou tout au début de l'après-midi. On pouvait encore fort bien se rendre à pied de chez soi à une église voisine, ou chez un fournisseur de la rive gauche si le temps était beau. Mais ce n'était déjà plus de la pure promenade, et il s'agissait d'un Paris tout proche qui n'avait rien à vous apprendre.

Le reste, c'étaient des déplacements. Les déplacements se font en voiture. En voiture, l'on cause, si l'on est à plusieurs ; l'on réfléchit, si l'on est seul. Ce que l'on aperçoit du coin de l'œil ne compte guère. Et puis l'on sait assez que, hors quelques endroits du centre et du faubourg Saint-Germain, il est difficile à une femme de faire beaucoup de chemin dans Paris sans être accostée. (Mlle Bernardine se flattait d'avoir toujours échappé à cette persécution. Mais cela ne prouvait rien.) Il n'y avait donc en dehors d'elle que le marquis, ou le fils aîné, qui auraient pu songer à quelque exploration de ce genre. Or ni l'un ni l'autre n'en avaient le goût. Quant à se promener dans la rue, en famille, pendant des heures, en allant droit devant soi, c'était une coutume touchante et un peu comique, dont on ne pouvait au nom de l'hygiène que féliciter la petite bourgeoisie. Mais l'idée de faire comme ces bonnes gens eût paru aux Saint-Papoul aussi extraordinaire que celle d'aller s'asseoir tous ensemble à la terrasse d'un petit café.

Ils ne mettaient là aucune morgue réfléchie ; ils n'avaient même pas conscience de se guinder le moins du monde, ni de se priver de quoi que ce fût pour garder leur rang. Y a-t-il du reste tant de curiosités à voir dans Paris, quittés les beaux endroits que tout le monde connaît ? Quelques vieux hôtels, que *Le Figaro* cite quelquefois dans ses feuilletons ? Mais c'est un plaisir d'érudit. Quelques bouges de Montmartre et des Halles ? Mais d'abord c'est un Paris nocturne, où l'on ne va pas en famille. Et puis, est-ce si amusant ? Ces dames au moins n'en avaient aucune curiosité.

Ils soupçonnaient bien l'existence d'un Paris misérable. Mais un vague sentiment de décence les empêchait d'y penser. (Le même sentiment qu'éprouvait Marie lors de son premier contact avec la rue Riquet.) L'on sait aussi qu'il y a des maisons de prostitution. A quoi bon s'appesantir sur ces choses-là ? Elles sont probablement inévitables dans une grande ville ; comme le sont pour notre corps certaines servitudes humiliantes. Laisser l'esprit s'y complaire, c'est faire preuve de mauvais goût. Parle-t-on des cabinets à table ? Signale-t-on que le maître d'hôtel sent des pieds ?

*
* *

Jerphanion s'est dit : « Je tâcherai de le faire passer exactement par les mêmes endroits. Je ne l'influencerai aucunement. »

Il a bien retrouvé à peu de chose près son itinéraire de l'autre jour. Il reconnaît des angles de rues, des boutiques, des profils de maisons. Mais il ne retrouve pas tout. Il lui semblait qu'il y avait sur ce côté du boulevard trois ou quatre façades franchement hideuses. Peut-être sont-elles plus loin. Où est la lézarde qui, pareille à une foudre noircie, traversait la maison de haut en bas ? Celle que voici est déjà impressionnante ; et il y a de jolis morceaux d'enduit qui ont sauté. Mais Bernard a dû voir en Périgord des masures de paysans, des châteaux délabrés, telle vieille rue de petite ville. Il saisira mal la différence.

On rencontre quelques têtes qui ne manquent pas certes de laideur ou d'ignominie. Mais où sont celles de l'autre jour ? Et surtout, il n'y en a pas assez. L'autre jour, elles tourbillonnaient comme un vol de feuilles mortes. Elles vous tombaient dessus comme des grêlons. Jerphanion cherche avec impatience les crânes plats, les yeux écartés, les oreilles en cornet à frites. Il a l'impression qu'il en manque ; qu'on lui en a pris ; qu'il faut beaucoup trop de temps pour pêcher un lupus, un chancre, un cou crevé par la base, un ventre qui vaille le dérangement. Il passe même un petit garçon maigriot, mais assez net ; une jeune fille, à frimousse fragile, qu'on se retient pour ne pas trouver jolie.

Dans cette rue populeuse, Jerphanion est agacé par des boutiques qu'il n'avait pas remarquées l'autre fois. Elles étalent des victuailles qui n'ont pas mauvaise façon. Sur cinquante mètres au moins, l'idée de famine est tenue à distance.

Jerphanion observe Bernard du coin de l'œil. Le jeune aristocrate ne produit pas, au contact de la rue, des phénomènes bien notables. Il évite d'être heurté par les passants. Il jette sur les uns et les autres un regard égal, qu'on peut soupçonner de distraction. Sauf deux ou trois fois, il n'a pas la petite secousse de l'étonnement, du dégoût. Il semble surtout s'attendre à quelque chose de mystérieux qu'on découvrira plus loin. Lorsqu'il lève la tête vers son guide, ses yeux ont l'air de dire : « Quand arriverons-nous à l'endroit en question ? »

Alors, malgré le serment qu'il s'est fait, Jerphanion est obligé de parler. Il signale un couloir particulièrement crasseux. Il souligne à voix basse une tare physique. Il donne un coup de main au spectacle.

Bernard se réveille peu à peu. Mais dans quelle mesure est-ce un effet de sa politesse, de sa déférence amicale envers un aîné plus instruit, qui a réfléchi à plus de choses ?

Il finit par dire :

— Ça s'étend loin comme ça ?

— Oui, très loin. Nous pourrions marcher une heure sans en sortir. Et il faut imaginer après ça une immense banlieue avec des parties encore plus sordides. Il faut se représenter je ne sais combien de faubourgs semblables dans chacune des régions industrielles.

— Évidemment, ça n'est pas brillant, dit Bernard.

Jerphanion, en évitant de son mieux tout ce qui aurait l'air d'un essai de persuasion trop directe, tâche de faire sentir au jeune Saint-Papoul que même l'intérêt des classes riches est d'éteindre ces foyers de pourriture et de colère. Bernard ne dit pas non. Mais il ajoute :

— Ça a toujours existé.

— Mauvaise raison. Bien d'autres choses avaient toujours existé, dont on est venu à bout. L'humanité d'autrefois était plus excusable de tolérer ces horreurs, parce qu'elle n'avait pas les mêmes moyens que nous de les supprimer.

— Vous croyez qu'on pourrait les supprimer ?

— Mais certainement.

— Et comment ça ?

— Pensez-y bien d'abord. Tâchez de bien sentir à quel point ce sont des horreurs, qui nous déshonorent tous. Et ensuite... nous en reparlerons.

Bernard réprime mal un sourire qui n'est pas insolent, qui se contente de signifier : « C'est drôle qu'un homme aussi calé soit si naïf pour des choses comme ça. »

Ils arrivent au carrefour pathétique dont quatre bistrots occupent les quatre angles. Bernard dit, montrant l'affluence qui se presse contre un des comptoirs, et en épouse la forme illuminée :

— En attendant, il leur reste assez d'argent pour boire.

XXIX

L'ABBÉ JEANNE FAIT DEUX ESSAIS MALHEUREUX D'ÉNERGIE

Vers le milieu de décembre, l'abbé Jeanne avait appelé Louis Bastide, un soir, après le catéchisme :

— Eh bien, tout s'est arrangé maintenant, chez toi ?

Le petit garçon ouvrait les yeux, comme s'il ne comprenait pas.

— Ton père est content dans sa nouvelle place ?

— Mais il est toujours sans place, monsieur l'abbé.

— Comment cela ? Ne m'avais-tu pas dit qu'un commerçant de ses amis l'avait pris chez lui ?

— Oui, mais ça n'a pas marché.

Louis avait baissé la tête, puis ajouté :

— Ça n'était pas une place pour papa.

L'abbé n'avait pas voulu insister. Mais il s'était dit : « La place demandait sans doute des aptitudes supérieures aux siennes. Ou au contraire était par trop dégradante. De toute façon, ces gens restent dans la même détresse. Je ne me suis pas assez occupé d'eux. J'aurais pu relancer ce M. Ehler, qui, au fond, ne m'avait pas si mal reçu. Je manque d'énergie. »

Il faillit s'avouer qu'une des raisons de son peu de zèle en faveur de Bastide était qu'après la prétendue restitution des cinquante francs par la voleuse imaginaire, il avait espéré une visite de remerciements de la mère de Louis. « Pas pour moi. Je suppose bien que je n'ai plus cette petitesse de vouloir savourer la récompense — d'ailleurs toute secrète — d'un acte de charité insignifiant. Mais pour eux. On aurait plaisir à penser que ces gens savent reconnaître une clémence de la Providence ; ou, s'ils doutent de la Providence, le simple geste d'honnêteté que le prochain est censé avoir fait. »

Mais il aimait mieux s'accuser de mollesse que de mesquinerie. « Je manque de volonté. Et pas seulement quand il s'agit des autres. Quand il s'agit de moi. Très joli de n'être ni intrigant, ni avide. Mais n'appelons pas vertu ce qui n'est probablement que paresse devant l'effort, ou couardise. Ce que j'ai fait à propos des Bastide, je suis en train de le recommencer à propos de l'institution Sainte-Marthe. Il y a des cas où l'on a le devoir de se mettre en avant, ne serait-ce que pour barrer la route à un autre. Et ce n'est pas parce que, cette fois, mes intérêts sont en cause, que je dois prendre ma lâcheté pour de la résignation chrétienne. »

L'institution Sainte-Marthe était le pensionnat de jeunes filles « élégant » de la paroisse. Les familles anciennes de Montmartre, les commerçants cossus, les bourgeois des dernières promotions y envoyaient leurs demoiselles. La maison, un peu tombée depuis une dizaine d'années, venait d'être rachetée par une dame Poinsinot, fort active, mêlée au monde, et qui se promettait de donner à son pensionnat le ton des « grands quartiers ». Une de ses premières visites avait été pour le curé de Clignancourt, Thubertin. Elle lui avait dit : « Jusqu'ici ces demoiselles, les jeunes, ont eu quelques vagues répétitions de catéchisme, au pensionnat même, par l'abbé Pélissier, qui m'a l'air d'un brave homme, mais qui n'a certainement pas inventé la poudre. Ensuite plus rien. Même pas d'aumônier en titre. A partir de janvier, je voudrais organiser pour les grandes une série de conférences religieuses ; sur un sujet suivi. Par exemple, pour la première année, j'aimerais bien quelque chose comme « Les devoirs de la jeune fille chrétienne » avec des aperçus sur son rôle de future épouse, de future maman. Il faudrait que vous me trouviez parmi vos vicaires quelqu'un d'un peu distingué, qui sache parler, et qui ait du fond. C'est lui aussi que je prendrais comme aumônier. Je ne marchanderai pas. Je serai en mesure de lui assurer pour le tout cent francs par mois ; sauf bien entendu les mois de vacances. Disons mille par an en chiffres ronds. Si vous n'avez personne, je m'adresserai à une paroisse des grands quartiers. » Ce qu'elle eût fait d'emblée, si elle avait cru possible d'engager un prêtre des « grands quartiers » pour ce prix-là.

Le curé Thubertin était un homme plein d'hésitations, et, si l'on veut, de détours, mais de détours qu'il ne prenait pas toujours la peine de cacher, à la fois parce qu'il était bavard, et parce qu'il croyait habile de se donner l'avantage de la franchise auprès des gens qu'il pouvait être appelé à desservir un jour. Il s'ouvrit à Jeanne de ses perplexités : « Je ne vois que Roussieux ou vous. Il y a du pour et du contre. Je suis bien embarrassé. » Peut-être espérait-il un désistement spontané de Jeanne.

Jeanne fut à deux doigts de le donner avec, tout juste, un sourire ironique. Mais c'est là-dessus qu'intervint son accès d'énergie. « Non. Je ne me ferai pas le complice d'un véritable scandale. Roussieux chargé d'enseigner aux jeunes filles les devoirs de la femme chrétienne ! Et ça se fera sûrement si je ne bouge pas. »

Il était allé trouver le curé Thubertin, et lui avait déclaré le plus fermement possible :

— J'ai réfléchi à la proposition du pensionnat Sainte-Marthe. Ces conférences m'intéresseraient particulièrement. Je pose ma candidature.

— Ah ! bien, bien. J'espère que Roussieux n'y verra pas d'inconvénients. Il est moins économe que vous. Il n'a pas non plus vos petites ressources personnelles. Je sais que les cent francs en question lui feraient du bien. Et puis il est votre aîné. Ça m'embêterait d'avoir à choisir entre vous deux.

L'abbé se promit d'être tenace. « Le curé Thubertin m'a dit que ça se déciderait au plus tard la première semaine de janvier. Donc avant le treize. Jusque-là, je ne faiblirai pas. Au 13 janvier, je veux avoir emporté le morceau. »

Il savait par des lectures que les hommes « énergiques » ont coutume de se fixer ainsi un terme pour le succès de leurs entreprises. En outre, à ses yeux, le 13 janvier avait un prestige spécial : c'est la date où se commémore le baptême du Christ ; donc — si l'on veut bien admettre ce jeu de l'esprit et du temps — quelque chose comme l'entrée du Christ dans sa propre Église. (Peut-être du même coup Jeanne satisfaisait-il une trace inavouée de croyance aux vertus du chiffre 13.)

Mais il crut entendre sa conscience ajouter : « N'es-tu capable d'énergie que lorsque tes intérêts sont en question ? Car tu te fais un devoir d'écarter Roussieux, prêtre indigne. Mais tu ne seras pas fâché d'être considéré, par les meilleures familles de Montmatre, comme le prêtre ''distingué'' de la paroisse ; ni de gagner cent francs de plus par mois. Tâche donc d'avoir au moins autant de ressort quand il s'agit des autres. D'ici au 13 janvier, il faut que tu aies non seulement battu Roussieux, mais procuré une place au père de ce petit. »

C'est ainsi que l'esprit d'initiative de Mme Poinsinot travaillait au profit des Bastide, grâce au jeu des compensations morales chez l'abbé.

*
* *

Dans les tout premiers jours de l'année nouvelle, M. Ehler, deux fois relancé par Jeanne, lui fit savoir qu'il avait enfin trouvé pour son protégé un poste de garçon de bureau, non pas aux Chemins de fer du Nord, mais dans une Compagnie de navigation dont il était aussi administrateur.

L'abbé crut sage de convoquer d'abord Mme Bastide, pour lui faire part de la proposition.

— Je vais en parler à mon mari, dit-elle. J'espère bien qu'il voudra. Je vous apporterai la réponse demain, monsieur l'abbé.

Elle revint, un peu penaude :

— Mon mari, avant de dire oui, voudrait être sûr qu'on ne lui fera pas faire de balayage, ni cirer le parquet.

L'abbé soupira ; mais réfléchit que la fierté de cet homme était compréhensible. Il accepta de poser la question à M. Ehler, à qui il demanda une nouvelle entrevue.

Dans l'intervalle, l'affaire de l'institution Sainte-Marthe avait tourné du mauvais côté. Le curé Thubertin saisit l'abbé Jeanne à l'issue d'un office :

— Vous savez… Ça n'a décidément pas pu s'arranger. Depuis notre première conversation, la dame Poinsinot s'est renseignée de-ci, de-là. Naturellement elle n'a appris sur vous que les choses les plus flatteuses. Mais elle a rencontré des gens qui gobent Roussieux. Ils lui ont dit qu'il était très bon orateur ; qu'il était gai, amusant, spirituel. Bref, la dame n'a plus juré que par Roussieux. Que vouliez-vous que je dise, moi, hein ? C'était bien délicat… Entre nous, je ne crois pas que vous ayez à le regretter. Ce n'était pas une affaire pour vous. C'est un milieu de péronnelles. Son heure de religion, la dame voit ça exactement comme une heure de piano ou de danse. Vous êtes trop sérieux pour ça. Je dois dire que Roussieux a été très correct.

Jeanne, dont ce n'était pourtant guère la coutume, pensa deux ou trois rosseries, vertement venues, qu'il aurait eu plaisir à exprimer. Mais il se contenta de faire : « Bien, bien ! » d'un certain ton. Même avec beaucoup d'énergie, que pouvait-il changer aux préférences naturelles d'une dame Poinsinot ?

Trois jours après, le 11 janvier, il recevait un mot de M. Ehler : « Passez le matin que vous voudrez. »

Jeanne se dit : « Je dois voir ce soir le petit Bastide au catéchisme. Je voudrais lui apporter une bonne nouvelle. »

Il s'en fut boulevard Haussmann, à peu près vers la même heure que la première fois. Non sans précautions oratoires, il transmit la question des Bastide.

Dès qu'il eut compris, M. Ehler se fâcha :

— Votre gaillard n'est pas du tout intéressant. Vous me dites qu'il est sans travail depuis des mois ? Et il veut nous poser des conditions ? Je ne demanderai rien du tout à la Compagnie. Je n'ai pas envie de me faire moquer de moi. Mon cher abbé, vous êtes trop bon. Des gens comme ça sont décourageants. Laissez-les tomber. En tout cas, je ne m'en occupe plus.

L'abbé, en s'en allant, commença par songer que la charité est parfois aussi décevante que l'ambition. Puis il s'abandonna presque sans résistance à l'amertume. « C'est à croire que je suis bien maladroit, ou bien mal inspiré. »

Il se demanda même : « Est-ce que mes actions sont *refusées ?* » Alors une image lui vint à l'esprit : une ruelle boueuse de la zone ; une baraque, faite de planches pourries et de papier goudronné ; et là-dedans une femme, couchée sur de vieilles couvertures, qui tient contre sa poitrine un enfant de quelques jours.

« J'irai cet après-midi. Je passerai un moment auprès d'elle. »

Il lui fallut cette vision pour ne pas sombrer tout à fait dans le noir.

XXX

QUINETTE ENTEND REPARLER DE LA GALERIE ET APPREND DES CHOSES QUI L'INTÉRESSENT

— Nous n'allons pas nous en faire une miette. Maintenant que nous l'avons raté, il ne nous reste plus de chances de le voir qu'à la rentrée des ateliers. Savez-vous ce que je me dis ? Que nous serions aussi bien sous la tonnelle. C'est très abrité ; et en ce moment le soleil y donne. Tandis que cette salle humide... Dommage que vous ne voyiez pas ça à la belle saison... La patronne !... On y mange très bien. Ils me connaissent... entendons-nous. Comme représentant en cigares, ou quelque chose comme ça... Oh ! je n'y suis pas venu très souvent. Mais j'ai la mémoire des lieux... Ah ! Bonjour, madame. Nous allons essayer de nous mettre là. Qu'est-ce que vous en pensez ? Moi j'ai un tricot, et monsieur pourra garder son pardessus. Votre chapeau aussi, peut-être.

— Oui, peut-être, dit Quinette. Mon crâne, hélas, commence à perdre sa protection naturelle.

— Si vous aimez mieux que nous nous mettions dans la salle ?

— Mais non ; mais non ! Ce jardinet hivernal est charmant.

Il y avait en effet le treillage vert des tonnelles ; quelques fusains dans leur caisse ; un soleil décoloré mais vif ; du sable propre ; un mur d'usine, presque neuf, d'un blanc crémeux ; une autre usine plus vieille et plus lointaine, avec ses deux cheminées dressées dans le voisinage du ciel bleu tendre ; une échappée sur des coteaux ; une fine odeur qui tenait à la fois du chocolat, de l'excrément et de la savonnette parfumée. Il y avait enfin l'idée de banlieue, où flottent des mirages superposés de champs d'avoine et de rues futures.

Marilhat fit le menu, avec la patronne.

— Alors, un peu de votre pâté de lapin, avant le navarin... Et vous allez bien faire goûter à monsieur le vin du patron ? Ah, celui de l'année n'est pas fameux ? Et du plus ancien, il n'en reste plus ?... Débouchez-nous-en une tout de même.

Il dit à Quinette :

— Ils le récoltent dans un tout petit bout de vigne qu'ils ont sur le coteau. Nous sommes les derniers qui boiront ça. Qu'est-ce qui reste du vignoble parisien ? Quelques arpents à Argenteuil...

— Ici, ça n'en fait pas partie ?

— Ah, mais non !... entre Argenteuil et ici vous avez au moins deux kilomètres... Bref, un peu à Argenteuil, un tout petit peu ici... au Mont-Valérien, grand comme un mouchoir de poche... Moi qui vous parle, j'ai connu les dernières treilles de Ménilmontant, du côté de l'ancien château de Charonne... C'est mélancolique, vous ne trouvez pas ? C'est de la poésie qui s'en va. Moi, vous savez, bien que provincial, je suis devenu Parigot en diable, patriote de Paris. Ce vin-là, pour moi, c'est le ranz des vaches. Goûtez-moi ça. Hein ?

Quinette s'excusa d'être petit buveur :

— J'ai du plaisir à boire du bon vin, dit-il, mais je n'en supporte pas de grosses quantités. Je ne suis pas un très grand connaisseur non plus.

— Faute d'habitude.

— Mais celui-ci me paraît agréable. Il est léger, spirituel, n'est-ce pas ?

— Les Parisiens ne réfléchissent pas que la Champagne commence à Château-Thierry, c'est-à-dire à quatre-vingts kilomètres d'ici, à vol d'oiseau. Sans ça ils auraient attaché plus d'importance à leur vignoble. En améliorant ces crus-là, on pouvait en faire ce qu'on voulait... Ah ! j'y pense. Vous avez bonne vue ?

— Mon Dieu, oui.

— Je vous demande ça pour tout à l'heure. Le type ne passera guère à moins de dix mètres de l'endroit où je vous collerai. Vous le reconnaîtrez ?

— Je pense.

— Ça nous ouvrirait des horizons... C'est la patronne qui fait la cuisine. Ça se sent. Nous y allons d'une seconde bouteille ?

Au moment du fromage, qui était un brie populaire, mais gentiment provocant, ils s'entretinrent des grands intérêts de la vie. Tous deux convinrent que les femmes pouvaient orner les loisirs, mais que l'amour n'était pas un but.

Quinette parla de ses inventions, d'un ton pondéré. Il dessina sur la nappe quelques croquis de son chemin de fer à rail unique. Marilhat, le buste renversé, l'approuvait de la tête.

Tous deux prirent du café. Mais Marilhat fut seul à essayer le marc de la maison, en l'accompagnant d'un cigare à deux sous, qu'il appelait un « deux-soutos ».

— Je les préfère aux cigares de luxe. A mon avis, c'est une des réussites de la régie française. J'ai eu souvent l'occasion de fumer de magnifiques cigares de contrebande. Je m'en passerais plus facilement que de ceux-ci.

Il écarta sa chaise de la table, se renversa plus largement encore, sourit, cligna des paupières :

— Vous savez, c'est quand même un chic métier... Tout ce qu'on est amené à voir... Un homme comme moi, qui a la confiance des chefs, connaît le dessous des cartes... Tous les secrets, petits et gros, qu'il y a là-dedans !

Et il se tapota le front de la main qui tenait le « deux-soutos ».

Il continua, les yeux vers le plafond de la tonnelle, souriant du même sourire de grand initié :

— Vous vous rappelez, ou plutôt vous ne vous rappelez peut-être pas cette conversation que nous avions eue, tout au début de nos relations, à propos de certaines carrières des environs de Paris... Ça ne vous dit rien ?

— Les carrières de... de Romainville ?

— Non, non ; de Bagnolet. Je vous avais conté une anecdote personnelle qui avait paru vous intéresser.

— Oui, je me souviens...

— Vous êtes même revenu là-dessus une ou deux fois ensuite, parce que ça vous trottait dans la tête... J'ai fait comme si je n'entendais pas... Ça ne vous a pas frappé ? Évidemment, vous ne pouviez pas vous douter... Eh bien, figurez-vous que juste à ce moment-là, mais juste ! les carrières de Bagnolet préoccupaient très fortement la police, et même la haute police. Ça vous épate ?... Oui... On venait de découvrir dans ces carrières, savez-vous quoi ?... un cadavre affreusement mutilé tout au fond d'une galerie. Un cadavre rendu méconnaissable par les précautions savantes de l'assassin. Le meutre lui-même était hors de doute. On avait retrouvé la balle... et d'autres indices probants. Bref, vu le lieu particulièrement romanesque et les circonstances, c'était le type de l'affaire à tout casser, de l'affaire à grande manchette dans les journaux. Détails horribles, mystère complet, tout le tremblement. Une bonne preuve, c'est que rien qu'à me l'entendre raconter comme ça, en deux mots, vous changez déjà de couleur. Eh bien ! il n'a pas paru une ligne là-dessus, vous m'entendez... pas une ligne. Vous vous demandez pourquoi ?

— Oui...

— Cherchez dans vos souvenirs... Vous n'apercevez pas un rapprochement ?

— Non... je... non...

— De quoi parlait-on à ce moment-là dans la presse ? Cherchez, ça vous échappe ?

— Oui, pour l'instant, oui.

— D'une grande affaire, qui remuait le monde politique et passionnait la foule... où des noms considérables étaient prononcés. Ça ne vous met pas sur la voie ? Cherchez un peu... Allons !... L'affaire Steinheil ! Cette fois vous y êtes. Vous revoyez les quatre, les six colonnes que les Parisiens dégustaient chaque matin ? Maintenant vous allez me dire : « Quel rapport y avait-il ? » Eh bien ! c'est à cause de l'affaire Steinheil qu'on n'a pas soufflé mot de l'affaire de la galerie. Vous allez me dire encore : « Mais pourquoi ? » Je vous répondrai : « Tâchez de deviner. Tâchez de vous placer au point de vue de la Haute Police... »

Marilhat prononçait cela d'une voix mystérieuse et ravie, et du ton d'un maître qui va révéler à l'élève les suprêmes secrets de la doctrine. Il reprit :

— Vous me direz : « En quoi l'une des affaires empêchait-elle qu'on parle de l'autre ? Je ne vois pas. Au contraire. Ça pouvait créer une diversion. Étant donné surtout la qualité des gens compromis du côté Steinheil... » Oh ! ce ne serait pas si mal répondu. C'était une thèse, en effet. Je puis même vous dire qu'on a failli l'adopter. Il y a eu un grand conseil de guerre. Certains voulaient qu'on marche à fond dans l'affaire des carrières en organisant progressivement le silence sur l'autre... J'ai été au courant de tout... Mais quelqu'un que je ne vous nommerai pas a dit : « L'affaire Steinheil ? Il est trop tard pour l'enterrer. Or, par la force des choses, elle va apparaître comme un échec, total ou partiel, pour la maison. Dans l'affaire des carrières, à quoi aboutirez-vous ? A zéro. Le visage du cadavre est une bouillie informe. Pas le moindre indice sur les vêtements. Aucune des disparitions signalées ces jours-ci ne colle. Résultat : deux affaires sensationnelles, où toute la police, mise sur pied, en arrive à proclamer : « Je ne sais pas. Je ne trouve rien. » Vous entendrez ce tollé. Pour calmer l'opinion, on fendra l'oreille à quelques-uns de ceux qui sont ici. » Son avis a prévalu. Et quand on a l'esprit de la maison, on est forcé de se dire : « Il était dans le vrai. » Est-ce que vous sentez ça... Mais vous êtes tout pâle ? Qu'est-ce qu'il y a ?

En effet, Quinette avait extrêmement pâli. Mais ce que Marilhat ne savait pas voir derrière cette pâleur, c'était un profond ravissement. Quinette balbutia :

— Oh ! rien, rien... Ce sont peut-être certains détails que vous avez donnés... Et vous avez une façon de raconter si vivante. Je suis un nerveux, un imaginatif... Mais ça n'est rien du tout, je vous assure.

Et il regarda l'inspecteur avec de bons yeux reconnaissants, comme s'il allait l'embrasser.

— Il faut dire aussi, reprit l'autre, qu'il ne fait pas très chaud. On n'y pense pas, en causant. Mais quand ça tombe en pleine digestion... D'ailleurs... hé ! bigre, bigre ! il est temps. Notre citoyen va passer dans dix minutes. Dépêchons-nous.

XXXI

NOUVELLES HABITUDES DE MARIE

Marie de Champcenais fit arrêter son taxi, comme les autres fois, devant l'école de garçons de la rue Bolivar, et gagna la rue Lauzin à pied. Elle regarda d'une façon déjà familière le mur d'une fabrique de chaussures, et cette large rue, avec des arbres, qui tournait paisiblement.

Tout lui semblait fort naturel dans l'aspect de ces lieux. Quand la voiture la déposait sur le trottoir, elle éprouvait encore un léger frisson, mais qui n'était plus fait de répugnance, ni même de dépaysement. Ce n'était que l'impression de reprendre contact.

Les petites maisons noirâtres des rues latérales ne l'étonnaient plus. Certes, elle n'eût pas souhaité d'y vivre. Elle ne se posait même pas la question. Mais il ne lui était pas autrement désagréable de sentir qu'elle avait maintenant, de ce côté-là, des accointances, des habitudes. Toute une partie d'elle-même y trouvait son compte. Telles préoccupations, qui lui apparaissaient rue Mozart comme des tourments flétrissants, bien propres à vous dégoûter de vous-même et de la vie, devenaient dans cette atmosphère, des soucis « comme tout le monde en a », dont on a le droit d'espérer qu'ils s'atténueront, mais dont il serait abusif de prétendre être dispensée par privilège spécial.

*
* *

La pièce où recevait Mme Cercotte faisait songer, non par ses dimensions ni sa magnificence, mais par son arrangement, à ces salles de musée où l'on expose des mobiliers historiques, qu'un cordon sépare de la partie où l'on passe.

Il régnait, en effet, de la porte à la fenêtre, situées l'une en face de l'autre sur l'extrême droite de la pièce, une région de parquet miroitant, et d'espace libre. Le regard n'y rencontrait qu'une seule chaise à dossier arrondi, visiblement réservée aux visiteurs. La chaise était tournée vers une table rectangulaire qui marquait la limite de l'autre région.

Toute cette autre région, qui se dérobait à gauche dans la pénombre, était faite d'un encombrement de meubles, où l'on concevait mal qu'une personne de la corpulence de Mme Cercotte pût trouver à se glisser. Les couleurs et les matières y allaient du chêne foncé à l'acajou, du châle déteint au velours brodé de pantoufle. L'odeur en était plutôt celle de l'étoffe et de la poussière que le relent d'une vie humaine confinée.

Assise derrière sa table, dans un fauteuil Voltaire, Mme Cercotte semblait garder contre les intrus ces sombres richesses. Trois jeux de cartes, de tailles différentes, étaient posés devant elle sur le tapis gris verdâtre de la table. Son corps volumineux portait une grande tête assez imposante de matrone italienne. Elle avait un chignon abondant et très noir ; le teint jaunâtre ; des yeux très noirs aussi, fripés et cernés : des yeux de malaria, qu'elle tenait souvent fermés à demi. Elle parlait d'une voix grave, musicale, un peu éraillée, où l'accent faubourien se marquait à peine.

— Alors, ma petite dame... je pensais justement à vous. Je me disais : il y a déjà quelque temps que je ne l'ai pas vue.

Elle tendit à Marie un de ses trois jeux de cartes ; la fit couper ; examina la coupe.

— Vous êtes toujours ennuyée pour la même raison. Mais je vois une amélioration prochaine.

Puis elle étala les cartes, pria Marie d'en choisir treize. Les treize cartes montrèrent leur visage une à une.

— Je vois un médecin barbu, un grand médecin ; qui s'occupera de vous. Il n'est pas inquiet. Il vous propose une petite opération.

— Une opération ? dit Marie en pâlissant.

— Non, pas une vraie. Rien de grave. Vous irez mieux tout de suite. Je vous vois tranquille bientôt de ce côté.

— Vous êtes sûre ?

— Sûre.

— Voyez-vous quelque chose du côté de mon mari ?

— C'est un homme qui ne dit pas tout ce qu'il pense.

— Qu'entendez-vous par là ?

— Il a des doutes depuis longtemps.

— Vous croyez ? Vous ne m'aviez pas dit ça la dernière fois.

— Ah ! peut-être. Nous allons regarder avec ce jeu-ci. Prenez. Oui. Encore une… Il se doute, sans se douter. Il ne tient pas tellement à savoir.

— Mais de quoi se doute-t-il ? De ce qui m'est arrivé récemment ? Ou de la situation en général ?

— De tout et de rien. C'est vague. Je ne puis pas préciser.

— Vous apercevez un péril ?

— Non ; pas pour le moment.

Marie de Champcenais réfléchit ; puis d'une voix où il y avait de la modestie, un reste d'anxiété, une façon d'encourager le destin en se montrant raisonnable avec lui :

— Alors, en somme, aujourd'hui ce n'est pas trop mauvais ?

— Non…

Le non de Mme Cercotte manquait de fermeté. Marie s'inquiéta :

— Vous voyez autre chose ?

— Je vois une menace de trahison.

— De trahison ? Mon Dieu ! De la part de qui ?

— De la part du monsieur qui vous intéresse. Je ne pense pas que ce soit déjà fait. Non. Mais il y a une menace. Vous ne voyez pas dans votre entourage une personne blonde ?

— Blonde ?… Non… blonde ?… » Marie évoquait ses amies hâtivement, une à une. C'était un défilé un peu hallucinant. Elle cherchait les blondes, celles qui du moins par leur âge et leur charme pouvaient induire Roger à une trahison. Elle répétait : « Une personne particulièrement blonde ?

— Oui, plutôt.

Seule la baronne de Genillé réunissait à peu près les conditions requises.

Mme Cercotte prit le troisième jeu, le caressa rêveusement de la paume de la main, mais, au moment de le pousser vers Marie, se ravisa. Elle baissa les paupières.

— D'ailleurs, dit-elle, je ne sais même pas si vous la connaissez. Je vois une femme encore jeune, très entourée. Il y a beaucoup de monde autour d'elle ; beaucoup. Ça ne vous oriente pas ?

— Non... Et mon... ami lui fait la cour ? S'occupe d'elle ?

— Il me semble...

— Ne me cachez rien.

— Je ne vous cache rien. Mais ça n'est pas net. Revenez dans quelques jours. Je distinguerai peut-être mieux.

Marie avait le visage empourpré d'émotion. Elle guettait avidement les yeux mi-clos de Mme Cercotte et ses lèvres où semblait se former parfois un mot qui n'aboutissait pas.

— Madame Cercotte. Vous n'essayez pas avec les tarots ?

— Lesquels ? Ceux-ci ?... Oh ! si vous voulez.

Elle fit prendre à Marie vingt et une cartes.

— Vous voyez. Il y a celle-ci qui revient ; et celle-ci ; et celle-ci. Ça ne change pas beaucoup. Votre amant est en train de s'éloigner de vous. Vous ne l'avez pas perdu. Non. Mais vous risquez de le perdre. Je vais vous poser une question. Est-ce que vous êtes suffisamment caressante avec lui ?

Marie, très confuse, ne trouva rien à répondre. Elle murmura :

— Vous voulez dire...

— Je veux dire : est-ce que vous continuez à le tenir suffisamment par les sens ?... Les hommes, vous savez...

Marie, les yeux baissés, s'interrogeait. Mme Cercotte continua :

— Vos ennuis de santé ont dû gêner les choses. Et il n'a pas eu l'idée de s'en plaindre, au début. N'est-ce pas, c'était trop naturel. Mais vous auriez dû songer de vous-même à des compensations.

Elle observait entre ses paupières la mine un peu déconcertée de Marie. Elle ajouta :

— Quand les hommes sont bien élevés, ils ne demandent rien. Il ne faut pas attendre. Ce n'est peut-être pas la seule cause. Mais de toute façon le conseil n'est pas mauvais.

Elle se leva. Marie se leva aussi, mais à regret. Elle tira de son sac un petit porte-or, y prit un louis de dix francs qu'elle mit sur la table en faisant signe qu'il n'y avait rien à lui rendre. En allant vers la porte, elle demanda anxieusement :

— Vous ne voyez toujours pas mieux quelle peut être cette femme ? Est-ce qu'elle est de son milieu à lui ?

— Non, je ne vois pas. Non. Mais je ne veux pas que vous vous tourmentiez, ma petite poulette. Je vous répète qu'il n'y a encore rien de perdu. Tâchez de revenir bientôt... On peut dire que c'est du drôle de temps qu'il fait, avec ces mélanges de chaud et de froid.

XXXII

LA MATERNITÉ DANS LA BARAQUE

L'abbé Jeanne, qui a passé la poterne du Poteau, un assez gros paquet sous le bras, a pris par la droite le glacis des fortifications. C'est le moment de l'année où l'herbe est la plus misérable. Les touffes, d'un vert poudreux, ou couleur de vieux chaume, sont plus recroquevillées et dispersées que jamais sur le sol où de blêmes sentiers courent en tous sens. A gauche, dans le fouillis des jardinets de la zone, l'abbé cherche à reconnaître l'entrée d'une venelle. Le froid descend, la lumière devient triste. Le ciel, qui avait gardé jusque-là de grands morceaux de bleu pâle, se laisse gagner par les sombres nuages. On voit fuir indéfiniment cet espace militaire que soixante ans de suintements de ville et de rêveries de peuple ont transfiguré.

L'abbé s'engage dans un chemin que resserre, à hauteur de visage, le foisonnement des buissons. Vraiment certains arbustes ont l'air faits pour la compagnie des pauvres. Ils croissent bien trop facilement. Ils projettent des branches et des rameaux plus qu'on ne voudrait. Ils se répandent en une broussaille où rien ne compte et à laquelle il n'est pas possible d'attacher du prix. On sent qu'ils ne coûtent pas cher à la nature. La terre n'est jamais assez ingrate pour les décourager. Même au printemps, leur prospérité ne réjouit pas, car elle fait penser à une dilatation, à un débordement de ce qu'il y a de malingre dans la vie, à une aigre saoulerie de miséreux.

L'abbé pousse une claire-voie que deux tortillons de fil de fer retiennent à un poteau penché. Dans un terrain d'à peine cinquante mètres carrés, encombré d'ordures, de tas de cendres, de ferraille, une petite baraque occupe l'un des angles. Elle est faite de planches verticales, brunies par la moisissure, avec un toit à une seule pente, recouvert de carton goudronné. Quelques traverses de bois blanc, clouées au petit bonheur, soutiennent les parties faibles des parois. Le carton du toit lui-même est rapetassé.

L'abbé frappe à la porte. Il entend crier : « Entrez ! » par une voix qu'il reconnaît.

— Oh ! c'est vous, monsieur l'abbé !

Une jeune femme, à demi couchée sur un grabat qui touche au sol, écarte de sa poitrine l'enfant qu'elle allaitait, et se couvre vivement le sein avec un torchon à rayure rouge.

— Continuez, je vous prie, de nourrir votre enfant, dit Jeanne.

Elle hésite, sourit d'un air confus, réussit presque à rosir dans sa pâleur ; puis elle reprend son enfant, écarte le torchon, et laisse voir un sein très peu gonflé, aux attaches maigres, à le peau brunâtre, un pauvre sein rarement lavé.

— Vous allez mieux ? dit Jeanne.

— Oui, un peu.

— Et le petit se nourrit bien ?

— Il se nourrirait bien. Mais c'est moi qui ai très peu de lait. Asseyez-vous donc, monsieur l'abbé.

Il s'assied sur la chaise unique, dont le paillage crevé laisse pendre ses entrailles, puis il commence à défaire les ficelles de son paquet.

— Je vous ai apporté une ou deux petites choses. Oh ! ce n'est presque rien, malheureusement. D'abord j'ai remarqué que vous aviez beaucoup de peine à faire chauffer ce qu'il vous faut sur ce réchaud à charbon de bois. Et puis le charbon de bois, ce n'est pas très sain pour vous, ni pour votre enfant. Je vous ai donc apporté un petit réchaud à alcool. Le fonctionnement est très simple. Je vous montrerai. Voici un litre d'alcool, qui vous durera encore longtemps. La seule précaution à prendre, c'est de ne pas mettre le feu chez vous. Vous ferez bien attention. Voici des allumettes. J'ai pris de celles qui ne s'allument qu'avec un frottoir, pour la même raison. Dans cette boîte-ci, vous avez un certain nombre de doses de potage condensé. Je ne vous dis pas que ce soit bien merveilleux. Mais ça contient tout de même des principes nutritifs, et c'est tellement facile à préparer. D'ailleurs, nous allons faire un essai, si vous permettez. Ne vous dérangez pas. Où est-ce que je trouverai un peu d'eau ?

— Dans cette casserole, sous la brique, à côté de vous, monsieur l'abbé.

— L'eau est propre ? D'où vient-elle ?

— C'est un voisin qui me l'a donnée hier. Il va la chercher à une fontaine... oh ! assez loin d'ici... en tirant sur Saint-Ouen.

— Vous voyez comme le réchaud est facile à allumer. Je puis me servir de la casserole ? Dès que l'eau va bouillir, j'y verserai le contenu d'une de ces petites boîtes. Dites-moi où je trouverai une cuiller, et une tasse.

— Je n'ai plus de tasse. Il doit y avoir deux bols l'un dans l'autre, par terre, derrière vous.

La flamme bleue danse comme un esprit favorable. L'enfant pousse parfois un gémissement. Le prêtre surveille l'eau, attend les premières bulles. Il jette un peu d'eau dans le plus grand des deux bols, le rince discrètement ; puis, après une hésitation, en fait autant pour l'autre.

— Ça m'ennuie de vous laisser faire ça, monsieur l'abbé. Si j'avais su, je me serais levée avant que vous ne soyez là.

— Mais non. J'en ai l'habitude. Chez moi, je n'ai pas toujours quelqu'un pour me servir.

Il se dit : « Si un voisin entrait tout à coup, un homme porté à la malveillance, et qu'il me vît ainsi, que penserait-il ? » Mais il se demande cela avec curiosité, non avec inquiétude.

La femme, qui appuie une main sur la tête de son enfant et le tient serré contre sa poitrine, ne quitte pas des yeux le prêtre. Son regard est extraordinairement sérieux.

L'eau bout. Jeanne verse dans la casserole un sachet de potage condensé, tourne le liquide avec la cuiller. Il prononce en lui-même le bénédicité.

— Je vous ai apporté deux paquets de petits-beurre, que vous pourrez manger en les trempant dans le bouillon. Et deux oranges, qui ne doivent malheureusement pas être bien mûres.

Il remplit le grand bol. Un peu de liquide reste dans la casserole, où Jeanne, faute d'habitude, a mis trop d'eau. La femme dit, d'un ton de prière timide :

— Puisqu'il y a encore du bouillon, vous ne voudriez pas en prendre aussi, monsieur l'abbé ? Dans l'autre bol ? Vous avez peut-être eu froid en venant ?

— Mais très volontiers, madame.

Il se sert à son tour ; puis se lève, offre le grand bol à la femme, pose près d'elle un paquet de petits-beurre qu'il a entrouvert.

— Prenez aussi un petit-beurre, lui dit-elle.

Il regrette de lui rogner déjà sa mince provision. Mais elle a l'air si fière de le traiter comme un hôte.

— C'est tout à fait bon, monsieur l'abbé ; et simple à faire.

— N'est-ce pas ?

Elle baisse les yeux sur son enfant.

— C'est dommage qu'il soit encore trop petit pour y goûter.

— Non... ne lui en donnez pas... je crois que ce serait imprudent.

Il se dit : « Je crois qu'il existe des farines spéciales pour les bébés. Mais il est peut-être trop petit. Je me renseignerai. »

La femme pense à l'homme qui l'a abandonnée, il y a quatre semaines. Elle pense à cet autre homme, qui est là. Elle est profondément étonnée. Elle a de la nature humaine une expérience amère ; mais elle ne découvre pas à quel mobile égoïste ou bas ce prêtre pourrait obéir. Elle n'est pas sotte. Elle sait qu'elle est une pauvre fille fiévreuse et sale dont seul un vagabond pourrait se contenter. D'ailleurs, désirée et possédée comme elle fut par des hommes depuis l'âge de treize ans, elle est habituée à lire dans leurs yeux, dans leur attitude, dans les inflexions de leur voix. Elle sent bien qu'il n'y a pas trace chez ce prêtre de la sombre convoitise de l'homme.

Alors elle est soulevée de respect, d'admiration, de la plus chaste tendresse. Elle se demande : « Que pourrais-je faire pour le remercier ? » Elle se rappelle vaguement le Notre-Père, au moins les premières phrases ;

et elle se mettrait bien à les dire tout haut comme pour offrir son cœur ; mais elle est aussi une petite Parisienne des faubourgs, ironique et fine, qui se défie de l'emphase dans la vie, qui ne l'apprécie que dans les romans-feuilletons et les romances. Elle rougirait de honte, si elle se croyait suspecte de chercher un effet, tandis que le sentiment le plus vrai lui étreint la poitrine.

Alors elle murmure gauchement (ses lèvres tremblent) :

— Quand je serai un peu plus forte, monsieur l'abbé, j'irai à l'église.

Jeanne est très ému de ce qu'il y a derrière ces mots. Mais lui non plus ne veut pas être soupçonné. Il songe : « N'est-ce pas, Jésus, votre charité est encore plus pure que cela ? Il ne faut pas que cette pauvre enfant s'imagine que je suis venu faire ma besogne de recruteur. Qu'auriez-vous su dire, vous, Jésus, à ma place, vous qui auriez été si à votre aise dans cette baraque, que diriez-vous pour que la pauvre enfant ne se méprenne pas ? »

Il sourit, étend un peu la main, la laisse retomber ; puis il dit doucement :

— Eh bien, c'est cela. Un jour que vous vous promènerez tout près, du côté de Saint-Ouen ou de Clichy par exemple, vous entrerez dans la première église venue, et vous donnerez à Notre Seigneur une bonne pensée, comme celle que vous avez dans le cœur en ce moment. Il sera déjà très content, je vous assure.

Il se lève :

— Ou bien encore, quand vous, vous serez tout à fait rétablie, et que vous saurez qu'il y a quelqu'un de malade dans ces parages-ci de la zone, une femme, un vieillard, allez leur faire visite. Et quand vous entrerez chez eux, adressez un petit signe, mentalement, à Notre Seigneur, comme pour lui dire : « Vous m'avez envoyé cet abbé, pour me tenir compagnie un jour que je m'ennuyais. Alors, moi, à mon tour, je viens voir un peu ces gens. »

Il lui tend la main, caresse le petit.

— Au revoir, mon enfant. Ne vous découvrez pas... Avez-vous une commission à me donner ? Non... enfin, au cas où vous auriez besoin de moi, vous trouverez bien un gamin qui irait me chercher à Notre-Dame de Clignancourt... ?

Elle fait, anxieusement :

— Sans ça, vous ne reviendrez pas ?

— Mais si, mais si, je reviendrai. Et même bientôt. Je pensais seulement à un cas d'urgence... Vous avez vu comme je m'y prenais pour les petites boîtes de potage ? Il y en a plusieurs goûts différents. C'est écrit dessus. Si elles vous plaisent, je vous en rapporterai. A bientôt.

*
* *

En sortant de la baraque, en retrouvant la broussaille des pauvres, à la hauteur de son visage, puis l'herbe du glacis qui ne met aucune mollesse sous les semelles, Jeanne se répète :

« C'est tellement facile, mon Dieu ! »

Il mesure les incroyables délices de la Charité, dont il a douté ce matin, de la Charité qui est l'amour sans appropriation. Il contemple le miracle intérieur, qui fait que la souffrance d'autrui se communique pleinement à nous, mais que cependant nous éprouvons un bien-être dont la profondeur et la sincérité ne se comparent à rien dans les joies purement personnelles. Voilà que nous découvrons que ce que nous avions de plus cher au monde était cet instant de douceur que nous venons de procurer à autrui. Ce que nous avions de plus cher au monde, c'était de partager la peine du prochain. Suavité de la compassion. Pitié qui ne cache nulle condescendance ; pitié lavée de l'orgueil ; même de l'orgueil prétendu de faire le bien. Car nous n'avons pas encore l'impression d'avoir fait le bien ; ou si peu qu'il serait ridicule d'en parler. Juste assez pour nous convaincre à quel point c'est simple ; à quel point l'on y a peu de mérite, et avec quelle promptitude et quel excès on en est dédommagé. Loin de s'enorgueillir, on serait plutôt confus de la disproportion entre l'effort et la récompense. On se sent pareil à un brave homme de la rue, qui vient de rendre à quelqu'un un service insignifiant, et qui reçoit un pourboire exagéré. Il dit : « C'est trop, monsieur, c'est trop. »

Et comme soudain l'avenir s'apaise ! Que peut-il nous arriver ? Quel malheur, quelle détresse personnelle, qui aient maintenant pour nous une figure effrayante ? Risquons-nous d'être un jour beaucoup plus dépouillé que cette pauvre mère accroupie sur des hardes dans sa cabane de la zone ; d'avoir beaucoup plus froid et beaucoup plus faim que cette enfant fiévreuse, notre sœur, qui en ce moment pense à nous, et ne sait qui remercier du bonheur qu'elle a reçu ? Sûrement il y aura quelqu'un aussi qui entrera dans notre cabane, qui allumera le feu pour nous, et que nous remercierons avec des larmes. Il viendra sûrement quelqu'un, parce que la Charité est une sorte d'alliance secrète. Ceux qui en portent le signe se reconnaissent et s'attirent. Ou c'est comme si un avertissement courait de l'un à l'autre à travers le monde. Certes, ils ne ferment l'oreille à la plainte de personne. Mais quand c'est l'appel de l'un des leurs qui s'élève, comment n'arriveraient-ils pas plus vite ; comment leur cœur ne les aiderait-il pas mieux à trouver le chemin ? Et si par malheur aucun d'eux ne percevait l'appel, Jésus entendrait, lui qui est le fondateur et le chef de l'Alliance ; et il soufflerait à quelqu'un : « Prends ce sentier de banlieue ; pousse cette porte. Il y a là couché dans l'ombre ton frère qui a besoin de toi. »

XXXIII

REMISE DU TRÉSOR

Louis s'était contenté de baisser la tête, quand à l'entrée du catéchisme l'abbé lui avait dit :

— J'ai bien de la peine pour toi. Je croyais que cette fois, nous y étions. Mais c'est la question posée par ton père qui a froissé ce monsieur. Oh ! je ne blâme pas ton père... Je suis vraiment désolé.

En apprenant la nouvelle, Mme Bastide baissa la tête aussi. Elle se tut un moment, comme absorbée dans son ouvrage, puis :

— Ce n'est pas faute de l'avoir prévenu... Il y en a que le malheur rend plus souples. Mais lui, tu vois que c'est le contraire. Et si tu savais pourtant comme nos économies commencent à filer !...

Là-dessus, Louis se leva, se dirigea vers sa petite chambre.

— Où vas-tu ?

Quand il reparut, il tenait une boîte dont il fit glisser le couvercle, et dont il sortit d'abord les dominos, qu'il posa sur la table, en un tas qu'il écarta de lui.

Sa mère le regardait avec surprise. Elle le vit ensuite tirer de la boîte des pièces d'un franc, et des pièces de cinquante centimes, de gros sous, de petits sous, et les distribuer devant lui par piles régulières.

L'ensemble n'occupait pas une bien grande surface ; mais pourtant Louis Bastide jugea que son trésor n'avait pas l'air trop ridicule.

— Mais d'où vient tout cet argent ?

— Je l'ai gagné, maman. Je te le donne.

— Tu l'as gagné ? Et comment as-tu fait ? Fais voir un peu. Combien y a-t-il ?

— Il y a trente-deux francs et trois sous. Je l'ai gagné en travaillant.

Et Louis conta qu'il avait trouvé à s'employer chez un commerçant, après la classe du soir ; qu'on lui donnait des paquets à livrer dans le voisinage ; qu'il touchait un léger salaire et quelques pourboires.

— Je n'ai pas gardé un sou pour moi... Je ne te l'ai pas dit plus tôt, maman, parce que tu m'aurais peut-être empêché.

Il ne voulut pas indiquer l'adresse du commerçant.

— Mais pourquoi ne pas me le dire ?

— Parce que maintenant tu m'empêcherais peut-être d'y retourner ; et moi, je veux gagner ma vie. Tant que papa n'aura pas de travail, je ne veux pas que tes économies diminuent à cause de moi.

Mme Bastide maniait les pièces d'argent et de bronze. Elle semblait émue, et surtout décontenancée :

— Ton père a bien fini par dénicher un peu de travail, dit-elle. Oui, des écritures, pour un commerçant qu'il connaît, tu sais ? M. Lachenard, qui est installé près de l'avenue Daumesnil. Nous avons reçu le mot, ce matin. Il y est allé justement. Il doit rapporter de l'ouvrage... Oh ! il se fera peut-être deux ou trois francs par jour. Ce n'est pas une situation.

Elle soupira ; puis assez timidement :

— Mais ces paquets qu'on te fait porter... Ce n'est pas trop lourd au moins ?

— Non, maman. Ce sont des petits paquets, comme chez l'épicier... Du café par exemple.

— Ah ! c'est pour ça que ta pèlerine sentait tant le café !... Ah ! voilà !

Mais elle ne fit pas d'objections plus sérieuses. Elle ne parut pas s'aviser que l'histoire de la garderie était un mensonge. Elle oublia même de dire : « En livrant tes paquets, tu dois être obligé de traverser les rues à chaque instant ! Et si tu allais te faire écraser, mon Dieu ! »

Louis, qui s'était attendu au moins à cette réflexion, se sentit un peu déçu. Il trouva que d'une façon générale sa mère n'avait montré ni assez de surprise, ni assez d'admiration, ni assez d'inquiétude. « Le malheur l'a changée elle aussi », pensa-t-il. Et ce n'est pas sans amertume qu'il calcula combien de semaines il lui faudrait de nouveau pour remplir la boîte qu'il venait de vider.

XXXIV

L'ABBÉ JEANNE ET DIEU. LETTRE DE CLANRICARD A JERPHANION

Neuf heures. L'abbé Jeanne n'a pas l'impression qu'il aura bientôt sommeil. C'est un soir où il lui serait agréable de veiller. Et peut-être le fera-t-il, s'il ne sent pas venir le froid. En tout cas il va dire ses prières. Pour ce qui touche à sa vie religieuse d'obligation, même à celle qui se déroule sans témoins, il se plaît à une grande régularité. Moins encore par obéissance à la règle, qu'il n'applique pas avec un formalisme étroit, que parce qu'il estime que ce cérémonial privé, une fois qu'on a tenu compte de certaines convenances personnelles, doit imiter ensuite l'exactitude et presque la routine du culte public. Au contraire les effusions de l'âme gagnent à être spontanées, à choisir leur temps. Jeanne ne se refuse pas à la méditation à point nommé, dans la mesure où elle lui est prescrite comme un des devoirs de la journée sacerdotale. Mais il la goûte peu. Il a remarqué que certaines de ses pensées les plus utiles se produisent soit pendant les heures de délassement pur, soit au cours d'offices ou de prières, auxquels elles ne se rapportent pas directement, et où elles apparaissent comme de véritables distractions ; mais des distractions de telle nature qu'il ne peut guère se les reprocher. Ce qui fait qu'en priant, ou en disant sa messe, il ne chasse pas les distractions aussi sévèrement que d'autres.

Ce soir, dès qu'il commence ses prières, il est hanté d'abord par l'idée de la date. Onze janvier. Avant-veille du 13 janvier, qu'il s'était fixé comme terme pour la réussite de ses deux entreprises. « Elles ont échoué toutes les deux. Et ce n'est plus d'ici à deux jours qu'elles aboutiront. Décidément je ne suis pas fait pour ce genre de prouesses. » Il se le dit avec une sorte de sourire. S'il ne craignait de trop prendre à la légère la situation des Bastide, il n'aurait pas beaucoup de regret. Il se sentirait plutôt délivré. L'expression « terme de janvier », qu'il a employée mentalement, lui suggère même une plaisanterie qui l'amuse, car il a sur ce point l'âme simple : « Le seul terme de janvier qui ne manquera pas au rendez-vous, c'est celui que je vais payer à mon propriétaire. »

Il s'aperçoit alors qu'il est distrait, et que sa distraction n'est pas de fameuse qualité. Il se reprend. Mais une phrase de la prière lui rappelle une confession qu'il a entendue le samedi précédent. Une haleine virile, un peu lourde. Une voix qui ne sait pas chuchoter, et qui, par intervalles, essaye gauchement de s'assourdir. Le monsieur, qui est un pratiquant, et un homme instruit, s'est plaint d'être assailli périodiquement par des crises de doute. « Il y a trop de difficultés dans le dogme, a-t-il répété plusieurs fois, trop de choses contraires à la raison. » Il a même dit : « C'est bien dommage que la religion ne se décide pas à jeter du lest. » Jeanne n'a pas fait d'effort spécial pour répondre. Il s'est servi d'idées apprises : le dogme n'est nullement contraire à la raison. Une bonne preuve en est que les fondateurs du grand rationalisme, les Descartes, les Malebranche, ont été de fervents catholiques. C'est le petit rationalisme moderne, œuvre de sectaires, qui a découvert cette prétendue incompatibilité de la raison et de la foi. Certes, il y a dans le dogme des choses qui dépassent la raison. Mais n'y en a-t-il pas dans la science, et surtout dans cette science moderne que les adversaires de la religion lui opposent constamment ? Plus la science fait de progrès, plus elle se heurte à des mystères. Prenez les dernières théories de l'astronomie, de la physique, de la médecine ; est-ce qu'elles ne nous donnent pas une idée de la nature, ou du corps humain, cent fois plus compliquée, cent fois plus déroutante et mystérieuse que ne faisait la science d'autrefois ? Aussi ne faut-il pas s'étonner que certains des maîtres les plus glorieux de la science et de la philosophie modernes s'inclinent devant le dogme catholique. Et Jeanne, après avoir tiré de leur niche Descartes et Malebranche, a fait comparaître comme il se doit Pasteur, Branly, Boutroux.

Maintenant, entre deux prières, il s'interroge. Il est forcé de convenir qu'il a récité ces arguments comme une leçon, mais qu'il ne les sent pas, qu'il n'en est pas intimement touché. Les croit-il vains ? Non, à coup sûr. Il lui arrive même de les invoquer à son usage. Personnellement, il n'a pas, ou il n'a plus de crises de doute proprement dit. Mais, certains jours, il est pris d'une sorte de scrupule. « Mon absence de doute, songe-t-il, pourrait venir d'une paresse de l'esprit ; ou même d'une espèce d'infirmité. Je dois me mettre dans la tête que chez d'autres la raison est plus exigeante, plus remuante que chez moi. Ma tranquillité, à elle seule, ne prouve rien. » Le doute qui l'effleure ainsi n'est donc qu'un doute par hypothèse. Il revient à dire : « Que se passerait-il si je doutais ? » Ces jours-là, il a besoin de se convaincre que, même si la raison devenait moins commode, on aurait de quoi lui répondre. Et il a observé, en particulier, le bon effet que produisaient sur lui des noms comme ceux de Pasteur, de Boutroux... à savoir de laïques illustres, qui ont acquis leur gloire à manier chaque jour et à combiner plus audacieusement que personne les substances réputées si dangereuses pour la religion que sont les idées scientifiques et philosophiques modernes. L'exemple des hommes d'Église, eussent-ils du génie, n'a pas la même vertu. Jeanne n'ignore pas qu'une vocation se dessine avant la pleine maturité de l'esprit et du savoir ; et qu'ensuite des forces très puissantes non seulement empêchent le prêtre de retourner son génie, s'il en a, contre le dogme, mais le poussent à l'utiliser au contraire dans l'unique direction que la vie lui laisse, le génie aimant encore mieux servir une cause dont il n'est pas sûr que de demeurer sans emploi. Bref, c'est une façon comme une autre pour Jeanne de rendre hommage à la liberté de la pensée.

Mais, bien au fond, cet aspect du problème ne l'intéresse pas. Et il n'y songerait guère, s'il n'avait à répondre aux questions de certains fidèles ; ou s'il n'était pas parfois tenté de combattre le vague sentiment d'infériorité intellectuelle que son absence même de doute finirait par lui causer.

Spontanément, il n'est pas gêné par les obscurités du dogme. Bien au contraire, le jour où la religion deviendrait entièrement explicable, entièrement justifiable aux yeux de l'intelligence, et même où elle ne déconcerterait plus l'intelligence, il aurait le sentiment qu'elle retombe à quelque chose de pauvre, de scolaire, de bureaucratique. Elle perdrait pour lui le meilleur de sa raison d'être.

S'il n'avait pas craint de choquer le monsieur de samedi dernier il lui aurait répondu : « Ce que vous reprochez à la religion, c'est ce qu'elle a d'essentiel. En disant ce que vous me dites, vous tournez le dos à la religion. Vous montrez que vous ne savez pas ce que c'est. »

Chaque fois que Jeanne pense à un mystère, à ce paquet de mystères que la religion tient en réserve, loin d'être rebuté, ou inquiété, il a plutôt l'impression d'être nourri. Entre cette réserve de mystère et son esprit s'établit une communication par où lui arrivent une sorte de subsistance et de plaisir, une consolation, un encouragement à vivre. Vraiment le mystère l'aide à vivre.

Il se rappelle, quand il était enfant, les vacances passées dans une propriété campagnarde qui appartenait à sa tante. Derrière la maison, il y avait un pré et deux champs assez vastes ; au-delà, un bois, un peu surélevé, qui serrait la propriété en demi-cercle. Pendant des années, il s'est contenté de parcourir la lisière de ce bois ; il entrait tout juste sous les premières rangées d'arbres. Il se serait bien gardé d'aller trop loin. Ce qu'il redoutait, ce n'était pas une mauvaise rencontre, c'était de découvrir malgré lui que le bois finissait quelque part ; c'était d'apercevoir entre les troncs d'arbres, au lieu du désirable épaississement de l'ombre, les déchirures croissantes de lumière qui montrent que le bois est bien moins immense qu'on n'avait cru. Le moment où ce bois lui faisait le plus de plaisir, ce n'était même pas quand il s'y promenait, ou qu'il en explorait avec précaution la lisière ; c'était quand il y pensait à distance ; par exemple, dans la cour de la maison. « Il y a ce bois là-haut qui ne finit plus. Je sais qu'il ne finit plus, puisque je n'en ai pas vu la fin. » Et l'idée de ce bois qui ne finissait plus donnait un charme à toutes les heures de la journée, aux jeux dans la cour, écartait l'ennui, était déjà pour l'enfant une aide à vivre quand une dépression de l'âme le menaçait.

De même, plus tard, il n'était pas du tout heureux en lisant dans les journaux qu'on venait d'explorer une nouvelle partie de l'Asie ou de l'Afrique centrale. Ou du moins son admiration pour l'audace des explorateurs, et les motifs raisonnables qu'il avait de les approuver, étaient vivement combattus par le chagrin de penser que les régions mystérieuses des atlas allaient subir une nouvelle atteinte.

Le mystère du bois qui entoure une propriété ne peut pas résister longtemps ; le mystère intérieur des continents résiste un peu plus ; mais il est condamné. Comme on est heureux de se dire qu'il y a une région de mystères dont la résistance est infinie. L'abbé Jeanne pense à la religion comme à une forêt dont on est sûr que, si loin qu'on avance, on ne verra pas le feuillage s'éclaircir, l'ombre se déchirer.

Si l'on veut, le sentiment du mystère est positif chez lui ; alors que chez beaucoup d'hommes il est négatif, et leur cause, par suite, du malaise, de l'agacement.

Chez Jeanne, cette particularité s'accompagne d'une autre, encore plus importante. Quand il médite, par exemple, sur un mystère comme l'unité de Dieu en trois personnes, ou l'Immaculée Conception, ou la Présence réelle du Christ dans l'hostie, la démarche spontanée de son esprit ne consiste pas à mettre l'un en face de l'autre les deux termes du mystère, ces deux termes inconciliables pour la raison, et à les contempler avec la vaine espérance que soudain leur antagonisme se résoudra. Jeanne pense chacun de ces mystères d'une façon globale. Il se peut que cette pensée n'aille pas extrêmement loin. Et il est certain qu'il ne réussit pas à unifier pleinement le mystère dans son esprit ; car ce serait une opération surhumaine. Mais il a bien l'attitude qui y mènerait. Dieu un en trois personnes, c'est une idée qui fait corps pour lui, et qu'il absorbe sans la diviser. De même, bien qu'il considère le Christ comme un ami tout proche, à peine caché ; bien qu'il aille parfois jusqu'à rêver que le Christ n'existe que pour lui, il n'éprouve aucune contradiction à concevoir que le Christ existe pour tous, et depuis toujours ; même pour toutes les créatures des mondes stellaires.

En somme il possède à l'égard des notions religieuses une aptitude que certains amateurs manifestent à l'égard de la musique, quand ils perçoivent les accords en eux-mêmes, leur trouvant à chacun une couleur, une physionomie, une individualité ; sans même réfléchir aux notes dont ils sont faits. Tandis que pour beaucoup d'autres, tout l'effort d'attention consiste à dissoudre l'accord, à rendre aux notes la solitude dont justement l'accord les avait tirées.

Credo quia absurdum. L'Incompréhensible, s'il est pour l'âme la nourriture de la foi, est aussi pour l'univers une réserve de réalité. Si tout était compris, tout serait fini. L'intelligibilité totale serait une manière de fin du monde.

C'est aussi pourquoi Jeanne n'aime guère penser au Ciel. Et toutes les évocations qu'il en a lues, même les moins grossières, l'ont vivement choqué. La définition la plus orthodoxe de la condition de l'âme au Paradis, qui serait de vivre dans la contemplation parfaite de Dieu, bien qu'il se sente obligé d'y souscrire, ne lui plaît pas beaucoup. Pour s'en excuser à ses propres yeux, il admet qu'il manque d'imagination, ou que la formule des théologiens est impuissante à suggérer l'ineffable. Mais il espère bien que même au Paradis il restera pour les besoins vitaux de l'âme une provision jamais épuisée de mystère et d'incompréhensible.

*
* *

Ses prières terminées, Jeanne s'assied quelques minutes sans savoir ce qu'il va faire. Dans la grille, le feu de boulets, que la femme de ménage avait garni en venant préparer le repas, commence à s'effondrer et à blanchir. La pièce qui est à la fois salle à manger, salon, cabinet de travail, se laisse envahir par le froid de la rue, qu'on devine plus vif que tantôt. Jeanne est sensible au froid, surtout à cette heure de la journée. Bien qu'il mange très légèrement le soir, il n'a pas des digestions excellentes, et ce travail morose des organes achève de le rendre frileux. C'est aussi le moment où il accueille le plus volontiers la mélancolie qui regarde en arrière. Il arrive bien à Jeanne de penser aux soucis du lendemain ; mais c'est plutôt dans le cours de la journée. A cette heure-ci, il s'en prend de préférence aux événements récents, et il est porté à les juger sans illusion ; à se juger aussi du même coup. Il rappelle ses actions à lui, un peu comme un animal rappelle ses petits devant le froid nocturne. Ce repliement va parfois jusqu'à la détresse.

Il ne lui échappe pas qu'une telle détresse vient pour une bonne part de son corps ; qu'il ne l'éprouverait pas au même degré s'il avait la circulation du sang plus vive, s'il digérait avec moins de lenteur des aliments plus riches, s'il ne lui rôdait pas dans les genoux, dans les reins, à la fin des journées, cette subtile brisure qui n'est pas de la vraie fatigue, mais qui est bien plus décourageante, car elle ressemble à un pessimisme essentiel de la chair.

Mais il voit si peu les choses en matérialiste que même sa complexion physique lui paraît dépendre d'un choix profond que son âme a fait entre les deux grandes routes de la vie. Il se sent à tous égards engagé du côté des humbles ; par le corps comme par les préférences du cœur. Jamais il ne l'a mieux senti que ce soir. Les circonstances de sa journée l'y ont préparé. La visite à M. Ehler, comme l'heure passée dans la baraque de la zone. L'amertume de l'humiliation comme les délices de la charité. Délices qui se sont évanouies peu à peu, et qui ne laissent plus dans l'âme qu'une cendre, fine et belle, il est vrai, mais qui est humilité à son tour. Comme si la femme qu'on a vue couchée sur ses hardes avec son petit — qu'elle doit avoir froid en ce moment ! — était quelqu'un de votre famille, dont l'abjection est contagieuse. Comme si l'on était obligé de se dire : « Voilà ce qui nous arrive, à nous autres ; ce qui nous attend, si Dieu — notre Dieu des humbles — ne nous comble pas d'une faveur spéciale. Voilà notre lot *naturel*. »

Les boulets de la grille achèvent de s'enliser dans une poussière toute blanche. A peine une rougeur s'y trace encore, comme un filet de sang bu par la neige.

Jamais l'abbé Jeanne ne s'est mieux laissé envahir par un sentiment total de non-résistance, par la persuasion de n'avoir aucun droit ; persuasion partout répandue, partout filtrante : pensées du cœur ; brisure des genoux. « Entrez qui vous voudrez », crie une voix du fond de l'être. « Faites de moi ce que vous voudrez. Il n'est pas question que je me défende. »

*
* *

L'abbé Jeanne est couché sur le côté droit, dans son vieux lit d'acajou, qui est assez large.

La tête, inclinée vers la poitrine, s'enfouit profondément dans l'oreiller. Il ferme les yeux ; mais il ne dort pas.

Il prononce mentalement : « Dieu », « Dieu ». D'autres soirs il dit « Jésus », mais aujourd'hui il dit « Dieu ».

Il ne pense pas cela comme un cri. Ce n'est même pas un appel ; ni une interrogation. Plutôt un signe de reconnaissance. Deux personnes se rencontrent dans la nuit ; et l'une prononce à voix basse le nom de l'autre, pour lui montrer qu'elle l'a reconnue.

Jeanne a l'impression d'une extrême proximité ; mais non pas exactement d'une présence ; du moins en ce qu'une présence comporte d'indiscrétion, d'intrusion ; en ce qu'elle a d'inquiétant, de gênant, d'accablant.

Il dit « Dieu », non comme à quelqu'un qui serait dans la chambre, et dont la majesté rendrait la chambre irrespirable. Il ne sent pas quelqu'un penché sur lui. Il ne se sent pas sous le regard de quelqu'un.

C'est plutôt comme si, dans la direction où il prononce Dieu, il y avait, derrière une certaine épaisseur, mais à peu de distance, quelqu'un qui entend, et qui vous donne la certitude qu'il est bien là.

L'impression d'intimité n'en est pas diminuée, au contraire. Une présence dans le lieu même serait terriblement solennelle. Reculée ainsi, soustraite à l'évidence et à l'immédiat, elle permet un sentiment de familiarité, de complicité.

Le grand charme, la bienfaisance singulière de ce qu'éprouve Jeanne tiennent à cela. Il se sent avec Dieu dans une sorte d'égalité. Il n'est pas nécessaire qu'il y ait une égalité d'essence. Il suffit qu'il y ait une égalité momentanée de situation. Un roi peut se promener avec un ami, le soir, dans un jardin. C'est pour le temps de cette promenade qu'ils sont égaux et qu'ils sont amis. Le roi reprendra sa grandeur ensuite.

Jeanne, la tête enfouie dans l'oreiller, et les yeux clos, sent que Dieu, son ami, n'est pas loin. Il le sent à ceci, d'abord : tous les événements qui sont arrivés à Jeanne depuis quelques jours, et auxquels il ne cesse de penser, subissent soudain dans son esprit une perte de poids. Comme s'ils étaient confiés. Jeanne ne les raconte pas, même sous la forme d'une confidence mentale ; mais ils le quittent ; ils sont recueillis de l'autre côté, non moins certainement que si des mots leur avaient servi de véhicule.

Y a-t-il une réponse de Dieu ? Non, en un sens. Jeanne ne s'entend rien dire, même par la voix la plus secrète ou la plus lointaine. Mais il éprouve un sentiment de réponse, le sentiment apaisé, contenté, de quelqu'un à qui l'on vient de répondre. Il est envahi par une réponse indivisible.

C'est même à cela que Jeanne reconnaît qu'il n'est pas le jouet de fantômes intérieurs. Une voix distincte, si immatérielle qu'elle fût, l'inquiéterait. Il aurait de la peine à admettre qu'elle vînt de Dieu, et non du réservoir de songes, et même de délires, qui bouillonne en nous. Certes il ne nie pas que Dieu ait pu « parler » à d'autres, comme la tradition le prétend. Mais quelle faveur exceptionnelle, et qui suppose de singuliers mérites ! Quelle complaisance aux manières humaines ! Quel dérangement, de la part de Dieu, même quel déguisement presque théâtral ! Et comme l'illusion est facile ! Il faut être bien garanti du côté de la folie et de l'orgueil, pour se croire ainsi visité.

D'ailleurs le « sentiment de réponse » est bien plus spécial, bien plus inimitable que les phrases les plus sublimes. Il ne peut être tiré d'aucune expérience terrestre. Son originalité sert de preuve.

Si bien que cet échange entre Dieu et Jeanne se passe de formules. Le seul mot prononcé est ce « Dieu » que Jeanne a dit d'abord. Le reste est fait pour Jeanne d'une série de modifications générales de la conscience, qui portent chacune leur signification évidente. Comme un écran qui par à-coups changerait de couleur. Comme des ondes successives. Comme de larges pulsations psychiques. Ce n'est pas un dialogue. C'est une correspondance occulte.

Elle n'exclut pas de profondes douceurs. Dieu est vraiment un cœur ami, aussi près de vous que possible. Bien que, pour se faire comprendre, il n'agisse sur l'âme que par suite de pressions totales et pleinement silencieuses, tout se passe comme s'il disait : « Ne te tourmente de rien. Je suis avec toi et avec ceux qui te ressemblent. Laisse le devant de ce monde aux Superbes. Ne les jalouse pas. Ne regrette même pas de manquer d'audace pour les confondre, d'âpreté parfois pour les haïr. Leur triomphe est si précaire. Ils auront peut-être besoin de notre pitié. »

Et c'est comme si Jeanne disait à son tour : « Puisque vous êtes si près de moi, si d'accord avec moi, je ne crains rien, je ne me fais de la peine pour rien. Rien d'autre n'a d'importance. Pour moi-même, je ne vois rien ce soir à vous demander. Mais si vous n'avez pas de raisons sérieuses d'agir différemment, faites que la femme et l'enfant dans la cabane ne meurent pas. Faites qu'ils n'aient pas trop froid non plus en ce moment. Si vous vous approchez d'eux, ils ne vous connaissent pas assez pour vous reconnaître. Mais ils sont de votre côté, Seigneur. Ils sont vôtres. Ne les abandonnez pas. »

*
* *

Dans la thurne, Jerphanion montrait à Jallez une lettre qu'il avait reçue quelques heures plus tôt :

Paris, le 10 janvier 1910.

« Monsieur,

« Je m'excuse de répondre si tard à votre lettre. Mais la rédaction de *La Flamme,* aux bons soins de laquelle vous l'aviez adressée, ne me l'a fait parvenir qu'hier soir. Croyez que je déplore une pareille négligence, malheureusement trop coutumière dans cette revue, et qui ne porte pas, hélas, que sur la transmission du courrier. Vous avez dû remarquer les fautes d'impression qui défigurent mon petit article. Je me permets de vous envoyer un exemplaire, où j'ai fait les corrections à la main.

« Je suis infiniment touché et honoré de l'opinion que vous semblez avoir de ces pages bien modestes ; et moi aussi je serai enchanté de m'entretenir avec vous de ce sujet que j'ai traité si imparfaitement, et sur lequel je sens tant de choses encore que je n'ai pas su dire.

« Je suis libre plus spécialement le jeudi et le dimanche. Mais je pourrai aller à un rendez-vous que vous m'indiquerez, à peu près n'importe quel jour après cinq heures ; et même après dîner, sauf le mercredi.

« Je compte donc sur un mot de vous.

« En attendant le plaisir de faire bientôt votre connaissance, et en m'excusant encore une fois du retard de ma réponse, je vous prie de croire, cher monsieur, à mes sentiments les meilleurs.

« Ed. Clanricard.

« 46, boulevard Ornano »

7.

RECHERCHE D'UNE ÉGLISE

I

JERPHANION ET CLANRICARD FONT CONNAISSANCE

Jerphanion avait aussitôt répondu à Clanricard. Il lui proposait un rendez-vous pour le mercredi 12 à cinq heures et demie.

En relisant la lettre qu'il venait d'écrire, il eut une inquiétude : « Mercredi... Est-ce que ce n'est pas le jour de la semaine où il m'indique qu'il n'est pas libre ?... » Il se reporta à la lettre de Clanricard : « En effet... Mais après le dîner. Il n'est pas question d'avant le dîner. »

Le plus sûr eût été de fixer la rencontre au lendemain. Mais Jerphanion avait hâte de savoir comment était fait cet homme, qui serait peut-être un nouvel ami. Et puis, le lendemain était le 13. « Je ne suis pas superstitieux. Moins que Jallez. Mais, toutes choses égales d'ailleurs, j'aime autant ne pas commencer une amitié le 13. Jallez, lui, prétend que le 13 lui réussit. »

Il avait choisi pour lieu de rendez-vous une petite brasserie du boulevard Sébastopol, non loin des Grands Boulevards. Il la connaissait pour s'y être retrouvé plusieurs fois avec Jeanne, la modiste. L'amour, même le plus léger, ne peut que parfumer la place où l'amitié un jour se posera. « Si Clanricard descend de Montmartre, le métro l'amènera directement. Moi, je sors de la Sorbonne à cinq heures. Je serai à pied là-bas en vingt-cinq minutes. » Clanricard était prié de tenir à la main, en entrant, un numéro de *La Flamme*.

Chemin faisant, Jerphanion pensa à maintes choses ; d'abord à cette soirée ancienne où il avait suivi le même itinéraire, vagabond traqué par le désir. Passé l'épicerie Potin, il pensa à Clanricard : « Comment doit-il être ? Quel degré de déception est-il raisonnable d'attendre ? Il faut que je parie là-dessus contre moi-même. A gauche, une image mentale. Je la veux aussi nette que possible. A droite, la place où viendra se coller l'image vraie. »

Mais l'image mentale se formait sans aucun empressement. Il y avait trop de monde sur le boulevard ; trop de têtes. Tant pis pour la prévision. Le présent parle trop fort. En approchant de la brasserie, il la jugea sombre et miteuse. « Il ne se plaindra pas que j'aie cherché à l'éblouir. » Pour toutes les naissances, l'humilité, l'obscurité des lieux sont favorables. L'on sait cela depuis Bethléem.

Cinq heures trente-cinq. La durée du trajet avait dépassé les calculs du marcheur. Peut-être le marcheur y avait-il mis quelque secrète complaisance.

Il aperçut tout de suite à une table du fond un homme jeune, qui guettait la porte fidèlement, et qui avait, bien étalée devant lui, une brochure rouge.

Un corps plutôt maigre, qui même assis semblait élancé ; une tête assez petite, aux cheveux courts et drus ; des yeux arrondis, très ouverts, un peu saillants ; une moustache modeste ; une physionomie confiante, vibrante, timide ; des vêtements honnêtes et sombres. Les deux mains étaient sagement posées de part et d'autre de la brochure, comme pour la montrer et la protéger à la fois.

La timidité du personnage ne l'empêchait pas d'avoir « l'air de Paris ». Cet air de Paris que Jerphanion, avec tout son aplomb, avait conscience de ne pas encore posséder. « Je suis sûrement moins gauche que lui. Mais il y a une aisance qui reste provinciale, et une gaucherie qui reste parisienne. »

Clanricard se leva, inclina la tête, fit un sourire heureux, s'empressa de transporter son pardessus de la banquette sur la chaise ; et quand Jerphanion lui tendit la main, la serra bien franchement. Ils s'assirent côte à côte. Jerphanion s'aperçut qu'il venait de son voisin une haleine non pas désagréable mais surette.

« C'est presque certainement un brave type. Il me regarde comme si c'était à moi tout de suite de prendre l'ascendant. Alors qu'en somme je lui dois le respect. Il est mon aîné d'un peu. Il a un métier, son métier. Moi, j'en suis encore aux études. Les études, quel qu'en soit le niveau, c'est de l'adolescence. L'âge socialement adulte commence avec le métier. J'ai beau faire ; il connaît la vie plus authentiquement que moi. Même ses quatre pages, je ne sais pas si j'aurais été capable de les écrire. »

Ils s'avançaient dans la causerie sinon avec précaution, du moins avec tâtonnements. Jerphanion s'excusa d'avoir choisi un point de rencontre peut-être incommode. Clanricard protesta, et déplora une fois de plus la négligence de *La Flamme* à transmettre le courrier, comme à tenir compte des corrections sur épreuves. Jerphanion affirma que les fautes ne défiguraient pas le sens de l'essai.

Après quelques propos de ce genre, quelques compliments de Jerphanion, ils observèrent l'instant de silence qui est de règle lorsqu'un entretien en arrive à son véritable objet.

— Oui, vos pages m'ont beaucoup frappé », reprit Jerphanion. « J'y ai vu tout autre chose qu'un exercice littéraire. Elles se trouvent répondre à un sentiment que j'ai très fort depuis quelque temps. C'est pourquoi je tenais à vous connaître.

A chaque phrase de Jerphanion, Clanricard réagissait de tout son visage, et imperceptiblement de tout son corps, comme sous l'effet d'un plaisir mal supportable. Il balbutia :

— Le seul mérite, n'est-ce pas, auquel je puisse prétendre, c'est celui-là... n'est-ce pas, celui de la sincérité. Je ne me donne nullement pour un écrivain. Je sais bien que du point de vue du style mon morceau est très ordinaire.

— Mais non... Et puis, le style qui n'est que du style, on s'en moque. Ça court les rues. Rien que votre titre : *Nous sommes tellement seuls*, c'est déjà très émouvant.

Clanricard baissa la tête, rougit :

— Oh ! Il n'est pas de moi.

— Ah ! Vous l'avez pris quelque part ?

— Non. C'est un ami qui un jour a dit cela devant moi... sans peut-être, il est vrai, y attacher beaucoup d'importance... sans y mettre, évidemment, tout ce que j'y ai mis...

Sur ce point, Clanricard risquait un petit mensonge. D'ailleurs, dans les inflexions de sa voix, la crainte de trop se faire valoir et celle d'être méconnu se trahissaient par leurs ondes successives.

— Si c'est cela », dit Jerphanion avec rondeur, « le titre est de vous... Vous êtes instituteur, n'est-ce pas ?

— Oui, dans le dix-huitième. Je sors de l'Ecole Normale d'Auteuil.

Cette mention de Normale primaire était pour Clanricard une façon de marquer qu'il appartenait à une élite, en même temps qu'une flatterie discrète à l'égard de Normale la Grande, et du Normalien par excellence qui était là.

— Mon père aussi », dit Jerphanion, « est instituteur ; en province.

Ils sourirent ensemble. Ils échangèrent un regard, comme des gens qui viennent de se découvrir une proche parenté, et qui, chacun dans les yeux de l'autre, cherchent un signe, une lueur familiale, qu'un étranger ne saisirait pas.

— J'ai des questions à vous poser ; non sur le sens même de votre essai, qui me paraît très clair, mais sur les tenants et aboutissants qu'il a dans votre esprit. Bien entendu, je ne veux pas être importun.

Clanricard n'osa répondre que par un geste poli, et un regard un peu inquiet. Il entrevoyait une épreuve difficile. Il redoutait moins la curiosité de Jerphanion que sa propre insuffisance.

II

ÉGLISE. ANTI-ÉGLISE

— Figurez-vous que votre article m'est tombé sous les yeux (plus exactement m'a été montré par un ami) le jour même où je venais de prendre la décision de m'inscrire au Parti Socialiste Unifié. — Je vous raconterai peut-être plus tard à la suite précisément de quoi. — Or, nous sommes le 12 janvier, et je ne suis pas encore inscrit. Et c'est un peu à cause de vous. Vous êtes étonné ?

Clanricard avait l'air étonné, mais surtout confus. Il se donnait presque une mine de coupable.

— C'est ici », continua l'autre, avec un regard net de ses yeux bruns, « que je vais placer ma première indiscrétion. Vous-même, êtes-vous du Parti Socialiste ?

— Non.

— Puis-je vous demander pourquoi ?

Clanricard hésita. Jerphanion voulut l'aider. Il reprit, d'un ton de camaraderie déjà amicale, et subtilement déférente :

— Si je vous interroge aussi librement, c'est que votre exemple, votre précédent ont beaucoup d'importance pour moi. Que l'homme qui a écrit ces pages n'ait pas cru devoir s'affilier au parti où j'allais entrer moi-même, c'est à mes yeux une indication capitale. Mais elle ne prend tout son sens que si je connais vos raisons.

Clanricard regardait droit devant lui, comme s'il eût fixé un reflet de la grande vitre extérieure. Il avait la physionomie contrainte d'un homme qui rassemble ses idées pour affronter péniblement quelque urgence imprévue. Ses mains, sur le chêne brun de la table, répétaient un mouvement l'une vers l'autre, qui évoquait celui de chercher à tâtons, de ramasser. Les doigts travaillaient distraitement à former comme un tas invisible autour de la petite brochure rouge. Quant à Jerphanion, il comprimait, il écrasait avec la base de son bock la rondelle de feutre humide.

Il insista encore :

— Je ne pense pas non plus que vous apparteniez à une communion religieuse, d'une façon actuelle et vivante, à une Église proprement dite ? Vous n'auriez pas ce sentiment de solitude.

— Non », fit Clanricard. « Je suis pratiquement détaché de toute foi religieuse. Quant au socialisme, c'est un autre problème. Je me sens socialiste par bien des côtés. Je me suis comporté plus d'une fois en militant socialiste. Mais en fait, je ne suis pas du Parti. Je ne suis d'aucun parti.

— Question de principe ?

— Oh !... de circonstances, au moins autant. L'influence d'un homme y a été pour beaucoup.

— Vous pouvez me le nommer ?

— Son nom ne vous dira probablement rien : Sampeyre. C'est un de mes anciens maîtres d'Auteuil. Un historien. Une très belle figure, que j'admire beaucoup ; que nous sommes un certain nombre à admirer beaucoup. S'il s'était affilié au Parti Socialiste, il est bien probable que j'en serais, moi aussi.

— Alors, la question se déplace. Vous représentez-vous les raisons qui l'ont empêché, lui, de s'affilier ? Mais d'abord, éprouvait-il cette détresse de la solitude spirituelle, ce besoin d'une Église, que vous éprouvez, que j'éprouve ?

Clanricard sourit, hocha la tête :

— Voilà ! Vous me faites justement penser à des choses que je n'avais jamais très bien aperçues... Non, je ne pense pas qu'il l'ait éprouvé ; ni que cela ait été un sentiment dominant de sa génération...

Il s'arrêta, réfléchit.

— ... Oh !... Il leur est bien arrivé de faire des associations, des ligues... Mais maintenant, à distance, on a l'impression que c'était surtout pour combattre certaines puissances formidablement organisées, comme l'Armée, l'Église ; pour sauver contre les violences de l'esprit de caste les droits de l'homme, la liberté de l'homme...

— Si bien », ajouta Jerphanion, « qu'on pourrait dire que leurs tentatives de groupement, de rassemblement, procédaient d'un besoin surtout négatif...

— Si vous voulez...

— Tandis que notre besoin à nous est fortement positif...

A ce moment, Jerphanion vit les idées s'arranger vivement dans sa tête, courir comme sur un ordre, former deux alignements impeccables, pareils à deux troupes de parade qui se font face, et entre lesquelles le grand chef va s'avancer d'un pas allègre, l'œil flatté par cette symétrie, par cette suite de miroitements jumeaux. Jerphanion, comme la plupart des êtres jeunes, aimait les symétries intérieures. Les perspectives qu'elles ouvrent soudain jusqu'au fond de l'esprit lui donnaient une des griseries les plus fortes qu'il connût. A ce point qu'il n'eût pas hésité à la préférer à la jouissance sexuelle. Celle-ci est plus massive, secoue davantage l'être jusqu'aux racines. Mais l'autre se passe dans les hautes régions, les emplit d'une fête souveraine. Ce goût naturel avait été aiguisé chez le Normalien par le dressage scolaire. On l'avait habitué à considérer que la clef d'une dissertation littéraire ou philosophique était trouvée dès l'instant où s'amorçait dans le brouillard de la tête une perspective de ce genre. Le texte de la dissertation vous pose un problème. L'important n'est pas de chercher dans le peu qu'on connaît de la réalité, à dix-huit ou vingt ans, des bouts de réponse. D'abord ils colleraient mal entre eux, se contrediraient peut-être, ne mèneraient qu'à une conclusion balbutiante, effrayée d'avance de son audace. L'important est de découvrir une opposition — vraie ou fausse, c'est un détail — entre deux idées essentielles. Dès lors le joint est trouvé. Le problème est entamé et ne demande qu'à s'ouvrir en deux. La symétrie se propage. Tout heureuses de cette occasion de jouer et de se faire des cérémonies, les idées particulières se précipitent vers leurs emplacements, la conclusion a sa place marquée au bout de la perspective ; là-bas elle peut dès maintenant, sûre de ne pas être délogée, préparer son couplet et les trois mesures finales de fanfare qui sont de règle. C'est à ce prix seulement qu'une copie de concours émergera du tas, émoustillera l'attention du correcteur fatigué. Quand il s'agissait d'une copie de concours, Jerphanion n'était pas entièrement dupe de cette parade ; mais il ne tenait pas trop à se dénoncer à lui-même l'artifice beaucoup plus général qu'elle suppose ; et dans la brusque jouissance que lui procurait le déclenchement d'une symétrie intérieure, il n'était pas loin de voir l'effet d'un sens naturel, grâce auquel l'esprit s'aperçoit soudain qu'il est envahi par la vérité. Illusion que, chez un jeune homme qui fait de fortes études, toute l'histoire de l'esprit excuse et encourage. Les idées mères des grandes philosophies, même les découvertes fondamentales des sciences, aux temps héroïques, sont bien forcées de lui apparaître comme nées de jeux analogues, et c'est à la jouissance inimitable qu'ils en recevaient, à ce brusque éclat de fête, à cette ivresse royale que donne une pompeuse simplicité, qu'il sait bien que leurs auteurs croyaient reconnaître la fulguration de la vérité, le message non suspect de la Raison universelle ou de Dieu. Il n'est même pas convaincu que l'esprit ait acquis, depuis, d'autres moyens de s'y prendre. Ce dont l'esprit s'est avisé tardivement, c'est qu'une symétrie intérieure et sa délicieuse jouissance ne prouvent rien. Il réserve donc son assentiment jusqu'à la preuve. Mais en attendant il fait comme autrefois ; il guette en lui-même l'éclosion des symétries, et dès qu'une d'elles s'ébauche, il s'enfonce dans la perspective naissante, avec un reste de la vieille allégresse. C'est sa façon, à lui esprit, d'être fécond, le ressort de son spasme. Et si la réalité ne se trouve nullement engagée par ces jeux intérieurs, il faut bien reconnaître qu'ils sont la seule chance que nous ayons de tomber, ne fût-ce qu'une fois sur mille, étonnamment d'accord avec elle.

Jerphanion se jeta donc avec un entrain communicatif dans la perspective qu'il venait d'entrevoir :

— ... Si bien encore », reprit-il, « que, malgré tout ce qui a pu se transmettre d'une génération à l'autre, il y aurait entre la génération de votre maître Sampeyre et nous une opposition radicale. Nous autres, nous sommes tous plus ou moins à la recherche d'une « Église ». Nous

nous tournons, selon nos affinités, vers le Parti Socialiste, vers le Sillon, vers l'Action Française...

— Vers le Syndicalisme...

— Oui, peut-être aussi... Tandis qu'eux, c'était contre toutes les « Églises » qu'ils se groupaient, et pour les abattre. A l'origine même de tous leurs groupements, il y avait un principe d'antigroupement. Ils se groupaient pour redevenir seuls, pour être plus sûrement seuls. Alors que nous sommes la génération « Églises », ils étaient la génération foncièrement anti-Église.

Clanricard souriait. Il n'avait aucune raison de contredire, puisque l'idée venait de lui. Il admirait presque. Il était surtout ébloui. Lui, le primaire, il n'éprouvait pas au même degré l'ivresse des symétries intérieures. Sa formation devait moins aux « humanités » si riches de cet alcool. Il constatait : « Comme ces Normaliens de la rue d'Ulm sont brillants ! Comme ils savent vite mettre le maximum d'ordonnance et de lumière dans une question ! » Il le constatait avec beaucoup de respect, avec un peu de défiance. Il en arrivait presque à se demander si cette idée, qui pourtant venait de lui, était si juste que ça.

Précisément, il apercevait une objection :

— Il y a pourtant la Franc-Maçonnerie.

— C'est-à-dire ?

— Eh bien ! quelque chose qui ressemble fort à une Église, et qui, de l'avis de certains, n'a jamais connu une période aussi florissante qu'avec les hommes de cette génération-là.

Jerphanion n'avait sur la Franc-Maçonnerie que les idées les plus vagues, les plus convenues ; plus vagues même que celles dont Clanricard s'était contenté jusqu'à sa promenade nocturne avec Darnould et Laulerque.

— Vous croyez ? fit-il prudemment.

— Oui, je crois.

— Soit... Sampeyre... en est-il ?

— Non... Du moins l'on m'a affirmé que non.

Jerphanion arrêta un instant une question sur ses lèvres. Mais dans cet ordre de choses, il n'était pas spécialement timide. Et sa curiosité finissait presque toujours par l'emporter sur les scrupules de politesse. Il ajouta donc :

— Et vous ?

— Moi non plus.

Clanricard, qui avait légèrement rougi, se hâta de continuer :

— Mais le fait que Sampeyre n'en est pas ne prouve rien quant aux tendances de sa génération. Puisque beaucoup d'autres, de son âge, y sont entrés, parmi les plus agissants. Et ils semblent bien avoir trouvé ce qu'on attend d'une « Église », comme vous dites.

Jerphanion semblait rêveur ; un peu décontenancé peut-être devant les dégâts que l'objection venait de faire dans la belle symétrie toute neuve.

En même temps le dallage en mosaïque noire et blanche de la brasserie rayonnait un froid de plus en plus perceptible. L'hiver, écarté de la salle tiède et fumeuse, y rentrait par le détour du sol, et vous prenait les pieds, les chevilles, dans son climat comme dans un piège. L'alacrité de l'esprit, son agilité à produire des arguments nouveaux en souffraient. « Toujours ma mauvaise circulation, pensait le jeune homme. Bien la peine d'être montagnard. » Et tout en cherchant à réparer les dégâts de la belle symétrie mentale, il remuait coléreusement les orteils dans ses chaussures.

Mais Clanricard avait l'âme bienveillante. Il goûtait trop le plaisir de se sentir d'accord avec ce brillant camarade pour ne pas y sacrifier un peu.

— Il est vrai », dit-il, « que j'ai entendu prononcer, à propos de la Franc-Maçonnerie, le mot même dont vous vous êtes servi tout à l'heure pour caractériser la génération de Sampeyre, oui, le mot d'anti-Église. Vous voyez en quel sens ? Pour souligner que le but principal de la Maçonnerie aurait été, au moins à une certaine époque, la lutte contre l'Église proprement dite... Vous ne connaissiez pas cet emploi de l'expression ? La coïncidence n'en est que plus curieuse.

Jerphanion éprouva quelque soulagement. Mais s'il était volontiers dupe de la symétrie des idées, il était moins facilement dupe des mots. Il aperçut fort bien que la concession de Clanricard n'effaçait pas l'objection précédente. Il essaya pourtant de consolider son avantage.

— En tout cas, ce qu'on peut admettre, c'est que même quand ils parvenaient à un groupement étroit et durable, il leur fallait en chercher le principe, l'excitant, dans l'opposition à un groupement plus ancien et plus vaste. Le ciment de leur Église à eux, c'était la haine d'une autre Église, de la plus puissante de toutes. Et il me semble que ça éclaire d'un sens plus profond leur anticléricalisme. Ça lui enlève de son caractère épisodique. Vous ne trouvez pas ?

Clanricard ne répondit pas directement.

— Il est certain », hasarda-t-il d'un ton de confidence un peu gêné, « que... tenez, Sampeyre... eh bien ! c'est le plus tolérant des hommes ; dans son enseignement, il se plaisait à rendre justice, du point de vue historique, au catholicisme... ça n'empêche pas qu'au cours de nos discussions chez lui, les plus sérieuses, il lui arrive de glisser tout à coup une malice anticléricale... Nous les jeunes, nous sourions pour lui faire plaisir... Mais ça ne porte pas... Nous ne sentons pas bien à quoi ça se rattache...

Ils convinrent qu'il y avait décidément, sur ce point-là, mais aussi sur bien d'autres, de grandes différences, et de graves motifs d'incompréhension mutuelle, entre la génération qui les précédait et la leur. Jerphanion surtout prétendait qu'à maints égards cette génération précédente avait fait faillite. Elle n'avait rien su construire de positif. Elle n'avait transmis aux jeunes aucune consigne encore valable. Elle les laissait sans direction. Parmi les aînés, les uns — les plus purs — s'étaient détournés de la lutte par dégoût. C'étaient — qu'on le voulût ou non — des ratés. Les autres — les plus malins — s'étaient jetés sur les places. C'étaient des pontifes. Partout, en fait, des vieillards, ou des demi-vieillards, somnolents et repus, exerçaient le commandement. Ils vivaient sur des formules périmées. Ils portaient des responsabilités qu'ils ne mesuraient même pas. Non contents de rester sourds aux aspirations de l'époque, ils rendaient presque inévitable une explosion de violence aveugle, dont les jeunes subiraient les effets destructeurs, sans avoir rien pu faire pour la dériver ou l'amortir.

Ce réquisitoire que prononçait Jerphanion, Clanricard l'approuva, avec beaucoup de chaleur au début, mais bientôt avec des réticences. Il faisait un retour sur lui-même. Peut-être n'y avait-il pas grand inconvénient à laisser maltraiter ainsi l'ensemble de la génération précédente. Mais il fallait qu'on se gardât des injustices particulières. Et l'on y est fatalement entraîné. L'excès de sévérité de Jerphanion n'avait-il pas eu pour point de départ une remarque un peu légère que lui, Clanricard, s'était permise sur son maître d'Auteuil ? Il reprit, comme en s'excusant :

— Pour ce qui est de Sampeyre, j'ai eu tort de vous parler ainsi d'un homme que vous n'avez pas eu l'occasion d'apprécier par vous-même. Je m'en voudrais de vous le faire mal juger. Au fond, voyez-vous, c'est un pur démocrate. Les portraits qu'on voit d'abord dans son cabinet de travail, en entrant, c'est Michelet, c'est Hugo. Il aperçoit aussi bien que n'importe qui les vices de la société actuelle. Mais c'est justement qu'elle n'est à ses yeux qu'une moitié de démocratie ; qu'elle traîne toutes sortes de résidus des âges d'oppression. Dans une démocratie à peu près réalisée, il se sentirait tout à fait à l'aise. Et il ne pense pas qu'avec du bon vouloir elle soit tellement difficile à réaliser. Il ne souffre pas comme nous du manque de proportion entre cette énorme société et l'individu. Il ne sent pas ce que j'ai essayé d'exprimer — oh ! si mal — dans mon petit bout d'article, cet excès d'espace, d'espace vide, autour de nous, de chacun de nous ; ce flottement... Nous, n'est-ce pas, nous avons l'impression de flotter dans cette société immense, d'y être perdus... Les bords sont trop loin... Pour lui au contraire, et les gens comme lui, c'est cela même la liberté, la libre circulation de l'homme... C'est peut-être nous maintenant qui manquons de force, de courage... Les hommes de sa génération, et leurs aînés, ont eu du courage. Il faut réfléchir à ce qu'ils ont fait.

Jerphanion parut surpris. Il cherchait dans sa mémoire les exploits de ces hommes. Il pensa : « La Troisième République ? » Il avait de la peine à s'enthousiasmer pour le passé de la Troisième République. Il apercevait une longue suite de chapeaux hauts de forme, de redingotes, de bedonnements ; des prouesses surtout oratoires, et dans un mauvais style ; des combinaisons sans même le sombre génie de l'intrigue ; de la roublardise bourgeoise ; peu de grands desseins ; peu de vrais périls. Il dit tout haut :

— Vous êtes frappé tant que ça de ce qu'ils ont fait ?

— Je pense à la Séparation... un peu avant, à l'Affaire Dreyfus... en remontant plus haut, il y a eu la lutte contre le Boulangisme, l'affermissement et l'organisation de la République, l'instruction obligatoire.

Jerphanion se retint de sourire, regarda son voisin du coin de l'œil. Il était étonné du sérieux de Clanricard, et que ces événements fussent cités d'une voix presque solennelle, comme s'ils eussent participé d'une certaine grandeur. Il eut pourtant l'honnêteté de se dire : « Après tout, il peut y avoir là une Tradition qu'on ne m'a pas suffisamment transmise ; un Monde d'hier dont je n'ai pas eu le profond contact... qui sait ? des sources d'ardeur où d'autres âmes que la mienne, formées par d'autres leçons, trouvent à s'abreuver.

— Oui, évidemment », fit-il. « Mais tout ça n'est pas d'une couleur, d'un relief très héroïques...

— Ça nous est facile à dire », observa doucement Clanricard. « Ne vous imaginez pas que ça se soit fait tout seul.

Jerphanion répéta :

— Evidemment...

Mais il n'osait plus rien penser de catégorique. Il songeait. Il était dépaysé.

III

QUELQUE CHOSE DE PLUS URGENT QUE LA RÉVOLUTION

Soudain l'atmosphère des propos s'ajoutant à celle de la salle lui rappela, sans qu'il fût à même de bien saisir le lien, le meeting de la rue Foyatier, la fumée, le brouhaha populaire, la voix de Jaurès.

— J'étais en train de penser à Jaurès », fit-il. « Je ne connais pas du tout votre maître Sampeyre. Je ne connais qu'un tout petit peu Jaurès. Est-ce qu'il n'y a pas chez Jaurès aussi du pur démocrate, au sens où vous l'entendez ?

— Si, je crois... D'ailleurs Sampeyre et lui ont été amis, sont amis.

— Et pourtant Sampeyre n'a pas rejoint le parti de Jaurès ?

— Non... Il a vu l'Unité Socialiste se faire sous ses yeux. Il s'en est réjoui certainement.

— Mais il a continué à regarder ?

— Il a dû se dire qu'on n'avait pas expressément besoin de lui ; que les services qu'il pouvait rendre, il les rendrait aussi bien en restant libre.

— Enfin, soit. Le cas Sampeyre, je commence à me le représenter tant bien que mal. Mais votre cas à vous, qui m'intéresse beaucoup plus, n'est pas éclairé pour ça... Vous venez de me prouver que l'influence de votre maître ne vous a pas dispensé de sentir les choses à votre façon, d'éprouver des inquiétudes, des besoins, qui n'étaient pas ceux de son temps... Vous ne me ferez pas croire que, si vous n'avez pas adhéré au Parti, ce soit uniquement à cause de Sampeyre ?

Clanricard fut un instant très malheureux. Il se crut suspect de dissimulation, presque de mauvaise foi. Or ce qu'il cherchait surtout depuis le début de l'entretien, c'était à se rendre digne de la confiance de ce Normalien barbu, au regard net. Il avait écarté tout souci de prudence personnelle. Ses hésitations, ses réticences ne provenaient que de scrupules désintéressés. Il n'avait pas conscience d'y mêler parfois quelques précautions d'amour-propre.

Il se recueillit, s'exhorta à plus de clairvoyance encore et de véracité, si c'était possible ; puis, dans un élan :

— Je me rends compte de l'impression d'incohérence, mais si, que je vous laisse... Voyez-vous, il y a quelques années, j'aurais pu, j'aurais dû m'inscrire au Parti. J'étais dans l'état d'esprit qu'il fallait, et c'est vrai que l'influence de Sampeyre n'était pas un obstacle. Mais je suis loin de faire toujours ce que je me sens porté à faire. Je ne suis pas un caractère énergique. Je me connais. Par certains côtés, je suis ce qu'on appelle un velléitaire...

La confession de Clanricard, la mine qu'il prenait, avaient de quoi toucher. Jerphanion se demanda : « Est-ce que je saurais parler de moi avec cette humilité courageuse ? » Il s'empressa d'interrompre :

— Mais nous sommes tous des velléitaires, à un moment ou à l'autre...

— Pas vous, il me semble. Vous avez l'air si énergique, et de si bien savoir ce que vous voulez.

— Les gens toujours énergiques, ça n'existe pas. A moins que ce ne soient des brutes, ou des fous. Si j'étais ce que vous dites, je serais inscrit au Parti depuis des semaines, puisqu'un certain soir je l'avais formellement décidé... Mais c'est de vous qu'il s'agit.

— Oui, eh bien ! il y a quelques années, je *devais* m'inscrire. Maintenant, ce n'est plus la même chose.

— Vous avez perdu la foi ?

— Dans le socialisme en général ?... peut-être non... Mais la question s'est compliquée. J'ai vu se produire de nouvelles tendances. Justement le milieu de Sampeyre est une espèce de carrefour. Oh ! un carrefour intime !... où ne se rencontrent que des gens qui se connaissent bien. Mais le contraire d'une chapelle. Comme on sait qu'il est lui-même tout à fait indépendant, qu'il peut tout entendre, qu'il n'a de comptes à rendre à personne, des camarades qui s'éviteraient peut-être, ou qui ailleurs hésiteraient à dire toute leur pensée, sont très contents de se retrouver chez lui. Chacun s'exprime exactement comme il lui plaît. Dans d'autres milieux, même très avancés, il y a un ton. L'on se surveille. On tâche de ne rien dire qui ne soit pas orthodoxe... l'orthodoxie de l'endroit, naturellement, et qui change avec l'endroit... C'est même un peu comique, quand on y réfléchit...

(Dans l'esprit de Jerphanion se levaient des images rapides. Il entrevoyait des parlotes, çà et là, dans des pièces mal éclairées. Des personnages dissertants et autoritaires. Des pédagogues de la Révolution, aux sourcils froncés. De mauvaises notes pour les écarts de la pensée libre. Une menue monnaie de pontifes, s'excommuniant les uns les autres, à distance. Des raseurs, aussi creux qu'un Honoré de Sorbonne, et moins instruits malgré tout. Il mesurait aussi sa propre ignorance en matière politique. Qu'avait-il soupçonné jusque-là de ces petits mondes singuliers ?)

Clanricard poursuivait :

— Je ne suis pas de ceux pour qui c'est le dernier qui a parlé qui a raison. Mais on est bien forcé de s'apercevoir que dans plusieurs directions la doctrine du Parti est débordée. Je ne sais même pas si « débordée » est suffisant. On a parfois l'impression, je vous assure, en écoutant certains jeunes d'entre les plus vivants, les plus allants, que la doctrine officielle du Parti, c'est déjà de l'histoire ; et que même au point de vue de la tactique, de l'action révolutionnaire, l'avenir lui tourne le dos. Sans doute, il arrive que ceux qui critiquent le Parti le plus durement, qui représentent des tendances absolument inconciliables avec les siennes, continuent à s'appeler socialistes. Ça leur est égal. Et il arrive aussi que le Parti, qui a peur d'être laissé en route, avec les institutions vénérables de la République parlementaire, s'accroche à eux, leur fasse mille politesses, s'acharne à leur prouver que tout peut très bien s'arranger, qu'ils sont ses enfants chéris. Mais pour celui qui écoute, comme moi, et qui n'a pas de raisons de s'aveugler, il est impossible qu'il ne lui vienne pas des doutes, qu'il ne se refroidisse pas un peu. Vous comprenez, si j'entrais maintenant dans le Parti, je ne réussirais plus à me monter la tête. Ce serait calme, oui, raisonnable, désenchanté, comme une vieille liaison qu'on régularise parce qu'on n'espère de la vie plus rien d'autre. Dieu sait pourtant si j'admire personnellement Jaurès !

Jerphanion n'avait pas cessé d'être attentif ; mais c'est sur lui-même que ses pensées revenaient. Sa petite humiliation intérieure avait sensiblement grandi, et frisait l'amertume. « Eh bien ! je pouvais faire le malin ! Dans la thurne, il était admis que j'abandonnais à Jallez les choses de littérature et d'art modernes. Mais que, du côté politique, il s'inclinait devant mes lumières. C'était moi qui tranchais... J'imagine son sourire. Il s'apercevrait très bien que je perds pied ; que je ne sais pas de quoi il retourne. Quand, à propos de Moréas ou de Mallarmé, je me sens petit garçon devant lui, Jallez, c'est embêtant, mais soit, je m'y suit fait. Mais devant ce timide instituteur du dix-huitième, et sur un terrain que je croyais mon fief ! La tranquillité avec laquelle il me fait entendre que le Socialisme unifié, que je considérais il y a une heure encore comme à la pointe de l'esprit révolutionnaire, n'est pour les gens dans le mouvement qu'une brave opinion de tout repos, indiquée pour un garçon qui se range ; quelque chose de presque académique et de pantouflard. Et il ne cherche nullement à m'épater ; il ne pose pas une seconde. Si au moins j'avais une idée nette de ces tendances nouvelles auxquelles il fait allusion ! Mais je ne puis pas décemment l'interroger. De quelle gourde aurais-je l'air ! Et comme ça ferait bien pour l'École ! Suis-je condamné à figurer parmi ces types que Jallez méprise tant, que je méprise aussi, qui ne savent rien que de seconde main et après coup, qui ne pensent que du périmé, qui s'excitent sur du périmé ? Horrible. Ce mot, qu'il m'a dit un jour : "Je ne veux pas rêver aux étoiles comme une jeune fille de Francis Jammes !" Moi, c'est encore plus ridicule, car mon ignorance à moi ne se sauve pas par un petit parfum de lavande. »

Cependant Clanricard, chez qui le désir de voir clair en lui-même et de se communiquer augmentait en s'assouvissant, ajoutait à mi-voix :

— Ce ne sont pas seulement les théories qui ont évolué ; c'est moi qui suis devenu plus exigeant. Adhérer à un Parti, où l'on entre comme dans un moulin, auquel vous serez lié par quoi ? par une carte dans votre poche ; par votre nom sur une liste... un Parti en somme pareil aux autres, qui n'attendra de vous que votre cotisation, et dont vous pourrez, vous, attendre quoi ? qu'il vous désigne le candidat pour qui voter aux élections, je ne crois pas vraiment que c'est ça qui nous guérirait de la solitude...

— Ça oui... Je le reconnais. C'est même exactement la réflexion que je me faisais ces jours derniers.

— J'ai besoin de recevoir et de donner davantage. Qu'on me dise qu'il n'existe pas actuellement d'Église pour un homme comme moi. Bon. Je me résignerai. Je m'enfoncerai jusqu'au cou dans mon métier. Les enfants me consolent plus d'une fois, me réchauffent. Vous m'avez cité une phrase de mon petit article, à ce propos, qui vous a paru vraie d'accent... Mais alors pour le reste, j'aime autant m'en tenir à la liberté démocratique, goûter au moins cette commodité de l'époque. Je tâcherai de retrouver pour mon usage le secret de Sampeyre.

Jerphanion réfléchissait : « Tout à l'heure, il me semblait gentil évidemment, mais au-dessous des pages qu'il avait écrites. Il les a rattrapées peu à peu, et sans le faire exprès. C'est quelqu'un de bien. Je ne suis pas déçu. » Et il adressa une pensée de remerciement à l'espèce de divinité éparse qui par une grande diversité de moyens fomente les rencontres des hommes.

Clanricard était repris de scrupules :

— Vous me direz », fit-il avec une sorte de componction, « que tout cela est en somme très égoïste... Oui... Je ne pense qu'à mon petit confort moral...

— Est-ce que tous ceux qui adhèrent à une Église n'y pensent pas ?

— Plus ou moins... Il faut aussi se préoccuper des buts...

Clanricard parut s'interroger. Il arrondissait plus que jamais les yeux. Il était de ceux qui, lorsqu'ils s'interrogent, ont l'air de chercher la réponse non pas en eux-mêmes, dans une cavité interne que le regard essaye d'atteindre grâce au plissement du front et à l'abaissement des yeux ; mais au dehors, en face d'eux, dans une zone d'air tremblante qu'ils ont de la peine à fixer.

— Et là aussi, on en vient à se demander s'il n'y a pas des choses plus pressées à faire.

— Que quoi ?

— Que la réorganisation économique de la Société.

— Économique... et morale...

— Oui, bien sûr... Des choses qui ne peuvent pas attendre...

— Là vraiment, j'hésite à vous suivre... Cette réorganisation non plus ne peut pas attendre.

Jerphanion revoyait les quartiers misérables, la rue avec le gosse à la culotte de velours, le carrefour à l'hercule malingre.

— Je n'aperçois pas ce qu'il peut y avoir de plus pressé que de mettre un minimum de justice dans un désordre monstrueux...

— Comprenez-moi, surtout », dit vivement Clanricard. « Je ne désire pas que ce désordre, cette injustice durent une heure de plus qu'il ne faut... Mais vous avez fait allusion, vous-même, tout à l'heure, à des catastrophes, où l'on nous conduisait peut-être... Eh bien, si vous habitiez une ferme, par exemple, aussi mal installée que vous voudrez, et que vous pensiez que quelqu'un est en train de mettre le feu dans la grange, qu'est-ce qui vous semblerait le plus pressé ? Enlever le fumier de l'étable, améliorer l'installation ?... ou courir voir ce qui se passe dans la grange ?...

Jerphanion écoutait avec étonnement, même avec une bizarre émotion. Il n'osa pas demander une explication tout de suite. Il avait peur de trahir une méprise. Il ne détestait pas non plus l'espèce d'appréhension solennelle et vague que les paroles et le ton de l'instituteur venaient de lui communiquer.

Ce fut Clanricard qui ajouta de lui-même :

— Je ne dis pas que le Parti n'ait aucune intuition du péril... Jaurès l'a, sûrement, et très fort. Mais il y a la propagande, les méthodes, les vieilles préséances des questions, le tran-tran parlementaire... Pendant ce temps-là...

Il fit tout à coup, comme s'il changeait brusquement d'idée :

— Figurez-vous que ce soir, comme chaque mercredi, je vais à une petite réunion chez Sampeyre. J'y verrai des amis, entre autres un nommé Laulerque, celui justement qui m'a fourni mon titre...

— *Nous sommes tellement seuls* ?

— Oui... C'est un garçon d'une vitalité d'esprit exceptionnelle. Bien plus au courant que moi ; plus fureteur, plus hardi. J'aimerais vous mettre en contact...

— Mais certainement, certainement !

— Je lui en glisserai un mot à la réunion... Je ne sais pas... Si même vous aviez été libre ce soir un peu plus tard, nous aurions pu, lui et moi, nous échapper vers les onze heures, par exemple, et aller vous rejoindre quelque part. Demain, c'est jeudi. Ça nous est égal de veiller. Mais peut-être que vous...

— Non... j'adore un peu d'insomnie, au contraire, de temps en temps. Où vous voudrez... Je pourrai faire plus de chemin que vous, puisque je serai libre plus tôt.

— Oui ? Alors tant mieux. Je suis bien content. Laulerque vous dira certaines choses bien mieux que moi. Il a des idées très nettes sur les périls prochains, sur ce qu'il appelle l'ordre d'urgence des buts... En tout cas, il vous intéressera.

Ils convinrent de s'attendre à partir de onze heures dans un café de la place Clichy.

*
* *

Sur le trajet du retour, Jerphanion marcha allègrement. Il goûtait ce que cette nouvelle amitié semblait avoir de compact dès son origine, et de fertile, la promptitude qu'elle montrait à produire d'autres rameaux. Il lui plaisait aussi de sentir dans une amitié qui naît la hâte qu'ont les nouveaux amis de se revoir, de reprendre au plus vite, toute affaire cessante, la phrase interrompue, la discussion commencée. Il trouvait à une telle impatience quelque chose de généreux, de noble, bien que la fameuse prudence « montagnarde », dont Jallez le louait ironiquement, lui conseillât parfois d'y résister.

IV

AU RÉFECTOIRE

Le bœuf mode couleur chocolat fondait visqueusement dans les assiettes. La viande et la sauce semblaient deux états voisins d'une même matière, deux phases d'une transformation continue. Les carottes s'y recroquevillaient comme des cadavres d'oiseaux. L'odeur trouvait le moyen de plaire bassement. Les trois promotions allaient payer assez cher le fait d'avoir vingt ans et de l'appétit. Les corps, renseignés de longue date, flairaient bien l'abus de confiance. Ils n'ignoraient pas que deux heures de digestion fétide rachèteraient tout juste trois minutes d'un plaisir de trimardeur. Mais cette amère clairvoyance restait localisée le plus possible, comme les mauvaises nouvelles dans un pays de dictature. Les organes étaient censés ne rien savoir. Et les glandes, animées d'un optimisme de commande, déversaient à qui mieux mieux des sucs d'une vigueur exquise, à qui cette lourde sauce brune aurait tôt fait de casser les reins. Il venait des courants d'air de toutes les fissures et fentes des portes. Le fumet de cuisine imprégnait le froid comme une teinture sans l'atténuer.

— Alors ? » dit Jallez. « Tu l'as vu, ton instituteur ?

— Oui.

— Il était arrivé avant toi ?

— Oui. Deux ou trois minutes avant. Pourquoi me demandes-tu ça ?

— Pour rien... Quelle impression ?

— Bonne dans l'ensemble.

— Ça ne m'étonne pas... Tu as retrouvé dans le personnage un peu de l'auteur de l'article ?

— Pas au début ; mais petit à petit. J'ai même fini par le retrouver tout à fait.

— D'ailleurs, tu devais te sentir à ton aise ; et lui aussi. Il y a certainement dans ce milieu des habitudes d'esprit, des conventions de base, des références, que, moi par exemple, j'ignore, mais dont tu as dû garder une certaine pratique.

— Oh ! pas tant que cela... Mes origines familiales ? oui... Les conversations avec mon père ?... Je le vois assez rarement. Et c'est un homme peu bavard, ou qui ne le devient qu'à propos de choses banales... Il ne s'est jamais ouvert à moi, ni devant moi, de ce que pouvait être sa façon de comprendre la vie. Et puis, un homme de l'âge de mon père, qui a préparé jadis son brevet dans une école de chef-lieu de canton, qui a fait toute sa carrière ensuite dans des villages, dans un bourg, ce n'est pas au milieu « instituteur » qu'il appartient. C'est au milieu rural, et de petit pays. Son atmosphère est la même que celle du juge de paix, du receveur buraliste, du garde forestier, du patron de l'hôtel, des deux ou trois propriétaires chasseurs, avec cette réserve, si tu veux, qu'il fréquente plutôt ceux qui votent à gauche. Disons : côté franchement républicain de la petite bourgeoisie rurale. Le côté où n'est pas le curé. Ses attaches avec le « corps enseignant » sont d'ordre administratif ou corporatif. Des questions d'avancement, de circulaires, d'inspecteur embêtant ou pas... Chez les plus jeunes, dont beaucoup sont passés par l'École Normale du département, ça change déjà. Je suis sûr qu'ils emportent dans le froid de leurs villages de montagne le souvenir de ces trois ans de chaleur commune ; d'un maître qui avait du prestige, de l'influence sur eux, qui interrompait les leçons pour leur parler des événements actuels, qui leur faisait, dans leur peau dure de paysans venus là pour acquérir une place sûre avec retraite, des injections d'idéalisme et d'enthousiasme. Quand plus tard ils se retrouvent, à l'occasion d'un jury d'examen, d'une réunion d'Amicale, c'est cela aussi qu'ils retrouvent... Mais moi je n'ai pas connu ça dans l'entourage de mon père... Je n'ai fait que l'entrevoir, de biais. Je le subodore plutôt. Et c'est encore très loin d'un milieu comme celui que j'ai senti derrière ce Clanricard.

— Ah oui ! vraiment ? Ce milieu-là est quelque chose qui existe ?

— Tu parles... Maintenant j'ai bien l'impression qu'il s'agit non pas du milieu instituteur parisien en général, mais d'un secteur privilégié, à concentration exceptionnelle.

— Et sympathique au total ?

— Oui, sympathique. Même très excitant. J'allais dire mystérieux.

— Oh !... mystérieux ? Tu n'en ajoutes pas ?

— Non.

Jallez était plus intrigué qu'il ne voulait le paraître. Il fit, de la voix calme qu'il savait prendre :

— J'avoue que je n'aurais pas l'idée de chercher du mystère de ce côté-là.

Jerphanion évita d'abord de répondre. Son silence pouvait sembler riche d'arrière-pensées. Puis :

— On les devine au contact d'un tas de choses... Toi, par exemple, quand tu parles, même incidemment, de littérature moderne, je te sens en relation directe avec ce qui se fait et ce qui se trame par là de plus actuel. On en soupçonne plus que tu n'en dis. Tu m'apparais avec des prolongements. Il y a, s'étendant au-delà de ta personne, toute une agitation dont un profane comme moi reste à distance ; des réunions ; des causeries ; la théorie la plus récente que quelqu'un a exposée la veille dans un café... Il y a le mystère d'un pays dont tu arrives, et où je n'ai guère accès que par tes récits ; dont l'air ne souffle jusqu'à moi que par tes allusions. Imagine l'équivalent dans un autre ordre.

— Quel autre ordre ?

— Eh bien, politique, social. Des groupements, des tendances, des sectes... On a l'impression que c'est par là que ça se passe. On a envie d'y aller.

Là-dessus, Jerphanion se fit des compliments in petto. « Je ne pouvais pas déclarer plus honnêtement qu'auprès de Clanricard j'ai eu conscience d'être un profane. Et pourtant je n'ai pas trop démoli mon prestige. »

Au contraire, l'amour-propre y trouvait son compte. Jerphanion était un explorateur qui vient de découvrir un accès vers des terres. Au retour, il fait son rapport. C'est déjà honorable que de pouvoir dire : « Dans telle direction, il y a de l'inconnu. » Du même coup, on est celui qui a situé l'inconnu et qui se le réserve. C'est par vous qu'on passera désormais pour en avoir des nouvelles. Loin d'être diminué par ce que vous ignorez encore, vous en augmentez votre personnage comme d'une perspective qui lui sert de fond.

Quant à Jallez, il souffrait d'une pointe de jalousie. Il ne serait plus le seul à initier Jerphanion. La soif intellectuelle de son ami allait apprendre le chemin d'autres sources.

Il demanda, d'un air d'indifférence :

— Quand dois-tu le revoir ?

Jerphanion, surpris, et que maintenant sa hâte à retrouver Clanricard choquait lui-même comme un manque de pudeur, et comme une infidélité envers Jallez, se tira d'affaire par un mensonge :

— Un de ces jours. J'ai dit que je lui écrirais.

V

JERPHANION DÉCOUVRE LAULERQUE

Jerphanion, qui cette fois était arrivé trop tôt, vit venir à travers le vaste café, déjà touché d'une première vague de solitude, et dont tout l'espace semblait contrôlé par les yeux vigilants d'une douzaine de filles, un trio qui dans ce lieu prenait une allure insolite.

A gauche et à droite, deux jeunes hommes, sérieux et maigres. Entre les deux, une jeune fille rieuse, frileuse, appétissante. L'homme de gauche était Clanricard ; l'homme de droite, un peu moins grand, avait un visage très vif, alerté, sinon inquiet ; sans aucune couleur. Un binocle frémissait sur son nez comme un appareil de détection rapide. Dans la marche, l'ensemble de son corps trahissait une légère torsion, mais qui n'était peut-être qu'une contenance fortuite. Plus ils approchaient, et plus la jeune fille semblait belle. Le trio parcourut le café nocturne ; il suivait par à-coups une ligne un peu ondulante, et balayait distraitement des regards de prostituées déçues ; puis il repéra Jerphanion, s'avança droit sur lui, et vint envelopper sa table.

— Je vous présente mon ami Laulerque... Je dois dire qu'il ne s'est pas fait prier. Il avait grande envie de vous connaître... Notre camarade Mlle Mathilde Cazalis s'est offerte à nous accompagner. Elle aussi est préoccupée par toutes ces questions...

— Et puis, je crois », ajouta Laulerque avec un sourire de coin, « qu'elle était curieuse d'approcher un Normalien de la rue d'Ulm...

Le Normalien de la rue d'Ulm éprouva un chatouillement agréable. Mais ce qu'il y avait d'austère dans son âme s'inquiéta. « Elle va nous gêner pour parler ; en tout cas me troubler les idées. » Jerphanion aimait se donner tout entier à un seul intérêt. Sa passion de ce soir était tournée vers d'autres énigmes que celles que vous tendent de beaux yeux, des lèvres épanouies. « Préoccupée par toutes ces questions ? Avec le visage qu'elle a ? »

*
* *

— D'après ce que me dit Clanricard », fit Laulerque, « vous l'avez échappé belle... Un peu plus, et vous vous fourriez dans le Parti.

— Ç'aurait été si grave que ça ?

— Non, ce n'aurait pas été grave du tout. Et c'est bien le malheur... Vous auriez simplement grossi une armée dont le principal caractère est qu'elle est faite pour ne jamais se battre. Mais alors, n'est-ce pas, autant rester chez soi. Vous ne rêvez pas du sabre de M. Prudhomme ni d'un uniforme de garde national ?

— Vous êtes bien sévère...

— Moi ? Dites bien indulgent. M. Prudhomme ne faisait de mal à personne. Tandis que le socialisme marxiste est un malfaiteur. Il s'est chargé d'abrutir les masses. Il les endort pour l'abattoir... Mais je ne veux pas m'étendre là-dessus. Clanricard et mademoiselle diraient que je rabâche... D'ailleurs un homme comme vous peut saisir la question en deux minutes... Qu'est-ce qui vous poussait ? Le besoin de faire quelque chose, n'est-ce pas ? Le besoin de servir. Vous avez de l'énergie, de l'enthousiasme, du moins, je le présume. Et vous croyez à un but... Lequel ?

Cette brusquerie démontait un peu Jerphanion. Il voyait les yeux veloutés et humides de Mathilde Cazalis observer avec amusement comment il allait réagir. Elle appuyait son menton sur sa main. Sa bouche semblait offerte comme un objet désirable, mais tranquille. Laulerque insista :

— A votre avis, quel est le but ?

Jerphanion s'efforça de répondre posément :

— Eh bien, je crois que le but est d'obtenir dans le plus bref délai une transformation de la Société ; assez radicale, n'est-ce pas ? pour mettre fin à des injustices qui ne peuvent plus se tolérer, et à... oui, à des absurdités qui sont choquantes pour l'esprit... injustices et absurdités, d'ailleurs, dont le rendement de la Société est le premier à souffrir ; et qui, si on n'y remédie pas, aboutiront à la destruction pure, au chaos.

— Soit. Nous dirons pour simplifier que le but, c'est la révolution.

— Si vous voulez.

— Pensez-vous que le Parti Socialiste soit en mesure de faire cette révolution dans les deux ou trois ans qui viennent ?

— S'il n'est pas aidé par des circonstances exceptionnelles... non, sincèrement non... C'est trop court. D'ailleurs je verrais plutôt pour ma part une évolution très accélérée qu'une révolution du type ancien.

— Parfait... Pensez-vous maintenant que le Parti Socialiste soit capable d'empêcher une prochaine guerre européenne ?

Les questions de Laulerque se succédaient en changeant de front, comme les attaques d'un boxeur. « Tâchons de ne pas avoir l'air trop bête », se disait Jerphanion. Il répondit :

— Il me semble, oui, qu'il peut beaucoup de ce côté... Mais je vous dirai que j'en arrive à me demander si nous sommes tellement que ça menacés d'une guerre... » Comme il voyait les yeux de Laulerque pétiller et cligner vivement, ses doigts tambouriner sur la table, il s'empressa d'ajouter : « J'y ai cru très fort l'autre année... Je ne vous dis pas que les risques aient disparu... Mais j'ai l'impression que personne n'a bien envie de la faire... que bien au fond aucun gouvernement ne la désire... et aussi qu'elle n'est peut-être pas matériellement faisable.

— C'est un peu l'avis de Sampeyre, observa discrètement Clanricard.

— Eh bien », dit Laulerque, « voilà quelques illusions qui vous honorent, cher monsieur... La guerre aura lieu avant deux ou trois ans, premier point, si l'on ne fait pas d'urgence ce qu'il faut pour l'empêcher... Deuxième point : l'Internationale socialiste (je ne dis pas seulement la section française) est absolument incapable de l'empêcher.

Jerphanion aurait bien voulu riposter, ne fût-ce que pour ne pas décevoir Mathilde, qui venait de prendre justement une bien jolie mine peinée, à laquelle participaient un relèvement des sourcils, une moue, une petite imploration des yeux. Mais il n'apercevait pour l'instant que des arguments sans vigueur, ou sans précision, dont l'assurance de Laulerque ne serait même pas atteinte. Il préféra se donner l'air d'un homme qui a l'habitude de réfléchir avant de répondre.

Laulerque reprit :

— Je n'ai pas besoin de vous montrer qu'avec une guerre générale dans deux ou trois ans — car elle sera générale, vous n'en doutez pas ? — le reste — votre grande transformation — devient une joyeuse plaisanterie : le condamné à mort qui consulte le médecin pour son foie. A moins que vous n'ayez confiance dans l'intervention suprême des socialistes, travaillistes, sociaux-démocrates, et autres pêcheurs à la ligne ? Je regrette alors que vous n'ayez pas entendu les confidences que nous fit un soir un certain Robert Michels, chef révolutionnaire allemand. N'est-ce pas, Clanricard ?

— Il faut avouer », fit Clanricard, « que ce n'était pas très encourageant.

— Mais pourtant », dit enfin Jerphanion, « vous ne nierez pas qu'en France un homme comme Jaurès mesure le péril dont vous parlez... Vous avez entendu votre Allemand... Moi, j'ai entendu Jaurès, il y a un an, pas loin d'ici... On ne lui reprochera pas de ne pas tenir son parti et le prolétariat en alerte contre la guerre, contre la guerre d'abord.

— Oui... Jaurès n'est pas aveugle... Il croit trop au rayonnement de la raison, à l'action parlementaire, à la poussée des masses ; il compte trop sur l'apostolat au grand jour. Mais ce n'est certainement pas de sa faute si les prolétariats d'Europe se laissent conduire à la catastrophe, les yeux fermés. Tout ce qu'il pourra faire, hélas ! ce sera de sauver l'honneur du socialisme français...

— Mais si vous ne croyez pas à tout ça, à quoi croyez-vous ?

— Moi... oh !... peut-être à rien... peut-être qu'il n'y a plus rien à faire.

— Ça ! » protesta Clanricard, « tu te démens, mon vieux. Tu nous a dit cent fois qu'il y avait toujours quelque chose à faire.

— Jusqu'au 17 brumaire inclusivement, ajouta en riant Mathilde Cazalis d'une voix où Jerphanion se plut à reconnaître une trace méridionale. (La voix, mieux nourrie et plus luisante que celle du Nord, s'appuie, en passant, aux contours des syllabes, et se fait plaisir, comme un chat qui se frotte à un meuble.) Du même coup, et bien qu'il ne se considérât pas lui-même comme un homme du Midi, il éprouvait à l'égard de Mathilde un vague sentiment de parenté, et celui d'un obscur commencement de droits.

A la vérité, la physionomie de Laulerque ne confirmait pas ses paroles. Pour un homme qui ne croyait plus à rien, ses yeux brillaient beaucoup. Il dit d'un ton ennuyé :

— Je ne veux pas devant Clanricard, et mademoiselle, répéter des choses dont je leur ai rebattu les oreilles...

Cette précaution prise, il partit un peu malgré lui sur la piste de ses idées familières. Il fallait bien que Jerphanion fût mis au fait de sa grande querelle contre la philosophie de l'histoire, le fatalisme historique, les lenteurs et les duperies de l'action de masse ; de sa revendication en faveur de la volonté libre, de l'énergie individuelle, de l'action secrète et concertée du petit nombre. Mais comme en effet il détestait rabâcher, il s'arrangea pour aller vite et pour retaper quelques-unes de ses formules. Il improvisa en particulier une assez jolie antithèse entre « l'histoire pour romanciers » et « l'histoire pour orateurs ».

— La conception « énergique » de l'histoire, on en a si bien dégoûté les gens, que maintenant elle leur paraît imaginaire, enfantine ; une rêverie romanesque. Oui, de l'« histoire pour romanciers », disent-ils. Ce qu'il leur faut, c'est de l'« histoire pour orateurs ». Aussi on leur en fourre jusqu'à la dilatation d'estomac. Quant à la vocation des orateurs pour cette marchandise, rien de plus naturel. Le « cours majestueux des événements », ça se déclame tout seul. C'est de la phrase toute préparée. Une période d'histoire devient directement une période de discours. (Pas étonnant que le mot soit le même.) Tandis que la réalité historique, la vraie, ne se déclame pas. Il faut la suivre dans trop de recoins et de culs-de-sac, et on ne peut pas la reconstituer de chic...

Le Normalien de la rue d'Ulm apprécia comme il convenait cette « symétrie » que l'on avait d'ailleurs spécialement soignée à son intention. Mais il ne commit pas la faute de mordre à l'appât, et de la discuter en elle-même. On voyait bien que Laulerque s'était permis ce jeu d'esprit en passant, pour jeter une lumière rapide, pour montrer peut-être aussi qu'un primaire n'est pas incapable de briller. Mais il n'avait pas la mine sottement ingénieuse du monsieur qui est ravi de ses effets, et qui tient moins à sa pensée qu'à un incident heureux de l'expression. Au contraire, on le sentait habité par une idée brûlante, et souffrant d'une tension intérieure. S'il faisait un peu trop de phrases, c'était probablement pour diluer la violence de sa pensée, pour se donner le temps d'en trouver des formules atténuées ou insinuantes à l'usage d'autrui.

Jerphanion était moins sensible que Jallez à la qualité des présences. Il sut pourtant reconnaître qu'il avait devant lui une personne humaine dont la vibration n'était pas commune. Même il s'avoua qu'il n'en avait jamais rencontré de cette sorte. « Comment l'appeler ? Un fanatique, évidemment... Son regard gris-vert, qui flambe autant que des yeux très noirs, mais d'une flamme autrement teintée, comme celle de certaines substances chimiques. Sa peau sans couleur. Le pli de sa bouche. Mais une peau qui ne cesse pas de se tendre et de se tirailler en tel ou tel sens, de frémir. Le moindre de ses traits commandé à tout instant par les nerfs. Une physionomie qui à chaque seconde est entièrement "actuelle"... Donc un fanatique grouillant d'intelligence. Le contraire de la brute visionnaire... Comment, avec cette intelligence, être fanatique ?... Sans doute parce que la volonté se dresse tout à coup derrière l'intelligence, et lui laisse tomber la main sur l'épaule : Tu vois le chemin ? Compris. En avant. »

Laulerque continuait son exposé, qu'il coupait de boutades. Il vantait la vertu de l'action individuelle et directe. Il laissait entrevoir des façons brusques d'arrêter les événements, de les prendre au mors, de les arracher d'un seul coup à l'ornière ; des interventions dont on a soigneusement déterminé d'avance l'heure et le point ; l'insertion soudaine d'un acte libre comme un outil dans une jointure ; la pesée d'une force minime, mais qui enfonce juste à l'endroit où il faut, et qui, autour du trou d'aiguille que coiffe une goutte de sang, propage une secousse incommensurable. « Littérature ? Romantisme attardé ? » se demandait Jerphanion. Mais il se le demandait surtout par acquit de conscience. En écoutant Laulerque, ce n'était pas à de la littérature qu'on pensait d'abord. C'était plutôt à une technique, à quelque chose de lucide, d'exact, et d'une immoralité toute blanche, comme la chirurgie. « Un nouveau terrorisme ? » Jerphanion évoqua la figure de Robespierre, parce qu'il est naturel qu'un Français songe à Robespierre, quand un homme parle de mettre une résolution implacable, une cruauté sans souillure au service de son amour du genre humain ; et aussi parce qu'il y avait dans le visage de Laulerque un peu de cette pureté de dessin et de cette parcimonie de la chair qui rendent inoubliable le masque de l'avocat d'Arras. Mais un fanatique comme Robespierre se meut dans l'abstrait. Il rêve à l'Être Suprême, au bonheur des Français, à un système de lois justes. Il se détourne pour ne pas apercevoir le sang qu'il fait verser. Ses crimes eux-mêmes gardent un air théorique. Ce n'est pas lui qui les a voulus. Ils se confondent hypocritement parmi les conséquences d'un principe. Quand il les ordonne, bien loin de se targuer d'une initiative, si méritoire fût-elle, il prétend n'être que le greffier de la nécessité. Il demande cinquante têtes dans un discours académique, sans abaisser les yeux sur l'Assemblée qui tremble. Ce qui l'attire est une pâle vision, une vertueuse allégorie que son regard lui peint vaguement sur le mur d'en face. Tout cela reste incolore, général, et n'échappe à la fadeur que par l'épouvante. Ce tyran escorté de cadavres est de la famille des gens ennuyeux. La méthode de Laulerque comportait un goût de la réalité autrement vif. Elle ne se concevait qu'au prix d'un discernement aigu des circonstances et des êtres. Elle respirait la singularité. Elle sentait — et c'était là, si l'on veut, son romantisme — l'aventure, le coup de main, la bombe sous le train spécial, les cinq claquements en série du pistolet automatique, la fusillade rapide dans un corridor de palais, l'auto qui démarre sous les balles de la police. Elle promettait des rendez-vous profondément cachés ; des départs dans le petit jour ; une fuite à travers champs ; peut-être la complicité d'un beau visage, un baiser de lèvres comme celles de Mathilde enveloppant ces mots : « Jure-moi que tu ne mourras pas. » Elle vous tendait la clef d'un univers jeune, violent, riche en détours, d'un univers à la Stendhal, où figurent à titre de décoration et d'emblèmes ces images d'un passé plus lointain : le poignard qui jaillissant d'un rideau soulevé se plonge entre deux omoplates ; la petite fiole qu'une main chargée de bagues vide prestement dans une tasse de vermeil. De sorte qu'au total, elle évoquait moins les fureurs publiques et sommaires de la Révolution que les forfaits finement ouvragés de la Renaissance. Elle était pleine d'une sympathie féroce pour la vie.

« De quoi séduire une jolie fille », se disait Jerphanion ; et de temps en temps il observait Mathilde. Mais elle ne frémissait pas. Elle n'était nullement transportée. Elle souriait plutôt, avec indulgence. Ou bien elle adressait à Jerphanion un regard qui semblait signifier : « Il ne faut pas lui en vouloir. Il est comme ça. »

Jerphanion se disait encore : « Et ce type-là est instituteur dans une école de la Ville de Paris ! Peut-être que cet après-midi il a fait une brave leçon de système métrique, et collé vingt lignes à un morveux qui confondait le myriamètre avec le décastère. Quand on dit qu'un métier comme celui-là tue son homme ! C'est consolant. »

VI

LE MONDE VU PAR EN-DESSOUS

Laulerque parlait maintenant des sociétés secrètes. Il disait qu'il avait beaucoup creusé la question depuis un an, et qu'il était plus que jamais arrivé à cette conclusion qu'elles sont le nerf de l'Histoire. Sous diverses formes, qui empêchent parfois de reconnaître l'identité du principe. L'Église elle-même, tout ouverte qu'elle semble à la foule, est une collection de sociétés secrètes. L'histoire du Moyen Age a été faite par les Ordres religieux et les Ordres chevaleresques. Celle de la Renaissance, par des factions et des sectes, qui avaient des accointances cachées à travers toute l'Europe, et chez les plus agissantes desquelles revivaient la libre pensée antique, le naturalisme païen, le culte grec de la raison et de l'individu ; factions qui dans chaque pays poursuivaient des buts locaux, ou prenaient le masque imposé par les circonstances, mais dont le mot d'ordre commun était de jeter bas la tyrannie politique et spirituelle de l'Église romaine. Comment l'Église s'était-elle défendue ? Par une nouvelle pousse interne de sociétés secrètes (celles qu'elle avait produites jadis ayant perdu toute verdeur, et tout caractère occulte) ; dans cette nouvelle pousse, d'abord les Jésuites. On ne pouvait rien comprendre à l'histoire de l'Europe monarchique jusqu'à la Révolution, sans se mettre au centre de cette formidable toile d'araignée qu'était la Compagnie de Jésus. Quant à la Révolution elle-même, elle ne s'expliquait que par le long travail préparatoire des sociétés secrètes, héritières de l'idéal de la Renaissance, mais dont l'audace de vues n'avait cessé de grandir, et qui depuis un siècle s'étaient assigné délibérément la tâche de faire surgir un monde nouveau en provoquant au moment choisi l'écroulement brusque de l'ancien.

— Rappelez-vous ces consignes que les initiés se récitaient pour entretenir leur zèle : « Écrasons l'infâme », ces bouts de phrase mystérieux qui circulaient d'une extrémité de l'Europe à l'autre, qu'on glissait en abrégé au bas d'une lettre consacrée à d'innocents bavardages littéraires ou mondains, comme des sentinelles s'envoient le mot tout le long du rempart pour s'empêcher de dormir. Vous ne vous êtes jamais demandé comment dans une France non préparée, non minée d'avance, l'explosion du 14 Juillet aurait pu se propager avec cette foudroyante vitesse ? Ni par quel miracle ce même 14 Juillet avait pu à quarante-huit heures d'intervalle provoquer des commencements d'explosion sur on ne sait combien de points de l'Europe ? Ni pourquoi les armées de la Révolution avaient été si bien reçues hors des frontières, jusqu'au jour où elles ont fait la bêtise de vouloir imposer un nouveau produit : le patriotisme tricolore, qui ne figurait nullement dans le pacte ? Et cette sottise, cet abus de confiance n'ont même pas réussi à arrêter tout de suite les effets du pacte. Napoléon en a longuement profité. Il a fait durer l'équivoque. Dans toutes les villes conquises, il trouvait des gens qui s'obstinaient à se dire : « L'œuvre continue. Sous une forme un peu surprenante, mais elle continue. Ce gaillard botté vient nous donner sur place le coup de main décisif. Il agit par délégation. » Et c'est bien vrai qu'au début il avait conscience d'être un délégué, et d'en tirer sa force. Mais il a vite trahi le mandat. Il s'est occupé de ses petites affaires ; de caser sa famille ; d'être admis lui-même dans le faubourg Saint-Germain de l'Europe monarchique, et d'y épouser, avec toutes les orgues et toutes les cloches, une petite dinde hautement titrée.

Ces développements de Laulerque n'étaient pas inconnus à Clanricard, mais ils répondaient trop à ses préoccupations du moment, ils leur fournissaient un aliment trop souhaité pour qu'il ne fût pas bien aise de les réentendre. Il avait aussi la curiosité d'observer comment Jerphanion y réagissait. On a toujours de l'agrément à vérifier sur un nouveau venu le pouvoir d'idées qu'on arrive à ne plus juger soi-même, tant elles vous sont familières. Mais c'est encore Jerphanion qui avait le plaisir le plus frais et le plus franc. Sans doute des objections se levaient à chaque seconde dans sa pensée raisonneuse. Mais il ne trouvait pas urgent de leur donner la parole. Il préférait savourer à l'aise la jouissance particulière que nous procure une vue nouvelle des choses, quand elle réussit à nous pénétrer assez loin, quand elle va chercher une à une les anfractuosités de notre esprit, tel détour oublié de notre mémoire, telle idée desséchée ou endormie. C'est un plaisir qui est de la nature d'une circulation de sève ; il ranime, il vivifie ; il fait régner une sorte de chaleur une et continue entre des régions de notre pensée qui avaient perdu l'habitude de communiquer entre elles, et qui ne peuvent qu'accueillir avec joie un prétexte à reprendre contact, quelle qu'en soit la valeur en définitive. Il sera toujours temps de lâcher le sens critique, et de lui laisser mettre en pièces cette délicieuse unité fragile.

Jerphanion s'abandonna donc sans trop de scrupules — il n'interrompait que pour la forme — au ravissement de découvrir un nouveau visage du monde : un monde mené par les sociétés secrètes, machiné par leurs soins, où les événements sont commandés à grande distance, à l'aide de fils dissimulés, dont les trajets, les croisements, y compris les accrochages et embrouillages, ne sauraient être que d'une complication merveilleuse. L'Histoire, dont on ne connaissait jusque-là que la façade officielle, tristement badigeonnée par l'éloquence de plusieurs générations de professeurs, devient passionnante au point qu'on en rêvera la nuit. L'on se dit qu'on va pouvoir s'y promener aussi longtemps qu'on voudra, une lanterne sourde à la main, comme dans une suite de couloirs dérobés, d'escaliers construits à l'intérieur des murs, de fausses cloisons à déclic, de trappes, de cryptes, de galeries souterraines, de tunnels coudés. Tout y sera surprise, péripétie, tressaillement, enchantement. Et ce qu'un tel romanesque pourrait prendre de puéril se sauve par le sentiment d'une profonde poussée de l'idéal. Ces ténébreuses machinations dont on finirait par sourire, si elles n'étaient destinées, comme dans les feuilletons d'autrefois, qu'à favoriser le mariage d'une sympathique princesse ou le châtiment d'un traître, apparaissent comme la gestation tourmentée du monde moderne, comme la patience séculaire de l'Homme à découvrir l'issue de sa prison.

Mais soudain l'on reprenait conscience d'être dans un café de la place Clichy, vaste, à demi désert, ouvert aux regards des passants nocturnes et aux souffles de la rue ; d'être quatre contemporains quelconques perdus dans le Paris de 1910 ; dans la civilisation uniformément éclairée de l'âge des machines et du suffrage universel. Ce monde privé de dessous, édifié à même le sol, et d'une architecture sans ruse, quelle conjuration souterraine aurait-il pu abriter ? Quel dessein occulte et grandiose ? Avait-il même profondément envie d'un certain avenir ? Les aspirations y étaient à la fois publiques et bornées. L'idéal s'affichait sur les murs avec permission de la police. Qui se serait encore donné la peine de le fomenter dans l'ombre comme un crime ? Les rêveries excitées par Laulerque achevaient de vous faire sentir votre impuissance et votre délaissement. Le « Nous sommes tellement seuls » se mettait à clignoter comme une enseigne lumineuse, à courir en lettres de feu au front des immeubles d'en face.

Une phrase que prononça Jerphanion trahit quelque chose de ces pensées. Clanricard approuva, hochant la tête et arrondissant les yeux. Mathilde réfléchissait qu'à culture égale les hommes savent découvrir des raisons de se tourmenter auxquelles les femmes ne penseraient pas, ou penseraient plus légèrement. Ils ont toujours l'air d'avoir pris en charge le monde entier. Les femmes sont plus modestes. Elles se contentent des soucis qui viennent les frôler de près. Ils sont déjà bien assez nombreux. Et quand ils mettent en question les attachements du cœur, soudain les horizons du monde paraissent bien pâles. D'ailleurs, elle se défendait de juger, ou plutôt elle oscillait entre deux jugements. Tantôt elle trouvait sur ce point les hommes un peu naïfs, tous plus ou moins mégalomanes, et inférieurs aux femmes par le bon sens, qui est aussi un discernement de nos limites. Tantôt elle y voyait un signe de la prédominance de certains éléments nobles dans la nature masculine. L'homme restait l'antique veilleur qui, pendant que la femme et les enfants mènent leur petite vie dans la tente, guette les lointains périls.

Laulerque, lui aussi, commença par approuver. Il goûtait autant qu'un autre le plaisir de penser du mal de son temps. Mais il fit observer que ce qui manquait à l'époque actuelle, ce n'était certes pas d'avoir devant elle une tâche immense et urgente.

— Urgente... si vous voulez... », dit Jerphanion, « immense... oui, je vois bien en quel sens. Mais pas au point, pourtant, où l'était la tâche de ces hommes d'avant 89. Ce qu'ils s'étaient assigné, l'audace, l'étendue de leur plan, c'était tout de même formidable. Jamais conjuration — si conjuration il y a eu — n'a disposé, pour s'en nourrir, d'une vision des buts plus exaltante, plus capable de vous maintenir pendant des années en état de tension, en état de tremblement.

Et Jerphanion, qui pourtant avait bien des fois serré les dents d'enthousiasme à l'idée des grands changements qui restaient à faire dans la Société moderne, trouvait maintenant que c'était assez peu de chose au prix du grand changement de l'autre siècle. Il enviait les hommes de ce temps-là, et moins encore ceux qui avaient assisté au changement, que ceux qui avaient connu la longue ivresse d'y croire et de le préparer.

— Je ne suis pas de votre avis », dit Laulerque. « Évidemment toute comparaison de ce genre est bien difficile. Mais nous aussi, nous avons un ordre ancien à faire éclater. Nous aussi, nous avons un monde à créer ; un monde délivré principalement de deux servitudes, qui sont presque nouvelles ; oui, nées depuis la précédente libération : le militarisme et le capitalisme. Et il y a encore ceci : eux, jadis, ils avaient le temps devant eux ; le temps travaillait pour eux. Chaque année augmentait leurs chances, diminuait la force de résistance de l'adversaire. Et l'adversaire n'essayait aucune parade. Il se laissait comme fasciner peu à peu, et il attendait le coup. Il y avait une pente régulière et les événements glissaient. Nous, ce n'est pas ça. Nous avons le temps contre nous. Il fait marcher à notre rencontre une catastrophe assez lourde pour tout broyer, nous et nos plans. Si dans les deux ou trois ans qui viennent, nous ne réussissons pas à empêcher la guerre générale, tout le travail fait jusqu'ici est foutu. Et l'humanité retombe sur les genoux. Simplement. Avant de pouvoir penser à autre chose, nous avons donc à bloquer un événement énorme. Et pour ça, nous disposons de quoi, tout de suite ? De moyens minuscules, sans aucune proportion avec la masse qu'il s'agit d'arrêter. Il faudrait donc s'en servir avec une justesse et une promptitude incroyables. Vous vous rappelez ces récits où un chasseur voir s'avancer sur lui un ours de deux mètres, et il n'a qu'une balle dans sa carabine. Douze grammes pour mettre par terre cinq cents kilos. S'il attend une seconde de trop, ou s'il vise un poil à côté, il est mort. Vous voyez que c'est assez dramatique comme situation ; que, pour des conjurés, ça pourrait être exaltant ; et que s'il y avait en ce moment une société secrète « digne de ce nom », elle aurait de la besogne.

Là-dessus, une réflexion de Laulerque les amena à parler de la Franc-Maçonnerie. Mais à la surprise de Clanricard, Laulerque déclara d'un ton modéré :

— Après tout, si j'étais à votre place, à l'un et à l'autre, je crois que je pousserais une pointe de ce côté-là.

— Et pourquoi pas toi ?

— Oh !... d'abord, moi, je suis un violent... Et puis j'ai déjà été en flirt avec Rothweil, et je lui ai claqué dans la main. Ça m'ennuierait d'avoir l'air de recommencer... J'ai entendu dire qu'il se manifestait dans la Franc-Maçonnerie de nouvelles tendances ; qu'elle cherchait à se rajeunir. C'est la seule Internationale, avec l'Église, qui soit à même d'agir secrètement. Contre les périls dont nous parlons... Eh bien ! il n'est pas invraisemblable qu'elle puisse faire quelque chose. Peut-être s'en préoccupe-t-elle déjà... Je ne connais pas assez M. Jerphanion pour lui donner un conseil. Mais toi, en tout cas, je te répète ce que te disait Darnould un jour... Qu'est-ce qui te retient d'en avoir le cœur net ? Va trouver Rothweil ou Liguevin ; Rothweil plutôt. On n'a pas le droit de gémir sur son isolement, si l'on ne fait jamais rien pour en sortir.

Il jeta un coup d'œil circulaire sur le café, qui après s'être regarni de consommateurs à l'heure de la sortie des spectacles, se vidait de nouveau. Trois ou quatre filles restaient, aux places les plus visibles. Elles n'espéraient plus rien ; mais elles obéissaient à une règle intérieure. Elles croyaient conjurer le destin en absorbant cette soirée de malchance jusqu'à la lie. Laulerque tira sa montre, fit un petit sifflement comme s'il s'avisait soudain de l'heure tardive, puis déclara d'un ton cavalier :

— Je crois que nous pourrions lever la séance.

Ils s'avancèrent jusqu'à la porte. De rares flocons d'une neige très dure et très fine commençaient à voleter dans l'air bourru. Laulerque dit à Clanricard :

— Tu te charges de raccompagner Mathilde Cazalis ? Moi je vais faire quelques pas avec M. Jerphanion. Bonsoir, tous les deux.

VII

GRAND SECRET DE LAULERQUE

— Ils ne vont pas trouver qu'on les a lâchés un peu vite ?

— Mais non. Clanricard sera enchanté que nous l'ayons laissé seul avec la petite Cazalis.

— Ils sont en bons termes ?

— En très bons termes.

Laulerque corrigea aussitôt :

— Hein ! N'en comprenez pas plus que je n'en dis. La petite personne est très sage. Je suis sûr qu'il ne s'est rien passé entre eux de décisif. Ils se marieront peut-être un jour. En attendant, ils ont l'air de se plaire ensemble. Et bien qu'elle ne repousse a priori les hommages de personne, elle marque une légère préférence pour ceux de Clanricard... Voilà.

Tout en se disant que l'affaire ne le concernait à aucun degré, Jerphanion fut heureux d'apprendre qu'entre Clanricard et Mathilde il ne s'était « rien passé de décisif ».

Laulerque continuait :

— Elle est jolie, hein ? Et pas pédagogue pour un sou.

— Elle est dans l'enseignement ?

— Oui. Elle fait la classe enfantine au petit Lycée Condorcet... Ça lui va très bien. Elle se flatte d'opinions avancées. Mais les gosses de Montmartre, de près, sentent un peu l'aigre. Elle pense gentiment à eux, tout en racontant des fables aux gosses de bourgeois.

Il se tut un instant. Puis :

— Si Clanricard ne se dépêche pas, j'ai comme une idée qu'elle lui glissera entre les mains. Elle se sera tout doucement habituée à une autre atmosphère. Elle rencontrera un petit professeur bien mis, juste assez socialiste pour qu'elle n'ait pas de scrupules.

Là-dessus, Jerphanion réfléchit — Mathilde Cazalis étant tout à fait hors de question — qu'il donnait vraiment trop peu de soins à sa propre mise. En quoi l'audace de la pensée est-elle incompatible avec une certaine sobre élégance ? Il peut même naître de là un accord assez rare, un nouveau prestige. Le jeune Bernard de Saint-Papoul, et tous les Saint-Papoul, y compris Jeanne, seraient bien étonnés, le jour où ils verraient s'asseoir à leur table un Jerphanion dont la cravate, la forme du revers de veston, le moindre détail de toilette seraient une leçon de goût, une allusion discrète aux tout derniers raffinements.

— Oh ! moi, vous savez », disait Laulerque, « ça ne m'indignerait pas. J'incline à croire qu'il ne faut pas exiger des femmes trop d'héroïsme...

Par où passons-nous ? Je puis très bien vous accompagner jusqu'aux Boulevards. Ça m'est tout à fait égal de revenir à pied et de me coucher à n'importe quelle heure... Je voulais causer un peu avec vous, seul à seul. Clanricard est un très brave type... Pas le premier venu, sûrement. Mais il y a des choses que je n'ai pas envie de lui dire. Je le connais pourtant depuis des années, et vous, je vous connais depuis ce soir. Mais c'est sans rapport... Vous me demandez si j'étais sincère en lui conseillant d'essayer du côté de la Maçonnerie ? Ça vous étonne ?... Mais oui, pourquoi pas ?... Il vous a peut-être répété des choses que je lui ai dites, concernant la Maçonnerie, et qui ne respiraient pas l'enthousiasme ? Je les pense encore ; quoique sous certaines réserves. Après tout, on n'a le droit de juger une institution pareille que lorsqu'on y est entré. Vous, vous avez des idées personnelles là-dessus ?

— Oh non ! pas du tout.

— Moi-même, ça m'agace de ne pas en savoir plus long. Je me dis parfois : « Ces frères Trois-Points, ils ont tout de même fondé la Troisième République, ils l'ont organisée, ils l'ont tirée d'affaire à plusieurs reprises. Ce que nous avons vu se réaliser peu à peu, s'inscrire dans les lois, a d'abord figuré, vingt ans, cinquante ans plus tôt, à l'ordre du jour des tenues de Loges. Il n'est donc pas absurde de leur prêter certaines vues d'avenir. Et il n'est pas invraisemblable que telles de ces vues coïncident avec les miennes. » Je me serais bien affilié, quitte à les plaquer ensuite. Mais c'est un rôle que je n'aimerais pas jouer, celui de renégat. Je n'ai rien d'un sauteur.

Laulerque, tout en marchant, regardait Jerphanion du coin de l'œil, comme s'il eût persisté à attendre son avis.

— Je vous écoute sans rien dire », fit Jerphanion, « parce qu'effectivement, je n'ai rien à dire. Je dois même vous avouer que je n'avais jamais tant pensé à la Franç-Maçonnerie qu'aujourd'hui.

— Vous ne connaissez pas de maçons ?

— J'en connais probablement, sans m'en douter.

— A Normale, il n'y a pas une activité dans cette direction-là ? Pas de recrutement ?

— Je ne crois pas... Je n'en ai jamais entendu parler... Je vais même vous sembler très naïf. Il m'est naturellement arrivé de lire, comme tout le monde, des diatribes contre la Maçonnerie. Mais dans le mode visionnaire. Je me disais : « C'est un croquemitaine pour gens bien-pensants. Ça les console d'une baisse en Bourse ou d'une année pluvieuse. » Je logeais ça dans l'armoire aux fantômes, où figurent les curés, les Juifs... Je savais qu'il y avait eu l'affaire des fiches... Je me doutais que dans certaines carrières on avançait plus vite si on était maçon... A part ça... C'est vous dire si j'ai été frappé de l'importance qu'on semble y attacher dans vos milieux.

— Oh ! pour des raisons qui chez certains ne sont pas très élevées... Mais c'est vrai, nous y pensons... Je vois très bien Clanricard là-dedans. Je suis persuadé qu'il y retrouverait son équilibre. Et comme, entre deux fournées d'arrivistes, ou de penseurs de sous-préfecture, ils doivent avoir besoin de temps en temps d'une recrue ardente et désintéressée, eux aussi feraient une bonne affaire... Vous, ça ne vous tente pas ?

— Non, pas du tout... C'est peut-être un préjugé absurde. Mais de ma part, ça me semblerait presque rigolo.

(Et Jerphanion songeait à Jallez, à l'ahurissement de Jallez, s'il apprenait que son camarade de thurne se prépare aux épreuves maçonniques.)

Laulerque ne répondit rien. Ils arrivaient à la place de la Trinité, et la traversèrent en silence. La neige, toujours aussi fine et aussi dure, formait une danse un peu plus serrée. Mais le picotement sur le visage de ces points parfaitement secs n'était pas désagréable. En dehors de Jerphanion et de Laulerque, il n'y avait, dans toute l'étendue de la place, que deux passants, fort éloignés l'un de l'autre, et qui marchaient vite. Un fiacre allait déboucher de la rue de Châteaudun. On avait éteint la moitié des lampadaires. Cependant la trame de l'espace restait lumineuse ; et le sommeil d'alentour en alerte. On ne risquait pas de prendre le suspens de ce lieu pour du calme, ni son vide pour une vraie solitude. On continuait à se sentir vers le centre d'une très grande ville. Certes deux promeneurs attardés pouvaient poursuivre la conversation la plus libre. Mais ils n'avaient pas l'impression d'être absolument sans témoins. Ils surveillaient l'éclat de leur voix — ce qu'ils n'eussent pas fait à la même heure dans une rue de la Villette, ou du quartier de la Gare. Quand ils approchaient d'une porte un peu plus enfoncée et obscure que les autres, quand ils longeaient une balustrade, une rangée d'arbustes, ils laissaient traîner une phrase, ou l'interrompaient. A l'angle des rues, ils jetaient machinalement un coup d'œil vers la gauche ou la droite.

Devant l'entrée de la Chaussée d'Antin, Laulerque marqua une hésitation. Il considérait l'enfilade de la rue. Elle semblait jusqu'au bout à peu près complètement déserte. Peut-être un couple d'agents était-il de garde au carrefour de la rue de Provence. Le bas des maisons formait des deux côtés une bande assez sombre, avec beaucoup de petites anfractuosités.

— Oh !... » murmura Laulerque du ton d'un homme qui se décide. « Oui... » Et il fit le mouvement de s'engager dans la rue, mais il prit le milieu de la chaussée.

— Vous craignez les attaques nocturnes ? observa Jerphanion. (Il tenait de Jallez que dans les parages dont on se méfie un peu, c'est une sage précaution que de marcher au milieu de la rue.)

— Non, pas du tout. Surtout à deux... Non...

Il répondait distraitement. Il suivait une idée. Puis, d'une voix qui non seulement baissait, mais allait chercher son timbre le plus intime :

— Figurez-vous qu'il m'est arrivé une drôle d'aventure, ces jours-ci. Je ne l'ai dit à personne. Vous êtes le premier... J'étais allé chez... enfin dans une grande librairie, chez un grand éditeur d'ouvrages classiques, pour me faire donner un livre, à titre de spécimen, un de ceux qu'ils ne lâchent pas facilement. L'employé hésite, me demande mon nom, va en référer à un chef. Il revient : « M. Untel désire vous parler. » On me conduit à un petit bureau, où se tenait un monsieur entre deux âges, dont la tête me disait vaguement quelque chose. Il attend que nous soyons seuls : « Vous êtes bien M. Laulerque que j'ai rencontré chez M. Sampeyre ? — Ah ! c'est donc là que... oui, oui, c'est moi. » Il ajoute assez bizarrement : « J'aimerais avoir un entretien avec vous. Pouvez-vous me recevoir un jour prochain ? Ou préférez-vous venir chez moi ? » Comme j'habite un pigeonnier pas très présentable, je lui réponds que ça ne me dérange pas d'aller le voir. Nous prenons rendez-vous. J'y vais. C'était un soir de la semaine dernière. Il me reçoit dans un logement assez coquet, très bien tenu, où il a l'air d'habiter seul. Nous causons. Il y avait beaucoup de portières, de doubles rideaux, de tentures épaisses. Une pièce douillette et parfaitement calfeutrée, où la voix ne résonnait pas plus que dans du coton. Il me dit qu'il m'a entendu exposer mes idées chez Sampeyre ; qu'il est naturel que je ne l'aie pas remarqué, car j'étais très animé ce soir-là ; que lui a été très frappé, qu'il s'est intéressé à moi. Et il me le prouve en me citant deux ou trois renseignements très précis sur ma personne, vraiment très précis... Puis, après des précautions oratoires que je vous épargne, il me déclare tout à coup : « Je vous ai entendu souhaiter, monsieur, qu'il existe actuellement une société secrète "digne de ce nom" (c'est en effet une formule dont je me suis souvent servi) et qui poursuive à peu près certains buts, qui vous sont chers. Vous avez dit que si elle existait, vous n'auriez rien de plus pressé que d'y entrer ? Eh bien, elle existe. Elle poursuit les buts en question. Elle a quelque chance de les atteindre. Voulez-vous en être ? » Hein ? C'était plutôt estomaquant ?

— Oui, en effet. Et quel était le genre du personnage ?

— Rien de très particulier. Pas rond-de-cuir, à coup sûr. Le regard énergique. Un peu le genre officier... Je lui réponds ce que vous lui auriez peut-être répondu : qu'évidemment la chose m'intéresse ; mais qu'il m'est impossible de lui donner comme ça une adhésion, même de principe ; qu'il me faudrait d'abord connaître l'objet exact de la société, son mode d'organisation, les milieux où elle se recrute, avoir une idée de ce qu'elle a déjà fait... Il me réplique avec le plus grand sang-froid que le propre de sa société est qu'on y adhère en connaissant uniquement la personne qui vous y fait entrer. J'ouvrais les yeux ; pour un peu, j'aurais rigolé. Mais mon type m'en imposait par son calme. Il avait l'air de trouver ça aussi naturel que s'il m'avait indiqué les règles d'un jeu de cartes. Il a ajouté que c'était une question de confiance individuelle ; qu'il y avait une période d'attente aussi longue qu'on voulait, pendant laquelle le recruté avait tout loisir d'étudier son recruteur, et réciproquement. « Je suis prêt, me dit-il, à vous fournir toutes sortes de moyens d'appréciation sur moi. » Plus tard, le nouvel adhérent pouvait être mis en contact avec d'autres affiliés, même avec des chefs, suivant les besoins de l'action. Mais en principe il restait toujours dans l'ignorance quant à l'ensemble de l'organisation, à son centre réel, à ses rouages, aux gens qui en faisaient partie. Je lui dis : « Mais alors, ils peuvent se rencontrer dans la vie sans se douter de rien ? Ils n'ont même pas entre eux un signe de reconnaissance ? — Un signe permanent, général ? me dit-il, non. Si en vue d'une besogne déterminée il y a intérêt à ce que deux ou plusieurs d'entre eux se reconnaissent, on leur en donne le moyen. C'est une question d'opportunité. » Tout en parlant, il atteint sur un rayon plusieurs brochures, les étale devant moi. La plus grosse était une thèse de doctorat ès sciences sur un sujet très spécial de physique. Il y avait aussi des tirages à part, de diverses couleurs ; deux ou trois numéros de la *Revue Rose,* avec une croix au crayon bleu sur le sommaire. Je ne saisissais pas très bien. « Ce sont, me dit-il, quelques-uns de mes travaux. Sans certaines circonstances je serais peut-être actuellement maître de conférence à la Sorbonne. D'ailleurs, je ne suis pas mal où je suis. J'ai l'esprit plus libre... » Moi je lui dis : « Admettez un instant que je vous croie sur parole, et que je sois tenté de m'affilier ; je ne veux pourtant pas qu'on puisse me faire faire aveuglément n'importe quoi... Je veux pouvoir apprécier, même discuter... » Il me répond avec un petit sourire : « Discuter ? Tiens ! J'avais cru comprendre que vous en aviez assez de tous ces partis qui ne sont que des occasions à discuter, et à bavarder. Je croyais que vous réclamiez des gens capables de décider et d'agir... Vous figurez-vous, monsieur, qu'on peut agir, si certaines consignes ne sont pas transmises silencieusement, et exécutées sans discussion ? Du moment qu'on est d'accord sur les buts. — Admettons... Mais, tout de même, quel genre d'ordres serais-je amené à recevoir ? — Ceux que vous auriez personnellement envie d'exécuter. Mais oui, nous tenons compte des préférences et des répugnances de chacun. Nous ne sommes pas assez bêtes pour faire marcher les gens à contrecœur. Vous, par exemple, vous avez dans l'année des périodes de vacances assez nombreuses, certaines assez longues. Vous pouvez souhaiter qu'on vous confie telle mission à l'étranger. — Mais encore quelle espèce de mission ? — Parfois tout simplement prendre contact avec quelqu'un, lui remettre un pli, lui faire un rapport verbal ; emporter sa réponse... Si, le cas échéant, nous avons besoin d'instruments plus... rudes, ou plus aveugles, nous tâcherons de les trouver. » Il ajoute : « Je tiens à préciser tout de suite que la règle, chez nous, du haut en bas, est le désintéressement absolu. Nous remboursons les frais lorsqu'il y en a. Mais nous entendons ne travailler qu'entre gens que n'effleure aucun soupçon d'intérêt personnel ; dont le seul ressort soit le dévouement à un idéal commun. Nous pouvons être obligés pour certaines besognes d'utiliser des individus qui n'agissent que pour l'argent. Alors, nous les payons. Mais ils ne font partie à aucun degré de l'organisation même. Ce sont des salariés. Et cela doit rester exceptionnel. » Là-dessus, je lui ai fait remarquer que je n'étais guère renseigné encore sur cet « idéal commun ». Il me répond en souriant : « Mais c'est le vôtre, je vous répète, cher monsieur, le vôtre ! Vous saisissez là l'effet d'un autre de nos principes. Nous nous adressons le moins possible à des gens qu'il faudrait d'abord convertir. Nous ne croyons guère à ça. Ce que nous cherchons, c'est à découvrir et à rassembler un petit nombre d'hommes déjà arrivés par eux-mêmes à certaines convictions fortes. » Je n'étais guère plus avancé. Mais il n'y a pas eu moyen, ce soir-là, de le faire s'expliquer davantage. Comme ça me tarabustait malgré tout, je suis allé le revoir, trois jours après. Sans même envisager une décision quelconque, j'avais des questions à lui poser.

— Je pense bien ! dit Jerphanion.

— N'est-ce pas ? » Et Laulerque partit d'un rire assez gai. « Mais d'abord, dites... Quelles questions, vous, auriez-vous eu envie de lui poser ? Ça m'intéresserait.

— Il y en a d'abord que je me serais posées à moi... oui, des impressions, qui m'auraient bien gêné dès le début.

— Lesquelles ?

— Je vous parle franchement, hein ? Vous n'êtes pas déjà engagé ?

— Non, non ! Je ne suis pas si gosse. Allez-y.

— Eh bien, à première vue, cet employé de librairie, cette espèce de chef de rayon, agent d'une redoutable société secrète, agent important... agent recruteur... Je ne sais pas... ça a l'air d'une blague...

— Vous n'avez pas vu le bonhomme, surtout chez lui. Ça change tout.

— ... et puis, la naïveté du procédé, l'absence de précautions élémentaires. Il ne vous a pas confié grand-chose de précis, soit. Mais il vous a pourtant révélé l'essentiel. Qui vous empêcherait maintenant d'aller trouver la police ? La police n'aurait plus qu'à le surveiller, qu'à le pister. Elle décèlerait ses accointances. De fil en aiguille, elle remonterait jusqu'au cœur de l'organisation.

— Marchez, marchez.

— Je ne sais pas... Tout ça me paraît manquer d'authenticité.

— Donc vous vous seriez dit d'emblée : « C'est une fumisterie » ?

— Presque... ou plutôt : C'est un brave type, un peu piqué, qui trouve la vie trop plate, les heures de bureau trop poussiéreuses, et qui s'est construit un petit roman. Qui a peut-être réussi à mettre dans son roman trois ou quatre autres piqués comme lui... Ou alors...

— Marchez. Marchez...

— Ou alors, dans la mesure où j'aurais cru à quelque chose de plus sérieux, je me serais demandé si, en fait d'idéal, il ne s'agirait pas tout simplement d'une organisation d'espionnage au service d'une puissance étrangère ?...

— Ah ! tiens !

— Vous n'y avez pas songé, vous ?

— Non. Un peu par principe, je vous dirai. Si on commence à rêver d'espionnage, on est comme le mari jaloux qui se fourre dans sa tête que sa femme le trompe. A partir de ce moment-là, plus rien ne résiste au soupçon. Quand je lis un article de Jaurès en faveur de la paix, je puis m'imaginer que Jaurès est payé par l'Allemagne. Hein ? Je puis me dire aussi que la campagne syndicaliste de Gurau dans *La Sanction* a été payée par l'Allemagne ; et que c'est pour mieux faire encore les affaires de l'Allemagne qu'il s'est faufilé dans le dernier ministère. Je puis me dire que Sampeyre, n'ayant pas assez de sa retraite, se procure des subsides du même côté... Mais oui... Et qu'il est chargé d'entretenir dans les milieux de l'enseignement un petit foyer de purulence révolutionnaire. Une fois qu'on y est !

— Vous avouez pourtant bien que les espions, les services d'espionnage, avec toutes leurs ramifications, ça existe ? Ce n'est pas parce que le soupçon est délirant dans certains cas qu'il faut se l'interdire dans tous...

— Oui, mais alors votre objection de tout à l'heure, que je me suis faite aussi, croyez-le, se retourne contre vous. Si mon homme est un agent d'espionnage, il risquait autant en s'ouvrant à moi.

— Avec cette différence pourtant qu'il lançait la police sur une fausse piste... Mais soit. Quelles ont été vos questions à vous ?

— Oh ! pour le reste, presque les vôtres. J'ai tâché de lui faire comprendre, le plus poliment que j'ai pu, qu'on est un peu surpris quand une organisation révolutionnaire, ayant un programme d'action directe, se présente à vous sous les apparences d'un rond-de-cuir... Il m'a répondu, sans se démonter : « N'est-ce pas ? C'est hautement improbable ? Tant mieux. Encore une de nos règles, et une de nos forces ; nous attacher autant que possible des gens qui par leur situation sociale, leurs allures n'éveillent aucun soupçon. Comme ce serait malin, en effet, si nous nous recrutions dans les milieux d'agitateurs professionnels, ou de déclassés, d'individus aux moyens d'existence mal définis, que la police tient à l'œil, et qu'elle a tôt fait de repérer, quand ils ne vont pas d'eux-mêmes lui offrir leurs services. » J'en ai profité, justement, pour lui dire : « Mais, à propos de la police, votre façon de recruter ne m'a pas l'air des plus prudentes. Supposez qu'au lieu de moi, il y ait ici en ce moment quelqu'un d'autre, et que ce quelqu'un, en sortant de chez vous, aille s'épancher dans le gilet d'un argousin. » Il a souri : « Vous raisonnez mal, cher monsieur. C'est vous qui êtes ici, en ce moment, et non pas quelqu'un d'autre. Mais admettons... Je suis dénoncé ? Et puis après ? Où y a-t-il un commencement de preuve ? » Il m'a montré du geste ses casiers : « On peut perquisitionner, ouvrir ma correspondance, enquêter sur mes ressources. Je ne crains rien... Qui vous dit aussi que je n'ai pas un ami dévoué, çà et là... où vous voudrez, à la Préfecture, à la Sûreté Générale, qui fera prendre à la dénonciation le chemin du panier, avec les cinquante lettres de fous, de persécutés, qui leur arrivent quotidiennement ? Hein ? Qui vous dit même que je n'ai pas les moyens de faire regretter au dénonciateur sa petite plaisanterie ? » Là-dessus il change de ton, me regarde droit dans les yeux, et me déclare : « D'ailleurs il ne s'agit pas de quelqu'un d'autre... Il s'agit de vous. Eh bien, j'ai pu me tromper sur vous en croyant que vous étiez prêt à mettre vos idées en pratique. Vous avez peut-être les yeux plus grands que le ventre. Mais il y a une chose que je vous affirme : Vous aimeriez mieux, en sortant d'ici, vous jeter sous une rame de métro que de me dénoncer. Pourquoi ? Parce que vous savez que je suis un homme qui travaille pour son idéal... Oui, vous le savez. Vous en êtes sûr. Et même si vous refusez de me suivre, même si vous me désapprouvez, vous avez de l'estime pour moi. Et vous qui hésiteriez certainement à livrer un assassin, vous voudriez me faire croire que l'idée pourrait vous venir de livrer l'homme que je suis ?... Non. »

Laulerque s'interrompit, s'arrêta au milieu du trottoir, sous un lampadaire de l'avenue de l'Opéra, où leur marche distraite les avait menés. Il dit à Jerphanion d'une voix concentrée :

— Vous savez qu'il avait une sacrée allure en me disant ça ! Je ne pensais plus une seconde au rond-de-cuir. C'était impressionnant.

Mais Jerphanion, qui avait la manie discuteuse de la jeunesse, rétorqua :

— Ça n'empêche pas que vous me le racontez ce soir, à moi, et que si, moi, j'étais un salaud...

Laulerque sursauta :

— D'abord j'ai supprimé certaines indications... Et puis, pourquoi vous l'ai-je raconté, à vous le premier, à vous seul ? Parce que moi à mon tour je suis sûr de vous... Je retombe sur son argument. C'est très fort au fond, ce qu'il m'a dit là. C'est une idée grande, extraordinairement émouvante. Et d'une vérité qui va loin dans l'homme. L'idée qu'une chaîne de confiance, de fidélité, peut se créer anneau par anneau. Les sceptiques vous répètent qu'on ne doit se fier à personne, que vous ne connaîtrez jamais assez votre plus vieil ami, votre femme, votre fils, pour oser jurer qu'ils ne vous trahiront pas. Ils ont raison. C'est ce qui leur arrive à eux ; et ils le méritent. Mais est-ce que vous ne sentez pas que pour rien au monde, vous, maintenant, vous ne vendriez cet homme, que pourtant vous n'avez jamais vu ? Et moi, eh bien ! supposons que vous vous serviez de ce que je vous ai dit pour mettre la police à ses trousses, je ne sais pas, mais je crois que je vous rattraperais, et que je vous étranglerais sur place, pas pour me venger, moi, non, mais pour venger la foi de l'homme envers l'homme.

Ils se remirent en route. Laulerque était en proie à une exaltation magnifique, que la précaution qu'il continuait à prendre de parler à mi-voix faisait affluer tout entière dans le regard. Jerphanion lui aussi trouvait que l'idée était grande. Par ces deux jeunes hommes, dans cette avenue déserte, un fait honorable pour toute l'espèce était constaté. Les flammes et halos des lampes haut situées prêtaient à leur témoignage une solennité que rien d'autre ne disputait. Plus tard, quand ils auraient besoin, chacun de son côté, dans les traverses particulières de leur vie, de ne pas désespérer de la nature humaine, ils verraient peut-être, avec un peu d'étonnement, revenir du fond d'eux-mêmes deux longues files de lumières dominant des trottoirs abandonnés ; et juste à ce moment-là, une consolation mal explicable les baignerait de son souffle.

— Mais », dit Jerphanion, « vous n'avez pas essayé d'avoir plus de détails sur les buts mêmes qu'ils poursuivent ? Jusqu'ici ça me semble un peu vague.

— Si, j'ai essayé. Il m'a lâché ça au compte-gouttes. J'ai cru comprendre qu'au début leur organisation — qui ne semble pas dater de bien loin — avait eu des vues très générales, très vastes, dans le sens d'une transformation de l'humanité, d'une unification de l'humanité — ce n'est pas trop obscur ce que je vous dis là, non ? — et d'abord de l'unification des peuples de race blanche. Que dès l'origine, tout en travaillant pour le plus grand nombre, ils s'étaient écartés des méthodes démocratiques. Ils n'ont jamais eu confiance dans l'aptitude des masses à obtenir ce qu'elles souhaitent obscurément. Ils pensent que le socialisme par exemple peut servir à entretenir dans les masses ouvrières, dans l'ensemble de la société, un état de préparation, ou d'anxiété, utile ; mais que par lui-même, sous la forme à la fois démagogique et parlementaire qu'il a un peu partout, il est incapable de prendre la direction des événements... Outre ce que son credo économique peut avoir d'étroit et d'impraticable.

— A peu près », interrompit Jerphanion en s'efforçant d'enlever à sa remarque toute pointe désobligeante, « les idées que vous nous avez exposées tout à l'heure au café ?

— Oui... Ne me prenez pourtant pas pour un perroquet. Comme vous n'avez pas assisté à nos réunions chez Sampeyre, la coïncidence peut vous paraître suspecte. Clanricard vous dira que je leur rabâche ça depuis longtemps. C'est un de mes dadas... Mais écoutez la suite. Ils se sont convaincus, eux aussi, paraît-il, et assez récemment, qu'il fallait pour le moment laisser de côté les grands projets d'avenir pour courir au plus pressé. Et que le plus pressé est d'empêcher une guerre générale européenne. Les informations qu'ils recueillent — grâce aux affiliés qu'ils ont dans les divers pays, et dont certains occuperaient des situations éminentes — leur font penser que cette guerre éclatera au plus tard dans les deux ou trois ans, à moins d'une intervention héroïque. (Je reconnais que c'est lui qui m'a mis dans la tête ce chiffre de deux ou trois ans, que j'ai prononcé tout à l'heure. Moi, je croyais à un délai un peu plus long.) Bref, leur but prochain, ça me paraît bien être ça : empêcher la guerre, à l'aide de moyens secrets et directs, comme ceux dont je parlais.

Jerphanion secoua la tête :

— Je ne vois pas très bien...

— ... Ah ?... Moi, si, je dois dire. D'ailleurs, j'ai le sentiment qu'en dehors de ces moyens très... particuliers, ils se réservent d'agir d'une façon plus détournée, ou plus douce, par toutes les voies où ils ont accès. Il m'a demandé si j'étais du Parti Socialiste, si j'étais maçon. « Serait-ce rédhibitoire ? » lui ai-je dit. « Aucunement. Étant bien entendu que la fidélité à notre organisation doit passer avant tout le reste, et que la présence de l'un de nous dans une autre organisation ne se justifie que si elle tourne au bénéfice de la cause. » Ça non plus, ça n'est pas bête, hein ? Vous ne trouvez pas ? Ça me fait trotter l'imagination. Supposez que Clanricard entre dans la Maçonnerie, comme il en a bien envie ; que vous-même, en dépit de nos objections, vous vous passiez la fantaisie d'adhérer au Parti unifié. Et que moi, qui suis plus casse-cou, je me laisse affilier à leur secte mystérieuse... Eh bien ! nous pourrions rester en contact, échanger nos impressions, aider certains mots d'ordre à circuler d'un groupement à l'autre...

Jerphanion se disait : « Voilà mon gaillard qui prend le mors aux dents. » Il observa tout haut :

— Vous oubliez que nous ne serions chacun dans ces organisations qu'un rouage infime.

Laulerque, absorbé dans ses pensées, n'entendit pas l'objection. Son visage était parcouru de frémissements. Il reniflait. Jerphanion ajouta, avec une trace d'ironie amicale :

— De nous trois, je crois bien que c'est vous qui avez la plus forte envie à vous passer ? Hein ? Votre sergent recruteur ne sera pas longtemps sans vous revoir.

VIII

RETOUR DANS LA NUIT

Maintenant, Jerphanion est seul. Laulerque, comme pris d'une lassitude soudaine, n'a pas voulu dépasser le milieu du Pont des Arts. Ils se sont accoudés un instant à la balustrade ; ils ont jeté un regard sur le fleuve, dont les lueurs tremblantes, mais immuables, l'abondance calme, le niveau fidèle entre les structures séculaires de Paris, rappelaient qu'il y a aussi des choses qui durent ; des héritages de tranquillité, une force et une indifférence royales où l'éphémère n'a pas de prise ; que la vie n'est pas faite seulement de l'impatience ou de l'angoisse des cataclysmes.

Puis Laulerque a dit : « Dès que j'aurai du nouveau, d'un côté ou d'un autre, je vous enverrai un petit mot. » Et ils se sont séparés.

Jerphanion sait qu'il ne pourra pas s'endormir avant l'aube. Il est trop excité. Il écoutera les bruits du dortoir rôder par-dessus les cloisons incomplètes.

Mieux vaudrait continuer à marcher dans Paris, semer sans fin les battements de son cœur le long des rues. Paris nocturne est ami de l'homme seul. Il est capable d'accueillir toutes les confidences. Il ne s'étonne de rien. Il répond par des souffles. Ses profondeurs un peu brumeuses, où veillent des lumières espacées, vous chuchotent : « Personne ne te comprend mieux que moi. Personne ne garde mieux les secrets. J'ai des refuges pour toutes les pensées. »

*
* *

Jerphanion ne s'est jamais senti mieux protégé de la tristesse ni de l'ennui. Le rythme de son cœur ressemble au pas d'une patrouille que l'on mène exécuter un coup de main avant l'aube. A chaque instant une nouvelle suite de pensées prend un excès d'intérêt qui la porte fugitivement à l'incandescence. L'esprit fait acte de présence partout. Il est comme un ciel orageux de nuit d'été. De quelque côté qu'on se tourne, un éclair griffe, mord, transperce l'ombre. La bêtise est loin. La vieillesse est loin.

Pourtant Jerphanion éprouve presque le contraire du bien-être. Il est agacé, irrité. Ce dont il souffre peut-être le plus, c'est d'être forcé d'admettre une extrême complication dans une zone assez étendue de la réalité où il pénètre vraiment pour la première fois, et qu'il se représentait naguère avec une simplicité allègre. D'autant qu'il aime en général la simplicité. Elle satisfait ce qu'il a de robuste dans sa nature, de rustique dans son ascendance. Elle flatte son besoin de carrure dans les jugements. Mais comme il n'est pas sot, il ne s'obstine pas à lui donner raison quand elle a tort.

Que tout était clair, le soir de la promenade dans les quartiers terribles ! Le mal crevait les yeux ; le devoir sortait en ligne droite de la colère. Le seul problème était de transformer une explosion du sentiment en une détente régulière de la volonté.

C'est courir un gros risque que d'aller voir les choses de trop près. Il n'est pas étonnant que tant de gens, à mesure qu'ils avancent sur elles, ferment les yeux, et, au moment où il serait le plus nécessaire de regarder, s'arrangent pour rêver tout à fait.

Il ne retrouve même pas la sorte d'enchantement romanesque où l'avaient mis les propos de Laulerque une heure plus tôt. Ce monde bien machiné, et vu par en dessous. Les sociétés secrètes comme plusieurs réseaux de taupinières, plusieurs étages de galeries d'insectes. La volonté de quelques-uns circulant dans ces labyrinthes avec une vitesse miraculeuse. Une revanche de la liberté et de la qualité humaines. Une physique des sociétés, tout imprégnée de génie, où la cause et l'effet échappent à une morne loi d'équivalence. Tout redevenant possible.

Pourquoi l'enchantement a-t-il disparu ? Parce que les précisions sont arrivées. Voici l'entrée des taupinières ; le départ d'une des galeries d'insectes. C'est par un de ces trous-là qu'il faudrait se faufiler. Ce que le mystère vous tend, pour vous guider dans ses pénombres, c'est une main de chef de bureau. On essaye de se dire que la réalité se présente toujours comme cela : peu engageante, peu vraisemblable, et plus ou moins entachée de ridicule. (Si le hasard avait choisi, ce soir, pour vous y laisser jeter un coup d'œil, une autre entrée de souterrain, celle de la Franc-Maçonnerie par exemple, ne seriez-vous pas arrêté par autant d'invraisemblance, autant de ridicule ?) Quoi qu'il en soit, l'imagination reçoit une douche refroidissante.

Que faut-il penser de Laulerque ?

Il vous communique une excitation. Il déborde de vitalité. Mais ce n'est pas de vitalité que Jerphanion a besoin. Ce qui lui manque, c'est une indication sûre. Il ressemble à un voyageur qui marche d'un pas alerte vers des pays inconnus, mais qu'humilie d'avance l'idée de se tromper de chemin.

Laulerque est-il homme à donner une indication sûre ? Il n'est pas ignorant. Il n'est pas sot. Il n'est pas louche, non plus. Bien qu'il paraisse tout prêt à faire, dans certains cas, bon marché d'une vie humaine, on sent qu'il possède à sa façon une moralité supérieure. S'il tient du fanatique, on ne peut même pas le traiter vraiment d'illuminé. Dans ses yeux, la flamme coexiste avec la netteté du regard. Il se rangerait, au pis aller, dans les illuminés réalistes. Ce qui n'est pas très loin d'« aventurier », au sens plutôt favorable. Oui. Un tempérament d'aventurier.

« Naïf ? On n'est pas aventurier sans quelque naïveté. Mais peut-être me faut-il un certain toupet pour parler de la naïveté de Laulerque. Il connaît par expérience tant de choses dont je me contente de rêver par ouï-dire. Il a dépassé tant d'opinions que j'aborde tout juste. Disons donc fraîcheur persistante. Promptitude à s'emballer. Manque de sens critique ? Oui, je touche ici un point vrai. Et ce que je crois flairer chez lui, chez Clanricard aussi, de "primaire", revient sans doute à cela. Le "primaire" différerait d'un homme de formation classique, même si leurs origines sociales se ressemblent, par une susceptibilité du sens critique beaucoup moins vive. D'où un certain défaut de distinction. »

Jerphanion revoit le visage de Mathilde Cazalis, son regard, la trace de raillerie indulgente qu'elle glissait dans son sourire. Une femme, de même formation intellectuelle que ces hommes, n'a sans doute pas plus d'esprit critique ; mais elle est servie par sa finesse. Du même coup, elle ne peut se dispenser d'apercevoir en quoi un Jerphanion l'emporte sur eux. Rendons cette justice aux femmes. Leur désir de s'élever, même s'il ne vise, en fin de compte, que des satisfactions très positives dans l'ordre du confort et de la vanité, stimule leur discernement des hiérarchies naturelles.

« Il n'est pas question une seconde que j'essaye de la chiper à Clanricard. J'ai horreur de ces procédés. Une pareille émulation des mâles, avec son déclenchement automatique, a quelque chose d'avilissant. Un ami me présente la femme qu'il aime. Parce qu'il se trouve qu'elle est belle et désirable, j'irais en tomber amoureux, comme ça ? C'est aussi bête qu'un réflexe de grenouille. Ce qu'il peut y avoir de noblesse, de liberté souveraine dans les rapports humains en est mortellement touché. Comme si Jallez m'avait fait connaître sa petite Hélène. Est-ce que je me vois profitant d'une absence de Jallez pour décocher à Hélène des madrigaux tendancieux ? Je me vomirais. Et le regard de Jallez, quand il rentrerait ; car lui devinerait tout de suite. La hauteur dont son regard laisserait tomber : "Ah ! Tu es de cette espèce-là ?... Je t'avais fait trop d'honneur." Il est vrai que Clanricard n'est pas Jallez ; et qu'il ne viendrait probablement des yeux de Clanricard qu'un pauvre regard navré... accompagné, qui sait, d'un autre regard sur Mathilde, de la nuance : "Je me mets bien à votre place. Je sais que je ne vous mérite pas. Mais je m'étais figuré pourtant..." »

Là-dessus Jerphanion a conscience que ses scrupules eux-mêmes recouvrent une répugnante fatuité. « En voilà assez avec Mathilde Cazalis. Je suis un bien petit monsieur, si tout le remuement d'idées d'une journée comme celle-ci en arrive à ne plus faire dans ma tête que ce papillonnement de niaiseries autour des yeux d'une jolie fille. Ne pas perdre de vue les deux M. » (Il fait ainsi allusion à une formule qu'il a adoptée depuis peu, pour l'usage interne, formule d'excitation et de rappel à l'ordre : *Memento magnitudinis,* souviens-toi de la grandeur. Parfois il lui donne une traduction grecque : Μέμνησο μέγαν, où se retrouvent les deux M, et dont le tour elliptique, joint à la rareté plus grande de la langue et des signes, se défend encore plus pudiquement contre l'indiscrétion du dehors, même contre la propre ironie de l'esprit. Il a d'ailleurs éprouvé déjà la bienfaisance de sa formule. Prononcée tout à coup, à des moments où l'on se sentait rouler aux pensées basses, elle vous réveille comme une application d'eau fraîche sur les yeux.)

Cette fois encore l'évocation des deux M l'amène à opérer un rétablissement. Il se dit, en traversant le carrefour Médicis : « Voyons ! Où en suis-je ? De quoi suis-je parti ? De quoi s'agissait-il à l'origine ? Règle capitale dans la vie. Il se rencontre des jours décisifs, où l'on découvre sa propre vérité avec une force extrême ; où une lucidité exceptionnelle, appuyée sur un rassemblement de tout l'être, vous permet d'apercevoir jusqu'au lointain la direction où vous devez marcher. Et puis il y a les gens qui n'oublient plus ça ; à qui les circonstances feront faire certains crochets, mais que rien ne pourra plus désorienter. Ce qui compte pour eux, c'est la direction initiale. Ils oscillent, mais autour d'un axe. Magnifique. Ce sont les hommes forts. Les autres... la première circonstance les envoie à gauche ou à droite ; une seconde circonstance les cueille, les déroute un peu plus ; les zigzags s'embranchent l'un sur l'autre. Chaque incident devient un nouveau départ ; chaque point fortuit est une origine. Attention !... Gare à ces destinées de boule de croquet. Pour moi, en l'espèce, où est l'origine ? Dans cette fin de journée de décembre, où, redescendant des "quartiers terribles", j'ai "senti" d'un seul coup la Révolution. Il n'y a pas à ergoter. C'est là. C'est ça. Si je voulais absolument chercher plus loin, je remonterais peut-être à une certaine méditation sur les toits de l'École, après que Caulet m'avait quitté. Mais c'est le même axe. Bien se convaincre que certaines heures de la vie, par l'énorme quantité d'énergie mentale qu'elles libèrent brusquement, valent des années, méritent de commander des suites d'années, les engendrent.

« Il y a eu ensuite l'article de Clanricard, montré par Jallez. L'échange de lettres avec Clanricard. Puis cette journée-ci. N'ai-je pas perdu la direction ? Est-ce mon élan du début qui continue à faire sa poussée, à tâter les événements, à forcer leurs endroits de passage ? »

Jerphanion a le sentiment d'avoir dévié. De l'idée de la Révolution nécessaire et urgente, il est passé à l'idée de la recherche d'une « Église ». Ensuite la question a été de savoir quelle Église. Depuis cinq heures et demie il écoute des avis là-dessus. On l'a tour à tour conseillé et mis en garde, dégoûté de ceci, alléché vers cela. A chaque fois il s'est écarté un peu plus de son axe d'origine. Il s'est laissé amuser. Il a été l'enfant à qui on raconte des histoires. Encore une ! Encore une ! L'adhésion au

Parti Unifié était dans l'axe. La Franc-Maçonnerie ? ça file dans une direction qui déjà fait un angle notable. Sans parler de préventions irréfléchies, absurdes peut-être, mais qu'il ne serait pas si facile de réduire. Comme s'il s'agissait, avant d'aller plus loin, de se faire musulman, et d'accepter la circoncision. La société secrète de Laulerque ? Même si ce n'est pas une rêverie pure, quel petit sentier par côté, et peu rassurant, quelle promesse de cul-de-sac !

« D'abord, dans ce que j'appelle *l'origine* d'une conduite, il y a une certaine intuition des événements prochains, qui vaut ce qu'elle vaut, mais qui est la vôtre, qui fait corps avec votre volonté d'agir dans un certain sens, et même l'explique. Qu'est-ce que j'ai senti ces jours-là ? Était-ce l'approche de la guerre ? l'urgence tragique d'empêcher la guerre ? Non. J'ai senti la Révolution. C'est un fait. »

Tout en prenant plaisir au bruit de ses talons sur le trottoir de la rue Gay-Lussac, Jerphanion profite de la lucidité gaillarde qu'il s'attribue en ce moment pour mettre à jour ses idées sur la guerre. Il continue à penser, comme deux heures plus tôt, qu'elle n'est pas si menaçante qu'on veut bien le dire. C'est un épouvantail dont il n'est pas invraisemblable que les gouvernements aient intérêt à user, soit pour s'intimider les uns les autres, soit pour maintenir collectivement leurs peuples en respect. Une sorte d'An Mil. La crainte de l'An Mil, judicieusement exploitée, n'a pas nui à la suprématie de l'Église. La crainte de la guerre, en frappant les masses d'une certaine stupeur, affaiblit leur poussée. De plus, les armements qu'elle autorise laissent dans la main des dirigeants le moyen de mater toute insurrection.

Ce que Jerphanion néglige de remarquer, c'est que sa propre crainte de la guerre s'est atténuée dans le mesure exacte où s'éloignaient ses souvenirs de la caserne. Sa haine du militarisme a perdu sa verdeur de ton pour tourner à une condamnation de principe. Il se surprend à tolérer en lui-même plus d'une minute des états d'esprit qu'il eût naguère écartés comme à demi honteux. Il lui arrive d'être agréablement chatouillé quand il lit dans les journaux que notre aviation « progresse à pas de géant », que l'exploit de Latham, s'élevant à plus de mille mètres, le 7 janvier, au camp de Châlons, va répandre l'effroi chez l'ennemi éventuel, et que l'armée de nos alliés russes, un peu ébréchée en 1905, redevient un outil formidable. L'autre jour, il a vu un bataillon défiler en tenue de campagne boulevard Saint-Michel. Il n'a pas tout à fait refusé au passage le frisson réconfortant qui courait sur les nuques de la foule.

Il se permet de plus grandes audaces. Dans le secret de sa pensée, il se demande parfois si le prurit guerrier n'est pas chez les peuples un signe de santé et de jeunesse, dont il n'y a pas plus de raison de s'attrister que de la violence amoureuse chez les individus, ou que la complexion carnivore chez l'animal que nous continuons d'être. Ce soir, les yeux humides de Mathilde, les lèvres rouges de Mathilde viennent curieusement voisiner avec cette idée. Jerphanion a peu lu Nietzsche ; il goûte mal son emphase coléreuse où tremble une angoisse physiologique. Mais il reste que la voix de Nietzsche chante d'outre-tombe un hymne à la violence que le nouveau siècle écoute d'un air trop intéressé, chacun feignant de n'en retenir que les accents qui flattent sa passion. Même les hommes de Révolution, s'ils condamnent encore la guerre, ne refusent pas à l'esprit de guerre le droit d'aller et de venir dans leurs rêveries.

Jerphanion n'a jamais pris sur lui de confier à Jallez ces mouvements fugitifs. D'abord parce qu'ils sont fugitifs, et plus ou moins « sans aveu ». Mais aussi parce qu'il redoute la réaction de Jallez. Jallez ne s'indignerait probablement pas, aurait même tout l'air de comprendre. Mais il serait bien capable de témoigner ensuite à Jerphanion un éloignement imperceptible ; on ne sait quel air qui voudrait dire : « Si ça ne te fait rien, nous ne boirons plus dans le même verre. Je ne te crois pas du tout malade. Mais chacun ses microbes, n'est-ce pas ? »

Justement Jerphanion arrive dans l'allée centrale du dortoir. Il approche de la cellule de Jallez. Il a bien envie de réveiller son camarade. Pour quoi lui dire ? Tout, si c'était possible. Et faute de pouvoir lui dire tout, pour déposer un instant à côté de lui cette grosse charge d'inquiétude qu'il vient de traîner par les rues. Comme un chemineau dirait à un autre : « Regarde donc ce que je porte ! Hein ! Tu crois ! Soupèse un peu. »

Jerphanion considère dans l'ombre le rideau, la cloison incomplète. Il tâche de distinguer le souffle de Jallez. Mais Jallez est de ceux qu'on n'entend pas dormir. Son sommeil est aussi peu bestial que possible. Il avoue qu'il rêve beaucoup. Il doit donc rêver en ce moment. A quoi ? Peut-être à des choses dont il n'a jamais parlé.

Serait-il furieux si on le réveillait ? Peut-être pas. Il y aurait cependant son regard. « Était-ce bien nécessaire ? » dirait son regard. Jerphanion redoute ce genre de questions muettes.

Mais surtout il faudrait avouer à Jallez qu'en lui cachant le rendez-vous de ce soir on lui a menti. Jerphanion accepte, à la rigueur, d'avoir menti à Jallez, sans en être fier toutefois. Il n'accepte pas que Jallez le sache.

Cette raison-ci est plus grave que les autres, parce que plus durable. Demain matin, Jallez aura cessé de dormir. Il ne sera plus question d'avoir peur de le réveiller. Mais il sera toujours aussi impossible de lui avouer qu'on lui a menti. Il sera impossible de parler à Jallez de cette soirée pleine et troublante, qui semble faite exprès pour une longue conversation avec Jallez. Il y aura peut-être moyen de rattraper cela un jour ou l'autre. Mais en attendant Jerphanion estime que, pour une faute légère en somme, la punition est lourde.

IX

BOULEVARDIERS

Germaine Baader sent depuis quelques instants un frôlement répété le long de sa jambe gauche. Le contact serait assez vigoureux si l'étoffe de la jupe ne l'atténuait pas. Il est clair qu'une autre jambe s'évertue à frotter la sienne ; et c'est par le mollet — un mollet maigre, d'une forme probablement peu séduisante — qu'elle opère surtout. Mais il y a des moments où le genou s'en mêle, et même la cheville. Le mouvement est lent, sans nuances, on dirait sans espoir ; et non dépourvu d'un certain caractère maniaque. Il a commencé d'un seul coup. Quant à son origine, Germaine a failli avoir une seconde d'hésitation, tant à ce moment-là son voisin de gauche, qui est Jacques Avoyer, offrait une mine peu suspecte. Certes la table est assez étroite pour que Treilhard, assis en face de Germaine, lui atteigne la jambe ; mais quel acrobate devrait-il être pour donner à son frottement un parallélisme aussi parfait ! D'ailleurs, il est tout à la conversation. Il s'esclaffe entre deux phrases. Il distribue aux coupes de champagne les plus proches quelques postillons légers. Avoyer l'approuve avec de longs hochements de tête. Le frottement continue. Treilhard affirme tenir de bonne source que la vraie raison du retard de *Chantecler,* dont tout Paris s'occupe, est un nouvel état des négociations entre la famille Rostand et deux grands hôtels. Les Rostand étaient tombés d'accord, depuis plusieurs mois, sur le chiffre de la subvention quotidienne que leur verserait le *Majestic* durant le temps qu'ils y logeraient. Mais dans l'intervalle une maison rivale avait fait des propositions plus intéressantes. Ce que cherchaient les Rostand, c'était d'obtenir du *Majestic* un effort supplémentaire.

— La direction rouscaille. Elle prétend avoir leur parole ou, plutôt, leur signature, en bonne et due forme, au bas d'un reçu d'à valoir... parce que leur parole !... Oh ! Ils répondent qu'ils ne songent pas à se dédire. Mais qu'ils sont bien libres d'interrompre les répétitions, et de retourner à Cambo jusqu'à la pousse des feuilles. Ce serait un désastre pour l'hôtel. Il y a des tas d'Américains qui ont retenu des appartements pour une date ferme, et qui se fâcheraient.

Le reste de la table accueille l'histoire avec des marques inégales de complaisance. Mais personne ne tient expressément à la mettre en doute. Dans une réunion de cette sorte, la question de la vérité se pose peu. Certes, chacun est là pour raconter ce qu'il sait, et pour apprendre ce que les autres savent, au sujet des événements de Paris les plus actuels. Un pareil souper a bien, si l'on veut, le caractère d'une séance d'information, autant que d'une partie de plaisir. Rafraîchir ses informations est une tâche qui s'impose périodiquement à ces gens, moins encore pour satisfaire chez eux une curiosité ou une vanité gratuites, que pour leur permettre de ne pas déchoir, de garder leur rang et leur prestige dans un monde dont ils dépendent à l'excès, et où les diminutions de prestige ont tôt fait de se traduire par des conséquences matérielles. Mais les informations y sont accueillies dans un tout autre esprit qu'au sein d'une assemblée savante. On les pèse d'une certaine façon, on leur donne une cote, mais qui ne correspond pas à leur degré d'authenticité. On leur demande de se rapporter à l'un des événements dont on parle le plus, d'abonder dans le sens d'une opinion répandue, mais pourtant de piquer l'attention par la nouveauté du tour ou par un effet de surenchère. Elles ne peuvent répéter une information précédente qu'en la grossissant. Au surplus, il suffit qu'elles ne soient pas d'une invraisemblance balourde.

Après avoir reconnu, à n'en pas douter, que la jambe entreprenante était celle d'Avoyer, Germaine a retiré la sienne, assez vivement. Avoyer, très occupé par ses hochements de tête, victime aussi peut-être de son rythme trop mécanique, n'a pas rattrapé l'intervalle. Alors Germaine s'est demandé jusqu'à quel point le souci de sa dignité, celui de sa carrière, même la simple courtoisie lui permettaient de retirer sa jambe. Sans doute, elle est maintenant maîtresse de ministre, et fût-ce pour sauver une position aventurée sur les sucres (tout cela est bien fini, heureusement), il ne serait plus question de tolérer les privautés d'un Riccoboni. Mais Avoyer, si répugnant soit-il — il l'est plus en un sens que Riccoboni — tient la rubrique dramatique à *La Sanction,* est l'ami des pétroliers, ou leur officieux, trempe dans mainte combinaison, est fort capable de nuire. Ce souper est en somme un petit complot organisé en faveur de Germaine. Avoyer s'y est prêté. Son influence n'est pas grande, mais il la multiplie par l'agitation. Une méchanceté qu'il dirait à Henry Mareil, à Bérénine, à Marquis, à M. Roger Sammécaud, dérangerait peut-être le beau nuage qu'est un projet de théâtre. Un frôlement de mollet ne vaut pas qu'on coure un tel risque. Est-ce que Gurau lui-même, depuis qu'il est ministre, n'est pas devenu plus attentif à ne vexer personne, plus préoccupé de l'opinion d'un imbécile de couloir ? « C'est un maroufle. Mais je ne peux pas me le mettre à dos. » Voilà une réflexion qu'elle entend presque chaque jour. Donc elle laisse un peu sa jambe retourner vers la gauche, moins loin qu'au début, le genou seul vraiment exposé, le reste en retrait. Avoyer comprendra qu'on l'invite à une réserve de bonne compagnie, sans trop lui en vouloir. De fait, il se contente d'appuyer son genou contre celui de Germaine. Il renonce au va-et-vient.

C'est maintenant Henry Mareil qui parle. Il occupe la droite de Germaine. Il est, avec elle, le héros de la fête, l'occasion du complot. Il a une figure séduisante, assez molle, où le nez seul a de la vigueur. Ses yeux sont tendres, quoique gris-vert, un peu mous aussi. Il s'exprime posément, d'une voix modulée, bienveillante, tout juste désabusée. Dès qu'on lui prend la parole, il s'interrompt, avec un rien d'excès dans la politesse. Il ne rit jamais à fond, mais il sourit souvent. Il regarde volontiers les gens dans les yeux, et c'est à ce moment-là surtout qu'il leur sourit, comme s'il y mettait une insistance affectueuse, et s'il leur disait : « Vous et moi, nous sommes si spécialement faits pour nous deviner ! »

— Voyez-vous », explique-t-il du ton le plus modéré, et en évitant aussi un air d'apitoiement trop marqué dont il sent bien ce qu'en l'espèce il aurait de ridicule, « le cas de Rostand est assez tragique. C'est un homme de beaucoup de talent, qui a eu la malchance d'être pris pour un homme de génie. Comme il n'est pas sot, il a eu vaguement conscience du malentendu. Et depuis *Cyrano,* mais surtout depuis *L'Aiglon,* ce n'est plus une vie. Il se dit : « Ils vont s'en apercevoir. Ça va se découvrir. » Ses amis trop zélés voudraient nous faire croire que son angoisse est celle du grand homme qui, ayant produit de fabuleux chefs-d'œuvre, cherche à se surpasser, ce qui malheureusement est impossible. Mais non... » Mareil redouble à ce moment-là de modération, de bienveillance : « Est-ce que c'est arrivé à Hugo, à Wagner ? Eux, un beau jour, ils se sont surpassés. Ils ont fait *La Légende des Siècles,* ou *Tristan*. Sans tant d'histoires. Tout simplement parce qu'ils avaient dans le ventre des choses qu'ils n'en avaient pas encore sorties. Ça ne les a pas rendus malades. Au contraire. Ça les a soulagés. Vous savez que Rostand, voici deux ou trois ans, a été tout près de la folie, non pas une folie grandiose, non, une folie de trac... j'allais dire une folie d'impuissance. Il a passé des mois à se rouler par terre, sur le tapis, ou sur des divans... » La voix de Mareil se fait d'une extrême douceur pour évoquer ce spectacle. « Il avait des crises de sanglots... Il ne voulait surtout plus entendre parler de *Chantecler*. Mais tout à coup il voyait entrer Mme Rostand, le manuscrit de *Chantecler* roulé dans la main... vous savez, comme jadis le bourreau entrait dans les chambres de torture, avec tel ou tel instrument familier. Alors Rostand poussait des cris, le malheureux. Littéralement, il criait grâce. Vous imaginez la scène... Tout de même, il finissait par prendre son manuscrit. A plat ventre sur son divan, il se mettait à remâcher les vers de la tirade restée en panne. Tout ce qu'il avait écrit lui semblait affreux. Et rien ne venait. Ça durait deux heures, trois heures... Il pleurait. Il voulait mourir. Il s'enfonçait la tête dans un coussin. Il mordait le coussin... A la fin les docteurs se sont fâchés. Ils ont exigé que la dame le laisse tranquille...

La table a écouté avec les marques d'attention les plus flatteuses. Pas une nuance de l'anecdote, pas un effet de la voix n'a été perdu. Mareil est content de son succès, que l'auditoire souligne en gardant le silence quelques secondes.

— Son état a dû pourtant s'améliorer depuis », observe timidement Sammécaud. « La pièce a été terminée. A ce qu'il paraît.

Sammécaud, assis entre Mareil et Marquis, se trouve occuper, sur la droite de Germaine, le bout de la table, qui est de forme elliptique. C'est lui qui a insisté pour qu'on lui laissât cette place modeste. D'ailleurs on a déclaré bien haut, en s'asseyant, qu'il n'y avait pas de protocole. L'on a seulement prié Germaine de prendre la place du milieu. Treilhard s'est mis en face. La droite de Germaine s'est tout naturellement offerte à Henry Mareil, qui est l'homme célèbre de l'assistance. La maîtresse actuelle de Mareil, Suzanne Vignard, dite Suzette Vignal, jolie comédienne au talent limité, a pris l'autre place d'honneur, à droite de Treilhard. Avoyer s'est faufilé à gauche de Germaine. Bérénine est allé occuper l'autre bout de la table. Tout cela gardant les apparences du fortuit.

Sammécaud ne participe à la conversation que d'une façon discrète. Il regarde souvent du côté de Germaine.

— Oui, on assure qu'elle est terminée », répond Mareil, « et je l'espère bien sincèrement... Il fallait bien qu'elle fût terminée. Il y avait trop d'intérêts en jeu.

— Alors, vous voulez dire que...

— Je ne dis rien du tout.

Mais Treilhard se débride. Et tourné vers Sammécaud, de toute la supériorité qu'à deux heures du matin un boulevardier peut prendre sur un simple millionnaire, il s'écrie :

— Voyons ! C'est le secret de Polichinelle. Tout le monde sait que *Chantecler* a été terminé par Mme Rostand. On prétend même qu'il y a des morceaux du fils...

— Des morceaux du fils !... Oh ! Oh !... des morceaux du fils ! Heureusement que nous sommes au dessert !

Avoyer s'esclaffe de son mieux, et en profite pour recommencer contre le genou de Germaine un va-et-vient de plus faible amplitude. Treilhard se rengorge.

— ... Oh ! Oh ! Des morceaux du fils ! répète Avoyer en prenant la table à témoin de l'excellence du trait.

— Bien qu'il soit un peu jeune, observe Mareil, sur un ton finement réticent. (En réalité, il ne pense rien de plus que ce qu'il dit. Mais il s'en donne l'air.)

— Ce n'est même pas du poulet cocotte », crie Bérénine, « c'est du pot-au-feu !

—. Dites le chaudron des sorcières de *Macbeth*. C'est leur façon de faire du Shakespeare à Cambo.

— Et comment tout cela a-t-il pu s'arranger ? demande Sammécaud, en accentuant sa déférence.

— S'arranger... quoi ?... pour qu'au total ça ressemble à une pièce ? Bah !... Les gens seront en extase. Ils n'y regarderont pas de si près...

On m'a assuré pourtant que les tirades de la dame se reconnaissent à ce qu'elles sont encore plus tarabiscotées que celles du mari.

— Le coq chante clair, mais la poule pond obscur, crie Bérénine.

La table s'exclame :

— Vous avez entendu ?

— Oh ! excellent ! excellent !

— Avec votre permission, cher ami, je le resservirai.

De son regard expert, comme un officier de marine observe à la jumelle le point de chute d'un obus et le volume de la gerbe d'eau, Bérénine apprécie rapidement l'effet de son mot sur tout le cercle de l'assistance. Ce n'est pas tant aux exclamations qu'il s'en rapporte qu'à des signes moins faciles à contrefaire, qui se montrent fugitivement sur les visages, qui intéressent même parfois l'ensemble du corps et le maintien (un buste, à force de contentement, se renverse en arrière ; deux voisins, comme pour se prendre à témoin de leur plaisir, se tournent à demi l'un vers l'autre). Lui ne sourit qu'à peine ; d'abord parce qu'il est de bon ton de ne pas trop s'amuser de ses propres trouvailles ; mais surtout parce qu'il ne cesse d'être tendu. Dès le début d'une réunion comme celle-ci, il adopte une attitude mentale de travail. Il s'agit d'un travail analogue non pas à celui de l'artisan, qui n'a qu'à se débattre avec une matière morte, mais à celui du chasseur ou du guerrier primitif, du toréador, obligés de compter avec les malices du vivant, avec des situations imprévues, et de calculer d'avance des réactions que l'instant d'après peut rendre vaines. Parfois, mais bien rarement, Bérénine arrive nanti d'une certaine préparation. Il a fourbi dans la journée — il ne se lève guère qu'à midi — trois ou quatre « mots » sur les événements dont on aura le plus de chances de parler le soir. Il les a en poche. Le seul problème est de les produire avec une opportunité si exquise qu'ils aient l'air de jaillir de la conversation même. Ce qu'on peut favoriser en orientant les propos, en semant au préalable certaines amorces. Mais Bérénine est un homme pleinement sociable. La solitude lui accable l'esprit. Dans le petit logement de garçon qu'il s'est taillé dans l'appartement de sa mère, il ne sait que paresser ; il fume, ou feuillette un livre, en bâillant. Il y trouve parfois le sujet d'une chronique ; il en jette sur le papier les deux premières lignes. Mais le reste ne pourra sortir que dans le bruit d'une salle de rédaction, sur un bout de table qu'un camarade a prêté, au milieu des allées et venues, des poignées de main données par-dessus l'épaule, des « Bonjour, cher », « Bonjour, vieux », « Comment va, ami ? », « Passez-moi donc vos allumettes », « On ne vous a pas vu hier chez la Princesse », « Est-ce que vous serez demain à l'enterrement de ce pauvre Adophe ? », et autres phrases-moustiques faisant leur ronde émoustillante autour de l'esprit. De même pour les « mots ». Chaque fois qu'il arrive à un dîner, à un souper, Bérénine se reproche de n'avoir su s'imposer la demi-heure de travail préparatoire qui serait maintenant si rassurante. Mais il est de ceux que l'urgence fouette. Plongé dans la « circonstance », son esprit, d'un coup, se réveille, se tend. Tandis qu'il déplie sa serviette, Bérénine se met en posture d'exécuter, avec une virtuosité dont il n'a pas conscience, deux opérations bien distinctes : suivre les moindres mouvements d'une conversation d'ordinaire très capricieuse ; fabriquer pendant ce temps-là deux ou trois « mots », deux ou trois traits qui iront se ficher dans cette cible mouvante. Il est vrai que le propre de ces mots est de se rapporter aux sujets dont on parle. Donc le mouvement même de la conversation, s'il gêne d'un côté le travail interne, par l'attention qu'il exige, l'aide d'un autre côté par les excitations qu'il donne. C'est grâce à lui que naissent — chaque minute, plusieurs fois par minute — des idées de « mots ». Mais la plupart sont très sottes, ou même ne méritent pas le nom d'idées. Ce ne sont que résidus de la mémoire, ou balbutiements stériles. Pour qu'il y ait « idée », il faut que l'esprit éprouve un chatouillement inimitable, celui de l'invention. (Peu importe que l'invention soit infime ; son chatouillement est spécifique.) Mais ce serait trop beau, si le travail s'arrêtait là. Il est rare qu'un trait apparaisse dans l'esprit tout formé, avec sa juste taille, son poli, sa pointe. Heureux les soirs d'ivresse lucide, où le champagne s'accorde à un état favorable du corps, pour faire de vous un de ces improvisateurs infaillibles dont parle la légende, votre légende dorée à vous. Quelle joie, ces soirs-là ! Comme on se sent vivre ! Les « mots » jaillissent de vous, si vite qu'il semble que votre esprit ne les connaisse qu'à la sortie de votre bouche. A chaque instant une vague de rires revient vers vous comme votre écho et votre récompense. Les femmes, toutes pleines elles-mêmes d'un rire qui leur soulève la gorge, vous font de beaux regards mouillés, un peu de coin. Chaque « mot » réussi augmente vos forces, rend le suivant plus prompt et plus vif. Comme d'un fer de plus en plus rougi, chaque nouveau coup de marteau tire une plus haute gerbe d'étincelles.

Mais les jours ordinaires que Dieu fait, il faut se condamner à une besogne plus humble, qui sent le pédant de collège ou le versificateur laborieux : chercher des synonymes ; regratter des syllabes ; faire faire à la phrase un certain nombre de tours sur elle-même, jusqu'à ce qu'elle retombe sur ses pieds avec assurance. Sans préjudice de réflexions pleines d'une clairvoyance morose : « Comme c'est bête ce que je vais dire là ! Mais je me tais depuis le potage. Ils vont croire que je baisse. » Tandis qu'un morceau de poulet à la gelée vous peuple la bouche de son goût un peu cadavérique.

Justement, Bérénine (il s'appelle Lerond ; il a pratiqué plusieurs pseudonymes, mais a adopté définitivement celui-là qui date de la lune de miel de l'alliance franco-russe) se reproche, en se mordant la lèvre, ses mots de ce soir : « Pas fort. Ils ont ri pour ne pas m'humilier. » Ses mots de ce soir manquent de classe ; de portée aussi. Bérénine rêve de « mots » qui « vont loin ». Quand il s'abandonne à des visions, il imagine d'autres boulevardiers causant dans un couloir de théâtre, se répétant un de ses mots, et disant : « C'est du Bérénine pur. En ce sens que c'est follement drôle, et que ça va loin. » Voici trois minutes qu'il cherche à propos de *Chantecler*, de Rostand, de la famille Rostand, des marchandages où on la dit mêlée, un mot qui ne soit pas une simple calembredaine, un mot qu'on répétera demain dans Paris, que les confrères des petits journaux vous chiperont. (Il est agaçant de se voir dépouillé. Mais c'est aussi un hommage. Quelqu'un finira bien par dire : « Si ce n'est pas de Bérénine, c'est du Bérénine. Et du meilleur. »)

Mais le mot ne s'annonce pas. Bérénine est très malheureux. Il pense à son âge, à ses cheveux qui grisonnent et qui tombent, à la dent qu'on vient de lui arracher, et qui tenait si peu. Il rajuste son monocle ; vide sa coupe. D'où vient que certaines nuits l'extra-dry tombe en vous sans y rien réchauffer ? Nuits implacables, où même le vin vous dégrise. Bérénine pense aux fumeurs d'opium ; à ces politiciens qui, dit-on, avant de monter à la tribune, s'enfoncent une seringue de morphine dans la cuisse.

Mais Treilhard conte de nouvelles histoires sur *Chantecler*. *L'Illustration,* qui a payé quatre cent mille francs le privilège de publier la pièce... « Oui, mes enfants, quatre cent mille, et rubis sur l'ongle », fait un procès à un journal italien qui s'est procuré en fraude une des scènes principales et l'a reproduite.

— Et vous savez qui a vendu la scène au *Secolo* ? Ne cherchez pas... Mme Rostand !... Peut-être parce qu'elle l'avait écrite... Hein ! c'est du joli monde.

— Et combien l'a-t-elle fait payer ?

Treilhard prend une mine d'informateur scrupuleux, qui n'avance rien dont il ne soit sûr :

— Cher, évidemment. Mais je n'ai pas pu avoir de certitude quant au chiffre.

Tout à coup la voix de Bérénine traverse la pièce de part en part ; sa voix la plus haute et la plus métallique, celle qu'il réserve pour les « mots qui vont loin » :

— En somme, votre oiseau m'a l'air d'un coq comme tous les autres. Ce n'est pas son hymne au soleil qui l'empêche d'avoir les pattes dans le fumier.

Il y a deux ou trois rires manqués (la bouche s'ouvre, et plus même qu'il ne faut ; mais le son reste court et sec comme celui d'une claquette de bois). Des yeux se tournent poliment vers Bérénine. Avoyer frotte le genou de Germaine avec un regain d'audace. Les autres, qui causaient, attendent quelques secondes, comme des gens bien élevés laissent le passage à un monsieur pressé qui oublie de demander pardon. Bérénine souffre beaucoup. Ce qui augmente son dépit, c'est l'interrogation la plus torturante que puisse se poser un artiste après un échec : « Qu'est-ce qu'ils ont ? Il est très bon, mon mot, vraiment très bon. Alors quoi ? qu'est-ce qu'il leur faut, à ces imbéciles ? »

X

SOUCI DE GERMAINE. HENRY MAREIL, AUTEUR JUIF

Germaine n'est guère moins préoccupée que Bérénine. Ce souper, si léger d'apparence, doit marquer une date dans son destin. Jusqu'ici, aucun des convives n'a fait allusion à l'affaire qui les rassemble ; et peut-être se lèvera-t-on de table sans qu'il en ait été question. Mais ce n'est pas forcément mauvais signe. Tout à l'heure, dans l'antichambre, quand la dame du vestiaire apportera les manteaux, il suffira qu'Henry Mareil, au moment de baiser la main de Germaine, lâche un bout de phrase ou deux : « Je suis vraiment très enchanté... très... A quel entracte est-ce qu'on vous dérange le moins ? Et nous aurons vingt minutes pour causer tranquilles ?... Alors, parfait, parfait ! » Mais si Mareil se contente de politesses générales, tout est perdu.

Depuis que Gurau est ministre, l'ambition de Germaine a pris de l'impatience. Gurau, hélas ! ne s'en avise guère. Il a l'air de croire que sa propre élévation suffit pour deux. N'a-t-il pas augmenté les subsides, d'ailleurs peu réguliers, qu'il remet à son amie ? Quand elle insiste, il se dérobe, ou plaisante : « Tu oublies que je ne suis qu'un pauvre ministre du Travail. Ah ! si j'avais l'Instruction Publique... — Comme si Doumergue te refuserait... — Ton engagement à la Comédie-Française ? C'est trop tôt, ou trop tard. Il serait indigne de toi d'y végéter comme pensionnaire. Les chefs d'emploi se feraient un jeu de te maintenir dans l'ombre. Ah ! dans deux ou trois ans, oui. D'abord j'aurai changé de portefeuille. Je serai peut-être, qui sait ? président du Conseil... Même dès après les élections, je pèserai plus. J'y compte bien... De toute façon, il faut que d'ici là, sur le Boulevard, ton nom ait grandi. Et que, si tu persistes à vouloir te fourrer dans cette boîte, il ne soit plus question de t'étouffer. Que le public se dise : « Puisque Germaine Baader est entrée à la Comédie, nous exigeons qu'on l'utilise. »

Gurau n'est peut-être pas tout à fait sincère. Germaine sent bien qu'il tient surtout à préserver sa réputation d'intégrité. Qu'il soit l'amant d'une comédienne, personne n'y voit grand mal. C'est même, aux yeux de Paris, un brevet d'élégance. Et les électeurs tourangeaux ne sont pas des maniaques d'austérité. Les petits journaux imprimeront tout au plus : « Quand M. le Ministre du Travail s'est suffisamment embêté avec les délégations d'égoutiers ou d'électriciens, il n'est pas fâché de retrouver de jolis bras, où il oublie le salaire minimum et la journée de huit heures. » Mais il faut pouvoir leur répondre : « Le ministre ignore les attachements de l'homme privé. Sa maîtresse, dont il est d'ailleurs très fier, ne doit sa situation qu'à son talent. »

Germaine a donc suivi, bon gré mal gré, les conseils de Gurau. Elle s'est mis en tête de s'imposer sur le Boulevard par un coup d'éclat ; ou plusieurs. Entre-temps, quelqu'un s'est offert très gentiment à l'y aider. Il s'appelle M. Roger Sammécaud. Gurau le lui a présenté un soir de générale, au théâtre de Marquis. Germaine l'a trouvé correct, un peu timide. Il est revenu, les semaines suivantes, la saluer dans sa loge deux ou trois fois. Visites agréables et flatteuses, tant le visiteur ressemblait peu à ces adorateurs cyniques, dont on entend à cinquante pas les gros sabots. Sammécaud traitait Germaine comme une femme d'esprit dont la conversation mérite d'être recherchée. Il écoutait. Il avait l'air de réfléchir. Il insinuait parfois discrètement qu'à s'approcher, si peu que ce fût, des choses du théâtre, il s'apercevait que l'injustice règne de ce côté-là autant qu'ailleurs, et que les réputations y doivent à l'intrigue plus qu'au talent. Germaine n'ignorait pas qu'il appartenait à ce puissant groupe des pétroliers, pour qui mettre sous sa coupe le journal où écrivait Gurau, et le théâtre où elle jouait, n'avait été qu'une bagatelle. Elle n'en admirait que davantage la réserve de ses manières. Pas une nuance de ses propos ne laissait entendre qu'il était de ces hommes qui peuvent se dispenser de plaire, à la faveur des armes d'une autre sorte dont ils disposent. Rien ne touche plus une femme chez qui le désir d'arriver ne fait pas litière de l'orgueil.

Germaine confia donc tout naturellement à Sammécaud les ambitions qu'elle avait, et aussi le peu d'appui qu'elle pouvait attendre de Gurau. « Je n'ose pas lui donner tort », disait Sammécaud, d'un ton méditatif et équitable. « Je l'aime mieux avec ses scrupules parfois excessifs que si on le voyait, comme tant d'autres, se jeter dans la curée. Vous savez que c'est une très belle figure. — Mais je le sais ! disait-elle. — Et puis, il a un grand avenir à ménager. Il faut qu'il plane très au-dessus de ce monde-là, des mœurs habituelles de ces gens-là. » Mais on sentait que Sammécaud se réservait d'y réfléchir pour son compte.

Un jour Avoyer s'était présenté dans la loge ; chauve, myope, important, affairé, mystérieux. Il se retournait vers la porte pour voir si elle était fermée. Il agitait les bras. « Je crois que je tiens quelque chose de très considérable pour vous... Oui, oui, parfaitement. Mais chut !... La moindre fuite, et tout est par terrre... J'ai dit : très considérable. Un de nos grands amis communs, vous voyez qui, m'a fait part de vos aspirations, si légitimes. Entre parenthèses, vous auriez dû m'en parler plus tôt. C'est vrai ! Vous ne savez pas quel ami vous avez en moi. Bref, je me suis mis en campagne, *misterioso*. Même dans ma situation, ce n'est pas commode. Nous vivons à une époque d'appétits frénétiques. Ce n'est plus une poussée, c'est une ruée. Alors figurez-vous que, vous savez n'est-ce pas ? je suis très bien avec tout le monde à la Porte-Saint-Martin, du haut jusqu'en bas. On me dit à moi des choses qu'on ne confierait à personne. Ça, ce n'est pas par Hertz que je l'ai su ; non, ni par Rostand, vous allez voir pourquoi ; ni directement par Simone. Mais je l'ai su. Eh bien !... » il prit une voix de conspirateur : « Simone va les plaquer. Hein !... Ça va leur tomber dessus brusquement, à quelques semaines de leur générale. — Mais elle doit être terriblement ligotée par son contrat ? — Pas tant que vous croyez... Ils ont fini par lui taper sur les nerfs, tous. Ils ont bien une vague inquiétude, à cause de mots qui lui ont échappé. Mais ils prennent ça pour un moment de colère. Et ils n'ont rien prévu. Une doublure, naturellement. Mais personne qui soit capable de créer le rôle. Je vais vous dire une chose : à mon avis à moi, il n'y a qu'une femme à Paris qui puisse risquer la partie, si Simone lâche, c'est vous. Question de nature, d'âge, de timbre ; de talent aussi... Hein ! Vous voyez ce coup de tonnerre de Dieu ?... Je me suis déjà arrangé, oh ! sans leur mettre la puce à l'oreille, pour dire avant-hier soir à Hertz et Coquelin : « Vous suivez les progrès de l'épidémie de grippe ? Non ?... On n'en meurt guère, mais il paraît qu'on reste sur le flanc trois ou quatre semaines quand ce n'est pas six ou huit... Touchons du bois... Mais vous êtes-vous demandé ce que vous feriez si votre Faisane attrapait la grippe ?... — Évidemment, ce serait effrayant. Nous n'avons personne. — Pourquoi ? chers amis, leur ai-je dit. Vous avez l'air de défier le destin. — Pourquoi ? Mais parce qu'il n'y a personne. » Nous avons discuté, passé des noms en revue. J'ai laissé tomber le vôtre, du ton qu'il fallait. Ils n'ont pas trop sursauté : "Il lui manque un peu de bouteille... Le nom ferait maigre sur l'affiche..., etc." Mais c'est accroché. » Germaine interrompit : « Rostant n'acceptera jamais. Il me connaît à peine. J'ai dit de ses vers dans une matinée. Il est si exigeant. — Chut ! J'ai un moyen de pression sur Rostand, sur les Rostand. Quand je dis moi... Enfin, vous devinez... Cette dynastie a de tels besoins d'argent... Vous froncez les sourcils, chère amie ? Bien entendu, il n'est pas question d'un marché brutal. Non ! Cent fois non ! Mais on écoute volontiers un bon conseil, quand il vient d'une personne qui d'un autre côté peut vous rendre, ou ne pas vous rendre, un gros service. »

Germaine s'est nourrie quinze jours de cette viande creuse. Quand Avoyer lui a dit : « Triste nouvelle, ma bien chère amie. Si elle partait, le rôle était pour vous. J'avais l'affaire en poche. Mais elle ne part plus, tout est recollé... Vous savez, les femmes... », elle n'a pas maîtrisé une crise de larmes, bien qu'elle n'ait pas la larme facile.

Cette fois-ci, l'affaire paraît plus sérieusement engagée. Avoyer a continué de battre les buissons. Mais il semble que Sammécaud ait pris à cœur de diriger lui-même la manœuvre.

Il s'agit d'obtenir d'Henry Mareil qu'il confie à Germaine le rôle principal de sa prochaine pièce, qui doit passer, sauf imprévu, à la fin de l'hiver. Germaine est encore liée pour huit mois à la scène où elle joue. Mais la permission de Marquis n'est sollicitée que pour la forme.

Henry Mareil est l'un des « Trois Henry », avec Henry Bataille et Henry Bernstein. Il a dix ans de plus que Bataille, quatorze ans de plus que Bernstein. Ses débuts ont été plus tardifs. (Il a connu une époque de demi-flânerie où il s'essayait un peu à tort et à travers.) Le succès ne lui est venu que par étapes. Aussi le public a-t-il pris l'habitude de le mettre sur le même plan que les deux autres, de les traiter tous trois comme les vedettes de la même génération. Parfois Mareil, qui a horreur de la décrépitude, et qui est très soucieux de plaire aux femmes, comme auteur et comme homme, se félicite de cette légère confusion qui le rajeunit. A d'autres moments, il en est un peu agacé. Il aimerait que, sans le vieillir, on marquât les distances, et que ses deux confrères lui témoignassent discrètement, d'eux-mêmes, le respect qu'on doit à un aîné. Bataille, à défaut de respect, lui montre une timidité et une courtoisie qui en tiennent lieu. Mais les façons de Bernstein sont insupportables, non moins que sa hâte à réussir. Quand Mareil le voit apparaître dans les couloirs d'une générale, il éprouve une crispation, et se dérobe, s'il est encore temps. Mais l'autre, avec ses yeux inquiets et investigateurs d'homme de proie, l'a vite repéré. Il ne lui fait, de loin, ni petit signe, ni sourire. Mais c'est comme s'il disait : « Je t'ai vu. Tu n'as aucune raison de t'en aller. » Une minute après, Mareil, qui a repris avec un quidam une conversation, que gâte maintenant une imperceptible angoisse, se sent touché à l'épaule, se retourne, voit un Bernstein qui le domine de la tête, et qui déjà regarde plus loin. Du coin de cette bouche, qui est celle d'un manager de boxe, ou d'un boursier de Francfort, tombe une phrase que Mareil, dans son âme la plus secrète, ressent toujours comme une blessure. Un soir, Bernstein lui a dit simplement : « Vous travaillez ? » Mais la question suait la condescendance, le doute, l'ironie. L'âme la plus secrète déchiffre, à la place de ces mots inoffensifs : « On n'entend plus parler de vous... On n'annonce rien de vous... Vous faudra-t-il encore deux ans pour faire une pièce qui ne réussira qu'à moitié comme la dernière ? »

Mareil, qui ne manque pas de clairvoyance intérieure, se dit parfois : « C'est par jalousie d'auteur que je le déteste. A trente-trois ans, il est aussi connu que moi, qui en ai quarante-sept, et il a peut-être déjà gagné plus d'argent. Moi, à son âge, qu'est-ce que j'étais ? Un vague espoir du théâtre. » Mais il ajoute : « Soyons juste. Un succès de Bataille ne me fait pas souffrir de la même façon. Chaque être attire les sentiments de sa couleur. Ceux qui vont à Bernstein ne peuvent être qu'âpres et bas. Son talent, que je ne nie pas du tout, est odieux. Les brutes sommaires qu'il anime vous dégoûtent de la nature humaine. Et sa langue serait à vous dégoûter du français. On peut être encore plus vulgaire, ou encore plus prétentieux. Mais en mettre plus des deux à la fois, pas possible. Il a trouvé le dosage unique. Quant à ses procédés d'arrivisme... même si tout ce qu'on lui prête n'est pas vrai... Avant lui, il y avait, chez les plus âpres, une certaine décence, une gentillesse, qui étaient une des grâces traditionnelles du Boulevard... Je comprends qu'un Juif comme ça rende les gens antisémites. »

Henry Mareil est juif. Il s'appelle, de son patronyme, Lucien Wormser. Sa famille, tant maternelle que paternelle, est de Besançon. Sa mère est une Cahen. Plus haut les origines s'embrouillent. Certains ancêtres venaient du Sud. Quoi qu'il en soit, il plaît à Mareil de se rattacher aux Sefardim. Il leur sait gré d'avoir mieux conservé la pureté de la race. S'ils l'ont altérée, c'est en se mêlant aux peuples de la Méditerranée qui leur étaient plus ou moins parents, et dont les défauts, comme les qualités, sont aimables. Dès que les Sefardim échappent à la misère, leur type s'élance vers la beauté. On ne peut guère refuser de voir en eux une souche noble de l'espèce humaine.

Mareil se souvient de l'émotion qu'il éprouva un jour, à Amsterdam, sur le Meijerplein. De part et d'autre de la vaste place, la Synagogue des Sefardim et la Synagogue des Ashkenazim se regardaient. Mareil n'est pas un érudit. Il connaît fort mal l'histoire de la Dispersion, et n'a pas la mystique de la race. Mais ce jour-là, il était singulièrement remué. Il s'abandonnait aux effluves, et laissait son cœur s'orienter librement. « Juifs roux, à la peau tachetée de son, aux yeux bleus, ou verts, ou gris, se disait-il, je ne vous renie pas. Mais permettez-moi de préférer nos frères du Sud, qui ont mieux gardé l'héritage, d'envier leur peau brune, leurs sombres yeux lumineux, et leur profil qui, lorsqu'il est pur, est un des beaux profils du monde, avec celui des Grecs classiques, des Florentins de la Renaissance, et des vierges des cathédrales françaises. »

Se retrouvant ensuite sur le pavé de Kalverstraat, il chercha son image dans les miroirs des boutiques. Ce profil, il l'avait presque ; un peu plus mou, peut-être, ou un peu plus tendre. Mais ses yeux étaient gris-vert ; sa peau, grisâtre, et non vraiment brune... Il se regardait dans une glace, puis dans une autre, et souriait, le cœur un peu serré. Décidément, il n'était pas tout à fait de la race noble. Il portait en lui quelques-unes des impuretés de la Dispersion. Il les acceptait, comme on accepte un lien avec des membres moins favorisés de votre famille. Allusion muette qui compense en douceur ce qu'elle coûte en orgueil.

D'ailleurs, au retour de ce voyage, quand il passa la frontière française, il fondit de tendresse, et arrêta les larmes au bord de ses yeux.

Car Mareil aime la France. Il l'aime d'amour. Il s'en est aperçu à mesure qu'il grandissait. Après avoir trouvé tout naturel, comme les autres enfants, comme ses camarades du lycée, d'appartenir à ce pays, il s'en est émerveillé peu à peu, non certes comme d'une étrangeté, mais comme d'une grâce du destin. A la façon dont un cœur bien né s'émerveille d'avoir rencontré la femme qu'il aime, et se demande perpétuellement s'il la mérite.

Mareil met beaucoup de pudeur à laisser voir ce sentiment ; mais il est profondément blessé quand on a l'air d'en douter, plus encore quand on s'en étonne. « Comme si d'être juif ne me donnait pas cet avantage de me dire que mon amour pour la France n'était pas physiquement inévitable, bêtement organique ; qu'il contient au moins dans son principe la part de choix, de liberté, d'effusion que suppose le véritable amour. Oui, mes ancêtres auraient pu ne pas se fixer en France ; ou s'y déplaire et s'en retourner. Moi, je pourrais m'y sentir mystérieusement en exil. Or il est de fait que j'adore ce pays, et que je ne cesse d'en éprouver les aspects comme une suite de regards et de caresses. »

Le nom de plume qu'il s'est donné est un gage de cet amour. Un dimanche d'avril qu'il errait seul dans la grande banlieue parisienne, le jeune Lucien Wormser — il était alors employé de banque, suivant le vœu de sa famille, et rimait en secret un acte qu'il destinait à l'Odéon — rencontra au cours de sa promenade le village de Mareil, et lut sur la carte qu'on l'appelait aussi Mareil-en-France, sans doute pour le distinguer de quelque autre.

« Mareil-en-France ! » Pouvait-il y avoir nom plus beau, et dans ce jour d'avril incertain, site plus poignant ? Le paysage n'avait rien d'extraordinaire. Mais on y retrouvait le ton de l'Ile-de-France et le jeune homme chérissait l'Ile-de-France comme le plus fin duvet de la patrie. Il y avait le ciel fugitif, les nuages, les premiers arbres verdissants, l'air à la fois indulgent et vif, marin et terrestre ; les clochers, les toits, les collines ; l'émail bleu de la plaque des ponts et chaussées ; la mairie silencieuse ; la bonhomie républicaine ; des gens gauchement vêtus, mais au regard libre et raisonnable. Il y avait alentour, comme les cercles d'un vieil arbre, les pays de France, pleins de discrétion et de bon accueil ; et ce peuple alerte, avisé, où il y a plus de penseurs et d'amoureux que d'athlètes ; ce peuple qui cent ans plus tôt s'était mis dans une grande colère pour que l'avènement de la justice fût annoncé à tous les hommes. Le jeune Wormser connut une heure d'exaltation continue que ni le vent d'avril ni la boue des chemins ne parvenaient à refroidir.

Comme il était à cet âge où l'âme se montre, heureusement, plus sensible au sublime qu'au ridicule, il ne craignit pas de comparer son émoi de ce jour-là aux illuminations intérieures, restées célèbres dans l'histoire de l'esprit, par exemple à celle de Pascal. « *Je découvre* la France, comme il découvrait Dieu... Toute ma vie va découler de cette heure que je suis en train de vivre. » Et en effet il la vivait comme un feu d'aromates brûle sur un autel. Ses battements de cœur, ses respirations, ses pensées, tout cela tombait par poignées dans la flamme, y faisait des lueurs et des crépitements. « J'ai trouvé mon nom d'écrivain. Je m'appellerai Mareil, Lucien Mareil. Ou plutôt Henry Mareil ; parce que avec Louis, Henri est le plus français des prénoms, et celui du roi que j'aime le mieux. Plus tard, chaque fois que je lirai mon nom dans un journal, sur une affiche, chaque fois qu'un confrère me saluera : "Henry Mareil... Mareil...", une voix de mon cœur ajoutera tout bas, comme ces mots qu'une femme vous dit à l'oreille, dans un baiser : "en France... Mareil-en-France..." Personne ne pourra sourire, puisque personne n'en saura rien. Ce sera mon secret chéri. Mareil-en-France. » Il était si ému que ses lèvres, en frémissant, se froissaient l'une sur l'autre, et qu'il avait envie d'embrasser quelque chose : le vent, les arbres.

Il se fit des serments : « Je me jure d'être le plus français des écrivains. » Il chercha séance tenante les premières phrases, en prose poétique, d'un *Mystère de la France*, qui serait le pendant du fameux *Mystère de Jésus*. Mais il n'avait pas le souffle lyrique, ni cette tension de la pensée qui fait que l'abstraction devient soudain fulgurante. Il renonça donc au *Mystère*.

Pour le reste, Henry Mareil n'a pas trop mal tenu sa promesse, au moins dans l'esprit où il l'avait entendue. Son idée de la France, du génie français, n'est pas la plus haute qu'on puisse concevoir. Elle emprunte surtout aux siècles aimables et négligents. Mareil n'ignore pas qu'il y a eu un Moyen Age de grands constructeurs, de métaphysiciens et de mystiques. Il ne parle des « cathédrales » qu'en donnant soudain une gravité à son regard. Et il lui est arrivé deux ou trois fois dans sa vie de dire « *L'Imitation* » sur un ton réticent d'initié. Il sait se souvenir, à l'occasion, de Rabelais ou de Pascal. Il croit vénérer sans réserves les maîtres de 1660. Et il est en effet sensible à ce qu'il y a chez eux de vérité d'observation, d'infaillibilité psychologique, à leur connaissance de la passion amoureuse, et aussi à ce qu'il appelle « leurs bonheurs d'expression ». Mais leur sévérité de pensée, leur élégance intellectuelle, l'état de veille aigu où se maintient leur style ne lui donnent pas de frémissement spécial. Il n'ose pas s'avouer qu'un Racine, traduit en prose, où les tirades feraient place à un dialogue « haché et nerveux », lui paraîtrait gagner beaucoup, sans rien perdre qu'une pompe surannée. Il ne commence à se sentir tout à fait à l'aise qu'avec les gens du dix-huitième siècle ; non pas quand ils se piquent de découvrir la vraie philosophie, ou de réformer l'État ; ni davantage quand ils donnent dans la sécheresse et le cynisme. Il les aime quand ils ne se forcent à rien ; quand ils sont tendrement spontanés, nonchalamment raffinés ; quand ils n'ont qu'à céder à leur naturel pour être exquis. Son auteur idéal, le dix-huitième siècle lui en fournit d'ailleurs moins l'exemplaire que les éléments : ce serait comme un mélange de Marivaux et de l'abbé Prévost ; il aurait de l'un la pénétration délicate, la grâce du tour, même les ingéniosités, là où elles sont de mise. Mais il garderait pour les petites choses un langage plus quotidien, et pour les grandes il saurait atteindre au ton de la passion vraie, et, laissant toutes les gentillesses, vous communiquer ce goût de chair mordue, cette odeur de chambre d'amour au matin, de jolie fille fatiguée, toute cette meurtrissure amoureuse que le poète cursif de Manon nous tend comme un linge froissé.

C'est aussi pourquoi Henry Mareil, bien loin de se défendre d'être un « auteur du Boulevard », se flatte de ce titre, s'y enveloppe avec douceur. De quelle façon plus tendre, en quelque sorte plus intime, la France de toujours pourrait-elle lui dire qu'elle l'a adopté, qu'elle se reconnaît en lui ? Le Boulevard a sans doute ses travers, ses petitesses. Il vit un peu trop sur lui-même. Il croit que ses affaires tiennent en suspens le monde entier. Une nouvelle coucherie de comédienne balance aisément à ses yeux l'inconnu des prochaines élections anglaises. Mais jadis la Cour aussi vivait sur elle-même, était potinière et frivole. Ce qui ne l'a pas empêchée de distiller, de raréfier peu à peu la plus fine essence du génie français. Le Boulevard est l'héritier de la Cour. Il la supplée dans un temps de démocratie. Il maintient le droit du petit nombre à diriger le goût public. Même son étroitesse d'horizon intellectuel est une des conditions du rôle qu'il assume. Toutes les civilisations exquises n'ont pu durer et fleurir que dans ces sortes d'enclos. Les mauvais caractères diront que la Cour était faite des princes du sang, de ducs et pairs, de marquises, qu'elle rassemblait tous les plus grands noms de France ; tandis que le Boulevard est une bohème de journalistes, d'auteurs dramatiques, de comédiennes, et de quelques désœuvrés mondains, en voie de déclassement. C'est être dupe des apparences. Ce qui donnait de l'esprit aux gens de la Cour, ce n'était pas leur naissance ; c'était d'occuper dans la Société un point merveilleusement central, étourdi de lumière, fouetté par les regards de tout un peuple. Pourquoi le faubourg Saint-Germain compte-t-il si peu dans la vie nationale ? Les plus grands noms de France ne s'y sont pas éteints. On voit assez que par eux-mêmes ils donnent un faible éclat. D'ailleurs cette expression même : « les plus grands noms de France », est-il juste de l'entendre encore comme jadis ? Prononcez-la devant un bon bourgeois du Paris de 1910. Pensera-t-il aux Brissac, aux Castellane, aux Rohan, aux d'Uzès ? Ce n'est guère probable. Mais à Rostand, à Sarah Bernhardt, peut-être à Henry Mareil.

Henry Mareil a vivement souffert de l'Affaire Dreyfus. Au début, il n'a pas douté de la culpabilité du capitaine. Il s'est indigné, plus intimement qu'un non-Juif, du crime attribué à ce Juif. Il a trouvé le châtiment presque trop doux. Quand a commencé la campagne de révision, il a haussé les épaules : « Je reconnais bien là mes coreligionnaires. Leur manque de tact. Leur indiscrétion. Alors qu'on oubliait déjà ! » Il est resté antidreyfusard jusqu'à la veille du procès de Rennes. Peut-être y avait-il dans son attitude une trace de lâcheté envers le monde où il vivait. Mais elle restait imperceptible aux yeux de la conscience. La conscience se disait au contraire, avec un raidissement : « Bien sûr, tu aurais envie qu'un homme de ta race fût lavé de ce crime. Mais c'est pour cela même que tu dois être encore plus exigeant que d'autres sur les preuves. Et puis tu es français bien avant d'être juif. Tu es juif, comme on est d'une province. Si tu étais languedocien, ne trouverais-tu pas ridicule qu'on fît tant d'histoires pour se résigner à admettre qu'un languedocien ait pu trahir ? En attendant, l'agitation dreyfusarde divise la France et la dessert auprès de l'étranger. »

Aux alentours du procès de Rennes, il devint neutre. Il ne crut à l'innocence que vers la fin du ministère Waldeck-Rousseau. Il goûtait alors un plaisir de coquetterie assez raffiné à dire aux gens : « J'avoue... j'ai été long à convaincre. »

Peu après, la propagande de *L'Action Française* vint lui apporter d'autres amertumes. D'abord, elle lui faisait regretter les monarchistes courtois du Boulevard, aux yeux de qui être républicain n'était pas un crime beaucoup plus grave que de mal savoir s'habiller. Elle avait aussi le tort de perpétuer l'antisémitisme en lui donnant un statut. Mais ce qui le blessait le plus, c'est qu'elle prétendît se réserver et interdire à des gens comme lui des sentiments qu'il nourrissait avec une profonde tendresse ; c'est qu'elle les compromît en les liant à une doctrine, que, même s'il n'avait pas été juif, il n'aurait jamais eu la force d'adopter. Certaines phrases qu'il rencontrait chez Maurras, ou chez les jeunes partisans qui avaient attrapé le style du maître, lui faisaient mal, parce qu'elles auraient pu jaillir de son propre cœur. Cette façon aiguë, nerveuse, intime, de parler de la France ; ces abstractions lumineuses et frémissantes ; ce sens de la tradition nationale devenant presque une sensualité... « C'est moi qui aurais dû dire cela, s'écria-t-il. C'est exactement ce que je pensais, ce dont je vibrais jusqu'aux larmes quand je me promenais dans ce village sacré, quand je foulais la boue des chemins d'avril autour de ce village dont j'ai pris le nom. » Il se reprochait de n'avoir pas écrit son *Mystère de la France.* « Comme j'en serais fier maintenant ! Comme ça me mettrait à l'aise à l'égard de ces gens-là ! » Même les duretés de Maurras lui causaient une sorte de plaisir douloureux. « Il n'y a peut-être que lui et moi qui soyons français à ce degré. Deux amants de la même femme. Quand l'un fait allusion à une beauté cachée de leur maîtresse, personne ne peut comprendre, que l'autre. Et l'autre a envie de le tuer. » Un jour, il faillit envoyer à Maurras une lettre ouverte. Il en rumina les premières phrases. Réussie, elle eût donné à Mareil une position intellectuelle des plus élégantes. Mais il fallait la réussir, et plus qu'à moitié. Comme il voulait être émouvant, parler au cœur, il craignit d'être trahi par une certaine mollesse de son style, habitué à moduler des gémissements d'amoureuse, et qui devenait sec dès qu'il cessait de caresser. « J'aurais l'air de faire des avances. Il les repoussera d'une mine dégoûtée, ou les accueillera avec un indulgent mépris. Et la galerie dira : Comme ces Juifs sont plats tout de même ! Qui obligeait celui-là à chercher cet affront ? » Il n'écrivit pas plus la lettre qu'il n'avait écrit le *Mystère*.

*
* *

L'affaire de ce soir l'embarrasse. Il sait ce qu'on attend de lui, et il devine qu'il y a eu complot. Ce n'est d'ailleurs pas ce qui lui déplaît. Que tant de gens, dont aucun n'est tout à fait négligeable, se soient concertés pour le séduire, qu'on lui prodigue les attentions, que tout soit mis en œuvre pour fléchir sa volonté, ou fixer son caprice, voilà qui lui paraît le contraire d'une offense. Se sentir courtisé, assiégé, circonvenu, il ne déteste pas ces impressions féminines. Il inclinerait même, comme bien des femmes, à céder moins par faiblesse ou lassitude que pour récompenser la peine flatteuse qu'on se donne. Mais il est, dans sa vie d'auteur, prudent et avisé. Un discernement naturel, vif comme l'instinct, l'empêche de faire des sottises. Il sait comme personne choisir pour chaque pièce le théâtre et les interprètes qu'il faut. Naguère Capus lui a dédié un mot significatif : « Oh ! Mareil est comme tout le monde. Il lui arrive de donner le rôle de sa pièce à une comédienne avec laquelle il couche. Oui. Mais avant de coucher, soyez tranquille, il lui a fait passer une audition. » Sa liaison avec Suzette Vignal ne dément pas cette renommée. Le seul rôle, de second plan, qu'il lui ait confié jusqu'ici correspond juste au talent qu'on lui accorde, et en a utilisé toutes les ressources.

Mareil connaît insuffisamment Germaine Baader. Il l'a vue jouer, mais trop peu de fois, et dans des pièces qu'il n'aimait pas. Il la croit intelligente, volontaire, habile. Il ne la juge pas contraire au personnage qu'il s'agit de créer ; mais il craint qu'elle ne le déforme dans un sens fâcheux. Ce n'est pas tant l'ampleur que le sens de la déformation qui importe. « En écrivant, j'ai pensé à Réjane. Je savais bien que je n'aurais pas Réjane, pour toutes sortes de raisons. Mais c'est Réjane que je voyais, que j'entendais. Je dois partir de là. » Mareil, surtout quand il trace un personnage de femme, ne peut travailler qu'à la condition d'avoir constamment devant les yeux le fantôme d'une actrice vivante. Simple procédé d'excitation mentale, d'où ne résulte aucun asservissement pratique. Mareil se défend d'être comme ces auteurs, qu'il appelle auteurs-couturiers, dont les pièces, taillées étroitement à la mesure d'une vedette, ne peuvent avoir d'existence, de consistance, que si celle-là, et nulle autre, vient se loger dedans. Tel soir, où il a vu jouer Jane Hading, il a quitté le théâtre, tout enivré d'elle, et brûlant d'écrire pour elle. Déjà, dans l'ombre remuée du fiacre qui le ramenait, un sujet de pièce commençait à poindre. Des situations, des répliques, des gestes. Le lendemain, tout peut-être s'est évanoui. Mais si le projet a pris corps, si la pièce a été écrite, c'est toujours sous la dictée du fantôme. Par une ingratitude assez étrange, c'est une fois l'œuvre terminée que Jane Hading — s'il s'agit d'elle — cesse brusquement d'être indispensable. « Tant mieux si je puis l'avoir, évidemment. Mais je ne remuerai pas ciel et terre pour ça. Je serais même curieux de voir ce que donnerait une autre dans le rôle. » Curiosité légèrement perverse, où entre peut-être un certain dilettantisme juif, mais dont il ne prend conscience qu'en lui prêtant l'aspect le plus honorable. Il rapproche volontiers son cas de celui de Racine : « Lui aussi écrivait pour une comédienne, c'est-à-dire qu'il s'excitait sur une comédienne. Mais ensuite la Champmeslé pouvait disparaître. L'œuvre restait. » A quoi tient la différence entre Racine (ou Henry Mareil) et les auteurs-couturiers ? « Eux copient servilement le modèle. Ils utilisent ses menues particularités, ses effets extérieurs. Jusqu'à ses tics. Nous, ce que nous lui demandons, c'est de répandre sur nous, par sa présence idéale, une certaine mélodie. Ou encore de nous fournir une sorte de médiation avec la nature humaine ; sa façon d'atteindre le général sans quitter le vivant. »

Mareil a donc l'habitude, et presque le goût, de voir ses personnages créés autrement qu'il ne les a conçus. D'ailleurs, du manuscrit à la scène, un minimum de déformation est inévitable. C'est une des fatalités émouvantes du théâtre. L'auteur qui ne s'en accommode pas méconnaît le caractère de son art où le hasard est de moitié dans chaque opération. L'adresse consiste à le mettre de son côté, autant que faire se peut. L'accent imprévu que prend une pièce, les profondeurs qu'elle découvre dans une direction où l'œil ne les cherchait pas, et qui n'en paraissent que plus saisissantes, tous ces prestiges supérieurs au calcul, et qui sont à l'origine des plus grands succès, tiennent parfois à une heureuse erreur de distribution, à un désaccord exquis entre le personnage et l'interprète. Mais il faut savoir s'en aviser et s'en servir, comme le joaillier hardi accouple une pierre à une monture qui n'est pas faite pour la porter. Que pour la prochaine pièce de Mareil, Germaine soit une erreur de distribution, ce n'est pas douteux. Est-ce une erreur heureuse, ou du moins une erreur traitable ? Il hésite à se prononcer.

Mareil est de plus un homme plein de nuances, qui tient compte de tous les aspects d'un problème. Il n'oublie pas que Germaine est la maîtresse de Gurau. Il a de l'estime pour Gurau, et une grande confiance en son avenir. Il est persuadé qu'avec un mot de Gurau, il obtiendra à la promotion de juillet prochain la rosette qui lui est due, et qu'il désire. Car son besoin de consécration tend à s'orienter de ce côté-là. Il craint que sa qualité de Juif ne lui ferme l'Académie, ou ne lui en retarde indéfiniment l'accès. Au pis aller, il s'assurera une compensation en faisant une carrière exceptionnelle dans la Légion d'Honneur. « Je puis encore très bien mourir Grand Officier. »

Il pense à bien d'autres choses, à ce que dira Porel, à qui la pièce est promise en principe, quand il apprendra ce choix ; à la taille de Germaine, vue du dixième rang des fauteuils d'orchestre ; à son articulation ; à sa cote auprès des quatre ou cinq grands critiques ; à l'effet de son nom sur l'affiche ; aux partenaires dont on peut l'entourer ; au moyen d'utiliser Suzette Vignal sans que cela fasse du drame. (Pour le reste, faut-il des talents en demi-teinte, qui n'éclipsent pas celui de Germaine ? Faut-il au contraire un ensemble de distribution très brillant, pour qu'il apparaisse bien qu'en confiant à Germaine le rôle principal on s'est flatté de mettre enfin à la place qu'elle mérite une grande artiste ?) Il réfléchit soudain : « ... Mais... elle doit être Juive, avec ce nom-là. » Il n'y avait pas encore songé. Il ne se rappelle plus si on le lui a dit. Bérénine le renseignera tout à l'heure. Il observe Germaine du coin de l'œil, son profil, sa carnation. Juive, probablement ; à en juger surtout par l'alentour des yeux, par la façon dont le regard, pourtant bleu et assez net, réussit à trouver dans le visage une sorte d'appui langoureux. Mais Juive blonde, du sang mêlé des Ashkenazim.

Cette pensée manque de tout remettre en question. Mareil éprouve peu d'attrait pour les Juives ; et il ne voudrait pas, en poussant Germaine, paraître céder à une sympathie de race.

Mais soudain Germaine, qui s'est sentie regardée, le regarde aussi bien en face, avec des yeux vraiment très beaux. Elle lui sourit. Son sourire est de la meilleure qualité. Il ne dissimule pas l'espérance qu'elle nourrit ; il avoue franchement : « Je voudrais tant vous plaire ; je suis si anxieuse de ce que vous déciderez. » Mais il n'a rien de suppliant, ni de vil. Il semble déclarer aussi : « Je serais fière de travailler avec vous. J'ai énormément de courage. Je sais très bien travailler. »

Mareil en est ému. « Pour qu'elle ait deviné que c'est en me regardant de cet air-là qu'elle a le plus de chance de me gagner, il faut en tout cas qu'elle ne soit pas bête. » Il ajoute, plus près du cœur : « Brave petite Juive blonde. Les tiens se sont guéris dans le Nord de cette nonchalance qui nous a accompagnés nous autres le long de la Mer du Sud... »

*
* *

Quand la dame du vestiaire a présenté les manteaux, Mareil, qui venait de faire une fois encore le tour entier du problème, a retiré son cigare de la bouche, et s'inclinant vers Germaine, a dit, presque exactement comme elle avait prévu :

— Je serais bien content de bavarder un peu tranquillement avec vous... Est-ce entre le un et le deux, ou entre le deux et le trois qu'on vous dérange le moins ?

XI

PRIVAUTÉS EN AUTO

Sammécaud a offert à Germaine de la raccompagner jusqu'à sa porte, quai des Grands-Augustins. L'auto a pris le boulevard de Sébastopol, tout encombré par les charrois des Halles. Le pétrolier se réjouit des ralentissements.

A l'angle des Grands Boulevards, il a profité d'une phrase d'allure très spontanée qui lui venait à la bouche : « Si vous saviez comme je suis heureux que les choses s'arrangent comme ça... Ah oui !... Vraiment oui !... » pour saisir la main de Germaine. L'élan du geste s'est ajouté à l'élan de la phrase, s'est glissé par la même porte. Il aurait fallu à la jeune femme beaucoup de mesquinerie pour chercher à savoir où finissaient les sincères congratulations du bon camarade, et où commençaient des sentiments plus intéressés, quoique flatteurs aussi à leur façon.

C'est d'abord la main droite de Sammécaud qui est venue se poser sur la main gauche de Germaine. Puis il a soulevé doucement cette main gantée, et l'a enfermée entre les deux siennes. Il continuait à la féliciter du succès du complot :

— J'ai beaucoup observé Mareil pendant le souper. Il hésitait. Je suis sûr qu'il était arrivé avec l'idée de dire non, poliment. Mais vous l'avez conquis. Ça y est.

— Vous croyez ?

— J'en suis sûr. C'est un homme qui aime se faire prier. Mais il a une parole.

— C'est qu'en réalité il ne l'a pas donnée, sa parole, bien loin de là. Il ne s'est aucunement engagé.

— Mais si. J'ai entendu ce qu'il vous a dit, en vous quittant ; et le ton. Mais si... Ce qu'il faut, c'est qu'il ne trouve aucun prétexte à reculade du côté de telle ou telle difficulté accessoire. Comptez sur moi pour y veiller. D'ailleurs je tâcherai de lui être agréable d'une façon ou de l'autre... Avoyer me disait qu'il tirait un peu le diable par la queue. Est-ce exact ?

— Ça m'étonne. Ses pièces ont eu du succès.

— Oui, mais la dernière date déjà de deux ans. Il serait assez prodigue ; un petit peu joueur aussi, paraît-il. Sa maîtresse doit tout de même lui coûter quelque chose. Enfin, je serai fixé... Pensez-vous qu'il aime le monde ?

— Je ne sais pas... Il est assez élégant, n'est-ce pas ? Il ne doit pas lui déplaire d'être reçu...

— Oui... Et en outre...

Sammécaud allait ajouter : « ... comme il est Juif, il doit mettre son point d'honneur à pénétrer dans certains milieux... » Mais sans être sûr que Germaine fût Juive, il se ravisa, et sa phrase devint :

— ... en outre, il peut y apercevoir des avantages de carrière... Bref, je suis à même de le faire inviter chez des gens très chic, et dans des conditions flatteuses.

(Sammécaud imaginait un dîner particulièrement brillant rue Mozart, une mobilisation de gens titrés, choisis dans les vieilles relations de famille de Marie — pas de trace de Bertrand ni de Duroure, ni surtout d'Allory ce soir-là ; Henry Mareil bien en vedette ; consigne donnée à la comtesse de maintenir la conversation rassemblée autour de lui. Il imaginait encore Mareil invité à la Noue : « Venez donc travailler quinze jours dans notre petit coin de campagne, mon cher maître. C'est très simple, mais très tranquille. Puisque vous voulez revoir une dernière fois votre pièce avant les répétitions... » La Noue. Le parc. Les chambres. Les escaliers. Les corridors...)

Germaine écoute assez distraitement. Elle aussi pense à Mareil, mais d'une autre façon. Il est devenu soudain pour elle l'homme avec qui l'on va travailler ; pour qui l'on va travailler. Le patron, dans le plus beau sens du mot. Dans les coulisses, on appelle Marquis « le patron ». Mais Marquis ne mérite pas ce nom-là. Un directeur de théâtre du genre de Marquis n'est pas un vrai patron. C'est un marchand de spectacles. Vous faites partie de son étalage. Quand s'est-il sérieusement intéressé à votre travail ? Il vient bien s'asseoir à l'avant-scène, à partir de la quinzième ou vingtième répétition. Il écoute tout un acte sans rien dire. Il fait des mots gouailleurs et désabusés. Il s'amuse à démoraliser l'auteur, en disant, sans avoir l'air d'y attacher de l'importance : « Votre troisième acte ne sert à rien. Vous pourriez le couper. Seulement je ne peux pas envoyer les gens se coucher à dix heures et demie. » Parfois il s'excite un peu. On l'entend déclarer : « Épatant. Si tous ces salauds ne sont pas contents, je me demande ce qu'il leur faut. » Mais c'est encore de l'enthousiasme de négociant, ou d'intermédiaire, qui se réjouit de jeter sur le marché un produit qu'il n'a pas fait, mais qu'il espère vendre bien. Le vrai patron est quelqu'un qui se mêle passionnément de votre travail, qui le fait avec vous, par vous. Antoine, à ce qu'on dit, est un vrai patron. Germaine a souvent rêvé de travailler sous les ordres d'Antoine ; tout en se disant qu'elle ne s'entendrait sûrement pas avec lui, que l'expérience serait désastreuse, et que le plus sage est en effet d'y rêver, les jours où son ardeur professionnelle souffre le plus d'inassouvissement — comme une épouse romanesque mais raisonnable se contente de rêver qu'elle trompe son mari.

Car Germaine adore le travail. Et elle adore être commandée par un vrai patron, non pour le plaisir même d'obéir, mais pour la joie de fournir autant et plus de travail qu'on vous en demande, pour la joie de voir sourire enfin des yeux difficiles. Elle trouve que jusqu'ici, dans sa vie de comédienne, personne ne lui a demandé assez de travail, n'a su tirer d'elle l'énergie dont elle est pleine, qui jaillirait inépuisablement, et dont le jaillissement la rendrait si heureuse. (C'est alors qu'elle se sentirait vivre, qu'elle serait d'accord avec elle-même, et que son orgueil, qui a trop souvent mauvaise conscience, prendrait brusquement bonne conscience.)

Elle sait que Mareil fait travailler ses interprètes, surtout le principal rôle, comme il est juste, et durement. Il prend les gens à part, il leur explique les moindres choses. Il les serine. Il passe pour exigeant, tatillon, grognon. Il est sans exemple qu'il ait déclaré : « C'est bien », du premier coup. Il apprécie les trouvailles de l'instinct, et il vous apprend à les garder. Mais il y dénonce toujours quelque bavure. On le dit un professeur magnifique. Ses lectures de pièce sont célèbres. Germaine se répète : « Comme je vais travailler pour qu'il soit content ! Je me lèverai à huit heures s'il le faut. Je ferai mes massages beaucoup plus vite. En rentrant du théâtre, je puis très bien trouver une heure encore pour travailler. Il ne faudra pas que Gurau m'embête à vouloir faire trop souvent l'amour. D'abord à lui non plus ça ne vaut rien. Mareil verra. Je vais être docile, oh oui ! et intelligente. Je comprendrai tout ce qu'il m'indiquera, tout. Je l'étonnerai. Et ardente. Quand il me dira : "Vous n'êtes pas trop fatiguée, mon petit ?", je répondrai : "Moi ? Deux heures encore si vous voulez", même si je tombe de fatigue. Mais je ne tomberai pas de fatigue. Comment l'appellerai-je ? "Maître" ? J'aimerais bien l'appeler "patron". Ce serait plus vrai. Mais il ne voudra pas. »

Elle se retrouve une âme d'écolière vaillante. Elle pense au Lycée Fénelon, à une maîtresse qui savait tout obtenir d'elle, parce qu'elle avait l'air de considérer comme établi que de Germaine Baader, la petite blonde aux yeux bleus du deuxième rang, on pouvait tout obtenir.

L'odeur des Halles, l'odeur du poisson étripaillé et du chou broyé pénètre la voiture de Sammécaud. Les roues des charrettes passent tout près des vitres. L'odeur des Halles ne gêne pas l'hymne au travail que Germaine se récite, l'âme concentrée.

Pour le réciter encore mieux, elle joindrait bien les mains sur sa poitrine, ou plutôt elle les serrerait l'une dans l'autre, comme ceux qui essayent de se ramasser tout entiers avant de donner leur mesure.

Mais Sammécaud lui caresse la main gauche et le bras, lui effleure l'oreille de sa moustache, lui murmure une de ces phrases que les romans et le vie se sont tant de fois prêtées et rendues qu'on ne peut plus savoir qui a commencé.

Germaine se répète : « Ça n'a pas d'importance. »

XII

MARCHE VERS LA BANLIEUE

Quand Jallez et Jerphanion eurent franchi la porte de Clignancourt, ils virent l'avenue de banlieue leur offrir, jusqu'à une distance que les yeux ne mesuraient pas, son soleil confus et sa douceur misérable. Les baraques et les guinguettes commençaient dès le glacis du rempart. Il y avait, venant sur Paris, beaucoup de voitures, que ralentissait le voisinage de l'octroi ; de longs attelages aux traits mollissants ; des tombereaux arrêtés, avec un gros limonier blanc, ventru, aux pattes poilues, qui semblait rêvasser entre les brancards comme un vieil homme du peuple. Les chevaux qui venaient de Paris avaient une nouvelle façon de tirer, les charretiers, une nouvelle façon de crier et de claquer du fouet, marquant ainsi qu'ils avaient maintenant affaire à un espace d'un autre module.

Jallez et Jerphanion traversèrent la zone en respirant l'odeur des moules et des frites. Herbe pareille au varech des vieux matelas ; claires-voies fatiguées ; buissons caressés par l'haleine du chaudron où grésille la graisse fondue. Et tout de même les arbres marchaient en file vers l'horizon. Le soleil comptait plus que le froid, comptait plus que le brouillard. Il imposait un peu partout de vives blancheurs. Certaines plaques de tôle devenaient bleu tendre ; certains plâtras tournaient au doré.

— Cette odeur ! » dit Jallez. « Toi qui as gardé malgré tout des narines de paysan, elle doit te sembler ignoble ?

— Non, pas tellement. Rigolote, plutôt ; et mélancolique, comme un phonographe au loin dans un caboulot abandonné.

— Il est vrai que moi, qui suis de la ville, l'odeur d'une vacherie tout à coup, dans une rue de la Goutte-d'Or, me traverse d'une profonde et apaisante poésie champêtre. Et pourtant, quoi ? ça sent le fumier.

Ils éprouvaient l'un et l'autre une singulière allégresse ; plus enivrée chez Jallez, rattachée aussi à plus de souvenirs ; nourrie de raisons plus reculées. Tout en se laissant soulever par elle, Jerphanion gardait un étonnement. Quel était donc, songeait-il, le pouvoir de ces lieux, de ce matin d'hiver ?

L'avenue n'était pas tellement large. Mais elle allait loin. Le bout se perdait dans la lumière bleue de janvier. La chaussée, les arbres dépouillés, les voitures se rapprochaient peu à peu et entraient ensemble dans un gouffre de vapeur légère. Rien n'empêchait de croire qu'il n'y avait dans cet évanouissement que l'effet dernier de la distance. On ne pensait pas à la brume... L'espace de banlieue semblait s'épaissir de lui-même, devenir plus matériel. C'était le signe de sa fuite ; et son charme, son attrait, son entraînement. Il y avait dans ce fond d'avenue l'idée de vagues yeux bleus, l'idée d'une joie promise par le chemin, l'idée d'une porte de l'avenir.

Jallez et Jerphanion se sentaient allégés par la circulation dans tout leur corps de l'esprit d'aventure. De petits marchands étalaient leur éventaire entre des arbres. Une rue défoncée partait bordée de masures dont la plus haute n'avait qu'un étage. Un jeune visage entièrement pâle souriait en considérant les quatre bocaux d'une épicerie jamais repeinte. C'était un sourire indécis, où le désir avait depuis longtemps l'habitude de ruser avec lui-même. Quand le visage se tournait vers vous, les yeux dans leur cerne bistré s'écarquillaient un peu, et le sourire se réfugiait on ne sait où, comme une bête qui regagne son gîte.

Pauvreté. « Ce matin, je n'ai pas le goût de dire : misère », rêvait Jallez. Pauvreté, allégement, détachement. Les biens qu'on possède sont si peu de chose. Tout est fait pour passer de main en main. Les bocaux dans l'épicerie ne sont pas tellement inaccessibles. Deux sous se gagnent, vingt sous se gagnent, pourvu qu'on n'y compte pas trop. Ce qui allège tout, c'est le soleil de la mi-janvier, c'est déjà l'allongement des jours, l'idée qu'on profite d'une douceur presque de printemps, sans qu'une seule heure du printemps ait encore été dépensée ; sans que la première soit près de l'être. Le printemps, l'été, les beaux jours, provision des pauvres ; la seule qu'ils soient sûrs de garder intacte. Si elle se gâte en attendant, ce ne sera pas de leur faute. Ce qui allège tout encore, c'est que l'avenue finit au loin dans une vapeur aussi belle qu'une fumée de bois. Les charretiers crient de temps en temps. Les attelages ont pris le grand pas patient de banlieue. Il fait juste assez froid pour que la chaleur de la chair vivante trouve sa pente vers le dehors. On ne sera jamais plus pauvre que ces pauvres. On pourra toujours partir un matin le long d'une avenue comme celle-là. Il suffira d'avoir des semelles à ses souliers.

Jallez pensait à son destin futur, tandis que le soleil, la brume lointaine, l'odeur des frites, la courbe des branches, le sourire d'un visage entièrement pâle entraient dans sa tête, et y composaient une belle nuée qui se dilatait à la ressemblance de la joie, qui commençait à tourner sur elle-même, à la manière de l'ivresse. « Jamais je ne me laisserai prendre, se disait-il. Je ne me laisserai pas engoncer. Je ne serai pas tenu par la situation ni par l'argent. Je serai toujours prêt à partir comme ce matin. Il n'y a pas d'autre jeunesse que celle-là. Je jure que dans trente ans, je serai jeune, ou mort. L'époque est fragile. Moi je le sens bien. Comment y a-t-il des gens qui ne le sentent pas ? Quand on l'écoute, on l'entend craquer. Personne ne sait quand elle se défera, ni par où d'abord. Heureux ceux qui ne tiendront à rien. Le sage restera de plain-pied avec tous les hommes. En aucun cas, il n'aura à descendre brusquement. Je ne dis pas que les gens de cette avenue soient mes amis.

Préservons-nous de la déclamation. Mais pour passer d'eux à moi il n'y aura jamais un monde à renverser. »

Jallez réfléchit que le bien-être qu'il éprouvait était de la nature musicale d'un accord. « Je ne ressemble peut-être à rien de ce qui est ici. Je ne fais double emploi avec personne. Mais il y a une place pour moi. Oui, je me place, sans que cela pose de problème. Rien ne m'empêche. Et je crois même que bien des choses m'aident. Que c'est beau de partir ainsi avec un camarade vers ce fond d'avenue, et d'en avoir, au-delà, pour toute la journée ! Je suis heureux que l'univers ait en somme si peu de frais à faire pour me contenter pleinement. Pour combien de temps ?... Oh ! je sais... C'est une autre histoire. Ne soyons pas trop exigeant. La plénitude suffit. Ne chicanons pas sur la durée. »

Il s'émerveillait de la pureté comme de la légèreté de sa joie. Les tourments de sa vie, les soucis, les angoisses, sans disparaître tout à fait, formaient à distance une espèce de foule intimidée, une foule dont ne venait aucun cri, et si modestement vêtue de couleurs éteintes, si rejetée du côté de l'ombre qu'elle se réduisait à une frange confuse. Cette présence écartée, cette rumeur imperceptible donnaient à l'âme moins d'inquiétude que d'excitation. Surtout ne rien laisser perdre de la joie, ne laisser aucune minute s'endormir, les obliger à chanter, de la tête à la queue du cortège, faire courir dans les rangs une consigne : « Redressez-vous. On vous regarde. Vous, ne regardez pas. Ce n'est pas la peine. »

Jallez répéta plusieurs fois ;

— Je suis heureux, mon vieux.

Ou :

— C'est chic. Tu ne trouves pas ? C'est épatant. C'est rudement épatant.

Comme Jerphanion paraissait approuver, mais sans rien dire, Jallez reprenait :

— Pourquoi est-ce tellement épatant ? On se le demande. C'est incroyable, ce que je me fiche de tout, ce matin. Si je rate l'agrégation l'année prochaine, je me ferai colporteur sur les avenues de banlieue. Je vendrai des choses. Peut-être des cadres pour photographies, de ceux qui ont une patte de carton derrière, et qu'on met sur les meubles. Ou des cartes postales en couleur, pour amoureux, avec des fleurs en relief, et des vers, tu sais :

Quand je plonge mes yeux dans vos yeux si languides,
Je sens que j'en mourrai, car c'est Dieu qui me guide.

Jerphanion rigola. Le second vers lui plaisait beaucoup. Mais Jallez, à la hauteur d'une boutique de zingueur étameur, déclara une fois de plus qu'il était heureux. Jerphanion le regarda du coin de l'œil. Lui aussi était heureux ; mais il ne jugeait pas utile ni même prudent de le proclamer avec cette insistance.

Puis Jallez devint bavard. Il sautait d'une idée à une autre. Il vous coupait la parole. Il trahit même quelques tics de conversation, dont son camarade ne s'était pas aperçu jusque-là. A des intervalles rapprochés, il commença plusieurs phrases par : « Remarque, mon vieux, que... » Soudain à la vue d'un petit chien, au long poil sale, qui urinait entre deux côtes d'un potiron très rebondi qu'un fruitier avait placé tout au bas de son étalage, il demanda des nouvelles du chien Macaire.

XIII

LE CHIEN MACAIRE DONNE NAISSANCE A UN PROVERBE

Jerphanion avait parlé souvent à Jallez, sans avoir l'occasion de le lui faire connaître, du chien Macaire. Et l'un de ses tours, que la vue du potiron dégoulinant était bien faite pour évoquer, venait même de passer en proverbe dans la thurne. L'incident avait eu lieu quelques jours plus tôt, dans le grand salon de la rue Vaneau, un soir que Bernard se faisait attendre, et que Mlle Bernardine, toujours curieuse de s'entretenir avec le Normalien barbu, lui avait offert une tasse de thé. Au cours de la conversation, un domestique vint appeler la demoiselle. Jerphanion resta seul. Au bout d'un instant, il vit la même porte que jadis discrètement s'ouvrir, et Macaire apparaître. Comme cette autre fois, Macaire s'approcha, lui flaira les pieds, le bas du pantalon, mais en donnant les signes d'une amitié devenue familière. Quant à la suite, elle fut tout à fait nouvelle. Macaire s'écarta progressivement de Jerphanion, et se mit à parcourir sans se presser le vaste espace du tapis, en décrivant une ligne très sinueuse, dont une suite de fines gouttes, d'une importance égale et d'un espacement très régulier, marquait le tracé derrière lui. Il fit cela le plus simplement du monde, comme une chose qu'on fait tous les jours, changeant à peine sa démarche, creusant juste un peu les reins, mais sans lever à aucun moment d'une manière spéciale l'une ou l'autre de ses pattes de derrière. Quand il eut fini, il repassa contre les jambes du jeune homme, et partit comme il était venu. Bernardine rentra un instant après. Elle aperçut ce pointillé tout frais, ces lacets un peu compliqués, mais d'une jolie conception décorative, qui commençaient et s'achevaient aux pieds du jeune homme. Elle parut surprise. On la sentit sur le point de s'écrier : « Qui a fait cela ? » Mais elle se retint, sans réfléchir que cette réticence même impliquait à l'égard du Normalien le soupçon le plus bizarre. Lui-même faillit se justifier en dénonçant Macaire, mais il jugea le procédé peu élégant. Puis il avait grande envie de rire. Sans doute, lorsqu'on porte toute sa barbe, il est assez facile de dissimuler un rire, grâce à quelques mouvements de mâchoires, mais c'est à condition de ne pas dire mot.

Quand Jallez entendit conter l'affaire, il s'écria : « Il faut absolument que tu me fasses connaître ce chien. — Mais comment, mon vieux ? ça ne me paraît pas facile. — Que si. Un jour, tu lui diras de te suivre. Tu me rejoindras au coin de la rue. Je lui donnerai du sucre, et nous l'emmènerons en balade. » Le programme n'était pas si aisé qu'il en avait l'air. En attendant, les deux camarades convinrent que l'action de Macaire répondait évidemment à des intentions subtiles ; que ce chien était une merveille de malice sournoise ; qu'il avait certainement voulu mystifier la vieille demoiselle, tout en divertissant Jerphanion, dont il faisait son complice. « Peut-être aussi sa victime, insinuait Jallez. Je me demande dans quelle mesure il n'a pas cherché à te compromettre... Fatalement, tu devais être soupçonné... La preuve !... Tu avoues bien qu'un chien pareil ne laisse rien au hasard ? » Mais Jerphanion n'avouait pas. Il lui répugnait de penser que Macaire se fût joué de lui par-dessus le marché. Quoi qu'il en fût, ils adoptèrent l'expression : « pisser comme Macaire », ou celle-ci, plus voilée : « faire des ronds sur le tapis », pour désigner une manœuvre que l'on exécute perfidement, et dont on laisse les conséquences se développer à loisir aux dépens de tiers, qui n'ont plus qu'à se débrouiller en votre absence.

C'est ainsi que dans une conversation avec des gens des thurnes voisines, l'un de ceux-ci, qui se piquait de connaître les milieux parlementaires, ayant entrepris de définir, un peu laborieusement, l'attitude récente de Briand à l'égard de Clemenceau et de divers hommes politiques, Jallez l'avait interrompu pour déclarer du ton le plus naturel : « Oui... C'est un type qui pisse comme Macaire. » Et l'autre qui, sorti du fond de sa province, tremblait d'ignorer une locution bien parisienne, d'ajouter : « Exactement. »

XIV

PREMIÈRE ALLUSION A TELLIÈRE ET GENTILCŒUR. LES VIES INIMITABLES

Donc Jallez demanda :

— Comment va Macaire ? Quand est-ce que tu nous l'amènes ?

Et il imagina Macaire, qu'il n'avait jamais vu, trottant près d'eux en zigzags, flairant des traces, urinant sur la côte rugueuse d'un potiron, mais avec des raffinements supplémentaires dont lui seul était capable.

Il quitta cette idée. Il en chercha d'autres, l'œil animé, comme on cherche des amis dans la foule. Il entretenait sa joie. Il quêtait pour elle non des aliments — elle n'en avait pas besoin — mais des occasions de se donner du champ et de montrer sa force. Il se disait : « Tiens, c'est vrai, je vais encore penser à ceci, je vais encore dire ceci... Pendant que je le dirai, je sentirai mieux que je suis heureux ; que je vis une journée admirable. » Chaque nouvelle idée, par l'éclat qu'elle prenait, servait de mesure à l'allégresse, comme le degré d'incandescence d'une matière dans une flamme. Et puis il lui semblait qu'une joie née de la camaraderie exige de l'esprit qu'il mette tout en commun avec le camarade, qu'il jette au foyer de l'amitié même les idées fugitives. « Je pense ceci, qui m'amuse. Il faut que Jerphanion y pense en même temps que moi. »

— Tu sais », fit-il, « que j'ai de nouveau rencontré ces deux types dont je t'ai parlé, Tellière et Gentilcœur...

— Tellière et ?...

— Gentilcœur. Je t'en ai parlé au moins deux ou trois fois.

— Oui, je me souviens maintenant... Ne te fâche pas.

— Je ne me fâche pas. Ce sont décidément des types très bien. Il est toujours difficile de donner un style à sa vie, encore plus de le garder. Mais surtout ce style-là. Faire le dandy, par exemple, ça ne me paraît pas sorcier. Il faut surveiller ses nuances de cravate, la position de son monocle... oh ! son timbre de voix aussi, je sais bien, son vocabulaire, telle façon d'allonger le petit doigt... oui, je reconnais qu'il y a du travail. Mais ça reste de l'ordre de la vêture ; ça ne concerne que l'enveloppe de l'être. Pour ces deux dont je te parle, le problème est plus grand. Nous approchons de la région héroïque. Quand on songe à la prouesse que c'est déjà de se maintenir un jour entier dans un état comme celui où nous sommes maintenant !

(Et Jallez jeta autour de lui un regard inquiet, comme pour voir si du monde d'alentour quelque menace n'allait pas surgir.)

— ... Mais installer sur ce plan-là sa vie quotidienne. L'y maintenir, tant bien que mal. Hein ? Du matin au soir. Songe à l'immensité que c'est : du matin au soir. Tout ce qui peut vous tomber dessus de dégrisant, d'aplatissant, entre un matin et un soir, entre la minute où l'on se gratte les cheveux au réveil, et celle où l'on renifle une dernière fois avant de s'endormir. Tout ce qui vous renfonce la tête dans les épaules. Tout ce qui vous met soudain une faiblesse derrière les genoux. Des types comme ça honorent l'espèce humaine.

Jerphanion trouva que Jallez s'excitait beaucoup.

— C'est bien ces deux-là », dit-il du bout des lèvres, « qui ont décidé de tout prendre à la blague ?

— Oh ! Quelle façon de rapetisser les choses ! Oh ! Ce n'est pas digne de toi.

Jerphanion fut un peu démonté.

— Mais je ne les connais pas ! Je parle d'eux au hasard !

— Dis qu'ils ont décidé de tout prendre sur un certain mode lyrique, qu'on pourrait appeler dionysiaque, pas le grand dionysiaque à la Nietzsche... le « Sei getrunken » de *Zarathoustra*, non ; plutôt un dionysiaque léger, cursif, avec une participation constante de l'intelligence et de l'ironie. Rabelais, le Voltaire de *Zadig* et de *Candide*, le France de *Jérôme Coignard*, sont passés par là.

— Hum ! Je ne me représente pas bien ce que ça peut donner pratiquement.

— Tu as dû connaître au lycée de ces saisons miraculeuses. On se rencontre à quatre ou cinq dans une classe, en cagne, par exemple, avec un peu les mêmes goûts, des façons de s'entendre à demi-mot. Chacun s'ingénie, invente. Le but, c'est de créer entre les quatre ou cinq une sorte de vie inimitable. Aucune minute ne sera vécue mollement, « neutralement ». Aucune place ne sera laissée à la retombée sur soi-même. L'esprit ne s'accorde aucun congé. Les facéties chevauchent l'une sur l'autre. Il y a celui des cinq qui fait des calembours comme on respire, et l'étonnant, c'est que ce ne sont pas des âneries à pleurer. Chacun de ses calembours est une espèce de liberté insolente envers les respectabilités de la pensée, comme un coup de vent qui retrousse les jupes. Et d'un calembour à l'autre, les partenaires restent sensibilisés. Pour un peu, ils feraient : « Aïe ! » d'avance. Même s'ils crient : « Assez ! Quel idiot ! » c'est de l'ordre du plaisir. Puis, il y a les blagues au professeur, minutieusement concertées ; les imitations ; le bûcheur du premier rang, le fort en thème aux yeux de carlin, qu'on mystifie ; il y a les bizarreries de langage dont on fait un code ; certaines scies, admirables quand on sait les manier, qui reviennent au moment où l'on s'y attend le moins, avec une opportunité ravissante. (Et dès qu'une se fatigue, on la jette. La règle étant toujours de se sauver de la sottise par la profusion.) Il y a les créations chimériques, les mythes ; un scénario burlesque que l'on se met à vivre. Toi, tu deviens le colonel, un autre le banquier chauve, un autre l'archevêque qui a des varices. Et à partir de là, un geste du banquier, de se caresser un rien le dessus du crâne, tout en regardant d'un œil lamentable un vasistas ouvert, suffit à vous procurer l'état de jubilation... Ça ne t'évoque rien ?

— Oh ! si.

— Les classes de province sont peut-être moins fertiles à ce point de vue-là ?

— Peut-être. Sans remonter si loin, il y aurait les canulars de l'École.

— C'est vrai. Je n'y pensais pas parce qu'ils sont trop près. Mais le canular n'est qu'un élément. A l'École, on le pratique trop comme une diversion. Pour l'instant, il s'agit de Tellière et de Gentilcœur... A propos de *vie inimitable*, en général, je dois dire d'ailleurs que j'ai beaucoup de sympathie, même d'admiration, pour tous ceux qui dans le passé ont tenté quelque chose de ce côté-là. La lâcheté naturelle de l'homme, son goût de geindre, le poussent au contraire à recevoir des circonstances une vie toute faite, et à la trouver d'autant plus inévitable qu'elle est plus moche. Pense au ton de l'existence quotidienne dans la plupart des familles ; à ces gens qui ne se sentent jamais si à leur aise que lorsqu'ils parlent de maladies, d'enterrements, de la colique des enfants, d'argent perdu... Pour vivre vaseux, c'est tellement simple, il n'y a qu'à se laisser couler. Tandis que décréter, un beau matin, que désormais on sera ou joyeux, ou brillant, ou gracieux, ou l'on ne sait quoi d'autre, sauf l'homme quotidien amorphe... même si ce n'est que pour peu de temps, même si on ne croit pouvoir tenir le coup qu'un mois, qu'une semaine... Toute grandeur vivante est en somme une affaire d'intensité. Quiconque accepte des gageures pareilles travaille dans l'intensité, appuie dans la direction de la grandeur.

Les étalages de marbriers et de fleuristes annonçaient le voisinage du cimetière parisien de Saint-Ouen. D'un même mouvement, comme s'ils s'étaient concertés, Jallez et Jerphanion s'arrêtèrent devant une rangée de petits aucubas en pots, que doublait par-derrière une rangée de chrysanthèmes malingres, quoique non privés de charme. Des brocs de fer étamé, de tailles diverses, se promenaient un peu partout. Dans l'enfoncement du magasin, où des régions de lumière froide en séparaient d'autres, d'une ombre assez douce, on lisait des inscriptions, qui rappelaient, sous une forme très générale, les principaux attachements des hommes entre eux, et les résistances de l'esprit à la mort.

— Ce qui me gêne », dit Jerphanion, « dans ce que tu appelles ces tentatives de vie inimitable, c'est l'effort, le manque de naturel. C'est que, justement, l'on s'oblige à quelque chose.

Jallez réfléchit. Puis :

— Je comprends bien...

Il réfléchit encore :

— Dieu sait pourtant que j'aime le naturel ; qu'il n'y a rien qui m'ait plus éloigné de certains types que leur affectation. Oh ! c'est compliqué... Il doit falloir évidemment que le style de vie vers quoi tel ou tel s'efforce réponde à une richesse de sa nature, à une poussée qu'elle faisait déjà dans un sens. Je ne vois pas une collection de femmes laides organisant un Décaméron, ni de prétentieux raseurs se fabriquant un dionysiaque, fût-il léger. Tellière et Gentilcœur avaient le don. J'imagine qu'ils se sont connus en classe ; que c'est sur le souvenir, justement, de certaines réussites de la vie de lycée qu'ils ont fondé leur foi en leur entreprise. Rien que cela, c'est très beau. Chez les autres, qu'est-ce que dure l'aptitude dionysiaque ? Tellière, je lui donne dans les trente-huit ans ; Gentilcœur a beau n'en paraître que trente-deux ou trois, s'ils se sont connus au lycée, leur différence doit être moindre... De toute façon, ils ne sont plus jeunes. Et ils vivent, comme on croirait qu'il faut avoir vingt ans au plus pour avoir l'audace de vivre. Quelle vigilance ça suppose de leur part ! Quelle méfiance admirable envers l'extinction du feu vital ! Ne jamais oublier que la sclérose du cristallin commence à vingt-cinq ans.

Sur cette dernière remarque, faite d'un ton impressionnant, et qui le frappa beaucoup, Jerphanion calcula combien il restait d'années — si peu d'années, des mois plutôt ! — avant que la sclérose du cristallin devînt pour lui une affaire personnelle. Il se dit qu'il ne serait pas inutile d'accrocher à la muraille intérieure, tout près du *Memento magnitudinis,* un « Souviens-toi que la sclérose du cristallin commence à vingt-cinq ans », et il eût aussitôt rédigé l'inscription en latin et en grec, si certaines difficultés de vocabulaire ne l'eussent gêné.

XV

DE JEANNE LA MODISTE AU FANTÔME DE LA FEMME NUE

Cependant ils s'étaient éloignés de l'étalage funéraire. Jallez donnait les derniers détails qu'il avait appris sur l'arrangement d'existence de Tellière et Gentilcœur.

Jerphanion observa tout à coup :

— Et le problème féminin ?

— Eh bien ?

— Eh bien, oui. Il serait intéressant de savoir comment ils l'ont résolu.

— Oui...

— J'ai idée que c'est un des gros embarras d'une expérience comme la leur.

Jallez sourit :

— Pas bête ce que tu dis là, mon vieux Jerphanion. Qui est-ce qui supposerait qu'en de telles matières un montagnard soit aussi avisé ? Je sais qu'on les voit avec des femmes. Mais en effet le côté épineux de la question, dans leur cas, m'avait échappé. Il est évident qu'ils ne peuvent pas laisser les choses s'arranger toutes seules. Ils ont besoin d'une méthode.

Il sourit encore, glissa un regard du côté de Jerphanion, hésita.

Puis il lui sembla que l'allégresse même où ils étaient suspendait entre eux les lois ordinaires de la discrétion. Il risqua :

— Et toi... est-ce qu'on peut te demander comment tu le résous, le problème féminin ?

Jerphanion ne s'attendait pas à cette attaque directe. C'était même la première fois que Jallez l'interrogeait ainsi. L'histoire d'Hélène Sigeau n'avait pas donné lieu à un troc de confidences.

Jerphanion prit un air un peu confus, baissa la tête, se caressa la barbe :

— Oh ! mon vieux, ma solution ne mérite pas qu'on en parle... non... La banalité même.

Mais on sentit qu'il ne cherchait pas à se dérober. Jallez, qui avait toujours eu une extrême pudeur à confesser les gens de leurs affaires intimes, ou même à les écouter s'ils se livraient, éprouva soudain une curiosité presque enivrante. La joie aussi faisait ce miracle. On rêvait d'un monde où l'âme n'avait plus à se garder de rien.

Jerphanion reprit :

— Il ne s'agit pas de solution. J'opère dans le provisoire le plus modeste. J'ai fréquenté assez longtemps une petite ouvrière, gentille.

— A Paris, ou à Lyon ?

— Ici, à Paris. Oh ! à Lyon, j'avais eu une ou deux vagues aventures du même ordre. Sans parler d'un commencement de grand amour — c'est très rigolo — pour une femme mariée qui ne s'en est pas aperçue, je crois...

— Type sonnet d'Arvers...

— Oui. Mais le mari n'était pas poète. Il était tailleur.

— Et les une ou deux autres « vagues aventures » étaient allées loin ?

— Tu veux dire en fait de résultats ? Oui, aussi loin qu'il est normal.

Jallez observa à part soi, non sans jalousie, que l'expérience amoureuse de son camarade avait commencé plus tôt que la sienne, au moins du côté charnel, comportait déjà plus de variété, et avait dû se préserver des vaines complications.

— Donc, ici, j'ai eu pour amie cette petite môme. Elle s'appelait Jeanne.

— Jean, Jeanne, c'était très gentil.

— N'est-ce pas ? C'est ce qu'elle m'a fait remarquer elle-même dès le premier jour.

Jallez, qui n'était pas autrement flatté de la rencontre, en fut quitte pour rire. Mais Jerphanion y trouva le courage d'avouer les autres détails.

— Oui, mon vieux, elle s'appelait Jeanne ; elle était modiste ; elle éclatait de rire pour des raisons insuffisantes ; elle racontait des histoires d'atelier, et me parlait de l'oncle Eugène.

— Tu en avais pour ton argent.

— Oui. Je me comparais à ces touristes, qui, lorsqu'on leur montre à la file Notre-Dame, le Louvre, l'Obélisque, la Tour Eiffel, ne peuvent s'empêcher de penser : « Le plus extraordinaire est que tout ça existe exactement comme on le raconte. »

Là-dessus Jallez fut saisi d'un retour de pudeur ; ou gêné par ce qu'il apercevait soudain de vulgarité dans leur propos. Il dit comme pour tirer sur une expérience par trop médiocre un paravent d'idées générales :

— Toi qui t'intéresses à la condition du peuple, tu as dû en profiter pour faire quelques sondages indirects ?... Non, je ne plaisante pas.

Aimer une femme d'un certain milieu, c'est tout de même une des façons les plus renseignantes de prendre contact avec ce milieu. Le peuple parisien est un monde aussi fermé qu'un autre.

— Oui... oh ! j'y avais déjà des entrées. Une idée que ça m'a donnée, ou confirmée, c'est que le peuple, celui de Paris, celui d'ailleurs aussi, je pense, est très compliqué. Difficile à juger. Je ne dis pas corrompu, bien que pour des gens comme Caton l'Ancien compliqué et corrompu soient synonymes... Tiens... j'ai lâché Jeanne, en somme, parce que je la soupçonnais de me trahir avec un monsieur de peut-être trente-cinq ans, qui lui donnait de l'argent. Soupçonner est un terme de politesse. Aimait-elle ce type ? A peine. Beaucoup moins qu'elle ne m'aimait en tout cas. De son côté, elle s'est laissé lâcher par moi sans résistance. Elle n'a pleuré que pour la forme. Elle pensait évidemment : « Ça vaut mieux comme ça. Ne regrettons rien. » Et les parents ? Eh bien, ils avaient dû être au courant de tout... (Jeanne aimait tellement papoter)... la mère, par des confidences détaillées ; le père, par des allusions, par de ces bribes qu'on attrape en faisant semblant de penser à autre chose, en bougonnant, le coude sur la table, ou en fumant sa pipe à la fenêtre pendant que les femmes bavardent au fond de la pièce. Les amours avec moi, ils avaient dû y voir une fantaisie de leur fille ; rien de bien grave. « Il faut que jeunesse se passe. » La mère avait dit peut-être : « Fais attention aux gosses et aux maladies. » Quand le monsieur est apparu, avec son argent, toute la famille a reconnu l'arrivée des choses sérieuses. N'est-ce pas, on a envie de s'écrier : « Quelles gens ! La fille n'attendait que l'occasion de faire la grue ; et les parents, que l'époque d'avoir enfin une fille qui fait la grue, avec les revenants-bons que ça comporte. » Et comme il s'agit d'une famille pas du tout exceptionnelle, on généralise : « Quel monde ! Quel peuple ! » Ce n'est pas si simple que ça. Oh ! j'ai été sévère sur le moment ; plein d'une amertume supérieure, assez agréable à éprouver. Mais il faut se mettre à leur place. Ils appartiennent à une race raisonnable. Filer le parfait amour avec un « étudiant », c'est de l'ordre du plaisir. Prendre un amant qui vous entretiendra, je ne vais pas jusqu'à dire que c'est de l'ordre de la vertu. Mais c'est une façon de se ranger. Je me suis demandé parfois : « Si, au lieu d'être moi, j'avais été un jeune plombier du quartier, est-ce que ça se serait passé identiquement ?

— Pourquoi pas ?

— J'ai l'impression que moi j'étais spécialement fautif, aux yeux de la petite et des siens, de manquer d'argent. De la part du jeune plombier, c'eût été tout naturel, ou même touchant. Elle aurait peut-être fini par le tromper aussi, et le plaquer. Mais avec une moins bonne conscience.

— N'est-ce pas parce qu'elle aurait gardé, plus ou moins longtemps, l'espoir que le jeune plombier l'épouserait ?

— Sinon le jeune plombier, du moins un autre, de la même classe. Oui. Le jeune plombier aurait profité des mérites futurs du mécanicien, de l'employé d'omnibus, du tourneur sur bois, destiné à être un jour l'épouseur. Il aurait vécu par procuration les fiançailles du copain — des fiançailles largement comprises. En forçant à peine, on arriverait, pour faire plaisir aux sociologues, à une théorie du mari collectif.

— Et toi, tu ne faisais pas partie du mari collectif...

— Non. Je pouvais, tout au plus, grâce à un coup de tête que la petite n'escomptait pas, ni les siens, devenir le mari par accident, le mari individuel. Comme ce n'était pas en question, je n'avais pas droit aux indulgences qu'obtiennent les premiers représentants du mari collectif ; je veux dire aux réserves de désintéressement et de dévouement dont une petite fille comme celle-là dispose dans les relations amoureuses. J'étais inexcusable de manquer d'argent à ce point, de faire si peu de cadeaux.

— Une question, mon vieux, si tu permets. Avait-elle connu quelqu'un, avant toi ?

— Des amourettes, certainement.

— Mais... est-ce qu'elle s'était donnée ?

— Je crois.

— Tu n'en es pas sûr ?

— Quoi ! Ça te fais rigoler ?

— Mais non... », répliqua Jallez du ton en effet le plus sérieux. « Mais non.

— Elle m'a raconté des choses obscures. J'ai évité de la faire trop préciser. Les détails me dégoûtaient un peu. Je ne tenais pas tellement à être fixé.

Jallez hésita, avant d'observer, d'une voix qui manquait d'assurance :

— Tu n'as pas été fixé... par toi-même ?

— On prétend que c'est tout simple. En théorie. Dans la pratique, il me semble qu'il peut y avoir place pour le doute. Tu ne trouves pas ?

— Peut-être.

— A moins d'être expert. Mais les experts ne doivent pas pulluler... Enfin, dans mon cas, le doute n'était pas très grave. Il pourrait être grave dans d'autres cas.

Jallez paraissait à la fois très intéressé par la question et très peu désireux d'en poursuivre l'examen.

— Bref, dit-il, vous vous êtes quittés. Et depuis ?

— Depuis ? Rien qui vaille une mention. Deux ou trois aventures misérables ; oui ; bassement physiques.

Il se sentit glisser vers une autre confidence. A lui aussi l'allégresse de la journée, l'espèce de vérité désarmée qu'exprimaient toutes choses le long de l'avenue de banlieue, toutes choses, une à une échelonnées jusqu'à ce fond de brume légère, donnaient l'oubli du quant-à-soi, le dédain du petit univers que chaque homme déplace avec lui, et dont il serre anxieusement la clef dans son poing. Toutes choses, une à une, se levant à la première sommation du regard. Ne cessant de se lever dans tout le monde visible. Ne se dissimulant derrière aucune beauté. Maisons, cheminées d'usine, terrains vagues. Aucun ordre, que celui de l'espace et du fait. Une absence de secret évidente. Et pourtant l'âme s'y intéresse ; elle interroge ; elle cherche une formule qui lui échappe ; comme si l'absence de secret, ainsi dilatée jusqu'à la limite, redevenait mystérieuse.

Mais Jerphanion résistait mieux que Jallez à des influences qu'il percevait plus confusément. Il se promit : « De ça, je ne dirai rien. »

— En somme », remarqua Jallez, « tu ne me parais pas avoir beaucoup accordé jusqu'ici à ce que les gens appellent le grand amour. Les aventures dont tu me parles restent sur le mode léger — en ne tenant pas compte, il est vrai, de ta femme mariée de Lyon. Est-ce défiance envers l'amour ? Ou pur effet des circonstances ?

Jerphanion rougit presque :

— Il y a surtout eu l'effet des circonstances. Ce n'est pas que je ne me sois demandé parfois si le meilleur, pour des gens comme nous, qui estiment avoir quelque chose à faire, ne serait pas, du côté féminin, une solution, une série de solutions, sur le mode léger. Mais dans ces matières, je ne crois pas beaucoup aux doctrines, ni aux méthodes. Tu n'es pas d'avis que ça dépend d'abord de tel être qu'on rencontrera, ou qu'on ne rencontrera pas ?

— Oui, mais aussi de l'envie qu'on a de le rencontrer, de la direction dans laquelle on le recherche, de l'idée que d'avance on s'en fait. Ce qui restreint le rôle des circonstances.

Jerphanion, se décidant, reprit d'une voix plus basse :

— Pourtant, moi, ces temps-ci, j'ai rencontré tout à fait par hasard quelqu'un ; je ne dis pas que ce soit déjà du grand amour, j'espère bien que non — mais si je ne me défendais pas... Or cette femme, je n'aurais jamais pensé à la chercher dans cette direction-là ; au contraire ; et elle ne répond que de très loin à l'idée que j'aurais pu vaguement me forger. J'ajoute que si j'étais tout prêt à une nouvelle petite histoire gentille, du type Jeanne, je n'avais aucun appétit de complications sentimentales en ce moment.

Jallez écoutait, rêvait, jetait un regard sur le profil de Jerphanion. Puis :

— Tu as dit que tu te défendais ?

— Contre moi-même, bien entendu... » Il se mit à rire. « Personne ne m'attaque.

— Et pourquoi te défends-tu ?

— Parce qu'il s'agit de... l'amie d'un homme dont je suis l'ami.

Il avait dit cela avec une certaine émotion. Jallez fit en un clin d'œil le tour de deux ou trois hypothèses. Y avait-il la moindre chance pour que Jerphanion eût rencontré Juliette, dont il n'avait jamais été question entre eux ? Puis il se souvint que son camarade lui avait parlé d'une jeune fille, plus ou moins fiancée à Clanricard.

— Un ami proche ?

— Pas très proche, ni surtout très ancien ; mais envers qui j'aurais spécialement scrupule à être mufle.

— Alors je vois.

— Qu'est-ce que tu vois ?

— Je te dis que je vois.

— Donc, tant mieux. Tu m'épargnes les explications.

Ils échangèrent un sourire, et se turent pendant une bonne cinquantaine de pas. Un camion chargé de caisses cheminait à leur hauteur, un peu plus lentement qu'eux. Le bruit du camion favorisait leur silence.

Mais ils finirent par dépasser l'attelage.

— Un jour », fit Jallez, « il faudra que je te demande ton avis sur l'amour physique.

— Sur l'amour physique ?... C'est embarrassant.

— Tu trouves ?

— Je veux dire qu'il y a tant de façons de considérer ça.

— Évidemment... Une entre autres, qui... Oui, je serais curieux de savoir si elle m'est personnelle.

Il méditait, tout en marchant, la tête inclinée. Jerphanion attendait.

— Il est vrai », reprit Jallez, « qu'elle n'a de chances de se produire qu'à la suite de certaines circonstances intérieures... Figure-toi... Oh ! je sais que je suis un type navrant. Je me dégoûte parfois... Pourquoi me regardes-tu avec ces yeux ronds ? Oui, je suis un type navrant. J'ai une aptitude odieuse à découvrir des sujets de tourment, je devrais plutôt dire des objets, à cause de la réalité qu'ils prennent. Et je m'arrange pour qu'ils aient du prestige ; pour qu'ils ne soient pas faciles à traiter par le mépris. Tu te rappelles ce fameux soir, où tu m'as trouvé avec des livres d'astronomie sur ma table ? Ensuite nous avons parlé de Baudelaire. Je te cite ça à titre d'indice. A ce moment-là, je n'en étais pas à une phase particulièrement aiguë. D'ailleurs le mot « phase » colle très bien ici ; comme en électricité. Chez moi, il y a toujours plusieurs tourments qui courent l'un près de l'autre, avec des chevauchements. Et ce n'est pas parce que l'un prend le dessus que les autres s'annulent... Donc j'ai vraiment été empoisonné pendant des mois par une idée, oh !... très banale, très classique... Mais je m'aperçois que je ne prends pas le ton qu'il faut pour en parler. J'aime mieux te demander : « Est-ce qu'il n'y a pas des jours où le simple fait de savoir par exemple les dimensions approximatives de l'amas stellaire dont le Soleil fait partie, où la notion toute nue d'un certain nombre de temps, d'espaces, de vitesses de cet ordre, enlève brusquement toute importance aux choses qu'il est indispensable de croire importantes pour continuer à vivre ? » Pas trace de romantisme là-dedans. Effroyablement positif. La tranquillité d'une règle de trois. C'est alors qu'on découvre que pour faire n'importe quelle espèce de chose, il faut y attacher un minimum d'importance. Napoléon croyait qu'il était très important de dominer l'Europe. Hugo croyait qu'il était très important que son nom fût répété dans trois mille ans. Le croyaient-ils, oui ou non ? Hein ? Il me semble que ça ne fait pas de doute. C'est parce qu'ils croyaient très fort qu'ils ont dépensé une si prodigieuse énergie. Or tu n'as qu'à écrire sur le papier, à côté des chiffres qui mesurent l'ambition de Napoléon et celle de Hugo, deux ou trois mesures astronomiques. Ça suffit. Dès qu'on ne croit plus à l'importance des buts, il ne reste plus qu'un ressort pour agir : le besoin d'oublier notre néant, comme dit Pascal, ou si tu préfères, un dilettantisme désespéré. Tu me diras aussi : le simple plaisir d'agir, sans réfléchir plus loin ? Peut-être. Mais je doute qu'on puisse agir aussi longtemps sans se faire des réflexions qui équivalent à : « Mon but est important. Aujourd'hui, où je me sens si fatigué, je vais tout de même donner un coup de collier, parce que ça en vaut la peine. » A ce moment-là, si ta pensée a pris la mauvaise habitude de te rappeler à l'oreille l'âge moyen des étoiles rouges, tu es fichu ; je veux dire que tu te mets à fumer des cigarettes dans ton fauteuil. Et le plus grave, c'est que tu n'as aucun sentiment d'infériorité, ah ! mais non ! Personne ne réussira à t'intimider en te disant : « Regardez les autres. Est-ce qu'ils sont assez bêtes pour s'occuper de l'âge des étoiles rouges ? Ils en ont entendu parler comme vous. Vous n'êtes pas seul à avoir passé votre dernière partie de baccalauréat. Mais eux, ça ne les a pas troublés. » Exactement comme si tu étais mouton de boucherie, dans un wagon de la Villette, mais mouton clairvoyant, et qu'on te dise : « Quoi ! Vous êtes tout triste parce que vous pensez qu'on vous abattra cet après-midi ? Quelle drôle d'idée de se tourmenter d'avance ! Regardez vos copains ; ça ne les trouble pas... » Tu n'a pas passé plus ou moins par une période comme ça ?

Jerphanion ne répondit pas tout de suite. Ses paupières battaient. Puis il dit :

— ... J'ai pensé ces choses-là, naturellement. Mais pas au point d'en être affecté. Et maintenant, je me demande pourquoi. On est bien forcé d'avouer que si on se met en face de ces pensées-là, et qu'on les laisse agir sur soi, on doit réagir comme tu as fait. Le seul moyen d'y échapper, c'est de ne pas rester en face. Oui, il faut ou les ignorer à fond, comme le bougnat du coin, ou les recueillir distraitement, comme un écolier apprend la liste des sous-préfectures... Alors quoi ? Suis-je léger, moi aussi ? Suis-je de ces types dont nous parlions un jour, dont tu parlais plutôt, sur qui les idées glissent ? Évidemment, il faut vivre, et on s'habitue à tout. Je pense à l'astronome de l'Observatoire qui en ce moment-ci, l'œil à son équatorial, est en train de se ronger le foie, parce que son collègue vient d'avoir, à sa place, une promotion de deux cents francs.

Celui-là est vacciné contre l'infini... Mais, moi, je n'ai pas l'excuse de l'être... Oh ! je sais bien qu'il y a une noble réponse.

— Laquelle ?

— Celle de Pascal, justement... que la véritable grandeur est de l'ordre immatériel, donc résiste à tous les écrasements par comparaison. Qu'un beau vers, ou qu'un trait d'héroïsme est quelque chose d'incommensurable au volume des nébuleuses ou à l'âge des étoiles rouges.

— Oui, mais retire de l'ambition de Napoléon la croyance que la surface de l'Europe est quelque chose d'important. Retire de l'ambition de Hugo l'idée que trois mille ans de gloire sont quelque chose d'important. Dès qu'on ne croit plus qu'aux grandeurs immatérielles, honnêtement, sans tricher, est-ce qu'on travaille encore beaucoup ? Est-ce qu'on « en met » comme ceux qui croient aussi aux matérielles ? On accepte de se distraire, peut-être, mais est-ce qu'on « produit » ? Tu vois le sens que je donne au mot ? Je le prends dans ce qu'il comporte d'abondant, de courageux, de tenace. Produire : couvrir un morceau d'espace autour de soi avec des choses solides, qui ne sont pas là pour vous divertir seulement, mais pour valoir par elles-mêmes, et pour durer. Ce qui exige un effort très dur, à continuer même les jours où l'on a la flemme, ce qui suppose surtout des compromissions avec la matière, et l'idée que les temps, les espaces terrestres ne sont pas négligeables. Si on les tient pour négligeables, on écrira peut-être un court poème mystérieux. Ou quelques maximes. On fignolera une statuette d'ivoire. Ou bien l'on participera d'un œil désabusé à des conférences de diplomates, en prenant plaisir à brouiller les cartes, à compliquer les parties. Mais on ne bâtira pas l'Acropole. On ne fera pas *La Légende des Siècles*. On ne fondera pas un empire.

Là-dessus, s'avisant soudain de la solennité de ses propos, il éclata de rire, et reprit d'un ton qu'il se plut à rendre circonspect :

— Je ne perds pas de vue qu'il est question de l'amour physique.

— Ah ! tant mieux... et qu'est-ce qu'il vient faire là-dedans ?

— Je ne plaisante pas, tu sais... J'ai donc constaté par expérience qu'il y a un tourment de l'infini. Ceux qui y sont rebelles ont parfaitement le droit de hausser les épaules. Mais ceux qui sont passés par là savent que c'est une souffrance toute simple et humaine, pas prétentieuse pour un sou. Bien qu'elle soit une des origines de la plus haute poésie. On pourrait l'appeler aussi : mal de l'absence de limites. Car ce ne sont pas seulement les vertigineuses grandeurs qui vous accablent. C'est le fait de ne pas pouvoir s'accrocher à des échelons intermédiaires, de ne pas pouvoir s'enfermer dans une clôture. Les échelons lâchent. Les clôtures se baladent, emportées par le vent, jusqu'au bout de l'univers qui n'a pas de bout. La position indiquée par Pascal : à mi-hauteur entre les deux infinis, n'était tenable qu'un instant, dans le raidissement de la première découverte, comme un alpiniste réussit à s'arrêter quelques minutes sur une petite saillie de rocher... Alors on finit par être saisi, jusqu'à l'angoisse, du besoin d'une limite. L'amour physique nous donne ça, tout à coup.

Jerphanion regarda Jallez avec quelque surprise. Le propos de son camarade semblait indiquer que l'amour physique était pour lui une acquisition relativement récente ; ce qui ne répondait guère à l'idée prestigieuse que sur ce point aussi Jerphanion s'était faite de Jallez. Il observa :

— L'amour physique... pourquoi pas aussi l'amour en général ? Je me souviens même d'un jour où tu l'accusais de nous fermer au reste du monde...

— Oui, j'ai souvent l'air de me contredire... Pour le moment, si je pense à l'amour en général, oui, si j'essaye de me le représenter dans cet univers éventé, dévasté par l'infini, je vois un couple arrêté au bord d'un canal...

— Au bord d'un canal ? Quelle idée ?

— Je ne sais pas... oh ! rien de symbolique... un canal tout ce qu'il y a de plus réel, à Paris, ou aux portes de Paris, la berge du canal Saint-Martin, par exemple, pas loin d'ici. Je les vois marchant lentement, s'arrêtant, se serrant l'un contre l'autre. Ou bien, tu sais, ils se mettent l'un en face de l'autre, tout près. Ils se tiennent par la taille. Lui regarde intensément son visage à elle. Elle ne regarde rien. Elle a les yeux tournés vers n'importe quoi, vers son épaule à lui, ou le gris du ciel. Mais elle ne regarde rien. Elle se laisse absorber par son regard à lui... Ils ont sous les pieds les gros pavés de la berge. Il y a l'eau tout près, une péniche vide, un passage noir sous un pont. Et l'idée de cet univers incommensurable que les calculs de l'esprit ne cessent d'étirer, de défoncer, de dévaster... Alors le regard de l'homme et le visage où il se pose, cela devient d'une singularité poignante. De tous les côtés, des mondes en fuite, des nébuleuses pelotonnées ou détendues, des flocons de fumée dans une tempête, les milliards de lieues et les milliards d'années crachés comme de la cendre. Et ce petit être féminin que les bras de l'homme maintiennent immobile, et que ses yeux contemplent. Tout ce qu'il y a là d'improbable, d'impossible à justifier... Tu me comprends, ce que ça me donne, ce n'est pas du tout le sentiment d'une antithèse orgueilleuse ; pas la moindre bravade envers cette débauche, alentour, d'infini absurde ; oh non ! mais une tendresse, une tendre peur en faveur du visage bordé par l'abîme. Et ce que je dis à l'homme, c'est : « Tu as raison. Défendez votre minute. Nous ne saurons peut-être jamais ce qu'elle vient faire dans le tourbillon universel. Mais jamais, depuis que l'homme cherche à se représenter autour de ce qu'il aime le cercle des choses, l'effrayant cercle des choses, il n'a eu plus d'excuses de concentrer son regard sur ce petit, tout petit visage de toutes parts bordé par l'abîme...

A ce moment, Jallez et Jerphanion passaient un pont sur une voie ferrée. Les X de métal grandissaient à leur droite, puis redescendaient, pressés par la longue charpente courbe, où les têtes de boulons ressemblaient aux papules d'une peau de reptile.

— ... Mais l'amour physique, je trouve que c'est autre chose encore. Tout à coup, on est vraiment enfermé. Il s'installe une espèce d'absolu, et, ce qu'il y a de plus miraculeux, un absolu de l'ordre matériel ; oui, de la même famille que cette tempête échevelée de matière, tout autour, où l'on ne pouvait plus s'accrocher à rien. Il y a soudain des limites, si proches et si solides qu'on peut se rassurer en les touchant ; un cachot lumineux, dont les parois ne laissent rien passer du dehors, et qui fait entièrement sa réverbération sur vous...

Jerphanion écoutait ; et il traduisait en écoutant. « A quoi cela répond-t-il d'actuel pour lui ? Qu'est-il en train de vivre ? Je ne puis pas croire qu'il en soit à découvrir l'amour physique ? Mais peut-être fait-il en ce moment une expérience plus grisante que les précédentes, plus complète. »

*
* *

Un peu plus tard, ils entrèrent dans Saint-Denis, par un pont qui franchissait un canal, chargé de péniches noirâtres, et bordé d'usines (« Peut-être ce même canal qu'il évoquait tout à l'heure », songea Jerphanion).

— Tu n'es jamais venu à Saint-Denis ? lui dit Jallez.

— Non.

— Tu verras. C'est déjà une ville du Nord. Je crois qu'elle va te plaire. Je ne parle pas seulement de la Basilique. Tu l'aimeras, puisque tu aimes Notre-Dame. Elle est un peu sommaire, un peu « cathédrale gothique » en soi, mais robuste et franche. Si on n'était pas prévenu, on ne penserait pas aux rois. Ou du moins il s'agit d'une royauté encore très liée au peuple. Très loin de Versailles... Il y a, dans l'axe de la ville, une rue plaisante. Elle va de cette église, dont tu vois le clocher, à la Basilique ; droit d'une église à l'autre ; et plein de commerce, de peuple. Tout à fait la grand-rue d'une ville du Nord. Il y a aussi, entre le marché et la Basilique, un Hôtel de Ville très rigolo. Il a dû être construit... je ne sais pas quand, sous le Second Empire, par un architecte qui faisait de l'imitation d'ancien. Mais il a eu la chance d'employer des pierres qui se mangent vite. Alors la façade, le haut surtout, a pris un air magnifiquement séculaire.

Ils convinrent que l'architecture est faite pour moitié d'« une escroquerie à la vieillesse » ; et qu'il n'y a pas d'art où la vulgarité originelle d'une œuvre, même sa sottise, soient plus aisément solubles dans le temps. Ils parlèrent du Moyen Age, qu'ils aimaient l'un et l'autre ; de Villon, dont Jallez fit l'éloge avec cette passion un peu fiévreuse qui le saisissait parfois. Il cita des vers du *Grand Testament,* entre autres :

Corps féminin qui tant est tendre,
Poli, souëf, si précieux...

Ce qui l'amena à s'émerveiller de tout ce que le poète truand sait apporter de délicatesse et de mélancolie dans la sensualité. Puis à remarquer que certains esthéticiens raisonnent faux quand ils prétendent que l'homme ne juge la femme si belle que parce qu'il la désire ; tout notre sentiment de la beauté n'étant, selon eux, qu'une illusion, ou une transposition, de l'instinct sexuel.

— J'accorde qu'il la désirerait peut-être même si elle n'était pas si belle. (D'ailleurs le Hottentot désire sa Hottentote.) Mais elle serait encore belle même s'il ne la désirait pas. Évidemment, l'étrange, c'est que le plus beau des êtres vivants soit en même temps la femelle de l'homme. Je reconnais qu'il y a là une coïncidence extraordinaire et peu croyable ; mais pas plus incroyable que cette autre, qui est que la femme se trouve avoir pour mâle le plus intelligent des êtres vivants.

Jerphanion ne manquait pas d'observer in petto que les idées de Jallez, après divers détours, reprenaient volontiers une certaine pente. Mais après tout, il ne lui était pas désagréable de l'y accompagner. Là-dessus Jallez entreprit pour son compte la louange du corps féminin. Il procédait par évocations discrètes, que leur semblant de généralité sauvait de l'impudeur. Pourtant, ce n'était pas un corps de femme quelconque qu'il suggérait peu à peu. Comme la fumée d'un feu forme des figures, ses paroles appelaient certaines lignes, certains contours et coloris de chair. Jerphanion voyait monter confusément devant lui une femme nue. « La sienne », se disait-il. Il tâchait de la discerner dans le brouillard mental.

*
* *

Il y avait devant eux l'élargissement de la rue, qui formait place jusqu'à la Basilique ; à gauche, le marché, qui était un pétillement de vie matinale. Il y avait la gaieté des aliments, du trafic, des odeurs maraîchères, la façade de l'Hôtel de Ville dont la pierre, en effet, surtout vers le haut, semblait dissoute dans l'égouttement des siècles ; et au fond, cette basilique un peu trop calme. L'idée de la femme nue, sans se détacher de l'esprit, se projetait pourtant, d'une certaine façon fuyante, sur le cercle des choses visibles.

Jallez et Jerphanion avançaient vers l'église. Deux tours y croissaient moins vite, eût-t-on dit, l'une que l'autre. Errant au-dessus des portails comme l'ombre d'une fumée ou d'une hirondelle, et trop légère pour être désignée, la femme nue de Jallez cherchait sa place dans les entre-colonnements.

XVI

LE JEU DES PRÉFÉRENCES

Une heure plus tard, Jallez et Jerphanion étaient installés face à face dans une auberge sur la grand-route ; une vraie grand-route de campagne. Ils occupaient une table de bois, au plateau épais. Jallez était adossé au mur, et tourné vers le comptoir. Jerphanion, tourné vers le mur qu'ornaient à cet endroit deux affiches de liquoristes.

Ils avaient auprès d'eux une bouteille de vin blanc, et deux verres ; chacun devant eux une feuille de papier quadrillé fourni par le patron. Ils étaient fort absorbés à mettre au net, en double exemplaire, une sorte de tableau disposé sur trois colonnes.

La colonne de gauche contenait un certain nombre de questions. Celle du milieu, les réponses de Jerphanion. Celle de droite, les réponses de Jallez.

L'affaire avait commencé au moment où ils sortaient du vieux cimetière de Saint-Denis, qu'ils avaient visité en passant, après maints crochets dans la ville, et maints propos où les préoccupations de Jallez se montraient et se cachaient tour à tour. « Quel genre de mort préférerais-tu ? Et à quel âge ? » avait dit Jallez. Ils débattirent la question, la trouvèrent pleine de suc, prirent beaucoup de plaisir à formuler chacun une réponse « exacte au millimètre ». Un début si heureux les mit en appétit. Ils cherchèrent d'autres questions, au besoin plus riantes ; et y répondirent avec le même zèle. Tout en protestant qu'ils devaient garder une spontanéité entière, et résister aux effets de leur influence réciproque, ils s'adressaient des objections, des critiques, défendaient leurs choix, se rappelaient l'un l'autre à une plus juste appréciation des choses, à plus de fidélité envers eux-mêmes : « Tiens ! Je n'aurais pas cru que tu répondrais ça » ou « Lucain ? Non, mon vieux, non. Tu exagères », ou « Tu n'as pas réfléchi. Admettons que tu penses ça aujourd'hui, tu ne le penseras plus demain ». En réalité, ils se firent des concessions. Le jeu durait encore quand ils entrèrent dans la salle d'auberge. Ils tombèrent d'accord qu'il était de la plus haute importance d'en fixer les résultats sur le papier.

Voici donc ce qu'ils écrivirent :

LISTE DES PRÉFÉRENCES
(valable pour le premier trimestre de 1910)

	JERPHANION	JALLEZ
Mois de l'année	Août	Juin (ou Octobre)
Age de la vie	35	25
Age de la mort	89	70
Genre de mort	Vieillesse (avec cause occasionnelle de l'ordre : grippe légère)	Accident cardiaque
Couleur	Rouge orangé	Gris azur
Nom de femme	Mireille	Juliette
Monument	Parthénon (d'après photos)	Cathédrale de Chartres (d'après nature)
Tableau	*Joconde*	*Pèlerins d'Emmaüs* de Rembrandt
Œuvre musicale	*Chevauchée des Valkyries*	*Adagio* de l'*op. 106* de Beethoven
Œuvre théâtrale	*Polyeucte* ou *Don Juan* (de Molière)	*La Tempête* ou *Premier Faust*
Statue	*Victoire de Samothrace*	*Saint Jean-Baptiste* de Rodin, ou *Sourire de Reims*
Poèmes	*Le Satyre* (de Hugo)	Six poèmes à choisir dans *Les Fleurs du mal*
Héros imaginaire	Pantragruel	Faust
Héroïne imaginaire	Antigone	Yseult
Héros historique	Marc Aurèle	Socrate
Artiste	Vinci	Beethoven
Écrivain	Hugo	Hugo (au sens spécial du mot écrivain)
Philosophe	Spinoza	Platon
Homme total	Aristote	Gœthe

En se relisant, ils furent d'avis que leur liste était incomplète, mal ordonnée ; que, sur plus d'un point, la brièveté des indications prêtait à l'équivoque. Il est vrai qu'elle n'était pas destinée à tomber sous d'autres yeux que les leurs. Jallez prétendait que ses déclarations à lui ne l'engageaient que pour le jour même, et il voulait qu'en tête de la liste il fût fait mention expresse de la date où l'on était. Jerphanion obtint que le document fût considéré comme valable pour le trimestre en cours.

Cependant, trois charretiers, debout devant le comptoir, discutaient sur le temps, qui était beau, mais qui ne durerait pas. Ils prévoyaient la pluie pour le lendemain. L'un d'eux conta que dans le sud-est de

Paris il pleuvait sans interruption depuis plusieurs jours et que dans la région de Lagny, d'où il venait, la Marne était déjà grosse.

Devant l'auberge, un cheval d'un des attelages hennissait longuement, à intervalles réguliers. Un autre grattait avec son sabot le joint des pavés, et paraissait furieux de ne pas parvenir à en arracher une touffe d'herbe jaunâtre.

XVII

JERPHANION TACHE DE VOIR CLAIR DANS LES AMOURS DE JALLEZ

Le soir même, dans la thurne, favorisé par l'absence de Jallez qui dînait chez des amis, Jerphanion écrivit d'une plume rapide la note suivante :

NOTE

Ceci pour fixer les inductions que j'ai faites aujourd'hui au cours de ma promenade avec Jallez, et les comparer éventuellement avec ce que j'apprendrai de certain par la suite.

Mon intention est de rédiger des notes analogues chaque fois que l'occasion en vaudra la peine. But essentiel de ces notes : exercer et vérifier mon discernement à l'égard des hommes. But accessoire : réunir un certain nombre de documents humains, de première source. Mobile profond : l'amusement que je compte y prendre. Péril probable : que cela cesse bientôt de m'amuser. Écueil à éviter : que dans mon zèle du début je consacre une note à ce qui n'en vaut pas la peine. Ne donner à aucun prix dans le *journal intime,* dont j'ai horreur. Pas trace de littérature. M'en tenir rigoureusement au style de procès-verbal.

Jallez, lui, en vaut la peine. C'est l'homme le plus intéressant que je connaisse de près. C'est aussi le plus compliqué. Voir clair dans son cas serait à coup sûr un exercice de flair du degré supérieur.

Quel est le problème ? D'après ce que Jallez a dit aujourd'hui, d'après ses allusions même involontaires, ses attitudes, etc., reconstituer ce qui lui arrive. Me l'avouera-t-il de lui-même un jour ? Ce n'est pas très probable. Il ne pratique les confidences directes que pour un passé lointain, devenu totalement inactuel (Hélène Sigeau). D'ailleurs, s'il s'explique un jour, tant mieux. Ce sera le corrigé du problème.

En d'autres termes, il s'agit de remplacer les vagues impressions que je n'ai cessé d'avoir en l'écoutant, et dont il serait trop commode de se contenter, par des hypothèses précises et, le jour venu, vérifiables.

Commençons par ce qui ne fait pas de doute. Une première évidence est qu'en effet il lui arrive quelque chose. Une seconde est que ce quelque chose est de l'ordre amoureux. Une troisième est que cette aventure amoureuse présente pour lui une importance exceptionnelle. Une quatrième est que l'amour physique y acquiert, par rapport aux aventures précédentes, une signification inusitée. Je ne crois pas jusqu'ici avoir trop déformé la physionomie des faits.

Tâchons maintenant d'en venir à des notions plus précises.

La femme qu'il aime doit s'appeler Juliette. Le choix de ce prénom, dans sa liste de préférences, m'a paru faiblement justifié par des raisons générales de goût ou d'esthétique. A l'objection que je lui ai faite là-dessus, il a répondu avec embarras, en disant qu'il était peut-être influencé par le souvenir de la Juliette de Shakespeare. Cela sonnait faux.

Cette femme est probablement une jeune fille ; et d'un milieu social où la sagesse des jeunes filles est la règle officielle. Les exceptions et infractions n'empêchent pas qu'elle soit la règle. Donc rien de commun avec Jeanne la modiste.

Peut-on situer la jeune personne plus exactement ? J'ai l'impression qu'il la rencontre souvent, et avec une certaine facilité ; que leurs entrevues sont parfois longues. Sans bien connaître la question, je ne crois pas qu'une jeune fille « du monde » ait de telles libertés. Je n'imagine pas Jeanne de Saint-Papoul pouvant ménager avec un amoureux (ou — que le fantôme de Mlle Bernardine me pardonne ! — avec un amant) plusieurs rendez-vous, de plusieurs heures, par semaine. Reste l'hypothèse : étudiante. Rien ne l'indique. Disons donc : jeune fille honnête de bourgeoisie modeste.

D'ailleurs, il m'a semblé lui-même presque étonné, j'allais dire presque déçu, de la liberté d'allures dont elle jouit. Il m'a fait, à un moment, cette remarque : « Quand on n'a pas de sœur, on se figure encore que les jeunes filles sont tenues très sévèrement comme autrefois. Les mœurs ont changé sans qu'on y prenne garde. La condition des jeunes filles s'éloigne déjà beaucoup moins de celle des garçons. » Ce qui confirme qu'elle appartient à une catégorie sociale où il est de tradition que les jeunes filles soient surveillées.

En réalité, cette jeune fille n'en est plus une ; du fait de Jallez. Elle est sûrement sa maîtresse. Rien de bien extraordinaire jusqu'ici. Ce qui est plus mystérieux, c'est l'importance que les éléments physiques de l'amour prennent en ce moment aux yeux de Jallez. D'un autre, on dirait qu'il vient de découvrir l'amour physique. De Jallez, c'est invraisemblable. Son expérience en la matière date sûrement de loin. De probablement plus loin que la mienne. Et elle a dû être plus variée. Il faut admettre que ses amours actuelles lui ont fait découvrir des aspects nouveaux, des profondeurs nouvelles de ce côté-là. Ce n'est pas autrement surprenant. Il se peut, par exemple, que depuis Hélène Sigeau, il n'ait aimé personne de grand amour. Les maîtresses qu'il a eues n'ont intéressé que superficiellement son cœur et son esprit. Voici que pour la première fois il possède une femme qu'il aime au sens total (ou que, pour la première fois, il aime au sens total la femme qu'il possède). Il est naturel qu'en résulte pour lui une transfiguration de l'amour physique telle qu'un homme comme lui, qui ne sent rien conventionnellement, qui éprouve chaque chose avec le maximum d'actualité et de singularité, ait l'impression de le découvrir. Moi qui suis loin d'avoir la même aptitude « poétique », je conçois bien déjà, ce que pourrait devenir le plaisir charnel dans les bras d'une femme que j'aimerais passionnément. Il se peut aussi que sa jeune fille honnête soit une amoureuse exceptionnellement douée. Pourquoi pas ?

Malgré moi, c'est nue que je me la représente. Je n'y mets aucune complaisance particulière. Au contraire ; j'en suis amicalement gêné. La faute en est à lui, sans conteste. Il m'a imposé une image de femme nue. Je me rappelle qu'il m'en obsédait pendant que nous avancions vers la Basilique. L'image flottait sur les ornements gothiques. Un reste de pudeur chrétienne a fait que j'essayais de draper cette femme pour la confondre le plus possible avec la troupe des vierges, des saintes.

L'image est assez précise. Un corps pas très grand ; pas petit non plus, ni fluet. Des formes non pas abondantes, mais pleinement féminines. Je la vois plutôt brune de peau et de cheveux. La chevelure, en elle-même, peu remarquable. (Il n'a rien dit, fait aucun geste qui cherchât à l'évoquer.) Les yeux m'échappent. Je les suppose de couleur foncée.

Il y aurait à discerner aussi la silhouette morale. Ce n'est pas que je m'intéresse spécialement au caractère de cette jeune personne. Mais Jallez a laissé échapper tantôt un certain nombre d'opinions sur la nature féminine en général, sur l'éternel féminin, tout au moins des aperçus. Or un jugement de Jallez sur n'importe quoi m'intéresse. Je suis curieux de démêler si ce qu'il pense présentement de la femme tient à l'ensemble de ses réflexions, de ses aventures, de ses lectures, ou s'il n'y a là aussi que la transposition en termes généraux d'une expérience étroitement actuelle. Ce qui limiterait la portée dudit jugement.

Il a parlé à plusieurs reprises de « l'abîme » qu'est le cœur féminin. Il a prononcé le mot en souriant, parce qu'il n'aime guère les formules si emphatiques ni si ressassées. Mais il pensait à quelque chose. Il m'a paru très frappé par les contradictions, les complications de la femme. « Elles dissimulent, elles mentent avec beaucoup plus d'aisance que nous. A se demander si elles n'y prennent pas plaisir. » A propos de leur corps, il avait cité Villon. A propos de leur âme, il a cité Schopenhauer, Vigny (Celui de *Dalila,* pas celui d'*Éloa*). Tout en se défendant de conclusions misogynes, il a l'air de trouver naturel qu'on s'adresse à des auteurs misogynes quand il ne s'agit que d'observer sans conclure. Je dois dire d'ailleurs qu'il a parlé du mensonge féminin plutôt en spectateur qu'en victime. Peut-être faut-il chercher un lien entre cet état d'esprit, et la singulière liberté de mouvements de la jeune personne, liberté qu'elle n'obtient évidemment, dans son milieu familial, qu'au prix de quelque habileté à mentir.

J'ai l'impression qu'il songe moins que jamais au mariage. J'en suis fort heureux, pour des raisons tant générales que particulières.

J'ai compris qu'il se promenait beaucoup avec elle dans Paris. Je dois avouer ici que cette idée m'a rendu un peu jaloux ; en outre, elle m'a légèrement désobligé. Je ne m'explique pas très bien sur ce dernier sentiment. Il me semble que nos promenades, à lui et à moi, sont quelque chose d'unique, et devraient le rester. Nous parvenons, pendant qu'elles durent, à maintenir notre vie sur un certain plan de sérénité allègre. Il s'établit alors entre nous comme une présence supérieure de l'esprit ; une sorte de rayonnement intense où nous sommes plongés, et où tout s'exalte tranquillement. C'est là une réussite précieuse, et, en un sens, précaire, comme tout ce qui réclame pour se produire le concours de circonstances difficiles à rassembler. Imaginons qu'un jour, par exemple, nous emmenions avec nous nos petites amies. Ce ne serait plus ça du tout. Ce serait peut-être agréable, ou amusant, mais sur un plan tout autre, et, je le crois sincèrement, très inférieur. J'éprouve du même coup une certaine gêne à me représenter Jallez et sa Juliette, si Juliette il y a, parcourant un de nos itinéraires. L'amour n'est pas à sa place dans un rite de ce genre. Ou bien Jallez essaye de retrouver malgré tout le ton de nos promenades ; et alors c'est sûrement du gâchage. Ou bien il s'efforce de créer un ton nouveau. Mais je trouve un peu indigne de lui qu'il ait l'air de considérer ainsi comme équivalentes, comme interchangeables, une de leurs promenades « sentimentales », et une des nôtres. Il me semble qu'il pratique là une confusion de plans, ou de valeurs, qu'il jugerait sévèrement chez autrui.

Je mets à part ce qu'il m'a dit de leurs rencontres dans les cimetières. Sur ce point, il en est presque arrivé à une confidence directe. Il essayait bien de rester dans le mode impersonnel : « Je trouve, disait-il, qu'il n'y a pas d'endroit mieux fait pour un rendez-vous d'amour qu'un cimetière comme le Père-Lachaise ou comme Montmartre... On s'attend dans une certaine allée, près de telle ou telle tombe que personne ne visite. On devient les descendants inconnus d'une famille Rennevaud-Dumazy, sur le caveau de laquelle la dernière inscription, comblée par la mousse, date de 1876... » Mais il se coupait à chaque instant. Et soudain l'imparfait historique : « Un jour que je guettais depuis près d'une heure... il tombait une petite pluie fine... », remplaçait le présent de description générale. Du même coup, il laissait le ton discrètement amusé, un peu Jules Laforgue, qu'il avait pris au début, et je dois dire qu'il devenait émouvant.

Depuis qu'il m'a quitté, pour aller dîner chez ses gens, je rêve à ses rendez-vous d'amour dans les cimetières de Paris. Je comprends maintenant pourquoi l'autre jour il m'avait fait entrer au Père-Lachaise. Il nous a conduits dans les allées, nous a arrêtés à certains endroits. Il ne me disait presque rien. « C'est beau, tu ne trouves pas ? » Ou : « N'est-ce pas que ce n'est pas triste du tout ? Et tiens compte qu'en ce moment, sauf les cyprès et les ifs, les arbres n'ont plus de feuilles. On entend bien quelques cris d'oiseaux ; mais ils chantent à peine. Tu imagines cette tombe-ci, cette petite allée montante, au mois de mai, quand il a cessé de pleuvoir depuis deux jours, et que les arbres ont encore leurs feuilles les plus vertes ? »

Je ne cesse pas maintenant de le voir, attendant son amie dans une allée. Il va et vient entre les tombes. Il lit des inscriptions, des « noms étranges », des « dates qui percent le cœur ». « As-tu remarqué, m'a-t-il dit, combien on découvre dans un cimetière de noms étranges ; et comme les noms qui nous semblaient ordinaires, prononcés dans le tumulte de la vie, deviennent étranges quand ils sont ainsi couchés horizontalement sur une dalle, ou tendus vers nous par le fronton d'une chapelle ? » Soudain il reconnaît son amie, au bout de l'allée, marchant entre les tombes du pas rapide de quelqu'un qui est en retard, accompagnée par les lueurs de feuilles et les chants d'oiseaux. Je suppose qu'elle sourit, qu'elle a le rose aux joues, qu'elle porte un corsage clair, qu'elle tient une ombrelle fermée, ou un en-cas. Peut-être l'allée est-elle étroite. Il faut marcher avec un peu d'attention pour ne pas quitter le gravier et poser le pied sur les dalles qui appartiennent aux morts. Et il arrive peut-être que la jupe qui se hâte frôle une tombe, que le bout de l'ombrelle balancée effleure un aucuba, un géranium. Ensuite, comment elle et lui s'embrassent-ils ? Se font-ils un autre sourire que s'il n'y avait pas ces tombes autour d'eux ?

J'essaye de me représenter ce qui a pu le pousser à ces rendez-vous dans les cimetières, et ce qui l'engage à y revenir. Car il les répète au moins de temps en temps ; et la preuve qu'il leur trouve un charme, c'est que, chaque fois, il les fait durer. « Un cimetière de Paris, c'est très grand, me disait-il. Il y a toutes sortes de rues, de ruelles, de carrefours ; des chemins innombrables ; des montées, de vraies petites collines. On peut y errer deux heures sans avoir l'impression de revenir sur ses pas. »

Il s'est défendu contre le soupçon d'y chercher exprès une poésie. Il a invoqué d'abord les commodités matérielles. Quand on craint d'être rencontré, un cimetière est un des lieux où l'on court assurément le moins de risques. Il se peut, en effet, que son amie, si libre d'allures qu'elle semble être, redoute qu'on la dénonce à sa famille. Cette famille met peut-être de la complaisance à accueillir les mensonges de la petite, à fermer les yeux. Mais certains rapports pourraient l'obliger à les ouvrir et à changer d'attitude. Jallez lui-même ne doit pas tenir à être vu. Il déteste ce genre de publicité. Et puis, quelle que soit son indépendance à l'égard de ses parents, je suis sûr qu'il lui serait très désagréable d'avoir à répondre à leurs interrogations, même discrètes, sur un sujet de cet ordre.

Je veux bien. N'empêche que sa façon de parler de tout cela suait la poésie, au point que j'en suis encore imprégné moi-même.

Poésie que j'aurais toutes raisons de trouver antipathique, par ce qu'elle évoque de romantisme morbide ; et qui n'est pas tellement non plus dans sa tendance à lui.

Jusqu'à quel point, il est vrai, est-elle morbide ? Dans les sentiments qu'il m'a laissé voir, je dois dire que je n'ai aperçu aucune nuance qu'on pourrait appeler proprement baudelairienne. Attirance louche pour la mort, goût de la décomposition, danse macabre, cliquetis d'ossements, désir de s'horrifier soi-même, volupté qui s'excite à des relents de cadavre et en grinçant des dents... il ne s'agit de rien de pareil. Tout au plus penserais-je à tels moments de l'atmosphère morale dans l'*Amori et dolori sacrum* de Barrès, que Jallez m'a fait lire cet automne, et dont maintes pages m'ont plu. Il y a bien en effet, ici comme là, une certaine coquetterie de l'amour envers la mort, une certaine douceur qu'il éprouve à se frôler à elle, certain souffle d'ardeur oublieuse qu'il en reçoit. Les tombes ne déconseillent pas les baisers. Ce qu'elles offrent de définitivement tranquille, hélas ! et de révolu, s'il fait apparaître comme bien vains la plupart de nos soucis ordinaires, comme illusoires tous nos calculs, augmente le prestige de l'amour, entièrement composé d'ivresse et de présent. Mais cela, c'est une sagesse, ce n'est point de la maladie. Sagesse désabusée, vieille comme le monde, mais qui se rafraîchit périodiquement comme les saisons, et à laquelle on ne résiste pas plus qu'à l'odeur du printemps, dès qu'on la respire. D'ailleurs, il suffit d'imaginer la chose pour son compte. Une jeune femme aux beaux yeux, au beau visage, que je serrerais dans mes bras. Derrière nous, il y aurait ces tombes, ornées et fleuries, comme j'en ai vu. C'est cela que j'apercevrais par-dessus sa tête inclinée, au-delà de son cou et de ses cheveux : cet assemblage de pierres, de ferronneries, de roses, de noms gravés, de symboles, dominé par des arbres pleins d'oiseaux. (Voilà que je retrouve les phrases mêmes de Jallez.) Je sens bien l'espèce de défaillance délicieuse dont nous serions saisis, et qui nous semblerait monter du sol même. Un peu comme si nous étions une tige toute jeune parmi d'autres déjà fanées et que, de toutes ces autres, fanées, couchées, mortes, nous vînt le conseil : « Fleurissez tant que vous pouvez. » Je sens bien que sous mes lèvres la chair vivante de mon amie prendrait une valeur plus sacrée que jamais ; et que si dans ses yeux naissait la lumière spéciale qui signifie le rappel de la volupté, l'abandon au désir, j'y verrais moins d'impudeur que dans aucun autre lieu du monde ; parce que nulle part le désir ne semblerait moins égoïste, moins borné à l'individu.

Mais à ces promenades du Père-Lachaise ou du cimetière Montmartre, par exemple, il découvre encore d'autres charmes. Je l'entends me répéter : « L'idée de *ville* qu'il y a dans nécropole... » Il a beaucoup insisté sur ce sentiment de ville ; sur la diversité et la complication des chemins ; sur la multitude de ces petites maisons, dont je me souviens qu'il m'a dit qu'elles lui semblaient « plus lisibles » que les autres, que les maisons des vivants. Les inscriptions l'intéressent, l'émeuvent. Il y voit des enseignes, comme celles des rues, mais plus éloquentes, faisant l'aveu de choses plus essentielles ; des « enseignes de destinées ». Les rencontres principales des êtres au cours de leur vie y sont révélées au passant ; les croisements d'existences individuelles, le ramassement progressif et l'évanouissement des familles. Bref, il aime à saisir dans chacun de ces grands cimetières une sorte de réalité transposée de Paris, une « hypostase mélancolique » de Paris.

Je lui ai demandé ceci : « Je te ferais bien une question. Mais j'ai peur que tu la trouves bête. — Quoi ? — Quand tu es dans un de ces cimetières, as-tu l'impression d'autre chose encore que ce que tu viens de me dire, de quelque chose qui ne se ramène pas simplement à des états de ta sensibilité, de ton esprit ? — Parle clairement. — Oui, as-tu le sentiment d'une présence quelconque, qui ne soit pas la tienne, ni celle de la vivante avec qui tu es, ni celle des autres vivants, qui peut-être circulent au loin dans les allées ? » Il a souri. Il a avoué qu'il était très embarrassé pour répondre.

« Tu penses, m'a-t-il dit enfin, à quelque chose qui viendrait plus authentiquement des morts eux-mêmes... et des mortes ?... Je ne sais pas... Je n'ai pas grande envie de décider... Vois-tu, j'arrive de plus en plus à une idée de l'âme, où une extrême variété de modes d'existence sont possibles... Comme une idée météorologique de l'âme. »

Il a évité de s'expliquer davantage. Nous étions d'ailleurs à ce moment-là sur la fin de notre chemin du retour, dans la partie la plus encombrée du boulevard Sébastopol ; et il était très difficile de poursuivre une conversation un peu serrée à cause du bruit. Sans parler de notre fatigue.

* * *

Mais je m'aperçois que je m'égare. Moi qui m'étais promis de ne pas faire de littérature, j'y suis tombé en plein. Mon propos n'était pas du tout de suivre Jallez dans tous les méandres de ses sentiments et de ses idées. C'était de parier avec moi-même pour ou contre un petit nombre d'hypothèses précises. J'espère que j'aurai bientôt le moyen de vérifier sur quels points j'ai gagné ou perdu.

* * *

Ce que je dois noter ici, en terminant, parce que je m'en suis fait la remarque plusieurs fois au cours de cette journée, c'est combien Jallez paraît loin en ce moment des préoccupations qui agitent des gens comme Clanricard, Laulerque, et même moi. On dirait qu'il ne pense pas à l'époque ; ou du moins aux problèmes moraux, sociaux, politiques, qui nous angoissent nous autres. Car à certains égards il se tient tout près des choses actuelles, et du détail même le plus fugitif de la vie. Mais un peu comme si entre l'instantané et l'éternel il n'y avait rien de valable. Comme s'il y avait d'un côté quelque chose qui est à la fois instantané et éternel ; et de l'autre ce que les esprits religieux, ce que Jallez lui-même appelle volontiers, et dédaigneusemet, le temporel. Pourtant je ne rêve pas. La situation de la société, de l'humanité actuelles, est oppressante, étouffante ; surtout pour nous les jeunes qui sentons venir des catastrophes dont nous ne sommes pas responsables, et qui ne recevons aucune direction de nos aînés, au moins dans les formes habituelles.

Je n'ai pas osé lui signaler tout cela aujourd'hui. Mais je le ferai le plus tôt possible. En particulier, je lui poserai franchement la question : « Est-ce que toi, tu n'as pas besoin d'une Église ? Est-ce que tu peux t'en passer ? » Il me répondra peut-être : « Oui, très bien. » Mais je me demande s'il aura le toupet, au fond, de prendre cela pour une supériorité.

XVIII

PÉNOMBRES AUTOUR DE ROTHWEIL. NAVIGATION DANS LES RUES

Le 26 janvier, Jerphanion reçut de Clanricard la lettre suivante :

« C'est entendu avec Rothweil. Il nous attend après-demain 27, à cinq heures moins le quart. Si vous voulez, vous me rejoindrez à 4 heures 30 au café du Delta. Nous irons chez lui sans nous presser. J'espère que d'ici là les inondations n'auront pas complètement isolé votre rive gauche de ma rive droite. Très amicalement.

« Ed. Cl. »

*
* *

Dès 4 heures 20, Rothweil était dans son cabinet de travail, prêt à recevoir les deux jeunes gens. En montant du magasin, par l'escalier intérieur, il avait dit à son premier commis :

— Je ne veux pas qu'on me dérange. Si le représentant de Limoges vient, voyez-le. Dites-lui qu'il nous laisse ses prix. S'il y a lieu, je lui téléphonerai demain, à son hôtel.

Le commis était habitué à recevoir de telles consignes. Il savait que le patron avait assez souvent des visites importantes, qui n'intéressaient point le commerce des chaussures, et au cours desquelles il entendait n'être importuné d'aucune façon. Les visiteurs de cette catégorie pénétraient dans l'appartement du premier étage par la porte qui donnait sur l'escalier de l'immeuble.

Le cabinet de Rothweil formait une pièce de taille médiocre, éclairée par une seule fenêtre, ouvrant sur la rue de Dunkerque.

L'ameublement en était de style gothique. Il se composait d'une grande table, dont les quatre angles étaient ornés de figures analogues à des gargouilles ; d'une longue bibliothèque, qui occupait presque tout le mur du fond derrière la table ; d'une bibliothèque plus étroite, abondamment sculptée, entre l'angle de ce mur et la fenêtre ; d'une stalle surmontée d'un dais ; de plusieurs fauteuils Dagobert, et d'un grand fauteuil de tapisserie sans style. Le siège du maître de la maison était une chaise spacieuse, avec bras.

La fenêtre était grande, et comme elle se trouvait située dans l'axe de la pièce par elle-même plus longue que large, elle y eût distribué une clarté suffisante. Mais quatre morceaux de vitrail ancien y étaient suspendus ; et tout en donnant beaucoup de charme à la lumière impersonnelle et usée qui venait de la rue de Dunkerque, ils en mangeaient une bonne moitié au passage.

Cette lumière, une fois entrée dans la pièce, y devenait quelque chose de poudroyant et de tournoyant. Les yeux étaient attirés vers les figures indéchiffrables des morceaux de vitrail, puis ils revenaient à l'espace même de la pièce, et le regard était entraîné dans la rotation lente et songeuse qui y régnait.

On distinguait, aux parois, quelques tableaux, et un assez grand nombre de gravures, ou de reproductions gravées, dont certaines étaient reconnaissables. Il y avait ainsi, de part et d'autre de la cheminée, *Le Serment du Jeu de paume,* de David ; *La Justice et la Vérité poursuivant le Crime,* de Prud'hon ; dans un recoin, *La Source,* d'Ingres. Bien en face de la table, dominant la cheminée, une autre gravure représentait une sorte de vaste palais ancien, ou de temple, situé sur un plateau rocheux aux pentes abruptes.

L'un des tableaux, très assombri dans son état actuel, mais qui devait recéler dans sa pâte des couleurs vives, montrait, au sein d'un paysage composé, une danse de corps nus ou à demi nus, aux formes heureuses, quelques *Faunes et Bacchantes,* peut-être. Sur le marbre blanc de la cheminée, un petit bronze, svelte et lisse, figurait un éphèbe nu, dans une attitude pensive. Çà et là, dans une région plur reculée de la pièce, quelques fines nudités d'adolescents ou d'adolescentes animaient la pénombre d'une fête secrète.

La pièce avait une odeur qu'on remarquait à peine au début, parce qu'elle était très subtile. Mais ce qu'elle avait de singulier, à la longue, intriguait l'esprit. L'odeur du tabac n'y entrait que pour une faible part. Le grand nombre des reliures, sur les rayons des bibliothèques, ne suffisait pas non plus à l'expliquer. On réfléchissait alors qu'on l'avait sentie dès l'entrée de l'appartement, et, si du moins l'on était au fait des particularités de la maison, l'on se souvenait du magasin de chaussures.

*
* *

Donc Rothweil se préparait à la visite qu'il allait recevoir. Il réfléchissait, renversé en arrière, le ventre bombant contre le bord de sa table, les coudes sur les bras de sa chaise, la joue droite soutenue par sa main dont les doigts restaient serrés et allongés.

Puis il se pencha en avant, renifla, prit dans un dossier à chemise de papier vert une note qu'il connaissait déjà, mais qu'il relut.

Elle était conçue en ces termes :

« Jerphanion (Jean) est actuellement élève de deuxième année ; interne. Il est fils d'instituteur. Son père exerce dans la Haute-Loire. Rien à signaler de particulier sur les opinions du père, qui est probablement républicain. Le fils a préparé l'École au Lycée de Lyon. Il a été reçu au concours d'entrée dans un rang médiocre, bien qu'il se soit affirmé depuis comme un des esprits les plus solides et les plus distingués de sa promotion. Il a choisi pour spécialité les lettres, et a passé la licence très aisément (mention bien, sauf erreur). Il avait choisi comme sujet de mémoire : *Rousseau législateur,* sujet qu'il a traité, paraît-il, dans un esprit de compréhension sympathique. Bien qu'en termes cordiaux avec ses camarades, il se mêle peu à leurs coteries et ne semble pas non plus avoir de fréquentations régulières avec des élèves, ou des groupements d'élèves, de la Sorbonne. Il a donc peu d'occasions d'exprimer ses idées ou ses tendances devant témoins. Son principal et presque unique confident est un nommé Jallez, élève de sa promotion, très brillant, mais fantaisiste, affectant beaucoup de détachement à l'égard de ses camarades, nourrissant même un mépris mal dissimulé pour certains d'entre eux, mépris qu'il étend à leurs convictions politiques. L'influence de Jallez paraît être grande sur J. J. et dirigée dans un sens fâcheux de scepticisme et de dilettantisme. Ces réserves faites, les opinions personnelles de J. J., dans la mesure où on peut les connaître, semblent être franchement de gauche, avec tendance vers l'extrême-gauche. Bien que d'éducation catholique il est tout à fait émancipé du côté religieux, et nullement suspect de ce nouveau snobisme catholique à la mode dans une partie de la jeune génération. Il a failli récemment s'inscrire au Parti Socialiste Unifié, et y a renoncé, au moins provisoirement, pour des raisons que j'ignore. Il s'exprime sur le compte de Jaurès avec respect et admiration. Il a parlé plusieurs fois, à intervalles éloignés, de la nécessité et de l'imminence d'une révolution sociale du type plus ou moins collectiviste. Sans s'exprimer en adversaire du Parti Radical, il partage évidemment les préjugés répandus sur le personnel dirigeant de la Troisième République.

« Pour ce qui est des qualités morales, J. J. paraît énergique, concentré, peu bavard. Il travaille facilement et rapidement. Sa conduite privée ne donne lieu à aucune remarque.

« En résumé, j'estime que J. J. serait en principe une recrue de qualité, susceptible de rendre un jour des services exceptionnels ; à condition que le sérieux et la sincérité de l'intérêt qu'il manifeste pour l'Ordre soient mis nettement hors de doute. On ne saurait en effet exclure complètement l'hypothèse qu'il soit mû en la circonstance par une simple curiosité à laquelle ses liens d'amitié avec ledit Jallez prêteraient un caractère inquiétant. Sans aller jusqu'à craindre un coup monté, dont son camarade serait l'inspirateur et lui-même l'exécutant, il serait sage de prendre à son égard des précautions spéciales et — il est superflu de le dire — de ne pas attendre, pour sonder ses intentions véritables, les épreuves ordinaires d'initiation, qui, dans l'hypothèse où nous venons de nous placer, ne pourraient au contraire que servir d'appât à sa curiosité, et même d'aliment à son ironie. »

Il n'y avait pas de signature.

Sous le même dossier figuraient deux courtes lettres. L'une, signée Ad. Marjaurie ∴, n'était que le billet d'envoi du document précédent. L'autre, revêtue d'une signature mal lisible, sans autre en-tête que la date, ni particularités quelconques, s'exprimait ainsi :

« Cher ami,

« Le garçon dont vous me parlez me paraît être un esprit sérieux et solide, malgré une certaine pétulance inhérente à son âge. Je lui crois du caractère et de l'ambition. Il fait des sorties un peu prolongées et un peu fréquentes, qui nuisent à la régularité de son travail. Mais sa conduite ne prête à aucun soupçon grave, et il sait donner, quand il faut, le coup de collier nécessaire. Ses goûts et ses réflexions semblent n'avoir fait qu'accentuer les tendances qu'il doit à ses origines. (Père instituteur.) Il est ou se croit d'extrême-gauche ; mais par une sorte de prudence paysanne, il a hésité jusqu'ici à s'affilier à un parti.

« En dehors de son travail scolaire, il s'acquitte d'un préceptorat dans une famille aristocratique, d'esprit libéral. Il semble y avoir fait preuve de tact.

« Au total, rien dans le personnage ne me paraît en contradiction formelle avec les vues que vous avez sur lui. Les difficultés préalables pourraient venir de son esprit critique, et de son indépendance de jugement, qui sont au-dessus de la moyenne. J'ajoute qu'à culture égale, et malgré ce qu'il peut avoir d'ambition personnelle, il sera plus sensible que d'autres aux raisons purement idéales, et à la qualité intellectuelle des arguments.

« Bien amicalement à vous. »

Dans le moment où Rothweil arrivait au plus fort de ses méditations, la bonne vint lui annoncer qu'une dame demandait à le voir.

— Mais qui ça ?

— Je ne sais pas son nom. Elle est déjà venue deux ou trois fois.

La bonne, qui avait d'ailleurs l'âge et les allures d'une gouvernante, avait dit cela d'un ton pincé.

— Ah bien ! bien... Dites-lui que je ne puis la recevoir qu'une petite seconde.

Il se leva pour accueillir la visiteuse, qui était une femme d'une cinquantaine d'années, à l'extérieur le plus banal, sauf peut-être un léger excès de poudre sur les joues et d'endimanchement dans la mise.

Il lui demanda avec une certaine précipitation anxieuse, et à voix basse :

— Qu'est-ce qu'il y a donc ?

— Rien... je venais simplement vous dire d'arriver plus tôt, si vous pouvez. A cinq heures et demie, par exemple.

— Mais pourquoi ça ?

— Parce que sans ça vous n'auriez pas le temps. Ce n'est pas de sa faute. On n'a pas pu arranger mieux.

— Cinq heure et demie... Mais c'est beaucoup trop tôt.

— Disons six heures moins le quart, si vous préférez.

— Six heures moins le quart ! Six heures moins le quart !... Enfin !... Et l'eau n'empêche pas d'arriver jusque chez vous ?

— Sous la porte même, il n'y a pas plus de cinquante centimètres. Ils ont mis une passerelle en planches qui rejoint l'escalier. En faisant attention, vous ne vous mouillerez pas. Dame, dans la rue, il y a des endroits où vous avez jusqu'à un mètre, un mètre cinquante d'eau. Il y a un bachot qui fait le va-et-vient avec un marin de l'État.

— Dans la nuit comme ça ! Ce doit être gai !

— On est encore bien content.

— Mais ça doit prendre un temps fou ! Il va falloir que je parte beaucoup plus tôt.

— Pas tellement. Comptez dix minutes de plus.

*
* *

Clanricard et Jerphanion se présentèrent à l'heure exacte. Rothweil leur annonça qu'il ne disposait, à son grand regret, que d'assez peu de temps, à cause d'une obligation imprévue ; il était donc d'avis qu'on arrivât au fait sans détours.

Il y eut bien en réalité quelques détours, mais relativement brefs. Rothweil s'arrangea pour laisser parler les deux jeunes gens. Il les écoutait avec attention, les observait ; guettait surtout la physionomie du Normalien, qui semblait peu bavard. Il fit comme si les deux jeunes gens étaient venus simplement lui demander conseil.

— Je me mets bien à votre place », leur dit-il. « Vous êtes à l'âge de la vie peut-être le plus décisif ; celui où l'on s'oriente... Je crois comprendre votre état d'esprit. Vous sentez en vous une force, et vous ne voulez pas que cette force soit gâchée... Vous, monsieur Clanricard, je vous connais déjà assez bien... du moins, il me semble. Nous nous sommes rencontrés souvent... En toute sincérité, j'ai l'impression que votre instinct ne vous trompe pas. Oui, votre place est parmi nous. Nous avons besoin de gens comme vous, qui soient des enthousiastes, des convaincus... de futurs apôtres, mais si... Et de votre côté, je crois que vous trouverez chez nous un apaisement... Quand les gens de droite répètent qu'il faut une religion à l'homme, ils touchent quelque chose de juste. Vous savez le sens latin du mot religion : ce qui nous relie à d'autres, à des frères... Nous avons besoin de nous sentir en contact étroit avec d'autres, pour marcher vers un idéal commun... oui, de nous sentir les coudes. *Vae soli !* Malheur à l'homme seul. Pourquoi laisser aux gens d'en face cet énorme avantage, cette énorme provision de force morale qu'est le sentiment d'une communauté fraternelle ? Et vous avez bien raison de penser qu'un parti politique, ce n'est pas cela, ce n'est pas suffisant. Il faut des partis politiques. Rien ne vous empêche d'y adhérer, selon vos tendances plus particulières... Mais il faut autre chose, et plus... Je suis content que vous soyez arrivé à vous en convaincre par vous-même. Oui, je suis bien content de vous voir ici, avec l'intention qui vous y a amené... C'est vous dire, mon cher Clanricard, que je suis entièrement à votre disposition...

Il resta un moment silencieux. Puis :

— Quant à vous, monsieur Jerphanion, je suis extrêmement flatté de votre démarche. Je suis même un peu confus qu'un garçon de votre valeur, de votre avenir, ait songé à me demander un avis sur une matière aussi grave... Je n'ai pas l'honneur de vous connaître aussi bien que je connais votre ami Clanricard... Je vous dirai donc qu'en principe je crois que vous êtes sur la bonne voie... Mais j'aurais scrupule à me prononcer trop vite... Tenez, il y a un homme pour qui j'ai une estime exceptionnelle, à tous égards... Je considère que c'est un esprit éminent, une âme élevée. Il faut que vous causiez avec lui. Quand vous l'aurez vu, je ne préjuge pas quelle sera votre décision... Mais au moins vous la prendrez en pleine connaissance de cause, et pour des raisons tout à fait dignes de vous...

Rothweil parlait d'une voix prudente, modérée, d'un timbre légèrement nasal, avec une trace d'essoufflement. Il regardait parfois son interlocuteur entre deux phrases, mais pendant la phrase même tenait d'ordinaire les yeux baissés. Il lui arrivait de toucher à ses boutons de manchettes, d'enlever un grain de poussière de sa manche, de tirer le bas de son gilet sur son ventre volumineux. Il ne souriait pas. Il ne mettait dans son débit aucune nuance d'humour. Il n'affectait pas la gravité, mais il gardait sans effort un sérieux constant.

Il remit à Jerphanion l'adresse de l'homme dont il lui avait parlé : M. Lengnau, 5, rue Guy-de-La-Brosse, ainsi qu'un petit mot d'introduction, en ajoutant :

— C'est à deux pas de votre École. Plus près de Polytechnique encore, évidemment.

Il dit à Clanricard :

— Revenez me voir quand vous voudrez.

*
* *

Un peu plus tard, Rothweil regardait avec étonnement mourir à ses pieds, dans l'ombre, une nappe d'eau qu'animait un clapotis léger, comme aux endroits où finit sur le sable l'anse d'un lac.

L'eau glissait dans les joints des pavés, montait un peu, redescendait. Plus loin, on la sentait s'approfondir. La rue ressemblait à un canal noirâtre, encaissé entre les maisons ; et il n'y tombait qu'un petit nombre de reflets ternes et mous. Les deux réverbères les plus voisins restaient encore allumés. Au-delà, les seules lumières venaient des fenêtres. Les boutiques étaient éteintes, fermées sans doute. On devinait que d'une maison à l'autre la base des façades s'enfonçait dans l'eau de plus en plus. Mais on distinguait mal la limite du plan d'eau et des murs. A cinquante mètres environ, il y avait un carrefour. Le flot de trois rues s'y rejoignait et formait un bassin spacieux. Un jeu de reflets assez vif en faisait miroiter toute la partie centrale.

A droite, sur le trottoir, une sorte de passerelle ou d'appontement, fait de planches, s'avançait le long des murs jusqu'à une distance de cinq ou six mètres. Un certain nombre de personnes attendaient, les unes debout sur cette passerelle, deux autres sur la chaussée, près de Rothweil, devant l'eau noire et clapotante.

Quelqu'un dit :

— Je suis déjà passé il y a une heure. L'eau a gagné au moins une vingtaine de pavés. Au moins !

On vit s'approcher, venant du carrefour, une embarcation, chargée de gens et munie d'un feu. Cela faisait dans la nuit une masse confuse qui progressait lentement, avec de petits claquements d'eau, et parfois aussi le bruit d'une voix dont l'éclat était insolite. L'homme qui manœuvrait le bachot, debout à l'avant, plongeait obliquement dans l'eau une très longue perche. Il avait confié à l'un des passagers sa lanterne, qui était une lampe-tempête. Le passager la tenait à bout de bras, et regardait l'eau avec curiosité, comme s'il allait y voir filer des poissons.

Rothweil monta dans le bachot, en compagnie des autres qui attendaient. Une eau boueuse recouvrait le plancher. Au début, le fond du bateau raclait contre les pavés, et il se produisait des secousses qui effrayaient les femmes. Il ne faisait pas froid. Mais le corps avait à lutter contre une impression d'humidité à la fois si générale et si peu habituelle, qu'il se décourageait. « Je vais passer le reste de ma vie avec des rhumatismes » se disait-on.

Les passagers indiquaient à l'homme du bachot les maisons où ils voulaient être conduits. Celle où allait Rothweil était une des premières.

Il ne mit pas le pied sans crainte sur les planches qui s'enfonçaient dans le couloir, et qui ne dominaient l'eau que de quelques centimètres. Une petite lampe à pétrole brillait au fond. On sentait l'eau s'étaler avec insolence, pénétrer dans les réduits les plus cachés, comme une plèbe à qui on a livré une ville.

Le plafond semblait si bas que Rothweil marcha courbé jusqu'au bout du couloir. Les planches remuaient d'une façon très inquiétante. Pour atteindre l'escalier, il dut faire un saut de côté, et comme il manquait de prestesse son pied retomba sur une marche déjà recouverte par l'eau.

XIX

CARNET DE VOYAGE DE STEPHEN BARTLETT

(Traduction)[1]

Me voici à nouveau dans cette ville. Vu que je l'avais quittée l'avant-veille de Christmas, cela fait plus d'un mois d'absence. *C'est épatant*[2] comme un mois passe vite. Je suis agacé qu'on ne m'ait pas donné mon ancienne chambre. J'ai fait *des pieds et des mains* pour la ravoir ; mais sans succès jusqu'à maintenant. La logeuse me l'a promise pour mercredi prochain. La parole d'un Français mâle ne vaut déjà que 75 % de celle d'un Anglais (autrement dit, vaut celle d'une Anglaise). Quelle valeur donner à la parole d'une Française ? Je crois raisonnable de transiger à 40 %.

---

1. Pour certaines expressions, d'une couleur spéciale, le texte anglais est indiqué entre parenthèses.
2. Les mots en italique sont en français dans le texte.

Cette chambre-ci me déplaît principalement à cause de son papier de tenture, qui offre, en des endroits bien visibles, plusieurs taches dégoûtantes. En outre, j'avais contracté avec l'autre des liens respectables.

J'ai trouvé en arrivant que Paris avait beaucoup de charme, bien que j'aie été saisi au sortir de la gare d'un accès d'hilarité inexplicable, que je dissimulais de mon mieux aux porteurs de bagages, parce qu'ils auraient pu à bon droit y voir un manque de respect pour leur pays. Je ne parviens pas à saisir d'où provenait pour moi ce chatouillement comique, dont la nature était d'ailleurs bienveillante.

J'ai donné des preuves non suspectes de mon attachement pour Paris pendant mon séjour à Londres. Déjeunant au Garrick, j'ai eu une dispute sérieuse *(I fell out)* avec le plus mauvais des auteurs dramatiques du Royaume-Uni (et probablement aussi du monde habité), qui pourtant m'avait invité à sa table, mais qui avait le tort de soutenir que Paris est une ville privée d'agrément et d'animation. Je me souviens en particulier que ce qu'il dit de la pénurie du trafic dans les rues de Paris me souleva de colère. Il osa déclarer qu'on est beaucoup plus écrasé, aux heures d'affluence, dans l'underground de Londres que dans le métro de Paris, et qu'au prix de l'encombrement de Fleet Street, celui de la rue Montmartre a un caractère de repos provincial. Je lui fis rentrer cette insolence dans la gorge ; et des témoins m'assurèrent ensuite que la dernière idée qui leur serait venue en me voyant était celle du flegme britannique.

Ce n'est pas sans peine que j'ai pu me remettre en route pour la *Rive Gauche*. L'honorable directeur du *D.M.*, qui est né par erreur à notre époque, et qui aurait fait il y a encore un siècle un excellent trafiquant de bois d'ébène, affirma que mon voyage en France avait donné tous ses résultats ; et qu'il allait m'employer beaucoup plus utilement à l'occasion des élections anglaises. Je ne lisais pas encore dans ses plans ténébreux. Il prétendait, abusant ainsi d'une vérité incontestable, que les élections de cette année ont une importance exceptionnelle, et que pour l'instant elles intéressent beaucoup plus le lecteur britannique que tout ce qui peut se passer sur le continent. Il me chargea donc d'écrire une série d'articles sur la question qui, de l'avis commun, fournit aux partis en lutte leur champ de bataille, à savoir celle de la grande propriété anglaise. Il soulignait que ces articles allaient d'ailleurs, par une rencontre des plus heureuses, former une suite toute naturelle à ceux que j'avais envoyés du continent. Il me demanda, ajoutant, suivant son habitude, la flatterie à l'impudence, de les écrire comme je savais le faire, « non avec la violence et l'ignorance du polémiste, mais avec le sang-froid de l'économiste », et de garder « le ton de l'observateur impartial, et parfois amusé », que j'avais su si bien trouver pour mes études sur les classes sociales en France, et « les stratifications du pouvoir d'achat ». (Je dois dire à ce propos que les vues d'Ernest Torchecoul, présentées par moi frauduleusement comme miennes, après les arrangements nécessaires, avaient fait merveille et m'avaient donné la réputation d'un investigateur au coup d'œil fulgurant.) Je me mis donc au travail avec une résignation de convict. C'est alors que je découvris peu à peu le machiavélisme infernal de cet homme. Mes articles écrits en France n'avaient été pour lui, sous couleur d'information distrayante, qu'une façon de préparer le public à la manœuvre qu'il méditait, et dont j'allais être l'instrument passif. Et sans le savoir Ernest Torchecoul avait miraculeusement servi les desseins destructeurs du gouvernement de Lloyd George. Plus Ernest Torchecoul m'avait ammené à insister sur la modestie touchante des revenus en France, plus j'avais attendri notre public en lui montrant des « stratifications de pouvoir d'achat » si humblement rapprochées, dont la plus haute, celle qui à Paris donnait droit au titre de riche, commençait avec un train de vie de deux livres par jour, soit d'à peine 800 livres par an, et plus ce même public allait bondir d'indignation en apprenant de ma plume « impartiale et parfois amusée » que l'assez obscur duc de Buccleuch (obscur pour le mob) vivait sur le pied annuel de deux cent dix-huit mille neuf cents livres, soit près de cinq millions et demi de francs ; que le duc de Southerland possédait 1 million 358 545 acres, soit l'étendue d'un département français, et que les revenus additionnés de cinq seulement de nos lords campagnards représentaient dix-sept millions cent soixante-huit mille quatre cent trente-sept francs, soit ceux d'un millier de « riches » de Paris, à la mode de Torchecoul. J'avais gardé des leçons de mon maître Torchecoul le goût de la précision. J'indiquais les revenus du marquis Lansdowne jusqu'au dernier penny, exactitude que le marquis n'aurait pas obtenue de son intendant général, mais dont je doute qu'il m'ait su gré. Mon démoniaque directeur m'avait suggéré, pour ma série d'articles, ce titre flamboyant : *Sommes-nous encore en féodalité ?* L'observateur « amusé » s'y donnait carrière en mêlant à l'austère étude des chiffres la description pittoresque du paiement des redevances par les fermiers, ou du cortège montant au château, pour la fête de la majorité du fils aîné du lord *(coming of age),* avec les musiciens en tête, puis les pasteurs, puis les tenanciers et leurs familles ; avec le discours humblement affectueux du doyen, et la réponse hautainement bienveillante du fils aîné. Je donnais à ces descriptions le caractère le plus vétustement féodal, au point qu'en me lisant le lecteur se frottait les yeux, croyant avoir ouvert par mégarde non le dernier numéro du *D.M.,* mais un crasseux exemplaire d'un roman de Walter Scott, épave d'une *circulating library.* Car ces coutumes et ces spectacles sont totalement ignorés du public ordinaire des grandes villes anglaises, bien que se passant parfois à moins de vingt milles de lui. Il ne sait pas davantage, ce que je me faisais une joie de lui apprendre, que nos lords campagnards sont de pauvres diables auprès de nos lords urbains ; que le duc de Westminster est effectivement propriétaire de tout le quartier de Londres qui porte son nom (comme si à Paris un duc de la Madeleine possédait toute la région comprise entre le Rond-Point des Champs-Élysées et l'Opéra) ; qu'avec son revenu de trois millions de livres, ce duc est en droit de considérer les deux cent mille livres du duc de Buccleuch comme le traitement d'un pasteur presbytérien d'Écosse ; et que si, tout au long d'une année de douze mois, de simples lords campagnards doivent se contenter à cinq de dix-sept millions de francs, nos quatre grands lords de Londres (Westminster, Norfolk, Bedford et Portman) en peuvent dépenser, Dieu merci, deux cent dix-huit millions cinq cent mille, ce qui les met décidément à l'abri de la médiocrité, et nous donne à nous autres, loyaux sujets de la Couronne, la satisfaction de penser que ces quatre « riches » de Londres pèsent autant dans la balance que douze mille prétendus « riches » de Paris.

De telles révélations, même entièrement préservées de la « violence du polémiste », ne pouvaient évidemment que mettre cet honnête public ordinaire dans un état favorable aux desseins des personnes qui m'employaient.

Je viens d'apprendre qu'à la date d'hier soir, sur les 640 députés déjà nommés depuis le commencement des élections, 377 appartiennent à la coalition gouvernementale. J'estime rester au-dessous de la vérité en disant que, sur ce nombre, 50 au moins doivent leur siège à ma série d'articles, et aux commentaires qu'ils ont provoqués dans les autres journaux ; que ces 50 seront bien 80 dans cinq jours, quand toute la Chambre basse sera nommée. Il est raisonnable d'en attribuer le mérite pour les deux tiers à Ernest Torchecoul ; donc de le considérer comme l'auteur des élections anglaises, dans la proportion de dix pour cent. Si M. Lloyd George, qui naguère encore se tiraillait les cheveux dans l'angoisse de la défaite, n'était pas aussi dépourvu qu'il l'est du sentiment de la reconnaissance, il conférerait à M. Ernest Torchecoul l'ordre de la Jarretière ; ou encore une pension à vie, que M. Torchecoul apprécierait peut-être davantage, même si elle ne s'élevait qu'au millième des revenus de lord Portman.

A ce propos, je voudrais avoir le temps de scruter la mystérieuse politique du *D.M.* Personne, jusqu'ici, n'avait cru la fortune de ce journal à ce point attachée à celle des libéraux, et il affichait volontiers une altière indépendance. Qui m'expliquera ce changement ? Il est vrai qu'on peut tout attendre du forban *(scuttler)* déguisé en gentleman qui le dirige.

Ce personnage se flattait de me tenir courbé sur ma triste besogne jusqu'au dernier jour des élections. Par un bonheur providentiel sont survenues les inondations de Paris. J'ai eu de la peine à lui faire admettre que le spectacle actuel de Paris se prêtait mieux que jamais aux « coups de crayon brillamment expéditifs », et que ce serait un crime de me laisser manquer une telle opportunité. Dieu merci, la Seine montait d'un yard par jour, et chaque télégramme du continent m'apportait un argument de plus. Il me restait à écrire un dernier article sur la brûlante question : « Sommes-nous en féodalité ? » J'ai promis de le faire ici, et effectivement, je l'ai jeté hier à minuit dans la boîte de la gare du Nord.

J'étais accompagné par Ernest Torchecoul, avec qui je venais de passer la soirée, et à qui, j'avais montré l'article, ainsi que les notes dont je m'étais servi précédemment. Assis dans un café, en face de cet économiste au col couvert de pellicules, j'avais goûté le plaisir tout romantique de le voir feuilleter, sur le guéridon poisseux qui nous séparait, et devant un bock à trente centimes, des pages où les millions du duc de Devonshire semblaient soufrir des promiscuités qu'on leur infligeait.

Les remarques d'Ernest Torchecoul m'ont intéressé. Il a vu dans le cas plus de choses que moi, ou du moins m'a paru plus que moi le *prendre au tragique*. Il m'a avoué que jusqu'ici l'importance des présentes élections anglaises lui avait échappé, mais que maintenant il jugeait l'affaire tout à fait sérieuse.

D'une manière générale, je suis souvent surpris de la façon dont on envisage ces choses, et d'autres plus ou moins semblables, sur le continent. Je devrais me contenter de dire « à Paris », puisque Paris est le seul théâtre de mes observations. Mais je rencontre dans les cafés des individus provenant de divers coins de l'Europe ; ce qu'ils disent tombe sous la même remarque.

Tous ces gens ont l'air de s'attendre à des bouleversements considérables, soit qu'ils les désirent, soit qu'ils les redoutent, soit même, comme mon ami Torchecoul, qu'ils les regardent venir avec une indifférence philosophique. Pas un ne semble croire que l'état des choses actuel peut durer. Les raisons qu'ils en donnent ne sont pas toujours claires à saisir. Tantôt ils disent que le travaillisme, ou socialisme, fait partout des progrès immenses et mine le vieille société ; en un mot que les classes pauvres vont secouer violemment le joug des classes riches. Tantôt ils prétendent que, comme il est naturel après une trop longue période de paix, une guerre va finir par éclater entre plusieurs des principaux États de l'Europe ; que l'événement a failli trop de fois se produire ces années-ci pour qu'il n'arrive pas sous peu ; mais qu'il causera plus de perturbations qu'autrefois, en raison des progrès de l'industrie de la guerre.

Sur le bien ou le mal qui pourra en sortir, ils ne sont nullement d'accord. Certains Français que je rencontre disent qu'une guerre est souhaitable, parce que la France s'est laissé endormir par la paix et l'inaction. L'un d'eux a prononcé devant moi cette phrase remarquable : « La France s'ennuie. » Ils disent aussi que l'Allemagne en a profité pour étendre un peu partout sa domination ; et que, si les adversaires de l'Allemagne la laissent continuer, elle sera bientôt la maîtresse de l'Europe, jusqu'en Asie Mineure. Une guerre est donc préférable, puisqu'on a au moins une chance d'être vainqueur, et que, si l'on est vaincu, la défaite n'entraînera pas plus d'asservissement que ne le ferait la continuation de la paix. Mon impression est d'ailleurs que, pour eux, la chance d'être vainqueur l'emporte sur l'autre. Au fond d'eux-mêmes, ils sont persuadés que la France, dans une guerre contre l'Allemagne, aurait le dessus, avec l'aide de ses alliés, au nombre desquels ils comptent l'Empire Britannique. (J'ai été surpris de leur assurance sur ce point. Ayant moi-même peu d'accointances avec le Foreign Office, je m'étais promis d'interroger là-dessus certains de mes amis de l'*Observer* et du *Times,* pendant mon séjour à Londres. Mais j'ai été tellement absorbé par le calcul des revenus du duc de Westminster and C°, que j'ai complètement oublié.)

Il me semble qu'il y a dans tout cela une grande question d'amour-propre. Beaucoup de Français, bien qu'ils n'en conviennent pas volontiers, ne se sont pas consolés des malheurs de leur nation en 70, et surtout du fait qu'elle ne tient plus en Europe la première place.

Au reste, disent-ils, si la France n'attaque pas, c'est l'Allemagne qui attaquera, et elle choisira, comme il est naturel, le meilleur moment. Ce dernier raisonnement n'est pas clair pour moi. Quel intérêt l'Allemagne aurait-elle à faire la guerre, si, comme on le prétend, elle n'a qu'à laisser continuer la paix pour asservir toute l'Europe ? Il est vrai que l'Allemagne peut craindre une attaque des autres, destinée justement à secouer sa domination, et vouloir la devancer.

Je crois même que c'est ici que nous touchons la vraie situation. Chacun de son côté est persuadé que l'autre, de toute façon, lui fera la guerre. Si tel est bien l'état d'esprit, il y a peu de chances en effet pour que j'aie mon premier cheveu blanc avant que le continent soit mis en capilotade.

D'autres, en croyant aussi à l'imminence d'une guerre, s'en réjouissent, parce qu'ils estiment qu'elle sera l'occasion du *chambardement* qu'ils espèrent, à la suite duquel il n'y aura plus ni riches ni pauvres.

J'ai vu mon ami Ernest Torchecoul sourire en les écoutant. Je sens bien qu'il a des idées personnelles sur toutes ces questions, comme il en a sur la question Shakespeare, ou sur l'existence présumée de l'ancienne Atlantide. Mais j'ai remarqué qu'il est très réservé en matière de prophéties. Mon avis est qu'il tient à un certain renom d'infaillibilité.

Il m'a déclaré pourtant, après avoir examiné mon article et mes notes, que le cas de l'Angleterre lui paraissait grave. J'ai malgré moi éclaté de rire. Il m'a regardé avec étonnement. Puis il a dit qu'à la réflexion le cas était peut-être moins grave qu'il ne l'eût été dans un autre pays, grâce à la lenteur d'intelligence des insulaires. Ailleurs, des révélations comme les miennes auraient provoqué une explosion de colère publique, et le duc de Westminster eût été rapidement suspendu à l'un des réverbères de son quartier. En Angleterre elles auraient simplement pour effet que Lloyd George garderait le pouvoir, et ferait voter plus facilement un petit supplément d'impôt que paierait le duc. La stupidité ordinaire des Anglais, qui avait déjà dans le passé favorisé le classement au sommet *(classing at the head)* des rares grands hommes, était dans le trouble des temps modernes un précieux facteur de stabilité sociale. J'ai idée qu'au fond de son cœur Ernest Torchecoul penche pour la stabilité sociale.

Je veux noter aussi que si nous autres Britanniques aimons beaucoup parler du beau et du mauvais temps, et nous lamenter d'avance sur la pluie qui tombera demain, les Français aiment beaucoup parler des prochaines catastrophes historiques. Tel est le travers de ce peuple, qu'on dit gai et insouciant — et il l'est sur d'autres matières ; par exemple, les gens me semblent se préoccuper très peu de leur perfectionnement moral, ou du salut de leur âme dans ce monde-ci ou dans l'autre. On aurait donc tort de *prendre au tragique* ce qui n'est qu'une particularité de leur complexion.

*
* *

J'ai hâte d'en venir aux inondations, à qui je dois mon nouveau séjour ici. Elles m'ont absolument charmé. Il est impossible de rêver quelque chose qui modifie d'une façon plus amusante les aspects d'une ville qu'on croyait connaître, et qui donne à la vie de chaque jour un intérêt dramatique plus soutenu. Chaque matin, l'on ouvre le journal avec la hâte de savoir si quelque nouveau quartier est entré sous l'eau, si les flots ne viennent pas de jaillir dans l'endroit le plus imprévu de Paris par la bouche du métropolitain, ou si l'électricité, le lait, le pain ne manqueront pas dans un petit nombre d'heures. Le journal lui-même, avec sa première page couverte de grandes photos aquatiques, a l'air de nager sur un baquet d'eau. Au cours de la journée, l'intérêt est sans cesse entretenu par les rumeurs qui se colportent, par les promenades que l'on fait. L'on va constater sur place que telle rue, qu'on avait vue la veille toute sèche et banale, s'est élevée elle aussi à la dignité de canal, et porte orgueilleusement des bateaux. En l'instant même où j'écris, je me dis que la Seine monte, et que, avant que j'achève cette phrase, l'eau dans toute l'étendue de Paris aura peut-être crû d'un demi-pouce. Les excitations que l'on éprouve de la sorte ne sont pas trop gâchées par les scrupules de conscience, car jusqu'ici le désastre a épargné les vies humaines. Pour ce qui est des dégâts matériels, je vois les gens les accepter plutôt avec mauvaise humeur *(grumpily)* qu'avec désespoir. Et les simples incommodités sont accueillies par beaucoup comme des divertissements. Ils réalisent bien qu'ils n'auront pas deux fois dans leur existence l'occasion de se comporter en patriciens de Venise.

Je prononce le nom de Venise parce qu'il traîne en ce moment dans tous les récits des reporters ; et je m'en suis servi moi-même pour que mes lecteurs de Londres ne soient pas trop choqués par mon manque de sensibilité poétique ; ou ne supposent pas que je ne suis jamais allé à Venise ; ce qui est d'ailleurs vrai, mais ce qui déshonorerait auprès d'eux un journaliste de mon rang.

Bien que ne connaissant pas Venise, je suis persuadé que le spectacle actuel de Paris n'y ressemble aucunement. Je dirai même que Paris ne m'a jamais paru aussi nordique. Dans les quartiers inondés, ma peau a retrouvé avec surprise une impression qu'elle ne s'est pas expliquée tout d'abord, mais qui lui donnait le sentiment mystérieux de la patrie. Je me suis avisé à cet effet qu'une certaine fraîcheur de l'air *(coolness)* faisait partie des choses que je quittais en m'éloignant de Londres, et dont l'absence contribuait pour moi au charme de dépaysement et d'exotisme méridional que j'éprouvais à Paris. Soudain elle vient me rejoindre ici. De même pour les yeux. Je suis bien forcé d'avouer que tout le Paris des quartiers submergés, avec les maisons qui trempent, à perte de vue, dans une eau sale, les bateaux qui circulent, chargés de ménagères qui vont à leurs provisions, et les mariniers qui s'interpellent en évitant d'entrechoquer leurs perches, est authentiquement une ville de canaux. Mais c'est à des villes maritimes du Nord qu'elle me fait penser, par exemple à des endroits peu caractérisés d'Amsterdam.

Au fond, je suis un peu déçu. Je me sens ébranlé dans la conviction qui s'est emparée de moi, le jour où j'aperçus pour la première fois le Sacré-Cœur de la fenêtre du wagon, grâce à ce Français à qui j'avais fait attraper un rhume. Je me demande si le Sacré-Cœur est bien, comme j'en fus persuadé ce jour-là, le monument d'entrée de l'avenue qui conduit à Venise et à Constantinople. Je déteste que les idées sur lesquelles se fonde un sentiment excitant de la vie soient remises en question.

A la réflexion, je crois qu'il aurait mieux valu que les inondations eussent lieu en septembre ou octobre. Car il n'est pas du tout impossible qu'avec les beaux ciels et soleils couchants de cette saison-là, la rue Guénégaud se fût décidée à prendre un air vénitien, et que l'avenue de l'Opéra, sillonnée d'embarcations légères, et terminée au loin par la façade magnifique du théâtre, eût figuré un Canale Grande acceptable.

Mais il me paraît chimérique d'espérer que, même à la suite d'un été pluvieux, la Seine puisse atteindre en octobre le niveau de 34 m 80, comme elle l'a fait aujourd'hui, à ce qu'affirme *l'édition spéciale* que le cireur de chaussures de l'hôtel vient de me monter.

D'ailleurs, comment faut-il interpréter ce chiffre ? Je n'en sais rien. Si je m'en rapporte à l'appendice *Weights and Measures* de la *French Conversation for English Travellers*, 34 m 80 valent 115 pieds ; ce qui me semble beaucoup, même pour un fleuve parisien au dernier degré du dérèglement. Peut-être ce chiffre comprend-il la hauteur où se trouve déjà le lit du fleuve par rapport au niveau de la mer ?

En tout cas, je citerai à mes compatriotes ce chiffre de 115 pieds, tel quel. Ils compareront avec la hausse de leur cottage, et ils auront un frisson vraiment religieux. Plus d'un, rapprochant ce chiffre de mes assauts contre la grande propriété anglaise, pensera que sont arrivés les temps prédits par l'Apocalypse.

XX

MAURICE EZZELIN REÇOIT UNE LETTRE ANONYME

Maurice Ezzelin, qui revenait de déjeuner, passa devant la petite loge où le garçon de bureau aimait à somnoler tout contre son poêle à gaz. Cet homme leva la tête et lui dit :

— Il y a une lettre pour vous, monsieur Ezzelin.

Jamais il n'y avait de lettre pour Maurice Ezzelin. Le garçon, d'un air un peu goguenard, lui tendit une enveloppe jaune, fort commune, et légère de contenu. Ezzelin demanda :

— Elle est arrivée ce matin ?

— Non, à l'instant... Quoi, il y a peut-être une heure.

Ezzelin attendit pour l'ouvrir d'être dans son bureau. Aucun des trois autres employés n'était encore là. Il put lire tranquillement :

« Monsieur,

« La personne qui vous écrit n'a pas l'habitude d'envoyer des lettres anonymes, mais on vous considère comme un brave garçon, et c'est malheureux de voir quand une femme en abuse ; la vôtre se moque de vous, votre tort à vous c'est d'avoir trop confiance, je ne suis pas chargée de vous avertir, mais on vous donnera les preuves quand vous voudrez ; elle se rencontre presque chaque jour avec un jeune homme qui ne doit pas être quelqu'un de bien propre, vu qu'aux heures où il la voie *(sic)* un garçon de son âge est le plus souvent à son travail ; ils vont dans des chambres, ils auraient tort de se gêner, vous pensez bien qu'ils ne s'en privent pas. Comme je ne suppose pas que ça vous amuse d'en porter, si vous tenez à en savoir plus long, vous n'aurez que mercredi matin par exemple en sortant de chez vous à tenir votre journal plié bien visible sous votre bras ; ensuite prenez une rue tranquille ; on s'arrangera pour vous aborder ; croyez que je ne fais pas ça pour mon plaisir, ni pour gâcher un ménage ; avec mes sentiments dévoués. »

C'était écrit sur les deux côtés d'une feuille simple de papier rayé, du format commercial. L'écriture était correcte, plutôt féminine, peut-être légèrement contrefaite ; l'orthographe, meilleure que la ponctuation.

Maurice Ezzelin se mit à souffrir beaucoup, mais d'une souffrance où il n'entrait pas de surprise. Si, pendant leurs courtes fiançailles, il avait pu se méprendre sur les sentiments de Juliette, même la croire amoureuse de lui ; et si, dans les premiers temps de leur mariage, il avait pu espérer que certaines répugnances qu'elle montrait, d'ailleurs sans régularité, s'atténueraient peu à peu, que certaines crises de mélancolie ou d'amertume agressive qui s'emparaient d'elle ne résisteraient pas toujours à sa propre douceur de caractère, il avait perdu confiance depuis la fin de 1908, exactement depuis la veille de Noël. Il avait voulu la conduire au restaurant, ce soir-là. Elle avait fini par accepter, de très mauvaise grâce. Jamais il n'oublierait la tristesse de ce dîner de Réveillon, dont il s'était promis tant de joie ; le visage de Juliette, tour à tour défait et durci, la violence soudaine de ses regards ; ses soupirs. Il savait qu'elle l'avait épousé après un grand amour déçu. « C'est le souvenir de cet amour qui lui revient... », s'était-il dit, les yeux baissés vers la nappe, d'une blancheur désolée. « Peut-être songe-t-elle qu'en ce moment elle serait avec l'autre. »

Depuis ce lugubre Noël, il avait achevé de se convaincre de sa disgrâce. Sa femme cherchait tous les prétextes de se refuser à lui, et quand par hasard elle lui cédait, semblait au supplice. Elle restait silencieuse aux repas. Elle s'acquittait des soins du ménage très rapidement, comme pour se mettre en règle avec une autorité qu'on déteste, mais dont on prévient ceux des reproches qui seraient le moins embarrassants à formuler. Elle sortait dès le début de l'après-midi, et parfois sans attendre qu'il fût parti pour son bureau. Elle invoquait un rendez-vous avec sa mère ; une course à un magasin, qu'elle tenait à faire avant les heures d'affluence. Ou bien il y avait une éclaircie qui ne durerait pas, et dont elle voulait profiter. « Je ne me porte bien qu'à condition de me promener tous les jours. Les médecins l'ont souvent dit à mes parents. Tu le sais bien. Il pleuvra peut-être dans une heure. Je rentrerai. » En fait, quand il rentrait, lui, vers six heures et demie du soir, il trouvait deux fois sur trois la maison vide, même s'il avait plu toute l'après-midi.

A sept heures, sept heures et quart, sept heures et demie, il entendait un léger bruit du côté de la porte. Juliette ne se montrait pas. Elle allait prestement dans la cuisine mettre une casserole sur le feu ; s'enfermait parfois dix ou quinze minutes dans le cabinet de toilette. Quand elle paraissait enfin, il lui arrivait de dire d'un ton détaché : « Il y a longtemps que je suis là. »

Ezzelin se contentait de remarques discrètes, et les ravalait dès qu'il voyait s'allumer dans les yeux de Juliette une certaine petite flamme, qui annonçait quelque chose de plus inquiétant que la colère. Il était de ceux que de leur naissance à leur mort les femmes intimident. Il était de ceux aussi qui se croient coupables par une sorte de vocation foncière, dont les circonstances de la vie se chargent de fournir l'aliment. N'était-il pas coupable d'avoir épousé Juliette sans être sûr de la rendre heureuse ? De s'être cru de taille à remplacer pour elle le grand amour qu'elle avait perdu ? Mme Vérand n'avait pas craint d'insinuer à plusieurs reprises : « Vous avez de la chance qu'elle ait bien voulu de vous. » Il se défendait à peine de le reconnaître. Il admettait en principe que Juliette lui était supérieure. Elle n'avait peut-être pas plus d'instruction ; mais elle avait reçu une éducation plus fine. Elle connaissait la musique, que lui-même ne goûtait qu'en profane, et confusément. Elle lisait de temps en temps quelques pages d'un livre de littérature ; elle recopiait une poésie sur un carnet, alors qu'il ne s'intéressait guère qu'à son journal, et qu'à des ouvrages de vulgarisation scientifique. Il la considérait même comme une fille riche, parce qu'elle avait apporté une petit dot. Il aurait pu se dire que le revenu de cette dot ne lui servait qu'à elle, et passait en suppléments de toilette, dont il profitait bien peu, même sous forme d'agrément indirect et dans sa vanité de mari, puisqu'ils ne sortaient que rarement ensemble ; et aussi que tel de ses collègues, dont la femme avait un emploi, jouissait à la fois d'un budget plus large, et d'un intérieur au total moins déserté. Mais ces raisonnements sont de ceux qu'un être de cette nature repousse, comme si l'audace de pensée qu'ils contiennent était une culpabilité de plus.

Il avait tout lieu de croire qu'il était trahi. Mais jusqu'ici rien à la rigueur ne l'avait obligé d'en être sûr. Il gardait la ressource de se dire : « Évidemment elle ne m'aime pas... Son amour ancien lui remonte à la tête... Elle sort avec sa mère, ou même seule, pour s'étourdir... Elle me fuit... Mais je n'ai pas le droit d'affirmer qu'elle me trompe... D'ailleurs avec qui ?... Si elle regrette l'amoureux qu'elle a perdu, au point de pouvoir à peine me supporter, moi, ce n'est pas pour aller avec quelqu'un de nouveau. »

Maintenant il y avait la lettre anonyme ; et tout changeait. La mystérieuse conduite de Juliette n'était plus une de ces choses qui se passent entre votre tête et votre cœur, qui sont votre affaire (et quand vous manquez particulièrement de courage, ou quand vous avez envie de rester quelques heures sans vous tourmenter, vous êtes libre de repousser, de modifier cette chose flottante). Certes, les gens ne sont pas forcément de bonne foi. Ils peuvent calomnier. Ils peuvent se tromper, soupçonner à tort et à travers, voir le mal où il n'est pas. Mais entre une accusation qui vous traverse le cerveau, et une autre qui figure devant vous sur un papier, tracée par une main étrangère, la différence est très grande. La seconde se laisse bien moins commodément réduire par le doute.

Il faillit déchirer la lettre. Une idée admise veut en effet qu'une lettre anonyme soit méprisable. Un homme de cœur déchire les lettres anonymes, et les jette au panier. Mais avant de les lire il faudrait avoir la précaution de constater qu'elles n'ont pas de signature. Car il ne dépend plus de vous de les oublier quand vous les avez lues.

D'autres idées admises, mal conciliables entre elles, viennent compliquer la question. Un mari jaloux est facilement odieux. Un mari, qui a été épousé sans amour, et qui par la suite ne réussit pas à se faire aimer, a de la peine à être sympathique. On plaint volontiers « sa pauvre petite femme ». Et si « la pauvre petite femme » finit par se consoler ailleurs, elle est jugée avec indulgence. Mais un mari qui tolère l'inconduite de sa femme est jugé sévèrement. On ne demande qu'à le croire complaisant par intérêt. L'expression « l'honneur du mari » reparaît souvent en tête d'un feuilleton, ou d'un fait divers de journal. Elle a un sens qui ne prête pas à l'équivoque. L'honneur du mari lui interdit *à partir d'un certain moment* de fermer les yeux. La difficulté est de reconnaître ce moment. Où cesse-t-on d'être un mari jaloux, qui tourmente une « pauvre petite femme », pour devenir un homme qui défend son honneur ? Où cesserait-on d'être un brave garçon qui fait la part des choses et évite les histoires, pour devenir un mari complaisant qu'on se montre du doigt ? Est-ce qu'une lettre anonyme constitue cette démarcation-là ? Qu'on puisse la mépriser, comme anonyme, c'est entendu. Mais peut-on mépriser aussi les renseignements qu'elle contient, surtout quand l'auteur de la lettre semble offrir d'en ajouter d'autres ? Et puis n'est-elle pas une preuve que votre infortune a cessé de vous appartenir ; qu'elle alimente les réflexions, peut-être les conversations, d'un certain nombre de gens autour de vous ; et aussi qu'on commence à s'étonner que vous fermiez les yeux ? Est-ce que la lettre anonyme n'est pas une espèce de timbre avertisseur qui vient signifier à l'honneur du mari : « On vous attend » ?

XXI

MOITEURS, ODEURS

Il fait nuit depuis près de deux heures déjà ; et l'on est encore en hiver. Mais parfois le vent soulève la rue d'une lente bouffée molle ; et entre deux bouffées il y a une minute d'apaisement total qui paraît suavement interminable. La jupe, en effleurant le trottoir, ramasse un air frais qui tiédit peu à peu en montant vers l'intimité du corps. Il lui arrive de rencontrer la chair avant qu'il ait eu le temps de se réchauffer. On sent courir alors une caresse un peu libre, et l'on met une trace d'impudeur à l'accepter. A l'abri des vêtements, on a par places l'impression d'être furtivement nue. On promène dans la rue, sans que les gens le devinent, un reste de la nudité qui triomphe dans les chambres. D'ailleurs, cette vivacité de l'air est bonne pour la lassitude. Le froid aux chevilles dissipe la paresse qu'on aurait à marcher. Chaque contact de l'air et de la peau le long des jambes vous procure en petit le bienfait d'un bain. L'on se retrouve bien vivante partout. Le sang anime favorablement la chair, dont on sent soi-même par le dedans qu'elle est chaude, mais qui probablement semblerait fraîche — ferme et fraîche — à une main qui la toucherait. S'il fallait recommencer les fatigues de l'amour, l'on se ferait un peu prier, mais l'on serait prête.

De nouveau, une lente bouffée molle soulève la rue. Les cheveux sont alourdis par l'air du soir qui les pénètre, comme une éponge par l'eau. Ils pressent doucement la nuque. Des mèches légères s'ébouriffent un peu du côté des tempes. Par tous ces mouvements caressants, la tête est enveloppée, flattée.

On est accompagnée, de rue en rue, par une sorte de moiteur dont naguère encore on n'avait pas l'habitude. Il y a, depuis la fin des inondations, une nouvelle douceur de Paris. En se retirant peu à peu, l'eau a dû laisser dans les épaisseurs du sol, dans les profondeurs et dessous des maisons, même dans les murs, une mouillure qui s'exhale indéfiniment, et qui soudain, quand le jour est favorable, met, dans l'atmosphère de Paris, des odeurs de terre dans les bois, de campagne après la pluie ; des relents pareils à ceux des fermes antiques et humides qu'on voit au creux d'une vallée. Et le souvenir même du cataclysme disparu rend le printemps plus désirable, l'aide à approcher. L'espérance du printemps n'a jamais été si gonflée que cette année-ci.

« Une chose qu'il m'a répétée tant de fois (surtout au début, parce que maintenant j'ose moins lui parler d'avenir) : "Profite du présent. Apprends à profiter de ce moment où nous sommes. Un jour peut-être, tu trouveras que ce moment où nous sommes a été le plus beau de ta vie, le plus pur, et tu regretteras de ne pas t'en être aperçue, de l'avoir un petit peu gâché tout de même ; et il sera trop tard." Il a raison. Je veux combattre cette manie que j'ai. Oh ! ce que j'aurais plutôt maintenant, c'est la tendance à regretter. Je me demande toujours si la première année ce n'était pas plus beau ; s'il ne m'aimait pas mieux... Il ne faut pas... Je ne veux pas être trop exigeante. Oh ! Il y a des jours où je trouve que ma situation est affreuse ! affreuse !... où je voudrais être morte... où je me dis : quand on a eu la folie de faire ce que tu as fait, il n'y a plus de bonheur possible... Il n'y a plus d'avenir possible... Non, ce n'est pas vrai. La preuve !... Il ne faut pas que j'y pense trop... Dire que si je n'avais pas accepté cette folie, que si j'avais eu un peu plus de patience... Il serait revenu... il allait revenir. Il m'aurait aimée comme il fait ; et il n'y aurait pas eu pour moi ce cauchemar... Je me serais donnée à lui, comme j'ai fait ; mais à lui le premier, à lui seul... Un jour, nous nous serions mariés. Quand il aurait voulu. Il a toujours dit qu'il ne voulait pas se marier. Mais à force de me connaître... j'aurais été si douce pour lui, si dévouée. Il aurait voulu pouvoir sortir librement avec moi ; me montrer à ses amis. Je me serais faite toute petite... Non, il ne faut pas que j'y pense... J'aurais dû attendre un peu plus, ne pas désespérer... Si au moins, il m'avait donné de ses nouvelles... C'est trop affreux... Non, non, ce n'est pas affreux puisque je me sentais si heureuse il y a un instant... C'est beau, au contraire. C'est un beau roman d'amour... Mais au moins est-ce que cela pourra durer ? Je tremble tout le temps. J'ai eu de la chance jusqu'ici. Mais il suffirait d'un rien... Chaque fois que je vois arriver Pierre à l'un de nos rendez-vous, je regarde du côté de ses yeux. S'il a l'air un peu sombre, si sa figure ne s'éclaire pas, ne me sourit pas tout de suite en me voyant, j'ai peur, ma poitrine se serre... Est-ce qu'il me quitterait tout de suite? Je ne veux pas répondre... Est-ce qu'il comprendrait que je ne lui ai menti que parce que je l'aimais plus que tout au monde ?... que, ce jour où je l'ai revu dans le petit square, près de la Seine, où il y a une ruine, je ne pouvais pas avoir la force de lui dire... Quand il a été de nouveau devant moi, soudain, mon Pierre, mon Pierre que je croyais à jamais perdu, je n'allais pourtant pas lui dire, dès les premiers mots, après "Bonjour, Pierre"... Je me rappelle quand j'ai prononcé "Bonjour, Pierre", l'émotion m'empêchait d'écarter les lèvres... je n'allais pas lui dire... pour qu'il se sauve aussitôt, pour que je reste de nouveau seule, seule, abandonnée de nouveau et à tout jamais, pour le perdre encore une fois... Je ne pouvais pas... Et puis, je pensais qu'il savait peut-être ; qu'il allait me le faire sentir par une allusion... Ce n'était pas à moi de lui jeter ça brusquement. Nous aurions bien le temps de nous expliquer ensuite, de nous raconter ce que nous avions fait... nos peines... Il ne fallait pas souiller les premières minutes qui étaient si belles... Il m'a pris le bras d'abord à travers ma cape ; puis sous ma cape. Une sirène de remorqueur a sifflé, comme dans sa lettre... Et plus tard ?... Oui, je me disais bien qu'il fallait... Mais quand aurait-il fallu ?... Ce premier jour-là, avant de nous séparer ? Mais si à cause de ça il n'était plus jamais revenu ? Est-ce que je pouvais risquer cela, de ne plus le revoir ? Tout ce qui pouvait arriver d'autre était moins grave. Il fallait d'abord garder la certitude de le revoir. Et puis, je n'étais pas encore sûre qu'il ne savait rien. Je me disais : "Il n'a peut-être pas voulu en parler pour ne pas gâcher notre première rencontre. Si j'en parle, il froncera les sourcils ; il pensera, comme il m'a dit un jour jadis en riant : « Les femmes n'ont pas de tact. »" Plus tard ?... Ça devenait de plus en plus difficile. Plus j'avais attendu, et plus il aurait le droit de me dire : "Comment as-tu pu me cacher ça ? Comment as-tu pu me mentir si longtemps ?" Et puis, quand j'étais avec lui, je ne pensais plus qu'à lui, qu'à nous. Si le reste me traversait l'esprit, à ces moments-là, je le chassais, j'en avais horreur. Il y avait bien bien assez de toutes les journées et de toutes les nuits pour en souffrir. Quand j'étais avec Pierre, il n'y avait plus que notre amour à nous deux qui existait. Le reste n'était plus arrivé. Et puis j'étais si heureuse, à certains moments. Je ne sais pas, j'aurais tué quelqu'un plutôt que de me laisser prendre ce bonheur... Un jour pourtant, l'automne dernier, nous nous promenions au Cimetière Montmartre, j'ai bien failli. Je revois toutes ces tombes, les feuilles mortes... Il faisait doux. Pierre m'avait parlé de toutes sortes de choses de la vie, avec tant de douceur, et des façon de tout comprendre, comme il sait faire, quand il est bien disposé... J'ai bien failli... Les mots me sont venus. Ils me gonflaient dans la gorge... Mon Dieu ! Mon Dieu ! Je me disais : "Un peu de courage... Je vais être si soulagée." Il y avait ces tombes blanches et grises, et le bon sourire de Pierre, et ses yeux qui tantôt se posaient sur moi, tantôt poursuivaient des pensées au loin. Je n'ai pas pu. Un peu comme si je voulais me tuer, et qu'au dernier moment je ne puisse pas... Il y avait Pierre, là devant moi, mon bonheur, notre bonheur, même incomplet comme il était... Ce n'était pas moi qui allais le briser avec mes mains. Ce n'était pas moi qui allais repousser soudain, rejeter au loin, loin de moi, mon Pierre qui me souriait, qui mettait son meilleur regard sur moi... Oh ! mon Dieu ! Qui aurait su mieux s'y prendre à ma place ?... A part cela, j'ai tellement fait ce que j'ai pu. Je m'arrange pour que Pierre ne soit gêné par rien, n'ait à s'étonner de rien, ait tout à fait l'impression qu'en dehors de lui je continue ma vie de jeune fille, chez mes parents. Il n'est pas soupçonneux. Comme lui-même ne me ment jamais, il n'imagine pas que je puisse lui mentir. Mais il est très sensible aux choses. Alors c'est très difficile d'arriver à ce qu'il ne se pose pas des questions malgré lui... Il a eu l'air de trouver deux ou trois fois que je lui racontais des histoires peu claires, que même je lui mentais ; mais ça ne portait que sur des détails... Pourvu que je réussisse toujours à... L'autre... Oh ! évidemment, s'il voulait... mais tant pis... Qu'il croie ce qu'il voudra... Le jour où il ne sera pas content... Le tout, c'est que Pierre... Mais est-ce que c'est possible, mon Dieu ?... Est-ce que cela pourra toujours durer ?... Moi qui me suis promis de ne plus penser à l'avenir... Oui, si j'avais le bonheur parfait, je pourrais craindre qu'il ne dure pas... Mais ma situation est si imparfaite, justement. C'est si peu du bonheur à faire peur... Pourquoi est-ce que cela au moins ne durerait pas ?... Pierre, si tu pouvais savoir, tu verrais que je ne suis pas exigeante. »

Une nouvelle bouffée d'air nocturne soulève la rue. Une nouvelle douceur humide s'échappe de la terre de Paris et des sous-sols. En même temps Juliette sent une autre odeur, une autre moiteur monter de sa poitrine, s'élever d'entre ses seins ; l'odeur la plu amoureuse de toutes, l'odeur de l'amant jointe à celle de la chair possédée, l'odeur même de l'union. Le souvenir de la chambre et des caresses se déplace avec vous comme une colonne de fumée. Quand il vous est donné de marcher ainsi, la tête appuyée à ce vertige, il faut faire comme Pierre le demande, ne pas penser à l'avenir même le plus proche ; ne pas penser même à ce logis renié dont on ouvrira furtivement la porte, à cet homme étranger qui vous attend en lisant son journal.

XXII

FEMME ET MARI

Maurice Ezzelin, qui est resté assis, tend sa lettre.

— Qu'est-ce que c'est ?

— Lis. Tu verras.

S'il la regardait, il s'apercevrait que le visage de Juliette vibre soudain de l'énorme effort qu'elle fait pour se contenir. Mais il détourne la tête. Il souhaite que de l'acte audacieux qu'il vient de commettre naisse le moins de conséquences possible. Il espère que « les choses s'arrangeront ». Il ne sait pas comment. Il ne cherche qu'à rester neutre envers ce laps de destin qu'il a déclenché, mais qui ne dépend plus de lui.

— Qui t'a donné cette lettre ?

— Elle est arrivée au bureau.

— Ah ! Tu as l'enveloppe ?

— Non. Je l'ai déchirée.

— C'est fâcheux.

Elle sourit. Elle semble à peu près calme, juste un rien méprisante. Ezzelin commence à se sentir coupable.

— Et tu as l'intention d'aller à ce rendez-vous ?

— Quel rendez-vous ?

— Eh bien ! l'histoire du journal plié sous le bras...

Juliette garde un ton modéré, discrètement ironique. Mais sa voix est tendue ; sa poitrine respire vite ; ses yeux déjà étincellent.

Il répond d'un air malheureux :

— Non... pas du tout... mais non. Je ne t'ai pas dit que j'avais envie d'y aller.

— Mais vas-y, je t'en prie, vas-y.

— D'abord ce n'est pas un rendez-vous.

— Justement. On t'abordera comme par hasard. Ce sera tout à fait gentil.

— Mais puisque je te dis que je n'en ai pas envie.

— Si tu n'en avais pas envie, tu aurais déchiré cette lettre. Quand on est quelqu'un de bien, qui se respecte, qui respecte sa femme, on déchire une lettre comme ça... Une lettre anonyme !

Son débit est rapide, presque strident ; d'ailleurs d'une netteté surprenante. Jamais les mots ne lui sont venus aussi facilement. Le fond de son âme est habité par une terreur extraordinaire. Mais les idées les plus claires, les plus actives occupent le devant de son esprit, s'y organisent pour la lutte, sont prêtes à faire front de tous les côtés.

— Ne crie pas ! » dit-il. « Tu sais bien comme tout s'entend dans cette maison… J'aurais pu ne pas te la montrer, cette lettre, et mercredi, sortir avec mon journal sous le bras, pour savoir ce qu'on me dirait de plus…

— Ç'aurait été encore plus joli. Oh ! tiens, tu me dégoûtes, tu me dégoûtes.

Elle a crié ces mots. Elle pleure maintenant. Elle va s'asseoir dans un petit fauteuil crapaud qui est près de la fenêtre. Tout en pleurant, la joue droite appuyée sur sa main, elle semble regarder fixement un pli du double rideau. Ezzelin n'aperçoit d'elle qu'un profil mouillé de larmes, envahi par la résignation la plus amère.

Sans se tourner vers lui, elle murmure, d'une voix un peu rauque, où transparaissent des accents durs et cyniques, dont on s'étonne qu'ils puissent venir d'elle :

— On m'avait bien dit que je faisais une folie en t'épousant… Quand on pense à ce que j'ai sacrifié pour toi… Je savais que tu me ferais mener une existence étriquée… avec ta pauvre petite place, où tu n'as aucun avenir… Évidemment, pour ça… je n'ai pas le droit de me plaindre… j'étais prévenue… tant pis pour moi… Quand je pense à toutes celles de mes amies, qui ne me valaient pas, ni physiquement, ni à aucun point de vue, qui n'avaient pas un sou de dot, et qui ont trouvé tellement mieux… Mais j'espérais au moins que tu me traiterais avec respect. C'est une honte. Tu devrais être honteux.

Il est honteux, en effet. Il courbe le front. Il maudit le zèle intempestif de l'inconnue qui a envoyé la lettre anonyme. Mais il ne voudrait pas non plus passer à ses propres yeux pour un de ces maris ridicules à qui l'aplomb d'une femme fait prendre le blanc pour le noir. Il rassemble toute son énergie pour demander à mi-voix :

— Alors, tu ne veux pas me dire si c'est vrai ?

— Quoi… vrai ?

— Que tu… que tu me trompes… enfin que tu vois quelqu'un au dehors… oui… le jeune homme dont parle la lettre ?

Elle jette sur lui un coup d'œil plein de mépris et de haine :

— Tu es fou, complètement fou.

Il ose observer en lui-même que sa folie offre quelque apparence raisonnable. Il ajoute :

— Pourtant… tu t'absentes beaucoup… Et puis, tu es si drôle avec moi… On voit si bien que tu ne m'aimes pas.

— Ce n'est pas de ma faute.

— C'est de la mienne ?…

— On ne peut pas s'obliger à aimer quelqu'un… On ne peut pas non plus s'empêcher d'avoir des regrets.

Elle élève brusquement le ton :

— D'ailleurs, si tu en as assez, laisse-moi partir... Ce que tu voudrais, c'est que je reste ici toute la journée, enfermée dans ce logement, que je déteste, au lieu de me promener avec ma mère. Quel mal est-ce que je fais avec ma mère ? Interroge-la, si tu doutes de moi... D'abord je vais tout lui raconter. A mon père aussi. Ils sauront comment tu me traites.

Cette fois, elle éclate en sanglots. Elle crie assez fort pour que les voisins puissent entendre ; pour que les voisins sachent bien que la petite dame du troisième, pourtant si gentille, n'est décidément pas heureuse en ménage.

Maurice Ezzelin, maintenant épouvanté, tourne autour d'elle. Il tend les bras d'un air suppliant.

— Calme-toi, je t'en prie », dit-il. « Ne crie pas comme ça. Les gens entendent... Que veux-tu que je fasse ?

Elle répond avec des hoquets :

— Que tu... que tu déchires cette lettre... et puis que tu... que tu me jures...

— Que je te jure ?

— ... de ne pas sortir... avec ton journal sous le bras... et puis... si on t'aborde... de les... de les envoyer promener.

— Oui, je te le jure.

XXIII

DEUX VIEUX AMIS

Sammécaud, donnant un coup de frein à sa Bertrand 40 chevaux, dit à Champcenais, sur un ton de camaraderie affectueuse :

— Tu as bien encore cinq minutes ? Nous allons prendre un drink. » (Il ne détestait pas rappeler de temps en temps qu'il était, dans le cercle de ses amis, celui qui connaissait le mieux l'Angleterre, qui avait, même sans y penser, des façons anglaises.) « Ça te réchauffera. Avec cette voiture, on file plus vite qu'on ne voudrait. J'ai l'impression que tu as eu froid à la descente de l'avenue. Je serais désolé de t'avoir fait chiper un rhume... Et puis nous avons encore à causer.

Il rangea la Bertrand contre le trottoir du *Maxim's*. Ils entrèrent. Le bar était presque vide. Un homme astiquait des cuivres.

— Parfait... Mets-toi ici, mon vieux... Tu ne seras pas dans le courant d'air... En somme, tu n'es pas mécontent de tes rapports avec eux. Chose... comment s'appelle-t-il ? Jamais je ne retrouve son nom...

— Lequel ?

— Eh bien, l'espèce d'Alsacien... l'administrateur délégué...

— Scharbeck ?

— Oui... c'est le plus embêtant ?

— Ce n'est pas le plus embêtant, si l'on veut... Mais de toute cette bande-là, c'est le seul qui voie clair, qui ait des idées.

— Sauf Haverkamp ?

— Sauf Haverkamp, bien entendu. Mais je ne le considère pas comme faisant partie de la bande... Scharbeck, c'est assez naturel, m'a vu arriver avec une certaine défiance. Il aurait mieux aimé fournir l'effort supplémentaire avec ses amis... Eux, les Lommérie et compagnie, ils se trouvent déjà bien assez engagés. Ils auraient remis un peu d'argent, mais sans enthousiasme... Ils ne savaient pas trop... Au fond, il n'y a que Haverkamp qui désirait vraiment me faire entrer dans la combinaison.

— Il savait que j'y tenais beaucoup...

— Oui. Et puis, comme c'est un gaillard qui voit grand, entre deux solutions, il préfère naturellement celle qui ronfle le plus, celle qui promet le plus. Moi, j'apportais un million, sans histoires. Les autres en auraient fait à peine la moitié, et en rechignant. Il y a aussi la question de majorité.

— Pour Scharbeck...

— Pour Haverkamp aussi, dans l'autre sens. Il sait bien qu'il lui sera beaucoup plus facile de manœuvrer avec moi d'un côté, et les autres en face...

— Et tu as l'impression qu'il n'y a pas eu trop de boulettes, jusqu'ici, trop de gaspillage ?

— Non. Turpin a fait quelques blagues. Deux villas, même trois, qu'il avait voulu placer trop au bord du monticule, pour « l'effet pittoresque » — car il est inouï avec ses prétentions esthétiques, et d'un verbeux ! — oui, ses trois villas ont glissé, se sont fendillées, je ne sais plus au juste. Il n'avait pas dû sonder le terrain suffisamment. Il est tombé sur de l'argile.

— Alors, c'est un farceur ?

— Non... Mais il a des trous... Ses villas, il va les rattraper avec un mur de soutènement. Ce ne sera pas un désastre. A côté de ça, je suis sûr qu'il a fait économiser de grosses sommes. Et puis il a du brio, des inventions cocasses. Je le trouve épatant pour un ensemble de travaux comme ça, où il y a nécessairement pas mal de poudre aux yeux à jeter. Son casino sera très rigolo.

— Le reste est fini ?

— Non, mais très avancé. L'hôtel et l'établissement pourraient ouvrir dans deux mois. Ce qui nous arrête pour le casino, c'est l'histoire d'Enghien. Il faut absolument que tu nous obtiennes ça avant six semaines.

— Que je vous obtienne ça ! » Sammécaud secouait la tête, riant. Il était flatté. Mais on lui demandait vraiment beaucoup. « Tu imagines ce que cela suppose de gens à remuer, d'obstacles à renverser ?

— Le plus dur est fait.

— Moi, en somme, je ne puis agir que sur un seul point, un seul.

— Oui, mais c'est maintenant le point décisif.

— Admettons un miracle : que la loi soit votée avant la séparation des Chambres. Vous ne pourrez plus en profiter cette saison.

— Mais si. Les fondations sont entièrement achevées. Le gros œuvre, déjà bien parti. Ce que Haverkamp ne veut pas ébruiter pour l'instant, c'est que nous pensons à un casino. Ça nous interdit de laisser déjà prendre à la bâtisse une physionomie trop accusée. Mais dès que nous serons tranquilles, nous ferons travailler les équipes à tour de bras. Turpin, qui est un acrobate, nous plantera un casino présentable pour juillet, août au plus tard... Note que j'ai dit six semaines.

— En mettant les choses au mieux, ça ne me paraît guère possible. Compte avec les lenteurs parlementaires.

— Le texte est prêt, à la virgule. Il suffit d'un vote de cinq minutes, à une séance du matin. Trois semaines après, le Sénat peut voter, lui aussi. Ça passera comme une lettre à la poste. C'est devenu une question de moralité publique. Je t'assure que personne n'osera broncher. Un certain nombre de petits journaux ont suffisamment dit et redit que les adversaires de la loi se désigneraient eux-mêmes comme étant à la solde d'Enghien. Haverkamp pour tout ça a été merveilleux... D'ailleurs, il y a en ce moment une vague de vertu...

— Vous ne craignez pas que les gens d'Enghien, quand ils verront ensuite que vous ouvrez votre casino à vous, se mettent à hurler ? Qu'ils disent : « Ah ! mais pardon ! Ce serait trop commode. Il faut que vous y passiez aussi. »

— La loi sera votée. On ne refait pas une loi comme ça tous les huit jours. Et puis nous pourrons répondre : « Pourquoi pas, pendant que vous y êtes, étendre l'interdiction à trois cents, à cinq cents kilomètres ? Vous n'allez pas transformer toute la France en un vaste couvent ? Vous n'allez pas faire croire au monde entier qu'on ne peut plus s'amuser en France ? En voilà assez avec les gens funèbres ! » Les petits journaux seront là encore pour un coup. Tu peux compter sur Haverkamp.

Sammécaud éclata de rire :

— Tu m'amuses. Tu deviens décidément très fort... Mais ce que je ne vois pas, c'est le moyen de pousser le gouvernement à faire voter la loi dare-dare, comme s'il y avait le feu. Il nous dira : « Ça suit son cours... Vous êtes donc bien pressés ? »

— Ce qu'il faut faire sentir au gouvernement, c'est que si on laisse encore traîner la loi, jusqu'après la saison d'été, ça aura l'air d'une plaisanterie. Et d'une plaisanterie pas désintéressée. Briand n'a certainement pas envie qu'on le croie subventionné par Enghien.

— Si je te comprends bien, tu veux que j'obtienne de Gurau qu'il asticote Briand. Admettons... Mais comment présenter la chose à Gurau ?

— Au point où vous en êtes de vos relations, tu ne peux pas lui expliquer le coup franchement ?

— Tu es fou.

— J'ai l'impression que tu te fais des idées. Comme le monsieur trop bien élevé qui prend des précautions et des détours respectueux avec une petite dame, et la petite dame se dit pendant ce temps-là : « Qu'est-ce qu'il attend ? »

Sammécaud sourit :

— Peut-être. Mais tu oublies qu'il y a des honnêtes femmes qui ne cessent de l'être qu'à condition de ne pas s'en apercevoir.

Il avait dit cela sans arrière-pensée. Puis il lui vint une inquiétude. Il jeta un coup d'œil sur Champcenais, et se hâta d'ajouter :

— Bref, avec Gurau, je ne m'y risquerai pas.

— Il reste une ressource. Haverkamp a préparé le terrain. Tu as lu son dernier articulet dans *La Sanction ?*

— Non. J'avoue que je ne me nourris pas régulièrement de la prose de Haverkamp...

— ... qui est pourtant assez amusante à lire parfois... Eh bien, il a eu la malice d'attaquer le projet de loi... oh ! évidemment, en termes modérés.

— Soit. Et après ?

— Après ? Ça te permet d'aller trouver Gurau : « Vous savez ce qu'on raconte ? Qu'Enghien a mis *La Sanction* dans son jeu. La meilleure réponse, c'est d'insister auprès de Briand pour le vote rapide de la loi. »

— Il sera assez naïf pour me croire ?

— C'est comme pour la petite dame. Tu ne lui demandes pas de te croire, mais de faire semblant.

Sammécaud réfléchissait. Puis il se mit à sourire.

— A quoi penses-tu ? dit Champcenais.

— A rien... A une chose assez drôle... On m'a raconté que Haverkamp était franc-maçon. Depuis peu, paraît-il.

— Tu trouves ça extraordinaire ? D'un type comme lui ?

— Non... ce qui m'amuse, c'est qu'il soit en même temps l'homme de confiance du gratin catholique... Lommérie, Lathus... Ah ! Ah !

— Tu sais, ça lui permet peut-être de mieux défendre leurs intérêts... S'il a fait campagne au Parlement pour la loi en question, tu ne crois pas que ses relations maçonniques l'ont servi ?

— Au fait ! Il s'en est peut-être mis pour la circonstance.

Ils rirent ensemble. Champcenais reprit :

— Gurau est-il plus ou moins au courant de l'affaire de La Celle ?

— Il a pu voir la publicité de Haverkamp. Il n'a pas dû y prêter attention. Ce n'est pas un fureteur, ni un homme sur ses gardes.

— A plus forte raison ne connaît-il pas mon rôle là-dedans, le lien de tout ça ?...

— Non, je ne pense pas.

— Alors ?

— J'essayerai... Tu sais, mon vieux, que je ne demande qu'à te faire plaisir.

Sammécaud enveloppa Champcenais d'une pensée affectueuse.

XXIV

AME DE MINISTRE
A ONZE HEURES DU MATIN

La pièce est vaste comme une salle des fêtes, et pourtant l'on y est assis tout seul en plein milieu. Il y a des fenêtres, une hauteur de plafond, un éloignement des murs par rapport à vous, une circulation du jour de tous côtés, une dimension et présentation des portes, même telle fuite de lumière sur le parquet, telle façon qu'ont les lames de se joindre, qui sont choses de palais, choses de grandeur, choses qui depuis votre enfance sont liées dans votre esprit à l'idée des puissants de ce monde, à l'idée de ce qui est trop au-dessus de nous pour être encore humain, trop inaccessible pour être sérieusement désiré. (Une sorte de région, là-haut, séparée de la vie qu'on connaît ; une région, à l'existence de laquelle on est bien forcé de croire, puisqu'on en a des preuves et des signes ; mais dont la réalité est un peu surnaturelle, et ressemble à ces nuages, tout pleins de saints et d'anges, qui, dans les tableaux d'autrefois, dominent le vrai monde des marchands et des laboureurs.)

Il faut être juste avec le destin. Quand tu étais le fils du greffier de Tours ; quand, à la fin de ta cinquième de lycée, le magistrat à favoris, qu'on te faisait appeler « oncle Sourdeval », se demandait, devant tes parents, « si cela valait la peine de continuer » (le visage de ta mère, alors, navré, silencieux, fermé sur la déception !), qu'aurais-tu dit, qu'auraient-ils dit tous, si un magicien vous avait montré dans l'avenir ce bureau ministériel, et toi au milieu ?

Il faut savoir reconnaître sa chance ; s'obliger à la joie, même les jours où l'âme rechigne et manque d'entrain. L'âme n'est pas juste. Elle fait trop souvent l'enfant gâté. Il ne faut pas non plus que les arbres empêchent de voir la forêt. On a des soucis ? Une fois qu'on est ministre, on s'aperçoit qu'une journée de ministre, comme les autres journées d'homme, comporte des soucis, se laisse rompre, morceler en une quantité de soucis, dont la plupart sont de petites craintes, de petites angoisses, de petites peurs d'être insuffisant, ou d'être trahi ; voire de petites humiliations (on n'a pas trouvé le ton, les phrases qui convenaient pour parler à un subordonné, ou accueillir un visiteur ; un collègue du cabinet vous a traité avec désinvolture ; un parlementaire de bas étage qu'on tâchait d'éconduire s'est montré grossièrement familier au début, presque menaçant à la fin). L'on s'aperçoit encore que les soucis d'un ministre n'ont même pas le mérite d'écarter ceux de l'homme, petits ou grands. (Germaine, depuis quelque temps, a une attitude singulière ; le tailleur vous a complètement raté votre dernier costume ; que signifie cette douleur qui vous a pris du côté des reins, il y a une huitaine de jours, et qui ne s'en va pas ?) Est-ce une raison pour oublier l'essentiel ? L'essentiel, c'est qu'on est là, dans ce vaste lieu lumineux, et que des millions d'hommes accepteraient d'enthousiasme tous vos soucis pour être à votre place.

Gurau ouvre un tiroir, y prend un petit miroir rectangulaire, le pose contre un presse-papiers, et s'y regarde. C'est qu'en effet la date d'aujourd'hui peut compter dans l'histoire du physique de Gurau. Ce matin il a fait sauter sa moustache. Il la rognait peu à peu, depuis un mois, pour que le changement fût moins sensible. La voilà entièrement disparue. Selon le vœu ancien de Germaine, Gurau est glabre. Sera-t-elle contente ? Elle a dû prévoir l'événement, puisqu'elle l'a vu approcher. Elle n'en aura pas moins une surprise. Il est merveilleux comme la différence peut être grande entre un peu de moustache, et pas de moustache du tout. Les lèvres se montrent, aussi nouvelles que celles d'un inconnu. On dirait que la bouche « voit le jour », au sens où on le dit d'un nouveau-né. « Je ne croyais pas que j'avais une bouche si distinguée, si intéressante. » Tout le visage en est transformé par une sorte de contagion. Même l'expression des yeux change. « Cela me fait des yeux plus grands, dont le rayonnement sur le visage descend plus bas ; des yeux plus séducteurs ; des yeux davantage d'homme à femmes. Je passerai chez Germaine après minuit, en revenant de mon dîner. Elle ne m'attend pas. Elle sera même probablement couchée, puisqu'elle n'est pas du dernier acte. Tant pis. Ça l'amusera. Je serai en tenue de soirée, avec ma nouvelle tête. Ce sera très bien... Et Briand, quand il me verra, qu'est-ce qu'il va dire ? Peut-être qu'il rigolera. Ou qu'il sera à ce moment si préoccupé de son histoire de retraites ouvrières qu'il m'enveloppera de son vague regard luisant, et ne s'apercevra de rien. »

Gurau quitte son moiroir, le rentre. L'idée des « retraites ouvrières » lui a causé un pincement pénible. Pourquoi ? Parce qu'il lui semble qu'en l'occurrence Briand le considère un peu trop comme une quantité négligeable. Briand a décidément un peu trop l'air de traiter cette réforme comme sa chose à lui. Outre l'effet immédiat qu'il en attend pour les élections du 24 avril, il est visible qu'il veut y attacher son nom. Le mépris de ses anciens amis les socialistes lui pèse. Il tient à montrer que le « social-traître » n'a trahi en apparence la cause du peuple que pour mieux la servir en réalité. Laissant prêcher à d'autres les paradis imaginaires, il se flatte de doter le monde du travail de quelques améliorations positives. Il mate les meneurs de la C.G.T. et du syndicalisme, mais il sait bien que l'autre face de l'opération est de s'assurer la sympathie de la clientèle ouvrière qu'ils prétendent accaparer. « Procédé d'habile homme. Mais que devient mon rôle là-dedans ? » Briand a conduit jusqu'ici toute l'affaire, comme si le ministre du Travail n'existait pas. Y a-t-il mis une intention perfide ? Est-ce de la simple distraction ? Chaque fois que Briand a daigné lui parler du projet, il avait fallu qu'auparavant Gurau signalât sa propre existence, vînt pousser le coude de son Président du Conseil. Les services ont pris contact, par force. Mais jamais les deux ministres n'ont eu les quelques heures de conversation sérieuse, de travail en commun, que le premier venu jugerait indispensables.

Pourtant, Gurau a les mêmes droits que Briand sur une réforme de cet ordre ; autant de motifs, sinon plus, de ménager sa situation morale et d'apparaître aux yeux de la classe ouvrière comme un de ses authentiques défenseurs. « Drôle de type, ce Briand. On se demande ce qui le pousse au fond, ce qu'il cherche. Un farceur ?... pas exactement. Il a des accès de sérieux... J'allais dire des accès de conviction... A la vérité, il ne doit même pas se poser le problème... Il aime le pouvoir ?... Plutôt, ça l'amuse de gouverner ; mais il n'y met pas la passion de certains. Il se dit probablement que parmi toutes les choses assommantes qu'on peut être amené à faire dans la vie, le métier de premier ministre est encore une des moins assommantes. Et quand il sera vieux, il se résignera peut-être à finir Président de la République, pour les mêmes raisons de nonchalance confortable.

« En tout cas, je n'admets pas que ce dilettante, qui ne croit profondément à rien, m'enlève les retraites ouvrières, à moi, qui crois à des choses, qui vois plus loin que lui... »

Un beau tour à lui jouer, ce serait même, puisqu'il n'a pas daigné consulter l'homme le plus qualifié pour lui donner un avis, de lui déclarer brusquement : « Votre projet ?... Non, décidément, ça se présente mal. Les dirigeants de la classe ouvrière repoussent le cadeau... Personnellement, je ne me sens pas d'humeur à le leur imposer. » Conclusion : « Je n'ai pas de responsabilité à prendre là-dedans. Je préfère m'en aller. » Sous-entendu : « Si vous vouliez que je risque mon crédit dans cette aventure, il fallait mieux vous y prendre avec moi. » Tout détaché qu'il affecte d'être, Briand serait bien ennuyé. Il a besoin de ses retraites ouvrières avant les élections. Le départ de Gurau donnerait le meilleur argument aux adversaires de la loi, démolirait tous les travaux d'approche faits par Briand dans les commissions, dans les couloirs. Et la nouvelle presse, dans les milieux syndicalistes : « Gurau démissionne ; parce qu'il refuse de s'associer à ce qu'il considère comme une duperie envers la classe ouvrière. » Ce serait peut-être le coup le plus habile que Gurau aurait fait depuis longtemps ; le plus fructueux placement d'avenir.

Il avance la main vers le téléphone. Il médite les deux premières phrases qu'il prononcera :

« Demandez-moi M. le Président du Conseil, lui-même. »

Et :

« Mon cher Président, pardonnez-moi si je vous dérange. Mais il faut absolument que je vous voie cet après-midi. »

Là-dessus l'huissier présente une carte :

ROGER SAMMÉCAUD

Gurau fait une grimace. « Quel embêtement m'apporte-t-il, celui-là ? » Mais il sait que le pétrolier n'a pas l'habitude des démarches sans objet. Gurau doit recevoir à onze heures et demie M. Albert de Mun, « de l'Académie française ». Il dispose donc encore de dix minutes. « Autant me débarrasser de Sammécaud. »

— Faites entrer ce monsieur.

Ses doigts sont restés allongés près de l'appareil. Il hésite ; puis : « Je téléphonerai tout à l'heure ; avant de recevoir de Mun. »

XXV

FIN D'UNE JOURNÉE DE MINISTRE

— C'est si pressé que ça ? Ah bon, bon !

Là-dessus Briand lui avait donné rendez-vous pour six heures.

Quelques minutes avant de partir pour la Présidence du Conseil, Gurau, qui avait signé son courrier plus tôt que d'habitude, mit un peu d'ordre dans les petits papiers qui parsemaient sa table. Il retrouva quelques notes qu'il avait prises pendant l'entrevue avec de Mun. Il lui arrivait ainsi de prendre des notes, sous les yeux de son visiteur, tantôt parce que la question l'intéressait vraiment, tantôt pour se donner des airs de ministre sérieux (souvent pour les deux raisons à la fois). Il écrivait au crayon sur de petits rectangles de papier jaunâtre, qu'il découpait lui-même.

En face de cet orateur influent, membre de l'Académie française, il avait commencé par jouer surtout la comédie. Mais bientôt un intérêt véritable avait pris le dessus. Et maintenant que Gurau relisait ses notes, il était ressaisi de l'émotion très particulière que la visite du député catholique lui avait laissée.

« Une correction parfaite », comme disent les gens. Mais avec cela quelque chose d'un peu compassé et de presque naïf. Une trace d'endimanchement. Le gentilhomme qui marie sa fille, ou le colonel qui fait des visites en civil. Une moustache assez bien roulée, et pointue ; au menton une mouche imperceptible. Dans l'expression des yeux et du visage aussi une certaine naïveté. Cette bouche un peu trop diserte ne va sûrement proférer que des phrases convenues, très faiblement chargées de réalité, et qu'on n'écoutera que d'une oreille, par politesse.

A quel moment cesse-t-on d'être ainsi l'observateur amusé d'un monsieur représentatif, pour devenir un homme qui apprend des choses dont il ne se doutait pas, qui regarde surgir des visions intérieures, qui s'émeut, qui s'indigne, qui a des remords, qui se pose des questions poignantes, et qui, chaque fois qu'il relève la tête, rencontre le visage d'un autre homme, d'un brave homme à moustaches, dont la voix ne cherche qu'à le convaincre de toutes ses forces, et dont les yeux — ces yeux un peu naïfs — se dilatent avec tristesse, comme à la mesure d'un malheur personnel ?

« Évidemment, ce drame des ouvrières à domicile, nous n'en avons aucune idée... J'ai pris les chiffres qu'il me citait. 43 % travaillent de dix à douze heures par jour ; un certain nombre font seize et parfois dix-neuf heures ! Dix-neuf heures sur vingt-quatre ! Ce qui ne les dispense pas des autres devoirs. Le ménage ; le mioche qu'on berce ou qu'on allaite entre deux galops de machine à coudre ; la vieille mère impotente qui fait sous elle. C'est à hurler ou à pleurer. Où ai-je mis l'autre fiche, celle des salaires ? Oui : "En général gain journalier de 1 fr. 60 à 2 fr. 60..." Du trois sous de l'heure. Les syndicats, la C.G.T., qu'est-ce qu'ils en pensent ? Ils s'en foutent. Pour eux, ça n'existe pas. Pendant ce temps-là, ils construisent leur édifice ; ils montent en pyramide leur aristocratie ouvrière. Voilà un aspect de la question auquel on ne pense pas. Nous n'avons de regards que pour les travailleurs organisés. Le Tiers État de 89 se figurait qu'à lui seul il était le peuple. Les syndiqués de maintenant se le figurent aussi. Avec ni plus ni moins de bonne foi. Ils font semblant de ne pas savoir qu'en dehors d'eux, dans la plaine basse qui entoure leur forteresse prolétarienne, il y a ce vaste peuple épars des gagne-petit et des crève-la-faim, cette multitude sans aucun droit pour qui le salaire minimum et la grève sont privilèges de grands seigneurs, ce Cinquième État qu'eux, les gens du Quatrième, ils méprisent, et, chose plus terrible à penser, qu'ils exploitent. Car le brave père de Mun m'a jeté, en passant, de sa voix bienveillante, une de ces remarques qui donnent froid dans le dos. Pour qui travaillent-elles, ces esclaves lamentables, pour qui s'éreintent-elles dix-neuf heures par jour à trois sous de l'heure ? Pour les grandes bourgeoises, ou les dames du faubourg Saint-Germain ? Pensez-vous ! Quand on travaille pour les riches, que ce soit en vidant leur pot de chambre, en leur faisant des robes ou de la lingerie fine, on est bien payé. Ce qu'elle confectionne, l'esclave à trois sous de l'heure, c'est la chemise rose à dentelles, la robe à fleurs, le chapeau à plumes de la femme et de la fille du plombier, c'est le gilet du dimanche et la cravate de l'électricien. Car le peuple veut du luxe, et le plus ressemblant au luxe des riches, avec cette différence qu'il entend l'avoir au rabais. Même l'entrepreneuse et le marchand de nouveautés n'y peuvent rien. Mieux payer la main-d'œuvre ? Pas question. Autant fermer boutique. La clientèle ne plaisante pas. Trois sous de l'heure, ou rien. »

Gurau ne remuait pas sans quelque plaisir ces pensées amères. Quand on s'impose depuis longtemps la discipline de certaines idées, et qu'on a un peu de finesse, on éprouve parfois du soulagement à les voir en mauvaise posture. Jurer pendant des années par le syndicalisme, fonder son crédit de journaliste et son avenir d'homme d'État sur la puissance de la classe ouvrière organisée, c'est très bien. Mais l'esprit de contradiction a des revanches à prendre ; l'esprit de négation, aussi, le Méphistophélès éternel. Il vous souffle : « Tu croyais donc qu'il y a une formule magique pour chasser l'injustice de ce monde ? Peuh ! Tout ce que tu peux faire, c'est de la déplacer. »

De telles vues vous procurent en outre une impression de supériorité qui n'est pas désagréable. L'ironie mélancolique, en même temps qu'elle vous serre le cœur, vous met au-dessus de toutes les convictions partisanes, de tous les fanatismes. Elle vous conduit dans une région, où ne fréquentent qu'un petit nombre d'hommes vrais, lucides et désabusés. Ce qui ne vous empêche pas, quand vous voulez, d'avoir avec les meilleurs des croyants et des convaincus, même avec les fanatiques, des rapports plus libres que personne. Vous réussissez à prendre contact en eux avec ce qu'il y a d'humain, de simplement humain. Jaurès vous parle comme il ne parlerait peut-être pas à un autre. Le comte Albert de Mun, membre de l'Académie française, échangeait avec vous ce matin des regards de compréhension confiante, et, en partant, il vous a dit au revoir comme si vous étiez presque un vieux camarade. Quand on songe que même Sammécaud...

Car si Gurau réfléchissait le moins possible à la démarche de Sammécaud, il ne l'avait pas oubliée. Il sentait même dans son arrière-pensée se former un vague lien entre ce que Briand attendait de lui, et ce que Sammécaud attendait de lui. Il ne cherchait pas à savoir déjà quel lien. Il s'en remettait au hasard des propos, et aux improvisations de l'esprit, du soin d'opérer une jonction aussi délicate.

Pourquoi l'émotion laissée par la visite d'Albert de Mun, et réveillée par les petits feuillets de papier jaunâtre, mettait-elle Gurau dans une disposition qui lui semblait très favorable, au moment de jouer cette partie avec l'aîné subtil, sceptique, gouailleur qu'était Briand ?

Il était moins urgent pour lui de tirer au clair cette bizarrerie de son humeur, que d'en profiter.

*
* *

Gurau sortit de chez le Président vers les sept heures et quart. En le raccompagnant, Briand lui dit avec gaieté :

— Alors, maintenant, vous allez dîner chez les duchesses ?... Vous n'avez pas trop de temps pour vous mettre en tenue... Il est vrai que vous, vous êtes expert... Ah ! Ah ! Vous n'êtes pas comme Jaurès. Vous savez que c'est moi qui lui ai appris que la patte qu'il y a au bas des plastrons de chemise, c'était fait pour attacher au caleçon, pour que la chemise ne remonte pas... Il ne s'en était jamais douté... Ses chemises remontaient tout le temps, et comme il sue beaucoup, ça faisait des bourrelets. Un idéaliste, quoi !

Briand, resté seul, roula une cigarette, s'approcha d'une fenêtre, regarda vaguement dans la nuit :

« Qu'est-ce qu'il fricote au juste ? Bizarre... Je me suis trop passé de lui pour la loi des retraites. Ça, j'ai eu tort... Mais quelle est cette colique qui le prend au sujet d'Enghien ? Il craint des insinuations ?... Il est bien chatouilleux... Ça le démangeait moins du côté des pétroles... Drôle de type. A un moment, j'ai senti qu'il me mettait le marché en main. Oh ! il me lâchera de toute façon un jour ou l'autre... Ce qu'il veut, je sais bien, c'est être ici. Mais je n'ai pas intérêt à ce qu'il me lâche tout de suite. Enghien, après tout, je m'en fous. Ce n'est pas pour sauver les dos-verts d'Enghien que je laisserai saboter ma loi. »

*
* *

Gurau descendit à pied le boulevard Saint-Michel, où habitaient les gens qui l'avaient invité ; et il tourna par le quai des Grands-Augustins au moment où l'extincteur des réverbères éteignait le premier bec.

Il était content de sa soirée, de l'éclat de la réception, du rôle qu'il y avait tenu. « Ils sont forcés de convenir que, pour un ministre de la République, je suis sortable. »

Il suivait le trottoir qui longe les maisons. En arrivant à celle de Germaine, il s'arrêta, leva la tête. « Tiens ! Elle n'est pas encore couchée ? Je suis pourtant sûr qu'elle ne m'attend pas. »

Après avoir hésité un instant, il traversa la chaussée pour voir avec plus de recul cette fenêtre du quatrième, qu'il connaissait bien, mais qui, éclairée toute seule dans la nuit, paraissait plus large et nouvellement située, devenait quelque chose d'autre.

« Elle n'a pas tiré les doubles rideaux ? Et on dirait que le salon aussi est allumé. Une des petites lampes du coin. Ou, simplement, la porte de communication est ouverte. »

Il commençait malgré lui à éprouver de l'angoisse. Il se blâmait presque d'être venu ; ajoutant aussitôt : « Mais si, j'ai bien fait, de toute façon. »

Et des embryons de pensées, tour à tour résignées et coléreuses, couraient dans sa tête à une vitesse incroyable. Il se répétait pendant ce défilé : « Je l'aime plus que je ne pensais. » Il éprouvait aussi cette sorte d'anticipation des événements qui nous saisit dans certaines circonstances tragiques, comme si, donnant au temps une secousse brusque, nous le faisions se dérouler un tour d'avance sur le présent : « Je suis sûr que je vais voir sa silhouette. Je suis sûr qu'il y aura une seconde silhouette. »

Tout arriva un instant après comme il l'avait prévu. Plus exactement il revit ce qu'il avait vu. C'était à peine plus réel. Tout au plus la réalité changeait-elle de mode. L'on passait d'une chose dont on est intimement sûr, à une chose qu'on aurait pu se faire attester par autrui : « Dites, monsieur, regardez là-haut. Je ne rêve pas ? — Non, vous ne rêvez pas. » Mais à minuit et demi, le quai du fleuve forme une grande solitude. Pas trace de témoin. L'extincteur de réverbères a lui-même disparu. Il s'est éteint, n'est-ce pas ? comme un de ses becs.

Gurau n'eut aucune idée de ce que pouvait être la seconde silhouette. Une voix lui disait bien : « Monte quatre étages, si tu tiens à le savoir. » Mais il n'examina pas sérieusement cette proposition intérieure, qu'on ne sait quelle question préalable écartait. Il trouva plus conforme au destin — à son destin à lui — d'arracher son regard du piège de cette fenêtre, et suivant des yeux la fuite du parapet dans la direction de Notre-Dame, de laisser une souffrance à la fois orgueilleuse et lâche l'emplir comme elle voulait.

Un changement dans la lueur qui tombait de là-haut lui fit lever la tête. On venait de tirer les doubles rideaux de la chambre. Il sourit, en serrant un peu les dents, en faisant même un peu grincer les incisives. Puis il prit brusquement sa décision, et partit d'un pas vif du côté de Notre-Dame. « Je reverrai les arcs-boutants dans la nuit. Je penserai au vitrail. »

Sa douleur était grande, mais non sans quelque mystérieux mélange. Il lui semblait qu'une partie de lui venait de mourir. Mais il y avait aussi, aux confins de la sensibilité, comme la rumeur d'une foule très lointaine qui approche, une sorte de chant de naissance et de salut à l'avenir, imperceptibles.

Le long de la Seine, un vent soufflait vers lui. L'impression de fraîcheur qu'il en recevait lui parut même avoir quelque chose d'inaccoutumé. Et comme machinalement il passait la main sur son visage, il eut la surprise de rencontrer des lèvres nues.

XXVI

« J'AI FAIT LE SAUT »

Convoqué par pneumatique, Jerphanion vint retrouver Laulerque un mardi, à huit heures et demie du soir, au café du *Delta*.

— Je m'excuse de vous avoir mobilisé comme ça, un peu cavalièrement », dit Laulerque, « mais je vous dirai pourquoi. Je pense toujours à votre affaire. Où en êtes-vous ?

— Eh bien, depuis cette visite à Rothweil que je vous ai racontée, je n'ai revu Clanricard qu'une seule fois. Le lendemain, il retournait chez Rothweil. Il a dû vous en parler ?

— Oui ; j'ai l'impression que ça colle. Il m'en a parlé, mais avec déjà des pudeurs, vous savez. Il aurait préféré se taire. Ça sentait la jeune fille amoureuse.

— Mlle Cazalis va être jalouse.

— Le fait est qu'il est bien capable, dans son ardeur de néophyte, de la négliger un peu. » Laulerque ajouta en riant : « Une place à prendre !

Puis :

— Avec lui, j'ai toujours pensé que ça collerait. Mais vous ?

— Moi... j'ai gardé un certain temps dans ma poche la lettre d'introduction pour Lengnau. Ça m'ennuyait, vous comprenez. Je n'aurais pas voulu aller chez ce type sans m'être informé un peu plus, sans avoir sur la Maçonnerie d'autres renseignements, que je ne pouvais guère lui demander à lui, et que je n'avais pas osé non plus demander à Rothweil. Même des renseignements d'ordre matériel, qui peuvent avoir leur importance. Vous ne trouvez pas ? Par exemple, une Loge, qu'est-ce que c'est au juste ? Le lieu lui-même ? Ils se réunissent bien quelque part ?

— Naturellement.

— Comment est-ce fait ? Et quand on est admis parmi eux, qu'est-on amené à faire ? Et en quoi consistent leurs réunions ? Ils discutent certains questions, soit. Mais il y a aussi des espèces de cérémonies ?

— Oui, je crois.

— Un côté rituel... En particulier, on fait toute une histoire des épreuves que subissent les néophytes. Vous en avez une idée précise ?

— Non.

— On ne voudrait tout de même pas s'exposer à des momeries trop humiliantes, ou trop grotesques. Au moins, on voudrait être un peu fixé d'avance. Naturellement, on ne peut assister à rien de tout ça sans être déjà admis ?

— Ça me paraît évident.

— Même en fraude, avec des protections ?

— Je crois que c'est tout à fait impossible.

— Et se le faire raconter par quelqu'un de déjà initié ?

Laulerque sourit. Puis :

— Vous savez qu'ils ont juré le secret. Ils ne peuvent rien vous révéler, même dans l'ordre des détails matériels, sans trahir leur serment. Ne comptez pas là-dessus.

— Alors ? fit Jerphanion, découragé.

Laulerque se mit à rire, et d'un ton triomphant :

— Alors ça tombe bien. Je vous ai trouvé dans mes relations un bonhomme qui en sort.

— De quoi ? De la Franc-Maçonnerie ?

— Oui.

— Et qui accepte de parler ?

— J'espère...

— Mais c'est magnifique. Quand me le faites-vous rencontrer ?

— Une minute... Ça ne vous ennuie pas que ce soit une espèce de renégat ?

— Mon Dieu ! Si je songeais à entrer au monastère, et que je sois anxieux de savoir ce qu'on me fera faire là-dedans, ce que sera ma vie plus tard, le dessous de tout ça, je m'estimerais encore bien heureux d'avoir les confidences d'un moine défroqué... On en prend et on en laisse...

— N'est-ce pas ? Eh bien ! mon type sera là dans vingt minutes. Je lui ai donné rendez-vous... J'ai voulu que nous puissions parler un peu avant. C'est un graveur ; assez cultivé, assez instruit ; qui a beaucoup lu, de bric et de broc ; un peu vulgaire extérieurement, mais qui vaut mieux que ses façons ; très indépendant de caractère ; assez mauvais coucheur, et inquiet, je crois, mais honnête. Notez que je ne le connais pas intimement. Je ne lui ai pas dit votre nom. Comment faut-il que je vous présente ?

Jerphanion était fort excité. Il bredouilla :

— Eh bien, je ne sais pas, moi... M. Richard, par exemple, étudiant en Lettres... Seulement, voilà, il y a une chose qui m'ennuie un peu.

— Quoi ?

— Figurez-vous qu'hier, je me suis finalement décidé à envoyer la lettre au nommé Lengnau. Il va me convoquer.

— Et alors ?

Jerphanion réfléchit. Puis :

— Oui, c'est vrai... Il y a bien le cas où ma conversation avec votre graveur me dégoûterait à tout jamais d'entrer dans la Maçonnerie...

— Ça ne vous empêcherait pas d'aller voir Lengnau. Comme ça, vous aurez entendu les deux sons de cloche.

— C'est vrai.

Ils se turent quelques instants, rêvèrent. Jerphanion regardait impatiemment l'horloge. Soudain il demanda :

— Mais vous ?

— Eh bien ?

— Où en êtes-vous pour votre compte ?

— Ça y est. J'ai fait le saut.

Jerphanion, d'un mouvement instinctif, vérifia si personne ne pouvait les entendre. Puis à voix basse :

— Quoi ?... du côté dont vous m'avez parlé ?

Laulerque dit, entre les lèvres :

— Oui... Oui... J'ai déjà accepté une mission.

— Sans blague !

— Je ne devrais pas vous mettre au courant. Dès maintenant je ne devrais plus souffler mot de rien de tout ça, à personne...

— Mais... je ne vous interroge pas.

— Seulement vous... oui, vous... Vous n'êtes pas un type comme les autres.

Laulerque dévisagea Jerphanion, comme pour rassembler tous les jugements qu'il avait pu former sur lui, et les mettre à l'épreuve d'un regard solennel. Jerphanion se sentit rougir. Laulerque reprit :

— J'ai une estime exceptionnelle pour vous... D'ailleurs, je n'entrerai pas dans les détails.

— Ils vous ont demandé le secret ?

Laulerque leva la main :

— Cela va de soi... Par la suite... oui... même avec vous il faudra que je me taise. Ça me privera, vous savez. Et ce ne sera pas parce que j'aurai moins confiance. Non. Mais quand on prétend se soumettre à une règle, il faut la prendre au sérieux... C'est peut-être la dernière fois que je m'ouvre à un ami sur ces choses-là. Et ça me fait plaisir, justement, que ce soit à vous.

Jerphanion pensa : « Chic type. » Il était ému, et de la confiance de Laulerque, et des périls indéterminés où il le voyait courir. Il lui dit :

— Je vous répète que je ne veux absolument pas vous faire parler. Mais je me tourmente un peu à cause de vous. Je trouve que c'est venu bien vite. C'est grave, vous savez...

Il se tut, attendant un surplus de confidence, si tel était le bon plaisir de Laulerque.

Laulerque cligna des yeux, se pencha en avant, et murmura :

— Ce sera à mes prochaines vacances de Pâques. Je vais à l'étranger... en Hollande.

Il souriait. Jerphanion demanda, d'un air anxieux :

— Mais vous savez au moins ce qu'on vous y envoie faire ?

— Non, pas très bien.

Laulerque souriait toujours.

— Je vous admire ! dit Jerphanion, et il soupira.

— Oh ! en soi-même, c'est tout simple. J'ai quelqu'un à rencontrer ; un pli à remettre ; un autre à recevoir. Peut-être que dans l'enveloppe il n'y aura que du papier blanc. Peut-être veulent-ils seulement m'éprouver. Vous pensez qu'on ne charge pas un débutant de quelque chose de bien terrible...

— Je pense en effet qu'on ne vous chargera pas du premier coup de faire sauter un train à la dynamite. Mais on peut déjà faire quelque chose de grave rien qu'en portant des papiers dans une enveloppe ; des papiers qu'on ne connaît pas. Vous passez la frontière...

— J'en passerai même deux.

— Oui. Ça ne vous donne pas à réfléchir ?

Laulerque, levant les épaules, fit une moue souriante.

Jerphanion insista :

— Je comprends qu'on accepte une responsabilité, même lourde. Ce que je n'admettrais pas, moi, c'est d'ignorer laquelle.

— C'est tout le principe des organisations secrètes, alors, que vous niez...

— ... Plus ou moins...

— Si. En vous affiliant à une secte clandestine, tant soit peu clandestine, vous collaborerez, malgré vous, et sans vous en douter, à des actions dont on ne vous fera pas juge. Vous prendrez des responsabilités en les ignorant. Quels sont les buts réels que poursuivent les chefs de la Maçonnerie ? Quelle part aurez-vous dans les décisions des chefs occultes, puisqu'on prétend qu'il y a des chefs occultes ?

Jerphanion ne répondit pas tout de suite. Il rêvait. Puis :

— C'est bien une des choses qui me font réfléchir... Mais d'abord il y a une question de degré. Je n'ai jamais entendu dire qu'à un Maçon ordinaire la Loge pouvait demander n'importe quoi. Et je suppose qu'il reste toujours libre de refuser. Si les chefs se servent de lui en vue de fins mystérieuses, ce ne peut être que d'une façon très générale, très diffuse. En fait de responsabilité directe, personnelle, il ne doit prendre que celle qu'il veut bien ?

— Peut-être. Alors justement c'est trop calme pour moi. Ça ne m'exciterait pas assez.

Jerphanion insista :

— Vous avez bien réfléchi à tout ? Le jour où le monsieur à qui vous irez remettre un pli, en Hollande ou ailleurs, vous donnera un paquet, et que dans le paquet, il y aura non pas de vagues paperasses, mais une bombe, à placer à tel endroit ?...

— Eh bien ?

— Vous obéirez ?

Laulerque sourit. Ses yeux brillèrent :

— Pourquoi pas ?

Jerphanion baissa la tête. Il était tout décontenancé. Il se sentait terriblement paysan, et petit bourgeois paisible, en face de ce Laulerque. Il se disait bien : « Il y a dans son cas de la bravade, de l'attitude. » Mais dès qu'il relevait les yeux vers ce maigre visage, il ne pouvait plus douter de la présence d'un feu intérieur. Il conclut, assez piteusement :

— Je n'arrive pas à comprendre votre état d'esprit.

Soudain, Laulerque, comme pour changer de conversation, déclara :

— Je suis retourné chez mon médecin, l'autre jour.

— Vous vous sentez malade ?

— Oh ! pas spécialement. Mais il y avait plus d'un an que je ne l'avais pas vu. Et je suis un monsieur qui devrait voir son médecin tous les trois mois au moins, paraît-il.

Jerphanion éprouva un choc. Il regarda Laulerque, ses yeux sous le binocle, son maigre visage, son cou, son buste sous le vêtement. Il tâchait de ne mettre dans son regard que le moins possible de curiosité inquiète. Il s'efforça de prendre un ton amusé :

— Vous n'avez pourtant pas l'air d'en avoir bien besoin. Vous êtes solide.

Laulerque sourit ; se pencha sur la table, et dit, en tournant la tête tout à fait de côté :

— D'ailleurs, pour ce que je crois aux boniments des médecins.

Puis, avec un accent de rancune :

— Le mien est un idiot, une brute. Pour lui, vous êtes un estomac, ou un foie, ou un poumon. Le reste n'existe pas. Je me demande dans quel état il doit mettre certaines clientes impressionnables.

Jerphanion était fort ému. Il se formait en lui une foison de pensées, toutes mêlées de sollicitude fraternelle. Il aurait voulu « dire quelque chose », et quelque chose d'opportun, de point maladroit. Il se trouvait très embarrassé, très sot. Même un certain silence pouvait devenir une maladresse.

Ce fut Laulerque qui le tira d'affaire :

— Je ne sais pas pourquoi je vous parle de lui », dit-il. « Peut-être parce que j'avais aperçu là-bas un type qui lui ressemble un peu.

A ce moment, quelqu'un entra dans le café.

— Voilà mon bonhomme ! dit Laulerque.

Jerphanion pensa : « Dire que dans une heure je saurai peut-être ce que c'est exactement que la Franc-Maçonnerie... Ce serait trop beau. »

Et cette idée lui donna soudain une sorte d'éréthisme cérébral à la fois aussi insupportable et aussi plaisant que peut l'être celui de la chair. Il n'y manquait même pas la part d'inquiétude qui est de règle quand le désir est aigu.

XXVII

MYSTÈRES DE LA FRANC-MAÇONNERIE

— Oui, je les ai plaqués. Je n'ai pas démissionné. D'abord, c'est difficile. Non, j'ai cessé d'y aller. Et puis voilà, je me considère comme entièrement libre. Remarquez, je ne les débine pas en public. Ce que je vous dirai doit rester strictement entre nous. Ce n'est pas que j'aie peur d'eux. Avec mon métier, je me sens tout à fait indépendant. Pas vrai ? Mais je ne tiens pas à passer pour un salaud.

— Vous y êtes resté longtemps ?

— Deux ans, à peu près. J'ai été assidu un an, dix-huit mois. Oh ! dès le début, j'ai senti que ce n'était pas mon affaire. Mais vous savez, on est bête. On se croit déjà trop engagé pour reculer. On se dit : « Il y a des détails que je trouve grotesques, des binettes qui me répugnent, une atmosphère qui ne me convient pas. Mais je m'habituerai. » C'est le tort qu'on a.

Jerphanion se disait : « Voilà le deuxième franc-maçon authentique dont je fais connaissance. »

Le graveur Ardansseaux était un homme petit, très rond, aux yeux saillants, absolument chauve au-dessus du crâne, avec une couronne de cheveux floches. Il avait constamment la gorge irritée. Chacune de ses phrases cheminait tant bien que mal, entre de petites quintes de toux, comme on marche sur la pointe des pieds entre des pierres. Sa toux s'accompagnait de postillons. Il vidait un demi de bière en deux gorgées.

— Vous y étiez entré avec la foi ? dit Jerphanion.

— Oui, dame oui. J'ai toujours eu la passion des idées. Mais j'entends penser par moi-même ; avec mes bouquins. Seulement, je venais d'avoir un gros chagrin, à l'époque. Ma femme, que j'adorais, m'avait abandonné. Elle était partie avec notre enfant. Alors un ami m'a parlé de la Franc-Maçonnerie. Je me suis dit : « Essaye, mon vieux. Ça te fera un foyer. »

« Lui-aussi, pensa Jerphanion... Et moi ?... C'est bien une espèce de détresse si l'on veut, mais tout de même un peu moins étroite ; un peu plus universelle. » Cependant il considérait Ardansseaux d'un autre œil. Ce petit homme rond avait durement souffert d'une peine d'amour. Il avait cru pouvoir trouver sa consolation, non dans des parties de manille au café, mais dans les douceurs de la camaraderie philosophique.

Ce n'était pas, il est vrai, à l'amoureux infortuné que s'intéressait Jerphanion. C'était au témoin oculaire des mystères de la Maçonnerie.

Toutefois, il ne voulait pas lui montrer une curiosité trop impatiente. Il lui dit, du ton le plus détaché possible :

— Une fois là-dedans, qu'est-ce qui vous a surtout déplu ?

— Oh ! presque tout.

— Vraiment ?

— Oui… D'abord, je suis artiste, moi. Je suis sensible à l'aspect. Il fallait voir le lieu où nous nous réunissions ; c'est ce qu'ils appellent leur temple ! Ça doit être pareil partout. C'est d'un toquard ! Je n'aime pas les curés, et je trouve le dogme absurde. Mais menez-moi à Notre-Dame ou à Saint-Merri, un dimanche où il y a de la musique, ça, je veux bien.

— Comment est-ce fait, un temple maçonnique ?

— Comment est-ce fait ?

— Oui.

Ardansseaux leva la tête, fit saillir ses yeux ronds, la prunelle tournée vers le haut, cligna laborieusement des paupières. Il avait l'air de se débattre avec une image peu commode à saisir.

Il répéta :

— Un temple ?… Un temple ?… Oui, eh bien, c'est moche. Je vous dirai… je ne sais pas, moi… il faut voir cette couleur, cette décoration… Une fois, je suis entré dans une petite église protestante, évangélique, je ne sais pas au juste… non, ça ne vous donnerait pas une idée… Figurez-vous plutôt… Oh, mais non… j'allais vous dire que ça évoquait plutôt le grand café de province… vous savez, la salle intérieure, avec des colonnes, des machins partout… ou l'établissement de bains turcs, sauf qu'il n'y a pas de bassin… ou même le bobinard de luxe… Sans faire de rapprochement, bien entendu… en me plaçant uniquement au point de vue de l'effet d'ambiance, et sous le rapport plastique, dans le sens coco.

Jerphanion et Laulerque échangèrent un regard. Jerphanion paraissait dire : « Si c'est sur ce type-là que vous comptiez pour me fixer les idées… » Il voyait les secrets de la Maçonnerie, qu'il s'était cru sur le point de saisir, et dont il n'avait jamais été aussi avide, reculer malignement dans une brume.

Ardansseaux ramena les yeux sur ses deux auditeurs. Il dut sentir leur déception :

— Vous savez, moi, quand je n'ai pas un morceau de papier et un crayon pour m'expliquer…

Il fouilla dans une de ses poches ; en tira une vieille enveloppe ; trouva un bout de crayon à dessin dans une poche de son gilet ; et se mit à tracer sur le dos de l'enveloppe une sorte de plan qu'il accompagnait de commentaires. Les traits de crayon étaient d'un beau noir gras, mais la netteté des détails en souffrait. Parfois Ardansseaux griffonnait un mot en marge du dessin, et le rattachait d'un coup de crayon approximatif au détail qu'il voulait signaler.

— Ça, c'est les quatre murs... Ça, tout ça, là, c'est ce qu'ils appellent l'Orient. C'est surélevé. Et un peu en demi-cercle. Il y a des marches, et une balustrade. Vous avez, là, le trône du Vénérable, l'autel du Vénérable, devant, et l'autel des Serments... l'autel du Vénérable, c'est ce petit rectangle. Je vous indique la forme... Par ici, de chaque côté, vous avez des colonnes, cinq, six, je ne me rappelle plus, engagées dans le mur... Ailleurs, peut-être que les colonnes se présentent autrement, ça, je ne sais pas. Et alors ici, de chaque côté de l'entrée, deux autres colonnes, plus grosses, bronzées, avec un truc de lumière... oui, qui les éclaire du dedans, quand on veut... Vous avez tout le temps des trucs comme ça. Ils adorent ça. Il y a chez eux une part énorme de théâtre pour les gosses, de Châtelet : « Papa, qu'est-ce qui va arriver ?... papa, j'ai peur, allons-nous-en... » Je vous en citerais bien d'autres exemples... C'est une des choses qui m'ont tout de suite tapé sur les nerfs.

— Alors, ici dans cet espace libre, il y a quoi ? des chaises ?

— Hein ?

— C'est là que les membres de la Loge s'assoient pendant les séances ?

— Attendez... D'abord, on ne dit pas une séance, on dit une tenue... Non, ils ne s'assoient pas comme vous croyez... Ce serait trop simple... Non... De chaque côté, en long, vous avez des banquettes... Au milieu, ça reste vide ; sauf le tableau de la Loge... Oui, horizontal, comme ça. C'est de la toile. Une toile peinte. Il paraît qu'ailleurs c'est une espèce de tableau noir, avec des figures à la craie, comme dans les écoles. Je ne peux pas vous dire. Les banquettes de ce côté-ci, ils appellent ça la colonne du Midi, ou du Sud... c'est symbolique... ne pas confondre avec les autres colonnes, les vraies... En face, ça s'appelle les colonnes du Nord... Naturellement. Ainsi : Nord, Est (l'Orient, ici, l'Est, comme partout), Sud... reste l'Ouest... A l'Ouest, il y a l'entrée et le Parvis.

— Le Parvis, c'est en dehors ?

— Oui, mais ne me faites pas tout embrouiller. Dans ma Loge à moi, les Apprentis et les Compagnons s'asseyaient ici, du côté du Nord, les Apprentis devant ; les Maîtres, eux, du côté du Midi. Il paraît que dans d'autres Loges, les Compagnons viennent s'asseoir ici, du même côté que les Maîtres. Ça dépend peut-être du nombre des uns et des autres. C'est un détail... Mais voilà, je n'ai plus de place... Sur l'estrade, j'ai oublié de marquer la table de l'Orateur, et la table du Secrétaire. Et puis ici, il y a encore la table du Frère Hospitalier, et puis le pliant du Frère Expert... et un autre, de l'autre côté, qui c'est ? attendez... le Premier Surveillant... non, voilà que je ne sais plus...

— Ça m'a l'air très compliqué...

— Je vous crois, que c'est compliqué... Non, je suis bête, le Premier Surveillant et le Second Surveillant, c'est ici, devant chacune des colonnes lumineuses, le Frère Couvreur, à l'entrée, entre les deux Experts... Je vous crois, que c'est compliqué... Et encore, je ne vous parle pas d'un tas de trucs, que vous devez avoir dans la tête, si vous voulez être bon maçon : les lettres sur les colonnes, les inscriptions, les emblèmes. Il ne s'agit pas non plus de confondre les insignes. Tout à coup, vous vous dites : ce frère-là, avec cette chose qui lui pend, est-ce que ce n'est pas le Grand Expert ?... Ah ! non, le Grand Expert, c'est celui qui a la règle et le glaive. Celui-ci, il se contente d'un fil à plomb : donc, c'est le Second Surveillant. Et tout le temps comme ça. A croire qu'ils ont fait exprès d'en mettre et d'en fourrer, tant qu'ils pouvaient, pour impressionner les gens, vous savez, surtout les nouveaux, pour leur occuper constamment la tête avec des riens. Pendant que les frères ont la sueur au front, à se demander s'ils vont bien se rappeler le pas de l'apprenti, si dans leur émotion ils ne partiront pas du pied gauche ; ou si, quand le Vénérable criera : « Frères qui décorez la colonne du Sud... » ils ne vont pas tout à coup confondre le Sud et le Nord... et ainsi du suite... car il ne s'agit pas non plus de se tromper dans les batteries, ou de se taper la cuisse quand il faut se taper l'avant-bras, ni de gueuler : « Houzé ! Houzé !... » une minute avant les copains. Surtout qu'ils vous font prendre des positions de trois quarts, de sorte que vous n'avez pas la ressource de regarder comme fait le voisin pour l'imiter. En petit comité comme ça, la moindre gaffe se remarque. Vous passez pour une patate... Alors, pendant ce temps-là, vous gardez l'esprit contracté, et vous ne pensez pas à contredire. Ça vous dresse, quoi ! comme au régiment.

Ardansseaux ajouta, avec un rire et une quinte de toux :

— C'est ce qu'ils appellent la libre pensée.

Jerphanion se tripotait la barbe, fronçait le nez et les lèvres, hochait la tête :

— Vraiment, c'est à ce point-là ? Il y a une formalisme pareil ? Vous ne parlez pas d'usages qui ont plus ou moins disparu ?

— Pas le moins du monde.

— Mais alors, si je vous comprends, ce serait bien plus compliqué et formaliste qu'à l'église ? A l'église, le prêtre, les enfants de chœur, ont un certain nombre de rites à accomplir. Soit. Mais les fidèles, on leur laisse la paix. Tout ce qu'on leur demande, c'est de se lever et de s'asseoir, de temps en temps, et encore...

— Bien plus compliqué... Je n'ai guère fréquenté les églises depuis ma première communion, mais je me rappelle suffisamment. Dans les Loges, tout est archi-compliqué. Même quand vous croyez que les simagrées sont finies, et qu'on va discuter une des questions à l'ordre du jour, car enfin, c'est tout de même parce que vous vous intéressiez à certaines idées que vous êtes entrés là-dedans, eh bien, les chichis recommencent. Si vous voulez parler, vous devez vous lever, frapper un coup dans vos mains, et étendre le bras vers le surveillant de votre colonne. Vous jugez si ça favorise l'inspiration ! C'est ce qui explique que tout là-dedans a l'air chiqué ; vous voyez ce que je veux dire ? Même les arguments qui s'échangent, on a l'impression qu'ils sont répétés d'avance, et que c'est du récité par cœur. Ils ne savent rien faire naturellement, ni appeler les choses par leur nom. Vous vous figurez peut-être qu'avant d'ouvrir la séance, le Vénérable dit tout simplement, comme ferait un président n'importe où : « Allez voir si la porte est fermée, pour que nous soyons tranquilles » ? Peuh ! Il prend sa voix la plus caverneuse : « Frère Premier Surveillant, quel est le premier devoir des Surveillants en Loge ? » Et tout le monde est debout, pendant ce temps-là, hein ? au garde-à-vous. L'autre répond : « Vénérable, c'est de voir si la Loge est bien couverte, et de voir si tous les frères qui occupent les colonnes sont maçons. » Alors le Grand Expert va faire le Jacques dans les couloirs ; les surveillants passent le long des colonnes, et les inspectent d'un œil torve. Vous savez, on dirait des enfants qui jouent au voleur... Tout est dans le même jus. Lire le procès-verbal de la dernière séance, ça s'appelle donner lecture de la planche tracée de la dernière tenue. Leurs banquets ! J'y ai assisté deux ou trois fois. L'imbécile qui est à côté de vous, et qui tient à vous épater, à vous montrer qu'il est plus ancien que vous, se met à vous parler du voile de la plate-forme, ou bien il vous demande si ce n'est pas votre drapeau qu'il a déployé par erreur. Il s'agit tout bonnement de la nappe de la table et de votre serviette. C'est comme les épreuves d'initiation. Ça, c'est le comble !

— On raconte tellement de choses là-dessus, dit Jerphanion, de son air le plus engageant, et en tâchant de mettre dans sa curiosité toute la discrétion dont il était encore capable.

— Vous savez qu'ils n'aiment pas qu'on parle de ça...

— De ça, ou du reste !...

— Spécialement de ça... D'ailleurs c'est très long à expliquer, très fastidieux...

Le Normalien eut l'impression qu'Ardansseaux se dérobait. « C'est bizarre. Après nous en avoir déjà tant dit ! »

Mais peut-être Ardansseaux prit-il conscience de ce que son attitude avati soudain de déconcertant. Il fit un geste vif du bras gauche, remua les épaules et la tête, comme un homme qui secoue une crainte :

— Oh ! je ne suis pas assez bête pour redouter leurs prétendues vengeances... Si j'avais peur d'eux, je ne vous aurais pas parlé comme j'ai fait. Et puis, vous n'irez pas le répéter, n'est-ce pas ?

Jerphanion et Laulerque protestèrent de leur mieux.

Ardansseaux parut réfléchir. Puis :

— Oui, mon tort, ç'a été de me prêter à ces momeries-là. C'était le moment de m'apercevoir que je faisais fausse route. On a une excuse. On est, malgré tout, un peu abasourdi. C'est l'intéressé qui se rend le moins compte de ce qui se passe. Je n'ai pu vraiment en juger que plus tard, quand j'ai assisté à la réception d'autres néophytes. Vous m'avouerez : ce malheureux type qu'on voit arriver les yeux bandés, le bras et le haut de la poitrine, à gauche, tout nus, comme si le médecin allait lui faire une piqûre, sa jambe droite de pantalon relevée jusqu'au-dessus du genou ; et qui boitille, parce qu'on lui a enlevé un de ses souliers, ça a quelque chose de lamentable. On se croirait à une séance d'hypnotisme dans une baraque de la foire. Et les trois voyages, parlez-moi de ça ! Les dangers ! Les frères qui poussent des cris d'animaux. L'imitation du tonnerre dans la coulisse. Il paraît que ça varie suivant les Loges, et aussi selon qu'ils supposent que le type à recevoir est plus ou moins couillon. Mais c'est toujours dans le même genre de bêtise. Par exemple, on te fait pirouetter le type ; on l'amène se cogner le nez contre un mur ; on l'oblige à faire l'écureuil sur l'échelle sans fin. Et la lampe à lycopode ! Le plus beau, c'est la lampe à lycopode.

— Qu'est-ce que c'est que ça ?

— Une espèce de truc à feu de Bengale, où on souffle, pendant qu'on tourne vers la poitrine du patient la pointe d'un glaive... en carton, bien entendu, en carton. Je vous dis que c'est un mélange de bal des quat'zarts, de *Michel Strogoff* et de Luna-Park, avec cette différence que vous avez autour de vous des messieurs à gueule de bistrot endimanché — vous savez comme ceux que dessine Huard, ou Abel Faivre — qui font tous leurs efforts pour prendre ça au sérieux. Même quand ils rigolent, parce que c'est plus fort qu'eux, ils se disent que tout ça est plein de symboles, que c'est profond et philosophique. Oui... Et ce sont ces gaillards-là qui trouvent que les curés font des singeries, et que les cérémonies catholiques sont grotesques.

— Est-ce qu'on ne raconte pas aussi des histoires de cercueil, de testament ?

— Ah ! oui... Le cabinet de réflexions, avec le mur peint en noir, les squelettes, la tête de mort, les inscriptions terrifiques... oui... c'est même par là qu'on commence. Alors ça, ce n'est pas encore Luna-Park, c'est plutôt cabaret du Néant. Mais comme vous voyez, on ne sort pas de la foire.

Il s'interrompit, but une gorgée, et changeant de ton :

— Je vous ai déjà parlé des binettes qu'on rencontre chez eux. Quand on les voit, ça explique tout. Naturellement, vous en avez de plusieurs espèces. Ma Loge à moi était moins rupine que celles des grands quartiers. Mais même dans la mienne il n'y avait pas que des gueules de bistrot endimanché. Non. Disons qu'ils forment le fond de la troupe. Par là-dessus, vous trouvez pas mal de bobines de dentistes, de fonctionnaires, quelques-unes d'avocats, de médecins, mais, de préférence, des avocats sans cause et des médecins des morts. Ça, c'est les gens à grande barbe ; ceux qui s'entendent comme personne à prendre des airs funèbres et à proférer d'une voix creuse : « Frères qui décorez la colonne du Sud... » Mais, les uns comme les autres, on sent bien ce qu'ils sont venus chercher là-dedans. Je laisse de côté les arrivistes purs et simples. Voilà : c'étaient des gens qui avaient bien certaines idées, plus ou moins vaguement, mais qui n'auraient pas été capables de rester le nez plongé dans un bouquin, pendant des heures, comme je fais, moi. Non. Ça les aurait embêtés. Ils n'auraient pas pu suivre. Et puis c'étaient des gens qui avaient des côtés gosse, alors, que ça passionnait, toutes ces histoires de cabinet noir, de squelettes, de serments, de signes secrets, de reconnaissance. Très gosse également le goût pour les mots détournés de leur sens, parce qu'on se donne comme ça l'orgueil d'être des initiés, surtout quand les expressions qu'on emploie ont l'air de se rapporter toutes à une même chose, qui devient du coup mystérieuse, qui fait travailler l'imagination. Chez eux, tout se rapporte au temple, à la Construction du Temple. Il n'est question que de truelle, de fil à plomb, d'équerre, ou que de colonne à décorer, et que de temple à tuiler, ou que de Frère Couvreur et de Frère Expert. Le jeu consiste en ça. S'arranger pour dire tout ce qu'on a besoin de dire sans quitter le langage de ce métier-là ; et en même temps combiner des choses à faire ensemble qui aient l'air de se rapporter à ce métier-là, qui continuent le roman. Remarquez, nous avons tous fait ça quand nous étions petits ; je me rappelle quand je jouais au loueur de voitures, ou au chemin de fer, ou à la guerre, avec des camarades. Et même plus tard. J'ai fréquenté dans le temps une Académie de dessin ; un milieu très sympathique d'ailleurs, très vivant, ah oui !...

Et Ardansseaux leva vers le haut de la glace qui était en face de lui un regard mélancolique, qu'il destinait aux fantômes de sa jeunesse. Jerphanion pensa : « Cet homme est en train de se dire que c'était vraiment beau dans ce temps-là, et qu'il n'en a pas assez profité. En tenir compte. Ce "temps-là", dans ma vie à moi, c'est maintenant. C'est le présent. Bien s'apercevoir du présent, comme le répète Jallez. Appuyer sa conscience dessus. » Cette pensée donna à Jerphanion une sorte de frémissement fugitif et délicieux. Mais il était gêné pour le savourer, parce qu'une autre idée le tourmentait. Ce qu'Ardansseaux venait de dire, touchant les jeux d'initiés, lui rappelait une conversation récente. Avec Jallez, sans doute ; mais quand, au juste, et à quel propos ? Rien ne l'agaçait plus que ces souvenirs qui se dérobent.

Ardansseaux continuait :

— Les types de cette Académie avaient imaginé dès le début de l'année une histoire de radeau de la Méduse. Ils étaient les naufragés du radeau de la Méduse. Alors tout se rapportait à ça. Par exemple, les bouts de fusain s'appelaient les hameçons. Je n'ai jamais su pourquoi. On se criait d'une place à l'autre : « J'ai cassé mon hameçon. » Quand on avait quelque chose à dire d'imprévu, il fallait s'obliger à trouver dans le même style. Mais dans ce cas-là, la contrainte fait partie du plaisir, comme dans tous les jeux. Et un autre amusement, c'était la tête ahurie que faisaient les nouveaux venus...

« J'y suis, pensa Jerphanion. Les vies inimitables. Le jour où nous partions de la porte de Clignancourt. » Il ressentit un vif soulagement, et il fit au graveur son meilleur sourire, son hochement de tête le plus approbateur.

— Eh bien, pour les Maçons, c'est un peu kif-kif. Eux aussi, ils s'obligent ; ils se créent des difficultés, pour le plaisir. En somme, ce sont des gens qui se réunissent de temps en temps pour jouer à un jeu compliqué. Le reste du temps, ils ont leurs métiers, leurs embêtements, la vie, quoi ! qui n'a rien d'une rigolade. La Loge, c'est des vacances. Mais comme justement ils sont des gens sérieux dans la vie, hein ? qu'ils ont tous plus ou moins des situations, enfin qu'en général ils n'ont rien de petites folles — suffit de les voir — ils n'oseraient jamais venir comme ça jouer ensemble, même entre quatre murs, et toutes les portes bien fermées. A leur âge, ils auraient honte. Alors ils ont une excuse épatante : tout ça, toutes les singeries qu'ils font, c'est symbolique, oui, ce sont des symboles. Ça représente des idées, et justement les idées qu'ils avaient tous plus ou moins et qui les ont poussés à entrer dans la Maçonnerie, mais en bien plus fort, en bien plus profond. Vous comprenez, à partir de ce moment-là, l'équerre, le fil à plomb, le tablier à bavette, le pas de l'apprenti, le signe d'horreur devant le cadavre d'Hiram, même l'échelle sans fin et la lampe à lycopode, ça devient sublime. La moindre gueule de bistrot se dit qu'elle travaille à la Reconstruction du Temple, avec tout ce que vous pouvez mettre de mirobolant dans ces mots-là ; et que c'est du travail d'initiés, que ça ne regarde pas le premier venu. Si mes types de l'Académie de dessin avaient pu se dire ça, pour leur radeau de la Méduse, vous pensez que le jeu les aurait passionnés encore bien plus. Et puis il y a encore autre chose. Parmi les frères, vous en avez plus d'un qui a, comme qui dirait, la nostalgie de la religion, soit que les cérémonies d'Église l'aient remué quand il était petit, soit pour des raisons de tempérament. Eh bien, on lui fait voir qu'il n'a rien à regretter, que la Maçonnerie aussi a ses mystères, mais qu'au lieu d'être des mystères pour vieilles bonnes femmes, ou châtelaines réactionnaires, des histoires à dormir debout de Dieu unique en trois personnes ou d'Immaculée Conception, ce sont des mystères pour penseurs laïques et républicains. Qu'en plus, à l'église, il ne serait qu'un simple fidèle, à écouter le curé bouche bée et à lui regarder faire sa cérémonie. Tandis que là, il est à la fois, en somme, le prêtre et le fidèle. Et on lui raconte que tous les grands philosophes, que tous les grands écrivains, qui ont lutté depuis des siècles pour l'émancipation de l'esprit humain, de l'humanité, eh bien, que tout ce qu'ils ont écrit en vers et en prose, vous savez, les grandes tirades d'Hugo, et le reste, ça se rapporte à ces mystères-là, que ça y fait allusion ; et que d'ailleurs c'est à la tradition maçonnique qu'ils les ont empruntés... oui, que les plus grands hommes des temps modernes, y compris Napoléon, étaient tous des initiés, qui avaient reçu les secrets de la Maçonnerie ; et qu'ils travaillaient à la Reconstruction du Temple. Alors comme la gueule de bistrot se dit qu'il y travaille, en faisant ses petits exercices, vous pensez si ça le flatte.

— Ce qui serait déjà plus intéressant », dit Jerphanion, à qui les dernières phrases du graveur venaient d'ouvrir des perspectives ; et en particulier de rappeler certaines des vues excitantes de Laulerque... « Oui, beaucoup plus intéressant. Il semble en résulter qu'il y aurait tout de même, derrière ce rideau de cérémonies, ou de simagrées, si vous voulez, une doctrine plus ou moins secrète, et qui remonterait loin... qui aurait déjà manifesté son action dans l'Histoire. » Il regarda Laulerque. « Il serait donc on ne peut plus intéressant de connaître cette doctrine.

Mais le graveur haussa les épaules.

— Des boniments ! De la poudre aux yeux. Je m'étais dit ça comme vous dans les premiers temps, et ça m'avait aidé à supporter les âneries en question. Mais, à part quelques phrases creuses, que vous pouvez lire partout, je n'ai jamais rien vu venir. Vous comprenez. Il faut bien qu'ils fassent croire ça, pour tenir leurs troupes en haleine, et aussi pour défendre la Maçonnerie contre certaines attaques, qui la représentent comme une simple bande d'arrivistes sans scrupules, une bande fortement organisée, décidée à réussir ses coups par tous les moyens... « Nous, une bande de fripouilles ? Qu'est-ce que vous dites ?... Une société de philosophes, oui. Voyez plutôt. »

Jerphanion regarda de nouveau Laulerque, comme pour lui dire : « Aidez-moi à l'interroger. Trouvez la question qu'il faut. » Mais une petite mine que faisait Laulerque paraissait répondre : « Oh ! maintenant, je crois qu'il a vidé son sac. Vous n'en tirerez pas grand-chose d'autre... Au surplus, je vous ai amené le monsieur. Mais débrouillez-vous avec lui. »

Jerphanion demanda pourtant :

— Soit. Vous venez de parler de bande fortement organisée, qui a des coups à réussir...

— C'est le langage de leurs adversaires...

— Oui... j'entends bien... Disons, pour quitter le style de l'injure, que la Maçonnerie poursuit des buts... Ça ne me paraît pas contestable... soit que ces buts répondent à la doctrine, soit que la prétendue doctrine ne serve en réalité que de trompe-l'œil, ou d'alibi... Selon vous, quels sont, en réalité, ces buts ? Ceux que tout le monde croit connaître, plus ou moins, et qui n'ont rien de bien transcendant : défense laïque et républicaine, etc. ? Ou y en a-t-il d'autres, dont on ne parle pas ?

Ardansseaux manifesta un embarras extrême :

— Ça, c'est la bouteille à l'encre. On ne peut rien affirmer. On peut tout supposer.

— Supposer... Mais dans quel sens ?

— Je ne sais pas.

— Soit. Mais le seul fait que vous ayez dit : « On peut tout supposer » prouve que vous avez eu l'impression, pendant que vous fréquentiez les Loges, que toute leur activité ne se bornait pas à faire faire à des gens de bonne composition quelques exercices saugrenus. Vous avez dit aussi : « On les dresse ». Mais c'est pour les faire servir à quelque chose. A quoi ?

— D'abord il y a des mots d'ordre qui circulent. Par exemple, quand il s'agit de soutenir tel ou tel candidat aux élections, ou bien de favoriser un mouvement d'opinion, ou de lutter contre... c'est selon... chacun avec les moyens dont il dispose.

— Ça, on s'en doute. Mais n'y a-t-il pas des buts plus vastes, et plus secrets ?

— Comment voulez-vous savoir ? C'est de ça aussi que je me suis rendu compte, à la réflexion, après que j'y étais entré. Je me suis dit : « Qu'est-ce que tu es, toi, là-dedans ? Et les autres frères qui font les mariolles avec toi ? De pauvres petits bougres. Du menu fretin. On raconte bien que toutes les Loges sont égales entre elles et qu'en dehors des trois grades qui y sont représentés, les Apprentis, les Compagnons, les Maîtres, il n'y a rien, pas d'autre hiérarchie ; donc que le jour où vous serez passé Maître, vous n'aurez personne au-dessus de vous. Mais c'est du pur boniment. Et ils se contredisent puisqu'ils reconnaissent eux-mêmes qu'il y a les hauts grades, et les grands conseils. Mais à côté de ce qu'ils avouent, il y a peut-être ce qu'ils n'avouent pas. Des chefs encore plus hauts, et encore plus cachés. Alors vous pensez si dans une Loge de quartier, on se sent peu de chose : des pantins de la dernière catégorie.

— Mais vous auriez pu vous dire... », continua Jerphanion qui pensait à lui-même, qui se voyait dans une Loge, coudoyant les bistrots et les médecins des morts, et très impatients de s'échapper de ce menu fretin, « vous auriez pu vous dire qu'avec un peu de persévérance, après avoir donné des preuves de votre valeur, de votre zèle, vous arriveriez plus haut, vous vous glisseriez justement dans le petit nombre de ceux qui conduisent, dans les hauts grades, dans l'état-major...

Ardansseaux secouait la tête de gauche à droite, faisant la grimace.

Jerphanion insista :

— Pourquoi pas ?

— Pfeu !... Vous vous figurez que ça se passe comme ça.

— Comment ça se passe-t-il ?

— Mon idée, c'est qu'ils font bien semblant de recruter les chefs par le bas, oui, dans les Loges, comme qui dirait par un avancement régulier. Mais c'est du chiqué.

— Mais alors, comment les recrutent-ils ?

Laulerque faisait signe à Jerphanion : « Vous perdez votre temps. » Mais Jerphanion était obstiné comme un paysan de chez lui.

— Ah, voilà ! » disait l'autre... « Si on savait ça, on saurait tout... Mais tenez, une comparaison. Dans l'armée, un simple troufion qui rengage comme sergent est censé pouvoir arriver à tous les grades, s'il se distingue, s'il suit des cours, s'il passe des examens. Évidemment, il y a des officiers sortis du rang. Mais vous connaissez beaucoup de généraux en chef qui en sortent ?

— Non, mais nous savons d'où ils viennent. Ce que vous dites supposerait que les chefs de la Maçonnerie se recrutent dans une espèce de... de Saint-Cyr ou de Polytechnique... situés où ? Ça ne me paraît répondre à rien.

Ardansseaux clignait des paupières, levait la main droite avec circonspection, se rengorgeait. Puis il se pencha sur la table, en faisant un petit mouvement de la tête, qui voulait dire : « Approchez. Ceci est encore plus confidentiel. » Les deux autres se penchèrent aussi. Il murmura :

— Quand on entre dans la Maçonnerie, on se dit : « Je vais enfin découvrir les fameux mystères de la Maçonnerie ». Eh bien, non... Ce qu'on découvre... si, il y a une chose qu'on découvre à ce moment-là, c'est que justement il existe des mystères, dont on ne se doutait pas en entrant dans les Loges, et que ces mystères-là, tout maçon qu'on est devenu, on ne les connaîtra jamais.

Il releva le buste, jouit de l'effet qu'il avait produit, se pencha de nouveau :

— ... Ou on ne les connaîtra que tout à fait par hasard, et sans lendemain. Tenez, un petit exemple... quand vous rencontrerez un maçon de haut grade, ça peut arriver, eh bien, demandez-lui ceci, d'un air innocent, oui. Dites-lui : « Monsieur... On m'a parlé des Loges d'adoption. Qu'est-ce que c'est que les Loges d'adoption ? »

— Il me répondra ?

— Vous verrez... Peut-être qu'il fera l'homme qui tombe de la lune. C'est même le plus probable. Peut-être qu'il s'écriera avec indignation : « Vous croyez à des calomnies aussi absurdes, aussi puériles ? » Ou bien, il prendra la chose en riant : « Bah ! C'est une vieille histoire ! En admettant que ça ait jamais existé, ça date de plus d'un siècle ! » Enfin, vous verrez.

— Et vous savez ce que c'est, vous ?

Ardansseaux prit un air très entendu. Son visage, ses yeux aux prunelles soudain relevées vers le ciel, parurent évoquer des images agréables. Il dit seulement :

— Il ne s'agit pas de moi.

L'on voyait qu'il ne convenait pas d'insister.

Il dit encore :

— Une autre fois, demandez-leur... Mais non, j'y réfléchis... C'est seulement quand on est déjà maçon qu'il peut y avoir un prétexte à poser cette question-ci... Ah ! si jamais vous vous faisiez maçon... ça m'étonnerait un peu, mais admettons... eh bien, tâchez de me revoir... je vous indiquerai la question à poser.

Soudain le graveur s'assombrit. Une idée préoccupante venait de le saisir. Il regarda fixement Jerphanion :

— Naturellement vous me donnez votre parole d'honneur que si un jour vous entrez dans la Maçonnerie vous ne révélerez jamais notre conversation de ce soir ? Vous ne prononcerez pas mon nom ?

— Je vous en donne ma parole d'honneur.

*
* *

A la descente de la rue Rochechouart, Laulerque, qui raccompagnait Jerphanion, fit :

— Eh bien, votre impression ?

— Sur le type ?

— Oui, d'abord.

— Ce n'est pas un imbécile. Il a des parties d'hurluberlu. Il a bien pataugé au début. Mais quand il a été échauffé, il a dit des choses intéressantes.

— Et sur la question principale ?

— Sur la Maçonnerie ? C'est très confus. J'éprouve toujours ce mélange de répugnance et d'attirance. J'ai même cru que la répugnance allait l'emporter franchement. On sentait venir de ces Loges une telle odeur de sottise... Vers la fin, je me suis dit que ce n'était peut-être pas si simple. Et vous ?

— Moi aussi... Et vous irez chez Lengnau ?

— Peut-être. Hein ? Qu'en dites-vous ?

— Mais... bien sûr.

Ce que Jerphanion omettait d'avouer, c'est dans quel état de curiosité mal satisfaite le laissait la conversation du graveur. Exactement comme lorsqu'un grattage inconsidéré, prolongé avec énervement, installe dans la peau une brûlure bien plus pénible que la démangeaison du début, qu'il prétendait faire cesser. Tous les détails que Jerphanion venait d'apprendre sur la Maçonnerie, et qu'il eût donné si cher, il y a une heure encore, pour découvrir, où que ce fût, lui paraissaient maintenant de mince valeur. Pour un peu, il se fût imaginé qu'il les connaissait depuis longtemps. En face de lui, les secrets véritables, les seuls qu'il lui semblait maintenant avoir désirés, continuaient de reculer, menaçaient de reculer toujours, à chaque pas qu'il ferait dans leur direction. Et pourtant il était trop tard pour qu'il se résignât à en lâcher leur poursuite.

Il s'affirmait d'avance que la visite chez Lengnau serait une nouvelle déception. Mais il n'y eût renoncé à aucun prix.

Il dit, le plus hypocritement qu'il put :

— Notez qu'au fond, leurs fameux secrets... oui, je crois assez à une histoire de bâtons flottants. « De loin c'est quelque chose... » Si je me décide à aller chez Lengnau, ce sera pour la bonne méthode. Mais il faut d'abord qu'il me réponde.

XXVIII

JERPHANION RECUEILLE UN VISITEUR

Jerphanion, qui longeait lentement la galerie du rez-de-chaussée, s'arrêta pour contempler, à travers la crasse fine de la vitre, le bassin dit des Ernest, qui, par ce jour de pluie, devenait du dernier mélancolique. Ce qui avait ralenti, puis interrompu sa marche, était un débat de conscience. Le matin même, il avait reçu une lettre de Lengnau, le convoquant pour le surlendemain. « Vais-je continuer à laisser Jallez dans l'ignorance de tout cela ? Évidemment, je ne lui dois pas de comptes, et il est loin lui-même de me tenir au courant de tout ce qu'il fait. Mais j'ai l'impression que ce n'est pas chic. »

Il avait vaguement parlé à son camarade de nouvelles rencontres avec Clanricard et Laulerque, fait allusion à des « conversations intéressantes » sur les sectes, sur la Maçonnerie. Rien de plus. D'ailleurs Jallez avait semblé distrait.

« Je lui dirai ce soir que l'occasion m'est offerte de connaître ce Lengnau, que je lui ai déjà nommé incidemment. S'il m'interroge, je verrai jusqu'où aller dans les confidences. S'il ne me pousse pas, j'en resterai là. Au cas où plus tard il m'accuserait de cachotteries, je pourrais lui répondre : Je t'en ai parlé, mon vieux. Rappelle-toi. Mais tu n'avais pas l'air d'y attacher de l'importance. J'ai eu peur de t'embêter. »

A ce moment, il vit venir, tête nue, vêtu de sa redingote galonnée, le gardien Louvois, ainsi nommé non du fait de son état civil, mais parce qu'il était le successeur du gardien Colbert. Le gardien Louvois avait une physionomie subtile, et la démarche un peu traînante, mais noble, d'un vieil officier de cour.

Louvois s'approcha de Jerphanion, fit un salut. Il paraissait préoccupé.

— Dites donc, monsieur Jerphanion. Vous n'auriez pas vu M. Jallez ?

— Il est sorti depuis longtemps. Il avait cours à une heure.

— C'est bien ce que je pensais.

Louvois se grattait la joue à contre-poil, du bout des ongles, tout en regardant d'un œil perplexe le bassin des Ernest.

— Quelqu'un le demande ?

— Oui... Oui...

— Eh bien, dites qu'il n'est pas là !

— ... Oui...

Mais le « oui » semblait de pure politesse, et Louvois continuait de regarder le bassin.

— ... A moins », fit Jerphanion, « que ce ne soit très grave... ou très pressé... Dans ce cas, on pourrait essayer de le rattraper à la Sorbonne. Au besoin, j'irai.

Louvois, comme s'il éprouvait un soulagement, tourna les yeux vers Jerphanion, se rapprocha d'un demi-pas, et fit, à mi-voix :

— Il y a un monsieur qui le demande... Mais je lui trouve l'air un peu bizarre.

— Ah !

— C'est peut-être une idée que je me fais. Mais d'abord, quand je lui ai demandé son nom, il m'a répondu : « Oh ! mon nom ne dirait rien à M. Jallez. » Je lui ai dit alors que je croyais avoir vu M. Jallez sortir. Il a eu l'air très ennuyé. Il a dit : « Si je pensais qu'il ne rentre pas trop tard, j'aimerais mieux attendre. » Et puis enfin, il y a son allure... Ce n'est pas qu'il paraisse excité... Mais tout de même... Il n'a pas le genre des visiteurs de la maison.

— Vous voulez que j'aille voir ?

— C'est ce que je me demandais... Vous êtes le meilleur ami de M. Jallez... J'ai supposé un moment que c'était peut-être un parent de province, ou quelque chose comme ça... mais alors il ne m'aurait pas dit que son nom ne dirait rien à M. Jallez.

— Évidemment... Écoutez, je vais y aller... Passez devant, et dites au type, justement, que c'est le meilleur ami de M. Jallez qui va venir causer avec lui... Vous ne lui avez pas donné de détails sur M. Jallez ?

— Non, non ! Soyez tranquille. On ne me fait pas parler comme ça. Quand il a eu l'air de me demander si M. Jallez ne rentrerait pas trop tard, j'ai fait tout simplement... » Louvois acheva sa phrase par le geste d'écarter les bras lentement, en relevant les sourcils... « Alors, j'y vais.

Louvois reprit le chemin de sa loge.

Jerphanion, qui avait l'imagination vive, fit en un clin d'œil le tour des périls qui pouvaient menacer son camarade. Une supposition lui vint assez naturellement à l'esprit. « Le père de la jeune fille... » Il rattrapa Louvois :

— Dites. Quel âge a-t-il à peu près ?

— Dans les trente à trente-cinq.

— Pas plus ? Vous êtes sûr ?

— Non.

L'hypothèse s'évanouissait.

*
* *

Durant les trois minutes d'attente qu'il s'imposa, pour la perfection de sa mise en scène, Jerphanion atteignit à une tension intérieure des plus agréables.

Par nature, il aimait à se mêler des affaires d'autrui ; ce qui était bien une forme d'indiscrétion. Mais comme il s'en défendait par raison dans la plupart des cas, cette tendance trouvait rarement à s'assouvir. D'ailleurs, si elle était une forme d'indiscrétion, et trahissait par là un certain manque de finesse, elle était aussi une forme de courage et n'allait pas sans générosité. Rien ne ressemblait moins à Jerphanion que l'homme qui s'éclipse dès que le voisin a des ennuis.

Même s'il avait eu lieu de penser que ce visiteur était un énergumène, venu avec un revolver dans sa poche, il ne se fût pas posé d'autre question que celle-ci : « Vaut-il mieux, pour Jallez, que j'aille recevoir ce type, et que j'essaye de le calmer ; ou bien que je m'arrange pour avertir la police, pendant que Louvois lui fera prendre patience ? » La réaction : « Après tout, ça ne me regarde pas », lui eût semblé d'une lâcheté à peine concevable.

*
* *

Jerphanion aperçut entre les colonnes du vestibule, debout, un homme assez quelconque, de taille moyenne, vêtu proprement d'un pardessus gris noir pelucheux, et qui tenait à la main un chapeau melon. Il semblait avoir, en effet, une trentaine d'années. De temps en temps, il avançait d'un pas ou deux, puis s'arrêtait.

L'homme avait des cheveux blonds plutôt clairs, un teint fade, un grand nez ; deux gros plis obliques de chaque côté de la bouche ; un faux col double en celluloïd. A première vue, sa physionomie n'exprimait rien de très inquiétant.

Jerphanion vit deux yeux d'un bleu pâle, sans profondeur ni lumière, entre des paupières couleur de lait de son, dont le rebord était un peu trop rouge. L'homme semblait plus maussade qu'irrité. Il considéra Jerphanion avec une certaine défiance. Il avait l'air, aussi, d'un timide qui fronce les sourcils pour se donner du courage. Mais l'on sait que les timides peuvent devenir dangereux.

— C'est vous, monsieur, qui demandez M. Jallez ?

— Oui, je voulais le voir.

— Malheureusement il est absent. Comme on vous l'a dit. Et il ne rentrera que très tard. Il se peut même qu'il ne dîne pas à l'École.

Le visiteur écoutait, en plissant les lèvres, et en secouant la tête. Ses paupières battaient vite. Il regardait de gauche à droite.

« Évidemment, ce n'est pas très catholique », pensait Jerphanion. Et tout en s'accusant lui-même d'un excès d'imagination, il surveillait les gestes de l'homme.

— Il n'y aurait pas moyen », dit l'autre dont la voix tremblait un peu, une voix parisienne, un rien vulgaire, mais au reste faiblement caractérisée, « d'aller le trouver dans l'endroit où il est ?

— Oh non ! C'est impossible. Ce sont des cours fermés. Personne d'étranger n'y est admis.

Jerphanion ajouta vivement :

— Et en sortant du cours, il se peut qu'il passe directement dans un autre cours, également fermé, ou dans la bibliothèque, dans une des bibliothèques. Laquelle ?... Même moi, si je le cherchais à cette heure-ci, j'aurais de la peine à mettre la main dessus.

— Ah !

L'homme, de ses yeux bleu lavé, examinait Jerphanion, comme pour déceler la part de mensonge qu'il y avait dans ses propos. Mais il n'était pas de ceux dont le regard est difficile à soutenir quand on ment.

Puis il baissa la tête, la secoua, parut réfléchir.

Jerphanion reprit, d'un ton très raisonnable :

— Bien entendu, s'il s'agissait de quelque chose de grave, et de très pressé qui intéresse vraiment M. Jallez, j'essayerais malgré tout de le joindre... au risque de perdre beaucoup de temps... et Dieu sait qu'aujourd'hui je n'en ai guère à perdre.

Le visiteur leva de nouveau la tête. Il articula :

— Vous êtes son meilleur ami ?

Jerphanion fit d'un air modeste :

— Je crois pouvoir le dire.

— Il vous tient au courant de sa vie intime ?

— Mais... oui... plus ou moins.

— Ah !... si je pensais...

— Quoi ?

— Je sais bien que ce ne sont pas des choses... Mais enfin tout de même...

Le visiteur aux yeux bleu éteint semblait attendre un encouragement ; et même quêter une excuse pour capituler.

Jerphanion insinua :

— Si vous avez quelque chose à lui faire dire, dont je puisse me charger, je suis bien entendu à votre disposition.

L'autre, avant de répondre, regardait les colonnes du vestibule, la loge du gardien. Peut-être le lieu lui paraissait-il impropre aux confidences.

Jerphanion pensa un instant à le mener dans la thurne. Mais cette idée lui causa aussitôt une répugnance. « Le faire asseoir sur la chaise de Jallez, non. Et puis l'air de la thurne ne doit pas être respiré par le premier venu. » Il regarda au-dehors. La pluie avait à peu près cessé. « Il doit tomber encore quelques gouttes. Mais un peu de pluie sur ce type-là, c'est assez normal. »

— Attendez-moi un instant ici, monsieur. Je vais chercher mon pardessus et mon chapeau. Si vous ne craignez pas le froid, nous irons causer dans le jardin, en faisant les cent pas. Nous serons tranquilles.

L'inconnu assura qu'il ne craignait pas le froid. Mais il toussa une fois ou deux, comme par anticipation.

*
* *

Quand ils furent dans une allée de gravier, entre les arbustes, le visiteur déclara tout à coup, en levant, de coin, un œil malheureux vers Jerphanion :

— Puisque votre ami vous tient au courant, il a dû vous dire qu'il avait des relations avec une jeune femme ?

— Il m'a parlé de quelque chose comme ça, oui, il me semble.

— Eh bien, cette femme, c'est... c'est ma femme.

— Comment !... Vous êtes sûr ?

La voix, la mine de Jerphanion, la façon brusque dont il s'était arrêté, montraient l'étonnement le plus sincère.

Il réfléchit un instant, puis :

— Vous comprenez, monsieur, mon ami Jallez n'est pas obligé de me dire tout ce qu'il fait. Mais je puis vous certifier que si en ce moment il est bien en relation avec une jeune femme, cette jeune femme n'est pas la vôtre... pour la bonne raison qu'elle n'est pas mariée.

— Ah !

L'homme, lui aussi, s'était arrêté. Il considérait Jerphanion. Il ajouta :

— Alors, ça supposerait qu'il a une autre histoire de femme ?...

Là-dessus, une vague lueur éclaira son visage.

— Est-ce que vous savez le nom de celle dont il vous a parlé ? dit-il.

— Je ne le sais pas.

— Même pas son prénom.

— Il ne me l'a pas dit...

— Ah... Ma femme s'appelle... Juliette.

— Juliette ?

Cette fois Jerphanion eut beaucoup de peine à donner à son étonnement la nuance convenable.

— Il a déjà prononcé ce prénom devant vous ? dit l'autre.

— Non, non. Pas spécialement.

Ils se remirent en marche.

— Qu'est-ce qui vous a conduit », fit Jerphanion, « à penser à mon camarade Jallez ?

— Eh bien, voilà. Je vais tout vous expliquer. Je me suis marié au début d'août 1908. Je m'étais arrangé pour que ça tombe avant mon congé. On nous donne quinze jours. Mais avec les fêtes du 15 août, et les trois jours de plus auxquels on a droit quand on se marie, ça nous a fait trois semaines. Nous sommes allés dans un petit coin de banlieue très gentil. Ça ne s'est pas passé trop mal. Il faut vous dire qu'en épousant ma femme, je savais qu'elle avait eu une grande peine d'amour, pas très longtemps avant. Mais n'est-ce pas, à cet âge-là, on ne demande qu'à oublier. C'est bien rare que vous tombiez sur une jeune fille qui n'ait pas eu déjà une amourette quelconque, en tout bien tout honneur. C'est à vous de savoir les prendre. Elle m'avait écrit pendant nos fiançailles des lettres très tendres, même très ardentes. Tenez, je vous cite une phrase que je me rappelle : « J'ai hâte d'être serrée toute une nuit dans vos bras. » Quand un jeune homme vous déplaît, on ne lui écrit pas ça, n'est-ce pas ? On ne peut donc pas me dire, comme à certains, que mon tort ç'a été de l'épouser malgré elle. Enfin, les premiers temps, ça pouvait aller. Elle avait son caractère... vous savez, les femmes... Surtout elle était très changeante, bien lunée un jour, mal lunée un autre... Mais moi, de nature, je suis le contraire d'un nerveux. Je ne vous dis pas que quand elle me faisait la tête trois jours de suite, que je la voyais soupirer dans les coins ou près d'une fenêtre, qu'elle refusait de m'embrasser, etc., je n'étais pas un peu ennuyé. Même que je me doutais bien que cette ancienne peine d'amour y était pour quelque chose. Je me disais : ça se tassera petit à petit. Surtout si plus tard nous avons des enfants. Mais je voyais bien qu'elle ne voulait des enfants à aucun prix. Elle en avait une peur terrible. Figurez-vous qu'un jour ça a empiré brusquement. Je me rappellerai toujours, oui : un soir de Réveillon. Remarquez, c'est peut-être qu'auparavant je m'étais fait des illusions, que je n'avais pas voulu ouvrir les yeux. Bref, à partir de ce moment-là, il n'y avait plus moyen de se dorer la pilule. Elle ne m'aimait plus. Elle pouvait à peine me supporter. Si j'avais été comme certains, nous aurions eu des scènes terribles... Elle s'est mise à s'absenter beaucoup... Je ne vous dis pas que je n'avais pas des soupçons... Mais à la rigueur, il n'y avait pas de certitude. Alors voilà que l'autre jour... enfin, bref, les détails ne vous intéressent pas. Ce que je peux vous dire, c'est que j'ai eu la preuve qu'elle voyait régulièrement un jeune homme depuis déjà longtemps. Et j'ai découvert que ce jeune homme, c'était celui qu'elle avait fréquenté avant notre mariage. J'ai eu son nom, et tous les autres renseignements, quoi !

— Quand vous vous êtes marié, vous saviez déjà qui il était ?

— Non. J'avais entendu dire que c'était quelqu'un de très instruit, qui faisait de fortes études, qui avait beaucoup d'avenir. C'est tout. Je n'avais pas voulu avoir l'air d'interroger trop. Je n'ai pas le tempérament inquisiteur. Et puis je préférais ne pas y penser.

— Votre femme vous a avoué qu'il s'agissait de lui ?

— Non... D'abord les femmes n'avouent pas facilement. Elle surtout. Elle aimerait mieux se faire hacher en petits morceaux.

— Mais alors... êtes-vous certain de ne pas vous tromper ? Les gens qui vous ont renseigné ont pu vous lancer sur une fausse piste ?

— Je vous dis que je suis sûr.

Une pluie rare et fine continuait à tomber, mouillant leurs vêtements, picotant leurs visages. Le pardessus du visiteur semblait recouvert d'une pellicule humide. Le gravier mouillé, les arbustes aux feuilles sombres, chargées de gouttelettes, évoquaient les allées de cimetière, où Jallez avait promené ses amours maintenant menacées. On apercevait, sur la droite, à travers les arbres de fin d'hiver, des façades de maisons, des fenêtres sur de tristes logements.

Jerphanion retourna plusieurs fois la phrase qu'il allait dire.

— Je m'excuse, monsieur... Mais il faut pourtant y arriver. Dans quelle intention au juste étiez-vous venu trouver mon ami Jallez ?

Le visiteur au pardessus mouillé fronça les sourcils. Les deux gros plis, de chaque côté de sa bouche, eurent un tremblement.

Puis il releva les sourcils, tout en faisant un geste évasif de la main droite :

— Ça aurait dépendu, dit-il.

— Vous vouliez peut-être lui demander d'abord si ce qu'on vous a rapporté de lui est bien exact ?

— Oh non ! puisque j'en suis sûr.

— Sûr ! Permettez, monsieur, mais je n'aperçois pas comment. C'est très grave d'affirmer des choses de ce genre-là. D'abord le connaissez-vous au moins de vue ?

— Non.

— Alors !... Même si vous avez rencontré votre femme avec quelqu'un, quelle preuve avez-vous que ce quelqu'un est mon ami Jallez ?

Le visiteur se taisait.

— ... Et ce n'est probablement pas vous qui les avez vus... Et puis, même si c'était lui, ils ont pu se retrouver dans la rue par hasard — vous m'avez dit qu'ils s'étaient fréquentés jadis — faire quelques pas ensemble...

— J'ai eu des renseignements. Il n'y a pas d'erreur. Je les ai fait suivre...

L'homme baissa la voix :

— ... On les a vus entrer dans un hôtel.

— Enfin... C'est de tout cela que vous lui auriez parlé ?

L'autre hésita :

— ... Oui.

Jerphanion resta silencieux. Il se tirait la barbe. Il marchait en regardant le sol.

— Qu'est-ce que vous pensez, monsieur ? dit l'homme recouvert de pluie fine.

— Eh bien, je me demandais ce qu'il vous aurait répondu. C'est très difficile à deviner. Moi, j'ignore les faits eux-mêmes, n'est-ce pas ? Supposons qu'il n'ait pas nié, ou qu'il ne l'ait fait visiblement que pour la forme, par galanterie...

La mine du visiteur devint sombre. De nouveau les plis autour de sa bouche tremblèrent.

— S'il avait eu l'air de se moquer de moi », dit-il, « je ne sais pas ce qui serait arrivé.

— Pourquoi se serait-il moqué de vous ?

— Je n'ai pas son instruction. Je n'ai pas une situation comme celle qu'il aura.

L'homme au pardessus mouillé avait d'ailleurs énoncé cela sans aigreur, sans véritable envie ; plutôt comme une constatation de fait, devant laquelle il est triste mais raisonnable de s'incliner.

— Ce n'est guère son genre, dit Jerphanion.

— S'il ne s'était pas moqué de moi, alors... j'aurais vu. Je lui aurais demandé ce qu'il avait dans la tête, oui, enfin, où il voulait en venir. On ne détruit pas un ménage comme ça. On n'abandonne pas une jeune fille, on ne la laisse pas dans le désespoir, et on n'attend pas ensuite qu'elle se soit mariée avec un autre pour refaire son apparition et la détourner. Vous ne trouvez pas que c'est lâche ?

Jerphanion n'avait de la situation qu'une idée fragmentaire et confuse. Certes, il lui était pénible d'entendre accuser son ami de lâcheté. Mais comment le défendre, sans même savoir de quoi il était prêt à se reconnaître coupable ?

« Cet homme, se disait-il, est un pauvre type. Mais il a l'air de bonne foi, et certain de ce qu'il affirme. Jallez non plus ne m'a pas menti exprès. Alors ? »

Il s'arrêta, se planta devant le visiteur, se tirailla de nouveau la barbe en le regardant :

— Écoutez, monsieur, ça va peut-être vous sembler bizarre, mais ça me traverse l'esprit, oui... j'ai comme une vague idée que mon ami Jallez ne soupçonne pas votre existence.

L'autre fit une mine stupéfaite.

« Il se méprend peut-être, pensa Jerphanion. J'ai eu tort d'employer le mot soupçonner. »

Il recommença :

— Oui, je me demande s'il sait que vous existez.

— Que j'existe, moi ? Mais comment voulez-vous qu'il ne le sache pas ?

— S'il est avec votre femme dans les termes que vous dites, oui, je reconnais… Ma supposition semble absurde… Enfin, c'est une impression.

Le visiteur réfléchissait :

— Qu'il ne m'ait jamais vu, ça, c'est très possible. Qu'il ne sache même pas si je suis fait comme ceci ou comme cela… je me doute qu'ils ont d'autres sujets de conversation… Mais il sait bien que j'existe… Il sait bien qu'il y a un mari.

Jerphanion ne répondit pas. L'autre continua :

— Vous avez peut-être voulu dire que s'il m'avait connu personnellement, il n'aurait pas agi comme il a fait… Oui, c'est possible…

Jerphanion se retint de sourire.

— … et j'admets que c'est une raison aussi pour que je lui en veuille moins.

Jerphanion n'eut plus envie de sourire. Il fut même imperceptiblement ému.

Mais l'autre continuait à s'imprégner de la suggestion qu'on lui avait faite.

— Oh ! » dit-il, « je sais bien que les femmes ne sont pas embarrassées pour mentir. Mais à ce point-là ! Comment voulez-vous ? Il aurait fallu qu'elle lui cache qu'elle était mariée ? D'abord ils se connaissaient déjà avant. Il a l'occasion d'entendre parler d'elle. Avec un autre elle aurait pu risquer ça. Mais pas avec lui. D'ailleurs, pourquoi l'aurait-elle fait ?

Il ajouta, d'un ton plus décisif :

— Mais non !… De toute façon, elle n'aurait pas pu lui raconter ça longtemps. Une femme, quand elle est mariée, son amant s'aperçoit bien qu'elle n'est pas libre de ses mouvements, qu'elle est obligée de rentrer à certaines heures…

— Une jeune fille aussi ; et même davantage.

L'homme parut soudain troublé par une réflexion qu'il se faisait :

— C'est vrai », reprit-il sourdement, « que j'ai remarqué au moins deux fois qu'en rentrant elle n'avait plus au doigt son alliance… Elle l'avait mise dans son sac. Elle m'a dit qu'elle l'avait enlevée, au moment de se laver les mains dans un lavabo… Oh ! elle ne se démonte pas pour si peu.

Il rêvait sous la pluie fine. Une odeur de bois et de vêtements mouillés se mêlait à ses propos.

Il dit, encore d'un autre ton :

— Ce que je voudrais savoir, c'est s'ils avaient déjà été amants avant notre mariage. Pourtant, je croyais bien être sûr que non. Mais on en arrive à tout supposer.

Il revint à sa préoccupation précédente :

— Naturellement que si votre idée était vraie, ça changerait les choses.

Puis :

— Vous parlerez à votre ami de ma visite ?

— Je ne sais pas... Je n'y ai pas réfléchi. Qu'en pensez-vous ?

— Ça vaudrait peut-être mieux.

L'homme ajouta :

— Vous lui répéterez tout ce que nous avons dit ?

Jerphanion répondit après un instant :

— Vous y tenez ?

Il venait d'imaginer la conversation avec Jallez, un visage silencieux en face de lui, un certain plissement des yeux et des lèvres qui signifierait : « De quoi t'es-tu mêlé ? »

Mais quand, à tort ou à raison, l'on s'est mêlé des affaires d'un ami, ce n'est pas en le lui cachant qu'on répare son indiscrétion. « En tout cas, il faut au moins que j'aie servi à quelque chose. »

Il s'efforça donc de trouver un ton de prud'homie qui était loin d'être naturel, mais dont la difficulté même qu'il comportait faisait un exercice intéressant.

— Monsieur », dit-il en pesant ses mots, et en se caressant gravement la barbe. « Je n'ai pas besoin de vous montrer, n'est-ce pas, combien toute cette situation est délicate. Ni combien elle reste obscure par certains côtés... Je suis devenu votre confident, un peu malgré moi. Voulez-vous me faire encore confiance ?... J'essayerai d'agir pour le mieux... Mon ami Jallez est un garçon de beaucoup de cœur. Quelle qu'ait pu être sa conduite dans la circonstance, je suis sûr que votre peine ne le laissera pas indifférent... Voulez-vous me promettre de ne pas bouger avant de m'avoir revu ? Est-ce que votre femme est au courant de votre démarche ?

Le visiteur répondit avec une sorte d'effroi :

— Non ! Oh ! non !

— Ne lui en parlez pas jusqu'à nouvel ordre. N'envenimez pas les choses de ce côté... Je sais que ce n'est pas commode, dans l'état d'esprit bien compréhensible où vous êtes. Mais dites-vous qu'il y a encore une chance d'erreur... Je ne vous ferai pas trop languir... Où puis-je vous atteindre ?

L'homme entrouvrit son pardessus couvert de pluie fine, fouilla dans une poche intérieure de son veston, en tira un portefeuille où se voyait un entrelacs de métal argenté, peut-être d'argent véritable. Il y prit une carte de visiste trop grande, un peu épaisse et grisâtre, qui portait imprimé en anglaise :

MAURICE EZZELIN
17, rue d'Alésia

En la tendant à Jerphanion, il fit un regard mi-confiant, mi-anxieux, qui semblait dire : « Est-ce que vous me tromperez, vous aussi ? » Il ajouta :

— Écrivez-moi dès que vous lui aurez parlé. La concierge me remettra la lettre à moi directement. Ça ne risquera rien. S'il y a des choses que vous préférez m'expliquer de vive voix, indiquez-moi un rendez-vous, plutôt après six heures. Mais de toute façon, je m'arrangerai.

La pensée de Jerphanion reprit en écho : « De toute façon, ça s'arrangera. »

Et comme si cette pensée développait des ondes, le Normalien fut envahi par un sentiment très compliqué dont la saveur même était ambiguë. Douceur, facilité, pitié, trace d'écœurement. Atmosphère morale un peu insolite, comme celle de certaines journées d'été, où le corps hésite à se trouver bien ou mal. Contact inopiné avec certaines profondeurs humaines. Mais profondeurs douteuses. Non point méchantes ni terribles, à coup sûr. Rien des sombres abîmes. Une sorte de bonté, de fraternité, de charité même font vaguement leur lueur par là-dessous. Une reconnaissance touchante de la condition commune, et d'une proximité entre les hommes plus grande qu'ils ne voudraient l'avouer. Mais cette proximité tend à la promiscuité et à ses complaisances. Il y a des mélanges et des partages qu'il vaut mieux ne pas trop tirer au clair. Comme des sueurs et des moiteurs trop prêtes à se confondre. Comme ces choses qui se font dans un demi-sommeil, et que les yeux fermés dérobent au jugement de l'esprit. On a l'impression d'une pente, d'une invite à glisser. La femme d'autrui est aussi la vôtre. Il n'est pas absolument sûr que la trace d'autrui en elle vous inspire une horreur sans nuances. La femme de Maurice Ezzelin, 17, rue d'Alésia, est probablement la maîtresse de Pierre Jallez. Et il n'est pas sûr que dans quinze jours elle ait cessé d'être l'une ou l'autre, l'une et l'autre. Jerphanion pense à Mathilde Cazalis, à Clanricard. Il voit le visage de Mathilde, ses yeux assez engageants, mon Dieu ! ses lèvres désirables, et proposées. Il voit le visage de Clanricard, animé par la foi, par le zèle de servir, par ce qu'on vénère sous le nom de sincérité. Il voit leurs deux visages en même temps, l'un à côté de l'autre, chacun avec son expression, avec les défenses ou les promesses qu'il implique pour son compte, et tous deux avec ce que leur voisinage signifie. Par une fantasmagorie supplémentaire, il voit le visage de Clanricard s'approcher vaporeusement de celui de Maurice Ezzelin — un peu comme la femme nue cherchait sa place sur la façade de la basilique — se superposer à lui, se substituer à lui.

Il n'aime pas cela. Il n'a pas de goût pour les effets louches auxquels la vie est habile.

Il tient du bout des doigts la carte de Maurice Ezzelin, cette carte un peu trop large que la petite pluie commence à détremper.

XXIX

COMMENT LE LUI DIRE ?

Depuis une heure, Jerphanion s'est dit vingt fois : « Je vais lui parler. C'est absolument indispensable. La question ne se pose même pas. »

Jamais il n'a tant regardé son camarade. Il interroge ce qu'il y a de permanent dans ses traits, et ce qu'il y a de fugitif ; les signes du caractère, les expressions de l'humeur. Il n'en tire d'ailleurs aucune conclusion formulable. Ce qu'il cherche, c'est comme un point ou une minute de moindre résistance. Il les cherche sans méthode ni grand espoir.

En face de vous, les yeux bleus, couleur de ciel d'été au matin. Une lumière très particulière qu'ils ont, mais qui parfois les quitte, ou plutôt s'inverse, semble faire demi-tour vers l'ombre intérieure. Tout en les épiant, on essaye une phrase dans sa tête : « Jallez, tu ne devinerais pas quelle drôle de visite j'ai reçue aujourd'hui ? » Quel sera le meilleur moment pour la risquer, celle-là, ou une autre plus adroite ? Quand les yeux couleur de matin produisent leur lumière de votre côté, ils vous encouragent, mais non certes à une intrusion dans les secrets de l'âme qui rayonne à travers eux : « Raconte-moi ce que tu as lu, ce que tu as pensé. Parle-moi d'un poème, d'un événement du monde. A la rigueur, parle-moi de toi. Quant à moi... tu sais bien qu'on ne me parle pas de moi si je n'en ai pas envie. » Au moment où leur lumière se retire, ou se retourne, ils vous intimident peut-être moins ; mais si l'on en profitait pour insinuer par exemple : « Jallez, tu m'excuseras... j'ai à te communiquer une nouvelle qui t'intéresse... », n'aurait-on pas l'air de poursuivre quelqu'un jusque dans un refuge où il vous laisse entendre assez clairement qu'il a besoin d'être seul ?

Pourquoi les lèvres de Jallez ne sont-elles pas aussi tranquillisantes que celles de Maurice Ezzelin ? Même lorsqu'elles se détendent et sourient, elles gardent une finesse redoutable. Que faut-il entendre par redoutable ? De quoi a-t-on peur ? D'où vient qu'on se gêne tellement avec certaines gens ? D'un autre côté comment se peut-il que Jallez et Maurice Ezzelin aiment la même femme ? aient été sinon également choisis, du moins acceptés par la même femme ?

Mais la question n'est pas là ; et toutes ces autres curiosités que l'on se donne ne sont que des faux-fuyants, des façons lâches d'éluder l'instant difficile : « Figure-toi, mon vieux, que tout à l'heure Louvois m'appelle dans le couloir... »

Le plus embarrassant est la phrase d'attaque ; sa tournure, l'idée, le mot qui lui serviront de pointe. On a l'impression que si l'entame se fait bien, tout passera. Il y a une minute qui compte plus que l'heure de conversation qui suivra, une seconde qui compte plus que la minute.

Est-ce que la solution ne serait pas de dire les choses tout simplement : « Au début de l'après-midi — pas très longtemps après ton départ ; j'étais justement en train de rêver à ces histoires de Lengnau et de Maçonnerie dont je t'ai parlé —, j'ai rencontré Louvois qui était à ta recherche. Quelqu'un, paraît-il, te demandait... » Mais les choses « dites tout simplement » ne gardent leur simplicité que si on les communique sans tant d'hésitations préalables, que si le moment même où on les prononce est parfaitement naturel. Quand vous tournez depuis une heure autour de votre interlocuteur comme autour d'un rempart dont vous scrutez le point faible, rien ne peut plus être spontané, ne peut plus paraître simple. Les silences, les discours dilatoires qui ont précédé, les sujets que vous êtes allé chercher Dieu sait où pour abriter votre cheminement d'approche, le « Ah ! à propos... » que vous lancez tout à coup, et qui sonne faux comme la première note d'un chanteur qui a le trac, tout ne fait qu'aggraver votre cas.

*
* *

A neuf heures du soir — ils étaient dans la thurne — Jerphanion n'avait encore rien dit ; et la difficulté de parler n'avait cessé de croître. « Maintenant, mon attitude paraîtra complètement invraisemblable. J'aurai l'air, non pas d'avoir accueilli Ezzelin par hasard, et reçu ses confidences malgré moi, mais d'avoir conduit toute une enquête mystérieuse autour de la vie privée de Jallez. Oui, j'aurai l'air du monsieur qui vient dire : "Tu as voulu me faire des cachotteries. Eh bien, je me suis donné du mal... j'ai peut-être même provoqué des drames. Mais ça y est. Je sais tout."

A neuf heures et demie, il crut avoir une inspiration. Après s'être réservé un espace de silence pour prendre son élan, il commença d'une voix calme, et comme un homme très maître de lui qui n'a retardé sa déclaration que par sagesse et calcul :

— Mon vieux, je vais te soumettre un cas de conscience. Imagine que par le plus grand des hasards tu viennes à apprendre un fait important pour moi, se rattachant à une situation qui me touche de près ; que n'ayant pas la preuve matérielle de ce fait, tu inclines pourtant à penser qu'il soit exact ; que, d'autre part, tu aies l'impression que moi, je l'ignore ; mais que pour m'en parler, tu sois gêné, vis-à-vis de moi, et par la façon fortuite dont tu l'as appris, et par la peine que tu craindrais de me causer ; d'autant plus gêné que tu ne serais pas sûr, je le répète, de l'exactitude de la chose, ni surtout d'agir d'une façon bonne et utile en me la révélant...

« Quel galimatias ! » pensait Jerphanion en articulant son petit discours. « Quel rébus ! »

Cependant Jallez avait écouté avec une extrême attention, marquant d'un léger signe qu'il comprenait chaque membre de phrase, l'un après l'autre, et le rangeait dans sa tête. Rien ne montrait qu'il se sentît personnellement visé ; mais il semblait ne rien trouver d'obscur à l'énoncé général du problème.

Jerphanion, ayant terminé, se tut, attendit. Ce n'était pas lui qui était le moins anxieux.

Jallez resta quelque temps sans rien dire. Par des mouvements d'abord imperceptibles, son visage trahissait la vivacité, puis l'intensité du travail intérieur. Il avait des froncements de sourcils, non de ceux qui manifestent le mécontentement, mais de ceux qui accompagnent le discernement critique. Ou bien sa langue, qu'il gonflait, remuait dans sa bouche, se recourbait, venait appuyer contre l'une ou l'autre mâchoire, saillir entre les dents ; tandis qu'il pinçait les narines. Parfois, il détournait la tête, baissait les yeux, en souriant d'un sourire défensif. On le sentit à plusieurs reprises sur le point de poser une question.

Il finit par dire :

— Merci, mon vieux. Tu as été très chic.

Le ton était vrai, sans trace d'ironie.

Puis, avec des intervalles entre les phrases :

— Quand je suis rentré, Louvois m'a parlé d'une visite. C'est évidemment assez bizarre... Je ne vois pas encore exactement à quoi cela rime. Mais j'éclaircirai ça... Je m'excuse, mon vieux, de cette corvée que tu t'es offerte à ma place... des boniments plus ou moins vaseux que tu as dû entendre... Tu t'en souviendras encore demain, n'est-ce pas ? Bon. Je te demanderai de m'en reparler. Mais pas ce soir, si tu veux bien... Tu as été très gentil.

Maintenant, il avait beaucoup de peine à dissimuler son trouble. Mais Jerphanion oubliait de l'observer. « Louvois ! Qu'est-ce que le nommé Ezzelin a bien pu dire à Louvois ? L'imbécile ! » Et il ne songeait qu'à s'échapper quelques instants de la thurne, pour aller interroger Louvois, si du moins ce fonctionnaire n'était pas déjà couché.

*
* *

— Écoutez, Louvois. Il y a une chose que j'aurais besoin de savoir. Quand M. Jallez est rentré tout à l'heure, vous lui avez dit qu'il y avait eu une visite pour lui ?

— J'ai cru bien faire.

— Vous avez très bien fait... Mais vous rappelez-vous ce que vous avez ajouté ? Je vous demande ça, vous comprenez, pour ma propre gouverne.

Jerphanion s'était donné un ton des plus confidentiels et des plus flatteurs. Louvois recueillit ses esprits.

— Attendez », dit-il, « je lui ai dit... oui, je me souviens... oh ! à moitié en plaisantant, n'est-ce pas ?... je lui ai dit : « Il n'avait pas l'air content, surtout en arrivant, le mari de votre petite amie... » Et puis j'ai dit, toujours en plaisantant : « Dame ! Quand on a affaire aux femmes mariées, on s'expose à de menus désagréments. » Je vous répète ça à peu près. Je lui ai dit aussi qu'en repartant le type paraissait un peu calmé, et que c'était la preuve que vous aviez dû savoir vous y prendre. Ah !... Et puis je lui ai donné le nom du type, que j'avais gardé sur un papier. M. Jallez avait l'air de ne pas le connaître. Ça m'a même étonné.

— Mais comment avez-vous su que c'était le mari de... d'une petite amie, comme vous dites ?

— Bien, c'est lui qui me l'a raconté !

— Raconté, le type ?

— Oui, quand il vous a eu quitté.

Jerphanion prit un air de reproche :

— Vous l'avez donc interrogé ?

— Pas du tout. Il a dégoisé ça tout seul. J'ai même failli lui dire : « Vous savez, moi, les affaires de ces messieurs... » Il m'a tenu un bon quart d'heure.

— Il vous a donné... beaucoup de détails ?

— Beaucoup de détails, ce n'est pas le mot.

— C'est incroyable ! Il avait l'air de le faire pour desservir M. Jallez ?

— Non... Mais parce qu'il avait ça sur le cœur... comme il y a des gens, vous savez, qui racontent toujours leurs histoires aussi bien chez le coiffeur ou dans l'omnibus.

Jerphanion ne revenait pas de son étonnement, presque de sa déception. Il avait mieux jugé Maurice Ezzelin. Mais ce qui le vexait le plus, c'était d'avoir porté pendant des heures avec autant de précautions qu'une bombe un simple secret de polichinelle.

Il demanda :

— Mais quand vous lui avez fait vos réflexions, comment M. Jallez les a-t-il prises ?

— Il m'a posé une ou deux petites questions. Mais comme si ça n'avait pas de conséquence. Vous le connaissez. Il n'est pas très expansif.

XXX

MIONNET PREND DE L'IMPORTANCE

Cette semaine-là fut pour Mionnet une période de grande activité. Le lundi, il avait été convoqué pour midi moins le quart, rue Le Peletier, par le comte de Mézan. Le comte le reçut dans un bureau de la *Banque du Nord et de l'Est*. Il avait l'air d'être là chez lui. Il ne donna d'ailleurs à l'abbé aucune explication sur le rôle qu'il jouait dans la maison. Il se contenta de lui dire :

— J'ai pensé que cet endroit-ci, qui est très central, vous serait commode... Nous risquons même moins d'y être dérangés que chez moi... Vous n'êtes pas pris tout au début de l'après-midi ? Bon. Alors vous me ferez l'amitié de déjeuner avec moi dans le voisinage. Tout à fait sans façons. En garçons.

L'entretien fut ainsi placé dès le début sur un ton de liberté amicale. D'ailleurs il avait été préparé quelques jours avant par une conversation qui avait lieu rue Vaneau, à un dîner intime des Saint-Papoul.

Puis Mézan offrit une cigarette à l'abbé, et lui dit en substance :

— Vous êtes au courant des préoccupations actuelles de notre ami Saint-Papoul. De plus en plus actuelles, puisque la date approche à grands pas. Je ne parle pas du mariage de sa fille, bien qu'il soit proche lui aussi. Je parle des élections. A-t-il bien fait de se présenter ? Ça, c'est une autre histoire. Son rôle de gentilhomme chasseur me paraissait admirablement lui convenir. Mais peut-être s'ennuyait-il. Il faut des émotions à l'homme mûr. Autant celles-là que d'autres, n'est-ce pas ? La marquise serait bien de mon avis. Il y a aussi la considération matérielle. En attendant l'héritage du beau-père, les Saint-Papoul sont un peu à l'étroit dans leur budget. J'ai bien essayé de procurer au marquis un ou deux conseils d'administration. Mais on m'objecte qu'il ne représente rien. Il n'est pas décoré. Dans l'armée, il a été maréchal des logis. Ce ne sont pas des titres. Si on nous le fait député, je le caserai plus facilement. Donc sur ce point, je trouve son ambition très légitime. Notez que s'il est tout à fait neuf aux idées politiques, il ne manque ni de finesse ni d'entregent, et que je le crois très capable, sinon d'éblouir le Parlement, du moins d'y tenir sa place, d'y établir certains contacts, de s'y montrer en somme assez utile. Vous connaissez le principe : il y a peu d'hommes et peu de situations dont il n'y ait rien à tirer. Bref, puisqu'il se présente, mieux vaut qu'il soit élu. Ce n'est pas la quadrature du cercle, mais c'est loin d'être simple. Toute la difficulté vient même de là ; de la diversité des éléments qu'il faut harmoniser. Il se présente comme républicain de gauche, avec un programme franchement de gauche. Il se déclare partisan de l'impôt sur le revenu et des lois sociales. Il évite pudiquement de se prononcer sur les lois antireligieuses. Mais il insiste sur l'opportunité d'une politique de tolérance et d'apaisement. Du Briand tout pur. On ne peut pas rêver candidat plus gouvernemental. L'ennui est qu'il a pour adversaire un certain docteur Bonnefous, ou Bonnafous. Ce docteur a pour lui d'être roturier, d'abord ; d'habiter constamment le pays ; d'y rendre, par sa profession, des services plus effectifs que ceux du marquis, avouons-le ; et probablement aussi d'être franc-maçon. Pour le programme, il n'a guère pu se mettre plus à gauche que le marquis ; sauf qu'il ne craint pas d'approuver ouvertement la politique de persécution et de spoliation de ces dernières années. Si notre docteur avait réussi à recevoir l'investiture du Parti Radical, le cas du marquis était mauvais. Sur ce point, première victoire : les comités blocards de Paris resteront neutres, au moins officiellement. Il paraît que Briand lui-même est intervenu. Étant donné les vues qu'on lui prête, le marquis est certainement un candidat selon son cœur. Il ne faut pas se dissimuler pourtant que la plupart des voix de gauche iront au Bonnefous ; et aussi les voix protestantes ; car il y a bon nombre de parpaillots dans la région. Quant aux voix catholiques, elles risquent de se disperser sur deux ou trois candidats, qui n'ont aucune chance ; et qui ont encore moins de mérite, s'il se peut. Dans l'état des choses, l'intérêt de l'Église est malgré tout que le marquis soit élu. Je vous épargne le détail du tintouin qu'il se donne, ou qu'on se donne autour de lui, pour fortifier les divers points faibles de sa position. On lui a trouvé un agent électoral, un certain Crovelli, ou Crovetti, je n'ai aucune mémoire des noms propres, plus ou moins corse, je crois, qui, moyennant quelques billets de mille, lui retourne sa circonscription, comme un entrepreneur de charruage vous retourne un labour. On lui a découvert, pour séduire les zélateurs de la vache à Colas, une grand-tante calviniste, et toute une branche de sa famille hérétique bon teint. Ce sont les catholiques qui donnent le plus d'inquiétude. Je ne puis pas faire grand-chose directement de mon côté. Les hasards de la vie sont cause que, bien que d'origine méridionale, j'ai surtout mes relations d'affaires et mes intérêts dans la France du Nord. Voici ce qu'on attend de vous. Mais oui, de vous. Vous avez pour collègue, à l'Institut catholique, l'abbé Cabirol. Vous êtes dans les meilleurs termes avec lui. Je sais qu'il vous estime beaucoup. L'abbé Cabirol a été pendant de longues années professeur au séminaire de Périgueux, où il avait sur ses élèves une action exceptionnelle ; il a formé des dizaines et des dizaines de prêtres de là-bas, et il est resté en relation avec nombre d'entre eux. Un mot de lui aurait une importance considérable. On ne lui demandera pas d'explications. Qu'il dise : « Faites voter ou laissez voter pour M. de Saint-Papoul. » Cela suffira. Naturellement, l'abbé Cabirol n'est pas un homme auprès de qui l'on puisse tenter une telle démarche sans la justifier. Vous lui exposerez ce qu'il en est au juste. Donnez-lui bien l'impression que c'est moins l'ami personnel des Saint-Papoul qui parle, que le prêtre soucieux des véritables intérêts de l'Église. Ce que peut faire l'ami personnel, le familier de la maison, c'est ce qu'à l'occasion je ferais moi-même : fournir une sorte d'attestation intime sur les sentiments du marquis, et de son entourage ; garantir qu'en dépit de tous les programmes imposés par les circonstances, nous restons bon catholique. Et c'est justement là-dessus que les catholiques de là-bas ont besoin d'être rassurés. Le marquis n'a pas osé vous demander ce service lui-même. Mais il vous en saura un gré infini. Je vous ai dit que je le croyais appelé à tenir au Parlement son petit emploi. Les gens dans sa situation ne sont pas tellement nombreux. On aura besoin de lui pour effectuer certaines liaisons, au moins pour garder certains contacts. Et comme, sans avoir rien inventé, il n'est pas sot, il s'en acquittera bien. Pour prendre un exemple, je ne vois personne, au bout de quelque temps, mieux placé pour servir de véhicule à des échanges de vues au sujet de telle ou telle nomination dans l'Église, de l'attribution d'un siège d'évêque, ou de quoi que ce soit d'approchant. Car vous n'avez pas la naïveté de croire, n'est-ce pas, que la Séparation ait rendu à jamais inutiles ces échanges de vues ?... Donc, je vous ai mis au fait... A ce propos, il faut que je vous interroge sur une autre idée du marquis, laquelle, à vrai dire, me paraît un peu enfantine. Il a un tel désir de mettre tous les atouts dans son jeu... Il se demandait l'autre jour si M. Jerphanion, vous savez, ne pourrait pas lui être utile d'une façon ou de l'autre. Par certaines accointances de gauche ; sans aller jusque dans les eaux de la Maçonnerie, ce qui serait un peu excessif. Le marquis se fait une idée peut-être fausse de Normale. Vous qui êtes passé par là...

Mionnet dit qu'en effet les imaginations du marquis sur ce point lui semblaient chimériques. Puis il réfléchit, eut un sourire, hésita, sourit de nouveau ; et finit par déclarer que si M. de Saint-Papoul voulait absolument utiliser Jerphanion dans sa propagande électorale, il y avait un office qui paraissait tout indiqué.

— Lequel ?

— A moins que le nommé Crovetti ne fournisse aussi les discours, mais cela semble peu probable ; et la qualité serait douteuse... Oui, à la place de M. de Saint-Papoul, c'est M. Jerphanion que je chargerais de me les rédiger, au moins les principaux. Je lui demanderais de me composer une sorte de petit répertoire, pour ma tournée. Je suis sûr qu'avec quelques indications, M. Jerphanion, que je ne connais pas autrement, s'en tirerait à merveille.

— Mais c'est une idée ! Savez-vous que c'est une idée ! Je vais en parler à Saint-Papoul. Je ne le crois pas très fort, justement, en matière d'éloquence publique. Et il sera enchanté que le préceptorat de son fils, qu'il trouve assez dispendieux, lui procure ce revenant-bon. Même s'il doit y ajouter quelques gratifications ; ce qui est tout naturel. Il adore faire coup double.

*
* *

Vers la fin du déjeuner, qu'ils prirent au *Grand Hôtel,* le comte déclara doucement :

— Vous avez l'occasion, je crois, de voir cette semaine Mgr Lebaigue... Cela vous étonne que je le sache ? Mais non. C'est tout simple. Je suis grand ami de la duchesse de Migennes, et Mgr Lebaigue — qui la connaît très bien, qui est le neveu d'un ancien intendant de la mère de la duchesse — lui a parlé de votre travail. Il paraît que c'est on ne peut plus intéressant. Je vous signale à ce propos que, probablement sans vous en douter, vous avez témoigné d'une habileté consommée en communiquant votre étude sous cette forme officieuse et modeste, au lieu de la publier dans une revue, même catholique, ce qu'un autre n'eût pas manqué de faire étourdiment. L'archevêché y a été très, très sensible. Eh bien, je ne sais si je me trompe, mais je ne vois pas d'inconvénient à ce que, si la conversation s'y prête, vous parliez à Mgr Lebaigue — oh ! sans insister, évidemment — de la candidature Saint-Papoul, et des vœux que nous formons pour elle. Mgr Lebaigue sait déjà ce que j'en pense de mon côté. Mais il n'est pas impossible qu'il ait certaines préventions contre moi. Et en tout cas, un nouveau signe d'intérêt, venant d'un côté aussi différent, spécialement d'un homme comme vous, retiendra son attention.

*
* *

Le lendemain, Mionnet tâta l'abbé Cabirol. Son habileté, dans un tel cas, était de dire les choses en leur enlevant toute apparence de détours :

— Le comte de Mézan m'a chargé d'une commission pour vous, etc.

L'abbé Cabirol écouta, se mit à rire. Mionnet sembla poliment étonné.

— Je ris », dit Cabirol, « oh ! pas de votre brave marquis de Saint-Papoul, dont j'ai vaguement entendu parler. Non. Je ris à propos de Mézan. Vous le connaissez ? Vous savez qui c'est ?

Comme Mionnet ne réagissait pas :

— Je veux dire, vous n'ignorez pas ses attaches avec la Compagnie ?

— Il s'occupe de leurs intérêts, je crois ?

— Mais il en est, mon cher, il en est.

— Façon de dire ?

— Mais pas le moins du monde... Les Saint-Papoul sont certainement au courant... Je suis étonné que vous ne sachiez pas.

Cabirol expliqua que M. de Mézan appartenait tout à fait régulièrement à l'Ordre des Jésuites ; qu'il y avait été reçu en son temps comme profès des trois vœux à profession tacite ; que, depuis, la question des vœux en ce qui le concernait avait dû subir des accommodements spéciaux, peut-être par la profession du quatrième vœu, le plus important pour l'Ordre, en échange d'une atténuation de deux des trois autres (« Toute cette cuisine, disait Cabirol, n'est pas facile à percer à jour, comme vous pensez ; mais on se doute qu'ils tiennent moins à la chasteté et à la pauvreté de ce cher comte — ils n'y tiennent déjà pas tellement pour eux-mêmes — qu'à sa fidélité *usque ad mortem*. Dame ! avec tous les secrets qu'il doit avoir entre les mains ! ») ; qu'au total, sans occuper bien entendu dans la hiérarchie avouée le même rang que les Pères, dont il n'avait ni la lente formation, ni les obligations — fort élastiques d'ailleurs — il était en réalité un des gros bonnets de la Compagnie.

— ... Dans tout le Nord, et au moins pour certaines questions, je vous garantis que son avis compte autant que celui du provincial.

Il ajouta, en toisant Mionnet :

— Vous ou moi, mon cher, nous ne sommes rien dans l'Église à côté d'un gaillard comme ça.

Il avait mis dans sa remarque une certaine amertume.

Mionnet objecta qu'on lui avait toujours présenté comme une légende l'existence de ces Jésuites de robe courte.

Cabirol haussa les épaules ; puis il s'égaya de nouveau. Il parla des façons de Mézan, de sa fameuse épingle de cravate.

— Maintenant, pourquoi vous a-t-il chargé de cette commission auprès de moi ?

— Mais peut-être tout simplement », dit Mionnet de son ton transparent et raisonnable, « parce qu'il souhaite l'élection du marquis, et qu'il la souhaite à la fois comme ami, et comme catholique.

— Je n'en doute pas...

Cabirol rêvait, fronçait comiquement les lèvres, grattait avec force son crâne, d'une rondeur robuste, que recouvrait un poil court, brun, et clairsemé.

— Je ne suppose pas qu'il cherche à me compromettre... Mais s'il y avait tenu, il n'avait nullement besoin de passer par moi... Enfin, je verrai... Son candidat ou un autre... Moi, je veux bien. Vous aussi, n'est-ce pas ?... Entre un marquis protégé par les Jésuites et un carabin poussé par les Francs-Maçons, il doit y avoir quelques raisons de choisir, mais imperceptibles.

*
* *

Le jeudi, il était reçu par Mgr Lebaigue, dans le petit bureau aux murs tendus de soie brochée rouge sombre, confusément noircie à hauteur d'homme, que le prélat occupait à l'archevêché.

Mgr Lebaigue avait devant lui un cahier de quarante-huit pages, à couverture de carton vert, que Mionnet avait rédigé au début de décembre. Tout en parlant, il en frottait la tranche et en faisait cliqueter les feuillets de ses doigts remarquablement courts aux ongles rognés.

Avant de venir entre ces mains importantes, le manuscrit avait déjà passé par un certain nombre d'autres, que Mionnet ne se flattait pas de connaître toutes.

Il l'avait remis en tout premier lieu à l'abbé Polleteron, son ancien professeur de philosophie au séminaire, qui, dès ce temps-là, vu l'âge et la qualité de l'élève, s'était montré pour lui moins un maître qu'un camarade. « Lisez cela, mon cher ami, si vous avez une heure à perdre. Ce sont quelques idées, toutes simples, toutes pratiques. Au cas où mon travail ne vous paraîtrait pas complètement inutile, communiquez-le à qui bon vous semblera. » L'abbé Polleteron, après lecture, avait confié le cahier à l'un de ses amis proches, évêque in partibus (ou pour nous conformer à la décision pontificale de 1882, évêque titulaire) de Cybistra, qui, à cette époque, remplissait, dans l'entourage de l'archevêque, des fonctions provisoires et mal définies, mais qu'on disait sérieuses : « Lisez, dès que vous aurez un instant. Et faites lire. C'est du plus vif intérêt. Il y a là tout un programme d'action, et immédiatement applicable. »

Mionnet avait intitulé son travail : *Courte méditation sur les devoirs du prêtre de paroisse à Paris*. Les premières pages contenaient un rappel discret des difficultés du moment. Ces difficultés étaient de divers ordres, et, dans une certaine mesure, s'aggravaient l'une par l'autre. L'influence du rationalisme, un faux désir de mettre la religion au goût du jour avaient favorisé la naissance d'une véritable hérésie. Le péril était conjuré, grâce à la vigilance de Rome ; mais il en restait un trouble chez beaucoup. Et surtout les meilleurs éléments du clergé de paroisse, les âmes les plus nobles et les plus chaleureuses, risquaient d'avoir pris en habitude des préoccupations qui l'écartent de son rôle véritable. Le prêtre de paroisse n'a pas à s'interroger tous les matins sur les fondements de la foi, ni à livrer des combats métaphysiques, fût-ce du bon côté. De plus qualifiés s'en chargent. Lui doit conduire son troupeau, par les sentiers et les broussailles de la vie quotidienne, où c'est l'action et non la métaphysique qui importe. D'autre part, les querelles théoriques avaient détourné l'attention d'un fait capital, qui était la désaffection progressive des masses populaires à l'égard de la religion. En se flattant de rajeunir le dogme, on avait espéré, bien vainement d'ailleurs, rallier quelques douzaines de délicats. Pendant ce temps, on ne s'avisait pas que des millions d'hommes et de femmes s'éloignaient de l'Église de leurs pères, et pour des raisons qui n'avaient rien à voir avec les derniers travaux d'exégèse de l'école allemande.

Fallait-il, comme certains, ouvrir directement les hostilités contre ceux qui avaient capté la faveur du peuple, porter la lutte sur le terrain qu'ils avaient choisi, et aller jusqu'à user de leurs armes ? L'expérience déjà faite permettait d'en douter. La soutane n'avait pas reconquis le respect en se produisant dans le tohu-bohu des réunions publiques. Disputer aux meneurs les suffrages électoraux de leur clientèle n'avait souvent d'autre résultat que de les aigrir un peu plus contre la religion, et d'ancrer dans le peuple lui-même l'idée que « les curés » sont traditionnellement de l'autre côté de la barricade, et n'interviennent jamais que pour aider plus ou moins hypocritement ses adversaires à le contrecarrer dans la défense de ses droits, et la recherche d'améliorations légitimes. Ce n'est pas en prenant aux partis extrêmes deux ou trois points de leur programme, parmi les plus anodins, ni surtout en plagiant leur vocabulaire, qu'on dissiperait cette défiance. D'autant qu'en France, et spécialement à Paris, l'on avait affaire à un peuple futé, constamment sur ses gardes, prompt à soupçonner qu'on lui tend des panneaux ; et qui a conservé, des époques mêmes où la foi n'était pas en question, l'horreur de l'ingérence cléricale dans les choses de la cité.

Cette tactique comportait en certains cas d'autres inconvénients : le moindre n'était pas d'engager les prêtres dans des formations politiques, dont ils adoptaient le credo, au risque de s'aliéner définitivement les fidèles de tendances adverses, et où ils avaient pour chefs des laïques, ce qui les exposait à choisir entre deux hiérarchies : celle de l'Église, et celle de leur secte politique, situation franchement intolérable.

Dans toute cette première partie, Mionnet trouvait l'occasion de dire leur fait au modernisme, au socialisme chrétien, au *Sillon*. Il gardait selon son habitude un ton calme et uni. Il semblait énoncer les choses tout simplement, de la façon la plus familière. En réalité, mille nuances et intentions se jouaient dans cette prose transparente, sans épaisseur, qui avait l'air de couler de source.

Les sévérités y étaient savamment dosées. Elles visaient plus les idées et les méthodes que les personnes. Le modernisme était mis en terre, sans inutile rappel du procès. Les derniers modernistes honteux, plaints fraternellement, comme des gens qui ont de la peine à se tirer d'une maladie peu ragoûtante, et qu'il est charitable de laisser achever leur convalescence dans leur coin. Les socialistes chrétiens, les prêtres de meetings, du genre de l'abbé Garnier, moqués comme des brouillons et des naïfs. La voix ne durcissait qu'à propos du *Sillon*.

Un autre caractère du morceau, qui n'avait peut-être pas été voulu, mais qui faisait impression sur le lecteur, même sans qu'il y prît garde, était un subtil accent de supériorité. Ce prêtre de paroisse ne se départait pas de la modestie la plus anonyme quant aux formules. Mais il avait pour juger les choses des vues d'évêque. Son calme, la sûreté rapide de ses allusions, l'absence d'hésitation dans la pensée, tout sentait le chef.

Impression que la suite ne faisait que renforcer. Après avoir déblayé le terrain, Mionnet passait, sans vaines précautions, à la partie positive de son programme.

Dans une grande ville moderne comme Paris, le prêtre de paroisse a un but très défini à atteindre : reconquérir sa paroisse ; ramener à l'église les gens qui n'y vont plus, et d'abord les familles du peuple.

Doit-il principalement compter sur la prédication, celle qu'il assurera par lui-même, avec ses collègues de la paroisse ; celle qu'apporteront du dehors des « missions », ou des prédicateurs spécialistes ? Sans négliger ces moyens, il convient de ne pas trop en attendre. Ou plutôt, il ne faut pas se dissimuler que cette semence spirituelle ne lèvera que sur un sol préparé par un travail tout autre.

Travail d'organisation patiente et systématique, profondément social dans sa nature et ses moyens, bien qu'il évite avec soin le jargon socialisant.

Il consistera à développer et à coordonner là où elles existent, à créer là où elles n'existent pas, des œuvres qui attirent et retiennent les gens par des avantages précis. L'idéal serait de saisir l'homme du peuple dès sa naissance, de le conduire jusqu'à l'âge adulte sans l'abandonner, puis de le ressaisir encore une fois par ses enfants. La paroisse devrait devenir pour chacun une sorte de foyer multiple, où le ramèneraient sans cesse son intérêt, son besoin d'appui et de conseil, son désir de distractions honnêtes. Crèches, dispensaires, patronages, sociétés de gymnastique et de sports, cercles d'adultes, toutes ces œuvres, et d'autres, devraient venir se grouper organiquement autour de l'église paroissiale, faire de la vie du chrétien un recours perpétuel au prêtre, une camaraderie quotidienne avec le prêtre. C'est à « monsieur l'abbé », à l'un ou l'autre des « monsieur l'abbé » de la paroisse que tout naturellement la mère devrait penser quand elle veut obtenir des soins spéciaux pour le nourrisson ; le jeune homme, quand il rêve de faire de la musique, de jouer la comédie, de s'exercer au football ; le père de famille quand il est ennuyé par une démarche à faire, par une lettre officielle à écrire, quand il est en quête d'une petite consultation sur un article du code. L'Église doit se mêler à toute la vie, ne rien repousser, ne rien feindre d'ignorer, qui soit avouable.

Mionnet rendait justice aux efforts déjà tentés. Il ne se donnait pas l'air de découvrir une Amérique. Chemin faisant, il citait telle œuvre paroissiale, tel patronage, telle association sportive de la région parisienne, qui lui paraissaient fournir une indication ou un exemple. Il saluait discrètement les Assomptionnistes, qui, à son avis, avaient été presque les seuls à envisager une action systématique. On voyait que rien de notable dans cette direction ne lui avait échappé. Là encore, il montrait beaucoup d'aisance à dresser la tête au-dessus de la foule, et à promener son regard. « Episcopos », au sens étymologique. C'était le mot qui venait à l'esprit.

A ses yeux, pourtant, tout cela n'était qu'un début. Trop de ces institutions restaient fragmentaires ou isolées. Trop de paroisses les ignoraient presque complètement. Trop peu de prêtres en mesuraient l'importance, au point d'en faire le centre de leur activité, d'y chercher la condition de leur propre équilibre moral, de modeler leur personne même sur le rôle nouveau qu'elles leur offraient.

Mais le grand tort de ces œuvres était de ne s'adresser en général qu'à des familles déjà plus ou moins pratiquantes, de se borner ainsi à recueillir la clientèle que leur passait l'église paroissiale, au lieu de lui apporter la leur.

Ce qu'il fallait, c'était couvrir toute la surface de Paris et de sa banlieue d'un réseau d'œuvres continu, à la structure suffisamment souple, aux mailles suffisamment serrées. C'était tâcher de prendre dans ce réseau la population laborieuse tout entière, si vive que pût être sa défiance, ou même son hostilité de principes envers « les curés et tout ce qui vient d'eux ».

Donc, l'accueil le plus libre, la plus grande largeur d'esprit. Ne pas donner l'impression que chaque service rendu doit être aussitôt payé par un témoignage de docilité envers l'Église. Rien qui sente le sergent recruteur. « Vous venez chez nous parce que vous y trouvez votre avantage ou votre amusement. Ne vous préoccupez de rien d'autre. Notre récompense est de nous dire que vous êtes contents, et aussi que vous et les vôtres profitez d'un milieu sain et honnête. »

Laisser cette conviction s'établir d'elle-même dans un quartier. Compter sur la propagande verbale, faite principalement par les mères de famille et par les adolescents. Tirer parti, bien entendu, de la survivance, à titre d'usages, dans les milieux populaires qui ont perdu la foi, du baptême et de la première communion ; comme de la réceptivité plus grande où certaines circonstances, certains âges de la vie, placent les gens. Quand une femme, qui ne met jamais les pieds à l'église, y vient faire baptiser son bébé, vous avez là une bonne occasion de lui apprendre qu'il existe une crèche, ou un dispensaire. Elle vous écoutera d'autant mieux qu'elle entre dans une période où l'on se tourmente, où le moindre bouton fait craindre la rougeole ou la varicelle, la moindre toux, la coqueluche. De même l'adolescent est à l'affût de distractions, en quête de camaraderies. Son envie d'appartenir à une troupe de comédie ou à une équipe cycliste sera plus forte que les préventions de son entourage, surtout si vous n'avez pas l'imprudence de les éveiller mal à propos.

Enfin Mionnet traçait le portrait du nouveau type de prêtre de grande ville, dont il souhaitait la multiplication. « Que tous n'aient pas à s'y conformer, qu'il ne réponde pas à toutes les vocations légitimes, c'est clair. Mais il se passera du temps avant qu'il devienne trop répandu.

« Je vois, disait-il, un homme vigoureux, alerte, gai, familier dans ses propos ; toujours prêt à organiser une partie de jeu et à s'y mêler lui-même. Les adolescents les plus âgés le traitent presque comme un camarade ; les plus jeunes, comme un frère aîné, qui les dépasse par l'entrain, la débrouillardise. Personne n'hésite à le tirer par la manche, à lui crier de loin : "Monsieur l'abbé, venez, on a besoin de vous." Il est celui qui parle aux gens, la main sur leur épaule. Il sait dire sans se fâcher : "Allons, pas de gros mots ! Ce n'est pas un gros mot qui vous empêchera d'avoir manqué votre balle." Il garde de la bonne humeur pour accueillir, le soir, à l'heure de la soupe, l'ouvrier qui vote pour les rouges, mais qui sait par son fils que l'abbé est un "chic type" et qu'il est "au courant de tout". Il se couche tard et se lève tôt, mais il a bon sommeil. Il fait des repas rapides et simplifiés. Il s'entend mieux à improviser un pique-nique sur l'herbe qu'à dicter un menu à une cuisinière. Il est peu exposé à prendre du ventre. Mais il ne l'est pas davantage à tomber dans la mélancolie, ni dans les crises de conscience. Avouons que les questions métaphysiques l'intéressent peu. Sa foi se porte bien, et ne réclame pas de soins spéciaux. Même l'ennui le plus banal est pour lui quelque chose d'inconnu. Où voulez-vous qu'il le loge ? Son tourment serait plutôt de ne pas savoir où donner de la tête.

« Qu'en diront les âmes éprises de mysticité ? » ajoutait l'auteur. « Elles auraient tort de s'inquiéter. A chacun son rôle. Les couvents sont faits pour abriter de longs et émouvants dialogues avec Dieu. Ailleurs, des veilles studieuses assurent, perfectionnent la défense du dogme contre les assauts de l'impiété et de l'hérésie. Le clergé séculier des grandes villes modernes a d'autres tâches. Il est fait pour aller au secours de la multitude des âmes aveugles et abandonnées. Il est fait pour rassembler doucement le troupeau depuis longtemps dispersé et misérable, pour l'accroître ; et, veillant à ses besoins les plus humbles comme les plus hauts, pour se l'attacher et l'attacher à l'Église par des liens réels de reconnaissance et d'affection. »

* * *

— Vous savez que votre petit essai est très remarquable, très ! » disait le prélat aux doigts courts. (Par moments, quand sa pensée l'occupait le plus, il portait sa main à sa bouche, et se rongeait l'ongle du pouce.) « Sa Grandeur elle-même a daigné le lire... sur ma recommandation, et nous exprimer l'intérêt qu'elle y a pris... Oui, très remarquable, vraiment, très original. A un certain point de vue, vos idées sont nouvelles. Et vous n'imaginez pas comme elles viennent à propos.

Il frappait la couverture du manuscrit :

— Ça va plus loin que vous ne pensez... Il y a là, en puissance, toute une espèce de petite révolution. Évidemment, vous n'êtes pas le premier à vous aviser de ça. Mais vous êtes le premier à concevoir aussi nettement, et avec cette ampleur… Et ce type nouveau de prêtre que vous dessinez… Quel programme de vie attrayant pour nos jeunes gens ! Oh ! c'est très bien.

Puis, tournant la tête, et examinant d'un regard faussement distrait ce Mionnet, dont il connaissait l'existence, mais non la personne :

— A coup sûr, nous n'attendions de vous que des choses intéressantes, étant donné… oui… tout ce que vous êtes… Mais pas spécialement, je dois dire, dans cette direction. Ç'a été une surprise… oh ! une bonne surprise. Sauf erreur, votre enseignement à l'Institut, hein ? ne vous orientait pas vers ce genre de problèmes.

— Oh non ! monseigneur. Cette année, par exemple, je traite de l'éloquence sacrée depuis la Contre-Réforme.

Mgr Lebaigue se mit à rire :

— En effet !… Vous êtes vicaire à… à Saint-Thomas, n'est-ce pas ? Là non plus vous ne devez pas trouver beaucoup d'occasions d'appliquer vos méthodes ?

— Non…

— C'est bien une paroisse de faubourg », dit le prélat avec gaieté, « mais de faubourg Saint-Germain… Et puis ces choses-là ne peuvent guère s'entreprendre que là où le curé… Oui… enfin… ce n'est pas que celui-là n'en aurait pas besoin… Ça le remettrait peut-être d'aplomb… comme vous dites justement… Mais il ne faut pas y compter…

Mionnet accueillit avec le plus discret sourire cette allusion à Sichler. L'autre continua, en donnant à ses phrases un léger ton interrogatif :

— Jusqu'ici, évidemment, nous n'avions pas pensé à vous pour une de nos grandes paroisses de la périphérie… Mais une cure peut devenir disponible…

Mionnet déclara qu'il était prêt à accepter tout poste où ses supérieurs croiraient avoir besoin de lui. Mais il réussit à laisser entendre que ce n'était pas comme curé d'une paroisse populaire, se mêlant lui-même des œuvres, mettant la main à la pâte, qu'il aurait le plus de chances d'être utile. Il manquait même d'expérience directe. Et il le déplorait. En tout cas, il ne s'était acquis aucun titre. Son seul mérite, s'il en avait un, c'était d'avoir réfléchi plus longuement que d'autres à la « coordination » nécessaire des œuvres à travers les paroisses, à un certain programme d'ensemble, à des « directives » générales. Bref, il ressortait clairement de ses propos qu'on ferait fausse route en songeant à lui confier une fonction d'exécutant.

Le prélat tint à lui montrer non seulement qu'il avait compris, mais qu'une ambition aussi consciente d'elle-même n'avait rien qui le désobligeât.

— C'est évidemment très fâcheux », dit-il après une minute de rêverie, « que nous n'ayons pas ici… à côté des vieux rouages, un organisme plus spécialisé où l'on travaillerait à la mise sur pied d'un programme comme le vôtre. Je suis sûr que de l'autre côté, dans les ministères, dans leurs ligues, secrètes ou non, ils ont tout ce qu'il leur faut... directions... inspections — et le reste. On ne peut arriver à rien, si l'on ne groupe pas davantage les initiatives, si on ne les stimule pas... Ce serait tout à fait la place d'un homme comme vous.

Il se leva. Son attitude, sa mimique semblaient dire : « C'est dommage... Il n'y a malheureusement rien à espérer pour longtemps de ce côté-là. » Mais on y pouvait lire aussi, sans y mettre trop de complaisance : « Cela ou autre chose, n'est-ce pas ?... L'essentiel est que nous sachions qui vous êtes... Vous aussi, d'ailleurs, vous le savez... hein ?... N'ayez pas d'impatience. »

*
* *

Ce n'est qu'en redescendant l'escalier que Mionnet pensa : « J'ai oublié de lui parler de la candidature Saint-Papoul. » Il ne perdit pas son temps à se demander jusqu'à quel point cet oubli avait été involontaire. Mais comme il en éprouvait malgré tout une vague inquiétude, il ajouta intérieurement : « J'en serai quitte pour insister plus à fond du côté de Cabirol... Si de Mézan m'interroge, je trouverai une explication. »

XXXI

LENGNAU

— Quelle heure as-tu ?

— Dix heures trente-cinq.

— Bon. Je file. Je ne sais pas combien de temps je resterai chez Lengnau... Je ne crois pas que je rentrerai ici pour le pot... Je ne veux pas me sentir bousculé.

Il hésita, puis :

— Tu n'aurais pas par hasard envie de déjeuner dans ces parages-là ?... Au cas où tu connaîtrais une petite boîte...

Jallez leva la tête, laissa un peu se détendre ses traits soucieux :

— Ça ne me paraît guère possible. J'ai quelque chose à faire en ville au début de l'après-midi.

Il avait l'air tenté. Ses yeux bleus étaient tournés du côté de la fenêtre. Comme il leur arrivait assez souvent, ils semblaient consulter du regard un témoin loin situé et visible pour lui seul. Dans ces cas-là, Jerphanion se sentait redevenir aussi timide envers son camarade que le jour de leur première rencontre.

— Où habite-t-il déjà, ton bonhomme ?

— Derrière le Jardin des Plantes ; rue Guy-de-La-Brosse.

— Tu n'as aucune idée du moment où il te lâchera ?

— Tout de même pas au-delà de midi et demi, je pense... Et puis, si je sais que tu m'attends, je m'échapperai. Il y a toujours moyen.

Jallez baissa les yeux, parut réfléchir.

— Je vois bien un bistrot, quai de la Tournelle. C'est un peu dans la direction où moi-même je dois aller. Mais midi et demi, c'est trop tard.

— Écoute, en marchant vite, combien faut-il de temps de chez mon type à ton bistrot ?

— Une dizaine de minutes.

— Je te promets de filer à midi cinq, midi dix. Je serai là à midi vingt, dernière limite. Ça va ? D'abord je serai content de t'en parler tout de suite. Quand on attend trop, ça se refroidit... Ou bien l'esprit a déjà travaillé dessus. J'aimerais avoir ta réaction, presque comme si tu y avais été.

*
* *

La pièce où la dame aux cheveux gris et au fichu noir — peut-être une servante, peut-être une parente — venait d'introduire le jeune homme, était, pour Paris, une pièce de grandes dimensions, bien éclairée. Deux fenêtres, largement espacées, donnaient sur un paysage qui devait être fait de toits et de ciel, mais qu'au premier regard on distinguait mal derrière des rideaux de filet, déformés, qui pendaient gauchement avec de gros plis.

Ce qui frappait davantage, c'était l'intérieur lui-même. Les murs étaient blanchis à la chaux, et presque entièrement couverts, y compris le dessus de la cheminée, par des casiers de bois blanc, sans aucun apprêt. On voyait çà et là les nœuds roussâtres du bois, les longues veines grossières, des éclats et des bouchons de mastic qui avaient gardé leur couleur. Les rayons étaient chargés de livres, sur deux rangs, partout où c'était possible. Des brochures, des numéros de revues et de journaux avaient été, en bien des endroits, fourrés de force entre la rangée des volumes et la planche supérieure. Vers le milieu de la pièce, plus près des fenêtres, régnait une très grande table, elle aussi de bois nu, mais d'une essence plus fine, du hêtre sans doute. Cinq ou six chaises de paille, dont une plus large, avec des bras. L'ensemble donnait une impression de simplicité monacale, qu'il était difficile de ne pas croire un peu voulue. Sur une des chaises traînait une robe de chambre usagée, de molleton marron. Au coin du marbre de la cheminée, sur la saillie que les casiers laissaient libre, un pot de tabac, en terre vernissée, deux pipes de merisier à tuyau long et fin, une bouteille d'eau minérale entamée, un verre. Entre les deux fenêtres, porté par une petite table basse, un globe terrestre.

Jerphanion se remémorait ce que Laulerque et Clanricard lui avaient dit de Lengnau : pas un pape de la Maçonnerie, ni même un de ses grands pontifes, puisqu'il se dérobait à tout exercice du pouvoir ; mais une de ses plus hautes autorités spirituelles ; la plus haute, peut-être.

« Il y a donc », songeait-il en regardant la porte latérale par où sans doute cet homme allait entrer, « de hautes autorités spirituelles dans la Maçonnerie ? Les dentistes ; les médecins des morts ; les mastroquets... l'alignement des Messieurs du quartier, à gros cou, à gros ventre et à grosses fesses ; et le Frère Surveillant qui les examine d'un œil torve... Frères qui décorez la colonne du Sud... Derrière tout ça, bien au-delà, il faut donc se représenter un homme méditatif, capable de tenir le coup, dans une conversation, contre un grand écrivain actuel, par exemple, ou contre un des philosophes d'Université que nous respectons : un Brunschvicg, un Chartier, un Lévy-Bruhl ? Un homme dont Jallez n'aurait pas envie de sourire ? Pas commode à imaginer. Qu'indiquent, ou que cherchent à indiquer ces casiers de bois ; cette robe de chambre abandonnée, cette bouteille d'eau minérale ? Et les livres ?... Martines de Pasqually, *Traité de la réintégration des êtres*... Matter, *Saint Martin, le Philosophe inconnu*... Mesmer, *Le Secret dévoilé*... Monnier (Jean-Joseph), *De l'influence attribuée aux philosophes, aux francs-maçons*... Mynsicht (Hadrian von), *Aureum seculum redivivum*... *Mystères des sociétés secrètes,* sans nom d'auteur... Bien particulier... Mais je suis peut-être tombé sur un rayon comme ça, ou sur une surprise de l'ordre alphabétique... Est-ce que cet homme a une vie amoureuse ? Peut-être, quand je l'aurai vu, la question me fera-t-elle rigoler. Un vieux type sale, avec du coton dans les oreilles, et des pellicules. Quelle place la vie sexuelle tient-elle au juste dans la conception maçonnique du monde ?... Aux murs de Rothweil, de belles nudités luisaient... Et puis ces allusions bizarres d'Ardansseaux... cet œil soudain allumé...

*
* *

Il entra un homme grand, dépassant Jerphanion d'une demi-tête ; bien découplé ; les cheveux très gris, mais assez abondants et formant une touffe vigoureuse au-dessus du front. Le visage lui-même était grand, plutôt long ; les traits amplement dessinés, le teint allant du gris au rose ; la moustache, grise, assez grosse, en rouleau ; les joues et le menton rasés, probablement de la veille.

Il avait de grands yeux sous des sourcils très relevés ; des yeux d'une nuance grise très claire, presque insaisissable, et comme usée, bien qu'elle n'exprimât pas la fatigue de vivre, et qu'à sa façon elle fût belle. Ils n'avaient pas du tout la même lumière que ceux de Jallez, mais ils en avaient une aussi, plus abstraite, et qui devait être moins soumise aux variations poétiques de l'humeur. Le regard ne manquait pas de hauteur ni de noblesse.

Lengnau portait un complet gris, qui était loin d'être neuf, mais qui gardait une certaine élégance à cause de l'étoffe et de la coupe. Une chemise à col rabattu, qui pouvait être de flanelle. Une cravate de tricot, vert sombre, mollement nouée. De vieilles chaussures d'intérieur, brunes, en cuir souple, où les pieds, qui étaient grands, laissaient voir leurs saillies. La démarche était jeune.

Au total, une sorte de bel homme négligé et pensif, fort à l'aise, d'aspect un peu froid.

Tout en saluant Jerphanion, et en lui désignant un siège, il aperçut la robe de chambre qui traînait, la ramassa, pour aller la pendre à une patère, entre la fenêtre de droite et l'angle du mur.

Il parlait d'une voix de tête, lente, un peu lointaine, dont l'assurance eût risqué d'être antipathique, s'il ne s'y fût mêlé beaucoup de circonspection et de politesse.

*
* *

— Alors, où en êtes-vous, cher monsieur ?

Il se fit confirmer par Jerphanion quelques détails qu'il semblait connaître déjà. Il écoutait sans impatience. Il glissait de temps en temps trois mots de question, qui, loin de rompre la phrase de l'interlocuteur, la faisaient repartir. « Normale lettres, n'est-ce pas ?... pour rester dans l'enseignement ?... »

Un silence se produisit. Lengnau posa sa jambe droite sur la gauche, croisa ses mains, qui étaient longues et belles, sur son genou, regarda Jerphanion :

— Puis-je vous demander, monsieur, ce qui vous a conduit à cette idée-là ?

Jerphanion expliqua sa recherche d'une « Église », ses hésitations, sa rencontre avec Clanricard. (D'ailleurs les mots lui venaient mal ; il n'était pas content de lui ; il s'étonnait que des états d'esprit, qui lui étaient si familiers, aboutissent péniblement à une formule.)

— Je crois voir », dit Lengnau, « ce qui vous a paru manquer à un parti politique, le Parti Socialiste ou un autre. Mais dans la Maçonnerie même, qu'est-ce qui vous attire spécialement ?

— L'idée, justement, qu'elle est autre chose et plus qu'un parti : qu'elle demande plus ; qu'elle intéresse davantage la totalité de l'être ; et aussi qu'elle peut avoir des moyens d'action plus profonds et plus directs. L'idée qu'elle est malgré tout une société secrète...

Mais, à ce moment, le jeune homme eut l'impression qu'il se prononçait trop, qu'il s'engageait presque. Il se hâta d'ajouter que ses sentiments à l'égard de la Maçonnerie restaient contradictoires. Il laissa même entendre qu'il était à peu près également partagé entre l'attrait et la répulsion.

Lengnau décroisa les jambes, les allongea, se renversa contre le dossier de sa chaise, mit les mains dans ses poches de pantalon. Ses grands yeux incolores et subtils regardaient l'intersection du sol et du mur à l'extrémité opposée de la pièce. Ses grands pieds, au modelé visible, étaient allés se planter bien en avant, avec une espèce d'insolence.

— Naturellement », fit-il, « on vous a déjà parlé de la Maçonnerie ?...

— Plus ou moins... L'intérêt même que j'éprouvais a tenu depuis quelque temps ma curiosité en éveil... Certaines circonstances fortuites m'ont aidé. Je crois être au fait de pas mal de choses... Oh ! je n'ai accueilli les renseignements qu'on me donnait que sous réserve.

Il avait dit cela d'un ton dont cette fois il n'était pas mécontent, avec une bonne quantité de sous-entendus. Il estimait que Jallez n'aurait pas dit mieux. Au moins Lengnau sentirait qu'il n'avait pas affaire à quelque néophyte naïf et désarmé.

— Sur quoi ces renseignements ont-ils porté ? sur l'organisation générale de l'Ordre ?

— Non. Plutôt sur la vie des Loges, l'atmosphère qu'on y respire, les gens qu'on y coudoie... et aussi les formalités... d'entrée.

Au passage, les inflexions de la voix avaient trahi des répugnances. Lengnau sourit, d'un sourire un peu contraint, sans d'abord répondre. Jerphanion reprit :

— Encore une fois, monsieur, je ne m'exagère pas la valeur de mes informations... Je ne demande qu'à les corriger.

Lengnau enfonça les mains tout au fond de ses poches, inclina la tête, la balança légèrement, cligna les paupières :

— Oh !... elles peuvent être exactes, ou à peu près, matériellement. Tout cela n'est pas tellement secret. De temps en temps, la polémique se rallume à notre propos. On nous attaque dans des articles, des brochures. Il se trouve toujours un renégat pour soi-disant « démasquer » la Maçonnerie. On repaît la sottise publique de descriptions... On lui cite des usages, des formules, des noms de fonctions ou de dignités qui évidemment, pour qui voit ça du dehors, ont l'air bizarres... Vous êtes d'origine catholique ?

— Oui.

— D'éducation aussi, peut-être ? Eh bien, vous concevez qu'il n'est pas difficile de tourner en ridicule le cérémonial catholique. On l'a fait plus d'une fois. On a eu tort. S'il y a quelque chose à attaquer dans le catholicisme, ce ne sont pas les cérémonies, qui sont magnifiques... » ; il ajouta en levant les yeux et en caressant du regard un espace lointain : « qui sont incomparables... Non. C'est ce qu'elles veulent dire, c'est le contenu des rites, ce qui se cache sous les symboles... c'est en un mot la philosophie de la vie et la métaphysique du catholicisme... Oui... On a toujours le droit d'attaquer ou d'admirer, quant au fond. Ce qui est absurde, c'est de rire, quant aux formes... Vous savez, ces basses plaisanteries sur le pain à cacheter que le prêtre fait avaler aux fidèles, avec des gestes d'arracheur de dents... C'est ignoble. Ça déshonorerait l'anticléricalisme. Je ne connais rien de plus beau au monde, de plus émouvant, que le rite de la communion... Si je le repousse, c'est à cause du sens caché... Il y a toujours un sens caché. Et toute la question est là. Savoir si nous acceptons ou non le sens caché ; s'il nous fournit ou non la réponse qu'il nous faut.

Il regarda son visiteur silencieusement ; puis :

— Si vous l'aviez trouvée dans la religion où vous êtes né, vous ne seriez pas ici, n'est-ce pas ?

Il détourna la tête, ramena un peu les jambes, rêva un instant, et reprit, comme sur un ton d'explication intime :

— Je ne suis même pas d'avis qu'il faille, comme certains, faire la part du feu ; se dire qu'il y a d'un côté la pure religion de l'esprit... vous savez, les sectateurs de l'Évangile de saint Jean... dans les Loges, on a longtemps juré sur l'Évangile de saint Jean... la religion sans rites, accessible seulement au petit nombre... et que le reste, c'est pour la foule, qui sans cela, sans les cérémonies et les symboles, ne serait pas capable de saisir les vérités... Oh ! c'est une position commode, et élégante. Quand un rite vous gêne, on le range parmi ces mômeries plus ou moins inévitables, dont on se dispense soi-même in petto. Cela implique un mépris de la foule, que je n'ai pas ; et aussi une méconnaissance de la vertu des rites... On ne peut pas parler plus amèrement, plus dédaigneusement que Pascal du pouvoir qu'ont les signes matériels, les apparences sur l'imagination de la multitude. Ça ne l'empêche pas d'accepter pour lui-même le secours des formes, des rites ; et il ne se considérait certes pas comme le premier venu. Mais Pascal n'a vu qu'un aspect de la question... Tenez, vous m'avez dit tout à l'heure des choses senties, qui m'ont frappé, sur ce besoin d'une Église, ce besoin qui vous travaille, vous et d'autres de votre génération. Eh bien, il n'y a pas d'Église de l'esprit pur. Si le contact avec l'esprit pur vous paraissait suffisant, vous tâcheriez d'aller à lui, par la méditation, dans la solitude. Vous n'auriez pas besoin d'une Église. Or qu'est-ce qu'une Église ? C'est une foule organisée par des rites.

Il regarda de nouveau Jerphanion, attendit. Le jeune homme était remué. Mais il n'avait pas envie de répondre. Lengnau se leva, traversa la pièce à plusieurs reprises, les mains dans les poches :

— Sur ce que valent les rites considérés en eux-mêmes, on discuterait à perte de vue. Ce n'est pas très important. Les cérémonies de Saint-Pierre de Rome sont probablement plus belles que celles de l'Église primitive, qui devaient être pauvres, gauches, un tantinet ridicules. Ça ne veut pas dire qu'elles aient plus de signification spirituelle. Et un jour les gens en sont venus à trouver qu'elles en avaient moins, puisqu'ils ont fait la Réforme.

Il s'arrêta devant Jerphanion, se passa la main dans les cheveux. Puis, un cheveu détaché étant allé le chatouiller dans le cou, il mit un certain temps à l'attraper. Il examina deux ou trois fois le bout de ses doigts, sans y découvrir le cheveu ; le saisit enfin, essaya de le jeter sur le sol, n'y parvint qu'avec peine. Jerphanion le regardait faire, aussi attentif à cette histoire de cheveu qu'à la théorie des rites, et peut-être aidé à comprendre la seconde par ce que la première éveillait en lui de sympathie familièrement humaine.

— Il faut bien voir ceci », dit Lengnau. « Les rites chrétiens, catholiques, peuvent être plus ou moins beaux... ils tournent tous autour de la même idée : l'idée de sacrifice. Il est enfantin de les critiquer ou de les railler, si l'on ne s'est pas d'abord rendu compte de ça. C'est le Dieu chrétien dont on représente le sacrifice. Mais l'idée de sacrifice s'étend aussi à l'homme et au monde. Il y a un péché qu'il faut racheter ; le salut à obtenir par la souffrance. Et ce salut est en même temps fin et destruction. Il est lié à la disparition du monde tel que nous le connaissons, de notre monde à nous. Je ne prétends rien vous apprendre. Le pessimisme chrétien, on sait ça depuis toujours. Mais encore faut-il bien l'avoir présent à l'esprit.

« Tous les rites de la Maçonnerie, eux, tournent autour de l'idée de Construction. Voilà. Si vous avez compris ça, vous avez tout compris.

Construction. Le mot était beau. Jerphanion se donna un instant pour le contempler. « Construction de quoi ? » pouvait demander la curiosité impatiente et critique. Mais il se lève d'un mot comme celui-là un grand fantôme qui dans une certaine mesure se suffit à lui-même ; l'essor d'un mouvement solennel ; une action réduite à la majesté de son commencement ou à la généralité de son geste.

Lengnau poursuivit :

— Tous les détails de costume et de cérémonie qu'on vous a rapportés, et qui vous ont peut-être fait sourire, toutes les particularités de langage, les formules employées, les noms de grades, la décoration des salles, ainsi de suite... eh bien, vous comprenez, tout cela forme une espèce de drame religieux, au sens où l'entendaient les anciens, et c'est le drame de la Construction, comme la messe est le drame du Sacrifice... Un curé qui sent le tabac et qui chante faux, avec des enfants de chœur crottés, peut dire la messe dans une grange ; ce n'est pas ça qui change le fond de la chose... Un autre caractère du drame sacré, c'est sa répétition. On répète inlassablement la représentation du même mystère. Une Église, c'est cela aussi : une foule qui participe périodiquement à la représentation symbolique du même mystère.

Jerphanion finit pourtant par dire :

— Je comprends bien... Mais pour la messe, je vois de quel sacrifice il s'agit ; du sacrifice de qui et de quoi. Chez vous, la Construction, c'est la construction de quoi ?

Avant de répondre, Lengnau, qui était resté debout contre un des casiers, fit un geste lent et ample du bras droit, la main allongée et déployée, comme s'il voulait caresser jusqu'au bout de la pièce les rangées de volumes. Il faillit partir dans une phrase, s'arrêta, ramena les mains l'une sur l'autre, les pétrit ensemble, tout en baissant les yeux vers le sol :

— Il y a une chose, qui sans doute ne vous a pas échappé, mais à laquelle vous n'avez peut-être pas réfléchi spécialement... Si vous tâchez de regarder d'un œil frais le mouvement de l'humanité depuis deux, trois, même quatre siècles, est-ce que vous n'êtes pas frappé de ce qu'il a tout de même de nouveau ?... Nous n'y faisons pas attention, parce que nous y sommes habitués, et aussi parce que nous sommes encore plongés dedans. Mais toutes ces poussées qui se sont produites ici et là ; ces aspirations que les hommes n'avaient jamais eues, ces réclamations, ces exigences... L'usure de certains mots contribue à nous rendre indifférents, distraits... le mot progrès, par exemple... ou des mots comme liberté, émancipation, démocratie, fraternité humaine... Ou bien encore nous pensons trop à ce que tel événement historique a eu de... de tuméfié et d'exceptionnel, à la figure que les circonstances lui ont donnée, à ce qu'il comportait de violence impossible à soutenir... la Révolution de 89... ou l'explosion de 48 à travers l'Europe... nous ne sentons pas assez qu'il a fait partie d'un travail mené continuellement pendant des siècles, et partout... Je vous assure que si on réussissait à voir de très haut ce mouvement d'ensemble depuis la fin du Moyen Age, sans l'aide d'aucune amplification oratoire, on serait étonné, et on aurait une grande émotion... On verrait tant de faits, isolément étranges ou merveilleux... des serfs de la glèbe qui deviennent des hommes libres... des hérétiques qu'on cesse de brûler... des nobles qui abandonnent leurs privilèges... des hommes blancs qui se battent pour que des esclaves noirs soient arrachés à l'ignominie... des riches qui s'interrogent sur leurs droits, et s'excusent de leur richesse... de grands empires militaires qui proclament la nécessité de la paix et de l'union entre les peuples... Ne croyez pas que je fasse bon marché des reculs, des désastres, ni que je prenne pour argent comptant les malices des fourbes, les mensonges des hypocrites. Mais je serais encore plus aveugle si je refusais de voir la convergence de ces changements extraordinaires.

Sa voix avait monté ; ses yeux brillaient ; il tremblait presque. Ses mains tendues et écartées semblaient offrir un fruit énorme. Jerphanion, ému lui-même, se disait très vite : « En gros, il a raison. Toute objection de détail serait une mesquinerie. Et celui qui voudrait faire le malin en ce moment serait un imbécile. » Chose singulière : c'était la charge de banalités, de lieux communs, d'idéalisme démodé que portait le discours de Lengnau, qui en augmentait le pouvoir de saisissement. On s'apercevait que ce qu'il y a de plus fort au monde, c'est de penser soudain avec le maximum d'actualité et d'énergie des vérités trop vieilles, dont l'homme ordinaire se fatigue.

— Eh bien », reprenait Lengnau d'un ton plus calme, « si vous sentez cela, vous sentez ce que les Maçons appellent la Construction du Temple. Je ne vous dis pas que tout le travail déjà fait par l'humanité dans ce sens, ce soient les Maçons qui l'aient fait. Non. Mais ils n'en ont jamais été absents. Et c'est bien eux qui dans la foule des travailleurs, sans cela trop éparse, trop facilement découragée, ont apporté le plan, la ténacité, la cohésion fraternelle. Depuis des temps déjà lointains. J'ai étudié les origines. » (Il montrait de nouveau les rangées de volumes.) « Elles plongent dans le Moyen Age, pas dans celui des ascètes tourmentés, non. Mais dans celui des compagnons et des maîtres qui bâtissaient les cathédrales. C'est pendant qu'ils édifiaient les monuments dédiés à la religion du Sacrifice, à la religion de la fin du monde, que par une espèce de revanche de l'esprit constructif, ils ont formé entre eux les premières équipes secrètes dont l'Ordre plus tard devait sortir, l'Ordre qui allait se donner pour tâche la Construction du Monde. Et notez, dans l'époque moderne, des hommes aussi grands et aussi différents qu'un Gœthe, un Saint-Simon, un Auguste Comte, un Hugo — je pense bien que vous n'êtes pas de ces petits jeunes gens qui bafouent Hugo ? — n'auraient pas été ce qu'ils ont été, n'auraient pas fait ce qu'ils ont fait s'il n'y avait pas eu la Maçonnerie derrière eux même quand, individuellement, ils n'étaient pas Maçons. C'est comme pour ce qu'on entend pas l'idéal laïque, ou démocratique, fût-ce avec adjonction de socialisme. Borné à ses limites, à son contenu apparent, à ses formules officielles, avouons qu'à côté d'un grand idéal religieux il fait terre à terre, n'est-ce pas ? Il manque d'envolée, d'infini, et dès qu'il cesse de s'accrocher à des réalisations qui restent bien immédiates, bien matérielles, il a l'air de tomber dans l'éloquence la plus creuse, vous savez, dans ce style de discours d'inauguration qu'on a tant raillé, ces abstractions pour cervelles primaires, qu'on imagine toujours proférées avec l'accent du Midi... notre attachement indéfectible aux idées de justice et de progrès... » (Lengnau avait pris un joli accent du Sud-Ouest, tandis qu'une gaieté imprévue transformait son visage...) « sans oublier qu'ainsi réduits à leurs seules forces, les fameux principes appellent la discussion, comportent chacun du pour et du contre... Le suffrage universel, par exemple... si je prends ça isolément, j'ai le droit de préférer, tout compte fait, un gouvernement hiérarchique, aristocratique... Tout change, au moment où l'on découvre que cet idéal laïque, à l'horizon limité, n'est qu'une des étapes du plan, une des phases du Grand Œuvre. La profondeur des choses apparaît, et aussi leur lien, leur nécessité. Les objections de détail, les menus ridicules, ça s'évanouit...

Il s'interrompit, regarda de nouveau Jerphanion ; et comme il s'avisait que la même question silencieuse restait dans les yeux du jeune homme :

— Vous allez me dire... », et il s'assit, inclina le buste en avant, posa ses deux mains sur ses genoux, « vous allez me dire que tout ça ne vous explique pas ce que c'est que le Grand Œuvre, que la Construction du Temple.

Il baissa la voix, et se mit à prononcer d'une certaine façon lente, intense :

— A un autre, je répondrais : entrez chez nous d'abord. C'est là que vous apprendrez peu à peu à voir le but, et à en apprécier la grandeur... dans la mesure où vous en serez digne... Mais à un homme comme vous, on peut dire certaines choses... Eh bien, le Grand Œuvre que la Maçonnerie poursuit depuis des siècles, c'est l'unification totale de l'humanité. » Il reprit, en soulignant le mot : « Totale... Dans tous les sens, et sur tous les plans. Même sur le plan mystique. » Il accompagna sa phrase d'un geste vers certaines rangées de livres situées derrière Jerphanion, celles, justement, où le jeune homme avait jeté un coup d'œil. « Nous nous sommes toujours tenus en contact avec les mystiques, avec l'occultisme ; et nous continuons. Il y a une chaîne, de la Kabbale jusqu'à nous... » Il proféra : « Unification totale de l'humanité. Je vous crois capable de sentir le poids et la densité de ces mots-là.

Il se tut un instant, sans lâcher des yeux Jerphanion, qui se rappelait soudain certaines des explications de Laulerque sur les buts de la secte où le mystérieux libraire l'avait fait entrer. « Ce ne sont pourtant pas les mêmes hommes ? Alors quoi ? Branche détachée de la Maçonnerie dans le sens énergique ? Coïncidence ? Idée dans l'air ?... De toute façon, pourquoi ne marchent-ils pas ensemble ? Y a-t-il des divergences que je ne vois pas ? Ou simple différence de méthodes ?... Sentiment plus vif chez les autres de ce que Laulerque nomme l'ordre d'urgence des buts et des périls ? »

— Est-ce que ça vous paraît une phrase comme tant d'autres ? », disait Lengnau. « Ou bien est-ce que vous avez tout à coup, au fond de vous-même, le sentiment de quelque chose de grand, de précis, de nouveau ?... Comme si on écartait un rideau devant vous ?

Jerphanion répondit qu'il avait l'impression d'une idée grande ; que de plus, cette idée, contrairement à ce qu'on eût pu croire, acquérait dans l'esprit, avec rapidité, beaucoup de consistance ; ne gardait pas un air de vague rêverie abstraite.

— Je vous ai dit », reprit Lengnau, « même sur le plan mystique. J'insiste : l'Unité en question va plus loin que l'organisation politique, matérielle, même rationnelle du genre humain... elle la dépasse, la transcende, et du même coup la traîne derrière elle comme un pêcheur traîne son filet...

Une foule d'idées traversait précipitamment l'esprit de Jerphanion. Il pensait à Auguste Comte, et au Grand Être, à tel passage de Hegel, à telle effusion de Renan, à certains hymnes mystérieux de Hugo... « Il a raison de dire que quelque chose rejoint ces hommes-là. Un certain avènement a été désiré, annoncé par eux, par d'autres encore. Il y a une tradition de prophéties... »

— ... Nous parlions tout à l'heure des rites maçonniques », continuait Lengnau. « Eh bien, ils ne se contentent pas de représenter symboliquement la Construction du Temple. On peut y voir encore une sorte de technique de l'unité mystique... J'ai développé ça dans une brochure que je vous prêterai plus tard... s'il y a lieu... Oui, un exercice de communion... qui a des vertus d'apprentissage, mais aussi des vertus de rayonnement, des vertus formatrices... Nous croyons à une contagion de l'Unité... Pensez à cela.

Sa voix s'était élevée peu à peu. Il la baissa de nouveau ; et, avec un rire :

— Le programme laïque et républicain !... Vous pouvez maintenant lui donner la place qui lui revient dans l'ensemble !... Un épisode... Vous apercevez aussi que les prétendues audaces de ce programme ne sont pas grand-chose à côté de...

Il s'interrompit, secoua les épaules, passa sa belle main sur sa chevelure grise :

— ... Vous comprenez, ce ne sont pas des secrets que j'ai à vous révéler. Il n'y a pas un plan, plus ou moins caché, qu'il s'agirait d'exécuter dans un certain délai. Non. Mais quand le principe est posé, il suffit de réfléchir. Comme pour les corollaires d'un théorème de géométrie...

Il manifestait une sorte d'agitation. On sentait sa pensée tourner en lui comme à la recherche d'un mode d'expression favorable.

— Tenez, nous avons chez nous des hommes politiques, Maçons convaincus... Mais leur métier les oblige à vivre le nez sur les événements... Ils perdent l'habitude des longues perspectives... Ils se sont attelés, courageusement disons au programme radical... Maintenant ils voient sur leur gauche le socialisme, avec des formules très avancées en matière d'internationalisme, par exemple. Alors ils se sentent mal à leur aise. Ils ne voudraient pas faire figure de rétrogrades. Mais d'un autre côté, en adoptant ces formules internationalistes, ils auraient l'impression de céder à une pente, à un vertige ; de se laisser porter de la gauche à l'extrême-gauche simplement par la peur de crier moins fort que le voisin, ou par une espèce d'entraînement mécanique. Au fond, ils aimeraient bien, une fois le programme démocratique et laïque à peu près réalisé, pouvoir coucher sur leurs positions. Ils sont patriotes, de la nuance jacobine. Ils n'ont pas pardonné à l'Allemagne. Ils se méfient de l'Angleterre. Une bonne république anticléricale à l'abri dans ses frontières, point marâtre pour le peuple, pas nécessairement mal avec ses voisins, et dotée d'une armée sûre, commandée par des généraux libres penseurs, ils s'en tiendraient là volontiers. Vous connaissez Rothweil ? Il n'a peut-être pas perdu le souvenir d'un idéal plus lointain. Mais pratiquement... Je lui ai vu les larmes aux yeux à propos de l'Alsace-Lorraine... Eh bien, un homme comme vous se rend compte tout de suite qu'étant donné son but final la Maçonnerie ne peut attacher aucune valeur durable aux frontières, aux patries, aux nations ; qu'elle est même fondée à considérer comme un recul provisoire le développement du sentiment patriotique qui s'est fait dans tous les peuples depuis un peu plus d'un siècle, et le réveil des nationalités qui en a été la conséquence. Les audaces du socialisme à cet égard, nous devrions non seulement les admettre, mais les couvrir, les prendre pour une expression momentanée, et relativement timide, de l'effort vers le Grand Œuvre que nous sommes chargés de mener à travers les siècles avec des vues autrement vastes et profondes. Nous devrions nous dire : le socialisme est un de nos instruments historiques. Peu importe qu'il n'en ait pas conscience. L'antipatriotisme qui se dégage de lui, nous avons à nous en servir comme nous nous sommes servis précédemment de l'anticléricalisme... Je vous effarouche peut-être un peu ?

— Mais non, mais non », répondit le jeune homme, « je cherche seulement à bien vous comprendre, à bien vous suivre. Je vous remercie de me parler comme vous faites.

— Il est certain », dit Lengnau qui s'était levé, et se promenait les mains dans les poches, « que je vous donne une marque de confiance tout à fait exceptionnelle... Si vous étiez un imbécile, ou un fourbe, quelles monstruosités ne me feriez-vous pas dire en utilisant mes propos !... Vous voyez, entre parenthèses, que le secret maçonnique ne joue pas d'une façon sommaire. Le profane que vous êtes encore en sait maintenant beaucoup plus que bien des initiés... Bref... », (il se trouvait à ce moment-là près du globe terrestre ; en passant, il le caressa de la main) « je me demande si, après s'être débarrassée de vieilles idoles, l'humanité récente ne s'en est pas créé d'autres, qu'il va falloir jeter bas ; oui ; si le mot d'ordre du vingtième siècle ne devra pas être un « Écrasons l'infâme ! » d'un sens nouveau.

Il ajouta, avec un rire assez étrange :

— Ce qui donnera à nos ennemis une belle occasion de nous traiter une fois de plus de destructeurs.

Il s'arrêta, pencha la tête en regardant vaguement devant lui :

— C'est l'ironie de notre destin. Nous, les Constructeurs du Monde, nous passons d'époque en époque pour les mauvais génies de la destruction.

Puis se tournant vers le jeune homme :

— Même vous, monsieur, je parie que vous pensiez ça... que vous le pensez peut-être encore un peu...

Il releva la tête, se tourna vers le paysage confus que les rideaux laissaient filtrer :

— L'Église catholique... Elle n'a pas de plus grand admirateur que moi... Ce sont les seuls Constructeurs qu'il y ait eu avant nous... Et en somme nous sortons d'eux... Ce n'est pas notre faute si à un certain moment l'Église est apparue comme le rocher énorme qui barrait la route. Ah ! si elle avait pu changer d'esprit, se laisser pénétrer par nous... Si elle avait gardé la force, la jeunesse, de devenir de plus en plus catholique, de plus en plus œcuménique... Car notre Grand Œuvre, qu'est-ce que c'est, sinon la catholicité totale ?...

Il changea de voix, sourit :

— Évidemment, je rêve un peu. Outre ce vieillissement des institutions qui fait qu'elles ne peuvent plus assimiler, ni se transformer, il y avait des oppositions profondes... ce que nous disions tout à l'heure, le pessimisme chrétien, la condamnation de la vie... l'idée qu'ils ont que l'histoire du monde est en arrière... paradis terrestre, chute, rédemption... tandis que pour nous elle est en avant. Leur Dieu, qui est vieux et courroucé, qui ne songe qu'à se venger et à punir, qui attend là-haut, la foudre à la main, l'heure de nous réduire, nous et nos œuvres, définitivement en poussière : *solvet sæclum in favilla*... ne pouvait évidemment pas faire bon ménage avec le nôtre, qui est jeune, qui est même futur... oui... que nous nous représentons en tout cas comme un jeune architecte, au front soucieux peut-être, mais aux yeux brillants, ayant dans les mains ses plans et son compas, les pieds bien plantés sur le sol, au milieu des murs qui poussent, de la joyeuse nuée du plâtre, de la foule affairée des apprentis, des compagnons, des maîtres...

Il sourit de nouveau, prit un ton de confidence amusée :

— Vous ne savez probablement pas, ou bien vous avez lu ça par hasard sans y faire attention, que certains de nos adversaires nous accusent sérieusement d'être les sectateurs du diable... Oui, ils trouvent que notre jeune architecte offre une ressemblance troublante avec le bel ange Lucifer. Prince de ce Monde, dont le grand crime en effet fut d'avoir enseigné aux hommes la foi en eux-mêmes, l'orgueil de savoir et l'espérance terrestre... C'est amusant, n'est-ce pas ?

Jerphanion observa en lui-même que l'accusation d'être un adorateur du diable, un suppôt de Satan, ne paraissait pas autrement incommoder Lengnau qui ajoutait :

— D'ailleurs, il faudra bien qu'à un moment ou à l'autre la question se règle entre l'Église et nous... Moi, voyez-vous, j'ai l'impression que ce n'est plus de ce côté-là qu'est l'ennemi principal... Et je ne désespère pas d'une alliance, tôt ou tard... Il faudra bien... Ou la destruction totale de l'adversaire... », il insinua très bas : « ... et pour ma part, je n'y crois plus beaucoup... ou l'alliance, plus ou moins occulte... Nous sommes, eux et nous, les seuls soldats de l'Universel... et aussi du Spirituel, car le socialisme est tout empêtré de matérialisme... Même les difficultés métaphysiques peuvent s'arranger... Pourquoi leur Dieu ne pourrait-il pas tolérer notre jeune architecte ? Il n'a qu'à lui laisser ce monde-ci et qu'à garder pour lui l'autre monde... Vous ne trouvez pas ?

— Ce que vous lui offrez, c'est une situation de Dieu en exil ?

— ... Peut-être, mais avec de grands honneurs... Est-ce que le Dieu de la Bible n'a pas déjà un peu abdiqué au profit du Christ ?... Bref, nous verrons... Vous savez, le fameux rêve, d'un pape, un jour, qui serait un des nôtres ?...

Il ajouta gaiement sur le ton d'un « mot de la fin » :

— Nous avons bien déjà des évêques francs-maçons !

Dans le silence qui suivit, Jerphanion s'avisa de l'heure qu'il était, et de son rendez-vous avec Jallez. Il se leva pour prendre congé. Mais sentant qu'il allait emporter, à côté d'une impression de foisonnement intellectuel peu commune par sa richesse, le regret de ne pas avoir éclairé une question qui restait principale à ses yeux :

— Je vous sais un gré infini de cet entretien », dit-il. « Vous m'avez ouvert toutes sortes d'horizons. Je vais beaucoup y réfléchir. Il y a pourtant une chose que je n'aperçois pas suffisamment... » (Pour se donner de l'élan, pour s'encourager à parler net, il évoqua Laulerque, sa maigreur, son ardeur, son réalisme, son aplomb sarcastique. Il pensa à Jallez qu'il allait retrouver.) « Je veux dire : la façon dont la Maçonnerie peut agir contre certaines iniquités pressantes, contre certains périls immédiats. Je vois bien que le Grand Œuvre suppose l'effacement progressif de l'injustice à l'intérieur de la Société ; et de même l'effacement des frontières nationales... Mais ça c'est lointain... très lointain...

— L'effacement total de l'injustice, évidemment, c'est lointain ; plus que lointain ; c'est une limite mathématique. L'essentiel, c'est qu'on s'en rapproche. Or on fait un pas chaque jour. Regardez les retraites ouvrières. Ce sont les Loges qui ont obtenu ça. Quant aux frontières, c'est l'affaire d'un siècle, peut-être même pas.

— Mais si dans deux ou trois ans éclate une guerre européenne ?

Lengnau fit un singulier sourire, et dit en écartant les bras :

— Eh bien ?

Les deux hommes étaient debout l'un en face de l'autre, près de la porte qui donnait sur le couloir. Jerphanion regarda Lengnau, de qui venait de sortir cet « Eh bien ? ». Le visage de Lengnau gardait toute sa sérénité, son autorité, et dans son surprenant sourire, il y avait presque autant d'ironie supérieure que d'illuminisme. On n'avait même pas la ressource de se moquer. C'était terriblement déconcertant.

Jerphanion considéra les casiers de bois nu, les murs blanchis à la chaux, la bouteille d'eau minérale. Il éprouva au creux de l'estomac une sensation très bizarre, qui était à la fois déception, dépaysement, perte de contact, retrait sur soi-même, doute de soi-même, qui surtout était celle d'une chute brusque d'intensité.

Les paroles qu'ils échangèrent encore n'eurent plus beaucoup d'importance.

*
* *

On voyait par la vitre les deux petites tables de la terrasse, le trottoir d'en face surélevé par quelques marches, le parapet de pierre, et Notre-Dame, à travers les branches nues. De temps en temps, il passait une voiture à chevaux, une voiture à bras, un taxi rouge à nez court, un camion automobile ferraillant. Mais il y avait des périodes où la chaussée, le parapet, l'église formaient un lieu immobile de fin d'hiver, et où la continuité de Paris semblait confiée à trois ou quatre passants, chacun seul et silencieux.

Jerphanion racontait sa visite. Il parlait abondamment. Il en oubliait non pas de boire, mais de manger. Il était en proie au travail excitant qui se fait en nous, quand l'esprit tâche de recréer pour autrui un événement que nous venons de vivre. L'esprit juge en même temps qu'il se souvient... Il accentue les traits ; il oublie les incertitudes, les revirements, les instants un peu vertigineux où l'on ne sait que penser. Il prend parti ; il plaide presque. Autrui lui apparaît comme un spectateur blasé, difficile à remuer, qu'il s'agit de passionner et de conquérir. Ce dont il tâche de le persuader avant tout, c'est l'importance de l'événement. Car l'événement nous est cher, étant devenu partie de nous-même. Le personnage de Lengnau prenait ainsi des proportions très considérables. Ses propos s'enrichissaient d'échos et de profondeurs. Le récit de l'entrevue revenait en arrière, retrouvait des détails, se chargeait de commentaires nouveaux. Jallez écoutait sans interrompre. Il avait l'air de suivre. Parfois même son visage semblait exprimer une nuance de supplication, comme s'il eût dit : « Surtout ne me lâche pas. Intéresse-moi. Ne me laisse pas trop tôt revenir à mes pensées. »

Soudain Jerphanion, un peu soulagé de sa griserie, eut un scrupule :

— Je t'assomme, peut-être, mon vieux ? Je suis là à te déballer mes histoires, comme si elles avaient une importance folle... Comme si rien d'autre ne pouvait exister pour toi...

— Mais non !

— Mais si... Sais-tu même ce que je me dis ? Que je dois te faire l'effet, en ce moment, d'un de ces types que tu n'aimes pas beaucoup, au fond, qui ne se passionnent que pour les idées abstraites, les théories, et pour la pire espèce de toutes, les théories plus ou moins politiques... Pendant ce temps-là, ils oublient de vivre.

— Que vas-tu chercher ?

— Avoue que tu ne les aimes guère... Tu m'as même parlé un jour avec sévérité des philosophes...

— Des professionnels, des spécialistes...

— Tu ne crois pas à tout ça... Tu donnerais toutes les idées de Lengnau que je t'ai rapportées, en y mêlant quelques réflexions à moi, pour une strophe de ce pauvre Moréas, que vous avez incinéré l'autre jour, mieux encore : pour un état de sensibilité...

Jerphanion ajouta, sur un ton d'insinuation fraternelle :

— ... même pour un état douloureux.

Jallez baissa les yeux sur son assiette à dessert, où une vue de l'exposition de 89 se défendait contre des croûtes de brie.

— Je t'assure que tu te trompes », dit-il d'une voix imperceptiblement altérée. « Je n'ai aucun goût pour les états douloureux, ce qui s'appelle aucun. Je me ferais volontiers franc-maçon ou bouddhiste, ou n'importe quoi, si je pensais parvenir ainsi à me débarrasser de moi-même. J'ai été très frappé de ce que tu m'as conté l'autre jour à propos de ton ami Laulerque. Je comprends ça admirablement. Je m'imagine bien devenant terroriste pour échapper à la hantise de la mort.

— Mais c'est d'un scepticisme effroyable, ce que tu dis là. Les doctrines, les grandes causes ne servent tout de même pas seulement à sauver l'homme de l'ennui et du désespoir ?

— C'est à ça qu'elles servent souvent... Mais tu as raison... Je ne parlais que pour moi...

Il changea de ton brusquement :

— Je t'ai d'ailleurs très bien écouté. Je puis te répéter ton rapport presque phrase par phrase... Si je n'ai guère réagi, c'est faute de savoir quel conseil te donner... Tout ce qu'on t'a dit de part et d'autre doit être vrai : les momeries grotesques, le carnaval de médecins des morts que t'a décrits ton graveur ; et les vues vraiment belles de Lengnau. Avec cette réserve qu'il faut t'attendre à rencontrer dans les Loges moins de Lengnau que de médecins des morts.

— Comme partout.

— Oui... Quand il t'a sorti cet « Eh bien ? » qui t'a un peu décontenancé, et il y avait de quoi, moi, à ta place, je lui aurais posé franchement la question.

— Laquelle ?

— Je lui aurais dit : « J'ai l'impression que les lointaines perspectives d'avenir vous consolent trop facilement des désastres, peut-être prochains... Ce que je cherche, moi, c'est à m'agréger à des gens convaincus, énergiques, étroitement unis, qui travaillent par les moyens les plus directs possibles à guérir certains maux ou à empêcher certains périls. Par "Église" je désigne un degré de cohésion et de ferveur. Non des palabres de théologiens... Les vastes rêveries peuvent avoir du charme. Mais pas quand l'ennemi est aux portes. Je ne suis pas byzantin. Ce qui m'intéresse dans la Maçonnerie, c'est la société secrète, la ligue d'action occulte, ce n'est pas l'académie de libre pensée... »

— Je me suis dit nettement tout ça, mais un peu trop tard, en revenant. Ça s'appelle l'esprit de l'escalier. Sur le moment, j'ai surtout senti l'espèce de malaise où ça me mettait.

— Tu ne lui as pas parlé non plus de tout le côté fripouillard de la Maçonnerie ? Chéquards panamistes, liquidateurs de congrégations, faiseurs de fiches ; et ce grand branle-bas des Loges chaque fois qu'un frère est pris la main dans le sac ?

— Ce n'était pas commode. C'était si peu dans l'atmosphère de la conversation... Ça paraissait tellement loin, et secondaire. Je me serais trouvé mesquin moi-même... oui... petit esprit, si j'avais eu l'air de penser tout à coup à ces misères-là...

— Tu pouvais introduire la question d'un certain biais. Comment se fait dans la Maçonnerie la répartition des rôles et des influences ? Il y a les Lengnau, soit. Mais il y a les médecins des morts. Qui est-ce qui commande, au fond ? Qui est-ce qui compte ? La masse des menus arrivistes, des grands chéquards et des Homais est-elle utilisée sans le savoir à la réalisation de fins supérieures, vues et voulues par quelques-uns ? Est-ce une élite qui conduit toute la bande à la poursuite du Grand Œuvre, les bas appétits eux-mêmes n'étant que le charbon de la machine ? Ou l'histoire du Grand Œuvre n'est-elle qu'un paravent, à l'abri duquel un clan de profiteurs et de jouisseurs, conscient et organisé, travaille à la conquête du pouvoir et des places ? Ou si tu préfères ramener la question à un cas précis : quel est le rôle, quelle est l'importance d'un Lengnau, au juste ? Est-il chargé d'inspirer les chefs, ou de faire le boniment pour les badauds ?

— J'ai bien pensé à tout ça... Et même avant de l'avoir vu. Mais je t'assure que je ne pouvais guère le lui demander, à lui... Toi, au-dedans de toi, tu penches vers une réponse ?

— Que veux-tu que j'en sache ? Évidemment, le « Eh bien ? » m'inquiète.

— Même à ce point de vue-là ?

— Oui, parce que ce n'est ni le mot d'un chef, ni le mot d'un inspirateur de chefs... C'est un mot d'astrologue. Si tu aimes mieux, ou c'est le point de vue de Sirius, ou c'est une sottise.

Jerphanion plissait le front, se grattait la tête. Tout à coup, il s'écria, à demi sérieusement :

— Tu sais que tu me dégoûtes ?

Jallez sursauta :

— Je te dégoûte ? Qu'est-ce qui te prend ?

— Tu me dégoûtes, voilà tout.

— On n'injurie pas les gens sans s'expliquer.

— C'est déjà à cause de toi que je ne suis pas entré dans le Parti.

— A cause de moi ! Quel toupet ! Je ne t'ai pas fait la moindre objection. Si tu n'es pas assez grand pour répondre de tes actes, va engueuler ton ami Laulerque. Tu ne me diras pas maintenant que c'est moi qui t'empêche d'entrer dans la Maçonnerie ? D'abord as-tu même envie d'y entrer ?

— Ce n'est pas la question.

— Ah çà !

— La question, c'est qu'en arrivant ici tout à l'heure, je me disais que je venais d'approcher un homme vraiment très bien, comme il n'y en a pas tant ; oui, j'avais eu le sentiment d'une grande chose...

— Jusqu'au « Eh bien ? » inclusivement...

— Je t'ai rapporté le « Eh bien ? » par probité... Il n'y a pas de grande chose ni de grand homme sans un point faible. Toi, tu vous colles une loupe énorme sur les points faibles.

Jallez parut vexé. Il avait peut-être d'autres raisons d'amertume.

— Quant à toi, mon vieux », répliqua-t-il vivement, « tu n'es pas seulement un rusé montagnard ; tu as une roublardise de curé de campagne. Tu voudrais nous faire croire que tu brûles de te dévouer à des causes ; et au fond tu ne veux rien risquer. Alors tu accuses les autres de briser tes généreux élans. Je t'appellerai maintenant le « roué velléitaire ».

Jerphanion rougit ; le mot « velléitaire » lui rappela Clanricard. « Heureusement que je n'ai pas reparlé à Jallez de Mathilde, et de mes scrupules. Quel argument de plus ! »

Mais Jallez, lancé, continuait :

— Fais-moi le plaisir d'écrire à Rothweil, ou à Lengnau, à ton choix, que tu es touché par la grâce. Tu feras un Frère magnifique. Je te vois très bien avec un tablier sur le ventre, et des machins qui pendilloqueront. Tu as déjà le principal accessoire, qui est la barbe.

Jerphanion se mordit la lèvre, regarda son camarade en silence ; puis :

— Dire que si tu entendais quelqu'un d'autre parler sur ce ton-là de choses sérieuses, tu le mépriserais. Il n'y a pourtant pas que les choses qui t'intéressent qui soient sérieuses.

Il ajouta, plus doucement :

— Dire aussi que pendant que Lengnau m'expliquait cette poussée à travers les siècles, ce complot en faveur de l'Unité humaine, ce Plan, j'ai pensé aussitôt à toi ; oui, j'ai pensé : « Jallez trouverait ça grand. Il y reconnaîtrait ce signe de la grandeur qu'il se plaît à saluer là où il le rencontre. » C'est triste... oui, c'est triste que les meilleurs à travers l'humanité se méconnaissent comme ça. Et c'est pourquoi les choses vont si mal. Les salauds, eux, en profitent.

Jallez détourna la tête :

— Si je t'ai fait croire que je ne sentais pas la grandeur de ça », dit-il, « j'ai eu tort. Mais autant que j'aie compris, il s'agit, pour toi, non d'admirer, mais d'adhérer... En as-tu vraiment envie ? Alors ne demande l'avis de personne. A moins encore que tu ne sois de ces types qui veulent bien se dire certaines vérités à eux-mêmes, mais qui ne veulent pas qu'on les leur dise, fût-ce quand ils font semblant de les solliciter ?... Et puis, pardonne-moi, mon vieux. Je suis peut-être mal disposé aujourd'hui. Une heure vingt déjà. Il faut que je parte.

XXXII

HALEINE DE L'ABÎME

« En voilà assez. Il m'embête avec sa Maçonnerie, et ses fausses envies qui le prennent. Ce qu'il y a de vulgarité en lui ; et cette roublardise. Il a peur de moi. Il m'aura mis en retard. Le petit square où il y a une ruine. Élévation des pierres ; chant des pierres ; ces quais de la Seine, et la tranquille exaltation qu'ils vous donnent ; le fleuve, dont on s'étonne qu'il ait pu s'enfler si haut, submerger les rues. Tout reprend son cours ; tous les désordres, après un paroxysme, tendent à se réduire. Idée superficielle, évidemment, mais qui aide à supporter les changements de la vie. Le square où il y a une ruine. L'endroit où je l'avais retrouvée, cette veille de Noël, après l'avoir perdue. Aujourd'hui où je vais peut-être la perdre de nouveau. Symétrie. Je la mènerai dans un hôtel entre le canal et la gare de Lyon. Est-ce que je la désire encore ? »

Il n'en sait trop rien. Il n'est pas spécialement d'humeur à faire l'amour. Mais il s'aperçoit qu'un certain mépris, un certain dégoût, une certaine colère n'écartent pas l'idée de faire l'amour. Ce qui lui importe, c'est de tenir Juliette en face de lui, de l'observer à loisir, de l'épier. Il se sent à la fois très impatient de savoir, et capable de toute la patience qu'il faudra pour apprendre. Il envisage des aveux amenés de loin, rendus peu à peu inévitables ; une vérité préparée et graduée.

Il avait songé à faire de ce rendez-vous une promenade dans un cimetière. Une chambre vaudra mieux. Un lieu clos semble s'opposer davantage à une dérobade. Les quatre murs aideront les paroles à faire pression sur le mensonge. Il n'est pas mauvais que cette rencontre se présente comme une autre, suive les rites ordinaires ; y compris les rites charnels.

« Menteuse. Un des plus grands mensonges possibles ; un des plus étonnants. Adultère. Si ce que l'on m'a dit est vrai, je trempe dans un adultère. » Il en éprouve de l'irritation. Il souffre qu'on l'ait fait sans son aveu complice d'un adultère. Il ne pose pas au petit saint. Il peut être amené un jour à séduire la femme d'autrui ; bien qu'il n'apprécie guère ce genre de prouesses ; mais il entend que, ce jour-là, on lui laisse prendre sa responsabilité. « Si je n'étais pas sorti par hasard de bonne heure, quand ce pauvre type est venu, si au lieu de tomber sur Jerphanion, il était tombé sur moi... je ne parle même pas du ridicule qu'il y avait à m'entendre faire cette révélation par le mari, ni de la lâche comédie que j'aurais eu l'air de jouer en montrant ma stupeur... non, mais d'un point de vue plus humain : découvrir soudain, devant soi, un homme à qui l'on a fait l'un des plus grands torts qu'on puisse faire ; un pauvre homme qui se plaint sans violence, qui vous montre simplement sa peine, votre injustice... J'aurais eu la ressource de lui donner ma parole d'honneur que... Mais l'aurais-je donnée ? L'amour-propre ; la peur de ne pas être cru ; même ce qu'ils appellent la galanterie... car il est bien probable qu'en pareille circonstance, le chic, c'est de se laisser prendre pour un triste sire. Leur morale... une morale de duellistes, de joueurs de cercle... une morale à monocle. »

Il lui déplaît que la première femme qu'il ait eue soit une femme prise à autrui. (Même si c'est « reprise » qu'il faut dire.) On lui salit rétrospectivement sa découverte totale de l'amour. Bien la peine qu'il ait mis tant de soin à éviter les tristes expériences dont se contentent les autres jeunes hommes. Bien la peine qu'il ait tant discuté avec l'amour, avant de l'admettre. Mais quelque chose le fait souffrir plus profondément. Une pensée peut-être animale ; une pensée, peut-être, de primitif. Mais qui sait ? Pourquoi certaines valeurs de la vie ne seraient-elles pas de la seule compétence de l'instinct ? Pourquoi n'y aurait-il pas une sagesse de l'être vivant, plus ancienne que les villes, une sagesse sans raison ?

Il croyait avoir eu sa petite femme vierge, lui aussi, suivant les vieilles lois non-écrites. Il la méritait plus qu'un autre, puisqu'il lui apportait ce que les vieilles lois non-écrites ne demandent pas à l'homme, sa propre virginité. Il a été dupe. L'humiliation de n'avoir pas su discerner ce qu'il en était, dans l'instant même, il la ressent ; mais il ne s'y arrête guère. Outre qu'il se rappelle avoir éprouvé ce jour-là certaine surprise, formulé en lui-même un soupçon qu'il avait fait taire par loyauté intérieure envers son amie et par haine des idées délirantes, il se doute que de telles erreurs sont aisées, même quand on possède une pratique amoureuse. (C'était bien l'avis du « rusé montagnard » le jour de la promenade dans la banlieue nord.) Le principe de l'amertume n'est pas là. D'ailleurs, pour une âme noble, la douleur de découvrir qu'elle a été dupe est moins blessure d'amour-propre que déception idéale : un être a donné le démenti de l'expérience à un acte de confiance générale en la nature humaine, dont il avait été pour vous l'occasion choisie, l'occasion tendrement préférée. Voilà ce qui est grave. Et le plus grave n'est même pas d'avoir été dupe ; c'est qu'un événement très précieux, un événement royal nous apparaisse soudain comme découronné.

« Est-ce possible ? M'a-t-elle vraiment fait cela ? Pourquoi l'aurait-elle fait ? Par quel goût gratuit du mensonge ? Cette veille de Noël où nous nous sommes retrouvés — plus d'un an, bientôt un an et demi ! — qu'est-ce qui l'empêchait de me dire la vérité ? Mon abandon même la mettait à son aise, lui fournissait une bonne excuse : "Tu m'avais quittée. J'ai fait ce qui m'a plu. Je n'ai pas de comptes à te rendre." Ou même qui l'obligeait à venir à mon rendez-vous ? Si elle tenait à me revoir, et qu'il lui parût pénible d'avoir à tout m'avouer brusquement, ne pouvait-elle pas répondre d'abord à ma lettre par un petit mot, y glisser une allusion qui m'aurait mis en éveil, nous préparer l'un et l'autre à un aveu ? Je ne comprends pas. Je ne comprends pas non plus qu'elle ait pu se marier. A quelle date au juste ? Peu importe. Tout de même pas avant notre rupture. Cela dépasserait l'imagination. Mais entre notre rupture et cette veille de Noël, il s'était écoulé en somme si peu de temps. Alors, ce jour-là, dans sa cape sombre, elle était encore une jeune mariée ? Une jeune mariée ! Je n'arrive pas à comprendre. On ne l'a pourtant pas mariée de force. Ses parents ont toujours été à genoux devant elle, et quand elle veut, elle a beaucoup d'obstination. Donc, en quelques mois, en quelques semaines, elle aurait eu le temps de se consoler de notre rupture — dont elle m'a tant de fois raconté depuis qu'elle avait ressenti un affreux désespoir —, de connaître quelqu'un d'autre, de se fiancer, de se marier, enfin d'être assez dégoûtée de son mari pour venir à mon rendez-vous sans hésitation, et quelques jours plus tard, m'accorder comme une chose toute naturelle ce que je lui demandais. Car je n'ai rien fait pour fléchir sa volonté ; je lui ai dit simplement, honnêtement, que si nous devions nous revoir, il me semblait absurde de ne pas devenir amants ; que personnellement, je ne me sentais pas le courage de recommencer notre tour de force d'autrefois ; que je n'y croyais plus ; mais que je continuais à ne rien lui promettre ; qu'au contraire, pour des raisons à moi, j'étais plus éloigné que jamais de toute idée de mariage. Je n'ai pas cherché à l'attendrir. Je n'ai fait appel qu'à sa liberté, en la mettant sur ses gardes. Je me suis même donné l'air d'un homme qui a réfléchi et calculé fort égoïstement... Je ne comprends pas... Et depuis ? Qu'elle ait réussi pendant quinze mois à tenir cette gageure presque quotidienne ; qu'elle ne se soit jamais trahie ; que jamais un mot, une façon d'agir ne lui aient échappé ; que dans les épanchements les plus libres, en apparence les plus confiants, elle n'ait jamais cédé au besoin de me dire tout à coup : "Pierre, Pierre, je n'en peux plus...", c'est prodigieux. C'est de l'ordre de ce que j'appelle l'abîme. »

Il a si bien raisonné qu'il n'a plus la force de rien considérer comme vrai, ou du moins comme assez vrai pour exclure ce qui s'y oppose. La visite d'Ezzelin à l'École a eu lieu. Louvois et Jerphanion ne se sont pas entendus pour inventer une histoire. Aucune confusion n'est possible.

Mais Jallez attend encore de la réalité quelque miraculeuse contradiction avec elle-même.

Soudain il se demande : « Sera-t-elle venue ? Jerphanion m'a bien dit que le type lui a promis de ne pas parler de sa visite à Juliette. Mais a-t-il pu se taire ? Si elle sait que j'ai tout appris, aura-t-elle eu le courage de venir ? »

Il aperçoit là-bas « le petit square où il y a une ruine ». Dans une lumière bien différente de celle de l'autre fois ; plus nette, beaucoup plus vive ; physiquement plus joyeuse ; déjà sortie de l'hiver. Il voit, à gauche, sur le pourtour, une silhouette de jeune femme à peu près immobile dont il n'est pas sûr que ce soit Juliette. A chaque pas qu'il fait, il croit la reconnaître un peu plus. Pourtant il hésite encore. On dirait que l'angoisse dont sa poitrine est pleine, cette angoisse qui grouille, qui foisonne comme un nid de fourmis, comme un paquet de vers, exerce une action dissociante, empêche les détails de s'agglomérer et de faire preuve, la certitude de se former : « Son chapeau... son manteau... sa façon de se tenir... » Une idée le saisit : « Juliette Ezzelin... Elle s'appellerait Juliette Ezzelin ! » Il lui semble que tout l'extraordinaire, tout l'improbable de la situation se ramasse dans ce fait. Le square approche. Les pierres de la ruine sont bien visibles. Les moindres arbustes sont bien visibles. Il reconnaît un certain chapeau qui fait beaucoup d'ombre sur les yeux ; un certain manteau de peluche noire qui s'arrête à mi-hauteur de la jupe. Il reconnaît une stature, un contour d'épaules...

« Juliette Ezzelin ? Juliette Ezzelin ? »

Il éprouve, fugitivement, et presque ensemble, de la colère, de l'ironie, un mépris supérieur, l'envie de tuer, l'envie d'emporter au loin cette femme qui est à lui, l'envie de passer à côté d'elle sans la regarder.

*
* *

Ils se sont retrouvés depuis une heure ; et depuis quarante minutes ils sont dans cette chambre.

Au début, ils ont longé les rues presque en silence. Pierre tâchait de rester calme. Mais il avait un visage un peu singulier. Elle lui a répété plusieurs fois :

— Mais qu'as-tu aujourd'hui ?

Il répondait d'un ton faux :

— Mais rien de spécial, je t'assure...

Elle se taisait jusqu'au coin de rue suivant, lui faisait un sourire inquiet, l'observait du coin de l'œil, puis insistait :

— Je te connais... Tu as quelque chose que tu me caches... quelque chose contre moi ?

Il pensait : « Je pourrais lui déclarer brusquement : Pourquoi ne m'as-tu pas dit que tu étais mariée ?... Un autre à ma place n'hésiterait pas. »

Mais il espérait encore qu'elle allait avouer d'elle-même. Il ne voulait pas lui enlever cette dernière chance de rattraper son mensonge, la priver de ce faible mérite.

Il se disait aussi : « Avec un secret pareil, qu'elle a dû souffrir souvent !... Chaque fois que j'étais un peu plus sombre, que je ne lui souriais pas, que je la cajolais moins que d'habitude... Mais comment a-t-elle pu y tenir ? » Il s'étonnait de ce profond et absurde courage.

Elle a feint de bouder quelques minutes. Mais elle continuait à l'observer. Lui d'ordinaire si attentif aux caprices d'humeur de son amie, il traitait visiblement cette bouderie de femme comme une arme insignifiante, qu'il écarterait d'une chiquenaude, le moment venu.

Alors, elle a essayé du reproche tendre : « Tu ne m'aimes donc plus ? Tu te lasses de moi ? Autrefois tu semblais si heureux au début d'un rendez-vous comme celui-ci... quand tu me menais dans une chambre... » Jamais elle n'a su se plaindre plus doucement, mettre plus de caresse dans son grief. Il a écouté, sans répondre, souriant presque. Bien qu'il n'ait pas le goût de la voir souffrir, il ne trouvait pas injuste qu'elle souffrît un peu. Et puis il n'était pas pressé de quitter la position exceptionnellement avantageuse qu'il occupait. Car s'il avait soupçonné depuis longtemps que Juliette à sa façon était habile, il avait lieu de se dire maintenant qu'elle pouvait être, quand elle voulait, cent fois plus habile que lui. « Dès que la vraie bataille sera engagée, quelle ruse de défense n'inventera-t-elle pas, à quel recul dérisoire, à quelle nécessité de me défendre à mon tour ne saura-t-elle pas me réduire ? » Il a donc profité sans trop de scrupules de ces instants où elle flairait le péril, mais où, faute de le discerner, elle se contentait de courber câlinement la tête, et de ramasser les forces de son âme en secret.

Maintenant elle est nue dans le lit, couchée sur le dos, le corps un peu tordu, les jambes à demi repliées. Elle a ramené le drap sur elle. Il lui traverse de biais la poitrine, lui découvrant un sein plus que l'autre. La tête renversée creuse profondément l'oreiller. Le bras droit levé, qui va se recourber derrière la nuque, dans une attitude douloureuse, laisse voir la touffe noire de l'aisselle.

Les yeux regardent fixement devant eux. Ils sont tendus, farouches, presque durs. Le visage est sans larmes, mais fait penser aux larmes ; à une grande quantité de larmes qui exerceraient derrière le masque une pression intense.

Il y a un manque étrange d'harmonie entre l'expression de ce visage, et les paroles que Juliette prononce. La voix est nette, relativement calme ; et surtout raisonnable. A peine y passe-t-il des traces d'agacement, d'ironie. On dirait d'une femme qui s'efforce de rappeler au bon sens un amant frappé de manie persécutrice ; et dont seule l'injustice extrême des accusations qu'elle subit risquerait à la longue d'irriter les nerfs :

— Je te répète que tu es fou... Je n'ai pas à me justifier, puisque je ne vois même pas ce que tu veux dire... Si au moins tu me disais qui a pu te mettre une idée pareille dans la tête... Il y a des gens si méchants... Tu as peut-être reçu une lettre anonyme ?... C'est extraordinaire, ce qu'un garçon intelligent peut être bête... Je t'assure, c'est à désespérer... Oui, si j'avais affaire à un épicier, je comprendrais qu'une lettre anonyme l'agite comme ça... Mais toi ! Avec la culture que tu as !... Tu ne peux pas te figurer combien je suis déçue.

Lui aussi, allongé nu près d'elle, s'oblige à rester de sang-froid. Mais le calme même qu'il s'impose lui donne des airs de tortionnaire patient :

— Il ne s'agit pas », dit-il, « de lettre anonyme. La façon dont j'ai appris ce que je sais n'a aucune importance.

— Tu ne veux pas m'avouer comment tu l'as appris ? Comment tu prétends l'avoir appris ?

— Je te répète que c'est un détail. Je te le dirai plus tard. Il me semble que pour un moment c'est à toi de parler... et sur le fond de la question.

— Si tu refuses de m'avouer d'où tu tiens cette histoire, eh bien, je vais te dire, c'est que tu l'as inventée, voilà tout.

Il allait répondre. Mais il s'arrête. Il est plein de stupeur.

On entend une voiture lente ; les pas du cheval, espacés, le bruit à la fois dur et mousse des sabots ferrés qui deux à deux frappent le sol. Jallez écoute ce bruit, savoure dans une sorte d'ivresse lucide ce que ce bruit contient à la fois d'émouvant et d'apaisant, de métallique et de ramolli. Il sent venir du fond de lui-même une indignation, une colère qui menaçent d'être promptement vertigineuses. Il résiste. Il fait appel à sa raison pour lui demander de plaider contre elle-même : « N'oublie pas que tu as affaire à une femme. Tu vois les choses trop masculinement, trop logiquement. Tu ne connais pas assez les femmes. Tu ne sais pas t'y prendre avec elles. Tu es là, essayant de réduire celle-ci par des raisons, de lui arracher un aveu en lui prouvant que son attitude est absurde. Elle s'en moque bien. Ce qui te donne le change, c'est le ton raisonnable qu'elle affecte de son côté. Mais tes raisons, elle ne les écoute pas. Tu l'exaspères peu à peu, et tu vas t'exaspérer toi aussi. Ne dis plus rien. »

Il considère ce corps de femme que le drap ici découvre, là dissimule ; ces formes féminines, inépuisablement merveilleuses pour le regard de l'homme. Il voit la couleur de cette peau ; il en respire l'odeur. Il sent sa propre nudité, et n'en a point honte, mais mesure ce qu'elle implique pour lui de faiblesse en un tel moment. Il fait effort pour admettre qu'avoir raison est peu de chose. Il se tait.

Mais elle reprend :

— D'ailleurs, il t'est facile de te convaincre que tu te trompes. Va te renseigner chez moi. Interroge la concierge de ma mère.

Elle a dit cela presque tranquillement. A peine un rien de bizarrerie se marque-t-il dans certaines inflexions.

Pierre est de nouveau si étonné qu'il se croise les bras sans rien dire. Il la contemple. « Est-elle folle ? Quel jeu joue-t-elle ? Veut-elle gagner une heure, un jour ? A quoi bon ? Imagine-t-elle que je vais me lasser ; et que même si je me lasse aujourd'hui, le besoin de savoir ne me reprendra plus ? »

Il éprouve un certain degré d'épouvante et d'horreur. Il lui semble qu'il est soudain en large contact, en intime promiscuité avec l'obscure région de l'univers où le mensonge, le crime, la folie font leurs mixtures et leurs accouplements. Il se répète que dans cette région maudite, il est aussi vain de vouloir pénétrer avec sa raison, qu'il le serait de s'avancer, une bougie à la main, dans une galerie pleine de gaz souterrains où la poitrine comme la flamme étouffe.

Il se penche vers elle, lui met un baiser à la naissance des cheveux, murmure :

— Ma pauvre petite.

Elle a une légère crispation du visage ; mais ne répond pas.

Il continue, à voix basse, le plus doucement qu'il peut :

— Je me mets bien à ta place... Évidemment, je ne comprends pas tout... faute de savoir en détail comment les choses ont pu se passer... Mais personne ne pourrait te comprendre aussi bien que moi... Je suis ton meilleur ami. Dis-toi, ma chérie, que de toute façon, je ne t'en veux pas... Ne m'explique rien aujourd'hui, puisque ça paraît être au-dessus de tes forces... Voilà tout... Tu sais maintenant que je suis renseigné... Ce soir, peut-être, en réfléchissant, tu trouveras que tu as eu tort de me laisser partir dans l'état d'esprit où forcément je suis... que tu aurais mieux fait... Enfin, tu verras...

Sur le mot de « partir », elle a brusquement tourné les yeux vers lui. Mais elle les détourne presque aussitôt.

— Ce soir », dit-elle à mi-voix, « je me serai peut-être tuée.

*
* *

Deux heures plus tard, dans la dernière lumière du crépuscule, Juliette pleure, accrochée à Pierre. Elle a des hoquets, des gémissements, même des sortes de hurlements. Son visage est tuméfié. Elle balbutie, pour la vingtième fois : « Tu ne me quitteras pas ? Tu ne me quitteras pas ? Si je l'ai fait, c'est parce que j'avais peur de te perdre... Dis-moi que tu me crois, Pierre, dis-moi que tu me crois. »

Il ressent une grande pitié. Il est lui-même brisé de fatigue. Jamais la vie ne lui a paru si misérable. Il songe à quelque solitude, Dieu sait où ; il voit un plateau dans la montagne : des landes, des bois, des moines, d'une religion inconnue, qui reviennent de leur travail, la bêche sur l'épaule... Tout à l'heure, ils se retrouveront dans la chapelle, et ils chanteront un hymne. « Univers, est-ce comme cela que tu me punis de t'avoir abandonné ?... » Ce pourraient être les premières paroles d'un psaume.

Par-dessus le corps secoué de Juliette, et tandis qu'il lui caresse le visage, il regarde vers le fond de la chambre, comme si dans ce ramas de crépuscule, l'avenir était en train de se former. Il interroge, de ses yeux plus clairs que jamais et un peu hagards ; mais il ne distingue rien.

XXXIII

DEUX DOCUMENTS

Le numéro du *Temps* portant la date du 15 avril 1910 contenait, en deuxième et troisième colonnes de la première page, l'article suivant :

UNE FISSURE

Survenant à la veille des élections législatives, et au lendemain de l'imprudente loi sur les retraites ouvrières, dont on pouvait croire qu'il tirait, hélas ! quelque fierté, la démission de M. Gurau, ministre du Travail, qui eût été, en toute circonstance, un incident notable de la vie parlementaire, revêt une signification inaccoutumée, et mérite, semble-t-il, quelques réflexions.

Ce n'est pas que la lettre de démission, que les journaux ont publiée, ni même la note Havas, qui paraît bien sortir de la même plume, soient aptes à fournir de grands éclaircissements. L'on nous dira qu'il n'est pas dans la nature ni dans la destination de ce genre de textes de faire pénétrer le lecteur fort avant dans la pensée de l'auteur. N'est-ce pas M. Clemenceau qui émettait un jour cette boutade, à propos d'un de ses coreligionnaires politiques : « Quand je veux savoir pourquoi il a fait telle ou telle chose, je lis les déclarations qu'il communique à la presse. Entre les raisons possibles de son acte, celles qu'il donne sont les fausses ; j'obtiens les vraies par soustraction. » Il n'est certes pas question de pratiquer dans le cas présent une méthode d'induction aussi irrévérencieuse, bien que la séduisante et complexe personnalité de l'ex-ministre du Travail soit de celles qui autorisent, pour ne pas dire conseillent, une certaine dextérité d'interprétation. Mais il semble toutefois permis d'insinuer que M. Gurau ne révèle pas les derniers arcanes de sa pensée quand il déclare, par exemple dans la note Havas, qu'obligé par ses adversaires de Tours à mener une lutte électorale assez âpre, il entend ne pas se prévaloir des avantages au moins moraux que procure une situation de ministre en exercice, et reprendre en revanche une complète liberté de mouvements. Nul ne soupçonnait que l'aimable

Touraine nourrît des passions partisanes tellement échauffées que les candidats y fussent contraints à des préparatifs de combat aussi exceptionnels. Mais *experto credamus Roberto*.

L'on obtiendrait peut-être quelques lumières supplémentaires en feuilletant les numéros de *La Sanction* du semestre en cours. Non que la démission de M. Gurau, qui tient, comme on sait, dans ce journal, une place éminente, y ait été clairement annoncée, ni surtout commentée. Sur ce dernier point, la discrétion de notre confrère a été remarquable. Mais il suffit d'être un lecteur même hatif de *La Sanction* pour se convaincre que, depuis quelques mois, la politique sociale de M. Briand n'y reçoit pas une approbation très enthousiaste, et qu'en particulier la loi sur les retraites ouvrières — cette loi qui a eu l'étrange fortune d'être soutenue par M. Jaurès, combattue par M. Jules Guesde, et votée à la presque unanimité des Assemblées qui au fond du cœur n'en voulaient pas, et qui la considèrent encore *in petto* comme inapplicable — cette loi, disons-nous, a été l'objet dans *La Sanction* de moins d'éloges que de critiques. (Critiques exactement contraires à celles qui se sont fait jour ici, est-il besoin de le noter ?) Pas une des objections des milieux syndicalistes qui ne fût complaisamment reproduite. L'on nous donnait ce spectacle piquant d'un journal tout dévoué à un ministre, attaquant de façon sournoise un projet de loi que ce ministre était officiellement chargé de défendre. Et sous couleur de faire ressortir la difficulté de la tâche qui s'impose au gouvernement actuel, les amis de M. Gurau, que ses fonctions ministérielles condamnaient à un silence provisoire, ne se privaient pas d'égratigner M. Briand, et de prêter à son activité comme à ses tendances une figure illusoire ou dangereuse.

Doit-on supposer que le discours retentissant prononcé à Saint-Chamond, dimanche dernier, par le Président du Conseil, loin d'atténuer cette hostilité latente, ait fait apparaître des divergences nouvelles ? En tout cas, la fissure s'est élargie entre les deux hommes ; et bien des observateurs seraient étonnés si M. Gurau, qui va sans doute remonter dès demain à sa tribune de journaliste, n'en profitait pas pour lancer un certain nombre de mots d'ordre dont les adversaires de l'union nationale, dans la suite de la campagne électorale, vont s'emparer avidement.

Y a-t-il lieu, pour la partie saine de l'opinion, de s'en émouvoir outre mesure ? La politique personnelle de M. Gurau, les ambitions qu'il forme à plus ou moins lointaine échéance sont un problème qui ne manquera pas de se poser à nouveau. Il n'est pas d'une urgence pressante. Ce qu'il convient de retenir de l'incident actuel, c'est la leçon de clarté qu'il donne, et à plus d'un. C'est aussi le péril qu'il signale. M. Briand, bien qu'il ait irréparablement rompu avec ses anciens amis politiques, et reçoive d'eux chaque jour les pires injures, n'a que trop d'inclination à les ménager, et à leur offrir des gages. Ses gestes d'apaisement, un peu superficiels et même suspects parfois, s'adressent au centre, voire à la droite ; mais ses sourires prometteurs, pour ne pas dire complices, vont à l'extrême-gauche. Puisse-t-il s'apercevoir que les grâces qu'il prodigue ainsi ne sont pas payées de retour, et qu'à vouloir gagner à tout prix les ennemis déclarés ou voilés de l'ordre social, il s'expose à de fâcheuses déconvenues. Et puisse le corps électoral, plus clairvoyant que Macbeth, discerner à temps que, sous les feuillages aimables du réformisme plus ou moins teinté de syndicalisme, c'est la Révolution qui s'avance.

*
* *

Jerphanion était occupé à rédiger pour M. de Saint-Papoul un projet d'affiche intitulé « Bergeracois, assez d'équivoques ! » et qui devait se terminer par cette formule imprimée en caractères gras, et empruntée au discours de Saint-Chamond : « La République n'est la propriété d'aucune secte », quand il reçut la lettre que voici :

« Mon cher ami,

« Ce qui devait arriver est enfin arrivé. J'ai passé aujourd'hui les épreuves d'initiation. J'aurais volontiers attendu encore un peu, pour avoir le plaisir de les subir en même temps que vous, si j'avais conservé un espoir à ce sujet. Mais j'ai bien l'impression que votre décision est prise, au moins provisoirement, dans un sens négatif. C'est donc par discrétion que je me suis abstenu d'insister à nouveau lors de notre dernière rencontre, bien qu'à ce moment la convocation me fût déjà parvenue.

« Je ne crois pas manquer au secret que m'impose mon affiliation en vous disant un mot des impressions que me laisse la cérémonie d'aujourd'hui. Nous avons tant de fois parlé entre nous de toutes ces choses. Il me semble que vous n'y êtes pas tout à fait étranger. Nous nous étions même promis, vous vous en souvenez, que le premier de nous deux qui entrerait dans l'Ordre ferait ses confidences à l'autre. Je sais bien que cette promesse n'a pas de valeur, n'étant pas compatible avec une adhésion sincère. Heureusement ma conscience n'a guère à lutter. Je ne risque pas de trahir mes serments, n'ayant en somme rien à vous révéler que vous ne connaissiez déjà. Je tiens cependant à vous dire — et en ce faisant, je n'enfreins pas le secret maçonnique, puisqu'il ne s'agit que d'indications négatives — que certains détails, parmi ceux qui vous avaient le plus choqué, ne répondent pas exactement à la réalité. Par exemple, j'ai lieu de penser que l'histoire du faux décapité, et d'autres analogues, appartiennent au domaine de la légende.

« D'ailleurs, ce qui vous intéresse, c'est le côté moral. Je vous mentirais en vous affirmant qu'à aucun moment je n'ai ressenti une gêne ; surtout au début quand je me suis trouvé seul dans le cabinet de réflexions.

J'accorde que le décor peut prêter à sourire. De même les questions posées, la rédaction du testament donnent à l'épreuve un air un peu naïvement scolaire, qui ne m'a pas échappé. Il ne faut pas méconnaître que partout les institutions, les rites doivent tenir compte des aptitudes et des exigences de l'humanité moyenne. Si l'on n'avait affaire qu'aux cerveaux d'élite, ce serait trop beau.

« Dans l'ensemble, j'ai à peu près réussi à prendre ces formalités préliminaires pour ce qu'elles sont, et à ne pas perdre de vue le but élevé qui s'offrait à moi par-delà. Bref, je ne suis pas mécontent d'avoir franchi ce pas que je redoutais un peu. Les délicats sont malheureux, disait La Fontaine. Cela est vrai dans l'art, mais plus encore dans l'action.

« Envoyez-moi un mot, quand vous disposerez d'une soirée. J'ai transmis vos amitié à Mlle Cazalis.

« Bien amicalement à vous.

« Ed. Clanricard. »

RÉSUMÉS

1. LE 6 OCTOBRE

Le 6 octobre 1908. Le petit matin. Soleil et fraîcheur. Le Paris des faubourgs descend au travail. L'allure des gens. Leurs façons de s'habiller. Leurs préoccupations, grandes et petites. Le choléra ; le métro ; l'aviation ; le mouvement syndicaliste ; le crime du jour. Mais surtout la menace d'une guerre balkanique, et peut-être d'une guerre générale en Europe. — Neuf heures. Des badauds regardent travailler, rue Montmartre, un atelier de peintres décorateurs où le jeune Wazemmes est apprenti. La jolie comédienne Germaine Baader dort dans sa chambre du quai des Grands-Augustins. — Chez les Saint-Papoul, Madame donne des ordres. Monsieur se livre aux exercices physiques, et Mademoiselle Bernardine à des lectures de piété. Chez les Champcenais, Madame reçoit les soins de la manucure ; Monsieur a, au téléphone, une conversation énigmatique au sujet d'un membre du Parlement. — Dans sa classe de Montmartre, l'instituteur Clanricard parle aux enfants des menaces de guerre européenne. En haut de Belleville, Mme Maillecottin fait son ménage à loisir. — Sur la Rive Gauche, Juliette Ezzelin sort de chez elle, en proie à une profonde détresse. Tandis qu'au loin Jean Jerphanion rêve dans le train de Saint-Étienne qui l'emmène vers Paris. Peu après, Juliette Ezzelin pénètre chez le relieur Quinette, à Vaugirard, pour lui confier un livre. Elle éprouve une impression étrange. En s'en allant, elle aperçoit dans un petit passage un homme bizarrement tapi contre un mur. — Ce même homme, quelques instants plus tard, fait irruption chez Quinette, et demande à se laver : il a les mains, les vêtements tâchés de sang. Quinette obtient que cet homme lui donne un rendez-vous pour le soir même, à six heures moins dix, rue Saint-Antoine. — Pendant ce temps, dans l'atelier de Montmartre, le peintre Péclet exécute une grande composition décorative, et Wazemmes lit en cachette un manuel d'automobilisme. — Onze heures et demie. Clanricard, que tourmentent les nouvelles de la crise balkanique et européenne, va chercher l'apaisement auprès de son maître Sampeyre, avec qui il déjeune. Midi. Wazemmes part pour Enghien, porter aux courses les paris de ses camarades. Germaine Baader se réveille, pense à ses soucis, à son corps, à l'amour. Quinette fait un tour dans le quartier, pour savoir si l'on ne parle pas d'un crime commis dans le voisinage.

L'après-midi, Péclet poursuit sa besogne. Wazemmes, flânant sur le turf, est abordé par un monsieur de bonne apparence. Chez Germaine Baader, le repas se termine. Son amant, Gurau, le député, lui parle de la situation extérieure, et de son intention d'interpeller sur le régime scandaleux dont bénéficient les pétroliers. Dans son train, Jerphanion lit le journal, pense à l'époque et à la hantise de la guerre qui a pesé sur toute sa jeunesse. — Quatre heures et demie. M. de Champcenais, pétrolier, en traversant le pont de Puteaux, se heurte à une foule de grévistes. Clanricard, sorti de son école, ne peut pas s'empêcher de frémir d'un obscur enthousiasme au passage d'un escadron. Le petit Louis Bastide entreprend avec son cerceau un merveilleux voyage jusqu'au sommet de la Butte. Cinq heures. Le soir commence à tomber sur Paris. Forme et grandeur de Paris. Lumières. Onze express accourent du fond des provinces. Paris étouffe dans son enceinte et sa banlieue. Le centre et sa palpitation.

Quinette va au rendez-vous de la rue Saint-Antoine. Il retrouve l'homme de ce matin, qui, par un itinéraire compliqué, l'amène au fond d'un petit débit du quartier juif. Quinette lui arrache à demi l'aveu de son crime, obtient quelques détails mêlés de réticences, lui offre ses conseils, son aide. — Devant la gare du Nord, Wazemmes est rejoint par le monsieur rencontré sur le champ de courses. Invitation au café. Le monsieur, Haverkamp, lui propose une place. — Quinette suit le meurtrier inconnu jusqu'au refuge qu'il s'est choisi, rue Taillepain. Ils causent. Comment l'autre échappera-t-il aux recherches ? Comment retirer sa malle de l'hôtel où il l'a laissée ? Quinette trouve un biais. Mais un incident lui révèle la méchanceté foncière de l'inconnu. — Wazemmes, en quittant l'atelier, prend l'autobus. Il y reçoit des signes d'attention flatteurs de la part d'une dame élégante. Descente de l'autobus. La dame invite le jeune homme à venir la voir, le soir même. Ils se quittent. Wazemmes, qui est encore vierge, rêve aux femmes, à l'amour, et à la dame de l'autobus. Il rentre chez son oncle Victor Miraud. L'intérieur, les goûts, les habitudes de Victor Miraud. Sa conversation avec l'ébéniste Roquin. La porte aux battants sculptés. L'idéalisme ouvrier. Le jeune Wazemmes, ruisselant de parfum, va à son rendez-vous galant. Il est bien traité par la dame, mais ne perd point sa virginité. Il s'en retourne, en proie à une exaltation vive mais contradictoire, qu'il promène à travers les ombres et les lueurs d'un boulevard nocturne.

2. CRIME DE QUINETTE

En prenant son petit déjeuner, Maurice Ezzelin, mari de Juliette, lit le journal du 12 octobre. On vient de découvrir, dans une baraque de Vaugirard, le cadavre d'une vieille femme assassinée depuis une huitaine de jours. Juliette va rechercher son livre. Le travail n'est pas achevé. Quinette a d'autres soucis. Depuis ce matin, qu'il a lu la nouvelle et qu'il sait que le crime est découvert, il médite un plan d'action. Il a commencé par inspecter avec soin la malle de Leheudry. Juliette, sortie de chez le relieur, s'est laissée aller à la douceur des rues d'octobre ; elle prend un omnibus, en descend, et va s'arrêter, rue d'Ulm, en face d'une grille. Pendant ce temps, Quinette part pour rejoindre Leheudry, le trouve dans un bar, l'emmène à l'intérieur de Saint-Merri, le questionne. L'interrogatoire se poursuit dans un café. Le relieur apprend que Leheudry a confié le « magot » à Sophie Parent, papetière rue Vandamme. — Wazemmes vient occuper sa place chez Haverkamp, qui l'emmène visiter sa nouvelle installation du boulevard du Palais. En passant, Wazemmes retire de la poste restante une lettre de la dame de l'autobus (Rita). — Quinette visite les lieux du crime. Il apprend que Leheudry a été entrevu par la concierge. Au début de l'après-midi il va trouver Sophie Parent, et obtient qu'elle lui remette la clef du coffre où elle hospitalise le magot. Puis il s'occupe de chercher pour Leheudry un nouveau refuge. Il se décide pour un petit logement situé dans une arrière-cour du faubourg Saint-Denis, où il installera, avec Leheudry comme employé, un prétendu dépôt de papiers peints. — Neuf heures du soir. Wazemmes va au rendez-vous de Rita et cette fois perd incontestablement sa virginité. — Germaine Baader reçoit dans sa loge la visite de Jacques Avoyer, émissaire des pétroliers, chargé de lui exposer la manœuvre d'encerclement dont Gurau est l'objet. — Quinette, dans son lit, récapitule sa journée, et finit par se convaincre qu'il doit raconter au commissaire de police, en le travestissant, la visite de « l'inconnu » ensanglanté du 6 octobre. Le lendemain, de bonne heure, il va au commissariat. Il fournit de « l'inconnu » un faux signalement qu'il a combiné avec soin. — Chez M. de Champcenais, conseil de guerre des pétroliers. Champcenais se rend à la Préfecture de Police, où un employé subalterne lui communique, avec mille précautions, le dossier Gurau. Pendant ce temps, Sammécaud fait à Marie de Champcenais une déclaration d'amour complètement imprévue de l'un et de l'autre. — Jerphanion, convoqué par Paul Dupuy, secrétaire général de Normale, reçoit d'utiles avis à propos de leçons qu'il doit donner au fils Saint-Papoul. Il rencontre Jallez. Les deux jeunes gens font connaissance au cours d'une longue promenade dans les quartiers Sud. — Gurau, à qui Germaine vient de rapporter les propos menaçants d'Avoyer, éprouve une grande amertume, et va errer mélancoliquement du côté de Notre-Dame. — Quinette, à six heures et demie du soir, est appelé au commissariat. On lui montre des photos d'individus. Il en « reconnaît » un sous réserve. Les policiers lui donnent rendez-vous pour neuf heures. Dans l'intervalle Quinette rejoint Leheudry dans un débit de la rue des Récollets, après l'avoir cherché en vain faubourg Saint-Denis. Colère de Quinette. Les deux hommes longent le canal Saint-Martin. Quinette rêve à ce qui se passerait s'il se débarrassait de Leheudry en le poussant dans le canal. Ils se quittent. Quai des Orfèvres, Quinette engage avec l'un des policiers, à propos du canal et des carrières de Bagnolet, une conversation dont il fera son profit. Puis on le confronte avec plusieurs individus. Quinette juge préférable de n'en « reconnaître » aucun. — Dans la nuit, demi-sommeil de Quinette. Mélange de pensées et de cauchemars. Ses rêves anticipent sur l'action qu'il prémédite, la lui représentent d'avance.

Mercredi 14 octobre. Neuf heures du soir. Gurau et Sammécaud dînent ensemble. Sampeyre réunit chez lui le « petit noyau ». Juliette regarde ses lettres. Quinette et Leheudry marchent dans le ravin qui conduit aux carrières de Bagnolet. Sammécaud réussit à gagner jusqu'à un certain point la confiance de Gurau. Sampeyre amène Laulerque à exposer ses idées sur l'action individuelle. Quinette, en faisant luire aux yeux de Leheudry l'espoir d'une rencontre imaginaire avec Sophie Parent, l'attire jusqu'au fond d'une galerie, le tue et s'arrange pour que le cadavre soit impossible à identifier.

3. LES AMOURS ENFANTINES

Une fin d'après-midi de novembre. Jerphanion se promène en compagnie de Caulet sur les toits de Normale, puis y reste seul. Il médite sur sa vocation. En redescendant, il rencontre Sidre. Il retrouve dans la thurne Jallez et Budissin. Travail. Départ de Budissin. Conversation de Jerphanion et Jallez, sur divers sujets, spécialement sur la poésie. Ils vont dîner au réfectoire, et y assistent à une manifestation contre l'Économe. Revenus dans leur thurne, ils reprennent leur causerie : Baudelaire ; enfances parisiennes. Pierre Jallez commence à conter l'histoire de ses amours d'enfant avec Hélène Sigeau. Les rencontres au square. Timidités de Pierre. La scène des cartes. La sortie de l'école. Pierre suivant Hélène sans oser l'aborder.

Onze heures du soir. Dans sa cuisine Quinette achève de brûler la malle de Leheudry, tout en se remémorant ce qu'il a fait depuis la nuit du crime : ses inquiétudes, ses démarches, la rencontre de Loys Estrachard, affilié du *Contrôle Social*. Mais il attend d'être remonté dans sa chambre pour revivre avec passion l'heure qui a suivi immédiatement le crime.

Le lundi d'après, Jerphanion va donner sa leçon chez les Saint-Papoul à l'heure habituelle. En attendant la venue de Bernard, Mlle Bernardine offre le thé à Jerphanion et l'invite à dîner pour le soir même. Le chien Macaire. Propos singuliers de la vieille demoiselle. Arrive Jeanne de Saint-Papoul. Quelques détails intimes sur la jeune fille. Elle reste seule avec sa tante, qui lui révèle à sa façon le secret de l'amour physique. — La comtesse de Champcenais, qui a aussi un dîner ce soir-là, reçoit les soins de sa manucure et, en outre, ses confidences, qui ajoutent au trouble où la mettent depuis des semaines les assiduités de Sammécaud. — Le dîner chez les Saint-Papoul. Origine et importance exacte de leur fortune. Leur train de vie. Le comte de Mézan. L'abbé Mionnet. Son échange de propos avec Jerphanion. Les mystères de Normale. — Huit heures faubourg Saint-Germain : atmosphère des rues. Discussion d'un chauffeur avec des cochers. Les habitués d'un café font fête à un petit chien inconnu. Le repas du soir à Paris. — Chez les Champcenais. Leur réputation d'avarice. État exact de leurs revenus et de leurs dépenses. Les idées et vues d'avenir du comte. Le dîner. Le critique et romancier George Allory, puis le lieutenant-colonel Duroure ont les honneurs de la conversation. Après le repas, entretiens plus intimes du comte de Champcenais avec Sammécaud, des dames entre elles, de Sammécaud avec Marie. A minuit, Sammécaud va retrouver Gurau rue Boissy-d'Anglas. Leurs relations depuis octobre. Réorganisation, au profit de Gurau, du journal *La Sanction*. Gurau, en rentrant chez lui, trouve une enveloppe.

Le lendemain matin. La rafale de l'aurore. Gurau se réveille en proie à une dépression profonde. Il revoit quelques pénibles histoires de son passé, dont celle de Brigitte. Dégoût et méfiance envers soi-même. Il demandera une entrevue à Jaurès. — George Allory se prépare à sa réception quotidienne. Son passé et ses habitudes. Ses prétentions, ambitions, et déboires. Les vérités qu'il se dit. Le besoin d'excitation qu'il éprouve. Il reçoit la romancière Maria Molène et se conduit bizarrement avec elle. — Jallez entraîne Jerphanion dans une longue promenade de toute la journée et continue l'histoire de ses amours enfantines. Comment il se fait deviner d'Hélène. Les retours de l'école. La villa sur le monticule. Première disparition d'Hélène. — Sammécaud qui, enfin, a obtenu de Marie un rendez-vous, la retrouve dans un salon de thé, puis essaye de la conduire dans un Family-House, où il a retenu un petit appartement. Elle se dérobe. — Quinette se décide à une nouvelle démarche auprès de la police. Il offre à l'inspecteur Marilhat d'espionner les séances du *Contrôle Social* où il va s'introduire grâce à Loys Estrachard.

Samedi, Gurau chez Jaurès. L'intérieur de Jaurès. Son physique. Ses façons, la conversation des deux hommes. Gurau évoque par allusions obscures sa situation à l'égard des pétroliers et de Sammécaud. Embarras de Jaurès pour le conseiller. Les individus et les partis. Guerre et révolution. Valeur de la vie humaine. — Rue Réaumur. Les rumeurs. Les gens. Le siècle nouveau. Jallez reprend la suite de son histoire. Comment il a retrouvé Hélène. Drames domestiques dans la famille Sigeau. Adieux de Pierre et d'Hélène. Retournement favorable des choses. Les courses d'Hélène et de Pierre à travers Paris. Les signaux sur les murs. Seconde disparition d'Hélène.

4. ÉROS DE PARIS

Place des Fêtes. Au cours d'une de ses tournées, Wazemmes pénètre dans un bistrot. Il observe ; il écoute. De là, il va au rendez-vous que lui a donné son patron Haverkamp pour midi, au *Cochon d'or*. Chemin faisant, il relève les terrains et immeubles à vendre. — Cependant, Edmond Maillecottin interroge le bistrot sur un jeune homme aux allures de souteneur qui poursuit de ses assiduités sa sœur Isabelle. — Venant des Ternes par le métro, Haverkamp remonte la rue d'Allemagne pour rejoindre Wazemmes au restaurant. Il pense à ses affaires. L'étape de sa carrière où il en est. Le visionnaire qu'il y a en lui. Ses qualités d'homme d'action et d'organisateur. Le mécanisme de son agence. — Edmond attend Isabelle à la descente du funiculaire de Belleville et la met en garde contre son louche poursuivant ; mais sans beaucoup de succès. — A table, Haverkamp se repaît d'un énorme carré de filet de bœuf saignant ; puis, grisé de nourriture, plein de rêves de puissance, va visiter des terrains au pied des Buttes-Chaumont. De l'autre côté de ces hauteurs, Jallez, qui se promène, poursuit des méditations tout autres. Il revit les tourments tour à tour religieux, moraux, érotiques de son adolescence ; les crises de désespoir qu'il a traversées. Il pense à Hélène Sigeau, à Juliette. Pourquoi a-t-il abandonné Juliette ? Il a voulu, en particulier, se soustraire aux hantises sexuelles. Mais elles ne cessent de rôder autour de lui. Pourra-t-il soutenir la gageure d'échapper à l'amour ?

Le mercredi soir suivant. Le chien Macaire sort de l'appartement des Saint-Papoul pour faire une escapade dans le quartier et une visite au petit café où il a ses habitudes. — Réunion chez Sampeyre, autour du révolutionnaire allemand Robert Michels, qui expose ses idées sur l'Allemagne, le socialisme, la guerre et la révolution. En revenant de chez Sampeyre, Laulerque, Darnould, Clanricard, après avoir accompagné Mathilde Cazalis, échangent leurs impressions sur la soirée. Laulerque expose ses idées sur l'action directe, les sociétés secrètes, les anarchistes. La conversation en vient à la Franc-Maçonnerie. Darnould et Laulerque parlent de l'énigmatique Rothweil. Clanricard éprouve une très vive curiosité. — Depuis quelque temps Germaine Baader est l'objet de certaines manœuvres de Riccoboni, qu'elle s'explique mal. Il l'a déjà convoquée deux fois, lui réclamant une provision supplémentaire, et la menaçant de tout révéler à Gurau. Elle reçoit de lui une nouvelle convocation. De son côté, Sammécaud a obtenu de Marie un second rendez-vous. Il l'attend dans une garçonnière qu'il a amoureusement installée rue de la Baume. Les deux entrevues ont lieu la même après-midi. Les déclarations, générosités et privautés de Roccoboni ne sont pas trop mal reçues de Germaine. Quant à Marie, malgré tous ses efforts, elle ne réussit pas à vaincre la crispation nerveuse qui l'empêche de s'abandonner à Sammécaud.

Jerphanion apporte à Jallez une photo qu'il a trouvée sur les quais, et qui évoque Hélène. Ils accrochent cette photo au mur de la thurne. Ils sortent ensemble, puis se séparent. Jallez erre dans de vieilles rues, tout baigné d'apaisement mystérieux et de tendresse. Il pense à Juliette. Jerphanion fait acte de présence à un cours de la Sorbonne. Mais il est en proie à la fringale amoureuse. Le cours fini, il se jette dans Paris en quête d'assouvissement. Il éprouve jusqu'au supplice et à la fureur l'érotisme de la grande ville. La violence de ses désirs le fait errer à l'aveugle. — Conduit et présenté par Estrachard, Quinette assiste à une réunion secrète du *Contrôle Social,* où Robert Michels est venu parler de la situation révolutionnaire en Europe.

Juliette trouve chez sa mère, Mme Vérand, une lettre de Jallez qui lui donne rendez-vous pour le lendemain jeudi. Son émotion. Elle va s'acheter un vêtement. — Jerphanion, levé de grand matin, part, allègrement cette fois, à la recherche d'une jolie fille. Il rencontre la modiste Jeanne, et l'accompagne jusqu'auprès de son atelier. — Quinette rend compte à la police de la réunion du *Contrôle Social;* mais sans trouver l'occasion d'élucider les questions qui le tourmentent. Puis il fait visite à la concierge du faubourg Saint-Denis et à Sophie Parent. — Jallez va au rendez-vous qu'il a donné à Juliette. Il s'est juré de ne pas s'en tenir cette fois aux duperies de l'amour sentimental, et de faire de Juliette sa maîtresse. Mais il est vite ressaisi par le charme du sentiment pur, et se reproche sa convoitise. — Le soir, Jerphanion dîne avec sa petite amie, place du Tertre, et sait prendre à cette circonstance tout le plaisir facile qu'elle contient. Puis il retrouve Jallez, et tous deux vont finir la soirée du Réveillon à la *Closerie des Lilas*, où un certain nombre d'écrivains et d'artistes sont réunis autour de Moréas et de Paul Fort. Douleur secrète de Moréas. Les songes dont elle s'enchante.

Deux jours plus tard, un meeting contre le péril de guerre, tenu par Jaurès, rue Foyatier, rassemble, perdus dans une vaste foule, plusieurs de nos héros. Jaurès évoque les dangers où se débat l'Europe ; et comme saisi par l'esprit de prophétie, lui montre le gouffre où elle se dirige. Il conjure le peuple de sauver la paix et la civilisation. Cependant qu'un obscur pressentiment personnel le traverse.

5. LES SUPERBES

Mme de Champcenais, à la suite du premier rendez-vous de la rue de la Baume, s'interroge sur ses aptitudes amoureuses. Elle a des scrupules de conscience catholique. Elle consulte Renée Bertin d'une façon détournée. Les nouveaux rendez-vous qu'elle accorde à Sammécaud maintiennent leur liaison dans l'ordre de la tendresse chaste. — Haverkamp reçoit un visiteur d'aspect cossu, que l'agence intéresse, et qui revient quelques jours après. Il pressent Haverkamp au sujet d'une affaire assez mystérieuse, où les Jésuites sont mêlés : un domaine, à Saint-Cyr, dont l'adjudication doit avoir lieu bientôt. Haverkamp flaire une faveur du destin. Sa bonne humeur le mène dans une maison accueillante. Il a d'autres entrevues avec son visiteur : M. de Lommérie, et deux amis de ce dernier. Il va examiner sur place une localité : La Celle-les-Eaux, où végète une petite source minérale ; en rapporte, par amusement, une bouteille, qu'il charge un pharmacien de faire analyser. Il continue avec MM. de Lommérie et consorts l'étude de l'affaire de Saint-Cyr. Entre-temps, il reçoit les résultats de l'analyse, et va les soumettre au professeur Ducatelet, qui habite avenue Hoche ; Haverkamp envisage de lier l'affaire de Saint-Cyr à une mise en valeur de La Celle-les-Eaux promue au rang de station thermale. — L'abbé Mionnet a une conversation réticente avec le curé Sichler. Il est d'autre part le sujet d'un échange de propos entre le marquis de Saint-Papoul et le comte de Mézan. — Pour se préparer à une réunion décisive où se jouera le sort de son projet de station thermale, Haverkamp fait à travers Paris une promenade de spécialiste « passionné ». Puis il se rend à *La Sanction* et négocie avec P. Lafeuille l'affermage de la rubrique immobilière. — Sammécaud raconte à Marie une scène de ménage. De son côté, elle lui révèle l'existence du petit Marc de Champcenais, enfant anormal, qui vit chez de pauvres gens, dans la forêt d'Othe. Leur émotion. — Quinette va passer la soirée chez Estrachard, qui lui fait entendre plusieurs de ses productions artistiques. — Réunion d'un groupe de capitalistes chez M. de Lathus, ami de M. de Lommérie. Haverkamp fait un brillant exposé. La société immobilière de La Celle-les-Eaux est fondée au capital de trois millions. — Sammécaud et Marie vont voir le petit Marc dans la forêt d'Othe. Sammécaud examine l'enfant. Il donne à Marie un avis plutôt encourageant, et lui conseille de placer Marc en Angleterre. Marie, émue et reconnaissante, se donne à Sammécaud dans une chambre d'auberge. — En revenant de la Chambre, où il a fait une intervention éclatante, Gurau rêve à la Révolution, qu'il croit prochaine, et au rôle qu'il y jouera. Il rencontre à *La Sanction* Treilhard et Avoyer. Il va finir son article à l'imprimerie. — Marie et Sammécaud font le voyage d'Angleterre, pour y préparer l'arrivée de Marc. Ils séjournent à Londres. Leurs impressions. Leurs plaisirs. — A La Celle, les travaux commencent. Haverkamp se débat avec les entrepreneurs. L'architecte Raoul Turpin. Ses idées et ses façons. Les édifices qu'il projette. — Premier mai 1909. Haverkamp, Turpin, MM. de Lommérie et Scharbeck déjeunent ensemble à La Celle. Ils causent de la situation sociale, de l'état d'esprit de la classe ouvrière. Physionomie du Premier mai à Paris. Gurau se promène, insatisfait. Sammécaud et Marie se retrouvent rue de la Baume. La comtesse fait un aveu pénible. Elle est enceinte. Et les circonstances sont telles, que son mari ne pourra pas se méprendre sur le caractère adultérin de cette grossesse. Marie est désespérée. Sammécaud fort inquiet. Puis ils se laissent aller à un sentiment de résignation, d'abandon à la commune misère humaine.

6. LES HUMBLES

Louis Bastide et sa mère vont rue Riquet acheter des chaussures jaunes, destinées à récompenser le petit garçon. Ses rêveries ; ses scrupules. — Mme Camille, herboriste, reçoit la visite d'une jeune dame qui lui confie un « ennui ». Cette jeune dame, qui est Marie de Champcenais, découvre chemin faisant un Paris bien nouveau pour elle ; et aussi des régions de la vie et de la destinée qu'elle ne soupçonnait pas. Mme Camille l'examine, lui confirme qu'elle est enceinte, lui donne des drogues ; quelques jours après lui fait subir une intervention ; lui recommande le repos. Marie se croit obligée d'accompagner son mari à leur château de Courveilleins, où il a organisé une fête. Elle exige de Sammécaud qu'il y vienne aussi. Favorisé par les fatigues du voyage, l'accident prévu se produit le soir même de la fête, dans la chambre de la comtesse, avec Sammécaud pour seul témoin. — Roquin et Miraud, dans un jardin de cabaret, causent sur les événements politiques, et en particulier sur l'entrée de Gurau dans le nouveau ministère. — Octobre. Louis Bastide retourne à l'école. Un soir, en faisant des commissions pour sa mère, il imagine, par jeu, comment il échapperait à la misère et à la faim. Rentré à la maison, il apprend que son père vient de perdre sa place. Chagrin et détresse de la famille. Louis se pénètre de l'idée de malheur. Mme Bastide cherche à se rassurer en contemplant une fois de plus les quelques titres qui constituent les économies du ménage, durement acquises. — Pendant ce temps quatre messieurs de haute finance discutent, en dînant au *Café Anglais*, les modalités d'une émission d'aloi douteux. — Mme Bastide a perdu son sac, qui contenait entre autres objets un billet de cinquante francs, et se désole. — Louis s'adresse à Clanricard et lui demande de l'aider à faire une démarche auprès de M. Yvoy, l'ancien patron de son père. Clanricard paraît s'y dérober. Déception et amertume de l'enfant. Louis tente la démarche seul, ne rencontre que Mme Yvoy, est éconduit, et s'en retourne plein de ressentiment. Il médite contre Mme Yvoy une sorte de crime imaginaire, qu'il se plaît à évoquer cruellement dans le détail. Puis l'horreur de lui-même le saisit ; il va trouver l'abbé Jeanne pour se confesser. L'abbé l'apaise. — Clanricard écrit à Rothweil pour recommander le père Bastide. — Carnet de voyage où Stephen Bartlett, journaliste anglais, a noté ses premières impressions sur la France, Paris, les classes sociales. — L'abbé Jeanne fait visite à M. Ehler, administrateur de la Compagnie du Nord, et tente de l'intéresser au père Bastide. Au retour l'abbé songe à la Société, aux périls qui menacent les classes possédantes, aux intérêts de l'Église. — Dans l'autobus, le voisinage d'une jeune femme l'amène à d'autres méditations. Comment la vertu de chasteté s'est consolidée en lui. Ses épreuves et ses expériences à cet égard. Il souffre du spectacle de l'impureté, chez certains clercs et chez les laïques. Ses tristesses et ses scrupules de confesseur. Sa vision du monde. Son espèce de manichéisme inconscient. Les Superbes et les Humbles. — L'abbé feint qu'on lui ait rapporté les cinquante francs perdus par Mme Bastide, et les donne de sa poche au petit garçon. M. Bastide, par fierté, refuse la place trop modeste que lui fait offrir Rotheil. Là-dessus, Louis prend la résolution de ne plus rien coûter à ses parents, et de chercher un petit travail à faire après la classe. — Jerphanion explore les quartiers misérables ; est saisi par l'idée d'une révolution nécessaire ; et le soir annonce à Jallez qu'il va s'inscrire au Parti socialiste unifié. Jallez lui montre un article de Clanricard.

Louis Bastide entre au service d'une bouquetière acariâtre ; puis de Mme Chapitre, concierge, qui le charge de porter des sacs de café. Dans sa tête son métier se métamorphose en un rêve d'aventures guerrières. — Jerphanion mène Bernard de Saint-Papoul dans les quartiers misérables et observe ses réactions. — L'abbé échoue dans deux entreprises : sa candidature à l'institution Sainte-Marthe, et l'essai pour intéresser M. Ehler au père Bastide. — Quinette apprend de Marilhat pourquoi le meurtre de Leheudry est resté ignoré. — Marie de Champcenais consulte une cartomancienne qui l'inquiète au sujet de Sammécaud. — L'abbé Jeanne rend visite à une jeune mère abandonnée dans une baraque de la zone. — Louis remet ses gains à sa mère. — Vie mystique de l'abbé Jeanne. Son expérience de Dieu. — Jerphanion reçoit une réponse de Clanricard à qui il a écrit.

7. RECHERCHE D'UNE ÉGLISE

Jerphanion se rend à la brasserie du boulevard Sébastopol, où il a donné rendez-vous à Clanricard. Ils échangent leurs idées sur leur génération et la précédente, la différence des besoins et des aspirations de l'une à l'autre : Église et anti-Église ; Franc-Maçonnerie ; Sampeyre ; Troisième République. Clanricard fait allusion aux idées de Laulerque et propose à Jerphanion de le rencontrer. Ce qui a lieu le soir même dans un café de la place Clichy, après que Jerphanion est repassé par l'École, où il a dîné et causé brièvement avec Jallez. Mathilde Cazalis est là. Laulerque expose ses idées sur le socialisme, sur l'imminence d'une guerre générale, sur l'énergie individuelle dans l'histoire. Il développe la vision étrange d'un monde mené par les sociétés secrètes. Faut-il actuellement entrer dans la Maçonnerie ? En raccompagnant Jerphanion, Laulerque lui raconte très confidentiellement sa rencontre avec un mystérieux employé de librairie qui se donne comme agent d'une société secrète internationale. Jerphanion achève seul le chemin du retour et hésite à réveiller Jallez pour lui faire part de sa soirée.

Un souper dans le salon d'un restaurant du Boulevard réunit, outre Germaine Baader, Sammécaud, Treilhard, Marquis et Avoyer, l'auteur dramatique Henry Mareil, sa maîtresse Suzanne Vignal, et le journaliste Bérénine. Ils échangent des potins (*Chantecler,* les Rostand, etc.). Bérénine fait des mots. Le but de la soirée est d'obtenir de Mareil qu'il donne le rôle de sa prochaine pièce à Germaine. Passé et psychologie de Mareil. Sammécaud reconduit Germaine en auto jusqu'à sa porte et se permet quelques privautés qu'elle accueille distraitement.

Jallez et Jerphanion entreprennent au départ de la porte de Clignancourt une longue promenade en banlieue. Leur allégresse. Ils causent de maints sujets : du chien Macaire, de Tellière et Gentilcœur et des vies inimitables, de Jeanne la modiste et de la morale du peuple parisien, de l'amour physique et du tourment de l'infini. Ils traversent Saint-Denis, en considèrent les monuments, évoquent le corps féminin. Nous les retrouvons dans une auberge sur la grand-route, occupés à dresser leur double liste de préférences. Le même soir, Jerphanion rédige une note où il essaye de mettre au net ses hypothèses sur les amours de Jallez. Promenades dans les cimetières.

Jerphanion et Clanricard font une visite à Rothweil en vue de leur affiliation possible à la Franc-Maçonnerie. Avant de les recevoir, Rothweil accueille une dame qu'il semble bien connaître. Il approuve les intentions des deux jeunes gens. Après leur départ, il va à un rendez-vous à travers Paris inondé. — Carnet de voyage de Stephen Bartlett : le rôle qu'il vient de jouer dans la campagne électorale anglaise ; ses impressions sur Paris inondé. — Maurice Ezzelin reçoit une lettre anonyme qui dénonce les relations de sa femme et d'un jeune homme. Juliette revient d'un rendez-vous avec Pierre. Ezzelin lui montre la lettre ; scène de ménage. — Sammécaud et Champcenais font une halte au bar ; ils s'entretiennent de la participation de Champcenais à l'affaire de La Celle et d'une intervention auprès de Gurau. — Gurau médite assez agréablement dans son cabinet ministériel. On lui annonce Sammécaud qu'il va recevoir avant le comte de Mun. En fin d'après-midi, il revoit les notes qu'il a prises pendant sa conversation avec de Mun ; puis va chez Briand, où il aura l'occasion de rendre à Sammécaud le service demandé. Après être allé dîner dans le monde, il a l'idée de passer voir Germaine, mais au moment de monter chez elle, aperçoit dans la lumière de sa fenêtre une silhouette d'homme.

Laulerque convoque Jerphanion au café et lui apprend qu'il s'est affilié à la société secrète dont il avait parlé. Puis il le met en contact avec un certain Ardansseaux, ex-franc-maçon, qui donne à Jerphanion toute sorte de détails sur la vie intérieure de l'Ordre.

A Normale, en l'absence de Jallez, Jerphanion accueille Maurice Ezzelin, et il écoute ses doléances. Après bien des hésitations, il fait allusion à cette démarche devant Jallez qui esquive le sujet.

Mionnet a un entretien avec le comte de Mézan, qui tâche d'obtenir de lui des démarches en faveur de la candidature Saint-Papoul. Là-dessus il voit l'abbé Cabirol. Il est convoqué par Mgr Lebaigue qui le félicite de son mémoire : *Courte méditation*...

Jerphanion, recommandé par Rothweil, se rend chez Lengnau. Portrait de Lengnau. Il expose l'idéal profond et les buts supérieurs de la Maçonnerie. Jerphanion sort de chez Lengnau avec une impression ambiguë, et l'exprime à Jallez qu'il est allé retrouver dans un petit restaurant. Ils échangent quelques aigreurs. Pierre rejoint Juliette ; ils vont dans une chambre. Explication douloureuse.

Article du *Temps* à propos de la démission de Gurau ; et lettre de Clanricard à Jerphanion sur son entrée dans la Maçonnerie.

TABLE DES MATIÈRES

INTRODUCTION par Olivier Rony I
BIOGRAPHIE CHRONOLOGIQUE DE JULES ROMAINS CIX

PRÉFACE (1932) 1

1. LE 6 OCTOBRE

I. — Par un joli matin Paris descend au travail 13
II. — Peintres à l'ouvrage. Femme qui dort 17
III. — Neuf heures du matin chez les Saint-Papoul et les Champcenais 20
IV. — Clanricard, l'instituteur, parle aux enfants du grand péril de l'Europe 28
V. — Les allées et venues de Mme Maillecottin 30
VI. — Détresse de Juliette Ezzelin. Allégresse de Jean Jerphanion 34
VII. — Le relieur Quinette 38
VIII. — L'apprenti Wazemmes 41
IX. — Quinette, l'inconnu et le sang 43
X. — Sampeyre 53
XI. — Première aventure de Wazemmes. Réveil et soucis de Germaine Baader 64
XII. — Une enquête prudente 71
XIII. — Les difficultés de la peinture et les plaisirs du Pari Mutuel 75
XIV. — Les confidences d'un député de gauche à sa maîtresse 81
XV. — Un enfant du siècle 87
XVI. — Deux forces. Deux menaces 93
XVII. — Le grand voyage du petit garçon 97
XVIII. — Présentation de Paris à cinq heures du soir 103
XIX. — Le rendez-vous 118
XX. — Wazemmes rencontre l'avenir 132
XXI. — Le refuge 137

XXII. — La dame de l'autobus 145
XXIII. — Idées de Wazemmes sur les femmes et sur l'amour ... 150
XXIV. — Ouvriers·parisiens 155
XXV. — Wazemmes, la dame et « on » 166

2. CRIME DE QUINETTE

I. — Maurice Ezzelin lit le journal 175
II. — Branle-bas chez Quinette 178
III. — Douceur dans les rues 186
IV. — Une conversation à l'église 188
V. — Les amours de Leheudry 198
VI. — Les projets de Haverkamp et les amours de Wazemmes 203
VII. — Quinette devant la baraque 213
VIII. — La papetière de la rue Vandamme 218
IX. — Un plus profond refuge 224
X. — Perte d'une virginité 230
XI. — Encerclement de Gurau 233
XII. — Nuit de Quinette 240
XIII. — Contact avec la police 246
XIV. — Un conseil de guerre chez M. de Champcenais. Le dossier Gurau et une étrange scène d'amour 251
XV. — Rencontre de Jerphanion et de Jallez. Solitude de Gurau 262
XVI. — Les têtes sur la table 278
XVII. — Au bord du canal 282
XVIII. — Une conversation profitable 288
XIX. — Demi-sommeil de Quinette à cinq heures du matin ... 292
XX. — Mercredi soir 294

3. LES AMOURS ENFANTINES

I. — Sur les toits de l'École 313
II. — Jeunesse. Travail. Poésie 325
III. — Une foule et son chef 337
IV. — Enfances parisiennes. Apparition d'Hélène Sigeau ... 339
V. — Quinette remue des souvenirs 354
VI. — Cérémonie nocturne 365
VII. — Conversation de Jerphanion avec Mlle Bernardine 370
VIII. — Une jeune fille du monde 380
IX. — La tante et la nièce. Naissance d'une idée 385
X. — La comtesse et la manucure 387
XI. — Dîner intime chez les Saint-Papoul 391
XII. — Huit heures du soir faubourg Saint-Germain, puis ailleurs 402

XIII. — Chez les Champcenais. Apparences et situation véritable 409
XIV. — Un dîner brillant 414
XV. — Conversations d'après-dîner 418
XVI. — Une amitié énigmatique 425
XVII. — La rafale de l'aurore 437
XVIII. — Un grand critique 445
XIX. — Grande promenade de Jallez et Jerphanion. Première disparition d'Hélène Sigeau 457
XX. — Premier rendez-vous de Marie et de Sammécaud 466
XXI. — Quinette offre ses services 469
XXII. — Visite à Jaurès 472
XXIII. — Rumeur de la rue Réaumur. Seconde disparition d'Hélène Sigeau 483

4. ÉROS DE PARIS

I. — Place des Fêtes 501
II. — Wazemmes dans sa nouvelle profession 503
III. — Soucis d'Edmond Maillecottin 506
IV. — Mesure de Haverkamp fin 1908 508
V. — Le frère et la sœur 518
VI. — Un morceau de viande rouge 521
VII. — Le passant de la rue des Amandiers 524
VIII. — Promenade et préoccupations du chien Macaire 540
IX. — Un révolutionnaire allemand 546
X. — Idées de Laulerque. La Franc-Maçonnerie 552
XI. — Manigances de Riccoboni 563
XII. — La garçonnière de Sammécaud et le petit bureau de Riccoboni 568
XIII. — Le portrait 577
XIV. — Règne de la tendresse 579
XV. — Le vagabond 581
XVI. — La soirée au Contrôle Social 593
XVII. — Juliette reçoit une lettre 604
XVIII. — Chanson de la bonne fortune 608
XIX. — Quinette rend compte 614
XX. — Jallez et Juliette se retrouvent 620
XXI. — Le dîner place du Tertre 626
XXII. — Réunion à *La Closerie*. Songes de Moréas 631
XXIII. — Meeting rue Foyatier. Visions de Jaurès 642

5. LES SUPERBES

I. — Madame de Champcenais s'interroge sur ses aptitudes amoureuses 649
II. — Madame de Champcenais et Dieu 653

III. — L'avis de Renée Bertin 656
IV. — Chastes plaisirs de l'adultère 659
V. — Un visiteur intéressant 664
VI. — L'affaire de Saint-Cyr et les jésuites 670
VII. — Bonne humeur de Haverkamp 680
VIII. — Haverkamp fait l'amour 683
IX. — Le domaine de Saint-Cyr 689
X. — Ce qu'on découvre en se promenant 691
XI. — Une vague idée 695
XII. — Manœuvres qui ont leur élégance 696
XIII. — L'analyse 701
XIV. — Chez le professeur Ducatelet 705
XV. — Avenue Hoche 712
XVI. — Prêtres 714
XVII. — Signes de curiosité autour de Mionnet 718
XVIII. — Le Paris de Haverkamp 721
XIX. — Haverkamp à *La Sanction*. Deux esprits nets 732
XX. — Le secret de Marie de Champcenais 734
XXI. — Une soirée d'art 745
XXII. — Beau travail de Haverkamp. Création de la Société immobilière de La Celle-les-Eaux 749
XXIII. — Le voyage dans la forêt d'Othe 763
XXIV. — Une fin de journée parlementaire. Comment Gurau voit la révolution 775
XXV. — A *La Sanction,* passé minuit 788
XXVI. — Sammécaud et Marie à Londres 792
XXVII. — Sur les chantiers de La Celle 810
XXVIII. — Premier mai 821

6. LES HUMBLES

I. — Les chaussures jaunes 839
II. — Madame Camille 845
III. — Pensées à l'aller. Pensées au retour 850
IV. — Peu de chose, en somme 855
V. — Un projet qui tombe bien 858
VI. — Détresse 860
VII. — Soir de fête à La Noue 868
VIII. — Vue latérale de Roquin et Miraud sur certains événements 873
IX. — Le jeu de la misère 879
X. — Perdre sa place 882
XI. — Quand le malheur n'est plus un jeu 886
XII. — La boîte de titres 889
XIII. — Autre façon d'envisager les choses de finance 896
XIV. — Comme nous étions heureux avant ! Le sac disparu . 900
XV. — Nous sommes tellement seuls 905
XVI. — Une « dame » comme bien d'autres 910

XVII. — Louis criminel 914
XVIII. — L'abbé Jeanne 917
XIX. — Carnet de voyage de Stephen Bartlett (traduction) .. 923
XX. — L'abbé Jeanne et la société 934
XXI. — L'abbé Jeanne et l'amour 941
XXII. — Univers de l'abbé Jeanne 951
XXIII. — Clémence du destin. Fierté de M. Bastide 955
XXIV. — Louis décide de gagner sa vie 960
XXV. — Jerphanion saisi par l'idée de révolution 964
XXVI. — Conversation dans la thurne. De certaines rencontres par les voies de l'esprit 970
XXVII. — Les petits sacs sous la pèlerine 974
XXVIII. — Jerphanion mène le jeune Bernard de Saint-Papoul dans les quartiers misérables 982
XXIX. — L'abbé Jeanne fait deux essais malheureux d'énergie 986
XXX. — Quinette entend reparler de la galerie et apprend des choses qui l'intéressent 990
XXXI. — Nouvelles habitudes de Marie 993
XXXII. — La maternité dans la baraque 997
XXXIII. — Remise du trésor 1002
XXXIV. — L'abbé Jeanne et Dieu. Lettre de Clanricard à Jerphanion 1003

7. RECHERCHE D'UNE ÉGLISE

I. — Jerphanion et Clanricard font connaissance 1015
II. — Église. Anti-Église 1018
III. — Quelque chose de plus urgent que la révolution 1024
IV. — Au réfectoire 1030
V. — Jerphanion découvre Laulerque 1032
VI. — Le monde vu par en dessous 1038
VII. — Grand secret de Laulerque 1043
VIII. — Retour dans la nuit 1053
IX. — Boulevardiers 1059
X. — Souci de Germaine. Henry Mareil, auteur juif 1066
XI. — Privautés en auto 1078
XII. — Marche vers la banlieue 1081
XIII. — Le chien Macaire donne naissance à un proverbe ... 1084
XIV. — Première allusion à Tellière et Gentilcœur. Les vies inimitables 1085
XV. — De Jeanne la modiste au fantôme de la femme nue . 1089
XVI. — Le jeu des préférences 1100
XVII. — Jerphanion tâche de voir clair dans les amours de Jallez 1102
XVIII. — Pénombres autour de Rothweil. Navigation dans les rues 1109
XIX. — Carnet de voyage de Stephen Bartlett (traduction) .. 1116
XX. — Maurice Ezzelin reçoit une lettre anonyme 1124
XXI. — Moiteurs, odeurs 1127
XXII. — Femme et mari 1131

XXIII. — Deux vieux amis 1133
XXIV. — Ame de ministre à onze heures du matin 1137
XXV. — Fin d'une journée de ministre 1140
XXVI. — « J'ai fait le saut » 1145
XXVII. — Mystères de la Franc-Maçonnerie 1150
XXVIII. — Jerphanion recueille un visiteur 1162
XXIX. — Comment le lui dire ? 1173
XXX. — Mionnet prend de l'importance 1177
XXXI. — Lengnau 1188
XXXII. — Haleine de l'abîme 1206
XXXIII. — Deux documents 1213

RÉSUMÉS

1. — LE 6 OCTOBRE 1219
2. — CRIME DE QUINETTE 1221
3. — LES AMOURS ENFANTINES 1223
4. — ÉROS DE PARIS 1225
5. — LES SUPERBES 1227
6. — LES HUMBLES 1229
7. — RECHERCHE D'UNE ÉGLISE 1231

Dans le volume II

8. PROVINCE
9. MONTÉE DES PÉRILS
10. LES POUVOIRS
11. RECOURS A L'ABIME
12. LES CRÉATEURS
13. MISSION A ROME
14. LE DRAPEAU NOIR
RÉSUMÉS

Dans le volume III

15. PRÉLUDE A VERDUN
16. VERDUN
17. VORGE CONTRE QUINETTE
18. LA DOUCEUR DE LA VIE
19. CETTE GRANDE LUEUR A L'EST
20. LE MONDE EST TON AVENTURE
21. JOURNÉES DANS LA MONTAGNE
RÉSUMÉS

Dans le volume IV

22. LES TRAVAUX ET LES JOIES
23. NAISSANCE DE LA BANDE
24. COMPARUTIONS
25. LE TAPIS MAGIQUE
26. FRANÇOISE
27. LE 7 OCTOBRE
L'AUTEUR AUX LECTEURS
RÉSUMÉS
DOCUMENTS
CHRONOLOGIE DE COMPOSITION ET DE PUBLICATION
CHRONOLOGIE DE L'HISTOIRE COMPARATIVE
BIBLIOGRAPHIE GÉNÉRALE
FICHIER DES PERSONNAGES
INDEX DES PERSONNAGES

DU MÊME AUTEUR

Œuvres poétiques

La Vie unanime, N.R.F.
Un être en marche, N.R.F.
Odes et Prières, N.R.F.
Europe, N.R.F.
Le Voyage des amants, N.R.F.
Chants des dix années, N.R.F.
L'Homme blanc, Flammarion.
Pierres levées, N.R.F., Flammarion.
Un être en marche, suivi de *Maisons,* Flammarion.
Choix de poèmes, N.R.F.

Romans et contes

Le Vin blanc de La Villette, N.R.F.
Le Bourg régénéré, N.R.F.
Mort de quelqu'un, N.R.F.
Les Copains, N.R.F.
Donogoo-Tonka, N.R.F.
Psyché I : Lucienne, N.R.F.
II : Le Dieu des corps, N.R.F.
III : Quand le navire..., N.R.F.
Les Hommes de bonne volonté, 27 vol., Flammarion.
Les Hommes de bonne volonté, édition intégrale en 4 vol., Flammarion.
Bertrand de Ganges, Flammarion.
Le Moulin et l'hospice, Flammarion.
Violation de frontières, Flammarion.
Verdun, Flammarion.
Le Fils de Jerphanion, Flammarion.
Une femme singulière, Flammarion.
Le Besoin de voir clair, Flammarion.
Mémoires de Madame Chauverel, 2 vol., Flammarion.
Un grand honnête homme, Flammarion.
Portraits d'inconnus, Flammarion.

Theâtre

Cromedeyre-le-Vieil, N.R.F.
M. Le Trouhadec saisi par la débauche, N.R.F.
Knock, N.R.F.
Le Mariage de Le Trouhadec, N.R.F.
Le Dictateur, N.R.F.
Jean Le Maufranc, N.R.F.
Musse, N.R.F.
Volpone, en collaboration avec Stefan Zweig, N.R.F.
Donogoo, N.R.F.
Boën, N.R.F.
Grâce encore pour la terre !, N.R.F.
Pièces en un acte, N.R.F.

Essais

Puissances de Paris, N.R.F.
La Vision extra-rétinienne, N.R.F.
La Vérité en bouteilles, Trémois.
Problèmes européens, Flammarion.
Visite aux Américains, Flammarion.
Pour l'esprit et la liberté, N.R.F.
Le Couple France-Allemagne, Flammarion.
Cela dépend de vous, Flammarion.
Sept Mystères du destin de l'Europe, éd. de la Maison Française.
Une vue des choses, éd. de la Maison Française.
Retrouver la foi, Flammarion.
Le Problème n° 1, Plon.
Salsette découvre l'Amérique, suivi de *Lettres de Salsette,* Flammarion.
Paris des Hommes de bonne volonté, avec illustrations et plans, Flammarion.
Saints de notre calendrier, Flammarion.
Interviews avec Dieu, Flammarion.
Examen de conscience des Français, Flammarion.
Passagers de cette planète, où allons-nous ?, Grasset.
Souvenirs et confidences d'un écrivain, Arthème Fayard.
Situation de la terre, Flammarion.
Hommes, médecins, machines, Flammarion.
Les hauts et les bas de la liberté, Flammarion.
Pour raison garder, 3 vol., Flammarion.
Lettres à un ami, 2 vol., Flammarion.
Napoléon par lui-même, Librairie Académique Perrin.
Ai-je fait ce que j'ai voulu ?, Wesmael-Charlier.
Lettre ouverte contre une vaste conspiration, Albin Michel.
Marc Aurèle ou l'Empereur de bonne volonté, Flammarion.
Amitiés et rencontres, Flammarion.

En collaboration avec André Bourin :

Connaissance de Jules Romains, Flammarion.

ACHEVÉ D'IMPRIMER POUR
LES ÉDITIONS ROBERT LAFFONT
SUR BOOKOMATIC
PAR MAURY EUROLIVRES
45300 MANCHECOURT

Imprimé en France